千古风流

王安石与熙元变法

QIANGUFENGLIU
WANGANSHI
YUXIYUANBIANFA

陈金泉 著

『江西故事中国梦』江西文学重点扶持工程作品

第一卷·江山如画

第二卷·乱石穿空

第三卷·惊涛裂岸

第四卷·大江东去

江西教育出版社
JIANGXI EDUCATION PUBLISHING HOUSE

U0805397

图书在版编目（CIP）数据

千古风流 ：王安石与熙元变法 / 陈金泉著. — 南昌 ：江西教育出版社, 2018.12
ISBN 978-7-5705-0871-6

Ⅰ. ①千… Ⅱ. ①陈… Ⅲ. ①长篇历史小说－中国－当代 Ⅳ. ①I247.5

中国版本图书馆 CIP 数据核字(2018)第 294331 号

千古风流——王安石与熙元变法
QIANGU FENGLIU——WANGANSHI YU XIYUAN BIANFA
陈金泉　著

江西教育出版社出版
(南昌市抚河北路 291 号　邮编：330008)
各地新华书店经销
南昌市红星印刷有限公司印刷
720 毫米×1000 毫米　16 开本　110 印张　字数 1650 千
2018 年 12 月第 1 版　2018 年 12 月第 1 次印刷
ISBN 978-7-5705-0871-6
定价：全四册 198.00 元

赣教版图书如有印装质量问题，请向我社调换　电话：0791-86710427
投稿邮箱：JXJYCBS@163.com　电话：0791-86705643
网址：http://www.jxeph.com

赣版权登字-02-2018-693
版权所有 侵权必究

大江东去，浪淘尽，千古风流人物。故垒西边，人道是，三国周郎赤壁。乱石穿空，惊涛拍岸，卷起千堆雪。江山如画，一时多少豪杰！　遥想公瑾当年，小乔初嫁了，雄姿英发。羽扇纶巾，谈笑间，樯橹灰飞烟灭。故国神游，多情应笑我，早生华发。人生如梦，一樽还酹江月。

——苏轼《念奴娇·赤壁怀古》

这是最好的时期，也是最坏的时期；这是智慧的时代，也是愚蠢的时代；这是信任的年代，也是怀疑的年代；这是光明的季节，也是黑暗的季节；这是希望的春天，也是失望的冬天；我们的前途无量，同时又感到希望渺茫；我们一齐奔向天堂，我们全都走向另一个方向……

——狄更斯《双城记》

一部还愿之作

——写在前面的话

我懵懵懂懂萌生写王安石的念头始于五十多年前，那时我正在江西师范学院（今江西师范大学）中文系读书。生活在九百多年前北宋的王安石是江西临川人，无论今人还是古人，对他倡导的新法聚讼纷纭。这让王安石饱受争议和诅咒，但王安石永远是临川人的骄傲。我是江西临川人，对王安石这位临川先人，自然有种永远割舍不掉、挥之不去的故乡情结。当时当然写不了，连笔也未动一下，却暗暗向王安石许了个愿，有一天要好好写一写王安石。在后来的岁月里，这种懵懵懂懂的想法也只能是一个想法。1986 年，原南昌教育学院里那位很有侠气、很有能力的女党委书记江鑫，在班子里独排众议，把我调入南昌教育学院当中文教师。这对我写王安石起了大作用。南昌教育学院很小，堂堂中文系才十来位教师。然而，小有小的好处。我除了讲授《文学概论》外，还讲授《中国古代文学史》《中国现当代文学》《写作》《公文写作》等课程。备课很费时费事，却逼我读了许多书。特别是讲授《中国古代文学史》，我把中国古代文论、诗词、小说、戏曲以及中国古代典籍、历史书，乱七八糟读了个昏天黑地、不亦乐乎。大学评职称要论文，我写起文学评论，又读了不少西方美学理论以及包括为数不少的获诺贝尔文学奖在内的世界名著。几年下来，自觉文、史方面的学养较前有大的长进。说来叫人感到惊奇的是，小小南昌教育学院的小小图书馆里，史学方面的书不多，竟有一套元代丞相脱脱主编的、廿四史中卷帙最庞大的共计四十册的《宋史》。我大喜过望，感到这似乎是种天意，立即借了出来。我觉得给王安石还愿的时候到了，在2008年8月便开始了以王安石为第一主角的长篇纪实历史小说《千古风流——王安石与熙元变法》的创作。

王安石的人品光风霁月，就是他的政敌也很景仰；他所倡导的新法是我国千年王朝无人可比的、了不起的经济改革，竟然在九百年前就懂得用钱撬动生产发展。在这点上，王安石新法与现代金融政策可说是不谋而合。王安石这种超人的智慧不能不使人感到佩服，让人需抬头仰望。但，当王安石及其倡导的新法作为美学载体进入小说的审美世界，就与作为史学载体的王安石及其新法不一样了，当然更与家谱不一样了。因之，在《千》的审美世界里，作者成了王安石的一个无话不说、无所羁勒的同乡老表。毫无疑义，王安石及其新法的命运蕴含的美学价值是极为巨大而又丰厚的，有着一种既振聋发聩又润物无声，既撬动人心又纷乱如麻，既意味深长又令人扼腕叹息，既畅快淋漓又难以曲尽其妙的美学效应。王安石新法的成功，是谁也抹杀不了的，且随着时间的推移会愈来愈被世人所认同。1944年，时任美国罗斯福政府副总统的华莱士来华访问，称王安石的"青苗法"对扭转美国1929年经济大萧条具有重要参考价值。毋庸置疑，史学家和家谱修撰者对这点将浓墨重彩加以述评。我主观上不想迎合，只想写自己思考了许久的东西。因之，《千》的审美聚焦点落在王安石新法对宫廷官场、坊间市井以及人的心理所带来的震荡裂变上。王安石新法这么一个我国千年王朝无人可比的、了不起的经济改革的失败，竟成了谁也改变不了的中国古代改革家的宿命。这难道在令人心酸的同时，不会陷入深深的历史性的反思中吗？对王安石新法来说，皇权是很不可靠的。然而，作为皇权的主要体现者的天子赵顼，是王安石新法最有力的支持者，没有这位天子的支持，王安石新法根本无法实施，那就连失败的机会也没有了。皇权是一种势力合成的气场。天子赵顼想大有作为，却畏天，更奈何不了两宫太后。当新法遇到难过的坎，赵顼就退缩了，王安石新法能不受到重挫吗？特别在赵顼驾崩后，皇权落到太皇太后高氏和司马光手上，王安石新法立即被废了。千年王朝的官场更是葬送王安石新法的最为可怕、最让人棘手，也最让人深思的罪恶推手。官场不可不要，一万年以后也要。但，千里为官只为财，再好的新法也要被这样的官场踩踏得一塌糊涂。王安石新法在很大程度上是毁在贪暴的官吏手上。王朝子民的愚昧、对朝廷的敬畏和对官府衙门的奴从，也使得新法变形走样。王安石新法太超前了，失败成了它的宿命。就这样，本来无错更无罪的王安石及其新法，竟然不仅有错且有罪起来。可悲乎？可叹乎？荒诞乎？滑稽乎？狄更斯《双城记》有段话："这是最好的时期，也是最坏的时期；这是智慧的时代，也是愚蠢的时代；这是信任的年代，也是怀疑的年代；这是光明的季节，也是黑暗的季节；这是希望的春天，也是失望的冬天；我们的前途无量，同时又感到希望渺茫；我们一齐奔向天堂，我们全都走向另一个方向……"狄更斯说的是英国十九世纪的现实，却与王安石所处的时代何其相似乃尔。然而，即便如此，在中华儿女中始终蓄藏着一种谁也阻挡不住的革旧创新动力。因之，王安石新法成也罢，败也罢，皆蕴含对今人不可小觑的思想撬动力。

《千》系原创长篇历史纪实小说，着力展现北宋大改革家王安石以及同时代的司马光、苏轼、欧阳修、吕惠卿、曾布、苏辙、范纯仁、佛印禅师、太监李宪、边将种谔以及天子赵顼、太皇太后曹氏、太后高氏、皇后向氏等众多历史人物的本来品貌，全方位显现北宋宫廷官场、社会习俗、边塞风光、世风世情的历史风貌，榻橥王安石新法成与败、喜与忧及其引爆的波诡云谲的社会动荡。作品主要人、事不虚，众多次要人、事无假，就是过场人和事也能在史料中找到根据；至于其间的河湟之战、女遮谷之役、永乐城之殇，都有史可稽。《千》主要人物不只是王安石，还有司马光、苏轼。说来有趣的是，这三人都一心报效朝廷，想为民办好事，是惺惺相惜的好友，但在新法中却成了冰炭不相容的陌路人。王安石与司马光曾是仁宗朝"嘉祐四友"中的挚友，暇日多会于僧坊，谈宴终日。然而，对信奉孔孟不言利的司马光来说，王安石的用钱撬动生产、富国强兵的新法，不啻是洪水猛兽。因之，司马光憎恶新法，与王安石成了死对头，且终生未解。苏轼与王安石、司马光本都相互敬佩，在官场上很是左右逢源，但他却在王安石新法当红时反对新法，惹得王安石不高兴；后又在司马光恢复旧法时大唱反调，弄得司马光大为光火。左右的人都被他得罪了，苏轼的官总是当不上去。说来挺有意思，王安石、司马光、苏轼都不主张纳妾。王安石未纳妾令人可敬，司马光未纳妾令人可畏，苏轼后来到底纳了妾，人们却微笑着认可了。此外，王安石拗，苏轼、司马光同样拗。王安石拗得刚正，苏轼拗得一派天真，司马光则拗得有点叫人可怖。三个拗人，就这么在北宋熙宁、元丰年间，因一场经济变革拗在一起，演绎了一场说不清、理还乱的千古绝唱故事。三人都千古风流，却又都饱受争议，遭人咒骂，走向与自己人生相反的方向。个中的审美意蕴还不够耐人玩味、揣摩、意想、领会吗?

《千》表现的是一个巨大而又复杂的审美世界。很显然，要讲述这样一个审美世界里的故事，红牙拍板杨柳岸显然承载不了这样的美学任务，唯有关西大汉铁板大江东，才能把王安石倡导的千古未有的新法故事，及其所蕴含的巨大而又深刻的历史社会、文化心理的审美容量，淋漓尽致、大气磅礴地表现出来。《千》别无选择，在审美品貌上，只能挑选赋有鲜亮的中国本土色彩的壮阔、刚大、苍莽和雄奇。因此，首先，《千》无可避免地要与宏大叙事结缘。《千》当然不放过众多生活细节和微情妙绪的描述，但着力清明上河图式的全景描绘北宋熙元年间林林总总、变幻莫测的历史风貌。其次，《千》无可避免地要与鲜活的人物审美表现联姻。《千》出现的人物上百个，当然都要极力把他们各自的形状、性情、心地、气质、性格尽意表现出来。在审美的世界里，《千》无贵无贱，无高无低，即使过场人物，诸如衙役、农夫、太监、宫女、贩夫、牢卒等，也毫不歧视，未敢怠慢，不去敷衍，务求寥寥数语，让他们活起来。再次，《千》无可避免地对“真”有着无限的敬畏。作为长篇历史纪实小说的《千》，在“真”字上千万马虎不得。《千》以元代丞相脱脱主编的《宋史》为基础，以众多别的史料为佐助，大事不虚，小事有据；主要人物有史可依，就是正史不载、野史难觅的王安石晚年在钟山的棋伴俞秀老、游伴杨德逢，苏轼落难黄州时追着来陪他过穷苦日子的书生马梦得、宫中的老宫女以及司马光的老仆人，亦皆不出自杜撰。最后，《千》还无可避免地对中国传统的审美方式情有独钟。《千》的审美方式很土、很传统，力求《千》里的人物，皆不能让他们有半点类似现当代人，言谈、举止、所思、所为皆是那个历史年代所有。即使大半辈子都未曾纳妾的苏轼在落难时竟纳风尘女子朝云为妾的情事，本很容易流于现代版，但《千》不愿为之，宁愿写成中国古代才子与风尘女子才有的很传统、很土气的情事纠葛。《千》讲故事时的文学语言也要让它亦雅亦俗，古色古香。唯如此，才能把《千》所赋有的鲜亮的中国本土色彩的壮阔、刚大、苍莽、雄奇的审美学品貌彰显出来。

《千》得以出版，我要特别感谢江西教育出版社的领导、熊阳主任及参与此书编审出版的诸位同仁。说起小说创作来，我挺羞面见人的。我年过古稀，也曾发表过几个中篇和若干短篇，数量少得可怜，质量也难拿上台面。然而，我却懵懵懂懂写起《千》，且一写就是155万字，可以想象得到，任何编辑最初看到此稿都会眉头一皱。熊阳主任的慧眼和担当，我是终身不忘的。我还要特别感谢喻致评先生。我与致评先生也是素昧平生。我曾为他女儿的一本集子写了篇不长的评论。后来接触一次，致评先生问我写了什么，我便把《千》给他，请提意见。致评先生看后，极力为我延誉。此外，涂和平、崔劲松、祝国华、钟焕澥、周玉保、乔南生、龙孝文先生都给了我许多鼓励和支持，加籍华人邓弘翌先生（Mr. Hongyi Deng）看过书稿并始终予以支持，在此一并表示谢意。我的夫人万兴华出了大力，看稿、打印、维修电脑、联系事项，付出了心血。我的孩子陈晓岸、陈晓苡，都看了书稿，谈了看法。就这样，《千》好歹问世了。

五十多年前懵懵懂懂许的愿终于还了。此愿还得如何，全凭学者、读者裁决。但愿《千》能为饱受争议和诅咒的临川先人王安石的在天之灵带来些许慰荐。

全书主要人物

王安石 新法首倡者，官拜同中书门下平章事，宰相；薨后诏赠三师中的太傅。

吕惠卿 王安石主要助手，人称“护法善神”，王安石首次罢相后，任参知政事，副相。

韩绛 王安石主要助手，人称“传法沙门”，王安石首次罢相后，代王安石为首相。

章惇 王安石主要助手，熙宁年初任编修条例官，元丰三年拜参知政事，副相。

曾布 王安石主要助手，熙宁年初任编修条例官，后任翰林院学士兼三司使。

邓绾 新法派重要成员，为官不正，熙宁五年任御史中丞。

李定 新法年少派成员，王安石追随者，元丰初任御史中丞，堂审苏轼乌府诗案。

舒亶 新法年少派成员，王安石追随者，元丰初御史，堂审苏轼乌府诗案。

吕嘉问 新法年少派成员，王安石追随者，市易司提举。

林英 新法年少派成员，王安石追随者，都水监丞。

司马光 旧法派宗主，天子赵顼驾崩后拜尚书左仆射兼门下侍郎，宰相，尽罢新法。

吕诲 旧法坚定维护者，御史中丞，以十大罪弹劾王安石。

吕公著 朝中重臣，天子赵顼驾崩后拜尚书右仆射兼中书侍郎，副相。

韩琦 朝中重臣，两朝顾命定策元勋，河北四路安抚使，反对新法。

富弼 朝中重臣，熙宁初年中书次相，反对新法。

欧阳修 文坛宗师，早年力助范仲淹庆历新政，不赞成新法。

文彦博 朝中重臣，四朝元老，任将相五十年，枢密使，反对新法。

冯京 朝中名臣，“三元及第”状元，反对新法。

蔡京 奸邪小人，开封府知府，五日内尽废免役法，深得司马光赏识。

张怀古 无功名秀才，受司马光青睐，任诉理所提举，后官至江宁知府。

苏轼 大才子，素有补偏救弊之志，先讥刺新法，后反对恢复旧法，一生不合时宜。

范纯仁 范仲淹之子，秉“我心如秤，不为人低昂”，先反对新法，后反对恢复旧法。

苏辙 苏轼之弟，受王安石器重当条例司检详文字，先反对新法，后反对恢复旧法。

郑侠 王安石门生，崇敬王安石，却以一疏一图害得王安石罢相。

国夫人刘氏 女尚书，后宫一等女官，后在江宁上元县梅影庵当住持。

赵顼 庙号神宗，一生都在推行新法，却几度动摇。

太皇太后曹氏 开国大将曹彬之孙女，反对新法。

太后高氏 太皇太后曹氏之外甥女，有女中尧舜之称，反对新法。

向皇后 谨守祖制，不干朝政，一心治理后宫。

曹佾 太皇太后曹氏之弟，封济阳郡王。

曹诱 曹佾之子，国舅爷，东阁门使。

王韶 西北边关大将，通远军知军事，成功收复河、湟。

向宝 西北边关大将，秦凤路都钤辖，助王韶成功收复河、湟。

李宪 西北边关大将，太监，西征主帅，熙河军总管，获女遮谷之战大捷。

种谔 西北边关大将，鄜延军总管，用兵怪异，大败羌兵，生擒西夏统军。

徐禧 以敕使身份统帅永乐城三军，宋代“宋襄公”，战死于永乐城。

高永能 绥德军兵马钤辖，年过古稀老将军，战死于永乐城。

乔内史 侍候太皇太后曹氏四十一年，由宫女、掌彩、典饰升任内史，监察后宫。

乔昌发 乔内史之弟，东明县大财主。

张德保 入内内侍省都都知，头号大太监。

高全福 内宫监押班太监，掌管皇宫采办。

目 录

第一卷 江山如画

第二卷　乱石穿空

第三卷　惊涛裂岸

第四卷　大江东去

第一卷

江山如画

本卷提要

一心洗刷国耻、重振汉唐雄风的天子赵顼需要一位能助他做成这件大事的辅臣，满脑子新法的王安石需要一位能实现他远大抱负的天子。君臣风云际会，推行了一场轰轰烈烈的新法改革。新法伊始，议论纷纷，立即遭到以韩琦为首的重臣、以司马光为宗主的名臣的强烈反对，即使是曾经力助范仲淹庆历新政的欧阳修对新法也不赞成。在中书省的五位宰执大臣中，秩列末位的王安石很是孤立，只能奏请天子创建制置三司条例司制订新法条例。条例司备受攻击。见官加三级的御史中丞吕诲在朝会中以十大罪状面对面弹劾王安石。总被司马光等人泼脏水的吕惠卿，也是王安石最为得力的助手，他以过人的智慧和口才，一举驳倒司马光。

第一章　王安石大殿入对百官皆惊
司马光府宅物议四座均诧

距今九百四十多年前的熙宁元年四月初四，刚过立夏，怪人王安石终于千呼万唤来到京都开封朝廷。孟夏天气渐渐燥热，东京开封一如往日一样繁华、富有、安详和太平。特别是食、色两业，更是以它前所未有的速度向前发展，也以它特有的魅力把大宋这座拥有百万军民的京都装点得花团锦簇、不同凡响。入夜，这要是在宋室开国之初，火禁森严，谁也不敢在朝廷规定的日子之外的晚上张灯结彩，整个开封城可说是个庞大的怪物，黑魆魆地蹲伏在大黄河南岸。然而，大宋帝国经过百年太平，开国皇帝赵匡胤定下的法度不少已经松垮，有的甚至废弛。火禁在仁宗时就开禁得差不多了，经过英宗，到了第六任皇帝、驾崩后庙号叫神宗的赵顼登基，整个京都入夜灯烛辉煌，声光相乱，笑啼杂之，如同仙境。北食店、南食店、川味馆、素食铺，整个夜市，三更才罢，五更又起，几乎通宵不绝。

然而，这天京都开封官场却有了异动。刚召回京师出任天章阁侍制、右谏大夫、御史中丞的吕诲，以往总是杂役在衙门前面挂上申牌后半个时辰，才会步出乌府衙门，坐着四人抬的官轿回家。但今天，申牌刚挂在衙门前面，散班鼓声刚起，乌府御史台大院两排柏树上晨去暮来的乌鸦也未来一只，吕诲就走出签押房，起轿回家。

四月初四是个令人难忘的日子。去年正月，一心想富国强兵、洗刷国耻、做大有为之君的天子赵顼登基之后就广求直言。直言是宋代士大夫最为乐此不疲之事，许多人都向天子上书进言，但无一人的上书合天子之意。一年三个月过去，倒是从未进一言的江宁知府王安石被召到京都开封，当上翰林学士。不久，也就是四月初四这日，天子赵顼在正衙大庆殿让王安石越次入对问政。这个王安石，当了二十多年地方官，不仅拒绝过大宋第四任皇帝仁宗的高位，也拒绝过第五任皇帝英宗的要职，就是本朝天子赵顼在登基后的第三个月也下诏要他到开封来当自己的贴身近臣知制诰，并着即赴阙，此公皆以疾辞，以至于弄得赵顼不悦，认为他嫌官小，另有所要。王安石实在是个令人费解、叫人感到难以捉摸的怪人。然而，说来叫人感到更加难以理喻的是，王安石越是一次次谢绝朝廷授予的高位，也越来越使他身上笼罩着一层神秘的厚纱，越来越获得满朝文武百官极想获得的官声，当然也越来越使得满朝文武百官急欲一睹此公的真面目。许多人认为：此公不同凡响的特立独行，一定深藏着卓越的睿智和非凡的志向。渐渐地，士大夫们皆以不能结识王安石为一生最大憾事。许多人几乎达成一个共识：此公不当大任则罢，但凡身肩大任，则太平盛世指日可待，天下苍生皆承受他的恩泽。

终于等到熙宁元年四月初四，此公真面目浮出水面，当朝天子赵顼在正衙大庆殿召他越次入对问政，而且要一大批官员旁听。按照宋制惯例，国朝翰林侍读侍讲学士、龙图阁学士、密旨学士，才有资格与天子在正衙大庆殿入对，议论时政。此时，王安石还只是普通翰林院学士，且排在末班。排在他前面的还有翰林学士承旨王珪、翰林侍读学士司马光、翰林学士吕公著，王安石根本未上与天子入对的级别。年仅二十一岁的当朝天子赵顼确实给足了王安石的面子，这没法不叫满朝文武百官感到震惊。不过，此公的容貌却很叫人大失所望。此公虎头牛耳，一身土气，为官二十多年，却和乡下人一个样：衣着太不讲究，补服已经很旧了，彩丝绣成的孔雀褪了色，与满朝百官鲜亮的补服相比，实在是显得太马虎了；乌纱帽后面，有几根乱头发露出来，也不塞进去。可以想象得到，此公平时不修边幅、邋遢到一个什么样子。只是那双点漆般黑得发亮的眼睛，顾盼之间，英气逼人，有股子拗劲，因之一种矫世变俗之态慨然而生。王安石面对满朝文武，用带有他家乡南方江南西路抚州临川县他家乡那生硬的、土里土气的官话回答天子赵顼提出的百年大宋何以积贫积弱到令人痛心地步的原因时，直言："宋有'三乱'。"

赵顼："何为'三乱'？"

王安石："刑名乱、官制乱、民心乱。"

赵顼龙颜一震。

百官一笑：本朝百年太平，边无战事，内无祸乱，谁不言当今盛世？你王安石不是特迂吗？

王安石再言："宋有'一冗'。"

赵顼：“何为‘一冗’？”

王安石：“官冗。”

赵顼龙颜一沉。

百官一愣：朝廷官源，一是科举，二是推恩，且官越大，推恩、提携的越多。你王安石逞什么能，与满朝文武百官作对，这不是有病吗？

王安石三言：“宋有‘一失’。”

赵顼：“何为‘一失’？”

王安石：“天下钱财尽流失到了形势户家。”

赵顼龙颜一惊。

百官一颤：形势户者，权贵豪门、皇亲国戚之谓也。孟子曰：“为政不难，不得罪于豪门之家。”你王安石不是天字第一号傻瓜吗？

王安石四言：“宋有‘一缺’。”

赵顼：“何为‘一缺’？”

王安石：“有用人才特缺。”

赵顼龙颜一快。

百官一恐：我等皆酒囊饭袋，就你王安石行，你要把满朝文武百官怎样？

王安石五言：“宋有‘一耻’。”

赵顼：“何为‘一耻’？”

王安石：“岁币辽夏，使我大宋脸面丢尽。”

赵顼龙颜一愧。

百官一恨：你王安石不是哪壶不开提哪壶吗？大宋建国百年来，最感耻辱的不就是用钱买来的和平吗？这个王安石也太不顾全大宋君臣的脸面了，这不是活腻了吗？

百官以为王安石该说的话说完了，但王安石还有话要说：“陛下，宋的‘三乱’‘一冗’‘一失’‘一缺’‘一耻’，皆因宋有‘一无’。”

赵顼：“何为‘一无’？”

王安石：“今朝廷法严令具，无所不有，而臣以谓一无法度，何哉？方今之法度，多不合乎先王之政故也。”

赵顼龙颜一喜。

百官一疑：王安石不是要把太祖太宗制定的祖宗之法都变了吧？许多人知道，王安石刚才所说的这番话，实则是早在十年前上仁宗皇帝万言书中就说过。此公所说的先王，指的是几千年前的二帝三王，谁讲得清楚那个时候的事？朝廷要进入多事之秋，会出大麻烦。

百官开始在做退朝准备，但王安石那带有他家乡南方江南西路抚州临川县生硬的、土里土气的官话仍在延庆殿响起：“陛下，大宋唯有更张，才能富国强兵，洗刷国耻！”

赵顼龙颜尤喜。

百官苦了，却又不得不喜，不过喜得很勉强，有的喜得还有点夸张，心里却在想：这下朝廷要乱套了，有好戏看了。

王安石说了那么多话，质言之就八个字：富国强兵、洗刷国耻。大殿里的百官皆都受到震惊。王安石算是出尽了风头。此公本来是去年九月下诏除授翰林学士的，但到今年四月初三才到京赴任。时间拖了七个月，一是因为从江宁到京都路途遥远，二是王安石知江宁府的交盘工作费了点时间，三是王安石确实不想那么快进京。此公到京的第二天，当朝天子赵顼就在正衙大庆殿要他越次入对，且时间很长，从卯时到午时，足足三个时辰。王安石高奇的言论简直把赵顼迷住了，越谈兴致越浓，越谈越有滋味，腿不酸，口不渴，肚不饥。腿不酸，是因为王安石越次入对时就打破本朝五十年成法，提出入对问政应当赐座。赵顼居然恩准。宋代宰执大臣上朝都得站着，不能坐而论道，王安石这个在官场走江湖的地方官越次入对，就座而论道，真是说多风光就有多风光。口不渴，是因为当值的御前太监不停地给赵顼和王安石续水。肚不饥，是因为王安石忘了饥。此公读起书来，办起事来，经常要亏待自己的肚子，忘记了人有个肚子是要吃饭的。

然而，这下可叫满朝文武百官受罪了。他们都一直毕恭毕敬地站着听王安石对赵顼侃侃而谈。年轻点的，身体好点的，熬熬倒也能挺得过去。那些年纪大的，身体不好的，就遭灾了。刚进中书当上相的曾公亮也一样站着。曾公亮官衔是中书侍郎加门下侍郎兼吏部尚书，天子是相当给脸的，但年过古稀，差点没累得昏过去。他本想靠在他旁边哪位大臣身上稍事歇息歇息，便用眼角给对方打个招呼，可眼角视线刚移过去，马上收了回来，自己的身子骨不由得硬撑着挺了挺直。原来班列在他身边的同中书门下平章事富弼比他更糟糕。富弼比曾公亮小六岁，是年六十有四，且有足疾，也在硬撑着。再过去是参知政事唐介，此公常年闹病，很有点支持不住的样子。好在此公旁边年过半百的参知政事赵抃身子骨还硬朗，常用手搀扶着他，要不然唐介早躺在大庆殿上。算来只有枢密使文彦博自始至终纹丝不动地站在班列之中，像平日一样端重有威。但，就是文彦博，旁边的几位大臣发现他额上渗出汗珠。不过，即使这样，大庆殿两边站着的、心里不停地责怪王安石的文武百官，还是不得不佩服王安石高奇言论中有着过人的政治智慧。

入对问政总算结束，百官回衙，各人忙各人的事，无事则在衙门内喝茶、聊天、吹大牛。到了酉时，散班的鼓声响起，百官起轿回家。这一切，与往昔并无二致。但，当夜幕降临，满城的灯火像天上的星星瞬间点燃时，京城开始骚动起来。本来曾公亮刚擢升为上相，朝廷稳定了，但谁都知道，曾公亮的擢升，是因为当朝位极人臣、一言九鼎、八面威风、功高盖世、两朝定策元勋韩琦老相公被言官御史中丞王韶臣弹劾，闭门待罪，坚辞相位，天子赵顼怎么挽留也没用，只好让曾公亮走马上任，接替韩琦。曾公亮年过古稀，显然是个过渡宰相。因之，此时天子赵顼召王安石越次入对，再笨的官员对个中的玄机也不可能一无所感。

吕诲是朝廷名副其实的言官。言官是谏官和御史官的合称。谏官掌谏王恶、补阙拾遗，以规谏讽喻天子为本职；御史掌纠察百官、肃正纲纪。这样吕诲就一身而两兼了，不仅权重，而且出入皇宫方便。御史台的正职是御史大夫，在汉唐与丞相、太尉合称“宰相”。但在宋代，御史大夫只是本职之外的一种荣誉虚衔，因之，御史中丞实际上是御史台的台主。右谏议大夫、御史中丞吕诲官序三品，算不得特别高，但总领禁中的殿院、朝廷的台院和察院，是朝廷的耳目，国政的喉舌。凡朝政得失，上至中书、门下、尚书三省大臣，下至百司官员，事有违失，皆可谏正；且可风闻言事，又不负言责。这当然是大宋开国皇帝赵匡胤精明之处：让言官放胆监察纠劾满朝文武百官，满朝文武官员则时时感觉到天子有许多只睁得大大的眼睛在盯着自己，一辈子夹着尾巴做人；又不给这些台谏官高位，权重位不高，尾巴也翘不到哪里去。两方制衡了，利在社稷，益在皇权。大宋开国皇帝赵匡胤为大宋江山呕心沥血，绞尽脑汁！

说进出皇宫方便，是因为右谏议大夫隶属于门下省。因之，吕诲无须天子的诏令，可以随时进出皇宫的外廷。御史中丞吕诲是开封人。此公来头不小，祖父就是赵太宗说的那个“大事不糊涂”的宰相吕端。吕诲的家住在开封最繁华的寸土寸金的北州桥边。当然，大宋开国之初，这里还是草履败屋，经过百年太平，随着开封的繁华和扩张，这里已经是甲第星罗，商埠华宅，连绵十里，竞相豪华。至于茶楼酒肆，门口摆设着红绿杈子，门上方悬挂着贴金帘幕，厅院廊庑则挂满簇新的红纱栀子灯，入夜则灯烛辉熠，上下相照，好不五彩缤纷。所居则堂宇宽静，大都三、四厅，厅之前后，满植花卉；小室垂帘，茵榻横陈；林苑湖池，曲廊相连。好不富贵雅致。穿城而过的汴河、广济河、蔡河桥下水道，官船、游舫、小艇、渡船、竹筏、木筏，穿梭往来，船户呼唱之声，此起彼落，真乃好一个富贵之地，温柔之乡。往日，坐在轿中的吕诲总要挑开轿子两边的布幔，美美地陶醉在京都开封的繁荣景象之中。不过，今天他失去了往日的兴致，只是一个劲催轿夫赶路。然而，路上人太多，车太挤，本来吕家离乌府不过三里，却走了近半个时辰。当吕诲轿子在府宅前落下时，开封已到了掌灯时分。

大宋有规：京官一律赁屋或自营，即使宰执大臣，概莫能外；只有立过大功的勋臣、皇亲及帝眷厚深者，天子才赐官宅。不赐官宅，当然给京官增加了一笔不小的开销，但也给他们带来一个好处：各人可以按自己的意愿租赁和建造宅第。因之，北州桥一带便成了一大帮皇亲国戚、豪门权贵以及被大宋削平的诸国王侯陪臣的首选。京都人会享受生活。吕诲是开封人，一眼就看中北州桥一块好地，盖上一栋带花园的宽宅。不过，除了享受这里的繁华温柔生活外，还因为朝廷许多要员大吏居住在这一带。这些人都是言官监察的对象。言官者，天子之耳目也。言官不住在官多的地方，莫非住在贫民窟去监察那些穷苦的平头百姓不成?

言官重要又可怕，御史中丞吕诲就更是谁也惹不起的人。此公是朝廷的名嘴，谁都敢骂，谁都敢弹劾。吕诲的名气是在弹劾大臣和敢跟天子较真的抗争中建立起来的。五年前，也就是英宗治平二年，朝廷发生一场史称“濮议”的大争议。当时还只是侍御史知杂事的吕诲不仅以“五不忠罪”弹劾三朝拜相、两朝定策的上相韩骑，又与时任御史的范纯仁一道弹劾枢密副使的欧阳修“首开邪议”，而且跟英宗较真，唯恐天子不发怒，在英宗面前表现得相当傲慢无礼。英宗不同意他的提议，此公就以闭门辞职相胁。当时，满朝文武百官都认为吕诲疯了。韩琦极得天子圣眷，太后倚重，一言九鼎，八面威风。欧阳修名重一时，门生故吏遍布天下，有几个言官会真正跟他们过不去的？然而，吕诲不管这一切，且出手很重，这个吕诲岂不是拿鸡蛋碰石头，自己找死吗？吕疯子却全然不顾，继续一而再，再而三地上奏，前后七次，把韩琦、欧阳修弄得灰头土脸，尴尬难堪，闭门待罪，吕诲也付出了沉重的代价，既没有把他们扳倒，反弄得自己下迁到蕲州当知府。但，吕诲却因之名声大噪，朝野上下，一时推其耿直，就是英宗也特别看得起他。这不，英宗驾崩不久，御史中丞王韶臣弹劾韩琦专权，奸言惑乱圣听，想把韩琦打入奸臣另册，弄得韩琦不得不又一次坚辞相位。王韶臣当然也付出了代价，给外放到地方当知府。御史中丞位子空了出来，刚登基的天子赵顼就想到吕诲，把他召回京都，擢他为天章阁侍制、知谏院、御史中丞，背后虽然不少人骂他"疯子"，但却是又一次名动京师，天下风传。

吕诲这个人性情上倒没什么不良，但京都开封的官员，不论识与不识的大都不愿意跟他打交道。此公有种叫人感到特别不舒服的优越感，总觉得自己天生比人高一等，也总是居高临下地看人。这一来是因为他是京都开封人。京都者，天下中心也。京都人自然见多识广，人生的各种机会也多。不过，更主要的是因为他是前朝大名鼎鼎的"大事不糊涂"的吕端宰相的孙子，能不比别人，特别是那些外地乡巴佬官员高明、高超、高贵吗？不过，你不愿意同此公打交道，此公也不妄与人打交道，不要说朝廷识与不识的官员，就是故人、亲友也无有来往，开封的老邻居也没谁能跟他相交得上。此公脾气怪，谁都得同意他的意见，要不然就没个好脸色。能跟他相处得好的人实在少之又少。受他雇聘的负责公文管理的挂号、负责书函及公文起草的书启，以及师爷、账房，没几个能干得长的；家中的男仆、女佣，在他面前总是惴惴的，就是门者，也常常更换。大家总觉得吕诲有意找家里人的岔子，只有管家张得喜一直待在吕家。此人鬼精鬼精，总能揣摩到吕诲的心思，事事对吕诲的心路。

吕诲在家里也是个疯子，家里人都怕他。吕诲下得轿来，直奔正堂。一听到庭院响起老爷的脚步声，新来的厨子吓得出了一头的汗。吕老爷一回家，就要立即把一桌热腾腾的饭菜摆上来。菜刚起锅不行，吕老爷要骂人：你们想烫死我呀！提前准备不行，菜冷了，吕老爷要骂人：你们想把我肚子吃坏呀！早了不行，吕老爷要骂人：你们不见我在忙吗？想我耽搁朝廷大事！迟了不行，吕老爷要骂人：你们都死了，想饿死我呀！菜淡了不行，吕老爷要骂人：你们成心不想叫我吃饭呀！菜咸了不行，吕老爷要骂人：你们成心想不让我吃呀！

平日，吕诲总要迟半个时辰散班回家，有时甚至戌时才能开饭。不过，此时管家张得喜却显得不慌不忙，把四盘炙好的烤牛肉，醢好的碎猪肉以及狗脯、羊肠和现成的一壶清酿酒叫厨子端到书斋去。平时，正常情况下，吕老爷也是和家人一起在饭厅用膳，但不正常情况，如今天提前下班，吕老爷就要一个人在书房里用餐，一边吃一边随手翻翻书架上的书、邸报、往来的文牒等等。吕诲是科班出身的官员，二十几岁就进士登第，也应该算是饱读诗书之士，读书既是他的习惯，也是他的兴致之所在。

吕诲穿过前堂，沿着天井边的过道，来到自己的书斋，早有侍候吕老爷的丫环把书房的门户牖窗打开。吕诲在书桌前刚坐定，那边张得喜亲自用托盘把现炒的四个菜和一壶酒端了上来。吕诲总是板着的脸露出了难得的笑容。新来厨子的这顿臭骂总算过去了，一府的人也松了口气。不过，吕诲此时嗓门又大起来了。不用说，吕诲又骂人了。只要吕诲骂人，府上的人就都尽量离他远远的，要不就是自找没趣，一顿臭骂就落到此人头上。然而，此时又有何事不顺心呢？吕诲左手端起酒杯，喝了口酒，右手拿起筷子，指着书房门外：“轿！轿！”

吕诲平日晚上并不常出门，今晚却好像急着要出门，要不叫轿干什么。管家张得喜小小心心、满脸堆笑出现在书房门口，低声道：“老爷，准备好了，就在银杏树下。”吕诲立即不出声了，用筷子夹了块羊肠到嘴里。这个张得喜，真是吕诲肚子里的蛔虫，吕诲什么心思，都一清二楚的，老爷还没开口，就知道吕老爷饭后要出门。

吕诲在丫环小小心心侍候下喝完酒、吃完饭，快步走过天井，来到前堂，果然见一顶大轿停在庭院的两棵银杏树下。这两棵银杏树，是吕诲的爷爷——“大事不糊涂”的吕端——栽下的，此时已高出天际，枝叶繁茂，亭亭如盖，成了参天古木。

吕诲上了轿，四个轿夫抬着大轿出了府宅，向东直奔鹅颈巷。城东，青楼烟花地也。官商巨贾，才子通儒，狎妓侑酒，是一时的风尚。师生同度，官僚共饮，皆无顾忌。只要不耽误公务，可以放胆进出青楼酒馆。倘若不通此道，反被看不起，人则目为异类怪胎。吕诲岂能免俗，家有妻妾，外有相好。不过，吕诲与那些达官贵人、才子通儒不同。他既不上青楼找花娘快活，也不登酒楼要歌姬陪酒，却与鹅颈巷妙云观的女冠谢道姑相好。不过，今日，吕诲却不是到鹅颈巷妙云观去跟女道姑快活，而是到城西司马光家去。“笨！笨！笨！”吕诲心里骂，撩开轿边的帷幔，嚷道：“西！西！”一句话，吓得四个轿夫面面相觑。好在是在大街上，吕老爷似乎顾忌一点自己的身份，要在府上，肯定少不了一顿狗血喷头的臭骂。不过，府里的人都给老爷骂惯了，早麻木了。吕老爷骂几声，权当挨老子的骂。

大宋开封府城建格局，城北皇亲权贵，城东青楼酒馆，城南富商巨贾，城西文人雅士。司马光的府宅又是城西的城西。这里远没有城北的恢宏气派，城东的旖旎温柔，城南的富贵豪华，但却有着特有的雅静幽秀。这里的建筑一律青砖平屋，门前植有大树，或松、或柏、或樟、或桐；青砖围墙的院子里栽着密密的翠竹，昼有小鸟啾鸣，夜有虫声不断。这里见不到成群结队的红男绿女，大腹便便的高官巨富，也听不到笑声浪语和肉竹相发之音。吕诲的轿子一路过去，一路响起轿夫踩在青石路上清脆的脚步声。

司马光的府宅不大，标准的三开间。府宅旁一棵大槐树的浓叶把天上星光全遮住了，使得门边两只石狮显得更加肃威庄重。吕诲的大轿没敢直趋司马光府宅，却在二十丈外的地方停下。满朝文武百官不敢惹也怕接近的吕诲却独厚司马光，司马光也十分看重吕诲。这不仅因为司马光是本朝公认的第一正人君子，文章道德，朝野闻名；也不仅仅因为司马光学富五车，通古今之变，名望高，人脉广。除了这些外，还有一个重要原因，是司马光出身于西京洛阳名门望族，父亲司马池曾当过天章阁待制。这在大宋朝名相吕端的孙子吕诲看来，才门第相当，没有委屈自己高贵出身。不过，今晚吕诲到司马光家来，主要想在司马光这里了解一下官场对王安石越次入对的反应。王安石与司马光的私交不浅。仁宗朝的嘉祐年间，王安石、司马光、吕公著、韩维正好都在京都开封为官，暇日多会于僧坊，吟诗饮酒，谈论天下事，他人罕得参与，时人目之为“嘉祐四友”。当朝天子赵顼把吕诲召回京都开封不久，吕诲就发现许多朝臣还不知道一心想做大有为之君的赵顼正在悄悄地谋划一件事，也就是一直在物色一位能辅佐他富国强兵、洗刷国耻的大臣。开始，中书现任的曾公亮、富弼、唐介、赵抃四位宰执大臣也曾是赵顼心目中的重要人选，要不然就不会要他们进中书。但没多久，赵顼就对他们失望了。接着，司马光、吕公著、王安石成了赵顼心目中的这种大臣的人选对象，要不然就不会在去年九月同时点这三个人的翰林。不过，渐渐地赵顼对吕公著失去了兴趣，只把目光集中在司马光和王安石身上。然而，从今天的情况来看，赵顼的目光显然只盯在王安石一人了。虽说司马光与王安石是同时点的翰林，但在翰林院司马光不仅名列在王安石之前，而且还多了两个王安石所没有的官职：右谏议大夫和翰林侍读学士。可别小看了这两个官职：右谏议大夫也是言官，不仅可以监察百官，也有弹劾权，且可以对皇上的言行说三道四；翰林侍读学士则不仅可以随时跟皇上商论朝政，而且可以定期在经筵上给皇上谈经说史。在朝廷，这都是很吃香、很令人羡慕、也很叫人可怕的官职。当然，吕诲十分清楚，司马光与他不同。司马光这个人有静气，不会随随便便使用右谏议大夫的弹劾权，但在关键时刻、关键问题、关键人身上，司马光却也不会不使这一招。若是这一招使出来了，那就非置对方于死地不可。只是叫吕诲不明白的是，赵顼何以看不上品德学问都无可挑剔的司马光，却看上那个言行古怪、不修边幅的王安石。

吕诲下轿，就隐隐看见大槐树的黑影里停了不少官轿，马桩上拴了好些马。吕诲没想到这么多人比他还早就到了司马光的府上，脚步不由得加快了。门者早就认得吕诲，见吕诲从轿上下来，立即恭身站在门边。吕诲来访，不用通报，可以直趋宅内。这自然是司马光给吕诲的一种特殊礼遇。吕诲给门者二十文“门敬”钱，门者正笑眯眯地接过钱时，见一个老仆人提着灯笼过来，忙把手反放到背后。吕诲认得，这就是那个服侍了司马光大半辈子的老仆人。这个老仆人挺有意思，总一口一声叫司马光是“君实秀才”。“秀才”在平头百姓眼里是个了不得的称谓，但在官场却什么不是，然而司马光却一点也不见怪；老仆人叫他的官称，反很不自在。老仆人在司马光家很有地位，上上下下都尊重他，就是司马光家的亲属也不敢把老仆人不当一回事。老仆人提着灯笼在前面给吕诲吕大人照路。

吕诲总说司马光是个好人，认为此公物欲淡泊，不喜奢华，不贪钱财，也不近女色。当下不要说京都开封，就是州县的朝廷命官，鲜有不纳妾、不养歌姬的。司马光老夫子就未纳妾，又因为不养歌姬，府宅里总是冷冷清清，听不到半点丝竹管弦之声。此公府上最多的是书，书房、卧室、客厅里总能见到书。此公府上也不点花蜡，只在过道和转弯处，点有油盏，荧然欲灭，微弱的灯光刚能分清一丈外的物体。当时邓州花蜡闻名天下，官府与那些富庶人家皆把油灯换成了邓州花蜡，但司马光家还是舍不得用。这个翰林院大学士兼侍讲，天子身边的顾问大臣，一生奉行衣取蔽寒、食取充饥的节俭原则。吕诲有眼疾，眼底发干、发胀，视线自然差多了。好在老仆人把灯笼几乎提在吕诲脚前，口里还不停地提醒吕诲。吕诲在老仆人引导下，过明间，绕萧墙，来到庭院。庭院两边灯柱上点着花蜡。花蜡亮光把庭院照得半明半暗。吕诲清楚，朝廷每月按官职发花蜡。这个司马光，不是家中有客，这些花蜡一年难得点上一二回。

老仆人先进大堂禀报司马光去了。吕诲刚上大堂台阶，就听到有人在叫："快有请吕中丞。"听声音，吕诲知道是司马光。然而，这时奇怪的事情发生了。司马光的话音刚落，吕诲就听见大堂里有阵杂乱的脚步声传来；再抬头一望，大堂内西壁上人影散乱，时现时匿。当他一出现在大堂门槛外时，大堂里立即鸦雀无声，一屋的客人都端坐在自己的座位上，映在壁上的人影也一动不动。吕诲是个明白人，清楚朝廷中有不少人在背后骂他是"疯子"。这一点，从司马光大堂里此时的情景就可以看出来，但越是这样，吕诲越是得意。这说明自己在满朝文武官员中分量还是不轻的。他也很有点瞧不起这些人。你们要是君子，对朝廷一片忠心，光明磊落，平时不做半点亏心事，半夜敲门心不惊，怕什么言官呢？言官不过用嘴巴说说，一不抓你，二又没有权力撤你的官。怕人家说的人，皆小人也！

吕诲一进大堂，在邓州花蜡的光照下，看到里面已济济一堂。正北桌案右边的官帽椅上坐着司马光，桌案左边的官帽椅空着。大堂中间左右两边对称摆着的四排交椅上都坐了人，东西两壁交椅上也是人。尽管官员们平日并不喜欢跟吕诲打交道，心里既怕他、防范他，也厌恨他，但在场面上，做得并不难看，早有人一迭声音跟他打招呼，讨好他，把座位让给他。吕诲很讨厌这种人，也很看不起这种人。司马光请吕诲到桌案左边官帽椅上去坐，吕诲哪里肯去。吕诲眼睛不好，身边有个人把他拉过去，按他在官帽椅上坐下。吕诲开始还没看清是谁，直等到这个人从另外一个地方拖了张椅子过来，在他旁边坐下，才认出此人是范纯仁。此公很有点来头，家父是大宋仁宗朝鼎鼎有名的参知政事范仲淹。不妄与人交的吕诲鲜有朋友，但与范纯仁还是有交情的。治平年间，范纯仁也是言官，在御史台当御史，二人还联名弹劾过当时的参知政事欧阳修。范纯仁现在是京西路陕西转运副使，前些日子，吕诲听说天子召他回京都，没想到范纯仁就已回京都来了。二人以前有交情，重逢自然有热情。明亮的花烛下，吕诲不由得打量了范纯仁一下。范纯仁还跟从前一样，胖胖的，朝中许多人都叫他“范胖子”。范纯仁脸上总摆着一副我心如秤、不能为人低首的表情，又有一只像土财主一样大腹便便的松软肚子，给人一种很怪诞、很不协调，也叫人很不舒服的感觉。吕诲知道，朝中不少人很不喜欢范纯仁脸上那种表情，也常常笑他的那个土财主一样的肚子。笑什么笑，吕诲心里清楚，其实这都是因为范纯仁当言官时敢讲，弄得这班小人胆战心惊，半夜睡不成一个安稳的好觉。吕诲猜，范纯仁今晚到司马光府上来，不用问，也是因为司马光与王安石是嘉祐四友中的老朋友，想通过司马光打探王安石的情况。

吕诲屁股在交椅上落定，扫了一眼大堂里的大小官员，约莫二十几位，一个个都规规矩矩在交椅上垂足而坐。这些官员，虽然没几个直接打过交道，但吕诲还是认得，他们大多是六部、五监、九寺的郎官。此外，开封府推官李寿昌也在座。此人只要谁官比他大，他就拍谁的马屁，走谁的门子，叫人很是感到讨厌。吕诲早打算找此人好好聊聊开封的治安。吕诲小时候的开封治安可没这么乱，但这些年越来越乱。偷盗事件不说，街头斗殴每日不断，一些无赖、地痞、游手好闲之徒，每日穿士服，蹑丝履，花天酒地，呼朋引类，真不知他们的钱财是怎么来的；更叫人担心的是这些人斗狠成性，漫无法纪，抢地盘，打码头，弱肉强食，横行霸道，闹得鸡犬不宁。开封府的人都干什么去了？也不管一管。吕诲只是跟李寿昌点点头。他今晚不是跟开封府的这个推官谈开封治安，而是看看这些官员对今天当朝天子赵顼与王安石入对问政有些什么反应。

大堂的气氛一下子给吕诲的到来给破坏掉了。大家只是坐在自己的交椅上低头喝茶，谁也不出一声。吕诲看到，范纯仁朝对面坐着的人说：“你说，你接着说。”

吕诲认得那人姓曾名布，字子宣，三十来岁，很有来头。他本人虽然只是个怀仁县令，眼下正在京待授新职，但他的胞兄却是当朝文章大家、中书舍人曾巩。曾巩又是今天越次入对、鼎鼎有名的王安石的同乡和朋友。此公原本慷慨激昂，滔滔不绝，但此时却什么都不说了。吕诲猜，曾布不再开口，不一定全是因为自己的到来，只不过自己的到来使他更加不愿开口。吕诲清楚，别看这些人表面上对言官恭恭敬敬、客客气气的，像祖宗一样侍候着，其实内心里并不很看得起言官。在那些人眼里，言官不过是仗着老祖宗定下的规矩，才有个风门闻言事的权力，可把言官补服一扒，看你还神气不！后来，吕诲才知道曾布不再说话，是因为他刚才一番言论遭到好几位老郎官的讥讽。这些老郎官，说本事没本事，只会寻章摘句混饭吃，懒得跟这些老朽争长论短。吕诲注意到，烛光中曾布的脸涨得通红，有种跟谁吵架的味道。此时，曾布不想再争了："完了，完了，说完了。"

吕诲看到，曾布不说，其他人也不说，大堂鸦雀无声。大堂天井外的上空，远处有缥缈的肉竹声传来，不绝如缕，恍若仙曲。吕诲碰了碰范纯仁的手臂，又用下巴指了指对面的曾布，意思是问范纯仁：曾布刚才说了些什么。范纯仁侧过那张我心如秤的脸，几乎咬着吕诲的耳朵，说了三个字："以后说。"

司马光家大堂融洽的气氛陡地沉寂起来，烛光中，吕诲看见司马光有点尴尬，好在此时司马光的管家带了两个家仆过来，给茶几上果品。司马光好客，但不奢华。司马光宴请客人，酒不过三巡，菜肴不过干牛脯、醢猪肉，果品也止于梨枣之类，不像当朝士大夫，酒非宫中法酒不上桌，菜非远方的珍异不入盘，果品也多是岭南的荔枝、宣化的葡萄、汾阳的核桃、越国的菠萝。酒菜摆了一桌，让客人吃得昏天黑地，东倒西歪，丑态百出。司马光不搞这一套，酒菜果品吃光了再添。但这不影响与人的交往，朝廷许多官员还是相当乐意到他家做客。此时家仆上的是枣子，大家便装起疯来，捡大的往嘴里塞。大堂的气氛这才又活了起来。吕诲吃了颗枣，喝了口茶，见坐在他对面的曾布又忍不住说话了："大才子苏轼兄弟不日就要到京，这下京都又要热闹起来。"

大才子苏轼兄弟的消息，果然引起大家极大的兴趣。说到大才子苏轼，朝野上下可以说无人不知。此人天资聪敏，悟性难有人敌，十岁闻古今成败，辄能语其要；比冠读《汉书》，任人从书中挑出一字，即可从那个字开始背诵，一字不漏。嘉祐二年，年仅二十岁的苏轼偕同他年仅十九岁的弟弟苏辙双登进士第。四年后，大才子苏轼兄弟又在制科中获胜，兄三等，弟四等。别小看了制科三等。制科比进士科高一等，一、二等皆虚设，三等与状元一样。在宋代，中状元的有一百一十八人，中制科三等的只有二人，苏大才子就是其中一个。民间对苏大才子就更是涂上一层厚厚的神秘色彩。说苏轼是开封府鼎鼎有名的皇家寺院兴国寺的高僧五祖戒禅师转世。平头百姓在自己所喜爱的人身上添多少浓烈的神秘色彩也在所不惜。第四任皇帝仁宗对苏轼兄弟也十分赏识，大才子苏轼兄弟双双制科获胜那年，仁宗回到后宫，高兴得不得了，对后妃说：“吾今为子孙得太平宰相两人。”吕诲发现，六部、五监、九寺的郎官更是对大才子苏轼充满了好奇，都转过头去望着曾布。

曾布慷慨激昂起来：“当今天子十分器重大才子。非常之世必有非常之举，非常之举必用非常之人，用非常之人必有非常之事，大才子苏轼兄弟来得正当其时。”这个曾布是嘉祐二年与苏轼兄弟的同年进士。因之，说到大才子苏轼，兴致特别高。

“可笑!”吕诲心里斜视了曾布一眼。此人也特狂，特不知天高地厚。“非常之世”“非常之举”“非常之人”“非常之事”，这样的话也是你曾布说的？你小子是哪里来的芝麻官，就这么“非常”起来，也太大言不惭了，太不知人间“羞耻”二字了。吕诲很想说他几句，话到嘴边，又忍了下去。他觉得这人的官太小了，不值得他去说，对付这种人有的是办法。

曾布的话在大堂引起一阵躁动。椅子的移动声、跟侧座的人私语声四起。开封府推官李寿昌朗声道：“是这个道理，我大宋这下有了柄国大臣了。”

在座的都清楚，开封府推官话中的柄国大臣，指的是大才子苏轼。吕诲明白，李寿昌如此抬举苏轼，是因为苏轼名声大，今后肯定飞黄腾达，仕途绝对不可估量。这个在官比他大的人面前就要拍马走门子的李寿昌，岂会错过这么一个好的拍马机会？吕诲很不屑地瞟了李寿昌一眼，心里骂了声“浅薄”，你小子懂什么。不错，当今天子是很赏识大才子苏轼兄弟；特别是对苏轼，闲余时间，常常把玩他的词赋。但大才子苏轼兄弟此次进京是母亲去世守制期满，回吏部报到。天子根本不知道大才子苏轼兄弟进京这件事，何来柄国大臣之说。不过，吕诲没理李寿昌。这种小官，理他是抬举了他，没这个必要。大堂里又谁都不说话了。有的品茶，嘴里啧啧作响；有的望着大堂四壁的字画；有的在玩弄自己的指甲，似乎指甲里有什么秘藏。

大堂里气氛谨慎怪异起来。一会，一个身材矮小其貌不扬的人道：“苏大才子艳福不浅。”

吕诲一看，此人是陕西转运副使薛向，鬼精鬼精的样子。吕诲看不起薛向这种人。薛向虽然挺会办事，但这人没有功名，只会用财做买卖。薛向这个时候插入这句话，大堂里的气氛又立即活了起来。没有什么话题能像这样的话题那样刺激男人的神经。古往今来，官、吏、僧、道、医、匠、工、娼、儒、丐，五行八作，谈男说女，永远乐此不疲。六部、五监、九寺的郎官平日在衙门总一本正经，这回也难以正经起来，一起转过脸去望着薛向，一脸不怀好意的神秘怪笑中掩盖不了他们内心深处对女人的浓厚兴趣。一个郎官说："你不是瞎说吧？"

"我瞎说什么，"薛向倒是一本正经，"苏大才子的发妻去世三年，这次丁忧回四川，发妻大伯的女儿生死要她老爸把自己许配给苏大才子，不然就死在她老爸面前。发妻大伯也算是蜀中名士，一个有头有脸的人物，家里出个这样的女儿，叫老名士的脸面往哪里放？不过，最后还是没办法，让女儿嫁给了苏大才子。"

大堂里响起此起彼落的，多少带点羡慕的也多少有点不那么正经的浪笑声。

"这还不算，"薛向越说越来劲，"听说这次苏大才子回京路上，每到一处，都有美人花娘找到他，争着索取苏大才子的题赠。苏大才子也特多情，只要美人要，都给。一路上唱和酬酢，歌舞饮酒，通宵达旦，人还没到京，一路上的传闻就到了开封。"

这更是天下男人，特别是士人心仪向往的欢场生活。大家都没发声，心里在想：这个苏大才子一辈子值。吕诲喜欢美人，但从不在人前谈美人。他心里清楚：今晚众人到司马光家来，主要还是想听听司马光对当朝天子赵顼与王安石越次入对的这件事情的看法。范纯仁是个正人君子，一心想为朝廷做事。苏大才子的话题一时半刻说不完，范纯仁忙把话题转到正事上来："不谈这些了，听君实大翰林的高见。"君实是司马光的字。

吕诲心里清楚：司马光更是个正派的道德君子，居处有法，非礼不动，对女人不感兴趣，平生未说过半句不可告人的胡说八道的鬼话，兴趣全在治国和治学上。司马光也很愿谈谈自己对王安石的看法。烛光中，吕诲但见司马光一脸的圣洁。司马光先用他视力不怎么好的眼睛望了望众人，然后便用他特有的咬字沉重、前声拖得很长的陕西话说："介甫独负天下大名三十年，才高而学富，难进而易退，远近之士，识与不识，咸谓介甫不起则已，起则太平可立致，生民咸被泽矣。就是诸位，不也以不能结识介甫为大憾事吗？"

吕诲心里不否认：司马光说出了深存在不少官员心中所想却未说出口的话。那个不知道天高地厚、自作多情的曾布的兴致又激昂起来："那是当然，大家知道，今天大庆殿入对问政，介甫每说一句话，当今天子都要点下头。"口气里充满了对王安石的敬意。

“介甫翰林也太邋遢了一些，”穿一身洗得干干净净、熨烫得整整齐齐补服的范纯仁道，“听说入对问政时介甫袖口上沾着一截菜梗也不剥掉，乌纱帽后面几根乱发也不塞进帽里，也太不修边幅了。”

“这是为何？”开封府推官李寿昌小声地问。

“标新立异，干名求誉呀！”御史中丞吕诲对王安石这一点相当看不惯。吕诲是大都市开封出生的人，王安石是江南西路抚州临川小县城长大的人，生活习性有很大差异。吕诲这个人说话从来尖刻，不容半点情面。

本来大家对王安石的穿着仪容是有些话要说的，但吕诲的话说得太难听，众人就都不说话了。司马光家大堂的气氛一时又冷了下去。

吕诲看到，曾布也是个怪人，众人不说他说：“介甫翰林当了二十多年地方官，政绩斐然，有目共睹，特别是当鄞县令时，起堤堰，决陂塘，青黄不接时以低息贷款给贫困农户，三年大见成效。诸位恐怕没什么异议吧？”一开口就像吵架似的，脸也涨红了。

吕诲看到，好些人频频点头，断断续续有啧啧称赞声响起。不过，大堂里的气氛还是热不起来。司马光把话题转到王安石越次入对上来：“介甫今日的宋有‘三乱’‘一冗’‘一失’‘一缺’‘一耻’‘一无’之说，其实并没有错。”

吕诲不由吃了一惊，同时看到大堂里的人也都很诧异地望着司马光。吕诲觉得，这样的话不该出自司马光之口。吕诲在与司马光的交往中，从没听司马光说过这样的话。

吕诲看到，曾布慷慨激昂起来：“司马翰林，你与介甫翰林想到一块去了。好！天下幸甚！苍生幸甚！”

“这么说，司马翰林也有意变更旧法了？”说话的是陕西转运副使薛向。

吕诲注意到，大堂里的人都望着司马光了，在等着听司马光的回答。烛光把每个人的头影一动不动地贴在四面板壁上。约莫过了半炷香工夫，司马几乎是一字一顿地回答薛向：“非也！光的意思是：越是这样，越要守常。否则，天下大乱！”

吕诲放心了。司马光有这个态度，天下就乱不起来了。吕诲特别望了眼曾布，但见这个慷慨激昂起来就像跟人吵架的人一脸的错愕，半句话也说不出来。

司马光却又几乎是一字一顿地说："介甫其实还有一个'一少'没说。"

吕诲看到，司马光的话语惊四座，大堂里的人不由又是一诧。说句实在话，今晚这些人下班后急急忙忙赶到司马光府上，就是来听这位饱学之士的高见来的。众人的目光仍旧集中在司马光身上，期待他的下文。

但，司马光却只是摸摸自己几茎稀疏的胡须，并无下文。官场有规：对方不便回答的问题，就不要去催，否则别人就会认为你无知、浅薄、无礼，看你不起。然而，越是这样，人们越是想把问题弄清楚。

吕诲把头侧过去，问旁边的"范胖子"："'一少'怎讲？"

吕诲看不出范纯仁脸上的表情有什么变化，但他相信范纯仁明白"一少"的意思。此时，范纯仁也侧过脸来，咬着吕诲的耳朵："以后说。"

范纯仁这个"以后"，一过就是几年。

时间不早了，坊厢鼓楼正报两更。明日还要一早上衙坐班，不少人陆陆续续起身了，大堂里响起椅子的移动声。吕诲发现，曾布的嘴张开了，明显想跟司马光争辩。不少人都跟司马光告辞，离开了司马光大堂。没告辞的也准备走人，没谁再想听曾布说什么了。吕诲此时当然无法知道曾布心中的恼怒。这个曾布，对王安石是万分敬服的，容不得人家对王安石的不敬。吕诲此时当然更无法知道十五年后的元丰八年，也就是吕诲病逝后的十二年，当今天子赵顼驾崩，太皇太后高氏临朝听政，起用司马光为门下侍郎，尽罢王安石新法。那时朝野上下才明白司马光今晚"一少"的意思，才清楚这句话的分量和歹毒！其时曾布想起司马光嘴里吐出的"一少"二字，浑身还打了个寒战。

曾布只好也告辞了。最后离开的是吕诲。他很是遗憾：今晚本想跟司马光好好议议王安石入对问政这件事，却给这些郎官、特别是那个不知天高地厚的曾布给扰黄了，白白浪费了一个晚上。老仆人提着灯笼在前面照路，司马光送吕诲出了府第。此时这里的一切复归幽寂。星光满天，一弯新月冷冷地望着一如往昔那样繁华、富有、安详、太平的开封。

轿夫抬着吕诲穿街过巷，一直往北朝吕府走去。已走了一段路，吕诲撩开窗幔，嚷道："朝东！朝东！"

朝东就是去鹅颈巷妙云观的女冠谢道姑那里。轿夫心里叫苦：这个吕老爷，真是难侍候，要走什么路也不早说，弄得走这么段冤枉路。吕诲清楚，这些轿夫也一定在怪自己：这么晚了，还要到鹅颈巷去找他的相好谢道姑快活，真是个疯子。但，这是没办法的事。谁叫他是老爷，你们是轿夫呢？吕老爷快活了，轿夫就得遭罪。吕老爷在相好那里快活多久，轿夫就得在门外等候多久。吕老爷通宵达旦，轿夫就得等到天明。轿夫也是人，也想回家跟老婆快活，但吕老爷更要快活，他们就只能不快活。

第二章　天子赵顼庆寿宫戎装舞剑
太皇太后大白天大谈掌故

当孟夏四月的第一抹霞光在坤宁宫的金黄色琉璃瓦上闪出一排耀眼而又可爱的光针的时候，向皇后就起了床，早有在寝宫外侍候的押班太监过去给她叩头请安。禀报过后，押班太监就到寝宫门外把两个御前太监领入寝宫。与此同时，后宫尚服司女官领着四个贴身宫女轻步走了进来。这些御前太监和宫女都默默地各干各的活，侍候皇后的洗漱、梳栊、更衣，十分小心，生怕出错，赔着一脸巴结讨好的笑脸，绝不敢有自己的喜怒哀乐，更不敢有丝毫委屈和怨恨表现，相反对屈辱也表现出乐意承受的样子。

这么多人小心翼翼、胆战心惊、毕恭毕敬、心甘情愿侍候着自己，这种人间至尊的荣耀、显贵和奢华，当然是很叫人受用的。但向皇后心中十分清楚，当皇后其实很不容易。皇后是六宫之主，与帝齐体，有宝玺，有敕制，有特定的舆服、冠冕、仪卫卤簿，供奉天地，祗承宗庙，母临天下。天子与后，犹如日与月。天子专管前朝政务，统驭天下臣民，让铁打江山代代相传，造福平民百姓。皇后统摄六宫，掌管内廷事务，辅佐天子，让天子过着祥和无忧、快快活活的日子。皇后身居中宫，后宫所有妃嫔、太监、女官、宫女，都听命于她。整个后宫，各色人等，开国的时候不过千人，但现在，经过百年太平，皇宫规模越来越大，排场越来越足，各色人等逐年递增，至今上万人了。要把上万人的后宫治理好，能省得了心吗？

向皇后今年才十八岁，娘家也是很有来头的。曾祖父向敏中在仁宗朝官拜尚书左仆射，朝廷从一品大员。但向皇后毕竟年轻，当皇后不过一年零三个月，要当好这个皇后，唯有小心和认真。昨天皇上与王安石入对问政，后宫和外廷一样，表面平静，暗中也有了异动。一些太监与另一些太监借故来来往往，一些女官与另一些女官暗中咬耳朵，一些宫女与另一些宫女在某个角落窃窃私语。外朝刮什么风，向皇后不管，也不能管，但内廷下什么雨，却不可不管，还要管好。在梳洗的时候，向皇后说了声宣入内内侍省都都知张德保和内廷女官总管女尚书国夫人刘氏进宫，掌管传达懿旨的女官立即领旨出宫。

不多一会，张德保和刘氏先后来到坤宁宫。先到的是张德保。这个大太监，五十来岁。大概因为没根，生理功能紊乱，一身的赘肉，有点像泡熟了的发了芽的土豆，给人的目感十分不舒服。但这个人却是宫中公认的老实人，脾气又好，上上下下口碑不错。向皇后清楚：张德保是仁宗景祐四年进的宫，至今四十来年了，十岁那年，不顾家人反对，也不管乡里人的白眼，自己给自己来了一刀。这其实很要有几分胆量的，且要冒风险。向皇后当然也清楚：别看当太监丢人，被人看不起，但想当太监的大有人在。世上混饭吃其实很不容易，能混到吃香的、喝辣的，就更不容易。当太监衣食不愁，也不很累，侍候好皇帝一家人就万事大吉。因之，没点门路还当不上太监。对张德保来说，进不了宫，那一刀就白挨了。割了又长不回去，那就亏大了。张德保没门路，全靠运气和那个好脾气。进宫不久，宫中的老太监一眼就看中了他。张德保家其实并不太穷，他父母生有三子二女，有好些薄田，勉强度日还是可以的。张德保怕干农活，吃不了那个苦，却天生喜欢侍候人。他进宫侍候过的后妃、太子、公主有十几位，没一个不喜欢他。张德保在宫中干得很顺，也很成功，从端茶送汤的小太监干起，一直当到入内内侍省都都知，坐上太监的头把交椅。在大内，除太皇太后、太后、皇后外，张德保说一不二。不过，张德保从不因此坐大，在皇后面前就更是规规矩矩，小小心心，礼敬有加。

向皇后知道，张德保已经到了坤宁宫外的丹墀上，却畏畏缩缩不肯进门。宋代宫中，是很讲仁义的，不要说张德保这样的大太监，就是一班侍候过后妃、太子、公主的太监，在宫中也是很有地位，很受尊重。向皇后忙命身边的御前太监去扶张德保进宫。张德保很紧张，也很是受宠若惊，觉得能得到向皇后这样的礼遇，简直是自己祖宗八辈子修到的福气。向皇后看到，张德保进了宫，摆出一副有点夸张的扭捏的样子，中规中矩给向皇后行跪拜大礼，向皇后早命身边的宫女把张德保扶起。

张德保起身后，忙从自己衣袖里掏出一份札子，呈送到向皇后手上。这是一份后宫十大钱库清单。后宫的钱财很多，开销也大得惊人，但没这些开销又不叫后宫。向皇后打算把后宫的钱财好好理一理。前天，向皇后要张德保送份后宫十大钱库的清单札子上来。张德保真是个很能办事的人，今天就拿出来了。向皇后命司籍女官把张德保的这份札子放入铁匣中，妥善保管好。御前太监来禀：女尚书国夫人刘氏在宫门外候见。向皇后命她进宫。

一会，国夫人刘氏从宫外进来。这是一个细细挑挑、容貌端庄的四十上下的女人。这个女人也是中规中矩给向皇后行跪拜礼，但没什么夸张的表情，既不显紧张，也没什么受宠若惊的神情，更没什么激动，一脸的平和，一切都条理清楚，井然有序，好像她面对的不是君临后宫的皇后，而只是她必须尽职尽责的服务对象。向皇后还在东宫做太子妃时就听说：国夫人刘氏是姑苏人，良家女子，父亲是位私塾先生，考了一辈子科举，连个举人都没中到，只是个老童生。父亲就这么一个女儿，掌上明珠似的，私塾先生授课时也给了女儿一张桌子、一条板凳。女儿的悟性比私塾先生强，七八年下来竟然能跟私塾先生探讨经史子集，又写得一手好字。朝廷到姑苏选女官时，一眼就选上她。父母舍不得，但朝廷聘以钱币，又蠲免差役，按级给俸，泽惠其家，父母也就含着泪水同意了。在宫中，国夫人刘氏算是文化最高的了，是宫中公认的有才学的女博士。国夫人刘氏不巴结人，也不跟谁特别亲近，后宫的那些你争我斗、是是非非与她毫不相干。这个女人只是做她应该做的事。做完事，回到自己寝处，读书、写字。在宫中，不是每个人都喜欢她，不少人觉得她冷，说她傲，但太皇太后曹氏、太后高氏喜欢她，向皇后也喜欢她，都觉得她可靠。向皇后明白：宫中最头痛、最禁忌的就是“女祸”。像国夫人刘氏这样的女人，就是要她去“祸”，也“祸”不起来。

国夫人刘氏行过礼，静静侍立一旁。向皇后对女尚书国夫人刘氏亲切一笑：“辛苦了。”

国夫人刘氏慢慢从衣袖里拿出札子，呈送到向皇后手上。这是一份后宫训育授课安排。向皇后翻开札子，仔细看了一下，授课宗旨、授课内容、授课师傅、学风学纪都写得清清楚楚。向皇后对任教的几位女官仔细审看了几遍，这些人都是宫中带“尚”字的女官，都是来自民间的无夫之妇，年纪三十上下，知书达理，品貌端庄，而非市井浮薄女子。向皇后又审看了一下札子上所选用的教本，有《百家姓》《千字文》《孝经》《女训》《女诫》《诗》《大学》《中庸》《论语》《道德经》，从低到高，从易到难，井然有序，甚是合意，所需银两一一标明。向皇后很满意，觉得国夫人刘氏不愧是名副其实的有才学的女博士，当即命正五品尚仪女官把国夫人刘氏的札子另拟一份奏折，让内侍省监官复奏，等得到皇上批准后，再盖上皇后玉玺，以皇后的教令下发到后宫各个监司。

张德保和国夫人刘氏要告辞了，向皇后却又把他们喊住，一本正经地说："昨日皇上与王学士入对问政，宫中可听到什么？"

向皇后所问的倒也简单，其实不好回答。说听到了，不妥，说明你跟他们搅在一起；说没听到也不妥，事不关己，高高挂起，表明你没把天家的事放在心上。向皇后很想看看他们是怎么回答这个问题的。

张德保一副好脾气："奴才这些日子都在内府承运库、广积库、供用库清查账物，耳朵里没听到谁说些什么。"与人、与是非都拉开距离。

国夫人刘氏很平静："现在还没听到什么。"说得很实在，很有分寸，也留有很大的余地。

向皇后对这两个人既满意又不满意。满意的是这两个人没跟是非搅在一起，不满意的是这两个人特老练，滴水不漏，挑不出半点毛病。向皇后申饬道："后宫不干政，这是老祖宗定下的规矩。你们回去，跟下面的人说好：谁要不讲这些规矩，王法侍候。"

张德保和国夫人刘氏退了出去。侍寝的御前太监和宫女把向皇后的寝宫收拾好了，御膳房的太监即敬早膳。十来个御膳房的太监拎着大提盒默默走了进来，当着向皇后的面揭开罩在提盒外面的黄云龙套。御前太监和宫女早把两张方桌拼好，提盒里的食品便一样样传递上去。

早膳有几十样，粥有白米粥、八宝莲子粥、糯米粥、红稻米粥、鸡丝粥、八珍粥，茶汤有杏仁茶、鲜豆浆、牛骨髓汤，面食有麻浆烧饼、油酥烧饼、清油饼、糖饼，还有素什锦、卤菜等等。坤宁宫内寂然无声。尚食司的正八品女官当着皇后和众人的面每样食品都尝过之后，向皇后便坐在桌前，慢慢品尝起来。御前太监、女官、宫女四围垂手侍立。

用过早膳，向皇后净面漱口，又喝了几口茶，轻移金莲，出了坤宁宫。押班太监早备好的凤辇就停在宫外，此刻又忙上忙下，安排仪仗，招呼护卫随从到位。向皇后要到庆寿宫去给太皇太后曹氏和太后高氏请安。中原王朝古代女子留姓不留名，即使贵为太皇太后、太后、皇后，也是如此。尽管她们驾崩后，谥号光彩夺目，字数多得吓人，但名字，对不起，依然没有。野史中找不到她们的名，正史更是只书她们的姓。

向皇后上了凤辇，凤辇在御前太监、女官、宫女前呼后拥下，沿着后宫那条中轴御道，缓缓向前走去。此时又大又圆的日头爬上了皇城的高墙，橘黄的光辉把整个皇城的殿宫、楼台、长廊、池苑、古树、翠竹、青草、鲜花映得格外鲜活。向皇后把凤辇的窗幔微微掀开一点，看到前面二十丈处有当值的太监在喝道，正在御道两边打扫地面、长廊、亭台的下层太监和正在修葺花草的花工都纷纷往两边躲，躲不及的，都面朝外站着，无人敢向凤辇里偷看一眼；要是不这么做，喝道的太监就一杖打过去。凤辇路过钟粹宫时，喝道声停了下来。向皇后看到，在前面扶着凤辇的御前太监跑过头来对她说：朱才人在前面行臣妾礼。向皇后从窗里探头朝前一望，见两位窈窕少女跪在路边。朱才人身后的两个小宫女吓得面朝外面，一动不动站着，看去就像庙里的泥人纹丝不动。

要是别的嫔妃，向皇后说声免礼，凤辇也就过去了，但朱才人有点不一样。朱才人入宫时是皇上身边的御侍。天天侍候皇上，今年又都才十六岁，已出落得花容月貌，楚楚可人，自然很得皇上宠幸。向皇后一点不忌妒朱才人，相反挺喜欢她。向皇后是个明白晓事的女人。天下男人，有几个不好色？更有些人巴不得自己享尽天下美色。说句实在话，当皇上的不可能一点女色也不近，但只要不荒唐，更不是荒淫到见不得女人的面，不放过任何一个他遇上的女人，就行。不让皇上喜欢别的女人是不行的。皇上享受多少艳福，都是他的权力。做皇后的责任就是要让皇上好好女人之色，远离妖冶的狐狸精，不让皇上耽乐误国。朱才人是开封人，生在一个普通人家里，命很苦，几岁丧父，随改嫁的母亲来到朱家，后来又寄养在一个姓任的亲戚家里，却长得漂亮，人也聪明，十三岁被采选入宫做宫女，不久被皇上看上，进升后的朱才人在宫中从不多人家的事，每日里只在住处钟粹宫里与侍候自己的宫女聊聊天，有时也搞点刺绣什么的。朱才人平日在宫中读书、写字、画画，不问政事，也不懂什么政事。这就很叫向皇后放心。因之，向皇后安排让朱才人去乾清宫给皇上进御侍寝时，特别心平气静。

向皇后从凤辇窗口里探出半个身子，要朱才人免礼，但朱才人仍然偻身而立，恭肃小心，规规矩矩的。向皇后交代扶着凤辇的御前太监：她宫中有几支长白山人参，等会送到朱才人居住的宫里去。向皇后重起凤辇，走出十来丈时，向皇后掀开窗幔，朝后望去，一眼瞥见朱才人和两个侍候她的小宫女到御道外草地相嬉着扑蝴蝶去了。这个朱才人性情谦和谨严，日后为皇上生下个儿子，就是当今天子赵顼驾崩后继位的庙号叫哲宗的赵煦。这个赵煦十分崇敬父亲赵顼，也十分醉心于父亲与王安石共同制定的新法，一生都沿着父亲走过的脚印走，亲政后立即把由现在的太后、那时的太皇太后高氏与司马光一道全都废除的新法全都恢复起来。朱才人早年是个好女孩，后来是个好女人，本分得很，身份巨变，却想法不多，很容易满足。赵煦亲政后章惇一伙人打算清算现在的太后、那时的太皇太后高氏时，现在的皇后、那时的太后向氏哭着求赵煦都没用，是现在的朱才人、那时的朱太妃闻讯跑来了，哭着对赵煦说了一句话："皇上一定要这么做，是不想让我活了。"亲妈发了话，赵煦心软了，才中止章惇对那时的太皇太后高氏的清算行为，免除了朝廷的一场大乱子。那时是太后的向皇后想起今天早上的情景，还觉得十分甜美、十分生动。

向皇后的轿子直驱太皇太后曹氏居住的庆寿宫，再过一条御道，隐蔽在高大繁茂古树林中的庆寿宫翘起的宽宽长长的飞檐赫然耸立眼前。向皇后忽然听见凤辇外一阵杂乱的脚步又一次挑开凤辇的窗幔，见一伙太监、女官、宫女从庆寿宫那边御道上惊惊慌慌跑来，不由一惊。向皇后进宫有四个春秋了，太皇太后曹氏居住的寝宫从来静穆清馨，庭阶寂寂，进出太监从容，女官徐款，宫女轻盈，就是宫苑中啄食的小鸟也是人至不去，异样的安闲自在。

向皇后吃了一惊，催凤辇前行。快到庆寿宫，又见庆寿宫押班太监出现在庆寿宫台阶上，拼命对已经跑开的太监、女官、宫女挥手，要他们跑得更远些。有个宫女差点摔倒在向皇后的凤辇前面。这个宫女发现是向皇后坐在凤辇中，吓得更是没命似的跑了。

向皇后的凤辇在庆寿宫前停住。庆寿宫押班太监把向皇后引到一边，低声说了几句。向皇后把随行的太监、女官、宫女留在庆寿宫外，一个人跟着押班太监进了庆寿宫。向皇后奇怪，她后脚刚跨过门槛，庆寿宫两扇厚重的朱门就合上了，押班太监也留在门外。宫里的光线立即暗了下去。向皇后再看看宫里，连站班的御前太监都撤了，一个宫女的影子也没见到。向皇后心中有了恐惧和不安，以为出了什么事。向皇后再往里走去，揉了揉眼睛，看清了庆寿宫只有三人：太皇太后曹氏、太后高氏和皇上。皇上一身金黄的戎装，手持一柄长剑，在宫内嗖嗖起舞。太皇太后曹氏坐在北面椅子上一声不吭，坐在旁边的太后高氏对向皇后招了招手，要她在挨近自己的椅子上坐下。

朝思暮想要富国强兵、洗刷国耻、做大有为之君的皇上，有副天生的天子相，那只隆准高鼻长得极像大有为的开国皇帝赵匡胤。皇上出生时，祥光照室，群鼠吐出大片大片五颜六色的气体，形成厚厚的层云。转眼二十一年过去，如今的皇上更是显得俊秀儒雅，意气非凡。向皇后看见皇上对她的到来一点也不理会，只是神采飞扬地沉浸在剑术的飞舞之中。皇上一会插步架剑，一会弓步刺剑，一会回身斩剑，一会仆步亮剑，一会向上崩剑，一会提膝挂剑，步步如风，剑剑封喉。末了，皇上一个漂亮的仙鹤冗翅，收起宝剑，气不喘，体不虚，然后垂手拱立在太皇太后曹氏和太后高氏面前。

看到皇上这么神采飞场地舞剑，向皇后心里真是说不出的高兴。作为皇上身边最亲近的人，没有谁比她更清楚皇上的苦衷。都说皇上日子好过，但向皇后却觉得皇上的日子过得并不轻松。皇上即位以来，每旦御前殿，中书、枢密院、三司、开封府、审刑院及请对官依次进来奏事，夜则请侍读、侍讲学士询问政事，忙忙碌碌，恓惶不安，总还觉得自己许多事没做好，至夜分才还宫。特别是即位至今一年三个月来，皇上龙颜很少开朗过，日子过得挺孤寂，总有种找不到一个可以说话人的落寞感。这其实怪不得皇上，表面上看，大宋王朝十分繁荣富足，但里面却未必如此。在东宫当太子妃时，向皇后对朝廷情况知之不多，见到京都开封街上那么繁华，就以为天下都非常富庶。当上皇后之后，才知道情况远不是那样。听皇上说，京都开封街上是有那么繁华，但朝廷穷得很，天下子民也苦得很。不错，三司衙门堆积如山的账本里都是钱，但户部、司农寺、后宫仓库里却空得一个子儿也没有。这怎么可能富国强兵、洗刷国耻呢？又怎能不叫皇上焦心呢？皇上心里的这些东西又去向谁说呢？确实，皇上像今天这样神采飞扬的时刻，在向皇后的记忆中确实还是第一次。

向皇后被皇上的剑术看傻了眼。向皇后清楚，皇上还在东宫当太子时，就对兵家和兵器十分感兴趣，也经常在东宫花园里弄枪舞剑什么的，但没见皇上的剑舞得如此精妙。不过，向皇后同时注意到，太皇太后曹氏依旧一声不吭坐着，太后高氏脸上也看不出有什么喜色。向皇后不明白太皇太后曹氏和太后高氏为何对皇上的剑术会无动于衷。过了一会，向皇后看见皇上把剑放在御几上，但戎装尚未脱下，忽然很是快意地说："好！好！好！好得很，实在是好得很！"

向皇后以为皇上在夸奖自己的剑术。在不甚明亮的光线中，向皇后清清楚楚地看见，太皇太后曹氏和太后高氏脸上出现了少有的惊慌。向皇后吓坏了，真不知道此时此刻庆寿宫中出了什么大事。好一会，太皇太后曹氏才开口道："看皇上得意的。学剑，一人敌，皇上要学，就学万人敌才是。"

向皇后知道，皇上是十分佩服太皇太后曹氏的。说起来，太皇太后曹氏与皇上并不是血亲，皇上的父亲英宗并不是太皇太后曹氏的亲生儿子，但皇上却把太皇太后曹氏看成胜似自己血亲的老祖母。话说起来还真长，当年还是皇后的曹氏并未与先帝仁宗生下个儿子，别的妃子生的三个儿子又先后夭折，太皇太后曹氏便把仁宗堂兄的儿子，也就是皇上的父亲英宗从小以皇子的身份寄养在宫中，由太皇太后曹氏抚养成人，后来又拥佑英宗登基。可以说，不是太皇太后曹氏把英宗收养在宫中和后来的拥佑，就没有皇上的今天，皇上焉能不感激万分？焉能不把太皇太后曹氏看成自己的血亲老祖母？记得皇上在东宫当太子时，每入事庆寿宫，必立侍终日，虽寒暑不变。此外，太皇太后曹氏是大宋开国元勋、头号名将曹彬的孙女，胆识机智过人，大有祖风，富态中不失明智，仁慈中透出精明，确非等闲之辈。因之，除了万分感激之外，皇上更增添了一种对太皇太后曹氏的十分敬佩之意。听了太皇太后曹氏的话，皇上更是神气了："老祖母说得太好了，安石学士就是要孙儿学万人敌。老祖母与安石学士不谋而合。好！好！好！实在好！"称王安石还带了官衔。

向皇后这才明白，刚才皇上是在夸奖昨天越次入对的王安石，怪不得皇上今日的剑舞得这么神采飞扬。向皇后同时发现，太皇太后曹氏和太后高氏脸上的神色依旧不高兴。

皇上却越说越有精神，朗声道："天下到了更张的时候了。不更张，死路一条；更张，才能富国强兵，洗刷国耻，前景光明！"

向皇后注意到，仁慈而又精明的太皇太后曹氏指着皇上身上的戎装，说："脱下，穿在身上累死了。"

皇上很听太皇太后的话，把盔甲脱下，和剑一起放在御几上，一身便装的皇上不仅英武，而且十分俊美。不过皇上仍沉醉在他兴奋的精神状态中："孙儿今天穿着这身戎装来见太皇太后和母后，就是让你们看看，我有本事打败北辽，驱逐西夏。太气人了嘛，夺我燕云十六州，要我呼北辽主为叔，尊邻敌为皇帝，每年还要向他们纳送岁币。西夏也叛服无常，侵扰日甚，弄得西部边关不得安宁。这泱泱大宋的脸面往哪里放？我日后怎么去见列祖列宗？"

向皇后看到，太皇太后曹氏和太后高氏的脸色更是惊慌。向皇后清楚，太皇太后曹氏对皇上很有几份偏爱，太后高氏对皇上更是疼爱。她们听到此话却如此惊慌，一定有她们的道理。过了一会，太皇太后曹氏要皇上在她身旁的凤椅上坐下："皇孙还记得三年前殿前司抓到北辽的一个要饭的吗？"

向皇后记得，三年前的九月十九，刚过寒露，那时还是太子的皇上和东宫的记室参军韩维逛京师，在校场口见一拨一拨的人往校场跑去，说是官府抓到北辽一个要饭的探子，要开刀问斩。北辽这个要饭探子还真有种，不怕死，口供硬，问斩时剜一刀问一声，就是不开口，不招出同伙探子，快断气时还骂刽子手："爷的卵还没剜啦！"一口纯正的中州开封府官话，粗话说得字正腔圆，弄得围观的人都笑栽了，刽子手的刀也给笑得"咣"的一声掉在地上。那天皇上回到东宫，把看到的情景跟当时还是太子妃的向皇后学了一遍，弄得太子妃向氏羞得一脸通红，笑着说太子坏。

向皇后看到，此时皇上仍十分的恼恨。不过，很快奇怪的事发生了，皇上龙颜的快意神情不见了，忽然现出奇特的恍然大悟的表情，对太皇太后曹氏说："孙儿明白了，京师到处都有北辽、西夏、南蛮的探子，要是知道孙儿一身戎装在宫中舞剑，又要在边关制造麻烦了。"

太皇太后曹氏："皇上要对北辽西夏用兵，收复燕云十六州，钱粮赏赐全都准备好了吗？铠仗士卒都很精吗？"

皇上忙答道："孙儿正在办这些事！"

太皇太后曹氏："用兵事体至大，江山社稷的吉凶福祸就看你采取什么行动。仗打赢了，不过南面受朝贺而已；万一有什么不顺，生灵涂炭，江山社稷都很危险。燕云十六州苟可取之，太祖、太宗收复久矣，何待今日。"

向皇后注意到，皇上龙颜为之一怔。向皇后清楚，燕云十六州不仅是朝廷的一块心病，更是皇上的一块心病，也是他立志要收复的地方。她担心皇上会跟太皇太后顶起来。向皇后看到，太后高氏也有点担心地望着皇上。不过，还好，没过一会，皇上说："敢不受教。"

太皇太后曹氏十分高兴："皇上圣明，老祖宗传下来的家业无忧了。"

向皇后也明白了，刚才太皇太后曹氏为何提起三年前的事。太皇太后曹氏真是精明过人。太皇太后曹氏何尝不希望皇上成为大有为之君呢？但皇上毕竟年轻，才二十一岁，登基不过一年多一点，治理天下还是嫩了点。要是寻常百姓家，长辈许多话都可以明说，但身在帝王家的太皇太后曹氏就没这么方便了。这一来是拘于官家礼法体制，二来是皇家的一举一动都关乎江山社稷，谁也来不得半点任性。因之，太皇太后曹氏许多话只能藏在心里，不可明言，唯有口宣祖法旧制，谈谈前朝掌故、贤臣政绩、名儒德行，开导皇上。

太后高氏也十分高兴："生姜还是老的辣，老祖宗一句话就把皇上点醒了。"

向皇后也是十分佩服太后高氏的。这不仅因为太后高氏是太皇太后曹氏的侄女，更因为太后高氏能干，许多女人办不到的事她办得到。先帝爷英宗一辈子就太后高氏一个皇后，再没第二个妃子。有一次，先帝爷英宗请那时的太后曹氏去向高皇后求个情，让他娶个妃子。太后曹氏倒是去求了情，却给高皇后顶了回来：皇上的事她这个皇后会做主，太后老人家自己管自己的事吧。顶了也就顶了，太皇太后曹氏没出一声，先帝爷英宗从此再没提过娶妃子的事。当然，太后高氏也挺会做人，侍奉太皇太后曹氏很尽心。向皇后仔细观察过太后高氏是怎么侍奉太皇太后的，三个字：顺、哄、逗。而且顺得自然，哄得开心，逗得机智，都恰到好处。刚才太后高氏在哄着太皇太后。太皇太后曹氏也知这一点，却很快活，不过脸上却装出不高兴的样子："太后，就你尽拿好听的话来哄老身。别看老身老了，老身知道，你这不是在说老身在耽搁皇上的时间吗？这个责任，老身可担当不起。"

太后高氏知道太皇太后曹氏并未恼她，继续顺着太皇太后曹氏的意思，恭恭敬敬赔小心："老祖宗错怪人了。好了，等皇上办完朝政上的事，我们母子再到庆寿宫来，听老祖宗教诲，若何？"

太皇太后曹氏乐得什么似的，笑了起来。太皇太后曹氏牙齿一个也没脱，笑时露出两排很好看的白牙齿。太后高氏也十分开心。向皇后当然也乐了。庆寿宫里一派融融温情。

此时，向皇后完全明白了先前庆寿宫押班太监为何要把宫中的太监、女官、宫女都赶走的原因。庆寿宫的这些太监、女官、宫女虽说侍候太皇太后都有些年头，但人心这东西，隔着肚皮，谁能说得清楚？画皮画虎难画骨，知人知面不知心。皇上一身戎装，宫中舞剑，不仅牵动北辽、西夏的神经，也牵动满朝文武的神经，事关重大，不可不防。向皇后一脸的佩服望着太皇太后，轻声对皇上说："皇上，太皇太后的话真比金子还贵。"

皇上、皇后这么孝顺，没有什么比这更叫太皇太后曹氏高兴的了。向皇后明白，老人就喜欢哄，特别是喜欢儿孙哄。太皇太后曹氏毕竟快六十岁的人了，这在中原王朝算是耳顺的老人了，喜欢听奉承话完全在情理之中。不过，太皇太后曹氏嘴上却装出责怪自己的样子："皇后也会哄人了。奶奶不过多些见闻罢了。先帝仁宗在位时常说：'制国有常，从政有经。'祖宗旧制不可改，朝廷大事，要跟懂得旧制的老臣多多商量才是。"

向皇后知道太皇太后话中有话。皇上龙颜一阴，也很有点为难，却欲言又止。

太皇太后曹氏问起韩琦："韩老相公还是要离开朝廷？"不仅对韩琦称官不称名，而且官称的俗名前加上一个"老"字，可见韩琦在太皇太后曹氏心中享有的地位非同小可。

皇上龙颜相当恼怒，很有点恨恨地说："这事全坏在御史中丞王陶身上，弹劾老相公专权跋扈，弄得老相公一肚子气，坚辞相位，非外放不可。要不是念在王陶在东宫当过孙儿的侍讲，孙儿真要查办他，让他鼠窜到海南去。"

向皇后看到，坐在一旁没吭声的太后高氏急坏了，忙说："皇上不可如此对待言官。言无罪，老祖宗有大法，允许言官风闻言事。"

皇上又不出声了。好一会，皇上嘟嘟囔囔道："当言官的总不能为所欲为，信口雌黄吧？"

太皇太后曹氏说："韩老相公是怕还留在朝廷，有人说闲话，让皇上为难。老祖宗有个规矩的：大臣受到弹劾，要主动请求外放。不过，韩老相公是为大宋立过大功的人，三朝拜相，两朝定策，你和先帝登基，韩老相公都出了大力。"

向皇后知道，太皇太后说的两朝定策，一指老相公韩琦拥立英宗登基，二指老相公韩琦拥立当今皇上登基。把话说穿，皇上的父亲英宗和皇上都因为老相公韩琦的鼎力拥立，才荣登九五之尊：老相公韩琦有恩于皇上父子两代人。向皇后明白，太皇太后曹氏不是要皇上不按祖制办事，不让言官弹劾大臣，只是要皇上不能因此亏待了韩琦老相爷。其实，皇上是个明白人，一点也不懵懂。当不当天子，虽曰天命，也系人谋。皇上和先帝继任大统，韩琦有盖世社稷功。皇上终其一生都没有忘记这一点，对韩老相爷有着一种特殊的感情，从来恩信有加，帝眷不减。十年后，韩老相公已薨多年，皇上招韩老相公第五个儿子为驸马，把心爱的齐国公主下嫁过去。皇上说：“孙儿已除授韩老相公为镇安、武胜两军节度使、守司徒兼侍中，判大名府，以公师之官和宰相的身份统领河北东西两路兵民大权，还给他便宜从事的权力。”

向皇后知道，皇上给老相公韩琦封的官位是正一品，位在宰相之上，再上去就是封王。但这是不可能的，大宋只给皇子封王，外臣永无希望。此外，老相公韩琦还可以便宜从事，也就是有临机行事、不须奏请皇上之权。官封到这个地步，权力这么大，确实表明皇上把韩老相公同样看得很重，有种非同小可的圣恩隆眷。向皇后注意到，太皇太后曹氏和太后高氏都面露喜色，不住地点下巴。

宫外有小鸟啾鸣声传来。一束阳光透过窗帘照在庆寿宫御砖上，光束中有无数微尘浮动。

太皇太后曹氏又问皇上：“老执政欧阳修也要求外放？”

皇上龙颜又恼怒起来：“有用的大臣都要走人。真气人，这也是言官惹出的事。没影的闺房丑事也往老执政头上栽。其实老执政冤已申了，陷害他的人都给撤了，御史中丞彭思永到距京一千九百里的黄州当知府去了，殿中侍御史里行蒋之奇贬到距京三千一百五十里的道州当酒税官去了。但欧阳修老执政还是气不平，无论如何要离开京师这块是非之地。”

太后高氏说：“皇上，话不能这么说，朝廷里不是还有曾公亮、富弼、唐介、赵抃、文彦博一批老大臣吗？”

皇上默然不语了。向皇后知道，皇上对这几位大臣都寄予过厚望。登基初，皇上就对曾公亮加门下侍郎兼吏部尚书，韩老相公坚决请求外放，又进曾公亮为昭文馆大学士、封鲁国公，位居宰臣之首，掌柄国大权。富弼是前朝重臣，先帝拜他为中书门下平章事、封祁国公，前不久皇上许他肩舆进宫，荣极一时，给足了面子。对唐介，皇上也是皇恩浩荡，念他是先朝遗直，大用他，让他当参知政事。对赵抃，皇上可说是有知遇之恩。前不久，赵抃还只是个成都知府，听说他以一琴一鹤入蜀，把巴蜀治理得不错，皇上召他回京，先在谏院待了段时间，就擢升他为参知政事。文彦博在仁宗、英宗朝就高居相位，但为了表示遇贤，诏令他名列参知政事唐介之前，算是特别高看他一等。但，尽管如此，皇上渐渐对他们有点失望了，特别是昨日王安石越次入对问政后，皇上对这位老臣就明显不感兴趣了。当然，向皇后也清楚，皇上此时对太皇太后曹氏和太后高氏不便说也不知道怎么说这几位老臣好。向皇后看见皇上沉吟了一会，忽然把话题转到王安石身上："安石学士是个做大事的人，怪不得他嘉祐三年的上仁宗皇帝万言书一出，就朝野大振，都说金陵王安石不做执政大臣是王安石的不幸，也是朝廷的不幸。奇怪，万言书至今十多年了，怎么会石沉大海。要不是东宫记室参军韩维提到它，恐怕连孙儿也不知道这篇稀世奇文。"

向皇后清楚，皇上对王安石简直佩服得五体投地。昨天，皇上与王安石入对问政回到乾清宫，就把万言书看了又看，不时拍案叫绝，还两次把向皇后叫起，给向皇后披上襦衣，一道看万言书。但向皇后看见，太皇太后曹氏和太后高氏脸色阴了下去。向皇后不知道太皇太后和太后对王安石的万言书的态度，但她知道太皇太后曹氏和太后高氏对王安石还是挺赏识的。记得前不久，她在坤宁宫读欧阳修的《赠王介甫诗》。她吟了前句"翰林风月三千首"，恰逢太皇太后曹氏进来，便听见太皇太后曹氏接着吟诵后句"吏部文章二百年"，一边盛赞欧阳修的诗写得好，一边盛赞王安石是朝廷难得的人才。向皇后实在不明白，没多久，太皇太后曹氏和太后高氏对王安石的态度怎么会是这样的。向皇后明白：自己可不能想说什么就说什么，得懂规矩。向皇后注意到皇上很想接着说下去。皇上也是，太不晓得察言观色了，干吗一早弄得太皇太后曹氏和太后高氏不快。向皇后不是在责备皇上，而是心疼皇上，不希望皇上跟太皇太后曹氏和太后高氏有丝毫龃龉。向皇后趁太皇太后曹氏和太高氏后没注意，扯了扯皇上的衣角。还好，皇上明白了意思，不作声了。

向皇后发现，太皇太后曹氏和太后高氏也不想把气氛搞得沉闷。太皇太后曹氏转过一个话题："司马翰林的《资治通鉴》写得怎么样了？皇上要多过问过问。"

司马翰林指的是司马光。太皇太后和太后对司马光是相当敬重的。这次是向皇后代皇上说话："皇上经常会提到这部书，有几次还派御前太监去向司马翰林索要原稿读。"

太皇太后曹氏和太后高氏都满意地点了点头。向皇后放心了。

已巳牌时分，向皇后望了望帘外，见日头已上了庆寿宫外的树梢。宫外灿烂明亮的日光益发显得宫门紧闭的庆寿宫清静幽寂。太皇太后曹氏起身了，说："皇上，朝廷事多，等着你去办。老身老了，坐久了腰酸，要到后苑去走走。"

向皇后知道，太皇太后曹氏在仁宗时就在禁苑种了几亩水稻，经常要去看看，有时还亲自拔几根稗草。太皇太后曹氏很为这点得意。向皇后明白，朝廷不在乎太皇太后曹氏几亩水稻能收多少谷子，重大的意义在于表明官家对稼穑的重视。这就非同寻常了。

皇上也起身了，伸手把御几上的盔甲和宝剑拿走。太后高氏一手把这些东西按着："皇上，这些东西就放在太皇太后这里，老祖宗会保管好。"

向皇后注意到，皇上龙颜再也快意不起来，相反有点惑然。太皇太后曹氏说："皇上二十年不言兵，是我大宋天下百姓的福分。"

向皇后看到，皇上龙颜错愕。向皇后清楚，皇上登基以来，一心要做的事就是富国强兵，雪耻解恨，对辽夏用兵。然而太皇太后曹氏却要皇上不用兵，而且时间那么长，整整二十年。这不要皇上的命吗？向皇后知道，皇上天性孝顺，对太皇太后曹氏和太后高氏的话从来句句是听。向皇后真不知道后面的事情会怎么样，实在担心皇上与太皇太后曹氏会因为这句话意见不合，弄得老祖母不快。不过，向皇后正这么想时，却见太皇太后曹氏慈祥地望着皇上。皇上也朗声对太皇太后曹氏说："孙儿敢不受教。"

向皇后高兴地看到，太皇太后曹氏爽朗地笑了起来，笑时露出两排很好看的白牙齿，显得很富态，很有面子。太后高氏也笑了，笑得很开心，很光彩。向皇后心里比什么都甜，对皇上说："走吧，后宫许多事，臣妾要面谕皇上。"

向皇后注意到，皇上龙颜很是不快，口气也有点严："朕不是说了，后宫的事你说了算，为何还要问朕？"

向皇后也不回嘴。她知道此时皇上气还没顺过来，拿她出气很正常。皇上其实是个不错的皇上，对她不坏。向皇后十分佩服地望了望太皇太后曹氏。这一早，她在太皇太后曹氏身上学到不少东西。朝廷有这么个太皇太后曹氏在，是自己的福气，也是皇上的福气，更是天下人的福气。临走前，向皇后对太皇太后曹氏说："后苑谷子收上来，奶奶别忘了给臣孙儿斤。奶奶种的稻子做的饭又香又软。"

太皇太后曹氏对向皇后说："你这张小嘴也学会哄老身了。"太皇太后曹氏表面是嗔，其实一脸的喜色表明她喜都喜不过来。

向皇后跟在皇上后面，要出庆寿宫时，宫外一阵衣裙窸窣声渐行渐近。一会只见宫门款款而开，庆寿宫押班太监躬身进来，后面还跟着个年过半百的女人。向皇后认得是太皇太后身边的乔掌彩。这个女人是开封府东明县人，家境贫穷，父母早丧，就一个弟弟，十几岁进宫，侍候太皇太后四十年。本来，这女人是最下等宫女，专干些洒扫之类的粗活、脏活，月俸也最少，仅能维持本人开销。这也是她的造化，碰上贤明仁厚的太皇太后，下诏超转，由宫女转为女官，成了太皇太后身边一刻也离不开的人，四年前还当上了"掌"字号的女官，享受朝廷八品官的待遇。这对乔家来说，可是件惊天动地的了不起的大事。一个八品官，在乡里百姓眼中，可是个了不得的大人物。一个一甲进士，熬多少夜，读多少书，也不过一个八品官。一个武官，要上多少次战场，冒九死一生的风险，砍死多少敌兵，也只能弄个八品校尉。听说乔氏当上宫中八品女官，乔家门户生光彩了。乔家的人成了地方上说一不二的人物，就是东明县令对乔家人也另眼相看，笑脸相迎，遇事让三分。

乔掌彩对皇上、太皇太后曹氏、太后高氏行过大礼，又对向皇后行大礼，向皇后忙把她扶起，对太皇太后曹氏身边得宠的人，向皇后从来客气。向皇后发现，站在一旁的太皇太后曹氏笑眯眯地望着自己做出的这一切。向皇后会做人，不仅事事孝敬太皇太后曹氏、太后高氏，而且善待她们身边的人。向皇后暗暗盘算着，过些日子，提升乔掌彩为七品典饰，让太皇太后曹氏更高兴些。

向皇后与皇上出了庆寿宫，就见坤宁宫的押班太监带着东宫时的记室参军，现任同修起居注的韩维急急忙忙向这跑来。韩维跟皇上和向皇后行过礼后，就几乎是贴着皇上的耳朵说了几句话。向皇后看见皇上龙颜略有所变："传旨，用宫里的车马接枢密使文彦博到崇政殿见朕。"

向皇后心里不由得一跳，一定是边关有什么情况，要不然皇上不会火急火燎把文彦博召到皇上省视阅事的崇政殿去。太皇太后曹氏和太后高氏一定是听到这里有什么情况，一前一后从庆寿宫出来。向皇后把刚才的事告诉了她们，只见太皇太后曹氏和太后高氏脸色都变了。此时，日头已上了庆寿宫顶几丈高的地方，整个皇宫的红墙和琉璃瓦反射着太阳耀眼的光芒。皇上和韩维急急忙忙走了。向皇后的轿子也过来了，轿后拥着一伙太监、女官、宫女。等轿子到了身边，向皇后急命起轿。她的当务之急是把张德保的札子仔细研究研究，尽快把后宫理财一揽子办法拿出来。

第三章　兴国寺前细民围观大才子 蔡河湾里章惇目击怪诞事

熙宁元年四月二十日清晨，位于京都开封马军桥东北的兴国寺晨钟的尾音还未断，一位个子高挑、嘴唇上一抹髭须的三十来岁汉子，从兴国寺山门出来，见寺前广场一个人也没有，就急急忙忙跑回寺内，到云水堂把一位个子中等、两腮多髯、年纪比他稍大一点的汉子叫起来，要他赶紧穿好衣服，准备出门。匆匆的神色给人一种感觉：好像晚了就有人要拦住他们，不准出寺门一样。

先前出门的汉子是苏辙，被叫起的汉子是他的兄长大才子苏轼。苏辙急急忙忙催兄长苏轼起床，是因为兄长名气太大，被人认出，就会有一拨一拨的人来围观。五天前，他们兄弟的船在城南蔡河靠岸时，兄长苏轼被人认出，许多人围了上来，半天才脱身。

苏辙和兄长苏轼没住进朝廷为进京除授新职、等候差遣的官员免费食宿的朝集院，而是住在嘉祐二年他们父子三人进京时下榻的兴国寺。一来这里清静，二来可以满足兄弟二人的怀旧感。对苏辙和家兄苏轼来说，嘉祐二年是永远值得纪念的一年。这一年，苏辙十八岁，兄长苏轼二十岁，双双登进士第，从此堂而皇之加盟这个既险恶、又令人羡慕的朝廷命官的行列，正式踏上那条既令人向往、又前程难卜的仕途。

但让苏辙和兄长苏轼始料未及的是，本来清静的兴国寺，因为兄长苏轼的下榻，再也清静不起来。兴国寺官僧方丈告诉苏辙，自他的兄长苏轼住进兴国寺那天起，敬香的善男信女多起来了。知客僧在茶堂进进出出，忙着接待四方施主。施主肯花钱，出手挺大方。游客也不少，常有些游客进了山门，逛了天王殿、伽蓝殿、祖师殿、大雄宝殿，就会弯到西南侧边的云水堂，一睹大才子苏轼的风采。外来挂单的僧人也多了。这些挂单的僧人和苏大才子谈僧论佛，不到半夜三更不会就寝。

这天天气晴朗，兴国寺内草青木翠，四周围墙下丛丛鲜花点缀得寺院生机盎然。昨日，王安石的弟弟王安国、王安礼，当朝次相富弼的女婿冯京，苏辙兄弟的同年进士曾布约好同游蔡河，一早在王安石府第定力院前会合。

宋代京都开封府境，东西三百里，南北三百五十里，辖十六县。府位坐全国之中，水陆辐射，四通八达。开封府城北三十里，有黄河滚滚东去，城内三条河流穿城而过。城内三河：一是汴河，自西向东，上有十三桥；一是广济河，由东北新曹门入京城，上有五桥；一是蔡河，由西南流至安上门，上有十一桥。在这些桥中，最闻名的是蔡河上的龙津桥。此桥无柱，以巨木虚架，饰以丹雘，宛如长虹。京畿地区，兵民百万所需米粮、家畜、家禽以及农副产品，全靠城内三河漕运。来开封的文人及过往商客，鲜有不游游这三条河的。

苏辙要兄长苏轼早些出门，是怕又像前几次那样，出门就给成群结队的人围住。然而这天，苏辙还是失算了。他和兄长苏轼走出兴国寺不到百步，就给人认出。时间还早，阳光下的树影把对街的商铺全罩住了，街上的人也不多。但消息传得真快，不多会，聚观的人群就把街道阻塞了，好些进城来卖菜的、卖柴的、卖肉的、卖鱼的贩夫都给堵住了，过不去，急得嗷嗷叫。皇城司的逻卒起初还以为有人闹事、打抢什么的，准备抓人，见是这种情况，别说抓人，自己也踮起脚，像只伸长了颈的鹅，越过人群的头，把苏辙兄弟从头到脚打量了又打量。

“你们皇城司的人是干什么的？饭桶呀，快把人驱散！”

苏辙听到人群外面有个嗓门挺大的人在凶吼，声音有点耳熟。一会，苏辙见前面的人被分开了。大概有人被踩到脚，痛得骂起人来。接着苏辙就见皇城司巡吏指挥三个逻卒凶凶喝喝开路，让后一位高大的凶汉挤了过来。苏辙定睛一看：高大凶汉者，章惇也。这个章惇，与苏辙兄弟都是嘉祐二年的同榜进士，彼此很熟。章惇还与兄长苏轼同在凤翔府当过官，兄长是凤翔府判官，章惇是凤翔府下面的商州令。二人同榜进士，同在一处当官，因之常在一起玩乐，还是很有些交情的。

街上的路让出来了，但有许多人还站在不远的街两头，不肯离去。章惇告诉苏辙兄弟：他这次是因公到大农寺公干，住在朝集院，一进京就听说大才子苏轼兄弟也在京都，住在兴国寺，便一早从御街南面的朝集院赶来。苏辙告诉章惇：不巧，他们今天有安排，要和王安国、王安礼兄弟，还有冯京、曾布一道游蔡河。章惇高兴了，他也正想会会他们，不等苏辙兄弟回话，忙叫来三顶轿子，一人一顶，直奔蔡河安上门北的定力院。

轿子很快到了安上门。安上门景象与其他城门不同。这里城墙高耸，透过城门，但见宽阔的护城河两岸，绿柳成行。通城门的大桥上车水马龙，往来商贩络绎不绝；那些肩挑背驮的脚夫，更是多得如过江之鲫，不可胜数。门下墙根边，列有一队军士，个个虎背熊腰，衣甲鲜亮，旁边马桩上拴着几匹棕色骏马，昂首振鬃嘶叫，令人生畏。

坐在轿中的苏辙挑开窗幔，看到定力院门前排满了簇簇轿马，十分热闹。三十二年前，王安石随丁忧期满、赴京别候差遣的父亲王益到京都开封开眼界，就住在定力院。那年王安石十六岁，父亲不过是个芝麻官县令，当然无人问津。但今天不同了，王安石不仅点了翰林，而且越次入对，当朝天子那么赏脸，占尽了风光，入主中书拜相只是早晚的事。那些在官场走江湖的文武百官岂能看不出来？此时的定力院门前的景象自然今非昔比。王府的仆人跑来跑去，不停地勾手摆手，招呼轿马进退。一些挺胸叠肚的轿夫、马夫站在路边指手画脚，不知道在胡吹海聊些什么。穿着品级不同补服的官员进进出出。苏辙在轿中把这些官员补服上的徽记看了看，都是些绣着鹭鸶、鹌鹑、练雀、犀牛、海马的七品以下官员。要进去的官员不住地给门者作揖、点头、弯腰，但门者却懒得理，只是面无表情地坐在门边。出来的官员就不同了，神气得不得了，昂首高步，身价因进了趟王府陡增了起来，被熟人羡慕拦着，问东问西。苏辙对官场这种见官趋拜、仰望辞色、奔走阶下的习气看不惯。不过，更看不惯这种现象的还是兄长苏轼。苏辙下轿的时候，就听见正在下轿的苏轼说了句俏皮话，笑着骂起人来：“这些鸟呀、雀呀、牛呀、马呀要是穿上了鹤服、狮服，恐怕要登天上玉帝家串门了。”

兄长苏轼大才子气太重，生性诙谐，爱开玩笑，有点急躁，又口无遮拦，喜欢笑骂自己平生看不惯的或不惬心意之事，不笑骂几句就如蝇在食，吐之方快。兄长苏轼的俏皮话很精妙，戏弄之意尽在其中，听了很叫人开心。不过，苏辙觉得把智慧花在这些人身上不值。苏辙与兄长苏轼虽是同胞手足，但性情各异。兄长苏轼得其父苏洵之豪爽，口无遮拦。苏辙得其父苏洵之静默，寡言鲜欲。苏辙最担心的就是兄长这张嘴，什么话都敢说，都要说，这肯定会给自己惹麻烦的。日后，兄长就经常跟十分赏识他的王安石唱对台戏；再后来，又跟同样十分赏识他的司马光意见不合，结果弄得仕途很是不顺，升升降降，走马灯似的换来换去。苏辙对兄长苏轼说："别说了，这些人就这个样，自古如此。"

最后下轿的章惇没听到兄长苏轼的话，却被王安石府第前的这种情景惊住了，高声道："这就是众望所归，朝廷早就该召王翰林进京。大宋要富国强兵，洗刷国耻，就要把过去要不得的东西全改掉，除弊更新。要做到这点，除了王翰林，还有何人？"

苏辙看见兄长苏轼皱了皱眉。这个章惇也把话说得太绝了，似乎偌大一个中原王朝除了王安石外，除弊更新就没第二个人了。这种话不中听，其实大宋百年，从范仲淹庆历新政以来，士大夫中间除弊更新的呼声一直不绝于耳；就是当朝许多人对时下萎靡不振的世风也多厌之，且多有文字论列。苏辙十分清楚，别看兄长好诗、好文、好书、好画、好酒、好食、好玩、好美人，其实骨子里好的还是朝政大事，好匡扶社稷、济世安邦，好干番大事。这不是说兄长不知道天高地厚，狂妄自大，瞧王安石不起，恰恰相反，在回京的船上，听到王安石越次入对时说的宋有"三乱""一冗""一失""一缺""一耻""一无"，兄长高兴得拊掌称是，还要船家弄了壶酒、几盘菜，跟苏辙痛痛快快对饮起来。

苏辙注意到，章惇并没有发现兄长苏轼脸上不快的表情，反更起劲了，脸上还显出一种敢跟自己玩命的虎气和不好惹的霸气，说："现在上上下下，习安者多，乐变者少，再不起用王翰林，更化政事，天下真不知会弄成个什么破样子，说不定哪天北狄西戎打过来，江山就这么拱手给送掉。"

苏辙看见，兄长苏轼很是不快地望了章惇一眼。这个章惇才不再说下去了。说起兄长苏轼与章惇的关系还挺有意思。兄长终其一生对章惇多有看不顺眼的地方，但章惇却对兄长一向抱有好感，终其一生都善待兄长，把兄长当好朋友。十一年后，乌台诗案发生，遭到新法派人物忌恨的兄长被关进御史台大牢，兄长命若悬丝，风声相当可怕。苏辙看到，被旧法派人物骂得狗血淋头、恨不得一刀剜了的章惇却为兄长四处说情，拼老命搭救这个从来不领他之情的兄长。此时的苏辙很不想理章惇，却听到后面有人拊掌道："说得好！说得好！"

苏辙正要回头，一个身穿七品补服过了而立之年的人走了过来。此人一脸的厚貌，没有谁认得他。此人却认得他们，望着一人，称一个人的字，作个揖，连作三个揖，很是谦恭。此人见到兄长苏轼时特别热情，自言久仰大名，今日在此地相见，实在感到荣幸。接着，此人又自言姓李名定，字资深，扬州人，少时尝受学王安石，现任秀州判官；这次到京办事，听说王安石在京越次入对，特来拜会。末了，此人又说自己十分赞赏章惇的话，认为朝廷起用王安石正当其时。苏辙觉得这个人挺啰唆，但章惇却过去跟他搭腔，像老朋友重逢一样亲热。这个章惇对与己合的人，总有种相见恨晚的表现；对与己不合的人，多耿耿于怀。

章惇正要跟李定发通议论，苏辙看见从定力院出来四个人：王安国、王安礼、冯京、曾布。走在前面的是王安国。王安国之才，其实与兄长王安石不相上下，小时候敏悟能力就很强，未尝从学，文词天成，语皆警拔，于书无所不通，以文章称于世，士大夫交口誉之；此公很有点名士做派，好声色，是个喜欢玩乐的爽快人。这次蔡河游就是他的主意。王安礼外表像乡下人，其实长得很像兄长王安石，伟风仪，虎头牛耳，体貌魁梧，连那双眼睛也黑得像点漆一样。王安礼的志趣也像王安石，心思都用在天下大事上，满腹经纶，办事锋锐，从不拖泥带水，是个有经邦治国之才的人，且在兵事上有胆有谋。去年冬天，西夏举兵二十万与大宋鄜延军大战啰兀城。是时西夏大军埋伏在啰兀城外，天寒地冻，滴水成冰。太原府征发四万民兵前去运输粮草、军饷。在太原府当幕僚的王安礼与太原知府争了起来：“民兵不习武事，今驱之深入，不被敌寇乘机灭掉，也要冻死饿死，宜赶紧罢遣。”太原知府倒也不仅不怪王安礼，反用其言。这一路的民兵得以回家，其他几路的民兵皆全军覆没。王安礼因进一言，而活民兵四万之众。此事不胫而走，传到京都开封朝廷，天子赵顼当即召王安礼到京都开封来，不用说要大用王安礼。王安礼也从来当仁不让，以经纶自任，觉得自己是干大事的料。

王安国边走边拱手边高声朝这边嚷：“往河边走，往河边走，今天我们玩个痛快，吃好、喝好，不痛快不上岸。”

王安国还没到苏辙他们身边就往侧边的河下走去，他身后的王安礼、冯京、曾布转身跟在后面走。苏辙和兄长苏轼也往河下走。章惇的议论发不成了，只好跟在后面走来。没人理李定了，走出十来丈远的地方，苏辙无意间回头望了望，看见那个一脸厚貌的李定还站在那里对他们拱手。李定的这个拱手在苏辙心中留下很好的印象，觉得这个人确实是个厚道人，且厚道得可爱。苏辙再转过身去，发现冯京转过身来，双拳合抱，高举过头，对着身后的李定长揖而拜。李定在那边一个大弯腰，头低到膝盖上，拜了又拜。苏辙想：冯京怎么跟李定这么熟呢？

蔡河离定力院不过两箭多一点的路。一条气派豪华的上下两层楼船停在河边。王安国四人先上了船。不多一会，苏辙赶到蔡河埠头。一个生意人站在岸边迎候苏辙、兄长苏轼以及章惇，引他们上了楼船。王安国告诉大家：这个生意人就是醉春楼店主黄发贵，听说这次蔡河中有大才子苏轼，酒和船全由他包了，只求大才子苏轼写个店牌。苏辙清楚，读书人在大宋是十分吃香的，比哪个朝代的读书人的日子都好过，大宋可说是中原王朝读书人的天堂。英明而又狡诈、阴谋阳谋全都运用得炉火纯青的开国皇帝赵匡胤杯酒释兵权之后，开创了真正以文御武的文官时代。大宋那些行为粗鲁、不讲道理的军汉武夫再也不像汉唐五代那么吃得开了，很有点自惭形秽的感觉，不要说在文官面前，就是在没有功名的秀才面前，也矮半个头。世人无不以结识读书人为荣，特别是其中的大名人，能得到这些人的墨宝什么的，就更觉得身价百倍。文人名士也乐意为之，写几个字不过举手之劳，就有人掏钱供他们吃、供他们喝、供他们玩，何乐而不为？请兄长苏轼写个字、画个画的人就更多。听说兄长到京都开封来了，醉春楼店主黄发贵自然不会错过这个机会，要向兄长索字了。王安国又告诉大家：醉春楼是今年年初才开张的酒楼，原来这里是块荒地，黄发贵好眼力，花了二万两银子盖了座大酒楼，又在周边植树栽花铺草皮，河光水色，风景很是宜人。开张不过三个月，生意竟比城内几家有名的酒楼还火旺。

苏辙发现，众人兴致愈发高了，兄长苏轼本来就是个天性多情的人，马上很爽快地对黄发贵说："快快把笔墨拿来。"

王安国猫腰进船舱："黄店主早准备好了文房四宝。"

苏辙接着与其他人也都进了船舱。苏辙注意到，这条气派豪华的楼船舱内洁净雅致，摆了两套桌凳，两边摆有木椅，有楼梯通楼上。船楼上有了脚步声，两个伙计从楼梯上下来。一个端着文房四宝，一个端着砚滴。端文房四宝的伙计赶紧把砚台放好，端砚滴的赶紧按了按砚滴上面的钮盖，砚滴的嘴里便将一股细细的清水注入砚台。端文房四宝的伙计取出墨，研磨起来。墨是徽州府歙州出产的上等好墨，墨才磨几下，船舱里就有一股墨香。兄长苏轼把硬黄纸铺开，侧着脸，问过黄发贵写什么字后，看了看砚台中磨好的墨，却迟迟没有提笔。这叫黄发贵很有点尴尬，也很有点惑然。

苏辙了解兄长，写字要用浓墨。苏辙挽起衣袖，重新磨墨，看看墨如糊状，才把砚台推到桌子右边。果然，兄长苏轼提起笔，沉吟耽思，收视反听，屏声息气，周边世界对他来说似乎不存在。众人也都睁着双眼，盯着苏轼手上的笔。好一会，众人只见苏轼调好墨，神定气闲间，“醉春楼”三个大字赫然呈现在众人面前，笔体圆润，灵劲自然，随机而发，气韵生动，荡元气于笔端，寄妙理于墨中，内蕴一种浩然之气。众人无不拊掌称妙，黄发贵更是千恩万谢。

突然，船头传来一阵女子的说话声和细碎的脚步声。众人都觉得奇怪，一起望着店主黄发贵。黄发贵笑而不语，只是要两个伙计把字收好。

苏辙注意到，不多一会，七个二十上下的女子拥在舱口，却不进舱，只是抿着嘴笑。众人都很认真地打量着这几个女子：白里透红的俊俏脸上略施粉黛，苗条身材穿红着绿，耳戴鲜亮珠宝耳环，偏在一侧的发髻如一朵黑云似堕非堕。不用问，这七个女子都是花业行的花娘。不过，举止颇有气质，很有品位，不是那种做下等皮肉买卖的娼妓，浓妆艳抹，脸上的脂粉厚得连脸都挂不住，粗俗得掉渣。黄发贵向她们招了招手，这些女子才轻移脚步，款款走了进来，跟众人行了万福礼，然后站在船舱边上抿着嘴笑。

苏辙和兄长苏轼虽然不是京官，但一次进士科考试、一次制科考试，从嘉祐二年到嘉祐六年，一直都在京都开封，一待就是四年，对京都开封的花业还是清楚的。大宋的花业繁荣，京都开封的花业更是快速膨胀。大宋开国皇帝赵匡胤杯酒释兵权开出的交换条件是：允许军爷们多购良田豪宅，多买童男舞女，不仅自己日夕欢娱，借终天年，而且为子孙立了长业。开国皇帝赵匡胤比谁都清楚：这些起自草莽寒门的开国军爷，谁不是一得天下，就要迫不及待享受起来，恨不得一夜享尽天下美色。因之，满朝文武百官，娶多少妻妾，跟多少花娘交往，皇帝老子不仅不管，相反多加鼓励。大宋的花业就这么兴盛起来，官办的日益兴旺，民办的愈办愈火，势头愈来愈猛。然而，这依然压不住官绅、商贾、文人雅士的欲火。这些人无一不尽情地在如花似玉的花娘柔嫩的胴体上获得肉体上的快感，谁也不把跟花娘有什么故事当作见不得人的丑闻，相反当作千古风流雅事而很有几分得意、几分自豪、几分荣耀。

开封妓院有四等：一等叫书寓，二等叫茶室，三等叫下处，四等叫龟窝。一等书寓的花娘，多般出生在破落士绅人家，有知识，有教养，家道败落后，沦落风尘，卖身书寓谋生，经过书寓班主调教，笙管丝弦都来得一手，诗词歌赋也能吟上几句，有的还能来点书法和水墨丹青，谈吐气质，非一般庸妓可比。黄发贵叫来的这七个花娘都是书寓女子。黄发贵很会说话，对这七个花娘说："你们这些书寓女子真是前世修到的福分，一下子就认识到这么多才子，今天可要好好露一手呵！"十分巧妙，也十分自然把这七个花娘身价标了出来。

苏辙注意到，王安国精神明显振奋起来，冯京、王安礼、曾布也面有喜色，兄长苏轼就更是喜形于色，在美人面前也更有精神。兄长苏轼说："在下讲个笑话：都说一山不容二虎，其实错了。"

一船的人都在笑兄长的话太离谱。章惇这个人好色，但不讨好美人，也从不跟美人开玩笑。见到这七个花娘，章惇面色如旧，相也不相一眼，显示出一种十足的男人霸气。但章惇对兄长的笑话却很感兴趣。兄长的笑话是一种男人味十足的话题，这样的话题才能撬动他的精神。不过，章惇对兄长的话很不以为然，说："年兄又在信口开河，等会喝酒时要罚你的酒。一座山上两只老虎，不要咬得天翻地覆、你死我活才会罢休？"

兄长苏轼瞟了章惇一眼，悠悠说："到时候恐怕是罚年兄的酒。"

章惇说："行，罚酒！年兄说，为何一山两虎也相无事？"此公好斗，喜欢挑战、也喜欢人家向他挑战。

兄长苏轼微微一笑："一公、一母在山里，会吵架吗？不要说两只老虎，就是再多的老虎也相安无事。只要一公一母搭配好，不仅太平无事，而且其乐无穷。"

苏辙看到，先是船舱里的男人一怔，接着一阵大笑；然后花娘也笑了，笑得很是开心。苏辙用眼睛把船上的人数了数，除黄发贵外，刚好七男七女。王安国在兄长苏轼肩上重重拍了一下，说："好呀，你把我们都看成老虎，其实你也好不到哪里，也是老虎。"

兄长苏轼又微微一笑："不过，虎也和人一样，也有一本正经的，就很难和母老虎搭配。恐怕这种虎不能叫公虎，只能叫阴阳虎了。"

众人明白，兄长苏轼在借题发挥，拿章惇开心，又是一阵大笑。章惇也大笑。苏辙知道，章惇这个人豪气、霸气、勇气都十足，胆子大，常常负气斗狠，好耍酒疯。这个人惹不得，他可以是你最好的朋友，也可以是你最可怕的仇人。惹恼了他，他会毫不手软地弄得你死无葬身之地。不过，对这种玩笑，此公从来没认真过。

众人笑过后，黄发贵对花娘说："你们不是要大才子苏轼的墨宝吗？黄某人有个条件：认得出的才有，认不出的没有。"

京都开封的书寓女子见过世面，跟不少高官贵人打过交道，没半点不好意思，到挺落落大方把舱里的这些男人打量了又打量。在世人的想象中，大才子自然是才貌出众，风度翩翩。眼前的这些男人，容貌最不出众的就是兄长苏轼，除两颊多髯外，长相再平凡不过的了；一张长长的驴脸，很难引起美人的青睐。特别是那个大肚子，刚过而立之年，就凸了起来，要是再过个十年八载，肚子不要跟孕妇那样难看了。只有那双眼睛透露出来的颉颃当世贤哲的神色，确实很有点叫人不敢小觑，却很难引起美人的兴趣。

苏辙看到，这七个花娘的眼睛看过兄长苏轼一眼后，就再也没看过一眼，一双眼睛却先停在冯京身上。冯京是个美男子，个子高高，有种隽迈不群的气度，但似乎年纪大了点。接着，七个花娘把目光移到王安礼身上。王安礼伟风仪，一双睿智的眼睛似乎有种不可阻挡的穿透力，但似乎年纪又轻了点。再接着，花娘们的目光移在王安国、曾布身上。王安国长相出老，曾布一身土气，花娘们的目光一掠而过，没有回头再看半下的意思。后来，苏辙发现，花娘们把目光转到他身上，且停了好一会；大概是觉得他这个人暮气沉沉，半天没说过一句话，很快就把目光集中到章惇身上。章惇看也没看这些美人一眼，豪气、霸气中内孕着一种大男人的坐怀不乱的正气，很显然，正是这点很叫这七个花娘心动。天下美人爱英雄，哪个英雄无霸气？大才子也是英雄，大才子当然也有霸气。花娘们很自信，以为完全认出了大才子，一个个上前对章惇行万福礼："小女子这厢有礼了。"

船舱里的这些男人哄堂大笑起来。章惇也大笑，笑过后脸放了下来，很不客气、很严厉地对花娘说："去！去！去！开什么玩笑，你们认错人了。"这个章惇，对美人也这么霸气十足，弄得这些花娘很没面子，一个个羞得一脸通红，又尴尬，又狼狈，差点掉眼泪。

最有意思的是兄长苏轼，一直被美人冷落，却一点不怪美人，不觉得美人对他有什么不恭。苏辙看见，兄长苏轼挺着个肚子，笑眯眯地走上前，对花娘拱了拱手："敝人正是你们要找的苏轼，不过，不是大才，而是不才。你们要什么字，要什么画，在下奉命就是，可好？"

在欢场上从来逢场作戏的花娘自然不会太把章惇的话当回事，见兄长苏轼这么善解人意，打圆场，早笑开了。苏辙明白了，兄长苏轼何以美人缘特别好的原因：兄长不仅没有大才子的架子，从没轻看过美人，更遑论发美人的脾气，且还这么会哄美人，天下美人不喜欢这种男人喜欢谁？花娘们围着兄长苏轼，紧紧靠在兄长身边，用钦佩的目光痴痴地望着兄长，原先不起眼的兄长似乎一下子成了美男子，就连他此时还不该凸起来的肚子也似乎别有一番风味。花娘们一个个把随身带来的纸扇、丝绢拿出来，等兄长题字作画，把其他男人全都撇在一边。其他男人挺知趣，都一个个走出船舱。醉春楼店主黄发贵吩咐船夫开船。船舱里只留下多情的、十分有美人缘的兄长苏轼为花娘们题字作画。

日头已上了安上门墙楼，河面还阴阴的，河水也幽幽的。不多一会，苏辙他们乘坐的这艘楼船就到了朱雀门东南、南熏门东北的蔡河湾。此地是京都开封最繁华的地方，茶坊酒楼，帜旗高挑，食业兴旺发达。从楼船上可以看到，店家门前无不高扎彩棚，门前有打扮入时的侍女在热情而又卖力地拉客。青楼勾栏门前，美娘群集，浓妆艳抹，锦花绣襦，确实令登徒子垂涎欲滴。更有贡院、太学、国子监杂处在这些青楼之间，叫人称奇。街的临河两边，摆满各种摊点，但见人头攒动，恍若一条黑龙在蠕动。嘈杂的人语，往河面弥漫，弄得满河嗡嗡作响。河内水道上，一条接一条的漕运大船，满载着人吃的粳米、马吃的粟豆，缓缓开来。船体吃水很深，溅起上尺高的水花。官办大船两边的船舷上，有手持刀枪的士卒来回走动，站在船头的彪形大汉兵头则神气活现地用环首长刀指着河中的渔船和渡船吆喝着，要他们让道，吓得渔船和渡船上的船户像见了阎王一样地往河边躲闪。民营大船上的船主就没那么神气，不停地对遇上的渔船和渡船拱手作揖，要他们帮忙让道。

苏辙他们乘坐的楼船没谁敢啰唆。开船不久，醉春楼店主黄发贵吩咐伙计搬来一张方桌，七把靠背不高的玫瑰椅，又泡上上等雀舌茶，让众人坐在玫瑰椅上，一边喝茶，一边观赏两岸京都风光。舱内不断传来花娘开心的笑声，笑声中不时夹杂着有点故作嗔怒的嗲嗲声。这些书寓花娘肯定是开心透了。舱外的人都知道大才子苏轼好美人。今天，这些书寓花娘要多少字，大才子苏轼都会给面子，不会拒绝。

舱外的人也不去管舱内的事，只顾尽情游览。楼船过了蔡河湾，便到龙津桥下。龙津桥是京都开封城内三条大河中的一座名桥。其桥无柱，皆以巨木虚架，大的舟船大都从这里经过，过往的船只也特别多。桥面虽宽，但摊贩云集，人车争道，免不了吵骂斗殴之事。开封府管过多次，严禁桥上摆摊贩卖，但总难禁绝。楼船过了龙津桥后，章惇忽然起身急步走到船头，吓得撑篙的船夫急忙扯住他的衣角。章惇很不客气地把船夫的手打开，嗓门大得出奇地道："你个龟孙子，怕老子掉到河里喂鱼呀！"这个章惇不仅脾气挺大，而且语言也很不雅，嘴巴一张就骂人。船夫很是没趣，撑篙去了。

苏辙知道，章惇这个人胆子特大。不要说船头这样的危险，就是万丈深渊也不怕。听兄长苏轼说过，有一次，商洛令章惇与时任凤翔府判官的兄长同游南山，到了一处叫仙游潭的地方。此潭下临万仞绝壁，潭上横架一木。章惇对兄长作了个长揖，要兄长过横木，到对面绝壁上写几个字。兄长填词作赋、写字作画，艺高胆大，可要在绝壁上写字，却没这个胆量。然而这个章惇随即叫身边的长随找来一根绳索、一罐漆墨、一支大笔，然后把长袍下摆塞在腰间，杀了杀肚子，没事一样地平步过横木、攀绝壁，再用绳索把自己吊在绝壁上。随行的属吏、师爷、衙役，一个个吓得头上冒汗。章惇右手提着大笔蘸着左手提着的罐中漆墨，在绝壁上从从容容写着"苏轼章惇来此"六个大字。写完后，章惇回到潭的这边，口不喘，气不急，神色阳阳如常。那些属吏、师爷、衙役一个个呆住了。兄长苏轼拊着章惇的背说："你他日必能杀人。"章惇大吃一惊，问："这是为何？"兄长苏轼实话实说："能自个儿跟自己玩命的人，难道会在乎他人的命吗？""杀人者"的名声总是不太好的，但章惇却没半点气恼，反大笑不已。

苏辙奇怪：这个能跟自己玩命的章惇又想玩什么命呢？只见章惇一动不动站在船头，很气愤地望着蔡河。苏辙走到章惇面前，顺着章惇的目光朝河上望去，眼前出现了奇怪的现象：三条不大不小的货船迎面驶来，过往的大小船只一律闪开，让出一条宽宽的水道；官办漕运大船的霸气一下子全蔫了，船头上的兵头、士卒比孙子还乖地肃立船上；民营大船上的船主更是一脸的巴结，目送这三条普通货船从旁边过来又过去。苏辙看到，醉春楼店主黄发贵弯腰弓背走了过来，恭敬之态可掬。苏辙百思不得其解，此是何人货船，有如此了不得的声势？冯京、王安国、王安礼、曾布也都来到船头。苏辙看见，除冯京外，其他人都一脸茫然。冯京算是他们中最年长的，与王安石齐年，生于真宗天禧五年。此公学问了得，是大宋百年三个“三元及第”状元中的一个，又是当朝次相富弼的乘龙快婿，衔称是端明殿大学士，官职是太原知府，之前则是以翰林侍讲学士衔纠察在京刑狱，旋而又以翰林大学士衔知开封府。冯京对开封的情况熟悉，不过冯京却半天没出声。后来，冯京告诉苏辙：京都开封这个地方，不仅是天子后妃、皇亲国戚居住的地方，也是达官贵人、富商巨贾、文人墨客来来往往的地方，还是天下游民、无赖、亡命客、江洋大盗、匪寇集散出没的场所；此外，宋室开国之初，被削平诸国的王侯、陪臣、宗亲，也都挟其赀财，尽徙家室于此地。京都，实则是权力、金钱、财色的角逐场。不要说那些官办大船的底细很难叫人搞清楚，就是那些民营大船的底细也很难搞清楚，说多黑有多黑；至于普通货船，有些就更是来路不明，开封府多少任知府都没搞清过它们的来龙去脉，就连仁宗朝赫赫有名的龙图阁大学士、知开封府包拯包大人也没真正搞清楚过。

苏辙被章惇拉过去。章惇手指着河内。苏辙又发现一件怪事：那三条不大不小的货船一条挨一条在龙津桥前面不远处的码头靠岸，抛锚。岸上是家店铺的后门，却不见后门有人出来接货，也不见船上的人卸货。苏辙还看到，船头船尾的船夫风快钻进船舱里，再也没出来过。三条货船寂静地停在码头水边。

章惇回过头去，要船夫把楼船停在水中，他要看个究竟明白。当过开封知府的冯京说：“那是家邸店，开封没人说得清是谁开的。开船，否则你要等到半夜三更。不到这个时候是不会有任何动静的。”

苏辙明白了，怪不得过往的大小船只要赶紧让出一条宽宽的水道，给那三条不大不小的货船通行。楼船又往前行驶了。章惇还站在船头。苏辙和冯京、王安国、王安礼、曾布回到方桌边去，醉春楼店主黄发贵则钻到舱里去了。曾布在椅子上坐下后，很是愤愤地说：“布知道邸店的事，京都这种邸店很多，都是权势贵官、豪门巨富经营，背景深得很，生意做得很大，没什么买卖不敢做，有时还动用军爷押运货物，天下商旅无不切齿，可谁也奈何不了他们。”

冯京、王安国、王安礼都十分惊奇地望着曾布。这个曾布也是嘉祐二年的同榜进士。苏辙对曾布的印象还是不错的。此人嘴巴快，心眼少，终其一生都十分敬服王安石，唯王安石马首是瞻，说起话来慷慨激昂，脸也涨得通红，像跟人吵架似的。苏辙真不明白，曾布会对京都的这些情况这么熟。

站在船头的章惇明显听到了曾布的话，扭过头来，朗声说："只要王翰林柄国，看能不能奈何得了这些人。"此公一谈到王安石，一种崇敬之情油然而生。不过，章惇的话中还明显有个意思：如果有王安石王翰林的支持，他又能耐奈何这些人。

曾布抬起头，视线越过坐在他前面的个子高大的王安礼的头，大声对章惇说："年兄言之有理。王翰林柄国，社稷幸甚！朝廷幸甚！苍生幸甚！这些家伙的好日子就到头了。"

此时，舱里花娘的笑声和嗲声突然大作。不过，没多一会就又戛然而止。醉春楼店主黄发贵从舱里钻了出来，说："字写完了，诸位大人请进。这些书寓花娘备好了几支新曲，请诸位大人赏光。"

黄发贵话音刚落，船的楼上就传来细细的琴声和悠扬的笛声。王安国又一次来劲了，赶忙钻进舱里。接着，冯京、王安礼、曾布也进了舱。苏辙进舱时，却发现章惇还站在船头，不肯进来。这个敢跟自己玩命的人要是不肯进舱，还真拿他没办法。此时从楼上下来一位花娘，听说章惇还在舱外，便卖弄地轻移三寸弓弯金莲，腰肢轻扭，一步步出了舱。到了章惇身边，花娘一手搭在章惇肩上，软软的奶子贴了过去，香腮靠着章惇的脸，娇声欲滴地说："大人要是不肯赏脸，小女子就跳到蔡河里去。"

花娘的话自然当不得真，才相识，且没有过缠绵，如何就到了舍得跳河的地步？但这个章惇也实在太死板了一点，脸上的表情僵硬得跟铁一样，竟一点面子也不给花娘，死也不进舱。这就太不像话了。这时，兄长苏轼从楼上下来，走出舱去，站在舱口对章惇说："你真要弄出条人命才高兴呀！讲点规矩。"

奇迹发生了，这个敢跟自己玩命的章惇规矩了。兄长苏轼见机，忙叫花娘扶着章惇，自己也过去在后面推着章惇进了舱，然后又上前去，拉着章惇上了楼梯，到了楼上。

苏辙紧接着上了楼。众人东向坐，花娘西向坐。花娘一人手持一件乐器。醉春楼店主黄发贵正要发话开场，兄长苏轼举手拦住，说："多谢黄店主盛情，今天蔡河游可说是四福至，两难并。大家应该作篇赋，记一记今天的蔡河游才是。”

王安国打岔道：“慢，慢，敝人记得王勃的《滕王阁序》里明明写的是‘四美具，两难并’，大才子怎么乱改一气，等会要罚酒的。”

兄长苏轼胸有成竹，悠悠地说：“要罚酒的是年兄，年弟没改《滕王阁序》。今天文人美女共聚一船，不是两难并的事给我们碰上了吗？刚才大家饱了眼福，马上要饱耳福，中午要饱口福。”说到这里，兄长苏轼打住，不说了。

王安国追问：“大才子只说了三福，还有一福呢？”

兄长苏轼微微一笑：“这还用得着年弟说破吗？这么多美人陪着，岂不是一种艳福？”

一船的人笑了起来，花娘也笑了，这回章惇也难得跟着笑了。

兄长苏轼忽地指着冯京对花娘说：“这位冯大人才是真正的大才子。大宋有三个‘三元及第’的状元，冯大人就是其中一位。”

花娘很是不解地望着兄长。不用说，她们不知道“三元及第”的状元为何物，但她们却感到“三元及第”的状元肯定是个非同小可的东西，脸上现出无比的荣耀和兴奋，觉得这次能与“三元及第”的状元在蔡河的楼船上唱和取乐，是自己一生中最赏心的一次乐事。

兄长苏轼对花娘说：“‘三元’指的是乡试、会试、殿试都中第一的人，又叫‘三元及第’。我朝百年状元有五十三人，但连中三元的只有三人。”

花娘们无比崇敬和钦羡地，也是痴痴地望着冯京，吵着索冯京的墨宝。冯京的字自然不差，但无论如何比不上兄长。冯京不停地摆手，此公不苟言笑，待人谦恭顺从，温文尔雅，总是轻声细语说话，态度好极了：“惭愧，惭愧，敝人的这个‘三元’不过是命好，碰到贵人相助。论才和字，还是大才子子瞻的好。”子瞻是兄长苏轼的字。冯京不是故作谦虚。终其一生，冯京都十分看重兄长。多少年后，不管碰到什么情况，冯京都帮兄长说话，有机会就举荐兄长。

醉春楼店主黄发贵示意奏唱开始。不用说，花娘们从来没有像今天这样卖力，这样投入。今天对她们来说，缠头不缠头无所谓。今天叫她们看重的是这么多才子、名士、朝廷命官跟她们在蔡河同乐酬唱，又得到兄长苏轼这么多墨宝，这在京都花业行里堪称百年不遇的盛事。花娘们坐在舱边的石墩上边弹边唱，弱管轻丝，竹肉相发。花娘们精神上快活到了顶点。男人们追逐的是天下的权力和名利，女人们追逐的是男人手中的权力和名利。醉春楼店主黄发贵也十分高兴，手执檀板，节节相拍。

一个伙计走上楼来，在黄发贵耳根悄悄说了几句话。黄发贵忙起身过来对兄长苏轼说："有位长得像弥勒佛的胖僧人要会你。"

苏轼先是一怔，接着拊掌一笑："佛印禅师！是佛印禅师来了！快快请上，快快请上。"

苏轼的话音刚落，楼下就响起了急促的脚步声；一会，楼梯口现出一只光光的大脑袋；再一会，就见一件黄袈裟一步一步慢慢升了上来；最后一位胖和尚到了楼上。果然是佛印禅师。苏轼与这个佛印禅师佛缘不浅，几年前相识以后就从没断过来往，即使是兄长落难的时候，也是如此。十一年后，兄长因乌台诗案被发配到黄州，过着只有官籍，没有官职、只给一年俸禄且受地方官府监管的罪官生活，这个佛印禅师千里迢迢赶到黄州去，陪伴着兄长，与兄长同游古战场赤壁，醒时诗酒醉时歌，在清风明月中度过一段不算短的艰苦日子。

历代名妓闲僧，多有唱和酬酢。有宋一朝，此风日炽，人们更不会以为有什么不妥。花娘们一起站起来给佛印施礼，佛印亦合掌回礼。楼上因佛印禅师的到来，更平添了几分乐趣和情趣。丝竹管弦重启，玉嗓妙音再开。苏辙探头朝窗外望去，发现楼船外拢过来不少船，船头船尾坐了好些人在听楼上的器乐和声乐。今日的天气又好，天朗气清，惠风和畅。四月的日头已到中天，倒映在水波中的日头被来往船只击起的波浪搅碎，一河熔金，如图如画。

开宴的时间到了。楼梯口有一阵阵菜香飘过来。醉春楼店主黄发贵请众人到下面船舱喝酒。兄长苏轼拉着佛印禅师先下了楼，众人和花娘也都陆续下去。楼下船舱里的两张方桌，摆满了一盘盘的菜。黄发贵把座位安排好了，苏辙七位每人一位花娘作陪，佛印禅师由黄发贵作陪。伙计揭开上等官酒酒坛上封口的黄纸，船舱里立即有股浓浓的酒香飘散开来。同样喜欢玩、喜欢吃、喜欢唱、喜欢美人的王安国指着桌上一盘红烧猪肉说："这是按照大才子的法子烧出来的猪肉，肥而不腻。喝酒！"

这些花娘侑酒的功夫很到家。一个个伸出白嫩香酥手，殷勤地给自己身边作陪的对象斟酒夹菜。有了美人侑酒，菜香酒洌，众人胃口大开，菜也吃得多，酒也喝得多，特别是那盘兄长苏轼顶喜欢吃的红烧猪肉，早已一扫而光。众人十分开心。冯京、王安礼、曾布不胜酒力，一脸通红，现出一种酒后昏昏欲倒的醉态。敢跟自己玩命的章惇酒量大，喝了十来杯还可以喝。兄长苏轼最开心，这么多文士好友在席，这么多色艺俱佳的花娘侑酒，还有胖和尚佛印禅师也来了，可以说今天是丁忧守制期满以来兄长苏轼最开心的一天。本来胃口就好的苏轼吃得更香，喝得更甜了。

酒喝了一个时辰才完。众人下船前，醉春楼店主黄发贵端着苏轼先前写字时用过的砚滴过来，恭恭敬敬送到苏轼手上，说是赠送给苏轼。众人很不解地望着黄发贵。苏辙觉得黄发贵这个生意人心真细，自己先前在给兄长磨墨时，黄发贵就注意到兄长苏轼一双眼睛老望着那只砚滴。原来那砚滴是青铜打造的，名青铜玄湖砚滴，流出的水细而匀，还可调控，磨出的墨自然浓淡均匀，恰到好处。兄长苏轼不爱钱财，对文房用具却有出自天性的钟爱。于是，苏轼很高兴地收下了这只青铜玄湖砚滴，往后不论是在什么地方当官，还是被贬到天涯海角，都随身带着。

三天后，黄发贵把苏轼写的笔体圆润、灵劲自然的“醉春楼”三个大字制成烫金的黄底黑字匾牌，挂在酒楼门楣上，吸引了许多过往官员商贾和文人墨客，生意分外火旺。

第四章　安石御前纵论理财富国经　富弼大殿进言帝王防奸术

转眼到了芒种，有芒的作物小麦、大麦已经成熟，无芒的水稻、芝麻、高粱、大豆，开始播种。今年的流年似乎不怎么好，各州府的抄报上都载有些古里古怪之事。比方，徽州黄山乡民家里有口古井，刮风下雨的晚上会从里面冒出黑气，波浪汹涌，直冲到井口。又比方，河中府宝鼎县地底下喷出的瀵泉里有光，看去像有四五支官烛在里面燃烧，其声如雷。还有江南西路乐平县的怪事，就更是可怖：一是河冲里有个姓程的人家里井水溢出来，冲到几尺高，穿墙毁楼，无可阻挡；二是有两条溪水相斗，一会儿前冲，一会儿后退，大约半个时辰之久，才结束争斗，恢复常态。

芒种后的一天，进入梅雨时节的皇宫大小殿阁楼台、奇花珍木，都隐没在雾一般的纷纷细雨之中。这日上午，有一乘肩舆在东华门前停下。肩舆后面跟着一位年轻人。东华门当值的内侍太监一看进宫的开门符是金质的，瞥了一眼肩舆里的人，吓得赶忙露出巴结的笑容，让卫士放行。肩舆缓缓路过正衙大庆殿，肩舆里一位老者便挑开窗幔，习惯性地望了望大庆殿前纷纷梅雨中那尊刻有“不杀士”的巨石。“不杀士”三字是大宋开国天子赵匡胤的亲笔字。确实，大宋百年从未杀过一个因为政见不同的读书人，以后恐怕也难开这个杀戒。老者的肩舆沿着皇宫掖垣向西而去，最后在垂拱殿前停下。跟在肩舆后面的年轻人赶忙过去，从肩舆里扶出老者。老者已近从心所欲之年，脸像风干的核桃，窝窝瘪瘪的，胡须不多，腿有毛病，一瘸一瘸；脸上的表情憨憨傻傻，眼窝里那双眼睛却很特别，深得像口小井，让人看不透，但也透出老者的机智和城府。

老者是当朝重臣次相富弼，跟在肩舆后面扶老者出来的是富弼的儿子。在宦海生涯中，老者富弼很是风光过。仁宗庆历二年，大宋帝国三十年来第一次对西夏用兵，延州一役几乎全军覆没。北辽趁火打劫，陈兵二十万，索要关南燕蓟十县。中原王朝自从后晋“万世之罪人”石敬瑭以燕云十六州换来自己的一张御座后，就无险可守。这次北辽索要关南燕蓟十县，大宋京都开封就几乎处于北辽的铁蹄之下。然而此时的大宋，新败于西夏，完全没有力量再对北辽用兵。况且大宋君臣安享了八十来年太平，听到边关有事就胆战心惊。兵是不能用的，仗是不能打的，派使者去议和自然成了最佳选择。派谁呢？无人出声。富弼敢，主忧君辱，做臣子的岂敢爱其死。当时，富弼不过三十挂零，接旨为接伴使，欣然出使北辽。富弼其实看死了北辽的如意算盘。此时的北辽四分五裂，内乱不止，自顾不暇，有何力量对宋用兵，不过是乘大宋新败之机，浑水摸鱼，再索要点岁币罢了。富弼到了北辽，先是折服北辽使者，要傲慢无比的北辽使者对大宋中使传旨慰问时行跪拜礼；后是义正词严又入情入理说服辽主撤兵，再盟北辽，保住了中原王朝的体面，长了大宋的脸面，同时也救了北辽，使辽主腾出了力量对付内乱。从此南北百姓过上四十多年兵革不见的太平日子，富弼功不可没！表面上看，大宋增加了二十万岁币，其实分文未付。因为这二十万岁币，半是关南燕蓟十县的赋税，半是北辽令西夏再贡大宋的酬劳，何其美哉！又何其妙哉！富弼以此很是得意了一阵子，也很是自豪了一辈子。

大宋当朝重臣富弼此次进宫，当然不是在天子赵顼面前摆这些老谱。在官场走了三十年江湖的富弼不会这样糊涂，没能把这点看透。官场永远没有过去，只要走错一步，就会身败名裂，甚至招来杀身之祸。富弼是应天子赵顼之召进宫的。除他外，应召的还有上相曾公亮，参知政事唐介、赵抃，中书省的头头全部到场，实际上是一次御前的宰执大臣朝政会议。此次应召当然非同小可，必关天下社稷大事。

富弼是有备而来的，其实不用赵顼召见，富弼也要入觐面见天子。四月初四王安石越次入对以来，朝中再麻木不仁的人也看出了越次入对时王安石那番话说到天子赵顼心坎里去了，也都看出了天子赵顼对王安石已到了心醉魂迷的地步。把问题看到这一步，当然不是个糊涂人，但终归浮浅了一点。富弼觉得，众人有个问题没深想下去：天子赵顼心坎里的东西又是什么呢？这个问题没想清楚，许多问题就很难搞清楚。这些日子，富弼常在想这个问题。四月初四那天，富弼一直在冷冷地仔细观察赵顼脸上的神情变化。赵顼是大宋第六位天子，跟前面五位比较起来，登基前赵顼是最不起眼的一个。除了出生时的祥瑞，在登基前的二十年生命里，平淡无奇得很，未做过任何一件拿得出手之事，更不要说惊人之举了。但去年正月赵顼登基后不久，就采取了不少举措，其中有个看似平常其实很不一般的举措，就是广求直言。表面上看，广求直言这种做法并不新鲜，历朝历代不乏登基后不久就这么做的天子，这也是朝中那班一肚子圣贤书的文官所最喜欢做也最擅长做的一件事。赵顼登基以后讲得最多的不就是“富国强兵、洗刷国耻”八个字吗？但只要把赵顼广求直言的举措、王安石越次入对这件事与赵顼常讲的这八个字联系在一起想一想，就觉得问题不那么简单了，就会觉得千万不可把赵顼的“富国强兵、洗刷国耻”八个字不当一回事了。这八个字里有玄机。把这八个字说白：富国强兵就是为了洗刷国耻。在未来的日子里，大宋对北辽和西夏用兵是不可避免的了，特别是对西夏用兵，恐怕是不久以后就要干的一件事。当然，王安石也讲这八个字，但富弼觉得，王安石的这八个字与赵顼的这八个字尽管有许多相通、相同的地方，但也有许多微妙的不同之处。这些微妙的不同之处，慢慢会显现出来。有这些微妙的不同之处，富弼觉得不是坏事，他十分愿意看到。这倒不是说，富弼想利用这种微妙的不同，达到什么个人目的。富弼不是这种人，不会去做这种千夫所指、卑劣小人干的蠢事。要是王安石的这八个字与赵顼的这八个字从外到里都完全一样，那事情不知会糟糕到什么程度。富弼觉得，赵顼的这八个字深藏着心中的一个大秘密。这个大秘密意味着将发生一件能令举世瞩目也让举世皆惊的翻天覆地的大事。要做这件大事，赵顼需要一个人辅佐。赵顼登基以来所有的举措，特别是那个广求直言的举措，都是为了寻找这个人，为这件令举世瞩目、也让举世皆惊的翻天覆地大事作准备。在满朝文武百官中，赵顼苦苦寻找了一年零三个月，始终没有找到。但，四月初四这一天，赵顼终于找到了，这个人就是王安石，要不赵顼就不会对王安石如此心醉魂迷了。赵顼的这个大秘密，叫富弼感到无比吃惊，也感到无比可怕和无比不安。此外，富弼觉得，对王安石这次进京赴阙这件事，也是万万不可不当回事的。富弼其实好些年前就注意到了王安石，他觉得王安石这个人在朝政上有满脑子的古怪想法。这些古怪想法很迷人，也很叫人感到可怕。要是按照王安石的古怪想法去办，祖宗的成法都要变了，朝廷就要行新法了，天下就要大乱了。朝中不少人认为王安石以前屡召不起，是因为给他的官位不高，没给他宰相当；而这次进京赴阙，是因为当朝天子会让他进中书，当宰相。非也！王安石以前屡召不起，根本不是什么作翘，拉高身价，要当宰相，而是因为前面几位天子不欣赏他那些古怪想法。把话说穿，王安石必行新法，始允为相。这才是问题的关键。富弼今天进宫面君，就是为了这个而来的。

几天前，富弼就拜会了当朝三位大臣。第一位是欧阳修。欧阳修老先生年轻时当言官得罪了太多人。每日一疏，落笔成章，朝野震动，天下风传，一时弄得京都纸贵。但，这个老先生也太不注意检点自己，喜欢喝酒、玩乐、交朋友，倒也无妨；在欢场上过分放任就坏事了，有时竟带着自己眷恋的妓女在宴会上招摇，这怎能不留下话柄，叫人说三道四呢？在这点上，欧阳修不如吕诲。这个吕诲很像他的祖父吕端，大事不糊涂。吕诲有个相好的女冠道姑，这一点尽人皆知，但吕诲从不带她出入酒楼茶馆。欧阳修曾遭到言官三次弹劾，两次皆因男女之事受谤，一次比一次耸人听闻。一次诬他与外甥女关系暧昧，一次是诬他与儿媳有染。这种乱伦的禽兽行为立即引起满朝文武的哗然和公愤。欧阳修觉得脸面丢尽，活到头了，气得撞墙。后来虽然朝廷给他辩了诬，但受到这两次打击，欧阳修精神大不如前，在家闭门谢客，修身养性，过着一个老翁、一张琴、一局棋、一壶酒、一千卷金石文、一万卷书的生活。因之，"醉翁"这个自号也改成了"六一居士"。富弼拜会他，是因为欧阳修有恩于王安石。王安石成名与欧阳修有很大关系。欧阳修为王安石延誉，称他"学问文章，知名当世，守道不苟，自重其身，论议通明，兼有时才可用，所谓无施所不可者"。有了欧阳修这样的评价，要王安石不出名简直比登天还难。富弼拜会欧阳修，是要跟他谈谈王安石。要是以前，欧阳修无须多想，就会对王安石大加赞赏，但这次却沉吟良久，摸摸自己白多黑少的胡须，几乎一字一顿地说："我真担心介甫要事与愿违。"在官场混迹了一辈子的富弼从这句话里摸清了欧阳修的态度。富弼不认为欧阳修反对王安石入朝主政，但对王安石的未来有着十分明显的担忧，其中还包含着对王安石入对问政时说的话持有不同意见。然而，只要欧阳修是这个态度，富弼就放心了。

富弼拜会的第二人是韩琦。富弼与韩琦的关系很奇特也很微妙。在朝中，富弼与韩琦齐名，都是一代贤相，曾被世人并称为"富韩"。但二人的关系并不一直都好，有段时间二人关系弄得相当僵。特别是仁宗皇帝去世前，二人简直有点水火不相容，几乎变成一对生死冤家。富弼最受不了的是韩琦的专断。韩琦与西夏党项羌人打过仗，三朝拜相，两朝定策，有盖世大功，满朝文武百官谁也不在他眼里，谁都得听他的。幸而富弼涵养好，不想把事情弄得不可收拾。因之，二人关系弄成这样也还没有破裂。富弼始终认为韩琦不愧是朝廷真正的鼎臣，天资朴忠，识量英伟，有卓见，敢担当，肯施为，重厚堪比西汉初年平定韩信诸王叛乱、诛杀诸吕、立下奇功的周勃，政事可比唐代历任武则天、睿宗、玄宗三朝的名相姚崇。富弼对韩琦两朝定策，也是大加赞赏的，认为这确实功盖天地，要不是韩琦在两朝天子驾崩前，果断拥立新天子登基，大宋王朝肯定要乱得一塌糊涂，弄得不好江山社稷都不稳。但前不久韩琦遭到言官弹劾，按祖制韩琦得离开朝廷。富弼对此时威望正如日中天的韩琦不得不离开朝廷，感到十分惋惜。富弼觉得韩琦走的不是时候。如果韩琦不走，还在朝廷，上相的位子非韩琦莫属，谁也别去痴心妄想，朝廷政事一如既往无忧。富弼知道，满朝文武百官中不少人想把韩琦留下来，天子也想留，但谁也留不住，因为韩琦自己想走人。韩琦这么做，不贪恋权位，一切按祖制办，不失为鼎臣风范。富弼很清楚，韩琦虽然不当上相了，但他的话仍有相当的分量，不仅在天子赵顼那里而且在后宫太皇太后曹氏和太后高氏那里也挺管用。那天富弼去拜会韩琦，一只脚刚跨进韩府大门的门槛，出来迎接的韩琦就说："富相可是来谈介甫？改日某会面圣，万万不可乱了朝纲。"一听就知道韩琦对王安石不满，也很不放心。

富弼第三个拜会的是文彦博。文彦博是富弼的老朋友、老同事。这个文彦博，虽是文进士，却通晓兵法，临事果敢，立朝端重，顾盼有威；喜欢交朋友，不论官员布衣，皆谦下接物；喜欢喝酒，酒量大。文彦博以前对王安石其实很器重。仁宗皇佑三年，已拜同中书门下平章事、集贤殿大学士的文彦博上疏举荐王安石，称赞王安石"恬退守道"，不搞奔竞跑官投机一套，要王安石到朝廷任馆职。馆职清要，是天下士人向往的官职。道理很简单，在馆职当官，能亲近天子，为今后入相铺设道路。对许多人来说，这真是天上掉下来的金元宝，会高兴得不得了，但时任舒州通判的王安石却不领情，竟上疏直斥文彦博之非，坦言"恬退"这样的美称用在他身上不合适，说他没那么高尚；说"恬退"让他受之有愧，担当不起；说他不想到朝廷当官，是因为他家人口多，馆职清苦，无以养家使然。王安石竟狗咬吕洞宾，不识好人心。文彦博差点没气得吐血，对王安石的印象再也好不起来。那天富弼去拜会文彦博，与文彦博在书房里坐了半天，当然谈了很久的王安石。不过，他们谈的最多的还是边事。文彦博十分忧虑地告诉富弼：近日大宋周边国家有了异动。与北辽接壤的军事重镇雁门一带很不太平，常有不三不四的人进进出出，许多商人也不去那边做生意，弄得那边物价飞涨。西南蛮夷几个酋长本来就不肯内附，此时好像又在蠢蠢欲动。与西夏为邻的秦州那边本来就时有战事发生，听说西夏后族梁氏意欲对夹在大宋和西夏之间的吐蕃河、湟地区下手，这会对大宋造成很大威胁。此时有个游方郎中在那边转来转去，弄得边关上的将士很头痛。好在秦州知府李师中已查明情况：此人姓王名韶，字子纯，江南西路江州德安人，与大才子苏轼是嘉祐二年同榜进士，曾经当过新安县主簿、建昌军司理参军；试制科未中，便客游甘陕，采访边事。秦州那边恐怕要重启烽火。算来算去只有南边的交趾比较乖，比较可爱，也挺自在，边境祥和无事。富弼吓坏了，庆历二年至今，二十二年过去，富弼最担心的就是朝中一些心高气傲、好大喜功、不知道天高地厚、不守规矩的书呆子无事生非，到边塞乱窜，把他努力再盟的北辽，赢得的四十多年兵革不见的太平日子付之东流。这些书呆子懂得什么。大宋的外患，一是北辽，二是西夏。然而，尽管北辽和西夏常常在边关骚扰，特别是西夏，常常出兵犯境，但其实只不过抢点东西。无论是北辽，还是西夏，都无入主中原之意，亦无入主中原之力。特别是北辽朝廷里，许多人仰羡中原汉文化，哪里愿意跟大宋开战，几十年来，真正大规模用兵并未发生。富弼深谙帝王之学。他清楚，这都是四月初四王安石越次入对问政惹出的事。赵顼登基以来，没有谁的话有王安石提出的富国强兵、洗刷国耻这一点更对当朝天子赵顼胃口的了，也没有谁的话更能这样引起北辽和西夏的猜疑和警惕的了，中原王朝又要进入多事之秋了。

富弼下了肩舆，纷纷梅雨大了些。富弼由儿子搀扶着上了丹墀，就听天子赵顼在垂拱殿的恼怒声："你们都谈了些什么，全是些老腐不堪的东西。"

富弼心中有数，年轻天子近来不止一次对当朝宰执大臣发脾气。冒着已经大了的梅雨，富弼进了垂拱殿。天子赵顼并没有坐在那张宽大的床形的御座上，而是站在殿中间发脾气。天子赵顼是允许富弼免行跪拜礼的，但富弼还是要跪拜。赵顼忙过去把他扶起，还命御前太监端过一只锦墩给富弼赐座。富弼在锦墩上坐下后，抬起头，窝窝瘪瘪脸上那双深得像口小井的眼睛望了望垂拱殿内。天子赵顼反剪双手，在殿内走来走去。中书三位年纪一大把、头发都白了许多的宰执大臣曾公亮、唐介、赵抃规规矩矩垂手恭立着，大气也不敢出。

富弼一下子就感到垂拱殿的气氛很有点沉闷、僵硬。赵顼忽地又摊开两手，说："什么正朝纲、塞邪径、禁贿赂、辨佞壬、绝女谒、疏近习、罢力役、节冗费，等等，等等，你们所条陈的这些东西，有哪点是新鲜的？朕还可以加上几条：抑侥幸、进贤人、精贡举、厚农桑。朕不是说这些不好，但这不是富国强兵之根，也不是洗刷国耻之本。要是凭这些能让大宋富国强兵，大宋早把北辽赶到漠北去了，蕞尔小国西夏也早对大宋服服帖帖的了。"

富弼默然不语。此公不是那种死不开窍的老夫子，死争非他所为。从四月初四那天他在正衙大庆殿听到王安石入对问政时所说的那番话后，就比谁都清楚，一心想富国强兵、洗刷国耻、做大有为之君的当朝天子赵顼，对当朝中书的所有大臣再也不感兴趣了，最赏识、最心醉、最看重、最合胃口的就是王安石。用不了多久，上相非王安石莫属。朝廷以后热闹了，有好戏看了。他料定会有人阻挡王安石拜相，但阻挡是毫无意义的蠢事。永远让人看不透的富弼拿定主意：少开腔，甚至不开腔。但富弼那双深陷在眼眶中的、两口小水井似的眼睛却把殿中每个人的举动都看得清清楚楚。

富弼先望了望上相曾公亮，注意到天子赵顼每说一句话，曾公亮都要点下头。这老头学问大，对朝廷台阁典宪十分精通，在这方面连老相公韩琦都请教过他；诗也写得好，一首《宿甘露寺》使他名噪一时。但，此公为官却是个老滑头，政绩乏善可陈，官却越当越大，而且是大宋少有未被言官弹劾过的大臣。这种人不合适当上相，主持朝政。富弼对皇权是看得很透的。皇权无限，没有哪一个天子愿意把自己的权力分出去，更遑论全部让出去了；但天子精力有限，这就要丞相帮忙。只是天子的这个忙不是那么好帮，当丞相的不仅要忠心，要出主意，要不断给天子提意见，要反驳天子不明智之举，还要有不怕天子发脾气，甚至还要有不怕天子拿你坐班房、杀头的精神。这样天子才会既喜欢你，又畏惧你；下面的官员也拥护你，用敬佩和崇拜的眼神注视着你。你这时才功德圆满，名垂青史，万古流芳。别看曾公亮一头白发，一副德高望重的样子，然而一脸迎合天子的神情实在让人看不下去。

富弼又望了望参知政事唐介。此公是个认死理的老夫子。少年家贫，连办父亲丧事的钱都没有，乡里人以财物相助不要，只是要借钱葬父。为了还钱，唐介吃尽了苦，熬坏了身体，弄得长年闹病。当朝天子赵顼拜他为参知政事以来，不是畏寒，就是发热，背上伴有奇痒。这老头人很爽快，刚直，没那么多繁文缛节，也没那么多婆婆妈妈、拖泥带水。面对着天子的斥责，唐介虽然没出声，却也不附和，一点也不掩饰自己未敢苟同天子赵顼意见的情绪。

富弼最后望了望参知政事赵抃，注意到赵抃和以前一样，一脸的苦相。这老头是个道德先生，长厚清修，人不见其喜愠。这老头还有个怪脾气，每天要做什么事，头天晚上一定要洗发澡身，换上干干净净的衣冠，在后院焚香禀告上天，觉得此事可以告天，就做；不可告天，就不为。这个老夫子昨天晚上肯定这么做了，此刻只是低着头，苦着个脸，什么话也不说。

梅雨仍纷纷下个不停。从垂拱殿里朝外望去，但见笼罩在烟雨中的大小殿阁楼台，蒙蒙胧胧给人一种神秘，同时也富有诗意的缥缈感。天子赵顼龙颜相当不快，再明显不过地表现了天子赵顼对面前的几位宰执大臣的失望和不满。赵顼忽然转过身去，对身边的御前太监说："王翰林到了吗？"王翰林指的是王安石。赵顼这句话看起来再简单、再平常不过，但富弼看到，曾公亮、唐介、赵抃都一脸错愕地望着赵顼，富弼心里则感到重重一击：翰林院有四学士，却只有王安石一人参加今天的御前宰执大臣会议，这意味着什么，是不言而喻的。对这点，富弼不是没有心理准备，但没想到事情的发展会这么快。

赵顼的话音刚落，一直站在殿外的押班太监躬着腰，迈着碎碎的急步过来，小声说："来了，来了。王翰林来了。"

富弼看到，天子赵顼龙颜一喜，脸上的不快一扫而光。富弼觑视了一下殿中的太监、女官、宫女，这些人神情也轻松起来。富弼又觑了一眼看得到的站在殿外丹墀上一左一右手执兵器的卫士。这两个卫士，也好像在对前面什么来人致意。垂拱殿里有了生气了。

富弼听到，丹墀上响起急急的官靴声。紧接着，一位御前太监把一位虎头牛耳的汉子引了进来。此人正是王安石。王安石恭恭敬敬行过跪拜礼后，天子赵顼命御前太监端来一只锦墩给王安石赐座。富弼注意到，这个御前太监对王安石不仅十分恭敬，而且十分殷勤，端来锦墩后，还用拂尘把十分干净的锦墩掸了又掸。天子身边这些没根的人从来就是看天子脸色行事，从他们身上就能看出天子的态度。富弼已注意到，唐介和赵抃脸上出现了一种很不是味的表情，曾公亮其实也是如此，只不过尽力掩盖罢了。这些宰执大臣，在满朝文武百官面前，谁不是前呼后拥、被人巴结、神气活现、八面威风的？然而，今日一个三品翰林学士可以赐座，朝廷一品上相、正二品大员参知政事却垂手而立，这叫他们心里如何痛快得了。富弼也觉得当朝天子赵顼对王安石礼数确实过头了。王安石在锦墩上坐下后，赵顼也没回到御座上去，却又要御前太监把他平日坐的座面宽大、可以盘腿而坐、带扶手的御椅往王安石身边挪过去。赵顼坐了上去，并没有像平日那样端坐着，坐姿明显向王安石一边斜过去，龙颜无比和悦地对着王安石说："那天大学士所说的'三乱''一冗''一失''一缺''一耻''一无'，真是振聋发聩，朕茅塞顿开。今天朕很想听听大学士的妙计：大宋要富国强兵、洗刷国耻，最急的是什么？"对王安石称官不称名，也是一种礼数有加的表现。

富弼从赵顼坐姿上，明显感到赵顼有一种向王安石求教的味道。曾公亮、唐介、赵抃也都把脸转向王安石。在富弼眼中，王安石很有点天下之大舍我其谁的神气。这个王安石，坐在锦墩上，半点谦让的意思也不讲，只是用那双点漆般的眼睛望着垂拱殿上面的屋梁，目光所及似乎不是眼前的事物，而是在憧憬未来岁月的某个地方。显然王安石是有备而来，沉吟一会，用抚州临川县生硬的、土里土气的官话回答了两个字："理财！"

富弼注意到，天子赵顼龙颜大开，又兴奋、又震惊，有种闻所未闻的新奇感。曾公亮、唐介、赵抃眼睛里又出现了为之一震的神情。那些没根的太监、宫女也莫名其妙地傻笑着。"理财"这两个再平凡不过的常用字，对满朝文武百官来说，此时却似乎成了两个叫人既感到无比陌生，又无比震恐的字。富弼默然不语。这时，富弼的思想似乎与千年中原王朝贯通了起来。深谙帝王之学的富弼从来都认为自己深谙治国之道。中原王朝，不管怎么更替，都以孔孟之道治国。孟子有句千年不易的名言："仁义而矣，何必曰利。"仁义兴，天下治；财利起，天下隳。天下都讲财利了，人心不就全乱了吗？什么怪事不会出来？王安石完全不懂得"仁义"的力量，也不明白财利的危害，更不懂得历朝历代标举"仁义"奥秘之所在。有道是，人之初，性本恶。天下熙熙，皆为利来；天下攘攘，皆为利往。人都是自私的，贪婪的，人的胃口永远填不满，这就需要"仁义"这个紧箍咒来把人的欲望箍住。人欲横流，越讲财利，人越贪，天下也越得不到太平。“仁义”是个好东西，用它去教化天下人，规范天下人的行为，人人以“仁义”为荣，以“财利”为耻。有了荣耻，才会收心养性，天下也就太平了，帝王江山也就成了铁打的了，千秋万代永远往下传了。这就是“仁义”的妙用。但，这点又不能讲破，只可意会，不可言传。不懂，不懂，王安石根本不懂这点，怪不得人们都说他迂。当然，富弼心中十分清楚，此时还不是他讲这些话的时候。富弼选择继续沉默。

赵顼又把御椅往王安石身边挪了挪，问：“如要理财，又该以何为先？”

王安石即答道：“最先莫过于变风俗、立法度。变风俗，就是要改变中原王朝千百年来为政治国的理念，使朝臣人人懂得理财是朝廷最重要的政事，政事就是理财。懂得义固为利也，有义必有利；义就是要国家富强，天下子民过上好日子，言利而行义，懂得礼义廉耻，利没有什么不好，用不着对利羞于启齿。立法度，就是要制定好新朝政，让新朝政纲纪天下，使人人有道可循。大宋澶渊之盟以来，百年无事，人人安享太平，默守旧习，肉山酒海，浅斟低唱，口不言利却肥马轻裘、良园美宅，天下风俗法度一切颓坏。悠悠万事，理财以变风俗、立法度为最急之大事。”

赵顼心醉了：“朕知卿已久，不自今日始。朕十分仰慕卿的人才道德，望卿助朕，万勿惜言。再说，再说。若此又该奈何？”

王安石：“陛下，变风俗、立法度，与战无异。臣最担心的是风俗未变，法度未立，十人中有一二败事，新朝政马上就要被流俗所胜。朝廷要富国强兵、洗刷国耻也就难了。”

富弼脸上憨憨傻笑着，心里却在认真琢磨王安石的话。口才不行的富弼却还真有点佩服起王安石的口才来。他觉得王安石的话全是邪说鬼话，但这个王安石却把这些邪说鬼话说得那么头头是道、振振有词，还真难驳倒他。鬼话！鬼话！朝廷最重要的是理政，怎么是理财呢？但这个王安石却把理财说成是最重要的理政，理财就这么悄悄地被变成理政了。怪不得不少人说王安石这个人性情强悍，自信所见，辩论滔滔不绝，动辄数百言，无人能使他屈服。当然，在天子赵顼面前，富弼也不会去驳王安石，否则天子脸上不好看。富弼只是心里在跟王安石对话：“一派胡言，一派胡言。既然讲的是‘财利’，人人都贪财图利去了，还有什么礼义廉耻可言？财利口子一开，小人什么事情都干得出来！”

王安石当然无法知道富弼心里说了些什么。富弼看到，王安石继续对天子赵顼道："陛下知遇，臣五中铭感。要办好这些事，人才难得。变风俗、立法度之后，善理财者就最为重要。"

富弼清楚，王安石要招兵买马，网罗信徒了。富弼早就料到王安石有这一招。王安石能瞒过别人，瞒不过富弼的眼睛。富弼低着头，觑视了一下曾公亮、唐介、赵抃。这几个人仍是默默不语，但脸上表情各异。唐介和赵抃都是一脸的梅雨天。不过，唐介更多的是气愤，赵抃更多的是苦相。曾公亮脸色却晴朗起来，眼睛在不断地注视着天子赵顼龙颜的变化。

赵顼龙颜更是晴空万里，对王安石说："言之有理，言之有理呀！今之政事，理财最急。可惜人才太少，求之科举，已缓不济急矣。"

富弼注意到，王安石一脸喜色。富弼心里想：王安石要的不就是天子这句话吗？这下王安石达到目的了，下一步就是要把看不顺眼的人赶出朝廷。富弼明显地感到，赵顼与王安石之间有着某种很难言传的神秘的亲近关系。这是一种什么样的亲近关系，富弼现在讲不清楚。富弼在为赵顼担心：皇上，天子不是这么当的。

垂拱殿外的梅雨更大了，淅淅沥沥。垂拱殿瓦沟里有细细的流水落下来。已过巳牌时分，要退朝了。王安石已从锦墩上起了身。曾公亮、唐介、赵抃可以不用再站在那里听天子赵顼与王安石侃侃而谈，松了口气，更是随时准备走人。但天子赵顼毫无退朝的意思，又问王安石："卿以为唐太宗、汉武帝如何？"

富弼看到，曾公亮、唐介、赵抃仍旧恭立在原地，脸上的表情看不出什么大的变化，但富弼对赵顼的问话感到大吃一惊：谁说什么就意味着谁在想什么。以前，赵顼说得最多的是富国强兵、洗刷国耻，现在又谈起唐太宗、汉武帝来了。很明显，赵顼现在心里所想的，已经超出了富国强兵、洗刷国耻这个范围，还有更大的雄心。富弼对赵顼心中深藏着的那个大秘密看得越来越清楚了：富国强兵、洗刷国耻外，还要重振汉唐雄风、威服四夷。富弼心里感到一震。糊涂！天子糊涂！富弼当然只是心里这么对赵顼说；当面说，那就要犯大不敬之罪了。大宋虽然不杀士，但犯了大不敬罪恐怕免不了要到乌府台大牢去吃吃牢饭。富弼岂会不明事理到这个份上？中原王朝什么时候真正威服过四夷？唐宗、汉武曾经用长矛、大刀把北方民族和西部民族赶到很远的地方去了，但又何尝真正征服过他们？用不了多久，北方民族和西部民族都杀回来了，中原王朝只好把军队撤回境内。再说中原王朝在武力上并无以战屈人的能力，用靠两只脚走路的步兵去对付北方民族和西部民族的铁骑，很难在军事上占到什么便宜。还是修文德以来远人好，用兵要花许多钱，汉武打了那么多年的仗，国库都打空了，天下子民日子过得很苦，弄得社稷不稳，最后得到的只是空图声名的穷兵黩武。当然，越清楚看到天子赵顼心中深藏着的那个大秘密，富弼也就越感到吃惊，越感到害怕和不安了。

富弼看了看王安石脸上的表情，但见王安石既是一脸的惊讶，也是一脸的惊奇。过了好一会，王安石一脸的自信，说出了另一番话："陛下要做就做尧舜，做什么唐宗汉武呢？尧舜之道行起来并非难事，只是后世儒臣并不真了解先王之道，才认为尧舜之政高不可攀。"

富弼看到，不仅曾公亮、唐介、赵抃，而且连天子赵顼都怪怪地望着王安石。王安石则一脸的正经、一脸的煞有介事、一脸的志在必得。这个南方乡巴佬王安石，连文治武功空前未有的唐太宗都没放在眼里，也实在太离谱、太荒唐、太狂妄点。不过，叫富弼自己也感到奇怪的是，富弼此时心里却暗暗叫起好来。要是王安石顺着赵顼的思路，大谈如何做唐太宗、汉武帝就坏事了。年轻的天子要富国强兵、洗刷国耻就已经叫人不安，还要做唐太宗、汉武帝，重振汉唐雄风，用武力威服四夷，那天下事真不知道要糟糕到什么地步。做尧舜，毕竟不是动刀动枪，用不着血流成河，担惊受怕。不过，富弼觉得王安石在这里大谈尧舜，其实是挂羊头卖狗肉，耍了个花招，用尧舜这块牌子给理财光脸。过了好一会，富弼发现，怪事发生了，赵顼忽然龙颜腼然一笑，对王安石说："卿可谓责难君矣！"

富弼注意到，王安石和曾公亮、唐介、赵抃都怪怪地望着赵顼。富弼提起来的心奇怪地放了下来。他明显地感到，一心想富国强兵、洗刷国耻、重振汉唐雄风、威服四夷，做大有为之君的天子赵顼，在尧舜面前到底显得底气不足。天子圣明，天下幸甚！天子赵顼这腼腆一笑给人的印象实在太深了。多少年后，熙宁元年芒种这天在垂拱殿议事的富弼、曾公亮、唐介、赵抃以及王安石，都能鲜活地记起赵顼回答王安石的那句话以及那腼腆的一笑。

不过，富弼还是很不满地望了王安石一眼。他觉得这个王安石在用"致君尧舜上"这样的大话蛊惑天子，到底不是什么好事。富弼在官场走了大半辈子江湖，心中十分清楚，所谓“致君尧舜上”，当然是历代读书人所向往的，但更多的是一班儒生编出来的骗人鬼话。这种鬼话，既是一种天国乐土的描绘，但更主要的还是儒生用这种天国乐土的鬼话诱使权力无限的天子上钩，约束和规矩一下天子，不让他们把手中无限的权力滥用到无边的不可收拾的地步。尧舜离现在几千年了，那时既没有史官，又没有什么典籍，谁知道尧舜是怎么治国的？王安石要赵顼做尧舜，又意欲何为呢？

富弼最感满意的是，无一人同意王安石的意见，这就好。富弼发现，王安石此时很有点尴尬起来。这当然没什么奇怪的，大话说得太离谱、太荒唐、太狂妄了，叫谁都会觉得好笑，叫谁都接受不了。迂，这个王安石确实迂！满朝文武百官，谁会说这样的大话？

天子赵顼也有点尴尬，起身示意退朝。曾公亮、唐介、赵抃、王安石退了下去。富弼迟迟没有起身，这一来因为自己有足疾，起身不灵便，不过，更主要的还是因为自己心中有些话要单独面圣。天子赵顼也看出这点，并不急着要富弼退朝，等垂拱殿里只富弼一人时，赵顼走到富弼身边。此时的赵顼，龙颜显出一种愐愐自用的神色，对富弼说：“卿有高见要说？朕该如何富国强兵、洗刷国耻？”

富弼对天子赵顼提出的这个问题一点也不觉得奇怪，四月初四以后，这是天子赵顼召见臣子时谈得最多的话题。说句实在话，富弼留下来也就是要谈谈这个话题的，不过说法很不一样。富弼那双深得像两口小水井似的眼睛望着天子赵顼，说：“陛下临御未久，当先布德泽，愿二十年口不言兵，亦不宜重赏边功。干戈一起，所系祸福不细。”

天子赵顼的龙颜愐愐自用之色立即全不见了。对这点，富弼一点也不觉得奇怪。他知道，满朝文武百官许多人一谈到兵事就讨厌，就怕得要死。这点很叫天子赵顼不快，且认为这些人贪生怕死。不错，这些人中，肯定有不少确实贪生怕死，但不能一概而论，就像喜欢言兵事的人未必个个都是不贪生怕死一样。话是不能说绝的，说绝了就荒唐了。

天子赵顼不出声了。垂拱殿寂寂无声。殿里的太监、宫女明显感到气氛不对头，富弼看到，两个站在御案边的宫女乘天子赵顼背对着她们时挤了挤眼睛。这些太监、宫女自然不懂朝政，听不懂富弼讲了些什么，但能感觉到的是他这个老头一定惹天子不高兴了，不像王安石那样，一来就让天子喜笑颜开。此时富弼也低头默然不语，脸上摆着一副憨憨傻傻等待挨揍的表情。他知道，自己的话肯定不合天子赵顼的胃口，这自然是自己找死。不过，富弼没糊涂到这个地步。富弼很清楚，要是碰到个暴君，他肯定死定了。但富弼碰到的不是暴君。他对天子赵顼看得很透，赵顼不是个难侍候的天子，用不着担心性命之虞。过了好一会，富弼又抬起头，那双深似水井的眼睛望着天子赵顼，但见赵顼龙颜上的不快渐渐消退了。此时天子自然是高兴不起来，但只要不恼怒就行。再过一会，天子赵顼回到御案后面，默默地坐在御座上。

富弼觉得赵顼到底年轻，又登基才一年零几个月，还不知道怎么当皇帝，心思太容易被人看透了。天子至高无上，有许多人为他效劳，但觊觎皇位的人也多得很。不要说手握重权的将相，就是一些不安分的细民一有机会也有这种非分之想，想过过天子瘾。天子其实没有朋友，相反有许多敌人。大臣、将军、皇亲、国戚、太监、妃嫔，谁都有可能成为敌人。天子应该像龙那样，能大能小，能升能隐。大则兴云吐雾，小则隐介藏形；升则飞腾于宇宙之间，隐则潜伏于波涛之内。有包藏宇宙之机，吞吐天地之志。为了皇位，为了自家性命，天子必须六亲不认。否则，事情就相当麻烦，弄得不好，一不小心就给人从皇位上踢了下去。知人知面难知心，画虎画皮难画骨；逢人但说三分话，不可全抛一片心。常人都如此，帝王就更应该如此。当然，这些话富弼只会深深埋藏在心里，不会全抛出去。深谙帝王之学的人，很容易被人认为必有帝王非分之想的人。如果自己把这些话全抛出去，被人认为有图谋不轨的狼子野心，那时自己百口莫辩，跳到黄河也洗不清了，那就亏大了。不过，永远让人看不透的富弼看到此时是他进言的时机，说："人主的好恶，不可令人窥测。可测，则奸人就会乘虚而入，达到自己的目的。人主应该像老天那样监人，善恶皆所自取，然后诛赏随之，则功罪无不得其实矣。陛下是大有为之君，好恶更不可让人窥测。"

赵顼没有立即回话，富弼也不急。他在等待着，看天子赵顼下一步会怎么说。富弼看到赵顼用僵冷的目光盯了自己一眼。要是暴君，这种目光是相当叫人可怖的，但对赵顼的这对目光，富弼没半点畏惧，相反还用自己坦然的目光迎过去。他很放心地发现，赵顼收回了僵冷的目光，把脸转过一边，望着窗外寂寂落着的梅雨。富弼觉得赵顼听明白了自己话中的意思，也清楚自己这番话的苦心和忠心。

过了好一会，赵顼转过脸来，问："卿说的奸人指谁？"

富弼是不会去回答这个问题的。富弼不相信戒备森严的皇宫真能保守什么秘密。殿里除天子外，还有太监、宫女，谁能保证这些人不把他的话传出去？当然，更为主要的原因还是他觉得尚未到他说这句话的时候。富弼转过一个话题，说："君子与小人同在，一定胜不过小人。君子不胜，就奉身而退，沉醉在自己的道学之中，没有半点郁闷。小人不胜，那会勾结同类，煽风点火，无孔不入，无所不为，绞尽脑汁，不胜不罢休。等到小人得志了，就要大肆毒害善良，想要求得天下不乱，是万万不可能的了。"

富弼的话确有点像今天烟雨中的殿阁楼台，朦朦胧胧看得到一些轮廓，却又看不清底细。不过，今天富弼在垂拱殿所说的这些话，都是经过深思熟虑的，都是针对赵顼心中深藏着的那个大秘密而说的。富弼丝毫不怀疑天子对他这番话没听明白。但，此时天子赵顼明显地表现出对他的不快。赵顼又把脸扭过去，望着窗外纷纷梅雨。对这点，富弼早有思想准备。用君子和小人来臧否人物，是中原王朝千百年来的习惯用语。一心想富国强兵、洗刷国耻、做大有为之君的赵顼对他刚才的话肯定不感兴趣，很难把这些话听入耳中。当然，富弼也根本没打算天子赵顼今天会采纳他的话，但他深信自己今天这些话会在今后产生影响。多少年后，天子赵顼一定会记起他今天说过的话。

富弼本来还有些话要跟天子赵顼说，不过，此时的天子赵顼坐在御案后面的宽大床形御座上，拿起一件奏折，仔仔细细看了起来。富弼明白，天子赵顼不再愿听他说些什么了，而他要说的都说了，再在垂拱殿待着，就老大不尊，不知趣了。富弼给天子赵顼行了告辞礼，向殿门退去。赵顼忙命御前太监扶着富弼，也不用退着走，转身向殿门口走去。富弼十分感激。天子是个好人，在他身边说话，用不着提心在口，为自己身家性命胆战心惊。

富弼出了垂拱殿，儿子过来扶他下丹墀，上肩舆，沿老路出皇宫。路过大庆殿时，又不由得望了望那尊被纷纷梅雨打湿了的"不杀士"巨石。梅雨渐渐小了，路面还湿湿的。有雨水打在脸上，凉凉的惬意。出了宫门后，儿子低声问："皇上对大才子怎么样？"

富弼窝窝瘪瘪的脸上没有任何表情，看去好像没有听到儿子的问话，其实他听得清清楚楚的。这些日子，京都开封官场很不平静，一是王安石越次入对问政，二是大才子苏轼兄弟守制期满到京，三是皇上一口气诏了十多个年轻地方官入觐。这下把整个京都开封官场弄得沸沸扬扬，许多人觉得升官的机会到了。昨天，富弼的女婿冯京知道老丈人要面圣，央富弼面圣时举荐一下大才子苏轼兄弟，特别是大才子苏轼本人。富弼知道，冯京这么做，完全是为朝廷选拔人才，并无苏轼的请托。大才子苏轼不会这一套，也搞不了这一套。但，富弼没出声。富弼不是不赏识大才子苏轼。在富弼心目中，苏轼只是个大才子，写诗、填词、写字、作画，是个绝顶高手，不要说在宋代，就是放在唐代、汉代，也可以跟顶尖人物比肩，但不是当官的料，当官必出事。这个大才子苏轼太天真、太多情，简直可以说天真多情得一塌糊涂，根本不知道官场是个什么地方，又管不住自己的嘴，要担当大任，非得还要历练历练几年不可。富弼昨天默默不语，其实就是告诉冯京，他不会在天子面前举荐大才子苏轼的。然而，儿子竟这么呆气，这样的话，也能在大街上说吗？富弼扬了扬手，低声地但也是不容置疑地说："回去！"

梅雨虽然小多了，但完全没有止歇的意思。无边的烟雨笼罩着硕大无比的开封城，水墨画的诗意境界中有种叫人心悸的东西。

第五章　翰林院安石一语石破惊天
御膳上赵顼闻言龙颜大欢

芒种过后初夏的一天，卯时未尽，京都开封上空残星点点，三司使韩绛奉旨来到皇宫北门里的翰林院。翰林院内当官、内侍押班太监就忙叫干杂役的乌木牌太监把翰林院两扇厚重的朱门关上，还上了锁。干杂役的手巾太监则在翰林院墙根汲水，准备烧茶。翰林院是个清要的地方，翰林学士十分清苦，但翰林院又是士人十分向往的地方。翰林院不像朝廷其他衙门，或有朝廷所允许的额外收入，如三班院的香钱、三司下面群牧司的炭墼钱；或朝廷明文规定的好处，如县令有职田；至于官场上上下下、明里暗里的各种说不清的好处，翰林院学士也是想不到的。翰林院执掌制诰、诏命撰述，为皇上起草重要文书和起草宰执大臣任命制诰。朝廷一般命官高攀不上，宰执大臣又无须高攀翰林学士，哪能有什么好处可得？至于天子恩赐的润笔费，又少得可怜，别的衙门的官员没几个看得上眼。但翰林院这批书生却是天子身边的近臣侍从和顾问，经常跟天子打交道。天子乘舆行幸，出外考察，也跟着一道去，是入相的必由之阶，朝廷百官谁不对翰林学士另眼相看，亲近有加，礼敬有加？因之本来清静的翰林院却又十分热闹起来，凡是有机会可以到翰林院这边来的官员，无一不到翰林院来转一转。

翰林院很少大白天锁院门，倒是散班以后锁院的时候多。朝廷要起草拜将授相、号令征战及其他重大事件的制词诏书，事关天机，翰林学士只能晚上在翰林院玉堂里撰拟起草，自然要关上翰林院大门，锁禁深夜，禁止任何人出入。然而，今天翰林院却这么早就把院门锁了。韩绛心中有数，这是因为昨天下午天子赵顼口谕三司使韩绛与翰林院四学士研议国用制度。这是朝廷大政，当然万万不可让不相干的官员进翰林院的。院门上锁，还说明翰林院四学士先到了。果然，韩绛刚上玉堂的台阶，就见王珪、司马光、吕公著、王安石四学士坐在玉堂里。四学士中，王珪资格最老，还在仁宗时就点了翰林，现在是翰林学士承旨。这种翰林官不常置，只有当了多年的翰林学士才能当翰林学士承旨。本来，翰林院大学士才是翰林院的掌门人。此时，翰林院大学士虚席，翰林学士承旨就成了翰林院首席学士，实际上的掌门人。不过，王安石进翰林院以后，王珪就没这么看过自己。

韩绛好延接士大夫，人脉很广。韩绛与翰林院四学士都有缘，特别是与王安石的关系更好。韩绛对王安石佩服有加。他和王安石、王珪是仁宗庆历二年的同榜进士。本来，廷试第一名是王安石，但王安石策论中的“孺子其朋”一语犯忌，坏了王安石的大事。官家最头痛、最防范、最不能容忍的就是臣子之间有“朋”。臣子结成朋党，就难免狼狈为奸，危及皇权。这种策论谁敢进呈到天子那里？状元当不成了，名次只好往下压，中了个第四名，但韩绛终其一生都把王安石视为状元。

韩绛对司马光也是很佩服的。此公才高八斗，学富五车，通古今之变，文章道德足以与王安石抗衡。司马光孩提时砸缸救人的故事家喻户晓，当时就广为流传，让司马光赚足了面子，出足了风头。世人多从这个故事中看到司马光过人的机智，韩绛还从这个故事中看到司马光不惜代价的过人的果毅。所喜的是司马光与王安石相互十分倾慕。司马光十分器重王安石的才，王安石十分赏识司马光的学，相互间都很有点惺惺相惜的意思。当年二人都是“嘉祐四友”中的人，如今都在翰林院当学士，这真是再好不过的美事。韩绛在英宗朝当翰林学士时，数荐司马光可用。当朝天子赵顼即位，擢升司马光为翰林学士，韩绛也是出了力的。

韩绛对吕公著也十分看重。此公长了一副十分漂亮的美髯，治心养性很值得称道。暑不挥扇，热奈何不了他；寒不亲火，冷亦对他无有什么办法。这自然很值得称道，但几十年如一日这么做，却也有点过于苛待了自己，当然也实在有点难为了他。此人为人简重清静，识虑深敏，一派天然禀性，连王安石也十分佩服。王安石博辩骋辞，无人敢与之抗论。然而，吕公著常以精识和约言把王安石难倒。王安石佩服的人，韩绛怎能不佩服呢？

韩绛跟王珪的关系也不错。韩绛觉得王珪是个本分规矩人，不党不群，从来做自己该做的事，不做自己不该做的事。王珪是个好人，用不着对他加以防范。

翰林院四学士，不是有私交的老朋友，就是同榜进士。不过，韩绛越来越明显地感到，同榜进士还像以前那样，没什么变化，王安石对王珪也还是那么友好，王珪对王安石还那么礼让。但,“嘉祐四友”却越来越不那么名副其实了。嘉祐年间,同朝为官的司马光、王安石、吕公著以及韩绛的胞弟韩维四人假日里少有不在一起的。那些日子,现在回想起来,都还是那么有趣、有味,令人流连忘返!然而,今年四月初四以来,四人却从没在一起聚过一次。特别是司马光与王安石,这种变化尤为明显,二人意见经常相左。这两个人,其实相通之处甚多。在韩绛看来,两人都是君子,都有匡扶社稷、济世安邦的抱负,都以天下为己任,都有志于做伊尹、周公那样的辅臣;都学富五车、才高八斗,道德文章都堪称当朝的泰斗;官也做得好,治学也十分了得,可以说做官、治学两不误。此外,两人性格上也多有相近之处:司马光以俭素为美,平生衣取蔽寒,食取充腹,实在有点寒酸,却根本不在乎世人的嗤笑;王安石生活十分简朴,吃穿全无讲究,衣服长久不换也行,上面沾有油渍汗污、残梗碎叶也无所谓。两人都不近女色,不蓄声妓,都到了知天命的年龄,却都未纳妾,这在安享荣华、纵情声色的宋代士大夫中实属罕见,不由人不佩服。两人脾气都迂直,牛得很,自己要做的事就一定要做到底,容不得他人有半点商量。比较起来,王安石的牛脾气更锋芒毕露些,内蕴着一种磅礴大气;司马光牛脾气没那么大,但韧劲更足、也更可怕。

乌木牌太监和手巾太监早把翰林院打扫得干干净净,翰林学士撰拟起草制词诏令的玉堂里的桌椅更是抹得一尘不染。茶水也烧好了,乌木牌太监正要泡茶,司马光扬起手,做了个制止的动作,便回自己值房里拿出一包上等雀舌茶来。对自己俭素的司马光却十分好客,家中有好吃的东西都会带到翰林院来与众人共享。不仅学士有份,修撰、修编、干办、书案吏及其他吏员也都有份,就是乌木牌、手巾这样干杂役的下层太监也一份不少。

司马光给韩绛、王珪、王安石、吕公著茶杯里撮了茶叶,把那包雀舌茶放在大堂旁边的茶几上,让喝茶的自个儿去撮。那些下层的乌木牌、手巾太监高兴得不得了,一个个把自己的茶碗拿过来撮茶叶。这些下层太监,俸禄微薄,仅够日常食用开销,哪喝过这么好的茶,都千恩万谢谢过司马光。司马光把自己的茶碗拿来擦过一遍。韩绛清楚,在生活上,司马光和王安石都简朴,但司马光讲究,王安石马虎。司马光衣着不奢华,却干干净净。他要写字,书桌要擦了又擦,砚台要洗了又洗。王安石却没这些讲究,写字有一桌一椅就行,椅面上的水未干,他也照样坐下去。因之，在这点上，衙门里的杂役喜欢王安石，有点怕司马光。

韩绛心中十分清楚，今天他与翰林四学士研议朝廷国用制度十分特别，地点并不在签押房，却在翰林院玉堂里。参加议事的只有他这个主财的三司使和翰林院四学士，连本应参加的主政的中书宰执大臣和主兵的枢密院正副使臣都给撇在一边，翰林院成了这次会议的主角；又翰林院任何官吏未经传唤，一律不得擅自入内，可见此次研议之事事关重大。明眼人一看，就不难看出个中的玄机，天子赵顼这么安排，与其说因为翰林院是天子的顾问官署，看得特别重，不如说翰林院这个顾问官署里来了位王安石。赵顼登基以来，研议国用制度，翰林院从来唱配角，这次唱主角，不就是因为翰林院来了个王安石吗？天子赵顼这么看重王安石，韩绛觉得是看对人了。对朝廷的财政状况，朝中没一人有他这个三司使清楚。当下朝廷财政状况相当不容乐观，确实可以说到了山穷水尽的地步。韩绛认为，要解决朝廷财政困难，朝中百官中，只有王安石行；其他人都不行，司马光不行，富弼不行，欧阳修不行，老相公韩琦也不行，更遑论曾公亮、唐介、赵抃这些人了。韩绛也看出天子赵顼要起用王安石的目的是实现他的富国强兵、洗刷国耻的雄心壮志。韩绛觉得这没什么不好，北辽和西夏实在是太欺负人了，早该好好教训他们一顿，要他们放明白点，也放老实点。这当然需要许多钱财，他这个三司使没办法，但王安石有办法。王安石是理财奇才，他能让朝廷的钱财像变戏法一样多起来。对这一点，翰林院四学士也都明白。韩绛看到，翰林院学士承旨王珪虽然坐在主位上，却把王安石拉到自己身边坐下。王珪这么做，不自今日始。从四月初四王安石正式进翰林院那天起，翰林院唱主角的实际上是王安石。王安石也没法不唱主角。一件被百官看得越来越清的事是：天子赵顼听说意见是王安石的，立即照准；不是王安石的，就一声不吭。

与会的人来齐了，就开始议事。今天翰林院议事唱主角的自然还是王安石。三司使韩绛是朝中计相，二品大员，比参加政事高一个官秩，在主位上坐下后，眼睛就一直望着王安石。今日天子赵顼要众人来议国用制度，绝不是要众人来赞美过去的国用制度的完美，恰恰相反，是要众人来找过去的国用制度的不足和弊端，并且提出解决办法。司马光、吕公著算是有自知之明，知道自己讲不好这个问题，都说愿先听王安石的。王珪本来就想让王安石讲，这时落得个顺水推舟，说要先听听王安石的高见。王安石也就当仁不让，一点也不客套地先讲了起来。韩绛知道，王安石做好了充分的准备。昨天下午，御前太监到翰林院来传达天子赵顼口谕之后，王安石就在翰林院忙了一个下午和一个晚上，不仅把历年朝廷的各类文告、邸报都搬了出来，还到三司把历年的账本搬了过去，仔细看了看，找出要用的材料。韩绛看到，王安石端起茶碗，喝了口茶，然后从挂在腰间的鱼袋里拿出一叠纸，开口发言了。王安石算了算收支账：太祖开宝年以前，每年收入和支出很难详细考察，另作别论；到了太宗至道末年，每年的收入是二千二百二十四万五千八百缗，还是有一些盈余的；过了不到二十年，真宗天禧年间，每年的总收入达到一亿二千八十五万五千一百缗，总支出是一亿二千六百七十七万五千二百缗，已经日不敷出了；英宗治平二年，这年的总收入只有一亿一千六百一十三万八千四百缗，总支出却达到一亿二千零三十四万三千一百缗，还有临时费用一千一百五十二万一千二百缗，总支出超出总收入近一成半。既然如此，朝廷国库如何不空？天下平头百姓的负担如何会不重？支出增加的原因，王安石指出有五：一是辽夏岁币岁加；二是募兵岁广；三是吏员岁多；四是宗室藩衍，尽居禄位，奉赐岁增；五是中枢三府各自为政，矛盾岁深。韩绛觉得，朝中一些人，特别是那些德高权重的士大夫还喋喋不休指责王安石谈理财，实在是太不应该。要是这个时候还不让王安石来理财，不要说朝廷维持不下去，江山社稷都要出麻烦了。

本来就十分佩服王安石的韩绛就更佩服王安石了。王安石的话太精彩了。韩绛心底里承认，他这个号称“计相”、主管天下财政的三司使是说不出这样深中肯綮的话来的。作为“计相”三司使，每天都要跟钱财打交道，天天都感到头痛，日子难过。现在国库空虚到了这个样子，但又处处要钱，弄得他这个三司使实在当得窝囊，处处成了人家的出气筒。特别是户部，老跑到天子赵顼那里告自己的状，埋怨三司里的人是酒囊饭袋，拿不出好的财政妙策来。这下好了，他这个三司使不用受窝囊气了。韩绛脸上出现他当三司使以来少有的开朗。不过，韩绛也很快注意到，翰林院三位学士脸上的表情很有意思。王珪脸上没什么特别的喜色，但也没什么不快，有点讨好王安石的意思，却又不甚明显。吕公著只是低着头在品司马光的雀舌茶，小吮一口，嘴唇很有滋味地上下相舔，看不出他此时心里到底在想些什么。司马光脸上神色喜忧参半。韩绛知道，王安石之所以得到天子赵顼的大加赞赏，是因为天子赵顼要富国强兵、洗刷国耻。在这点上，满朝文武百官是没什么文章好说的，谁会说这点有什么不是呢？司马光也不会在这个问题上抗着王安石。但，怎么富国强兵、洗刷国耻，司马光就有许多话要说了。王安石讲，要富国强兵、洗刷国耻，最急紧的是“理财”二字。司马光对这点意见最大，对王安石的“理财”简直有点恨之入骨。前不久的一天早朝，在待漏院等候朝见天子赵顼，韩绛与司马光碰在一起，二人谈到当下朝政，司马光很不客气地把王安石的“理财”批驳了一番。在司马光看来，王安石的“理财”不过是秦代的商鞅、西汉的王莽那套办法的延续和翻印。治国不难，不过孔孟“仁义”二字而已。老祖宗留下的治国大法，王安石不用，却要去理什么财。这不是见鬼了吗？王安石这个人迂，不懂“仁义”二字的神威，也不懂财利的危害。财利是万恶之源，人之初，性本善，后来变得贪婪了，都是财利惹的祸。人一讲财利，就不要脸了，就把本性丢了，就无所不为了，就不怕打板子，不怕坐班房，甚至不怕砍头了。那天，司马光还特别谈到，王安石不懂天下最难治的不是民，而是官。只要如狼似虎的官吏不生事，不给这些官吏鱼肉百姓的机会，不扰民，就能天下大治。财利一兴，天下官吏觉得生财的机会来了，谁不想这个时候绞尽脑汁来榨取百姓的血汗？一切按老祖宗的办法，让这些官吏各安其位，百姓乐业，铁打江山万年长。那天，夜漏快尽了，整肃朝会百官班序的左右御史巡使都要整队了，司马光还拉着韩绛的手，万分悲切也万分痛心地说：“子华兄，你说商鞅和王莽哪个有好下场？”韩绛很了解司马光的心情，此公的悲切和痛心，都是对王安石的一片好心；也因为韩绛钦佩王安石，跟王安石关系好，才把这些话说出去，这其中也包含着要韩绛劝劝王安石的意思。

王安石的话说完了，把那叠纸放回到鱼袋里。对王安石这番话，没谁表示不同意见。不过，如何让国库充实起来让天下黎民日子好过起来，就一定有不相同的意见出来。韩绛明白，王珪根本没意见，吕公著不会这么快说出自己的意见，司马光不会让自己的意见烂在肚子里。果然，没多一会，司马光开口了。韩绛看到，司马光一脸的圣洁，用他特有的咬字沉重、前声拖得很长的陕西话，大谈大宋“仁”“义”治国带来的百年太平盛世：“五代乱世，太祖起介胄之中，受禅于周，践九五之位，道德仁义之风，无让于汉、唐，在位十有七年，奠定大宋千秋万载之基业，传之子孙世有典则。太宗继统，内修战备，外许欢盟，仁德炳焕史牒，青、齐耄耋之叟，愿率子弟治道请登禅者，接踵而至。真宗英晤之主，澶渊之盟，天下归仁，行营罢除，戍兵减半，四境安宁，复何求焉。仁宗恭俭仁恕，出于天性，君臣上下恻怛之心，忠厚之政，培壅大宋万世之基。英宗以明哲之资，膺继统之命，虽以疾疢不克大有所为，然使百世之下，钦仰高风，咏叹至德也！我大宋百年太平盛世，仰赖的是仁德的神威，舍此别无他途。"

韩绛注意到，司马光这是在小心维护他与王安石的嘉祐之谊，有点怕触怒王安石的牛脾气，有意不去正面碰王安石刚才的话题。这个人无论做什么事，永远有办法让当事人当时没法发作，却有本事让当事人必须认真接受他的意见。在这方面，司马光所向无敌。不过，韩绛觉得，比起王安石的话来，司马光的话空洞得很，都是些听得耳朵起茧的老话。司马光无非是说王安石不谙大宋开国以来的王道。这些话要是碰到别人，也许能产生作用，但今天司马光碰到的是王安石，就一点作用也没有了。王安石哪里会去听司马光这些老掉牙的迂腐议论。韩绛清楚，王安石的性情，在司马光那些人眼中，是强忮性刚，脾气拗；不过，在韩绛眼中，是强硬性刚，脾气拗。因之，王安石在与人论事争辩时，往往辞色皆厉，给人一种近乎无礼的感觉。韩绛看到，王安石抬起那双如点漆的英气逼人眼睛，直对司马光，涨红的脸上还现出一种遇到不顺心的事就会有的悻悻自信的神色，厉声道："非也！君实之言非也！大宋百年，表面太平盛世，其实本朝积弱积贫愈来愈严重，累世因循末俗之弊业已丛生，虽俭而民不富，虽勤而国不强，图谋不轨之徒大有人在，啸聚山林的毛贼遍布宇内，内患实不可掉以轻心。至于外患未成大祸，不过是大宋百年侥幸。北辽皇室纵欲无度，滥杀无辜，人心惶惶，内部不稳，各部谋反叛乱迭起，国势中衰，屡次屯兵边境，不过想多增加点岁币，并无久战之意。西夏困扰大宋甚于北辽，但一来是蕞尔小邦，内部亦四分五裂，雄踞西北，屡扰宋边，亦不过多要点币赐。西南蛮夷屡次犯边，但那里的百姓都愿意归附大宋。倘若不是如此，大宋边境是断难太平起来的。"

韩绛觉得王安石说的全是大实话，一语中的，只是辞色严厉了点。特别是王安石来京都开封不过个把月，就这么咄咄逼人，气盛神旺，是要坏事的。不错，赵顼对王安石是很心醉神迷，让王安石进中书拜相是绝对没问题的。然而，尽管如此，王安石毕竟来朝廷不久，许多人对你王安石还是挺不服气的；特别是那些本来在朝中官秩比王安石高的，心里就更是不顺。既然如此，王安石在言谈举止上多少总要收敛点才是。然而，王安石对这些全然不管，只顾自己说个痛快，司马光的话刚说完，就一个“非也”，把司马光的话顶了回去，司马光心里岂能痛快得了？

韩绛注意到，王珪此时吓得脸色都变了。王安石这种长他人志气、灭自己威风的话，确实是很不合时宜的。满朝文武百官有几个谈到大宋，谁不是用吓死人的大词汇来颂扬的？谈到北辽、西夏，谁不是用充满不屑一顾的蔑视口吻？吕公著还是那个老样子，上下嘴唇很有滋味地相舔着，很认真地听王安石说，但自己还不想说什么。司马光脸上就挂不住了。韩绛心里明白，这是因为在朝中司马光的话从来分量不轻，上至天子，下至文武百官，朝政上的事都很愿意听听司马光的高见，然而在王安石这里却这样没面子，劈头“非也”二字，就一下子把司马光弄得下不了台。韩绛也觉得王安石的话是太直了点，也太僵硬了点，叫司马光这样有名望的人一下子接受不了。韩绛看到，司马光的脸先是涨得发红，一会就变得阴阴的了。司马光没王安石那种博辩骋辞的本事，很想重重地驳王安石几句，一时找不到合适的词语，脸又涨得发红，半天蹦出两个字：“介甫！”

韩绛看到，众人都转过脸去，望着司马光，等着他的下文。也不知是气得一个词、一句话也说不出呢，还是确实无话可说，反正众人是等不到司马光的下文了。司马光没词了，一脸悻悻自用的王安石在辞色皆厉中冒出一句更吓人的话：“狄夷之欲无厌，一旦出了能人，一统北方各部，联合西戎，我大宋积弱积贫不改，安石实在担心中原王朝有一天会沦于夷狄之手。”

韩绛惊呆了，同时看到王珪、司马光、吕公著都一脸的错愕。这个王安石真是胆大包天，竟出如此惊人之语。王安石这样的话，岂可轻出？尽管中原王朝千百年来，朝代的更替，江山的易主，是谁也改变不了的宿命，但满朝文武百官在嘴巴上谁不是称本朝天子奉天承运，铁打江山万古长青，世世代代永不易主？王安石却说大宋江山不仅易主，而且易给夷狄，这是何用心？这不是太小看了大宋王朝吗？王安石欲置大宋天子和文武百官于何地？是可忍，孰不可忍！如果这么追问下去，王安石就要惹大麻烦了。好在司马光、吕公著是君子，王珪也是规矩本分人，要是这话给奸险小人逮住了，添油加醋给天子上个奏折，就有王安石好看的了。到那时，王安石就是跳到黄河里也洗刷不清自己了。这么想过后的韩绛也感到额头上出了冷汗，然而，王安石却无事一样在喝着茶。这个江南西路抚州临川人，还真有种叫人说不清的、挺叫人可敬可畏且让人担心的拗劲。韩绛很清楚，赵顼虽然对王安石心醉魂迷，但王安石四月初四越次入对以来，三个月的时间过去了，王安石尚未进中书，个中原因有二：一是朝中不少人对王安石的物议纷纷，特别是朝中那班重臣、大臣大多不买王安石的账；一是天子赵顼对司马光还是看得很重的，还希望司马光和王安石同时进中书。王安石放出这么胆大包天的惊人之语，要是赵顼不高兴，怪罪下来，事情就要节外生枝，王安石进中书就要遇上麻烦了。

韩绛发现，现在是谁都不说话了。这当然是王安石刚才胆大包天的惊人之语，弄得众人不知道怎么接话才好。往日大白天人来人往、热热闹闹的翰林院，此时间十分冷寂起来。又过了好一会，一直上下嘴唇相舔着品茶的吕公著摸了摸自己漂亮的美髯。韩绛知道，吕公著有个习惯，只要他一摸美髯，就说明他要开口说话。不过，吕公著换过了一个话题："照介甫刚才所言，宗室藩衍，尽居禄位，奉赐岁增，也是弄得朝廷国库空虚的一个原因，那你介甫总不能不让皇亲国戚、凤子龙孙生儿育女吧？"

吕公著声不高，但话语却清晰。韩绛一时懵住了。真没料到，吕公著半天冒出这么一句话来。这个吕公著言辞果然厉害，出口不凡。从好的方面来说，吕公著在给王安石提个醒，要王安石在说话时小心一点，别去碰皇亲国戚、皇子皇孙，这些人不好惹；从另一个方面说，吕公著在挑拨皇亲国戚、皇子皇孙跟王安石的关系。然而，吕公著到底是个什么想法，只有吕公著自己最清楚了。司马光显然很欣赏吕公著这句话，一双眼睛在王安石和吕公著身上睃来睃去。韩绛觉得，司马光睃吕公著的眼神是：妙；睃王安石的眼神是：看你王安石怎么回答。王珪一双眼睛和顺地望着每个人，吮一口茶，品一阵，一副规矩本分与己无关的神情。

韩绛看到，王安石开始也怔住了。不过，韩绛发现，王安石很快找到了回答吕公著的话，只是正要开口回敬时，翰林院前面庭院里传来一阵杂乱的脚步声和翰林院勾当官、内侍押班太监才有的十分清响好听的唱诺声："皇上驾到！"

韩绛和王珪、王安石、司马光、吕公著忙出去迎驾。众人还未走出玉堂，就见赵顼出现在玉堂门口，众人忙跪下行礼，赵顼赶紧伸出双手，要众人平身。朝中百官都知道，自从王安石点了翰林，赵顼经常会到翰林院来议政聊天，有时还会到翰林院来喝司马光的茶。宫中自然不缺茶，但司马光家的新茶总是先于宫中弄到，可见宫中也不是什么事都办得很快，有些事往往慢半拍。不过，天子赵顼今天不是来喝司马光的新茶，倒是请议事的韩绛和翰林院四学士中午吃御膳。御膳不在翰林院衙署食堂里，另安排在翰林院玉堂。

翰林院勾当官、内侍押班太监立即张罗开来。乌木牌、手巾一班干杂役的太监搬了两张方桌过来，与玉堂里原有的两张方桌拼在一起。这些事刚做完，内侍省尚膳监的押班太监就领着十多个干杂役的太监，一人提着一只食盒进了翰林院的大堂，走在最后的太监提着两坛御酒。几个随天子赵顼而来的御前太监忙过去把食盒里一碗碗菜端到桌上，随即尚膳监押班太监下巴一啄一啄地点菜。四桌菜，摆满了四张方桌，少说不下百品，从山珍海味到风味小吃，一应俱有。点完菜，押班太监高喊一声："碗盖!"随行的一伙御前太监迅速把所有的碗盖揭开。然后一个御前太监每样菜尝了点，又从酒坛里筛半口御酒喝了下去。押班太监便跪在天子赵顼面前回禀："吃的摆好了。"

韩绛做了多年京官，现在又是朝廷的"计相"三司使，还是头一回跟天子用御膳，算是开眼界，见识到了天子御膳的排场。王安石、司马光、吕公著、王珪也都十分好奇地望着这一切。韩绛看见，天子赵顼一手拉着王安石的手，让王安石坐在他左手边主宾位子上；又一手拉着司马光的手，要司马光坐在他右手边副主宾位子上。王珪挨王安石身边坐下，吕公著挨司马光身边坐下，韩绛面北坐在天子赵顼对面。

韩绛的眼睛很清楚、很有趣地注意到天子赵顼两个拉手的动作。天子赵顼不仅对王安石特别赏脸，对司马光也是另眼相看。这让韩绛很高兴。韩绛同时注意到，王珪、吕公著都因为天子两个拉手的动作，目光也异样地亮了一下。王安石和司马光一脸的荣光和欣喜。不过，王安石的荣光和欣喜是一种爽朗的快意。司马光的荣光和欣喜之中似乎掺了点不那么称心的表情。

韩绛知道，当朝天子赵顼登基以来，每天朝政上的事都排得满满的。早上垂拱殿御前视朝，要听中书省、枢密院、三司、开封府、审刑院奏事。辰漏时分，入宫尚食。用完午膳，坐崇政殿阅武事，批阅边关送来的文奏。午后接待按转对奏事的常参官、获得重要任命的地方官、国外使臣。夜则经筵留身翰苑夜对，向侍读、侍讲、学士询问政事，半夜才还宫。今天，天子赵顼等不到晚上夜对，中午就来翰苑午对，且请众人用御膳，这里的玄机是不难猜到的：天子不仅十分重视今天上午的翰林院议政，而且急于知道议政的内容。

众人入座后，韩绛看到，天子赵顼身后垂立着四个御前太监，翰林院四学士和他身后，都垂立着两个御前太监。开席后，每个人身后就有御前太监筛酒。四张方桌拼在一起，席面宽，远处的菜挟不到，就有御前太监一碗碗传来接去。这些御前太监年纪不大，一个个聪明伶俐乖巧，熟悉礼教，训练有素，察言观色本事很不一般。席桌上，不管谁的眼皮动了一下，站在身后的御前太监立即会把他喜欢吃的菜传到他面前。这些御前太监垂立在人后，双手不停地传菜接菜，嘴巴却一声不吭，进膳不劝膳，更不会多嘴乱说半句话。侍候周到，派头十足，菜越吃越有味，酒越喝兴越高。这种享受，真叫人浑身感到无比的舒适畅快。韩绛胃口好，喜欢吃的菜也多，但这不要紧，身后的御前太监总能叫他心想事成，没一次误了他想吃的菜。王珪、司马光、吕公著也吃得开心，不过多少有点拘谨，半天才抬起眼皮望了下想吃的菜。站在他们身后侍候的御前太监省事，用不着那么勤地传菜接菜。不过，最轻松的还是王安石身后的御前太监。王安石用膳十分有意思，他只顾埋着头吃他面前的菜，一边还在思考什么，他身后的两个御前太监根本用不着给他传菜接菜。但，吃着吃着，麻烦事出来了。王安石面前摆的是碗獐子肉。獐子肉吃完了，王安石还埋着个头在想什么，眼皮根本没动一下。这下把身后的两个御前太监都难住了，不知道该传什么菜到王安石，一脸的惊慌和茫然。还是天子赵顼解了围。赵顼以为王安石最喜欢吃獐子肉，这好办，命人到御膳房再弄碗獐子肉来就是。韩绛摆了摆手，说："不用。"然后移了碗驴肉过来。有趣的事情发生了，王安石一个劲埋头吃起驴肉来。原来王安石吃东西不拣口味，只吃他面前的菜。知道王安石这种习惯的司马光、吕公著会心一笑。还不很清楚王安石这种习惯的王珪也随大流跟着一笑。天子赵顼不明就里，只是望望王安石，又望望韩绛。几天后的一个早上，天子赵顼在垂拱殿视朝，韩绛把王安石这种吃食习惯对天子赵顼说了说，天子赵顼才明白了，既觉得王安石确实是个怪人，但也更敬重这个怪人。不管怎么说，这天垂立在王安石身后的两个御前太监算是放了心。

酒喝得不少了，菜也吃了不少。韩绛感到，今天天子与臣子间十分融洽，但学士之间却未必融洽。特别是司马光与王安石之间，今天的议政使两人间的芥蒂和不快明显加大了。司马光默然不语。王安石还在津津有味吃他面前的那碗驴肉。王珪低头喝酒。吕公著挑他喜欢吃的菜细细嚼着。不过，众人吃喝得还是很香甜，很欢畅。天子赵顼龙颜大悦，说：“朕在位就八个字‘富国强兵、洗刷国耻’，朕很想听听众位议政的情况。朕喜欢直言，但说无妨，越是惊人之语，朕越喜欢听。”

韩绛心里暗暗叫苦了，赵顼要听惊人之语！刚才众人议政时最惊人的，不就是王安石“沦于夷狄之手”那句胆大包天的话吗？这下就叫众人不好开口了。韩绛知道，本来今天这种场合是谁都不用有什么顾忌的。朝中百官都知道，宋家天子视朝时，不像汉唐时天子视朝，宰执大臣享有“坐论之礼”，可以“啜茶”，宋代臣子是没有座位的，就是宰执大臣也不例外，必须直立，汉唐的这一套在宋时给废了。然而，在经筵和内殿“翰苑夜对”时，却大不一样了，侍读学士、侍讲学士、翰林学士以及崇政殿说书，天子不仅“宣坐”，而且“赐茶”，气氛十分轻松，可以坦诚跟天子对话。今天是“翰林午对”，天子赐的可不是茶，而是御膳房弄出来的美酒佳肴，气氛更应该宽松融洽，什么话更可以畅所欲言，不用有半点顾虑了。然而，王安石“沦于夷狄之手”那句胆大包天的话，好对天子赵顼说吗？要是弄出什么事来，如何是好呢？赵顼发话许久了，却还是没谁开口。

韩绛看到，司马光照旧默然不语。王安石还在津津有味吃他面前的那碗驴肉。王珪依然低头喝酒。吕公著说话从来不争先，不会第一个开口，自然还是在挑他喜欢吃的菜细细嚼着。韩绛此时也觉得王安石那句话，确实让人听了感到不舒服，即使不被人认为说此话的人有什么不良居心，至少说明此人太小看了大宋君臣的智慧、才干、毅力和决心，天子赵顼听了更会感到不高兴的。韩绛此时心里忽然豁然开亮起来，明白了司马光、吕公著、王珪不开口的另一个原因。司马光不开口说话，其实是不愿看到王安石因为那句话惹麻烦。韩绛丝毫不怀疑，司马光绝对是个君子。芥蒂归芥蒂，不快归不快，司马光不会因为这点就出阴招，甚至置对方于死地而后快。吕公著也是个君子，不会借这个机会弄王安石的鬼。当然，要这两个人此时帮王安石说话，那也是万万做不到的。韩绛很希望王珪开口，他相信这个本分规矩人能把这句话说好。再说，王珪是学士承旨，翰林院的实际掌门人，由他向天子禀报议政情况于情于理都很顺。韩绛正这么想时，王珪还真开口了。王珪先说了说王安石列举的两组数字以及造成国库空虚、百姓贫困的四个原因，然后，一脸的虔诚、一脸的严肃、一脸的正经朗声说：“皇上，介甫忠心可鉴日月，赤胆可泣鬼神。”

韩绛看到，司马光、吕公著都抬起头，惊奇地望着王珪。王安石也停下筷子，不去夹驴肉了。天子赵顼龙颜和悦，显然很同意王珪对王安石的评价。韩绛知道，王珪要把王安石那句很容易惹麻烦的那句话说出来了。不说是不行的，那要犯欺君之罪。

天子赵顼也似乎感觉到王珪有什么要紧的、但又很不好说的话要说，便脸朝王珪望去，催道：“说，只管说。”

王珪正了正衣冠，几乎一字一句说：“介甫说：狄夷之欲无厌，一旦出了能人，一统北方各部，联合西戎，我大宋积弱积贫不改，介甫担心中原王朝有一天会沦于夷狄之手。”到底是翰林院学士承旨，一字未改，全是原话。

此时翰林院大堂里死一般寂静。王珪轻松说完这些话，很规矩本分地坐着。司马光、吕公著多少有点把握不定地望着天子赵顼。

天子赵顼特别望了望司马光、吕公著，似乎不明白司马光、吕公著为何那么望着他。不多一会，赵顼站了起来，离席在大堂里来回踱了几步，忽地龙颜大喜：“好呀！说得好呀！朕也有这个担心。”

谁也没有料到，天子赵顼竟与王安石想到一处去了。韩绛长长地吐了口气，同时注意到，司马光、吕公著都松了口气，但脸上也闪过一丝说不清楚的，与眼下似乎不那么协调的异样表情。王珪夹了口菜送到嘴里。王安石一碗驴肉又吃完了，筷子举起来，这回身后的御前太监不犯难了，早移了碗羊肉过去，不用担心王安石不吃。众人都想笑，不过都没笑出声来。大堂里的气氛说不上特别欢快，总算还融洽。四十几年后，这天中午在翰林院用御膳的君臣都早已作古，北方民族金朝崛起，靖康年间，先联宋灭辽后的金朝挥师南下，掳徽、钦二帝，把京都开封洗劫一空，让中原大宋王朝蒙受无尽的耻辱，丢尽了脸面。王安石的担心竟宿命般成了谶语，大宋的这种结局不幸被王安石言中，这恐怕是这天中午在翰林院用御膳的君臣始料不及，也是他们谁也不愿看到的。要是在天有灵，君臣会作何感想呢？

这天中午的御膳，大约吃了上个时辰，后面主要还是王安石把他大宋王朝历代收支账再说了一遍。翰林院玉堂外院落西边墙根初夏的日影都一尺来长了。天子赵顼要回宫去，让韩绛和翰林院四学士下午再好好把朝廷国用制度议一议，什么话都可以放胆直言。天子赵顼出翰林院时，忽地默然一笑，自言自语说："诚迂，诚迂。"

韩绛注意到，无论王安石，还是王珪、司马光、吕公著都万分惊讶地，也是如坠云里雾中地相互望望。谁也不知道天子赵顼此时会冒出这么两个字来，也不知道天子赵顼这两个字是指谁，脸上有种欣喜的味道。几天后，韩绛进宫面君时向赵顼问起这事。赵顼告诉韩绛：他默然一笑和自言自语的那两个字的真意，是说王安石这个人襟怀坦白，胸无宿物，心地纯正。让韩绛在温馨的回忆中感受到赵顼确实是个颇能体察他人、善待臣子的天子，而不是一个老谋深算、惯使阴招、让人不可捉摸、令人提心吊胆的皇帝。韩绛得出一个与满朝许多文武官员相同的结论：天子赵顼不难侍候，至少不用担心人头落地。

第六章　丁口账下陆火旺命丧黄泉
察查冤情林县令交盘走人

现在不仅官场尽人皆知翰林院来了学士王安石，而且京都开封所辖十六县的二十七万户人家、百万兵民也没一个不知道王安石的。不言而喻，朝政将发生很大变化。夏至后的第四天，位于开封东北的京畿东明县令林英，一早急急忙忙进了县衙门。不过，林英今日不是坐堂署事，而是办理卸任交盘事宜。林英上任不到半年，却不得不卷铺盖走人。但走人也不让你走得那么顺畅舒心，光一个卸任手续就叫你感到不舒畅。

林英个子有那么高，但没一点派头，背有点驼，又瘦，看去像个乡间私塾的教书学究。林英是治平四年一甲进士，才二十出头，本来在翰林院当修编，却要到地方当官历练。这也是件好事，然而这个林英偏要求到东明县去历练。有人提醒他，东明县衙门里是吏人的世界，县令不好当。那个县的胥吏、师爷一个个厉害得很，靠山又硬，有通天的本事，没一个县令治得了他们。有哪个县令不听他们的，把他们得罪了，都没好果子吃，只是把你赶走，没让你罢官丢职，算是客气，便宜了你。林英不信，反更要到东明县去。天下只有县衙的胥吏、师爷怕县令的，哪见过县令怕下属的？如果官怕吏，不是天地都颠倒了吗？不管怎么说，他是朝廷命官，经史策论讲得头头是道，子云诗曰背得滚瓜烂熟，又有一纸之荣；胥吏、师爷都是没功名的，在衙门里是伏案立于庭下的奴仆。事到今日，林英长见识了。有道是清官难逃猾吏手。此言半点不虚。

林英原只是想到东明县历练，家眷都在开封城里，除了书童外，什么人也没接过来。林英聘请的书写信函和起草公文的书启、管理公文的挂号、负责衙内钱财物的账房以及烧饭的伙夫都在前两天辞退了。昨日下午，林英其实就把印账、文书、公物理好了，清单也填好了，放在公案桌上；家具杂物整整齐齐堆在中堂、后堂以及后院里，自己随身携带的两篾箱书和一篾箱衣物则放在大堂边上。此刻，县衙门除了林英和书童外，别无他人，往日喧闹的衙门静悄悄。林英随意在大堂门边上一张长条凳上坐了下来，等着县丞武进财来办交盘。书童在大堂前面的庭院里听鸟叫。本来办交盘是新县令与林英之间的事，然林县令非正常离任，新任县令一时还来不了，交盘只好由县丞武进财代行。

再过十来天才是小暑气节入伏。然而，京都开封天气现在就热了起来。寅时未尽，日头已经在东明县城东明镇东边地平线露出令人心悸的火红色。林英听到大堂外的庭院里有嘈杂的说话声和脚步声传来，知道县衙门里清点财物的人来了。正起身，书童一脸惊慌地从大堂外跑进来，跨门槛时差点绊了一跤。林英想说书童几句，问他怕什么怕，东明县衙里的一伙人已大摇大摆、神气活现地朝大堂这边过来。走在前面的是已经发了福的县丞武进财，接着是矮小的刑名师爷乔兴发，再后是挺胸腆肚的三班都头刘庆门，最后是七八个穿着公服的衙役。

官场上人的脸色说变就变。以前，这伙人见了林英，一个个老远就露出一脸巴结讨好的笑容。然而，今日这伙人一个个都一副公事公办的神色。林英起了身，想打个招呼，这伙人却相也没相他一眼，好像根本不认识这个曾经在东明县当过县令的人。进了大堂，内中有个年纪大点的衙役，跨门槛时才望着林英有点过意不去地咧开嘴笑了笑。

林英很伤心，也很有点心酸，却不得不强忍着。来东明县当县令之前，林英不晓得世路上的事，地方官府衙门里的事就知道得更少。这个一甲进士只知道事君如事亲，同僚如兄弟，爱民如爱子，待吏如奴仆，对吏是很看不起的，更不要说衙役了。这些吏谁有功名？谁有真才实学？谁肚子里有几句圣贤书上的话？那些衙役，大字不识，举止粗鲁，称王称霸，为非作歹，蠢得像猪，很是叫人讨厌，为天下人所不齿。然而，半年下来，林英却不仅不得不对这些吏另眼相看，就是对衙役也不敢看得那么低了。中原王朝的官制：地方县衙里的朝廷命官只有县令、县丞、主簿、县尉、学正五人，六房师爷、三班都头都是县令聘请的；衙役地位就更低，这些人本是公差，从乡民中征发而来，其实是贱役，士、农、工、皂、商，作为皂隶的衙役，排在第四，正儿八经的人没谁愿当衙役。在世人眼中，这些人不过是县令的一条狗。再说，师爷、都头的聘金由县令掏腰包，衙役当差时也由县衙管一餐午饭。这看起来很可怜，甚至可以说有点寒碜丢脸，根本谈不上什么富贵。按说，没人去当什么师爷、都头，衙役就更没人愿干了。然而，恰恰相反，许多人抢着去当师爷、都头，没有相当的势力和关系，还当不上；就是衙役，大多是父传子、子传孙，不相干的人想挤进衙役行伍里，没点登天的本事还办不到。至于报酬，根本不用县令去管，没有哪个师爷、都头看得上那点聘金，也没哪个衙役看得上那餐午饭，这些少得可怜的钱根本不在这些人眼角里。况且，这些人都清楚，无论是聘金，还是那餐午饭，都是县令钱袋里掏出的钱，谁会那么傻，真的去要这种钱？他们有的是生财之道。在县里，这些人都是些能呼风唤雨、吃得很开的角色。不要说师爷、都头，一个个呼幺喝六，说一不二，威风凛凛，就是衙役在乡民眼中，也不啻坐龙廷的天子。谁敢得罪他们？谁敢不给他们面子？谁不把他们当老爷一样侍候，就有苦头吃了，弄得不好还叫你家破人亡，死得连骨头都找不到。

林英重在长条凳上坐下。现在他只想赶紧把财物清点好，好早点走人。朝廷规定：官员任期内一应家具杂物都按品秩提供，离任时要按清单归还，一样也不能少；私用自己的钱打的家具也不能带走；动用公款添置的则要受到弹劾。财物清点好了，林英就可以一身轻松回到京都开封去。但，叫林英感到奇怪的是，代办交盘的县丞武进财进了县衙大堂，却一言不发，只是东张张、西望望，好像是来这里闲逛什么的。其他人没谁去清点财物，不要说整整齐齐堆在中堂、后堂以及后院里家具杂物没过去看一下，就连放在文案桌上的印账、文书、清单和公堂边上的公物以及大堂边上的两篾箱书、一篾箱衣物，也没谁看上一眼。

林英不知这些人是个什么意思，又不好催。有道是："不怕官，只怕管。"以前，自己是县令，能管住这些人，这些人不得不听自己的；如今不是县令了，这些人管不着了，这些人自然不会再听自己的。林英只好耐着性子等，不时望望大堂里的人。林英看到，矮小的刑名师爷乔兴发俨然是这里当家的，大模大样拖过一把椅子，坐在大堂通往二堂的过道口。那里有凉风吹来，是大堂里最叫人感到惬意的地方。东明县衙门里的怪事就是多。按说，县丞是县令的佐官，世称"二令"，今日坐在过道口乘凉的该是武进财，但武进财却没敢坐。乔兴发这个人好摆刑名师爷的威风，且摆在脸上。此时乔兴发正板着脸，斜着双眼，望着林英，完全不像是对待离任的县令，到像是对待在堂下等他发落的人犯。不过，此人个子实在矮小了些，乔兴发越摆刑名师爷威风，越没威风，反显得有点叫人发笑，只不过没人笑出声来。这个人不知冤了多少人，却总觉得自己心太善，手太软。三班都头刘庆门也没个好脸色，挺着胸，腆着个肚子，神气十足地在林英面前走过来走过去，有时故意做个打武的动作，把功夫炫耀给林英看。这个三班都头一身赘肉，在东明县里从来横行无忌，总认为自己的武功县里没人比得上。这个人嘴巴上的拳脚功夫确实不小，在公堂之上打板子的本事也大得很，真要捕盗抓匪，动武拿人，却没个屁本事。林英又看了看那些衙役。这些衙役到底因为身份低，不敢太放肆，却也一个个与林英离得远远的，站在大堂边上，闲扯些天南地北、男男女女之事，有时忍不住会笑一两声。

林英觉得最有意思的是县丞武进财。听衙门里的人说，罗进财以前只是县衙门里代写状子的书役，人很瘦，当上县丞后发福了，肚子挺了起来，有派头了。不过，往日在林英面前，罗进财倒也总是唯唯连声，要他做什么事都风快去做。然而，武进财今日有派头了，挺着个肚子，站在大堂里，很有点不把林英放在眼里的意思；林英几次想跟他搭腔说话，武进财都装着没看到。武进财先站在大堂中间，有一句、没一句跟刘庆门作亲热，倒没什么特别叫人看不顺眼的地方。后来，武进财又往过道口走去，其实并无什么要紧的事，只是过去跟坐在那里的乔兴发讨个好，献个殷勤。乔兴发一脸受用的表情，不觉得这有什么不妥。

林英心里很不是味了，很为武进财感到害羞。在县衙门里，你是县令之下的一个佐官，用得着做得这么难看，去讨好一个当师爷的吗？不过，林英此时不想去管这些事，也不想跟武进财争什么高低，现在最想的是快点把财物清点完，赶快走人。等武进财又回到大堂中间，林英起身过去，要武进财清点财物。叫林英感到奇怪的是，武进财像见到什么怪物，只对他翻了翻眼珠，然后转过身，抬走脚，过去跟刘庆门亲热。

林英心里很是气愤。说句实在话，在县衙门里，平日林英待武进财不薄。这个武进财，办事能力实在差，林英却从未斥责过他。今日代办交盘，是武进财应做之事，为何到了大堂里，还迟迟不清点财物，这不是故意刁难人吗？林英往前赶了几步，要把武进财拦住，非要武进财立即清点财物不可。林英看到，刘庆门腆着肚子过来，教训起林英来："你白读了十多年书，真是读呆了，好不晓事，你不见乔老爷乔隆发没来吗？"

林英看到，坐在大堂通往二堂的过道口的乔兴发，很是开心地笑了起来；武进财笑声不大，却一脸的幸灾乐祸；那些衙役没敢笑出声，却也抿着嘴笑个不停。林英感到自己一定羞得一脸通红。自己虽然不是东明县令，但还是朝廷七品命官，却无端被一个曾经是自己属下，什么官也不是的都头羞辱了一顿，这口气实在难咽得下去。不过，刘庆门说的也是实话。他说的乔老爷乔隆发是县衙的钱粮师爷。在东明县衙门里，谁都得看他的脸色行事，当县令的实际上是他，没他点头，谁也不敢去办事。此刻，乔隆发没来，就是清点了财物，也不算数。

林英退回到大堂边上，再次在那张长条凳上坐了下来。他记起昨日下午，自己把正来衙门拿什么东西的武进财叫住，要他清点财物。当时武进财就一脸的不高兴，林英好歹把他勉强留了下来。后来，林英又找来几个衙役，武进财才与几个衙役把家具杂物清点过了一遍，连装书的两只篋箱和装衣物的篋箱，也打开看了看。清点过后，林英正要武进财在清单上签押，武进财说要如厕。然而，武进财如厕了半日也没见回来，再找就不见人影。清单上没武进财的签押，白忙了一阵，清点不作算。到了晚上，林英叫那个还在衙门烧饭的伙夫去武进财家，请他和钱粮师爷乔隆发今天一早过来清点财物。武进财答应了，然而一早来的却是乔兴发、刘庆门和一伙衙役，钱粮师爷乔隆发没来，交盘一事自然办不成。其实，昨日下午，武进财借口如厕，不肯在清单上签押，也就是钱粮师爷乔隆发没在场。从这点来说，刘庆门的话没错，自己确实呆。

林英在长条凳上再也坐不住了，几次起身走到大堂外，看看庭院那头的萧墙，希望能见到钱粮师爷乔隆从那边转过来。不过，林英每次都失望得很，见到的都是一堵空空的萧墙。林英心里急得很，转身回来，在大堂外就发现武进财、刘庆门站在大堂的过道口，躬着身子，手指着自己，头碰头跟坐在椅子上的乔兴发嘀咕着什么，其中还杂着窃窃的笑声，样子很是神秘。见林英转身回来，武进财、刘庆门便稍稍离开点，什么也不说，只一脸怪模怪样的笑。

林英不糊涂，清楚刚才这三个人准在奚落、算计自己。林英上任半年来，县衙门里的这些人在自己身后指指点点、嘀嘀咕咕什么，已不是第一次了。开始这些人只偶尔为之，近来是越来越频繁，越来越无所顾忌了。林英心里很气愤，很想对乔兴发和刘庆门说：林英对你们未必有过什么特别的好处，但对得起东明县的平头百姓。不过，随后林英笑起自己来了，觉得自己很呆。这些人恨你，千方百计要把你赶走，也就是这一点。这些人才不管你对得起还是对不起县里的平头百姓，只要你能让他们得到的好处越多越好。林英心里明白：县衙门里的这些人是不会轻轻松松让自己离开东明县的。不过，话说回来，初上任时，这些师爷、都头、衙役，对林英还是很客客气气的，总是笑脸相迎，挺毕恭毕敬垂手而立，一个个赌咒发誓掏忠心侍候林英，老爷上、老爷下叫个不休。乔隆发、乔兴发还在县里最好的酒楼留春楼摆酒，宴请林县令。林英拒绝了，说他身体不适。当然，林英明白，拒绝乔隆发、乔兴发的宴请，这很有点叫他们没面子，但这两个师爷其实并不怎么恼恨，令两个师爷恼恨的是两个月前一桩命案。

东明县有个乔家庄。乔家庄有个乔老爷乔昌发。这个乔昌发一不是官，二不是绅，但不仅在乡里，而且在县里很吃得开，很有点呼风唤雨的意思，说话很有分量。以前的县令想在这个县干满两年一任的，没一个敢不去登门拜访这个乔昌发乔老爷的，否则就准备提前卷铺盖走人。林英确有点迂，怎么样也不上乔老爷的门。他很快弄清楚了，乔昌发其实祖上八辈子都是面朝黄土背朝天的农人，苦得一床被子盖三代人，不要说在县里呼风唤雨，就是有个公差衙役上门，也会吓得手脚发抖。但四十年前仁宗天圣年间，这家人时来运转，乔昌发的姐姐被选到宫里当宫女。这一来是乔昌发姐姐的造化，一开始就侍候着四十年前的曹皇后、当今的太皇太后曹氏；二来也是这个小宫女有心机，尽意侍候，让当年曹皇后、现在的太皇太后曹氏满意到一刻也离不开的地步。曹皇后还没成曹太后的时候，下诏破格把这个小宫女转为女官。等到曹皇后成了曹太后时，这个小宫女就成了八品女官乔掌彩。宰相府里七品官，连门房都有县令那么大，太皇太后曹氏身边的女官不要比知府还大？在农人眼中，县衙门的衙役都跟坐龙廷的天子那样可敬可畏，一个知府在农人眼中该有多么可亲可怕，恐怕不难想象得到。乔昌发一家很快发了起来，不仅拥有大片土地，而且拥有不少房屋，在东明县城东明镇也盖了栋大园宅，仆人二三十个，守门的狗好几条，长得又高又大，见人就狂吠，还扑过来咬人，把人吓得倒退都退不赢。这个八辈子农人的后代，说话的喉咙也大了起来，说谁好谁就好，说谁不好谁就不好，在县里成了说一不二的人。县里的县令、县丞、主簿、县尉、学正这些长官，都是吏部选任、天子奏授才能当的朝廷命官，手上持有吏部盖上大印的告身。乔昌发直接插手不上，但县里的胥吏衙役，没他点头谁也当不成。乔隆发、乔兴发是乔昌发的堂弟，就因乔昌发的关系当了快二十年的师爷。有几任县令曾把他们换了。换上来的新钱粮师爷带着几个衙役到下面去催粮催款，不仅一粒粮收不上来，一文钱收不到，还没人管饭，弄得天天饿肚子。新刑名师爷办案拿不下人犯，反给人犯告了，说他收了人犯的钱。县令只好又把乔隆发、乔兴发请回来，县衙里什么事又都好办了。

两个月前，立夏后的第四天，也就是王安石越级入对那一天。天气迷人，日光满地，蜜蜂在丛生的野花间飞来飞去，到处有很好听的细细的嗡嗡声传来。大约刚过巳牌时分，一伙身穿黑衣皂衫的衙役押着一个五花大绑的乡民往乔家庄走去。那个五花大绑的乡民很犟，双手左挣右扎，嘴巴又叫又喊。衙役推推搡搡，呼呼喝喝，把本来迷人的寂寂田野全糟蹋了。

被五花大绑的乡民叫陆火旺，陆家庄人，读过两年私塾，认得几个字，但进不了缙绅圈子；田作得好，常进开封贩卖个鸡、鸭、鱼、蛋什么的，见过点世面；家有十几亩薄田，日子过得还可以，是乡里不高不低的三等民户。原来仁宗景祐元年起，诏令天下各州县将民户依贫富编为五等，并造丁口账，每三年核正修造一次。这个丁口账，即成为民役的根据。不过，官户、宗室、国戚、军将、僧尼、单丁、无男子的女户是不入丁口账的，因之免除民役。天下民役分为四等：一等民役叫衙前，由一等民户担任，主官物；二等民役叫里正、户长、乡书手，由二等民户担任，课赋税；三等民役叫耆长、弓手、壮丁，捕盗贼；四等民役由四等、五等民户充担，叫承符、散从、力手，是一种力役，主要是铺路造桥、建公庙、浚河道，有时还给县令和县令的僚属、胥吏、衙役下乡时带路。在这些民役中，四等民役其实役简任轻，干完就没事。三等民役不过跟着州县都头、衙役去抓盗捕贼，有点危险，但抓到抓不到毕竟干系不大。二等民役课督赋税时，只要扒得下脸，黑得了心，按钱粮师爷脸色行事，也顶多白赔了些功夫。差役里最难、最苦、最吃力不讨好的重役是一等民户服的衙前役。文牒上写得好听，叫“主官物”，其实是管州县官仓和运输官府里的财物。州县官仓岂是好管的？各路盗贼谁不盯着？饥饿的灾民、难民谁不望着？出了事，这些殷富的一等民户都脱不了干系；碰到水灾把官仓浸了，火灾把官仓烧了，损失都得由一等民户赔。特别可怕的是，胥吏上下侵欺，监守自盗，防不胜防，又不敢向他们查问，所受损失也是打落的牙齿往肚子里吞。因之一等民户没几户经得起这样的折腾，很难挡得住累累赔钱，倾家荡产者比比皆是。因之，天下乡民最怕也就是丁口账上自己给评上一等民户。为了不上一等民户，一是不惜花钱让孩子读书应试考官，二是交接权贵官宦、攀结宗室婚姻，三是买牒为僧尼，四是到官户做杂役，五是到寺庙做长工，等等，都可免上丁口账，也就免除了民役的折腾。有些给逼得走投无路、彻底绝望的一等民户干脆把田地送给官户或宗室、国戚、军将权势之家，受他们的保护，就不用缴纳春秋两税，更不用服任何差役，过着食仅饱肚、衣仅保暖，却也安稳自在的日子。

乔家庄乔老爷乔昌发的姐姐是太皇太后曹氏的贴身八品女官，自然不入丁口账，也没人敢让他入丁口账，当然无需承担半点民役。一些一等民户开始把田地送给乔老爷，甘当他的佃户。慢慢地，县里的老一等民户都成了乔老爷的佃户了。一等民户总要有人当，原来的二等民户递补上来了。但用不了多久，递补上来的一等民户也有不少成了乔老爷的佃户。去年冬季，又到了朝廷核正修造丁口账的时候，东明县二、三等民户开始紧张了。这回不少人要递补到一等民户里去。能给县令、县丞、主簿、县尉、学正送上钱礼的，当然再好不过；能打通胥吏关节的，也一样有用；再不行也得给衙役好处，否则就死定了。不过，最好还是找到乔昌发，只要他能发个话，没有解决不了的问题。被五花大绑的乡民陆火旺是能搭上乔昌发关系的。说起来，这个陆火旺的老婆跟钱粮师爷乔隆发的老婆是远房姨表亲，但陆火旺却没上乔昌发的门。这一来是陆火旺是条硬汉子，不肯低头求人；二来是他家本来不富，三年前勉强上个三等民户；三来他读过两年私塾，识得几个字，有点见识，也有点糊涂，又常进开封做小生意，很知道些朝廷时事；四来是乔昌发看上他祖传五代的一块田，他死也不肯给。听风水先生说，这是块风水宝地，谁葬在那里，可保子孙八代富贵平安，文要入相，武要拜将。这样一块风水宝地，乔昌发志在必得，派了几拨人跟陆火旺说，但这个陆火旺就是死不开窍。不过，乔昌发也不急，并不去逼你，等冬季核正修造丁口账时，让陆火旺上一等民户，到时候看你陆火旺还开窍不开窍。陆火旺心里十分清楚这一点，整天闷闷不乐。果然，去年冬季官府核正修造丁口账时，陆火旺上了一等民户。前不久，司农寺到下面来查访仓储和丁口账核正修造情况。读过两年私塾的陆火旺觉得这是个机会，就约了好些破了产的、过去的一等民户到他家来，把乔昌发二十多年来如何一步步把乡里的一等民户逼上死路的情况凑了凑，由陆火旺执笔，写好一个状子。他们去开封找司农寺的官员，但到了司农寺，司农寺的官员要他们把状子送到东明县衙门去。那天，陆火旺起了个早，赶到县衙，刚进大门，就在天井戒石边碰到一个满脸横肉上有道刀疤的衙役。衙役喝了他一声，问他来干什么的。陆火旺老老实实告诉了这个衙役。衙役要他把状子留下，陆火旺在家等县里的消息。

陆火旺在家等了五天，没见县里来半个人影。第六天早上，他还未出门，门外传来一阵狗的狂乱叫声，接着就是一阵杂乱的脚步奔跑声，再接着就是一阵吓人的吆喝声和打门声。不等陆火旺把门打开，门已被推倒，一伙穿着黑色公差皂衫、如狼似虎的衙役闯了进来，打头的就是六天前碰到的那个一脸横肉上有道刀疤的衙役。这些人冲到陆火旺面前，二话没说，七手八脚就把陆火旺五花大绑捆了起来，牵着他出了门。陆火旺老婆吓得掉了魂，孩子躲到娘后面哭。左邻右舍不知道陆火旺犯了什么王法，都缩在门后看。出村的时候，鸡乱飞，狗乱叫，陆火旺乱喊："放了我！我犯了什么法？你们为什么要抓我？"衙役什么也不说，只是推推搡搡把陆火旺带走，弄得陆火旺一路跌跌倒倒的。陆火旺不老老实实走，就有衙役给他两记老拳，把陆火旺打得鼻青脸肿。

陆火旺村子离县城东明镇有三十多里路，日头已到了头顶上，衙役牵着陆火旺才走了十几里，照这个速度断夜也到不了县城。衙役此时肚子饿了。路边有个小店，这班衙役就把陆火旺丢到小店后面柴房里，一边高声喊叫，要店家炒菜烧饭，把好酒拿来。

乔老爷乔昌发消息灵通，很快就知道陆火旺一路嚎喊不肯跟衙役走的情景。说句实在话，乔昌发这二十几年来，还没碰到过这样不怕官府的人。乔昌发动了威，非拿下陆火旺不可。其时，钱粮师爷乔隆发、刑名师爷乔兴发、都头刘庆门正在他家中堂吃茶，见乔昌发动了威，二话没说，风快赶到路边小店。这班衙役正在桌上划拳吃酒，见这三个爷来了，平日这些神气活现、见到百姓连眼皮也不会抬一下的衙役一起吓得把夹了菜的筷子放下，离开座位，毕恭毕敬、规规矩矩站在那里，给这三个爷让座。三个爷依次坐好后，这班衙役还没一个人敢坐。刘都头又是挥手，又是摆头，要他们坐下，这班衙役壮了壮胆，还很有点什么顾虑似的、小小心心地慢慢把半边屁股坐了下来。

店家加了酒菜，这三个爷和这班衙役边吃酒边说话。酒吃得五六分醉，肚子也饱了，问明陆火旺一路上的情况，刑名师爷乔兴发很威风地对衙役努了努嘴："去，给他弹弹琵琶，让他的筋骨松一松。"

别看这些衙役平时派头大，大声喊他，也不见他回下头，但在那些能管他们的人面前，耳朵特别管用，再低的声音也听得到。这班衙役立即明白了刑名师爷的意思，一个个挺着个肚子乐颠颠往小店屋后柴草房去了。天下衙役就是喜欢打人，三天不打人，心里就烦躁、发闷、发慌，手就发痒。刑名师爷说的"弹琵琶"好听，却是一种要命的刑罚。"弹琵琶"就是用木棍击敲人的肋骨，受了这种刑罚的人，肋骨尽脱，汗下如雨，没有不老实服帖的。

衙役到柴草房收拾陆火旺去了，乔隆发、乔兴发、刘庆门仍在桌上吃酒。没一会，就听到小店后面有喊天叫地的惨叫声传来。都头刘庆门也喜欢听人惨叫，很神气地仰下脖子把一碗酒灌到喉咙里去了，大概也有六七分醉，一跌一倒也往店后走去。刑名师爷乔兴发尽管每天大肉大鱼地吃，但脸上就是不长肉，干得像个坐了几年班房的人。他只顾吃酒吃菜，懒得去管后面的人喊天叫地。钱粮师爷乔隆发倒是喜欢凑热闹，但因为跟陆火旺多少沾点亲，不便当面看到陆火旺给衙役"弹琵琶"，也就坐着跟乔兴发一起吃酒吃菜。没多久，正在吃酒吃菜的乔隆发和乔兴发突然看见都头刘庆门右手护着左手巴掌跌跌撞撞从后面跑了进来，嘴巴不停地"反了反了"地乱叫。要不是乔隆发和乔兴发同时伸出手托住他，这个在衙役里武功无人比得上的都头，准要一头撞在桌子角上。乔隆发和乔兴发一看，原来都头的手给陆火旺咬伤了，左巴掌尽是血。店家吓得一脸煞白，忙喊伙计撕了块布给都头把巴掌包扎好。

这下陆火旺祸闯大了，把官府的人咬伤了，得了吗？这不是找死吗？小店后面传来一声声更令人心惊肉跳喊天叫地的惨叫声和一阵阵更叫人可怖的呼喝声。没多久，小店后面渐渐什么声音也听不到了。刑名师爷乔兴发感到有什么不妙，起身要到小店后面去看看，右脚刚出后门，就给从后面跑来的刀疤脸衙役撞了个满怀。

乔兴发："出什么事了？"

刀疤脸："死了。"

乔兴发："又是你打死的？"

刀疤脸："这家伙也太不经打，一棍就见了阎王。"

在县里，刀疤脸是个名人。此人姓王，在家中排行老八，乡里人就喊他王老八。王老八是衙役中名不虚传的瘟神。王老八从小就是个做事做绝的恶人，喜欢打人，打人总往死里打，连村里的狗都怕他；这个人也被人家打破头，落得左脸有道很宽的刀疤，乡里人又都叫他刀疤脸，原来的名字反没人叫了。但，县衙门里的县令、都尉、师爷、都头对他却十分看得起。只要过堂，衙役中有个刀疤脸站着，没一个人犯的脸色不吓得脸青发，手发抖。此人杀威棒一举，没几个受得了，几棒下去就呜呼哀哉。县衙里有这样的衙役，办案、催粮、纳款，顺捷多了。有县衙门的这些人撑腰，刀疤脸胆子更大了，打人更狠了。但这个瘟神也蠢得要命。公堂上把人打死，是执法，打死也就打死了，只怪人犯该死。但小店不是公堂，岂能把人打死？再说，抓陆火旺并未禀报县令林英，自然更无盖有县衙大印的捕人朱签。当时只是刑名师爷乔兴发发了句话，抓陆火旺不过是吓唬吓唬他，要他把状子收回去，不要让状子落到林英手上。没想到陆火旺没给吓唬住，反把陆火旺打死了，弄出了人命。这事当然也就闹大了。平日不知冤了多少人、喜欢把威风摆在脸上的刑名师爷乔兴发，其实是个没主意的人，有点慌了，担心这事传到县令林英那里。这个林英很有点呆气，口口声声为民办事，此人要是认起真来，这事就麻烦大了。刀疤脸无所谓，此人胆大包天惯了，比陆火旺更犟的人都打死过，他怕什么。此时，这个刀疤脸还满不在乎地走到桌边，筛了碗酒，灌到喉咙里去，气得乔兴发差点没过去揍他。倒是钱粮师爷乔隆发不慌不忙抬起头来。这个人鬼主意多，在东明县衙门里的事最后还是乔隆发说了才算。乔隆发狠狠瞪了刀疤脸一眼，吼道："还吃什么吃，还不快滚！"

刀疤脸在乡民眼中是个地地道道的十足瘟神，但在衙门里权比他大的人面前，却又是一只比什么都听话的狗，尽管他现在还没弄明白钱粮师爷乔隆发的意思，但感觉到自己闯了大祸，也给衙门里的人惹了大麻烦，却还舍不得已筛满的一碗酒，急急忙忙再往喉咙里灌，灌得太猛，呛得他把酒喷了一桌。刀疤脸用手背揩了揩嘴上的酒沫，这才愣愣地望着两个师爷，退了出去，过门槛时绊了一下，前仰后颠差点摔倒。

当天下午，陆火旺被衙役刀疤脸打死这条命案就传到县令林英耳朵里。钱粮师爷乔隆发、刑名师爷乔兴发、都头刘庆门和那些个衙役都回县衙了，对林英比往日要恭顺十分。刑名师爷乔兴发还悄悄在案桌下面塞了一个大包。林英知道，那肯定是银子，少说也有五六封。林英当时就叫乔兴发拿走，弄得乔兴发一脸通红，好没面子。林英大为光火，当即发了火签，命都头刘庆门把打死人的凶手刀疤脸捉拿归案。刘都头立即带了七八个衙役去捕人，但忙了十多天，连刀疤脸的人影都没见到。有人说他跑到延州去了。延州离这里一千多里路，不要说派不出人，就是派得出，一路食宿盘缠县里也负担不起。有人说他就躲在乔家庄乔昌发家，也没办法缉拿，谁活腻了，敢查到乔老爷乔昌发家去？刘都头带着二个衙役去过一次，喝得醉醺醺回来，说连个人影也没找着。隔了几天，林英带了几个马快，骑着快马，突然出现在乔家庄。几个马快屋前屋后转了两圈，自然也是找不到刀疤脸的人影。乔老爷乔昌发倒是摆了一桌好酒好菜。那几个马快平日不要说在乔老爷府上喝这么好的酒、吃这么好的菜，就是喝上一碗凉水，也会觉得身价高了起来，此时都望着桌上的酒菜流口水。林英直气得差点没把这桌酒菜掀掉。

没办法，林英只好禀报开封府。开封府推官李寿昌一直对东明县治安感到头痛。东明县可说是天子脚下的一个县，但社会上五花八门的江湖组织、光怪陆离的江湖信仰、眼花缭乱的江湖活动、形形色色的江湖人物，东明县应有尽有，其中泼皮无赖特多。因之东明县的坑蒙拐骗、打架斗殴之事也特多，大的械斗隔不了几年就要发生。这些泼皮无赖在县里闹事已经够叫人头痛，更叫人伤脑筋的是这些泼皮无赖还常到开封城闹事。开封府和皇城司大为光火，开封府推官李寿昌早就想找个由头治治东明县这些人。然而，自古官府不怕你有钱本事大，就怕泼皮无赖放刁撒泼。这些人好吃懒做，无家无业，干起坏事来不要命。还不能小看这些泼皮无赖的能量，他们跟官府衙门里的人都有勾结，有的还混到官府衙门里做事，谁不怕？开封府推官李寿昌清楚，不用问，东明县衙里的师爷、都头、衙役，肯定早跟这些泼皮无赖勾在一起，要不然就不会对这些泼皮无赖从来不闻不问，案子移到他们那里总没个下文。李寿昌甚至私下怀疑，东明县那些坑蒙拐骗、打架斗殴事，县衙门都有人暗中参加，要不然东明县的那些泼皮无赖就不会那么无法无天，惹出命案没人去管。开始，李寿昌倒也慷慨激昂，下狠心捉拿刀疤脸。但，叫林英感到百思不得其解的是，没过几天，李寿昌不出声了。林英去找他，此公便哼哼哈哈的，要不就拿别的话岔开；再后连哼哼哈哈也不打了，连敷衍几句都不愿意。

林英知道李寿昌靠不住，写了个奏折，呈送到通进银台司，然后转呈给天子。这些执掌章奏通进的衙门里的人哪里会把一个小小七品县令的奏折当回事。奏折呈上去了，就石沉大海，没半点声息。林英有个同科进士，在礼部当主事，内东阁门司里有熟人，愿意帮忙。但，奏折送过去了，也是石沉大海。林英找到礼部里的主事。这个主事不提奏折，要他不要再管东明县这些事："好好干你的县令去吧。"林英还呆里呆气想跟他说几句话，这个主事就把他推出门外。以后再去找，此人连门都不开。

林英就差眼泪没流下来。他一个堂堂一甲进士、朝廷七品命官，竟斗不过他属下的那些个师爷、都头，连一个命案在身的衙役也奈何不了。他觉得自己威风扫地，脸面丢尽，心里很气闷、很伤心，又一筹莫展。慢慢地，他才知道东明县的钱粮师爷乔隆发和刑名师爷乔兴发是乔家庄乔昌发的堂弟，三班都头刘庆门和那些衙役又都是乔隆发和乔兴发的人，连县丞武进财都是靠走乔隆发门路才上去的。按说，罗进财是当不上县丞的。县丞是仅次于县令的佐官，大宋有规：县丞不仅要在科举中参加殿试并取得进士及第资格，而且担任过幕府官员，才能充任。武进财虽也读了好些年的书，在科场从来名落孙山，也没当过幕府官员，但走了乔隆发的门路，就当上了县丞，能不听乔隆发的吗？可这个乔昌发又何许人呢？只不过有个姐姐在宫中侍候太皇太后四十多年，当上个八品女官掌彩，怎么在地方上就这么吃得开，就这么大势力？堂堂天子眼皮底下的首府开封府的人都不敢过问一下一个衙役的事，岂不怪哉？

再过不久，林英发现自己身边多了些不三不四的人。他走到什么地方，总有人跟在后边。他所住的内衙周围，总有人探头探脑朝里望。这以后林英在县衙门里什么事也办不成了，交下去办的事不是没人去办，就是拖着不办；没交办的事，却有人风快去办。林英渐渐地发现，县衙门里的人都在看钱粮师爷的脸色行事。钱粮师爷的脸色未动，衙门里的人谁也不敢动一下；他的脸色动了，衙门里的人谁也不敢不动。县丞罗进财都要听他的，更不要说刘庆门了。一日一早起来，林英刚睁开眼，脸都吓青了，只见桌上插了把尖刀。这明显在赶他走人，要他放明白点，要不就小命不保。林英也觉得自己在东明县待不下去了，不过还是没等他给吏部考功司写辞呈，吏部牒文已下来，免了他的差遣，要他到吏部另行改授，林英只好卷被盖走人。

大堂外面东边墙下的日影已缩到不到一丈长了，钱粮师爷乔隆发还没来。此时更热了。那些衙役都热得满头大汗早把皂衫上面的扣子解了，还不停地撩起衫袖揩汗。三班都头刘庆门更是怕热，上身衣服全扒光了，横搭在肩上，腆着个肚子走到门边林英随身携带的两箧箱书和一箧箱衣物面前，好像巡视赃物一样转了一圈。

林英渐渐明白东明县衙门里的人这么做的原因了。这些人其实都知道林英清白得很，连官府的公文纸都没贪一张，能查出什么问题。他们这么做，不过是给林英一点脸色看，让他难堪。林英不急了，让书童到庭院去玩。书童高兴得活蹦乱跳地往大堂外跑去，一只脚刚出门槛，另一只脚还在门里，就被一个人堵住了。林英抬头一看，是钱粮师爷乔隆发站在门槛外，把书童堵住了，吓得书童赶紧缩回大堂里来。

林英看到武进财、乔兴发、刘庆门以及那些衙役都起哄一样地向大堂门口涌去，推推搡搡，生怕落在人后。到了大堂门口，又一个个低眉躬腰，脸上堆满了笑，巴结讨好得不得了。说句实在话，林英在东明县当县令，这些人对自己也不是没巴结讨好过，但远没这么卖力。林英算是看清了，在官场，不仅看谁官大，还看谁势大，势大的能压过官大的。

乔隆发四十几岁，行走没什么不便，衙役们都争着去巴结他扶他进门；争来争去，给两个衙役争到了。这两个衙役一脸的幸福、得意和自豪，像侍候老祖宗一样，小小心心扶着乔隆发跨过门槛。没争到的衙役很有点沮丧失望。大堂过道口的椅子自然得让给乔隆发坐。乔兴发是乔隆发的兄弟，却也一直陪着个笑脸。三班都头刘庆门生怕有什么闪失，前前后后招呼着。县丞武进财忙几步走到过道口，用袖子把交椅擦了擦，巴结的样子说多难看就有多难看。

两个衙役把乔隆发慢慢扶到过道口，又让他慢慢在椅子上坐好。有股凉风从过道那头吹来，那些人怕挡了风，赶紧离开过道口，站到大堂里来。林英不可能去讨好巴结乔隆发，仍坐在大堂门边的长条凳上。书童挨门站在林英身边。林英心里很酸楚。县衙门里的人办正事没本事，但巴结讨好有权势的人却特有本事。此时，乔隆发坐在椅子上，一脸的受用和悦色。乔隆发对人倒和气不过，平和的脸上不阴不阳、不急不躁。不过，东明县衙门里的人，没一个不怕他。过了一会，乔隆发望着林英："林大人，真的这么快走人，不去留春楼坐一坐？衙门里的人在那里摆了酒，要好好给林大人饯行。林大人不会一点面子也不给吧？"

林英心中有数：乔隆发满嘴说的都是鬼话。这些人其实恨死了自己，巴不得自己赶快走人，不买纸钱在自己回去的路上烧就算客气不过的了。林英丝毫不怀疑，只要自己愿意，乔隆发肯定会在留春楼摆酒。这些人不小气，花起钱来出手大方得很。但，上了酒桌，这些人就有自己好看的了。要么倒向他们一边，这是他们最愿意看到的；如若不然，冷言冷语，奚落挖苦，什么难听的话都说得出来，让你更难堪、更狼狈，让你羞得钻进地缝。

林英："饯行就不必了，还请快点清点财物。"

过了许久，大堂里半日里没见谁动手清点财物。林英奇怪了，刚才是因为乔隆发没在场，财物清点了不算数。现在乔隆发来了，这些人还磨蹭什么？林英不客气了："鄙人是奉朝廷之命离任的，要是你们还不清点财物，鄙人可不承担违抗朝廷之命的责任的。"

林英看到，大堂里有人动了起来，武进财却仍没动。此时武进财正站在离乔隆发丈把远的地方，不住地拿眼睛朝乔隆发瞟。林英知道，武进财在等乔隆发的话，但乔隆发就是不出声。过了好一会，武进财走近乔隆发，嘀咕了几句什么。乔隆发平和的脸上很是不快，对武进财说："武大人，你没搞错吧？你是二令，代办交盘是你的事，清不清点财物是你发话呀！"

林英心里有种不寒而栗的感觉。这个乔隆发真的厉害，做人又做鬼，明明这些事是他说了算，表面上却要武进财发话。不过，乔隆发到底这么发话了，武进财头朝大堂后一摆，有几个衙役往过道口走去，要去二堂、后堂以及后院清点财物，又要几个衙役去公案桌上清点印账、文书。大堂、二堂、后堂以及后院里的家具杂物点了又点，生怕漏一样没点到。财物很快清点完毕，林英想到文案桌上把清单拿来，给武进财签押。刚抬起脚，书童扯住他的衣服角，对他抬了抬下巴。林英朝书童下巴指的方向望去，见乔隆发在对武进财挤眼睛，乔兴发对武进财指了指大堂边上的两箧箱书和一箧箱衣物。意思很清楚，他们要武进财检查这些箧箱。林英叫书童去把箧箱全都打开。接着，林英看到，三班都头刘庆门走了过去，不等书童把箧箱打开，做了个饿虎扑食的武打动作，对每个箧箱都踢了踢；大概感觉到有两只箧箱装了书，还飞起一只脚，重重补了两腿，踢得这两只箧箱发出叫人感到心惊难受的闷响。

林英看到，武进财、乔隆发、乔兴发没谁对这事管一下，那些衙役都背过身去笑。林英气得差点没在堂柱上撞头。这不是欺人太甚了吗？这个大字不识、举止粗鲁、为非作歹、被百姓所不齿的刘都头竟侮辱斯文，用那双贱脚在大庭广众之下踢他的书，是可忍，孰不可忍！这个一甲进士、当过东明县令的林英总算是明白了，这伙人全是串通好了的，要在今天捉弄、奚落、刁难他，让他狼狈不堪，丢人现眼，给他一个教训：在东明县，这些人尊重你时，你就是县令；惹烦了他们，你就是一堆狗屎。

书童把所有的篋箱都打开了，这伙人没谁看一眼。他们当然知道，篋箱里不可能藏什么家具杂物。自己属下的师爷、都头、衙役真是无异于在自己头拉屎拉尿，想怎么侮辱刁难就怎么侮辱刁难。林英很尴尬，很难堪，很愤怒，也很无奈。林英记起了来东明县前有人对他的提醒，这东明县真是个吏人的世界！林英觉得自己喉咙里堵了股恶气。

武进财在清单上签了押，交盘做完了。这伙人吵吵嚷嚷、嘻嘻哈哈走了。没谁给林英说一句道别的话。特别是那伙衙役，把脱下的公服搭在肩上，还回过头来恶狠狠瞪了林英一眼。确实，一个县令当到这个份上，实在窝囊，也实在窝心。本来，林英离开翰林院，到东明县当县令，是很有番打算的，没想到却落得个这样的下场，真叫他脸面丢尽，没法见人。

日头已到了县衙屋顶上。林英和挑着篋箱的书童出了县衙，来到县城大街上。街上半边日光半边黑。天气不仅热，而且闷。林英想雇辆牛车，这才发现，满街见不到一个人影。过了好一会，街那头来了几个人，还没到林英身边，就像躲瘟神一样跑开了。又过了好一会，街那头过来两个乡民。两人个子差不多，长相也相仿，一个脸黑一点，一个脸白一点。这两个乡民不把林英当瘟神，一直往这边走来；到了林英跟前，说是乡民陆火旺的弟弟陆福旺、陆寿旺，来给老爷送行的。脸黑一点的是哥哥陆福旺，脸白一点的是弟弟陆寿旺。

林英感动得差点没掉眼泪。陆福旺从书童肩上接过篋箱。此时，林英突然发现街对面一座大园宅里冲出四条又高又大的狼狗，直往这边奔来咬人，吓得林英和书童连连后退，无处躲身。林英看到，大园宅门口站着四个挺胸腆肚的壮汉，看样子是狼狗的主人，看着狼狗咬人也不管一下，只是哈哈大笑，笑得前仰后栽，开心得不得了。林英又看到，大园宅东头有家烩面店，西头有家烧鸡店，两家店铺屋荫下有伙好事之徒，也都笑弯了腰，还有人按着肚子笑。接过篾箱的陆福旺放下担子，抽出扁担来打狗。林英明白，这四条狼狗肯定有来头，打了又不知道要惹出什么麻烦，忙按住扁担，对陆福旺抬了抬下巴，要陆福旺挑担子上路。

这四条狼狗狂叫起来，一边张牙裂齿朝陆福旺身上扑过去。这些狗，打又打不得，赶又赶不走。好在正为难时，街转角来了顶四人抬的大轿，前面四个喝道的把街上不多的几个行人驱散。大轿窗幔挑开处，一个白皙脸皮的中年汉子伸出头来，对大园宅门口四个挺胸腆肚的壮汉喝了声："不得无礼！"

奇迹发生了。林英看见，街对面屋荫下那伙好事之徒全乖乖不笑，四个挺胸腆肚的壮汉"咕"了一声，四条狼狗一起夹着尾巴跑开了。东头烩面店、西头烧鸡店屋荫下那伙好事之徒也不知跑到什么地方去了。林英再一看，挺胸腆肚的壮汉和狼狗也都不见了，街上的人也全空了。轿里的中年汉子也没跟离任的东明县令林英打招呼，只是放下窗幔，起轿往街对面那座大园宅走去。大园宅两扇厚重的朱门开了，里面出来一伙人，恭立在门口。大轿还没在门口停稳，这伙人就拥了过去，准备接轿里的人下轿。

林英抬头望去，见大园宅门上方悬挂着一块大匾，大匾上书有"乔府"两个大字。林英这才发现自己此时来到的是乔老爷乔昌发府前，怪不得这么多狼狗冲出来咬人。大轿里的那个白皙脸皮的中年汉子下了轿，大园宅门里一迭"曹大管家到"的声音往后拖去。开始，林英还不很清楚这个能一句话把屋荫下那伙好事之徒喝得跑走的"曹大管家"到底何许人。不过，林英很快明白了过来，这个"曹大管家"是当朝天子赵顼的大国舅公、济阳郡王、同中书门下平章事、加兼侍中曹佾府上的总管家曹通。治平四年，林英参加廷试，与曹佾的二公子曹谒坐桌相邻，二人得以相识。后来林英还到曹王爷曹佾府上找过曹谒，由此跟曹大管家曹通有一面之交。不过，以后林英就再也没跟曹谒有过来往。曹谒这个人长得很俊，但派头大，盛气凌人，天字第一号闯祸的祖宗；后来靠着是皇亲，当上个从五品的东上阁门使，官不大，却招权不忌，什么事都要管，什么权都要插一手，那种莫予毒也的神气既叫人看不惯，又叫人感到可怕。曹王爷曹佾给这个儿子气得几次差点吐血，几次要断绝父子关系，把他赶出门去。但，曹王爷曹佾的大管家曹通待人却不错，很谦和，很平易，不像有些权贵、国戚家的管家那样刁钻、神气、摆臭架子、作福作威，叫人看了眼睛冒火。

林英感到奇怪：堂堂大国舅公、曹王爷曹佾的大管家曹通何事到一个出身卑微，既不是靠文才，也不是靠战功，只是靠宫中有个在太皇太后曹氏身边侍候了四十年的姐姐才暴富起来的土老财主乔昌发家来？据林英所知，大国舅公、曹王爷曹佾还是挺守祖宗家法、朝廷规矩的。听说曹王爷从不随意进出内廷；少有的几次进宫与姐姐曹氏相见，也按皇室家法办，先要禀报天子，得到天子批准，取旨后才进后宫；进了后宫，与姐姐曹氏相见的时间也不长，唯恐朝廷猜疑，立即退出。既然如此，曹王爷的大管家曹通怎么会到这里来呢？从刚才看到的情形推断，曹通还不是第一次上乔昌发的门，而是常客，这实在很叫人费解。

林英简直像条落水狗，真有说不出的狼狈、难堪和凄怆。但不管怎么说，林英还是挺感激曹通，要不是他，怕难出县城。原先站在屋荫下的那伙好事之徒又回来了，麻脸壮汉也跟在其中。不过，没谁“咕”狼狗过来，这伙人只是冷冷地望着林英，像是在监视他出县城。林英心里很不是味，也很伤心，想起坊间一句耳熟能详的谚语，叫“任你官清如水，怎敌吏滑如油”。以前，自己并不把这句谚语当回事，今日算是领教到这句谚语入木三分的味道了。说来奇怪也很有意思的是，在以后的官场浮沉中，林英总会想起这句谚语，慢慢竟成了他的口头禅。

林英上路了，很快出了县城的西门，然后沿着官道往京都开封走去。县城西门外面的水稻已一尺多高。路边草色青青。旷野的风，送来一阵阵很好闻的，夹杂着沤熟了的牛屎、猪屎气味的水稻和青草的清香。有陆福旺、陆寿旺相送，充斥在林英胸中的恶气、愤懑缓解了许多。其实，林英完全用不着如此想不开。八年后，也就是熙宁九年，王安石二次拜相不久，东明县三千多乡民在王安石府前闹事，叫嚷要“烹了王安石”，那才够叫人伤心。比起这件事来，林英受到的屈辱实在算不得什么。

林英打着手棚，望了望天，刺眼的日光还是弄得他睁不开眼。他这次在东明县当县令特窝囊，没办成一件事，反给属下的师爷、都头、衙役赶了出来，可说是输到底了。他确实是想办好一些事的，最后却落得个这样的下场，实在是感到伤心透顶，又羞愧难当。不过，四月初五这日，也就是东明县陆火旺被衙役王老八活活打死、出命案的第二天，林英也听到了王安石越次入对问政这件大事。林英也和朝廷许多人一样，觉得王安石肯定要入主中书。他觉得，自己还是有机会的。这么想过后，林英心里觉得好过多了，脚步也快多了。前面不远就是黄河，过了黄河就离开了东明县地界，林英的脚就更轻松了。

走了约莫个把时辰，日头快到中天。不多久，林英他们到了黄河边。夏天是黄河涨水的季节，大水灌满了河床，滚滚向东流去，远远地能听到黄河的涛声。好毒的日头，林英看到陆福旺、陆寿旺、书童都满头大汗，自己的衣衫也湿透了。

第七章　京都禁军寻衅御街砸酒店 乡里侄子闹事韩府喊大冤

天下事许多是说不清楚的。熙宁元年四月初四王安石越次入对问政之前，天下识与不识的人都把朝政的希望寄托在王安石身上，但越次入对问政之后，许多人的看法发生了很大的变化，认为此公讲了许多话，归根到底就是一个字：利。利不就是钱吗？天下的人都掉到钱眼里去了，人心不就全坏了？仁义是本，财利是末。舍本求末，什么怪事不会发生？此外，此公那身南方乡下人的土气，叫人感到不赏心；那不修边幅的邋遢衣着，叫人看了不愉目；那僵硬的带有过于浓厚的江南西路抚州临川口音的官话，叫人听了不悦耳。转眼到了秋分，天气是越来越凉。北方农民忙着种麦，南方农民忙着水稻的耘禾施肥，京都开封的官忙着玩，忙着乐，忙着与官妓花娘喝花酒，也忙着串门拉关系。朝政并不像不少人推测的那样，王安石很快入主中书，倒是从阁门司传出老相公韩琦仍将留在朝廷柄国。传闻有鼻子有眼：太皇太后曹氏、太后高氏给天子发了话，说老相公韩琦可靠，威望又高，功劳又大，不用他用谁？听说天子点了头。对推测和传闻，没谁全信，也没谁不信。这就给押宝带来机会。押对了，官运亨通，仕途似锦；押错了，官运结束，就死定了。也有脚踩两边船的，风险小，机会也小。

秋分这日，从知太原府任上召回京都尚未得到新的差遣的冯京，一早就与知制诰、知银台通进司韩维去拜访老相公韩琦。这个韩维在当朝天子赵顼还在当太子时，就是赵顼的东宫记室参军，现在又是天子身边的近臣，且执掌满朝文武百官与天子联系的通道。文武百官向天子呈交奏章，请求入觐晋见，大多通过银台通进司来办。因之，朝廷百官没有不对他高看一等的，就是宰执大臣也不会怠慢。

冯京与韩维各乘着一顶四人抬的轿子，沿着御街并行，往老相公韩琦府上走去。冯京本来是一人去拜访老相公的，上御街时刚好碰到要去看望老相公的韩维，二人便同路了。宋代京都开封的御街，全长八里，宽二百步，街两边但见人头攒动，十分宽阔壮观。御街东西两边是长长的千步廊，千步廊后面是琳琅满目、五花八门的店铺。整条御街，人流不息，喧嚣不下市廛。在这五花八门的店铺中，随处可见一家家门面宽大、门内宽敞、高楼上挂着黑底烫金字号的邸店鹤立其中。这些邸店全是京都开封赫赫有名的权势贵官、豪门巨富经营的，不少皇亲国戚还参与其中，十分气派，十分豪华，令人眼热，也令人侧目。

冯京与韩维的轿子走在御街中间，轿窗的两边布幔都撩开了。冯京坐在轿内，看到入秋后的御街市面更热闹，人更多，骑马的、坐轿的、挑担的、搭褡裢的，进城的、出城的，就像一条永不止息的人河。在快到汴河天汉桥的时候，冯京忽然听到街上一阵杂乱的奔跑脚步声从轿边滚过。冯京忙把头探出轿窗，便见一伙袒露着臂膀、喝得醉醺醺的士卒大模大样从轿边扬长而去。冯京把头从轿窗里再往外探了出去，往前一看，见前面不远处的御街中间，一地砸碎了的陶器、瓷器；再朝前一看，御街那边有家酒店给砸得稀巴烂，桌凳全翻了，狼藉一片。酒店里有人的嚎叫声传来：“断了！我的手断了！”御街上看的人很多，却没一个人敢过去，只是远远地站在两边观看。

韩维也把头从轿窗里探出来，说：“这些当兵的何事无法无天到如此地步？”

冯京和韩维把轿子停了下来。曾经当过开封知府，对人谦恭顺从、温文尔雅的冯京轻言细语地说：“这些人大多是好吃懒做、游手好闲的泼皮无赖在灾年的时候招到兵营里来的，不好好当兵，却经常到街上闹事，强吃、强喝；喝醉了就更是无法无天，不顺心就打人。”

韩维不解：“开封府不管？”

冯京苦笑了一下。开封府能管得了？这些兵卒只有殿前司执法官都虞侯才管得了。太祖有言：“可以利百代者，唯有养兵；凶年饥岁，有叛民而无叛兵。”越是灾年越是募兵，许多人到兵营里来吃皇粮，有饭吃了，就不闹事了，更不造反了，天下就太平了。不过，真正的良民没募到几个，泼皮无赖倒是进来了许多。朝廷对带兵的军将盯得很紧，稍有违规之处，就很不客气查办；对当兵的却相当宽容，有吃有穿，犯了军规多不予追究。再说这些泼皮无赖虽然闹事，并不造反，朝廷又何必对他们过分呢？按说这些泼皮无赖应该知恩图报，但这些泼皮无赖哪能领会得到朝廷的这种恩泽和良苦用心，只是一味任性胡闹，只要自己快活，没什么可顾忌的。长期以来，这些泼皮无赖都不务正业了，要他们做好事，不做坏事可说是比登天还难。这些人且跟官府里的胥吏衙役打得火热，勾得很紧，整肃这些人谈何容易。多大的事冯京都轻声细语地说："殿前司都虞侯多护着这些人，地方官府谁奈何得了？"

那伙无法无天、喝醉了酒、袒露臂膀的士卒往御街这边走来，观看的人也渐渐散了。冯京启轿，已经走了几步，却发现韩维的轿子仍停在那里。冯京又让轿夫停下轿子，从轿窗里探头回望，但见韩维一只手伸出轿窗外，指着旁边一家邸店。冯京这才发现，那伙无法无天、喝醉了酒、袒露臂膀的士卒到了御街这边一家店铺面前，其中一个士卒硬要往里面闯，其他士卒却吓坏了，有两个士卒死死拽住那个士卒的手，不让那个士卒往里闯；那个士卒显然醉过头了，用力把拽住他的手甩掉，还一个劲要闯进去。此时，一个怪事发生了。冯京看到，那个士卒刚上台阶，店铺里冲出十多个壮汉，几下就把那个要闯店铺的士卒打翻在地，然后一顿拳脚，把那个士卒打得喊天叫地，在地上乱滚；同伙的士卒却都往后面缩，没一个敢上前。冯京抬头望了望门楼上的匾额，上有烫金的四个大字："乔家货栈"。冯京明白了：乔家货栈可不是一般的商铺，而是一家来头大得很的邸店。怪只怪这个士卒酒醉得昏了头，死瞎了两只眼，竟然在太岁头上动土，闯到这家店铺来找打；没打死算是便宜了他，就是打死了也只当打死一条狗。那个士卒被打得躺在地下不得动了，店里的那十多个壮汉才收住脚，若无其事回店里去。一直等到那十多个壮汉回到店里，同伙的士卒才抖抖地走到挨打的士卒身边，扶起这个士卒，挨着御街边上走。开始还小心翼翼的，等走了一二十丈远，便有多快就多快地跑了，说多狼狈就有多狼狈。一街的人看着这伙狼狈逃走的士卒，一个个对着那伙士卒的背脊指指戳戳的，笑栽了。韩维望了望门楼上的匾额，摇了摇头，也跟着笑了笑。冯京知道，韩维也清楚眼前的这件事是怎么回事了。

冯京与韩维起轿，往老相公韩琦府上走去。不多一会，轿子到了韩府门前。秋分时从正东方向升起的日头把迷人的日光铺了一街。冯京下了轿，一眼看见二三十位身穿五六品补服的官员肃立在韩府前。四个月前，老相公韩琦受到弹劾，辞了相位，以公师之官和宰相的身份身兼镇安、武胜两节度使，守司徒兼侍中判大名府，领四路兵民大权，守卫一方，享有便宜行事的权力。但，宰辅毕竟在百官中地位最为显赫、权力也最重，老相公韩琦被免了宰辅之职，地位不可能再像当上相时那么显赫了；在朝中说话虽然还不是完全不管用，但确实没那么重了。然而，满朝文武百官中的聪明人看得很清楚：当朝天子赵顼是不得已而为之，老祖宗规定的法制，受到弹劾的宰辅大臣得辞去相位，谁敢不遵？但老相公韩琦帝眷不减，在大名府一言九鼎，两路文武官员进退兴废，生杀予夺，雷霆雨露，俱从己出，说不定过个一二年又会回到朝廷来。这种事在官员调动频繁的宋代屡见不鲜，更何况京都开封官场在传老相公韩琦走不了，还得留在中书主政，大宋朝廷离不得老相公韩琦。官场上的人大都下棋看三步，不会因为韩琦免了宰辅之职，就冷落他。

不过，朝廷里的事，还不是外面传说的那么简单。确实，天子赵顼舍不得老相公韩琦离开朝廷。为了能留住韩琦，天子赵顼还曾下旨，在开封兴道坊划出一大块土地，赐宅一处给韩琦，且擢升老相公的大公子为秘阁校理。这都是有过大功的勋臣才能得到的龙恩。但老相公韩琦一概辞谢，坚意外放。朝中不少人也要留老相公韩琦在朝廷，不过各人的想法就难说了。文彦博、欧阳修、唐介、赵抃、司马光、苏轼、苏辙、范纯仁，还有自己的老岳丈，都是巴望韩琦留下来，为的是朝中有个人能跟王安石抗衡。朝中有关韩琦的传闻虽然有鼻子有眼，但冯京还是相信，用不了多久，王安石就要进中书掌大权。到那时，韩琦不在朝中，就无人能挡得住王安石，可以说王安石想怎么干就怎么干，独步天下，谁也拿他没办法，朝廷就要出大事了。然而，现任上相曾公亮，嘴巴上也说要留老相公韩琦在朝廷，这恐怕就是鬼话了。韩琦这个人，权重一时，声望如日，国运的安危常在他的一念之间，多年执掌朝廷中书衙门，说好说歹的都有，可以说毁誉几乎多得数不胜数。曾公亮这个老滑头，其实很疾怨韩琦专权。当韩琦还在中书时，当时是次相的曾公亮不过只是个帮办事的，大事都是韩琦拿主意，说了算。曾公亮对这点很有意见。既然如此，曾公亮怎么会欢迎韩琦留下来呢？冯京也是很希望老相公韩琦能留在朝中，起个定海神针的作用。

韩府门前那二三十位五六品官员等了一阵，却始终不见里面有人出来传他们进去，有点不耐烦了，好些人在交头接耳说话。秋天迷人的日光从韩府门前几棵大树开始凋零稀疏的枝叶间漏下来，花花点点印在这些官员绣着禽鸟的补服上。一阵秋风吹来，摇摆的枝叶便让这些官员补服上的禽鸟在花花点点的日光中晃跳不已。韩维也早下了轿。冯京与韩维上了韩琦府宅门前的台阶，韩琦府上的管家从里面出来，脸上堆满了笑，把他们迎进府内。管家在府门口回头告诉门前那二三十位五六品官员：老相公今日忙，没时间见他们。这些官员怏怏地走了，把在花花点点日光中跳跃着的禽鸟也带走了。

冯京与韩维进了韩琦府宅。此时韩府上下正忙着搬家，管家把冯京、韩维迎进门后，就忙着指挥搬家的事去了。家具不用搬，全是朝廷配给的，但衣物、书籍、金银细软得全部搬走。冯京在大堂看见，韩琦夫人正在后面厢房里收拾自己的细软。韩琦有一妻六妾。夫人总理家务，六妾都得听命于夫人，不管这个小妾多么得宠，都须如此，在这点是没有任何含糊的地方。韩琦的几个小妾之间常有些是非，争风吃醋时有发生，但在夫人面前没一个敢放肆无礼。冯京和韩维经过大堂后面厢房时，韩夫人正从厢房出来。韩夫人已年近花甲，很胖，头发全白，慈眉善目，一副富态模样，不愿动，一动就气喘出汗。房里的东西让两个贴身丫环去收拾，韩夫人颤颤巍巍向隔壁小妾房里走去。小妾忙过来把韩夫人扶进房，早有房里的丫环端上椅子，让韩夫人坐。韩夫人一脸欢快，大大咧咧坐了下去，又直夸小妾把丫环调教得好。冯京和韩维给韩夫人作揖行礼。韩夫人要起身蹲万福礼，刚抬身子就喘，急得冯京和韩维忙叫小妾的丫环扶住韩夫人。韩夫人用手指指后面，告诉冯京和韩维，老爷在后花园。

冯京和韩维出了后堂过道，还在月门这头，冯京就听到有人在后花园说话："麻烦，麻烦，相当麻烦，朝廷进入多事之秋了。"听口音，很像是范纯仁的声音。冯京猜：范纯仁在这里？这人是个君子，冯京正想会会他。

早有仆人去后花园禀报。出了月门，冯京见后花园廊亭里坐着四个人：一个是半欠着身子跟他和韩维打招呼的老相公韩琦；一个是背靠着廊亭护栏站着对他和韩维招手的枢密使文彦博；一个是坐在瓷墩上对他和韩维拊掌而笑的司马光；还一个站着说话的，果然是范纯仁。

冯京看到文彦博、司马光、范纯仁，很是高兴。不用问，他们肯定是来劝老相公韩琦留下来的。冯京和韩维顺着一条青砖铺的弯曲甬道向前走去，不多一会就到了廊亭。半欠着身子的韩琦请众人归座。冯京在司马光旁边瓷墩上坐了下来。韩维在文彦博旁边瓷墩上坐定。侍立在廊亭下的家仆忙给冯京和韩维上了茶。廊亭里的六人有意思：冯京个子最高，温文尔雅中显出一种隽迈不群和敏慧多智；山西人文彦博一副山西大汉的身材，更增添了几分逼人的官威；燕赵人韩维个子最矮，很难让人把他与燕赵人的悲歌慷慨联系在一起；陕州人司马光最瘦，突起的颧骨像悬崖边突起的岩石，一脸的肃然和圣洁；苏州人范纯仁挺着像土财主一样大腹便便的松软肚子，此公一脸我心如秤、不为人低昂的神气，没半点南方人的清秀；韩琦不胖不瘦，一派厚重中正气度。

廊亭下有口五亩见方的池塘。夏日时一塘碧绿的荷叶和鲜艳的荷花全枯谢了，剩下一塘东倒西歪丑陋得像炭条一样的荷梗。池塘里的鱼倒也依旧悠闲自在，在残存的荷梗间往来翕忽，自得其乐，别有一番风味。不过，今天冯京、韩维、司马光、文彦博、范纯仁可不是到韩琦府上来欣赏池塘里的游鱼。老相公韩琦没几天就要离开京都开封到大名府去，众人有一肚子话要说。此外，冯京带了一封老岳丈富弼给韩琦的信。本来富弼也想亲自到韩府话别，但足疾又发了，只好让冯京捎个信。韩维则带了一封欧阳修的信来。欧阳修是一心做“六一居士”，官场上的来往应酬是越来越少了。前天，韩维去看他，他也就顺便要韩维带封信给韩琦。

冯京和韩维双手把信交到韩琦手上。范纯仁很激动，言语间有忧国忧民情怀：“事情全坏在王陶这个小人身上，说起来，老相公对他有恩。此人要不是受知于老相公，得到老相公的奖拔，举荐他当了皇上的东宫官，谁认得他王陶老几？这个小人一当上御史中丞，就翻脸不认人，亏这个人说得出口，把‘奸言惑乱圣听’六个字扣在老相公头上，当言官的如此胡言乱语，如何了得！”

冯京发现，话题一扯到言官身上，众人就觉得话不好说了。宋代言官是令人可畏、可气、可恼、可恨，然而又叫人感到可爱、可慕、可敬、可钦的一族。不要说一般官员怕他们，就是宰执大臣也要退让个二三分。朝中百官都清楚，大宋开国皇帝赵匡胤定下的这条规矩，目的就是要言官盯着朝中百官，特别是那些宰执大臣，防止他们专权乱政。天子要的就是言官敢弹劾，敢风闻言事，敢胡说八道。言官这么做了，天子就高兴，就鼓励，就十分赏脸。言官从此直声大震，名扬四海，身价百倍。大宋百年，不少人就是因为当言官时，敢直言，把人家弹劾得体无完肤，自己虽然因言获罪，却买到个好名声，结果后来官越当越大。有这么大的好处，有几个言官不敢信口雌黄直言呢？就说老相公韩琦，其实不只是这次王陶要把他扳倒，三朝拜相的韩琦每次拜相后就有言官弹劾他，在英宗朝那场历时三个月的吵翻天的“濮议”中，更是给时任侍御史知杂事吕诲弹劾得七死八活。这个吕诲真是疯了，来势十分凶猛，加在韩老相公头上的是“五不忠”罪。其实，所谓的“濮议”，就是因英宗的生父濮王的名分而引起的一次分歧极大的朝议。本来这并不是什么大事，只不过是天家的一件私事。英宗登基前过继给了仁宗，做了皇帝。生父去世了。当时上相韩琦、参知政事欧阳修认为应该称“皇考”，时人称这一派为“皇考派”；台谏言官吕诲、范纯仁一班人认为应该称“皇伯”，时人称这一派为“皇伯派”。“皇考派”认为英宗称自己的生父为“皇伯”，把生父丢了，也太不近情理了。然而在“皇伯派”看来，既然英宗过继给了仁宗，登上了九五之尊，当然不能称未当过皇上去世的生父为“皇考”；一个在位天子，有两个父皇，这成何体统？这不就乱了朝纲，违了礼吗？这不仅天子名分要受到质疑，皇权要受到威胁，而且江山也要受到动摇。既然问题如此神圣重要，本来“濮议”只是个对人的名分称谓的小问题，一下子就上升成了一场捍卫皇统的无比纯洁和无比神圣的大争辩。对就怕朝廷无事、弄得言官无言的大宋言官来说，这也就成了一个极好也极难得的说话由头。于是，围绕着“濮议”而展开了一场持续时间不算短的大争议。不用说，刚交锋“皇伯派”就占了上风。“皇伯派”台谏言官一个个披挂上阵，斗志昂扬，一往无前，稳操胜券，志在必得了。来势最凶猛的吕诲给韩琦安上个“五不忠”罪名还不够，接着又指控韩琦是教唆犯，“使陛下厚所生而薄所继，隆小宗而绝大宗”，都是吓死人的罪名。此公尚余勇可贾，又伙同范纯仁把矛头指向欧阳修，给欧阳修安上个“首开邪议”罪。于是，朝廷内外，韩琦、欧阳修成了众矢之的，给弄得威风扫地，脸面丢尽，狼狈不堪。英宗到底仁厚，不想这么加罪韩琦和欧阳修，当然也不想给吕诲定什么罪。但吕诲却不肯罢休，仍要穷追猛打，不仅根本不怕因此而获罪，相反越是有可能获罪越来劲。因言获罪，忠于朝廷，无上光荣！这个吕诲，每次去见皇上，还唯恐皇上不发怒，故意显得傲慢无礼。这样的言官可怕不可怕！别以为朝廷文武百官都站在老相公韩琦和参知政事欧阳修一边，去指责吕诲和范纯仁。恰恰相反，没几个人去追究言官的用心，都认为只要是因为进言而获罪就是忠臣，吕诲、范纯仁自然也就是人人都应该称道的忠于朝廷的好官了。此外，不少人倒也不是不乐意看到韩琦、欧阳修这种难堪样子，特别是韩琦，那种一言九鼎、说一不二、八面威风、舍我其谁的做派很是让不少人难堪过，现在让他也难堪一下未尝不可。不用说，在这些人眼中，吕诲自然很有点可爱、可慕、可敬、可钦起来，范纯仁当然也随之名声大噪。

冯京觉得，在“濮议”中弹劾过欧阳修的范纯仁竟然对弹劾韩琦的御史中丞王陶这么大意见，看起来很有点叫人匪夷所思，其实一点都不用奇怪。范纯仁是个正直高尚的人，身上确实有种我心如秤、不能为人低首的正气。当年弹劾欧阳修，范纯仁确实是觉得欧阳修的言论是邪议，要不然他是不会与吕诲一道去弹劾欧阳修。既然如此，自然不会因为自己当言官时弹劾过欧阳修就附和王陶。王陶是个不折不扣的小人，有野心，外示寡求，内怀奔竞，善于观言察色，发现登基之初的天子赵顼也有点不悦韩琦之专，料定朝廷必易大臣，竟想自取重位，做起紫绶三公的黄粱美梦，想挤走老相公韩琦，自己取而代之。有这个可能吗？不错，天子赵顼起初确有点不悦韩琦之专，但天子赵顼圣明，十分清楚韩琦是朝中真正的栋梁大臣，忠心可鉴日月，就是太皇太后曹氏和太后高氏也高看一眼，加敬一成，谁动摇得了韩琦的这种地位？

韩维说：“王陶这个人不地道，又不知道天高地厚，最终会被人看不起的。”韩维是朝廷百官公认的正人，也不是个说话随便的人。他和王陶都是天子赵顼在东宫当太子时的旧臣，在一起共事多年，对王陶的为人是十分清楚的。

学富五车、通古今之变的司马光一脸的圣洁：“言无罪，为政当容清议，要开言路。言官风闻言事，是老祖宗定下的规矩，绝不可废。要不然，朝廷就非要出大问题不可。”

冯京看到，众人对司马光的话都十分赞同，都一脸欣喜地望着司马光。冯京清楚，司马光当然不是在为王陶这样的人辩解，只是站在道义的立场上，立天下之正位，为大宋祖制而言；此公总是从朝政上看问题，话里充满了通古今之变的智慧。冯京对司马光的话是十分赞成的，言官确实要有风闻言事的权力；没这个权力，这个言官就没谁能当得了，也没谁愿当。老祖宗英明，规定言官有“月课”任务：每月至少要奏事一次，每百日必须弹劾一人，当然被弹劾人的官是越大越好。只要敢于奏弹，无论实否，统统有赏；百日内无纠弹，轻则罚“辱台钱”，重则罢免降职。既然如此，言官谁不积极弹劾人？乌府台最旺的时候有二十个御史，每百日要弹劾二十人，一年要弹劾六十多人，且官高权重者居多，朝中百官谁不是胆战心惊的？特别是那些官高权重的人，更是胆战心惊，生怕一不小心就弄得罢官丢职，更遑论图谋不轨的非分之想，这真个是连念头也不敢起了。冯京还发现，乌府台的御史多是刚刚步入仕途的年轻人，让这些人去风闻言事，弹劾人，把人得罪了，以后他在朝中为官，不怕人家找他的岔，报复他吗？怕就好了，就规规矩矩不会乱来了。冯京把这些发现跟老泰山富弼说过，富弼什么也没说，只是用那双深藏在眼窝里的、像口小井的眼睛望了望他。冯京清楚，富弼是同意他的意见的。此外，冯京也觉得，司马光还身兼右谏议大夫，也是言官，当然要为言官争那份风闻言事的权力。大概因为自己在想这些问题时，脸上的表情发生了变化，冯京看到，坐在文彦博旁边的韩维怪怪地望了他一眼。冯京当然不会把自己心里的这些想法告诉韩维，只是对韩维温文一笑，算是对韩维那怪怪一眼的回答。

靠在护栏上的山西大汉文彦博眼望着池塘里的游鱼，捻着长须，一脸逼人的官威："王陶这个人不值一提，当下难办的是，老相公一走，中书就麻烦了。"此公生来相貌非凡，脸上有种逼人的官威；功不如韩琦，精不如富弼，学不如司马光，但谋却胜三人一筹。

冯京心中十分佩服文彦博，觉得他的话说到了点子上。中书现有四位宰执大臣：一是上相曾公亮，二是次相富弼，三是参知政事唐介，四是参知政事赵抃。按说，这四位宰执大臣都是能臣，官声都还不错，当官的政绩都有可圈可点之处，在官场还是很有人望。曾公亮当年在郑州当知府时，盗贼悉鼠窜他境，境内夜户不闭。老岳丈富弼当年再盟北辽，保住了中原王朝的体面，长了大宋的脸，朝野无不为之欢腾。唐介当殿中侍御史时，鼎镬不避，把当时赫赫有名的宰相文彦博也弹劾了，以敢言见惮。赵抃到成都当知府，以一琴一鹤入蜀，益州大治，朝野一时传为佳话。以前，天子赵顼对这四位宰执大臣还是很看得起的。但现在，天子赵顼对他们多有不满。冯京是个明白人，天子赵顼态度的这种变化，都是因为朝中来了个王安石。冯京惑然不解的是：天子赵顼缘何有了王安石就对曾经十分看重的四位宰执大臣多有不满起来。他今天和韩维到韩琦府上造访，最重要的目的就是跟老相公韩琦聊聊朝政上这些事，把朝政上的这些变化弄个清楚明白。见文彦博、司马光、范纯仁也在韩琦府上，冯京觉得更好。这些人都是朝中的君子，能听到他们的高见是再好不过的了。

冯京正要开口，范纯仁却先说："老相公还是留在朝廷议政好，一来顺了皇上的意，二来顺了百官的心。朝廷离不开老相公！"

韩琦已把富弼和欧阳修给他的信看完，抬起头，望了众人一眼，拿着信的右手轻轻抖了下信，很有点随意地、也很有点得意地说："富相和欧阳相也是劝韩某留下。"

冯京看到，文彦博、司马光、韩维、范纯仁都眼睛一亮。他们果然都想老相公留下来。范纯仁趁势道："纯仁担心的是，老相公这次离开朝廷，恐怕不会像以前那样很快会回到朝廷来。"

冯京觉得，范纯仁说的是实情，也说出了他的心里话。宋代官员上上下下、东西南北迁调是家常便饭，常常是有的官员在这个地方衙门的交椅上还没坐热，朝廷新的差遣就来了，得赶紧上路到另一个地方的衙门去坐堂。相爷也是如此，当不了多久，就又到地方去当官。老相公韩琦三朝拜相，每次做相公的时间也就是两三年，下去了又上来，好像走马灯一样。不过，这一次恐怕难上来了。一来是老相公韩琦年事已高，过些年要致仕退休了，怎么还可能再进中书；更主要的还是因为天子赵顼对王安石如此心醉魂迷，王安石进了中书，是不可能那么容易出来的，老相公韩琦岂能再进去得了？冯京给老泰山富弼带这封信给老相公时，问过富弼：老相公以后还能回朝廷吗？富弼半天没出声，冯京知道，老泰山的意思是：老相公此次去地方当官，就永远告别朝廷了。

冯京看到，司马光好像也要开口劝韩琦留下来，但话到嘴边，又把口闭了起来。这怪不得司马光，一言九鼎的老相公决心要做的事，是谁也拖不住的。一会，冯京注意到，韩琦把信放在面前的石桌上，目光突然犀利起来："怎么？你们真要置韩某于'奸言惑乱圣听'之死地？"

韩琦的话说到这个份上，再也没半点回旋的余地了。冯京看到，众人很敬佩韩琦的为人，也就不再去自讨没趣扯这事了。一时间廊亭沉寂了下去。从云的裂缝里像扇面一样泻下来的日光正好把池塘罩住，池塘炭条似的荷梗生动地浮在水中，反倒有了些许诗意。

韩琦要离开朝廷，这是谁也劝不回的，众人此时最想谈的就是当下的朝政了。大腹便便像个土财主的范纯仁一脸我心如秤、不能为人低首的表情说："教天子言利，要皇上理财，欲求近功，忘其旧学。尚法令则称商鞅，言财利则背孟轲，朝廷不全乱套了吗？以仁治国，以德安邦，太祖太宗制定的立国之本，还要不要？是可忍，孰不可忍！"

范纯仁没指名道姓，但他所说的乱朝纲的人指的是南方乡巴佬王安石。在座的除韩维外，都有同感。对这点，冯京不难理解。韩维和他的兄长韩绛，都是王安石的崇拜者，都对王安石的道德文章、治政吏才佩服得不得了。韩维在皇上还是太子时，作为东宫记室参军的韩维与太子赵顼经常谈论天下事，常常提起王安石。其间韩维高见迭出，太子赵顼很是称奇，韩维从不贪天功为己有，总说自己的见解实出自王安石。这次王安石进京越次入对问政，实际上也是韩维的主意。天子赵顼在东宫时就读过王安石上仁宗皇帝的万言书，被王安石万言书上的谆谆佳言所吸引。赵顼登基后，还常读王安石的万言书，韩维就进言：何不召王安石到朝廷来？一言提醒了赵顼，急着召王安石进京，要韩维先写封信给王安石。韩维又进言：说这就小看了王安石，也不是天子召见臣子的正途；要大用王安石就除授王安石为翰林学士，召王安石入对问政，何其正正堂堂！不用说，韩维对王安石是推崇备至的。韩维显然不同意范纯仁的意见："介甫堪称大任，现在国用不足，财政紧张，户部、司农寺、后宫都为钱头痛得要命，理财必不可少。"

范纯仁事事学习其父范仲淹，很得其父范仲淹之正，据理力争："先君在仁宗时曾上治国十策，其中一策是抑侥幸，罢少卿、监以上乾元节恩泽，严格荫子；另有一策是厚农桑，治堤堰渠塘，隳废的田地重新种上庄稼。有此二法，何愁国用不足！"

韩维也是个正人，笑了笑说："皇上要富国强兵，洗刷国耻，那是要用许多钱的，尧夫兄那两条管不了用。""尧夫"是范纯仁的字。韩维不说那两条是范仲淹的，显然是为了不让先贤范仲淹的名声受到损害。

冯京看见，范纯仁脸涨得通红，也很有点挂不住了。他的家父范仲淹是宋代百年少有的名臣，现在朝野上下，提到范仲淹谁不肃然起敬？谁会说半个"不"字？范纯仁很是不满地对韩维说："持国兄，怎么理财？""持国"是韩维的字。

韩维实话实说："这就得请教介甫了。"

冯京注意到，范纯仁和韩维这么一争，廊亭的气氛有点尴尬起来。文彦博觉得韩维把王安石捧得太高了点，很不满地盯了韩维一下。冯京也有这个感觉。本来冯京很钦佩王安石的文章才学，也很尊重王安石品行私德；王安石对冯京也很不错，二人又同生于真宗朝的天禧五年，二人都以“齐年”相称，况且冯京与王安石之弟王安国、王安礼常有来往。但四月初四王安石越次入对之后，情况发生了变化。冯京尽管还认为王安石的文章才学、品行私德都不错，但对王安石的理财不仅实在不敢苟同，相反很有点深恶痛绝。司马光谁也不责怪，说：“鄙人就担心介甫那个拗脾气，会把事情搞得一团糟。”

韩琦从来不怒而威的脸上带着笑容说：“介甫为翰林，是个好学士。”

冯京感到，廊亭中这几个人的对话很有意思，很值得玩味，特别是老相公韩琦的话更有意思。如果把韩琦的话与韩维的话放在一起推敲一下，就更会觉得韩琦话中之话里有很妙的玄机。在韩维眼中，王安石的地位确实比范仲淹还高。韩琦的话则别有一番深意。表面上，韩琦看高王安石，但实际上，在韩琦眼中，王安石不过是个天子的好顾问，可以给天子起草好的制诰文书，但担当柄国大任还完全不行。这实际上是贬王安石。二人虽然都姓韩，但此韩非彼韩也，同一个人，在不同人眼中，却有如此之大的差别。

当然，冯京知道，老相公韩琦对王安石的印象一向就不太好。仁宗庆历五年，韩琦因为得罪同列外放到扬州当知府，当时二十五岁的王安石当扬州签判。韩琦是王安石名副其实的顶头上司。王安石是个十足的夜猫子，每夜通宵达旦读书，等到天色微明，才感到疲倦，稍作假寐，竟日头已高，急急忙忙赶到府上，自然迟到多时。王安石本来经常衣垢不澣，面垢不洗。这一来，更顾不上洗漱了。韩琦见到二十五岁的王安石这副尊容，怀疑他夜里过分放逸自己。扬州自古是个烟花乐园，这个王安石多半是与官妓花娘喝多了酒，才弄成这个样子。韩琦韩知府好言相劝，对王安石王签判说：“你还年轻，不要自弃，女色这东西过分亲近就不好了，就要荒废了读书。”韩琦这就太冤枉王安石了。王安石恰恰对女色不感兴趣，恰恰最喜欢的就是读书。王安石认为韩琦不是知他者，也就不理这个顶头上司。后来，韩琦发现自己错怪了王安石，很想收他到门下。对王安石来说，这真是个天上掉下来的好机会。其时，韩琦名声已经很大，与大宋百年名臣范仲淹齐名，并称“韩范”，能搭上韩琦的关系，绝对仕途广阔，前程不可估量。要是别人，早顺竿爬上去了，但王安石就这么迂，这么拗，竟然一点也不领情，依然故我，对韩琦这个顶头上司始终不肯弯下腰。冯京至今还认为王安石过分了，且迂得很有点不通情理。冯京是同意韩琦的意见的。撇开“理财”这点不谈，就这种迂劲，冯京也认为王安石柄国当宰执大臣恐怕是难，是有点不合适。

秋分的日头迷人地爬上了韩府丹彩如流的高耸飞阁之上。冯京十分遗憾，本来他是想到韩府来跟老相公韩琦好好议议当下朝政的，看来很难达到这个目的。此时，冯京很有点后悔同韩维一道到韩琦府上来。他又不是不知道韩维比他的兄长韩绛对王安石更是崇敬，很有点五体投地的味道。此时谈朝政，必然要扯到王安石，这能叫韩维跟众人谈到一起来吗？然而，众人刚刚坐下，板凳还没有坐热，才谈到朝政就谈不下去了。就这么跟老相公韩琦告辞，也实在是有点不恭，就是老相公韩琦也不会让众人这么离开，老相公韩琦肯定要留众人在府上吃饭。走不是，不走也不是，一时间廊亭又沉寂了下去。

冯京忽然听到后花园月门外大宅里有隐隐的哭声传来。接着大宅后堂通道那头响起一阵急跑的脚步声。冯京抬头望去，见韩府管家从月门跑过来，哭声也跟着到了后堂过道里。韩府出什么事了？妻妾吵起来了？不会！像韩府这样有规矩的大家，再不懂事、再受宠的小妾也不敢在韩夫人面前胡来。哭声不一会传到后堂过道里。冯京看到，韩琦一脸的恼怒。有这么多客人在，府上竟然有人哭成这个样子，闹得也太不像话了，太叫在朝廷一言九鼎、说一不二的老相公脸面丢尽。文彦博、司马光、韩维、范纯仁也都一脸惊愕地望着韩琦。

管家上气不接下气地跑到廊亭上，恭立在韩琦身边，想禀报什么却又不开口。不用问，个中肯定有什么不便。韩琦脸上看不出什么表情，眼皮也没抬一下，只是轻轻地也是威严地对管家说：“说，什么事？”

管家这才轻声道：“老爷，老家安阳来人了。”

冯京对韩琦老家的情况还是略知一二的。韩琦老家安阳只有个远房侄子。这侄子在安阳都还老实，从不惹是生非。倒是韩夫人家有个亲侄子不像话，在乡里称王称霸，被韩琦派人训过后，听说老实了，没再惹过什么是非，莫非老毛病又发了？

哭声出了过道，到了月门边已成了号啕大哭。冯京看见，早已发福、胖得走几步路就气喘的韩夫人由两个贴身丫环搀扶着，拖着一双小脚，艰难地走在前边，身后跟着一个号啕大哭的乡下婆子，乡下婆子后面是两个农民，农民后面是一帮家仆丫环。韩夫人也抽抽咽咽的，脸上尽是泪水。韩夫人离廊亭少说也有十几丈，就走不动了，有个佣人弄来一把椅子，赶忙放到韩夫人身后，让韩夫人坐下去。号啕大哭的乡下婆子还在廊亭的台阶上，突然双膝跪了下去，拼命磕头，一口一声要韩老爷韩老相公给她申冤。

冯京觉得很奇怪，什么人胆子这么大，竟敢欺负到韩老相公老家的什么人头上，活得不耐烦，想死？就算老相公韩琦不作声、不吭气，老家的地方官也不会饶过这个人。冯京注意到，文彦博、司马光、韩维、范纯仁都默不作声，望着乡下婆子。韩琦也默不作声，脸上仍旧看不出什么表情。过了好一会，韩琦大概心中有数了，恢复了平日的平静和威严，站了起来，望着乡下婆子说："你站起来说。"

乡下婆子抽泣了几声，站了起来，这才没哭了。

坐在十几丈外椅子上的韩夫人缓步过来，一边用手帕擦眼泪，一边对乡下婆子说："听到没有，你哭死呀！人都给你烦死了。"

乡下婆子又双脚跪了下去，说："大姑爹老爷要给你侄子做主呀，你侄子给人抓到县衙给打死了。"乡下婆子用亲戚名分称呼韩琦，说完又号啕大哭起来。

冯京没相信这个乡下婆子的话。看起来这个乡下婆子是韩夫人五服之内的亲戚，这样的关系中有个老相公韩琦这样的大官，说实在的，县衙门里的人谁不另眼相看，地方上的人更是马屁都拍不赢，就是县令见了也客气三分，何来什么欺负；真要是在乡下被人欺负了，岂不成了天大的笑话？冯京望了望司马光、韩维、范纯仁，见他们都离开座位，站到文彦博一处，靠着廊亭护栏，都默不作声。冯京清楚，他们也没信乡下婆子的话。冯京再望了望韩琦，但见韩琦没再望着乡下婆子，只是背过身，脸朝着廊亭外一塘荷叶的残梗。过了好一会，老相公韩琦转过身来，对乡下婆子说："你儿子是不是做了什么不法之事？"

乡下婆子一脸发白，又不停地磕头："没有，没有，自从大姑爹去年把你侄子大骂了一顿后，就从来老老实实。大姑爹老爷，乡下这班地方官太不把大姑爹老爷放在眼里了。"

韩琦沉吟了一会，对管家挥了挥手，要他把乡下婆子带去歇息。

乡下婆子慌了，跪在地上怎么也不起来，一边又号啕大哭，喊："冤枉呀冤枉！"

韩琦的脸拉下来了。气不再喘的韩夫人走到乡下婆子身边，厉声说："你好不懂事，这里是你喊冤的地方？"

乡下婆子吓住了，一脸的乞求："大姑爹老爷不管了？"

韩夫人不跟这个乡下婆子啰唆："起来，老爷会秉公办事的。"

冯京看到，一直跪着的乡下婆子这才爬起来，跟在韩夫人后面走了，其他人也都离开了廊亭。文彦博、司马光、韩维、范纯仁都归到自己的瓷墩上，敬佩地望着韩琦。大腹便便的范纯仁说："怪不得老相公立朝有威，有老相公在朝，一班小人奸人翻不起浪。老相公离开朝廷，这班小人奸人真要快活得手舞足蹈，弹冠相庆。"

靠在廊亭护栏上的文彦博却有另一说："老相公在朝外，我等在朝内，也未尝不是件好事。"

冯京注意到，长于谋略没说出这何以是件好事的理由，不过，这理由还是能让人觉悟得出来。冯京看到，韩琦最先点了点头，表明他对文彦博的话心领神会到了。司马光摸了摸嘴边几茎胡须，满脸含笑。范纯仁则拊掌称好。韩维自然也听懂了文彦博的话，脸上却有种不安的神色，口气急急地说："要是老相公在朝，辅助介甫，富国强兵、洗刷国耻指日可待，岂不更美？"

范纯仁又是一脸我心如秤、不为人低昂的表情，对韩维说："你讲反了，要是老相公在朝，介甫辅助老相公，大宋朝廷幸甚，天下百姓幸甚！"

不过，没谁去参加范纯仁与韩维的争辩。冯京实在佩服文彦博。此公曾与西夏国王交过战，旬日平定过贝州反贼王则，不仅亲手砍过来犯的无数敌兵，而且亲手砍过自己军营中不听话的士卒，办事是从不手软的。

冯京发现，老相公韩琦特别高兴，站了起来，走到文彦博身边，双手拍着护栏，似心中在怀想什么世事，有太多的感慨。一阵秋风吹过廊亭，卷起韩琦的长须，益发显得老相公风骨秀异。韩琦望望秋天高远的天空，又望望文彦博："知我者，太尉也。"

此时，迷人的日头已到头顶。韩府的管家领着四个提着食盒的家仆向廊亭走来。吃饭时间到了。吃过饭，众人自然还要议议朝政。冯京觉得，此行不虚，后面的议论肯定更精彩。

第八章　韩相公明言安石不可为相
李主簿直言州县官吏害民

朝思暮想富国强兵、洗刷国耻、重振汉唐雄风、做大有为之君的天子赵顼在房事上还是规矩的。官宦富贵人家，妻妾成群，给老爷侍寝都得有个规矩，否则是非不知有多少，家里不知要乱成个什么样子。天家后宫佳丽成百上千，给天子进御侍寝没个礼制，就更难办，弄得不好，要出大事的。天家后宫无小事，给天子进御侍寝牵涉到龙种大事，就更乱不得一下。古人文化，法象天地。女人是月，其法自下而上。月终为晦，月中为望。从初一到十五，月亮由亏到盈，由缺到圆；从十六到三十，又由盈到亏，由圆到缺。因之，皇后妃嫔，十五天轮一遍。皇后一人一夕，享有独自一人给天子侍寝的权力。其他妃嫔是九人一夕，天子到底选中谁，就要看天子的喜好兴趣和自己的造化了。进御侍寝时，值夜的御前太监靠壁坐在寝宫门外，把天子房中事一一记录在“承幸簿”中。这份记录，除天子外，只有太皇太后、太后才有权调阅，并且由太皇太后、太后直接掌管，任何人不得过问。天子驾崩，承幸簿随之付之一炬。

天子赵顼的房事交由向皇后安排。这可不是件好办的事，不仅心要正，还要特别用心。皇后不仅要按规矩安排好自己的进御侍寝，还要按规矩安排好妃嫔的进御侍寝的时间，要让皇上高兴快活，一点也不能乱。赵顼注意到，向皇后在这点上是很尽心尽意的，做得也很公道。向皇后自己每次进御侍寝，则都在用心体察皇上房事前后的神情变化。有时，赵顼还发现，向皇后会放下架子，给皇上身边的宫女一点钱物，向她们打听皇上与其他妃嫔的房事情况。赵顼知道，向皇后没安坏心，都是为了不让皇上在房事上有什么不快。向皇后只是在正当履行自己当皇后的职责。当然，向皇后一点也不懦弱无能。该她进御侍寝，任何妃嫔接近皇上，都会引起她的不满恼怒，甚至斥责。赵顼知道，向皇后在维护后宫的秩序，不能让任何妃嫔乱了后宫的规矩，更不能让妃嫔媚主邀宠，迷乱皇上。说句实在话，赵顼对向皇后这点是很满意的，他也需要向皇后这样的女人来管理后宫。赵顼心中只有一个想法，就是富国强兵、洗刷国耻，做大有为之君，无暇治宫室，更无暇事游幸。赵顼需要一个宁静、祥和的后宫。

昨天九月十五，向皇后进御侍寝。二更鼓后，赵顼走进乾清宫，就发现宫女把他的寝宫收拾得干干净净，龙形的铜香炉里的香料龙脑散发出很好闻的幽香，烛火也弄得柔和迷蒙。向皇后换上件轻绸睡衣，薄薄的丝绸裹着她青春秀美的胴体，让饱满的双乳、丰腴的臀部和修长的双腿显露无遗。赵顼当时就感觉到，自己脸上一定出现了一种无法忍住、令女人感到欢心的坏笑。这个皇后，真是事事称朕的心，让朕感到惬意。赵顼忽然记起上个月有一次到坤宁宫去，发现坤宁宫宫门紧闭。赵顼推开宫门，轻轻走了进去，见宫中只有向皇后和一个尚寝女官在后房说悄悄话。见到赵顼突然出现在面前，尚寝女官吓坏了，忙双膝跪了下去，向皇后则一脸通红，很有点不好意思。赵顼觉得奇怪，也十分有趣：向皇后与尚寝女官躲着人会说些什么悄悄话呢？后来，赵顼把那个尚寝女官叫到乾清宫去，询问这件事。尚寝女官不敢欺君，一五一十地回禀皇上。原来那天向皇后要她讲述历朝历代后妃进御侍寝的掌故，特别询问那些能让皇上在御床上快活得死去活来的侍寝情况。这个向皇后，对朕真是用心良苦。后来，在一次进御侍寝时，赵顼跟向皇后说：天子和天下男人一样，哪个男人跟女人在床上是一本正经的？男人都喜欢女人浪；木头呆脑的女人有什么意思，别听那些道学先生胡说八道，骗人的，其实这些道学先生在女人面前比谁都邪道，比谁都喜欢女人浪。当时，向皇后满脸含羞，没有出声，但赵顼从向皇后脸上的表情上看出她接受了这些话。这没什么奇怪的，自从那天尚寝女官讲述历朝历代后妃进御侍寝掌故后，其实向皇后就明白了这一切，只不过羞于启齿，更羞于在行动上表现出来；只不过在等待一个契机，让她能够理所当然地浪起来。赵顼的这番话，给了她这个契机。这天晚上，果然使出浑身解数，浪了起来，一点也不禁抑地在赵顼的身下死去活来的扭动，喊叫不止，让赵顼在她身上尽情享受到美妙的销魂的床笫之欢。

昨日晚上，赵顼又与向皇后度过一个销魂之夜。因之，今天一早起来，赵顼感到自己精神格外爽快，觉得他今天处理起朝政来也一定富有灵感，也一定格外顺手。今天上午，他要单独在资政殿召见老相公韩琦入对。老相公韩琦是肯定不会留在朝廷当相公了，赵顼也无意让韩琦再居这个官位。不过，赵顼有个重要决定要与老相公韩琦商定，那就是要韩琦留在京都与中书宰执大臣同朝议政。老相公韩琦要是同意这么做，那真是再好不过的了。

一早，赵顼独自一人下了御床，却还抿着嘴，独自暗笑不止。赵顼没法不笑，昨晚他与向皇后在床上的欢情还鲜亮地留在他的脑子里。赵顼发现，他刚下御床，向皇后也醒了。赵顼看到，向皇后一定是注意到了他的暗笑，很是怪怪地望着自己。一会，这个向皇后大概弄懂了他的暗笑所包含的意思，很不好意思起来。不过，向皇后没笑。赵顼知道，向皇后是个聪明女人，知道自己最近特别忙，朝政许多事都要亲自过问，特别是富国强兵、洗刷国耻这件事，更是百倍操心。赵顼看见，向皇后下了床，就忙吩咐乾清宫的太监、女官、宫女侍候好皇上的洗漱，一面又命押班太监到御膳房把皇上早上的御膳送过来。

赵顼的洗漱并不复杂，片刻就完成了。赵顼急着看一早由中书、枢院二府送上来的各路各府衙门办的牒报。赵顼在御案后坐下，首先拿起枢密院送来的一份秦凤路的牒报。当下，北辽那边算是平静。自从澶渊之盟以来，四十年无战事。但西夏实在可恼，与大宋时好时坏，叛服无常，又强悍好战，狡黠多谋，人人以战死为荣；一有征战，在西则自东点集往西，在东则自西点集往东，中路则东西皆集，十分难对付。其实大宋对西夏不薄，一再招纳怀柔，予以优容。西夏每有进贡，即回赐器币、茶药、丝绸，厚赐有增无减。然而，西夏总是贪而无厌，戏弄大宋。但要开战，又打不过西夏。庆历初年，大宋对西夏三次用兵，皆以失败告终，就是老相公韩琦也兵败好水川，死伤近万人。尔后，除了狄青有过昆仑关大捷外，大宋基本上是一战不如一战。大宋的脸面算是丢尽了。赵顼还在东宫当太子时，就在思考，大宋拥有一支一百五十万士卒的军队，战将千员，战马万匹，却对付不了一个半开化的蕞尔小邦，岂非咄咄怪事。赵顼是绝不能容忍这样的局面再延续下去，非得好好教训一下西夏不可。

宋代仁宗庆历年间就有了活字印板，牒报内容较前朝也就丰富多了。秦凤路的牒报前面的消息并未引起赵顼多少兴趣，无非都是些颂扬圣德和州府报喜不报忧的文字，大同小异，千篇一律，实在没什么意思。另一些是怪异记述：陇州陇安县有个民妇生了个长尾巴的儿子；成州同县有个民妇则生了个两腋长肉翅的儿子；河州安疆寨更怪，有个士兵的妻子生的儿子两个头、四只手臂；渭州平谅县有个酒保的妻子更是怪上加怪，四十多岁了，忽然生髭，长仅六七寸，疏秀而美，宛然一男子。赵顼正想把秦凤路牒报放下，突然龙睛一亮，被一则消息吸引住了。这则消息说有个叫王韶的书生近日出陕西，去秦州边关一带访采边事。赵顼记起来了，三个月前，也就是他在庆寿宫舞剑的那日，枢密使文彦博要面君，向他禀报这件事，说这个王韶向吏部告假，要去陕西路访采边事。此人是江南西路江州德安人，嘉祐二年欧阳修当会试主考官时与大才子苏轼同时金榜题名的同年进士。王韶当过两任地方八品小官，试制科不中，有志西边，便客游陕西，一心要把秦州境外西夏和吐蕃诸部的山川地势、风土人情弄个清楚明白。秦凤路边帅、秦州知府李师中和秦凤路都钤辖、龙神卫四厢都指挥使向宝对王韶大为光火，大骂王韶神经出了毛病，没事找事。这些年来，西夏好不容易没再来捣乱，边境总算平静下来，此公却来这里访采什么边事，焉能瞒过西夏和吐蕃诸部的探子耳目？从此秦州多事矣！不过，赵顼与文彦博的看法完全相反。赵顼没骂王韶，相反却对李师中和向宝甚是不满。边帅、边将如此畏战，竟不如一介书生，这也太不像话了。赵顼当时就命文彦博饬令李师中和向宝派人暗中护卫王韶，还说要召见王韶，听听他在平戎方面的妙策。

赵顼把本来要放下的秦凤路牒报又重新放到眼前，仔细看了又看。牒报云：王韶这小子简直不要命，日前已进入到了吐蕃发羌人好几个山寨，每次都喝得醉醺醺出来，弄得好端端的边关好生紧张起来。赵顼读出这份牒报的言外之意：日后边关有事，西夏对大宋开战，全是王韶这小子惹的祸；打了胜仗倒也罢了，打了败仗拿王韶是问。赵顼龙颜相当不快起来。真是岂有此理，日后打了败仗拿王韶是问，日前打的败仗拿谁是问呢？这些话本来是赵顼心里想的，却不知不觉狠狠说道："打了败仗，朕拿你们是问。"

赵顼看到，不仅宫中的太监、女官、宫女吓了一跳，脸都变白了，就是向皇后也张着口，半天未合，一脸的错愕，都以为他们什么地方侍候不周到，弄得皇上不高兴了。赵顼也觉得自己有点失态了，很不好意思，也多少有点尴尬地笑了一笑，放下牒报，忙说："没事，没事，朕不是说你们。"

赵顼看到，宫中的太监、女官、宫女这才放心了，脸色如常，向皇后也松了口气，对着赵顼甜然一笑。赵顼龙颜为之一松。赵顼不喜欢众人畏惧自己，喜欢众人觉得侍候他这个天子用不着提心吊胆，战战兢兢，惶惶不可终日。他喜欢自己这份感觉，因为这份感觉让他觉得自己是个仁厚天子。赵顼很有点沾沾自喜了。

早上的御膳很快送来了。赵顼留向皇后跟自己一道用膳。太监、女官、宫女在一旁小小心心、恭恭谨谨侍候着，十分殷勤也很到位地传菜、移菜。赵顼很快用完早膳。他今天的朝事安排得满满的。第一个要召见的是老相公韩琦。这个重要决定韩琦接受了，朝中一些大事还可以要老相公给他拿拿主意。要是这个决定韩琦不接受，老相公过几天就要离开京都开封去大名府赴任，以后要召见老相公就没那么方便了，朝中一些大事就再也不可能要老相公给他拿拿主意了。赵顼注意到，向皇后有些什么事要禀报。在东宫当太子时，赵顼不很清楚后宫有多少事要做；登基后，才知道后宫的事其实多得很，也烦得很。皇后虽说是后宫之主，不少事没他这个皇上点头，还真办不成。皇后已经尽心尽力了，改天好好谈谈吧。赵顼对向皇后说："朕不会让你为难的。"

赵顼的心情很好。押班太监早在乾清宫外备好龙辇。昨晚皇后在床上死去活来地扭动和不停地喊叫，不时在他眼前闪现，这仍叫他很快活。美中不足的是今天一早刮起了大风，把乾清宫门前的古树树枝吹得晃来摆去。赵顼刚出乾清宫，一阵大风刮来，把赵顼龙袍的下摆翻了上来，盖住了赵顼半边龙颜。押班太监吓得忙蹿过去扯住龙袍，一边骂自己该死有罪。好在赵顼不计较这些，一点不责怪押班太监，上了龙辇。

赵顼今天是在资政殿召见韩琦。赵顼的龙辇刚在资政殿门前停下，资政殿内侍殿头过来禀报：老相公韩琦早在北阙门楼候驾。禀报完毕，内侍殿头躬身听候皇上吩咐，随时准备上楼把老相公韩琦请下楼来。不过，赵顼下了龙辇，却一个人登上楼去，让御前太监留在楼下。

北阙门楼在资政殿北面，是朝中百官等候天子朝见或上书的地方。资政殿虽南向，这个门楼却盖在北面。地方不大，却清静雅致。赵顼上楼的脚步很轻，上了门楼，韩琦竟一点也没觉察到。等到了身边，韩琦发现赵顼就在面前，又是惊又是喜，很是惶恐，忙要跪下去行大礼，赵顼忙双手扶着韩琦双肩，要他平身站起。

赵顼与韩琦君臣在北阙门楼锦墩坐下，御前太监用彩盘送了两杯茶来。赵顼挥手让御前太监退下，并命任何人不得随意上来。四月初四，王安石越次入对问政五个月过去了，老相公韩琦又坚决不肯留在中书，现在谁能替代韩琦，担当中书主政这个大任呢？不错，当下中书有四位宰执大臣，但明眼人一看就明白，当下的朝廷是多相制，中书宰执大臣四位，权力分散，谁也主不了政，很难办好一件事，特别是赵顼致力的富国强兵、洗刷国耻这样的大事，更难办好。多相制不过是八面威风、敢担当的老相公韩琦离开中书之后的一时权宜之计。天子赵顼最终要选一个强有力的人来当中书的掌门人。未来那个强有力的中书掌门人是谁呢？赵顼心中是有数的，那就是王安石。朝野上下也都看清了这一点。本来，这事好办得很，叫翰林院哪位学士锁上院门，打个通宵，写篇漂亮制词，然后在大庆殿上由一个太监宣读就是。然而，现在这么做还不到时候。四月初四王安石越次入对问政前，朝中百官绝大多数人都认为王安石入朝担纲大任，太平盛世指日可待，天下苍生皆承他的恩泽。但，令赵顼感到惊奇也感到惑然不解的是，四月初四王安石越次入对问政以后，情况有了很大、也很有趣的变化。朝中百官越来越多的人对王安石看不惯了，越来越多的人说王安石在夸海口，认为王安石入朝身肩大任，天下苍生恐怕要受其荼毒。赵顼觉得这些人很好笑，心里也很生气。所谓“太平盛世指日可待”“天下苍生皆承他的恩泽”，都是你们说的，王安石何尝说过其中一个字；怎么四月初四以后，这些人又都说王安石身肩大任会让天下苍生受其荼毒，把屎盆子、尿钵子一起往王安石头上扣呢？好，是你们说；歹，也是你们说。这变化也太大、太快了些。赵顼是个仁厚的好皇帝，没去追究那些出尔反尔的朝中官员，但这些官员要改变他的主意、动摇他的决心，也是不可能的。他是一定要富国强兵、洗刷国耻、重振汉唐雄风，一定要做大有为之君的。他要做到这一点，满朝文武百官中唯有王安石才能担纲大任，辅佐他成就不世之伟业。当然，让王安石入主中书，还需要朝廷里有影响的大臣来支持。在赵顼看来，由老相公韩琦同朝支持王安石，帮王安石压住阵脚，是再好不过、也再有力不过了。只要老相公韩琦鼎力支持王安石担纲大任，朝中那些出尔反尔的人，就谁都不会再吭半句。赵顼有个设想：王安石入主中书，老相公韩琦与现任中书四位宰执大臣同朝议政。这样，王安石上去了，现任中书四位宰执大臣的脸面也照顾到了，老相公韩琦的作用也完全发挥出来了。当然，赵顼清楚，老相公并不看好王安石，老相公韩琦当扬州知府时，与王安石有过误会和过节。这对王安石都很不利，但赵顼觉得老相公韩琦对朝廷是忠心耿耿的，他看好王安石，老相公韩琦就不会不支持王安石。支持王安石，就是支持朕。这一点，老相公韩琦不会不知道。说句实在话，就是对中书现任的四位宰执大臣，赵顼的印象也不错，并无把他们赶出朝廷的意思，也希望他们能支持王安石。当然，赵顼是决不会亏待韩琦的，会安排一个更高的职位和更响亮的衔称，参议国家大事。这么想过之后，赵顼还是决定在老相公韩琦离开京都之前，召他进宫，好好议议这件事，务必请老相公韩琦能留在朝廷。不过，赵顼没有直接入题，却提起前贤遗泽："大宋江山，全仗一班前贤老臣殚精竭虑。太皇太后、太后提起这些往事，总是赞不绝口，感慨系之，多次提到两朝立储定策，文太尉、富相都是出了大力的，但立首功的，当推老相公。"

赵顼看到，一提起两朝立储定策，老相公韩琦便一脸惶恐，一脸正色，说："陛下，这都是先帝爷仁宗、英宗圣听神断，为大宋天下定的百年大计；太皇太后内助之力量，才做出的决断。臣怎能参与呢？"

赵顼觉得奇怪了，他说的是实话呀，老相公韩琦怎么吓成这个样子呢？赵顼仔细品味老相公韩琦说的每个字，心中不由升起一种感激之情和敬佩之意。老相公不愧是朝廷富有丰富朝政经验的正派忠臣。像老相公韩琦这样一言九鼎、说一不二、喜欢专权的人绝不是个谦谦君子。立储定策之事非同小可，也是件非常令人头痛的事，做臣子不是万不得已是不会介入的。玩立储其实就是玩命，弄得不好非但没有功劳，反要招来杀身之祸。天子宝座，多么诱人，坐上了，整个天下就是你的，你也就拥有了一切。玩对了的臣子自然显赫闻达，无限荣耀。但玩错了，做臣子的也就死定了，身家性命搭上去不说，很可能九族都要受到连累。立储定策之事说起来是天家的家事，其实也是天下的大事。因之，插足天家立储家事，其用心很值得怀疑。朝廷宿将，官场老手，总是避而远之。做臣子的，是忠于整个赵家王朝，谁当天子就拥戴谁，谁登基不都是当臣子？实在到了立储定策之事非开口的地步，该开口还是要开口。立储过后，坐在宝座上的天子谁不记臣子立储的盖世大功？然而，老相公韩琦却不要这个盖世大功，反把自己的功劳推得一干二净。好像这种盖世大功烫手，要不得；如果要了，不仅要招来满朝文武百官的怀疑，而且还可能招来天家的怀疑，好像老相公韩琦为人也太老谋深算了，对朝廷的忠心将要大打折扣：给人这样的印象，到时候还能有好果子吃？老相公，你这就过虑了，没谁怀疑你的忠心。不过，韩琦越是把自己的两朝立储大功推得一干二净，赵顼越是敬重他。赵顼是个知恩图报的天子，这点满朝文武百官其实都心知肚明，老相公韩琦更是心中有数。

赵顼实在为大宋王朝有老相公韩琦这样一班又老练、又忠心、又职守臣子本分的大臣感到高兴，也为自己能看透老相公韩琦这一班老臣的心思而颇有点自鸣得意，更觉得朝廷少不得老相公韩琦了。赵顼身子前倾，对韩琦说："这些话老相公就不用多说了，朕心中有数。朕需要老相公留在朝廷。老相公年事已高，不用每天到中书坐衙，朕授你太师兼侍中平章军国重事，六天到中书都事堂商议国是，每半个月给朕讲经侍读一次，如何？"

大宋百年，授予这样高的官职的大臣确实鲜见，就是那个辅佐过太祖、太宗二帝，给太祖出过杯酒释兵权的开国元勋赵普也没得过这样高的官位和荣誉。但，赵顼看见，他的话音刚落，韩琦就离开锦墩，叭地跪了下去，叩头拒恩："王陶指臣专权跋扈，已负皇上重望，今陛下反迁臣如此重位，要是又有个王陶弹劾臣，臣将有何面目见先帝？"

赵顼十分失望。韩琦不接受他授予的朝廷中最高职位，当然要他鼎力支持王安石就更是免开尊口的了。这叫赵顼感到很无奈。赵顼不糊涂，很清楚老相公固然看重权位，但更看重名节。鱼和熊掌不可得兼，老相公宁可舍去高位，选择名节。看重名节的人又都是牛人，牛人是很有点认死理的。韩琦既然对他授予的这样高位都毫不动心，就再也没别的办法打动韩琦的了。赵顼站了起来，望了望楼外。楼外刮起了大风，发疯似的揪着殿外高高的古树枝叶摔过来又摔过去，大有不把高高的古树摔倒就不罢休之势。

不过，赵顼心还不甘。当然，赵顼也清楚，对韩琦这样的牛人，逼是没有用的，越逼越不干。赵顼便又转换一个话题，对韩琦说："中书现在四位宰执大臣，办事多有掣肘，老相公说说，朕该怎么办才好。"

赵顼看到，韩琦眼睛现出了一种机敏的目光。一会，韩琦说："陛下想换掉中书现在的四位宰执大臣？"

赵顼点了点头。

韩琦："四位宰执大臣有什么过失吗？"

赵顼："那倒没有。"

韩琦不出声了。

赵顼知道，老相公韩琦对换掉中书现任四位宰执大臣也是不同意的。这样看来，他原来设想的由王安石入主中书，由老相公韩琦与现任中书四位宰执大臣同朝议政的格局落空了。赵顼感到奇怪，这一来昨晚向皇后进御侍寝带来的销魂般的快活一下消淡了许多。赵顼感到，自己脸上的神色一定不好看。但，赵顼同时看到，韩琦脸上的神情依然故我，不所为动。赵顼轻轻叹了口气，很有点伤感："老相公一定要走，朕也留不住。老相公走了，谁是可以柄国之人？"

赵顼注意到，韩琦没有立即回答赵顼的问话，只是抬起头来，望着自己，眼睛又有那种机敏的目光。好一会，韩琦才说道："臣以前滥竽充数，备员政府，议政是臣本分的职责。现在是藩臣，不敢预闻朝政大策。"

韩琦一句话把自己顶了回去。赵顼感到喉咙给噎了一下。不过，赵顼并不在意这一点，相反很有点急切地对韩琦说："安石何如？"

这回韩琦回答得很快，也很干脆："不可！"

赵顼一震："为何？"

韩琦很坦率，很不容置疑："安石为翰林学士则有余，处辅弼之地则不可！"

赵顼龙颜一愕，此时，赵顼还是明显地感觉到，老相公与王安石是根本不可能谈到一起来的人。韩琦留在朝中，与王安石是不可能搞好关系的，韩琦也绝不可能支持王安石的朝政。韩琦牛，王安石也牛。两个牛人同心协力，能发挥很好的、巨大的作用，会把朝政搞得轰轰烈烈，美不胜收；要是针尖对麦芒，那就不知道要把朝政弄得糟到什么程度。既然如此，多余的话不用说了。韩琦的话令他不快，令他沮丧。赵顼觉得老相公韩琦对王安石太有成见了，也太小看了王安石。一瞬间，赵顼头脑里甚至闪过韩琦是不是堪称社稷之臣的想法。韩琦要走，只好让他走人，赵顼不想再挽留了。赵顼注意到，韩琦的眼睛一直在注视着自己，显然在等待自己说什么。赵顼无语，只是又一次站了起来，眼望着楼外。楼外的风更疯了，把殿外高高古树的枝叶当成扫帚，扫着殿外的飞檐沙沙作响。

赵顼看到，韩琦对这一切也似乎作好了准备，没有半点收回自己说过的话的意思。赵顼回过身去，还是很客气地对韩琦摆了摆手，意思是可以退下去了。韩琦很知趣地站了起来，跟赵顼行过告辞礼，要下楼去。赵顼命站在楼下的御前太监上来扶着韩琦下楼，送出殿门。

看着韩琦一步步下了楼，赵顼也跟着下了楼，命押班太监传旨，要枢使文彦博便殿面君，他要详详细细问问秦凤路的边事，好好问问李师中、向宝的情况。押班太监刚出殿，送走韩琦的御前太监喜滋滋躬身过来禀报：右羽林军大将军、秀州团练使赵世居派人送了两颗夜明珠来，说是孝敬太皇太后、太后的。

赵顼立即有了一种十分亲近的感觉。这个赵世居是太祖的嫡孙，帝王之家规矩多，不像寻常百姓家那样，走亲十分随便，也十分方便，随手买个糕点，就可以走亲戚去。帝王家不行，没有天子的圣旨，是不许离开居地到京都开封来的，也不能随便到什么地方乱走。赵顼还在东宫当太子时，这个赵世居就常派人给东宫送物品，不仅他这个当太子的有，东宫官也一人一份，就是门者的一份也不少。因之，东宫上上下下见到赵世居派来的人，都很高兴。但，赵顼却始终没见过赵世居这个人，听朝廷见过赵世居的人说，这个赵世居长得极像太祖，容貌魁伟，器度豁如，有帝王相。对这些话，赵顼总有种不对劲的感觉。但哪些地方不对劲，赵顼自己也说不清楚。不过，尽管如此，赵顼对赵世居还是有种亲近感。不管怎么说，赵世居到底是皇室宗亲，同一个祖宗下来的人。当然，赵顼并不喜欢赵世居搞这一套。然而，这次赵世居孝敬的是太皇太后、太后，赵顼也就不好说什么。从御前太监喜滋滋的情状来看，赵世居那边的来人肯定给了这个御前太监的好处，顺便让宫里的人沾沾光，也在情理之中。

赵顼："人呢？"

御前太监仍旧躬着身子，小心翼翼地回话："就在殿外。"

赵顼点了点头，御前太监躬身一溜小跑出了资政殿。没一会，御前太监引来一位清清秀秀的年轻人进来。看补服，是个九品小官。但这个地方九品小官却无半点怯场，一点也不显得手足无措的样子，一个标准的叩拜大礼过后，就静候在大殿之中，一副不卑不亢的样子。赵顼在御案后坐下，御前太监躬身趋步走到面前禀报：此人姓李名逢，秀州余姚县主簿。

赵顼坐在殿内，看不到疯了的风摇撼树枝的景象，只听到疯了的风在殿外吼叫声和树枝被摇撼的哗哗声。赵顼没去过秀州，但早听说过两浙路下属的这个州的人性柔慧，会办事，常跟外国通蕃互市，生意做到波斯。赵顼饶有兴趣地看了看静候在殿下的余姚县主簿，感到世人的话还真不假。此时，赵顼也渐渐从与韩琦入对的不快的复杂情绪中走了出来。平日赵顼总感到自己深居宫中，一辈子未出过京都开封城，不了解下情。这会宫中来了余姚县主簿，正是个了解下情的好机会。赵顼问余姚县主簿："你直言，两浙乡民日子过得怎样？"

李逢一刻也没停，十分忠实地回答："苦不堪言。"

赵顼并不责怪李逢，相反觉得余姚县主簿厚道，心地坦白，又问："两浙是鱼米之乡，盛产秔稻、鱼盐、丝绸，乡民日子为何过得不好？"

李逢更忠实直言："豪门权贵剖克，官府同流腐败，丰年也成灾。"

赵顼对李逢更感兴趣了，他只听说过灾年是灾，未闻丰年也是灾。赵顼对李逢招了招手，要李逢站过去，离他近一点。赵顼耳朵里听得太多的是各地的捷报喜讯，像李逢这样直言不讳的话，是很不容易听到的，特别是像李逢这样一个地方九品小官，见到皇上谁不是尽拣好话说？赵顼想起四月初四王安石越次入对问政时说的话，觉得李逢的话与王安石的话有许多相通之处。赵顼很喜欢听这样的话。要富国强兵、洗刷国耻，做大有为之君，就应该听人家直言，让人家讲真话。赵顼说："朕喜欢你直言，愿闻其详。"

李逢更是坦率地直说了："卑职如有半点不实，甘诛九族。比方去年，两浙风调雨顺，秔稻丰收，但等到谷子收上来，皇粮还是那么多，但州府师爷、胥吏、衙役百般刁难，不给好处皇粮交不上去；越是丰年，官府的秤也越大；加上米耗，一担百斤谷子竟不满八十斤。谁要不交，州县官府又马上派衙役公差下来，到楼上扒谷，还要牵牛、牵猪，有什么就拿什么，屋上的瓦也给揭掉。再有啰唆不服的，就抓人，当堂打死的不少。"

赵顼很痛心："往下说，往下说。"

李逢："丰年其实是商人得的利多。越是丰年，商人越是压价；说好一缗钱的，给个七百几十文就不错了。"

赵顼很气恼："各州县不是有常平仓吗？"

李逢："官商从来勾结在一起。逢年过节地方商贾缙绅都要给州县官府送规礼，哪里会为百姓办事。青黄不接时，商人把粮食价格抬到天上，乡民只好高价借豪门大户的钱。等到青黄不接要过去了，官府才打开常平仓，平价卖出点粮做个样子，为到上司那里交差。粮食收上来了，乡民急着卖粮还钱，商人拼命压价。等到乡民的粮食卖得差不多了，官府才出来平价，买点粮食，放到常平仓去，做个样子，也为交差。百姓简直没法活！”

赵项很愤慨：“乡民不可以上告吗？”

李逢：“官官相护，百姓何处去告？告到府里，府里的官吏是吃干饭的？三年清知府，十万雪花银。这还是清官所为，贪知府要贪多少可想而知。这么多银子，不就是下属州县官吏送的吗？贪了这么多，能不为他们办事？皇上，地方简直黑了天。百姓也有到府里告状的，状子却很快回到州县衙门，告状的百姓还能好得了吗？没给州县官府打死就是万幸。告状的人越多越糟糕，州县官府正好用聚众造反名义调兵。这些兵卒，有几个是良民百姓，多是泼皮无赖，平日就喜欢无事生非，成群结队上街闹事，强索财物；叫他们去对付告状的百姓，还不个个奋勇当先，开到村里，见人就砍，告状的没告状的都砍，砍得血肉横飞，官府还可以上报砍死多少匪寇，邀功请赏。”

赵项龙颜大怒：“他们可以到京都来告御状呀，朕给他们做主。”

李逢微微一笑：“皇上还要卑臣直言吗？”

赵项高声说：“朕许你无罪。”

李逢：“天高皇帝远，九重城阙，皇宫禁地，不要说百姓，就是朝廷一般命官，要见皇上也难于上青天。通进银台司不报，阁门司不通，永远也别想见到皇上。像秀州这样边远地方的百姓，要见皇上就更是难上加难。再说，谁知道这些百姓的御状会牵扯到谁，这些百姓与他们非亲非故，又得不到半点好处，谁会吃饱了撑的，去惹这个麻烦？”

赵项频频点头，胸中怒气难平。这些地方官吏，本来职在平赋税，听诉讼，兴教化，励风俗，克己奉公，爱民如子，成为王朝忠心耿耿的牧民人，没想到这些人手中握着天家给他们的权力，拿着天家给的俸禄，却贪墨无度，残害天下子民。天下子民，都是皇上的。这些地方官吏剖克子民，不就是剖克皇上？残害子民，不就是残害皇上？按照朝廷律法，对这样的朝廷命官，是要严惩不贷的。但怎么严惩？派御史台、大理寺、刑部的人去抓，可抓谁？能抓得那么多？此时作为手中握有朝中百官生杀予夺大权的皇上赵顼，竟觉得真还没有多少办法对付这些地方官吏。赵顼第一次体会到，皇上也有无可奈何的地方。赵顼忽然一眼瞥见李逢在偷偷地注视他，目光中有种难以言传不可捉摸的意思。这个地方九品小官一定看出了他的无奈，这就叫赵顼很有点尴尬起来，但对这个地方九品小官也同样无可奈何，总不能因为人家眼睛一瞥自己的尴尬神情，就治人家的罪吧？

赵顼感觉到自己的脸色一定非常难看。此时资政殿内的太监、宫女都吓坏了，似乎大气也不敢透一下，就是押班太监连眼珠都不敢转动。殿外疯了的风肆无忌惮地吼着，大概是把附近一棵古树的枝杈刮断了，传来一阵"哗啦"声。这一下，把殿内的太监、女官、宫女更吓坏了，就是押班太监的脸也吓白了。大风把皇宫古树吹断了，这是老天发了怒，在怪罪什么人；再不规矩点，就要受到老天的惩罚。赵顼清楚，宫里的这些人生怕自己因为这个怪罪下去，所以谁都担惊受怕，规规矩矩地躬立着，担心随时会惹出什么祸来。

赵顼本来还要召见文彦博的，也免了，挥了挥手："回宫！"

赵顼看见，押班太监的反应无比敏捷，忙叫御前太监去备好龙辇。李逢却没一点可吓的，嘴角还挂着一丝笑容。这个地方九品小官一定是觉得这些在文武百官面前很是有点神气的太监、女官、宫女，其实猥琐可怜得很。赵顼根本没对他们发脾气，就吓成这个样子，要是真发了脾气，这些没根的人那不要吓死，当场昏倒。不过，这些在赵顼面前吓得像见鼠到猫一样的太监、女官、宫女对李逢却十分地不客气。押班太监见李逢还站在殿内，没有退朝，赶忙过来，目露凶光，对李逢不停地打手势，要他赶快离开资政殿。奇怪得很，这个敢在赵顼面前侃侃直言的地方九品小官、余姚县主簿李逢，却对押班太监一脸讨好的媚笑。押班太监更是吓坏了，拼命挥手要李逢退下去。李逢这才似乎有点怕了，觉得确实不好在资政殿久待，一个转身，急急忙忙退下殿去。大概因为走得急，过门槛时给绊了一下。见到这一幕，太监、女官、宫女都忍不住抿着嘴笑，好像在说：活该，摔死才好，谁叫你挨在殿里不快点退下去。赵顼也笑了，笑得有点莫名其妙。

第九章　区区赏银曾公亮一筹莫展 轻轻一言王安石成竹在胸

往日最繁忙的中书省现在却显得十分清闲。中书省上班鼓声响过多时，吏房、户房、兵礼房、刑房、工房、主事房、班簿房、制敕库房等八大房的录事、主事、令史、书令史、守当官以及各房的文员才陆陆续续来到各自的值房上班。上班也无多少事可干。中书给天子赵顼的奏折，不是留中，就是被驳回，大事奏禀得不到天子画黄，小事拟进得不到天子录黄，弄得中书宰执大臣大失脸面。老相公韩琦坐镇中书时，也有过这种时候，但在一言九鼎、八面威风的韩琦面前，谁也不敢有半点马虎和懈怠，闲着就清理文案，或跑各个对口衙门。

现任中书掌门人曾公亮是个世故老人，被人称作老滑头，在大宋官场混了四五十年，早看透了大宋官场。因之，此公糊涂的时候比谁都糊涂，清楚的时候比谁都清楚，不会让人太不摸他的底细，也不会让人太容易摸到他的底细。他不会把事做绝，也不会把事做得一塌糊涂。他十分清楚天子赵顼的底，现在中书有四位宰执大臣，自己又年过古稀，这种多相制再明显不过地表明了天子赵顼只是要自己临时照看一下中书衙门，天子一旦有了合适的人选，就得把中书掌门大权交出去。天子赵顼也正是明白他看清了这些，才让他当上相。此外，曾公亮也十分清楚中书其他三位宰执大臣的底。这三位大臣，没一个是好惹的。次相富弼出使北辽，立下不仅救了大宋，而且救了北辽的大功，深得皇室厚爱。别看他一副憨厚的傻样子，其实城府深得很，可以说，不仅满朝文武百官没一个人真正看透过他，就是天子赵顼也没把他看透过，这种人谁敢得罪？参知政事唐介也不是二三拐的角色，当年他当殿中侍御史时，时任宰相的文彦博差点没给逼疯，不仅弄得文彦博当时罢相，外放到地方当知府，而且能弄得文彦博始终没能把他怎么样，就是现在文彦博在面子上对他还挺客客气气的。这种人能不防着点？还有参知政事赵抃，也是够厉害的，虽然自己对此公有举荐之恩，但板起脸来，也是什么人都不认的，对这种人还是远着点好。再次，曾公亮还十分清楚，朝廷的事情很复杂，复杂的程度远远超乎一般人的想象；但也微妙得很，微妙的程度同样远远超乎一般人的想象。别看天子赵顼对中书包括自己在内的四位宰执大臣都很不满意，但对谁都帝眷不薄。最后，后宫里面，家法完美，汉唐也远不如宋，但对当朝天子的影响却决不可小看。太皇太后曹氏是个不简单的女人。她自己肚子不争气，没给皇上生下个儿子，却早早把英宗收养过去。英宗命短，只坐了四年天下就驾崩，然后是赵顼继统。赵顼的命为何就这么好，被选中登上九五之尊？无非因为赵顼出了名的孝顺听话，登基前入事太皇太后曹氏和太后高氏，侍立终日，寒暑不变。特别是对并不是血亲的太皇太后曹氏，赵顼的孝顺甚至超过了对自己的生母太后高氏。这样的孙子不当皇上谁当皇上？太后高氏也是个不简单的女人，待人宽仁慈厚，不显山露水，骨子里果敢刚硬。太后高氏的生母又是太皇太后曹氏的姐姐，很小时就来到宫中，由太皇太后曹氏抚养成人，对太皇太后曹氏更多了一分亲近和孝顺。满朝文武百官谁对这点不是看得一清二楚的，他曾公亮岂能糊涂到连这点都不清楚？曾公亮心知肚明，太皇太后曹氏、太后高氏对他也很不错，但圣眷远没达到对老相公韩琦的程度。对富弼、唐介、赵抃，太皇太后曹氏、太后高氏的圣眷又似乎还没对自己深。曾公亮很清楚，现在的中书班子肯定长不了，这倒不完全是京都开封朝廷里来了个王安石的缘故，就是没有王安石，现任中书班子的寿命也长不了；只不过有了王安石，加快了现任中书班子的寿终正寝。当然，对中书班子到底什么时候换，怎么换，那是天家的事，他曾公亮不想去搞清楚。他清楚的是，就算是中书现任的四位宰执大臣全换掉，但天家不会亏待这些老臣。大宋百年以德治国，不让这些老臣在中书，但职衔、官位、品秩是丝毫不减的，更多的可能还是职衔、品秩要往上升一级。对曾公亮来说，这把年纪了，能这样是再好不过的了。

今天早朝过后，曾公亮回到中书，把八房录事、主事叫到签押房议事。议题是：冬至南郊祀天的吉礼经费。中原王朝千百年来，祭天、祭地、祭祖是天家每年三大必行的祭祀活动。天公地母，列祖列宗，天子都是不可不敬畏、不可不祭祀的，要不然，就不是个好天子，也就得不到天地祖宗的保佑。小者当年风不调，雨不顺，地震、虫灾等灾难都会发生；大者让天子御座不稳，天下乱象丛生，社稷倾覆。

曾公亮在签押房上位座面宽大的禅椅上坐下，参知政事赵抃挨着他在另一张禅椅上坐定，其他人依次在两旁的座面要小得多的官帽椅上坐着。这天，富弼和唐介都未来中书。这一来是二人早经天子恩准了，不用每天到中书衙门来应官坐衙；这二来是二人确实都有病，一个是足疾，一个是背痛。曾公亮一脸平易和悦之色，但平易中含着精明，和悦中透出刚克。赵抃则苦着个脸。他分管礼乐、祭祀、朝会、宴飨、学校、贡举、陵寝等事，冬至南效祀天是他分内的事。近日，赵抃更是天天晚上要洗发澡身，在后院焚香禀告上天，把自己明天要说的话、要做的事一五一十地告诉高高在上的青天。此公一辈子都不想做什么见不得人的亏心事，一张苦相脸上一派浩然的忧国忧民神情。

祭祀天地虽然隆重繁杂，但活动本身并不特别难办。礼仪上的事朝廷有专职衙门太常寺、光禄寺去操办。祭祀天地最令人头痛的事是筹钱。活动本身的花销还不是特别大，问题是祭祀天地朝廷都要大赍四海，每次给在京官员、宗室和后宫的赏赐就需二万两白银。要是老相公韩琦在中书，这个问题好办。老相公独立乾坤，他说财礼赏赐多少就多少，就是不给，不要说满朝文武百官不敢放个屁，宗室不出一声，就是后宫也不会啰唆半句。曾公亮有自知之明，知道自己没这个本事，也没这个威望。不要说取消这些赏赐，就是少给几个子儿，恐怕不仅满朝文武百官、皇室宗亲和后宫的人会对自己恨得牙痒痒的，就是中书省衙门里天天跟自己打照面的僚属也会在背后对自己嘀嘀咕咕的。此外，曾公亮揣测天子赵顼的心理，恐怕也不乐意取消这些赏赐。本次南郊祀天是当朝天子赵顼登基改元后的第一个祀天活动，当然希望把本次祀天搞得特别风光脸面。一心富国强兵、洗刷国耻，重振汉唐雄风，矢志要做大有为之君的当朝天子，怎容得登基改元后的第一年，就把祀天赏赐这件让他快意的事给废了，这岂不是故意给天子脸上抹黑，让群臣扫兴，宗室不满，后宫埋怨，也让天子难堪？曾公亮何尝不想给财礼赏赐呢？且越多越好，他本人也可以多得几个，他又何乐而不为呢？但，钱呢？如今朝廷府库空竭，百役并兴，所费不资。前几天，曾公亮命中书主管文案簿籍的主书王圣美到主财的三司衙门走了趟，从三司衙门那边弄到一份后宫经费清单。本来后宫的事，是天家的私事，外臣伸手去管，恐怕是活得不耐烦，没事找事了。曾公亮不会去干这样的傻事。但问题是，朝廷每年拨的钱总不够后宫花销，总要再从国库里拿钱。主政的中书上相曾公亮心中对这事不能没个底。曾公亮的耳目还是不少的，知道向皇后四月初五就命入内内侍省都都知大太监张德保把后宫钱库及开销，彻底清了清账。王圣美弄到的就是这个账本。曾公亮看了看，吓得舌头伸得老长，半天没能缩回到嘴里去。以前，他也不是对后宫的开销一无所知，但没有此时此刻这么清楚。清单上写得很清楚，后宫妃嫔宫人的俸禄、节料钱、支赐俸以及日常衣食住行的开销大得与给西夏的岁币不相上下，光御厨房每年屠宰的猪和羊，都各在三万头以上，平均下来，御厨房每天要屠宰的猪和羊合计近二百头；至于后宫的铺宫、年利、日用、恭进、恩赐、吉礼例用、嘉礼例用、筵宴例用等等，每年的花费都大得惊人。曾公亮没敢让这份后宫经费清单给其他人看，连中书另外三位宰执大臣也暂时不让看。曾公亮看完清单后，便放进自己宽大的衣袖里。

曾公亮态度平和，不像他的前任韩琦那样八面威风。韩琦在中书时，只要他在场，就没一个人不规规矩矩的，更没谁敢跟他答腔，一个个都老老实实在自己值房做事；议事时更是鸦雀无声，一个个正襟危坐，一脸的严肃、一脸的正经、一脸的认真。曾公亮已经坐在禅椅上喝了大半杯茶，赵抃杯里的茶好像快喝光了，只是因为曾公亮还没开口说话，众人都还在跟邻座的交头接耳说些什么，有的大概在开什么带荤的玩笑，弄得周边几个人都抿着嘴笑。差役进来给曾公亮和赵抃续了水。曾公亮咳了声，众人知道他要说话了，这才都不说话了。果然，曾公亮开口对赵抃说：“阅道，一年一度的祀天怎么办？”阅道是赵抃的字。按习俗，下对上称字，上对下称名。上相曾公亮此时对自己的副手参知政事赵抃称字，不仅是表示自己对赵抃的尊重，另有一层就是要分管祀天之事的赵抃多想点办法，不要老苦着个脸。

曾公亮看到，赵抃还是一脸的苦相，头摇来摆去。近来，只要一谈起冬至祀天财物赏赐这件事，赵抃就这个样子。这个当年以一琴一鹤入蜀，让蜀地大治的参知政事肯定昨晚又洗发澡身、焚香禀告了上天，肯定是觉得今天没一句话是可以对上天说的，因之，他对曾公亮的问话只是摇头，什么也不说。

曾公亮要中书的主书王圣美把他到三司弄到的情况说一说。不过，在王圣美要说这个问题前，曾公亮没忘记给王圣美交代：只说朝廷财政开支，不言后宫经费开销。王圣美从自己的衣袖里掏出一个折子，打了开来，把朝廷财政收支如实告诉众人：朝廷这几年支出都超过收入。去年总收入是一亿一千六百七十七万五千二百缗，总支出是一亿三千二百三十七万六千三百缗。其中官、兵两项每年六千万缗；每年给北辽的银绢五十万缗；每年给西夏的银绢二十七万五千缗，这三笔开支就超过了每年收入的一半多，其他支出也大得惊人。三司使韩绛韩大人为冬至祀天的事愁得食寝不安。

中书签押房里的人，一个个都像木头一样坐着。不过，这些木头一样坐着的人心中很清楚，王圣美有意把皇家后宫每年二千七百二十万缗开销隐藏到其他支出中去，没说出来。把这笔账加上去，每年祭祀天地和列祖列宗的钱，自然就一文也没有了。这肯定不是个好说的话题，弄不好就要惹得后宫不高兴。若是好事，谁都争着发言。这种拿不出钱来却要办好的烂事，谁说谁都不落个好，谁开口？

曾公亮感到自己一筹莫展。曾公亮忽然看到他的书吏出现在签押房门口，知道他有要事禀报，便对他招了招手。书吏轻轻走了过来，几乎贴着曾公亮耳朵说："王翰林从崇政殿那边过来了。"这个书吏很精，前两天，曾公亮只是随意说了声：要是碰到王翰林就好了，他一定有办法拿出冬至祀天的钱来。这个书吏就记在心里，赶紧来禀报王安石要来的消息。

曾公亮发现，尽管书吏的话说得很轻，但签押房的人都听清了。曾公亮看见，尽管每个人表情不一，但都抬起头来，放光的眼睛里有了一种放大的钦羡。王翰林就是王安石，当今天子赵顼最看得起的翰林学士。四月初四，天子让王安石出尽了风头，近来更是把王安石捧上了天，经常把王安石召进宫，二人一谈就老半天。翰林学士虽是天子的顾问，但并不主政，然而现在中书的政事，天子赵顼也总是问王安石。王安石认为可以的，就宣谕某事可以；王安石认为不行的，就下旨不办，或者留中，根本不予理睬。朝中许多人对这点很有意见，也很有点焦虑。特别是唐介几个宰执大臣，意见更大，觉得这不符合朝廷体制。中书的政事决定于翰林学士，不要说宋代，就是中原王朝千年也没有过的事，这不乱套了吗？这成何体统？不过，曾公亮看得很清楚，也想得很明白，用不了多久，王安石就要到中书来，自己的位子也很快要让给王安石。既然如此，现在的政事，天子赵顼多问点有什么不可以？只要天子照准，听谁的不都一样？曾公亮要书吏请王安石进来，不过书吏刚转身到签押房门口，他却把书吏叫回来，然后自己起身向签押房门口走去。

曾公亮要亲自到中书大门外去请王安石。曾公亮刚到签押房门口，就觉得奇怪，明显感到签押房有了脚步的移动声。他扭头一看，除了赵抃一动不动坐着，其他人都站了起来。曾公亮心里十分清楚，不少人尽管对王安石如此走红心里并不一定都十分舒服，但只是打肚皮官司，面子上谁也不敢、也不会显露出来。况且天子如此捧王安石，全是天子的事。谁吃了豹子胆，活得不耐烦了，敢对天子有意见？相反，这些人在面子上对王安石都十分恭敬，且能亲近的地方都会争着去亲近，能讨好的地方决不会落在人后。天子捧的人谁会怠慢？曾公亮知道这些人也想跟在他后面去见王安石，心里有点不快了。自己还没走呢，就想另起炉灶，找新主子啦？势利眼！也太不顾他曾公亮的面子了。不过，曾公亮没有发作，只是很不快，但也是很不经意地、当然也是不易被人看出地扫了这些人一眼，同时心里无可奈何地深深叹了一口气。自古官场都如此，人情似纸张张薄，世事如棋局局新。得势时门庭若市，车水马龙，众人趋之若鹜；失势时树倒猢狲散，墙倒众人推，门可罗雀。官场上有几个讲人情的？

这么想过以后，曾公亮想开了，且突然有了新主意。王安石这个人拗，不好打交道，以前天子都累召不起，何况他曾公亮。中书这么多人要跟在他后面去跟王安石亲近，这没什么不好，一是热闹，二是面子更大些。曾公亮很清楚，王安石对上面的人确实有点傲，但对下面的人其实还是很不错的。此外，曾公亮还觉得，中书的这些人中，中书的主书王圣美必不可少。这个王圣美是个乖角儿，在京都开封官场也没什么亲友，在中书衙门里只不过是分管文案簿籍的四个主书中的一个，进士出身，并不起眼，官居七品，不少人心里还挺嫌他。曾公亮心中有数，个中的原因是京都开封有十个被官场目之为“十钻”的人。这“十钻”，指的是十个特别会钻营拍马、找门路、拉关系的官员；王圣美就是其中的一个，绰号叫“衙内钻”，如刀钻一样，只要有一点缝，就能钻得进去。此人不知什么时候跟王安石府上什么人搭上关系，交上朋友，常常进出王安石府上，听说竟然很得王安石欣赏。对这些，曾公亮才不去管，糊里糊涂只当什么都不知道。但，曾公亮看重的是，这个人此时对他有用。有个王安石喜欢的人跟着一道去请王安石，自然再好不过的了。曾公亮不由得很有意思地望了王圣美一眼。

曾公亮出了签押房的门，就看到王圣美跟在后面来了。这个王圣美就是王圣美，此人平日并无这种举动，曾公亮在中书衙门进进出出，从不见王圣美跟在身后。今日与往日不同，曾公亮是很想王圣美与他一道去请王安石，要不然自己刚才就不会无缘无故望了王圣美一眼。然而，就这一眼，王圣美就知道了他的心思。官场上巴结讨好、殷勤周到并不是什么见不得人的坏事，但许多人都摆在脸上，让人看了怪不舒服。王圣美自然也懂得这一套，但却做得很自然，分寸把捏得好，不给人一点巴结讨好的感觉，怪不得会得王安石赏识。说句实在话，就是自己这时也有点欣赏起王圣美来。曾公亮一把拉着王圣美的手，就往前走去，弄得签押房这些人都睁大眼睛望着王圣美，惊羡不已，且多少有点讨好的意思。官场就是这样，没一个人不对上官一举一动不敏感的。上官的官越大，对他一举一动就越注意，也越敏感。只要谁被上官多看了一眼，谁的地位就立即不同了。人们不仅对他加敬一分，且也加畏一分。中书省像王圣美这样的七品官有十几位，可上相曾公亮对谁的手都不拉，就拉王圣美去请当朝最走红的翰林学士，能叫这些人漠然无睹吗？曾公亮扭过头去，把这些全看在眼里。他当然不会说出去，只对签押房那些人说："走吧，一起见王翰林去。"

曾公亮领着中书八房的这些录事、主事往中书门口走去。在走出大堂时，曾公亮松了王圣美的手。曾公亮到了中书大门口，果然见王安石大步从崇政殿那边过来。此公总是高视阔步，双目入定似的望着前面什么地方，给人一种思接千载、视通万里的感觉，也有种拒人千里之外的神情。曾公亮毕竟年过古稀，步履迟缓，几个性子急的年轻录事、主事说说笑笑中竟赶到曾公亮前面下了中书门前的台阶。这就很没规矩了。你们也配走在前面，跟王翰林对话？曾公亮心里很是不快，又暗暗叫苦。中书这几个性急的主事弄得他曾公亮尴尬难堪事小，弄得王翰林觉得有失他的脸面和身份，就要坏大事了。王翰林性格强忮，脾气拗，不要说生人，就是熟人，只要不合他的意，从他身边过也不会瞧你一眼。但叫曾公亮既惊奇又惑然不解的是，王安石见中书八大房那些录事、主事一边下台阶，一边向他拱手行礼，却十分高兴地在中书门前台阶下停了下来，一脸春风，并无一点丢失脸面和身份的意思。

曾公亮清楚，那几个先下台阶的录事、主事并不知道他出来见王安石的意图，到了王安石身边只是晓得傻笑。还是王圣美是乖角儿，忙几步下了台阶，把那些个录事、主事拨开一边，一面迎候着曾公亮下来。曾公亮一个心才放了下来，下了台阶与王安石相互拱手行礼。跟在曾公亮后面的人也下了台阶，一个个争着跟王安石行礼，一脸夸张的讨好、佩服和亲近的神色。王安石并不在意这种夸张的表情，只是一脸的平静。曾公亮眼角发现，王圣美站在他的后侧，挡住了中书那些官员，不让他们挤到王安石面前。

王安石问曾公亮："相公找安石？"

曾公亮对王安石说："是呀，公亮老了，许多政事很是力不从心，听说大学士过来了，出来跟大学士聊聊。"上相曾公亮对王安石称官不称名，表示自己对王安石的尊重。

王安石脸上有了喜色。曾公亮清楚，王安石是个从来喜欢高谈阔论，不惮于张扬自己的政见的人，在谈论政见时从不阴阳怪气、吞吞吐吐、欲言又止、故作高深，更遑论隐瞒自己的政见。王安石此时在朝廷又风头正劲，中书上相曾公亮要跟他聊政事，不正又是个出风头、露脸面的好机会，脸上岂能无喜色？

能有机会听到王安石跟上相曾公亮聊政事，中书衙门里的人当然都很高兴。中书门前的气氛一时欢快起来。曾公亮看到，自己身后的八房录事、主事都围上前来，望着王安石，巴结、讨好之情更厚了一分。接着，八房的这些录事、主事，都七嘴八舌地说起话来。

礼房录事说："满朝文武百官都以能听到大学士高见为荣，中书里的人都想听听您的高论，大学士的话一定能让众人茅塞顿开。"礼房执掌行郊祀陵庙典礼，冬至祀天跟他关系不浅，当然急着想听到王安石的办法，恭维话很有点叫人肉麻。

班簿房录事说："是呀是呀，大学士才高八斗，朝中无人可比，识与不识之人都无比仰羡，就请到中书里面坐坐吧。"班簿房执掌百官名衿籍具员，冬至祀天要大赉四海，这事少不了要他干，当然也急着王安石能拿出好办法，恭维话也很有点叫人肉麻。

王安石此时却一声不吭地站着。曾公亮清楚，王安石不是那种喜欢别人阿谀奉承的人，岂会因为几句肉麻的话就云里雾里，得意忘形起来？再说，这两位录事说的都是今年四月初四以前官场上谈到王安石时所说的一些老话，焉能请得动王安石？

曾公亮正犯急间，吏房录事挤了过来，说："再过二十天，就是冬至，皇上要祀天，文武百官和后宫的赏赐少不了，但国库没钱，中书急得不得了。"吏房录事执掌百官升黜赏罚，天子冬至祀天的赏钱拿不出，吏房录事的面子上也不好看。

王安石抬起那双英气逼人的眼睛，看来吏房录事的话引起了王安石的兴趣。王安石是个做实事的人，只有朝廷实事上的问题才能动得了他的心。

王安石用他带有江南西路抚州临川生硬土音的官话问："要多少银子？"

礼房录事答："按以前惯例，两万两。"

王安石轻轻一语："这不算多呀！"

曾公亮要的就是王安石这句话。曾公亮同时感到，看起来王安石刚才的话是不假思索、脱口而出的一句话，其实大谬不然。别看王安石有时很迂，但说出的每句话都经过深思熟虑，似乎王安石心里有了解决冬至祀天赏银的办法。跟在他身边的人都用崇敬、惊喜，也更加讨好的目光望着王安石。曾公亮右手一把拉着王安石的左手，说："大学士，里面请。"台阶上的人赶紧空出一条路让他们走。

不过，叫曾公亮感到奇怪的是，刚才还一脸喜色要跟他聊聊政事的王安石的脸色严肃起来，且用右手把曾公亮的手打掉，怎么也不上台阶。这就有点出乎曾公亮的意料。不过，聪明的时候比谁都聪明的曾公亮很快明白过来。到中书衙门去聊聊政见，是可以的，但要谈政事，却是王安石万万不会答应的。此时请王安石到中书衙门去，自然是谈两万两冬至祀天赏银怎么筹集，这就不是政见，而是政事了。

曾公亮正犯愁间，王圣美对王安石一个拱手："我们中书的人非常想听听大学士谈谈理财，那真是我等闻所未闻、见所未见的奇思妙想。"

曾公亮看到，王安石点漆般乌黑眼睛又亮了。曾公亮不由得很赏识地望了王圣美一眼。这个"衙内钻"的话说到点子上，也很恰如其分。从表面上看，王圣美对王安石的"理财"大大地吹捧了一下，但又不能简单地说这是巴结讨好。曾公亮觉得，王圣美这话说得恰到好处，说到王安石心坎里去了。曾公亮很清楚，王安石对自己"理财"是看得很重的，也很引以为傲。从四月初四越次入对后，王安石谈得最多的是理财，只要有机会就谈，且一谈就滔滔不绝，大有一发不可收拾之势。有人要与他争论"理财"，那就热闹了，王安石会辞色严厉地跟你争个你死我活，三日不罢，四日不休。王圣美称王安石的"理财"是闻所未闻、见所未见的奇思妙想，王安石是不会认为对方在巴结讨好他，会当仁不让地接受下来。况且，"理财"目前还只是政见，并非政事，王安石不会不同意谈一谈的。只要王安石进中书谈起"理财”来，就便问问他冬至祀天的赏银之事，王安石不会不说的，这个目的也就不难达到了。

曾公亮注意到，自己很赏识地望了王圣美一眼后，八房的这些录事、主事，都睁大眼睛望着王圣美，惊羡不已，讨好的意思更明显了。官场就这个样子，这本来也没什么。但，就在此时，曾公亮看到，礼房录事对王安石说：“大学士，王主书这个人真了不得，把朝廷财政情况搞得一清二楚的，让他向你禀报禀报。”

曾公亮明白，礼房录事这句话不仅巴结王安石，也有讨好王圣美之意。谁也没料到礼房录事这句话坏了曾公亮的大事。曾公亮看到，王安石的脸沉了下去，点漆般乌黑眼睛很不高兴地逼视着礼房录事，根本不管礼房录事受得了还是受不了：“你好糊涂，朝廷财政上的事，你应该跟中书宰执大臣禀报才是。”说完，头也不回地望翰林院方向走去。

王安石一点也不赏脸。曾公亮看到，礼房录事的脸吓得变了色，跟着出来很想与王安石亲近亲近、讨个好的录事主事也都觉得很扫兴，心里是很怪礼房录事的，但面子上没人会出声，更没人表示什么不满，只是傻笑着，笑得有点别扭。曾公亮清楚，官场上除了少数呆得过分的人会因为这样的事发作外，没人会傻到这个地步。中书这伙人都是在官场走了十多年甚至二十多年江湖的人，没一个是呆子，即使曾经呆过，也早不呆了。曾公亮开始也有点尴尬，不过很快就不尴尬了。曾公亮在官场走江湖时，这伙人中有的恐怕才刚出世，自己的官场经验丰富得多，对世事的洞察也要深得多。他很快明白自己在请王安石到中书衙门里来谈冬至祀天赏银之事的时间和地点都选错了，也不该把这些录事、主事带来，以至于今日弄得自己很没面子。不错，谁都知道王安石进中书是指日可待之事，但毕竟皇上尚未降敕。然而，也正是因为这种情况，王安石才更不会到中书衙门去。况且，中书这个地方，佐天子，总百官，平庶政，事无不统，是朝廷最为机要、最为重要的衙门，文武百官谁对中书不是敬而远之？就是偶尔路过这里，不少人也总是后面有鬼在赶似的，低着头匆匆而过，不会把脚步在这里多停一下。礼房录事此时捅出一句要王圣美向王安石禀报朝廷财政情况的话，王安石怎么可能会进去呢？知情者，谓王安石是应他曾公亮的强求；不知情者，谓王安石进中书的心也太急切了些。王安石真在此时到中书衙门去听中书的人禀报朝廷财政情况，那不是要被人看轻了？王安石还是王安石吗？糊涂，糊涂，真的是糊涂，何止是礼房录事糊涂，这个从来在不该糊涂的地方不糊涂的曾公亮今天也糊涂了。曾公亮一点都不怀疑：换过一个时间和地点，王安石会把自己的想法毫无保留地和盘托出。本来在中书衙门台阶下谈谈冬至祀天的赏银，王安石说出自己的意见也不是不可能，但礼房录事一句话把今日之事全扰黄了，且现在王安石已经走人，再要他过来谈是完全不可能的了。没想到今日这个"衙内钻"乖角儿王圣美倒能成事，怪不得会得到王安石的欣赏。

王安石没走多远，曾公亮转身上了中书衙门的台阶，其他人也跟着转了身。此时，曾公亮感到身后有噔噔噔的脚步声顺着台阶快速传上来。此刻工夫，曾公亮看到中书主书王圣美挤到自己身边说："要不要叫司马大学士到中书坐一坐？"

曾公亮虽然年过古稀，但脑瓜子还挺灵，知道王圣美是说司马光来了。曾公亮扭头一看，果然见本朝公认的第一正人君子司马光从翰林院那个方向过来。满朝文武百官都知道，当朝天子赵顼对司马光也是十分赏识、看得很重的。司马光这个人也确实学富五车，除释、老之书外，无所不读；此公当京官时间又长，祀天这件事，或许他有办法。此外，曾公亮觉得，满朝文武百官中有一点未必看清楚了：当朝天子赵顼也曾打算让司马光入相。一个不争的事实是：司马光不仅与王安石同时进翰林院，而且名次在前，又是侍读学士。用不着怀疑，在当时天子赵顼的心目中，司马光的分量比王安石还要重一些。然而，朝政上的事瞬息万变，谁也讲不清楚。四月初四王安石越次入对以后，情况发生了很大的变化，王安石成了赵顼心醉魂迷的人，司马光在赵顼心目中的地位远不如以前了，结果分量轻一些的王安石要入相，分量重一些的司马光反不能入相。不过，即便这样，曾公亮觉得，赵顼对司马光依然还是十分赏识、看得很重的。曾公亮以为，赵顼并未对司马光关上中书大门。

曾公亮转身又从中书衙门台阶上下去，众人也都转过身来，先朝司马光走来的方向望去，然后便跟着曾公亮一起下了台阶。

司马光迈着不紧不慢的方步到了中书衙门口台阶下，见曾公亮领着一伙人站在那里，好生奇怪，问："何事这么多人站在中书门外？"

曾公亮刚才给王安石噎得很没面子，一时竟找不到合适的话来回答。确实，他没想到这时会碰到司马光，不由得又有点尴尬起来。此时，他忽然听到后面有人在喊："君实，是你呀！我说是谁呢，外面闹闹嚷嚷的。"

曾公亮扭过头去，原来是先前一个人待在签押房的赵抃出来了。赵抃跟司马光有点小私交，二人有点来往。曾公亮看到，司马光一脸喜色。不过，司马光却只是站在靠近台阶的原地，一步也没向台阶挪一下。曾公亮心里笑了笑。这个老夫子，一生遵守礼法，谨慎小心，在官场走了二十多年江湖，不会在任何事情上留下任何可能危及他的名节的把柄。当上了翰林学士，实际上就取得了当相爷的门籍，但在没得到天子下诏除授之前，司马光也和王安石一样，都是不肯踩上中书衙门前面台阶上那一块豆腐高的阶级。当然，二人心思不完全一样，但异路而同归，结果却一样。

司马光用他特有的咬字沉重、前声拖得很长的陕西话问："看你们的神色，像有焦心之事？"

赵抃叹了口气，一脸的苦相显得更苦了："冬至祀天的钱拿不出，你说焦人不焦人？"

司马光点了点头："以前老相公韩琦在中书，也总是给弄得食寝不安。"

曾公亮看到，众人把司马光围在中间，脸上也照样露出讨好和钦羡的神色。曾公亮十分明白，此时这伙人的心思是：谁知道司马光以后会不会入主中书呢？

曾公亮不会把司马光请到中书衙门里去，说："公亮耳闻老相公韩琦的办法是一个字：减。如何减呢？"韩琦在中书当上相时，曾公亮是以同中书门下平章事的衔称判永兴军，领兵在边关御敌，对朝廷上的事自然不甚清楚。

司马光："一是赏银不给往年那么多，二是文武散官不给，三是宗室也减一点。老相公几年都这么过来的。"

曾公亮注意到，司马光此言一出，赵抃和众人的脸色都怪怪地起来。在官场混得久一点的人都不会不明白，这三条不仅把人都得罪光了，而且要捅大娄子，弄不好要翻船。文武百官还好办一些，这些人毕竟都还归中书和枢密院管着；那些文武散官就更好办，谁要想补缺，弄个实职差遣干干，都还绕不过中书；特别是六品以下的官员，告身文书就直接掌握在中书属下的吏部，无需天子降旨，就可以除授。这些六品以下的官员，谁见到中书长官不是一副奴才相，谁敢出口大气？最麻烦、最头痛的是宗室，这些皇亲国戚谁得罪得起？不错，大宋皇室有太祖太宗订的家法在，但那只是不畀事权。这些皇亲国戚一个个都聪明得很，少有在事权上去碰运气的；然而事权之外的事，这些皇亲国戚就难说了。比方当今天子赵顼的胞弟岐王赵颢，按天家的家法得搬到宫外居住，可岐王赵颢至今还住在皇宫，天子赵顼不作声，谁多这个嘴？

曾公亮半天没出声，感到自己的脸色也一定是怪怪的。他很清楚，祀天的赏银，宗室是一文钱也不能少的。韩老相公能办到的事，他曾公亮办不到。韩老相公可以减宗室的赏赐，他曾公亮肯定不行。韩老相公三朝拜相，两朝定策，不要说皇亲国戚，就是太皇太后曹氏也敬畏他三分。英宗登基之初，举步维艰，万机俱旷，那时还是太后的太皇太后曹氏临朝称制、垂帘听政。权力这个东西是个古怪的精灵。没有临朝称制、垂帘听政前，未享受过诏令天下的权力乐趣，对权力的向往总有点隔膜感。然而一旦垂帘视事，万机皆决断于己，这种巨大的权力乐趣就叫人难以割舍了。那时的太后曹氏垂帘听政后，就很有点舍不得放权的意思，嘴巴上答应了，但天子宝玺却一直留在自己的寝宫里。韩老相公却硬是逼着那时的太后曹氏把天子宝玺交了出来。交出宝玺后的太后曹氏，从此回到深深的后宫，过她无比尊贵、无比优裕的太后生活，不仅没对韩老相公怎么样，反对韩老相公更加敬重了。韩老相公威望也从此如日中天。当时满朝文武百官都为韩老相公捏了把汗，不少人说韩老相公糊涂。不过，曾公亮不这么看。他觉得韩琦是朝廷真正的老狐狸，洞察玄机的本事比谁都强。他看准了太祖、太宗订下的家法的威慑力，也看死了大宋的外戚不可能像汉唐外戚那样呼风唤雨、兴风作浪，同时还看清了宋代那班饱读诗书、自诩为国之栋梁、一心一意报效朝廷的读书人是真正不会容忍后宫干政的，也是真心在为大宋王朝治天下的。这就是韩琦聪明过人的地方，从而做出了看似糊涂、实则老奸巨猾，且让自己名垂青史的大事。韩琦有了这样的本钱，当然敢少宗室的赏赐。但他曾公亮不敢少，官场老江湖曾公亮有这个自知之明。然而，国库现在又拿不出这笔赏赐来。特别是本次祀天又是天子赵顼登基改元后的首次祭祀大典，没有赏银确实是太不像话了点。可这一来就把曾公亮逼到死路上去了，他真的是黔驴技穷了。

众人都没出声。上相做不到的事，他们当然也肯定做不到。分管礼乐祭祀的赵抃很着急，苦着个脸说："君实，你给出出主意，除了减外，还有没有别的办法？"

司马光："没有，要是有，韩老相公也就不会减了。"

话说到这个份上，赵抃也就不好再问什么了。但，此时曾公亮心中突然冒出一个办法来了。当然，这个办法是从韩琦的办法中借鉴过来的。他觉得中书拿出这两万两银子并非真的难于上青天。但这个办法，一定要得到翰林院几位学士，特别是司马光的支持才行，否则就难办。大宋祖制：一切中外章奏，首先呈递皇上圣览；皇上圣览后，交中书或枢密院或寺监详议；再次就是请谕，皇上召见中书或枢密院或寺监长官就谕旨内容作出具体指示；再再次是翰林院缮拟；再再再次是皇上审定；再再再再次是由通进银台司送中书或枢密院或寺监颁发到各路、府、县。通进银台司觉得诏书有失，还可以驳正和封还。一道诏书下来，复杂得很，也烦琐得很，并非局外人想象的那么简单，似乎皇上一开金口，诏书就出来了。当然，皇上有最后裁决权，硬要下的诏书还是一定要下的，但大宋百年历代皇上很少这么做过。当今天子赵顼登基一年多来，还从未这样做过。因之，中书或枢密院或寺监要办什么事，取得翰林院和通进银台司的支持十分重要。当朝知通进银台司韩维是个正派人，不会不理解中书的难处。曾公亮自会去跟韩维沟通，估计那边的问题不大。翰林院学士承旨王珪这个人好说话，只要他不感到为难，跟他没什么牵连，他不会不卖自己这个面子。王安石这个人其实说难打交道也真是不假，但好打交道的时候也好打交道。他认为不符合朝廷利益的事，你怎么跟他打交道也没用，此公不会给你半点面子；如果他认为符合朝廷利益，你就是不去找他，他也会给你面子。从刚才王安石的话来看，此公不会反对的。眼下关键的人物是司马光。如果他思想通了，冬至祀天的赏赐好办多了；他如果不通，中书这台戏就难唱了。曾公亮当然很希望司马光能到中书衙门里去，他好仔仔细细把自己的设想跟司马光商量商量，但一眼看到司马光站在中书衙门台阶下那双一动也不动的脚，一个“请”字噎在喉咙口怎么也出不来。中书八房的这些录事、主事大概看出了曾公亮的心思，让出了一条路，等司马光上台阶。曾公亮明显地感到司马光已经知道众人的意思，但那双离台阶不到半尺的贵脚就是不肯往台阶上高抬一下。王安石牛，司马光也牛。不过，王安石要牛就牛到底，成色十足，始终不会有丝毫改变，使人感到多少有点不好接近。司马光却不会尽全力硬挺着牛到底，牛个八成也就到顶了，多少让人感到情理上说得过去。司马光既然不肯到中书衙门里去，也就不过勉强了，改天再想一个办法吧。

曾公亮忽然看到，赵抃一把抓住司马光的手说：“请，到房里坐坐。”

曾公亮早料到结果了，果然司马光把赵抃的手掰开，说：“执政这就太为难光了。”执政指的就是参知政事。

赵抃一脸苦相又出来了：“君实就这么不肯赏脸？”

司马光说：“实在对不起，晚上光到执政府上去赔罪。”

赵抃还想说什么，曾公亮不让他说。曾公亮对司马光道：“不为难君实，不过，冬至祀天的事，君实还是要给中书多想点办法。”

曾公亮一个拱手，跟司马光告辞。接着，赵抃和其他人也都跟司马光拱手。司马光不停地拱手，一人拱一次。曾公亮转身上了台阶，往中书衙门走去，赵抃和众人跟在后面拾级而上。到了台阶顶上，曾公亮扭头回看，却见司马光仍旧站在中书衙门台阶下沿，恭谨有礼地目送众人。这个陕西迂夫子比江南西路抚州临川人王安石会做人。

曾公亮注意到，赵抃和众人也都扭过头去望着下面的司马光。司马光又一个个拱手。曾公亮对司马光说：“司马大学士，请回，请回。”

曾公亮想，当朝天子赵顼对王安石十分的心醉魂迷，王安石进中书是明摆着的事了。中书现任的四位宰执大臣是不行的，无法与王安石抗衡，王安石想怎么干就可以怎么干。要是司马光也进了中书，王安石恐怕就不可能想怎么干就怎么干了。要是真有那么一天，两个牛人都在中书，会是个什么样子呢？恐怕一定是挺有趣、挺热闹的了。

曾公亮看到，司马光慢慢转过身去，迈着方步，慢慢走了。

第十章 苏轼全力相劝挽留老座师 惠卿略施小计舌战吕中丞

三朝拜相的老相公韩琦是十月初一立冬那天离开京都开封到大名府赴任去的，朝廷政局越来越明显表现出王安石入主中书只是时间早晚的事，挡是挡不住的。满朝文武百官都清楚，王安石一旦进入中书，肯定要引起朝廷政局的震荡，一些人要升，一些人要降，满朝文武百官因为这个忙坏了。不管是应官坐衙，还是散班回家，京都开封文武百官都忙着串门。立冬以后衙门的事并不算很多，但相互间的串门却一刻也闲不下来。同一个衙门的吏员，你到我值房坐坐，我到你值房聊聊，忙得不亦乐乎。到了官休日就更忙了。大宋的官休日一年有七十六天，官员的日子确实过得轻松惬意。这些日子，京都开封的青楼、酒馆、勾栏、茶肆，更是到处都能见到官吏们三五成群的身影，其间少不了花容月貌的声妓花娘侍陪。既玩到了，又乐坏了，且亲切了关系，又打探到了官场各种消息，谁又何乐而不为呢?

大才子苏轼更是忙上加忙。京都开封是文人才子生活的真正天堂。大宋一统天下后，太祖杯酒释兵权，用荣华富贵搞定了那些开国军爷；又用怀柔国策，不仅降王降臣无不保全性命，而且在封爵赏官之外，又皆于京师颁赐甲第，让那些降王降臣及其子孙在京都天堂般繁华、舒适和温柔的享受中淡褪了亡国之恨，丧国之痛。大宋一统中原，真个是诸王毕，四海一，妃嫔媵嫱，王子皇孙，辞楼下殿，辇来于宋。京都开封则不仅成了王公权贵、豪门富商的天国，而且成了士人们向往的乐土。京都开封位坐全国之中，又是水陆都会之地，三条贯城而过的河流，日夜为京都开封运输君臣军民吃、喝、玩、乐的物资。这里高楼林立，檐牙高啄，钩心斗角；寺庙密布，绣椽迎风，丹槛炫日；名妓如云，朝歌夜弦，春光融融；肉山酒海，春宵苦短，无尽的欢乐让人流连忘返，回味无穷。

苏轼多才、多艺、多情、多事，好诗、好文、好书、好画、好酒、好食、好玩、好美人；也热衷功名，很想当官，且想当大官，报效朝廷，青史留名。但，苏轼又浑身大才子气，不晓得怎么当官，率性纯真，口无遮拦，言心中之所言，时不时笑骂朝政；一肚子笑料很让人开心，开起玩笑来却又不看对象，敌友不分，弄得官总当不大。有时，他也到吏部走走。吏部司封、司勋、考功司和官告院的郎官、主事、吏员都很熟，知道苏轼到吏部来是打听他的差遣问题，不等他开口，吏部的人就要他慢慢等，不着急，给人的印象肯定有什么好事在等着大才子苏轼。大才子苏轼偶尔也会到中书衙门看看。此时的中书衙门设在皇宫的外廷，进出很不方便，要到东西阁门办手续。东西阁门的人都很有来头，那些阁门使、宣赞舍人、祗候这样的官，不是内侍押班之类的太监，就是那些既不通吏事又不能上阵打仗的外戚勋贵子弟充任。这些人没任何本事，却傲气得不得了，满朝文武百官没几个在他们眼里，不给好处是别想他们办事的，就是给了好处也往往不给办事。因之，包了银子还不一定能进得中书大门，还要逮上个机会，才进得了皇宫大门。中书八房的录事、主事、令史、书令吏跟苏轼也很熟，对苏轼也很客气，但大才子苏轼的差遣，要经过天子，这些人无法知晓，当然也只好对苏轼笑笑。

不过，对大才子苏轼来说，这没什么不好，他正好借这个机会在京都开封享受享受无比繁华温柔的生活，酒馆喝酒，茶肆饮茶，美人作陪，何其乐哉！大才子苏轼给美人的第一印象尽管好不到哪里去，但接触以后，却一个个都会被苏轼所倾倒。大才子的文才、情才，无一不散发出对美人强大的吸引力，再加上他幽默的戏谑，以及对美人出于天性的有求必应和迷人的殷殷情意，使得大才子具有许多男人所没有的美人无可抗拒的魅力。自从四月初十他与王安国一伙人游蔡河后，开封的那些如花似玉的声妓花娘无不找各种理由和各种关系上兴国寺找大才子，以致弄得兴国寺的僧官方丈十分为难。有大才子住在寺内，无疑增加了许多香客，当然也就带来更多的香油钱，寺里的进项多了，银子多了，僧人的日子好过多了，寺里的事自然好办多了。但，这么多美人来找大才子，弄得佛门不净不静，甚至惹得一些出家不久、六根未尽的年轻僧人眼睛老望着大才子住的地方，实在给僧官方丈增加了不少麻烦。想管管这事，觉得很是不妥；不想管管这事，也觉得很是不妥。当然，苏轼也感到十分为难，这么多美人来找他，这叫他有什么办法呢？他总不能把那些美人的小脚都捆起来，不让她们到兴国寺来？

熙宁元年十月十五日，京都开封连下了几天的大雪停下来了，京都开封放晴了。苏轼骑上租来的马去看望欧阳修。在朝中，欧阳修是个大好人，对许多人都有恩，对大才子苏轼兄弟更有大恩。嘉祐二年，苏轼和苏辙双双登进士第，全赖当时的会试主考官欧阳修的力挺，一反以往科场盛行的奇僻、钩章、棘句，对苏轼和苏辙的策论大加赞赏，特别是对二十岁的苏轼的那篇出手不凡的旷世策论《刑赏忠厚之至论》，更赞赏备至。在许多场合，欧阳修对许多人说："读轼书，不觉汗出，快哉！快哉！老夫当避路，放他出一头地也。可喜！可喜！"其时欧阳修早是名贯天下的文章大家，四海公认的文坛宗师，朝野上下翕然师尊的大人物，能得到欧阳修如此高评价的年轻人，在当时恐怕没有第二个，这得了吗？然而，欧阳修却为此付出了不轻的代价。他这么赏识苏轼兄弟，得罪了那些落榜的六千多以奇僻、钩章、棘句为能事的贡士。榜出之日，士论汹汹。早朝时，这些落榜贡士拦住欧阳修的轿子，群集诋斥，街司逻吏带兵过来也无法制止。还有贡士作《祭欧阳修文》，投掷到欧阳修家中，咒他早日西归死掉。

苏轼不是第一次去看欧阳修。宋代与唐代不同。唐代科举中，考生与主考官是门生与座主的关系。宋代朝廷严令举子不得谢恩于私门，不得称主考官为座师，亦不得自称为门生。但，尽管如此，进士们在私下里还总是称主考官为座师。四月十九日，他和苏辙出蜀回京不久，兄弟俩就双双去拜望过欧阳修。今天，本来苏辙也要去拜望欧阳修的，但刚出兴国寺，苏辙在大名府当推官时的同事法曹参军来会苏辙，只好留在寺里接待来客。不过，今天苏轼去拜望欧阳修，不仅仅是门生的拜访，而且想游说欧阳修留在京都朝廷。在朝中，越来越多的人希望欧阳修留下来。不过，跟这些人不同的是，苏轼不是想借助欧阳修的名望与跟中书衙门渐行渐近的王安石抗衡，恰恰是希望欧阳修不久的将来助王安石一臂之力。四月十九日离今天有半年多了，别看大才子到处玩，也经常跟美人乐，其实朝廷大小事情清楚得很。他知道，不是所有人都欢迎王安石进中书。苏轼却很欢迎王安石。苏轼不仅十分佩服王安石的学问、人品、才能和文章，而且十分赞赏王安石的富国强兵、洗刷国耻的主张。大宋百年，实在很有点窝囊，不仅国库空虚，而且对北辽西夏软弱无力，是该变一变了。苏轼对王安石的执政能力也没有丝毫怀疑。王安石近三十年的政绩有目共睹，特别是仁宗皇佑初年在鄞县的三年大治，更是在朝野传为佳话。王安石进中书，必使朝政焕然一新。当然，毋庸掩饰，苏轼也觉得，王安石进中书，自己的机会似乎也来了，自己也似乎会有番作为。

苏轼对当下的中书班子实在很有点失望。曾公亮老了，富弼有足疾，唐介患背痛，赵抃一脸苦相，说句实在话，这样的中书班子看了就烦。当然，苏轼也清楚，王安石进中书也不可能是那么轻而易举的，进了中书也不可能是那么一帆风顺的。苏轼同意不少人的看法：王安石进中书必然给朝政带来激烈震荡。王安石要富国强兵、洗刷国耻，一定要有一大批人追随他，帮他办事，更要一位有名望、有能力的人鼎力相助。苏轼想到老座师欧阳修。二十年前，欧阳修就积极参与范仲淹的庆历新政，当过参知政事、枢密副使；欧阳修对王安石又极为赏识，一直看得很重，对王安石有举荐延誉之恩。仁宗至和元年九月，欧阳修与王安石在京都开封相见，极力为王安石扩大影响。欧阳修有诗赠给王安石，其中两句曰："老去自怜心尚在，后来谁与子争先。"把王安石说成是后来无人可以比肩的人物。说句实在话，有老座师欧阳修鼎力相助，王安石想不出名都难。今日没谁要苏轼去游说欧阳修，苏轼只是觉得自己要这么做。

这么想过之后，苏轼满有信心打马前行。雪后的京都开封放晴了。开封城内，屋顶一片白，树枝上、屋檐下挂满了冰凌，在日光的照耀下显得晶莹剔透，给京都开封很是增添了几分娇美。欧阳修府第在大相国寺东。大相国是大宋皇家寺院，位于内宫城前汴河上州桥东的信陵坊，范围广大，寺内供有大小六十余院，各有住持僧官；东西两廊，足足可以容纳万人。国朝忌日，天子皇后亲临行香，近官随行，仪式隆重。每年上元夜，天子还要在大相国寺的罗汉院摆宴，与中书、枢密院大臣在这里饮酒，一同观赏上元夜灯火。

苏轼骑马过了天河桥，向东路过一栋带院落的宅第，上了相国寺桥。这相国寺平时尚清静，但每逢初一、初八、十五瓦市开放，百业都汇集到大相国寺来了。今天是十月十五，大相国寺前好一派繁忙热闹景象。在相国寺桥上，苏轼就听见相国寺那边噪聒如雷，一片喧闹，叫人感到惊悸。苏轼打马下了桥，见大相国寺门前，红男绿女，老人孩童，你背我牵，前拥后挤，向相国寺山门走去。苏轼来到相国寺山门前，不由得勒住马缰，朝寺内瞧了瞧，不由得大吃了一惊。苏轼看到相国寺东西两廊人如海潮，不停地涌动，刚才听到的如雷般噪聒声就是这里发出的。苏轼再仔细看了看相国寺内东西两廊，摆满各种摊点，当季蔬菜，时鲜水果，无所不有；香药茶酒，鸡鸭鱼蛋，无所不备；书画笔墨，金银珠翠，无所不销；幞头绣作，布匹器皿，无所不售。就是北辽的鸡鸭猫犬、珍禽异兽，无所不贩；西夏的毛皮鞍辔、弓箭猎具，无所不卖；吃食摊子，随处可见；医卜星相、戏曲杂技、说经讲史、弈棋打谜，应有尽有；此外，还有群乞人在乞讨，有托木碗破钵的，有打莲花落的，有残手断腿的，都蓬头垢面，一应俱全。

要是以往，苏轼肯定会从马上下来，到东西两廊逛逛，特别是其中的吃食摊，更要在那里一饱口福。但今天，他要去拜望欧阳修，没这个闲工夫。苏轼拉了拉马的缰绳，让马沿相国寺门前东墙走去。东墙根下有块空地，空地上围了一圈人。站在外圈的人都踮起脚，伸长脖子往里看。苏轼在马上看见，圈子里东边放着一兵器架，兵器架上插有刀、枪、剑、戟、斧、钺、钩、叉。一个走江湖的壮汉在场子中间表演完一套九节鞭，一个拱手，然后拿出一粒丸子，急口令般口若悬河说起来："我这药是乳香、没药、血凋、儿茶、当归、白芍、枸杞、首乌、阿胶、蝎子、蜈蚣、丹参、玄胡、五灵脂、鸡血藤、熟地黄三十多味药用祖传秘方制成。专治五劳七伤、腿疼、腰疼、胳膊疼、闪腰岔气、关节扭伤、梦遗滑精、阳痿不起。特别是后生男女婚后不能生育，那不是男的精气不足无力，就是女方月经不调，或赶前结后，或经闲症瘕，吃了大力丸，保你早生贵子。今天做药不多——"

卖大力丸的正要报价，忽然圈子外面的人哄地一声全散了。苏轼正惊疑间，忽听到前面不远处一阵凶猛而又杂乱的脚步声传来。好些人在乱喊："抓到了！抓到了！"苏轼也多少吃了一惊，朝那边望去，便见上百个如狼似虎的兵士手持环首长刀，押着一个五花大绑的大汉过来。大汉后面还跟着一个长发披在前面把整个脸都遮住了的天足妇人。谁还去听卖大力丸的报价，全都转身去看五花大绑的大汉去了。五花大绑的大汉一看就是个歹徒，目露凶光，腮边有颗痣，痣上长了一撮少说有三寸长的黑毛。大汉一点也不畏惧，一边走一边双臂挣来扎去，嘴巴还不干不净地骂人，要不就大声咆吼。

苏轼看到，前面的路全给堵死了，便从马上下来，问身边一个行人："这个大汉是什么人？"

行人神神秘秘地对苏轼说："响马！在城内沟渠里抓到的。这小子真不要命，前些日子带了三十几个弟兄下山到开封府大牢抢牢犯。牢犯给抢走了，这个响马却没跑出城去。后面那个妇人是开封人，响马带到沟渠里过夜的。官府到处抓，这个响马还敢带妇人到沟渠里快活，你看邪门不邪门？世上也有那么该死的妇人，甘心情愿跟响马，也不怕丢人现眼。”骂归骂，说到这里，脸上却现出挺羡慕响马有这样艳遇的神色。

苏轼对开封街道地理不是很清楚，但知道开封所建的地下沟渠又高又宽，可容两人并行，纵深横广，犹如迷宫。一般亡命之徒藏匿其中，极难搜捕。那队上百名兵士没去理会大汉响马的咆吼，只是拉着他拼命往前走，防止有人过来抢人。响马所过之处，人群赶紧向两边分开，生怕给人踩倒。卖大力丸的生意全砸了，没人去听他胡吹邪骗，场子一下子空了。苏轼重上马，忽听见后面有匹马追了上来。马已经过去好几丈了，苏轼看到前面马上的人猛地勒住马的缰绳，一个回头，喊他：“子瞻！”

苏轼抬头一看，见一位身穿六品补服三十出头的官员在喊他。苏轼很快认出了，来人是他嘉祐二年的同榜进士吕惠卿。说到嘉祐二年，这真是大宋百年值得一提之年。这年欧阳修出任礼部会试主考官，苏轼、苏辙兄弟，曾布、吕惠卿、章惇等大批一时俊秀，皆在榜中。时光过得真快，嘉祐二年，这批一时俊秀喝过琼林宴酒，一道释褐，换上补服，到圣庙拜过孔夫子，然后各自走马上任，奔各自的前程去，弹指间，十二年过去，谁也不知道哪日会遇到同年。然而，苏轼不意今日竟在京都与吕惠卿相逢。

苏轼打马赶了过去，但见吕惠卿还像当年那样身材修长，白皙脸皮，眉目疏朗，一表人才。苏轼与吕惠卿在马上相互拱手行礼后，吕惠卿告诉苏轼：嘉祐二年以后，他当过县里的主簿、县丞，都是地方小吏，受尽闲气；吏人直呼姓名，喝出使拜，起则趋而走；上官喜怒呵诘，敛手屏足以伺颜色。吕惠卿还告诉苏轼：他后来在京都开封朝廷馆职干过两年，此次是真州推官秩满，入都向吏部述职，听候新的差遣；一时清闲，正好借这个机会在京都开封多走走，多拜望对自己有过恩的人，多会会老朋友，多结识些新朋友。听说苏轼、苏辙兄弟也在京都，吕惠卿一早就赶到兴国寺，没想到大才子已经出了门，去拜望欧阳修，就跟在后面来了。吕惠卿对苏轼说：“年弟也正想去拜望老座师，一道去。”尽管吕惠卿年长于苏轼，却以

“年弟”自称，很是谦让；一点不在意朝廷严令，一样称欧阳修为“老座师”，十分的恭敬。

苏轼嘉祐二年以后，与苏辙留在京都开封准备制科考试，后来的官当得不大，却不是地方小吏，自然没受过那些闲气。苏轼记得，吕惠卿是福建泉州晋江人，那地方东濒大海，当地人常与外国人互市做生意。因之，吕惠卿很有点福建人的冒险和精明，嘉祐二年同榜进士都叫他“福建子”。这个“福建子”的文字功夫倒并不特别出色，但聪明过人，好出风头，很会办事；也很有番抱负，想干大事，干什么都有股子狠劲，言谈举止从不落下风。这个“福建子”在地方当小吏，受尽闲气，也真难为了他。苏轼与吕惠卿不时在马上聊着。吕惠卿对欧阳修大恩大德感激不尽：“嘉祐六年，老座师又举荐惠卿充馆职，惠卿敢不无时无刻把恩德牢记在心。”

苏轼和吕惠卿同时扬起马鞭，策马前行。雪后的京都开封红装素裹，分外鲜亮的日光从云里流泻下来，在雕饰华丽的瓦甍的积雪上，反射出无数奇幻般的金光，使京都开封也显得异常欢快和年轻起来。苏轼虽然与吕惠卿同榜，但二人并无什么来往。欧阳修吏路坎坷，一生遭到言官三次弹劾，特别是第三次弹劾，给气得撞墙。虽然不少人为他说了话，当朝天子赵顼也为他洗刷了冤情，但朝中不少势利之人还是避着他，多有怠慢和不恭，很不把他当回事。欧阳修的身心受到重创，先前那个刚劲豪放、襟怀张扬、嗜酒歌呼、倚红偎翠的欧阳修不复存在了，“醉翁”已成了“六一居士”。这个“福建子”却不忘旧恩，全无半点势利之人的冷淡，相反一到京都就去拜望欧阳修，苏轼心中油然生出一种对吕惠卿的亲近感，觉得这个“福建子”不是那种趋炎附势、过河拆桥、翻脸不认人的小人。苏轼很高兴在大相国寺跟“福建子”相逢。

大相国寺外路上的积雪已经被行人踩成了一汪汪浑浊的雪水。苏轼与吕惠卿骑着马沿着大相国寺的东墙转过一条街，就到了欧阳修府第前。苏轼很清楚，朝野上下，恐怕没有一个人不知道老座师欧阳修好客，喜欢交朋友，喜欢帮助人。因之，朋友、门生、故吏很多，府上总是高朋满座，宾客如云；但老座师自从过上“六一居士”的日子以来，闭门谢客，不与人来往，门前冷落车马稀了。门庭寂寂，往日的喧闹和欢乐已不复存在了。但今天，苏轼远远地就见马前雪地上，有几行清晰马蹄的印痕，一直往欧阳修府第大门伸展过去。苏轼感到有些奇怪，与吕惠卿催马再往前走去，便见有两匹黑马拴在恩师府第左边的系马桩上。

苏轼和吕惠卿下了马，把马系在大门右边围墙下的马桩上，听到有细幽的琴声从院墙里飘出来。苏轼和吕惠卿向欧阳修府第大门走去，刚上台阶，门者从大门出来，张开双手，把苏轼和吕惠卿拦住。吕惠卿以为门者要门敬钱，忙从袖子里掏出几块碎银，塞到门者手上。没料到这下更坏事了，门者不仅不要门敬钱，反把吕惠卿塞到手上的碎银往台阶下扔去，二话没说，转身把两扇朱漆大门关上。苏轼和吕惠卿再怎么叫门，欧阳修府第的两扇朱漆大门也不动一下。

这就更叫苏轼感到很是莫名其妙，同时也不知如何是好。吕惠卿笑笑，拾起地上的碎银。他没再去叫门，只是下了台阶，退到四五丈远的地方，用吐音洪畅、很有磁性的官话大声对着院墙里喊："门生吕惠卿和大才子年兄苏轼拜望老座师来了，请开门。"

嘉祐二年时，同年进士就知道吕惠卿办事很有一套办法。果然，不到半炷香工夫，苏轼看见两扇朱漆大门缓缓打开，门者搀着一位步履龙钟、手脚不便、满头银发的老者从门里缓缓走了出来。老者的双眼视力显然很弱，眊然不明地朝这边望着，虽然没看清苏轼和吕惠卿，却张着门牙掉光了的、看去像个黑洞的口在笑。苏轼一眼就认出了这位老者正是欧阳修。

苏轼和吕惠卿赶忙迎上去，给欧阳修行稽首大礼。欧阳修十分高兴，一手拉着他，一手拉着吕惠卿，很有点歉意地说："老朽叮嘱过门者，说今日已来了两位客人，再也不见任何人了，没想到把你们挡住了。"

苏轼猜：这两位客人是谁呢？不过，苏轼没问，吕惠卿也没问。欧阳修要门者留下，转身往大门里走去。苏轼和吕惠卿忙过去，一人一边，搀着欧阳修。三人过明间，绕照壁，穿庭院，沿廊庑，经大厅，进后厅，最后朝花厅走去。

苏轼看到，欧阳修府第里虽然早来了两位客人，仍显得冷冷清清。在府第外听到的细幽琴声仍在响着。细幽的琴声好像是从后堂传来的，很是悦耳，却使得院宅内更显得冷清。苏轼与吕惠卿搀着欧阳修进门之后，没看到一个女婢，更没见到一个家姬歌妓。十二年前，苏轼和一伙同年进士到欧阳修府上去拜望座师，欧阳修府里真是一派富贵热闹景象。二十多个男仆女婢在屋子里忙上忙下，穿来梭去，更有七八位秀色可餐的家姬在大堂弹弹唱唱。这些家姬，见客人既不回避，也不答话，只是忙自己的，该弹的弹，该唱的唱，不仅给座师府上增添了浓烈的喜庆气氛，而且平添了一种十分难得的温柔雅致。

快到花厅门口，苏轼忽然听到里面有脚步声传来。一会，苏轼怔住了，一眼看见御史中丞吕诲和土财主一样有着一只大腹便便肚子的范纯仁从花厅里走出来，笑着拱着双手对苏轼和吕惠卿行礼。苏轼真没想到，今日比他和吕惠卿早到的客人，竟是这两位仁兄。朝中百官恐怕无人不知道，四年前那场中书大臣与台谏言官的历时三个月的“濮议”大争辩，差点没要了欧阳修命的就是吕诲和范纯仁。要不是太祖爷立下“不杀士”的国策，欧阳修恐怕早人头落地了。然而，今日这二人却好意思登欧阳修的门，确实不能不叫人感到莫名的惊怪。

苏轼与吕惠卿搀着欧阳修往花厅走去，吕诲与范纯仁跟在后面。苏轼忍不住回头望了望吕诲与范纯仁，看了看这两个人脸上的表情会是个什么样子。苏轼看到，范纯仁脸上很有点对不起欧阳修的神情，眼睛总有种因当年做了件不该做的错事而引发的自责神情。过门槛的时候，苏轼看到，范纯仁还弯着那个大腹便便的肚子，帮衬着把欧阳修的一条腿抬起来，让欧阳修的腿跨过门槛去。吕诲完全是一脸的坦然、一脸的自在、一脸的心安理得，就像以前与欧阳修之间什么事情也没发生一样。

范纯仁的表情，让苏轼感到欣喜；吕诲的表情，让苏轼感到很不是味。说句心里话，苏轼一向对范纯仁印象还是不错的，这不仅因为范纯仁是前朝贤臣范仲淹的儿子，还因为他觉得范纯仁这个人正，像其父那样心里装着庙堂；特别是范纯仁脸上那种我心如秤、不为人所低首的表情，很让苏轼有种称心的感觉。就是四年前范纯仁对欧阳修的弹劾，苏轼以为范纯仁也确实是为了皇统的无比纯洁和无比神圣，才那么做的。这会见范纯仁这种表情，苏轼就更觉得范纯仁是个君子。对吕诲的印象，苏轼就差多了。苏轼并不像朝中不少人那样讨厌他，骂他是“吕疯子”，但总觉得这个人确实有点邀名买直，利用言官风闻言事的权力，就无中生有、信口开河、胡说八道，用耸人听闻的东西哗众取宠，这就很不可取了。这倒不是说苏轼认为言官不重要，甚至不可取。恰恰相反，苏轼认为对朝廷来说，言官必不可少；但，言官总不能无中生有、信口开河、胡说八道吧？总不能一棍子把人打死才后快吧？

苏轼又望了望欧阳修。欧阳修完全像以前他与吕诲、范纯仁之间什么事也没发生一样。欧阳修进了花厅，自己没落座，就先请吕诲与范纯仁在西壁交椅上东向而坐。吕诲与范纯仁怎么也不肯先落座，很是客气了一番。后来还是欧阳修在北面禅椅上坐下，吕诲与范纯仁才在西壁交椅上坐下。苏轼很是佩服老座师的宽宏大量。苏轼与吕惠卿则在东壁交椅上坐下。苏轼侧过脸去，见吕惠卿很是不解地望望老座师，又望望范纯仁和吕诲。有男仆进来，往欧阳修座位旁边的方桌走去。苏轼这才看见方桌上摆了一盘没下完的棋。欧阳修要男仆把桌上的棋盘和棋子收掉，一边对范纯仁说："改日再下若何？"

范纯仁笑着摇摇手说："纯仁非老执政对手。"

眼睛有疾、视力不好的吕诲的头几乎靠着还没收完棋子的棋盘说："要是这盘棋再下，尧夫非输得连自己姓什么都不知道了。"

男仆把棋子和棋盘收拾好了，退出花厅。此时，细幽的琴声停了，一位二十八九岁的女子轻移莲足，款步进了花厅。欧阳修告诉众人，这个女子就是醉娘，他在滁州当知府时买的家姬。欧阳修不紧不慢地说："老夫让她们都走了，醉娘怎么也不肯离开，老夫就让她留在府上。"

苏轼亦悲亦喜，觉得欧阳修在当下这种境况，还能有这么一个红颜知己侍奉左右，应该说是件幸事。苏轼对醉娘很是感动地望了一眼。此时，两个男仆从花厅外面进来，一人手上提了一篮果品，有梨、枣、橘、柚等，然后一样一样摆在东西两边壁下的几案上。西边壁下吕诲与范纯仁合用的几案上早上了果品，这回又加了不少上去。朝中百官恐怕没一人不知道，欧阳修好客，招待客人也十分盛情，最为宽松，也最不讲那么多规矩，客人想吃就吃，想喝就喝，想怎么玩就怎么玩，想怎么乐就怎么乐，开心就行。老座师当年在滁州当太守，每逢官休日，都要带着僚属、胥吏、文士、墨客，到醉翁亭宴饮玩乐。临溪而渔，酿泉为酒，山上的野味，时鲜的菜蔬，杂然前陈；投壶的投壶，下棋的下棋；觥筹交错，起坐喧哗。众人玩得开心喝得欢，太守酩酊大醉，昏昏欲倒。宾客不像宾客，太守不像太守，全没个上下规矩，而太守之乐则尽在其中矣。今天的花厅当然不是当年的醉翁亭，但当年自由自在、宽松的遗风还在。

醉娘过来，伸出白嫩如葱的酥手，给每人剥了个橘子。欧阳修抬起眊然双目，望了望东边壁上。醉娘明白了欧阳修的意思，过去摘下花厅东壁上的琵琶。有男仆端来一把交椅，放在花厅中间。醉娘抱着琵琶坐了下去。苏轼的兴致立即来了，大才子对乐曲也是喜好的。吕惠卿脸上有了喜色。范纯仁倒也没什么不喜，但并不强烈。叫苏轼感到奇怪的是，吕诲却一脸正经。这个人不是与鹅颈巷妙云观的一个女冠道士相好吗？何必在这里庄重正派呢？

苏轼看到，醉娘在椅子上定了定神，然后转轴拨弦，又是扣，又是捻，又是抹，又是挑，十分娴熟地弹奏起来，竟然是他的《和子由渑池怀旧》：

人生到处知何似？应似飞鸿踏雪泥：泥上偶然留指爪，鸿飞那复计东西。老僧已死成新塔，坏壁无由见旧题。往日崎岖还记否：路长人困蹇驴嘶。

这首诗是嘉祐六年苏轼赴凤翔府签判任时所作。他与弟弟苏辙在郑州分手，苏辙过渑池时写了首诗给兄长，苏轼便和了这首诗给苏辙。诗写的是一个“空”字：人世无常，崎岖长路，来去无定，一个人在人世上几十年光景，除了像大雁在雪地上走过时留下的爪印外，还有什么？人疲惫极了，只有那只跛足驴在叫。然而，说“空”也不是，人在这个世界上却又处处留下痕迹，就像雪地里留下大雁走过的爪印，清清楚楚、明明白白摆在那里，又不是一个“空”字了。这首诗是苏轼对人生的一种感悟，不过，叫苏轼始料不及的是，他的这种人生感悟，后来竟成了他的宿命。苏轼这辈子过的就是这种来去无定的日子，从来没舒舒服服、自自在在过。此时的苏轼没想到自己这首诗会被醉娘选中，用曲子弹奏起来，还是很高兴。他再看看其他人：欧阳修微睁眊然双目，抵掌顿足伴和；范纯仁矫首侧耳，击案为节；吕惠卿点颔捻须，听得十分入神；吕诲那双视力不好的眼睛盯着醉娘白里透红的脸，不知是在听曲，还是在看人。醉娘弹奏得很投入。一曲将终，醉娘用拨子在琵琶当心忽地一划，琵琶声戛然而止，醉娘起身给大家蹲了个万福。

花厅气氛十分欢快起来。苏轼清楚，范纯仁和吕诲到欧阳修府上来，绝不是为了下棋和听曲。这两个人肯定是无事不登三宝殿。果然，曲子完了以后，吕诲对欧阳修说：“老执政，如今老相公韩琦离开朝廷了，你要留下来。”

苏轼看到，欧阳修抬起眊然双目，很是有点惊奇地对着吕诲。吕惠卿也很是怪怪地望着吕诲。范纯仁脸上的表情没什么特别的地方，不过可以看出他对吕诲的话并不以为怪。苏轼很是奇怪：吕诲什么时候把欧阳修看得这么重，也劝欧阳修留在京都朝廷里了？

吕诲：“不能让王安石这个南方乡巴佬进中书。此人不通时事，当个地方官还勉强可以，大用此人不合适。”对王安石称名不称字。

苏轼明白了，吕诲劝欧阳修留下来为的是拆王安石的台，与自己要欧阳修留下来的目的完全相反。这个吕诲，真是一竹篙打倒一船的人。苏轼清楚，大宋王朝的北方官员，对江南楚地人多有歧视。吕诲这个京都开封人，总处处要表现出对南方楚地人的鄙视和偏见。吕诲此言一出，其实把花厅里的人全得罪了。除吕诲外，都是南方人。苏轼心里很是不快。江南西路庐陵人欧阳修张着口直望着吕诲，福建泉州晋江人吕惠卿默不作声，苏州吴县人范纯仁脸上的神色也好不到哪里去。不用问，他们心里肯定痛快不起来。

苏轼正要开口，却见欧阳修对吕诲摆了摆手：“非也，献可之言非也。老夫了解介甫。介甫学问文章，知名当世，守道不苟，自重其身，议论通明，不仅有士望，而且有时望。所谓无施不可者，介甫也。”献可是吕诲的字。欧阳修语言铿锵，中气十足，又见欧阳修当年刚劲豪放、胸无宿物、知无不言、言必尽意的风采。

不过，吕诲的言锋却不仅没半点收敛，反更生猛了：“王安石外示朴野，中藏巧诈，大奸似忠，大诈似信。误天下苍生，必斯人矣！”

话说得更加耸人听闻，很是杀气腾腾的，在官场初出道的人会给吓住。好在花厅里这几个人都在官场走了十多年江湖，因之谁也没给吕诲吓倒。苏轼很自然想起“濮议”时吕诲安在老相公韩琦身上“五不忠”和欧阳修身上“首开邪议”罪，真有点不寒而竦的感觉。此公出手就置人于死地，太狠了，怪不得许多人骂他“吕疯子”，觉得此言还真不是无缘无根之谈。

欧阳修又对吕诲摆了摆手：“谬也，介甫只是固执了点，如此而已，岂有他哉。”

范纯仁急着插嘴道：“介甫翰林诚然学问文章，知名当世，但他的所谓富国强兵之术，言利而忘义，纯仁担心会把朝政往邪路上引。”

范纯仁对王安石还算客气，称字未称名。苏轼觉得范纯仁不失为一个君子，但并不同意范纯仁的意见，不过他也并不觉得范纯仁就不该说这些话。如何治国，本来就有许多路可走，一条路总是太窄了。如果仅一条路，又走不通，朝廷连个回旋的余地都没有。苏轼说：“在下倒是觉得介甫翰林富国强兵之举没有错。方今之世，大宋有治平之名而无治平之实，苟不能涤荡振刷而卓然有所立，后果不堪设想。补偏救弊，宣故纳新，确实到时候了。”苏轼感觉到，自己说这番话时，大有一种整治天下弊坏之气概。

欧阳修面有喜色。欧阳修壮年时曾卷进范仲淹那场无疾而终的庆历新政中，被视为范党，也在“一网打尽”之中，结果落职遭贬，因之，对新政总是有种难以割舍的情怀。吕惠卿脸上的喜色就更明显了，而且在自己说话时连点了三下头。看来知我者，老相公、吕惠卿也。不过，苏轼也奇怪地发现，范纯仁和吕诲都怪模怪样地望着他，似乎觉得刚才的话不该出自苏轼之口。两年后，苏轼上书论王安石新法不便，弄得王安石、吕惠卿大为光火，当时已被赶出朝廷去河中府当知府的范纯仁回京都开封与垂危的吕诲见上最后一面时，苏轼也在吕诲病床前。那日从吕诲房里出来后，范纯仁告诉苏轼：熙宁元年十月十五在欧阳修府上听到苏轼“补偏救弊”“宣故纳新”言论时，吕诲与范纯仁都十分担心苏轼会跟王安石走到一处去；特别是吕诲，还以为苏轼与王安石是一丘之貉，很有点瞧不起苏轼的意思。苏轼才明白范纯仁和吕诲何以当时怪模怪样望着他的原因了。

吕诲对苏轼很是轻蔑地一瞥：“你不懂朝政。富国强兵没有错，谁敢讲不要富国强兵？吕某看得多，口讲富国强兵的未必想富国强兵，口不讲富国强兵的未必不想富国强兵。”

苏轼感到很气恼。他最听不得的就是有人说他不懂朝政，好像他苏轼就只知道写诗、填词、作赋、绘画、玩弄书法，要不然就好吃、好酒、好玩、好美人。这些人都把他苏轼看成什么人了，他苏轼就这么个窝囊废吗？真叫人憋气！苏轼其实从小就隐然有颉颃前贤之意，早就立下了济世安邦、治国平天下的大志。说句实在话，今天要不是在老座师府上，浑身大才子气的苏轼肯定要好好笑话吕诲一顿。

吕诲得意了，抬起下巴，深有意思地对苏轼点了几点，好像在说：怎么样，我吕诲的话不错？苏轼正想狠狠回敬吕诲几句，吕惠卿却抢在前头用很有磁性不杂半点闽音的官话对吕诲说：“是呀，口讲与口不讲其实一个样，有时甚至完全相反：越是讲富国强兵的，越不想富国强兵；越是不讲富国强兵的，越想富国强兵。”

苏轼惑然不解地望着吕惠卿。欧阳修、范纯仁也莫可名状地望着吕惠卿。

吕惠卿：“按照这个说法，口讲为朝廷、保江山的未必为朝廷、保江山，不讲为朝廷、保江山的未必不为朝廷，不保江山。中丞大人，在下的话可对？”

苏轼感到吕惠卿话中似乎有什么别的话。欧阳修、范纯仁也似乎感到吕惠卿的话似乎转了意。不过，吕诲似乎还没有反应过来，仍旧一脸得意地傻笑。

吕惠卿的话锋越来越健，磁性也越来越强："换句话说，口讲为朝廷、保江山的，倒很可能是卖国的奸臣；不讲为朝廷、保江山的，到反是丹心报国的忠良。中丞大人，在下的话肯定是赞成的了？"

苏轼看到吕诲似乎感到吕惠卿的话对他不利，面有愠色，正要开口，吕惠卿却没让他开口，磁性十足的官话在花厅里显得十分洪畅动听："是呀，一旦边关吃紧，满朝文武百官万万不要出声，更不可说为朝廷、保江山、马革裹尸、血洒疆场的话；就是夷狄打到京城边上，也不出声。要不然，可就要小心被人指控为卖国的奸臣了，这保朝廷、保江山是那些不讲为朝廷、保江山的人的事。"

苏轼明白吕惠卿的意思了。他看到吕诲的脸涨得通红。一会，吕诲站了起来，指着吕惠卿想说什么，半天却没词。吕惠卿一脸的平静，不再说什么了。范纯仁显然被吕惠卿玩的口才伎俩给激怒了，但一时间也找不出什么话来应对吕惠卿。欧阳修的脸色却开朗起来，对吕诲说："献可，你斗不过吉甫。"吉甫是吕惠卿的字。

大才子苏轼感到一阵快意。他忽然想起唐代的一个典故，一句俏皮话也就脱口而出了："中丞大人，瓮里的味道如何？"

苏轼看到，众人一脸的错愕，不明白他这句话的意思。不过，吕诲很快反应过来，脸给气青了，站起来，冲到苏轼面前，大声说："你怎么把吕某比作周兴呢？吕某对朝廷忠心可鉴日月，会谋反吗？唔？吕某会吗？你说，你说，我要你说个清楚！"吕诲这个人，大事小事都要往朝纲上靠，很叫人感到可怖。

欧阳修、吕惠卿也反应过来，大笑不止。欧阳修笑得特开心，张着门牙脱光的嘴，就像张开一个深不见底的小黑洞。接着范纯仁也明白怎么回事，很是责怪地望了苏轼一眼。吕诲的脸挂不住了，谁跟此公打交道，都不能有半点跟他不同的意见，这会苏轼用俏皮话奚落他，能叫他受得了吗？苏轼也知道自己的玩笑开大了。吕诲愤愤地站了起来，没好气地说："吕某告辞了。"此公说来就来，说走就走，也不等欧阳修回答，转身就走。

苏轼清楚，众人都知道吕诲这个人怪，拦是拦不住的，也就由他去。欧阳修本想送送，但行走不便，便给了醉娘一个目语，要醉娘去送吕诲。在宋代，出家姬接引宾客，是件雅事。醉娘在老座师身边十多年了，这些事都很娴熟了，便连忙起身，足莲频点，去送吕诲。苏轼注意到，吕诲转过身来，口里说不用醉娘送，但一只脚跨过了花厅的门槛，另一只脚却迟迟不肯跨出去，明显在等醉娘过去送他。

苏轼想笑，但没敢笑出来。欧阳修倒没什么，范纯仁和吕惠卿也想笑，但也没笑出来。从花厅前天井朝上望去，京都开封十月第一场大雪后的晴空明朗得十分可爱，花厅瓦檐下有雪水滴落下来，日光下显得迷人但不炫耀。

吕诲走了，苏轼想起此次来拜望欧阳修的一件重要事情是劝说欧阳修留在京都朝廷，就说："现在朝廷人心有点乱，许多人都希望老座师留下来。"

苏轼注意到，吕惠卿和范纯仁都转过脸望着欧阳修。看得出，他们也是这么希望的。欧阳修眊然双目紧闭，好一会沉吟后说："子瞻就不要再为难老夫了。你看老夫身体，远不如前。朝廷事情太多，老夫《新五代书》又远未写完，能从命吗？"

满朝文武百官都知道欧阳修是个愣性子。不能说欧阳修说的不是实情，但欧阳修不愿留在朝廷的真正原因还是最后两次受到的弹劾使得他太过伤心。因之，要能说服欧阳修，一定要有一个能真正打动他的心的理由。苏轼说："朝廷有了老座师，才能革除时弊，万象更新。"

吕惠卿接着说："老座师不在朝廷，许多事不好办了。"

范纯仁赶紧说："老执政，朝廷少了你，恐怕要进入多事之秋了。"

苏轼觉得挺有意思，他、吕惠卿、范纯仁都把欧阳修看成朝廷举足轻重的鼎臣，但各人的落脚点却很不相同，有的甚至大相径庭。他和吕惠卿要欧阳修留在朝中，目的是欧阳修能力挺更新除弊。不过，他是从正面说，吕惠卿是从反面说。范纯仁要欧阳修留下来，为的是对付"多事"的人。大才子苏轼糊涂了：曾经奋不顾身、一往无前倡导和引领庆历新政的范仲淹儿子范纯仁怎么会对更新除弊这样反感？

花厅里在座的人都希望欧阳修留下来，这叫欧阳修高兴，门牙脱光的嘴哈哈大笑起来。此时，欧阳修眊然紧闭的双目突然睁开："老夫能担当得起你们说的朝廷重任吗？"

苏轼有点迫不及待起来："能！老座师出山，门生、故吏都会以老座师马首是瞻，朝中百官也没一个会说二话。"

花厅里一时静了下去。苏轼、吕惠卿、范纯仁都望着欧阳修，等着他的回话。欧阳修却又紧闭眊然双目，半天不吭声。等待中苏轼感到有点难耐，吕惠卿、范纯仁也很有点耐不住。此时，醉娘送吕诲回来。花厅气氛才又活了起来。有美人在，鲜有男人拒赏。其实，不光吕诲喜欢看醉娘那张白嫩红艳的脸，苏轼、吕惠卿喜欢看，范纯仁焉能例外？苏轼注意到，范纯仁目光中明显有了种悦色。

良久，欧阳修睁开双目，对苏轼说："子瞻，你多情了。"

苏轼噎住了。这是他第一次在外面听到有人说他"多情"。在家人中，苏辙早就用"多情"二字规劝过他，苏轼并不在意。但今天，却是他敬重的老座师说他"多情"，不是用赞美的口吻，而是用饱含人世沧桑的讽喻的口吻。苏轼很是一震。十四年后，也就是元丰五年，戴罪安置在黄州的苏轼和一伙友人游于赤壁之下，想起老座师在花厅里的话，感慨万千，在千古不朽的《念奴娇·赤壁怀古》中写下了千古名句"多情应笑我早生华发"，既是他大彻大悟后对人生的一种无比沉痛的感喟，也是他对老座师一种虽说是多少有点迟到了的、但还不算太迟的回应。

花厅骤然间冷寂了下去。花厅前的天井飞来几只鸟雀，用细嫩的小腿扒开残雪，在砖缝里觅食。欧阳修问醉娘："饭菜可好了？"

醉娘嫣然一笑："妾刚才弯路去厨房看了看，西厅在开始上菜。"

欧阳修要留大家吃饭，苏轼、吕惠卿、范纯仁都十分乐意。这不仅因为欧阳修的菜好、酒好，更因为气氛好，不论官秩，不计老幼，都可以尽兴吃，尽兴喝。此外，还有一个重要原因，是他们觉得还有不少话要跟欧阳修聊。

欧阳修要起身，醉娘忙过去搀着。苏轼、吕惠卿、范纯仁都起了身。醉娘搀着欧阳修出了花厅，苏轼、吕惠卿、范纯仁跟在后面走。走到庑廊时，苏轼赶上几步，走到欧阳修身边，问："敢问老座师对朝政有何赐教？"既然欧阳修去意已坚，苏轼就十分想听听欧阳修的政见。

欧阳修扭过头去，很快回答道："四个字：但民称便。"

苏轼听到身后的范纯仁拊掌道："不易之见！不易之见！"

苏轼也觉得欧阳修这四个字确实说得好，把平头百姓的方便，作为朝政的标尺，确实深中肯綮，说这是不易之见并不过分。苏轼扭过头去，却发现吕惠卿未吭半声，未卜此公此时有何想法。不过，今天苏轼对被人称作"福建子"的吕惠卿还是挺满意的，觉得此人不仅有情有义，而且十分崇敬欧阳修。

众人沿着庑廊向西厅走去。西厅那边飘来阵阵菜香。苏轼鼻子灵，闻出了其中有股红烧猪肉的浓香。苏轼问醉娘：这是道什么菜？醉娘扭过头，告诉苏轼：红烧肉。苏轼就喜欢吃红烧肉。涉世为口，好美食的苏轼脚步不由得加快了，几步就赶到欧阳修和醉娘的前头。吕惠卿不知是肚子饿呢，还是闻到菜香的原因，脚步也加快了，也赶过欧阳修和醉娘。只有范纯仁不为食所动，依旧踱着方步，慢慢地跟在欧阳修和醉娘的后面。到了西厅，分宾主坐定，醉娘挨欧阳修身边坐下。菜香酒浓，苏轼吃得十分有味，也十分开心。虽然遗憾未能说服欧阳修留在朝廷，不过大才子苏轼仍明显感到：欧阳修的心还是向着王安石的。

十天后，天子赵顼下诏，欧阳修以观文殿学士职衔、兵部尚书本官身份，外放到亳州当知府。苏轼、吕惠卿、章惇、曾布以及苏辙几个欧阳修当贡举主考的嘉祐二年的同榜进士为欧阳修恩师饯行，在醉春楼包了一桌。苏轼、章惇、曾布都喝醉了。吕惠卿、苏辙没醉。欧阳修本来也要醉的，但醉娘在身边，没让他喝那么多酒。

第十一章　东门小殿廷议安石夸海口　两宫太后解囊廷臣丢尽脸

小雪前一天，早朝一散，知制诰、知通进银台司韩维就冒着冬天刺骨的西北风，急急忙忙下了正衙大庆殿的丹墀，穿过连接东华门和西华门的横街，进了东上阁门。横街以南，是外朝。以常朝的所在地正衙大庆殿为核心，北有紫宸殿，西有垂拱殿，东有升平殿，再过去就是天子阅事的崇政殿、便坐的延和殿。大庆殿四周则是朝廷的中书、枢密二府以及三司、翰林院。横街以北则是天子与后妃生活的大内。大内是真正的禁区，除非得到天家的特许，严禁任何外人进入，就是国丈、国舅、亲王、驸马也不例外。谁敢胆大包天，跨进大内半步，立即要招来杀身之祸，甚至诛灭九族。

外朝的议政和典礼的活动气氛肃然紧张，朝中百官都必须直立，宰执大臣也概莫能外。再加上有御史眼睛盯着，谁在规矩上有半点松懈，立即有御史在后面大喝一声，重则还要给拖出殿外；此外，一个个虎背熊腰的卫士周环于阶陛，谁敢不战战兢兢，如履薄冰？况且文武百官列队于殿庭，四面聚观，十手所指，谁都巴不得议事不要拖拉，活动赶快结束。然而，在大内的延庆殿、观文殿、资政殿、宣德殿等殿入对议政，气氛就相当宽松融和，君臣就几个人，也无御史在场，可以入座，时间充裕，只要天子有兴趣，时间多长也不打紧。如果在内东门小殿入对议政，那就更为轻松融洽了，不仅坐而论道，而且赐茶。臣子可以坦诚己见，用不着有什么顾虑，更不用担心有什么杀身之祸。

不过，内东门小殿不常开。内东门小殿是当年仁宗朝章献明肃太后刘氏垂帘听政的地方。别小看了这个早年玩拨浪鼓的女人，其实性警悟，晓书史，闻朝廷事，能记其本末，权欲也强，在给年幼的仁宗垂帘听政时多有越位，常在外朝正衙大庆殿视朝听政。朝臣在捍卫皇权时是很有点不顾身家性命的精神，纷纷谴责：登临外朝是皇上至高无上的特权，太后作为女主只能在内东门小殿挂张帘子处理军国政事。刘太后垂帘听政达十一年之久，实权在握，政出宫闱，号令严明，恩威加于天下，但在皇权问题上也不敢太过放肆。于是，内东门小殿就成了朝廷国事活动最频繁、最热闹的地方。后来刘太后还政了，这里自然就冷寂了下去，一年难得开那么一两次。因之，天子赵顼在内东门小殿召见臣子就有很不寻常的意义：或让臣子放胆直言，什么难听的话都可以说；或极机密，殿里除了天子和当事人外，再没其他人，就是天子贴身的太监、女官、宫女也都在殿外听候传唤，谁也不知道君臣说了些什么。昨日，当朝天子赵顼口谕韩维，要他召翰林院四学士王珪、司马光、吕公著、王安石早朝后到内东门小殿入对，议一议这次冬至祀天的赏赐问题。

四月初四王安石越次入对以来，朝中百官中越来越多的人知道天子赵顼心中有个神圣愿望：富国强兵、洗刷国耻、重振汉唐雄风、威服四夷，恢复盛唐疆界，把燕云十六州、河套失地重新夺回来。这当然是件举世瞩目也举世皆惊的大事。不过，作为在赵顼还是太子时就当赵顼的记室参军的韩维十分清楚，赵顼的这个神圣愿望，早在当太子时就萌生了，希望驾崩后能有块神功圣德碑竖在他的陵墓前，上面刻着他做成的这件大事。要不然，赵顼也就不会登基不久，即在京都开封从百年所养的官员精英中寻找能辅佐他做成这件大事的人。令赵顼失望的是，起初怎么也找不到。现任中书四位宰执大臣肯定不是。老相公韩琦也不是。赵顼很希望韩琦能坐镇在朝中，在他干那件大事时帮他压住阵脚，但并不认为韩琦是辅佐他做成那件大事的人。司马光也曾是赵顼所要寻找的人，此公当然不是个简单人物，许多地方很让人看不透。朝中许多人知道司马光学富五车、通古今之变，是个道德君子，且有点令人感到可畏的迂，但司马光并非只有这些特点。司马光在官场上其实很有一套：他给人的第一印象总是一脸的圣洁，但圣洁中却有着一种不易被人觉察的滑头；司马光也有种很叫人感到讨厌的执拗，但那股执拗的牛劲中有着一种难得的柔韧；司马光也喜欢跟人争吵，争吵中却充满智慧。按照中原王朝几千年的老规矩，只要一个人的品德学识过人，天子就可以委以大任，让司马光进中书当宰相，其实也是一种不错的选择。说起来，自仁宗朝庆历新政以来，世之名士常患法之不变，且多见诸文字。司马光也不是不想改，只是小打小闹而已。对赵顼来说，仅有这些远远不够。赵顼渐渐地发现，司马光根本拿不出半点助他做成那件大事的办法来。赵顼当然不会丢弃司马光，还会把他视为朝中少不得的人，况且论名望和资历，朝中没几个人比得上司马光。直到四月初四那天，王安石出现了，赵顼如愿以偿。不用说，王安石才是赵顼寻找了很久的那个能辅佐他实现那个神圣的愿望和做成那件翻天覆地大事的人。

韩维亮出门符，交当值的内侍太监对过，进了东上阁门，再往前走不远，就是内东门小殿。韩维十分清楚，天子赵顼与王安石君臣际会，走到一起来，真可说是一种天意。诚然，王安石是赵顼寻找了很久的人。另一方面，赵顼也是王安石等待了二三十年才等到的天子。朝中不少人对王安石以前朝廷屡召不起，有种误解，认为前面几位天子没给王安石大官当。王安石当然想当大官，中原王朝千百年来的读书人谁不想当大官？但当大官，远不是他这次进京赴阙的目的。韩维十分了解王安石。王安石是个很怪的人，也是个很了不起的人。王安石是古今未有的理财奇才，在理财方面脑子里有一套套前无古人的奇思妙想。按照王安石的这些奇思妙想，天下事没有搞不好的，百姓没有不过好日子的。以前朝廷屡召王安石不起，放着京都有前途的官不当，宁可在偏僻地方当官的根本原因，就是在等待一位大有为之君，来实现他的这些奇思妙想。毫无疑义，要实现这些奇思妙想，必然要更改祖宗之法，施行新法。天子不是一位大有为之君，没有让他来实现他的这些奇思妙想的打算，王安石是绝不会进京赴阙的，即使诏书上明确写上来京就是当宰相，王安石也不会来。质言之：王安石必行新法始允为相。这就很清楚了。天子赵顼需要一位能助他做成一件令世人瞩目也令世人皆惊的翻天覆地的大事的辅臣，王安石需要一位能实现他令举世瞩目也令举世皆惊的远大抱负的天子。君臣二人想不风云际会，走到一起来都难。这种天意真是千古少见。这说奇妙也奇妙，说简单也简单！韩维觉得，王安石能助赵顼做成那件能令举世瞩目也令举世皆惊的翻天覆地的大事没什么不好。当然，韩维也觉得，赵顼要做的这件大事难度很大很大，很难设想会遇到多少困难、多少麻烦事，朝中百官中恐怕只有王安石敢助赵顼去做这件大事。他韩维是没这个胆，没这个心，也没这个能。天子赵顼找对了人！当然，韩维同时也觉得，王安石在冒险：事成了，王安石将成为千古名相；事不成，王安石将成为千古罪人！

韩维看到，乌木牌和手巾下层太监早把小殿打扫得干干净净，北边那个当年刘太后垂帘听政的地方现在已空无一物，帘子里面的御案御座早撤了，但地面打扫一新，收拢后吊在一边的帘子，擦得一尘不染。帘外殿内的锦墩也擦得锃亮耀眼，整整齐齐摆在东西两边。当下朝廷大事，天子赵顼更是无一不与王安石商量，以致不仅弄得中书几个宰执大臣一肚子意见，而且朝中百官中不少人对此议论纷纷，对这种现象也多有不满。韩维注意到，这些官员的不满不敢对着天子赵顼，却对着王安石，好像王安石搞了什么名堂，施了什么妖法，投天子所好，希旨迎合、诱导天子，在一起说些云里雾里、虚无缥缈的话，弄得天子赵顼这样离不开他。这些人真冤枉了王安石。王安石这个人绝对是个真正的君子，绝对一心为的是朝廷和天下苍生，从不搞名堂，更不会什么妖法。要不然，司马光、吕公著、韩维根本不可能跟他成为“嘉祐四友”，韩维更不可能在赵顼还是太子时就在赵顼面前那么推崇王安石。朝廷里就是有些这样的人，喜欢混淆视听，无事生非，颠倒黑白，以小人之心度君子之腹，吃饱了撑的难受，唯恐天下不乱。王安石现在的朝政主张，大多能在十年前的上仁宗皇帝万言书中找到。那时赵顼不过是个十岁孩童，王安石岂能预测到这个十年后能不能当上天子还只有天知道的孩童现在的需要？韩维很清楚，现在朝中百官嘴巴里说得倒是好听，口口声声以身报国，把全身心都交给王朝，其实大多因循守旧，得过且过，贪图的是荣华富贵，有几个是真正愿劳心劳力去为朝廷干番轰轰烈烈大事的？赵顼能在这些臣子中找到可以说话的人吗？既然如此，赵顼跟王安石有谈不完的话，朝廷大事愿跟王安石商量，就一点也不足为怪了，还用得着王安石去施什么妖法、搞什么名堂诱导天子吗？

韩维很清楚，王安石之所以成了天子赵顼心目中不可替代的人物，还因为现在中书宰执大臣实在令赵顼失望，朝政上总拿不出令天子满意的方略来。就说这次冬至祀天，天子赵顼是看得很重的，几个月前就要中书拿出办法来，却怎么也拿不出来。其实不就是两万赏银吗？有什么难的呢？韩维实在想不通：偌大一个大宋王朝，百年太平，繁荣昌盛，富庶得前面无一个朝代能比得上，却会被这区区两万赏银弄得愁眉不展，束手无策，这不是见鬼吗？这也就难怪昨日天子赵顼接到中书札子时，没看完就气得掷到地上。在这种情况下，天子赵顼不找王安石商量找谁？本来天子只想单独召见王安石，韩维把朝廷近况跟赵顼说了说，提议不如把翰林院四学士一起召到内东门小殿入对议政。赵顼点头同意了。说句实在话，赵顼对翰林院学士还是看得很重，尤其是司马光的意见更是愿听。越次入对后不久，赵顼就把王安石尊为师臣，其实在王安石越次入对前，赵顼就已经把司马光视为师臣。

韩维注意到，内侍殿头太监对自己十分殷勤恭敬，也十分小心，低着头，躬着腰，眼睛由下仰看着矮个子韩维。只要自己对什么地方皱了一下眉头，这个内侍殿头太监就会立即回过头去喝身边的乌木牌和手巾太监，吓得这些下层太监把那个地方擦了又擦，抹了又抹。这些个在大内有地位的太监对下层太监从没个好脸色，但对天子近臣不要说放肆，就是半点怠慢也不敢，相反装出一副孙子相。韩维来到天子坐的御座边，立即看到那个内侍殿头太监亲自用布把御座和御案抹了好几遍，不放心，要一个手巾太监换了块干净抹布，又抹了一遍。如此小心，还低着头窥察了韩维的脸色。

韩维见内东门小殿收拾、打扫得再也挑不出半点毛病，最后要内侍殿头太监把五只锦墩一字排在小殿中间，便来到小殿外面。没过一会，王珪、司马光、吕公著、王安石先后来到内东门小殿门前。韩维免不了跟他们行礼寒暄。五人没敢先进小殿，只是站在小殿外候驾，神情倒也放松。本来，司马光、吕公著、王安石、韩维是当年京都开封令人钦羡的“嘉祐四友”，今天在这么一个小殿里碰在一起，等待天子的召见，该有说不完的话，但这会谁也没说什么，连看也没多看谁一眼。就是司马光与吕公著，本来是有话可说的，也不说一句话了。

再过一会，内东门外传来一阵齐整的脚步声，天子赵顼马上驾到。韩维与王珪、司马光肃立在小殿右侧，吕公著、王安石肃立在小殿左侧，准备接驾。一会，十来个御前太监气喘吁吁地跑过来，各按方向站立。又一会，来了队卫士，环立在小殿四周。天子赵顼的龙辇沿着御道朝内东门小殿而来。赵顼在内东门小殿前下了龙辇，众人接过驾。赵顼走在前，众人依次跟在后，进了小殿。从前，赵顼在内东门小殿召臣子入对问政，总要御前太监准备一把禅椅，坐在禅椅上议事，但今天却未见禅椅的影子。这么说，天子赵顼要在御座上跟翰林学士入对问政了。天子坐在那里，君临着殿里的臣子，但那只是显摆皇权的尊严和至高无上，远不如平日坐的禅椅适意轻松。韩维心里有数了，赵顼今日不坐在让人感到适意轻松的禅椅上，却坐在并不让人感到舒服的御座上，并不是显示让人敬畏的、不可侵犯的、至高无上的地位和身份，主要的还是表明对今天入对议论的冬至祀天这件事的重视。四学士什么话都可以说，但冬至祀天决不能不搞好。韩维作好了充分准备，今天内东门小殿这场人对恐怕短时间结束不了。赵顼走到御座前，然后正襟危坐下去。

京都开封仲冬天气，很冷，内东门小殿外高高的古树上叶子落得差不多了。西北风特别多，风又猛，一阵西北风吹来，把古树上黑色的枝丫吹得唰唰作响。小殿里早烧了地龙，暖烘烘像春天。韩维看到，天子赵顼龙颜不欢，二话没说，就开门见山："不妥，不妥，朕刚登基，赏银就减半，叫朕脸面往哪里放？说得好听，减去的一半等到丰年时再依旧制补赐，何年才是丰年？让朝中百官等到猴年马月去，岂不是哄人？其实是赖着不给的一种托词，意在封嘴。非仁者之举，非仁者之举也！"

韩维明白，天子赵顼这段话是冲着昨天曾公亮呈送给天子的那个关于冬至祀天赏银札子来的。这个曾公亮，什么主意不好出，偏偏出个哄人的主意。韩维清楚，冬至祀天的赏银是眼下朝中百官最关心的一个话题，也是眼下天子赵顼最焦心的一件事。作为天子贴身近臣知制诰，韩维几乎每天都要跟天子打交道。他看到，为祀天的赏银，恓恓自碌的赵顼近来常常在大内召见六部、九寺、五监衙门的官员，有时连七品主事也召见，让他们发表意见。作为知通进银台司的韩维天天要接待给天子呈送章奏表疏的官员。这些人来到通进银台司，没谁不想探探冬至祀天的赏银。宋代京官，俸禄并不高，特别是清水衙门的官员就更可怜了，除了下属、故吏的几个孝敬钱，几乎没什么外快，当然更想祀天的赏银；肥缺衙门的官对祀天的赏银也想，不想就说明捞了许多不义之财。再说钱多不坏事，谁不是巴不得钱越多越好？

韩维清楚，翰林院四学士其实都明白，今日天子赵顼在内东门小殿召见他们的目的，少不了一场针锋相对的唇枪舌战。不过，此时谁都没出声。韩维看到，翰林院学士承旨王珪规规矩矩、本本分分坐在锦墩上，摆出一副令人欢喜的好人相，十分平静也十分和顺地望着天子。此公的长处是精于朝廷典策，对财政上的事一向没兴趣，亦非他所长。显而易见，他今天的打算是只带耳朵不开口。只要天子喜欢谁的办法，他就喜欢谁的办法。吕公著坐在锦墩上，低着头沉思。此公简重清静，识虑深敏，到时候肯定少不了一二句不仅把人噎倒，而且把人难倒的惊人之语。司马光脸上一股迂夫子的拗劲，两边的颧骨显得更加突出，人也显得更瘦了。此公今天不仅有话要说，甚至有许多话要说。他现在没开口，显然在积蓄力量，等待一吐为快的到来。王安石则成竹在胸，点漆的双目在顾盼间透出一种无比自信的目光。他之所以没出声，似乎在等待一种契机的来临。

韩维知道，天子赵顼为祀天赏银等得有点不耐烦了，见众人不说，他接着说了："各位都看过中书的札子，都把自己的想法说出来。朕今天就是要各位放胆直言。朕不相信，大宋的翰林学士连祀天的赏银都想不出办法来。朕把制诰官也叫来了，各位有了好办法，立即起草诏书。"制诰官指的是知制诰韩维。

王安石显然有点按捺不住自己，正要开口，却没想到正等待一吐为快的司马光用他特有的咬字沉重、前声拖得很长的陕西官话先开口了："上策！上策！大大的上策！"

司马光说的上策指的赏银减半的办法。韩维看到，天子赵顼一愣，龙颜更加不欢。这个司马光也是有点牛，赵顼刚才开口就说祀天赏银减半不妥，此公却说这是上策，不明明是在跟天子顶嘴？赵顼问司马光："别无他策？"

司马光没半点含糊："别无他策！上相明仲找过臣，臣想来想去，还是觉得这个办法可行。当下国用不足，又到年底，户部是再也抠不出一文钱了。"明仲是曾公亮的字。

韩维清楚，今年四月初四以前，要是碰到这种场合，赵顼总是默不作声，然后宣布退朝。今日赵顼也默不作声，却没有宣布退朝，只是望着王安石。韩维看到，王安石从锦墩上站了起来，点漆般黑得发亮的眼睛望着司马光，有着浓重的江南西路抚州临川土音的生硬官话，在小殿里显得格外洪亮："国用不足，由未得善理财之人故也！"

这个王安石，到底改不了这些脾性。知你者，谓你强硬性刚；不知你者，谓你强横无礼。按说，今天天子在场，这种强硬性刚的拗脾气总要收敛点，辞色也该好看点，但王安石还是全然不管，只顾表明自己的朝政主张。不过，韩维感到，小殿里有了点怪异的但也令人振奋的气氛。赵顼龙颜一振，眼睛也亮了起来。司马光一愣，瘦削的脸上的颧骨显得更加突出。吕公著一震，脸上的长髯不由得抖动起来。王珪则惊中见喜，脸上明显有种对王安石的亲近神色。赵顼对身后的御前太监勾了勾手，要他去把王安石身后的锦墩往他的御座这边移过来。御前太监赶忙躬着腰，碎步小跑过去，把王安石身后的锦墩移前了至少半丈。赵顼还是觉得远了，勾手要把锦墩再移过去一点。御前太监又把锦墩移前了三四尺。赵顼还是不满意，还勾手让锦墩前移。御前太监一脸的惊恐，不知所措，如果再把锦墩前移，就挨到小殿的御案了。御前太监眼睛惊恐而又机警地望着赵顼，过了好一会，见天子完全没有改变主意的意思，便把锦墩一直搬到御案旁边。韩维知道，赵顼让御前太监这么做，是为了在最近的距离里跟王安石说话，但这一来，君臣二人说话反不方便了。赵顼高坐在御座上，御案隔在中间，正好把王安石遮住了。赵顼干脆让御前太监再搬只锦墩来，放在王安石前面，然后在锦墩上坐下，膝盖与王安石的膝盖碰在一起。这对王安石来说，真是大宋百年没有一个臣子能得到的殊荣。韩维很清楚，这都是因为王安石这句朝中百官所没听到过的，更是说不出来的令世人皆惊的话。赵顼龙颜很是和悦，对王安石说："朕非常喜欢卿之言，每次都有种豁然而开的感觉。说，卿说下去。"

王安石干脆把自己的想法放开来说："合天下之众者财，理天下之财者法，守天下之法者吏。法不善，则有财而莫理；吏不良，则有法而莫守。立法为先，人随法行，然后始可言理财。何愁国用不足！"

韩维觉得王安石这番话耳熟，很快他就记起来了。十三年前，也就是嘉祐五年，王安石在三司当度支判官。度支副使要王安石在厅壁上写篇题名记，作为官箴，让衙门里的人诵读熟记。王安石也不推辞，挥笔就在度支厅壁上写下一篇题名记。王安石刚才讲的那几句话，就赫然写在那篇题名记上。当时度支的人只把这番话当作朝廷财政官王安石的即兴之作，没谁特别注意。后来，在"嘉祐四友"一次饮宴上，王安石谈起过这篇题名记，当时韩维与司马光、吕公著都感到很是惊讶怪异。不过司马光、吕公著并不同意王安石的意见。韩维记得，当初司马光就很不以王安石的话为然，二人还争了好一阵，不过也未往深处想。没想到事过十三年，王安石又重提起这段话。这么看来，王安石的理财，并非一时心血来潮之作，倒是他多年就有而成竹在胸的想法，只不过要等到赏识他的天子登基继统才拿出来。

韩维看到，司马光眼睛里又有了当年那种惊讶怪异的目光。司马光随即低下头去，捻了捻稀疏的胡须。韩维清楚，当年的"嘉祐四友"只不过是普通京官，言论对朝政几乎不产生什么影响。但今天不同了，当年的"嘉祐四友"都成了天子身边的近臣，对朝政都有不可小觑的作用，特别是王安石和司马光，都是被当朝天子赵顼看得很重的臣子。因之，此时的"嘉祐四友"非彼时的"嘉祐四友"，此时的王安石、司马光非彼时的王安石、司马光。司马光又抬起头望了王安石一眼，没有半点退让的意思："方今之患，在于朝廷务其名不务其实，求其末不求其本。凡官民之本，在得人。县令最为亲民，欲知县令能否，莫若知州；欲知知州能否，莫若转运使。陛下但能择转运使按知州，知州按县令，何忧民不富、国用不足也。"

司马光的话也说得振振有词，一派君子腔调。不过，韩维觉得司马光的话，好听不好用。一级按一级，说起来轻松，做起来却是另一个样子。现在官场，上上下下有几个不是沆瀣一气的？有几个下级不是把上级官员侍候得好好的，马屁拍得足足的，钱袋子塞得满满的？哪里是什么一级按一级，实实在在是一级拍一级，一级护一级。七品芝麻官县令说起来最亲民，其实最害民。芝麻官县令虽是最下层的朝廷命官，权力其实大得吓人。一县之内，令行禁止，生杀予夺，咳一声都会把治下的平头百姓吓得魂飞魄散。这些人搜刮起平头百姓的钱财来什么法子没有？不让平头百姓破家灭门就是天大的恩典了。状是告不入的。知州得了县令的钱财，会为平头百姓说话？再说，哪个平头百姓不怕官？不要说县令，就是见到公差衙役，也一个个吓得手脚发抖。天下之财，平头百姓之钱，就这么落到一级一级官员的钱袋子里去了，国库焉能不空？韩维很同意王安石的意见，是要立法理财，朝廷幸甚！草民百姓幸甚！

韩维知道，司马光那些话，要是碰到别人，对方会不得不听他的，但他现在碰到的是王安石，就没那个好事了。性刚的王安石辞色皆厉起来，毫不客气回敬司马光："有财而莫理，则人人皆能予取予求，而人有无穷之欲。所谓一级按一级，不过一句空话。"

韩维看到，司马光微微一个冷笑：谁人不知他学富五车、通古今之变，你王安石这点小把戏岂能瞒过他的眼睛？司马光也很不客气："介甫所说善理财之人，不过善于巧立名目，征苛税以尽民财罢了。这要出大事的。平头百姓要给逼到山上做强盗造反去了。"

王安石很激动，扭过头对司马光说："此非善理财者也。"

司马光脸色也难看起来："请问何为善理财者？"

王安石站了起来，英气逼人的眼睛望着小殿高处丹漆的大梁，默然了一会，然后几乎一字一顿地夸下海口："善理财者，民不加赋而国用饶。"

韩维注意到，小殿里的人都给惊呆了，一起转过脸去，眼珠子一动不动地望着王安石。天子赵顼也先是一怔，张着的嘴半日合不上。不过，赵顼很快有种醍醐灌顶的感觉，突然彻悟到天地间有条至真、至奇、至美、至善的光明大道，龙颜大悦，双目惊喜得放光，兴奋得站起来，在小殿里来回走动。王珪、司马光、吕公著眼睛里都出现一种怪怪的也有点恐惧的神情，好像王安石是只从来未见过的怪物，在用一些美妙的异端邪说迷惑引诱年仅二十一岁的天子走上邪路。开始韩维也觉得王安石这句话不好理解，国家的收入，朝廷的开支，官员的俸禄，军队的粮饷，后宫的花销，不都来自天下子民的赋税吗？现在户部、司农寺、后宫仓库里没钱，不就是赋税不够吗？莫非王安石会什么法术，吹口气就能变出取之不尽、用之不竭的钱来？要知道，王安石这句话，可是中原王朝千年来无人说过的话。不过，韩维还是相信王安石。他觉得，王安石从不虚言，更不会吹大牛。王安石既然这么说了，总有他的道理。

少说过了一炷香工夫，众人脸上的神情才不显得那么怪异。即便如此，韩维看到，规规矩矩、本本分分的王珪还一脸茫然。简重清静、识虑深敏的吕公著显然没料到王安石有这样的话出来，双眉紧锁，很想说出一句什么话把王安石难倒，自然一时想不出什么惊人之语来，脸上的表情很是有点痛苦。司马光好像自己什么神圣的东西受到玷污，直瞪着双眼，颧骨突起的脸涨得通红，嘴唇抖动着，想说什么，却又哑了口。韩维细细地咀嚼了王安石这句话，敬佩之中也有点感到不好理解：王安石的海口是不是夸得大了些。

韩维明显地感到，小殿里的空气似乎都给凝固了。御前太监也都一动不动站在那里，像个木头人。小殿里只有天子赵顼来回走动的脚步声在响。好一会，司马光也站了起来，一脸的圣洁，走到王安石面前，用他特有的陕西话，慷慨激昂地说：“介甫刚才的话，不过是桑弘羊欺汉武帝之言。天地所生的钱财万物，是个常数，每年就这么多，不在民，就在官。桑弘羊能致国用之饶，不从百姓那里刮取，将到哪里去刮取？桑弘羊惑乱圣听，结果弄得武帝末年天下群盗蜂起。介甫怎么可以把桑弘羊的话据以为实！”

韩维知道，这是司马光在拿古人压今人。王安石脸色难看起来，一脸悻悻。他不想跟司马光在太远的古人身上兜圈子，只是直接切入当下冬至祀天这件大事：“太祖时赵普为相，每次祀天的赏银一分不少，为何今年祀天赏银就要减半？再说区区两万两何足挂齿，这点银子也拿不出，岂不是显得我等太无能？”

司马光觉得王安石这些话很伤他的面子。司马光脸红了，特有的陕西话也显得更加慷慨激昂：“普等开国功臣，运筹帷幄，南征北战，平定诸国，应该得到赏赐。我等不过给朝廷做些端端水、拿拿手巾之类的小事，有何功勋，能跟普等开国功臣相比？”

韩维觉得司马光这句拿死人压活人的话说得很不妥，开国功臣固然值得尊敬，但过分贬低当朝臣子也不应该。好在小殿里这几个人都是君子，不会到外面去讨好卖乖，把司马光这句话传出去。要是传出去，朝中的臣子不要把司马光恨死？王安石脸也红了，有着浓重的江南西路抚州临川土音的生硬官话也慷慨激昂起来：“普等开国功臣劳苦功高，当今文臣武将济世安邦，亦功不可没。安石以为臣子们该得的赏赐还是要得，这不是什么难为情的事。”

司马光气得一脸圣洁：“介甫何其拗！”

王安石一脸悻悻：“天下事，该拗就得一直拗到底！”

韩维心里清楚，王安石固然拗，司马光其实一样拗。王安石要干的事九牛拉不回，司马要干的事十牛拉不转。王安石不久行新法，两次罢相，谁也拦不住。司马光后来一举废除新法，限五日内尽废免役法，即使曾经彻底反新法，后来又不完全否定新法的大才子苏轼等人反对也没用，司马光想怎么干就怎么干。只不过王安石承认自己拗，且拗得理直气壮，要一直拗下去；司马光也认为自己拗，却指责别人拗，把拗看得一钱不值。

在韩维的记忆中，司马光与王安石从未红过脸。“嘉祐四友”期间，二人也有过争论，但都心平气和。今天为了祀天赏银，闹得这么僵，实在叫人感到遗憾。对当年“嘉祐四友”在京的那段日子，韩维总有着一种亲切而又温馨的记忆。他相信，“嘉祐四友”的每个人和他一样也是这么想的。今年王安石从江宁来开封，韩维想：当年的“嘉祐四友”刚好又一起在京都开封同朝为官了，他们又可以重温过去的情谊，像当年那样暇日会于僧坊，谈宴终日了。但这一次，暇日期间，当年的“嘉祐四友”却从来没有聚会过。韩维望了望吕公著。吕公著肯定也没想到司马光与王安石会闹得这么僵。他知道，吕公著对王安石在越次入对中那些话有不同看法，但吕公著绝对不会跟王安石闹得这么糟糕。在祀天赏银这件事情上，韩维还没听到吕公著的意见，但估计与司马光的差不多。韩维看到，吕公著平静的脸上显出一种不偏不倚的神情。叫韩维感到惊奇的是，一直对王安石的话十分敬服的赵顼却两面为难起来。赵顼望望司马光，又望望王安石。韩维不糊涂，清楚王安石固然是天子心目中谁都不能替代的人，但司马光也仍是天子赵顼离不开的人；赵顼对王安石圣眷越来越浓，对司马光的圣眷也未减半分。天子赵顼不愿意看到司马光与王安石二人构怨，便停在王珪身边："朕听听卿的意见。"

韩维想，王珪不可能看不出天子对司马光和王安石两面作难的微妙态度。这个翰林学士承旨想了想："君实言省费，好处是能解决眼下的困难，君实的话是对的。"

司马光面有喜色，目光暖暖地望着王珪。韩维觉得不解：王珪的话对司马光的意见其实是有很大保留余地的，学富五车的司马光怎么会这样高兴呢?

王珪接着说："介甫言所费不多，取消赏赐恐伤国家体面，介甫的话也是对的。"

韩维注意到，司马光给弄得哭笑不得，目光有点怪怪地望了王珪一眼。王安石则脸色如常。王珪的这种态度不会令王安石满意，但王安石不会很在意王珪这种态度。

韩维还是倾向于王安石的意见，只是还有个担心，问王安石："银子从何而来呢？"

王安石更是成竹在胸："这好办得很，不出三天，两万两银子就可以送到中书衙门。"

韩维发现，天子赵顼龙颜大悦。王珪一脸喜色。此时，小殿里的气氛既不轻松，也不紧张，平静中似乎有种叫人感到不对劲的也叫人很不安的地方。殿外的风突然大了起来，用力地撞击着小殿外的四壁，挂在北面当年刘太后垂帘听政地方的那束帘子也好像动了几下。司马光忧戚和警惕地望着王安石："介甫，你不是打常平仓的主意吧？"

司马光此言一出，小殿里的气氛骤然变得有点恐慌起来。天子赵顼龙颜为之一怔。吕公著一脸肃然，识虑深敏的眼睛十分认真地望着王安石。王珪也赶紧收起自己的一脸喜色，规规矩矩坐着，平静而又和顺地望着赵顼。韩维觉得司马光的警惕是有道理的，不是无稽之忧。常平仓起于汉，继于隋，盛于唐，五代天下大乱，海内多事，常平仓寖废。大宋开国不久的乾德初年，太祖下诏天下各州在所辖的县内置常平仓，用来平谷价，备凶灾。常平仓关系着天下平头百姓的生计。因之，常平义仓直隶朝廷司农寺，各州择精明强干的官去提举常平司。有几次，朝廷怕县令与常平司的人上下其手，下诏把常平司提举官并于提点刑狱司，可见朝廷对常平仓看得多么重，那里的钱当然不可挪作他用。如果王安石真要打常平仓的主意，韩维认为王安石的胆子大了些。在朝廷百官中确实只有王安石会这么想。在朝廷中，韩维是公认的正人。正人韩维又想回来：登基改元尚未满一年的天子赵顼明显不想，更不愿取消祀天的赏赐。欲行赏赐，就得拿钱。然而，现在的情况明摆着，户部没钱，国库空虚，不打常平仓的主意打谁的？

王安石没半点慌乱，不急着去回答司马光的问话，只是一脸的自信，也一脸的悻悻。这个问话其实用不着回答。小殿里在座的每个人都清楚这个问话的答案是什么。韩维、王珪、司马光、吕公著的目光都随着在小殿里走来走去的天子赵顼移来移去。祀天赏赐的银子要不要从司农寺那里去挪，最终得由赵顼一锤定音。赵顼看来也有点拿不定主意，只是不停地在小殿里走着。小殿外风更大了，一阵阵的风犹如一个接一个的雷，撼天动地。良久，赵顼慢慢走到司马光身边：“卿给朕再想想，还有没有别的法子？”

司马光一脸的圣洁：“治平年间，每次祀天，老相公韩琦都要减费用，就是皇亲国戚也减。减了也就减了，没见谁多个嘴。这次减半的钱又不是不给，朝中百官不会不体察朝廷的。”

司马光还是老办法，这句话等于没说。韩维相信，司马光本人确实会体察朝廷。这个迂夫子，性不喜华靡，独以俭素为荣，也不怕别人笑他寒酸土陋。但你是你，别人是别人。当今朝廷上上下下多数都喜奢靡，就是市井细民，一样讲究吃穿享受，当差的走卒穿上士人的华服进出衙门，耕田的农夫也穿绸缎做鞋面的鞋，有几人会像你司马光这样寒酸的？正人韩维明白：别看朝廷里不少人对王安石有看法，但在祀天赏赐上，会欢迎王安石，讨厌司马光。

司马光确实是没什么高招拿出来。赵顼离开司马光，走回自己坐的锦墩边，坐了下去，问身边的王安石：“除了动用常平仓的银子，再无别的选择了？”

王安石一脸的执拗，回答得很干脆：“没有！”

赵顼：“这笔银子还得了吗？”

王安石慨然允诺："只要立法度，择善理财者，未有还不了之理。"

王安石说得很轻松，像银子就在他袖子里。但赵顼要的就是这句话。此时，一位御前太监从殿后躬身走了进来，趋步溜到赵顼身边，声音很低地说："太皇太后、太后、皇后驾到。"

尽管御前太监的声音很低，小殿里的人其实都听清了，一起站了起来。韩维不明白太皇太后曹氏、太后高氏、向皇后此时到小殿来做什么，但她们到小殿来，很有点难办。中原王朝有个根深蒂固的观念：男女授受不亲。男女是不能随便相见的，即使帝王之家亦是如此。这会太皇太后曹氏、太后高氏、向皇后都来了，小殿也不大，临时避一下的地方都没有。天子觉得犯难，司马光、吕公著、王安石对此事也好像没什么办法。好在精通大宋庆典的王珪发挥了作用，对赵顼说："陛下，臣有个主意，把帘子拉起来就是。"

天子赵顼忙命御前太监去拉帘子。帘子刚刚拉开，小殿外面就响起了一阵不很响的杂乱脚步声。赵顼走到殿门口迎接。众人都转过身去，面朝着殿门。一会，一大群衣着华丽的女人迈着纤小的脚进了小殿。赵顼过去行了家礼。韩维与王珪、司马光、吕公著、王安石跪下去行大礼，谁都低着头，望着地砖，没敢抬一下。过了一会，御前太监过来传赵顼的口谕，要众人起身。韩维与王珪、司马光、吕公著、王安石从地上爬了起来，只见小殿北边帘子里，挤满了妇人。太皇太后曹氏站在最前面，稍后点是太后高氏、皇后向氏了，更后则十多个女官、太监和宫女。约莫炷把香工夫，小殿又进来二三十个太监，两人抬着一只滚了金边的篋箱，放在小殿中间。韩维目算了一下，一共十六只篋箱。韩维看了看右边的王珪、司马光和左边的吕公著、王安石，注意到他们也和他一样，都愕然无措地望着这些篋箱。

韩维预感到，小殿里要出件什么让赵顼和朝中百官脸面丢尽、羞愧得无地自容之事了。小殿帘子内外，顿时鸦雀无声。小殿里的气氛骤然间变得异常凝重、压抑起来。赵顼走到帘子边，命三个御前太监把三只锦墩搬到帘子里去，给太皇太后曹氏、太后高氏、向皇后坐。但太皇太后曹氏不允："皇上，这里的锦墩岂是我等坐的？"

韩维感到，太皇太后曹氏深明大义，把大宋皇权看得高于一切，怪不得宫内宫外都认为太皇太后是个很了不起的女人。这时，太皇太后在帘子里说："皇上，祀天是朝廷大事。老相公韩琦在朝时，每次都削减了赏赐，很是对不起朝中百官。哀家跟太后、皇后商量过了，这次祀天赏赐不可再少。哀家、太后、皇后，还有后宫大小妃嫔都把自己积攒的金银首饰拿了出来。哀家估算了一下，够两万两银子。皇上把篾箱里的金银首饰清点一下。”

韩维预感到的事果然出现了。赵顼未去开篾箱。韩维清楚太皇太后曹氏的为人，她说篾箱里的东西值万把两万银子，那就肯定不只值这么多。这一下把天子赵顼和韩维、王珪、司马光、吕公著、王安石都吓坏了，也都确实觉得羞愧难当。偌大一个泱泱大宋，这么一个繁荣富庶的王朝，连祀天的赏赐还要太皇太后曹氏、太后高氏、向皇后和后宫妃嫔把私房钱拿出来。这事要是传出去，赵顼和朝中百官还有脸面活在人世上吗？赵顼、王珪、司马光、吕公著、王安石和韩维又忙跪了下去，半天不敢抬起头来。

过了好一会，小殿外的风从小殿后面吹来，把干枯的黑树枝卷了进来。接着，韩维听到一阵细碎的脚步声和窸窣的衣服响声，再过一会这些声音都没了，小殿里出现死一般的寂静。又是一阵风把干枯的树枝刮了进来，韩维稍稍抬起头朝北边帘里望去，但见帘里空空，太皇太后曹氏、太后高氏、向皇后以及那些跟着来的女官、宫女和太监走光了。

赵顼与王珪、司马光、吕公著、王安石和韩维这才站了起来。赵顼回到御座上，众人在锦墩上坐下。祀天赏赐之事到了这个地步，非得马上下决断了。司马光抢先说：“太皇太后她们的财物何能收？不过这件事，臣以为倒可以在朝会上说。有了太皇太后她们此举，不要说赏赐减半，就是分文不给，谁也不会有半点意见。”

韩维觉得，司马光又迂起来了。韩维不否认太皇太后曹氏她们此举的作用，也确实能把文武百官的不满压下去，但要他们人人没意见是不可能的。赵顼觉得司马光的话很不妥：“你把太皇太后的本意弄歪了。太皇太后岂是那种玩弄小权术之辈？她老人家是真心实意把那些金银首饰拿出来赏赐朝中百官的。”

韩维看到，赵顼此言一出，不仅司马光吓坏了，而且王珪、吕公著、王安石也吓住了。韩维十分清楚，赵顼不会容忍臣子对太皇太后的好心有半点误解。司马光忙离开锦墩，又跪了下去：“臣该死，臣无能，冒渎了太皇太后圣明！”

赵顼并不计较司马光的话，伸出双手，示意司马光起来：“朕知道你对朝廷一片忠心，太皇太后不会怪罪你。朕今天把众卿召进小殿，就是让大家放胆直言。”

司马光松了口气，王珪、吕公著、王安石也松了口气。他们都是君子，王安石行事更是光明正大。尽管近些日子司马光与他经常闹得不欢而散，特别是今天还闹得这么僵，双方都红了脸，但王安石不会对人使阴招，更不会对当年的“嘉祐四友”落井下石。

韩维猛听到赵顼在对自己说：“拟诏。”

韩维迟迟没有回应。他清楚，太皇太后曹氏的办法肯定不能用，司马光的办法会弄得许多人不高兴，只有王安石的办法是解决冬至祀天赏赐的唯一办法，但他同时觉得王安石的办法有不妥之处。他真的担心常平仓的钱收不回来，且这个口子一开，以后麻烦事会越来越多。韩维压低嗓子说：“陛下，此事要不要跟中书和司农寺议一议？”

赵顼有点不耐烦了：“介甫学士不是说得很清楚了吗？还担心什么呢？”

赵顼的话说到这个份上，再也不能变了。韩维感到小殿外有股风从高空压下来，压得小殿屋顶上的琉璃瓦都好像动了动。韩维看见，司马光突然转过身去，面对着王安石，特有的咬字沉重、前声拖得很长的陕西话里包含着一种可怜的乞求：“介甫独负天下大名三十余年，才高而学富，不会不知道常平仓是做什么用的吧？这事可要三思而后行，如有闪失，这个责任可谁也担当不起呀！”

韩维清楚，司马光表面上是乞求王安石，骨子里是一种对王安石杀气腾腾的警告。王安石是最听不得也最不畏惧这种警告的。韩维看到，王安石悻悻地站了起来，很不屑地瞥了司马光一眼，然后面对着赵顼，有着浓重土音的生硬官话里显出一种不容更改的执拗：“陛下，臣前面说过，只要立法度，择善理财者为吏，国库不实未之有也！”

韩维感到，王安石话中的信心有种不可抗拒的力量。司马光低下头去，捻着稀疏的胡须。不过片刻工夫，司马光又抬起头来，对王安石说：“孔子曰：‘三年无改于父之道，可谓孝矣。’介甫，你不是要陛下登基一年多一点，就改先帝之法吧？”

司马光想用孝道压王安石。这一条很厉害。中原王朝千年来都讲这条，也拿这一条打人，被打的人不仅死无葬身之地，还要遗臭万年。韩维看到，王安石大概没想到司马光会拿这一条来压他，开始一怔。韩维也以为王安石给难住了。不过，王安石随后就高声答道：“夫为政在顺民心，苟民之所欲者与之，所恶者去之。今大宋贫弱到令人痛心的地步，天下之人，无贵贱智愚皆知之，岂可坐视而不改哉！是以更改旧法，而远近皆贺也。”

韩维觉得王安石说得太好了，司马光这回真正是无语。这事就这么定了。赵顼不愿看到司马光与王安石争下去，说：“冬至祀天赏赐群臣是朕的一件快意事。朕主意已定，谁都不要再争了。散朝！”

韩维心里明白，今天在内东门小殿里，王安石是占了绝对的上风，司马光是彻底败下了阵。这以后，尽管赵顼还是会相当看重司马光，但看重的只是司马光的品德和学问，中书的大门对司马光关上了。然而，王安石的“民不加赋而国用饶”这句中原王朝千百年来无人说过的话，在赵顼脑子里产生了神奇的作用。现在能进中书的只有王安石了。韩维心里有种惊奇的感觉：干大事的人，是该像王安石这样强硬刚直，敢于把自己的朝政主张无所顾忌、毫无保留地亮出来；且干的事越大，越该如此，没必要看什么人的脸色，更不要管人家高兴不高兴，就是忌恨又何妨！要是羞羞答答、吞吞吐吐、说半句留半句，谁知道你的朝政是怎么回事，岂能成得了什么大事？韩维对王安石的崇敬不由得又加了几分。

小殿外的大风无可阻挡地掠过小殿的殿顶，不择高下，起伏交错，气势不凡；殿外古树的枝丫扫着小殿的殿檐，哗哗很是叫人感到心悸。韩维注意到，天子赵顼龙颜尽显惬意，司马光低头不语，王珪满脸含笑地望着赵顼，吕公著简重清静的脸若有所思。

散朝后，韩维与王珪、司马光、吕公著、王安石走出小殿。韩维看到吕公著跟王安石走在前面，摸了摸脸上的美髯，对王安石说：“介甫年兄，公著记得嘉祐年间你说过：你最看不起的是那班入主出奴的人！”

一阵顶头风把吕公著的话刮过来。韩维与王珪、司马光都听得清清楚楚。这是吕公著进入内东门小殿以后到现在说的唯一一句话。韩维知道，吕公著这句话中的“入主出奴”四字不简单，很有来头，出自唐代韩愈《原道》中“其言道德仁义者，不入于杨，则入于墨；不入于老，则入于佛。入于彼，必出此。入者主之，出者奴之”。韩愈批评的是当世一种很要不得的门户之见：一个人以自己信仰的学说为主，必以被自己排斥的学说为奴。吕公著的话没说错，韩维记得，嘉祐年间，王安石好多次斥责“入主出奴”。吕公著此时突然冒出这句话，显然有深意焉。韩维看到，司马光抬起头，刚才脸上的气闷顿时消解。规规矩矩、本本分分的王珪知道这四字的出处，但并不知道吕公著说这句话的深意，因之，半是明白、半是不解地点了下头。韩维在后面看不到王安石的脸，却见王安石似乎很是一惊，忙侧过头，盯着吕公著走了至少有十丈远的路，脸上显出一种若有所思的神情。

韩维记起了朝中好些人说过的话：只有吕公著能独以精识约言折服王安石。信哉！信哉！司马光与王安石二人之间的情谊是真正出现了深深的裂痕，再也弥补不上了。不久，司马光与王安石小雪前一天在内东门小殿争得面红耳赤、不可开交的事传开了。大才子苏轼开玩笑说："一个陕西人，一个江南西路人，怎生厮合得着！"

第十二章　小宫女桥洞奸情大白上吊
高太后宫中施威阉臣被吓

十一月初六，皇宫宫烛未灭，残夜未尽，窗外楼殿还隐没在浓浓的夜色之中，向皇后就起了床。她的心情特别好。这主要是因为今年冬至祀天的两万两赏银已经到位，司农寺昨日把这笔银子解到了户部。天家用不着为赏赐发愁。这种爽快的、分文不少的赏赐是好久没见到的。后宫的入内内侍省和外廷的吏部正忙着造册，只等冬至祀天就按册唱名发赏。皇上赵顼很得意，昨晚把几天前进御侍寝的向皇后留在乾清宫。向皇后不肯，说要按规矩办，但赵顼不依，向皇后只好遵旨依了。这不是特别大的规矩，灵活一点也未尝不可。就是太皇太后曹氏、太后高氏知道了，也不会有什么话要说。至于朝廷那班忠心耿耿、饱读诗书的大臣，在捍卫皇权和皇统上是奋勇争先、不惜身家性命的，但对天家的私事，只要不过分，不危及江山社稷，稍有违规，是谁也不会多事的。再说，从内心来讲，作为女人，向皇后巴不得天天进御，夜夜陪着皇上。哪个女人愿意自己的男人跟别的女人睡在一起呢?

不过，有个规矩向皇后怎么也坚持着，不让皇上破坏。昨晚向皇后进了乾清宫，赵顼就对站在乾清宫外屋棉帘子里的敬事房当值的御前太监挥了挥手，要他离开。敬事房的御前太监掌皇上的承幸簿，专门记录皇上的房事。无论是外朝，还是内廷，皇上都拥有至高无上的生杀予夺的权力，后宫佳丽数以千计，都是皇上临幸的对象。皇上想跟哪个女人过夜就跟哪个女人过夜，谁也干涉不了，谁也不敢干涉。但不管皇上临幸哪个女人，敬事房值夜的御前太监都要记录下来，年、月、日及时辰都要记得清清楚楚，丝毫不爽。

向皇后看到，虽然皇上赵顼挥手要御前太监离开，但御前太监却半步也不移，只是规规矩矩、老老实实地站在乾清宫外屋棉帘子里。赵顼龙颜很是不快。对这些没根的太监，皇上平日还算客气，但今晚脸色却很不好看，大声说："你没见朕要你走吗？”

御前太监当然听到了皇上的话。宫里的太监都练就一种本事，不管天家的人随口吩咐什么，声音再低，身边的太监都能听得清清楚楚，因为天家的人是不会吩咐第二遍的。这会赵顼那么大声说话，哪能没听到呢？御前太监突然跪了下去，对赵顼磕了好几个响头，却就是不走。

赵顼龙颜大怒，几步走到御前太监面前，凶他：“你想抗旨？”

御前太监还是不起来。其实这怪罪不得御前太监。值夜的御前太监整夜靠墙坐在外屋棉帘子里是他的职责：不仅要侍候好皇上及其承幸的那个女人，随时听候里面的吩咐；且要负责皇上及其承幸的那个女人的安全，乾清宫的寝门一掩上，任何人擅自闯宫，格杀勿论；还要注意寝宫里面的动静，仔细听着皇上睡觉的情况，甚至连起夜几次、翻几次身、夜里咳不咳都要记得清清楚楚，随时准备御药院勾当官的查问。乾清宫值夜的御前太监是相当辛苦的，责任重大，因之，也是天家最亲近、最信任的人，天家对乾清宫值夜的御前太监无不另眼相看。皇上与哪个女人亲昵，御前太监见了，不用回避。当然，这个御前太监前途也就不小了，当个上层太监只是时间早晚的事。到那时，这个太监就有享受不尽的荣华富贵和威风。不仅如此，就是在太皇太后曹氏、太后高氏那里，乾清宫值夜的御前太监也特别有面子。不管碰到多么不顺心的事，只要无大错，太皇太后曹氏、太后高氏对这类御前太监总是格外体恤和宽容。

御前太监又磕起头来。向皇后上前把皇上赵顼拉到一边，低声说：“皇上不可以这样。”

赵顼龙颜更是恼怒：“朕管万人，理万事，睡觉之事却要被人管着，这成何体统！”

向皇后一脸的认真：“皇上，你这样，太皇太后、太后会很伤心的。”

向皇后的这句话起了作用。赵顼的龙颜渐渐平和下去。皇上是个聪明人，用不着向皇后把话说破。老祖宗定下的敬事房御前太监必须在乾清宫值夜，是为了确保皇上真龙天子血统的真实性和纯洁性。没有清清楚楚、明明白白的记载，以后就成了笔糊涂账，让个野杂种当上了真龙天子，不仅让天家戴上绿帽子，更为致命的是野杂种不费一兵、一卒，只凭着一个女人的肚子，就得了江山社稷，天家岂不成了天字第一号的冤大头？

向皇后注意到，赵顼对跪在面前的御前太监抬了抬下巴，示意让他起来，然后轻轻叹了口气：“朕要做一件快意事就这么难！”

向皇后也对御前太监说：“还不快谢过皇上。”

御前太监微微抬起头，怯怯地窥视了一下赵顼，这才站了起来，规规矩矩站在屋外棉帘子里。这个当值的御前太监，对刚才受到的委屈不仅没半点怨怒，相反，一脸的喜悦，一种因为自己刚才的忠于职守总有一天会得到令其他太监想得到而难以得到回报的喜悦。

赵顼也起床了，心情不错。赵顼每次临幸向皇后，心情都不错。这叫向皇后感到满心的幸福。向皇后穿好衣服，步出寝门，敬事房值夜的御前太监一丝不苟肃立在棉帘子里。此时，赵顼过来，向御前太监伸过手去。向皇后还没弄懂赵顼的意思，却见御前太监从宽大的袖子里把承幸簿拿出来，双手呈送给赵顼。赵顼接过承幸簿，就着明亮的宫烛，翻了几页，不翻了，低着头，独自笑了起来，然后转脸望着向皇后，招手要她过去。

在后宫，承幸簿只有太皇太后曹氏、太后高氏和皇上才可以看，皇后是不许看的。向皇后不肯过去，赵顼知道个中原因，也不勉强，却移步到向皇后身旁，附着向皇后的耳朵，一手指着承幸簿，不怀好意一笑，悄悄说：“上面写着四个字：‘一夜尽欢。’”

向皇后感到自己的脸红得发烧，羞得躲到寝宫里面去。

天已放亮。宫中的宫烛都灭了，一缕缕青烟很快在宫中散尽。从乾清宫花格窗望去，但见宫外一片冷冷的青光，昨晚隐没在夜色里的高树尽显苍老的黑色枝干。早晨是宫中最忙的时候。押班太监第一个赶到乾清宫，指挥宫中的太监、女官、宫女侍候皇上赵顼和向皇后洗漱梳妆，接着要摆好随之而来的早膳。乾清宫内外忙上忙下，密密挤了三四十人。

向皇后洗漱完毕，尚仪的女官、宫女正要给向皇后梳头，向皇后忽然见太后高氏居住的宝慈宫的女官进来向皇上赵顼禀报：太后要皇上和皇后用过早膳赶紧到太皇太后曹氏居住的慈寿宫去。这边的话刚说完，向皇后又见入内内侍省都都知张德保上气不接下气跑了进来，一脸的惊慌，腮帮上的赘肉像小老鼠在脸的两边蹿上跳下，到了皇上赵顼面前，不等缓过气来，就说：“死……死了。”

赵顼龙颜肃然："谁死了？"

张德保："那个贱货死了。"

任何人一听，就知道宫中发生了见不得人的丑闻。向皇后看到，赵顼龙颜震怒了，问向皇后："怎么回事？"

向皇后脸色也十分难看，漂亮的脸蛋因为气愤给扭曲得很丑。昨日上午，掌管大内各殿、廊庑及后苑扫除的直殿监的内侍押班在后苑景龙桥的一个废弃桥洞里，抓到一个宫女跟花匠拥着被子亲热。这样的丑闻，大宋百年还没发生过。直殿监内侍押班立即喊了十多个太监过来把宫女和花匠捆了起来，带到就近一座配殿的空耳房里审问。花匠二十出头，看起来是个老实本分人，早吓得浑身哆嗦，两条腿路也走不动，是三四个太监连拖带拉弄到耳房来的。那个贱货宫女却有几分烈性，脸皮也厚，出了这样见不得人的丑事似乎没什么惧怕。到了耳房里，身边的太监手上的棍子还没举起来，那个贱货宫女就一口承认，说是自己勾引了花匠。奸情大白，不用再审，那些太监一个个感到索然寡味，扫兴得很。别看那些太监平日一本正经，很是规矩，其实心里邪得很。那些没根的太监，本来就没几个正经人家出身的，大多是社会上的泼皮无赖，好吃懒做惯了，走投无路，才下狠心把自己的根割了，跑到宫里来混日子。这伙人虽然丧失了男欢女爱的能力，但对男欢女爱之事一样有兴趣。这会抓到奸夫淫妇，岂会轻松放过？这伙太监先是一阵乱棍把花匠打得喊天叫地，接着又是一阵乱棍把宫女打得喊爹叫娘，然后便一脸的坏笑对着宫女，开始折磨羞辱，问宫女跟花匠在一起亲热的细节。

问：你怎么勾引花匠的？

答：他在后苑栽花，小女子去后苑取花，就把他勾搭上了。

问：第一次亲热在什么时候？

答：七月初八。

问：肚子有了？

答：有了。

这伙原本是泼皮无赖的太监简直笑岔了气，内侍押班也抿着嘴笑得要死。再接着，又是打，又是齐声骂：骚货！贱货！

向皇后在东宫当太子妃时，对后宫太监、宫女这些男男女女的丑事多有所闻，但不甚清楚，也不便多问。当上皇后，入主六宫，宫中的情况就十分明了了。从表面上看，大内一派平静祥和气象，其实里面的问题多得很，也乱得很。然而，在宫禁森严的大内，竟然有宫女勾引宫外的野男人在后苑野合，却还是第一次碰到，这简直把大宋王朝的脸面都丢尽了。作为六宫之主，向皇后更觉得脸面没处放。这些骚货，跟没根的假男人太监对食匹配，已经过界了，现在还要跟宫外的真男人来真的，这还了得？向皇后十分气恼，把情况对皇上赵顼说了说，转身厉声问张德保："怎么死的？"

宫中十分受人尊重的张德保赶紧认错："都怪奴才麻痹，昨天，见那个骚货好好的，根本不想死的样子，就把骚货关在耳房里，没想到骚货会用裙衫打结，吊死在耳房里。"

向皇后又问："花匠呢？"

张德保："解到开封府去了。"

向皇后一早的好心情全没了。她正想狠狠训张德保一顿，还没开口，就见张德保跪在向皇后面前，拼命磕头，额头上都磕出了血；过后又拼命扇自己的耳光。张德保人胖，虽然穿了棉衣，但还是看得见他一身的赘肉在衣服里抖动。不多一会，向皇后就看见张德保的脸给他自己打肿了。此时，向皇后猛然发现，寝宫门边一个小宫女端了盆水进来，兀自抿着嘴笑了起来。这就笑得很不是时候。向皇后的脸沉了下来，要去训这个小宫女。小宫女知道闯祸了，吓得盆里的水给打泼了也不去管，跪着一路用双膝移到向皇后面前，抱着向皇后的脚哭着求饶："奴才不是故意的，奴才是觉得……"

向皇后："觉得什么？"

这个小宫女急了。她实在无法用语言表达刚才兀自一笑的意思，倒是皇上赵顼给这个小宫女解了围，说："别为难她了。她是看到张德保刚才的样子，觉得好笑，才笑了起来的。"

向皇后不明白皇上的意思，很是不解地望着皇上。

赵顼又对小宫女说："朕说的对否？"

小宫女又跪着一路用双膝移到赵顼面前，拼命磕头："皇上圣明，奴才就这个意思。"

向皇后回想了一下张德保刚才的举动，确实有好笑的地方。张德保这么一个坐上后宫头把交椅、很受人尊重的大太监，一辈子在宫中都勤勉谨慎，干得很顺、也很成功，这次有点小的过失，就那么重重地惩罚自己，又是磕头，又是扇自己的耳光，确实过分得有点好笑；特别是张德保一身赘肉在衣服里抖动的样子，更是会引人发笑。皇上真好，这么仁慈，这么善解人意，竟然为一个小宫女说话。向皇后望了赵顼一眼。赵顼很是有点为自己的仁慈和善解人意感到得意。向皇后再看了乾清宫里所有宫女一眼，见这些宫女都松了口气。向皇后自然原谅了这个小宫女，要小宫女去谢过皇上。小宫女赶忙谢过皇上和向皇后，然后风快去找块布，跪在地上把乾清宫门口的水抹干净，再赶紧端过一盆水来洗漱用。

向皇后其实也不想多重地惩罚张德保。偌大一个皇宫，方圆二十里，一百五十五步。特别是后苑，内府的许多库房都建在这里，光储食米的供用库就有一百多间房子；还有内承运库、广盈库、广惠库、广积库、御酒房、御茶房、牲口房，都各有二三十间房子；还有什么刻漏房、更鼓房、灵台等等：整个后苑大大小小不下千间。此外，还有散布在后苑各处的亭台、楼阁、假山、池湖，这些地方都广植着数不清的名木、修竹、嘉花、异草。这样又大又复杂的地方，总有人看不到的地方，总有人管不着的死角。再说，宫外的人，虽说严禁人内，但总有些人还是要进来的。逢年过节，皇亲国戚少不了要到后宫走走，朝拜朝拜皇上、太皇太后、太后、皇后；中宫朝会、太皇太后曹氏和太后高氏的圣寿，朝廷命妇三品以上的都可允许车马进出，进行朝参；就是外廷文武百官，皇上也常常召进宫入对，询问朝政，议论政事；此外，御药院的太医更是每天都有人进宫，后宫上万人，谁没个头痛脑热的，没个太医恐怕不知会乱成个什么样子；还有在皇上和太皇太后、太后宫中轮番宿直的官员，当值时都要进宫；至于那些花匠、石匠、泥匠、木匠、首饰匠以及杀猪的、宰羊的免不了也要进出宫门；更有给宫中送米、送肉、送菜、送柴、送炭的，每天都有不少人要进宫。这么多的人在宫中穿梭一样进进出出，谁能保证不出一点事？出点事不奇怪，不出事才真正奇怪。

向皇后一面要乾清宫御前太监把张德保扶起来，一面对张德保说："叫几个人把她送到净乐堂去。"

净乐堂是宫中太监、女官、宫女死后焚化的地方，骨灰贮放在堂下的枯井中。张德保在御前太监的搀扶下，很有点艰难地站了起来，领了懿旨，慢慢退出了乾清宫。

乾清宫的太监、女官、宫女的神色这才完全松了下来。早膳早已备好。向皇后和赵顼梳洗完毕，用了早膳，正要出宫，乾清宫外一阵杂乱的脚步声传来。乾清宫的人都吃了一惊。宫中的人都清楚：皇上居住的乾清宫和皇上一样至高无上，堂皇、庄重、肃然，任何经过乾清宫的人，都要屏声息气，躬腰弯背，即使小跑也不让声音发出来，没谁敢放肆一下。不用问，乾清宫外这阵杂乱的脚步声非一般人敢为。向皇后猜：太后来了。她同时发现，乾清宫的太监、女官、宫女都紧张起来。

不多一会，乾清宫御前太监跑来禀报：太后驾到。太后高氏以前也常来乾清宫，但从来没这么早过，况且以前太后高氏总要先派人传个话，这次却不等传话，就急急忙忙赶到乾清宫来，自然有急事。向皇后跟在赵顼后面，赶忙去迎候，才到宫门口，就见宝慈宫的太监、女官、宫女一二十人前呼后拥着一位三十七八的中年妇人上了乾清宫的丹墀，果然是太后高氏。太后高氏外面披了件九凤风衣，手上捧着一个精制的错金九凤手炉，裙下一双小脚瘦于莲瓣，凌波微步，十分动人，款款进了乾清宫。向皇后随着皇上赵顼给太后高氏行过家礼，把太后高氏引到里面的御椅上坐下。乾清宫的太监、女官、宫女都一脸叫人感到十分惬意的兴奋、激动和讨好。向皇后注意到，从太后高氏走进乾清宫的那一刻起，皇上赵顼就一双眼睛怪怪的、也十分焦虑地盯着太后高氏的脸。向皇后再看看太后高氏，但见太后高氏开始发福了的白里透红的脸略显苍白，眼神有点倦，好像昨天晚上没睡好。

向皇后吓了一跳，格外小心起来。赵顼轻轻走到太后高氏身边，垂手而立，温温地小声对太后高氏说："母后昨夜没睡好？"

此时，乾清宫押班太监命一个宫女用只九龙茶盘端了盅茶呈送到太后高氏面前。太后高氏也不接茶，也不抬头，两只手只管用小银箸拨弄错金九凤手炉内的火；半日放下手炉，接过那盅茶，小小呛了口，才慢慢抬起那双仍未失去女性柔美的漂亮的杏眼，对赵顼说："皇上，听说朝廷吏议要岐王颢儿迁居外邸，这是何意？岐王才满十八岁，一个人出就外宅，能让老身睡得安吗？"太后平日多称"皇儿"，今日却称"皇上"。

朝廷的事，向皇后从来不问，当然不知道这件事。但宫中的事，向皇后是清楚的。太后高氏生有四男一女。岐王赵颢排行老二，是太后最喜欢的儿子，每天都要见上一面，没见心里就像少了什么。这也难怪，赵颢天资颖异，特别好学，喜欢书法，善射，又懂礼，少年时讲读官每给他讲完一经，他都要赠送精奇器币服玩，宫中口碑很好。不过，向皇后也知道，按照祖制，皇上的成年兄弟，是要搬出宫的，朝廷吏议并没有错。中原王朝千百年来，皇宫里只能有两位成年男子住着：一位是天子，一位是太子。这两位男子都与皇位有关，其他任何一位与皇位无关的成年男子都不得在宫中居住，要不然就要出大事。谁硬要把这之外的任何一个男人留在宫中居住，都是犯天条。向皇后还清楚，朝廷臣子并不好对付。别看那些平日跪拜在大殿之上、对皇上毕恭毕敬的臣子，开口四书，闭口五经，整日研习圣贤之道，一肚子墨水，一肚子主意，其实敢言也能言，且不畏惧死谏，砍头不要紧，只要青史名！这些人逮住个青史留名的机会，谁也不会放过。特别是像违反祖制的事，那班臣子更是左一个上书，又一个抗疏，弄得皇上食不香，寝不安。但太后高氏就是不在乎，就是要把已成年的岐王赵颢留在宫中，这就很叫皇上犯难了。向皇后看到赵顼只是规规矩矩、恭恭敬敬站着，一时不知怎么开口好。向皇后入主后宫后，越来越清楚地感到：在宫中，比起太皇太后曹氏来，太后高氏更说话算话；不说皇上时常要听她的，就是太皇太后曹氏也时常要听她的。此刻，向皇后算明白了，先帝爷英宗何以只太后高氏一个后妃的原因了。向皇后很想帮皇上说上几句话，就更不知道说些什么好。当然，这话也确实不好说，说岐王可以留在宫中，明显违反祖制，这是犯天条的事；说岐王该搬出宫去，得罪了太后，太后要发起脾气来，那是很可怕的，谁敢惹？

向皇后发现，太后高氏一脸的不高兴，乾清宫的太监、女官、宫女都格外小心谨慎起来，走路都低着头，不让脚步发出一点声音来。

乾清宫里，一时沉寂了下去，气氛很有点紧急，也很有点叫人感到难耐和不安。

太后高氏的脸色开始难看起来：“皇上，朝廷的事老身不管，颢儿的事却不可不问。你每天忙天下大事，老身身边总要有个说话的人吧？颢儿出宫，叫谁陪老身说话？”

向皇后明白，太后话中有埋怨责备皇上的意思。赵顼赔着笑，对太后高氏说：“儿不孝，把母后一人丢在宫中，让母后受苦了。请母后容儿臣慢慢把这件事处理好。”皇上的话说得很妥当，既宽慰了太后，又没为难吏议。

太后高氏的情绪稍稍缓解了些："皇儿，其实颢儿对朝廷百事不问，每天只是读他的书，写他的字，了不得有时到宫外逛逛书市，找他喜欢的什么旧刻本呀，什么精钞本呀，什么旧拓碑帖呀，这不碍朝廷什么吧？"又称起"皇儿"来。

赵顼连连点头："不碍，不碍，朝廷臣子没谁说颢弟干预了朝政。"

太后高氏脸上有喜色了："皇儿，你年轻，登基不到两年，许多事你以后才会慢慢明白。朝中百官上万人，每个人的心思不一样。有道是画虎画皮难画骨，知人知面难知心。"

向皇后在认真听太后高氏的话。赵顼也在认真听太后高氏的话。赵顼又是连连点头："儿臣明白，儿臣不会让颢弟搬出宫去。"

太后高氏尽展开心的笑容。乾清宫的太监、女官、宫女脸上的神色也都没有那么紧张了。太后高氏欠了欠身子，放下茶盅，重又捧起错金九凤手炉，旁边的两个宫女立即搀着她起来。太后高氏起身急了点，腰给扭了一下，手上的错金九凤手炉往一边斜倒着。好在那边的宫女反应快，一手扶住手炉。身边的几个宫女脸都吓白了，忙跪下去请罪。向皇后生气了，对那几个跪下去的宫女喝道："糊涂东西，跪什么跪，还不快给太后揉揉。"

那几个宫女忙起身给太后高氏揉起腰来，一边揉，一边还不时偷偷地瞟向皇后，生怕又有什么事情做得不妥。揉了一会，太后高氏的腰不痛了，两个宫女一左一右搀着让太后高氏慢慢站了起来。太后高氏一边说自己"老了，老了"，一边向乾清宫门口走去。向皇后跟在赵顼后面，慢慢送太后高氏出去。宫里的太监、女官、宫女忙进忙出，给太后高氏准备凤辇、清道什么的。太后高氏快到门槛，突然有什么事，停了下来，转身对向皇后说："赶紧把那个宫女料理一下，才十七岁，怎么就这样想不开。"

向皇后上前几步，到了太后高氏身边，见太后高氏没有马上离开乾清宫的意思，忙命身旁的一个宫女搬只锦墩来，让太后高氏坐。

太后高氏果然还有话要说，不想这么快就走。太后高氏坐下后说："这也是她自己造的孽，做下这种丢人现眼的事，落个这样的下场怨不得别人。不过呢，毕竟是宫里人，老身心里总是不安。"说着，眼眶也湿了起来。

向皇后知道，太后高氏在说那个勾引宫外野男人宫女的事。那个宫女做了那么件对不起天家的也让自己丢人现世的丑事，可太后高氏还对她那么仁慈、那么好。太后高氏的话很让宫里的太监、女官、宫女感动，特别是那些宫女，鼻子都酸了，眼泪尽挂在眼眶边上。

向皇后看到，太后高氏又一边用小银箸拨弄错金九凤手炉里的火，一边冷冷地盯了自己一眼："皇后，这些女孩子说起来挺可怜的，十五六岁选进宫来，宫门不准出，大街不敢上，几年难得见上父母一面，有的是一辈子难得见一回。"

向皇后注意到，这些宫女就更感动了，好几个抽咽着要哭出声来。但又怕太后看到，忙咬着牙齿把眼泪忍着，不让哭出声来。向皇后年龄跟这些宫女不相上下，鼻子竟也有点酸酸的。向皇后奇怪地发现，此时太后冷冷地盯了她一眼。向皇后很有点百思不得其解。几天后，向皇后又一次进御侍寝，不由得在皇上赵顼面前提起这件事。赵顼告诉向皇后：太后眼力过人，从那天宫女的举动中看出宫中那些宫女表面上是哭宫门一入深似海，森严的宫禁弄得她们难得见上父母一面，骨子里却是在哭自己从此除皇上外，就再也见不到一个真正的男人面，骨子里其实在想男人，都不是正经货。向皇后才明白了，自己未听出太后的话中之话，怪不得冷冷地盯了自己一眼。

太后高氏收起小银箸，把错金九凤手炉盖上，把那双又白又嫩的手捂在手炉上，慢慢地说："皇后，女孩子家天性活泼，坐不住，爱闹爱玩。哀家出个主意，宫中可以接点外面活来给她们干干，比方兵部的军衣、军鞋什么的，一年下来的活也不少，够忙一阵子的了。把这活接过来，一来宫女们闲下来有活可干，二来还可以让她们赚点小钱。皇上正在呢，皇后有这个打算，这会就可以面奏。"

向皇后觉得这个办法好。深宫日月长，规矩多，戒备森严，日子单调孤寂，也是难打发。手上有了赚钱的活，也就分了她们的心。向皇后扫了宫中的宫女一眼，见她们个个面露喜色。向皇后的目光无意中还发现太监也一个个嬉笑着，觉得好生奇怪：到兵部去给宫女揽活，与这些太监何干？不过，向皇后很快明白过来。她入主后宫不久，就听说宫中太监常在宫外给宫女揽些针线之类的女红活干，宫女一个个感激得不得了。这些太监当然也高兴。这不仅讨好了宫女，可以借机去亲近亲近一下，还可从中明赚佣金，暗得好处。这会宫中到兵部去揽军衣、军鞋活，岂能不让这些太监出面？

向皇后正要向赵顼开口讨旨，赵顼却先开口对太后高氏说：“儿臣这就传旨叫中书去办。”

太后高氏开心大笑，笑得很迷人，很风韵。宫女个个跪了下去，谢过太后和皇上。

太后高氏这才在一边一个宫女搀扶下，迈开金莲。正要出门，却又回过头对向皇后说：“皇后跟张公公说一声，要他赶快派人把那个宫女的父母叫来，再到内承运库多支二十两银子给她父母，不可让人家说天家小气，做事不近人情。”

向皇后感到，太后高氏做事真是精细，什么都想得这么周全，怪不得宫里的人都怕她，又都服他。天早大亮。透过乾清宫的花格窗棂，一束束日光穿照过来，奇幻般地把迷蒙的橘色光彩映在乾清宫的地面御砖上。突然有个太监在乾清宫门口晃了一下，就不见了。向皇后认出来了，这个太监是入内内侍省的内官监押班太监高全福。此人原是钟鼓司的乌木牌小太监。在大内二十四监司中，钟鼓司地位最为卑贱，掌管的不过是皇上出朝的钟鼓以及内乐杂戏之类的琐事，从来不齿于内庭，且进了这个司的太监很难得到升迁。因之，在宫中没人愿结交钟鼓司的太监，更没哪个宫女会看中钟鼓司的太监，愿意跟这里的太监对食匹配。这个高全福，四十来岁的年龄，长着一双又大又圆的眼睛，真不知道他哪来的本事，竟然跟入内内侍省的都都知张德保搭上了关系，嘉祐八年又到凤翔府采办过巨木，很是得张德保的赏识。这几年一年一个台阶，步步高升，不仅调离了钟鼓司，而且当上了内官监的押班太监。这个内官监，在大内二十四监中油水最为肥厚，掌管皇家宫殿陵墓、藩王府第的营造，宫中巨木、奇石、金银、珍玩、异兽、珍禽等等的采办，以及后宫二十四库房的物资供应。因之，高全福权力大得很，又常常跟太皇太后曹氏、太后高氏、皇后向氏接触，可说是她们身边的人，宫中的人对高全福都眼热得很，巴结得很，也怕得很。

向皇后猛然记起昨日她派人叫高全福今天上午到她这里来一下。今年祀天有两万两银子的花销，得分给宫里人一匙。朝廷四五年来，祀天都搞得有点冷清寒酸，不要说皇亲大臣，赏赐不足，就是太皇太后曹氏、太后高氏也没添件像样的衣裳。向皇后打算今年冬至祀天给太皇太后曹氏、太后高氏添身新衣，要高全福过来商量，搭朝廷采办之便，了却自己这件心思。

太后高氏也发现高全福，命人去把高全福追回来。没多一会，高全福来了。向皇后知道，宫人都怕太皇太后曹氏，其实更怕太后高氏。当然，宫中的小太监用不着太怕太后高氏，但那些有头有脸的大太监却没一个不怕死了太后高氏的。太后高氏对小太监总和颜悦色，但对那些有头有脸的大太监却常常敲打，一不小心就要被太后高氏骂得狗血淋头。太后高氏那双秀美的黑眼睛盯着高全福，厉声道："哀家是老虎，会吃了你，跑什么？"

高全福跪了下去，并重重打了自己两个耳光，然后那双长得又大又圆的眼睛往上抬起，不停地瞅太后的神色，说："刑余之人该死，刑余之人该死，刚才见太后、皇上、皇后都在这里，以为在议朝廷大事，因此不敢进来。"

向皇后知道，高全福读过两年私塾，算是初通文墨，也好卖弄文墨，喜欢用成语典故，显得自己比宫中的太监有文化，高人一等；不过在卖弄文墨时常常出错，成语典故中错得特多，弄得宫里有点文化的太监、女官都笑他，就是不识字的太监、宫女也会跟着发笑。但"刑余之人"这个叫宫人很难听得懂的自损、自贬、自辱的谦称却没用错，且真的显得此人肚子里多少有点墨水。"刑余"就是古之宫刑，与太监被阉割没什么不同。向皇后清楚，高全福自我谦称为"刑余之人"，意在自损、自贬、自辱的同时抬高对方。以前，向皇后没听高全福用过"刑余之人"这个谦称，也不知他从何处学来的。向皇后看到，高全福在说到"刑余之人"时，脸上是笑着的，显然因为自己用了"刑余之人"这个谦称而有点得意，也很有点炫耀的味道。不过，向皇后没想到，高全福这下把太后高氏更惹恼了。太后高氏脸色顿异，变得更加恶狠狠起来："你还知道你是'刑余之人'？其实你连'刑余之人'都不配。你是说老身和皇后干政？你们这些'刑余之人'，不好好侍候天家的起居，整天打坏主意。你图谋朝廷出乱子是不是！哀家今天要杀了你！"

向皇后看到，太后高氏的"杀"字刚落，乾清宫外就进来四个彪形体壮的卫士，几把亮闪闪的环首长刀一起架在高全福的脖子上。高全福吓得魂不附体，哑了半日口，那双长得又大又圆的眼睛变得死灰色一样难看。宫中的女官、宫女谁也没料到会发生这样的事，都给吓坏了，张皇失措地望着太后高氏。但那些太监的表情却复杂，表面的恐惧中似乎很有点因为高全福今天遭瘟而幸灾乐祸。向皇后是个明白人，知道这些太监何以会出现这种怪怪的表情。别看这些太监平日一团和气，其实相互间充满忌妒、猜疑和怨恨；特别是对那些当红的、走运的、得到升迁的、手中有权的太监更是如此。这些太监对官位比他们高的太监表面上尊敬、巴结得不得了，内心里却巴不得这些太监背时、倒霉、遭瘟，有可能把这些大太监撕碎才解恨；这些官位比他们高的太监不背时、倒霉、遭瘟，他们怎能上得去？

向皇后跟高全福常有些交道要打，对他是了解的，在感觉上没什么坏印象，觉得这个人挺能办事。这个高全福平日里倒机灵乖巧，不知道今天昏了头，弄得太后高氏发这么大的火。大宋开国以来，从没发生过后宫干政这样的事，真个是外无汉代王氏之患，内无唐代武韦之祸，却从来有后妃内助之贤、母范之正的美称。不用说，高全福那句话是说错了，怎么能说见太后、皇上、皇后在这里议论朝廷大事呢？议论朝廷大事，不就是干政吗？这样信口雌黄、胡言乱语，不是找死是什么！这就怪不得太后高氏发火了。不过，说句心里话，这个高全福并无影射太后干政的意思，就是再借给他一个胆，也不敢；只是说话一不留神，说漏了嘴，造成的错。再说，就为了一句话，把高全福杀了，似乎又过分了些。但，不杀，恐怕也难办。要杀高全福，是太后高氏发的话，总不能为了一个太监把太后高氏的面子给驳了。只不过高全福这个狗奴才杀了也就杀了，全当地上踩死一只蚂蚁，然而今年冬至祀天时给太皇太后、太后添身新衣的事又节外生枝，意外多了些麻烦。换过一个太监去办这事，当然可以，却要另起炉灶，总不如让高全福去办来得顺当些。向皇后望了望赵顼，赵顼也面有难色，这事看来只有她才能救高全福了。向皇后想了想说：“太后，这个奴才平日做事还勤勉，就饶了他这一回吧。”

向皇后看到，太后高氏没再出声，只是用小银箸拨了下错金九凤手炉里的火，然后在一二十个太监、女官、宫女的前呼后拥下，出了乾清宫。向皇后与皇上送到乾清宫门口，目送着太后高氏走远了，才返回来。向皇后悟出来了：太后并非真的要杀了高全福。哪有一句话不妥，就砍脑袋的呢？太后无非借机杀杀这些有头有脸的太监的威风。小太监地位低，老实无用，翻不起浪；那些有头有脸的太监一肚子坏水，没坏水的上不去，这些人又往往是皇上身边的人，外廷许多大臣办不成的事他们办得成。因之，对这些人更要防范得紧，隔三岔五要敲打敲打，让他们放明白老实点，这很有必要。向皇后也明白，不要说高全福这样的太监，就是都都知张德保这样的头号大太监，太后高氏其实也不时敲打他，弄得他灰头土脸的，把他折磨得苦不堪言，目的也是杀杀他的威。

不过，返回来的向皇后一眼看见高全福仍趴在地下，一双又大又圆的眼睛一个劲瞅着自己，头不敢乱动一下；再一看，原来那四个卫士的环首长刀还架在高全福的脖子上。高全福头随便动一下，死是死不了，但流摊血是免不了的。这下不仅那些太监忍不住笑了起来，就是那些女官、宫女也忍不住抿着嘴笑。向皇后很不高兴地瞥了这些人一眼，这些人才一个个收起笑容，一脸的正儿八经起来。此时在宫内，对这些太监、女官、宫女来说，地位最高、权力最大的就是向皇后了。向皇后一脸严肃起来，要卫士把刀撤了，又对高全福说："要不是太后仁厚，你今天趴下就永远起不来。"

四个卫士收起环首长刀，退出宫外。高全福对向皇后一连磕了九个响头，才爬起来，规规矩矩垂手侍立在向皇后面前，一副随时准备再挨向皇后一顿臭骂的又可怜又老实的表情："那是，那是，要不然，刑余之人就成了刀下之魂。"

向皇后看到，太监、女官、宫女都小声地笑了起来。这个初通文墨的高全福，卖弄起文墨来总免不了要弄出笑话来。没有什么"刀下之魂"，只有"刀下之鬼"之语。不过，高全福自己不觉得有什么可笑的，一脸的认真，一脸的正经。那些太监赶紧把嘴闭了起来。向皇后清楚，那些太监到底怕高全福。

皇上要到外廷去上朝处理朝政，押班太监早在乾清宫外指挥着备好了龙辇、仪仗。赵顼一出乾清宫，御前太监列队完毕，然后前呼后拥陪驾上朝。向皇后没再训高全福，只是要他跟她到坤宁宫去，商量冬至祀天给太皇太后曹氏、太后高氏采办礼物之事。该离开的人都离开了，乾清宫内自有押班太监领着二十来个干粗活的下层太监洒扫抹洗。岐王赵颢没马上搬出皇宫，不过一年后大婚时，还是让他在宫外岐王府里办，从此再没住到宫里来。

向皇后从乾清宫出来时，但见乾清宫恢复了平日的堂皇、庄重和祥和有序的气氛，映照在乾清宫东面宫墙上的日光水一样扩大起来，把整个宫墙都染成橘红色。

第十三章　上揭帖两宰执排拶王安石　进美策曾公亮力举王翰林

熙宁元年十二月初一，冬至祀天后不久的一天，参知政事赵抃卯时就起了床，很快用过早餐，就起轿出门。昨晚，赵抃洗了澡，整整齐齐戴好帽子，穿好衣服，在庭院焚香，面对上天，把今天在紫宸殿面君时要说的话全部对上天说了一遍，觉得问心无愧，没有什么不可说的地方。因之，赵抃一早心情不错，自己也觉得脸相恐怕也不苦了，当然也就不会那么难看，让人讨厌了。他今天要与中书的另外三位宰执大臣去正衙大庆殿北面的紫宸殿面君。这些日子，他有太多的话要向天子禀报；特别有个问题，赵抃已觉得到了如鲠在喉、非说不可的地步。

熙宁元年的冬至祀天，是大宋近七八来年搞得最隆重、最盛大、最有气势的一次祭祀活动。朝中百官财礼分文不缺，宫中各色人等赏赐人人有一份。特别是向皇后差遣高全福给太皇太后曹氏、太后高氏买来的陕西织造的驼羯袆衣，上绘五彩野鸡图案，太皇太后曹氏、太后高氏穿在身上，更显得雍容华贵，仪态万方。太皇太后曹氏、太后高氏乐不可支，穿着这件袆衣，在宫中来回走了近半个时辰。按例还赦免了牢里犯人，获杖刑的全都释放回家，获死罪的死不了，都减刑一等；犯罪和有错的官员也一样会得到龙恩，或免罪，或起复，或进爵，特殊的还有恩赏。普天同庆，谢主隆恩，天子万岁、万岁、万万岁！

大宋冬至朝廷放假七天，手上又有了钱，满朝文武百官美美地享乐了一阵子。冬至祀天本来因为国库空虚拿不出赏赐，很让中书的四位宰执大臣为难，也伤透了脑筋。但，让赵抃始料不及的是，这件事却成全了王安石，帮了王安石的大忙，王安石声望节节高升。赵抃好歹在官场走了二三十年江湖，当然很清楚，诚然济世安邦、光宗耀祖，是朝中官员，特别是那些寒窗苦读一二十年才出人头地的士大夫的神圣抱负，但毕竟让妻妾老小过上锦衣玉食的生活，是每个官员每天打开门来所要做的第一件要事。朝廷的财礼赏赐谁不想要？特别是清水衙门的官员，对祀天财礼赏赐更是渴望。至于宫中的各色人等，不要说底层的小太监、小宫女，就是那些嫔妃对冬至祀天的赏赐也没一个是不高兴的。此外，这些年来，祀天财礼赏赐未给足过，只因为是老相公韩琦决定的，谁也不敢放个屁，但内心还是很不舒服的。如今王安石到京不过十来个月，就能出这样的大手笔，户部没钱，就到司农寺借。有钱就能买到人心，天下有几人是不喜欢钱的？这一点，可察王安石其人之奸。对这笔钱怎么还，没多少人去想，反正王安石肯定有办法，这笔财礼赏赐不得白不得。不过，这下可急坏了参知政事赵抃。此公本身就是个忧心忡忡的人，自从王安石越次入对以来，心情就从来没好转过。他本人从没跟王安石打过交道，私人间也没任何过节。他一点不怀疑王安石的学问文章，但他觉得王安石在蛊惑天子。这问题就大了。王安石当地方官不过为害一个地方，要是到了朝廷，为害的是整个天下。赵抃感到可怕极了。他十分奇怪：朝中百官怎么会有那么多人说王安石的好话。这些人怎么不想一想，这次冬至祀天赏赐是从司农寺的常平仓里拿出来的钱，明年风调雨顺倒没什么，要是有个水灾、旱灾、虫灾什么的，这朝廷的日子怎么过，天下平头百姓日子又怎么过？身在朝廷，不为天子分忧，却一味蛊惑天子沽名钓誉，这叫什么臣子？那班只想到得赏钱，一点不为朝廷和天下子民着想，好歹不分、是非不管，反为蛊惑天子的人叫好，这种人的心真不知是怎么长的！

这些日子，赵抃隔不几天就要在晚上焚香把自己的心里话禀告上天，决定写份揭帖呈送到天子赵顼那里，生死不能让王安石进中书。前日上完早朝，回到中书衙门自己的值房里，赵抃拿出文房四宝，准备写揭帖。揭帖是中书直达天子的一种机密奏疏，是不让外人看的，写得差不多时，参知政事唐介走了进来。赵抃却不仅没把揭帖收起来，相反还递过去，让唐介看。赵抃认为唐介是朝中难得的一个大大的君子，刚直，头脑清楚；不管天子怎么心醉魂迷王安石，也不管朝中现在有多少人仰望着王安石，给王安石说好话，唐介都对王安石看不顺眼；且不管在人品上，还是在能力上，唐介都把王安石看得一文不值。唐介接过揭帖，看了一遍，大声叫好，不仅完全同意他在揭帖中说的话，还添了句“中书的人都不喜安石翰林进中书”。然后，二话没说，唐介就欣然在揭帖上平署了自己的姓名。

揭帖不是由外廷通进银台司呈送给天子赵顼，而是由内廷的阁门司直接传呈到天子赵顼面前。赵抃这么做，显然是防着知制诰、知通进银台司韩维。在官场走了三十来年江湖的赵抃不会不知道，韩维与王安石不仅是“嘉祐四友”的朋友，而且在东宫当记室参军时就多次在太子赵顼面前说王安石的好话，对王安石崇拜得不得了。说句实在话，王安石这次到朝廷当上翰林学士，后来的越次入对，都与韩维有很大的关系。赵抃对韩维不放心。那天，唐介在揭帖上平署了姓名后，赵抃就到了东阁门司，把揭帖交了上去。当然，阁门司也不是省油的灯。阁门司品级不高，五品衙门，但阁门司的掌门官，不是皇亲国戚子弟、大内黄门押班以上的太监，是当不了的，其他人免开尊口。这班人仗着常常出入天家后宫的特殊权力，朝廷许多官员是不在他们眼里的。不过，对中书宰执大臣呈送给天子的揭帖这样的机密奏疏，却不敢怠慢，也没人会拖延不报。这不，没过几天，天子赵顼就由东阁门使传旨：今天上午在正衙大庆殿北面的殿紫宸殿召见中书四宰执大臣议事。他觉得，天子这么快就对他和唐介的揭帖作出反应，这么快就召见他们，肯定是他和唐介的揭帖产生了作用。只是叫赵抃多少有点惑然不解的是，今天在大庆殿北面紫宸殿召见的不仅是他和唐介，还有曾公亮和富弼。他们并没有在揭帖上署名，天子为何一道召见他们呢？对富弼，赵抃还是很友善的。富弼虽然让人看不透，但对王安石没个好印象，对赵抃来说，有这条就够了。对曾公亮，赵抃却很是瞧不起。赵抃觉得此公不地道，别看此公在中书衙门从没说过王安石半句好话，却也从没说过半句坏话，然而在天子那里完全不一样了，对王安石尽是美言；此公今日也被召见，弄不好要坏事的。好在富弼、唐介在场，谅此公也不敢胡言乱语，过分美言王安石。

这日天气不太好，天低云暗。出门没多远，赵抃的官轿在天汉桥头与唐介官轿相遇，二人掀开轿子的窗幔，边走边聊。赵抃看见，近来身体很不好的唐介今天精神很爽，心情不错。看得出来，唐介昨天晚上肯定也是为今天这场好戏做好了充分的准备。赵抃与唐介过了天汉桥，然后便沿着御街，在宣德门前下了轿，验过门符，进入皇宫。二人在正衙大庆殿外那尊刻有开国天子赵匡胤亲笔书写的“不杀士”三个大字的巨石面前有意稍作停留，然后再穿过把外廷与大内隔开的横街，由东阁门进入大内。东阁门的一个黄门高品在前面引路，往北走就是紫宸殿。巍峨的紫宸殿外寂寂无声，厚重的朱门紧闭着，丹墀两边各有一排持戟的卫士一动不动地站在那里，看去就像寺庙里的两排大金刚。东阁门黄门高品把赵抃和唐介引到紫宸殿东侧的便殿里。刚转过殿角，赵抃看到殿外东侧停了一乘肩舆。朝中百官都知道，当朝天子赵顼只允许次相富弼一人的肩舆可以进出宫廷。这么说富相比他们还早就到了这里。赵抃和唐介来到便殿。赵抃一眼看到便殿里站着两个人：一个是次相富弼，一个是上相曾公亮。曾公亮和富弼都转过身来，四人相互施礼。曾公亮告诉赵抃和唐介：今天是十二月初一，熙宁元年最后一个听朔日，天子这天听政，处理朝事前得先到太庙祭祖，天子赵顼要等一会才能来。

便殿里只留下中书四宰执，相互间并无多少话好说。赵抃心里清楚得很，中书四宰执的关系他们说不上好，也说不上坏，关系十分微妙，也十分有趣。表面上客客气气，谁对谁都不会有过激的言词和行动。大家都一大把年纪了，同朝为官，在官场走江湖走到今天这个样子很不容易，相互间的关系没必要弄得那么僵。他们的政见谈不上完全一致，但实在也无太大差距，反正按照太祖、太宗既定的朝纲治国，辅佐天子看好赵家的帝王基业，让赵家一统江山代代相传，永不易主，这就是他们最大、最重要、最神圣的职责。再说天家最讨厌、最敏感、防范得最严的就是臣子间勾连得太紧密，既然如此，宰执大臣之间的来往就更应该是君子之交。他们之间也会有谁是跟谁合在一块办事的时候，就像他和唐介，不过也就是在办事时接触多一些，事情过去就又都回到原来的老样子，并无更深的接触，更谈不上什么私交。因之，繁荣和富足，祥和和宁静，外无边患，内无战乱，天下无事，太太平平，保持着大宋官场绵延下来的平和、含蓄的工作气氛，就成了中书这几位宰执大臣心照不宣的相处大则。

便殿里这几位宰执大臣都在想各人的心思。赵抃慢慢感到有些奇怪。在初一的朔日召见中书所有宰执大臣听政，特别是一年中最后一个朔日听政，当朝天子赵顼登基近两年来还是头一回，而且召见的地点不是日常视朝的垂拱殿，也不是天子处理政事后便坐休憩的延和殿，更不是仁宗登基初年刘太后垂帘听政的内东门小殿，而是遇朔受朝的紫宸殿，这就显得隆重而又端肃了。天子在紫宸殿召见臣子是不赐座的。赵抃知道，这下要苦了唐介了。此公背上长有好些疖状的小肿块，肿块周围大片肌肤硬化，且有脓头。唐介得了这个病后，畏寒又发热，很是疼痛，把唐介折磨得苦不堪言。在中书坐班，唐介有自己的值房，畏寒也罢，发热也罢，可以靠壁而坐，也可以倚案侧卧，还可以把手反伸到背上搔搔。今天在紫宸殿面君，没这个方便，够他受的了。

约莫辰时两刻时分，便殿外响起一串脚步声，接着便听到紫宸殿厚重的殿门开启声，再接着是响起一阵很响的杂乱的靴子声。赵抃知道，天子赵顼祭祖回来了。正这么想着，一个御前太监匆匆忙忙进来宣旨：皇上召四位宰执大臣进紫宸殿议事。

赵抃和曾公亮、富弼、唐介依次出了便殿，往紫宸殿走去。此时紫宸殿很是森严，也很是热闹。殿外丹墀下环立着盔甲鲜亮、高大雄健、手持刀枪的卫士。有太监、女官、宫女进进出出，侍候天子起居用物。赵抃注意到：曾公亮步履蹒跚，走得很缓；富弼有足疾，一步一瘸，步子也是快不了的；唐介的背痛大概又发了，一步一癫，走得很是艰难。赵抃走在后面，步子当然快不了。御前太监在一旁看着他们。赵抃知道，这是御前太监在检视他们上殿时有无失仪之举。不过，实在地说，这个御前太监也只是做个样子，并不像大型祭祀和朝会那样板着脸，严肃得像地府的判官。大型祭祀和朝会人数多，黑压压一片人，百官的班序、跪拜舞蹈的仪法没个人管，那不知道会乱成个什么样子。当然，今天上殿的四位中书宰执大臣，都是官场老江湖，不会有什么违规的地方；再说，纠百官班序仪法的主要还是御史的事，太监只是一旁协管。紫宸殿的御前太监是个识相的人，不会那么死板，自然不会做得那么难看，更不会对当朝宰执大臣有什么出格之举，只是做个检视样子罢了。

不过，尽管如此，还是苦了富弼。赵抃看见，富弼跟在曾公亮后面，两条腿一瘸一瘸吃力地走着。赵抃知道赵顼不仅特许富弼肩舆进宫，而且特许富弼儿子掖以上殿。赵抃看了看四周，没见到富弼儿子的影子，不用问，肯定是富弼没让儿子来。富弼这老家伙精过了头，太让人看不透。赵抃知道，富弼并不是绝对不让儿子扶他上殿，只要是天子单独召见，此公那是会让儿子掖以上殿的。但凡人多的场合，这老家伙就不太让儿子扶着上殿。富弼瞒不过赵抃，这老家伙这么做，不仅是做样子，更是不想给天子添麻烦。他有让儿子掖以上殿特权，其他臣子呢？要说有病，朝中百官谁不可以报出一二种来？那时天子怎么办？允许还是不允许？要是不允许，朝中百官肚子里能那么舒服？要是允许，满朝文武百官都让儿子扶着上殿，这成何体统？赵抃对凡是自己要说的话、要做的事都要禀告上天。到底怎么看待富弼的这种让人看不透的脾性，赵抃还从没禀告过上天，因之不好怎么说，但在感觉上赵抃认为富弼这么小的事情上都能替朝廷着想，是一种忠心的表现。这就怪不得富弼极得天家的看重和信任。

赵抃刚上丹墀，听到紫宸殿里传出天子赵顼的声音："朕不是特许掖以上殿吗？扶住！快扶住！"接着，赵抃就见一个御前太监过来双手搀着富弼。赵抃注意到，富弼被感动得老泪纵横，曾公亮、唐介眼眶也有了泪珠，就是自己的眼眶里也湿湿的。赵抃跟在后面，进了紫宸殿。天子赵顼从御座上走下来，很亲切也很关怜地望着四宰执大臣。四宰执大臣又是一番感动得不得了，忙跟赵顼行君臣礼。赵顼又忙命御前太监搬了只锦墩过来给富弼赐座。

赵顼在御座坐下。富弼坐在锦墩上。赵抃和曾公亮、唐介依次站着。赵抃看到，天子赵顼今日龙颜开朗。赵抃十分清楚，这都是因冬至祀天办得有脸有面，这光了朝廷的脸，让赵顼好好地快意了一场。赵顼右手从御案上拿出一份奏折，举了起来。赵抃认得，那正是他和唐介上的那份揭帖。赵顼把揭帖在前面晃了晃，然后放回御案。赵抃注意到，此时天子赵顼龙颜阴了下去："朕昨晚把这份揭帖看了好几遍，朕知道，现在朝中百官都在谈一件事：谁可入中书。朕今天把诸位爱卿召进宫，也就是来谈谈这件事。"

赵抃心里仔细琢磨了一下赵顼的话，觉得有点不对劲。他和唐介在平署姓名的揭帖上虽然谈的也是中书人选问题，但天子赵顼谈的是"谁可入中书"，他和唐介谈的是"谁不可入中书"，貌似相同，实则相反。"谁可入中书"讲的是有人要进，"谁不可入中书"讲的是不让人进。朝中百官都清楚，天子对中书现任的四位宰执大臣尽管圣眷未减，但不满意也是路人皆知的了。说句实在话，中书现任的宰执大臣确实不尽如人意。上相曾公亮已是古稀老人了，能有那么旺盛的精力处理政事吗？次相富弼患有足疾，上朝都困难，中书衙门也不能天天到班，少了次相在场，中书的政事能有效率吗？参知政事唐介的背疾越来越严重了，什么时候说病倒就病倒，能指望他做多少政事？赵抃算是身体好一点的，年龄尚未到花甲，但一人能撑起中书这片天吗？再说他也只是个参知政事，朝廷大事是拍不了板的，能不叫苦连天吗？毫无疑义，中书要进新人。朝中百官十分清楚，天子心目中的这个新人非王安石莫属。当然，天子还不会马上让王安石进中书。事情不是想象的那么简单。朝中那么多臣子，谁不想一夜身到凤凰池，成为天子阶下第一臣子？不少人在朝廷熬了多少年，却还只是个郎官什么的。然而，王安石四月初四越次入对至今，才半年时间，就进中书当相爷，这些人心里会那么舒服？即使是昔年“嘉祐四友”中的司马光，心里也是不快的。王安石到京都开封半年了，赵顼还没给王安石拜相，个中一点就是担心王安石在朝廷根基不牢，朝中许多人不服。再说王安石这个人脾气又傲又拗，全然不管他人怎么想，自己要说的话就一定要说，且辞色皆厉，要说个透，态度强硬，恨性重，十分的无礼，谁受得了？再说，天子短时间里还没有把中书现任宰执大臣换掉的意思。王安石进中书，总不能马上当上相，让中书现任宰执大臣都听他的。这样一来，朝廷里不要吵得一团糟，乱成一锅粥？如果只是个参知政事，在这么多宰执面前，王安石能起个什么作用，与不进中书有何区别？此外，后宫那边对王安石的印象也不好。太祖太宗有规定，后宫不得干政，但影响却不可小觑。况且，天子不是那种什么人的话也不听，自己想怎么干就怎么干，一意孤行的人；对不是血亲的太皇太后曹氏和太后高氏的话，更是不可能不当一回事。王安石要进中书，自然不是说进就进得了的。

赵抃看了看坐在对面的唐介，但见唐介一脸惊愕地望望赵顼。赵抃又望了望坐在对面的曾公亮。这个上相曾公亮确实是个老滑头，该聪明的地方比谁都聪明，该糊涂的地方比谁都糊涂。此时此公双唇紧闭，一副糊糊涂涂、不想那么聪明地亮出自己底牌的模样。再看富弼，仍是表面上憨憨傻傻，实则莫测高深，让人看不透的那双深陷在眼窝里的小井似的眼睛波澜不惊，显然不想抢先开口。赵抃拿定主意：不管怎么说，反正揭帖也上了，上天也禀告过了，不该说的不说，该说的一定要说。

不多一会，赵抃看到天子赵顼正亲切地望着曾公亮，显然要曾公亮先开口。赵抃不由得又把目光转到曾公亮身上，准备洗耳恭听曾公亮的高见。然而，这个老滑头却仍旧双唇紧闭，只是双眼虔诚而又得体地望着赵顼。赵顼点将了：“上相，你先说。”称官不称名，以示尊重。

赵抃看到，曾公亮先偷眼望望富弼，又侧脸望望坐在下首的唐介，还偷偷地跟自己的目光对接了一下。曾公亮不好不开口了。赵抃很想听听这个老滑头此时此刻会怎么谈“谁可入中书”这个问题。曾公亮并未多想，说：“臣认为，当下入中书的人，非介甫翰林莫属。”

这就很有点出乎人的意料之外。赵抃真不知道此时此刻该说曾公亮这个老滑头是糊涂还是聪明。说他糊涂，这个老滑头竟一点不加掩饰、毫不含糊地在天子赵顼面前这么美言王安石，正合天子赵顼的圣意，却又极为聪明；说他聪明，这个老滑头到底在中书另外三位宰执大臣面前说起王安石的好话，露出了狐狸尾巴，不怕人家在后面对着他的脊梁骨指指戳戳，这又绝不是聪明人所为。赵抃看到，富弼仍旧是一脸憨憨傻傻让人看不透地坐着，唐介却很是不屑地望着曾公亮。

赵顼龙颜甚喜，频频点头："上相言之有理。"

曾公亮益发美言起王安石来了："大宋百年，外有夏人犯边、北辽渝盟，内有刑法松弛、吏治渝惰，国家积贫积弱到了难返的地步。介甫翰林特立独行，不同凡俗，果于用事，以天下为己任，道德操守无瑕可击；在地方为官十八年，政绩斐然，名声更是震荡朝野，天下共慕之：堪当大任。"几句话说得振振有词、铿锵有力。

赵抃觉得，曾公亮这个上相确实不地道，完全是迎合天子，尽拣天子喜欢听的话说，真不知这种人怎么当上上相的。富弼那双深陷在眼窝里的小井似的眼睛一如平常那样莫测高深，但曾公亮说到"北辽渝盟"时却是很不快地瞥了富弼一眼。这一点不足为奇。二十二年前，再盟北辽，是富弼一生中最值得大书特书的大功，从此四边警戒、人不安枕的时代过去了。不错，在大宋的北方，小的边境冲突时有发生，但稍大的战争确实从未发生过，说"北辽渝盟"确是不实的夸大之词。这样的话，在边关说说，让边关将士不放松警戒，倒也没什么不可以，但在朝廷议政时对天子也这么说，就很不妥了。说得重一点，似乎心术不正，有点阿谀之嫌。"北辽渝盟"之说能让富弼高兴？赵抃再望望唐介，但见唐介摆着一脸的鄙夷，大概因为又发背痛，一脸的鄙夷之色就显得更难看也更突出了。赵抃心里直骂曾公亮：马屁精、老滑头，尽说违心话，上相大臣的风范简直让曾公亮丢尽了。

赵顼龙颜大悦："上相再说下去。"

曾公亮更加理直气壮起来："此次冬至祀天，全仗介甫翰林出了个好主意，才办得如此隆重风光，比任何一年都好，群臣无不夸奖景仰。"

赵顼更是龙颜大欢："此次祀天，是朕登基以来办好的第一件快意事，长了朝廷的志气，光了朕的脸。"

曾公亮不再说了。赵抃感到今天紫宸殿面君人对要给曾公亮搅黄了。不过，尽管如此，赵抃如鲠在喉的那些非要说出去的话，还是要说出去的。赵抃看了看唐介，此时唐介十分恼怒地望着曾公亮。赵抃也很气恨地望着曾公亮。赵抃真是百思不得其解：王安石进中书，对你曾公亮有什么好处？王安石这个人不好相处，此公进了中书，你曾公亮这个上相能驾驭得了他，能让他乖乖听你曾公亮的？做梦去吧！再说，就是你曾公亮倒过来听王安石的，王安石也未必会让你曾公亮自自在在、舒舒服服待在中书。赵抃不明白，这么简单的问题，在官场走了四五十年江湖的老滑头曾公亮居然会看不出来？

赵抃看到，唐介微微抬起头，望着赵顼。赵抃知道，唐介要说话了。但，就在此时，赵顼却对富弼说："次相，你说说。"一样称官不称名。

赵抃侧过脸，望着富弼。富弼依然一派憨傻，也依然是那副不管风吹雨打都按照自己的意愿办事的神情，那双深陷在眼窝里深得像小井似的眼睛也依然波澜不兴。赵抃明白，富弼是清楚天子赵顼的心思的，不过富弼不会希旨迎合天子。赵抃当然非常想听听富弼会怎么回答天子的。过了好一会，富弼慢慢道："陛下，让文太尉回中书吧。"文太尉指的是文彦博。

谁也没料到富弼会这么回赵顼的话。赵抃真的是十分佩服富弼的智慧。确实，正面回答天子赵顼的话，是不明智的，无论是赞成王安石入中书，还是不赞成王安石入中书，都不好说。说赞成，非己所愿；说不赞成，让天子脸面难看。富弼现在这样回答赵顼的话，是再好不过的了。既不说违心的话，又避免正面谈问题，更没让天子难堪，又很巧妙地表达了自己的意见。一句话：高！赵抃看了看唐介，见唐介也很钦佩地望着富弼。曾公亮则一脸的平静，看不出他到底是赞成富弼的意见，还是反对富弼的意见。

赵顼默然不语。赵抃知道，天子显然不同意富弼的意见。富弼仍是慢慢地说："文太尉朝廷宗臣，心忠直亮，立朝有威，临事果断，有大臣风，足庇当世。"从人品上说文彦博。

赵顼依旧默然不语，显然无法不同意富弼对文彦博的看法，但不会让文彦博回中书。

富弼再接着慢慢地说："文太尉出将入相，功勋卓著。仁宗朝官拜同中书门下平章事、集殿大学士，士大夫相庆于朝。英宗授枢密使，无论是北辽、西夏，还是其他国家使臣来朝，仰望文太尉风采，无不慑服，其德望足以折冲御侮于千里之外。"从官声上说文彦博。

赵抃觉得富弼说得太精彩了，怪不得二十二年前出使北辽，能折服强悍无比、不好对付的辽主。此时，赵抃特别留神观察了一下唐介的表情。朝中百官都知道，唐介跟文彦博有过节，在仁宗朝当御史时弹劾过文彦博，指控文彦博在蜀地当太守时结交阉侍太监，织造间金奇锦送给仁宗宠爱的贵妃周氏，这样才当上同中书门下平章事，成了宰相。这件事弄得很大，也很僵。问题出在仁宗的爱妃周贵妃身上，就不好办，也挺麻烦。因为这一来把仁宗扯了进去。虽说言官对天子也有规劝纠失的职责，但事实上没哪个言官会真正板着脸去履行这项职责；要不然就是这个言官神经有毛病，或者活得不耐烦。当时仁宗龙颜大怒，要严治唐介，但文彦博却不仅不怪罪唐介，还拜谢不已，感谢唐介给他提了这么宝贵的意见，连说几声"言无罪"。仁宗只好将文彦博和唐介都罢了官，贬到外面当地方官去了。但唐介和文彦博二人的美名不胫而走。一个获得真御史的美称，一个获得虚怀若谷的美誉。二人都是赢家，皆大欢喜。不过，事情还没过一年，文彦博官复原职，回到京都朝廷，但唐介还在遥远的英州当别驾。有人说唐介不宜久居在外，应该召回京都当官。再当国的文彦博却不仅没设卡，反面奏天子："介以前所说的话，诚切中了臣的毛病，愿如信，召介回京。"这回文彦博可不仅说唐介言无罪，而是有功，且坦然承认了自己的毛病。许多人对文彦博伸出了大拇指。赵抃觉得，在唐、文公案中，真正的赢家还是文彦博。此人真个是功不如韩琦、精不如富弼、学不如司马，但谋却高出这三人之上：明明败局已定，却能反败为胜，且取得大胜。佩服！佩服！

赵抃发现就在自己观察唐介的时候，唐介也在观察自己。二人的目光还对接了一下。赵抃从唐介观察他的那双眼睛里，明显看出一种喜色。赵抃清楚了，唐介对富弼的话不仅没反感，相反是十分赞同的。赵抃听人说过，当年文彦博面君请求让唐介回京的消息传到唐介耳里时，唐介大为感动，对文彦博大为折服。文彦博和唐介都是君子，对什么事都提得起，放得下，哪里会老缠在过去的芥蒂上出不来呢？赵顼还是默然不语。赵抃知道，尽管赵顼没法否定富弼对文彦博的看法，但要让文彦博进中书，是绝对不会答应的。

紫宸殿的气氛有点特别起来，说僵又不僵，说融洽又不融洽。赵抃明白，赵顼把宰执大臣召到紫宸殿来，只是要中书四宰执大臣听他的。进什么新人呢？赵顼心目中的最佳人选当然是王安石，但这正是他和唐介所最不愿看到的事。赵抃在仁宗朝也当过殿中侍御史，弹劾不避权幸，声称凛然，还与唐介、吕诲一道弹劾过当世的一位枢密副使交结太监、进以不道等奸邪行径，被京师文武百官目为铁面御史。赵抃不是个胆小怕事的软骨头，而是个不好惹的角色，决心与唐介一道阻止王安石进中书。他和唐介在揭帖上说得明明白白：这个能进中书的新人必须完全与王安石相反，必须完全遵守祖法，以仁义治国，决不能讲什么财利，把人引到邪路上去。他和唐介并不认为赵顼会完全接受他们的意见，但他们也不认为他们的揭帖对赵顼不会产生一点作用。天子多少总要听一点，不会完全不听。叫赵抃始料不及的是，曾公亮根本就没把他和唐介的意见当回事，不仅没听他和唐介的意见，反帮了王安石的忙，更促动了赵顼要王安石加快进中书的想法。赵抃觉得，今天曾公亮起了特大的坏作用，此公不是那么美言王安石，也许赵顼还真会听听他们的意见。

富弼不再说什么了。紫宸殿内，天子赵顼望望四宰执，四宰执大臣也望望天子赵顼，有时四宰执也相互望望。赵抃知道，此时每个人都在心里较劲。好一会，赵顼抬起头，直问富弼："安石翰林何如？"

赵抃眼睛专注地望着富弼，十分想看看这个在官场几乎不败的老江湖怎么去应对赵顼。叫赵抃感到意外、也感到不解、同时还感到十分有趣的是，富弼此时选择了默然。紫宸殿内十分有趣的一幕出现了。赵顼也不急着要富弼回答。天子不出声，富弼不出声，君臣二人以默然对默然。紫宸殿一片奇怪的死寂。

赵抃看了看曾公亮。曾公亮仍是一脸若有所思的神情。此时，倒是急坏了唐介。赵抃看见，早就要开口说话的唐介突然上前几步，大概是背痛，弄得身子趔趄了几下，差点没摔倒。这一下急坏了赵顼，忙离开御座，要去扶着唐介，好在唐介很快站稳了。赵顼对唐介说："爱卿说。"

唐介直言不讳："王安石难当大任。"

赵抃心里暗暗叫好。赵抃很想看看此时天子会有什么反应。赵抃吓住了，看到已经离开御座的赵顼龙颜很是不快，几步走到唐介面前，嗓门挺大："你说安石翰林难当大任，是文学不可任耶？吏事不可任耶？经术不可任耶？"三个问题连珠而发，一个比一个急，一个比一个响。

在赵抃的记忆中，天子赵顼登基以来还没对哪个臣子发过这么大的脾气。他注意到，曾公亮一脸的无所谓，一脸的聪明不聪明，糊涂不糊涂；不畏惧辽主的富弼倒为唐介吓着了，深陷在眼窝里的小井似的眼睛望望赵顼，又望望唐介。唐介却毫不在乎，一如当年弹劾文彦博那样，面对仁宗的龙颜大怒和即将降临的贬谪，一种忠臣所愤、慷慨激昂、凛然大气的神情出来了。唐介面色如常，嗓门也高了："安石好学而泥古，议论迂阔，不通世事，如若让他当国为政，必多所变更。"

赵顼龙颜更怒了："你说对了，朕要的就是安石翰林的好学而泥古，议论迂阔，不通世事，变更法度，理财富国，洗刷国耻！"

唐介对天子的震怒似乎一无所感，只是要牛到底："陛下，弃先圣之道，背先帝之法，违天下人之心，恐怕无以致治，内乱反生！"

赵抃这回是真正地害怕起来，同时越来越佩服唐介，觉得自己这个当年被人称作铁面御史的人比起唐介来，还真有点自愧不如。自己当年是够直言的了，但何尝在天子面前这么直言过？这就牛过头了。天子不是朝中百官，凡事总得给点面子。

赵顼一时也给唐介这种不怕冒犯天颜的胆气怔住了，张着口，半日没说话。赵抃感到紫宸殿的气氛骤然严重起来。赵抃几次给唐介以目示意，让他不要再说下去。好在唐介此时还是识趣了，不再顶撞下去。过了好一阵，赵顼龙颜怒色稍解。不过，此时赵抃却又看到，赵顼突然回到御案前，把他和唐介上的揭帖拿过来，一手指着揭帖，脸转过来，不仅对唐介也是对他说："你们说中书的人都不喜安石翰林进中书，是这样的吗？"

赵抃傻眼了。他和唐介平署姓名的揭帖是说过中书的人都不喜王安石到中书来这样的话。现在看起来，这句话确实是说得过头了。这也怪自己和唐介太疏忽了，不该把这句话添上去。今天在紫宸殿上，曾公亮就十分明确说当下入中书的人非王安石莫属，怎么能说中书的人都不喜王安石进中书呢？当然，自己和唐介都没料到赵顼会突然把中书的四位宰执大臣都叫到紫宸殿来，要不也就不会那么写了。这也怪呈交揭帖前没把这句话禀告上天，结果把事情弄成这个样子。赵抃难堪极了，也后悔极了。赵抃看到，唐介想把责任担过去，忙跪下去请罪："揭帖是微臣一人所写，全是微臣的错，臣知罪。"

赵抃此言一出，低下头去，等到赵顼来申饬自己。不过，等了好一会，未听到赵顼申饬自己，眼睛的余光中见赵顼龙袖一甩："退朝！"

赵抃感到奇怪，赵顼虽宣布退朝，却未起身，仍坐在御座上。不过，赵抃很快明白过来：赵顼此时并不想退朝；刚才宣布退朝，多半是心里很生自己和唐介的气，情急之下说快了嘴。从今日紫宸殿里的情况来看，赵顼是非常想王安石赶快进中书，也非常想得到中书四宰执的支持。但，中书四宰执却不是每个人都支持的，更无人能在王安石进中书问题上拿出个好办法出来，结果议了半天，什么名堂都未议出来。这是赵顼很不愿看到的结果。然而，赵顼又心有不甘，因之才说退朝却又未退朝。赵顼此时实际上在等一个下台的梯子，只要有了，又会重新议事。

赵抃还看到，富弼、唐介也都未起身，一脸若有所思的曾公亮身子更是纹丝不动。赵抃心里清楚，他们也和他一样，明白了赵顼此时此刻的尴尬心境。赵顼没有真退朝，他们自然不能退。他们也清楚，赵顼在等一个梯子。但，梯子也不是说找就找得到的，谁又不是神仙，会玩什么法术，梯子说有就有的！紫宸殿里的气氛变得古怪而又沉闷起来。不过，就在此时，赵抃看到，曾公亮上前几步，对坐在御座上的赵顼说："陛下，微臣还有一事要奏。"

梯子找到了，赵顼龙颜明朗起来，赶紧招手示意，要四宰执不要退下去。富弼、唐介脸上也现出喜色。紫宸殿里的气氛欢悦起来。赵顼对曾公亮说："奏，上相奏。"

曾公亮一脸肃然："当下朝中为谁进中书事物议纷纷，弄得朝政上诸事不便。此事晚解决不如早解决。微臣进言：中书现任四宰执不动，仍旧各管各的事；王安石进中书，授参知政事，名列最后，但主政。"

赵抃看到，赵顼龙颜大快。不过，赵抃心里在骂曾公亮：滑头。这个主意可说是面面俱到，十全十美，皆大欢喜：既满足了天子赵顼要王安石入主中书的心愿，讨好了天子；又保住现任四位宰执的脸面，让他们继续当高官；特别是王安石如愿以偿进了中书，在中书名次最低，却权力最大，王安石要的也就是这个；曾公亮也不亏，不仅落得个好名声，且今后肯定有好报。

赵抃再望了望富弼和唐介，脸上却不见半点喜色。赵顼挥了挥手，要众人退朝。这回是真退朝。眨眼工夫，赵顼就在一帮太监、女官、宫女的前呼后拥下出了紫宸殿。赵抃跟在曾公亮、富弼、唐介后面，走出紫宸殿。

紫宸殿上空天更低，云更暗，日光全被低重的云遮住了。两个轿夫扶富弼上肩舆。唐介忽然直呼其名地喊住走在前面的曾公亮："曾公亮！"

赵抃看到，曾公亮的肩膀吓得往上颤了几颤。过了好一会，曾公亮转过身来。这个糊涂的地方糊涂、聪明的地方聪明的老滑头上相此时却不知道是糊涂好、还是聪明好，一脸愕然望着唐介，半日合不拢口，冷冷地望着唐介。唐介一脸的气怒，说："安石果用，天下必困扰。这一点，你当自知之，为何在皇上面前把安石捧到天上？"

赵抃觉得唐介的话说得太好了。一个上相，本来应该正派，敢讲真话，敢对天子做得不妥的地方提出自己不同的意见，你曾公亮像个什么上相！赵抃看到，唐介此言一出，富弼从肩舆的窗里探出头来，望了望这边的曾公亮和唐介，好一会才把头缩回到肩舆里去。半日曾公亮脸上的表情才恢复常态，不紧不慢地对唐介说："皇上不是挺心醉、挺看重介甫吗？"

赵抃佩服曾公亮这话回答得妙。到底是老江湖、老滑头，说起话来滴水不漏，天衣无缝。确实，还真不能小看曾公亮，此公能混到上相的位置，没几下子还行？明摆着正面回答唐介的话，肯定吃力不讨好；把天子抬出来，唐介下面的话就不好说了。唐介要说，就把矛头指向天子了。要是碰上个正好是仇家的言官，添油加醋弹劾一下，唐介肯定要遇到大麻烦。

唐介一下子给噎住了。紫宸殿环阶而立的卫士也撤了。富弼的肩舆已转到别处了。曾公亮也不要唐介回答，转身迈着方步走了。唐介气得背痛发了，不住地反手捶背。等曾公亮走出十几丈远，唐介对着曾公亮的背影，吼了句："你持禄固宠！"

赵抃以为曾公亮会回敬几句，但此公却无比糊涂起来，根本没把唐介这句话当回事，连头也没回一下，只是不紧不慢往前走去，一会转个弯人就不见了。此时紫宸殿前只剩下唐介和赵抃二人。赵抃走到唐介面前，碰了下他的手臂，要他走人。唐介这才迈开双脚，向前走了几步，然后对着曾公亮转弯的地方，鼻子里出了口粗气："哼！"

第十四章　猛将军知府衙里怕见美人　怪书生秦州年关雪中送炭

熙宁元年十二月十六日，时令进入三九严冬天气，再过半个月是大年三十，大宋西北边陲重镇秦州城内一片萧条景象，许多店铺都歇业关门，偶有几只骡马、骆驼穿街而过，不多行人的头都缩在羊皮毡帽内。不过饮食店还是开张，一股股白色的热气从店里飘出，散发出诱人的羊肉、驴肉的香味。日头冷缩缩地从东边城墙爬上来，失去了往日的光芒。风不大，但吹在脸上像刀割一般。

上午，鼓楼传来未时鼓声。一队从边境回来的骑兵从秦州城的西门而来，令人惊恐的急促的哒哒马蹄声，使得街上不多的行人赶紧退让到两旁的店铺边。开路的两个骑兵扬鞭策马，一路大声吆喝，人和马的鼻子里吐出一股股浓浓的白气。这两个骑兵后面是骑在红鬃黑鬣烈马上的秦凤路都钤辖、龙神卫四厢都指挥使向宝将军。此人是名副其实的军汉武夫，一脸横肉，再加上半尺长又粗又黑的连腮胡子，就使得那副凶相更加令人望而生畏。向宝的身边，簇拥着一伙扈从兵。这伙抽调上来的扈从兵一个个都神气得不得了，但都十分规规矩矩、老老实实地跟在向宝身边，无人敢离开半步。这叫向宝高兴。在秦凤路特别在他亲自率领的名号叫“神龙”的这支军队里，他向宝就是最高的土皇帝。他就喜欢部下崇敬他，捧着他。有哪个部下不把他向宝当回事，下次出战时就得小心点了，没准背后就有人一刀把你砍了。

向宝对街市的萧条景象不感兴趣，只是打马往前走。但这下可苦了跟在这队骑兵后面的十多个散从。这些散从，都是当地的五等民户，县衙派来给向宝这队骑兵充民役公差，挑运兵器和马吃的料草。宋代的兵将其实也是很享福的。一方面，朝廷对领兵的将军盯得很紧，不让他们在同一卫所待得太久，有兵事也是临时委任将军率兵出征；另一方面，朝廷对将军的享乐不仅不加干涉，反多加纵容。将军平日在将军府中，娇妻美妾，花天酒地，嫖赌逍遥，想怎么过日子就怎么过日子。当兵士的日子也挺好过，天子从不吝于厚待兵士。朝廷明明知道兵士中良民并不多，多数倒是一些好吃懒做、游手好闲、无事生非、欺善怕恶的泼皮无赖，但只要这些人做得不太过分，不至于为害一方，长官也就让他们饮食嬉游，并不太多加管束。这不，不仅马吃的料草，就是手中的兵器也由充当民役的公差去干。

转过几条大街，向宝和他的扈从兵来到秦州知府李师中的大衙前。秦凤路隶属秦州府。向宝和他的亲兵扈从下了马，在知府大衙前的马桩上拴好马，跟在后面的十多个散从也赶了上来，一个个累得气喘吁吁，口吐白气。

向宝朝知府大衙走去。他的扈从兵自会找到地方歇息去。散从交了差便各自走人。周边的酒家见到这伙兵爷，谁不是尊为上宾，抢着把他们接过去，好酒好肉供着。

知府门前的卫士和门者认得向宝，都躬着肩，堆着笑，放向宝进去。不过，向宝的脚一跨进知府大衙的门槛，虽然还是一副令人望而生畏的凶相，但不敢放肆了，走路也有点蹑手蹑脚起来。宋代的文官是十分吃香的，也十分神气，军汉武夫却挺窝囊，也挺憋气。在文官面前，武官没谁不矮半个头。宋代与五代完全不同。在五代，武官吃香，文官憋气。文官在武官面前，谁都胆战心惊的，生怕自己什么地方招惹了武官，弄得对方冷不防一刀把自己砍了。宋代国策，以文驭武，开国天子不仅杯酒收了将帅的兵权，把他们赶到豪宅里去过花天酒地、妻妾成群的神仙日子，而且从不让一个军汉武夫进入权力中心中书省，就是本该军汉武夫当掌门人的枢密院也都是文官充任。边关军汉武夫自然神气多了，但还得听命于文官知府大人的。一府的文职长官，不仅管政，而且管军。因之，不管多横的军汉武夫没一个敢在自己的文职长官面前装疯撒野的，都得老老实实、规规矩矩听候文职长官的吩咐。稍有违逆，用不了多久，说不定哪天朝廷就派人下来把他捆起来，用囚车解到京都乌台受审。

在兵士面前威风惯了、走路从来昂首阔步的军汉武夫向宝此刻却蹑手蹑脚走路，实在难为了他，叫他感到别扭难受，也挺滑稽有趣。向宝过明间，刚绕过萧墙，就听到庭院那头大堂里有箫笛声和美人的歌声传来。秦州知府李师中，也是进士及第，喜欢能咏诗写字、善歌善舞的美人。向宝在自己的指挥部卫所就听说李师中李大人近日买了两个十六岁的漂亮歌姬，欢喜得不得了，一有闲暇，就在府中跟这两个小歌姬饮酒、弹唱、咏诗、写字。李大人倒也大方，雅趣不俗，家中有客人来，常常叫她们出来陪客，弹唱助兴。

向宝没走庑廊，却径直穿过庭院，向大堂走去。刚上大堂台阶，向宝就听到大堂里面有人在喊："是向将军吗？快请进！快快请进！"话音刚落，向宝就见秦州知府李师中出现在大堂门口，李师中的身后则站着两个漂亮的小美人。向宝感到面生，看来这两个漂亮的小美人就是李大人近日买来的歌姬。但这下向宝心中暗暗叫苦了。向宝不是不好美色。他喜欢西夏和吐蕃羌族女子。这些女子壮实，蛮，有野性，爽快。羌族女子有被他看上的，他会马上命令手下把她带到自己的府帐里去，不到他满足是不会放她走的。他不习惯跟那些能咏诗写字、善歌善舞的上等花娘歌妓打交道。他是个粗人，胸无点墨，跟那些上等花娘歌妓打交道，会叫他手足无措。特别是跟知府大人府上的那些歌姬家妾应酬，向宝更觉得难办。这里的美人念句诗，咏个词，叫他摸不着头脑，没准借机骂他几句，把他当傻瓜戏弄几下他也不知道，那才叫冤。

李师中把向宝迎进大堂。向宝盔甲在身，与李师中免过礼，就见李师中新买来的两个小美人过来给他蹲了个万福。这两个小美人嘴巴很甜，很乖巧，没骂他，也没戏弄他，倒是不住地夸他是"飞将军""薛仁贵"。对"飞将军"，向宝不懂，但对"薛仁贵"却很清楚。薛仁贵本是个花汉，在相府里做工，竟能把相爷的千金小姐弄到手，后来做了平西王，说不出的风光。向宝猜想：一定是李师中在床上快活时把什么"飞将军""薛仁贵"告诉这两个小美人的。这个李大人真是没话找话，把这样的话也说给美人听。不过，还有更要命的。夸过向宝后，这两个小美人还缠着向宝下次出阵时带她们也去看看他们是怎么砍人的。上阵打仗可不是在屋子里唱歌跳舞，那是要死人的，你不把对方砍死，对方就把你砍死。向宝一时给李师中的两个小美人弄得窘态百出，不知道如何应付才好。好在李师中很快给向宝解了围。李师中对两个小美人挥了挥手，要她们到里面去。这两个小美人才说不上是高兴，还是不高兴地到后堂去了。

向宝自在了。他怕跟文职官员打交道，更怕跟能咏诗写字、善歌善舞的美人打交道，其实并不怕跟李师中打交道。他心中十分清楚，自己是李师中的爱将。秦州府辖十二州三十八县，统领名号叫镇戎、德顺、通远、积石、震武、怀德六支劲旅，西邻吐蕃，北抗西夏，军事位置特别重要，不可小觑。向宝是个粗人，大字认不得几个，但听李师中李大人说，吐蕃与西夏原本都是羌族人，东汉时迁徙过来一分为二。其一叫党项羌，居住在甘陕一带。党项羌人历尽磨难，与中原王朝的关系时好时坏。到了宋代，党项羌出了个有着雄才大略的李元昊。在李元昊的统领下，东尽黄河，西临玉门，南接萧关，北控大漠，创造文字，建立官制礼仪，是为西夏。从此西边撤备了好几十年的大宋帝国边境不得安宁了。数十年间，西夏与大宋兵戎相见：大战三次，皆以大宋失败而告终；小战不下百次，大宋胜少败多。其二叫发羌，居住在青康一带。这里的羌人皆秃头，因之国号亦称“秃发”。吐蕃的发羌散弱，大者数千家，小者百十家，到大宋王朝时都从没真正统一过。吐蕃与大宋战事不多，边境上小规模摩擦免不了，但大的犯境事件从未发生过。无论是西夏党项羌人，还是吐蕃发羌人，都有点惧怕向宝，听说向宝来了，鲜有人不是拔腿就跑，有多远就跑多远的。当然，不用说，这也就是向宝何以成为李师中爱将的原因。

向宝清楚，李师中这个人不好对付，对人常带一种傲慢轻侮之色，但对向宝从来礼加三分，向宝实在是个粗人，毫无雅兴，不知道怜香惜玉，要不然真不会把两个小美人赶走。两个小美人走后，李师中忙叫向宝脱了盔甲。李师中请向宝在大堂正北面靠壁的方桌那边座椅坐下，自己则在方桌这边一把座椅上坐下，又叫管家把茶和果品端上来。也不知这个李师中用了什么法子，居然把江南的上等太湖碧螺春茶、温州的蜜柑、泉州的龙眼，都端到自己面前的桌上。

向宝和李师中坐了下去。向宝对水果不感兴趣，吃起来烦，要剥皮，要一片片掰。他喜欢喝浓茶，见杯中茶叶不多，就很不客气地从管家手中抢过茶叶罐，撮了一大把放到杯里：“你这个人好不晓事，向某喝的是李大人的茶，你小气什么。”

军中饮酒喝茶，不是官场文士饮酒喝茶，用碗不用杯。李师中府上的人都知道向宝是个粗人，又是李大人的爱将，脾气不好，嘴巴也不好，说话没什么轻重顾忌。因之，谁也不把他的话当回事，都是这只耳朵进，那只耳朵出。管家不住地赔小心，笑着骂自己该死，却并不生气。李师中也满心欢喜地望着向宝。李师中只要向宝听他的将令，有仗打就浑身来劲，砍起人来不要命就行，至于他个人的脾性，李师中一向由着向宝，让他想怎么干就怎么干，不想怎么干就不怎么干。

向宝一路上没喝一滴水，口渴了，埋下头去，一颗大脑袋把茶碗全遮住了，也不怕烫，猛地喝了口茶，感到十分解渴，抬起头惬意地舒了口气，连说了两声：“好茶！好茶！”

李师中等向宝过足了茶瘾，也优雅地呷了口茶，品了品，说：“向将军辛苦了，说说情况。”

向宝知道，李师中所要的情况指的是近来客游陕西、访采边事的那个书生王韶的情况。他今天头不脱盔、身不解甲，连自己家也没回，就直奔李师中府上的目的就是来向知府大人禀报王韶情况的。向宝用粗大的手背抹了抹嘴边沾上的茶叶渣子，出口就是粗话：“李大人，把那个鸟人捆起来！”

向宝万万没想到，他的话音刚落，从来闻惊不变的李师中吓了一跳，脸色都变白了，差点没把手上的茶杯摔到地下。好在李师中很快镇静下来，伸手赶快把要从茶几上滚下去的茶杯扶好。向宝看到，李师中狠狠地瞪了他一眼，厉声道：“休得胡言，你有几个脑袋？你要把他捆起来，本官先捆起你，叫你人头先落地！”

向宝糊涂了，但也乖了，没敢张狂，但嘴巴却低声地嘟嘟囔囔着：“再让那个鸟人在边关乱窜，总有一天要出大事。”粗话总是不离口。

李师中越发恼怒了：“出不出大事不用你管，本官只要你禀报他在边关上的行踪。”

向宝一向怕李师中，但也十分佩服李师中。李师中并非等闲之辈，从来就不是个好惹的人。此人十三岁时就敢为父亲辩罪。其父原是泾原路都监，那年西夏十万人犯境，泾原路知府派出的别将逗留不前，弄得李师中父亲孤军深入，寡不敌众，受到朝廷降职处分。李师中不服，天不怕，地不怕，干出了一件远不是他那个小小年纪所做得出的事，竟敢给天子上封事，把密奏封上口，由内侍机构内东门司呈送到天子那里；一边又跑到当朝宰相吕夷简府上去辩父无罪，诘问不屈，弄得当朝宰相十分恼怒，认为这是朝廷大事，不是他这么一个十三岁小小年纪的布衣所应该管的，要把他轰出府外。小小年纪的李师中就是不屈：“师中虽是布衣，但所说的是父亲的事情。”儿子替老子辩护，理由正当，官场混了几十年的宰相无话可说了。后来，李师中中了进士，历任县令知州，政绩不差，官声也不错，用兵也很有一套。今年年初，西夏党项羌人又入寇犯边，李师中临危受命，来到秦州当知府，打了几仗，虽然未大胜西夏，却也未大败于西夏，打了几个小胜仗，也吃过一点小亏，西夏退兵而去，从此秦州无战事。李师中很是得意，夸下海口：秦州边关，固若金汤，丢了一寸土地，拿他李师中脑袋是问。后来，向宝还听知府衙门里的人说，朝廷里不少人对李师中看得很重，仁宗朝的范仲淹、当朝大臣富弼还说李师中有王佐才。范仲淹这个人，向宝是听说过的，知道范仲淹大人是个了不得的人，在仁宗朝当过枢密副使、参知政事，还曾当过陕西四路宣抚使，西夏党项羌人都怕他，称他“胸中自有数万甲兵”，次次打得西夏党项羌人大败而归，落荒而逃。富弼也是个不简单的人，在西北边关带过兵，还一个人出使北辽，几句话就说得北辽皇帝乖乖听话。向宝是个粗人，不知道王佐何许人，向宝也不想去搞清楚。他一个武夫粗人哪知道那么多，但不管王佐、王佑，恐怕跟范仲淹、富弼差不远，都是能掐会算的有大本事的能人。勇猛过人、无役不往、砍人不怕死的向宝就喜欢李师中这样的知府，也服了这样的知府，觉得跟这样的知府在一起守边才过瘾。但今天叫向宝惑然不解的是，小小年纪就敢给天子上密奏弄得当朝宰相理屈，又跟王佐一样有才且从不畏西夏党项羌人的李师中，怎么会怕那个到边关来惹是生非的书生王韶，一提到此人就呵斥自己。既然李大人只要自己禀报此人的行踪，那向宝就一五一十地说了起来。

王韶这次访采边事一年多，深入境外二百里，确实给秦州戍边的士卒添了许多麻烦。此人颇通阴阳，也略懂得点医道，兼与人算命测字，边民对他到来也欢迎。但此人不光在边关这边活动，还有许多时候到边关那边去活动，这就不仅引起西夏党项羌人、吐蕃发羌人的注意，而且引起北辽胡人的注意，每天在他周围的党项羌人、发羌人和胡人探子换了一批又一批。本来，这都与大宋秦州官府、戍边兵将无关。此人是死是活，都不关官府和戍边兵将屁事。起初，各寨、各堡厢兵都头怕他惹事，见到此人就赶，不让他进寨入堡。但不久以后，谁也不敢赶了，也不敢不让他进寨入堡了。前不久，枢密院有牒文到了秦州，着秦州府、州、县长官以及各卫的马步军都指挥使、各寨的指挥使、各堡的都头确保王韶安全，更不得加害于他。这下可就忙坏了府、州、县各衙的长官胥吏以及各卫、各寨、各堡的将校兵士。此人不在自己辖区属地出现，谁都觉得轻松了一大截；但只要此人在自己的辖区属地出现，可就连觉都睡不好了。明的有身穿盔甲、手持环首长刀的都头、虞候、兵士在他周边方圆上十里的地方巡弋，暗地里有着汉服、羌服的都头、衙役在他近处防卫。这已经够叫众人劳苦的了。以前此人多在边关内外观察山川地貌，近些日子此人却更多的是去边关内外的集镇跟来往做生意的汉人、党项羌人、发羌人及胡人打交道，到他们的店铺、货场、客栈、码头转来转去。此人又不是商人，到那些地方去干什么？这不是神经出了毛病吗？特别叫人不放心的是，前几天此人还串到吐蕃境内，到发羌人帐篷里去喝酒。此人简直活腻了，似乎不在边关弄出点什么乱子就难受。不过，也不可小看此人，也不知他用了个什么法子，近日居然把一个发羌女子弄到手，让她带着在发羌人帐篷里进进出出，有时还让那个发羌女子装成男仆到边关来走走。

向宝又咕噜咕噜喝了几口茶，说："李大人，你才高八斗，能掐会算，本事大，想个法子，把这个人弄到别的地方，若何？"

他的话音刚落，李师中就喝道："糊涂！现在谁也没本事把他赶走。此人写了个《平戎策》，把天子都惊动了，要看他的那个策，还要召见他。"

向宝这才猛地记起前些日子有人向他禀报，说王韶晚上总在灯下写写画画的。向宝说："没想到这个神经病，还有这一套。"

李师中呷了口茶，眼睛斜着向宝说："向将军，以后你有仗可打了。"

别以为向宝是个军汉武夫，鲁莽急躁，但并不傻。他品出了李师中那一个斜眼、一句话，这里面有点怪怪的意思。这个怪怪的意思是什么，他一下子还弄不明白，但却本能地感觉李师中对他有点什么不放心。这真他妈的是读书人心眼多，有话不直说，喜欢打哑谜，让你去猜。这个李师中也是门缝里看人，把我向宝看扁了。王韶何许人？李师中李大人何许人？王韶官比你李大人小得多，本事能超得过你李大人？就凭他在秦州边关跑进跑出，写了个什么策，我向宝就把你李大人卖掉，跟他王韶跑？再说，向宝心中有数：自己是李大人的爱将，对自己够意思的了，自己怎么可能卖主求荣呢？笑话！向宝说："李大人，我向某人直话直说。别人的话向某不放心，要打仗，向某肯定听李大人的将令。谁知道别人会怎么捉弄向某，到时候不要弄得向某糊里糊涂没砍倒几个人，自己反给人家把脑袋砍了。"这个军汉武夫鲁莽的时候鲁莽，精的时候也精，不仅挺会逢迎拍马，还晓得用"别人"去替代王韶。

李师中笑了，说："向将军，你什么时候也学会滑头了？"

向宝嘿嘿一笑："李大人，你过奖了，向某的东西还不都是从李大人那里学来的？"

李师中也嘿嘿笑了起来。此时，府门外传来一阵急促的脚步声，紧接着，向宝就看见一个都头模样的人三步两步从庭院中间跑了过来，进了大堂，向李师中和向宝禀报：“刚才抓到一个发羌探子。”

向宝认得，来人是和番寨都头徐保生。向宝觉得奇怪，在边关要抓个探子，简直是家常便饭，小事一桩，因之这类事根本用不着知府大人和都钤辖这样的大官劳神，都由下面寨堡的指挥使和都头去审，只有审出了重大情况，才交到李师中和向宝这来。既然是刚抓到的探子，并未经过寨堡的审讯，怎么就把人往知府衙门带呢？向宝挥了挥手，对都头徐保生说：“你把他带到和番寨去审，他要不开口，你给他松松筋骨就是，我跟李大人有要事商议。”

徐保生就是不走，说：“此人口口声声说要见一个叫王韶的人。”

向宝听到王韶这个名字就烦，又对徐保生挥挥手：“什么王韶李韶的，哪个韶也救不了他。他老老实实招供，免他一死；他要不招供，你放了他的血。”

徐保生转身要走，屁股还没转过去，李师中却把他叫住：“你把他押上来。”

徐保生出去了，一会就听到府门外一阵吆喝声，都头徐保生领着四五个军汉连推带搡地把一个五花大绑的中年汉子带了进来。这个中年汉子头带羊皮帻，额上绡头把头发全裹住了，身着右衽皮袍，足穿高筒皮靴，地地道道汉人扮相。这个中年汉子显然是个闯荡江湖、见多识广的人，在知府大人和都钤辖面前一点不感到怯场，到了大堂也不下跪。都头徐保生在他的后腿膝弯踢了一脚，才让他扑通地跪了下去。

李师中与往日不同，对这个中年汉子挺和气：“你是发羌人？”

中年汉子直认不讳，但说的却是一口纯正的汉语：“是。”

对这点，不论是向宝，还是李师中都一点也不感到奇怪。北辽契丹人、西夏党项羌人和吐蕃诸部的发羌人，在宋代汉化程度相当高，不仅官制多与宋同，贺朝之仪也多杂用唐宋，设科取士，尊孔拜孟，与宋并无二致，特别是边关的契丹人、党项羌人和发羌人，不少通汉语、习汉字。李师中又问：“你年前到我秦州有何贵干？”

中年汉子却不回答李师中的话，只是说：“俺要见王韶王先生。”

李师中：“你要见王韶作甚？”

中年汉子：“见到王韶王先生，俺自有话说。”

向宝不耐烦了：“你知道跟你说话的是谁？知府李大人！你不从实招来，老子杀了你。”

中年汉子双唇紧闭，不仅没什么畏惧，反斜眼望了望向宝。

向宝怒了。秦州边关羌人，没几个不知道他向宝大名的，也没几个不怕他的。然而这个中年发羌人却用眼睛斜他，这不是反了！他正要发作，李师中却离开座椅，起身走到中年汉子面前，态度更和软了：“你一定要见王韶王先生？”

中年汉子点了点头。

向宝找到发泄自己一肚子恶气的机会了，对中年汉子吼道：“李大人问你呢，哑了？”

中年汉子回敬了向宝一句：“你没见我点了头吗？”

这中年汉子真有点活得不耐烦了，骨头没挨揍不舒服。在秦州地界，虽然不是他当家，但向宝要对中年汉子这样的人动粗，让他尝尝他老拳的味道，把他打个半死，是不需要理由的。向宝是真正给这个中年汉子激怒了，从座位上蹦了起来，捏着双拳，冲到中年汉子面前。不过，李师中却走了过去，隔在向宝与中年汉子之间站着，不让向宝动粗。

此时，秦州府堂吏从门外匆匆跑了进来，向李师中递上一张名帖。向宝不认得几个字，懒得伸过头去看谁的名帖，只是望着李师中。李师中看完名帖，略略沉吟了一下，对堂吏说：“让他进来。”

堂吏出去了。李师中告诉向宝，王韶来了。不多一会，向宝看见，庭院里，王韶正大步往大堂走来。李师中回到座椅上，静等着来人。向宝瞪了中年汉子一眼，也回到座椅上坐下。中年汉子跪在大堂里。和番寨都头徐保生板着个脸，站在中年汉子身后，随时准备把不老实的中年汉子按在地下，不让他起来。

不多一会，王韶进了大堂，在大堂门槛外就跟李师中和向宝长揖行礼。真不知什么原因，向宝一看到眼前这个三十好几的书生就不顺眼。他毫不客气地把王韶打量了又打量。此人个子挺高，身板结实，和他一样长了副又粗又黑的连腮胡子，嘴巴阔，鼻子大，穿一身黑衣服，有点怪，也有点傲，像个深山老林练过打的武林怪杰。

李师中脸上看不出什么特别的表情，说不上是欢喜，还是讨厌。知府大人是进士出身，不会像军汉武夫那样没涵养，喜怒摆在脸上。李师中什么也没说，显然不想先开口，只是让王韶在西壁边上一张座椅上坐。大堂里那个被五花大绑跪在地下的中年汉子面有喜色了。但叫向宝奇怪的是，王韶没在座椅坐下，也没看那个跪在地下的中年汉子一眼，好像不认得他一样，只是说："恕晚生冒昧，请问李大人、向将军，府中、军中，粮能支多久？盐能吃几天？油能食几时？柴能烧几日？地窖里的白菜贮藏了多少？马上要过年了，鸡、肉、鱼、蛋现在何处？"

向宝一听就火了。他真没想到这个神经出了毛病的王韶一来就讲这些事。你王韶算老几，这里的柴米油盐有没有关你个屁事。向宝真想过去凶王韶几句，却一眼看见李师中十分惊讶地望着王韶。向宝当然知道李师中为何如此惊讶。大宋二十三路军政区中，秦州可说是最穷的地方，柴米油盐、鸡肉鱼蛋都很匮乏，常常仰仗河北路和永兴路供给，有时还要远到京东西路去购粮，日子过得实在苦。向宝不由得把心头的火压了下去，也怪怪地望起王韶来。这小子莫非有什么妙法，能给秦州送一大批这些东西来？那向宝就感谢了。

过了一会，李师中没事一样，一脸的平静，不紧不慢地对王韶说："军中粮草可支半年，府中粮食可支四个月，年货也不缺，根本不用发愁。"

向宝也觉得李师中又在说大话、夸海口。这些读书人，呆的太呆，呆得什么鸟用都没有；厉害的又太厉害了，说怎样的大话，夸怎样的海口，也不脸红。他向宝没这个本事，这样的大话说不出口。王韶哈哈大笑起来："李大人，你这些话，在官场说说是可以的，能起到稳定人心的作用；在战场说说也可以，能把对方震住。可晚生一不是你府里的下官，二不是跟你对阵的敌方，用得着这样说话吗？"

向宝看到，李师中多少有点不自然地笑笑："不过，军粮吃过明年四月，府中粮食吃到明年三月不成问题，年货嘛，少就少一点，过年少吃一点就是。"

老奸巨猾！向宝实在是服了李师中，到了这个份上牙关还咬得这么紧。不过，此时向宝开始明白一点点王韶近日常去边关集镇跟生意人打交道的原因了。这小子，看来到府上来见李大人，是早做好了准备的。今天有好戏看了。

王韶不笑了，很有点深山老林武林怪杰的怪做派，双手合拳一拱："李大人，既然如此，晚生告辞了！"说完，起身往大堂外走去。

奇怪的事情发生了。向宝看到，跪在堂下的中年汉子吓坏了，两眼惊恐地望着根本没看他一眼、已经走到门边的王韶背影。李师中也居然有点慌了，在王韶一只脚跨出门槛时把王韶喊回来："你别走，你别走。"边说边起身追过去，一把拉住王韶一只手，请他回西边壁下座椅上坐下。

向宝十分惊奇地望着李师中。在向宝的印象中，辖一路兵民大权、威镇秦州的李师中亲自下堂去把一个人请回到座椅上去还是头一回。此外，向宝还发现，跪在堂下的中年汉子脸色如常了。等王韶在座椅上坐下后，李师中也在自己座椅上坐了下来，侧过身去，亲切地问王韶：“你有妙法解决这些问题？”

王韶没直接回答李师中的问话，只是对堂下跪着的中年汉子努努嘴：“请大人松绑。”

向宝糊涂了。这个王韶怕真是神经出了毛病，怎么在这个时候提出给吐蕃探子松绑的要求来。这不是自己跟自己过不去吗？不过，叫他更糊涂的还是李师中竟然没半点犹豫，答应了王韶的要求，对都头徐保生摆了下头，意思要给中年汉子松绑。

向宝觉得这就见鬼了。莫非李师中也跟自己一样糊涂了？但李大人除了会说说大话外，可从来没糊涂过。

都头徐保生立即给中年汉子松了绑。大概缚得太紧，中年汉子松绑后，用力甩了甩自己的胳膊，活了活血。王韶指着中年汉子说：“这是晚生结拜的兄弟，先帝仁宗朝时改国姓为包，名德福，在秦州一带做生意。”

向宝真有点不相信自己的耳朵。中原王朝自古以来就对生意人怀着一种与生俱来根深蒂固的文化歧视，生意人从来为正人君子所不齿。然而这个神经出了毛病的王韶却对生意人包德福不仅没半点歧视，相反跟他结拜为兄弟。要不是知府大人李师中在座，依着向宝的脾气，早顶了过去。不过，更叫向宝惊奇的是，自己一贯俯首帖耳并十分佩服的李师中竟然也对包德福十分客气起来：“你能有办法给我搞到这些货物？”

包德福既不夸海口，也不故作谦谦君子：“全部货物一步到齐当然办不到，但年关货物包某三天之内办齐没问题。”

向宝看见，对生意人从来没个好脸色的李师中脸上竟现出了喜色。向宝知道，一到年底，李师中就为府上和军中的年货犯愁。秦州这地方，西邻吐蕃，北抗西夏，一向不太平，少有商人来做生意，也少有农人来这里种田。商人的货物，不仅西夏党项羌人和吐蕃发羌人会抢，汉族边民也会抢；碰上歹毒的，不仅货物全抢光，而且连命都难保。农人种的谷子、小麦刚熟，党项羌人、发羌人和汉族边民就都拿着镰刀割禾、割麦来了，来晚了的就抢，就出手打人，把人打得头破血流，不可开交。粮草不济，年货不足，不影响知府大人和都钤辖大人吃吃喝喝，但边关不同内地，士卒填不饱肚子，年过得寒碜，没准要闹出个什么事来，这摊子就不好收拾了；就是边民捣个乱，抢个店铺，劫个田庄，也是挺叫人头痛的。李师中沉吟片刻，说："这样吧，本官叫府上户曹官跟你联系，你三日之内把年货给弄好，本官是不会亏待你的。但本官丑话说在前头，年货可不能是霉的、烂的、变了味的。"

包德福答应得很爽快："生意人重信用：霉一赔十。要不然，包某也不敢来见知府大人。"

生意就这么定了，熙宁元年秦州军民可以过个像样的年了。李师中十分高兴，对包德福说："刚才委屈你了，还望见谅。"

包德福哈哈一笑。生意人走南闯北，气量小的人是混不下去的，自然不会把都头徐保生将他当探子绑起来这件事放在心上。做生意的人年关十分忙，包德福要告辞了。李师中要都头徐保生带几个兵护送包德福出秦州，要不然路上碰到寨子里和堡子里的士卒盘查起来，又不定会碰到什么麻烦。生意人包德福一点也不拒绝李师中的美意，谢过李师中后就对都头徐保生说："兄弟，辛苦你了。"

包德福和都头徐保生走了。临走时，徐保生没忘记把捆包德福的绳子收起来，丢到大堂外面去。向宝看到，包德福与徐保生对望了一下，二人都不由得笑了起来。包德福是一种化干戈为玉帛后的豁达一笑，徐保生是干了一件自己根本没料到的错事后多少有点不好意思地一笑。此时，寒风中传来醮楼沉闷的午时鼓声。从大堂望去，庭院上空日色依然无光，阴阴的像是病了一样。李师中把王韶留下来喝酒，又对向宝说："你那些亲兵可安排好了？"

向宝觉得李师中是脱了裤子放屁："知府大人放一万个心。他们不仅有地方吃喝，还有好地方快活。李大人请喝酒，好呀，快快把上次喝的绍兴老酒拿来。"有酒喝，向宝浑身来了劲。

李师中一点也不介意向宝的话。戍边的士卒苦，来秦州戍边的士卒就更苦，年关时不让他们好吃好喝，不让他们到快活的地方去快活，谁乐意？再说向宝的几个亲兵去吃喝快活，又不要秦州官衙掏钱，知府大人管这么多闲事干什么。李师中说："绍兴老酒有的是，向将军放开肚子喝就是，还有美人侑酒，只是向将军不要又要酒疯闹笑话。"

向宝知道李师中在揭他的短。向宝喝醉了的时候确实会做出一些出格的事，有美人在场难免有贱手贱脚的事发生。不过，对这点向宝才不在乎，军汉武夫死都不怕，难道还会在意这样的丑事？笑话！在这方面向宝的脸皮厚得很。他怕的只是那些能咏诗写字、善歌善舞的美人吟些诗词上的句子为难调笑他，弄得他下不了台。向宝涎着脸对李师中说："李大人要是怕向某耍酒疯出丑，不要叫那些美人出来就是。"

李师中也不理会向宝的话，拍了两下巴掌，向宝便看见八个美人从里屋鱼贯而出，李师中新买来的两个小美人也在其中，几个乐师跟在后面。王韶一脸的欣喜，眼神里有点色眯眯的。这个阔嘴巴、大鼻子，样子像深山老林武林怪杰的人肯定是个好色之徒。李师中府上的管家带着五六个家仆，一个个拎着食盒的提梁，把一桌酒菜送了上来，摆在四方桌上。管家把王韶的座椅移到四方桌下首，让王韶坐。但王韶却不落座。这就奇怪了。明明一脸欣喜，却不上座，这又为的哪一般？向宝注意到李师中也似乎给搞糊涂了，望着王韶半日合不拢口。王韶说："李大人，晚生还有一位同伴在外面。"

向宝这下就更糊涂了。不过，李师中很快明白过来，一脸坏笑望着向宝："向将军忘了，王年兄有位女扮男装的家仆？"李师中以"年兄"称官秩比他低得多、年龄此他小得多的王韶。

向宝这才恍然大悟。怪不得美人喜欢读书人，这些读书人就是比粗人心细，对女人处处想得周到。粗人叫这是哄女人，读书人叫这是什么怜香惜玉。对，怜香惜玉！向宝粗大的右手用力拍了下自己的脑门："该死！该死！刚才我还跟李大人谈起这件事呢。"

李师中瞪了向宝一眼："你胡说些什么，你多喝几口酒就是。"

向宝知道自己又说漏了嘴，刚才跟李师中说的话，怎好对王韶说呢？向宝打了个哈哈："好好好，我不说，我什么也不说，只管喝酒。管家，快把酒坛子端到桌上来！"

向宝奇怪地发现：站在对面的王韶深有意思对他怪怪一笑，似乎感谢他刚才的话又说漏了什么；坐在他上首的李师中又瞪了他一眼，这一眼瞪得比前一眼更凶。向宝真不明白，自己刚才的话又错在什么地方。喝完酒，李师中告诉向宝：你说你什么也不说，不就是明明白白告诉王韶，我们在一起时说了许多王韶的话吗？向宝才明白自己错在什么地方，却反怪起李师中来。既然如此，李师中李大人就该早跟他交代这点才好。你们这些读书人，肠子弯弯绕，他向宝是武夫，一根肠子从嘴直通到肛门，只晓得上阵砍人，不晓得弯弯绕说话。

李师中命堂吏到外面去把王韶那个女扮男装的家仆，实则是王韶近日弄到手的相好的发羌女子请来喝酒。王韶这才在座椅上坐了下去。

没等王韶的那个相好的发羌女子进来，管家把酒坛端来，又叫家仆在王韶旁边放了把座椅，让发羌女子坐。坐在大堂东边壁下的乐师开始奏乐，丝管齐鸣，八位美人轻启金莲，边歌边舞。向宝对美人的兴趣只在床上，对她们的歌舞不感兴趣。他等不得管家来开酒坛，早一把端过酒坛，撕了坛口的黄纸封条，揭了坛盖，先给李师中筛了一大碗酒，然后给王韶和自己以及那个马上要进来的发羌女子碗里斟满了酒。在喝酒方面，向宝从来是不客气的。要是不在李师中府上，向宝早等不得先喝了起来。但这会，他只好耐着性子，等王韶那个相好的发羌女子进来。向宝明显地感到，自己的喉结在上下滑动。

第十五章　王韶东门小殿呈献《平戎策》　韩维宫中通宵急拟大诏令

熙宁二年二月初三，在江南已是早春天气，柳树爆芽，青草泛绿，但距京都开封二十来里的黄河边上还留有残冰。冬季水枯时裸露出来的一块块沙洲渐渐给水淹盖了，可水面并不宽，也不深。过往的车、马、行人再也不能像冬季那样从坚冰和沙洲上通行了，得改乘木船。然而，船夫的竹篙得随时点开前面的冰块和沙洲，要不然木船的船帮就要给坚冰撞坏，或者在沙洲边搁浅。在阴雨的天气里，还很冷。不过，只要日头出来，天地间就弥漫着明显的暖意。明天就是春分，黄河边上的风还冷得刺骨，一大早京都开封人还冷得双手筒在袖子里，街道两边有积水的地方还结着一层薄薄的冰，但在京都瓦檐上闪耀的微弱霞光开始有了明媚的色调，让京都开封人感到春的气息。知制诰、知通进银台司韩维先到通进银台司转了一下，对僚属交代好今天要办的几件事，然后便急步向内东门小殿走去。

韩维当然不会不明白，天子赵顼在内东门小殿召见臣子，一年也就那么一二回。去年只有一次，那就是小雪前一天，赵顼把翰林院四学士召到内东门小殿放胆直言冬至祀天赏银问题。今年才刚过一个来月，赵顼又开内东门小殿，这是为何呢？上次赵顼口谕很清楚，是召见翰林院四学士，这次召见谁，赵顼一点口风也没透，使这次内东门小殿的召见显得很不寻常，很神秘，也很令人费解。当前满朝文武百官最关心的就是王安石进中书这件事，几乎达到有点神经兮兮的地步。十多天前，也就是熙宁二年上元灯节后的第一天，天子赵顼在正衙大庆殿后面的天子阅事的崇政殿召见韩维。本来，韩维是东宫旧人，在赵顼身边多年，现在又是赵顼的贴身近臣，二人多接触点，叙叙旧，聊聊前朝遗事，当然也难免扯到当前朝中的一些事，比方王安石进中书的事，其实十分正常，但朝中许多人不这么看。不会只是叙叙旧，聊聊天吧？这次天子赵顼是在阅事的崇政殿召见韩维呢。崇政殿什么地方，不是天子处理政事的地方吗？君臣二人这次议的肯定是王安石进中书这件非同小可之事。今年上元灯节一过，第二天赵顼就把韩维召进崇政殿，也就是要跟自己最信得过、最亲近的东宫旧臣聊聊心中这些烦心的人和事，确实讲了不少王安石进中书的话题，赵顼甚至还提到要韩维随时准备为王安石进中书撰拟制词，但也仅仅是准备而已。然而，这事传到朝廷里，却成了立即撰拟制词。韩维心里十分清楚，王安石进中书一事其实远不是朝中那些人所想的那么简单。不错，去年冬至以后，赵顼是越来越离不开王安石了，特别是去年最后一个听朔日上相曾公亮给天子建言后，王安石离中书确实是渐行渐近，且谁也挡不住了。赵抃和唐介联署的揭帖非但没扳倒王安石，反坚定了赵顼让王安石进中书的决心。韩维心里有数，赵顼对中书现任的四宰执确实是越来越不满意，但真要对中书四宰执狠起来，还下不了这个手，更无意把他们全都赶出中书。别看去年最后一个听朔日赵顼龙颜相当不快，气得拂袖而走，但对四宰执并没有怎么样，就是对唐介也没怎么样，过了几天，赵顼还命太医给唐介看病。朝中许多人都认为赵顼年轻，性急毛躁，有时会做出一些极端的事出来。不过，韩维并不这么认为。赵顼确有性急毛躁的地方，但小心谨慎的地方比谁都小心谨慎；有时难免做出点极端的事，但更多的却是很想把方方面面的人和事摆平。韩维清楚，赵顼在选那个能辅佐他做成那件令举世瞩目也举世皆惊的翻天覆地大事的人时，就够有耐心的了，从登基到今天，正好两年，最后才定在王安石一人身上；然而，即便这样，也还未下诏令。

日头已经出来了，只是在树梢上抹了缕有明媚色调的霞光，宫中密密的古树还阴阴的。朝中百官，没几个人有韩维那么清楚，知道赵顼此时内心深处有多烦。韩维记得，去年最后一个听朔日赵顼龙颜大喜、兴致冲冲地从紫宸殿出来，立即召他进垂拱殿，口谕他撰拟王安石进中书的制词。然而，韩维转身去翰林院玉堂撰拟时，赵顼又叫他回来，要他暂不撰拟。韩维也觉得曾公亮去年最后一个听朔日在紫宸殿的建言是个好主意，这个主意由曾公亮提出来，再合适不过。本来，总揽天下政事是他上相曾公亮的权力，现在曾公亮只是把自己的权力转让给了王安石，不关其他三位宰执大臣屁事，再说他们的权力并没有少一点，以前他们管什么，现在还管什么。至于王安石，更不会有什么意见。介甫是做大事的人，只要让他放开手脚做大事，名次前后根本不会去计较。这些关系摆平了，朝中百官也没二话可说。韩维很是佩服起曾公亮来。这个人果真是糊涂的地方糊涂，聪明的地方比谁都聪明。韩维丝毫不怀疑：曾公亮的建言里有私心。此公今年已过从心所欲之年，还能在中书待多久，致仕是早晚的事。自己这个位子总是要被人取代的，与其别人来取代自己，不如自己让别人来取代，卖个好面子有什么不好呢？王安石迟早要取代曾公亮。既然如此，曾公亮把这个好面子卖给王安石，比卖给谁都合算。

韩维问赵顼，为何改变主意了？赵顼笑而不答。不过，韩维很快明白了：此事还不宜过急。很显然，曾公亮建言虽好，但明眼人只要仔细想想，就能明白：曾公亮的建言，只不过玩了个偷梁换柱的把戏。表面上看，中书还是现任四宰执坐大，但因为王安石主政，实则是王安石说了算。当然，曾公亮的这条建言，把中书宰执大臣的嘴封住了。他们心里不爽却说不出口。朝中百官也哑口无言，有话也难以启齿。然而，后宫那边的太皇太后曹氏、太后高氏，却不可以不当一事。太皇太后曹氏、太后高氏对中书现任的四位宰执大臣是看得很重的，认定他们是朝廷真正的社稷鼎臣。有他们在中书，朝廷稳定，社稷稳定，大宋百年安享的太平才能延续下去，祖宗开辟的一统江山才能千秋万代传下去，永不易主。不错，太皇太后曹氏、太后高氏不会干政，大宋百年还从没出现过后宫真正干政的先例，就是仁宗朝的太后刘氏垂帘听政了九年，到时候也还是按祖宗的规矩还政给了仁宗。可对赵顼来说，太皇太后曹氏、太后高氏的态度绝对重要。太皇太后曹氏、太后高氏不至于反对王安石进中书，但让王安石主政，太皇太后曹氏、太后高氏心里肯定是不乐意的。东宫旧臣韩维十分了解赵顼，这位当朝天子实在很不愿意做太皇太后曹氏、太后高氏不乐意之事。作为天子，赵顼握有至高无上的大权，可以想怎么干就怎么干，但赵顼不会这么做。赵顼是个好天子，缺乏霸气，要他那么做，实在很为难他了。赵顼终究要让王安石进中书，只是现在他还有顾虑，他还要找到一个合适的理由和契机才会去办这件事。在这种情况下，赵顼能那么快要韩维撰拟王安石进中书的制词吗？

韩维一进东掖门，远远地就见两排带甲的卫士站在龙内东门小殿两边的丹墀上。天子赵顼随行的那些太监女官和宫女则规规矩矩站在丹墀下，这些太监、女官和宫女没谁敢踏上丹墀一步，也不敢离开原地一步。这么看来，赵顼确实有万分机密的事把自己叫到小殿来。此时，韩维也不由得想到王安石进中书这件事上来，天子要他撰拟王安石的制词了。确实，当下朝中没有比这件事更机密、更牵动人心的了，只要有一点风吹草动，许多人就会不仅胡思乱想，且会胡说八道起来。既然如此，就不能走漏风声，即使天子随身的御前太监、崇政殿当值的太监和进进出出侍候天子的女官、宫女，也不能让他们在场。

韩维越往前走就越感到内东门前的气氛很不一般。韩维还看到，通往内东门小殿的御道上，隔丈把远就有一个太监站着。只要有人接近内东门小殿，这些太监就挥手要他们走开。韩维自己也不明白，竟兀自笑了起来。从上元节至今有十多天了，在这段时间里，朝中有三人和韩维一样，认为王安石进中书一事并不是人们所想象的那么简单。这三个中，第一个是次相富弼。此公虽然是个让人看不透的人，但从他一举一动和所作所为中，还是能窥测出他内心的奥秘。此时富弼虽然没天天应官到衙，但他对自己分管的事，却抓得更紧了，已派中书的工房录事与工部的屯田郎中、水部郎中，带着一帮人把天下农田水利、河渠城郭、山泽地产以及金银铜铁铅锡的开采和冶炼的资料都收集起来，还好好议过一次，并拿出全年的一个办法。此公要是认为王安石马上进中书，就不会这么做了。他心里有数，王安石要做的与他要做的相距太大，要是王安石进了中书，且主了政，自己这些事就白做了；既然如此，不如不做。第二个是翰林学士司马光。司马光其实并不完全反对王安石进中书。尽管他与王安石政见大相径庭，特别是去年冬至祀天时二人弄得很僵，第一次红了脸，但他还是敬重王安石的人品才学，认为王安石过人处甚多，如果上面有人能压住王安石、管住王安石，让王安石进中书也未尝不是件好事。去年年底的一天，司马光路过三司，碰到三司的几个孔目官，其时韩维刚好在场。有个孔目问司马光："有人说王翰林进中书，司马翰林怎么看？"话问得很直，司马光笑笑，答得却很巧妙。他没有说王安石会不会进中书，也没说自己对此事持什么态度，只是说："要是韩老相公在朝就好了。"再清楚不过地表明司马光并不反对王安石进中书，只是要有个人能镇住王安石就行；然而，要找个能镇住王安石的人，又谈何容易？这个问题未解决前，王安石当然就不可能马上进中书。第三个是枢密使文彦博。三天前，韩维奉旨到枢密院找掌行秦凤路河西房的承旨、主事了解一下秦凤路的边事，还在枢密院的庭院里，就听到文彦博在大堂训人："怎么？王安石就进中书了？老夫就要给扫地出门了？你们也太急了点，没那么简单，老夫的交椅还没动呢！"韩维急步到了大堂，看到文彦博一脸官威站在大堂里，枢密院好些僚属吏员老老实实垂手而立，吓得大气也不敢出一下。后来河西房承旨告诉韩维：枢密院的人都知道文太尉有脾气，但没见过他发过这么大的脾气；其实并没为什么大事，不过是几个吏员小声说了几句关于王安石的话，给进来的文太尉听到，结果给臭骂了一顿。文彦博是从不乱说话的人，刚才几句话虽然是发脾气说的，但也绝不是信口开河的胡说八道。韩维很佩服这三个人，不过觉得这三人也太低估了王安石在赵顼心目中的地位。

韩维到了内东门小殿丹墀下，内侍殿头押班太监急步走下丹墀，要他在丹墀等一等。这可是从来没有过的事，天子赵顼身边太监，有哪一个不认得韩维，以前他去见赵顼，有谁挡过？然而今天内侍殿头押班太监却把他挡了，可见今日之事绝对非同小可。内侍殿头押班太监转身急步上了丹墀，进了内东门小殿，不到半炷香工夫又急步出来，走下丹墀，宣旨要韩维进殿。韩维不敢怠慢，也急步上丹墀。韩维一边想：这件万分机密非同小可的事会是什么事呢？想来想去，恐怕还是跟王安石进中书有关系，十有八九是对自己面谕王安石拜相的制词。这一来是上元灯节的第二天在崇政殿议事已过了十多天，赵顼对王安石进中书一事肯定是经过了充分考虑，现在找到了合适的理由和等到了合适的契机；二来是王安石拜相的事已到了非办不可的时候，再拖下去朝中百官人心更浮动了；三来是封王拜相时，天子总是在内东门小殿召见撰拟制词的人当面交代撰拟制词的有关内容；四来是王安石拜相的制词还非韩维起草撰拟不可，让其他人撰拟，会弄出些节外生枝的麻烦事来。本来，出将入相及重大事项的制词大都由翰林学士锁院起草，但被封者要给翰林院润笔费，数目多少都有规定，如果不快把钱送上，甚至装聋作哑，翰林院还会派人去催讨。然而，王安石是绝不会交这笔钱的。这倒不是王安石小气。王安石不是那种把钱财看得重的人，王安石父亲去世早，弟妹都由他抚养，他的俸禄从来是当年用得干干净净。王安石拒交这笔钱是他认为这笔钱不合法。嘉祐年间，王安石当过仁宗的知制诰，写过不少这类制词，他都把收到的润笔费用布包好悬挂在屋梁上，然后交给国库。王安石性情是古怪一点，可确实不取无道之财。他不取无道之财，谁也不可能从他那里得到半文无道之财。要是别人，这个问题不难解决。不错，朝廷并无明文规定升官者要给起草制词的翰林学士一笔润笔费，然而朝中百官都这么做，就是受到册封的后妃、王爷也都会送上这笔谢金。况且，朝廷的六部、九寺、五监，大大小小、上上下下各级各类衙门都有俸禄之外的生财之道，翰林学士的这种润笔费并不常有，数目也不很大，要不天下为何叫这些翰林学士是“穷翰林”？得点润笔费算不得什么大事，但王安石的拗脾气是朝廷里出了名的，说不给就不给，谁也别想说服他。这一来事情就有点麻烦了。一个不给，一个要催，双方不知会弄得多僵、多尴尬、多难堪，也都多没面子。韩维觉得赵顼真是为人宽厚，处处为王安石想得周到。王安石拜相的制词不交翰林院办，直接要他这个当知制诰的起草，问题彻底解决了。他韩维当然不会要润笔费，王安石也就省了这场麻烦。

不知为什么，此时韩维有种很奇怪的感觉，又觉得自己刚才的猜想很勉强。要韩维给封相的王安石撰拟个制词，用不着弄得这么神神秘秘的。但，现在没时间想这些了，一切都得进了小殿才清楚。韩维的步子不由得加快了起来。上了小殿的丹墀，韩维还在小殿门口，就见赵顼打坐在御案后面宽大床形御座上，赵顼前面的锦墩上还坐着一个中年人。中年人背对着小殿的殿门。韩维看不见此人的脸，但见此人肩膀很宽，腰板挺得很直，韩维自然无法认得此人是谁。韩维觉得奇怪，也糊涂了。封王拜相是朝廷头等大事，也是朝廷头等大机密，事前是不能走漏消息的，不让任何一个不相干的人接触撰拟制词的人。如果是王安石拜相之事，内东门小殿是不可能有另外任何一个人的，只能是赵顼一个人在这里对韩维面谕王安石进中书事宜，然后是命御前太监把笔、札送到韩维手上，然后是韩维去翰林院，坐在玉堂撰拟王安石拜相的制词。然而，此时此刻小殿的锦墩上还坐着一人，显然与撰拟王安石拜相的制词无关了。

韩维进了小殿，与赵顼行了君臣大礼。赵顼命御前太监端了只锦墩来给韩维赐座。韩维与中年人平坐着，侧过脸打量了一下这个中年人。此公的长相实在不敢恭维，阔嘴巴，大鼻子，身体很壮实，一脸又粗又黑的连腮胡子，初看真像个深山老林走出来的武林怪杰，外表让人感到不舒服。不过，叫韩维感到奇怪的是，天子赵顼却龙颜十分和悦地望着这个人，明显表现出对此人的十分赏识。赵顼从御案上拿出一份奏章递给韩维。韩维双手接过奏章。奏章上的署名是王韶，前些日子赵顼跟他谈到过这个人。王韶无疑是坐在他身旁的这个中年人。怪不得赵顼对他如此给脸，原来此人就是已经引起朝廷注意、在秦州访采边事的王韶。王韶的奏章就是给天子的《平戎策》:

西夏可取。欲取西夏，当先复河、湟，则夏人有腹背受敌之忧。夏人比年攻青唐，不能克，万一克之，必并兵南向，大掠秦、渭之间，牧马于兰、会，断古渭境，尽服南山生羌，西筑武胜，遣兵时掠洮、河，则陇、蜀诸郡当尽惊扰，瞎征兄弟其能自保耶？今唃氏子孙，惟董毡初能自立，瞎征、欺巴温之徒，文法所及，各不过一二百，其势岂能与西人抗哉！武威之南，至于洮、河、兰、鄯，皆故汉郡县，所谓湟中、浩亹、大小榆、枹罕，土地肥美，宜五种者在焉。幸今诸羌瓜分，莫相统一，此正可并合而兼抚之时也。诸种既服，唃氏敢不归？唃氏归则河西李氏在吾股掌中矣。且唃氏子孙，瞎征差胜，为诸羌所畏，若诏谕之，使居武胜或渭源城，使纠合宗党，制其部族，习用汉法，异时族类虽盛，不过一延州李士彬、环州慕恩耳。为汉有肘腋之助，且使夏人无所连接，策之上也。

韩维看完《平戎策》，心里就惊叫起来：上策！上策！果真是上策！《平戎策》里第一句话“西夏可取”四个字就把韩维吸引住了。韩维相信，赵顼看这篇《平戎策》时也会一眼就被这四个字吸引。韩维把王韶的《平戎策》看了又看，确实佩服王韶的谋略。到底是亲自到秦州访采了边事，否则是写不出这样好的《平戎策》来的。韩维在官场也走了二十多年江湖了，还没听到谁夸过“西夏可取”的海口。本来大宋王朝最强大、最凶险、最可怕的敌人是北辽。北辽地域辽阔，版图比大宋还大，长于马战，作战机动性远非以步兵为主的中原王朝的军队可比，华夏帝国千百年来其实从未真正打败过这个北方民族。毋庸置疑，华夏帝国的这个北方民族对中原一直心怀觊觎，长期侵扰掠夺中原王朝北方边境，给中原王朝造成极大威胁，但是这个以马为标志的北方游牧民族却对以牛为标志的中原农业文化十分渴慕、向往和追求，折服于中原农业文化，并且心甘情愿融入中原农业文化之中去。再加上此时北辽内争迭起，宫中多变，无暇顾及对中原王朝的侵扰。因之，澶渊之盟以来，大宋与北辽结束了双方大规模战争行动，双方边境上更多呈现的是祥和安宁的气氛，边民多有贸易，相互做起了生意买卖，士兵也时有来往，在边境上碰到了并不动刀动枪。因之，无论是从当下来说，还是从长远来看，大宋最头痛的敌人是西夏。不管怎么说，北辽还算是个君子，得了岁币，大体上还遵盟约。西夏党项是个了不起的民族，但也常要泼皮无赖。大宋的恩信招抚对西夏不起任何作用，夏人得了好处不认账，转身翻脸不认人。然而，大宋的武力讨伐又奈何不了西夏，双方兵戎相见数十年，大小战争不下百次，大宋败多胜少，不仅消耗了大量人力、物力、财力，而且脸面丢尽。西夏之患远盛于北辽。但要对付西夏，光靠硬打是不行的，得运用谋略。原来西夏与位于中原王朝的西南吐蕃诸羌接壤，西夏对吐蕃诸羌常怀侵吞之心，中原王朝却对吐蕃诸羌多有怀柔，吐蕃诸羌也多有归顺中原王朝的意思。西夏对吐蕃诸羌这点十分恼火，常常对吐蕃诸羌用兵，吐蕃诸羌亦非等闲之辈，时时重创西夏。王韶提出的对西夏的谋略就是先收服吐蕃，收复西夏与吐蕃诸羌的结合部，也就是大宋与西夏必争的河、湟地区，把相互积怨很深的西夏与吐蕃诸羌彻底分隔开来。这样，既避免散弱的吐蕃诸羌为西夏所并，关上了西夏党项羌人入侵宋境的一扇大门，又拢及陇蜀，取得地利，在夏人侧后插上一把尖刀，随时可以从这里出击西夏，对西夏形成夹击之势。当然，西夏也不傻，此时掌权的后族梁氏也早看到河、湟地区的重要性。河、湟一战，迟早要打。王韶的《平戎策》提到，收复河、湟不是不可能。河、湟是吐蕃各部发羌人聚集地，地大人杂，发羌人一直在争，却争不出一个名堂，争来争去也争不出谁是首领。只要威抚得当，收复河、湟确实指日可待。况且，河、湟地区，汉唐时就是中原王朝的版图，五代时才被羌人拿去，现在拿回来，也名正言顺。取了西夏，大宋下一步就海阔天空了，对付北辽也容易多了。那时大宋真的重振了汉唐雄风，赵顼就成了大有为之君。韩维觉得，大宋百年，还没谁写过一篇这样的策论。仁宗朝的狄青，对西夏打过四年仗，重创西夏，给大宋长了脸，但狄青行伍出身，大字认不得几个，焉能写出这样的策论。韩维觉得，称王韶的《平戎策》为大宋百年兵家第一策，一点也不为过！

韩维注意到，天子赵顼一直在注视自己，和悦的龙颜中对王韶有种抑制不住的异其言的兴奋神情。赵顼问："这个《平戎策》如何？"

韩维实话实说："实为上策。"

对取西夏，韩维心里有种复杂的感情：一方面，韩维十分佩服赵顼超越了太祖、太宗的宏大抱负，不仅仅是在边境上击退寇边的西夏小番邦，而且要把整个西夏打垮；不仅要打垮西夏，还要击败北辽。说句实在话，中原王朝很久未出现这样大志的天子了。另一方面，韩维也认为兵者乃凶器也，不是好玩的东西，不到万不得已不用，再说中原的武力真的能征服西夏吗？韩维很清楚，从赵顼登基的那天起，就在考虑对西夏用兵的对策了。韩维看到，赵顼龙颜大悦，亢奋的精神再也抑制不下去，离开御座，在小殿里走来走去。韩维明白赵顼今天为何叫他到内东门小殿来了。王韶在秦州访采边事，这不是个什么秘密，秦州边境许多将士都知道，也瞒不过枢密院的人，就是朝中许多人也清楚。但这篇被韩维认为是大宋百年兵家第一策的《平戎策》，却是本朝天字第一号机密。以后，王安石会知道这个《平戎策》，文彦博也会知道这个《平戎策》，但不会再让其他人知道这个《平戎策》。要不然，赵顼就不会在内东门小殿召见王韶，也不会在召见时把自己身边的太监、女官和宫女都赶到殿外去。韩维对赵顼心里藏着的那个大秘密，也就是那件令世人瞩目、令世人皆惊的翻天覆地大事，是看得越来越清楚了。赵顼富国强兵以后要做的第一件大事就是取西夏，要不然赵顼就不会对王韶这么和悦，精神也不会这么亢奋。可取西夏不是小打小闹之事，那是要举全国之力，大规模用兵的。这需要很多很多钱，弄钱非赵顼之所长，也非赵顼之所能，当然亦非满朝文武百官之所长，更非这些人之所能。然而，王安石有这个本事，民不加赋而国用饶，能弄到很多很多的钱。一个要用兵打仗，一个能弄到很多很多的钱供你用兵打仗，古往今来有这么完美的君臣搭档吗？韩维也就比以往任何时候都清楚，赵顼为何对王安石心醉魂迷，也越来越坚信中书真的是非王安石莫属了。

韩维看到，赵顼在小殿来回走了好一会，忽然走到王韶身边：“夏国自祖宗以来为西方巨患历八十年，朝廷倾天下之力，竭四方财用以供馈饷，尚日夜惴惴然，唯恐其盗。朕把卿的《平戎策》看了不下十遍，有三个问题要问卿。”

韩维注意到，小殿外有日光从花格窗射进来，有片白云正好从小窗边擦过去。王韶显然在这方面做好了准备，一脸平静地望着赵顼，等待天子的问话。

赵顼一问：“卿多次进入吐蕃诸部羌寨，与发羌人交朋友，这些发羌人果真对你友好吗？”

王韶答道：“确实友好！无论吐蕃发羌人，还是西夏党项羌人，其实都仰慕华夏文化。特别是吐蕃发羌人，对中原汉人更是友善，觉得汉人文明有礼，聪明多智，许多吐蕃发羌人十分愿意跟汉人结亲，那里的女子也特别喜欢中原汉族男子。臣在吐蕃羌寨，就有一发羌女子与臣相好，死心塌地跟着臣，臣在那里访采边事，也多得到她的帮助。”

赵顼频频点头，但听到发羌女子与王韶相好时却不由得笑了起来。韩维也笑了。韩维也近女色，家中有妻有妾。民间有言：男人不会嫖，白在世上走。天下甚至还有为数不少的男人当了官或者发了财，不多讨几个老婆就觉得吃了亏，更有的甚至想占尽天下美色。韩维的笑，是觉得王韶这个人倒挺率直，挺诚实，脸皮也挺厚。不管怎么说，男女之间的事，是一种隐私。当着外人的面说，总多少有点不好意思；当着天子的面也这么说，就更不得体。

赵顼二问："朕知道，天下二十三路军政区中，秦凤路算是最穷的一路，钱财粮草实无多少积蓄，平时皆仰仗其他几路供给，要是打起来，钱财粮草如何解决？"

王韶的腰板挺了挺："皇上，这个问题也能解决。一是朝廷出钱出粮，二是秦州就地解决。臣在秦州访采边事期间，从渭源到秦州转了一圈，发现这一带有良田不耕者万顷，可以招募弓箭手屯田垦殖。臣又常去边关集镇的店铺、货场、客栈、码头看看，发现边关生意也很好做，只要朝廷同意在那里设立市易司，无论是汉人，还是发羌人、党项羌人，都会到这里来做生意，颇笼商贾之利，秦州边关的钱财粮草的问题也就解决了。"

韩维觉得王韶这个主意不坏。不过，他同时觉得在边关设立市易司，也就是朝廷官府衙门做买卖，兼做货贷，此事得从长计议，不可贸然行事。朝廷官府这么做，州府官吏能那么老老实实？个中什么名堂没有，什么蹊跷不会出现？到时候，州府做买卖亏了钱怎么办？衙门贷出去的钱财，不要说利息收不到，恐怕连本钱都收不回，又怎么办？到时候，朝廷不亏大了？这个问题，韩维不懂，也拿不出办法；只有问王安石了。

韩维仔细看着赵顼。赵顼没有点头，只是又在小殿里来回走着。王韶的坐向跟着赵顼的身子转。赵顼嘴里喃喃自语起来："打了起来，需要许多钱。你能解决一部分就行。不过，朝廷今后不缺钱，打多大的仗都不缺钱，王翰林有这个办法。"

王韶的目光为之一亮。王韶当然不会不知道王翰林指的就是王安石。自去年四月初四王安石越次入对问政以来，不要说朝廷命官，就是地方上稍有点脸面的人，可以说没一个不知道王安石的。从王韶刚才的目光来看，此人对王安石也是心仪向往的。

赵顼三问："朝廷若在秦州用兵，武将用谁？"

韩维清楚，对王韶来说，这是个难回答的问题。三天前，他去枢密院河西房了解秦凤路边事时，河西房的承旨告诉他：秦州知府李师中和秦凤路都钤辖、龙神四厢都指挥使向宝都是能臣，镇守秦州，无论是西夏党项羌人，还是吐蕃发羌人，都怕他们。但问题是，这两个人都对王韶很反感。李师中到底是个文官，讲话办事讲究个分寸；武夫军汉出身的向宝就不同了，要不是李师中管得住他，去年年底这个向宝肯定要把王韶捆起来。然而，在秦州用兵，这两个人都是合适的人选；若讲武将，就非向宝莫属了。但王韶会提向宝吗？韩维正这么想时，王韶却开口了：“向宝将军。”

韩维真有点不相信自己的耳朵。赵顼今天在内东门小殿召王韶入对，很显然，个中包含一个深刻用心：秦州方面用兵，统率军队的文官就是王韶。然而此公却认为当副手的武将是向宝。一旦打起来，真这么安排主帅和副帅，王韶不是自己在拆自己的台吗？王韶这个人当然不傻，如此举荐向宝，恐怕用顾大局、识大体、有容人的雅量还难以解释得了。赵顼龙颜大快。赵顼抚着王韶的背：“朕要叫你一声爱卿。不铲八十年巨患，朕死不瞑目！”

韩维看到，王韶两行眼泪竟从他脸上流了下来，流到他阔嘴巴边：“臣肝脑涂地，万死不辞，不败西夏，誓不罢休！”

韩维觉得，王韶此举，好像赵顼已经降诏，要他到秦州去统领三军，对夏作战。当然，对王韶这一点，韩维不感到有丝毫奇怪。韩维也是读书人，知道读书人的心理。读书人并不都清高，很看重济世安邦，匡扶社稷，报国有门，很想出将入相，博取功名富贵，青史留名，那些嘴巴上尽说些所谓出世和清高的人反倒值得怀疑。王韶放着好好的太平官不当，却要到几千里路之外的边关访采边事，身边除了那个跟他相好的发羌女子外，整天跟他打交道的就只有黄沙和败草，艰难困苦可想而知；要不是赵顼关照李师中和向宝，要他们确保他的安全，弄不好连性命都丢掉。说句实话，王韶吃这么多苦，不就是为了有一天能统率军队在秦州边关建功立业、名垂青史吗？不过，韩维觉得，王韶的事功心也未免急切了些。兵者，国之大事，死生之地，存亡之道，不可不察。不错，王韶的《平戎策》是上策，但上策未必是胜策。况且，现在对夏作战，也不是时候，大宋王朝开国至今，安享了百年太平，满朝文武百官和天下子民，要的是实实在在的安逸与和平，而不是空图声名的穷兵黩武。千万不能认为这些人都对朝廷不忠，恰恰相反，这里面许多人对打仗摇头，完全是为大宋江山社稷着想。一个不争的事实是：大宋现在的国力支持不了一场旷日持久的大规模用兵。一旦国力跟不上，将如何是好。

韩维认为自己很有必要对天子赵顼直言。不过，他正要开口，赵顼从御座上站了起来，对韩维说："拟旨。"

韩维吃了一惊，没有立即领旨。韩维自然知道，赵顼是要自己草拟对西夏河、湟用兵的诏令。韩维觉得，赵顼这一决定，也太仓促了一些。一次大规模用兵，哪是说打就打的呢？现在还只是刚刚有了个《平戎策》，离真正用兵还差得远，没个两三年的时间是完全不行的。从眼前来看，河、湟用兵，枢密院肯定不会给王韶什么支持，不多方掣肘就不错了；特别是王安石进中书一事还没搞定，河、湟用兵更是无从谈起。现任中书宰执大臣，不说他们根本不会同意河、湟用兵，就算他们不反对，可要他们拿出钱粮来打这一仗，那就不啻要他们的命。现任中书宰执大臣，守成是可以的，富国强兵方面是一点办法都没有。而要做到这一点，只有王安石。因之，现在要下圣旨，就该赶紧撰拟王安石进中书的制词。

韩维决定直言抗论赵顼。宋代官制：翰林院学士、知制诰有权不写自己认为有错的制词诏书，天子不能因为这点开罪臣子。不过，正要开口，赵顼似乎看出了韩维的心思："你有话要说？不用了，朕知道你要说些什么，无非是兵者，国之大事，死生之地，存亡之道，不可不察；无非是朝廷文武百官许多人不愿用兵，怕惹出大麻烦，捅出大乱子。怕什么，天塌不下来，社稷垮不了，朕在位时非把这个西夏小丑制伏不可。这方面的话就不用多言了。"

韩维等赵顼话音落下："陛下，臣不是这个意思。"

赵顼糊涂了："你为何不接旨？"

韩维："陛下要臣拟旨，就拟介甫进中书之制词。"

韩维话音刚落，赵顼放声大笑起来。这下是韩维糊涂了。王韶也很莫名其妙地望望赵顼，又望望自己，不知道这君臣二人在搞什么名堂。大笑过后，赵顼对韩维说："朕也正是这个意思，要爱卿撰拟介甫进中书之制词。"

韩维很是高兴。天子圣明，朝廷幸甚！天下幸甚！韩维心中一块石头落地了，拖了多久的王安石进中书一事有结果了。王韶起了大作用。不过，韩维仍有一点不明白：太皇太后曹氏、太后高氏那边，赵顼打算怎么说。韩维要开口，赵顼先说了："不作声就是，时间久了，太皇太后、太后也就不再多言了。"

这倒是个办法，赵顼以前多次用过，都很灵验。这也是大宋家法完美，太皇太后曹氏、太后高氏深明大义，对朝政有意见，只是说说，并不过分干预，要不然有风波的。韩维欣然领旨。赵顼要韩维不用到翰林院去，就在东门小殿里写这份制词。赵顼会命人把笔、墨和白麻纸给你拿来，这里没人打扰。韩维清楚，赵顼这么安排，是担心在翰林院撰拟制词会走漏风声，弄得节外生枝，惹出些不必要的麻烦。赵顼对韩维说："朕除王安石右谏议大夫、参知政事。"

韩维有点不解地望着赵顼。右谏议大夫不过从四品，王安石用得着一个这样的官职吗？赵顼注意到了韩维的不解，却只是笑而不答。此时，一个御前太监把笔、墨和白麻纸拿来，放在御案上。不过韩维却仍坐在锦墩上。韩维发现，连王韶也很奇怪地望着自己。

赵顼感到惑然不解："朕又说错什么了？"

韩维："没错。"

赵顼有点龙颜不快："朕这就糊涂了，你为何又不领旨呢？"

韩维正要开口解释，王韶却代他说了："陛下，做臣子的怎敢在御案上草诏？"

韩维很是有点赏识意味地望了望王韶，这个外表看起来很不舒服的人一下子就看出了韩维的难处。这虽是小事，却能看出此人十分细心。内东门小殿里有了一种十分欢欣而又兴奋的气氛。赵顼龙颜欢悦起来："好好好，朕马上命人搬张桌子来。"

两个乌木牌太监抬了张木桌进来，摆在韩维的锦墩前面。赵顼又对王韶说："你先在开封待些时间，朕与中书、枢密二府谋划后，立即降旨让你到边关去。你这些时间也别闲着，把你的想法跟王翰林聊聊，他一定会支持你的；还要到枢密院去找找文太尉，他多次带过兵，有经验，又有谋略，一定会给你很大帮助。"

王韶忙道："遵旨。"

赵顼先一步离开小殿。韩维深有意味地望了望还留在小殿里的王韶。毫无疑义，此公是个人才，胆大心细，有勇有谋，耐得住艰苦，也耐得住寂寞，把秦州边事交给这个人放心。

王韶起身出去，前脚一离开小殿，留在小殿侍候韩维的御前太监就把小殿两扇厚重的殿门关了。小殿里只留下韩维一个人。他完全没想到王安石进中书拜相一事竟是这么解决的。

韩维清楚，自己今夜要打个通宵了。王安石进中书的制词是个大诏令，不好撰拟。这不仅因为王安石在中书名列最后却又主政这种多少有点古怪的非常做法会在朝中引起很大的诧异和猜想，更主要的是王安石进中书后的非常举措会在朝中引起很大的震动和恐慌。然而，没这种非常举措，就成就不了赵顼那令世人瞩目也令世人皆惊的大事。王安石进中书的这个大诏令还拖不得，必须今晚拟好，否则夜长梦多，惹出不必要的麻烦。

韩维在木桌边坐下来，把笔、墨和白麻纸在木桌上放好。一束光从小殿窗外斜照下来，正好把整个木桌铺满，把笔、墨和白麻纸照得鲜亮。

第十六章　惠卿木屋纵论百姓有五苦　安石金殿拜相兄弟蒙冤辱

第二天，也就是熙宁二年二月初四，距王安石去年越次入对正好十个月。天才麻麻亮，宣德门厚重的宫门缓缓打开，上早朝的文武百官在左、右巡使御史鹰一样双眼的严密监视下，从宫门边的待漏院依制缓缓出来，然后规规矩矩、一声不吭地穿过宣德门，路过正衙大庆殿前那尊刻有宋太祖亲笔书写的“不杀士”三个大字的巨石，向大庆殿走去。上早朝的百官队列一过宣德门，宣德门厚重的宫门就缓缓地关上了。要是往日，此时的宣德门外已冷寂了，再也难见到一个人影。然而，今天宣德门外不仅挤满了人，而且还有一拨一拨的车马过来。不过无人喧哗，有时也会有人对什么人努努嘴，指指画画什么的，偶尔有人会跟身旁的人轻轻耳语几句。不多一会，这里的车马越来越多，把宣德门外的御街都给堵了。皇城司的干当官带了一队穿着鲜亮盔甲的兵士过来，想把这些人拨开，却怎么也拨不开。拨开这伙人，那伙人又拢了过来；拨开那伙人，这伙人又拢了过来。宣德门这一伙一伙的人一早赶到这里来，为的是听朝廷的一个特大却又有一点怪奇的消息。

消息很快传出来了。今日早朝，入内内侍省司礼监都知用他多年练就的钟磬般洪亮好听的声音宣读由韩维执笔、赵顼御批、白麻纸制作的制词：王安石官拜右谏大夫、参知政事，名列曾公亮、富弼、唐介、赵抃之后，主持天下朝政。对参加早朝的官员和宣德门外的小京官以及在京都或述职或办事或等候差遣的地方官来说，王安石当参知政事没有悬念，但主持天下朝政，这就很不寻常，出人意料了，因为这样的事在大宋百年还没出现过。按常规，中书主政依次应该是上相、次相以及名秩排前的参知政事，然而这回却是名秩排在最后的参知政事王安石，这就不仅使人感到以后的朝政扑朔迷离，也更使人觉得王安石这个人神奇得叫人不可捉摸。不过，不管怎么猜，谁都知道，王安石当上参知政事后，不论是在朝政事上，还是在官场上，都要发生很大变化，甚至是翻天覆地的变化，这怎能不叫宣德门外一早就挤满了人呢？

在宣德门外的这伙人中，有位身材修长、白皙脸皮、眉目疏朗，已过而立之年的官员。他站在人群的外边，有时也和身边的两个与他年龄相近的官员小声说上一两句话。身材修长的官员是嘉祐二年进士吕惠卿，站在他身边两个官员是他的同榜进士，一个是章惇，一个是曾布。说起来还真巧，此时待在京都开封的嘉祐二年的进士还有苏轼兄弟，不过苏轼兄弟没来。吕惠卿他们昨晚得到这个消息时，当然没忘记去邀大才子苏轼兄弟。昨晚，章惇专程打马赶到兴国寺，没料到不仅没邀到苏轼兄弟，反讨了个没趣。按常理，苏轼兄弟会来的。苏轼兄弟对王安石都抱有好感。特别是大才子苏轼，对王安石王相公更敬一分，不只在一二个场合、一二人面前说过王安石的好话，且多次想拜会王安石，只是没这个缘分。有一次苏轼路过翰林院，便进去会王安石，在翰林院碰到王珪、司马光、吕公著，却左等右等没等到王安石；一直等到申牌时分，朝廷官员、胥吏、杂役人等要散晚班回家，苏轼也没见到王安石的人影。后来一打听，才知道天子赵顼在散早朝后把王安石留在宫中共语，一谈就是四个时辰，直到京都开封华灯高照的酉时才结束。本来，今天一早肯定会来宣德门听王安石拜相的消息，但苏轼却不来。不来原也没什么，这个大才子苏轼还说了好些叫人难听的话，狠狠地笑骂了一人，说什么朝廷风气就是这么给搞坏的；说真个是佞谄日炽，刚克消亡，世风日下，侥幸日滋，巴结讨好，献媚取宠，一日盛似一日，等等，等等。弄得章惇好没面子，尴尬极了。苏辙只是默坐在一旁，当然也是不愿来的了。曾布气得要命。此公也是很看不惯官场这种对权贵卑躬屈膝、亲昵献媚、奔竞投机风气的。现在苏轼这么说，不就是把他也看成这样的人了，这能叫他气顺吗？这个曾布本来就有冲动粗放、锋芒毕露、激扬慷慨的书生脾性，当时就气得骂起人来："这个苏轼真是岂有此理，把我们看成什么人了！"

吕惠卿淡淡一笑。他才不会去计较苏轼这些话，更不会为此生气。他觉得苏轼在装清高。学成文武艺，货与帝王家，天下读书人谁不想在天家那里卖个好价？谁不是巴不得自己的官当得越大越好？就你苏轼清高？这个苏轼也太不合时宜了，怪不得英宗治平二年，韩琦力阻英宗点苏轼任知制诰，不让他当天子身边前程看好的近臣。韩琦不愧是在官场上混了四五十年的老手，把苏轼都看穿了。吕惠卿真不明白，苏轼好歹在官场混了十多年，怎么没半点长进。还是那个老脾性；要是老这个样子，不仅要吃大亏，官当不上去，还要出大事。

吕惠卿早就看出来了，王安石不仅肯定要进中书，且要主政。要不然，就不会把王安石从千里外的江宁召进京来，更不会那么快要他越次入对。吕惠卿没想到的是，王安石当参知政事的消息昨晚就在京都开封传开了。按说，韩维在内东门小殿草拟王安石王相公拜相的制词，这种安排可以说完美无瑕，相当保密，没有比这更牢靠的地方。草诏时，韩维又一直在内东门小殿，任何一个地方没去；草诏出来了，天子赵顼来到内东门小殿，过了目，一字未易，朱笔一挥，在草诏上签一个“可”字，在场的只有赵顼和韩维两个人；抄写时天子赵顼也没叫翰林院的待诏，只叫了宫中一个字写得好的太监抄写在白麻纸上；后来的承办、制作、盖上天子的玉玺，也都是在宫中进行的，更与翰林院无关。但，消息还是走漏出去了。当然说怪也不怪。韩维昨天在内东门小殿共拟了两份旨：一份是关于秦州边事的诏令，一份是王安石王相公拜相的制词。王安石拜相的制词不那么好写，要写好这份制词得在翰林院查阅被拜相人的相关资料，这样才能写得贴切有文采。韩维曾派了一个太监去翰林院索取王安石的有关资料。翰林院的人根本无需问索取资料做什么用，就完全知道王安石明日一早就要拜相。这样的消息自然是不胫而走，岂能保得密了？此外，在宫中总不可能把什么人都撇开，也不可能把什么人的眼睛都蒙住。宫中的太监、女官、宫女，一个个都精得很，像王安石拜相这样的事，岂能让他们一无所知？韩维只能做到草拟制词时保密，但承办、制作、盖玉玺，还得太监来做，这没法做到绝对保密。不过，吕惠卿觉得，这也不完全是件坏事。消息这么快泄漏出去，固然说明许多人对王安石心怀疑虑和恐惧，但也说明许多人对王安石心怀希冀和向往。

早朝早散了，但许多人并未散去，特别是那些来京都或述职或办事或等候差遣的地方官更是不肯离去。这些人除了听消息外，还想一睹新相公王安石的尊容和风采。但叫这些人失望的是，等了上个时辰，京都开封的日头都好几丈高了，却还没见到王安石的影子。不过，吕惠卿不想在宣德门外久候了。他与章惇、曾布耳语了几句，就到御街边上系马处，找到自己的马，解开缰绳，策马往王安石的府第蔡河定力院驰去。

吕惠卿在马上想，天子这次这么安排王安石王相公，可谓用心良苦。王安石王相公名列现任宰执大臣之末，却又主持天下朝政，当然是为了安抚现任宰执大臣，给他们一个脸面，但这多少给人一种名不正、言不顺的感觉。然而往深处一想，就清楚这不仅仅是天子的一种权宜之计，里面有更深的玄机存焉。朝中许多人只注意到王安石当上了参知政事，没注意到王安石还当上右谏议大夫。这右谏议大夫，只是个从四品言官，大宋开国之初的职责是对天子的过失进行规谏讽喻。开国天子赵匡胤设置这样一个官职的初衷，也许真是想让这样的言官监督他的子子孙孙，要他们不得胡来。但哪一个这样的言官会去盯着天子的一举一动呢？这不是自己找死吗？再说，当朝天子并没有真的要你去对他唠唠叨叨、指手画脚。因之，右谏议大夫不过是朝廷一种必不可少的摆设。但对王安石来说，右谏议大夫就不是摆设。谏议大夫官不大，但出入宫廷比宰执大臣还方便。让王安石当右谏议大夫，再清楚不过地表明赵顼很愿意随时听到王安石的话，很有点把王安石当师臣看待的意味，个中的玄机不可不察。这就怪不得天子要在王安石的参知政事上加个右谏议大夫的官职。此时骑在马上的吕惠卿对自己的这种判断是万分的深信不疑。这叫他很得意。没过一年，当朝天子赵顼干脆直称王安石王相公为帝师，完全验证了吕惠卿的这一判断。与此同时，直觉告诉吕惠卿：他的机会也正在向他临近。

转过一条街，在离定力院少说三四十丈远的地方，便耳闻那边一片嘈杂的人语。吕惠卿在马上手打眼棚，朝定力院方向望去。定力院在东面，日头迎面射来，逆光中但见定力院两边站着皇城司四个表情肃然、手执环首长刀的兵士。门前黑压压人头攒动，估摸有三四百人。官轿车马一直摆到吕惠卿他们的马前。吕惠卿马过之处，把拴在街两边的马惊得振鬃嘶叫。

吕惠卿和章惇、曾布在一家酒楼门边下了马，在马桩上拴好马，便徒步向定力院走去。章惇、曾布担心今天进不了王府的大门，这么多人集聚在定力院门前，上前走几步都难，何况还要门子去通报。但吕惠卿说行。此公凡是想做的事，总是信心百倍。吕惠卿在前面开路，有时拨开前面的人，有时绕过一些人，有时让开一些往回走的人。吕惠卿所过之处，人们好奇地望着他和他身后的两个人：这三个是什么人，就这么一直往前冲，似乎一定进得了定力院。吕惠卿、章惇、曾布三人到了定力院门前，见王安石府上的管家对门前三四百人四下拱手：“谢谢大家，老爷说他本人尚未给皇上呈送谢表，改日再见大家。”

吕惠卿看见，好几个人对管家又是拱手，又是作揖，嘴巴不停地说着什么，笑得比什么都甜，显然在求管家放他们进去。管家懒得去理睬他们，眼睛却在人群里睃来睃去，像在找什么人。好些人开始离场了，但还有好些人仍站着不动。吕惠卿、章惇、曾布往前移了几步，在离定力院大门五六丈的地方，管家的眼睛睃到了他们这边。管家什么也没说，只是望了吕惠卿他们一眼，然后沿着定力院的院墙，往西走去。吕惠卿、章惇、曾布立即会意，便也沿着定力院的院墙往西走去。吕惠卿回头望了望还站在定力院门前的那伙人，发现许多人都莫名其妙地并怪怪地望着他们；有些人大概明白了管家的意思，眼睛里充满了羡慕；有的想跟过来，想想不对头，抬起的脚又缩回去。

吕惠卿、章惇、曾布以前多次到过王安石府上，知道定力院西边有个小门。到了那里，管家推开小门，让吕惠卿、章惇、曾布进去，然后又把他们带到门边一栋带阁楼的木屋里去。管家告诉吕惠卿三人：老爷回来后就会到木屋来会他们。吕惠卿注意到，章惇、曾布和他一样，都有一种受宠若惊的感觉，激动不已。吕惠卿感觉到自己眼眶发潮。章惇、曾布也在用衣袖擦眼眶。当今天下最为天子看重、最使天子心醉、朝廷里最当红的王安石在就任参知政事的首日，放着定力院门前三四百人不见，唯吕惠卿、章惇、曾布得到这个殊荣，确实不由人不激动。此时的吕惠卿更是强烈地感觉到，他的机会真的到了。说起来还真有点奇怪，吕惠卿这种强烈的预感，早在仁宗朝的嘉祐三年就冒出过一次。那一年，三十八岁的王安石在扬州当提举江东刑狱官，年仅二十七岁的吕惠卿，时任真州军事推官，他手持座师欧阳修的推介函谒见王安石。这是吕惠卿与王安石的首次面晤。二人接谈之后，又论及经义。吕惠卿面对着牛耳虎头、边幅不修、衣着邋遢，但目如点漆、顾盼之间英气逼人的王安石，就神奇般产生一种预感：他面前的江东刑狱提举是个非常之人，今后必有非常之举，必为非常之事，自己跟着这个人必有出头之日，自己济世安邦、光宗耀祖之日也就不会是水中月、镜中花。

定力院这栋带阁楼的木屋不大，长宽大约三丈，四面槅窗，四壁藏书，靠北摆了张方桌，方桌两边各摆了把座面宽大的官帽椅，东西两边壁下各摆了八把交椅，交椅间有几案。室内一无字画，二无盆景，既可以读书，又可以休憩。站在木屋里抬眼望去，但见密密的绿叶和竹叶把四面槅窗封满。吕惠卿、章惇、曾布在木屋东壁下的交椅上坐下，有家仆给他们上了茶。吕惠卿与章惇、曾布一边喝茶，一边闲聊，等待王安石的到来。后来，吕惠卿才知道，应酬朝廷官员，王安石多在厅堂庭院接待；一些他想会见的客人，总由管家带到这栋木屋来。当时要是知道了这一点，他们更不知会激动成什么样子。

大约过了半个时辰，木屋外有响而且乱的脚步声，听上去好像不是一个人的。再过一会，王安石进来了。吕惠卿、章惇、曾布忙起身给王安石行礼。此时，吕惠卿听到木屋外有人在喊："吉甫！子厚！子宣！"吉甫是吕惠卿的字，子厚是章惇的字，子宣是曾布的字。听声音，吕惠卿觉得有点耳熟。吕惠卿正估摸着此人是谁时，木屋外进来一人，吕惠卿一眼认出是嘉祐二年的同榜进士王韶。这个人嘴巴还跟当年一样阔，鼻子也跟当年一样大，身体、连腮胡子与当年并无二致，看去还跟深山老林的武林怪杰那样招眼。真没想到，嘉祐二年喝过及第曲江宴酒后，一别就十二年，今日竟在王安石府上相逢。这个王韶，在嘉祐二年三百八十八位同榜进士中，并无特别突出的地方，但近来听说到秦州访采边事，有志在边关建功立业，报效朝廷，博取富贵。吕惠卿觉得，王韶算个人物。吕惠卿、曾布、章惇站了起来，与王韶相互间不停地拱手作揖。

王安石已把补服脱下，乌纱帽也取了下来，换上宽松的直裰布衣，戴上了展脚幞头。展脚幞头前面的绡头只是随意打了一个结，有一根白发露在外面。王安石在北面方桌边的官帽椅上坐下，请王韶坐，王韶却不坐。家仆进来给王安石和王韶上茶，王韶也要家仆免了。王韶说，他已跟文彦博约好了，午时到府上去禀告秦州边事，只是听说吕惠卿、章惇、曾布在王相公府上，就跟着王安石来会会三位同榜。再说，他跟王安石要说的话，也已说了。说完，王韶跟王安石、吕惠卿、章惇、曾布一一拱手作揖告别。此公正转身要走，章惇一把拉住他的手："年兄别走，谈谈边关情况。"这个敢跟自己玩命的人对用兵兴趣也挺浓。

吕惠卿发现，王韶有点尴尬和为难。边关情况是朝廷的军事机密，岂可随便乱说？但一来都是嘉祐二年的同榜进士，十二年来首次在京都相逢，王韶不好断然拒绝；二来能到木屋来的人，都是王安石赏识的非等闲之辈，王韶也不好在面子上做得太难看。吕惠卿看到，王安石把这些看得清清楚楚，对章惇说："你就别为难子纯了。"子纯是王韶的字。

章惇这才松开王韶的手："十二年一别，今日在京都相逢，不可无饮，明日中午在醉春楼年弟做东，年兄不可不来。"口气里有种强迫人的意思。

王韶答应得十分爽快："行，一醉方休！"此公的酒量也很是了得。

王韶走了，吕惠卿、章惇、曾布三人坐了下来，都侧着脸望着王安石。吕惠卿、章惇、曾布到王安石府上来，当然不是聊天。王安石把吕惠卿、曾布、章惇请到西边木屋来，也不是为了闲聊。谁都觉得应闲话少说，言归正传。不过，吕惠卿还想说上几句场面上祝贺之类的话，正要开口，曾布好像知道他要说些什么，忙拦住他的话头："别啰唆，听相公的。"

吕惠卿不说什么了。王安石直入正题："诸位不来，老夫也要请诸位来寒舍一叙。皇上要老夫备员政府，无非为个富国强兵，洗刷国耻。老夫以为欲富国，必先富民。诸位多年在地方做官，跟百姓打交道多。诸位说说，当下民情如何？"单刀直入，干脆痛快。

木屋里有了一种夸张的欢快气氛。吕惠卿知道，商州令章惇、怀仁令曾布要讲这个问题，一时恐怕还讲不好。吕惠卿有备而来。这次天子赵顼这么安排王安石，对许多人来说，肯定是雾里看花，但他吕惠卿不是雾里看花。朝中许多人不以王安石的理财为然，更有不少人还以为王安石的理财是邪术。吕惠卿坚决不这么看。吕惠卿以为天子赵顼要富国强兵、洗刷国耻，就非起用王安石不可。这一点，其实在十一年前王安石给仁宗皇帝的万言书中，就说得清清楚楚的了，只是仁宗当时没看明白，没能起用王安石，要不然大宋早强大起来，西夏、北辽早给大宋打垮，早乖乖对大宋称臣了。不是吕惠卿小看大宋朝中百官，在理财这点上，无人能出王安石之右。有些人空口说白话，信口雌黄，指责王安石奸，希旨迎合天子，投天子之所好，这完全是一派胡言。恰恰相反，是天子赵顼从王安石的万言书中得到启发，才在登基之后决心富国强兵、洗刷国耻。也正因为如此，王安石才成了天子赵顼的师臣，在赵顼的心目中获得了无人可以替代也无人可以撼动的地位。不错，赵顼把司马光也看得很重，但比起王安石来，那就差多了。司马光除了会讲空空洞洞的"仁"呀"义"外，还能讲什么？吕惠卿虽然是个小小的地方官，却发现一个大秘密：国家并不穷，但朝廷却缺钱，百姓日子难过。大宋开国百年，严守劝农之条，稻、粱、桑、麻，囤积如山；各地宵禁废除，商铺林立，酒楼云集，勾栏瓦肆遍地开花；京都开封更是一派繁荣升平景象，夜夜笙歌，通宵达旦。那么，天下之财，到哪里去了呢？答案只有一个：落到豪门强势之家和富商巨贾口袋里去了。吕惠卿对民情心中有数。无须多想，吕惠卿便用他很有磁性的、不杂半点福建口音的纯正官话说："在下在真州当推官多年，觉得民有'五苦'。"

吕惠卿看到，自己此言一出，章惇、曾布都睁大眼睛望着自己，王安石的眼睛也为之一亮："民有何'五苦'？"

吕惠卿："一苦粮食被掠。青黄不接，奸商拼命抬价，百姓有苦难言；粮食收割，奸商又拼命压价，百姓有苦难申。百姓一年辛苦，尽为奸商所掠。"

王相公点头。章惇、曾布称是。

吕惠卿："二苦赋税太高。朝廷规定，官户、宗室、国戚、军将、僧尼、女户、单丁免税，许多有钱人就找官亲，交权贵，结中人，攀宗室婚姻，买度牒，都不用交赋税，结果朝廷这些赋税全转落到百姓头上。"

王安石点头。章惇、曾布称是。

吕惠卿："三苦杂费太多。州县要钱用，就向百姓摊派。上面的官员来了，要请吃，要送程仪；到上面去办事，要送使费。州县请的师爷、书启、账房，派的衙役，这些人的费用说是由州县衙门开销，州县何尝出过一文钱？这些钱，哪一文不是出在百姓头上？"

王安石点头。章惇、曾布称是。

吕惠卿："四苦劳役太重。修桥、铺路、筑城、建庙、浚河、课督赋税、逐捕盗贼，也全都落在百姓头上；还有漕运的粮食、采办的供物，地方进贡的奇石、异木、金银、珍玩，都是百姓手提肩扛，而且不管农忙、农闲，说征就征，二话没有就得跟着走。特别是上等民户衙前，他们的民役说得好听，叫主典府库、辇运官物，其实最惨。府库的财物，辇运的货物，丢失损坏，全要赔偿；碰上水灾火灾，胥吏侵欺上下其手，监守自盗，就是倾家荡产也赔不起。"

王安石点头。章惇、曾布称是。

吕惠卿："五苦官吏贪赃。按说州县长官是百姓的父母官，平赋税，听诉讼，兴教化，励风俗，造福一方，但历朝历代灭门知县、破家县令不在少数。如今的县令也好不到哪里去，贪墨渎职，为非作歹，比狼狈还狠。州县长官下面的师爷、胥吏、衙役更狠，有道是县令是阎罗天子，六房师爷是催命判官，三班衙役是牛头马面，百姓落在这班人手里，板子夹棍，犹如剑树刀山，不要等到押下班房，一条命就去了半条。”

吕惠卿一口气说完了“五苦”，很有点大江东去、滔滔不绝之势。吕惠卿第一个注意的是王安石的反应。看到王安石正十分赏识地望着自己，心里有说不出的高兴和得意。这正是他最希望看到的。吕惠卿不是个谦谦君子，十分自信自己“五苦”这番话，绝对不是一般人能说得出的，绝对有种振聋发聩、语惊四座的力量，因之很有点时来风送滕王阁的感觉。他丝毫不怀疑：王安石一定会大用他，他的平生所学、才能、智慧，真的有了用武之地了。

吕惠卿然后仔细看了看章惇、曾布，二人正傻子似的怪怪地望着自己。吕惠卿清楚，章惇、曾布对自己所讲的“五苦”并非一点也不晓得，只是他们未能像自己这样做个有心人，对百姓的这些事处处留神、事事关心。章惇是个做事敢跟自己玩命的人，做起事来连命都可以搭进去，但对天下事却知之不多，看问题不深，有时甚至有点孤陋寡闻。曾布这个人热情高，不过热忱有余，心眼不足，浅薄得很，容易冲动，没什么城府，天下事也不可能想得很多。不是吕惠卿小看他们。他们虽然也做了十多年的地方官，但绝不可能说出“五苦”这样的话来。

木屋里的气氛古怪而又气闷。不多一会，曾布果然随即慷慨激昂起来，对王安石说：“吉甫年兄之言，句句是实。怎么让天下子民富起来，相公快拿个主意出来，我等二话不说，就听相公的将令，鞍前马后，冲锋陷阵，粉身碎骨，在所不惜！”

吕惠卿知道，曾布绝不只是说说而已，此人说到就能做到。去年四月初四，王相公越次入对以来，曾布就铁了心跟定王相公。吕惠卿觉得曾布此时又在冒傻气了。知你者，说你耿直；不知你者，说你伸手要官。天下有这样要官的吗？王安石新上任之日，放着门前三四百人不见，却在西门木屋见你，还能少你的官吗？不过，吕惠卿没把这些话说出口，心里有种混合着十分得意的、预感到自己在官场要走大运的机会越来越临近的奇妙情感。吕惠卿此时发现曾布也正古怪地望着自己。吕惠卿觉得，一定是自己这种奇妙的情感在脸上表现出来，让曾布看到了。曾布这人真是少见多怪。不过，为了掩盖自己这种奇怪的表情，吕惠卿忙撇开脸，十分认真地等着听王相公说些什么。

王安石慢慢站了起来，走到木屋门边，如点漆般黑而亮的眼睛正透过屋门望着木屋外高远天空什么地方，沉吟了好一会，回过眼睛，脸色渐渐严峻起来："皇上有恭俭之德，有聪明、睿智之才，有仁民、爱物之意，有合于先王、改易更革天下之事之志，然其势也难矣。方今天下之人才不足耳！人才乏于上，闾巷、草野之中亦未见其多焉。今以一路数千里之间，能推行朝廷之法令，知其缓急，而一切能使民以修其职事者甚少；而无才无能、苟且敷衍、贪婪卑鄙之人，至不可胜数；其能讲先王之意，以合当时之变者，在整个辖区之内往往绝矣。"

王安石讲的先王，指的是夏、商、周三代的开国之王。聪明透顶的吕惠卿很快悟出王相公话中的玄机：无论是天子赵顼，还是王相公，都要改易更革天下之事，实行变法，让天下子民受惠；王相公同时看到了这绝不是件一蹴而就、一人能为的事，要把它办好需要许多人才。既然如此，王相公主政后，首要的一步是广求人才。吕惠卿是个有志干大事的人，也是个喜欢干大事、能干大事的人。王相公能不看上他吗？

吕惠卿感到，曾布也不是完全没悟出王安石话中的玄机。曾布说："相公的名望，天下景仰；相公的官声，如雷贯耳；相公的才学，无人可及；相公大旗一举，必有一大批人才集聚过来。"

曾布对王相公佩服得五体投地的话语里并无半点阿谀之意。不过，吕惠卿觉得自己这个同年到底浅薄了点。吕惠卿转过脸去对曾布说："相公要的是通先王之法、善理财的高手。当今朝中百官里，吟诗作赋、舞文弄墨还行，但在政事上却没多少真本事；临事决于胥吏者多，能自决的人少；不通古今，政教更张就更是浑然不知。这等名不副实的庸才，其实越多越糟糕。"

吕惠卿跟曾布说话后，便把脸转回去，望着王安石，看到王安石转过身来，手捻髭须，一脸的悦色在听自己的话。吕惠卿觉得，自己总能在合适的场合、合适的时机，说出自己合适的意见。他以为，他的这种灵敏机心，是与生俱来的，也是许多人后天想学也学不到的。

曾布这才明白了王相公所急需的人才是什么样的人："相公，布举荐一人，此人姓薛名向，陕西转运副使，很会理财，布明日把他带到府上来一见如何？"这个曾布，本是个古道热肠的汉子，为王相公办事，就更热心了，不等王安石点头，就要把人往王相公府上带。

吕惠卿也见过薛向，此人也在集贤等候差遣，看上去像个顺人，相貌平平，不跟什么人打交道，很少待在集贤院，早出晚归，不晓得在干些什么。后来，吕惠卿听人说，薛向这个人做什么都很顺，都福星高照，平安无事。

王安石说："这个人到过这里，有时间老夫是想会会他。"并没有说马上见他。

曾布急了："薛向在陕西任上不到一年，储备的盐就足足可吃十年，军马万匹，确实了得。"

吕惠卿真的是在心底里看不起曾布。这个曾布，好歹也在官场走了十多年江湖，怎么连官场上简单的道理都不懂。王相公现在要忙的事很多，哪有时间立刻就去会薛向呢？况且，王相公不是说了有时间再会见薛向吗？可见王相公对此人还是有兴趣的，你曾布那么着急干什么呢？再说，王相公身边多了一个人，你曾布不就减少了一点机会吗？

过了一会，王安石说："诸位都是年轻人，讲讲年轻人如何？"

章惇脱口而出："大才子苏轼可用！"此人对苏轼总抱有好感，总念念不忘苏轼。

吕惠卿心里在骂章惇是个蠢东西。他刚才已经把王相公的心思点明了：相公求的是善于理财的人。大才子苏轼能理财？李白诗冠古今，不仅想当官，而且想当大官，他当得了？整天喝酒、骂人，恃才傲物，真让他当官，官场恐怕会给他搞得一塌糊涂。陶渊明的诗也名垂千古，五斗米小官不愿当，瞧人不起，能当大官？能干大事？吕惠卿很注意王安石脸上的表情。他发现此时王安石脸上的表情没什么变化。在吕惠卿看来，王安石这种没什么变化的脸色，表明王安石对苏轼并无什么恶感，但也无什么兴趣。吕惠卿觉得王相公对苏轼这么个态度，一点也不奇怪。说起来，苏轼这个人在朝中得罪了不少人，又口无遮拦，怨他的人不少。但，苏轼朋友也不少。再说，苏轼对王相公很敬重，人前人后总是夸王相公的才德；王相公也很佩服苏轼的才情，二人并无过节。吕惠卿得出结论：王相公对大才子还是抱有很大的好感，但也不会让苏轼担当什么要职，至少现在还没有这个打算。总之，苏轼毕竟有才，名气很大，但太不懂得当官。不要说王相公不会大用他，其他人对他也不会器重。

过了一会，王安石又问章惇："你说说子由。"子由是苏轼的弟弟苏辙的字。

章惇不假思索："行！文章汪洋澹泊，秀杰终不可掩，其高殆与兄轼相迫；为人不党不群，办事沉静可靠，都是朝廷有用之才。子由写过一篇文章，对兼并富豪之家十分恼恨，总认为这些兼并富豪在青黄不接之际，乘农家之所急，常倍其息，使得农家深受其害，苦不堪言。"

吕惠卿注意到，王安石对章惇这番话听得特别认真。章惇的话说完了，王安石又转过身去，点漆般乌黑的双目从屋门向高远的天空望去。此时的天空，正飞过一行南来的大雁。不过，吕惠卿知道，此时的王安石双目所及的绝不是那行大雁，而是未来一个什么地方。吕惠卿明白了：王安石用苏轼不着，却把苏辙看得不轻。

章惇还想说些什么，木屋外响起一阵急促的脚步声。紧接着木屋外进来两个人。吕惠卿认得，一个是王安国，一个是王安礼。王安国一脸的怒气，王安礼的脸色也不好看。吕惠卿、章惇、曾布以前见到的王安国、王安礼，都是笑脸相迎，但今天谁都笑不起来。吕惠卿很有点惑然不解。王安石今天拜相，当上参知政事，主持天下政事，在这个大喜的日子里他们兄弟应该高兴才是，怎么反一脸的气相呢？王安石没有作声，也很有点百思不得其解地望着他们。

吕惠卿问王安国、王安礼："何事生这么大的气？"

王安国一屁股坐在王相公对面的官帽椅上，没好气地说："全是兄长升官惹的事。"

容易激动的曾布冲动起来："相公的官是皇上封的，谁敢抗旨不遵！"

章惇更是打抱不平："平甫年兄，你说谁个鸟人敢如此狗胆包天，年弟饶不了他！"章惇这个人豪气、霸气、脾气都大，语言也粗俗。平甫是王安国字。

王安石转过身，不紧不慢地对王安国说："你慢慢说，到底怎么回事。"

王安国仍旧气得不行。王安礼说："说起来真是好笑。刚才平甫和小弟在街上碰到两御史。我们平日从没跟他们打过交道，但这两个御史却拦住我们，向我们讨喜酒喝。平甫说他们装什么疯。他们就说我们不老实，故意装糊涂，说我们进京是兄长在皇上面前说了好话，又说今天散朝后，兄长赖在宫里没走，就是逼着皇上给我们两兄弟封官。"

木屋里的气氛变得激愤起来。吕惠卿觉得这两个御史真有点无耻。这些人说话也太捕风捉影、太无中生有了。吕惠卿清楚：王安国幼年就很敏悟，才学与兄长王相公差不多，士大夫交口誉之。去年年初，王相公还在江宁，因为早在王相公越次入对的前一年，三司使韩绛向皇上举荐，王安国就进京了，跟王相公有何相干？王安礼才学文章也是很不错的，这次进京是因为在河东府建言有功，一策而免四万兵民覆没之灾，枢密院向皇上举荐，天子赵顼亲点才进京的。这跟王相公有什么关系？至于说到今天散朝后，王安石留在宫中为王安国、王安礼两兄弟讨封，就更是无稽之谈，荒唐透顶，吕惠卿就更是不相信，这不仅看低了王安石，而且看低了天子。这些言官的人品、水平实在不敢恭维，堪忧得很，堪忧得很啦！

曾布十分气愤："岂有此理！岂有此理！三岁小孩不相信的话，这些人也说得出口。"

章惇气不打一处出："御史这些鸟官，凭着朝廷给他们风闻言事的权力，就胡作非为。我给皇上上书去，看这些鸟人还敢不敢胡说八道。"

吕惠卿觉得章惇太天真了。上书是半点作用也没用的。言官风闻言事的权力是太祖太宗制定的规矩，谁改变得了？要对付这些人，只有王相公有这个力量和本事。吕惠卿望着王安石："听相公的，听相公的。"

王安石沉吟良久，对着王安国、王安礼说："真难为你们了，安石的弟弟不好当。"

章惇、曾布默不作声，不解地望着王安石。

吕惠卿细细品味着王安石的话。从王安石的话中，吕惠卿明显地感到，王安石这番话不仅仅是说给王安国、王安礼听的，也是说给他和章惇、曾布听的。顺着王安石的话意，吕惠卿说："何只做相公的兄弟难，就是今后在相公门下为朝廷办事的人也难。"他这句话同时也是说给章惇和曾布听的。

王安石用一种十分赏识的目光望着吕惠卿。然后，王安石再一次面对着王安国、王安礼，说："其实这两个御史的话并没有完全说错。"

吕惠卿发现，无论是王安国、王安礼，还是章惇、曾布，都和自己一样，怪怪地望着王安石，不知道他这句话是何意。

王安石："早上散朝之后，安石留在宫中议事。皇上有擢升安国、安礼的意思。不过，安石恰恰是乞求皇上不可如此厚恩安石两个兄弟。安石既然执政，兄弟岂能在朝廷担任要职？皇上开始不肯，后来总算答应了。平甫，你只好到西京洛阳去当国子监教授。和甫，你也只能干个闲职，到秘书省当个著作郎，或者到崇文院当个校书。谁叫你们是安石的兄弟。”

吕惠卿十分留意王安国、王安礼的表情。吕惠卿发现，不仅曾布、章惇在望着王安国和王安礼，王安石也在凝望着王安国和王安礼，脸上的肌肉都似乎绷紧了些。

吕惠卿看到，王安礼站在木屋中间，面对着曾布、章惇和自己。吕惠卿清楚，王安礼在兄弟中排行最小，长相、脾性很像王安石，不讲吃穿，跟乡下人一样朴野，很有经纶之才，也有很强的事功心，想干番大事，也能干大事，是块当大官的料。这一次确实是王安石挡了他的道，很是委屈他了。吕惠卿很想看看王安礼会是个怎样的表现，抬起头来，很有兴趣地望着王安礼。王安礼稍稍停了一下：“这些人把王家人也看得太扁了，安礼是那样的人吗？放心，给安礼什么闲职都行，安礼都一定把它干好。”

吕惠卿看到，王安石脸上绷紧的肌肉放松了。王安礼是个君子，懂得朝廷的规矩，也是个想得很开的人。此时，众人的目光都望着王安国。王安国这个人事功心很淡，喜欢玩，喜欢吃喝，喜欢美人，诸多方面其实跟王相公完全相反。因之，王安国经常跟会王安石争吵。吕惠卿看到，王安国离开了官帽椅，来到木屋中间，转了一圈，很高兴地说：“好呀，西京洛阳同列中原七大古都，华夏文化的发祥地，街市繁华，正合鄙人的性情。鄙人在东京开封一年多，早腻了，巴不得换个新鲜地方。皇上一降旨，安国立即离开开封。”

吕惠卿没想到王安国这么洒脱，同时也觉得王安国也是个好打发、没用的人。吕惠卿看到，王相公心情大为欢快，其他人也跟着欢快起来，木屋里的气氛也随着欢快起来。

吕惠卿清楚，不用说，这都是因为王安国、王安礼二人明大义、识大体的结果，要是他们的思想不通，脸上有什么难看的神色，木屋里的气氛是怎么也欢快不起来的。这两个御史真是太不应该了，在王安石拜相这样大喜的日子里，竟然拦着王安国、王安礼说那么些不干不净、不三不四的话，弄得王安石心情不爽，什么意思，也太缺德了。

吕惠卿、章惇、曾布觉得今天不能耽搁王安石太多时间，侧过脸望了望曾布、章惇。曾布、章惇也觉得该告辞了。三人同时起身，向王安石行告辞礼。三人正要出门，王安国却把曾布喊住：“子宣，你还欠安国一顿饭呢。”

吕惠卿、章惇笑了。这个王安国总是不忘吃喝。曾布答应得很爽快："后日晚上，醉春楼!"

醉春楼就是去年四月二十日，大才子苏轼和王安国他们蔡河游时供吃、供船、供美人的黄发贵在京都开封南董门外蔡河边上新开的那家大酒店。此楼与位于御街北端的开封第一楼樊楼遥遥相望，重霄的层台，流金溢彩；高翘的飞阁，下临蔡河，十分恢宏壮观。席桌上南北风味，飞禽走兔，水陆杂陈，应有尽有。此楼也是京都花娘云集之地。京都有头有脸的花娘可以说没有不到醉春楼来弹唱、侑酒、陪客的。来这里的花娘，大多二十不到，十六七岁的居多，都经过长期调教，能歌善舞，吹拉弹唱样样精通。特别是那双三寸金莲，不盈一握，莲钩蹴风，着实迷人。去年大才子苏轼又给这座醉春楼题写了楼名和八件字幅，醉春楼身价名气就更吓人了，京都开封的达官巨贾鲜有不光顾此楼的。

吕惠卿注意到，王安石很不高兴地盯了王安国一眼。吕惠卿清楚，不近女色、一心想干大事的王相公对自己这个弟弟的这一点很不满意；总是不忘吃喝也很喜欢美色的王安国，对兄长王安石为政之道常会说些不三不四、很不该说的话。王安国年长王安礼六岁，论才气二人不相上下，但王安国却比王安礼晚六年中进士，其中一个重要原因就是沉溺声伎。然而说来奇怪的是，王安国许多地方跟王安石相反，但拗脾气却像极了王安石，喜欢反着来，你越不让他做的事偏要做。王安国见王安石盯了他一眼，却故意拗着大声说："子宣，别忘了叫几个花娘。没花娘，安国是不去的。"

这个王安国也太不顾全王安石的脸面了，当着这么多外人的面故意气王安石。吕惠卿看到，王安石很有点尴尬，脸色顿时变得难看起来。但王安国却像没看到一样，若无其事，一脸的喜色洋洋。曾布这个人反应就这么迟钝，似乎对王相公的脸色浑然不知，想接过王安国的话说下去，大概不外他一定照王安国意思办，把京都最漂亮的花娘叫来侑酒。好在王安礼过去，推着曾布往木屋门口走去："你少说几句，没人会说你是哑巴。"一面又把王安国从官帽椅上拉起来，三个人挤挤撞撞出了木屋。

吕惠卿真有点担心，要不是王安礼把王安国、曾布弄走，王安石的脾气肯定要发作起来，到时候两兄弟说不定要吵起来。王安国、王安礼、曾布走了，王安石的脸色才宽解了下来。送他们出西门时，王安石独对吕惠卿说："改日老夫叫你过来再好好议一议。"

吕惠卿与曾布、章惇出了西门，在那家酒楼门边找到自己的马。上马时，吕惠卿不知怎地，忽然想起自己讲完"五苦"后，曾布脸上出现的那种很古怪的表情。吕惠卿不觉兀自一笑，原先不明白是个什么意思，此时明白了：这里其实是既有对吕惠卿的羡慕之情，也有对吕惠卿的妒忌之意。吕惠卿为此感到满心的舒畅。

吕惠卿十分清楚，王安石之所以在出西门口时独对他说上这么一句话，是因为今天自己的"五苦"之说深得王安石的赞赏。一切的感觉告诉他：他需要王相公，王相公也需要他。多少年后，熙宁二年二月初四这一天，离开木屋时王安石独独对吕惠卿说的那句话，都鲜活地保留在吕惠卿的脑海里，这让他几乎得意了一辈子。

第十七章　为睹皇亲风采酒店人挤人 因见逃犯逍遥林英牙咬牙

王安石擢升右谏议大夫、参知政事后，苏辙发现一个怪现象：兄长苏轼特别忙了起来。以前，只是官场的一些熟人、文场上的一些文友在一起喝酒赋诗，现在是不管熟与不熟、友与不友的，都会到兴国寺来会兄长。怪，连大国舅公、济阳郡王曹佾府上的管家曹通家也来找兄长索字索画。此外，昨天鼓过二更，入内内侍省大太监都都知张德保还派人送两坛宫中上等官酒给兄长。这两件事看起来很小，但在官场却被认为兄长即将得到大用的先兆。皇亲国戚和后宫的人都来拉关系的人，能不得到大用吗？不久，苏辙还发现，不管兄长在哪里出现，总有人过去跟他搭讪。还有许多时候，一些人在一起，总用眼睛看着兄长，用手指指他。接着外面有了传言：王安石要大用苏轼。传言说得有根有苗：苏轼是仁宗皇帝的天子门生，看好的太平宰相，又跟王安石两个弟弟有交情，王安石本人也十分赏识苏轼，苏轼也逢人就说王安石的好话，还好几次登王安石的门，去拜会王安石，给人的感觉苏轼是王安石的人。传言还有鼻子有眼地说：去年四月二十日，苏轼兄弟跟王安石三兄弟同游蔡河。

苏辙感到好笑，京都开封官场怎么会这个样子，捕风捉影的事也说得这样活灵活现。不错，兄长是说过王安石不少好话，朝廷说过王安石好话的人多着，就是自己不也说过王安石好些好话吗？说过王安石好话的人，王安石都要大用，王安石用得了这么多人吗？兄长就这么个人，觉得谁好就讲谁的好话。说到去年四月二十日游蔡河的事，就更是穿凿附会，荒唐得叫人啼笑皆非。那天他和兄长根本就没登王安石府上的门，王安石根本没在船上。当然，要说兄长不想拜会王安石，那也不是。兄长去过两次王安石府上，但两次都没碰上王安石。兄长跟吕惠卿、章惇、曾布一班人不同。吕惠卿一班人去王安石府上登门拜访王安石，是想投靠在王安石门下，图个今后官运亨通，步步高升。兄长不会投靠到谁的门下，去拜会王安石，是敬慕王安石的文章道德、才干智慧，二人在一起谈诗论文，如此而已，别无他意。

从去年四月十九日，苏辙和兄长苏轼到京，至今十来个月，常跟酒席打交道，不是人家请他们兄弟，就是他们兄弟请人家。这些日子，更多的人请兄长和苏辙去喝酒。昨天，右卫将军驸马都尉王诜送帖子来，说在醉春楼摆酒，务请兄长和苏辙赴宴。苏辙知道，驸马王诜的酒，兄长是不能不去的。按说，大宋早有“谒禁法”，对皇亲国戚和大臣的私谒严加限制，不许皇亲国戚与清要权势官私第往还；皇亲国戚如有公事，即赴中书、枢密院说去；大臣非假日不许私第接见宾客：如有违纪，令御史纠举以闻。不过，这个谒禁法执行起来很难，阻力也很大。特别是对大臣非假日不许私第接见宾客这一条，遭到不少大臣的反对。私谒就是私下拜谒请托，也就是言官在弹劾的奏章中常常用到的“奔走权贵”“出入权门”“结托权要”“游走于公卿之门”的意思。但是人总有至亲、密友、同道吧，相互走访又有什么不可以的呢？总不能因为走访就遭到谒禁法的处罚吧？私谒与走访界限不好分。因之，谒禁法时有废罢，但天家始终怕朝臣趁着出谒、受谒之际植党结派，只好不断颁行。

苏辙以前跟驸马王诜打过交道。王诜这个驸马爷来头不小，是开国军爷的后裔，曾祖父就是跟随太祖南征北战、立下赫赫战功的开国大将王全斌。不过，王诜完全没有曾祖武夫的粗犷、豪野、火性和官威，倒成了文质彬彬、令人喜爱的才子哥儿。兄长也不知前世跟这个驸马爷结下什么缘，二人交情确实非同一般。王诜没有功名，在科场上总是名落孙山。然而，王诜其实极有才气，书画双绝，又工弈棋，是个玩家。王诜对朝政没多少兴趣，也不甚愿与权臣高官打交道，却与馆职词臣、风流雅士情趣相投，进士出身的文化精英更是相得甚欢，宅园内宾朋云集；家中藏有古今书法名画无数，大有王谢遗风。不用说，朝野上下，名人雅士都十分愿意跟王诜打交道。在雅士中，驸马王诜又特喜跟兄长交往，成了终生的好友，不仅常在一起饮酒，且多有诗文应酬。十年后，乌台诗案发生，不少人怕受到牵连，远离苏轼，这个驸马爷却私自派人去给苏轼通风报信，弄得自己牵连进去，把所有的官职官衔一撸到底，成了一个真正的草民。王诜请饮酒，兄长从来欣然前往，从未推脱过。

驸马王诜在醉春楼摆酒宴请大才子苏轼兄弟，并且有岐王赵颢作陪一事不胫而走，一下子就在京都开封传开了。在官场上，人们对皇室的人一举一动从来都是十分感兴趣，也是十分敏感。特别是在王安石当上参知政事，朝廷政局肯定要发生很大变动的时候，皇室人的一举一动就更是牵动每个人的神经。按说，人们完全用不着对皇室这么神经兮兮的。大宋开国百年，老祖宗对皇亲国戚制定了强硬的家法，可以给那些皇亲国戚崇爵厚禄，让他们有不尽的荣华富贵，但就是不给事权，特别是中书、枢院二府，明令禁止任职。但，皇亲国戚毕竟跟天家有血缘关系，跟天家接触得多。这些人喜欢你，在天家那里说你的好话，你的官就当得顺，升得也快；要是看你不顺眼，对你吹毛求疵，在天家那里揭你的短，你还有好日子过吗？不就死定了吗？因之，满朝文武百官，有几个对皇亲国戚不是笑脸相迎、客客气气、献媚取宠的？当然，皇亲国戚也不是那么容易攀上的，许多人就求其次，转而去攀那些能跟皇亲国戚拉上关系的人。今天上午，就有好几拨人来兴国寺跟兄长套亲近。

苏辙清楚，兄长从未拒绝过王诜的邀请，这次王诜在醉春楼摆酒宴请兄长，兄长就更要去了。这个王诜不仅喜欢跟名人雅士交朋友，而且风流成性，喜欢美人。王诜在欢场上是很有点放浪形骸，不受世俗礼法羁束。本来他娶的公主是当朝太后高氏的女儿、天子赵顼的姐姐舒国长公主，又长得如花似玉，按说该满足了，但王诜却嫌公主在深宫大院规矩惯了，在床上也规矩得太死板了，不晓得浪，竟胆大包天纳起妾来，一纳还八个。这已经过分了，但王驸马还不时光顾书寓青楼，跟花娘浅斟低唱，这已经叫天家够丢脸的了；更荒唐的是，这个王驸马跟小妾快活时，公主就睡在旁边，也一样浪蝶狂蜂，气得太后高氏牙齿没咬碎。但气归气，天家的丑事不好张扬出去。再说，女子的三从四德不只是天下平头百姓要讲，帝王之家也一样。在三从四德面前，女子必须检点，要不然就要受到惩罚，轻则打骂，重则族法处之，名声说有多坏就有多坏。然而，男子纳多少妾，逛多少次书寓青楼，女的管不了，不敢放个屁。既然如此，公主也得忍一忍。不过，公主毕竟是天家的人，后来赵顼还是下了道圣旨，把王诜的官一起给开缺了，八个小妾不仅给打个半死，还发配到兵营给当兵的做老婆。这给舒国长公主出了口恶气。但，奇怪的事情发生了。这个舒国长公主贤惠，恪守圣人制定的三从四德的妇道，竟然和天下寻常人家女子一样，并不认为驸马纳妾是件丢人现眼的事。好汉占九妻，天下男人有几个是好的？有几个不想自己拥有的女人越多越好？驸马也是人，纳几个妾，逛逛青楼，有什么值得大惊小怪的呢？后来，舒国长公主大病了一场。天子赵顼亲自上门去看公主，赐金帛六千，又问公主所需。公主什么也不要，只要当天子的弟弟给驸马官复原职就行了。当天子的弟弟没辙了，又因为对自己这个姐姐特别好，从来有求必应，不仅当即下了道给驸马官复原职的圣旨，还在开封城北左军厢安远门外永宁坊给驸马新建一座府宅。这座府宅，占地上千亩，阴森老树藤千尺，有花木之秀茂；刻桷雕楹初未识，有建筑之精美；万盖摇香俯澄碧，有池沼之清澈；乱点金钿翠被张，有陈设之富丽。新的府宅落成，驸马王诜免不了要向苏轼索字索画。驸马王诜先是包了几封银子酬谢，苏轼哪里肯收。王诜就改在醉春楼摆酒。本来，就到驸马新府宅喝酒，岂不更好？只因为王诜请了岐王赵颢作陪，事情就有点复杂了。苏辙与苏轼跟岐王赵颢有过一面之交，觉得岐王为人文质彬彬，没半点王爷的架子和威风，平生寡嗜，唯喜聚书，博求善本，屋里藏书万卷，是个书痴，并不难打交道。这个岐王同时还是个十分规矩的人，自幼在宫中读写儒经，恪守天家规矩，不愿在驸马王诜新的府宅跟外臣喝酒，理由就是这有违谒禁法。王诜是不在意这个规矩的，但岐王坚持要这么做，王诜只好在醉春楼摆酒宴请兄长，苏辙当然也就一并请去。

苏辙端坐在窗前桌上看书。驸马爷摆酒，王爷作陪，朝中百官中有几人能有这个福分？这该是多大的面子？兄长的身价猛涨了起来，中午又有人把兄长和他拽到酒楼喝酒。兄长又喝醉了。苏辙扶着兄长回到兴国寺，开了房门，把苏轼放到床上躺着。苏轼醉是醉了，但酒醉心明，并不糊涂，躺在床上，十分想跟苏辙说说话。苏辙清楚，兄长想当大官，也认为能当得了大官；想担大任，也能担得了大任；想做大事，也做得了大事。但兄长并不相信外面的传言，认为王安石会大用他，兄长的感觉没这么良好。在文场、欢场，兄长不仅感觉好，而且很有信心，但在官场却不是如此，相反有时竟莫名其妙的信心不足。苏辙也感觉到，兄长的仕途恐怕很难顺畅。兄长这张嘴巴实在叫人放心不下，遇有不惬心意之事，就一定要说出来，太容易惹祸；又喜欢开玩笑，也不管开得开不得，都要开。叫苏辙感到奇怪的是，王安石当上参知政事后，兄长竟暗暗地在为王安石操心。当然，这不奇怪。王安石和兄长都是饱读圣贤书的人，都素以明王道、致太平为己任。王安石要富国强兵、洗刷国耻，兄长其实也是如此。大宋百年，外慑于强敌窥伺，内忧于苟安忘耻，方今之世，确实要好好地涤荡振刷一下，补偏救弊到了非变革不可的地步。兄长只是对王安石理财这一条很不以为然。理财，不就是讲钱吗？一个国家，从上到下，人人都讲钱，开口财，闭口利，什么仁，什么义，统统都在一边，这如何使得。为了钱，人都可以无耻到什么都不要了，良心不要了，脸也不要了，斯文扫地，道德沦丧，国家还成国家，天下还成天下吗？这多危险！王安石小看了仁义的神威和力量。大宋平定四境完成帝国大业后，对十国的那些臣服了的霸主国君，不仅没像前代帝王那样让他们人头落地、子孙遭殃，相反无不保全首领，封爵赏官，颁赐甲第，让他们在富贵温柔的京师终其天年。当然，这些人便规规矩矩、老老实实臣服大宋，这就是仁义的神威和力量呀！

苏轼躺在床上，一点睡意也没有："像介甫这么饱读圣贤书又博学多才的人怎么连这点也看不清楚，我要到介甫府上去拜会拜会，把这个意见告诉他。"

苏辙把书合上，转过脸对苏轼说："兄长嫌自己的铜罚得不够呀？"

苏轼的脸因为喝酒涨红了，这会就涨得更红了。苏辙说的罚铜指的是苏轼六年前在凤翔府当签判时所受到的一次处罚。提起那次处罚，真叫苏轼丢脸也很伤心。那年，刚刚考上比进士科还要高一等、与状元同级、制科三等的苏轼以本官大理评事身份签书凤翔府判官。时任凤翔知府陈希亮对苏轼到他府上当官很是欢迎，二人开始关系十分融洽，但没多久就闹翻了。事情的起因是天家每年的采办。大凡有著名物产的地方，无论名产土产，只要天家知道了，都要派采办的差使去采购。采办的数量，都大得惊人。凤翔府盛产巨木，大宋的东京开封府、西京洛阳府、南京应天府、北京大名府宫殿修治所用的木材，不少是凤翔府上供的。采办木材不仅苦了地方官，办得不好，撤职查办杀头都说不定；更苦了百姓，那些丈八之围的大木，都是上百年的老树，生长在蛇虎杂居、人烟绝少的深山穷谷之中，稍有不慎，非死即伤。伐木困顿，运木则更难。巨木倒地，千户难移，一路悬木吊崖，饥饿流离，入山千人，出山五百人就不错了。好不容易巨木出了深山穷谷，下了渭河，编成木筏，然后途经黄河砥柱，有激流险滩挡道，筏散人亡之事频频发生。因之，凤翔人一听到天家派官采办木材，莫不惊恐，亦莫不哽咽。兄长苏轼到凤翔府不久，了解到这一情况，很是悲痛同情，认为这是自己报效朝廷、为民办事的时机到了，连夜找到凤翔府知府陈希亮谈及此事。他没想独享其功，很高兴地邀陈希亮连署向朝廷上封奏章。陈希亮虽是个武人出身，办事严厉刻板，却并不糊涂，也不是个没头脑的人。叫苏轼没想到的是，陈希亮对他兜头泼了瓢冷水，要他不要胡来。兄长不明就里，不知道自己胡来在什么地方，陈希亮也不把话说透。苏轼顾不得许多，就一人给朝廷上了奏章。在奏章上，苏轼说了陈希亮许多好话，说他勤政爱民，体察下情，十分关心岁办采木的百姓。奏章送上去了，就如石沉大海，一点声息都没有。过了好一阵，陈希亮突然对苏轼大发雷霆，又是跺脚，又是拍桌子，破口大骂，骂兄长在奏章上何故把他带进去。你苏轼写你的奏章就是，把陈希亮带上，不是成心坑人吗？兄长苏轼实在不明白自己做错了什么事。说实在的，兄长在奏章上给陈希亮说了那么多好话，这又有什么不对的呢？从此以后，陈希亮就对兄长很不放心、也很不客气了。兄长无论做什么事，陈希亮都不顺眼，横挑鼻子竖挑眼；许多事明明急着要办，陈希亮总是推三阻四，有时干脆不理。兄长真是百思不得其解。后来，兄长离开凤翔府，有人告诉他，他在凤翔府做了件大糊涂事，兄长才恍然大悟。原来朝廷的采办，虽然是临时性的差遣，却是人人垂涎三尺的肥缺，采办木材就更是肥缺中的肥缺。一路之上，采办差官打着天家旗号，用的是黄帖，向沿途经过的州县索要银两，收受红包；私采物品，动以万计，其中挟带违禁私货，谁也不敢放半个屁；心狠一点的，科索珍宝，搜刮财物，更是无计其数。然而，对这些采办差官，地方官无一不小心侍候，千方讨好，唯恐不周。也有迂头呆脑的向朝廷告发，鲜有不吃大苦头的，轻则打几十大板，重则撤职，再重者捆到刑部衙门治罪。不明底细的人不解这些采办差官何以有这么大权，能这样整治在采办中跟他们作对暗中告发的人。把底细弄清后就会知道，能弄到这种肥缺的人，不是皇亲国戚，就是后宫的太监，一般人想得到这种派遣，只能是白日做梦。那一年派到凤翔府去采办木材的是入内内侍省的头号太监都都知张德保手下的内官监的押班太监高全福。这位太岁爷到凤翔府采办巨木，兄长却去上奏章，为凤翔的百姓请命叫苦，不是明摆作跟天家作对吗？你苏轼不是活得不耐烦吗？这一年的七月十五中元节，按规定休假七日。这么长的假日，衙门当然要安排专人值班，并且还要留些预用的空白印片。头一天值班的是兄长。不知是凤翔府主簿忘记了告诉兄长，还是兄长头天晚上喝醉酒忘记了这件事，反正是没到衙门去值班，结果陈希亮罚了兄长八斤铜。中原王朝的钱大都是铜铸的，因之，罚铜就是罚钱。每斤铜一贯二百文，八斤铜就是九贯六百文钱，相当兄长半年俸禄，不算太狠，但好好地教训了一下兄长。不过，兄长没记这一仇。多少年后，兄长为陈希亮写了篇很长的碑文，盛赞陈希亮的人品政绩，称其“威可折冲千里之外”。苏辙了解兄长，兄长不是活得不耐烦，也不是有意跟天家作对，都是因为年轻，刚刚步入仕途，一肚子圣贤书和一肚子大才子意气，又特多情，总以为天下人都跟他一样想问题，结果刚入仕途就做了件这样的傻事。

此时苏轼已三十有二，在官场历练好歹已十来年了，不过却没有把苏辙的话听入耳。苏轼说："王相公何许人，陈知府又何许人耶？王相公胸有大志，人品操守光风霁月，岂是一般人可比？王相公一定听得进别人的话。"

苏辙依旧端坐在桌前，默然半日，自言自语道："我这个兄长，总是多情。"

苏辙的"多情"一词，是去年十月十五兄长拜会老座师欧阳修时，老座师用在兄长身上的一个词。苏辙觉得"多情"二字用在兄长身上再合适不过的了。兄长也觉得自己"多情"，但总改不掉，说从此不多情，转身就又会多起情来。苏辙看到，兄长听到他这个弟弟自言自语说他"多情"时，脸红了，很有点伤痛的意思，本来就长的脸拉得更长了，嗓门也大了，几乎在跟苏辙吵架："非也！谬也！你这么看王相公全错也！"

苏辙不再说什么了。此时苏轼的酒大概醒了不少，从床上下来，走到桌边，从抽屉里取出一块墨来，看了又看，一副怡然自得的陶醉情态着实叫人感到可近可爱。苏辙别过脸去一看，兄长手上的那块墨是前日吕惠卿送的李承晏墨。此墨是徽州府歙州制墨良工李承晏制作出来的上等块墨，质量装饰并佳，磨出来的墨，不仅色泽光润鲜亮，且散发出一股沁人心脾的浓郁墨香。这个吕惠卿还真会投兄长所好。官场上的人，没一个不知道兄长嗜墨。碰到上等好墨，就是不送，兄长也会讨，讨不到还会抢。十六年后的元祐年间，年幼的赵煦继位，此时的太后高氏尊为太皇太后，召苏门四学士之一的黄庭坚到京都与兄长同朝做官，二人交游酬唱甚乐。兄长见黄庭坚有块好墨，非常眼红，但黄庭坚又舍不得给他，兄长也就顾不得许多斯文，一把夺了门生黄庭坚的墨，据为己有，连师道尊严也不要了。

兄长观赏了好一阵李承晏墨，然后又在砚台倒清水，接着小心地捏着墨，在砚台磨起来。磨好墨，取出笔和纸，写了几副字。这是兄长每天的习惯，不管多忙，字不可一日不写。果真是好墨，写出来的字，清新可爱，而且满室飘香，苏辙不由得猛吸了几口。兄长显然意犹未尽，又在桌上铺好纸，笔饱蘸了墨，正要落笔时，兴国寺外响起一阵马蹄声。一会，兴国寺外人声嘈杂。接着，云水堂外有匆匆脚步声传来。苏辙和兄长苏轼别过脸，见驸马王诜的管家到了房门口，边拱手作揖边说，马已在寺外备好，请大才子苏轼兄弟醉春楼赴宴。

苏辙这才发现，窗外天色已经向晚，晦暗了下去。苏辙放下书，苏轼却没那么便当，纸要收好，墨要放好，笔和砚台也拿到房门外天井里的水缸内洗净。这之后，苏辙和兄长才锁了房门，跟在驸马的管家后面到兴国寺外。苏辙与兄长、驸马管家上了马，在汴河天汉桥上了御街，便一直往南而去。

京都开封街上的店家已经掌灯了。坐落在京都开封城南薰门外蔡河河畔的醉春楼地是偏了点，但繁华热闹不亚于城内任何一家酒楼。说起来这里原是城外的一片菜地，自从醉春楼在这里落成后，各种店铺和摊点就如雨后春笋般冒了出来。三人出了南薰门，苏辙远远地便见醉春楼楼上楼下两排大红灯笼把酒楼前面的广场照得如同白昼。灯光下的广场，轿马如云，人织如梭。两边风火墙上各高悬着一面上有三条直线的酒帜。可别小看了酒家帜旗上的三条直线，这是官府给的售酒认可证。醉春楼旁边一家铺前挂一把大壶作为招记的浴堂也人织如梭，十分繁忙。大街东边茶肆里出来两个装扮入时的美人，缓动金莲，分别钻进停在门口的一顶小轿内，然后轿夫抬到街对面一家茶肆门前停下。两美人下了轿，又缓启金莲，走了进去。苏辙知道，这两美人是卖唱的艺女，坐的是过街轿。这么摆谱，既是行规的需要，更是为了抬高自己的身价。

苏辙、苏轼和驸马管家在醉春楼前下了马，早有酒店的伙计把他们的马牵到一旁的系马桩上拴了。苏辙抬头一望，兄长书写的“醉春楼”匾牌赫然在目。站在门前接客的女侍、男侍一个个都用夸张的笑脸望着客人。苏辙三人走进醉春楼，但见醉春楼比以往任何一日都热闹，满壁的烛光下，桌桌座无虚席，还有许多人往楼上走去。最招惹苏辙眼球的是，在前面十来丈远的一间雅间门外，人挤人站满人。驸马管家急忙赶过去，把挤在那里的人拨开，苏辙与兄长跟在后面往前挤。在离那间雅间少说还有上丈远的地方，苏辙看见驸马王诜和岐王赵颢站在雅间门口，对着苏辙和兄长拱手。苏辙、苏轼忙双手举过前面人头，连连对岐王赵颢和驸马王诜拱手行礼。苏辙清楚，挤在这里的人都是为了一睹岐王赵颢和驸马王诜的风采。有人认出了兄长，挤在这里的人就更多了。前面的人堵着不肯走，后面的人拼命往前挤，把苏辙和兄长夹在中间。驸马管家一人的力量显然不足。驸马管家喉咙挺粗，又露出一脸凶相，却怎么也无法把前面的人拨开。幸好雅间里出来六七个驸马府上的家仆，才挤出一条通道，让苏辙和兄长进了雅间。不过，雅间外面的人仍未散去。苏辙看到，人群后面还有人伸长脖子朝雅间这边张望。

驸马王诜摆酒的这个雅间是醉春楼店主黄发贵为朝廷达官贵人开设的，一面临河，很是宽敞典雅，里面摆了两张酒桌还显得很空。岐王赵颢今天穿的是常服，但掩盖不了浑身上下散发出来的帝王之胄的高贵气息。不过，尽管如此，岐王赵颢看上去更像一介书生，文质彬彬，温文尔雅，很有礼貌，绝对谈不上盛气凌人。驸马王诜风流倜傥，圆圆胖胖的娃娃脸，很有点养尊处优、优哉游哉的轻松随便，一点也不坐大，显得讨人欢喜。王诜开始要兄长坐北朝南坐上首。兄长自然不肯，一定要岐王赵颢在上首就座。岐王赵颢谦让。后来众人都要他坐上首，岐王赵颢才应允了。兄长和王诜打横坐在岐王两边，苏辙坐在下首，正好面对着蔡河。上弦新月还没出来，但见蔡河里倒映着醉春楼明亮的烛光，却也挺有番景致。

好一会，雅间门外的人才渐渐散去。苏辙忽然听到雅间外有人在喊他们兄弟："子瞻！子由！"苏辙抬头一看，见章惇站在雅间门口。章惇后面还跟着好些人和好些花娘。苏辙认得的有吕惠卿、曾布、王安国、王安礼，另有三人就面生了。苏轼忽然见到这些同榜进士、好友，十分高兴，马上走出雅间，把吕惠卿一班人引过来，一一给岐王赵颢、驸马王诜介绍。吕惠卿一班人也是第一次跟岐王赵颢、驸马王诜相识，一个个忙着跟他们拱手作揖，一双热眼望着他们。岐王赵颢、驸马王诜二人连忙起身，跟吕惠卿他们拱手回礼。

苏辙是个明白人，朝野上下无不以结识到皇亲国戚为荣，即使能见上一面，也觉得无上荣光和得意。苏辙看到，从来容易冲动、喜怒都全摆在脸上的曾布把赵颢和王诜从头到脚，打量了又打量。在人前从来大大咧咧、大模大样的章惇，平日表情僵硬的脸上也十分知趣的高兴和欢快起来。最有意思的是吕惠卿，低眉顺眼，一脸的欣喜，激动得眼泪也流了出来。王安国、王安礼看来早就与岐王和驸马相识，行过礼后两兄弟靠在窗前指点着蔡河说话。苏辙面生的三个人也挤上前来跟赵颢和王诜行礼。这三个人，一个是高个子，一个是矮子，一个是小胖子。花娘平日跟高官巨贾交道打得多，恐怕没福分见王爷驸马这样的皇亲国戚，这会见到了，不免半是撒娇、半是装疯地挤到赵颢和王诜面前，一双眼睛热辣辣地盯着赵颢和王诜不放，十分夸张，也十分挑逗地搔首弄姿，向赵颢和王诜大抛媚眼。

苏轼面向着那三个面生的人时，吕惠卿马上介绍：高个子林英、矮子舒亶、小胖子吕嘉问。苏辙打量了一下眼前的这三个人。在京等候差遣的十个月里，苏辙跟京官和在京的外地官员多未谋面，但眼前的三人的情况他还是略知一二。高个子林英不就是那个给东明县衙门里的师爷、胥吏、衙役逼得卷铺盖走人的那个县令吗？这个人本来有个不错的差遣，在翰林院当修编，却要到东明县去当县令，结果斗不过属下的师爷、胥吏、衙役，弄得狼狈不堪，丢尽了脸面。苏辙对这点并不感到奇怪。在形形色色、五花八门的官场中，可以说千奇百怪，无奇不有。吏离不开官，官也离不开吏。官可以撤掉属下的吏，吏也可以赶走顶头上司的官。特别是州县长官，得罪了师爷、胥吏、衙役，可以说寸步难行，弄得不好就身败名裂，臭不可闻。矮子舒亶和小胖子吕嘉问的情况，苏辙是五天后在曾布嘴里听到的。舒亶倒也不是个不学无术之徒，礼部考试考第一名，中了会元，诗词写得不错，工于小令。此公是个恶人，同时也是个酒色之徒。此公在临海县当县尉时，喝酒时必要花娘侑酒。一次临海县挂头牌的花娘侑酒，这个花娘不仅长得花容月貌，且在欢场上的狐媚功夫很是了得，弄得舒亶酩酊大醉，脚都站不稳，回到衙门去办案，没审几句，就一刀把一个不肯奉养继母且赶继母出门的不孝子杀了。这种人也太不把朝廷律法当回事了，想怎么干就怎么干，就是人家犯了不孝之罪，也该审个一清二楚才是，该杀头也要报刑部审核。此人还有个特点，好夸大其词，好把什么事都提到天大的事情去说。因之，跟此人打交道得小心点，你说的是句无关紧要的话，给他抓住了，提到天大的事上去说，你就要惹上大麻烦了。要是此人当上御史，你就得更小心了，逮住你一句什么话，提到天大的事上去说，你就死定了。小胖子吕嘉问很有点来头。此人是真宗朝名相吕夷简的曾孙，当朝翰林学士吕公著的从孙。听曾布说，这个小胖子从小聋天哑地，瞎捣乱，不好好读书，没有功名，靠荫补当了个七品太常丞，却又傲气得很，常斜眼望人；且常把外面不三不四的人带到家里吃喝，弄得家里不得安宁，家里人给气得呕血，都说他不成器，却又拿他没办法。但这小子不好色，从不去青楼、勾栏快活。怪不得这小子在岐王赵颢、驸马王诜面前，也不把一脸睥睨一切的神气收敛一点。苏辙还从曾布那里得知，舒亶和吕嘉问二人对王安石敬服得不得了。舒亶根本就听不得人家说王安石半句坏话，听到了就要跟那人拼命似的。吕嘉问则对王安石的服从到了发傻的地步，王安石说黑他绝不会说白。也是二人跟王安石有缘，许多人不知去王安石府第里求见过多少次，好话也不知说了多少，王安石一个也看不上；舒亶和吕嘉问第一次登门拜访，王安石就觉得二人与那些人不同，可用。很快地，舒亶、吕嘉问与吕惠卿也熟悉了，总跟上跟下。吕惠卿对舒亶、吕嘉问也不错，总把二人带在身边。

吕惠卿他们的酒席就在隔壁雅间。既然好不容易在醉春楼碰到岐王赵颢、驸马王诜，众人当然都想在这里多待上点时间，多聊上几句。那些花娘不聊什么，却一个个拥到赵颢和王诜身边，尽量把身子靠过去，一脸兴奋，一脸幸福，一脸妩媚，一脸娇娆。苏辙发现，舒亶那双眼睛一点也不回避地在花娘身上晃来晃去。林英望了望那些花娘，也就不再多看一眼了。吕嘉问却相也不相花娘一眼，只是站在那里听赵颢、王诜、吕惠卿和兄长苏轼聊天。

苏辙渐渐感到，醉春楼今晚的气氛有点不对劲。他们来醉春楼也有好长时间，却不见一个酒保过来招呼一下。醉春楼的人不可能不知道此时此刻坐在这间雅间的人是谁，更不可能糊涂到如此怠慢无礼的地步。苏辙不由得起身走到门口，朝大厅里一望，但见那里有人在发脾气叫喊。苏辙奇怪，他在这里喝过好几次酒，从没见醉春楼出现这种情况。王诜和兄长苏轼大概也感到这里情况不妙，都转过身来望着大厅。大厅里有点骚动了，有人在骂人，有人把酒桌擂得嗵嗵响。章惇、曾布、林英、舒亶、吕嘉问都挤雅间门口来了。驸马王诜讨人欢喜的圆圆胖胖的娃娃脸拉长了，对身旁的管家说："去看看，出了什么事？"

苏辙看到，管家应声正要出去，醉春楼门口传来一片吓死人的凶喝声，接着便见大厅四壁上无数人影乱晃，再侧过脸朝醉春楼大门口那边一望，但见十几个不衫不帻的壮汉大叫大喊拥了过来，叫人心惊肉跳。这伙人所过之处，许多人都早早往边上退，让出一条路来，还有好些人往门外跑了。

苏辙清楚，他们今天在醉春楼碰到京都的一伙泼皮无赖。前几年，苏辙在大名府当推官，跟大名府的泼皮无赖没少打过交道，知道泼皮无赖不好对付。这些泼皮无赖，到处闹事，打架斗殴，强拿硬要，谁也不敢出一声。谁要啰唆半句，就拳打脚踢，把人打个半死。不过，别小看了这些泼皮无赖的能耐，跟官府衙门里的胥吏衙役大都是把兄弟。泼皮无赖需要官府胥吏衙役做靠山，否则日子就混不下去；官府胥吏衙役也要借助他们维护市井秩序，否则许多事情就办不下去。当然，这些泼皮无赖并不蠢，他们闹事斗殴、强拿硬要不是不看地方。京都的大地方他们是不会去闹的，像醉春楼这样的大酒家，也不敢去耍疯。一来是在这里喝酒的不少是权贵高官，惹发了这些人可不是官府胥吏衙役保得了的；二来是这样大酒家的店主也非等闲之辈，不仅有钱，也都极有神通。今晚这伙泼皮无赖竟敢这么放肆闯进来，就很难说得清楚这伙人是哪路神仙、何方土地了，也不知他们到这里来耍什么疯，闹什么事。

不过，无论是岐王赵颢、驸马王诜，还是兄长苏轼、吕惠卿他们，没一个人显得慌乱，只有那些个花娘，一个个吓白了脸，往雅间里面缩过去。在这些人中，岐王赵颢的安全最重要，但从这伙泼皮无赖的举动中还看不出有加害岐王的意图。敢跟自己玩命的章惇拨开身边的人，要到大厅里去。兄长苏轼怕他吃亏，一把拉着他的左手，说这种泼皮无赖确实用不着我们去管，明日跟开封府推官李寿昌说一声，让他收拾收拾这伙泼皮无赖就是。但章惇不听，猛地用右手把兄长的手打掉。不过，章惇刚到雅座门口，醉春楼店主黄发贵突然出现在面前，叉开双臂，拦住章惇："没事，都是常在这里喝酒的人，在下叫账房刘先生把他们带到楼上喝酒去了。"

苏辙踮起脚抬头朝大厅望去，果然见一个又高又瘦又驼背的中年人又是点头，又是哈腰，把那伙泼皮无赖引到楼梯口。不用说，这人就是账房刘先生。苏辙很是奇怪，黄发贵岂是好惹的人，却对这伙人也是讨好，还派账房先生去给这些人赔小心。不过，苏辙心里很快明白了：这伙泼皮无赖来头不小。楼梯与这里四五丈距离。苏辙突然发现林英的眼睛睁得老大，直望着正在上楼的那伙泼皮无赖中的一个什么人，惊奇得张开口，半日合不拢。兄长也看到林英这一怪怪的举动，吃惊地问林英："你怎么啦？认出什么人了？"

过了好一会，林英的双眼仍旧盯着楼梯上的谁，指着其中一个人大声说："是他！那个刀疤脸，就是这个衙役班头，把东明县农人打死，原来就在开封城逍遥！"

苏辙注意到，吕惠卿、章惇、曾布、舒亶、吕嘉问都一脸匪夷所思的神情望着林英。苏辙也觉得在开封府发生这样的事实在是很叫人不可理喻。不过，更叫人不可思议的是，估计是上楼的那个打死农人的衙役班头听到了林英的说话声，竟对着林英龇牙笑。

林英气得牙咬牙："就他！就他！就是他！"

林英在东明县的故事，官场上的人耳熟能详。林英说完，就要去抓那人，但刚到雅间门口，两只脚就不动了，只是叹了口气，缩回到里面来。这一下，可把矮子舒亶气坏了。他不是气打死农人的衙役班头，倒是气林英。舒亶这个人说起话来，口气挺凶："没用的东西，你带我去抓那个人！"

苏辙看到，林英却仍旧站着不动。苏辙知道，这不能说林英是个没用的人。林英到底是吃过属下的那些师爷、胥吏、衙役亏的人，知道事情不是那么简单。不管怎么说，再厉害的师爷、胥吏、衙役还是怕县令，少有跟自己的顶头上官县令过不去的。东明县的师爷、胥吏、衙役不仅敢，而且能把林英赶走，就说明背后有很硬的靠山。那个打死农人的衙役班头不仅至今逍遥法外，而且公然出现在京都开封有名的大酒楼里，这么胆大妄为之事谁敢做？既然如此，就不能怪林英眼睁睁看到凶手也不敢上前抓人了。再说，林英现在不是东明县令，手下什么人也没有，怎么抓人？苏辙看到，章惇给惹怒了，脸上显出了那种敢跟自己玩命的虎气和不好惹的霸气："看章某把那人抓过来。"

苏辙注意到，黄发贵的脸吓白了，一把紧紧箍住章惇，不让走出雅间。苏辙觉得章惇这么做无济于事。东明县的前县令林英对有命案在身的人束手无策，章惇同样没有办法。你章惇一不是开封府的官，二不是开封府的吏，手上又没有捕人的牌票，吵闹起来，他们一伙十多个人，你章惇对付得了？你能把人从他们手上带走？再从黄发贵吓成那个样子和紧紧箍住章惇的举动来看，这里的蹊跷恐怕不小。况且，今天大家是来醉春楼喝酒的，不是来抓人的。再说，那人是不是有命案在身的凶手，也不能凭林英几句话就咬定了。真要去管这个闲事，酒就没法喝了，岂不把驸马的酒宴搅坏了吗？苏辙看了看岐王赵颢，这个从小生活在深宫的王爷是一脸的厌恶和一脸的不耐烦。苏辙知道，赵颢很讨厌这帮泼皮无赖，但对抓一个有命案在身的衙役这样的小事是根本不会去管的。驸马王诜脸上也有点不屑一顾的神情："一个衙役要不要抓这样的小事，也要我们去管，这朝廷还像个朝廷吗？"

黄发贵要的就是驸马爷这句话，松了手，去吩咐人上菜上酒。章惇不去抓人了。大厅里原来出去的人渐渐回来了，四壁上的人影也渐渐不乱晃了。吕惠卿、王安国、王安礼、章惇、曾布、林英、舒亶、吕嘉问去隔壁雅间喝酒去了。花娘们迈开迷人的五寸金莲，跟在后面，没忘记回眸一笑，对岐王和驸马再抛媚眼。

苏辙看到，章惇、舒亶还一脸的气相。曾布离开这里时，开口说话："看到了吧？这就是王相公所说的刑名乱、官制乱、民心乱！不把这些都改掉，大宋的江山社稷怎么得了！"

曾布也是个对王安石敬服得不得了的人，一有机会就要大大地把王安石说过的话宣讲一番。曾布话音刚落，吕嘉问回过头来说："听王相公的，大宋的江山社稷就是铁的，万万年不得动！"

苏辙发现，无论是岐王赵颢，还是驸马王诜，都对曾布、吕嘉问的话不感兴趣。这不是说他们对大宋的江山社稷不关心，只是觉得曾布、吕嘉问的话不该在此时对他们说。他们今日到醉春楼是来喝酒的，不是来听王安石长、王安石短。驸马王诜对黄发贵道："快上菜！拿酒来！"

不多一会，酒保开始上酒上菜了。一盘盘美味佳肴送到酒桌上，一杯杯沁人心脾美酒散发出浓郁的酒香。这一夜，虽然有一伙泼皮混混闯进醉春楼大叫大喊，把京都有名的大酒家醉春楼原本祥和富贵的气象弄得很不成个样子，让来这里喝酒的客官感到大煞风景，但醉春楼店主黄发贵摆平那伙泼皮无赖后，又很快让人感到醉春楼这种祥和富贵气氛了。驸马王诜频频举杯劝酒。岐王赵颢喝得开心。兄长开怀痛饮，渐渐有了醉意。苏辙不胜酒力，也喝了三杯。众人一边喝酒，一边夹菜，一边望望窗外的蔡河，但见一钩新月东升，一河星光映着醉春楼的灯光，如诗如画，给驸马王诜这桌酒席增添了无穷情趣。

第二天，林英与舒亶、吕嘉问到了开封府。开封府推官李寿昌回答：新上任的东明县令现已查明，去年县衙役打死农户的命案与刀疤脸无关，是店里一个伙计失手打死农户的，那个伙计被判充军。后来苏辙还听说，不到两年，那个顶罪的伙计就从充军的地方回来，在县衙门里当上了衙役，吃香的，喝辣的，在县里很是吃得开，平头百姓里认得不认得的都叫他老爷。刀疤脸虽然没能再在东明县衙门里当差，却在乔老爷乔昌发府上干事。乔老爷十分看得起他，上上下下都把他带在身边。这个刀疤脸身价一下子高了许多，竟比在县衙门里更露脸、更神气，不要说平头百姓，就是县衙门里的许多人见了他，都要叫他"老爷"。

第十八章　八品官拦马头力卫新法度　吕公著出一言击中条例司

熙宁二年二月二十日，王安石当上右谏议大夫、参知政事已十六天了。宋时规定，每月的十日、二十日、三十日这些旬尾是旬休放假日。休假日里，天子非急事也不御朝，官吏士民，声色管弦，尽兴游宴。二月仲春天气，在江南恐怕是浅草如茵，乱花迷人眼，但在京都开封，柳树才刚刚爆出米黄的嫩芽，地上的草也才依稀有点麻麻的绿色。这天，三司使韩绛应邀到司马光家去喝酒。节假日置酒高会，是宋代官场的一种时尚，韩绛也不是第一次去司马光家喝酒。不过，今天司马光请韩绛喝酒，可不光是为了乐，此公有深意藏焉。韩绛很清楚，自从去年四月初四王安石越次入对以来，大宋朝政是越来越令司马光感到不安了。近日，京都开封官场为一件事弄得沸沸扬扬，那就是王安石要成立制置三司条例司，简称条例司。消息一出，朝中百官物议哗然。司马光就更是感到不安。韩绛知道，司马光请自己喝酒，肯定是为此事而来的，要自己去反条例司。不用说，自己是三司使，执掌一朝财政，司马光就是想把自己拉过去，意在让王安石赶紧把条例司撤掉。韩绛丝毫不怀疑司马光的人品，做事果敢，且充满了叫人感到别开生面、耳目一新的智慧。但此公对王安石的朝政总是格格不入，近来则更是越来越反感，还想把条例司撤掉，韩绛觉得司马光这样做就不妥了。韩绛今日去司马光府上喝酒，是要司马光不仅不去反条例司，反要助王安石把条例司搞好。

鼓楼刚响过辰鼓，长随已在门外把马备好。韩绛正要上马，却见三司的盐铁、度支、户部的判官以及这三个部门的孔目官、勾押官、勾覆官来了，有十人之多。这些人拥到他的马跟前，七嘴八舌地说个不停：朝廷有三司，可王安石却要搞个什么制置三司条例司，把三司给“制置”住了，三司还有何事可干，三司的人都回家吃老米去呀！

其实这些日子，韩绛就常看到，三司的官员和吏员就三三两两在值房里交头接耳议论制置三司条例司的事，只是韩绛未去理睬他们。当然，三司的人有这种反应并不奇怪。大宋祖制：中书主民，掌政；枢密主兵，掌军；三司主财，掌财。大宋这一套，本意是为了加强皇权。开国初，太祖赵匡胤杯酒释兵权，把将帅的兵权收归己有；又设三司使，削减了中书宰相的财权。朝廷最要紧的两个大权就集中在天子手上了。有宋一代，三司使的权位是相当高的，总管国家财政计划，应对四方贡赋之入，号曰“计相”，地位仅亚于中书的宰执大臣，恩数廪禄，与参知政事、枢密使完全一样。不过，韩绛这几年是越来越感到三司使不好当。三司管的是钱事，关系到朝廷的方方面面，也关系到朝中百官的切身利益，朝廷各衙门谁不想多要几个钱？但，现在国家财政紧张，朝廷官府库房空虚，韩绛想节冗费，罢力役，但话一出口，便犯众怒，各衙门飞语四起，弄得韩绛狼狈难堪。在朝廷各衙门中，韩绛最不愿打交道的是中书；在中书，韩绛最不愿打交道的是次相富弼。此公在中书分管户房和工房，掌营造、河防等事，也是跟钱财打交道的，避又避不开，绕过他就什么事都办不成。别看这个人总一副笑呵呵的傻相，从没见他发过怒，但朝中百官没谁真正看透过他。好心跟他商议，他总不出声，连摇个头、摆个头这样简单的动作也没有。不错，天子的诏令上写得很清楚，王安石主政，但朝政上的事，完全撇开名列在前的四个宰执大臣，总有些不便，也有些不妥。王安石主政，肯定要搞理财，这就不能不想个法子绕过这个叫人感到气闷却又对他无可奈何，连对他发脾气都找不到理由的富弼。韩绛对条例司理解得也不很深，但他有个直觉：条例司是个好东西，少不得。王安石搞个条例司，理财上的事就避开富弼了。当然，这样一来，三司的人就不能不担心：朝廷此时搞个制置三司条例司，三司就不要了？韩绛觉得这种担心纯属多余。顾名思义，条例司就是搞“条例”的衙门。条例者，条律之谓也。王安石的条例司不过是制定天下财政条律的衙门，把话说穿，就是制定新法的衙门。三司还是三司，盐铁、度支、户部仍属自己要管的事。

韩绛在朝廷中是少有的和顺君子。在下属面前，他没官威，也没官架子。因之，三司的这些判官、孔目官、勾押官、勾覆官会跟他说些心里话。不过，韩绛待人和顺却不糊涂，世事明白得很。官场上的人，不要说官员、胥吏，就是那些衙役公差，最怕的就是清闲。清闲清闲，闲了就“清”了，就无事可干，就没人理，就鬼都不登门，就不值钱了，就什么好处都没有了。这种滋味，对在官场混久了的人来说，就更是要命，更是受不了。韩绛对马前三司官说：“三司衙门闲不了，以后要做的事只会多，不会少。”

三司的人这才让出一条路来。韩绛左脚套进马镫里，右手按着马背，正要上马，忽然院墙外一棵古树下蹿出一个八品补服的年轻人，拦住韩绛的马头。韩绛受惊的马前蹄乱踢，扣住缰绳的长随前仰后倒，差点让缰绳脱扣，韩绛也差点摔下马来。这里的气氛骤然紧张起来。好在此时三司的人冲了过来，把拦住马头的人拉开；三司府里又出来七八个健壮的家仆，往拦住马头的人冲去。韩绛吓坏了，知道拦马人有苦头吃了。韩绛府前的空气紧张了起来。韩绛下了马，忙张开双臂，把府上的家仆挡住，又要三司的人把拦马人放了。

这个拦马人挺有意思。刚才三司的人冲过来拉开他，他有点怕了；又见韩绛府里出来这么多家仆，脸更是吓白了。但，此时见韩绛把家仆拦住，这个拦马人却又神气活现起来，眼睛有意也很英雄地环视了一下站在他周围的所有人，又夸张地把他并没有弄乱的补服扯了扯平。韩绛很想知道此人因何拦住马头，正要开口，却见这个八品官瞪着双眼，鄙视也有点挑战意味地把韩绛府上的家仆一个一个像点名一样地看了看。这下这个拦马人就有点活得不耐烦了。你一个八品官算老几，连芝麻官都算不上，竟敢在二品高官韩绛老爷府前这么嚣张无礼，怕是骨头太贱了，要揍几下才舒服。三司的这些官，最低品秩也有个六品，会把一个八品官放在眼里？好在三司的这些官不少是进士出身，讲究个斯文，只是对这个八品官怒目而视而已。然而，那些家仆都是粗人，可不讲这些，要对这个无礼的八品官动粗了。韩绛看见，那七八个健壮的家仆捏着拳头过来了。好笑的是，这个八品官是个欺善怕恶没用的人，又吓得要死，一双眼睛惊恐地望着韩绛。

韩绛是个真正的好人，挥了挥手，要家仆不要过来，等这个八品官惊恐的神情平静下去后，再问这个八品官何事找他。八品官很爽快地高声嚷道：“王相公要富国强兵，要洗刷国耻，要推行新法，要创置制置三司条例司，于国于民都好得很，韩大人属下的一些人却说王相公要夺他们的权，抢他们的饭碗。此是何言，只能暴露属下的这些人平日假公济私，贪赃枉法，得的好处太多，要不然这些人就不会这么恶毒攻击王相公。韩大人要好好管住属下这些人。要不然，下官会到皇上那里奏你一本。”态度慷慨激昂，脸也涨得通红，大有为了王安石讨公道，就是赴汤蹈火，也在所不辞的味道。

韩绛又好气，又好笑。一个八品小官，没来由一番话劈头盖脸朝韩绛砸过去，真是荒唐之至，也滑稽之至。韩绛在官场走了三十来年的江湖，还真没见过这种人，恐怕这个人的脑子出了什么病。不过，韩绛没去跟这个八品小官计较，相反还觉得这个人很有点以天下为己任的德行。不管怎么说，此人冒冒失失拦住自己的马头，慷慨激昂地说这番话，很有点为王安石两肋插刀的气概。现在官场上的人，大多世故得很，圆滑得很，事不关己，高高挂起，明哲保身，唯利是图。这么想过之后，韩绛还觉得眼前这个冒失莽撞的八品小官有点可爱：“听你刚才所言，你对王相公倒是十分佩服崇敬，也很是有点为王相公鸣不平。”

八品官也为自己这点感到骄傲和得意：“韩大人说的一点不错，前几天，下官到王相公府上拜见过王相公。王相公确实才高八斗，是大宋百年一遇的社稷鼎臣，就是周朝的姜太公、三国的诸葛亮也比不过他。王相公柄国，富国强兵，指日可待。”

韩绛很喜欢听到人们对王安石的这种评价：“你还有什么话要说？”

八品小官显然受到鼓舞，一脸喜色洋洋，话也多了起来：“下官最听不得有人诬蔑王相公。王相公虽然天下人共倾慕，却又是个十分和善平易之人。前几天，下官和开封一批京官到王相公府上去恭贺他擢升参知政事，令下官奇怪的是，大堂里齐齐地挤满了人，王相公却认得下官，两只眼睛只看着下官。下官旁边一个人，望望王相公，又望望下官，问下官是不是王相公的熟人。下官老老实实告诉他，今日是下官第一次与王相公谋面。那人就以为王相公在看他，挤过去，跟王相公打躬作揖，要跟王相公搭腔，王相公却相也没相他一眼，仍旧只是望着下官这边，弄得那人尴尬得不得了，也狼狈得不得了，羞愧得不得了。从王相公府里出来，一伙人围着下官不让走，都说王相公看中了下官，日后一定要高升。高升不高升无所谓，只要能在王相公鞍前马后效劳，平生就心满意足的了。”

韩绛不禁有点喜欢起眼前的这个八品小官来。不过，韩绛要赶到司马光家去，没时间再和这个八品小官聊。韩绛只好上马，但左脚刚伸进马镫里，那个八品小官突然抓住马缰不放。气氛又紧张起来。韩绛一脸的不快，问八品小官：“你这又是为何？”

八品小官一脸的凛然正气："韩大人还没答应下官：管不管好属下？"

韩绛差点没笑出声来。这个八品小官办事还真有股子不达目的誓不罢休的牛劲："你放心，本官自有主张。"

八品小官不依不饶："不行，韩大人得现在就要管好属下，不准他们在外面胡说八道。"

韩绛一脸不快："你的话是圣旨，本官一定得马上办吗？"

八品小官毫不退缩："韩大人不想富国强兵吗？不想让天下平头百姓过上好日子吗？这些都是王相公奉旨要办的事，韩大人想抗旨吗？"

韩府前的气氛立即怪异起来。韩绛觉得面前的这个八品小官难缠得叫人有点可怕。按照这个八品小官的话办，以后对王安石实施的任何朝政，都不能有二话，否则就是反对富国强兵，就是反对让天下平头百姓过好日子，就是抗旨，这样的罪名安在谁的头上，谁还不死定了？韩绛有点讨厌地瞥了这个八品小官一眼。府上那七八个家仆眼睁睁盯着八品小官，只要韩绛目示一下，就上前去揍那个八品小官。不过，韩绛不想这么做，倒是目示长随。长随明白了韩绛的意思，一把从那个八品小官手上抢过缰绳。三司的那伙人也明白了韩绛的意思，一拥而上，把那个八品小官围住。韩绛这才上了马，策马往前走去。大约走了十丈远，听到后面有脚步声。韩绛回过头去，但见那个八品小官推开围住他的人，一路小跑过来，一边喊："韩大人，你别走，你听下官把话说完。"

后来，韩绛打听到，这个八品小官叫唐坰。祖父唐肃，倒也是进士出身，审案断狱有套办法。父亲唐询就不争气了，以父荫当了个将作监主簿，又好色，娶了个官妓做妾，弄得名声不佳。唐坰也不是块读书的料，科考屡考都榜上无名，也是以父荫在开封当了个八品左厢公事干当官，管管城里斗讼审查之事，却又自觉怀才不遇，很有点不甘寂寞。

韩绛策马到了城西，然后穿过一条竹木夹道的青石路，在司马光府宅旁大樟树下下了马。司马光的那个现在还一口一声叫司马光是"君实秀才"的老仆人，早过来牵韩绛的马，在系马桩上拴了。老仆人告诉韩绛：一早后宫就派人把君实秀才接进宫给妃嫔、女官、宫女讲《论语》去了。翰林学士进宫给宫中的妃嫔、女官、宫女讲课是常事。后宫的这些妃嫔、女官、宫女，个个长着一副好脸蛋，但文化不高，妇德、妇言、妇容、妇功也知之有限。女人多的地方是非多，不好好教育，不明彰妇顺，后宫就要出乱子。况且后宫图籍的管理、财帛的登录、功过的书记，也需要文化。这些事交给太监去做，又令人难以放心。这些没根的男人，干起坏事来，又刁又毒；有了文化，干起坏事来，就更叫人可怕。只能让这些没根的男人干干侍候人的事，不能让他们识文断字。老仆人说：君实秀才有交代，一讲完《论语》就立即回家，让韩绛在书房等他。

韩绛是司马光家的常客，不用老仆人引路，就径直往司马光书房走去。司马光府上不植花草，不饲鸟雀，只沿着府宅的围墙栽了许多竹木。又老又葱郁的竹木四面缝合，荫罩着整个府宅，一缕阳光也洒不下来，益发显得这里幽静、恬适、宜人。在后堂的天井边，韩绛碰到司马光夫人张氏。张氏是个白白净净、细声细语的女人，有双尖瘦美丽的小足，少言语，整日陪着她的贴身丫头是司马光的远房亲戚。司马光家规不少，女人的规矩就更多，特别是男女之大防，不要说见到外面的男人，就是见到家中的男客，也是不允许多说话的。嘉祐年间有次上元节，王安石、韩维、吕公著夫人约好司马光夫人张氏一道去御前观灯。张氏的衣服换好了，轿子停在门外，司马光却把张氏拦住了，说家里不是有灯吗？张氏回了句：外面人多。司马光更不客气了，板着个脸，声色俱厉：我不是人吗？但，像韩绛这样的老友来，张氏还是可以蹲个万福，聊上几句。韩绛觉得张氏做司马光夫人是前辈修到的福气。司马光对女色没有兴趣，年过半百，还没纳妾，也从未到风月场去凑热闹。中原王朝从来是男人的王朝，并不以纳妾为耻，也不把出入风月场看成见不得人的事，相反这一切才是男人有本事的表现，男人也以此作为身价的标志和炫耀的本钱。那些只跟老婆过一辈子的男人，不仅会被别人看不起，还自认为是个窝囊废。司马光当然不是没本事，更不是窝囊废，他要纳几个妾，去风月场逢场作戏，不过反掌之举。但此公就是不纳妾，就是不去风月场。这很怪，很叫人匪夷所思，也确实难能可贵。韩绛当然也好色，讨有两个小妾，但对司马光不纳妾还很是敬佩。

不饲鸟雀的司马光家却有不少鸟雀飞来，在庭院里觅食。韩绛在后堂天井边见张氏和贴身丫头正十分有趣地在看屋檐边上几只跳来蹦去的鸟雀。张氏怕屋檐边上的鸟雀惊走，只跟韩绛蹲了个万福，就什么话也不说了。韩绛放轻脚步，穿过天井，过花厅，到了书房门口，见书房里坐着两个人：一个是翰林学士吕公著，一个是才二十出头的年轻人。这个年轻人一见韩绛出现在书房门口，就扑通一声跪下去跟韩绛行大礼。吕公著告诉韩绛：这个年轻人是先贤范仲淹的女婿贾蕃，曾经在枢密使文彦博手下做过部属，现在秀州海盐县当主簿；日前任期满了，到吏部述职，借这个方便在京都到处走走。

司马光书房很宽大，四壁书橱里尽是整整齐齐的书，室内的地板擦得干干净净，书桌、交椅更是抹得一尘不染。听说司马光到了书房里，还要把自己坐的交椅和书桌再抹过一遍。司马光书房窗前有两株青竹，绿色竹叶伸到窗前，送来一片绿意。韩绛给贾蕃还过礼，不由得很是欢喜地望了望面前的这个二十出头的年轻人。范仲淹在世时，倡言改革，得罪了众多豪门权贵，多次遭贬，弄得很是狼狈；不过死后哀荣，四方闻者，皆为叹息，西夏羌酋，数百人哭之如父，却不是同朝百官所能得到的。后人对范仲淹的后裔亲属，多有加爱。范仲淹这个女婿，倒也规矩乖巧，就更是给韩绛一种好感。

韩绛在交椅上坐下后，司马光的家仆提着茶壶给他泡了茶，顺便给吕公著、贾蕃续了水。贾蕃也坐了下来。韩绛发现，贾蕃只半边屁股坐在交椅上，欠着个身子一脸的快活和开心。韩绛和吕公著二人边喝茶，边说些闲话。贾蕃从不插嘴，只管把头摆来摆去，望望韩绛，又望望吕公著。韩绛发现自己竟益发喜欢起这个二十出头的年轻人来了。

大约巳牌二刻时分，司马光从宫中回来，一脸喜气洋洋。能到宫中跟妃嫔、女官、宫女讲课，不仅深得天子信任，而且深得太皇太后曹氏、太后高氏以及向皇后的信任。这真是天家十分赏脸，也十分看得起的一种荣耀和福分。这种荣耀福分，不要说朝中百官，就是翰林学士也不是人人能得到的。贾蕃忙又跪了下去，对鼎鼎大名的司马光拜了又拜，要不是司马光弯下腰去把他扶起，恐怕要一直拜下去。

司马光在韩绛旁边一张交椅上坐了下来。韩绛看看司马光，又看看吕公著，现在又过了巳牌时分，还不见其他人来，知道司马光今天这个旬休日摆家宴只请了他和吕公著两个人，更觉得今日司马光请自己喝酒，是为条例司而来的了。请吕公著，一来是吕公著与王安石政见多有不合，却与司马光多有一拍即合，二人在一起有说不完的话；二来吕公著当年常精识约言折服王安石，司马光当然要吕公著助自己一臂之力。韩绛不明白的是，为何贾蕃也在座？后来，韩绛听吕公著说，贾蕃好几次来司马光府上登门造访，都因为司马光有事让贾蕃久候不遇；再说，贾蕃是范仲淹的女婿，今天又来了，司马光就叮嘱老仆人留他下来喝杯酒。

不过，无论是韩绛，还是司马光、吕公著，都没有马上谈到条例司。三人相互寒暄一番，又扯了点闲话后，韩绛很想听听司马光在宫中讲课时的一些见闻。大宋家法完美，太皇太后曹氏、太后高氏也都很规矩，外廷的事从来不管。但，外廷与内廷要完完全全隔绝，其实是从来没有过的事。韩绛已有耳闻，太皇太后曹氏、太后高氏对王安石的理财深感忧虑，很是担心这会把天下搞乱了。这不，条例司马上要创建出来了，后宫能无动于衷？不过，三人没谁一开始就谈这事。吕公著摸了摸脸上的美髯，问司马光："太皇太后、太后身体好？"

韩绛发现，司马光其实也很想谈谈他在后宫的见闻："都精神焕发，身体硬朗。"

朝中百官都知道，吕公著这个人精于讲说，吐出的话比金子还贵。韩绛不解：此公此时缘何独问太皇太后、太后身体状况。吕公著点了点头，不再开口说话了。不过，韩绛对太皇太后曹氏、太后高氏的身体也是很关心的："太皇太后、太后身体安康，是朝廷的福分。皇上的理财，有了太皇太后、太后的支持，何愁不马到功成！"

韩绛此言一出，奇怪地发现司马光、吕公著都怪怪地也是冷冷地望着他，就是贾蕃也觉得他的话似乎有什么令人感到不协调的地方。韩绛不解地问："怎么？我说错了？"

韩绛看到，司马光和吕公著都没回答他的话。不过，韩绛马上明白过来。因为自己谈的是皇上的理财，无论是司马光，还是吕公著，都觉得不好开口，更不敢信口雌黄，胡说八道；不像对王安石，横挑鼻子竖挑眼，想说什么就说什么。大宋太祖虽然立了"不杀士"的碑石，但对天子也信口开河，胡说八道，把天子惹恼了，不杀你，弄得你落个丢官罢职、永不叙用，也够叫你难受的吧？岂不亏大了？

书房里，一时间没人说话，气氛也有点沉闷起来。气氛不好，客人心里不是味，主人心里就更是不自在了。韩绛看到，嘴边只有几茎稀胡须的司马光瘦削的脸上有了过意不去的神色。少说过了炷把香工夫，司马光把话题转到王安石身上："光不才，不足以辱介甫为友，然自嘉祐结识以来，也多次同朝为官，十来年时间，不可谓无一日之雅。介甫固大贤，但失之于用心太过，自信太厚。何以言之？自古圣贤所以治国，不过使百官各称其职，委任而责成功；其所以养民者，不过轻租税、薄赋敛。介甫却很看不起这种主张，认为这都是腐儒之常谈，不足以谋，要采用古人未尝为者而为之。这要坏了朝纲，乱了人心的。”此公的话也字斟句酌，务必求精，但话一出口就滔滔不绝，一说一大篇。

韩绛觉得司马光的话未免太吓人了：“谬也！谬也！君实此言谬也！介甫在地方为官二十余年，无不政绩斐然。在鄞县当县令，起堤堰，决陂塘，为水陆之利；特别是在青黄不接之时给贫困农户贷粮，秋季偿还。既解决了贫困农户的困难，又使官仓存粮新陈相易，三年大见成效，沛然政绩，天下共睹。”

司马光沉吟片刻：“一个县小，不过万来户人家，四五万人口。天下就大了，治平三年，天下人口普查，主客户一千四百一十八万一千四百八十六，人口四千五十万六千九百八十三。一个县，介甫可以直接管到底，一个天下，介甫一人忙得过来？”此公学富五车，通古今之变，摆出的数据，精确到个位数，出处也十分明确，无半个字是无稽之言。

韩绛有不同的看法：“小有小的好处，大有大的好处。一个县，才县丞、主簿、县尉、学正几个人帮着办事。一个天下，朝中百官多少人帮着办事？上头有介甫运筹，下面百官鼎力办事，天下事没有不马到功成的。”

司马光：“子华，你是好人，把天下人都看得像你一样好。天下有君子，也有小人。君子喻以义，小人喻于利。君子好办，讲仁，讲礼，讲义，讲信。小人就可怕了，寡廉鲜耻，唯利是图。而今介甫言利理财，一班小人必将攘臂圜视，炫鬻争进，别出心裁以自为功名，唯民是虐，天下如何了得！”此公谈到这些，很是痛心疾首。

韩绛觉得司马光的话不合理路。言利就一定是小人，不言利的就一定是君子。这么说来，他这个三司使天天说的就是利，日日算的就是钱，那他岂不是大大的小人？再说，韩绛确实很容易从好的方面去看人，也并不认为天下人都是好人，但天下事总是邪不压正，君子大大的多于小人。韩绛在言辞上有点木讷，心里意会到的一些事，却一时找不到合适的词来表达。

司马光话锋却越来越健：“光昔者从介甫游，深知介甫于诸书无所不观，而特好《孟子》与《老子》之言。今介甫上台，却把《孟子》《老子》抛在一边。而今朝廷总理天下财政有三司，介甫却要首建制置三司条例司，真令人匪夷所思。”

韩绛知道，司马光要把话转到正题上来了。韩绛觉得，司马光这话把王安石创建条例司的意思搞错了。财政上要搞新法，三司承担不起这样的重担，非要有个条例司不可。韩绛始终不怀疑：介甫既要这么做，总有介甫的道理。介甫办事不是心血来潮的糊涂人。他一定是经过深思熟虑后才决定这么做的。韩绛问司马光："君实认为条例司是针对三司来的？"

二人争了起来，书房里的气氛却活了起来。韩绛注意到，司马光一脸的坦然："介甫为的是国事，不涉私怨。光只是认为介甫抛弃'仁义'，创置条例司为的是'财利'。唯钱是图，违背祖制，必将乱政。"此公只是死抱住"仁义"二字不放。

韩绛觉得司马光确实有些迂，他真没见过司马光脑子这么不开窍的人。仁义当然不可不要，但岂能与财利绝缘？他当了三年三司使，十分清楚朝廷一天也离不开财利。别的不说，国家养兵一百五十万，哪一天少得了钱？朝廷上上下下这么多朝廷命官，俸禄加起来都是不得了的数字。当官的谁不想荣华富贵，过上好日子？没有钱，叫他们怎么去荣华富贵？怎么去过好日子？没有钱，光靠"仁义"二字能解决这些问题？朝廷没有钱，是万万不行的；朝廷有了钱，什么事都好办。可以说，没有钱，天下会搞得一塌糊涂，朝廷会弄得乱七八糟。韩绛说："君实，你又犯迂了。常言道：'天下熙熙，皆为利来；天下攘攘，皆为利往。'介甫理财没错。"

韩绛看到，年轻时就自称"迂夫"的司马光听了他的话以后，不仅不生气，反而高兴得眉飞色舞："多谢，多谢，多谢子华今天也说光迂。光诚迂，光要的就是迂。只要合先圣之道，不违天下人之心，光就要迂下去，一直迂到死。"子华是韩绛的字。

韩绛忍不住笑了起来。司马光这个迂劲还真迂得有些可畏，还真没什么好办法对付。韩绛看到贾蕃也想笑，但只是拼命抿着嘴，没笑出来。吕公著是真没笑，此公有静气，再大的事也很难叫他的神色大起大落，出现叫人意想不到的变化。

书房里又没谁说话了，气氛有点怪起来。片刻，吕公著问司马光第二句话："太皇太后、太后可对你说了些什么？"

这当然是人们都想知道的事。韩绛看到，不仅吕公著，而且贾蕃也和自己一样，把目光都投向司马光。司马光："光进宫时路过庆寿宫，正好太皇太后、太后从里面出来。太皇太后跟光说了几句重要的话。"

韩绛感到书房里的气氛有了一种奇妙的、神圣的味道。韩绛是一副洗耳恭听的神情，司马光、吕公著一脸的肃然起敬，贾蕃则激动得两眼噙着泪花。司马光："太皇太后对光说：'尔等是三朝社稷老臣，两朝先帝和当今皇上都把尔等看得很重，尔等千万要尽心辅佐皇上，把江山社稷搞好，万万不可出乱子。'太后在旁边频频点头。光激动得匍伏在地下，半日起不来。子华，晦叔，两宫太后对我们这班老臣寄予了多大的厚望呀，我等敢不肝脑涂地，报效朝廷吗？"晦叔是吕公著的字。司马光越说越动情，说到最后，竟泪流满面起来。

吕公著问司马光第三句话："太皇太后、太后对条例司说了些什么？"

司马光："太皇太后、太后都未置一词，都只是对介甫文章道德称赞不已。"

吕公著望着司马光，什么也没说，只深有意思地"呵"了一声。贾蕃的眼睛则在司马光、吕公著、韩绛身上睃来睃去，显然他很想弄明白两宫太后特别是太皇太后曹氏这些话中的玄机，但一时又弄不明白，便从司马光、吕公著、韩绛身上的举止表情上去找答案。

韩绛觉得两宫太后特别是太皇太后曹氏的话和态度十分有意思。太皇太后曹氏在司马光面前虽未对条例司不置一词，却又说什么"尔等三朝社稷老臣""尽心辅佐皇上""万万不可出乱子"的话，岂不是暗指朝廷出了什么奸臣贼子，大有要司马光他们临危受命的意思；太后高氏则在一旁频频点头，还有比这更清楚表明太皇太后曹氏和太后高氏是不同意建什么条例司的吗？然而，两宫太后对条例司未置一词，并未干政，说出的那些话真是苦心孤诣，句句有理，四海皆准，滴水不漏，谁能不钦仰？

韩绛很为王安石今后的当政担起心来。他也明白了当他说"马到功成"那句话时，司马光、吕公著何以怪怪地、冷冷地望着他了。自己明明耳闻两宫太后对王安石的新法深感忧虑，自己却说什么太皇太后、太后对王安石的支持，岂不是天真得太有点可爱？两宫太后这个态度，对王安石是极不利的。特别是太皇太后曹氏可是个厉害的角色，堪称女中丈夫，还是仁宗的皇后时就成功挫败过宫中一次卫卒的作乱；后来在英宗朝垂帘听政一年零一个月，每天要处理几十份中外章奏，一丝不爽，省宫肃然，老辣得很。天子赵顼又十分佩服这个老祖母。王安石当政能太平得了吗？新法能一帆风顺吗？

韩绛此时明白吕公著第一句问两宫太后的身体状况的深层意思了。此公识虑深敏，每议政事，总高人一着，每句话都话中有话。这么看来，此公的第一个对司马光的问话，既包含此公对两宫太后在朝政方面的态度有着十分准确的判断，又表明此公对两宫太后在未来朝政方面所起的作用有着十分清醒的估计。一句问话，不过九个字，却抓住了问题的要害。两宫太后身体对朝政的影响和作用不可小觑：两宫太后身体不好，王安石当政的阻力就小；两宫太后身体好，王安石当政的阻力就大。满朝文武百官对这方面的情况，切切不可不明。韩绛不由得佩服起吕公著来，也有点害怕起这个人来。

好一会，司马光的激动情绪才平复下去："介甫这个人脾气拗，不好说话，光向介甫乞罢条例司，一定会遭到介甫的谴怒。然而，太皇太后的重托，光敢不从命？子华，光今日请你到府上小饮一杯，就是有一事请教，你刚才为条例司辩口，有失三司使之责。光实在不明白，介甫为何要在三司之外又建个条例司，这不合祖制。子华，你要站出来说话！"

司马光请韩绛喝酒的目的出来了。司马光此时有点迫使他做不愿做之事的味道。韩绛心里很不是味。韩绛这个人老实面软，心里很不是味却说不出口。不过，对这点，韩绛倒不感到有什么突然，一路上他其实都在思考这个问题。司马光在宫中讲完课回到书房里，韩绛就更是越来越明显地感到司马光今日是要自己跟他一道去反条例司；不这样不行，自己是三司使，不反条例司谁反？韩绛当然不会糊涂到跟在司马光屁股后面乱跑。他不是这种人。恰恰相反，他很想助王安石把条例司搞起来。他想回敬司马光几句，又怕说不好，弄得节外生枝，反给王安石带来不必要的麻烦。既然如此，韩绛干脆不出声。

书房里一时寂然无声。书房窗外一片青竹里飞来好些鸟雀，叽叽喳喳叫个不停。这时，吕公著抬起头，望望司马光，又望望他，在自己脸上摸了又摸那副美髯，几乎是一字一顿地说了句司马光未问的话："条例司不过中书之外又一中书耳！"

吕公著不说则已，出口就作惊天之语。韩绛看到，司马光脸色为之一喜，眼睛为之一亮，双手也舞动起来："每闻晦叔讲，便茅塞顿开，只觉得自己的话啰里啰唆的，半天讲不到点子上。此言极是！此言极是！"

韩绛也觉得吕公著的话还真有点石破天惊的味道。此人说话实在是太厉害了，一句话就把问题的关键抓住了。韩绛心底里没法不同意吕公著的意见，也是觉得王安石搞这个条例司打的是这么个主意。有道是中书决策，执掌国是法令大计。条例司做的就是国是法令大计的制定。现有的中书还在，且有四位宰执大臣排在王安石前面，王安石要理财，要提出这方面的法令大计，总要让四位宰执大臣在政事堂议议吧；不用这些宰执大臣明目张胆跟王安石过不去，就一个“议”字足以让王安石理财方面的法令大计胎死腹中。议当然要议个没完没了，王安石还能去理什么屁财。有了个条例司就好了，王安石办起事来，就没谁跟他啰唆，就可以放开手脚来干了。说来奇怪的是，吕公著倒是点醒了韩绛：条例司根本不是针对三司而来的。韩绛认为王安石这么干没什么不对的地方。韩绛很想说说自己的这些新想法。不过他知道，司马光、吕公著肯定不会同意自己的意见，会斗起嘴来。而斗嘴，自己斗不过司马光、吕公著。在这点，韩绛极有自知之明。斗嘴斗不过，不斗就是了，但要他跟着司马光去反条例司，办不到。韩绛觉得，要是王安石在，一定会把司马光、吕公著驳得哑口无言。

韩绛看到，司马光一脸的迂劲上来了，望着自己说：“子华，光请你到寒舍来小坐一会，本来是想请你做次说客，去劝劝介甫，要他不要去搞那些个什么理财，什么条例司也不去弄了。你不开口说话，光知道必不肯做这件事，也不为难你。光自会跟介甫好好谈一谈这些事。祖宗之法岂容丢，开国朝纲岂容废！”

韩绛知道，司马光这个老夫子虽然涵养功夫很到家，但还没像富弼那样修炼到出神入化的境界，况且此公倔强的拗劲也很大，不可能像富弼那样任何时候都没半点火气。富弼也会做拆台的事，但从不跟任何人吵。因之，司马光不仅会找王安石，而且会跟王安石吵个不可开交，即使争得牙齿出血、拉破脸皮也在所不惜。王安石拗，司马光其实也拗，二人拗到一块，真不知拗出个什么结果出来。韩绛担心起王安石与司马光这昔日的“嘉祐四友”弄不好会分道扬镳，变成冤家仇人。韩绛实在不愿看到这种局面的出现。

街坊响起午鼓，老仆人进来禀报，酒菜已经备好。司马光、韩绛、吕公著都站起身。司马光要他去做说客，韩绛是不会去的；请他喝酒，不去就过分了，韩绛不会这么做。贾蕃说自己是来拜会诸位老前辈大人的，要告辞出去。司马光如何会让他走，一把拉着贾蕃出了书房。贾蕃一脸的受宠若惊：“在下何等人，跟诸位老前辈大人一桌喝酒，真是在下前世修到的造化。”然后蹑手蹑脚跟在后面走着。

司马光今天做了盘老家洛阳紫菜莲蓬鸡，又开了坛去年老家秋天酿的菊花酒。还在过道上，韩绛就闻到菊花酒的浓香从后堂传来。韩绛好酒，酒量又大，三步两步走到后堂，先在酒坛边美美闻了闻酒。四人分宾主坐定。韩绛看到，贾蕃还是半边屁股坐在椅子上，一脸的恭谨谦卑，也一脸的开心。这在韩绛头脑里留下良好的印象。喝酒时，司马光几次给不好意思夹菜的贾蕃夹菜。吕公著几次转过脸跟贾蕃说话。后堂的气氛欢快又轻松。

第十九章　朝集院惠卿声高气盛受捧 廊亭上苏轼口无遮拦被讥

沿京都开封御街出朱雀门，离蔡河龙津桥不远的东边有一所院落，名曰朝集院。朝集院是真宗咸平四年创建的，专门招待来京公干和等候差遣的地方官员，是来京的地方官员的聚散地。住在朝集院的地方官员，朝廷给公券，住宿、用餐不用自己掏腰包，出入还提供乘马，开封府且差士兵随值，不过，所行只可至庙堂省部铨曹官厅，不得出入市廛。但，这一来自己的行踪就无密可保。这就很叫在官场走江湖的人感到诸多不便，十分头痛。因之，在京都开封有亲戚故旧的，等候时间不长的，或有其他地方可以投宿的，多不在朝集院住宿。然而，尽管如此，住在朝集院的地方官员还是多数。熙宁元年以来，一年多了，许多等候差遣的地方官一直挂在那里，去年四月初四王安石越次入对以来，就更是一个地方官也未得到差遣。好在京都开封是文士们的温柔之乡和向往的乐土。春花烂漫，秋叶静美，山石小桥，楼台亭阁，肉山酒海，觥筹交错，其乐融融，无限风光；又有勾栏瓦舍，书寓青楼，偎红倚翠，惜玉怜香，丝竹管弦，浅斟低唱，万种风情，地久天长！

熙宁二年二月底的朝集院，空前热闹。待在朝集院的地方官，以前在公堂之上，正襟危坐，板着个脸孔，八面威风，要抓谁就抓谁，要打谁的板子就打谁的板子，让人肃然起敬，又让人畏惧三分。在朝集院，这些人大都是等候差遣的官，来京公干的也不坐衙，没有了权力也就没有了神气，但却有了以前所没有的放松和清闲。因之，通常用过早餐，或上茶肆饮茶，或登酒楼喝酒，或去书店买书，或到青楼快活，尽情享受生命的快乐。但，近日这些地方官却待在朝集院不怎么出去了。这里没一个是呆子，好酒好色不假，却不会沉溺在酒色之中，知道自己什么时候该干什么事，不会拿自己的仕途开玩笑。这个月，王安石拜相，当上了右谏议大夫、参知政事，脑子再麻木的人也知道官场有大变动。前些日子，中书的朝报上又发布了一条消息：天子赵顼照准朝廷首建制置三司条例司。住在朝集院的地方官就再也没谁外出了。

平日多见地方官外出会京官。但近日却见不少京官来会住在朝集院的地方官，特别是那些年轻的地方官，来拜会的更多，不停地有人去房里串门。这些京官来串门最多的，是曾布的住房。在朝集院，曾布的住房是官员活动的中心。这个曾布，人脉广，消息灵通，不仅是王安石府上的常客，也经常进出司马光的门庭，跟大才子苏轼、苏辙、吕惠卿、章惇是嘉祐二年的同榜进士，与王安石的胞弟王安国、王安礼交情不薄，还和连中“三元”的冯京在一起喝过酒。众人对这种有来头的人总愿意多接近点。况且曾布这个人激昂慷慨，不阴不刁，喜怒摆在脸上，好打交道。不过，今天曾布没待在自己房里，用过早餐，就往朝集院的后花园走去。

后花园有假山巨石，小桥流水，池塘翠柳，红花绿草，还有一座很大的廊亭。廊亭里有石桌、石凳，周边还有四排长靠椅，廊亭外的两头还有长长的栏杆，上面也可以坐人。京都开封春季干旱，昨晚下了场小雨，空气湿湿的，清新舒爽。曾布来到廊亭，亭上还没人。曾布斜倚着廊亭的木柱，望着不远处水平如镜的池塘旁边的春草已长了出来，绿茵茵很是可爱；一株株柳树上的禽鸟也换了，好像是黄鹂在唱。京都开封的春天景色，已开始迷人了。

听到身后有脚步声传来，曾布转过身去，见两人顺着卵石甬道往廊亭走来。这两个人，一个是每天都到朝集院串门的吕嘉问，一个是东明县被属下弄得卷铺盖走人的县令林英。曾布对这两个人印象都不怎好。曾布觉得吕嘉问这个人有种官宦子弟的傲气，好出风头，缺心眼，有股子傻劲，喜欢抢头功，一脸睥睨一切、高人一等的神气。从东明县卷铺盖走人的县令林英是个无用的蠢货，读了那么多年的书，好歹是个进士，却被几个大字不识的师爷、衙役赶走，简直把读书人的脸丢尽了。

曾布看到，林英远远地给他拱手行礼，吕嘉问只是略略抬了抬手敷衍一下。曾布的脸色阴了下去。吕嘉问、林英上了廊亭。林英见曾布未坐，便也不坐，站在离曾布大约三尺距离的石桌边。吕嘉问却像没看见曾布站着，一屁股坐到石墩上。曾布心里很是不快。吕嘉问不管曾布脸色好看不好看，望着不远处的池塘，自言自语地在和什么人争吵：“走了好，走了好，这帮人走得越多越好。现在的朝廷需要的是年轻的新进。新进才锐气足，即使机穽在前，也触发不顾。这样的人倒是多多益善。”

曾布眼睛直望着吕嘉问，不知道吕嘉问跟什么人争吵，但从吕嘉问说话的内容来看，好像跟当下朝中百官都十分感兴趣的王安石王相公的新法有关。对吕嘉问刚才的话，曾布倒是同意的。当下朝中百官为新法确实吵得不可开交，朝中的大臣老臣大多反对新法，年轻的官员大多支持新法。王安石王相公要想富国强兵，推行新法，当然是用年轻官员好。

林英望着曾布：“刚才我们一路上谈到老执政欧阳修。昨天开封府的抄报上说，皇上正式降旨，同意老执政欧阳修的辞呈，让他以观文殿学士的衔称、刑部尚书的本官身份知亳州。朝廷许多人不是希望老执政欧阳修能留下来吗？大才子还登门恳请过。晚生也认为老执政欧阳修留下来好。我们就为这事，一路争吵过来。”

曾布对吕嘉问有点讨厌起来。曾布是嘉祐二年欧阳修主考朝廷礼部春闱会试官时的进士，欧阳修是他的老座师。曾布对自己这位老座师还是十分敬重的，本想顶上吕嘉问几句，但话到嘴边又咽下去了。他捉摸了一下林英的话，看来吕嘉问不仅仅是在说老座师，倒是在借老座师说事。朝中许多老臣确实不敢恭维，留在朝廷何用？不如让他们离开京都开封好。

曾布正这么想着，见一位才二十出头的小官从卵石甬道那头一路拱手作揖快步走了过来。曾布认得此人是前朝鼎鼎有名的贤臣范仲淹的女婿贾蕃。此人这几天没有一天不到朝集院来。对范仲淹的这个女婿，曾布倒是欢喜。这个人不像吕嘉问那样目中无人，蔑视一切，相反对人很谦恭，很讨人欢喜。你吕嘉问有什么了不得呢？曾祖父再有名总没有范仲淹有名吧？曾布远远地拱手回礼。林英转身过去，也跟那头的贾蕃拱手。只有吕嘉问像没看到一样，望着池塘不知在看什么。

贾蕃三步并作两步上了廊亭，又要跪下去给曾布、林英、吕嘉问行大礼。曾布和林英忙伸手过去架着贾蕃。曾布对贾蕃说：“看你行色匆匆，好像有什么急事相告？”

贾蕃：“晚生一早听人说，老执政欧阳修要离开朝廷，可惜！可惜！老执政多好一个人，不可以想办法让老执政留下来吗？”

曾布说不出的感慨，正要开口，吕嘉问却转过脸来，斜视着贾蕃，很不客气地大声说：“这有什么可惜的，而今王相公门下用这些人不着。这些人不仅不会把朝廷的事办好，反会越办越糟。”嗓门越说越大，声音越说越高，把近处柳树上的几只黄鹂也惊飞了。

曾布觉得吕嘉问这个人太叫人厌恶了，自己实在有点憋得慌，不能不回敬吕嘉问几句。不过正要开口，廊亭卵石甬道那头有人高声说："高见！高见！王相公的富国强兵、理财新法只能起用一大批敢说敢当的年轻新进，朝中那些老朽一个也不能留。"

曾布抬头望去，见矮个子舒亶从卵石甬道上跑过来，上了廊亭，走到吕嘉问身边，右手搭在吕嘉问肩上，左手伸出大拇指，在吕嘉问眼前晃了几晃，明显在夸奖吕嘉问。吕嘉问更得意了，脸上瞧不起人的神情也更明显。

曾布与舒亶虽然同住在朝集院，但接触并不多。曾布对舒亶谈不上喜欢还是不喜欢，只知道这个礼部会试考过第一的会元舒亶脾气不好，一刀把一个死不肯奉养继母的不孝子杀了，连眼皮都没眨一下。曾布不想跟这人答腔。前些日子，中书朝报上那则朝廷要成立条例司的消息，才是曾布今天最感兴趣的事。这人懂什么，尽缠着些扯不清的问题，有什么意思。曾布转过身去，也像吕嘉问一样，望着不远处的池塘。贾蕃什么话也不说。池塘里有条鱼在水中游来游去。廊亭里的气氛多少有点冷寂沉闷。曾布看到，林英走到舒亶和吕嘉问跟前："谁能有那么大本事，把朝中的老臣都赶得干干净净，一个不留？"

曾布注意到，吕嘉问显然对林英有点恼火，怪他多嘴多舌，斜了林英一眼，想重重地说林英几句，弄得林英难堪。不过，此时舒亶和吕嘉问都抬起头，朝着朝集院大屋后面的月门那边笑。接着，曾布看到林英、贾蕃都转过身，朝那边望，脸上也挂着笑。曾布也不由得别过头去，一眼看见吕惠卿、苏轼、章惇从朝集院大屋后面的月门出来。走在最前面的是吕惠卿，跟在后面的是章惇和苏轼。三人上了卵石甬道，往廊亭过来。走在前面的吕惠卿一脸的志得意满、当仁不让，一脸天将降大任于斯人的神情，修长的身材、白皙脸皮、疏朗的眉目，越来越显得俊美飘逸。高高大大，总给人一种凶悍感觉的章惇走在后面，一脸的神气活现、喜气洋洋。走在最后的是苏轼，腆着个凸起的肚子，一张长长的驴脸洋溢着才气、率真、诙谐的神情，两颊浓而黑的髭须给他平添了几分豪爽。

曾布清楚，以往吕惠卿和苏轼在一起时，走路总让苏轼在前头，喝酒、饮茶总让苏轼坐上首，说话也总让苏轼先开口，怎么今日不这样呢？曾布记得王安石拜相前，吕惠卿其实常到兴国寺去跟苏轼亲近，明显是希望苏轼飞黄腾达了要提携提携他吕惠卿一下。那个时候，吕惠卿一谈到苏轼，就很有点肃然起敬的味道，尽说苏轼的好话。要不是对苏轼的仕途看好，认为苏轼今后是个对他有用的人，吕惠卿会对苏轼这么毕恭毕敬？然而，今日吕惠卿缘何如此不把苏轼当回事呢？当然，想想也不奇怪，今日的吕惠卿非昔日的吕惠卿，可以说朝集院里无人不知吕惠卿是当朝最走红的宰相王安石最为赏识的一个人，飞黄腾达在即，今后的仕途肯定非一般人可比，他不志得意满谁志得意满？他不当仁不让谁当仁不让？

在朝集院，最受人敬重的是吕惠卿，最受人欢迎的是曾布，最让人畏惧的是章惇。苏轼不在朝集院住，却是朝集院的地方官谈论得最多的人。这会，四人齐了，廊亭里的气氛变得欢快轻松起来。吕惠卿、苏轼、章惇上了廊亭，曾布又见一伙人也从朝集院大屋后面的月门出来。曾布看到有个人很面熟，仔细一瞧，记起来了，是去年他与苏轼兄弟、王安国兄弟以及冯京、章惇蔡河游时在定力院门前碰到的李定。曾布十分清楚，这伙人跟在吕惠卿后面到廊亭上来，一为吕惠卿，二为苏轼。天下世情，趋炎附势，官场尤盛。以前朝集院的人觉得吕惠卿这个人太聪明，难接近，是个得罪不起的人，不愿多接近他，说话总有点躲着他。但现在不同了，吕惠卿是王安石最为赏识的人，今非昔比，有一天是要呼风唤雨的，这种人不去亲近，亲近谁？人就这么怪，以前觉得吕惠卿难接近，现在不仅一点也不觉得难接近了，相反觉得吕惠卿其实和蔼可亲、平易近人得很，且责怪起自己来。自己不去接近人家，反说人家难接近，这不是天大的笑话，脑子有毛病吗？这伙人为苏轼而来，是因为苏轼名气太大，是名满天下的大才子，又是当年仁宗皇帝看好的太平宰相，当朝太皇太后、太后、皇后和皇上都喜欢他的诗文，朝廷不可能不用，今后肯定要显赫起来，有一天说不定还要进凤凰池当相爷。其实苏轼有什么风采，除了两颊浓而黑的髭须外，再一个就是凸起的肚子。曾布觉得，朝廷现在不可能用苏轼。在定力院，曾布从未见王安石提到过苏轼。有人谈起苏轼，王安石总是不出声。当然，尽管如此，大才子苏轼的名气还是相当有魅力的。天下读书人多如牛毛，有几个能有苏轼这么大名气的？此外，苏轼也是在京等候差遣的人，却从来未在朝集院住过一宿，然而越是这样，众人越是想见见苏轼。今日苏轼不请自来，自然都愿意来会会。

廊亭里十分热闹起来。此时的廊亭，众人关注的中心人物自然是吕惠卿和苏轼。廊亭石桌边放了四只石墩，按品秩地位和日常礼节，这四只石墩该给吕惠卿、章惇、曾布、苏轼四人坐，但吕嘉问坐了一只，且是面对着池塘的上位，又没有起来的意思，这就麻烦了。众人心里肯定不舒服，不过嘴上没说出来。在朝集院最让人畏惧的章惇走过去，对吕嘉问抬了抬下巴，又摆了摆头，意思是要他起身把位子让出来。曾布看到，有些人脸上出现了担忧的神色，怕吕嘉问犟着不起身。曾布心里明白，这种担忧是多余的。吕嘉问这个人怪，天下什么人都不怕，却十分听章惇的。果然，吕嘉问站了起来，退到廊亭边上，仍旧眼望着池塘那边。

问题解决了，吕惠卿、苏轼、章惇、曾布在石墩上坐了下来。吕惠卿很不客气地南向坐了个上尊位，章惇要苏轼西向坐，章惇自己则东向坐，曾布在北向的石墩上坐了下来。其他人或坐在廊亭周边四排长靠椅上，或站在廊亭上，或靠在廊亭外两头的栏杆上，也有坐在上面的。曾布十分清楚，这么多人聚集在朝集院廊亭上，有个心照不宣的目的：打探消息和沟通感情。按说众人该是一开始就谈朝政上的事。不过，今天的情况稍有点不同，那就是大才子苏轼的到来，这就不能不引起众人的兴趣和各种猜测。曾布也觉得大才子苏轼今天到朝集院来很古怪。此公不会像朝集院有些人那样，到这里来为的是攀龙附凤，在官场上步步高升。苏轼用得着这样？高攀吕惠卿？笑话！皇上、太皇太后曹氏、太后高氏，还有朝中的那班老臣、鼎臣，谁不看重苏轼的大才？就是王安石王相公对苏轼也是看得很重的，可以肯定地说，王安石王相公绝不会忘掉大才子苏轼。苏轼不被大用，只能怪他自己，怨不得别人。

曾布看到，此时廊亭上人们的目光都集中在吕惠卿和大才子苏轼身上，一会儿望着吕惠卿，一会儿望着苏轼。众人对他们的目光都很热情。不过，曾布注意到，众人对吕惠卿和苏轼的这种热情的目光中所包含的意味却大相径庭：对吕惠卿热情的目光中包含的是一种很叫人感到受用的十分甜蜜蜜的巴结和火辣辣的讨好，对苏轼热情的目光中包含更多的是好奇和不解。这叫曾布心里不舒服。官场风气就是这样给败坏了，真个是佞谄日炽，情伪万方，曲逢权势，抚拍豪强，追名逐利，日富月昌，邪夫高升，直士幽藏！现在吕惠卿还住在朝集院，等待差遣，要是有一天吕惠卿高升了，还不真有人要给他舐痔了？众人都没说话，曾布说："大才子年兄，今天刮什么风，把你刮到朝集院来了？"

苏轼欠起身子，脸朝东侧过去，手越过那边的几个人头，指着亭东水平如镜的池水说："今天是清风不兴，水波不兴，年弟到这里来，有一事相托。"

没想到大才子苏轼也请托来了，这不是海外奇闻、天大的笑话吗？曾布看到他前面的许多人都用古怪而又不信的目光望着苏轼，又听到身后有人在一边笑着，一边窃窃私语些什么。说句实在话，苏轼真要有什么请托，找王安石王相公就是了，用不着到廊亭上来向这么多人请托。曾布说："大才子昨日酒还未醒，在讲醉话吧？"

从来一肚子俏皮话的苏轼又说起俏皮话来："年弟苏某昨天的酒确实未醒。有道是酒后吐真言，醉言就更是真言中的真言。年弟苏某确实有事相托。"

大才子苏轼越是如此，众人越是觉得幽默有趣：真是一派醉言，鬼都不信。曾布听到前前后后好些人都大笑起来，他身边的吕惠卿也微微一笑。

曾布对苏轼说："请讲。"

苏轼说："年弟苏某有句话要请托诸位谁捎给王相公。"

廊亭里外的人都朗声大笑起来。面对着池塘的吕嘉问转过身来，此人的笑声最大，也最无顾忌，弄得他身旁的人都别过脸去看着他。坐在曾布对面的章惇是一阵快笑。站在曾布对面的舒亶是一阵哂笑。坐在廊亭边长靠椅上的林英是一阵朗笑。林英旁边的李定是一阵欢笑。坐在对面的吕惠卿也微微一笑，曾布觉得那是种不怀好意的坏笑。这个苏轼的玩笑也开得太不着边了。凭你大才子"苏轼"两个字去找王安石王相公，王相公不仅会立即让你说句话，就是十句、百句话也会让你说。曾布一边欢笑，一边说："不捎不捎，有话大才子年兄直接对王相公说去。"

大才子苏轼急了。着急的大才子更有趣，长长的驴脸涨得通红，鼻子出的粗气把两颊浓而黑的髭须也吹了起来，说："年弟苏某要是觉得直接对王相公说好，早登门讲去了，还用得着到朝集院来找诸位吗？"

曾布觉得苏轼确实是有什么要紧却又不便当面对王安石王相公要说的话了。他正想开口答应苏轼的要求，却一眼瞥见吕惠卿脸上现出一种不怀好意怪笑。曾布放下苏轼，对吕惠卿说："吉甫，你笑是何意？"

吕惠卿斜着身子，探过头来，声音很低地对曾布说："现在正是朝廷用人之际，大才子清高，当然有些话不便当面跟王相公开口，我帮这个忙。"

曾布不会听不出吕惠卿话中之话：苏轼也学会干谒求荣了，那就成全你，帮着在王安石王相公面前美言美言几句。曾布觉得吕惠卿这个人不地道，以小人之心度君子之腹。他不相信苏轼是那种走门子、干谒求荣的小人。他认为自己还是了解苏轼的，并不认为苏轼不想当官，而是想当大官，担大任，干大事。当然，曾布也不认为苏轼能当大官、干大事。苏轼还是有不少大才子脾气，不懂得官场，不晓得怎么当官，口无遮拦，想到什么就一定要说出来，不吐不快，这就坏事了。要命的是，苏轼对自己这点不仅没看到，反以自己这个样子为荣，很是得意。要是苏轼不能把这些弄明白，恐怕一辈子官都当不大。曾布把头朝吕惠卿那边探过去，声音压得很低地说："你错看人了。"

吕惠卿闭起嘴，什么也不说，仍是一脸不怀好意的坏笑。苏轼虽然听不清吕惠卿和曾布低声说了些什么，但明显看出了吕惠卿和曾布这种鬼头鬼脑的举止跟他有关，很不高兴地说："你们要是实在不想捎个话，年弟也不勉强，告辞了。"说完，双手一拱，起身准备走人。

吕惠卿对苏轼走人无所谓，但章惇却有点急了。苏轼第一次来朝集院，只待了一会，屁股还没坐热，就让走了，这也太不像话了，传出去谁的面子都不好看。章惇张开两手，把苏轼拦住："走什么走，酒还没喝呢。什么话，说，章某给捎。"在很长一段时间里都对苏轼抱有好感的章惇，对朋友的事乐于帮忙，对苏轼的忙就更乐意帮。

苏轼又重坐了下去。既然有人愿意捎话，苏轼就不客气了，正色道："大宋开国百年，太祖太宗以来，治财用不过三司，今王相公不以财用付三司，无故创制置三司条例，轼以为大谬。轼知道当今朝廷没一人跟王相公讲这些话，也知道这些话王相公断难接受，但轼还是要说。轼没有任何恶意，也没有任何坏心，只恳望王相公三思而后行。"出口惊人，倒是敢言。

廊亭里外，每个人都哑了口，张着嘴半日合不拢。廊亭上一片寂然，廊亭外柳树上的黄鹂叫得欢，似乎整个后花园成了黄鹂的世界。这个大才子苏轼那么有才，怎么说起话来那么不合时宜。王安石刚拜相，才主持天下政事，新法还没真正开始，富国强兵八字还没一撇，只搞了个条例司，苏轼就跟王安石作对，不是找死吗？况且，你苏轼又不是不知道王安石的拗脾气，决心要做的事，谁也拉不转，就是菩萨也无能为力。现在不要说朝野上下，多少人都以王安石马首是瞻，就是当今皇上对王安石也是言听计从，尊为师臣，你苏轼却要王安石把条例司撤了，不是太不知趣、太不自量力了吗？当然，曾布也清楚，朝中不少人都认为条例司是个千古怪物，你大才子本应是个明白人，怎么也一道瞎起哄呢？糊涂！糊涂！大才子在政事上实在糊涂！苏轼以前在凤翔府上又不是没吃过这方面的亏，但这个人就这个脾性，改不了。这样的人确实难当大官，确实难担大任，确实难干大事。曾布明白了，苏轼何以要别人给他把这话捎给王安石了。苏轼当面说，不要说王安石会一脸的不快，弄不好身边的人会把苏轼轰出去。

好一会，众人从怔愣中慢慢明白过来。曾布首先看到坐在对面的吕惠卿一脸深不可测的微笑。接着，曾布环视了廊亭一下，见舒亶一脸的轻蔑、吕嘉问一脸的怒恼、李定一脸的困惑、章惇一脸的尴尬，有好些人也在笑，还有几个人有点放肆地撇了撇嘴。曾布明显感到，大才子苏轼在人们心目中的地位掉价了。苏轼有才，但说的话却那样幼稚可笑，有一日要吃大亏的。

不多久，一片寂然的廊亭上有人在说话。这是吕嘉问挤到站在自己对面的舒亶身边，一脸鄙视的表情，故意大声说："朝中那班老朽听到这番话，简直会高兴得手舞足蹈，一跳三尺高。"谁都能听得出来，吕嘉问的话是在斥责苏轼。

舒亶的口气凶了起来，对苏轼说："你这是何用心，条例司是王相公提出来的，皇上同意了的，你想反朝廷、抗旨，是不是？"

曾布今日算是领教到了那个一怒之下，一刀把不肯奉养继母的不孝子杀了的舒亶的厉害。此人确实是好夸大其词，好把什么事都提到天大的事上去说。苏轼对舒亶、吕嘉问的话似乎一无所感，还要接着说，嗓门也越来越大："孔子曰：'君子喻于义，小人喻于利。'创建条例司，大讲'财利'二字，能不把人心搞坏吗？以后王相公门下还能有正直君子吗？那些巧言令色、阿谀奉承、轻佻狂躁的言利小人能不弹冠相庆，一个个各斗智巧以争进吗？可怕呀，可怕！到那时，朝廷会搞成个什么样子，人人皆可以想象得出。"

这个大才子真是越说越糊涂，越说越离谱，把廊亭上的人都给得罪光了。曾布看到，廊亭上的人脸色越来越难看了。脸色最难看的舒亶是满眼冒火。吕嘉问则是目露凶光。就是一直十分看重苏轼才气也一直善待苏轼的章惇脸上也有点挂不住了。比较起来，还是吕惠卿的脸色不算特别难看，但从吕惠卿扭过脸对苏轼重重的一瞥中，曾布看出了此人眼神有种蔑视大才子的调笑。苏轼也不想一想，廊亭上的人，没一个不想争进得到王安石的赏识和重用。这下，在苏轼眼中不都成了巧言令色、阿谀奉承、轻佻狂躁的言利小人？有这样说话的吗？苏轼做人实在很失败。

廊亭上的气氛一下子变得紧张而又僵硬起来。苏轼对众人的反应似乎浑然不觉，还想说下去。此时章惇站了起来，对苏轼说："你老兄不就是要惇给你捎一句话到王相公吗？一句话还没说完？走，我们喝酒去。说好：一人八大碗，不喝光不走。"此公喝酒常常用碗不用杯。在朝集院，敢跟章惇喝酒的人不多。

苏轼不想起身。曾布怕他还要说出些什么糊涂混账话来，也催他走："子厚酒瘾发了，去吧，去吧，给年弟留个位子，年弟今天也喝个一醉方休。"子厚是章惇的字。

曾布觉得，苏轼这才有点感到自己成了廊亭上不受欢迎的人，脸上有种落寞的表情。从来都是看到人们热情笑脸的苏轼，今天竟然受到人们的冷遇和调笑，这恐怕是他始料不及的。不过，苏轼到底是个大才子，并无责怪恼怒任何人之意，脸上神色很快朗朗如常，拍拍自己凸起的肚子说："羊在山坡晒不黑，猪在猪圈捂不白，轼就是轼，一辈子改不了。轼这个肚子里除了一肚子酒外，就是一肚子不合时宜的话。酒，轼所欲饮也；言，轼所欲语也。二者时可得兼，时不可得兼。今日看似不可得兼，实则亦可得兼也。先言一肚子不合时宜之语，后与子厚灌一肚子酒水，岂不二者都得兼了？好了，好了，轼现在喝酒去了。"

曾布看到，廊亭上的人皆被苏轼逗乐了，朗声笑起来。苏轼说完这番话，站起来拱着双手，跟众人告别，推着章惇往廊亭外走去。曾布感到，这个苏轼倒是个性情中人，一派率真，跟他这种人打交道放心，用不着担心被出卖，还确实难让人憎恶。

章惇和苏轼走了，此时众人没谁想离开廊亭。廊亭外好些人还挤到廊亭上来。众人都凑到吕惠卿身边，用一种十分钦羡的热眼望着他，没人去理睬曾布。曾布心里不由升起一种很叫他不痛快的冷落感。世上就这样势利眼：贫在闹市无人问，富在深山有远亲，不信但看酒中宴，杯杯先敬有钱人。曾布当然明白，这些日子，不要说朝集院的这些地方官，就是那些大大小小的京官们，越来越多的人都越来越清楚地看到，吕惠卿的显贵指日可待。况且，此人以后还会飞黄腾达，用不了多久，说不定要进入权力中枢，满朝文武百官要看他的眼色行事了。曾布很清楚，吕惠卿对这一点也心知肚明。这很叫吕惠卿陶醉，也很叫他得意。天下喁喁，四海注目，说明自己在众人心目中有了很重的分量，也说明众人对自己冀有所望。当然，曾布清楚，吕惠卿没那么浅薄，会把自己的得意和陶醉全部表现出来，但这份得意和陶醉又是那样叫人兴奋激动不已，又叫吕惠卿难以不表现出来。突然吕惠卿站了起来，离开石桌，往东走了几步，那边的人立即往两边分开，让出一条路。但吕惠卿并不立即过去，却停了步子，脸上的神色也威重起来。好一会，吕惠卿慢慢走到廊亭东边的长靠椅前，望着前面不远处的池塘，半天才转过身来，环视了一下廊亭上的人，然后招手要站在亭南边上的舒亶和吕嘉问过去。

曾布看到，廊亭上骚动了起来，有人在说些什么，有人在舒亶和吕嘉问后面指点着什么，站在前面挡了舒亶和吕嘉问路的人急忙十分识相地闪开。舒亶和吕嘉问挤挤推推到了吕惠卿面前，态度十分恭敬。吕惠卿没急着对这两个人说什么，只是十分高兴地望着他们。曾布明白，吕惠卿的这些装腔作势，其实是在欣赏舒亶和吕嘉问这两个不好惹的人对他的恭敬。又过了一会，吕惠卿才问他们："二位后生俊才，有何高见？惠卿洗耳恭听。"。

吕惠卿此言一出，许多人惊呆了，都没料到吕惠卿会这么看重舒亶和吕嘉问。众人都一起把钦羡的目光投向舒亶和吕嘉问。吕惠卿向舒亶和吕嘉问询问的高见，自然不是鸡毛蒜皮的日常琐事，而是关乎大宋江山、天下子民的当下朝政大事，具体点说就是王安石王相公的新法，再具体点就是受天子赵顼之命马上要首建的条例司。要是前些日子，吕惠卿讲这些话，谁都不会觉得有什么特异的地方，但现在不同了。现在的吕惠卿是王安石王相公赏识的人，舒亶和吕嘉问又是被王相公赏识的人所赏识，自然就不一样了。接着，廊亭上又喧腾起来，人们都交头接耳，用手指指吕惠卿，又用眼睛看看吕惠卿。

曾布望着舒亶。此公一脸的受宠若惊之状。这难怪，舒亶不过是个八品县尉，公干时杀了人，朝廷不追究查办就算是万幸了，但叫这个舒亶没想到的是，自己竟然会被王安石王相公所赏识的吕惠卿所赏识，不用说，被吕惠卿赏识的人肯定有望头，这叫舒亶能不有种意外的惊喜吗？曾布觉得，廊亭上的这些人都和他一样，感到这小子时来运转的时候到了，真是时来风送滕王阁，运去雷轰荐福碑。官运到了的人，谁挡也挡不住。曾布又望了望吕嘉问，此人也很有点感到意外的惊喜，有点手足无措。曾布觉得这就怪了。吕嘉问这个前朝宰相吕夷简的重孙、当朝翰林学士吕公著的从孙的豪门子弟，什么权势高官没见过？平日那总看不起人的神气很叫人感到不快，像吕惠卿这样的七品推官在他眼中算得什么。然而今日这个吕惠卿就这么一个招手、一句问话，就把吕嘉问给制服住了，竟对他顶礼膜拜起来。

吕嘉问先坦言："晚生以为王相公创建条例司好得很！有人说，这是'中书之外又一中书'。这句话没有说错。王相公主政，没有自己的'中书'行吗？没有自己的'中书'，富国强兵就成了骗人的鬼话，新法就成了骗人的鬼把戏。"

舒亶的口气又凶了起来："晚生说句不客气的话，反对条例司的人，非老朽，即小人也。为何要反对条例？因为这班老朽和小人不想富国强兵，只想自己升官发财，也不懂得什么新法。有了条例司，这些人升官发财就没门了。"

曾布注意到舒亶和吕嘉问说话时，廊亭上不少人都不停地点头。曾布也觉得舒亶和吕嘉问的话并没有说错。他对王安石王相公的新法是深信不疑的。这一辈子他算是跟定了王安石王相公。从住在朝集院的这些地方官来看，许多人对王安石王相公是相当敬佩的，其中不少人还总想曾布能把他们带到王安石王相公府上去拜会拜会王安石王相公。这些人大都三十以下，还有二十挂零的。朝廷中反对王安石王相公的也确实是一班老朽和小人。这些人安享了大宋百年太平，也过惯了天下无事的舒服日子，哪愿意管朝廷的事和平头百姓的死活，累死累活去跟王安石王相公去搞新法。吕惠卿十分赞赏舒亶和吕嘉问的意见。他什么话也没说，但望着舒亶和吕嘉问的眼神说明了一切。曾布看到，此时吕惠卿的眼睛里有种特别兴奋的神情。曾布是个明白人，知道这是吕惠卿在显摆自己不久就会有的显贵的身价地位，预演那时众人会怎么对待自己。当然也知道，舒亶和吕嘉问的话在吕惠卿心中，留下了深刻的印象，这两个人不愁官当不上去了。日后，王安石王相公新法开场，吕惠卿成了王安石王相公手下说话第一管用的人，这两个人便都当上了让人眼热、也让人眼红的条例官，且往往被派到最艰难、最令人头痛的地方去监察新法的实施，出足了风头，也很风光了一阵子。

此时林英挤到吕嘉问面前："恐怕老执政欧阳修不是这种人吧？"

曾布觉得林英这句话没错。不过，廊亭上许多人的情绪被林英激怒了。特别是舒亶、吕嘉问两人，都转过身来气愤地盯着林英。就在此时，跟林英坐在后面长靠椅上的李定对林英说："在下倒是敢问年兄一句：老执政欧阳修对王相公的新法说过什么好话吗？”

曾布看到，林英无言以对，哑口了。曾布觉得李定这句话问得不简单。曾布很清楚，老座师欧阳修对王安石王相公是很不错的，但去年四月初四王安石越次入对以来，老座师虽然没说过王安石什么坏话，但对新法确也没说过什么好话。曾布注意到：站在林英后面的几个人小声地笑了起来，吕惠卿深有意思地望了李定一眼，那个贾蕃十分规矩、十分老实地站在廊亭下面。

曾布起身站了起来，走到廊亭边，抬头向上一望，但见日头已上中天。柳树上的黄鹂不知什么时候飞走了。后花园边上一株古树上有只不知名的鸟在呱喇呱喇乱叫，叫得十分难听，听了叫人心烦。朝集院开饭的时间到了。但众人还没有想去吃饭的意思，都围着站在廊亭东边长靠椅前的吕惠卿，都想此时能听听他的意见。吕惠卿也确实想说。此公善于辞令，也喜欢说话，廊亭上这么多人都听他说话，他就更不能不说些什么了。吕惠卿正要开口，朝集院的院吏从大屋月门那边飞跑而来，一边大声喊着吕惠卿、章惇、曾布的名字：“吉甫大人，子厚大人，子宣大人，快去！快去！王相公请你们现在就到中书去！”

不用说，王安石肯定有要事唤他们，吕惠卿的话只能留到以后说了。众人多少感到有点遗憾。曾布跟在吕惠卿后面下了廊亭。章惇不在，吕嘉问说他去找。朝集院有朝廷提供的马，这些事办起来十分便捷。曾布和吕惠卿一前一后在众人钦羡的热眼中，三步并作两步出了后花园。

第二十章　新进少年差遣新职条例司 才子苏轼投闲置散官告院

熙宁二年三月初四，冯京到吏部官告院去领朝廷官员的任命状官告。去年四月初四以来，朝廷冻结了官员差遣，吏部官告院的提举、判院、令史及办事的吏员无事可做，清闲了整整十一个月。这日，天子赵顼下诏：照准制置三司条例司开衙署事。衙门设在三司内，由三司腾出一进院落给条例司用。条例司由参知政事王安石和三司使韩绛同领，吕惠卿、苏辙为检详文字，章惇、曾布为编修条例官，舒亶、林英、吕嘉问为五房检正官。此外，随同条例司的开衙署事和条例官的任命，停止了十一个月的差遣也开了闸，二百多名在京候职除授新职。冯京点翰林学士，范纯仁拜兵部员外郎兼起居舍人、同知谏院，王安国为西京洛阳国子监教授，王安礼为秘书省著作郎、崇文院校书，范仲淹女婿贾蕃当上东明县知县，一直被人看作青云有路、仕途腾达的大才子苏轼则只当了个吏部官告院判院。

冯京是巳时来到官告院的。这时，官告院的人不多。冯京在大堂看到两个八品官手上捧着上面盖有“尚书吏部告身之印”的黄花织带滚边的小绫纸官告，笑眯眯地从令史房出来，一脸的喜气洋洋。还有几个人急匆匆往令史房走去，似乎怕迟了一步，官告就会被别人领走。

冯京是三品大员，官告放在官告院签押房里。冯京刚进官告院大堂，官告院的书办就把他接到官告院提举官值房里。大概是听到这边的动静，官告院提举官从值房里出来，拉着冯京的手，进了值房，行礼、叙坐、拜茶，十分殷勤亲热，让冯京坐了他平日坐的交椅。

冯京本来不打算在官告院久待。一来是冯京与官告院提举官在公干上没打过交道，更没有私交；二来是急着到翰林院去应官报到。但提举官这么热情，冯京也就不好太死板了，便很谦恭顺从、温文尔雅地在提举官值房里坐了下来。提举官案桌上摆开了好些官告，有刚创建的条例司的那些新上任的条例官的，还有他、范纯仁、大才子苏轼的。不知是官告院有意呢，还有无意，苏轼的官告竟与当上条例司检详文字的苏辙的官告并排放在一起。这叫冯京心里感到别扭，很不舒服，也很不是味。对苏辙当上条例司的检详文字，冯京没意见。在条例司，最高决策的是同领条例司的参知政事王安石和三司使韩绛，但负责日常工作的却是检详文字。苏辙与吕惠卿同为检详文字，只是名列吕惠卿之后，实际上也就是他与吕惠卿共同负责条例司的日常工作。苏辙是个君子，不是那种见风使舵、唯利是图、蝇营狗苟的小人。苏辙能当上条例司检详文字是好事。不过，叫冯京感到纳闷的是，王安石为何如此看重苏辙，却又如此冷落大才子苏轼。冯京觉得王安石太亏待苏轼了。"三元及第"的状元冯京是十分看重大才子苏轼的，认为苏轼的才在自己之上。不要说苏轼的诗、词、赋、书、画，冯京觉得自比弗如，就是对自己十分擅长的策论，也觉得比不上苏轼。比方嘉祐二年科考时苏轼交上去的那篇震撼整个科场的《刑赏忠厚之至论》，冯京现在读它时，还忍不住拍案叫绝。冯京这个人有个优点，就是平生不解藏人善，喜欢逢人说项斯。天下人不要说连中"三元及第"的状元，就是一个在乡试中了举的举人也一个个眼睛长在头顶上，神气得不得了，不仅不把谁放在眼里，而且总嫉妒比他强的人，不时暗算，随时准备把他踩在自己脚底下。但 "冯三元"却对苏轼推崇备至，不仅从未生过嫉妒之心，对苏轼倒是惺惺相惜，常存成人之美之意。冯京这个优点，给他带来非常好的声誉，也带来很大的好处。朝中许多人很喜欢他，前朝天子仁宗、英宗对他龙恩有加，当朝天子赵顼也圣眷特浓。告冯京状的人不少，但很难告得上。天子信任他，奈之若何？冯京知道，苏轼想当大官、担大任、干大事，不过，冯京不像朝中不少人认为的那样，认为苏轼不是当官的料，担不了大任，干不了大事。当然，冯京也知道，大才子苏轼这个人确实太不懂官场，不会像一班小人那样滑头钻营、逢迎拍马、献媚取宠；这本已够招人忌恨的了，又口无遮拦，一肚子不合时宜的话，往往弄得不少人尴尬难堪，下不了台。这种人当然在官场不招人喜欢，相反许多人忌恨他，暗算他，弄得他的官总当不大。但大才子苏轼其实是个大好人、大君子。人家暗算他，却不记仇。六年前，也就是嘉祐八年，凤翔府知府陈希亮暗算他，弄得他冤枉罚了八斤铜，至今不仅没听见苏轼说陈希亮半句坏话，反称陈希亮是个长者，其威却能折冲千里之外，堪比西汉的名臣汲黯，评价不谓不高。冯京觉得朝廷需要苏轼这样的人，王安石不用苏轼，却让他到官告院当个判院，实在是屈了苏轼的才。朝中百官，恐怕没一个人不知道，在吏部，官告院虽然与司封司、司勋司、考功司平级，但远不能跟前面三个司相比。特别是考功司，在吏部最吃香。考功司掌文武百官选叙、磨勘、资任、考课之政令，每年以“四善”“三最”“七事”考核满朝文武百官。谁不怕？谁敢怠慢？谁不拍马奉迎？因之，考功司的人，哪怕是品秩最低的吏员，走到哪个衙门去，都像老爷一样受到接待，要吃、要喝、要拿，热情得很。官告院就差多了，走到哪个衙门，人们面子上还是挺热情的，但要吃、要喝就差多了。说起来，吏部本来是管官的，是个很忙的衙门，但宋代的吏部却很闲，管官的事都归到审官院及流内铨衙门里去了。官告院就更是闲，不过是在官告上填写除授差遣的官员姓名、职衔、本官以及差遣的官职，然后盖上吏部的官告之印。只要填写的项目准确无误，官告用的绫纸等级没有搞错，就大功告成，年末朝廷的“最殿”考评等级肯定差不了。这样的差事，一个乡村秀才就干得了，用得着大才子苏轼劳神？这真是名副其实的投闲置散，大材小用。

冯京很有点责怪王安石。说起来，这个“三元及第”的状元冯京与王安石关系并不坏，二人也常以“齐年”相称，相互间十分尊重。冯京对去年四月初四越次入对以前的王安石的官声从没有半点怀疑，但对越次入对以后的王安石的政见却很不以为然。在这点上，冯京确实是受了他老泰山富弼的影响。尽管富弼在女婿冯京面前也憨憨傻傻深藏不露，但从富弼的片言只语中，冯京还是能清楚地看出富弼内心底层真正的想法。他感到吃惊，也感到富弼的政见确实非朝野上下的人可比。对王安石的富国强兵，富弼是有自己的想法的。富弼对富国并不反对，但怎么富国，富弼认为王安石大讲财利十分危险，丢掉仁和义，弄得不好，天下要出大乱子。至于强兵，富弼认为大宋百万军队已是够强的了。养这么多兵，已经使得朝廷财政十分困难，再强下去，朝廷财政怎么承受得了。此外，也是更为重要的一点是，冯京发现老泰山富弼认为大宋王朝的强兵用来防御倒也未尝不可，用来洗刷国耻却十分不可取。大宋王朝是打不过北辽的，对北辽用兵只能是白白耗费天下大量钱财，白白送掉成千上万将士的生命，还要自取其辱。太宗皇帝文韬武略，几次对辽用兵都以损兵折将告终，一代名将杨继业兵败被擒，绝食而亡；太宗也中了北辽的毒箭，差点被俘。西夏比北辽要弱些，但也不好对付。大宋多次对夏作战，很少讨到过便宜。这两个外族敌人，皆以马战取胜，大宋的步兵根本不是对手。老泰山富弼看得清楚：无论是北辽，还是西夏，对中原文化都十分羡慕和向往；他们根本没有入主中原的意图，也没这个力量。他们时不时骚扰边境，特别是西夏常常举大兵犯境，不过是想在大宋多捞点好处。既然如此，慢慢来，不着急，有朝一日他们会融进中原文化的，干吗一定要用兵砍人呢？冯京有几次听到富弼自言自语对太宗说过的一句话："外忧不过边事，皆可预防；奸邪共济为内患，则最为可惧。"富弼从来没解释过他对太宗这句话的理解，但冯京悟出了太宗这句话的玄机：家贼之患甚于外敌；进而悟出大宋开国以来，历代天子心中一个讳莫如深、秘而不宣的国策：天下宁给外贼，不与家奴。当然，这些话都只能藏在心底，万万不可让外人知道。宋代虽然不杀士，但这些话同样是天字第一号的诛灭九族的大罪。冯京很不愿意像朝中不少人那样认为王安石迂，但他此刻却又不得不认为王安石迂。冯京真不明白，像王安石这么聪明、这么有才学，又在官场走了近三十年江湖的人，怎么会连天家心里这个深藏不露的秘密竟然一无所知，却一个劲叫嚷什么富国强兵！此外，作为宰相，镇国家，抚百姓，才是最大的职责，何必去搞什么新法。对外只能和，花点钱，买个边关无事，天下太平，值！里面的人没谁翻得了浪，大宋江山千秋万代，永不易主，官家无忧，臣子自在，简直就是上古时代的王道乐土。在这点上，冯京觉得老泰山富弼那双深得像口小井的眼睛透出过人的政治智慧和政治远见，朝廷里无人能比，王安石也远在富弼之下。

叫冯京大惑不解的是，王安石如此亏待大才子苏轼，却又如此器重苏辙。说来奇怪的是，尽管苏辙对王安石也是敬重的，但说过的好话，并没有苏轼说过的那么多那么好；然而，苏辙得到器重，苏轼却受到冷落。一个解释是：前几天，苏轼到朝集院去对条例司横加指责，大放厥词。这就是大才子苏轼不合时宜的地方。大才子苏轼不迂不呆，但就是太天真、太多情、太大才子气了。现在多少人在说条例司的好话，苏轼却公然把条例司贬得一塌糊涂，能有好果子吃吗？他自己又不直接去找王安石说这些话，却要章惇去传话，这就更坏事了。谁知道章惇会怎么传话？不过，说来奇怪的是，这样一来，冯京却更喜欢大才子苏轼了。苏轼的天真、多情、大才子气，其实正是苏轼难能可贵的地方，可惜王安石不会用人，把苏轼放在官告院做一个乡村秀才就做得了的事，实在令人匪夷所思，也实在令人惋惜。

冯京坐在官告院提举值房这么想着，不时呒口茶。他打算再坐一会，等苏轼到官告院来，他有好些话想跟苏轼聊一聊。官告院提举挂着笑脸陪坐在一旁。气氛谈不上热，但也绝对谈不上冷。不冷不热中还是给人一种亲切感。片刻，官告院堂吏进来，双手垂立，低眉顺眼靠近提举，告诉他：条例司一班人来了。堂吏的话刚完，官告院大堂那边就传来一阵杂乱的脚步声和欢快的叽叽喳喳说话声。

冯京没有起身，但看到提举却慌忙起身，又慌忙走出值房。冯京心中明白，条例司的吕惠卿、苏辙与官告院提举官秩都是五品，吕惠卿、苏辙以下的这些条例官的官秩还没有提举高，但这班人是朝廷的新锐，今后肯定贵不可言，怠慢不得。否则，以后在官场走江湖的日子就不那么好过了，什么意想不到的麻烦事都可能找上门来了。

官告院提举一只脚还在门里，冯京就看见一伙人出现在门口。最前面的是身材修长、白皙脸皮的吕惠卿。吕惠卿后面的人中，冯京认得的有章惇、曾布和吕嘉问。章惇、曾布二人是去年四月十九日游蔡河时认得的。吕嘉问是三年前认得的。那年，冯京以端明殿学士的衔称知太原府，吕公著在府上摆酒为冯京饯行，在那里见到过吕嘉问。那次作陪的有王珪、司马光、韩绛、韩维和范纯仁。冯京现在还清清楚楚记得，众人正在频频举杯快饮中，从大堂后面进来一个二十不到、盛气凌人的小年轻，一边走，一边回头大声跟什么人说话："什么了不起的，大学士不也有呆头呆脑的吗？"吕公著的脸都气白了，桌上喝酒的人都莫名其妙望着这个小年轻，不过谁也没去理他。小年轻从大堂后面的过道出去了，吕公著一脸羞愧地告诉众人：此人就是他吕家那个不争气、不喜欢读书、家里人要被他活活气死的不肖子孙吕嘉问。家里人要他去参加今年秋闱乡试，他就吵，吕家世代书香怎么会出这么一个孽种，这叫吕家人的脸往哪里放！天下事还真难说，有道是人不可貌相，海水不可斗量，你吕公著说吕嘉问不争气，吕嘉问这不当上了时下官场上人人都眼热、个个想去当的条例官！冯京站了起来，踮起脚，朝门前这伙条例官后面瞧了又瞧，望了又望。他在找苏辙，却怎么也没找到苏辙。在这伙人中，有两人冯京不认识，一个是舒亶，一个是林英。林英的神情还收敛，舒亶的神情却很张扬。这两个人，是事后官告院提举告诉他的。

官告院提举把那只踩在门外的脚缩了回来。他不能走了，得留下来接待条例司的人。冯京看到，吕惠卿未立即进门，朝门里望了一眼，顾盼间给人一种仪表不俗、轩昂自高的感觉。站在门外，吕惠卿就对冯京长揖行礼。后面的人也都挤到门口，对冯京又是拱手，又是长揖。冯京也忙起身给这些条例官回礼。官告院提举早命令史叫几个跟班公差端七八张不带扶手的靠背椅过来。吏部是朝廷最热闹的衙门，故来这里走往的人多，只能用规格低一点，不带扶手的靠背椅给客人坐。众人客气了一番，然后依次坐下。公差又给每人上了茶。

冯京很明显感觉到条例司这班新锐确实有股锐气。这班人不像冯京在大堂里碰到的那个八品官，手捧着官告，高兴得意成那个样子。那个八品官也太没志气了，这其实是没用人的表现。面前的条例司这班人就不一样了。他们的官告就放在官告院提举的桌案上，却没谁伸个头过来看一眼。要是大堂见到的那个八品官早抓过去左看右看的了。冯京觉得，这班条例官不可小觑，身上有种强烈的报国之欲：他们这班人到条例司去是去干事的，不是去吃吃喝喝闹着玩玩的，更不是去捞什么好处、占什么便宜的。因之，这班人每个的神情举止都给人一种十分强烈的一往无前的感觉：谁都不要挡道，到时候可别怪他们不客气了。不知为什么，这种感觉很让冯京精神不快，也很为他的“齐年”王安石担心：坏王安石事者，必吕惠卿这帮人也。后来，冯京总想把这句话告诉王安石，可惜总没找到机会。

不过，这班条例官对冯京还是挺客气的。冯京是个明白人，知道这班人为何对他客气。这一来是他的“三元及第”闻名遐迩，二来是他娶了当朝次相富弼的千金小姐做夫人，三来是冯京此次除授差遣的新职是翰林院学士。王安石出翰林院，冯京进翰林院，这一出一进，明眼人一看就知道冯京明显是接替王安石的，个中不能说没一点玄机。况且翰林学士是天子的顾问和近臣，不仅经常撰拟重要的制词诏令，而且还可以代天子批答奏疏，实际权力真的不小。傻瓜才会去惹这号人，更遑论得罪了。

冯京明白，条例司创建后，王安石跟着而来的必然是一整套新法要出台。冯京实在很想知道他的那个“齐年”王安石未来的新法会是个什么样子，但他明显地感到，在面前的这些条例官中，能力最强、最能办事的是吕惠卿。章惇、曾布是大才子苏轼兄弟的同榜进士，在官场走了十多年江湖，不可小看，但真要他们和盘端出整套新法来，恐怕还拿不出手。至于其他人就更难了。吕嘉问这个名门望族吕家的不肖之孙懂什么治国理财，无足挂齿。王安石要行新法，主要依靠的无疑是吕惠卿。官告院提举大概想起什么事，跟冯京、吕惠卿打了声招呼，又对众人拱拱手，出去了。冯京呒了口茶，对吕惠卿说："年兄膺任条例司检详文字，京有一事请教，年兄对新法有何高见？"年长的冯京以"年兄"称年轻的吕惠卿，以示尊重。

吕惠卿显然对冯京提出的这类问题早有备而来。他没回答冯京的问题，倒反问冯京："冯翰林以'年兄'相称，显然折杀了晚生。冯翰林才高八斗，晚生倒有一事讨教。"

冯京本能地感到吕惠卿要向他发难了。发难也不怕，冯京温文尔雅、轻言细语地说："讨教不敢当，只是不知年兄有何见教，鄙人敢不遵受？"

吕惠卿微微一笑："当下民情何如？"

冯京当然不知道，吕惠卿问他的这个问题，实际上是王安石在西门带阁楼的木屋里问吕惠卿的问题。冯京注意到，此时章惇、曾布脸上的神情出现了一种怪怪的表情，好像在嘲笑吕惠卿卖弄什么。这就引起了冯京的警觉。在这点上，冯京有点像老泰山富弼。他一下子还拿不准吕惠卿这句话的真正意图，但却清楚地感觉到，吕惠卿这个问题对条例司制定新法攸关重大。冯京不想正面回答吕惠卿的问题，只是轻声细语一字不落地背了孔子一段话："子曰：'丘也闻有国有家者，不患寡而患不均，不患贫而患不安。盖均无贫，和无寡，安无倾。夫如是，故远人不服，则修文德以来之；既来之，则安之。'"

冯京觉得自己这句话深得老泰山富弼为人之三昧，让人看不透，也不让人抓住把柄，说得妙。你说冯京答非所问，不对，孔子的话实际上谈的也是一种民情；你说所答即为所问，也不是，冯京对当下的民情实际上未置一词。冯京，有点得意。他的话说完，官告院提举值房里的气氛怪异起来。吕惠卿、章惇、曾布脸上不住地坏笑着，舒亶、吕嘉问则笑出了很响的声音，只有林英没笑。他背孔子的话有什么可笑的呢？没什么好笑的，但他们却笑了起来，无非是他们觉得这个"三元及第"的人只知道死背圣人的书，笑他迂腐，治国安邦其实并无多少真本事。

不多一会，吕惠卿不紧不慢道："圣人的话固然不错，但'均'和'安'却大有讲究。是富人向穷人'均'呢，还是穷人向富人'均'？是富人'安'好呢，还是穷人'安'好？"

冯京这些日子，常听人说一个叫“福建子”的吕惠卿嘴巴厉害，今天算是亲自领教到了。这个“福建子”果真名不虚传，一下子抓住了自己的软肋。确实，冯京读了一辈子的圣贤书，还真没仔细想过这个问题，一时还真不知道怎么回答吕惠卿。冯京又看到吕惠卿、章惇、曾布一脸不住的坏笑，舒亶、吕嘉问笑得更响也更放肆，又是只有林英没笑。

吕惠卿并不一定要冯京回答，接着说：“若是穷人向富人‘均’。穷者，尽也，完也，穷人已经什么都没有了，拿什么再去向富人‘均’呢？若是富人向穷人‘均’。富人没几个不是有权有势之人，欲壑难填，贪而无厌，巴不得富了还要富，如何肯向穷人‘均’？还有一个‘安’字，除非穷人不断向富人‘均’，否则富人是不会‘安’的；然而，穷人已经一无所有，再让他‘均’出去，‘安’之何在！圣人的话好说，但做起来难啦。”

冯京感到，吕惠卿确非等闲之辈。冯京看见，官告院提举值房里的条例官都十分佩服地望着吕惠卿。特别是吕嘉问，这个吕家的不肖子孙在佩服吕惠卿的同时，还很轻蔑地望了望曾经风光无限的“三元及第”的状元冯京几眼。

吕惠卿余勇可贾，更加咄咄逼人：“冯大学士，晚生以为，圣人的‘均’，恐怕不是穷人向富人‘均’，恰恰是富人向穷人‘均’出一点点；治理天下者，民‘安’才天下安。富人要不‘安’，朝廷就该拿出强有力的措施对付他们，他们反不了；穷人要不‘安’，官府就去办他们，越办越糟糕，就只有逼得穷人走投无路，落草为寇，造反去了。”

冯京在心底里对王安石的政见是持不同意见的，对王安石创建的条例司也大为不满，对这些新锐条例官也大都看不顺眼，但他不能不认为吕惠卿这些话在道理上是站得住脚的。此刻，冯京不想再说什么了，但吕嘉问却拽住他不放：“冯大翰林，你理亏了吧？”

冯京心里很不是味了。吕惠卿一番话把他难倒了，冯京已经觉得很没面子，这会这个吕家不争气的东西也向他发难，不狠狠回敬几句还真亏了他这个“三元及第”的称号。不过，冯京正要开口，官告院提举进来了，后面还跟着两个人：一个是大才子苏轼，一个是条例司检详文字苏辙。值房里的气氛一下变得十分微妙而又古怪起来。冯京不清楚王安石何以对苏辙看得这么重，但苏辙既然是名列吕惠卿之后的检详文字，条例司负责日常工作的二号人物，把这样重要的担子交给苏辙，表明王安石对苏辙确实是看得很重的，不存在半点玩弄小伎俩的把戏。既然如此，条例司这些条例官敢不把苏辙当回事？在官场上，官大一级压死人，谁不听上面官员的话，谁都不可能有好果子吃。但对大才子苏轼的态度，就不那么好办了。说名气，苏轼名满天下，论官职却只是个无足轻重叫人哭笑不得的官告院判院。条例司这些仕途看好的新锐会去捧着苏轼？官场只看官大官小，不怎么在意名气大小。官大，名可以让你附庸风雅、锦上添花，没有名照旧当大官。然而，光有名，什么官也不是，名狗屁不如。冯京注意到，这些条例官都站了起来，先给苏辙拱手，毕恭毕敬；后给苏轼拱手，动作绵绵的，明显敷衍。接着众人争着给苏辙让座，弄得值房里一片椅子的移动声和碰撞声。家里人的话谁也听不入耳的吕嘉问也挤过去，把苏辙拉到自己的座位上来。就是吕惠卿也抬了抬屁股，欠了欠身子，表示了一下让座位的意思。苏轼就可怜了，只有章惇挤过去，把苏轼拉到自己坐的椅子上，双手按着苏轼双肩，要他坐下去。

冯京心里很是为苏轼感到难过，也很有点为苏轼感到愤愤不平。但有什么办法呢？官场就这个样子。官大权大，权大势大，捧的人多，亲近的人多；无官就无权，无权就没人理，到处是冷脸，事事都难办。官告院提举又叫公差搬了两张靠背椅来。一张给了吕嘉问，一张给了章惇。章惇一把拖了过来，挨在苏轼身边放下，坐了下去。冯京注意到，大才子苏轼的举止表情和以前没什么变化，依然一身大才子气，进门就满面春风，好像在这次朝廷的差遣中他拔了头筹一样。此刻，苏轼对刚刚在他身边坐下，一双眼直勾勾望着他的章惇说："阴阳虎，眼睛那样望着苏某人干什么？不认得苏某人了？中午请你喝酒，带花娘的。"

冯京开始还有点怀疑自己的耳朵是不是听错了。他看了看面前的几个人，脸上也都显出一种惑然不解的神情。冯京再仔细看了看苏轼。大才子苏轼的举止表情一如往昔。冯京颇有点如释重负地舒了口气。他就担心大才子受不了眼前之气，肝火上升，坏了身体。大才子豁达就好，留得青山在，不怕没柴烧，大才子总有一天要时来运转，飞黄腾达，受到重用的。冯京又不由得看了看面前的几个人。这些人脸上惑然不解的神情也不见了，恐怕他们对苏轼此刻的表现也和自己一样。冯京还很为苏轼的幽默戏谑会心一笑。大才子就是大才子，开的玩笑也跟别人不一样。值房里在座的，除苏辙和曾布外，只有冯京清楚苏轼这句玩笑的内涵：大才子是借去年四月十九日蔡河游时一件事开涮章惇。这类玩笑永远不伤人，但又挺吊胃口，有趣得很。

冯京知道，苏轼对章惇多有看不顺眼的地方，但章惇一点也不生气，说："行！带多少个花娘都行，我章某人奉陪到底。"

苏轼不重不轻道："阴阳虎，现在不阴阳了？是纯阴呢，还是纯阳？"

冯京发现，苏辙、曾布都怪怪地笑了起来。林英、舒亶、吕嘉问则莫名其妙地笑着。这不奇怪，林英、舒亶、吕嘉问不知道这里面的故事。

章惇的豪气和霸气十足起来："什么阴呀阳呀的，我章某人什么时候都阳。中午我章某人一手挽一个花娘，让大才子见识见识：看看是我章某人阳，还是你大才子阳！"

章惇笑。苏轼笑。这回了解内情与不了解内情的都笑。官告院提举值房里的气氛活了起来。

吕惠卿对章惇说："你搞反了，中午该你请大才子年兄喝酒才是。今后，我们全仗大才子这支笔，他写我们当什么官就当什么官。他什么官也不写，我们就什么官也没有了。"

冯京觉得吕惠卿这番话很不是味，也很不地道，是存心在戏弄、奚落苏轼，有把苏轼当书呆子和傻瓜看的味道。冯京注意到，值房里的人对吕惠卿的反应很不一样。不用说，众人都听出吕惠卿话中之话的意思。吕嘉问觉得开心。这个吕家什么功名也考不上、靠荫补才当上官的人当然很愿意看到大才子被人奚落的窘相。舒亶对苏轼这个人似乎很不以为然，觉得苏轼不过就是会写写诗、填填词、喝喝酒、讨讨美人欢喜的人，未必真有什么吏才，大概觉得朝廷能给他个官告院判院当算是人尽其才了。因之，吕惠卿话音刚落，舒亶脸上就有种幸灾乐祸的轻蔑神情。林英面部没什么表情，没什么表情其实就是对苏轼有点同情。吕惠卿是他的顶头上司，人又厉害得很。此人在东明县吃过亏，被下属赶出县衙，算是吃一堑、长一智，当然不敢跟吕惠卿拗着来。最感为难的是官告院提举，此人当然不愿看到在自己的值房里出现这种场面，有点求助地望望这个，又望望那个，但没人帮得了他的忙，谁都像没看到他求助的目光一样。曾布相当恼火，很不满地瞥了吕惠卿一眼。苏辙对吕惠卿肯定是很有意见的，一脸的不快。章惇的脸挂不住了，正要开口回敬吕惠卿几句，苏轼扯了下他的衣袖，然后对吕惠卿爽朗声一笑：“承蒙年兄特许，年弟苏某现在就给年兄的官告上写：一品特进太太师、西天大大王爷、九天大大学士，另加花娘一千，可好？”

值房里的人都哄堂大笑起来。这个大才子苏轼，还真是言语妙天下。这一次朝廷除授的官员，这么多人都得到自己称心如意的差遣，特别是那些条例官更是觉得自己中了头彩，唯大才子苏轼实际上给弄到一个养老的地方去当官，还被吕惠卿嘲弄了一番，这本来是个很叫苏轼不快、也很叫苏轼感到棘手为难的场面，却被大才子一个爽笑、几句笑话就化解了。冯京注意到，曾布很是好好地回敬吕惠卿一下：“吉甫，子瞻给你写了个这么好的官告，中午该你破费请客了。都去，都去！布今天是一醉方休，要十个花娘作陪，少一个也不行。”

吕惠卿满口答应：“行，今天是个大喜日子。你们想喝，就依了你们，办个烧尾宴，让大家快乐快乐。”

宋代官场有一个不成文的潜规矩。凡升了官的人，照例都要办个烧尾宴。烧尾宴者，取鲤鱼烧尾跃龙门之意也。宴席上除了美酒佳肴，还有花娘作陪，大家取了个名字叫“张乐”。有好酒好菜，还有美人助兴，众人都一脸的喜气洋洋。章惇性子急，办事从来认真，马上对官告院提举说：“你派人赶快去醉春楼订个靠蔡河的雅间。提举官，你也去喝上几杯。你在这个清水衙门难得有人孝敬，今日吉甫到你这里领官告，也该让他意思意思。”

冯京觉得章惇脑子反应不那么灵光，没弄明白吕惠卿的意思。吕惠卿这个人实在太精了。今日烧尾宴哪需要吕惠卿掏银子呢？宋代衙门有笔公使钱，往往用来吃烧尾宴。条例司成立了，这笔钱自然少不了。吕惠卿刚才的话是话中有话。听听，此公说的是“你们想喝”，嘴巴馋，他吕惠卿只不过无奈何做了个顺水人情，动用一下衙门的公使钱，让衙门里的人吃个烧尾宴，叫几个花娘快活快活，张乐张乐一下，到时候不要把责任都推到他一人身上。冯京也不把这事说破，只是谦恭顺从、温文尔雅地笑了笑。吕惠卿没让官告院的人去办这件事，却对章惇说：“年兄此言差矣，这一来，不就反成了官告院请我们了？这如何使得。”

冯京看到，条例司的人都好奇也有点莫名其妙地望着吕惠卿。冯京很是佩服吕惠卿的办事能力来，又细致又周到，滴水不漏：既然是条例司请官告院的客，当然就不能让官告院的人去醉春楼张罗桌位之事。

吕惠卿望了望吕嘉问，用一种办公事的口吻说："你去办这件事，务必办好。你跟黄店主说，银子下个月付。"

这就更妙不可言了。说句实在话，现在谁身上也没带多少银子，这个烧尾宴的酒菜钱还真付不起。公使钱呢，也不是说到就到，朝廷财政上的手续名堂也是挺多的，没个把月到不了条例司的账上。当然，谁也不用担心，醉春楼店主不会不给面子，不会不让赊账。天下做生意的人，特别是醉春楼这样的酒家店主，见到官府衙门里的人来吃喝，不要说赊账，就是不给银子也乐意。他们还怕这点银子弄不回来？不花自己一文钱，还不用付现银，却做到了人情，让手下人能好好张乐张乐，这可不是一般人能做得到的。冯京看到，值房里的这些条例官也都十分佩服地看着吕惠卿。

冯京原先之所以留在值房没走，本来只是想会会苏轼，见苏轼态度这么豁达，也就觉得没必要跟苏轼聊什么了。再说，朝廷这次差遣已成定局，再讲什么也没用了。以后的事情以后再说。冯京要官告院提举把他的官告给他，便起身要走："冯某告辞了。"

章惇张开双手："冯翰林，你这就见外了。你今天不喝醉不准走。"

吕惠卿也不让冯京走人："冯翰林，晚生还有许多东西要向你请教。"

冯京自己也觉得奇怪，竟然同意去喝酒。冯京当然不会相信吕惠卿这个人的鬼话。冯京丝毫不怀疑：吕惠卿这个人极有主见和心计，今后助王安石成大事者，必此人也。这种人岂会把他冯京看得好了不得，真会有什么来请教自己？冯京十分强烈地感觉到，王安石有了吕惠卿的鼎力相助，未来的朝政一定会搞得轰轰烈烈、不同凡响，各种意料之外的事一定层出不穷。冯京心中也有了一种隐忧：朝廷从此进入多事之秋，不得太平了。此外，从刚才有限的接触中，冯京也清楚地感觉到，这些条例官一个个是说干就干，既不手软、也不留后路，不好对付。这么想过之后，冯京不想走了。他觉得自己是该好好听听吕惠卿这班条例司新锐说些什么。

已到了巳牌时分。吕嘉问转身出了值房，到醉春楼办烧尾宴去。官告院提举把桌案上的官告拿起来，发给众人。各人手捧着朝廷颁发的官告，都是看了又看。特别是那几个年轻条例官，更是正面看，反面看，里面看，外面看，怎么看也看不足。冯京在官场走了二十多年江湖，领过的官告有上十个，自然不会像几个年轻条例官那样，把官告看得那么新鲜神圣。冯京接过自己的官告，瞄了眼，就塞进衣袖里。此时，冯京一眼瞥见大才子苏轼接过官告以后，脸上的神色到底多少有点阴了下去。冯京注意到，曾布、章惇、苏辙都发现苏轼脸上这种神色，只不过都装着没看到一样，吕惠卿脸上则掠过一丝不易让人觉察到的快意之情。

冯京心中有数，苏轼刚才的豁达实际上是强打精神撑起来的。冯京觉得，这真是亏了苏轼，说句实在话，谁碰到他这种情况都难免有点不满和不快。不肖在上，有才有德有本事的反而在下，这成什么世道！众人出了官告院提举值房，往大堂那边走去，准备到醉春楼吃烧尾宴，冯京一把拉住章惇。在去年四月十九日的蔡河游中，冯京发现霸气、豪气都十足的章惇对谁都不怎么放在眼里，却唯一对大才子苏轼十足的友善。他要章惇去做件事："你派个人，叫几个有名气的、姿色好的花娘到醉春楼去，再带上上等的文房四宝。"

章惇不解冯京的意思："你这是何意？"

冯京猛然记起那次蔡河游时章惇死活不肯跟花娘入舱的情景。此公一定是认为自己是个好色之徒，年过半百了另外还要找几个有名气姿色的花娘供自己快活，也过分了些。如果真是这样，自己就理亏了。冯京不理亏，望着苏轼那边努努嘴说："大才子心中其实相当不快，别看他脸上老挂着笑，那是撑出来的。就这么叫他去吃烧尾宴，不是更叫他不快？现在能宽慰大才子的唯字与美人耳！"

章惇不住地点头。冯京看见，章惇几步赶到前面，把舒亶和林英叫住，要舒亶到京都开封有名的书寓去请有名气姿色的花娘，要林英去取上等的文房四宝。但舒亶死活不肯从命。奇怪的是，章惇却没半点不快。冯京看见，章惇猛地拍了下自己的脑门，显然是在怪自己做错了什么事。章惇把走远了的林英叫回来，要舒亶和林英把要做的事对换了一下：舒亶去取文房四宝，林英去请花娘。

冯京给搞糊涂了，不明白章惇这么对换一下是何意。等舒亶和林英走出了大堂，章惇回过头来告诉冯京："这个舒亶其实也是个酒色之徒，去年四月进京都后，却从不要花娘侑酒。谁要是在他喝酒时把花娘往他身边送，他脸孔会板得跟阎王一样难看。"

冯京觉得这真是个怪人，问：“是不是哪个花娘伤了他的心？”

章惇断然否定：“不可能的事。天下哪个花娘对当官的不是小心侍候？这些花娘不要说对舒亶不会有什么伤害，就是半点不乐意的神色也不会有。”

后来，冯京打听到，这个舒亶曾因好酒好色坏了事，有次花娘侑酒喝得酩酊大醉，结果办案时把一个死不肯奉养继母的不孝之人一刀杀了。舒亶从此限酒限色。宴会倒也不是不赴，酒却喝得不多；家有妻有妾，美人侑酒就免了。怪不得章惇要他去请花娘，死活不肯去。看起来，舒亶这个人还是条汉子。

冯京和章惇到了大堂，见曾布从大堂外面往回走，一只脚还在大堂门槛外面，就对冯京和章惇说：“印结银！印结银！”

冯京这才明白曾布何以往回走了。原来朝廷六部的官员，每逢月底，有一笔号称“印结银”的外快可分。官告院的“印结银”主要来自官告上的那个“尚书吏部告身之印”。官告院的人倒没谁开口要，但凡是得到差遣、拿到官告的人，没一个不拿出几两银子交到官告院意思意思。朝廷命官若靠俸禄，养家糊口倒也不是过不下去，但要上酒店，逛青楼，穿裘衣，住美宅，就难了。曾布代条例司的人收印结银子。冯京马上从衣袖里取出二两银子，交到曾布手上，就快步往前走去。他想赶上已经走在前面的苏轼，好好跟大才子聊聊。

第二十一章　岐王被逼出宫天子发大火 王韶边关生事太尉求司马

转眼到了熙宁二年四月初四。一年前的四月初四，天亮后，东方厚厚的云层里射出一片霞光，把京都开封的飞檐、楼台、亭阁抹上了一层如诗如画的红彩。今年的四月初四，大风从头天晚上一直刮到天亮。京都开封春季从来干旱少雨，大风一起，尘沙漫天飞扬，天地间一片迷雾般的浑黄，把整个京都开封扰得昏天黑地，似乎整个世界都回到太极之初的时代，十几丈外的房屋、绿树、道路都被魔妖施了什么妖法，全给罩住了。

如今朝廷最热闹的衙门有两个：一是翰林院，年长的、品秩高一点的官员，往往是翰林院的常客；一是条例司，年轻的、品秩低一点的官员，大都喜欢到条例司走走。初四这天散朝之后，司马光在宫内用过天子请客的朝食，就回到翰林院自己的值房里。翰林院的小太监手巾刚泡好茶，司马光则拿了块布，把自己的桌案、座椅抹得干干净净，简直到了一尘不染的地步。这是他从小养成的习惯，无论是在公廨值房里办公署事，还是在家里的书房看书写字，他都要亲自把桌椅抹过，否则就办不好公，署不了事，看不了书，也写不了字。约莫过了半个时辰，司马光看见有个土财主一样大腹便便的松软肚子的范纯仁走了进来。范纯仁对司马光拱了拱手，就急忙把衣帽拍了拍，抖了一地的尘沙。司马光随手把值房的门关上。

范纯仁“范胖子”现在是兵部员外郎兼起居舍下、同知谏院，也是天子的近臣，且是言官，有风闻言事的权力。司马光觉得，皇上用对了人，就该用范纯仁这种人盯着百官，特别是紧紧地盯着宰执大臣和条例司的人，让他们不敢胡作非为。此外，谏院和翰林院都在皇宫横街以南的外朝，因之，范纯仁进出翰林院方便多了。按说范纯仁差遣的官职，是很不错的，可以看出天子赵顼很看得起范纯仁，但范纯仁这些日子总是一脸的忧愁。司马光知道，范纯仁非为个人得失忧愁。在这点上，范纯仁还真有点其父范仲淹的遗风。今年二月初，王安石当上右谏大夫、参知政事，主持朝政后，不到一个月，就搞了个制置三司条例司，中书之外又弄了个中书，把朝廷中书的宰执大臣甩在一边，变个法子大权独揽，这能叫人不忧吗？好在司马光清楚王安石对朝廷没有二心。要不然，大宋王朝用不了多久就非出大事不可。与此同时，司马光也为王安石捏了把汗。这个王安石也真是特大胆了点，也特迂了点。中原王朝几千年来，哪朝哪代天子不是对宰辅大臣盯得紧紧的？谁不是既用宰辅大臣，又防着他们，不让他们权力太大太重？要是有奸人在天子面前进谗言，你王安石这么大胆，不就死定了？好在大宋不杀士，那尊镌刻着太祖“不杀士”的巨石还立在皇宫正南门内的正衙大庆殿的前面，当朝天子赵顼天性孝友，否则王安石非碰到大麻烦不可。说句实在话，王安石这已经走得够远的了，然而前日司马光在经筵侍讲时，听天子赵顼说，王安石打算不日派条例司的人分行天下，考察全国农田水利、常平义仓、赋役商税情况，显然在为制定新法做准备。司马光的忧虑就更重了。这么看来，王安石的新法用不了多久就要出台了。司马光也正想找范纯仁聊聊这事。

现在叫司马光感到头痛的是，对当下王安石的胡作非为，他司马光竟束手无策，只能眼睁睁看着王安石一意孤行下去。司马光清楚，要让王安石停止现在所搞的一切，只有天子才办得到。然而，现在天子赵顼对王安石越来越心醉魂迷，越来越离不开了。王安石当上参知政事后，在朝会上，天子赵顼让王安石按臣子的规矩行礼，但在后殿天子却以师相之礼待王安石。司马光是个明白人，知道此时不要说司马光，就是比司马光更有能耐的人，也说服不了天子。要天子把王安石的那一套全废掉，看来只有假以时日，耐心等到天子对王安石的圣眷有了倦意，那时四两拨千斤，才能把天子点醒，王安石新法自然也就搞不下去了。

范纯仁在面对着值房门口的椅子上坐了下来。司马光则坐在范纯仁下方。司马光命小太监手巾给范纯仁泡茶。叫司马光感到奇怪的是，往日一脸绷得紧紧的范纯仁，今日脸绷得更紧了，很是有点吓人。司马光称范纯仁的字：“尧夫，出什么事了？”

范纯仁呟了口茶：“这个介甫，越来越不像话了，竟然把皇上气得半天说不出话来。”

司马光感到奇怪：刚才在朝会上，天子赵顼跟王安石二人言谈十分融洽，怎么转眼就发生这么大变化呢？司马光：“介甫何事把皇上气成这个样子？”

范纯仁：“还不是为岐王的事。昨天晚上纯仁宿直，皇上跟纯仁在后宫直房里叙话，太后气呼呼过来，大发雷霆，要皇上治著佐郎章辟光离间皇上兄弟骨肉之罪；要不，太后就跟岐王赵颢一起搬到宫外去住。”

章辟光上书要岐王赵颢搬出后宫这件事，不起于昨晚，司马光早有耳闻。大宋天家家法对天子兄弟居住早有规矩：天子兄弟成人之后，要搬到宫外居住。通古今之变的司马光十分清楚，严朝廷之礼，以义制恩，岐王赵颢已年满十八岁，确实应该搬出后宫，出就外宅。当然，像武王待周公那样，以恩制义，不许兄弟出居于外，也说得过去。但不管怎么说，这毕竟是天家兄弟间的私事，不像母后垂帘听政那样关系着江山社稷、朝廷大政，外臣未必一定要管得那么多。著佐郎章辟光也是吃饱了撑的，给皇上上书，要岐王赵颢搬出宫去，这能叫太后不讨厌吗？不过，现在司马光感兴趣的是，岐王搬不搬到宫外居住这件事跟王安石有什么关系。学富五车的司马光马上敏感到：王安石一定介入了其中，“介甫同意岐王搬出后宫了？”

范纯仁说：“那可不是。岐王这个人，朝中百官都知道是个老实规矩人，几次上奏章，请求搬到宫外，皇上不准，叫他有什么办法？但章辟光却不依不饶，一而再、再而三给皇上上书，气得太后口口声声要治章辟光的罪。此时吕诲“吕疯子”也凑热闹来了，也给皇上上了奏章，要皇上下诏免章辟光的职。皇上问介甫此事该如何办，介甫一口咬定章辟光无罪。君实，你说皇上能不生介甫的气吗？”范纯仁也称吕诲是“吕疯子”，不过听不出是贬意。

司马光恪守朝廷规矩，从不跟皇室的人打交道。不过，对岐王赵颢的情况还是清楚的。岐王赵颢这个人为人老实规矩，从不过问朝政，唯喜藏书，在宫中也只是写写儒经，难得到宫外跟一些进士出身的名士饮饮酒、赋赋诗，如此而已。按说，像岐王赵颢这样的人留在宫中，确也不碍事。不过，从心底里说，司马光也认为章辟光无罪，王安石无错。不错，让长大的兄弟搬出宫去的规矩，表面上看有悖于伦常，但实际上深藏着天家一个不可明示于众，只能意会于心的秘密：一是后宫几千花容月貌、年纪轻轻的丽人，然而只有天子和今后要当天子的太子二人是真正的成年男子，绝大多数丽人一辈子是得不到给天子进御侍寝机会的。如果天子的成年兄弟住在宫中，这对那些一辈子都无法享受跟男子在床上快活的丽人来说会产生什么影响，恐怕是不难想象的，后宫会出什么乱子也是不难想象的。二是皇权神器对一个人的吸引力实在太大了，中原王朝历史上兄弟骨肉不乏为了皇权发生相互残杀之事，天子成年兄弟搬出宫去，对江山社稷、兄弟之间都有好处，利莫大焉。这么想过之后，司马光更觉得王安石对大宋王朝确实是忠心不二，但也确实迂了点。这样的事当臣子的以不开口为好，用不着在这样一个纯属天家内部，又隐藏着一种不可明示于众的秘密之事上多嘴多舌。司马光深信王安石的出发点还是为朝廷社稷着想，并不是个人想在这里捞什么好处。说句实在话，在以后的日子里，司马光与王安石的关系是越搞越僵，以致到了水火不相容的地步。司马光对王安石恨得咬牙切齿，气头上还说了些对王安石来说确属夸大的不实之词，但冷静下来，司马光还是认为王安石的忠心无可置疑。司马光也丝毫不怀疑，当朝天子赵顼对王安石的忠心深信不疑。既然如此，天子赵顼生王安石哪门子气还很值得研究。司马光说："尧夫，皇上未必是生介甫的气，倒很可能是生吕诲的气。"

范纯仁一脸的不解："纯仁愿闻君实高见。"

司马光凑过脸去，两边像悬崖边突起的岩石一样的颧骨几乎贴近范纯仁脸腮上的胡须："皇上天性孝悌。孝敬两宫太后，友爱弟妹，都非同一般。本来吕诲不上奏罢辟光的职，皇上对辟光的奏疏大可放在一边，不闻不问。从辟光这头来说，皇上并没有责备他；从岐王那头来说，照常住在宫中。太后呢，也是深明大义的人，只要岐王留在宫中，在自己身边进进出出，享受天伦之乐就心满意足的了，并不是真要治辟光的罪。现在吕诲插只脚进来，就把事情弄得越来越麻烦。让皇上左也难，右也难。介甫又一口咬定辟光无罪，皇上就更感到麻烦了。要是吕诲不插进来，什么事都没有，现在弄成这个样子，能叫皇上不生他的气吗？"

范纯仁十分佩服地望了司马光一眼："介甫不会咬定岐王一定要搬出宫去吧？"很有点为王安石担心的意思。

司马光知道，范纯仁是真心不愿意看到朝廷出乱子的人。朝廷当下烦人之事够多的了，此时又弄出个章辟光来，岂不是让多事的朝廷更多事了吗？司马光知道范纯仁是担心拗脾气的王安石坚持己见，让皇室的这件私事把朝廷拖进去，最后弄得没法收拾。司马光凑过去的脸缩回来："你是担心介甫这个人迂，会在皇上面前说出更不得体的话来？你这就不全了解介甫了。介甫诚迂，只是在朝政上，固执己见，不管人家愿不愿听，都非一口气讲完不可。在皇室私事上，只要皇上不去问他，他不会那么不识相，会主动找到皇上唠叨个没完没了。”

范纯仁松了口，笑道：“就像君实翰林一样，不少人说你迂，你自己也说自己‘迂’，其实君实翰林何尝迂。当然，说你不迂，也不对。在朝政上，你迂起来也挺可怕，半点不让人。”

司马光对范纯仁不仅没意见，反而两手在前面空中舞动起来：“知我者，尧夫也！”

范纯仁其实有时也有点迂，此时冒出了一句叫司马光很不中听的话：“要是别人的话说得对，君实翰林也听不进去吗？”

司马光先是一怔，然后一脸正色：“此话何意？”

范纯仁似乎根本没发现司马光脸上神情的变化，一脸我心如秤、不为人低昂的表情，那个像土财主一样大腹便便的肚子虽然松软，但说出的话却不让坚铁：“君实翰林有一天执政，若有不足之处，纯仁是一定要讲出来的。”

司马光心里受到重重一击。司马光不认为自己会有错，不用任何来人找他的岔；也不认为范纯仁会那么不给他面子，竟揭他的短：“怎么会呢？怎么会呢？”

范纯仁十分肯定：“会的！会的！纯仁会的！”

司马光觉得自己颧骨突起的脸上有点挂不住了。范纯仁的这番话是他完全没想到的，叫他很吃惊。不过，叫他更吃惊的还是十六年后，天子赵顼驾崩，现在的太后高氏以太皇太后的身份垂帘听政，起用他守尚书、左仆射兼门下侍郎，拜为上相。当上上相的他，尽改熙宁、元丰新法，且限五日尽废王安石最为看重的免役法，范纯仁果真毫不客气地跟他面争，跟他面争的还有被自己昭雪回京，且十分看重的苏轼，气得司马光两眼发直。

司马光不想再讲这些话。司马光到底学富五车、通古今之变，觉得自己在这方面讲下去要输理。范纯仁并无不分是非跟自己为难的意思，只是自己有什么不足，才跟自己争一争。这话在事理上范纯仁站在上风，说下去会弄得自己很没趣。司马光只想把岐王的事说完：“不会的，不会的，介甫不会那么不识相，皇上也绝不会让岐王搬出后宫，后宫也绝不会有什么事发生，最后只有辟光落职外放。”司马光的话还真说得一点不错，不久章辟光被赶出朝廷，到地方当了个七品县令，岐王赵颢果真仍旧在后宫住了下来，直到元祐初年，庙号叫哲宗的赵煦登基，才在宫外咸宜坊第一区盖建王府，让这个王爷大叔搬到那里去住。

范纯仁想说什么，正要开口，值房门开了，枢密使文彦博出现在门口，跟在他后面的还有翰林三学士王珪、吕公著、冯京。司马光一边起身，一边行礼。文彦博、王珪、吕公著、冯京走了进来，抖落身上的尘沙。司马光把值房门关上。

司马光让文彦博坐上位。文彦博也不做虚礼，一屁股在上位坐了下来，其他人就近在自己身边的椅子上坐下。司马光知道，身上有种逼人官威的山西大汉文彦博是轻易不肯到各衙门走动的。司马光还没发话，小太监手巾就进来给每个人上了茶。司马光觉得奇怪：今天尘沙这么大，文太尉何事到翰林院来找他？主兵的枢密使文彦博找他应是谈兵。眼下朝中百官物议纷纷的是王安石马上要制定出来的新法。条例司搞成了，王安石马上要派使分行天下，考察天下农田水利、赋役商税、常平义仓等情况，下一步当然是着手拿出一整套新法来；拿出新法来就要用兵，首先要打的就是西夏。有宋百年，恐怕很难找到一个像司马光那样对中原帝国史那么熟悉的人。汉唐时期，霸道大行其道。汉武用兵，一直把北方民族匈奴人驱逐到了漠北，为长期受到匈奴人侵扰欺侮的中原帝国出了口恶气。唐宗崇武，征辽伐夏，马牛被野，四夷降附，为中原千年给外族人压得透不过气来的汉人长了脸。在那个年代，武将吃香，耀武扬威，神气得不得了。但在宋代，宋家天子认识到中原帝国动粗用武不仅从来没有真正征服过北狄，也从来没有真正征服过西戎，完全不是一般无见识的人认为的那样，一剑能敌百万番兵，要几下大刀就能把北辽和西夏打败；真能这样，太祖太宗早这么干了，这样的中原王朝旷古未有的奇功岂会等到我等获有？倒是中原文化使得北方的民族和西边的民族钦羡不已，不仅朝礼、官制、衙门建制仿效中原王朝，而且说汉语、用汉字成为时尚，甚至北辽不少契丹女子、西夏不少羌人女子想方设法越过边境跑到汉人居住的地方，让自己怀上汉人的孩子，再回到自己的帐篷里去。武力征服不了这些民族，但修文德却可以使他们来归附，不战而屈人之兵，何其美哉！即使四夷不来朝拜进贡，也落得个四境安宁，何其妙哉！兵者，诡道也，不足以训善，圣人不得已而用之，且容易诱发奸雄之志，实在是不祥之器。然而，这些话却没几个人理解得了。天下人总是崇拜对外有战功的英雄，鄙夷胆小怕死的懦夫。仁宗朝以黥卒起家的狄青，与西夏党项羌人打了四年仗，头戴铜面具，八中流矢，大小二十五战，战战皆胜，西夏党项羌人称之为神。狄青班师回到京都开封，为一睹狄青风采，万人空巷，成群结队聚观，把道路都阻塞了，行人足足有两个时辰不得行走。武将感到骄傲，文官感到不安。这下，不仅吓坏了天家，也吓坏了朝廷。狄青的日子难过了，开封城的每一件怪事都与狄青有关，连那年发洪水都被说成是狄青带来的祸患，真叫人欲哭无泪；兵带不成了，将军也不能再当了，狄青最后只好去陈州当知府，武夫将官去当文官，岂不是故意折磨人？狄青半年后死于背疽。天家这才放心，朝廷也安静了。因之，在宋代，“兵”不好谈。重了，好战，与国策有违，朝廷不高兴，小心治你的罪，叫你一辈子翻不了身，做不起人；轻了，惹天下人耻笑，指责你贪生怕死，弄得不好，给你戴上顶卖国贼、奸臣的帽子，代代相传，祖宗的脸面都丢尽了。对这些，司马光一双法眼看得清清楚楚、明明白白。司马光从来不是个性急的人，不会急着开口言“兵”，且等文彦博开了口再说。

司马光望了望王珪、吕公著、冯京、范纯仁，此时他们显然也知道文彦博是来言“兵”的，一个个都看着文彦博，没谁先开口。王珪默坐一旁。这个本分规矩人从来就是个谨言慎行的人，在这样的问题上，从来不会去自拿主意。吕公著也静坐一边。这个人在意见没想清楚前，谁也别想他开口说什么。冯京对“兵”事肯定早有自己的看法，但此公深谙他的老泰山富弼让人看不透的城府之学，当然更不会轻易言“兵”。倒是范纯仁憋不住：“听说在秦州访采边事的王韶心高气傲，根本不把太尉放在眼里，可有此事？”

文彦博理了理自己的长髯，一脸的威重：“此话不妥。王韶对老夫倒是十分尊重，只是年轻气盛，懂秦州，但不懂朝廷。”

司马光看到，范纯仁十分惊异地望着文彦博。确实，从表面上看，彦博的话前后矛盾，懂秦州边事的人不懂朝廷，这不是挺荒唐的吗？不过，司马光听懂了文彦博这句话的意思。文彦博毕竟是三朝元老，任将相三十来年，深谋远虑，名闻四夷，非一般朝臣可比。文彦博说王韶懂秦州，指的是懂秦州这个局部的边事；说王韶不懂朝廷，指的是不懂大宋整个朝廷的国策方略。司马光注意到冯京也听懂了文彦博话。冯京眼睛一亮，说：“现在朝廷坏事就坏在这种人身上，不能说这些人什么都不懂。朝廷有朝廷的考虑，非尔等能看得透的。这种人索性没才干也好，老实听话，安分守己，不会惹事；有才干不去瞎干也好，整日跟花娘饮酒作乐，也不会生事；才不大不小，能力不强不弱，又不安分守己，整日异想天开，这就坏事，叫人头痛。”

文彦博的手在桌案上一拍：“头痛，确实头痛！老夫几次提醒他，边关上的事，少管为好，就是不听。老夫留他在枢密院当河西房主事，把陕西路、秦凤路的吏卒、边防、蕃官都交给他管，他在秦州访采的边事也可以派上用场，岂不是件美事？这个人有才，吃得苦，能干些事，好好干，还是挺有前途的。过些日子，老夫打算让他在枢密院十二房当个承旨什么的。但这个王韶就是要到秦州边关去。这个人意在开边，其实是贪功，到边关去生事。老夫知道留他不住，也就成全他，让他当了个保平军节度推官。没几天，朝廷又除授此公为管干秦凤路经略，与秦凤路都钤辖向宝将军一同提举西路缘边蕃郡。没办法，挡是挡不住的，介甫赏识他。”

司马光是个明白人：何只是王安石赏识王韶，其实天子赵顼更赏识王韶。文彦博只提王安石，不提天子，是有意避开天子。当臣子的，有话可以当面对天子说，背后议论总是不妥。枢密院主兵，主的是军国机务、兵防、边备、戎马之政令，不管武官的任免调动。中书主政，虽不管兵事，但却可以同议边事，武官的升迁任免也由中书属下的兵部主管。要提拔王韶到秦州边关带兵管边事，文彦博还真挡不住。

范纯仁不无忧虑地：“王韶糊涂，要开边生事，王相公也糊涂吗？”

司马光很高兴听到范纯仁的这句话。范纯仁这句话事实上把王安石与王韶区分了开来。不用说，范纯仁认为王安石的才学水平应该比王韶高。司马光觉得范纯仁不愧是个正人君子。那种因为跟王安石政见不同就不分青红皂白把王安石贬得一塌糊涂的做法并不好。司马光看到，范纯仁此话一出，值房里却没谁出声了。司马光觉得这没什么奇怪，范纯仁提出的这个问题不好回答。去年四月初四以来，人们都知道王安石要富国强兵，但强兵以后如何用兵却不很清楚，自然就不知道怎么说好。司马光看到，王珪目光十分和顺地坐着，不时勾下头去呒口茶。司马光的这个同事除了有时给天子草拟制词诏令外，在翰林院的公廨值房里整天可以不说一句话，也没见他做什么，喝喝茶，翻翻朝报、录报、牒报什么的，到了散班时间就回家去。有事找他也不开口，吏员向他禀报情况也是半天不出声，末了挥挥手要他们出去。像今天这样牵涉到大宋国策和王安石会如何用兵这样的大事，打死他也撬不开他的口。吕公著也没有出声，因为还没到他出声的时候。越是牵涉到江山社稷的大事，吕公著越是不会随便开口，只要想清楚了，就是打死也封不住他的嘴。

冯京十分认真地望望文彦博，又望望范纯仁，过了好一会，说：“介甫自然不糊涂，他心里清楚得很。”

范纯仁来气了：“清楚，为何要支持王韶呢？天下真要给这班人搞乱了！君实翰林，你说是不是这样的？”不过他不是生冯京的气，而是在生王安石的气。

司马光发现，众人的目光都集中到他身上来了。这当然没什么奇怪的。自从去年老相公韩琦外放到大名府后，朝廷找他的人就越来越多，不要说在翰林院，就是在街上，也常常有人拦着他的轿子，跟他谈上好一阵话。司马光说：“尧夫，介甫什么事都不糊涂，只是不晓世事，这就是介甫的不同之处。”

范纯仁更来气了：“君实翰林，这么说，你也是支持王韶在秦州边关用兵生事的了？”他这回是在生司马光的气。

司马光觉得，范纯仁显然误解了他的意思。他怎么可能支持王韶在秦州边关用兵生事。就像你范纯仁把王安石跟王韶区别开来一样，司马光也不能因为对王安石朝政不满就把他看得一无是处，更不会因为王安石有才学就完全赞成他的朝政。否则，司马光就不是君子，而是个小人了。说句实在话，就王安石的“富国强兵”四个字来说，不要说司马光不反对，朝中百官也没人会反对。把话说白，司马光反对的是王安石的新法和条例司。在这些问题上，司马光绝不可能跟王安石有什么一致的地方。范纯仁居然认为自己也支持王韶在秦州边关生事，认为自己跟王安石一鼻孔出气，把他司马光看成什么人了？兵不是什么好东西，危害性的一面大得很。和为贵，打只能坏事。太祖太宗看到这一点，才定下以文驭武的国策。宋代的文人比中原王朝哪个朝代都吃香，家家拜孔子，总角学儒，父兄以学儒督责，朋友以学儒劝励，学儒成了社会风尚。相反，尚武就讨人嫌了，军功有荣耀感，却没有感召力。武将好战，立即会被朝廷调回内地；再不听话，就是嫌自己活得太舒服了，要去尝尝牢饭的味道了。因之，天子绝少言兵，以守在四夷、柔服异域为帝王之盛德。士大夫以讳言兵为君子，以好兴边事邀功为小人。

司马光觉得有必要把自己的这些心里话讲个清楚明白：“光读史时有个发现，自周末以来，至国初一千三百六十二年，其间乱离板荡无计其数；至于中外无事，像大宋开国不见兵甲百有余年者，这种盛况确实前所未有。用兵总是不好的，不仅要耗费许多钱财，还要死许多人。至于两边百姓，兵荒马乱，更是遭殃。外族人打过来，要杀这边的百姓；汉族人打过去，要杀外族百姓。杀过来，杀过去，尸横遍野，血流成河，惨不忍睹。像大宋百年太平，天下子民日出而作，日落而息，养生丧死，实在比尧舜时期还享福。中原王朝千百年来所梦想的王道乐土在大宋找到了。不安享太平，却要去打仗杀人，不疯了吗？”

司马光从周末到国初一千三百六十二年，一年不多，一年不少，都说得清清楚楚、明明白白，只有大宋享有百年这么长的太平，够伟大，够了不起了吧？这不是王道乐土是什么！司马光看到，众人对他这番话感到十分的受用。值房里的气氛欢快了起来。范纯仁特别高兴："君实翰林，你这就说对了。你说，你接着说下去。"

司马光不想再说下去。他觉得自己说下去就要犯大不敬罪了。司马光清楚，天子赵顼不只是嘴上说洗刷国耻，真的是要跟北辽和西夏较真。去年王安石越次入对后的第二天，赵顼一身戎装在庆寿宫舞剑，这就很能说明问题了。司马光一点也不怀疑，在洗刷国耻问题上，天子心急得很。天子赵顼心里这些话，他司马光能说吗？

范纯仁催道："君实翰林，都在洗耳恭听呢。"

司马光看到，值房里的人都有点怪怪地望着他，不明白他此时为何却把嘴闭了起来。司马光想谈点别的，把话题转移掉。一直没出声的吕公著说了一句话："介甫《澶州》诗中有两句话：'欢盟从此至今日，丞相莱公功第一。"

吕公著这个话语很少的人突然冒出王安石的两句诗来，却不解释，弄得众人都莫名其妙地望着他。不过，司马光明白吕公著话中的意思。吕公著不愧是个正人君子。尽管吕公著对王安石新法和条例司大为不满，但并不把王安石什么都说得一塌糊涂。仔细读读王安石这两句诗，就不难发现王安石对宋辽缔结的澶渊之盟还是看得很重的。在这两句诗中，王安石不只是赞扬了寇准坚持先帝真宗御驾亲征、射杀北辽统帅、击退北辽进攻的战功，还赞扬了莱公寇准以三十万岁币结束了宋辽几十年的战争，换来了至今百年和平安定的明智选择。司马光再反复琢磨一下，吕公著此时突然冒出王安石两句诗，看起来叫人听了稀里糊涂摸不着北，其实里面的奥妙还是能悟出来：王安石对用兵并不是如外人说的那么简单。再仔细品味一下吕公著突然冒出的王安石两句诗，就是告诉大家：在战争中，王安石并不反对和谈，因之，王安石不是最让人担心的，而是天子。吕公著跟自己想到一块了。这样的担心，自己当然不会明言，也不可明言，明言就犯天条了。知我者，晦叔也。司马光说："介甫到底在官场干了三十来年，不是最让人担心的。”

司马光发现，范纯仁警惕地望着自己。就是王珪，目光中也多少有点警惕的味道。范纯仁一脸的我心如秤、不为人低昂的正色：“君实翰林，照你这么说，最让人担心的反倒是我们这些人了？这是什么话嘛！”范纯仁这个人情谊归情谊，但绝不会以情屈理，很是叫人觉得可爱。

此时文彦博站了起来。文彦博拍了下桌案，说了番话后，就一直不动声色地坐着。不愧是三朝元老，文彦博对朝廷上的事可说是烂熟于心。他肯定把每个人的话都听了个清清楚楚，也捉摸得十分透彻。此时，显然有话要说，却不开口，倒是先给司马光作了个长揖。这个礼司马光如何担当得起，吓得赶忙起身给文彦博回了个长揖。司马光嘴巴不停地说：“太尉有何见教？在下洗耳恭听。”

司马光看到，王珪、冯京和范纯仁自然不敢坐大，也忙站了起来，望着文彦博，认真等着听文彦博说话。文彦博整了整衣冠，对司马光说：“彦博有一事相求：学士在经筵跟皇上侍讲时，请把刚才的话上禀皇上。大宋百年王道太平不能给破坏掉，千万要提防那些好事的小人。这些人事成则获利于身，不成则贻忧于国。”

司马光知道，文彦博今天到翰林院来会他，目的也就在此。文彦博虽然身为枢密使，从一品鼎臣，又是三朝元老，但进出宫廷、跟天子接触并没有他这个翰林学士那么多，有些话谈起来也没司马光方便。司马光明白，文彦博这么急着要他去跟天子说这些话，实在是担心秦州那边出事。司马光也知道秦州知府李师中非等闲之辈，很有头脑，不会跟着王韶瞎胡闹，但怕就怕那边一班武将跟王韶搅到一起，好大喜功，却又有勇无谋，真打起来，又不是西夏党项羌人的对手，恐怕连散弱的吐蕃发羌人也奈何不了。司马光满口答应：“太尉放心，后天是光经筵侍讲，一定遵嘱把这些话好好上禀皇上，不能把大宋百年太平断送在这班好事的小人手上。”

司马光的话说完了，文彦博正要告辞，翰林院堂吏推门进来，带进一股尘沙。堂吏把门关上，走到司马光身边，禀报右谏议大夫、御史中丞吕诲来了。司马光看到，文彦博和范纯仁的脸色没什么变化，吕公著和冯京的脸色就没那么好看了。司马光清楚，吕公著和冯京对言官并无什么怨恨，二人也都认为朝廷言官不可少，但这两人对吕诲印象都不怎么好。这个吕诲，今年二月初三王安石拜相以来，经常到六部、九寺、五监衙门串门，搜集王安石的材料。此公倒是一点也不搞阴谋诡计，鬼头鬼脑什么的，串到哪个衙门都张口就说王安石误国，要弹劾王安石，要把王安石扳倒。本来这么光明正大的言官，应该受到众人欢迎才是，但吕诲却到处遭人嫌，众人多有对他避之唯恐不及。此外，当过言官的多，却没谁像吕诲这样不受人欢迎。比方范纯仁，当御史时与吕诲一道弹劾欧阳修在“濮议”中“首开邪议”，这个罪名也是够大的了，不仅众人对范纯仁没什么，就是欧阳修对范纯仁也没什么。去年范纯仁去拜会欧阳修时，欧阳修还留他在府上喝酒。又比方当朝参知政事唐介和赵抃，当年当御史时也是够厉害的，都以敢言见惮，但满朝文武百官对他们的口碑都不错。现在每当朝廷言官有缺，众人在朝会时皆望着唐介站的地方，观其风采；对赵抃这个人的印象更好，他被许多人称为世人的标表。司马光真不明白吕诲会被搞得这么臭。当然，尽管如此，司马光对吕诲还是不错，始终认为朝廷少不得吕诲这样的言官。

本来想走的文彦博不想走了，对司马光说：“君实，请吕中丞进来。”

司马光清楚，朝廷当下的言官对朝中百官都不放在眼里，唯独怕的是文彦博。这倒不是因为文彦博是主兵的枢密使，怕他派队兵乱刀把自己砍了。文彦博主兵却不能带兵，一个兵卒也指挥不了；他要带兵，尝尝带兵的味道，还得把枢密使辞了，天子才会允许他去带兵，且是临时的。言官怕文彦博，是因为这个文太尉十分欢迎言官弹劾他。谁弹劾他，他就跟谁作揖道谢，弹劾得越重越是把腰弯得低低的，连作几个大揖。结果言官没把文彦博扳倒，反成全了他，使他名扬四海，自己却落得个乱弹乱劾的不好听的名声。这种傻事谁干？文彦博对吕诲总保留着一种不冷不热的距离，这会却要见他，明眼人一看就知道此举的原因。平日对吕诲多有戒备的冯京此时也想见一见吕诲，对司马光说：“京倒也想跟他聊聊。”

司马光要堂吏去请吕诲。不多一会，值房门外响起了脚步声。接着门开了，吕诲带着一股尘沙，大摇大摆进了值房。范纯仁重又关上值房的门，把自己的位子让给吕诲，自己在吕诲下位坐着。刚坐下的吕诲忽然笑了起来，还别过脸去，对范纯仁说：“尧夫年兄，真有意思，去年四月初四晚上，我跟尧夫年兄在君实翰林府上也是这么挨着坐在一起，没想到一年后的今天，我们在翰林院又是这样坐着。”

司马光记起来了，那天晚上，六部、九寺、五监的二十几位郎官到他家去喝茶，见吕诲来了，一迭讨好声要给吕诲让座。吕诲讨厌这些人，没过去坐。后来范纯仁把他拉过去，吕诲才在范纯仁位子上坐下来。时间过得真快，转眼就一年了。司马光明白，一年前的那天晚上到他家去的人，有些人当时就怀有要扳倒王安石的打算。但一年过去，王安石不仅没给扳倒，且当上了主持天下政事的参知政事，还创建了旷古未有的怪物条例司。不过吕诲却还跟一年前一样，意气风发，锐志不减，头脑清醒，连一年前那个晚上的座位都还记得这么清楚。范纯仁说："献可年兄好记性，有你这样的言官在，大宋朝廷无忧了。"

听到夸奖，吕诲很是高兴，也有点得意。吕诲说："尧夫年兄，说到记性，诲还真没忘记一件事。去年的今天，我们在君实翰林府上，诲请问了年兄两个问题，年兄两次都说'以后说'，今天已一年了，该到说的时候吧？"

范纯仁哈哈一笑："该说，该说。先说第一个'以后说'。那天晚上，年兄问曾布说了什么，曾布是这么说的：'王翰林将来肯定要成为千古第一名相，不信诸位等着瞧。'曾布这个马屁拍得响，要不介甫怎么会要他到条例司去当编修条例官呢？再说第二个'以后说'。那晚君实翰林说介甫在大庆殿上讲宋有'三乱''一冗''一失''一缺''一耻'，但介甫还留有一个'一少'没说。但'一少'指什么，君实翰林没说。当时纯仁就猜：这个'一少'肯定是说大宋少了一个懂理财的柄国大臣，这样的话，介甫在大庆殿怎么说得出口。君实翰林，'一少'是这个意思吧？"

司马光连连点头："正是这个意思。"

吕诲火了："什么千古第一名相，千古第一奸臣！"

值房里一片死寂。这个吕诲跟曾布一样，把话说得太绝了。一个把王安石捧到天上，一个把王安石打入地狱。司马光注意到，谁都一动不动坐着，好像一尊菩萨。就是对王安石意见特大、对吕诲很不错的范纯仁也目瞪口呆地望着吕诲，好像在对吕诲说：你怎么能这样说王安石呢？司马光也觉得吕诲不能这么说王安石，但言官就是要敢直言，这样才能使朝野震动，让奸佞色变，庸官胆寒。吕诲既然是来搜集王安石的材料，众人就不必计较吕诲这些过头的话。吕诲来了，一时三刻走不了。众人肯定要在翰林院吃午饭。司马光要众人在他值房里坐一会，他到翰林院大屋后面的膳房去跟主馔吏打个招呼，要他准备几个好菜，再弄壶法酒，让众人好好吃顿午饭。吃完午饭，众人好好聊一聊，聊多久都行。

值房门关上了，外面的尘沙吹不进来，但风声还是一阵阵传来。有阵风从屋脊扫过，清清楚楚感觉得到掉落在屋脊上的隔年枯枝败叶给唰唰扫下来。

第二十二章　搜十事吕诲决意扳倒安石　患重病唐介遗恨薨命后堂

京都开封的仲夏五月，才进入夏季，天气热了起来，雨也多了起来。京都开封城外的黄河冬季裸露出来的沙洲全淹了，水面宽阔了起来。河里的木船也一天比一天多，船夫们不仅用桨划，还用竹篙在水中探路。黄河里的黄沙堆积得快，又无规律可循。水路没有探明，木船十有八九会在昨天堆起来的黄沙上遇阻。河面上刮过来的风有了点暖意。此时，江南都市的烟雨楼台如诗如画的景象开始出现在京都开封了。

参知政事唐介的病近来越来越严重，身体也越来越虚，看样子不久人世。现在不仅背部出现五个脓头，连颈上也有三处脓头，身上有股恶臭。夜里睡不好，心情越来越烦躁郁闷。

此公近日可说是内外不顺。在官场，伉直、和易的唐介还是很有人望的。以前，他到中书上班，中书衙门大大小小的属吏老远就对他打躬作揖，笑脸相迎，巴结得很，谁也不敢有半点不恭。现在，那些属吏在大面子上还过得去，但热情却大打折扣。在官场走了三十多年江湖的唐介当然清楚，官场就是势利场。现在，朝中百官谁不知道天子赵顼越来越心醉魂迷，也越来越唯王安石之言是听了。王安石说要创建条例司，赵顼根本没跟中书宰执大臣商量一下，条例司不到十天就创建出来了；王安石说派人分行天下，赵顼在大朝上一个招呼没打就降旨点了八人到天下二十三路考察农田水利、田赋税收、常平义仓情况去了。天子现在是谁的话也不听，他唐介的话当然也不会听。官场就这么绝：皇上不听你的，衙门里的人也就没多少人听你的，能敷衍你一下就不错了。当然，唐介对官场这种世态炎凉的味道早尝够了，也早看透了。况且，他现在病成这个样子，世态炎也罢，凉也罢，都不去管了。

现在叫唐介最伤心、最头痛的还是家里。唐介是个正人君子，他对“千里为官只为财”很有点不屑，但家里的开销总要能对付过去才是。唐介上有老父、老母，下有三男二女，另有一妻三妾四家姬，还有管家、长班、门子、厨子、男佣、女仆，老老小小、男男女女四十多个人，打开门就要开销，这笔数字不小。要对付这些开销，一是朝廷的俸银，二是来自地方官员到中书衙门办事必交的“印结银”，三是官场上的各种孝敬钱。在这三笔钱中，重头不是前两笔，倒是第三笔。这笔孝敬钱，名目繁多，夏有冰敬钱，冬有炭敬钱，还有一年三大节的节敬钱、本官和夫人生日的寿敬钱，地方官到朝廷办事送的部费钱、京官到地方办事时地方官送的程仪钱，门生故吏送的贽见钱，名名堂堂，很是可观。这些钱数额不定，随官位升降浮动。官升得越高，权越大，这些钱越多；官降了，权小了，这些钱自然越少；官罢了，权没了，这些钱也就一文都没了。以往，唐介有了这些收入，虽说没什么结余，但维持府上的开销还是没问题。但近来，这些收入陡然少多了，府上的开销就有点捉襟见肘了。比方再过三天，就是被唐人称作的端午节，宋人称作的天中节，以往早有人敬送这笔节敬钱了；然而，这次只有几个以前的故吏和门生送了天中节的贺敬钱，合在一起也不过二十两纹银。

然而，唐介府上的开销却大了许多。一是他本人治病要花的银子增加了，二是他去年买了个家姬，叫巧娘。这个巧娘，是个花钱的祖宗。本来，家姬在家中是半婢半妾的角色，地位比丫环高不了多少，就是有幸给老爷生了个儿子，也未必能摆脱低下的身份，依然被主人家看不起。但这个巧娘，不到二十岁，有几分姿色，能歌善舞，很懂得风月场上的一套，回眸一笑，风情万种，又会耍娇，又会哄，弄得几乎可以做她爷爷的唐介满心欢喜，对她的宠爱自然多了几分。因之，原配夫人在府上可以对所有的小妾、家姬摆架子，发号施令，有时甚至打骂，却从来不敢对巧娘有丝毫难看的脸色。巧娘在府上就益发显得尊贵起来。这个巧娘每年都要添些贵重的首饰、衣物什么的，唐介无有不依，原配夫人的脸色稍有不妥，唐介就准要把她骂个狗血淋头。上了年岁的老爷对女人的万千宠爱总集中在年轻貌美的女人身上。

但，这样一来，府上的开销就更难办了。特别是王安石进了中书，主持天下政事以后，唐介府上的开销就左支右绌、尴尬羞涩了。刚才，唐介又请京师德仁堂的名医看过病，连药加在一起，封了二十两纹银，也就是把这几天故吏、门生天中节送的贺敬钱全给了德仁堂的名医。唐介默算了一下，再这么看病，恐怕就有点难办了。

唐介今天的心情不好，让德仁堂的名医看过病后，就要家仆端了张禅椅和茶几放在后堂屋檐下的平台上。禅椅座面比官帽椅大，唐介盘腿坐在上面，两手的小臂靠在禅椅两边的扶手上，一边饮茶，一边看前面天井里的几株牡丹。天正下着雾一样的纷纷细雨，牡丹花谢了，但沾着雨水的叶子还青青的，很是可爱。此时，唐介见门者冒着雾一样的纷纷细雨，从二堂门里穿过天井，一路小跑过来。唐介看到，门者手上拿着一副折叠成册的大红全帖，心里不免觉得有点奇怪。今年二月初三，王安石进了中书衙门的大门以来，至今三个来月，唐介还没收到过一张大红全帖。对这种只用于对自己十分看得起的人、横阔十倍于单帖的大红全帖，唐介还真有点久违了的感觉。

唐介等门者穿过天井，上了台阶，把大红全帖交到手上时，很有点迫不及待地一层层打了开来，只见上面写着“晚生吕诲顿首拜”七个字。唐介觉得好生奇怪。虽然自己与吕诲同朝为官，但并无私交，也无过节。吕诲对宰执大臣从来是盯得很紧的，却从未为难过他。朝中不少人觉得奇怪，唐介却觉得很自然。自己在朝廷行得正，立得稳，没什么值得吕诲为难自己的地方。然而，尽管吕诲没为难过唐介，但唐介并不喜欢吕诲这个人。唐介也做过言官，先后当过监察御史里行、殿中侍御史、御史中丞，也是敢说的人，还弹劾过鼎鼎有名、权重一时的文彦博。但唐介觉得吕诲的风闻言事过了头，太无中生有、捕风捉影了，又动不动就给人安上几不忠、几邪论的罪名，大有置人于死地而后快之势，弄得朝中百官人人自危，生怕得罪他，怪不得人家叫他“吕疯子”。自己当年弹劾文彦博结交后宫太监，送蜀锦给贵妃，是有人证物证的，他文彦博敢不知罪？唐介觉得，言官固然要敢直言，但睁开眼睛说瞎话却也不能说是个好言官。此外，大宋百年，宰执大臣与言官似乎从来是一对生死冤家，言官的双眼总钉着宰执大臣，宰执大臣对言官也总是多有戒备、严加防范。唐介觉得这也太过头了，干吗把宰执大臣与言官弄成一对生死冤家呢？此时，唐介很有点百思不得其解，今天刮什么风，把吕诲这个乌府台的掌门人刮到自己家来呢？而且那么谦恭，自称是“晚生”，这也太有点离奇了。

不过，唐介很快明白过来了。吕诲今天肯定是为王安石而来。唐介早有耳闻：自从王安石进中书那天起，吕诲就在着手搜集王安石的材料，决意扳倒王安石。这个吕疯子倒也光明正大，从不鬼鬼祟祟做这些事，能做到这点就好，言官就要这样。唐介是很瞧不起王安石的，在众人都急欲一睹王安石神秘风采时，无论是人品，还是能力，唐介都把王安石看得一文不值。唐介觉得王安石这个人好学而泥古，论议迂阔，当政必坏事。唐介从来光明正大，他人前人后都这么说王安石，在天子面前也不改口。就是当着王安石的面，唐介也是很不客气的，在中书政事堂议事从来就一点情面也不顾地跟王安石吵，吵不过也要吵。说句实在话，现在实在是身子不争气，无力去跟王安石吵。只要身子好一点，他就还要跟王安石吵上一吵，不吵个你死我活是不会罢休的。唐介把大红全帖放在茶几上，对门者说："有请吕大人。"

门者下去了。不多一会，二堂那边有了脚步声，接着，唐介就见吕诲从二堂里一手打着伞大摇大摆过来，上后堂台阶时收了伞，一边拱手一边说："执政大人身体好些了吧？"

唐介双手撑着椅子，勉强要起身去迎候吕诲。吕诲忙几个大步穿过天井，上了台阶，扶着已经起了身的唐介，让唐介慢慢坐下去。早有家仆端了交椅过来，放在唐介对面，又有家仆过来上了茶。吕诲对唐介忙一个大弯腰作揖，格外殷勤有礼。在唐介记忆里，吕诲似乎对谁也没这么有礼过。在吕诲眼中，老相公韩琦"五不忠"，老执政欧阳修"首开邪议"，曾公亮滑，富弼阴，赵抃假，文彦博狡，王珪险，吕公著怪，冯京诈，苏辙冷，大才子苏轼只会吟诗、喝酒、讨美人欢喜其实没什么真本事。总之，朝中许多人在吕诲眼中，都不是什么好东西。至于他唐介，在吕诲眼中肯定也好不到哪里去。唐介在心里扳指头算了算，能真正进入吕诲法眼里的人，满朝文武百官恐怕只有一个半人。"一个人"是司马光，"半个人"是范纯仁。怪呀！这个吕诲，今日到这里来搜集王安石的材料，也用不着这样殷勤有礼，把唐介看成什么人了！

唐介没出声。吕诲也不急着说话，却从袖子里拿出一封银子，双手捧到唐介面前。唐介忙用双手挡了回去。不用问，这封银子是吕诲送给唐介中天节的节敬钱。唐介能收吕诲的这种钱？这倒不是因为吕诲是御史中丞，收了他的节敬钱，到时候一个题折送到天子那里，就吃不了兜着走。唐介在官场这么二三十年，还没听说过送了节敬钱的人会举报的。真要如此，这个人在官场就根本待不下去了。官场规矩就这样，人情礼该送还是要送，该收还是要收。该送不送也不对，该收不收也不行。一点不收不送，官场上就没人理了。无论是送的，也无论是收的，都算不得一个事。唐介当言官时，也是这样。他不肯收吕诲的这封银子，只是因为找不到任何道理。吕诲与唐介没半点沾亲带故的关系，既不是唐介的门生故吏，更不是唐介五服之内的亲戚。再说御史台和中书一样，都是直接对天子负责的中央官署，不是中书的下属衙门。既然如此，收吕诲的节敬钱就名不正，言不顺。唐介是万万不会要的。

别看吕诲这个人不妄与人交，非常难说话，其实在人情交往上挺有办法。吕诲硬把那封银子塞到唐介怀里："执政大人是老御史中丞，晚生敢不登门求教。近来执政大人贵体欠安，这点束脩，实在不成敬意，只望执政大人早日康复，朝廷幸甚，天下幸甚！"

吕诲找到理由了，门生送给老师的礼物叫束脩，唐介就不好拒绝了。不过，唐介还是把那封银子从怀里拿出来，要还给吕诲，一边抬起身子，背上一阵难忍的疼痛弄得他站不稳，又一屁股坐到椅子上，接着一阵头昏，差点没栽倒下去。此时，唐介模模糊糊中听到管家的声音："你小声点……一支翡翠押发……两只钻戒……红花缎袄料……哭什么……哭……"

唐介的头虽然还昏，但不糊涂。他知道一定又是巧娘在为首饰衣物吵。这个巧娘就是晓得吵，也不看看他现在病成个什么样子。唐介感觉到，管家到他身边来了。他别过脸，眼角看到管家一双眼睛正定定地盯着他手上的那封银子。唐介十分尴尬，十分为难，十分无奈，也十分不好意思。吕诲从唐介手上取过那封银子，塞到管家手上："去吧，去吧，去办事吧。"

唐介把这一切都看在眼里，又见管家手上捧着那封银子不知怎么处置才好，头摆来摆去，望望唐介，又望望吕诲。唐介不吐一字。不吐一字就是叫管家看着办吧。管家捧着银子，跟吕诲鞠了个躬，退了下去，往二堂那边走去了。

吕诲把椅子往他这边移了移，并不像朝廷上许多人说的那样不近情理。家仆过来上了茶。唐介头也不昏了，在椅子上坐坐正，指着茶盅："请用茶。"唐介这句话里隐含的意思是：你有什么话，请说吧。高雅的文士喝茶用盅不用杯，当然更不用碗。

吕诲喝了口茶："朝廷上的事，现在是越来越令人担忧了。王安石一上台，就把朝廷搞得乌烟瘴气，一塌糊涂，又是条例司，又是八使者，祖宗一套纲纪全乱了。晚生知道，执政大人一定会说，王安石越次入对之前，天下人都认为王安石文章风节，天下称贤。其实天下人都被王安石骗了。王安石外示朴野，中藏巧诈，骄蹇慢上，阴贼害物，可说是千古第一奸臣。”对王安石不仅很不客气地直呼其名，言词严厉，且又把王安石定为千古第一奸臣。

唐介真给吕诲的疯劲镇住了。这个御史中丞，出口就巨浪掀天，很是吓人。千古事太多，不是三言两语说得清楚的。大宋开国百年，不能说朝中百官个个名声都很好，但真正称得上奸臣的还不多。“奸臣”罪名太大了，太吓人了。唐介也认为王安石主政，天下苍生未必会像他出山之前人们所期望的那样皆要大受其惠，肯定地说反要受其害。但唐介确实并不认为王安石有那么坏，也不否认王安石有济世安邦的抱负，此公只是太讲财利了，太不懂得仁义的神威了，太不把祖宗的成法放在眼里了。不过，叫唐介感到奇怪的是，要是以前，他会堵一堵吕诲的嘴，为王安石说几句应该说的话。然而这会，他不吐一字了。

吕诲又喝了口茶：“王安石就是春秋时期的少正卯、唐代的卢杞。这些人一言一语，无一句是真；一举一动，无一处不假。跟着他走邪道，给你官当，说你是贤人君子；不跟着走，就说你是小人，恨不得一口吃掉你。天下人没一个不说王安石不奸邪！”

唐介对外面盛传的吕诲扬言要扳倒王安石的消息一点也不怀疑了。这个吕诲心也太狠了些。自己当年弹劾文彦博，也只是要文彦博自省，并没有说他是奸臣，更没有彻底扳倒他的意思。但吕诲却把王安石说成是少正卯、卢杞，就不是自省的问题，而是要把王安石从朝廷扫地出门，置之死地而后快了。此外，唐介觉得吕诲说天下人都说王安石奸邪，也太夸张了些。就说中书的几位宰执大臣，富弼、赵抃虽说对王安石很有意见，但至今也没把王安石看成奸邪之人。就是自己，坚决认为王安石不能担当大任，也只是认为王安石好学泥古、论议迂阔，并未说王安石奸邪。至于曾公亮，虽说此公未必会认为王安石是个大贤臣，但也肯定不会认为王安石奸邪。此时唐介觉得自己什么话都不说为好，也就由着吕诲去说了。

吕诲越说越有劲：“晚生说王安石奸邪，绝不是捕风捉影、无中生有地乱加在王安石头上的罪名。晚生有十事弹劾王安石。”

十事就是十条罪状。对这十事，唐介倒是挺感兴趣。唐介不喜欢那种只是给人家头上安罪名却拿不出什么实事出来的言官。唐介很想听听吕诲弹劾王安石哪十件事。再说，自从二月初三，王安石进了中书，主持天下政事以来，对王安石确实憋了一肚子恶气，而且这肚子恶气还没地方泄。上相曾公亮有意思，外表上装着很不同意王安石新法的样子，其实对王安石一切听顺，事事附和，处处讨好。真是个名副其实的老滑头。这个老滑头有私心，别人没看出这点，唐介看出了。曾公亮看出了天子赵顼对王安石的敬重和信赖非同一般，上相的位子必属王安石无疑，自己年过古稀，不久要避位致仕，然而这个老滑头的儿子不争气，不会读书，屡次科考都名落孙山，看来只能靠朝廷推恩以荫补入仕了。但这条路不是正途，向来被人看不起。自己退下去了，儿子的仕途只能靠王安石了，当然要对王安石亦步亦趋，讨好王安石。自己憋在肚子里对王安石的气，能向曾公亮发吗？次相富弼是个老狐狸，别人不这么看，唐介却这么认为。当年弹劾文彦博，唐介请天子罢免文彦博的同时，还提出请拜富弼为相，可见唐介对富弼是看得相当重的。但，这几年他与富弼同在中书共事，对富弼这个人的看法发生了很大的变化。他觉得富弼这个人诚如不少人所说的那样，外表憨憨傻傻，骨子里的东西深得很，让人看不透。自己肚子里憋了对王安石什么气，在他面前发有什么意思？倒不是说富弼会把自己的话传给王安石。此公不会这么下作，但这人什么态度也没有，这就叫你受不了。赵抃这个人倒是个君子，自己还跟他上过揭帖，但为人多少有点装神弄鬼。此公第二天要说什么话、要做什么事，头天晚上必衣冠整齐，露天焚香，把第二天要说的话、要做的事上告青天。别信赵抃这个鬼话，此公这些装神弄鬼的做派其实是在掩盖内心的犹豫和不安。再加上此公整天苦着个脸，看了叫人心烦。自己肚子里有什么气，也不宜跟此公说。对他说了，他要晚上焚香祷告上天后才能把他该说的话告诉你，岂不要弄得你干着急等上一晚？此时，唐介倒是觉得吕诲爽快，一数王安石就十事。好家伙，淋漓痛快！唐介知道，吕诲这十事虽不致王安石人头落地，但可以狠狠杀杀王安石的气焰，灭灭王安石的威风，让王安石知道在朝廷一手遮天也不是那么容易的。说来叫唐介感到奇怪的是，吕诲还未上殿弹劾王安石，仅仅在搜集十事，竟觉得自己对王安石的恶气就出来了不少，连背也没那么痛了。

天井里依然是雾一样的纷纷细雨，两边几株谢了花的牡丹叶子上挂着细碎的水珠，晶莹得可爱。吕诲说："执政大人，其中有件事跟你有关。王安石这个人从前与执政大人因阿芸杀夫案定罪发生争论，众人都认为王安石错而执政大人对，但王安石却惟肆强辩，反而说执政大人不晓法，气得执政大人十分愤懑，落下现在背上这个病。”

唐介莫名惊诧地望着吕诲。那是去年发生的事，朝廷因阿芸这件案子发生很大争论，无形中形成两派，吵得不可开交，闹翻了天。本来这只是一桩距京都开封一千九百多里的登州的地方刑案。事由是阿芸在服母丧期间，由家人把她许给一个奇丑无比的男子，并未举行拜天地的婚礼。阿芸很不愿意，便乘这个丑陋的男子在田舍熟睡时执刀砍了十多刀，一指被砍断，虽伤未死。登州知府许遵认为阿芸订婚之日尚在服母丧，婚约不合礼法，不能算是杀夫；二来阿芸有自首行为，应当从轻减刑，判谋杀减二等免死。本来这么远的一桩地方刑案，知府定了就是。但案情呈报到刑部。刑部官员认为应以杀止杀，不宜宽纵，依律当绞。登州知府许遵不服，但也只得服从。也是阿芸命不当死。就在这个当口，登州知府许遵被召到京都朝廷任大理寺少卿，掌断狱，重提此案，认为刑部官员议罪不公。事情闹到这个地步，惊动了天子赵顼。赵顼诏翰林学士司马光、王安石同定，重议此案。不好女色，至今尚未纳妾的司马光对自己有很严格的道德要求，对女人的三从四德的要求也十分苛求，对杀夫的女人当然特别痛恨，此等女子十恶不赦，碎尸万段，犹为不重，认定阿芸罪加一等，同意刑部断案。同样不好女色，至今也尚未纳妾的王安石则认为阿芸有值得同情的地方，认为阿芸只是平常的杀伤，不能算是杀夫，支持登州知府的断案，应当从轻减刑。此案纠缠近年不决，朝臣不少人卷入此案的争论中。老臣文彦博、富弼等人多从司马光议，谓王安石不晓法而好议法；年轻点的官员以安石言是，对谋杀致伤又肯自首的人应减二等免死。最后，赵顼从安石议，认为王安石所言既与律合，又为犯罪者开了条自新的道路，还将此定为律例，争论才告结束。在这场争论中，唐介的态度并不积极，也未跟王安石发生过面对面的争论。说句实在话，唐介认为王安石之言并无什么错的地方，既然杀死人抵命，没致人死的人当然也就没有死罪。蓦地唐介心里对吕诲有了警惕。吕诲这个人好直不好学，说话、做事偏执得很，谈到王安石就像谈到不共戴天的仇人一样。唐介当然很乐意听到有人在他面前谈到王安石的种种不是，这很能疏解他内心的憋闷垒块。但，唐介很清楚，他跟王安石往日无仇，近日无怨，有的只是因朝政引起的不满和反感。唐介也是饱读圣人诗书的人，把自己的名节看得比什么都重，要他用无稽谰言去中伤一个人，那是办不到的。既然如此，他觉得很有必要把吕诲刚才说的话加以澄清一下：“吕中丞，阿芸杀夫案中，老夫并未与介甫发生争执。吕中丞万万不可搞错。”

吕诲一脸肃然，煞有介事起来：“晚生绝对没有搞错，朝中百官都这么说。”

唐介很后悔自己收了吕诲那封银子。吕诲这种人不可交往。此人无中生有的事也说得煞有介事，跟这种人走得太近，有一天会坏了自己的名声。唐介想把那封银子还给吕诲，便转了转身子，希望能在什么地方见到管家，但什么也没见到。不用说，管家肯定跟巧娘办那些东西去了。唐介很心急，身子转过去又转过来，结果弄得背抽筋似的疼痛，头上冒出了大汗，身子也差点坐不稳。然而，即便这样，唐介还是要把哽在喉咙里的话说出来：“吕中丞，你不可以这样干。再说，介甫新执政，朝廷方喜得人，皇上对介甫是言听计从。你这样弹劾介甫，皇上如何听得进去？”

唐介清楚，自己这些话的深意，其实是希望吕诲对弹劾王安石的内容要实在些，不可张冠李戴、无中生有。唐介真没想到，自己此言一出，吕诲忽然一脸惊讶地望着自己，说：“执政大人怎么跟君实翰林说的一个样子？你们在一起商量过吧？”

唐介觉得吕诲这句话很受用，同时多少有点惊讶地望了望吕诲。中原王朝官场从来讲究官位高低、权势大小、年龄长幼，但也常有例外。按说司马光官没唐介高，也比唐介小好几岁，但吕诲把他跟鼎鼎有名的司马光相提并论，唐介却觉得很是荣耀。司马光为官很难说有多少叫人看得见的政绩，但学富五车的知识、通古今之变的朝廷政见、诚心自然的处世准则、恭俭正直的道德操守，以及行作有礼、居处有法的儒家信条，却给此公带来很大的好处。前些日子，天子赵顼也以“师臣”称呼司马光。此公恐怕是朝中迄今尚未被言官弹劾过的为数不多的官员。王安石以前虽然未被言官弹劾过，但吕诲马上要以十大罪状弹劾他，这就非同小可了。当下的朝廷有意思得很：天子唯王安石之言是听，王安石权势是越来越大；但在官场，司马光名望日盛一日，越来越多的人以司马光之见是从。唐介很想听听司马光说了些什么：“吕中丞，你说说，君实翰林说了些什么？”

吕诲十分坦白：“君实翰林听说我要弹劾王安石，惊愕得半天说不出话来，要晚生不可以这样干；说眼下皇上和王安石如一人，谁也扳不倒王安石；说王安石只是性不晓事，脾气执拗，谁的意见也听不进去；说王安石并不奸邪，只是过分讲究财利，不懂得仁义力量的奥秘。”

唐介觉得，司马光的许多话与自己的意见确实十分相合。唐介很高兴，说：“吕中丞，老夫佩服你的直言敢为，现在朝廷这种言官是越来越少了。不过，吕中丞对君实学士的话是该好好想一想，把问题搞清楚了再弹劾不迟。”

唐介以为这下吕诲会接受他的意见，没想到吕诲忽地站了起来，更是一脸的肃然和浩然正气。吕诲在宽敞的后堂来回走了几圈，然后用他十分好听的纯正的京都官话说：“执政大人，吕某不能等了。吕某敢断言，王安石必将败国事，此乃我大宋朝廷腹心之疾，救之唯恐不逮。早弹劾，早对朝廷有好处；晚弹劾，朝廷早受殃。吕某心意已决，无非弹劾王安石之时，就是吕某碰得头破血流之日。吕某记得执政大人当年做监察御史里行时弹劾文彦博说过的一句话：‘臣忠愤所激，鼎镬不避，何辞于谪！’执政大人连下油锅都在所不辞，吕某岂能贪生怕死，眼睁睁看着大奸大佞的王安石胡作非为？文死谏，武死战。吕某为大宋江山社稷而死，死而无憾！”

唐介感到吕诲这些话字字铿锵，句句感人，心中一振，很是欣喜。唐介感到，吕诲确实是个不可多得的好言官。这完全不是因为吕诲在刚才的话中提到他当年弹劾文彦博时说的一句话。如果是这样的话，那他唐介就一文不值了。唐介此时一点也不怀疑，作为言官的吕诲，确实是想以言报国，虽犯雷霆，亦在所不避。唐介不佩服这样的言官佩服谁？特别是王安石当国，朝廷休想太平，言官就更显得可贵。唐介忽然觉得自己得赶快找到司马光，把自己的一个想法告诉他。用不了多久，那个泥古迂阔的王安石肯定要把祖宗之法完全抛在一边，实施新法，到时天下会搞成一个什么样子，天知道。今后能对付王安石的，主要是言官；言官这条路堵死了，那就无论如何要守住天子身边近臣的位子。天子身边一定要有我们的人，否则朝廷的事就相当难办、相当麻烦了。唐介这么想过之后，就觉得这个问题更加重要也更加刻不容缓了。唐介自己是走不动了，想托吕诲给司马光传这些话过去。正要开口，忽然二堂那边传来一个人的嚷叫声：“疯子！疯子！真是个从来没见过的疯子！”

唐介吓了一跳，注意到吕诲的脸色变得十分凶狠难看起来。唐介清楚，朝中许多人背后都叫吕诲是“疯子”。背后这么叫，吕诲没听到，问题不大；然而吕诲就在后堂，也这么叫，就没法叫吕诲不生气了。唐介的脸也挂不住了，歉意地望着吕诲，想站起来到二堂去看看，谁竟敢这么放肆，在他府上明目张胆地骂当朝御史中丞吕诲是“疯子”。但唐介刚起身，背上的筋骨散了架似的痛了起来，一头栽倒在地上。吕诲吓坏了，忙过去扶唐介。后堂也出来几个家仆。众人搀的搀，托的托，乱成一团。二堂那边的“疯子”声一路嚷过来，出了二堂，过了天井，上了后堂的台阶。唐介给众人扶在禅椅上坐好，醒了过来。唐介微睁双眼，见几个人走进后堂。走在前面的是大腹便便的范纯仁，跟在他后面的是唐府的两个家仆。唐介眼看得清楚，一点不错，是范纯仁走过来，且边走边嚷：“疯子！疯子！真是个从来没见过的疯子！”

唐介感到一头的雾水，不明白范纯仁何以不停地嚷“疯子”。唐介侧过脸去，望望吕诲，看到吕诲也一头雾水似的怔怔地望着范纯仁。唐介明白，范纯仁绝不是在骂吕诲。范纯仁是满朝中百官里能入吕诲法眼的“半人”，怎么可能骂吕诲呢？吕诲有眼疾，视力不好，一双眼睛几乎贴到范纯仁的身子，从头到脚把范纯仁打量了又打量。这时的范纯仁口里还在出粗气，嘴唇上的胡须也给吹得飘起又落下。唐介有气无力问：“尧夫，你生谁的气，骂谁？”

范纯仁说：“还不是那个拦住三司使韩绛马头的小京官唐坰，在你府门口也拦住下官的马，口口声声说下官坏了他的大事，挡了他的官道，说王相公这次本来要提拔他当御史的，就怪下官这班朝廷的奸臣小人在皇上那里进谗言，害得他这样的朝廷栋梁忠臣空怀壮志，报国无门。唐大人，献可年兄，你们说，这种人是不是疯子？”话语中还有股怒气。

唐介松了口气，看到吕诲的脸色也放松了下来。唐介近些日子听到有人当笑话谈起三司使韩绛在自家府门前被一个名叫唐坰的小京官拦住马头的故事。那个小京官唐坰，拦住韩绛的马头，就是不让韩绛走人。疯，诚疯！韩绛这么个老实忠厚人，好说话，要是碰到别人，早叫府上的人拖到屋里去打个半死。朝廷从一品大员的马头也是一个小京官想拦就拦的？从范纯仁的话中，唐介听出王安石要用这种人当御史，这就真叫人匪夷所思了。唐介虽然体力不支，但还是挺起身子来，很严厉地对管家说：“去，把那个小京官扭到老夫这里来。”

范纯仁说：“跑了！当时管家见他在府门前胡搅蛮缠，就转身回府上去喊人。这小子一见苗头不对，吓得有多远就跑多远。”

吕诲怪怪地笑了起来："看王安石尽用些什么乌七八糟的人，这朝政能不给败坏掉吗？"

唐介不禁又为王安石担起忧来："介甫的大事，真要给坏在这些小人手上。要有人去给介甫提醒提醒就好。"

吕诲这回是大笑起来："执政大人，王安石要是会接受别人意见就好了。执政大人没听到？朝中有人给王安石取了个绰号，叫'拗相公'！"

唐介觉得王安石"拗相公"这个绰号取得好，要王安石接受意见确实比登天还难。有家仆给范纯仁端了把交椅，送了碗茶过来。范纯仁这才记起还没行礼，忙给唐介一个躬身大拜。唐介是不能起身回礼了，只好对范纯仁歉意地打了个目语，表示回礼。随后范纯仁也从衣袖里取出一封银子，放在茶几上。范纯仁也是来给唐介送中天节的节敬钱来的。本来下面的官员给上面的高官送点礼物十分正常，况且范纯仁是朝中公认的得其父范仲淹之正的君子，就更一点不足为怪了。范纯仁给自己送节敬钱，肯定不是为了巴结自己，走自己的门路，图个擢升，谋个更大的飞黄腾达。再说，今日这么想的人就傻了，找错门了。现在要想升官，就该去找王安石。如今王安石大红大紫，日后还会更红更紫，能抱上王安石的大腿，不怕仕途不顺。不过，唐介与范纯仁平日毕竟没什么交往，如何收得范纯仁的节敬钱？唐介正想探过身去，把茶几上那封银子奉还给范纯仁，二堂那边传来几个女子咯咯咯的笑声和说话声。说话声不大，但还是听得清："……真好看……漂亮……老爷肯定喜欢……"

唐介知道，是管家给巧娘把心爱的首饰和衣料买到手了。一会，管家过来了。叫唐介自己也觉得奇怪的是，此时他改变主意了，不想把银子还给范纯仁。现在不比以前，各种孝敬钱少多了，范纯仁送的这封银子不能让妻妾知道，特别不能让巧娘知道。这些女人要是知道了这封银子，没几天就要花光。不等二堂那边几个女子过来，唐介对管家目示了一下，管家立即会意，赶紧过来，把茶几上的银子塞到衣袖里去。二堂那边的几个女子过来，内中那个细挑身材、肌肤白嫩的女子就是巧娘。几个女子从后堂门口经过时，茶几上什么东西也没有了，唐介脸上显出满意的神色。唐介看到，吕诲、范纯仁都有点怪怪地望着他。唐介清楚，这二人一定觉得自己刚才的举措失当，有失宰执大臣之风。但这是没办法之事，只好由他们去笑了。

巧娘和几个女子说着、笑着到屋后去了，管家也跟着出了后堂。唐介想，巧娘总算心满意足了。心满意足就好，上了年纪的老爷最娇的总是年纪最轻的小妾。天井里的细雨不知什么时候大了起来。屋檐上瓦沟里挂下一条条细小的水柱，击落在天井边上的红石上，溅起无数很好看的银色水珠。唐介看得明白，吕诲到他府上来，是为了跟他谈弹劾王安石的十事，但范纯仁送完中天节的节敬，就要告辞。现在雨大了，范纯仁一时三刻回不去。唐介猜，吕诲一定不会错过这个机会，问范纯仁要王安石的材料。果然，吕诲把自己要扳倒王安石的想法告诉范纯仁："尧夫年兄，吕某有十事要弹劾王安石，你也听听，给谋划谋划。"

唐介注意到，范纯仁面有难色。这不能怪范纯仁。曾经当过御史的唐介清楚，大宋官家有个规矩：御史台的台官与谏院的谏官虽然同为言官，但不能相互往来。谏官的职责是掌谏王恶、补阙拾遗，以规谏讽喻皇上的行为；台官的职责是掌纠察百官、肃正纲纪，两只眼睛盯着的是满朝文武百官。在朝廷，从天子到百官，都有人监督，唯独台官与谏官无人监督，这如何使得？于是官家就让台官与谏官相互监督。治平二年，吕诲当侍御史知杂事，范纯仁是御史台御史，二人同为台官，因之二人一道署名弹劾欧阳修。现在不同了，吕诲是御史中丞，范纯仁是兵部员外郎、知谏院。一个是台官，一个是谏官，二人在一起得回避。

吕诲当然也明显发现了范纯仁脸上的难色："尧夫年兄，用不着有什么顾虑，早在二十年前的庆历年间就台谏混一了。"

唐介自然明白这种情况。台官与谏官相互监督，这种设想是好的，但做起来难度很大。比方，此时吕诲与范纯仁在唐介府上相遇，事前并没有相约，这是不是也在规矩之内？如果是，那么台官与谏官的行为就要受到很大约束，办起事来很不方便，因为谁也无法预料在办事过程中会不会遇到对方，而一遇到对方就要避开，要办的事就办不成了，岂不要贻误大事？如果不是，台官与谏官成心往来，就很可以拿事前并没有相约，只是邂逅作为挡箭牌搪塞过去，谁又若之奈何？再说也没哪个谏官活得不耐烦，真的去谏王恶，专门给天子找茬。这样一来，谏官就无事可干了，不如让这些谏官也去用双眼睛盯着朝中百官。因之，规矩归规矩，没谁去认真管一管台谏不得往来这件事，渐渐地台谏也就混在一起了。事实上，五十年后的南宋王朝，本朝百官都作古了，御史台与谏院这两个衙门合二为一，不仅同在一个屋檐下，且同在一个厅堂坐衙署事。

范纯仁当然是明白人。唐介看到，范纯仁坐了下去，喝了口茶，两眼望着吕诲，脸上显出一种十分认真的洗耳恭听的神情。这一来，当然苦了唐介。没半天时间，吕诲是讲不完要弹劾王安石的十事的。要他坐这么长的时间，还真要难为了他。只要背上的疼痛不弄得他昏倒在椅子上，唐介就决心把吕诲弹劾王安石的十事听完。不管怎么说，唐介对王安石进入中书、主持天下政事是窝了一肚子恶气，对有人要扳倒王安石当然是乐意的。

雨更大了，屋檐上瓦沟里的水柱也粗多了，望去就像挂着一根根银柱。天井上空，盖着一层厚厚的叫人透不过气的乌云。唐介身子直了直。他注意到吕诲更是精神大振。此公喜欢弹劾人，弹劾人时有股叫人可怕的疯劲，有人愿意听弹劾的内容疯劲越大。仍旧站着的吕诲不想坐下去，他走到后堂平台边，抬起头，眯着那双有疾且视力不好的眼睛，望着天井上空的厚厚的乌云，半天才回过身来，把要弹劾王安石的十事一件件说给唐介和范纯仁听。范纯仁时而点头称是，时而一脸平静，时而皱皱眉头。唐介开始精神还好，但吕诲越往下说，他的精神越不济了。不是他不想听吕诲弹劾王安石的十事，是他的身子支持不住了。渐渐地，唐介觉得自己根本不行了，背上的疼痛在向全身扩散。之后，唐介就听不清吕诲说什么，连范纯仁脸上的表情也看不清了。再后，唐介朦朦胧胧感觉到后堂乱得一塌糊涂，有脚步声跑来跑去，有叫喊声嚷来嚷去，有痛哭声时高时低。再再后，唐介就什么也听不到，什么感觉也没有了，整个人世间也不存在了。

熙宁元年仲夏五月的一日，唐介薨于自家后堂，享年六十一岁。唐介永远闭住了嘴巴，再也没法子在政事堂跟王安石吵了。天子赵顼对唐介的圣恩确实浓厚，且想得周到。本来大臣薨亡，天子赏脸，给个敕葬，丧家当然风光无限，但其实有苦难言。敕葬规定丧家不得问事，一任后宫神宫监派来的监护太监的安排，亦不得计费，唯监护太监所欲，以至弄得一些在任上不贪或贪得不多的官员耗尽家资，竟有丧事办不下去的。然而，唐介丧葬费用，全由朝廷支付。出殡那一天，天子赵顼亲临唐介府第吊哭；见唐介画像不像，命取禁中旧藏本，赐给唐介的家人；赠礼部尚书，谥曰质肃。

第二十三章　迷新法吕惠卿屡屡出高招　存分岐王安石暂停议青苗

京都开封仲夏五月下旬的天气真是怪，乍晴乍雨，谁也摸不准。下午还下了场雷暴雨，晚上却放晴了。放晴了的京都五月下旬的夜空是美丽的。月亮还没有出来，星光点点。夜空下三司的盐铁、度支、户部三大衙门的院落大门早已上了锁，除了轮番值夜班的令史值房里亮着灯光外，衙署里所有的议事厅堂和办公房廨都黑着脸蹲在无边的星光下面，但临时借用三司一座院落署事的制置三司条例司却大门不锁，二门不闭，厅堂和办公房廨都官烛高照，在黑茫茫的夜色里像只通体透明的巨兽。酉鼓刚过，主持条例司日常工作的检详文字吕惠卿没让条例司的人到条例司官衙后面的官厨膳堂去用餐，却命主管官厨的主馔吏把饭菜一起端到大堂来吃，又用伙食尾子买了几壶法酒。不多一会，主馔吏领着两个公差，一人拎着一只竹食盒进了大堂，把一碗碗菜放在四张方桌拼起来的餐桌上。

吕惠卿清楚，眼下条例司到了最关键的时刻。按照王安石王相公的设想，朝廷要在富国、强兵、科举三个方面变更旧法，实行新法；眼下最要紧、最急迫的是富国之法。富国之法就是理财之法。王安石王相公限定必须在十天之内，把理财新法的条例草本拿出来，因之不加夜班是搞不出来的。这些日子，不要说条例司的人，就是王安石王相公和三司使韩绛也经常在条例司一干就是到半夜。机不可失，时不待我。在条例司，恐怕没有谁有吕惠卿那样明白，王安石王相公面临着多大的压力。看好王相公新法的人不少，但对王相公新法怎么看也不顺眼的人也不少。说起来还真怪，朝廷里发生的任何一件事，都能成为指责王相公的口实。十几天前，唐介死于病疽，好事者却说是给王相公气死的，说王相公与唐介为了一个女子的案子，多次发生争执，王相公强词夺理，唐介说不过王相公，不能在口舌之争中占上风，气得背上长了疽疮，不怪王相公怪谁？前不久黄河多处决口，河朔一带地震，也是王相公主政的结果。更好笑的是天下一些妖事，比方江南西路饶州有个县民有只猫带着几十只老鼠，昼同食、夜同穴，犹如母子相哺；荆湖北路黄州有只怪兽，鸡首人身，高一丈有余，昼伏夜出，弄得当地人心惶惶，晚上不敢出门。天下为何出这些妖事呢？就是因为王相公进了中书、主持朝政。这些都被说得活灵活现，传得很快，官场上这么说，坊间也这么传。真叫人气死，也叫人笑死。

王相公和韩绛今晚在条例司用餐。自从条例司创建以来，王相公很少到中书衙门去坐衙署事，大部分时间都是在条例司跟条例官商讨研究理财新法。在条例司中，吕惠卿觉得自己最坚定支持王相公的理财新法，而且最了解王相公的理财新法。王相公的理财新法，说一千，道一万，归根结底就是一个字：钱。朝中百官都认为天地所生货财百物，世世代代都只有个不变的常数，谁真能像神家道士那样“变”出许许多多的金银珠宝来？最好笑的是学富五车、通古今之变的鼎鼎有名的司马光却一点也不通“变”，也认为天下的财物是永恒不“变”的。王相公说：不！只要善于理财，民不加赋而国用饶，让天下的钱财流通起来，就可以“变”出更多的钱财，供朝廷和天下子民使用。用王相公当年上仁宗皇帝言事书中的话来说，就是：“因天下之力，以生天下之财；取天下之财，以供天下之费。”把话说白，也就是借助天下子民的劳力，发挥钱财的妙用，让钱生钱，财生财，真是太美妙了。吕惠卿确实给王相公的理财新法迷住了。吕惠卿也是饱读诗书的人，他不知道今后会不会有人像王相公提出这样的理财新法，但看中原王朝的过去，王相公的理财新法确实是中原王朝前无古人的新法。悠悠千年，间生伟人，王相公不愧为千古一人。吕惠卿的感觉还是相当敏锐，也是相当奇妙的。他当然无法知道，人类历史越过近千年后，世界先进国家治理国家的政治经济设计，多与王相公契合，也就是以金融手段操纵国事，治理国家，以钱生钱，用信用借贷的方式刺激经济高速发展，“变”出无穷无尽的财富来。眼下吕惠卿知道的是：条例司的人，都知道自己在跟着王相公干一件轰轰烈烈的大事，吕惠卿却站得更高，看得更远，知道跟着王相公在干一件前无古人的大事。每每想到这点，吕惠卿就感到热血沸腾，无比骄傲：自己的想法总比众人高出一筹。吕惠卿真不知道这个司马光平日都读了些什么书，也不明白赵顼怎么也会把这个完全不通“变”的人当师臣供着，比起王相公来，司马光简直狗屁都不是。

王相公当上参知政事后，吕惠卿协助王相公做成了不少事。在这些事中，头一件要算条例司这个名字取得好。朝廷里明眼人一眼就能看得很清楚，在中书王相公虽然是主持天下政事，但排名却在最后，前面有四位宰执大臣。这么多人压在王相公前面，叫王相公怎么去主持天下政事？怎么去搞新法？就算上相曾公亮好说话一点，天下政事一切听顺王相公。其他几位呢？能一切听顺王相公吗？可以肯定地说，这几位都不是省油的灯，不会不横加指责、横生梗阻的。要想把新法搞出来，就得中书之外另搞一个中书。在这点上，王相公还真挺得助于吕惠卿的智慧。中书之外又一中书，这话好说，但真正做起来却不是那么容易，麻烦事还挺多。总不能就这么直接叫第二中书吧？这么做，不要说中书几位老宰执大臣会群起而攻之，朝臣们会笑掉大牙，曾公亮也很难说不多嘴，天子也会感到十分为难。中原王朝千年谁见过第二中书这样的怪物？毫无疑义，这个中书之外又一中书，必须无第二中书之名，却有第二中书之实。这个衙门未必是永久性的，但当下却非有不可。因之，要做到既名正言顺，又天衣无缝，还是要很费一番心计的。条例司起初只是个谈议新法的地方，也没取个名。吕惠卿感到机会来了，很快想到个好名字，叫制置三司条例司。王相公当即高兴得拊掌大笑："行！行！行！'制置三司条例司'这个名字好！"

吕惠卿很是得意，觉得自己真的是行，王安石说自己行，说句实在话，谁要说自己不行都不行。吕惠卿感到自己行时的日子确实到了。吕公著说，条例司是中书之外又一中书。这话没错，就是要在中书之外再搞一个中书，算是一语中的。要不然，旧法岂变得了，新法岂搞得出来？然而，搞了个中书之外又一中书又怎么样呢？不错，这个制置三司条例司看起来像个千古怪物，但对王相公的新法最有用，你吕公著奈何得了吗？条例司有第二中书之实，却无第二中书之名，谁心里有意见却说不出口。不久，赵顼照准创建了条例司。条例司的人当然也都心照不宣明白条例司是怎么回事，一个个做起事来特别卖力，因为他们是在中书之外的又一个中书做事。他们都看到了自己未来飞黄腾达的仕途。

朝廷衙门的官厨，多是官、吏分开用餐，各有各的膳堂。条例司却是官与吏员的膳堂合在一处，都在条例司大屋后面靠着院落围墙的一间平房里用餐。在衙门里，无论是官，还是吏，都很乐意到膳堂去用餐。这不仅因为众人均可以免费美美地享受一下由户部一次性拨付的一笔名为"食本"的钱所办的丰盛佳肴，更主要的还是因为用餐时众人可以在一起聊大天，吹大牛，让精神放松放松，交换朝廷官场各种有用没用、奇怪不奇怪的信息，还可以增进一下相互的感情联系。当然，各个衙门的长官各有各的性情，各有各的做派，各个衙门的官厨膳堂给人的感觉也千差万别。条例司的吏员多是从中书衙门调过来的，在中书衙门的官厨膳堂里，这些人最怕当年的老相公韩琦来用餐。老相公韩琦对下属辞色严厉，不仅在座衙署事时都得规规矩矩，就是在官厨膳堂用餐也不可造次，坐要有坐相，吃要有吃相，更不要说像在茶楼酒馆那样想进就进、想出就出，就是大声说句话恐怕都要遭到斥责。因之，谁都是埋头吃饭，赶快把饭菜扒进口里，吃完抹抹嘴巴走人。这些人最愿意看到上相曾公亮来用餐。这个曾公亮虽然不跟他们同桌吃饭，但对他们的说说笑笑从不加指责，有时评议公事，讲点口无遮拦的谰语也不多管。对富弼、唐介、赵抃来用餐，他们倒也无可无不可，只要没什么过头的地方，这几个人也是开只眼、闭只眼，但若有放肆，这几个人都会把脸挂下来。当然，条例司的吏员最喜欢的还是跟王相公、韩绛、吕惠卿、苏辙在一起用餐。王相公在朝政上从来当仁不让，浑身上下散发着一种当今之世、舍我其谁的气势，朝廷里许多人很难跟他相处，但在饭桌上却十分马虎随便。他只管把自己身边的菜吃完，把自己的肚子填饱，谁怎么吃，怎么喝，怎么说，怎么笑，他都不管。韩绛这个人跟谁都处得来，很好说话，有时还会参加进来跟大家一起说说笑笑。吕惠卿话不多，但喜欢听大家说些什么，且从不把人家的话打断。苏辙的话虽少，可以整天不说一句话，从不训一人。

今晚在大堂用餐是因为王相公很想听听众人的意见，看看众人对即将拿出去的理财新法还有些什么想法。王相公早就想这么做，实在是众人都忙，很难凑在一起。吕惠卿就想了个这样的主意，让众人与王相公在一起用餐，时间就挤出来了。大堂宽敞，把四张方桌一拼，人人都与王相公同桌吃饭，气氛热烈，又可相互启发。王相公来了，当然要把韩绛请来。条例司吏员见王相公、韩绛跟他们同桌吃饭，都觉得这是脸上最有光的事。条例司吏员的品秩大多九品，却跟朝廷二品大员在一张桌上用餐，天下吏员谁有这个福分？

今晚吕惠卿也特别想跟王相公在条例司用晚餐。他有件事要紧之事提醒王相公。今天一早，月底下弦一勾弯月还未落，稀疏的残星有微光在闪。此时已搬出朝集院在皇亲国戚居住的城北租赁了一个小院落的吕惠卿上了御街，正要打马来条例司坐衙，那个曾拦住韩绛的马头，声称王相公是姜尚、诸葛亮也比不上的社稷鼎臣的小京官唐坰拦住了他的马头，硬要吕惠卿下马，说有要事急事相告，贻误了大事拿他是问。吕惠卿觉得唐坰这个人挺好笑，也挺有趣，但还是下了马。唐坰告诉吕惠卿：御史中丞吕诲吕疯子到处搜集王安石王相公的材料，找过唐介、司马光、文彦博、吕公著、冯京、范纯仁，还找过苏轼、苏辙，还找过他，总共不下五十人，明天上朝要以十大罪状弹劾王相公，扬言一定要把王相公扳倒。唐坰要吕惠卿务必把这件事告诉王相公，切记！切记！这倒确实是件要事急事，万万耽误不得。本来吕惠卿想找个单独的场合说下这件事，今天这么忙，看来很难找到合适的时间。再说，明天吕诲上朝时就要弹劾王安石王相公，这件事只能宜早不宜迟地告诉王相公，让王相公心里有个准备。王相公只晓得一心一意为朝廷干大事，不懂得搞权术，不设防，这要吃亏的。

吕惠卿看到，条例司官厨主馔吏和公差把饭菜摆好后，条例司的吏员都闹哄哄赶到大堂来了，见王相公、韩绛都还没来，谁也不敢上桌，就零零散散站在大堂边上，伸伸腰，打打阿久，也有交头接耳谈些什么的。不多一会，舒亶、林英、吕嘉问和条例司的一些吏员也过来了，一个个都一脸的喜色，给人一种朝气蓬勃的感觉。吕惠卿清楚，条例司的人都知道自己肩上的担子有多重，当然也清楚自己的仕途有多大，好好干，都有飞黄腾达的一天。

再过一会，大堂后面传来一阵脚步声，转眼间王相公出现在大堂北面的过道上，跟在后面的是韩绛、章惇，曾布、苏辙走在最后。吕惠卿一眼看见曾布和苏辙二人的脸涨得通红，二人肯定又为理财新法上的事争了起来。自条例司创建的那天起，曾布与苏辙的争吵就没断过。不过，吕惠卿觉得不能责怪曾布。条例司的人现在都很急。从二月初三，王安石拜相当上参知政事以来，至今快五个月了，时间不能说长，但也不能说短。未来朝廷如何理财，框架是完全搭好了，有的也考虑得很成熟，但有的还一时难定下来。比方青苗法，确实是个好办法。青苗法就是以钱生钱。州县官府每年春秋用常平仓的钱粮贷给困难的农户，以青苗作为抵押，到期将贷款收回，取息二分。这样天下困难的农户就可以在青黄不接时，不向富豪之家借钱。那个钱的利息高得惊人，上倍的利息算是心善的，有的甚至高达十倍。这哪里是借钱，简直就是趁火打劫。借了这种钱的农户，没有不破产的，走投无路，只好把作为抵押的田地卖光。王相公年轻时在鄞县当县令用过青苗法，效果很好，农户无不称善。青苗法还规定可以用州县常平仓的钱粮来平抑五谷物价。遇到市场五谷价贵时，州县官府就低价把常平仓的粮卖给困难的农户；遇到市场五谷价贱时，州县官府就高价用常平仓的钱收购农民手上的粮食。那些为富不仁贱买贵卖的商贾就无法操纵市场了。这样官府并未给农户加赋，却赚到息钱。农户赢，官府也赢，何其妙哉！现在是五月下旬，再过个把月，夏粮要收割，那时正是实施青苗法的好时机，现在不能把青苗法拿出来，那么青苗法的施行时间就要后推到十月，甚至后推到明年二月。机不可失，时不我待。一揽子理财新法，特别是青苗法要是不能很快拿出来，朝廷中的好事者不知又要生出些什么事来。为了搞好青苗法，王相公专门写了篇《青苗书》，条例司人手一份，征求意见。毋庸置疑，征求意见就是要搞青苗法。青苗法真不搞了，征求意见岂不成了多此一举？然而，这个苏辙却开口一个反对，闭口一个反对。吕惠卿很有点百思不解，缘何苏辙会这样作梗。苏辙在王相公去年四月初四越次入对前，写过一篇文章，斥责豪富在农户困难时高息贷借的不仁行径，也提出要地方官府向农户贷借，以向国家缴纳租税的方式支付利息。这与王安石王相公的想法不是挺吻合吗？然而没想到这个苏辙出尔反尔的变化却是如此之快，实在让人感到震惊。吕惠卿很生气，也很有点看不起苏辙，觉得苏辙不可靠，是个言行不一、反复无常、不知恩图报的小人。王相公是很看得起苏辙的，让你当上条例司的检详文字，跟他吕惠卿平起平坐，今后只要跟定了王相公，仕途是真正不可估量，到时候你不飞黄腾达都难。然而这个苏辙却鬼迷心窍，一个劲反对起青苗法来，这不是自己跟自己过不去吗？当然，苏辙如此反复，可能跟他的兄长苏轼有关。苏轼确实有才，也确实是仁宗皇帝看好的人，朝廷这次差遣对他的呼声也确实高；苏轼也自认为能当大官，担大任，成大事，但却没有得到重用，只当了个官告院判官这样一个闲官，内心的烦躁、羞愧、怨恨、痛苦是可以想象得到的。但这能怪谁呢？只能怪他自己。苏轼其实应该冷静下来好好想一想，官应该怎么当。恕吕惠卿直言，苏轼不是这块料，大才子气太重，不懂当官之道，口无遮拦，想说什么就说什么。这怎么行呢？老实说，这样下去，有一天这张嘴巴要出大事惹大祸的。苏轼要想得到重用，一定要好好地、多多地反省反省，怨天尤人是无济于事的。既然如此，你苏辙本来应该好好开导开导兄长，要兄长今后多注意点自己的言行，以后还是很有希望的。千不该万不该，苏辙也搅进去，存心跟王相公作对，这不是脑子有病吗？

王相公在自己面前的一个位置上坐下后，条例司的人都围着王相公找位置坐好。条例司的人一起用餐时对座位是不甚讲究的，有个座位就行。吕惠卿一点也不认为王相公的理财新法能顺利施行，这里面的阻力相当大。既然如此，王相公的理财治国朝政，在一班腐儒小人眼中，自然变成一种谁也没有见过，令人恐惧的怪物，简直不啻为洪水猛兽。

大堂里的气氛十分轻松欢快。四张拼起来的方桌上的菜很香，还在冒热气。公差又把碗筷和酒杯摆好，主馔吏提着酒壶，给每人筛了酒。大堂里便飘散出一股浓郁的酒香。吕惠卿挨王相公左边坐着，看到众人都在等王相公端起酒杯。王安石王相公也知道这一点，就不耽搁时间了，正端起酒杯时，却又用手对挨韩绛坐着的苏辙招了招，又用手点了点他右边的座位，要苏辙挨他坐。苏辙起身时，坐在王相公右边的人都往右挪了挪。苏辙在王相公右边空出来的位置上坐了下来。吕惠卿立即明白，今天王相公在饭桌上有话要跟苏辙说。

王相公端起酒杯，喝了口。众人跟着端起酒杯，喝了起来。王安石王相公酒量不大，稍稍喝了点酒，埋头在面前的菜碗里夹了点什么菜送到嘴里，然后侧过脸去，望着苏辙："老夫知道你有许多话要说，你但说无妨。"

吕惠卿知道，王相公此时是要苏辙谈一谈对青苗法的意见。吕惠卿看到，一向从容淡定的苏辙放下筷子，侧过身去，面对着王相公。众人也都放下筷子，望着苏辙。众人的表情各异，但都一副全神贯注的样子，等待着可以半日不说话的苏辙会在青苗法这个众人都十分关注的话题上说些什么。

吕惠卿看到，苏辙侃侃而谈起来："以钱贷民，要他们出息二分，本以救民，非为利也。辙以为，放贷容易还贷难。最可怕的是放贷与收贷之际，吏缘狼狈为奸，即使有法也难禁。辙还担心的是，不费吹灰之力的钱一旦到了手，即使良民也不免妄用；等到还贷，即使富民也不免逾限。如果这样的话，那么，恐怕鞭棰必用，州县牢房必将人满为患，讼狱之事亦必将不胜其烦矣。唐朝刘晏当户部尚书，执掌国家财政，从来不借钱给百姓。有人很惊诧，责怪刘晏。刘晏说：'假如让百姓侥幸得到钱，非国之福；为了催债，让胥吏衙役仗法督责百姓，非民之便。我虽然没有拿国库的钱借给百姓，然而天下丰凶贵贱，知之未尝逾时。市场五谷价贱时，州县国库就籴进；市场五谷价贵时，州县国库就粜出。因此天下五谷物价差不多，既没什么贵也没什么贱的弊病，用得着给百姓借贷？’晏所说的，其实就是常平法耳。今天，我朝常平仓见在，只是有缺陷的地方未能修好。相公真心为百姓办事，举而行之，那么像刘晏那样的盖世之功可以马上等到。”

苏辙一口气说了二三炷香工夫的话。这个苏辙要么整日端坐默然，要么开口就高谈阔论，滔滔不绝，如下阪走丸，还真判若两人。吕惠卿看到：条例司的人都睁大了眼睛望着苏辙，一脸的错愕，不明白苏辙怎么会说出这番话来。按照苏辙的说法，青苗法简直是害民之法。大堂里的气氛变得怪异紧张起来。过了一会，吕惠卿看到，章惇是一脸的不快，曾布是一脸的气愤，林英是一脸的茫然，舒亶是一脸的轻蔑，吕嘉问是一脸的恼怒，韩绛脸色也很是不欢。吕惠卿不清楚此时自己脸上的表情会是个什么样子，心里却觉得很是得意，也很是自豪。众人只能对苏辙做出这些难看的脸色，却未必知道苏辙的话不妥在什么地方，他吕惠卿十分清楚。苏辙的不妥，在于此人根本不了解王相公是个多么了不得的人，不懂得王相公的理财新法是中原王朝旷古未有、空前崭新的朝政。苏辙的眼界太低了，把唐代的一个户部尚书刘晏捧到了天上。比起王相公来，刘晏算个什么东西，不过是用常平仓的钱粮来平抑一下谷价，怎比得上王相公的理财新法，不仅要用常平仓的钱粮来平抑谷价，还要用来贷借给农户，用钱生钱、财生财的办法，生出更多的钱财来。唐代的刘晏懂这个妙用在什么地方吗？此人其实也想到了借钱给农户，但只是站在门槛外，偷偷地看了一眼，没胆量到门里去看个够，结果错过一个千载难逢的青史留名的好机会。再说，刘晏的做法也不是什么新鲜玩意儿，我国原始初民时期的三代时就有了。可怜呀苏辙，现在大宋开国都百年了，还拿千年前的老皇历来说事，你的智能比起王相公来，简直不啻天壤。

吕惠卿看到，坐在自己旁边的章惇正端起杯要喝酒，这下不喝了，站了起来，手上的酒杯停在半空，很是气愤也有点责怪地对苏辙说：“子由年兄，你不是脑子糊涂了吧？你以前可是写过文章的。我章某还在王相公面前夸奖过你这篇文章，你现在当着众人的面，把你那篇文章说一说，要不然众人还以为章某说谎，章某以后就不好做人了。”

吕惠卿看到，大堂里有了一种很滑稽的气氛。章惇的话说完后，王相公倒一脸的平常，曾布却一脸的讪笑，其他人不仅都很是惊讶，也很是怪模怪样地望着苏辙，就是韩绛也如此，章惇则是一脸的气愤。吕惠卿觉得，章惇脸上的这种表情一点不奇怪。今年二月初四，也就是王相公拜相的那天上午，章惇在定力院是给苏辙说过这方面好话的。然而，今日这个苏辙说的话，却与章惇的那些好话完全相反。这能让章惇的表情好得起来吗?

吕惠卿特别看了看苏辙。从来从容淡定的苏辙脸色开始有点不自然的样子。不过没过多久，苏辙又一脸依然故我的神情，侃侃地说了起来："子厚年兄的话说得不错，辙是写过文章。上面的话你没说全，辙还说过：'天下百姓，没有田进行农业生产，没有钱投资商业，又禁止他们向官府贷款，他们就难免辗转死于沟壑。如果让富豪借贷给他们，这些人就采取很不仁义的办法，收取高息，百姓深受其害！'辙现在也不认为这些话错了，但青苗法不能搞。再说，一个人说过的话，就一辈子都不可以改吗？恐怕圣人也做不到这一点。诸位天天坐在这里干什么，不就是在改法度吗？今天改昨天的，明天又改今天的。"

大堂里的气氛变得很是激愤而又气怒起来。这个苏辙前面的话已经很不合时宜，刚才的话就更是糊涂透顶了，小心，这要犯众怒的。自己以前文章上说过的话，完全不算数，这就是出尔反尔、言而无信的小人了。原先众人还以为你苏辙是跟王相公一条心的，都对你高看一眼；现在众人全都看清你苏辙是怎样一个人了，就怪不得众人对你不客气了。

吕惠卿看到，坐在苏辙对面的舒亶突然站了起来，凶着对苏辙说："荒谬之至！荒谬之至！好也是你说，歹也是你说，我看你这是在故意跟朝廷过不去！"好夸大其词也好把什么事都提到天大事上去说的舒亶的这些话挺吓人的。

吕惠卿又看到，坐在舒亶旁边的吕嘉问更是气愤，红着个脸对苏辙说："你这是何言！你这些话，与嘉问从祖那班人说的话如出一辙。嘉问从祖那班人是反对王相公的，只要听到是王相公搞的新法子，想也不想，就都反对。我看你也是这样的人，你反对王相公，是何居心？"吕嘉问的从祖就是吕公著。吕嘉问对王相公敬服到了发傻的地步，岂容苏辙跟王相公唱反调。

吕惠卿还看到，坐在吕惠卿旁边的曾布脸红了，也慷慨激昂了起来："子由年兄，王相公是十分器重你的，你辜负王相公了，太不应该了。”尽管曾布与苏辙是同榜进士，以前也有过交往，但一激昂起来还是像吵架一样。

吕惠卿觉得，苏辙何只是有负王相公，其实也有负自己，且对他自己负得更大。曾布的话说得不错，王相公确实很看得起苏辙。苏辙的兄长苏轼是个名满天下的大才子，不要说先朝仁宗十分看重他，当朝天子赵顼也很赏识他，就是当朝的太皇太后、太后也很看得他起，然而朝廷这次差遣却只让他到官告院去做些抄抄写写的事，但苏辙当上条例司的检详文字官，与他吕惠卿一道负责条例司的日常工作。说句实在话，这是朝中许多人做梦都想谋到的差遣，你苏辙就该对王相公肝脑涂地、效犬马之劳才是，要不然就太对不起王相公了。苏辙这个样子下去，恐怕很难在条例司待下去，这不负大了吗？吕惠卿很想好好规劝苏辙几句，话到嘴边又吞了下去。他觉得苏辙这个人不会听他规劝的。既然如此，何必去多费口舌呢？再说，一个人飞黄不飞黄、腾达不腾达，官运亨通不亨通都是各人自己的事。一个人飞黄腾达、官运亨通，不仅是这个人本事大，时运好，还因为懂得怎么当官；仕途坎坷，穷途潦倒，飞黄腾达不起来，只能怪自己不懂得官场规矩。既然如此，自己何必去对苏辙多这个嘴舌，弄不好他反怨你一辈子。吕惠卿感到自己此时脸上的表情一定十分丰富，便低着头喝了口酒，借这个机会把自己脸上的表情弄得平和些。

吕惠卿不由得又特别望了望苏辙。这个苏辙刚才还因章惇的话多少有点不自然的样子，此时对舒亶、吕嘉问、曾布的话却很无所谓起来。苏辙的酒量不行，却端起酒杯，悠悠喝了一口，又举起筷子，夹了菜慢慢送到嘴里去，一脸不会因为任何人的不满、气愤、谴责改变自己刚才意见的表情。以前吕惠卿与苏辙打的交道不多，清楚此公不像他的兄长苏轼。苏轼口无遮拦，心里怎么想就一定要说出来，对不同的意见总要争，面红耳赤也不管，不到不欢而散时那张嘴是关不住的。苏辙不同，有一种静气，他的意见说出来之后，任什么人跟他争，他都可以一动不动坐在那里，一直等到你不想再说了，二人分手为止。

吕惠卿注意到，众人最后还是把目光集中在王相公身上。吕惠卿发现，此时王相公脸上出现了少有的平静。吕惠卿觉得这不符合王相公的性格。自从条例司创建以来，吕惠卿几乎天天要跟王相公打交道，当然也就越来越清楚王相公的为人。王相公不像富弼那样深藏不露，让人看不透；不像文彦博那样老谋深算，诡计多端令人可怕；不像司马光那样阴阴阳阳，怪里怪气得令人讨厌；当然也不像曾公亮那样聪明的地方比谁都聪明、糊涂的地方比谁都糊涂，莫名其妙得叫人好笑。吕惠卿觉得，王相公倒是很有点像去年离开朝廷、以宰相的身份去大名府统领四路兵民大权的韩琦，一言九鼎，正大光明，对阻挠理财新政的人总是悻悻然见于其面，没个好脸色给人家看，既叫人感到可畏，又叫人感到可敬。然而这会王相公怎么如此一脸平静地对待苏辙呢？这确实大大出乎吕惠卿的意料之外。吕惠卿丝毫不怀疑：对理财新法，王相公肯定是信心百倍、毫不动摇推行到底的。王相公既然找到一个中原王朝几千年旷古未有的理财新法，岂能轻易言弃？真要那样，就不是王相公了。吕惠卿还明白：在未来的理财新法中，青苗法是王相公首选的一条新法，也是要急着拿出去的新法，是看得相当重的新法。按照王相公的性格，谁否定新法，王相公肯定会一点情面不留地拉下脸皮来跟你争个水落石出，否则是不会善罢甘休的。

众人都把目光投向王相公了，希望王相公能说上几句话。但王相公却什么也不说，随后便埋头边喝酒、边吃起饭来。王相公虽然没说，但思想却一刻也没停止活动。吕惠卿当然不知道此刻王相公到底在想什么，但王相公此时一定在思考刚才苏辙这番话。众人见王相公在吃饭，也便吃起饭来。大堂本来轻松欢乐的气氛一下子变得僵硬沉闷起来。众人一边吃饭，眼睛不时望望王相公，不时望望王相公旁边的苏辙。坐在旁边的曾布突然站了起来，显然想说些什么，王相公探过头去，对曾布摆了摆手，又用点漆般的眼睛望着曾布，说："青苗法一出，务必成功。此等大事，疏忽不得半点。子由提到的放贷容易还贷难，是个不能疏忽的问题。"

吕惠卿看到，大堂里的人都一脸错愕地望着王相公。吕惠卿做过很长时间的地方官，对民情是清楚的。俗话说"借钱的亲家，还钱的冤家""借钱时是孙子，还钱时是老子"还有一说催人还债是"讨债"。有意思得很，"讨债"与"讨饭""讨老婆"这些词都有一个"讨"字。讨者，乞求也。讨饭、讨老婆，都是千乞万求才能办得成的事，可见要人还钱多么难。

本来王相公的话说到这个份上，其他人不该再说什么了，但那个聋天哑地、把家里气得呕血的吕嘉问酒也不喝了，饭也不吃了，把筷子往桌上一放，对着苏辙大声说："你刚才讲的吏缘狼狈为奸，不就是几个师爷、胥吏、衙役在捣乱吗？县令干什么的！县令是酒囊饭袋、草包一个？不能把师爷、胥吏、衙役管住，拿县令是问。"

吕惠卿是很喜欢吕嘉问的，觉得这小子是个用得上的人。吕惠卿也觉得吕嘉问的话不是没有道理。不过，此时吕惠卿却不由得重重地盯了吕嘉问一眼。这个把家里人气得要死的、被家里人称作不肖子孙的小子也是太没规矩了，说话也太不看对象了。你先前指责苏辙“是何居心”是可以的，但刚才的话是接着王相公的话说的，就很不妥了，不知你的人还以为你在指责王相公。再说，坐在大堂里吃饭的这么多人，官职、年龄都比他大，能轮着他这样说话吗？而且对着苏辙说话这么冲，好像只要他吕嘉问这么大喝一声，县令就给他吓住了，天下事就搞定了。天下哪有这样的好事。县令里当然有酒囊饭袋，什么事也干不了，但更可怕的是那些不是酒囊饭袋的县令。这些县令跟师爷、胥吏、衙役勾结在一起，为非作歹，才更可怕。

吕惠卿有意望了望坐在边上的林英一眼，见林英很不自在也不好意思地笑了笑，脸也有点红了。这个当年给自己属下的师爷、胥吏、衙役弄得卷起铺盖走人的东明县令听了吕嘉问那些话，能不多心吗？好在林英不跟吕嘉问争，什么话也不说。不过，吕惠卿最担心的还不是县令是酒囊饭袋、草包一个，倒是不那么酒囊饭袋、草包一个的县令跟师爷、胥吏、衙役狼狈为奸。天下这样的县令多得数不清。这些人勾结在一起，什么事做不出来？朝廷什么好的便民之法能贯彻得下去？在这点上，吕惠卿的看法与苏辙很一致，但，正是在这点上，吕惠卿与苏辙又迥然不同。苏辙在这点上很有点绝望，吕惠卿在这点上却看到了实施青苗法的门道。不错，千里为官只为财，没有好处的事县令不会去做。有道是有官就有财，无官财不来。天下县令有真本事的不多，但这些人都鬼得很，心里清楚，衙门里那些师爷、胥吏、衙役之所以跟他狼狈为奸，就是因为他们是朝廷命官；要是他们不是朝廷命官，衙门里连鬼都不会理他们。既然如此，天下县令谁会跟朝廷过不去，干出抗旨之类的蠢事。吕惠卿又一次感到得意和骄傲。他觉得自己确实是个什么难事也难不倒的人，什么难事他都能找到解决的办法。就像给中书之外又一中书的条例司取了个十分好听又十分妥当的名称一样，吕惠卿又找到一个解决借贷容易还贷难的好办法。当然，此时此刻吕惠卿还不想马上说出去。他要选择一个恰当的时机，一个恰当的场合，把他这一个恰当的好办法对王相公和盘托出。

从来从容淡定的苏辙此时冒出一句话：“还是孟子说得好，‘仁义而已矣，何必曰利。’”

吕惠卿看到，大堂里的人都笑了起来。吕惠卿清楚，孟子这句话是司马光一班人叼在嘴上的一句老掉牙的话，耳朵都听出了茧。在那班精通中原王朝千百年来治国奥秘和帝王之术的腐儒看来，“仁义”这个东西是块威力无穷的金子招牌，也是一把杀伤力很大的利剑，好处多多，方便多多，且是放之四海而皆准的万灵药膏。不过，吕惠卿从来就认为那班腐儒对“仁义”的迷信是靠不住的。难道他们真不知道“仁义”这个东西里面其实有太多、太大的欺骗？真的不知道“仁义”里面掩盖了许多见不得人的东西？真的不知道“仁义”里面有着许许多多的无奈？五帝三皇神圣事，其实只有天才知道是真是假。圣人有言：“失道而后德，失德而后仁，失仁而后义，失义而后礼。”可见现在是“礼”说了算，一切按“礼”办事，君君臣臣，父父子子，三纲五常，小人服从大人，女人服从男人，百姓服从官吏，天下服从皇上。奉天承运，忠君爱民，天下太平，铁打江山万年长，何用讲什么道、德、仁、义！当然，这些话和“仁义”里面的东西一样，是上不了台面的，讳莫如深，只可意会，不可言传，得靠各人的智慧去领悟。吕惠卿当然有这个智慧，他对这些是看得清而又清，透而又透的。

吕嘉问很不客气地回敬了苏辙一句：“讲仁义者，多不仁义也。”

吕惠卿不由得又望了望王相公，看到王相公赏识也是高兴地望着这个年龄比他小得多的吕嘉问：“仁义真有那么大的威力，大宋王朝就不会如此积贫积弱。”

吕惠卿注意到，吕嘉问十分敬仰也是十分心悦诚服地望着王相公不停地点头。吕惠卿觉得吕嘉问身上有许多可贵的地方，有许多可用之处，今后甚至能干出一些惊人之举的事来。吕惠卿真的有点想不通，吕家的人怎么会那么嫌他，认为他不争气，给吕家列祖列宗丢尽了脸，是吕家的不肖子孙。吕惠卿此时只能认为吕家的人多是些令人讨厌的腐儒。

吕惠卿还注意到，韩绛对吕嘉问也很有好感。韩绛用讨教的语气对吕嘉问说：“你说说，师爷、胥吏、衙役要捣乱，县令用什么办法来制服这些人？”

吕惠卿清楚，韩绛对吕嘉问的这种讨教，不是假心假意，更不含什么讽刺揶揄的意思。但这一问却把吕嘉问难住了。吕惠卿看到，吕嘉问只是很有点尴尬、也很有点难为情地抓了抓自己的头皮，什么话也说不出来。吕惠卿忍不住一笑。吕惠卿觉得这个三司使韩绛确实是个没用的好人，你一个在官场走了三四十年江湖的朝廷二品的大官用得着这样请教一个二十出头的小年轻吗？这也太让自己掉价了。吕惠卿有点瞧不起韩绛，且心中一阵暗喜。韩绛能力不强，是个好对付的人，这对自己没坏处。此时，要是别人，吕惠卿肯定要说他几句，甚至挖苦他一下，但对韩绛这样的好人，吕惠卿不能说。

吕惠卿不说，王相公却开口了，对韩绛说："子华，县令用什么办法来制胜手下人，不是三言两语说得清的，还要看朝廷拿出什么法子。"

吕惠卿感到，王相公对这个问题已心中有数了，同时感到自己跟王相公想到一起去了。吕惠卿又一次感到得意和自豪，不过不想在这里说。韩绛却在催王相公："介甫，你一定想到好法子了。事不宜迟，赶紧把奏章写好，奏请皇上御批。"

王相公只是笑而不答，低下头去，用筷子夹面前碗里的菜吃。吕惠卿知道王相公此时还不至急着把这个法子端出去。众人喝酒的喝酒，吃饭的吃饭。饭菜差不多吃光了。吕惠卿觉得此时该把吕诲要弹劾王相公的事跟王相公提个醒，见韩绛还想说些什么，忙附着王相公耳朵轻声说："惠卿有一要事急事禀告相公。"

王相公放下筷子，声音不小："说。"

吕惠卿看到，所有人都抬起头来望着自己，目光里都多少有点不安和惊恐。本来，宋代相公被言官弹劾是家常便饭，并不一定就是丑事，用不着大惊小怪。在场的听到了不仅没什么关系，相反有好处，可以让众人，特别是小年轻开个眼界，让他们能看清官场是怎么回事，言官是什么样的人。既然如此，吕惠卿也就当着众人的面，把唐坰的话大体说了一遍，只是有意漏了吕诲还找过苏轼、苏辙这点没说。对这一点，吕惠卿打算另找机会再说。末了，吕惠卿很有点忧虑："相公，看起来这事还很有点来头，其势不可小觑，要不要跟皇上通个气？"

众人酒也不喝了，饭也不吃了，一起望着王相公。大堂里的气氛变得沉闷复杂起来。从众人的目光中，吕惠卿感到众人也都觉得这事还是跟天子通个气好。朝中无人不知，吕诲这人是个疯子，在治平二年那场"濮议"中又尝到了因言获罪的甜头，对王相公就更会肆无忌惮、胡言乱语，招招都要置王相公于死地。天子赵顼事前没个准备，明日朝堂之上，要是说出一句半句对王相公不利的话来，那问题就大了。天子金口玉牙，说出的话岂能随便收回成命？

王相公没出声。良久，王相公抬起英气逼人的虎头牛耳的脸，点漆般黑得发亮的眼睛望着大堂门外星光点点的夜空的什么地方，用带有他家乡口音的官话慢慢地说：“不用！倘若言官一弹劾，安石就倒，说明安石根本不配坐在中书衙门里，更不配搞什么新法；如果安石做对了，不要说一个言官，就是一万个言官来弹劾，又能奈安石何？”

吕惠卿看到，众人的脸色都开朗了起来，又拿起筷子边喝酒、边吃饭、边聊天南地北。大堂里的气氛不仅轻松，而且又欢快起来。不过，章惇气不过，拿起筷子“啪”地往面前的桌上一拍，嘴巴里火气十足地说：“这些言官，一双贼眼到处找碴，简直猪狗不如！”吕惠卿十分清楚他这个敢跟自己弄命的同榜进士的脾气大，跟人争辩起来，嘴巴不得那么文雅，常有粗话出口。

章惇的话刚落，舒亶愤愤不平起来，口气更是凶得不得了：“要这些言官何用，真不如一个个撤了算了！”

曾布不服气：“总不能让吕诲这样的言官胡说八道，弄得人人自危，什么事都不敢做。”

王相公把脸转回来，望着章惇、舒亶和曾布：“不得胡言！——子由之言诚有理，当徐思之。”

吕惠卿完全没想到王相公最后竟是暂停青苗法的争议。吕惠卿看到，众人都很是吃惊地望着王相公，就是苏辙的目光里也满是惊讶的神情。吕嘉问还想说什么，吕惠卿用目光制止了他。吕惠卿是个明白人，王相公的话说到这个份上，吕嘉问还要说下去就不识相了。再说，明天那个被人叫作“吕疯子”的吕诲要弹劾王相公，王相公今晚总得做些准备。吕惠卿端起酒杯：“各位！喝酒，晚上还有许多事要做。”

吕惠卿一仰脖子，酒杯里的酒都灌到喉咙里去了。众人也赶紧把酒喝光。大堂四壁上人影散乱。忽然起风了，把大堂外庭院里的左右两颗古树上的叶子吹得沙沙响。看样子又要变天了。喝完酒的吕惠卿探头望了望大堂门外的那片夜空，但见仲夏五月的夜色还是那么美，大堂角上黑沉沉的天穹有颗很亮的星，很天真、很惊讶、很奇怪地朝条例司的大堂里窥望。

第二十四章　吕诲凛然浩气弹劾王安石
苏轼书生意气持衡两截论

那个拦住韩绛和吕惠卿马头的小京官唐坰的话说得不错，就在条例司的人在大堂吃饭后的第二天，那个被人称作“吕疯子”的御史中丞吕诲果然以十罪弹劾王安石。昨天半夜，京都开封本来还是挺美丽的夜空，却突然变了脸，不多的星星转瞬不见，风撒野似的在屋顶的瓦上滚过去，又滚过来，接着就是瓢泼大雨打在瓦上、窗上和墙壁上。但到了寅时，风停了，雨歇了，不多的星星也出现在暗灰色的天空，下弦如钩的淡月也出来了。寅时大概过了半个多时辰，深巷里的公鸡未鸣，下弦的那钩淡月还挂在西厢窗口，空气里弥漫着破晓前的清寒。大腹便便的兵部员外郎、起居舍人、同知谏院范纯仁起轿来到位于皇城宣德门右边的待漏院。待漏院是百官早朝候见天子前休歇的地方。今年二月初三前，也就是王安石拜相、当上参知政事前，待漏院里的景象是相当壮观的。百官天未明就都赶到待漏院。三品以上大官皆备玉饰伞盖，待漏院里整齐地排列着五六百支巨烛。巨烛熊熊燃烧，远远看去就像一座煌煌火城，很是盛大宏丽，动人心魄。然而，没多久，待漏院南面的御街远处传来马车铃声。百官知道，那是宰相的车马要来了。于是，奇特的事情发生了：煌煌火城一下子全扑灭了，待漏院里一片漆黑。然而，待漏院南面漆黑的御街那头有一座小火城飞速向待漏院驰来，一路犁开漆黑的夜色。一会，铃声在待漏院外停歇下来，一辆载着小火城的马车停在待漏院的门前。此时，皇城九门未开，玉漏犹滴，早有人过去把车盖撤除，八面威风的宰臣从车上下来，缓缓步入待漏院，在正中北面的大椅上坐下来；等到玉漏已尽，皇城九门缓缓打开，再率领百官去朝见天子。待漏院的火城之所以在宰臣来到待漏院前就一起给灭掉，是为了回避宰臣的火城，突显一人之下、万人之上的宰臣高贵的地位和无以抗衡的权势，让百官产生一种不敢与之争锋的敬畏。然而，今年二月初三以后，待漏院煌煌火城的壮观景象不复存在了。二月初三前，中书的宰执大臣，不论是上相曾公亮，还是次相富弼，抑或是前不久去世的参知政事唐介、如今还健在的参知政事赵抃，都要参加早朝。这些人来到之前，煌煌火城自然还亮着。但，二月初三以后，上相曾公亮很少参加早朝，次相富弼早朝就更少了，唐介已经去世，赵抃要不要在百官前赶到待漏院，还要在头天晚上焚香禀告上天后才能决定，麻里麻烦，也就不常参加早朝。每次早朝必到的是王安石，而且来得最早，不等待漏院煌煌火城燃起，此公的小火城就已经进了待漏院。百官的煌煌火城是再也不用点燃了。

王安石的车马刚进待漏院，范纯仁就在待漏院门前停下轿子。王安石下了马车，范纯仁下了轿。范纯仁跟在王安石后面进了待漏院，便见王安石缓步向正中北面的大椅走去，早有随从跟班把王安石专用的小火城搬了过去。王安石在大椅上坐下时，范纯仁过去跟王安石拱手作揖行过礼，什么话也没说，就退到待漏院的东边。热情谈不上，冷漠也不是。范纯仁明显感到，对他的这种不热也不冷的态度，王安石并不很在意。在明亮的小火城的烛光中，王安石两手小臂靠在大椅扶手上，双眼望着待漏院外面那钩淡月未落的夜空，在思考什么，脸色一如平常那样很是端肃，很是清和，很是刚克，也很是清泊。

待漏院里还没来第三个人，范纯仁面朝着院东边的墙壁，但见四面墙壁上悬挂着前朝和当朝名家的各种壁记。范纯仁最喜欢的是东边墙壁上太宗朝翰林学士、时任判大理寺事的王禹偁用来规劝执政者的《待漏院记》。斯文也，写贤相、奸相、庸相不同做派，可谓神形毕肖，入木三分，淋漓尽致。待漏院里读斯文，实在是件深有意味的事。王安石就坐在离范纯仁不到两丈远的地方，而王禹偁用来规劝执政者的《待漏院记》则在范纯仁前面不足二尺远的地方。借着王安石专用的小火城的烛光，《待漏院记》的一字一句都历历呈现在范纯仁眼中。王安石是哪类相呢？贤相？范纯仁在心里摇了摇头。范纯仁倒也不认为王安石没有想到为朝廷、为苍生做好事，但王安石能做到如王禹偁所说的“皇风于是乎清夷，苍生以之而富庶”？王安石当国，朝廷政治风气不仅不可能清明安定起来，反会搞得乌烟瘴气，乱七八糟，政局不稳，人心动荡不安；苍生也不仅不可能富裕起来，反会搞得民不聊生，甚至死无葬身之地。那么，王安石是奸相？范纯仁也在心里摇了摇头。王安石的人品光风霁月，有目共睹，且跟朝廷任何人都没有私仇；他的几个弟弟都有了不得的才，也用不着他去以权谋私；此公对财色毫无兴趣，在这些方面也不会出事。但，王安石当国，会不会出现像王禹偁所说的“政柄于是乎隳哉，帝位以之而危矣”的情况呢？倒不是不可能的。王安石太讲财利了，肯定要把人心搞坏。人心坏了，政柄岂有不坏之理！照这么看来，王安石是个庸相了？范纯仁更是在心里不停地摇头。王安石绝不是个庸人。此公为政，不可能无毁无誉，随大流，毫无建树。恰恰相反，是大毁大誉，跟众人拗着干，说好的会把他捧到天上，说坏的恨不得把他打入十八层地狱。可以肯定地说，王安石除非不当政，当政就一定要搞出点前无古人，叫人目瞪口呆的惊人之举来。比方不久前创建的什么制置三司条例司，名字就怪怪的，翻开历朝历代的典籍文书，有谁设过一个这样的衙门？可以肯定地说，王安石下一步还不知要拿出多少旷古皆无的怪物出来。贤相、奸相、庸相皆不是，莫非真应验了曾布说过的一句话，王安石是千古第一名相？范纯仁心里突然有了一种叫他也感到非常惊讶、也非常奇特、多少有点宿命般的预感：不错，王安石会成为千古第一名相。

范纯仁不敢说自己对王安石的这个预感是千古不移、众口一词的不易之论，但绝不是信口开河的胡说八道。范纯仁听到待漏院门口有陆陆续续的脚步声传来，不由得转过身去，但见待漏院来了不少人。范纯仁注意到，这些人见王安石一脸端肃刚克地坐在正中北面大椅上，都规规矩矩找个凳子坐着。也有三三两两站在边上说话的，但声音都很小。一会，文彦博来了，身边也摆着一个小火城。再过一会，在王安石、文彦博专用的小火城的烛光中，范纯仁看到王珪、司马光、吕公著、冯京、苏轼都来了，这几个人随意在空凳子上坐了下来。范纯仁还看到，条例司的那些条例官也来了，吕惠卿、章惇、曾布三个人挤在一起有一句、没一句小声说话，苏辙却在旁边凳子上默坐着。范纯仁踮起脚，把待漏院里各个地方望了望。他在找吕诲，却没看到吕诲半个人影。范纯仁望了望待漏院窗外，夜色仍旧很重，但下弦的那钩淡月却退下去了，东边两座高楼的飞檐映着一线青铜色的微光，显出欲飞的美丽黑影。

范纯仁看到，此时御史中负责朝会秩序的左右巡使出现在待漏院门口。待漏院里立即有了一阵凳椅的移动声，所有的人几乎同时站了起来，按文武品秩队列前挤后移、左穿右撞。经过一阵短暂的骚动后，官员们都规规矩矩地站在自己的位子上。王安石也一样按规矩办事，老老实实站在文官队列的前面，文彦博则站在武官队列的前面。待漏院里鸦雀无声。左巡使站在左边，右巡使站在右边，一脸公事公办的脸色，一双鹰一样的眼睛从前面扫到后面，又从后面扫到前面。别看这两个巡使不过是个七品官，但不管官多大、地位多高，只要有半点不肃行为，立即就会过去呵斥一声，弄得你一脸通红，尴尬难堪；更重的还要遭到弹劾，那就狼狈现丑了。

范纯仁站到文官队列中自己的位子上，眼睛却注视着待漏院的门口。这个吕诲怎么还没来呢？范纯仁正犯急时，忽然看见待漏院外急步进来一个人。以往，这并不会引起人们特别的注意。每次朝会总有人殿后，只要在宣德门打开之前赶到待漏院，就什么事也没有。但今天，这个人一进待漏院就引起很大的骚动。天色半明半暗，范纯仁看到自己身边的人都踮起脚、伸长颈，朝待漏院门口望去，在感觉中那些离他远一点的人也都似乎在往前挤。在半明半暗的天色中，范纯仁朦朦胧胧认出来人就是御史中丞吕诲。

以往吕诲在待漏院出现，谁也不觉得有什么奇怪的，但今天的吕诲非往日的吕诲。范纯仁看到，吕诲穿上了令人敬畏的内白外红法袍，头上三品乌纱帽也换成了令人心悸的獬豸冠。朝中百官都知道，这内白外红的法袍和獬豸冠，是后汉以来，天家专门给御史官制作并延续至今未变的官服，不过只有重大弹劾案时才穿。这个吕诲吕疯子，今日要跟王安石较真了。待漏院里的人当然清楚，今天的朝会要出大事，有好戏看了。

天色愈来愈明，待漏院里的人都一脸的肃色，也一脸的小心。吕诲仿佛怕人家没看清他这一身着装一样，还在待漏院门边停了好一会。吕诲路过站在文官队列前面的王安石时，待漏院里的人都踮起脚，伸长颈，目光朝吕诲那边望去。范纯仁看到，有眼疾的、视力很不好的吕诲故意从王安石旁边擦身而过，还很圣人弟子派头，也很英雄气概地瞥了王安石一眼。范纯仁知道，吕诲实际上是在向王安石示威，急不可待地要在王安石面前表现自己的凛然正气和无畏精神。范纯仁此时很想看看王安石的脸色变化，这一点当然是做不到的，左巡使就站在离他不到二尺的地方，他随便动一下左巡使就立即会冲过来大喝一声。不过，范纯仁还是看到王安石的肩背好像遭到雷击一样颤了一下。

吕诲站到文官队列里去的时候，玉漏已尽，待漏院外厚重的金钉宣德门响起了缓缓的刺耳开门声。按说此时已经天光，早朝的官员一出待漏院的门，就可以看到被东方变幻着的霞光映衬得格外神奇而又壮丽的宫墙。但今天，天突然暗了下去，清晨如夜，一团漆黑。范纯仁不由得抬头望了望待漏院上空，但见一块块连在一起的、无边无际的黑云把待漏院上空全封死了。天气燥热起来，看样子要下雷阵雨了。

掌朝会的东上阁门使从打开了的黑洞洞的宣德门出来，然后引领百官摸黑穿过宣德门，再摸黑沿着御道向皇宫的正衙大庆殿走去。在大庆殿前，范纯仁依稀看到一块两丈来高的巨石像只怪兽蹲在那里。要是天气好，人们就能看到巨石上镌刻着开国皇帝赵匡胤手书的“不杀士”三个大字。大庆殿殿门大开，辉煌的烛光从殿内泻了出来，把殿前的丹墀映得通红，也映得丹墀两边卫士的盔甲更加鲜亮。

在左右巡使鹰一样的眼睛的监督下，上早朝的文武官员都规规矩矩依次进了大庆殿，又规规矩矩依次分立两旁。没过多久，大庆殿外传来三声巨响。这是天子朝会前的一种称之为净鞭仪式发出的响声，由经过训练的司礼太监在殿前对空挥舞长鞭，一挥一个脆响，三挥三个脆响，如银瓶炸裂，鞭鞭都在大殿里百官头上爆开，在今天这样一个黑云封天、雷雨将至的早上更显得刺耳、可怖，也更宣示出天子至高无上的赫赫皇权的神威。大庆殿里的百官大气也不敢出一下。再过一会，内官一队队捧出金炉，焚了龙涎香，大庆殿内立即弥漫着一股十分宜人、十分好闻的香气。又过一会，宫女们手持长柄宫扇，簇拥着天子赵顼从里面出来，升了宝座。大庆殿内，百官跪拜如仪，山呼舞蹈。

在煌煌宫烛的光照中，高坐在宽大的床形御座上的天子赵顼龙颜欢快，气色很好，心情不错。不过，没多久，正要开金口说话的天子赵顼不知为什么欢快的龙颜忽然不见了。范纯仁看到，赵顼的目光停在戴着法冠、穿着法袍的吕诲身上。范纯仁感觉到大庆殿内气氛有点不对头，好些人都变得有点惊恐不安起来。范纯仁不由得斜视了一下距他不到三尺远的吕诲，很想过去对吕诲说：算了吧，今日不是你弹劾王安石的时候。就在此时，赵顼从御座上站了起来，手指着吕诲，龙颜很是不快地说：“你说，你说。”

范纯仁感到自己周边的人都把目光转到离他不远的吕诲身上。大宋言官弹劾什么人是家常便饭，几乎随时都会发生，但戴法冠、穿法袍在正衙大庆殿弹劾什么人之事却很少发生。范纯仁觉得，吕诲今日有点小题大做，故作惊人之举。不用问，肯定是这点惹赵顼不高兴。吕诲不会在乎人家怎么看他，依然故我地缓步出了班次，站在隔开文武两班队列的通道上。范纯仁看到，距自己不到三尺远的吕诲正了正头上的獬豸冠，又整了整内白外红的法袍。范纯仁是了解吕诲的，尽管朝中不少人说吕诲是“吕疯子”，但范纯仁不这么看。他觉得吕诲与那个曾经把老相公韩琦赶走的王陶不同。王陶是个不折不扣的小人，把韩琦赶走是自己想当宰臣。那个王陶也太不自量力了，也不掂量下自己的分量，你取代老相公韩琦当宰臣，有这个可能吗？吕诲是君子，要扳倒王安石也是为朝廷，自己并没有当宰臣的野心，充其量只是想买个直。

此时，大庆殿外起大风了，花格窗上闪过一记强烈的蓝色电光，远处隐隐有雷声传来。大庆殿内一片肃寂。范纯仁注意到，赵顼拉下龙颜，眼睛直直盯着吕诲。范纯仁的眼角看到，自己左右人的脸都绷得紧紧的，一脸的庄重严冷，一脸的捉摸不透。范纯仁看不到吕诲的脸色，却能清清楚楚看到吕诲的两肩一动不动地挺立在隔开文武两班的通道上。范纯仁知道，吕诲是不会去管天子赵顼高兴不高兴。赵顼龙颜欢快，他要披挂上阵；龙颜不乐，他也要勇往直前。范纯仁脑子里现出了治平二年吕诲那种为了皇权的纯洁性而奋不顾身、勇往直前，甚至不怕激怒天子而被人说成傲慢无礼也要弹劾韩琦的神情。

大庆殿里的气氛很是严重而又紧张起来。吕诲缓缓从衣袖里取出一份奏章，奏章的一角盖着御史台的红色官印。朝廷规矩：臣子上呈皇上的奏事，公事用题折，私事用奏折。题折不带机密性，上盖衙门官印，天子接到后要盖玉玺。奏折却是机密的，或暗中举报，或替人说情，或重大军情，或社会变故，由天子亲自接收审阅。天子看了不给任何人看，只有天子和上奏折的臣子二人心知肚明，因之不盖衙门官印，也不盖玉玺。吕诲早就公开声称要弹劾王安石，要扳倒王安石，当然不用奏折，而用题折了。行不更名，坐不改姓，吕诲这人是条汉子。不多一会，吕诲就用百官十分熟悉、十分好听，也叫人十分可怕的京都官话面对着赵顼，几乎是一字一句道：“臣弹劾王安石！王安石出列！”

范纯仁感到，大庆殿似乎有了一震。王安石不敢半点怠慢，应声出列，转过身来，面朝着吕诲方向，牛耳虎头的脸也规规矩矩微微下勾，眼皮微微下垂，规规矩矩垂手而立，那种十分强项、十分自信，从不让人的神气顿时矮了一大截。范纯仁看到，自己身边的官员都张着嘴半日合不拢。端坐在高高的宽大床形御座上的赵顼，龙目圆睁，锋利的目光直向吕诲逼去。

天下事真的是如风云变幻，叫人捉摸不定。去年四月初四，王安石坐在这个大庆殿里越次入对，是何等神气。百官分立两旁，洗耳恭听王安石的高谈阔论，谁也不敢出大气。才时过一年零两个月，王安石却像犯了什么大过，一吊钱似的站在大庆殿上，准备洗耳恭听言官对他的弹劾。肯定有不少人幸灾乐祸。但不知为什么，范纯仁此时有点可怜起王安石来。不管怎么说，范纯仁只是对王安石的新法有意见，再说王安石本意确实想富国强兵，也以为能富国强兵，并不想祸国殃民。范纯仁明白，吕诲今日头戴獬豸冠、身穿内白外红的法袍，似乎抓到王安石天字第一号的灭九族之罪，大有置之死地而后快之势，这又何必呢？

大庆殿花格窗上蓝色电光闪闪，大庆殿上面雷声隆隆。大风从花格窗外灌进来，把殿内的宫烛火光吹得晃来晃去，把映在大庆殿壁上的人的巨大头影从这边甩到那边，又从那边甩到这边，很是叫人可怖。赵顼龙颜越来越难看了。不过，难看归难看，范纯仁注意到，赵顼对吕诲并没能怎么样，更未叫殿外的卫士把吕诲拖下殿去。赵顼没有说话，显然在等候吕诲宣读弹劾王安石的题折。范纯仁借这个机会观察了一下他目光所及的官员的脸色。在宫烛的光照中，范纯仁看到，站在武官前列的文彦博此时侧过脸来望了望文官队列里的韩绛，一脸威重的山西大汉文彦博眼睛里有种任凭风吹雨打不动摇的凌厉神情。韩绛回过头望了望站在他后面的王珪。这个被人在天子面前告状、官当得十分窝囊的三司使把宝都押在王安石身上，此时是一脸的不平和不安。王珪侧过脸去望了望身边的司马光。这个本分规矩的翰林院学士承旨一脸的中和，看不出有什么喜和怒。司马光又侧过脸望了望身边的吕公著。这个学富五车、通古今之变的翰林学士眼睛里有种十分复杂的表情，既有为王安石落到今日这种尴尬难堪境地的快意，也有对王安石今日这种处境的怜悯。吕公著再侧过脸看了看身边的冯京。这个让王安石也挺佩服的吕公著有种进入深思熟虑状态的平静。冯京又回过头看了后面的韩维一眼。这个隽迈不群，在科场上“三元及第”的状元，则摆出一副耐人寻味的冷眼。韩维一向十分敬重王安石，脸上那种鄙夷的神情自然是对着吕诲而来的。看完前面人的表情，范纯仁又很想看看后面人的表情。范纯仁身后站着条例官吕惠卿、苏辙、章惇和曾布。吕惠卿嘴角挂着一种明显的冷笑和一种泰山压顶不弯腰的自信。苏辙一脸不党不群、不偏不倚的神色，静候吕诲对王安石的弹劾。章惇目光中闪着一种立即要跟谁斗狠的杀气。曾布脸上充满了按捺不住的愤怒。此时，范纯仁特想看看苏轼。范纯仁的头再往里扭过去，看到苏轼站在文官队列很后的位子，眼睛里布满了对朝廷要出大事的焦虑、担心和无奈。大才子苏轼是好人，朝廷给你才不过官告院的一个判官，却挺杞人忧天的。说句实在话，今天要出大事，不要说你苏轼挡不住，就是天子也挡不住，用得着你苏轼多此一忧吗?

没多一会，范纯仁看到，吕诲"唰"地一下把题折展开，一脸圣人弟子的神情、一身壮士一去兮不回头的凛然浩气，一双视力不好的有疾眼睛就着大庆殿晃来晃去的烛火，望着题折，慷慨激昂高声道：

臣切以大奸似忠，大诈似信，唯其用舍系时之休否也。至如少正卯之才，言伪而辨，行伪而坚，顺非而泽，强记而博，非宣父圣明，孰能去之？唐卢杞，天下谓之奸邪，唯德宗不知，终成大患。所以言知人之难，尧舜其犹病诸。陛下即位之初，起王安石就知江宁府，未几召为学士，缙绅皆庆陛下之明，擢有文之得以适其用也。及进二台席，佥论未允，衡石之下，果不能欺其重轻也。古人曰："庙堂之上，非草茅所当言。"正谓是也。

好家伙，开口就把王安石比作少正卯、卢杞，让王安石背上了一个大奸臣的千古罪名，永世别想翻身。当然，吕诲这套办法，并不新鲜，明眼人一看就清楚这不过是当年"濮议"中吕诲弹劾韩琦和欧阳修的复本。但，吕诲益发慷慨激昂起来：

臣伏睹参知政事王安石，外示朴野，中藏巧诈，骄蹇慢上，阴贼害物，斯众所共知者。臣略疏十事，皆日睹之实迹，冀上寤于宸监，一言近诬，万死无避。安石向在嘉祐中，判纠察刑狱事。因开封府争鹌鹑公事举驳不当，御史台累称文催促谢恩，居傲不恭。相次仁宗皇帝上仙，未几安石丁忧，其事遂已。安石服满，托疾坚卧，累诏不起，终英宗朝不臣。就如有疾，陛下即位，亦合赴阙一见，稍存人臣之礼。及就除江宁府，于私安便，然后从命。慢上无礼，其事一也。安石任小官，每一迁转，逊避不已。自知江宁府除翰林学士，不闻固辞。先帝临朝，则有山林独往之思。陛下即位，仍有金銮待从之乐。何慢于前而恭于后，见利忘义，岂其心乎！好名欲进，其事二也。人主延对经术之士，讲解先王之道，设侍讲侍读常员，执经在前，乃进说，非传道也。安石居是职，遂请坐而讲说，将屈万乘之重，自取师氏之尊。真不识上下之仪，君臣之分，况明道德以辅益聪明者乎？但要君取名而已，其事三也。安石自居政府，事无大小，与同列异议，或因奏对留身进说，多乞御批自中而下，以塞同列沮论。是则掠美于己，非则敛怨于君。用情罔公，其事四也。安石自纠察司举驳多不中理；与法官争论刑名不一，常怀忿隙。昨许遵误断煤杀公事，力为主张。妻谋杀夫，用按问欲举减等科罪。挟情坏法，以报私怨。两制定夺，但闻朋附；二府看详，亦皆畏避。徇私报怨，其事五也。安石初入翰林，未闻进一士之善。首率同列，称弟安国之才，朝廷与状元恩例，犹谓之薄。主试者定文卷不优，其人遂罹中伤。小惠必报，纤仇必复。及居政府，才及半年，卖弄威福，无所不至。自是畏之者勉意俯从，附之者自鬻希进，奔走门下，唯恐其后。背公死党，今已盛矣。怙势招权，其事六也。宰相不视事旬日，差除自专。遂近臣补外，皆不附己者。妄言尽出圣衷，若然不应是安石报怨之人。丞相不书敕，本朝故事，未之闻也。意示作威，耸动朝着。然今政府，同列依违，宰臣避忌，遂专恣而何施不可。专威害政，其事七也。凡奏对御座之前，唯肆强辨。向与唐介争论谋杀刑名，遂致喧哗，众非安石而是介。介忠劲之人，务守大礼，不能以口舌胜，不幸愤懑，发疽而死。自是同列，尤甚畏惮，虽丞相亦退缩不敢较其是非。任性凌轹同列，其事八也。陛下方稽法唐尧，敦睦九族，奉亲爱弟以风天下。而小人章辟光献言，俾岐王迁居于外，离间之罪，固不容诛。上寻有旨送中书，欲正其。安石坚拒不从，仍进危言以惑圣听，意在离间，遂成其事。朋奸之迹甚明，其事九也。今邦国经费，要会在于三司。安石居政府，创制置三司条例司，又举三人者勾当，八人者巡行诸路。虽名之曰商榷财利，其实动摇于天下也。臣未见其利，先见其害，其事十也。

吕诲一口气历数王安石十大罪状，雷霆万钧，滔滔不绝，煞有介事，咄咄逼人，锐不可当。这十大罪状，范纯仁在唐介府上听吕诲说过。说句实在话，要说范纯仁对吕诲弹劾王安石的十件事都同意，这不是事实。大腹便便的范纯仁为人处世总我心如秤、不为人低昂。他不是觉得王安石不应该受到弹劾，但不能张冠李戴、无中生有、信口雌黄。他年轻时也曾有过过激的言行。治平二年，范纯仁刚当上御史，初次出道，再加上家父范仲淹的影响，许多人都想听听范纯仁对“濮议”会说些什么，一过激，就把“首开邪议”的罪名安在好人欧阳修头上，弄得欧阳修灰头土脸，遍体鳞伤，好久缓不过气来。范纯仁自己也觉得，那时的他确实轻率、张狂、空疏、乖谬了一点。现在的范纯仁不再年轻了，当然再也不会做出这样的荒唐事来。只是吕诲早不年轻了，怎么还会说出这些不负责任的话呢？而且听不入人家半句劝。就说阿芸谋杀案，只是翰林院王安石与司马光这两个翰林之间争得死去活来，把个翰林院闹翻了天，中书的参知政事唐介与翰林学士王安石并没有发生争论。再说唐介背上的疽痈病早在王安石当江宁知府就得上了，与王安石何干？况且那天唐介当着吕诲的面声明过在阿芸谋杀案中，他跟王安石没争论过。但吕诲今天在大庆殿上还这么说，这就是移花接木、恶意栽赃，很叫人匪夷所思的了。

一阵大风挟着一阵密雨炒豆子般打在大庆殿花格窗上，一声炸雷从大庆殿屋脊上一路滚了过去。范纯仁现在最关注的是赵顼和王安石的态度。赵顼一言不发地坐在御座上，龙颜有点挂不住了。要不是老祖宗有家法在，为着防范宰执大臣的不法，有意让台谏言官与宰执大臣成为与生俱来的冤家对头，保不准赵顼就要把吕诲赶出殿外。范纯仁注意到，王安石依旧垂手而立，下勾着脸，微垂着眼皮，脸腮上的肌肉一棱一棱地上下起伏。范纯仁清楚，王安石强忮性刚，不是个沉得住气的人，与人论事言辩，必辞色皆厉，且一拗到底，确实给人一种近乎无礼的感觉。但今日在朝会上，吕诲弹劾他，还是老老实实、规规矩矩听着，没回半句嘴，真是难为王安石了。当然，如果王安石真沉不住气，那今天大庆殿上就真的要乱得一塌糊涂，不堪收拾了。那时不要说百官脸上难看，就是赵顼的脸也难看。王安石克制住了自己。大庆殿里乱不起来，范纯仁放心了，同时明白了：王安石是干大事的，不是那种只能摇头晃脑写几首诗、填几首词，就目空一切、不可一世，只会意气用事的人。老祖宗家法完美无缺，堪称万世之表，永垂不朽，永放光芒！

范纯仁用眼角瞄了一下身边一些人，这些人虽然都肃立着，但脸上都没有什么特别的表情。范纯仁以为吕诲的话说完了，没想到吕诲意犹未尽：

> 臣究安石之迹，固无远略，唯多改作，立异于人。误天下苍生，必斯人矣。臣不虞横祸，孤危苦寄，职分难安，当复露章，请避怨敌！

吕诲对王安石的弹劾这才结束。然后，吕诲双手高过头顶，捧着盖有御史台官印的题折，等着赵顼身边的御前太监拿去。范纯仁看到，赵顼端坐在御座上，既不发话，也不命身边奏事处的太监去把吕诲手上的题折拿过来。这下可苦了王安石，既不敢回到班列里去，也不好说什么，只好依旧垂手而立。王安石没有文彦博那种化不利为有利、化丑闻为颂歌的通变本事，能当着天子和百官的面向弹劾他的言官致谢。范纯仁清楚，要王安石不发作就谢天谢地的了，真要他谢罪，无异于砍他的头。说句实在话，王安石此时还不能向吕诲致谢，这样做了，王安石的仕途就走到头了，新法全完了。范纯仁只希望王安石承认第十件事做错了就行，把条例司撤了，新法不用搞了。朝廷幸甚！天下幸甚！当然，这样一来，从去年四月初四至今快到一年零两个月的热热闹闹也就成了场大笑话。王安石这个一旦决定了要做的事，就一万头牛也拉不回头的拗相公，会认这个错？

范纯仁明显地感到大庆殿里出现了一种奇怪的尴尬和莫可名状的难堪。退朝又不敢退，就这么一直站着。范纯仁不由得又用眼角瞟了瞟身边的人，但见这些人比先前还规矩地站在班列里，一脸的庄重严冷变得加倍小心谨慎，更加叫人捉摸不透。

赵顼对毕恭毕敬站在置放玉玺的御案边上的奏事处太监轻轻说了句什么，奏事处的太监立即躬着身子小跑到吕诲身边，把吕诲用双手捧过头顶的题折取了过去，然后又躬身小跑到放玉玺的御案前，恭恭敬敬、小小心心地把吕诲的题折放在御案上，再又恭恭敬敬、小小心心取过放在御案右上角的玉玺，准备盖在吕诲的题折上。范纯仁看到，一件意想不到的事情发生了。赵顼右手伸过去，把前边的玉玺按住，不让奏事处太监盖玉玺，然后拿起吕诲的题折，从御座上下来，缓步走到离吕诲三四尺远的地方，把题折猛地向吕诲掷过去。范纯仁看得分明，赵顼想用题折砸吕诲的头，没想到视力不好、有眼疾的吕诲此刻的眼睛怎么看得那么清，竟然把题折接住了。范纯仁感到，大庆殿上的百官都吃了一惊。吕诲开始也有点被天子赵顼这突如其来之举惊吓懵了，张着那双有疾的、视力很不好的眼睛莫名其妙地望望赵顼，不知道自己稀里糊涂犯了什么事。吕诲跪了下去，双手捧着自己的题折，高举过头顶。

此时大庆殿外狂风大作，从花格窗外灌进来，把窗前的好几支宫烛都灭了。几个御前太监重去点燃，刚点着，一阵风又把烛光扑熄了。暴雨肆无忌惮地猛烈抽打着大庆殿外四面的墙壁。天上炸雷一个接一个在大庆殿顶上爆响，把花格窗都给震得抖动。蓝色的电光从花格窗外闪进，把大庆殿里的君臣全身都染蓝了：蓝的脸，蓝的乌纱帽，蓝的补服。整个大庆殿蓝幽幽的，变成了一个蓝色的世界。

不过，没多久，大庆殿里的气氛变得严肃而又微妙起来。赵顼把言官吕诲的题折掷给吕诲，显然有违祖制。大宋开国百年，一提到祖制，不要说百官，就是历代天子也没一个敢在这方面有半点不恭和冒失。别看朝中那些臣子平日跪拜在大殿之上，对天子俯首帖耳、毕恭毕敬，要是天子有违祖制，那些臣子会对天子没个完。特别是那些饱读诗书的臣子，开口四书，闭口五经，敢言也能言，一肚子主意，罢官、坐牢、砍头不要紧，只要青史留名，逮住个青史留名的机会，谁也不会放过，弄得天子啼笑皆非。那班直臣、言官，文死谏，武死战，更是精神抖擞，斗志昂扬，左一个上书，右一个抗疏，弄得天子食不香，寝不安，烦人不烦人？还有通进银台司的那班书呆子，也会跟着起哄，慷慨激昂行门下封驳事，不仅驳正天子诏书之失，还自认为是错误的诏书，不让下行，那就更叫九五之尊的天子威风扫地，颜面丢尽。朝中臣子都清楚，言官风闻言事是太祖订的规矩，吕诲的弹劾即使信口雌黄、睁着眼睛说瞎话，天子也不可以这样粗暴地把题折掷还吕诲，还要砸言官的头。范纯仁看到，站在武官队列前面的文彦博侧过脸，朝司马光、吕公著、冯京这边望了一眼。范纯仁知道，不一会，文彦博会跪下去，接着许多人都会跪下去，明为跪谏，实为指责天子违背祖制。到那时，场面就更难收拾了。

范纯仁实在不愿意看到百官跪谏场面的发生。他真想走到御案前，把自己心里这些话告诉天子。范纯仁看到，大庆殿百官的目光都集中在赵顼身上。赵顼回到御座前，龙颜还很是不快，脸拉得老长，似乎感到大庆殿里的气氛有什么不对头的地方，并没坐下去，睁得大大的怒眼望着跪在下面的吕诲。今天大庆殿里真要出事了。又一束蓝色的闪电强光闪进，大庆殿里又成了一个蓝色的世界：蓝的御案、蓝的大柱、蓝的花格窗，蓝的君臣都成了青面獠牙的怪兽。大庆殿里的气氛变得僵硬而又令人难耐起来。范纯仁注意到，文彦博又侧过脸来朝司马光、吕公著、冯京这边望了一眼。不用说，文彦博马上要出列跪下去了，但就在这时，奇怪的事发生了。范纯仁看见，赵顼忽然对始终毕恭毕敬站在置放着玉玺的御案边上的奏事处太监努努嘴。奏事处太监立即会意，躬着身子一路小跑到吕诲身边，把吕诲双手举过头顶的题折取了过去，然后又躬身小跑回去，把题折放在赵顼面前的御案上。不过，这一回奏事处太监没有去取御案右上角玉玺的意思，放下题折后，就又毕恭毕敬站回原地。

范纯仁松了口气。皇上圣明，关键时刻采取了一个十分明智的做法。赵顼不是那种霸气十足、蛮不讲理、不知进退的天子。在这样的天子手下做臣子，不仅不用为自己的身家性命担心，而且可以过得很舒心。大庆殿里的气氛也轻松了起来。许多人在作退朝的准备。今天是大朝，官员们大都寅时未尽就起了床，估计此时已过巳牌时分，起床到现在两个多时辰尚未进食，肚子早饿得咕咕叫。赵顼又对站在一旁的奏事处太监一个努嘴。奏事处太监立即用训练有素的如钟磬般洪亮好听的声音宣旨："退——朝!"

范纯仁听到大庆殿里有了嚓嚓的靴子移动声，许多人身子都向后转了。赵顼也转身准备回后宫。但就在这时，仍旧跪在大庆殿里的吕诲高声喊道："陛下还有一事未做。"

范纯仁感到奇怪，不知道吕诲还有什么名堂。范纯仁看到，赵顼怔住了，忙转回身子，望着吕诲。大庆殿里嚓嚓的靴子声也戛然而止。赵顼问吕诲："朕还有何事未做？"

吕诲一点也不含糊地说："臣的题折上还有玉玺未盖。"

这个吕诲，真有种叫人说不清的疯劲，什么事情不达到预定目的是不肯罢休的，连天子也不给一点面子。范纯仁听到大庆殿里响起一片不大不小吃吃的笑声。这种笑声，说不上多大的颂赞，但也并无恶意。天子赵顼龙颜也为之一笑。大庆殿里的气氛竟然轻松欢快起来。范纯仁看到，赵顼对正在把玉玺收进金匣里去的奏事处太监说："盖上，盖上。"

吕诲抬起头，面对着奏事处太监，睁着视力不好、有眼疾的眼睛，毫不含糊地看着这个太监把玉玺拿了放在御案上，又摊开放在御案上的题折，然后小心翼翼将玉玺盖上，还重重按了按，这才站了起来。范纯仁注意到，赵顼此时忽地默然一笑，自言自语说了一句："诚迂，诚迂。"

范纯仁发现，大庆殿里的许多人对赵顼的默然一笑和这句话并无什么特别的反应，但司马光、吕公著、韩绛、王珪几个人却转过身来有点惊讶地望着往大庆殿里面走去的赵顼。后来，范纯仁听韩绛说，去年芒种过后初夏的一天，韩绛与翰林院四学士在翰林院议国用制度，赵顼因王安石“担心狄夷”的一番话也对王安石忽地默然一笑和说过同样的话。这么看来，赵顼也认为吕诲是个襟怀坦白、心地纯正、胸无宿物的人了。范纯仁放心了。

百官陆陆续续出了大庆殿。范纯仁在殿门口时，回头望了下，大庆殿里的人已经不多，但韩绛、吕惠卿、章惇还在，王安石也在。今天最苦的当然要算王安石了，规规矩矩垂手而立一个多时辰听吕诲的弹劾，且不能进行申辩，这中间的滋味肯定不好受。当然，范纯仁也清楚，对像王安石这样在官场走了三十来年江湖的人来说，绝不会因为言官一弹劾，就吓得打不起精神，甚至给打得趴了下去。吕惠卿、章惇显然在等王安石一道出殿。不多一会，范纯仁看见，韩绛、吕惠卿、章惇向王安石迎了过去，然后四人像平日一样坦然、自信、若无其事地向大庆殿门口走去。

今日的天气还真是怪，退朝后，竟放晴了。风停了，雷歇了。天上掉下几点零星小雨。乌云虽然还没散尽，但大庆殿飞檐上挂着的一团乌云边上，有束日光斜泻下来，照在丹墀的积水上，闪着一排美丽的光点。范纯仁不等王安石他们走到大庆殿门口，就转身先出了殿门，见苏轼在丹墀下两丈远的地方跟曾布争：“轼也觉得吕中丞的话说过了头，王相公文章风节，天下称贤，绝不是大奸大邪之人。不过，条例司确实没必要搞。王相公主持天下政事，何必要在中书之外另搞一个中书。这个先例不可开，开了会把朝纲搞乱。年兄放心，轼这回不要你转告，轼会亲口对王相公说这些话。”

范纯仁很喜欢大才子苏轼这种对朝政口无遮拦、直言不讳的脾性。要是别人，肯定不会说这些话的。谁不知道苏轼的弟弟苏辙是条例司的检详文字，权力和地位与吕惠卿一样。说这番话，岂不是要弄得苏辙为难？范纯仁知道，朝中许多人不喜欢苏轼这种大才子书生气，且多加讥讽，但范纯仁就喜欢。既然是大才子，脾性自然与“书”有缘。如果大才子与“书”无缘，叫什么大才子？那要么是傻子，要么是奸雄。大才子苏轼聪慧过人，有这么重的大才子书生气，不挺可爱、挺可贵吗？可惜朝中像苏轼这样有书生气的官员太少了。要是有一大批，朝廷许多事就好办了，天下就永世昌盛太平了。

范纯仁下了丹墀，注意到曾布一脸的不快，很不客气地驳斥苏轼：“你这是两截论！”

范纯仁看到，周边的人都停了下来，十分惊讶也十分不解地望着曾布。已经走远了的司马光、吕公著、王珪也不由得回过头朝这边望着。苏轼则一脸的错愕、一脸的委屈。范纯仁也怔了一下，觉得曾布的话太伤苏轼了。不过，千万不要以为曾布的话没人信。六七十年后南宋大理学家朱熹就说苏轼在王安石新法中“分明有两截的议论”。朱熹的这句话是不是从曾布那里来的，不得而知，但朱熹的这句话出现在《朱子语类》上，却是再清楚不过的事。

苏轼正要回嘴，王安石被韩绛、吕惠卿、章惇一伙人簇拥着从大庆殿那边过来了。曾布撇下苏轼到王安石那伙人里去。此时被簇拥着的王安石牛耳虎头的脸微微从昂起，一脸的自信，使得他更加气宇轩昂，也使得他点膝似的眼睛里透出的英气更加逼人。王安石一路走，一路说。簇拥着他的人一路点头，脸上充满敬意和虔诚。王安石一伙人走到范纯仁身边，范纯仁很想跟王安石打个招呼，但王安石只顾说话，从范纯仁身边一擦而过时连眼皮也没抬一下。这个王安石做什么事，就像他用餐时只夹面前的菜一样，对事外之事、人外之人都不问不管。

猛地范纯仁发现吕诲跟御史台的三个御史从路的那边向王安石这伙人走过来。范纯仁心里不由得紧张而又叫起苦来。范纯仁看见，吕诲路过王安石那伙人身边时，吕诲故意侧过脸去，睁着那双视力不好、有眼疾的眼睛望着王安石，目光里充满了得意、挑衅和蔑视。王安石倒一如平常，一脸的轩昂和英气。但，王安石身边的章惇却恼怒了，双手拨开面前的人往外挤。朝中无人不知，章惇是个自己敢跟自己玩命的人。此公挤出去了，肯定要找吕诲的麻烦，吵是免不了的，弄不好会动起粗来。今日在大庆殿里没出现的好戏要在大庆殿外出现了。这成何体统，朝中百官的斯文不全丢尽了？

不过，范纯仁注意到，王安石一把死死抓住章惇的手：“我们是来搞新法的，不是来比谁喉咙大的。”

范纯仁看到，章惇安静下去了。王安石这边的人簇拥着王安石边走边说地往御膳堂方向去。吕诲那边的人则往大庆殿那边去。大约走了十丈远，吕诲还过头来很神气也很不友好地望了望王安石的背影。这个吕诲，做得太过分，太有失君子之风。没闹、没出事就好，范纯仁长长地松了口气。

天上的乌云散尽了，一天的日光洒下来，把雨后的皇宫映得分外鲜亮。

第二十五章　吕嘉问面责司马抱残守缺　四廷臣密荐冯京走马换将

吕诲以十罪弹劾王安石后的第四天，节气小暑，入伏了。这天又是一个官休日。一早，司马光坐着四人抬的官轿，往吕公著府上走去。司马光住在城西，吕公著住在城南，两家有段不短的路。司马光与吕公著同在翰林院当学士，平日见面的时间多得很，什么话不可以在衙门里说，却要大热天赶到吕公著家去谈呢？确实，今天司马光有要事跟吕公著聊。吕诲以十大罪状弹劾王安石，必败无疑，这是毫无疑义的。司马光所没料到的是，天子赵顼会那么龙颜大怒，在朝会上当着群臣的面把吕诲的题折往吕诲身上掷。吕诲本人倒无所谓，退朝以后脸色不仅阳阳如常，且更显得精神。吕诲三居言官，前两次都因直言敢谏，把个朝廷吵得天翻地覆，弄得天子火起，把他贬到地方去当官，但结果两次都获得文官十分难得也十分向往的直声，官也越当越大。吕诲不怕天子发怒，越是如此，他的名声越大，当然也越高兴。但，司马光还是为吕诲担心。司马光不认为王安石会为难吕诲。王安石不是鸡鸣狗盗之辈，不会干那些见不得人的龃龉害人的小人勾当。但不害人的王安石手下却不是什么善类，是批鸡鸣狗盗奸邪小人，这些人绝不会对吕诲手软，当然更不会放过吕诲。

吕诲的御史中丞一职弄不好要给丢掉。对这点，司马光感到十分心痛。学富五车、通古今之变的司马光当然比谁都清楚言官的重要性。有了言官这双眼睛和这张嘴巴，百官就得夹着尾巴做人，权臣不敢弄权，就是天子也不敢乱来。中原王朝千年以来，能管住宰臣的，只有天子；能对宰臣说三道四的，唯有言官。眼下，天子赵顼对王安石是如此心醉魂迷，二人就如一人，根本不会去管王安石，王安石想干什么就可以去干什么。现在能让王安石感到不敢肆无忌惮的，就只有言官了。吕诲是位难得的言官。司马光知道，满朝文武中确有不少人不喜欢吕诲，但司马光却独厚吕诲。不少人说吕诲买直，不识时务，好认死理。司马光觉得这恰恰是吕诲难能可贵的地方。言官不买直买什么，难道去买歪才好吗？不识时务也没什么不好。不识时务就是不沆瀣一气，就是不畏权贵，就是不跟小人臭味相投，就是敢把一双眼睛盯着朝中百官，特别盯着一人之下、万人之上的宰相，让朝中百官，特别是宰相不敢为所欲为，这又有什么不好呢？好认死理就更是好得不得了的精神。好认死理就是为了天家的江山社稷，认准了的事，不畏诛灭九族，头可断，血可流，头撞南墙不回头。读书人就是要认死理，不认死理就不是读书人。读书人有了这种认死理的精神，才能纲常千古，节义千秋。司马光愿与这种人为伍。不过，眼下最叫司马光犯急的是，吕诲丢了御史中丞的职位后，谁来当御史台的掌门人。司马光今天到吕公著府上去，就是要跟吕公著聊聊这件事。当然，这不是说吕诲落职后，王安石就再也没言官盯着他了。乌府台言官不行了，还有谏院的言官。作为右谏议大夫的司马光，还有风闻言事的弹劾权，他的眼睛不会放过王安石的。一年后，范纯仁、苏辙贬到地方当官，司马光就以右谏议大夫的身份给皇上上《奏弹王安石表》，一口气给王安石安了四条吓死人的大罪状，弄得王安石不得不回敬他一封信，也就是那篇名垂千古的《答司马谏议书》，让千古文坛增添了一块艺术奇葩。这自然是司马光所始料不及的。

辰牌时分，司马光的轿子来到城南吕公著府宅前。吕公著府宅是仁宗赐给前朝名相、吕公著的祖父吕夷简的。吕家的这座府宅十分豪华气派，在京都开封算得上是数一数二的豪宅。前面一个广场，足足容得下一二百顶官轿；门前一堵又高又宽的照壁，把吕府里面遮了个严严实实，什么也不让露在外面。轿子落定，司马光从轿里下来，一眼看见吕公著府宅前停了一顶四人抬的官轿，知道有人在他之前到了吕府。

司马光给了四轿夫一点碎银，让他们找家凉快的茶店吃茶去，然后整了整衣冠，向吕公著府宅走去。司马光转过那堵又高又宽的照壁，有管家出来迎候。管家命门者到里面给吕公著通报，门者一溜小跑去了。司马光跟在管家后面，进了吕府的大门。吕公著的府上跟司马光府上一样，每日里庭院多半寂寂无声。偌大一庭院，除了渐渐远去的门者那溜小跑声外，就再也听不到别的声音了。吕公著不是不近女色，纳有二妾，但不蓄声伎。吕公著这一妻二妾也与别人家的妻妾不同，都寡言少语。因之，府上既无丝竹管弦的喧闹，也无妻妾间争风吃醋的吵闹。天下事许多叫人无法解释得清。在当年的“嘉祐四友”中，跟吕公著一样，韩维也是一妻二妾，家里整日丝竹管弦声不断，妻妾间争吵声不停。司马光与王安石有着惊人的一致，二人都没纳妾，更不要说蓄声伎了。但，司马光府上大多数时间很静，看不到什么人来人往。王安石府上大多数时间很热闹，人来人往相当频繁，听说近日一些贩夫卖浆者流以及农户村民也会被王安石请到府宅里去坐坐。二人不也是何其相似，又何其相反吗？

司马光出了二堂，看到吕公著和大腹便便的范纯仁从天井前的甬道过来。只见范纯仁双手抱拳高举着，跟司马光行礼：“君实翰林，你来得正好，刚才我们还想叫人到你府上去请你呢。”

司马光很高兴在吕公著府上碰到范纯仁。这不仅因为范纯仁有他先父范仲淹先天下之忧而忧、后天下之乐而乐的遗风，是个敢讲真话的君子，还因为范纯仁这次当的是兵部员外郎兼起居舍人、同知谏院，几乎天天要跟天子赵顼接触。前些日子，司马光经筵上侍讲过了，再要到内殿侍讲得等上一段时日。因之司马光很想从范纯仁那里打听一下赵顼对吕诲弹劾王安石后的态度。如果赵顼对吕诲的态度不是很严厉的话，司马光还不想放弃争取吕诲留任的努力。不管怎么说，三天前快散朝时赵顼对吕诲的那个默然一笑，使得司马光反复想了许久。司马光很自然想起去年芒种后初夏在翰林院吃御膳时，赵顼对王安石的默然一笑。司马光觉得吕诲留在乌府台的可能性也不是完全没有。

司马光跟吕公著、范纯仁行过礼后，吕公著府上的一个家仆从三堂里面急步过来，对吕公著说：“老爷，后苑水亭备好了茶点，请三位大人过去。”

司马光怪怪地望着吕公著。以往吕公著待客，多在中堂，这次却到后苑水亭去，很叫人奇怪。此公府宅是三进大院，除了正中一栋大屋是主建筑外，东西两侧还各有一个独立的院落，院落里各有一栋青砖瓦房。吕府大大小小有二百多间房，前朝名相吕夷简后裔的三十多个人，再加上男女仆人有一百多人都住在这里，堪称京都开封的大家族。此外，吕公著府宅里还有个占地二百亩的后花园。这在寸土寸金的京都开封真可说是令人赞羡不已的了。后花园内茂林修竹、亭台楼榭，令人目不暇接；清流湍激，曲径通幽，令人心旷神怡。特别是后花园中心有个大湖。湖边垂柳依依，隔叶黄鹂声声；湖内波光粼粼，时有白鱼跳水。但，吕公著却很少到后花园玩赏，也很少在那里会客。此公脾气很怪，不知道享受，好像处处跟自己过不去。不到后花园玩赏，已经够叫人不可思议，此公还有两个更折磨自己的习惯：暑不挥扇，天气再热也不用扇子；寒不亲火，天气再冷也不烤火。司马光也很节俭，但不会这么苛待自己，苦了自己。有不少人说吕公著是沽名钓誉，司马光不这么认为。据司马光所知，吕公著这么做，不是一天两天，也不是一个月两个月，而是几十年都如此。要是以此来沽名钓誉，这个代价也太大了，有这个必要吗？司马光看得明白，吕公著泊然无所好，以治心养性为本，他这么做，是一种天性使然，更是一种修炼使然。

本来，司马光对去不去后花园倒也无所谓，只因为今天有要事商议，后花园安静，无人打扰，当然更愿到后花园去。管家办别的事去了。范纯仁在前，司马光在后面跟着，吕公著走在最后，正穿过三堂，司马光却听到身后的吕公著对后面什么人说可别把他房里的书弄乱了。后面什么人高声答话：“放心，我不是家贼！”

司马光心里一怔，觉得很不舒服。后面答话人明显对吕公著不满，也有点不恭。司马光感到奇怪，像吕公著这样的豪门望族家怎么会有如此放肆粗鲁、如此无礼之人，“贼”呀“贼”的大放厥词，说多难听就有多难听。“贼”这样的词，岂是前朝名相府里的人说的？司马光回过头去问吕公著：“何人如此嚣张？”

吕公著一脸有苦难言、有口难开的尴尬表情，什么话也不说，只是挥挥手，要司马光往后花园走去。司马光不再问了，但后面那个答话人说出的那个“贼”字却还梗在他喉咙里。司马光最容不得的就是圣经贤传之家出的那些不争气的、有辱家门的、放肆无礼的不肖子孙。从刚才吕公著怪怪的尴尬表情看来，司马光断定那个答话人非吕家的一般人。司马光觉得自己猜出了那个答话人，十有八九是那个把吕公著一家弄得十分头痛，差点没把家里人气得呕血的吕嘉问。司马光以前在吕公著府上见过这小子。这小子实在不像话，从小就聋天哑地、愣头愣脑、惹是生非，不知道天高地厚瞎胡闹，经常带些不三不四的人到府上来吃吃喝喝，弄得安安静静的吕府不得安宁。这小子又只是晓得玩，不喜欢读圣人诗书，说那些书枯燥无味，读了叫人头痛。吕家的人都说这小子不成器，是个没用的人。然而这个被吕家认为没用的人却被王安石看好，前不久竟然当上令京官眼热、今后肯定飞黄腾达的条例官。莫非这小子开始懂事了，浪子回头、改邪归正？如果真是这样，那倒是件好事。司马光又问吕公著："吕嘉问喜欢读书？"只要喜欢读书，终生对读书都乐此不疲的司马光就高兴。

吕公著叹了口气，仍旧什么话也不说。司马光有点不解了。以前，吕府的人不喜欢吕嘉问不就是吕嘉问不喜欢读书吗？现在喜欢读书了，怎么不高兴呢？不过，司马光很快想回来。吕公著也是个喜欢读书的人，幼年时就嗜书如命，到了废寝忘食的地步。吕嘉问真喜欢读书了，吕公著不会不高兴。他觉得吕公著此时选择沉默，不会事出无因，只是开口多有不便罢了。

司马光转过头去，跟在范纯仁后面，走进三堂北面的过道时，后面忽然一阵急促的咚咚脚步声跟过来。这咚咚的脚步声在寂寂无声的吕府显得特别响，当然也特别叫人感到不是味道。司马光、范纯仁和吕公著停下脚。司马光回过头一看，是吕嘉问腋下夹着一本书过来。司马光看到，吕嘉问还在二堂过道口就跟司马光、范纯仁拱手行礼："司马大人、范大人好！"

司马光觉得眼前的这个吕嘉问和他以前在吕府上见到的吕嘉问不一样了。在司马光不算太清楚的记忆中，吕嘉问是个半点礼貌也没有的人。记得第一次见到吕嘉问时，这小子明明与司马光迎面过来，却像没见到一样，昂着头、直着脖子，擦身而过，头也不回一下。司马光跟吕嘉问回了礼，目光落在吕嘉问腋下的书上。别看吕嘉问不喜欢读书，其实反应挺快，立即知道司马光很想看看他腋下夹着的书，马上把书拿出来，几步走到司马光面前，给司马光看，一边很有点得意地说："这本书若何？"

司马光并没有把书接过来，只是低头一看，是后人为战国时代秦国那个专讲财利的祖师爷商鞅辑录的《商君书》。司马光最仇恨的古人鲜有超过商鞅的。此人见财忘义，要钱不要脸，助秦为虐，为秦造就一支凶残的虎狼之师，给天下子民带来无穷无尽的灾难。这个人真是死有余辜，遗臭万年不够，要遗臭万万年才解恨。司马光一看到这本书就皱起了眉头，明白吕公著何以不回答他的问题的原因了。什么书不可以读，这个从来不喜读书的吕嘉问一读起书来就读这种邪书，如何得了。司马光实在怀疑，吕嘉问能不能把这本书读懂。不能读懂的吕嘉问竟然选了本读不懂的书看，不用问，肯定是王安石一伙人干的好事。这不是害了年轻人吗？司马光把那本书拿过来，对吕嘉问说："这种书别看了，我给你挑本好书看。"

吕嘉问很不客气地把书抢回去，不好惹的脾气上来了："我知道你说的好书是什么，无非是孔老夫子、孟老夫子的书。我自小念到现在，嘴都起茧了，早就烦了。这本书好，讲到点子上去了。你听，你听我念几句。"说完，翻开书，却半天也没找到他要念的几句话的地方。这个吕嘉问也懒得去找，把书一合，又接着说："王相公真了不起，真个是千古第一名相。你们太拘礼了，只会抱残守缺，摇头晃脑背几句孔孟的书，你们治国只会把天下治得越来越穷。"

司马光摇了摇头。这个吕家的不肖子孙，在王安石那里当了几天条例官，就神气得不得了，越说越不像话，竟然教训起自己来了，是可忍孰不可忍。过道窄，勉强能容两个人来往走动。司马光看到，吕嘉问说完，就看也不看自己一眼，很不客气地从他们身边挤了过去，出了三堂的过道，往西边吕嘉问那一房的人住的院落去了。司马光注意到，吕公著的脸都气乌了，那副十分漂亮的美髯也在抖动。好在此公平日无疾言厉色，天性简重清静，要不然真要追上去揍这个不争气、不学好、不走正途、不知道天高地厚的愣头愣脑的从孙不可。吕公著奈何不了吕嘉问，司马光很想把吕嘉问叫回来训一顿，但吕公著却一把拉住，只是不住地摇摇头，抖抖的嘴唇好一阵吐出两个字："孽种已无可救药，由他去了！"

司马光责怪吕公著："这样的书你也不放好，让吕嘉问这种人找到了。"

吕公著双目微闭，不紧不慢地说："家里人啦！"

司马光很自然想起吕嘉问刚才说的"放心，我不会做贼"那句难听的话。司马光明白吕公著刚才这句话的意思：家贼难防。吕嘉问是吕家的人，吕家的东西有他一份，取了不算偷，如何禁得了。再说，清官难断家务事，吕府上这种家事就更断了。司马光当然不会去管这些事，但对吕嘉问乱动吕公著的书，却很不放心。特别是，吕嘉问现在是条例官，对王安石崇敬得不得了，有这么一个人在吕府，贻害无穷。吕公著又是翰林院学士，对天子常要建言，有些札子免不了要带回府上写，其中必谈到王安石新法，要是给吕嘉问看见了，就要出麻烦事了。司马光很是担心地对吕公著说："有道是家贼难防，晦叔以后在府上写的札子可要放牢点。"

吕公著："公著敢不受教，早就注意到了这一点。"

司马光这才点了点头。不过，叫他实在不愿看到的是，几个月后司马光的话得到应验。吕家的这个不肖子孙竟把吕公著论新法诸多不便的奏稿窃送到王安石手上，吕公著一气之下，把中堂外面的西门封了，从此断绝了跟吕嘉问那房的来往。吕氏门中的人也都骂吕嘉问是“家贼”。从此吕嘉问顶着一顶“家贼”的帽子臭了千年。《宋史》不仅不让吕嘉问与吕氏同传，只在另一处给他写了个不像样的传，且把窃稿一事载入其中。

司马光明白了吕公著难言的苦衷。家里人，特别是孙子辈不听话、不规矩，最令人头痛，护着不说不是，不护着说出去又丢人现眼。不过，吕嘉问这种小子不值得一说。这人懂什么，当了几天条例官就了不得啦？给个四两染料，就以为能开染坊，还嫩得很啦！

吕公著对司马光和范纯仁挥了挥手，要他们到后花园去。司马光与范纯仁、吕公著转身去，向三堂过道外走去，然后出东门，眼前一片开阔，一个占地二百亩的花园便尽收眼底；花园中心的大湖，上下天光，一碧无痕。三人再沿着一条砖道，上了九曲长桥。九曲长桥的顶端，便是水亭。水亭中间的石桌、石墩都抹得干干净净。石桌上摆了枇杷、蟠桃和切开的西瓜，另有两把蒲扇也放在石桌上。司马光知道，这两把蒲扇是给他和范纯仁准备的。

三人上了水亭，不分宾主坐了下来。湖面有风送来凉意，但毕竟是小暑天气，再加上从屋里过来，路程算不得长，身上还是有汗出来。吕公著拿起一把蒲扇递给司马光，大腹便便的范纯仁却等不得主人把蒲扇递过来，早抓起蒲扇扇了起来。

水亭里就司马光、范纯仁、吕公著三人。司马光心中有数：吕公著这么安排，肯定是为吕诲一事而来。此事有关朝政，当然不能让不相干的人在场。司马光不是个夸夸其谈的人，吕公著这个人向来话语不多，二人并不急着说话。范纯仁一边扇扇子，一脸我心如秤、不为人低昂的表情：“朝廷从此多事了。介甫进中书前，老的老，病的病，苦的苦，死的死，诸事难决；又搞了个条例司，弄得朝野哗然，物议纷纷。吕中丞倒是不畏权贵，以言报国，忠心可鉴日月，但弹劾介甫十事又多谬。如果朝中唯无根之毁是听，则诬陷之路大开，人人不自安，对朝廷亦有大害焉。但，吕中丞不畏强暴，敢言敢劾，又确实使人觉得格外可贵。”

司马光同意范纯仁对王安石的评论，却不同意他对吕诲的评论。范纯仁只知其一，不知其二。这个前朝贤臣范仲淹的儿子把吕诲弹劾王安石确有不根之毁的一面看得过于认真，也过于严重，却没真正看到太祖太宗给予言官风闻言事特权奥秘之所在。天下事，许多是一时间很难弄清楚的；特别是那些不臣之事，等到全部弄清楚后，恐怕为时已晚了。只有让言官风闻言事，才能起到纠察百官、肃正纲纪的作用。像吕诲这样不避权贵、不虞横祸、沥胆而言、孤危苦寄的言官实在是少而又少。要开言路，对言官要多加保护，对吕诲比对其他言官还要给予更多的褒奖。不能因为吕诲弹劾王安石有不根之毁，就把吕诲往死里打。否则言官开口得咎，百官那不要翻天了！司马光说："权衡一下，即使言官有不根之词，也是利大于弊。"

司马光看到，自己此言一出，吕公著就有力地点了点头，不紧不慢地说了一句话："吕诲诋毁介甫太甚，但所言切直，又十分可贵。现在重要的是不能使人主轻视言者。"

司马光心里好像被雷击一样受到震撼，同时注意到范纯仁也是一震。吕公著"不能使人主轻视言者"这句话，明白人一听就知道是针对天子来的。很显然，吕诲诋毁王安石也是太甚，确有无根之毁的地方，这就很容易使人把言官看得很轻，觉得这些言官不过是瞎起哄。朝中百官这么想，问题不大，要是天子这么想就很不妙了。不用说，这样一来，天子很有可能不把言官当回事，认为有与没有都一个样，这就很危险了。司马光觉得吕公著"不能使人主轻视言者"这句话给人一种醍醐灌顶的感觉。天子觉得言官无足轻重，朝中百官，特别是宰执大臣就再也不受任何人监督了，就可以肆无忌惮、胡作乱为了，那时朝廷不出大乱子才怪。十六年后，当朝天子赵顼驾崩，在西京洛阳埋头撰写《资治通鉴》的十五年不言朝政的司马光，被现在的太后、彼时的太皇太后高氏召回朝廷当左仆射兼门下侍郎，主持天下政事，司马光想起吕公著这句话，向太皇太后高氏的第一个建言就是：开言路！

范纯仁点了点头，脸上有种被吕公著一句话点醒、事理彻悟后的清爽和欢快的神色："金玉良言！金玉良言！吕中丞不能走！君实、晦叔二位翰林，纯仁明天就去见皇上，恳乞皇上一定要吕中丞留任。"

不过，司马光却又摇了摇头。这恐怕难做到。不错，司马光现在还记得三天前赵顼因吕诲弹劾王安石十事气得要命，却又不得不遵从祖制在吕诲的题折盖上玉玺后的默然一笑。这个默然一笑与去年赵顼在翰林院吃完御膳后的默然一笑何其相似乃尔，从这里可以看出皇上对吕诲的气消了许多，但气还是气的。昨天，司马光还听说，赵顼那天回到后宫，龙颜还是相当不快，太皇太后曹氏、太后高氏怕皇上气出病来，劝了皇上好久，赵顼胸中的气才平了下去。赵顼不喜欢买直的人。上次言官王陶弹劾老相公韩琦，也是这样惹得赵顼动怒，弄得赵顼看他不起，把他赶到远远的外地去当官，再也不想见到这个人。司马光说：“吕诲恐难留住。现在的问题是谁来接替吕诲，要找个更合适的人当御史中丞才是。”

范纯仁坚持他的意见：“纯仁看留得住。那天退朝后，吕诲一伙御史官与介甫一伙人在大庆殿外砖道上相遇，倒是吕诲的不是，故意瞪介甫一眼，弄得章惇要冲过去找他算账。当时纯仁看得清清楚楚，介甫一把抓住章惇的手，不让章惇过去。明日纯仁去拜会介甫，只要他不反对吕诲留下来，皇上会同意我们的恳乞的。”

司马光半天没有出声。司马光与王安石是当年“嘉祐四友”的朋友，对王安石的为人还是很了解的。他相信，只要皇上把吕诲留下来，王安石确实不会反对。但问题是，那天朝会上吕诲头戴獬豸冠、身穿内白外红的法袍，开口就给王安石安了个吓死人的大奸大诈的罪名，再接着是吓死人的十大罪状。二人是不可能同朝为官的。留吕诲，就一定要把王安石赶走；留王安石，就一定要把吕诲赶走。皇上会留吕诲吗？吕诲肯定留不住，要滚蛋走人。当然，司马光不会放弃留吕诲在朝中的努力。司马光打算明日下午与吕公著、冯京、范纯仁面君，天子赵顼提出王安石与吕诲谁去谁留时，他们就不失时机提出二人均可留在朝中，其用意全在保住吕诲。司马光把这个主意说过之后，转过脸去，问吕公著：“晦叔意下如何？”

范纯仁不出声，说明他接受了司马光的意见。吕公著只说了一句话：“还是想想谁接替吕诲好。”水亭上寂寂无声。有凉风从水上吹来，司马光只是有一下没一下地挥扇，但范纯仁不停地挥扇，头上还是冒出一粒粒汗珠。暑不挥扇的吕公著头上也有汗珠渗出，却仍旧一动不动地坐着。

此时大约过了巳牌时分，水亭的日影都快缩到水亭边上。司马光忽然看见吕公著府上的管家站在九曲桥的那头，却又不敢过来。司马光不解此是何意，不由得望了望吕公著，但见吕公著忙起身下了水亭，往九曲桥那头走去。这个吕公著搞什么鬼，遇到什么了不得的事，弄得这么神神秘秘的。一会，司马光见吕公著到了九曲桥头，管家跟他叽里咕噜说了几句话，就转身走了，吕公著也转身从九曲桥那头过来。吕公著回到水亭，一脸喜色地说了一个好消息：“‘三元’年兄当世来了。”当世是冯京的字。

司马光感到自己精神一快，同时看到范纯仁也笑眯眯的。不用问，吕公著、范纯仁和司马光一样，对冯京 “冯三元”的到来，都是很欢迎的。司马光不由得望了望水亭外的湖面，但见日光下万点金光在波光粼粼的水面跳跃，听到湖的四周青草里虫声不断。一会，司马光拊掌大笑：“冯京年兄不仅当世，而且来得当时。”

司马光平日没半点幽默感，这会却说起俏皮话来。吕公著、范纯仁都很有点莫名其妙望着他。不过，二人很快明白司马光这句俏皮话的话外之音。司马光看到，吕公著是一个会心的微笑，大腹便便的范纯仁则是一个开心的朗笑。

司马光、吕公著、范纯仁都不由面朝后花园那头的月门望去。此时，那个一脸谦恭顺从、温文尔雅的冯京出现在月门口，然后沿着甬道，往水亭这边走来。冯京还在九曲桥那头，司马光、吕公著、范纯仁拱起双手行礼。冯京则一边走，一边双手抱拳，对着水亭这边回礼。

一会，冯京上了水亭，四人围着石桌坐了下来。吕公著的管家手上拿了把蒲扇，放在冯京面前，然后悄悄退往桥那边去了。吕公著给每人送上一片西瓜，自己也拿了片西瓜啃。司马光边啃西瓜，边望着冯京。冯京告诉众人：他先到了司马光府上，听说司马光到了吕公著府上，就赶紧过这边来了。司马光明白，冯京肯定有要事找他商议。本来，司马光、吕公著、冯京都是翰林院学士，同在一个衙门坐班署事，要商量什么事还不方便？但，冯京办事从来不露声色，在这点上，冯京与他的老岳丈富弼十分相近。司马光知道，冯京最防着的人是王珪。这个王珪，别看他本分规矩，但对王安石亦步亦趋，看王安石脸色行事；王安石当上参知政事主持天下政事后，更是对王安石曲意奉迎，百般讨好，唯命是从，简直无异于王安石的一个属员，连王安石放个屁也是香的，对此人确实不可不防，要紧的事绝不要在翰林院说。此时司马光很想知道冯京老岳丈富弼的近况。司马光觉得富弼是大宋百年难得的真正的君子，胸有城府，别看他从不口出恶言，有事说事，不强人所难，不去做他不愿做或不能做之事，但他的一言一行对朝政的影响不可小觑，许多人在许多事情上很在意他的态度。司马光问冯京：“富相近日身体可无恙？听说富相多次称疾求退，奏折都写了十多个了。”

冯京别过脸，望着司马光，细声轻语道：“老泰山身体越来越差，腿脚相当不便。老泰山觉得留在朝廷没什么意思，不如像老相公韩琦那样，外放到地方，更能切实为朝廷做些事情。”

吕公著、范纯仁都在十分认真地听冯京的话。司马光把冯京的话反复想了想。去年十月初一老相公韩琦外放到大名府去领四路兵民大权，主要是大宋祖制规定使然。然而，富弼这么坚决要求外放，却与老相公韩琦要求外放的缘由完全不同。司马光此时当然还无法弄清富弼之所以这么做的真正用心，但他觉得这个让人看不透的富弼对朝政一定有超过众人的深刻看法。富弼要求外放到地方当官这一点，在司马光脑子里产生了很难抹去的印象。一年零四个月后，也就是熙宁四年五月，司马光因朝政与王安石的矛盾愈积愈深，终于到了水火不相容的地步，在做出辞去一切官职，以散官身份去西京洛阳埋头编撰《资治通鉴》时，才真正悟出富弼此时要求外放到地方当官的过人智慧，才真正了解富弼不仅看穿了官场，而且看透了朝廷，才真正知道富弼要求外放是一种反复权衡、深思熟虑的一种智者的不二选择。那时，用五体投地来表述司马光对富弼的佩服一点也不为过。

冯京啃完西瓜，又用手挥了挥扇，轻言细语中自有一种刚劲：“不过，老泰山说，朝廷也不可无君子，眼下最要紧的是向皇上举荐好御史中丞。”

司马光问冯京：“当世年兄也是这么想的？”

冯京点了点头：“当下悠悠万事，唯此为急。”

司马光看到，吕公著、范纯仁和他一起拊掌大笑。司马光说：“此事要快，到了刻不容缓的时候。我们四人想到一块来了。”

冯京先是怪怪地望了望吕公著、范纯仁和司马光，然后也拊掌大笑起来。

现在是司马光、吕公著、范纯仁怪怪地望着冯京了。平日说话比金子还贵的吕公著说：“公著有个主意：一人写一个名字，看谁是我们举荐的御史中丞。”

众人都说这个主意好。吕公著立即对着九曲桥那头喊：“管家，文房四宝侍候。”叫司马光感到惊奇的是，管家好像早知道有这一着似的，吕公著的话音刚落，便见管家手上拎着青色布包从九曲桥那头快步过来。不多一会，管家过了九曲桥，上了水亭。管家解开青色布包，从里面把笔、墨、纸、砚拿出来，又用竹筒到水亭边舀了水来，倒在砚台里，磨起墨来。吕公著用手把纸裁成四张，分给每人一张。

仲夏日光下满湖金光活蹦乱跳，迷人双眼。司马光、吕公著、范纯仁和冯京依次提起笔，蘸上墨，在各人的纸上写上一个人名字。四人把写上名字的纸对折着，往石桌上一放，依次是司马光、吕公著、范纯仁的，冯京的压在最底层。有股风吹来，别看范纯仁大腹便便，其实手脚挺灵便，只见他双手把纸按住。司马光干脆让他报名字，吕公著、冯京都同意。范纯仁小心而慎重地把司马光的那张纸抽出来，吕公著、冯京把头凑过去，望着范纯仁手上的纸。范纯仁高声道："冯京！"

范纯仁又抽出吕公著写的那张纸，司马光、冯京的头又凑过去。范纯仁高声道："冯京！"

范纯仁尚未把自己写的那张抽出来，就先高声道："冯京！"然后，把自己写的那张纸抽出来，送到司马光、吕公著、冯京面前，让他们去看。

四人中有三人举荐冯京，冯京得多数票是毫无问题的了。司马光、吕公著、范纯仁不由得又一起拊掌大笑起来。不过，叫他们感到奇怪的是，冯京也拊掌大笑起来，而且笑得挺特别，一边笑，一边还捋胡须。司马光、吕公著、范纯仁拊掌大笑，是因为他们不谋而合想到一起去了。这个冯京也拊掌大笑，却是为哪般呢？冯京莫非举荐他自己？司马光注意到，吕公著、范纯仁也怪怪地望着冯京。司马光此时虽然年到半百，但脑瓜子还很像他年幼时砸缸救童那样敏捷，不等范纯仁把最后一张纸抽出来，却伸出手，把范纯仁按在纸上的手掀开，拿过冯京写的那张纸。司马光把那张纸打开，吕公著、范纯仁的头凑了过来，司马光与吕公著、范纯仁的眼睛都发亮了。司马光清清楚楚地看到那张纸上写着：冯京。司马光侧过头望了望冯京，但见冯京侧着身面对大湖，眯着只眼，悠闲地望着满湖跳耀着的万点金光。怪不得他也拊掌大笑，原来此公毛遂自荐，愿意当那个既叫人可畏又叫人可憎，当面被人百般讨好、背后给人骂得一塌糊涂，以得罪人为己任的御史中丞。司马光、吕公著、范纯仁相互望了望，不由得又是一阵拊掌大笑。这时，冯京也回过脸来，也是一阵拊掌大笑。四个人的掌声和笑声，汇集在一起，向湖的水面飘去，满湖金光更加活蹦乱跳起来。

司马光压在心头的那块石头放下去了。冯京其实是比吕诲更合适的御史中丞人选。吕诲直敢言，不畏权臣，不怕落职罢官，甚至连天子都敢惹，但确实有买直之嫌，脾气不好，偏激过头，且听不进别人半点意见，仗着言官有风闻言事的特权，就胡说八道起来。冯京绝不会做这等傻事。冯京温文尔雅，态度良好，说话轻声细语，极有城府，极得历朝天子喜爱和信任，又不像他老泰山富弼那样让人看不透。说句实在话，司马光觉得冯京的老泰山富弼阴气重，是位能相，但很难说得上是位贤相，冯京却让人放心。不管怎么说，冯京这样的御史中丞，才是真正的厉害，才能真正使那些心术不正、想搞歪门邪道的人感到害怕。冯京毛遂自荐，司马光信心大增，决心办好这件事。当然，冯京能不能当上御史中丞，也不是件易事。虽说在言官人选问题上，主政的中书、主兵的枢密院大臣都免开尊口，大宋祖制规定不允许这些大臣染指，一双眼睛重点盯着他们的言官人选，但天子赵顼这么醉心、信任、依赖王安石，焉能完全不考虑王安石对言官的态度？不过，尽管如此，冯京当御史中丞的条件有四：一是帝眷深，三朝天子对冯京不错，当朝天子赵顼很赏识冯京的人品和才能，谁在天子面前都告不入他的状；二是后宫印象好，太皇太后曹氏、太后高氏都对冯京多有好感，都认为冯京是个可信赖的臣子；三是冯京人缘好，朝中百官少有人说他的坏话；四是冯京与王安石同年出生，相互以“齐年”相称，二人相互尊重。特别是第一点，司马光觉得尤为重要。司马光记得，仁宗朝时，冯京刚出道，判吏部南曹，有人在仁宗面前告冯京的刁状，被仁宗狠狠斥责了一顿：“京亦何罪！”吓得那个人赶快退了下去，要多快就多快地跑了，从此再没谁在天子面前告冯京刁状了。天子圣明，冯京当御史中丞还是很有把握的。

司马光看到，范纯仁“范胖子”很兴奋，此公本来就胃口好，要不然就不会长得那么胖，此时胃口就更好了。范纯仁又拿起一片西瓜边啃边对冯京说：“冯大人，纯仁还以为你会举荐大才子苏轼当御史中丞呢。”

司马光清楚，水亭上的四个人，恐怕没人对大才子苏轼的印象不好，要他们说苏轼当不了御史中丞恐怕谁也不会，但要他们举荐苏轼当御史中丞，又没谁会想到这位大宋难得的大才子。不仅在这件事情上是这样，在许多问题上也都是如此。可以说，从嘉祐二年苏轼苏辙兄弟双双进士及第，一举成名以来，人人都对苏轼高看一头，都认为苏轼飞黄腾达指日可待，很快能得到朝廷大用，但苏轼就是大用不起来。没大用苏轼的时候，许多人都为他惋惜，为他抱屈，但谁真要大用他时，又总觉得大才子有什么不妥，似乎觉得大才子太有才了，要好好斟酌斟酌。说句实在话，对这种现象，学富五车、通古今之变的司马光也很是觉得难以理解，很有点稀里糊涂讲不清楚。多少年后，水亭上的四个人，都官运亨通，先后拜相。司马光在十五年后还当上同中书门下平章事，成为朝廷总理政务的上相。唯有大才子苏轼终其一生，未见大用。元祐元年，是苏轼最走运的一年，好不容易当上个三品翰林侍读学士，但时间也就一年。

司马光看到，冯京觉得这个问题很不好回答。在水亭的四人中，实际上只有冯京后来在天子赵顼面前真正举荐过苏轼，他怎么可能不把苏轼当朝廷有用人才来看呢？不好回答就不回答，冯京也拿起一片西瓜吃起来。当然，范纯仁也不是非要冯京回答不可，见冯京在吃西瓜，也就不再问了。此时，众人都开始觉得饿了。吕公著转过身去，对着九曲桥那头的月门，又是招手，又是喊："开饭！开饭！"

吕公著的话音刚落，司马光就看见管家领着两个手上拎着食盒的家仆从月门里过来。司马光很喜欢吃吕公著家的饭菜，清淡，不腻口。司马光琢磨着，现在到了乌府台走马换将的紧要关键时刻，迟疑不得一下，延缓不得片刻。等吃过饭，司马光要与吕公著、范纯仁、冯京再好好议议，如何向天子赵顼举荐冯京，务必旗开得胜，马到成功，务必要把王安石新法的那套歪门邪道遏止住。

几日后，吕诲外放当河南知府。退朝后三个与吕诲走在一起的御史也连续上表章弹劾王安石，下场就比吕诲惨多了，都降到七品以下的官。一个被贬到江州当县丞，一个被贬监处州盐酒务，一个被贬监衢州盐税。御史台敢直言的御史几乎一网打尽。

司马光吮了口酒，慢慢嚼着菜，望了望水亭外的湖面，但见水亭的日影已经西移，水中的日头又白又小。

第二十六章　赵顼神采飞扬——说新法　皇后采办大礼件件有着落

吕诲以十罪弹劾王安石的第六天，天一亮，向皇后就起来了。坤宁宫的太监、女官、宫女侍候向皇后盥洗、梳理、用膳后，向皇后立即命押班太监备好凤辇，只等入内内侍省大太监都都知张德保来，把一些情况弄清楚后，向皇后要到乾清宫去见皇上，谈谈后宫的事。向皇后真没想到，皇上却到坤宁宫来了。这叫向皇后感到很是一奇，也很是一喜。以前，皇上碰到心烦和气得要命的事时，总喜欢到坤宁宫来。这叫向皇后很高兴。皇上心烦和气得要命时到坤宁宫来，说明皇上心里有她，把她看得很重。天下的女人都喜欢男人心里有自己，在意自己，把自己看得很重。后宫的女人就更是如此，皇上心里有了自己，就意味着至尊、至贵、至荣的日子也随之而来了。当然，向皇后清楚，这一点也不奇怪。皇上才二十二岁，妃嫔大都十六七岁，最小的十四岁，皇上这两年宠幸的陈美人也只十五岁，都还是个女孩。除了陪皇上在床上快活外，这些妃嫔懂得什么。向皇后今年十九岁了，多少晓得一点朝政上的事，只有她还能跟皇上分分忧。这么想过之后，向皇后又不打算用后宫的事再去给皇上添烦了。今年宫中最大的事是太皇太后曹氏六十圣寿，这事一定要办得风风光光，让太皇太后曹氏高兴。好在入内内侍省都都知张德保很得力，先自己想想办法吧，实在有解决不了的困难再面奏皇上不迟。叫向皇后感到奇怪的是，皇上在御前太监端过来的禅椅上坐下后，却问起后宫的事来："今天朕不谈朝政，让他们闹去，看他们能闹出什么来。朕就不信，天会塌下来。朕今天就与你说说后宫的事。"

听了皇上的话，向皇后却高兴不起来。向皇后明白，这是皇上在说赌气的话。没有谁有向皇后那么清楚，自从去年王安石越次入对以来，好事连连，皇上的心情总处在一种开朗的状态之中，但六天前早朝吕诲弹劾王安石，把皇上给气得真可以说是七窍生烟，那种开朗的心情彻底没了。这个吕诲实在不像话，安在王安石头上的罪名都是吓死人的，什么“大奸”“大诈”，什么十大罪状，全是无中生有，诬陷栽赃，弄得王安石当众出丑，狼狈不堪。向皇后在宫中听说，朝中许多人都在背后说吕诲是“吕疯子”，看来此话不是没道理。朝野上下，谁不知道王安石为了大宋富国强兵，忠心耿耿，日夜操劳，天下称贤！如果不是这样，皇上会那么醉心、信任、依赖王安石吗？然而，吕诲却这样恶毒地攻击王安石，这能叫皇上不怒气填膺吗？在大庆殿上，皇上气得把题折往吕诲身上掷，好在并未把吕诲怎么样。这一来是因为大宋老祖宗制定的规矩好，赋予言官风闻言事的权力，胡说八道也什么事都没有；二来是皇上仁慈宽厚，把气忍了下去。要是在别的朝代，吕诲就死定了，自己肯定要人头落地，不满门抄斩就万幸了。

六天前的中午，皇上回到乾清宫，气得龙颜发青，连午膳也吃不下去，一桌的菜没动，可把向皇后愁坏了。向皇后正犯愁时，忽听到丹墀上传来很好听的金玉首饰的叮叮当当碰撞声，知道是太皇太后曹氏、太后高氏过来了。皇上忙整了整衣冠，急急忙忙往乾清宫外走去，向皇后紧跟在后面。皇上才走了几步，太皇太后曹氏、太后高氏就到了门外。皇上忙命乾清宫的两个御前太监去搀扶，太皇太后曹氏却一点面子也不给，只把手伸给身后侍候了四十多年的乔掌彩。这个乔掌彩虽然年过半百，但依然很老到地搀着太皇太后曹氏的右手进了乾清宫，随后太后高氏也由身边的一个宫女搀着跨过乾清宫高高的门槛。太皇太后曹氏、太后高氏到了乾清宫内室，皇上先请太皇太后曹氏在紫檀禅椅上坐好，又请太后高氏在另一张紫檀禅椅上坐。不过，太后高氏没敢坐。太皇太后曹氏很欢喜地望了太后一眼，又对那张空着的禅椅努努嘴，意思是要太后高氏坐。太后高氏这才坐下去。向皇后清楚，此地是后宫，不是外廷。后宫是皇上家里，得按家法办事。太皇太后曹氏是后宫最大的，让太后高氏坐，太后高氏才敢入座。乾清宫只有两张紫檀禅椅，一张皇上坐，一张是进御侍寝的后妃坐；另有官帽椅、玫瑰椅各八张，锦墩八只，供临时使用。皇上在一旁小小心心、恭恭敬敬侍候着。太皇太后曹氏也没让皇上久站，转身对乾清宫的一个御前太监喝了句：“没用的东西，死了还是怎么的？也不给皇上端张椅子过来。”要是平日，御前太监只要给身边乌木牌太监一个眼色。这个太监就会立即屁颠屁颠去把椅子端来，但此时御前太监不敢坐大，连忙跑到里面端了张花梨木官帽椅过来。太皇太后曹氏、太后高氏坐了紫檀禅椅，皇上则坐在挨着太皇太后曹氏的花梨木官帽椅上。

向皇后知道，太皇太后曹氏、太后高氏急急忙忙赶到乾清宫来，肯定是为吕诲弹劾王安石一事而来。向皇后感到，事情远不是自己想象的那么简单，倒是越来越复杂也越来越麻烦了。在平日接触中，向皇后清楚，无论是太皇太后曹氏，还是太后高氏，都不喜欢王安石，谈到王安石的新法大都不置一词，要不就谈祖宗之法如何如何完美。向皇后清楚，如果太皇太后曹氏、太后高氏是为吕诲弹劾王安石一事而来，这对王安石肯定不利。这一来，皇上就很麻烦了。对天下臣民，皇上拥有生杀予夺的大权。君要臣死，臣不得不死，更遑论草芥百姓了。皇上把题折往一个御史中丞身上掷算什么，就是让门外的卫士把吕诲推出午门外斩了也就斩了，大不了给他一个好听点的谥号罢了，但对太皇太后曹氏、太后高氏就绝不可有半点造次了。皇上再大，没老娘大，更没老祖母大。太皇太后曹氏、太后高氏发句话下来，皇上能不听？

坐下不久，太后高氏笑着对皇上说："老祖宗又要讲前朝那些故事来了。"

向皇后立即明白，太皇太后曹氏、太后高氏果然是为吕诲弹劾王安石一事而来。听到太皇太后曹氏又要讲前朝故事，乾清宫中的太监、女官、宫女都显得特别兴奋起来，一个个十分恭敬、十分讨好、十分认真地等着听太皇太后曹氏讲前朝故事。

乾清宫中的太监、女官、宫女这种态度，让太皇太后曹氏感到十分欢心。过了一会，太皇太后曹氏说："太后尽拿我这个老太婆开心，老身才讲过前朝几个故事，就'又要讲'了。老身知道你们听烦了，烦了老身也要讲。皇上，让臣子说话，让言官风闻言事，是老祖宗定下的规矩，利在社稷，功在千秋。要让人家敢说话，先帝爷一个个谁不是把臣子的话看得很重？记得有次先帝爷真宗与寇相言语不合，气得龙颜大怒，拂袖而起，寇相也不相让，上前牵住太宗的龙袍，请太宗复坐，要太宗事不决不退朝。朝中百官都吓坏了，都以为寇相吃了豹子胆，活腻了找死，先帝爷太宗也大为震怒。事后呢，先帝爷太宗不仅没怪罪寇相，反称赞寇相是真宰相，对左右说：'朕得寇相，犹唐太宗之得魏征也。'后来真宗对寇相更加器重，靠着寇相才有了澶渊之盟，才有了大宋百年太平。"寇相指的是寇准。

谈起前朝政事，太皇太后曹氏真是头头是道，如数家珍。太皇太后曹氏虽然未点出吕诲弹劾王安石这件事，但向皇后清楚，太皇太后曹氏在指责皇上在大庆殿上对吕诲发火这种有违祖制的行为。当然，这些话，只有太皇太后曹氏才能说。气得要命的皇上坐在太皇太后曹氏身边，乖乖听着，心中再大的火，也不敢在太皇太后面前发。

有太皇太后曹氏在场，太后高氏照例是不怎么说话的。但此时太后高氏开口了："老祖宗连寇相牵着太宗龙袍这样的小事都记得清清楚楚，怪不得宫里的人都说太皇太后越老越耳聪目明。有太皇太后在身边，真是皇上的福分。皇上，好好把太皇太后的话记住，江山万年长！"

太皇太后曹氏笑得合不拢嘴，指着太后高氏对众人说："就太后会哄老身。老身年龄大，奔花甲之年了，不过是陈年旧事还知道点，过来跟皇上唠叨唠叨几句。"

向皇后清楚，太皇太后曹氏、太后高氏也知道皇上此时正气得要命，怕怒火伤了皇上身子，话也只是点到为止，随后又劝了皇上好些时间，还一定要皇上吃点饭，不吃就不离开乾清宫。皇上的气在慢慢往下消。向皇后真是佩服两宫太后，特别是太皇太后，她们总有本事让不管气得多狠的皇上把气消下去。向皇后对朝廷的事，一向不沾边。她只是用心体味太皇太后曹氏、太后高氏是怎么开导皇上的。大宋的太皇太后、太后和皇后都不好当，朝廷上的事不是那么好过问的，弄得不好就坏了后宫不干政的规矩。太皇太后曹氏、太后高氏多精明，不会让任何人抓住这方面的任何把柄。记得去年四月初五，太皇太后曹氏劝皇上二十年不言兵，也只是讲了英宗朝抓到北辽一个探子这个小掌故开导皇上，今天又用这个办法开导皇上要善待言官，真妙绝了。太后高氏呢，也一样，明明是要皇上善待言官，却把太皇太后顶在头顶上，既哄得太皇太后笑得合不拢口，又不着痕迹开导了皇上，真是一箭双雕，妙在其中。

太皇太后曹氏、太后高氏的话在皇上身上起了作用，皇上的怒气消下去了不少，还吃了一些菜、半碗饭。小暑后的第二天，气温明显升高了，向皇后在乾清宫放了两块冰，但宫里还是热。今天，向皇后有不少事要面奏皇上。自从治平四年正月册封为皇后，至今两年零四个月，向皇后才真正体会到做个好皇后多难。至尊、至贵、至荣，在后宫独裁一切，但事情太多太多，也很累很累。皇上不难侍候，饮食起居有入内内侍省的尚服、尚食太监安排好，不用她操心。皇上的房事也不难，敬事房的太监会按后宫进御顺序安排得有条不紊，自己不过对敬事房的安排过过目，为的是不能让妃嫔与敬事房太监上下其手，坏了天家规矩，乱了后宫。再加上皇上忙朝廷的事，经常在宫烛下批阅奏章到醮楼三鼓才上御床睡觉，并无太多的时间和精力花在女色上，有时一头倒在御床上就睡着了，弄得这天准备用自己的温柔和胴体让皇上尽情享受床第之欢的进御侍寝的妃嫔感到大失所望，万分扫兴。向皇后不糊涂，知道越是在这个时候，自己越要把皇上的房事搞好，不要弄得皇上在这方面也烦。太皇太后曹氏、太后高氏也不难侍候。向皇后从太后高氏那里学到了侍候太皇太后曹氏的"顺、哄、逗"三字真经。"逗"还不怎么老到，但"顺"和"哄"，向皇后做得到。向皇后自我感觉到，太皇太后曹氏、太后高氏还是很喜欢她的。向皇后感到最难办、最头痛的是后宫庞大的经费开销。不说后宫上万人的俸值，仅以御厨用猪和羊来说，岁费六万头。宫门一开，每日得花多少钱！说是说"普天之下，莫非王土"，并不是天下每寸土地都是皇室私有的。皇室当然有很多钱花，但也不可以挥霍无度。后宫的钱，一是太府寺掌管的工商税，二是皇庄田亩的产粮，三是官吏的献纳。这些钱不敷支出，再面奏皇上降旨支取户部库粮。不错，司农寺钱最多，天下田赋尽入其中，但司农寺的钱只用于朝廷，大多放在常平仓和广义仓里，用来平抑物价和赈灾的，皇室也不得动用；动用了就坏了规矩，天子用来挥霍就是无道昏君。这些年来，后宫经费都是入不敷出。太府寺叫苦连天，说工商税越来越难收了，许多大宗商品买卖都给皇亲国戚、豪门权贵把持了，衙门里的小税官谁敢要他们交税？皇庄也遇到麻烦，皇庄上的农户受不了太监的气，越来越不愿意种皇田，举家外逃的有增无减。好在户部比以前好说话多了，问他们要两个钱不像以前那么难；近来更是好说话了，好像户部找到个金矿，花多少钱开口就是。户部最难说话的是老相公韩琦在朝的时候，仗着韩琦撑腰，不买后宫的账，入内内侍省大太监都都知张德保出面也不给脸。只不过现在户部的日子也不是特别好过，去年冬至祀天的两万两银子还是从司农寺借的，说好了今年要还清。说句实在话，这是中书的事，不叫向皇后犯难。今年有件事，可就叫向皇后真正发愁了。那就是十二月初二太皇太后六十岁的圣寿，这可是后宫的一件大事，但钱呢？光五天的恭进就要大把大把的银子。还有寿礼，总得送上一份像样的吧？

皇上为朝廷的事烦，向皇后为后宫的事烦。皇上生来就是个喜欢干国事的人。有国事干，皇上就精神爽，再累也龙颜欢快；无国事可干，反闲得慌。难得皇上今天有心情过问后宫的事，向皇后一时还不知怎么回答皇上。说后宫没事，明明是欺君；说后宫事多，又明明非己所愿。从刚才皇上说的话来看，六天前皇上的气并未完全消掉，稍有点触动就又会把火气吊上来，向皇后此时当然不想拿后宫的事去烦皇上。过了好一会，向皇后说："皇上，前几天，太皇太后那边的乔掌彩给妾送了包武夷山茶叶，整座武夷山就这一株茶树有这种茶，清香得很，沁人心脾。"这是向皇后从太后那里学来的法子，不好说的话就暂时撇一边，等到好说时再说。

向皇后命尚食的宫女沏茶去了。不多一会，尚食的宫女双手捧着黄瓷茶盘从后面进来。黄瓷茶盘上放了一只金茶瓯。尚食的宫女小小心心把金茶瓯放在皇上旁边的黄梨木茶几上。向皇后站在一旁，仔细看着赵顼轻轻把金茶瓯茶盖掀起，放在茶几上，坤宁宫里立即飘散着一股茶的清香。皇上又捏着金茶瓯的把手，低下头去，一面把金茶瓯送到嘴边，轻轻吮了口："好茶，好茶，朕喝过这么多贡茶，也比不上这武夷山茶好。这个乔掌彩会办事，如何弄到这般好茶，怪不得太皇太后曹氏一辈子离不开她。"

向皇后想起二十年前的一件往事。不知因为什么，太皇太后曹氏曾把这个侍候了二十来年的乔掌彩赶出宫门，遣放回家，但还没过几天，就又把她诏回宫中。这件事，还是向皇后在东宫当太子妃时听当太子的赵顼说的，一直百思不得其解。向皇后现在明白了，这个乔掌彩确实不是个简单人物，比贡品更好的东西都弄得到，岂是常人能做得到的？皇上心情渐渐好转了些，却更想知道后宫的事，说："你但说无妨，后宫缺多少钱？"

向皇后没想到皇上又扯到后宫的事上来了。向皇后知道皇上为人：要做的事，一定要做下去。这一点，皇上与王安石十分相近。向皇后看来对后宫的事无可回避了，不过，向皇后还是想把话题岔开："皇上，近日大才子苏轼诗兴大发，写了好些诗，妾给皇上御览几首，如何？"

向皇后看见，皇上龙颜顿时一开。这些年来，大才子苏轼的诗词在后宫成了许多人的一种消遣雅事。先帝仁宗、英宗喜欢看。当今皇上也是爱不释手。太皇太后曹氏、太后高氏只要大才苏轼有诗出来，也常常要一睹为快。向皇后也很喜欢苏轼的诗词，手头上有苏轼上百首诗词了。宫中女官在一起，也常常谈论起苏轼诗词。就是宫女，那些在宫中学到点文化的，口中有时也能吐出苏轼诗词中的一些句子。只有那些没根的太监，没甚文化，对苏轼的诗词不感兴趣。不是这些人不知道苏轼这个人，只是不会欣赏他的诗词。不过，这时向皇后突然发现，皇上双眉紧锁，刚刚开朗起来的龙颜又阴了下去。皇上从禅椅上站起来，来回走了几步，嘴里轻轻地自言自语道：“朕不会忘记他的，朕不会忘记他的。”

向皇后明白，皇上所说的“他”，指的是大才子苏轼。虽说一条横街把后宫和前朝隔绝了开来，除非皇上下旨允许，或者轮到在后宫宿值，朝廷再大的官，也是严禁进入后宫的，违禁者格杀勿论。但宫中和朝廷的消息都无法绝对封锁得住。今年二月初三，王安石当上主持朝政的参知政事以后，后宫就在传大才子苏轼要受到重用。后宫许多人也希望苏轼如此。太皇太后曹氏不用说，仁宗皇帝说“朕今日为子孙得两太平宰相矣”那句话，太皇太后曹氏终其一生都牢牢记着，也终其一生都关心着苏轼。太后高氏对苏轼也是赏识有加，向皇后不止一次听到太后高氏在皇上面前提到苏轼。叫向皇后糊涂的是，苏轼的官却怎么也当不大。当然，向皇后心里明白，既然太皇太后曹氏、太后高氏的赏识都不起作用，皇上肯定有难处，她一个当皇后的话就更不起作用，又有什么说的必要呢？向皇后怪自己不该在这个时候提到苏轼的诗词，弄得皇上精神不快。她很想说点好听的事让皇上高兴，却半日想不出来，心里不由得犯起急来。

这时，皇上反倒笑了起来：“是不是怕朕闷出病来？不会，朕一点不烦。朕真要发起脾气来，那些人还是怕的。特别是朕有了王相公在朝廷，就什么事都不用担心。朕倒是担心你在后宫受了气，闷在肚子里给憋出病来。朕就你这么一个皇后，憋出病，叫朕如何是好。”

向皇后知道，这是皇上在哄自己。任何一个皇上都不缺皇后，想当皇后的女人成千上万，看不顺眼的皇后随时换个就是。向皇后不知道皇上有没有哄过别的妃嫔，但经常哄自己确实不假。男人哄女人并不只是一种廉价的引人高兴的讨好。皇上用不着讨好任何一个女人。因此，向皇后把皇上对自己的哄理解为一种宠爱自己的表现。女人谁不想得到男人的宠爱？能得到皇上宠的女人就更是感到自己这一生一世没白活。向皇后低头不语，感到一丝暖流在自己血管里流淌。她无法看到自己的脸，但感到自己此时脸上的表情一定特别柔；她无法看到自己的眼睛，但感到自己此时的目光一定特别脉脉情深。

向皇后猛地发现赵顼怪昵昵地望着自己，反给弄得怪不好意思起来，感到自己的脸发烫，也觉得此时自己肯定是一脸的娇羞和得意的神情。自己身边的几个女官和宫女也在怪怪地抿着嘴笑，且都有点不知道此时该怎么办才好的表情。离开这里不是，侍候好皇上和皇后是她们的职责，不在皇后身边，官家怪罪下来，那就吃不了兜着走；待在这里也不是，怕皇上和皇后觉得她们在身边多少有点什么不便，也挺叫这些人为难的。向皇后心里在对她们说：别不要有什么为难的。一方面，皇上的生活是讳莫如深的禁区中的禁区，皇上的任何事情都严禁外泄；另一方面，皇上的生活又最无私隐，寻常百姓男人女人同居一室，谁也不知道他们床笫之事，皇上的床笫之事却要一一记在承幸簿上。皇上和后妃都习惯了这种生活，特别是皇上更是百无禁忌，完全是目中无人，对身边的太监、女官、宫女一点也不回避，想怎么干就怎么干。向皇后此时完全不知道，此时的她，在皇上眼中，娇羞中不仅显得高贵优雅，而且很有点京都开封媚娘的风情。就因为这点，此时的那几个女官和宫女才怪怪地抿着嘴笑，也才有点不知道怎么办才好的表现。

皇上伸出右手，把向皇后的双手握在掌中：“都怪朕太粗心了，把后宫这么重的担子撂给你一个人挑。朕明天要中书给户部下文，要户部追加六十万两银子。”

向皇后心中有说不出的欢喜。以往，后宫每年开支缺口也就这么大。有了这六十万两银子，问题全解决了。只要宫中其他开支紧一点，太皇太后曹氏六十圣寿的开销也够了。王安石二月初三当上参知政事、主持天下政事后，许多人都说用不了多久，王安石就会变戏法似的变出许多钱来。向皇后明白，这些人话中有话，不少人嘴里这么说，心里在等着看王安石的笑话。不过，向皇后坚信一点：皇上认为王安石行，王安石肯定行。就说王安石主政以来，户部好说话多了，三个月就给了后宫四十万两银子，这会又追加六十万，后宫的日子好过多了。再加上大太监都都知张德保再多做几笔生意，官吏的献纳再勒紧点，太皇太后曹氏六十圣寿办得再漂亮点也不成问题。不过，向皇后随后默默算了下账。大宋每年给北辽的岁币是三十万两银子，后宫今年一下子就得了户部上百万两银子，是给北辽岁币的三倍，这笔数字是够吓死人的了。向皇后忙说：“皇上，朝廷的钱也不宽裕，后宫的开支，臣妾解决得了。”

皇上又在禅椅上坐了下去，说：“朕已经开口了，岂能收回成命？你不用担心，今后朝廷不缺钱用，朕最难过的日子已经过去了。王相公马上有四大理财新法要出来，这些新法都好得不得了，朕慢慢地说给你听。用加赋的办法让朝廷的钱多起来不是好办法，王相公妙就妙在民不加赋而国用饶，朕最欣赏的就是这点，最希望看到的是朝廷、百姓都得到好处。比方青苗法。过去，青黄不接时，天下平头百姓向有钱有粮的富户借钱，利息高得吓死人，心善一点的翻倍，心狠的要翻两倍，还有比这更高的，到期还不了的就收谁的田地房屋，弄得借钱的农户无家可归，成了流民，有的就上山为寇去了。现在改由州县衙门向黎民百姓借贷，收两成利。平头百姓和朝廷都有好处，两全其美。又比方市易法。过去，市无常价，豪门巨商趁机捣乱，市场货物充沛时，压价收购滞销货物；市场短缺时高价出售，牟取差价暴利，天下百姓劳动所得都到他们手上去了。现在，由官府做买卖，豪门巨商压价时官府增价收购，豪门巨商抬价时官府压价出售，天下平头百姓皆受其惠，朝廷也可赚差价，商旅以通，国用以足，岂不美哉？还有雇役法。过去，朝廷实行的是差役法，管府库、运官物、督赋税、捕盗贼、造桥梁、铺道路、修城墙、浚河道，都由平头百姓承担，州县衙门不管农忙农闲，说要服役就得走人。现在改交免役钱，以前不服役的豪门富户都要交，州县再用免役钱雇闲散人员去做力役。官府有钱，百姓得利，闲散人员又多了条生路，一箭三雕，何其美哉！均输法也是一样。过去，地方向朝廷进贡，不管丰年灾年，价贵价贱，进贡的品种和数量都不准改变。现在，改由发运使来办这件事，徙贵就贱，用近易远，哪里便宜就在哪里购买；国库里剩余的物资，再由发运使卖到物价高的地区去，两头都有差价可赚。以后，王相公还有强兵、科举新法陆陆续续要出台。皇后，你说，还怕天下平头百姓不富，朝廷没钱吗？”

皇上越说越神气，越说越神采飞扬，前日吕诲大闹大庆殿给他带来的不快、恼怒一扫而光了。向皇后对朝政知之不多，听不懂王安石马上要出台的四大理财新法到底是怎么回事。中原王朝的女人，嫁鸡随鸡，嫁狗随狗，嫁给老鼠满屋走。皇室的后妃就更讲究这种纲常。向皇后绝对以皇上之乐而乐，以皇上之忧而忧。皇上喜欢言兵，她也会跟着言兵；皇上喜欢言财，她也会跟着言财。皇上称赞王安石四大理财新法好，向皇后绝对也认为王安石的四大理财新法好。不过，向皇后记得，去年四月初四王安石越次入对的第二天，皇上全副戎装在庆寿宫舞剑，向皇后发现，她最佩服的太皇太后曹氏、太后高氏并不高兴。如今，太皇太后曹氏、太后高氏对王安石的四大理财新法会怎么想呢？向皇后直觉告诉她：不喜欢言兵、也不喜欢言财的太皇太后曹氏、太后高氏肯定对王安石的四大理财新法不会有什么好感，对王安石后面的强兵、科举新法也不会好到哪里去。说句心里话，向皇后实在不愿意看到皇上跟太皇太后曹氏、太后高氏之间有什么意见不合。当然，这些事不是向皇后该管之事。既然如此，向皇后也就不去多想了。不过，就算是王安石的四大理财新法再好，朝廷的钱再多，这次户部追加六十万两银子，以后向皇后就不想再要了。皇上要富国强兵，要洗刷国耻，需要很多很多钱。

向皇后不想扫皇上的兴，也不想说朝廷的事，只是想告诉皇上，以后不用户部再追加银子了。她想告诉皇上，大太监都都知张德保正在做几笔买卖，能为后宫赚到不少钱。此时向皇后忽然见坤宁宫花格窗外晃过一个人的头影。向皇后知道，张德保来了。今天一早，向皇后就命尚宫局掌簿账的女官去把张德保叫来。奇怪，这个张德保搞什么名堂，到了坤宁宫却不进来。皇上发现花格窗外的人影，问："何人在外？"

向皇后说："张德保，臣妾叫他来坤宁宫议事。"

向皇后知道，皇上对这个在宫中广有人缘的张德保也是挺满意的。皇上说："这个张德保，见朕在这里，却不进来，是何意思？快宣张德保，朕正要找他。"

尚仪局掌司赞的女官立即碎步跑到坤宁宫外。不一会，大胖子张德保躬着背，跟在女官后面，小跑着进了坤宁宫。小暑之后的天气越来越热。张德保头上冒着汗，到了皇上面前，就十分规矩、十分标准地双膝跪了下去行大礼，高呼"万岁万岁万万岁"，神情绝对严肃虔诚，一身赘肉随着跪拜的动作在单衣里上下甩动，样子又十分有趣。

皇上忍俊不禁笑了笑："起来吧。"

张德保又给向皇后行跪拜大礼，这才起身，十分卑贱地站着。皇上要向皇后让宫中的太监、女官、宫女都屏退出去，然后对张德保勾了下手。皇上勾手的动作并不大，但张德保却立即看到了。宫中的太监，特别是那些大太监，在外面神气活现，八面威风，颐指气使，横得不得了，但在天家面前，却不仅像老鼠见到猫，吓得要死，而且耳特聪，目特明，天家一个很细微的动作、一句很低声说的话，都很快能看个清清楚楚，听个明明白白。向皇后看到，此时张德保很有点惶恐起来，别过脸，望着自己，脸色中很有点求助的味道。

向皇后不由得忐忑起来。以往，皇上也在坤宁宫召见过张德保，并未屏退宫中的太监、女官和宫女。不用问，皇上肯定有什么不宜他人知道的要事问张德保。然而，什么事呢？向皇后一时觉察不出来。皇上问张德保："太皇太后六十圣寿的大礼，开始在采办了？"

向皇后看到，张德保这才松了口气，她也松了口气。向皇后要张德保来其实就是谈这事。半年前，向皇后就和张德保在筹划着，要派人去两浙路采办大理国猫儿眼，作为送给太皇太后六十圣寿的大礼。这事肯定不仅能讨太皇太后十分的欢喜，还能讨皇上欢心。两个月前，内官监押班太监高全福为此事就上了路。不过，向皇后发现，张德保却半日没开口，且别过脸来望着她。向皇后明白，张德保想让她回禀皇上。本来去两浙路采办猫儿眼，从出主意到派人去采办这件事，都是张德保一人操办的。向皇后心中有数：张德保是个真正的聪明人，按说采办猫儿眼这样的好事，谁也不会错过这个能在皇上面前表功的好机会。然而，这个张德保却不去抢这个头功，反让向皇后去给皇上禀报，把这个头功让给自己，这样的人谁不喜欢？

向皇后便把张德保派人去两浙路采办猫儿眼的事，跟皇上说了一遍。皇上龙颜大悦："办得好！办得好！只不过，大理国猫儿眼很贵，后宫哪有这么大笔钱呢？这样吧，朕再给中书王相公说一声，这笔钱由朝廷出，算朝廷送给太皇太后的圣寿大礼。"

向皇后说："皇上，这笔钱就不用朝廷操心了，张公公有办法解决。"

皇上惑然不解地望着张德保："张公公，莫非你会变银子？"

向皇后看见，张德保又别过脸望着自己，神色中又现出一点惶恐求助的味道。向皇后很是惑然不解，真不明白：这个张德保怎么又会惶恐起来。向皇后说："每年太皇太后、太后的圣寿生日，京官都是要孝敬一下的，没惊动地方官，弄得地方官一肚子不痛快，说太皇太后、太后是朝中百官的太皇太后、太后，为何不给他们孝敬的机会？这次后宫要去两浙采办猫儿眼，两浙路二府、十二州、七十九县衙门里的官吏都高兴得手舞足蹈，觉得是自己去两浙采办猫儿眼一生中最大的福分。两个月前，去两浙采办猫儿眼的后宫内官监押班太监高全福传来消息，说那边衙门里孝敬太皇太后的纳献就凑齐了，不要说买一颗猫儿眼，就是再买一颗的银子也有了。皇上，这事全是两浙地方官的孝心，因此才办得这么顺。”

向皇后注意到，自己说话时，皇上边听边点头，听得很认真，也很高兴。但听到她最后一句话时，皇上龙颜突然变得严厉起来，对张德保说：“你给高全福传旨：不许摊派扰民。”

向皇后吓了一跳，同时也觉得皇上圣明。向皇后入主后宫两年零四个月了，天天要跟太监打交道，知道这些没根的人少有不喜欢钱财的。大太监绝不放过任何利用职权索要钱财的机会，无职无权的小太监免不了干些把宫中物品偷窃到外面变卖这类见不得人的勾当。有钱可捞的事，没几个不争着去做的。后宫派到天下各地去采办物资，油水厚得很，名堂也多得很，奉着皇上的圣旨，打着天家的旗号，地方官府谁不巴结讨好，趋奉逢迎，唯恐不暇。摊派很难禁绝，这一来是后宫采办的东西太多，带下去的钱不够；二来是不摊派，哪有钱可捞？捞后宫采办钱，容易查出；捞百姓摊派钱，谁查得了？入内内侍省倒是派人下去查过几次，总不了了之，就再也不去查了。皇上真好，关心的是天下百姓。向皇后看到，张德保这次根本没有别过脸来望自己，相反神色坦然，口气又坚定、又爽快：“皇上圣明，奴才马上派人到两浙路去。”

向皇后觉得，张德保这个大太监太会说话了。他没说两浙路采办的太监搞了摊派，也没说没搞摊派。说没搞摊派，谁敢给这些太监担保？说搞了摊派，谁去取证？皇上虽然龙颜还很严厉，但口气却和软了下去：“老祖宗开国百年来，天家的人从来不沾别人的便宜，更不能沾平头百姓的好处，不能让这些太监坏了天家的名声。”

张德保连连点头：“那是，那是，太皇太后、太后、皇上、皇后，还有妃嫔，都是再仁厚不过的了。”这个张德保，真是滴水不漏，全面周到，天家的人都给他点到了。

向皇后发现，皇上今天心情还是好不到哪里去，不想到日常视朝的垂拱殿去，也不想回自己的乾清宫，只想待在坤宁宫里。皇上对张德保挥了下手。张德保立即躬着腰，一直退到坤宁宫门口，才转身出去。坤宁宫的太监、女官、宫女都回来了。此时，乾清宫的御前太监来禀：东上阁门使曹诱要见皇上。

向皇后看到，皇上龙颜很是不快，眉头也不由得皱了起来。向皇后知道，皇上不喜欢曹诱。向皇后也很讨厌曹诱。这个曹诱是大舅公曹佾的公子，按辈分是皇上的舅舅，因之，朝廷官员都叫他国舅爷。国舅爷曹谒因为是东上阁门使，又是皇亲，在后宫行走就像上茶肆酒楼那样随便，全没半点规矩，霸气冲天，痞气熏地。对妃嫔，曹谒倒还规矩有礼，但对宫女，就不那么老实了，太过分的事不敢来，但贱手贱脚的事还是时有发生。即便如此，对他也好像没多少办法。被这个国舅爷贱过手、贱过脚的宫女都不敢出声。不过，还是有人看不下去，把这些事告到向皇后这里。向皇后只是点了下头，表示自己知道这事而已。有过两次，向皇后在太皇太后曹氏面前提起过这个国舅爷不规矩的事，但太皇太后曹氏半日没出声。向皇后心中有数了。一来曹谒是独苗，太皇太后曹氏当然也就宠着这个侄子；二来是因为曹谒常在后宫走动，太皇太后曹氏也好通过这个侄子打听娘家的消息。因之，只要这个侄子不做得太过分，也就开只眼、闭只眼。太皇太后曹氏这个态度，宫中的人都看在眼里，谁还会去多嘴？找死呀！皇上碍着太皇太后曹氏和大舅公曹佾的面子，也只是敷衍，并未深责曹谒。今日曹谒来的不是时候，皇上心情不好，对乾清宫御前太监挥了挥，显然是不想见曹谒。但，此时曹谒却大摇大摆进了坤宁宫。皇上龙颜很是不快，又不好发作，只是把龙颜拉了下来。

国舅爷曹谒嘻嘻哈哈给赵顼行了跪拜大礼，站了起来，高声道："翰林学士司马光、吕公著、冯京，还有知谏院范纯仁在东阁门请求觐见皇上。"

对朝政不很通晓的向皇后明白，眼下朝野上下谈论得最多的是吕诲弹劾王安石这件事，司马光、吕公著、冯京、范纯仁此时要觐见皇上，估计与吕诲弹劾王安石一事有关。向皇后早就听说：在满朝文武百官中，只有司马光"一个人"和范纯仁"半人"入得吕诲的法眼；满朝文武百官中，没几个对吕诲好，司马光却独厚吕诲，范纯仁对吕诲也看得很重。吕诲对吕公著、冯京虽然并不特别看好，但也不坏；吕公著、冯京对吕诲也是如此，认为吕诲是个不错的言官，但太会买直了。皇上对司马光四人都是看得很重的，但不知为什么这回不想见他们，很有点不烦地说："何事见朕？"

曹谒："说是为御史中丞吕诲一事而来。"。

向皇后心里一惊，也是一忧，知道坏事了。三天前，皇上给御史中丞吕诲气成那个样子，差点连中饭都没吃一口，现在的气并没有全消。这个时候，司马光四人要为吕诲来见皇上，皇上会答应吗？向皇后真不明白，司马光四人都是饱读诗书的聪明人，怎么会在这个时候来凑热闹，岂不是火上浇油，再一次把皇上的气弄起来吗？此时，向皇后真不希望朝中哪位臣子再惹皇上生气，也不愿看到皇上再生哪位臣子的气。向皇后看到，皇上在坤宁宫烦躁地来回走着。过了一会，皇上突然停了下来，高声说："办不到的！"

向皇后被皇上这前不着村、后不落店让人摸不着头脑的一句话搞糊涂了，不知道皇上这句话是什么意思，又是对谁说的。而曹谒却好像没感到皇上情绪上的变化，一脸认真地大声嚷嚷："陛下，吕中丞是个大大的忠臣，王安石有什么好的？开封城里的皇亲国戚都说，要是让王安石这么搞下去，连他们的日子都没法过了，这成什么朝廷了？"

向皇后吓坏了。这个国舅爷曹谒常常会对朝廷上的事指天画地，乱说一气。皇上多次训斥过他，但这个国舅爷曹谒不怕，照样扯开嗓子胡说八道。这会，曹谒又信口开河、胡说八道了。要是在别的事情上乱说一气，倒也不会出什么大问题，此时曹谒却对王安石指天画地，就不好办了。王安石能富国强兵，能让天下平头百姓都过上好日子，怎么可能会让开封城的皇亲国戚的日子过不下去呢？向皇后觉得曹谒的话太危言耸听了。莫不是王安石那边什么人把这个曹谒得罪了，弄得他这么大意见。这个国舅爷正当本事没有，脾气却很不好，身上的鳞是倒披不得，谁要是惹了他，都要马上拿颜色给你看的。

向皇后注意到，皇上狠狠地瞪了曹谒一眼，很是生气地对曹谒说："你认为朝中该把王相公赶走，让吕诲留下来？"

向皇后看到，在外面横行霸道惯了的曹谒见皇上生气了，一点也不怕，反嘻嘻一笑："陛下，你不要这样生气。臣是陛下的舅舅才这么说，外人是不会跟你说这些话的。陛下的江山，舅舅不保谁保？"又摆起国舅爷的架势来了。

向皇后看到，皇上竟一下子给曹谒说笑了。向皇后提起来的心，这才放了下去。这个国舅爷曹谒虽然不争气，但也不能责之过重，否则大舅公曹佾心里会不高兴，也会让太皇太后曹氏伤心的。况且，今天曹谒只是多说了几句话，并未做错什么事，责之过重就更不合适。不过，没过一会，皇上龙颜又板了起来："朕真的是一件快意的事都办不成了，对人已经够宽容的了，可还是有这么多啰唆事出来。行，朕看看他们到底还要啰唆些什么!"

曹诱："陛下，宣他们进宫？"

向皇后也以为皇上是要召见司马光四人，却看到皇上没有马上回答曹诱，只是又在坤宁宫来回走动。过了好一阵，皇上对曹诱挥了挥手："不见!"

向皇后感到一惊。在她的记忆中，皇上对许多臣子的觐见要求都拒绝过，但对司马光的觐见要求却从未拒绝过。只见曹诱二话没说，脸上显出一种公事公办的正气，跟赵顼行过礼，转身就走。向皇后心中有数：凡给了好处的，这个国舅爷曹诱一定会赖在这里跟皇上磨嘴皮子，好说歹说总能把皇上说服；要是没给好处的，这个国舅爷曹诱连眼皮都不会抬起来看你一眼。司马光、吕公著、冯京、范纯仁自然不会给他什么好处，也无需给他什么好处。当然，这个国舅爷曹诱也就不会帮他们什么大忙。国舅爷并不蠢，知道司马光几个人都是皇上十分器重的人，要是这几个人真有什么重要的事见皇上，不去禀报皇上，误了大事，皇上怪罪下来，那时就惨了，对司马光四人求见皇上不敢压着不禀报。然而，要他为司马光四人说话，那就没门了。皇上不见，曹诱便转身走人。不过，曹诱一只脚刚跨出坤宁宫门槛，赵顼又突然把他喊回来："传旨：翰林学士司马光、吕公著、冯京、知谏院范纯仁，条例官吕惠卿、苏辙、章惇、曾布下午未时垂拱殿入对。"

向皇后看见曹诱那只跨出门槛的脚急忙缩了回来，又转过身来望着赵顼，愕然张着口，好像在说：皇上，你没搞错吧？本来只是司马光几个人要见皇上，皇上为何还要把几个条例官也一道叫到垂拱殿去？

向皇后也不解地望着赵顼。当然，这不是她需要想的问题，用不着她去费什么心。皇上要这么做，肯定有皇上的道理。向皇后只是感到，下午未时垂拱殿里肯定要发生一场激烈的唇枪舌剑。她现在要做的是让皇上好好在她的床上歇息一下。赵顼对曹诱挥了挥手，要他赶快去传旨。曹诱走了。向皇后命司寝的女官、宫女去把寝房的床好好收拾一下，一面引着皇上赵顼往她的寝房走去。此时，皇上告诉她：司马光四人进宫，是来为吕诲说情，要让吕诲留在朝廷继续当御史中丞。向皇后心里琢磨着：司马光四人与条例官吕惠卿、苏辙、章惇、曾布一起召进宫来，岂不要把垂拱殿吵翻？

第二十七章　国舅爷条例司遭不恭丢丑 吕惠卿垂拱殿说六过露脸

曾布感到，今天的怪事真是多。曾布第一眼看到东阁门使曹谒站在条例司大堂中间，就感到十分奇怪，也浑身不舒服。曾布没跟这个国舅爷打过交道，八辈子也不想跟这人打交道，但这人却找上门来，硬要跟自己打交道。曾布对此人行状早有耳闻。此公是赵顼的大国舅公、济阳郡王曹佾的公子，是个到处闯祸的花花太岁，官不算大，才从五品，但派头大，盛气凌人，招权不忌，霸道得很，又贪得很，谁都不在他眼里。当朝上相曾公亮在曹谒眼里不过是他家的一个管家，礼节上能敷衍一下，拱拱手就算很给曾公亮面子了，要曾公亮办个什么事，还没个好脸色。枢密使文彦博，逮事四朝，出将入相四十年，名闻四夷，但曹谒却对文彦博很是不恭，不止一次取笑过文彦博，说文太尉有什么好东西孝敬后宫，他曹谒可以代劳，气得文彦博一个劲吹自己的长胡子。朝中百官没几人愿跟他打交道。别看不少人老远就"国舅爷、国舅爷"叫得又响又甜，其实心里把他嫌得跟狗屎一样。

曾布知道，曹谒就怕去年辞去上相的韩琦。不管曹谒如何张牙舞爪，只要听说老相公韩琦来了，曹谒便立即规矩起来。韩琦曾狠狠地揍过曹谒一顿。这个国舅爷曹谒，府上妻妾成群，还要去玩花娘。本来大宋官员玩玩花娘也不算什么，但这个曹谒却为一个花娘跟两浙的一个大商人争风吃醋，叫了一伙泼皮无赖把人家的商铺砸了，还把货栈的账房先生一刀砍了。这下事情闹大了，但谁都不敢管。开封府推刑部，刑部推乌府台，乌府台又推开封府。王爷曹佾气得要命，说任凭官府发落。这"任凭官府发落"六个字可说得玄，既可以理解为按照大宋刑律治曹谒的罪，也可以理解为开只眼闭只眼放曹谒一马，反正官府看着办就是。官场上的人，谁听不出曹王爷话中的玄机呢？只把那个一刀砍了账房先生的人抓了起来，开始还说是要以命抵命，后来又说是充军到边关，最后就什么说法也听不到了。这事闹到老相公韩琦那里。韩琦自然不会让曹谒坐牢、充军，更不会叫曹谒人头落地，但打四十大板却是真的。韩琦也当过多年地方官，知道衙门打板子的名堂多。板子外形看上去一样，其实有轻有重。特别是打板子的衙役，都练就一身打板子的功夫。有的把人犯打得皮破血流，很是可怕，其实只是受了点皮肉之苦；有的把人犯打得青一块、紫一块，也有点可怕，其实骨肉不伤；有的把人犯只是打得略有些红肿，看起来没事，其实内里伤筋动骨，不死也要去掉半条命。打板子那天，韩琦怕开封府的衙役糊弄他，就打坐在开封府前。韩琦不担心曹谒会被打得伤筋动骨，开封府的衙役就是吃了豹子胆也不敢下这么重的手。韩琦只担心给打得皮破血流，那就太便宜了这个横行不法、到处闯祸的花花太岁。完全不让曹谒吃点苦不行，韩琦要开封府把曹谒的屁股打得青一块、紫一块。一早，韩琦就坐着八抬大官轿来到开封府，在开封府前广场上的一张禅椅上坐了下来。此时，不仅开封府前广场围聚了几千人，且两边商铺骑楼上尽是人，临街的窗口也一起给人头塞得满满的。不多一会，开封府门大开，一伙衙役把曹谒带了出来。开封府推官跑过来跟韩琦嘀咕几句，回到开封府阶墀上，吼了声：打！两个衙役立刻把曹谒按倒在地，几下把曹谒的裤子扒掉，让曹谒露出肥厚的白屁股；接着八个衙役举起水火棍就打。重不敢，轻也不敢，四十大板下去，打得曹谒先是急声喊叫，后来就扯长嗓子喊饶命。打完四十大板，韩琦过去看了看曹谒的屁股，果然青一块，紫一块。广场里、骑楼上的人都笑得前仰后栽，临街窗口尽是一张张笑得合不拢的嘴，这里那里还有许多人对着曹谒肥厚的白屁股指指点点。韩琦的这四十大板，还真把曹谒打乖了许多，让这个曹谒好长一段时间躲在屋里没敢出来闹事闯祸。曹王爷曹佾虽然觉得这四十大板打重了点，让曹府丢尽了脸面，心里很不痛快，但这是老相公韩琦干的，曹王爷也没有办法。再说，自己这个儿子也无法无天得太不像话，是该好好教训教训一下，况且伤得不重，十几天就好了。太皇太后曹氏也很心痛曹家的这根独苗，但也是很快理解了韩琦的良苦用心，不仅没怪罪韩琦，反把曹谒叫到身边，狠狠训了一顿。当然，这已经是五年前的事，这个曹谒是渐渐把韩琦给他的四十大板忘了，虽然没五年前那样明目张胆地荒唐霸道，但招权不忌、无法无天、不把谁放在眼里的本性，还是怎么也改不了。

条例司是不久前成立的衙门，与三司衙门仅一墙之隔。曾布正坐在条例司签押房里整理八位分行天下的使者送上来的文字材料，准备修改王相公交给他起草的免役法，就听到三司那边院落里一迭“国舅爷、国舅爷”的招呼声传来。中原王朝历朝历代官场上的人对皇亲国戚从来另眼相看，也以结识皇亲国戚为荣，借此抬高自己的身价。条例司的人并不想得罪这些皇亲国戚，但也不会去巴结讨好。再说条例司总是忙，特别是上个月朝廷派了八位使者巡行诸路之后，就更忙了。此时，四个理财新法的框架基本搭好。青苗法虽然停议，然而市易法、免役法、均输法已进入修改阶段，其他诸如强兵的保甲法、将兵法和科举法，也正在积极准备中。曾布看到，条例司的人都在条例司签押房埋头忙自己手上的事，不仅自己在忙着修改免役法，吕惠卿在忙着修改市易法，章惇在忙着修改均输法，舒亶、林英、吕嘉问在忙着整理摘录从各地、各衙门搜集上来的牒报，就是那些吏员也在忙着抄抄写写什么的。要说清闲点的只有苏辙。青苗法本由他起草，只因青苗法已经停议，苏辙本人对青苗法又诸多意见，青苗法也就不用急着起草了，苏辙当然也就不用忙了。既然如此，谁有闲工夫去招呼敷衍这些皇亲国戚，管外面叫什么“国舅爷、国舅婆”，众人都只当没听到。再说这些条例官，除吕嘉问外，没谁在朝廷有什么背景。就是吕嘉问，虽说是前朝名相的玄孙，但家里人却相当厌恶他，视他为不争气的不肖子孙，只是因为王安石王相公看中，才当上条例官。这些皇亲国戚一个个眼睛都长到头顶上，不是什么人想高攀就高攀得上的，岂会看得上这些没有根底的条例官？因之，条例司的这些人只想尽心尽意把王安石王相公交办的事办好，不想在高攀皇亲国戚上浪费时间。没多一会“国舅爷”的声音传到条例司门外，曾布猛地听到一个刺耳的尖嗓子声音从条例司门外传到签押房来：“圣旨到！”

在曾布的记忆中，自二月条例司创建以来，当朝天子赵顼没少派中使太监到条例司来宣旨，要谁谁谁到宫中去入对议事，因之条例司的人没少听过“圣旨到”的声音，但那是一种训练过的又尖又如罄钟一般洪亮的声音，很神圣、很威严、很庄重，很好听也很有磁性。这种声音，只有宫中的有了点年岁且经过训练的老太监才说得出来。但这天“圣旨到”的声音，却很怪很刺耳，有一种不祥、令人不安的味道。

今天来宣旨的，显然不是中使太监。从刚才条例司外面一路的“国舅爷”的声音来看，一定是位国舅爷来宣旨了。太皇太后、太后以及后妃的兄弟不少，都是朝廷的国舅爷，这到底会是哪一位呢？不过，容不得曾布多想。圣旨到了，就得赶快去接旨，这是开不得玩笑的。条例司的掌门人是王安石王相公和韩绛，但主持日常工作的却是吕惠卿和苏辙。曾布看到，吕惠卿忙把笔放在笔架上，三步两步出了签押房。接着，苏辙出了签押房。曾布和章惇几乎同时到了签押房门口。舒亶、林英、吕嘉问也跟在后面来了。

到了条例司大堂，曾布一眼看见是曹诱这个国舅爷站在大堂中间，双手捧着一卷小巧精美的黄绫横轴，神气活现地昂起头。条例司的人都赶忙对他拱手作揖，吕惠卿还躬着腰，上前去对他讨好地笑着。但这个国舅爷曹诱却仍旧昂着头，连眼皮都没往下放一点，脸上表情干硬。此公从来没把朝中百官放眼里，此时手上又拿着圣旨，就更是神气活现了。难怪曾布第一眼看到此公时就感到浑身不舒服。这个国舅爷曹诱也太不晓得自尊了。条例司的人不是都对你又是拱手，又是作揖了吗？这个国舅爷怎么连眼皮也不抬一下，半个礼也不回，莫非你还要大家三跪六叩，把你像祖宗一样供着吗？

曾布这点没有猜错。国舅爷曹诱就是要人家把他像老祖宗一样供着。半个月后的一天，曾布在待漏院里碰到大才子苏轼，谈起今天这件事。苏轼告诉他：皇亲国戚中并不是个个都像岐王赵颢、驸马王诜那样风流儒雅、平易随和，确有些人骄纵放肆、威福自恣，朝中百官都得像祖宗一样供着他们。这种人近不得，沾不得，惹不得，还是小心为好。当然啦，供其实也不难。大才子苏轼说，“供”字去掉单人旁，换上一个“口”字，不就是“哄”吗？再说“哄”，不就是逗和骗吗？像对付天真无知小孩，还不容易吗？不过，曾布觉得，对付国舅爷曹诱这种人，恐怕不能像对付天真无知的小孩一样，不是一个“哄”字就对付得了的。

曾布看到，过了好一会，曹诱眼睛里掠过一种相当不快，叫人感到很不是味的冷冷目光。就在众人不大留神的时候，曹诱突然抖开那卷小巧精美的黄绫横轴，尖着嗓子道：“吕惠卿、苏辙、章惇、曾布接旨！”

曾布好像突然受到惊吓一样，与吕惠卿、苏辙、章惇几乎同时跪了下去。条例司其他人则赶紧退回到大堂后面的签押房去。宣旨时，除接旨的人外，不相干的人都得离场，再大的官也要回避。曾布预感到，吕惠卿、苏辙、章惇和他有苦头吃了。曾布微微抬起一点上眼皮，但见曹诱轻轻摸了摸嘴唇上淡淡的几茎胡须，又装模作样清了清嗓门，任由接旨的人在下面跪着。曾布知道，曹诱在摆架子、耍威风、折磨人。替天子宣旨，是再容易不过的事，也是再威风不过的事。接旨的人不论官多大、品级多高，宣旨的人不管官多小、品级多低，即使是被人看不起的没根的太监，接旨的人都得规规矩矩、恭恭敬敬跪在宣旨人面前。宣旨人却可以毫无顾忌地在接旨人面前颐指气使，一本正经地装腔作势，摆架子；面部上任何一个表情，都足以使接旨人胆战心惊；腮帮子上任何一块肌肉的抖动，都足以使接旨人想半日。

过了好一会，曾布看到，曹诱仍旧面对黄绫横轴，装神弄鬼地半日不出声。以往，中使太监来宣旨，自然也是神气的，但从来没像曹诱这样故意折磨人。曾布不由得用眼角望了望吕惠卿，但见吕惠卿无事一样，一脸对此早有准备的泰然自若。曾布又用眼角瞟了瞟章惇，但见章惇虽然一脸的鄙夷和恼怒，却还是强忍着没发作起来。曾布再用眼角瞄了瞄苏辙，见苏辙的脸色虽然平静，但从略略皱起的眉头还是可以看出他心中的不快和气恼。

曾布突然感到今天的圣旨似乎有什么不对劲的地方。以往，条例司的人其实是十分巴望圣旨到的。从二月条例司创建以来，至今三个多月了，天子下过二十来道圣旨，不是照准条例司的条呈，就是奖掖条例司的工作。中使太监很快传宣完圣旨，早早回宫交差缴旨去了。然而，这个曹诱却何以如此迟迟不宣旨呢？恐怕还不是曹诱摆架子、耍威风、装模作样、折磨人所能解释得了的。曾布很自然想起前几天吕诲在大庆殿弹劾王安石王相公这件事来。莫非天子照准了吕诲的弹劾？不过，曾布很快否定了自己这一想法。从天子怒冲冲把题折往吕诲身上掷这点来看，天子对吕诲是相当不满的。那么，是不是对他和吕惠卿四个人工作不满，把他们召去狠狠训上一顿呢？曾布也很快否定了这点。他们的工作真出了差错，着王相公把他们一顿臭骂就是了，还用得着天子开金口？

又过了好一会，曾布看见，曹诱腮帮子上的肌肉动了动。这个国舅爷摆足了架子，耍够了威风，开口传宣圣旨了："着条例司吕惠卿、苏辙、章惇、曾布未时垂拱殿议事。钦此。"

谢天谢地，宣旨总算结束。曾布与吕惠卿、苏辙、章惇同声答道："臣遵旨，皇上万岁万岁万万岁!”

下面的事情就简单多了。曾布与吕惠卿、苏辙、章惇爬了起来，都长长地松了口气。吕惠卿双手恭恭敬敬从曹谒手上接过那卷小巧精美的黄绫横轴，又小小心心卷起来。曾布右手加在前额，做了个手棚，望了望大堂外庭院上空的日头，正升到了中天。他们得赶快到条例司膳堂去吃饭，早点赶到垂拱殿去。接着一件怪事出现了。本来，曹谒也该回宫缴旨复命，但曾布却发现曹谒还一直站在大堂不走。曾布心里明白：曹谒在等接旨人给好处。说起来宣旨是天子交办的事，是不能向接旨人要好处的。特别是太监，这是你分内的事，当然更不能得好处。但，也不知从什么时候起，接旨人渐渐给宣旨人衣袖里塞好处了。这倒不完全是宣旨人的错。起始，接旨人为着感谢宣旨人的辛劳，不给点什么好处，很有一种过意不去。再后来，接旨人发现这里有着一条通往后宫进而通往天子的暗道。于是，接旨人塞给宣旨人衣袖里的好处就越来越多，不塞反倒不正常了。于是，给宣旨人衣袖里塞好处成了一种规矩了。说句实在话，在这点上，条例司的人倒也不是那么死板，也给以往那些来宣旨的中使太监衣袖里塞过好处。但，以往那些中使太监到条例司来宣旨，除了传宣圣旨时脸色端肃外，其他时候都是客客气气的，笑脸进门，笑脸出门，哪像曹谒进门就昂着头，后来又摆架子、耍威风、装腔作势、故意折磨人，弄得接旨的四个人把膝盖都跪痛了。这个样子还想要好处？没门！你曹谒不就是个阁门使吗？什么了不起的！别太不识相了，也不看看这是什么地方。别的衙门的人怕你国舅爷，条例司也怕吗？曾布看到，吕惠卿没有马上走人的意思，只是站在那里讪笑着，好像他早料到会出现这一幕，一脸且看下回分解的意味。苏辙一脸见怪不怪的神情，却也没有立即塞好处的意思。章惇的脸色就有点难看了。本来，章惇的一只腿都抬了起来，准备走人，此时只好不走了，眼睛睁得又大又圆，只是因为曹谒未开口，他才未发作。

这个国舅爷今天真是自找没趣，合该在条例司丢丑。本来事情到了这个地步，自己一走了之，不就下台了？也是此人平日作威作福惯了，从未受到过这样的冷落和不恭，也就犟在那里，就是不抬腿走人。此时，吕嘉问从签押房那边过来，向吕惠卿禀报工作。这些日子，吕嘉问把开封府十六个县镇的集市跑了一下，对市易法有些想法，很乐意向吕惠卿禀报这方面的情况，吕惠卿也十分愿听吕嘉问禀报的情况。条例司的人知道，吕惠卿赏识吕嘉问，吕嘉问也相当听吕惠卿的。几天后，吕嘉问告诉曾布，在曹谒到条例司来之前，吕嘉问就有事要跟吕惠卿禀报，曹谒来了，只好等宣完旨再禀报了，没想到这个曹谒宣旨结束后，还赖在大堂不走，这能叫吕嘉问不火吗？曾布感到条例司大堂里有戏看了。这个聋天哑地的吕嘉问进了大堂，便很不客气盯了曹谒一眼，说："曹大人，还待在这里做甚？是不是想要条例司的好处？"

曾布看到，吕惠卿、苏辙、章惇都怔住了。这个吕嘉问说话也太不客气，也太伤人了，毕竟曹谒并未开口要好处，说话就多少得留点余地。曾布有意望了望曹谒，但见曹谒一脸通红，气得要命。曾布注意到，气得要命的曹谒突然侧过脸去，瞥了一眼吕惠卿手上已经被卷起来的黄绫横轴，似乎又怕有人看见他这个眼神动作，连忙把眼睛撇开。曾布心里发笑。这个国舅爷此时多想把这卷令人欣喜也令人望而生畏的小巧精美黄绫横轴拿回去。要是他手上还捧着圣旨，谁还敢对他如此放肆，如此无礼？他只要把这卷小巧精美的黄绫横轴一抖开，大堂里的这些人不是吓得赶忙跪在他面前的地下，就是吓得赶忙离开此地。谁要是有半点让此公看不顺眼的地方，此公都可以回宫缴旨时在天子面前加油添醋播弄一番，谁就要惹上大麻烦了。然而，此时那卷小巧精美的黄绫横轴已经在吕惠卿手上，再也拿不回去了。手上没有那卷小巧精美的黄绫横轴的曹谒，就什么都不是了，就成了被条例司的人嫌得像狗屎一样的国舅爷了。曹谒知道自己再待在条例司只能使自己越来越尴尬、难堪、狼狈和丢脸，便恶狠狠盯了吕嘉问一眼，走人了。国舅爷曹谒来条例司宣旨，本想要够威风，捞笔好处，结果反而出乖丢丑。曾布看到，曹谒前脚出了大堂的门槛，条例司大堂里的人都笑了起来。吕嘉问第一个笑，是一种痛快的傻笑。接着是章惇笑，是一种爽朗的豪笑。吕惠卿微微一笑，笑得多少有点怪。苏辙也笑了，是一种有点莫可奈何的苦笑。曾布不可能不笑，是一种开心的大笑。

曾布感觉到天子急急忙忙把条例司的四位条例官召进垂拱殿，肯定有什么重大要紧之事，便与吕惠卿、苏辙、章惇去条例司官厨膳堂扒了几口便饭，然后一人一马，往皇城驰去。临上马时，曾布一眼瞥见吕惠卿脸上出现预感有什么机会在向他迫近的奇怪而又有点神秘的神情。吕惠卿的这种神情，曾布曾在王安石西门带阁楼的木屋里见到过。曾布还记得，那天他还怪怪地盯了吕惠卿一眼。

到底是快要进伏的天气了，日光白得抢眼。曾布与吕惠卿、苏辙、章惇打马在御街上奔驰，不多一会在宣德门外下马，在系马桩拴上马，然后过宣德门，穿横街，进东阁门，再沿御道西行，便到了垂拱殿前，早有御前太监引他们上殿。曾布看到天子赵顼龙颜十分严峻地端坐在正北宽大的御座上，十来个太监依次躬立两旁。殿右站着四个人，依次是司马光、吕公著、冯京、范纯仁。

御前太监把吕惠卿、苏辙、章惇、曾布依次引到殿左，跟司马光四个人相对而立。曾布好生奇怪，不明白天子为何把条例司四个人与司马光四个人一起召到垂拱殿来。按说条例司与司马光四个人在工作上并无多少关系。再说，司马光四个人的政见都与王安石王相公相左，谈不到一起；条例司的人很难说个个与王安石王相公一致，但绝大多数人跟定了王安石王相公。天子把他们和司马光几个人叫到垂拱殿来议事，又这么分两边站着，这两伙人不要吵翻了吗？

曾布侧过脸，朝殿右那边一望，但见司马光一脸的执拗倔强、谨严不苟，冯京一脸的温文尔雅、郑重其事，吕公著一脸的清静淡然、不容置喙，范纯仁一脸的我心如秤、一脸公正不邪。从这四个人的表情来看，似乎是商量好了，有种为达目的誓不罢休的意思。曾布看到，那边的司马光正想开口说什么，赵顼却伸手对司马光做了个制止的动作，龙颜肃然："朕把你们召来，就谈一件事：是把王相公赶出中书，还是让吕中丞离开乌府台？"

曾布真没想到，赵顼把条例司的人叫来，是要他们跟司马光四个人谈这个问题。这真是件叫人感到莫名其妙的怪事。问题看起来简单，其实又大又难，很不好回答。而且赵顼什么话也没说，就这么直白地把这么个又大又难的问题摆在垂拱殿八个人面前，大有摊牌的意味。曾布望了望旁边的吕惠卿，吕惠卿脸上有种令人讨厌的先知先觉的神气。曾布又望了望苏辙、章惇，他们好像对这个问题没什么准备，脸上有种惑然的表情。曾布侧过脸，望了望殿右司马光四个人。这四个人也都一脸的懵然无所知的样子。曾布就百思不得其解了。从赵顼发话前司马光四个人的表情来看，这四个人完全是有备而来的，此刻怎么会显得如此懵然无所知呢？看他们的样子，这种懵然无所知不像是做作出来的。几天以后，曾布才知道司马光四人这天上午本来是为举荐冯京当御中丞去面君的。举荐是翰林学士必有之责，倒也无可厚非，但天子没让他们上午谈举荐之事，却在此时让他们谈王安石王相公和吕诲去留的问题。这就怪不得司马光四人也懵然无所知了。

曾布看到，无论是站在那边的司马光四人，还是站在这边的吕惠卿、苏辙、章惇和自己，都没有先开口的意思，天子赵顼也并没有急着要谁先开口。王安石王相公和吕诲去留的问题，其实也是这几天京都开封官场说得最多的一个话题。六天前，御史中丞吕诲头戴法冠、身穿法袍，在大庆殿给王安石安上“大奸”“大诈”的大帽子，又历数王安石十大罪状，就注定了两个人不可能再同朝为官了，必须有一人卷铺盖走人，滚出开封。谁去谁留，在官场私下聊聊，没有什么为难的地方，但要在垂拱殿当着天子的面来说，就又是另外回事了。

曾布知道，在垂拱殿的九人中，有四人是希望王安石留在中书的，那就是天子赵顼、吕惠卿、章惇和他曾布；四人是希望吕诲留在乌府台的，那就是司马光、吕公著、冯京、范纯仁；另有一人恐怕是既不反对王安石王相公留在中书，也不反对吕诲留在乌府台，那就是苏辙。曾布想：天子赵顼为何把司马光四人和条例司四人召到垂拱殿来谈王安石王相公和吕诲的去留问题呢？如果他猜得不错的话，天子赵顼实际上在安排一场嘴斗。不过，千万不可小看了这场嘴斗，实际上就是王安石与司马光的一场较量。

曾布不由得又侧过脸去，发现司马光四人脸上的表情有了怪怪的微妙的变化。司马光四人当然不会对赵顼的这种意图一点也看不出来。虽然这几个人开始也懵了，但不需多久就能明白赵顼的意思。曾布看到，司马光又一脸的执拗倔强和谨严不苟，冯京一脸的温文尔雅和郑重其事，吕公著一脸的清静淡然和不容置喙，范纯仁一脸的我心如秤和公正不邪。曾布又望了望身边的吕惠卿、苏辙、章惇，他们当然和自己一样，也都开始明白天子的意思了，章惇仍旧是一脸的霸气凌人、凛然豪气，苏辙仍旧是一脸的从容淡定、依然故我，自己恐怕也还是一脸的正道直行、振奋昂扬。不过，吕惠卿那一脸的自信满满、志在必得中透出一种未卜先知的得意。曾布还注意到，吕惠卿抬起头，望着赵顼。曾布知道，吕惠卿在静候赵顼的目光对着他，到那时他就要开口，说出一番惊人之语来。

一时间，垂拱殿里寂寂无声。殿外有蝉声传来。垂拱殿内有种剑拔弩张的紧张气氛。见许久无人开口，赵顼手指着司马光说：“司马翰林，你说。”

曾布发现，吕惠卿、苏辙、章惇和他一样，不由得侧过脸去望着司马光。以前，曾布也是很敬重司马光的。去年四月初四晚上，他曾去司马光府上拜访过。只是后来，曾布见司马光的政见与王安石的政见越来越不合拍，曾布就再也没到司马光府上去过了。曾布也越来越觉得司马光是个腐儒，死脑筋，死读书，不懂得治国，只知道讲些老掉牙的话，什么“仁”呀，什么“义”呀的。中原王朝讲了几千年的“仁”呀“义”的，要是光讲这些就能富国强兵，多派些人到北辽、西夏去，天天念“仁”呀“义”呀的，早把北方的胡人、西边羌人不知赶到什么地方去了，大宋王朝也早就不受这两个外族人欺侮了。曾布是彻底看清了，大宋要富国强兵，非行王安石王相公新法不可。他现在倒是很想听听，这个学富五车、通古今之变、朝野上下名望高得无人可比的司马光怎么回答天子的话，到底会胡说八道些什么。

司马光一脸的圣洁，沉吟了一会，用他特有的陕西话说：“微臣以为，介甫和献可都不能离开朝廷。”

曾布没想到司马光会这么回答问题，不由得两边都望望，看到不仅这边的吕惠卿、苏辙、章惇，而且那边的吕公著、冯京、范纯仁都异样地瞧着司马光。曾布心里在说：都说司马光迂，司马光也说自己迂，其实司马光何尝有半点迂？不仅不迂，其实鬼得很，滑头得很。朝中越来越多的人都知道，司马光对王安石王相公意见大得很，巴不得马上把王安石王相公赶出中书，但在天子面前，又没这个种。什么天下第一正人君子，狗屁！王安石才是天下第一正人君子，敢担当，从不退缩，天大的事也不怕，跟天子也敢争。曾布猜：这个司马光何以不说要把王相公赶出中书，让吕诲留在乌府台呢？不过，曾布很快把这个问题弄明白了。从刚才天子问话的口气来看，天子是无论如何不会让王相公离开中书的。既然赶不走王安石王相公，那么能保住吕诲当然就成了上上策。道理很简单，这个吕疯子敢讲，不怕因言获罪，凭着风闻言事的权力，兴风作浪，胡说八道，不要说朝中百官对他没有办法，就是天子也奈何不了他。因之，只要还能把吕诲留在乌府台，那么，王安石王相公整天就够对付吕诲一人，就什么事也做不成。司马光这一招厉害得很，司马光其实是个十分凶狠的人！

曾布看到，赵顼龙颜怒色也渐渐稍解了点，态度也明显软了下去。曾布知道，天子最关心、最看重的是王安石能留在朝廷里，至于吕诲是留还是走则在其次。曾布觉得，今天垂拱殿议事，能跟司马光这帮子人打个平手，恐怕是最好的结果了。曾布正这么想时，看见吕惠卿上前两步，用他不杂半点福建本地口音的官话，对赵顼奏道："微臣以为吕诲有'六过'，不宜留在乌府。"

曾布没想到吕惠卿会有此举，同时觉得吕惠卿的话说得太好了。这个福建子，又有些什么高论呢？曾布看到，司马光四人的目光都转到吕惠卿身上，苏辙、章惇也侧过脸去望了吕惠卿一眼。曾布注意到，天子赵顼很是赏识地望着吕惠卿，龙颜怒气全消，很是鼓励地对吕惠卿说："卿但说无妨。"

曾布看到，吕惠卿受到赵顼的鼓励，高声道："吕诲一有信口雌黄、血口喷人之过。天下公论：王相公文章风节，天下称贤。然而，吕诲却毁谤王相公大奸似忠、大诈似信，把王相公比作少正卯、卢杞之流的奸人。"说到这里，吕惠卿侧脸望着殿右司马光四人，"常言道：'物以类聚，人以群分。'司马大人、吕大人，你们与王相公都是嘉祐四友；冯大人、范大人，虽然不是嘉祐四友，却与王相公的兄弟王安国、王安礼交情不浅。吕诲毁谤王相公大奸大诈，诸位大人岂不也成了大奸大诈之人，把血也喷到诸位大人身上，诸位大人同意否？"

好！曾布觉得吕惠卿的话犀利有据，无可辩驳。曾布同时注意到：赵顼龙颜已有了喜色，司马光、吕公著、冯京、范纯仁一脸愕然，章惇一脸痛快，苏辙也从容淡定不起来，脸色看似平平，其实眼睛里还是掠过一丝不易被看出的多少有点惊异的神情。

吕惠卿接着说："吕诲二有牵强附会、恶意中伤之过。本来，皇上擢授新职，臣子出于诸多原因，坚辞不就亦属正常。吕诲抓住王相公先帝英宗朝三辞赴阙，陛下即位一诏即起这点，就给王相公扣上见利忘义、慢于先帝而恭于陛下的罪名。如果这点也成立的话，也太可笑了。"又侧脸望着殿右，"诸位大人，如果在下没有记错的话，前年，陛下擢司马大人为翰林学士，司马大人以不能'四六'为由，力辞不就；庆历年间，吕大人先有召试馆职不就之举，后有进知制诰三辞不拜之为；嘉祐六年，冯大人亦召试知制诰未至；还有范大人，亦曾力辞馆职不赴。诸位大人，吕诲安在王相公头上的罪名是不是也可以安在你们身上呢？再说，你们能担保今后不再有对诏授坚辞不就的事件发生吗？至于吕诲，倒是有官就当，未有辞授之闻。然而，如果安在诸位头上的罪名不成立，那么可不可以根据吕诲之所为，把他安在人家头上的罪名安在他头上，认定吕诲对皇上有情伪佞谄之嫌呢？”

好！曾布觉得吕惠卿的话机锋横溢，妙不可言。曾布同时注意到：赵顼龙颜上的喜色更浓了，司马光、吕公著、冯京、范纯仁一脸的尴尬，章惇一脸欢跃，苏辙也不依然故我了，侧过脸好奇地望了望吕惠卿。

吕惠卿的话语连珠式冒出：“吕诲三有当面造谣、蛊惑人心之过。吕诲把唐相公之死也赖在王相公头上，惠卿未见其智，实见其蠢。其一，唐相公死于病疽，常也；其二，王相公在阿芸案中，确实与人发生过争辩，但却不是与唐相公，而是司马大人；其三，五月唐相公死的那天，吕诲与范大人正好在唐相公后堂，亲眼看到唐相公是怎么死的。范大人，今天在宝殿之上，你说说，唐相公之死与王相公有何干系？”

好！曾布觉得吕惠卿的话步步进逼，势不可挡。曾布同时注意到：赵顼龙颜悦色可掬，司马光、吕公著、冯京、范纯仁一脸局促，章惇一脸开心，苏辙也连点了点头。

吕惠卿一刻也不想停顿：“吕诲四有捕风捉影、栽赃陷害之过。王相公之弟王安国才华出众，老执政欧阳修公有‘自惭知子不能荐，白首胡为侍从官’两句诗，就是送给王安国的。王相公去年四月初四越次入对前，由三司使韩大人举荐，王安国诏试赐进士及第，这与王相公何干？吕诲却胡说八道，说王相公入翰林之后带领同列，称弟安国之才，朝廷给安国状元恩例，尤嫌不足。此是何言。司马大人、吕大人、冯大人，安国诏赐进士及第是摆了曲江宴的，你们都是去喝过酒的。你们说，酒是在王相公越次入对前喝的，还是越次入对后喝的？”

好！曾布觉得吕惠卿就地取证，胜于雄辩。曾布注意到：赵顼龙颜大悦，司马光、吕公著、冯京、范纯一脸难堪，章惇一脸畅喜，苏辙也一脸认可的表情。

吕惠卿更加咄咄逼人：“吕诲五有哗众取宠、挑拨离间之过。著佐郎章辟光献言：岐王颢宜迁居外邸。本是美意。春秋以来，历朝历代，对兄弟，天子都是尊其位，重其禄，同其好恶，然出居于外，兄弟间可保无虞。王相公力排众议，不欲深罪辟光，全着眼于大宋江山社稷长治久安。然而，吕诲以为有机可乘，借机说事，指责王相公离间皇室宗亲。话刚好说反了，离间的不是王相公，恰恰是吕诲！”

好！曾布觉得吕惠卿此话说得远不如前面的漂亮，很是不妥，但很能为王相公辩诬。曾布注意到，赵顼龙颜虽然未见不快，但悦色也不见了。这个吕惠卿干吗去谈这个问题。虽然太祖太宗有规定，天子成年的兄弟得搬迁到宫外居住，但这毕竟是天子的家事，外臣最好回避，弄得不好就惹麻烦。曾布侧脸向右，但见司马光、吕公著、冯京都勾下头去，明显是事不关己、高高挂起的态度；范纯仁则望着赵顼，看起来此人不见得会不同意王安石王相公的意见。去年四月初四晚上，曾布在司马光府上见过此人，印象中觉得此人还正，不像吕诲那样刁钻刻薄。曾布又看了看身边的苏辙，也是一脸的不平。曾布清楚，苏辙肯定会认为让天子成年的兄弟搬到宫外去住这种做法是对的，不会附和那些不顾朝廷社稷利益、专门讨好皇宫里的人的意见的。章惇则一脸刚直，眼睛也发着亮。曾布知道，要是吕诲此时在场，这个章惇肯定会与吕诲大叫大嚷吵起来，不弄得吕诲认输，或不弄得吕诲溜之乎也，是不会罢休的。

曾布真想劝吕惠卿别再讲下去。吕惠卿已经讲了吕诲"五过"，其中"四过"说到天子心坎上去了，有这"四过"也够吕诲难受了，该见好就收了，最后的第六过也就算了。曾布特别伸出头，侧着脸，对吕惠卿打了个目语。但，失望得很，吕惠卿不仅根本没看他一眼，仍面对着赵顼，嗓门反更大了："吕诲六有危言耸听惑乱朝政之过。今年二月初三以来，王相公受命于陛下，创建制置三司条例司，才刚刚开始议新法，然而吕诲却危言耸听惑乱朝廷，胡说什么条例司动摇于天下，把天下搞得大乱，赌咒发誓说他未见其利，先见其害。这岂不是大白天见鬼了？新法尚未实施，吕诲就先见其害，未卜吕诲是用那只眼睛看到的？真乃旷世奇闻，滑天下之大稽。按照吕诲的说法，朝廷什么事也不用干，谁要干什么事，吕诲都可以来个'先见其害'，谁还敢干下去？陛下的富国强兵、洗刷国耻宏图大业岂不要付之东流？"

曾布注意到，天子赵顼龙颜大悦。曾布清楚，这是天子赵顼最想做的事、最愿听的话，也是司马光那四个人最不想做、最不愿听的话，但在天子赵顼面前，又不敢不听。特别是洗刷国耻这一点，这几个人更不愿听。用兵是要死人的。现在天下太平无事，多好！要是打起来，动刀动枪，弄得食不香，寝不安，谁受得了？再说国耻也是遥远的一百多年前石敬瑭干的事，还提它干什么。现在边关安宁，没有大仗可打，狄戎小有骚扰，不过杀几个人，抢点东西，由他去。但这些话，这几个人更不敢在赵顼面前说。曾布侧过脸去，但见司马光四个人居然也在认真听吕惠卿的话，脸上还做出一种顺从的表情来。曾布又看了看章惇，只见章惇一脸的兴奋，要不是在殿上，此公一定会打断吕惠卿的话，发一通慷慨激昂的议论。曾布再看看苏辙，苏辙也很动容。曾布了解苏辙，此人和他的兄长苏轼一样，其实并不反对富国强兵。

吕惠卿给吕诲定的“六过”，字字中的，把吕诲强加在王安石王相公头上的“十罪”全推倒了。吕诲有了这“六过”，在乌府台就再也待不住了，且要滚出朝廷，到地方混日子去。曾布真没想到，本来觉得他们没力量把吕诲赶走，竟给吕惠卿一番话办到了，不能说不是件怪事。

垂拱殿内有了一种一边是欢快、一边是愁闷的气氛。“六过”讲完了，吕惠卿的话该结束了，没料到吕惠卿还有话说：“陛下，微臣以为，当下朝廷里不少人，特别是一班重臣多以‘仁’‘义’二字压人。好像只要一讲‘仁’呀‘义’呀，国自然而然富了，兵也强了，国耻也洗刷了，天下平头百姓都过上好日子，北辽称臣，西夏进贡。陛下，真有这样的好事，朝廷只要派些人分赴四方，嘴里不停念‘仁’呀‘义’呀就行了，封这么多官、养这么多兵干什么！”

好！曾布差点嘴里叫了出来。这个福建子，说得太好了！曾布这么兴奋，是因为吕惠卿刚才的话说得太精辟了，朝廷里没几个人能说出这样透彻的话来。曾布也是这么认为的，与吕惠卿可说是英雄所见略同！想到这里，曾布很有点得意起来。

吕惠卿回到原来的位置上。此时，曾布看到一直端坐在宽大如床形的御座上的赵顼起了身，走到吕惠卿身边，十分赏识、十分亲切地望着吕惠卿：“言之有理！言之有理！”

曾布看到，此时司马光、吕公著、冯京、范纯仁的脸色都多少有点尴尬难看，章惇却咧着嘴笑，苏辙却双眉微皱。曾布觉得，吕诲这下是死定了。此公以前两次买直，只要是大臣，他就血口喷人弹劾谁，结果两次外放，却两次咸鱼翻身，官越当越大。这一次，恐怕没这个便宜了，永无咸鱼翻身的希望了。赵顼的龙袖举了起来，准备甩下来就宣布退朝。但就在这时，又一件怪事出现了。站在对面的司马光对天子赵顼一个拱手，说：“臣有一事要奏。”

曾布看到，站在那边的吕公著、冯京、范纯仁脸上都有了喜色，站在自己身边的苏辙是一脸的平静，但章惇的脸色却很难看，吕惠卿则一脸的准备重新开战的神情，自己脸上的神情恐怕好不了。垂拱殿内的气氛又紧张了起来。

赵顼的龙袖放了下来，对司马光说：“奏。”

司马光跪了下去，一脸的圣洁："陛下，子曰'父死，子三年不改其道，可谓孝也。'英宗驾崩不到三年，就改变祖宗之法，可乎？"

曾布很是认真地看了看司马光脸上出现的圣洁神情。曾布不是第一次见到司马光脸上的这种神情。早在熙宁元年四月初四晚上，也就是王安石王相公越次入对的那天晚上，曾布登门访司马光，在大堂烛光中见到过司马光脸上的这种表情。曾布感到司马光这种表情不常有。司马光脸上的这种表情，多半表明他有非同寻常的或寓意深玄的话要说。曾布看到，垂拱殿内的人都一脸的错愕，赵顼龙颜也很是不快，就是吕惠卿脸上的肌肉也很有点不知所措地抖了抖。司马光这个问题不能说提得不刁。中原王朝千年来谁不把孝看得天一样大？不孝之人，从来是十目所视、十手所指之人，天下少有敢把孝不当回事的人。

曾布感到，司马光这个人确实厉害。他觉得，自己回答不了这个问题，章惇也回答不了，恐怕吕惠卿也回答不了。不过，此时曾布看到，吕惠卿又上前两步，用他纯正而有磁性的官话，对赵顼说："司马学士此言非也。先王之法，有一年一变者，所谓'正月始和，布法象魏'，何朝何代的天子不是每年正月伊始，在巍峨的城阙之上颁布诏书法令的？"

曾布很是佩服起吕惠卿来。曾布看到，赵顼龙颜又欢快起来，司马光、吕公著、冯京、范纯仁却都怔住了，章惇则一脸的快意，只苏辙还一脸的平静。

约莫半炷香工夫，司马光道："布法象魏，皆布旧法也。"

吕惠卿朗声笑了起来："司马学士，这就请你到秘阁走一趟，把我朝祖宗每年正月颁布的诏书法令拿出来看一看，有哪一个是旧法的照搬？"

曾布感到自己心里有说不出的痛快。曾布看到，赵顼龙颜大欢，司马光、吕公著、冯京、范纯仁都一脸灰头土脑的，章惇大笑，只苏辙脸上什么变化也没有。

赵顼又举起手来，准备挥手退朝，站在殿右最边上的范纯仁上前几步，跪了下去，大声说："陛下，微臣有一事要奏。"

曾布觉得范纯仁很不自量力了，司马光都难不倒吕惠卿，你岂是对手？赵顼两眼望着范纯仁，打算让范纯仁奏事。不过，赵顼随即又改变主意，举起的手，把龙袖毫不犹豫地甩了下去，说："都退下去吧。"

赵顼的身子已经转了过去，司马光、吕公著、冯京虽然还站在那里，也有退朝的意思。曾布也和吕惠卿、苏辙、章惇一样，身子都转过去了，更是明显要走人。曾布回头一看，却见范纯仁却一动不动站在原地，一脸我心如秤、不能为人低昂的神气，要把他要奏的事奏出口："臣举荐一人可任御史中丞。"

曾布觉得范纯仁有点不知趣了。天子已经宣布退朝了，你这不是强天子之所难吗？再说，吕惠卿的一番话已经把吕诲弹劾王安石的十事驳得体无完肤，你以为你此时举荐的御史中丞，天子能听得入耳吗？曾布和吕惠卿、苏辙、章惇当然不知道范纯仁此时举荐的御史中丞是冯京，也不知道冯京这个御史中丞的人选是司马光四人在吕公著府上的水亭上商定好的，更不知道司马光四人今天就是要在天子面前来举荐冯京的。要不然，他们一定会跟司马光四人再有一番嘴斗、一番较量。

不过，赵顼还是没让范纯仁把举荐的人说出来，已经从垂拱殿后面出去了。曾布注意到，范纯仁这才很不情愿地爬起来。众人都转过身，往垂拱殿外走去。众人出了殿，曾布忽然听到背后传来御前太监的声音："吕惠卿听旨：回殿。"

众人都不由得又转回身去。曾布站在丹墀边上，看到赵顼已回到御座上。司马光、吕公著、冯京、范纯仁都怔住了，苏辙、章惇则很是惊奇地望着吕惠卿。吕惠卿一脸惊喜，疏朗的眉目里尽是笑意。不用说，赵顼此时独留吕惠卿，对吕惠卿来说，肯定是天大的好事。这个"福建子"，今天在垂拱殿算是出尽了风头，露够了脸。曾布一点也不怀疑，吕惠卿的飞黄腾达只是时间早晚的事，且是谁也挡不住的了。

曾布注意到，聪明透顶的吕惠卿显然也清楚这一点。吕惠卿脸上又现出那种混合着十分得意且预感到什么机会已经迫近，又很高人一筹的表情。曾布确实很佩服吕惠卿的才干，但对吕惠卿的这种表情，总有种浑身不舒服的感觉。曾布没有立即走下丹墀，只是回头望着一步步走进垂拱殿的吕惠卿，心里突然冒出个很奇怪的想法：本来关于对"仁""义"二字的理解，应该是自己说的，到底是这个福建子厉害，抢了自己的先机在天子面前说了出去。这么想过之后的曾布，觉得心里很有点酸酸的味道。

曾布从丹墀上下去，很快越过早下了丹墀的司马光几个人，不由得回过头去看了看他们的脸，但见司马光几个人一脸的恼怒。曾布心里清楚，司马光几个人脸上的这种表情，全是对着吕惠卿一个人的。曾布又加快脚步，赶到章惇、苏辙面前。章惇倒是一脸的高兴。苏辙则是一脸的鄙夷。苏辙不往前走，脚步停下了，显然在等后面司马光几个人。

吕惠卿今日“六过”之说，又一次让他大露脸，今后的仕途肯定大得很，越走越宽阔。不过，此时无论是曾布，还是吕惠卿，都未能知道，吕惠卿在垂拱殿的这番言辞固然露脸，博得了天子的青睐，但，日后王安石新法不管是出现令人不安的喜人的局面，还是出现谁也说不清楚的可怕的灾难，司马光那班人大都把对王安石的怨恨迁怒到吕惠卿身上，让吕惠卿为王安石担了不少过。一个人得到的和失去的有时竟是这样的相依相成，这样的对等，恐怕是谁也难以预料得到的。

第二十八章　妙云观谢道姑喜迎大英雄　司马府大才子陪饯太多情

大暑后的第二天，辰牌时分，吕诲穿上常服，坐着四人抬的大轿，出了府门。轿夫抬着大轿，向东去鹅颈巷妙云观，那里有吕诲的女冠相好谢道姑。这一次，轿夫又把方向搞错了。在吕惠卿给吕诲有了“六过”之说后，吕诲的御史中丞当不成了，得外放去当地方官。在没得新的差遣之前，只好居家待罪。这段日子里，吕诲许多时光是在妙云观度过的。但此时，吕诲并不是去鹅颈巷妙云观找谢道姑寻快活。昨日，大暑节气，天子赵顼降诏，除授吕诲为邓州知府。这日，吕诲从妙云观快活后回到家里，管家就把司马光派人送来的大红全帖请柬交到他手上。司马光大红全帖上写着：今天午时设家宴为吕诲饯行。不过，今天轿夫却没有挨骂，相反，吕诲十分和颜悦色地对轿夫说：“西！西！西！”确实，这些日子，吕诲比以往任何时候的心情都好，脾气也好得出奇。以往在家里，吕诲总是板着个脸，无缘无故骂人，府上的人总是对他怕得要死。但这些日子，吕老爷总是笑容满面，菜热点冷点、咸点淡点，都无所谓，而且跟府上的人还能搭上几句话。

吕诲觉得，他确确实实做了件了不起的轰轰烈烈的大事，因之，也确确实实觉得自己是个很了得的大英雄。上个月底，他头戴獬豸冠、身穿内白外红法袍，在正衙大庆殿弹劾当朝最走红、最不可一世、最权势显赫的王安石，让王安石规规矩矩垂手而立，洗耳恭听他列举的十大罪状，把王安石说得哑口无言。当然，吕诲并不认为这次弹劾能把王安石扳倒。当天子赵顼把题折往他身上掷时，他就更觉得自己无胜算的希望。但，前朝名相吕端的这个孙子，小时候家居力学，满肚子圣贤学问，早就认定了自己是圣人弟子。文死谏，武死战，这是历朝历代圣人弟子恪守的一条人生信条，读书人就是要在这方面做足文章。为大宋江山长治久安，永不易主，与大奸大诈的王安石决战到底，这是青史留名、千载难逢的大好时机。机不可失，时不我待，此时不弹劾王安石，更待何时？自己就是为此粉身碎骨，又何乐而不为呢？吕诲三居言责，次次都要弹劾当朝大臣，但这一次最让他得意，最让他感到荣光，最让他感到骄傲，也让他感到最值。他第一次当殿中侍御史时，首次弹劾枢密副使不过是小试牛刀；第二次当侍御史知杂事弹劾两朝定策元勋韩琦和名满天下的参知政事欧阳修是他呕心沥血的力作；他这次弹劾大奸大诈的权相王安石，才是他言官生涯中的一座真正的丰碑。他觉得，他这次弹劾王安石，直声震动朝野，天下风传，中原王朝的青史上绝对要给他留下一席之地。吕惠卿的“六过”算什么，“九过”“十过”都无所谓，言官就怕无“过”；“过”越多越好，天家就越是看得起，越容易青史留名。在这点上，还确实不是吕诲自作多情，也不是吕诲痴心狂想，更不是吕诲吹牛。三百年后，元人修宋史，辟专章为吕诲树碑立传，称其“以言三黜，充然无悔，声名则昭著于天下后世”，评价够高的了。

吕诲心中很清楚，扳不倒王安石，自己就得从御史台滚出去。其实自己根本不是在吕惠卿有了“六过”之后才居家待罪，在自己弹劾王安石后的第二天，吕诲就上疏请求外放，也不再到御史台坐衙署事，且命管家把行李捆好，只等诏书一下，就打道上路，到地方当官去。朝中一些人也把吕诲看得太扁了，吕诲既然要把大奸大诈的王安石扳倒，连身家性命都可以不顾，岂会把一个小小的御史中丞看得那么重？吕诲是很乐意去司马光府上喝这杯饯行酒的。这不仅因为司马光是吕诲法眼中的“一个人”，又独厚吕诲，且与吕诲外放邓州当知府的诏书一道下来的，还有新任御史中丞冯京的诏书。说句实在话，吕诲虽然不那么贪恋御史中丞这个官位，但要把这个官位随便给谁，吕诲又于心不甘，但要给冯京，吕诲放心了。

四个轿夫十分感谢吕诲没有把他们臭骂一顿，脚步加快了，轿也抬得很平稳，坐在轿内的吕诲感到十分舒适。天子让冯京当御史丞，这有点出乎吕诲和司马光、吕公著、范纯仁的意料，但也不是完全出乎他们的意料。小暑那天，在垂拱殿上，司马光、吕公著、范纯仁是下决心要举荐冯京当御史中丞的，没想到天子赵顼根本没给他们这个机会，只要他们回答一个问题：在朝中是留王安石，还是留吕诲。举荐冯京一事插不上嘴，倒弄得吕惠卿来了个吕诲有“六过”说，把吕诲狠狠地骂了一通，结果吕诲丢掉了御史中丞，举荐之事落了空，实在不合算。后来，范纯仁想挤过去把举荐之事强行提出来，但赵顼根本不理睬，转身就退朝了。天下事真是波诡云谲，奇妙无比。第三天赵顼召范纯仁进宫议事，范纯仁把冯京堪任御史中丞一事上奏赵顼。后来，司马光、吕公著也在别的事上面君时举荐了冯京。最后面君的是冯京，这既是毛遂自荐，也是对范纯仁他们的举荐多少带点表态的意味。赵顼素来对冯京印象不错，很赏识冯京的人品和才能，觉得冯京这个人敢言但不胡来，当即就命知制诰韩维起草制词。吕诲罢御史中丞外放邓州当知府的诏书与冯京拜御史中丞的制词同时下发的当天，吕诲就要冯京到御史台来办交盘。吕诲先交了官印，然后把账目、公物、文书清点了一遍，就离开了他三进三出的御史台。他这么做，倒不是对冯京接他的手有什么意见，只是不想贻人口实：吕诲舍不得御史台，诏书下了还不办交盘。痛痛快快来，痛痛快快去，吕诲办事从来不拖泥带水。

四个轿夫紧赶慢赶，大约走了半个时辰，把轿子抬在司马光府第前。京都开封的三伏天，风也是热的。不过，司马光府第前的那条小街两边植有大树，或松，或柏，或枣，或桐，密密的绿叶只漏下迷人如画的星星点点白色的日光，很有点凉意。特别是司马光府第前那株大樟树亭亭如盖，浓荫匝地，更是显得清凉。罢职外放到地方当官总不是好事，心情多少不那么好受，起码高兴不起来，就是去年十月外放到大名府总领两路兵民大权的老相公韩琦离开京都开封时心情也多少有点烦躁，但三居言责皆以弹劾大臣而罢职外放的吕诲却感到分外得意和自豪。对罢职外放的官员，除几个关系很紧且不怕事的亲朋好友外，不会有谁多看上一眼，更多的是冷眼和回避，明明迎面走来却突然一个转弯斜斜地往别处去了。然而，吕诲在居家待罪的日子里，朝中不少官员不仅不疏远他、冷落他，见到他就躲，相反对他挺热情、挺崇敬，就是那些平日挺嫌吕诲的也是如此。特别是那个女冠相好谢道姑，对他更好了。弹劾王安石的当晚，吕诲一到妙云观，谢道姑就立即起身喜迎大英雄吕诲的到来，要他把弹劾王安石的详情告诉她。妙云观一共三个女道士，其中还有一个是烧茶弄饭、扫地挑水、洗洗抹抹且又痴又聋的老妪。谢道姑是妙云观观主，吕诲每次来妙云观快活，从来不回避另外两个女道士。另外两个女道士对吕诲也不见外，有时谢道姑外出，这两个女道士还会陪吕诲坐在厅堂喝茶、嗑瓜子、聊天，碰到高兴的时候那个又痴又聋的老妪还会两手乱舞地笑个不停。那天晚上，谢道姑在妙云观内燃起两盏青灯，把观里另外两个女道士叫过来，一起听吕诲弹劾王安石的故事。吕诲这个人其实口才不行，讲故事也一板一眼，什么味道都没有。但，谢道姑和另外两个女道士却听得津津有味。那个又痴又聋的老妪把眼睛睁得大大的望着吕诲，样子又傻气，又可笑，又可爱，还多少叫人感到有点可怕。这天晚上，吕诲留宿在妙云观。一反在官场正人君子的道貌岸然，在女冠相好谢道姑床上尽现人的本相，眼睛一样色眯眯，手脚一样不规矩，嘴巴往女道姑身上乱拱，一样迫不及待进入到女道姑体内，一样哼哼唧唧，一样把架子床弄得吱吱响，与贩夫走卒、引车卖浆者没任何区别。这个晚上，谢道姑也特别配合，吕诲想怎么快活都行。

道貌岸然的正人君子吕诲在风月欢场上其实不讨美人欢喜。他从不去书寓青楼，京都开封的花业赚不到他一文钱，然而妙云观的女冠谢道姑却似乎前世欠了他的风月债，对他一无所求却百般依顺。吕诲在谢道姑身上是一文钱也没花的。吕诲不是个爱财如命的吝啬鬼，但也不是个慷慨解囊、豪于使钱的人。在官场上，该花的钱他还是会花的，但他不会在女人身上花钱。他觉得，那些在女人身上一掷千金、挥金如土的朝廷命官、富商巨贾、纨绔子弟不是蠢得像猪，就是神经出了毛病。吕诲跟谢道姑相好只是为了快活，谢道姑也很清楚这一点，却喜欢他跟她快活：事情就这么简单，也这么怪。不用说，吕诲除了得到床笫之欢外，还因此更觉得自己脸上有光，觉得自己是个了不起的人。吕诲也感到惑然不解：谢道姑对自己这么好，莫非冥冥之中真有什么神秘的东西把谢道姑与他拴在一起？女冠就是女道士。女道士是个十分复杂而又有趣的群体，上至公主夫人、富家小姐，下至放出来的宫人、弃妇以及年老色衰的娼妓，都可以成为女冠。这些女道士不用从事劳作，安享十方供养，日子虽然谈不上奢华，但也挺优哉游哉。闲来无事，弹弹琴，写写诗，养养花，种种草；有时也上山采药，给人做斋醮、符箓、祈福、禳灾之类的事。这些善事也不是白做，都是有酬金收入的买卖。此外，对男女道士来说，还有一个吸引人的地方。男女道士与佛家僧尼虽然都是出家之人，但不像佛家僧尼那样有着那么多的清规戒律，什么八戒十戒的，把人的七情六欲都禁锢死了。男女道士都可以饮酒食肉，男道士可以有家室，女道士可以自由地和男人交往，甚至想约会男人也无人过问，比俗家女子还放开自由些。不过，女道士并不妄与男人打交道。对那些没钱财的、粗俗的、愚笨的三教九流的男人，这些女道士，特别是出身富家的有身份的女道士，是不会相一眼的。女道士愿意接交的多是有权有势的朝廷命官，还有那些财大气粗的富商巨贾，对花天酒地的纨绔子弟也不会拒绝。只不过这三种人不甚愿意跟女道士打交道。女道士多能识文断字，能弹琴，工格律，懂医药，会炼丹，讲养生，求长寿，但对人冷，神情萧散，有种拒人千里之外的清高，情事上往往犹抱琵琶半遮面，让人去猜，不像花娘那样酥胸半露，直白爽快，只要肯大把大把花银子，就上床，花样也不少。那些有权有势的朝廷命官整天忙着爬官抓权，财大气粗的富商巨贾整天忙着日进斗金，花天酒地的纨绔子弟整天忙着把家里的万贯家财尽早花光，谁还有时间、有心思去兜圈子，去猜女人什么心思，去搞什么心有灵犀一点通。因之，女道士更多的是跟那些多少有点身份的读书人在枕边卿卿我我。就是对那些仕途坎坷、在官场上混得很不好的读书人，女道士也不会嫌弃。吕诲官居三品，势不大，但权大，连宰相、枢密使这样的大臣都怕他，莫非就是因为这一点谢道姑才对他这么好？

在吕诲眼中，女冠谢道姑脸上气色不错，白里透红，还是很有几分姿色，脾性、情趣、素养都很对他的口胃。谢道姑的父亲本是个未及第的穷秀才，在她十岁时就去世了，接着母亲也病故。本来舅舅给她找了个有钱的婆家，但她不愿平平凡凡嫁人，宁可入妙云观过清静自由生活。谢道姑不想像青楼女子那样艳帜高张，到处留情。因之，妙云观门庭冷落，不像有的道观那样门前车水马龙，狎客纷纭沓至，如蜂如蝶。吕诲慢慢弄明白了，谢道姑看中他的地方有两点：一是他头上那顶三品乌纱帽，跟自己上床快活的男人是朝廷的高官，自己就没有掉身价；二是他从不上青楼，说明他是个正人君子，不俗气，有品位。叫吕诲感到惊奇的是，谢道姑也清楚他跟她相好，只是图床上的快活，但谢道姑好像并不介意，似乎也挺想得开。男人跟女人相好，不图床上快活图什么？吕诲还发现，谢道姑并不想他纳她为妾。这点不难理解，谁都知道妾在家中没地位，妾就是再漂亮，再有才情，再讨老爷喜欢，妾就是妾，地位几乎与婢妇无异，大娘可以任意打骂。吃饭时，老爷和大娘坐在桌上吃饭，妾要站在老爷和大娘身后服侍，这种非常受气的事对像谢道姑这样的女人肯定是受不了的。吕诲还发现，谢道姑也不指望吕诲一辈子都跟她相好。这就更好！吕诲不愿跟花娘打交道，这种女人眼睛里盯着的是钱，只要花钱就可以叫她上床，没意思。对花娘中还有些为情而生、为情而死、生生死死都要跟自己心爱的男人在一起的女人，吕诲尤其不愿打交道。吕诲觉得天下没这样的女人，更没这样的花娘，这都是一班落第文人穷途末路时瞎编出来的鬼话。那太矫情了，太骗人了，又不是门当户对、明媒正娶的原配夫人，讲什么生生死死、白头到老！吕诲知道，谢道姑习惯了女道士的生活，自由自在，衣食无忧，又有男人相好，几辈子能这么过都行。

吕诲最感满意的是谢道姑和另外两个女道士把他当大英雄看待，最乐意看到的是谢道姑和另外两个女道士用十分崇敬、十分热烈、十分可爱的眼神望着他，十分认真、目不转睛地听他讲大闹大庆殿、弹劾大奸大诈的权相王安石的故事。吕诲告诉她们，他这次弹劾王安石，不仅把王安石得罪了，而且把当朝天子也得罪了，他这个御史中丞当不成，要外放到地方去当官了。谢道姑和另外两个女道士更崇敬他，更把他当成大大的英雄。在谢道姑和另外两个女道士眼中，吕诲简直是已名满天下、家喻户晓的仁宗朝的谏议大夫、御史中丞铁面包公包拯包大人再世了。那个又痴又聋的老妪叽里呱啦直对着吕诲伸大拇指。吕诲以前只是把谢道姑当作自己的相好，此时则视谢道姑为红颜知己了。

四个轿夫把轿子停妥后，一人掀开轿帘，一人扶着吕诲下了轿。吕诲有眼疾，视力不好，但还是看清了司马光府第前靠墙停了三顶轿子，系马桩上拴了两匹马。这么看来，已有五位客人先他到了司马光府第。门者看见吕诲，赶快小跑过来，搀着他的胳臂，向司马光府第里走去，十分殷勤热情，也把他当成了不起的大英雄。吕诲想掏出几文钱“门敬”一下，门者早按着他的手不让掏。从赵顼登基那年吕诲回到京都当御史中丞以来，两年多的时间里，司马光府第门者从来没像今天这样殷勤过。按说自己要外放到地方当官，是京都开封官场败下来的人，门者是理也不会理的人，更不要说搀着你了。吕诲清楚，能享受到司马光府上门者的这种待遇的人，可不是那么容易的。门者今天对他这么殷勤热情，是因为司马光对敢弹劾大奸大诈的王安石的他高看一等，门者才也把他当大英雄看待。门者的态度就是司马光的态度。门者把他当大英雄，也就是司马光把他当大英雄。这叫吕诲感到很荣耀，很受用，脸上也很有光。司马光不愧是他法眼中的“一人”。吕诲步子不由得快了起来。

还没上台阶，司马光的老仆人出来了：“君实秀才在屋里念得最多的是：‘献可怎么还没来呢？不会路上出什么事吧？’”司马光的老仆人开口就称司马光是“君实秀才”。

吕诲很受感动，他就喜欢听司马光说这些话。老仆人在前面引路，吕诲由门者搀着，一步步进到了司马光府第里。四个轿夫自有门房里的人拉到下人歇息的地方去了。吕诲问司马光府第前的三顶轿子和两匹马是谁的。老仆人告诉他：一顶轿子是吕公著吕老爷的、一顶轿子是冯京冯老爷的、一顶轿子是范纯仁范老爷的，一匹马是韩维韩老爷的、一匹马是大才子苏轼苏老爷的。吕诲对司马光把吕公著、冯京、范纯仁叫来喝酒不感奇怪。有道是酒逢知己千杯少，话不投机半句多，吕公著、冯京、范纯仁和司马光、吕诲都对王安石新法不满，在一起喝酒肯定兴味无穷。但对司马光把韩维、苏轼也叫来喝酒，吕诲就很有点惑然不解了。不错，韩维与司马光、吕公著、王安石是当年十分令人钦羡的“嘉祐四友”，但满朝文武百官无人不晓，韩维是最为推崇王安石的人。王安石从江宁府召到京都朝廷点上翰林学士，后来又当上参知政事，韩维是在天子面前出了大力，起了很坏作用的。把这种人叫到府上来喝酒，说起话来多别扭。对大才子苏轼，吕诲本来谈不上什么好印象，也谈不上什么坏印象，只是觉得这个人倒不是什么小人，有才情，诗、词、文、赋都写得很来事，但去年十月十五日，苏轼在欧阳修府上说的那些话，把吕诲对他的印象全弄坏了。什么“补偏救弊”，什么“宣故纳新”，这些话与王安石的话差不多。当时，吕诲就毫不客气地说苏轼“不懂朝政”。吕诲事后回想起苏轼说的这些话，简直觉得苏轼与王安石是一丘之貉。这个苏轼，以为说了这番话，王安石会重用他。做梦去吧！怪不得欧阳修说苏轼多情。不管怎么说，司马光把苏轼也请来喝酒，吕诲觉得不合适。其实，吕诲错怪了司马光，韩维和苏轼根本不是司马光请来的，是二人自己要来司马光府上为吕诲的饯行作陪的。三年后的熙宁四年五月，吕诲眼疾再一次发作，病情加重，不久人世。临卒前，司马光从几千里之外的京兆府赶来跟吕诲见上最后一面，吕诲还念念不忘今天的饯行酒宴上司马光何以把韩维和苏轼也请来这件事，司马光再一次解释，说韩维和苏轼自己要来作陪。吕诲不仅对韩维和苏轼还是一点也不释然，特别是对苏轼，可以说十分恼火，甚至是很有点恼恨。

吕诲由门者搀着，过明间，绕萧墙，在庭院甬道中间碰到司马光夫人张氏。张氏个子不高，三寸金莲也比别的女人小，说话慢言款语，正从甬道那头过来。吕诲知道，张氏大部分时间是在她自己的寝房里度过的，外人谁也不知道她在那里做什么，也难得在府上见到她。张氏对府上的客人很少搭腔，只是蹲个万福就走开了，但今天却例外，给吕诲蹲过万福后还慢言款语告诉吕诲：司马光和好几位老爷在大堂等他。吕诲抬起视力不好的眼睛，见甬道那头大堂门前台阶上有伙人站在那里迎候他。吕诲首先看清的是司马光和他不愿意见到的苏轼和韩维，然后才看清吕公著、冯京、范纯仁三人。吕诲老远就见众人都对他拱手高举，长揖行礼。众人显然把吕诲当大英雄看待，吕诲慌忙一边作揖行礼，一边穿过庭院，急步向大堂走去。司马光他们吓坏了，怕视力不好的吕诲摔倒，忙从大堂前面台阶上下来，司马光与大才子苏轼走在最前面。好在门者牢牢搀着，要不然，吕诲真要摔跤的。在台阶下面，吕诲与司马光、苏轼碰在一起。司马光要门者松手，然后与苏轼一个在左，一个在右，搀着吕诲从引尊者而上的西阶上了大堂。吕诲很受感动："担当不起，担当不起，吕诲是被贬到外地去的有罪于朝廷之人，何德何能受此厚礼，受之有愧呀！受之有愧呀！"

吕诲看到，大腹便便的范纯仁走到自己身边，一脸我心如秤、不能为人低昂的表情："什么受之有愧，献可年兄是我朝真正的大英雄，朝廷真正的社稷之臣。"

不用说，吕诲也觉得自己是个大英雄，也觉得人家应该把他当大英雄看待。他三居言责，三次弹劾宰执大臣，三遭贬斥，无怨无悔，九死不回头，他不是大英雄谁是大英雄？但朝中百官还没谁当面这么说过他。此时这么说了，吕诲觉得范纯仁这句话特别受用。范纯仁不愧是他法眼中的"半人"，独好修正道，不喜虚假，句句是出自内心的真话。

吕诲由司马光、苏轼搀着进了大堂。今天司马光设家宴是给吕诲饯行的，却又把接吕诲手的御史中丞冯京也请来，当然也有庆贺冯京走马上任的意思。司马光让吕诲在大堂正北桌案右边官帽椅就座，让冯京在桌案左边官帽椅就座。一年前的四月初四晚上，吕诲到司马光府上来，司马光要吕诲在正北桌案左边的官帽椅上坐，吕诲怎么也不肯，今天却很是当仁不让地坐上了。冯京倒是客气了一番，但众人都说他是新官上任，理应坐在那里，冯京这才依了，在左边官帽椅上坐下来。吕公著和范纯仁在大堂中间右边交椅上就座，韩维和苏轼在大堂左边交椅上坐着。司马光则在大堂门边的交椅上坐下来。此时，虽然进入三伏天气，但有风。一阵阵清凉的穿堂风从大堂左右两扇后门吹来，叫人很是舒爽。庭院东西两株大槐树西斜的日影尚有一丈多长，正是巳漏将尽，午漏将滴时分，离开宴大约尚有半个时辰。众人坐下来后，司马光府上的管家带了两个家仆给众人上了茶和果品。司马光家不像朝中许多士大夫家有丝竹管弦助兴，有漂亮家姬侍客。大堂里静静的，但气氛欢快、轻松。

说句实在话，吕诲只喜欢司马光府上这种气氛。在这种气氛下，正好谈国事。今天这里唯一叫他感到不那么畅快的是司马光把韩维和苏轼二人请来了。对吕公著、冯京，说句实在话，起初吕诲觉得并不怎么样。既然朝中能入吕诲法眼的只有“一个半人”，吕公著、冯京自然也不在吕诲法眼之中。吕诲也不妄与这两个人打交道，总觉得吕公著这个人的简重清静，实际上是一种故作高深。你吕公著有什么高深的嘛，再高深总没有学富五车、通古今之变的司马光高深吧？司马光都从不自以为高深，你吕公著有什么高深的呢？吕诲觉得冯京这个人的温文尔雅中有种故意做出来的鹤立鸡群、高不可攀的神情，叫人看了很不舒服。你冯京不就是中了个“三元及第”吗？大宋百年“三元及第”有三人，哪里个个都有什么大本事，有什么大建树。与王安石在庆历二年同时参加进士科考试的杨寘也是“三元及第”，开始满朝文武相贺，以为朝廷得人，结果此公官不当，却跑到什么山上做什么山人去了，真把人笑死。不过，去年四月初四王安石越次入对以后，吕公著和冯京对王安石搞的那套祸国殃民的新法很是不满，吕诲对吕公著和冯京的看法开始发生很大的变化，觉得吕公著身上的简重清静，并不是种故作高深，倒恰恰是真才实学的一种表现；冯京身上的温文尔雅中那种鹤立鸡群、高不可攀的神情，一点不觉得有什么不舒服的地方，相反觉得这是一种君子的风姿。

吕诲看到，本来口无遮拦、最喜欢发表议论、有一肚子不合时宜的俏皮话的苏轼今天还算识趣，没先哇啦哇啦乱说一通。今日首先开口的是范纯仁：“老相公韩琦知道献可年兄把介甫弹劾了，昨日派人到纯仁家来，带了三句话。”

吕诲明白，韩琦与范纯仁的家父范仲淹同在西北对西夏作过战，世称“韩范”，两家渊源不浅，韩琦派人给范纯仁捎话，很正常。范纯仁的话引起大堂里每个人的兴趣。朝中百官都知道，韩琦虽然外放到大名府当知府，总领四路兵民大权，帝眷不衰。因之，老相公的话对朝廷还是举足轻重、不可等闲视之。吕诲虽然弹劾过韩琦，与韩琦是有过节的人，但也很注意韩琦的一举一动。吕诲看到，众人都望着范纯仁，在等范纯仁说下去。

范纯仁：“老相公的第一句话与吕学士的话不谋而合：‘条例司不过是中书之外又一中书。’”

吕诲看到，司马光、冯京对着吕公著拊掌大笑。在京都开封官场，吕公著这句话广为流传，不少人常拿这个说事。没想到千里之外的大名府的老相公韩琦也这么说，这下叫王安石够头痛的了。吕诲觉得，老相公韩琦和吕公著真的是把王安石的五脏六腑都看穿了，大奸大诈的王安石就这个用心。天子赵顼对吕公著的话可以不听，如今老相公韩琦也这么说，还能不听吗？好！好！好！吕诲几年前曾经以“五不忠罪”弹劾过韩琦，不过这都是过去的事了，犯不着还牢记在心里，现在吕诲却十分佩服起韩琦来。这么想过之后，吕诲也不由得拊掌大笑了起来。不过，韩维和苏轼却没拊掌。吕诲心里又来气了：司马光真不该让这两个人来喝酒。

范纯仁接着说：“老相公韩琦的第二句话是：‘介甫今后要栽在几个新进少年身上。’”

在座的谁都明白，韩琦这句话是针对条例司那班年轻人说的。吕诲看到，司马光、吕公著、冯京一脸茅塞顿开后的惊奇，苏轼则是一脸的快意，只有韩维一脸的平静。对条例司新进少年中的许多人，吕诲是相当痛恨的。吕诲头一个痛恨的是吕惠卿，叫他耿耿于怀的是这个条例司检详文字吕惠卿去年十月十五日在欧阳修府上，用请君入瓮的手法，一步步逼得他无言以对，弄得他狼狈不堪，丢尽了脸。吕惠卿是个奸邪之人，那条如刀的舌头，有一天要杀人的。吕诲第二个痛恨的是章惇，此人肯定是个大恶人。这个敢跟自己玩命的亡命之徒什么杀人放火的事做不出来？吕诲第三个痛恨的是曾布，此人是个佞人，狐假虎威，马屁精一个，专拣好听的话说给王安石听，这种人总有一天要害人的。对其中更年轻的，吕诲就不仅痛恨，而且相当鄙视。那几个二十几岁的小年轻懂得什么，简直就是在胡闹。舒亶跟匪徒没什么区别，嗜杀成性，稍不遂意，就举刀砍人。林英是个蠢得像猪一样的人，一个七品县令，堂堂朝廷命官，竟然会给属下的师爷衙役赶走，岂不是废物？吕嘉问更不是个东西，不仅在外面惹是生非，而且在家里也不守规矩，把家里人气得呕血。要说好一点的，就只有苏辙了。苏辙倒也不是个小人，也有吏才，比他的兄长苏轼强，但误入歧途。看看，王安石用的尽是这样的人，能不栽吗？

范纯仁接着又说：“老相公韩琦第三句话是：‘老夫已经摆好了羊羔美酒，就等条例司的人去聊聊天。’”

吕诲心里在为韩琦的第三句话叫好，但看看大堂里的众人，却不像听到前面两句话时那样叫众人感到惊奇、快意和欣喜，而是脸上有了一种复杂的表情。司马光、吕公著、冯京脸上倒是有喜色，但喜色中似乎有点忧色。吕诲弄不懂，这几个人忧什么呢？从老相公韩琦的第三句话里，谁都可以听出韩琦已经摆出了一副要跟王安石较量的架势。这好得很呀！如今朝野上下，除了老相公韩琦，还有谁能跟大奸大诈的王安石较量呢？吕诲再看看韩维，只见韩维皱起双眉，忧色满面。吕诲最后看了看苏轼，但见刚才还一脸快意的苏轼一脸的焦忧。这就叫吕诲百思不得其解了。不过，吕诲马上想回来。苏轼与王安石本来就是一丘之貉，要是王安石给老相公韩琦斗垮了，苏轼当然会有一种兔死狐悲的焦忧。吕诲又一次责怪起司马光来，你既然是为吕诲饯行，干吗要把韩维，特别是苏轼这两个吕诲不喜欢的人叫到府上来。

此时，坐在大堂左门边交椅上的司马光说了一句话："这要出大事的。"

吕诲注意到，司马光此言一出，不再往下说，谁也不往下问。大堂里寂寂无声。从大堂左右两扇后门来的穿堂风阴阴地吹着。大堂前庭院里的大槐树投下的日影不足半丈了。大槐树兜下好像有鸟在刨小虫食，家仆在树阴下走来走去，这鸟也不飞走。

温文尔雅的冯京说起了另一件事："今天一早，冯某听说青州乱民冲进县衙，一把火把县衙烧了，还把县令、钱粮师爷、刑房师爷和衙役都头的头砍了，挂在城墙上。老执政那个身体，真让人担心。"青州是欧阳修外放的地方，吕公著还用欧阳修外放前在朝廷的官衔称呼欧阳修。

吕诲明显地感到，大堂里的气氛很不安地动了起来。众人都把目光投向韩维。韩维几乎天天要面见天子，再说天子天天要看的邸报也是由他当掌门人的通进银台司编好、再抄好送给赵顼阅看的。因之，对天下事，韩维多先耳闻于百官之前。

韩维说："是有这么一件事。青州乱民皆因官府三日五日派人到乡下去催粮、催税，用头号板子拷打百姓，弄得百姓家破人亡，走投无路，才做出此等目无王法的事来。还是老执政有办法，先办了几个民愤大的贪官污吏，又下令触免了许多苛捐杂税，再把为头的凶手抓来，枭首示众，其余乱民一概不予追究，才慢慢把乱子平息了下去。"

司马光也很为这样的事发愁："这些年来，天下这样的事越来越多，也愈演愈烈。仅今年春季，沧州、霸州、祁州、绛州、商州、环州、秦州、兰州、婺州、泰州、信州、鄂州十几个地方发生乱民冲进县衙，轻者闹事，重者杀人放火，弄得人心惶惶。大名府的相州也差点出了乱子，只是因为老相公坐镇在大名府，乱民才没敢动。前几天，听说秀州也不太平。本来秀州是鱼米之乡，东南际海，西控震泽，又与外国通商互市，不知为何也不太平。”

冯京：“秀州知府乃右御林军大将军，太祖的六世孙赵世居。听说此人长相极肖太祖，高鼻子，大眼睛，容貌雄伟，出生时赤光绕室，异香经宿不散。那里不太平，这是怎么回事呢？”

吕公著冷不丁说了一句话：“但愿里面没什么蹊跷才好。”

口无遮拦、有一肚子不合时宜俏皮话的苏轼说：“朝廷许多事就坏在官府里那班师爷、胥吏、衙役身上。那班人真比豺狼虎豹还毒，州县长官对他们还真没什么办法。那班人到乡村去，没一个不是满村横冲直闯，呼呼喝喝，吓得村里百姓呼天喊地，哭爹哭娘，不要说鸡犬不宁，就是蚂蚁也给吓得到处乱跑，真个苛政猛于虎，青山犹哭声。”

吕诲注意到，众人给苏轼这句把柳宗元《捕蛇者》中的话与杜甫《新安吏》中的话混搭在一起的俏皮话逗笑了。不过，吕诲也觉得苏轼的话说得太过分了些，说鸡犬不宁还可以，说蚂蚁都给吓得到处乱跑就不实了。谁见过这种事？这个大才子，一张嘴给他操练得油滑。三居言责、三遭贬斥的吕诲只对当朝大臣的一言一行、一举一动感兴趣，对各地的这些情况无甚兴趣。此刻，他最想谈、最想听的是跟王安石有关的话题。吕诲侧过脸，对坐在他右手的冯京说：“冯中丞，你以后肩上的担子不轻呀！王安石这个人不好对付，厉害得很。不过，不用怕，他越厉害，你越跟他斗，你就是大英雄，你以后就青史留名，万古留芳了。”

吕诲以为自己这番话讲得还是很漂亮的，既有对新任御史中丞冯京的鼓舞，又告诉了冯京所面临的困难，当然，这番话中也包含了自己因弹劾王安石而产生的得意和骄傲。不过，吕诲奇怪地发现，众人对他的话的反应并不热烈，相反，众人脸上现出的是虽然还不是恶意，但也绝不是什么敬意，又似乎把他的心思全看穿了的微笑。

当然，没谁去戳穿吕诲的心思，毕竟今天是为吕诲饯行，再说吕诲确实是大英雄，有点得意和骄傲也在情理之中。过了好一会，吕诲看到，苏轼望了望大堂里每个人一眼，然后面对着他，说：“现在朝野上下乱得很，聚讼纷纭，各说各的理。在下倒是觉得，朝政之事宜商量，相互间取长补短、求同存异，岂不是美事？”

吕诲感到心里受到一震，很有点怀疑是不是自己的耳朵出了问题。吕诲望了望大堂里的每个人，发现司马光、吕公著、冯京都一脸惊愕地望着苏轼。不过，韩维似乎早就知道苏轼要讲这句话，脸上的表情看不出半点惊异之色。吕诲觉得，这有什么好商量的？要么按老祖宗那套得人心的老办法办，要么搞王安石祸国殃民的新法，中间的办法是行不通的，也是根本不存在的。吕诲还注意到，范纯仁脸上的表情先是一阵惊愕，后来却对着苏轼点了一下头。这就怪了。你范纯仁对王安石的那一套不是挺反感的吗？过了一会，吕诲听到范纯仁对苏轼说："愿闻其详。"

吕诲觉得自己白把范纯仁当成自己眼中的"半人"了，真没想到范纯仁会说出这样的话来。你范纯仁不害羞他吕诲害羞。接着，吕诲听到苏轼说："在下并不以为王相公什么都是对的，比方理财、条例司，就很是不妥；但在下也不以为王相公什么都是错的，比方富国强兵、洗刷国耻，宋有'三乱''一冗''一失''一缺''一耻'之说，就很有见地。诸位大人都是饱学之士，治国栋梁，皆有兴国安邦之才，如能与王相公在一起，推襟送抱，好好商议一下朝政，补偏救弊，宣故纳新，我大宋就一定能繁荣富强起来，使四方来朝。在下有个打算：明日请诸位大人与王相公到醉春楼小坐，一是在下为吕大人饯行，二是请诸位大人与王相公共商朝政，同舟共济，取长补短，岂不是美事一件？"

吕诲心里差点没笑了起来，这个大才子苏轼真是越说越起劲，也越说越糊涂了，怪不得欧阳修说他自作多情。他也不想想：王安石大奸大诈，我等大直大忠，能坐到一起来吗？此外，司马光是真正的道德君子，能与王安石共商朝政吗？道不同，不相与谋，就是吕公著、冯京也不会睬王安石。糊涂！糊涂！苏轼这人实际上是个什么事也干不成的人。吕诲认真看了下众人的表情。司马光、吕公著、冯京都是有道德、有涵养的君子，有什么不满和鄙视的情感不会那么明显摆在脸上，但冷冷的脸上比什么都更能说明他们对苏轼的话，很是不屑一顾的意思，根本一文不值。韩维是一脸喜色，这人当然巴不得众人能跟王安石坐在一起，听王安石胡说八道去。吕诲只是有点后悔，自己弹劾王安石时，怎么把此人放过了。要是早知道韩维是这个样子，一并把他弹劾一下，也免得他今日在这里兴风作浪。范纯仁的反应叫吕诲很失望，也很有点恼火。范纯仁脸上倒没什么喜色，但不冷不热中显示出一种我心如秤的公正。此公脸上的表情给吕诲的感觉是：能跟王安石在一起聊一聊，也没什么不好。

吕诲不客气了，对苏轼说："你以为水火能相交共桌吗？"吕诲很为自己这句话中的比喻感到得意。不服，谁说说看！

吕诲的话刚落，苏轼脱口而出："怎么不可以呢？我们蜀地有道菜叫火祸，上面用只铁锅装水，下面用个小炉点火，水与火不就共桌了吗？"

大堂里一片忍俊不禁的笑声，不过吕诲没笑。庭院里大槐下刨食的鸟没给走来走去的家仆惊飞，倒被大堂里的笑声惊得扇动翅膀飞到庭院外去了。吕诲感到自己很没面子，脸涨得通红，对着苏轼半天说不出一句完整的话来："你……你……，君子……小人……，不……说……了！"

大堂里一片笑声，不过，这回多少有点节制。司马光刚笑出声，就忙捂着嘴，不再让笑声发出来。苏轼对吕诲说："吕大人，其实王相公很大度，听说你要外放到邓州去当知府，感到很不安，还到皇上面前帮你说话。你们在一起能好好谈一谈的。"

苏轼这句话不仅没能安慰吕诲，反使得吕诲更恼怒了。朝野上下，谁不知道王安石脾气拗，会接受人家的意见？吕诲觉得自己看透了王安石。这个大奸似忠、大诈似信的王安石不把自己往死里打，就算是天大的恩典了，还会在天子面前帮我吕某人说话？不信！一万个不信！吕诲恨恨地说："河清不可俟，要到王安石为诲说话，恐怕要等黄河的水变清那一天了。"

在这点上，其实吕诲是真的冤枉了王安石。王安石不仅确确实实帮吕诲说过话，后来还帮好些人说过话。多少年后发生的乌台诗案，苏轼确确实实因为在诗文中攻击了新法而被关在乌府台的大牢里。那时，要狠狠治苏轼罪的人不少，但王安石并不因为苏轼攻击了新法就加害于他，相反确确实实帮苏轼说了话，且说了句十分关键的话，天子赵顼翻然改图，救了苏轼一命；结果苏轼只是被御史台差人押到黄州安置，作为犯官受到官府监管，还保留了个从八品的团练副使的官籍。这一点，后来苏轼一直铭记在心，王安石二次罢相后，在江宁居住，苏轼特意弯路去看王安石。

苏轼又说："吕大人不能这么说，吕大人错怪王相公了。"

这下吕诲更是恼火了。他觉得苏轼简直就是王安石一伙的了，要不然为何这么卖死力为王安石辩解。吕诲更是责怪起司马光来。你既然是为自己饯行的，干吗要把苏轼还有那个韩维叫来呢？你这不是存心气吕诲吗？先晓得会出现这种情况，真不如到妙云观去好。这么想过之后，妙云观主女冠相好谢道姑仰起头，用一种十分崇敬、十分热烈、十分可爱的眼神望着他的神情，在床上扭来扭去、哼哼唧唧的情景，都在他脑海里生动地呈现了出来；就是那个又痴又聋的老妪把眼睛睁得大大的，嘴里叽里呱啦、两手乱舞的傻样子，也叫吕诲回想起来有种特别的情趣。此时，庭院里大槐树的日影与树兜一般齐，酒席肯定差不多摆好了。但这个酒，吕诲不喝了，对坐在大堂左门边交椅上的司马光拱了拱手，大发雷霆："告辞了！"

这下众人都慌了，特别是司马光，不晓得怎么办才好，瘦削得像悬崖边突起的岩石的颧骨摆来摆去，一会朝着吕公著、冯京、范纯仁，一会朝着韩维、苏轼，最后朝着吕诲，叉开双手，拦住要出门的吕诲，说："献可年兄，这是为何？"

吕诲不齿地说："君子与小人不共天！"说完，拨开司马光的手，往大堂外走去。眼睛有疾、视力不好的吕诲用眼睛的余光看到，苏轼一脸的冤屈和羞愧望着自己。但，这能怪谁呢？只怪你跟王安石一丘之貉，又太自作多情，要来司马府上陪饯，谁要你来送别，你只好自取其咎，怨不得别人。司马光几步赶到前面，想把吕诲拉住，吕诲又是把他拨开，往前走去。吕诲虽有眼疾，视力不好，却走得快，高一脚、低一脚出了大堂；听到后面有一串脚步声跟过来，吕诲却连头也没回一下。

吕诲双脚跨出大门。门者吓坏了，不知道他为何酒未喝就要出去，很是有点惊恐。吕诲也不管，站在台阶上喊："人呢？"

吕诲在喊他的轿夫。真怪，吕诲的话音刚落，他的四个轿夫就从门里跑了出来。轿夫就在门边一间下人歇息的披屋里喝茶、吹牛、谈女人，其实吕诲刚绕过萧墙时，轿夫就知道吕老爷来了。轿夫赶紧把轿子抬过来，停在吕诲身边。跟在他后面的那串脚步声近了。吕诲急忙上轿，不等轿夫问去何处，就说："妙云观！"

四个轿夫抬起轿子，拼命往前走去。大约走了十丈，吕诲掀开窗幔，把头伸出窗外，回头望了望，但见司马光、吕公著、冯京、范纯仁、韩维、苏轼都出来了，站在司马光府第门前的台阶上，朝这边望着。吕诲看到范纯仁手指着这边，说了一句话："这个吕诲！"

第二卷 乱石穿空

本卷提要

面对朝中来势汹汹的反对，天子赵顼多少有点举棋不定。王安石绝大部分时间都在条例司议论新法。天子赵顼在崇政殿召见秀州七品判官李定。李定据实以言青苗法好。天子赵顼疑虑顿消，下诏天下推行新法。天下二十三路中最难推行新法的地方是两朝顾命定策元勋河北四路安抚使韩琦辖管的安阳县、青州太守欧阳修辖管的临朐县、亳州太守富弼辖管的永城县。但，县府衙门里的人不怕朝廷行什么法，就怕没法。朝廷派去的提举官分别是章惇、曾布和邓绾。这几处的新法皆如期推行。然而正当新法取得煌煌夺目的成就时，王安石却罢相了。罢相与韩琦、富弼无关，也不是司马光捣鬼，竟是王安石的门生，一个叫郑侠的管城门的小官的一疏一图造成的。

第二十九章　条例官为新法争进斗苏辙　王广廉言有信执意会安石

立秋后的京都开封，风清月明，天高气爽，气候越来越宜人。秋天是收获的季节，农民忙得很。民谚：“三春没有一秋忙，收到囤里才是粮。”官府也忙得很，忙催粮催税，忙拿链子锁人，忙举板子打人。

这些日子，吕惠卿特别忙。立秋这日一早，寅漏未尽，天尚未明，吕惠卿就启轿出了家门，往条例司走去。长随提着灯笼，扶着轿子前面的木杠，在前引路。吕惠卿透过轿窗的缝隙，但见一片昏昏的黄色灯光在轿子前面一路晃过去，四周还是一团漆黑。天下起了小雨。京都开封一片清凉的世界。街上还看不到一个人影，街两边的店面大都隐没在黑魆魆的夜色里，只偶尔见一家早食小店有灯光照到街上。吕惠卿在三司衙门前下了轿，到右边一家面食店要了碗面吃。朝廷各衙门官厨不供应早餐，大小官吏自行解决肚子问题。吕惠卿刚在面食店条凳上坐下，舒亶、林英、吕嘉问三人也进来吃面。吕惠卿相当满意这三个年轻人。他们不仅上班来得早，且做事十分认真，对交办的事从不说“不”字。

吃完面，天才麻麻亮。四人进了三司衙门的大门，然后沿着一条砖道，往右便进了一个院落，那里有栋青砖绿瓦的三进屋子，院子门边有棵枝叶繁茂、苍翠的老槐树，高高地从院墙里撑出来。条例司的人就在那里署事。吕惠卿穿过条例司衙门的大堂，各人进了自己的公廨值房，忙自己的事去了。条例司现在忙的是理财新法草本的修订。吕惠卿进了自己的值房，在桌案边的官帽椅上坐了下来，把免役法、市易法、均输法奏表的副本拿出来，随手翻着看了看。这三个法的草本已经修订好了，不日就可以呈送天子赵顼御批。最麻烦的是青苗法，自从苏辙对青苗法提出不同意见以来，条例司逾月不言青苗了。要言，就吵。吵得最凶的是曾布与苏辙，二人谁也不让谁。吕惠卿知道，自己要加入，苏辙不仅肯定会跟自己吵，而且最愿意跟自己吵。他没去吵，只是琢磨着怎么把青苗法推出。他觉得苏辙出尔反尔，非正人君子所为。王相公未把青苗法提出来以前，苏辙认为在青黄不接时由州县官府贷钱给农户，是个好办法；等到王相公把青苗法提出来，他又说青苗法这不好那不妙，装出一副忧国忧民的样子，说：农户还不了贷，有的甚至赖账，农户要受鞭棰之苦，岂不是既亏了官府，又苦了农户？吕惠卿觉得苏辙这个人不值得自己去吵。章惇也会跟苏辙吵，但他和曾布一样，话说不到点子上，只会说照王相公的话去做准没错。舒亶、林英、吕嘉问几个人也敢跟苏辙争。他们很是看不起苏辙，觉得这人不地道，只读了些死书，不是干大事的。这几个年轻人才不担心官府贷出去的钱收不回。借钱还钱，天经地义，民间借钱都不敢不还，官府的钱谁敢赖账？吕惠卿认为这几个年轻人的话有道理，但他们并不知道怎么才能让贷出去的钱和息收上来。当了十多年地方官的吕惠卿看出了一个门道：朝廷最难对付的是官，不是民。天下平头百姓，谁不怕官？不要说见到县官，就是见到拿链子的衙役，也会吓得发抖。天下大大小小的官不一样，朝廷要依靠他们去牧民，少了他们，谁去向平头百姓收租催赋、摊派徭役、捉拿人犯？不要说皇宫里的人都要给饿死，天下也得不到一天的太平。那些心怀不满、凶狠残暴、有狼子野心的刁民早冲进宫廷把天子一家全给剁成肉酱。不让这些当官的捞好处是不行的，但让他们肆无忌惮地捞好处，天下平头百姓又没有活路：这才是朝廷最难办、最头痛之事。

吕惠卿十分清楚，在青苗法问题上，王相公现在举棋不定。叫吕惠卿多少有点惑然不解的是，二十几年前，王相公在鄞县当县令，放过青苗钱，效果不是挺好，钱不是都收回来了吗？吕惠卿最佩服王相公的地方，就是二十几年前在鄞县推行这种理财之术。当然，王相公现在不是在一个县放青苗钱，而要在天下二十三路放青苗钱，情况大不一样。一个县不过万把户，管得过来，大宋天下二十三路有一千二百三十四个县，就不那么好管了；稍有不慎，要出事，弄得不好出大事。现在至关重要的是把这些官管住。有天子支持，受命于人主，这些官谁敢抗旨？想脑袋搬家呀！但，尽管如此，还得有法子。

当然，吕惠卿心中有数，王相公不是不想尽快让青苗法出台。恰恰相反，王相公心里急得很。吕惠卿还十分清楚：在所有的新法中，王相公眼下最看重的是青苗法。青苗法最直接惠农，也最能让朝廷官府赚钱。农户在最困难的青黄不接的时候，得到官府低息贷款，不啻是天上掉下来的馅饼。农户此时有了这笔钱，不仅可以顺利播种下秧，渡过灾荒，而且可以发展生产，夏、秋赋税也就不愁交不了。这样一来，不就天下子民富了，朝廷也有钱了？在吕惠卿看来，这简直是千古天下之至法。况且，朝廷对青苗法、免役法、市易法、均输法虽然未下诏书，但天下二十三路有些州县先搞了起来，要不然朝廷的钱怎么突然多了起来，户部出手就给后宫六十万两银子，去年冬至祀天中书向司农寺借了两万两银子也早早还清了。说句实在话，去年冬至祀天王安石借司农寺两万两银子时，吕惠卿挺为王安石王相公捏了把汗。两万两银子不算多，但司农寺的钱是不可随便动用的，就是皇室也不能随便打它的主意；然而，果如王相公所言，只要立法度，择善理财者，区区两万两银子，未有还不了之理。这不，新法一动，钱就还清了。条例司还等什么呢？此外，青苗法一事近日也出现了转机。十天前，中书的主书王圣美向王相公禀报：河北转运判官王广廉在当地贷给贫困农户五十万缗青苗钱，一年获息二十五万缗；今年想扩大青苗钱贷款，乞中书给他三千僧牒为本钱，一年就又能获息五十万缗。两笔钱加在一起就是七十五万缗，这可是赚钱的好买卖。僧牒就是度牒，僧人证书也，天下通行。僧人只有持有度牒，才是朝廷承认的僧人，才能享受朝廷给予僧人的许多优惠和权益。没有僧牒，只是个穿青衫的沙弥，不能开坛讲经，只能在寺庙里干些挑水、种菜、扫地、烧饭的粗活，混口饭吃。僧牒是要交钱的，由礼部的祠部掌管和颁发，上盖礼部官印，各寺庙一律不得私自发放，即使是皇家寺庙也没这个权力。三千僧牒，一年能获息五十万缗，相当给辽国和西夏的岁币总和。这太诱人了！王相公立即被王广廉这个人吸引住了。对王广廉，王相公虽未谋面，但情况还是知道一些的。仁宗朝的嘉祐八年，王相公在京当知制诰，有人奏举祁州深泽县令王广廉为著作郎，那个诏令就是知制诰王安石起草的。王相公非常高兴，当时就要主书王圣美下了堂帖，派条例司的内文案去河北把王广廉请到京都来见他。前天，内文案回来了，说今日王广廉将赶到京都。内文案跟王广廉讲好了，他到京都就直奔条例司，王相公将在那里见他。

韩琦和吕公著的话没说错，条例司确实是“中书之外又一中书”。现在中书衙门五个宰执大臣，只有王相公在生龙活虎地干。上相曾公亮老了，在中书衙门里对王相公一切听顺。次相富弼本来多病，也因病多次上奏，要求到地方去当官，越来越少到中书衙门来，请他议事也是闭着张嘴，一言不发。参知政事唐介在五月得疽痈病死，从此中书再也见不到这个人了。另一个参知政事赵抃整天一脸苦相，要他议事就说昨天晚上衣冠露香禀告上天时，上天要他什么也不要说。怪不得朝中百官戏称：中书衙门五个宰执大臣是生、老、病、死、苦。王相公要搞新法，当然只有到条例司来。再说，中书日常工作，中书衙门八房的那些录事、主事、令史、守当官会去办。这些人大事办不了，做这些事还是轻车熟路，用不着王相公操心。

叫吕惠卿感到得意的是，王相公是越来越赏识自己，越来越信任自己。前不久，朝会完毕，王相公受命独留禁中，赐坐共语。王相公在天子赵顼面前，对吕惠卿大加赞赏："惠卿之贤，岂止是今人比不上，就是前世儒者也没几个比得上的。学先王之道而能学以致用的，独惠卿一人而已。"这个评价可就不得了。吕惠卿明显地感到，用不着多久，天子赵顼也会单独召他进宫入对的。他吕惠卿的仕途真的远大得很。当然，吕惠卿明白得很，自己的这一切都离不开王相公。对王相公的这种知遇之恩，吕惠卿是铭记在心，永世都不会忘记的。王相公当然也清楚地看到了这一点，知道自己不会背负于他。王相公也十分乐意到条例司来，这里的工作气氛叫王相公感到特别舒爽。条例司的人，对王相公自然是一呼百应。王相公的话，总是很快被条例司的人所理解、所接受、所执行。王相公说要搞个免役法，免役法很快就搞出来了；王相公说搞个市易法，市易法的条文很快交到了他手上；王相公说搞个均输法，均输法的奏章很快起草出来了；王相公说暂停青苗法的议论，条例司的人就一个多月闭口不谈青苗法。王相公在这里充分感受到柄国大臣令行禁止、八面威风带来的满足感和快感。吕惠卿觉得，王相公的这种满足感和快感是瞒不过他的眼睛的。王相公在条例司那满面春风、欣喜异常、十分陶醉的表情比什么都能说明问题。当然，吕惠卿不糊涂，自己此时绝对要卖力干活，只要是王相公所需要的，就要千方百计去做好，做到令王相公满意。

王相公现在绝大部分时间是在条例司议论新法，今天王广廉要来，更是不可能不到条例司来。果然，吕惠卿刚在自己的公廨值房里坐下，就听到条例司衙门大堂有一阵忙乱的脚步声传来。吕惠卿推开木窗，伸头朝外望去，见条例司内文案从条例司衙门大堂后面急步走来，在离他值房少说有四五丈远的地方就对他说："王相公来了，要条例官都到大堂里去。"

吕惠卿本来想把起草好的免役法、市易法、均输法的奏表拿出来，看看还有什么意犹未尽的地方，再用黄纸别书于后。这件事做不成了，吕惠卿急忙把值房门关了，往条例司衙门大堂走去。到了大堂，吕惠卿见王相公站在大堂中间，抬头在看大堂东西两边挂壁上的文字。王相公显然听到了脚步声，转过身来。吕惠卿看到，王相公今天的气色非常好。吕惠卿丝毫不怀疑：王广廉在河北成功贷放青苗钱一事，肯定会启动搁了一个多月未议的青苗法重议，青苗法和盘托出的时间到了。

大堂后面传来一片争吵声。吕惠卿断定，这多半是条例司几个小年轻在跟苏辙争什么。条例司不同于别的官府衙门，是个议事和制定新法的地方，不能事事都是谁官大谁说了算，得让里面办事的人都说话。争吵声越来越近，也越来越大，听得也越来越清。不一会，苏辙和五房检正官舒亶、林英、吕嘉问从大堂后面过道进来了。这伙人还在嚷嚷。

舒亶望着苏辙，口气很凶："怕这怕那，怕青苗钱出问题，朝廷养我们这些人干什么！"

苏辙不语。

吕嘉问望着苏辙，喉咙也粗："嘉问不信，朝廷治不了那些无法无天的权势之家！"

苏辙不语。

林英望着苏辙，声音也不小："再不改，天下平头百姓的日子没法子过了。"

苏辙不语。

吕惠卿知道这三个年轻人又在跟苏辙斗。吕惠卿是很喜欢这三个年轻人的。条例司的这三个年轻人敬服王相公，热心新法，是非分明，对反新法的人很有点疾恶如仇的脾性，做事有种争进恐后的精神。在条例司，这三个年轻人最看不惯的人是苏辙，碰在一起就会合起来斗苏辙，弄得苏辙很尴尬、很狼狈、很没面子，也很生气。开始，苏辙还会争几句，越争这三个年轻人越来劲，声音也越高，后来就不语，让你们说去，看你们好意思吗？吕惠卿觉得，事情弄到这个地步，只能怪你不识抬举，王相公这么重用你，你不仅不知恩图报，反而处处跟王相公过不去。这三个年轻人斗你，弄得你在条例司形影相吊，孤家寡人一个，活该！

在微明的晨光中，吕惠卿注意到，王相公十分高兴地望着这三个二十挂零的年轻人，点漆的眼睛目光分外亲和。吕惠卿知道，王相公对这几个年轻人很喜爱，也很赏识。王相公与吕惠卿多次谈起这三个年轻人。朝中不少人说舒亶是个恶人，王相公不这么看，相反认为舒亶是个善人。说舒亶恶，无非是因为舒亶当临海县尉时，一怒之下一刀把一个死不肯奉养继母的不孝之子砍了。表面上看，舒亶确实是恶，但往深处一想，舒亶这个人其实很善。舒亶为何要杀这个人？因为这个人竟然不孝，把继母赶出家门，犯有十恶不赦之罪。中原王朝千年以来，特别是秦汉以降，以孝治国，把不孝列为十恶不赦罪中的第七大恶极重罪。把这种罪大恶极的不孝之子杀了，不是善是什么？舒亶只是性急了点，把个十恶不赦的不孝之子提前杀了。再说，舒亶学问不浅，诗文也写得不错。英宗朝的治平二年举礼部考试第一。一首《虞美人》写得婉雅闲丽，很为人称道。当世所不知的是，后世有个叫上彊村民的人还把舒亶这首词选入《宋词三百首》。朝中不少人认为林英是个蠢人。王相公认为林英是个饱读圣贤诗书的人，不图官位，不爱钱财，很想建功立业，只是因为刚刚步入官场，不摸官场水的深浅，才给属下的师爷、胥吏、衙役赶走，弄得脸面丢光，好久见人抬不起头，这种人经过历练后会是个有用人才的。朝中不少人听到吕嘉问的名字就头痛，骂他是个歹人，好斗难缠，不好惹。王相公恰恰认为吕嘉问单纯，只是喜欢出风头，没什么心眼。说起来也真怪，条例司五房检正官舒亶、林英、吕嘉问还就听王相公的。别看舒亶提起刀就砍人，一种天不管、地不管的神情，但在王相公面前却一举一动都中规中矩；一看到王安石的脸沉了下去，就会手足无措。林英就更别提了，对王相公的每句话，都听得特别认真。有几次，吕惠卿到林英的值房去找他，都见林英坐在桌案前，把不久前王相公说过的话一句句记在纸上。至于好斗难缠、不好惹的吕嘉问，在王安石面前比谁都乖，对王相公更是崇敬得不得了，王相公交办的事从来二话不说就去办，十分乐意在王相公鞍前马后效力。吕惠卿心知肚明：如果说王相公对条例司其他人有知遇之恩，那么对这三个年轻人则有再造之恩。这三个年轻人心中当然也是有数的：要不是王相公起用他们，到哪里去找官当，更遑论光宗耀祖、青史留名了。机不可失，时不我待。这三个年轻人不会错过眼前这种千载一遇的机会，拼力把王相公新法搞好，否则他们这一辈子就白活了。

王相公要吕惠卿派人去把三司使韩绛请来。吕惠卿忙叫内文案去办这事。此时，章惇、曾布从大堂后面过道进来了。条例司衙门本是临时借用三司衙门里的一个院落署事，因之，片刻工夫，三司使韩绛就过来了。吕惠卿看到，天已大亮，又是一个晴朗的好天气，原先隐没在夜色里的大堂翘起的飞檐、庭院里的东西两株大槐树、蓝色的天、白色的云，都鲜亮生动地呈现了出来。王相公、韩绛坐在条例司衙门大堂正北壁下官帽椅上，其他人都依次坐在两边不带扶手的椅子上。王相公和众人都在等王广廉的到来。这个时候，是众人难得的一个闲适轻松时刻，可以自由聊聊天。不过，说是聊天，却又聊的不是闲事、小事，恰恰是正事、大事。

舒亶先开腔："担心官府贷出的钱收不回，其实是杞人忧天。在下有个主意：一级一级押军令状，朝廷要各路押军令状，各路要各府押军令状，各府要各州押军令状，各州要县押军令状。何然贷出去的钱收不回？"这个能亲手杀人的临海县尉对权力有一种特别的偏好，但也确有一股逼人的虎气。

坐在舒亶旁边的吕嘉问也不甘示弱："世人从来欺软怕硬。你软他就硬，你硬他就软。就是来硬的，看天下谁敢跟朝廷对抗？"这个把家里人气得要死的年轻人从来无所畏惧，生气勃勃，意见跟舒亶的意见往往相合。

坐在舒亶对面的林英开口了："阎王好见，小鬼难缠。县令好歹是朝廷命官，上面有人管着。县令下面的那些师爷、胥吏、衙役一个个比豺狼虎豹还毒。这些人赶又赶不走。赶走张三，李四更毒。一个县吃皇粮的就县令、县丞、主簿、县尉、学正五个人，没有这些师爷、胥吏、衙役，就是一天十二个时辰不吃、不喝、不睡，也办不成一件事。何况那些县丞、主簿、县尉、教谕也不是个个靠得住，不少人跟师爷、胥吏、衙役都是穿连裆裤的。"这个去年被属下师爷、胥吏、衙役赶走的东明县令，对师爷、胥吏、衙役之毒，有着刻骨铭心的亲身感受。

大堂里好些人笑了起来。吕惠卿清楚，这些人不是笑舒亶和吕嘉问，是在笑林英，笑他当东明县令也当得太窝囊了，在被赶出东明县的那天，差点还给东明镇上几只狗咬了，要不是济阳郡王、大国舅公曹佾的管家曹通在场，帮了他的忙，真有林英好看的了。不过，吕惠卿没笑。当过十多年地方官的吕惠卿其实也领教过地方官府师爷、胥吏、衙役的厉害，对林英的这种遭遇并不感到奇怪。清官难逃猾吏手，官斗不过吏的事，何朝何代没有？朝廷命官，许多自幼攻读经史，子云诗曰背得滚瓜烂熟，其实没什么真本事。师爷、胥吏却个个都有真本事，又都清一色的本地人，一辈子在衙门里做事，久炼成精；那些老奸巨猾的老吏员，其实是衙门里的真衙神，比阎王还要厉害三分。林英毕竟太年轻，初出道，吃这个亏在所难免。对舒亶和吕嘉问的话，吕惠卿当然不会是完全同意，但却十分欣赏他们无所畏惧的勃勃生气和逼人的虎气。朝廷不久就要在天下施行理财新法。可以预见得到，未来的理财新法每走一步都将困难重重，确实需要一批有生气和虎气的年轻人横刀立马，冲锋陷阵。吕惠卿明白，王相公也是这么看这几个年轻人的。这么想了之后，吕惠卿望了望王相公，但见王相公右手慢慢捻着胡须，一脸笑意地望望舒亶和吕嘉问，又望望林英。吕惠卿再看看韩绛，但见韩绛也是一脸喜色。章惇、曾布二人都两眼放光，更是再清楚不过地表明了他们是十分欣赏这三个年轻人的。大堂里，只有苏辙一人闷闷不乐，也不说话，一脸的依然故我、忧国忧民的神情。

吕惠卿很想说几句，却忽然看见中书衙门主书王圣美从庭院南面萧墙那边一路神色匆匆小跑过来。吕惠卿感到大堂里有了一种紧张、不祥的气氛。谁都清楚地看到，王圣美只是一人来到条例司。王圣美是在南薰门外去接王广廉的，何以没见王广廉跟在后面来呢？吕惠卿看到，王安石抬起了屁股，要下位去，王圣美此时已进了大堂的门槛，然后几步来到王安石面前，连礼也来不及施，就气急败坏地说："王广廉被人拦走了！"

吕惠卿感到，大堂都好像震了一下，人人都吃了一惊。大宋百年，在天荒地远的边关或深山老林的什么地方，朝廷命官有被番兵或强人拦走之事在所难免，可还没听说过有人敢在京都开封把朝廷命官拦走的。吕惠卿注意到，王相公此时反倒镇静下来，抬起的屁股又坐了下去，对王圣美说："你别急，慢慢说，这是怎么回事？"

王圣美的气才定了下来："王广廉快到南薰门，就被四个骑马的围着，把他挡到乌府台去了，说御史中丞冯京冯大人有请。"

吕惠卿看到，这下王相公大为光火，牛耳虎头的脸气得通红。这个新上任的御史中丞冯京一早就派人把王安石要见的人"请"到乌府台去，意欲何为？这不明摆着是跟王相公过不去吗？说起来，王安石还是很看得起这个"齐年"冯京的，对冯京接任吕诲当御史中丞，也是说过好话的。大宋百年，前朝天子都有过严禁辅臣荐用言官的敕令，但这道敕令也和台谏不相见的敕令一样，执行起来多有不便。明的举荐可以禁止得了，暗的举荐谁搞得清呢？再说，天子自己也时有违禁之举，要辅臣荐用言官，这道敕令也就往往被束之高阁。当朝天子赵顼在决定起用冯京当御史中丞前，征询过王相公的意见。此时，只要王相公稍做反对，不需要摆出多少理由，冯京的御史中丞肯定当不成。但王相公是个真正的大君子，太厚道了，警觉性也太低了点，在朝廷用人上根本没把权抓在自己手里。王相公不是不知道冯京反对新法，只不过不像有的人那么激烈罢了，可他不仅没说冯京半句坏话，反说冯京这个人可用。天下有这样当宰相的吗？这很危险，要出事的。吕惠卿当然清楚，王相公精力和时间都集中在新法上，不屑于搞那些小人的钩心斗角的勾当，也没时间去计较这些，认为只要新法搞好了，让国家富起来，让军队强大起来，让天下平头百姓过上好日子，就能在朝廷站稳脚，反对他的人谁能奈之若何？不错，吕诲以吓死人的十大罪状弹劾王安石，结果从乌府台滚了出去，但冯京不是吕诲，比吕诲厉害得多。别看冯京温文尔雅，说话轻声细语，但此人和他的岳丈富弼一样，不是好对付的角色，让此人当御史中丞，今后够王安石麻烦的了。这不，条例司逾月未议的青苗法正重新启议时，冯京却把关键人物王广廉"请"到他那里去了。这也太明目张胆，太嚣张了！

条例司的人也十分气愤，章惇情绪最激烈："岂有此理，在下去乌府台要人！"说完就气势汹汹起身要走。

王相公举起右手，做了个制止的动作："用不着，冯中丞拉王广廉不动。"

吕惠卿觉得王安石王相公的话有道理。吕惠卿没直接跟王广廉打过交道，但知道王广廉这个人。王广廉正而立之年，腰板挺得像武夫一样直，血气方刚，有张寡淡无味的脸，脾气不小，是个会做事的人。这种人怎么可能一拉就过去呢？

王圣美也说："王广廉是个君子。他只是因为冯中丞嘉祐四年在扬州当知府，王广廉是扬州府判官，顶头上司请他到衙门坐坐，也属正常，王广廉只是不好一口拒绝。"

吕惠卿不知为什么特别看了王圣美一眼，觉得王圣美在人情世事上看得很清楚。说起来，吕惠卿对王圣美也是颇为欣赏的。吕惠卿觉得，朝中许多人对王圣美不公，背后骂他是京都开封官场"十钻"中的"衙内钻"。王圣美在京都又没什么亲友，不"钻"点行吗？其实官场上有几人是不"钻"的呢？这些人说起别人"钻"来，十分起劲，吐出的口沫能把人淹死，但对自己的"钻"却从来闭口不言，视为正当。特别是王圣美很能办事，这些人就没看到，就是看到了也装着没看到。

吕惠卿还不知为什么特别看了苏辙一眼。王广廉来京这件事，也是苏辙近日特别留意的一件事。不过，此时苏辙依然如故地默坐在椅子上，一脸不为任何情况所动的神情。吕惠卿知道，苏辙不会乐意王广廉到条例司来。但苏辙不会像他的兄苏轼那样口无遮拦，沉不住气，不到时候不开口。吕惠卿心里隐隐有种预感：他与苏辙迟早有一场口仗要打。

本来，王相公是等王广廉来了之后让众人在大堂里再把青苗法好好议一议，争取早日把青苗法弄出来。王广廉既然给冯京请到乌府台衙门去了，一时三刻是不可能来条例司了。王相公宣布：各人回自己值房里办自己的事去。众人大都感到扫兴。章惇、曾布一脸怏怏。韩绛也一脸的不快。舒亶就不客气了，骂冯京“不是东西”。吕嘉问也嘴巴不饶人，骂冯京“缺德”。林英心里也肯定是不乐意的，但脸上的表情还算平和。

吕惠卿觉得，在所有的人中，恐怕只有他吕惠卿认为王广廉来了当然更好，其实不来也无所谓。十天前，他派条例司的内文案到河北去时，就交代内文案要把河北贷放青苗钱情况摸个一清二楚。对苏辙担心的青苗钱收不回来这个问题，吕惠卿已成竹在胸，找到好法子了。吕诲弹劾王相公的前一天，条例司的人在大堂吃饭时，吕惠卿其实有了个解决青苗钱收不回这一问题的初步打算，这次内文案从河北带回来那里贷放青苗钱的情况，就使他原先的法子更完善了，也更坚定了他的信心，当然也到了他把这个法子端出来的时候了。

此时，吕惠卿担心的是另外两个问题。头一个问题是言官。言官是老祖宗设下的官职，谁也不可能不要，但言官要是跟自己不一条心，处处找麻烦，横生梗阻，你就什么都搞不成；不过，这也没什么可怕的，只要把跟自己一条心的人推到言官位子上去，施行起新法来就方便多了。第二个问题是天子的近臣。天子的近臣经常跟天子接触，对天子的影响千万不可小觑。冯京为何能当上御史中丞？不就是因为范纯仁、司马光、吕公著一班近臣利用接触天子的机会，左一个举荐，右一个举荐，才把冯京举荐上去。要不然，今日王广廉就不会给“拦”了。吕惠卿觉得，这两点比什么都要紧，自己得赶紧给王相公提个醒。在条例司中，吕惠卿最希望王相公的新法取得成功，当然也最不愿意看到言官和近臣给王相公的新法添麻烦，制造乱子，弄得新法搞不下去。吕惠卿看到，大堂里的人差不多走空了，王圣美却没走。吕惠卿知道，王圣美有事找他。吕惠卿问：“有事？”

王圣美：“王广廉不会在乌府台待久的。下官去乌府台门前等他。”

吕惠卿点头同意，王圣美就转身去乌府台，吕惠卿也离开了大堂，不过没回自己的值房，却往王相公的公廨值房走去。王相公的公廨值房与吕惠卿的公廨值房都在大堂后面一座小院落里。王相公的在东，吕惠卿的在西，空间隔着一块空地。吕惠卿走到王相公值房门口，值房门还开着。在门口，吕惠卿一眼便见王相公正坐在桌案前，提起毛笔，审查呈送给他的免役法、市易法、均输法的正式奏表。王相公抬起头，知道吕惠卿有要事找他，点了点头，示意吕惠卿进去。吕惠卿进了王相公的值房，先关了值房门，然后在桌案边上一张交椅上坐下来。王相公手上仍旧提着笔，但抬起眼睛望了望吕惠卿，眼神里的意思是有话但说不妨。吕惠卿先讲他担心的第一个问题：“相公是君子，太仁厚老实了，御史中丞这样的言官怎能随便让什么人当。皇上征询意见的时候，相公就该提出别的合适的人选出来。”

吕惠卿知道，别的任何人是不敢在王相公面前这样无所顾忌说话的，但吕惠卿敢。聪明透顶的吕惠卿当然清楚，从表面上看，他是在批评王相公，骨子里其实在颂扬王相公的高尚人品。吕惠卿认为王相公不仅不会对他有半点反感、不快和恼怒，相反会很乐意接受自己的意见。吕惠卿看到，王相公虽然未出声，实际上是默认了吕惠卿的说法。

吕惠卿接着说：“相公知道，晚生的老座师欧阳修何等君子，风节自持，却数次被污，郁怒难申，以至身体日衰，白发萧萧，疾病侵凌，聪明并耗。老座师被折磨成这个样子，全是言官的鬼名堂造成的。再往远点说，前朝有名的贤臣范仲淹推行庆历新政，立即谤议如潮，言官更是到处搜罗材料，连连上疏，非置范仲淹一伙于死地不可，最后范仲淹一班贤臣被他们一网打尽，全被赶出朝廷。朝廷从庆历以来，言官用事，视辅臣为仇寇。朝廷命令之出，事无当否悉论之，必欲置辅臣于死地而后快，把风气全搞坏了，其害处也就十分明显。”

吕惠卿觉得自己的话说到王相公心坎里去了，看到王相公在他说话时点了三次头，脸色也变得严峻起来。吕惠卿更是振振有词地说他担心的第二个问题：“晚生最为担心的还有天子身边的那些近臣。不是晚生口出狂言，那些近臣真正懂得治国的没有一个，但又都认为自己是治国的能臣。相公受命于人主，议法度而修之于朝廷；举前代贤君之政，兴利除弊，富国强兵，洗刷国耻，让天下子民都过上好日子。但那些近臣却不这么看，非议毁谤者多，到时候相公以一人而战天下，虽夙夜勤劳，累死也无济于事。”

吕惠卿讲这番话时，心中还隐含着一个意思：助王相公最卖力者，唯吕惠卿耳。吕惠卿对天子身边的近臣并无点名，但天子身边的近臣就那么几个，王相公明白他说的是谁。王珪是翰林学士承旨，此人本分规矩，跟王相公是同年进士，很尊重王相公，说过王相公不少好话。知制诰、知通进银台司韩维是“嘉祐四友”中的一个，算是王相公的老朋友，对王相公推崇得不得了，不会坏王相公的事。范纯仁一向自我标榜我心如秤、不为人低昂，对王相公意见很大，把王相公的新法说得一塌糊涂。不过，此公还不像吕诲那样，无中生有、信口雌黄、危言耸听、惑乱朝政，只是不理解王安石钱可生钱的奥妙，才经常说出一些笑死人的蠢话来。吕惠卿对吕公著也很是看不起。这个人讲点不着边际的空话倒也精彩，但要他办点什么实事恐怕很难。吕惠卿真不明白，王相公何以把吕公著看得那么高，“中书之外又一中书”这句话就是此公第一个说出来的，但王相公对吕公著好像没半点责怪的意思。吕惠卿最讨厌、最感头痛的是司马光。此公满脑子老掉牙其实是骗人的什么“仁”呀“义”的，外面的人都说司马光学富五车、通古今之变，对中原王朝的兴衰更替的事懂得不少，但到底懂得多少，很值得怀疑；如果真懂得一点的话，恐怕也都是些死知识，有用的不多。但这个人的话许多人愿听，最能坏王相公的事。吕惠卿有个预感：王相公今后最厉害、最危险、最凶恶、最大的死对头，必斯人也！

吕惠卿注意到，王相公脸上有了种十分复杂的表情，有恼怒，有怨恨，有怅然，也有点尴尬和莫可奈何。吕惠卿对王相公脸上这种复杂的表情并不感到奇怪。九年前，王相公与司马光、吕公著、韩维同在京都开封为侍从官，成为京都官场令人羡慕的“嘉祐四友”，但今日，只有韩维对王相公还不错，司马光、吕公著却对王相公很不友好；特别是司马光，议事每每不与王相公合，处处刁难，事事过不去。吕惠卿知道，尽管如此，王相公对司马光、吕公著还是很不错，人前人后从未说过这两个人的坏话。这时王相公把手上的笔放在笔架上，然后走到值房门口，推开房门，站在门口，如点漆般又黑又亮的双眼望着小院落上空的蓝天白云；脸上现出一种拒人千里之外与一种洞察世事的睿智神情。王相公沉吟了好一会，然后用他有着浓重土音的官话，几乎一字一顿地说："这些人不说我安石好，天下人会说王安石好。老夫有何怨哉，又有何惧焉！"

吕惠卿很为王安石犯起急来。王相公是大君子，从不会算计别人，但别人不都是君子。朝廷官场上小人多的是，岂不会有人算计王相公？吕惠卿觉得自己的话还没有起到应起的作用，王相公对天子身边的近臣吕公著和范纯仁，特别是司马光的作用太不当回事了，这样掉以轻心，新法最后要坏在这些人手中。天下人说你好有多大意义呢？天下人说你好，没有用；天子身边的人说你坏，却可以坏你的事，弄得你的新法搞不下去。吕惠卿觉得，这个问题一定要跟王相公说清楚。吕惠卿是真心想王相公成大事、立大业，也是真的想助王相公办大事、立大业。在这一生中，吕惠卿第一次遇到王相公这么了不得的人。王相公第一次采用钱生钱的办法治国，不仅可以让国家富起来，而且可以让天下平头百姓也富起来。吕惠卿丝毫不怀疑：王相公能做到这一点。吕惠卿以为，这是他前几世修到的福，让他今生今世碰到千年一遇的人、千年一遇的事，且王相公又是这样地看重他，让他当令人眼热的条例司首席检详文字官，他吕惠卿焉能对王相公有半点不诚之心？吕惠卿的事功心是相当强烈的，十分想荣华富贵、光宗耀祖、名垂青史。但吕惠卿十分清楚，他要做到这一点，只有真心真意助王相公成功，他的事功才能真正实现。

吕惠卿怕王相公误解了他的心意，很想说明一番，却见王相公别过头来，举起右手做了个不要他开口的动作："你不用说了，老夫心里清楚：你独助我！"

吕惠卿知道，王相公看出了他的心思。吕惠卿笑了，笑得很开心，也笑得很有点不好意思。确实，吕惠卿的担心是多余的。六年后，王相公差点被牵连到一件特大谋反案中，吕惠卿反目，把王相公写给他的私人信件交了出去，弄得王相公险些把老命都丢了。然而，即便如此，王相公还是记住了吕惠卿的许多好处，特别是助他推行理财新法所做的那些事，所出的那些力。

王相公转身要回到桌案那边。吕惠卿出了王相公的值房，正想穿过小院落，到自己的值房里去，忽然听到大堂那边传来一阵急促的跑步声，还没等他反应过来，就见王圣美出了大堂后面的过道，脸上笑眯眯的。吕惠卿侧转身来，问王圣美："主书何事如此高兴？"

王圣美在吕惠卿面前站住，说："王、王、王广廉来了。"

怪不得王圣美这么高兴。王圣美话音刚落，吕惠卿就看到王安石从值房里出来，站在值房门前。王圣美转过身去，对王相公说："王广廉在乌府台待了片刻，与冯中丞互叙了一下别后的事情，就告辞到这里来了。下官回中书时，留了个令史带了匹马守在乌府台旁，王广廉一出乌府台，这个令史就过来禀报。"

吕惠卿也转过身去，面对着王相公和王圣美。吕惠卿望望王相公，又望望王圣美。这个中书衙门的主书做事倒是挺有心机，一件小事也想得周到。吕惠卿注意到，王相公十分赏识地望着王圣美，又捻了捻胡须，说："王广廉是个言而有信的人。"

此时，也不知怎么回事，吕惠卿发现条例司的条例官都到东、西公廨中间的小院落来了。走在最前边的是舒亶、吕嘉问，走在最后的是苏辙。不多一会，众人簇拥着王相公往大堂走去。吕惠卿见内文案从他值房里出来，忙对内文案招了招手。内文案急忙小跑过来。吕惠卿交代内文案赶紧到三司衙门去把计相三司使韩绛请来。随后，吕惠卿也向大堂走去，一边走，一边抓紧时间给即将出台的青苗法打腹稿，一边想象着朝野上下、天下平头百姓会对青苗法、免役法、市易法、均输法有什么样的反应。

第三十章　乔掌彩擢升内史执法后宫　老祖母再用祖训开导天子

春日的阳光明媚灿烂，夏日的阳光炎热炙人，秋日的阳光温柔宜人。当孟秋一块块暗红的霞光从镂刻精巧的红彤彤的花格窗照进坤宁宫地面的御砖时，早已盥洗、梳栊、更衣完毕的向皇后用过了早膳，正准备去庆寿宫给太皇太后曹氏请安，就听到坤宁宫外一阵急促车马的銮铃声和威严的喝道声传来，接着就见坤宁宫掌礼仪起居的女官从外面进来禀报：皇上驾到。向皇后赶忙去接驾，却见皇上已出现在坤宁宫门口。

皇上赵顼今天龙颜甚喜，气色很好。向皇后知道，皇上今天的心情这么好，是因为朝廷、后宫几件大事都办得很顺。条例司上奏的青苗法、免役法、市易法、均输法四个理财新法，皇上花了好几个晚上仔仔细细地看了又看，后来又与王安石在便坐殿延和殿对这几个法的条规反复推敲了三个晚上，可以定下来了。向皇后清楚，皇上毕竟年轻，才二十二岁，登基不过三年，经验不足，是王安石鼎力辅佐，才把这几个新法搞了出来。皇上说，这几个新法，都是中原王朝以前没有过的新法。但，皇上总怕出什么差错，方方面面考虑了又考虑，几个新法也总改了又改。变动得最大的是市易法中的第十三条。原规是："兼并之家，较固取利，有害新法，令市易务觉察，中三司按置以法。"皇上把市易法文稿拿起来，又放下去；放下去，又拿起来；反复看了十来遍，后来就把第十三条删了。皇上说，为这条还与王安石争辩了起来。这个王安石争起来辞色俱厉，像吵架一样，一点面子也不给皇上；只是因为皇上坚持要删此条，才不吵了。皇上反弄得不好意思，腼然笑对王安石说："市易法已很完备了，自可施行，没必要立这一条。"花时间最多的是免役法，好些个晚上，皇上很晚才从外廷回来，皆因为与王安石在商讨免役法之事。最拿不稳的是青苗法，王安石拿不稳，皇上自然更拿不稳，其间还停议了一个多月。后来王安石把河北转运判官王广廉请到京都开封，要王广廉把在当地贷放青苗钱的情形说了说，皇上和王安石都很高兴。为把青苗法搞好，王安石还奏请等派下去的八个使者回来，然后根据调查到的情形，对青苗法做最后定夺。听皇上说，富国的理财新法搞好后，接着就要制定强兵法和科举法。那时国家就更好办了，后宫的日子也会更好过了。此外，太皇太后曹氏的六十圣寿恭进礼品的准备工作也进展顺利。多亏内官监的高全福，不知他怎么跟右羽林军大将军秀州团练使赵世居搭上关系，竟然有本事叫这个右羽林军大将军破费送太皇太后曹氏一颗大理国猫儿眼，不日就可解到京都开封。

皇上告诉向皇后：他要和她一同到庆寿宫给太皇太后曹氏请安。向皇后高兴极了。这一来是太皇太后最欢喜皇上与她一同去请安，看到他们双双对对进出心里就乐；二来是皇上近几个月来都在忙着与王安石制定新法，很少去庆寿宫陪陪老太后，现在四个理财新法草拟得差不多了，青苗法就等派下去的八个使者回来定稿，皇上该到庆寿宫去看看太皇太后；三来是近些日子，向皇后去看老太后时，太皇老太后总要问起皇上，向皇后心里有数：太皇太后挂念着皇上。此时皇上与她同去庆寿宫，太皇太后不知会多高兴。

向皇后今日一早去给太皇太后曹氏请安，还因为两个多月前好心办了件坏事，把太皇太后曹氏害苦了。现在问题虽然解决了，但在向皇后心里总是个结。有皇上在身边，到了庆寿宫太皇太后那里，有什么情况，皇上帮着说句话，许多事也就好办多了。对太皇太后曹氏身边喜欢的人，向皇后从来客气，也格外关照。去年年底，向皇后把那个侍候了太皇太后曹氏四十年的老宫女——正八品乔掌彩提升为庆寿宫正七品乔典饰。才半年不到，向皇后又把乔典饰提升为后宫正六品中台侍御执法内史，执掌后宫监察。向皇后这么做，一来多少有点讨好太皇太后曹氏的意思，二来乔内史确有过人之处。别看乔内史不认得几个大字，在太皇太后曹氏身边侍候了四十一年，从一个干粗活的宫女成了后宫有脸面的太皇太后曹氏一刻也离不开的女官，光靠拍马逢迎，说些好听的哄话是做不到的。太皇太后曹氏何等精明的女人，岂能被人哄住？提升太皇太后曹氏喜欢的人，太皇太后曹氏岂能不高兴？再说，太皇太后曹氏虽然早就不管后宫的事了，但就像对朝廷的事一样，太皇太后曹氏是不会去管的，但不是说问也不问一下。问还是要问的，至于怎么处置，那就是皇上的事了。比起朝廷上的事来，对后宫的事，太皇太后曹氏要问得勤一些。向皇后知道，这是太皇太后曹氏在帮自己。有个在太皇太后曹氏身边侍候了四十一年的女人参与后宫管理，太皇太后曹氏对后宫的情况岂不是更清楚了，帮起自己来岂不是更方便了？此外，也是因为后宫并不太平。说起来，后宫比朝廷简单多了，往来后宫的不过六种人：一太监、二女官、三宫女、四皇亲国戚、五各类勤杂人员、六获得皇上特许的人员。但这里的是是非非其实多得不得了。不说别的，就说违反后宫规矩的事，可说是屡禁屡生。去年十一月初竟然发生一起宫女在后苑景龙桥洞里跟花匠一起快活的丑闻。这一类事谁也不能保证不再发生。后宫没一些厉害的人来管，恐怕真要翻天了。

这个四十一年前的宫女、后来的乔掌彩、去年的乔典饰、如今的乔内史，还真不可小看，不仅能侍候好太皇太后，且很有一套监察后宫的办法。一上任，乔内史就把后宫中台的六个女官叫来训话，训完话就派事，按照后宫六局二十四司，每人分管一局四司，要她们腿勤点，眼睛睁大点，每天戌时到她那里把情况汇总。对犯了事的宫人，乔内史半点情面也不讲，该用什么刑法就用什么刑法处置。宫中刑名不少：以酸沃鼻，谓之醋刑；以粪塞口，谓之臭刑；夏日以火围烤，谓之蒸刑；冬天使之卧冰，谓之炼助；不喝酒者，强令之饮，多至十余碗，谓之醉鬼之刑；削木埋地，高三尺，令女立上，不许失坠，名之曰悬心之刑。还有晚上申时正一刻宫门下锁后，每个更点之交，让犯了事的宫人提着铜铃，在宫中摇铃，徐行正步一周，大风大雨不避。那些犯了事的太监还好一点，可怜那些犯了事的女官、宫女，迈着一双小脚，东倒西歪走正步，不仅叫这些犯了事的女官、宫女肉体吃苦，而且精神受辱。

乔内史最憎恨宫女跟太监配对。这些没根的太监像什么话，不男不女的还尽想男女之事；这些宫女也是贱得难过，不好好侍候好皇上一家人，却要去和那些没根的人眉来眼去，好像没男人就活不下去。侍候好皇上一家人，什么荣华富贵没有？像她乔内史，要不是进宫，跟一个种田的农人过上一辈子，何时有出头之日？现在多好，托太皇太后的福，宫里上上下下谁见她不是笑脸相迎？如今乔内史不仅太皇太后看得重，而且太后看得起，向皇后也十分赏脸，谁敢对乔内史有什么不恭的地方？就是大太监见到她，也是客客气气的。且娘家人也沾光，在地方上活得有脸有面，受人尊重，官府衙门里也高看一头。乔内史叫人出榜告示：今后再发现宫女跟太监配对，各杖四十。

这个乔内史才上任不到个把月，宫中竟一派肃然，犯事的宫人少多了，更遑论宫女与宫外男子在宫中寻快活的事了。然而宫中秩序好多了，太皇太后曹氏却受苦了。太皇太后曹氏毕竟快是六十高龄的老太婆，这两个多月来，脾气竟渐渐怪了起来。在朝中大臣面前，太皇太后曹氏还是个令人佩服、令人尊敬的、精明强干的女人，头脑清楚，通情达理，处置有方，但在庆寿宫里，却脾气大，没一个太监、女官、宫女侍候得了她，总说这些太监、女官、宫女不懂规矩。这些太监、女官、宫女靠近了点，说这些太监、女官、宫女想谋害她；离远了点，又说这些太监、女官、宫女故意避开她。梳个头，一下子说手重了，把她的头发梳掉了；一下子又说轻了，头上的乱发都没压平。这一来，庆寿宫里的太监、女官、宫女都整天胆战心惊，担心不晓得什么时候祸从天降，都尽量躲着她。但要是给太皇太后曹氏碰上了，还不能掉头跑，一跑就坏事了，抓回来非打个半死不可。后来，向皇后换了几批太监、女官、宫女。太皇太后曹氏不知为什么见到这些新来的太监、女官、宫女的陌生面孔，就精神紧张、恐惧、浑身发抖，脾气就更大了。向皇后吓住了。要是太皇太后曹氏出了什么事，那责任就大了，也麻烦大了。向皇后只能惩罚那些太监、女官、宫女。自从乔典饰当上乔内史不过一个多月，向皇后就惩治了好几个太监、女官和十多个宫女。有受醋刑的，有受臭刑的，有受醉鬼之刑的。有个进宫不到半年的小宫女，受的是悬心之刑，可怜瘦小的她站在一根三尺木柱上，两手还要各拎一小桶水，站上去就很不易，后来就摇摇晃晃，再后来就栽倒下去，头触地而亡。

向皇后急得没有办法，把乔内史叫来，与她一道到庆寿宫去。怪事出现了，太皇太后曹氏一见到这个四十一年前的宫女，自在了，什么脾气也没有了。太皇太后曹氏又成了一个精明强干、头脑清楚、通情达理、处置有方的女人，又像过去一样成了宫里可敬可亲、令人佩服的老太婆了。向皇后明白了：太皇太后曹氏离不开这个在后宫侍候了她四十多年的老女人。事情好办了。乔内史照当中台侍御执法内史，但值房就设在庆寿宫里。乔内史监察后宫和侍候太皇太后两不误。不久，向皇后发现，太皇太后曹氏特喜欢乔内史在庆寿宫处理后宫那些违禁之事。这个乔内史特会哄太皇太后曹氏，后宫那些犯禁的破芝麻、烂西瓜之类的事，乔内史总能说得头头是道、绘声绘色，让太皇太后曹氏听得津津有味，十分入神，乐不可支。对那些犯禁的破芝麻、烂西瓜的事，怎么处理，乔内史也总让太皇太后曹氏拿主意，太皇太后曹氏更是特别高兴。太皇太后曹氏在英宗登基的治平初年垂帘听政一年零一个月，中外奏章，每日几十件，太皇太后曹氏多援经史以决事。朝廷井然有序，没出过一件大乱子。朝中百官，口碑载道。对后宫的这些破芝麻、烂西瓜之事，太皇太后曹氏处理起来就更是得心应手，简直是杀鸡用了牛刀。太皇太后曹氏又是引经史，又是讲典故，不厌其烦，眉飞色舞，容光焕发，很快就把举措拿了出来。乔内史都饶有兴味地听着，夸太皇太后记性好、故事多，处事有方。这就更叫太皇太后曹氏开心。太皇太后曹氏一边手指着乔内史说哄人，一边笑得合不拢口，富态圆脸上的肌肉全都舒展了开来。不过，话说回来，乔内史也不是什么事都按照太皇太后的意思去做。有不同意的地方，这个乔内史会等太皇太后曹氏唠叨得累了，不想再唠叨了，才把自己的意思说出来。怪，每次太皇太后曹氏都不再啰唆下去了。对向皇后来说，这正中下怀，有乔内史在庆寿宫，每天逗得太皇太后曹氏眉开眼笑，她放一百个心。

不过，说是放心，向皇后心里其实还挺挂念着太皇太后曹氏，今日一早去给太皇太后曹氏请安，为的是看看太皇太后曹氏的好心情是不是稳定了下来。向皇后跟在皇上赵顼身后出了坤宁宫。然后皇上的銮驾在前，向皇后的凤辇在后，沿着青砖御道向庆寿宫走去。没多一会，隐蔽在高大繁茂的古树丛中的庆寿宫翘起的飞檐便赫然在目。不过，庆寿宫往日的宁静不复存在，不断有太监、女官、宫女从庆寿宫的御道跑出古树丛，又不断有太监、女官、宫女跑进古树丛中的御道里去。自从乔内史把中台侍御执法的值房搬到庆寿宫后，宫中许多违犯禁事的处理自然也都到庆寿宫来处理了。不过，尽管如此，无论是进，还是出，脚步都不乱，也不出声。然而，今天不一样了。向皇后在凤辇内忽然听到庆寿宫那边有一阵杂乱的脚步声传来。向皇后撩开凤辇的窗幔，便见一伙太监、女官、宫女从庆寿宫树从的御道里惊慌地跑了出来。向皇后吃了一惊，猛然记起去年四月初五，王安石越次入对后的第二天，也是见一伙太监、女官、宫女从庆寿宫那边的御道惊慌地跑出来。那天皇上一身戎装，在庆寿宫舞剑，太皇太后曹氏、太后高氏怕皇上这种举措走漏出去，给北辽和西夏的探子知道了，又要在边关生事，忙把宫中的太监、女官、宫女赶出庆寿宫。今天，庆寿宫又出了什么事呢?

皇上的銮驾加快了速度，向皇后命凤辇也走得更快了。向皇后的凤辇跟在皇上的銮驾后面在庆寿宫前停了下来。向皇后走下凤辇时，皇上赵顼正沿着御道往庆寿宫走去。庆寿宫的押班太监原先是踮起脚，望那些已经走远的太监、女官、宫女，突然见皇上出现，吓坏了，忙双腿跪了下去，拼命磕头请罪：怠慢了皇上，罪该万死！

赵顼对宫中的太监、女官、宫女一向宽容，小有过失，从不追究，何况今日心情这么好。赵顼龙颜和悦，免了这个御前太监的过失，继续往庆寿宫走去。向皇后跟在赵顼后面进了庆寿宫，却又奇怪了，但见庆寿宫内寂寂无声，连一个侍候太皇太后曹氏的太监、女官、宫女都未见到。再往前走，向皇后就听到太皇太后曹氏寝房里有细细的人语声，仔细一听，是太皇太后曹氏的："不妥，不妥，如今朝野上下，物议纷纷，乱象已现，还要搞个市易法，不是连开封也要乱了吗？"

向皇后明白了，太皇太后曹氏在议论朝政，怪不得庆寿宫的押班太监把宫中的太监、女官、宫女都赶走。太皇太后曹氏虽然快过六十圣寿，但脑子不糊涂，只要谈到朝政上的事，就把身边的宫人支走。市易法是朝廷之事，就是太皇太后曹氏也不许更改。退一万步来说，就是市易法错了，自有朝廷会去处理，也轮不到后宫去管。太皇太后曹氏担心自己这些话会被传出去，因此叫押班太监把宫中的太监、女官、宫女都赶走，免得这些人多嘴多舌。那个在听太皇太后曹氏说话的人，猜都不用去猜，必是乔内史。

向皇后跟在皇上赵顼后面，走进庆寿宫寝房，但见太皇太后曹氏半躺在紫檀螺钿雕彩漆大八步架子床上，背腰处垫着枕被。床边茶几上放了杯还在冒热气的茶。乔内史则坐在架子床下一只锦墩上，一脸夸张的虔诚、崇敬、顺从和讨好，也一脸的幸福和荣光，一边用右手的拇指关节缝按在太皇太后曹氏的一只巴掌的虎口线上，不住地又揉又按。过了一会，乔内史又用右手的拇指关节缝按在太皇太后曹氏的另一只巴掌的虎口线上，不住地又揉又按，然后又用指尖刺。这些日子，太皇太后曹氏身子大不如前了，近来头、眼、牙、喉、颈、肩、胸、肚子都痛，御医查不出什么毛病，也不敢乱开药。乔内史却有办法，就这么在太皇太后两只手的虎口处揉揉按按的。奇迹发生了，太皇太后的病情竟好转了起来，头、眼、牙、喉、颈、肩、胸、肚子都不痛了，且面色红润起来，觉也睡得香。乔内史告诉太皇太后，她用的是经络锻炼法。她右手拇指关节缝按着太皇太后巴掌的虎口线上面拇指尖能触到的地方叫合谷穴，揉、按、刺这个地方，就能让浑身气血相通，浑身就不痛了。向皇后很佩服也很感激乔内史。这个乔内史祖上八辈子都农家出身，没念过书，不仅会侍候人，还懂得经络，真不知她怎么学到的。向皇后看到，太皇太后曹氏一脸十分的受用和舒服的表情。

向皇后跟在皇上后面，给太皇太后曹氏行了家礼。一脸富态福气的太皇太后曹氏十分开心，十分高兴，对乔内史努努嘴。乔内史忙起身去端椅子。皇上说不用，就挤在太皇太后曹氏的床的右边坐着。向皇后见了，也忙挤在太皇太后曹氏的床的左边坐着。太皇太后曹氏又要乔内史去泡茶。乔内史泡了两杯茶，放在床边茶几上，仍旧坐在床下锦墩上。皇上在朝会上一讲上个时辰，但在庆寿宫却说得少，听得多。太皇太后曹氏精明，不再说朝廷事了，只是问老相公韩琦在大名府的情况："韩老相公近况可好？"仍以韩琦老官衔相称。

皇上龙颜欢悦："大名府有韩老相公坐镇，外拒北辽，辽主不敢窥视中原，见重于外国；内抚州县，平头百姓安居乐业，修德于国中。"也仍以韩琦老官衔相称。

太皇太后曹氏高兴了，又问："欧阳执政呢？"问的是欧阳修。

皇上龙颜也尽是喜色："欧阳执政为政宽而不苛，简而不繁，青州百姓皆称'便'。"

太皇太后曹氏越发高兴了，还问："富相还是要走？"说的是当朝次相富弼。

皇上龙颜怏怏："是。"

太皇太后曹氏面有忧色："听说曾上相也上了辞呈？"指的是曾公亮。

皇上说："曾上相已过古稀之年，也该告老避位，颐养天年了。孙儿已妥善安排好了，拜曾上相守司空兼侍中，致仕当集禧观使，虽不预政事，却位列三公，荣誉不能再高，再高就是封王了。王相公也不会亏待曾上相，打算让曾上相的儿子孝宽去提点开封府界镇事。"

太皇太后曹氏叹了口气："朝中老臣才是我大宋社稷之臣。现在朝中的老臣越来越少了。皇上，老祖母年老了，不中用了，路也走不动，吃也吃不了多少东西，脑子也糊涂了，今后的事谈不清。不过，过去的事还记得一些。"

向皇后知道，太皇太后又要谈古了。这不仅因为上了年纪的人喜欢怀古，更因为中原王朝千年来谈起老祖宗都是无不肃然起敬的。向皇后看到，赵顼立即正了正皇冠，整了整龙袍。乔内史更是崇敬得不得了，一脸五体投地的崇敬神情，就差没长跪合掌了。庆寿宫外有鸟雀在鸣叫。一束秋天的日光从花格窗外斜射进来，把太皇太后曹氏整个人全罩住了。秋日光照中的太皇太后曹氏不仅显得分外富态，而且显得分外庄重、和顺："太祖留有遗言：'异论相搅。'不要满朝文武百官异口同声说同样的话，用人更不能只用一边的人。"

向皇后感到，庆寿宫寝房里的气氛显得更加肃穆。说句实在话，向皇后对"异论相搅"这四个字也不甚明了，但她感觉得到这肯定是一句很了不得的话，大概类似金科玉律的东西，无比正确，无比神圣，谁也不可不听。向皇后看到，皇上的反应也非同小可，龙颜先是为之一震，接着龙颜为之一喜，大有一种既茅塞顿开、又肃然起敬之态。最有意思的是乔内史，这个在后宫侍候太皇太后四十一年的老宫女肯定是不明白"异论相搅"的意思，但见到皇上这个态度，也好像忽然开窍，明白了这四个字的意思，傻傻地笑得开心。

皇上龙颜万分虔诚，对太皇太后说："敢不受教。"

太皇太后曹氏乐不可支，快活得眼泪都出来了。乔内史忙欠着身子用手帕很小心地把太皇太后曹氏眼角上的泪珠揩净。太皇太后曹氏指着皇上对向皇后说："皇上会哄我这个老太婆了。老了，先帝爷仁宗在位时，老祖母还能说几句敲边鼓的话，现在真的是只能说说笑话了。"

向皇后忽然发现，皇上赵顼吓坏了，忙翻身下床，跪下请罪："孙儿不孝，请老祖母明训。"

开始向皇后也是吓坏了，不明白皇上何以吓成这个样子。不过，向皇后很快明白过来。她仔细琢磨了一下太皇太后曹氏的话，听出了太皇太后曹氏的话中之话的意思。表面上看，太皇太后曹氏只不过是说说在先帝爷仁宗时有过的事，言外之意不就是她这个老祖母的话在当今皇上面前连敲边鼓的作用也没有吗？把话说白，也就是太皇太后曹氏对皇上有意见。这一点，向皇后心中有数。自从去年四月初四以来，太皇太后曹氏就一直在为皇上起用王安石担心。事情明摆着，朝中一班老臣大都对王安石头痛。特别是老相公韩琦和前不久去世的唐介，直言不讳对皇上说，王安石不可大用。但皇上根本听不进这些话，反让王安石当参知政事，主持天下朝政。三个月前，御史中丞吕诲以十大罪状弹劾王安石，皇上不仅不听，反把吕诲的御史中丞免了。韩琦、唐介、吕诲都是大宋朝廷的老臣、良臣、忠臣，皇上对他们的话一点都不听，这怎能不叫太皇太后曹氏没意见呢？不过，向皇后觉得王安石是个能成事的人。去年冬至祀天，要不是王安石一个主意，从司农寺借出两万两银子，祀天肯定会搞得冷冷清清，很不像话，肯定会弄得老天不高兴，还能指望老天保佑大宋江山吗？今年后宫的日子好过起来了。前不久，户部给了后宫四十万两银子，后来皇上一口气又追加了六十万两银子，不是王安石主政，谁能做到这一点？后来，向皇后才弄明白，原来几个理财新法虽未下诏，但天下二十三路不少州县已经开始施行新法了，要不朝廷哪能一下子拿出上百万两银子出来。这一点，不要说现在朝中群臣没一个人做得到，就是老相公韩琦在朝，也做不到这一点。就这种成事能力来说，朝野上下除了王安石外，再也找不到第二人了。既然如此，王安石当参知政事不是挺好吗？向皇后觉得，实在不想让王安石当参知政事，等几年赚够了钱再让他下去不迟。

太皇太后曹氏见皇上跪在床前，吓得忙起身去扶皇上起来。太皇太后曹氏体胖，又是快过六十圣寿的人了，起坐一急，就咳了起来。乔内史的脸都吓白了，忙站起来，把太皇太后曹氏扶起来。向皇后几乎吓出了一身冷汗，忙着轻轻拍着太皇太后的背。太皇太后曹氏却把乔内史和向皇后推开，说：“还不快把皇上扶起，快快扶起。”

向皇后注意到，这下皇上又给太皇太后曹氏吓坏了，龙颜很是紧张，赶紧站了起来，慌得不知如何是好。好在此时太皇太后曹氏的气渐渐顺了，依旧半躺在床上。乔内史欠起身子，把已经弄乱了的枕被整理好，垫在太皇太后曹氏的背上。皇上紧张之色才松懈了下去，毕恭毕敬地站在床侧。

向皇后又仔细琢磨着：刚才太皇太后曹氏见皇上吓得跪在床前，也给吓坏了，恐怕是担心有干政之嫌。中原王朝千年来，家法之美无如大宋，严防后宫干政，后宫中无论是谁，都不敢把家法不当一回事，就是垂帘听政的太后也不敢做得过分。先帝爷仁宗朝的章献明肃刘太后多能干、多厉害，垂帘听政十一年，号令严明，恩威加天下，但稍有点忘乎所以就有大臣敢顶。有次她问身边的参知政事：“唐武后何如主？”这个参知政事马上厉声回答：“唐之罪人，几危社稷。”噎得刘太后半天默然，说不出话来，后来刘太后也没敢拿这个参知政事怎么样。太皇太后曹氏明大义，识大体，肯定不会去干政的。向皇后看到，太皇太后曹氏稍稍抬起身子，对皇上说："老身真是越活越糊涂了。其实皇上很懂'异论相搅'四个字。皇上一直舍不得韩老相公和欧阳执政离开朝廷，现在又尽力挽留富相，就是懂得了朝中百官不能一边倒，要让不同的人都到朝廷里来。一边倒，皇上就架空了。不一边倒，就谁也架空不了皇上。"

向皇后明白"异论相搅"的意思了。"异论相搅"就是让彼此有不同政见的人都在朝廷待着，让他们相互防着，也相互斗着，皇上就坐稳天下了。老祖母太皇太后曹氏懂得的东西就是多，对如何治理朝政确实看得透、看得深。向皇后不由得更加佩服起太皇太后曹氏的智慧。太皇太后曹氏没点名能把皇上架空的人是谁，但向皇后听出指的是王安石。太皇太后曹氏当然不能点名，点了名就有干政之嫌，再说现在谁也没有任何证据证明王安石架空了皇上。这一点，要是给王安石那班人知道了，就要无端生出许多事来，给皇上添许多麻烦。这就是太皇太后曹氏精明过人的地方，既要开导皇上，又不能有任何把柄落在任何人手上。

不过，向皇后注意到，皇上赵顼在很认真听太皇太后曹氏的话。向皇后觉得，皇上不会听不出太皇太后曹氏的话中之话，但却没有像刚才那样说"敢不受教"。皇上龙颜上出现了复杂的表情。向皇后知道，只要这个架空皇上的人与王安石无关，皇上肯定接受得了，但一与王安石搭上联系，皇上就感到为难了。皇上不可能认为王安石会架空他，即使朝中百官会架空皇上，王安石也不会做出这种遗臭万年的事来。皇上很想说点什么，嘴张开来，又闭上了。

太皇太后曹氏要皇上坐到她身边。赵顼又像先前那样挤在太皇太后曹氏一边床上坐着。太皇太后曹氏侧过脸，望着皇上说："皇上，自古以来，人主不可与臣子靠得太近。"

向皇后对太皇太后曹氏这句话精微奥深之处讲不清楚，但凭感觉却知道太皇太后曹氏又讲了一句很了不得、无比正确、无比神圣、有着类似金科玉律的话。还在东宫做太子妃时，向皇后听还是太子的皇上说过，历朝历代的天子对臣子都要防上一手，对大臣更要防得严一点。就算大臣本人没什么想法，他手下的人如果有什么想法的话，今借他的手干什么不可告人之事呢？不防上一手，到时候不是要出大麻烦吗？向皇后感到，太皇太后曹氏实际上又在提醒皇上：就是对王安石，皇上也不可不多个心眼。

向皇后看到，皇上又很为难起来。向皇后清楚，皇上对王安石确实有种特殊的感情，十分信任王安石，也十分依赖王安石。朝廷设立条例司以来，皇上更是称王安石为“师相”。历朝历代皇上只是把臣子当臣仆，即使此人有盖世大功，也莫不如此。就算真做过皇上的蒙师，也不过礼遇有加，谁也别想一辈子当皇上的老师。然而，王安石从没当过皇上一天蒙师，却成了帝师。读书人不想造反当皇帝，但却十分向往当帝师。这个王安石不知是哪辈子修到的福，许许多多读书人梦想不到的东西，竟然给他得到了。可以说皇上现在是巴不得天天跟王安石待在一起，此时要他与王安石离远点，这怎能不叫皇上感到难办呢?

庆寿宫里，一时又寂寂无声。庆寿宫外有细细的虫声传来。皇上只是挤坐在太皇太后一边，恭恭敬敬听太皇太后说下去。不过，此时太皇太后曹氏不再说什么了，抿了口茶，然后只是闭着双眼，尽情享受皇上孝敬给她带来的满足。太皇太后曹氏、皇上都不说话，乔内史突然高声道:“皇上，这没什么难的，以后王安石来见皇上，叫他站在门边上说话就是。”

这个老宫女乔内史虽有过人之处，但这个祖上八辈子农户出身的宫女，一谈到朝政上的事就显出她的浅薄和无知，让人见笑。向皇后看到，太皇太后曹氏先是一怔，然后笑了起来。皇上是笑弯了腰。向皇后几乎笑岔了气。太皇太后口里正抿着茶，撑不住，喷到向皇后裙子上，还一手指着乔内史，却说不出话来。太皇太后曹氏瞥了一眼她的茶杯。乔内史立即明白要给太皇太后曹氏换茶了，忙起身，端着太皇太后曹氏的茶杯，往寝房外走去。这个乔内史对朝政上的事一窍不通，但侍候起太皇太后曹氏来，真是细心，功夫到家，皇上望着正出寝房的乔内史背影，说:“好笑！可爱!”

太皇太后曹氏说:“要是宫人都这样就好了。”

向皇后看到，皇上龙颜显出豁然开朗的神色。向皇后明白乔内史深得太皇太后曹氏喜欢的另一个重要原因了。乔内史不像那些聪明过人的宫人，不仅两只耳朵喜欢听朝政上的事，眼睛喜欢探究朝政上的事，而且嘴巴还喜欢谈朝政上的事。这种宫人就很难叫天家放心。宫人其实就是天家的奴才，奴才要懂得朝政上的事干什么！“奴”之才就是无用卑贱之才，只要“忠”，只要会侍候人，越无用，越可笑，越卑贱，越好。

乔内史换了新茶，回到寝房里，依旧一脸夸张的不变的虔诚、崇敬、顺从、讨好，一脸的幸福和荣光。此时，寝房外有细碎的脚步声传来。一会，乾清宫御前太监躬着身子小跑过来。

皇上挺起身子，问站在寝房门里边的御前太监："何事？"

御前太监："文太尉有急事求见。"

向皇后看到，皇上的龙颜、太皇太后曹氏的脸色都变了。向皇后清楚，后宫对文太尉文彦博有急事求见总有种神经兮兮的紧张，就是一心想富国强兵、洗刷国耻的皇上也是如此。不用说，文彦博的急事自然是边关上的事，边关上的事无非打仗。打仗可不是闹着玩的，是要死很多人的。大宋安享了百年太平，特别是二十三年前富弼再盟北辽后，总算是让北方这个剽悍好斗的民族安静了下来。这些年来，西夏与大宋经常兵戎相见，但大的战争其实并未发生。近日，听说无论是北辽，还是西夏，内部斗得很凶。北辽自从辽太宗耶律德光死后，国内谋反叛乱此起彼伏。北辽要在北方边境打点小小的骚扰战，打打草谷，抢点什么东西，凭着骑兵作战优势，耀武扬威一番未尝不可，大规模用兵南下就有被人抄后把宝座端掉的危险。西夏内部仇杀更是不断发生。当下后族掌权，梁太后重新听政，惠宗也给囚禁了起来，但拥护皇族的诸将纷纷拥兵自重。梁太后现在是自顾不暇，哪有力量对大宋打一场大战。本来，这不是挺好的吗？怎么文太尉会有急事求见皇上呢？

皇上下了床，要告辞出去。太皇太后坐了起来："秦州熙河那边打起来了？"

皇上毕恭毕敬地说："倒没打起来，但内部却闹了起来。"

太皇太后不安了："李师中与王韶不和？"

向皇后听过李师中和王韶这两个人，印象中李师中这个人还是很有两下子的人物，富弼很赏识他，说他有王佐之才。王韶这个名字听得少一点。向皇后知道这个人上过《平戎策》，皇上大为欣赏，王安石对他也很看得起。

皇上说："向宝与王韶也不和。"

太皇太后更不安了："何事不和？"

皇上："说来话长。"

对这几个人的不和，向皇后倒是略知一二。前不久，轮到她进御侍寝，皇上带了一摞奏章到乾清宫批答。向皇后忙着太皇太后曹氏六十圣寿的大事，把大太监都都知张德保的采办清单带到乾清宫审核。亥鼓刚停，皇上忽然龙颜大悦地把一份奏折递到向皇后面前，要向皇后看看。向皇后见是份机密奏折，是皇上亲自接收审阅的，其他人都不得去看，就一脸很为难的样子。向皇后不看，是朝廷的规矩，皇上也不过分勉强向皇后，就把奏折上的内容说给向皇后听。奏折是王韶上的，王韶在奏折上向皇上禀报：拟在渭原至秦州一带募人开耕边缘旷土营田，又在秦凤路古渭寨置市易司跟蕃部做生意。皇上对向皇后说，这两个主意好得很。募人营田既可让一些游民、无业之人有田可耕，又可增加戍边将士粮谷；置市易司跟蕃部做生意，既可让边关的汉人和蕃人互通有无，又可收其赢利以佐军费。这都是一箭双雕的好事。向皇后只是弄不明白，李师中和向宝为何与王韶不和呢？

太皇太后曹氏脸上很是忧虑，沉吟了一会：“皇上，用兵的事，千万轻率不得。李师中镇守秦州以来，未见西夏寇边。王韶又是募人营田，又是在边关做生意，都是惹事之举，夏人必起疑心，以为我有图夏之意。秦州本来多事，从此恐怕更多事了。”

向皇后看到，皇上又没像前面那样说“敢不受教”，却半天没出声。庆寿宫寝房里的气氛有点严重起来。向皇后清楚，太皇太后曹氏最不喜欢谈的就是兵，然而皇上又特喜欢言兵。这就很叫向皇后为难。向皇后肯定觉得太皇太后曹氏不喜谈兵是有道理的，再说朝中许多大臣也不喜谈兵，向皇后就更觉得太皇太后曹氏在这方面一定有什么高人一等的见解。不过，向皇后也不认为皇上喜欢言兵有什么错。大宋一个泱泱大国，却屡屡遭到北辽和西夏的欺侮。以前，大宋每年要送许多岁币给北辽，还要皇上称北辽主为叔，现在连西夏也要给岁币了，这不太气人了吗？以前，朝廷没有钱，对付不了一场战争，现在王安石搞理财，富国强兵，今后钱有的是，狠狠地给北辽和西夏一点颜色看看，有什么不好呢？

向皇后注意到，皇上的心情显然有点烦躁，在庆寿宫寝房踱了好些个来回，像是在自问，又像是在问别人：“朕怎么做一件快意事也这么难？”

向皇后心中明白，皇上登基以来，确确实实就一直想在富国强兵、洗刷国耻上痛痛快快干件叫人震惊的大事，去年四月初四王安石越次入对以后，这种想法就更强烈了。皇上要富国强兵绝不是说说而已，要洗刷国耻也绝不是一句开玩笑的话。本来皇上以为他这么做，谁都会支持，但皇上看到的情况却与他最初的想法有很大的距离，王安石越次入对以后，支持他那么做的人日益见少。现在太皇太后曹氏也很不希望皇上这么做，皇上能不烦躁吗？不错，去年四月初五，皇上一身戎装，在庆寿宫舞剑，太皇太后曹氏不让皇上这么做，皇上满心满意地接受了太皇太后曹氏的意见，把戎装脱了下来，把剑也收了起来，但那是怕这样的事被北辽和西夏的探子知道了，引起不必要的麻烦。然而，这次不同，太皇太后曹氏根本就不愿意皇上用兵。不用兵，不狠狠教训教训北辽和西夏，怎么去雪耻？

庆寿宫寝房里的气氛有点僵。向皇后真担心皇上与太皇太后曹氏今天会弄得不欢而散。这当然是向皇后十分不愿意看到的事，但她又实在找不到好办法让皇上和太皇太后都欢快起来。向皇后不由得望了望乔内史。乔内史哄太皇太后曹氏很有套办法，但要她哄得皇上和太皇太后曹氏同时开心，却绝非她所能。向皇后看见，乔内史的头在皇上与太皇太后曹氏之间摆过来，又摆过去。向皇后急得不行。此时庆寿宫外一阵杂乱的脚步声传到庆寿宫门口。向皇后心中一喜：太后高氏来了。要不是太后高氏，谁敢畅通无阻直往庆寿宫奔？恐怕在庆寿宫外几十丈的地方就要挨庆寿宫太监一顿死打。

一会，向皇后看见押班太监躬身站在寝房门口，向太皇太后曹氏禀报：太后请安来了。话音刚落，太后高氏就来到了，押班太监赶忙侧过身，退到一边，让太后高氏走了进来。寝房里的气氛立即欢快起来。太后高氏精于人情，在寝房门口一站，就知道皇上什么地方弄得太皇太后曹氏不欢，行过家礼后，也不提这些事，只是笑着对太皇太后曹氏说："太皇太后六十圣寿真是吉祥，天降瑞象，地冒祥气。我今天有几箩筐这方面的故事好讲。"

太皇太后曹氏高兴了，满脸喜气。皇上赵顼也忙顺着梯子下来，又挤在太皇太后曹氏身边坐着，一脸的恭恭敬敬，说："好呀，儿也正想听个过瘾。"

向皇后注意到，太皇太后曹氏装出一脸的不高兴，对皇上说："皇上，后宫的这些事值不得浪费你的时间，文太尉急着见你呢。"

向皇后清楚，太皇太后曹氏表面上是在责怪皇上，实际上也是自己给自己下梯子。皇上此时也确实要去召见文彦博，太皇太后曹氏发了这个话，正合他的意思，起身下床，向太皇太后曹氏、太后高氏告了辞。向皇后这才发现：乾清宫的御前太监一直躬着身子，一动不动地站在寝房门里边，看去就像尊木雕的菩萨。如果不是太皇太后曹氏催皇上走，恐怕他就要这么一直站下去。

皇上走了，去见文彦博。向皇后以为文彦博见皇上是边关上出了什么事，要面奏皇上，不久才知道，其实这个主兵的太尉文彦博面见皇上是来谈生意场上的市易法。文彦博最反对市易法，最看不得官府衙门也做生意买卖：官府衙门是孔门弟子治国安邦之所，如今却要跟下等公民商人去争瓜果之类的蝇头小利，这成何体统？文彦博特别反对给市易务觉察按置权，商人就是要牟利赚钱，生意场上就是大鱼吃小鱼、小鱼吃虾米，官府衙门只管收税，管那个兼并作甚。文彦博说，市易法万万行不得，这要乱天下的。八年后的熙宁九年十月，京都开封真的差点因市易法出大乱子，京都开封差点断粮、断盐，百万军民差点饿肚子，文彦博的话真的真验了。

向皇后也告辞走了。有乔内史在身边，太皇太后曹氏是再也不会有什么脾气可发，完全可以怡情悦性，过上一个快乐舒畅的天年了。本来，向皇后还想把宫中的一些事禀报太皇太后曹氏，特别是太皇太后曹氏六十圣寿方面的事跟太皇太后曹氏通个气，让太皇太后曹氏先高兴高兴。后来一想觉得没这个必要，太皇太后曹氏不是那么浅薄的人，现在最重要的是把宫中的事做好。她得赶快去把大太监都都知张德保和女官总管女尚书国夫人刘氏找来。五天前，向皇后听说右羽林军大将军、秀州团练使赵世居派了手下一员武林高手带着一百精兵解着猫儿眼上了路。向皇后要张德保过来，当面向他交代：赶紧派太监拿着皇上的圣旨，通知沿途州县，务必把本州本县的强人贼子都抓起来，现在已不再当强人贼子的也抓，一律关进牢房，务必确保猫儿眼的安全。向皇后还要国夫人刘氏把后宫的事盯得更紧点，特别是太皇太后曹氏六十圣寿期间，要确保后宫无事，更不能出现那种宫女与宫外男人在御花园桥洞里鬼混的丑闻。

向皇后出了庆寿宫，但见孟秋暗红的日头已上了东边飞檐。日光把飞檐上的彩绘映衬得更加生动迷人。庆寿宫的押班太监站在丹墀上，对着御道那头招了招手。原先被赶走的那些太监、女官、宫女突然都在御道那头冒了出来，一个个默不作声急步走来。

第二天一早，向皇后过来给太皇太后曹氏请安，顺便向庆寿宫尚仪女官问了下这天太后高氏讲了些什么故事。尚仪女官告诉向皇后，太后高氏讲了整整一上午的故事。太后高氏说：蔡州凤原乡泉水从地下冒出来，又清又甜，病人喝了，病立即全好了；兴化军仙游县九座山有棵古树，树梢上开莲花，香气跟兰草一模一样；秀州有个姓宋的人家，就更奇了，瓦上有纹，纹上有各种图形，楼观、车马、人物、芙蓉、牡丹、萱草、藤萝等等。这都是托太皇太后六十圣寿的福，往年哪见过这么多祥瑞之事？太皇太后曹氏的高兴劲就更别提了。乔内史在太皇太后曹氏肩背上、腿脚上不停地按按捏捏、推推揉揉，太皇太后曹氏一个上午都笑个不停，富态的脸上就更显得富态，也更容光焕发。

第三十一章　和番寨猛将军刀砍党项兵　福全栈李师中密会西夏将

深秋，中原王朝西北黄土高原的官道上，一伙伙骑着高头大马的商人赶着一辆辆驮满货物的马车，往秦州边境的和番寨走去。在秋日照着的一望无际的黄土荒原的衬托下，这一伙伙商人和他们的车马，实在显得渺小，微不足道，远远看去，就像一串串甲虫在蠕动。北边一抹起伏的山峦好像一道天然屏障，把更为苍莽荒凉的沙漠挡在山外。失去了春天鲜嫩色彩的青草一小块一小块点缀在远远近近平缓的坡丘上，让裸露的荒原平添了些许生机。颈脖子长长的鹧鸪在草地里乱窜。魔鹰张开双翼，静止不动地停在天空，犀利凶狠的眼睛注视着草地，寻找草丛里的松鼠、野兔、野鸡什么的，随时准备往下俯冲。一行南归的大雁尖叫着，天知道在什么地方激起了回声。在难得一遇的浅浅水洼里，倒映着一片净蓝的天和几朵净白不动的云。到处有羊群在吃草。间距相差不大的寨堡，星星点点分布在天的四围，在秋日薄薄的地气里浮动。草地是这样的静谧安详，又是这样的动荡不安，危机四伏。

近些日子，这条官道上的商人和他们的车马都不少，但今天特多，有点前不见头、后不见尾的感觉。在这一伙伙商人中，有伙骑着高头大马的商人急急往前走去。不过，这伙商人与官道上别的商人不同。他们身后并没有装着货物的车马，却跟着八个挑夫，挑着用布包得严严实实的东西。这包在布里的东西很怪，长长的，硬硬的，撞在过往的马车上会发出闷闷的金属声。其中有位脸皮白皙者，跨匹白马。此人尽管商人打扮，但脸上怎么也掩盖不住一种在官场混久了的官老爷的派头，傲气、神气和官气十足。此人乃秦州知府李师中。走在他身旁的就是那位长着一脸横肉、又粗又黑和连腮胡子少说有半尺长的秦凤路都钤辖、龙神卫四厢都指挥使向宝。这二人前后，二十几个伙计扮相的人也都骑在马上，眼睛警惕地望着前前后后的人，右手按着环首长刀的把手，随时准备拔出来砍人。这二十几个伙计扮相的人都是向宝的亲兵扈从。后面八个挑夫是当地的五等民户，挑着用布包得严严实实的大刀、长矛、画戟之类的长兵器。

李师中在马上没有跟向宝搭话。向宝是他的爱将，但此人只喜欢砍人，有砍人的事叫他做就是，谋划方面的事完全用不着对他讲。昨天，李师中同时接到主政的参知政事王安石和主兵的枢密使文彦博的信。按说，王安石不管军，但军、政从来难以分离。大宋早期也有过中书、枢院分开议事的时候，但没过多久，就又合班奏事了。王安石要李师中支持前不久提升为管干秦凤路经略、提举西路缘边蕃部王韶募人营田和置市易司这两件事。文彦博刚好相反，要李师中慎对这两件事，说这都是不仅容易使西夏生疑，而且容易使北辽生疑的事；还说在雁门关那边已发现北辽常有小股士卒在边境骚扰打劫，烧毁村庄，要秦州这边多加小心。

李师中感到十分头痛。去年年初，西夏寇边，李师中临危受命，出任秦州知府。不是吹，李师中用兵还是很有一套的，虽然未大胜西夏，却也未大败于西夏，打了几个小胜仗，也吃过一点小亏，西夏退兵而去，从此秦州无战事。但，那个王韶到了秦州后，这里多事了。秦州西北的西夏和西南的吐蕃诸部，说难对付也好对付，说好对付也难对付。其实，无论是西夏的党项羌，还是吐蕃诸部的发羌，都很羡慕和向往中原文化，汉化的程度都不浅，许多人的姓氏都用上汉人的。特别是西夏，尽管并不臣服大宋，还经常跟大宋捣乱，不时在边关大举用兵，索钱要物，胃口好像总是填不满，但汉化程度比吐蕃诸部还要深。多少年前，西夏就改蕃礼为汉礼，设官之制，朝贺之仪，乐之器曲，多与汉同。不仅如此，西夏党项羌人还十分尊孔，推崇儒家学说，用西夏文翻译了大批汉人著作，《论语》《孟子》《孝经》《孙子兵法》《贞观政要》都有译本。当下的西夏，后族与皇族闹得挺凶，但无论是拥兵自重的皇族诸将，还是重新垂帘听政的梁太后，都有不浅的汉文功底。说起来，那个梁太后本是汉人，只是蕃化了，血管里流的还是汉人的血。这不挺好吗？根本就不用去招惹他们，时间一长，这些人都会慢慢地给汉化过来。然而，这个王韶却妄进狂谋，向朝廷呈交了个什么《平戎策》，说西夏可取，要收复河、湟，开出一条与多年被西夏党项羌人隔在塞外的吐蕃发羌人连接的通道，让西夏党项羌人背腹受敌，然后一举拿下西夏。西夏党项羌人岂是傻瓜？岂会不知道王韶并合兼抚吐蕃诸部，意在对付西夏？不错，眼下西夏的后族与皇族闹得你死我活，不可开交，但毕竟西夏羌人利益高于一切，在发现大宋王朝要跟吐蕃诸部联手对付他们时，岂不又抱成一团？硬要去招惹西夏党项羌人，实无异于穿蓑衣救火，惹火烧身。再说，真要打起来，大宋并无稳操胜算的把握，弄得不好，反吃败仗。况且，吐蕃诸部未必尽听你王韶的。不错，西夏党项羌人与吐蕃诸部有着不解的世仇，经常大开杀戒，杀得尸横遍野，血流成河。但，尽管如此，大宋要利用吐蕃诸部发羌人去对付西夏党项羌人，发羌人未必会去为大宋汉人卖命送死。况且，西夏党项羌人与吐蕃诸部发羌人本都是羌人，同一个祖宗繁衍下来的，讲和也不是特别难的事。无论是大宋，还是西夏，抑或是吐蕃诸部，都是各从其志，各怀鬼胎，各有各的打算，谁都信不过谁，谁又都想利用谁。大宋最好的办法是以静制动，修文德以候远人。人不犯我，我不犯人；人若犯我，我再犯人。然而，这个王韶，把这一切都给破坏掉了，要趁西夏后族与皇族势不两立时，邀功生事，把边事搞乱，今后这个乱摊谁收拾得了！

李师中清楚，仅仅是王韶一人这么干，他李师中有办法对付。李师中也不是个好惹的角色。秦州府境内上上下下谁敢跟他较劲？就是喜欢砍人、令人望而生畏的向宝对他也服服帖帖的。再说，王韶毕竟只是管干秦凤路经略、提举西路缘边蕃郡，不过一个五品官，隶属秦州府。李师中是他名正言顺的顶头上司。李师中在用权方面从来当仁不让。下面的人不听他的话，跟他对着干，李师中绝对要给他苦头吃，弄得丢官免职算是便宜了这个人，没要他人头落地就是对这个人最大的恩典。但，王韶是奉旨来收复河、湟的，后面还站着一个在中书主政的参知政事王安石，问题就麻烦了。中原王朝千年以来，除非这个王朝气数已尽，谁敢跟天子闹别扭？又不是神经出了毛病。还有那个王安石，是个相当令人头痛的人物，目空一切，脾气拗得要命，想干的事就非干到底不可。今年二月上台主持天下政事以来，弄得朝廷乌烟瘴气，人心不稳，朝野上下，物议纷纷；还要出台什么青苗法、免役法、市易法、均输法，美其名曰富国理财新法，其实全是叫人往钱眼里钻的法。李师中有个感觉：他日乱天下者，必王安石也。他日之事，李师中管不了，现在叫李师中最恼火的是这个王安石一个劲支持王韶。王韶有了王安石这个靠山，根本不把他李师中放在眼里。前不久，这个王韶带着两个骑兵扈从和那个相好的羌族女子出了边境，竟往他一心想收复的河、湟方向去了。王韶事前倒是禀报过李师中，但这个王韶也不好好想一想：一个堂堂管干秦凤路经略、西路缘边蕃郡提举到边境以外的河、湟地区去，肯定不仅会引起西夏党项羌人、吐蕃诸部发羌人的警惕，而且会引起北辽契丹人的猜疑。果然，昨天探子来报：王韶离开秦州边境不久，在通往边境和番寨的官道上的商队里，出现了好些陌生面孔。不用问，这些陌生面孔，大都是西夏党项羌人、吐蕃诸部发羌人、北辽契丹人的探子。李师中心中暗暗叫苦。李师中倒不是为王韶的安全担心。虽说王韶带去的人不多，不过两个骑兵扈从和一个羌人女子。但，那两个骑兵扈从，可不是在灾年招来的那种游手好闲、好吃懒做、到兵营里来混饭吃的泼皮无赖，倒是秦州边关很有名气的劲旅通远军里的骑兵，个个身手不凡，武功了得，厮杀砍人奋勇当先，不落人后。再说那个羌人女子也很有武功，厮杀起来不让须眉。王韶访采边事一年有余，深入境外三百来里，没有过人的机敏和应对突发变故本领肯定要出大麻烦，甚至把脑袋弄掉。叫李师中最担心的是，王韶这几个人引来西夏、吐蕃、北辽这么多探子，弄得不好，要引发一场战争。战争许多时候是偶发事件引爆的，特别是小规模的边境战争，不需要什么理由，说打就打起来了。再说这场战争，要真打起来了，还很可能不是双边，而是三边、四边混战一场。要命的是，不管这场战争怎么打，他李师中都不可能抽身走人，得陪着把这场战争打完。李师中不是那种贪生怕死的人，也不是那种懦弱无能、蠢得像猪一样的人。李师中不怕打仗，怕的是王韶横插一杠，自己又节制不了他，这个仗就没法打了。

约莫巳牌时分，马的日影还拉得有三丈多长。和番寨已近在眼前，寨门上面的“和番寨”三个大字和站在寨门前的军士的环首长刀都能看得一清二楚。骑在高头大马上的商人押着装满货物的马车，一拨一拨地进了寨门，也有不多的骑在高头大马上的商人押着空车从寨里出来。还在寨外，李师中就听见寨内人语嗡嗡嚷嚷，等进了寨，就见前面街上人头攒动。寨子里生意这么热闹，是李师中以前从没见过的。

李师中一伙没有直奔和番寨镇寨官公所，却拐进旁边一条窄巷里，然后一个转弯，在一家门楼匾上写着“福全客栈”四个大字的客店门前停了下来。本来这里是条不算热闹的小街，但现在也有不少人在这里做生意。街的两边，有各种各样的地摊在叫卖：有卖菜、肉、鱼、豆腐的；有卖土布、羊皮、狗皮、黄鼠狼皮的；有卖野鸡、野鸭、野兔的；有卖瓦罐、瓦碗、瓦缸的；有卖针线、剪刀、锥子的；有卖木桶、竹篮、竹篓的。街两边的店铺，东西就高档多了，货架上和橱柜里，陈列着蜜蜡、麝香、柴胡、毡毯、翎毛、毛褐、缯帛、罗绮、香药、瓷器、漆器等等。福全客栈对面的一小块空地上，有个算命测字先生坐在八仙桌后闭目养神等人算命，有伙人在地下掷骰子赌博，有个变戏法的牵着猴子上蹦下蹿。一街闹嚷嚷的声音，像壶煮开了的水。

李师中一伙人下了马，早有福全客栈店主领着四个酒保从客栈里出来，把李师中一伙人的马牵到客栈后面院子里去。福全客栈店主应该说是李师中的老朋友了，此人就是熙宁元年年底帮李师中办了批年货的发羌人包德福。此番相逢，李师中免不了笑着跟包德福热情一下。不过，李师中不想跟包德福过分热情。今天李师中有重大的事要办，不能耽搁时间，再说李师中从本性上讲不愿与商人多打交道，二人说了几句客套话，就各人做各人的事去了。

李师中把客栈楼上的客房全包了，自己住在临街的一间大客房里。向宝住在隔壁一间，其他人住在他们两头的客房里。八个挑夫一人扛了两个布包进了李师中的客房，把布包解开，咣当咣当露出一大堆兵器，向宝那柄关刀也在其中。挑夫把兵器一件件排在靠门那面壁上后就出去了。向宝走了进来。酒保右手提了一只茶壶，左手端了一叠茶碗进来，然后泡了茶，把茶壶留在八仙桌上就出去了。一路上，李师中没让向宝说一句话，向宝早憋坏了。向宝把门关上，骂起娘来："娘的，那个没根的人上路了？"

向宝知道，向宝说的"那个没根的人"指的是阉人李宪。此人原是京都开封后宫黄门供奉官，以前当过永兴、太原两路的走马承受，到过边关。可别小看了走马承受，品秩不过六品，却是天子与各路帅臣中间的联系人，边关无事一年回朝廷一次，向天子汇报边关情况，多事时回朝廷面君的次数就多。因之，各路将帅鲜有不讨好走马承受的。这个李宪，从永兴、太原回朝廷后，当朝天子赵顼大为欣赏，立即擢升为干当后苑，拣到一个十分肥美的差事。这次王韶在天子面前请收复河、湟，赵顼立即想到他，加封他为东染院使、干当御药院，成了天子、后妃身边的太监，差遣到秦州视师，检察将士，助王韶进收河、湟。

说句实在话，这就更叫李师中头痛了。这些没根的阉宦，有几个是好东西？有几个不遭到天下人贬斥与鄙夷的？秦州的边事是越来越复杂，越来越难办，也越来越有好戏看了。不过，这都是李师中的心里话。李师中是不会把这些话对向宝说的。打起仗来，李师中信得过向宝。要他去杀人，前面是火坑，向宝也会毫不犹豫冲过去，举起刀来砍人；但朝廷和官场这些盘根错节、微妙玄通的东西，向宝不懂，对他说了，只会把事情搞糟。李师中揭开茶碗盖，把碗边的泡泡吹掉，喝了口，说："向将军，那个没根的人来不来是朝廷的事，你只管一声令下，举刀砍人就是。"

向宝也把茶碗盖揭开，埋下头去，喝了一大口，然后用筋骨暴出的大巴掌把沾在嘴巴上的茶水揩干："我是担心这个没根的人贪生怕死，见到打仗就吓得发抖，向某刚举刀砍人，他就鸣锣收兵，岂不坏了打仗的好事，叫人快活不起来？"

李师中觉得向宝这个人真是憨得可爱。在军中，击鼓进军和鸣锣收兵，这样的指挥大权从来都是最高指挥官说了算。在权力方面，他李师中绝对不是个谦谦君子。李师中说："你放心打仗砍人就是。"

向宝仍不放心："这个王韶不会是跟那个没根的人一鼻孔出气的吧？"

李师中觉得向宝笨得实在既叫人发笑，又讨人嫌。李师中不敢说王韶与李宪在兵事上会不会持有相同的意见，但王韶决不会听命于李宪的。王韶绝对是个有自己主见的人，要不然就不会放着安安稳稳的地方官不当，不远万里，辛辛苦苦到秦州来，又是访采边事，又是上《平戎策》，又是请复河、湟，岂会把这样一场战争的指挥大权让给没根的人，弄得坏了他的大事。你向宝操什么心？李师中淡淡地，但也是不容置喙地说："王韶自有主张。"

李师中不想再跟向宝啰唆下去了，再说下去，这个武夫莽汉也还是明白不了朝廷和官场这些玄奥的人际关系。况且，李师中现在也没时间去跟向宝讲清这些问题，眼下他有件又急又重要的事要办。他要在这间大客房秘密会见一个人，此人姓李名清，也是汉人，却在西夏当将军，是侍卫马军司的都指挥使，统领西夏国主秉常身边的卫队禁军。前些日子，李清派了自己的心腹、侍卫军马司的干办公事蒙讹潜入秦州，把李清的话转告李师中：西夏国主李秉常愿对大宋称臣，并把河南之地归宋，求大宋出兵武胜城，夺回李姓皇权。

李师中一听，就知道李清这些话是一派胡言。西夏的情况能瞒得过别人，岂能瞒得过李师中？西夏人狡黠多谋，不堪信任。自李继迁倡乱，李德明嗣位，李元昊称帝，李谅祚继位，西夏什么时候老实过？倒是常常拿着唐太宗李世民贞观九年所赐的国姓"李"字做金字招牌，在西夏世世代代捞到许多好处，何时尽过一天的臣分？此次西夏国主李秉常对宋称臣，并把河南之地归宋，助他灭掉西夏后族，岂是说灭就灭得了的？武胜城地处进入洮河流域的要害，历来是大宋、西夏、吐蕃兵家必争之地，取得了武胜城，就截断了西夏与吐蕃诸部的联系。王韶收复河、湟，也必取武胜城。武胜城这么重要，西夏皇族岂肯轻易给人？李清派心腹蒙讹来见他，口口声声说李清是汉人，不会做出对不起祖宗的事。李师中怎能立即相信？要那样的话，李师中就不是李师中了。对李清的情况，就在蒙讹潜入秦州找李师中的第二天，李师中就派探子到西夏国都昌平把李清的情况打探得清清楚楚。这个李清确实是汉人，祖籍秦州，也读过十来年子云诗曰，略知兵法，武功不错，但科场不顺，连个举人也没考上；后来在延州、太原、秦州府当过幕僚。此公办事说话都很随意，什么事到了他嘴里都小菜一碟；又喜欢骂人，不顾场合，在知府面前也敢肆无忌惮，常常弄得人家难堪，下不了台。这种人自然遭人算计，在哪个地方都待不长。但此公在西夏却混得不错，几次随西夏党项羌人犯境，都有战功；特别是嘉祐八年，西夏与大宋忽里堆一战，李清活捉大宋走马承受黄道元，令西夏党项羌人刮目相看，成了西夏的大红人。可以说此人已经是个蕃化了的汉人，深得西夏皇族的信任和重用，只能为西夏皇族效劳，对此人的话，万万轻信不得。当然，李清愿意跟大宋亲近，也没什么不好。李清借大宋之力对付西夏后族，大宋又何尝不可以将计就计，借西夏皇族对付西夏的后族呢？让他们萧墙之祸闹得更大点，有什么不好呢？但要把李师中拉到他们之间的战争中去，那就没门了。李师中明白，边关帅臣与西夏皇族人接触，绝非小事。李师中立即用八百里黑字牌急脚递密奏天子赵顼。得到的圣旨是：可以秘密跟李清接触。

今天看来有一场恶斗要打了。王韶在秦州边关营田，开荒种粮；在边关置市易务，让蕃汉及北辽契丹人做生意；在边关经常进进出出，频繁跟吐蕃发羌人打交道。这样的大动作岂能瞒得过西夏党项羌人、吐蕃诸部发羌人、北辽契丹人的眼睛？不要说边境上各寨各堡常有这三路人的探子，就是在秦州城里，要抓几个探子也非难事。昨日，王韶带了通远军两个武功不凡的骑兵扈从和那个相好的羌人女子出了边关，往河、湟方向去了，就更引起三路探子的注意。这一点，从今天官道上骤增了许多商人这点上来看，就一目了然了。

不过，这场恶斗对李师中来说，却正中下怀。他没把自己的心思告诉向宝。到时候，他只是要向宝带着那伙亲兵扈从去厮杀砍人，混乱中他将跟李清会面。李师中走到窗前，推开木格窗，探头朝窗下街上望去，但见在秋日已不再那么柔和的暗红光照下，一街生意人都堆起满脸的笑容，起劲地吆喝着，招徕生意；一街的顾客提着、驮着买到货物，兴高采烈地往街两头走去。然而，用不了多久，这里就将变成一个叫人感到残忍可怖、心惊肉跳、鬼哭狼嚎、血肉横飞的地狱世界。但，李师中不能去告诉窗下这一街的生意人和顾客。就是说了，也没用。他此时一身生意人扮相，这一街的人都沉醉在买与卖的快意之中，谁会听信一个生意人的这种耸人听闻的告诫呢？不把他当疯子看待就算对他客气的了。这很残酷，很无奈，也很好笑。

福全客栈楼下院子里响起一阵令人心悸的马的嘶叫声和同样令人心悸的杂乱脚步声和人的喧闹声。再过一会，马的嘶叫声停歇了，杂乱的脚步声和喧闹声还在院子搅来搅去。接着，楼下是一片房门启开的吱呀声。再过一会，这些声音停歇了。福全客栈里静悄悄的，什么声音也听不到了。李师中把木格窗关上，低声对向宝说："来的人还不少呢。"

向宝右手把那柄排在房门壁上的关刀提过来，平摆在左手上，看了又看，又用左手的拇指和食指夹着刀刃，试了试刀锋，很是得意地说："这口刀今天又可以饱啖一顿。"

李师中心里骂了向宝一句："这个武夫，就晓得动粗砍人。"不过，眼下李师中需要向宝动粗砍人。不让向宝动粗砍人，他李师中就有可能被人家动粗砍了。李师中又低声问向宝："和番寨的都头徐保生呢？怎么还没来？"

李师中正说着，外面响起轻轻的两长三短的敲门声。李师中知道是徐保生到了。向宝把房门打开，进来了六条汉子。李师中认得走在最前面的是徐保生。六条汉子都穿长袖长衫，向宝把房门关上后，六条汉子把长袖长衫脱了，露出一身短衣紧裤，叉手站在李师中面前，等候吩咐。李师中看了看六条汉子右手虎口，都赫然显出"忠勇"两个黑字。原来这六条汉子是和番寨蕃兵。大宋西北边关的蕃兵，多招募当地有户籍并已经汉化的熟户羌人，在这些人的右手虎口刺上"忠勇"二字，再以墨涅染。这"忠勇"二字既是一种荣耀，也是一种标志。

李师中望着徐保生满意地点了点头。这个都头心细，会办事。这些蕃兵如果不穿长袖长衫，露出涅染了"忠勇"二字的右手，大摇大摆到福全客栈来，岂不要把各路探子全往这边引？李师中问徐保生："都准备好了？"

徐保生点了点头："一切按大人吩咐办妥。"

李师中一脸欣喜，对向宝和张保生低声说："开始吧。"

李师中看到，他的话音刚落，向宝手提关刀，一个击掌，客房门两头立即响起了叫人十分惊恐，也十分杂乱的脚步声。不多一会，那二十几个亲兵扈从拥入客房里，把排在壁上的兵器一人一件拿在手上。李师中注意到，向宝一脸的横肉一坨坨突起，又粗又黑的连腮胡子也随着张开。这个喜欢上阵砍人的武夫军汉早等得不耐烦了。

向宝问李师中："李大人身边可要留几个人？"

李师中笑笑，胸有成竹地摆摆头："你快带人下去砍人就是，本官这里有徐都头几个人在就行。注意，不要把人都杀光了，留几个活口带来。"

李师中注意到，向宝很是担心地望着他时，徐保生目视了身边的一个蕃兵。这个蕃兵立即钻到床底下，把一把把环首长刀往外递。向宝这才放心和佩服地望了李师中一眼。李师中早为今天的行动做好了准备，几天前就要徐保生把福全客栈楼上的客房全包了，又要徐保生把环首长刀暗中放在他要歇息的客房床底下，只是这些事李师中没让向宝知道。

向宝急着要去砍人，也不愿多说什么，头一摆，二十几个亲兵扈从一人手提一件兵器，跟在向宝后面，从李师中客房里冲了出去。李师中听到一阵旋风般急骤的脚步声从楼上向楼下滚去，脚下明显地感到楼板的颤动。俄顷，楼下杀声四起，传来令人十分可怖的丧命惨叫声。再接着，李师中就听到客栈院子里尽是喊杀声、脚步声、马的嘶鸣声、兵器的撞击声，响得很，也乱得很。再紧接着，木格窗外的街上也乱了。奔走乱跑的脚步声、喊爹叫娘的呼救声、各种货物的破裂声，酱杂在一起，刺得耳膜难受。不过，这些声音对李师中来说，很是无所谓。两年来，在秦州统领一路一府兵民，早听惯了这种声音。

李师中让徐保生带着蕃兵守住楼梯口，自己则在客房靠窗的八仙桌边长凳上坐下，悠闲地喝着客栈酒保泡好的茶。片刻工夫，福全客栈院子里的声音停了，窗外小街的声音也没了，这里又陷入一种令人同样可怖的死寂之中。李师中侧耳细听，这里那些令人惊恐杂乱的声音已转到这条街外什么地方去了。李师中探头朝窗外一望，但见秋日暗红光照下的小街，此时空空的，人跑光了。街两边的店铺门全关了。地面上一片狼藉，到处都是卖的、买的人丢下的什物。几只野鸡、野鸭吓得满街乱窜，一只野兔吓得躲在一堆什物后面不敢动。算命测字先生的八仙桌四脚朝天翻倒在地。当街横躺着四具尸体，窗下的那具还在流血。只有一只猴子在四具尸体边上惊恐地蹦来跳去，不知去何处是好。

李师中这么安排他与西夏侍卫军马司都指挥使李清秘密会见是颇费了一番心思的。他与李清的会见绝对不能让任何人知道，走漏了半点风声，对西夏皇族和大宋都没有好处，对李清更不利。西夏梁太后姐弟知道了这事，非诛李清九族不可，就是现在才十岁的西夏国主李秉常恐怕也性命难保。在地点上，李师中也进行了仔细的斟酌。地点选在西夏境内，肯定不行，那里到处有西夏后族的耳目，只好委屈李清将军到秦州境内来。但，这也不能让李清入境太深，对李清入境也得防一防。仁宗朝时大宋曾上过西夏羌人的当。那时，西夏国主是李秉常的曾祖父李德明。这个李德明信佛，曾上请仁宗皇帝准予他修供佛教圣地五台山十座寺庙，为他去世的母亲祈福，然而，李德明去五台山时一路暗窥大宋山川路径，结果在庆州一战，大败宋军。他李师中何等人物，这个前朝故事，岂能不知？别人会糊涂，他李师中绝对心明眼亮，洞若观火。说句大话：在秦州办事能瞒过他李师中的人，恐怕还没有出世。李师中想来想去，觉得和番寨这个地方合适。一来是前不久王韶在这里开了边市，各地来这里做生意的人多，汉人、党项羌人、发羌人、契丹人都有，李清混在其中，神不知，鬼不觉，谁也不知道；二来出现突发情况，李清很容易撤回去，秦州这边也很容易控制局面。在时机把握上，李师中更是得意。眼下的这场厮杀，实际上是他李师中安排的。安排这样一场厮杀，对李师中来说，易如反掌。和番寨本来就是各路探子的集散地，开边市后各地探子就更多了。要向宝去砍人的由头很诱人：各地探子今天要大闹和番寨。做得机密点的不过两件事：一是为了遮人耳目，他李师中和向宝及二十几个亲兵扈从一律商人打扮；二是早些日子就秘密把镇戎军两个指挥单位在秦州值戍的六百禁军派往和番寨。只等向宝这边打起来，镇戎军的这六百禁军和寨内的蕃兵立即全寨出动，围杀探子。

李师中觉得这场厮杀组织得相当成功。今天来和番寨的各路探子算是走夜路碰到鬼，都死定了，没一个能漏网。李师中正在自我欣赏、自我陶醉时，一眼看见房门悄悄开了，没等到他反应过来，一个蒙面人窜了过来，一把环首长刀就架在他脖子上。真是祸从天降，大客房里恐怖极了，李师中吓得一脸煞白。十五岁就胆大包天敢给皇上上封事密奏、敢当面诘问当朝宰相吕夷简的李师中实在没有做好会出现这种情况的心理准备，真不知是何路恶鬼、哪家仇人，从什么地方钻出来对他行凶。不过，没过多久，李师中镇静下来了："好汉，把刀放下。"

李师中感到，脖子上的刀架得更近、更紧了，只要这个蒙面人再进一点刀，李师中脖子上就要见血了。蒙面人口气很凶："你这个骗子，李将军险些上了你的当。"

李师中听口音有点耳熟，说的是中原话，但相当生硬。来人所说的李将军者，自然指的是李清了。原来是李清那边的人。李师中放心了。还真不能小看这个李清，此人其实也挺鬼、挺机灵的。李师中说："本大人从来一言既出，驷马难追，何时何地骗过李将军？"

蒙面人更凶了："和番寨到处抓人杀人，你这不是故意制造混乱，浑水摸鱼加害李将军吗？"

李师中听出来人的声音了，想放声一笑，但不敢，笑声一放，脖子上的筋肉就要扩张，免不了要挨刀了。李师中："李将军莫非要本大人敲锣打鼓放鞭炮，到寨外十里之地去迎候？"

李师中看不到蒙面人脸上的表情，但明显感到脖子上的刀放松了，离自己脖子有了点距离了。蒙面人的口气也没那么凶了："此地安全可靠？"

李师中的笑声放开了："把面罩摘掉，听本大人细细跟你叙说。"

蒙面人的面罩摘了下来，手上环首长刀也放开了，但还紧紧地握在手上。李师中别过头一看，认出这个蒙面人是前些日子李清派到秦州来捎话的西夏侍卫军马司干办公事蒙讹。这个蒙讹，有着西夏党项羌人的全部特征，眼睛内陷，颧骨突起，嘴巴阔大，一脸凶相，目光多黠。蒙讹站在李师中面前，右脚踩在一条长凳上，左手按着踩在长凳上的右脚膝盖，眼睛眯成一条缝，右手环首长刀依旧握得紧紧的："请李大人细说。"

李师中低下头慢慢吮了口茶，正要提起桌上的茶壶给蒙讹筛茶，蒙讹摆了摆头，不让他筛茶。这个西夏党项羌人怕他在茶碗里下毒。李师中放下茶壶，不紧不慢地说："蒙将军说本大人浑水摸鱼，鱼其实没摸，倒是混水障目。蒙将军想想，李将军到秦州地界来，多大的目标？不出两天，风声就不仅要传到梁太后耳里，还要传到北辽皇帝、吐蕃诸部首领耳里，李将军的命还保得住吗？秦州边境还安宁自在得了吗？现在，和番寨的官兵和番兵都忙着抓人杀人去了，各路探子都忙着逃命去了，谁还去管什么里将军、外将军。本大人说的可有道理？”

蒙讹右手上的刀放在八仙桌上，右脚也从长凳上放了下来，双手叉在腰间。李师中用手指了指那条被蒙讹踩过的长凳，要他坐下来。蒙讹坐下来，双手平摆在八仙桌上。李师中提起茶壶给蒙讹筛了碗茶。这回蒙讹没拒绝，倒是很爽快把一大碗茶一口喝光。李师中客房里的可怖气氛是全消解了。喝完茶的蒙讹点了点头：“有理！有理！”

李师中显出边关帅臣的气派来了，声音不高，但口气很硬：“快把李将军请来吧。”

话音刚落，李师中看到一个身材中等的汉子从门外走了进来。不用介绍，李师中就知道来人必是李清。已过午牌时分，秋天的日光不偏不斜地照在木格窗上。寨子里的喊杀声不知什么时候停了下去，寨子里一片死寂。但侧耳细听，寨子外却隐约有喊杀声传来。李师中估摸着，再过半个时辰，向宝一伙人就要回来了。他得在这半个时辰里跟李清把事情谈妥，因之，客套都免了。蒙讹提着放在桌上的环首长刀，过去把房门带上，再站在门边，算是警卫。李师中给李清筛了碗茶。李清在长凳上落了坐，喝了口茶，一边从系在左臂肘后的一个口袋里取出一卷黄绫横轴的西夏国国书，呈交到李师中手上：“李大人请看。”

李师中展开黄绫横轴，上面有蕃汉两种文字。李师中不仅汉文功底厚，且懂蕃文。李师中把李秉常的国书上的蕃汉两种文字都反复看了又看，上面清清楚楚写着西夏愿以河南之地求大宋出兵武胜城，且盖上了西夏国主的玉玺。李师中不由得心动起来。统辖秦州兵民大权的李师中不会不清楚，西夏疆土共三块：一块在黄河以南、一块在黄河以西、一块在黄河之外，汉人称之为河南、河西、河外。河南占有关中、漠南、陇西三大片土地，分灵、洪、宥、银、夏、石、盐、会、南威九州。也就是说，西夏愿以三分之一的国土求大宋出兵武胜城，夹击西夏后族。这个买卖当然划算。六十年前，西夏国主李继迁遭吐蕃六部首领潘罗支暗算，兵败西凉城，本人也中流矢身亡，西夏一片混乱。大宋开国名将曹彬的儿子、知镇戎军曹玮上书真宗，夸下海口，愿统二十万精兵一举擒获刚刚即位的西夏国主李德明，复河南为郡县。然而，真宗未予理会，曹玮的奏折就这么石沉大海，再也无人提起过。许多人对这点不理解，不过，李师中理解。五代骄兵悍将造成的长久战乱已经使得中原王朝士庶之心逐渐把大唐以来以声威服人的雄伟魄力摒弃在一边，他们要得到的是真实的和平生活，而不是空图声名的穷兵黩武。况且，先帝爷太宗两次对辽作战，一败于高梁河，二败于歧沟，弄得太宗乘驴车仓皇南走。从此以后，从天子到满朝文武百官，认识到大宋确实没有足够的力量臣服狄戎。因之，内修战备，外许欢盟，就成了大宋军事外交上的基本国策。当然，这没什么不好。边关无事，天下太平，平头百姓不啸聚山林，官员们能安享荣华富贵，谁还有什么心思去打什么仗。然而，这次不同，大宋并不需要大规模出兵，只要派支劲旅直取武胜城，就能得到河南一大片土地，这样天大的好事又何乐而不为呢？

李师中有意无意把玩起黄绫横轴来，这边看看，那边又看看，不仅仔细看横轴两边的黄绫，还仔细看黄绫里面的图案，像是在欣赏，又像是在考究。李师中觉察自己的这种态度引起了李清的注意。李师中看到，李清的双眼盯着自己的双手和脸上的表情变化，目光随着自己的双手动作不停地移来移去。李师中才不管这么多，照旧有意无意地把手中的黄绫横轴翻过来，又翻过去。他实在是信不过西夏，也信不过李清。但，信不过又有点说不过去。他手上的西夏国主李秉常的国书确实不假，上面的蕃汉两种文字也全是真的。李师中在想一个问题：西夏国主李秉常何以这次会这么慷慨给大宋这么大片土地，个中藏了些什么玄机？

李清很有点不快：“李大人认为西夏有诈？也放心不下我李清？何以不出声呢？李大人，大宋万万不可错失眼前良机。李清实话对你说，要是此时不除掉西夏那个女人，后族掌了西夏大权，西夏皇族日子难过，大宋也难得安宁。李大人，河南这片土地，实际上是李清三寸不烂之舌说来的。如果嫌少了，李清还可以把河西的一些州县说过来。”

李师中仔细琢磨李清的话。李师中当然还是不会完全相信李清的话，但从李清的话中，李师中十分明确地看出了西夏的后族与皇族的火并已经迫在眉睫，随时都可能发生；在这场火并中，皇族完全处于劣势，要不然就不会这么便宜了大宋。此外，李师中觉得李清这个人说话确实是太轻飘随意了些。李师中丝毫不怀疑，西夏国主李秉常愿以河南之地归宋求大宋助皇族一事，李清是出了大力的，要不然李清就不会到秦州边境来见他。但这个李清好像西夏是他的天下一样，想割哪块土地给谁就可以给谁。不过，对这点，李师中不想点破，算是给了李清一个面子。现在吸引李师中的地方是西夏开出的条件确实诱人。只要西夏皇族与后族火并起来，大宋用不多少兵力，也用不了多少时间，拿下武胜城不在话下。让北辽、西夏、吐蕃诸部慢慢汉化，当然不失为一种良策，但这个慢慢汉化谁知道要慢到猴年马月？眼前的买卖快得很，合算！当然，这样的大事是不可不禀报朝廷的，就是借给李师中一百个胆，他李师中也不敢这么做。再说，真要出兵武胜城，没有枢密院调兵的命令，他李师中一个兵也调不动。

街上隐隐有马蹄声传来。不用问，向宝一伙人回来了。李师中不想让向宝看到他在客房里跟西夏皇族那边的来人秘密会见，站了起来，要送客了，对李清说："我们的人要回来了。李将军，这件事是两国头等绝密大事。本官会选择可靠的人把西夏国书送到皇上手上。"

李清、蒙讹跟李师中相互拱手行过礼后，就出了房门。李师中看见，李清、蒙讹一个转身，翻过走廊的护栏，轻轻一跳，就下到客栈院子里去了。李师中走出客房，站在护栏边，朝下面院子望去，只见院子里一片狼藉，一地被打坏的桌、椅、陶器、瓷器，但李清、蒙讹已无影无踪了。李师中回到房里，把李清、蒙讹用过的茶碗里的茶水倒到窗外街上去，又把李清、蒙讹坐过的凳子照原样摆好，再把房门带上，便独自坐在窗下桌边慢慢呒茶。

一会，一阵很响、很杂乱的脚步从楼梯下一路响过来。再过一会，客房门开了，向宝提着关刀走了进来，一身血污，一脸喜气洋洋。接着，向宝的二十几个亲兵扈从拥进房里，手上都拿着兵器，也是一身血污，一脸喜气洋洋。李师中心中十分高兴：向宝这伙人过足了砍人的瘾，他李师中人不知鬼不觉为朝廷办了件大事。

第三十二章　扮神医王子纯无意得娇娘
宿大帐俞龙珂真心归大宋

谁也没有想到，一心要收复河、湟，身板结实，有着一副又粗又黑连腮胡子，长得像深山老林练过打的武林怪杰的王韶，竟然只挑了两个亲兵扈从和那个相好的发羌女子出了边境线，就一路不回头往西走去。王韶一行四人都骑着高头大马。王韶与相好的发羌女子并马而行。穿一身黑衣服的王韶骑的是匹高大乌黑的烈马。发羌女子一身吐蕃女子扮相，绿色的锦衣边上滚了圈豹皮。但这个发羌女子却有个汉人唐代的国姓"李"，叫李七妹。王韶十分清楚，中原王朝为了拉拢西夏党项羌人和吐蕃诸部发羌人，往往对他们的豪酋赐以国姓。这些豪酋也往往以得到中原王朝的国姓感到得意和自豪。赐姓之举，始于汉，盛于唐。发羌女子既然姓李，当然可以推断出她的先人是唐代受的国姓，也可以推断出发羌女子的先人在唐代至少是吐蕃诸部的一个小种族的首领。既然受了唐朝的国姓，名字自然跟着汉化。中原王朝的汉人女子有姓无名，发羌女子自然也没有名字。发羌女子在家中排行第七，因之人们就喊她李七妹。在中原汉族男人眼中，李七妹算不得漂亮，大西北的日照和风沙让她的皮肤又粗又黑，完全没有不出闺门的汉人女子的柔美，全身肌肉结实，一双天足走起路来虎虎生风，但眼睛却又大又黑，嘴边有颗又大又黑的美人痣，更增添了她浑身的活力和魅力。

王韶一行四人越往西走，大地越是荒凉。身后的寨堡已经沉没到苍莽的地平线下去了，高高的烽火台像小木桩直立在天地相接之处，前面一座座平缓低矮的沙丘往前铺排过去。最远的天边，秦代修筑的长城时隐时现。深秋的苍穹，长云暗淡，朔风劲吹，呼啸着把难得见到的裹在黄沙里的衰草卷走。一只野狐窜了出来，然后又拖着长长的尾巴没命地跑得不见了。有七八只狼蹲坐在前面不远的沙丘上，两眼凶光毕露，恶狠狠地盯着离它们越来越近的王韶一伙人。王韶、李七妹和两个骑兵扈从都悄悄地把腰间的环首长刀抽了出来。不过，当王韶一行四人从沙丘边缘缓缓而过时，这七八只狼并没有发起攻击，只是很不友好地望着他们。王韶他们不想伤害这些狼，从它们身边过去时甚至没看一眼。

走了个把时辰，王韶发现左边原野不远的沙丘上出现了一队羌人的骑兵。王韶再别过脸，望了望右边，那边原野不远的沙丘上也出现了一队羌人的骑兵。左、右两边羌人骑兵慢慢地向他们合拢，但在半里路的地方停了下来，叽里呱啦用羌语大声说话，手上的长矛、大刀在黯淡的秋色里闪出吓人的暗光。王韶仔细看了看左、右两边的羌人骑兵，发现左边羌人骑兵头盔下披着黑发，右边羌人骑兵头盔下光光的。这么看来，右边骑兵是西夏党项羌人，左边骑兵是吐蕃发羌人了。王韶侧过脸，看了看李七妹。李七妹脸色从容如常。王韶再回过头看了看身后两个骑兵扈从，却见这两个骑兵扈从脸色大变，右手紧紧地按着环首长刀的把柄。

秦州边关许多人都认为王韶神经出了毛病。本来朝廷并没有对西夏用兵的意思，然而这个王韶一到秦州，就弄得人人紧张，好像马上要对西夏开战。好好的安逸自在日子不过，却要招惹是非，在秦州边关动刀动枪，这不是神经出了毛病是什么？未必你王韶有什么菩萨神仙保佑，刀枪不入，谁也砍你不死！当然，王韶讨到了圣旨，他在秦州边关动刀动枪，秦州将士谁也奈何不了他，还要随时准备跟在王韶后面去砍羌人，也随时准备自己被羌人砍倒，然后把骨头埋在这广袤荒凉的大漠。说句实在话，这也没什么不可以。反正当兵的，吃的就是砍人的饭，不砍倒人家，就被人家砍倒，为朝廷光荣！但，王韶这小子又不好好带领众将士去砍羌人，却借着视察边关哨所的机会，带着两个骑兵扈从和那个相好的发羌女子进入吐蕃诸部发羌人地界，说是去青唐俞龙珂的大帐里，劝他归顺大宋。这不是白白送死吗？

在秦州境内外访采了一年边事的王韶当然十分清楚，尽管西夏党项羌人和吐蕃诸部发羌人都有了不浅的汉化，但未开化的地方不少。这些未开化地方的人既古朴厚道，又野蛮残忍。好说话的时候，非常爽快热情；难说话的时候，又十分难缠可怖。一不小心，什么地方惹发了他们，刚才一脸的憨笑，翻脸就变得凶神恶煞起来，抬拳就打，举刀就砍，眼皮都不会眨一下。对汉人，无论是党项羌人还是发羌人，都是既崇敬羡慕，以高攀汉人为荣，又戒备仇恨，视汉人为寇敌。秦州不少人都认为，这些人只可利用，不可结交。再说，吐蕃诸部种族十分分散，大者数千家，小者百十家。最大的要算唃厮啰这个族部，但唃厮啰去世后，也一分为三，三个儿子各占一地为王。大老婆李氏生了两个儿子。长子瞎毡据河州，前几年死了，由他的儿子木征继有。次子磨毡角，据宗哥。小老婆乔氏生董毡，据湟州，人数最多，但所部也不过六七万人，却号令严明，发羌人都怕他。唃厮啰这三个有着血缘关系的后人也是各自虎视眈眈，用警惕的眼睛盯着其他两方，在提防被吃的同时随时准备吃掉其他两方。要把这些人收服，谈何容易？收服了之后，能不能为我所用，更是个大问题。王韶要收复河、湟，就是要把木征占有的河州、董毡占有的湟州拿回来。要做这一点，又必须途经秦州境外青唐俞龙珂的地盘，俞龙珂岂会让大宋军队借道过境？发羌人俞龙珂在青唐一带势力最大，有人口十二万。要命的是，西夏党项羌人与俞龙珂虽然有世仇，经常开仗，但现在却在拉拢俞龙珂，近来更是常派使者到俞龙珂那边示好。西夏党项羌人与吐蕃诸部发羌人毕竟都是羌人，同一个祖宗下来的。王韶这次出关去俞龙珂大帐，俞龙珂会听你的？

王韶心中明白：秦州府没几个人不笑他王韶蠢得像猪。俞龙珂岂是那么容易说服的人？要是能说服，年仅十五岁就声动京都、在秦州又多次击退西夏党项羌人寇边、大名鼎鼎的李师中不早就把俞龙珂说服归宋了，这样的大功岂能临到你王韶头上？这些年来，几任知府和李师中先后派了三次使者，带了许多财礼，也带了许多人去见俞龙珂，结果都有去无回，无一人生还，连尸骨也不知道给哪拨狼吃光。你王韶什么财礼未带，只带了两个骑兵扈从和一个相好的发羌女子去，能有好果子吃吗？你自己把老命丢了，是咎由自取。那个发羌女子把老命丢了，也怨不得任何人，谁叫她是你王韶的相好呢？但非要搭上两个骑兵扈从的命，这就叫那两个骑兵扈从死得冤了。

王韶目语身后的两个骑兵扈从，要他们松开按着环首长刀把柄的手。一年前，王韶在秦州境外访采边事，这类事碰得多。碰到这类事，一不要怕，二不要慌。王韶一行四人仍旧不紧不慢地往西走去。苍穹之下，远远近近看得到一些大概是唐代，或者更远一点的汉代留下的汉人废堡，近处废堡的断壁残垣上风蚀的痕迹则像刀割过一样清晰。黄沙一浪一浪堆起，偶尔有一些绿色但却是有毒的青草在风中抖动，有零星的碎岩块埋在沙里。荒无人烟的广漠四野，弥漫着一种充斥天宇六合的令人恐怖的死寂，身下单调的马蹄声在不停地撞击着这无边无际的空旷。置身在这种境况里的人，都不免生出一种四顾无助的茫然感觉。

王韶开始与身旁并马而行的羌女子李七妹有一搭没一搭地说起话来。王韶与这个羌人女子李七妹相好，说起来还真是一种前世的缘分。一年前，也是这么一个深秋天气，来秦州访采边事的王韶一身游方郎中打扮，骑着那匹乌黑的烈马，来到秦州境外一个小镇，进了一家客栈。这里的街道、房屋与汉人无异。不仅镇里见不到一顶羌人帐篷，就是镇外也见不到。街道全是青石铺成，房屋是青砖青瓦。店家的酒保把王韶的马拴在客栈院子里的系马桩上，王韶便到楼上客房里去歇息。酒保给他上了茶，还没喝，就听到他十分熟悉的乌黑烈马撕心撕肺的嘶鸣声。王韶猛地拉开房门，靠在走廊的护栏上朝院子里一望，拴在系马桩上的乌黑烈马不见了。王韶忙转身回到房里，推开木窗，探头往街上一望，但见一位穿着虎皮绲边的黑衣羌人女子骑在他那匹黑马上，正从他窗下过去。他的那匹黑马性子很烈，在他窗下怎么也不肯走，昂起头，扬起两只前蹄，在原地打转，要把骑在身上的羌人女子甩下去。不过，那匹黑马很快被羌人女子制服，不再叫，头也不昂了，前面两蹄老老实实落在地上，驮着羌人女子往前驰去。羌人女子有意回过头来，朝王韶这边望了望。王韶看见，这个羌人女子的嘴边有颗很大很黑的美人痣。

王韶知道自己遇上了盗马贼。中原王朝北方和西部边境，盗马贼可说是多如牛毛，不仅契丹人、羌人盗马，汉人也盗马。这里的人把马看得很重，特别是高大雄健的烈马，价钱贵得吓死人，最高的卖到百两黄金一匹。王韶很懊悔，很恼恨，但也无可奈何。第二天，只好买头驴子骑着上路。三天后，王韶来到吐蕃一个叫青岗岭的发羌小村。村子才十几户人家。还在村外，王韶就听到村子里有可怖吓人的咚咚咚的鼓声传来。已经在秦州边境内外转悠了不少时日的王韶知道，这个村子里一定有什么人得了重病。吐蕃诸部发羌人有病不请郎中，也不吃药，只召巫师来做法事赶鬼。王韶在村口下了驴，在一棵树上把驴拴好，然后从搭在肩上的布囊里取出串铃，一边摇晃着一边寻着鼓声往村子里走去。串铃上的铜片在铁圈上不停地碰击，发出悦耳的金属声。这个村子里的发羌人不是一家一帐，倒是像汉人一样一家一屋。王韶清楚，吐蕃诸部发羌人贫穷的住泥屋，殷实点的住板屋，有钱财的富户挨水草肥美的地方搭毡幕为家。王韶看到，这个小村未见一栋泥屋，都是半新不旧的板屋。

转过几栋板屋，王韶在有鼓声的一户板屋门前停了下来。板屋门前正焚烧着一堆木柴。发羌人认为鬼怕光，焚柴可以把鬼驱走。王韶不再摇串铃了，只是站在板屋门口，朝屋子厅堂里望去，但见厅堂里尽是人。忽然，人群里面传出一种撕破嗓子喊叫出来的可怖声音。王韶吃了一惊，踮起脚，朝厅堂里一望。此时，鼓声大作，昏暗的青灯下，一个秃发男子在擂鼓，一个身着法衣的秃发巫师左手摇着法铃，右手把法剑挥舞得呼呼作响，一边还在厅堂里的一块空地上大动作来回跳跃。厅堂最里边的一张床上一动不动地躺着一个女子。床边上坐着一个秃发白须老者和一个老女人，这肯定就是那女子的父亲和母亲了。厅堂里的气氛既神圣庄严，又滑稽得叫人哭笑不得。王韶当然既没哭，也没笑，只是静静地看着，等着这场驱鬼法事的结束。

不一会，驱鬼法事到了高潮，身穿法衣的巫师突然用手中的法剑猛烈地抽打自己。此时，鼓声更大，擂得震天动地。厅堂里有人吓得往后缩，有的还吓得叫起来。巫师也耗尽了力气，倒在地上，嘴里含混不清地不停嘟囔着恐怕只有鬼才懂得的咒语。随后鼓声歇了，厅堂里一片死寂。

法事做完了，鬼赶走了，巫师从地上爬起来，拍了拍法衣上的灰尘。一个白须老者从厅堂后面牵了头肥羊过来酬谢巫师。王韶清楚，不论是西夏党项羌人，还是吐蕃诸部发羌人，对鬼神都是特别敬畏的，既希望得到鬼神的保佑，更害怕鬼神的加害。因之，对能驱鬼逐妖的巫师特别崇敬，一场法事一头肥羊，这可是不菲的酬劳。这些羌人，有着尚未完全开化的人种的古朴、淳厚，也有着这些人种的愚昧、无知；既叫人感到可近、可爱，又叫人感到可笑、可怜。

巫师二话没说，让擂鼓的男子牵着酬谢的肥羊，自己则慢慢地把法剑、法铃放进一只牛皮法袋里，然后转过身去，在厅堂里众人无比崇敬钦羡的目光和感谢声中，很有派头也很心满意足地缓步走了出去。牵着肥羊的男子是个跛子，一步一颠跟在后面。但，躺在床上的羌人女子的病并不见好，仍旧一动不动地躺着，似乎鬼还附在身上。不过，对这点，得了头肥羊的巫师是不负责任的，也用不着解释。巫师赶不走的鬼，那就一定是索命的鬼。羌人女子家里人吓坏了。灯光中，白须老者一脸悲苦，老女人伤心地呜呜哭着。

厅堂里的人渐渐散去。白须老者呆呆地望着一动不动躺在床上的女子，只是不停地叹气。老女人眼泪一把、鼻涕一把哭着。王韶没走，他把串铃摇晃了几下，几声好听的金属撞击声吸引了两个老人。不过，在模糊不清的青灯下，王韶看见两个老人像见到鬼一样惊恐万状，要不是床上躺着快死的女子，早跑得无影无踪，此时却护着床上的女子，不让王韶过去。

王韶知道，一定是自己那副长得像深山老林练过打的武林怪杰的尊容吓坏了他们。王韶的那张阔嘴巴赶紧用不久前学会还很生硬的羌语告诉他们："晚生是江南西路德州郎中，五代行医，师承庐山东林寺高僧遍慧大法师。这次奉师命到秦州边境来广结善缘，在这里碰到二位老人，真是前生的缘分。"

这番自我介绍自然是王韶早就想好的江湖郎中那套骗人的鬼话。不过，王韶骗的不是钱财，是信任。果然，王韶看到，两个老人虽然还警惕地望着自己，但不那么惊恐了。白须老者指着床上的女子，用生硬的汉语说："先生能给老汉女儿治病？"

王韶点了点头，觉得下一步好办了。江湖郎中走江湖，离不开一个"里"字与一个"尖"字。"里"指的是察言观色，善于应付病人；"尖"指的是真本事。江湖郎中的行话说得好："里中尖，是神仙；尖中里，了不起。"王韶就是个"尖中里"的郎中。刚才那番自我介绍的鬼话就"里"得不错，把自己的医道和来此地行医的目的说得堂堂正正，滴水不漏，不由得对方不信。秦州离庐山不远万里，谁有这个本事一两天跑到庐山去查实他这个奉了遍慧大法师的师命郎中是真还是假？下一招就该"擂"了。"擂"就是把病往重处"擂"，小病说成大病，轻病说成重病，大病、重病就说成阎王爷要打钩的病。不过，王韶走到床边，把串铃放在床上，正要"擂"时，却倒吸了口冷气，差点没叫出来。在青灯昏暗的光线下，王韶一眼看到躺在床上的那个女子嘴边长着一颗又大又黑的美人痣。盗马贼！这个一动不动躺在床上的女子就是三天前偷他心爱黑马的盗马贼！王韶真想一把把这个长着一颗又大又黑的美人痣的女人抓起来，要她还马。但，王韶很快平静下来。他拖了一只方凳过来，坐在上面，把躺在床上女子的手抓过去号了脉，先按寸脉，又按关脉，再按尺脉，对这女子的病基本弄清了。这昏迷不醒的女子的病，其实是脏肺中水、火、金、木、土五行相克，肾、心、肺、肝、脾元素比例严重失调所致。说重不重，说轻不轻，但不治就要酿成大病。王韶清了清嗓子，那张阔嘴巴又用生硬的羌语"擂"道："大叔，江湖上有句话，叫作'好事说不坏'，晚生就直说了。你女儿病得不轻，患的是绝症。多则三日，少则三个时辰，准备办后事吧。"

王韶这一“擂”，“擂”得煞有介事，不容置疑。然而，叫王韶感到奇怪的是，白须老者和老女人反显得不恐惧了。王韶陡然明白过来：羌人轻生死。如今阎王要女儿的命，就让他吧。白须老者叹了口气，就什么话也不说了。老女人起身往屋里走去，大概真准备女儿的后事去了。王韶赶紧玩起了江湖郎中的第三招，名叫“钢牙巴”的把戏：“大叔，你也别难过，晚生这里有家传的专治疑难绝症的秘丸，本人又得到遍慧大法师的指点，你女儿不妨吃吃我的秘丸看看，分文不取。治不好你女儿的病，大叔把我身上的这些药丸全部毁掉；治好了你女儿的病，大叔同我传张招牌就是。”

王韶的话说得入情入理，恰到好处。王韶看到，白须老者虽然还是什么话也不说，但却抬起那双混浊的眼睛，望着王韶，青灯光照中的眼睛里显出些许希望的神情。王韶忙取下肩上的布囊，从里面取出三粒黑色的药丸，放在白须老者手心上，要老者捏碎，用水让躺在床上的女子吞服下去。白须老者对着屋里用羌语喊女老人端碗水来。一会，女老人来了，手上端了碗水。白须老者按照王韶的吩咐，要女老人掰开躺在床上的女子的嘴，把三粒黑色药丸用水灌了下去。不多一会，奇迹发生了。王韶看到，躺在床上昏迷不醒的女子头上开始冒汗，接着嘴唇上下蠕动，再接着手脚开始动了。王韶“尖”的本事见神效了。白须老者和女老人要跪下去谢王韶，被王韶双手托起。

再过一会，躺在床上的女子翻身爬了起来，转过嘴边长着美人痣的脸，那双又大又黑的眼睛正对着王韶。王韶注意到，那个女子很是惊慌了起来。不用说，这个女子认出了自己。不过，王韶知道，这个女子未必知道自己也认出了她。因之，王韶若无其事地笑脸相迎，把江湖郎中的第四招“吹”把戏使了出来：“大叔，我这药丸里头没有珍珠、玛瑙，没有麝香面子、老虎卵，就有十三味草药。有七姊妹，也就是血风藤、血包金、五爪龙、过江龙、猪脚龙、鸡血藤、牛大力；有五虎将，也就是出山虎、入山虎、扒墙虎、黑老虎、入地金中，再加一种千斤拔，合起来十三味，再用秀油、樟丹文武火熬成，效力最大。晚生给它取个名字，叫‘十三太保丸’。晚生奉师命走遍秦州三州、七县、二十八寨、三十六堡，凡得了那些个多年不愈的绝症，没一个郎中能看得懂的怪病，吃了这十三太保丸，无有不立马见效的。大叔，晚生再给留下九粒十三太保丸，每天三粒，早、中、晚各一粒，三天后包你女儿出门骑马放牧。”

王韶边说边脱下肩上的布囊，从里面抓出一把十三太保丸，托在手上，数了数，正好九粒。王韶抓起白须老者的右手，翻开他的巴掌，然后把自己那只抓着十三太保丸的手“啪”的一声盖了下去。白须老者激动得双手都在发抖。老女人又往屋里走去，王韶知道，她肯定又要去牵什么牛呀、羊呀来感谢他。王韶忙过去拦住老女人。老女人回到床边来了，王韶这才也回到床边来。王韶毕竟不是江湖郎中，给人治病不是为的钱财。王韶很满意，觉得不虚此行。他这个江湖郎中做得还是很到位的：“里”得有水平，“尖”得有真功，“擂”得有声色，“吹”得有根据，“钢巴牙”也有情有理。王韶冥冥中觉得他的此行似有天助，要不然，怎么会这么巧，竟然在吐蕃一个小村里与那个女盗马贼狭路相逢，而自己带的药丸正好是这个女盗马贼所需要的。王韶感到自己要交上好运，机会来了，也预感到收复河、湟这一天不会太遥远了。

王韶把床上的串铃拿起来，塞到布囊里去，然后把布囊搭在肩上，转身要走。白须老者和老女人怎么也不肯让他走。王韶知道，不论是西夏党项羌人，还是吐蕃诸部发羌人，对仇人都是有仇必报，但也同样有恩必报，对帮过他们的人，特别是救过他们性命的人，总是感恩戴德，铭记在心，终生难忘。王韶其实并不想马上走人，也就乘势留了下来。

王韶一待就是三天，那个羌人女子的病全好了。尽管这个小村的羌人都把王韶佩服得不得了，但并没有谁去谴责巫师，白须老者和老女人也没去把那头肥羊牵回来。这里的羌人都认为王韶布囊里的十三太保丸有什么能制伏鬼妖的魔力，要不然是不可能把羌人女子身上的鬼赶走的。三天后，白须老者还要留王韶住些日子，王韶答应了。得知羌人女子姓李，小名叫七妹，就几乎天天跟李七妹在一起，放羊、砍柴，有时也到很远的集镇上或汉人的寨堡里去用羊换回羌人所缺少的盐和茶。

以后事情的发展就没什么悬念了，十分顺畅。王韶和李七妹很快就发生了千年来只要一个男人和一个女人待在一起就会有的故事。李七妹的父母觉得这很正常，不仅不横加干涉，反而十分乐意看到这种结果。王韶与李七妹在床上快活时，白须老者和老女人都知趣地走开，到放羊的草地上干活去了。

发羌女子李七妹和她的父母都没有提出娶李七妹的要求。李七妹和她的父母懂得汉人规矩。中原汉人，千年以来，包括九五之尊、手握天下人生杀大权的天子在内的任何男人，在婚姻问题上都没有自己挑选妻子的权力。妻子都是由父母包办的。这个被父母包办的妻子在家族里享有明媒正娶的正统地位和权力。中原汉族男子都十分心甘情愿接受这种事实，不管自己喜不喜欢这个父母包办的妻子，也不管自己以后纳的妾和在外面拈花惹草碰上的女人多么漂亮、自己多么喜欢，都坚定维护包办的妻子的这种正统地位和权力。否则，这个汉族男人不仅要遭到父母的斥责，而且会被世人看不起，认为是个没用的男人，遭到世人的嘲笑、讥刺和唾骂。发羌女子的父母和她本人都无意在王韶那里谋求她做妻子的打算。无论是北辽的契丹人、西夏党项羌人，还是吐蕃诸部发羌人，在男女情事上远比中原汉人豁达、开明，也通情达理得多。只要王韶对李七妹真心真意好，二人在一起活得舒心，就行。有一天，王韶把发羌女子带回江南西路德州老家去，白须老者和老女人也不会反对。李七妹后来也知道了，王韶在给她看病时就知道她盗了他的马。马自然还给了王韶。此行王韶不仅找回了心爱的马，而且得到了一个心爱的发羌女子。后来，王韶还告诉李七妹：他是奉大宋天子的圣旨来这里访采边事，准备收复河、湟的。李七妹一点也不觉得奇怪，说她早就看出来了这一点，他这个江湖郎中肯定是为大宋朝廷的什么大事才来此地的。李七妹说，这里的羌人谁见过汉人的江湖郎中老远跑来行医的？不是为朝廷的大事谁肯这么干？王韶觉得自己找到一个好帮手，李七妹肯定能在他今后收复河、湟计划中起到许多人所起不到的作用。

王韶与李七妹、两个骑兵扈从一行四人不紧不慢西行着。王韶看见，前方的秦长城不见了，隐隐出现了一条从东北向西南伸展的山脉。山的那边，就是唃厮啰的一个叫磨毡角、一个叫董毡的两个儿子和一个叫木征的长孙的领地，山的这边则是王韶这次要去找的俞龙珂的领地。王韶一行四人昨天一早出秦州，到现在少说走了二百里路，却未见俞龙珂的帐篷，也未见俞龙珂的一个兵卒。广漠的四野平静得有种不祥的预感。

李七妹用很标准的汉语问：“宋家天子派了个宫里的人来秦州视事？”

王韶知道李七妹说的是李宪。对没根的阉臣，王韶自然也没个好印象。王韶不糊涂，清楚朝廷派个没根的人到秦州来是什么意思，无非是对秦州这边的事不放心。王韶想得通。阉臣跟天家天天生活在禁宫中，又没有子女后代，总是很容易得到天家的信任。王韶也不把李宪来秦州这件事看得多么严重，当然也不是根本不把它当回事，毕竟身边有个没根的阉臣，碍手碍脚。王韶也不想把朝廷上这些事跟李七妹多说。议论朝廷，总是容易惹祸，况且身后还有两个骑兵扈从。就算他们不告发自己，但他们把自己的话传出去，谁能担保那些人又不把自己的话抖出去呢？王韶只是点了点头，说了一个字："嗯。"

王韶怕李七妹再问下去，双腿夹了夹马肚子，胯下的黑马立即向前蹿了几步，忽然看见长云暗淡的前方隐约现出一片暗色的水面，水面旁边有座孤零零的大帐幕。王韶心中一喜：莫非前面就是俞龙珂的大帐？

王韶一行四人再往前走了一段路，暗色的水面越来越清晰了，大帐周边藩旗在望。一阵朔风吹来，卷起一股裹着衰草的黄沙，迎面向王韶这行人扑来。黄沙过后，王韶抹了抹眼眶边的沙，发现左、右两边羌人的骑兵不见了。不过，王韶不以为他们安全了，恰恰更危险了。

一行四人又往前走了两里来路，看见前方隐隐出现了一截断了的秦长城。在这截断了的秦长城的衬托下，一座吐蕃诸部发羌人的大帐赫然在目。大帐上面高高飘扬的藩旗上，清楚可见大书着一个汉字"俞"。然而，此时王韶忽然听到身后有滚雷般吓人的马蹄声和喊杀声传来。王韶在马上扭头一望，少说有上千秃发的羌人骑兵挥舞着长矛大刀，口里狂喊着飞驰而来，在离王韶不足百步之外的地方把王韶一行人团团围住。还有一些羌人骑兵在王韶一行人前面不到二十步处往来突驰，扬起的黄沙把团团围上来的上千发羌骑兵全裹住了，给人的感觉是黄沙里有千军万马。王韶回头看了看身后的李七妹和两个骑兵扈从。李七妹脸色依然如常，但两个骑兵扈从却脸色大恐。王韶对那两个骑兵扈从微微一笑："下马！"

王韶先下了马，接着李七妹也下了马，但那两个骑兵扈从却还骑在马背上不肯下来。王韶心里恶狠狠地骂：两个笨蛋，你就是有飞天的本事，动起手来，能打得过这上千人吗？用不了几下，就要给剁成肉酱。王韶两只眼睛恶狠狠地瞪那两个骑兵扈从一眼。这两个骑兵扈从才下了马，脸上一点血色也没有。往来突驰的二十几个发羌骑兵勒住马缰，扬起的黄沙落了下去。王韶发现，团团围住他们的上千发羌骑兵一动不动地站在百步之距的地方，紧紧地盯着这边。那些被勒住缰绳的马显然很觉扫兴，也很不心甘地在原地打转，尾巴翘得老高，在空中扫过来又扫过去。好些发羌骑兵龇牙咧嘴望着王韶一行四人狰笑着。

这时的气氛万分紧张。王韶看也不看这些四面围住他们的上千发羌骑兵一眼，只是牵着马在前面往有“俞”字藩旗的大帐走去。李七妹和两个骑兵扈从牵着马跟在后面。王韶发现，在前面围住他们的发羌骑兵悄悄地给他们让路，缓缓地往两边撤。王韶他们继续往前走，在离大帐大约二十丈的地方时，大帐后面一通鼓响，二十多个手执弯刀的发羌人从帐后杀气腾腾地冲了过来，弯刀在长云暗淡的空中闪着吓人的寒光。

大帐外的气氛更紧张了，很有点可怖的味道。王韶领着李七妹和两个骑兵扈从仍旧笔直往大帐走去。到了大帐外，一个头戴紫罗毡冠、身穿金绒花袍的大胡子从大帐里走了出来。帐外二十多个手执弯刀的发羌人拥在他的后面。不用问，来人就是俞龙珂。王韶对他行打躬作揖的汉礼，没想到俞龙珂也对王韶行打躬作揖的汉礼。不过，大帐外的气氛未见半点和缓。俞龙珂身后的二十几个发羌人依然手执弯刀，寸步不离俞龙珂。跟在王韶他们后面的上千发羌骑兵把大帐团团围住，也不晓得围了多少层。王韶把马也放了，又回过头去，目视李七妹和两个骑兵扈从也放马。到了俞龙珂前面五丈之地时，俞龙珂那边有人喝住王韶，不准再进一步。王韶看到，俞龙珂身后的发羌人都把弯刀举了起来，随刻准备着扑过来。王韶干脆把腰上的环首长刀解下来，丢在地上。接着，李七妹和两个骑兵扈从也解下他们腰上的环首长刀，放在地上。王韶看到，李七妹几步走到俞龙珂面前，用蕃语大声质问道：“大首领就这么欢迎远道来的客人吗？”

王韶注意到，俞龙珂没出声，脸上什么表情也没有，但身后二十几个发羌人举起的弯刀却放了下去。俞龙珂望望王韶，又望望李七妹。俞龙珂很惊奇、很认真，也很警惕地望望李七妹一身发羌女子服装，又望望李七妹那张给大西北风沙磨砺得粗黑的脸，过了好长时间才用蕃语问李七妹：“他是你什么人？”

早就初通蕃语的王韶知道，俞龙珂话中的“他”，当然指王韶。王韶万万没想到俞龙珂会提出这样一个问题来。王韶望了望李七妹。在中原，这样的问题，是会令汉人女子感到万分尴尬、难堪和狼狈的。在中原汉族那里，为人妻，堂堂正正；为人妾，名分也清清楚楚，做人行事不必藏头露尾，羞羞答答，不觉得有什么见不得人的地方。只有那种不妻不妾、不明不白的男女情事，最让人看不起。男子的精神压力还轻些，女人受到的精神压力就非同小可。在中原汉人心目中，这种女人就是偷人养汉，名声说有多坏就有多坏。王韶看到，俞龙珂身后二十几个发羌人都禁不住诡秘地哄笑起来。王韶不由得回头看了下身后的两个骑兵扈从。他们虽然听不懂多少蕃语，但见发羌人在笑，也跟着莫名其妙地笑起来。王韶没笑，只是在为与自己相好的羌人女子李七妹犯急：她会怎么回答这个问题呢？

李七妹横了俞龙珂身后二十几个发羌人一眼，用蕃语一字一句大声说："他是我男人。"

王韶心里叫绝，没有什么回答比这更得体的了。这个回答，一点也不回避她与自己非妻非妾的情事，但也表明他们不是那种偷鸡摸狗，只图眼前一时快活的苟合男女。王韶注意到，俞龙珂一时给李七妹的回答弄得瞠目结舌，万分惊讶之中有着一种不得不发出的赞叹。俞龙珂身后二十几个发羌人笑得前仰后合，自己身后那两个骑兵扈从也禁不住傻笑起来。王韶更觉得自己少不得这个相好的发羌女子了。这发羌女子能助自己建功立业，收复河、湟。

李七妹也感到自己的这句话在这些男人中产生了非同小可的作用，让这些男人对她刮目相看。李七妹有点巾帼女子那种盛气凌人、无敢忤者的气概，她用汉语对俞龙珂说："大首领，把好酒、好菜都拿出来吧，王大人今天可要跟大首领喝个一醉方休。"

俞龙珂也懂汉语。王韶看到，俞龙珂右手挥了一圈，那些把王韶四人团团围住的发羌骑兵赶紧掉转马头散开了。俞龙珂再转身望了望身后的二十几个发羌人，这些发羌人都规规矩矩赶紧退到大帐后面去了。紧张气氛消除，大帐门帘大开。俞龙珂双手做了个请进的动作，让王韶一行四人先进了大帐，随后自己也进来。大帐用羊毛织成，里面铺了毛毡。俞龙珂让王韶和李七妹在南向上首一张矮桌后席地坐下，让王韶的两个骑兵扈从在西向一张矮桌后席地而坐，自己则南向在王韶旁边一张矮桌后坐定。

一会，外面进来几个上菜的发羌侍女，在每人面前的矮桌上摆上一盘盘的羊肉、牛肉、猪肉。接着，进来一位羌人侍女把喝酒的白色器皿端了上来。喝酒的白色器皿倒扣着堆在一只木漆托盘上，羌人侍女依次在每人面前放了一只，转身出帐。王韶看到，李七妹一脸的平静，两个骑兵扈从却吓得比刚才在帐外还厉害，脸上的表情也更有意思：大帐外的恐惧交杂着拼个鱼死网破的焦躁，大帐里的恐惧则交杂着一种不知如何逃命的手足无措。王韶望了望自己矮桌上喝酒的白色器皿，笑了。原来喝酒的白色器皿是死人的骷髅。骷髅还是新的，里外白得没一点污垢，两只掏空了的眼窝空洞洞地盯着矮桌后席地而坐的人。王韶觉得，这就怪不得他的两个骑兵扈从吓得手足无措了。几个月前，王韶第一次在羌人家里喝酒时，见到死人骷髅做的喝酒器皿，也是这种表现。再过一会，两个发羌男子走了进来。一人双手捧着一大坛酒，一人拖着一条刚杀死的黄狗。黄狗的眼睛还没有闭，用一种临死前痛苦哀乞的目光望着看到的人。捧酒的发羌男子依次在每人桌上的骷髅里筛满酒。拖狗的发羌男子左手捉住黄狗的两只前腿，乘势又把黄狗的头夹在两只前腿中间，然后瞬间用右手倒提着黄狗的两只后腿，让黄狗喉咙里流出的血滴进骷髅里。黄狗的气还没断，四只腿还有力地痉挛着，随时准备挣脱发羌男子的双手逃出去。但黄狗这一切的反抗都是徒劳，发羌男子双手的劲太足了。黄狗的血放完了，黄狗四条腿最后用力一蹬，气绝了，不再挣扎了。

王韶知道，下一步俞龙珂就要跟他订立咒盟了。无论是党项羌人，还是发羌人，杀牲歃血，置酒骷髅，饮以相咒，相与为信，这就是西夏党项羌人和吐蕃诸部发羌人所说的咒盟。这种咒盟，在中原汉人看来很野蛮蒙昧、荒唐可笑，但在羌人心中，这样的咒盟才最真诚、最可信、最坚固、最可取。在羌人看来，只要订立了这种咒盟，任何时候、任何情况下，双方都不得盟违，否则违约方就要遭到天的报应。王韶高兴极了，这正是他此行最希望看到的。李七妹也高兴极了，一脸的欢笑。但，他的两个骑兵扈从却更吓得不成样子，一脸的惶恐、尴尬、狼狈。王韶知道，要不是他在这里，这两个骑兵扈从肯定会马上离席，跑到大帐外去。此时，王韶也不想去跟那两个骑兵扈从讲什么，只黑着那张长着又粗又黑连腮胡子的脸，张着阔嘴巴，用严厉的目光剜了那两个亲兵扈从几眼。王韶看到，那两个骑兵扈从的眼神有点惑然不解的茫然，但后来，那两个骑兵扈从还是硬着头皮镇静了下来。

此时，大帐里出现了一种怪异的气氛。王韶看到，俞龙珂霍地站了起来，双手捧着盛满狗血酒的骷髅，一脸的虔诚、庄严、认真和凛然。王韶赶忙站了起来，双手恭恭敬敬把盛满狗血酒的骷髅端起。接着，李七妹和两个骑兵扈从也站了起来，都毫不含糊、一丝不苟地端起盛满狗血酒的骷髅。不多一会，俞龙珂双手把盛满狗血酒的骷髅高举过头，高声用蕃语赌咒发誓道："某，俞龙珂，与大宋永结盟好，若有违背，谷麦无收，男女秃癞，毒蛇入帐，六畜死光！"然后脖子一仰，一口把骷髅里的狗血酒喝光，再把骷髅放在矮桌上。

在汉人眼中，俞龙珂这种赌咒发誓，简直类同儿戏，没有任何约束力，十分浅陋，十分滑稽，十分可笑。王韶注意到，李七妹是一脸的恭敬和肃然，那两个骑兵扈从虽然听不懂多少蕃语，但一定是感觉到俞龙珂的咒誓有什么十分好笑、有趣的地方，嘴角掠过一丝不易觉察的微笑。王韶怕这两个人坏事，忙瞪了这两个骑兵扈从一眼，吓得两个骑兵扈从赶紧收起微笑，一本正经起来，现出一种唯命是从的茫然表情。王韶学着俞龙珂的样子，双手把盛满狗血酒的骷髅高举过头，也一脸的虔诚、庄严、认真和凛然，高声用汉语赌咒发誓道："某，王韶，与吐蕃诸部永结盟好，若有违背，天诛地灭，身首异地，暴尸路头，世世不得转胎为人！"然后脖子一仰，一口把骷髅里的狗血酒喝得精光。王韶怕俞龙珂不信，还把骷髅倒过来，未见一滴狗血酒掉下来，才把骷髅放在矮桌上。

随后，李七妹站了起来，端起盛满狗血酒的骷髅，一口喝光里面的酒。再接着，两个骑兵扈从也双双站了起来，虽然一脸的为难，但还是端起盛满狗血酒的骷髅，闭着双眼，咬紧牙关，一口一停地把骷髅里的狗血酒喝完。到底是王韶身边的骑兵，身经黄沙百战，从死人堆里爬出来的人，岂能对付不了一骷髅狗血酒？

大胡子俞龙珂高兴了，哈哈大笑起来。然后，双手在空中按了按，要众人坐下。等王韶、李七妹和两个骑兵扈从坐了下去，俞龙珂才坐下去。那个筛酒的羌人男子捧着酒坛过来又给每人的骷髅里筛满酒。俞龙珂一边喝酒，一边请众人吃肉。猪肉、羊肉、牛肉半生半熟，一大块一大块堆在盘子里。大帐里的气氛欢快起来。酒一直喝到晚上。王韶、李七妹，还有王韶的两个骑兵扈从，都喝得烂醉如泥，到帐外去方便也要人扶。这天晚上，王韶一行四人就住在俞龙珂大帐里。毕竟是深秋天气，大漠朔风很劲，吹了一个晚上。远处不时有一阵阵可怕的狼群嚎叫声传来。不过，王韶睡得很沉，一觉睡到大天亮。这些情况，都是第二天俞龙珂告诉他的。当天晚上，他对大漠的朔风和狼群的嚎叫一无所知。

第二天早上，王韶才醒了酒，刚穿好衣服，就见俞龙珂从帐外进来，双手捧着一大沓蕃文户籍簿，交到王韶手上。王韶把户籍簿翻了几页，看了一下。户籍簿上载有吐蕃俞龙珂部十二万人口的姓名。这十二万人可不是个小数字。不要说大西北羌人居住的地区，就是在中原汉人居住的地方也不是个小数字。中原一个县，也就是万把户，三四万人口。十二万人相当三四个县的人口。至于地方，恐怕要抵中原二十来个县了。俞龙珂此举当然是表明归顺大宋的诚意。这很出乎王韶的意料。王韶此次一行四人直抵俞龙珂大帐，只是想跟俞龙珂示好，并没有想到会在俞龙珂大帐里喝次酒，睡上一个晚上，俞龙珂就率其部十二万人归顺大宋。这样的天大的好事从天而降，简直叫王韶不敢相信。要知道，秦州几任知府都想做到这一点，就是现任知府李师中也是如此。这些知府先后三次派使者，带了许多财礼去见俞龙珂，结果都有去无回，连尸骨都不知丢在什么地方。俞龙珂用汉语提出个要求："吾平生闻包拯包中丞乃朝廷忠臣，心向往之。如今既归顺大宋，乞陛下赐姓包氏。"

王韶一脸的惊喜和错愕。这也是他没料到的。仁宗朝当过御史中丞的包拯立朝刚毅，贵戚宦官为之敛手，听到他的名字就害怕。人人以包拯笑比黄河清。童稚妇女，亦知其名。没想到包拯的名声传到了塞外，令羌人都这么景仰。王韶满口答应：用八百里黑字牌急脚递快马把奏折送到当朝天子赵顼手上。一个月后，天子赵顼的制词到了，满足了俞龙珂的要求，赐姓包，名顺，授青唐节度使。

俞龙珂告诉王韶：昨天上午王韶一行四人碰到两支羌人骑兵，一支是他派出的，另一支是西夏后族梁太后的弟弟国相梁乙埋派出的。当时还很镇静的王韶此时确实吓出了一身冷汗。这两支羌人的骑兵显然是来监视王韶一行四人的。好在有俞龙珂这支发羌人的骑兵，如果只有西夏后族梁乙埋派出的党项羌人的骑兵，王韶一行四人就必葬身大漠，黄沙埋尸骨了。王韶清楚地看到，西夏后族对大宋收复河、湟有了警觉。他在河、湟一带与西夏后族的军队展开的一场恶战是不可避免的了。好在俞龙珂诚心归顺大宋，免除了他的后顾之忧。

王韶向俞龙珂告辞，步出大帐。此时，刮了一夜的朔风停了，暗淡的长云也已散去，东边遥远的地平线上秋日半圆，苍莽荒凉的原野安闲地躺在深秋蓝色的清冷晨光中。王韶深深吸了口气，感到这真是一个难得的既平静、又安详的早晨。

第三十三章　庆圣寿吴夫人宅内勤操演
恶奸邪王安国面折吕惠卿

再过五日，也就是十二月初二，是太皇太后曹氏六十圣寿。这些日子，王安石的夫人吴氏都在为太皇太后曹氏的六十圣寿做准备。朝廷上下许多人都清楚，太皇太后曹氏虽然不是天子赵顼的血亲老奶奶，但天子待之却胜似血亲。天子赵顼今年年初就下诏，要把这次圣寿做得比大宋哪一朝的圣寿都要隆重。因之，太皇太后曹氏六十圣寿，成了宫中今年的头等大事。向皇后为这事操劳了上年时间。皇上还特命户部追加六十万两银子。后宫的太监也早在年初就分赴天下，为这次圣寿采办各种所需物资。其中右羽林军大将军、秀州团练使赵世居送上大理国的猫儿眼，最叫太皇太后曹氏欢喜。听说解送上来的那天，太皇太后曹氏高兴得一夜未眠。从前天开始，后宫的内使监就在太皇太后曹氏居住的庆寿宫布置朝贺的场所，在庆寿宫门外搭建参加朝贺人聚集休憩的幄篷。后妃的幄篷设在宫门外的西边，公主的幄篷设在宫门外的东边，宫门外的南边则是命妇们的幄篷。一支全由女官、宫女担任的仪仗队日夜操演。十二月初二这日，庆寿宫内外，将是盛况空前，太皇太后不仅要接受内命妇、外命妇、宗族命妇的朝贺，而且要接受满朝文武百官的朝贺，岂能有半点闪失？谁有半点违制的地方，尚仪司都要严加追究，具状上报中书，甚至皇上。不仅违制的命妇要受到惩罚，而且会连累自己的丈夫或儿子，轻者夺一月俸禄，重则还要落职贬官。谁会去做这个傻事呢？既然如此，去参加朝贺的命妇无有不认认真真、毕恭毕敬、诚恐诚惶、小小心心对待的。

吴氏是当朝主持天下政事的参知政事王安石的夫人，今年二月被皇上册封为头等命妇国夫人。还有五日，就是太皇太后曹氏六十圣寿。这日吃过晚饭，头发一丝不乱、一身衣裳干净整洁的吴氏在二堂操演起朝贺时的步子来。太皇太后六十圣寿那日，宫里宫外那么多丽人去朝贺，走起路来步步金莲，样子一定好看得不得了，自己不能仅仅满足于不违制，总还得走出点样子来，千万不能让人家笑话。自己出点丑不要紧，让自家老爷被人笑话就不值了。吴氏平时行走，总有一个丫环搀着，朝贺太皇太后六十圣寿时，丫环肯定进不了宫。因之，操演朝贺步子时也不能让丫环搀着。吴氏让丫环在二堂边上站着。二堂四个角上各点着一支官烛。吴氏这些年发了福，身上赘肉不少，胖得多少显得臃肿，行走很是不便。烛光下，吴氏学着想象中的太皇太后曹氏六十圣寿那天众多丽人朝贺时优雅的样子，一边迈开两只脚，一边扭动着发了胖的臃肿身子，在二堂来回走了两趟。吴氏一眼看见那个有点傻傻的丫环站在二堂边上咬着嘴在笑，一定是自己的步子难看。一个做丫环的敢取笑当朝头等命妇国夫人，忒不懂规矩了些，胆子忒大了些，就算主人不扇她几巴掌，也要狠狠训斥几句。好在吴氏有着江南西路抚州临川女人的菩萨脾性，对下人慈宽马虎，不计较下人的这些小事，更不会不把下人当人看待，耍主人威风，稍不如意就凶凶喝喝，把下人骂得狗血淋头。

不过，今日好歹要教训一下这个有点傻的丫环。吴氏正要开口时，却一眼瞥见管家提着灯笼在前，王安石跟在后面从二堂后面的过道进来。管家脸上一本正经，只是低头给王安石照路，二堂里的事什么也没看见，但王安石却笑个不止。老爷都笑自己，那恐怕是自己的样子实在太难看，也就怪不得丫环，吴氏也不去教训傻丫环了。

王安石府上的管家、仆人、丫环都是从江南西路抚州临川县老家带过来的。王安石和吴氏都觉得抚州临川人忠厚、勤快、可靠。丫环只两个，一个乖丫环，一个傻丫环，都是侍候吴氏的。乖丫环在厨房给吴氏熬药。乖丫环心灵手巧，熬的药汁都出来了，水也十分合适。然而，傻丫环还是吓坏了，扑地跪了下去，要吴氏原谅，说自己该死，不该笑。王安石显然把二堂里的一切都看清楚了，对吴氏说：“你不要怪罪小丫环了，平日怎么走路，太皇太后六十圣寿那天也怎么走，只是不能让人扶着就是了。”

吴氏看到，此时没谁笑，倒是自己独自笑了起来。管家瞪了傻丫环一眼：“该死的东西，还跪在那里干什么。快起来，在这里老老实实看着，要是让太太摔着了，小心打断你的腿。”

傻丫环这才怯怯地站起来，眼睛又怯怯地望望王安石、吴氏、管家。管家提着灯笼在前面照路，王安石跟在后面出了二堂。吴氏知道，老爷要到西门常阁楼的木屋里去。这些日子，不知为什么，王安石心烦，喜欢独自到西门带阁楼的木屋去。

做王安石的夫人是有福的。王安石不像官场上许多当官的那样，喜欢声色，纳妾犹不满足，还要寻花问柳上青楼。官当得越大，越富贵，越是如此，仿佛不如此，就吃了大亏，就对不起自己的富贵，这辈子就白活了。王安石不近女色，身为主持天下政事的参知政事，却至今未纳妾，更不会去寻花问柳、上什么青楼。就是大宋官场中特别时兴的美人侑酒，王安石也从未搞过。王安石府上请客，酒肉堆了一桌，美人却没半个。

吴氏是王安石舅舅的女儿，江南西路抚州金溪县人，距王安石的家乡临川县三十里，是王安石的表妹，二人从小在一起长大。吴氏长相还算说得过去，但绝不是什么天姿国色、倾国倾城，如今上了年纪，更谈不上什么姿色和魅力了。吴氏心中清楚，王安石不近女色，完全是品性使然，并不是因为别的什么原因，更不是自己有什么绝招。恰恰相反，吴氏与王安石常常为日常一些小事拌嘴，弄得不和。吴氏爱清洁，衣裳、桌椅都要弄得干干净净，稍有不洁，就要家仆弄干净。王安石在这方面又特不讲究，衣服穿多久都可以不换，椅子不干净照样坐，桌子未抹一样放本书在上面看。吴氏见了，总要责怪老爷几句。王安石这个人，在朝廷政事上要做的事，确实拗，不随和，不驯顺，谁也拉不转；谁要是颠倒黑白，横加干涉，他会一脸的悻悻，立即很不客气地跟你争辩，不弄得你甘拜下风是不会住口的。但在这些日常小事上，倒不是那么拗，吴氏要抹、要洗，都顺了她。吴氏清楚，别的任何女人做王安石的夫人，王安石也会是这样。当然，这不是说王安石不懂得男女之间的快活，只是他不需要夫人之外的任何别的男女之间的快活。王安石生来是干大事的。他来到这个阳世上似乎就是为了要干一件惊天动地的事情：推行新法，富国强兵，让钱生钱，财生财。对富国强兵，吴氏是懂的。这样好呀！这不仅可以把北辽占领的土地收回来，还要北辽称臣，岁岁来朝，年年进贡；西夏蕞尔小国更是不在话下，敢在边境动一下就叫他有来无回；西南溪峒诸蛮，当然更会比什么都乖，要他们怎么样就怎么样，不敢啰唆半句。但对新法，特别是对钱生钱、财生财这一点，吴氏并不懂。一文钱就是一文钱，莫非把它掰成两半就两文钱？一件财物就是一件财物，莫非把它弄成两边当两件使？不懂！不懂！吴氏实在不懂。不过，吴氏觉得自己老爷要做的事，肯定错不了。老爷为官三十来年，谁不说他文章道德、治政才干，天下称奇？老爷在江宁为母守制的三年里，兴办书院，收徒讲学，多少人不远千里跑来听他讲学。吴氏听人说，老爷这次到京都来之前，朝中百官都对老爷翘首以望，都认为老爷不当大任则罢，只要到了朝廷，则太平盛世指日可待，天下苍生皆要过上好日子。要不然，当朝天子赵顼也就不会这样看重老爷，称老爷为"师相"。近来，天子对老爷更是器重，大事、小事没问过老爷，心中就无底。既然如此，老爷要搞的新法，还能错得了？但干大事的男人未必都不食人间烟火。许多男人在外面轰轰烈烈干大事，在男女快活这件事情上也一样轰轰烈烈，巴不得自己占有的女人越多越好。然而，王安石除吴氏外，从未接触过第二个女人。对这点，吴氏当然感到嫁给王安石是自己前世修到的福气，很是称心如意，但同时也觉得自己的老爷确实古怪得很。

吴氏觉得，比起地方上的事来，朝廷上的事要多得多，也复杂得多。老爷碰到一个好皇上，事事都支持老爷。老爷今年二月初三当上主持天下政事的参知政事以来，至今九个月的时间里，还是办成了不少事。她一个妇道人家，足不出户，外面的事知道得少。听管家说，皇上虽然对几个新法还未降诏，但不少地方已经在实施新法。实施了市易法的地方，东西比以往多得多。前些日子，正是大麦收割，橘、柚、梨、栗上市的时候。那些富户巨贾拼命压价，弄得农户丰收不赚钱，叫苦连天。现在农户不怕了，官府市易务收购，价钱一下子就上去了，官府也可赚取差价。均输法也在施行中。管家说，均输法太奇妙了，也不知老爷用的什么法子，不仅京都开封兵民不再为吃的、用的发愁，还让国库赚到不少钱。青苗法已在河北、京东、淮南三路施行，听说效果不错。特别叫老爷高兴的是，秦州那边传来好消息：王韶只带着两个骑兵扈从和一个相好的发羌女子直抵吐蕃青唐发羌大首领俞龙珂大帐，不费一兵一卒，一举就使得俞龙珂率青唐十二万人归宋。所用的花费，不过是册封俞龙珂节度使和赐姓改名的一道圣旨罢了。这简直可以叫作无本买卖了。天子赵顼对王韶十分赏识，立即擢升王韶提举蕃部。管家说，王韶立这么大功，与老爷支持分不开。在朝廷大臣中，只老爷看好王韶，认为王韶给天子上的《平戎策》好得不得了，放手让王韶去秦州边境建功立业。

好事连连，但叫老爷烦心的事也不断发生。听管家说，眼下叫老爷烦心的是两个人。第一个是大才子苏轼。对大才子苏轼，吴氏也是如雷贯耳，不仅早就知道大名，有时还读过他的诗词。此人确实了不起，先帝爷仁宗就看好，后来英宗也挺赏识他，当朝天子赵顼也是把苏轼看得很重，就是太皇太后曹氏、太后高氏、皇后向氏也夸他的才；这个苏轼还特有美人缘，京都的花娘没一个不喜欢他的，也没一个不以能结交到大才子苏轼为荣的。但朝廷这次差遣中，大才子苏轼只当了个官告院的判官，不过给人填写告身，这种事一个乡村秀才也干得了，还用得着劳大才子的大驾？这确实委屈了大才子苏轼。大才子当什么官，老爷当然能起很大的作用。不过，吴氏觉得，老爷这么做，肯定有老爷的道理。老爷做什么事都是为朝廷考虑，不会心血来潮。再说，老爷对大才子苏轼也很看得起。吴氏以前就听老爷夸过大才子苏轼。前些日子，吴氏还听管家隐约说老爷有次在西门带阁楼的木屋自言自语，好像说大才子苏轼与老爷许多地方是相通的。至于什么地方相通，老爷没说，管家也没问。真不知大才子苏轼这次的官为何当不上去。吴氏也听管家说过，老爷很为没大用大才子苏轼感到惋惜，说苏轼大才子气太重，口无遮拦，弄得不好有一日要惹大祸。但这样一来，许多人就拿大才子苏轼说事，说老爷不用人才，只用蠢材；不用君子，只用小人。老爷其实最看得起的是人才和君子，现在许多人刚好把这个颠倒了，这能让老爷不烦心吗？当然，这是朝廷上的事，吴氏是不会去管的。要管，老爷不仅不会听，反会拉下脸来训人。

第二个叫老爷烦心的人是司马光。说起来，司马光与老爷还是嘉祐年间的老朋友，就是现在二人还相互尊重，但这两个老朋友现在却弄得很僵。听管家说，司马光越来越跟老爷作对。老爷说好的，司马光说不好；老爷说不好的，司马光说好。吴氏真是弄不明白，朝廷上的事，怎么会是这个样子。管家告诉吴氏：司马光忌妒老爷。嘉祐年间，司马光与老爷当的是一样大的京官，去年老爷越次入对时，老爷与司马光都是翰林院学士。可今年二月初三以后，老爷当上正二品的参知政事，司马光还是三品翰林院学士，这能叫司马光心里舒服？这个司马光错怪老爷了，谁当不当参知政事又不是老爷说了算，完全是皇上的事，你司马光对老爷有什么意见呢？吴氏心里明白，仅仅是司马光一人跟老爷过不去，问题不大，听管家说，现在不少人登司马光的门，以司马光马首是瞻，去得最多的是吕诲。本来这个吕诲是外放去当地方官的，说是眼疾越来越重，就留在京都没走。吕诲弹劾老爷的十大罪状尽是小人交谮之言，罔上无根之语，司马光怎么会跟这种人搅在一起呢？吴氏不由得为老爷担起心来。

王安石到西门带阁楼的木屋里去了。吴氏让傻丫环在自己身边看着，然后又在二堂来回操演起来，到底平日有傻丫环搀着，走起来不算累。这会一个人脱手在二堂走了几个来回，气就有点喘不过来。傻丫环搀她在东壁下一把不带扶手的椅子上坐下，门者来禀：王安国、王安礼来了。吴氏忙命家仆把老爷喊回来，自己让丫环一手提着灯笼，一手搀着她，出二堂，下台阶，向大堂走去。吴氏很想走快一点，但体胖，脚又小，怎么也走不快。吴氏刚到天井，就见王安国、王安礼双双从大堂后面的过道出来。王安国、王安礼见过兄嫂，施了礼。吴氏也蹲了万福，转身回到二堂。王安国、王安礼跟着也进了二堂。三人在二堂交椅上坐了下来。王安国、王安礼东向坐，吴氏西向坐。一会，吴氏见管家提着灯笼到了二堂大门前面的天井，给走进天井的王安石照路。王安国、王安礼忙起身去接王安石。王安石与王安国、王安礼在二堂门口碰上，兄弟三人进了二堂。王安石在北面桌案右首官帽椅上位坐下。

王安石、王安国、王安礼都很高兴。说起来，今年二月初三，王安石入中书主政以来，兄弟三人有九个来月没见过面。王安国到洛阳当西京国子监教授，自然是不可能想来就来得了的。王安礼在东京开封朝廷崇文院当校书，是个闲职，并无多少事可干，但王安礼也从没来过。吴氏娘家世代书香门第，在金溪算得是望族。因之，吴氏很是知书达理，知道王安国不来，是路途遥远；王安礼不来，是避嫌，怕人家说闲话。

吴氏命管家上茶和果品。王安石府上，除吴氏房里有两个丫环侍候外，其他家仆都是清一色的男子。不一会，有两个男仆给每人上了茶。接着，又有两个男仆端了四盘果品过来，放在每人的几案上。做完这些事，管家和家仆都退了下去。吴氏知道，王安石在官场上总是肃然端坐，在家里也少言笑，兄弟之间也很讲究长幼之尊。因之，王安石不开口发话，做弟弟的没谁会先开口，即使是排行仅在王安石之下、为人做事多与王安石不合的王安国也不会去抢这个先。二堂里的气氛谈不上欢快，倒有点沉闷。老爷不开口，吴氏只好先开口，问王安国何事来京。王安国说：他这次到京都开封来，是奉朝廷国子监之命来议事的。朝廷要富国强兵、洗刷国耻。富国方面已经弄了四个理财新法，接着朝廷还要在强兵和科举方面拿出新法来。富国也好，强兵也罢，都需要一大批有吏才的能员办事和一大批能征惯战的将领带兵。朝廷今后不仅开文举，还要开武举。大宋现在的书院是无法担当起这样的重担的。看看现在的文吏高官，吟几句诗，作篇把赋，还是很有一手的，但大多吏才平平，政事多决于胥吏，并非能员。朝廷今后的书院，要分科学习，增加律学，要会断案，懂得刑名。具体怎么弄，朝廷要国子监先议一议，拿出一个初步意见。这么看来，王安国要在京都开封待些日子了。吴氏忙命管家叫人收拾一间房子，铺上干净的被盖。王安国说，不用，他已在朝集院住下，这次因公事而来，当然就住在朝廷专门招待来京公干的地方官员的朝集院。吴氏怪了王安国几句：自己兄弟到京都开封，不住兄弟家，这成何体统，外面的人会说些什么闲话？在王安石府上，说起来还真有点怪，王安国对兄长王安石的话常常置之脑后，有时还会跟王安石顶撞几句，但对兄嫂吴氏的话，虽然谈不上句句是听，却也从未顶撞过。不过尽管如此，王安国这次却没听吴氏的话，还是坚持要在朝集院住。

吴氏当然知道王安国刚才的话不过是为自己不愿住在兄长家找的借口。吴氏知道，来京的地方官住在朝集院有许多好处，住宿、用餐不用自己掏钱，出入还提供乘马，但行动也多有不便，自己的行踪也就无密可保，因之来京公干的地方官多不在朝集院住。王安石十六岁那年，父亲王益到京等候新的差遣，把王安石带到京都开封开阔眼界，于京都官场世场有所历练，也没住在朝集院，却是借住在一个在国子监当直讲的抚州临川老乡家里。吴氏清楚，喜欢过不受羁束生活的王安国宁愿住在行动多有不便的朝集院，也不住进兄长家里，其实是觉得兄长家更不方便。在王安国、王安礼二人中，王安石更喜欢王安礼。这不仅因为王安礼姿貌魁伟，口才敏捷，而且性近于己；对声色兴趣不大，偶尔为之，凑凑热闹而已；有经纶之才，直言敢谏，有大臣之风，是块当官的料。而王安国虽然幼时就很敏悟，于书无所不读，亦无所不通。但，王安国太沉溺声色，这点很叫王安石不满。外人沉溺声色，纳妾也罢，上青楼找花娘快活也罢，王安石可以不闻不问，但自己的亲弟弟也这样，王安石就不能不管了。再说，在王家，父母早已谢世，当兄长的不管谁管？不过，王安国根本不听王安石的。王安国这个人好反着来，你要他这么做他偏那么做。在朝政上也是这样：王安石要做的事，王安国总看不顺眼，横加指责。两兄弟在一起常常会为这些事争吵，王安石总给气得颈脖子上暴青筋。王安国不肯住进来，实际上是为了不让王安石教训他，也是为了不让王安石气得颈脖子上的青筋又暴出来。

吴氏就怕王安石与王安国两兄弟争吵，再说，科举是朝廷上的事，她一个妇道人家去管它干什么。吴氏没再说什么，只是要王安国、王安礼剥果子吃，喝茶。王安礼剥了一只橘子，一瓣瓣放到嘴里，一边喝着茶。王安国却既不剥果子吃，也不喝茶，好像有什么要紧的事要跟王安石说。兄弟三人就这么在二堂里坐着。二堂的烛光把兄弟三人的身影纹丝不动地投射到壁上。好一会，王安石终于开口了，问王安国："朝廷要行新法，外论如何？"

吴氏清楚，这些日子，不管什么人到府上来，王安石都要问问外面的人对理财新法的反应，自己的弟弟到府上来，当然就更想从他们的嘴里知道这方面的情况。王安国从来快人快语，在王安石面前就更是如此："物议纷纷，大都称不便。"接着又说："外面的人议论得很多的是大才子苏轼，为大才子苏轼鸣不平，说朝廷方面太不用人才。大才子苏轼什么官不可以当，却整天沤在官告院做些抄抄写写的事。"

吴氏明白，王安国今晚是为大才子苏轼之事而来，不禁暗暗叫苦。这个王安国什么话不好说，却偏要提到大才子苏轼。老爷正为苏轼的事心烦，王安国恰恰在这个时候为苏轼鸣不平，岂不是在指责老爷，让老爷心更烦吗？吴氏不由得转过脸去，望着王安石，但见王安石一脸如常，既不见什么不快，也不见什么欢喜。吴氏不想让老爷和王安国谈苏轼，再谈下去就肯定要争吵起来，便把话题转到王家的家事上来，又转过脸去，用江南西路抚州临川土话问王安国："弟媳可好？几个伢崽可好？最小的老崽还跟以前那样调皮捣蛋吗？"

王安国对家事不感兴趣，也用江南西路抚州临川土话回话，但说着说着又谈到苏轼："都好，老崽也不捣蛋。——嘉祐二年的同榜进士都高升了。特别是吕惠卿、章惇、曾布、王韶几个人，文则在朝廷呼风唤雨，武则在边关耀武扬威。其实，他们谁有苏轼才学高呢？"

吴氏知道，王安石对事不对人，对谁都没安坏心，但强忮性刚，与人论事言辩，往往辞色俱厉，让人觉得无礼，接受不了。吴氏看到，王安石的脸挂不住了，脸色很不好看。吴氏多次见过吕惠卿、章惇、曾布。吴氏对他们印象都不错，都有才，都对老爷好，都崇敬老爷，老爷的话句句都听，也为老爷出了许多力；特别是吕惠卿，更得老爷的赏识，为老爷出过许多好点子，真可以说得上是老爷的好帮手。对王韶，吴氏只见过一面。熙宁二年二月初四那天，她在后花园见到老爷和一位一脸又粗又黑连腮胡子，像个深山老林练过打的怪人沿着青石小道往西门走去。管家告诉吴氏：那人就是被朝廷许多人说成神经出了毛病的王韶。其实王韶是个有大本事的人，只带了两个骑兵扈从和一个相好的发羌女子直抵青唐大首领俞龙珂大帐，就让俞龙珂率十二万人归宋，给大宋长了脸，这本事还不大？听话音，王安国对这些人很不以为然。吴氏觉得，王安国这些话就有失偏颇。再说，老爷对苏轼的弟弟苏辙不是挺看重的吗？吴氏说："苏辙不也是条例官吗？当的官和吕惠卿一样大。"

吴氏看到，不提苏辙倒还好，一提苏辙王安国火气更大："别提苏辙了。苏辙在条例司过的什么日子，整天挨斗受气，说什么都不是，开口就有人顶过来。"

吴氏吓住了，以为自己的话触动了官场什么不该触动的地方。条例司里的情况，不要说吴氏一无所知，就是管家也一无所知。吴氏茫然地望望王安石，见老爷的脸色越来越难看了。吴氏再望望王安礼，但见王安礼一脸的难色和紧张。吴氏知道，王安礼对王安石还是很佩服的，并不认为朝廷富国强兵、洗刷国耻有什么错，也不认为新法有什么不好，只是因为王安石当国，才避嫌谋了个闲职，闭口不谈新法；吴氏还清楚，王安礼跟大才子苏轼兄弟关系特好，不仅赞赏苏轼兄弟的才学，而且赏识苏轼兄弟的人品。再说，王安石、王安国都是他的兄长，现在要让王安礼说什么话都很为难。

王安石沉吟了一会，对王安国说："你休听外面的人胡言。对苏轼，我自有主张。"

王安石虽然未正面回答王安国提出的问题，也未对吕惠卿、章惇、曾布、王韶和苏轼作什么评价，但吴氏明白王安石的意思。老爷对吕惠卿、章惇、曾布还是更赏识，认为他们有吏才；相反，尽管老爷并不否认苏轼的才学，但真要用大才子苏轼，又放心不下。吴氏看到，王安国对王安石的话一点也听不进去，对王安石说："误兄长者，必今之刻薄小人也。"

王安国虽然没点今之刻薄小人的名，但吴氏心中有数，王安国指的是吕惠卿、章惇、曾布这一班人。王安石这下恼了，悻悻然见于其面。王安石站了起来，烛光下的身影陡地拉长放大，把北面板壁全盖住了："你是说吕惠卿、章惇、曾布是今之刻薄小人？"

王安国一点也不相让："何止是他们，大哥身边刻薄小人还多着。特别是吕惠卿，这可是刻薄小人中的刻薄小人。”

吴氏并不觉得吕惠卿、章惇、曾布是什么刻薄小人。相反，吴氏觉得吕惠卿这个人挺能干，章惇这个人挺豪侠，曾布这个人挺古道热肠的。吴氏早就听管家说，王安国早就对吕惠卿看不顺眼。不过，叫吴氏感到不解的是，王安国以前对章惇、曾布印象并不坏。去年四月二十日，他们不是与大才子苏轼兄弟、冯京同游了蔡河吗？这会王安国怎么对他们二人的印象会这么坏呢？吴氏觉得两兄弟要吵起来了。三兄弟九个月没在一起，见面就要吵，这种场面真不是吴氏所愿看到的。二堂里的气氛沉重起来，完全没有兄弟久别重逢的欢快。侍候吴氏的傻丫环也感到十分为难，不知道此时自己是高兴好，还是不高兴好。吴氏十分清楚，今天要想不让兄弟二人吵起来，只有想法子把王安国支走。但，王安国也不是那么好说的，不是想支走就能走得了的。吴氏又望了望王安礼。王安礼好像也没什么好办法，只是多少有点惊恐、也多少有点忧虑地望着王安国，目示他少说几句。然而，王安国是个肯少说几句的人吗？王安国虽然坐在那里一动不动，却板着脸，俨然在等待着反击王安石的回话。吴氏看到，王安石虎头牛耳的脸给气得通红，彻底拉下来了。这实在是因为王安国是他的弟弟，才多少忍着，没爆发出来。吴氏看到，王安石在二堂来回走了起来，黑色的身影在三面壁上晃闪。吴氏知道，只要王安石身子在三面壁上的身影不再晃闪了，固定在一个地方，王安国跟王安石的争吵就再也无法避免了。此时，管家站在二堂门外，显然有什么要事禀报王安石，见二堂里这种沉重气氛，觉得不便进来。此时，王安礼忙对王安国说：“大哥很忙，反正你这回三天五天走不了，在京都要待些时日，有什么话，改天再说。”

吴氏看到，王安国的脸色这才稍稍平和了些。谢天谢地，一天的乌云总算散了。王安石的脚步停了下来，巨大的身影固定在北壁上，对站在二堂门外的管家说：“进来，进来，你进来说。”

管家小小心心地望了望王安石，又小小心心地望了望王安国、王安礼，生怕自己会有什么冒失弄得三兄弟有什么不快。管家正跨过二堂门槛，王安国大概觉得此时打搅王安石办事很是不妥，起身想出去。王安礼忙起身，趁势推着王安国往二堂门外走去。管家走进二堂里，王安国、王安礼往二堂外走去。管家到了王安石身边时，王安国、王安礼已经下了台阶，到了天井。管家向王安石禀报：“吕惠卿吕老爷在门外求见。”

吴氏直在心里念阿弥陀佛。要不是王安礼把王安国支走，被王安国称作刻薄小人中的刻薄小人吕惠卿又正好来了，二堂里定会有好戏看，真不知会吵成什么样子。王安国总算走了，这里没事了，可以太平了。王安石说：“快请吕老爷到二堂来。”

二堂前面天井点了燎火，在燎火的光照中，管家在二堂前面天井的尽头赶上王安国、王安礼兄弟，然后从二人身旁抄了过去。不多一会，身材修长的吕惠卿到了二堂。王安石要吕惠卿在正北桌案左首官帽椅上坐，吕惠卿却在王安国刚才坐过的交椅上坐下。王安石仍在原来的官帽椅上坐下，巨大的身影也随之缩到官帽椅下面。

王安石见到吕惠卿总是很高兴。以前多忙，哪怕正在吃饭，只要听说吕惠卿来了，也是赶忙把筷子放下来，把正在咀嚼的饭菜吐出来，去见吕惠卿。吴氏看到，王安石刚才给王安国气得一脸悻悻之色消解了，变得开朗起来。吕惠卿是来向王安石禀报一个好消息：有个名叫李定的秀州判官不日要到京都开封除授新的差遣，手上有份题折上呈天子，上面说青苗法好，当地平头百姓无不欢喜；李定且是王相公的门生，到了京都开封会来登门拜会王相公。

听到这消息，王安石很是高兴。但就在此时，吴氏却吃了一惊，眼睛也不由得睁大了。吴氏一眼看到已经走过了天井的王安国，正从二堂门外的天井那边过来，跟在后面的王安礼双手拼命拖着他的手，却怎么也拖不住。王安国用劲剥开王安礼的手，然后重重一甩，挣脱了王安礼，几步上了台阶，又几步进了二堂，怒气冲冲地站在吕惠卿对面。坐在吕惠卿对面的吴氏把身子稍稍偏移点，官烛的光照中，看到王安国巨大的黑色身影正好把吕惠卿整个人罩在里面，吕惠卿刚才还喜气洋洋的脸也黑了下去，显得古怪而又难看。随后王安礼也走了进来，一脸的沮丧和无奈。几天后，王安礼告诉吴氏，本来今晚是什么事都没有的，王安国好歹愿意回到朝集院，没想到在大堂外，管家与吕惠卿从萧墙那边转过来。王安国与吕惠卿在庭院庭燎处相遇。开始，倒也没什么，吕惠卿还给王安国拱手行礼，按说相安无事了。但王安国与王安礼快到萧墙时，王安国突然转过身子，说是要回去找吕惠卿说清楚，不能让那个刻薄小人中的刻薄小人误了兄长。两兄弟一个要走，一个要拖，好像在庭院里打生死架。王安礼怎么拖也拖不住，一不小心，就让王安国冲了过来。

吴氏知道，府上今晚要出麻烦事。王安石一言不发地坐在正北桌案右首官帽椅上，刚才因吕惠卿的到来由阴转晴的脸色又由晴转阴，严峻而又吓人。吕惠卿对眼前发生的一切，自然是一点准备也没有，更不知道王安国缘何如此怒气冲冲地站在他面前，给吓住了，罩在王安国黑色身影里那张多少有点紧张和慌乱的脸，显得十分凶恶可怕。后来，吴氏听管家说，在朝中百官中，不少人都怕吕惠卿，觉得吕惠卿这个人厉害；特别是前不久吕惠卿在垂拱殿上把吕诲弹劾王安石的十大罪状驳得体无完肤、让司马光几个人都哑口无言后，更觉得吕惠卿厉害，非一般人可比，认为此人惹不得。但这个许多人都怕的吕惠卿却很有点怕王安国，总是避着王安国，也让着王安国，不与王安国计较。今晚，吕惠卿实在是不知道会在这里碰到王安国。要是知道，打死他今天晚上也不会到这里来。

吴氏很想什么人过来，强行把王安国拉走，要么有个什么好理由把吕惠卿弄走。但此时既没有这样的人来，也找不到一个可以把吕惠卿弄走的好理由，只能眼睁睁看着王安国跟吕惠卿二人在府上闹了。此时，王安礼走到管家身边，要他吩咐家中所有家仆，未得允许，谁也不准进二堂。王安礼又叫侍候吴氏的傻丫环也离开二堂。管家则站在二堂门外，随时准备把来这里的人赶走。二堂里此时还没谁开口说话，但二堂里的气氛却严重得叫人窒息。吴氏过去要把王安国支开，王安国哪里肯听。不多一会，王安国一手指着罩在自己黑色身影中的吕惠卿说："你这个刻薄小人中的刻薄小人，误了我兄长多少，还嫌不够，今晚又要来误我兄长。你说，你又意欲何为？"

王安国这张嘴，真是半点不饶人，不仅指名道姓骂吕惠卿是刻薄小人，而且当着王安石面辱骂吕惠卿，这叫吕惠卿如何受得了，又叫当兄长的王安石的脸面往哪里放。再说，吕惠卿今晚到府上来，也多少算个客人，王安国怎么能这样面辱人家呢？吴氏以为吕惠卿会很不客气地回敬王安国几句。这个能把吕诲驳得体无完肤，说得司马光几个人都哑口无言的吕惠卿岂能吞得下这口气？但，吴氏却看到被罩在王安国身子黑影中的吕惠卿不仅显得很平静，且笑了笑。吴氏觉得黑影中的吕惠卿的笑有点勉强，也很不好看。一会，黑影中的吕惠卿对王安国说："改日惠卿请你到醉春楼小坐，惠卿一定恭听你的教诲，若何？"

吕惠卿的话说得很得体，也很谦虚恭敬，给了王安国很大的面子，也保住了自己的身份和尊严，王安国该没什么话好说的了。吴氏注意到，王安石的脸色没那么严峻，也没那么吓人了；王安礼则在吕惠卿说话时频频点头。吴氏明白老爷缘何对吕惠卿特别赏识了。吕惠卿能办事，特别是棘手的事也能办得这么光亮，恰到好处。

王安国却不想改日在什么醉春楼跟吕惠卿谈什么教诲，只想今晚在二堂刀刀见红："你休得要弄阴谋诡计，今晚就在这里谈。我王安国不会放过你的。"

吴氏觉得王安国有点逼人太甚。吕惠卿再有不是，还对你王安国以礼相待，让了你。你王安国再有理，也不能得理不让人。吴氏注意到，王安石的脸都给气白了，两只手也好像在发抖。在吴氏的记忆中，还没见王安石气成过这个样子。王安石又站了起来，吴氏知道，王安石的脾气马上要发作了。站在王安国身旁的王安礼急坏了，一双眼睛死死地盯着王安国，随时准备把王安国拖走。二堂里，只有王安国不急不气，一脸的不屈不挠，给人的感觉是不获全胜，决不收兵。

正在吴氏万般为难的时候，看见吕惠卿从交椅上站了起来，走出王安国巨大的黑色身影，来到王安石面前，一脸笑容，双手一拱："相公兄弟三人难得在一起相聚，惠卿就不打搅了，明日到条例司再跟相公禀报。"又一脸笑容，给吴氏拱手："恕惠卿无礼，来不及请安，就告辞了。"又转身笑着对王安国拱手："后天晚上惠卿在醉春楼恭候大驾光临。"还笑着对王安礼拱手："请赏个脸，后天晚上也一同到醉春楼去。"

吕惠卿又是拱手，又是赔笑，又是自己给自己打圆场，自己给自己找梯子下，度量大，真个是宰相肚里能撑船，算是难为他了。吕惠卿说完这些话，才小心地后退几步，然后转身往二堂外走去。吴氏松了口气。不过，吴氏这口气松得太早了点。吕惠卿已经走到二堂门口，一只脚虽然还在门里，另一只脚却踩在门外，王安国突然大声喊道："吕惠卿，你回来！"

谁都吓了一跳。王安石也一脸错愕，不知道王安国下一步还要做什么。王安国这就太没道理了，吕惠卿已经一退再退，可说是退避三舍了，你王安国怎么还缠着不放过人家呢？吴氏看到，吕惠卿没再往前了，就这么一只脚在门里、一只脚在门外站着，扭过脸来，很为难、很惊恐，但也是不打算再退让地望着王安国。王安礼这回着实生王安国的气了，很不客气地望了望王安国，然后转过身，走到二堂门口，推着吕惠卿往外走去。一直站在二门外的管家也忙过去，与王安礼一道送客，把吕惠卿送出府。

王安国却很是遗恨不已："太便宜了这个吕惠卿，真不该让他走！"

吴氏从来没有说过王安石的兄弟，这回要说王安国几句了。不过，还没开口，吴氏却见王安石走到王安国面前，一脸的悻悻、一腔的怒气，用生硬的家乡土话训道："你还要怎么样？你今天这么面辱得人家还嫌不够狠吗？非要人家跪在你面前求饶才罢休吗？"

吴氏看到，对王安石的话从来反着来的王安国这回不出声了，昂着头，没跟王安石顶撞。王安礼正好送吕惠卿回来，便拉着王安国回朝集院去了。

叫吴氏和王安石三兄弟没料到的是，王安国为今天面辱吕惠卿付出了沉重的代价。五年后，也就是熙宁七年，那个十分崇敬王安石也认为王安石的理财新法其实是千古良法，且得过王安石好处的门生郑侠，明知擅发八百里黑字牌急脚递为罪非轻，却还是用它给天子上了一疏和一图，一举把吕诲未能扳倒、司马光几个人想挤也挤不走、韩琦富弼欧阳修也为之无可奈何的王安石扳倒。王安石辞相，吕惠卿当上参知政事，治郑侠擅发八百里黑字牌急脚递之罪，又抓住王安国与郑侠有过交往这一点，把王安国所有的官职都罢了，放归田里，让王安国回江南西路抚州临川家乡吃老米。不久以后，一生都很不得志也很不走运的王安国卒于老家，年四十七岁。

第三十四章　备受冷落苏辙耐心等纯仁　不露辞色惠卿使坏放暗箭

十一月三十日，也就是太皇太后曹氏六十圣寿前三天，苏辙一个人默默坐在自己的值房里。本来太皇太后、太后、皇后的圣寿生日，朝廷大小衙门都可休假一天，但因为这次是太皇太后六十圣寿，天子赵顼特别恩准休假三天。按说京都大小衙门除了安排好值班的官员外，其他人都没事了，都可以尽情地吃喝玩乐去了。然而，也正因为这次是太皇太后曹氏六十圣寿，京都大小衙门的长官可一个也不敢闲着，特别是各大小衙门的主簿忙坏了，都在挖空心思给太皇太后曹氏献上一份叫她老人家满意的恭进寿礼。朝廷现在有钱，理财新法虽然还未降诏，但天下二十三路各州县开始搞起来了，户部、司农寺、后宫仓库的钱财都源源不断地进来，日子好过多了，再寒酸的清水衙门拿出一份像模像样的恭进寿礼都不成问题。问题是拿出去的恭进寿礼要能让太皇太后曹氏满意开心，就不那么容易了。

京都开封的冬日就怕刮风，大风扬起漫天尘沙，把天地搞得混混沌沌、灰蒙蒙的一片，就是宫城连绵铺排的金黄色大屋顶与同样连绵铺排的红彤彤门窗也失去了光彩，整个世界就像回到原始初民的洪荒时代，很叫人头痛讨厌。这些日子，无风无雨，天天日出，晒得人身上暖烘烘的。天气好，进献给太皇太后曹氏的恭进寿礼就更马虎不得。要是有什么不妥，弄得太皇太后曹氏有什么不高兴的地方，那就很不好办，搞得不好还要出点麻烦。

冬天的日光冷冷地，但也令人陶醉地洒落在条例司公廨外面的院落里，有一片日光洒在苏辙值房靠窗的半张文案上，也把窗前那株叶子落光了的梧桐枝丫如画般印在那洒满日光的半张文案上。苏辙显然无事闲着，坐在文案边的官帽椅上，侧着脸，低着头，饶有趣味地看着一只小虫在被日光照着的那半张文案上爬来爬去，好像在梧桐枝丫间穿行。在太皇太后曹氏六十圣寿的三天假日里，条例司不仅主簿不能休假，所有的条例官也不能休假，就是吏员和杂役也都得照常点卯。这不仅仅是因为到了年底，朝廷官府衙门许多公事都要做个了结，更主要的还是因为条例司创建以来就忙，这些日子就更忙。一来是条例司这种衙门在中原王朝千年历史上没有过，二来是条例司所筹划的是前无古人的新法，条例司工作怎么做，谁心里也没一个谱。明年年初，条例司还要把强兵、科举方面的条例全弄出来。这些日子，分派到天下二十三路去调查了解各地情形的八使者陆陆续续要回到京都开封，禀报调查了解的情形。这八使者都住在朝集院，为及时听到他们调查了解到的情形，他们一到就听禀报，章惇、曾布、舒亶、林英、吕嘉问每日都到朝集院去。条例司一下子抽走了五人，人手自然显得更不够了。

条例司的人忙，与吕惠卿并列为条例司检详文字的苏辙却清闲得无事可做。这不是苏辙不愿做事，实在是他无法去做这些事。王安石的弟弟王安国说得一点也不错，苏辙在条例司的日子确实不好过。王广廉到京都开封之前，王安石接受了苏辙的意见，逾月未议青苗法，苏辙觉得自己待在条例司还有点意思。但，王广廉到京都开封以后，自己待在条例司就什么意思也没有了，王安石对自己的意见已听不进去。条例司的人，在逾月不谈青苗法的日子里，虽说舒亶、林英、吕嘉问几个小年轻老跟他过不去，经常斗他，弄得他难堪狼狈，但条例司的许多吏员对苏辙还是挺客气的。然而王广廉来了后，舒亶几个人老拿他几年前的文章说事，就是那些吏员也不把苏辙当回事，遇到了也像没见到一样，即使迎面碰到了也赶紧把脸撇开，装着没看到。苏辙觉得自己再待在条例司只能是尸位素餐，成了个吃闲饭、不做事的多余人。这种日子对不少人来说，正中下怀，白领俸禄不干活，不劳神，又自在，又安逸，何乐而不为？然而，这种日子对苏辙来说，却受不了，这叫他感到郁闷、气恼和痛苦。此外，苏辙还明显地感到，吕惠卿对他越来越客气了，见面就是笑，对谁从来不让的吕惠卿却在许多事情上让着自己。苏辙感到这很不正常，不是什么好事。苏辙心中明白，吕惠卿实际上在等待机会收拾他。苏辙觉得，自己待在条例司的日子不长了。

苏辙最忧虑也最气不打一处来的是，逾月未议的青苗法在王广廉到京都开封后，不仅立即开议，且不久成文，很快呈送天子审定。看来不需多久天子赵顼就会降诏推行天下。苏辙清楚，在王安石和吕惠卿他们看来，青苗法是中原王朝千古未有的天下之至法，但在朝廷大臣韩琦、富弼、欧阳修和朝中重臣文彦博、司马光、吕公著、冯京他们眼中，青苗法则是中原王朝千古未有过的祸国殃民的坏法。苏辙很清楚，只要天子降诏，青苗法肯定要在天下二十三路施行，抗是抗不住的。天子的圣旨，谁敢不听？抗旨是犯王法的，犯王法是要杀头的，弄得不好满门抄斩！说句实在话，这几个新法，其实就是捞钱，青苗法更是如此。这样一来，天下不就全乱套了吗？什么怪事不会出来呢？朝廷不要出大事吗？

苏辙越来越觉得吕诲的可贵。吕诲以十大罪状弹劾王安石时，苏辙也觉得吕诲有买直之嫌，确有许多捕风捉影、牵强附会、信口雌黄的不根之词。但，不管怎么说，吕诲孤危苦寄的忠心确实是可鉴日月，不虞横祸的精神确实要名垂青史，御史台真少不得一个像吕诲这样锐于言事、唬唬有声、令朝野震动的言官！苏辙担心的是，吕诲和御史台那三个御史遭到贬谪后，敢直言的御史几乎一网打尽。皇上圣明，好在御史中丞由冯京当着，要不然御史台就成了王安石的御史台了。一个没有御史台的朝廷会是个什么样的朝廷，这是普天下人都清楚的事。

苏辙对中书的现状也越来越失望。老相公韩琦在中书，凭着他的威望，左右周旋，能让上下和融，天下无事。老座师欧阳修在中书，凭着他的名望，又有众多门生故吏支持，朝廷也乱不起来。但韩琦、老座师都走了，朝廷就失去了擎天柱。现在的中书宰执大臣令人担忧。吕惠卿说，现在中书的宰执大臣是生、老、病、死、苦，这话说得不错。有生气的王安石本来很可以为朝廷做番事情，越次入对前朝野上下也都翘首以望王安石出山，但出山后的王安石却古里古怪要搞的却是前人没搞过的新法，特别是在理财上说是钱能生钱，真是满口奇谈怪论，把个年轻的天子弄得信以为真，整天做着富国强兵、洗刷国耻的发财梦。对年纪最老的曾公亮，也别有什么指望，明明知道王安石这一套搞不得，背后也对王安石这一套会发点牢骚，但当面却听顺王安石，讨好王安石。此公有私心，之所以这么听顺、讨好王安石，不过是指望自己离开中书后王安石能把他那个不争气的儿子安排好，就做出这等有失上相大臣体统的事，也太丢人，太为人所不齿了。能说话、敢说话、能办点事的参知政事唐介又死了。参知政事赵抃倒是个君子，但太谨小慎微、太矫情做作，整天苦着个脸，要说什么话、做什么事，头天晚上要焚香禀告上天。这就活见鬼了。今天要说的话、要做的事，天怎可能都预料到呢？生、老、死、苦的指望不上了，有病的次相富弼还是可以指望的。此人通帝王之术，有胆有识，无论是在朝廷，还是在后宫，说话都有相当分量。但富弼又多次以有病为由，要求引退外放。天子赵顼是坚决不愿富弼离开朝廷的，太皇太后曹氏、太后高氏也是这个意思，朝廷里许多人都希望富弼不要引退外放。当然，也有人很讨厌富弼，吕惠卿、章惇、曾布就几次找到王安石，说富弼留在朝廷是祸害，这种人有多远就让他走多远。前不久，天子松口了，同意富弼引退外放的要求，拜富弼为武宁节度使、同中书门下平章事判亳州。不错，富弼与去年十月拜镇安武胜军节度使、司徒兼侍中、判大名府的韩琦一样，回到京都，可以参加中书政事堂议政。但毕竟离开朝廷，路途遥远，不是说来就来得了的。富弼也确实指望不上了。

苏辙对王安石始终怀有知遇之恩的感激之情。在仕途上，苏辙比兄长苏轼要顺得多。兄长苏轼在仕途上，不能说没有贵人相助，但兄长不仅经常碰到小人加害，弄得他灰头土脸，尴尬狼狈，就是君子也常常扯着他的脚，不让他上去。然而，自己却跟兄长苏轼不同，常有贵人相助。嘉祐六年的那次制科考试，苏辙不仅碰到大好人、大君子司马光当考官，而且碰到仁厚的好皇帝仁宗。在当年制科考试中，他的那篇策觉确实有规劝仁宗皇帝不要沉醉在歌舞饮酒、优笑无度之中的意思。考官司马光十分赞赏这篇策论，评了个与兄长苏轼一样、与状元平等的三等。但主考官认为苏辙不逊，要废黜苏辙，正是仁厚的好皇帝救了苏辙，不仅不恼，还说：“以直言召人，而以直言弃之，天下其谓我何？”三等虽然没得到，却也没被废黜，还是很荣幸地拿到一个四等。今年又碰到王安石，让他到条例司当上与吕惠卿平起平坐的检详文字。千万不可小看条例司的这个检详文字，表面上不过是条例司的一个起草文牍的文案官。但这个文案官起草的可是朝廷的邦国财经大计、议变旧法以通天下之利的文牍，每个句读都关系着社稷的安危、子民的祸福，又是当朝最得天子信赖、最走红的王安石的直接属官，给了自己一块很大的用武之地，今后报国有门了，满可以光宗耀祖，青史留名，一展自己的聪明才智，实现自己的抱负。这怎能不叫苏辙感激王安石的知遇之恩呢？

苏辙清楚，吕惠卿巴不得自己闲着，在许多方面对自己多有照顾。吕惠卿不知从什么地方知道驸马王诜在太皇太后曹氏六十圣寿三天休假的日子里，要在那座既富丽堂皇，又幽雅秀茂的西园里大宴宾客。兄长苏轼与王诜是多年的老朋友，因之西园的每次雅集，都少不了兄长苏轼的到场。既邀了苏轼，当然免不了邀请苏辙。苏轼是个闲官，自然是每次都能参加西园雅集。自己在条例司公干，事务忙，不是每次都参加。吕惠卿对苏辙说，驸马王诜不是邀请你和大才子苏轼去西园雅集吗？你就去吧。要是往日碰到这种情况，苏辙肯定会到西园去。但今日苏辙不想去，他要在条例司等两个人：一是王安石，二是范纯仁。

窗前文案上冬天的日影渐渐移直，文案上印着的梧桐枝丫的黑影也渐渐移直了。苏辙的值房里静得很，但隔壁吕惠卿的值房里却热闹得很，那边不时有很高的说话声和很大的笑声传过来。条例司刚创建的时候，吕惠卿的值房就比苏辙的值房热闹；随着时间的推移，越到后来，吕惠卿的值房就越来越热闹，苏辙值房则越来越清冷，近来是几乎无人问津了。苏辙对这点看得很透，世态就这个样，势利眼多，官场就更是如此。是官就有人巴结，官当得越大巴结的人越多；背时了，官运走到头了，官当不成了，巴结的人就都离开了。以前，苏辙对王安石不甚了解，也和朝野上下许多人一样，认为只要王安石身肩大任，太平盛世指日可待，天下苍生皆要承受他的恩泽。到条例司当条例官后，跟王安石接触多了，苏辙觉得王安石的人品才学、治政能力确实了不得，有一双通古今、知未来的慧眼，朝中百官中没几个人比得上。王安石没有坏心，他要搞富国强兵、推行新法，确实是为了大宋的江山社稷千秋万代永不易主、天下苍生能过上好日子。王安石最近制定的四个理财新法未必全错了，其初心也不坏。就说青苗法吧，在青苗不接困难的时候，官府把钱贷给农户，让这些农户免受高利贷的盘剥，有什么不好呢？但在执行中确实存在很大的问题，对这些问题怎么克服，苏辙也确实拿不出一个什么好办法。到时候恐怕不是太平盛世指日可待，而是天下大乱；也不是天下苍生承受恩泽，而是蒙受灾难。这样的后果，苏辙以前告诉过王安石，看样子自己在条例司待不长了，现在不把这些话对王安石说，离开条例司后就没机会了，这就对不起王安石对自己的知遇之恩。今日他一定要在这里等到王安石。

苏辙在这里等范纯仁是因为范纯仁一早就派管家到这里来打招呼，说他上午有要事找苏辙。尽管范纯仁没说什么事找他，苏辙还是知道范纯仁缘何找他。在朝中百官中，苏辙对范纯仁印象最好。朝中不少人不喜欢范纯仁脸上那种我心如秤、不能为人低昂的表情，但苏辙喜欢。苏辙觉得，范纯仁脸上的这种表情十分自然，无有半点做作的意思。就是对范纯仁的那个土财主一样的肚子，苏辙也觉得挺有意思。朝中不少人觉得，范纯仁脸上的表情与他那个土财主一样的肚子配在一起，给人一种很怪诞、很不协调，叫人很不舒服的感觉。但奇怪的是，苏辙却没一点这种感觉。在苏辙看来，人太瘦了，脸上没肉，肚子瘪得像只皮袋，会给人一种心计太深的感觉。胖人大多心广，心广的人胸襟开阔坦然，舒泰安详，问心无愧，肚子能不大起来吗？他觉得范纯仁这个人不仅对别人是我心如秤，对自己也是我心如秤。治平二年的那场“濮论”大公案中，苏辙认为吕诲、范纯仁主张称英宗的生父为“皇伯”是对的，称“皇考”则谬。朝廷同时有两个皇帝，这确是怎么也说不过去的，但“皇伯”派并未获胜。其实对生父到底是称“皇考”，还是称“皇伯”，英宗也十分为难。因之，英宗没让“皇伯”派胜，但也没惩罚“皇伯”派，没把“皇伯”派的人发落外放到地方上去。这对许多人来说，是求之不得的好事。然而范纯仁却要按朝廷规矩办事，连上十章，家居待罪，不被发落外放到地方上去就不罢休，英宗最后没有办法，只好罢范纯仁到安州去当通判。但说来奇怪的是，苏辙虽然相当佩服范纯仁，但二人并无交往，更谈不上什么私交。苏辙断定：范纯仁今天上午必为新法之事而来。范纯仁反对王安石的新法早就是公开的秘密，可以说路人皆知。王安石这边的人对范纯仁也相当恼恨。范纯仁才不管人家恼恨不恼恨，觉得自己该说的话还是要说。范纯仁现在是以兵部员外郎的身份，在天子身边当起居舍人，兼同知谏院，见天子方便得很。因之，范纯仁常常在天子赵顼面前力陈王安石新法之害。当然，范纯仁跟吕诲不同，只是就新法谈新法，不像吕诲那样捕风捉影、恶意中伤，弄得天子赵顼气得要命。天子赵顼对范纯仁的话虽未严加斥责，却也是一笑置之，并不理会。苏辙清楚，要天子取消新法是万万办不到的。朝中不少人认为新法是王安石一人所为。其实这个看法偏颇了。新法当然是王安石搞的，但也是天子赵顼所要搞的。如果不是这样，王安石岂能把新法搞得起来？赵顼真是个好天子，明知道范纯仁的话其实也是对着他来的，再难听的话也不气恼。范纯仁也真是个大忠臣，明知道自己的话会给天子面子上难堪，也犯颜直谏。说句实在话，像范纯仁这样的人，不来找自己，自己也想去找他。

苏辙这个人不怕静。他可以终日默坐不语。况且，此时苏辙正在考虑租赁房子的事。他和兄长苏轼本来商定好了，二人新差遣的官职定下来以后，就把还在四川眉山老家的家眷接到身边来，但不巧的是，兄弟二人新的差遣下来后，兄长苏轼续弦夫人王氏却得了场大病，兄弟二人的家眷出蜀的时间只得延期了。三个月前，王氏病才好了，兄弟二人的家眷才坐船出蜀，大概这几日就可到达京都开封。苏辙很想与范纯仁做邻居，范纯仁要来找他，他正好就便问一问范纯仁那边住房的情况。苏辙十分清楚，京都开封只知道兄长苏轼好美人，却没一个人知道兄长苏轼对妻子的感情远远甚于跟他打过交道的所有美人。其实，这一点也不奇怪，中原王朝千年来，历朝历代的男人，特别是那些饱读圣贤书的士大夫男人，无论纳了多少个妾，在外面有多少个红颜知己，都是把妻子放在第一位。况且，兄长苏轼续弦的妻子王氏与他的发妻原是一对堂姊妹，两姊妹自小感情就好得不得了，兄长苏轼就更是把她看得像发妻一样重。此时，无人打搅，苏辙正好可以把京都开封各厢各坊的房子好好想一想，特别是范纯仁住的那块地方的房子仔细比较比较，然后挑个合意的地方住下来。

那只小虫就这么在文案上印着梧桐枝丫的黑影间不知疲倦地慢慢爬着，爬过来，又爬过去，好像有着人所不知的乐趣。此时，苏辙忽然见自己值房的门半开，门外露出半张脸。苏辙开始并不在意，以为什么不相干的人开的，仍旧侧着脸，看着文案上那只小虫。然而过了一会，值房的门仍旧半开着，那半张脸还在那里。苏辙不由得转过脸去，正面迎着门外半露着的脸。苏辙看到那半张脸有个受惊的动作，接着值房门被推开，进来一位过了而立之年的人，一脸厚貌，对着苏辙就是长揖而拜。这下倒是苏辙吃惊了。自从到条例司公干以来，苏辙还从未受过谁的如此大礼。等来人行完大礼，抬起头来时，苏辙认出来了，此人就是去年四月二十日他和兄长苏轼、章惇应王安国、王安礼兄弟之邀去蔡河游玩时，在定力院门前碰到的那个三十来岁的七品官。苏辙记得此人姓李名定，是两浙路秀州判官。当时，苏辙和兄长苏轼、章惇、冯京，还有王安国兄弟没谁认得他，但此人却认得他们三人，还对他们叫一个名字作个揖。开始，苏辙觉得这个人挺啰唆，随后又觉得此人有点迂，但迂得可爱。后来，苏辙听人说，李定在江宁曾受学于王安石，是王安石的门生。

苏辙站了起来，对李定回过礼，正要请李定坐下，隔壁吕惠卿值房里就有人在对这边喊："是李判官吗？吕大人在这里呢，过来，过来，快过这边来坐。"

苏辙听出是一个叫唐坰的人的声音。这些日子，这个人常到条例司来，因之苏辙对唐坰倒也熟，但对这个人了解不多，只知道此人是个八品小京官，拦过三司使韩绛的马头，要韩绛好好管住自己属下的官；又拦过吕惠卿的马头，把吕诲用十大罪状弹劾王安石之事告诉了吕惠卿。此人大概就是那次拦住吕惠卿马头之后，跟吕惠卿搭上了关系，常来条例司，一来就往吕惠卿值房里钻。开始，此人倒也来过苏辙的值房一两次，后来就再也没来过了。前不久，听说这个八品小京官给当朝天子赵顼上书，大大夸耀了一番将在天下施行的青苗法、市易法、均输法。还真别小看了这个八品小京官，不仅有拦马头的惊人之举，还常有惊人之言。这个八品小京官给赵顼上书中有句话："秦二世制于赵高，乃失之弱，非失之强。"天子赵顼龙颜大悦，连连称好。这个八品小京官就这么名噪一时，很让人刮目相看。

苏辙后来才知道，李定本来是找吕惠卿的，走错了门。苏辙此时看到，李定很尴尬，也很不好意思，一脸的歉意。苏辙也就不请李定坐了，对李定抬了抬下巴，意思要他去吕惠卿值房。李定连说了两声："抱歉，抱歉。"这才转过身去，随手把房门带上。

苏辙又坐了下去，侧着脸，低着头，去找那只小虫，却发现那只小虫不见了。不见也就不见，苏辙打开文案抽屉，从里面拿出两张废纸，叠着放在文案上，又从笔架上取出笔，打开砚台，准备写写字，打发时间，吕惠卿值房里又传来唐坰的声音："苏大人，吕大人请你也过来。"

苏辙不想过去。除了公事外，平日苏辙是从不去吕惠卿值房里的。今日又不是公事，苏辙也只想一个人待在值房自自在在写写字。但，唐坰的声音又过来了："苏大人，你是条例司检详文字，这里在谈青苗法的事，你不听一听？快来，快来，一定要过来听听。"

苏辙觉得心里很不是味，这个八品小京官唐坰也太狂了些，怎么这样盛气凌人，用这种呼幺喝六的口气跟自己说话，好像他是苏辙的顶头上官，要不就像是傍着个有特大权势的人，否则是不可能在他苏辙面前这么说话的。本来，听说是谈青苗法，苏辙会过去坐坐，听听吕惠卿值房里的人怎么谈青苗法的，但唐坰用这种口气呼他过去，苏辙就不高兴了。这个八品小京官也太小看人了，苏辙岂是那种胆小、懦弱、无用之辈，你这么呼幺喝六就给吓住了？苏辙懒得跟这种人计较，也不理他，只是提起笔，蘸上墨，在废纸上写起字来。苏辙很想学兄长苏轼的字，但怎么写，也写不出兄长苏轼字的那种铁画银钩的气势和韵味。

此时，苏辙耳听到吕惠卿在值房里呵斥唐坰道：“不得无礼，苏大人岂是尔等呼来就来的？”一会，就见值房外有人在轻轻地敲门。苏辙知道，敲门的人肯定是吕惠卿。苏辙把笔放在笔架上，过去把值房门打开，却见门外挤着五个人。挤在前面的是吕惠卿，白皙的脸皮上一脸悦色；跟在后面的是个与自己年龄相仿的人，一脸和顺；再后面的那人年龄也跟自己差不多，一脸蜜笑；挤在最后的一个是李定，一脸谦恭；李定旁边就是那个不可一世、不知天高地厚、对他呼幺喝六的八品小京官唐坰。吕惠卿转过身，指着一脸和顺的人道：“薛向，陕西转运副使。”又指着一脸蜜笑的人道：“邓绾，宁州通判。”

苏辙不由得昂起头，目光越过吕惠卿的头，把薛向、邓绾打量了又打量。苏辙跟薛向、邓绾二人素未谋面，但却很耳熟。薛向、邓绾现在虽然还只是地方官，但在京都开封官场却很有名声。比较起来，薛向在京都的名声要早于邓绾。去年四月初四王安石越次入对后，不少人就知道薛向。薛向其貌不扬，个子矮小，没有功名，才干过人，尤善商财；凡事用心至到，鬼精鬼精，天生是个会做事的人，待人又和顺，很得王安石赏识。这些日子，苏辙也常听到王安石提到薛向。邓绾的名声倒是最近才起来的。此公是宁州通判，前不久给朝廷上时政数十事，大讲特讲：“大宋百年承平日久，弊端丛生；朝野上下，慵懒疲软；得过且过，不思进取；外有北辽西夏寇边之患，内有豪门权势兼并之忧；国家积弱积贫，到了非大事更化的地步。”与此同时，此公又大颂特颂王安石新法：“陛下得伊、吕之佐，作青苗、市易、免役、均输之法，民莫不歌舞圣泽。以臣所见宁州观之，知一路皆然；以一路观之，知天下皆然。诚千古不世之良法，愿勿移于浮议而坚行之。”把王安石和制定的新法捧到了天上。不用说，天子赵顼龙颜大快，王安石也异常高兴，此公也就一夜之间，名声大噪起来。前几天有消息说，王安石已把薛向、邓绾荐给天子赵顼，赵顼也已降旨，召薛向、邓绾进京入对。这么看来，薛向、邓绾二人是在与天子赵顼入对前，特来条例司先拜会王安石来了。

苏辙看到，吕惠卿也在很认真地观察自己脸上的表情变化。吕惠卿是越来越神气，也越来越春风得意：“子由年兄，邓大人、薛大人对你是仰慕已久，过来聊聊吧。”

要是别人，苏辙是绝对不会去吕惠卿值房里的，但，既然是邓绾、薛向二人来了，苏辙则很想过去聊聊了。现在，朝野上下，迎合王安石的人是越来越多了，而且以后还会更多。苏辙过去聊聊，只是想看看这些迎合王安石的人心里到底是怎么想的，他们到底有何良策解决当下施行新法出现的问题。苏辙不是那种自以为是、固执己见的人，真有良策解决问题，苏辙随时准备放弃自己原先的意见。

苏辙点了点头。苏辙看到，吕惠卿很高兴。在条例司，吕惠卿的威信是一天比一天高，除了王安石外，条例司的人都听他的，就是与王安石同领条例司的二品大员、三司使韩绛的威信也没吕惠卿的高。条例司里，不买吕惠卿账，经常给吕惠卿泼冷水的就苏辙一人了，见苏辙今天这么爽快地赏脸，吕惠卿当然不可能不高兴。苏辙把值房门带上，跟在吕惠卿这些人后面，进了吕惠卿的值房。吕惠卿把值房里那张官帽椅给苏辙坐，苏辙哪里肯坐。吕惠卿这个人对座位、座椅一向很计较，今天该他坐官帽椅，别扫了他的兴，弄得他不舒服。此公不过是做个样子，并非真心对自己有什么礼让。果然，苏辙不肯在官帽椅上就座，吕惠卿就不再客气，在官帽椅上坐下。苏辙与薛向、李定、唐坰各自在身边的交椅上坐了下来。苏辙注意到，薛向规规矩矩一旁坐下，邓绾却挤在吕惠卿身边坐下，像老朋友一样，脸上恭顺的表情十分自然。

苏辙和众人都没出声，在等吕惠卿开腔。吕惠卿自然是当仁不让起来。说句实在话，在条例司，只有王安石来了，吕惠卿才会一脸谦恭地坐在一边，认认真真听王安石说的每句话，王安石说完了才会根据王安石说话的意思说出自己的看法。王安石不在条例司，那就是吕惠卿当家，说了算。韩绛来了，也是吕惠卿当家，说了算。吕惠卿并不把这个在条例司地位仅次于王安石的韩绛放在眼里。此公是个好人，但能力算不得很强，水平算不得很高，吕惠卿不把他放在眼里也不计较，很无所谓。既然如此，条例司的人也就不把韩绛看成是当家人，大事、小事只听吕惠卿的了。吕惠卿望着李定："君从南方来，民谓青苗法何如？给苏大人禀报禀报。"

李定说："下官这次是因为冯京冯大人举荐，天子把在下召至京都。下官一到京都，去拜会冯大人，冯大人也问过这句话，在下是如实禀告。没想到冯大人吓坏了，说：'现在举朝正在争论这件事，闹得不可开交，君勿为此言。'不过，下官但知据实以言，不知京师却不许说这些话。不许说，在下还是要说：青苗法确实是千古不世之良法。"

苏辙清楚，青苗法虽未下诏，但秀州先搞了起来。苏辙感到吕惠卿值房里有了一种异常的气氛。苏辙仔细看了看李定的脸色，倒也一脸厚貌。这个李定，大概不知道他脱口提到的冯京，正是条例司的人相当讨厌的人，却在这里提到冯京，这不是有意跟条例司的人过不去吗？苏辙从这点上看，李定还真是个厚道人。不过，李定一口咬定青苗法是“千古不世之良法”，与邓绾的话如出一辙，又叫苏辙感到很刺耳，很不是味。要不是一个是秀州判官，一个是宁州通判，苏辙真怀疑二人事先串通好了。苏辙觉得邓绾、李定在阿谀迎合王安石。

苏辙不由得望了望其他人，但见吕惠卿对李定的话有一种早就预料的欣喜，薛向和顺的脸上因李定的话而显得很惊喜，邓绾则因李定的话与他不谋而合而感到自鸣得意，八品小京官唐坰因李定的话而显得无比兴奋和畅快。苏辙不想跟他们去争王安石的新法是不是千古不世之良法。苏辙只是问：“千古不世之良法，必遇到千古不世之难题。请问诸公，可有何千古不世之良策破解这些难题？”

苏辙看到，自己此言一出，吕惠卿值房里的人都不由一脸的不快，气氛也僵硬沉闷起来。李定无言以对，邓绾很想说几句什么但终究说不出来，唐坰拿不出半点办法，只晓得瞪着双眼睛气鼓鼓地望着苏辙。吕惠卿沉吟了片刻，声音不高不低、不快不慢地说：“子由年兄，王相公不是把千古不世之良策都拿出来了吗？我们照着做就是了。”

苏辙心中十分清楚，吕惠卿说的王相公拿出来的千古不世之良策恰恰是他最感忧虑、最担心的那些办法。然而，吕惠卿值房里的气氛却因此而欢腾起来。最欢快、最来劲的是唐坰，指着苏辙的鼻子，吵架似的说：“你是什么意思？这些千古不世之良法是王相公奉天子之旨制定出来的，你想反王相公吗？你反王相公就是反天子，反天子你就罪该万死，死有余辜！”

好家伙，来势汹汹，大有泰山压顶非置苏辙于死地不可的意思。不过，苏辙是连看也不看他一眼。苏辙只觉得唐坰这个人可笑。大宋王朝不是别的王朝，你说我苏辙反王相公就反王相公了？说我苏辙反天子就反天子了？大宋开国皇帝太祖亲笔题书并镌刻的“不杀士”石碑还立在正衙大庆殿前面的广场上！此人浅薄无知，不足道哉！叫苏辙最感百思不得其解的倒是众人对唐坰的反应。奇怪也令人郁闷得很的是没一人觉得唐坰有什么值得可笑的，倒好像觉得唐坰的话说得很有道理。薛向和顺的脸一本正经地板了起来，似乎觉得唐埛提出的问题是要严肃对待，对新法的态度就是对王相公的态度，当然也就是对天子的态度。邓绾蜜笑的脸也拉了下来，好像说苏辙这个人也太不识时务，现在朝野上下、朝中百官都无不说王相公的理财新法好，就你苏辙专给王相公的新法挑毛病。李定谦恭的脸有着对苏辙的强烈不满，明显地在说王相公对你苏辙不薄，你却跟王相公三心二意，对得起谁呀！吕惠卿白皙的脸皮上则是一脸的公允，对唐埛说："你的心是好的，但话也说得太吓死人了，不要这么说。"表面上是责备，实际上是对唐埛的欣赏。吕惠卿又很是担心地对苏辙说："子由年兄，你刚才的话就说到这里，不要再跟别的任何人说了。"

苏辙觉得自己跟这些人没什么好说的了，很是从容地站了起来，要回自己值房里去。到了吕惠卿值房门口，苏辙转过脸，依然故我地对吕惠卿说："为何不可跟别的任何人说？我苏辙没什么见不得人的地方。王相公来了，我苏辙就把这话说给王相公听！"

苏辙到了自己值房门口，就听到吕惠卿值房里一阵很开心的哄笑声传来。苏辙觉得里面有种不怀好意的味道。苏辙到了自己值房门口，正要推门进去，却又听到吕惠卿在值房里说："子由年兄，可要三思而后行呀！"

苏辙觉得吕惠卿完全是种得意走运之人教训倒霉人的口气。苏辙不由得扭过头，对着吕惠卿值房那边高声道："无须吉甫年兄再赐教了，我苏辙知道怎么做人。"

苏辙把值房门推开，半个身子已经进了值房，却听到后面有人对他说："子由，何人何事弄得你生如此大气？"

苏辙以为是吕惠卿还在教训他，不由得又回过头去，想回敬几句，一看原来是王安石站在他身后。苏辙觉得自己多少有点冒昧了。苏辙忙把半个身子退出值房，对王安石作一个长揖："学生无礼，还望相公见谅。学生心里有话正要对相公明言。"苏辙对王安石是相当尊重和佩服的，一句一个"学生"。

王安石一脸喜色："好哇，进你值房慢慢细说。"边说边往苏辙值房里走去。

苏辙往侧边挪了挪位子，好让王安石先进自己的值房。王安石的一只脚已进了门，吕惠卿值房门突然开了，吕惠卿、薛向、邓绾、李定、唐埛挤挤搡搡出来了。王安石把进了门的脚缩回来，转过身望着吕惠卿几个人，不进苏辙值房了。吕惠卿几个人围上来，一个个无比虔诚、无比崇敬、无比兴奋、无比幸福、无比激动地望着王安石。王安石十分自然、十分高兴，也很是受用地望着他们。苏辙觉得，比起吕惠卿几个人来，自己对王安石没吕惠卿几个人的那种感情。但苏辙觉得自己对王安石的感情是十分实在的。苏辙很有点不解，吕惠卿几个人对王安石的感情怎么会是那个样子，自己是无论如何也做不出来的。

苏辙看到，王安石很有兴趣地望着薛向、邓绾。李定是王安石在江宁讲学时的门生，唐坰这些日子常到条例司来，王安石都是认识的。吕惠卿忙把薛向、邓绾的情况介绍给王安石。苏辙注意到，王安石满脸欢笑地望着薛向、邓绾，在吕惠卿介绍薛向、邓绾时，还不时点点头，看得出王安石不仅对这两个人的情况早有所了解，而且十分赏识这两个人。苏辙注意到，薛向虽然鬼精，但初见王安石，多少有点拘谨；邓绾却挤到王安石身边，欣然如素交，一脸恭顺和敬服。

苏辙知道，自己今天没机会把心里话对王安石说了，但他又确实想马上讲出来，不讲出来心里憋得慌。苏辙把身子转过去，面对着王安石，想抢过话头先开口。但正要开口，却见唐坰拨开站在他前面的李定和邓绾，挤到苏辙面前："你休得妄言，我们没人同意你的意见。"

苏辙看到，王安石凝望着唐坰，脸上有种复杂的表情，既有点欣赏这个小年轻初生牛犊，也有点觉得这个小年轻举止太失当了。吕惠卿赶紧对王安石说："前不久拦住韩使相和在下马头的就是他。"

苏辙好生奇怪：这些日子，唐坰是条例司的常客，他的这些惊人之举，条例司的人可以说无人不知道，按说王安石也不会不知道，然而吕惠卿缘何此时突然提到这两件条例司尽人皆知的事呢？这个吕惠卿在搞什么名堂？当然，这个问题不是一时三刻就能找到答案的，苏辙也就不想在这个时候浪费自己的时间了。后来，苏辙才知道，吕惠卿此举意在强化常有失当之举的唐坰在王安石头脑中的良好印象。苏辙现在急着要做的事，是把自己心里要说的话赶紧对王安石说："相公，新法诚不世之良策。请问相公，今日推行新法不世之良策安在？"

苏辙的这句话，虽然在前面说过，但对吕惠卿一伙人来说，却还是不啻一声响雷，把这伙人吓坏了，也叫这伙人对他更不满了。苏辙看到，薛向一脸的责怪，好像说苏辙这个人怎么这样不识相，前面说这句话时已经弄得众人不高兴，这会又要弄得王相公不高兴，是何居心？邓绾一脸的斥责，也一脸的鄙夷，很是有点不把苏辙放在眼里的神情，好像说世上把大才子苏轼兄弟吹得那么高，其实一点不通世情。李定一脸的责望，好像说苏辙这个人也太固执了一点，明知这句话会弄得众人不欢，却还要说出去。吕惠卿一脸的朋友之道的责善，好像说我吕惠卿作为嘉祐二年的同榜进士，够朋友的了，已提醒过你，缘何就不可以听我一回呢？唐坰的脸色就很难看了，脸上的表情就不是一个“责”字所能包括得了，真个是一脸的凛然正气，一脸的义愤填膺，好像苏辙犯了什么令人发指的十恶不赦大罪，脸上不出现这种表情就不能证明自己对王安石的崇敬和爱戴。

说句实在话，苏辙一点也不指望这些人脸上会有什么好的表情。苏辙不由得又望了望王安石，但见王安石站在值房门前，什么话也没说。冬天冷冷的日光照着王安石的虎头牛耳，点漆般黑得发亮的眼睛望着条例司院落上面高远的天空，脸上虽然没有什么恶意的表情，但却多少有点不快。这就叫苏辙感到痛苦、难受和不解了。苏辙记起了吕诲弹劾王安石前一天在条例司大堂用餐时王安石向他征求青苗法意见时的情景，自己是一口气谈了少说也有两漏刻时间的话，把心里话和盘托出。苏辙觉得，众人对他的话很是不屑一顾，也很是不满，但王安石却一脸的平静，最后还是接受了他的意见，逾月未议青苗法。然而，今天苏辙只说这么一句话，王安石的态度却怎么跟先前不一样呢？那一次，苏辙觉得王安石还是能听取不同意见的人，并不像朝中许多人所说的那么拗。现在，苏辙不由得也认为王安石还真有点拗了。苏辙很为现在他还十分尊重、十分感激的王安石感到害怕起来，真的担心朝廷要乱套，也真的担心吕诲的话一语成谶，王安石真的成了误天下苍生的千古罪人。

苏辙值房门前的气氛憋闷起来。苏辙感到，青苗法在天下施行恐怕是很难阻挡的了。但奇怪的是，情况越是这样，苏辙还越是想说。薛向、邓绾、李定、唐坰几个人大概觉察他还要说些令王安石不高兴的话，一个个把脸拉了下来，脸色说多难看就有多难看。苏辙清楚，这几人当然不乐意自己再说些不合时宜的话把他们拜会王安石的气氛破坏掉。不过，苏辙奇怪地发现，吕惠卿白皙的脸皮上却掠过一丝不容易被人觉察的怪怪表情，像是鼓励他说下去。但当苏辙望过去时，吕惠卿脸上的这种表情又没有了。

苏辙看到，王安石沉思良久，转过脸来对苏辙说：“子由，你还有新的高见要说？”

王安石话里的意思很明白，是不想再听苏辙唠叨下去了。明眼人一听，就清楚王安石一个“新的高见”有把苏辙拒之千里之外的意思。苏辙看到，薛向一脸的哂笑，邓绾一脸的怪笑，唐坰一脸的讥笑，吕惠卿一脸神秘的笑，李定开始没笑，但后来也跟着多少有点憨地莫名其妙地笑起来。苏辙感到十分的痛苦和尴尬。他心中实在有许多话要对王安石说，现在最想说的就是君子小人不可并处，同处必争，就是要王安石亲君子而远小人。这样的话题，是中原王朝千年来官场用滥了，但又屡用不厌的话题，对王安石来说，自然不是什么高见，跟王安石说这样的话实际上是贬低了王安石。此外，这样的话在这些小人面前跟王安石说，又明显不合时宜。看来这些话在条例司很难找到跟王安石谈一谈的合适时间。不过，苏辙很快拿定了主意，既然找不当面说的机会，苏辙就打算写封信给王安石，把自己的心里话全讲给王安石听，也算是对王安石知遇之恩的一种报答。

苏辙正这么想着，条例司的一个书办从大堂后面过道口出来，穿过公廨前的院落，禀报道：兵部员外郎、同知谏院范纯仁大人门外候见苏大人。苏辙觉得这正是摆脱此时尴尬场面的时机。

苏辙值房门前憋闷的气氛松懈了。吕惠卿一伙人拥着王安石到他自己的值房去。苏辙转身穿过公廨前院落，往大堂后面过道口走去。苏辙走了大约不到三丈远，后面忽然传来吕惠卿很有磁性、没头没尾的官话：“易涨易落山溪水，易反易覆小人心啦！”

吕惠卿的话声音不大，苏辙刚刚能听得清，却不由打了个寒战，觉得吕惠卿这句没头没尾的官话很是险恶。吕惠卿的话并没有明说谁是小人，但在此时此地，有王安石在场时说这句话，显然不会无所指。谁易反易覆了？吕惠卿指的不就是他苏辙吗？确实，自己以前是说过农户需要贷款时，地方官府可以贷钱给他们，这与青苗法正好吻合，但现在又左一个说青苗法行不得，右一个说青苗法不得行，好像是出尔反尔，言行前后不一。苏辙心里很有点苦涩的味道。自己没机会在王安石面前指出吕惠卿的小人行径，吕惠卿却十分轻易地就在王安石面前告自己的刁状，而且告得那么巧妙，那么不着痕迹。实在令人感到佩服，也实在令人感到可怖。此时苏辙十分想知道王安石的态度，但当他回转身时，却见吕惠卿一伙人把王安石拥进了吕惠卿的值房。吕惠卿值房的门慢慢关上了，被罩在冬天冷冷的日光之中。

第三十五章　众命妇贺圣寿喜极进后宫
两老爷不纳妾急坏两夫人

熙宁二年十二月初二，又是一个大晴天。天刚拂晓，王安石的夫人吴氏就乘着前有人挽、后有人推的铜装白藤舆檐的翟车来到皇宫右掖的西华门外。广场气氛无比肃穆、无比庄重。吴氏下了车，但见西华门外广场北边停放着皇亲和内命妇所乘的银装白藤舆檐的翟车和银装的安车及犊车，南边则停放着外命妇所乘的铜饰的犊车和上了漆的犊车。广场四周整整齐齐排列着四队身佩横刀，或张弓搭箭，或手执长矟的卫士，金吾卫的几个威风凛凛的折冲都尉骑在高头大马上，往来驰骋，把西华门外广场气氛弄得既神圣隆重，又威严可怖，让所有来到广场的人产生一种对皇宫无比敬畏，又无比小心翼翼的感情。

吴氏整了整用宝钿装饰、两边掩着博鬓、只有头等命妇国夫人才能戴的九株花钗冠，又掸了掸用青罗绣成的九等翟衣，不用丫环搀着，迈出在家里操演多日的步子，身子并不扭动，一双小脚款款向西华门走去，样子虽然还谈不上优雅，却也不像那天在二堂的步子那样难看。管家已引着家仆把铜装的翟车停放到广场南边去了，随行丫环紧跟在吴氏后面，向西华门走去。广场上已有不少内、外命妇迈着一双小脚，袅袅娜娜往皇宫走去。吴氏看到，自己一下车，许多命妇都不由得把目光投向她。走在前面的命妇都急忙往两侧移，空出一条路让吴氏过去。吴氏清楚，这些命妇虽然并不认得她是王安石的夫人，但自己头上戴的是朝廷头等命妇国夫人才能戴的九株花钗冠和身上穿的青罗翟衣，表明她非同小可的身份，才这么尊重她，给她让路，才在一些小事上也这么讨好她，这么在意她的感觉，生怕有什么冒犯弄得她不高兴。

吴氏到了西华门门口，就见内谒者监的押班太监板着个脸，站在门外点名，点一个放行一个，没有点到名的一律不得入内。有个头戴七株花钗冠、身穿七等翟衣命妇的随行丫环被挡在门外，二话也没敢说，就赶快往外退走了。在点到吴氏名字时，吴氏看到，西华门里出来一个太监，拉了拉那个正要点名的押班太监的衣角，然后躬着身，走到吴氏跟前，一脸讨人欢喜和巴结乖笑，把吴氏引进西华门内。吴氏原以为自己随行的丫环进不了皇宫，正想叫随行丫环回去时，却看到那个讨人欢喜的太监对她的丫环也挺客气，没盘问半句就放她进了西华门。按说，头等命妇国夫人是可以带随行人员的，但王安石没让她带，因之事前就没把丫环的姓氏报送到内侍省的内谒者监。没报姓氏给内谒者监，内谒者监的太监就可以不让进宫，但那个讨人欢喜的太监还是让自己随行的丫环进了宫，吴氏就更是喜欢那个讨人欢喜的太监了。今天吴氏的随行丫环就是那个样子有点傻的丫环。这个丫环是有点傻，但吴氏还就喜欢这个傻丫环侍候自己。吴氏知道，宫中的规矩特多，生怕这个傻丫环坏了宫中的规矩，惹出事来。今天天未明，出门前还教了傻丫环几句话。傻丫环见吴氏要带她进宫去，欢喜得不住地点头，无不应承。吴氏看见，这个傻丫环见太监放她进宫，一脸幸福地痴痴傻笑着，欢喜得忙不迭地给放她进宫的太监施礼。后来，吴氏才知道，那个讨人欢喜的太监就是宫中坐头把交椅的，入内内侍省的大太监都都知张德保手下最走红的内官监押班太监高全福。大太监张德保心细，怕这天内谒者监的太监忙不过来，会出什么纰漏，便临时派高全福到西华门帮忙，接待好前来朝贺太皇太后曹氏六十圣寿的内、外命妇。吴氏清楚，这全是因为自己是主政的参知政事王安石的夫人，要不然，高全福是不会对她这么有礼、这么巴结的。吴氏在自己府上，是尝够了来拜会王安石的文武官员既友好又讨好，既热情又巴结的笑容，但在宫中享受到太监这种很是讨人欢喜的巴结的乖笑，却是第一回。因之，吴氏有点不习惯，也多少有点不自在，但最终还是美美地享受了一番作为朝廷主政的参知政事王安石夫人才能在宫中得到的，太监给予的巴结所带来的尊崇感和荣耀感。

吴氏进了西华门，天已大亮，眼前一片日光。抬头一望，宫中连绵铺排的金黄色大屋顶与同样连绵铺排的红彤彤门窗，在冬天日光中散发着耀眼而刺目的光芒；再看前面，修葺一新的庆寿宫流光溢彩，金碧辉煌，高大繁茂的古树林里，遍布着鲜亮的黄麾仗和五色氅幡。由禁军的左右领军卫、左右威卫、左右武卫、左右骁卫、左右卫五支军队组成的卫队担任庆寿宫的警卫。领兵的都尉手执檏稍，站在卫队的前面，都尉的身后则站着三行身佩横刀的卫士，每行约莫二十人，一个个威风凛凛，鹰一样的眼睛望着在庆寿宫外忙上忙下的太监、女官、宫女以及被允许入宫的男人和女人。御道两旁搭建的彩棚一直通到庆寿宫前，一字形站着许多侍候内、外命妇的宫女。骑在高头大马上的巡检校尉在庆寿宫前高大繁茂的古树林里和御道上不停地来回检校。吴氏看到，一个巡检校尉正在大声呵斥前面不远处的一个卫士，不仅那个卫士吓坏了，而且把这个卫士身旁的几个卫士也都吓得紧张起来，用惊恐的眼睛望着那个巡检校尉。庆寿宫前，浓烈的喜庆气氛中有着一种比西华门外广场更加神圣、更加隆盛、更加令人望而生畏的威重，当然也更加令人如履薄冰、更加令人小心翼翼，生怕动辄得咎，谁也不敢有半点造次，以免惹出麻烦。

吴氏那双小脚正要抬起来，两个十分乖巧的宫女过来了，一边一个，搀着吴氏上了御道，然后缓缓往庆寿宫走去。傻丫环轻松了，用不着侍候吴氏了，一双眼睛好奇地望着宫中的一切，既被皇宫的富丽堂皇惊呆了，也被皇宫的威严戒备吓坏了，蹑手蹑脚紧跟在吴氏身后，不敢离开半步，弄得吴氏反笑了起来。这一下吴氏就引起更多人的注意了。本来吴氏那一身头等命妇国夫人的行头，就已经表明她非一般命妇可比的身份，很叫人惊羡不已，这会又有两个宫女搀扶侍候，随行的丫环也可以在皇宫东张西望，就更不是一般命妇所能享受得到，当然也就更非一般命妇可比的了。御道上的命妇肯定很快猜到了吴氏是谁，已走到前面去的命妇，都回过头来，好奇也很讨好地上上下下打量她一眼，好像她身上有什么特别的东西一样；还在后面走的，都要赶上前去，为的是能看上吴氏一眼。有个头戴五株花钗冠、身穿五等翟衣的命妇赶急了点，小脚扭了一下，差点给扭伤了。吴氏嫁给王安石以后，对朝廷官场这些习气见得多，早不足为奇了。倒是跟在她身后的那个有点傻的丫环挺有意思，发现前面有人回过来望吴氏，就也要赶到前面，把吴氏上上下下打量一遍，仿佛也有点不认得这个自己已侍候了好多年的吴氏。

吴氏由两个宫女搀扶着，小脚轻移，往庆寿宫走去。到底在宫中经过训练，两个宫女很老到地搀着吴氏的腋下，不紧不松、不轻不重，恰到好处，叫人感到舒服惬意，不像自家的丫环，特别是那个傻丫环，毛手毛脚，搀着人不是重得叫人受不了，就是轻得着不到力。吴氏回头望了望自己这个随行的傻丫环一眼。还别以为这个傻丫环真的很傻，吴氏注意到，这个傻丫环一边东张西望，把皇宫每一处都仔仔细细看个够，一边很注意这两个宫女的一举一动，有时还会悄悄模仿模仿一两个动作。这以后，傻丫环侍候吴氏时，果然进步不少，紧是紧，松是松，轻是轻，重是重，都挺到位。

吴氏倒不是第一次进宫。十年前，也就是嘉祐五年，王安石在京当三司度支判官、祠部员外郎、同修起居注，适逢那时的皇后曹氏，也就是现在的太皇太后曹氏五十千秋。那时王安石与司马光、吕公著、韩维是京都开封官场令人羡慕的“嘉祐四友”，五品京官，夫人都是命妇中的恭人。老爷是“嘉祐四友”，夫人们自然容易凑到一块。那次，吴氏与司马光的夫人张氏、吕公著的夫人鲁氏、韩维的夫人黄氏相约一道进宫，窃窃私语了半天，皇后曹氏的五十千秋做完了，“嘉祐四友”的夫人出了西华门，还站在广场叽里呱啦扯了好长一段话才分手。可惜这一次当年“嘉祐四友”的夫人再也不可能相约一道进宫了。吴氏清楚，自从去年四月初四王安石越次入对以来，当年令京都开封官场许多人羡慕的“嘉祐四友”渐渐地名存实亡了。开始韩维还想邀王安石、司马光、吕公著在以前相聚过的僧坊再聚一聚，因为朝廷上的事忙，再聚之事一拖再拖，后来就不了了之。再说当年的“嘉祐四友”就是聚在一起也谈不拢，特别是王安石与司马光，二人在一起就吵得不可开交，弄得谁心里都不痛快。老爷们为朝廷上的政事聚不到一块，夫人们自然也凑不到一起。不过，吴氏还是想借朝贺太皇太后曹氏六十圣寿的机会，把张氏、鲁氏、黄氏叫到一起来，姊妹们好好待在一起叙叙话。老爷要吵，女人管不了，女人也跟着在一起吵，那就把自己看得太低了。老爷的事归老爷，姊妹们照样像以前一样好才是。此外，女人的一些事，吴氏还想跟当时一道朝贺过皇后曹氏五十千秋的姊妹叙叙。特别是张氏，吴氏更想跟她好好交谈一下自己的想法。吴氏觉得，王安石与司马光在一起其实是吵不起来的，二人共同点真是不少。不说别的，就说纳妾这件事。中原王朝千年来，普天之下，不要说百官，就是那些家中有几个钱、稍有点身份的男人，谁不纳妾？有的甚至纳一二十个也不嫌多。但王安石与司马光却未纳妾，天下有几个男人做得到？要说吴氏对这点不高兴，那是假的，可以说天下没一个女人是喜欢自己的男人跟别的女人睡在一床。吴氏很清楚，王安石与司马光不纳妾这件事在官场被传为美谈，特别在夫人们中更是被交口称赞。不少不愿老爷纳妾的夫人总拿王安石与司马光说事，说王安石与司马光多好，从不近女色，不拈花惹草，天下男人都像王安石与司马光那样，就太平无事了。许多女人当然很羡慕吴氏和张氏。不过，吴氏不糊涂，就在众人都夸王安石与司马光和羡慕她和张氏，她明显地感到许多人其实也都觉得王安石与司马光挺古里古怪的，不少事做得一点也不合人的情理。吴氏不止一次发现，不少到府上来的人都不仅怪怪地望着王安石，而且也怪怪地望着自己，好像她和王安石是怪物一样。吴氏心中有数，这些人口里没说，其实心里都在笑王安石：你王安石现在官至主政的参知政事，官当到这么大，都奔五十岁的人了，不纳个妾哪像个当宰相的样子，这不太亏了自己吗？此外，吴氏也很明白，这些人心里同时也在责备她：你这个夫人是怎么当的，王安石不纳妾，你就不可以给他纳一个？不给王安石纳个妾，这也太说不过去了，也太让王安石掉价，太没面子。吴氏想，这些人是这么看王安石和她，当然也会是这么看司马光和张氏。司马光的官也不小，翰林院大学士，当宰相是迟早的事；年龄比王安石还大两岁，也没纳妾。不用说，这些人肯定在笑司马光的同时也在责备张氏，怪张氏没给司马光纳妾。吴氏为这事烦了一段不算太短的日子，吴氏猜想，张氏为此事也一定感到烦。十年前皇后曹氏千秋日时，吴氏与张氏二人背着鲁氏与黄氏，就悄悄地谈到过这个问题。张氏说，她正在考虑给司马光纳个妾。时间过得真快，一晃就十年过去，不知道张氏对给司马光纳妾的事考虑得怎么样了。在这方面，吴氏还真想好好听听张氏的意见。

今天是太皇太后曹氏六十圣寿大喜大庆的日子。在通往庆寿宫的御道上这些头上戴着品级不同的花钗冠、身上穿着等次不一的翟衣的命妇一个个脸上都兴高采烈的，也挂着一脸的肃然恭敬，都把今日能亲眼见到至尊至贵的太皇太后曹氏作为自己一生中最难忘、最幸福的时刻，也把这日作为女人难得欢聚在一起的喜庆日子。中原王朝的男人想什么时候聚在一起就可以相聚在一起，女人不要说聚在一起不容易，就是多出几次门也要被人家闲话得一塌糊涂。吴氏注意到，命妇大都成群结伙往前走去。有停下来等人的，也有赶到前面去找人的。不过，谁也不敢高声说话，连咳嗽也不出声响。庆寿宫前依旧还像往日那样寂寂无声，只是往日在高大繁茂古树林里啄食的小鸟都不见了，大概是被庆寿宫威严的警卫给吓跑了。

彩棚的尽头是临时搭建的三座大幄帐。西边的幄帐是皇妃用的，东边的幄帐是公主用的，南边的幄帐最大，是命妇们落脚歇息、候贺太皇太后六十圣寿的地方。吴氏到南边的幄帐门前，朝庆寿宫那边望了望。这里离庆寿宫大约二十丈远，吴氏清清楚楚看到一支仪仗队整整齐齐分立在庆寿宫丹陛的两侧。负责监督的司设监押班太监笔直地站在丹陛上面，两只眼睛严厉地盯着仪仗队里的每个卫士。仪仗队卫士都衣着鲜亮，脸色端庄平和，不那么令人望而生畏，倒给庆寿宫增添了些许的喜庆色调。庆寿宫外，一支女乐待坐在宫门两边庑廊上，为太皇太后曹氏六十圣寿增添了许多欢腾气氛。

宫女搀扶着吴氏进了幄帐，傻丫环也跟着走了进去。两个搀扶吴氏的宫女退了下去。幄帐里已来了许多来朝贺的命妇。一进幄帐，眼前尽是铺排着的花钗冠。命妇们都规规矩矩、安安静静地坐在临时供命妇坐的玫瑰椅上。命妇们相互认得的不多，认得的都坐在一块，不时窃窃私语几声。傻丫环又有点看呆了，也有点犯傻了，不知道此时该做些什么。吴氏也不用那个傻丫环管了，只是站在幄帐门里，一双眼睛张望着到处找人，找了半天也没找到谁。傻丫环忽然张开嘴，想说什么却不敢说出声音来，只是扳着吴氏的手，指着左边的一个什么地方要吴氏去看。吴氏朝那个方向望过去，原来是司马光的夫人张氏、吕公著的夫人鲁氏、韩维的夫人黄氏向这边走过来。吴氏高兴得两只小脚几乎是不点地地走了过去，多亏那个傻丫环一把拖住吴氏翟衣的衣角，胖得多少显得臃肿的吴氏才没摔倒在地。那边过来的张氏、鲁氏、黄氏吓坏了，都快步走来。吴氏没摔倒，但也不往前走了。张氏、鲁氏、黄氏来到跟前，都压低嗓子夸那个傻丫环精灵、敏捷、能干、眼快手快，夸得傻丫环很不好意思，一张脸涨得通红。吴氏很是有点得意，嗓子压得很低地说："那可不是，别看这丫环样子有点傻，其实比谁都精，已经侍候我好几年了，我就是舍不得她。"

吴氏看到，幄帐里的命妇不仅十分热情也十分巴结地望着自己，而且十分钦羡也多少有点不解地望着张氏、鲁氏、黄氏。开封因为一连晴了十多天，气温明显上升，日光也有了点热度，晒在人身上有点热烘烘的味道，幄帐里就更是暖意融融，不像前些日子那样冷得叫人发抖。天气这么好，见张氏、鲁氏、黄氏还像以前那样跟自己亲近，并不因为老爷们之间为朝廷上的事闹得不快活就心存芥蒂，吴氏的心情爽极了，同时也觉得自己前面的担心实属多余。吴氏踮起那双小脚，朝幄帐西北角望去。十年前，吴氏朝贺皇后曹氏五十千秋时，她与张氏、鲁氏、黄氏就是坐在那个位置上。那个位置清静自在，姊妹们有时小声说几句话也没事。内谒者监的太监多在幄帐门边一带走动，既照应进来的命妇，也监管纠检进来的命妇行为。只要不过分，内谒者监的太监也多开只眼、闭只眼。张氏、鲁氏、黄氏也都踮起小脚，朝那个方向望去。不用说，四个女人想到一块去了，都想重温十年前她们朝贺皇后曹氏五十千秋的情景。吴氏那个傻丫环当然不知道这些往事，傻傻地到前面搬了张玫瑰椅过来，还以为自己机灵乖巧，看出了吴氏她们的心思，又忙着欢天喜地再搬椅子去。不过，刚转身，吴氏拉住她的手，对她摇摇头。这个傻丫环才很是扫兴地傻傻侍立在吴氏身后。这个傻丫环肯做事，平日里也常为吴氏不让她做这做那生气。

有个内谒者监的太监，躬身走到吴氏面前，也是一脸讨人欢喜的乖笑，把吴氏和张氏、鲁氏、黄氏引到幄帐北面，那里有七八张玫瑰椅空着。内谒者监的那个太监要吴氏在一张座面宽的禅椅上坐。吴氏清楚，那张禅椅是给朝廷头等命妇国夫人坐的。朝廷头等命妇国夫人不只吴氏一人，还有上相曾公亮的夫人、参知政事赵抃的夫人也是头等命妇国夫人，论资排辈，这把禅椅该她们坐。内谒者监的太监悄声告诉吴氏：上相曾公亮的夫人有病，已经告了假；参知政事赵抃头天晚上露天焚香禀告上天时，上天的意思是不让他的夫人参加今天的中宫朝贺，也告了假；因之，外命妇的头等命妇国夫人就吴氏一人，这把禅椅吴氏不坐谁敢坐？但吴氏还是不肯就座。虽说吴氏是头等命妇国夫人，但张氏、鲁氏、黄氏却还只是三等命妇淑人。吴氏今天只想跟张氏、鲁氏、黄氏坐在同样的玫瑰椅上，姊妹四人轻轻叙叙话。自己一人坐禅椅，其他三人坐玫瑰椅，姊妹间分个高低尊卑，岂不坏了情分？内谒者监的太监又悄声说：这是宫中内侍省安排好了的，规矩坏不得。张氏、鲁氏、黄氏也要吴氏坐上去。吴氏那个傻丫环这回不傻了，悄悄地把禅椅往吴氏身后移了移，然后轻轻地拉了拉吴氏翟衣的后摆，再扶着吴氏在禅椅上慢慢坐下来。

吴氏和张氏、鲁氏、黄氏坐定后，吴氏正想跟张氏、鲁氏、黄氏叙叙女人的一些事，特别想跟张氏叙叙她们两家老爷纳妾的事。朝政上的事是不好议的。一来朝政上的事是老爷们的事，她们懂得不多；二来弄得不好，也会争起来，这又何苦呢？不过，吴氏正要开口时，忽听幄帐外一阵马跑的声音；静了一会，接着又听到一阵人急匆匆的跑步声。吴氏知道，前面那阵马跑是宫中肃清道路的卫队过来了，后面那阵跑步声是司礼监的太监过来了，不过这还只是前部人马，离太皇太后曹氏进庆寿宫接受朝贺还有阵时间。但幄帐里那些第一次参加中宫朝贺的命妇以为太皇太后曹氏马上就要来了，觉得自己一生中最幸福的时刻就要到了，不由得都兴高采烈起来，也都紧张起来，准备马上去朝贺。几个站在幄帐门口朝外望的命妇都很快回到自己的位置上去。幄帐里的命妇一个个都屏声静息、规规矩矩、恭恭敬敬地端坐在玫瑰椅上，神情格外严肃，格外专注，谁也不敢出一声，连私语声也没了。内谒者监的太监几步站到幄帐中间来，板着个脸，两道狠毒的目光不停地在幄帐里的每个地方扫来扫去。奇怪的是吴氏明明知道太皇太后曹氏的銮舆还没这么快来，却也不由得紧张起来。吴氏对这些第一次进宫的命妇情绪上这些过度反应倒不觉得奇怪。十年前，她头一回进宫朝贺皇后曹氏五十千秋，也紧张得挺神经兮兮的。再说太皇太后曹氏六十圣寿出不得事，稍有不慎，出了点什么娄子，就不得了，麻烦大了。吴氏很认真地整了整花钗冠和翟衣，脸变得格外严肃起来，胖得多少显得臃肿的身子笔直地坐在禅椅上。吴氏本来是想显得更庄重些，但明显感到没达到预期目的，反显得很有点做作滑稽的味道。吴氏看到，站在自己身边的傻丫环又笑了起来。不过，这回傻丫环很快就没笑了，吴氏这才放心了。宫中不比府上，犯不得傻，乱来不得一下的。

命妇们虽然都作好了随时去庆寿宫朝贺太皇太后曹氏六十圣寿的准备，但幄帐里外半日静悄悄的，什么声音也没有，也不见一个什么人进来传个话。幄帐里的气氛渐渐松了下去。内谒者监的太监的眼睛也不再在幄帐里扫来扫去，有时还站在幄帐门外去。命妇们的坐姿不那么端庄了，有人在窃窃私语，有人站在幄帐门口朝外张望。吴氏觉得腰有点挺不住，傻丫环见了，忙给吴氏捶起腰来。张氏、鲁氏、黄氏都在玫瑰椅上挪动了好几次身子。傻丫环傻傻地站在吴氏身边，有时望望张氏、鲁氏、黄氏，有时也好奇地望望别的。

吴氏知道，太皇太后曹氏的銮舆还要阵子才会到来，但也不会拖得太久，自己得抓住这段时间跟张氏、鲁氏、黄氏好好叙叙会话，特别是把女人的一些事好好叙叙。吴氏看到，张氏、鲁氏、黄氏也都想抓紧时间叙些什么。四个女人脾性很不一样，却很谈得来。十年前皇后曹氏五十千秋时，吴氏跟张氏、鲁氏、黄氏四个女人在一起，谈得很投缘，弄得当时幄帐里好多命妇都挺羡慕。现在许多事虽然跟十年前不一样了，但她们还是她们。吴氏觉得，她们这次也肯定还是会谈得很入味的。吴氏最喜欢交谈的还是张氏。张氏是个年近半百的小老女人，说话慢言款语；读过许多书，听说司马光写《资治通鉴》遇到疑难总问她。吴氏也喜欢跟鲁氏交谈。鲁氏这个女人脾气好，总一个笑脸，怪不得吕公著的一妻四妾从来未争风吃醋过，当然也就不可能把府上闹得鸡犬不宁。韩维夫人黄氏这个女人大咧咧的，嘴巴快，话说出去就不管人家受得了还是受不了；这种脾性，当然妻妾关系就不那么和顺，经常为些鸡毛蒜皮的小事吵翻了，但吵过后也就没事了，妻妾间该怎么样还怎么样。开始，吴氏对黄氏还有点忌讳，谈了阵子后，觉得黄氏是个有口无心的人，也就放心跟她交谈了。

吴氏要张氏、鲁氏、黄氏把头凑过去，低声问张氏："你怎么考虑给老爷纳妾的？"

吴氏看到，她的这句话一出口，张氏脸上的神情倒没什么变化，鲁氏、黄氏的脸色就很不一样了。鲁氏的笑脸上很惊诧，好像说你吴氏疯了是不是，老爷不急着纳妾，你急什么。黄氏的脸阴了下去，好像说你这个吴氏大概是嫌自己活得太自在了，非得给找点事来烦自己才舒服。张氏好像早知道吴氏今日肯定会跟她谈起这件事，平日就慢言款语的张氏声音就更低了："没用，每次要谈这件事，老爷就一个脸拉了下来。"

吴氏看到，鲁氏与黄氏都怪怪地望望张氏，又怪怪地望望自己。吴氏觉得鲁氏、黄氏脸上的这种表情，一点也不奇怪。这不仅是因为吴氏和张氏第一次在鲁氏和黄氏面前谈到给老爷纳妾的事，更主要还是这两个女人肯定是觉得自己和张氏吃饱了撑的。一个女人，不管心胸多宽阔，由着老爷自己去纳妾，妻妾间相安无事伴着老爷一辈子，就算是做到顶了；然而，这会吴氏和张氏却还要给不愿纳妾的老爷纳个妾，这不是太离奇、太荒诞了吗？吴氏不想在这个问题上跟鲁氏、黄氏争个明白。她今天只是想向她们讨个主意：用个什么法子让老爷讨个小妾。叫吴氏感到惊奇的是：司马光与王安石在纳妾问题上竟是如此惊人地相似。这些年来，特别是去年四月初四越次入对以来，只要有合适的时机，吴氏就会跟王安石谈起纳妾的事，王安石的脸色就从来没好看过。吴氏决定向鲁氏和黄氏讨主意。吴氏转过脸去，面对着鲁氏和黄氏低声道："请二位妹妹不吝指教，我和张姐姐如何是好？"

吴氏看到，鲁氏只是一个劲地笑，什么话也不说；黄氏笑得合不拢口，想说什么却又不说下去。吴氏性子有点急，要鲁氏与黄氏不要笑，但鲁氏与黄氏却越是禁不住笑。吴氏还看到，这两个女人一笑，那个傻丫环也跟着笑起来，不过笑得莫名其妙。张氏慢言款语对鲁氏和黄氏说："你们看姐姐急成什么样子了，有什么好主意就请拿出来吧。”

鲁氏这才不笑了，却只是摇了摇头。吴氏知道，鲁氏是个不怎么长脑子的女人，自己的事常常没主意，别人的事就更拿不出什么主意。黄氏也不笑了，嘴唇动了动，好像有什么话要说。吴氏很高兴，把自己的头往黄氏靠近了点。不过，等了半天，黄氏却又笑了起来，笑得很古怪，很暧昧，笑得她自己的脸也很不好意思红了起来。

吴氏有点生气了：“你笑什么？倒是说话呀！”

黄氏不笑了。吴氏以为黄氏这下要开口了。吴氏看到，张氏也神情专注地望着黄氏。不过，没多一会，黄氏却又很古怪、很暧昧，也很不好意思地笑了起来：“不说了，羞死人了。”

吴氏没办法，也不想再向鲁氏和黄氏讨什么了，看起来老爷纳妾之事只有跟张氏一人好好商量商量。吴氏把凑过去的头移开，张氏、鲁氏也都像先前那样坐在玫瑰椅上。黄氏没把凑过去的头移开，很是有点万般无奈也很有点歉意地望着吴氏。吴氏又觉得腰有点吃不住了，傻丫环又忙给吴氏捶起腰来。

此时，内谒者监的太监突然慌慌张张从幄帐外跑了进来，几步站到幄帐中间。那几个站在幄帐门口朝外望的命妇急急忙忙回到自己的位置上。吴氏明白，太皇太后曹氏的銮舆要来了。幄帐里的空气又紧张起来，命妇们一个个规规矩矩、恭恭敬敬、屏声息气地坐在玫瑰椅上。不多一会，庆寿宫外丹陛那边传来宏大悦耳、欢乐美妙的朝贺乐章：

> 宝殿光辉晴天映，悬玉钩珍珠帘栊，瑶觞举时箫韶动。寿圣母，齐颂祝，御筵奏献长生曲。坤道宁品类咸育，和气四时调玉烛，享万万年太平福。

太皇太后曹氏的銮舆虽然还没到，但吴氏感觉到不仅是她，幄帐里每个命妇都沉浸在一种无比神圣、无比崇高、无比纯净、无比虔诚的心境之中。这种心境，不是谁强加的，也不是自己硬要做出来的，完全是自然而然、不由自主生成的。这叫人感到不可思议，但又一点也不奇怪，谁在这种场合都会有这种情感和心境的产生。吴氏、张氏、鲁氏、黄氏都激动得眼眶里尽是泪花，特别是傻丫环更是激动得泪流满面，嘤嘤地哭了起来。

命妇们都还得待在幄帐里，谁也不能出幄帐半步，得等天子赵顼引着太皇太后曹氏回到庆寿宫，然后是太后高氏率领皇后、皇子、皇孙进宫朝贺，再由王公大臣及文武百官进宫朝贺，最后才轮着命妇进宫朝贺。此时，乐声暂歇，吴氏听到幄帐外一迭“万岁万岁万万岁”的欢呼声中有马蹄声传来。吴氏知道，这是作为前卫的天子赵顼乘马过来了。不多一会，御道顶头那边隐隐有鼓乐声起。鼓乐声越来越大，路过幄帐时，伴随着的是一阵整齐的脚步声，过了一阵又一阵，约莫过了七八阵，鼓乐声渐渐向庆寿宫过去，幄帐外御道上有均匀的细碎车轮声传来。不用问，这准是太皇太后曹氏的銮舆过来了。吴氏看到，幄帐里的气氛立即骚动起来，有的命妇有点坐不住，想起身到幄帐外去，但身子刚抬起来，内谒者监的太监那双毒眼睛就盯过来了，吓得那几个命妇赶紧坐在玫瑰椅上。傻丫环虽不明白此时幄帐外发生了什么事，只是用她那双傻傻的眼睛望望吴氏，又望望张氏、鲁氏、黄氏和周围的一些命妇，有时还偷偷地望望内谒者监那个目光狠毒的太监，那个太监狠毒的目光扫过来了，吓得这个傻傻的丫环直往吴氏身后躲。

好一会，幄帐外一切归于沉寂。吴氏清楚，再过不了多久，太皇太后曹氏六十圣寿就要开始了，那时任何人的活动都要停止，谁都要全神贯注在朝贺这件事上。有什么话要说，现在就得赶快去说。吴氏现在急着要说的话，就是跟张氏好好商量老爷纳妾之事。吴氏把张氏拉过来一点，二人正要头碰头说什么时，傻丫环忽然拉了拉吴氏翟衣的衣角，又用手指了指前面四个向这边走过来的命妇。吴氏不由得抬起头来，朝前望去，看头上花钗冠，过来的四个女人是五等命妇。这四个命妇都笑吟吟地望着这边。不过，吴氏并不认得她们，当然就有点奇怪。但张氏却认得走在最前面的那个命妇，告诉吴氏：大才子苏轼的夫人王氏。

吴氏倒是早听人说过王氏。这个王氏原是苏轼发妻的堂妹。人世间的事真是千奇百怪，大才子苏轼喜欢美人，美人也特喜欢大才子，但这都不影响他与娇妻的关系。就像诗词文赋，大才子苏轼有用不完的才情，在美人方面，大才子苏轼也有花不完的情愫。苏轼对美人个个都好。就是对已经去世五六年的发妻，还总是思念有加，有着挥之不去的情思。听人说，大才子苏轼常在梦中见到发妻坐在小轩窗前梳妆打扮的情景，有时又会梦见葬在种着小松树的山冈上的发妻坟地。叫人感到更有趣的是，美人个个对大才子苏轼一样情深意长。就说大才子苏轼续弦的妻子王氏，嫁给苏轼前，完全知道苏轼好美人，有美人缘，却无论如何要嫁给苏轼，生死要老爸把自己许配给苏轼，不答应就死在老爸面前；嫁给苏轼后，苏轼自然还是好美人，有美人缘，王氏却从来未因此对苏轼生过气，红过脸，吵过架，夫妻间可说是恩恩爱爱，情投意合。在男人的世界里，大才子苏轼名重当时；在女人的世界里，大才子苏轼也名满闺阁。说句实在话，吴氏还真想见见大才子苏轼的夫人王氏，只因为中原王朝的女人闺纪太多也太严，女人之间要相互走往是相当不容易的，有时确实比登天还难；特别是像吴氏与王氏两个女人，无亲无故，要相见就更是难上加难。难得有今天这样一个好机会，况且王氏又这么热情主动向自己这边走来，自己岂能错过这么个好机会？再说，大才子苏轼在官场总不得意，今年老爷当上参知政事后也没给苏轼一个什么像模像样的官当，吴氏认为个中原因肯定是很难一下子说得清楚的，老爷也肯定有他的理由和他的难处。然而，尽管如此，吴氏见到王氏时，却奇怪地觉得自己欠了王氏什么似的。今天的时间很短，就不去讲了，要讲就讲女人的事。吴氏只想等王氏过来，就直接问她：有什么好法子给老爷纳妾。

王氏和另外三个命妇过来，免不了相互行礼。王氏向吴氏介绍另外三个命妇：吕惠卿夫人孙氏、章惇夫人徐氏、曾布夫人晏氏。她们四个命妇本来也不认得吴氏，只是刚才有人悄悄地告诉她们：坐在禅椅上的是王安石的夫人吴氏。她们就赶忙过来跟吴氏问个好。吴氏很快打量了一下眼前的这四个命妇：苏轼夫人王氏一身大家闺秀打扮，举止高雅；吕惠卿夫人孙氏小家碧玉，却也气质不俗；章惇夫人徐氏身量苗条，端庄秀美；曾布夫人晏氏长得白白净净，有张讨人欢喜的脸。看着眼前的这四个命妇，不知为什么吴氏竟然抹起眼泪来。吴氏早知道苏轼、吕惠卿、章惇、曾布四人都是嘉祐二年的同榜进士，但这四个同榜进士近来的关系却僵得很，特别是苏轼与吕惠卿的关系几近水火。然而，这四个同榜进士的夫人却相处得还挺融洽。这很像当年的"嘉祐四友"。当年"嘉祐四友"是不复存在了，特别是自己老爷与司马光，原来是"嘉祐四友"中最好的朋友，但现在的关系却最糟糕。然而，吴氏与张氏、鲁氏、黄氏却还像姊妹一样坐在一起叙话。吴氏真是不理解：天下的男人怎么会把情分看得那么轻，为了朝廷上的事，说争就争，说吵就吵，且非得要争个水落石出、你死我活不可。

吴氏发现，不管是张氏、鲁氏、黄氏，还是王氏、孙氏、徐氏、晏氏，也都抹起眼泪来。要是在别的场合，时间又允许的话，吴氏一定会静下心来说说她们老爷间的那些个碰碰撞撞、恩恩怨怨的事。但今天不行，吴氏连张氏、鲁氏、黄氏也没向王氏她们介绍，就说："你们来得正好。你们说说，老爷要是不肯纳妾，怎么办？"

吴氏注意到，王氏、孙氏、徐氏、晏氏都呆住了。吴氏知道，自己这个问题是问得唐突了些，也荒唐了些。自己与王氏、孙氏、徐氏、晏氏从未有过接触，突然提出这么一个在许多人，特别是女人看来不啻神经病的古怪问题来，怎能不呆住呢？不过，问题既然提出来了，吴氏也就不想收回去。吴氏索性把问题摊开："如今当官的、家里有田有地的、做生意赚了钱的，有几个不纳妾的？我家老爷官也当得不小，年纪也一大把，总不能还不纳个妾吧？要不然，外面不知情的人还以为我这个当夫人的好不晓事，要不然就是个悍妇。我吴氏是这样的女人吗？实话告诉姐妹们，我吴氏现在什么都不烦，就烦老爷不纳妾。"

吴氏看到，她的这些话刚落，不仅王氏、孙氏、徐氏、晏氏笑了起来，张氏、鲁氏、黄氏也笑了起来，就是旁边那些听到吴氏说话的命妇也跟着在笑；但傻丫环没笑，傻傻的脸上显示出一种把老爷纳妾当作头等正经大事来看待的又严肃、又天真的神情。不过，这些命妇谁也没有开口，谁都觉得不知道怎么开口才好。

吴氏又说："你们倒是给出出主意呀，老爷不肯纳，得拿出个办法来呀！"

命妇们不笑了，都觉得吴氏不是说得好玩，是真正下了决心要给王安石纳妾，说的是一个非常严肃，也非常严重的问题。吴氏是真心想听听王氏的意见。

吴氏望着王氏："大才子苏轼那么有美人缘，你说说该怎么办才是。"

王氏说："老爷要纳妾，哪用得着奴家去管，都是老爷看中谁就纳谁，用不着别人去管。"

吴氏觉得问错了人。不过，她也不责怪王氏。像大才子苏轼这样在风月场上那么投缘的人，恐怕用不着别人为他纳妾之事费半点神。吴氏又望着吕惠卿的夫人孙氏。吕惠卿虽然没大才子苏轼那么好的美人缘，但纳妾也是不甘落后的，家中原有小妾五人，当上条例司的检详文字后，又纳了个小妾。

孙氏说："奴家老爷也是如此，要是奴家还帮着纳妾，奴家屋里的小妾要多得住不下了。"

吴氏又觉得问错了人。她真不明白，怎么别人家的老爷纳妾之事都用不着夫人操心，可要自家老爷纳妾怎么就这样难呢？自家老爷又不是不食人间烟火的神仙，也是有血有肉、有皮有骨的七尺男子，怎么就跟别人家的老爷那么不同呢？吴氏的眼睛又望着章惇夫人徐氏了。

徐氏说："老爷不纳妾，不更好吗？老爷纳妾，家里还得自在吗？"

吴氏觉得这次更是问错人了。吴氏听说，徐氏是个醋劲很大的女人，为纳妾的事常和章惇吵翻天，弄得无小妾不敢进章惇的家门。吴氏不由得又望了望司马光的夫人张氏。司马光对夫人张氏就不是这样，司马光有时也会对张氏板着个脸，但更多的时间对张氏还是不错，说话也很少用过重语气。说起来还是自己的老爷对自己好，别看老爷在外面很犟、很拗，但对自己却从来没犟过、拗过。王安石与吴氏小时青梅竹马，作为表哥的老爷还是挺护着表妹吴氏的，圆房后，王安石也从未与吴氏红过脸。章惇对徐夫人这个样子，徐氏不愿章惇纳妾也就在情理之中了。最后吴氏把目光移到曾布夫人晏氏身上。

晏氏却和韩维的夫人黄氏一样，只是笑。不过没多久，晏氏说了半句话："男人呀——！"

吴氏感到莫名其妙。这个女人，怎么说话只说半句。吴氏知道，曾布与夫人晏氏也是表哥表妹关系，二人少小无猜，挺情投意合，但曾布就不像自家老爷那么拗，也纳了两个妾。人家这对青梅竹马不是过得挺好吗？可这个晏氏怎么只说半句呢？听起来给人的感觉是晏氏心中还有什么外人难以理解的不平事，但仔细看看晏氏一脸的笑容，又完全看不出这一点。吴氏注意到，王氏、孙氏、徐氏和张氏、鲁氏都稀里糊涂地望着晏氏。此时，韩维的夫人黄氏拉了拉吴氏的翟衣的衣角，又欠起身子，把头探过来，嘴贴着吴氏的耳朵，很古怪、很暧昧、很不好意思地笑了笑，低声道："晏妹妹那半句话的意思是：哪有猫儿不吃腥呀！"

尽管黄氏话很低，但自己身边的命妇却全都听得清清楚楚。吴氏看到，这些命妇先是一怔，接着也都很暧昧、很不好意思地笑了起来，就是傻丫环也不明就里地笑了又笑。吴氏很快明白了晏氏未说出的半句话的意思了。说起来还真有点奇妙，也很有点意思的是，吴氏竟也禁不住暧昧且不好意思地笑了起来。

此时，幄帐外面有了很大的动静，先是庆寿宫西边和东边有一阵窸窸窣窣的衣裙摩擦声传来，接着是庆寿宫前面的御道上有细碎的脚步声传来，再接着是庆寿宫那边鼓乐大作。金钲、搁鼓、大鼓、长鸣、中鸣、铙吹、鼓吹、羽葆、节鼓齐奏中宫天香凤韶曲。幄帐外御道上细碎的脚步水一样流向庆寿宫。吴氏清楚，这是后妃、皇子、皇孙朝贺的队伍进宫去了。内谒者监的太监在列队了，要吴氏站在队列的最前面，其他的命妇依次站在吴氏后面。就在这时，吴氏有了一个要老爷纳妾的古怪主意。她很想把这个古怪主意告诉司马光的夫人张氏。但她没办法做到这一点。幄帐里所有的命妇都各就各位、规规矩矩、老老实实地准备进庆寿宫去朝贺太皇太后曹氏六十圣寿。吴氏只能回过头去，望了望站在她身后不远的张氏。吴氏发现，张氏脸上显出一种很像是久雨后天晴的开朗。吴氏此时当然无法知道，张氏几乎与她同时有了一个要司马光纳妾的古怪主意。

片刻工夫，吴氏听到幄帐外御道上响起一阵只有男人们才有的脚步声。吴氏知道，这是王公、大臣朝贺的队伍进宫去了。吴氏赶紧对站在命妇队列外的傻丫环招了招手，要她过去。吴氏怕命妇的队伍进庆寿宫去，傻丫环一个人待在幄帐里害怕，又教了她几句话，要她在幄帐里等着，到时候会有人来接她。

第三十六章　李定入对据实以言青苗好　赵顼听政疑虑顿消龙颜开

十二月初三，也就是太皇太后曹氏六十圣寿的第二天，京都开封的天气骤变，不仅气温下降了许多，而且风沙很大。猛烈的北风卷起灰色的尘沙，放肆地越过已经进入枯水期的黄河，一个劲向京都开封刮去，把京都开封的房屋、道路扫得干干净净。叶子全脱光了的黑树枝，伸向漫无边际、似乎永远也消散不尽的大雾之中。老天爷突然变了脸，京都开封府便出了许多怪事。开封府的开封县、延津县昼日无雨，却雷霆暴作，又值冬日，很是奇异，也很是吓人。好在人畜无伤，倒也未引起朝廷惊慌。京都开封之外的一些地方也不自在起来。台州、秀州的大风拔木，坏屋杀人；沧州又传来地震，死伤十多个人。好事者说："地道贵静，今地震摇，兵兴民劳之象也。"好在前年沧州也地震，死伤好几百人，既未见什么兵事，也未见平头百姓有什么劳苦，朝廷也未见特别惊慌。

这天一早，天子赵顼身边最贴心的近臣、知制诰兼知通进银台司韩维把朝廷文武大臣、六部九寺的奏章以及全国二十三路州府的一些重要抄报送到正在崇政殿阅事的天子赵顼的御案上，正要转身退下，长得像大有为的开国皇帝赵匡胤的天子赵顼要韩维留下来：一会王安石领秀州判官李定来崇政殿入对，届时文彦博、司马光和他的兄长韩绛也会来。接着，赵顼命御前太监把吕惠卿也召来。

韩维看到，御案右前方的玉玺已放好，奏事处太监规规矩矩、一动不动地站在一旁。臣子入对，有奏章的话，若用奏折，天子收下，是不给任何人看的，就不用盖玉玺；若用题折，奏事处太监还要在题折上盖玉玺。韩维觉得，今天赵顼在阅事的崇政殿召见李定入对，不可等闲视之。对李定这个人，韩维了解得不多，只知道他在江宁跟王安石从过学，是王安石名副其实的门生弟子。按说，一个八品官，要见天子确实比登天还难。不用说，李定这次能见天子，在崇政殿入对，完全是王安石力荐和安排的结果。韩维知道，在此之前，王安石曾向赵顼引荐过陕西转运副使薛向、宁州通判邓绾，只是因为赵顼忙，特别是前些日子在忙太皇太后曹氏六十圣寿，实在抽不出时间与薛、邓二人入对，这事也就耽搁下来了。不论是从官秩和资历上看，还是从其他许多方面来说，王安石都应该先让薛、邓二人先与天子入对。然而，这会王安石却让一个八品小官插在前面先与天子入对，此举就非同寻常了。韩维想起昨天朝贺太皇太后曹氏六十圣寿时，在庆寿宫外碰到冯京，二人聊了几句。冯京提到一件事：几个月前，乌府台有个御史向他举荐在秀州当判官的同榜进士李定，说李定这个人老实厚道，对人很忠，肯讲公道话。此时乌府台还有几个御史职位空缺，冯京觉得这个人可用，就向天子赵顼引荐，要这个人到乌府台当御史。李定到京都开封来后，第一个拜会的就是冯京。冯京第一眼见到李定时，也确实觉得这个人挺忠厚老实。担心李定刚来乍到，不清楚京都开封官场的就里，提醒李定：眼下朝廷对青苗法吵得不可开交，要李定对有关青苗法之事最好避开不谈，以免卷进漩涡里去。没想到这个李定出门就跑到条例司把他卖了，把他说过的话全部抖给王安石一伙人听，王安石一伙人高兴得不得了。韩维推断：李定从秀州来，一定掌握了能为施行青苗法提供有力支持且能打动天子赵顼的重要情况。赵顼此次召见李定，必议青苗法。因之，要说王安石是因为李定是他的门生，才这么做，就太不符合王安石的性格和为人了。韩维是王安石的老朋友，十分清楚王安石：王安石志向非凡，生下来是为了干某件谁也想不到的轰轰烈烈的大事。从当下来说，王安石就是为新法活着。他不会六亲不认，身边不会没有朋友，更不会没有亲人，但他也绝不会为了友情、亲情把他要干的那件大事放弃掉，绝不会把友情、亲情与新法做什么交换。几天后，韩维听人说，王安石把李定插到薛、邓二人前面去面君，仅仅是为了让他的门生享受一下天子召见的荣耀，让门生在朝廷里露露脸，抖抖威风。这种看法太浅薄了，也太把王安石看扁了。

韩维看到，今天赵顼龙颜不是十分欢快，气色不是很好，情绪也不是很惬意。韩维觉得奇怪，赵顼登基以来，只有今年年底好事连连，确实是他该惬意的时期。王安石新法虽然还未降诏，在天下全面施行，但从施行了理财新法的州县来看，官府财政初见成效。从眼下情况来看，见效最快的是均输法。以往京都开封兵民所需的大量物资供应，都由口不言利、手不沾钱、不懂财政的三司衙门大老爷们把任务硬摊派到全国各地发运司。发运司的大老爷们便硬性摊派到本地百姓。不管路远路近，也不管灾年丰年，年年如此，既要花费几倍的运费，又让没有被摊派到的物资滞销民间，然而京都开封所急需的物资却供应不上，不需要的物资反而源源不断涌了进来。真是吃饱了撑的，没事找事瞎胡闹。均输法出来后，给天下二十三路发运司增加权力，朝廷三司衙门不再硬性摊派了，由各地发运司根据本地情况，把原来硬性摊派下去的物资换算成货币，徙贵就贱，用近易远，在近的地方买进便宜的东西。这样一来，朝廷省了许多运费，又让国家在买与卖之间赚到差价。王安石没有食言，果真是民不加赋而国用饶，没有增加天下子民一文钱的税收，国库却从来没有这样充实过。年底时不仅户部、司农寺第一次有了余钱，而且后宫也第一次有了余钱，要不然这次太皇太后曹氏六十圣寿就不可能办得如此隆重和风光。此外，赵顼心中还有几件许多臣子还不清楚的快活事。秦风路那边又传来好消息：王韶继青唐俞龙珂之后，又招抚了吐蕃好几个部族；王韶奏请的在边境设置的市易司开张了，招募的弓箭手也在边境开荒耕田，一旦对西夏用兵，朝廷财政上也有钱了；王韶已着手准备与西夏后族的恶战，拿下武胜关，收复河、湟。按说，赵顼应该高兴才是，缘何气色不是那么好、龙颜不是那么欢快呢？

韩维看到，赵顼坐在御案后面，把御案上的奏章移到自己面前来，一份一份拿起来又放下去："文彦博的，司马光的，都说新法不好；净说些没用的空话，什么'仁'呀'义'呀，好像一讲新法，就不要仁和义。朕不要仁、不要义吗？还有什么小人当道、谄谀日炽，物议汹汹，窃窃怨叹，王相公是小人吗？谄谀了你吗？谄谀了朕吗？都是些什么话！"

韩维明白了，赵顼的这些气都是冲着文彦博、司马光一伙人来的。当然，别看气头上赵顼讲了这么些难听的话，其实过不了多久，又会召他们进宫，不仅会让他们各自发表自己的政见，且会认真听着。在说新法不好的人中，赵顼最看得起的是司马光。本来，对文彦博，赵顼也是很看得起的，此公学不如司马光，却是个难得的有谋断的人。二者比较起来，赵顼更看得起有学问的人。再说，文彦博早就六十开外的人了，脑子已不如以前好使。不用说，在朝政方面，赵顼很愿听司马光的意见，但对文彦博的意见也不会不听。

韩维清楚，赵顼多少有点陷入两难的境地，这叫他心烦意乱。一方面，王安石确实是他寻找了很久的心目中最理想的宰相不二人选。王安石的理财智慧不仅是朝中无人可比，就是中原王朝千年来也难有人可比。王安石主持天下朝政以来，新法的诏书未下，但已率先施行新法的州县一下子使官府的钱多了起来，这一点朝中何人做得到？但，说新法不好的却越发多，更有外放到地方镇守一方的韩琦、欧阳修、富弼，也都说新法不好。赵顼就不能不认真考虑了。特别叫赵顼感到难办的是，后宫对新法亦不看好。大宋后宫是不干政的，开国百年没发生过一次真正意义上的后宫干政，但后宫对朝政的态度，赵顼却不可能视而不见、听而不闻。韩维几次在宫中值宿，太皇太后曹氏、太后高氏跟他聊天，经常提到现在朝廷的老臣走得太多了。太皇太后曹氏、太后高氏言语间还常流露出这些外放的大臣都是王安石挤走的意思。另外，太皇太后曹氏、太后高氏还常问起大才子苏轼的情况。对苏轼的情况，韩维还真不知道如何回答才好。大宋此时的朝廷里，怪人不少。王安石是个怪人，司马光、吕诲也是怪人，范纯仁、苏辙也有点怪；除吕诲外，这些怪人都上去了，得到重用。大才子苏轼这个人其实不怪，却上不去，官当不大，但怪事全落到他一人身上。朝中许多人对此有点愤愤不平。不过，韩维并不认为这些人心里都是真正的愤愤不平。此时，韩维脑子里忽然冒出一个叫他自己也感到十分好笑、十分古怪的想法：这些对大才子苏轼没得到重用而愤愤不平的人，一旦自己上去了，会重用大才子苏轼吗？答曰：未必。

韩维看到，赵顼离开御案，走到他面前来，说：“持国，新法真不好，真有那么可怕吗？”持国是韩维的字。赵顼此时完全像当年在东宫当太子一样，把韩维当朋友看待。

韩维：“以臣观之，介甫立新法，本意是非常好的。这些新法亦非不善，臣忧的是官吏施行起来，百姓不仅不获其惠，反受其害。”

赵顼：“持国之言，与范纯仁、苏辙如出一口。”

韩维：“这两位都是朝廷里难得的忠正之士。”

韩维与赵顼君臣二人就这么像在东宫时一样，很是轻松地交谈着。从刚才赵顼的话中，不难看出，赵顼不仅下定了决心要在天下施行新法，且急于见功。但从刚才赵顼的问话中，韩维听出赵顼对新法的底气并不是很足。要不这次召见李定入对，也就不会把文彦博、司马光、韩绛和吕惠卿也一并叫来。

此时崇政殿御前太监从殿外躬身小跑进来向赵顼禀报：文彦博、司马光殿外觐见万岁。韩维看到，刚才还对文彦博、司马光很是有点恼火的赵顼龙颜立即显出一种出自内心的笑容，要御前太监快快把文彦博、司马光请到殿内来。不一会，文彦博、司马光一前一后走了进来。韩维发现，大概是撰写《资治通鉴》的原因，司马光视力越来越不好，进殿时还给门槛绊了下，人往前栽了栽，好在文彦博扶住了他。赵顼命小太监搬来六只锦墩，韩维明白，李定今天入对的时间恐怕会很长，不仅要听李定说，来参加这对入对的人都要发表意见。

小太监把六只锦墩放在御案前面，文彦博、司马光正要坐下去，兄长韩绛和吕惠卿来了。他俩给赵顼行过跪拜礼后，转身给文彦博、司马光拱手行礼；文彦博、司马光倒是起身，却只给韩绛回了礼，对吕惠卿相也没相一眼，就在锦墩上坐下，弄得吕惠卿很没面子，也多少有点尴尬难堪；好在吕惠卿像没发生过这事一样，挨着韩绛边上的锦墩坐了下来。韩维觉得，吕惠卿还是才智过人，很能干，不死板，朝廷里没几个人比得上，确实是王安石的左右手。当然这个人也有许多缺点，对上巴结逢迎，对下轻慢冷漠。这种缺点当然很要不得，但官场自古如此，有这种缺点的人多得很，有什么值得大惊小怪的呢？又为什么一定要这么苛求吕惠卿呢？韩维听到朝中有人就因这点说吕惠卿的坏话：奸佞。韩维觉得，仅仅因为这个缺点就这么说吕惠卿，很不恰当，过头了。韩维正好坐在吕惠卿旁边，有意识地转过脸去，很有点同情地望了望吕惠卿。吕惠卿会意地侧过脸，感激地回望了韩维一眼。韩维明白，那是一种受到他人奚落的人而发出来的感激的目光。

赵顼坐在御座上，仍旧只是把御案上的奏章一份份翻出来看。御前太监又进来禀报：王安石和李定殿外觐见万岁。韩维注意到，崇政殿的气氛骤然变得复杂、新奇、怪异、微妙起来。韩维明白，这种气氛并不是由王安石引起的，倒是由秀州的那个八品判官李定引起的。王安石现在无论在什么地方出现，再也引不起这种气氛了，人们对古怪的王安石和他那些古怪的言行及其古怪的新法已经见怪不怪了。然而秀州的一个八品判官在太皇太后曹氏六十圣寿之后的第二天，就被天子召进崇政殿入对，且叫了朝中不一般的臣子参加，这就非同小可了。韩维注意到，赵顼从御案后面站起来，命身边一个小太监去把李定引过来，又指指他面前的锦墩，要李定坐在那只锦墩上。

崇政殿的气氛变得简直有点叫人不可思议，很有点荒唐意味地鬼怪起来。去年四月初四王安石越次入对，在天子和许多朝廷重臣面前旁若无人，对时政高谈阔论，众人并不觉得荒唐，王安石毕竟是翰林院学士，官居三品，朝中至今没人说这有什么古怪的地方。然而，李定不过地方的一个八品小官，离入对的资格差得太远了，且赐座，就坐在赵顼前面，这也太叫人不可思议了。当然，这毕竟是天子要李定入对，众人可以因为王安石在天子面前引荐李定而指责王安石，却不敢因为天子召李定进宫入对而非议天子。

文彦博这个山西大汉捻了捻自己的长须，一脸逼人的官威，有意望了望李定，又很不满地瞥了王安石一眼；司马光一脸的气恼，像悬崖边突起的岩石似的颧骨更加突出了，望了望王安石，又恶狠狠地盯了李定一眼，嘴上几茎稀疏的胡须也因此而抖动了起来。兄长韩绛很友善，但也多少有点不解地望望王安石，又很是好奇地望望李定。吕惠卿对王安石是一脸的崇敬，对李定是满眼的鼓舞。韩维特别望了望李定，这个李定有意思，赵顼要他坐在对面的锦墩上，李定很兴奋，很激动，诚惶诚恐，坐不是，站不是，不知如何是好。韩维觉得，李定真的是忠厚老实。此人的兴奋激动，是真正的兴奋激动，一点不类中原王朝千百年来臣下朝见天子多少有点夸张出来的兴奋激动；此人的诚惶诚恐，是真正的诚惶诚恐，确实与时下奏章中有意用这种熟烂透了的客套话来表示自己事奉天子的小心谨慎态度大相径庭；此人的不知如何是好，是真正的不知如何是好，更是与在官场走了二三十年江湖的士大夫造作出来的战战兢兢、不知所措迥然而异。

赵顼仍旧没有出声，却也未把奏章翻出来看。李定惶恐地望了望左边的王安石、韩绛、吕惠卿几个人，又望了望右边的文彦博、司马光。韩维看到，突然间李定面对着赵顼，扑通长跪合掌，完全五体投地，天子赵顼要他平身起来，李定还拜了又拜。韩维发现：文彦博、司马光二人现出一脸嗤之以鼻的鄙夷表情；韩绛脸上有种既觉得李定举止有点可笑，但又很可爱的表情；吕惠卿脸上则多少有种挂不住的尴尬和难为情；王安石却一脸的堂堂正正，对李定这种小官初次朝见天子时所表现出来的失态举止一点也不觉得有什么少见多怪的地方。韩维注意到，王安石对文彦博、司马光倒很是不屑一顾地瞥了一眼，然后便弯下腰去，轻轻扶着李定的肩膀；李定扭过脸望着王安石，王安石目示他起来，李定这才爬了起来。韩维也觉得李定今天这种举止表现看起来有点反常可笑，其实很正常。满朝文武百官，谁第一次见到天子不是兴奋、激动、小心谨慎、惶恐不安的？谁举止言谈不多少有点反常可笑的？讥笑李定的人，其实不应该，反显得见识寡陋，要不就有某种成见。相反，韩维觉得李定这个人倒还真的是厚道本分可靠，要是初次见到天子，就不卑不亢、镇定自如，倒是显得可怕，对这种人倒真要好好提防提防。这么想过以后，韩维不由得朝天子赵顼望去，但见赵顼两眼望着李定，龙颜大悦。韩维知道，天子赵顼对李定印象好极了。

赵顼还不急着马上问李定什么，只是随意把御案上的什么人的奏章拿起来随意看了看，等李定情绪平静下去后才对李定说："朕今日把你召进宫，其他的事你都不用说，只说一件事：民谓青苗法何如？"

韩维明白，赵顼所说的其他事，主要指的是李定到京都开封来，拜会冯京的那段经过。韩维觉得天子办事越来越老到，也越来越细心了。今日崇政殿上提起李定拜会冯京那段事，一是没这个必要，这与正题关系不大；二是节外生枝，要扯出一些新的麻烦事来。李定本来是冯京引荐到朝廷里来的，然而，李定不仅半点情不领，且跑到条例司说些根本不是他说的话。有道是见事莫说，问事不知。京都开封官场上卷进这场是非漩涡的人，是身不由己，脱身不了，你一个外地来的人反往里面冲，岂不是没事找事，太傻了吗？当然，韩维也因此觉得李定这个人并不是个见风使舵、八面玲珑、巧言令色、圆滑善变之徒，倒恰恰是个不会撒谎、认死理的厚道人。这事自然不宜在崇政殿上提出来，否则文彦博、司马光定有话要说。

韩维感到崇政殿的气氛严肃而又沉重。无论是天子，还是文彦博、司马光，抑或是王安石、韩绛、吕惠卿，都一起凝望着李定。赵顼的这句问话并不好回答，这不仅会把这个八品地方官难住，也会吓着他。现在朝廷确实为青苗法吵得不可开交，说好说歹的人嗓门都挺大，都很慷慨激昂、理直气壮、振振有词，朝廷因之还渐渐分成两边。韩维专注地望着李定，看他在崇政殿面对天子赵顼，会怎么说了。

李定也明显感到殿里这种气氛对他的压力，脸色有点凝重。过了好一会，李定抬起头来，一脸认死理的厚貌："臣不知京师乃不准说青苗法的好坏，但知据实以言。"

韩维看到，崇政殿里的气氛更加严肃而又沉重起来。李定的这句话听起来很平常，谁都可以接受，想想分量不轻，特别是"据实以言"四字，更觉得不简单。赵项和众人都在静候李定的下文。

李定依然是一脸认死理的厚貌："民便之，无不喜者。"

本来，李定此言一出，坐在锦墩上的人要你一言、我一语议论喧闹起来。韩维看到，所有人都一动不动地坐着，面部无一点表情。崇政殿里有种叫人喘不过气来的死寂。不过，韩维清楚，崇政殿里这些人心里其实都像开了锅的水一样，滚烫得谁也平静不了。

没过多久，崇政殿里这些人内心的情感再也无法不表现在脸上了。韩维看到，王安石是一脸的兴致勃发，兄长韩绛是一脸的由衷欢喜，吕惠卿则是一脸的乐不可支。韩维再看看文彦博、司马光，这两个人的神情就很是沮丧了。不过，他们对崇政殿出现这种情景显然是有备而来。文彦博虽然一脸的失望，但一脸的威重不减半分。司马光虽然一脸的不快，但瘦削的颧骨显示出一种叫人有点惊恐的拗劲。端坐御案后面的赵顼龙颜，是大惊、大奇、大喜、大快。赵顼的大惊，是李定竟然在冯京提醒劝告他不要卷进京都开封官场是非漩涡时，却说出这句石破天惊的话来，这种人在历来的官场都不多见，自然叫赵顼大惊。赵顼的大奇，是"据实以言"并不是出自朝廷重臣之口，而是出自一个小小的八品地方官之口，且是在崇政殿当着天子和几位很有分量的臣子的面说的，这自然叫赵顼大奇。赵顼的大喜是正当他对青苗法还多少有点底气不足的时候，李定的"据实以言"，消除了他的疑虑，去掉了一块心病，这自然叫赵顼大喜。赵顼的大快是李定的"据实以言"，使天子真正感到快意。尽管今年下半年好事连连，太皇太后曹氏六十圣寿又办得那么隆重风光，但朝廷许多人总对新法特别是青苗法说三道四，横加指责，不仅弄得天子惬意不起来，反弄得天子心烦意乱，李定的"据实以言"，使得天子再也不存在一丝一毫的担心和顾虑了。既然如此，此时焉能不叫赵顼感到大快呢？

赵顼问李定："据在何处？"

李定从衣袖里取出一份奏章，双手捧着："臣有题折呈上，上面有百位农户的原话为据。"

韩维侧过脸，朝李定望去，但见李定奏章的题折上，盖着衙门的一颗红色官印。这么看来，李定这次入京完全是光明正大而来，没有半点躲闪的地方。韩维看到，奏事处太监已经躬着身子，抬起了脚，要去把李定手上的题折拿过来盖上玉玺。不过赵顼也同时站了起来，一只手对奏事处太监做了个制止的动作，然后走到李定身边，把李定的题折拿了过去。不等回到御案那里，就把题折打开，一边看，一边高声说："有县、村地名，有百位农户的大名，还有说话时间、何人在场的记载，事实俱在，岂能再有疑虑。"

韩维注意到，赵顼对青苗法的决心已定。从今以后，谁再对青苗法说东道西、指南言北，就是很不识相，要碰一鼻子灰了。韩维觉得李定今日算是把司马光、文彦博彻底得罪了，这两个人不会原谅他，要骂他一辈子的。当然，李定吃亏也就吃亏在不会撒谎、认死理上，今后的日子不会好过。韩维没料到的是，在十年后的乌台诗案中，李定就因为不会撒谎，据实以言，差点要了大才子苏轼的命，当然李定也因此落了个千古骂名。

崇政殿里所有人的目光都集中在赵顼身上，静候天子传旨。韩维清楚，赵顼下面要说些什么其实毫无悬念，众人都明白天子将说些什么，今天李定的这场入对很快要结束了。赵顼很快把李定的题折看完，回到御案后面，下一步就是要口谕拟诏了。此时韩维却听到司马光高声道："臣有话要奏。"

崇政殿有了一种有点骚动不安的微妙气氛。众人的目光都转移到司马光身上去了。赵顼抬起头，定定地望了司马光好一会："讲。"

司马光赶在天子口谕拟诏前奏事，没重要的话是万万不会做出此举来。这很容易给自己带来麻烦，把天子的话头拦住，可不是朋友、家人之间的插嘴，惹恼了天子可不是开玩笑的。韩维很想听听司马光下面会说些什么，但同时又有点为他担心。

司马光用咬字沉重、前声拖地很长的陕西话说："陛下，青苗法万万不可强行抑配，也万万不可贷给那些好吃懒做的泼皮无赖呀！"

韩维心里不由得猛地一震，很是佩服起司马光来。此公到底学富五车，通古今之变，会说话。如果此前天子对青苗法还多少有些底气不足，但李定的"据实以言"和那道题折，使天子最后坚定了对青苗法的信心。很显然，现在还在要不要施行青苗法上做文章，就很不合时宜。司马光这个人有时是有点迂，但不会在这样的问题上迂。司马光对新法有不同意见，甚至恨得咬牙切齿，只会把矛头对准王安石，绝不会做出惹天子恼火的蠢事来。韩维觉得司马光这两个问题提得好。说实在的，这两个问题韩维也挺担心。抑配不是不可能。虽说青苗钱比兼并之家的高利贷利息低多了，但也有二成的息，一年两季，合起来是四成的息，并不低，未必每个农户都愿贷。特别是富户在青黄不接时把自己的钱放贷出去，是赚高利贷的，此对反要贷青苗钱，如何肯贷。青苗钱贷不出去，官府如何向朝廷交代？自古平头百姓怕官府，官府怕朝廷。朝廷要行青苗法，官府不敢不行。农户不贷，官府强行抑配，天下平头百姓无有不贷的。这哪里是惠民，其实就是盘剥。此外，好吃懒做的泼皮无赖巴不得把青苗钱贷到手，贷到手就吃喝玩乐，还钱时要钱没有，要命一条，官府本钱都收不回，官府不亏大了？特别是官府衙门里的人狼狈为奸，从中谋利，平头百姓就苦大了。有理！有理！司马光言之有理！

赵顼又站了起来，半天望着司马光，什么话也没说；王安石一脸悻悻，很有点觉得司马光存心不良、处处与他过不去的意思；兄长韩绛却被司马光突如其来的一句话弄得措手不及，只知道望望司马光，又望望王安石；只有李定一人一声不吭，规规矩矩地坐在那里，有种自觉人微言轻的老实表情；吕惠卿也没开口，但一脸成算在胸的神色。

赵顼指着吕惠卿说："吉甫爱卿说。"用的是昵称。

韩维很清楚，赵顼对吕惠卿是越来越赏识了。在新法的许多问题上，赵顼都很愿意听吕惠卿的意见。吕惠卿对这点当然心中有数。既然天子点将了，吕惠卿也就当仁不让。韩维看到，吕惠卿从锦墩上站了起来，很有点挑衅地望着司马光说："司马大人的话有理。不过司马大人放心，这两个问题王相公早考虑好了：县令、县佐在青黄不接贷放青苗钱时亲自与都保正、户长一道检视，按民户等级高低借贷，一等民户不得过十五贯，二等民户十贯，三等民户五贯，四等民户一贯五百，五等民户一贯，不是谁想贷多少就贷得到的，好吃懒做的泼皮无赖一文钱也贷不到，根本用不着抑配；为防止有人不还钱，每十户结成一保，由三等以上民户充作'甲头'。这两个问题不就解决了？再说，王相公当年在鄞县就是这么做的，何忧之有？"

韩维看到，赵顼频频点头，显然十分欣赏吕惠卿的意见；王安石悻悻之色不见了，一脸的欣喜欢快；兄长韩绛豁然开朗，一脸的舒畅；李定仍旧一声不吭规规矩矩坐着，似乎只带了耳朵来听，未带嘴巴来说；文彦博右手的拇指和食指捋着长须，威重的脸上若有所思；司马光一时给吕惠卿的话噎住了，无言以对。

赵顼指着司马光："君实学士说，听君实学士说。"用的是官称。

近来韩维有个很有趣的发现，赵顼不仅十分喜欢让司马光与王安石这两个过去是“嘉祐四友”的朋友、现在则处处不合的人在一起议政，而且十分喜欢让司马光和吕惠卿这两个议论朝政时就要争得面红耳赤的死对头一块议事。刚才司马光明明无言以对，赵顼却还要司马光说下去，就是要二人争起来。韩维知道，司马光对吕惠卿很反感，也很看不起吕惠卿，但天子要他跟吕惠卿在一块议事，又不得不从。吕惠卿却很乐意跟司马光在一块争论朝事，每次都兴致勃勃、精神抖擞，且经常把司马光难倒。韩维看到，司马光脸上有点屈尊之色。不过，司马光到底是司马光，只见他一脸肃然起来：“介甫在鄞县，好办。现在天下二十三路一千二百三十四个县，此一时，彼一时，岂能相提并论！”

韩维对王安石当年做鄞县令时贷放青苗钱，很是赞不绝口，要不然就不会举荐王安石，在赵顼面前夸赞王安石是天下少有的财务奇才。不过，韩维也觉得司马光这句话不是没有道理。王安石管一个县，可以亲自下到乡村，谁也瞒不过他的眼睛。现在天下这么大，能亲自下到一个个乡村去吗？再说，这一千二百三十四个县令都能像王安石那样下到每个乡村吗？恐怕天下人都会摇摇头，回答只能是一个字：否。

王安石一脸的自信，微笑着说：“君实放心，你的担心不过是小事一桩：朝廷在漕司、宪司之外增设仓司，各路设常平官专司其事，监施天下青苗钱贷放。”

赵顼一面专注听王安石说，一面双手使劲在御案上拍，一脸心醉魂迷之态，一脸的击节赞赏之容。韩维觉得，王安石的办法确实是个好办法！漕司又叫转运司，掌一路财赋。宪司又叫提点刑狱司，掌一路狱讼。增设仓司，监督青苗法的施行，设常平官专司其事，天下二十三路一千二百三十四个县就如一个县。仓司和漕司、宪司一样，都是由朝廷直辖的监司。韩维以为，这下司马光没什么说的了。赵顼把李定的题折合起来，放在御案上，看样子要宣布退朝了，但就在此时，山西大汉文彦博站了起来：“文某有两点不明：第一点，需要钱的与不需要钱的如何区别开来？第二点，泼皮无赖、不法之徒与守法农户如何鉴别？”

文彦博这个人学问不如司马光，但机谋通透，非一般人可比。韩维感到，文彦博这两点，不能说不是问题，且不是一时三刻就能回答得了的，也不是三言两语讲得清楚的。韩维不由得先看了看天子，赵顼的表情十分有意思，先是龙颜一怔，似乎很不愿意听到文彦博这句话，但又不能说文彦博这句话错了；不过，后来好像想起什么，又微微一笑。韩维再看了看众人，但见兄长韩绛一脸困惑，窘得有点不知所措；吕惠卿一脸由晴转阴，喉咙里好像哽了块骨头，张开口却说不出一个字来；司马光好像多久憋在肚子里的恶气终于出来了一样，一脸的大喜过望；李定还是规规矩矩、老老实实坐着。

崇政殿的气氛变得僵硬而沉闷起来。此时，司马光忽然转过身去望着王安石，一脸的圣洁，无比痛心、无比诚恳、无比忧虑地说："今之官非古之官，说是理民，实则害民，犹虎狼牧羊豕，搜刮无所不为。介甫对这点，不会不知，不会不晓吧？"

韩维先是一愣，觉得司马光的话有点危言耸听，把官看得太坏了点，似乎天下没一个好官；如果真是如此，那么你司马光不也成了这样的害民之官吗？但仔细一想，韩维又觉得司马光的话并非危言耸听，中原王朝的千年官场，不能说没有好官，然而坏官确实多如牛毛。要不然，历朝历代的明君，就不会一方面要用这些害民的人去牧民，一方面又对这些官严加防范，措施唯恐不周，禁令唯恐不详；历朝历代对这些害民的官，抓也抓得不少，杀也杀得不少，更有些官甚至遭到千刀万剐之刑，然而，即便这样，这些害民的官仍是抓不尽、杀不完，生生不息，永远不绝。韩维觉得，司马光的话不能说没有道理。

王安石站了起来。韩维发现，不仅天子赵顼的目光朝王安石望去，而且韩绛、文彦博、司马光、吕惠卿都一起把脸转过来望着王安石，就是李定也侧过身，仰望着王安石。王安石先用点漆般黑得发亮的眼睛望了文彦博一眼，然后面对着赵顼，用带有南方他家乡口音的官话，辞色皆厉地说："文太尉和君实所言，确实是要引起注意，陛下与臣并非没议论过。曾子曰：'未有学养子而后嫁者也。'天下有那个女人是先学会了生儿子才去嫁人的呢？干什么事都不可能事前想得十全十美。沧海遗珠其实很正常，尽善尽美其实反倒不正常，恐怕神仙也做不到这一点。有句古话：'不入虎穴，焉得虎子。'事情不做起来，焉能知道如何去解决问题？"

韩维注意到，众人都被王安石的话吸引住了。赵顼龙颜大悦，频频点头；兄长韩绛脸上的困惑一扫而光，一脸的欢笑；吕惠卿脸上又由阴转晴，自信地微笑着；李定一脸的兴奋、一脸的激动、一脸的敬仰，眼眶里还有了泪花；司马光一脸的错愕，脸上的喜色全不见了；文彦博一脸的痛苦，显然是因为想说什么却又找不到恰当的话来而感到难受。韩维觉得王安石的话实在太精彩了。王安石这个人口才真是好，说起来滔滔不绝，义正词严，理足气盛，却又要言不烦。韩维很清楚，一班对王安石新法有成见的人，对王安石的口才也很是反感，说不过王安石，不能诎王安石之口，就说王安石唯肆强辩。这就太不应该，荒谬之至了！不过，尽管如此，韩维觉得，司马光的话不可不听。

王安石："机不可失，时不我待。臣以为陛下早拟发一诏令，明示天下：诸路散青苗钱禁抑配。天下疑虑自然冰释。"

韩绛："介甫之言甚是，什么事都只是在殿堂之上争来争去，再好的事也要给耽搁了。"

韩维也觉得王安石此言极是："有陛下诏令在，抗旨者要三思而后行矣！"

赵顼对文彦博说："太尉还有高见？"用的也是官称。

文彦博此时已无高见可言："臣有话要说，定然会对陛下知无不言、言无不尽。"

赵顼龙颜大欢，对司马光说："君实学士不觉得跟介甫说话是件快乐的事吗？"

韩维看到，王安石点了点头，司马光却脸色很难看，答话很僵硬："不敢！"

赵顼情绪很好，龙颜欢快。赵顼笑着对司马光说："相与论是非，何至是！"

韩维清楚，赵顼是在给司马光打圆场。赵顼最不愿意看到的就是王安石与司马光二人伤和气。不过，赵顼的圆场却怎么也圆不了。王安石是一脸的光风霁月，司马光是一脸的正大光明。两个正人君子谁也没看谁一眼，很是有点针尖对麦芒，谁也不想让对方一步一寸。韩维很是惋惜，也很是莫可无奈。王安石、司马光与他、吕公著当年是京都开封官场令人钦羡的"嘉祐四友"，然而今日王安石与司马光却闹得这样僵，再发展下去二人要成水火不相容的冤家仇人了。这种局面，实在是韩维所不愿看到的。

赵顼又站了起来："朕意已坚，众位爱卿就不要再议论青苗法了！"

按照常规，奏事处太监要宣布退朝，但这回也未见奏事处太监开口。韩维看到，赵顼把李定的题折递到奏事处太监面前："盖！"

韩维不由得低声笑了起来。王安石、兄长韩绛、文彦博、司马光、吕惠卿都笑了起来。李定没笑，莫名其妙地望望御案那边的赵顼，又望望这边的众人。

奏事处太监把李定的题折摊开平放在御案上，然后恭恭敬敬把御案右角上的玉玺端了起来，再小心翼翼、认认真真地将玉玺盖在李定的题折上，还重重地按了按。韩维想起今年五月在大庆殿吕诲以十大罪状弹劾王安石的情景。那天赵顼实在给吕诲气伤了心，弄得有点失态，未按照朝廷的规定在不带机密性的题折上盖上玉玺。那个吕诲也就那么认死理，不给赵顼一点面子，不在他的题折上盖玉玺就长跪不起。韩维还记得清清楚楚，当时赵顼并没有责怪吕诲，相反在盖完玉玺后还默然一笑。时移事易，才半年时间，情况已很不一样了。今天赵顼特高兴，不要人提醒，自己早早地命奏事处太监盖玉玺。赵顼是个好天子，做他的臣子，可以放一万个心，不用担心随时有什么大祸来临，更不用担心人头落地。

奏事处太监用训练有素的如钟磬般洪亮好听的声音宣旨："退——朝！"

众人站了起来，往崇政殿外走去。王安石、兄长韩绛、吕惠卿一脸喜色。文彦博脸色就没那么好看了，一脸逼人的官威更多了几分严峻，当然也更显得叫人可畏的了。司马光则板着个脸，把本来就突起的颧骨绷得更突起了。出了崇政殿，下丹墀时，视力不好的司马光一只脚不小心踩空一级台阶，人往前栽了栽。好在走在前面的李定回身双手扶住，司马光才没栽下去。韩维看见，李定扶着司马光时，很恭敬地望着司马光，但司马光不仅不领情，还很生气地把李定扶他的手打掉，嫌李定的手肮脏，用手把李定摸过的衣袖拍了又拍。韩维明白，司马光恨死了这个八品秀州判官，但此举就不仅有失翰林学士的气度，且有点以怨报德了。李定给窘得一脸通红。不过，这个李定却并不计较这些，一边下丹墀，一边还不时回过头去，有点担心司马光再踩空。后来韩维才知道，李定这次进京前，在秀州见青苗法很有成效，又听说朝廷里许多人都说青苗法不好，非常敬仰王安石的李定就在秀州搞了份百位农户对青苗法的见证材料。不错，李定肯定会因这点得到很大的好处，飞黄腾达起来。但司马光几个人却因此把李定怀恨了一辈子，特别是司马光还抓住李定未给改嫁的生母服丧这件事大做文章，把李定骂作比畜生不如的人。

众人沿着御道往宫门走去。韩维与王安石、韩绛、吕惠卿几个人走在一起，刚下丹墀，忽然听到后面有太监传旨：天子赵顼召他和王安石、韩绛、吕惠卿回崇政殿去。韩维看到，此时已先一步下丹墀的文彦博、司马光都不由得回过头来，望了望这边，不过，脸上并无什么特别的表情，然后掉头迈着方步往前走了。已走了好几丈远的李定也回过头来，脸上很是仰慕，也很是恭敬。

韩维猜：天子赵顼把自己和王安石、韩绛、吕惠卿召回到崇政殿，恐怕是要他们一起来商讨青苗法诏令的起草问题。天子旧臣韩维清楚，赵顼不是个没耐心的人，大事没拿定主意前可以耐心地等待着。比方登基后，为了寻找一位能辅佐他富国强兵、洗刷国耻、做大有为之君的鼎臣，足足花了一年零三个月；但赵顼也不是做事拖拖拉拉的人，大事拿定了主意就会毫不犹豫去办。比方他看中王安石以后，就让他越次入对，然后就让他进中书主持天下政事。既然已经拿定主意施行青苗法，就没什么再犹豫的了。赵顼等他们进了殿，在锦墩上坐定后，果然是商讨青苗法诏令的起草问题。君臣四人商讨了一个多时辰，把青苗法的许多问题都仔仔细细考虑过了。赵顼同意拟诏，不过没让翰林院起草，也没让韩维执笔，却交给吕惠卿撰拟。这自然出乎众人的意料，但也不完全如此。不错，按常规起草天子的这类诏令，应该是翰林院学士的事。然而，作为条例司检详文字的吕惠卿自始至终参与了青苗法的商讨和拟订，把施行青苗法的诏令交给吕惠卿去撰拟，这既在情理之中，对青苗法的施行也大有好处。当然，这也是天子对吕惠卿的器重和圣眷增浓的一种表现。韩维看到，吕惠卿兴奋不已，感激涕零得赶紧匐伏在地接了旨。从此以后，吕惠卿不仅深得王安石的赏识和信任，成为王安石的得力助手，而且得到天子的赏识和信任，视他为难得的人才。不过，不久韩维发现，他的这个看法把吕惠卿看低了，天子后来还把吕惠卿视为当世少有的贤者。

赵顼要吕惠卿先拿出个初稿，君臣四人再议一议，明年开春作为天子第一个诏令颁布下去。

商讨完毕，赵顼和众人准备退朝，却发生了一件看起来不经意、仔细一想挺叫人心惊肉跳的事。韩维看见，吕惠卿慢慢起身时，对赵顼和众人随口慢慢地说了句话：“要是都这么物议纷纷，朝廷什么事也做不成了。”

韩维注意到，吕惠卿此言一出，王安石猛地抬起头，怔了半天，很有点不安的意思，不过却没说什么。韩维觉得，王安石对吕惠卿这句话是有同感的，只是觉得这句话意味深长得很不一般，才有点似乎是警备的紧张。兄长韩绛也猛地望着吕惠卿，张开的口半天合不拢，好像有点恐惧似的，很想说几句什么话，见王安石没说什么，就也不说了。已经起身准备退朝的天子赵顼不由得别过脸来，先盯了吕惠卿一眼，接着默然良久，然后半是对韩维、王安石、韩绛、吕惠卿，半是对自己说：“朕不会再让这些人胡说八道下去，这回无论如何要把这件快意之事做到底，让天下人看看！”

王安石、兄长韩绛脸上都有了一种复杂的表情，像放下了一颗悬着的心，又像是对什么还有点不放心。吕惠卿则是一脸的喜色之外还有一丝得意的神情。韩维觉得吕惠卿这句话很是叫人心惊肉跳。从这天起，全面变法开始了，谁还要在赵顼面前再对新法,特别是青苗法啰啰唆唆，恐怕就不仅仅是碰一鼻子灰，赵顼绝对不会有什么好看的脸色对着他了。

从黄河那边刮过来的北风还是那么大，放肆地把尘沙扬起，皇宫也笼罩在永远也扬不尽的沙蒙之中，就连连绵铺排的金黄色大屋顶与同样连绵铺排的红彤彤门窗也失去了往日耀眼而又刺目的光芒。天上的日头黄糊糊一团，看起来就像一只散了黄的鸡蛋。

第三十七章　酒楼饯行偏遇当红条例官　安国严词正告显赫奸邪贼

大才子苏轼后来总是跟人说，十二月初十小寒那天，即使王安国没有突然来到醉春楼，他也不会放过吕惠卿和李定，肯定会到那边酒桌上去，好好教训一下这两人不可。十二月初十，离过年二十天的时间，冯京在醉春楼摆酒，为被贬到外地去的范纯仁、苏辙饯行。这天又是小雨雪。本来京都开封冬季只是寒冷，雨雪不多，但熙宁二年京都开封的冬天，却很有点反常，冬至后隔三岔五下起小雨雪来。天气坏透了，京都开封的街道也脏透了，枯枝败叶与泥水酱在一起，把京都开封弄得像个穿得破破烂烂的叫花子。低洼地上的水结成了一层薄冰，被行人踩着碎了，白晃晃的碎冰在脚底下发出很沉闷、很难听的叶嚓叶嚓的声响。

鼓楼的巳鼓响过了好一会，大才子苏轼骑着匹性子不烈、毛色纯亮、脚力很健的白马出了家门，往醉春楼走去。此时，因为家眷已从四川眉山老家到京都开封，苏轼便搬出了兴国寺，在旖旎温柔的城东租赁了一处宅院居住。苏辙也因为家眷来了，在雅静幽秀的城南租赁了一处宅院居住。苏轼与苏辙二人兄弟情感一向不错。做兄长的，对弟弟护爱有加；做弟弟的，对兄长也多有顺从。从苏轼与苏辙二人内心来说，当然希望永远在一个地方当官，不要分开。但既然在朝廷当官，那就身不由己。天子要你到什么地方去当官，你就得到什么地方去。不过，这次分离不仅苏轼感到突然，就是苏辙也没想到天子赵顼会这么快把他贬到外地去。

天上纷纷小雨与纷纷小雪使开封城好像笼罩在无边无际的雾里。苏轼前几天才知道，事件的起因还得从十一月三十日太皇太后曹氏六十圣寿前三天说起，那天范纯仁约苏辙进宫面君，知无不言、言无不尽地把自己对理财新法，特别是青苗法的想法全都讲了出去，力陈其不可。苏轼清楚，范纯仁、苏辙实际上是在向王安石发难。那天范纯仁是带了题折去的，上面盖了谏院衙门的官印，赵顼接到后还命御前太监拿去盖玉玺。范纯仁题折上把他去年八月二十八日在老相公韩琦府上说过的一句也写上去了，指责王安石“欲求近功，忘其旧学。尚法令则称商鞅，言财利则背孟轲”。话都是老话，但语多激切，把王安石说得够狠、够重的了。然而，叫范纯仁、苏辙纳闷的是，赵顼当时只是认真地听，没说他们什么，过后赵顼那边也没什么反应。后来范纯仁、苏辙才知道，天子赵顼把范纯仁的题折扣在禁中，留中不下，对苏辙的话更是不做批答，好像根本没听到一样，范纯仁的题折和苏辙面奏的内容也未转交给中书去议，更没给外廷任何一个大臣看，特别不让王安石知道。

这就很叫范纯仁、苏辙百思不得其解。不过，苏轼心中却很清楚。十二月初一太皇太后曹氏六十圣寿前一天，苏轼从吏部出去，刚好碰到路过吏部的范纯仁、苏辙，谈起这事。苏轼告诉他们：天子这么做，一是避免范纯仁、苏辙与王安石矛盾激化，赵顼最醉心、最倚重的是以“师相”相称的王安石，但不仅对外放的大臣韩琦、欧阳修、富弼和在京的重臣文彦博、司马光、冯京、吕公著也看得重，且对范纯仁、苏辙这班已过而立之年的才俊也很看得起，不想让他们与王安石把关系弄僵；二是天子赵顼特别不愿看到因为范纯仁、苏辙的发难，连带影响王安石与司马光的关系，把已经弄得很僵的王安石与司马光弄得形同冰火、势不两立。因之，赵顼只想尽量把这事压下来。苏轼要他们不要太急，看看事情会怎么发展下去再说。

然而这一次，范纯仁、苏辙听不入苏轼的意见。他们横下了心，不惜跟王安石拉破脸皮，非干到底不可。苏轼心中有数，范纯仁、苏辙并不想象吕诲那样把王安石扳倒，但也确实想通过天子把王安石制定的新法废掉，特别是青苗法，得赶紧停下来。因之，范纯仁就干脆把他题折中的话，原封不动地写成抄件，直接送到王安石那里。苏辙也把他对赵顼说过的话写成信，直接交给王安石。这下把王安石惹怒了，一脸悻悻地把范纯仁题折抄件和苏辙给他的信拿到赵顼面前。这下赵顼龙颜很是不快，也很有点叫他为难。说句实在话，苏轼很敬佩范纯仁，很喜欢他脸上那种我心如秤、不为人低昂的表情，就是那个像土财主一样的大肚子也喜欢。苏轼自然也很喜爱自己这个可以终日默坐的弟弟苏辙，只是不明白这一次范纯仁、苏辙怎么也拗起来。苏轼当然认为他们是真正的君子，但也认为范纯仁题折中的话大都是些不着边际的话，对新法本身的不妥之处到底在什么地方，却未置片言只语，这叫赵顼怎么接受你的意见？苏轼也认为苏辙说的倒不是废话，但王安石认为青苗法还贷难的问题已经解决了，再说就有点故意抬杠的味道。好在天子赵顼不想把范纯仁、苏辙怎么样，王安石这个人还从没害过一个人。果然，一阵悻悻过后，王安石也就像从来没发生过什么事一样，苏辙该干什么还干什么，去条例司坐衙署事，依旧做他的检详文字，与吕惠卿一道处理条例司的日常事务。

苏轼知道，后来的事情全坏在李定和吕惠卿这个奸邪小人身上。要不是十二月初三那天李定面君时“据实以言”，说了“民便之，无不喜者”七个字，青苗法不一定定得下来。这个李定的话确实实在，话里的背景故事又十分精彩好听。李定说这七个字时，又一脸的厚貌、一脸的认死理的神情，再加上那个记载百位农户原话的题折，真可谓有理有据，言之凿凿。赵顼焉能不听？焉能不喜？这就难怪王安石要把李定提到薛向、邓绾前面去面君了。不过，苏轼对李定“据实以言”很怀疑，天知道他说这些话是真还是假。偌大一个秀州，找百位农户说上几句青苗法好的话有什么难的？但李定这番话说得正当其时，对赵顼来说正中下怀，对王安石来说求之不得。从赵顼在崇政殿召李定入对后，谁说新法不行，特别是说青苗法不好，天子赵顼再也不听了。苏轼觉得，说李定这个人一点都不忠厚恐怕也不是，但这个看起来一脸厚貌的忠厚人其实也挺会投机。前天，苏轼与苏辙谈到李定，苏辙也这么看李定。京都开封官场上的人都清楚，李定不久肯定要时来运转，飞黄腾达起来。不久，李定就突然做了大官，当上了太子中允、监察御史里行；再过几年，就官拜宝文阁侍制、知制诰、御史中丞。大才子苏轼的乌台诗案发生时，主审苏轼的就是这个李定。

苏轼对李定相当气恼，但更气恼的还是吕惠卿。苏轼清楚，李定起的作用实在太坏了，但如果没有吕惠卿随口说出的那句既叫人莫名其妙，又叫人心惊肉跳的没头没尾的阴阳话，赴项绝对不会把范纯仁、苏辙贬到外地去。吕惠卿这个奸邪小人最会察天子之言、观天子之色，摸准了近些日子天子赵顼心烦意乱的心理，趁天子要他草拟诏书的机会，一句“要是都这么物议纷纷，朝廷什么事也做不成了”，弄得天子赵顼不仅听不入对青苗法有异议的意见，且要把有异议的人赶出朝廷。赵顼召李定入对前，对范纯仁、苏辙并没怎么样。但在吕惠卿说了这句话后，天子的态度有了很大的变化。十二月初四，文彦博、司马光、吕公著、冯京又去面君，言新法不便。天子赵顼这回龙颜很是不快，再也没让他们多说，就挥手要他们退下去。接着又有些人面君，说新法不便，赵顼龙颜更是不快，话也没让他们说完，就要他们速速离去。当然，话说回来，范纯仁、苏辙要是不再啰唆，也就没事了。但范纯仁、苏辙还不识相，还不死心。十二月初六，也就是吕惠卿随口说那句阴阳话后的第三天，这两个人还要去垂拱殿见天子，还要去说青苗法这不好、那不妙。这下赵顼龙颜大怒了，当即要御前太监去把知制诰韩维叫来，要他立即起草制词，把范纯仁、苏辙贬到地方当官去。本来赵顼要把范纯仁、苏辙贬到距京都开封很远、令文武百官谈虎色变的岭南去，好在韩维帮了忙，为范纯仁、苏辙讲了好话。韩维说，他们都只是在天子面前直陈对当下朝政的看法，是光明正大的行为，并不是私下毁谤朝廷，他们没有罪。赵顼这才幡然而改，给范纯仁、苏辙安排了较好的地方，范纯仁被贬为河中知府，苏辙则被贬为河南推官。

在苏轼眼里，朝中没谁比吕惠卿更坏的人了，吕惠卿简直就是奸邪小人中的奸邪小人。对吕惠卿在天子面前随口说的那句阴阳话，苏轼开始也和韩维一样，觉得很是有点莫名其妙，不过很快就有了一种心惊肉跳的感觉，明白那句话阴毒用心之所在：要天子堵塞言路，对那些在朝政上说三道四的人下狠心、出狠招。吕惠卿的目的达到了，当时王安石虽然怔了半日，但最终什么也没说；天子赵顼虽然盯了吕惠卿一眼，但最终还见听入了吕惠卿的话。这不，不仅没再让范纯仁、苏辙胡说八道下去，且差点把他们赶到岭南去。

冯京这次为范纯仁、苏辙饯行，作陪的就只请了苏轼和王安礼。一位花娘也没叫。本来冯京还要请王安国来作陪，众人也特别欢迎王安国来作陪。可惜的是王安国回西京洛阳去了。王安国回洛阳，一来是与兄长王安石在一起就吵。王安国见到兄长王安石就要对新法说长道短，弄得王安石不高兴；王安石见到王安国，总要提醒他不要溺于声色，也总弄得王安国心里不痛快。前不久，王安国到王安石府上去看望兄嫂。没讲几句话，王安石要王安国不要去听郑卫那样的淫靡之乐，更不要去青楼。王安国马上顶了过去，要兄长不要跟那些奸邪小人搅在一起。奸邪小人者，现在朝中许多人反感的，也是苏轼恼恨的吕惠卿这类人也。此外，王安国对王安石正在拟订中的科举新法也相当抵触。隋唐以来，搞了四百多年的科举好像也出了什么大毛病，也要改一改了，国子监学子不学四书五经、诗词歌赋，却要去学什么律学断案，这成什么名堂。二来是西京洛阳国子监学士喜欢王安国授课，派人要王安国赶紧回洛阳去。王安国跟吕惠卿似乎是天生的冤家对头，但与苏轼却特投缘，在一起就有说不完的话。苏轼本来想在酒桌上好好跟王安国聊一聊，看来今天是不行了。

苏轼一路策马前行，午时整点到了醉春楼门前，见冯京、王安礼、范纯仁、苏辙已在醉春楼门前平台上等他。外表像乡下人、常以经纶自任的王安礼不等苏轼下马，几步下了台阶，牵住苏轼马的缰绳，早有醉春楼的伙计上来扶着苏轼下马。苏轼抹了抹衣帽上的小雪花，踩着路上被酱在一起的脏水和脏物，上了台阶，然后与冯京他们一起走进醉春楼。醉春楼酒保把他们引到临河的那间专为朝廷达官贵人开设的双桌雅间里。外面小雨雪下个不停，临河的这座雅间木窗紧闭，河上的景象一点也看不见；即使开窗，看到的也是一片萧索严寒景象。今日来醉春楼喝酒的人特多。众人一进雅间的门，就见有一桌人围坐在那里喝酒吃菜。苏轼心里一惊。原来那桌都是当下官场最得势、最走红，却也是苏轼最不愿看到的条例官。坐在上首的是吕惠卿，此时是一脸的当今官场舍我其谁的神气和威严。挨着吕惠卿坐的是前几天因据实以言而得到天子大加赞赏的李定。坐在右边的是一脸豪霸之气的章惇和一脸振奋之情的曾布。坐在左边的两人，一个是一脸的蜜笑的邓绾。站在旁边的王安礼捅了捅苏轼的手臂，低声告诉苏轼，此人近日也到条例司当官去了。另一个是被属下的胥吏衙役弄得灰头土脸，最后被逼得卷被盖走人的东明县原县令林英。坐在末位打横的两人：一个是被家里人视为不肖子孙的吕嘉问，一个是一刀把一个不肯奉养继母的不孝之子杀了的舒亶。不知为什么，此时苏轼特别看了冯京与李定一眼，李定倒是很想跟冯京打个招呼，怯怯地望了一下冯京。这个见风使舵、卖身投靠的小人，到底还是有些良心发现，天良未泯。不过，冯京根本相也不相李定一下，弄得李定多少有点尴尬。

苏轼感到今天这个饯行酒很难喝得顺心了。俗话说：“冤家路窄。”在偌大一个京都开封存心要遇上一个生死患难的刎颈之交的朋友，许多时候确实比登天还难；但那些跟自己有生死冤恨的仇人和最不愿见到的卑劣小人，却随随便便就碰上了。今天冯京、王安礼、范纯仁、苏辙他们最不愿意看到的人恐怕就是吕惠卿这些条例官和那个讨好王安石、在天子面前进谎言的李定了。特别是在今日这么一个需要和顺的饯行酒宴上，吕惠卿这些条例官就在离这桌酒不过几尺远的酒桌上喝酒，这能叫人不扫兴吗？苏轼看到，冯京是一脸的尴尬和不快，王安礼是一脸的为难和难堪，范纯仁、苏辙二人则是一脸的正气和肃冷，谁的脸色都不好看。不过，此时苏轼心里突然冒出一个叫他自己也感到奇怪的想法：这也是难得找到的一个教训教训吕惠卿、李定的好机会。

苏轼怪自己粗心大意了些。苏轼五天前在官告院就知道，天子赵顼准了王安石的奏，成立了仓司，且点了常平司提举官和干办官，不日就要他这个官告院判院去填写告身。常平司提举官和干办官四十一人，预计过了春节就要动身。王安石规定：提举官和干办官只准骑马，不准坐轿；只准带长随跟班上路，不准带家眷随行；只准在限定时间里到达目的地，不得有半刻贻误：规定是相当苛严的。但权力也比漕司、宪司大，这些提举官和干办官不仅手握监督州县青苗法的施行大权，且握有访察州县不法事的职权，这就更叫人可怕了。这些州县长官，干净的有几人？抓他们的不法事还不容易？把全国州县长官抓个八成、九成，准错不了。问题不是这些州县长官的不法事要不要访察，而是这些提举官和干办官拿着这个职权去监督青苗法，就令人担心了。这些州县长官谁要是施行青苗法不力，特别是有什么抵牾时，这些提举官和干办官就可以不费吹灰之力抓到他们身上的不法事，拿这个来对付这些州县长官。这么一来，这些州县长官谁不心生畏惧，谁敢施行青苗法时怠慢半点？选派提举官和干办官分行天下，是王安石得意的一笔。听人说，王安石对天子说好了，不出两个月，天下就会陆陆续续有钱财解到京都开封，要户部、司农寺、后宫把仓库打扫干净，准备接收钱财；天子听了当然特别高兴。条例司最担心三个地方的新法搞不下去：一是老相公韩琦坐镇的大名府，二是老执政欧阳修任知府的青州，三是老次相富弼任知府的亳州。但，条例司的人一个个都愿意去那里监施新法的施行。王安石最后决定：去大名府的提举官为章惇、干办官为林英；去青州的提举官为曾布、干办官为舒亶；去亳州的提举官为邓绾、干办官为吕嘉问。

不用问，吕惠卿那桌是为即将分遣到天下各路去当提举官和干办官的条例官饯行。天下事有时就是这么巧，这么捉弄人。冯京这桌是反新法的人，那桌却是积极行新法的人，却在醉春楼临河的雅间碰面了。苏轼看到，别提吕惠卿那一桌的人有多开心，一个个春风得意、喜形于色、小人得志的神气，实在叫人看不下去。当然，苏轼心里清楚，现在朝廷里是这些人当道，颐指气使，说一不二，想怎么干就怎么干，想不怎么干就不怎么干；又都以为是跟着王安石在干一件千古未有的大事，今后肯定飞黄腾达，前程无量，青史留名，千古流芳。他们不开心谁开心？不过，这些人也开心得意得太早了一些，小心到头来身败名裂，反落得个千古骂名。

开始吕惠卿那一桌的人未发现冯京和苏轼他们，只是在相互劝酒，高谈阔论，吹大牛。没多一会，苏轼看见章惇睁大眼睛望着他，一边大声喊着他的名字，一边大步过来，把一张椅子也绊倒了。苏轼忙过去给章惇拱手施礼。那一桌的人才一起朝这边望过来，这桌的人也朝那边望过去。要是一年前，这两伙人碰在一起，关系密切的会惊喜得拊掌大笑，关系生疏点的也会很有礼地拱手作揖。但今天，这两伙人既不见谁拱手作揖，更未见谁惊喜得拊掌大笑。就是章惇、曾布与冯京、苏辙也好像谁也不认识谁，陌路人似的。相反，这两伙人都僵在那里，谁也没有先招呼的意思。在苏轼的感觉中，好像那边的人有点不自在。这不奇怪：那边的人理亏。特别是吕惠卿，太对不起范纯仁和苏辙了。还有那个李定也对不起范纯仁和苏辙。不过，叫苏轼感到惊讶的是，此时苏轼看到吕惠卿过来了，看上去没半点不自在，一脸谦谦，一边自称不才，一边先跟冯京、王安礼拱了拱手，接着又跟范纯仁、苏辙拱拱手，最后也没忘了给苏轼拱手，礼数全尽到了："幸会！幸会！能在这里遇到中丞大人、和甫年兄、子瞻年兄、尧夫年兄、子由年兄，真是三生有幸。在下正有许多事要请教中丞大人和各位年兄。"

吕惠卿官场的这些客套话，说得真是谦恭，面面俱到，但也太过头了。范纯仁、苏辙都是被贬到地方去当官的人，却说也要向他们请教，这不明显是讥笑他们，丢他们的脸吗？苏轼注意到，冯京、王安礼、范纯仁、苏辙都很有点厌恶地看着吕惠卿。这几位虽然都敷衍着跟吕惠卿回了礼，却没一人跟他搭腔。特别是范纯仁，脸上明显地摆着一副鄙夷吕惠卿的神情，故意拿脸色给吕惠卿看。苏辙的脸色虽然没那么难看，但从容淡定的脸色中还是显出一种对吕惠卿的轻蔑神情。苏轼知道，这肯定会叫吕惠卿心里很不舒服，也会叫他难堪的，当然也会叫吕惠卿把他们二人恨死。当那么多条例官都仰望且仰仗吕惠卿的时候，范纯仁、苏辙却很看他不起，不把他当回事，吕惠卿能不记恨在心吗？不过，苏轼看到吕惠卿对这些却没半点计较的样子，一脸的平和，似乎根本一点都没觉察到冯京、王安礼对他的厌恶，也没觉察到范纯仁对他的鄙视和苏辙对他的轻蔑，脸上依然挂着欢快的笑容。苏轼自己也不知道自己此时为何倒吸了一口凉气。苏轼对他这个嘉祐二年同榜进士的了解是越来越清楚了。这不仅一点也不表明吕惠卿这个人心胸阔大，恰恰相反，吕惠卿是个睚眦必报，得罪不得的人。此时一脸的平和，只能说此人此时觉得还不是拉下脸来的时候；时候到了，此人对得罪过他的人绝对不会手软。当然，这种场面根本难不倒吕惠卿。苏轼看到，吕惠卿脸上还是挂笑，拱了拱手，打了个哈哈："你们都是大忙人。中丞大人、和甫年兄、子瞻年兄，陪尧夫年兄、子由年兄多喝几杯，在下失礼，过那边去了。"

吕惠卿说完，就不紧不慢到那边去了。说句实在话，要是吕惠卿没这么虚假、做作、深藏不露，甚至红着脸跟谁吵几句，大才子苏轼还不至于特别厌恶吕惠卿。这个"福建子"，太圆滑，太虚假，太难对付了。奸邪小人，真正的奸邪小人！去年十月十五日去看望老座师欧阳修时吕惠卿留在苏轼头脑里的美好记忆荡然无存了。

酒保过来问要不要上酒上菜。冯京说不忙，王安礼也说不忙。苏轼心中明白，冯京和王安礼想换个地方喝酒，免得在这里碍眼，弄得酒喝得不畅，心弄得不欢。苏辙从来话少，没说什么，看神情也不乐意跟吕惠卿一伙人在一处喝酒。范纯仁却不肯换，还挺着那个像土财主一样的肚子从王安礼身边挤过去，在正对着吕惠卿那桌的椅子上坐了下来，身子板还挺得直直的，好让吕惠卿那桌的人一眼就能清清楚楚看到他。苏轼也觉得用不着换地方。要换，也该吕惠卿那桌人换。总不能这些人在官场占了上风，在酒楼也占上风！范纯仁坐下后，生怕谁听不清，高声道："不换地方，就这里好，今天就要让人家看看纯仁是怎么喝酒的。"

范纯仁的话当然是赌气，也带着一种挑衅。苏轼别过脸去，朝吕惠卿那桌望过去，看到那边的人都把头朝这边望着。吕惠卿正好对着范纯仁，不过他倒没什么，只抬了下头，就伸筷子夹菜去了。但其他人的脸色就没那么好看了。章惇的脸阴了下去。曾布则是一脸的不快。坐在吕惠卿左边的李定和那个一脸蜜笑的人，脸上也显出一种对范纯仁怪怪的表情。舒亶正在埋头喝酒，显然是听到范纯仁的话，喝光酒，就把脸转过来，杯里的剩酒泼了自己一身也不管，张着嘴，很不满地望着范纯仁。坐在舒亶旁边的吕嘉问朝这边瞪着一双目光很凶的眼睛，好像在说：居然有人对他们这样说话。只有那个被属下的师爷、胥吏、衙役逼得滚蛋走人的林英没什么大的反应，脸色显得平静。

不过，没多久，吕惠卿那桌的人就都回过身去，喝他们的酒、吃他们的菜去。冯京也要酒保上酒上菜。众人坐下去的时候，酒菜上了桌。偶有几个路过这个雅间的人，大概认得这雅间里的什么人，会转过脸来朝这里望望。

做东的冯京先敬范纯仁、苏辙的酒。接着，苏轼也敬了酒。随后众人就随意地边喝、边吃、边聊些闲话，说不上热闹，却也显得相当亲切轻松。吕惠卿那桌比这桌自然要热闹多了。不仅放肆地大声说笑，而且酒喝得相当豪爽痛快，不停地有人在斗酒；时不时有人在赖酒，时不时有人在给谁灌酒。吕惠卿那桌的话语也显得更加豪放不羁，无所顾忌，想说什么就说什么。两桌的人各喝各的酒，相安无事。这边的酒过两巡，苏轼忽然看见冯京站了起来，两只眼睛怔怔地望着醉春楼门口那个方向，张着嘴，半日说不出一句话来。王安礼、范纯仁、苏辙都吃惊地朝醉春楼门口望去。苏轼站了起来，朝那边一望，原来王安国急急忙忙从醉春楼大堂那边过来了。

王安国离这里还有七八丈远的时候，苏轼侧过脸，朝吕惠卿那边桌上的人望了一眼。苏轼看到，那边桌上的人都一起昂起头，伸长脖子朝王安国来的方向望去，神态并无什么变化，但吕惠卿的威风似乎矮了半截，不再那么神气活现，相反还小心地赔着一脸迁就的笑。苏轼早就听人说过，吕惠卿这个人谁也不怕，就怕王安国，怕王安国面折他，揭他的短，弄得他一点面子都没有。今天这么多条例官都在酒桌上，吕惠卿这个主持条例司日常工作的检详文字官的脸当然就更丢不起。吕惠卿神情上的变化，弄得那边桌上的人高兴不起来，酒虽在喝，菜虽在吃，却不说，也不笑了。

苏轼注意到，王安国径直朝这边过来，对那边桌上的条例官相也不相一眼。到了这边，王安国有意一屁股在范纯仁身边坐下来，对桌上的人说：今天一早，他正要上路回西京洛阳去，驿站的人告诉他，冯京今天正午在醉春楼摆酒，为范纯仁、苏辙饯行，便掉转马头往醉春楼来了。冯京当然最高兴不过，忙叫酒保把酒杯和筷子摆上来。王安礼也很高兴。王安国在京都开封参与朝廷制定科举新法的日子里，虽说常抽空到王安礼宅院去会这个弟弟，但王安国此次回西京洛阳后，什么时候再回京都开封，就谁也说不准了。不用说，王安礼自然十分想在王安国回西京洛阳前，再会会这个老惹得长兄王安石生气的二兄，二人好好叙一叙。一直默坐着的苏辙则开心地微笑起来。范纯仁更高兴了，站起来，挺着那个像土财主一样的肚子，提着酒壶给王安国筛了满满一杯。接着，冯京举起酒杯，敬了王安国一杯。随后，众人相互敬酒，边喝边聊，气氛活跃了起来。

苏轼后来回想起来，要是酒就这么喝下去，那天的事情也许就不是那个样子。过了一会，苏轼听见那边有椅子的移动声，接着便见邓绾满脸堆着蜜笑，端着酒杯过来，走到王安国面前，欣然如素交，双手恭恭敬敬端着酒杯，给王安国敬酒："平甫年兄，在京都开封也不给小弟好好孝敬年兄一次的机会。哪天到西京国子监，一定求教授。在下给年兄敬酒来了。"

苏轼感觉到自己的眉头一定皱得很难看。这个邓绾仁兄什么时候跟王安国认识过？那个巴结讨好的样子实在叫人看不下去。苏轼看到，冯京、王安礼、范纯仁、苏辙脸上都对邓绾都有种不屑的鄙视神情。王安国把脸一拉，站起身来，轻蔑地扫了邓绾和那边酒桌上所有人一眼，然后说了别有一番用意的一言："小人的敬酒安国是不喝的。"

苏轼看到，王安国的这"一扫""一言"，在这雅间里引起了一阵骚动，也让自己感到很是诧异。多少年后，苏轼都能鲜明记起当时雅间里这种骚动的情景和自己心里的这种感觉。谁都没想到王安国会冒出"一扫""一言"来。苏轼注意到，吕惠卿那边酒桌上的人，都一脸错愕，脸色很是难看。这边酒桌上的人，也都一脸错愕，不过脸色却不仅不难看，还有点开心的味道。苏轼觉得，王安国这"一扫"，扫出了王安国的气势；"一言"，则现出了王安国的率真。但，王安国这"一扫""一言"，要惹出事来。苏轼感到，王安国的"一扫"里，有教训吕惠卿和李定的意思，这问题不大，吕惠卿和李定二人奸得很，京都开封官场上名声很臭，不少人巴不得他们倒霉；王安国的"一言"里，有讥诮邓绾的意思，问题也不大，邓绾这个人在京都开封官场名声不好，都说他为人十分佞谀，靠拍王安石的马屁才当上京官的，许多人等着看他的笑话。但，王安国的"一扫""一言"把那边桌上的人都说成是小人，一竹篙打倒一船人，就过分了，很不妙。

苏轼隐隐有种奇怪的不祥感觉：今日醉春楼这桌饯行酒恐怕不得那么太平了。苏轼特别望了吕惠卿和李定一眼。李定的脸色自然不好看，但仍是一脸厚貌地坐着。吕惠卿起初是一脸的不快，然后脸上掠过一丝坏笑。这让苏轼有点心惊肉跳，感到有什么麻烦事要出来。随后苏轼看到吕惠卿一脸委屈地望着王安国："平甫年兄，你发气做什么，都不是外人。再说，吕某有不是之处，扫吕某就是了，言吕某也行，何必把一桌人都‘扫’、都‘言’呢？”

苏轼觉得，吕惠卿这个人真是坏透了。吕惠卿表面上占了个下风，服了软，其实心里阴毒得很。王安国那“一扫”“一言”，本来就欠妥，吕惠卿这句话简直就是火上浇油了。苏轼注意到，那边桌上的人的脸色更加难看起来。就是以前与王安国有过交往的章惇、曾布都板着个脸。王安国则一脸的得意，也一脸的欢快舒畅，又“扫”了那边桌上的人一眼。苏轼觉得，王安国太喜欢跟人家反着来。吕惠卿刚才在他的“一扫”“一言”上做文章，挑起那边酒桌上的人对他的怨恨，他偏再来个“一扫”不可。这对吕惠卿来说，岂不是正中下怀？王安国，你上当了！苏轼觉得，今日这里确实有热闹看了。

雅间里的气氛有点紧张、尴尬起来。苏轼不由得又看了邓绾一眼。最尴尬、难堪的当然是此公了，脸给噎得通红。不过，邓绾到底是邓绾。过了一会，邓绾哈哈一笑，独自把手上那杯酒喝了：“平甫年兄不给小弟面子，小弟就自己喝了，自己给自己面子。平甫年兄，小弟去西京求教，可不能把小弟推出门外啰！”边说边往那边酒桌走去。

苏轼算是长见识了。苏轼在官场也算走了十几年江湖，真的是第一次见到邓绾这种脾气好、不怕人笑骂、耐得住羞辱的人。王安国弄得他这么尴尬难堪，这个邓绾不仅未发一点脾气，而且还是左一个“平甫年兄”称呼王安国，右一个“小弟小弟”谦称自己。佩服！佩服！奇怪的是，苏轼此时的心理也有点怪：一方面觉得王安国此举过分了点，不管怎么说，邓绾是来敬你的酒，你讨厌此人，敷衍一下也就算了，用不着借喝酒生事羞辱人家；另一方面，却又因王安国那种胸无宿物、心中有话就忍不住要说的脾气，更喜欢王安国这个人了。

此时这里紧张、尴尬的气氛多少和缓了一点。不过，苏轼心里那种奇怪的不祥的感觉更明显了。吕惠卿这句火上浇油的话说过之后，那边酒桌上的人章惇、曾布心里不痛快，但对王安国还会忍耐一点，王安国的兄长毕竟是王安石，不会对王安国怎么样，三人还游过蔡河。李定也不会怎么样，这些人原都是地方官，在京都朝廷和官场还轮不到他们说话，再说他是王安石的门生，不敢对王安国做得过分。但坐在吕惠卿对面下位的那三个年轻人，特别是其中的舒亶、吕嘉问就怕没那么好说话了，把他们说成“小人”，这几个人对这种羞辱岂能咽得下？当然，王安国是王安石的弟弟，谅这几个人不敢对王安国怎么样，但对其他人呢？这几个人会不会找个由头无事生非呢？不过，这一点还不是苏轼最担心的。苏轼最担心的是酒喝多了，难免有人使酒性、耍酒疯，这就挺叫人头痛的了。本来酒桌上喝酒的人，嘴巴多是关不紧的，喝醉了使起酒性、耍起酒疯，嘴就更是关不住，免不了信口开河、胡说八道起来，那时什么好话、歹话、气得人上吊的话，都会毫无顾忌地冒出来。谁几句话不当，那几个人火起，这场面恐怕就不好办，谁也难控制了。

邓绾过那边桌上去了。这边也没谁再说什么。酒保不断上菜。众人都喝得很开心，酒又加了两壶。那边桌上似乎喝得还欢快。两边桌上的人各喝各的酒，互不搭界。这边酒桌上的话长一点。这次酒喝完了后，范纯仁、苏辙、王安国都得离开京都开封，到各自被朝廷差遣的地方去。相逢的日子不能说没有，但具体时间谁也说不准，因之都有许多话要说，但又都不知从何说起。那边酒桌上的人喉咙大，话都是大声说出来的，没谁有什么吞吞吐吐的；话题还跟先前的差不多，多是些天南地北的闲话和欢场上男男女女的故事。这当然不碍事，两边酒桌上的人没见谁脸上有什么不快。

不过，没喝到一盏茶工夫，一件怪事出现了。苏轼看到，那边酒桌上的吕惠卿起身了，准备散席。这就叫苏轼百思不解了。那边桌上好几个人的酒量大得惊人，就是吕惠卿的酒量也不浅，缘何就散席呢？苏轼正疑惑地望着吕惠卿时，王安国端着一杯酒走到了吕惠卿面前，挡住吕惠卿的去路，要他坐下来，不让他散席，说还没敬吕大人的酒。苏轼看到，吕惠卿很是有点为难，很是有点生气，也很是有点尴尬，忙说自己有事。王安国哪里会放过他，不仅又很轻蔑地扫了吕惠卿一眼，而且很轻蔑地扫了那边酒桌上所有人一眼：“酒才喝，怎么散席呢？吕大人想抽身走人，是不是？”

苏轼惊惧地发现，刚才还很有点为难和尴尬的吕惠卿脸上又掠过一丝坏笑。这让苏轼有点心惊肉跳。吕惠卿到底有种，坐下去了，还叫那桌起了身的人也坐下去：“好，好，好，都坐下，听教授的明训。”

雅间里的气氛骤然紧张、难堪、严重起来。此时两边桌上的人都感到这里有事要发生了。吕惠卿真是阴毒得很，这句话又是火上浇油。本来王安国要去教训吕惠卿，尽管教训去，但千不该万不该再次很轻蔑地扫了那边酒桌上所有人一眼。果然，王安国没把吕惠卿惹恼，却惹恼了章惇和曾布。先是那个一向都善待苏轼、敢自己跟自己玩命的章惇挤到王安国面前，接着那个终其一生都追随王安石、一谈到王安石就慷慨激昂的曾布也挤了过来。苏轼感到不妙，要出麻烦了。章惇、曾布可不像邓绾那么好脾气，不要说笑骂和羞辱，就是有个什么不好的脸色，这两个人也会同样拿脸色给对方看的。

章惇对王安国说："平甫年兄言之有理，酒才喝，怎么就言散席呢？喝！章某今天倒真要看看，在酒桌上到底谁是君子，谁是小人。"

苏轼再清楚不过地感到，章惇肚子里气的是王安国那"一扫"，把他"扫"到"小人"里去了。章惇怎么会答应呢？苏轼跟章惇打过的交道不算少，章惇这个人从来认为自己是君子，谁要认为他是小人，他就会跟谁拼命。平心而论，苏轼觉得章惇这个人还是很有点君子的胆气、勇气和豪气，只是霸气重了点，出手狠，做事容易过头，说章惇是个小人还真不恰当。这会王安国"一扫"，把他"扫"到"小人"里去，章惇肚子里的气当然不可能不发出来了。

苏轼看到，接着曾布也来对王安国敬酒了："平甫年兄喝酒好办，今天我曾某人就舍命陪平甫年兄这个君子，不醉得躺在地下不罢休。"

苏轼知道，曾布也是个从来就认为自己是君子的人。曾布这个人确有他可爱的一面，此人心眼实，跟定了一个人就一辈子不变，不用担心他会把自己卖掉。把这样的人说成小人，怎能叫人家受得了呢？至于那边酒桌上的其他人，小人肯定是有的，但谁是谁不是，苏轼一下子也说不清。

苏轼感到，这里的气氛是越来越严重了。苏轼望了望那边酒桌上的人，邓绾一脸的蜜笑不见了，脸色还不难看。舒亶、吕嘉问的脸挂不住了，一脸气呼呼地对着王安国。林英闷着脸，神色也很是不快。李定也一脸不满的神情。苏轼又望了望这边酒桌上的人，脸色也都变得复杂起来。冯京一脸静观其变的平静中又有一种绝不会对此事坐视不管的神色。外表像乡下人，常以经纶自任的王安礼一脸的轻蔑，对那边酒桌上的人很有一种威压感。范纯仁脸上我心如秤的表情中有一种处之泰然的镇定。苏辙从容淡定的默然中用一双冷眼望着那边酒桌上的人。苏轼觉得，要是章惇、曾布欺人太甚，弄得王安国下不了台，他们是绝不会坐视不管的。

此时，吕惠卿白皙脸皮上的尴尬、难堪、气闷一扫而光，取而代之的是一种不易觉察的得意的微笑。本来，这个“福建子”是要被王安国好好奚落一番的，但没料到章惇和曾布救了他。这个“福建子”又没事了。章惇、曾布两个人给惹火了，是极难对付的。况且，那边酒桌上还有舒亶、吕嘉问、林英三个二十挂零的人，胡搅蛮缠起来，就更难办了。苏轼望了望李定，但见李定和过去一样是一脸的厚貌，脸上的神色并无什么激烈的反应。不知为什么，此时苏轼对吕惠卿的这种得意的微笑特别厌恶，对李定的一脸厚貌却不怎么反感了。苏轼想好了教训吕惠卿的言辞，端着满满一杯酒，踱到那边酒桌前：“吕大人，你看看两桌的人这么物议纷纷的，什么酒都吃不成了。”

苏轼看到，自己的话刚说完，两边酒桌上的人都开始很有深意地望着自己。不过，冯京、王安礼、范纯仁、苏辙、王安国很快明白了自己在讥刺吕惠卿对天子赵顼说的那句害得苏辙、范纯仁外贬的阴阳话，都很开心地笑了起来。苏轼回过头来，看见章惇像给什么噎住了，什么话也说不出来；曾布的脸色很古怪，拉下个脸；邓绾的脸侧过一边，也蜜笑不起来了；舒亶、吕嘉问、林英则一脸茫然之色。脸色最难看的是吕惠卿，好像偷东西被人抓住了，很是尴尬、难堪起来。苏轼觉得出了口恶气，望着吕惠卿笑。

雅间里有种很滑稽的亦欢亦闷的气氛。王安国走到坐在吕惠卿左边的李定面前：“年兄，你据实以言，这酒吃得成还是吃不成，敬得成还是敬不成？”

两桌的人都望着李定了。苏轼清楚，王安国这句话讥刺的是李定。然而对这点，李定浑然不知，望着王安国，一脸厚貌：“在下据实以言，这酒确实吃不成，也敬不成。”

苏轼看到，自己酒桌上每个人都很高兴地哂笑不已；吕惠卿却气坏了，瞪了李定一眼，又不好发作。苏轼此时只想好好教训一下吕惠卿，不想教训李定了。苏轼觉得李定确有一点忠厚，再说他的“据实以言”也并不是对着苏辙来的。苏轼清楚，今日王安国和自己对吕惠卿的教训，只是要他放聪明点：今后多做些好事，不要太张狂了，朝中盯着他的人多的是！

苏轼以为吕惠卿受了这番奚落，会顺水推舟，散席走人。不过，谁也没想到的是，此公反而筛满酒，对王安国、章惇、曾布和自己说：“谁说敬不成酒，来，都把酒干了！”

吕惠卿说完，一口干了杯中的酒，王安国、章惇、曾布和自己也跟着把酒喝了。喝完酒，苏轼、王安国回到自己原先的座位上，接着章惇、曾布也坐了下去。坐下来的吕惠卿的目光与舒亶、吕嘉问的目光对接了一下。苏轼注意到，吕惠卿的目光里有种邪气，像是鼓励他们去做什么事。接着，舒亶、吕嘉问瞪着两眼，朝这边望着，目光里充满了敌意。苏轼心里不由一惊，感到要出事了。事情就出在舒亶、吕嘉问身上。这两个人，一个杀过人，一个把家里人气得呕血。二人都是说到做到，不在乎后果。苏轼喝得有几分醉，只听到那边酒桌上舒亶、吕嘉问嚷叫起来。苏轼这边酒桌上的人尽管都埋头喝酒吃菜，其实耳朵在听那边酒桌上的舒亶和吕嘉问嚷叫些什么。那边酒桌上的人有点骚动了，都放下了酒杯和筷子。吕惠卿则一脸暧昧不明的表情，望着临河一侧关得严严实实的木格窗。

约莫过了半炷香工夫，苏轼听到那边酒桌上有人用拳头把桌子捶得砰砰响。苏轼抬起头，见林英按着酒坛，吕嘉问一把夺过酒坛，举了起来，给自己满满倒了一杯，接着一口咕噜咕噜喝了下去。李定想抢过酒坛，吕嘉问把他伸过来的手打掉，又满满倒了一杯，一口干了。吕嘉问一连喝了三杯，开始发酒疯了，又用拳头捶桌子："没醉！我没醉！什么君子小人，反王相公新法的那班腐儒才是小人。读了几本破书，就自以为了不起，其实什么事都干不了。"

吕嘉问明显在骂这边酒桌上的人。苏轼看到，那边酒桌上的人有点兴奋了，脸色开朗了许多。这边酒桌上的人则气坏了，一个个拉下脸来。这时，舒亶站了起来，举起酒坛，给自己满满倒了一杯，一口咕噜咕噜喝了下去。一连喝了三杯，舒亶也开始发酒疯了，口气很凶："没醉！我也没醉！听好了：王相公新法是受命于皇上才出来的，骂王相公新法一边的人是小人，那就是骂皇上了。"

苏轼心里倒吸了口凉气。京都开封官场上的人没一个不知道，舒亶这个人好夸大其词，好把什么事都提到天大的事上去说。这一点，苏轼以前只是耳闻，今日算是领教到了。不知为什么，苏轼冥冥之中有个直觉：自己今后有什么事犯在此人手上，那时就有大苦头要吃了。九年后的元丰二年，乌台诗案发生，苏轼冥冥之中的直觉竟成真事。其时当上御史的舒亶在鞫问苏轼时，就对苏轼穷追猛打，把许多事都提到天大的事上去说，特别是抓住有句诗中的"龙"字，硬说苏轼有不臣之心，把苏轼吓个半死。

吕嘉问与舒亶一唱一和，弄得两边酒桌上的人都不作声了。苏轼清楚，王安国一句关于“小人”的话，不仅惹得吕嘉问捶桌子，且经舒亶的嘴一说，竟成了骂皇上这样天大的事，谁还敢开腔？就是王安国也闭上嘴巴。不过，吕惠卿也没作声，但脸上的表情却更加暧昧不明；身子明明动了动，然而又很快一动不动地望着临河已关得严严实实的木格窗。这个“福建子”为人太不地道了，以为这样，人家就不知道他此时的鬼肠鬼肚。恰恰相反，这不过是欲盖弥彰，更显露出他的居心不良。

吕嘉问和舒亶却来劲了。吕嘉问抢过酒坛，给舒亶倒了一杯，又给自己倒了一杯。二人又连喝了三杯，神智显然有点不清了，酒杯倒在桌上也不扶。苏轼看到，两边酒桌上的人都有点担心起来。苏轼觉得，今日两边酒桌上的人很难相安无事坐在这间雅间里把酒喝完。约莫过了半炷香工夫，苏轼看到吕嘉问站了起来，摇晃着身子，指着王安国嚷叫着：“你处处跟王相公过不去，还是王相公的兄弟吗？”

苏轼感到，吕嘉问这小子真的是酒喝得太多了，头发昏了，竟敢公然对王安国这么无礼。不错，王安国与王安石两兄弟在一起总吵个不欢而散。但，王安国与王安石毕竟是骨肉兄弟，你吕嘉问这么不给王安国面子，将置王安石于何地？苏轼知道，经常面折吕惠卿的王安国岂会忌怕吕嘉问？王安国起身了。两边酒桌上的人的目光都移到王安国身上。苏轼感到，这间雅间要出点事了。王安国正想开口回敬吕嘉问几句时，却见舒亶也站了起来，摇晃着身子，指着王安国：“小心点，你信不信，照样可以治你个大不敬罪！”

苏轼看到，王安国往那边酒桌挤了几步过去，脸色相当难看，用手指了指吕嘉问的脸，又指了指舒亶：“安国的兄长就是被你们这班小人害成这个样子的。安国没找你们算账，你们反倒想吓唬安国，安国岂是你吓大的？安国现在就把你们这班小人的罪状一条条列出来。”

说句实在话，这种场面是苏轼所不愿看到的，也是他完全没想到的。本来，苏轼只是想好好教训下吕惠卿和李定，然而完全没想到事情的发展竟是王安国与吕嘉问、舒亶吵得你死我活，不可开交。苏轼觉得，这事与刚才吕惠卿的目光与吕嘉问、舒亶的目光对接了一下有关。很明显，吕嘉问、舒亶大口大口灌酒，然后耍酒疯，就是在目光对接后发生的。这个吕惠卿，真个是不仅自己金蝉脱壳，且借刀杀人，还杀人不见血。厉害！

苏轼看到，吕嘉问、舒亶都离开座位，往王安国那边挤了几步。雅间门口挤了好些看热闹的人，站在前面的都嬉笑着望着里面，有几个人还对着王安国、吕嘉问、舒亶指指戳戳的，后面人的颈都伸得长长的。两边酒桌上的人都有点焦灼了。雅间里的气氛骤然间紧张得叫人透不过气来。苏轼清楚，要是不把王安国、吕嘉问、舒亶拉开，肯定要吵得一塌糊涂。毕竟众人都是有脸有面的朝廷命官，大庭广众之中吵得一塌糊涂，到底不是什么光彩的事，谁的脸上都不好看。苏轼注意到，吕惠卿转过脸来，目光里很有点幸灾乐祸的意思。

苏轼忙起身把王安国拦住，冯京、王安礼、范纯仁、苏辙也都起身过来劝架。那边酒桌上的人也把吕嘉问、舒亶拦住。王安国到底是君子，被众人劝住，不往前挤了，且有了转身归座的意思。吕嘉问、舒亶到底是小人，怎么也劝不住，拼命一样一个劲往这边挤。

苏轼正为眼下之事感到为难时，那边酒桌上的人起了阵骚动。苏轼看到，林英挤上前去，抱住了吕嘉问的腰；李定也挤上前去，抱住了舒亶的腰。二人不让吕嘉问、舒亶过来找王安国的麻烦。苏轼松了口气，以为这下没事了。然而，叫苏轼没想到的是，那边酒桌上的人竟打了起来。吕嘉问举起拳头把林英打了，舒亶举起拳头把李定打了。苏轼看到，林英的嘴出了血，李定的脸肿了。雅间里的气氛立即显得十分复杂而又奇妙起来：严重中显得可怜，荒唐中显得可气，难堪中显得可笑。

苏轼没想到今日酒宴上会出现这种说起来叫人脸红之事，心里直摇头：斯文扫地，斯文扫地，读书人的脸面都丢尽了呀！小人，小人，这种人不是小人是什么？！不知为什么，苏轼又很为王安石担忧起来。看看那一桌都是些什么人，不能说个个都是小人，但小人确实不少。然而这些小人却都一个个觉得自己十分了得，神气得要命，好像少了他们朝廷就不是朝廷，官场就不是官场了。这些小人能成什么大事？成事不足，败事有余。苏轼是彻底看清楚了：王安石的大事必败在这些人手上。苏轼同时觉得，今日之事真有意思：先头是邓绾敬酒，惹得王安国一句话把这里的气氛弄得很是紧张、尴尬和滑稽；这会是吕嘉问、舒亶一唱一和，大打出手，弄得这里的气氛更加紧张、尴尬和滑稽起来。看来今天真不是喝酒的日子。

苏轼注意到，那边酒桌上的吕惠卿一脸的漠然和悠闲。这个吕惠卿，真不是个东西！不过，好歹这场闹剧结束了。王安国早已归座。吕嘉问与舒亶二人大打出手后，把酒打醒了，也各自归座。倒霉的林英和李定，一个捂着嘴，一个捂着脸。雅间门口看热闹的人更多了，前面看到了热闹的人不想走，后面看热闹的人拼命往前挤，弄得雅间门口也很是热闹起来。

多少年后，苏轼回想起今日的场面，总是摇头不已。酒是不能再喝下去了，越喝越要现世丢丑。两桌的人陆续散去。站在雅间门口的人见再也没热闹可看了，很是怏怏地离去。

外面的雨雪似乎大了，沙沙地打在临河的木格窗上。苏轼出雅间时，回头望了望，但见两边酒桌上杯盘狼藉，酒水和菜汤都从桌上流下来。

第三十八章　万县令三甲进士办事无策　杜师爷无有功名处变有方

熙宁三年，过完上元节，看完花灯，吃过元宵的第三天，河北西路真定府相州安阳县钱粮师爷杜之桂一早就赶到县衙去。县令万常礼有急事找他。本来，杜之桂是已下到柳家庄去收税的，人刚到柳家庄，县令就派人要他回县里。杜之桂心里很清楚，万常礼找他无非为夏季贷放青苗钱这件事。今年正月初十，天子赵顼下了熙宁三年第一道诏令：第一，朝廷以常平仓的钱作为官本，春、秋向农户发贷青苗钱，利息二分，绝不许亏蚀官本；第二，诸路散青苗钱禁抑配，认领青苗钱要自愿，不能强行借贷；第三，城镇上的人愿借贷也可以，但不得给游手好闲、好吃懒做的泼皮无赖和不法之徒贷放青苗钱；第四，各州置常平案由通判负责，各县由县令、县佐直接监督各乡都保正发放管理借贷；第五，各乡十户为一保，其中一富户为甲头，给其他九户作保。过了两天，天子赵顼又下了第二道诏令：对沮青苗法的官吏要治罪，也就是对贷放青苗钱不力者和败坏青苗钱贷放的官吏要进行惩治。再过两天，中书下来一道牒文：天下二十三路增设仓司常平司，提举官和干办官由朝廷差遣；常平司除了监司新法施行外，还有治州县不法事的权力；今后州县官吏的磨勘考核以青苗钱贷放多少为殿最。上功曰“最”，下功曰“殿”。谁青苗钱贷得多，谁的磨勘考核成绩为“最”，就升官；谁青苗钱贷得少、甚至贷不出去，谁的朝廷考核成绩为“殿”，谁就要丢官贬职。前后不过六天，就有天子的两道诏令和中书的一道牒文下来，谈的都是青苗法，可见朝廷这次把青苗法作为新法重中之重的一件大事来抓，来势非同小可，志在必胜。特别是对中书的牒文，更是不可掉以轻心。现在的中书实际上是王安石一人的中书。原先中书宰执大臣是五位，但去年五月唐介死了，不久富弼也离开中书，现在中书除王安石外，还有两位宰执大臣：一位是上相曾公亮，此公本来就一切听顺王安石，听说前不久王安石把他儿子擢升到枢密院当官去了，更是一切听顺王安石了；一位是参知政事赵抃，此公是个没用的人，干什么事、说什么话还要在头天晚上禀告上天，这不是活见鬼吗？杜之桂是最瞧不起这种人的。天子赵顼就更不用说了，以前就对王安石心醉魂迷，现在对王安石就更是钦佩了。有人说，现在天子与王安石如同一人。对这个说法可要认真琢磨，不可等闲视之。既然天子与王安石如同一人，那么王安石说的，也就是天子说的了；反过来，天子说的，也就是王安石说过的。因之，听王安石的，就是听天子的；不听王安石的，就是不听天子的，就是抗旨。紧接着，就听说上元节那天常平司的提举官和干办官已经上了路，去天下二十三路监施青苗法的施行。不错，现在朝廷里不少人把王安石骂得一塌糊涂，但也有许多人把王安石捧上了天，说王安石新法是旷古未有的不世之良法。王安石是个牛人，不怕骂，越骂越拗着来，要干的事就一定要干到底。杜之桂看清了：现在谁也拗不过王安石。眼下安阳县衙门里许多人也跟着骂王安石，说新法坏话，说新法断了财路。杜之桂很看不起这些人，骂什么骂，现在正是官府衙门里的人升官发财的机会到了。

钱粮师爷杜之桂也是读书人出身，但科考路上却非常不顺，考了一二十年，连个秀才也没考上，至今还是个老童生。杜之桂不怨天，不怨地，也不怨考官，只怨自己的书读得不好。不过，书读得不好的杜之桂在官府衙门却如鱼得水，怎么走怎么通，怎么弄怎么顺，没有他办不成的事。杜之桂很仔细地把赵顼的两道诏令和中书的牒文放在一起想了想，很快发现了个中的玄机。初看起来，赵顼的两道诏令之间以及与中书的牒文之间有相互矛盾的地方。第一道诏令提到禁抑配，不准对青苗钱强行借贷。这样一来，好像青苗钱贷不贷都无所谓了。其实大谬不然！恰恰相反，第一道诏令的每一条都是说要把青苗钱要贷放出去。如果因为禁抑配，就认为贷不贷青苗钱无所谓了，第一道诏令岂不就成了多此一举的废文？要放箭了，才在百步之内立箭靶，否则就无的放矢了，禁抑配不过是不让箭射歪了。禁抑配，不是不贷，正好是要贷出去，且贷得越多越好。不错，青苗钱不得抑配，但抑配又怎么样呢？朝廷并没有拿出什么处罚措施。然而，不把青苗钱贷出去，却要小心了，又是磨勘，又是治罪，真是吃不了兜着走。这样便有了天子的第二道诏令和中书牒文。当然，诏令中没有禁抑配这一条也不行，官府在青苗钱借贷时胡作非为起来也是挺可怕的。把话说白，既不能因为这一条就不搞青苗法，但又不能出乱子。这就是第一道诏令、第二道诏令与中书牒文玄机之所存！杜之桂认为，朝廷里有能人，把这一切都看得清清楚楚，明明白白，否则是拿不出这样滴水不漏的诏令和牒文来的。此外，杜之桂还从天子的两道诏令和中书的牒文中看到：朝廷要钱用。青苗钱有二分利息，这在民间并不过分，比起豪富兼并之家的利息来，青苗钱的利息还是低得多。豪富兼并之家的利息翻个两倍、三倍是常事，有的高到六七倍。但，青苗钱春、秋各放一次，一年就是四分息，这就不低了。况且乡村的富户本可以放贷给别人，并不需要青苗钱，为何要白送四分利息给官府呢？特别是这些富户还要当甲头，为另外九户担保，遇到灾年得帮他们还青苗钱的本金和利息，岂不成了冤大头？这些富户怎么肯干！然而，这些富户不干也得干，否则灾年时官府的本金就要亏蚀掉。因之，青苗钱要贷出去，其实也不是那么容易的。然而青苗钱是天子要贷的，谁敢抗旨？不过，杜之桂清楚，这难不倒州县官府衙门里的人。州县官府衙门里的人不怕朝廷今天一个法，明天一个法，就怕朝廷什么法都没有。朝廷什么法都不搞，州县官府衙门里的人就什么好处也捞不到；朝廷有法下来了，不要说坏法，就是好法，这里面的问题、漏洞也多得数不胜数，这些人就有捞不完的好处。千万不要以为州县官府衙门里的人担心朝廷对贷放青苗钱不力者和破坏者进行磨勘，采取强硬的严厉措施，治他们的罪。这些人都精得很，没谁会顶着不办，更没谁去破坏。又升官，又发财，谁都会奉旨卖命去把能贷出去的青苗钱都贷出去。这么想过之后，杜之桂很得意地笑了。当然，对这些，杜之桂只是在心里想，嘴里是不会说出去的。说真的，这都是朝廷高层的事，下面的人不好妄加议论，腹议一下都罪该万死；嘴巴乱说，那就死有余辜，遗臭万年了。这恐怕只有那些呆头呆脑的死读书的人才会吃饱撑了去议论朝政，杜之桂是绝不会干这种蠢事。只要看准了朝廷的意图这就行了，下面的文章就好做，其他的管它做甚。真还别小看了安阳县里一个根本就不是朝廷命官的小小钱粮师爷，对朝政的分析不能说完全正确，却也不是没有道理，还真不是心血来潮、自以为是、毫无根据的胡乱猜测。

杜之桂赶到县衙，县衙已经点过卯了。要是以往，只要不是县令坐堂审案，点卯应名之后，各房的师爷、书吏、三班衙役，就都走了，上茶馆的上茶馆，去酒楼的去酒搂，逛妓院的逛妓院，衙门里静悄悄没人。但，今天县衙大堂里却黑压压尽是人，谁也不敢离开大堂一步。杜之桂走到大堂门口时，大堂里的人发现了他。杜之桂便听到大堂里一片热情的巴结招呼声，还看到大堂里有了骚动，是工房、刑房、礼房、兵房四位师爷挤过来跟他拱手。杜之桂很高兴，觉得自己脸上有光，很有面子。此时县令万常礼的长随也从旁边挤过来，拉着他的手往后面公廨县令的值房里去。大堂里的人赶忙让出一条路来。杜之桂跟在长随后面，在众人热情、巴结的目光中出了大堂后面的过道，然后又跟着长随穿天井，过二堂，穿天井，又过后堂，进了一个院落，右边一排十来间值房。显然是听到这边的脚步声，杜之桂才出后堂过道不远，县令万常礼就站在值房门口等杜之桂。

万常礼已过不惑之年，算他有毅力，考了一二十年的进士，到底在五年前，也就是治平二年考到个三甲同进士出身。这个万县令策论据说做得还是很出色的，读起自己写的策论，摇头晃脑，声调铿锵，比曲子还好听；楷书也写得好，很会用墨，无论写什么，都字字又光、又方、又乌。但万县令堂事上却很糊涂，问案更不在行，凡事全仗五房师爷。在五房师爷中，万县令最离不开的是杜之桂。杜之桂既喜欢这个万县令，又看不起这个万县令。喜欢是因为万县令最离不开他。在安阳县，表面上是万常礼当县令，实际上是他杜之桂在当县令。要不然，刚才大堂里也就不会有那么多人热情地招呼他，另外四房师爷也不会挤过来给他行礼。看不起也是因为万县令最离不开他。这个万县令，要不是考上三甲同进士出身，当上了朝廷命官，什么功名都没有，这么糊涂没用，恐怕连赚口水喝都成问题。

杜之桂跟着万常礼进了值房，长随转身做他的事去了。万常礼把值房门带上，与杜之桂在临窗的文案边坐下后，二话没说，就把五件大事告诉杜之桂。第一件，两天前，常平司提举官章惇、干办官林英各骑了匹快马，直奔安阳县而来，说是十日之内就要把安阳县青苗钱全部贷放下去，又说县城里的人愿借贷也可以借贷。本来真定府知府考虑到近来真定府不太平，路上常有太行山的响马出没，打算派二十几个兵护送，却被章惇一口拒绝，说几个响马还是对付得了。昨天晚上酉时，县里快班衙役的班头敲开他的门，说章惇、林英昨天下午过了卫河，到了安阳境界，晚上在宋家庄打尖，今天上午就可到达安阳县城。第二件，以守司徒兼侍中正一品身份判大名府，统领河北东西两路七府、二十州、一百二十二县兵民大权的老相公韩琦派来的真定府通判夏良成，昨天过了翼州漳河，到了安阳境界，也是今天上午到达安阳县。有消息说：紧接着老相公韩琦也会来安阳。韩琦是安阳人，安阳的事老相公当然特别关心。这下安阳就热闹，有戏看了。第三件，去年安阳年成不好，麦子、水稻都欠收，卖田拆屋也不够还高利贷；民役又多，修桥、铺路、浚河、开渠、筑城墙、盖寺庙、守仓库、运官物、给官府当差、给老爷盖房，说走就走，片刻也不准留。许多百姓只好外出逃荒，许多田地都没人种了。听说今天上午靠近太行山的几个乡的逃荒流民要经过县城，要是逃荒的流民给提举官大人、通判大人碰上了，不仅叫他这个县令的脸面没处放，弄得不好这个县令的乌纱帽也怕难保了。第四件，这些日子安阳西北太行山上几拨响马，大摇大摆到村镇杀人放火，抢有钱的大户，弄得全县的百姓人心惶惶。太行山的这些响马在安阳边远村镇杀人、放火、抢劫倒也罢了，听说响马头子黑大麻子扬言纠集上千喽啰要到安阳县城的勾栏里听曲子，点名要睡安阳县最漂亮的女人。响马头子的话是真是假，谁也不得而知，但县城里那些有钱有身份、说话有分量的人都怕了，想到邻近县里找个亲戚家躲一躲风头。第五件，是县城一伙泼皮无赖约好今天上午在县衙旁边十字街口摆场子群殴。其实只为一条狗，一伙泼皮无赖说自己的狗不见了，是另一伙泼皮无赖杀了烹吃了；另一伙泼皮无赖赌咒发誓说根本没见过对方的狗：两边就要动粗了。本来，县里的三班衙役，各乡的耆长、弓手、壮丁，合在一起也有三四百人。但这些人不敢在响马面前抖威风，碰不了响马，还碰不了县里那伙泼皮无赖吗？不过这两伙泼皮无赖和别处的不同，都有点背景靠山，其中城南的泼皮无赖的头子是老相公韩琦的夫人娘家一个远房亲戚，姓朱名大发，喊老相公韩琦做姑爹。去年秋分时，这个朱大发失手打死了县里另外一个泼皮。万常礼刚到安阳县当县令，不明就里，发了火签拿下了朱大发。后来，朱大发的老娘亲哭哭啼啼跑到开封找到老相公韩琦，真定府知府就立即赶到安阳县，把万常礼臭骂了一顿，要万常礼立即放人。万常礼哪敢怠慢，赶忙命人放了朱大发。要是别人，早像兔子一样有多远跑多远，但这个朱大发却赖在班房里不肯出去，说班房里的饭香，要一辈子待在班房里。万常礼吓慌了，真的是一筹莫展，毫无办法。末了，还是钱粮师爷杜之桂出马，也不知他用了什么法子，朱大发不仅出了班房，第二天还在县城最大的酒店花月楼摆酒，请杜之桂坐上，酒喝到半夜子时才结束。吃过这次亏，有了这次教训以后，万常礼哪里还敢对朱大发多半句嘴呢？但这次是群殴，要是弄出许多人命来，他这个县令担当得起吗？

杜之桂耐着性子听万县令把话说完，哈哈大笑起来。万常礼十分惊诧、十分怪异地望着他。杜之桂也不跟这个只会读几句死书、写点什么狗屁策论，什么实事也做不了的万常礼过多解释，解释得越多他越糊涂。杜之桂起身走到值房门口，推开值房门，朝院落里喊："长随！"

要是碰到强悍点的县令，脸早拉下来了，杜之桂这个钱粮师爷就当不成，要卷铺盖走人了。长随是县令的长随，是万常礼从老家带过来的，但这会长随倒好像是钱粮师爷杜之桂的，得听命于杜之桂，杜之桂要他怎么的就怎么的。不多一会，长随出现在值房门外。不过，万常礼不仅不生气，反觉得这样自己更省事，更轻松。杜之桂注意到，万常礼似乎觉得这有点滑稽可笑而无奈地轻轻摇了摇头，然后转过头去，先把一本唐诗翻了几页，又翻几页《论语》《孟子》便推开了，再把文案边上的文房四宝移到身边来。这是万常礼的老习惯，每日要坐在值房里，一边之乎者也说些圣贤诗书上的话，一边写上一两个时辰的字。好在此时值房里没一个衙役、杂役之类的人在，要不又要弄得那些人想笑又不敢笑。

杜之桂注意到，长随没敢进来，也没看万常礼的脸色，却一脸巴结、一脸乖顺地望着杜之桂。杜之桂一脸含笑地对长随勾了勾手，要他过去。长随这才蹑手蹑脚走进值房。对这些，万常礼一点也不计较，只是任凭杜之桂发落，杜之桂怎么做怎么好。杜之桂看到，万常礼只是瞟了长随一眼，就又埋头写字去了。杜之桂对长随说："去把王德王书吏叫来。——你不要走远了，我还有事要喊你。"

长随走了。万常礼提着笔，侧过脸，有点奇怪地问杜之桂："你把王德叫来干什吗？"

杜之桂一脸的肃正："要他去把那两伙动刀舞棍的人拉开呀！"

万常礼字也不写了，提着笔，直着身子："师爷，你没搞错吧，王德也能拉架？"

杜之桂对万常礼的反应，一点也不觉得奇怪。这个王德，长得又矮又瘦，风吹一下就好像要倒地，仿佛一根丝线也能吊着他过河，这种人给县令起草个文件、处理往来信函还可以，但要这种人去把那两伙身强力壮，以打架斗殴为业的泼皮无赖拉开，恐怕只能是当笑话听听而已。杜之桂又是微微一笑，信心十足地说："他们打不起来！不是有消息说，老相公韩琦要来安阳吗？老相公来了，朱大发敢胡来？放心，只要有人跟朱大发透个气，说老相公上午要来安阳，保管朱大发跑得比谁都快，安阳县里起码要太平半年。这样的事，叫王德王书吏去做，已经够抬举那两伙泼皮无赖了，莫非还真要劳县太爷您的大驾吗？”

万常礼呵呵一笑，恍然大悟：“有理！有理！”高兴得手上的笔掉在纸上，溅了一纸的墨。

杜之桂心里在骂万常礼：这么一件小事就吓个半死，一点办法也拿不出来，还三甲同进士出身，还安阳县令呢，有个屁用。算你福气好，碰到个我杜之桂这么个全力帮助你的人，要是碰到别人，把你卖掉都不知道怎么回事。不过，杜之桂嘴巴上还是说得挺好，挺顾全万常礼的面子：“也是县太爷您洪福广，谁知道老相公今天上午也到安阳来呢？”

此时，县衙旁边十字街口传来此起彼伏的凶凶喝喝的嗷叫声。杜之桂清楚，用不了多久，安阳县城两伙泼皮无赖就真要打起来了。值房外院落里有了轻轻的脚步声，接着就见一个又矮又瘦的中年人出现在值房门口。不用问，此人就是县衙门里的书吏王德。杜之桂没让他进来，自己站在值房门口对王德说：“你去找一下朱大发，要他把他那伙人全部撤走。”

王德吓坏了，但又不敢说不去，一双眼睛撇开杜之桂，斜斜地望着万常礼，目光里有种乞求的神情。杜之桂回头望了望万常礼，但见万常礼一脸临危不乱的悠闲，眼皮也没抬一下，根本就没去看王德一眼，只低着头专心致志写字。要是在别的什么时候，杜之桂倒是很想再吓一下这个王德，让他丢脸现世。但今天的事情太多，没时间开这个玩笑。杜之桂对王德说：“别吓得那么难看的样子，又不是要你去跟那两伙人打架。放心去找朱大发，没谁吃了你。注意：你把朱大发拉到一个偏僻的地方，告诉他老相公韩琦上午会到安阳来就行了。”

王德这才提心吊胆地转身走了。

杜之桂又朝院落里喊：“长随！”

长随很快出现在杜之桂值房门口。杜之桂没让长随进来，只是说：“去把史都头喊来。”

长随转身走了。万常礼换过一张纸，很自在、很安心地写他的字，一边还很有点得意地自言自语：“学成文武艺，贷与帝王家。”

杜之桂觉得好笑：就你这么个只会写几个字，掉几句文，贷与帝王家，帝王的天下早完了。

不到一炷香工夫，值房门外响起一阵咚咚咚的有力脚步声。接着，一个大块头的彪形大汉出现在值房门外，此人当然就是史都头。这个史都头也不敢随随便便进值房。杜之桂对这个史都头还挺客气，要他进值房。

史都头走进值房，跟万常礼敷衍地笑了笑，然后便巴结讨好地望着杜之桂，脸上多少有点狐疑，也多少有点怯怯地问："老爷，要去抓黑大麻子那伙响马？"县衙门里的人对师爷一律尊称为"老爷"。

杜之桂眼睛一瞪，很不客气地说："不中用的东西，抓起农户来，本事不知道有多大。要去抓响马，连脚都吓软了。"

史都头嘻嘻一笑："老爷，话不是这么说。这次黑大麻子有五六百响马下来，小的三班衙役不过二十几个人，个个就是有通天本事也对付不了。"

杜之桂更不客气了："史都头对我也谎报军情：全太行山也不到一千响马，安阳这边的响马不过四五十人，分作三伙人，黑大麻子那伙响马不到二十人，三伙响马还时常火并。这些响马不过有时到安阳边远的村镇去打家劫舍，抢些财物牛羊，根本不可能纠结在一起大摇大摆跑到安阳勾栏来听曲子。再说，老相公韩琦已派了天威军的五百厢兵驻扎在安阳县，就是给太行山安阳这边的几个毛头响马一百个胆，也不敢踏进安阳县城一步。你派快班班头骑马去跟天威军步军钟指挥使禀报一声，那伙厢兵正愁没有杀敌报国的机会，这下肯定会高兴死了，太行山那伙响马真下山来了，还不要一个个给剁成肉酱？"

杜之桂看到，自己这番话一出口，史都头高兴了，感到有好事落到他手上，也神气起来。杜之桂很清楚史都头这个人，别看他是个粗人，有时候莽莽撞撞的，其实鬼得很。史都头开始说大话了："杜老爷有何吩咐，尽管说，小的没有办不成的。"

杜之桂的脸沉了下去："都头不是一早就喝醉了酒说胡话吧？我杜某人有什么要吩咐你的？县太爷就在身边，有什么吩咐你问县太爷去。"

杜之桂也清楚，这个史都头知道他在装腔作势、故弄玄虚，便一脸讨好、一脸歉意地望着自己："杜老爷大人大量，就不要跟小的一般见识了。通安阳县的人谁不知道杜老爷对县太爷最忠心不过的了，你说的话就是县太爷要说的话。杜老爷你说，你快说。"

万常礼正好写完一大张纸的字，把笔放在笔架上："师爷，你就别为难都头了。"

杜之桂这才亮出底牌："你把三班衙役都带到安阳城西通往太行山的路口，把那些出来逃荒的人拦住，要他们都回村里去。你跟他们说，托天子的福和朝廷的福，今年春上不用担心口粮和种子钱，官府马上把钱贷给他们，再也不用吃兼并之家的高利贷了。"

史都头对这样的事明显兴趣不高："要是他们不听呢？"

杜之桂狠狠地剜了史都头一眼："你不会把锁人的链子都带去吗？链子不够就多带点麻绳，谁不回村去就捉谁，看他们谁还敢不回村去。"

杜之桂看到，史都头立即喜上眉梢，浑身的劲都出来了。杜之桂十分清楚，这些衙役就喜欢捉人打人，一天不捉人打人，手就痒痒。当然，这些衙役不傻，一个个都精得很。不捉人打人谁给你好处？只有捉人打人，人家才会有白花花的银子送到自己手上。史都头对万常礼和杜之桂拱了拱手，很威风、很快活地转身出了值房门办事去了。

杜之桂侧耳细听了一会值房门外的动静，什么声音也没有听到，然后转身对还在写字的万常礼说："散了！散了！"

万常礼提着笔，别过脸问："什么散了？"

杜之桂当钱粮师爷也二十来年了，见过的县令有上十位，还真没见过一个这样糊涂无用的县令，整天就写他的字，对自己分内的事反应这么麻木不仁。杜之桂说："那两伙打群架的泼皮无赖散了呀！"

万常礼这才侧耳细听了一下值房门外的动静："师爷，你真是行，十字街口凶凶喝喝的嗷叫声是没有了。佩服！佩服！"

杜之桂又在心里骂万常礼：这么一件小菜一碟的事也办不了，还当什么县令，朝廷养的都是这样的官，怎么得了。杜之桂很得意，对万常礼的夸奖也觉得受之无愧。万常礼所担心的五件事，不过一会儿工夫，杜之桂就解决了三件，现在只剩下两件事了。当然，这两件事比起已经解决的三件事来，要麻烦多了，也难解决多了。这两件事难就难在：天子赵顼和王安石这次是下决心要行青苗法，且贷放青苗钱的时间很紧迫，京畿周边的州县正月三十日之前要贷放完毕，离京畿远的州县视距离远近则把期限后移，长短有差。但老相公韩琦却很不愿意这么做。五日前，朝廷派来的提举官章惇、干办官林英还在来河北西路真定府路上时，老相公韩琦就一再叮嘱真定府负责常平案工作的通判夏良成：一、严密监视各州各县常平仓粮食兑换现钱情况，一笔一笔都要弄得清清楚楚；二、平常情况每天用步递驿传向他禀报，紧急情况用三百里马递驿传，特急情况用四百里急脚递。这下麻烦事出来了。一边是天子和王安石，一边是老相公韩琦。两边的人都得罪不得。不积极贷放青苗钱，就是不听天子和王安石的，就是抗旨，这个罪名可不小，丢官罢职事小，弄得不好老命都保不住。不听老相公韩琦的，也难办。老相公威望高，三朝拜相，两朝定策，拥立二帝，朝中百官中谁有这样大的功劳；去年十月虽然辞了相位，但官居正一品，镇守大名府，统领河北东西两路七府、二十州、一百二十二县兵民大权，还有便宜行事的权力，在这里什么时候不是八面威风、一言九鼎、说一不二、雷霆万钧的？真要把老相公惹恼了，杀个把州县小官还不是像杀条狗那样不当一回事。像这样叫人麻头的棘手问题，万常礼有那样大的本事，处理得了？肯定还得他杜之桂拿主意。当然啦，处理这样的事，杜之桂还是挺有信心。杜之桂对万常礼说：“老爷，问你个事。”

万常礼正要低下头去写字，好像上面的长官有话要问，忙又把笔放在笔架上，望着杜之桂，很是谦恭地说：“什么事？请讲。”

杜之桂说：“老相公韩琦的‘昼锦堂’宅院可完工了？”

万常礼傻傻地看了杜之桂半天，说：“‘昼锦堂’宅院不是包给师爷您做去了吗？完工没完工，师爷比谁都清楚。”

杜之桂的脸拉了下来，很不高兴地说：“老爷，你这话什么意思，好像我杜某人捞了许多见不得人的好处。老相公是我们安阳人，哪一年不要为我们安阳做几件好事？要不是老相公，我们安阳人的日子有这么好过？我们安阳孝敬他老人家一座宅院，让他老人家衣锦还乡回安阳有个安身的地方，还不应该吗？宅院是我杜某人伸头接下来的，我杜某人能不尽心尽意把宅院盖好吗？我杜某人还会在这件事情上起什么坏心，打什么坏主意吗？”

杜之桂注意到，自己劈头盖脸一串话，把万常礼说懵了，哑了半天的口。良久，万常礼多少有点怯怯地说：“师爷误会了本官的意思。安阳男男女女、老老少少谁不知道师爷是个顶公道、顶廉洁，一文钱不要的人。”

杜之桂真的是打心底里瞧万常礼不起，一个当县令的竟对属下的师爷抱歉，怕起属下的师爷来，这成什么名堂，传出去真要把脸丢尽。万常礼的命真是好，碰到他杜之桂这样一个好人，不会抖他的底，揭他的疤。万常礼把杜之桂说得像圣人一样，杜之桂一点也不觉得有什么脸红的地方，不过也不想领这个情。天下哪有不要钱的圣人。真有这样的圣人，杜之桂也不想当。杜之桂一脸实话实说的率真："老爷过奖了。我杜之桂一文钱不要，老婆孩子喝西北风去，一家老小不要给饿死？我杜之桂不过取之有道。老爷，我是问你'昼锦堂'那块匾额。"

万常礼如释重负出了口长气，说："做好了，昨天下午挂上去的，'昼锦堂'三个字还是本官写的，烫了金，紫檀木料，匾额的尺寸大小跟大名府的'昼锦堂'一个样。"

杜之桂点了点头："这就好，我就担心这件事没做好。老相公回安阳，谁脸上没光？孝敬事上是不能有半点马虎的。"随后，杜之桂站在值房门口，又喊了一句："长随！"

长随不知从什么地方钻了出来，很快地出现在值房门口。

杜之桂："全县的都保正来了没有？"昨天上午，杜之桂就对万常礼派去叫他回县城的快班班头交代：务必要叫全县各乡的都保正今天一大早赶到县里来。

长随："来了，来了，都在大堂里等。"

杜之桂："把他们都叫到值房里来。"

长随转身到大堂里叫人去了。

万常礼写完一张纸的字，很得意地自我欣赏起来，又叫杜之桂也过去欣赏，一边又自言自语："三顾频烦天下计，两朝开济老臣心。"

杜之桂心里笑起来：一个安阳县里的几件芝麻大的事都办不下去的人，还自命是诸葛亮，这也太自不量力、太狂妄自大、太荒唐好笑了些。不过，杜之桂还是走到书案边，敷衍地看了看万常礼写的字，却很夸张地惊叫起来："好字！好字！"

安阳县有九千零八十五户人家。按朝廷规定，每十户为一保，选一人为保长；每五十户为一大保，选一人为大保长；每五百户为一都保，选最有品行、敢担当、精明能干、物力最高、为众人所服之人当都保正：全县有都保正十八人。这十八人都很有阅历，不仅上过真定府，还上过大名府，到过京都开封，见过世面，在安阳县都是很叫得响、很受人尊重、说话很有分量、很了不得的场面上的人物。

不多一会，全县十八个都保正趾高气扬、神气活现、叽叽喳喳、笑笑嚷嚷从后堂过道出来了，杜之桂与万常礼并排站在值房门口。那十八个都保正在院落那头就赶忙给万常礼、杜之桂拱手行礼。杜之桂要都保正一起到值房去。万常礼的值房长有两丈多，宽也近两丈，平时显得宽敞，这会来了十八个都保正，满满挤了一房间。安阳县的都保正来了，按说是县令万常礼发话，但面对贷放青苗钱这样的麻烦事，万常礼能说得出什么话来。杜之桂不知是为了顾全万常礼的面子呢，还是有意让万常礼为难一下，等了好一会也没开口。杜之桂看见，万常礼见自己没开口，有点慌了，手上捏着一张正想铺在书案上的白纸："师爷，你说，你说。"

一房间的都保正都嬉笑起来。万常礼明明听到了，也像没有听到一样，只是把捏在手上的白纸小小心心铺在书案上，提起笔蘸了蘸墨，又一心一意写起字来。

其实杜之桂刚才也是做给那些都保正看的。按朝廷规定，这些都保正，一个个都是好得不得了的圣人才能担任。狗屁！其实都是地方上拳头大、胳膊粗、才智出众的豪桀大猾。这些人说好汉也好汉，说霸道也霸道，为非作歹起来，是相当可怕的。但这些人在乡村吃得开，人人都怕，服得了众。要是没这些人，官府在乡村什么事也办不成。不过，说来奇怪的是，这些都保正对钱粮师爷杜之桂没一个不心生畏惧的。杜之桂清楚，就个人来说，动起粗来，自己远不是这些都保正的对手，但杜之桂背后有官府，每一任的县令都离不开他，特别是万常礼更是一步也离不开他，这些都保正就怕他了。这些人要有半点不恭，他杜之桂使个眼色，一伙如狼似虎的衙役就会马上用链子把他们锁起来，这些人敢不看他杜之桂的脸色行事吗？每次把县里的都正保叫来，钱粮师爷杜之桂都要半点情面也不留地训斥训斥这些人。今天为了贷放青苗钱的事把他们找来，就更不能对他们有什么客气的了。

这些都保正本来在钱粮师爷面前就没谁敢趾高气扬、神气活现，这会好像都感觉到今天的事非同寻常，就比往日更规规矩矩、一声不出地站着，老老实实听候杜之桂发话，显示出对钱粮师爷唯命是从、句句话都不打半点折扣的神情。钱粮师爷杜之桂很满意，都这么听他的就好，钱粮师爷是不会亏待这些人的。不过，虽然如此，杜之桂觉得对这帮都保正绝不能心软。突然，杜之桂一脸无比敬畏、无比虔诚、无比严峻起来："各位都知道今年伊始，天子下了两道诏令，中书也来了牒文，常平司的提举官章大人、干办官林大人今天上午就要到安阳，为的都是青苗钱之事。这可是朝廷的头等大事，都得尽力搞好，谁也不能抗旨。抗旨是要杀头的，不但杀你们的头，还要杀你们全家人的头。”

全县都保正这才知道县里昨天下午火急火燎把他们叫到安阳县城来是为了这么件了不得的大事。在乡村人的眼睛里，不要说天子的圣旨和中书的牒文，就是县衙门一个文告，也是奉若神明，不敢有丝毫懈怠和不恭。杜之桂的脸拉了下去，厉声道：“常平司提举官章大人、干办官林大人已经发话了：十日之内要把官府的青苗钱全都贷出去。县令大人在这里，本钱粮师爷丑话说在前面：要是事情办砸了，就不要怪三班衙役把你们锁到县衙门里来了。”

不过，值房里这十八个都保正听完他的话以后，都嘻嘻哈哈、叽叽喳喳议论起来。杜之桂知道，这些都保正以前奉旨办过许多事，有时朝廷或府里也会派人下来督办，其实好对付得很，无非摆几次酒，送上几封银子，事情也就办完了。但这次却不行了，对朝廷派来的人，连找都不能去找，就更别提摆酒、送银子了。这些都保正虽然走南闯北，见过世面，在安阳算得上是个人物，但毕竟是个粗人，大字不认得一个，懂得什么叫朝廷，什么叫官场，什么叫官，什么叫当了官的读书人。不错，当了官的读书人也和众人没任何区别，脱掉裤子都一个样。千里做官只为钱，捞不到钱的官谁当？但常平司的这两个官不同，心机深，正走红运，朝廷看得起，仕途宽得很，以后还要当大官。现在清高点，谨小慎微点，天子印象好一点，今后在官场上也就爬得快一点，也爬得高一点，岂能因为几次酒、几封银子坏了自己的仕途？不用说，常平司这两个官都是做样子给天子看。这些人的心机都深得很，岂能瞒过他这个当了二十来年的钱粮师爷？什么狗屁清高，清高全是装出来的。人家陶渊明说得好：不为五斗米折腰，又没说不为六斗米折腰。要是给六斗米呢？看他折腰不折腰！恐怕那个腰早弯下去了。当然，这些事讲给这些大字不识一个的都保正听，能听得懂？官场上许多事都只能心照不宣、心知肚明、你知我知天知，不能说破；对这些都保正就更不能说破，不能让他们知道那么多底细，只要他们按照自己说的去做就行了。说破了，底细知道了，就要惹大麻烦、出大事。杜之桂接着说：“章大人、林大人都是忠心耿耿为朝廷做事的人，不讲什么私人情面，他们说十天贷完就一定要贷完。你们千万不要以为送点什么给他们就可以敷衍过去。什么都不要送，什么别敬、程仪、门敬、跟敬都不要送，送得越多越坏事。听好：谁也不要去找他们，碰到什么事就来找县令大人，找本师爷也行，县令大人和本师爷总不会害你们吧？听清：你们是奉旨放贷，贷出去了就是忠臣，贷不出去就是奸臣；贷得越多越好，就是大大的忠臣。”

这时都保正才吓住了，都把嘴巴闭了起来，且都面有难色。杜之桂看见，万常礼仍旧在文案上写他的字，对自己这番话半点反应也没有，这个糊涂没用的县令实在可爱，实在好对付。杜之桂说：“听本师爷的话不错，谁要是不听，要是坏了事，本师爷可是什么也不会去管的。”

但是，杜之桂发现，安阳县这十八位都保正还是面面相觑、瞠目结舌站在那里。以前不论办什么事，只要杜之桂把话说到这个份上，这些都保正就都会高高兴兴照办就是，怎么今天会这个样子呢？杜之桂奇怪了，也很是百思不得其解，问面前关家庄的关都保正：“怎么回事？本师爷哪里说错了？”

杜之桂看到，站在最靠近县令和他的位子、长得有几分像关云长的都保正有话要说。这个都保也姓关。关都保正的脸虽然没像关云长那样红得像红枣，但还算红；胡子算不上美，但一大把，看去还是有几分大男人的派头；个头有那么高，走起路来也挺威风的。不过，那两只金鱼一样鼓起的眼睛，绝不类丹凤眼。关云长的名声在宋代已经很大了，开封马军桥西北兴国寺旁边的一座勾栏里就有人专讲三国。杜之桂清楚，就因为这些，安阳县的都保正都尊他是龙头老大，事事以他马首是瞻。他来了总有许多人争着让座，茶馆里总有许多人争着给他出茶钱，酒桌上他不上桌其他人就都不敢坐上去。这会全县的都保正集中在县令的值房里，也让他站在最靠近县令和师爷的位子上。杜之桂要他有话就直说。关都保正在庄子里虽然放肆得很，无所顾忌，想说什么就说什么，但在杜之桂面前不敢，相反有点局促，话语中也很有点讨好的味道：“全安阳县的人谁不知道师爷是诸葛亮再世，师爷的话有错，那还得了，天地都要翻了。师爷叫我们不找朝廷派下来的人，不找就是。不过，师爷，听说真定府通判夏大人今天上午也要来安阳，也不要去找吗？”

这其实也是杜之桂所担心的一件事，既然朝廷派下来的人不能找，真定府下来的人也不能去找，找了就要出大乱子了。至于为何会出大乱子，杜之桂不想跟这些都保正啰唆，只是反问道：“你说呢？”

关都保正不知道怎么回答了，傻傻地望着杜之桂。

杜之桂一眼望见站在第四排的曹家庄的曹都保正：“你说给他听听。”

曹都保正因为三国里的曹操是个奸雄，名声不好，自己背了黑锅。其实，曹都保正一点也不奸，只不过脑瓜子比其他都保正灵一点，很会见机而作：“就听师爷的，师爷叫我们怎么做就怎么做。朝廷下来的人不找，府上下来的人当然也不找。”

关都保正还有点糊涂，没敢问杜之桂，只问曹都保正：“通判夏大人可是老相公派来的人。”

这个问题不仅把曹都保正给难住了，其实也把杜之桂给难住了。在安阳这个地方，对朝廷不忠的人，未必会有特别惨的下场；但对老相公韩琦不忠的人，会给人生吞活剥了。这没什么奇怪的，常言道，天高皇帝远，对朝廷忠不忠，许多时候是谁也不去管的；老相公韩琦是本地人，稍有不忠，马上就给发现了，这就死定了。因之，在安阳对朝廷不忠是要惹麻烦的，对老相公韩琦不忠的麻烦就更大了。不用说，对朝廷下来的人冷淡点，不去找，还有办法遮掩遮掩；对老相公派来的人冷淡点，也不去找，就没半点可救了。然而这一次，对老相公派来的人也不能去找，这样的话又万万不可说出去，说出去传到老相公耳里，他这个师爷恐怕难当下去了。当然，再难的问题杜之桂最终还是能想出办法来的。杜之桂有点生气了，又一个反问：“曹都保正是说我杜某人对老相公不忠？”

这下曹都保正感到问题严重，有点慌了，连忙解释起来：“师爷不要生气，谁都知道师爷是对老相公再忠心不过的人。就听师爷的：有事只找师爷。”

万常礼正好写完一张纸的字，转过身来说：“要说杜师爷对老相公不忠，天下就没对老相公忠的人了。各位去看看昼锦堂，除了皇宫，天下没有比昼锦堂造得更好的宅院。没有一颗对老相公的忠心，能造出这么好的宅院？有人把这事告诉了老相公，老相公高兴得不得了。”

杜之桂听到一值房“那是”“那是”的声音，感到很是受用，也很是得意。

关都保正这回却不完全是讨好杜之桂：“你才高八斗，教教我们这些大字不识的粗人：为何要叫‘昼锦堂’？”

杜之桂在这些没文化的粗人面前多少有点炫耀自己的才学了：“说的是楚霸王得了天下以后，对人说：‘富贵不归故乡，如衣绣夜行，谁知之者。’像老相公那样三朝拜相、两朝定策，拥立二帝，为朝廷立了那么大功的人，衣锦还乡，还住在一间破屋子里，就像在夜里行走一样，谁也看不到他的荣耀，这怎么行！我们这些安阳人又有何面目见老相公？改个字，把‘夜’字改成‘昼’字。我们要让老相公衣锦昼行，让人人都能看到老相公的荣耀。‘昼锦堂’取的就是这个意思。”

杜之桂听到值房里一片有点夸张的“哦”“哦”的赞叹声。

万常礼又转过身来说：“这‘昼锦堂’名字还是师爷取的。”

杜之桂又听到值房里一片有点夸张的“哇”“哇”的赞叹声。

“哦”“哦”“哇”“哇”声过后，关都保正对杜之桂说：“师爷，可你还得告诉我们，这十天之内怎么把青苗钱贷下去呀？”

杜之桂慢慢悠悠反问道：“你们平日最拿手的是什吗？”

杜之桂看到，值房里的都保正全都一脸的错愕，半日合不拢口。此时，杜之桂看到从值房最里面挤过来一个人。此人是赵家庄的都保正，不到三十岁，学过打，自称是赵子龙的后代，要是给他一匹马、一支枪，他也可以来回长坂坡单骑救主。这个赵都保正是去年才当上都保正的。赵家庄靠近太行山，民风剽悍，犯了王法就跑到太行山做响马去了，换了四个都保正都压不住阵。但赵都保正一上台，这近五百户人家太平了，没人敢闹事了。赵都保正这下真的是赵子龙的后代，成了盖世英雄，见谁不顺眼，张口就骂，动手就打；打了、骂了，谁还都得认错。县里什么事下去，没有办不好的。这个赵都保正很横，却还真有点赵子龙之细。赵都保正站在杜之桂面前，卷起棉袄袖子，伸出两只大拳头来：“别再说了，师爷的神机妙算岂能泄露？师爷，在下明白了：今后这家伙要大显身手，忙一阵子了！”拳头还在空中挥了挥。

杜之桂注意到，都保正都豁然开朗，开心地哄笑了起来，关都保正也笑了，笑得最开心的是曹都保正。赵都保正一句“神机妙算”、一个挥拳把众人点醒了。这些都保正，虽然大字不识，都是个粗人，但毕竟是在地方上能呼风唤雨、很吃得开的人，许多话点到为止，就能心领神会。杜之桂这才放心了，也跟着笑了起来。杜之桂当然很清楚，这些都保正都这么听他的，并不是因为自己有本事，主要还是因为听自己的有好处。人为财死，鸟为食亡，当官有那么多好处，还要捞，当都保正的为当官的效劳，没好处会干？杜之桂抬起头来，望着值房里的都保正，发了句话：“放心，各位都有大好处！”

杜之桂不用担心值房里的都保正听不懂他的话。他的话音刚落，这些都保正就都七嘴八舌起来。杜之桂听到最多的是这么三句话："师爷是顶讲义气的人""在师爷下面办事肯定亏不了""下辈子在师爷底下做牛做马都值"。

万县令办不成的五件事，杜之桂不到一个上午都办完了。杜之桂不由得自命不凡起来，得意地笑了起来。此时，万常礼的字写完了。万常礼一边把笔墨收起来，一边欣赏着自己写的字，还一边有点自命不凡地自言自语道："主鬻官爵，臣卖智力；主鬻官爵，臣卖智力呀！"

杜之桂注意到，值房里的都保正都莫名其妙地望着万常礼，不知道他自言自语的意思，都抿着嘴，想笑又不敢笑。杜之桂当然知道万常礼那句话是那个助秦始皇得天下的韩非子说的，但你万县令在这些大字不识的都保正面前卖弄这些有什么意思呢，他们懂得什么韩非子、韩是子呢？杜之桂当然是想笑但不好笑，只得把笑全憋在肚子里。这个无用的县令，就只会写几个字，这等智力也自命不凡起来，也想卖好大的官？真不知人间还有"羞耻"二字。杜之桂知道这些都保正急着要散场走人。既然到县城来了，还能不到勾栏去听听曲子？到赌场去掷掷骰子？到青楼去找个花娘快活快活？杜之桂也明知道万常礼没什么话要说，但还是很客气地问了声。万常礼说没有什么话要说。杜之桂挥了挥手：可以走人了。杜之桂看到，这些在值房里规规矩矩、老老实实待了半个时辰的都保正都欢快起来，笑着、嚷着、推着前面的人往值房门口走去。杜之桂发现，还有一半的人拥在门口时，长随从外面拨开门口的都保正，挤了进来，一边说："来了，来了，都来了！"

万常礼吓坏了："谁来了？"

长随："常平司的章大人、林大人，真定府通判夏大人，都来了；老相公也跟在后面来了。"

杜之桂看到，万常礼又没有主意了，直望他。杜之桂微微一笑。这样的事，对他来说，更是小菜一碟。杜之桂先对长随说："这里五件事全办好了，放一百个心。长随，你跟刑名师爷把夏大人接到'昼锦堂'歇息歇息，带他到每个地方转一转。"又对万常礼说："我们这就去县城门外，把章大人、林大人接到县衙门来，若何？"

万常礼笑眯眯地说："就这么办好，就这么办好。"

第三十九章　荣归故里韩琦威势加海内 针锋相对章惇强悍越八方

八天后的清晨，夜尚未央，天上残星数颗，常平司那个背有点驼、瘦得看上去就像个私塾里教书先生的干办官林英骑着马，跟在一脸敢跟自己玩命的虎气和不好惹的霸气兼有的提举官章惇后面，在汤阴县通往安阳的官道上疾驰，去看望昨天晚上才来到安阳的老相公韩琦。本来韩琦是八天前要来安阳的，但老相公韩琦毕竟是奔七十古稀之人了，身体远不如前，出门受到点风寒，在床上一躺就四五天，再加上后来的行程速度也慢了点，因之比章惇、林英整整晚了八天才到安阳。此时，真定府辖管的真定、安阳、临漳、林虑、藁城、栾城、元氏、井陉、获鹿、平山、行唐、灵寿、汤阴十三个县的青苗钱全部贷放完毕。林英与章惇鞍马劳顿自然不必说，有时一天要跑两个县，忙得连饭都吃不好。但这是天子赵顼下诏规定的公事，一个月内要把河北西路真定府、中山府、信德府、庆源府六十五个县的青苗钱贷放完，不这么快不行。所喜的是各县的县令、县佐、师爷、胥吏、衙役对圣旨的贯彻执行都不打半点折扣，都肯卖力去干，要不然也就不可能在八天之内贷放完十三个县的青苗钱。林英与章惇扳指头算了下，河北西路还有三府五十二个县的青苗钱要贷放，在剩下的时间内几乎每天要跑两个县，路上不能耽搁一点时间，否则就难完成圣命。

林英与章惇是昨天晚上得到韩琦到了安阳的消息。章惇马上决定：第二天一早，赶到安阳去。他们也是该去看看老相公韩琦。作为新增设的仓司常平司与各路漕司转运司、宪司提点刑狱司一样，都是朝廷的监司衙门，虽然并不隶属各路行政长官，但真要把各自的监察工作做好，是不能把各路行政长官撇开的。要知道，各路的行政长官可是名副其实的一方诸侯。不要说这些人故意为难你，就是态度上不那么热情，各州、各县的官吏都不会那么爽快地买账，各地驿站也不会那么方便地把吃的、住的和车马备好。这次在八天之内就把真定府十三个县的青苗钱贷放完毕，提前了两天，事办得这么快，这么顺畅，还不应该去看看以守司徒兼侍中身份判大名府、领河北东西两路兵民大权的老相公韩琦？说句实在话，本来章惇和林英不想去见老相公韩琦，原因是老相公韩琦反新法。不过，来之前，王安石把章惇与林英叫到值房里交代："老相公韩琦功劳卓著，鞠躬尽瘁，始终如一，国运的顺利与艰险却常常在他一念之间，作用大得很，群臣没有人能够和他相比的。对老相公的毁誉虽然几乎多得数不胜数，但忠诚不渝的节操却被当时所推重，德行和声望是我等的表率，我等没有来自显贵门第的，到了大名府，办事遇到困难，要寻求老相公的信赖和庇护，得到他的帮助和支持，问题就好办多了。"王安石这些没有半点虚情假意的真心话很令林英感动。王安石对老相公韩琦都这么崇敬，他们就更应该崇敬了。为着更快更好地完成圣命，把青苗钱贷放的公事搞好，为着得到老相公韩琦的信赖、庇护、帮助和支持，花上半天时间去拜访老相公韩琦，怎么算都值！

林英与章惇并马前行，在距安阳半里路时，安阳鼓楼正响起辰鼓。节气虽然早过了立春，但安阳的气温还很低，河边浅水结着薄冰，屋顶瓦沟里存留着五天前的残雪，北风有点冷，梧桐树和柳树的落叶吹得像一群鸟雀在地面上飞来飞去。日头也从不算很厚的灰色云层里很不情愿地哆嗦着钻了出来。在距城门四五十丈之远的地方，林英抬头朝城头一望，吃了一惊，指着县城的门楼，说："人头！"

林英看到，章惇也多少惊了一下。林英与章惇打马奔到城门前，但见县城门楼上一根长长的竹竿上悬挂着一颗还在滴血的下巴长满胡子的人头。城门边的墙上贴着一张告示，挤了许多人在看，还有许多人朝那边跑过去。林英与章惇在人群后面勒住马缰，在马上把告示看了一遍：人头系太行山黑大麻子那伙响马的，昨天下山抢劫，当场给官兵抓住杀掉。

林英一脸的惑然不解："十天前，钱粮师爷杜之桂不是说黑大麻子那伙响马全吓得躲到太行山上去了吗？怎么就又下山了呢？"

章惇一脸的洞若观火："你别信告示上的这一套，多半是从牢里拎出一个拿不出钱财来的犯人，把他杀了。黑大麻子那伙响马明知道县城里有五百天威军，活得不耐烦，送死呀！"

在条例司，林英最敬佩的是王安石，其次是吕惠卿，对章惇、曾布也是很佩服的。林英和朝中许多人一样，觉得章惇这个人豪俊，胆子大，脾气也大，很叫一些人怕他；林英还知道朝中许多人对章惇不了解的一面，章惇那双眼睛很厉害，看人十分准，有识人之慧。林英很喜欢跟章惇在一起办事，觉得能学到很多东西。林英别过脸，望着章惇问："这是为何？"

章惇一脸的明察秋毫："八天前，我们在安阳时，你注意到没有，安阳县令实际上是个窝囊废，没用的糊涂东西。那个钱粮师爷厉害，安阳县实际上是他在当家。你那天没看到县令急得要命，说现在什么都做好了，就怕青苗钱还留不住那些逃荒的流民，要是这里面有几个人跑到县里来逃荒，给老相公碰到了，就要惹大麻烦了。你没听到钱粮师爷对县令小声说了一句话：'小事一桩，无足挂齿。'你想想：这人头在城墙上一挂，谁还敢跑到县城来逃荒？不怕当响马？找死呀！"

林英十分佩服地点了点头。有理！有理！章大人把人看得这么仔细，难怪猜得这么准。章惇掉转马头，打马进了城门。林英也跟着掉转马头，往县城里走去。林英发现安阳县城与他们十天前来到的安阳很不一样，街上有兵在巡逻，路口有三班衙役拦住行人盘问，街上也打扫得干干净净，好些店家把招牌重新漆过，酒家门前的酒旗也换上新的。对这些，林英心中明白：都是为了迎接老相公韩琦衣锦返乡，做样子给老相公看的。这当然既是对至尊至贵的老相公韩琦的一种无比景仰，也是一种出自内心地讨好。林英策马上前，与章惇并辔前行："在下总觉得这次青苗钱贷放得太顺利，太快了些。"

章惇很是一奇："照你这么说，青苗钱不仅一年两年贷不下去，且要官府发火签拿人到衙门打板子，这样才正常了是不是？"

林英："有道是'任你官清如水，怎敌吏滑如油'，在下是说，县府里的师爷、胥吏、衙役一个个比虎狼还狠，个人没有好处的事，是从来不干的。要是这事对他们有好处，这班人干起来，下面的农户百姓就要遭殃了。"

章惇笑了笑，多少有点揶揄地说："你是一朝被蛇咬，十年怕井绳。"

林英一脸通红。章惇在揭他的疮疤。去年六月小暑那天，还是开封府东明县令的林英，生生地被自己属下的师爷、衙役赶走，且走的时候还差点被狗咬了，真是说不出的狼狈难堪和愤懑凄怆，活像一条落荒而逃的落水狗，弄得后来许多人笑他、挖苦他、瞧不起他。不用说，这段经历成了他这辈子心里的一个痛。不过，林英并不生章惇的气。他觉得章惇的话只是有点善意的嘲笑，并不是在挖苦他，更无尖酸刻薄的恶意，倒恰恰很爽快地点出了他此时此刻的一种心态。他确实是担心下面州县长官和师爷、胥吏、衙役坏了朝廷的大事，坏了王相公的青苗法。林英说："他们会不会强行抑配，强迫所有的农户都得借贷青苗钱？"

章惇一脸的霸气："谁敢！不可能有的事。我们每到一个县，都对县令、县佐、师爷、胥吏、衙役交代得清清楚楚：禁抑配！事后也都问过农户百姓。你听得清清楚楚，他们都说：自愿的，每个人都自愿的。"

林英觉得，事情恐怕不会是章惇说的那么简单。他在东明县得到的教训太深了。千万不能小看了这些师爷、胥吏、衙役。不错，这些人既无大的学问，也无大的才能，更不可能有济世安邦的本事。他们想到的只是钱，在这方面既贪婪又残忍，既明火执仗又诡计多端，这方面的本事大得很。他们不怕朝廷官府出便民、惠民政策；出了政策，他们就有空子可钻，就能从中找到捞钱发财的办法。当然，林英清楚，自己这些话是不好跟章惇说。看章惇此时一脸的霸气，自己把这些话说了出去，章惇肯定又要说他怕井绳。再说，这样的问题不是三言两语能够说得清楚的。况且，章惇是林英的顶头上官。中原王朝的官场，从来是谁当官谁正确，官越大越正确，官最大就最正确；从来是官大的教训官小的，从来没有官小的教训官大的；谁的官最大，谁就可以教训所有的人。现在林英担心的是，他们马上要去见老相公韩琦，老相公问起这些事该怎么回答。他和章惇在下面县里监施青苗钱贷放时，老相公韩琦就从大名府给各州县发了钧谕，一再强调不准抑配，对抑配的人要查处；对那些游手好闲的泼皮无赖和不法之徒，更是一文钱也不准贷，否则，对衙门里的人要追究责任。这不能说老相公抗旨。老相公并没说不准贷放青苗钱。林英实在佩服老相公韩琦治政的智慧，同时也觉得老相公这种人极难对付。老相公聪明的地方在于闭口不谈天子赵顼今年正月第二道诏令，只是在第一道诏令中规定的禁抑配上做文章，大谈要对搞抑配的人进行查处，这就抓不到他任何错。但明眼人一看，就知道老相公心中的鬼名堂：表面上是不准抑配，骨子里就是取消青苗钱贷放。老相公韩琦在朝廷就一言九鼎，说一不二，在这里就更是言必行、行必果，更是言出法随，各州县都得宁遵毋违。林英又别过脸去，问章惇："等会老相公问起这些事，怎么说？"

章惇一脸的无所畏惧和正大光明："我等难道做了什么对不起天子之事？"

林英想想：自己和章惇确实是一片赤心可对天。林英明白了章惇的意思，既然自己和章惇都没做亏心事，那在老相公面前就是实话实说，要争要吵都管不了了。此时，林英忽然想起老相公韩琦给各州各县钧谕上的一句话，不由得笑了起来："老相公这个人挺有意思。"

章惇一脸的料事如神："你是说钧谕上的那句话：'熙宁正月诏令，务在优民，不使兼并乘其急以邀倍息，众皆以为民，而公家无所利其收入，谓合先王散惠兴利抑民豪夺之意也。'这个老相公，说这句话，就有点老糊涂了。天子诏令上白纸黑字，写得清清楚楚、明明白白：青苗钱每次取息二分，每年两次，共取息四分。老相公却说青苗钱的本意只是为了防止豪强兼并和商贾的高利贷的盘剥，只是为百姓得到实惠，并非是朝廷得利。如果真是这样，国库照样空虚，谈何富国强兵、洗刷国耻，新法意义安在？老朽了！老朽了！昏庸老朽了！"

林英倒是从这句话中看到老相公的另一面：忧民。当然，这一点是更不能对章惇说的。说出去，章惇肯定要狠狠训斥自己一顿。林英说："老相公要是还提到这句话呢？"

章惇显出一脸的敢跟自己玩命的虎气和不好惹的霸气和狠劲，嗓门大了起来："兵来将挡，水来土掩，以眼还眼，以牙还牙：出了事，章某一人承担。"

林英很钦佩地望着章惇。这就是章惇的为人。林英觉得，跟这样的上官公干，很叫人担惊受怕，但又很叫人放心；很叫人有种危如累卵的感觉，但又很叫人有种可以放开手脚大胆去干的决心。林英庆幸自己碰到一位这样的好上官。此时，林英甚至傻想：要是去年六月，林英背后有位章惇这样的上官做靠山，撑他的腰就好了；他绝对会狠下一条心来，跟那班师爷、胥吏、衙役大干一场，不说取得全胜，至少不会像落水狗那样狼狈卷被盖走人。不知为什么，此时林英很为自己刚才的想法感到好笑，不由得兀自摇了摇头。都一年半以前的事了，还想它干什么，想了又有什么用。

林英与章惇一路聊着，来到一个十字路口，往左拐，就是新落成的专为老相公韩琦盖的昼锦堂。林英看见，安阳县令万常礼站在前面十字路口对着这边招手，身边站着几个随从和几个穿短衣帮的仆人，旁边停着一顶官轿。章惇也看到这情景。二人催马前行，一会就到了万常礼面前。万常礼告诉他们：他在这里恭候二位大人一道去拜见老相公韩琦。林英看到，章惇的眼睛望着万常礼身边的人，骑在马上问："杜师爷呢？"

八天前，林英和章惇到安阳时，就是杜之桂张罗一切：驿馆住宿、酒楼吃喝、禀报情况、里外打理。县里的大事小事少不得杜之桂，万常礼是个没用的县令，在安阳当家的其实是钱粮师爷杜之桂，此人特精明，特能成事。不过，林英同时对安阳县这个钱粮师爷很有点警惕。看到杜之桂，林英很自然想起东明县的钱粮师爷乔隆发和刑名师爷乔兴发，林英就是被这两个师爷赶走的。当然，林英也清楚，章惇对安阳县这个钱粮师爷很是赏识。在安阳，章惇碰到什么事，总把杜之桂叫来；杜之桂也总随叫随到，并能把章惇交代的事办好。

万常礼一双眼睛怯怯地，也是巴结地望着章惇，低声道："杜师爷日夜渴望章大人、林大人来安阳面授机宜、口授教诲，今天有件急事，他办去了。"

林英觉得，这个万县令，一旦杜之桂不在场，还不是那么无用：这几句话还是说得很漂亮的；特别是话里总没忘记把林英带上一句，更显得遇事考虑周全，但愿这几句话不是杜之桂教的。林英看到，章惇春风满面地问："什么了不得的大事，连老相公也可以不去孝敬拜访。"

万常礼："一来是皇上洪福齐天，二来是章大人、林大人办事有方，本县还有许多人要借青苗钱，把杜师爷围着不肯让他走人。"

这还真是林英没想到的。章惇听了很是受用："要是天下所有的州县都像你们安阳县这样施行朝廷政令，何愁新法不成！好好干，朝廷不会忘记你们的。"

万常礼高兴得合不拢口，脸上现出少有的巴结之情："下官能遇到章大人、林大人这样的好人，真是前辈子修到的好福气。下官在县令任上一干就十多年，要是早遇到章大人、林大人，前程早上去了。章大人、林大人能在朝廷给下官美言几句，下官下辈子变牛变马，侍候章大大、林大人，也心甘情愿。"

林英觉得自己的眼睛忽然睁大了，觉得自己真有点不认得万常礼了，也觉得自己以前太小看万常礼了。千万不要以为这个县令只会写个什么策和几个字，更不能认为他堂事糊涂、问案不行、贷放青苗钱全靠师爷摆弄，就一无所能。这个万常礼县令，不仅很会巴结上面来的官，且很会伸手要官，脸皮又厚，话也说得恰到好处，这方面的本事很有点让人刮目相看。

林英清楚，章惇在这方面是很乐意成人之美的，再加上万常礼的话又说得这么甜，不要说章惇，就是自己听了心里也觉得很舒服。章惇很是豪爽："万县令，这次朝廷行新法，是每个朝廷命官升迁的好机会。我章某人谁的功劳都不会抹杀，谁有功劳都会尽早报到朝廷。我章某人就喜欢成人之美，你们升官了，我章某人脸上才有光。”

万常礼千恩万谢：“章大人、林大人对下官真是有再生之恩。——我等现在朝见老相公去。”什么时候都不会忘记把林英带上一下。

林英拉了拉马的缰绳，准备上路。万常礼命几个随从在前面开道，恭请章惇、林英走在前面，自己坐着官轿在后面跟。左拐之后过了一条长街，林英看到前面耸立起一所绿树翠竹环绕的大宅院。门前是个宽敞的广场，广场这头相隔丈把远一字站着十几个手按环首长刀的天威军士卒。广场停满了轿、马，但没一个行人敢过去，一看到这些天威军士卒，吓得伸出舌头，赶忙弯到别的地方去了。广场那头是长长的巍峨粉墙和厚实凝重的照壁，照壁后面是鲜亮的四扇泥金漆的大门。离石狮子最近的那扇大门外摆着一张又阔又长的青漆板凳，有几个挺胸腆肚的汉子坐在上面指手画脚、谈东说西，很是神气。在前面开道的随从都把腰牌亮了出来，天威军士卒都认得县令万常礼的官轿，只是相了一眼，就放他们进去。林英下马的时候，章惇也下了马，万常礼下了轿。林英便见坐在板凳上的那几个汉子赶紧跑过来，指挥万常礼的仆人把官轿抬走，有两个汉子过来把马牵到别的地方去。

林英在离大宅院尚有十来丈的地方，抬头望去，那块挂在门楣上的烫金的“昼锦堂”三个字的匾额便赫赫在目。林英也到过一些地方，恐怕除了皇宫外，还真没见过这么壮观、这么富丽、这么气派的宅院。林英跟在章惇后面，上了台阶，“呀”的一声，开了中间两扇大门。再进去就是一个大敞厅，两旁架着六七顶本宅院主人自家用的描金彩漆大轿。再进一重门，便是一条青砖砌的通道，两边是二十来间住房。通道尽头，两扇乌门洞开。进了乌门，眼前又是个大院子。大院子里，东雄西雌各植一株银杏树。银杏树高有四五丈，干有两个人围，叶子全脱光了，光光的、乌黑的树枝交错着向四处伸展，向上的树枝像剑似的刺向日光淡弱、布满灰色云层的寒冷天空。大院尽头的三层台阶上，是个大厅。林英还在乌门这边，就见大厅里有不少人，有站的，有坐的。不用问，这都是安阳当地来拜会看望老相公韩琦的缙绅和亲友。林英奇怪的是，大厅里却鸦雀无声。林英、万常礼跟在章惇后面，往前没走几步，大厅里就有一个仆人模样的人出来，站在台阶上，用食指按着嘴唇，示意他们不要嚷嚷。不过，此时林英又见一个管家模样的人，躬着身子，慌慌忙忙从大厅里出来，又慌慌忙忙往这边快步过来，到了章惇面前，胁肩低眉，恭敬得不得了，也不说话，只是把章惇往大厅外面廊檐下的东边耳门那边引过去。

林英、万常礼跟在章惇后面，出了耳门，眼前一片豁然开朗，是一座占地少说也有上百亩的花园，里面的亭台、楼榭、池塘、回廊，错落有致，布局有方。再过三天就是惊蛰节气。池塘边上的春草尚未爆芽。远远近近遍植的松树颜色经过一个冬天的风雪，显得有点灰暗，但依旧一片郁郁苍苍；遍植的翠竹颜色也显得不那么鲜亮，却还是一片葱葱茏茏。园子里鸟的声音也变了，有只林英叫不出名字的鸟在近处竹林里很好听地啾鸣着，益发显得园子里寂寂无声。

林英、万常礼跟在章惇后面，由管家模样的人领着，穿过一个仅容一人行走的洞门，上了一座假山，拾着一层层石级，到了假山顶上。站在假山顶上，林英看到大院子外面是数千亩良田，有农夫在翻土。后来，林英打听到，那数千亩良田全是韩琦的。当过东明县令的林英很清楚，这么多良田不是个小数字，得好几百万缗钱才买得到。假山下面的石级那头，耸立着一栋大宅子。大宅子的石阶上，左右两旁各站立着四个手持长矛的兵卒。但大宅里面，却阒无一人似的。林英感到奇怪的是，老相公韩琦的宅子里，怎么会所到之处，都鸦雀无声。后来，有人告诉他，老相公韩琦的家乡安阳人对老相公是敬之如神明，爱之若父母，因之老相公的住处或每到一个地方，都肃然寂静，谁也不敢高声说话。有意思的是，碰到吵嘴斗讼的事，四周的邻居都会一个个过去劝止双方，说："勿打扰吾老相公也。"双方就再也不出一声了。林英想，官当到这个份上，在家乡受到这样的爱戴，有这么高的名望和威信，真值得钦佩羡慕，也真不为虚度此生了。

林英、万常礼跟在章惇后面，下了假山。林英看见，一位不胖不瘦、六十开外、一派厚重中正气度的老者从大宅的中门出来，站在台阶上。不用问，这位老者就是老相公韩琦了。在前面引路的管家模样的人脚步加快了，顺着假山通往前面大宅子的青砖通道几乎是小跑着过去。章惇的脚步也加快了，紧跟在后面。林英、万常礼哪里会怠慢，脚步自然也快了。显然是家里仆人抄近路把章惇他们来了的消息早禀报到了老相公那里，林英注意到，老相公韩琦已作好了迎接章惇他们到来的架势，两眼专注地望着这边。

林英走到青砖通道的尽头，离老相公韩琦不过四五丈，正要给老相公长揖施礼时，大宅子又走出两个人，看上去像老相公韩琦的门人亲客，来向老相公告辞的，态度从容，并不拘谨，走到老相公韩琦身边，一脸夸张的讨好和恭敬，一个劲夸老相公韩琦两朝定策盖天事功。林英听到其中一人说："大宋江山全赖老相公两朝定策，了不得！了不得！"林英看到，韩琦猛地别过脸去，从侧面看去依然一脸正色，大声斥责道："糊涂！不得胡言乱语！这都是仁宗皇帝的圣德神断，太皇太后的内助之力，为大宋定的天下大计。老夫这个做臣子的怎么能参与到里面去。"吓得那两个门人亲客一脸通红，伸出的舌头半日缩不回去，赶紧从旁边下台阶走人。

林英觉得老相公确实不愧是在官场走了大半辈子的江湖宿将，老辣精明得很。对老相公两朝定策的奇功，不仅朝野上下都知道，天家也是这么认为的，但老相公自己却不认账。不过，这个账确实是不好认的。把拥立两位天子登基的定策之功，说这是盖世奇功一点也不错。但，有立这种功的人很容易引起天家的猜忌和天下人的猜疑。本来，谁当不当皇帝，是天家内部的事，外廷的臣子参与其中去干什么？真参与其中，不是别有居心是什么？这样的功劳大则大矣，但麻烦风险也大矣。对这种人，谁不是防着点，天家防得更紧。这种人的日子岂能好过得了？不惹上杀身之祸就是万幸的了。老相公显然看透了这一点，不仅不挂在嘴上说，且来个不认账；人们越是这么认为，越不认账，自己自然就不会遭到人们的猜疑和天家的猜忌了。林英听说欧阳修也是这样，明明同心协助老相公韩琦拥立英宗登基，却说此事与他无关。这不能说老相公不明智。这不仅避了嫌，还避了祸，且保全了自己的名声，赢得人们的尊敬。林英对老相公韩琦的为人和智慧可说佩服得五体投地。

两个门人亲客走了，韩琦回过头来，不等林英这些人行礼，先对着章惇这边拱起了手。章惇不等上台阶，就赶忙施大礼，长揖而拜，林英、万常礼也自然是长揖而拜。林英与万常礼跟在后面上台阶时，看到韩琦一手执着章惇的手，一边往大宅里走去，一边还在责怪那两个门人亲客："这两个人好不晓事，满口胡言乱语，实在可恶。"

韩琦与章惇同时跨过门槛。林英、万常礼也跟着走了进去。进去的是一个大厅。韩琦在上首左边座面很宽的禅椅上坐下，要章惇在他旁边隔了一张方桌的右边禅椅上坐。章惇很是谦让了一番，见韩琦执意要他坐，也就不客气地在禅椅上坐了下来。林英坐在东边官帽椅上，万常礼坐在西边官帽椅上。有家仆过来给章惇、林英、万常礼上茶。林英注意到，管家模样的人离开时，韩琦把他叫到身边耳语了几句才让他走。

林英明白，下面到了今天看望老相公韩琦最要紧的时刻。谈不上是鸿门宴，但弄得不好要吵得个面红耳赤、不可开交。从刚才的短暂接触中，林英倒是觉得韩琦表现出来的更多的还是举朝仰慕的风采，并无一丝一毫传得活灵活现，使人感到畏惧的严厉，但接下去的事就难说了。韩琦肯定要问起真定府何以八天就办完十三个县青苗钱的贷放。韩琦倒也没有马上说起这件事，望了望万常礼，说："你们的钱粮师爷杜之桂呢？"

万常礼眼睛怯怯地，也有点紧张地说："杜师爷日夜渴望老相公荣归故里，口授教诲，今天有件急事，要他办去了。"

林英心里既差点没笑了起来，又很是有点警惕起来。林英好笑的是，万常礼这样的话刚才对章惇和他也说过一遍。怪不得安阳县的县佐、师爷都不把他放在眼里，就是有些衙役也有点瞧他不起的意思。此公真是个没用的糊涂县令，比他当年在东明县当县令还没用，尽管东明县的县佐、师爷、胥吏、衙役都跟他捣蛋，最后把他赶走了，但至少没人不把他当回事。万常礼刚才那几句话，糊弄糊弄下自己和章惇是可以的，但在老相公面前也这么说，就很不合适了。老相公韩琦荣归故里这样的大事，钱粮师爷杜之桂竟然因事来不了，难道此时还有比这更大的事吗？十天前林英跟这个师爷打过交道，知道这个人厉害，精明过人，十分熟悉官场的门道，在安阳县是个一手遮天的人物，不会不知道怠慢了老相公会是一个什么结果。林英警惕的是：钱粮师爷杜之桂连这样的场合都不到场，里面是不是有什么很不好的情况。

林英正这么想着，韩琦又望着万常礼说："你这个安阳县的父母官也实在当得太舒服了，什么事都是钱粮师爷给办得周周到到，你就是在值房里写写字，嘴巴里念念子云诗曰，是不是？——你跟下面那些大字不识一个的粗人都保正念'主鬻官爵，臣卖智力'做什么，他们知道什么'鬻'呀'爵'呀的；还有你说的什么'玉'呀'玦'呀，那些都保正还以为你拾到什么天下少有的宝贝玉器，弄得他们想笑又不敢笑。不过，你'昼锦堂'几个字写得还不错，刚、正、雄、健。钱粮师爷办完了事，叫他到这里来一趟，老夫要谢谢他忙了三年，把这个宅子盖好了。不过，还是做得太大了些，房间也太多了些。花了多少银子，可要一五一十告诉老夫，你们万万不可让老夫沾乡亲的便宜。老夫以后就在这里颐养天年，过过神仙日子。”

身为前东明县县令林英知道，韩琦问到大宅院花了多少银子的事，可不好回答。果然，万常礼什么话也不敢说，大概也不知道怎么说，像沾不沾乡亲便宜的事他讲得清？又知道怎么去讲？不过，这个糊涂无用的县令却知道洗耳恭听，韩琦一边说，他就一边不停地点头，这就把有些事糊过去了。林英仔细把韩琦的话想了想，觉得对万常礼不甚苛刻的责备中还很有几分喜爱这个人的恭顺，对钱粮师爷杜之桂不仅十分赏识，且十分信任，对昼锦堂这个大宅院的满意溢于言表却也注意到这里面可能会存在的名堂。

过了一会，韩琦仍旧望着万常礼：“朱大发现在怎么样了？听说他也想借青苗钱，他要什么青苗钱？借给了他没有？”

万常礼没半点迟疑，也没半点支吾：“朱大发现在好多了，浪子回头金不换，八天前还帮助本县解决了一次群殴事件。朱大发根本没要过青苗钱，实属谣传。在下要好好查一查，何人放的谣风，这不是在老相公脸上泼污水吗？”

韩琦满意地点了点头：“他不是住到安阳县城了吗？怎么没见他来看老夫呢？”

万常礼：“老相公威加海内，朱大发怕老相公，早吓得躲到乡下去了。”

韩琦不再说什么了，只是低下头喝茶。众人也都低下头去喝茶。本来就阒然寂寂的大宅院显得更寂静了。林英知道，下面的话题无疑是关于青苗钱贷放的事了，都不急着开口，这是因为作为朝廷监司衙门常平司的官员与各路行政长官实在有着许多说不清道不明，却又无法割断的微妙联系。从公事上来说，常平司监施各路州县的青苗钱贷放，无权监施州县之上的各路军政长官对青苗钱贷放的态度；各路行政长官的官秩比常平司官员的高多了，像韩琦的官秩根本就不是常平司官员所能比的，然而官秩再高，却管不了直属朝廷的常平司的官员，也不宜去管。最微妙之处还在于：常平司的官员不隶属各路行政长官，也实在不愿意他们在青苗钱贷放上多嘴多舌，但在监施青苗钱贷放过程中却又十分想得到各路行政长官的信赖、庇护、帮助和支持；各路行政长官并不是人人都欢迎常平司的官员到自己所属的州县来贷放青苗钱，却又不得不跟常平司的这些自己管不上的官员打交道，也不得不过问过问自己辖区里的州县青苗钱的贷放情况。既然如此，在谈青苗钱贷放时，当然没谁先开口。

此时，林英看到大厅门外进来一人，微胖的身材，嘴唇上长着八字须。林英认得：此人是真定府通判夏良成。夏良成倒是个大大落落的人，进来就给老相公韩琦长揖而拜，又给章惇拱手行礼，接着又给林英和万常礼拱手。夏良成也不等韩琦招呼，就挨着万常礼下面的官帽椅坐了下来。万常礼哪里肯，忙让夏良成坐在自己上面。有家仆过来给夏良成上了茶。林英不知道夏良成是正好有事来这里，还是韩琦命人叫他赶到这里来，反正大厅里的气氛活动起来，不再那么寂寂无奈了。

韩琦望着夏良成："夏大人管真定府常平案，把真定府十三个县青苗钱贷放的情况跟常平司二位大人禀报一下。"

林英觉得，这又是老相公聪明的地方：作为两路军政长官的老相公不能要常平司的官员向他禀报什么，却可以要他属下官员禀报公事；要夏通判跟章惇和自己禀报当然是一句客气话，向他禀报才是真正的心里话。夏良成望望韩琦，又望望章惇和自己，说："一是皇上圣明，二是老相公的威望，三是常平司二位大人得力，四是十三个县的县令、县佐、师爷、胥吏、衙役卖力，真定府十三个县的青苗钱贷放业已完成，当然问题肯定是有的，特别是各地都保正，难免有办事粗暴的地方。"

林英实在佩服夏良成的口才，把一个不那么好回答的问题回答得滴水不漏，什么时候都经得起检查，什么时候都不会出错。特别是最后一句话，更是妙不可言。只要到过乡下村子里的人都知道：天下的都保正可以说少有不凶恶、不横行霸道的，办事无有不动粗来蛮的，到了村子里就乱喊乱嚷，见到人就呼呼喝喝，吓得村子里的人叫爹叫娘，鸡飞狗叫不得安宁。贷放青苗钱时粗暴点算什么呢？这正常得很，不粗暴反不正常。林英看到：韩琦对夏良成的回答说不上特别满意，但也没什么特别的不满意；章惇对夏良成的回答说不上有什么不满，但总体上来说还是满意的；万常礼无所谓满意不满意，只要韩琦、章惇满意他就满意，韩琦、章惇不满意他就绝对不满意。

韩琦："你能保证没一起抑配事件吗？"

林英觉得这个问题，对章惇来说不难回答。章惇会斩钉截铁、十分明确地告诉韩琦：没有。夏良成会怎么回答呢？林英看到，夏良成望望韩琦，又望望章惇和自己："启禀老相公：下官从明天起，就会一个县一个县核查这种情况。"

林英觉得夏良成这个回答简直妙不可言。这个曾经被自己属下的县佐、师爷、胥吏衙役赶走的前东明县令对这次八天就把十三个县青苗钱贷放一事搞定，虽然不是不信，但确实不像章惇那么乐观。林英看到，夏良成的话起了很好的作用，韩琦连点两次头，本来一脸的真金不怕火烧的正气和勇气的章惇也微笑了起来。林英奇怪的是，万常礼脸上显出一种这类人抑制不住的惴惴不安和心神不定。

韩琦："没人有那么大胆子把钱贷给那些泼皮无赖、不法之徒吧？"

夏良成："老相公放心，本府十三个县有一文钱贷给了这些人，下官也要他吐出来！"

林英觉得这个回答同样妙得不能再妙的了。林英看到，韩琦是一脸的欢快。林英很清楚，今天在昼锦堂这个大厅里，表面上是老相公韩琦对真定府通判夏良成的盘问，实际上是老相公韩琦对常平司的两个来拜访他的官员的审查。只要老相公对夏良成的回答满意了，高兴了，审查就结束了，章惇和他在真定府青苗钱贷放的公事才算办完，接下去他们还要到中山府、信德府、庆源府去监施青苗钱的贷放。公事繁重，章惇和他现在最耽搁不起的就是时间。当然，此时告辞还不是那么合适。下面的时间里免不了相互间要扯些恭喜发财之类的话了。林英看到，章惇侧过身去，望着老相公韩琦："在下临行前，王相公一再盛赞老相公的节操、德行和声望，要我们到了这里，一定要得到老相公的信赖、庇护、帮助和支持，才能把朝廷的事情办好。"章惇是借王安石之口恭维韩琦。

韩琦把双手举过头，用力摇来摇去有上十回："老夫已经老朽了，不中用了，不说这些，不说这些。"说是这么说，但却笑得半日合不拢嘴。

章惇："老相公，我们会不折不扣按照皇上的圣旨办事，也会随时听取老相公的钧谕。"

韩琦不是不相信，但也不是很相信地点点头："老夫这就放心了。"

林英感到，大厅里的气氛开始有点融融和乐了。

万常礼觉得是讨好老相公的好机会了，一脸无比虔诚、无比崇敬之情："老相公相三朝，立二帝，厥功伟大，古今第一人！"

林英觉得，这个糊涂无用却又不自量力、功名心切并对权贵豪门献媚取宠的万常礼也真是太蠢了。刚才在进大厅的时候，老相公就一脸正色，大声地斥责了一个夸他两朝定策的人。这会这个万常礼还又夸老相公两朝定策，这不是自找没趣吗？林英看到，韩琦的脸拉长了，声色严厉起来："你这个县令怎么还这么胡说八道呢？你想置老夫干涉天家内政、别有居心、心存非分之想之地吗？"

林英看到，这下万常礼吓坏了，不仅两只手在拼命发抖，下巴也在抖动。大厅里的气氛显得滑稽、沉重和僵硬起来。

约莫快到巳牌时分，一直没说话的林英对老相公韩琦道："老相公秉承天地间的正气，对朝廷忠心耿耿，尤以奖拔人才为急，天下人都希望得到老相公的信赖和庇护。"

大厅里的气氛没那么沉重和僵硬了，韩琦的脸色平和了许多。韩琦望了望林英，又望了望章惇，问："尔等真的那么看得起老夫，想得到老夫的信赖和庇护？"

章惇一脸的真诚："下官绝无戏言。"

林英也是出自肺腑地说："学生在老相公面前不敢说假话。"

韩琦一脸一言九鼎的威重："老夫也就倚老卖老，不客气了：熙宁正月诏令，务在优民，不使兼并乘其急以邀倍息，众皆以为民，而公家无所利其收入，谓合先王散惠兴利抑民豪夺之意也。二位大人，免了河北西路百姓青苗钱利息若何？这可是散惠利民、功德无量的大善举！"

林英清楚，韩琦的这句话实际上是重复他给下面州县长官钧谕中的话，因之并不感到突然，更不会有什么慌乱，但夏良成和万常礼就不一样了。林英注意到：夏良成两眼很是惊奇怪异地望望韩琦，又望望章惇和自己；万常礼又是吓得双手发起抖来，两只眼睛谁也不敢望，只是低头看着面前的茶。林英知道，章惇肯定是不会接受韩琦这点意见的，肯定要来个针锋相对、坚决回击的。只见，章惇先是对韩琦一个拱手，接着便望着韩琦说："老相公，下官对这点有个想法，向老相公讨教：皇上正月诏令，明明写着一年两次借贷青苗钱，每次取息二分。这既可富国，又可富民，并非公家无所利其收入。要是官府没有收入，朝廷财政无有增加，怎么富国？怎么强兵？国不富，兵不强，如何雪耻？下官只能听命皇上，听命朝廷，对老相公的钧谕就实在不能从命了。但这不是不要老相公的信赖和庇护，恰恰十分需要。有了老相公的信赖和庇护，才能更好地完成皇上交办的圣命，朝廷交办的公事。老相公说，下官说得可对？"

大厅里的气氛紧张、尴尬、窒闷起来。林英注意到，韩琦一脸青色，十分可怕难看，又很想使自己的脸色显得平和些，但又做不到，反倒有点尴尬难堪起来。林英觉得，这不奇怪：一来是韩琦在朝中就从来是一言九鼎、说一不二，在大名府所辖管的两路兵民中更是谁也不敢驳他半点面子；二来是章惇刚才信誓旦旦要寻求老相公的信赖和庇护，可转眼工夫就变了脸，说他对老相公的话不能从命。这个变化也太快、太大了点，自然叫韩琦接受不了。这下，也把万常礼难住了，弄得他高兴不是，不高兴也不是，两只惶恐的眼睛在韩琦、章惇二人身上移来移去。夏良成老练多了，谁也不看，只低着头喝茶。

林英很愿意看到刚才那种融融和乐的情景，实在不愿意看到这种不愉快的场面；很愿意看到韩琦那种一言九鼎的威重样子，实在不愿意看到韩琦这种难堪的样子。但他无法改变这种情况，只能在心里干着急。此时，林英看到管家模样的人又进来了，悄悄走到韩琦身边，对着韩琦的耳朵说了些什么。林英只勉强听到“没问题”半句话，但随着这半句话，韩琦脸上的神色好看了许多。林英觉得这正是告辞的好机会，况且今天他和章惇还要赶到下一个县去，那边大厅里还有许多人要见老相公。林英抬起头，侧过脸，望着坐在正中上首的章惇，章惇也正好朝他望过来。二人目光对接，明白了对方的意思，同时站了起来。林英发现夏良成、万常礼也站了起来。四人同时举起双手，向韩琦拱手告辞。老相公韩琦也没有挽留的意思，忙起身，对管家模样的人说：“送客。”

林英跟在章惇后面，一伙人出了昼锦堂大宅院。但见昼锦堂前面广场上的轿、马越来越多，好些都摆到广场外去了。有三个坐在门前板凳上的汉子牵了三匹马来：一匹是章惇的、一匹是夏良成的、一匹是林英的。万常礼的随从走过来，仆人也把官轿抬到面前。出了广场，夏良成要回真定府去，策马往北走了。万常礼要留章惇、林英吃中饭。章惇望了望冰冷的灰色云层里淡淡的日头，离中天还有一段不短的距离，就不在安阳吃中饭，到下一个县去吃。万常礼坚持送他们出县城。两匹马、一顶轿往城北而去。快到十字路口，林英看到前面一人捂着左边脸从一堆人里面跑了出来。林英听到万常礼在后面喊：“快去接杜师爷。”

林英在马上扭头一看，见万常礼伸出轿窗外的脸给吓得没一点血色。随后，跟在万常礼官轿后面的随从从他的马旁跑了过去。林英再把头扭回去时，果然是杜之桂跑了过来，捂着左边脸的右手满是血。前面那堆人既不过来，也不散开，只站在那头笑个不止，有的笑弯了腰，有的按着肚子笑。有个二十来岁的年轻人张开嘴大笑，连露出的门牙都看得到。林英记起了去年六月小暑那天他在东明县乔府前面被一伙人嘲笑的情景，心里真不是味。章惇火了，回头大声问万常礼："怎么回事？"

万常礼也不回话，一边要随从把被打的杜之桂扶到县衙门里去，一边把章惇往旁边一条路引走。林英跟在后面，出了县城，万常礼才告诉章惇：今日一早，杜之桂也是要去拜见老相公的，可刚要出门，就被一伙泼皮无赖堵着不让走；没想到这伙泼皮无赖竟把钱粮师爷杜之桂打了。林英这才明白了杜之桂没去昼锦堂的原因。

章惇问这伙人为何如此嚣张，万常礼就不再开口，什么也不说了。后来，林英听人说，这日钱粮师爷杜之桂是被韩琦夫人娘家远房那个亲戚朱大发打了，被打的原因是安阳县青苗钱放贷不公，说县里给农户贷青苗钱搞抑配，却不把钱贷给他们这些愿贷青苗钱的人。钱粮师爷杜之桂在安阳被打得嘴角出血，这可是安阳县从没有过的事，也是杜之桂一辈子没遇到过的事。从来在安阳县颐指气使、咳一声都会叫人发抖的钱粮师爷杜之桂，竟然被一伙不为人所齿的泼皮无赖打了，且打了就打了，杜之桂不敢出一声。人前人后都被人仰望的杜之桂从来没吃过这样的亏，可说是脸面丢尽，无地自容。杜之桂从此像遭了瘟一样，羞面见人，好长时间不出门，谁请他喝酒都不去。

第四十章　赵顼库房诗字字明示壮志
司马满面泪句句尽表忠心

熙宁三年二月注定是多事的月份。二月初三这一天，是一个好天气。当日头挂在皇城金黄色的大屋顶伸出来的又宽又长的飞檐上的时候，常常在制置三司条例司署事的王安石坐在中书值房里批阅各地上报到中书的文书。在这些文书中，最引人注目也最使王安石感兴趣的是河北西路常平司提举官章惇呈上来的文牒。说句实在话，在全天下二十三路的州县中，王安石最担心的是这一路青苗法的施行情况。在朝中可以说没一个人不知道，老相公韩琦那句有名的话："安石为翰林学士则有余，处辅弼之地则不可。"在常人看来，韩琦对王安石的评价不为不高；但在知王安石的人看来，又把王安石看得太低了。王安石要做一件千古未有的惊天动地的大事，岂是一般宰相可比的？别人对自己怎么个评价，王安石向来一笑了之。他没时间也没精力耗在这些事情上。王安石在乎的是老相公韩琦对新法的态度。韩琦对新法是反对的，对青苗法尤为憎恶。韩琦对新法这个态度叫王安石十分头痛。韩琦虽然现在不在朝廷当宰相，但官居一品，回到京都照样可以参加中书政事堂议政，又领两路兵民大权，在地方上是真正做到了他在朝廷当上相时还不是那么容易做到的一言九鼎，说一不二。特别是天子赵顼对他圣恩隆眷，依然超出朝中百官之上，依然特别倚重他。这难怪，韩琦是赵顼父皇英宗和赵顼的大恩人。此外，太皇太后曹氏、太后高氏也依旧十分看重韩琦。因之，韩琦对新法的态度至关重要。然而，让王安石没料到的是，章惇在文牒中说，他和林英八天就把真定府十三个县的青苗法搞定了，这就不能不叫王安石感到万分宽慰和兴奋了。

王安石近日常在中书署事。一来是条例司的主要工作基本完成，理财新法中的青苗法、市易法、均输法业已经天子赵顼审批，开始在天下施行；免役法框架也搭好了，只是因为这方面的情况复杂，尚需慎重待之；另有保甲法、将兵法以及整顿太学、改革科举等法，也在拟订中，无需多少时间亦可成文。条例司要做的事已经不多，这些新法出来以后条例司也就完成了自己的历史使命，可以撤了。目前条例司的工作，有吕惠卿顶着，绰绰有余了。二来是中书衙门的事却多了起来，天下二十三路一千二百三十四县对三个理财新法的施行，每天不仅有大量的文牍往来，而且有许多下面的人来中书禀报情况，也有许多下去的人到中书来请示办法。王安石就更离不开中书衙门了。王安石今日有许多事要进宫面奏皇上。面奏皇上前，王安石要堂吏去条例司叫吕惠卿到中书来一趟。此时的中书衙门，与去年大不一样。参知政事唐介没有去世前，中书衙门五位宰执大臣，各人心思都不一样，在政事堂什么事也议不成，政事堂实际上成了宰执大臣们唇枪舌战的地方。上相曾公亮对王安石的新法其实并不是那么赞成的，倒反而时有抱怨，但有王安石在场时，曾公亮却一切听顺王安石。曾布提醒王安石：曾公亮这个人滑头。王安石没出声。王安石觉得，曾公亮不会坏新法的大事。王安石这次进中书，曾公亮是说过好话、提过好建议的，曾公亮能有这个态度就行了。富弼、唐介、赵抃三人对新法是彻头彻尾反对的，这几人才真正叫人头痛。在这三个人中，王安石觉得富弼这个人最难办。富弼不仅是位难得的真正的谦谦君子，有风度，有涵养。此公一辈子都按照自己的意思办事，从不会被人牵着鼻子走，不会把事情做绝，对自己反对的、看不顺眼的东西，会用无言表示自己的态度，却绝不会把事情弄得收拾不了摊子。他反新法，有许多人跟，但谁又抓不到他多大错。这就很令人头痛。不过，此公已外放到亳州当太守，在朝中影响很有限，这又好办多了。政事堂的唇枪舌战主要表现在王安石与唐介、赵抃的斗嘴上。王安石对唐介很恼火，唐介与王安石以前并无过节，但这个人太自以为是，太目中无人，太看不起王安石了，竟然从人品到能力都把王安石看得一文不值，而且碰在一起就跟王安石吵个不休，弄得王安石相当心烦，但对这个人又确实没多少办法，好在此公去年五月去世了，跟王安石再也吵不成了。对赵抃，王安石也觉得这个人挺头痛。此人总苦着个脸，装腔作势充圣贤，凡事要在头天晚上焚香祷告上天，其实是做事没主见、底气不足的表现，但在不冷不热中顶上你一句，也会叫人气死。新法虽然是条例司起草拟制的，但不仅要天子赵顼点头通过，还得在政事堂通过宰执大臣审议。中原王朝千年来，包括天子在内，要办什么事，都要引经据典，在古代圣贤、孔孟之道中找根据，否则就办不下去。王安石许多时候确实迂，但在政事议论新法时，不会不把古代圣贤、孔孟之道抬出来。王安石发现，每当此时，赵抃就会不怀好意地笑起来，弄得王安石心里很不痛快。王安石认为新法都能在三王孔孟那里找到根据，要赵抃去查三王孔孟的书，赵抃又不去。王安石不由得一脸悻悻起来，当面说他坐不读书。别以为赵抃这个进士出身，读了一肚子圣贤书的读书人，会怕人家说他们是不读书的文盲。苦着个脸的赵抃慢悠悠回敬了王安石一句："君言失矣，皋、夔、稷、契之时，有何书可读？"赵抃的这句话肯定昨天晚上没法祷告上天。赵抃祷告过上天的话，干巴巴既没内容又无趣味，但这句即兴而发的话却意味隽永又很有情趣，把王安石噎得半日说不出话来。

堂吏刚转身要出值房，王安石见御前太监走了进来。御前太监送来赵顼的口谕：要王安石到景福殿去。王安石不由得抬起头来，点漆般的眼睛里多少有点惊讶。王安石把文案上的文书简单收拾了一下，仍又交代堂吏去把吕惠卿叫到中书来，只是时间上往后推一个时辰。

王安石跟在御前太监后面向皇宫走去。王安石知道，景福殿以前是后宫的一座闲殿，现在实际上是一座封桩秘库。理财新法施行来，赵顼并没有把朝廷财政上增加的收入都给了户部和司农寺，其中相当部分的钱财都收藏在这座景福殿内。殿内隔成三十二间，有两间已满仓了。这座封桩秘库，只有赵顼和王安石二人知道。殿外四周有禁军和太监把守，没有赵顼的手谕，谁也不得入内。天子赵顼把王安石叫到景福殿封桩秘库去，肯定有什么要紧的事找他。

景福殿在后苑万岁山的北面，平日此地少有人来。太皇太后曹氏、太后高氏到后苑来游玩，最多也只在万岁山南面、景龙门边就打道回宫。年轻的嫔妃才会登上九十步的万岁山的山峰，坐在山顶的介亭上观赏周遭已过十里，正在扩建的皇宫的整体风貌：万岁山的山围有四里，山上山下都是郁郁葱葱的草木，给人一望无际的感觉；朝南望去，隔着后苑一大片草木，则是殿宇比比对峙、连绵铺排着的数也数不清的大屋顶。王安石跟在御前太监的后面，来到万寿山下。日头已上了东面的宝箓宫的屋脊。后苑的草一片碧绿，到处都能见到一丛丛的鲜花，到处是鸟的叫声。空气里弥漫着沁人心脾的青草和日光的气味。不过，王安石没时间欣赏后苑里这些草呀、花呀、鸟呀的。他一路都在想：今日跟天子赵顼要说的事太多，现在自己就得想好，把那些要紧的事提出来，先对天子说。

人人都说宰相日理万机，这话一点都不错。谁只要往宰相交椅上一坐，就坐到风口浪尖上去了，天下人都望着你，朝臣们都盯着你，许许多多数也数不清的事就像大江里数也数不清的波浪一样涌过来。可以说，王安石当上参知政事，主持天下朝政以来，没过上一天自在安静的日子。不过，王安石忙是忙，但这个时候的心情是相当愉快的。王安石比谁都明白，天子赵顼是真心要富国强兵、洗刷国耻，因之绝对相信王安石，也绝对依靠王安石，天子与他确实几乎成了一个人。在千年中原历代王朝里，任何一位想干点事情的臣子，得不到天子的信任和支持，是什么事也做不成的；王安石在仁宗、英宗朝屡召不起，宁可在偏远的地方当官，深层的原因其实就在这里。可惜满朝文武百官至今还无一人看清楚这点，至今还有不少人认为王安石是故作高深，有意显得对入朝为官这种令许多人眼热的诱惑视若无睹，怀疑王安石在沽名钓誉，以祈当世之知。王安石其实是在等待一位完全信任自己、全力支持自己的天子，把他脑子里的那些旷古未有、充满奇思妙想的新法付诸实现。嘉祐三年，王安石三十八岁，曾给仁宗皇帝上万言书。这既是向天下公示他的前无古人的理财方面的奇思妙想，也是试探一下天子的态度。当时仁宗皇帝看过之后，就把这份万言书放到金匮里，再也没拿出来过。王安石无法知道仁宗皇帝当时是怎么想的，但既然万言书没了下文，王安石又何必跻身在朝廷。不错，凭着王安石的文章才学，在朝廷里很容易得到升迁，但这对王安石来说，又有什么意义呢？况且，当时王安石还有一大家子人要养。地方官有笔职田收入，就住在衙门里，可省笔钱，不用像京官那样租赁房子。王安石不那么崇高，也从不说自己崇高，但他确实不爱钱，也不管钱，然而一大家子人吃喝要钱，他却要管。自从前年四月初四越次入对以来，至今快两年了，在这段时间里，朝廷里任何一个臣子都不可能有王安石接触天子赵顼的机会多，当然任何一个人也都没有王安石清楚：天子赵顼确实想做大有为之君，干一番举世瞩目、地覆天翻的大事，而要变更法度，施行新法，就需要一位能施行新法的宰相，能让钱生钱，财生财，能让朝廷财政直线拔升。既然如此，赵顼与王安石如一人，就一点也不足为怪了。对这点，王安石感到十分欣慰，也对新法感到信心百倍。况且，理财新法施行来，取得的成果不小，景福殿秘库里已有两个房间装满了钱财。然而，此时的王安石却高兴不起来，心里比谁都烦。朝廷里物议纷纷：说新法把天下搞乱了，把人心搞坏了；说搞新法的人都是心术不正的小人；说整个朝廷都钻进钱眼里去了。且新法越有成果，物议越多，好像朝廷越没钱越好，就越仁义，也越是君子，当然也就越是个好朝廷，天下也就越太平。王安石真是不明白，这叫什么道理！要是朝廷没钱，不给文武百官很不错的俸禄，会有成千上万的人涌到朝廷里来当官吗？更不要说那些千里为官只为钱的贪官了。没有钱，可以说这些人一天官也不会当。装什么清高，到底谁是君子，谁是小人，这个问题并不难回答，然而却给朝廷的物议弄得是非难辨，黑白颠倒了。

王安石跟在赵顼的御前太监后面，并未从万岁山顶翻过去，却沿着西边的一条小路，往北走去。万岁山西有座万松岭，其实不过是座丘陵，却山水秀美，林麓畅茂，楼观参差。万松岭半岭有楼曰倚翠，倚翠楼上下设两关。关下有平地，凿挖了个大方沼。沼中有两洲：东为芦渚，亭曰浮阳；西为梅渚，亭曰雪浪。沼中的水西流为凤池，东出为雁池。这一带的馆、阁、亭、舍，不像别处那么密集，星星点点，却穷极精妙。从这里翻过万松岭，就是景福殿了。景福殿过去一里，就是高高的宫墙，墙外则是热闹的街市。来这里的人不多，在这里做事的太监、女官、宫女也不多。王安石看到自己所过之处，有太监、女官、宫女指指点点好奇地望着他。对这点，王安石一点也不觉得奇怪。王安石当上参知政事后，应天子之召进宫见君议事简直就是家常便饭，宫中不少人都认得他，当然更有不少人想看看他王安石是个什么样的人。王安石只是略略低着头，往前走去，此时占满王安石脑子的全是当前的朝廷政事。现在叫王安石头痛，也叫王安石恼火的是那些言官。恕王安石直言，大宋百年的言官多以买直钓誉为能事，无论是非，不管黑白，只是以宰执大臣为敌，不管宰执大臣做得对与不对，都要弹劾，似乎不弹劾就失职了，弄得宰执大臣没法做事。言官当然不可不要，对防止权臣奸相害国，当然能起到很大作用，但总不能信口开河、胡言乱语、颠倒黑白、混淆视听吧？如果这样下去，朝廷就什么事也别去做了。最近，王安石听说乌府台几个御史又要上书，不过，这回他们倒不是像吕诲那样，用些不根之事弹劾王安石，甚至把王安石的人品也说得一塌糊涂。说句实在话，在这些方面，王安石倒确实没什么可怕的。对自己的人品，王安石还是很自信的，他这些方面没有什么错给人家抓。现在乌府台的掌门人是王安石的“齐年”冯京，此公不好对付，三元及第，学识渊博，温文尔雅，轻声细语，对谁的态度都好得不得了。此公还有个许多人都学不到的本事：无论他说了什么对朝廷不利的话，做了什么对朝廷不利的事，历朝天子都不会责怪他，更不要说处罚他。去年立秋那天，冯京把王广廉拦截到乌府台去，明摆着是对着青苗法来的。但谁又奈何得了他呢？再说，你说冯京是“拦截”王广廉，冯京说是“邀请”王广廉到乌府台小坐片刻，你能说这不是“邀请”？王安石的这个“齐年”比吕诲聪明多了，不会干出那种鲁莽简单、自己拆自己台的事来。听说这几个御史矛头所向，一点也不牵扯到王安石人品，直指的是新法。话都是老话，无非是说新法不讲“仁”“义”，只讲“财”“利”；说新法不谨守祖宗之成法，乱了朝纲；说新法剖克天下子民，弄得士大夫沸腾，黎民骚动。本来施行新法，与战无异。人之常情，喜因循而惮改为，顺着他就赞扬你，逆着他就毁谤你。大宋百年，士大夫身上有着太重太厚的很要不得的因循守旧的积习，习惯了繁荣温柔、富贵祥和、天下无事的生活，这些言官的话很容易听入耳内。对这点，王安石早有心理准备。去年芒种过后的一天在垂拱殿回答天子赵顼理财以何为先时，王安石回答了六个字：变风俗、立法度。这些话其实就是担心新法出来以后士大夫的那些陈腐守旧的物议。当然，王安石说那些话时，心中还藏有一个更大的担忧：朝中士大夫变风俗固然重要，天子变风俗其实更为重要；要是天子受士大夫，特别是其中的言官的影响，头脑里的传统风俗变不过来，新法注定要付诸东流。那天下真要出大事了，其后果王安石现在也难以想象得出来。

到了万松岭顶上，朝前望去，便见一块闪耀着刺目日光的金黄的大屋顶赫然显露在万松岭下北边一大片翠绿的松林之中。那块金黄的大屋顶就是景福殿。王安石一边下岭，脑子里一边在不停地转。说句实在话，言官叫人感到头痛，但自从去年吕诲以不根之十大罪状弹劾王安石后，反弄得自己灰头土脸滚出朝廷，再蠢的言官也不敢这么干了。现在，真正难对付的是天子身边的那些近臣，特别是翰林院几个侍读、侍讲学士，更叫人感到难办。这几个人有学问，有名望，天子又很看得起他们，朝臣中许多人以他们马首是瞻。这几个人既可以在内殿经筵讲席上名正言顺给天子讲释经义，进读书史，远处谈古，就近说事，又可充顾问应对，讨论国是，无孔不入，肆无忌惮，就是对新法胡言乱语，横加指责，极尽颠倒黑白、诬蔑之能事，王安石对他们也没半点办法。经筵每年两期：二月至端午节一期，八月至冬至节一期，由翰林院侍讲学士、侍读学士、龙图阁学士、密旨学士和崇政殿说书逢单日入侍，轮流讲读。前天，也就是二月初一，熙宁三年第一个在经筵讲席上给天子赵顼开讲的是翰林院侍讲学士司马光。这个司马光开讲的是“萧规曹随”的故事。当时天子赵顼就听出了司马光的话外之音。赵顼对朝中臣子都是很不错的，几乎没对谁说过什么狠话、难听的话，也很少对臣子发脾气；对司马光这些人就尤为尊重，心中再有不满，口气还是挺委婉、挺客气的。听出了司马光话外之音，赵顼没有直接把司马光的话顶回去，却很温和地问：汉朝一直守着萧何定下来的规矩不变，能出得了汉武帝吗？赵顼的话外音其实也不难听出来：汉朝要是不改萧何的规矩，不要说出不了汉武帝，恐怕早就完蛋了。司马光这个人有点得寸进尺，也有点放肆了，说了几句大宋百年从来没听过、天子也不得不听的千年不变、万年不易的话：“何止是汉朝，从夏、商、周三朝开始，它们的君主如果能恪守禹、汤、周文、周武的法度，那么直到现在，还仍然是夏、商、周，绝不会改朝换代！不信吗？以汉朝为例，汉武帝改变了汉高祖的政策，结果盗贼充斥天下。汉元帝改变了汉宣帝的法令，汉朝就此衰落。祖宗的规矩绝对不能变！”司马光这些话真是又笨、又蠢、又混账，简直不值得一驳。周改商，商改夏，夏再改以前的，一朝一朝改下来，才有今天。中原王朝要是还是夏、商、周，甚至更远的时代，华夏能有这么发达，天下能有这么繁荣吗？恐怕人们还在过着刀耕火种、茹毛饮血的日子。王安石真不明白，司马光读了那么多书，竟然会说出如此糊涂、如此愚蠢、水平如此之低的话来，也不怕有人逮住他这些话，给他扣上一个对太祖皇帝大不敬的罪名。太祖皇帝赵匡胤制定的规矩，有几条还是夏、商、周的？既然如此，司马光不是对太祖皇帝大不敬是什么？好在当朝天子赵顼仁厚，被司马光认定为“小人”的人其实也不是小人，没人给他扣上大不敬的罪名，否则司马光就大祸临头，罪该万死，死有余辜了。现在叫王安石感到担忧的是，天子赵顼听了司马光的话，什么也没说，默然不语。这真是奇哉怪哉。王安石在下万松岭的时候，决定面奏天子起用三个人。

万松岭下密密的松林里，到处都站着铠甲鲜明的禁军卫士。万松岭下北边通向景福殿的御道的那头，二十多个太监、女官、宫女站在景福殿丹墀下面，规规矩矩垂手而立，谁的眼睛也不敢朝景福殿那边瞧上一眼。王安石走到御道那头时，那些太监、女官、宫女的眼睛连他也不敢看一眼。给王安石传天子口谕的御前太监虽然上了丹墀，也只站在景福殿南边的殿门外，对着殿内轻轻地，但吐字却十分清晰地说了句：“陛下，王相公殿外见驾。”

王安石站在丹墀下，听到殿内天子赵顼的声音：“快快有请。”

王安石趋步上了丹墀，“吱呀”一声，景福殿的一扇门半开了。王安石走进去，那扇门随后便又“吱呀”一声关上了。景福殿的门窗都关着，殿内点了宫烛。在明亮的宫烛光照中，王安石一眼便见天子赵顼站在景福殿中间通道上。在他的身前身后、身左身右，是一排排、一行行、一间间库房。此时，殿内只有三人：天子赵顼，参知政事王安石，另有乾清宫的押班太监远远地站在殿的边角上。

王安石看到，今天赵顼龙颜甚欢，心情相当好。赵顼拉着王安石的手，另一只手一点一点地指着被隔成一间间库房门的上方，要王安石一间一间看过去。王安石好生奇怪，抬起点漆般黑得发亮的眼睛，望了望一间一间门楣的上方，都贴有一张黄纸，上面写了个字。王安把这三十二间库房门楣上的字，顺次连在一起，竟是一首四言八句诗：

五季失图，猃狁孔炽；艺祖肇邦，思有惩艾。

爰设内库，基以募士；曾孙保之，敢忘厥志。

库房三十二间，诗有三十二字，这显然不是一种巧合，而是一种刻意为之。这首诗当然不是一首吟咏性情的诗，而是一首真正的政治诗。而且，王安石还觉得，赵顼是先有诗，后有房。这谁先谁后看起来不过是个时间问题，但仔细一想，里面还是藏有玄机的。先有房，后有诗，诗不过是对房的一种凑趣，是个配角；先有诗，后有房，房强化了诗的取向，诗成了主角。王安石细细体味着赵顼的这首四言八句诗。这首诗的意思是：晚唐离乱，五代时期国家失去了大片土地，异族对中原王朝的欺凌更加猖狂。太祖在艰险万难中创立国家，时刻想重振声威，严惩入侵的番邦。因之设立内库，用以招募壮士。我这个做曾孙的，当然要保护好这些财富，怎么能忘记太祖的夙愿伟志！这么看来，赵顼富国强兵、洗刷国耻之志是谁也动摇不了的了。

赵顼把王安石领到贴有“季”字的库房前，放开王安石的手，把房门推开，又把通道壁上的一支宫烛取下来，照着“季”字房。借着宫烛光，王安石看这间库房的木架上堆了五箱金银。烛光中，箱里的金银闪着微弱但十分诱人的光点。

赵顼：“相公，三年能满吗？”

王安石：“不能！”

赵顼："多少年才能满呢？"

王安石："少说也得六七年。"

赵顼："不能再快点吗？"

王安石没有立即回答赵顼的问话。王安石知道，赵顼近来对秦州边事兴趣极浓。自从去年王韶四人四骑直抵俞龙珂大帐，凭着他的口才、胆量和人格魅力，劝说俞龙珂率属下部众二十万人口内附宋廷后，那边好事连连。王韶确实是大宋百年不遇的帅才，就是放在中原王朝以前的千年历史中去考察，像王韶这样的帅才也是凤毛麟角。王韶收复了俞龙珂后，不仅开荒屯田，开了边市，做起了生意，而且慢慢在做归顺大宋的俞龙珂异族吐蕃发羌人的融合工作，让这些吐蕃发羌人在汉人文化熏陶享受中感受到中原千年文明的魅力，让吐蕃发羌人，也让西夏党项羌人感到大宋的中原军人是他们最好的朋友。仗当然是要打的，汉人军队肯定要举起刀，挺着枪，一路杀人，但汉人士兵其实也仁爱，并不以杀人为乐。另一方面，王韶也在积极备战。然而，王韶要先收复河、湟，但这又不是说收复就收复得了的。王韶的通远军远在千里之外的秦凤路，从这里出发，直取河、湟，王韶将率领一支孤军杀入千里茫茫的异族，没有友军，没有后援，连粮草给养都得靠自己解决，可以说每前进一步，都是凶多吉少，都是在玩命，且反悔也是反悔不了的。要打这一仗，肯定先期有许多事要做，光钱、粮这两项没个二三年是筹集不起来的。不错，现在景福殿封桩秘库里已经有两间钱财，但总不能就在河、湟一战中打光吧？况且河、湟一旦打了起来，北辽、荆湖、交趾会是个什么反应，谁也没有把握。如果都动起手来，当下景福殿封桩秘库里的这两间钱财转眼不就没了？景福殿封桩秘库至少要有二十间的钱财是满的，否则河、湟绝不可战。

赵顼也不等王安石回话，又说："朕现在真想狠狠地揍西夏一顿，方快朕意！"

王安石注意到，赵顼龙颜恓恓，在景福殿通道上走过来，又走过去；有时看看这间库房门上方的字，又看看那间库房门上方的字；有时拍拍这间库房的门，又拍拍那间库房的门。王安石知道赵顼要做一件令世人瞩目，也令世人皆惊的翻天覆地大事，觉得这件大事不是什么坏事，对朝廷、对百姓、对大宋江山都大有好处，就是对新法也大有好处，可以说没有赵顼心中的这件大事，也就没有新法。自从前年四月初四越次入对以来，王安石一直庆幸自己遇到赵顼这样一位有远大志向、想做大有为之君的好天子。天子有远大志向，做臣子的聪明才智才有了用武之地。王安石比谁都清楚，要不是遇到赵顼，他此生绝对一事无成，再好的新法也都是镜中花水中月。他今生今世能遇到赵顼这样的天子，真乃天意，只是觉得这事急不得，得慢点做，先把新法搞好，让国家富起来，天下子民过上好日子，军队搞好了，就不愁大事不成。

赵顼把宫烛插回通道壁上去。王安石现在最要做的事是面奏天子，起用三个人。第一个起用的是吕惠卿，提升他当太子中允、崇政殿说书。吕惠卿是个人才，当年欧阳修就很赏识吕惠卿的才干和见识，称他是端雅之士，还向朝廷举荐过吕惠卿。去年到条例司任职以来，许多事情都办得很漂亮，理财新法这么快出来，吕惠卿出力最大，功不可没。天子身边一定要有个自己的人，崇政殿说书虽然没翰林侍讲、侍读学士的资历深，品秩高，但同样可以在经筵讲席上跟天子讲释经义，进读书史。提升吕惠卿充任此职，是快了点，步子也大了点，但十分必要。再说天子赵顼对他印象不错，前些日子，也就是李定入对之后，赵顼召薛向、邓绾入对时，赵顼就在邓绾面前称赞吕惠卿是贤人。提升吕惠卿当太子中允、崇政殿说书，赵顼那边是通得过的。第二个起用的是邓绾。此人也相当有才，当年礼部试第一名。邓绾办事热情高，对新法理解透彻，很想留在京都朝廷当言官。王安石正需要有人去当言官，也觉得邓绾挺合适。那次入对时，赵顼跟他交谈得也很融洽，提邓绾当言官赵顼也不会不同意。第三个起用的是李定。李定真是普天下再没一个比他更老实厚道、心口如一的人了，冯京提醒他不要在京都官场上讲青苗法，他却偏要据实以言。赵顼对他的印象好得不得了。这种人当言官，才不会买直，更不会以不根之词毁谤人，弄得朝廷人人自危。让李定当言官，赵顼会满口答应的。

王安石也从“季”字房出来，与赵顼站在通道，把起用吕惠卿、邓绾、李定的事面奏了赵顼。王安石看到，自己在讲这三个人的情况时，赵顼不时点点头。然而，就在此时，王安石忽然听到景福殿的御前太监轻轻地、吐字十分清晰的声音：“陛下，司马翰林在殿外见驾。”

赵顼：“快快有请。”

赵顼告诉王安石，是他召司马光来的。这是王安石完全没料的，心里就感到坏事了。这不仅因为刚才他面奏赵顼起用三个人，更主要的是赵顼不该让司马光进景福殿。不用说，司马光只要进了殿，一看到殿内这三十二间封桩秘库，就一定能看得出赵顼心中深藏的那个大秘密。王安石觉得，赵顼心中的那个大秘密绝不能让司马光知道。这倒不是王安石只想一人独享赵顼心中的大秘密，也不是王安石认为司马光不是君子。王安石任何时候都认为司马光是个真君子，也想报效朝廷，并非不想变法。即使后来司马光处处与王安石过不去，二人关系闹得冰炭不相容，成了生死对头，王安石对司马光的这个看法还是未变。十五年后的元丰八年，赵顼英年驾崩，现在的太后高氏以太皇太后身份垂帘听政，早已彻底退出官场、一直深居在洛阳老家埋头编撰《资治通鉴》的司马光被那时的太皇太后高氏起用为宰相。这个司马相公立即把王安石新法全部废除，特别是五日之内尽废免役法，王安石还是这么认为司马光的。在这点上，司马光却做得很糟糕，也很有点不光彩。此后不久，司马光不仅说了不少很不应该说也很难听的王安石的坏话，而且抹黑王安石的人品。此刻，王安石却很为赵顼担忧：司马光诚然是君子，不会坏朝廷的大事，但他身边的人呢，个个都是君子吗？要是这里有人从司马光那里看出了赵顼心中深藏的大秘密，谁料得到会出现什么结果？

不多一会，殿外响起了急促的脚步声，司马光三步两步走了进来。王安石看到，司马光一脸的惊愕，也很是茫然，颧骨显得更加突起了。王安石知道，这怪不得司马光。司马光肯定是第一次到景福殿来，见到一座宝殿被隔成一间间房子，能不惊愕？

赵顼也不跟司马光说什么，和先前一样，拉着司马光的手，另一手一点一点地指着一间间库房门的上方，要司马光看。王安石注意到，司马光是一脸的恐惧和摸不着头脑，也根本不清楚每间房门上方的字连在一起就是一首四言八句诗。赵顼放开司马光的手，取下通道壁上的宫烛，把“季”字房推开。司马光跟在赵顼后面走了进去。王安石在门外看到，司马光眼睛直直地望着面前闪着微弱光点的五箱金银，惊得半日合不拢嘴；赵顼龙颜则无比欢快，无比得意。

司马光到底醒过神来，问赵顼：“这一间间房都是用来藏钱财的？”

赵顼：“是。”

司马光：“两间都装满了？”

赵顼：“是。”

王安石没想到，司马光竟放声大哭起来，哭得很伤心，哭得很动情，哭得老泪纵横，满面泪水。赵顼一时失去了主意，不知如何是好。王安石现在还不想说什么，也不知道说什么好。

“季”字房里的气氛一时变得既沉闷，又沉重，还有点沉痛起来。好一会，司马光抬起老泪纵横的脸，一脸的圣洁，对赵顼说：“陛下，这里面都是民脂民膏呀！”

王安石一脸悻悻，有点不相信自己的耳朵，很是怪怪地望着司马光。司马光是本朝公认的第一正人君子，怎么说得出这样的话来。景福殿封桩秘库里的钱财明明是新法带来的财政收入，这个司马光怎么说是民脂民膏呢？这也太不顾事实，太颠倒黑白，太睁着眼睛说瞎话了！王安石注意到，赵顼龙颜很是不快。王安石清楚，赵顼是为了要做一件令世人瞩目，也令世人皆惊的大事，才把位于后宫最偏远的闲殿景福殿改成一座封桩秘库，用来储藏国库财政支出之外的钱财，司马光却把这里的钱财说成是民脂民膏，这将置天子于何地？王安石奇怪：司马光从来就有一种王安石所不具有的静气，做事从来不动声色，再大的事也能正襟危坐、不动如山，怎么今天看到两间库房里的钱财就如此失态，控制不住自己的情绪呢？你司马光就不怕冒犯龙颜，天子拿你是问吗？王安石以为赵顼会很不客气地斥责司马光一顿，却又有点不相信自己的眼睛了。他看到赵顼龙颜一阵不快之后，并没有对司马光怎么样，龙颜反而和悦起来，对司马光说：“爱卿何必如此，爱卿何必如此。”

王安石看到，司马光仍旧放声大哭，哭得越来越伤心，越来越动情，更加老泪纵横，更加满面泪水。足足过了一炷香工夫，司马光没哭了，却抬起泪水未干的脸，望着王安石，一片圣洁的脸上掠过一丝有点敌意和古怪的讪笑：“光看介甫之意，必欲独斗官场，力战天下之人，与之一决胜负耶？”

王安石感到心里受到重重地一击，感到司马光在威吓他。不过，王安石是个明白人，很快觉得朝廷要行新法，确实与战无异。不过，司马光也把反对新法的人的力量看得太大了。王安石要“战”，但“战”的是腐儒，是流俗之人，天下之人不会个个跟自己“战”的。此外，王安石同时还觉得司马光在教训他，用这句话给他来个振聋发聩。特别是“独斗官场”四个字，让王安石心里有种说不清、道不明的味道。王安石也是在官场走了三十多年江湖的，对官场的黑暗是清楚的，对官员的贪婪凶残、寡廉鲜耻不是一无所知。他常听到“千里为官只为财”这句话，且不管朝廷出什么政令，这些当官的都有办法捞到钱财。这一点，难道用得着司马光来教训吗？司马光用这个来教训自己，其实就是要自己别行新法。王安石第一次对司马光那一脸的圣洁有种很不舒服的感觉。

王安石当然不是个怕威吓的人。王安石每与天子赵顼争辩，常声色俱厉；天子赵顼也常服软，改容逊谢。王安石何惧与司马光争辩。不过，王安石正要开口时，却见赵顼拦住他的话头，转脸对司马光说："朕今叫王相公和你到景福殿来，有一事要议。"

王安石清楚，天子赵顼不愿自己与司马光构怨，总想在他二人之间调和，这一点在熙宁元年那场冬至祀天的两万两赏银的争论中就表现得很明显。王安石也很不愿跟司马光构怨，但司马光处处跟新法过不去，这又怎么调和得成呢？赵顼转身出了"季"字房，把手上的宫烛插回通道壁上，然后便向景福殿后面走去。王安石在前、司马光在后，跟着赵顼走。景福殿后面有间房，里面点着宫烛，摆了一张御椅，两只锦墩。从房里摆设来看，很显然赵顼把王安石、司马光二人一起召到景福殿来，是经过一番深思后作出的决定。

赵顼在御椅坐下后，王安石、司马光在锦墩上坐了下来。赵顼对司马光说："朕意欲爱卿当枢密副使，与王相公一文一武，共图富国强兵、洗刷国耻，爱卿勿推。"

王安石明白，赵顼把自己和司马光召到景福殿来，有个明显的意图，就是希望自己和司马光二人辅佐他做成那件令世人瞩目，也令世人皆惊的翻天覆地的大事。王安石觉得赵顼糊涂了，这事要是放在嘉祐年间，那是行得通的，但现在万万行不通了。很明显，要做成那件大事，要许多许多钱，但一谈到钱，司马光就浑身是火，一肚子恼怒，好像钱是什么瘟神，挨上它就玷污了他的圣洁，丢了他八辈子祖宗的脸。不过，随后王安石又想回来，觉得司马光当枢密副使未尝不是好事。司马光当枢密副使了，就得离开翰林院，也就免得他经常在经筵讲席上跟天子叨咕叨咕了。再说，枢密副使二品，比翰林学士高一品。本来司马光的名望资历都比王安石高，前年四月初四以后，王安石直线上升，不到一年，也就是去年二月就当上二品参知政事，主持天下政事，高出翰林学士一个品级，想想司马光的心态也是难得平衡。好在司马光不热衷功名，修养也到了家，不会在这样的问题上表现出自己的不满，弄得自己这个天下第一正人君子脸上无光，让天下人笑话；要是别人，早怨天尤人，牢骚满腹了。现在天子擢升司马光当枢密副使，司马光就不会有什么牢骚。况且，翰林学士虽然有拟旨的权力，也有很高、很令人羡慕的名誉，但毕竟只是天子的侍从官。宋代的枢密院与中书同一个品级，且与中书省同为朝廷最高执政衙门。司马光的心态得到平衡，该高兴领旨了。

不过，此时王安石的眼睛又不由得怪怪地望着司马光了。王安石看到，司马光噗地跪了下去，坚辞不就。不过，王安石觉得司马光并非完全不愿当枢密副使。大宋朝廷有条不成文的规矩，凡是天子下旨除授官职，臣子先都要上表请辞。这里面，当然有真辞，也有假辞，还有又真又假请辞的；但不管是何种情况，请辞都是必要的。司马光常搞的是第三种请辞。赵顼登基那年九月，赵顼要司马光当翰林学士，这个过程就很热闹，也很有趣。开始司马光不肯当，说臣写不出对仗工整、骈四俪六的“四六文”赋体。赵顼笑栽了，说爱卿也太会哄人了，不会写“四六文”，当年怎么考进士的？司马光还是不当，但在出皇宫前，赵顼的御前太监追了上去，把任命诏书塞在司马光怀里，司马光也就当翰林学士了。

然而，这回司马光看起来是真不愿当枢密副使了。司马光跪在赵顼面前就是不起来。少说有半炷香工夫，司马光抬起头，又一脸的圣洁，老泪纵横起来：“陛下，枢密院本兵之地，微臣受此隆恩，不当更引他事为辞。但微臣若受枢密副使，就不敢更言职外之事。若未受恩命，犹是侍从之臣，于朝廷阙失，无不可言者，庶几少补圣政之万一。”

王安石默默推敲司马光话中的每个字。此公话中的每个字都是有讲究的。司马光放着高官不做，宁可低就原职，倒不是为私，却是为公。原来他当上枢密副使，有了兵政军令之权，就不能当右谏议大夫，对朝廷政事就不能多开口，也不能对朝中大臣行使弹劾权。不要兵权，却要言权，司马光宁可低就，其忠心可鉴日月。王安石不是个善于算计的人，此时突然感到司马光此举有着很深的意思。说句实在话，司马光真要当国理政，没什么本事，在朝政上也短视得很。但，此人学问确实大，说他学富五车、通古今之变，一点不过分；此人又是本朝公认的第一正人君子，德行高，也不是完全没有根据。因之，司马光的话，朝野上下都愿听，影响很大。司马光不要兵权，却要言权，为的是说话，要让天子听到异论。不用说，这大大提升了司马光的官声。这样一来，朝野上下的异论就有了宗主。这个异论宗主，当然就是司马光。王安石感到自己心里受到一震，同时真正看清了司马光的面目：此公终其一生都将与新法为敌，是新法最凶恶、最危险，也最具威胁力的杀手。不久，司马光就上疏《奏弹王安石表》，简直把王安石说成十恶不赦的大奸臣。

王安石看到，赵顼却很受感动，走下御椅，要扶司马光起身，但司马光迟迟不肯起来，只是一动不动跪在那里。赵顼只好收回并未成命的打算，说不当就不当，朕就不免为其难了。司马光这才站起来，坐在锦墩上。

赵顼回到御椅上，对司马光说："朝廷想起用三人，朕听听爱卿的意见。"

王安石没想到，赵顼会把他荐用的吕惠卿、邓绾、李定的事征求司马光的意见。本来天子用人，征求身边侍臣意见，十分正常，何况在用人问题上向天子提出建议也是翰林学士分内之事。但，朝廷起用的这三个人，征求司马光的意见就难免产生偏见。司马光对这三个人都一肚子意见，特别是对吕惠卿意见更大，肯定要把吕惠卿说得一塌糊涂。但此时劝阻赵顼不要向司马光征求起用这三个人的意见，显然是很不恰当的。那些反对新法的人知道了，肯定要大做文章，不仅会把吕惠卿三人说得一无是处，就是王安石也会给骂得遍体鳞伤。

司马光一脸诚恳："微臣当知无不言，言无不尽！"

赵顼一问司马光："吕惠卿当太子中允、崇政殿说书，若何？"

司马光脱口而出："吕惠卿逢迎谄媚，不是个好东西！"话像憋了很久，也说得义形于色，毫不含糊。

赵顼想了想，说："吕惠卿很有才干，见识很高，说事时思路很清晰，是个难得的人才。"

司马光想也没想："吕惠卿的确是人才，会写文章，口才也不错，但心术不正，愿陛下慢慢去考察。"话说不动声色，吕惠卿的长处不仅不隐瞒，而且说得够足；吕惠卿的不足只一条，但这一条就要了吕惠卿的命，够狠的，谁听到都怕。

赵顼一笑，默然不语。

司马光："陛下，汉朝的江充、唐朝的李训，这两个大权奸，如果没才能，怎么会感动人主？"再把吕惠卿与中原王朝历史上两个臭名昭著的大奸臣连在一起，吕惠卿就死定了。

王安石觉得司马光说得太耸人听闻了。王安石不以为吕惠卿是完人，但把奸邪的名声加在吕惠卿头上，完全是污蔑，很不应该。王安石是个明白人，既然赵顼是在征求司马光的意见，当然不好当面驳司马光，只好一笑了之，默然不语。王安石站起来，自己也感到脸上的神色一定难看：“君实翰林，你这么说吕惠卿，是要有证据的。安石洗耳恭听！否则就是恶意诽谤。”

司马光才不去拿证据，只是对王安石说：“介甫，现在朝廷内外诽谤你，知道什么原因吗？都是因为吕惠卿。”

早在王安石与司马光还是“嘉祐四友”时，就知道司马光有种不仅让当事人没法发作，而且不得不认真听取他的意见的本事，现在这种本事是越来越精了。你听司马光说得多巧妙，他一点也不指责王安石，反而很同情地说王安石受到吕惠卿的连累，弄得受到朝廷内外许多人的不根之毁，你王安石能不好好听听他的意见吗？然而，这一条恰恰在王安石身上失灵了。王安石不想去听司马光所要说的原因，只要司马光把吕惠卿奸邪的证据拿出来。正要开口时，赵顼二问司马光：“邓绾当言官，爱卿没意见吧？”

司马光不假思索：“行止龌龊、无耻之尤莫过此人。”话说得义正词严，斩钉截铁。

赵顼又是一笑，默然不语。

王安石觉得好生奇怪：怎么自己要起用的人，在司马光眼中都成了让人感到害怕的怪物呢？王安石不想去问司马光要证据了。邓绾在宁州当通判时，没听到过他有什么龌龊无耻行为，到京都开封不过二三个月，会有什么龌龊无耻的行为表现出来？王安石对当年“嘉祐四友”的这个朋友感到十分的陌生起来：被公认为本朝第一正人君子的司马光怎么会变得如此无中生有、自以为是、唯我是从、蛮不讲理起来？王安石知道，在今天这样的场合，跟司马光讲这些问题，是无论如何也讲不清的，干脆也默然不语起来。

赵顼三问司马光：“李定这个人若何？”

司马光毫不含糊：“此人禽兽不如！”话说得义愤填膺，慷慨激昂。

赵顼龙颜一惊，眼睛望着司马光，半日也没转一下。

王安石也惊呆了。在中原王朝，就是千刀万剐的名声也没禽兽不如的名声臭。景福殿后面这间房里的气氛立即变得凝重、怪诞起来。这回司马光拿出了证据：“李定不给生母服丧！”

赵顼龙颜有了一种十分奇怪的表情：万分震怒，也万分痛苦；万分受侮，也万分疑虑。

王安石心里也受到重重的一击。中原王朝千年来都以孝为先，把孝看成仅次于天的东西，历朝历代也总以孝治国。不孝之人，猪狗不如，全国共讨之，全民共诛之！不给生母服丧，自然罪大恶极，人神共愤！李定是王安石的门生，又是他把李定引荐去见天子的，如果李定真的不给生母服丧，王安石这个失察的责任也就太大了，也会叫他内心一辈子得不到安宁。

景福殿的气氛令人万分窒息，好像呼吸都困难。王安石突然发现司马光侧过脸来，很不客气也是深有意味地盯了自己一眼，有一种把人踩倒在地的得意。在王安石的记忆里，司马光的这种眼神，是他首次看到的眼神。王安石清楚，自己此时为李定辩护不仅是无力的，也是无益的，相反是有害的。王安石无法知道此时天子赵顼心里到底是怎么想的，但从赵顼此时的表情来看，司马光的话还是在赵顼身上产生了作用。王安石感到，赵顼是个好天子，但治政确实还嫩了点。王安石不能不开口了："不给生母服丧事大，臣请陛下立即派人去李定老家扬州核明情况，再作定夺。"

赵顼龙颜震怒、痛苦、受侮之情才稍稍有点缓解，点了点头。王安石这才放心了一点点。赵顼到底还是圣明，毕竟没有完全听信司马光的话。要是以为司马光是本朝公认的第一正人君子，又自诩平生未尝说过一句不可对人说的话，就认为司马光说的话句句是实，今后许多事就相当麻烦了。赵顼点了点头，同意了王安石的意见。第二天，赵顼就传旨两浙路，限定十日查明李定情况。

要退下去了，司马光又忽然跪了下去。王安石和赵顼吃了一惊，望着司马光。司马光一脸的圣洁："陛下，治国即治吏！"

王安石心里一震。赵顼的肩膀也抖了抖。王安石觉得司马光这句话非同小可。中原王朝官场有人讲过类似的话，但没讲得这么精辟，这么叫人耳目一新，这么充满思想智慧，这么有威力，简直如同雷霆万钧，势不可挡。在往后的日子里，王安石脑海里经常会闪出司马光这句话。

景福殿的召见就这么在很不友好、很尴尬的气氛中结束了，王安石与司马光同时走出景福殿。隔着殿前松林里稀疏的枝叶，但见白色的日头已上中天，一片片很美的日光照进松林里。王安石、司马光一前一后走着，平生第一次谁也不跟谁搭一句腔。王安石还得赶到中书去，吕惠卿肯定还在那里等他。王安石想起前年芒种后的一天，自己在垂拱殿说过的一句话："变风俗，与战无异。"今天，王安石算是领教到了这句话的滋味。这句话，以后还要好好地跟天子赵顼说说。王安石不由加快了脚步，到了万松岭的半腰，司马光还在万松岭下。

从此，朝廷分成以王安石为头的新法派，以司马光为宗主的旧法派，两派进行长期较量和缠斗，胜负此起彼伏，一直延续到王安石、司马光这些人作古后多年都未停止。

第四十一章　夫人真心张罗纳妾忙得欢　老爷无意男欢女爱帮还债

京都开封二月上旬的一天晚上，王安石府上的傻丫环一早起来就感到有种怪怪的喜庆气氛。府上的家仆各人做各人的事，脸上都挂着一种喜庆的笑，却又都尽量不表现出来，特别在吴夫人面前，不仅不让那种喜庆的笑表现出来，脸上反显得比平日更平静，也更平和。谁也不跟谁多说一句话，更不乱说一句话，生怕哪句话有什么不当，惹出了事，弄得吴夫人有什么不快。人人心里都装着一个秘密，谁也不把它说出来。在老爷面前，就更是不说一句话，只是比往日更加规矩地做手上的事。今天府上三个大厅堂和过道都点上了明亮的官烛。所有的甬道也都挂起了大红灯笼，更是增添了府上的喜庆气氛。府上最忙的要算管家了。傻丫环看到他老去找吴夫人，跑到宅院外面去，又很快回来。傻丫环不明白这是怎么回事，谁也不告诉她这是怎么回事，她也不去问谁。她到王安石府上来做丫环时，父母就叮嘱她，府上的事，该你知道的就会知道，不该你知道的就不要去知道，老老实实做自己该做的事，侍候好吴夫人就是了。傻丫环觉得，府上的人都喜欢她这点，吴夫人更喜欢她这点。

京都开封二月上旬的天气本来是很冷的，但熙宁三年二月上旬的京都开封却并不怎么冷，青草虽然还没有发根，柳树也还没有爆芽，但风不那么刺骨了，出门不用把脸和颈都裹起来。吃过晚饭，傻丫环和那个乖丫环正忙着把老爷和吴夫人在中堂旁边的寝房的地龙烧热，却见吴夫人一本正经笑眯眯地走过来，要傻丫环不要忙寝房里的事，跟她到后面客房去，寝房里的事由乖丫环一人去干。傻丫环十分奇怪，以往后面客房都是男家仆收拾的，她和乖丫环专门侍候吴夫人，吴夫人这会要她到后面客房去干啥呢？乖丫环大概知道点这是怎么回事，傻丫环搀着吴夫人出寝房门时，看见乖丫环一边把地龙盖子打开，一边很古怪、很暧昧地对她笑了笑。这就更叫傻丫环摸不着头脑了。以往，吴夫人也常把乖丫环留下来，让傻丫环干别的什么临时性的事。傻丫环知道，这不是吴夫人嫌她，恰恰是喜欢她，觉得她更可靠。这叫傻丫环感到高兴和知足，却叫乖丫环心里很有点不是味。因之，乖丫环时常背着吴夫人说反话，表面上恭维她，实际上是冷言冷语挖苦她。去年年底太皇太后曹氏六十圣寿，吴夫人就要她这个傻丫环陪她进宫，不仅让她这个傻丫环开了眼界，见识了一下皇宫的威严、气派和富丽堂皇，而且狠狠地享受了一下宫里的太监和宫女对她的尊重和热情。回来以后，只有两个人在场的时候，乖丫环总拿这说事，说傻丫环好福气，说不定什么时候皇上看上了，选到宫里去，当上娘娘那天的日子都在。乖丫环还有模有样、诚诚恳恳地说，有那么一天可不要忘了她这个穷妹妹。傻丫环再傻，也不会傻到连乖丫环这样的反话听不出来。傻丫环也不到吴夫人面前说这些事，也不跟乖丫环斗嘴，斗嘴也斗不过乖丫环，转身走人，让你乖丫环一个人说去。傻丫环傻得很实在，很有点自知之明，觉得自己许多方面不如乖丫环，脑子不如乖丫环灵，做事没乖丫环快，嘴巴没乖丫环甜，本来好些事是该让乖丫环去做，但吴夫人硬要她去做的，这与她有什么相干呢？叫傻丫环纳闷的是，今天乖丫环何以会如此古怪地、暧昧地对她笑。难道她做了什么见不得人的丑事吗？傻丫环问自己：没有呀！

傻丫环搀着吴夫人出了三堂后面的过道，再走一段麻石甬道，就见一排十来间平房，王府的客人大多住在这里。天上只有几颗星星在无边昏暗的天空闪烁，发出微弱的光，倒是那排十来间客房窗子里射出来的昏黄的灯光把麻石甬道那头照得有点分明。傻丫环清楚，王府的生活说不上奢华，也没什么积蓄，原因是王府的客人多，老爷的俸禄有多少就花多少。不要说老爷在抚州临川的亲戚和吴夫人在抚州金溪的亲戚，到京都开封来就住在那排平房里，一住就一两个月。就是下人家来了什么人，也都住在那里，十天、半个月也是常有的事。去年傻丫环的父亲到开封，就住了上个月，临走老爷还送了二十两银子做盘缠。还有老爷那些过去的老朋友、文友什么的，一住上半年不走的也有，老爷家没人对他们有过半点不好看的脸色。至于老爷家弟妹，老爷和吴夫人更是巴不得他们常年住在这里。但叫傻丫环感到百思不得其解的是，老爷家的弟妹倒不常来这里住，特别是老爷家那个大弟王安国，到了京都开封也不来老爷家，吴夫人派管家左请右请才来这里吃餐饭就不再来了。好像他不来吃，老爷家的饭菜就会馊掉，半点情也不领，怪里怪气的。要是放在别人身上，不高兴死了？真不知道王安国心里是怎么想的。

傻丫环搀着吴夫人在麻石甬道上走了一段路，在不很明亮的灯笼的光照中，见那头来了一个道士。傻丫环知道，这个道士姓李，名士宁，听口音，是蜀地人，个儿不高，穿一身黑色的道服，谁也不知道他多大年龄。人问年寿，这个李士宁总是笑而不言；有人说他二三百岁了，他也不出一声。傻丫环对道士印象不好，觉得道士多半是些江湖骗子，且常骗无知的女主人。她老家不少道士，常在有钱人家门口念念有词，久留不去，施钱施米，都不接受。若不理他，随他而去，道士也就慢慢离开。若是理他，问他何求，麻烦事就来了。道士什么也不说，只是用手指朝屋内乱点，说是屋内藏有五鬼，他奉师命来此捉拿，吓得屋主人魂不附体，赶忙请他开坛作法。道士指天画地，表演一番，得到一笔酬谢扬长而去。不过，老爷府上这个道士倒不搞这一套，只在府上吃喝；吃饱了，喝足了，就到外面去，也不知他在外面干些什么。傻丫环偶尔听管家说，这个李士宁虽是道士，却不脱儒侠之气，对人无求，于己自足，居无定所，云游四方；本是方外之人，却好结交官府，喜奔走权贵之间，与大才子苏轼兄弟早年有来往，还去拜谒过翰林学士司马光。不过，司马光没接待他，反把他骂了顿，说他谈神说鬼，骗吃骗喝，弄得这个李士宁好不尴尬狼狈。这个李士宁还有个怪本事：给人把脉，能知人贵贱、祸福、凶吉；诊父之脉而能道其子之吉凶。府上那个乖丫环的父亲来看女，李士宁给他把了次脉，要他赶快回家，说他儿子闯祸了，把乡里人打残了。乖丫环的父亲回到家里，果如其言，儿子已被抓到县衙大牢里去了。因之，王府里的人都把李士宁看成奇人，李士宁在王府也很吃得开，不仅受到老爷的青睐，还受到吴夫人的热情款待，下人更是把他看得像个活神仙，有病有痛，有灾有难，都喜欢去找这个李士宁，好像李士宁能逢凶化吉，排解一切病痛灾难。管家还说过，吴氏的母亲也精于道术，因之李士宁与吴家素有往来。老爷到京都开封当相爷，这个李士宁就跟着到京都开封来了。

星光暗淡，客房窗子里射出来的灯光不亮，灯笼里的光照不远。傻丫环看不见那头李士宁的动作，却听见李士宁在远远的那头用拖得很长的洪亮声音对着这边的吴夫人唱了个肥诺。吴夫人很高兴，轻声应了个诺。傻丫环搀着吴夫人往前走去，跟李士宁相遇时，李士宁站在麻石甬道边上让路，告诉吴夫人，他要到西门带阁楼的木屋去找老爷。说句实在话，对道士印象不好的傻丫环对李士宁的印象却不坏，觉得这个道士挺有礼，也挺有趣。

吴夫人要傻丫环把她搀到那排客房东边最头上的一间房去。到了那里，傻丫环看到门开了，傻丫环把吴夫人搀进去。在明亮的烛光下，一位女子忙给吴夫人来了个女人拜。傻丫环好生奇怪，王府上除了吴夫人和侍候她的两个丫环外，就没第四个女人。这个女人是谁呢？到王府来干啥呢？傻丫环不由得把这个女子上上下下打量了一番，但见这女子二十几岁的样子，衣裙虽然旧了点，发髻也有点乱，但长得很有姿色，两弯清晰的淡眉，长长睫毛下有双水灵灵的眼睛，简直跟画上的美人一样；再看这个女子举止端庄娴雅，也非一般人家出身的女子；只是白里透红的脸蛋上有种十分难为情的羞答答的神情，还有一种怎么也掩盖不了的难过和伤心。傻丫环的反应是慢了点，不过，过了好一会还是明白过来，这女子十有八九是吴夫人给老爷纳的妾。去年太皇太后曹氏六十圣寿上，吴夫人与司马光夫人张氏就谈到给老爷纳妾的事，还征求了其他好几位夫人的意见。傻丫环记得，有位夫人只是笑，半天说了半句话：“男人呀！——”还有位夫人很暧昧、很不好意思地笑了笑，把嘴贴着吴夫人的耳朵说了句话：“哪有猫儿不吃腥呀！”弄得其他夫人也都很暧昧、很不好意思地笑了起来。别以为傻丫环真的傻到不能傻的地步，其实有时不傻。傻丫环当时就明白了，这些夫人都是在谈给老爷纳妾的事。后来，傻丫环好几次发现吴夫人跟管家在大堂里悄悄议论什么，听得最多的是吴夫人一句话：“有好的女子就买下来。”这不是给老爷纳妾是什么？傻丫环明白了，刚才乖丫环何以对她古怪地、暧昧地一笑了。傻丫环也觉得应该给老爷纳妾，老爷又不是没本事的男人。老爷到底到底有多大的本事，傻丫环说不清，反正她觉得天下没有哪个男人能跟老爷比的。天下那么多有本事、没本事的男人都纳妾，为什么老爷就不纳妾？这也太不公平了。再说，老爷朝政上的事搞得很是轰轰烈烈、红红火火，府中也要有个小妾陪陪才是。朝政上的事，傻丫环不懂，根本不知道青苗法、市易法、均输法是怎么回事。听管家说，就是朝廷里许多人也不懂，只会在外面哇啦哇啦乱说一气。但，朝廷用了老爷的这些法，有了钱，这是谁也否认不了的事实。去年年底傻丫环陪吴夫人去朝贺太皇太后曹氏六十圣寿那个场面，傻丫环是亲眼看到了的。乖乖，那得花多少银子呀！在宫中，傻丫环就听到有人说，太皇太后曹氏六十圣寿搞得这么隆重风光，是后宫几十年没见到过的事，都是老爷的新法一下子弄了好多钱到宫中来。此时老爷心里肯定高兴，给他纳妾正当其时。傻丫环觉得，“哪有猫儿不吃腥”这句话用在老爷身上不合适，老爷是天下最好的男人，从不跟自己夫人之外的任何女人说半句不相干的话，更不会开那些不三不四、不荤不素的笑话。说句实在话，老爷要哪个女人做妾，哪个女人都会高兴得不得了。她傻丫环要能这样，真会快活得要死。傻丫环不会那么自不量力。她长得倒不坏，但别人都说她不淑女，不娴雅，她也就觉得自己太配不上老爷了。当然，也就因为老爷不纳妾，傻丫环觉得吴夫人是天下最有福气的女人。此外，傻丫环同时也觉得吴夫人是天下最好的女人。傻丫环还没成家，不知道一个家庭里又是妻呀、妾呀，会是个什么样子，但在她不那么灵光的脑子里，还是晓得老爷纳妾，当妻的心里都不会那么舒服。然而，吴夫人却高高兴兴、千方百计给老爷纳妾。真个是要说吴夫人这样的女人不好，天下就没好女人了。此时傻丫环才明白过来，今天府上缘何一早就有种怪怪的喜庆气氛了，缘何谁都不跟谁多说一句话，更不乱说话了，也明白刚才乖丫环缘何怪怪地、暧昧地对她笑了。

吴夫人在玫瑰椅上坐下。傻丫环知道，此时心里最难受的莫过于吴夫人。自己面前的这个女子，马上就要跟老爷同房了，再没脾气的夫人心里也是酸酸的，稍有点什么不顺就会动怒的，但吴夫人却笑着要那个二十几岁的女子坐在对面的玫瑰椅上。那个二十几岁的女子也真是天下少有的有福气的女人，不知前世做了什么好事，修到这样的好福气，碰到吴夫人这样的好女人，要是碰到个悍妇，在今天这样的场合，不扯住她的头发把她打得脸肿鼻青就算便宜的了。

那个二十几岁的女子怯怯地在玫瑰椅边上坐了下来，眼睛仍旧怯生生、羞答答地低着，脸上还是有抹不去的难过和伤心。傻丫环觉得奇怪了，给老爷做妾，这是前世修到的福，天大的好事，应该高高兴兴、快快活活才是呀，怎么还一脸的难过和伤心呢？吴夫人说：“朱妹妹，我问你一句：你可是心甘情愿到我们家来的？你要不愿意，我叫管家送你回去。”

傻丫环听出了吴夫人话中的意思：这个朱氏女子想给老爷做妾，就好好地、高高兴兴地做；老爷本来就不愿意纳妾，你这一脸的难过伤心，还不要把老爷吓坏了，这个妾还做得成吗？傻丫环看到，朱氏女子吓坏了，扑通在吴夫人面前跪了下去，哭着说："夫人不要把奴妾赶走，只要能把奴妾男人救出来，奴妾愿在府上做牛做马，侍候老爷和夫人一辈子。"

傻丫环明白了，这个朱氏女子是有男人的，但男人犯了事，才卖身到王府来给老爷做妾。怪不得这个朱氏女子一脸的难过和伤心了。吴夫人说："朱妹妹，实话对你说，我们家老爷脾气古怪，从不肯纳妾。不瞒你，你这事老爷还不知道，要是让老爷知道了，非把我们臭骂一顿不可，你也要给赶走。朱妹妹，你能不能进得了这个门，就看你的本事和造化。"

傻丫环看到，刚刚起身的朱氏女子长长的睫毛抬了起来，一双眼睛十分惊愕地望着吴夫人。傻丫环觉得这不奇怪。天下的男人中，竟然有像老爷这样不肯纳妾的，这在天下人看来，这男人不是神经出了问题，就是身体有什么毛病，要不就是自己的夫人天姿国色或凶悍无比，否则是不会不纳妾的。傻丫环看到，朱氏女子又扑通跪了下去："奴妾已经进了王家的门，就生是王家的人，死是王家的鬼，哪里也不去了。奴妾就听夫人的，夫人要奴妾怎么做，奴妾就怎么做。"

吴夫人说："你起来，不用怕。不过，你也该高兴点才是，这么一脸的难过和伤心，老爷肯定不会纳你为妾。你听我的安排，现在梳妆打扮一下。"

朱氏女子站起来，从腰间掏出手帕擦干脸上的泪水，站在那里，脸上显出一丝笑容。傻丫环觉得朱氏女子笑得十分妩媚迷人。不知为什么，傻丫环竟为王安石犯起急来了：老爷你要纳朱氏女子为妾，要不然实在是太可惜，你要后悔的。吴夫人对傻丫环说："你先到老爷寝房，看看收拾好了没有，快去快来。"

傻丫环往外走去，在房门口还回过头来看了下朱氏女子很漂亮的脸蛋，这才放心了。她就担心这女子犯傻，不会把自己不快的表情盖起来，到时候不仅坏了老爷的好事，也坏了她自己的好事。这个傻傻的丫头真是很有点傻得可爱，有在老爷的夫人面前促成别的女子去给老爷做妾的吗？要是往深处一想，傻丫环麻烦就大了。这个朱氏女子还没当上老爷的妾，你就巴不得这个女子赶紧做老爷的妾，是不是想跟这个朱氏女合谋把明媒正娶、换过八字、坐了花轿、拜了花堂、闹了洞房的夫人挤走？

吴夫人催她快去办事。傻丫环沿着老路，先到中堂旁边老爷与夫人的寝房看了看。乖丫环真是心灵手巧，最多两盏茶工夫，就把地龙烧好了，寝房里暖烘烘的；南北板壁上各插了支大红官烛，官烛把寝房照得通亮；又把香薰过了的大红锦被平平整整地铺在描金雕彩大八步床上，把老爷的寝房布置得跟新房一样。

乖丫环："看到了？"

傻丫环："漂漂亮亮的，跟画上的美人一样。"

乖丫环："我们的命苦呀！"

傻丫环："我们的命不苦，老爷和夫人对我们不是挺好吗？"

乖丫环背过身去，什么也不说了。傻丫环感到纳闷，觉得乖丫环怪怪的，怎么刚才还好好地说着话，突然背过身去就不理人了呢？傻丫环还以为自己有什么言语不当，弄得乖丫环生气了。傻丫环的口齿当然远没有乖丫环伶俐，平日在府上说话没肝没肺、没轻没重，把人得罪了都不知道，好在府上的人都知道她傻，没跟她计较。可刚才自己说的两句话有什么得罪了乖丫环的地方呢？不过，傻丫环到底还是反应过来了。傻丫环记起来，自从吴夫人打算给老爷纳妾那时起，乖丫环好些言语举止就变了。在吴夫人面前，乖丫环显得比以前更听吴夫人的，侍候得也更殷勤了，许多明明是傻丫环要做的事，乖丫环也抢着去做。老爷是不用丫环侍候的，居家多在西门带阁楼的木屋，只有晚上睡觉时才回到寝房里，乖丫环总找理由到寝房去，端个茶呀，送个什么的，在老爷面前显得知书达理，一点也不俗气。傻丫环不知道乖丫环的心思，只是从这以后，吴夫人身边许多事总叫傻丫环去做，寝房里的事很少要乖丫环沾边。有一次，傻丫环临时有点别的事，乖丫环赶紧溜到老爷和夫人的寝房去，吴夫人第一次生气了，很不客气地把乖丫环赶走，话也说得重了点，说这里的事有傻丫环做就行了，弄得乖丫环很没面子，回到住房里哭了半天。傻丫环不明白这是怎么回事。管家对她说，乖丫环有心思。傻丫环还是不明白。此时，正好几个家仆在旁边，听到管家的话，一个个笑栽了。傻丫环问他们笑什么，有个家仆告诉傻丫环：以后你要叫乖丫环做姨娘。姨娘就是妾，傻丫环这才明白过来。不过，傻丫环觉得这不适合。老爷是何等人呀，傻丫环和乖丫环能侍候吴夫人一辈子就是最大的福气了，哪配得上老爷呀！她傻丫环不配，乖丫环也不配。这么想过之后，傻丫环觉得乖丫环也想得太过分了些，也越觉得能跟老爷在一起，还是朱氏女子更般配些。傻丫环很想劝乖丫环几句，又觉得自己不配劝乖丫环。傻丫环心中有数，乖丫环从来就瞧不起傻丫环，哪会听她半句劝。傻丫环说了句："乖姐姐，我走了。”就出了寝房门。

今天不像往年那么冷，但夜空却是昏暗的，没有月亮，东一颗西一颗的星星散布在无边无际的昏暗夜空中。傻丫环赶紧回到后面客房里，把老爷寝房的情况禀告吴夫人。此时，朱氏女子云髻半偏，似堕非堕斜垂在头的一边，身上换了一套大红衣裙，明亮的官烛下，白里透红的脸蛋益发显得容光焕发，娇美迷人。此时吴夫人又要傻丫环到西门带阁楼的木屋里去，老爷有客人在，就在那里烧烧茶；老爷回寝房了，就赶紧来禀告。傻丫环转身出来，在客房门口，不由得又回过头去望了朱氏女子一眼。不过，这会傻丫环不是看朱氏女子脸上还有没有难过和伤心，而是欣赏朱氏女子那张漂亮的脸蛋。

傻丫环离开客房，就一直往西门带阁楼的木屋走去。以往的晚上，老爷西门带阁楼的木屋里总有许多客人，有朝廷官员，有文人学士，有僧道商人，有平头百姓，三教九流中的各色人等都有。今晚，傻丫环真不希望有什么客人来找老爷，让老爷早点回寝房去。今晚老爷就可以像天下许许多多男人一样，有个漂漂亮亮、年纪轻轻的妾同枕共眠。出了大堂，在麻石甬道的这头，傻丫环就见木屋里的官烛亮着，窗纸上映着两个人的头像：一个是壮大的虎头人像，不用说这是老爷了；另一个矮半截的人头像，恐怕就是李士宁了。傻丫环先前搀吴夫人去后面客房，碰到李士宁。不知为什么，此时傻丫环最担心的是那人不是李士宁就好。这个李士宁，能言善辩，知医善卜，一肚子的前朝遗事，各地异闻，好像永远也讲不完。今晚，真要是他在木屋里，不到半夜三更收不了场，那老爷今晚纳妾的事不就要坏在他手上？

傻丫环快到木屋门口时，大概是里面的人听到她的脚步声，木屋门半开，露出管家的半边脸来。傻丫环再往前走时，管家出来了，从门里泄出一片烛光。在这片烛光中，傻丫环模模糊糊看到，管家一只食指按着嘴唇，轻轻“嘘——”了声，然后一个转身，把傻丫环带到旁边一间耳房里。傻丫环疑惑地跟着管家进了耳房。耳房里点了盏青油灯，一口小灶里烧了几根木柴，灶上坐着一只瓦水壶，壶里的水在响，壶嘴在冒热气。小灶口前面摆了张长条矮凳，矮凳那头放了一堆劈好的木柴。傻丫环在小灶前面的矮凳上坐下来，用火钳捅了捅小灶里的死火，加了两根木柴进去，一会小灶里便有木柴的爆裂声传来，小灶口则吐出一条很好看的小火舌。在昏暗的灯光中，傻丫环看到管家一脸神秘的喜气洋洋。

管家："夫人叫你来的？"

傻丫环："夫人说，老爷回寝房去，要我快去禀告。"

管家："你就在这里待着，到时候我会来跟你通气。"

傻丫环不让管家马上走："还是那个李士宁在里面？"

管家："这个人还没进屋，就给我支走了。"

傻丫环这下放心了："谁在里面？"

管家："你五天前在大门口见到的那个呆子。"

傻丫环开始没反应过来，不明白管家讲的这个呆子是谁，后来好好地想了一下，记起来了。那是五天前，京都开封朔风正紧，天上还下着小雨，司马光夫人张氏正来拜会吴夫人。张夫人回去时，傻丫环搀着吴夫人送张夫人出门，见一个个子不高的人古里古怪地站在门边一棵梧桐树下，打着把油纸伞，身子冷得蜷起来，一双眼睛呆头呆脑地盯着大门口，像在等什么人。从他身边过往的人没谁理他，府上的门子也没去管他，随他那么站着。他也不跟从他身边过往的人搭腔，样子很是叫人感到可怜，呆呆的目光又很是叫人感到可怕。傻丫环碰了碰吴夫人的腰，又用下巴朝那边摆了摆。傻丫环看见，吴夫人朝那边梧桐树下望去时，脸上的神色也很是怪怪地害怕起来。管家正好从里面出来，吴夫人问这是怎么回事。管家说：这人已经在那里站了三天，门者好说歹说，就是不走；这人是个呆子，不用去管他。傻丫环就糊涂了，五天前那么一个既叫人可怜，又叫人害怕的古里古怪的呆子，今晚怎么不仅让他进了府里，而且让他到西门木屋去见老爷呢？傻丫环从来有点傻，这回一点也不傻了："管家，你没搞错吧？你放这么个呆子进来见老爷，老爷受得了？"

管家："老爷何止是受得了，还很高兴见这个人。"

傻丫环奇怪了，感到自己脸上一定有种吓坏了的表情，站了起来，要从耳房里出去："我去见老爷去，要老爷赶快叫这个呆子离开。"

管家吓坏了："你不可傻里傻气乱来，今晚要不是这个呆子，那个李士宁就进木屋去了。"

傻丫环糊涂了，一个呆子，能有那么大的本事，把那个知医善卜，很叫人感到莫测高深的李士宁支走？傻丫环从矮凳上站了起来，要进木屋去看个究竟，一只脚已经跨到耳房门外。

管家："你回来。"

傻丫环乖乖地回来了，但没在矮凳上坐下，仍站在耳房门里。傻丫环有时也是乖巧的，这回她没完全听管家的，做好了准备：管家要是没有充分理由说服她，她还是要进木屋去的。

管家明显看出了她的态度："你听好！那个呆子姓郑名侠，老爷在江宁为母亲守制时的门生，对老爷的人品才学崇拜得真个是五体投地。去年老爷奉诏进京，这个郑侠在光州当司法参军，内心师事老爷之情却有增无减，司法参军也不当了，跑到京都继续拜老爷为师。这里面还有个小故事。郑侠的妻子听说他不当官，要到京都继续拜老爷为师，死活不肯，郑侠好说歹说也不依。郑侠就躺在地下，再也不起来，妻子怎么说也没用。后来，妻子答应了他的要求，这个郑侠才从地上爬起来。这个呆子的呆劲上来了，没一个人奈何得了他。到了京都，就来找老爷，这个郑侠倒是上了名帖，上面写着姓名、郡里、官职。他一个州里的小小司法参军，在门子眼里，还不跟虫子差不多。每天要见老爷的人这么多，谁还会把他当回事？门子把他的谒刺往桌上一扔，这事早忘了。这个呆子也就一直在那棵梧桐树下等，五六天了也不去问问门子这是怎么回事。后来，还是一个老门子看得过意不去，问明了情况，要他改用受业拜帖，说是老爷的门生。这下果然奏效，老爷最看重的是自己的门生，门子不敢怠慢。老爷接到郑侠的名帖，当即就约郑侠来谈。这不郑侠就来了。郑侠来了，李士宁才没进木屋。"

傻丫环这才回到小灶前的矮凳上坐下来，给小灶加了木柴。小灶里的火立即亮了起来，火舌把傻丫环的脸映红了。小灶上的水壶嘴里喷出一股股白色的热气，壶里的水开了。管家提着壶给老爷和郑侠续水去。傻丫环把门带上，换了壶水放到小灶上去。

没多一会，傻丫环听到耳房外面有脚步声传来。傻丫环很是警觉地直起身子。耳房门开了，管家把头伸进来："快去禀告夫人，客人要走了，老爷要回寝房去。"

傻丫环看到，管家的头很快缩回去了。不知为什么，丫环竟热血沸腾起来，好像今晚纳妾、做喜事的不是老爷，是她一样。傻丫环忙从矮凳上起来，往耳房外走去。今晚的夜空没有月亮，星光微弱，昏暗的夜幕把地面上所有的物体都遮住了。从木屋到西门口，没点灯笼，昏暗的夜幕下一片黑黢黢的，看起来怪吓人。傻丫环出了耳房，就听到木屋门口响起一阵脚步声。傻丫环在耳房门口站住，看到管家提了只灯笼出来，在前面引路，接着就见老爷和五天前在大门口见到的那个古里古怪、名叫郑侠的呆子出来。老爷和郑侠一路走，一路说。老爷与这个古里古怪的呆子并肩而行，样子十分亲热。那个古里古怪的郑侠躬着身子，侧着脸，仰着头，非常恭敬地望着老爷。老爷说一句，他点一下头。傻丫环对郑侠的看法发生了很大变化，觉得这人呆是呆，但对老爷还是挺仰慕崇敬的。不过，三年之后，叫傻丫环万分惊讶的是，就是这个对老爷非常仰慕崇敬的门生，干出了一件惊天动地的傻事，给天子上一疏一图，竟然把那么多言官扳不倒、那么多朝廷官员撼不动、那么多当朝重臣都奈何不了的老爷弄得丢职罢相。而这个呆子郑侠，却因此成了大英雄，名垂青史，万古流芳。

傻丫环不敢在耳房门口久留，一双小脚不点地的风快沿着老路往回走。走到中堂，傻丫环没忘记推开老爷寝房，说老爷马上要回寝房了，要乖丫环跟她一起到后面客房去。吴夫人其实没吩咐她做这件事。傻丫环只是觉得把乖丫环叫走更合适些。从来都是吴夫人说什么就做什么的傻丫环今天做了件吴夫人没交代的事。傻丫环虽然常常犯傻，但老爷今晚纳妾这件事不傻，她担心乖丫环留在这里会坏事。傻丫环很清楚，纳妾这件事是瞒着老爷做的，要是老爷回到寝房里，乖丫环言谈举止上让老爷觉得有什么不对劲的地方，老爷知道纳妾这件事，上上下下都得挨上老爷一顿臭骂的，就是吴夫人也要被责怪几句。因之，今晚这件事一定要做得不让老爷事前有半点感觉。傻丫环又想起太皇太后曹氏六十圣寿那天在宫中一位夫人说的那句很古怪、很暧昧的话：“哪有猫儿不吃腥呀！”这会傻丫环才真正明白了这句话的意思。老爷当然是天下第一正经的好男人，但再正经的男人面对着身边一位年纪轻轻、漂漂亮亮的美人，岂有不动心的？对呀，先让老爷在寝房里待着，然后让朱氏女子进去，这不就木已成舟、生米煮成熟饭，老爷纳妾的大事不就成功了？吴夫人主意实在高！

乖丫环比傻丫环当然乖巧多了，一下子就明白自己待在寝房里不合适，便把寝房门轻轻带上，与傻丫环一起高高兴兴往后面客房里走去。乖丫环在前面，傻丫环在后。傻丫环看到，府上的家仆忙起来了，进进出出也频繁起来。这些人好像都知道老爷要回寝房去，好像都知道下面要发生什么故事一样，脸上那种喜庆的笑也显得更浓烈，当然又都显得格外小心。傻丫环在后堂过道碰到两个从外面办事回来的家仆，这两个家仆都喜滋滋地望着傻丫环和乖丫环，又都什么话也不说，只是赶紧让路，后退到过道外面，好让傻丫环和乖丫环快点到后面客房去办府上人都知道的喜事。

傻丫环跟在乖丫环后面，来到东边最头上那间客房门口。房门开了，傻丫环在房门外就见吴夫人在与朱氏女子说话。吴夫人说了什么听不清，但朱氏女子一脸娇羞，一脸兴奋，一脸喜悦，也不答话，只是不时点个头，脸上原先的痛楚忧伤是一点也不见了。这个朱氏女子也益发显得好看了。

傻丫环跟在乖丫环后面进了房里。傻丫环发现，乖丫环刚才还高高兴兴的，这会却一脸的平静，好像不知道老爷今晚要纳妾。傻丫环知道这是乖丫环装出来的，乖丫环怕高兴了会惹得吴夫人心里不舒服。傻丫环不会装，依旧一脸喜气洋洋地站在吴夫人面前。

吴夫人问傻丫环："老爷回寝房了？"

傻丫环："老爷送客人去了，一会就会回寝房。"

吴夫人要傻丫环再到寝房去看看。傻丫环转身出门，刚到房门口，管家进来了。傻丫环也奇怪地发现，此时管家一脸神秘的洋洋喜气不见了，也变得一脸的平静，好像不知道老爷今晚纳妾，只是不冷不热地向吴夫人禀报："老爷已回寝房了。"

傻丫环感到客房里的气氛十分快活，也十分怪异起来。除了吴夫人和她真快活外，其他人却未见有什么快活的。朱氏女子却更加难为情，更加害起羞来，对谁也不敢看一眼，那张很好看的白里透红的脸拼命往里面躲，长长的睫毛把眼睛全遮住了。

吴夫人吩咐管家在前面引路，又吩咐乖丫环扶着朱氏女子，要傻丫环先到寝房看看老爷在干什么。傻丫环那双小脚又风快往前走去。穿过道，过后堂，一会就来到中堂。傻丫环见老爷寝房门并未关紧，有条黄黄的光带落在中堂地上。傻丫环知道老爷回寝房了，轻轻地走过去，轻轻地把门推开半边，一大片灯光立即从傻丫环身边泻到中堂去。傻丫环看见老爷半躺在描金雕彩大八步床上看书。这是老爷的习惯，上床睡觉前都要看会书。老爷对今夜寝房布置得像新房一样好像并无什么特别的感觉，只是在一个劲看自己的书。老爷这个人对朝廷上的事一点也不含糊，但对府上的事却马虎得不能再马虎，什么也不问，什么也不知。老爷相当好侍候，给他吃什么就吃什么，给他穿什么就穿什么，任何时候都不用担心老爷会在这些方面对自己发脾气，更不用提心吊胆害怕老爷会把自己打骂一顿。听管家说，仁宗皇帝有一次请一些臣子赴御宴。开宴前要每个臣子都到御池钓鱼，由御厨把钓上来的鱼给每个人做想吃的菜。这当然是件令人愉快的雅事。臣子们都拿着鱼钩和鱼饵去钓鱼。老爷正在思考什么事，没去钓鱼，稀里糊涂把自己面前金盘里的鱼饵一粒一粒全吃光了，众人惊讶极了。开宴的时候，众人津津有味吃着御厨做的鱼，老爷却说自己吃饱了不用再吃什么了，弄得众人哈哈大笑起来。后来有人拿这个在仁宗皇帝面前说事，说老爷故作什么特立独行的姿态，哗众取宠，来博得众人的夸奖和天子的欢心，弄得有阵子仁宗皇帝对老爷印象很不好，认为老爷会装假。老爷什么时候都真，从来不晓得装假。这些人根本不懂得老爷。

傻丫环在寝房门口站了好一会，老爷才发现傻丫环。但老爷对寝房布置一新好像还没什么感觉，只是问傻丫环："夫人呢？"

吴夫人没交代这句话该怎么回答，傻丫环停了一会，想到一句非常好的回话了："夫人说，老爷想睡了，就去喊她过来。"

老爷："去叫夫人来吧。"又看书去了。

傻丫环又风快往后堂跑去。在后堂过道上，傻丫环碰到吴夫人他们过来了。傻丫环把刚才的事说了一遍，吴夫人就不再走了，要傻丫环把朱氏女子带到寝房去，交代傻丫环：你只在门外站着，千万不要进去。

傻丫环把朱氏女子带到寝房门口。她刚才出来时，未把房门带上，房门还半开着，有一大片长方形的灯光泻出来，照着中堂地面。傻丫环指了指寝房里，要朱氏女子进去。在半开着的房门泻出来的那片长方形灯光中，傻丫环看见朱氏女子万分胆怯起来，手也好像有点抖，那双小脚好像钉在地上，怎么也迈不出去。朱氏女子那双又害羞、又难为情的水灵灵的眼睛老望着傻丫环，像是在讨主意。傻丫环什么也不说，只是用手拼命往寝房里指，要朱氏女子不要难为情，赶快进寝房去。朱氏女子移动了几步，又停了下来，望着傻丫环。傻丫环仍旧只是手指着寝房，什么也不说。傻丫环能有什么好主意呢？这事得全靠朱氏女子自己了。又过了一会，朱氏女子才鼓起勇气，硬着头皮，别过脸去，一步一步地往寝房里走去。傻丫环松了口气，过去轻轻把寝房门关上，也把那片长方形的灯光关在寝房里。

傻丫环正要回去禀报吴夫人时，却见吴夫人、管家、乖丫环都一声不出地站在中堂过道口。管家又用食指按着嘴唇，轻轻地“嘘——”了声。傻丫环就也一声不出地走过去，站在吴夫人旁边。中堂里有种奇怪神秘的气氛。谁都耸起双耳朵在听寝房里的动静。少说过了一盏茶工夫，寝房里什么动静也没有。傻丫环看到，在中堂官烛的光照下，吴夫人笑了，管家很想不笑也忍不住笑了，乖丫环当然跟着笑了。傻丫环知道，吴夫人他们笑，是因为他们觉得朱氏女子把好事办成了。傻丫环也笑了，笑得很真、很开心。

但就在这时，寝房里传来老爷很严厉的声音：“你是谁？”

傻丫环看到，中堂过道口上的人都吓了一大跳。谁也不知道寝房里发生了什么事，也不知道下一步怎么办。吴夫人与管家面面相觑。中堂是寂寂无声，寝房里也听不到一点声音，气氛变得紧张怪异严峻起来。

弹指间，寝房里传来老爷更严厉的声音：“出去！”

傻丫环看见，寝房里又泻出了一片长方形的灯光，朱氏女子从寝房里跑了出来。也不知她怎么跑得那么快，刹那间就到吴夫人跟前，双手掩面，万分羞愧，万分委屈，万分难为情，嘤嘤哭个不止。傻丫环明白是老爷把朱氏女子赶了出来。吴夫人要乖丫环把朱氏女子扶到后面客房里去歇息。此时老爷从寝房里走出来了，牛耳虎头脸上的神色十分难看。管家吓坏了，不知所措。吴夫人也吓坏了，一脸煞白。

老爷板着脸：“这是怎么回事？”

管家正要开口，吴夫人先把情况一五一十告诉了老爷。傻丫环这才知道，这个朱氏女子本是良家女子。丈夫原是河北路转运司的漕臣，押运一船官麦，没想到遇上大风，船沉麦失，按朝廷规定，要全额赔偿。然而，朱氏女子丈夫就是砸锅卖铁，倾家荡产也赔不起这一船官麦，否则就要关进牢房。为了救丈夫，朱氏女子甘愿到王府做妾，偿还官债。

老爷仍旧板着个脸：“糊涂！”

管家赶忙认错：“糊涂，糊涂，都是奴才糊涂，做了这种叫老爷生气的事，与夫人不相干。”

老爷在这些事情上洞若观火：“什么与夫人不相干，都是夫人的鬼主意。要是夫人不开口，你敢办这事？你不怕夫人打破醋缸子，能便宜得了你？”

管家不敢再出声了。傻丫环很想对老爷说，夫人是为了老爷好。但她知道，自己是个丫环，说话没有分量，起不了作用，也就不说了。

约莫过了半炷香工夫，老爷对管家说：“你去把那女子叫来。”

傻丫环看到，吴夫人和管家又都吓坏了。他们以为老爷要为难朱氏女子，让她蒙羞。管家怎么也不肯去叫朱氏女子。后来倒是吴夫人明白了什么，要管家和乖丫环去叫朱氏女子。

管家转身到后面客房里去了。半盏茶时间，傻丫环听到后堂有脚步声传来。再过半炷香工夫，管家就领着朱氏女子来了，乖丫环也跟在后面。

老爷问朱氏女子：“赔一船官麦要多少钱？”

朱氏女子泪流满面，也认为自己这会要受到羞辱，怯怯地说：“九百缗。”

傻丫环伸了伸舌头。九百缗就是九百两纹银，这可不是小数字。老爷：“你今晚就回夫家去，这笔官债老夫会叫管家帮你还了。你也不必还我的钱。”

谁也没想到老爷会这么处置这件事。傻丫环看到，一个个都惊呆了。特别是朱氏女子，惊得眼泪流得更多了，眼泪一滴滴往下掉，整个人都成了一个泪人。朱氏女子扑通一声，跪了下去，给老爷拜了又拜，又转身给吴夫人拜了又拜。朱氏女子站起来，往中堂过道走去，走了几步，又转回来。傻丫环看到，众人都莫名其妙地望着朱氏女子，不知道她要干些什么。朱氏女子走到老爷面前，说：“小女子进了老爷家的门，就生是老爷家的人，死是老爷家的鬼。小女子也不回夫家，今晚在老爷客房借住一晚，明天一早就离开。”

老爷纳妾这件事就这么在意料中，又不完全在意料中结束了。老爷和吴夫人回寝房。管家还有些未做完的事要忙。傻丫环和乖丫环留在中堂，把没用完的官烛取下来，下次好用。当傻丫环把东边那支官烛取下来时，忽然听到寝房里传来吴夫人号啕大哭声。这是从来没有过的事，傻丫环从进老爷府上的门那天起，从未见夫人哭过。傻丫环看到，正将西边那支官烛取下来的乖丫环和她一样，都一脸错愕，吓得连手上的官烛都差点拿不住。不会是老爷对吴夫人发了什么脾气吧？傻丫环想进寝房去劝劝，乖丫环到底比傻丫环精明些，一把拉住傻丫环，要她不要出声。此时，寝房又传来吴夫人的声音：“奴家来世还要跟老爷做夫妻。”

傻丫环看到乖丫环捂着嘴笑。傻丫环明白吴夫人何以号啕大哭的原因了。说句实在话，何止是吴夫人来世想跟老爷做夫妻，傻丫环其实也这么想。傻丫环就希望自己来世会淑女些，端庄娴雅些。这么想过后，傻丫环觉得自己真该羞死了。傻丫环又看到乖丫环古怪地、暧昧地对她笑。傻丫环才不怕，心想：笑什么笑，你其实比我还想跟老爷做夫妻！

天下事还真无独有偶，冥冥之中有什么相通的地方。司马光夫人张氏与王安石夫人吴氏好像约好了似的，这晚也买了个如花似玉的女人给司马光做小妾。故事的进展差不多，司马光也和王安石一样，把做小妾的女人拒之门外。这两人的夫人真是前世修到的好福气，嫁个这么好的老爷。不过，不论宫中，还是坊间，都说司马光不纳妾使人感到可畏，王安石不纳妾使人感到可敬。王安石不仅帮那女人还清了官债，还留那女人住了一晚。司马光做得就绝了点，当晚就把女人赶走，让女人孤身一人流落在开封街头。开封的晚上并不十分太平，不要说时有强人响马出没，光那些泼皮无赖就够叫一个孤身女子胆战心惊的了。把她赶出门，不就是把她往虎口里送，能有好事吗？还是王安石近人情，在他家住了一宿的女人第二天可以放心离去。

第四十二章　女官陪读苏诗乐坏高太后
王爷船木被扣惊动老祖母

王安石和司马光拒绝纳妾后的第三天，皇城后宫女官总管、女尚书、国夫人刘氏刚给新选进宫来的宫女讲完《女训》，就见宫女三个一群、四个一伙在低声议论王安石和司马光纳妾之事。不过，国夫人刘氏既没过去干涉她们谈论这些事，也不去参与谈论这些事。一来是她对街谈巷议之事不感兴趣，二来是太后高氏派尚宫局掌典记的女官请她到太后居住的宝慈宫去。太后高氏从来是不随便传唤一个人的，要她过去，肯定有什么要紧的事。

刚刚进入早春二月天气，宝慈宫后面不远的景龙江的冰全融化了，粼粼的绿水蛇行于皇宫偌大的后苑之中，在数不清的亭台楼阁、茂林修竹间时隐时现，流入自西水门而来、往东水门而去穿城而过的汴河。要是往常，做完该做的事，国夫人刘氏会到后苑走走。国夫人刘氏最喜欢的去处是后苑北面的杏冈茅亭。这里北望是建在叠石为山上的翠微殿，殿旁有二亭相托。南望是疏泉为湖的翠微湖。湖内有二亭，湖中作堤以接亭，堤中作梁以通湖。杏冈下面筑土植杏，杏冈由此得名。杏冈之上覆茅为亭，冈下修竹万竿，引流其下。四围嘉花名木，幽胜宛若生成，不类尘境。但今天是不行了，太后高氏找她，她得赶快赶到宝慈宫去。

国夫人刘氏出了玉华殿，往南约莫走了两里路，路过后宫十作、二十四库房，皇宫吃的米、面、豆、肉、酒、茶、油、盐、糖、醋、瓜、果，穿的绸、布、绢、纱、丝、线，用的生漆、桐油、硫黄、沉香、黄蜡、白蜡、纸、墨，等等，都贮藏在这里，一切应有尽有，无所不备。因之，这里是皇宫人员最多、最杂的地方，为数不少的太监、女官、宫女在这里进进出出，川流不息。还有给皇宫运送吃的、穿的、用的东西的衙前役夫在这里一拨一拨地走了，又一拨一拨地过来，好像永远不得完。不过，这些衙前役夫都规规矩矩、老老实实、小小心心的，谁的眼睛也不敢东张西望乱看一下，不要说气质高雅的女官、如花似玉的宫女从身边不远的地方过去，就是那些因为生理原因弄得体形、肤色让人看了很不舒服的太监从身边过，也不敢抬一下眼皮。谁要是抬了下眼皮，立即就有在四周把守的卫士和太监如狼似虎地扑过去，轻则呼喝几声，重则拳脚相加，把那些个不守规矩的衙前役夫吓个半死、打个半活。

国夫人刘氏在甲字库旁边路上碰到入内内侍省的内官监押班太监高全福。此人至少在二十丈外就色眯眯对着她笑。这个高全福，在后宫可不是个简单人物。他这个内官监押班太监不仅掌管着十分庞杂的后宫十作、二十四库房，而且承办皇家宫殿陵墓、藩王府第的营造，巨木、奇石、金银、珠宝、异兽、珍禽的采办，权力大得很，油水也大得很。国夫人刘氏对自己分外的事从不去打听，对太监的事也大都不清楚，只偶尔会听到些情况。她从听来的情况中知道，高全福这个人并不是个什么好东西，十七八岁的时候是个市井无赖，拐卖过妓女花娘，名声臭得不得了，在地方混不下去了，就叫人把他的根割了，进到宫里当太监。这个人发过蒙，读过一二年私塾，算是初通文墨，也好卖弄文墨，为人十分聪明伶俐，一双又大又圆的眼睛，白白净净的脸，后来不知怎的攀上了入内内侍省大太监都都知张德保，开始发迹起来。去年太皇太后曹氏六十圣寿，这个人又去秀州给太皇太后曹氏采办恭进的寿礼，很是叫太皇太后称心；特别是那颗大理国的猫儿眼，更是叫太皇太后喜不自禁。从这以后，太皇太后曹氏对高全福很是赏脸，想办什么事常常叫他去办。高全福在宫中就很有点呼风唤雨的意思了。

国夫人刘氏实在不愿意碰到内官监这个押班太监，但不知怎么回事，刘氏每次到玉华殿给宫女讲课回来，都会在二十四库房旁边路上碰到这个很不愿碰到的人。国夫人刘氏最讨厌的是这个没根的太监见到她时的那双色眯眯的眼睛。国夫人刘氏自进宫那天起，就断绝了男欢女爱的念头。宫门一入深似海，到了宫中这个实际上只有天子一人是真正的男人世界里，不要说那些个女官、宫女，就是嫔妃，要接触一个真正的男人都确实比登天还难。她不是不想男欢女爱，但出了皇宫，她又能到哪里去呢？像她这样人家的人生下来就苦，男人苦，女人更苦，未来的人世不仅叫她感到迷惘，更使她感到恐惧。再说，太皇太后曹氏、太后高氏、皇后向氏待人宽厚，对她很是不错。因之，她在宫中活得挺让人羡慕。她已经习惯了宫中生活，也不希望任何人打扰她的这种生活。国夫人刘氏百思不得其解的是，高全福怎么还会对女人感兴趣。有几回，她亲眼看到高全福对从身边过的小宫女贱手贱脚。小宫女怕得罪他，只好由他。国夫人刘氏听宫中老宫女说过，聋者偏欲听声，盲者偏欲见光，不少太监对女人的兴趣比常人还浓。正经的太监有，不正经的太监也不少。这些不正经的太监闲下来的时候，谈得最多的还是女人。有的太监也不知道从哪里弄到春宫图，便几个人躲在偏僻的地方偷着看，窃窃的笑声又邪又怪，叫人感到有点毛骨悚然。有个侍候向皇后的太监，一见向皇后吃饭时对冷食皱眉头，就晓得向皇后来好事了，让侍候了向皇后十多年的老宫女都佩服得五体投地。老宫女说起这些事，倒神情如常，没什么大惊小怪的，国夫人刘氏却总给羞得无地自容，一脸通红。

其实，国夫人刘氏也怕高全福。刘氏不是怕高全福对她贱手贱脚。高全福再怎么攀上张德保，谅他也不敢在她面前太过放肆。张德保可以给他护短，太皇太后曹氏、太后高氏可不会那么轻松放过他的，要不然宫中就一点规矩都没有了。刘氏是怕他说些不三不四、不堪入耳、俗不可耐的下流话，弄得她面红耳赤、尴尬难堪，却又开口不得，奈何不了他。因之，国夫人刘氏每次在这里碰到高全福，总是绕个大弯，从别的地方走掉。不过，高全福每次也并没有纠缠她的意思，国夫人刘氏从别的地方走开，也就算了。但这一次，高全福却没有放过她的意思。高全福本人站在原地，叫了两个乌木牌小太监过来，对她说：高老爷有请。

国夫人刘氏抬起一双小脚，慢慢过去，高全福也迎着她急步过来。二人距离至少三丈，国夫人刘氏停了下来，也不让高全福再往她那边过去。刘氏板着个脸，冷冷地问："什么事？"

高全福笑了起来，又大又圆的眼睛望着国夫人："国夫人怕刑余之人贱手贱脚、嘴巴不干不净？你这就看错刑余之人了。老实说，刑余之人对别的女人是有点不规矩，可国夫人是什么人？宫中公认的一肚子才学的女博士，知文达理，开口成章，太皇太后、太后、皇后无不看得顶起，岂是那些俗陋不堪的宫女所能比的？刑余之人佩服都佩服不过来呢，国夫人让刑余之人去身边端茶送水就是抬举了刑余之人，敢在国夫人面前不规规矩矩、老老实实、恭恭敬敬？刑余之人就希望国夫人给个孝敬的机会，若何？"

国夫人刘氏先是一怔，没想到这个高全福会这么直白地用一种自我解嘲的方式把外人对他的轻蔑和嘲笑说了出来，既是一种辩解，也是一种掩饰，很是机智，很是得体，也顾到了他的脸面。国夫人刘氏再是一惊。从小长到大，耳朵听到的倒也尽是好话。小时候在家里，老童生父亲和邻居说自己是乖乖女。到了宫里，先是管事的女官夸她，后是嫔妃夸她，最后是太皇太后、太后、皇后也夸她。但，国夫人刘氏还从没听过这么肉麻的奉承。国夫人刘氏后是一惧。她实在不明白，一个不仅得到宫中头号大太监都都知张德保赏识和信任，且近来还得到太皇太后曹氏夸奖、在宫内这么走红的内官监押班太监，会这么奉承她这样一个女官。这就不能不叫国夫人刘氏害怕了。接着国夫人刘氏是一疑。宫中二十四监的押班太监可以说没一个不横得很，没一个不牛气冲天，没一个不神气活现，也没一个是好惹的。在宫中，除了皇上、太皇太后、太后、皇后外，这些人就怕头号大太监张德保。在张德保面前，这些人的脚没一个是不软的，那种逢迎拍马的奴相说多难看就有多难看，说有多恶心就有多恶心。但在地位比他们低的太监和宫女面前，这些押班太监又比瘟神更可怕。然而今天这个内官监押班太监高全福怎么会对她这样奉承呢？再接着国夫人刘氏是一奇。刘氏虽说也给太监讲过课，但从来是讲完课就走人，还从没跟后宫这些太监私下谈过什么话。这是刘氏第一次在相距三丈远的地方跟一个押班太监说话，当然也是第一次听到有人这么恭维她，觉得确实又新鲜、又好奇。国夫人讲起《论语》《中庸》《大学》，特别是讲起《女训》《女诫》来，可以头头是道，滔滔不绝，但要讲出高全福这样一番恭维人的话来，恐怕不是开不了口，就是结结巴巴、下句连不了上句，绝对远不是初通文墨的高全福的对手。最后国夫人刘氏一笑。这个只发过蒙读过一二年私塾的高全福，果然好卖弄文墨，竟然把“知书达礼”说成“知文达礼”，把“出口成章”说成“开口成章”，却又说得那么认真，没半点忸怩，俨然是个饱读诗书的读书人，根本不觉得自己说的话有什么不妥。不过国夫人刘氏忍着没笑出来。国夫人刘氏仔细观察了一下高全福的脸色。前不久一脸的色眯眯是那么叫人讨厌和恶心，但此时一脸煞有介事的忠厚诚恳却能叫你一点也不觉得有什么不顺和不当，相反还叫人感到有点可爱。国夫人刘氏现在不那么讨厌高全福了，不过还是不想理高全福。刘氏依旧板着脸，未回高全福的话，只是直视而行，从高全福身旁走了过去。不过，没走几步，刘氏听到高全福高声喊道：“回来！——你不是要大才子苏轼的诗词吗？刑余之人这里有。”

国夫人刘氏好像被一个力大无穷的人拉住，再也往前走不动了。这个初通文墨的内官监押班太监知道什么大才子、小才子的，怎么又会知道她要大才子苏轼的诗词？在宫中，无论是皇上、太皇太后、太后、皇后，还是文墨多一点的嫔妃、女官，对诗词都很感兴趣，闲来无事时都会拿来诗词吟诵一番。在所有的诗词中，宫中最走俏的是大才子苏轼的诗词。以往，苏轼不在京都开封为官，写的诗词要隔好久才能传到宫中。大才子苏轼来到京都，他的诗词一出，便立即在京都开封传开。苏轼在京都又不是当什么了不得的大官，只是官告院判官，公务不忙，写诗词的时间多。宫中三天两头就有苏轼的诗词传来，读苏轼诗词，成了后宫许多人的一种消遣雅事。在大才子苏轼诗词的欣赏中，有三人最入迷：皇上、太后、国夫人刘氏。皇上入迷是耳闻，太后入迷是亲见，自己入迷在宫中广为人知。听到高全福的话，国夫人刘氏的那双小脚如何移得动？刘氏并没有转过身去，高全福却绕到她的前面，从衣袖里抽出一本书，恭恭敬敬递过去："驸马爷王诜刊印的，里面有大才子好多诗词，非常的会炎人口。"

国夫人刘氏又差点没笑出来，"脍炙人口"在高全福嘴里变成了"会炎人口"。国夫人刘氏虽然不那么讨厌高全福了，但还是怯怯地望着这个不怀好意的高全福，生怕宫中这个比瘟神还讨厌的押班太监会使什么坏，抖抖地伸出双手，把那本书接了过去。书名是《王诜刻诗集》。国夫人刘氏早就知道，喜欢跟名人雅士交朋友的驸马王诜与大才子苏轼交往甚密，关系好得不得了，二人常一起饮酒赋诗、写字绘画。国夫人刘氏听说，今年二月天子赵顼赐予王诜的坐落在安远门外永宁坊的西园落成后，大才子苏轼就成了西园的常客。苏轼家眷没来京前，节假官休日，还常住在西园里。国夫人刘氏近日倒也听过这本诗集，当然很想一睹为快。不用说，刘氏心中甚喜，但脸仍旧板着，怀里捧着这本书，也不谢一声，就绕开高全福往前走了。

高全福又在身后高喊："还有一本！"

国夫人刘氏停下脚步，却不回过头去。高全福又绕到她的前面，从衣袖里拿出一本《王诜刻诗集》："这本是奴才孝敬太后的。"

国夫人刘氏收下这本《王诜刻诗集》，依然直视着往前走去。大约未牌二刻时分，国夫人刘氏到了宝慈宫。宝慈宫在太皇太后曹氏居住的庆寿宫北面，一片高大繁茂的古树林把两宫连在一起。不过，宝慈宫与庭阶寂寂、静穆安闲的庆寿宫不同，这里是静中有闹，在这里进进出出的人不少，且匆匆而进，快快而出。太皇太后曹氏已年过六十，早不管宫中之事，每日里由侍候了她四十多年的乔内史陪着，夸着她，哄着她，头头是道、绘声绘色地把宫里宫外那些破芝麻、烂谷子的事说给她听；乔内史也津津有味地听太皇太后曹氏讲过去的故事。太后高氏还不到四十岁，朝政上的事是不去管了，但后宫的事，还是会过问过问一下的。况且后宫的这些女人，还真没几个懂朝政的。太皇太后曹氏虽非等闲之辈，有胆有识，机智过人，精于后宫管理，然而朝政上许多事，确也并不十分明白；特别是本朝王安石搞的新法，什么青苗法、市易法、均输法，真是听都没听到过，更不要说了解了。太后高氏也一样，对后宫的礼仪、宫禁、秩序十分熟悉，管理上很有一套办法，对朝政知之不多，对王安石的这些理财新法也是知之甚微。既然如此，太后高氏当然就与太皇太后曹氏一样，不去多朝政上的事。但后宫的事就不同，太皇太后曹氏、太后高氏不仅名正言顺要管，而且责无旁贷要管。不错，后宫的事应该由向皇后去管，但向皇后年轻，才当两年皇后，经验不足，弄得不好给太监耍了都不知道，如果把后宫搞乱了，就对不起老祖宗了。国夫人刘氏清楚，皇上赵顼登基两年来，后宫没出什么大乱子，确实与太后高氏经常过问后宫的事分不开。太后高氏这会把自己召去，会有些什么事呢？有一点是肯定的：不谈朝政。说句实在话，对朝政，国夫人刘氏也不甚了解，特别是对王安石的新法，虽不那么反感和恐惧，倒也感到新鲜，但同时也感到茫然。国夫人刘氏确实不明白，王安石的新法何以能让钱生钱、财生财。天下的钱不就是那么多，天下田地的出产不也有个常数吗？莫非王安石会什么妖术，让一个铜板变成两个铜板？让一粒谷子变成两粒谷子？要她谈这些，确实谈不出什么名堂。还有一点恐怕也是肯定的：不谈后宫的训育。去年五月国夫人刘氏给向皇后呈送了一份后宫训育计划，向皇后是批准了的，往下只是按计划办事。这方面要说的话实在不多。然而，这些事都不谈，太后高氏会有什么事要她到宝慈宫去呢？

国夫人刘氏在离宝慈宫还有十多丈的地方，宫里就出来一位掌尚仪的女官。刘氏与这位女官平日里关系还好，刘氏没开口，这位女官悄悄告诉刘氏：太后高氏要国夫人刘氏去陪读大才子苏轼的诗词。刘氏对这点本来并没什么奇怪的。可以说宫里没一人不知道太后高氏对大才子苏轼诗词到了入迷的程度。宫中又没几人有文化、有学养，懂得什么苏轼诗词，太后高氏不找她这个也同样对大才子苏轼诗词到了入迷程度的人去陪读，找谁？当然，朝廷里不少官员懂苏轼诗词，但即使身为太后的高氏也是不可以随便接触朝廷官员的，更遑论在一起读苏轼诗词了。不错，宫中每日都有值宿的官员，太后跟他聊上几句也不是不可以，然而晚上长时间在一起谈论诗词，本朝从来没有过。太后高氏要选一个跟她在一起读苏轼诗词的人，当然就想起了国夫人刘氏。国夫人刘氏也十分乐意。说句心里话，国夫人刘氏在这方面还真有点寂寞感。可让刘氏感到奇怪的是，今天怎么会这样巧，太后高氏正要她陪读大才子苏轼诗词，内官监押班太监高全福就托她转给太后一本《王诜刻诗集》，而且还送了一本给她。高全福好像有什么神机妙算，事前就算定了太后高氏会要她去陪读大才子苏轼诗词。这本书送得真是时候。这个高全福太会投太后高氏和自己之所好了，确实不能小看这个初通文墨的押班太监。

国夫人刘氏怀里揣着两本《王诜刻诗集》，跟在宝慈宫女官后面，上了丹墀。还没进宫门，就听到宫里传来太后高氏的声音："女博士请进，哀家在寝房里。"对国夫人刘氏用的是衔称。

国夫人刘氏赶快进了宝慈宫，又快步往太后寝房走去。在寝房门外，就见太后高氏坐在靠窗的禅椅上，微微有点发胖的身子穿着那件很合体的宽大黄罗鞠衣，恰到好处地盖住双膝；未戴凤冠的头上盘成的凤髻，更显得浓密的乌发油光锃亮；金饰的复底鞋很合脚地穿在一双小脚上，更衬托出那双小脚的高贵；白里透红的脸上容光焕发，更显出一种迷人的娇嫩。看上去，太后高氏的年龄不过三十来岁。国夫人刘氏进了寝房，中规中矩给太后高氏行了跪拜礼，脸上既没有什么受宠若惊的夸张表情，也没什么激动紧张的神色，很平和地站在太后面前不远也不近的地方。太后高氏忙请国夫人刘氏在她旁边的锦墩上坐下，又命身边的宫女给国夫人赐茶。寝房里，好些个太监、女官、宫女进进出出忙各人的事，有两个宫女一左一右垂手立在太后高氏身边，侍候着太后，随时听候太后吩咐。

国夫人刘氏坐下来后，就发现太后高氏那双秀美的黑眼睛盯着她怀里的两本书。国夫人在待人接物上谈不上灵巧，却也不是太笨拙，马上拿出一本，双手呈送到太后高氏手上："来这里的路上，内官监押班太监高全福孝敬太后的。"

国夫人刘氏看到，太后一听到高全福的名字，黑眼睛立即透出一股杀气："这个高全福什么时候长进了，也晓得读书了，是不是那天哀家要杀他，把他杀得有长进了？”

太后身边的两个宫女抿着嘴，一脸怪怪的表情；有两个出去的宫女，到了寝房外面就有轻轻的笑声传来；有个太监一只脚刚踩进寝房，不明白情况，弄得一个头摆来摆去。国夫人心里清楚：去年十一月初六，高全福到向皇后的坤宁宫去禀报冬至祀天的事，没想到碰上太后高氏，给太后高氏狠狠敲打了一阵。这件事国夫人没有亲见，但至今还有一些小太监和小宫女私下很开心、很幸灾乐祸地议论这件事。国夫人明白，宫中表面安详平静、一团和气的气氛里面，充满了怨恨、不平、忌妒、猜疑和幸灾乐祸。

太后高氏把书放在凤案上，目光一触到书的封面，很漂亮的眉头皱了起来，那张端庄秀美的脸也显得多少有点丑陋起来。国夫人知道，是书名《王诜刻诗集》坏的事。太后高氏不喜欢驸马王诜，有时气得牙齿没咬碎。这不怪太后，只能怪驸马王诜太放肆、太胡闹、太荒唐，娶了个如花似玉的公主不满足，还要纳妾，还要上青楼书寓找花娘快活；尤为荒唐的是，竟然当公主睡在一旁时还跟别的女人浪蝶狂蜂：官家的脸真给他丢尽了。活到今天还不知道男欢女爱的国夫人刘氏实在不明白：天下的男人怎么会这样。国夫人刘氏不愿意看到因为书名就使得太后对这本书失去兴趣：“书里面有大才子苏轼不少诗词。”

国夫人刘氏注意到，太后高氏脸上稍稍露出了点喜色，且太后身边的两个宫女脸上也有了喜色，有个正要出寝房的宫女听说有苏轼的诗词，也不由得回过头来望一眼凤案上的书。国夫人刘氏清楚，宫女并没几人懂苏轼的诗词，只因为苏轼名气太大，都跟风说好。太后高氏把书翻到有大才子苏轼诗的那几页，一边看，一边对国夫人刘氏说：“这本诗集甚好，把苏轼以前不为人知的诗词也收了不少进去。女博士，以后只要是有苏轼诗词的书，都可以拿来。哀家叫你过来，就是来一起谈谈苏轼诗词。”

太后高氏今天找她来谈苏轼诗词，这当然是国夫人刘氏最喜欢之事。在宫中，不能说国夫人刘氏心如死灰，但太多的欢乐享受其实没有，每天把自己该做的事做完，回到自己寝处，不是读书，就是写字，倒也乐在其中。她今年快四十了，只要宫中没有什么特别的变故，她也许老死在宫中；如果有意外的变故出现，她多半会选一所中意的寺庙或道观，在暮鼓晨钟、青灯黄卷中度过自己的一生。但现在，她必须尽职尽责把自己该做的事做好，她便很有分寸，也给自己留有很大余地地说："臣也是很喜欢苏轼的诗词，但只是懂得点皮毛。"

太后高氏对大太监常常要敲打敲打，但喜欢国夫人刘氏这样知书达礼、说话有讲究的女官。太后高氏要国夫人刘氏把怀里的那本《王诜刻诗集》翻开，正要说什么时，一个宫女脚步很轻、很快地走进寝房，向太后高氏禀报：太皇太后来了。

国夫人刘氏看到，太后高氏很是一惊。刘氏知道，这几年来太皇太后曹氏很少出庆寿宫。这一来是太皇太后曹氏年事已高，富态的身子多走几步路就喘；二来是太后高氏、皇后向氏以及其他嫔妃每日上午都要到庆寿宫给太皇太后请安，就是皇上每日也总会抽时间去看望她。因之，太皇太后曹氏每日不用出门，就能见到她想见的人。太后高氏忙起身去接驾。国夫人刘氏和宝慈宫的女官、宫女跟在太后高氏后面出了寝房，往宝慈宫门口走去，急忙中怀里揣着的那本《王诜刻诗集》也没放下来。才出寝房，庆寿宫押班太监先到了，接着又有庆寿宫的几个太监、女官、宫女进来了，这些人显然是来打前站的。再过一会，宝慈宫前轩平台上有了一阵细微的窸窣的衣服摩擦声。太后高氏的脚步加快了，一双金莲在宝慈宫地面上一点一点地往宝慈宫门口移过去。在离宝慈宫大门丈把远的地方，太皇太后曹氏由乔内史和一位宫女左右两边搀着，出现在宫门外。太皇太后曹氏一只小脚进了门槛，另一只小脚还停在宫门外。太后高氏生怕太皇太后曹氏有什么闪失，早让几个宫女过去搀扶着太皇太后曹氏进了宫。

太后高氏和国夫人刘氏忙给太皇太后曹氏行过礼。众人拥着太皇太后曹氏在正堂北面一张座面宽大的紫檀木凤椅上坐下。太后高氏站在太皇太后曹氏旁边，一脸依顺地望着太皇太后。国夫人刘氏和太监、女官、宫女众星捧月一样围着太皇太后，站成半圈，都一脸诚恐诚惶的恭敬。太皇太后曹氏往日总是满面春风、富态的圆脸上此时却满脸阴霾，很叫人感到可怕。从来对侍候太皇太后曹氏很有办法的乔内史也完全束手无策，只是一边在太皇太后曹氏肩背上揉揉捏捏，一边心里很难受、很无奈地望着太后高氏。国夫人刘氏觉得一定出了什么很严重的事。众人都格外小心起来，嘴巴闭得紧紧的，大气也不敢出一下。就是往日对太皇太后曹氏不仅会顺、会哄，而且有时会很机智、很恰到好处地逗一逗太皇太后曹氏的太后高氏也不敢哄，更不敢逗了。宝慈宫里一片死寂。宫外高大繁茂的古树林里却很热闹，有欢腾的雀噪声传来。半日太后高氏小小心心地说了一句话："太皇太后，有什么要紧的事，派个人把我叫去就是，何劳亲自跑来？"

太皇太后曹氏也半日不回一句话，只是指了指旁边的紫檀木凤椅，要太后高氏坐。太后高氏遵命在凤椅上坐下。太皇太后曹氏又要乔内史揉揉她的左肩，再捏捏她的右臂，富态的圆脸上的阴霾才驱散了些："现在的朝廷有些官是越来越不像话了，眼睛里根本没有皇亲国戚。"

国夫人刘氏看到，宝慈宫内的人都一脸错愕，也有点惊恐起来。这样的话要是出自宫人之口，不拖出去一刀把头砍了，也要按倒在地上打个半死。但太皇太后这么说，谁敢奈她何？宫中的太监、女官、宫女没有谁敢接太皇太后的话，都只是恭恭敬敬、认认真真地听看。

太皇太后曹氏又说："老臣韩琦、欧阳修、富弼给赶走了，吕诲、范纯仁、苏辙贬到地方去了，几个御史也降了职，现在又要逼冯京了，下一步连上相曾公亮、参知政事赵抃也不放过，再下一步就轮到司马光了。"

这些话听起来挺可怕，当然也只有太皇太后曹氏才能说。太皇太后曹氏这些话没有明指谁把这些人挤走了，但国夫人刘氏心中明白，太皇太后实际上指的是王安石。这些外放到地方去当官的臣子，朝廷里有哪一个人扳得动呢？不过，要说这些人都是王安石挤走的，也很不尽然。就说韩琦、欧阳修外放，都是在王安石越次入对前因受到言官弹劾，自己请求外放的，与王安石何干？富弼外放倒是王安石越次入对之后，但王安石与富弼并无过节，在朝廷上也未发生过争吵，说富弼是王安石挤走的，恐怕也说不过去。不过，国夫人刘氏觉得，这些并不一定是引得太皇太后曹氏生气的真正原因。韩琦和欧阳修离开朝廷，外放到地方当官，都是去年的事，要生气也早生过了，不至于留到今日还在生气。至于冯京、曾公亮、赵抃、司马光这些人，国夫人刘氏当然也十分耳熟，他们中好些人是跟王安石不对劲，特别是司马光更是处处跟王安石过不去。不过，国夫人刘氏在宫中听不少人说过，王安石这个人人品很好，岂会做出小人才会做的事？再说，这些人都是朝廷重臣，又岂是王安石想挤就挤得走的？国夫人有种感觉：太皇太后曹氏这些话，不过是借这个说事。众人没谁出声，都只是千随百顺地望着太皇太后曹氏。

乔内史给太皇太后曹氏揉捏完肩膀，便捶起太皇太后曹氏的背来。太皇太后曹氏感到很舒服，但脸上的阴霾还是很重，突然问太后高氏：“你舅舅若何？”

太后高氏的舅舅就是太皇太后曹氏的弟弟济阳郡王曹佾。有件事国夫人刘氏是十分清楚的。刘氏在宫中二十多年，只仁宗朝时见曹王爷来过宫中，后来再未见到过。今年春天，也就皇上觉得太皇太后曹氏与曹佾都年事已高，几次打算让曹佾进宫，姐弟俩见上一面，但太皇太后曹氏总是不许。宫禁之严，连太皇太后曹氏姐弟情都顾不上了。据国夫人刘氏所知，这个曹王爷在宫中的口碑还不错，都说这个王爷性情和易，没一点王爷的架子和派头，嘴巴也关得紧，有时皇上找他谈什么事，回到家里谁也别想从他嘴里抠出半个字来。太皇太后曹氏此时突然提出曹王爷为人这个问题来，恐怕话中有话，非同一般了。

太后高氏说：“舅舅不是一切都按照朝廷规矩办事，从来没一个人说他的闲话吗？”

太皇太后曹氏脸上的阴霾更重了：“何止是闲话，现在朝廷里有人记挂着他。”

国夫人刘氏觉得，朝廷里真有这种人，那确实有点过分。当然，无论宫中，还是朝廷，里面的水都深得很，远不是她这个从家门到宫门，未去过任何一个地方的女官所能看得透的。

太后高氏说：“连曹王爷这样本分的人都要记挂，真没想到朝廷里还有这种人。”

国夫人刘氏并没有听出太后高氏话中有不是很相信太皇太后曹氏所言的意思，太皇太后曹氏听出来了，对太后高氏说：“老身什么时候说过骗人的话？皇上在城南赐了块地给你舅舅盖个郡王府。你舅舅推辞了几次，皇上执意要盖，还派了内官监的高全福去监造。地基才刚刚打好，四条船和三排大木就给朝廷市易务的人扣了下来。”

国夫人刘氏知道皇上赵顼赐了一块地给曹王爷盖郡王府。大宋王府由内官监一手营造，都是开国以来的规矩；派押班太监高全福去监造，也在规矩之中。至于市易务，国夫人刘氏最近在宫中听说过，那是最近新增设的一个官府衙门，为的是施行市易法。在王安石理财新法中，国夫人刘氏觉得市易法好理解些。过去都是商贾做生意买卖，这些商贾有谁不是黑心的？低买高卖，囤积居奇，操纵市场，牟取暴利，把天下钱财都弄到他们口袋里去，害苦了朝廷，害苦了百姓。市易务好像就是要把这块管起来，掌控物价。市场价卖得贱了，官府就提高价格买进；市场价卖得贵了，官府就减价卖出。这样一来，市场稳定了，商贾赚不到黑心钱，牟取不到暴利，平头百姓日子好过多了，官府也有差价可赚。叫国夫人刘氏不明白的是，市易务应该去施行市易法，却把盖曹王爷郡王府的船和木头扣下来，到底是为哪般呢？这不是神经出了大毛病吗？这些人有这么糊涂，这么大的胆子吗？对这些事，宫中一般的太监、女官、宫女就更弄不明白，都只是站在一旁听，什么话也说不上。

太后高氏问："皇上不知道这件事吗？"

太皇太后曹氏："老身去乾清宫找过皇上，皇上一早就到垂拱殿去了，跟王安石，还有一个叫吕惠卿的在议事——朝中的老臣是越来越被冷落了。"

在国夫人刘氏印象中，太皇太后曹氏当着这么多太监、女官、宫女的面议论朝廷上事，还从没发生过。当然，议政还不是干政，议论一下，也无大碍。再说，朝廷上事那么多，又变幻莫测，要后宫所有的人都闭上嘴巴，不准议论半句，恐怕谁也做不到。况且，朝廷上的事也不全是政事，谁又能分得清哪些是政事、哪些又非政事呢？不过，从太皇太后曹氏刚才的话中，国夫人刘氏倒看出了太皇太后曹氏是真的生气动怒了。但这是天家的私事，不要说宫人不敢多嘴，就是朝中大臣也是避而远之，不惹为好。叫国夫人刘氏感到万般奇怪的是：她心里竟掠过一丝为王安石的担心。

会顺、会哄、会逗太皇太后曹氏的太后高氏也觉得没什么话好说。此时，宝慈宫中有一种令人担忧，令人惴惴不安的窒闷气氛。然而，又没谁能打破这种窒闷，众人就很有点惶恐不安了。不过，此时宫外丹墀上响起一阵叫人忐忑不安的急促杂乱的脚步声。在宫中，谁敢这么放肆、这么大胆地往宝慈宫闯呢？国夫人刘氏马上想到：皇上来了！

国夫人刘氏正这么想着，就看到太后高氏挥手命身边的太监、女官、宫女到门口去接驾。国夫人刘氏把怀里揣着的那本《王诜刻诗集》放在太后高氏面前的桌案上，迈开一双小脚，赶走在前面，还没到门口，就见一伙太监先走了进来，接着便见皇上赵顼急急地跨过宝慈宫的门槛。国夫人刘氏忙跪下去行大礼，感到后面的太监、女官、宫女也一起跪了下去。赵顼来不及看上他们一眼，就径直往里走去。国夫人刘氏站了起来，回到正堂，就见赵顼垂手站在太皇太后曹氏身边："孙儿不孝，何事惹老祖母生如此大气？”

国夫人刘氏站了起来，看到太皇太后曹氏富态的圆脸上虽然没见到什么喜色，但阴霾是稍解了些。众人的脸色都轻松了下来。太皇太后曹氏稍稍移动了一下身子，要乔内史捶捶她的右肩，对皇上说：“你太国舅曹王爷盖王府的船和大木给市易务的人扣了。你太国舅爷什么话没说，内官监的人也没谁出半声，船木扣了也就扣了，倒是跟了我四十多年的乔内史娘家那边人找到曹谒，带了个口信过来，老奶奶才知道这件事。朝廷上的事，你老奶奶不会多半句嘴，你太国舅盖房子的事总可以说上几句话吧？”

国夫人刘氏看到，太后高氏一脸气色，宝慈宫中的人脸上都很有点夸张的义正词严的恼怒，皇上赵顼龙颜上多少有点为难之色。国夫人刘氏觉得这件事不那么简单。曹王爷什么话不说，这好理解，因为这事不需要他去说。王府是天家盖的，钱是宫中出的，并未要户部一文钱。船木被扣，其实都是天家的事，与他无关；他要去多嘴，反会引起朝臣说闲话。内官监也不出声，就叫人感到奇怪的了。内官监的太监谁不横，不要说押班太监高全福，就是里面的小太监，到了宫外，谁的眼睛不是长在头顶上。对这些小太监，不要说州官、县官，就是府里的知府、通判也不敢怠慢。然而，这会朝廷的一个市易务扣下天家的四条船和三排大木，内官监竟不发声，岂不是怪事？国夫人刘氏觉得这事奇怪，还因为船木给市易务扣了的口信是曹谒传的。这个曹谒是曹王爷的儿子，是个招权不忌、荒唐霸道、无法无天、不把谁放在眼里的闯祸惹事的祖宗。五年前，给老相公韩琦打了四十大板，改了一阵子，现在又跟以前差不多了，让这种人给太皇太后曹氏传口信，国夫人刘氏总觉得这里面有很令人不安的东西。再说，船木被扣之事，是乔内史娘家那边人传过来的，有蹊跷。对乔内史这个人，国夫人刘氏了解不多，只是太皇太后曹氏有事召她到宫中去，才在那里见过乔内史。国夫人刘氏觉得乔内史这个女人有过人之处。别看她认不得几个字，但从干粗活的宫女干到今天这样有脸有面、掌管后宫执法、太皇太后曹氏一刻也离不开的女人，绝不仅仅凭奉迎巴结太皇太后曹氏就一步步升到今天这么风光的位子。宫中会奉迎巴结的人说有多少就有多少，侍候太皇太后曹氏的宫女无计其数，却偏偏只有乔内史这么走运，能小看这个女人吗？国夫人刘氏小时，在老家见过一个农人，有个在宫中当御前太监的弟弟，在当地不知吃得有多开，官府里的人都无不讨好他。乔内史娘家人在地方上就更吃得开了。曹王爷船木被扣之事，乔内史娘家人都知道，且能把话传到太皇太后曹氏耳里，京都开封有几人做得到？这里面到底有些什么鬼名堂，恐怕只有天知道。当然，这都是国夫人刘氏心里话，也只是在心里说说而已。

皇上赵顼："孙儿立即命人把船木放回，还要查一查谁这么大胆，做出此等无理之事。"

太皇太后曹氏富态的圆脸上这才喜上眉梢："皇上，查就不要查了，只要交代好朝廷上的人，以后不要再把船和什么别的东西扣下就行了。"

国夫人刘氏看到，宝慈宫中的人都有种松了口气的感觉，脸上的神色也都开朗了起来。特别是太后高氏，那双秀美的黑眼睛很是依顺、很是佩服地望着太皇太后曹氏。国夫人刘氏觉得，太皇太后曹氏虽然年过花甲，但脑子不糊涂，还挺精明。她这种大事化小、小事化了的息事宁人的态度确实很能赢得人们的尊敬，也确实值得人敬佩。要是太皇太后曹氏糊涂一下，顺着皇上的意思，要查这件事，恐怕就要节外生枝，弄出许多烦人的事出来。到时候，恐怕不仅朝廷上的人不得自在，皇上赵顼龙颜不快，就是后宫也难得这么安详宁静。国夫人刘氏有个鲜明的感觉：市易务的人把船木扣下来，总有他们的道理；这些人再蠢、再糊涂、胆子再大，也不至于忘乎所以到这种利令智昏的地步。

皇上赵顼其实最喜欢看到的就是太皇太后曹氏这个态度，忙说："孙儿敢不受教。"

太皇太后曹氏、太后高氏都会心地，也开心地笑了起来。宫里的太监、女官、宫女也都跟着很崇敬，也很夸张地笑着望望太皇太后曹氏。太皇太后曹氏要回庆寿宫去了，乔内史立即搀着她腋下。此时太皇太后曹氏一眼瞥见桌案上那本《王诜刻诗集》，眉头又不由得皱了起来。国夫人刘氏知道，太皇太后曹氏挺不喜欢这个风流成性、做事又很荒唐的驸马王诜。太后高氏怕这事又惹得太皇太后曹氏不高兴，忙解释说这里收录了大才子苏轼不少诗词，一边说一边把苏轼诗词翻出来。国夫人刘氏注意到，太皇太后曹氏眉头这才又舒展开来，皇上赵顼也龙颜欢快起来。太皇太后曹氏以前也很喜欢苏轼诗词的，如今年事已高，眼睛不那么好使，对苏轼诗词才看得不那么多了。太皇太后曹氏翻了几页，看了苏轼几首诗，赞了几句，便要回庆寿宫去，不过乔内史刚扶起她，太皇太后曹氏却又坐下去，对皇上说："皇上，苏轼可是先帝仁宗看好的太平宰相，怎么如今只在官告院当个判官？老奶奶说说先帝仁宗说过的话总可以吧？"

国夫人刘氏看到，皇上赵顼龙颜多少有点尴尬，也有点难色，这自然又是个叫赵顼不那么好回答的问题。说句实在话，国夫人刘氏也很奇怪：大才子苏轼这么大的名气，真正的名副其实的名满天下；仁宗、英宗都看好他，当今皇上其实也很赏识苏轼；太皇太后曹氏、太后高氏，还有皇后向氏也都欣赏他的诗词。然而，大才子苏轼的官却怎么当不大呢？

过了一会，赵顼说："孙儿敢不记住祖父仁宗皇帝的话。"

国夫人刘氏看到，太皇太后曹氏、太后高氏又都笑了起来，宫中的太监、女官、宫女也都跟着笑了笑。太皇太后曹氏这会是真要回庆寿宫去了。皇上赵顼也要去朝廷理事。乔内史很小心地把太皇太后曹氏扶起。有两个宫女赶紧过去，一个搀着腋，一个扶着背。太皇太后曹氏站稳后，便缓缓迈动自己的小脚，往前走去。众人簇拥在后面，小心翼翼地慢慢跟着。太皇太后曹氏过门槛的时候，又有两个宫女过去，让太皇太后曹氏左右手搭在肩上。太皇太后曹氏过了门槛，那两个宫女在前面一人牵着太皇太后曹氏一只手，后面有乔内史和另外一个宫女搀着太皇太后曹氏的腋，一步一移下丹墀。原先扶着太皇太后曹氏背的宫女没法扶背了，要去替换乔内史。乔内史不肯，太皇太后曹氏也不愿意，对这个宫女摇了摇头。不用说，宫女中肯定没一人能让乔内史那样，搀扶时也能太皇太后曹氏感到舒服可意。

太皇太后曹氏走了，皇上赵顼也走了，国夫人刘氏跟在太后高氏后面，又回到宝慈宫，陪着太后高氏读大才子苏轼的诗。国夫人刘氏听到庆寿宫与宝慈宫连在一起的那片繁茂的古树林里的鸟叫得更欢了。国夫人刘氏估摸，少说也有十多种鸟在古树林里叫。

第四十三章　江洋大盗受怪刑开口招供　临朐县令用奇招尽贷青苗

二月初九，是个阴天。大宋春冬二季，官衙卯时二刻击鼓点卯。这天卯时正，晓风料峭，寒气还很重，清晨的天阴阴的，地面上的房屋、树木、道路只有个朦胧的形状，灰暗的天空不见星月。京东东路济南府青州临朐县衙刑名师爷朱学绍就来到县衙大堂。此时，大堂里已有不少师爷、胥吏、衙役在等着点卯，一些杂役则进进出出，忙着烧水、打扫卫生什么的。朱学绍一在大堂出现，大堂里便响起一片热情、讨好的招呼声。不过，朱学绍并没有在大堂停留，而是径直穿过大堂，往后面公廨自己的值房里走去。他前脚刚进值房，临朐县的都头徐大宝和快班衙役的班头刘贵、壮班衙役的班头李顺、皂班衙役的班头牛三就蹑手蹑脚跟了进来。

朱学绍知道徐大宝几个人为什么点卯前就跟着他到值房来。三天前，临朐换了个新县令。临朐这个地方的百姓不好惹，好玩命，近几年更是惹不得。去年大暑前几天，为了衙前役，一伙乱民冲进县衙，把皂班班头的头砍了，挂在县城的城墙上，后来还是太守欧阳修来，把县令撤了，办了几个当差的衙役，把为首犯抓来杀了，才慢慢把乱子平息了下去。刑名师爷朱学绍十分清楚，这与临朐县近些年越来越贫困有很大关系。先前的临朐县不是这个样子，虽然算不上一个富县，但不贫困。朝廷以辖境大小、贫富情况把天下州县分为赤、畿、望、紧、上、中、下七个等级，临朐县属于“畿”级县，算是仅次于“赤”级县的第二等级的县，很不错了。但这十多年来，却成了“中”级县，离最贫困的“下”级县只有一级之遥。县里富裕的农户越来越少，还在呈下降趋势。想发财的人越来越少，且怕发财。谁赚了一头牛、几头猪、几只羊，买了几亩田，盖了几间房，种了几棵桑树，祝贺你发财了，农户等级更上一层楼，公差民役也上一层楼了；如果当上一等民户，让人谈虎色变的衙前役就落到你头上了。没钱的贫困农户日子不好过，发了财的人日子也难过，能过上好日子的只有那些官户、宗室、国戚、军将等被百姓称之为“形势户”的豪户，不纳皇粮，又不用服公差民役，更不可能去服衙前役，当然不怕发财。不用服公差民役的，还有僧尼、女户、单丁，但这些人并不是富人。县里的穷人越来越多，穷人最难过的是青黄不接的时候，要活下去，就得向有权有势的豪户借钱，但利息高得惊人，有的年息竟高达七十二分，这叫人怎么活？不偷、不抢、不杀人、不放火才怪。这里离梁山东平湖不过几百里路，干了杀人放火的勾当就往那边跑，梁山东平湖方圆八百里，藏几个人，捕快到哪里去找。年前，县衙快班衙役抓到个杀了常平仓两个守卒、抢走了里面两万两银子的江洋大盗，关在县大牢里。这个江洋大盗绰号叫“滚天雷”，口供硬，一身功夫很是了得，过了几次堂，用过几次刑，三副夹棍都用断了，“滚天雷”只是笑，怎么也奈何不了这个江洋大盗。十天前，梁山东平湖那边的贼寇放出口风：这边放人，那边还银，否则东平湖梁山兄弟要下山，尖刀不认人。县衙门里的吓坏了，特别是三班衙役，更是惶惶不可终日。去年临朐县的乱子平息后，青州太守欧阳修禀请吏部派了个新县令来。这个县令是个读书读迂了的呆子，不像前任那么凶暴，做什么事都要问孔子、孟子是这么说的吗。这种人不难对付。你想做什么事，就说孔子、孟子是这么说的；你不想做什么事，就说孔子、孟子不是这么说的。事情做过了，你也不用对他说，他不找你的麻烦；跟他说了，就自作自受，这个呆子县令就又要用孔子、孟子的话来对你说上一遍，叫你烦死。说来也怪，这个呆子县令虽说并未把临朐县搞得怎么好，但也未出什么大事，临朐县比以前是太平多了。然而今年正月初十，朝廷下来天子第一个诏令，要官府贷放青苗钱，并且派了常平司提举官曾布、干办官舒亶前来监施青苗法的施行，这下县里就又多事了。县里的农户听说朝廷官府春秋两季给贷款，取息二分，这比起向有权有势的豪户借高利贷的利息轻多了，农户一个个高兴。不过，那些好吃懒做、游手好闲的泼皮无赖也很高兴。这些人以前是借贷无门，谁也不敢把钱借给他们，如今皇恩浩荡，朝廷放贷，不借白不借。但是，天子诏令刚下，就传来青州太守欧阳修给天子上书的消息，说青苗钱取利于民为非，且担心强行抑配贷放青苗钱；说青苗钱贷放于民不便，手续繁杂，先要申请，后要审批，要给师爷、胥吏、衙役好处；说十户一保，还不起贷款或贷款人逃亡，其他九户都要受到连累，当甲头的赔钱。临朐县的这个呆子县令对欧阳修崇敬得不得了，欧阳修的话从来句句照办。当然，说他呆，倒也不是个死呆子，天子的诏令他不敢不执行，欧阳太守的话又不能不照办。呆子县令想了个主意，把天子的诏令贴在乡村路口，让农户自己去看。农户把乡里的秀才请来一句句念。听秀才念诏令时，农户脸上的表情都不错。按说，贷放青苗钱是没任何问题的，但第二天县衙派公差下去时，却没一个人愿贷。呆子县令把情况禀报到州府，州府又把情况转告到了常平司提举官曾布。曾布火了，马上派干办官舒亶下去查呆子县令的不法事。不到三天，舒亶就查明呆子县令有三桩贪墨受贿之事，还查到呆子县令是个好色之徒，不仅好花娘之色，且好良家女子之色，把好几个良家女子弄到县衙快活。外人对这点都感到惊讶，百思不得其解，这么一个开口孔子、闭口孟子的呆子县令竟也好色，且好良家女子之色，太出人意料。当然，这瞒不过刑名师爷的法眼。在朱学绍看来，好色不好色，这跟一个人呆与不呆没关系，呆子好起色来一点不逊于不呆的人，有时甚至更厉害。就如那些看起来比谁都正经的人，一肚子男盗女娼，好起色来比谁都凶。舒亶查到这些事，欧阳修也没什么好说的，当时就革了呆子县令的职，交京东东路提刑司审问定罪。三天前，临朐县新任县令颜文华就来上任了。颜县令原是青州寿光县尉，上个月协助寿光县令施行青苗法很是得力，深得曾布赏识。临朐县呆子县令革职后，朝廷吏部委任颜文华为临朐县令，以日行四百里的黑字牌急脚递快马驿传把盖有吏部官印的告身送到颜文华手上。

刑名师爷朱学绍明知道徐大宝几个人的来意，却不立即说话，只是慈眉善目地笑眯眯地望着面前的这几个人。有当差的杂役提了壶开水进来给朱学绍泡了茶。颜县令公堂办案喝茶用碗不用杯。朱学绍用嘴巴把浮在茶碗面上的泡沫吹到一边，然后用碗盖把泡沫刮掉，很有滋味地吮了口，却坐在交椅上，闭目养起神来。徐大宝几个人都急坏了。三班衙役的班头刘贵、李顺、牛三都望着徐大宝，都希望徐大宝给他们拿个主意。徐大宝这个人大大咧咧的，嘴巴从来不设门子，无任何顾忌，什么话都说得出口，说起粗话来连珠炮一样，真是说有多难听就有多难听，但在刑名师爷朱学绍面前却乖得很，也规矩得很，有时嘴巴还不知道怎么开。此时，徐大宝堆着一脸的笑，讨好地说："老爷，你不要只是笑，也发句话，在下这些弟兄怎么办呀！"

朱学绍笑笑："不笑，难道还哭不成？"

谁都知道，在县里徐大宝最崇敬的就是朱学绍，最忠的也是朱学绍。这一点，朱学绍当然更是心知肚明，因之也最信得过徐大宝。当然县衙门里对朱学绍忠的人还多着，对朱学绍不忠的人，在临朐县衙是站不住脚的。不过，朱学绍有时也喜拿徐大宝开开玩笑，捉弄捉弄他。朱学绍刚才那句话，其实就是在捉弄徐大宝。徐大宝说："老爷，你是我们县里的诸葛亮，能掐会算，顶有本事，县里这点小事岂能难倒你，这不成了临朐县的笑话？你肯定有办法。不要老耍小的，弄得小的被衙门里的人笑话。"

朱学绍知道，徐大宝把他比作诸葛亮，倒还真的是出自内心，并不只是给他戴戴高帽子，让他高兴高兴，更不是说反话出他的丑。当然，朱学绍并不傻，不会真把自己看成是诸葛亮。但他觉得，临朐县里确实找不到第二个有他这种本事的人。临朐县有没有县令不要紧，没有刑名师爷朱学绍就要出事，弄得不好还要出大事。朱学绍还只是笑笑，并不说话。朱学绍看到，快班班头刘贵、壮班班头李顺、皂班班头牛三都笑了起来。不过，笑过之后，牛三也对朱学绍一脸堆着笑。这个人颈有点歪，笑起来也怪模怪样，说话没轻没重，其实挺会讨好巴结人："老爷，兄弟们最佩服的就是你，你是临朐县的第一条好汉。——新来的颜县令不会丢下牢里的那个江洋大盗不管吧？"

朱学绍这回没慈眉善目地笑，心里却在发笑。这个没用的牛三，平日里打起人犯来，很是条汉子，其实胆子很小，就怕梁山下来的贼寇把他的头砍了，挂在城墙上。梁山东平湖的贼寇不过三四十人，势力小得很，从梁山东平湖到临朐，一路要经过好几个县，这些人不怕沿途被官兵、捕快围着砍杀？放口风要下山，多半是那个江洋大盗的同伙假冒的。朱学绍的估计还真八九不离十。梁山势力真正大起来是在四十几年以后，有个绰号叫及时雨的宋江上了梁山，在东平湖扯起替天行道杏黄旗，打家劫舍，发展到上万人，才在青州一带转战，一度拿下临朐县，但现在却完全没这个力量。当然，牛三这么担心也不是没有道理。在县衙门里，平头百姓最痛恨的就是这伙人。过堂受审，站堂打板子的就是这伙人，不管什么人，不给好处、不给钱，提到公堂之上，一阵棍子打下去，不死也要落个终身残疾；大刑侍候的也是这伙人，谁落到这伙人手上，那就是上鬼门关去一趟了。要不去年大暑前几天，也就不会有伙乱民冲进县衙，把皂班衙役杀了。这伙衙役当然怕乱民。这么想过以后，朱学绍这才又慈眉善目地笑了："谁知道新来的颜县令肚子里怎么想的呢？反正这些天，你睡觉要把门闩紧点。"

朱学绍注意到，牛三的脸色都变了，徐大宝、刘贵、李顺的脸色也都好看不起来。牛三说："梁山上的人都本事了得，飞檐走壁，光把门闩紧就行了？不行！不行！临朐县只有朱老爷对付得了这些梁山贼寇，朱老爷一定要给小的拿个办法出来，小的来生变牛变马侍候老爷。"

朱学绍心里很舒坦地笑了起来。他喜欢县衙里的人求他，这能显出他的本事和身价。他觉得，牛三的话和徐大宝的话，都不是假话，朱学绍感到很受用，也很有点当之无愧。别看朱学绍的样子不像个断狱掌讼的刑名师爷，长得肥肥胖胖，见人总是慈眉善目的笑着，对谁都和气得不得了，但在临朐县，没谁能玩得过他，也没谁有他的根基深厚。朱学绍的祖父、父亲都是县里的刑名师爷，祖孙三代做了五十多年，临朐县的刑名师爷可说是被朱家包了下来。在这五十多年时间里，朱家祖孙三代都遇到过那么一任县令不信邪，就是不请朱家人当刑名师爷。然而，临朐县的麻烦事来了，官司不断，诉讼的案子没完没了。乡邻为了一只鸡、一只鸭也把官司打到县衙来，县令十二个时辰不吃不睡也办不完这些案子。县城里还不知怎的突然冒出了许多泼皮无赖，天天在街上打架斗殴，弄得县城里鸡犬不宁。蹊跷的是，县城境内的盗贼也多起来了，杀人放火的事屡屡出现，隔不了多久就有一起命案出来。县令只好又把朱家人请到县衙当刑名师爷。怪事出现了，朱家祖孙三代人谁当上了刑名师爷，临朐县境立即太平多了，官司少多了，县城里的泼皮无赖也很少打架斗殴了，盗贼也少了许多，杀人、放火的事更是难得发生。朱学绍仍是笑笑："真要你变牛变马，你们会听朱某人的？鬼也不相信。你们到县衙里来公干，还听朱某人的话，不就是图个富贵，吃好穿好，过个好日子？变牛变马谁来？别吓成那个样子，梁山上人没那么厉害，飞檐走壁不过是梁山贼寇和一些对官府有仇恨的人编出来吓唬人的鬼话，有这种绝功夫的人少之又少，安心睡你的觉去。不过，临朐县今天肯定有场大戏要演，颜县令怎么说，你们就怎么做，有你们要做的事，少不了你们一份好处。"

朱学绍看到，徐大宝、刘贵、李顺、牛三都笑了。天下衙役，没谁向县令要过一文钱的工食钱，就是被县令聘请来当师爷的也没谁要过一文钱的聘金。然而，没好处谁成年累月来当差？老婆孩子喝西北风去？不过，随后徐大宝几个人又不笑了。嘴巴从来不设闩子、大大咧咧的徐大宝说："老爷，你又不是没看到颜县令这三天坐在公堂办事的情景，照他这么干能办成什么事？不把兄弟们累死就谢天谢地的了。”

朱学绍益发慈眉善目地笑了。徐大宝他们这么看新来的县令颜文华，一点也不奇怪。这个颜县令倒也是两榜出身的读书人，但身上没有半点读书人的斯文，倒像个在江湖上混过的人，一点也不呆，做官极为风厉，说干就干，一干到底；断案办事说一不二，谁也别想在他面前要花招，谁糊弄他，小心吃不了兜着走。本来，颜县令是因呆子县令施行新法不力撤职后来这里当县令的。新来的县令应该一上任就施行新法才是。三天前，这个颜县令一到任，就终日戴着乌纱帽，穿着七品补服，高坐在公堂之上，一切民事纠纷，都亲自接收，随收随理，不压半刻；大小词讼，无须状子，应打应罚，顿时发落，毫不含糊；审讯犯人，提上大堂，就是大刑侍候，不到两盏茶工夫，被审的人就都招供了；又不准胥吏书役、三班衙役得一文钱好处，代书状子也只准收一两纹银，弄得这些人有苦难言。这个颜文华县令，中饭都是在大堂上吃，一面审案理事，一面吩咐杂役到县衙官厨食堂传饭，把饭菜都端到大堂上吃；一吃完饭，抹抹嘴巴，用茶水漱洗下口，就又审理起事来。说来叫人不相信的是，这三天，不仅民事纠纷越理越多，来县衙打官司的也愈发多了起来，而且牢里的犯人也多了起来。但奇怪的是，县衙里尽管给颜县令扰成这个样子，也无人敢说一个不字，都挺怕这个颜县令，生怕有什么不妥给颜县令抓住，就有苦头吃了。颜县令忙，属下的师爷、胥吏、衙役也跟着他忙，累个半死，又没有半点好处，谁心里高兴？私下里，众人都说还是前面那个呆子县令好，这个新来的县令是瘟神，巴不得他赶快走人。但在公开场合，却谁也不敢放个屁，相反都说颜县令是个好官。然而，你说他不管新法的事，昨日他又管起来了。颜文华县令在大堂向衙门里的人宣布：明天县里要办件大事，一天之内完成天子交办的圣命，把青苗钱贷放下去。这下可把县衙门里的人惊呆了，吓坏了，也难住了。一个个舌头伸得老长，都怀疑颜县令是不是神经出了毛病。全县上万户人家，方圆上百里，大小村庄上百个，县衙门的这些人就是会飞，一天之内也跑不完这些村庄，贷得完这些青苗钱。再说，青苗钱说贷就能贷得出去？天下哪有那么简单的事？真的是天子一道诏令下来问题就解决了？好在这些天徐大宝叫衙役跟县城里的那些泼皮无赖打了招呼，这些人一个个都规规矩矩待在家里，才没出来闹事。但牢里的那个江洋大盗呢？梁山青平湖那边真下来一伙人，谁抵挡得了？说实在话，光这些事，县衙门里的师爷、胥吏、衙役就够叫苦连天、怨声载道的了，昨日下午这个颜县令又要一天之内把青苗钱贷完，这不是把县衙门里的人往死路上逼吗？这个颜县令又是个说到就做到的人，这三天的所作所为，让众人够开眼界的了。他要做的事，谁挡就是活腻了，谁不听他就是找死。但朱学绍不这么看颜县令："你们胡言乱语些什么，你们小看了颜县令。颜县令是个有大本事的人，就是到朝廷当个尚书也是当得下的。我只问你，颜县令要你把县里不肯贷青苗钱的那些富户都叫到县里来，他们可都来了？"

朱学绍所说的富户，就是官府贷放青苗钱时十户为一保中的甲头。这些人在青黄不接时还有点余钱放高利贷。在农户中，最不愿借青苗钱的就是这些人。还在呆子县令把天子诏令贴在各乡村口时，这些富户就对青苗钱十分反感。徐大宝连连点头："都传唤到了，都会来的。"

朱学绍更慈眉善目了："这就好，到时候你把他们都带到大堂里去就是。"

朱学绍看到，徐大宝几个人都咧着嘴，开心地大笑了起来，特别是牛三笑得更开心，连眉毛缝里也是笑。临朐县刑名师爷当然比谁都清楚这些人为何笑得这么开心。县里的衙役就怕县衙大堂里空空荡荡、冷冷清清，连个人毛都没有。这些人是喜欢做事的，县衙大堂里一个人都没有，他们去做什么事？无事可做，他们能得到什么好处？特别是掌刑的皂班衙役，板子一响，白银万两。朱学绍还是慈眉善目地望着牛三，却不轻不重说了他一句："老弟怎么这样早就高兴起来？你千万不可造次，小心颜县令拿你是问，打你的板子。"

牛三吓得舌头都吐了出来："他们都笑得，为何小的就笑不得？"

朱学绍望了望徐大宝、刘贵、李顺，他们也都不笑，不敢出声了。

县衙大堂那边响起点卯的鼓声，朱学绍、徐大宝、刘贵、李顺、牛三依次出了值房，往大堂那边走去。天已大亮，阴阴的上空是一天厚厚的阴云，料峭的寒风刺人肌肤。朱学绍他们走到大堂时，正好开始点卯。点过卯，准备站堂的皂班衙役全都留在大堂里。快班班头刘贵、壮班班头李顺带着各自的衙役出去了。朱学绍在县衙公案右边刑名师爷的交椅上坐下，早有杂役把他的茶端了过来，放在他面前的茶几上。朱学绍见右边公案上有叠厚厚的白纸，不明白做什么用，再侧回脸来，见站堂的皂班衙役都手执着令人胆战心惊、上黑下红的水火棍，黑着一张凶神恶煞、吓死人的脸，分立在大堂两边。最神气的是牛三，歪着个颈，摆出一副班头的架子，站在县衙公案边上。徐大宝站在大堂门口，对着外面什么地方招了招手。一会，大堂外进来了二十几个农户。这些农户，一进大堂就一个个吓得面如土色，以为自己犯了什么王法，一双眼睛乞求地望着徐大宝。徐大宝好像没看到一样，脸上什么表情也没有，只是要他们站在大堂两边。但这些人都不敢往前面站，一起缩在大堂门边。

朱学绍慢悠悠地喝着茶，慈眉善目地望望大堂里的每个人。县衙大堂里静得很，一点声音也没有。阴天大堂里的光线暗淡，手执板子、分立站在大堂两边的皂班衙役的脸显得更加阴黑，叫人可怖。此时大堂后面过道响起一阵吆喝声，快班里几个彪形大汉的捕快提着环首长刀走了过来，站在县令升堂办事的公案两边；接着是值堂的书吏过来，站在大堂后面；再接着头戴乌纱帽、身穿七品补服的颜文华县令过来了。颜县令显然是刚刚用过早餐，一刻也没停地就赶到大堂里来，口里还含着漱口的茶水，在公案后面的官椅上坐定后，嘴里咕咕了几声，把一口含着残饭剩菜的茶水往公案边上的地下一吐，就发火签提犯人过堂。一个杂役端了碗茶过来，放在公案上。杂役怕茶水泼出来，沾湿了公案右角上的纸，便把纸再往边上移了移。徐大宝接过火签，几步跑出大堂。接着就听到大堂响起一声一声往前传尾音拖得很长的吼声："带——江——洋——大——盗！"

朱学绍看了看缩在大堂门边的那二十个农户，但见这些农户一个个吓得魂不附体，全都挤在一起，低着头，不敢往大堂上看一眼。朱学绍对这一点不觉得奇怪，乡村的农户，一年四季，守着几亩薄田，盖得几间草房，养上一头猪，十几只母鸡，只要太平无事，就很满足了；从来不出远门，一辈子能逛上一次县城，就是最快活的事了；最不愿、最怕的就是碰上官，平日里见到衙役公差都吓个半死，哪见过今日这种场面，焉能不怕？

徐大宝回到大堂来，站在公案左边。不多一会，大堂外传来一阵铁链子拖在砖地上的撞击声，紧接着两个壮实的快班捕快，一人夹着一条胳臂，把绰号叫"滚天雷"的江洋大盗拖进大堂。江洋大盗块头挺大，虽然在呆子县令手上受过好几次刑，但威还没倒，一脸凶相，跪在地上，却昂着个头，一脸任你严刑拷打都不准备招供的神情。县衙里的人都知道江洋大盗一身功夫了得，怕一不小心让他跑了，都有点紧张，眼睛都死死盯着江洋大盗，站堂的皂班衙役手上的水火棍也抓得更紧了。说句实在话，朱学绍祖孙三代在临朐县当刑名师爷，五十多年来见过无数江洋大盗，却还是头一回碰到口供这么硬、这么难对付、这么叫人紧张的江洋大盗。临朐县的人不好惹，但好汉做事好汉当，从来爽爽快快。被逼狠了就打家劫舍、杀人放火，但抓住了也直认不讳，砍头算什么，二十年后又是一条好汉。官府也无须用刑，相反好好侍候着他，等刑部批文下来，送他上西天就是，人人都称赞这个杀人放火的人是条好汉。然而，这个跪在大堂里的江洋大盗，却死不认供。呆子县令审他时，他还不把呆子县令放在眼里，冷笑过两次。不过，朱学绍知道，江洋大盗今天不招供，怕是过不了关。

颜文华县令把审问的一般程序都免了，直接问江洋大盗："你觉得受到冤枉了？如此说来，你是个良民百姓了？本官也很相信你是良民百姓，只是今天本官要跟你洗刷洗刷。洗清了，你是良民百姓，本官放了你；洗不清，那就是你的寿限到了，你就休得怪本官了。"

朱学绍看到，大堂里的那些手执木板的皂班衙役都怪怪地望着颜县令，那些农户更是摸不着头脑，怯怯地抬起头，一脸的大惑不解：不是听说这个颜县令风厉得很，审人就大刑侍候吗？怎么这样和气，像对待自家做了错事的孩子一样呢？就是徐大宝和牛三也不明白颜县令要搞什么名堂，脸上有种不明就里的神情。不过，江洋大盗仍旧昂着头，等人来给他洗刷。

颜县令回过头，吩咐站在大堂后面值堂的书吏："去把洗刷的东西拿来。"

值堂的书吏出去。一会，朱学绍看到两个皂班衙役抬了一只木架从大堂外面进来，接着又看见一个皂班衙役扛了把铁扫帚进来。那两个皂班衙役把木架摆在大堂中间，另一衙役把铁扫帚斜靠在木架上。阴阴的大堂里铁扫帚发出阴阴的微光，看去像坟山上半夜的鬼火一样，叫人有点毛骨悚然。朱学绍两天前就知道颜县令上任时带了样他发明的怪刑具。这种怪刑具极其厉害，只要用上这种怪刑具，口供再硬的江洋大盗没有不开口招供的。值堂的书吏回到大堂后面时，堂下一声令人不寒而栗的吆喝，那两个抬木架的皂班衙役立即冲了过去，把江洋大盗"滚天雷"身上的衣服全部扒光，上了木架，再把江洋大盗的两只胳膊牢牢地绑在木架的两头，面朝公案跪了下去。

颜县令端起公案上早备好的茶，喝了一口，对堂下的那个扛铁扫帚的衙役挥了挥手。这个衙役立即操起铁扫帚在江洋大盗袒露的背上上下扫了几扫。朱学绍看到江洋大盗脸上的肌肉痉挛了一下，背上立即有十多条血直往下流。朱学绍再看看大堂里众人的表情，但见站在公案两边快班的捕快脸上的表情没什么变化，站堂的皂班衙役一个个脸上表情也没什么异样。这些平日对血肉横飞的场面早看惯了，但站在大堂门两边的富户却吓得变了脸色。

颜县令一边有滋有味地喝着茶，一边有滋有味地看着那个衙役操着铁扫帚在江洋大盗袒露的背上下来回扫动。朱学绍觉得颜县令发明的刑具绝，没多久，江洋大盗背上翻露出暗红色的肉，一脸的痛苦头往左侧一歪，一动不动靠在木架上。

大堂的气氛越来越恐怖了。颜县令对操铁扫帚的衙役摆了摆手。那个衙役才把铁扫帚收了起来，斜靠木架放着。不过，此时江洋大盗的头却又昂了起来，直直地挺在木架上。颜县令对牛三点了点手，要他继续给这个江洋大盗洗刷。牛三一把从木架上操起铁扫帚，在江洋大盗袒露的背上横着竖着洗刷起来。这个人的力气还是有的，每挥动一下铁扫帚，就大喝一声，弄得人心惊肉跳。站堂的皂班衙役好像受了惊一样，眼睛直盯着牛三手中的铁扫帚。江洋大盗的肩背，在牛三的大喝声中颤了几颤。大堂门两边的富户的双腿在抖，软得有点站不住了。

县城鼓楼已响过巳鼓。颜县令茶杯里的碗已换过两次。朱学绍茶碗里的茶也淡得跟白开水差不多。江洋大盗在木架已洗刷上个时辰，背上没一块好肉，有一处连白色的脊椎骨都露了出来。绑住江洋大盗两手的木架上，糊满了江洋大盗溅上去的血肉；挨着江洋大盗背脊的地方，有暗红色的血滴下来。但江洋大盗就是不招供，拿他不下。朱学绍看到，阴阴的大堂里站堂的皂班衙役都有点倦意了，站了这么久，水火棍动也没动过一下，就看到牛三在江洋大盗背上刷来刷去，太没意思，提不起精神。站在大堂门边的那些富户也没先前那么恐惧了，有些人还对着江洋大盗指指戳戳交头接耳说些什么，有几个胆子大一点的还往大堂里面挤了几步。朱学绍明白，这些富户大概以为颜县令是叫他们看热闹来的，没他们什么事。

朱学绍清楚，今天拿不下这个江洋大盗，恐怕是谁也别想去吃中饭。颜县令不急，到时候有杂役会把饭菜端到大堂里来给他吃。最急的是三班衙役的都头徐大宝，这个人性子本来就有点急，哪容得这个江洋大盗死不开口。以往，徐大宝是从来不亲自动手用刑的。徐大宝是临朐县鼎鼎有名的都头，追捕贼寇、缉拿凶犯才能显出他的本事和能耐，用刑都是地位比他低得多的衙役做的事，自己动手岂不掉价了？这会徐大宝管不得许多了，走了过去，脱了身上的棉衣，紧了紧白色的腰里硬，把肚子杀进去，又往自己手心吐了口唾沫，一把从牛三手上抢过铁扫帚，也不吆喝，抄起铁扫帚，冷不丁地直朝江洋大盗露出白色脊椎骨的地方戳过去，也不刷来刷去，只是再往深处戳，然而把戳过去的铁扫帚在那个地方转了几转。一个上午没开口的江洋大盗发出一阵十分惨烈的乱嚎，两只被绑在木架上的手也在猛力地抽搐着；撕心裂肺的乱嚎声叫得很响，尾音拖得很长，听了叫人感到惊恐万状。

朱学绍注意到，县衙大堂里的人都呆住了。不要说站堂的皂班衙役的眼睛睁大了，就是一直无事一样站在公案两边的捕快也半天不动地望着江洋大盗。大堂门两边的富户都吓得全都闭上了眼睛，好些人还用双手把双眼蒙住。此时，徐大宝突然用铁扫帚直往江洋大盗露出脊椎骨深处戳去，大吼一声："招!"

徐大宝声如炸雷，大堂都像要塌。一股血从江洋大盗露出脊椎骨深处喷射了出来。县衙大堂里气氛万分恐怖，也万分惨不忍睹。朱学绍看到，江洋大盗原本凶相毕露的神气的脸，现在一点血色也没有；眼珠暴突在外，有血水流出的眼睛里有了恐惧。江洋大盗没有出声，却连点了几下头，表示愿意招供。颜县令高兴极了，也得意极了，唰地站了起来，情急之中衣袖把茶碗带倒了，掉在地上打了个粉碎。

大堂里还是那么阴阴的。颜县令又命人搬了一张小桌、一只小凳来，放到江洋大盗面前，笔墨纸砚和印泥摆在小桌上。站在大堂后面的书吏过去，坐在小凳上，准备做笔录。下面的事情就简单多了。颜县令问一个问题，江洋大盗答一个，书吏就在纸上写下来。江洋大盗全招了，承认自己杀了常平仓的两个守卒，抢走了里面的两万两银子；还交代了那个梁山有伙人要来临朐县的谣言是他同伙放出来的，目的就是不让官府把他杀了，日后慢慢想办法劫狱；那个同伙在什么地方也供了出来，就躲在临朐县城旁边的王家庄。审问完毕，牛三捉着江洋大盗"滚天雷"的手在供词上按了指印。颜县令才命衙役把江洋大盗手上的绑松了。书吏把按了江洋大盗指印的供词放在颜县令面前的公案上，仍旧站到大堂后面。一脸凶相、总昂个头的江洋大盗一摊烂泥一样躺在地上。颜县令看了看江洋大盗的供词，很满意地点了点头，往堂下走过去，吩咐徐大宝侍候好这个江洋大盗，晚上好酒好肉让他吃个够，米饭也多盛一点。颜县令一双眼睛笑眯眯地望着江洋大盗："本官实在相信你是个良民百姓，但你洗刷不清，让你吃了许多苦，这可是你自找的，怨不得本官。”

颜县令又回到公案后面的椅子上。牛三要两个皂班衙役一人一边架着江洋大盗的胳臂拖了出去。江洋大盗被拖走的时候，把木架和靠在上面的铁扫帚带翻在地，连着把做笔录用的小桌、小凳也给弄得四脚朝天倒在地上，笔、墨、砚、印泥全撒在地上。大堂里的气氛轻松了起来，站在大堂门两边的富户更是松了口气，以为下面没事，可以回家了。许多人的身子开始移动，大堂门口有了轻轻的脚步移动声。散堂鼓却迟迟未响，坐在公案后面的颜县令站了起来，一手指着门那边，发话了：“谁叫你们动？唔！”

朱学绍看到，门边那伙富户又吓坏了，一起跪了下去给颜县令磕头，你一言，我一语，都是说自己无罪，要颜县令颜老爷颜青天饶命。颜县令把惊堂木一拍，那伙富户更怕了。颜县令在审江洋大盗时，都没用一下惊堂木，还笑眯眯跟他说话，还说很相信他是良民百姓，审完后还给他酒喝，给他肉吃。这会颜县令把惊堂木也用上了，那还不要用比铁扫帚更厉害的东西来刷他们的背？那伙富户不作声了，都一起抬起头来，十分可怜、十分恐惧、十分冤屈地望着颜县令，有些人吓得身子站不住了。

颜县令高高地坐在公案后面，很是生气地说：“本官说了你们有罪吗？会要你们的命吗？”

那伙富户这才感到事情没他们想象的那么严重，面面相觑，很是惊疑，也很有点侥幸于万一。过了一会，内中有个嘴边长了几根黄胡子的富户对颜县令说：“没有，没有，县里百姓人人都说颜县令是临朐县从来没有过的顶好的父母官，惩恶扬善，爱民如子。上任三天，就把临朐县整肃得规规矩矩，鸦雀无声。”此人大概觉得自己话说得不错，还有点得意地笑了笑。

朱学绍看到，颜县令开始面有喜色，但脸色马上就难看了：“你说什么？鸦雀无声？你说本官欺压百姓，横行霸道，蛮不讲理？弄得县里百姓敢怒不敢言，什么话也不敢说？”

黄胡子富户吓蒙了，他旁边一个长着一副锅铁脸的汉子给他帮衬：“启禀老爷，他这个人只发蒙读过半年书，识不得几个字。他的意思是说老爷三天就把县里治得太平无事。”

颜县令的脸色这才又好看起来:“算了吧,本官也知道你们庄稼汉不会舞文,不计较这些。你有句话还是说对了,说本官惩恶扬善。刚才都看到了,本官惩了恶,把那个江洋大盗拿下了。现在,本官要扬善了,为朝廷办件大事。起来,起来,你们都起来。”

那伙富户起来的时候,县城鼓楼正好响起午鼓,站在大堂后面的书吏悄悄走到颜县令身边,轻声说了几句话。颜县令一边挥手,一边说:“叫他们把饭送到这里来,本官一边吃饭,一边办事,不耽误工夫。”

颜县令在大堂之上边吃饭边办事,县衙门里这些站堂的人是不可能有饭吃的,得饿着肚皮陪。那些皂班衙役脸上的神色多少有点不快了。从卯时二刻到现在,在大堂站了两个多时辰,没动手打一下人,这会又要饿肚皮,怎能快活得起来?不过,这些衙役都还是手执水火棍,规规矩矩地站着,没谁乱动一下,更没谁敢溜走。颜县令到任这三天,县衙门里的人可以说无人不开了眼界,长了见识。要是溜走了,颜县令有呼唤,人不在场,颜县令岂会放过,肯定要狠加责罚。在阴阴的大堂里,那伙富户脸上出现了喜色,又你一言、我一语感谢起颜县令颜老爷颜青天的大恩大德。

书吏退下去。一个杂役拎了一只提篮进来,把一碗饭和两碗菜端出来,放在公案上,还给茶碗里续了开水。颜县令端起饭碗,夹了菜,扒了一大口饭,却又瞪着一双眼睛,对那些富户说:“你们胡说些什么,是皇恩浩荡,天子对你们有大恩大德。”

那伙富户又给弄得不知所措,望着颜县令的眼睛半日不晓得转一下。颜县令用夹着筷子的手对那伙富户招了招,要他们往公案那边靠拢。那伙富户怎么也不敢往前靠,颜县令再用夹筷子的手招了几招,那伙富户才往前靠了几步。不过,也只是靠前几步,就又停了下来。

颜县令指着黄胡子,要他过去。黄胡子抖抖地走了过去,在离公案三尺的地方停下来。颜县令扒了一大口饭:“你可看过天子今年第一个诏令?”

黄胡子:“小的认不全上面的字,村里的一个秀才念给小的听,说是天子要给天下子民送青苗钱来了。”

颜县令一碗饭三口两口扒完了,站在大堂后面的书吏过去给他盛了一碗。颜县令高兴了:“这不是皇恩浩荡是什么?自古以来,借钱是最难的,比讨老婆还难,借得钱到的人都是有大本事的人。常言道：‘借钱是孙子，还钱是老子。’谁不想借钱？听说你们都不愿贷青苗钱，可有此事？天子送钱给你们，你们都不要？又听说要你们当甲头，也不愿意？”

那伙富户更不出声了。阴阴的大堂里气氛又紧张可怕起来。黄胡子说：“小的借了官府的钱，总是要还清的，就担心到时候别的农户还不起青苗钱，让官府亏损了钱，也要小的承担，小的如何承担得起，这不坑了小的吗？”

此时，颜县令正把一大口饭扒进口里，还没吞下去，全哽在嘴里，想说什么又说不出话来，想吞又吞不下去。也不知站在大堂后面的书吏是怎么发现的，忙过来把公案上的茶递过去。颜县令喝了口水，喉结上下滑动着，饭下喉了。颜县令对黄胡子呵斥道：“你在糊弄本官了。以往农户向豪富之家借几倍息钱的钱都还得起，如今天子的青苗钱，才二分息，却还不起，是何道理？本官知道，你是不想贷青苗钱，更不愿当甲头，这倒也罢了，却说别的农户还不起青苗钱，会坑害你。你这不是说天子坑害你？天子会坑害天下百姓？你好好给本官说个清楚。说清楚了，本官不为难你；说不清楚，就犯了大不敬罪，就休怪本官了。”

颜县令这番话，与他审问江洋大盗时说的话如出一辙。朱学绍看到，那伙富户这回是真正吓掉了魂，一个个面如土色，跟坟墓里挖出的死人差不多，很有点叫人害怕。颜县令的饭吃完了，用巴掌抹过嘴巴，对牛三勾了勾手。牛三知道，颜县令要派上他的用场了，几步过去。颜县令要他把倒在地上的木架、铁扫帚、小桌、小凳扶起来，把撒在地上的笔、墨、砚、印泥拾起来。开始，牛三没明白颜县令的意思，动作还有点磨蹭，不过很快明白了过来，几步走到木架那边，几下就把木架、铁扫帚、小桌、小凳全都扶起，笔、墨、砚、印泥也都放在小桌上，末了还狠狠地，也是得意地望了那伙富户一眼。那些站堂的皂班衙役也来精神了，肚子也不饿了，一个个把手上的水火棍也提了提紧。

朱学绍看到，大堂里奇怪的事情发生了。那伙富户一起指责起黄胡子来，说黄胡子刚才那些话，都是昏了头瞎说的。那个锅铁脸也不给他帮衬，都说他们都感谢天子的皇恩浩荡，都愿意借青苗钱，也都愿意做甲头。黄胡子完全没料到众人会这么指责自己，慌了神，一脸的错愕，连忙说自己愿借青苗钱，也愿当甲头。

颜县令笑了：“这就对了，都是奉旨办事，本官奉旨放，你们奉旨贷，要不然就是抗旨。抗旨是要杀头的，不光杀你的头，还要杀你全家的头。说清楚了，这可都是你们自愿的。要是谁不愿领青苗钱，也不愿当甲头，现在就说一声，本官绝不勉强。”

那伙富户谁还敢出声呢？都乖乖地站着。颜县令转身对站在后面的书吏勾了勾下巴，书吏走过来。颜县令对着公案右边那叠白纸歪了歪嘴巴，书吏马上把那叠白纸拿过来，往堂下走去，然后把那叠白纸放在小桌上，且磨好墨。颜县令什么话也不说了。书吏指了指小桌上的纸，要富户过来画押：“县里把你们认借青苗钱和甘当甲头的自愿书写好了。”

富户站着不动。书吏望了望黄胡子。黄胡子才拿起笔，在一张白纸上画了押，还用印泥按了手印。接着，锅铁脸和那伙富户一个接一个在白纸上画押，按手印，自愿书就铁板钉钉，再也翻不过了。颜县令呵呵笑着，对那伙富户挥了挥手，说你们可以回家去了。那伙富户一脸苦笑着。颜县令又对县衙的人挥了挥手，大家可以到官厨食堂去吃午饭。朱学绍算是服了颜县令。这个县令，有时确实蛮干胡来，把事情搞得很糟糕，但他又确实能成事，把一些很难的事一下子办好。颜县令先从大堂后面的过道走了，接着书吏、快班的捕快、皂班衙役都陆陆续续从大门走了，大堂里只剩下朱学绍、徐大宝、牛三。

徐大宝很有点惊愕地说：“事情都办完了？”

朱学绍慈眉善目地一笑：“是呀！要是你觉得没办完，就一个人留在大堂里办去吧！”

牛三很是有点不乐：“以后我们皂班衙役都可以不要了。”

朱学绍仍旧慈眉善目地一笑：“你觉得没事可做，不做皂班衙役就是。”

牛三慌了：“小的可没说不做衙役，只是说以后皂班衙役没事可做了。老爷是诸葛亮，能掐会算，教教小的：为何以后皂班衙役有做不完的事？小的来世变牛变马侍候老爷。”

朱学绍知道，以后不仅皂班衙役的事多，整个县衙门的人都事也多。县衙大堂里容不下那么多人，今天才来了二十个富户，还有许多富户没叫来，这些富户都要画押打手印当甲头的。当然，这事是无法跟牛三这样的人讲清楚的。朱学绍这回不慈眉善目了：“你真要变牛变马侍候朱某人？那明天朱某人就把你变成牛马。”

牛三吓坏了，马上改口："小的原是个比方，老爷哪会真这么做呢？"

朱学绍不再跟牛三啰唆了，抬了抬头，意思是吃饭去。朱学绍在前，徐大宝、牛三在后，正要出大门，快班班头刘贵、壮班班头李顺走了进来。

朱学绍："何事？"

刘贵："黄老五请老爷到杏花酒店坐一坐。"

黄老五祖孙三代都是临朐县城东这伙泼皮无赖的头。朱学绍当然不可能不清楚黄老五请他上杏花楼的意思。朱学绍又慈眉善目起来："他急什么急，要上杏花楼，朱某人会告诉他。"

朱学绍说完，反剪着双手，出了大堂。其他人跟在后面也走了出去。阴阴的天空像被一块无边无际的灰色布幕罩着，让人感到里面一定隐藏着什么猜不透的玄机。

第四十四章　欧阳修明白人竟办糊涂事 呆县令痴笨汉也会通变谋

二月十一日，京东东路常平司干办官矮个子舒亶，把马牵到京东东路济南府青州衙前的系马桩边拴好，然后跟在常平司提举官曾布后面，往青州太守欧阳修府衙前大门走去。与他们同行的还有临朐县令颜文华和临朐县刑名师爷朱学绍。早有书吏到后面去禀报青州太守欧阳修。舒亶和曾布是从沂州沂水县赶来的。临朐县是青州最后一个贷放青苗钱的县，二月初九，临朐县的青苗钱全贷放完了，第二天舒亶就跟着曾布来到沂州沂水县，人还在路上走，临朐县颜县令就派了匹快马追上来禀报：青州太守欧阳修给颜县令发话，临朐县暂停青苗钱放贷。这个青州太守欧阳修也太不像话了，竟然敢抗旨。要是对别的太守，好办得很，查他几个问题，叫他滚蛋就是。但欧阳修与别的太守不同，早在仁宗庆历初年就名满天下，成为朝野上下翕然师尊的文章大家；在范仲淹庆历新政中也是虎虎生威，风头很劲，连连上书要把仁宗身边守旧的近臣和言官都赶走，算是出够了风头；当今天子赵顼对他不错，圣眷很深，后宫的太皇太后曹氏、太后高氏也很看得起他；这次外放到青州当太守，但他的职衔是观文殿学士，官衔是兵部尚书，官秩二品，高得吓人；欧阳修从不贪墨，只是年轻时风流成性，这点在中原王朝根本算不得一个什么事，况且赵顼登基那年言官诬他与子媳有染，弄得他好久都抬不起头、羞面见人后，就再也不风流了，府上家姬只留下醉娘，其他的都遣散了；欧阳太守对王相公有举荐之恩，王相公对欧阳太守也很不错，早年常有书信往来；欧阳太守又是京东东路常平司提举曾布的老座师，中原王朝欺师灭祖是最为人所不齿的，老座师不愿做的事，曾布岂能拉下面子，硬干下去，能一点不作难?

上个月二十日舒亶和曾布来到青州后，就造访过欧阳修。欧阳修对他们很是热情。欧阳修从来古道热肠，喜欢接交朋友，对门生更是多一份亲近，好酒好肉款待，醉娘也总在一旁作陪，兴致到了，还弹唱几支曲子。但一谈到新法，特别是青苗法，欧阳修就说："但民称便，青苗法于民不便，不好，不好。"舒亶觉得奇怪，欧阳修怎么老把"但民称便"挂在嘴上，一个早年名满天下的文章大家好像江郎才尽，除了这四个字就没别的词可说了。其实，欧阳修不只是在曾布和舒亶面前，把"但民称便"挂在嘴上，前年十月十五日，大才子苏轼和吕惠卿去府上看望欧阳修，欧阳修回答苏轼时就说"但民称便"四字。舒亶对欧阳修"但民称便"四字是很有意见的。说句实在话，这四字本身并没有什么错，满朝文武谁都可以说这四个字。问题是王相公的新法并没有什么与民不便的地方，特别是青苗钱，其实是惠民之良法！舒亶不明白，欧阳太守所谓的便民指的是什么。就说临朐县这次贷放青苗钱，农户个个都在青苗钱贷款书上画了押、打了手印。要是农户感到有什么不便，会这么做？曾布把农户的自愿书带来了，就放在曾布左肩的挎袋里，到时候看他还有什么话好说。只是又要耽搁两天，当太守的无所谓，只要境内不出事，就万事大吉，他们这些常平司的监施官，可耽搁不起。京东东路有一府七州三十八县，他们这次下来几乎每天要跑一个县，现在已跑了三州一十八县，还有二十个县要跑，月底全部要跑完，能这么折腾吗？

舒亶看到，曾布紧了紧左肩挎袋的吊带。众人跟在青州府吏目后面，穿过太守衙门，往后面宅院走去，在宅院门口碰上前来迎接的欧阳修。欧阳修由醉娘搀着，站在宅院台阶上。舒亶不知道欧阳修以前是什么样子，但从现在来看，欧阳修实在是太老了点，嘴里的牙齿恐怕全掉了，张口就一个黑洞对着你；脚不好使了，要不是醉娘搀着，就站不久了；眼睛更是眊然昏花，把面前的曾布上上下下打量了又打量，才认了出来，然后张着黑洞似的嘴笑个不停。欧阳修请众人进屋，就由醉娘搀着，慢慢过庭院，上台阶，进大堂过门槛时，欧阳修右腿抬不起来，曾布忙过去扶了一把，欧阳修这才跨过门槛。舒亶脑子不知怎的掠过一个想法：都衰老成这个样子，朝廷怎么还不让致仕，还要给他当太守，这不仅朝廷的事办不好，也苦了他本人。

舒亶与颜县令、朱学绍跟着进了大堂。欧阳修坐在北面上首，曾布、舒亶与颜县令、朱学绍分坐在东西两边。泡好的茶都放在各自旁边的茶几上。舒亶知道，今天造访欧阳太守肯定轻松不了。他是无法说服欧阳太守的，也没那么多时间跟欧阳太守啰唆。当然，对欧阳修的尊重肯定是不能少的，特别是曾布更不能一点面子不给老座师；听听欧阳修对临朐县贷放青苗钱的意见，也是应该的、必要的，如果临朐县官府在贷放青苗钱的过程中真有什么问题，要改还得改。但尊重归尊重，听意见归听意见，牵涉到对新法这样一个根本性问题是不能有半点含糊，也不能有半点让步的。舒亶和曾布是昨天下午申牌时分在临朐县与沂水县境交界的一个小镇上与颜县令、朱学绍相遇的。还在马上，曾布就黑着脸问颜县令，临朐县官府在贷放青苗钱时有没有干什么不法的勾当。颜县令当即指天誓日，说他颜某人在别人面前都不会做不法的勾当，在对自己有大恩大德的曾老爷、舒老爷眼皮底下会去干那些事吗？曾布又黑着个脸问朱学绍，颜县令说的可是实情？刑名师爹朱学绍慈眉善目地笑了笑："农户的贷款书、甲头富户的自愿书都是画了押、打了手印的，铁证如山的东西，还假得了？"这个慈眉善目的刑名师爷更不简单，一句话就说到点子上，叫谁也无话可说了。

舒亶认真地看了看坐在对面的颜县令和朱学绍。对颜县令和朱学绍，不仅舒亶，且曾布也很赏识。颜县令是个能员，做事有魄力，有胆量，也有办法。前些日子寿光县贷放青苗钱，完全是县令颜文华的功劳，不是他带着寿光县的都头和三班衙役把几个抗旨的刁民抓了，关在大牢里，寿光县青苗钱恐怕到今天也贷不下去。颜文华这次被朝廷派到临朐县当县令，完全用对了，前后四天时间，除暴安良，为朝廷、为百姓做了许多好事；还撬开了一个死不肯招供的江洋大盗的嘴巴，把另一个同伙的江洋大盗也缉拿归案；一天之内，把青苗钱也全部贷下去了；大小事亲自经手，连中午都一边端着碗在公堂上吃饭，一边审案子。这样的好县令，真是天下少有。舒亶有个奇妙的感觉：要是那年颜县令在临海县当县令，肯定也会一刀把那个死不肯奉养继母的不孝之徒杀了。对朱学绍，舒亶虽未与他谋面，只是听好些人说，这个朱学绍祖孙三代都在临朐县当刑名师爷。临朐县衙的刑名师爷还就少不得朱学绍祖孙三代人，不让他们哪一个人当，临朐县就多事，就不太平。在临朐县衙里，就朱学绍威望高，县衙里的人无有不服、不钦佩的。从刚才朱学绍的那句话里，舒亶就感到朱学绍这个人不是等闲之辈。天下所有县令都像颜县令、师爷都像朱学绍这样就好了，天子的圣旨就没有贯彻不到的地方。舒亶看到，颜县令是一脸信心十足，大有一种为了朝廷不惜与顶头上司撕破脸也要坚持下去的气概。朱学绍一脸的慈眉善目里有种令人放心的智慧。颜县令和朱学绍的这种态度，叫舒亶放心。舒亶暗拿主意：自己眼睛里只能有天子和王相公，唯圣命是听，唯王相公马首是瞻，不管前面碰到什么困难，遇到什么阻力，都一往无前冲过去，不辱使命，把青苗钱贷放下去，完成朝廷交给自己的任务。

从大堂向外望去，不阴不晴的天空忽然开朗起来，在拨开的云头后面露出一块明亮而又可爱的青天。欧阳修与青州府吏目耳语了几句，这个吏目出去了。听人家说，欧阳修府上的气氛从来热闹、宽松、活泼、自由自在，有时竟全没个上下规矩。舒亶和曾布上次造访欧阳修时，大堂里虽然没见到这种气氛出现，却也轻松、自在。但，今日大堂里的气氛有点僵冷。欧阳修明显知道曾布这几个人来他府上造访的意思，也不讲半点虚套，张开牙齿全掉光、看去就像一个小黑洞的嘴，一脸的谨厚，一脸的亲和，开门见山对曾布说："老朽以为天子施行青苗法的本意是惠民，但中书的文告下来之后，缙绅之士，论议越来越多；田野之民，但见官中放青苗钱，每一百文要二十文利，利息也不低，没几个人愿借青苗钱。老朽以为，青苗钱的利息比起民间借贷的高息来，不过是五十步笑一百步。以老朽愚见，一定要想让天下人都知道取利非天子本意，那么就请把二分之息也免掉，只让农户如数归还本钱就够了，只有这样才是真正的不取利于民矣。二位监施官回到朝廷，把老朽的这个意思好好跟介甫相公说清楚，免得天子烦恼。"

舒亶很是惊讶地望了望欧阳修。这个欧阳修的话太好笑、太荒唐了些。新法明明是王相公受命于天子，且得到天子批准的朝政，但这个欧阳修却把天子与王相公分隔开来，好像新法是王相公糊弄天子才搞出来的，这也太叫人感到好笑了。要不是曾布在场，舒亶真要狠狠回敬欧阳修几句。特别叫舒亶感到好笑的是，这个欧阳修还主张只有让农户归还本钱，利息分文不取，才是真正的不取利于民。这话十分动听，但也万分混账。舒亶真不敢相信，坐在自己面前的欧阳修竟然是当年名满天下、令朝野人人敬仰的大人物。舒亶觉得，这个欧阳修确实不怎么的。农户每年交的皇粮，都要加上耗羡，要不然官府就得把风干的、漏掉的、老鼠吃掉的谷物赔上，官府的官员就是倾家荡产也不够赔。青苗钱只要农户还本，天灾人祸造成的损失，谁来赔？官府的钱不是注定要蚀本？如今国库的钱财就很紧张，再加上青苗钱的亏蚀，不就更紧张了？到时候恐怕连文武百官的俸禄都拿不出来。这个欧阳修怎么连这点都不知道，真不知道他这个太守是怎么当的。更主要的是，天子要富国强兵、洗刷国耻，都是要花不少钱的。钱从哪里来？王相公早就说了，民不加赋而国用饶；只能用新法取得，用钱生钱、财生财的办法，让国家富起来，军队强大起来，舍此别无他法。现在施行的青苗法就是这样的法。青苗钱的利息并不是民赋，只是把高利贷者嘴巴里的高息抠出了一小部分过来，农户从中得到的更多，这有什么不好呢？农户怎么会不愿借青苗钱？舒亶和条例司许多人一样，越来越觉得王相公真了不起，他的新法确实是自古以来还没谁能想出来的绝妙好法子。

曾布慷慨激昂起来："老座师请听学生言，王相公新法没有错。新法施行以来，晋绅之士，议论纷纷，表面上看是附和流俗，以取悦大众作为美德，其实是因为新法侵害了他们的利益。比方青苗法出来之后，这些人的高利贷就放不出去了，焉能不叫这些人对青苗法横加指责？农户对青苗法可是万分赞成的。开始，许多人都说农户没人愿意贷款。这就怪了，官府二分息的钱不贷，却愿意借利息高得吓死人的钱，这人不是神经出了毛病吗？学生到的那些县，看到的都是前来贷款的人，堵也堵不住。"

舒亶看到，即使在老座师面前，曾布激动起来脸也涨得通红，像吵架一样。舒亶十分赞同曾布的话，也很佩服曾布这个人。舒亶觉得，王相公把曾布派到京东东路来当常平司提举官，其实是为欧阳修好。欧阳修虽然给言官弄得七死八活，名声扫地，一时间羞愧得无脸见人，但王相公对欧阳修依旧十分敬重。王相公很想欧阳修留在京都开封朝廷，助他施行新法。欧阳修毕竟在仁宗朝助范仲淹施行过庆历新政，这样的人能助王相公一臂之力，当然是再好不过的了。叫王相公感到头痛，也感到为难的是，王相公这么看重欧阳修，欧阳修却对新法不仅不看好，相反相当抵触，处处说新法不便。不过，尽管如此，王相公还是挺不愿意看到欧阳修梗在青苗法之中，弄得青苗法施行不下去，大家面子上都不好看。王相公让曾布来青州监施青苗法，其中一个重要目的就是因为欧阳修是曾布的老座师，双方有事好商量，既不要弄得青苗钱贷不出去，也不要弄得欧阳修难堪、尴尬、狼狈。不过，舒亶觉得，王相公想法虽好，但那个目的却未必能达到，看欧阳修的架势，不吵个你死我活是不能解决问题的。

舒亶看到，青州府吏目第二次进来，欧阳修给吏目打了个目语，吏目又出去了。欧阳修张开牙齿全掉光的嘴："子宣哇，老朽不仅为朝廷着想，也是为介甫着想。这些新法，特别是青苗法，真要三思而后行。什么前来贷款的人堵也堵不住，全是假的，老朽有证据在手。”

舒亶觉得欧阳修越说越不像话了。舒亶不敢说所有的农户都说青苗钱好，但前来贷款的人确实不少。这一次，他和曾布在青州跑的这几个县，一路看到的都是农户欢天喜地赶到县衙门里去借青苗钱。可以说，只要县令不从中作梗，农户就没有不愿贷钱的。这个欧阳修真不知道是老糊涂了呢，还是脑子里出了毛病，竟然说有证据在手。舒亶注意到，曾布一脸的不以为意，颜县令一脸的不愧不怍，朱学绍一脸的不阴不阳。

曾布把左肩上的挎袋吊带移了移。舒亶知道曾布要出示挎袋里的临朐县那些富户的自愿书。不过，过了一会，曾布抓着挎袋吊带的手松了：“老座师万万不可听信那些奸邪小人的胡言乱语。要说证据，颜县令、朱师爷就是证据。他们就坐在这里，有没有人来贷款，贷款的人是多是少，问问他们就清楚了。”

舒亶明白，曾布不急于把临朐县那些富户的自愿书端出去，是不想一下子就把事情弄得那么紧张，那么尴尬；再说颜县令、朱师爷就在这里，发挥一下他们的作用也没什么不好。要是舒亶，可没这份耐心，早把那些自愿书端了出去，铁证如山，看这个欧阳修还有什么说的。他们的事情多得不得了，可没那么多闲工夫跟这个欧阳修磨蹭。当然，曾布是欧阳修的门生，一些事不能做得那么急，更不能做得那么绝。

欧阳修什么话也不说了，醉娘轻轻端起茶碗，慢慢地送到欧阳修嘴边，让欧阳修吮了一口。这个欧阳修风花雪月、风流了一辈子，又因这点给人留下口实，弄得狼狈不堪，到了晚年有这么一个醉娘陪在身边照料，还是值。青州府吏目第三次出现在大堂门口。不过，这一次吏目的后面还跟着一人。舒亶认得，此人正是临朐县前任呆子县令。呆子县令还跟十天前一样，胖胖的，脸色红润，进门就在欧阳修面前噗地跪了下去，行了三个稽首大礼，简直就像是见到自己的再生父母一样；但对曾布、颜县令、朱学绍，却像陌路人一样，相也不相一眼；对舒亶倒是看了看，却是傲慢的怒目而视。舒亶感到很是奇怪，呆子县令不是解到京东东路济南府，交提刑司审问定罪了吗？怎么今日堂而皇之出现在青州太守府宅里呢？几天后，舒亶才打听到，是欧阳太守保了呆子县令，说呆子县令没贪墨那么多，好些笔银子是规礼钱，也就是冬天的炭敬，夏天的冰敬，春节端午中秋“三节”的节礼，县令、夫人

“两寿”的寿礼；至于好色，官场有几个人不是如此的？就是好了几个良家女子之色，这在多年前风流成性的欧阳修看来，也是算不得什么的。有了欧阳修的保护，呆子县令自然什么事都没有了。舒亶觉得，呆子县令还很难说是个真呆子，其实官场功夫也很是了得，晓得找靠山。舒亶此时虽然还不可能知道这些内情，但在感觉中还是清楚明白的：早就听说呆子县令对欧阳修崇敬得不得了，欧阳修说的话没有一句不听；既然如此，呆子县令有难，欧阳修当然不会坐视不管。要不然这个本来要解到济南京东东路提刑司的呆子县令，就不可能大摇大摆出现在欧阳修府上，且态度这么傲慢无礼。舒亶看到，曾布、颜县令、朱学绍也都怪怪地望望欧阳修，又怪怪地望望呆子县令。欧阳修要吏目端把交椅放到大门边上让呆子县令坐。呆子县令反应还挺快，不用劳吏目的大驾，自己走到朱学绍旁边，端了把交椅放在大门右边，昂着个头，很神气地一屁股坐了上去。

吏目又出去了。舒亶的脸拉了下来，没好气地望着呆子县令。这个呆子县令，还真是士别三日，当刮目相看，完全换了一个人，叫人不敢相认了。前不久，舒亶去临朐县查办呆子县令时，呆子县令见到自己，简直像死狗一样，摇头摆尾，曲意逢迎，专挑好听的话说给自己听，要他舔痔都会去干；才过几天，态度完全变了，真不是个东西。舒亶望了望大堂外，天空全阴了下去，那片可爱的青天也不知到什么地方去了。

大堂里的气氛僵冷而又怪异起来。不多一会，欧阳修张着那个黑洞似的嘴笑了笑，对呆子县令说：“你把临朐县贷放青苗钱的事说一说。”

欧阳修明显在鼓励呆子县令，呆子县令则是对欧阳修一脸十分讨好、十分甜蜜的媚笑。这个呆子县令其实挺会逢迎拍马、谄媚取宠。不知为什么舒亶对欧阳修很有些反感起来。他觉得朝野上下把欧阳修看高了，什么刚正不阿，一身浩然正气，看他与呆子县令的关系，其实也是俗人一个。舒亶看到，呆子县令神气起来了。没有马上开口，很有点像武场上比武的打师那样，先装模作样运运气，正了正身子，咳了一声，造成一种山雨欲来的吓人气势：“孔子曰：‘君子喻于义，小人喻于利。’樊须请学稼，孔子十分鄙视他，认为这完全不能跟礼、义、信相比。孟子曰：‘为民父母，使民盼盼然，将终岁勤动，不得以养其父母。又称贷盖之，恶在其为民父母也。’孔——”

舒亶看到，有个杂役提了壶开水进来，放在地上，再把一只茶几搬到呆子县令面前，给他上茶，呆子县令才停了嘴。舒亶内心感到烦躁透了，开口孔子，闭口孟子，要不是杂役给他上茶，恐怕孔子孟子还要说下去，怪不得临朐县衙里的人都很烦他。舒亶看到，曾布、颜县令脸上有了点不快之色，慈眉善目的朱学绍则皱了皱眉头，醉娘抿着嘴想笑却又不让笑出来，只有欧阳修依然是一脸的亲和望着呆子县令。舒亶真不明白，这种人是怎么当上县令的。他没有这个耐心。不等呆子县令再接着说话，舒亶开口了："你尽扯这些干什么，有话就直说。"

舒亶看到，呆子县令横了他一眼。舒亶在他的眼神里看到的是：他现在才不怕你舒亶。你舒亶查了他三天，查出了什么问题？不就是一点规礼钱吗？这算得什么？官场上的人谁不收规礼钱？不收规礼钱，哪来钱给上面的官员送规礼钱？至于好色，也是一条罪状，真是好笑得很，亏舒亶说得出口。男人不好色，不白活了一辈子？呆子县令慢慢把茶杯面上的泡泡吹掉，再悠悠喝了口茶，面对着舒亶大声说："你大逆不道，你说我在扯孔子、孟子？孔子、孟子岂是被人扯来扯去的？孔子、孟子是常人吗？你这是什么意思？你说，你想置圣人孔子、孟子于何地！狼子之心，何其毒也！"

舒亶总听到背后有人说自己好夸大其词，好把什么事都提到天大的事上去说，没想到这个呆子县令也会来这一手，今日算是领教到呆子县令的厉害了。真不可小看这个呆子县令，狠得很，要是按呆子县令的话来处置自己，自己不仅死定了，而且死有余辜，遗臭万年。舒亶注意看了看大堂里众人。大堂里虽然没人同意呆子县令的话，但也没谁去反驳，都一脸的平静，不见有丝毫的喜怒之色表现出来。舒亶想笑，不敢笑；想回敬几句，话到嘴边又吞了下去。毕竟事关孔孟这样的大圣人，最好不要在这样的问题上跟呆子县令较劲。

呆子县令却精神抖擞了，又孔子孟子起来："孔子又曰——"

舒亶看到，欧阳修也有点烦了，忙打断呆子县令的话，黑洞似的嘴对着呆子县令张开了："好了，好了，老朽问你：临朐县农户是愿借青苗钱呢，还是不愿意？"

舒亶注意到，众人的脸上都有一种放松了的神色。呆子县令没再孔子孟子的了，却对着大堂里的众人，大声回答欧阳修："都不愿意！"

舒亶觉得，呆子县令太猖狂、太胡说八道、太睁着眼睛说瞎话了，可以说天下所有的州县也不可能出现都不愿借青苗钱的情况；就是县令作梗，也还是会有许多农户愿借青苗钱的。舒亶看到，大堂里僵冷的气氛给打破了，骤然间变得紧张而又严峻起来。曾布是一脸的恼怒，舒亶知道，要不是在老座师欧阳修府上，曾布肯定要狠狠训斥呆子县令一顿。颜县令是一脸的愤恨，要是属下的百姓说出这样的话来，颜县令肯定要对他不客气的，肯定要他尝尝胡说八道的味道。朱学绍也不慈眉善目了，脸上有了愠色。醉娘大概因为感觉到大堂气氛的骤然变化，一脸不安地望望欧阳修，又望望众人。欧阳修的脸色没什么变化，仍然一脸的谨厚、一脸的亲和。舒亶侧过脸，特别看了看呆子县令，呆子县令也正好望着他。这个呆子县令对舒亶更是肆无忌惮，双目直视着舒亶，一脸的大义凛然，一脸的无所畏惧。

要是在临海县，这个呆子县令弄得不好要把老命都丢了。这家伙刚才还圣人圣人的，这会竟敢如此明目张胆抗旨不遵，反对天子，态度还这么嚣张，此人不杀更杀何人？但这里不是临海县，是青州太守欧阳修府上，就由不得舒亶随心所欲、为所欲为了。明眼人一看，呆子县令之所以这么嚣张猖狂，完全是因为抱上了欧阳修的大腿。舒亶不想跟呆子县令啰唆什么了，对呆子县令说："你说话要有证据，去把不愿借贷的人叫出来。"

呆子县令更神气活现了："我就知道你会要证人，你肚子里有些什么东西，能瞒得过我的眼睛？带来了，带来了，就在大门外。"呆子县令显然是有备而来。

吏目第三次走进大堂。吏目一边进来，一边回过头去，对后面勾手，要什么人跟在他后面进来。不过，吏目进了大堂少说有两炷香工夫，却还没见后面有什么人进来。这下可把呆子县令急坏了，瞪着一双眼睛望着吏目。吏目忙转身出了大堂，好一会带了两个农户模样的人进来。舒亶看到，这两个农户，一个嘴边长着几根黄胡子，一个长着一副锅铁脸，抖抖地进了大堂，腰都直不起来，躬着身子，眼睛怯怯的，不敢四处张望，到了大堂中间，大概只认得坐在北面上首的欧阳修，噗地跪了下去，一连磕了十来个头；欧阳修要他们不要磕了，才不再磕，但头还是不敢抬起来，两眼只望着地上。

呆子县令在后面发话了："二位父老乡亲，这里是太守大人府上。太守大人是朝廷鼎鼎有名的青天老爷。有话你慢慢地说，不用害怕。"

舒亶注意到，这两个农户还是怕得不敢抬起头来，连对坐在他们后面、大门右边的呆子县令也不敢回过头去看上一眼。呆子县令在后面对他们说："你们只管把前天对我说的话，对太守大人说过一遍，就行了。"

舒亶注意到，呆子县令这句话起了作用，两个农户的头微微抬了起来，眼睛也向两边望了望。舒亶看到，奇怪的事发生了。这两个农户望到坐在舒亶对面的颜县令和朱学绍时，连魂都吓掉了，不仅面如土色，而且用惊恐的眼睛乞求地望着欧阳修；也不等欧阳修说什么，爬起来就没命似的往大堂外跑去。大堂里一片慌乱，谁也没料到会出现这样的事，众人都站了起来。欧阳修急了，由醉娘扶着，一手指着已经到了大堂门口的那两个农户："回来！回来！把他们拦住，本太守有话要问他们。"

舒亶看到，这两个农户的前脚都跨出了门槛，后脚也提了起来。这回呆子县令反应快，忙两手扯着两个农户的衣服不放，才没让他们跑了。两个农户这才把跨出了门槛的前脚缩回来。呆子县令松开两只手。众人都坐了下去。两个农户又抖抖地走到大堂中间，跪了下去。欧阳修做了个请起的手势，但两个农户却不敢起来。呆子县令走过去，对两个农户说："你们不见太守大人要你们起来吗？今日不是过堂，只要你说实话。"

大堂里的气氛十分的滑稽、十分的好笑。两个农户慢慢爬起来，但腰还是直不起来，躬着身子站着。舒亶看到，此时欧阳修是一脸的庄重肃正，呆子县令一脸的志在必胜，曾布一脸的岿然不动，颜县令则板着杀气腾腾的脸，朱学绍一脸的心如明镜。舒亶不知道自己脸上的表情是个什么样子，大概好不了，恐怕是一脸的铁面无情。

两个农户你看我，我看你，却没一人说话。欧阳修忽然和颜悦色起来："不用怕，只要你们说实话，本太守许你们无罪。"

两个农户这才有点想说话的意思。不过，谁也不想先开口。黄胡子农户望望锅铁脸农户，希望锅铁脸开口；锅铁脸农户望望黄胡子农户，希望黄胡子开口。两个农户就这么望来望去，结果又是谁都没有开口。舒亶看到，黄胡子倒还是想说什么，正要开口，却不由得侧过脸去，望了望坐在自己对面的颜县令。颜县令倒是什么话也没有说，只是依然板着个杀气腾腾的脸。黄胡子到了嘴边的话都咽了下去。

舒亶的耐心已经到顶了，对欧阳修说："太守大人，事情已经再清楚明白不过的了。天子的钱，谁不愿贷呢？皇恩浩荡，不贷岂不傻了？"

欧阳修很失望地望了望站在大堂中间的两个农户，又很不满地望了望呆子县令。曾布开颜一笑，朱学绍又慈眉善目起来，颜县令却还是一脸杀气腾腾，只有呆子县令急坏了。舒亶看出来了，今日这场戏其实是呆子县令搞出来的。他反正革了职，无官一身轻，常平司管不着了。舒亶恶狠狠地瞪了呆子县令一眼，心里在说：你别以为抱住了欧阳修的大腿，就可以肆无忌惮、万事大吉了，等把青苗钱贷放完毕，舒某回到京都朝廷，再跟你慢慢算账。此时，呆子县令的目光正好与他恶狠狠的目光碰在一起。舒亶看到，呆子县令肯定是给自己的目光吓坏了，不仅脸色变了，而且嘴上的胡子也抖了起来。不过，呆子县令还真不是舒亶想象中的那么无用。呆子县令突然站了起来，走到欧阳修面前，跪了下去："太守大人，你让颜县令回避一下。这两个农户才好开口。"

欧阳修点了点头，又张开黑洞似的嘴"哦哦"了两声，再对颜县令挥了挥手，要他出去一下。颜县令好像早料到有这么一招出来，没半点犹豫，起身出去了。舒亶注意到，颜县令出去的时候，回头盯了盯呆子县令，又望了望黄胡子和锅铁脸一眼。舒亶感到大堂里亮了许多，侧过脸去，望了望大堂外面的高空，但见一大片可爱的青天正对着大堂。有朵灰色的云从大堂骑墙顶上慢慢擦过去。按说颜县令出去了，黄胡子和锅铁脸该开口了，但这两个农户还是什么话也不说。呆子县令笑眯眯地走到这两个农户身边："现在不用害怕了。说，说呀！"

舒亶看到，黄胡子捅了捅锅铁脸的手臂，锅铁脸也捅了捅黄胡子的手臂。二人捅来捅去，就是不开口说话。欧阳修也有点急了，对着两个农户："本太守就要你做一件事：愿意借青苗钱，你二人就点头；不愿意借青苗钱，你二人就摇头。"

呆子县令不失时机地讨好奉承起欧阳修来："太守大人这个主意好，良策！良策！"

舒亶差点没给这个呆子县令的酸劲弄得笑出声来。曾布、朱学绍也在强忍着笑。此时，一件怪事出现了。黄胡子和锅铁脸还是不开口，也没谁捅谁的手臂了，却都一起眼巴巴望着刑名师爷朱学绍，一脸向他讨主意，也像是向他求救的神情，好像朱学绍是他们的救星。舒亶清楚，乡村的农户从没见过官，对官府陌生得很，也恐惧得很，更担心得很，不知道自己什么话说得说不得，弄得自己惹了大祸也不知怎么惹上的。刑名师爷朱学绍是当地人，为人精明，又不是朝廷命官，比起朝廷命官县令来，当地农户自然更放心些。呆子县令又笑眯眯地走到朱学绍面前。要是此人没革职，还在当临朐县令，见黄胡子和锅铁脸求救的不是他，而是他属下的师爷，肯定要把脸拉下来，但今日却不仅不生气，反倒也有点讨好朱学绍的意思："师爷你就给他们拿个主意，让他们点下头吧。"

刑名师爷朱学绍的身价陡地高了起来，不仅两个农户讨好求救于他，连曾经当过临朐县太爷的呆子县令也讨好他了。大堂里的气氛有点古怪了。众人都把脸转向朱学绍，就是欧阳修也用那双眊然昏花的眼睛望着他。本来，在官府衙门里，谁官大，谁水平最高，谁一句话顶一千句。今日在欧阳修府上，欧阳修官最大，当然一切是他说了算，其他人的话都一边去。欧阳修下面，那就是曾布，曾布之下还有舒亶，怎么也不能一下就轮到朱学绍。好在朱学绍到底是祖孙三代都在临朐县当刑名师爷，官场功夫不一般，知道自己的斤两，更知道自己什么时候说什么话、做什么事。舒亶注意到，朱学绍仍旧慈眉善目，却很是有点不快地望了呆子县令一眼："县令大人，你糊涂了。你是他们的父母官，给他们拿主意的是你，在下有这个本事？不行，不行，在下拿不出这个主意。"

呆子县令急了："师爷，你就不要拿捏为难本大人了，临朐县的百姓谁不是只听你的，哪会听本大人的呀！"

舒亶看到，曾布又忍不住笑了起来，醉娘则抿着嘴笑个不停，就是欧阳修也张着黑洞似的嘴笑了笑，舒亶咧着嘴笑。黄胡子和锅铁脸显然感觉到了众人是在笑呆子县令，但不明就里，不知道众人笑呆子县令什么东西，再说也不敢笑，只是茫然地望望这个，又望望那个。这个呆子县令确实好笑得很，都已经革职了，以后能不能再当官还很难说，至少现在不是官，却还在临朐县老衙门的人面前摆县令老爷的酸架子，口口声声离不开一个"本大人"，也不怕人家笑掉大牙。过了炷把香工夫，众人都不笑了。欧阳修用眊然昏花的眼睛望着朱学绍，黑洞似的嘴对着朱学绍："师爷你对他们说，本太守为他们做主。"

朱学绍还想谦让一番，舒亶却等不及了。他只想快点把这里的事办完。舒亶的脸黑了下去："朱师爷，你就不要再装腔作势，曾大人和舒某马上还要赶到沂州沂水县去。你耽搁我们的时间，就是耽搁朝廷的时间！"舒亶总不忘把什么事都提到天大的事上去说。

舒亶看到，他这句话起作用了。临朐县刑名师爷还是不敢小看当年临海县尉，朱学绍望了望欧阳修，又望了望曾布、舒亶，笑着对黄胡子和锅铁脸说：“你们真要本师爷给拿个主意？”

黄胡子和锅铁脸惊恐地、也是讨好地连连点头。

朱学绍：“你们不是都在自愿书上画了押、打了手印的吗？都铁证如山的东西，还有什么不好点头摇头的。你们要是不愿意，你们会这么做吗？”

舒亶看到，大堂里的气氛十分奇妙而又古怪起来。黄胡子和锅铁脸都惶恐地、傻傻地望着朱学绍。欧阳修是一脸的错愕，不明白今天的事情怎么会成这个样子。呆子县令是一脸的惊乱，大有一种灭顶之灾要降临到自己头上的意思。曾布则是一脸的轻松，但抓在右手上的挎袋吊带却未见松一下。只有醉娘一脸平静如常，也一脸不懂朝政官场、置身于朝政官场之外的表情。

舒亶对黄胡子和锅铁脸不客气了：“发什么傻呀，要是还不点头或摇头，想治你们藐视官府的罪？”

黄胡子点了头：“愿意，愿意，小的愿意借青苗钱，也愿意为官府当甲头。”

锅铁脸虽然没开口，但脸上的表情说明他是同意黄胡子的意见的。大堂里的气氛半是欢快、半是难堪起来。舒亶特别注意了一下欧阳修的脸色，那上面有惊讶、有扫兴、有愁苦；再望了望呆子县令的脸色，那上面有恼怒、有怅恨、有沮丧。舒亶又望了望曾布，则是一脸的兴奋、得意和自信。舒亶这下对呆子县令不客气了，这个敢杀人的人，没有什么说不出口的话：“你真是个天下百姓痛恨的狗官，尸位素餐，无用的窝囊废，一肚子坏水，还有什么花招，都拿出来，本干办官奉陪到底！”

舒亶注意到，欧阳修有点坐不住了。舒亶清楚，呆子县令是在他的保护下才没事的，到这里来大闹太守府也肯定是经过他同意的，但谁叫这个呆子县令这么窝囊废呢？竟然叫两个愿意借青苗钱，也愿意当甲头的农户来作证，这不是蠢得像猪一样吗？舒亶又望了望呆子县令，但见呆子县令这回是彻底遭瘟了，一脸颓唐，一脸通红，再也抬不起头来。

舒亶看到，曾布右手又动了动，不过，这回是把左肩的挎袋取了下来，然后从里面拿出一叠纸，双手恭恭敬敬送到欧阳修面前：“这都是临朐县农户的自愿书，上面都是画了押、打了手印的。”

欧阳修接过那叠纸，随手拿起面上的一张，眊然昏花的双眼几乎贴在纸上看了起来，一个字一个字看，一个字也不放过，半天看了一张，就又拿起下一张贴着眼睛看。舒亶看到，曾布很是蔑视地望着呆子县令，厉声道："说你是天下百姓痛恨的狗官，真是名副其实，一点也没冤枉你。你看看你都瞎胡闹了些什么，这么铁证如山的东西你都要推翻，都要颠倒黑白，指鹿为马，混淆是非，妖言惑众，你该当何罪！本官从这里完全可看出，你这个人平日肯定是横行乡里、鱼肉百姓、敲诈勒索、恣意搜刮，无所不用其极的无耻之徒！"

舒亶觉得曾布说得痛快，对呆子县令这样天下百姓痛恨的狗官就是要这样痛加斥责。舒亶看到，呆子县令进来时一身的神气荡然无存，相反怕极了，一脸身陷困境、束手无策的痛苦神情。呆子县令望着欧阳修，目光里充满了乞求：让他走人。无奈欧阳修双目眊然昏花，视力不好，又几乎贴着手上的纸在看，自然没看见呆子县令乞求的目光。不过，醉娘看见了，在欧阳修耳朵边说了几句话，欧阳修这才把手上的纸从眊然昏花的双眼前移开，对呆子县令挥了挥，让他走人。黄胡子和锅铁脸也乞求地望着欧阳修，欧阳修也对黄胡子和锅铁脸挥了挥手。黄胡子和锅铁脸转身跟在呆子县令后面，往大堂外走去，出门时劈面碰到颜县令进门，正好把呆子县令、黄胡子和锅铁脸三人的路堵了。呆子县令不好意思地轻轻说："颜县令，请你让让，在下其实不是有意跟你过不去。"

舒亶看到，颜县令很有意思，笑眯眯地望着呆子县令，话中有话地说："下官也相信你不是跟下官过不去，也想让让。可让了，下面的农户又要说下官逼了他们，才让的。下官实在为难得很，不让不出事，一让就出事，你休要怪下官。"

呆子县令这下呆得不能再呆了，就这么卡在门口，没半点办法出得了门。

慈眉善目的朱学绍对呆子县令说："你们不会后退几步，从两边绕过去吗？"

一句话点醒了呆子县令、黄胡子和锅铁脸，三人后退了几步，从颜县令两边溜出了大堂。这实在是好笑，不过谁也没去笑。欧阳修又把手上的纸几乎贴着眊然昏花的双眼，一个字一个字看起来，其他人都一本正经地坐着。曾布的脸又涨红了，跟人吵架似的慷慨激昂起来："朝野上下是越来越看清楚了，王相公的新法确实是中原王朝几千年没有过的不世之良法，国家能富强，百姓能过好日子，于国于民都功德无量。恩师，学生知道你忧国忧民，只是对王相公的新法不够理解。就以青苗法来说，不仅利国，而且惠民，不利的只是那些趁农户青黄不接时放高利贷的权势之家。这些人只会对农户趁火打劫，万恶滔天！恩师，王相公真的是十分希望你能留在朝廷共襄朝政，朝中许多人也希望你回到朝廷去。恩师当年搞过庆历新政，有了恩师的鼎力相助，新法定然搞得更好！”

舒亶注意到，在曾布说话过程中，欧阳修那双眊然昏花的眼睛一直没离开过手上那叠纸，看过一张，又拿过下一张贴着眼睛看，对曾布的话，好像根本就没在听。但，曾布的话讲完后，欧阳修那双眊然昏花的眼睛就离开了手上的纸，望着曾布，又一脸师长的谨厚和庄肃：“子宣哇，天下事最难治的是官。这个法，那个法，但民称便就是好的法。”

舒亶注意到，曾布、颜县令、朱学绍都惊住了。舒亶明白，他们和他一样，都是被欧阳修刚才的话震撼了。舒亶和曾布几个人都可说是在官场走了多年江湖的人，却还真没想到天下最难治的竟然是官！不过，没一会，舒亶有点恼了。这个欧阳修怎么可以这样说话呢？朝中文武命官上万人，岂能都成了最难治的人？那我们这些人呢，也是最难治的？再进一步说，如果都难治，你欧阳修是不是最难治的呢？都难治了，天下事谁去管？眼下的新法谁去施行？舒亶觉得，这个欧阳修真是越老越糊涂，越老越不中用了，你这话不是把朝中所有官员一棍子全打死了吗？这种人在一郡则坏一郡，在朝廷则坏朝廷，留之安用，没留在朝廷其实是天大的好事。舒亶很想把这件事提到天大的事上去说欧阳修几句，一时又找不到恰当的说法。

欧阳修又拿起一张纸贴近眊然昏花的双眼一个字、一个字看起来。青州府响起了午鼓，青州府吏目第四次走进大堂，欧阳修把手上的那些富户的自愿书都看完了，什么话也没说，脸上也未见什么特别的表情。舒亶知道，王相公的新法再好，青苗钱再怎么受到农户的欢迎，欧阳修这种人也是不可能对王相公的新法有什么好感的。欧阳修把那叠自愿书还给曾布，曾布又传给颜县令，让他收起来。吏目走到欧阳修身边，禀告欧阳修：午饭已经摆好了。欧阳修没有回答吏目的话，却向后侧过身子，眊然双目望着醉娘：“弹几支曲子给众人助助兴。”

舒亶清楚，欧阳修要留众人吃中饭。舒亶倒是挺愿意在欧阳修府上用餐。欧阳修的餐桌没有当年那么奢华热闹，客人满堂，高朋满座；现在的餐桌上人少多了，酒菜远没从前那么丰盛，但客人想吃什么还是可以吃什么，想喝什么可以喝什么，没那么多客套，没那么多规矩；又有醉娘的弹唱，吃得挺自在，喝得挺开心。再说，已到了午时，肚子也饿了，沂水县只能晚上赶去了。醉娘转身到后面去拿琵琶。吏目搀着已经起身的欧阳修，缓缓向大堂门口走去。舒亶看到，众人都很高兴地跟在欧阳修后面，也都十分乐意在欧阳修府上吃餐饭，最高兴、最乐意的是朱学绍。这个三代都在临朐县当刑名师爷的朱学绍在县里肯定什么酒席都吃过，不要说县里那些有钱人都要拍他的马屁，一年三节要给他送、请他吃，就是县令大人也得高看他一眼，春节时摆桌酒请他。但，像欧阳修这样以观文殿学士、兵部尚书、二品大员身份的青州太守请他吃饭，平生肯定是第一次。不用说，这够他一辈子神气、回味的了。

舒亶出了大堂，觉得眼前亮了许多，不由得抬起头望了望大堂外的高空，但见天全开了，明亮而又可爱的青天里竟然露出了淡淡的日头。

第四十五章 唐垌乱咬恩公安石六十罪 苏轼怒斥疯人欺师万般恶

温文尔雅、说话轻声细语的御史中丞冯京做梦也没想到，二月十八日天子赵顼每隔五天就要举行一次的例行起居日活动上，朝中会发生一件谁也没料到的，叫王安石既哭笑不得，又羞得无地自容之事。天子的起居日，其实是一种很平常的朝会，也就是满朝文武百官在宰相的押班率领下到正衙大庆殿给天子请安。朝中的许多朝会，多半是五品以上的高官才能参加，但起居日却连普通的七品芝麻官以及一些等候差遣的官员也可参加。曾公亮现在除了参加宰执大臣政事堂议事外，像五天一次的天子例行起居日活动都免了。中书的另一位参知政事赵抃也没参加天子起居日的活动。此公为这事露天焚香祷告了几次上天，都认为自己在家待着更合适。冯京清楚，赵抃其实是担心叙班名次上的问题弄得天子赴顼心里不舒服。不错，在中书他名列王安石之前，但主持天下政事的却是王安石。对王安石的新法，赵抃可以不苟同，甚至可以指责，但在叙班上跟王安石争先后，就不合算了。想想看，起居日那天，天子第一眼看到进殿的不是心醉魂迷、最为信赖的王安石，却是赵抃，心里会是个什么反应，能那么舒心吗？再说，朝中那些跟着王安石瞎起哄的小人看到率领他们去向天子请安的不是王安石，而是赵抃，心里又会是个什么味道，就更可想而知的了。况且，争这个先后没意思，有失士大夫的体统，要争就跟王安石在朝政上争个谁高谁低。还是知趣点好，赵抃也就不参加起居日活动了。再说朝中百官也习惯了王安石押班率领他们去给天子请安，觉得这没什么不可。

京都开封渐渐进入仲春气节，北面不远的黄河开江了，冬季的坚冰在变暖的日头光照中慢慢地消融着，渐渐地薄了下去，河心传来冰裂的脆响声。要是在白天，站在黄河岸边，就能清楚地看到，黄河里裂开的冰块与混沌的河水挟着黄色的泡沫，拥挤着，碰撞着，争先恐后往东流去。此时，天尚未明，破晓前的寒气还很重。在高远的灰暗色的空中，寥落的辰星一颗颗隐去，但东北角上却悬着一颗孤零零的硕大晨星，像只孤寂的眼睛怪怪地望着下面。

这天冯京早早赶到皇城宣德门右边的待漏院，里面的文武官员来了不少，特别是那些小京官，许多都比冯京还早就来到待漏院。这些小京官，除非天子特别召见，起居日之外的时候是见不到天子的，当然也就把起居日看得特别神圣、特别重要，态度上也就特别认真、特别积极。按规矩，进了待漏院，谁也不敢谈笑喧哗。乌府台的巡使御史就站在待漏院中间，谁敢无视朝廷规矩，就会被巡使御史狠狠地教训教训一下；但，点个头、拱个手、轻声耳语几句，巡使御史还是会通融过去的。再说，虽然都是京官，但平日都在各自的衙门里办事，散班以后都回到各自宅院里，京都开封又大，并不是想见面就见得了的，岂能错过五天一次的起居日碰个头、打个招呼、套个亲近、增进友情的机会？况且，王安石不像老相公韩琦那么威严，朝中百官都可随意或立，或坐，或张望，或走动，或去跟什么人拱手作揖，或去会会同年、朋友、熟人，王安石并不会干涉。待漏院的气氛还是较为轻松、融洽的。然而，待漏院里的这种气氛越来越淡了，近日几乎淡得一点痕迹都找不到了。待漏院里，明显地分成两大块：东边一大块，是吕惠卿一帮朝廷的新进以及为数众多的年轻小京官；西边一大块，是文彦博、司马光、吕公著等朝中一帮老臣以及为数很少的年轻小京官，中间人为地分出一条通道。冯京自然也属于西边这一块的。还有些人，比方韩维、大才子苏轼则两边走走。不过，近来一段时间大才子苏轼大多数时间是在西边待着。东边那一大块的人对苏轼是越来越冷淡了，很有些不屑的意思，有些人甚至在言语间对苏轼多少有点不恭。苏轼这个人直情径行、口无遮拦，近来更是对王安石新法说长道短、多加指责，东边那一块的人怎么会对苏轼有好感呢？西边这一大块的人对苏轼却很欢迎，很热情。另有些人，比方韩绛、王珪更多的是在东边走走，有时也会到西边走走。对韩绛，冯京倒并无什么反感，只是觉得此公是个十分可爱的糊涂虫，真的认为王安石的新法能富国强兵，能使天下子民过上好日子，根本没有看到王安石的新法会给国家和天下子民带来灾难这一点。对王珪，冯京相当厌恶，觉得这个人表面上规矩本分，不党不群，但其实心里很不地道，一味讨好王安石，在天子赵顼面前闭着眼睛瞎说，尽说新法好话。还好翰林院里有司马光、吕公著在，要不然翰林院就会跟中书一样，被搞得乌烟瘴气，不成个样子。

待漏院里只有王安石一座小火城点着明亮的官烛。王安石像往日一样，坐在人为分出的那条通道北面靠里的一张禅椅上，双眼不时透过待漏院的窗棂，望望待漏院东北角上高空悬着的那颗孤零零的巨大晨星，脸色端肃、清和、刚克、清泊。西边这一大块的人来到待漏院后，大多并不过去跟王安石拱手作揖打招呼什么的，只是装着没看到王安石已来到待漏院，在离王安石很远的地方就拐往西边什么地方。东边这一大块的人来到待漏院，没谁到西边跟谁拱拱手，连向西边相一相的人都难找到一二，都先要过去跟王安石行礼，王安石小火城的烛光把他们脸上崇敬而又讨好、虔诚而又夸张的神色映照得一清二楚。

冯京知道，这些日子是王安石最开心、最得意的时期。天下新法取得意想不到的效果，就是被朝中许多人骂得最凶，也是王安石最看重的青苗钱，贷放得竟出乎意料的顺利。特别是原先王安石最为担心青苗钱很难贷下去的河北西路相州、京东东路青州，结果都贷下去了，现在只剩下淮南路亳州的青苗钱还没有贷下去。河北西路相州归大名府统辖，是老相公韩琦的老家，今年年初老相公韩琦就发话了，给大名府各州各县发了钧谕：在青苗钱贷放中禁抑配，对抑配的人要查处；贷放青苗钱公家应该无所利其收入，这样才符合先王散惠兴利、抑民豪夺之意。对老相公韩琦前面的那句话，王安石那一伙人没敢说错，但对老相公韩琦第二句话却很不客气了，一个个都笑韩琦其实是个没什么本事的老糊涂。还两朝定策，拥立二帝，三朝拜相，功高盖世，就这么个水平，说出的话简直不如野老村夫！冯京觉得这些人也太狂了，太不知天高地厚了。老相公韩琦这句话有什么错呢？堪称得上是仁人之言。官府借给农户的钱，一文钱利息都不要，不是天大的好事吗？但，老相公韩琦这种功烈光于四海、仁风行于千载的功德无量的大好事，却成了不折不扣的腐儒之举。冯京觉得放贷本是民间的事，官府干吗要去放贷呢？官府放贷，不就是与民争利吗？冯京并不认为王安石品德上有什么问题，相反还和朝中许多人一样，认为王安石的操行近乎没有半点瑕疵，只是迂了点。冯京对王安石“民不加赋而国用饶”那句话特别反感。天下钱财物产有个常数，不加赋却要让朝廷增加财政收入，让国库里的钱财厚起来，这不是痴人说梦、荒唐透顶、迂得不能再迂了吗？王安石说，这叫让钱生钱，财生财，真是见王安石的鬼！然而，叫冯京百思不得其解的是，王安石的这一套见鬼的东西竟然都施行下去了。此外，王韶在大西北站住了脚，越来越多的吐蕃发羌人归顺了大宋；王韶在秦州设立的市易务的买卖也做得很火热，活跃了边境，不仅吐蕃发羌人说好，西夏党项羌人也说好，官府也赚到不少钱。既然如此，王安石焉能不开心、不得意？

冯京站在离王安石少说有十来丈远的西边壁下，借着王安石小火城的烛光，冯京看见待漏院里密密地来了许多人。文彦博、司马光、吕公著好像是约好了似的，几乎同时跨进待漏院的门槛。冯京看到，文彦博、司马光、吕公著径直朝他这个方向走来。文彦博也带了一个小火城进来。往日起居日，文彦博、司马光、吕公著并不每次都凑在一起，只是往西边空地方走去，或立或坐在那里等待漏院外厚重的宣德门打开。今日，三人却往自己这边走来，肯定有什么要紧的事告诉他。冯京看到，文彦博的小火城中的文彦博、司马光、吕公著的脸色很不好看。文彦博脸上的官威更逼人了，司马光一脸的义形于色，吕公著脸上一派天然简重清静的禀性之中似乎有了些许的苦衷。东边那一大块的人没谁注意到这三个人脸上有什么异常的神色，西边这一大块的人却都多少有点惊讶，也多少有点不安地望着他们。冯京等文彦博、司马光、吕公著走到自己身边，望着他们，不宣唇齿，只用目语示意：出什么事了？

司马光附着冯京的耳朵，压着嗓子，声音低到只有冯京才听得清：“老相公气得拍桌子，把手都拍肿了；永叔病倒了！”

老相公指的是韩琦，永叔是欧阳修的字。司马光轻轻一句话，冯京却觉得好像受到重重一击。不用司马光再多说什么，冯京就知道是怎么回事了。老相公韩琦的手拍肿了与欧阳修病倒了，都跟青苗钱有关。冯京觉得，老相公韩琦一向对王安石印象不好，王安石对老相公韩琦有一肚子意见。王安石现在得势了，不把老相公韩琦放在眼里，这一点都不叫人感到奇怪，但王安石怎么可以把欧阳修也气成这个样子呢？不错，欧阳修对王安石的新法相当反感，可王安石也不能这样对待欧阳修呀！欧阳修不仅是前朝老臣，名满天下，且对王安石有恩。朝中百官谁不知道，王安石的成名与欧阳修有很大关系。十七年前的至和元年，王安石不过是舒州通判，朝野上下有几个知道王安石的？喜欢当祖师爷，也喜欢奖掖年轻人的欧阳修认为王安石是了不得的人才，极力为他延誉，有诗赠曰：“老去自怜心尚在，后来谁与子争先。”还向当朝天子仁宗举荐为群牧司判官，王安石的名声才渐渐大了起来。冯京清楚，王安石倒不是那种忘恩负义的小人，对欧阳修的恩德还总是牢记在心，但王安石这回怎么会对欧阳修寡情呢？后来传来的消息是：曾布、舒亶二人贷完青苗钱，欧阳修还在府上设宴款待他们和临朐县颜县令、刑名师爷朱学绍。当时五个人都喝醉了，席间醉娘弹唱了十来支曲子。这消息看来是假的，要不然好好的欧阳修怎么会病呢？三天后，青州府的抄报送到朝廷，事情的真相才出来。欧阳修那天宴请曾布几个人不假，五人都喝醉了也没错，醉娘弹唱了好些曲子也是真的。然而，欧阳修因为青苗钱的贷放给气得病倒在床上也一点不讹。曾布、舒亶离开青州到沂州沂水县去的第二日，青州府吏目又把临朐县那个呆子县令带进府来，欧阳修才知道临朐县富户在自愿书上画的押、打的手印是怎么回事，气得要命，却又奈何不得，就这么病倒了。此时此刻，冯京也觉得自己的脸色肯定好不了，一定难看。

冯京很明白，这些日子也是王安石挨骂最多的时期。作为御史中丞的冯京，朝野上下，相当多的人对王安石的新法很激愤，意见最大的是青苗法，发难最多的也是青苗法；弹劾王安石的奏章多得无数，只是天子赵顼不为这些奏章所动，一律留中不发。乌府台林旦、薛昌朝、范育三御史正在搜集材料，准备弹劾王安石。

没过多久，冯京忽然看到东边那一大块人有了骚动，许多人都把头转向待漏院门口，有些人的脚步也开始移动了。冯京朝待漏院门口望去，原来是吕惠卿出现在光线不甚分明的待漏院门口。冯京没直接跟吕惠卿打过交道，但听说此人在条例司很威风，神气得很，有种压倒人的气势，没人敢惹他。但在待漏院里，吕惠卿的神情倒还是挺平易谦和的，能看出吕惠卿脸上挂着笑。冯京看到，跟在吕惠卿后面进来的还有个人。此人年纪轻轻，二十几岁的样子，昂着头，身上有种不可一世的张狂气势。冯京参加天子起居日的朝会活动，恐怕有上百回了，还是第一次见到一个年轻人这么张狂来到待漏院。这也太胆大妄为，太没规矩，太目中无人了。司马光又附着他的耳朵，压着嗓子："唐坰！"

冯京张开口，轻轻地"哦"了一声，明白此人就是那个拦住三司使韩绛马头，逼着韩绛要管好自己下属的小京官呀！久仰！久仰！久闻大名，今日算是见识此人的真面目了。此人官不大，科场上连个秀才的功名都没有，但此人此生好像就是专为某种叫人无法思议的事而来。用惊人之言、惊人之举、惊人之事来评说他，其实分量还远远不够，应该用惊天之言、惊天之举、惊天之事来评说他才合适。然而，王安石对此人却很看得起，特别是吕惠卿把此人看得更重，常在众人面前夸他有胆有识，后来天子赵顼也赐他进士出身，当上了七品崇文校书，成了读书人向往的馆阁人员；听说前些日子此人又放出惊天之言："青苗法不行，宜斩大臣异议如韩琦者数人。"太祖那尊两丈来高的"不杀士"的巨石就一直耸立在正衙大庆殿前，大宋百年，杀过不少武官，却从没杀过一个文官，文官最重的处罚也就是贬到岭南去打发日子；即使到了岭南，也还有个官籍，在平头百姓眼中还是很神气、很威风的朝廷里的人。然而，一个小小的崇文校书竟敢扬言要杀老相公韩琦这样的大臣，真是太猖狂、太嚣张，与疯子无异！听说王安石打算举荐唐坰为御史，只是直到今天尚未听到王安石向天子赵顼举荐唐坰的传闻。

吕惠卿先趋步走到王安石面前，认认真真、恭恭敬敬长揖行礼，直直的身子微微前折，双手合抱，拱手高举，然后缓缓下移。王安石很高兴地点了点头。但唐坰并未跟在吕惠卿后面，过去给王安石行礼，而是一人站在东边靠壁的一个地方站着，也不跟任何人搭腔。冯京早就听人说，唐坰对王安石崇敬得可以说到了五体投地的地步，怎么今日连个礼也不过去行呢？

吕惠卿给王安石行过礼后，就缓步向东边挂有前朝王禹偁的《待漏院记》的壁记那边走去，早有人让了交椅给他坐。这些日子，吕惠卿是越来越春风得意了。前不久，王安石面君，要起用吕惠卿、邓绾、李定三人，给当时在场的司马光兜头泼了盆冷水。司马光的话还是起了作用的，邓绾、李定的言官没当上，仍在京都开封等待差遣；不过，吕惠卿还是当上了太子中允、崇政殿说书，有了在经筵席上跟天子讲释经义、进读书史的机会。当上崇政殿说书的吕惠卿就拼命鼓吹王安石新法，在一次经筵上大谈特讲钱生钱、财生财，把天子赵顼说得龙颜大欢。吕惠卿还特别以青苗钱为例，说青苗钱得到的利息又可再贷出去，官府的钱不就又多了起来吗？钱滚钱，财滚财，钱越来越多，财越来越多，国家有用不完的钱，天下子民的日子好过了。吕惠卿这个人坏透了，可说是真正的奸邪小人，尽用这些妖言惑乱圣听。冯京真不明白，王安石这么聪明、人品这么好、这么有才学的人，怎么会跟吕惠卿这样的奸邪小人搅在一起，且这么赏识他器重他，把他视为心腹，宁可把苏辙赶走，却把条例司检详文字这样重要的工作交给吕惠卿一人，条例司还能搞出什么好东西？

待漏院里一片寂寂，气氛也平静如水，里面的文武官员没谁说话，最多也只是以目语示意。二月中旬天亮不算迟，但也算不得早。待漏院东北方向的窗外，但见夜色尚未褪尽，上面的高空还是那么灰暗，星星落得差不多了，只有那颗硕大的晨星还挂在东北窗口，怪怪地窥望着待漏院里的文武官员。

不多一会，不仅东边那一大块的人，连西边这一大块的人都把头朝待漏院门口转过去。冯京也不由朝那边望去，见三司使韩绛、知制诰韩维和大才子苏轼从待漏院外面进来。近日，这三人可说是朝中最忙的人。盐铁、度支、户部三司本身的事不多，三司本来总管天下财政，经划邦计，但条例司成立以后，这一大块事都落到条例司去了，总管盐铁、度支、户部三司的三司使韩绛的事自然也就不多了。然而韩绛又与王安石同时兼领条例司，韩绛的事就又多了起来，特别是今年条例司许多人都抽调到常平司当提举官，条例司差不多成了座空城，韩绛就更是常到条例司去署事。韩维本来事情就多，一是要给天子起草诏书圣旨，一字一句都不能出半点差错；二是要掌管通进银台司，天子的诏书圣旨要及时发下去，百官的奏疏要及时送呈到天子，对不妥的诏书圣旨还要行使封驳权，退回翰林院或知制诰重新撰拟：整天有忙不完的事。大才子苏轼本来被投闲置散，现在差遣上的事不多，官告院基本上与安置养老不任职的宫观没多少区别，但苏轼却比谁都忙。冯京十分清楚，此时的苏轼不是忙他一贯所好的诗词书画、美食美酒和美人花娘，忙的全是与他毫不相干的新法上的事。这个大才子对王安石的新法有一肚子不合时宜的牢骚，到处挑新法的毛病，到处说新法的坏话，弄得王安石十分不高兴。苏轼又特别对吕惠卿有意见，说新法的许多坏主意都是吕惠卿出的，当然也就弄得吕惠卿特别恼火。苏轼还打算找王安石当面谈谈他对新法的看法，就是对吕惠卿也想当面劝劝他，要他们赶快把新法停下来。这个苏轼真是想得美，天真得实在是可爱得很。他还真以为那伙人看得他起，要是看得起你大才子，就不会把你弄到官告院去填写官员差遣的告身。怪不得欧阳修说你多情，到底是你的老座师，十分了解自己的门生。

韩绛进了待漏院后，东、西两边的人都对他拱手作揖。韩绛朝会时多与王安石待在一起，今日见王安石身边围满了人，就踱到西边，与文彦博站在一处。韩维进了待漏院，所过之处，都对他拱手作揖，还要送上一副讨好巴结的笑脸。这是因为韩维不仅是天子东宫时的旧臣，还因为现在又是天天要跟天子接触的近臣。大才子苏轼进了待漏院，所过之处就挺有意思的了。苏轼倒是对东、西两边的人都拱手，但东边的人对他的反应冷淡，有的只是双手抬了抬，敷衍一下，有的装着没看见连手也懒得抬一下，有的干脆别过脸去望着别的什么地方。西边这一大块的人，也不是个个都很看得起大才子苏轼，官场从来势利，脸色的冷暖总是随官的大小变化，你大才子再有才，但官就那么大，能不拿个冷脸孔对着你，就很不错了。西边这一大块的人也有不少只是稍稍抬起下手，敷衍一下了事；有些人还是很热情，双手拱起给苏轼回礼。苏轼对众人的态度倒不在意，敷衍也罢，冷淡也罢，热情也罢，恭敬也罢，苏轼都好像视而不见，只是一直往里走，一直走到王安石面前。冯京注意到，东、西两边的人都望着大才子苏轼和当朝主持政事的王安石。苏轼也和吕惠卿一样，直直的身子微微前折，双手合抱，高举过头，然后缓缓下移，恭恭敬敬、认认真真给王安石拱手长揖。这很有点出乎众人的意料，就是冯京也感到很是意外。这个大才子，真的是个直情径行的人，心里一片空明。这日起居日朝会之后，有人说这是大才子苏轼在献媚取宠，讨好王安石，目的是为了要王安石提他的官。冯京摇了摇头，大才子苏轼没这个心机，要有这个心机，早在朝廷当上大官了。十五年后，因乌台诗案以保留官籍的犯官身份安置在黄州的大才子苏轼，做了五年被监管的犯官，离开黄州，还弯路到江宁去拜见二次罢相并已彻底离开朝廷的王安石，这种怀抱岂是献媚取宠、讨好王安石所能解释得了的?

冯京看到，此时待漏院里的人都一起望着王安石了。冯京心里明白，苏轼的官能不能当上去，起决定性作用的就是王安石。天子赵顼对苏轼是相当赏识的，重用苏轼在那里没有障碍；后宫的太皇太后曹氏、太后高氏对苏轼也是有相当好感的，十分器重他的才，很希望苏轼能当上大官。当然，冯京也清楚，王安石不仅不重用苏轼，反让他投闲置散，也不是用官场通常的规则能说得通的。苏轼到处挑新法的毛病、说新法的坏话，这确实使王安石不高兴，但这不是主要原因，更不是根本原因。那么根本原因到底是什么呢？冯京也不知道。冯京现在最关心的是王安石会怎么对待大才子苏轼。

王安石很高兴，不过对苏轼如此恭敬并不感到奇怪。在小火城光照下，王安石站了起来，常常悻悻的脸上很灿烂地笑了笑，合掌唱了个“喏”。这同样也很有点出乎众人的意料。今日待漏院里给王安石拱手长揖的人不少，但得到王安石起身唱“喏”、笑得这么灿烂的，大才子苏轼还是唯一的人。冯京觉得，王安石对大才子苏轼还是爱惜的。

待漏院里的气氛虽然有点滑稽，但也轻松。给王安石行过礼的苏轼又过来给文彦博、司马光、吕公著、冯京行礼，然后往西南壁下走去。冯京知道，苏轼是去那里找乌府台林旦、薛昌朝、范育三位御史。冯京用手拉了拉苏轼的衣袖，意思要他此时不要过去。但苏轼挣开冯京的手，仍一直往那边走去。冯京清楚，大才子苏轼为何此时要去找这三位御史。这三位御史正准备上书天子弹劾王安石。冯京觉得，现在弹劾王安石不是时候，不仅天子要怪罪下来，也不会得到朝中百官的响应，谁也怕惹你，弄得自己难堪狼狈。他觉得此时苏轼不掺和进去为好，能与王安石改善关系，这对苏轼升官是有好处的。冯京是真心希望大才子苏轼能升官，王安石把你投闲置散，固然委屈了苏轼，但苏轼总也该对王安石好一点。刚才苏轼给王安石行礼，王安石也对苏轼唱“喏”，这就很好。然而，此时苏轼却去找那正要弹劾王安石的御史，不是把刚才得到改善的关系又弄坏了吗？大才子呀，大才子，只一味直情径行，做什么都按照自己的性情一直走到底，一点也不想想自己这么做的后果，这如何使得。冯京看到，苏轼到了西南壁下，那边的人有了骚动，模糊中但见林旦、薛昌朝、范育三人对苏轼又是拱手，又是作揖，脸上的神情肯定非常高兴，然后几个人就头碰头叽里咕噜起来。

待漏院东边窗外有了微明的青色，乌府台负责朝会秩序的巡使御史也站在待漏院门口了，众人都自动按自己的叙班站到队伍里去。当王安石站到队列前面时，引领文武官员进宫的东上阁门使正好从待漏院外进来。卯时已到，待漏院外厚重的宣德门响起了缓缓的、刺耳的开门声，文武官员跟在王安石后面，穿过阔长的宣德门，向大庆殿走去。二月京都开封卯时的日头尚未出来，在清晨微明而又清冷的青色中，文官们经过耸立在大庆殿外那块两丈来高的巨石时，都不由得习惯性看一眼巨石上镌刻着开国皇帝赵匡胤手书的“不杀士”三个大字。

东北角上那颗孤零零望着下面的硕大晨星不见了，青色的天上布了些浅浅淡淡鳞状的白云。大庆殿外丹墀两边站着两行铠甲鲜亮、威武雄健、手持长矛的卫士。文武官员规规矩矩、恭恭敬敬站在大庆殿丹墀下面。司礼太监在殿前对空三挥长鞭，发出三声神威无比的脆响后，百官便在内侍太监丹田气十足的赞喝声中，按品秩高低，一拨一拨上殿去给天子赵顼请安。大庆殿内一派庄严、肃穆、祥和的气氛。天子赵顼今日龙颜甚喜，个中原因一是新法特别是其中的青苗钱贷放取得意想不到的效果，二是王韶在秦州那边干得风生水起。高高地端坐在御座上的天子赵顼望着大庆殿内百官，右手一挥：退朝。

百官的身子往后转了，叙班的队列松乱了，负责朝会秩序的巡使御史也都收起了凶狠而又警惕的目光。百官都准备到大庆殿廊庑下去享受天子的免费朝食。然而就在这时，一件怪事发生了。有个人挤出队列，几步冲到御座前，噗地跪下去。大庆殿内鸦雀无声，气氛霎时紧张了起来，百官都吓呆了，就是天子赵顼也惊得离开御座，准备跑到后殿去避一避。开始有几个人以为这个人要加害天子，准备扑过去把这个人按倒，后来见这个人跪下去就不起来，才把抬起的脚缩了回来。

冯京低头一看，此人就是那个拦住韩绛马头、近日扬言要杀老相公韩琦的唐埛。不过，大庆殿里的气氛不那么紧张了。那些官不高、位不重的官员显然觉得今日之事与他们没什么关系，脸色很快正常了；站在最前面的王安石、文彦博的脸色虽然不怎么好看，但也不见什么异样的表情；王珪、韩维的脸色自然好不到哪里去，却也只是一脸静候事态发展的神情；吕惠卿脸上很有点喜悦之色，此人心术不正，说不定唐埛的今日所为与他有关系；离冯京很远的苏轼一脸特立独行的神色，看不出对唐埛有什么褒贬之意；站在苏轼后面的林旦、薛昌朝、范育三御史却笑了笑，也许他们觉得唐埛这一招有点滑稽可笑；只有站在自己前面的韩绛脸上多少有点难堪不安，唐埛毕竟拦过他的马头，缠着他半天脱不了身，当然很是担心唐埛今日又要缠着天子赵顼不放。叫冯京感到奇怪的是，当他转过脸去望着天子赵顼时，却看到赵顼站在御座边上，好像明白了唐埛是为了何事跪在大殿御座前，很是有点无奈地摇摇头，却龙颜含笑，对唐埛挥了挥手，要唐埛退下去："朕改天召你进宫入对。"

原来这个唐埛要与天子赵顼入对，跪在地上就是不起来。赵顼仍旧龙颜含笑挥手要他下去，但这个唐埛却半点反应都没有，摆出一种天子赵顼不答应他入对就长跪不起的架势。这个唐埛在耍无赖了。在冯京的记忆里，大宋百年还没发生过这样的事。这个唐埛真是胆大包天，目无朝廷半点规矩了。冯京看到，大殿里百官的目光都望着赵顼。按说天子赵顼此时会龙颜大怒，不说治唐埛的罪，至少要把唐埛轰出去，但下面的事就更有意思得很，赵顼不仅没半点把唐埛轰出去的意思，仍龙颜和悦地对唐埛说："改个日子，改个日子。"

冯京很是奇怪，天子赵顼怎么是这个态度。不错，冯京早听说过，唐埛那句"秦二世制于赵高”的话，使得赵顼龙颜大悦，但也不能这样依着他呀！再说，天子赵顼对唐坰够给面子了。唐坰跪着往御座前移了几步，身子都挨着御座了，高声说：“臣要说的，都是大臣们的不法事，请对陛下一一陈之。”

真的不只是惊人之语，而且是不折不扣的惊天之言。这个唐坰，要扳倒的不只是一个大臣，而是大臣们，这个“们”是几个人呢？大宋百年，只有老相公韩琦在当右司谏时，连疏当时宰执大臣王随、陈尧佐、韩亿、石中立以权谋私的事，让这四个人同日从中书衙门滚了出去，让朝野震撼，也让朝野人心大快，老相公当然也出足了风头！唐坰莫非也想来这一手，让朝野来个震撼，也让自己一夜之间名扬四海？冯京看到，这回不仅三司使韩绛，而且连主持天下政事的王安石、枢密使文彦博的身子都不由得一震，一起转过脸去，望着跪在御座前的唐坰。百官的表情就更复杂的了，有横眉怒目的，有冷眼相看的，有幸灾乐祸的，也有什么表情都有一点、又似乎什么都没有的。赵顼站在御座边上，既不离开，也不重新坐下去。很显然，天子既对唐坰很有点头痛，又很是有点为难。让唐坰这么胡闹下去，今天的起居日就给唐坰搞得一塌糊涂，不成个样子；不让唐坰说话，也不是个办法，唐坰不是言官，但要说的是大臣们的不法事，这可是关系着江山社稷的大事，不让他开口，天子岂不成了昏君？半日，赵顼在御座上坐了下去：“升座！”

百官都别想走了，大庆殿外廊庑上的朝食再美，也得等唐坰说完话才去吃。已经松乱的队列重新按叙班排好，乌府台的巡使御史站在大殿的四角，鹰一样的眼睛盯着所有的官员。唐坰爬了起来，把笏板插在腰带里，再从衣袖里拿出一份盖了官印的题折，双手展开，也不知搞什么名堂，却没有立即读。正在众人的精神有点松懈的时候，唐坰忽然朝王安石转过身去，瞪着眼睛望着王安石，高声直呼其名：“王安石到御前听札子！”

真是成色十足的惊天之言！冯京觉得脑子受到一震。天子赵顼惊得张开口，半日合不拢。文武官员都懵了，不知眼前发生什么事。就是王安石也受了一吓，脸色都变了，有些慌了，竟然忘了按朝廷规矩出列。前年五月吕诲在大庆殿以十大罪状弹劾王安石时，王安石一点都不慌乱，然而，今日却吓成这个样子。不过，冯京觉得王安石的这种表现一点也不为怪。这个唐坰以前可是对王安石崇敬到五体投地的地步，王安石对唐坰也挺赏识。天下事真是说变就变的多得很，然而也没有像唐坰这样说翻脸就翻脸，王安石哪可能有半点思想准备呢?

唐垧声色俱厉起来，对王安石呵斥道:“陛下前犹敢如此，在外可知!”

唐垧这句话可真是威力无比，王安石完全成了个目无天子、目无纲纪、为非作歹、横行无忌的权相。王安石给吓醒了，往日的威风一扫而光，知道自己该怎么做了，乖乖上前几步，很是悚然地走到御座前，又像前年五月那样，勾着头，规规矩矩垂手而立。

唐垧这才开始大声宣读他的题折。唐垧宣读的时间少说有半个时辰，历数王安石的罪状整整六十条。大庆殿里的百官都清楚，前年五月吕诲弹劾王安石是十大罪状，唐垧这次历数王安石的罪状是吕诲的六倍之多!唐垧的结束语是:“王安石专作威福，天下但知惮安石威权，不复知有陛下!”

真是狂风骤雨，字字千钧，句句雷霆。不过，这次大庆殿内的气氛与吕诲弹劾王安石不一样，十分怪异起来。冯京眼睛来回地望了望大庆殿里的人。条例司里的新进以及为数众多的年轻小京官，许多人一脸的义愤填膺，对唐垧很有点怒不可遏的样子。朝中一帮老臣以及为数很少的年轻小京官，好些人一脸的喜出望外，觉得权势赫赫、不可一世、听不得半点意见的王安石也有今日，活该。官威逼人的文彦博从来心术超深，不可测度，对王安石新法很有点深恶痛绝，此时板着一副公正严明铁面，一动不动站在队列里，看不出是高兴，还是气恼。司马光头脸上的表情有点复杂，他们对唐垧的话自然有同感，但不会把王安石看得那么坏，脸上庄严的神色中有点难以掩盖的喜色。吕公著脸上的表情不温不火，低着头在沉思什么。韩绛一脸不以为意的轻蔑，朝廷那些在官场走了二三十年江湖，资深的大臣有几个是没受到过弹劾指控的?条款多就能把人吓唬住?开玩笑!王珪还是一脸的规矩本分，但眼睛却一直望着赵顼。韩维一脸正颜厉色，近日听说他对王安石新法有点微词，但他绝不会同意唐垧这么指控王安石。乌府台那三位御史林旦、薛昌朝、范育很有点幸灾乐祸的喜不自胜。大才子苏轼却也一脸义愤起来，冯京对这点很是不解，那些因新法而升官、得过王安石好处的小人义愤填膺是必然的，你有什么值得义愤的?吕惠卿的脸色相当有意思，很义愤，但义愤得有点夸张。王安石则一脸的尴尬、难堪和羞愧。冯京记忆犹新，前年五月吕诲弹劾王安石时，王安石很是愤怒，且竭力不让这种愤怒爆发出去，腮上的肌肉一棱一棱小老鼠似的上下窜动，头上冒出了汗。今日王安石头上也出现了些微汗珠，但腮上小老鼠似的肌肉并未出现，却把往日常常昂起的头勾了下去，一直勾到胸前，气得要死，也羞得要命。吕诲不仅从来没对王安石崇敬过，相反从王安石越次入对以来，就一口咬定王安石是少正卯、卢杞一样的大奸臣；然而，唐坰是对王安石崇敬得五体投地又得过王安石好处的人，今日却以六十条之多的罪状历数他，对王安石来说，真是搬起石头砸自己的脚，自然觉得脸面丢尽，见不得人了！

高高端坐在御座上的赵顼对唐坰明显不满，在唐坰历数王安石罪状时，就几次打断唐坰，此时又对唐坰挥了挥手，要他退下去。但这个唐坰真是很怪，不仅不退下去，反转过身来，面对着文彦博、吕公著和自己。冯京不由得一吓，感到唐坰要对文彦博、吕公著和自己大打出手了。这就怪了，他们有什么值得大打出手的呢？冯京看了看文彦博，但见文彦博官威逼人的脸上出现一种古怪的表情，很是觉得唐坰这个人太荒唐了些，也太不自量力了些，不过随后脸上的表情就恢复了常态。文彦博经历的官场风浪就更多了，有的是办法对付这种场面。当年赫赫有名、以敢言见惮的殿中侍御史唐介都没能把文彦博扳倒，此时的唐坰能奈之若何？吕公著一脸的淡然宁静，仿佛唐坰这个人根本就不存在。

不多一会，冯京看见唐坰一脸杀气腾腾，对着文彦博、吕公著和自己也是直呼其名："文彦博、吕公著、冯京对王安石的这些都很清楚，可胆小怕事，别说对抗，在王安石面前连个屁也不敢放！"

冯京、文彦博、吕公著也一样出列，勾着头，规规矩矩垂手而立。冯京真是哭笑不得。唐坰对行新法的不放过，对反新法的人也不放过，真不懂这个唐坰今日意欲何为，狠狠砍了王安石六十刀，此时又把文彦博、吕公著和自己也砍了。不过，这小子也把文彦博和自己看得太没用了。不错，文彦博、吕公著和自己是对王安石所作所为没出一声，但没出一声就是胆小怕事？要像你小子这样在大殿里胡闹才叫有种？你小子懂什么！

冯京感到，大庆殿里的气氛越来越古怪了。唐坰却越来越来劲，很有种愈战愈勇的神情。唐坰又转过脸，望着王珪，同样直呼其名："王珪曲事王安石，恭敬得就像家里养的仆人！"

唐坰嘴巴里的王珪，与狗无异。这个唐坰是越来越不像话了。连不反新法、却对新法施行并不出力的王珪也不放过。这对王珪来说，自然是太损了些。冯京眼睛的余光注意到，从来没受到过言官弹劾也没受到过谁指控、本分规矩的王珪一脸通红，羞极了，很难为情地走出叙班，垂着双手，勾得比王安石还低，一直勾到胸前不能再勾下去的地方。大庆殿里的气氛竟有点滑稽起来。赵顼龙颜相当不快，对唐坰喝停："退下去！"

但唐坰还是不理，益发慷慨自若，疯子一样，大有一种所向披靡的气势："李定、舒亶是安石的爪牙，王圣美是王安石的鹰犬。对林英、吕嘉问，安石颐指气使，无异家奴。逆意者虽贤为不肖，附己者虽不肖为贤，王安石跟李林甫、卢杞有什么区别！"

李定、王圣美赶紧出列，勾头垂手。舒亶、林英、吕嘉问因为在外当常平司的监施官，才免了出丑。好家伙，唐坰要横扫一切，谁的面子也不留。本来，唐坰对王安石大打出手、兴师问罪，许多人心里很是畅快，但此人东一榔头西一棒，一下子就抓出十人，让他们勾头垂手站在叙班之外难堪丢丑。这在大宋百年里，恐怕仅此一例。冯京此时不好四处张望，但感觉得到，大殿里的气氛是又滑稽又恐怖。说滑稽，是因为唐坰此举实在是又荒唐又好笑。说恐怖，是因为再这么下去，疯子一样的唐坰还会弄谁呢？大庆殿里的人焉能不提心吊胆？

冯京用眼睛的余光看到，赵顼又侧过头去对身旁的御前太监轻轻说了句话。御前太监立即躬着身子从文武队列中的通道往大庆殿外跑去。不多一会，四个手持长矛的卫士就冲了进来。大殿里的气氛更恐怖了。冯京明白，唐坰要给拖出去了。不过，唐坰仍旧毫无退慑，指着御座说了句狠话："陛下不听臣言，不得久居此座！"

唐坰这里是在用危言耸听吓唬天子。冯京看到，赵顼气昏了，龙颜大怒。百官都怒目圆睁，就是乌府台三位御史林旦、薛昌朝、范育都把脸上的喜色收起，板着个铁青的脸了。这个唐坰今日是在找死了。不过，不等这四个卫士冲到面前，唐坰面对着高坐在御座上的赵顼，再拜而退，很英雄、很神气、很旁若无人地走到大庆殿门口，出了大殿便扬长而去。大庆殿里一片错愕，文武官员都惊呆了。还真不可小看了这个拦过韩绛马头、很有点无赖习气的唐坰，众人没把他看得怎么样，他也很不把众人看在眼里。大殿里百官和冲进殿来的卫士相顾无言。

天子赵顼挥了挥手，御前太监宣布退朝。众人都往后转，冯京忽然看见大才子苏轼拨开前面的人，一直往大殿外挤去，刹那间出了大殿。大才子要去干什么？冯京拨开自己前面的人，往殿门口挤去。在大殿门口，冯京看到，在丹墀下不到十几丈远的地方，苏轼追到唐坰前面，张开双手，拦住去路，很是威严、绝无半点商量余地说："不准走！"

冯京又看到惊人的一幕。不可一世、肆无忌惮地把大庆殿闹得一塌糊涂、不可收拾的唐坰却给苏轼吓住了，乖乖地站着不动。大庆殿外高台上的百官都不急着去吃天子赐给的朝食，站着不动，望着丹墀下十丈不到的地方上的苏轼和唐坰，等着看下面要发生的事，脸上也因唐坰给吓住了而现出一种多少带点幸灾乐祸的快意。

苏轼指着唐坰的鼻子："你欺师灭祖，该当何罪！"

冯京感到，大才子苏轼是为王安石出了口恶气，没想到平日优雅热情、爱开玩笑、谈笑轻松的大才子苏轼今日之言竟也如此庄重严正！冯京看到，站在殿外的百官都对苏轼很有点刮目相看的了。冯京心里有了一种十分复杂而又奇妙的感情。有人历数王安石的不是，这叫冯京觉得快意，但历数王安石之人是唐坰，又叫冯京感到心寒。满朝百官中许多人都可以历数王安石的不是，唐坰却绝对不可以。王安石对唐坰有大恩，说王安石对唐坰是义重如山的师长、恩同再造的父母一点也不过分。欺师灭祖是中原王朝官场读书人最为不齿的一件事。冯京此时还不明白唐坰今日何以如此对待王安石，但他认为，唐坰对王安石再有怨气，也不可这样历数王安石的不是，更何况是在大殿之上，当着天子和百官的面，这就与鼠窃狗盗无异了。大才子苏轼对这种人进行斥责，完全是应该的，说唐坰欺师灭祖一点没错！

冯京一步步往丹墀下走去。他虽然看不到唐坰的脸，却见唐坰的背影抖了几抖，再接着就见唐坰绕开苏轼往旁边走开，也不去大庆殿的廊庑吃朝食，只斜斜地往宣德门走去。此时，冯京走到丹墀下，听到身后一阵哄笑，回头一看，大庆殿外高台上百官一边对着唐坰走去的方向指指画画，边说边笑。

冯京觉得今日起居日大庆殿里发生的一切，很是荒唐透顶，无可类比，不由打了个寒战。第二日冯京才知道，唐坰不顾一切在大庆殿上历数王相公的不是，只是因为他有了进士出身、当上崇文馆校书后，还不满足，还想马上提升他当知谏院，没当上，就恼火了，把怨气发在王安石身上。其实王安石不是不想提他当知谏院，只是想把提拔他的速度放缓点，但唐坰觉得王安石轻慢了他，马上反目为仇，翻脸不认人，一怒之下写了二十多道弹劾王相公的奏章，非把王相公扳倒不可，且要把王安石搞臭。唐坰这就太不像话了，本来这个人不过一个八品小京官，又没功名，一下就成了馆阁人员，还嫌提升慢了，不免胃口太大，太想入非非，太不自量力，也太好笑了。照他这个速度，几年就可以进凤池，到中书当宰执大臣。起初天子赵顼不想把事情闹大，把唐坰这些奏章全给扣下，留中不发。如果是个聪明人，也就该收手不再闹了，但这个唐坰却仍不依不饶，不仅不把王安石放在眼里，连天子的面子也不给，竟狗胆包天在起居日大闹大庆殿，不仅当着朝中百官的面向王相公发难，而且对朝中十来个臣子大打出手。这就是唐坰找死了。唐坰不可能再待在朝廷，必须离京都开封越远越好，执掌朝会的阁门官要治唐坰渎乱朝仪罪，把他贬到潮州去当别驾。被唐坰弄得尴尬难堪、无地自容的王安石救了唐坰："此人素狂，不足责。"改让他去江南西路吉州当卖酒官。

冯京很奇怪，唐坰未骂司马光和吕惠卿。司马光是不该骂的，吕惠卿怎么没挨半句骂呢？后来，冯京听说，吕惠卿对唐坰很欣赏，觉得他敢想、敢说、敢干，搞新法用得着这种人，在王安石那里帮唐坰说了许多好话。唐坰对吕惠卿也特别好，对吕惠卿跟上跟下，二月十八天子起居日那天，唐坰也是跟在吕惠卿后面走进待漏院的。

冯京抬头望了望天空，但见一天浅浅淡淡鳞状的薄云把日头全遮了。

第四十六章　郑侠西门怒目痛斥贪暴吏
苏轼木屋口无遮拦难新法

三月上旬的一日，京都开封厢坊路口鼓楼刚响过未鼓，吕惠卿在条例司把曾布草拟的免役法看了好几遍，好些地方做了修改。免役法可说是千古未有的富国良法。中原王朝千年来施行的差役法是害死人的法，没完没了随时要调用的民役让民户苦不堪言；特别是衙前役简直是架在上等民户颈上的一把刀，服上衙前役的上等民户没几个不被搞得家破人亡、倾家荡产的。免役法只要民户出钱就可免掉民役，民役由官府拿免役钱雇闲散人员干，真可谓一箭三雕：民户不服害死人的民役，闲散人员有事可干，官府也有钱可赚。吕惠卿清楚，王相公把免役法看得比青苗法还重。当然，正因为如此，王相公对免役法也特别慎重，富国的青苗法、市易法、均输法已经施行，富国的免役法却还在讨论中。吕惠卿还把即将出台的强兵法以及科举法做了最后一次修改，就打着马，往王安石定力院府宅驰去。

近来吕惠卿的心情特别好，也特别不好。心情特别好是因为他不仅得到王安石的器重，且得到天子赵顼的赏识，当上了崇政殿说书，可以在经筵讲席上定期见到天子赵顼，跟天子讲经论史，商讨朝政大事。只要能接触到天子，吕惠卿就有信心让天子永远忘不了他，得依靠他，离不开他。他匡扶社稷、飞黄腾达、光宗耀祖、万古流芳的那一日就一定会到来。心情特别不好的原因是朝中那班腐儒和小人越来越把矛头指向他，把怨气都往他头上发，恶毒攻击他，好像王相公那些新法都是他吕惠卿的鬼主意。这些人也太抬高自己，也太小看王相公了。王相公是中原王朝千古少有的奇才，他的新法盖过了中原王朝千古来任何一次变法，是一种理疗国家痼疾、使朝廷彻底脱胎换骨、永获新生的大法。说句实在话，吕惠卿能有王相公半山腰的水平，就心满意足，谢天谢地了。新法都是王相公千古未有的奇思的结果。吕惠卿不过是作为条例司的检详文字官，动用了一下笔头子，把王相公的奇思记录下来。如果新法真的是吕惠卿想出来的，吕惠卿会当仁不让地承认下来。吕惠卿岂能把这种千古未有的奇思拱手让给他人？吕惠卿清醒得很，不会上当：这些人是在挑拨他与王相公之间的关系。如果说天子与王相公的君臣关系好得像一人，那么他与王相公的上下关系也好得像一人。王相公对吕惠卿有大恩，这一点吕惠卿清楚得很。吕惠卿决不会像唐坰那样，做出让人耻笑也让人不齿的欺师灭祖、忘恩负义的事来。今生今世，吕惠卿跟定了王相公。吕惠卿此时赶到王相公府上去，一来是看王相公的病，二来是有两件要紧的事向王相公禀报：第一件，是韩琦和欧阳修都要上奏章，向天子赵顼详细说说理财新法的弊端，特别要说说今年青苗钱的贷放情况，不日就要送到天子赵顼手上；第二件，是西北秦州那边，王韶与李师中彻底闹翻了。吕惠卿清楚，这两件事都非同小可，要王相公早做好应对准备。

京都开封慷慨地散发着迷人的春天的气息，风开始柔和起来，空气清新。天气虽然乍阴乍晴，但从云里露出的日头也开始变得温暖。开封城中那条自西南而来、东南而去的蔡河水流平静，倒映着河边吐出米粒一样嫩芽的柳树和连绵铺排的商铺酒楼，以及随处可见的横跨蔡河的石拱桥。半路上，吕惠卿看到蔡河里有人打马驰来，回头一看，是一脸蜜笑的邓绾到了身边；一问，邓绾也是到王相公府上去的。

吕惠卿和邓绾沿着蔡河并马而行，但见蔡河水上官船、游舫、小艇、渡船、运粮木船往来穿梭。船户呼喝之声，此起彼落。一行行运货的竹筏、木筏顺流而下，声势吓人。二人往西走去，再转过一条小街，前面不远就是安上门，王相公的府宅就在蔡河边上的定力院内。吕惠卿和邓绾刚转到小街，见一群群生猪从安上门外进来，沿着门内一条宽阔的大街往北走去。吕惠卿清楚，皇宫大内和民间所宰的生猪大多从这条大街进去。吕惠卿坐在马上朝大街望去，但见整条大街上都是生猪，估计有千头之多。一头头生猪在赶猪人的驱赶下，活蹦乱跳地往前走去，黑色的背脊不停地弹动，此时的大街就像一股此起彼伏的黑色流水冲进来。吕惠卿记得，前年十月他秩满入都时，多次路过安上门，这条街上的生猪并不多，稀稀朗朗不上百头。农户的猪卖不到好价钱，生猪还没进开封城，在城外就给猪行的行头派来的牙人拦住了，价压得不能再低；不卖也行，走遍开封城没一个屠宰场敢收你的生猪。有敢收敢卖的，肉店都要给砸烂。这都是王相公新法带来的好处，施行了市易法，专司衙门虽然还未成立，但已施行市易法的府、州、县都设立了市易铺，派了公差去公干。开封走在最前面，三司衙门早派人在各城门设卡，不准猪行的行头派牙人来拦农户的生猪；农户可以把生猪送到官办的市易铺去卖，也可以自己卖，价钱比先前的高多了，农户送到开封城里来的生猪自然多了起来。米面、家禽、鱼类、蔬菜、水果及其他物品也是如此。在施行市易法中，发现以前生意人要向相关的商行交行钱。行钱实际上是官府的一种摊派，也就是官府向各个商行无条件、无限度地索取所需的物、料、人、工，名堂花样多得不得了，叫生意人十分头痛，苦不堪言；不交，官府衙门和相关的商行马上派人来找麻烦，生意没法做。现在王相公市易法把这笔摊派钱改成免行钱，生意人按一定比例交上这笔钱，就不必交任何钱，生意人省事多了，焉有不欢迎之理？不过，吕惠卿近日发现：王相公新法施行的势头愈好，愈来愈受平头百姓欢迎，京都开封官场上一些人愈是对新法恨之入骨。二月十八日，也就是天子赵顼起居日那天之后的十来天里，朝廷发生了两件很是叫人感到可笑，也叫人感到气愤的事。

第一件，是李定的事。李定算是倒霉透了，自从去年在阅事的崇政殿面君，对赵顼据实以言，说了句青苗法“民便之，无不喜者”大实话后，在朝中那些小人眼里就成了不折不扣的小人。本来天子赵顼打算授李定知谏院。司马光生死反对，理由就是因为李定不给生母服丧。不给生母服丧就是不孝，不孝是十恶不赦罪中的第七大罪。这可是个吓死人的罪名，得人神共愤之，天下共讨之。王相公请求天子赵顼派人去李定老家扬州核明情况。真相已经查明，李定确实未给生母服丧，但生母是再嫁李家后生下李定的，后来又三嫁他人。在大宋，女人嫁多少次都正常，再嫁之妇不受歧视；然而，再嫁女子的亲生儿子可以生时不问，死后也可不服丧。《礼记》明文载有：孔子不丧出母！既然孔子可以不给改嫁的生母服丧，李定有什么错呢？然而，李定就是当不上言官。骂李定的人仍旧接着骂，大才子苏轼骂过，骂得最凶、最难听的是司马光，说李定“禽兽不如”。御史林旦先后六疏，薛昌朝七疏、范育八疏，弹劾李定，连带对王相公问责。别人这么骂李定，吕惠卿还好理解些，司马光也这么骂，吕惠卿就觉得很不可理喻。司马光不是学富五车、通古今之变吗？他读了那么多书，竟然不知道《礼记》上这句话，岂不是咄咄怪事？李定真是个老实人，见到朝中这种情况，很不自安，为了不给王相公添麻烦，向天子赵顼祈求解除自己这些职务。

第二件，是邓绾的事。不用说，邓绾也成了小人，凡是跟王相公搞新法的人都是小人。邓绾就因为说了句新法“诚不世之良法”，就被司马光一伙人看成是眼中钉。邓绾很希望能留在京都朝廷，在王相公手下建功立业，特别想当个御史中丞，为新法保驾出力。昨天邓绾的诏书下来了，官升一级，由宁州通判升为宁州知州，京都开封不让待，真叫邓绾哭笑不得。邓绾马上就打听清楚了，他的这次任命是参知政事赵抃搞的名堂。王相公二月二十八日天子起居日朝会后，回到定力院府第，就身子发烧、头晕，病倒了。王安石生病，中书自然赵抃当家。天子赵顼与他商议邓绾的官职差遣之事时，赵抃提议邓绾当知府。赵抃到底是官场上的老江湖，面子上做得很光。此人明知道邓绾希望能留在京都朝廷当官，却偏要他去当地方官。但，任何人都谴责不了赵抃，邓绾肚里有意见也有口难言。赵抃并未贬邓绾的官，相反提了一级，由通判擢升为知府。赵抃真个是捅了人家一刀，还落得个讨好卖乖的好名声。然而明眼人一看，就清楚赵抃此举意图有二：一是把王相公身边的人排挤出京都开封朝廷，削弱新法这边的力量；二是要朝中百官放明白点，还是离王相公远一点好，要不然就会像邓绾一样，给弄得很狼狈难看。对这点，邓绾心中是很清楚的。邓绾不是李定。邓绾是个很奇妙的人：没城府，得意不得意的事都摆在脸上，但许多事烂在肚子里也不会说出来；四十好几岁了，在官场走了二十来年江湖，应该说把官场看得很透了，但有时看问题却还那么简单，还有点蠢，奇怪的是许多事就这么蠢地给办成了；脸皮挺厚，只要能当官、当大官，就不怕人家笑，也不怕人家骂。邓绾逢人就说：“急急忙忙要我来，怎么就这样打发我回去？”按说邓绾这句话说得很蠢，京都开封官场上的人都清楚，邓绾是王相公要他来京的，邓绾说这话岂不是对王相公不满？吕惠卿知道邓绾的鬼主意，邓绾其实是故意把事情挑大：一方面为自己不立即离开京都找理由，一方面也是在催王相公赶紧想办法驳回朝廷对他的任命。很明显，人家赵抃欺王相公都摆在脸上了，王相公一点反应都没有，岂不让天下人笑死？如果邓绾真的离开京都开封，那么更为丢脸的不是他邓绾，而是王相公。今后谁还会跟着王相公去搞什么新法？果然王相公得到消息后赶紧写札子给天子赵顼。邓绾虽然没当上御史中丞，但宁州知州的任命撤销了。王相公要邓绾去提举淮南西路常平司。邓绾欣然从命。只要能跟着王相公去施行新法，邓绾就无有不高兴的。

吕惠卿与邓绾二人在马上有一搭、没一搭说着话。

吕惠卿先开言:“邓兄这次去淮南西路，肩上的担子不轻。”

邓绾顺着眼:“吕大人放心，邓某已有成算在心。”

吕惠卿侧过脸，但见邓绾一脸的平静，并无半点作难之色。这淮南西路的新法难施行，特别是这路的亳州青苗钱贷得更是不顺。天子赵顼今年第一个诏令已下颁一个多月了，亳州的青苗钱贷出不到二成。亳州太守富弼不好对付。此公官衔高得吓人，拜武宁节度使、同中书门下平章事，品秩从一品，亳州属下的县令没谁敢不听他的？此公对贷放青苗钱一事始终不开口，下面的人谁敢把青苗钱贷出去？然而，这又抓不到富弼半点错。下到那里去的常平司干办官吕嘉问没办法。吕惠卿觉得，那里的常平司提举官要派邓绾去当。邓绾对付得了富弼。

这回是邓绾先开言:“吕大人可要在王相公面前帮邓某美言几句。邓某从淮南西路回来，给邓某一个御史中丞干干，要不然给个知谏院当当也行。”

吕惠卿一怔，同时心里在发笑，没想到邓绾的脸皮真是厚得有点出奇，竟无半点掩饰赤裸裸地要官。不过，吕惠卿嘴上却说:“好的，好的，吕某一定会跟王相公这么说的。不过，邓兄这些话跟吕某说说无所谓，万万不可对旁人说。”

邓绾想也没想，脱口道:“旁人怎么说邓某不管，笑骂从汝，好官须我为之。”

吕惠卿感到自己一定给惊得目瞪口呆，心里想发笑却笑不出来。吕惠卿完全没想到邓绾会说出如此妙言惊人的话来。一点不错，官场上许多人都和邓绾一样，只要能往上爬，什么廉耻都丢在一边，但嘴巴上却不知把当官看得多淡，且笑屈原不达时务，尽说陶渊明明智，哪有像邓绾这么赤裸得一丝不挂要官。不过，吕惠卿还是很喜欢邓绾的。吕惠卿很清楚，在官场上像邓绾这种笑骂从汝的人，其实多如牛毛，只不过这些人嘴上不这么说而已；从这点来说，邓绾这个人还有可爱的一面。

路过安上门时，吕惠卿忽然听到后面有人喊他。吕惠卿回头一看，见一位身穿九品补服的人从安上门那边跑来。吕惠卿在王相公府上见过此人，认得是王相公当年在江宁讲学时收授的门生郑侠。这个郑侠是个古怪人，对王相公一片真心，敬服得五体投地；又呆得不能再呆，放着好好的司法参军不干，却要跑到京都开封跟王相公继续从学，夫人不肯就赖着躺在地上不起来。不过，吕惠卿总觉得郑侠未必真有那么呆，说不定是一种假呆。在京都开封居住实在大不易，每日开销不小。此人如果只是为了跟王相公继续从学，没有别的想法，岂不是连生计也解决不了？何况王相公现在也不讲学了，此人还从什么学？鬼话！王相公待郑侠不薄，考虑得也挺周到，先给他弄了个管城门的小官，当了个安上门监，掌司一门之钥，负责查核进出人等，位卑任重，生计问题不用发愁。隔了数日，王相公又写了封亲笔信给郑侠，嘱其自安，再待机缘。听说此人对青苗法、市易法、均输法都一肚子牢骚，还几次到定力院找王相公，要谈谈这些方面的事，只是因为王相公忙，一直没找到机会。吕惠卿觉得这就很不好理解了。此人既对王相公这么崇敬，缘何又对王相公的新法如此抵触，莫非神经出了毛病？要不就另有他图。

吕惠卿本不想理这人，没想到郑侠跑得挺快，竟到了马前。吕惠卿只好勒住马。郑侠一脸认真、一脸正义、一脸傻气地指着不远处的安上门说："吕大人，你看你看，这成何体统。"

吕惠卿抬起头，朝安上门望去，但见安上门边有个公差模样的人把一个农人手上的鸡抢过去。农人死活不肯，二人把这只鸡扯来扯去，再扯下去，恐怕要把鸡扯成两半了。二人僵持间，又有几个公差模样的人饿虎般扑了过去，围着农人，拉的拉，推的推，把鸡还给了农户，却把农户身上的棉袄剥了下来，要他赶快去把鸡卖了，把钱拿来换棉袄。农人求着还他棉袄，四面作揖，一点用也没有。公差模样的人只是对农人挥了挥手，要他少啰唆。好在今日不算太冷，要不农人要冻坏。吕惠卿知道，这是三司衙门派来的公差在收免行钱。既然生意人都要交这笔钱，卖鸡的农人当然不能例外。郑侠有什么大惊小怪的呢？要不然，国家怎么富得起来。

吕惠卿骑在马上，清楚地看到农人一脸的悲苦无奈，还能清楚地看到农人一边摇头，一边抽噎着。农人抱着鸡走了。郑侠一脸的难受、一脸的义愤："农人卖只鸡，也要收免行钱，人家农人细民不是家里揭不开锅，等着一升米救命，会捉鸡来卖？不勒出钱就不让进城，此与猛虎豺狼何异？吕大人见到相公，一定要告诉他：相公之法，至美至善，命令初下，士民稍有识者，莫不欢欣鼓舞，以为真是利民之术，太平可坐稳而致也。行之未几，全给贪暴之吏败坏。吕大人看到了，刚才就在天子冕旒之下，相公眼皮跟前，贪暴之吏都如此凶狠，安知京都开封之外，九州四海之远，其无质妻卖子而咨嗟涕洟，使人有不忍视者哉！"这个郑侠，还越说越伤心，竟也泪流满面起来。

吕惠卿真不知对郑侠说什么才好。对这种说呆不呆，说不呆又呆得不能再呆的人，恐怕什么话也说不清楚。吕惠卿侧过脸，望了望邓绾，但见邓绾脸上有一种不耐烦和鄙夷之色。吕惠卿便懒得去理郑侠，与邓绾打马往定力院走去。走了几步，吕惠卿听到郑侠在后面喊："吕大人，你这个人怎么这样古怪，在下没把话说完，怎么就走了呀？你一定要把在下的话告诉王相公呀！要不然，无知者便谓王相公之法不善，不知贪暴之吏坏之也。"

这个古怪的郑侠竟指责起吕惠卿古怪来了。吕惠卿回头看了看，见郑侠一脸严肃、一脸顽强地望着这边。吕惠卿心里觉得好笑。吕惠卿当然不会把郑侠这些话告诉王相公。王相公前几天给唐坰气病了，这会还能再拿郑侠的话气他呀！

一路之上，吕惠卿发现，邓绾对自己益发顺着眼，益发一脸的蜜笑。吕惠卿觉得，他与邓绾相谈还是挺融洽的，心气相通。吕惠卿自然也感到邓绾对官位在他之上的人确实是有点献媚取宠，但吕惠卿不认为这是什么毛病。不信但看酒中宴，杯杯先敬有权人。有权人谁不另眼相看？在官场上，实际上没谁傲视权贵，在上官面前谁都是献媚取宠之徒，就是李白也对杨贵妃献媚。小人献媚，君子也献媚。对上整天板着个脸，视权贵为粪土，岂能在官场混得下去？别信那些自命不凡、自视清高、愤世嫉俗人的鬼话。这些人只是因为在官场混不下去了，也没本事再到官场来混，才会显出一种傲视当世、睥睨万物、刚正不阿、守正不挠的神情，给人一种从未阿谀逢迎过谁、对谁也从未唯唯诺诺过的印象。不信让他头上戴顶乌纱帽，看看他对权贵是不是一脸堆笑、卑躬屈膝？当官有多大好处，谁舍得？吕惠卿对这点看透了，也很是有点为邓绾鸣不平。他觉得那些人抓住邓绾说新法"诚不世之良法"这句话，就认为邓绾阿谀逢迎王相公，相当不公，也相当无知。说句不客气的话，骂邓绾阿谀逢迎的人也高尚不到哪里去，彼此彼此，如是而已！当然，这恰恰说明邓绾过人之处，不人云亦云，对王相公的新法有自己的独到之见，可惜朝中百官如邓绾者少，多些邓绾，王相公新法就好办多了。吕惠卿很是把邓绾看成与自己道合志同的人，邓绾也很是把吕惠卿看成是朝中少有的人才。

吕惠卿、邓绾二人打着马，很快来到定力院门口。吕惠卿、邓绾把马系在马桩上后，门者就过来告诉他们，王相公在西门带阁楼的木屋里。吕惠卿与邓绾进了大门，正要顺着西边围墙下那条麻石甬道，往西门带阁楼的木屋走去，却见庭院北面大堂里传来一阵很怪的哄笑声。

吕惠卿和邓绾是有事来找王相公的，笑声人耳，亦当没有听见，两脚直往麻石甬道上走去。王相公的府宅定力院倒是有那么大，但不豪华，既没有奇花珍木，也没有亭台、楼榭、假山、池塘，三进三厅的大屋，前前后后种了些大树；定力院也不幽雅，到处都能见到人，忙忙碌碌的佣人，各地来会王相公的客人，川流不息，大声叫喊也不见人干涉。定力院外就是大街，那里人声、骡马声以及牛羊声不绝于耳。西门带阁楼的木屋算是最为清静的地方，也不过屋前屋后屋左屋右多种了些绿树和翠竹。来定力院的人，谈家事在大屋里，谈政事在木屋里。因之，大屋里白天客人多，木屋里却昼夜都能见到客人。吕惠卿觉得，大概是王相公的临川老家来了什么客人，在谈老家什么趣闻，引得一些人发笑。

吕惠卿生来只对官场和政事感兴趣，对社会趣闻不屑一听。邓绾倒有兴趣得很，脚在麻石甬道上走，头却不时朝大堂那边转过去。吕惠卿只当没看见，只是顺着麻石甬道往前走去。麻石甬道在前面拐了个小弯，小弯处有棵大树，挡住了前面一段路的视线。此时，大堂那边又传来一阵更怪、更响的哄笑声。吕惠卿一眼看见王相公的夫人吴氏由府上那个有点傻傻的丫环扶着，从木屋那边匆匆走来，早退避在甬道边上让路。但邓绾却把头扭向大堂那边，两只脚仍往前走，好在傻丫环这回不傻，反应也挺快，忙上前一步，把邓绾拦住。邓绾给傻丫环一拦，连连后退几步，才在甬道边上站稳，要不然就要撞到吴氏身上。邓绾一看，站在自己面前的是吴氏，忙拱手长揖，不停地抱歉："该死！该死！真是罪该万死！"

吴氏开始也是一吓，大概明白邓绾为何差点撞着她的缘由了，自然不会去怪罪邓绾，反邀他到大堂去看看。邓绾很想去大堂那边看看，望着吕惠卿，迟迟不转身。傻丫环见了，傻笑个不止："这位大人特有意思，脚长在你身上，去不去由你，老望着别人干什么。"

吴氏愠了傻丫环一眼："大人的事，你啰唆什么！"

傻丫环嘟着一张嘴："我哪里是啰唆大人的事，只是觉得这个大人特好笑罢了。"

这个傻丫环真是越张嘴越傻。吴氏对邓绾说："这是我府上傻丫环，你大人大量，不计较。"

傻丫环这时才好像明白自己傻在什么地方，低着头，抿着嘴，不好意思地笑了起来。

吕惠卿早就知道傻丫环这个人，但真正认得她还是第一次。怪不得王相公夫人喜欢她。这丫环是有点傻，但傻而不蠢，傻得还挺有点可爱。吴氏很快明白邓绾缘何走路时把头扭到大堂那个方向，说："家母在世时一个常有来往的道士，知医善卜，会法术，能在众人眼皮底下，把身边的东西变得无踪无影，又能把变走的东西一样样从身上掏出来，叫人莫名其妙，又挺有趣。此时怕又是在变什么东西。"

吕惠卿也见过这个道士，就是那个在王相公府上吃喝、居无定所的奇人李士宁，但与他从没说过话。吕惠卿对李士宁谈不上印象好，也谈不上不好，觉得这人很怪，很有趣，也有点莫测高深、故弄玄虚：既是方外之人，无视流俗，就该一身四海即为家，游戏人间，随兴所至，视缘而止，却特好结交官府，奔走高官权贵之间；既结交官府，就该好好走科考之路，弄个功名，为国效力，为祖争光，飞黄腾达，青史留名。吕惠卿觉得李士宁很有点不伦不类、旁门左道的味道，也很是看不上这种人。吕惠卿真不明白，王相公何以会让李士宁这样一个叫人不放心的人在府上久待。吕惠卿有个直觉，此人迟早要出事。听说李士宁不日要到秀州去造访右羽林军大将军、团练使赵世居。这没什么奇怪，赵世居是太祖赵匡胤的嫡孙，据说长得极像太祖，有帝王相，谁不想一睹赵世居的风采和尊容，高攀上这种皇亲。这个赵世居也广结广交，不仅与公卿高官、文人雅士交往，而且接纳旁门左道之类的方外人士。

邓绾顺着双眼，一脸蜜笑地望着吴氏："但听夫人吩咐。"

吴氏由傻丫环扶着，往大堂方向走去，邓绾则跟在吴氏后面。吕惠卿就不好反对了，也跟在后面，去大堂那里看李士宁在搞些什么名堂。吕惠卿还在庭院里，就听到大堂里一阵惊讶的哄笑。吕惠卿他们走进大堂时，早有人让开一条路，让他们进去。吕惠卿见李士宁站在北面四方桌边，一个转身从平铺在桌上的一块黑布里取出一只碗来，一个转身一只，再一个转身又是一只。李士宁每取出一只碗，大堂里的人就发出一阵惊讶的哄笑，一阵比一阵响，一阵比一阵欢。李士宁早发现吕惠卿他们来了，但直等把十只碗取出，才上前对吕惠卿、邓绾二人一个拱手长揖："都是雕虫小技，不过兴致所至，聊以助兴，玩乐而已。让二位大人久等，望多多包涵。改日草民选一酒楼，恭候二位大人光临，还请二位大人赏脸。"

这是吕惠卿第一次跟李士宁面对面交谈，觉得众人说他是奇人倒也不虚。吕惠卿碰到过这种人，多是下九流之类的人物，会要碟要碗、吐火吞剑，会把你身上的衣服变走，又会把你的衣服变回。这些人总抬出什么九天玄女、峨眉大仙来，说自己是他们的弟子，如何了得。李士宁却坦言他这些玩意儿不过是雕虫小技，自己更不是什么九天玄女、峨眉大仙教出的本事。这就奇了：很有点歪门邪道的本事，却又是个正正当当讲真话的汉子。不过，吕惠卿还是不想跟李士宁有什么深交，给邓绾打了个目语后："高人款待，担当不起。"

吕惠卿也不等李士宁答话，跟吴氏拱了拱手，便一个转身，和邓绾出了大堂。二人沿老路往西门木屋走去。不一会，二人来到木屋门前，十多丈外就听到屋里传来大才子苏轼的高声说话声。吕惠卿感到很是奇怪，不想急着进木屋，用手给后面的邓绾做了个止步动作。二人站在木屋门外，听苏轼说些什么。吕惠卿对苏轼其实一直不错，认为苏轼确实有才，也觉得苏轼这个人其实并不墨守成规，好食、好酒、好美人，却更好建功立业，有涤荡振刷、补偏救弊之志，只是不知道如何去做。况且，吕惠卿与苏轼是嘉祐二年的同榜进士，以前并无过节，谁也没得罪过谁，吕惠卿有什么要跟苏轼过不去呢？不过，自从去年十二月初十小寒那天在醉春楼受了苏轼一顿奚落后，说句实在话，吕惠卿就很有点厌见苏轼了。他觉得苏轼为人很不地道，嫉妒他，老有意刁难他。这没什么奇怪。苏轼总觉得才比自己高，名声比自己大，官却没自己当得大，肚子里能没怨气？但这能怪吕惠卿吗？吕惠卿觉得，苏轼不被王相公所看重，完全在情理之中。苏轼这个人确实不能用，用了要坏事。

木屋四围刚换上新叶的青竹，被柔和的风掀开，在开始变暖的日光中闪着刚能看得到的浅浅的绿光。吕惠卿听到苏轼在木屋里说说笑笑："轼是无事也登三宝殿，穿蓑衣救火，嘴上一张封条也没贴。相公，治财用者不过三司。今相公不以财用付三司，无缘无故创置条例一司，使六七少年，日夜讲求于内，使者四十余辈，分行营干于外。夫制置三司条例司，求利之名也；六七少年与使者四十余辈，求利之器也。声势浩大，民实惊疑；创法新奇，吏皆惶惑。国家之所以存亡者，在道德之深浅，不在乎强与弱；历数之所以长短者，在风俗之薄厚，不在乎富与贫。在下以为欲消谗慝而招和气，莫若罢条例司，撤掉四十余辈使者。"

吕惠卿心里在暗暗发笑，脸上很有点鄙夷苏轼的意思。这个大才子二月十八日在大庆殿外倒是帮王相公出了口恶气，一句话把不是东西的唐坰骂得有多远跑多远，本来借着这一点，认真把王相公的新法弄个清楚明白，王相公又不是对你不赏识，岂能不用你？说句实在话，二月十八日唐坰在起居日朝会上历数王相公六十条的不是，实际上帮了苏轼的忙。有这么个好机会，这个苏轼却没去好好利用，反在木屋里啰哩八嗦说那么多不该说的话，这不是糊涂是什么，王相公能听你的吗？都是你苏轼嘴巴不好，把自己的路给堵了。吕惠卿一点不怀疑，大才子本意是给王相公进忠言，但哪有这样进忠言的呢？这简直是在全面清算王相公的新法。条例司不啻猛兽，六七少年不啻鬼怪，四十余人使者不啻豺狼，王相公新法不就成了怪物？吕惠卿觉得，苏轼特别糊涂的地方还在把王相公手下的人全得罪了。六七少年，四十余辈，不就是王相公施行新法最为得力的人吗？你把这些人都贬得一塌糊涂，王相公还能依靠什么人去施行新法？依靠你苏轼行吗？说句不客气的话，你苏轼懂什么，完全不是做官的料，只会讲些空话。什么道德之浅深，风俗之薄厚，国不富，民无钱，道德能深、风俗能厚？饥寒起盗心，民富而后知耻，上无片瓦、下无寸土的人才最可怕！当官不是写几句诗、几句文，只会写几句诗、几句文的人是当不了大官、担不了大任、干不了大事的。苏轼呀，苏轼！你真是聪明反被误聪明，自己坏了自己的事。算了吧，还是去写写诗，弄弄文，喝喝酒，跟美人依红倚翠、浅斟低唱去吧。吕惠卿放心了，苏轼很难为王相公所用。

邓绾望了望吕惠卿，想进木屋去。不过，吕惠卿此时还不想进去。木屋里又传来苏轼的说笑声："青苗放钱，自昔有禁。今日朝廷的青苗钱，虽云不许抑配强贷，但事情到了下面，就难说了。再说就是那些愿借贷的人，肯定是那些孤贫不济之人，到官府用鞭挞催着还贷时，必然大批逃亡；青苗钱还不了，肯定要连累作保的邻居，异日天下恨之，国史记之，曰：'青苗钱自相公始。'相公不惜，轼为相公惜哉！"

吕惠卿心里在对苏轼说：大才子，你的话刚好讲反了。青苗钱要救助的恰恰是这些孤贫的人，要是官府不贷给他们青苗钱，这些人只能去向权势兼并之家借高利贷，到时候就是卖儿卖女、卖田卖地也还不起，就只有逃亡一条路了，要不然就到山上去做贼寇。苏轼又在杞人忧天，自作多情了。吕惠卿更放心了，王相公就是想用苏轼都难。

木屋里苏轼的说笑声越来越大，很有点激昂："自古以来，服民役都用乡户，就像吃饭一定得要五谷，穿衣一定要用丝麻，过河一定要用船只，走路一定要用牛马，天经地义，自然得很，谁也改变不了的吧？如果不用民役，桥谁去造？路谁去铺？城墙谁去修？赋税谁去催？盗贼谁去抓？官员下乡谁去带路？官府衙门里的杂役谁去干？听说以后乡户的民役免了，改交免役钱。但这些事都要雇人去干，一个乡户都派不动，官府厨房里连个烧茶送水的人都没有，里面的东西一片狼藉，这成什么官府！我们这些士大夫读书人，抛家舍业，离乡背井，拜别祖坟，四处当官，为国出力，报效朝廷，总不能让我们这些人去干这些事吧？我们这些人享乐享乐一下，恐怕也是人之常情吧？如果这些事都让我们这些人去做，连烧茶送水也得自己干，官府衙门厨房乱七八糟，破败萧然，官员连口水都喝不上，恐怕这不是中原王朝太平盛世的景象吧？”

吕惠卿心里有说不出的高兴，也觉得挺好笑。他真不知道此时该说苏轼聪明，还是该说苏轼傻。这个苏轼，不仅把已施行的新法骂得一塌糊涂，且把还在制定的免役法也说得一文不值，这就太过分了。吕惠卿知道，苏轼的话说得很精彩，韩琦、司马光那些人听了一定十分受用，会高兴得手舞足蹈。但这些话，又愚蠢得很，也荒谬得很。免了民役，但收了免役钱，官府可以用免役钱雇人去做这些事，这有什么不好呢？吕惠卿对苏轼完全不用有什么担心的了。吕惠卿看到，邓绾脸上也对苏轼的话显出一种很不以为然的神情。

木屋里苏轼的说笑声越来越激昂：“在下最为担心的是：天下那些聚敛之官，贪财之吏，免役钱要出，差役仍旧！平头百姓原来出力不出钱，现在是出钱又出力，赔了双份，岂不更冤？平头百姓还有好日子过吗！”

吕惠卿觉得苏轼这句话倒还中听点，自己也有这样的担心。确实，王相公的新法可以说无一条不好，怕就怕下面的官吏这些歪嘴和尚把经念歪。但，总不能因此就不施行新法吧？不过，叫吕惠卿感到高兴的是，苏轼越这么说，王相公就越不会用苏轼。

吕惠卿听到木屋里有脚步的移动声，知道苏轼的话讲完了。吕惠卿便与邓绾向木屋走去。吕惠卿刚进门，就与里面出来的两个人劈面相碰。吕惠卿看到，这两个人，一个是苏轼，一个是王安礼。吕惠卿和邓绾顾不得给苏轼和王安礼行礼，都先挤过去给站在木屋里的王相公很虔诚地长揖而拜。奇怪的是，本来要告辞的苏轼却不走了，王安礼也跟着不走。王相公也不勉强让苏轼和王安礼出去，就让大家在交椅上坐下。吕惠卿挨着王相公下首坐下来，邓绾坐在东边，王安礼、苏轼则坐在西边。

吕惠卿感到苏轼不怀好意。苏轼要说的话不是都说完了吗？留下来意欲何为？吕惠卿感到这个苏轼肯定又有什么要跟自己过不去了，心里很生气。叫他特别感到受不了的是，自己对苏轼并不坏，怎么苏轼总和那些腐儒小人一样，处处跟自己作对，还同榜进士哩！

木屋里的气氛有点奇妙起来。吕惠卿看了看众人脸上的神色。王相公的病好像痊愈了，但此时的精神还不是很好，脸色有点疲惫，也有点不快。苏轼大概是把心里话全说了出去，脸上有种一吐为快后的轻松、得意和畅快。这个苏轼不知趣，只图嘴巴痛快，不管该说还是不该说的都一股脑儿全说出去。好在王相公心胸开阔，苏轼把新法贬得一塌糊涂也没对他怎么样，若是其他人早下逐客令了，但王相公还是让苏轼留了下来。吕惠卿觉得，王相公太厚道了些，其实对苏轼这种人用不着这么客气，恰恰相反，该下狠手就下狠手，不能由着他整天骂新法。治国很重要的一点是治人，不把那些心怀叵测、别有用心、对新法不满、蓄意唱反调的人治住，新法别想搞下去。吕惠卿还看到，王安礼一双眼睛有点为难，也有点不好意思地望望王相公，又有点责怪和惋惜地望望苏轼。第二天，吕惠卿才知道，这天下午是王安礼引苏轼来看王相公病，用意是借这个机会弥合一下王相公与苏轼之间的裂痕。王安礼叮嘱苏轼要把大才子气去掉，少说话，要说就寒暄点无关痛痒的天下趣闻。苏轼答应得好好的，但见到王相公后把这些全忘了，噼里啪啦把王相公的新法说得一塌糊涂。吕惠卿又望了望邓绾，只见邓绾顺着眼一脸蜜笑地望望王相公，又一脸蜜笑地望望王安礼，对苏轼却相也没相一眼。这怪不得邓绾，苏轼这种人很难叫人尊重得起来。

吕惠卿拿定主意：不能在王相公面前让苏轼的如意算盘得逞！众人坐定后，苏轼望望王相公，又望望自己，笑着放出高论："谄谀奸邪之士，于相公今日诚有顺适之快。一旦失势，必将卖相公为自己要个高价、谋个高官矣！"

吕惠卿心里好像受到重重一击。吕惠卿看到，邓绾一脸的蜜笑也不见了，怪怪地望了望苏轼；王相公望着苏轼，半日也不转一下眼珠。吕惠卿知道，苏轼这是在恶毒攻击新法一边的人，特别是不点名地恶毒攻击他，也是居心叵测地挑拨王相公与他的关系。吕惠卿此时觉得自己小看了苏轼，此人其实恶毒起来挺阴、挺刁、挺叫人感到可怕。吕惠卿恨起苏轼来了，自然要回敬苏轼几句。稍想了一下，不轻不重、不紧不慢地对苏轼说："是呀，只有那些整天跟相公唱反调、挑唆人们跟新法反着干、阻挠新法的人，相公一旦失势，才会为相公上刀山、下地狱，哪怕是贬官、砍头也在所不惜，九死而不悔！"

吕惠卿看到苏轼一怔，半日不知说什么才好。吟诗作赋，卖嘴皮子，说说俏皮话，你苏轼行；正正当当在官场斗嘴，唇枪舌战就差远了。那天在醉春楼是因为人多，又很杂，让你拣了个便宜，占了个上风，你还想次次有这样的好事呀！木屋里的气氛是半喜半恼、半乐半气。最感窘促的王安礼对王相公说："苏大才子只是担心那些聚敛之官、贪财之吏坏事。"

王安礼显然在为苏轼打圆场，给苏轼护短。但越打圆场护短，越糟糕。吕惠卿看到，本来就很疲惫和不快的王相公一脸悻悻之色。这个王安礼不了解他的兄长王相公，如果说的是实情，王相公是会恼怒。但王安礼说的话太离谱了，苏轼刚才明明是在含沙射影攻击支持新法的人，给他们安上个"谄谀奸邪"的罪名，何止是担心聚敛之官、贪财之吏坏事呢？这就有点戏弄兄长了。王安礼呀，王安礼，不要再给苏轼护短了。要是能护得了，苏轼就不会投闲置散，去官告院当判官了。

王相公脸上的悻悻之色有种不可小觑的威力。吕惠卿注意到，王安礼不敢作声了，苏轼也不吭气了，就是邓绾一脸的蜜笑也收敛了许多，似乎觉得过于蜜笑就有点不合时宜了。木屋里的气氛一时间似乎有点紧张起来。此时管家匆匆进来，向王相公禀报：中书主书王圣美急急忙忙往府上来了。吕惠卿清楚，肯定有什么紧急情况，要不然王圣美不会急急忙忙到王相公府上来。不过，这下也给苏轼和王安礼解了围。苏轼和王安礼同时站了起来，对王相公拱手作别。王相公也不留，只是要吕惠卿代他送客。

吕惠卿明白，王相公显然要留自己和邓绾下来。这是吕惠卿所巴望的，本来他今天下午赶到王相公府上来，就是有两件要事禀告王相公。邓绾既然要到淮南西路去当常平司提举官，那一路的亳州太守富弼不好对付，临走前肯定要有王相公的钧谕。

苏轼、王安礼转身出了木屋，吕惠卿赶紧去送客。苏轼、王安礼并排在前面走，吕惠卿跟在二人后面。快到西门时，定力院外厢坊路口鼓楼响起申鼓，苏轼忽然转过身来，对吕惠卿说："记好你我今日在相公府上说的话：到时候谁会出卖相公。苏某人承认：本人就是你说的那种跟新法唱反调、阻挠新法的人。你敢承认你就是苏某说的谄谀奸邪之士吗？"

吕惠卿没料到苏轼会提出一个这么刁钻的问题。吕惠卿看到，苏轼、王安礼不怀好意地笑着望着他。他们以为这样一个问题能把吕惠卿难倒，岂不太小看吕惠卿了。吕惠卿微微一笑："吕某是什么人，岂是苏轼说了就算？要是真如此，天下岂不太可怕了？"

吕惠卿故意把脚步放慢，他要好好看看苏轼、王安礼的表情。吕惠卿看到，苏轼、王安礼都愣住了。苏轼完全无言以对。吕惠卿心里很高兴，也很得意，觉得自己这些日子被那班腐儒小人窝在心里的恶气都放了出去。吕惠卿也不想跟苏轼、王安礼再啰里啰唆下去，他急着回去跟王相公谈朝政上的事，便拱起双手："二位走好，惠卿就不远送了。"

苏轼、王安礼出了西门，吕惠卿转身往回走。二月下旬的开封，还是昼短夜长，申牌时分日头就下去了，暮色来临。吕惠卿抬头望了望天，星星还没出来。一天灰色的云盖在上面。风也有点凉意，但吹着刚换上新叶的青竹，发出像琴一样细细声音，很是悦耳。

这天夜晚，吕惠卿与邓绾在木屋里叙谈了足足两个时辰，很是尽兴。吕惠卿从木屋出来前，没忘记提醒王相公：以后别再跟李士宁有什么来往。

第四十七章　富弼不发声州县一钱不借
邓绾尽宣旨百姓青苗可贷

三月上旬还剩下最后两日，亳州永城县令黎正岳把全县的都保正叫到县衙大堂来，有话要对他们申斥，要他们不要领着农户到官府来贷青苗钱。这钱不是好东西，会像毒蛇一样咬人。要贷青苗钱，也得等亳州太守富弼富大人发话。在当朝百官中，黎正岳最服的是富弼，最恭敬的是富弼，最感激的也是富弼。这不仅因为富弼是对有朝廷大功的重臣名臣，现在虽外放到亳州当太守，但帝礼不衰，官封武宁节度使、同中书门下平章事，上朝还位列王安石之上；还因为黎正岳与富弼是同乡，都是京西北路河南府河南县人，这次黎正岳当永城县县令就是富弼举荐的。在亳州，黎正岳不听富弼的，听谁的。

在亳州，黎正岳一向感到很是顺心，但这些日子却感到特别烦。亳州这个地方民风喜斗，属下的永城县民风更是喜斗，就是至亲好友间，一句话说反了，也有动刀子的。要是两家不对，便各自聚起几百人，约定时间地点打架，没有不到的。要是不到，在地方上便做不起人，没人瞧得起。打起来还都要赢，不能输，只能对方死的人多，不能自己方面死的人多。多死几个人不要紧，面子不能丢，那就接着打，一直打到双方死的人都一样，扯平了，都有了面子，才会罢休。在永城县当官，是最难不过的事，以前的县令对这点都很头痛。不过，黎正岳却很快治服了当地人，把这种民风压了下去。黎正岳知道，为官太威狠不行，这里的人是治不服的，为官的越威狠强横，这里打架的事越多，天天都有人打架；太忠厚也不行，没一点威，谁也不怕，地方上命案、盗案会层出不穷，就是大白天在县衙门口也会出命案。黎正岳是既不很威狠，也不是不威狠；既不是不忠厚，也不是很忠厚。黎正岳上任不久，永城县外不过十里的两个村的人打大阵，双方死了七八人还不收手。黎正岳懒得派三班衙役去多事，也懒得费什么口舌，只从打架的两边各抓了个跟大别山土匪响马曾经有过来往的人，把他们关在班房里，一道火签下去，再把跟这两个人平日常在一起喝酒的人也抓来，一边十来个人，一共抓了二十多人。黎正岳威狠的一面显露出来了。跟土匪响马有过来往就是通匪，通匪就是造反，造反就要满门抄斩。先安个通匪的罪名，再一番大刑侍候，大堂之上就死了两个，剩下的秋决时全都开刀问斩。不过，黎正岳还是够仁慈的，本来二十多人要满门抄斩，他黎正岳最后只不过一边只杀了一个，再仁慈就没有边了。黎正岳这一手真灵，永城县的人都怕了，都服了。永城县离大别山又不远，过淮河就到了，在村子里抓个把跟大别山土匪响马有点牵扯的人还不容易？谁还敢再打架？只要地方不聚众打架斗殴，不出命案，黎正岳忠厚得很，永城县太平无事，百姓都是良民，不要说无人敢跟大别山土匪响马有什么交往，就是跟县城里那些小贼也素无往来，都老老实实、规规矩矩过自己的日子。地方平安，百姓平安，官府衙门也平安。但近来这些日子，地方没法平安了，百姓也平安不下去了，县衙门更是难得平安。

辰时二刻的样子，黎正岳穿着整齐的七品补服，从官宅里出来，穿过公廨前的院落往县衙大堂走去。他虽然刚过而立之年，但已经发胖了，个子又高，很有一种叫人敬畏的派头。日头从细长的黑云底下钻了出来，把明朗可爱的日光斜斜地洒在院落里，也斜斜地洒在正从县衙后堂过道出来的钱粮师爷肖子裕、刑名师爷周文章和三班都头苟洪钟身上。三人一脚高、一脚低，一副未睡足觉的疲惫，头似乎有点晕晕糊糊的。黎正岳清楚，他们为何到县衙来找他。这些日子也很是苦了他们，弄得他们劳碌奔波。他们三人都是领了他的火签，到永城县高家庄去查办一起下半夜杀人放火特大命案和捉拿凶犯的。情况大致查明，但凶犯连个影子也没弄到。不过，这还不是特别叫黎正岳心烦的事。天下毕竟还未大乱。杀人放火的事，各州各县都有，说句实在话，对这些事，黎正岳还有的是办法对付。叫黎正岳特别心烦的是，明天淮南西路常平司提举官邓绾和干办官吕嘉问要到亳州永城县来监查新法施行，特别是青苗钱的贷放情况。这件事得认真对付，出不得半点差错，稍有不慎，弄不好自己头上的乌纱帽都保不住。

黎正岳曾经跟吕嘉问打过交道。这个年轻人看起来气势汹汹，很是吓人，却不难对付。亳州有富弼坐镇，什么风浪也翻不起来。富弼太守一声不出，吕嘉问奈我等若何？然而，这一次还来了个常平司提举官邓绾，事情就没那么好为了。此公一出京都开封，一路上就有许多有关他的传闻。此人是个说不清楚的人，也是个极难对付的人。这个人脸皮厚，是个官迷，哪里升官机会大就往哪里钻，且把这些摆在脸上，根本不在乎人家笑不笑；有时很糊涂愚蠢，有时又很聪明多谋，敢把自己讳莫如深、不宜声张的事捅破挑大。听说此人每到一处，就讲天子圣明，要救天下平头百姓于水火之中，州县衙门如何奉旨施行新法，平头百姓对朝廷新法，特别是青苗法高兴得不得了。此公这么做，意欲何为呢？不得不小心点。

黎正岳没到他值房里去，也没到大堂里去。去大堂也没人，此时都保正肯定都还没这么快来。永城县一万五千户，都保正三十位，不到巳时这些人是到不齐的。路近的进了县衙，也是到各房走动走动，找那些书吏、账房、跟班、门房以及管印的、磨墨的、烧饭炒菜的大爷二爷问个好，拱个手什么的。现在又不坐堂审问犯人，去那里干什么，再说天气也不冷，在外面舒服些。黎正岳就与钱粮师爷肖子裕、刑名师爷周文章、三班都头苟洪钟站在公廨前面的院落里叙话。他们前面有棵大树，明朗可爱的日光从刚刚长出新叶的还不茂密的树枝间漏下来，斑斑点点洒在黎正岳面前三个人脸上，看上去就像打了彩。黎正岳不会把自己心里想的这些事对师爷、都头说。黎正岳对谁都是既放心，又不放心。他面前的两个师爷都不是好对付的角色，前面几任县令都因为没把这三个人搞定，弄得县里的事很难办，差点连皇粮都收不上来，有了命案也没人管。但这三个人却不敢这么对待他，没谁敢对他啰唆半句。

黎正岳心里当然十分清楚，自己能做到这一点，是叫人敬畏的派头起了点作用，但主要是因为他上任不久就把在永城县打大阵的人压了下去，一下子就把永城县搞太平了，谁敢不服？永城县里的人谁都怕抓他们跟大别山土匪响马有关系，不要说乡村农户、市井细民怕，就是县衙门里的那些师爷、胥吏、衙役也怕。县衙门里那些师爷、胥吏、衙役有几个跟大别山土匪响马没一点扯不清楚的名堂，他们能活得这么轻松自在吗？恐怕连老命都早丢了。此外，黎正岳上任不久，就很快把县里这些师爷、胥吏、衙役的情况摸得一清二楚。别看钱粮师爷肖子裕长得瘦瘦弱弱，一点肉没有的脸总绷得紧紧的，笑容少，好像借他的米还他的糠，整日板着个脸。但这个人厉害得很，收粮收款、派捐派役时不知做了多少手脚，县里农户背后把他祖宗八辈子都骂了。刑名师爷周文章外表倒憨憨傻傻，一团和气，其实是个吃肉不吐骨头的角色，瞒上虐下，敲诈勒索，不知黑了人家多少钱，县里许多人都想背后捅他几刀。长相极像土匪的三班都头苟洪钟大字不识，头脑简单，倒是来明的，不给钱不办事，给多少钱办多少事，农户反倒不怎么恨他，帮上忙的还感激他；此人也爱交个朋友，说不上为朋友两肋插刀，能帮得上忙时还是会帮点忙。不过，黎正岳对得起这些人，并没有另请师爷、另安三班都头。黎正岳很清楚，叫另外一些人来，还不照样做手脚、照样吃肉不吐骨头、照样给钱才办事？天下乌鸦一般黑，谁来都一样。再说，换了这些人，这些人还不一个个把自己当仇人，巴不得一口生吞了自己？自己要那么多死对头干什么？这些人不要是不行的，衙门里的事总要人去做。况且这些人都是县里的地头蛇，本地根基深，强龙难敌地头蛇，自己干吗要去得罪这些人呢？这些人服自己不就算了。说句良心话，这些人虽然一个个都厉害得很，但也都是乖角儿，“三节”的节礼、“两寿”的寿礼没少给自己一文钱，管他们那么多闲事干什么。只是最近这两天，无论是肖子裕，还是周文章，都似乎有点什么不对劲的地方，只有苟洪钟对自己还那么听话顺从。至于肖子裕、周文章对自己不对劲的地方到底在哪里，黎正岳一时说不清楚。既然如此，黎正岳也就没时间去管了，只是对站在他面前的钱粮师爷肖子裕、刑名师爷周文章、三班都头苟洪钟，要他们说说前天下半夜高家庄杀人放火命案：“高家庄的事情查明了？”

黎正岳看到，钱粮师爷肖子裕低着个头，望着自己的脚尖上从旁边一棵大树枝叶间漏下来的日光。钱粮师爷言语一向不多，不愿做的事不愿开口，何况高家庄杀人放火的事并非他分内的事，只是自己要他去一下，他才去的，自然不会多这些事的嘴。外表憨憨傻傻的刑名师爷周文章极喜欢说些实实在在的话，给人一种胸无宿物、快人快语的印象，其实他内心怎么想的，只有天知道。这次高家庄出特大杀人放火命案的那天晚上，刑名师爷周文章正与县里几个很有点权势的豪门大佬喝酒，喝了个烂醉，后来又跟花娘快活了一宿，第二天午时才醒了酒，主要的事差不多做完了才赶到高家庄。这特大杀人放火命案岂能憨憨傻傻乱说一气？周文章先望了望黎正岳，又望了望三班都头苟洪钟，意思要三班都头苟洪钟说。苟洪钟人高马大，长相像个土匪，一身死力气，在永城县还没谁武功能盖过他，苟洪钟也自以为武功了得，打尽天下无敌手，口却笨得要命。天大的事到了他嘴里也是三句话就说完了；县令、刑名师爷有天大的事派他去做，最好三句就交代完，多一句他就糊涂了，交代的话越多他就越糊涂。高家庄特大杀人放火命案谁有本事三句说完？苟洪钟确实很是为难，说了三句话："要捆人，我苟某人立即就去捆人。要杀人，我苟某人马上去杀人。要说话，那就不是我苟某人的事。"

黎正岳只好点名了，要刑名师爷周文章说。周文章推不脱，便把高家庄三天前下半夜发生的一起特大杀人放火命案头头尾尾向黎正岳作了回禀。亳州属下七县无一个贫困县，有五个县是中上水平的"望"级县，一个中等水平的"紧"级县，永城县最好，属上等"畿"级县。七县都地处平原，历年还算太平，大的杀人放火命案很少发生，但这些年来大的杀人放火命案不断。特别是最近几个月，连续发生三起，一起一家，屋子全烧光，金银珠宝和值钱的东西全抢光，人都杀光。都是永城县的豪门大佬，有钱有势，在县里都是说得上话的人家。但前天高家庄下半夜发生的杀人放火命案可非同小可，杀的不是一般的豪门大佬，是京都开封后宫内官监押班太监高全福的兄长高完福。太监很为世人所不齿，但在宫中混出个模样来又被人像祖宗一样供着。像高全福就更不一样了，不仅官居五品，且是后宫入内内侍省大太监都都知张德保的大红人，就是在太皇太后曹氏、太后高氏、皇后向氏面前也说得上话，还常常能见到当今天子赵顼，在宫中十分吃得开，就更非同小可了。朝廷许多高官见到高全福都是笑脸相迎，礼让三分。高全福的兄长高完福也因之在乡里很得势，不要说永城县衙里的县佐、师爷、胥吏、衙役都对高完福点头哈腰、胁肩谄笑，就是亳州官衙里的朝廷命官对他也毕恭毕敬、拱手作揖。这个高完福觉得自己很是了不得了，横行乡里，不要说永城县衙，就是亳州官府，没谁去多高完福的事。然而，三天前下半夜月黑风高时，有人狗胆包天，一把火把高完福的屋全烧光、金银珠宝全抢光，且一家二十余口全杀光。这些该死的歹徒，永城县豪门大佬一二十个，哪个不好杀，偏偏要杀高完福一家？杀别的豪门大佬，好办得多，派都头带三班衙门去缉拿凶手就是；没缉拿到凶手，也不要紧，时间久了也就无人过问。但把高完福一家杀了，事情就大了，至少得把凶手缉拿归案，否则就难交代。有目击者说，火是下半夜起的，大门、后门堆满了柴草，火势很大，一下子火光冲天；然后就是一阵吓人的咚咚脚步声往屋子里冲过去，再后来就听到屋子里传来令人恐怖的惨叫声；火中不断有屋梁倒塌的轰鸣声和木板断裂时发出的哔剥声传来。个把时辰以后，天开始放亮，那边的火光渐渐小了，才有胆大的邻居打开自家的大门，走过去看。屋全烧光了，一片焦黑，残存的椽子带着明火从风火墙上往下掉。家里的人被杀光了，二十多具尸体横七竖八躺着，地上到处是乌黑的血，户主的头给割了下来，浸在尿桶里。

亳州七县都震动了，许多人慌了。不过，乡村农户、市井细民倒并不慌乱，特别是上无片瓦、下无寸土的贫困农户，更是什么也不用担心。历朝历代，不论是朝廷官府，还是土匪强盗，抑或是小捞小摸的毛贼，眼睛盯着的都是有钱的豪门富户。他们什么都没有，就一个鸟，谁要？只有官府的那些朝廷命官、师爷、胥吏、衙役和那些豪门大佬心慌得要命，怕极了。这些人平日就很有点害怕不知什么时候、从什么地方闯出一条汉子来，拿把刀对着胸口。这回永城县竟有人在下半夜冲进高完福家，把人全杀了，屋全烧了，金银珠宝洗劫一空，焉能不怕？听说乡村的那些豪门大佬打算搬到县城里来过日子。昨天下午淮南路提刑司的检法官、干办官和亳州府推官也赶到高家庄。案子很快查明，是当地徐大发、徐二发、徐三发兄弟干的。杀人放火的动机很快查明：高完福跟这三兄弟结了怨。这三兄弟本来家里日子还过得下去，但高完福的高利贷把三兄弟逼上死路，父母给逼死了，一家人活不下去了，才起了这么大的杀心。但杀人放火的三兄弟却捉不到。三兄弟只有老大成了亲，但女人半个月前就走了。三兄弟把自家的房子也烧了，谁晓得他们已躲到什么地方，说不定到大别山去入伙，永城县衙就更没办法了。

刑名师爷周文章回禀完毕，三班都头苟洪钟说："黎大人，要不要多派几个兄弟去把住淮河各个渡口？盘查过往行人，见到可疑的人都给抓起来！"

黎正岳看到，苟洪钟一身来劲了，瞌睡也全没了。这个大字不识的苟洪钟就喜欢干这事。当然，此人倒不是那种有本事对付农户细民、没本事对付歹徒强人的都头。去年大别山下来七八个响马到永城乡里作乱，吓得乡下好些有钱人往县城里跑。三班衙役的脸也吓青了，苟洪钟倒是面不改色，点了二十几个捕快，赶到出事地点，拦住那七八个响马交手。苟洪钟一人砍倒了两个响马，剩下的响马赶忙逃回大别山去了。黎正岳对他十分赏脸，好好地夸奖了苟洪钟一番，摆了十多桌酒为他庆功。但这回不同，那三个杀人放火的兄弟恐怕早就想好了藏身的地方，一时三刻是找不到的。再说，刑名师爷周文章在回禀情况时，黎正岳一边听，一边就想好了应对州府和朝廷追问的办法。况且高完福在永城县城也是恃作威作福了些，把三兄弟逼上死路，才惹上灭门的杀身之祸。黎正岳有言辞回答州府的查问。黎正岳现在最头痛的是如何应对马上就要来到永城县的常平司提举官邓绾和干办官吕嘉问。黎正岳对苟洪钟说：“这就没必要了，那永城县得盖多少班房？你的那些兄弟巴不得这样，又可以捞不少银子，但不怕半夜有人也烧了你们的屋子？——常平司提举官和干办官就要到永城县来了，朝廷要施行新法，天子今年第一个诏书就是要官府把常平仓的钱拿出去放青苗钱，诸位有何良策？”

黎正岳看到，钱粮师爷肖子裕低着头，望着脚尖上的日光，一声不出。三班都头苟洪钟从来对对策不感兴趣，肚子里也无策，自然无话可说。就是刑名师爷周文章也只是憨憨傻傻站着。黎正岳不怪他们，永城县的师爷和别的地方师爷不同。别的县令吃不服师爷，许多事没有师爷拿主意就兜不转，这些县令当然要师爷拿主意。永城县里的这些师爷都是被黎正岳治服了的。在永城县里，只能是黎正岳拿主意，说了算。黎正岳堂堂朝廷命官，科班正途出身的县令，岂能听命于这些没有功名的师爷？黎正岳当然也需要师爷，但他只需要师爷帮着打下手，却不需要师爷拿主意。黎正岳清楚，天下师爷没几个是有良心的。这些人虽然都是县令聘请的幕吏，其实不仅不领情，而且还往往设个圈套，让那些没用的县令去钻，把县令弄得灰头土脸，狼狈不堪，岂不冤哉？当然，黎正岳早看出来了，永城县这些师爷对要不要他们拿主意这一点并不在意，不要他们拿主意，他们落得个轻松，又何乐而不为？这些师爷要的是好处。只要有好处，你县令拿什么主意都行。对这点，黎正岳很是宽宏大量，从来开只眼，闭只眼，装糊涂，让他们从中捞到好处。水至清，则无鱼；人至清，则无徒。捞不到好处，谁都不给你做事，你不就成了孤家寡人，在永城县就寸步难行了。正因为如此，他们才这样服自己，要他们去做什么，就去做什么；要他们不做什么，就不做什么。他们服了，其他人自然也服了。大字不识的三班都头苟洪钟不仅服他，还挺有点把他敬若神明，觉得他很是了不得。

黎正岳明白，自己刚才的问话其实是废话。问良策是拿主意的事，钱粮师爷肖子裕、刑名师爷周文章自然不会出声。三班都头又是个从来只听人家的主意、自己没主意的人，更不会出什么声。行！你们不出声，黎正岳就出声，他要的就是这些人的这个态度。现在把话跟他们说个清楚明白，不要到时候说些跟自己意思完全相反的话，做出一些跟自己完全不对路的事出来，这就坏事了，给自己添麻烦了。黎正岳说："天子今年第一个诏令，讲得很清楚，青苗钱不准抑配。我们亳州富大人到现在对青苗钱未发一声，这里的意思，诸位很清楚，不需要本官多啰唆了。常平司邓大人、吕大人来了，我们就按富大人意思办。"

三班都头苟洪钟这回口不笨，很快开口了："明白了，见到邓大人、吕大人不出声就是。"

黎正岳看到，钱粮师爷肖子裕、刑名师爷周文章和他都笑了起来。这个三班都头，要不说就什么话也不说，要开口就妙语惊人，叫人笑坏。

苟洪钟感到莫名其妙："错了？"

刑名师爷周文章说："错倒没错，只是你要做好充军的准备：邓大人、吕大人治你个蔑视朝廷罪，把你弄到秦州去充军，就有你好受的了。"

苟洪钟害怕了："在下就不明白了：富大人可以不出声，在下却不许不出声。"

肖子裕、周文章又笑了起来，但却没谁对苟洪钟解释何以他不可以不出声的原因。黎正岳清楚，这个原因只可意会，很难言传。富大人不出声，这当然表明他很不愿意贷放青苗钱。但这个意思能直接说出去吗？说出去不就是抗旨吗？老百姓抗旨是要杀头的，州县地方官抗旨是要撤职查办的，富大人官位再高、功劳再大，也不能明显这么做。这就是富大人高明的地方。中原王朝官场从来讲究个拈花微笑、默契于心，越是高官越是如此，自己的心思不明说出，但又要让下面的人体会得出。许多事就像雾里看花：说没有，又有个影在那里；说有，又缥缥缈缈、朦朦胧胧，什么都没有。这给下面的人带来很大的麻烦，但这也挺有意思，挺有味。对蠢家伙，是麻烦；对聪明人，又是个难得的好机会。黎正岳已经想好了应对的办法，完全可以做到既用不着抗旨，又不违背富大人的意思，更不会让富大人为难。当然，这个应对办法用不着跟面前的三个人说，特别是三班都头苟洪钟。这个苟都头要是知道了自己的办法，弄出去准坏事。这个苟都头想去把守渡口，就让他带二十几个兄弟去把守淮河各个渡口。黎正岳对苟洪钟说："你点二十几个兄弟去渡口。还有一条：把那些要躲到县城来的豪门大佬和有钱的富户都给我拦住，不要他们到县城来。"

苟洪钟糊涂了："这些豪门大佬、有钱富户给杀光了，上面官府追查起来怎么办？"

黎正岳不想给苟洪钟解释这么多。黎正岳的目的其实主要是把苟洪钟支开，不让苟洪钟跟京都开封朝廷下来的人打交道。朝廷下来的人，都一肚子圣贤书，一肚子墨水，说句话要人想半天，苟洪钟哪懂得了，哪对付得了？但要苟洪钟去抓人打人，对苟洪钟正中下怀，既爽快，又痛快，更不要动脑子，苟洪钟就喜欢做这种事。黎正岳清楚，自己要他去渡口盘查过往行人，苟洪钟一听就懂；把那些豪门大佬、有钱富户拦住不让进县城，这里面的谋略就根本看不出了。不知为什么，黎正岳不由得看了看刑名师爷周文章，发现此人也很有点莫名其妙地望着自己；又看了看钱粮师爷肖子裕，发现此人抬起头来惊异地瞥了自己一眼，随后又低下头去看脚尖上的日光。黎正岳知道，肖子裕到底高出周文章一筹，能明白他的意思。

黎正岳对苟洪钟说了三句话："你对豪门大佬、有钱富户说：第一，天下还没大乱，用不着那么害怕；第二，有人要杀你，躲到县城来一样可以杀；第三，县城也不太平，现在永城县什么地方都不安全。"

黎正岳看到，苟洪钟眨了眨眼睛，表明他懂了黎大人的意思。苟洪钟欢天喜地告辞了，转身到前面点人去了，把打在脸上的日光也带走了。外表憨憨傻傻的刑名师爷周文章似乎明白了自己刚才话中的一点点意思，便别有意思地给黎正岳提了个醒："黎大人，朝廷对施行新法，特别是贷放青苗钱不力的官吏是要治罪的，这就很难办呀！"

黎正岳心里很不是味，也有了点警惕。以前，周文章谈到青苗钱什么的，都是说听富大人的错不了，今天的口气怎么好像变了呢？黎正岳不由得瞪了周文章一眼。大概自己瞪人的样子很可怕，黎正岳看到，周文章吓得连伸了三下舌头。黎正岳最不喜欢下面的人管他的事。在永城县，难道还有水平比他高的人？本县官会那么糊涂吗？难道做什么事还要你刑名师爷提醒？黎正岳也是个专门跟人拗着干、故意反着来的人，你越提醒他，他越是不听你的。黎正岳对周文章说："本官就是要对朝廷的新法，特别是青苗法推行不力，就是要让朝廷来治罪。本官是官，你们是吏。你们可要小心点，本官要给治了罪，你们也跑不脱。"

肖子裕抬起那张总像借他的米还他的糠的笑容很少的脸，很有点诡秘味道地瞥了自己一眼。周文章这回的表现有点怪。要是以往，听到自己这些话，周文章肯定要憨憨傻傻给自己赔个小心，骂上自己几句该死，但今天却若无其事、憨憨傻傻地笑着，说：“黎大人又在拿小的开心了。黎大人怎么会治小的罪呢？黎大人怎么说就怎么做，什么难办的都难不倒黎大人，小的们会活得越来越开心的。”

县衙前面的鼓楼响起巳牌的鼓声时，黎正岳听到县衙前面大堂有越来越响的闹闹嚷嚷的声音传来，不用说，是县里的那些都保正到大堂里来了。黎正岳转过脸，朝县衙后堂过道口望去，见当值的书吏慌慌张张、急急匆匆从过道口小步跑了出来，脸上神色很有点不对头。黎正岳看到，肖子裕、周文章一脸的惊疑。出什么事了？四天前的下半夜，高家庄出了一起特大杀人放火命案，莫非昨天下半夜又出了起这样的命案？莫非大别山上的土匪响马下山到这里来作乱？不可能！真要来这里作乱，刑名师爷周文章、三班都头苟洪钟不会一点动静都不晓得。黎正岳清楚，这两个人都有把兄弟在大别山上入了伙。以前，周文章、苟洪钟救过他们的命，有过大恩，不会不打招呼就到永城县来打家劫舍、杀人越货。这不是，那不是，当值的书吏怎么会这样慌慌张张、急急匆匆跑来呢？

当值书吏跑到黎正岳面前，喘着粗气说：“大堂里来了上百个乡民，口口声声说要来领青苗钱。”

黎正岳大吃一惊，半日说不出话来。这是怎么回事？他明明是要都保正到县衙大堂里来，怎么不见这些都保正来，却来了上百个乡民，口口声声要来贷青苗钱。这事怎么完全反了呢？他有点不相信自己的耳朵，不由得望了望肖子裕和周文章，见他们也一脸的错愕。这就奇怪了！他什么时候、在什么地方、跟什么人说过要发放青苗钱？就是要发放青苗钱，也一定要富弼富大人发句话过来。富大人什么话也没发，他黎正岳会发放青苗钱？莫非谁假冒他的名义，把这些乡民蛊惑到县里来闹事？谁要闹事，可就不要怪本官铁面无私了。可谁有这么大胆子呢？这些人要干什么？要在永城县造反？不过片刻工夫，黎正岳镇静了下来。他什么话也不说，正了正补服，然后抬起双脚，很有派头地往后堂过道口走去。跟在他后面的是肖子裕、周文章和当值书吏。他们走了，把打在脸上的日光也全抹了。

黎正岳三步并作两步行、两步并作一步走，径直穿过后堂，来到中堂，黎正岳停了下来，回过头去交代跟在身后当值的书吏：赶快去找到各乡那些都保正，叫他们不要离开县里。他处理完大堂之事，要狠狠申斥他们一番。这些人是怎么当都保正的？县里上百个乡民闹到县衙门里来了，都没一人知道？当值的书吏立即从中堂的侧门出去了。黎正岳这才过中堂，来到大堂。大堂里果然站着上百个乡民。黎正岳虽然不常下乡，但乡民还是见过不少。亳州这个地方，虽然民风喜斗，但乡民一样很怕官，对官一样十分恭敬巴结，越是贫穷的乡民还越是如此。不要说县令、师爷，就是对县衙门里的衙役也怕得要死，见到他们脚都是软的，生怕得罪他们，一声一个谀称“老爷”。黎正岳一出现在大堂，那些乡民尽管没见过他，大概从补服上和那种叫人敬畏的派头上看出他是谁，一起拥过来，十分恭敬、十分感激、十分巴结、十分怯怯地望着他。这叫黎正岳感到很受用。黎正岳把乡民对他的表情看成是他的功业著于百姓的结果，自己才这么受乡民的爱戴。这么看起来，这些农户不像是来闹事的。要闹事，这些乡民就不会用这种表情望着自己。不闹事就好，本官不会亏待你们的。

黎正岳感到自己身后空空的，不由得回头望了一下，见肖子裕、周文章都站在大堂过道口，并没有过来。黎正岳明白了，那些乡民的表情是对着他一个人来的。这就让黎正岳更感到受用了。算这两个师爷聪明，是个明白人，要是他们也过来，就抢了他的风头，这就大煞风景，很叫人扫兴。本官是永城县的县令，那些乡民要恭敬、要感激、要巴结、要畏惧的当然是自己，两个师爷过来沾什么光呢？是个明白人就好，本官岂是个糊涂县令？放心，本官对自己属下的人，该遮盖的会遮盖，该你们得的好处会让你们得个够。黎正岳不由得有点踌躇满志起来，觉得自己是真正治服了县衙门的人。

黎正岳打量了一下眼前那些乡民，但见那些乡民一个个面有菜色，身上的衣服都补丁上打补丁，明白到底是怎么回事了。很明显，想贷青苗钱的肯定是这些乡民，但官府怎么可能把青苗钱贷给这些乡民呢？钱贷出去了，能收得回来？不行的，官府的钱不能贷给你们。当然，黎正岳不会跟那些农户谈这些，只是问：“都在等本官的青苗钱？”

大堂里“是呀”“是呀”声此起彼伏。

黎正岳：“是谁说本官要给你们发放青苗钱的？”

大堂里的乡民愕然了，“是呀”声停止，只是你望望我，我望望你，谁也没开口。

黎正岳：“怎么都不说话？”

大堂里的乡民似乎感到情况有点不大对头，好些人的脸都吓白了。这点也叫黎正岳感到受用，自己不过口气上有点不快，这些乡民就怕了，自己在永城县的威望可见一斑。黎正岳望了望站在自己面前的几个乡民，然后指着一个四十来岁、模样忠厚、脸上太阳穴边有块疤的乡民说："不用怕，有话对本官说，本官为你做主。"

太阳穴边有块疤的乡民抖抖地跪了下去，连磕了三个响头："县里百姓都说大人是县里从来没有过的顶公道、顶为民办事的好官，是我们永城县百姓头世修到的顶好的福气。要不是老爷，永城县的百姓没法活了。去年春上草民借了本地豪门大佬一笔钱，三十分的息，比青苗钱的利息高出十五倍。去年年成又不好，如何还得起？牛和猪都给牵走了，还把草民捉去打了一顿，草民脸上太阳穴边的疤就是这样落下的。人家儿子当通判，草民如何奈得了他？今年春耕到了，连饭都吃不上，种子钱到哪里去弄，如何再敢借债。听大人要贷放青苗钱，县里百姓都说大人阴功积德，要给大人送万民伞，给大人供长生禄位。"说完，又磕起头来。

黎正岳觉得太阳穴边有块疤的乡民前面的话中听，让他感到高兴。百姓的眼睛真是厉害，谁是好官，谁是昏官，谁是坏官，清清楚楚。黎正岳觉得，自己到永城县当县令，办事还确实公道。这不，百姓全看出来了，要不自己怎么会有这样好的口碑呢？中间的话就不中听了。借钱还债，自古都是天经地义的事；利息多少，是你们双方议定的，一个愿打，一个愿挨，官府如何管得？官府要管，只管赖账的。你欠了债，还不起，挨了打，这叫本官怎么去管？总不能免了你的债，反把债主抓起来吧？你脸上太阳穴边落下块疤，只能怪你要赖。黎正岳在地方官府衙门有些年头了，岂能不知道地方上的事？这种因灾年还不起债的事多得很，借债人完全可以跟债主好好打个商量，先还一半的债，实在还不出还可以少一点，央求债主把还债日期往后挪一挪，不就没事了？债主借钱给人，为的是让钱生钱，财生财，哪里会无缘无故打人呢？黎正岳心中有数，债主其实比借债人更希望风调雨顺，顶怕的是灾年，借债人还不起钱，举家逃走，不要说息，连本都没了。官府对这事是不会去管的，管就太不近情理了。再说，大别山土匪响马要防，杀人放火的人要抓，农户细民打大阵要管，县衙里的三班衙役就那么百把人，民间债务上的事如何管得过来。脸上太阳穴边有块疤的乡民最后一句话叫黎正岳感到很是有点哭笑不得不是味了。本来万民伞、长生禄位，是黎正岳所渴望和向往的。一个人当官能当到这个份上，确实也不枉在人世活了一生。但把万民伞、长生禄位与青苗钱联系在一起，这就很叫黎正岳感到尴尬，感到为难，感到荒唐了。如果因为他办事公道、为民办事，给他送万民伞、供他长生禄位，黎正岳会欣然接受；如果因为贷放青苗钱，给他这些东西，黎正岳是万万不会接受，只好敬谢不敏、却之不恭了。青苗钱不是好东西，会像毒蛇一样咬人。不仅咬百姓，且咬官府。碰上灾年，百姓还不起青苗钱，就比不得民间借钱了。青苗钱是官府的钱，官府的钱就是天子的钱。天子的钱岂能欠着？那时官府要拿链子锁人、要拿板子打人，打死就打死了，连冤都无处喊。这样一来，草民百姓还会给你送万民伞、供你长生禄位？岂不要把你咒死、恨死？不好，不好，王安石新法没一样是好的，青苗钱尤为不好。真不知王安石怎么想的，尽想这么些歪法子，不仅害民，而且害官。当然，这些话黎正岳是不会跟这些农户说的，跟他们也说不清楚，这些乡民懂什么！黎正岳现在急着的是把都保正叫来申斥一番，要他们把各自的乡民领走，以后不准他们再到县衙来。黎正岳对太阳穴边有块疤的乡民说："起来吧，都回家去。有什么事，你们都去找你们的都保正，本官会叫他们把你们的困难好好解决。"

黎正岳看到，自己的话音刚落，大堂里的乡民一起跪了下去，都对着他不停地磕头，一迭声求黎正岳。这些乡民到底说了些什么，叽叽喳喳谁也听不清，大概意思是要黎大人给他们开恩，把青苗钱贷给他们。黎正岳看得清清楚楚的是大堂里头起头落，像锅开水里的泡泡。

太阳穴边有块疤的乡民说："大人，你就不要哄骗草民了，草民谁个不怕都保正老爷？他们要能解决草民的困难，也就不到县里来了。"

黎正岳有了警惕了。怎么能这样说都保正呢？都保正虽然不是朝廷命官，但都是按照朝廷规矩选出来的，都是在乡里地方最有品行、敢担当、精明能干、物力最高、为众人所服之人。本官许多事都放心叫他们去办，这些乡民怎么还这样不放心呢？恐怕这些乡民真是要到县衙来闹事？乡民哪有这个胆子，一定是有什么人在背后捣他的鬼。黎正岳不由得回过头望了望自己身后的肖子裕、周文章。黎正岳对这两个师爷当然是信任的，但也绝不是完完全全信任。他最防的就是身边的人捣鬼。黎正岳可是对得起衙门里这些人的，农户细民那么骂你们，恨你们，本官不仅没办你们，还照样聘用你们，你们要是还在背后捣本官的鬼，可就不要怪本官不客气了。大概是因为这一次黎正岳又回过头去望他们，肖子裕、周文章往前走到黎正岳身边。然后，肖子裕在右，周文章在左，紧挨黎正岳站着，好让黎正岳能看清些。黎正岳把头摆来摆去仔细瞧了瞧这两个师爷。确实，不管黎正岳怎么看，也看不出他身边这两个人有什么捣鬼的神情出来，往日怎么样现在还是怎么样。肖子裕瘦得没一点肉的脸紧紧地绷着，低着头站着。周文章仍旧憨憨傻傻站着，给人一种胸无宿物的感觉。黎正岳不想在大堂里跟这些乡民再扯那些扯不清楚的事，交代两个师爷："你们把这些乡民都劝回家去。"

黎正岳一个转身，反剪双手，往大堂的过道走去，刚要起步，却感到一只脚被人捆住了。黎正岳扭过头，往下一看，原来是太阳穴边有块疤的乡民双手紧紧抱住了他的一只脚："朝廷派来的邓大人、吕大人说的，官府是奉旨放钱，我们是奉旨贷钱，只要我们自愿借贷青苗钱，到县里找到大人，就一定能贷到的。"

黎正岳当然清楚，邓大人指的是淮南西路常平司提举官邓绾，吕大人指的是干办官吕嘉问。黎正岳这才明白，今天这件事的祸根原来在邓绾、吕嘉问身上。这事就难办了。这倒不是因为邓绾、吕嘉问是朝廷派来的常平司的监施官，很有点钦差大臣的味道。朝廷派来人又怎么样，有富弼富大人在亳州，就根本不用怕，只要一口咬定：让富弼富大人发句话来，永城县马上就放钱。富弼富大人会发话？现在麻烦的是这两个人直接煽着农户到县衙来贷青苗钱，再拿富弼富大人来挡，就挡不住了。不错，天子赵顼今年第一个诏令上写得清清楚楚：禁抑配，不准强借强贷。但，天子还有第二道诏令，也清清楚楚地写着：对贷放青苗钱不力者和败坏青苗钱贷放的官吏要惩治。不仅如此，紧接着中书又来了牒文：今后各府、州、县官吏的磨勘考核以青苗钱贷放多少为殿最。今天这些乡民都是自愿来贷青苗钱的，谁敢说不贷？恐怕就是富弼富大人也不敢说这个话。不贷是真正的抗旨。谁做这个傻事？

黎正岳当然不是个不知道进退的人，想了想，说："既然朝廷派来的邓大人、吕大人发了话，本官自然要跟他们禀报，有了结果，就会叫你们来的。"

黎正岳明显感到，自己的脚被放开了，再往下一瞧，太阳穴边有块疤的农户捆着自己腿的两只手松了，站了起来。大堂里的乡民一个个喜上眉梢，高兴得不得了。黎正岳挥挥手，这些乡民便都一边千恩万谢，一边笑眯眯地转身出去。

黎正岳松了口气。当然，今天的事是过去了，明天的事黎正岳自然不是完全没有主张。乡民刚走，当值的书吏就出现在大堂外面。黎正岳知道，当值书吏肯定是把县里那些都保正找到了，来向他回禀：什么时候把都保正叫到大堂里来。因之，当值书吏一只脚才跨进门槛，另一只脚还在门槛外时，黎正岳就对他挥了挥手："叫他们都回去，都回去！"

黎正岳看到，肖子裕、周文章和当值书吏都万分惊讶地望着自己。有什么大惊小怪的，现在叫都保正来干什么，难道要他们过几天带乡民到县衙来领青苗钱不成？不过，没多一会，黎正岳也万分惊讶起来。他看到当值书吏并没有转身去叫都保正不要到县衙大堂来，却笔直向自己走来，告诉他一个惊天消息：天子赵顼已经恩准富弼富大人的辞呈，同意致仕，归老家河南洛阳养疾。

黎正岳发现，肖子裕、周文章和他一样，都惊得半日合不拢口。

第四十八章　响马贼杀人劫财明来明往 黎县令翻云覆雨顺风顺水

在得到亳州太守富弼富大人致仕消息的第二天一早，钱粮师爷肖子裕骑着一匹快马，跟在永城县令黎正岳马后，沿着永城县的官道往亳州驰去。在他们前面有六个穿着公服的快班衙役，手提着环首长刀，也骑着快马，一路吆喝着开道，吓得一早赶路的行人连忙往路边回避。有辆独轮车回避不及，倒翻在地，轮子还在朝天空转。跟在后面的是同样骑着快马的外表憨憨傻傻的刑名师爷周文章、长相像个土匪的三班都头苟洪钟。再后面就是十个骑着快马的快班衙役。这二十来人的快马蹄子在官道上扬起的尘土像一阵黄烟往前卷过去。

钱粮师爷肖子裕十分清楚，本来淮南东路常平司提举官邓绾、干办官吕嘉问今天要到永城县检查青苗钱贷放情况的，黎正岳怎么可能离开永城县到亳州去。明知朝廷派来的人要到本县来，本县的县令却离开了，要出大事的，就是借黎正岳一百个豹子胆也不敢做这种无法无天的蠢事。但，昨日下午邓绾派人来说，他们今天不来永城县，什么时候来另行通告。这对黎正岳来说，是求之不得的好事。昨日上午，黎正岳得到天子赵顼恩准富弼富大人致仕、归洛阳养疾的消息后，心里非常焦躁不安。肖子裕明白，这事其实都怨黎正岳自己，谁叫他把话说得那么死，要贷青苗钱非富弼富大人发话不可。说起来，黎正岳是个办事不那么死板的县令，凡事不会做绝，两头都留了很大的余地。你看他对打大阵的乡民，一边抓一个跟大别山土匪响马有过来往的人，然后每边再抓十来个人，问题解决了，县里谁也不敢打大阵了。你再看他对县衙门这些人，真个是说不上信任谁，也说不上不信任谁。听他的，不跟他捣乱，他就信任你。你不听他的，甚至跟他捣乱，哪天就不知道从什么地方飞来横祸落在你身上，你就死定了。再说今天，他到亳州去，干吗要把刑名师爷周文章、三班都头苟洪钟和自己都带去呢？把话说破，就是因为他对这几人都不放心，生怕这几个人趁他不在县里给他捣乱。本来，苟洪钟带了二十几个快班衙役去把住淮河各个渡口的，听说那帮豪门大佬和富户中的许多人都过了淮河，黎正岳便命人连夜赶到淮河，要苟洪钟回来，今天陪他一起去亳州。他这就完全看错人了，无论是周文章、苟洪钟，还是自己，都是多年衙门中的人，会干那种傻里傻气的龌龊事？真是那种人，岂能在衙门里待得下去？放心，县衙门里的人都是明白人，都把这些看得清清楚楚，不会看不到大人的好处。当然，肖子裕知道，周文章、苟洪钟和他一样，一点也不反对去趟亳州。亳州这地方，他们去过多次，没甚新鲜。他们到亳州去，主要是想看看富大人。对亳州太守，肖子裕、周文章、苟洪钟也见过无数个，没什么稀奇，不过多读了几本圣贤书，能摇头晃脑吟几句诗，但本事就那个样，有的甚至挺糊涂，尽干损人不利已的事。但富大人不是一般的太守，不仅学问深得很，且计谋多，听说胸中有雄兵百万，连北辽皇帝都怕他，乖乖地罢兵收甲。在朝廷，当今天子赵顼格外看得起他，不仅可以坐八人抬的大轿直接进宫，见到天子也不用三跪九拜，天子还要到殿外接他。在永城县衙内，富大人是谜一样的人。对这样的大人，谁不景仰？谁不想拜见，看上一眼？特别是三班都头苟洪钟，巴不得昨日晚上就到亳州去，一睹富大人的风采，看看他是不是长了三个脑袋、六只手，要不怎么会那么厉害。

出了永城县城，眼前是一马平川的淮北平原。天阔地广，一片寂静。田野上面笼罩着一层厚厚的白色烟气，近处的路边、沟旁已经绿了，远处能见到涡河白色水面上的白帆一动不动悬在那里。不多的农夫在耕田耙地。村子里有很好听的狗吠、鸡鸣声传来。

富弼富大人要致仕的消息传到永城县后，可以说每隔个把时辰就又有新的消息传来。有消息说，富大人这次坚决辞官，完全是被王安石一伙人气的。王安石太不像话了，那些个新法，特别是青苗法已经把朝廷和下面的州县搞得乱七八糟，犹嫌不够，又派出一班巧言令色、阿谀逢迎、一心想暴得美官、不更事的少年到天下各州县去捣乱，富大人觉得现在的官没法当，只好辞去官职，一走了之。有消息说，富大人这次辞官，是给朝廷施加压力，也是给王安石一个难堪。以前，就有人说富弼富大人外放，是王安石逼走的。王安石可以辩解，说富弼请求外放时他还只是个翰林院学士，并未当参知政事，更未主持天下政事，富弼外放与他无关。现在赖不脱了，你王安石当上主政的参知政事，还能说富弼的辞官与你无关吗？有消息说，富大人辞官，天机玄得很。这话并非是空穴来风，富弼虽然不当太守了，但天子赵顼给富弼的官衔更大了，拜司空兼侍中、平章事，进封韩国公，还要富弼对朝廷有大利害的事知无不言。司空与太尉、司徒合称三公，比宰相还要高一品官爵，大宋前朝只有开国元勋赵普，名相王旦、吕夷简当过三公。这可是了不得的高位，个中的天机不是那么容易参得透的！肖子裕觉得，黎正岳这次去亳州见富大人，与此有关。

一路上谁也没有说话，肖子裕本来话就少，就更不会说什么了。众人策马前行，大约走了半个时辰，日头从远处的天边露出半个脸。前面到了涡河的风陵渡口，渡口被原野上笼罩着的那层厚厚白色烟气笼罩着，看不见人，却隐隐听到那里有闹闹嚷嚷的声音传来。开始谁也不觉得有什么异常，渡口是人来人往的地方，唤儿叫女的声音、争着上船的声音、粗话声、骂爹骂娘声，谁也禁止不了。又因在野外，声音扩散得快，当然远远地就能听到那边的声音。然而再前行不到半里路时，肖子裕就觉得声音有点不对劲了。肖子裕听到渡口闹闹嚷嚷的声音中夹杂着一种令人可怖的喊天叫地的声音。肖子裕看到，黎正岳伸长了颈，往前探去。周文章、苟洪钟催马到了身边。周文章在右，苟洪钟在左，眼睛都望着肖子裕，一脸的惊愕：出命案了！在永城县衙里，人人都尊肖子裕为军师，出事后都想听听他的主意。

肖子裕的主意是有的：掉转马头，从另外一个渡口到亳州去。但他不能这么说，在这里拿主意的是县令黎正岳。肖子裕什么话也没说，只是对着黎正岳的背抬了抬下巴，意思要周文章、苟洪钟听县令的。黎正岳也什么话不说，只是颈伸得长长的，头定定地对着渡口方向。不到半炷香工夫，肖子裕看到，渡口那边有六个汉子骑着高头大马冲了出来，横过官道，往一片林子驰去。渡口那里传来可怖的喊天叫地的声音更加令人心悸。

不用问，渡口碰上响马抢劫杀人。一大早，永城县渡口就有响马在抢东西，这在永城县还不多见。肖子裕望了望走在前面的黎正岳，看到他勒了勒马缰，放慢了马行的速度。肖子裕明白了，黎正岳不想去管这件事。这倒不是说黎正岳怕这些响马，黎正岳胆子没那么小；再说身前身后有十六个快班衙役，一身好武功的三班都头苟洪钟也在，对付六个响马还是没问题的。要是在别的时间，黎正岳肯定会去管，但今日不行。今日黎正岳要赶紧到亳州去。现在县里的事情太多，被抢的毕竟是平头百姓，再大也是小事。肖子裕很清楚，黎正岳今天最要紧的是赶到亳州面见富弼。黎正岳岂会那么糊涂，丢下大事去抓小事?

黎正岳就这么勒着缰绳，让马慢慢走着。不多一会，六个响马骑着马，快到林子边，转眼进了林子就难找了。肖子裕看到，长相像个土匪的荀洪钟急坏了，忙催马上前，到了黎正岳面前："大人，在下带几个兄弟去把这几个响马贼砍了!"

肖子裕知道，荀洪钟很想今天在黎县令面前显显自己的本事，也以为黎正岳会好好夸奖他几句。以前碰到这样的事，黎正岳对荀洪钟确实要大大夸奖一番。不过，叫荀洪钟没想到的是，黎正岳不仅没夸奖他，反喝他一声："本官的事要你多嘴!"

荀洪钟吓得勒住马，怏怏退了下来。肖子裕看看前面的快班衙役，又看看后面的快班衙役，都吃惊地望着黎正岳。肖子裕清楚，平日里荀洪钟在衙役面前，被祖宗一样供着，然而在县令面前却给喝得一声不吭，这对那班衙役来说自然是十分奇怪的事。肖子裕也觉得荀洪钟该骂，永城县衙门里的人谁不知道黎正岳顶讨厌人家多他的事，给他拿主意，不就是自找骂挨吗? 六个响马骑着马进了林子。肖子裕料定，黎县令会掉转马头，从另一个渡口去亳州。果然，黎正岳厉声道："掉转马头，从石嘴渡口去亳州!"

肖子裕心里不由得很是得意起来。六个响马已进了林子，谁知道还有多少同伙隐伏在林子里，要是黎正岳还从风陵渡口去亳州，这伙响马从林子里冲出来，就要耽搁去亳州的时间了，黎县令会这么傻? 不过，肖子裕没把这话说出去，否则也要讨个没趣，他肖子裕高明也就高明在这里，不仅知道怎么做人，而且知道怎么做事。

这边快班衙役前队变成后队，后队变成前队。夹在中间的肖子裕、周文章、荀洪钟往两边让开路，让黎正岳在他们前面走。走出好些路了，肖子裕还听到后面渡口有哭声传来。二天后，县里把风陵渡口的抢劫案就弄清了：被抢的是一家想到永城县来躲难的豪门，抢的人就是烧了高完福的屋子、杀了高完福一家人的徐氏三兄弟和大别山上的三个响马。徐氏三兄弟其实早就跟大别山土匪响马有来往，这次在高完福家杀人放火后，就去大别山入伙。徐氏兄弟与大别山派来接应他们的响马会合后，准备今日一早就上大别山。也是合该风陵渡口要出事，徐氏三兄弟与大别山三个响马来到风陵渡口，正准备上船过河。此时一条船正好靠岸，几个着裘皮大袍的男人和几个穿金戴银的女人从船上下来，跟在后面一伙家仆模样的人抬着十多只沉沉的箱子也从船上下来，一看就知道下船的是豪门大佬，箱子里的东西肯定都是金银珠宝。这岂能叫徐氏三兄弟和三个响马不动心？徐氏三兄弟和三个响马先把豪门大佬一家人杀了，然后把金银珠宝捆成六包，丢下十多具尸体和带不走的财物，绕道上大别山去了。这些豪门大佬怪得谁呢？黎正岳的话说得对，现在永城县什么地方也不安全。这年头，关键的是有没有仇家，也不要露富。有了仇家，躲在什么地方都有人谋你的命；露了富，给响马盯上了，就难逃一劫。本来这个豪门大佬在乡下待着，跟徐氏三兄弟往日无怨，近日无仇，什么事也不会有，却偏偏要往县城跑，又带着十多只箱子，说句实在话，即使不碰到徐家三兄弟，碰到别的什么朱氏兄弟、马氏兄弟，老命也会给丢掉。

日头已经有几丈高了，田野上笼罩着的那层厚厚的白色烟气消散了，裸露出休养了整整一个冬天正在待耕的土地。田里残存的去年的禾桩全都沤烂变黑了，散发出刺鼻的腐酸气味。从石嘴渡口去亳州少说要弯十五六里路，这对肖子裕倒无所谓。他现在是县衙里最清闲的人，去年的皇粮税费都早收上来了，今年的夏粮还要过三四个月才收。不错，过不了几天，青苗钱肯定要贷出去，谁想挡是挡不住的，但也是几天后的事。说句实在话，他这次陪县令大人去亳州，不过去亳州拜会拜会富大人，弯路就弯路，对他无甚妨碍。肖子裕看到，周文章什么话也不说，只是一脸和气跟在黎正岳后面，策马前行。肖子裕清楚，周文章本来是很焦急的，县里五天之内发生两起特大杀人命案，他这个刑名师爷岂能优哉游哉去亳州城里闲逛？然而，县令不急，他这个刑名师爷急什么！最没心思去亳州的自然是三班都头苟洪钟，不去追杀凶手实在叫他感到不爽。好在此时他不知道这些凶手里有四天前把高完福一家全杀光、烧光、抢光的徐氏三兄弟，要不然心里会更不爽。若是把这三兄弟又砍倒一两个，他苟洪钟就可以大出风头了，但刚才被黎正岳喝过以后，也只得闷着头催马往前。

这一行人走出大约里把路，也许是太久无人说话的原因，黎正岳忽然扭过头，大发起感慨来："都是王安石惹出的祸，搞什么新法，贷什么青苗钱，把天下搞乱了，弄得到处不太平，弄得有些人想放火就放火，想杀人就杀人，想抢就抢，成什么世界！"

肖子裕看到，周文章、苟洪钟都笑着点了好几下头。肖子裕也点了点头。不点头是不行的，黎正岳不仅不喜欢属下多他的事，更不喜欢属下跟他有不同意见。不过，肖子裕心里却在想，这个县令特会安罪名。要把打大阵的村民收服，就给打大阵的人安个通匪的罪名，谁敢不老实？要说王安石不是，就给王安石安个把天下搞乱、天下到处不太平的罪名，以为这下也能把王安石吓倒。肖子裕认为王安石的新法，特别是青苗法未必不是良法，黎正岳给王安石安这些罪名也实在太牵强附会、太无中生有了些。王安石的新法，特别是贷放青苗钱在永城县都还没开始，永城县连续发生的杀人放火、抢劫财物的命案跟王安石有什么关系？当然，肖子裕不会为这些事跟黎正岳争，他一个师爷，又不是朝廷命官，为的是赚钱，管朝廷的那些个是是非非作甚。周文章也没说什么。苟洪钟却忍不住说："大人不用担心，只要大人把火签发下来，在下马上带人去，一刀一个，看谁还敢杀人放火、抢劫钱财！"

这个苟洪钟忘记了刚才给黎正岳弄得自讨没趣、在衙役面前丢尽面子这件事了。不过，这回黎正岳并没有喝他。这一行人又什么话也不说了，一路上只听到马蹄的嘚嘚声。两盏茶工夫，肖子裕他们来到石嘴渡口。石嘴渡口有三只大渡船，把他们连人带马一起渡了过去。官道挨着涡河的河堤向前延伸，约莫又走了个把时辰，眼前便见一排青砖瓦屋把河堤拦断了，涡河堤内桅樯林立，青砖瓦屋之后便是赫然在目的高高敌楼。亳州到了。

不多一会，这一行人进了城门，便直接往亳州太守府驰去。此时亳州太守府前一片寂然，广场上看不到一匹马、一顶轿。众人从马上下来。一个老门者忙过来招呼黎正岳，问明情况，立即转身进太守府去禀报富大人。黎正岳吩咐快班衙役自己找地方歇去，只带了肖子裕、周文章、苟洪钟走到太守府门口，在门房等老门者来回话。

炷把香工夫，老门者出来了，领着黎正岳四人进了太守府。就要见到令人景仰、人人都想见上一面、谜一样的富大人，肖子裕不知为什么竟有点紧张起来。在永城县，肖子裕可说很是见过世面的人，历任县令不用说了，就是亳州的太守，肖子裕也见得多，但拜会富大人这样的太守还是第一次，说不紧张实在是在诳人。肖子裕发现，周文章的脸因为紧张涨得通红，在进太守府时差点给门槛绊倒。平日总以为自己打遍天下无敌手的苟洪钟从来不那么讲规矩，走路总是大步流星，此时竟然十分斯文起来，脚步也放缓多了，蹑手蹑脚往前走去。

太守府里冷冷清清，庭院里见不到一个人影。府里的判官、推官和六曹主事、参军都没到府里来应官上班；平日那些忙上忙下负责书写信函和起草公文的书吏显然都给富弼辞退了，也没见一人。肖子裕明白，富大人的辞呈是真的，但新太守尚未上任，新、老太守交盘之事还办不了，府上无公事可办，太守府上的属官、胥吏还到府里来干什么。

老门者带着黎正岳四人到了大堂台阶下面，走在前面的黎正岳忙上了台阶，但老门者却停下来，用手指了指大堂旁边的侧门，然后领着众人往大堂旁边的侧门走去。肖子裕看到苟洪钟上前几步，挤到自己面前，问这是何意。肖子裕当然知道老门者不把他们带到大堂去的意思。富大人现在不是亳州太守了，怎好再在大堂待客？

老门者领着众人穿过大堂旁边的侧门时，肖子裕看见，一位脸像风干的核桃、窝窝瘪瘪、胡须不多的老者由一个长随扶着，憨憨傻傻、十分谦和有礼地站在侧门前面的花厅门口迎候众人。不用问，这位老者就是富大人了。真没想到令人景仰、人人都想见上一面、谜一样的富大人竟是这样一副模样，肖子裕感到很是大煞风景，心里扫兴极了。肖子裕不由回头一看，但见周文章一团和气的脸上也很是有点惊愕，长相像土匪的苟洪钟瞪着双眼，望着富弼，好像眼前不是富大人，而是什么怪物一样。

花厅前面的日光，把花厅西边的院墙照得半墙明半墙暗。不过，黎正岳却对富弼虽然多少有点巴结，但也确实很是恭敬地拱手高举，长揖而拜，一面又忙上前几步双手搀扶着正拱手给他回礼的富弼。肖子裕、周文章、苟洪钟也忙长揖行礼。富弼一一对每个人拱手回礼。等肖子裕、周文章、苟洪钟进了花厅，富弼才由黎正岳和长随搀扶进来。

肖子裕、周文章、苟洪钟不敢落座，只在花厅边上站着。肖子裕看到，此时富弼脸上气色清和穆然，在黎正岳和长随的搀扶下，腿有点瘸地慢慢往花厅正北上首官帽椅上走去，一边伸出一只手，殷勤地请肖子裕、周文章、苟洪钟入座。富弼在官帽椅上南向而坐，众人也都归座。家仆很快给每人上了茶，富弼又殷勤地请众人用茶。长随和门房老者这才出去做别的事了。

肖子裕感到自己开眼界了，也有点糊涂了。以前他见过的那些亳州太守，不就是个五品官，官秩、功劳、资历远远不能跟富弼相提并论的。这些太守在下属面前没一个不是八面威风、官气十足、骄横傲慢、趾高气扬的。下面的人要见上他们一面十分难，见到面也是半天不跟你说句话。有次肖子裕去见一位太守，在一间破旧的披屋里足足等了两个时辰；见到了，太守大人又跟上面派来的一个什么堂吏之类的人说了半日话；也没请肖子裕坐，更不要说上茶；再后肖子裕站着说了几句话，就挥了挥手，要下面的人送客。肖子裕后来听说，这位太守对他算是客气，许多见到太守的人都要挨顿狠狠地呵斥，给太守骂得狗血淋头。不过，肖子裕觉得当太守的还就应该这么当，要是跟下面的人拱手作揖，平起平坐，就坏了官场规矩，太守也没了身份和威严，被人笑话，还不被人看得起。说句实在话，肖子裕还没见过富弼这样憨憨傻傻、跟下面的人平起平坐的大官。肖子裕觉得，这大概因为富大人是朝廷外放下来的大京官，跟这些土头土脑的地方小官不同。按说，花厅里只有黎正岳是个芝麻大的七品小官，周文章、苟洪钟和自己虽说被农户细民口口声声称作老爷，其实都只是被县令大人聘请到县衙门里来办事的地地道道的布衣，富弼用得着这么尽敬吗？这真是既很叫人感到新鲜，又叫人匪夷所思；既叫人感到富弼平易近民，又叫人感到富弼是个忠厚无用的人。肖子裕真的很怀疑，富弼以前那些大功是怎么取得的，朝廷怎么会让他当那么大的官。肖子裕侧过脸去，望了望左边的周文章、苟洪钟，见周文章一脸的茫然不解，苟洪钟则像木头一样呆坐着。

过了一会，肖子裕注意到，黎正岳半侧着身子，还是多少有点巴结，也是真心尊崇地望着富弼。不过，周文章、苟洪钟和自己一样，心情都放松了，不再紧张了。肖子裕感到，花厅的气氛不像在别的太守府上那样庄肃、拘谨、压抑，倒也轻松、自便。富弼问黎正岳："近来亳州乱子多，路上不太平，到亳州来，也没带几个衙役在身边？"

黎正岳没说带，也没说不带，只指着坐在周文章旁边的苟洪钟对富弼说："座师大人，县里不过有时来几个大别山的土匪响马，何足道哉。这是永城县都头，武功了得，有一身好本事，比秦琼、程咬金都了得，学生有他在身边就足够了。"对富弼以门生之礼敬之。

肖子裕知道黎正岳在富弼面前这么吹捧夸奖苟洪钟，一是借机炫耀一下自己非无用之辈，有的是胆气，二是安抚下苟洪钟，毕竟在风陵渡口无缘无故把苟洪钟喝得不敢出声是过分了些，以后永城县这些事还多着，还得苟洪钟去办。肖子裕早就看出来了，黎正岳比永城县以往哪个县令都更有心计，更懂得打一下、摸一下，翻云覆雨，不死板，相当会变通。

此时，荀洪钟十分得意起来，连忙当之无愧地说：“这还真不是吹牛，百把土匪响马，在下还是打得过的。”

肖子裕注意到，富弼皱起眉头，虽然什么话也没说，但从表情上看富弼是很不喜欢听这样的话的。几天以后，肖子裕才从黎正岳那里知道，富大人可说是大宋朝廷里难得的一位深有君子风范的大臣，在官场上从不出恶语，也从不强人所难，对人对事总是平心静气；自己的意见不被接受时，不会恼羞成怒，更不会找机会报复，自己阻止不了又不想参与之事，就选择飘然身退。这样一个人，当然很不愿意听那些动粗耍刀的话。

肖子裕明显地感到，黎正岳怕荀洪钟再接着吹下去，会弄得富弼更不高兴，再说他赶到亳州来会富弼，可不是闲得无事，到这里来喝喝酒、聊聊天，恰恰是有大事要对富弼说：“现在朝野上下，对新法特别是青苗钱物议纷纷，亳州可离不得座师大人！”

肖子裕看到，花厅里的人都一起望着富弼。富弼只是侧过脸去，抬起眼睛望着黎正岳，却半日不说话。肖子裕这才注意到，富大人那双眼睛很不一般：深陷在眼眶之中，像两口小水井那样黑，那样深，让人看不透，摸不清底。少说有半炷香工夫，富弼低头吮了口茶，慢慢地说：“新法，弼所不晓，不可以治郡，当不了太守，愿归洛养疾。”

肖子裕没想到富弼会这么贬抑自己，心里在想：恕在下直言，富大人恐怕不仅连新法不懂，旧法也不懂，如何能治得好一个州？怪不得这些日子亳州这么乱，出这么多杀人放火的命案。肖子裕看到，周文章一团和气的脸上出现了一下怪怪的笑容，弄得脸上那团和气也十分地怪了起来。荀洪钟则咧开嘴笑，好像在说：富大人就是一个这样的太守。

肖子裕望了望坐在对面的黎正岳，却见他对富大人的恭敬不改，很是心焦地说：“座师大人公忠直亮，临事果断，朝野倚重，足庇当世，就是管仲、乐毅再世，也莫过如此。座师大人真是太过谦了，亳州离开了座师大人，恐怕不知会乱成个什么样子。”

肖子裕对黎正岳这句话实在不敢苟同。肖子裕不知道下一任太守会把亳州治成个什么样子，但恐怕不会比富弼差。周文章一团和气的脸上看不出表情有什么变化，多半也不会苟同黎正岳的意见。肖子裕却奇怪地发现苟洪钟乐了，乐得很开心。不过，肖子裕很快明白过来：这个三班都头是巴不得亳州越乱越好，他不仅可以过足抓人砍人的瘾，还可以得到许多好处。

肖子裕发现，富弼在和黎正岳说话时，还在留心众人脸上的表情变化，那双深陷在眼眶里的水井似的眼睛在每个人的脸上都要扫过一下。肖子裕看到，富弼停在苟洪钟脸上的目光最久。不过，富弼对苟洪钟脸上的表情并不在意，就像没看到一样，又抬起眼睛，望着黎正岳，并未回答黎正岳的话，只是说："君子与小人并处，其势必不胜。君子不胜，则奉身而退，沉浸在大道的快乐里，一点也不觉得郁闷。小人不胜，则拉帮结派，构陷煽动，千方百计，必胜而后已。等到那些小人得志，就肆无忌惮地荼毒善良，要想求得天下不乱，不可得也。"

肖子裕觉得富弼这番话很让人看不透。这个富弼在这里对新法，特别是迫在眉睫的青苗钱不置一词，却大讲特讲君子小人，这是何意呢？不会是借机骂周文章、苟洪钟和自己吧？从刚才富弼所说的小人样子来看，周文章、苟洪钟和自己还确实挺像的。实不瞒富弼，在永城县，周文章、苟洪钟和自己不小人是混不下去的。我们不小人，人家小人，我们就要吃大亏。我们这些人，当然不是桃园三结义的兄弟，但谁要跟我们过不去，侵害我们的利益，我们这些人确实会勾在一起，想尽一切法子，非把这个人扳倒不可！不过，他怎么想，也觉得富弼不是在说他们。肖子裕很快明白了富弼的意思。富弼这番话实际是在告诉黎正岳：对朝廷政事他再也不掺和了，他要彻底全身退出官场了。

黎正岳肯定明白富弼富大人话中的这些意思，不禁切齿大骂起来："现在朝廷专听那班小人的话，任意更张，把祖宗的成法，一桩桩都变掉，大宋的天下真要败在这些小人手上。座师大人完全看穿了这班小人，犯不着跟这班小人搅在一起，明晓得这个法、那个法，都是害人的法，又多不得嘴。干得好，那班小人居功；干得不好，是座师大人一人的不是：这是何苦呢？座师大人这样也好：一来保全了自己的名声；二来算是为朝廷自爱；三来是留得青山在，不怕没柴烧，有个好身体，总有跟那班小人论理的时候。学生看到永城县给新法乱成这个样子，要不是可怜百姓不知要苦到什么程度，也恨不得立时不做官，叫学生耳不听、心不烦才好。"

肖子裕对朝廷的君子小人不感兴趣，只要能弄钱到手，管他君子小人作甚。对新法旧法，肖子裕也不感兴趣，新法肯定有新法的问题，旧法又岂是好法？新法苦，旧法苦，反正这法、那法，百姓都是苦。这不是说肖子裕会为民请命，他才不会去做这个利人不利己的蠢事。肖子裕只不过把天下这些事全看穿罢了。不知为什么，肖子裕竟兀自笑了起来，笑得很浅。听人家说，自己从来笑影少，一张瘦脸总绷得紧紧的，像是人家借了钱却还了他的糠，因此一有笑容，哪怕浅浅的，也会引起人家的注意。肖子裕看到，花厅里的人都一脸怪怪地望着他，就是富弼也瞥了他一眼。其实大家不用都这么怪怪地望着，肖子裕不过是笑黎正岳。黎正岳这个人的话真的是不能全信，又在说假话。他舍得丢掉县令？一个县令有多少好处？他把县令丢了，只有回家去吃老米，这一辈子就玩完了，那才真叫冤！

黎正岳还想说什么，门房的老门者站在花厅门外，富弼叫他进来。老门者进来，走到富弼跟前，双手将两张名帖交到富弼手上。富弼拿着名帖，看了看，少说有半炷香工夫没出声，等到他要开口时，就听到花厅外响起了一阵很响的脚步声。肖子裕正感到奇怪，就见两人出现在花厅门口：一人穿着三品补服，神气得不得了，也严肃得不得了，此人肯定是大名鼎鼎、弄得黎正岳食寝不安十分头痛的淮南东路常平司提举官邓绾；另一人一脸不知天高地厚神情的年轻人，就是那个听说把家里人气得吐血的常平司干办官吕嘉问了。不用说，老门者送给富弼的两张名帖肯定是邓绾、吕嘉问的了。

花厅里的人都吃了一惊。邓绾和吕嘉问说好今天不去永城县，原来是到亳州来了。肖子裕感到，邓绾、吕嘉问也太唐突了些，名帖才到富弼手上，也不等富弼一声请，就擅自闯了进来。肖子裕想：无事不登三宝殿，邓绾、吕嘉问到这里干什么呢？富弼致仕了，亳州新法和青苗钱上的事，是邓绾、吕嘉问怎么说怎么好了。

不过，邓绾、吕嘉问站在门口，却不进来。肖子裕知道，这是邓绾、吕嘉问在拿班做势。他们是朝廷派来的常平司监施官，按说是天子的钦差大臣，岂能没一点规矩名堂就这么进来，这成何体统，脸上也太没光了。肖子裕再看看富弼，富弼也并未马上请邓绾、吕嘉问二人进来。他虽然致仕，但却官拜司空、进封韩国公，位列三公，常平司的两个监施官在他眼里算个什么东西。尔等未请就直接进了府门，已经目中无人，唐突失礼，气焰嚣张，不给点警示，就这么轻轻松松请尔等进来，让尔等得寸进尺，日后岂不把天子也不放在眼里了？

富弼不说一个“请”字，邓绾、吕嘉问也就一直在花厅门口站着，花厅门口这场戏煞是好看了。富弼不请，要说谢客，显然不是，富弼的脸色并不难看；要说富弼欢迎，也不是，富弼的脸色并不好看。邓绾、吕嘉问站在门口，要说不想进来，显然不对，二人未请自来，岂有不进之理？要说邓绾、吕嘉问急着进来，也不对，急着进来如何又站在门口迟迟不进呢？双方好像在较什么劲。在永城县官场上，肖子裕见过的场面不少。有热热闹闹的，有冷冷清清的；有喜庆欢快的，有沮丧沉闷的；有畅快开心的，有尴尬难堪的。然而，今天在富弼府上花厅门口出现的这种场面，肖子裕感到开够眼界了，从京都开封朝廷下来的京官跟地方官就是不一样，要是在县衙门里碰到这种情况，要么主人把客人轰出去，要么客人掉头拂袖而去，哪可能就这么不进不走僵着呢？花厅里外的气氛严重怪异起来。肖子裕注意到，末了还是邓绾、吕嘉问站在花厅门外，对南向而坐的富弼富大人拱手行礼：“在下对富大人这厢有礼了！”

富弼窝窝瘪瘪的脸上很是平静，水井似的深陷在眼眶里的眼睛很有礼地，也很有分寸地平望着门口的邓绾、吕嘉问，起身说：“二位大人有请。”

僵着的场面总算结束了，邓绾、吕嘉问进来，富弼坐下。黎正岳连忙起身，让邓绾吕嘉问坐在自己的上位。邓绾、吕嘉问相也没相黎正岳一下，就坐了下去。接着家仆来上茶，也给富弼、黎正岳、肖子裕、周文章、荀洪钟续了水。

肖子裕感到这挺有点滑稽。邓绾、吕嘉问未请自来，却称有礼。富弼富大人明明不想见邓绾、吕嘉问，却还是请这二位进来，恐怕这就是京都开封官场的礼让和虚情了。肖子裕眼睛不时望望这个，又望望那个。不过，肖子裕眼睛看得最多的是邓绾。邓绾还在来亳州路上，永城县就有不少邓绾的传闻。传得最多的是邓绾这人脸皮厚，却平易近人得很，对人总顺着眼，一脸的蜜笑。不过，肖子裕此时看到的邓绾，既不顺着个眼，脸上也无笑容，蜜意更谈不上，与传闻中的邓绾简直判若两人；相反看到的是双斜视着人的眼和一张不苟言笑的脸。其次是传闻这个人本事了得，敢把事情挑大，能把很棘手、很难办之事办成，此次下来，就一路讲天子圣明，要救天下平头百姓于水火之中，州县衙门如何如何奉旨施行新法，平头百姓对朝廷新法特别是青苗钱高兴得不得了。这一点，黎正岳县令已经领教过了。去年年底有富弼顶着，亳州青苗钱很难贷下去。然而，这个邓绾邓大人厉害，一路那么讲下去，亳州就听到他一个人的声音。富大人不发话，是富弼用来对付朝廷派来的常平司监施官的一招，现在正中下怀，邓绾要的就是富大人不发话。富弼的招数反成了套住自己的绳子，难道还有比这一招更厉害的吗？此外，邓绾还干脆叫农户到县衙门里去贷青苗钱，说他们是奉旨贷钱。这一招就更灵了，许多乡民到县衙门里来了，哪个县令敢不贷青苗钱？

此时，肖子裕瞥了黎正岳一眼，就更是大吃一惊。黎正岳正一脸恭顺巴结地望着邓绾、吕嘉问。在永城县衙里，对新法特别是青苗钱破口大骂的是黎正岳；把常平司提举官邓绾、干办官吕嘉问骂得狗血淋头的也是黎正岳；特别是对吕嘉问，黎正岳简直把他看得像粪土一样，一文不值。但，此时黎正岳对邓绾、吕嘉问的态度却与以前的态度天差地远。肖子裕很自然地又望了望周文章、苟洪钟，但见二人对邓绾、吕嘉问再不是无所谓，恰恰是很有所谓，简直把邓绾、吕嘉问看得像神人一样，那么恭敬、那么神秘地望着他们，脸上堆满了笑。肖子裕心里笑了起来。其实，无论是邓绾，还是黎正岳，抑或周文章、苟洪钟，他们现在的这副模样神情根本不值得大惊小怪，官场本来就是个怪物：权力决定一切。富弼官衔虽然高得吓人，但无实权；邓绾、吕嘉问官秩不高，却能管着这一路的州县长官的升降予夺，在这点上是没有一丝一毫含糊的。肖子裕觉得，这正常得很，要不然天下就不成样子了。这么想过以后，从来笑影少的肖子裕也不由得笑着望了望邓绾、吕嘉问，他觉得自己这一笑，一定笑得非常好看。

众人坐定之后，大多慢慢啖着茶，只有苟洪钟咕噜咕噜几口就把杯里的茶都喝光了，弄得站在门外侍候的家仆赶忙提着茶壶过来给他续水。肖子裕知道，富弼是不会说什么的，黎正岳也不会先开口，周文章一团和气的脸上根本没有说话的意思，苟洪钟有话不知道怎么说，自己的话本来就少，在这种场合哪里会去出这个风头。奇怪得很，肖子裕看到，邓绾却突然顺着双眼，瞥了富弼一下，又蜜笑望着黎正岳，说："黎大人，本官原是要去扬州的，听说你一早赶到亳州来见富大人，本官也就一起赶了过来。以前贷青苗钱时，你口口声声要富大人发句话。今天富大人和你在一起，就当着众人的面，向富大人讨句话，若何？"

肖子裕明白了，邓绾和吕嘉问今日来富弼府上，是来将富弼和黎正岳军的。邓绾真不是个等闲之辈，怪不得王安石把他派到淮南东路来当常平司的提举官，一下子就把富弼富大人治服了，至于黎正岳这些人，就更不是他的对手。邓绾这句话的意思深得很，玄得很，也妙得很。富弼已经致仕，如何还能发话？说他不能发话，日后天子有一天想起他，要他说句话，这个富弼鸡蛋里挑骨头，把邓绾说得一无处，岂不弄得邓绾有口难言？今天，邓绾让黎正岳向富弼讨句话，这就叫富弼现在开口不得，开口就是越职言事；日后在天子面前也开口不得，开口就成了当面不说、背后放冷箭的小人。邓绾的这句话也给黎正岳出了难题，叫你向富弼讨话不是，不讨话也不是。不讨话，富弼怪，他才致仕，就不把他放在眼里，何其前恭而后倨也；讨话，富弼也怪，明知道他已经致仕，还拿新法上的事来难他，是何居心？

肖子裕看了看富弼，但见富弼一脸憨憨傻傻的平静。肖子裕又望了望黎正岳，但见黎正岳十分为难、十分尴尬、十分不自在，红着个脸，哑了口。

吕嘉问开口说了几句硬话："黎大人，你半日不说话是何意思？说起来，你是个饱读圣贤书的人，吃着朝廷的大俸大禄，理应为朝廷出大力，办大事。朝廷现在出了这么多不世之新法，特别是青苗法，这也正是大人建功立业的大好时机，你却推三阻四不办。不是不才吓唬大人：你这是抗旨反朝廷。"

肖子裕心里叫了起来："妙！"永城县的人，恐怕没几个人不佩服黎正岳给人家安罪名这一手的。不少人在这方面吃尽了黎正岳的苦头，好些人把命都丢了。因之，不要说那些被他安上罪名的人怕他这一手；就没被安上罪名的，也怕他这一手。但叫人没想到的是，顶会给人家安罪名的黎正岳也有今日，给吕嘉问安上个抗旨反朝廷的罪名，岂不妙哉？肖子裕知道，永城县人知道这一点，都会笑栽了。肖子裕很想看看，今日黎正岳会怎么办。肖子裕看到，周文章一团和气的脸上掠过一丝不是知情人所能看得出的怪异微笑，苟洪钟则显得太无所顾忌了些，张着嘴对着黎正岳笑。

弹指间，黎正岳更是顺着个眼，蜜笑着脸，也更是巴结地面对着邓绾、吕嘉问说："二位大人容禀，你们就是借下官一万个豹子胆，也不敢抗旨反朝廷。多谢二位大人教诲，拨开了下官眼前的迷雾，看清了新法特别是青苗钱不仅造福黎民百姓，且给下官提供了建功立业的好机会。以前下官是说过，要富大人发句话。下官凡事都听上面的，这没什么错吧？如今富大人致仕了，该颐养天年享清福，新法上的事，下官怎好麻烦富大人发话呢？下官现在跟定了二位大人，就听二位大人的，三天之内就把青苗钱贷下去。”

这又是大出众人意料之外的事，谁也没想到黎县令的态度会转得这么快，这么自然，这么老到，可真是面面俱到，滴水不漏。既没有得罪富弼，也没有降低自己，更是讨好了邓绾、吕嘉问。肖子裕感到自己又开眼界、长见识了。

黎正岳来亳州的目的达到了，把富弼的底细摸清了；邓绾、吕嘉问到这里来的目的也达到了，压住了富弼，贷出了青苗钱。众人该告辞了，没想到邓绾此时侧过脸去，更是顺着眼、蜜笑着对富弼说：“下官今生有幸，在这里见到相公，还是发个话，下官敢不铭记在心！”

肖子裕感到，花厅里的气氛不仅严重，且紧张起来。这个邓绾厉害，压住了富弼还不放过，还要把富弼逼到悬崖边上去：要么回头，要么跳崖。别看他表面客气，却话中有话：口称“相公”，对富弼够尊重了，实则把富弼当窝囊废；“铭记在心”不是“言听计从”，这四字十分有讲究。好事“铭记在心”，表示感受深切，永远感激；坏事“铭记在心”，表示深恶痛绝，怀恨一辈子。肖子裕看到，吕嘉问、周文章都一起侧过脸，定定地望着富弼，看他怎么回答。

不过，苟洪钟却听不出邓绾的话外音，也没感觉到花厅紧张的气氛，大声说：“许多人都以为富大人这回是被天子彻底贬了，全看错了。苟某人独以为天子更看得起富大人。这不连朝廷派来的提举大人都要听富大人的。”苟洪钟说完，还很得意地笑了起来。

花厅里响起了笑声，不仅黎正岳、周文章笑了，且邓绾、吕嘉问也笑了。这个三班都头，要就不开腔，开腔就叫人发笑。苟洪钟又感到稀里糊涂了：“怎么，在下说错了？又要治在下的藐视朝廷罪，把在下弄到秦州去充军？”

这回只是黎正岳、周文章在笑，邓绾、吕嘉问只是不明就里望望苟洪钟。肖子裕注意到，周文章的嘴都张开了，不过最终还是什么都没说。肖子裕知道，刑名师爷到底不同于三班都头，晓得在富弼花厅里把话说透很不合时宜。众人此时最希望、最喜欢的，是听听富弼说些什么，都把目光投向了富弼。

富弼从在花厅里坐下那刻起到现在，都那么憨憨傻傻地坐着，除了喝茶时低了下头，姿势就没变过。但，那双深陷在眼眶里的两口小水井似的眼睛却越来越使得肖子裕觉得很不一般。肖子裕觉得，要不是邓绾逼着他说话，他会这么憨憨傻傻一直坐到众人告辞。既然有人一定要他说，何况要他说话又是常平司的提举官，这个面子是不可不给的。富弼先抬起那双水井似的眼睛，望了望每个人，然后说："圣上以非常之礼待老朽，老朽致仕在家怎敢忘却圣恩，对朝廷有大利、大害之事，自然要对天子知无不言，言无不尽，要说话的，不会有丝毫保留。那时提举大人想听，老朽敢不发声？"有话此时不说以后说。说完，就低头喝茶，然后抬起那双水井似的眼睛望着众人，脸上一副再也没有任何话要说的神情。

花厅里的气氛十分奇妙而又复杂起来。吕嘉问虽然也感到富弼这句话并不寻常，但随后却很不以为然地望了望富弼，又望了望黎正岳。这个常平司的干办官还是嫩了些，做事有股子不怕难的劲头，看问题欠火候。黎正岳似乎有点为难，有点尴尬，觉得自己的事不那么好办了。不用说，富弼以后跟天子说的话，准是对新法不利的话，但富弼从此以后就再也不可能管他的事了。他是听富弼的还是不听呢？岂能不叫他左右两难？不过，肖子裕感到，到时候黎正岳会想到办法的。周文章和自己一样，只对钱财有兴趣，天子离他远得很，只要能弄到钱，什么新法、旧法，都跟自己没什么屁相干，管他富弼在天子面前说甚，此人脸上的那团和气更浓了。苟洪钟的脸上倒是有点茫然，这个喜欢抓人砍人的都头是不可能知道富弼一席话的意思的。邓绾脸上的表情最复杂，有震惊，有警惕，有气愤，还有无奈，面对着富弼时还总是顺着的眼睛也睁大了，一脸的蜜笑也不见了。富弼的话天衣无缝。他一个致仕高官大臣，有话对天子说，正常得很，也正当得很；此时不开口，那时发声，又有何不可，你邓绾这个三品官管得了吗？肖子裕不由得又望了望富弼，但见富弼窝窝瘪瘪的脸上比先前更清和穆然。肖子裕觉得，自己先前认为富弼是个烂忠厚无用之人实在太荒谬了。烂忠厚无用只是个外表，富大人实际上是个极有心计、极知道进退的人，也是个极难对付的人。

花厅里没谁再说什么了，只有苟洪钟在咕噜咕噜喝茶。富弼呵了呵腰，长随就从门外走了进来，站在富弼身边。肖子裕知道，富弼要送客了。众人起身告辞。长随扶富弼起身。富弼由长随搀着，一瘸一瘸送众人到花厅门口。富弼还想往前送一送，一只脚已经出了门槛，众人一起回身要他留步。富弼另一只脚虽然也跨出了门槛，但没再往前走，只在门口目送众人。

肖子裕望了望花厅前面的庭院，西边的院墙已经布满了日光。太守府里还是那么冷冷清清，不见一个人影，也听不到一点声音。众人穿过大堂旁边的侧门，穿过大堂前面的庭院，来到萧墙边时，走在前面的吕嘉问突然停下来，回头吩咐黎正岳："别忘了：每十户为一保，每一保要选个上等户当甲头。"

肖子裕注意到，黎正岳的眉头不由得皱了起来。肖子裕清楚，这是黎正岳不愿意人家管他的事、多他的嘴、给他拿主意的一种表情，但这回吩咐他的是常平司干办官吕嘉问，叫这个永城县令感到丢了面子，也感到很是尴尬难办了。不过，旁人完全用不着杞人忧天。黎正岳很快顺着个脸、蜜笑着对吕嘉问说："大人的话，下官敢不记住吗？一定把这事办好！"

肖子裕心里笑了起来，这个黎县令其实八面见光，圆滑周到得很。大概这种笑在脸上表现了出来，再加上自己从来笑容少，表现在脸上的笑容自然分外惹人注意。肖子裕看到，周文章、荀洪钟都睁大眼睛望着他，像在说：你笑什么？肖子裕当然不能把这点告诉他们，只是抬了抬下巴：走！富弼这一走，黎正岳贷放青苗钱比谁都快、都更卖力。

第四十九章　三老臣上疏直言新法之害 王安石进言力陈流俗之谬

三月下旬的一天，知制诰兼知银台通进司韩维来到银台通进司公廨值房。公案上又有一大沓奏章，放在面上的是老相公韩琦、前次相富弼、老执政欧阳修的题折。这是韩维完全没想到的。天下事真是世事如棋局局新。本来青苗钱遇到阻力最大的是相州、青州和亳州，朝中百官大都以为青苗钱在那三个州贷不下去。但，让众人大吃一惊的是，这三个州的青苗钱不仅全贷了下去，且在时间上没拖延一天。这三个州的常平司监施官功不可没，王安石十分高兴，要这三个州的常平司监施官回京，面圣禀报工作。然而就在此时，老相公韩琦、前次相富弼、老执政欧阳修给天子赵顼上书，要求天子速速罢去青苗钱。他们反对青苗钱，可就不是小事。不要说王安石不可能视而不见、听而不闻，就是天子赵顼也要认真对待。

韩维十分清楚，青苗钱贷放以来，天下各地奏章不少。在各地雪片似的送上来的奏章中，多是给王安石新法安个“兴利敛财”的罪名，提出一些诸如“谨守祖宗之成法”等空空洞洞的老生常谈，天子根本不会睬他们。但韩琦、欧阳修的题折不同。这不仅仅因为他们是朝廷老臣重臣，还因为他们看到了青苗钱贷放中两个不容忽视的问题：一是抑配，二是追债。说句实在话，韩维并不完全同意韩琦、欧阳修题折上的意见，觉得他们糊涂；然而，却不能把这两个问题不当一回事。要施行青苗法，州县官府衙门就非得搞抑配，否则青苗钱就贷不下去。不说青苗钱的息钱不低，有些乡民并不需要青苗钱，就说贷青苗钱时要有人做甲头这点上，不搞强制就无人愿当。甲头好处没有，代人赔钱却跑不脱，谁来做这个傻瓜？可没有充当保人的甲头，到时候乡民还不了钱，官府不亏大了？不来点强制行吗？特别是千年官场，让人十分头痛。朝廷上的事，总得要靠州县当官的去做。千里做官只为财，什么民事公事，捞钱才是他们的头等大事。朝廷要办什么事，少不得这帮人，但捞不到好处的事这帮人又不会好好地去干。贷放青苗钱能给这些人带来什么好处呢？没有！这就得对这帮人也来点硬的。什么最硬？一是查这些人的不法事，二是在磨勘考核中把青苗钱贷放多少作为评定“殿”“最”的要项，用官帽子箍住他们的头。这些人怕了，青苗钱贷不下去就往下抑配摊派。可钱贷出去了，还债就成了件大难事。借钱还债，天公地道，官府的青苗钱更要还。有道是借钱容易还钱难，盘古开天地以来莫不如此。不追，钱是要不回来的。官府追起债来，可就非同小可，用的是官府的手段，平头百姓就有苦头吃了。说句实在话，这些问题怎么办，韩维也想不出个良策。不过，最可怕的却是富弼的题折：

> 陛下即位之初，邪臣纳说图利之际，听收失宜，浸成祸患。今上自辅臣，下及多士，畏祸图利，习成敝风，忠词谠论，无复上达。诸处无雨而雷，大风拔木，地震不止，皆民劳之象，四方人心日益摇动。惟陛下观天地之变，罢青苗之举，追还使者，以安民心而解中外之疑。臣老病将死，尚何顾求，但仰屋窃叹。特以不忍上负圣明，辄倾肝胆，冀哀怜愚忠，曲垂采纳。

韩维看到这份题折时倒吸了一口凉气。题折中引人注目的是“邪臣”二字。“邪臣”二字虽未点名，但明眼人一看就知道指的是王安石。富弼这个人真的使人看不透。都说富弼这个人有君子之风，从来口不出恶语，也从不给人安什么罪名，但这份题折上给王安石安的罪名不小。此人要么不出手，出手就招招致人命。在亳州太守任上，富弼默不作声，对青苗钱不发一声，但致仕后就不客气了，巴不得一斧头把新法砍掉。最叫人感到可怕的是，富弼在题折上没详说罢废青苗钱有何不是，却只是把青苗钱与令人恐惧的天地灾异连在一起，好像这些天地灾异都是青苗钱造成的。不要小看了这一条，光这一条就能把王安石置于死地。谁人不怕天？不要说朝中百官，就是天子也怕。天子是天之子，归天管，要听天的。赵顼是出了名的畏天的天子。去年年底开封县、延津县的雷霆，台州、秀州的大风，沧州、湖州的地震，很是叫赵顼吃了一惊，几天寝食不安，忧心忡忡，做事倍加小心，时刻提防自己会出什么差错。好几次赵顼问韩维：“爱卿，是不是朕做了什么错事？”韩维不是很畏天，但也不是不畏天。不畏天，是韩维觉得天是天、人是人，人道与天道并无什么相干；畏天，是韩维觉得一个人要是连天都不怕，就会胡作非为，干起坏事来会无所顾忌。韩维觉得天子赵顼的忧心和自责过分了些。去年年底的几件小小的天地灾异，又没造成大的灾害，何朝何代何时没有？算不得什么，有什么错也算不到天子头上，赵顼完全用不着那么紧张。再说，天子赵顼要富国强兵、洗刷国耻，要重振汉唐雄风，威服四夷，要做一件令世人瞩目，也令世人皆惊的大事，没有什么错；王安石的新法，特别是青苗法，确实是富国强兵之举，能让赵顼有足够的财力去做成那件大事，也没有错；就是正在商议的免役法，都是千古良法。然而，韩维清楚，把天地灾异说成是青苗钱造成的，如果是别的什么人说的，问题不是特别大，出自富弼之口，问题就严重了。

韩维在官帽椅上坐下，一眼看到文案上有份奏章十分打眼，是秦州太守李师中的奏折，且是用日行四百里的黑字牌急脚递送来的。不用说李师中的奏折谈的是秦州那边的兵事。韩维比谁都清楚，天子赵顼现在心目中就两件大事：一新法，二用兵。新法上的事很繁杂多变，兵事也不可掉以轻心。北方边关此时倒还安静，北辽皇帝耶律洪基喜欢打猎，国事不怎么管，经常在白山黑水间纵马驰骋，追逐各种野兽。皇后萧观音喜欢清淡雅致的诗词歌赋，写出的诗词香艳绝伦，深得中原王朝古典诗词之三昧。这就好，仗打不起来，北线无战事。但谁保证耶律洪基有一天不像辽太祖耶律阿保机一样贪心大发，到大宋境地四处“打草谷”抢劫呢？西夏最不可靠，说好两国罢兵不打，却又兴兵犯境。不过，此时西夏皇族与后族闹得愈来愈不可开交，一时还腾不出手来对付大宋。但，只要西夏皇族与后族的一方把另一方吃了，大宋西北就要狼烟四起，河、湟就有场血流成河的大仗要打。西南梅山辰州一带出现好兆头，那里的蛮族酋长太残暴，不拿自己的子民当人，任意杀戮，众多蛮人向往大宋的文明仁慈生活，要求内附。那地方深山老林，沟壑纵横，蛮族居住的团峒星罗棋布。每处团峒就是一个小村子，一个小村子就百把人。官兵来了蛮人就钻进山里，开打找不到对象；官兵走了蛮人从山里出来，在丛林里放冷箭、扔竹叉。有了内附的蛮人，到时候派人带支军队去收服那些残暴的酋长就是。李师中从秦州来的奏折肯定是天子赵顼急着要看的，不可有半点延误，得赶紧呈送到天子手上。

韩维再看下面的奏章时，银台通进司堂吏匆匆忙忙过来，向韩维禀告：皇上驾到！韩维感到心里有了奇怪的一震。以前，天子赵顼也到银台通进司来过，或与他喝喝茶，聊聊天，喝惯了御茶的赵顼还说他的茶比御茶要香醇些；或亲自从文案上挑奏章看，把需要带回去仔细审阅的带走。但韩维觉得，赵顼此时到银台通进司来，恐怕不是聊天。韩维忙起身去迎驾，刚走到银台通进司大堂前面的庭院，十来个太监从庭院前面萧墙那边转了过来，紧接着天子赵顼也从萧墙那边转了出来。韩维忙小跑着上前，要给赵顼行跪拜大礼，赵顼一边说“平身”，一边双手把韩维托起。

韩维把赵顼引到公廨自己值房里去，赵顼在值房门口转身对身后的太监挥了挥手，那些太监立即散了。银台通进司的堂吏没敢离开，远远地站在庭院的角落上。赵顼进了值房，并没有立即坐下，龙颜纠结郁闷，对韩维说：“老相公、富相、老执政的题折可到了？”

韩维明白，赵顼是为老相公、富相、老执政的题折而来的。这么看来，赵顼已经知道三位老臣重臣有题折送朝廷了。这就怪了，三位老臣重臣的题折还放在自己的文案上，尚未呈送天子，天子怎么就知道了，何人给赵顼通的风、报的信呢？这就很有点不正常了。当然，朝廷里这种事不是只这一件，且与天子有关，韩维不宜追问。在中原王朝，只有臣子什么事都不能瞒天子，却不可对天家的事刨根问底。韩维忙把三位老臣重臣的题折拿起，向赵顼呈送上去。

赵顼接过老相公、富相、老执政的题折，展开看了看，沉吟良久：“老相公真忠臣！虽在外，不忘王室。朕始谓可以利民，不意乃害民如此！”

韩维很是惊讶。老相公韩琦对朝廷从来忠心不二，赵顼对韩琦这点从来没有过半点怀疑，可赵顼何以突然冒出这句话来呢？韩维感觉到，赵顼对新法，特别是青苗法的看法有了微妙变化。不错，韩琦指出在青苗钱贷放中存在的两个问题，确实不可掉以轻心。比方说，韩琦认为青苗钱一年两次共计四分息高了就不是没有道理。常言道，息过三分就是贼，四分息确实不低。但叫人感到百思不得其解的是，韩琦却又允许兼并之家一年高达七十二分的息，认为兼并之息远比官放青苗钱好，这就叫人感到韩琦对人对事有两种不同的尺子。老相公如此厚此而薄彼，是不明事理，还是别有他意呢？老相公就不怕人家骂你得了兼并之家的好处，在为这些人说话吗？不管怎么说，尽管青苗钱的四分息不低，但比起兼并之家来确实不知低多少，这怎么不是利民反害民呢？现在韩维觉得麻烦的是，赵顼对韩琦的这个态度，会引起朝臣许多猜测，这确实会给王安石带来麻烦。韩维不由得为王安石担心起来，觉得王安石以后的日子恐怕不好过。

赵顼望着韩维说:“欧阳老执政,衰年昏病,恳陈利害,详尽无遗,都是真忠臣。”

对欧阳修，韩维是很敬重的，也觉得欧阳修题折是好意，但觉得欧阳修尽罢青苗钱也有些不妥。青苗钱有不足之处，可以帮着想些办法才是，为何尽罢呢？此外，韩维觉得韩琦和欧阳修题折都认为青苗钱不能取息，这些话就相当糊涂了。王安石就是要用这种钱生钱的办法让国家富起来，要不然赵顼怎么去洗刷国耻，怎么去重振汉唐雄风，怎么去做那件让举世瞩目，也令举世皆惊的惊天动地的大事？

赵顼又拿起富弼的题折，一脸敬意：“富相虽致仕居家，朝廷有大利害，知无不言；手疏‘臣老病将死，尚何顾求，但仰屋窃叹’，真感人肺腑。”随后赵顼沉吟半日，转过脸，望着值房窗外灰蒙蒙的天空，对韩维说：“朕要见王相公。”

韩维立即转身来到值房门口，对站在庭院角落上的堂吏招了招手，吩咐堂吏去召王安石。韩维回到值房，侍立在赵顼面前。赵顼在文案后面的官帽椅上坐了下来,把富弼的题折放下,拿起李师中的奏折,拆开纸封上的火漆,抽出里面的奏折,看了看，龙颜很是不快起来。赵顼把李师中的奏折递到韩维手上：“你看看，朕真的是一件快意的事也碰不上。”

韩维知道，这句话现在几乎是赵顼的口头禅。这个宋朝当今天子赵顼毕竟年轻，才二十三岁，登基也不过三年多一点，还把这样的口头禅吊在嘴上，并不特别奇怪。不过，尽管如此，韩维觉得，天子这样的口头禅很是不妥。陛下是大宋帝国的天子，要做大有为之君，要干一件令举世瞩目，也令举世皆惊的惊天动地的大事，不可以拿快意不快意来作为行事的一个条件。当然，这些事，韩维以后会找机会好好跟赵顼聊一聊。韩维接过李师中的奏折，很快看了一眼。李师中的奏章果然是谈秦州的边事。对秦州边事，韩维还是清楚的。太守李师中倒是位能臣，并不是个胆小鬼，既知兵，也能打仗；钤辖向宝是员猛将，被赞为“今之飞将军”、唐代大将薛仁贵再世，羌人还挺怕他；王韶有运筹帷幄、决胜千里之才，又浑身是胆，敢带领两骑、一羌人女子直抵俞龙珂大帐，说服俞龙珂归顺大宋。本来，这三人在一起，一条心对付西夏是再好不过的事了。然而，这三个人却坐不到一起来，特别是李师中与王韶谈不到一块。王韶人才难得，很有智慧，很有头脑，能在西北干出一番大事，但李师中却认为王韶妄进狂谋，邀功生事。王韶每做一事，李师中必生阻挠。向宝喜欢打仗砍人，本来对王韶意见很大，但见王韶力主对西夏用兵，尽管还是有点怕李师中，但渐渐对王韶倒生起好感来了。前不久，王韶在洮西的抹邦山、竹牛岭一带，与不肯内附的蒙角罗、抹耳、水巴羌人打了一仗，向宝还跟着一同去了一趟，向宝竟佩服起王韶来了。这个王韶，一反大宋一贯在平原地带列阵待敌的办法，脱下文官的袍子，穿上铠甲，挺着长矛，挤进冲锋的大宋士兵之中，强攻羌人山寨，获首领器甲，焚其族帐，洮西大震。向宝就佩服王韶这种打法。水无常态，兵无常形，他妈的什么在平原地带列阵待敌，说得比什么都好听，哪个该死的羌人会蠢得像猪一样，一个劲往你布置好的兵阵里钻？羌人狡诈得很，只是坐在高处的什么地方看你什么时候撤阵。阵刚撤，羌人就过来了，打你个措手不及。列阵待敌不过是枢密院一班书生文人在衙门里想出来的办法，但将官都得那么办，否则小心脑袋搬家。王韶是文人，有胆子不按常规用兵，带着士兵就往羌人老巢冲，倒打他们一个措手不及。痛快！痛快！那次洮西一仗，向宝手舞关刀，一口气砍了十五个羌人，没有比这更痛快的事了。韩维清楚，王韶在战场上绝对是个明白人，知道自己的每一仗必须胜利，也知道怎么打，否则他在秦州多年的苦心准备都将化为乌有，叫在京城朝廷里全力支持他的王安石也很难办，甚至受到连累。洮西一仗，打出了大宋的威风，王韶不仅自己脸上有光，也给王安石长了脸，但这个王韶在官场上却是个糊涂虫。仗打完了，报功是必需的，否则跟着他在洮西打了一仗的官兵会有一肚子不快。然而，王韶却在报功的奏折中得意地为自己表功，说洮西一仗没花朝廷一文钱，用的都是他开荒经商赚来的钱。这真是没事找事，钱事其实比兵事更复杂、更微妙、更敏感、更啰唆。人一旦与钱搅在一起，就得好自为之，小心加小心了。边关许多打赢了仗的人，不明白这一点，不懂得跟钱打交道并不是件好事，最后栽在钱上。结果王韶的报功奏折引来的不是欢笑和奖励，恰恰相反，迎来的是朝廷派人查实他开荒经商情况。去查的人就是李师中。韩维看到，李师中在奏折中说：荒是开了，但只有一顷四十三亩，地主有好几个，正在为那小小一块地打官司；生意也做了，但不仅西夏党项羌人在打秦州市易务那大笔本钱和财货的主意，吐蕃发羌人也盯上了那笔本钱和财货。韩维清楚，赵顼心里深处的那件令世人瞩目，也令世人皆惊的大事是要从西北边境做起的。这些日子西北边境好事连连，确实叫赵顼很是快意起来，但这种快意却给几块荒地和一些钱财给破坏掉了。

韩维看到，赵顼就这么默不作声坐着。韩维把李师中的奏折放在富弼的题折上，还是侍立在赵顼面前，也不出声。少说有两炷香工夫，韩维听到值房门外有人来了，忙过去一看，是堂吏。堂吏轻声告诉韩维："王相公来了。"

韩维转过身来时，注意到赵顼龙颜开朗了许多。自从前年四月初四王安石越次入对以来，不管碰到什么难事和头痛的事，赵顼首先想要找的人就是王安石。这一次，又是雷霆，又是大风，又是地震，又是韩琦、欧阳修、富弼的上书，还有秦州的李师中来凑热闹，承受的压力是可想而知的。韩维松了口气，王安石来了就好，他有办法让赵顼的心情开朗舒畅起来。不到半炷香工夫，值房门外公廨庭院里响起了乌皮靴很重、很沉、很响的走动声。韩维起了身，往值房门口走去，在门口看到王安石正高视阔步从庭院那头走来，一脸的悻悻、一脸的自信。君臣三人归座。值房里的气氛十分欢洽、十分和合起来。不过，韩维细细品味了一下，这次在一起，欢洽和合的气氛中似乎杂糅了一些说不出的焦躁不安。

赵顼望着王安石，很是不解地问道："相公，怎么会是这个样子呢？"

韩维明白，赵顼的"这个样子"指的是原本一团和气、熙洽祥和、温馨脉脉、相安无事的朝廷因为新法，特别是青苗法给弄得唇枪舌战、吵吵嚷嚷、争长论短、一团乱麻。这已经使得赵顼够心烦的了，近些日子，韩琦、欧阳修上书，今日富弼的题折也到了，就更叫赵顼头痛。韩维清楚，赵顼实在不愿意看到朝廷乱成这个样子，更不愿意看到韩琦、欧阳修、富弼这样的重臣非议新法，特别是非议青苗钱。朝中百官都和和美美、一心一意搞新法，特别是把眼下的青苗钱贷放好，这不是挺快意的吗？但，韩维清楚，赵顼心里越是这样想，朝廷非议新法，特别是青苗法的人反而多了起来，这就叫赵顼心里很是躁乱。此时赵顼对原先信心十足的新法，特别是青苗法也有点担心起来，生怕会出什么问题。说句心里话，韩维并不以为新法，特别是青苗法没问题。然而，现在让韩维最担心的是赵顼眼下的这个态度。王安石的新法必须受命于天子，要不然新法肯定要付之东流。然而，这样一来，赵顼要想富国强兵、洗刷国耻、重振汉唐雄风、威服四夷就成了一句空话，那件令世人瞩目，也令世人皆惊的大事就将成为遗笑千古的话柄。

韩维转过脸，对着王安石。王安石仍像过去一样，那双点漆般黑得发亮的眼睛顾盼间有种慨然矫世变俗的逼人英气，不过开始没甚明白赵顼这句话的意思，眼睛多少有点惑然地望着赵顼，但转瞬弄懂了，一脸悻悻起来，却又很是自信地对赵顼说："陛下说的其实是如何对待流俗的问题。违背流俗众人的欲望，强制以从先王之道则可，强迫流俗众人以王者一己之私欲则不可。盘庚就是古代强制流俗众人顺从先王之道的典范。他在做出迁都的正确决定时，几乎所有的人都反对，但盘庚不为所易动，坚持不改，终于使商朝更加兴旺发达。盖常人之情，顺之就会赞誉，给你说好话；逆之就会诽谤，把你骂得一文不值。如果不论是非，一味顺从流俗众人之欲，而违背先王之道，以求获得流俗众人一时之赞美，这就是沽名钓誉，是不可取的。因此顺从先王之道，推行新法，向百姓贷放青苗钱，富国强兵，不为流俗众人所赞同，一点也不足为奇。相反，想做大有为之人，如果试图博得见识低下、人格卑污的流俗众人的赞同和支持，绝不可能有什么成就，却只能坏了自己的大事，甚至弄得社稷不保，江山易主！今天下事，万万不可临时因人论议而移。陛下方以道胜流俗，与一场大战没什么区别。陛下今天稍稍与流俗接战，就自己害怕得后退，那么流俗坐稳要取得胜利。"

韩维一喜。好个介甫，有事不怕，有话直说，绝不回避，正面交锋，不退缩，敢担当。韩维记得，嘉祐年间，他、王安石、司马光、吕公著"嘉祐四友"暇日在僧坊谈宴终日时，王安石高谈阔论天下事，也是这个神气，也是这样滔滔不绝、口若悬河、理直气壮。前年四月初四以后，在朝会上，韩维没少听到王安石这样大雅宏达的见识，但在这么个只有二三人的小范围里听到王安石这样侃侃而谈朝政大事，还是第一次。当年韩维是十分钦佩王安石的见识才学的，以为当朝无人可以与之比肩，此时听了王安石这番话，同样觉得今天朝廷还是无人的话语能像王安石这样透辟入理，有着这样强的震撼力。韩维一边听王安石滔滔而论，一边想：王安石是个明白人，对新法特别是青苗法在朝野上下引起的动荡是一清二楚的。当然，正因为如此，王安石现在首要的是坚定赵顼的信心。不管怎么说，天子有信心，问题好解决；天子信心不足，新法绝对施行不下去。王安石这番话，旨在对赵顼进行规谏。

赵顼龙颜一震，很想说几句什么，却又无言以对。韩维知道，这并不表明赵顼接受了王安石的意见。过了好一会，赵顼又对王安石很是不解地问道："方今天时未顺，灾异屡见，皆民劳之象，四方人心日益摇动。朕是不是当仰测天意，俯察人事者也。"

韩维觉得，赵顼给王安石出了道很大的难题了。韩维也认为赵顼给去年年底的雷霆、大风、地震吓坏了，过虑了些，很想规谏赵顼几句，但他知道，自己讲不出多少道理。天的问题不好谈，随便开口会给自己带来麻烦的。天人一体，风调雨顺，是上天对人的保佑，天子宰臣要对天顶礼膜拜；天灾地祸，是上天神灵对人的警示，天子宰臣要反省朝政和个人的人品出了什么问题。王安石会怎么回答赵顼呢？韩维注意到，王安石侧过脸，眼睛望了望值房门外灰暗的天空，然后回过脸来对赵顼说："陛下说的是天变的问题。天地之变，阴阳之化，可怪而不可畏。日月之有蚀，风雨之不时，怪星之党见，是无世不常有之。灾异皆天数，非关人事得失所致，与我们何相干。出现点灾异，这都是小事，不足为怪，陛下根本不用担心。上天有它的意思，我们做好自己的事就可以了。"

韩维没想到王安石能把一个很难说清楚的问题说得这样言之成理。确实，天变很古怪，说变就变，连个招呼也不打，一会儿笑，晴空万里，转眼却狂风暴雨，凶神恶煞起来。但，狂风也罢，暴雨也罢，总要过去的，天又晴空万里，又是个笑脸，有什么可怕的呢？韩维同意王安石的意见：灾异皆天数，与人事不相干。但韩维觉得王安石也太不把天当回事了，这也未必妥当。天凶起来毕竟会带来灾难，摧毁房屋，毁坏田地，让许多人丧生，王安石怎么能说这是小事，居然可以这样丝毫不加理会，更无半点恐惧，就一点也不怕人家指责他胆大妄为、无法无天吗？在中原王朝，不畏天的人是会被人看作大逆不道的疯子的。不畏天的人，不要说一般人不敢接近，就是天子也不敢接近。

赵顼龙颜一惶。又一会，赵顼仍是很不解地问道："此岂小事耶？朕今日所以畏惧如此，正畏的是我们的事都做错了。"

韩维注意到，王安石这下不仅又一脸悻悻起来，而且辞色也皆厉起来，对赵顼说："陛下把天变看得太可怕了些。其实，天道与人道是相分的。天道自然，无亲无疏。春生秋杀，长之育之，亭之毒之，成之者何，败之者何，都无足怪，没必要将人道强加于天道。水旱常数，尧、汤所不免。陛下，连尧、汤这样的圣下都会遇到水旱灾害，难道能说这也是他们道德不足、为政不明引起的吗？"

王安石这句话说得太精妙了，可谓一语中的，堪称不易之论。不过，韩维觉得王安石过分了些。王安石强硬性刚，与人论事言辩，辞色皆厉，给人一种近乎无礼的感觉，可你现在面对的是天子，怎么也能这样呢？这也太不给天子面子了。

赵顼龙颜一赧。韩维知道，赵顼被王安石刚才的话弄得很有点不好意思了，心里不由得一紧。好在赵顼是个不计较臣子在言语小节上冒犯自己的天子，对王安石这样的师相就更不会计较这些了，要不然王安石日子就难过了。再一会，韩维看到，赵顼龙颜回到常态后，还是对王安石不解地问道："相公，缘何满朝文武，物议纷纷，都说新法兴利敛财，弄得百姓不安，只要一谈到新法上的事，就多加指责，岂不怪哉？"

值房里的气氛渐渐欢洽和合起来。韩维觉得，天子赵顼说的是心里话，也是实情。说句心里话，在对待物议这件事上，韩维心里也是很矛盾的。韩维觉得，物议不可少，但此时朝中的物议又很有些怪。本来，唇枪舌战也罢，争长论短也罢，总要等对方的话说完，听清楚了对方说了些什么再开腔不迟。然而，现在朝中不少人一听说王安石又要提什么建议，既不问个青红皂白，也不看这个建议是什么内容，就掩耳不听；一听说有个什么诏书是王安石拟的，就不管三七二十一，也不问拟的是个什么诏，就闭目不看。似乎谁支持了新法特别是青苗法，谁就是奸臣，就是小人；相反，谁反对了新法特别是青苗法，谁就是忠臣，就是君子。这就有点好为异论、故为别出心裁、有意附和流俗、取悦大众、存心跟王安石过不去，很有点瞎起哄的味道了。天下哪有这样的道理呢？这还叫王安石怎么去主持天下政事呢？不要说王安石，实际上任何人都什么事也做不成。要是他人早打退堂了，然而王安石却不为所动，这还真为难王安石了。不过，尽管如此，韩维觉得，王安石对朝中物议也不可一概不听。不管怎么说，朝中物议中，总有些话值得想一想，新法特别是青苗钱总有些不妥的地方。关于这些，韩维打算找个时间，好好跟王安石聊一聊。在这点上，韩维同意司马光的意见：要开言路，言无罪！

王安石沉思良久，点漆般的双目望着赵顼："陛下说的是人言足不足恤的问题。陛下善纳人言，无论小事大事，唯言是从，并无不恤人言之事。但臣以为人言足不足恤，关键看是否合于义理。苟合于义理，则人言何足恤？故《诗》称：'礼义不愆，何恤于人言！'郑庄公畏人之多言，不敢依义理行事，不能忍受他人的讥议，结果弄得国家大乱。汤、武应天顺人革命，远非人人赞同，部下亦多不愿出兵。汤、武不顾众人反对，坚决命令出战，乃至以刑戮相威胁，结果取得了胜利，挽救了天下人。只要合于义理，没有必要求人人情愿，凡事必待人人情愿而后行，则永无成功之日。陛下，义理在手，举国反对又如何？不能说失去人心。违背义理，举国高呼万岁不足喜，不能说得人心。人言不足恤，此说并不为过！”

韩维一惊。干大事，恐怕是得要有人言不足恤的精神。庸人知晓什么天下大计，这些人的话听不得那么多。不过，韩维清楚，要赵顼做到人言不足恤很难。在东宫当太子时，赵顼就不仅对太皇太后曹氏、太后高氏的话句句都听，而且对侍讲的话也总是铭刻在心，东宫的人都说赵顼从小就是个乖孩子。当上天子后，赵顼也很听太皇太后曹氏、太后高氏的话，不做那种叫太皇太后曹氏、太后高氏不高兴的事；朝中百官的话，就是那些把新法特别是青苗钱说得一塌糊涂的话也能听得入耳。韩维觉得，赵顼是个叫人放得下心的天子，很想有番大作为，却这么怕人言，要想做大有为之君，做成一件大事，难！

赵顼龙颜一讶,依然不解地问道:“韩老相公、欧阳老执政、富相的话也都不符合义理吗？朕开始以为青苗法是利民的，谁曾想害民到这种地步，出令不可不审！”

韩维大为震惊。他感到,韩琦、欧阳修、富弼的话在赵顼身上产生了很大作用,特别是后面那句话，表明赵顼有废止青苗法的意思。如果是这样的话，王安石辛辛苦苦好不容易搞起来的新法就要功亏一篑，彻底完蛋，那就太可惜了。韩维看到，赵顼此言一出，王安石也很是一惊，立即又辞色皆厉起来，朗声驳难：“陛下，恕臣直言,他们的话也不合义理。韩老相公、欧阳执政都说青苗法‘兴利敛财’,谬也。朝廷贷青苗钱助民，收息二分，其实是周公留传下来的法子。像桑弘羊笼络天下财贷以供人主享乐私用，这才是兴利之臣；今抑兼并，振贫弱，置官理财，非所以佐人主享乐私欲，安可谓兴利之臣？陛下，理财新法对奸邪之人才是不利的。青苗法堵了权势之家、富户大豪的兼并之路,市易法让富商大贾再也操纵不了市场、断了他们获取不义之财的门路，正在商议中的免役法把以前不用服民役的人得罪光了。这些人能甘心吗？朝中许多不明事理的人随声附和，跟在后面把朝廷闹得天翻地覆，岂合义理？新法刚刚实施，青苗钱才贷出去，万万不可止步不前。陛下只有跳出流俗的附和之声，才能洞察这里面的问题。比如运瓮，须在瓮外方能运，若坐瓮中，岂能运瓮？今欲制天下之事，运流俗之人，当自拔于流俗之外乃能运之；今陛下尚未免坐于流俗之中，何能运流俗，使人顺听陛下所为也？”

王安石在面折赵顼的过失，诘难赵顼的不是，指责赵顼站在人多势众的流俗一边。以前，王安石常这样开导赵顼，赵顼总是洗耳恭听，但这一次恐怕未必如此。王安石要是指责别的臣子站在流俗一边，赵顼不至于听不入耳，但要说韩琦、欧阳修、富弼也随声附和流俗之人，赵顼肯定不爱听；又用这样的辞色，恐怕不仅达不到开导的目的，而且要坏大事。此外，韩维也觉得，说韩琦、欧阳修、富弼是随声附和的人，很不恰当；恰恰相反，王安石对他们的意见还是应该好好听一听的。

赵顼龙颜一闷。赵顼真是个难得的好天子，并无半点对王安石不好的神色，只是默然了好一会，仍是不解地问道："朕的诏书上写得清清楚楚，青苗钱只贷给农户，与城镇市民何相干？为何把青苗钱也贷给这些人？"

韩维清楚，在这次青苗钱贷放中确实存在这种情况。韩维听说，韩老相公那个不争气的外甥就为争贷青苗钱把钱粮师爷打得鼻青脸肿。青苗钱本是助农户的，现在却城镇市民也贷，这些人住在街上，要青苗钱何用？这些人贷到青苗钱还能不花光？把话说白，州县官府这么做，不过为了磨勘考核时能得个"最"。这就难怪朝中那么多人指责新法"兴利敛财"了。当然，话说回来，常平司监施官没谁同意给这些人贷青苗钱的意思，但也没阻止州县官府不这么做。韩维觉得，王安石应该以中书的名义发个堂帖下去，严禁给城镇市民贷放青苗钱。

王安石脸上有了一种复杂的表情，似乎觉得这个问题有什么不妥，又似乎觉得赵顼不该提出这个问题。王安石的辞色虽然不那么严厉了，但仍一脸的悻悻，也一脸的自信："如果能满足借钱者的需要，又能增加朝廷官府的财政收入，就算是城镇市民又怎么样？"

韩维十分了解王安石，这个人确实拗，要他认错是很难的，要他取消新法特别是青苗法是根本不可能的。在要不要新法特别是青苗法问题上，不要说韩琦、欧阳修、富弼这样的大臣，更不要说朝中的那些普通臣子，就是天子赵顼一言不合，王安石必面折之，诘难之，直到赵顼服软不出声。但，不给城镇市民贷青苗钱，并不是取消青苗法呀！韩维没想到王安石会同意给城镇市民也贷青苗钱，这就未免过分了。

赵顼龙颜一急："相公，万万使不得。青苗钱取农户二分息，已弄得朝廷物议纷纷。现在又要取城镇市民的二分息，岂不是更加兴利敛财？"

韩维看到，王安石更是一脸的悻悻自信，话不多，就一句："为天下理财，民不加赋，富国强兵，不为兴利敛财!”

韩维觉得，你可以指责王安石这句话有点不择手段的味道，却不可说王安石这句话没有道理。赵顼要富国强兵，洗刷国耻，重振汉唐雄风，威服四夷，做那件令世人瞩目，也令世人皆惊的大事，没许多许多钱是办不成的。给城镇市民贷青苗钱，并不是给天下子民加赋，却有了二分息钱，又何乐而不为呢？这确实只是一种理财，却不能说是一种“敛财”。

赵顼龙颜一怔。良久，赵顼道：“朕实在是十分担心对祖宗大不敬。”

韩维明白，赵顼这句话指的是朝中许多人指责王安石尽变祖宗之法。在千年中原王朝里，最为上自帝王将相、下至平民百姓所看重的莫过于祖宗。不管什么人，祖宗就是神。因之，不遵祖，就猪狗不如；不敬宗，就泯灭人伦；不听祖宗话的人，就从根子上坏透了。王安石新法，确实条条都把太祖太宗的成法给改了。朝中许多人就因为这一点，把王安石说得一塌糊涂。然而，这一点又无比重要，王安石不能在这点上把道理说通，新法就根本进行不下去；然而，要把道理说通，又谈何容易。王安石站了起来，高声道：“臣知道，朝中许多人指责臣不守祖宗之法。陛下，这些人说对了，臣确实认为：祖宗之法不足守，固当如此!”

赵顼龙颜一愣，半日不出声。

王安石嗓门更高了起来：“陛下，富国强兵，洗刷国耻，重振汉唐雄风，威服四夷，不仅是最好的尊祖敬宗，而且是最好的光宗耀祖!”

人人都说王安石辩才无碍，想怎么说就怎么说，无人能难倒他。这些话里其实有许多刺，表面上是奉承，实际上是挖苦讽刺。韩维觉得，王安石能言善辩，但他的言确实有理，他的辩亦不是强词夺理，这有什么不好呢？难王安石不倒，还不就是因为王安石的话有理吗？就说王安石刚才说的这句话，无一字不是理。

赵顼龙颜一展，金口未开，却频频点头。

王安石不依不饶，辞色又俱厉起来：“天下无一成不变之事。太祖已兵临北汉国都太原，却突然改变主意，挥兵南下，直取南唐。太宗雍熙二年科考改唱名通告天下，让及第进士名扬四海。真宗改三司的三位使为一位使，品秩仅低东西两府小半级。仁宗数次修改祖宗诏令，更有庆历新政光照千秋。若法一定，子孙当世世守之，则祖宗何故屡自改变？”

韩维一恐。介甫，你不能如此非议宋室列祖列宗，更不能用这种态度对待天子。你这实际上是说宋室祖宗也是不听祖宗的话、有违祖制的人。你的话很有理，但不能拿宋室列祖列宗说事。当然，韩维十分清楚，当年“嘉祐四友”的王安石之所以说出如此的过分之言，并非对天子不尊，也不是对宋室列祖列宗的不敬，只是担心新法特别是青苗法刚起就夭、无功而返，内心焦虑才不得不又辞色俱厉起来。这也难怪，新法特别是青苗法已取得很大进展，却遭到朝中这么多人，特别是韩琦、欧阳修、富弼一些重臣的非难，这能叫王安石不犯急吗？但，即使这样，做臣子的这样跟天子说这些话，就不仅不恰当，也是危险的；言官知道了，弹劾你对天子大不敬，也是说得过去的。韩维不禁又为王安石担起心来。

韩维注意到，赵顼龙颜有种喜愁不明、欣闷不定的异样神情。韩维放心了。此时，韩维最怕看到的是赵顼龙颜大骇，或者龙颜大怒，那王安石就可能要碰到头痛的事了。龙颜大骇，赵顼给王安石的话吓坏了，王安石能有好果子吃吗？龙颜大怒，赵顼给王安石的话弄得大为光火，王安石还能得到赵顼的殊礼吗？不把他踢出朝廷就是最大的恩典了。陛下，王安石就这个脾气，他没有私心。他辞色俱厉犯颜直谏，坚心要把新法搞下去，为的是宋室的江山社稷。

少说有一炷香工夫，赵顼的龙颜在这种神情间游动着。值房里的气氛不再那么欢洽和合了，替代的是一种令人十分敏感，也很脆弱的无奈等待。韩维看到，赵顼龙颜突然阴了起来。以前，王安石也这么不依不饶、声色俱厉跟赵顼说过话，赵顼并不为怪。然而，赵顼今天恐怕受不了王安石这个态度。而王安石当然不会没觉察到赵顼今天龙颜的异样变化，但王安石脸上的表情还一如以前一样硬，没半点让步的意思，相反还一脸时刻准备跟赵顼一辩到底、诘难到底的神情。韩维觉得王安石这下要坏事了，且做好随时帮王安石说几句好话的准备。不过，叫韩维大惑不解，也十分惊奇的是，赵顼忽然龙颜一改，逊谢起王安石来了：“相公之言，真如醍醐灌顶。朕意已坚，新法不可摇，青苗法也决不可废！”

韩维的心放下去了。此时王安石声调依然很高，语气却有点沉重地说：“陛下，要是守着成法不变，我大宋朝能有今日吗？要是我们还只是世世相承，无有穷期，守着成法过日子，能改变我朝‘三乱’‘一冗’‘一失’‘一缺’‘一耻’‘一无’的积贫积弱的现状吗？”

韩维觉得王安石这就更过分了，赵顼已经服软了，都改容逊谢，你总不能让赵顼跪下去求饶吧？介甫，朝中许多人最看不上你一点的，也是最喜欢拿你这一点说事，就是你太倔、太牛、太拗，谁都要听你的，连天子都要听你的。你要吃亏的！值房里欢洽和合的气氛全没了，有点沉闷紧张起来。韩维不禁又一次为王安石担起心来，很是忧心不安地望着赵顼。然而，叫他更感到奇怪的是，就在这时，赵顼什么话也没说，却奇怪地默然一笑。韩维记起来了，他的兄长韩绛有次对他说：熙宁元年兄长韩绛与翰林四学士王珪、司马光、吕公著、王安石在翰林院玉堂里议国用制度；后来赵顼来了，请他们用完御膳后，赵顼回宫时也这么奇怪地默然一笑，自言自语："诚迂，诚迂。"兄长韩绛说：赵顼这一笑一语极大可能是针对王安石来的。赵顼今天没说"诚迂"二字，但那一笑肯定是因王安石而起的。赵顼笑过之后，从文案上把李师中的奏折拿起来，递到王安石手上："相公，李师中与王韶捏不到一块，西北边事真令人头痛。"

韩维明白，赵顼这么做，既是转换一个话题，让值房里沉闷紧张的气氛缓解下去，也是确实要跟王安石谈谈西北边事。王安石也觉得自己刚才对赵顼的态度过分了点，接过李师中的奏折，很快看了一下，声音和软了许多："陛下，王韶在西北边关开荒经商没错，至于是否属实，朝中再派人重行查实审定就是。"

韩维看到，赵顼频频点头。在西北边事上，尽管赵顼与王安石不可能意见完全一致，但分歧不大。这就好，只要赵顼与王安石都想到一块去，可以说朝中没有办不好的事。值房里的气氛又欢洽和合起来。韩维听到值房门外有一阵脚步声传来。韩维不由得有点吃惊地朝值房门口望去，心中有点疑惑：天子赵顼在值房里，谁敢冒冒失失跑来呢？弹指间，韩维看到，垂拱殿殿头太监出现在门口，几步走到赵顼面前："司马光、吕公著、冯京在垂拱殿求见陛下。"

朝中臣子求见天子其实是很普通不过的事了，但此时此刻司马光、吕公著、冯京求见赵顼，却又很有点异乎寻常。不用说，这几个人的求见，肯定与韩琦、欧阳修、富弼的题折有关。司马光一直对王安石的新法不满，对青苗法尤其恼恨。韩维认为司马光是个君子，但自从王安石越次入对以来，司马光可以说处处跟王安石过不去，近些日子很有点生死对头的味道，昔日的"嘉祐四友"竟成了仇人似的，这就很叫他百思不得其解。韩维知道：司马光与范纯仁、苏辙不同，不会看不顺眼就出手；与大才子苏轼也不同，不会一边骂新法，一边又给王安石出主意；与吕诲更不同，不会逮住一件小事甚至捕风捉影的事就给王安石安上个吓死人的罪名。吕公著这个人从没说过新法一句好话，不说好话就是一肚子坏话。冯京这个人温文尔雅，轻声细语，但出手就重。这三个人今日求见天子，恐怕是善者不来，来者不善。韩维看到，赵顼龙颜一变，显得很有点心烦意乱。王安石显得特别镇静，好像早就在等待这一天的到来，点漆的眼睛定定地望着值房门外的天空。赵顼对王安石说："相公勿忧，朕去听听他们说些什么。"

韩维送赵顼出去。王安石也跟着走了。对王安石刚才一席话，韩维大为赞赏，且把它紧缩为"三不足"。这个"三不足"，说得太好了，都是朝中无人能说，也无人敢说的前所未闻的话。这些话，很叫人震惊惶恐，但也叫人感到豁然开朗；很叫人感到荒诞不经，但也叫人感到振聋发聩；很叫人感到浑身不爽，但也叫人感到淋漓痛快；很叫人感到猛受一击，又感到一种前所未有的大彻大悟。韩维知道，朝野上下，许多人也会跟他一样会欣赏这个"三不足"，但许多人也一定是会把"三不足"骂得狗血喷头。"三不足"恐怕会是个毁誉参半的千古怪题。说起来，就是近千年后的今天，王安石的这个"三不足"，还是个引起人们扯不清、说不完、聚讼纷纭的话题。

韩维站在值房门口，但见灰色的天空一片低沉，乌云箭一般向前驰去，样子很是叫人惊恐。

第五十章　安石门生光明磊落拦马头 司马学士别有用心泼污水

这几天，京都开封朝廷里乱得像一团烂泥。刚刚从青州临朐回来的曾布一早起来，就骑着马去邀吕惠卿、章惇一道去定力院见王相公。去年二月初三，条例司成立之后，他们就都从朝集院搬了出来，把家眷接来，在京都开封租赁院宅。吕惠卿住皇亲权贵居住的城北，章惇住文人雅士集聚的城西，曾布住官商巨贾云集的城南。曾布先去章惇家，刚到章惇院宅门口，正好与从外面回来的章惇相遇。章惇告诉曾布：他邀吕惠卿一道去王相公府第，但刚到吕惠卿家，宫中一个太监骑着马来了，说天子赵顼有亲笔手诏，要吕惠卿送给王相公，吕惠卿只好随太监到宫中去了。曾布觉得，这倒是件好事。昨日赵顼让吕惠卿送了道亲笔手诏给王相公，才隔一天，又给王相公送第二道亲笔手诏，传旨的人又是鼎力施行新法的吕惠卿，个中玄机不言而喻，亦可见此事非同寻常。曾布便与章惇打马往位于城西南的王相公府第定力院驰去。

曾布、章惇这次奉中书之命，回京都开封面圣复命，与他们同回的还有邓绾、林英、舒亶、吕嘉问。这些去下面州县监施新法，特别是监施青苗法的常平司监施官，都很是兴奋、很是得意、很是骄傲地回到京都开封。新法不好推行，青苗钱更是难贷下去，但天下二十三路州县的新法还是打开了局面，青苗钱也大都贷了下去。特别是河北路相州、京东东路青州、淮南东路亳州，相当令人头痛。相州太守倒无所谓，但相州是河北路大名府的辖区，坐镇在大名府的就是两朝定策元勋老相公韩琦，相州又是他的故里，在那里跺下脚地都要摇三摇，谁敢不听他的？青州太守欧阳修、亳州太守富弼都是朝中说话顶有分量的人物，许多人都以他们马首是瞻。然而这三个人特别反对新法，对青苗钱更是痛之又痛、恨之又恨。但这三个州的新法还是施行了下去，青苗钱也都全部贷完，这能叫去这三个州的常平司监施官不兴奋、不得意、不骄傲吗？不过，叫他们始料不及的是：他们原以为这下在朝中能听到对新法，特别是青苗法的许多好话，那些反对新法，说青苗法坏话的人都要闭起嘴来，却没料到朝中许多人更是物议汹汹，大有一夜之间把新法，特别是青苗法尽除之势。这气人不气人？

章惇骑在马上，口气很是严厉：“最坏的是司马光，什么本朝公认的第一正人君子，其实是天下第一卑劣小人！就是他把朝廷搞得乌烟瘴气！这个人最危险，也最难对付，趁韩琦、欧阳修、富弼告王相公的状，便与吕公著、冯京一道到皇上那里去告王相公的刁状。他这一弄，赵抃、曾公亮也跟着起哄，跑到皇上那里告刁状；乌府台的三个御史‘月课’没完成，也借这个机会弹劾王相公；大才子苏轼也闲不住了，傻里傻气去给皇上上疏，把条例司的人骂得不成人样。这么多人都把矛头对着王相公，皇上能不心烦意乱？”

曾布点了点，很是同意章惇对司马光的看法。他也觉得，这次朝廷搞得这么乱，韩琦、欧阳修、富弼固然起了很坏的作用，但司马光起的作用比他们还要坏得多。此人不愧学富五车、通古今之变，很会窥测方向，选择时机，不到关节眼上不会轻易出手。以前，此公还只是就事论事，最多拿圣贤话砸砸人，有时说话还吞吞吐吐，留有余地。曾布清清楚楚记得，熙宁元年四月初四王相公越次入对的那天晚上，他去司马光府宅，那个“吕疯子”吕诲大放厥词，给王相公安了个“标新立异、干名求誉”的罪名，司马光虽未说王相公什么，却阴阴阳阳、怪声怪调说了句：“介甫不仅说宋有‘三乱’‘一冗’‘一失’‘一缺’‘一耻’‘一无’，还有一个‘一少’未说。”说句实在话，至今曾布还弄不明白司马光话中的“一少”指的是什么，不明白也无所谓，不碍大事。但这次不同，这个司马光趁韩琦、欧阳修、富弼上题折之机，不仅与吕公著、冯京一起去皇上那里告王相公的刁状，还给天子上《奏弹王安石表》，弹劾王相公四大罪状：一侵官，二生事，三征利，四拒谏；要求皇上立即罢除条例司，追还诸路提举常平使者，取消新法，恢复旧制。这个司马光真的是阴险得很，也恶毒得很。韩琦、欧阳修、富弼是朝中重臣，可以奏事，但无弹劾权。司马光不仅是翰林学士，而且是右谏议大夫，也是言官，有风闻言事的弹劾权。曾布早就听说过，司马光不到关键时刻，是不会随便使用弹劾权的。此人早不用、迟不用这个弹劾权，偏偏这个时候就新法弹劾王相公，作用就很不一样，确非吕诲给王相公安的十大罪状可比，亦非范纯仁、苏辙用圣贤之言砸人可比，就是韩琦、欧阳修、富弼的题折也比不上。说起来，这四大罪状虽没一条成立，却很能迷惑人。朝中不少人说，司马光给王相公安的这四大罪状，说出了他们心中所想却不敢说或说不出来的话，无人能驳得倒，王相公死定了。怪不得司马光此表一出，朝中那些人就弹冠相庆、额手称快。很明显，韩琦、欧阳修、富弼还只是帮下面州县的权势大豪、富户商贾说话，司马光却是为朝廷官场的权势、天下的大豪巨贾说话。这些人一起联合起来，能不要王相公的命吗？说起来，这个司马光还是王相公当年的老朋友，全无半点昔日“嘉祐四友”的交情，不支持王相公的新法倒也罢了，相反乘人之危，落井下石，欲置王相公死地而后快，说他是个卑劣的小人，十分恰当，一点不为过。叫曾布难受的是，他明显地感到司马光说的全是鬼话，但要把司马光给王相公安的四大罪状驳倒，他还确实不知道怎么去驳。曾布现在担心的是：要是这些人真联合起来对付王相公，大有泰山压卵、因风燎原之势，那时就麻烦了，朝廷要出大事了。

今日天气出奇的好。前几日满天的阴霾不见了，京都开封上空显得异常湛蓝。街道上背阴处还藏匿着早春的微寒，但美丽的日光照射到的地方却有着一种令人陶醉的暖意。

曾布：“现在最重要的是皇上不能泄气，要让天下人都明白皇上的主意是不可动摇的。”

章惇口气稍稍和缓了点：“子宣兄，你过虑了。放心，皇上不会废止新法。”

曾布：“何以见得？”

章惇：“到了王相公府上你就会明白。”

章惇这个人很有眼力，识人很准，但对他刚才这句话，曾布却不能苟同。天子赵顼毕竟太年轻了，才二十三岁，登基不过三年多一点，想富国强兵、洗刷国耻，也是真心想搞新法，但把富国强兵、洗刷国耻看得太容易了些，也把新法的施行看得太简单了些；想什么事都人人赞美拥护，什么时候都人人说好话，天下哪有这等便宜事？因之，一听到朝中这么多人物议汹汹，韩琦这些人一反对，心就动摇了，态度就变了。一个很明显的事实：二月二十八日，天子赵顼在通进银台司被王相公一番规谏打消了对新法的疑虑，但在垂拱殿见了司马光、吕公著、冯京后，态度就全变了，要立即废止新法。这能不伤透王相公的心吗？要不然，王相公也就不会称疾家居，辞去相位了；更不会昨日赵顼要吕惠卿送了道亲笔手诏，也还是不干，且再次上疏乞罢相位。当然，这都是曾布心里想的，并未说出去。做臣子的背后与人非议天子，那可是犯了大不敬罪的。碰上好的天子，责备几句也就算了；碰上不好的天子，不杀头，也要给关在大牢里吃几年牢饭，这何苦呢？

曾布对章惇说："除非把司马光和朝中那帮小人都清出去，否则朝廷不得太平。"

章惇点了点头，口气又十分严厉起来："子宣兄，这回我们想到一起了。朝廷就是给这些小人搞坏了。特别是司马光那帮小人，恨不得一夜之间就把新法废了。"

曾布很高兴章惇与自己的想法如此一致。曾布知道，自己是个情绪很容易激动的人，这个当年在凤翔府仙游潭绝壁之上敢写大字、敢自己跟自己玩命的章惇比自己还容易激动；自己是个敢说敢干、说到做到的人，章惇比自己还敢说敢干、说到做到。曾布丝毫不怀疑：要是章惇手上有权，真的会毫无迟疑、毫不手软地动用一切手段把司马光那帮小人一个不留地赶出朝廷。曾布特别高兴的一点是：章惇对司马光和他的那帮小人看得那么清，那么透。曾布对司马光和朝中那班小人是相当看不起的，对司马光的印象也越来越坏，现在更有点恨这个人。曾布觉得，新法要搞下去，就不能坐以待毙，不能只挨打，不还手；不能眼睁睁看着司马光一伙人无法无天、为所欲为，一定要把司马光一伙人的嚣张气焰打下去。事情已经到了你死我活的地步，怪不得我们这些人心狠，只能怪司马光那帮小人太卑劣。

曾布："这次曾公亮何以也跟着起哄呢？他对王相公不是一切听顺吗？"

章惇："此人聪明的时候比谁都聪明，糊涂的时候比谁都糊涂。他的公子已经去枢密院当官去了，用不着再要王相公帮忙了；他本来只是在中书衙门对王相公听顺，在外面其实常常显得与王相公并不是同道的；朝中又有这么多人起哄，他干吗不起哄？"

曾布："苏轼这个人真是越有才越糊涂，人家起哄，他也起哄。条例司的人其实对他不错，他也老攻击。这个样子，王相公怎么去用他吗？"

章惇："苏轼迟早要因为那张嘴吃大亏的，不合己之事，不顺眼之人，他都要说，也不看看对方是什么人。劝也没有用，劝他还要戏耍你，拿你开心。不到死，谁也封不住他的嘴。"

曾布："文彦博好耐性，这次起哄没他的份。"

章惇："此人变了，再也不会喊打喊杀，不可一世瞎起哄了。不过，要当心，他要动起手来，却是要致人命的。"

曾布："听说吕诲病得不轻，眼睛快瞎了，要不然也要上疏破口大骂新法。"

章惇："此人早就上疏了，借他自己的病讥刺新法。说他身体本来好好的，连个隔夜的毛病都没有，都是医者郎中不好，用术乖方，妄投汤剂，结果弄得祸延四肢。好笑不好笑，自己病得快要死了，却怪医者郎中没治好：真不明白司马光怎么会看重这样一个人。"

章惇："王相公太仁厚、太心软了，不会玩弄权术，更不会阴一套、阳一套，翻手为云、覆手为雨，弄得人家提心吊胆、终日惶恐不安；只一心一意搞新法，完全没想到朝中这么多卑劣小人在搞他的名堂，下不了把司马光这帮小人赶出朝廷的狠心。"

曾布笑答："你我想到一起了！"

曾布与章惇二人并马而行，边说着话。过安上门时，此门虽然和往日一样忙乱，却未见一个豪商大贾押着大宗货物进出门洞，多是些小商小贩和农户细民在安上门路口上的杈子架边忙忙碌碌。有几个细民不知为了什么，在跟几个公差模样的人争争抢抢的。曾布明白，现在豪商大贾生意不那么好做了。开封成立了市易务，掌握制定物价的权力，豪商大贾再也操控不了物价，再也不能贱买贵卖了。这些豪商大贾当然要跟朝廷官府斗法，干脆不做生意，看你朝廷怎么办。你们不做官府做。曾布正想得高兴时，忽然感觉到自己的马给什么挡住了，马头高昂，前蹄高举；再一看章惇的马，也是如此。曾布勒住马缰，朝前一望，原来一位样子古里古怪、呆头呆脑、身穿九品补服的小官站在路中间，把曾布和章惇的马拦住。曾布记起去年那个被人人唾骂的唐坰拦住三司使韩绛的情景。这个九品小官想干什么？唐坰拦住韩绛的马头，是要韩绛管住属下，这个小官要他和章惇管住谁？曾布心里很是不快，正要呵斥这个小官几句，章惇已举起马鞭，看样子要打人了："你是何人？敢在此胡闹？"

曾布看到，章惇的样子很是吓人，但这个九品小官一脸正义、一脸认真、一脸呆气、一脸无所畏惧地用手指着章惇手上的马鞭，很不客气地说："你这人好古怪，在下有要事找你们，是胡闹吗？放下，把马鞭放下！"

曾布不由一怔。这个九品小官竟敢当面顶撞官比他大的官，不仅指责章惇古怪，还敢要章惇把鞭子放下去，这在官场上实属鲜见。章惇这个人敢跟自己玩命，岂是你能随便顶撞指责的？曾布记起王相公府上的傻丫环说过：前些日子有个古怪的呆子自称是王相公在江宁的门生，姓郑名侠，常在门口等王相公。门者曾经让他进去过，近日又不让进，说这个古怪的呆子讨人嫌，自己够古怪的了，还总说门者古里古怪，口口声声怪门者坏了他的大事，弄得王相公之庭无他之迹，王相公之耳无他之言。曾布在马上欠过身子拉了拉章惇的衣襟，让章惇勒马后退几步。曾布对九品小官说："你何事拦住马头？"

九品小官："下官姓郑名侠，现任安上门监门官。下官有诗一首，恳求二位大人转呈给恩师王相公。"听得出，此人对王相公充满了敬意。

果然是郑侠。曾布看到，章惇差点没笑出来。什么破诗，竟然要他和章惇转呈给王相公。曾布忽然记得吕惠卿跟他说过郑侠这个人。时间是今年二月二十三日下午，吕惠卿与邓绾去王相公府第，路过安上门时，这个九品小官追到他们马前，要他们一定给王相公捎句话，说贪暴之吏太凶狠残暴，农户细民卖只鸡也要勒免行钱，这就太不像话了。吕惠卿说，郑侠对王相公十分崇敬，千里迢迢跑到京都开封来师事王相公，一心一意向王相公求学；王相公日理万机，哪有闲工夫给他讲学，给他在安上门当了个门官。但，此人却对王相公新法看不顺眼，横加指责，三天两天要去跟王相公说新法的坏话。开始，门房还让他进府第，但后来就不让他进了。不让进，此人就拦住去王相公府第的人捎个话什么的。

曾布注意到，章惇催马上前几步，到了他的前面。这回章惇没有举起马鞭，却很不客气地对九品监门官郑侠厉声道："拿来我瞧瞧。"

曾布以为这个郑侠又要一脸呆气地说上章惇几句，没想到这个郑侠很有意思，并不在意章惇对他的这个态度，好像只要能帮他把诗带进王相公府上去，态度再不好也无所谓。曾布看到，郑侠从衣袖取出一张纸，很是恭敬地双手送到章惇面前。

章惇弯下身子，把郑侠的诗拿过来，很快就看完了，露出一脸凶相，不由得又举起了马鞭。曾布吓了一跳，十分担心章惇真要举起马鞭抽郑侠一顿，忙催马过去把章惇与郑侠隔开，又从章惇手上接过诗，也很快看了一眼。诗曰：

何处难缄口，熙宁政失中！四方三面战，十室九家空。

见佞眸如水，闻忠耳似聋。君门深万里，安得此言通！

曾布觉得，这就怪不得章惇一脸凶相，又把马鞭举起来了。这个郑侠恐怕确实是呆得不能再呆，也恐怕确实有神经病，不挨几马鞭就不舒服了。在这首诗里，郑侠简直把新法看成了洪水猛兽和吃人的豺狼虎豹。“四方三面战”“十室九家空”，这是何言！完全是颠倒黑白，混淆视听，一派胡言，睁着眼睛说瞎话。此人太恶毒、太猖狂、太嚣张、太无耻、太卑劣！曾布不由得也一脸怒气地望着郑侠。

曾布感到十分奇怪的是，这个郑侠好像一点也没看到章惇的凶相和自己的怒容，又是一脸正义、一脸认真、一脸呆气地望着章惇和自己说：“恩师王相公所行新法，凡一令，新一事，莫不与三代尧舜相同，都是地方州县长官、师爷、胥吏、衙役为求表功、横作威福所致。拜托！拜托！一定要把这首诗送到恩师王相公手上，恩师王相公一定会认真看下官这首诗。”

章惇不由得又忍不住笑了起来，手上举起的马鞭又放了下去。这个郑侠，口口声声“恩师王相公”，看起来对王相公还真是有片崇敬之心，并非是恶意诬蔑、攻击新法，只是人太呆气了，不知听了什么坏人造谣，就信以为真，写了这么首歪诗。

章惇探过身子，从曾布手上把郑侠的诗拿过去，掷给郑侠：“把诗拿回去，王相公岂会去看你这样的歪诗。”

事情也就这么巧，章惇的马正好撒尿。郑侠急了，气得要命，脸色也变了，生怕自己的诗掉在马尿里，忙上前几步，把诗接住。好在此时刮来一阵风，正不偏不歪把诗吹到郑侠怀里，要不然这首诗就要掉在马尿里。曾布清楚，孔门弟子无不把诗、书、纸、墨看得比什么都神圣重要，自己写的诗就看得更为金贵，岂能让它掉在马尿里，给马尿玷污了。接住诗的郑侠像接到天上掉下来的金元宝，一脸的激动，一脸的欣喜。不过，没过片刻工夫，郑侠一脸的义正词严对章惇道：“你我都是读书人，为何把下官的诗往马尿里扔？要是这诗掉在马尿，如何能拿给恩师王相公过目，岂不把恩师王相公的眼睛都玷污了？你太不像个读书人了！”

不知为何，此时曾布竟然觉得这个呆里呆气的郑侠还真有叫人感到可爱的地方。曾布觉得，此时就是有人把刀架在郑侠颈上，他无论如何也要把自己的诗保护好；为了这首诗，就是把他砍了，他也会认为死得正义，死得其所。曾布伸出一只手："把诗给我，我给你送给王相公。"

曾布看到，郑侠一脸狐疑且多少有点狡黠地望着自己："大人不会骗下官吧？等下官把诗给了大人，大人就又往马尿里扔。"

曾布注意到，章惇忍不住笑了。这个郑侠，你说他呆，此时又何尝有半点呆气？曾布也笑了笑："放心，本官说话算数，绝不会扔在马尿里。"

郑侠这才把诗恭恭敬敬送到曾布手上。日头好几丈高了，美丽的日光开始射得人睁不开眼。曾布接过郑侠的诗，便与章惇打马往定力院走去，郑侠也回安上门公干去了。

章惇："你真要把这首破诗给王相公看？"

曾布："你看这个呆子的那股呆劲，不把这个呆子的诗收下来，这个呆子还不要叫别的什么人送到王相公手上？王相公不要给气坏了？"

曾布与章惇很快到了定力院，在大门外把郑侠的诗撕了，丢在路边草丛里。曾布与章惇下马，进门，就直接往西门带阁楼的木屋走去。还在木屋门外，曾布就听到木屋里有吕嘉问的声音："什么不想当，假的！想当官就想当官，用不着装模作样，不想当官到朝廷来干什么？三年前，皇上点他的翰林，嘴巴上说不当，后来一个太监把诏书塞在他怀里，上任时比兔子跑得还快。什么不想当枢密副使，其实是怕失去了拟旨的机会和资格，谏议大夫也当不成了，见皇上没那么方便，也没有言事的权力，一张嘴巴就再也不能胡说八道，到处说新法的坏话了。"

曾布听出来，吕嘉问在说司马光。还在青州临朐县时，曾布就听说皇上有把司马光调去当枢密副使的打算，翰林学士三品，枢密副使从二品，升了一级，但司马光怎么也不去当那个枢密副使。叫曾布感到惊奇的是，此时的吕嘉问比起一年前来，看问题深刻得多了。

曾布与章惇正要进屋时，屋里又传来舒亶的声音："此言极是，此人真是坏透了，恶毒得很，只要看看此人拟的诏书，真面目就一清二楚了，什么本朝公认的第一正人君子，狗屁！"

舒亶说的也是司马光。说得好！司马光其实是个伪君子。四天前，王相公在韩维值房里一番话已经把皇上对新法的疑虑打消了，没想到司马光、吕公著、冯京在垂拱殿求见皇上后，皇上的态度全变了。这不是要王相公的命吗？王相公只好上表辞相，称疾家居。皇上圣明，见王相公辞相，又慌了，忙下诏书劝王相公回留在中书。拟这份诏书的差事就落在司马光手上。那天，曾布正好在场，看到了这份诏书：

朕以卿才高古人，名重当世，召自岩穴，置诸庙堂，推忠委诚，言听计用，人莫能间，众所共知。今士大夫沸腾，黎民骚动，乃欲委还事任，退处便安。卿之私谋，固为无憾。朕之所望，将以委谁？

由司马光拟的这份诏书，本来是要留王相公在朝廷的，可这哪里是在留，其实是在赶王相公走人，且走得越快越好。诏书七十一字，司马光却锁在翰林院写了一个晚上。这可是一个整王相公的好机会，错过这个村就没这个店了，司马光岂能不绞尽脑汁去写？看看诏中二语，都是些什么见不得人的话，其一曰："召自岩穴"，明污王相公是山野之人，无才无德；其二曰："卿之私谋"，完全抹杀王相公一片忠心，把王相公说成是事事处处谋私的人，尽把大盆污水往王相公头上泼。官场上的人清楚，官场喜欢玩拈花微笑的名堂，官位越高、越有身份的人越喜欢玩这种名堂，像司马光这样明目张胆污蔑人、损人的话在场面上是不好说的。但，这个司马光却借天子的圣旨全说出来了。真是刁钻之极，也狡猾之极！然而，司马光把王相公骂了也就骂了，这是圣旨，谁奈何得了他？你要怪他就是怪天子，你敢怪天子吗？此人的修养和整人的本事可说是到了不动声色、炉火纯青、出神入化的地步。说句实在话，司马光对王相公有那么深的怨恨，事事处处跟王相公过不去，但王相公却从未在任何人面前说过司马光半句坏话。这就怪不得王相公接到这份诏书，不由得怒火中烧，立即上章抗辩，更是坚辞相位。

曾布推开木屋的门，与章惇入内，见今天来王相公府第的人不少，除了吕嘉问、林英外，邓绾、舒亶、李定都在，"计相"三司使韩绛也来了。王相公侧着身子坐在东面窗下一张官帽椅上，与侧着身子对着他坐着的韩绛在聊什么。王相公身后有日光从把隔窗封满的绿叶和竹叶的间隙中漏射进来，王相公头帻下花白的发髻里露出来的几缕乱发在漏射进来的日光中颤动着，颤出一丝丝同样好看的闪光。自从前年越次入对以来，王相公明显老多了，不过，背光的那双眼睛还是如点漆般黑得发亮。其他人有坐着的，有站着的。邓绾一人坐在西边椅子上。吕嘉问、舒亶在木屋里走来走去。李定、林英站在木屋中间。曾布与章惇进了木屋后，有家仆过来上茶。

本来，曾布、章惇、邓绾他们从青州、真州、亳州回来，是面圣禀报在下面监施新法，特别是青苗法施行情况的，没想到朝廷这么乱，面圣是不可能的了。当下朝中百官最关心的是天子会不会同意王相公辞相。木屋里的气氛，说不上热烈，但也不沉闷；说不上愉悦，但还活跃。

曾布挨王相公坐着，章惇挨韩绛坐下来。吕嘉问在木屋走了几个来回，很是有点轻蔑地高声道："好笑不好笑！司马光到处说相公拗着独斗官场，要力战天下之人，与之一决胜负。我们这些人难道不是官吗？我们跟相公斗过吗？我们这些人难道不是天下之人吗？我们跟相公战过吗？莫名其妙！岂有此理！天下敬服相公的人千千万，无计其数！"

曾布清楚，吕嘉问是个对王相公敬服到了发傻地步的人。木屋里的人都朗声笑了起来。笑过之后，邓绾顺着双眼，蜜笑地望着王相公："相公倒确实在力战一些人，不过是天下那些像司马光一样的腐儒和流俗之人。这些人还真不少，到处都是。自古至今几千年官场里的人，哪个敢跟这些人斗？没有！谁也不敢，唯相公敢耳！"

曾布对邓绾那张蜜笑的脸和那种说话的神气，总是看得不顺心，总觉得有种说不出的味道，却很赞同他的意见。而木屋里的人却都像没听到邓绾的话一样，谁的脸上都没什么特别的表情，就是与邓绾一道去亳州监施新法施行的舒亶的表情也没什么两样。曾布想，邓绾的话，要是出自另外一个人之口，恐怕就会是另一种效果。

谁也没有出声。过了好一会，韩绛道："这个司马翰林，最近许多话确实说得很不应该。说句实在话，要不是介甫相公的新法，特别是青苗法，我这个三司使简直当不下去了。这些年来，国库里的钱没有一年是够用的。去年九月正式施行新法，到现在不足半年，国库里的钱就开始多了起来。新法是会损害一些人的利益，但国库里的钱多了起来，又有什么不可以呢？你司马翰林的利益又没受损害，每年还可以多得皇家几个赏钱，你嚷嚷什么呢？下午我去找他，要他不要乱说。"

木屋里的人都连连点头。曾布清楚，韩绛是个好人，对人很宽容，去年八品小官唐坰拦住他的马头，还一番没来由的话劈头盖脸朝他砸过去，这个韩绛不仅不生气，反不让家仆过来为难唐坰。不过，王相公却不要韩绛去找司马光："安石知道君实的为人，他心里想到的还是朝廷，不是为他的利益才说那话的。没用，你说服不了他，他这个人也牛得很！"

曾布看到，木屋里的人既惊讶，又气闷。惊讶的是司马光那样损王相公，可说是极尽污蔑、歪曲、丑化之能事，王相公却把司马光说得那么好。气闷的也是这一点，司马光那样坏，王相公为何还帮司马光说好话。

吕嘉问气得咬牙："司马光要置相公于死地，天下还有比这更坏的人吗？"

舒亶气得凶了起来："听听他拟的诏书上说的话，还是人说的话吗？把话说破，司马光是在趁拟旨之机，利用皇上身份在相公脸上抹黑，教训相公！"

曾布感到，好夸其词、好把什么事都提到天大事上去说的舒亶这几句话倒一语中的，一点都不夸大。木屋里的人都很气愤。情绪比他还容易激动的章惇也要开口说话了。王相公以为章惇也要说司马光什么，把头往前伸了伸，侧着脸望了他一眼，又对他摆了摆手，示意他不要说了。曾布注意到，王相公平日很容易悻悻动怒的脸此时很是平和："安石与君实非一日之雅，十多年的朋友，比你们更了解他。"

曾布觉得，王相公比司马光厚道多了。众人不再说什么，木屋里一时寂寂无声。曾布与章惇各自回到原先的位置上。本来，曾布也要狠狠说上司马光几句，只好不说了。不过，章惇并不是要说司马光什么，是告诉大家一个消息："天子又有亲笔手诏，要吕惠卿送给王相公。"

曾布看到，尽管谁也不知晓天子赵顼这道亲笔手诏说了些什么，但听说是要吕惠卿送给王相公，都不由得兴奋激动起来，一个个脸上堆着笑。众人都感到这肯定是件好事。王相公也一脸的喜悦，背光的那双点漆般的眼睛显得分外黑，分外亮。

木屋门外响起一阵急促的脚步声。屋里的人以为吕惠卿来了，更兴奋激动了，站在木屋中间的林英忙过去把门打开，探出半个头，朝外望去，木屋里的人的视线便都被林英拉过去了。弹指工夫，林英的脸色不那么兴奋激动了。一会，王相公府上的管家手上捏着一封信，急急忙忙走了进来。木屋里的人脸上的兴奋激动全没了。

林英回到木屋中间时，管家已把信送到王相公手上，转身出去了。曾布侧眼看到，信封的左下角直书着"司马光"三个大字。这个司马光，此时给王相公来封信，还能安什么好心？他已经把王相公弄得够苦的了，却还不放过王相公，还写信来气王相公。这么一而再、再而三地不放过王相公，不是太过分了吗？

王相公把信封拆开，从里面取出信。信很长，有七八张纸，少说有三四千言。这个司马光的精神真是太足了，写这么长的信，肯定要熬一个晚上。王相公对着漏进来的日光，把司马光来信从头至尾看了起来。木屋里的人都不说话，静得只能听到屋外林子里的鸟鸣。曾布离王相公最近，王相公脸上的表情也看得最清。曾布看到，王相公脸上的表情很是平静，似乎早料到司马光信上会写些什么。约莫一盏茶工夫，王相公把信看完了，慢慢地、重重地说了一句话："看来不回答是不行了。"

曾布不久以后就知道，司马光写给王相公的信，不是一封，而是三封。司马光的三封来信越写越长，全是恶毒咒骂王相公的新法。今日的第三封信骂得更凶，里面的话都是陈词滥调，全是《奏弹王安石表》上的老话，无非说新法侵官、生事、征利、拒谏，但言辞激切，要王相公哪里来哪里去，赶快走人，到江宁去，那里是江南，山清水秀，正好养老。

曾布看到，木屋里的人都在等着王相公说第二句、第三句话，但王相公就那一句话，没再说什么。木屋外又传来一阵急促的脚步声，木屋里的人神情不由得为之一动，不过，再没刚才那么兴奋激动了。但弹指间，一脸厚貌地站在林英旁边的李定几步过去，打开门，朝外一望："来了！来了！吕大人来了！"

曾布看到，木屋里的人又都兴奋激动起来。吕惠卿来了，也就是天子赵顼的亲笔手诏来了。听人宣读由翰林学士或知制诰撰拟的圣旨，就已经够叫人兴奋激动的了；听人宣读由天子亲自撰拟的圣旨，就更是叫人兴奋激动的了。不过，众人也都多少有点慌乱起来。这不奇怪，天子派人来宣旨时，除接旨的人外，不相干的人都得离场，再大的官也要回避。此时众人该离到哪里去呢？还是章惇镇静，指了指木屋上面的阁楼，又指了指室内后面的楼梯。众人会意，赶紧一个个上阁楼去了。阁楼的四壁尽是藏书，不过，这会谁也没心思去看藏了些什么书，都静立在楼梯口，全神贯注地关注楼下的动静。不到半炷香工夫，楼下木屋的门开了；再过一会，楼下响起了吕惠卿不带半点福建地方口音的官话："王相公听旨！"

曾布注意到，阁楼上的人脸上都洋溢着幸福的表情。特别是吕嘉问、舒亶、林英这几个人从未面过圣，也从未接过旨，更是觉得此时无比神秘、无比神圣。众人都屏着气，眼睁睁望着楼梯下面。弹指间，众人听到楼下的吕惠卿在宣读天子赵顼的亲笔手诏：

诏中二语，乃为文督迫之过，而朕失于详阅，今览之甚愧。

手诏二十二字。阁楼上的人呆了！阁楼上的人没一个人不明白，赵顼亲笔手诏中的“诏中二语”，指的是上次司马光拟旨中的“召自岩穴”“卿之私谋”。这真是众人所没想到的，堂堂天子，以圣旨的形式代司马光受过，向王相公赔礼道歉，这真是千古未有之怪事，也是从古至今没听说过的笑话。司马光把事情弄成这个样子，该当何罪？羞也不羞？这种人还翰林学士，他也能当，天下什么人不能当？什么学富五车，什么通古今之变，其实蠢得猪狗不如！司马光简直把他八辈子祖宗的脸丢光了，且让所有翰林学士蒙羞。

众人脸上发呆的表情还没缓解过来时，楼下传来王相公惊天动地的哭声：“皇上如此自责，臣何担当得起！臣敢不鞠躬尽瘁，死而后已！”

曾布看到，阁楼上的人都吓坏了，忙一个个从楼梯上下去。众人下楼后，吕惠卿正扶着王相公，往王相公原先坐的官帽椅走去。一会，王相公在椅子上坐了下来。曾布看到，王相公还老泪纵横，伤心不已。这都要怪到司马光头上去，要不是他在拟旨时颠倒黑白，睁着眼睛说瞎话，污蔑王相公无才无德，抹杀王相公的一片忠心，就不会有今天的事情发生。

众人向王相公身边拥去，围了个半圈，曾布站在王相公右边。谁都没说话，都怕王相公气坏了，都敬爱地望着王相公。木屋里的气氛有点冷寂，也有点气闷。曾布很清楚，本来这些日子，众人应该很高兴的，却没想到韩琦、欧阳修、富弼一人一个题折，就把好好的朝廷搞乱了；特别是司马光，跟王相公彻底拉下了脸，又是上表弹劾王相公，又是借拟旨的机会污蔑、损抑、教训王相公，确实到了丧心病狂的地步，众人能不一肚子气吗？这会王相公伤心气闷成这个样子，可以说全是韩琦那一班人，特别是司马光惹出来的结果。

韩绛站在王相公左边，一脸的正大：“君实真是聪明一世，糊涂一时。你可以一时把皇上糊弄过去，让皇上降诏，岂能糊弄很久？皇上醒悟过来，岂不要怪你一世？”

吕嘉问站在王相公前面，一脸的鄙夷：“司马光这种人其实都是些既好笑、又讨厌的死读书的书呆子，没什么真本事，只会之乎者也，做得甚事？如此之人，与一州则坏一州，留朝廷则附流俗，坏朝廷。必令去之，留之何所用？”

林英站在吕嘉问左边，一脸的忧心：“朝中这样的人太多了，要是连在一起，实难对付，弄得不好，反要被他们搞得焦头烂额、七死八活！”

与吕嘉问站在一起的舒亶一脸的气愤，口气也挺凶：“枭韩琦、欧阳修、富弼、司马光之头于市，则新法行矣！”

对韩绛的话，众人虽然觉得恰如其分，但觉得不那么快意；对吕嘉问的话，众人觉得未必那么恰当，但觉得快意当前，很叫人解气；对林英的话，众人觉得很实在，但未免有些长他人威风、灭自己的志气；唯有对舒亶的话，众人都觉得太过了些，但解恨。这个曾经一刀把一个死不肯奉养继母的不孝之子砍了的临海县尉，可没这个权力，更不可能杀了当朝重臣也啥事没有。众人也知道舒亶的话不过是一句气头上的话，但叫曾布感到奇怪的是，众人又似乎都觉得这不无道理。这些当朝重臣确实是一块块挡在新法路上的巨石。要行新法，就要把这些巨石一块块砸掉，只此一径，别无他途。

吕惠卿明显听清了韩绛他们的话，脸上又出现了那种混合着十分得意且预感到在官场要走大运的机会已经来临的表情。对吕惠卿脸上的这种表情，曾布心里有种不舒服的感觉，但叫曾布所想不到的是，自己此时对吕惠卿脸上的这种表情却又是他很愿意、很高兴看到。曾布想起路上章惇说的“到了王相公府上你就会明白”的那句话，到王相公府上这么久了，曾布却还是弄不明白天子缘何永远不会废止新法的道理。莫非这个来宣旨的“福建子”知道？有这个可能，这个“福建子”刚才在宫中见到过天子，岂肯放过这个进言的机会？“福建子”有这个本事：几句话就能把人说服。曾布很想说上几句，却见此时众人的眼睛都睁大了，多少有点惊慌地一起望着王相公。曾布看到，王相公对舒亶摆了摆手，要开口说些什么，却一口气不顺，咳了起来。曾布吃了一惊，有点慌了，却见李定不声不响走了过来，挤进王相公坐着的官帽椅后面，弯着腰，轻轻给王相公捶背。又过了半炷香工夫，王相公气顺了，不咳了。王相公对舒亶说：“休得胡言！大宋王朝岂有杀士之理！”

曾布看到，众人这才不作声了。不过，不作声并不是不想作声。曾布清楚，司马光、韩琦、欧阳修、富弼把王相公弄得这么苦，众人心里谁能没气，谁不是有一肚子怄气话要说？不知为什么，曾布此时看了站在自己对面的章惇一眼。按照章惇的脾气，他肯定是气得最凶的人，而且肯定是有话要说的，来的路上他跟自己说的那些话，能忍得住不说？但叫曾布奇怪的是，章惇却什么话不想说，只是望着紧挨在王相公身边站首的吕惠卿说：“吉甫，别装模作样了，还不快说说，都等着听你说上几句呢。”

章惇此言一出，木屋里的人都转向吕惠卿，就是王相公也望着他。曾布很清楚，在条例司，吕惠卿的风头是最足的，除了王相公外，大事小事都得听他的，而且谁也不能抢了他的风头，谁抢了风头，这个“福建子”就会把脸拉下来；但只要有王相公在场，“福建子”就一点也不在乎什么风头不风头的了，一切都听王相公的。曾布看到，吕惠卿转身对着章惇，笑了笑：“相公、计相都在，听相公、计相的才是。”

曾布看到，这下急坏了吕嘉问。在条例司，除了王相公，吕嘉问最服的是吕惠卿，也最听吕惠卿的：“你刚从皇上那里来，说说皇上那边的情况。在下冒昧，皇上肯定是不会废止新法的。司马光这么卑劣，皇上不会就这么放过这种人吧？”

曾布感到很是奇怪，吕嘉问的看法怎么与章惇的一样呢？曾布看到，吕惠卿还没有开口的意思。他知道，吕惠卿在等王相公发话。没王相公发话，他是什么也不会说的。

王相公显然清楚这一点，对吕惠卿说：“说吧，老夫也想听你说几句。”

吕惠卿这才开口：“诸位不用担心，皇上确实是不会废止新法。告诉诸位一件事，皇上已下了圣旨，下决心要司马光离开翰林院，这回不去不行！”

木屋里的气氛一下子欢腾了起来。这下司马光再也不能拿起那支笔拟旨了，那张臭嘴也要彻底闭住了。这同时也是向天下人表示：天子对新法的决心未变！曾布感到十分惊奇，这个章惇识人的眼力确实不简单，在谈到天子赵顼对待新法的决心时，真像二人商量过。曾布看到，章惇挤到自己身边，附着自己的耳朵说：“怎么样，章某人的话不错吧？”

曾布看到，木屋里的气氛一下子显得十分欢闹起来。吕惠卿也很是得意、很是神气，不过脸面的表情却很是平平。过了一会，吕惠卿又道：“不是吕某人看司马光这班人不起，这班人真的都是些做不成任何大事的腐儒，只看到新法在生财，却根本没看到新法是把谁的钱财抓过来，又是为谁生财。新法已施行半年多了，诸位都已看清，新法不过是把一些人手上本属于朝廷的钱拿过来，这有什么不可以呢？与其让这些人日进斗金、两袖金风，不如让朝廷日进斗金、两袖金风。新法把本来属于朝廷的钱收回来，为皇上生财，何罪之有？”

曾布看到，众人都不由得同时拊掌欢笑起来，同时也感到自己的身子受到石破天惊的一震，觉得吕惠卿这番话确实新奇惊人；又感到自己的脑子有了醍醐灌顶似的彻悟，心里觉得豁然开朗了许多。曾布尽管对吕惠卿很看不惯，却不得不佩服吕惠卿的能力。此人确实是少有的人才，洞察力强，看问题总要比众人高出一筹。木屋里沸腾了，开始议论起来。

邓绾原站在边上，很是讨好地挤到吕惠卿面前："年兄此言，堪称悬诸日月不刊之论也。"本来见人就一脸蜜笑的邓绾就笑得更甜了。

章惇："此言极是，为皇上生财有理，不管你这行那行，能为皇上生财才是真正行！"这个敢跟自己玩命的人为皇上生财就更敢玩命了。

吕嘉问："现在我们完全可以放开手脚干，什么都不用怕！"这个把家里人气得呕血、办起公事来却舍得拼命的小年轻肯定要更加拼命去施行新法。

舒亶："谁再敢阻拦我们为皇上生财，可就别怪舒亶对他不客气！"这个做过临海县尉的人被惹火了，就很难说不会做出什么过激过火的事来。

李定："据实以言，新法确实是为皇上生财，我们这些人没谁贪过一文钱，更不要说中饱私囊。"这个一脸厚貌的人此言不虚，常平司的监施官下到州县去吃住都在监所里。

林英："为皇上生财，还要把司马光那一伙人都踢出朝廷才好！"这个曾经被自己属下的师爷、胥吏、衙役赶走的东明县令总忘不了过去那段叫他脸面丢尽的往事。

韩绛一脸惊喜地望着吕惠卿："这些话，你要好好说给皇上听听。"

吕惠卿："计相大人，下官敢不把这些话启奏皇上吗？"

木屋里只有王相公什么也没说，脸上倒也没什么不高兴，但点漆般的双眼里的目光与吕惠卿的目光对接了一下。此时的曾布当然无法弄明白二人目光缘何对接，只是五年后，王相公二次拜相回到京都开封，曾布才明白了其间的意思。曾布看到，王相公与吕惠卿的目光对接后，站了起来，走到木屋门口，抬起头，以手加额，做了个手棚，望了望日光抢眼的天空。木屋里的人的目光都集中在王相公身上。曾布猜，王相公大概要做件很重要的事了。王相公慢慢转过身来，慢慢往木屋北面的文案边走去，木屋里的人的目光也都移到文案边了。王相公在文案边坐下来，先把文案上司马光的来信抽出来，一张张很快睃了一眼。然而，王相公把一张白纸拿过来，放在面前。木屋里的人都跟了过去，围着文案，眼望着王相公。曾布站在文案边上，看到王相公取过笔，蘸上墨，脸上显出众人所熟悉的拗劲神情，约莫一盏茶工夫，王相公一气呵成写了一封《答司马谏议书》：

盖儒者所争，尤在于名实，史实已明，而天下之理得矣。今君实所以见教者，以为侵官、生事、征利、拒谏，以致天下怨谤也。某则以谓受命于人主，议法度而修之于朝廷，以授之于有司，不为侵官；举先王之政，以兴利除弊，不为生事；为天下理财，不为征利；辟邪说，难壬人，不为拒谏。至于怨诽之多，则固前知其如此也。

人习于苟且非一日，士大夫多以不恤国事、同俗自媚于众为善，上乃欲变此，而某不量敌之众寡，欲出力助上以抗之，则众何为而不汹汹然？盘庚之迁，胥怨者民也，非特朝廷士大夫而已；盘庚不为怨者故改其度，度义而后动，是而不见可悔故也。

曾布看到，众人先是都惊呆了，要不是王相公坐在文案边上，都会拍着文案的桌面叫起绝来。司马光这个老夫子，给王相公的信，动辄千言，王相公不足三百字，就把司马光安在王相公身上的四大罪状全推倒了。一条罪状，只用一句话去驳。理足气盛，但不盛气凌人；劲悍犀利，却言之成理；丝丝入扣，却又针针见血；文字不多，却束千百言转于数行之中。

韩绛大拊掌：“不世之至文，君实这下不应该还有什么话好说的了！”

时辰不早，得让王相公好好在家休息休息，众人向王相公告辞。王相公送众人送出木屋。

曾布看到吕惠卿跟在后面，脸上挂着曾布多次看到过的那种混合着十分得意、预感到要走大运的奇特表情。奇怪的是，曾布此时并不觉得吕惠卿这种表情有什么令人不舒服的地方。

第五十一章　祖母再提异论相搅良苦心　天子说项司马安石圣眷意

朝廷乱成一锅粥，后宫也乱得一塌糊涂，当朝天子赵顼心里则一团乱麻。近几日，皇上把房事也停了。敬事房派到乾清宫值夜的御前太监虽然还靠壁坐在乾清宫中，但承幸簿上却什么记录也没有。皇上把房事停了，最紧张、最恐惧的是乾清宫的太监、女官、宫女，最怕自己在这个时候有什么不周，弄得皇上龙颜不快，挨顿臭骂肯定是少不了的，不给打死就万幸了。这天一早，赵顼刚醒，还没起来，只是御床上的被子动了动，早在寝房外等候的太监、女官、宫女都紧张了起来，进寝房怕皇上还要睡，吵醒了皇上可不是闹着玩的；离开更是不敢，要是皇上醒来，身边没见一个侍候的人，怪罪下来可就绝对没一人会有好果子吃。

过了好一会，赵顼起床了。乾清宫的押班太监赶忙进去给赵顼叩头请安，禀报过后，赵顼没什么特别吩咐，寝房外面的太监、女官、宫女便都小小心心、战战兢兢、惴惴不安地走了进去，各干自己分内的差事。先是侍寝的太监整理好赵顼床铺后退出寝宫，接着是侍衣的太监给赵顼穿好衣服鞋袜，就有宫女过来给赵顼梳头。赵顼坐在寝宫右侧一张座面阔大的紫檀禅椅上，刚要梳头，忽然用手指着御案，却又什么话也不说。梳头的宫女吓坏了，惊恐地望望赵顼，又望望御案，不知怎么办才好。还是押班太监反应快，赶忙走到御案前。御案上堆了好几沓奏章，押班太监取过两件，双手呈送到赵顼手上。一件是王安石的《答司马谏议书》，一件是司马光的《奏弹王安石表》。赵顼龙颜上没什么变化，对这些没根的太监，赵顼很少有过好看的脸色，但心里还是满意的。宫中的太监，特别是侍候皇上、太皇太后、太后、皇后的太监，别的本事没有，但在生活上观言察色的本事特强。不论是皇上，还是太皇太后、太后、皇后要做些什么事，不仅用不着吩咐第二遍，有时一个眼神、一个动作就够了。

赵顼一边让宫女梳头，一边看着押班太监递过来的奏章。这些日子，天下二十三路三十四府二百五十四州一千二百三十四县，几乎每隔一天就有一份奏章呈送上来。这样，每天少说有七八百份。这下也忙坏了银台通进司。很显然，把这些奏章一股脑儿全堆到天子赵顼御案上去，赵顼不吃、不喝、不睡也看不完。知银台通进司韩维让勾当官先筛选一部分出来，然后由他摘录部分奏章，再选事关朝廷或有特殊情况的二三十份奏章，拆封呈送到赵顼御案上。即便这样，天子赵顼每天少说也要花上两个时辰才能把韩维送上去的那些奏章、摘录看完。昨夜乾清宫一宿都亮着宫烛，赵顼又是看了一夜的奏章。赵顼看得最多的是王安石的《答司马谏议书》，其次是司马光的《奏弹王安石表》。他把这两件文牍，拿起又放下，放下又拿起，看了又看。赵顼很是津津有味地看着王安石的《答司马谏议书》，一边不住地点头，连连说几个“好”，四句话就把司马光安在王安石头的侵官、生事、征利、拒谏四大罪状驳得体无完肤。赵顼又拿起司马光的《奏弹王安石表》看了看，摇起头来。这个司马光有时也挺迂的，也太小看了朕，似乎朕还是个孩童，要不就是个昏君，新法上的事全是王相公想怎么干就怎么干。错了！新法是朕降旨要王相公搞的，新法的每个字都是朕反复考虑过才用上去的。好在朕是了解司马光的，要不然安他个不臣之罪，司马光就祸从天降了。此外，赵顼实在不愿看到司马光与王安石二人闹得这么僵。赵顼很是不解：司马光与王安石以前是好朋友，怎么一下子就变成了死对头。

此时，赵顼听到乾清宫外庑廊上有脚步声传来，正要问是何人时，押班太监向他禀报：向皇后在宫外要求见驾。赵顼心里很是甜甜地笑了起来。这几天可愁坏了向皇后。安排好皇上的房事，让皇上每晚都能在温柔之乡里过上个销魂之夜，是皇后一件必不可少的大事。皇上把房事停了，这能叫向皇后不头痛、不心焦、不为难吗？知情者，以为是皇上忙于国事，无暇也无心房事的快活；不知情者，必以为皇后性妒，不让皇上亲近自己之外的嫔妃。要是太皇太后曹氏、太后高氏知道了，责怪下来，向皇后就百口莫辩，再大的委屈只有往肚子里吞了。

赵顼把《答司马谏议书》放在紫檀禅师椅阔大的座面边上，一边示意让向皇后进宫。一会，赵顼听到乾清宫里一阵窸窸窣窣的衣服摩擦声。再一会，赵顼斜过身子，就见向皇后出现在寝宫门口。赵顼看见，向皇后一脸忧戚地站在自己面前。赵顼猜想，向皇后肯定是为自己的房事才这么忧愁的。这个皇后，对皇上的侍候可真是十分的尽心尽意。赵顼身边一个太监忙去把寝房里另一张紫檀禅椅搬过来给向皇后坐，向皇后没坐，仍旧站着。

在宫中，皇上不要说谈起房事，就是跟哪个女人进行房事，从不回避宫中的太监、女官、宫女，用不着躲闪，更用不着羞羞答答。身边的太监、女官、宫女也习以为常，听到了耳不红，看到了不为怪。赵顼对向皇后说："朕忙过这一阵，照常要尔等侍寝，你好好安排一下。"

赵顼要皇后安排自己的房事，就像吩咐臣子办什么朝廷上的事一样。赵顼记得，向皇后刚当皇后时，说起这些个房事来，总低着个头，红着个脸，很不好意思；不过，现在是平常心了，脸上很是平静，也很是正经。但，今天又很是不一样了。赵顼看到，向皇后倒是一脸正经，但却有点紧张和不安。这么看来，向皇后不是为侍寝之事来找他的。叫赵顼费解的是，向皇后另有要事来找他，却半日不开口。赵顼问："何事如此难开口？"

向皇后："臣妾无能，这两年后宫的钱比以前多了一倍，本来日子好过多了，但现在许多事却比以前更难办了。"

赵顼龙颜一惊："此话怎讲？"

宫中的太监、女官、宫女都一脸的紧张。宫人谁不怕皇上不高兴？向皇后："尚食局的太监来报：宫中每日所需的猪肉、牛肉、羊肉、鸡、鸭、鹅、香油、鲜菜，都快吃光了，但开封市场却很难买到。山珍、海鲜、瓜果也都供应不上。"

赵顼龙颜一怪："以前宫中并不缺这些呀！"

向皇后："尚食局的太监说，开封的商贾都不做生意了。"

赵顼龙颜大悦起来："这些商贾不做生意，正合朕意。这半年多来，太府寺的钱怎么多起来了？不就是商税多了起来了吗？以前，朝廷的钱都给那些富商巨贾赚去了，现在不行了。皇后，你放心，后宫要的这些东西，你叫尚食局的人去找一下市易务的人，他们会办好的。"

赵顼清楚，向皇后对朝政上的事没兴趣，对朝廷新法更不甚了了，但脸色不再紧张不安了，如往常一样风姿娴雅。宫中的这些太监、女官、宫女因为向皇后脸色恢复了正常，脸上也显出一种做作出来的轻松、喜悦而又讨好的神色。

赵顼的头梳好了，眼睛朝押班太监瞥了一下，押班太监知道有事，忙向赵顼走去。

赵顼："传旨：翰林学士王珪、吕公著内东门小殿议事。"

赵顼又拿起紫檀禅椅边上的《答司马谏议书》，正要看时，却见一件怪事出现了。躬着腰、斜着身子后退到寝房门口的押班太监转过身来，躬着腰连连往自己这边退过来，自己身侧的太监、女官、宫女脸上莫名其妙地显出一种十分兴奋、十分迎合的神色。站在自己身侧的向皇后，神情也很不一样，显出一脸的柔顺和喜悦。赵顼正摸不着头脑时，却见不是血亲的太皇太后曹氏在前、生母太后高氏在后，出现在寝房门口。赵顼这才明白是怎么回事了，忙又把《答司马谏议书》放在御案上，过去迎驾。

太皇太后曹氏由乔内史搀着缓步进了寝房，接着太后高氏也进来了。押班太监退出寝房去传旨。赵顼注意到，押班太监退出前，在乔内史搀着太皇太后曹氏从押班太监身边经过时，押班太监十分巴结地望着乔内史。

行过家礼，让太皇太后曹氏在自己刚才坐的这张紫檀禅椅上坐下，太后高氏坐在另一张紫檀禅椅上，赵顼则恭立在两宫太后面前。赵顼看了看太皇太后曹氏的脸色，和平日没什么两样，仍旧一脸春风、富态和满足。太后高氏顺着个脸望着太皇太后。赵顼不明白两宫太后为何这么一大早到乾清宫来，却发现向皇后一脸的风姿娴雅中平添了一种不安。赵顼心里责怪起自己来：又做错了什么事，惹两宫太后不高兴了？

太皇太后曹氏一边让乔内史给她捏背，一边说："皇上，奶奶年纪老了，越来越不中用了，记忆力也越来越差了。"

赵顼知道，太皇太后曹氏又要口宣祖法旧制，借前朝掌故开导自己了，便龙颜肃然，准备洗耳恭听太皇太后的开导。

太后高氏半哄半认真地说："生姜还是老的辣，皇上就喜欢老祖宗谈古说今。"

向皇后也学会哄太皇太后了："老奶奶的话，皇上没有不听的。"

宫中的太监、女官、宫女都显出一脸的虔诚、一脸的幸福，等着聆听太皇太后的懿训。正在给太皇太后捏肩的乔内史说："太皇太后的话百句百灵，句句都灵。"

太皇太后曹氏："皇上还记得开宝五年的一件事吧？当时宰相赵普有天去长春殿见太祖皇帝，吓得出了一身的冷汗。"

赵顼吃了一惊。赵顼还在东宫当太子时，就听东宫的侍讲官讲过这个掌故。开宝五年距今正好百年。百年前的赵普可是个谁也惹不得、谁也不敢惹的宰相，在中书就赵普一人说了算，对看不顺眼的臣僚的奏章敢一把火烧了，另外三位宰执大臣只能端端茶、倒倒水。也是赵普利令智昏，开始忘乎所以了，不仅中书都是他的人，而且跟枢密使李崇矩结成儿女亲家。这下赵普就犯了官家防范得最紧的专权大忌，他和李崇矩的权力合在一起正好是大宋王朝的军政大权。这种权力落在一个人手上，意味着什么是不难弄明白的。赵普的好日子到头了。有天赵普去长春殿见太祖皇帝，可走着走着，突然感到不对劲。以前，他去长春殿，太祖皇帝总是让他与枢密使李崇矩一道去。但，今日李崇矩却不见了。赵普很快反应过来，知道自己做了什么错事，吓出一身冷汗。赵普实在没有专权的意思。但这种事是没法解释的，也解释不清，且越解释越糟。不久，李崇矩连连降级，最后降到去当左卫大将军了。赵普在朝廷里再也不像以前那样惹不得了，朝中百官许多人都来攻赵普之短。太祖皇帝算是对得起赵普，怕他受不了，让他滚出中书，到外面歇歇，以同平章事的官衔，使相的身份，当河阳三城节度使去了。

赵顼心中当然十分清楚，太皇太后曹氏讲的这个百年前的掌故是什么意思，不就是要自己不要把司马光及其一边的人赶走吗？不就是不要让朝廷里都是王安石一边的人吗？赵顼怎么可能那样做呢？说句实在话，赵顼心里最想看到的是王相公一边的人与司马光一边的人都在朝中，最想看到的是王相公与司马光都在朝中同心协力、和和美美，把自己一心一意要做的那件令举世瞩目,也令举世皆惊的翻天覆地的大事做好。说起来，赵顼在起用王相公之前，很想让司马光来辅佐他做这件大事。细心的人会发现：司马光是在王相公之前进翰林院的，且比王相公多了个侍读学士官职。但，司马光确实不是赵顼所要寻找的人。在王相公越次入对前，司马光反反复复提出的建议就三条：官人、信赏、必罚。也就是准备好官职请人来当，说好了要奖赏的就一定奖赏，说好了要处罚的就一定处罚。老天呀老天！何朝何代没人提到过这三点呢？这三点能富国强兵吗？能洗刷国耻吗？能钱生钱、财生财吗？能使他成为大有为之君吗？当然，赵顼也绝不会把司马光一脚踢开。赵顼觉得，司马光的名望、资历、品德、才学，都不在王相公之下，朝廷需要司马光这种人。当然，正因为如此，前些日子为诏中二话之事，赵顼已拟旨一定要把司马光调离翰林院，让他当枢密副使。然而，司马光还是不去。这回司马光倒没提仍然留在翰林院，却提出外放到地方当官。这就叫赵顼为难，也叫赵顼头痛了。把司马光留在京都开封朝廷里，司马光与王相公已成了生死对头，二人无法在朝中共事；让司马光外放当地方官，赵顼又觉得自己离不开司马光。

赵顼清楚，宫中的太监、女官、宫女是不可能知道百年前的这类掌故的，更不可能知道这类掌故里面的意思，但都十分敬佩地、傻傻地望着太皇太后曹氏。乔内史对朝中的这类掌故，自然也不比宫中的那些太监、女官、宫女懂得多，不过尽管如此，这个乔内史却好像十分清楚这个百年前的掌故，也好像十分明白太皇太后曹氏那句话中所包含着的深奥意思，不住地点头。向皇后明不明白这个掌故，赵顼此时还不得而知，只见她很是敬佩地望望太皇太后，又很有兴趣地望望自己，脸上有种对太皇太后曹氏的话深信不疑的神情。太后高氏肯定明白这个掌故，很是敬佩地望望太皇太后曹氏，又很有深意地望着自己。

赵顼望着太皇太后曹氏："孙儿明白异论相搅的道理，敢不听奶奶教诲。"

太皇太后曹氏开心地笑了，别过脸对太后高氏说："皇上也学会哄哀家了。"

赵顼看到，宫中的这些太监、女官、宫女其实并不明白自己说的"异论相搅"的意思，但见太皇太后曹氏乐了，也就跟着乐了。乔内史去年春天在庆寿宫寝房里听太皇太后曹氏讲过"异论相搅"，对这四个字的意思知道一些，因而脸上不仅有一种五体投地的神情，且有一种比宫中太监、女官、宫女懂得更多一点朝政之事的得意神情。向皇后去年春天也在庆寿宫听太皇太后曹氏讲过"异论相搅"，后来侍寝时，又顺便向赵顼问过这四个字的意思，当然就更懂得"异论相搅"的含义了。赵顼看到，向皇后一脸的欢快。去年春天太后高氏在太皇太后对赵顼讲"异论相搅"时虽然未在场，但太后高氏对朝政上的事，比谁都清楚。太后高氏面对太皇太后说："老祖宗错怪人了，宫中谁敢哄老祖宗呀！都是老祖宗的话句句说到点子上，谁洗耳恭听都听不赢呢！"

太皇太后曹氏更是乐不可支，合不拢口："老祖宗传下来的家业无忧了。"

赵顼明白，太皇太后曹氏、太后高氏其实是为司马光一伙人之事到乾清宫来的。两宫太后怕自己一道诏书下去，把司马光一班人赶出京都开封，到那时收回成命就麻烦了。赵顼看到，太皇太后曹氏、太后高氏已经站了起来，知道太皇太后要走。赵顼想留太皇太后曹氏、太后高氏在乾清宫用御膳，太皇太后曹氏没说什么，太后高氏开口："皇上，不耽搁你的时间了。乔内史今天一早已备好合记羊肉烩面的主、佐料，选上好的鲜羊肉浸泡过好几次，精制的面粉也反复揉搓过，黄花菜、木耳、水粉条、香菜、辣椒油、糖蒜都准备齐全了，就等乔内史下面，味道鲜美得很，比御膳房的面好吃多了，太皇太后的嘴里都馋出涎来了。"

太皇太后曹氏一脸的春风和满足，嘴里却责怪起太后高氏来："看看太后这张嘴，真的是越来越会说话，明明是她馋得很，反说老身嘴馋。"

看着太皇太后曹氏与太后高氏逗得这么乐，宫中的太监、女官、宫女又都很兴奋也很巴结地笑着。

赵顼送两宫太后出宫。向皇后也回去了，她急着回坤宁宫把高全福叫来，要他派尚食局的黄门太监去开封市易务，把宫中日常生活吃的、用的东西赶紧买来。此事说小又大，偌大一个宫中，可是万万断不得炊的。赵顼一人在乾清宫用完早上的御膳，带上司马光的《奏弹王安石表》和王安石的《答司马谏议书》，就急急忙忙摆驾去内东门小殿。

今日不热，天空布满灰暗的云团，把日头全遮住了，白昼也显得黯淡无光。赵顼的御驾来到内东门小殿前，赵顼刚下帝辇，一眼看见翰林学士承旨王珪、翰林学士吕公著已来到内东门小殿前。赵顼感到这两个人真有意思，王珪站在小殿门前的东侧，吕公著站在小殿门前的西侧。王珪一脸的平静和耐性，面向着自己要走过的御道，显然生怕自己来了还未发现，弄得自己失礼。吕公著也面对自己要走过的御道，脸上却有种心事重重的神情。两个人相距约莫三丈，但谁也不跟谁说话，谁也不看谁一眼。二人都不喜欢说话，性格却很不一样。王珪是时时处处唯天子之命，天子叫做什么，他就做什么；天子没叫做的事，谁也别想叫他做。嘉祐年间仁宗皇帝立皇太子，中书把时任翰林侍读学士的王珪召去，要他拟诏。但王珪怎么也不肯拟，非面圣受旨不可。第二日王珪请对，当面问过仁宗，王珪这才回到翰林院，锁起院门草诏。吕公著刚好相反，四年前，也就是赵顼登基那年，司马光时任御史中丞，吕公著时任知通进银台司。赵顼点司马光为翰林侍读学士的时候，司马光正好以言官的身份，上书言赵顼的大舅公曹佾无功擢升为使相不当。吕公著觉得赵顼此时不让司马光当御史中丞，却去当翰林学士不妥，说天子这么做，把司马光换掉，就是要把言官的嘴堵住，让言官以后谁也不敢知无不言、言无不尽，尽言官之责了。别看吕公著平时一副读书人的儒者气派，倔起来时也挺厉害，便行使知通进银台司的封驳权，一点面子也不给赵顼，把赵顼的制词退回去。赵顼倒并未责怪吕公著，只是不让制词经由通进银台司发下去，直接交付阁门下发。吕公著去见赵顼，说反话：天子的制词不经由门下通进银台司发下去，是因他把通进银台司的封驳职权给废了；请求天子治他的罪、解他的职，以正朝廷纪纲。赵顼没理他，这个吕公著却不休不止、不依不饶。赵顼还是不睬他，这个吕公著就自己解除知通进银台司一职，不去衙门署事，闭门在家待罪，弄得赵顼毫无办法，让他去当开封知府，才算了结了这桩公案。

赵顼从帝辇上下来后，王珪、吕公著忙过去跪下行大礼。对王珪、吕公著，赵顼心里是很喜欢的。赵顼喜欢王珪千随百顺、不折不扣、一点不走样地奉行自己的旨意，这样的臣子放心。吕公著一心为的是朝廷，不折不扣按朝廷规矩办事，这也没什么不好。通进银台司有封驳权是老祖宗规定的，不是坏事，可以避免天子做错事。忠臣，忠臣！

赵顼在前，王珪、吕公著在后，君臣三人上了内东门小殿。殿中的太监、女官、宫女各就各位。赵顼在北面御座上坐下后，让内东门小殿的乌木牌太监搬来两只锦墩，给王珪、吕公著赐座。王珪在右、吕公著在左坐了下来。赵顼也不说一句闲话，扬了扬手上的司马光的《奏弹王安石表》和王安石的《答司马谏议书》。赵顼说，今天把王珪、吕公著召到内东门小殿来，就是要翰林院两位学士去司马光和王安石面前说项。赵顼觉得，在朝中，没有比王珪、吕公著更适合做这件事了。王珪不仅与司马光、王安石同在翰林院当学士，且与王安石是庆历二年的同榜进士。在那年同榜进士中，朝中还有一人，那就是三司使韩绛。吕公著除了与司马光、王安石同在翰林院当学士，三人与韩维还是当年的“嘉祐四友”。赵顼觉得，让王珪、吕公著去给司马光、王安石说项，是再好不过的了。赵顼把司马光的奏章和王安石给司马光的信放在御案上：“君实翰林与王相公都是君子、忠臣，君子、忠臣之间也会闹得你死我活吗？”

王珪、吕公著都端坐在锦墩上。小殿里的气氛轻松，但并不欢快。赵顼注意到：王珪平静且有耐性的脸上多了一种专注和听顺的神情，没有先开口的意思；吕公著也一脸专注地望着自己，不过却不那么听顺，相反那种心事重重的神情更浓了，也没有先开口的意思。

赵顼心里有点不快了：“二位爱卿，是不是朕什么时候有过不让大家说话的表现？你们也开个口，说几句呀！”

赵顼看到，王珪仍旧一脸的平静、一脸的耐性、一脸的专注、一脸的听顺，仍旧没有开口的意思。吕公著虽然还是一脸的专注、一脸的心事重重，但脸上还有了一种毅然不可回夺的神情。一会，吕公著声调不高、却不容置疑地说出五个字：“法儒不同炉。”

赵顼看到王珪平静的脸上一愣，同时感到自己身子受到猛烈一震。赵顼没料到吕公著此时会说出这五个字来。在赵顼看来，儒家是神圣的，也是崇高的；法家是能成事的，甚至是能创世的。打天下的总是法家子弟，守天下的总是儒家门生。这两家合在一起，不正好相辅相成、珠联璧合、相得益彰吗？管他什么法家、儒家，能佐朕富国强兵、洗刷国耻，重振汉唐雄风，威服四夷，就是好家；两个好家协力合作，不是更好吗？赵顼问吕公著：“朕愿闻其详。”

吕公著却不接着他上面的话说下去，转了个话题：“自古大有为之君，未有失人心而能图治的，亦未有能胁之以威、胜之以辩而能得人心者。现在朝廷里，把昔日认为的贤者，都认定为不肖小人，把非议朝政都诋毁为流俗浮论，难道昔日的贤者在今天都成了不肖的小人吗？”

赵顼心中很是不快，吕公著这些话何止是说王安石呢，话中的“大有为之君”不是也在说自己吗？这就大错而又特错了，难道自己的富国强兵、洗刷国耻、重振汉唐雄风、威服四夷也失去人心了吗？难道自己支持王相公新法是胁之威、强词夺理才搞成的吗？此是何言！赵顼很想狠狠回敬吕公著几句，但话到嘴边又忍住了。

赵顼又把王安石的《答司马谏议书》拿起来，听听王珪谈谈对王安石这封信的看法，正把王安石的信递过去，忽然看到王珪眼睛睁得大大的，一动不动望着吕公著。只见吕公著从衣袖里掏出一个折子，满脸正气地走上前来，递给自己。赵顼接过一看，是辞去翰林学士、要求外放的札子。赵顼心里不由一沉。吕公著也不干了。这不是故意给自己出难题吗？不干就不干，还怕找不到人来当翰林学士？赵顼把吕公著的辞职札子往御案上一扔，道：“爱卿何必如此，朕又没有责怪你什么。”

吕公著站了起来，垂手而立，脸上现出常见的那种不休不止、不依不饶、毅然不可回夺的神情：“臣近日头昏脑涨，担心拟诏出错。”

赵顼呵呵笑了起来，没想到吕公著也玩起这个花招来了。大宋百年，凡是不肯接诏就职的都来这一套，都说自己有病。赵顼把吕公著的辞职札子拿起来，向吕公著伸过去，要把札子退还给吕公著。但，吕公著却不过去接辞职札子。这个吕公著就过分了，要是碰上个阴狠的天子，治上个对天子不敬之罪，查办起来也是够叫他不好受的了。当然，赵顼是绝不会那么做的，尴尬默然了好一会，对吕公著挥了挥手，要他退下殿去。吕公著没有半点后悔的意思，也没半点犹豫，赶忙谢恩，向小殿外退去。

赵顼心里更是不快。这个吕公著，真是半点面子也不给朕。赵顼发现，王珪脸上的神色更是平静、更是专注、更是听顺。赵顼觉得，还是王珪这样的臣子好，用起来叫人感到顺心。这个吕公著，特不好打交道，特难说话。赵顼这么忍让，这么礼敬，这么看重他，他却把尾巴翘得更高了，好像大宋王朝少不得他一样。死了张屠夫，不吃浑毛猪。千年中原王朝只有臣子看天子脸色行事，可从来没听说过天子要看臣子脸色行事的。不过，就在吕公著退到门边时，赵顼忽然把吕公著的辞职札子交到身边一个太监手上，对这个太监努了努嘴。这个太监立即会意，赶忙小跑出了小殿。赵顼站起来，看到太监在玉阶下面追上了吕公著。赵顼站在御案后面，能清楚看到吕公著的上半截身子。吕公著停下了脚，且回转身来。太监几步上前，把吕公著的辞职札子塞到吕公著的怀里。赵顼看到，吕公著一脸的惊愕。

赵顼这下放心了，正要坐下来，却惊住了。赵顼看到小殿外，那个平日慢条斯理、斯斯文文的吕公著，竟然追上太监，把他的辞职札子又强塞到太监手上。再一转眼，吕公著就不见了。赵顼心中的气闷全表现在龙颜上，黑着个脸，口里在出粗气。王珪早把身子转回来，依然一脸平静、一脸耐性、一脸专注、一脸听顺地望着赵顼。

小殿里气氛有点沉闷，也有点滑稽。少说一炷香工夫，赵顼离开御座，王珪忙从锦墩上站起来。赵顼走到小殿门口，王珪跟到小殿门口，恭立在一旁。赵顼望了望小殿外布满灰色云团的天空。天气不热，日头才从小殿东檐角上的云团里露出日头的一线白边，立即给飘过来的云团抹去了。赵顼慢慢转过身来，很是忧闷地对王珪说："朕要做一件惬意的事真难呀！"

王珪一脸平静："陛下，还是介甫相公能担当，能辅佐陛下成大事。"

赵顼龙颜出现喜色。赵顼感到，王珪的话正是他心里要说的话。他觉得，自从登基继统以来，朝中百官忠臣不少，但像王安石这样能辅佐他成大事的却未有一人。韩琦、欧阳修、富弼比不上王安石，司马光更差得远，至于吕公著这些人就更比不上。赵顼还觉得，王珪这种人挺难得。赵顼已十分清楚地看到，要调和司马光与王安石之间的关系恐怕是不可能的了。赵顼很满意王珪刚才的话，想起这两年跟王安石在一起的日子，自言自语地感慨道："朕与王相公如一人，真乃天意也！"

王珪也很是满意，又一脸平静、一脸耐性、一脸专注、一脸听顺地望了望赵顼。赵顼清楚，要王珪去司马光、王安石面前说项，也是不可能的了。赵顼不再说什么了，示意王珪退下去。

赵顼今日只想在内东门小殿视朝听政，处理朝事，要小殿的一个黄门太监去乾清宫把昨晚没看完的奏章全拿过来。黄门太监刚出殿门，差点与进来的一个东阁门太监撞了个满怀。黄门太监侧过身子，让东阁门太监进了小殿，然后自己才出小殿。东阁门太监向赵顼禀报：崇政殿说书吕惠卿吕大人已在崇政殿外等候入侍讲经。

赵顼这才记得今天是经筵上课的日子。经筵只大宋才有。大宋开国后的五位先帝没有一个不重视，总是按时开讲。以前，赵顼从未断过，也怪自己这些日子忙昏了头，今日竟然把经筵课给忘了。今日在经筵上讲课的是崇政殿说书吕惠卿，赵顼就更不会断了："今日经筵就在小殿里，召吕爱卿到这里来。"

以前，经筵开讲时，赵顼还要把朝中大臣都请来，坐在下面旁听。经筵官讲课时，下面的大臣也可以发言，还可以跟经筵官辩论。经筵课很严肃认真，但也十分热闹有趣。经筵课上常发生争辩，互不相让，唇枪舌战起来，那就更热闹了。赵顼最感兴趣的是经筵上的争辩，这完全不是为了逗乐，倒是为了听取各种不同意见。常常经筵课要结束了，赵顼意犹不足，便让大臣们都退下去，再把经筵官留下来，面对面交谈朝政大事，赵顼还给这取名叫"经筵留身"。以前的经筵课，最热闹的是吕惠卿讲课的时候，来旁听的大臣特多，向吕惠卿提出的问题也最多。这个吕惠卿也真能讲，多少人向他提问发难，都能对付过去，没人能难倒他。不过，今天赵顼不想把朝中大臣叫来。这一来是现在朝廷乱得一塌糊涂，经筵上争起来，恐怕会吵得不可开交，收拾不了；二来是赵顼此时心里一团乱麻，今日再也不想听到有人在他耳边争吵了；三来是事前没告知朝中大臣，现在告知已晚了。赵顼今日只想跟吕惠卿面对面坐在内东门小殿里，既是讲课，也是交谈朝政大事。

东阁门太监出去，赵顼命小殿的殿头太监搬了张官帽椅来，放在御案旁边。此时，赵顼拿起司马光的《奏弹王安石表》，从头至尾看了一遍。司马光弹劾王安石的内容，无非是指控王安石搞了新法。赵顼觉得，司马光在这个表中，有四句话说得很是不妥：一是说王安石“妄生奸诈”，一是说王安石“首倡邪术”，一是说王安石“文饰奸言”，一是说王安石“是为民贼”。这下可不得了，王安石简直成了十恶不赦的大奸臣。司马光这就很不应该了。以前，司马光口口声声说王安石是“大贤”，说王安石“文章节义过人处甚多”，怎么转眼间就变成个大奸臣呢？在赵顼的记忆里，司马光是个口不出恶言、十分圣洁的正人君子，缘何弹劾起王安石来，会这样的有世代血仇一样呢？赵顼无心再看司马光的《奏弹王安石表》，就把它放在御案上，起身在小殿里走来走去，有时站在小殿门口，望望布满灰暗云团的天空。

约莫一盏茶工夫，吕惠卿来了。吕惠卿行过大礼，赵顼让他在御案旁边的官帽椅上坐下。赵顼发现，今日吕惠卿跟往日一样，修长的身材，白皙的脸皮，眉目疏朗，总给人一种精神饱满、意气风发的感觉。赵顼很喜欢吕惠卿的谈吐风度，而且很重吕惠卿的才干，更赏识吕惠卿对新法的鼎力相助。赵顼很清楚，没有吕惠卿，新法不可能这么快施行天下，也不可能取得这么大的成绩。对吕惠卿的这些好处，赵顼都看得清清楚楚。可惜朝中像吕惠卿这样的臣子不多。要不然，新法还会取得更大的成绩，赵顼心中的那件大事可以早点进行。

赵顼看到，吕惠卿坐在官帽椅上望着自己，眼睛里有种惑然不解的神情。赵顼明白吕惠卿这种眼神的意思，说：“今日经筵就朕与爱卿二人，有什么话但直说不妨。”

赵顼注意到，吕惠卿的眼睛里有种得意的、意识到某种机会来临的神情。这种神情，赵顼不是第一次见到过。当然，赵顼此时还不知道，曾布好几次也发现吕惠卿眼中的这种神情。不过，赵顼此时并不觉得吕惠卿这种眼神有什么令人不舒服的地方，只认为吕惠卿才干过人，这种得意的、意识到自己机会来临的神情实属自然，全在情理之中。

吕惠卿用他那磁性十足、不带一点福建口音的官话直说了:“司马光妖言惑众!”

赵顼感到自己身子一震。

吕惠卿:“司马光在谈到新法时说过:‘且治天下譬如居室，敝则修之，非大坏不更造也。大坏而更造，非得良匠美材不成。今二者皆无有，臣恐风雨之不庇也。’此是何言！房子要全坏了才重新盖造，还要有良匠和好的木材，否则就不盖造。到那时还不盖造，人不就都给冻死了吗？再说，朝中不是人才济济吗？就是司马光，不也是公认的学富五车、通古今之变的大人才吗？只不过你司马光这个大人才不愿为朝廷效力、为新法效劳罢了。陛下，朝中这么多人才，司马光闭着眼睛说瞎话，微臣倒要问问司马光：他这么说，居心何在？”

赵顼知道，司马光这些话是上次经筵上说的，只是因为那天吕惠卿没在下面旁听，才没谁跟司马光争。赵顼知道，吕惠卿是不会放过这句话的。赵顼也认为司马光这句话大错特错了，但司马光是在经筵说的，总不能让司马光不说吧？赵顼说：“房子没大坏，也可以再盖造新的，何况我们这栋百年老屋，不更新如何使得？——再说！再说！”

吕惠卿:“司马光中伤王相公!”

赵顼感到自己龙颜有怒。

吕惠卿：“司马光当面说王相公大贤，文章节义过人，但背后经常把王相公骂得一塌糊涂，话说得很难听，恶意中伤王相公，妄图达到废止新法的不可告人目的。”

赵顼很清楚这一点，御案上司马光的《奏弹王安石表》就是铁的佐证。不过，司马光不仅是翰林侍读学士，且是右谏议大夫，有权对朝中大臣、皇亲国戚说三道四。赵顼说：“这一点，朕心中有数。——再说！再说!”

吕惠卿:“司马光诋谤陛下!”

赵顼感到自己受到重重的一击。

吕惠卿：“司马光弹劾王相公四大罪状，表面上是针对相公，但醉翁之意不在此，骨子里别有用心，针对的是陛下!”

赵顼感到自己龙颜有点红了。这是他最不愿听到的话，也最怕听到的话。登基继统四年来，赵顼自我感觉一直良好。臣子与臣子之间，难免有各种各样的矛盾，有的甚至闹得你死我活，吵得不可开交，但对天子却没谁敢不恭的，更没谁敢不把天子当回事。再说，赵顼登基以来，对朝中百官都待之以仁，不要说没杀过士，就是对朝中犯有过错的臣子，赵顼都没给过重罚。对外放的大臣，赵顼也都给予了很好的安排，往往还在官秩上提一级，能给使相的都给了使相。不错，朝中不少臣子顶撞过赵顼，但都为的是朝廷上的事，当天子的哪能因为这点怪罪臣子呢？比方吕公著，刚才就一点面子也不给天子，说不当翰林学士就不当，赵顼怎么挽留也没用。但，吕公著哪是为了个人的利益呢？为了自己，谁舍得翰林学士这个官位？翰林院学士离凤凰池不过一步之遥，入中书省当宰执大臣只是早晚之事，丢掉翰林学士这个官位岂不亏大了？当然，朝中有人真不把赵顼当回事，把矛头对着他，可就别怕赵顼不客气了。九年后，有人告发大才子苏轼用诗毁谤朝廷、毁谤新法、毁谤天子，赵顼很是不客气的派中使带着乌府台的捕快去缉拿苏轼归案。不过此时，赵顼半日没出声，只是目不转睛地望着吕惠卿。

吕惠卿："王相公在《答司马谏议书》上说得很清楚：'受命于人主，议法度而修之于朝廷，以授之于有司，不为侵官。'朝廷推行的新法，哪一条不是王相公接受陛下的命令拟订出来的呢？哪一条不是陛下与王相公反反复复商定后才拿出去的？再说，陛下处九五之尊，难道没有权力在朝廷商议法度朝政吗？难道不可以把商议好的法度朝政交给主管官吏去执行吗？执行了，就是侵夺了原有官吏的职权吗？陛下，司马光这样弹劾王相公，信口雌黄给王相公安这样的四大罪状，实际上是借王相公指桑骂槐，针对陛下，这不是别有用心是什么！"

赵顼张开口，半日合不拢，但心里的话却在翻滚。赵顼明白，这不仅仅是因为吕惠卿口才好，更主要的还是因为吕惠卿的话确实有理。不错，王安石懂得理财，可以说是中原王朝几千年都没有出现过的理财奇才，但这也都是因为赵顼需要王安石这样的理财奇才。赵顼需要王安石，王安石的新法才出得来。要说侵权、生事、争利、拒谏，还真不只是王安石，说到底还真是赵顼。吕惠卿说司马光借弹劾王安石来针对赵顼，这话还真没说错。

吕惠卿："王相公为陛下生财，何罪之有！"

今日天气不热，赵顼感到背上有了汗珠。本来，赵顼很赏识吕惠卿的口才，喜欢他纵谈天下大事，但今日却很有点怕听吕惠卿讲下去了。赵顼站起来，示意吕惠卿可以退朝了。吕惠卿告辞退了下去。赵顼回到御座上，那个去乾清宫的黄门太监把昨晚没看完的奏章端来，小小心心放在御案上。但现在，赵顼没一点心思去看这些奏章了。

赵顼想去中书衙门看看王安石去。赵顼觉得，此时王安石肯定比自己还烦。本来，新法进行得好好的，青苗钱都贷放下去了，朝廷官府的钱多了起来，王安石的日子应该好过起来。然而，谁也没想到的是，就在这个时候，韩琦、欧阳修、富弼这样的大臣反对青苗法，司马光上题折弹劾王安石，一直对王安石不错的曾公亮、赵抃也来起哄，大才子苏轼也赶来凑热闹，朝中原本就反对新法的人更是火上浇油把新法说得一塌糊涂，原本就乱作一团的朝廷搞得真有点没法收拾了。

叫赵顼感到奇怪的是，自己竟然仍旧没有死心，想亲自去说项，看看能不能调和司马光与王安石的关系。赵顼起身出了内东门小殿，独自一人出东阁门。押班太监吓坏了，带着殿中的太监、女官、宫女跟在赵顼后面。赵顼转过身，把这些人赶回去。

赵顼出了东阁门，再穿过横街，往南走段路，就到了中书省。中书与翰林院都坐落在外廷的东南，相距不过四五十丈。赵顼走到离中书和翰林院都不到二十丈远的地方，看到从中书那边过来的王安石与从翰林院那边过来的司马光正好劈面相遇。二人并未发现离他们不远的赵顼，都昂起头，目光直对着前面什么地方，就这么擦肩而过，谁也没望谁一眼，更不要说点头拱手打招呼了。赵顼看得清清楚楚，二人补服的下摆相互摩擦了一下。

赵顼知道，司马光与王安石已势同水火，成了陌路人，自己去说项也调和不了。赵顼转身往回走，一眼看到小殿里的太监、女官、宫女还跟在自己后面。赵顼看到，这些人在自己往回走时，既吓得要死，又不敢离开。

第五十二章　巡逻士卒御街抓捕谤议人 临终吕诲床榻托事后继者

熙宁三年就这么在纷纷乱乱、古古怪怪、吵吵闹闹中过去。熙宁四年五月的一天，两顶大官轿并行在离京都开封不远的官道上。轿前未见一旗、一锣、一棍、一伞、一牌，但前有十多个士卒喝道，后有二十多个士卒护卫。两顶官轿各有长随扶着轿子。此时天下大的乱子还未发生，但八九个强人拦路抢劫之事却从未断过，路上太平不到哪里去，官轿前后没二三十个士卒，还对付不了这些强人。五月仲夏的北方，开始热了起来。有芒的作物已经成熟，冬小麦地里有农夫在割麦子。秋粮作物在忙播种，高粱、芝麻地里有农户在翻地。轿夫汗流浃背，不时用衣袖揩汗。两顶官轿的窗幔都掀开了，坐在轿内的老爷正隔着轿窗说话。

坐在左边官轿内的老爷是司马光，他这次是从自己官府衙门所在地京兆府去京都开封的。天下事真难逆料，说变就变，叫人捉摸不定。去年司马光上书弹劾王安石，给王安石安了四大罪状，戴了顶大奸臣的帽子，本以为胜券在握，满可以扳倒王安石，然而做梦也没想到的是，王安石不仅没被扳倒，倒是自己和许多自己一边的人被赶出京都开封，外放到地方当官。司马光以翰林侍读学士、端明殿大学士的身份知永兴军，到陕西那边领西北一路十五州兵民大柄。司马光此时的“翰林侍读学士”只是官衔，表明他的品秩与在朝廷当翰林侍读学士时一样；“端明殿大学士”则是职衔，表明学问很大，资历深；“知永兴军”是差遣的官职，是他的权力之所在。在职衔上，司马光丢掉的只是“右谏议大夫”，但权力其实更大了。在永兴军的十五个州中，司马光拥有很大的民权和兵权，吐雾吹云，想怎么干就怎么干，可以说咳嗽一声都会让人发抖。但，司马光再也不能给天子拟旨了，也不能言事，想弹劾谁就弹劾谁了。这能叫司马光心甘吗？本来，司马光弹劾王安石前，天子赵顼一直要司马光到枢密院当副使，司马光没去；在上书弹劾王安石后，司马光的枢密副使就不让当了。这倒不是说司马光贪恋枢密院的权位，他是觉得自己从此不仅没有了拟旨言事的权力，而且对朝廷的政事也一点都过问不上了。特别是，司马光觉得自己输不起这个面子，在朝中，谁对学富五车、通古今之变的司马光不是毕恭毕敬、礼貌有加的？就是当朝天子赵顼对司马光也另眼相看，可这又怎么样呢？还不是给人家一脚踢出了翰林院？这该多丢人！当然，还有一个说起很小、其实是更大的损失，那就是他失去了进中书的机会，至少在一段不算太短的时间里失去了进中书的机会。翰林学士看起来只是名誉好听，除了拟旨外并无半点政、财、兵方面的实权，但却是进中书入相的一个很重要的晋升之阶。熙宁元年王安石的官也不小了，是堂堂江宁府知府，与翰林学士品秩一样，但王安石要入相，还得先到翰林院打个转，有了翰林院的历练和翰林学士的头衔，才能服众，天子也才更好说话。当年天子赵顼把司马光点为翰林，也确有要司马光入相的打算，现在看起来这只是一个打算。对这个损失，司马光开不得口。司马光一心为的是朝廷，怎会去计较个人的这一点小小的损失。此时，司马光听到右边轿内的老爷在对他说："可惜呀可惜，可惜献可才五十八岁，就病成这个样子，这真是我朝一大损失。"

右边官轿里的老爷就是那个被人叫作"范胖子"的范纯仁，现任河中府知府。司马光对右边官轿里的范纯仁说："献可不仅有先见之明，且敢言，早就指出王安石将败国，又说他后来会越来越横，这些都被献可言中。"

司马光与范纯仁话中的"献可"，就是那个以十大罪状弹劾王安石而且直声较前更为远播，也更是鼎鼎大名的吕诲的字。吕诲前年弹劾王安石后，落职外放去当地方官，眼疾就越来越严重，天子恩准吕诲在京都开封养病，王安石也不催行。两年多来，吕诲的眼疾不仅未见好转，近来几乎失明，二尺外的东西就模模糊糊看不清；身子其他地方也越来越不行了，脉搏跳得很弱，常常头昏，有几次昏倒在地半日不醒。吕诲觉得自己来日无多，托人带信给司马光、范纯仁几个人，要他们到京都开封来见上一面。司马光也确实想去见见吕诲，外放知永兴军前，在京都当京官的日子里，要见上吕诲一面，方便得很，但总因为朝廷的事忙，应酬又多，吕诲患病期间从未去看过一次，只是外放到永兴军来之前才到吕诲府宅，跟吕诲告了个别。外放到京兆府当知永兴军后，路途遥远，民事、兵事又繁忙，诸多不便，要回京跟吕诲见上一面，就不是那么容易的了。吕诲的身体已这个样子，现在是能见上一面就是一面。正好此时天子赵顼为秦州那边的兵事，要召见司马光。永兴军辖区与秦州比邻，秦州有兵事，永兴军这边岂能作壁上观？那个在秦州访采过边事、给赵顼上过《平戎策》的王韶要在西北用兵是挡不住了，司马光在永兴军这边都清清楚楚能感到秦州那边的动静。这个王韶鬼得很，大的调兵和堡寨的修建按兵不动，但屯集粮草、采购竹箭、制作甲胄、打造兵器的行动却很有点紧锣密鼓的意思，又募集不少农民当兵。这一点，从秦州边关过来的人，只要稍稍留心，就能清楚地感觉到，至于西夏党项羌人探子的耳目，恐怕就很难瞒过了。司马光清楚，天子赵顼更想在西北对党项羌人用兵，如果不是这样，王韶不要说在秦州神气不起来，就是在秦州多待上一天也做不到，秦州知府李师中和秦凤路都钤辖早不知把他赶到什么地方去了。司马光渐渐悟出来了，特别是去年二月初三，赵顼把他召进后苑万岁山北面的景福殿，看到封桩库三十二间库房门上的四言八句三十二字诗以及两间库房木架上堆满了金银财物后，就感到赵顼这么大力施行新法，仅用洗刷国耻这一点去解释是不够的。赵顼还有更大的雄心。对西夏用兵，算个什么事。既然如此，大宋要跟西夏打上一仗，就是早晚的事了。司马光同时清楚地感到，赵顼对王安石如此心醉魂迷，甚至很有点崇拜，以至于君臣二人达到如一人的境地，就是王安石能为赵顼弄到足够多的钱，让赵顼放手去对西夏用兵，做大有为之君。此事是对是错，能不能做到，司马光管不上，也无暇去管，现在最要紧的是去看望吕诲，错过这个村，就没这个店了。

司马光从轿窗里把颧骨像悬崖边突起的岩石的脸探出来："君子挟才以为善，善无不至矣；小人挟才以为恶，恶亦无不至矣；愚者虽欲为不善，但才智弱，人可以制止得了。取人之术，苟不得圣人、君子而与之，与其得小人，不若得愚人。"

右边轿内的老爷范纯仁也从轿窗里把头探出来："此言极是，小人之言，万万听不得，听了就要出乱子。取人之术，真的是不可不慎，不可不深察。"

范纯仁是前年九月被外放到河中府当知府的，河中府正好是永兴军的辖区。范纯仁这次也是应天子赵顼之召入觐面圣，也为的是西北秦州那边的兵事。范纯仁当然也很想去看看他多次一同上书弹劾朝中大臣的老朋友吕诲，正好与司马光同路，便结伴一道去京都开封。司马光与范纯仁的对话，看似闲话，其实一点也不闲，所指十分清楚。小人者，跟着王安石一道搞新法的那帮小人也。去年司马光给王安石安了四大罪状后，与王安石已犹冰炭之不可共器，若寒暑之不可同时，势同陌路，劈面碰上都谁也不理谁，谁也不看谁一眼。王安石成了司马光的死对头。司马光恨透了王安石，尤恨那帮小人。要不是那帮小人，司马光和自己那边的人不至于亏那么大。司马光特别恨的是吕惠卿。第二天在经筵上，这个奸邪小人中的奸邪小人，又给自己放了三支暗箭，特别是最后“司马光诋谤陛下”那一箭，更是要了司马光的命。司马光吓坏了，意识到自己给王安石安的四大罪状，犯了个很大的错误，未把王安石与天子区别开来，结果给奸邪小人吕惠卿钻到空子。司马光也很后悔自己太牛了。自己牛，这也是事实，但自己的牛与王安石的牛不同：王安石是十分的牛，要牛就牛到底；自己是八分的牛，还留了两分余地。这次不知是昏过了头，还是别的什么原因，竟也十分的牛了起来。要是留了两分余地，后来不再上札子辞掉枢密副使，情况也许会好多了。

司马光：“天下事定了，我等怕再也无力回天了。”

范纯仁：“这倒很难说，天下事成败往往在瞬间，谁也说不准。”

司马光颧骨像悬崖边突起的岩石的脸上显出若有所思的神情。去年二月以前，司马光这边的力量在朝中是不可小觑的，但曾几何时，王安石的一封《答司马谏议书》和吕惠卿在天子面前几句话，就让赵顼下狠心非把司马光一伙人赶走不可。中书宰执大臣大换血：曾公亮拜司空兼侍中到河阳当节度使去了，赵抃拜资政殿学士到杭州当知府去了；王安石则官拜同中书门下平章事兼修国史，当上了首相；同时入相的有对王安石佩服得五体投地的三司使韩绛，也是同中书门下平章事；那个时时处处唯天子之命是听的翰林学士承旨王珪擢升为参知政事。乌府台大清除：冯京的御史中丞给拿掉了，弹劾王安石的御史滚蛋了；邓绾当上了御史中丞，李定、舒亶当上了御史，今后王安石不用担心言官弹劾，相反可以想弹劾谁就弹劾谁。翰林院大换班：吕公著翰林学士当不成了，外放到颍州当知府；韩维当上了翰林学士承旨兼侍读学士判银台通进司，成了首席学士，仍掌管天下奏状案牍，这个人专为王安石说好话，王安石当然对他放心；吕惠卿则当上了翰林学士、知谏院，不仅可以拟旨，而且可以看谁不顺眼就弹劾谁。曾布擢升为判司农寺，执掌天下常平广惠仓、十二草场和新法的推行。薛向接替韩绛，权三司使，掌管市易法的推行；且兼领江、浙、荆、淮发运使，掌管六路漕运。吕嘉问当上户部判官，既管市场，同时也管买卖和信贷。王广廉擢为都水使，林英擢升为都水监丞，执掌天下川泽、河渠、津梁、堤堰的疏凿浚治，准备浚修开封四条御河。就是中书的那个并无什么真本事、绰号叫“衙内钻”的主书王圣美也当上流内铨判官，执掌百官的磨勘考核。章惇本打算擢升为知制诰、直学士院，也让他有拟旨的权力，但正值荆湖溪峒蛮族首领叛乱，入境犯边，朝中找不到领兵打仗的人，只好让他当湖南、湖北察访使，领兵平叛去了。司马光这边的人还留在京都朝廷里的，只有三人：一是文彦博，还当枢密使；二是冯京，赵顼没让他当御史中丞，却擢升他为枢密副使；三是大才子苏轼，既没赶他走，也没提升他，仍把他晾在官告院。王安石这回赢大了，可以说满盘皆赢，成了朝廷百年没有过的大赢家！特别在中书省，王安石赢得更大。原先的中书，王安石虽说主持天下政事，但另外四位宰执大臣根本不买他的账。曾公亮这个老滑头表面上对王安石一切听顺，心里其实很不舒服，要不然这次也就不会跟在后面起哄。富弼根本看不上王安石，只不过因为他是个谦谦君子，面子上不跟王安石争罢了。赵抃对王安石也是嗤之以鼻，有机会就冷言冷语地顶上王安石几句。唐介更是从人品到能力，都把王安石看得一文不值，坐在政事堂就跟王安石吵。但，这些人都不在中书了。现在中书的韩绛、王珪，对王安石不会说半个“不”字。况且，韩绛、王珪与王安石都是庆历二年的第一甲进士，王珪第二，韩绛第三，王安石第四，今日三人同时连名拜相，何等幸事！王安石为此写了首《题中书壁》诗，挂在政事堂的墙壁上，上有“一时同榜用三人”之句，可以想象得出，王安石对韩绛、王珪是多么满意。现在的中书真正成了王安石一人的中书了。王安石可以为所欲为、无法无天了。去年王安石还通过天子赵顼诏治吏沮青苗法者，接着又遣使察奉行新法不职者，贷放青苗钱不卖力的官吏更小心了，谁顶风不为谁没好果子吃。更为气人，也更为滑稽的是，把司马光一伙人赶出朝廷后，王安石以条例司的名义，向天下州县发出牒文，不仅重申朝廷制定的青苗法、均输法、市易法，而且还要把商议了许久的免役法以及农田水利法、保甲法、将兵法、科考法一齐推出去。你们不是对条例司看不顺眼吗？王安石偏偏以条例司发文！让条例司出尽了风头后，王安石又宣布撤销条例司。朝中许多人百思不得其解，其实好理解得很。现在不仅朝廷主政的中书、主财的三司、主纠察的乌府台等几个顶层衙门都是王安石的人，且给天子拟旨的翰林院也多是王安石的人。再说，王安石的新法全部出台了，掌管新法施行的主要是曾布当掌门人的司农寺，还要条例司作甚，此时撤销不正当其时吗？特别是前不久，赵顼还要吕惠卿起草诏令，在京城设置“八厢探事人”，对民间胡说八道议论新法之人，皆逮送大理寺；这以后，说新法坏话的人都要小心了。

司马光抬起探在轿窗外的头，望了望五月死一般寂静的天空。日头白得刺眼，天空浮着一块像老人头的云团，老人神情不很清楚，像在嘲笑什么。司马光望着天空：“老滑头曾公亮这次失算了，本以为王安石不行了，赶紧说上几句王安石的坏话，没想到搬起石头砸到自己的脚，弄得自己灰头土脸也滚出朝廷。”对王安石、曾公亮都直呼其名。

范纯仁：“曾公亮阴助介甫，阳为异同，以避清议，非诚心谋国，此等人何足道哉！”对王安石仍旧称字。

司马光：“听说曾公亮这次被贬，又怨天尤人，怪王安石不够意思，对他落井下石。旁边人听到了，皆笑曾公亮咎由自取，自食其果。苏轼挤到曾公亮身边，很不客气地笑曾公亮：‘谁叫你平日持禄固宠，不去救正，胆小懦弱，身为上相却对王安石一切听顺，落得现在这样的下场，怪谁？’这个曾公亮给噎得一脸通红，却也不好发脾气，打了个哈哈：‘上与介甫如一人，此乃天也。’旁边人笑又不便笑，不笑又忍不住，只好别过脸去，紧紧抿着个嘴。大才子苏轼是个大好人，在朝的京官都佩服他敢言，说出了他们心中想说却不敢说出的话。”

范纯仁：“大才子苏轼是个真正的读书人，不忮不求，抗言直论，不稍隐讳，批评臧否，顺乎天性，至于会招致何等后果，与自己有何利害，一概置之度外。”

司马光：“真不知王安石作何打算，用又不用苏轼，不用又把苏轼留在京都。光有能说上话的一天，是无论如何要为苏轼说话的。”

范纯仁没说什么，只是用眼睛定定地望着司马光，表明把这句话牢记在心里。

司马光：“这班奸邪小人还真厉害，把富弼富相也逼得致仕，到洛阳享清福去了。”

范纯仁有不同看法：“富相这个人三朝眷恩，当自任天下之重，然而恤己深于恤物，忧疾过于忧邦，连邓绾、吕嘉问这样两个小人也不敢斗。”

司马光噎了一下：“你不要太为难富相了。”

范纯仁：“君实大人有机会把纯仁这句话转告富相。”

司马光与范纯仁就这么不紧不慢地说着话。司马光望着正慢慢往轿顶上移动的那块老人头云团，忽然说："最让人气恨的是，那个衣冠禽兽李定也当上了御史，这朝廷还像个什么朝廷。言官若不正，如何正人！"

司马光以为范纯仁会同意他的意见，把头伸出轿窗外，很有兴趣地望着坐在那边轿窗里的范纯仁，且等着听范纯仁把李定狠狠地骂上一通。司马光看到，范纯仁没有马上回答司马光的话，也只是把头伸出轿窗外，望着司马光。好一会，范纯仁说："天子不是派人去李定老家，查明李定生母后来再出嫁了吗？"

司马光生气了："再出嫁的生母就不是母亲吗？"

范纯仁却不因司马光生气就不言："《礼记》有言：孔子不丧出母。李定忠厚，一心做孔门弟子，死板了一点；孔子不丧出母，并非他人也不丧出母，要是灵活一点，就不会挨这样的骂。"

司马光十分怪怪地望了范纯仁一眼。要是王安石那边的人说李定忠厚，司马光没什么说的；没想到自己看得那么重的范纯仁也这么说，就叫他百思不得其解了。司马光转过脸来，望着范纯仁，但见范纯仁正一脸的我心如秤、不为人低昂的表情望着他。二人的目光还对接了一下。司马光知道，自己今日把舌头说烂了，也别想改变范纯仁对李定的看法。司马光望着快移到轿顶上的那块老人头云团。老人头的神情有点严厉起来，像在生什么人的气。司马光换了个话题："要是王安石把文太尉、冯京和苏轼也赶出朝廷，王安石的好日子就到头了！"

司马光看到，范纯仁的头也还探在轿窗外，望着轿顶那块云团："此话怎讲？"

司马光没有立即回答范纯仁。这是个只能心照不宣、不宜开口的话题。如果文彦博、冯京、苏轼都被赶出朝廷，就不仅中书是王安石一边的人，连整个朝廷都是王安石一边的人了。历朝历代有哪一位天子希望朝中百官都是宰相一边的人呢？都是宰相的人，天子的话还灵吗？结果只有两个：要么天子叫宰相滚蛋，要么宰相把天子赶走。宰相要斗赢天子的胜算少而又少，多数情况下是天子要宰相滚蛋，宰相落得个身败名裂、遗臭万年的下场。本朝公认的第一正人君子司马光自然最愿意看到的是这种结果。司马光想了想："异论相搅，异论相搅呀！"

司马光看到，范纯仁先是很惊讶地望了望自己，接着什么也不说了，探出轿窗外的脸上出现了他十分熟悉的那种我心如秤的表情。司马光明白，范纯仁懂得了他的话的意思。过了好一会，范纯仁说："皇上圣明，不会把文太尉、冯京、苏轼赶出朝廷。介甫人品操守光风霁月，也不会做出这种糊涂事来。"

司马光对范纯仁前句话是赞同的。赵顼是个好天子，洞察秋毫，不会让奸邪小人诡计得逞。说句实在话，不要说对文彦博、冯京、苏轼，赵顼仍旧圣眷不减，信任有加；就是对那些外放的大臣，赵顼对他们的眷遇之荣，近臣莫及。这些外放的大臣，不仅谁都加官晋爵，赵顼还时常降诏，要他们对朝廷大事知无不言。这就起到异论相搅的作用。但对范纯仁后句话，司马光却不会苟同了。司马光对范纯仁说："你是以君子之心，度小人之腹。王安石以前是个君子，但此一时，彼一时，现在的王安石，非彼时之王安石也。"

范纯仁依旧一脸我心如秤的表情："不对！不对！介甫却是此一时如此，彼一时亦如此。"

司马光："真没想到尧夫对王安石这个人还没看破。"

范纯仁一脸我心如秤的表情："真没想到君实大人也这么牛。"

司马光以前是很喜欢看着范纯仁那一脸我心如秤的表情的，但这会却不那么喜欢了。司马光把探出轿窗外的头缩回到轿内来。司马光看到，范纯仁也把头缩回到轿内。司马光心里很是不快，不再说什么了。司马光永远有办法让对方不得不认真接受他的意见。在他这一生中，只有那个比他更有办法让对方接受自己意见的王安石不仅不听他的，且把他的意见批得遍体鳞伤。但今日司马光发现，原先一直很听他的范纯仁一路之上却时有跟他相左的地方。司马光坐在轿内，闭目养起神来。

约莫过了半个时辰，二人的官轿走进开封城，醮楼巳鼓声起。司马光又把头探出轿窗外，但见天空还是那么寂静，那块像老人头的云团开朗了许多，慢慢往白得刺眼的日头飘去。

司马光与范纯仁先到皇城东侧的东上阁门向天子赵顼写了要求面圣的书面申请，然后留下长随，等待通报；带来的三十几个士卒在就近的茶店里喝茶。然后，司马光在前，范纯仁在后，一道起轿前往皇亲国戚、豪门权贵居住的北州桥，去看望鼎鼎大名、如今病重的吕诲。

司马光在轿内看到开封御街上有两个怪现象：一是御街清静了不少，不仅人少了，而且不少店铺都关门歇业了，就是原来鹤立在无数店铺中间的邸店也大都清淡了不少，再也听不到以前那种叫人陶醉的喧嚣声；二是巡逻的士卒不少。御街清淡下去一点也不奇怪，自从王安石弄了个市易法，大大小小、各个行业的商人的生意都给市易务的人抢去了，赚不到钱了还做什么生意。说到街上逻卒，前年年底京都开封街上就出现了。那是吕惠卿给天子进言：朝廷不能允许对新法物议纷纷。天子采纳了，京都开封街上便出现了逻卒，但远没现在多。这些逻卒，是皇城司的人，执掌皇城出入禁令，管辖皇宫大大小小各种门的干当官，大都由大内的内侍都知、押班这样的太监担任。派些逻卒，监视一下街上过往行人，发现有对朝廷不怀好意的人，把他们逮住，也未尝不可。但，今天京都开封街上这样多的逻卒，一拨过去才一二炷香工夫，又来了一拨，好像京都开封有人谋反，要攻打皇宫似的。

司马光与范纯仁的轿子来到汴河天汉桥边，司马光一眼看到以前十分气派、十分豪华的乔家货栈也冷冷清清的。司马光觉得这就不可思议的了。京都开封的人，谁不知道御街天汉桥边的乔家货栈是京都开封顶尖的货店，生意大得不得了，什么东西都可以在这里买得到，简直撑起了京都开封半个行市，然而今天怎么也这样不景气呢？司马光正这么想时，忽然听得轿窗外一片杂乱的奔跑声。司马光让轿夫把官轿停下来，头探出窗外，见轿前一伙人吓得满街乱跑；再往旁边一看，只见七八个如狼似虎的逻卒叉着一个头戴方巾、身穿元色袍子的秀才胳膊，往乔家货栈旁边的一条巷子里去。所过之处的行人纷纷向两边让出一条路。有个年纪大一点的，被后退的人撞倒在地，给踩得哇哇叫。

司马光问轿旁一人："这是为何？"

司马光看见轿旁那人很奇怪地望了望自己，半日说："你这位大人恐怕不是开封的京官吧？朝廷上个月贴了告示：京城设置'八厢探事人'，对民间胡说八道议论新法之人，皆逮送大理寺；皇城司加派逻卒，发现谤议时政者就抓，送到大理寺去治罪。"

司马光："那位秀才说了些什么？"

轿旁人："还不就是说了几句新法的坏话，也怪他呆得太过分。人家只是几个人悄悄说上几句，他倒好，嫌悄悄说上几句不过瘾，还要发无头帖子骂新法。抓住他的巡逻押官要他不要说，他还要说。其实新法也并非都不好，这下那个呆子有苦头吃了。"

司马光对那个被叉走的秀才充满了敬意："此人姓甚名谁，现在以何为业？"

轿旁人一脸的不屑："姓张名怀古。这种人能做什么？心眼又高，口气又大，总认为自己是当大官的料，考了十多年的功名次次落榜，现在坊间帮人写写书信、门联混日子过，穷得连个正经老婆也讨不上。"

司马光记下了这个人的姓名，看到范纯仁也很有同感地点了点头。尽管那个姓张名怀古的秀才早被皇城司逻卒叉进巷子里去了，但司马光仍睁着视力不怎么好的眼睛，定定地望着那条巷子。从此司马光一直记着此人。这个张怀古算他运气好，被抓的这日碰到司马光。三年后，张怀古专门赶到洛阳，去找司马光。其时，司马光在洛阳埋头编撰《资治通鉴》，便让他在资治通鉴书局当了个小官。十五年后，当朝天子赵顼驾崩，司马光回到京都开封朝廷当上左仆射兼门下侍郎，成了宰相，又把张怀古带到京都开封，让他当上专门给新法当道时被赶出朝廷的官员昭雪的诉理所提举，再后来还让他当上江宁府三品知府，像模像样地当起朝廷高官。

司马光倒吸了口凉气，不由得想到大才子苏轼，很为他担起心来。如今留在京都朝廷的文彦博、冯京不会不懂得韬光养晦，不会出什么事；只有苏轼还会不顾一切口无遮拦、抗言直论，这就很容易出事，弄得不好要惹上大祸。司马光叹了口气："言无罪，要开言路，为政当容清议。好朝廷一定是广开言路的，坏朝廷才怕人家说话。"

也把官轿停了下来的范纯仁把头探出轿窗外："此言极是！此言极是！"

司马光往后别过脸去，见范纯仁又一脸我心如秤的表情。司马光觉得，范纯仁这个我心如秤的表情又很是令人喜欢起来。不等街上的人散尽，司马光与范纯仁起了轿。约莫一盏茶工夫，司马光与范纯仁的官轿到了北州桥边一座带花园的宽宅前。司马光从轿窗里看到，宽宅大门前拴了两匹马和一顶女轿。拴在左边柳树下的是匹白马，毛色很纯，白得发亮。司马光认得，那是大才子苏轼常常租用的马。而那顶女轿，会是谁的呢？

司马光下轿后，跟在后面的范纯仁正挺着那个叫人发笑的土财主一样大腹便便的肚子从轿内出来。早在门口等候的吕诲的管家过来了，把他们领到吕诲的寝房里去。吕诲这座宽宅的花园很大，还跟以前一样，有种十足的贵族豪华气派，名贵的花草岩石多；吕诲爷爷吕端手上买来栽下的两棵银杏树，还那么郁郁葱葱。只是府上那些佣人，大都换了。这个吕诲，在家里的脾气仍是那么古怪，难侍候。

司马光与范纯仁并肩上了大堂的台阶。司马光听到大堂一侧吕诲寝房里有人高声说话。司马光与范纯仁并肩站在台阶上听到："太祖、太宗委任台谏，未尝罪一言者。纵有薄责，旋即超升，许以风闻言事。言及乘舆，天子改容；事关廊庙，宰相待罪。台谏言官未必皆贤，所言亦未必皆是。然须养其锐气，这对手握重权的人绝非徒劳。台谏言官不仅可以折奸臣之萌，且可补救朝政的弊端。夫奸臣之始，以台谏言官折之而有余；等到奸臣成了势力，以干戈取之而不足。我听老一辈人说，台谏言官所言，常随天下公议。公议所赞成的，台谏言官亦赞成；公议所抨击的，台谏言官亦抨击。今者对新法物议沸腾，怨声载道，公议所在，十分清楚的了，然而台谏言官开口即遭贬斥。我真担心长此以往，习惯成风，台谏言官尽成为宰执大臣的私人，以致人主被孤立。此纪纲一废，何事不生！"

司马光站在台阶上，很快听出是大才子苏轼的声音。苏轼的话很长，洋洋洒洒，雄辩滔滔，坦白率真，直言无隐。司马光很久没听到有人这么振振有词、掷地有声的长篇大论了，浑身有种说不出的兴奋和不可言传的淋漓痛快。此外，司马光还感到又惊又喜。惊的是吕诲今天让苏轼来府上。吕诲对苏轼印象并不好，一度认为苏轼与王安石是一丘之貉。去年司马光为吕诲饯行，就因为苏轼几句话气得酒也没喝就走了。喜的是吕诲今日让苏轼到他府上来，还让苏轼在他寝房里放言。好！好！好得很！

司马光回头望了望旁边的范纯仁，见范纯仁也心醉魂迷般地听得津津有味。不多一会，司马光听到寝房里传来十分微弱、但也十分熟悉的声音："好！好！好！说得好，大才子，以前错看了你，给你赔礼！"

司马光细细听着，这是吕诲的说话声。司马光与范纯仁上台阶，进入大堂。司马光又听到吕诲寝房里传来苏轼吟诗的声音。其中三句特别引起司马光的注意：

君不见阮嗣宗臧否不挂口，莫夸舌在牙齿牢，是中惟可饮醇酒。

司马光听出了苏轼又有点为自己刚才讥刺朝廷感到不安。学富五车、通古今之变的司马光十分清楚，苏轼说的是西晋竹林七贤的故事。竹林七贤的结局大都不好，特别是嵇康，嘴巴不好，言论放荡，得罪了权贵，且为当时尚未称帝的司马炎所恼恨，才三十九岁就被司马炎杀掉。临刑前，三千太学生上书求情也不行，嵇康奏《广陵散》引颈就戮。阮籍阮嗣宗与嵇康齐名，虽不拘礼教，但不臧否人物，不谈论朝政国事，整天喝酒，多次因酣醉免于杀害。这就难怪口无遮拦的大才子苏轼心里感到不安。再说，他司马光不就是因为弹劾了王安石四大罪状，结果被踢出朝廷吗？不过，司马光心中有数，尽管大才子苏轼知道嘴巴不好会给他带来什么恶果，但要管住自己的嘴巴却怎么也做不到，说不开口又会禁不住开起口来。

司马光在前，范纯仁在后，快步走进吕诲寝房。司马光吃了一惊。司马光视力不好，寝房里光线也不甚分明，一眼看到寝房里坐着一位道姑，站着一位老妪。一辈子不近女色的司马光还以为走错了房门，到了女眷房里，想抽身往回走，却又见房里床边上大才子苏轼和另外一人朝他拱手行礼。司马光忙急着先给苏轼和另外一人还礼，同时睁大眼睛望了望站在苏轼旁边那个跟他行礼的人，认得此人竟是鼎鼎大名的驸马爷王诜。司马光还看到有个弱冠年少的人站在众人后面，很是感激地望着众人，未出一声。后来，司马光才知道，这个弱冠年少的人是吕诲的儿子吕由庚。接着，司马光看到躺在螺钿雕彩漆大八步床上的吕诲挣扎着要起来，嘴里还在哩哩啰啰说些什么，显然是在跟司马光和范纯仁打招呼。坐在吕诲床边的一位道姑忙弯着腰一手按着吕诲的肩，不让他起身，一手正细细地在吕诲眼睛上搽什么。站在道姑旁边的老妪，一手端着一只碗，一手伸出大拇指，嘴里不停地叽里呱啦说些什么。

司马光这才放心了，知道自己没走错房门，也很快明白眼前的两个女人是谁了：正弯腰给吕诲眼睛搽什么的女人，是吕诲的相好女冠谢道姑，站在谢道姑旁边的是妙云观烧茶弄饭、扫地挑水、洗洗抹抹，又很痴很聋的老妪。去年，司马光外放到永兴军前，来看过一次吕诲，吕诲对他说起过妙云观的谢道姑和老妪。别以为谢道姑只是陪吕诲在床上快活，其实把朝中的君子小人看得一清二楚，一点不俗气，也不势利。吕诲弹劾王安石后在朝廷待不下去，被贬到外地去，但谢道姑不仅不嫌弃他，对吕诲反更好了，百依百顺，想怎么快活都行，且更是把吕诲看成了不得的大英雄。那个老妪更有意思，别看她很痴很聋，总把眼睛睁得大大的，听吕诲讲他那天在金銮宝殿上弹劾王安石的事，听得高兴了就嘴里叽里呱啦个不停、两手乱舞个不止。司马光对下层细民是看不上眼的，更不会去跟他们打什么交道，对下层女子就更是如此，这会却觉得面前的谢道姑和老妪还真有点值得人可敬的地方。

司马光又望了望驸马王诜，明白吕诲府宅前何以拴了两匹马。司马光虽然与驸马王诜都同住在京都开封，不过二人很少打交道。这主要是王诜名声不好，特别在女色上，特荒唐、特放肆、特胡闹。但这个驸马爷却特崇敬、特喜欢大才子苏轼，二人关系也特好。司马光在京时，就听说苏轼常与一伙士人雅集在当朝天子赵顼赐给驸马王诜那座位于城北的富丽精美、华贵幽雅的西园里诗酒赏花，对朝廷新法，特别是青苗法七嘴八舌、冷嘲热讽、怪话连篇、横加指责。渐渐地司马光对王诜的印象好了起来。不过司马光同时担心，这些人私下里讥刺朝政，迟早要出事。这一点，还真给司马光料到了，八年后的元丰二年，苏轼因乌台诗案获罪，在西园雅集的士人多受牵连，就是王诜本人也脱不了干系，受到的责罚不轻。

司马光和范纯仁忙靠近吕诲的大八步床，望着躺在床上的吕诲。寝房里的光线虽不甚分明，司马光看到，吕诲老多了，才一年多，脸就瘦得不成人形，看去真像就木之人。司马光万箭穿心般难受，眼眶里盈满了泪水。司马光十分清楚，朝中许多人都嫌吕诲，背后骂他“吕疯子”。司马光觉得，这太不公平了。你们骂什么呢？你们行得正，没做亏心事，就不用担心吕诲弹劾！司马光看到，苏轼、王诜也挤到床前来。寝房里的气氛沉重而又温馨。司马光又是悲愤而又难受地望着吕诲：“献可，司马光和尧夫看你来了。”

吕诲努力睁开那双近乎失明的眼睛，很想看看司马光和范纯仁。司马光对这点十分理解。司马光是吕诲法眼中满朝百官中的“一人”，范纯仁是吕诲法眼中的“半人”，合起来是“一个半人”。此时，这“一个半人”千里迢迢从陕西来看他，当然很想看清法眼中的这“一个半人”现在的样子。司马光看到，吕诲尽管在努力睁开眼睛，但显然还是没看清自己和范纯仁的模样，很是颓伤，也很是懊恼。司马光知道，吕诲这个人在家里很难侍候，动不动就骂人，菜热了冷了都要骂人。此时，总能揣摩到吕诲心思、总对吕诲心路的管家又不在，颓伤懊恼的吕诲又要骂人了。

不过，一个奇迹发生了。司马光看到，谢道姑弯着腰在吕诲耳边说了句什么，吕诲就不出声了。谢道姑又对身边的老妪打了个目语，老妪赶忙起身到寝房南边桌上拿了一个瓷器小瓶过来。谢道姑旋开瓷器小瓶的盖子，从里面倒了点清水在吕诲眼睛上。不到半炷香工夫，吕诲的眼睛又睁了开来。这回吕诲看清了面前的司马光、范纯仁，伸出干柴一样的手，抓着司马光、范纯仁的手不放，显然因为感到很大的慰藉而一脸的激动和兴奋。苏轼、王诜也因吕诲能看清司马光、范纯仁既感到特别高兴，也唏嘘不已。谢道姑很是高兴，一脸无所求却又很真心的笑，但笑着笑着，突然失声轻轻地抽咽起来。老妪则高兴得叽里呱啦个不停，两只手乱舞起来。吕诲这个人，官场上很讨人嫌，鲜有朋友；也不到风月场上去，去了恐怕也不讨女人欢喜。但，吕诲却遇到个对他这样真心实意的道姑，也是他前世修到的福气，确不枉度此生。

此时，司马光心里更是难受。司马光清楚，不要说吕诲的眼睛，就是吕诲的身体能拖到今天，恐怕也是多亏了谢道姑。这日从吕诲府宅出来后，苏轼告诉司马光：吕诲病重后，谢道姑就带着老妪到吕诲府上来了。这个谢道姑不在乎人家说她，也不在乎吕诲夫人会怎么对待她。她只有一个想法：治疗吕诲的病，送吕诲走完人生最后的路。好在吕诲夫人不生事，谢道姑怎么治吕诲的病，怎么照料吕诲，只要吕诲乐意，都一切听便，从不啰唆半句，更没有过难看的脸色，有时还会过来跟谢道姑搭讪几句，谈谈女人的事。

吕诲又挣扎着起来。这个吕诲，一不问司马光、范纯仁在外地当官的情况，二不问司马光、范纯仁的旅途劳顿，却对大才子苏轼说："你刚才那首诗很有意思，再吟首来听听。"

苏轼没回答吕诲，只是很有点为难的样子望着吕诲。司马光又是心酸，又是敬佩。吕诲都病成这个样子了，还记挂着朝政上的事。司马光同时明白，苏轼确有难处。今日京都皇城司的逻卒开始抓人了，自己身为右谏议大夫，一封弹劾王安石的奏章都惹了祸，苏轼刚才那番话，要是给朝廷那班奸邪小人知道了，岂能放过他？

吕诲："大才子到底怕王安石把你赶出京都。你不会又劝吕某人跟王安石好好谈谈吧？"

司马光觉得吕诲错怪了苏轼，这方面的恨性也太强了些。苏轼去年在司马光府第饯行酒桌上的话还拿到今日讲，有这个必要吗？寝房里的气氛很有点尴尬。谁也不说话了。谢道姑从衣袖里掏出块手绢，把吕诲眼睛边上的清水抹干。那个又痴又聋的老妪对着谢道姑，又叽里呱啦不知说些什么。好一会，驸马爷王诜对苏轼说："一首小诗又何妨，太祖早就定了不杀士的国策，大不了外放当地方官，又没人砍你的头！你尽管吟，到时候王某人给你刻成诗集。"

司马光还在京都开封翰林院当学士时，就听说王诜搞了本《王诜刻诗集》，书中收录了大才子苏轼不少诗，一时京都开封洛阳纸贵，广为传抄。司马光真没想到，大宋开国名将王全斌的后裔王诜竟然这么喜欢跟士人打交道，热衷诗文。司马光回头望了望苏轼，苏轼脸上有了一种心烦技痒的表情。司马光对苏轼这种表情有种灵犀相通的感觉。自己不是不管多忙，每日都要为《资治通鉴》写上几句吗？积习难改，一个人长期养成的嗜好是怎么也改变不了的。司马光看到，苏轼转身走到寝房中间，沉吟一会，果然又管不住嘴巴，笑着吟了几句诗：

敢向清时怨不容，直嗟吾道与君东。

坐谈足使淮南惧，归去方知冀北空。

独鹤不须惊夜旦，群乌未可辨雌雄。

司马光明白，苏轼这首诗旨在讥刺满朝已无真才贤士，唯一群好坏难辨的乌鸦。这个苏轼，把朝廷里那班庸庸碌碌的奸邪小人骂得够狠的了。不过，司马光觉得这诗说出了他的心里话，有种感同身受的畅快。再侧脸望了望身边的范纯仁，见这个“范胖子”我心如秤的脸上有种对苏轼无比赞同的表情。司马光又别过头去望了望谢道姑和老妪。谢道姑自然是懂苏轼这首诗的意思，一脸很是崇敬的神情。最有意思的是那个又痴又聋的老妪，她哪能懂得苏轼的诗，却快活得不得了，对着苏轼直伸大拇指，嘴里叽里呱啦不知夸了苏轼些什么。不过，最高兴还是吕诲。司马光看到，吕诲一脸的兴奋、一脸的愤慨，又挣扎着要起来，大概要对苏轼说些什么。

此时，寝房里原先的沉重气氛消散了，竟然欢乐起来。这当然是司马光最希望有的气氛。但就在此时，司马光感到躺在大八步床上的吕诲脸上有种令人恐怖、很不对劲的神色。司马光探过头去，想跟吕诲说几句什么话，眼睛的余光中看到范纯仁、苏轼、王诜都把头探过去，一脸的恐惧和难受。司马光感到大事不好，耳边就传来谢道姑和老妪令人惊心动魄的哭声。司马光再把头往吕诲身边探过去，见吕诲想睁开眼睛再看一看寝房里的人，却没能再睁开来，只是瞑目在床，脸上有种今愿未了、愤叹不已、死而有憾的表情。

司马光感到受了重重地一击，想起吕诲三居言责，皆以弹劾大臣而罢官丢职的往事，特别是这次以十大罪状弹劾王安石的动人心魄的场面；又想起现在朝廷奸邪小人当道，忠臣贤士纷纷外放地方的情景，不由得扑在床上，失声痛哭起来。

司马光感到寝房里到处都是哭的声响。司马光也不知自己哭了多久，感到有人猛地把他扳了起来。他回头一看，是站在他右侧面的范纯仁把他扳起来的。司马光正想问问范纯仁这是为何，泪眼中只见范纯仁抬了抬下巴，要他看前面。司马光转过脸去，朝前一看，模糊中一件奇事出现了。躺在大八步床上的吕诲突然抬起半个身子，张开有疾的双目，只对着司马光说："天下事尚可为，君实勉之！"

司马光感到寝房里的空气都凝固了，每个人都像木雕人一样一动不动，就是那个又痴又聋的老妪也呆呆地站着。吕诲的儿子吕由庚则一脸的悲痛，眼睛里有了泪水。这是司马光最想听到的话，但也是他最不敢相信的话。然而，这句话出自他最看重的吕诲之口，他又不敢不当一回事。司马光身子转了个半圈，看了看寝房里的每个人。王诜虽然对朝中那些奸邪小人并无切齿之恨，但一脸的笑容表明他对吕诲的话深信不疑。苏轼虽说对王安石这个人始终看不透，但对吕惠卿这班奸邪小人却是从外到里都看得清清楚楚的，当然希望吕诲的话能成为现实。司马光看到苏轼点了好几下头。范纯仁很是得意地对着司马光笑了笑，好像在说：怎么样，我在路上说的话不错吧？天下事成败往往在瞬间，确实是谁也说不准的。把吕诲看成了不得的大英雄的谢道姑，见一房的人都把吕诲看得这么重，更是一脸的兴奋、荣光和得意，对吕诲的话自然更是深信不疑。那个又痴又聋的老妪高兴地伸出大拇指，在空中两手乱舞。

不过，司马光的信心不是那么容易鼓起来的。现在的朝廷，王安石那班奸邪小人是赢家，他和吕诲都是输家。现在还看不出事情有什么转机的苗头，就是今后很长的一段时间里，恐怕还很难看见这种苗头。也许有时会出现一些意想不到的情况，但这并不是转机苗头。都说司马光学富五车、通古今之变，其实这并非过誉之词。司马光总有些想法要比别人想得更远、更深。此时，他也觉得吕诲的话不是没道理，天下事确实尚可为，但真正的转机，只有等到一个人不在了。司马光的这个想法是明确的，但同时也叫司马光感到无比恐惧。司马光永远都不会把这个想法说出去。他不知道这个人什么时候不在，也不知道这个人不在时他还在不在这个阳世上。但只有等到那一天，天下事才真正可为。司马光很清楚，吕诲刚才突然而起对他说的话，恐怕是他最后的一句话。吕诲最后一句话，把大宋天下未来之事的希望寄托在他身上，这当然是信任，更是责任，是万万不可推卸的，更不能欺骗吕诲。

司马光看到，寝房里的人都在望着他，就是那个又痴又聋的老妪也睁着眼睛望着他。吕诲那双有疾的眼睛更是一动不动地对着司马光。所有的人都在等着司马光的回答。司马光想了一会，对吕诲说："司马光敢不勉乎！"

司马光看到，寝房里的人都望着吕诲了。吕诲听完自己的话，那张瘦得不成人形的脸上出现了一种难得见到的笑容，那么从容，那么甜美，那么灿烂。

司马光又问："献可，你还有什么要嘱咐的吗？"

过了一会，吕诲的嘴张开了，说了一生中的最后两个字："无有。"

司马光注意到，吕诲说完这两个字，躺在大八步床上，很平静、很安详、很慈善、很满足地闭起了双眼，再也没有睁开来过。吕诲就这么走了，享年五十八岁。吕诲的这种死法，很可敬，也很可笑；很可怜，也很可恨。海内闻者，无不惜之。

不过，吕诲去世后的第二天，司马光却很反常，出人意料之外地向当朝天子赵顼呈送辞职札子，要求解除一切官职，以散官的身份领取俸禄，安心去洛阳编撰《资治通鉴》。这以后，司马光在洛阳埋头撰写《资治通鉴》，十五年闭口不谈朝政。他不是忘记了吕诲的话，恰恰是把吕诲的话埋在心里的最深处，只是在用一双冷眼盯着王安石那班小人的一举一动，静静等待他认为真正转机出现的那一天到来。从此，朝廷新旧两派矛盾愈演愈烈，斗得你死我活，谁也不让谁半分。

第五十三章　秦州府动刀枪发兵和番寨 李师中碍手脚调离秦凤路

时间一晃，就是三年。熙宁七年仲春二月的一个清晨，秦州知府李师中身穿三品补服，骑着高头大马，与同样骑着高头大马、手提关刀的秦凤路钤辖向宝沿着通往边境和番寨的官道急驰，在他们后面是支上百人的骑兵。这些骑兵都是最近来秦州边关更戍的禁军，个个盔甲鲜亮，手执五花八门的明晃晃兵器。这支骑兵所过之处，卷起的烟尘像条令人可怖的大蟒沿着官道向前游去。骑兵后面，一大帮挑夫挑着这支骑兵一路上吃的、用的东西，拼命往前赶，但怎么也赶不上，距离越拉越长，渐渐这一大帮挑夫落到官道另一头的下面，再也看不到了。

李师中与向宝并辔前行。李师中没跟向宝搭腔，独自想心事。李师中身在边关，心却常想着朝廷。这三年，司马光辞去一切官职、一心编撰《资治通鉴》，朝廷里再也听不到什么人对新法说三道四的了。朝廷自在了，一片死寂。王安石新法按部就班，一年一年施行下去。天下二十三路州县长官凡卖力施行新法的，都得到提升，越是卖力的提得越快；凡不卖力的、阻碍新法施行的，撤职的撤职，查办的查办，没一个有好果子吃。朝廷的邸报和二十三路送到秦州来的抄报，李师中每天都要看，从中得知：最令人眼热的是京东东路青州临朐县令颜文华，走大运当上了青州太守；拣了个大便宜的是河北西路相州安阳县那个糊涂无用，只有几个字写得还好的县令万常礼，当上了相州通判；最让人料想不到的是淮南东路亳州永城县令黎正岳，竟福星高照，鬼使神差当上亳州通判；最惨的是青州临朐县那个呆子县令，给弄了个撤职查办，削职为民，永不叙用，回老家当私塾先生，靠教几个孩子糊口。

这三年中，大才子苏轼终于得到提升。熙宁四年七月，苏轼当上了杭州通判，但官阶还是七品。李师中并不认为苏轼有多么大的吏才，但诗文确实写得漂亮，有才气，当个太守还是可以的。不管怎么说，苏轼总比万常礼能力强吧？万常礼能当通判，苏轼怎不行？这也太说不过去了。不过，李师中对苏轼这次提升到杭州去当通判，觉得内中有蹊跷。李师中觉得，朝廷里王安石那班得势小人怕苏轼留在京都开封。苏轼这个人嘴巴不好，直言无隐，口无遮拦，常常对新法冷嘲热讽、横加指责；对朝中那班奸邪小人，更是一点面子也不给，总把他们骂得狗血喷头，与其让他当京官，不如赶他去地方当官。当然，赶也要赶得漂亮。这次朝廷让苏轼去杭州当通判，能瞒过不少人的眼睛，却瞒不过李师中的眼睛。只要仔细想想，就能发现这里的名堂。表面上看，苏轼提了官；深处一想，不对劲了。苏轼是以太常博士的官衔、直史馆的职衔，到杭州去当通判的。苏轼的官衔太常博士不过七品官，与官告院判官和十年前苏轼在凤翔府当签判完全一样，品秩未提，只是官职变了。李师中是个明白人：让苏轼去当杭州通判，实际上是封住苏轼那张无遮拦的嘴，免得他在朝廷胡说八道。李师中后来打听到，按照吕惠卿的意见，只能让苏轼平调去一个偏远的地方当官；王安石对苏轼还算客气，提了苏轼的官职，且是去富庶繁华、山清水秀的杭州当通判。苏轼的官职总算高迁了，还是可喜可贺。

这三年中，朝中有位大臣去世了。熙宁五年八月老执政欧阳修薨，赠太子太师，谥号“文忠”，经纬天地、道德博闻曰“文”，危身奉上、事君以诚曰“忠”。这个谥号算是很高的了，朝廷对得起他。李师中对欧阳修谈不上好感，但也没什么恶感，只觉得这个人太不注意检点自己，老被人抓住男男女女上的事，给弄得灰头土脸见不得人。好笑的是，欧阳修是反对王安石新法的，对青苗法尤其厌恶，但欧阳修去世后，王安石还像模像样写了篇《祭欧阳文忠公文》，寄托哀思，上有“临风想望，不能忘情”之句。不少人认为王安石君子心境，浩不可测，亦不可以常人度之。李师中觉得，王安石这个人伪，真有点像吕诲说的，是个少正卯、卢杞那样大奸大诈之人。

李师中清楚，朝廷自在了，平静了，西北这场对西夏的战事不可避免了。李师中骑在马上，以手加额，望了望前面广袤的荒原。仲春二月，在多雨的江南已是桃红柳绿、野草萋萋，一派春意盎然景象。但，从去年秋天到现在，五个多月，中原王朝北方大片土地因亢旱未雨，麦苗干枯，五谷不生。秦州边关一望无际的荒原上，到处是一片干枯景象。北边那抹把更为苍莽荒凉的沙漠挡在外边的起伏山峦，还有裸露着褐黄色的土地，显得格外贫瘠粗犷。原先一小块一小块点缀在远远近近平缓坡丘上的青草早就枯死了，黑色的枯茎也早不知给边关的风吹到什么地方去了。以前总能遇到的洼地里一点水也没有，龟裂处卷起丑陋的干枯地皮。天上见不到魔鹰，南飞的大雁也不回；地下见不到松鼠、野兔、野鸡，颈脖子长长的鹧鸪也不知躲到什么地方去了。天空没一丝云彩，蓝得出奇，蓝得一丝不挂，蓝得令人怵目惊心。

李师中这天去和番寨，与五年前深秋那次不同。那一次，李师中领着一伙人扮着商人，为的是秘密会见西夏皇族侍卫马军司都指挥使李清将军。那一次秘密会见是很成功的，李师中精心设计了一个镇戎军六百禁军和全寨乡兵、蕃兵，围杀探子的军事行动，让向宝狠狠地满足了一下砍人的快感。李师中趁乱在福全客栈会见西夏皇族李清将军，李清将军给他送来西夏国主李秉常用蕃汉两种文字写成的黄绫横轴国书。就这样，李师中在人不知鬼不觉中为朝廷做了件大好事。西夏不仅愿对大宋称臣，并愿以河南大片土地归宋，只求大宋助西夏皇族灭掉西夏后族，杀掉西夏后族那个专权的坏女人太后梁氏。这真是一着高明中的高明棋，大宋用不了多少兵力，就能轻轻松松得到河南大片土地。可惜朝廷里都是些不知兵的草包在混饭吃，什么也不懂，却指手画脚、说东道西，简直盲人瞎马一个。王安石就更别提了，放着这着高明中的高明棋不走，却要听那个神经有毛病的王韶的，一开始就拒绝与西夏皇族接触。这个王安石，你说他迂，他又好像挺世事洞明、老谋深算，根本就信不过李清和西夏皇族，也根本信不过西夏国主李秉常，说什么夏人狡黠多谋，从李继迁，到李德明，到李元昊，到李谅祚，没一人老实过，如今的李秉常岂能老实得了？李师中虽然进士出身，是个读书人，并不呆。李师中也从不相信西夏人，但西夏皇族现在有求于大宋，不拿出大片土地出来，行吗？这才是问题的实质，说不迂又迂得可以的王安石竟看不到这一点，放着河南大片土地不要，也不等西夏皇族与后族火并，却全力支持王韶先取武胜城，然后对河州、湟州用兵，规复河、湟，断西夏右臂，从而对西夏形成夹击之势。想是想得很美！河州的木征，同湟州的董毡都不是什么好惹的东西；况且，董毡是木征的叔叔，二人同宗。不错，河、湟本是中原王朝的国土，但那是两百年前的事了，现在要把河、湟收归大宋，木征与董毡岂能不拼死抵抗？特别是这个王安石，无论王韶想干什么，都支持。王韶想垦田，王安石就说垦田是个好主意。王韶说在边关设市易司，王安石就要秦州府拿出三十万缗钱让王韶在和番寨开边市，让北辽人、西夏党项羌人、吐蕃发羌人、中原内地人来此地做生意，把个边关搞得乌烟瘴气、一塌糊涂，弄得边关不像边关，整日里人来车往，川流不息，谁也没办法分得清这些人中，哪些是真正的生意人、哪些是北辽西夏吐蕃的探子。李师中越来越清楚地感到，他日乱天下者，必王安石也。好些场合，特别是酒喝得有八九分醉的时候，李师中还以此言为赌：此言不验，誓不为官。

官道上人来车往的不少，一伙伙骑着高头大马的商人赶着一辆辆驮满货物的驴子，往和番寨走去，很有点前不见头、后不见尾的感觉。日头有十来丈高了，李师中与向宝领着这支上百骑兵的队伍在官道上起伏着，拖着被切成一条条的白色日光往前跑。这支骑兵所过之处，行人赶紧往路的两边躲去，商人也赶紧命车把式把驴子勒住，尽量往路边靠。有个卖鸭的小贩挑了一担鸭，动作迟缓了些，装鸭的竹筐被一个骑兵的马蹄带了一下，卖鸭的小贩打了个趔趄，强扭着身子，结果脚立不稳，摔倒在地。两筐鸭散了，扑腾乱跑。路上的行人都笑栽了，骑兵也都哈哈大笑。卖鸭的小贩赶紧爬起来去捉鸭。

一路上李师中没跟向宝搭话，不仅因为自己的这些心事完全用不着跟向宝讲，弄得不好反坏事，更主要还是因为这次秦州边关要出大事了，不好跟向宝说。去年年底，晋升为枢密直学士、洮河安抚使、通远军知军事的王韶率领通远军两万精兵，冒着塞外苦寒，沿途修筑堡寨，安放粮草，孤军深入荒无人烟的河州地区，先取武胜城，再成扇子面对河州形成包围。王韶这一仗，转战一千八百里，拿下了河州，接着又攻下了岷州、叠州、宕州，拓疆近三千里，招附吐蕃发羌人三十余万口。可惜的是木征带着身边几百人往湟州方向跑了，去找他叔叔董毡搬兵。王韶这个人还是精，接着就带兵去追。按说这回木征死定了，但就在此时，枢密院有令：着枢密直学士、通远军知军事王韶回京都开封朝廷复命，禀报河、湟战事。王韶只好眼睁睁望着木征带着几百人消失在茫茫的荒原之中。王韶留下六千通远军给河州知府景思立，自己回京都开封。王韶刚出秦州城，木征就卷土重来。湟州董毡又派副将鬼章率兵两万前来助战，把河州团团围了起来。景思立并非草包，很能用兵，把军队分成前后左右四队，各有主将，互有照应。鬼章还真“鬼”，紧急关头，悄悄分出一支人马，包抄到景思立后面。没料到后队主将避战，景思立被围，兵败阵亡。余下的兵退回河州城，死守待援。好笑的是消息传到开封，朝廷里一大帮人以为找到个好机会，上疏天子赵顼，要朝廷干脆放弃河州，把所占领的土地都还回去，保持原样，好好的打什么鬼仗。李师中不知道回京路上的王韶会不会气得呕血，但肯定是高兴不起来的。当然，李师中觉得王韶这个人到底嫩了点，知兵而不知政，知边关而不知朝廷。在这点上，李师中与文彦博不谋而合。京都开封朝廷里的那些人，安享惯了养尊处优、舒舒服服的太平日子，谁愿意打仗？仗打赢了，还要说三道四；仗打输了，就更是有话可说了。李师中觉得还是自己五年前那个主意好，不战而屈人之兵，用少量的兵就能得到河南大片土地，堪称上上策。不是李师中夸海口，说大话，要是朝廷肯大用他，不要说一个小小的西夏，就是再加上一个北辽，他李师中也对付得了。要不，前朝先贤范仲淹、本朝前辈富弼怎么会荐自己有王佐之才呢？王佐之才，也是人人能有的？这些话，要是跟向宝说，岂不是对牛弹琴？特别是牵涉朝廷之事，岂不是要给自己添麻烦？这倒不是说向宝会把自己卖了，向宝没这个心计，也没这么坏。李师中只是担心向宝在酒桌上喝多了酒，发起酒疯来就管不住自己的嘴，乱说一通，把自己的这些话捅了出去，自己就百口莫辩，死定了。

李师中不跟向宝说话，这会向宝却要跟李师中说："这次还是在福全客栈打尖？"

李师中知道，向宝这个军汉武夫又想砍人了。福全客栈是五年前李师中与西夏皇族将军李清秘密会见的地方，那一次李师中让向宝狠狠过了把砍人的瘾。这一次，李师中当然还是要让向宝过把这个瘾的。不过，这次不让向宝砍人还不行，否则李师中的目的就达不到。这一次，李师中去和番寨是要为朝廷做件更加人不知鬼不觉的大事。这件大事做成了，不仅五年前他深思熟虑的那着高明中的高明棋活了，且那个令人头痛、令人讨厌的王韶也得从秦州滚蛋。当然，这件大事不好做，比上次秘密会见西夏皇族将军李清难多了，风险也大多了，弄得不好不是王韶从秦州滚出去，倒恰恰是自己从秦州卷铺盖走人。但，富贵险中求，怕冒险能配得上王佐之才？既然自己有王佐之才，就得干件只有王佐之才的人才能做出的事来。

李师中："是呀，但愿这是最后一次跟福全客栈打交道。"

李师中看到，向宝开心地哈哈大笑起来，脸上的横肉一坨坨堆了起来，又粗又黑的连腮胡子张开着。向宝有仗可打，就不再说什么了。李师中又独自想心事。李师中对自己从来是充满信心的。他虽然身在边关，但对朝廷上的事还是挺关心的，耳朵也挺灵通。熙宁三年司马光做了件大蠢事，那么早就去想把王安石扳倒，能做得到吗？天子赵顼对王安石那么心醉魂迷、言听计从，君臣如同一人；新法又没施行多久，各种弊端还没完全显露出来，岂是你司马光能扳得倒的？后来这个司马光又吓怕了，躲在洛阳编撰《资治通鉴》，再也不敢对朝政放半个屁。什么学富五车、通古今之变，看起来司马光也就那个样子。司马光没把王安石扳倒，自己倒从朝廷滚了出去。现在朝廷的事很难办，中书省、乌府台、翰林院这些顶要紧的衙门都换上王安石的人了。枢密院倒没一人是王安石的，但文彦博这个人心术超深，不可测度，听说司马光离开朝廷后性情态度全变了。这个枢密使霸道的时候也挺霸道，但如今一点都不霸道了，相反十分温和起来，也不再言新法了，只是有时陪天子聊天时讲讲太祖太宗制定各项朝纲法令的故事。李师中觉得，文彦博怕成这个样子，自己要想为朝廷做些什么事，别指望他能帮什么忙了。新进的冯京只是徒有虚名，这个三元及第的状元并不知兵。以前，李师中曾把自己那个趁西夏皇族与后族火并，与西夏皇族结盟灭掉西夏后族，尽得河南之地的谋划写了份信札详呈文彦博，未得半点回声；冯京当上枢密副使后，又写了份信札给冯京，亦石沉大海。李师中很是灰心，觉得自己真是生不逢世，自己这么高明的谋划竟然找不到一个帮他说话的人。可惜赏识自己的范仲淹早谢世了，另一个赏识自己的人富弼也致仕在家无权过问朝政，自己空有一番良谋，也只能仰天长叹。李师中只能耐心等待机会的到来。这一天，机会终于等到了。前些日子李师中曾上疏给天子，告了王韶一状，言王韶设置市易务有二害而无一利。一害：以往边关不开边市，边关都难得太平无事，北辽胡人、西夏党项羌人、吐蕃发羌人都要来抢劫；如今官府开边市做生意，这么多白花花的银子、数不清的绫罗绸缎往边关运，恐怕不只是让各路强人眼红，北辽胡人、西夏党项羌人、吐蕃发羌人都要发兵来抢。二害：以往边关民间做生意，多可赊贷，灵活得很，盈亏官府皆不管，如今官府做生意，允许赊贷，不还官府要亏，不许赊贷东西卖不出去，官府亦亏；王韶开市易务以来，赚了点钱，就头脑发昏，听说这一次要做更大的生意，市易务一次就进了三十多万缗钱的货物。三十万缗钱不是个小数字，这与朝廷给北辽的岁币一样多。官府这么多货物要是出了差错，到时候这三十万缗钱血本无归，责任就大了。李师中听说他这份奏疏非同小可，天子赵顼看了又看，有罢边关市易务的意思；文彦博、冯京都认为他的话有道理，请求天子关闭边市；就是王安石对此也不敢小觑，连忙找吕惠卿、曾布、邓绾一班人商量。天下事总是风水轮流转，这回也该李师中走运了。前天，和番寨蕃兵都头徐保生来报：二月初六，北辽胡人、西夏党项羌人、吐蕃发羌人以及内地汉人，共有四帮强人要抢和番寨市易务的货物；这四帮人现已陆陆续续进了和番寨，只等人到齐了就动手。李师中很高兴，他当然不是一种幸灾乐祸的高兴。李师中没那么浅薄，知道保护官府的财货是自己这个兵民大权一把抓的知府的责任。当天，李师中就从神龙卫调了来秦州换防更戍的一千禁军，连夜秘密开往和番寨，准备捉拿抢市易司务的四帮强人；又派人传令和番寨都头徐保生把寨子里的蕃兵都调集起来，把守好四大寨门和各路路口，严查来往商客和行人；今天一早，自己和向宝还带了这上百骑兵去和番寨。李师中高兴的是捉住这四帮强人后，看王安石、王韶还有什么说的，边关的市易务肯定要撤了，王韶再要在秦州待下去就难了；王韶走人了，他那个高明的谋划就可以派上用场了。这等机要大事，能跟向宝透出半点风声吗？那不是神经出了毛病？李师中会做这样的傻事？

李师中有时望望官道上的过往商客行人。这些人，去和番寨的多，往回走的少。往回走的，步子不那么快，却一脸喜色，显然是买到中意的东西，或自己的东西卖到个好价。往前走的，步子快多了，一脸的行色匆匆中可见一种气派和信心。天下熙熙，皆为利驱；天下攘攘，皆为利往。这些人得到好处，自然高兴，李师中觉得这很正常，没什么值得大惊小怪的。不过，李师中发现，在这些过往商客行人中，有不少逃荒的难民夹在其中。这些逃荒的难民，一个个破衣烂衫，菜色的脸上脏兮兮的。有的背上还驮着个小孩，小孩瘦得皮包骨头，细细的颈脖子撑着个大头，好像随时都会掉下来。李师中清楚，这肯定是去年秋天北方那场亢旱惹出的事。秦州这个地方也很苦，要不是这场亢旱，谁会跑到秦州这个穷地方来逃荒？

李师中还看到，无论往回走的，还是往前走的，自己和向宝率领的这支骑兵从身边急驰而过时，这些人脸上都会显出一种受惊、担心和多少有点疑虑的神色。这些年来，王韶可说是春风得意，出尽了风头。不仅官至枢密直学士、洮河安抚使、通远军知军事，且提举秦州市易司务。这市易务并不归地方官府管辖，直接听命于朝廷。也是合该王韶走运，这些年来，市易务的生意做得风生水起，和番寨开边市以来也还算太平，只不过偶有些小贼在寨子里光顾一下，未出什么大乱子。况且那些个小贼给蕃兵捉到了，总要打个半死，不少还给活活打死。这些小贼哪敢来寨子，秦州也从未发兵去和番寨。但今日有四帮强人要来抢市易务，秦州不发兵不行了。不用说，这四帮强人都是亡命之徒，且有过人的武功，岂是寨子里的蕃兵所能对付得了的？特别是北辽、西夏、吐蕃的那三帮强人，抢了就跑到境外，秦州不发兵肯定要出事。今天官道上来了这么多骑兵，这些过往商客行人自然感到惊疑。好在二月初六李师中秘密派了一千禁军开到了和番寨，要是今天一道来，这些过往商客行人就更不知要惊疑成一个什么样子。

向宝又忍不住跟李师中说了一句话：“娘的，那个没根的人不会再来了吧？”

李师中清楚，向宝问的是五年前曾到秦州视师、检察将士的后宫御药院干当官李宪。向宝对派到军中来的太监从来没个好脸色，把他们嫌得像坨狗屎，只因为是长年累月生活在天子身边，又常跟太皇太后曹氏、太后高氏以及向皇后打交道，又是天子派来的，向宝才总忍着，没敢发作，也不敢对李宪做出什么无礼之举。不过，李师中对李宪的印象有了很大的改变，与五年前的看法大不同。李师中觉得这个太监与别的太监不一样。此太监并不傲慢无礼，也不盛气凌人。说句实在话，一个太监能做到这点已经很不错了，犯不着那么嫌李宪。当然，要说李师中对李宪很满意，也不是。李师中最不满意的是李宪把王韶看得太高了，高得有点叫人作呕。上次天子要他来秦州视师，这个太监却来助王韶。王韶干什么，这个太监都觉得是好的。王韶要垦田，这个太监就说开出的田可在边关招募弓箭手耕种；王韶要设市易务开边市，这个太监就说边市赚钱容易，可获商贾之利，赚不少钱，还几次跑到和番寨去看。听说回到京都开封复命，这个李宪还在天子赵顼面前说了王韶不少好话。

李师中：“谁也挡不住的，肯定要来。听说要当洮河安抚司干当公事，再不只是视师、检察将士，还要带兵打仗。”

向宝又哈哈大笑起来：“这个没根的人敢？”

李师中不想跟向宝再啰唆什么了。李师中尽管对李宪的印象有了很大的改变，但太监毕竟是太监，这种人要是在天子面前说上你几句坏话，总不是什么好事，犯不着得罪这种人。

向宝却突然对李师中说：“大人，向某知道什么叫王佐之才了。”

李师中觉得自己无法不跟向宝搭话了。以前，向宝多次问过李师中，何为王佐之才？李师中没理他，根本不愿回答这一问题。这一来是范仲淹、富弼在天子面前举荐自己时说的一句公道话，犯不着四处张扬。知我者，谓我文韬武略、满腹经纶，堪当鼎辅大臣；不知我者，谓我目中无人、无知狂徒，让人笑话。这二来是向宝是个胸无点墨的粗人，跟他讲这些话很累。但现在向宝知道王佐之才是怎么回事，又另当别论了。李师中转过脸去："愿闻高见。"

向宝："王佐原来是个跟诸葛亮一样有上知天文、下知地理、能掐会算、会摆九卦阵之才的人，比帮着秦王李世民扫平天下的徐茂公还厉害。大人，你是王佐，向某不跟你跟谁？以后你到哪里，向某跟你到哪里，上阵砍敌，九死一生，报效朝廷！"

李师中差点没笑出来。李师中一点也不怀疑，向宝这些话都是认真说的，也句句都是真心话。这个向宝，实在是个无知得要命却又憨得十分可爱的人，竟然把"王佐"说成是个姓王名佐的人。李师中问："向将军听谁这么说的？"

向宝："大人不知道秦州城隍庙旁边有个叫刘半仙的算命瞎子？这瞎子嘴巴灵，秦州城的人都信他。他告诉我的。"

李师中到底还是笑了出来。这个算命瞎子称个"半仙"倒也名副其实，此人只能望文生义，对"王佐"做个想当然的解说。李师中不想再难为向宝了："向将军，王佐不是一个人。'王佐'其实就是'佐王'，辅佐天子成大事的意思。"

向宝脸上现出一种恍然大悟的样子，又说："反正都一样，辅佐天子成大事之才，也就是跟诸葛亮一样的才。大人，你有'王佐'才，就是诸葛亮再世，向某就服了大人。"

李师中倒没有跟诸葛亮相比的意思，话说到这个份上就不要再说下去了，再说下去就显得自己太轻狂了。李师中夹了夹马肚子，让马往前蹿了几步，与向宝拉开好几丈的距离，明显表示自己再也不想跟向宝说什么了。约莫巳牌时分，李师中和向宝领着的这支上百骑兵到了和番寨。和番寨蕃兵都头徐保生早在寨门口迎候。李师中交代徐保生：从现在开始，和番寨任何人只许进，不许出，违令者，格杀勿论！徐保生回李师中话：和番寨的蕃兵早按李大人的吩咐布置妥当，别说没任何一个人出得了，就是一只苍蝇也飞不出去。

李师中感到和番寨门前有了一种紧张而又清肃的气氛。李师中整了整三品补服，与向宝领着骑兵进了和番寨。五年不见，和番寨变化不小。前面街上比以前更热闹了，一群群赶市的人挤过来、挤过去，吆喝叫卖声很疯狂也很诱人；街两边的地摊、菜摊、肉案一个连着一个，坐在店铺账台上的商家店主都堆着笑望着进店的顾客；瞎子、乞丐、残疾人唱着怪声怪调的歌，伸出肮脏的双手乞讨。街上也有了逃荒的难民，跪在街两边的店铺门的侧边地上，面前放只破瓦罐，对着过往的人拼命磕头。李师中有了五年前来到和番寨的那种感觉：明知道用不了多久，和番寨要发生一场恶斗，但李师中此时不能告诉他们，告诉了也没用，没人信，都会以为他在说瞎话，在戏耍他们。这很残酷，很无奈，也很好笑。

李师中进了寨，却发现五年前大街旁边那条窄巷不见了，窄巷两边的地摊、店铺以及福全客栈对面空地上的算命测字先生、掷骰子赌博的人、变戏法的耍猴人也都好像变戏法一样不知躲在什么地方去了。如今显现在李师中眼前的是一条通往福全客栈的新街。新街很宽，两边全是客栈。客栈都大门敞开，有许多人进进出出。前面不远处的福全客栈进出的人更多，穿什么服装的都有，有穿唐装的，有穿胡服的，还有穿羌衣的，看起来福全客栈店主包德福的生意越做越大，发大财了。不过，更引起李师中注意的是福全客栈对面一座带院落的大宅。大宅大门上方挂着一块很有气魄的巨大匾额，匾额黑底上赫然大书着五个很有气魄的金字"秦州市易务"。那里进出的人比福全客栈的人还多。李师中再仔细看看，一些穿高丽、交趾、天竺服装的也杂在其中。这么看来，王韶不仅跟中原王朝西北境外的人做生意，还跟中原王朝的东边、西南边、南边的商贾做起生意来了。

李师中的第一感觉就是天下许多人做过许多错事，但谁都没有王韶把市易务设在秦州边关的错处大。李师中真的是百思不得其解，像王韶这么聪明的人，怎么会做出这等傻事。市易务做买卖，本身就是惹祸的事；又有三十万缗货物，还能太平得了？市易务周边这么多客栈，什么人没有？市易务设在这里，岂不是无异于在老虎的口边做买卖？李师中越来越觉得自己今天的行动无比正确。李师中在马上掐指算了算，王韶是正月二十六日离开秦州去京都开封的，只带了十来个扈从兵，快马四五日就可赶到京都开封。李师中无法知道王韶在京都开封会待多久，但有一点是肯定的，只要王安石在朝廷，无论文彦博怎么绞尽脑汁，都别想把王韶从秦州挤走。前几天，李师中得到消息，王安石在朝会上滔滔不绝对那些反对在秦州边关开市易务的人说了一通狠话："西北那边西夏党项羌人、吐蕃发羌人有钱的富户，财产上二三十万缗钱的人不在少数，这些人尚不畏劫夺，难道大宋王朝的威灵乃至衰落到如此地步，竟怕几个强人来抢劫？打仗其实就是打钱，秦州市易务成立以来，做了几次大买卖，给朝廷帮了大忙，这应该是天大的好事。可笑得很，现在朝廷大臣不去想法对付强国，竟然怕这怕那，装穷躲贼，这像个什么样子！想对付强国的人反受到非难，这还有天理吗？”许多人都说王安石能言善辩，强词夺理的话经他的嘴一说也能言之成理。听到王安石这段话后，李师中觉得王安石确实把歪理说成正理了，但同时也更认定王安石必将乱国。好笑得很，西夏党项羌人、吐蕃发羌人中财产二三十万缗钱的富户不怕抢，也能成为市易务做生意买卖的理由，如果这一条理由成立，那么只要西夏党项羌人、吐蕃发羌人不怕的事，我们都可以去做了？他们不畏中原王朝的天子，我们可以不畏吗？但王安石却能把这样的话说得理直气壮、振振有词。听说朝会上天子赵顼龙颜大悦，群臣无人出声。李师中得出的结论是：王韶必很快回秦州。这一来是要他领兵去解河州之围，不允许王韶拖延时间；更主要还是要他去规复河、湟，趁王安石还在朝廷，把这一仗打到底。天下事变数大得很，谁知道王安石能在朝廷待多久？王安石当相公已经有六年了，够长的了，谁能知道他还能干多久？王韶一点也不糊涂，知道不抓住王安石还在朝廷这个好机会，在河、湟打上一仗，实现他在《平戎策》里提出的规复河湟、夹击西夏的谋略，就永远没机会了。

李师中清楚，王韶回到秦州，自己许多事就难办了。李师中必须趁王韶不在秦州，赶紧把这四帮强人逮住，看王安石还有什么话可说。李师中又夹了夹马肚子，马往前蹿了几步，不过到了福全客栈门前，李师中却拨转马头，朝对面的市易务走去。李师中听到向宝在后面喊：“大人，福全客栈在对面。”

李师中心里暗暗发笑，像他李师中这样有王佐之才的人竟然会不知道福全客栈就在市易务的对面？他今天就是要来个突然袭击，打市易务的一个措手不及。李师中也不给向宝搭话，只是往福全客栈对面的市易务走去。到了市易务门前，李师中从马上跳了下来。接着，向宝和后面上百骑兵也下了马。再接着，李师中高视阔步径直往市易司务走去。向宝手提关刀，赳赳大步，与那些手执兵器威风凛凛的骑兵紧跟在李师中身后，很是令人可怖。市易务门前有五六个人正忙着对进进出出的人迎来送往，李师中、向宝和一大帮兵士上了市易务的台阶，把他们吓慌了。那些要进市易务的，不敢进去了；出去的像碰到鬼，转眼走光了。

市易务门前的气氛立即紧张起来。李师中清楚，市易务门前那些人并不认得自己，但从李师中身上的三品补服知道他是谁。一个小小的和番寨，何曾见过这么大的官；再加上其身后又跟着一位一脸横肉、长着又粗又黑连腮胡的大将军和一大群盔甲鲜亮、手执兵器的骑兵，给吓成这个样子就一点也不足为奇了。李师中看到，市易务门前那些人，无一人敢上前来问半个字，只是怯怯地恭立在门前台阶上。李师中发现，有一人转身往市易务门里跑去，大概是去跟什么人通风报信，李师中高声把他喊了回来。李师中今天来市易务，就是要来个猝不及防，把市易务的事搞个水落石出，岂能让这人进去通风报信。

李师中注意到，那人回来了，抖抖地站在门边上，一脸等待挨揍的表情。李师中心里差点没笑出来，李师中今天来这里是干什么的？钓大鱼！你一个在门口搞接送的人算个什么东西？李师中岂会跟这种人过不去？李师中倒是从此人那种恐慌的神色中感到市易务里面的名堂一定不少。李师中与向宝很气派、很神气地进了市易务，那些骑兵也跟着拥了进来。李师中在市易务大堂前面的庭院里遇到市易务主簿。这个主簿瘦精精的，眼睛又小，一副贼头贼脑的样子，一看就知道不是个好人。这个主簿明显吓了一大跳，手脚都慌了，不过又急忙装出很镇静的样子，忙跪下给李师中叩头，嘴里不停地要李大人恕罪，说："李大人驾到，未及远迎，请李大人多多包涵。"这个主簿说完，从地上起来，恭立一旁，对李师中很巴结、很恭敬、很卑下、很甜蜜地笑着，样子很认真、很虔诚、很滑稽，也很难看。要是在别的地方，李师中会感到很受用，但今日李师中心里很不舒服。李师中从这个主簿身上，更感到市易务确实有名堂，同时也感到这个主簿是个极难对付的家伙。此人很懂得官场的一套，面子上给你应酬得好好的，但要从他嘴里抠出什么情况，恐怕没那么容易。

李师中很不客气地对主簿说："到你们货库去看看。"

李师中注意到，主簿的脸色变了，怪怪地看了李师中一眼，又怪怪地笑了笑，但就是站在那里不动一下脚。这下气坏了一旁的向宝。向宝把关刀在地上一顿，眼睛睁得圆彪彪的，对主簿吼了起来："你聋了，没听到李大人跟你说的话？"

那个主簿还真像聋子一样，对向宝的话无动于衷，仍旧站着不动一下。

李师中现在更是不怀疑了：市易务坐稳有大名堂。李师中不想跟这个贼头贼脑的主簿费口舌了，抬起脚往大堂后面走去。此时，李师中看到有个吏员模样的人在大堂旁边的侧门外向庭院这边探头探脑地晃了一下，就缩了回去，人不见了。李师中忙命两个骑兵去把那个吏员模样的人抓来。这两个骑兵，一个手执铁锏，一个手执铁锤，几步出了大堂旁边的侧门口；不多一会，就押着吏员模样的人从大堂旁的侧门过来了。李师中看到，这个吏员模样的人裤腰上吊着一大串钥匙，一问，才知道此人是市易务干当公事官。不过，这个干当公事官比起主簿来，就显得太没种了，见庭院里来了这么多手上拿着五花八门、明晃晃兵器的兵，魂早吓掉了，不晓得叩头作揖，只是呆呆望着李师中。李师中觉得这个干当公事比主簿好对付多了。李师中也不跟这个干当公事官啰唆什么，只是要他在前面带路，把李师中带到市易务货库去。干当公事官二话没说，转身就在前面带路。主簿吓慌了，脸色全变了，叉开两手，几步走到前面，拦住李师中。李师中对主簿挥了挥手，要他走开。这个主簿还是叉开两手。李师中身后一个骑兵一步上前，一掌推去，把主簿趔趔趄趄推到几丈远的地方去了。

李师中、向宝和骑兵跟着干当公事官后面，进了大堂旁边的侧门。市易务里面很深，李师中他们进了一个院落，又一个院落。在第三个院落，李师中见到院落里面有栋大房子。大房子两边的风火墙很高，前面、左边、右边都站有腰上挂着环首长刀，守卫货库的士卒。李师中看到，这些士卒刚发现有人进这个院落时，都非常警觉，也很紧张地把挂在腰上的环首长刀从刀鞘里拔了出来，一脸要拼杀的凶相。干当公事官回头望了望李师中，眼神在问：还往里走？李师中抬了抬下巴：一直往前走去。干当公事官这才又在前面走，李师中、向宝和一大伙骑兵在后面跟着。大房子那头的士卒怕了，老实了，环首长刀插回刀鞘里，一个个站着不动，一脸的戒备，也一脸的紧张和不解。

李师中、向宝和一大伙骑兵跟在干当公事官后面，来到大房子大门口，早有十多个骑兵把腰挂环首长刀的士卒赶到院落边上去。大房子的大门挂了把很大的锁，李师中要干当公事官把锁打开，干当公事官不敢违抗，从腰上把那一大串钥匙解了下来，取出一把，对着锁孔，瘦精精的小眼睛主簿挤了上来，插身在干当公事官和大门之间，不让开锁。

李师中注意到，那个一看就知道不是个好人的主簿脸上的神色与刚才的完全相反，没有半点巴结、恭敬、卑下和甜蜜，倒显出一种毫无通融余地、公事公办的神情。主簿："王大人有交代，没得到他的允许，谁也不能进货库。"

平日不上火的李师中火了。什么王大人黄大人的，王韶算个什么东西，在秦州就他李师中官最大，谁人不怕？不过，李师中没让火发出来，心里却重重地叹了口气。不错，在秦州虽然就他的官最大，但他管不了秦州市易务的事。秦州市易务只听命于朝廷，提举又是王韶，他李师中根本插不上手。李师中原以为王韶不在秦州，凭着他李师中的身份，要市易务的人打开货库，应该不成什么问题。然而，今日一个小小的主簿却公然挡他的道，不给他面子。不过，李师中益发觉得市易务这潭水深不可测，说不定有个惊天大名堂。李师中又高兴起来，只要能抓到市易务的这个惊天大名堂，他李师中就完全不用在乎朝廷里什么人，就是王安石也不用怕，至于王韶更是理都不用理。然而，此时他却很是一筹莫展。

向宝挤过来，对主簿吼："你不把钥匙拿出来，杀了你！"

主簿一脸凛然之色："在下不是你想杀就杀得了的，实在要杀，也要等王大人来。"

李师中注意到，向宝脸上的横肉一棱棱鼓了起来，要是秦州边关有哪一个将士敢这么对待向宝，那就绝对是嫌自己的寿命太长了些。但这个主簿不是秦州边关将士，向宝奈之若何？李师中看到，一向被李师中看成只喜欢动粗砍人、不喜欢动脑的向宝虽然没敢砍主簿，却动起粗来了。读书人讲斯文，向宝是个武夫，没那么多文雅举止，一掌把主簿推到远离大门的边上。主簿还想过去，几个骑兵把主簿拦了。向宝转过身来，一把抢过干当公事官手上的钥匙，再把干当公事拨到一边，亲自把钥匙插到锁孔里。主簿急得往这边冲过来，可路早被骑兵封死了。主簿把两只骨瘦如柴的手从骑兵人缝里伸出来，想抓住向宝。

李师中看到，向宝开了锁，又很不文雅地一脚把货库门踢开。向宝这回动粗帮了李师中的大忙。李师中第一个走进去，惊呆了，感到自己的两眼半日没动一下。整个大房子里空空如也，一样货物也没看到。市易务不是早就从官府拿了三十万缗去做买卖，怎么货库里什么东西也没有呢？现在真相大白了，怪不得市易务的人见到他会那么惊慌，主簿生死不肯开门，原来市易务确实搞了大名堂。好呀，李师中原是来抓强人的，没想到强人早抢先一步下了手，把市易务货库洗劫一空。可以肯定地说，市易务里有强人的内鬼，否则强人不可能做得这么狠、这么绝。李师中觉得自己理更直、气更壮了，用不着担心有人抓他的越职办事。越职就越职，现在李师中是替天子越职，谁奈何得了他！

李师中看到，主簿想挤过来说点什么。李师中用不着对他客气了，叫了几个骑兵把主簿和干当公事官推到货库里来，又叫十多个骑兵把那些守卫货库的士卒赶过来，一起关进货库里。李师中现在没功夫跟这些人啰唆，等他把大事办完了，再跟这些人一个个算账。

向宝把货库门上的锁下了。李师中留了十个骑兵看守货库，便转身往回走，没走几步，徐保生从院落外面跑来，向李师中禀报："都来了！都来了！"

李师中也不往下问，只以为是四帮强人都来了，便点了四十几个骑兵给徐保生。徐保生二话没说，带着这四十几个骑兵旋风般地出了院落。李师中也加快了脚步，往前走去。向宝和剩下的一大帮骑兵跟在后面。在出这个院落时，手提关刀的向宝追了上来，与李师中并肩走着。向宝望着李师中，扬了扬手中的关刀："向某手中的这个家伙又可开荤了？"

李师中："此言极是！"

向宝回头望了望身后的骑兵："这回就看谁有真功夫了！"

李师中没有回头，但从身后骑兵叽叽喳喳的言语中明显感到这些骑兵有种兴奋情绪。李师中十分欣赏向宝这一点：无役不往，奋勇当先；也很欣赏这些来秦州边关更戍的禁军，毕竟是从地方厢兵中挑选出来的精兵，比那些好吃懒做、游手好闲、无事生非、欺善怕恶，到兵营来只为混皇粮吃的泼皮无赖强多了。

李师中和向宝领着这一大帮骑兵很快出了市易务。李师中注意到，此时市易务门前的新街像遭到洗劫一样，人跑光了，两边的店铺都关上了大门，街上一片令人可怖的死寂。李师中越来越觉得他今日的举措无比及时了。不用问，今天四帮强人都会来和番寨。商人的鼻子多灵，一有什么风吹草动，就嗅到了，要不为何都关了店门？

李师中和向宝领着身后一大帮骑兵几步过了新街，到了对面的福全客栈。李师中看到，福全客栈店主包德福急急忙忙带着四个酒保从客栈出来，招呼李师中到客栈歇息。不过，这一次可不像五年前那样，李师中对包德福没一丝笑容。李师中看到，不仅包德福大吃一惊，向宝也一脸错愕。李师中并不答话，包德福正惊疑间，李师中看到徐保生领着十来个骑兵，饿虎扑羊般从福全客栈冲了出来，到了包德福和四个酒保面前，左边一人，右边一人，叉着包德福的胳膊，倒拖着进了福全客栈。四个酒保吓得面如土色，包德福的头摆来摆去，望望李师中，望望向宝，又望望徐保生。

此时，李师中听到，福全客栈的楼上楼下、院子里喊杀声、脚步声、马的嘶鸣声、兵器的撞击声四起，乱成一片。李师中知道，徐保生领来的兵已经动手打起来了。向宝等不得李师中吩咐，提着关刀就往客栈楼上冲去，后面的骑兵也跟在向宝后面往里冲，很有点要大显身手的意思。不过，向宝才上到半楼时，福全客栈的喊杀声、脚步声、马的嘶鸣声、兵器的撞击声却突然停了下来。接着，李师中就听到楼上有人在喊："拿下了！拿下了！全拿下了！"

李师中心中甚是得意。五年前，李师中曾在这里成功地组织了一场抓探子的恶斗，今日又组织了一场捉强人的厮杀。不过，这次更加人不知、鬼不觉，也更成功。从叉着包德福的胳膊开始，到所有的声音停止，不过一炷香工夫，就大功告成。一会，楼上有脚步声传来。一伙蕃兵把两个五花大绑的人押了下来。二人都商人扮相：一人着西夏党项羌人装，一人穿吐蕃发羌人服。几乎同时，院子后面也有一伙兵把两个五花大绑的人押了过来，也都是商人扮相：一人着胡服，一人穿唐装。李师中看到，向宝因为这么快就停止厮杀感到十分扫兴，那帮骑兵也有点为自己没能大显身手而兴致大减。仍被两个骑兵叉着胳膊的包德福惊叫道："李大人，这是为何？"

李师中根本不去理包德福，只是往楼上走去。李师中听到，楼梯上有一连串脚步声在跟着他上楼。李师中在临街的一间大客房门口停了下来，大客房的门和临街的窗都开着，里面一片狼藉，桌、椅、凳全掀翻了，到处都是破碎的茶碗瓷片，脏兮兮的带着汁水的茶叶也溅了一地。很显然，刚才在这间大客房里有过一番短暂的恶斗。李师中在这个房间门前停了下来，当然不是毫无用心。李师中站在窗口，朝窗外新街望了望。五年前，那里还是陋巷小街，一场恶斗厮杀把陋巷小街做生意的人搞惨了。人跑光了，一地的什物。李师中现在还清楚地记得，当街躺着四具尸体，有具还在流血。一只受惊的猴子在尸体边上蹦来跳去。当然，也是五年前，李师中就是在这个房间与西夏皇族的李清将军秘密会见。只是不知道现在李清将军那边的情况如何，说起来这只怪朝廷那班文官不知兵，又自以为是，迟迟不给对方一个回音，叫人家李清将军怎么再跟秦州这边联系。这些事现在也不用去管了，他李师中也管不了。但眼下包德福和那四个五花大绑的人，李师中一个也不会放过。

李师中很神气、很感慨地走进这间大客房，早有几个骑兵过来把桌、椅、凳扶了起来。李师中在椅上坐了下来，包德福和四个五花大绑的人一道被推了进来。跟着进来的向宝在一张条凳上坐下，手上还拿着关刀。徐保生和十来个骑兵都手执兵器，板着个脸，站在包德福和四个五花大绑的人后面。房间里一派杀气腾腾的气氛。

李师中："包店主，这些人都是在你客栈里抓到的，你还有什么说的？"

包德福两眼正对着李师中："李大人，你做了件大错事。快把他们放了，人家都是正经生意人。一会王韶王大人就要到了，人家都是接货的。"

李师中哈哈大笑："确实是来接货的，市易务货库里的货早给他们接光了。"

李师中注意到，包德福一脸的惑然。不过，就在此时，包德福侧耳听到什么，脸上忽然现出喜色，然后便一直往窗口冲过去。客房里的骑兵拖的拖、拦的拦，想把包德福挡住。包德福顾不得许多，仍旧往窗口冲，一边嚷："王韶王大人、李宪李大人来了！"

李师中也听到窗外新街头上有人欢马嘶的声音传来，便站起来，走到窗口，探头朝新街头上望去，但见有个马队驮了一车车货物往这边走来。马队前面有两骑急驰而来。李师中认得，左边那骑是王韶，右边那骑是李宪。李师中回过头来，看到四个五花大绑人的脸，不知为什么，李师中心里有了一种不祥之感，觉得自己在秦州的日子到头了。

窗外新街上的马蹄声越来越响，也越来越近。片刻工夫，马蹄声在福全客栈门口停了下来。再过一会，李师中听到楼梯上有了脚步声，接着大客房门外的走廊上响起了咚咚的脚步声。李师中一声不出了，大客房门口的骑兵往门外两边走廊挤了挤，让出一条路。再接着，李师中看到长得像深山老林的武林怪杰的王韶和下巴光光的李宪站在大客房门外。什么都不用说了，李师中知道自己要从秦州卷铺盖走人了。李师中望了望徐保生，以目示意，要他把四个五花大绑的人绑松。第二日，向宝来看望要离任的李师中，告诉李师中：市易务的生意买卖越做越好，也越做越大，往往货物一到，还未进货库，四方商客就把货收走了；都是和番寨蕃兵都头徐保生邀功心切，误报情况惹出的事，不仅弄得李大人尴尬难堪，而且弄得李大人走人。李师中摇摇头：尴尬难堪是实情，他要走人与此事无关。

此时，李师中注意到，王韶对他还挺客气，李宪对他的脸色也不难看。包德福问王韶：何时交货？王韶要包德福立即领四方商客去收货。包德福带着四个曾被五花大绑的人下楼去了。李宪从袖子里取出黄绫横轴，要李师中接旨。王韶、向宝、徐保生以及那些骑兵、蕃兵赶紧离开大客房。李宪站在北面，李师中面北跪了下去。李师中只觉得今天自己的脑子很紧也很空。李宪用他尖细的嗓子宣读制词。制词上除了没写他有王佐之才外，优点还写了不少。制词最后一句话：迁李师中知舒州。

李宪宣完旨走了，大客房里只留下李师中一人和一地茶盏破碎的瓷片以及溅得一地的脏兮兮的带汁的茶叶。

第五十四章　王韶计定三面设伏攻踏白 木征关前走投无路降大宋

熙宁七年三月末的一日，天刚微明，日头未出，去年被宋军收复的武胜城外三声炮响，把路边树林子里不久前才从南方飞来还没睡醒的大雁吵醒了，给吓得叶喇喇在林子上空乱飞。城头战鼓擂得震天响，长长的尾音一直往远处拖过去。距城三里路外的山坡上，号兵把号角吹得呜嘟嘟响。武胜城门大开，一面半卷着的黄色大旗伸出了城门。一阵风吹来，半卷的黄色大旗在空中展开，旗中清晰地现出七个大字：

用命破敌者倍赏

紧接着，一队队马军、一排排步军雄赳赳、气昂昂地从城中冲了出来。队伍之中，戈矛林立，牙旗缤纷，竿头上饰有羽毛的牙旗上大书着各部部将的大姓。前面的牙旗已经转入到一带低矮平缓的丘陵后面去了，后面的牙旗才从城里出来，蜿蜒二三十里，着实壮观耀眼。最后出城的是一队长长的民夫，少说有五六千人，挑着军用的器械、粮草、营帐、服装、锅盆以及军中其他必用品。民夫中有牛拉的民车，民车本身就笨重，装的东西又多，牛低着头很是吃力地拉着；车旁的民夫不时挥动牛鞭，但牛只是快走了几步，就又吃力地慢走着。宋代的兵是很享福的，平日的衣被、口粮都由民夫挑着，这会要出兵打仗，军中大量的军需物质和士卒的日常用品，自然要征调许多民夫来搬运。民夫都一脸的苦相，也一脸的无奈，稍有懈怠，就有押队的士卒跑过来，喝上几句；碰上脾气丑的，少不了挨上几鞭子，那就活该倒霉了。

此时，一脸横肉、长着半尺长又粗又黑连腮胡子，看去令人望而生畏的向宝，大马金刀，与王韶、李宪并辔走在那面黄色大旗后面。在他的后面，是王韶从通远军挑选出来的两万宋军。这支宋军，经过王韶五年多时间训练，去年被王韶带到远离大后方秦州的河州城下，与河州的木征打过好几场恶战，打得木征丢盔弃甲，落荒而逃。这一次，这支宋军又要在河州与木征交手。不过，这次与上次不同。上次是王韶与木征一家交战，这次不仅要与木征重新集聚、卷土重来的旧部两万多人交战，还要与湟州董毡派来由鬼章带领的两万人交战。木征与鬼章这四万多人，把河州包围得严严实实。以通远军的两万人对木征和鬼章的四万人，可以肯定地说，这一战比上次河州之战要险恶得多，也要惨烈得多。但，这吓不到这支通远军，更吓不到向宝。越是险恶的仗，向宝越不怕；越是惨烈的仗，向宝越来劲。向宝最不愿打的就是那种不冷不热的温吞水小仗。以前，向宝也多次与西夏党项羌人、吐蕃发羌人对阵开战，也打出了威风，但向宝总觉得不过瘾。向宝早就巴望在秦州边关打几个像模像样的大仗。这样的大仗，向宝终于盼到了，这能叫他不感到开心吗？这一战，还有个叫向宝来劲的地方，那就是木征这个吐蕃发羌人首领，以前曾多次来秦州入寇犯边，总给这个人逃脱了。此人能说一口流利的秦州汉语，还能念几句中原王朝的古诗古词；打了败仗，换上一身大汉衣冠，就与边关的汉人无异，很难抓到他。此人嗜杀凶狠，又狡黠多变，常常带着一帮人扮成汉人，混入秦州边关，杀人放火，抢一把就走。向宝带兵去追，但追到边界线，李师中就不让追，鸣锣要向宝回来；哪怕只有几步之遥，李师中也不答应。好几次向宝派人打探到木征到了秦州边关外面活动，想带兵去把那个可恶的木征砍了，李师中也总是不同意。向宝多次问过李师中，这是为何？李师中总是笑而不答；问多了，李师中就会对向宝瞪上几眼，喝声“糊涂”。向宝真的是糊涂了，说李师中胆小怕死，还真是冤枉了他。李师中是在西夏党项羌人入寇犯边时，临危受命来到秦州的，又在秦州打过好几次胜仗，这岂是胆小怕死之人能做得到的？不过，后来向宝还是明白了一点点，这个李师中肯定是怕事，怕自己带兵追过边境，引得吐蕃发羌人报复，把事情闹大，边境越发不得安宁，朝廷怪罪下来，他这个秦州知府就当不成了。这个李师中，不怕羌人怕朝廷，好在王韶不怕把事情闹大，不仅越过边境跟吐蕃发羌人开战，而且千里行军杀到河州去，要把整个河、湟地区收归大宋。向宝得出结论：李师中不如王韶。这次王韶奉命去解河州之围，第一个想到的就是他向宝，向宝岂能错过这个可以好好在王韶面前露一手的机会？向宝要让王韶看看，他这个不仅被自己人，且被西夏党项羌人和吐蕃发羌人称作今之“飞将军”和“薛仁贵”的人，一点也不虚传。再说，前不久在河州城下阵亡的景思立与向宝有交情，在一起对西夏党项羌人作过战。这次不取木征的头颅，向宝是不会善罢甘休的。

向宝骑在高头大马上，很是神气，很是兴奋，也很是威武。向宝不时望望走在中间、长了副又粗又黑连腮胡子的王韶。王韶的样子很悠闲，看去像是会朋友。向宝的视线又越过王韶望了望那边的李宪。这个太监，银盔银甲，手执长矛，根本不像个没根的人，要不是因为有着一个叫人看了很不舒服、没有胡须的光下巴，倒是很像一位能征惯战的将军。李宪的马很不安分，时常往前面蹿，李宪时时收紧缰绳，弄得马头高昂，前蹄高举，要不是李宪骑术高，真要给摔下来。这个李宪跟他一样，像个打仗的人。

向宝看到，一个探子骑着马，兴高采烈地追了上来，向王韶禀报：前面方圆三十里地见不到一个人影。王韶挥了挥手，探子急忙拨转马头，往前面长了些小草的斜坡驰去。从这个探子身上，向宝感到一种很好的情绪。向宝很清楚，这一仗与上一仗还有一个不同的地方。上一仗，秦州知府是李师中，意见多与王韶不合，王韶的行动也多有不便。这一仗，李师中不再是秦州知府，再也管不到王韶了。王韶可以放开手脚，在河、湟地区大显其能了。

向宝望了望上面，见一行大雁从蓝得一丝不挂的高空飞过，再回头望望后面，见日头从一条细长的黑云底下钻了出来，黑云的底边上便闪动着一条小蛇一样的光带。向宝又望了望路的两边，河、湟一带久旱无雨，一路上树木的叶子都干得卷了边，又回过头来望了望前面的那面黄色大旗，旷野上的风急，拖着旗杆对边的两只旗角，把旗中的“用命破敌者倍赏”七个大字全都一览无遗地展现了出来。那面大黄旗作用大。以前出师开战，大宋的王师总落下风，原因有三：一是无论吐蕃发羌人，还是西夏党项羌人，性勇猛，强悍好战，不好对付；二是大宋的士卒中许多是灾年招募进来的游手好闲之徒，更有些泼皮无赖混杂其间，一开战这些家伙就往回逃跑，弄得先乱了自己的阵脚，没跑的差不多就是送死，仗实在没法打；三是打了胜仗，朝廷什么表示也没有，不仅死了的白白死了，活着的还受气，那些坐在城中衙里的文官还说什么武人喜欢打仗，是因为想得赏钱，故意惹是生非。今天这些士卒的神色跟以往大不一样，一是王韶这几年在练兵上没少费功夫，清退了一些游手好闲之徒，整了一些太不像话的泼皮无赖，杀了几个坏事的家伙，开仗时再也没谁敢逃跑了；二是队伍前头高高举起的那面大黄旗，产生了神奇的作用。那面大黄旗，是天子赵顼所赐，由李宪从京都开封带来，上面的七个大字也是天子书敕的。天子赵顼赐的黄旗，代表的是天子。黄旗在哪里，天子也就在哪里。黄旗在大军的前面，就是天子领着全军将士出征；黄旗在战场，就是天子亲临战场杀敌。特别是天子书敕的七个大字，更是叫将士一个个精神倍增。天子如此慷慨，如此赏脸，将士用命杀敌，得几个赏钱有什么不应该的？

向宝胯下的马要拉尿，向宝撇了撇缰绳，把马引到路边拉尿。向宝身后的一伙骑兵并排从向宝身旁擦了过去。向宝听到这伙骑兵在兴高采烈吹大牛。

骑兵甲："快活！快活！昨晚那娘儿才不嫌大兵一身汗臭、满口酒气，你怎么快活都行。"

骑兵乙："那娘儿嘴巴真甜，要我打完仗再去她那里。"

骑兵丙："再去那里就傻了，到另一家青楼去，换过一个。"

骑兵丁："油盐炒菜，各有所爱，老相识有老相识的味道。"

骑兵甲、乙、丙、丁满嘴开心的坏笑："哈哈！哈哈哈！哈哈哈哈！"

向宝的马拉完尿，紧了下缰绳，追上了王韶。向宝很是敬佩地望了王韶一眼。向宝原先一直很佩服也有点怕李师中，但现在却很是佩服也有点怕王韶了。这倒不是因为向宝是个见风使舵、卑劣的势利小人。他一个军汉武夫，直来直去，只晓得奉命举刀砍人，哪会有半点酸文人的鬼肠鬼肚。也不是因为李师中的秦州知府给撤了，向宝就瞧不起李师中。说句实在话，李师中是向宝这一生中所遇到的好知府。向宝在秦州有些年头了，对秦州前几任知府有一肚子怨气。那几任知府不过满嘴会说些向宝听不懂的之乎者也，又一身酸腐，临事不决，胆小怕事，出兵打起仗来就缩在城里不敢出去。特别叫向宝气闷的是，那几任知府还都看向宝不起，不仅老取笑他大字认不到几个，还常常拿他被能咏诗写字的花娘美人弄得窘态百出取乐。然而，向宝却不仅作声不得，还不得不夹着尾巴做孙子；稍有不满，还总挨那几任知府的申饬，给骂得狗血淋头，叫人怄气不怄气！向宝心中有数，李师中是看得起他的，把他视为爱将。但，尽管如此，向宝还是觉得王韶更行。李师中身上有的长处，王韶有；李师中没有的长处，王韶也有。向宝觉得，王韶是真正的王佐。不不不，是真正的有佐王之才。

向宝觉得，这个王韶出兵打仗不仅出城督战，还脱下文官的袍子，穿上铠甲，挤到冲锋陷阵的队伍中去，跟士卒一道杀敌，还很会弄钱。在这点上，李师中远不如王韶。向宝特别看不起那班酸文官，自己没本事弄到钱，却总指责那些能弄到钱的人。什么君子不言利，都是一些酸文人编出来的骗人的鬼话。装什么假正经！要是没有荣华富贵，会这么多人十年寒窗往官场钻？向宝一点也不反对王韶在秦州边境屯田垦荒，要不是市易务从官府里拿出一笔钱来做生意，赚到大笔钱，这次出兵开拔前能拿出钱来发给每个将士？向宝心里比谁都清楚，天子的大黄旗上虽然写了七个大字在上头，但这笔钱到底从哪里出，朝廷能出多少，都是天知道的事。向宝算了一笔账：这次出兵前士卒每人发四贯，合在一起八九万贯；押官每人发六贯，虞候、都头、指挥使、都指挥使、部将，越往上，官越大，发的钱越多，加在一起少说要个三四十万贯；打完仗，论功行赏，不少人要得翻倍的赏钱，合在一起没个一二百万贯是开销不下的。这可不是笔小数字，比王韶从官府拿出来办市易务做生意的本钱多得多。此外，开战的粮草、兵器，将士吃的、穿的费用，也是笔不小的数字。朝廷会出一部分，但一部分肯定要秦州这边自己筹措。特别是出兵开拔前的这笔钱，朝廷是不会先付的，得秦州这边先拿。拿不出，当然可以等到打完仗再给。但，效果差多了，将士们没谁会高兴。开什么玩笑！不说许多当官的说话往往不算数，就是算数，一仗下来，能一个人不死？死掉的人叫人家在阴间收赏钱呀！出兵开拔前就得给！有了钱，这些士卒就可以到酒店、青楼去快活快活。快活了一场，剩下的钱还可以寄给家里奉养双亲，就是战死也值。否则，谁去用命？

约莫走了个把时辰，以王韶为主将的这支两万人的军队过了因久旱而水位只能盖住河床的洮河，继续往西向陇南山地进发。向宝看到自己西斜的日影正好落在前面掌大黄旗的骑兵的马屁股上。马屁股一上一下的颤动，使自己的日影也像在上下蹿动。向宝忽然记起王韶身边少了一个女人，那就是王韶那个相好的发羌女子李七妹。秦州边关的将士恐怕无人不知王韶走到哪里，都要把发羌女子李七妹带到哪里。这个发羌女子总能在王韶跟吐蕃发羌人打交道时帮王韶成事。向宝跟好些羌人女子快活过，十分清楚羌人女子很是有情有义。有道是，汉人男子一夜，羌人女子一生。羌人女子总忘不了跟自己睡过一夜的汉人男子，打听到他的行踪，就会追过来。再说，王韶不像个能离得开女人的人，这些日子王韶把李七妹弄到什么地去了呢？

向宝侧过脸问王韶："大人的那个女人呢？"

向宝看到，王韶骑在黑色战马上，一声不出。向宝知道，王韶是个要开口就滔滔不绝，不开口就半日没言语的人。不过，向宝正把脸转回来时，却一眼瞥见到李宪古怪地笑了笑。向宝知道，宫中的那些太监虽然没了根，但对男女情事还是挺感兴趣的。李宪当然不可能不知道王韶有个相好的发羌女子。不过，向宝觉得，李宪的笑不像是坏笑。

向宝催马上前一步，视线越过王韶，对李宪说："大人笑是何意？"

李宪诡秘一笑："几天后你就知道了。"

向宝以前确实把太监嫌得像坨狗屎一样。这些日子，向宝发现李宪跟别的太监还真是有点不同，是个好太监。但这会，向宝对李宪的印象又坏了起来，到底是个没根的人，什么话不直说，用得着这么吞吞吐吐、阴阳怪气、鬼鬼祟祟的？

向宝不再说什么了，也不再去想那些烦人事，反正只要有仗打，他就来劲。王韶依旧是一脸的悠闲中藏着一种深思神色。李宪的马总是不安分，不守规矩往前蹿。陆陆续续有探子骑着马过来向王韶禀报：前面方圆三十里地方仍未见一个人影。王韶照例挥了挥手，探子掉转马头往前驰去。日头傍着前面很远的山头下去了，暮色四合，四野一片令人心悸的寂静。大军在一处山口停下来，再过去就是山高路险、林木翳苍、狭阻难行的陇南山地了。王韶命令部队在山口安营扎寨，埋锅造饭。王韶的帅帐设在一个山岗上，左右两边是向宝和李宪的大帐。向宝站在山岗上，漫无边际的暮色之中，依稀可以看到陇南山口方圆好几十里的地方，到处是士卒的营帐，星星点点，像一只只草菇。营帐旁边，有一缕缕白烟升起，那是各都士卒在生火做饭。向宝、李宪今天就在王韶帅帐里用饭。吃过饭，向宝腆着个肚子，一边剔牙，一边往帅帐外走去，刚到大帐门帘边，就听到帅帐外有闹闹嚷嚷和杂乱的脚步声传来。片刻工夫，帅帐门帘掀开，进来各部正、副部将十余人。

向宝早听说过，王韶每次开仗前，都要把各部部将召到帅帐中来，对着地图授以开仗计划。有什么问题，部将都可以提出来，但定下来后，就不能再变了。怪，每战必捷。向宝领兵出战就简单多了，朝廷有个平戎万全阵图授给边关将领，当将军的按照这个平戎万全阵图出兵就是。因之，每次出战，向宝多半是骑在马上，一边出城，一边对同样骑在马上的部将发令。无非按照平戎万全阵的阵图把全军分成前锋、殿后、中军、左翼、右翼，摆在十几里宽、五六里深的纵深地带；再以中军为点，左、右两翼均衡分列着两支骑兵，往来接应；另外，还按规定配有拒马、鹿砦、长枪、刀剑、盾牌、步弩、步弓、战车和望楼车。这个平戎万全阵图的设计当然很美、很精、很妙，不过在实战中却碰到一个致命的问题，阵摆好了，西夏党项羌人、吐蕃发羌人根本不理这个平戎万全阵图，不到阵中去，摆了半天白费功夫。然而，不按照平戎万全阵阵图布兵是不行的。边关将士征战，后方朝廷决策指挥。各路边将有握兵之重，但事事处处都得听从朝廷的，行军、布阵都得如此。照自己的一套去做，打胜没功劳，打败了就麻烦大了，主将得落个违诏之罪。这个罪名谁受得了，谁不怕？

王韶的帅帐里点了好几支大蜡烛，桌上摊开一张地图。正、副部将都把头凑到地图边，明亮的蜡烛光把他们巨大的头影投射到帅帐顶上，黑黑的一大团。王韶指着地图，对正、副部将发布军令：命部将甲领支军队在离踏白城十里之地的南山埋伏，部将乙领支军队在离踏白城十里之地的北岭埋伏，部将丙领支军队在离踏白城二十里的东峡埋伏，部将丁跟着他和向宝将军直奔踏白城，第二天天亮前赶到踏白城下，趁踏白城不备，一举拿下该城。

向宝傻眼了，同时看到在座的正、副部将也都傻傻地望着王韶。不要说这个王韶完全不按朝廷授予的平戎万全阵图发兵，就他现在布兵的情况来看，也叫人百思不得其解。本来王韶这次领通远军两万精兵到河州来，是要跟木征和鬼章在河州决一死战，解河州之围，为景思立报仇。但刚才王韶所发的兵，没一个兵发往河州城下，却都发到离河州西面很远的踏白城那边去，且在踏白城前面的南山、北岭和东峡设伏，这不是见鬼了吗？仗哪有这样打的呢？这次出兵，既然是去河州找木征和鬼章报仇，解河州之围，就该穿过陇南山地，直奔河州城下，在那里一举歼灭木征与鬼章。但王韶却放着河州的木征与鬼章不管，要到远远的踏白城去设伏。那里又没木征、鬼章一个兵，在那里打谁去？这岂不是天字第一号傻瓜蛋？

向宝看到，李宪很是诡秘地一笑。王韶把结实的身板挺得笔直，手指着地图的一个地方："诸位请看，踏白城的西边是何地？"

向宝更是傻眼了，莫非王韶还要把通远军的两万人领到更远的西边去送死？向宝把头伸过去，地图上的字认不得，问李宪："那是什么地方？"

李宪仍是诡秘地笑笑："湟州。"

向宝注意到，各部正、副部将也都更加感到莫名其妙了。向宝当然不可能不知道，湟州是董毡的老巢。河州之围未解，却要去湟州找董毡对决？王韶不会是神经出了毛病吧？向宝不由得又望了望李宪，但见李宪还是诡秘地笑着。这个没胡子的太监，好像有一肚子计谋，可阴阴阳阳的干什么，说出来，也让我们这些军汉武夫开开眼界呀！

王韶站了起来，身子巨大的黑影也拉开了，把半个大帐盖了。王韶开始滔滔不绝："诸位，我说三点。第一，请问诸位，木征与鬼章所以围河州原因之何在？恃有湟州做后盾也。木征与鬼章就希望我军去解河州之围，他们就可以无后顾之忧地在河州与我死缠。我军此次远离后方，粮草难以为继，岂能在河州久战？第二，我军两万人出武胜城一路西进，岂能瞒过木征与鬼章探子的耳目？探子一路来报，前面三十里方圆不见一个人影，木征、鬼章恰恰在这里露出马脚，说明必在陇南山地设伏待我，引我进入伏击圈内，打我一个措手不及。第三，木征与鬼章新胜，杀我大将，锐气正盛，我等有必要在陇南山地与之争锋吗？"

向宝心里这才恍然大悟了，同时看到各部正、副部将也都豁然开朗地笑了起来。不过，向宝还是觉得王韶胆子特大了些。这个王韶，可以说把平戎万全阵图完全甩在一边，日后要是朝廷追查下来，治个违诏之罪，王韶岂不是百口莫辩，跳进黄河也洗不清？向宝注意到，有个部将侧过脸，伸了伸舌头。

王韶望了那个伸舌头的部将一眼："违诏之罪，韶独当之，不用为韶伸舌头。"

向宝看到，那个伸舌头的部将一脸认真肃然，其他部将反倒轻声笑了起来，帅帐里有种轻松的气氛。向宝虽是个军汉武夫，对朝廷之事也并非全然不知。他清楚，别人不敢把平戎万全阵图甩在一边，王韶敢，是因为王安石撑他的腰，帮他说话；而天子赵顼又与王安石如一人，对王安石言听计从：王韶当然就敢按照自己的打法，想怎么打就怎么打了。朝中有人好当官，谁奈何得了王韶！

李宪得意了："王大人此计妙不可言。踏白城西边是董毡的老巢湟州，拿下了这个地方，就切断了木征、鬼章回到湟州的退路，河州之围不攻自解。这里用得上古人一句话，叫批亢捣虚，抓住咽喉要害处，乘虚而入，四两拨千斤，反打木征与鬼章一个措手不及。"

向宝心里骂了李宪几句：王大人的计谋又不是你的计谋，你那么得意什么，有本事你也拿出个瞧瞧。不过，叫向宝感到奇怪的是，尽管如此，他还是觉这个没胡子的太监肚子里还挺有点墨水。向宝当然并不懂李宪所说的“批亢捣虚”的意思，就是下辈子也不可能懂得，但大概意思还是有个一知半解，无非是用兵要对着既是敌方要害、又是敌方虚弱的地方下手吧。有道理！有道理！此时，向宝也不禁很是佩服起王韶来。

向宝注意到，王韶很是欣赏、很是有点深意地望了望李宪：“有件事得借重李大人了。”

李宪答应得十分爽快：“李某万死不辞，但听王大人吩咐！”

向宝心里在叫好。向宝就怕碰到那种没一点本事却又喜欢管事，管事又不做事，还专门坏事的太监。李宪这个太监不错，怪不得当朝天子赵顼那么赏识他。王韶：“山口还得有人去守，这个任务就交给李大人了。李大人，你领支军队在山口当道摆开平戎万全阵，三天之内只许守着这个阵，不许离开一步。三天过去，你撤掉这个阵，一路打到踏白城来。”

向宝看到，帅帐里的人又都睁大眼睛望着王韶，就是李宪也怔了半天。向宝清楚，众人对王韶留支军队在山口，并无觉得有什么不可。有支军队摆在陇南山地的山口，对木征与鬼章有钳制作用。但对王韶要这支军队摆成平戎万全阵就百思不得其解了。都是在边关带兵打仗多年的边将，就是李宪也做过多年永兴军的走马承受，十分清楚平戎万全阵实战作用不大，只不过因为是朝廷制定的，口中不说罢了。然而此时王韶怎么会把这个阵看得这么重要呢？

王韶好像看出了众人的心思：“兵法云：水无常形，兵无常势。平戎万全阵并非不妙，只是每战必用此阵，就不起作用了。捉老鼠的笼子第二次再用，老鼠就不进笼子了，何况人乎？但此阵用在此时此地却再好不过。木征与鬼章攻阵，必死伤惨重；不攻此阵，这支留在山口的军队对他们就是一颗灾星，随时可以扑过去把他们吃掉。”

向宝看到，各部正、副部将都频频点头。李宪自然更是很快理解了王韶话中的意思：“没问题，看我李某的本事！不要说木征、鬼章，就是湟州董毡敢来，李某也叫他来一个死一个，来一对死一双，全来就全死光！”

向宝对李宪确实有种变来变去的复杂情感，此时可以说向宝很是喜欢起李宪来了。向宝觉得李宪的话过头了点，但在这种有点过头话中，向宝看到李宪身上有种跟他十分相似的精神：有仗打，就来劲。向宝很讨厌李宪诡秘一笑的鬼样子，却很愿看到李宪这种战前一点也不讨价还价、更无半点退缩的神情。

王韶又令：各路都把自己的神臂弓集中到部将丁所统领的攻打踏白城的这支军队来。不仅部将甲、乙、丙一脸的愕然，就是部将丁也一脸的不解，甚至连李宪脸上也不由得显出一种惑然的神情。神臂弓是宋朝独有的一种兵器，非普通弓可比。此弓弓身三尺二寸，弦长二尺五寸，以檿为身，檀为弰，铁为登子枪头，铜为马面牙发，麻绳扎丝为弦。弦力之强，非手臂能开，要用机栝发箭，射程三百四十步，过了一里，是普通弓的三倍有余；箭长也超出普通箭。此弓原是熙宁元年一个归降大宋的西夏党项羌人的首领献给当朝天子赵顼的，再由内侍一个副都知和一个西上阁门使加以改良制成。威力大得很，但制作难度大，工艺异常复杂，各部只配置了二十张，总共才八十张。把这种弓都配置给了部将丁，另外三个部将有意见，完全在情理之中。另外，部将丁的任务是攻踏白城，神臂弓的威力发挥不出来，都配置给部将丁，岂不是把神臂弓的威力给浪费了？

王韶也不去解释这许多，只是又令：今晚各部都点燃篝火，火越大越好；刁斗都敲起来，敲得越重越好；号角都吹起来，吹得越响越好。随后，向宝、李宪和众将出了帅帐，各自散去，回自己大帐歇息。半个时辰后，向宝步出帐外，举目一望，星空下陇南山地的山口，到处是一堆堆篝火；侧耳远听，边声四起，塞外的风声、马嘶声以及山里传出来的羌人胡笳声、羌笛声、狼的嚎叫声与军营的刁斗声、号角声互动着，连在一起，此起彼落，十分悲壮，叫人胆战心惊，又叫人豪气顿生。

一夜无事。第二日天亮，李宪和各部正、副部将带着各自的军队到自己应到的地方去。王韶要向宝随他去踏白城的西岭恭候木征与鬼章二人。这当然是向宝最最想做的事情。向宝提着关刀，一个跃身就上了马。向宝仍旧与王韶并辔而行，领着士卒沿着人迹罕至的山间小路，翻山越岭，翌日夜未央神不知鬼不觉地赶到踏白城。踏白城守城的吐蕃发羌兵还以为是木征与鬼章的人马回来了，城门大开。宋军冲了进去，不到半个时辰，就把踏白城占了。向宝把抓到的吐蕃发羌兵都关在知州衙门左边一座喇嘛庙里，准备把他们一个个都杀掉。这也难怪，大宋开国以来，吐蕃发羌人没少到秦州捣过乱，杀人放火也没少干过。如今把吐蕃发羌兵抓到了，岂能放过他们？至于这些发羌兵中谁到秦州边关捣过乱还是没捣过乱，谁杀过人还是没杀过人，谁放过火还是没放过火，向宝管不得那么多，也没时间去管这么多。

占领踏白城后，王韶把帅府设在踏白城吐蕃发羌人的知州衙门里。昔日吐蕃胥吏、师爷、衙役进进出出的知州衙门，现在成了宋军将士忙上忙下的地方。一些人进来取令箭，一些人出去办什么事。衙门外面，一伙士卒跑进来，把堆放在衙门外的粮草搬到车上；一伙士卒手执环首长刀，往对面街口走去。踏白城知州衙门里外，一派战前繁忙、紧张、可怖和死亡的气氛。王韶取了踏白城，木征、鬼章肯定要反身来死攻踏白城，要不然，木征、鬼章就死定了。明摆着，木征、鬼章前有李宪率领的一支宋军在陇南山地的山口摆开一个平戎万全阵等着他们去送死；这里有王韶领着的四支宋军卡在木征、鬼章通往董毡老巢湟州的咽喉要道，不夺回踏白城，木征、鬼章就陷入外无援军、内无粮草的死地。占领踏白城的第二日，有四起探子来报：木征、鬼章果然在陇南山地设伏，三次去山口冲平戎万全阵未果；木征、鬼章现已率围河州的四万人马绕过陇南山口，杀向踏白城来了。

王韶立即传令：当晚三更造饭，五更出城迎战。一场恶战就要开始了。恶战前夕，向宝兴奋得一晚没睡好。他等着这样的恶战已经等得很有点不耐烦了。踏白城鼓楼的辰鼓声刚起，向宝手提关刀，骑着高头大马来到踏白城知州衙门口，对着庭院那边高声喊叫：“来人！”

向宝看到，他的话音刚落，四个扈从兵立即从衙门里跑出来。在秦州，哪一个当兵的不畏惧这个长着又粗又黑连腮胡子的秦凤路都钤辖？向宝头一摆：“去送那些家伙上西天！”

有三个扈从兵眼睛一眨一眨的，显然不明白向宝要把哪些家伙送到天上去。有个亲兵机灵，马上明白了向宝的意思，但杀人总是大事，马虎不得，弄错了，人头落地，那是装不上去的。为了稳妥起见，那个扈从兵问了句：“就是关在喇嘛庙里的那些吐蕃发羌兵？”

向宝很不客气瞪了那个扈从兵一眼：“知道了还问什么！”

四个扈从兵立即朝衙门外冲去，刚抬起脚，向宝听到大堂里传来王韶的声音：“慢！”

四个扈从兵刹住脚，转过身来。向宝不明白王韶的意思，瞪着眼望着王韶。

向宝回头一看，王韶身佩长剑，站在大堂门口：“把他们都放了。”

向宝真不明白，王韶为何不仅不杀这些发羌兵，还把人全放了。要不是王韶，向宝真要拔出长剑，把他劈了。在秦州边关多年的向宝十分清楚，无论是西夏党项羌人，还是吐蕃发羌人，败不足耻，逃出敌营亦不为羞，更不会像汉人的一些酸腐文官把名节看得那么重，对败下阵来或逃出敌营的将士，盘三查四，回答稍有不妥，就推出辕门外斩了。西夏党项羌人、吐蕃发羌人看重的是兵力。这些发羌兵放走后，到了木征与鬼章那里，还不要转身过来跟我们打？

四个扈从兵往知州衙门左边的喇嘛庙去了，片刻工夫，向宝看到吐蕃发羌兵一窝蜂从知州衙门左边喇嘛庙跑了出来，然后四散而去，但有个秃头上有块很大的黑色胎记的发羌兵却走到向宝马前，给向宝合掌打躬。这个发羌兵一定以为是向宝下令放了他们，把向宝当成恩人，弄得向宝哭笑不得，心里也很不是滋味。

天色微明。向宝勒了勒马缰，胯下的高头大马昂首长嘶，手中的关刀在微明的青钢色中闪着令人胆寒的冷光。王韶也翻身上马，手执长矛。向宝与王韶同时催马往踏白城东门而去。向宝与王韶走到踏白城东门时，一队队的士卒以都为建制，在都头的带领下往城外开去。向宝在城墙的门洞里，清楚地看到前面的牙旗已经到了城外很远的山坡下。在城门的里边，向宝遇到那伙神臂弓手。王韶要他们紧跟在身后。

向宝与王韶出了城门，一队队的士卒还在源源不断从东门出来。向宝看到，士卒脸上的表情都很严峻、很凝重、很僵硬，也有种赴死的淡然和无奈。这难怪，用不了多少时间，前面不远处就要打起来。阴间的阎王小鬼是不认得任何人的，上了战场，就是跟阎王小鬼打上交道，就是在玩命：赢了，命就在；输了，命就玩完了。

踏白城东门外两边是山，两山之间是片两里来宽的草地。因很久未下雨草都变得蔫蔫的，无精打采地匍匐在地上。有官道弯弯曲曲通往前面的山坳。日头已出，挂在前面山坳上。今天的日头特别红，山坳上面闪着一片扇形的耀眼红光。天地无声，静得十分可怖。向宝与王韶走出踏白城五里路，在离山坳不到三里的地方，山坳那边忽然传来令人心惊肉跳的喊杀声。很显然，前面的通远军与发羌兵打了起来。向宝催马前行，王韶却把向宝喊住。王韶传令：停止前进。向宝看到，王韶对后面一个招手。跟在身后的神臂弓手立即冲了过来，两人一张神臂弓，八十张神臂弓成一字形一前一后横摆在两山之间的草地上。

向宝听到山坳那边的喊杀声越来越大，越来越令人心惊肉跳。向宝的马尾巴翘得老高，总不安分也十分不守规矩地挣扎着往前闯。王韶没下令，向宝只好紧紧地勒住缰绳，弄得马在原地打转。没过一炷香工夫，向宝看到通远军的一群群士卒往后撤，士卒后面有数不清的骑兵在压阵。王韶让马后退到神臂弓的后面，传令神臂弓手上箭。向宝也让马后退到神臂弓的后面。向宝看到，前排的神臂弓手立即有人把神臂弓的发箭器机栝放好，另一人踩着放在地上的神臂弓，把神臂箭上在扣弦处，然后把神臂箭头无情地对着山坳那个方向。接着，后排的神臂弓手也把箭上好了，只是没让神臂箭头对着前面。向宝望了望身后，注意到后面的士卒都一脸兴奋地望着前面的神臂箭。

喊杀声越来越近，向宝转身朝山坳方向望去，看到通远军一群群后撤的士卒到离向宝一里多路的地方，都一伙伙没命地往两边山上跑去，不过队形未乱，五人一伙，跑到山上的都一伙伙站在山上，张弓搭箭对着山下。压阵的骑兵也都往两边山上冲。片刻工夫，铺天盖地的吐蕃发羌骑兵冲了过来，一阵阵马蹄声像雷一样惊心动魄，扬起的尘土像雾一样在发羌骑兵上空弥漫开来。通远军的三个没跑赢的士卒，被追上来的发羌骑兵砍了。

向宝看到，王韶一脸严酷、一脸平静地望着气势汹汹、杀气腾腾的发羌骑兵。向宝感到发羌兵的喊杀声到了跟前。在发羌骑兵冲到离神臂弓手里把路时，王韶发令："放箭！"

向宝听到，一支支神臂箭拖着令人无比可怖的、威力无穷的呼啸声往前冲去。神臂箭所到之处，发羌骑兵应声落马。前排神臂箭射完，后排神臂箭又响起了呼啸声。两排神臂箭轮番向发羌骑兵射去，不到一盏茶工夫，铺天盖地的发羌骑兵就这么完了。向宝看到，有个发羌骑兵已冲到离向宝不到二十步的草地上，给神臂箭射中心窝，立即翻身落马。向宝能清楚地看到这个发羌骑兵长着一张漂亮的年轻的脸，痛苦地望着高远的天空，血流了一地。这个发羌骑兵的战马也中了神臂箭，倒了下去，两只蹄子对着天空痉挛着。许多发羌骑兵的未中箭的战马四处乱奔。从山坳那边撤下来的通远军士卒像发横财似的，赶忙从两边山上下来，把这些马逮住，拴在山脚下的树上。

从山坳那边追过来的发羌兵不敢过来了，一起掉头往山坳那边没命地退去。此时，踏白城头战鼓雷动。王韶手中的长矛往前一指，率先催马前行。向宝把缰绳套在左手的手腕上，右手提着关刀，两腿夹了下马肚子，那匹本来就不安分、不守规矩的高头大马几步就冲到王韶前面。后面的士卒都跟着往前冲。骑在奔驰着的马背上的向宝只觉得踏白城东门前，漫山遍野都是兵。前面是往山坳那边没命后撤的吐蕃发羌兵，后面是往山坳那边死劲追去的大宋通远军士兵。原先那一伙伙没命地跑到两边山上的通远军士卒和骑兵都冲下山来了，他们一脸的凶狠、一脸的残忍、一脸的无畏,也一脸的快意。向宝紧贴着马头，让马飞驰起来，感到眼前是一片日头的红光，身前、身后、身左、身右都是奔跑的马蹄声、脚步声和震耳欲聋的喊杀声。

接着有了兵器相交的撞击声和可怖的惨叫声。向宝看到，好些通远军的士卒追上了后撤的发羌兵，双方在拼死格杀。在离山坳约莫二里路的地方，向宝追上一伙发羌兵。向宝松开左手手腕上的缰绳，举起关刀，对着被他追上的一个发羌兵一刀下去，那个发羌兵应声倒地，喉咙里咕噜咕噜哼哧着。向宝追上第二个发羌兵时，看到这个发羌兵扭过头来，眼睛睁得大大的，里面布满了令人可怖的恐惧。向宝一刀把这个发羌兵劈了。向宝正要追上第三个发羌兵时，忽听到山坳那边有令人心魂惊悸的喊杀声传来。向宝心里正揣摩间，第三个发羌兵趁机跳过一条完全干涸了的浅沟，跑到一个长了些杂草的土墩后面去了。接着，向宝听到两边山上也响起了喊杀声；再接着，向宝就看到无数通远军的士卒出现在两边山上。向宝明白：埋伏在南山、北岭和东峡的通远军杀过来了。

日头好几丈高了，在踏白城东门前两山之间的草地上，通远军的士卒潮水一样往前涌，把发羌兵往山坳口挤去；本来一直往山坳那边撤的发羌兵却又突然掉转头，向潮水一样涌去的通远军士卒对冲过来；也有零星的发羌兵往两边山上跑去。在距山坳两里路的地方，向宝听到山坳那边的喊杀声越来越近，很有震耳欲聋的声势。通远军士卒已经把发羌兵挤压在狭窄的两里宽、一里长的草地上。向宝看到，发羌兵阵形全乱了。两边山上的喊杀声直往山下滚，山坳那边的喊杀声爬过了山坳。向宝听到山坳那边有人在高声嚷叫："木征、鬼章往西跑了！"

向宝的精神无比振奋起来。这几年，秦州边关给木征、鬼章搞得没过上几天太平自在日子。向宝早就想找木征算账。向宝看到，前面半里路的地方一前一后有两个发羌人，他们头戴红罗毡冠，耳朵上戴着大耳环，上身穿着雪白颜色紧身窄衫，领着上百发羌骑兵和许多发羌步兵气势汹汹地朝向宝这边冲过来。向宝认得，前面是木征，后面是鬼章。

中原王朝有句老话："仇人相见，分外眼红。"向宝也确实眼红，只顾催马前行，在离木征、鬼章不到一箭之地时发现只自己一人冲了过来。向宝吓了一跳。个对个单挑，向宝这个当今的"飞将军""薛仁贵"完全可以不把木征和鬼章放在眼里。但此时，木征、鬼章是领着上百发羌骑兵冲过来，向宝一人如何抵挡得了？向宝本能地望了望后面，见王韶带着一大群通远军的骑兵斜刺里冲了过来。向宝胆壮了，脑袋伏在潮湿的马脖子上，双腿夹了夹马，催马上前，刺鼻的马汗臭味直往他鼻子里钻。向宝惊奇地发现，木征、鬼章二人在离自己不远的地方却领着那上百发羌骑兵斜刺里往一条通往山北的岔路上奔去。不用问，木征、鬼章想从山北逃跑。向宝死劲抽了一马鞭，胯下的马猛地蹿到岔路前面，横刀立马，在岔路上拦住了木征、鬼章的去路。有四个发羌骑兵把向宝团团围住。向宝看到，木征、鬼章带着一伙发羌骑兵从他侧边的草地绕过去了。向宝感到自己侧边有马的屁股在上下簸动。

向宝恨死这四个发羌骑兵，要不是他们，木征、鬼章如何过得了这条岔路。向宝火了，举起关刀朝对面一个发羌骑兵劈了下去。向宝凶狠的目光与那个发羌骑兵的目光对接了一下，关刀就早到了那个发羌骑兵脖子边，一刀过去，那个发羌骑兵一颗血淋淋的脑袋就沉闷地落在草地上。其他三个发羌骑兵赶紧往两边的草地跑了。

向宝闻到这里有股浓烈的血腥味，忙掉转马头，顺着岔道往前面驰去。此时，王韶领着一大群通远军骑兵在后面紧追着木征、鬼章。跟在木征、鬼章后面的发羌骑兵越来越少了，只剩二十来骑。不过，此时木征、鬼章已经到了岔道的顶头，要是让他们上山跑了，后面还会有许多麻烦事要出来。

向宝想抄斜路去拦住岔道口，死劲抽了一马鞭，马猛地往前蹿去。然而，就在马快到岔道口时，向宝惊呆了。岔道口有一大帮人堵在路口，前面有两人骑着马当道而立。向宝认得：一是王韶相好的发羌女子李七妹，一是如今改为包顺的俞珂龙。另有三人不认得：一位是着汉服的年轻美人，旁边站着一个穿羌服的男孩、一个穿汉服的女孩。向宝注意到，有十来个关在喇嘛庙的吐蕃发羌兵也站在那里。头戴红罗冠的木征和鬼章赶紧拨转马头往回走，但王韶领着的那一大群通远军骑兵早围成个半圆形，把退路封死了。

向宝以为自己见鬼了，摇了摇头，眨了眨眼睛，确认前面的人都不是鬼。向宝诧异极了：李七妹和包顺这个时候来到岔道路口干什么？那十来个发羌兵又为何出现在这里？那个年轻美人是何许人也，她不会也是王韶相好的女人吧？另外那个男孩和女孩又是什么人，他们来这里干什么？向宝身经百战，可从来没见过今天这一仗的打法。正诧异间，奇怪的事发生了，李七妹、包顺与那个年轻美人催马走到头戴红罗冠的木征和鬼章面前，用羌语呱啦呱啦说了好一阵话。向宝虽然在秦州边关有些年头了，可只会几句简单的日常羌语，李七妹和这十来个发羌兵说了些什么，一句也没听懂。向宝注意到，王韶却在一旁十分亲切、十分和蔼地笑着。不多一会，穿羌服的男孩与穿汉服的女孩往木征这边跑了过来，一边用羌语哇哇喊着。向宝听懂了，羌语哇哇喊着的两个字是："爸爸！"

此时，日头已高悬在山顶之上。木征从马上跳下来，一手抱着男孩，一手抱着女孩。日光中的木征一点也不狡黠、凶狠，倒是挺慈祥、温厚。

踏白城东门前的这场战斗就这么结束了。王韶告诉向宝：那个着汉服的年轻美人是木征妻子。半个月前，王韶就派李七妹和包顺带了二十几人潜入河州城下木征兵营，待木征、鬼章回师攻打踏白城时，把木征的妻子儿女抓获，带到踏白城东门来。王韶交代：要善待木征妻子儿女，决不可怠慢，更不可欺负，说服她劝木征归顺大宋。李七妹、包顺都是吐蕃发羌人，很快就做通了木征妻子的工作。那十来个发羌兵又现身说大宋王韶将军如何放了他们。木征其实也有归顺大宋之心，只是担心大宋不信任他。木征的顾虑打消了，鬼章也表示愿归顺大宋。向宝这才明白了李宪那诡秘一笑的含义。不久，湟州董毡也归顺了大宋。木征求朝廷赐以国姓。天子赵顼答应了，赐木征姓赵名思忠，拜荣州团练使；妻子亦赐姓包，封咸宁郡君。鬼章当上刺史，董毡则封为西平节度使。四年后的元丰初，鬼章阴与董毡通，率部族反宋，木征却对大宋始终如一，未生二心。

李宪的马不知什么时候挤到向宝的马面前来了。向宝侧过脸去，一眼看到李宪对着他又是诡秘地一笑，低声地说："向将军，现在明白王大人的女人去了什么地方吧？"

向宝："你明白，为何不早说？害得向某傻里傻气去问王大人。"

王韶还真说话算数。回到秦州，王韶拿出四十万缗钱，奖赏用命杀敌有战功的将士。李宪也赶紧给天子赵顼写奏折，称：焚贼帐一万，斩首二千四百级，获牛羊十万余头。向宝清楚：李宪在每项战绩上都加了二成。这个太监，还挺能为边关将士说话。战绩漂亮，天子自然高兴，赏赐也会多一点。此外，向宝觉得李宪那支笔头还真行。什么获牛羊万头，那是说得好听的，其实全是抢的，可这个肚子里有墨水的太监却说是"获"。"获"到的东西就是战利品。抢的成了缴获的，名正言顺，光明正大！不过，向宝觉得这很正常。为什么不抢？这上万头牛羊，够秦州边关将士受用些日子了，不抢白不抢！向宝是真的喜欢李宪了。

熙宁七年四月初四，河、湟之战的捷报传到京都开封，天子赵顼龙颜大欢，在紫宸殿接受朝中百官祝贺。日子也真巧，六年前的这一天，王安石越次入对，赵顼决心起用王安石辅政。六年后的这一天，为了彰显王安石在河湟之战的作用，赵顼当众解下腰间的玉带，系在王安石身上。玉带名"玉抱肚"，有十四粒稻谷宽，为稀世珍宝。这条玉带，王氏子孙珍藏在家。九十年后的南宋绍兴末年，王氏子孙将此宝献给皇宫。

天子赵顼对河、湟之战的将士说话算话，很快从户部拿出一百万缗钱奖赏河、湟之战中用命杀敌的将士，王韶奖赏将士的钱近二百万缗，合计是三百万缗。王韶晋升为观文殿学士、礼部侍郎，不久又升任枢密副使，时间不长以户部侍郎的官衔、观文殿学士的职衔差遣到洪州当知府。七年后的元丰四年，王韶因病去世，年仅五十二岁，赵顼为之辍朝一日。王韶相好的羌人女子李七妹仍留在西北边关老家，后来嫁给归顺大宋被赵顼赐姓包名顺的俞龙珂。王韶去世十五年后的绍圣三年，朝廷在河湟立王韶庙。但当时朝野上下群议纷纷，说王韶生事。王韶日与友人和花娘在赣江之滨的滕王阁，临风把酒，观赏落霞、孤鹜、秋水、长天。一次宴席上，有人喝醉了发酒疯，对王韶喜欢的一位花娘贱手贱脚。花娘以为这下可以在王韶面前讨好卖乖，显示节操，便在王韶面前哭哭啼啼，没想到王韶没怪发酒疯人的失态，反责备花娘让发酒疯人失欢，且罚花娘喝下一大碗酒。四年后，王韶病逝。然而，还是有人不放过他，说王韶立身不正，死前言动不正常，若病狂状；身体溃烂，能洞见五脏。何哉？《史记》云："盖亦多杀徵耳。"不过是对他杀人太多的惩戒！

第五十五章　七个月亢旱天子蜥蜴祈天 流民图惨状两宫泪眼求帝

熙宁七年真是个叫人说不清道不明、神道莫测、变化无常的一年。这一年，被吕惠卿一班人认为是千古不世之良法的青苗法、均输法、市易法都取得明显成绩，煌煌夺目得可以叫人昂首挺胸；光天下垦田就达六千九百多万亩，稻谷单产从三斛增至五斛；国库赋税成倍增长，户部、司农司、后宫以及府、州、县的官仓里钱财都满满的，特别是皇宫后苑万岁山北面景福殿封桩秘库里的三十二间库房，已有二十八间堆满金银财物。于熙宁四年十月颁行的免役法效果也开始显现，天下平头百姓交了免役钱，就免除了繁重的差役之苦。强兵法、科举法也上了路。用兵取得非同小可的战绩，复河湟、征交趾、平荆蛮，堪称捷报频传。特别是河、湟之战，可以说是大宋百年对外用兵打得最漂亮的一仗，比仁宗朝对西夏作战的名将狄青打得还好。在交趾，富良江一战，宋军的神臂弓、斩马刀大显其能，打得交趾王赶忙称臣，发誓永做大宋顺民。章惇在荆湖作战也打得挺漂亮，蛮族大首领一半已被招降，四十余州土地也收回一半。本来，皇上应该快意起来的，但谁能想到，就在这样的时刻，王相公却罢相了，皇上哪能快意得起来呢？王安石罢相的原因与韩琦、富弼无关，与文彦博、曾公亮、赵抃无涉，与范纯仁、苏辙不搭界，与苏轼毫不相干，更不能说是司马光捣的鬼。谁也没想到，王相公罢相的原因竟是一个管城门的小官的一疏一图造成的。天下事就是这么怪，朝中那么多名臣、重臣和各路大角想扳倒王相公，都没能做到，却似乎命中注定要由一位不起眼的小官来做成此事，且让这个管城门的小官噪声鹊起，一夜成名，名垂千古！

熙宁七年孟夏四月十六日清晨，日头未出，乾清宫内一片微弱的青光。向皇后醒来，发现皇上赵顼起了床。没谁有向皇后清楚，皇上这些日子的心情总在一种烦乱的状态之中，什么事都难叫他开心惬意。皇上肯定又去祈雨了。向皇后披上衣服，走到乾清宫庑廊下，果然见皇上站在一只四边插有八八六十四枝柳条、贮满水的大瓦瓮前，瓮里放着蜥蜴。皇上两旁，各站着四个青衣小儿。青衣小儿是神宫监的太监从开封城里抱来祈雨的，祈雨结束后再送回各人父母身边，每个小儿给钱半贯。不一会，皇上与两旁的青衣小儿双手合一，如临深渊、如履薄冰、战战兢兢绕着大瓦瓮转圈圈，且十分认真、十分虔诚、十分规矩地高唱祈雨词：

蜥蜴蜥蜴，兴云吐雾。降雨滂沱，放汝归去！

皇上亲自带着八个青衣小儿祈雨有十多天了。这种祈雨的方式，是前朝神宫监的太监发明的，很灵。后来朝廷把这种祈雨方式传至民间，要求百姓与朝廷共同用这种方法祈雨。这一次，京都开封的坊巷里到处摆满了四边插有八八六十四枝柳条、贮满水的大瓦瓮。几天后，京都开封城的蜥蜴给捉得差不多了；尽管总会有人从外地把蜥蜴带来，但还是不够用，只好代以蝎虎。蜥蜴善泳，蝎虎入水即亡，祈雨词也变了：

冤苦冤苦，我是蝎虎。似恁昏昏，怎得甘雨？

向皇后清楚，皇上这么认真虔诚祈雨，是因为从去年秋天到现在整整七个月，不仅北方滴雨未落，且京东东路、淮南东路旱情也很严重。这些地方去年秋粮大都干死，秋分的麦子、寒露的蚕豆种不下去，今年也无法春耕，田里没水，水稻岂能种得下去？这样下去，这些地方的农民怎么活？向皇后虽然从小到大都生活在深宫，小时候曾随父母到宫外玩过，但却从未出过京都开封城一步。城外是个什么样子，对向皇后来说，真不啻传说中虚无缥缈的海外仙山。这两日向皇后听说开封城来了许多逃荒的流民，没吃没喝，露宿街头。要不然皇上就不会一早起来就到庑廊祈雨，可要命的是，祈雨十多天，却仍未见老天下一滴雨，这能叫皇上不焦灼不安、不心急如焚吗？前几天皇上已下了罪己诏，愿把这次七个月的亢旱天灾归罪于自己，求得老天的宽恕和保佑；还恳请朝野上下，找他的错，看看他做错了一些什么事，弄得老天爷发这么大脾气。向皇后知道，古时天灾，禹、汤都下过罪己诏，结果老天保佑，天灾很快过去。然而，皇上这次又是亲自祈雨，又是下了罪己诏，老天怎么还不下雨呢？

向皇后悄悄往前移了几步，在离大瓦瓮五步远的地方停下来。中原王朝无论是祷告天地，还是祭祀祖先，女人大都要回避，即使贵为皇后的女人，也概莫能外。女人身上不干净，掺和进来，天地祖先是不受用的。向皇后感到庑廊的气氛既肃然，又有点窒闷；既沉重，又有点滑稽。不过滑稽这种感觉一产生，向皇后就害怕起来，同时觉得自己犯了什么罪过似的。中原王朝几千年来，谁不敬天、畏天？天公要发起怒来，谁人不怕？皇上也怕天，皇后就更怕，可自己刚才怎么会有种滑稽的感觉呢？太不应该了！太对不起皇上了！

向皇后在五步之外，看到大瓦瓮里的黑褐色蜥蜴，拖着细长的尾巴，很神气地在大瓦瓮的水里穿梭般地游来游去。蜥蜴这种小动物，平时并不惹人喜爱，反倒叫人感到可厌，甚至可怕，往往被好事的人捉住踩死。但今天，蜥蜴却肩负着祈雨的重任，不由得神圣起来，也身价百倍起来，谁也不敢厌恶它，撩惹它，更不敢捉住踩死。向皇后清楚，皇上为蜥蜴祈雨这件事很是焦虑苦恼。本来，无论是新法，还是用兵，取得的成绩都盖过了前朝，皇上应该十分惬意高兴。但，皇上这种好心情却被本朝大北方七个月的亢旱给破坏了。昨日是向皇后进御侍寝的日子，赵顼与向皇后未能像以前那样快活一夜，草草就完了事。

向皇后一早起来就去找皇上，是因为有件要紧的事跟皇上禀报。本来这件事，向皇后是打算昨天晚上对皇上说的，但昨晚向皇后见皇上总不得那么畅快起来，就临时打消了这个念头。向皇后实在不愿意让一些不愉快的事破坏了她每半月才能轮到一次给皇上进御侍寝的欢快气氛。且那件事是那样复杂，不是三言两语所能讲得清楚的。皇上看到向皇后来了，明显感到向皇后有话要跟他说，就问：“有事？”

向皇后点了点头，正要开口，御前太监躬着腰趋步过来向皇上禀报：国舅爷、东阁门使曹诱有黑字牌急脚递奏章面呈皇上。向皇后吃了一惊。她清楚由阁门送交给皇上奏章，并不是什么好事。宋代阁门，不仅掌管朝会供奉赞相之事，还兼掌文武百官上呈的奏章、下发的诏敕之事。文武百官的奏章要想绕过中书、通进银台司，直接呈送到天子手上，就去找阁门；有时军情紧急，事关重大，这种奏章也多由阁门传送；特别是深夜的急脚递奏章，就更是如此。此时东阁门使曹诱要送奏章给皇上，就已经让皇上紧张不安，且用的是黑字牌急脚递，皇上就更会感到紧张不安了。宋代驿传有四等：曰步递，日行百里；曰马递，日行二百；曰急脚递，日行四百，唯有军情才能使用；曰黑字牌急脚递，如古之羽檄，惟特大军情才用，日行八百，朱漆的木牌上用金箔嵌上去的“急”字，光明炫目，过如飞电，望之者无不避路，则均由东西阁门直送皇上，中书省、枢密院都过问不得。此时，国舅爷、东阁门使曹谒送上的就是黑字牌急脚递奏章，这能不把皇上吓着吗？不过，向皇后很奇怪。河、湟之战刚告捷，荆湖之役亦取得胜利，交趾王已称臣，北辽现在内争正你死我活不可能入侵中原，哪里还会有特大军情呢？但不管怎么说，这份黑字牌急脚递确实是来了，此时又久旱无雨，祈雨不灵，如果莫名其妙出了个特大军情，这叫皇上如何受得了？

皇上很是本能地一惊，嘴张开着，半日合不拢。好一会，皇上才点了下头。御前太监会意，转身用尖细的嗓子传旨："宣曹谒。"

片刻工夫，东阁门使曹谒从庑廊转角处过来。这个国舅爷曹谒还在庑廊远远的那头，就很规规矩矩、老老实实地跪下去，给皇上叩头，半日不敢起来。曹谒今天的表现，很是让向皇后意外。对曹谒，向皇后的印象实在是好不起来。不是向皇后喜欢吹毛挑刺，待人太苛，实在是这个曹谒太不争气了，尽给皇亲国戚脸上抹黑。朝中百官都怕他，但又都嫌他；即使给老相公韩琦狠狠地打了几十大板，也只是好了一阵子。在宫中，这个曹谒也很不争气，从不把官家的规矩放在眼里，一样胡来。办完事，曹谒总要在宫中逗留逗留，跟太监在一起弈棋、投壶、斗鸡、蹴鞠，找太监掷骰子赌钱，有时还跟太监约聚欢饮，把宫中搞得乌烟瘴气。这些事，大又不大，小又不小，宫里的人谁管得了这个国舅爷？这个国舅爷实在做得太过分了，入内内侍省的大太监都都知张德保也只是拿几个该死的太监开刀，把他们打上几十大板了事。向皇后几次想好好管一管曹谒，但话到嘴边又吞了回去。东西阁门虽是连着内廷，却是朝廷的一个衙门，她这个六宫之主的皇后不好多管。

御前太监退了下去，皇上要曹谒起来。向皇后看到，曹谒这才抖抖地爬了起来，似乎很怕耽误官家大事，躬着身子急步到了皇上面前，一脸灿烂的谄笑，规规矩矩把手上的黑字牌急脚用双手递逞到皇上手上，然后又怯怯地在一旁恭立着。

向皇后感到，还真不能小看了曹谒。这个国舅爷说不上多么聪明，但一点也不愚蠢，更谈不上呆，圆滑的地方一点也不比别人逊色，晓得在皇上面前装孙子，且装得这么规矩老实。不过，向皇后很清楚，国舅爷曹谒心里其实并不怕皇上。皇上对宫人一向宽容，小有过失从不追究；对皇亲国戚就更是多有包容，不是太不像话是不去责备的。皇上以前也面责过这个曹谒，曹谒表面上答应得好好的，但转身就把皇上的话当耳边风，照样盛气凌人、胡作非为、横行霸道。在宫中，曹谒真正怕的人是太皇太后曹氏。曹谒做了什么坏事，传到太皇太后曹氏耳里，肯定要挨顿死骂，把曹谒骂得半日不敢抬起头来。但传到太后高氏耳里，就不只是骂了。说起来，曹谒是太后高氏的表弟，太后高氏对这个表弟是常常要敲打敲打的，更厉害的一手是把曹谒的东阁门使给撤了，好久才官复原职。朝廷里的事，太后高氏管不了，也不好去管；但曹谒是国戚，把他的官撤了，朝中百官无不拍手称快。太后高氏当然无权把曹谒的官撤了，但太后高氏给皇上发个话，皇上就照办了。曹谒怕死了太后高氏。远远见太后高氏来了，曹谒总绕个弯躲开；有太后高氏在场的地方，曹谒总是规矩得不能再规矩。

向皇后看到，皇上打开黑字牌急脚递，里面有一疏一图。皇上正要展开来看，御前太监又过来禀报：太后高氏要皇上赶紧到太皇太后曹氏庆寿宫去。向皇后看到，皇上先是犹豫了一下，不知是先看黑字牌急脚递里面的一疏一图好，还是先去庆寿宫。不过，皇上很快合上黑字牌急脚递里的一疏一图，拿在手上，吩咐摆驾。向皇后一来也要去庆寿宫给太皇太后曹氏、太后高氏请安，二来是那件要紧的事还没跟皇上禀报，就也搭着皇上的銮驾，到庆寿宫去。

向皇后跟在皇上后面，出了乾清宫，然后上了銮驾，一起往庆寿宫去。才四月十六日，明天进小满节气，日头就很有点毒。向皇后从銮驾的窗口朝前望去，隔着密密的树叶，但见树叶里漏出的白花花日头很是刺眼。向皇后又望了望御道两边的竹木花草，也不像往年那样鲜翠了，叶子有点干萎，花也蔫巴巴没甚精神。四处有花工和下等太监挑着水桶，去给竹木花草浇水。往日欢腾的、很好听的鸟雀鸣叫声都听不到了，大概干得难受，躲在树木深处歇息。

皇上的銮驾很快来到庆寿宫前，一伙太监、女官、宫女从掩映在高大繁茂古树林中的庆寿宫那头跑了出来，庆寿宫的押班太监则站在庆寿宫的玉阶上对着这边挥手。銮驾停住了，向皇后跟在手上拿着黑字牌急脚递奏章的皇上后面，急步进了庆寿宫。向皇后感到庆寿宫有种古怪的沉郁气氛。以往庆寿宫里寂寂无声，今天却挺热闹。向皇后还在庆寿宫门口，就听到里面有人在高声说话：“瓜果之微，也要交免行钱，泱泱大国的国体伤损殆尽；竭泽专利，天下百姓所剩无几；商人都惧怕市易司勾行人把货物强行收走，不敢做生意，恐怕真的用不了多久，皇宫里的人也要饿肚子了。”

向皇后听出来了，是岐王赵颢的声音。熙宁二年，著作佐郎章辟光上疏要赵颢迁居外邸，王相公是支持章辟光的，极力为章辟光辩护，言章辟光无罪，但太后高氏发了通脾气，赵颢才在宫中住下来。不过，三年前赵颢还是搬出了皇宫，一个月一次进宫看望太皇太后曹氏、太后高氏。在向皇后的记忆中，岐王赵颢是不大谈朝政的，像今日这样对朝政说三道四还是第一次，且说出来的话挺吓人。向皇后多少有点惊讶。不过，尽管如此，对赵颢说的话，向皇后倒也不是觉得全然错了。赵颢说的前两点，向皇后没甚兴趣，也觉得跟自己没什么关系。向皇后心中有数，对朝廷上的事，自己懂得不多。但对赵颢说的第三点，向皇后却很有同感。向皇后并不觉得皇宫的人今后会饿肚子，王相公这么能干会成事的人，怎么也不可能让皇宫里的人饿着，但皇宫近来在购物上，还确实碰到不少困难，有着诸多不便。以前皇宫要个什么，或者看中个什么东西，只要跟开封府打个招呼，开封府再跟有关商行打个招呼，商行就立即会把东西送来，钱也不要，给了也会送回来。当上皇后的前几年，向皇后对这点很是不解。商行本身并不做生意，只是城镇里商人的行会组织，哪来那么多钱和物。后来，向皇后才清楚了，各个商行有的是源源不断的钱和物。商人在开封做生意，除了交正常商税外，还要向所属的商行交摊派钱。摊派钱名目繁多，也不轻，官府所需的物、料、人、工都在其中。小商小贩是不愿交这笔钱的，但大商巨贾却十分愿交。交了这笔钱，大商巨贾的买卖就好做了。向皇后觉得，就这么下去也没什么不好。大商巨贾生意好做了，官府所需的物、料、人、工也有了，皇宫要什么就有什么，各方面都有好处，何乐而不为呢？可现在不行了，朝廷有个市易司，规定做生意的交商税外，要交笔免行钱。不过，交了免行钱，就不用再交那些名目繁多、杂七杂八的摊派钱了。况且，比起摊派钱来，免行钱轻多了。小商小贩高兴，大商巨贾却不乐意。向皇后开始百思不得其解，少交钱了，大商巨贾为何反不乐意呢？前些日子，向皇后问过内廷女官总管国夫人刘氏，刘氏别的没多说，只是跟向皇后讲了讲“舍得”二字的含义，向皇后很快明白其中的奥妙了。“舍得”二字真是妙绝了。“舍得”“舍得”，先是“舍”，后是“得”，没有“舍”，何来“得”？“舍”的少，“得”的少；“舍”的多，“得”的多。摊派钱“舍”的多，大商巨贾“得”的好处当然就越多；免行钱“舍”的少，能“得”到什么好处？后来，向皇后又听大太监张德保说，市易司还规定，做生意的商人、市场牙人都得按照市易司平抑后的价格做买卖，否则市易司的勾行人就要找麻烦，轻者处罚，重者没收财货。这一来，做生意的商人还能有多少赚头？那些大商巨贾谁乐意？谁还去做买卖？皇宫许多需要的东西自然买不到。不错，开封市场上还有不少小商小贩在做小生意，但小生意怎能满足得了皇宫的需要？

向皇后跟在皇上后面进了庆寿宫，里面岐王赵颢的说话戛然而止。向皇后听到里面有一阵杂乱的脚步声和衣物的窸窸窣窣的摩擦声传来，接着向皇后就看到岐王赵颢过来迎驾，岐王赵颢后面还跟着一大帮太监、女官、宫女。向皇后又听到太后高氏在寝房里面说：“皇上，太皇太后都给气糊涂了，说她长到这么大，还没见过天旱得这么久。七个多月没下一滴雨，不要说天下子民日子没法过，就是皇宫里的日子也没法过，连太皇太后想吃点肉都难了。”

向皇后清楚，太后高氏此时对皇上称“皇上”，表明不顺心。向皇后看到，皇上那只拿着黑字牌急脚递奏章的手因吃了一惊而抖动了几下。虽说太后高氏说的话过了点，但绝不是虚言。现在宫中的日子确实有点难。不说别的，只说宫中的生猪，每日要三十来头，每月要近千头，每年要上万头。朝廷施行新法前，农户的生猪价格给猪市商人压得不能再低，不养猪了，宫中生猪难收。后来朝廷施行市易法，农户可以直接把生猪赶到市易务去，卖个比先前高得多的价，宫中要收多少生猪都不难。但现在又很难收起来了，说是市易务的人与市场牙人太恶，免行钱越收越高，也越收越细，连卖个鸡蛋也要收免行钱，比以前的摊派钱还要多，市场上的东西自然少多了，宫中所需的生猪也吃紧了。如果仅仅是因为宫中的太监、女官、宫女喜欢吃猪肉，这好办，少就少一点。但，猪肚上的那块不到半钱的肚尖，用来炒玉兰片，是太皇太后曹氏最喜欢吃的。刚才太后高氏说的太皇太后想吃块猪肉，指的就是猪肚尖上这点肉。大宋的太皇太后吃这么点东西，总不为过吧？太皇太后曹氏一天吃的肚尖是一斤，需三十只生猪，与宫中太监、女官、宫女所需猪肉正好相当。要是每日收不到三十头猪，就不好向太皇太后交代了。可这些日子只能在开封集市上收到二十来头生猪，每日还差十来头。好在这些日子内官监押班太监高全福会办事，头日就到东明县乔家庄去找乔老爷乔昌发，从庄子里牵十头生猪过来，才把这事搞定。此外，还有太皇太后、太后、皇上以及宫中许多有头有脸人喜欢吃的高丽江米、香油、清酱、时鲜瓜菜，以前都是宫中要多少就有多少，现在也有点紧张了。说句实在话，向皇后今天要跟皇禀报的要紧事，也就是这件事。

向皇后跟在皇上后面，几步进了寝房。向皇后看到，一脸富态福气的太皇太后曹氏仍像过去一样，半躺在紫檀螺钿雕彩漆大八步架子床上，背腰处垫着枕被，床边茶几上放了盏还在冒着热气的茶。乔内史也像以前那样坐在架子床下的一只锦墩上，还是一脸的虔诚、崇敬、顺从、讨好，只不过没见了以前的幸福和荣光，替而代之的是一脸愁苦和忧煎。乔内史那双手还在给太皇太后曹氏捏脚，让太皇太后感到十分受用。岐王赵颢文质彬彬、温文尔雅地恭立在架子床前。太后高氏则十分依顺地坐在太皇太后曹氏身边，一边命两个太监端两只锦墩过来给皇上和向皇后坐。向皇后注意到，太后高氏的眼睛十分专注地望了望皇上手上的那份黑字牌急脚递奏章。一会，太后高氏又在哄太皇太后曹氏了："老祖宗，你千万要保重好身体，不可气糊涂了，更不可气垮了，皇上还等听你一肚子的前朝故事呢。"

向皇后看到，太皇太后曹氏很快活，脸上却装着不高兴的样子："太后，你以为老身糊涂到了什么话的意思都听不出来呀？尽哄老身，你不见皇上这些日子忙得什么似的，还让老身尽在皇上面前说些没用的话，这个责任老身担当不起。"

向皇后与皇上在太监端来的锦墩上坐下来。向皇后记得，熙宁元年四月初五，也就是王相公越次入对后的第二天，在庆寿宫太后高氏也这么哄过太皇太后曹氏，太皇太后曹氏也对太后高氏这么说。太后高氏当然知道太皇太后曹氏并未恼她，仍旧顺着太皇太后的意思，说："老祖宗错怪人了，你问皇上，是不是在等着听太皇太后一肚子的前朝典故。"

向皇后侧过脸去，望了望坐在旁边的皇上。向皇后注意到，皇上像往日一样对太皇太后曹氏充满敬佩之情："太皇太后有何见教，孙儿敢不听？"

向皇后仔细琢磨着皇上的话，感觉到皇上的话语与以前有些微妙的变化。要是以往，皇上总是催这个不是血亲但胜似血亲的太皇太后快说。当然，不能说皇上现在就不听太皇太后曹氏的了，但今天没催，且话中多少有不耐烦的味道。好像在说，现在都什么时候，北方七个月未落一滴雨，朝廷上上下下忙得焦头烂额，如坐针毡，哪有心情听什么前朝典故。不过，太后高氏却高兴了："老祖宗就不要客气了。"

向皇后看到，太皇太后曹氏很爽朗、很富态、很有面子地笑了起来："太后要逼老身，老身只好开口了。老身从前只要听到民间疾苦的事，都会如实告诉仁宗皇帝，仁宗都会批准老身的意见，让民间好过些。——皇上，现在也应该这样。"

向皇后听出来了，太皇太后曹氏表面上讲的是仁宗朝的事，骨子里实际上是在讲现在的事；本来讲古就是喻今，太皇太后生怕皇上听不出来，后面补了句"现在也应该这样"，意思就再清楚不过的了。"现在"是中原王朝北方大片地方七个月未落一滴雨，这些地方民间百姓肯定是相当苦的，连逃荒的流民都涌进开封城来了。很显然，皇上就"应该"像先帝仁宗那样听太皇太后的。向皇后发现：太后高氏很是会心一笑，岐王赵颢也笑了，不过笑得很有节制；皇上没笑，龙颜上有种不易被人觉察、很有点警觉意味的复杂神情。

不用问，谁都清楚太皇太后曹氏话中的意思，现在就等皇上回话。向皇后看到，皇上沉吟了一会，声音不大也不小地给太皇太后曹氏回答了四个字："今无他事。"

向皇后心里感到一惊。皇上对太皇太后的话，从来是句句都听的，但今天的话，却答非所问，且显得有点生硬，明显在堵太皇太后曹氏嘴。向皇后再清楚不过，皇上不是那种对天下大事麻木不仁、掉以轻心的人，也不是那种对民间疾苦漠不关心、视若无睹的天子。这些日子，皇上心急如焚可说是到了寝食难安的程度，就是跟自己的欢爱也草草了事。向皇后很是不解：皇上明明是心事重重，却为何说天下无事呢？

向皇后注意到，太皇太后曹氏、太后高氏、岐王赵颢脸上也都出现了一种很是惊讶的神情，就是乔内史脸上的神情也很是惊异，只不过瞬间收了起来。这个乔内史当然很清楚自己的身份和地位，太皇太后曹氏再喜欢她，再离不开她，也不能在皇上面前有什么失礼和不当的举止神情。如若不然，皇上怪罪下去，太皇太后曹氏也保不了她。她这一辈子就玩完了，几十年辛辛苦苦、小小心心、忍气吞声得到的东西全要付之东流，那就亏大了。太皇太后曹氏今天也跟以往不一样，好像很不在意皇上今天对她的态度。皇上不要她啰唆下去，太皇太后曹氏偏要啰唆下去："吾闻新法不便，民间甚苦，——新法可罢之。"

向皇后心里又是感到一惊，没想到太皇太后曹氏会这么直接要皇上罢除新法。向皇后心里暗暗叫苦了，觉得眼下的事情十分难办。在这个人世上，可以说没有谁有向皇后那么清楚，皇上把新法看得多么重。新法就是皇上的命根子，还在东宫当太子时，皇上就想到更张旧法，实施新法，常常跟韩维谈论新法。登基以后，皇上就更是想到要用新法来富国强兵、洗刷国耻，做大有为之君。后来皇上遇到王相公，二人把一整套新法拿了出来。新法施行五年多，国库里的钱财明显多了起来，不仅朝廷不愁没钱了，后宫也从来没为钱发过愁；仗也打赢了，特别是河、湟一战，把中原王朝以前的这块土地收回来了。这个时候太皇太后曹氏要皇上罢除新法，岂不是要皇上的命？此外，向皇后心里还感到一惊的是，自己竟然觉得自己十分敬佩的太皇太后曹氏的话有点不妥了。向皇后真的是不明白，太皇太后曹氏平日里总教训嫔妃要规规矩矩遵守祖宗制定的家法，万万不可做出后宫干政的蠢事来。后宫干政，可是大宋王朝最忌讳、最恼恨的一件事，也是后宫最不应该做的一件最危险、最恶毒的事。太皇太后曹氏明知道这一点，却为何要皇上罢除新法呢？这不是干政又是什么呢？太皇太后，你犯忌了！向皇后心里暗暗叫苦，要皇上罢除新法是不可能的，然而不罢除新法，太皇太后曹氏又怎么高兴得起来呢？向皇后从来不希望皇上跟太皇太后曹氏有丝毫意见不合，今天二人恐怕难做到这点。

皇上声音不高，但很明确：“新法是利民的，非苦之也！”

太皇太后曹氏说一句，皇上顶一句。向皇后感到，自己担心的事真的要出现了。向皇后看到，太后高氏的脸色显然不快，岐王赵颢的脸色也很不好看，只有乔内史像没听到太皇太后曹氏和皇上的话一样，只是认认真真、小小心心地给太皇太后曹氏捏脚。

太皇太后曹氏寝房里陡地有了一种十分严峻、十分凝重的气氛。太皇太后曹氏哭了：“王安石诚有才学，但得罪的人太多，怨之者甚众。皇上若要保全他，不若暂时让他出京补个外职。实在想用，可过一年再召回来。”

乔内史忙掏出手帕，很小心地把太皇太后曹氏脸上的眼泪擦干。向皇后感到自己心里倒吸了一口凉气，没想到太皇太后曹氏会提出个这样的问题来。向皇后明白了，太皇太后曹氏要把王相公赶出朝廷，不由得为皇上担起心来。无论是在朝中，还是在宫中，要王相公下台的声音，不自今日始，亦非太皇太后曹氏一人。王相公当上参知政事后，六年多来，一直有人要扳倒他。最近的一次是司马光熙宁三年上《奏弹王安石表》，也要扳倒王相公。那一次朝廷挺紧张的，许多人都以为王相公要滚蛋。不过，最终王相公没给扳倒，离开朝廷的倒是司马光。然而，这一次是太皇太后曹氏要扳倒王相公，王相公能不下台吗？

皇上一点面子也不给太皇太后曹氏："不行！群臣中，唯安石能为国家当事！"

向皇后倒吸了口凉气。在向皇后的记忆中，皇上这么伤太皇太后曹氏没脸面的事还未有过。不过，此时向皇后又觉得，太皇太后曹氏刚才的话还是通情达理的。太皇太后曹氏只是让王相公临时离京。况且，宋朝官员升迁谪落频繁得很，做相公的上上下下，换来换去就更快。天家这么做，为的是防止专权，谁也不用太在意。再说，相公有燮理阴阳的职责。风不调，雨不顺，王相公是有推卸不了的全责。这次旱情太严重了，且怎么祈天祷地都没用，朝野上下多少双眼睛都盯着王相公，让王相公暂时离开朝廷，也确实未尝不可。

向皇后看到，太后高氏的脸色难看起来，岐王赵颢也有点有物哽在喉口、非吐出不可的意思。过了一会，岐王赵颢插了句嘴："太皇太后之言，是至理名言，陛下不可不思。"

向皇后看到，岐王赵颢的话音刚落，皇上不知从哪里升起一股无名怒火，对赵颢吼了起来："是我败坏天下耶？那就换你来当皇上！"

向皇后吓了一大跳，自从在东宫当太子妃起至今，十来年了，还从没见皇上发过这么大的脾气。向皇后再仔细想一想皇上的话，更是吓坏了。帝位是天下神器，岂是可以随随便便换来换去的？要换帝位，就意味着江山易主，那是要人头落地的，许多时候还要血流成河。当然，向皇后清楚，刚才皇上的话只是一种气话，无须当真；皇上既不狠，更不残，也无须害怕。不过，向皇后觉得，不管怎样说，岐王赵颢刚才的话还是欠妥。居家是父子，临政是君臣，天家的这个规矩是不能破的；再说宋朝的祖制也明确规定，皇族不许插手政务，太皇太后曹氏的话已经犯忌了，你岐王把太皇太后曹氏犯忌的话看成至理名言，岂不是也犯了忌？

向皇后看到，太后高氏开始也吓着了，脸色都变了，过了一会脸色才稍稍恢复常态。太皇太后曹氏不再说话了，脸上显出一种很高贵的既克制、又很无奈的神情。乔内史的眼睛再也不望谁了，只是低着头更加小心地给太皇太后曹氏捏脚。岐王赵颢一半是给吓的，一半是感到自己受到天大的委屈，眼泪都出来了，很是伤心地对皇上说："何至如此！"

向皇后觉得岐王赵颢流眼泪是多余之举。皇上这段时间可说是整天整夜地心急如焚、焦虑苦恼、战战兢兢、如履薄冰、日夜操劳，可你和太皇太后还对王相公说三道四，拿王相公之事烦皇上，皇上心里能不发火吗？皇上对自幼抚育自己的太皇太后曹氏不敢有什么难看的脸色，但你是皇弟，不吼你吼谁？

向皇后感到太皇太后寝房里的气氛不仅严峻、凝重，且有点紧张起来。好一会，向皇后看到，太后高氏忽然哭了，两行眼泪从太后高氏开始发福的白里透红的脸上流了下来。在宫中，谁见太后高氏如此伤心过？向皇后看到，庆寿宫寝房里一片惊慌。特别是那些太监、女官、宫女，一个个惴惴不安、小心谨慎起来，也都特别战战兢兢、规矩地恭立着，人人都有种大事临头的感觉，随时准备着挨骂挨打。向皇后清楚，太后高氏对宫中那些有头有脸的太监、女官常常是很严厉的，常常要敲打敲打，这些人对太后高氏怕得要死；但太后高氏对宫中的小太监、宫女其实挺和颜悦色的，然而怪得很，这些人最怕的人却还是太后高氏。向皇后发现，乔内史更是不敢把头抬起一下，低着头一门心事给太皇太后曹氏捏脚。

向皇后注意到，皇上也给吓住了，龙颜一恐，手脚都有点乱了，忙转身对着太后高氏："儿不孝，母后何事生气，儿敢不照办？"

向皇后看到，太后高氏这才止住了眼泪，太皇太后曹氏脸上也出现了悦色，就是那些太监、女官、宫女也不那么战战兢兢、惴惴不安了。乔内史还抬起眼皮望了望太后高氏。庆寿宫寝房的气氛尽管还严峻、凝重，但已不再那么紧张了。太后高氏脸上的泪水未干："皇上，今天是你登基后太皇太后第一次求你做的一件事，你就听太皇太后的，让王安石走吧。王安石把天下搅乱了，天下平头百姓快没法过了！"

向皇后看到，庆寿宫寝房的气氛又紧张了起来。向皇后十分担心，皇上也把太后高氏的话顶回去，那时场面就难收拾了。好一会，皇上说："母后，不是儿不孝。这件事，儿不敢照办。"

皇上这句话"不敢照办"与前句"敢不照办"只是把"敢不"二字的顺序颠倒了一下，但意思却全变了。不过，皇上虽然没给太后高氏面子，但口气上却和软多了。向皇后注意到，太后高氏从身边一个宫女手上接过手帕，擦干眼泪，望着皇上手上拿着的那份黑字牌急脚递奏章："皇上，你还真以为王安石那些新法是利民的？平头百姓日子过得不苦？皇上手上那份黑字牌急脚递看了还是没看？要是没看，皇上打开来仔细看看。"

向皇后感到，庆寿宫寝房里有了一种奇妙的气氛，虽谈不上轻松，却不那么紧张。向皇后知道，皇上是刚才收到国舅爷、东阁使曹谒呈送上来那份黑字牌急脚递的，正要看时，御前太监来禀报太后高氏要皇上赶紧到太皇太后曹氏的庆寿宫去，皇上才没来得及看，要不就不会把那份黑字牌急脚递带到庆寿宫来。向皇后奇怪的是，太后高氏好像早就知道那份黑字牌急脚递奏章。这就奇怪了，黑字牌急脚递奏章十分机密，皇上还没折开来看，太后高氏怎么就知道了？当然，这是太后的事，做皇后的不好去管。几日后，向皇后才知道，这份黑字牌急脚递里的一疏一图早就在京都开封不胫而走，连小商小贩都知道此事。

向皇后看到，皇上龙颜多少有点不快，不过，这只是瞬间的事。向皇后知道，这类事要是出在别的什么人身上，这是很危险的，皇上会毫不客气拿他是问的，弄得不好命都要丢掉。但出在太后高氏身上，就又另当别论了。再说，无论是太皇太后曹氏，还是太后高氏，都还只是在请求皇上做某件事，并未逼着硬要皇上做某件事，还很难说得上是真正意义上的干政，皇上自然不会做得那么认真，更不要说过分了。

向皇后发现，皇上好像此时才知道手上还拿着那份黑字牌急脚递，急忙打开，取出里面的一疏一图。庆寿宫寝房里谁也不出声了，都静静地望着正在看一疏一图的皇上。向皇后看到，皇上一看完黑字牌急脚递上的一疏一图，就龙颜大变。向皇后知道朝廷出大事了，黑字牌急脚递里的一疏一图上一定有什么很不好、很要命的内容。不过，太皇太后曹氏、太后高氏却脸色平静。向皇后望了望黑字牌急脚递，也不由得吓了一跳，惊恐起来。向皇后看不清奏疏上的字，却一眼看见了那幅图。图上画的是开封城里逃荒的流民：有成群结队涌向京都开封，有一群流民在开封街上半裸着吃草根树皮，还有一群骨瘦如柴的流民被如狼似虎的衙役公差追得四下逃窜。不用问，这幅图都是指向王相公的新法。向皇后很奇怪，这个人干吗要画这幅图呢？这一下不就要了王相公的命吗？第二天向皇后听皇上说，黑字牌急脚递里的一疏一图是一个名叫郑侠的开封安上门监呈上来的。此人不过是个九品官，在京都开封这样的官几乎与布衣无异；此人曾是王相公门生，很崇敬王相公，图上画的是这次大宋北方持续七个月之久的大旱造成的大批逃荒流民的悲苦生活情景。

向皇后看到，皇上被一疏一图震撼了，目光发直，半天无言，手上的一疏一图也随着双手的抖动而微颤着，有两行眼泪从皇上的龙颜上流了下来。那些太监、女官、宫女害怕极了，万分战战兢兢、惴惴不安起来。乔内史再也不抬起眼皮，只是一门心思给太皇太后曹氏捏脚。

向皇后感觉到是这一疏一图把皇上害苦了。皇上不是降了罪己诏吗？不是还亲自去祈雨吗？一时间雨还落不下来，这怪得皇上吗？为什么要这样害皇上，上这么个一疏一图吓皇上呢？向皇后感到，朝廷的新法恐怕真要给废除了，为新法苦心孤诣，不为功名利禄执意施行的王相公，恐怕真的要离开朝廷了。

太后高氏脸上有种毅然决然的表情："方今七个月亢旱，天灾屡见，人情未和，唯在澄清。皇儿，天灾示警；人君所畏唯天，若不畏天，何事不可为者。如安石居庙堂，必无安静之理！"

向皇后清楚，皇上最敬畏的是天。向皇后看到，皇上冒出了一层细微的汗珠。还是太后高氏厉害，要么不说，说了就没法推辞不办。对太皇太后曹氏，皇上一点面子不给就顶了回去；对太后高氏的话，虽然没立即照办，却也没顶回去。皇上半日说了一句话："等儿再想想。"

太皇太后曹氏也哭了："皇上，再等就要死更多的人了。"

向皇后看到，皇上呆呆地坐在锦墩上，手上的那幅图也掉了下来，飘落在皇上的脚下。巳鼓时分一片孟夏四月的日光透过庆寿宫寝房窗棂，照在有了一层细小汗珠的皇上龙额上。

随后向皇后扶皇上回乾清宫歇息。这日皇上在乾清宫御床上躺了一日一夜。第二日早朝，皇上还是听了太后高氏的话，宣布罢除新法，不过，并未罢除王安石的相位。

第五十六章　安上门内郑侠痛骂奸邪贼 安上门外安石私访饥流民

天子赵顼早朝宣布罢除新法后的当日上午，四年前就当上翰林学士、知谏院的吕惠卿四处寻找王相公，却不见王相公的踪影。吕惠卿先到离翰林院不远的中书省去找王相公，四年前当上同中书门下平章事的韩绛不在，规规矩矩、本本分分坐在自己值房里的参知政事王珪说他也在找王相公。接着，吕惠卿骑着马，打算到衙门设在皇宫外的吏部、户部、礼部、兵部、刑部、工部去找王相公。出了皇宫的外廷，刚上御街，便见御史中丞邓绾策马从御街那头而来。吕惠卿打马迎了上去。邓绾告诉吕惠卿，他也在找王相公；又说刚从吏、户、礼、兵、刑、工部而来，六部衙门的人都说王相公未到他们那里。吕惠卿忙拨转马头，与邓绾一同去司农寺找王相公，也许王相公在那里与判司农寺曾布商量赈灾之事。邓绾要吕惠卿不用去，说他早就去过司农寺，不仅王相公没到司农寺，连曾布也不在司农寺。

吕惠卿心里很是愤慨，也很是犯急。吕惠卿有点怪自己早朝后在丹墀下待的时间长了点，弄得把找王相公这样的头等大事耽误了。今日早朝天子赵顼宣布罢除新法，真如晴天霹雳，一个个都给震傻了，不知道今日朝廷里到底发生了什么事。新法施行五年，正搞得有声有色，怎么说废就废了，事前连蛛丝马迹都没有呢？过了好一会，众人的神智才开始清醒过来。吕惠卿看到，原先那班一直对新法恨之入骨的人可高兴了，要不是有个朝会规矩在，那班人真会高兴得手舞足蹈起来。再过一会，皇上宣布退朝，早朝的百官转身往外走，出了大庆殿，那班人再也控制不住自己了，一边下丹墀，一边取下帽子弹净上面的灰，指天画地，眉飞色舞，谈谈笑笑，像碰到什么特大喜事。吕惠卿特别注意看了看文彦博，此人在司马光从朝廷滚出去后，就再也没听到他对新法说三道四了，在用兵问题上也不过分坚持自己的意见，但这会那张有着逼人官威的脸上却现出了这几年都难得一见的喜色，捻着全白了的长须，笑眯眯地频频对从他身边走过的人点头。吕惠卿有意在丹墀下等文彦博过来。以前，文彦博与吕惠卿在什么地方碰上了都会相互拱拱手。这会吕惠卿的手早拱了起来，文彦博却像没看到一样，连眼皮也不抬一下就直直地下去了。这个文彦博，像搞新法的人都要从朝廷滚出去，从今以后朝廷就是他文彦博的了。不过，吕惠卿心中有数：文彦博这是想得美，事情远不是他想的那个样子。

吕惠卿正想转身走人，一眼看见冯京与执掌礼乐祭祀的太常寺卿和执掌断狱详刑的大理寺卿十分开心地从丹墀上下来。吕惠卿是恨透了冯京的。冯京不是个东西，说起来此人还与王相公是“齐年”，王相公对他挺不错，但此人一有机会就兴风作浪，跟王相公作对，坏王相公的事，早巴不得一夜尽废新法，出手挺重，必欲置王相公于死地而后快。吕惠卿不想走了，他要好好看看此时此刻冯京作何表现。吕惠卿看到，冯京也明显感到吕惠卿不怀好意地站在丹墀下等他。不过，冯京与文彦博不同，很快变得温文尔雅、谦恭顺从起来。吕惠卿没打算跟他拱手，这个冯京却在从吕惠卿身边走过时做出个拱手的架势。吕惠卿故意把头抬高，望着丹墀顶头。冯京倒也没有什么特别尴尬，脸红了一下，就仍和太常寺卿、大理寺卿十分开心地往前走去。

吕惠卿这才准备把头转过来走人，但刚转身，又见丹墀顶上的平台出现一个人，就不想走了。此人是与吕惠卿同在翰林院进出的首席学士韩维。韩维对吕惠卿谈不上特别好，也谈不上特别坏，但吕惠卿对韩维总另眼相看。这不仅因为韩维在翰林院是掌门人，更因为韩维不像朝中许多人那样忌妒吕惠卿的才，相反很看重吕惠卿这点。吕惠卿对官场看得透，在官场谁跟谁会有什么“仁”呀“义”的，谁不是无时无刻用一双斗鸡眼盯着别人的同时又无时无刻被无数双斗鸡眼盯着？只要一发现对方有什么差错，谁不是立刻扑上去把对方撕个稀巴烂的同时又时刻紧防着自己被对方撕得稀巴烂，要不然怎么爬得上去？韩维能这样对待自己就很不错了。当然，除了这些外，还因为此人是当朝天子赵顼的旧臣，跟天子有种特殊的关系，跟这种人搭上关系有百利而无一害。韩维低着头，独自一人跟在众人后面沿着丹墀下来，下到丹墀一半时，韩维发现吕惠卿在等他，步子却并未加快。韩维下了丹墀后，吕惠卿把韩维拉到远离众人的大庆殿边上，向韩维打听，今日早朝天子突然宣布罢除新法是怎么回事。韩维倒也不瞒：王相公遇到大麻烦了，有个在安上门当差管城门的名叫郑侠的人，用八百里黑字牌急脚递给天子上了一疏一图，历数了新法在施行过程中的种种弊端，特别是那幅《流民图》，把他在安上门城楼上看到的一批一批涌向京都开封的流民惨状画了出来，天子在御床上躺了一日一夜，心里十分难受，也十分恐惧，认为是新法得罪了老天，才亢旱七个多月，决定废除新法。

吕惠卿心里倒吸了一口寒气。天呀，事情怎么会这个样子呢？新法施行五年多来，反对新法的人不少，想扳倒王相公的人也不少，但谁都是痴心妄想，到头来反把自己搞得头破血流；就是朝中重臣韩琦、富弼、欧阳修和才学人望都很高的司马光也推翻不了新法，扳不倒王相公，更不要说像吕诲、唐坰之流的疯子。然而，这些人做不成的事，却被一个在安上门管城门的小官做成了，这真是吕惠卿从没见到过的怪事。对郑侠这个人，吕惠卿熙宁三年二月在安上门边见过，觉得这个人说呆不呆，说不呆又很呆，还一脸严肃、一脸坚定、一脸顽强地要吕惠卿帮他捎个话给王相公。吕惠卿知道此人是王相公在江宁办学授徒的门生，对王相公一片真心，也很崇敬。然而，这个人怎么这样糊涂混账，你这一疏一图，不仅把新法全毁了，不同时也把王相公全毁了吗？吕惠卿感到百思不得其解的是，王相公这么好的千古之至法，怎么说废就废了呢？这该是仰天长啸，还是俯首痛哭呢？

吕惠卿的马与邓绾的马都失去了方向，在原地打转。王相公此时会到什么地方去呢？一炷香工夫后，吕惠卿与邓绾拨转马头，沿着御街往王相公府第定力院走去。日头已经有好几丈高了，今年孟夏四月中原王朝北方就开始灼热起来的日光，折磨着京都开封的街道，空气里有种叫人很闷的燥热。吕惠卿注意到，今日开封的御街跟往日很不一样，很有点不对劲。往日的御街富贵、繁华、祥和，此时御街上的店铺都关门歇业了；御街上出现了不少逃荒的流民。不错，今年三月底，京都开封开始有了北方过来的逃荒流民，但一律不准进城，有时有少数难民溜进城，皇城司的逻卒会立即将他们赶出城去；对流民中那些赶不走的刁徒，皇城司的逻卒还会毫不客气抓起来打个半死。然而今天御街上却有了三个一群、五个一伙的流民沿街讨乞，却未见一个皇城司的逻卒把这些流民赶走。吕惠卿越往前走，流民越多，还是未见皇城司的一个逻卒上街管管这事。

吕惠卿心里觉得这里头肯定有什么鬼名堂，就算是天子把新法废除了，但没说流民的事不要管吧？京都开封城里来了这么多流民已经很不像话了，御街上也有了这么多流民就更不像话了。这不是存心跟新法捣乱，给王相公难看吗？

吕惠卿与邓绾策马往前走去，快到定力院不远的安上门时，吕惠卿看到那边不仅挤满了流民，而且城门洞里还有一批批流民往城里涌。吕惠卿很自然想起刚才韩维对他说的话，不用说，安上门里涌进这么多流民，肯定是那个该死的郑侠做的好事，是这个糊涂混账的坏东西把流民放进来的。这也怪王相公宅心仁厚面太软，太不会识人了，怎能不早点知道郑侠是个这样的人，不仅没让这个人早滚蛋，还让他在安上门管城门，结果给王相公惹出这么大的麻烦。

吕惠卿想去安上门看个究竟，打马朝那边走去。邓绾也打马跟在后面。吕惠卿看到，涌进开封城里来的流民，大都坐在街两边有阴的地方，一脸的悲苦、无助、无奈和麻木。靠近安上门城边的流民把街都堵塞了，不过，见到骑着马、穿着补服的吕惠卿和邓绾，知道是京都开封当官的，都吓得一脸惊恐地往街的两边躲。

吕惠卿快到安上门时，看到安上门的城门口有伙人在吵吵嚷嚷，似乎要打起来。有个背对着吕惠卿的人张开两手，拦住面前的一伙公差模样的人，高声喊叫道："你们想让这些流民给那些衙役公差抓去打死吗？你们还有一点仁义之心吗？你们的良心难道给狗叼了吗？你们要抓他们就把我打死好了，你们敢吗？"

吕惠卿感到这个人的话很有点理直气壮、慷慨激昂、义薄云天的意气，听声音又有点熟悉，再仔细一看，原来是郑侠。吕惠卿还看到，一伙伙流民从郑侠身边涌进城里时，一个个嘴里不停地对郑侠千恩万谢。吕惠卿完全明白今天开封城里进来这么多流民的真相了，果然事情全都坏在这个说呆不呆、说不呆又很呆的糊涂混账的郑侠身上。吕惠卿很想过去狠狠教训这个糊涂混账人一顿，但刚要打马过去，却又把马鞭放了下去。没用！这个郑侠不会听自己的，也吓他不到，到时候还要跟你斗嘴，跟你争个鱼死网破、你死我活，反弄得自己面红耳赤、尴尬狼狈，下不了台，那不要叫京都开封官场上的人笑死？

吕惠卿对跟在自己身后的邓绾打了个眼色，就又与邓绾掉转马头往回走。但吕惠卿刚要催马，听到后面有人在喊："回来！回来！给我回来！"

吕惠卿心里开始并不觉得有人在喊他，此时此地会有人这么喊他，不是神经出了毛病？他吕惠卿什么人？当朝翰林学士，天子身边的红人，朝中百官谁不对他另眼相看？岂是什么人这么喊的？不过，吕惠卿回头一看，不由吃了一惊，原来是郑侠从流民中挤了过来，没想到自己没去教训他，这个郑侠竟找自己的麻烦来了。吕惠卿心中很是不快。要是平日，这好办得很，叫几个人过来把他捆到开封府衙门里去就是。但，今日他要赶快去找到王相公，对当前朝廷之事拿出大主意来，哪有时间跟郑侠纠缠。

吕惠卿懒得去理郑侠，只是马鞭一扬，与邓绾往定力院方向走去。今日该死的流民太多了。吕惠卿、邓绾往前走时，前面的流民倒是往街边上躲，让出了一条路，但更前面的流民又拢过来，把街封死了；走几步，就要勒住马缰，怎么也快不了。

吕惠卿看到，郑侠挤到马前来了，双手一张，把路拦了。郑侠指着吕惠卿说："王相公每举一令，新一事，未尝不与三代尧舜同其仁。王相公新法至美至善，都是被你们这班贪缪奸邪小人败坏害成这个样子。四年前，侠叫你们捎个话给王相公，捎了吗？侠叫曾布、章惇送给王相公那首诗，送到了吗？你们为什么不送？怕了是不是？王相公的眼睛就是被你们这班贪缪奸邪小人蒙住的，是以王相公之耳无侠之言，王相公之庭无侠之迹。方今亢旱，赤地千里，哀鸿遍野，实是天下怨叹之气结聚而为，上天发怒所致，你们这班贪缪奸邪小人该当何罪！"

吕惠卿没料到安上门的一个管城门的九品小官会当着这么多流民向他发难，噼里啪啦地数落他一通。这当然不是吕惠卿所能容忍的。他很想狠狠杀杀郑侠的威风，狠狠敲敲郑侠。不过，吕惠卿一眼看到郑侠此时正一脸傻里傻气的大义凛然和一脸呆里呆气的义无反顾直面着他，又见面前的流民都很是敬佩地望着郑侠，很有点把郑侠当救星看的意思。吕惠卿改变主意了。这不是说吕惠卿会放过郑侠，总有一天吕惠卿会叫这个糊涂混账郑侠欲哭无泪、生不如死。

吕惠卿两腿夹了夹马的肚子，催马向前。但，郑侠不依不饶，双手又张了开来，拦住吕惠卿的去路，指着吕惠卿，一脸的义愤："在这些贪缪奸邪小人中，你是最坏的一个，你给王相公出的坏主意最多，新法被你变成了坏法！"

吕惠卿感到自己胸中有股难以按捺的冤屈和无名怒火在熊熊燃烧。吕惠卿越来越清楚地感到，朝中百官对他有敌意的人越来越多，把他看成是败坏新法的罪魁祸首，好像他是个十恶不赦的奸人。这很叫他百思不得其解，也叫他感到很冤。他吕惠卿并没得罪这些人，然而为何这些人会这么对待他呢？想来想去，吕惠卿觉得只是因为他力助王相公施行新法，才惹得这些人这么恨他。然而，这有什么错呢？再说，王相公新法有什么错呢？就是砍下他的头，也认为王相公新法是千古之至法，确实能富国强兵、洗刷国耻，确实能让当今天子重振汉唐雄风、威服四夷，朝中怎么那么多的混账糊涂人，看不到这一点呢？这也很叫吕惠卿啼笑皆非、莫名其妙。不过，越是如此，吕惠卿越是觉得自己万万不可混账糊涂。吕惠卿奇怪地发现，自己此时心里竟有点得意起来。是呀，什么事都有阴阳两面。朝中这些糊涂混账的人把矛头对准他，把他看成是王相公这边最坏的一个人；那么，从王相公那边来说，不就成了最得力、最有用、最好的一个人吗？吕惠卿始终有种不动摇的感觉：别看天子赵顼早朝尽废新法，但王相公新法不会就此完蛋；王相公尚未罢相，就是罢了相，也有东山再起、重回朝廷的一天。

郑侠上前几步，又指着邓绾一脸正气、一脸严肃地说："你这个厚颜无耻的卑劣小人，当上你想当的御史中丞了，该得意了。朝廷满足了你的愿望，你也要为朝廷做些好事。"

吕惠卿怕邓绾受不了，跟郑侠在这里吵起来，想拦住他。不过，吕惠卿回过头去时，却见邓绾一脸的无所谓，只是对吕惠卿抬了抬下巴，意思走自己的路，别理郑侠。吕惠卿两腿又夹了夹马肚子，好不容易从郑侠身边过去了。走了约莫二三十丈路，邓绾打马赶了上来。吕惠卿知道邓绾有话要说，侧过脸望着邓绾，但见邓绾顺着双眼，蜜笑地望着自己："理那个有神经病的呆子干什么。在下早就说过：笑骂从汝，好官须我为之。"

吕惠卿心中不由诡秘地会心一笑。吕惠卿觉得邓绾这个人是块当官的料。受不得半点气，听不得半句讥笑的话，这种人岂能容身于官场？不知为什么，吕惠卿又想起苏轼来了。苏轼这样的人就很难在官场混下去，不要说当大官；就是当上了，也要跌下来，甚至跌得更惨。吕惠卿断定苏轼这一辈子仕途好不到哪里去，不弄得身败名裂、遗臭万年，就万幸了。有大才又怎么样？不用就是不用，你奈之若何！

吕惠卿和邓绾好不容易到了定力院门前。吕惠卿看到，定力院门前倒是没有流民，有几个流民想过去，见定力院门前有好些兵按着环首长刀站着，都吓得缩了回去。王相公府上的管家早过来迎候。管家告诉吕惠卿和邓绾：半个时辰前，王相公和曾布换上常服出去了。吕惠卿一个猛醒：王相公去城外了。吕惠卿要管家也给他和邓绾拿两身常服来，二人换上常服，也不骑马，直往安上门那边走去。

吕惠卿和邓绾经过安上门时，见郑侠仍张开双手，拦住面前公差模样的人，叫叫嚷嚷不让那些公差模样的人过来。吕惠卿和邓绾没去惊动郑侠，只是离得远远地挨着城门的洞壁往城门外走去。城门的门洞里弥漫着一股刺鼻的汗臭与腐烂的霉气酱在一起的怪味。吕惠卿感到一批批流民像股股流水迎面冲涌过来，吕惠卿和邓绾贴着城门的洞壁，慢慢移过去。

吕惠卿和邓绾好不容易移到城门外，立即被城门外的景象惊呆了。熙宁七年四月过早灼热的日光很灿烂、很慷慨地照着城外的一切。城门外到处都是流民，城脚下，护城河边，以及护城河那边的麦地里，一伙伙流民躺的躺、坐的坐，也有不多的流民站起来有气无力地来回走走。流民的脸都瘦削不堪，一脸的菜色，一脸的呆滞，一脸的乞求，一脸的无望。到处都有饥饿的小孩子哭声传来。吕惠卿和邓绾刚出现在城门外时，城门外边的流民情绪有了骚动，都一起把目光移到吕惠卿和邓绾身上。吕惠卿看到，这些流民的目光里对他和邓绾有种强烈的憎恨、敌意和愤然。吕惠卿清楚，虽然他和邓绾跟这些流民没有个人的仇怨，但脸上那种锦衣玉食保养出来的富贵气色，没法叫这些流民心平气顺。

吕惠卿和邓绾不想在城门口久留，便往护城河桥上走去。护城河宽百尺，两岸榆树和杨树、柳树的叶子全给流民吃光了。河里早没了水，干涸的河床都龟裂了，布满蛛网一样四处伸展的又粗又黑裂纹。吕惠卿看到离自己不到三尺的地方，一伙衣衫破烂、全身脏兮兮的流民口里在有滋有味地嚼着不知从什么地方弄来的树叶。再远一点有伙流民面无表情地坐在地上，有个女人毫无半点羞耻地露出两只干瘪的奶子，谁从身边过也不遮蔽一下。更远一点有伙流民在抢一块长长的肉骨头，肉骨头上其实并没有什么肉，但这伙人却为这块肉骨头打了起来。有个流民被打昏了，其他流民还在抢。在靠近护城河边死了什么人，破苇席盖不住死人，一双皮包骨的赤脚从破苇席里露了出来。

吕惠卿心里有点怕了，从小长到现在，他去过不少地方，但还没见过这种可怕的令人毛骨悚然的逃荒景象。吕惠卿和邓绾四处张望着，但除了流民外，他们根本见不到王相公的影子。两人过了护城河的桥，吕惠卿忽然看到有两个流民向他和邓绾伸出两只柴棍一样的双手，扑了过来，眼睛里有种凶恶而又绝望的目光。吕惠卿立即反应过来：这两个难民要抢他们身上的东西。在城外这些流民堆里，就他和邓绾穿着干干净净的衣服，红光满面，不抢他们抢谁？吕惠卿和邓绾立即拔腿就跑。好在这两流民给躺在地上的一个流民绊了下，跌跌撞撞倒在地上，才没被追上。

两人跑了一段路，吕惠卿的袖子被身后的邓绾拉住了。吕惠卿回头很是惊疑地望着邓绾。邓绾用手指了指不远处一块麦苗早枯死的麦田，那里少说有三四十个流民围着几个人在吼吼骂骂的。

一个流民："那个拗相公王安石大奸贼好恶呀，都是他坑害了我们！"

好几个流民附和道："是呀，是呀，都是该死的拗相公坑害了我们！"

吕惠卿一怔，心里很是气愤，同时也有了一种不祥的感觉。说句实在话，朝中那么多人想扳倒王相公，除了"吕疯子"吕诲这么骂过王相公外，还没谁这么骂过王相公。这是些什么样的流民呢？怎么这样丧心病狂地骂王相公？吕惠卿和邓绾都不由得加快了脚步，一会走到那伙难民外面。吕惠卿踮起脚，朝里一望，大吃一惊，几乎吓蒙了。吕惠卿看到，这些流民中间站着三人，竟是王相公、韩绛和曾布。

韩绛也和王相公、曾布一样，穿着常服。吕惠卿以为自己在做梦，揉了揉眼睛，依旧看到站在这伙流民中间的是王相公、韩绛、曾布；又掐了掐自己的耳朵，感觉自己的耳朵生痛生痛的。吕惠卿完全搞糊涂了，王相公这个时候到流民这里来干什么，这不是给自己找麻烦吗？现在朝中那班对新法恨得牙痒痒的人巴不得王相公到这些流民中来，让这些流民咒骂，让王相公丢脸现丑。吕惠卿不由责怪起韩绛来。韩绛真是个没用的人，你韩绛好歹也是个相爷，平日对王相公崇敬得不得了，就该拖住王相公，不让他到流民中来；到了这里，看到王相公挨流民的骂，却拿不出半点办法，真不知这人是怎么当相爷的。吕惠卿对曾布更是一肚子怨气。这个曾布平日总认为自己了不起，眼睛里没几个人，怎么做这样的臭事，让王相公挨骂，什么意思！

吕惠卿拨开前面的流民，挤了进去。他不能让流民这么恶毒咒骂王相公，他要狠狠教训这些流民几句，然后叫开封府派衙役把这些流民抓起来。吕惠卿与邓绾好不容易挤到王相公身边，更是惊得目瞪口呆。性格强硬、论事言辩往往连天子面子也不给的王相公，竟一言不发地任由流民往他身上泼脏水。王相公此时回过头来，看到了自己和邓绾，却把头转回去，和颜悦色地对面前的一个嘴边长了几根黄胡子的流民说："你说下去，再说下去。"

这个黄胡子已瘦得不成人样子，从破旧的衣袖里露出来的两只手臂就像两根晒干的柴棒，脸色惨白得像棺材里爬出来的死人，但望着王相公的呆滞目光里却分明有着一种令人不安的怨恨神情。吕惠卿立即警觉起来，觉得这个黄胡子一看就是个刁徒。吕惠卿再朝前挤了几步，却见王相公伸出一只手，把他挡住了："吉甫，不要把百姓吓坏了。——你刚才说是青州临朐县人，说说你家乡灾情到底如何。"

吕惠卿的兴趣来了。吕惠卿没去过青州临朐县，但对青州临朐县情况很熟悉。青州临朐县与相州安阳县、亳州永城县一样，曾一度是青苗钱最难贷出去的地方，后来又都是青苗钱贷得最快、最多的地方。这一来是去这三个县的常平司监施官能干卖力，相州安阳县的监施官是章惇、林英，青州临朐县的监施官是曾布、舒亶，亳州永城县的监施官是邓绾、吕嘉问；二来也是这三个县的地方官得力，特别是青州临朐县的县令颜文华更是了得，一手端着饭碗吃饭，一边审案，不仅一口气拿下了一个江洋大盗，且一日之内把青苗钱全部贷了出去。现在颜文华已经是青州太守了。吕惠卿当然很想听听青州临朐县那边的情况。吕惠卿看到，站在王相公身边的曾布也不由得睁大了眼睛。这不奇怪，青州临朐县原本是曾布、舒亶监施青苗钱贷放的地方。吕惠卿看到，曾布的兴趣更浓："你们临朐县的青苗钱不是都贷出去了吗？怎么旱灾也会这么重，弄得你们出来逃荒呢？"

吕惠卿觉得曾布这个人的头脑怎么会这样简单。青苗钱是青苗钱，旱灾是旱灾，不能说因为贷放了青苗钱，就没有旱灾。这个说法很糟糕，要是有了青苗钱就没旱灾，那么有了旱灾，不就成了青苗钱的罪过？这对那些对新法恨之入骨的人来说，岂不是正中下怀？

不过，一件怪事发生了。曾布话音刚落，黄胡子就更是见鬼似的拼命往流民堆里躲。王相公对黄胡子和颜悦色未变："你不用怕，什么话都可以说。"

吕惠卿看到，不仅黄胡子怕了，且那些流民也怕了，一个个往后缩。流民里有几个小孩给吓得哇哇哭了起来。不过，就在此时，又一件怪事发生了。好些流民忽然把已经钻进流民里去的黄胡子推了出来，且一起指责黄胡子，说黄胡子刚才骂王安石的话是昏了头瞎说的，说他们草民百姓懂得什么，都是他们造多了孽，老天才大旱七个多月，让他们不仅把地上的东西都吃光了，就是地下的虫子也全吃光了。老天就是要这样来惩罚他们，都是他们活该受罪，怨不得别人，更怨不得丞相王安石。

吕惠卿糊涂了，怎么突然之间会发生这样的怪事呢？怎么好好的黄胡子会像见到鬼一样往里躲呢？怎么这些流民会把黄胡子推过来，一个个指责他骂坏了王相公呢？这些人不是把黄胡子出卖了，让他一个人吃不了兜着走吗？其实，吕惠卿用不着糊涂，刚才的事早在熙宁三年二月在临朐县大堂上就发生过了，只是这样的事太小，传不到吕惠卿耳里罢了。

黄胡子慌了神，连忙跪下去，对站在流民中间的王相公拼命磕头。王相公双手扶着黄胡子。黄胡子却怎么也不起来："都是小的该死，乡里的都保正早给小的们发过话了，要小的们只管逃荒，乡里的什么事都不要乱说。小的刚才这些话，不算数，行不行？"

吕惠卿觉得，青州临朐县的流民肯定出了什么情况。当然，要想让黄胡子这些流民嘴巴里说出些什么来，恐怕是不可能的了。王相公已经明白，现在最重要的是拿出办法来应对当下朝里那些对新法恨之入骨的人。天子赵顼早朝虽然已经宣布废除新法，难道新法就真的这么完了吗？吕惠卿看到，韩绛、曾布、邓绾脸上也现出没必要再在这块麦田里待下去的神情。曾布走上前去，挥手让流民离开。流民赶忙让出一条路，让王相公这伙人过去。

此时，吕惠卿看到，邓绾指了指左边不远处的一个乱坟堆。吕惠卿顺着邓绾手指的方向望去，灿烂的日光下，乱坟堆那边有伙流民吓得四处乱窜。流民后面有伙身穿公服、手执水火棍的衙役在追，边追边哇哇叫着。乱坟堆上好些木碑和薄石碑被流民和衙役弄倒了，横七竖八散倒在乱坟之间，一片狼藉。吕惠卿看到，王相公和韩绛他们惊呆了，嘴半日合不拢，脸上的神情好像在说：今天怎么啦，出什么事了？

正疑惑间，吕惠卿看到，邓绾的手又举了起来，指了指右边不远处的一堵中间断开了的矮土墙。那边的流民吓得在矮土墙两边乱躲，身子在土墙上碰撞，一伙身穿公服、手执水火棍的衙役在矮土墙的断开处蹦过来、跳过去捉人，嘴里不干不净骂爹骂娘。矮土墙没多久倒了，扬起的灰像团巨大的浓烟，把流民和衙役都罩了进去。王相公和韩绛他们都一脸错愕地望着那边。吕惠卿觉得今天的事太反常了，反常到了叫人不可思议。这么多衙役，跑到流民堆里来捉人，这还叫人能活下去吗？这岂不是逼人上山造反吗？

正气愤间，不远处的土坡那边，有伙流民没命地往这边跑，一伙衙役在后面嗷嗷叫着追。土坡那边的尘土被难民和衙役的双脚卷了起来。吕惠卿看到，王相公和韩绛他们的眼睛直瞪瞪望着土坡那边，脸上的神情好像在说：天下之大，无奇不有，可哪朝哪代也没见过哪个官府的衙役到流民堆里来追人的事呀！

不多一会，更可怕的景象出现了。土坡那边的流民给衙役追得直往麦田这边跑。有个流民快到麦田时跌倒了，给衙役捉住。那伙衙役不客气了，对这个流民一阵拳打脚踢。流民被打得叫天喊地，在土砖堆上打滚，叫天喊地的声音又凄厉、又惨切，让人听起来毛骨悚然，脊梁骨发冷。

过早灼热的日光还是那么灿烂地把它的光芒洒在护城河里外的每个人身上，但麦田这边的气氛却不仅凄惨、悲郁，而且可怖。护城河那边的难民，隔着护城河，惊恐地呆呆望着护城河外这边发生的一切，却无人敢往这边走一步。护城河这边的流民被乱坟堆、矮土墙、土坡的景象吓坏了，僵直地站在那里，不知如何是好。吕惠卿忽然感到身后麦田的那伙难民有了阵骚动，不由得回头一望，但见麦田这边的流民好像见到什么瘟神一样，四处乱跑。吕惠卿看到，那个给王相公拼命磕头的黄胡子跑得最快，一卷又脏又破的被盖没来得及拿，又赶紧跑回去取；回跑了几步，又不想要这卷被盖了，怕鬼似的往前跑。那卷又脏又破的被盖留在麦田里，在灿烂的日光里显得格外丑鄙，也格外打眼。

吕惠卿看到，王相公悻悻之色又见于其面了。王相公离开麦田，默不作声地急急往前走去。吕惠卿知道，王相公肯定是要去制止那伙如狼似虎的衙役打人。但这很危险，王相公并不像平日到京城外出行，坐的是八人抬的大轿，有仪仗，有卫队，有兵卒在前面鸣锣喝道，气派得很，也威风得很，谁见了不怕？但此时，王相公身穿常服，身边只有几个文官，谁认得他是王相公？要是这伙泼皮歹徒一样的衙役动起粗来，一阵水火棍把王相公打了，如何是好。吕惠卿急走几步到王相公前面去。这伙衙役要动粗，他来挡。一会韩绛、曾布、邓绾也走到王相公前面，跟他走到一起来了。走了几步，在离被衙役拳打脚踢的流民十来丈的地方，吕惠卿听到王相公在后面喊着："住手！都给我住手！"

吕惠卿看到，王相公这一喊，还真起作用，那伙对跌倒在地的流民拳打脚踢的衙役停下了手脚，很是怪怪地、凶凶地望着这边；那个被拳打脚踢的流民长着一副锅铁脸，也十分怪怪地、莫名其妙地望着这边。

吕惠卿感到后面的王相公加快了脚步。在离那伙衙役不过五六丈之地，吕惠卿看到，那伙衙役手上的水火棍捏得更紧了。有个歪着颈的衙役望着这边，举起手上的水火棍："你们什么人，敢妨碍爷的公差。要是再往前走一步，就不要怪爷的水火棍不认得人了。"

吕惠卿回过头去，看到王相公还在一步步往前走，而那伙衙役的水火棍都举了起来。吕惠卿清楚，王相公真要往前走，那伙衙役真会动粗，现在要做的只有想尽一切办法保护好王相公，不能让这伙泼皮歹徒一样的衙役伤到王相公。吕惠卿看到，韩绛急得失去了主意，只晓得回过头去，很是惊慌，也很是担心地望着王相公。曾布好像也没什么办法，只是无所畏惧地在王相公前面走着。吕惠卿注意到，邓绾的脚步放慢了，渐渐落到王相公后面去了。邓绾的这个表现，让吕惠卿很是一惊，也很有点不是味的感觉。他没去细想这是怎么回事，但邓绾的这个表现却在他脑子里成了挥之不去的影像。吕惠卿还没想出办法，但也无所畏惧地在王相公前面走着。

离那伙衙役不到二丈之地了，吕惠卿都能清清楚楚看到那个歪着颈的衙役那张丑陋、凶残的脸。吕惠卿看到，曾布忽然冲了上去，要跟那伙衙役动粗拼命。那个歪着颈、斜着双眼的衙役手里拿着水火棍，恶狠狠地面对着曾布。吕惠卿觉得曾布这就傻得很有点可爱了，你朝廷一个堂堂四品司农寺掌门人竟然跟这伙泼皮歹徒一样，与这些大字不识一个的衙役一般见识，也去动粗，岂不是太没身份、太没面子，把自己看得太低了些？要是平日，说不定吕惠卿会取笑曾布几句，但今天，吕惠卿觉得曾布不如此，又该怎么办呢？这么想过以后，吕惠卿竟也准备跟这伙衙役动粗拼命了。

不过，此时又一件叫人意想不到事情发生了。吕惠卿看到，那个歪着颈、斜着双眼的衙役忽然指着吕惠卿身后什么地方："在那里，在那里，不能让他跑了，追！追！"

吕惠卿回头一看，见自己身后麦田里的流民都跑光了，留下一地的破碗、断筷、残匙、烂绳子、碎布片。瞬间，吕惠卿的眼睛突然睁大了，在灿烂的日光下，发现黄胡子那卷又脏又破的被盖还留在麦田中间。又一个瞬间，吕惠卿看到黄胡子到底舍不得那卷又脏又破的被盖，跑了回来。然而，也就在这个时候，那个歪着颈、斜着双眼的衙役领着一伙衙役饿虎扑羊般冲了过去，几步到了黄胡子面前。

吕惠卿突然想到应对当下这伙衙役的办法了，赶紧转过身，对曾布说："这伙衙役是青州临朐县来的。子宣兄快过去，叫他们都赶快住手，不得行凶打人！"

吕惠卿看到，曾布瞬间明白了他的意思，立即转身往麦田跑去，边对麦田里的衙役喊："不得随便拿人、打人，快把青州知府颜文华颜大人的牌票拿出来看看！"

王相公、韩绛、邓绾都转过身来，望着麦田那边。吕惠卿看到，麦田里的衙役已经把黄胡子摁倒在麦田里，歪着颈的衙役一只脚正踩着黄胡子贴在地上的半边脸。曾布那句话起了大作用，立即把麦田里的衙役震住了，一下子就让这伙衙役知道曾布不是没来头的人。谁敢张口这么说话？恐怕不仅是青州太守颜文华的熟人，而且很可能是颜大人的上官。这些衙役在百姓面前是称王称霸、作威作福的阎王，但在当官的面前却是什么也不是的一坨狗屎，在太守面前就连狗屎都不是，焉能不给曾布震住？吕惠卿注意到，那歪着颈的衙役先把脚收了回去，其他衙役也都松开了手。黄胡子从麦田里爬了起来，惊恐地、傻傻地望望这伙衙役，又望望曾布，完全不知道眼前发生了什么事。

吕惠卿看到，曾布到了那伙衙役面前，有个衙役在那个歪着颈的衙役耳边说了句什么话，那个歪着颈的衙役的脸色立即变白了。瞬间工夫，那个歪着颈的衙役就换了个笑脸迎着曾布，胁着双肩，一副准备挨揍的样子，很是叫人感到可爱。

王相公往麦田那边走去，吕惠卿、韩绛、邓绾在后面跟着。不多一会，吕惠卿、韩绛、邓绾跟着王相公到了麦田。麦田里那伙衙役更怕了，不知道这些人什么来头，都惶恐得往后缩。那个歪着颈的衙役倒没后缩，相反很有点出场本事，对曾布讨好地一笑。这个人笑起来也怪模怪样："小的该死，小的该死！都怪小的有眼不识泰山，差点冒犯了曾大人。小的是临朐县衙皂班班头牛三，一直在颜大人手下当差。不是小的胆子大，是颜大人派小的到这里来追债的，就是把借出去的青苗钱追回来。小的身上有颜大人的牌票，大人你过目。"边说边从胸前衣兜里摸出一张已经揉得皱巴巴的牌票来，送到曾布手上。

曾布接过牌票，望了望那个歪着颈的衙役。三天后，吕惠卿听曾布说，此人确实是牛三。曾布还告诉吕惠卿：熙宁三年二月，他和舒亶去青州临朐县监施青苗钱，听颜文华说过，牛三这人十分听使唤，力气大，做事卖力，从不推三拖四的，是个不错的公差。

曾布没看牌票，直接送到王相公手上。王相公看了看，对牛三说：“你不见他们都出来逃荒了，青苗钱怎么还得了呢？”

牛三急了，说话不分轻重了：“你这人好不晓事，青苗钱是天子借给天下百姓的，由王相公奉旨发下来的，对百姓够恩典的了。天子的钱哪有不还之理。不还青苗钱，岂不是欺了王相公，又欺了君？要还的！要还的！不还就拿人，没什么好客气的！”

吕惠卿看到，韩绛、曾布、邓绾都面面相觑，给弄得瞠目结舌，不知道怎么说牛三才好。王相公脸上却有了一种十分复杂的表情，很有点沮丧，很有点气闷，很有点啼笑皆非，也很有点痛苦难过，同时还有负罪的味道。不过，吕惠卿却觉得牛三的话不是全无道理。借钱还债，这是自古以来天经地义之事。况且，天子在诏令上说得清清楚楚、明明白白，青苗钱不仅要还本，还要付息。不还怎么说得过去呢？那伙衙役手上又有官府牌票，也是为公家办事，并没有错。当然，吕惠卿很清楚，此时此地不是他说这话的时机。

韩绛望着牛三：“你想打死多少人？”

吕惠卿真的是越来越看不起韩绛了，官府打死几个人，是再常见不过的了，有什么值得大惊小怪的？牛三望了望韩绛：“你这人也一样不晓事。欺王相公就是欺朝廷，就是欺君。那是要问斩的，杀一个算什么，就是满门抄斩也是可以的！”

曾布：“休得胡言，打死人是要抵命的。”

牛三这回对曾布也不分轻重了：“曾大人，不是小的不听你的。不打，谁肯还钱？王相公就打坐在开封朝廷里，不信，大人你去问问王相公，看看小的错了没错？”

吕惠卿看到，韩绛、曾布、邓绾差点没笑起来。这个牛三，肯定和天下衙役一样，也是个好吃懒做、惹是生非、为非作歹、不做好事的人，绝不是个善类，但口口声声“王相公”“王相公”，对王相公倒是挺敬畏的。只是牛三不知道，他挺敬畏的王相公就站在他面前。

王相公对牛三说：“把这些流民都放了，你们都回青州临朐县去。”

吕惠卿看到，牛三很是狐疑地、很是惊讶地把王相公看了又看：“你是何人？”

王相公没回答牛三的话。吕惠卿看到，牛三恶狠狠地盯了王相公一眼，看样子要对王相公不客气了。曾布忙替王相公答道：“王相公！”

吕惠卿注意到，不仅牛三，而且跟着他跑过来的衙役都惊得像根木头一样，一动不动地直直站着。这不奇怪，这些衙役平日能见到县令就很得意、很荣光的了；能见到州府的太守，就觉得是自己八辈子修到的好福气；今天见到一人之下、万人之上的王相公，能不惊得自己不认得自己了？

曾布大声喝道：“还不快跪下拜见相公！”

吕惠卿看到，牛三那些衙役都扑地跪了下去，对王相公拼命磕头。吕惠卿还看到，那个给牛三他们摁倒在地的黄胡子爬了过来，跟着牛三他们一起给王相公磕头。不多一会，好些流民都跑过来磕头。吕惠卿发现，那个在土坡被衙役拳打脚踢得在地上打滚的铁锅脸也来了；还有许多流民拖着疲惫虚弱的身子，从四面八方往这边跑来。

邓绾指指左边、右边、前面，吕惠卿顺着邓绾手指的方向望去，一眼看到吕嘉问出现在左边乱坟堆上，林英出现在右边已经倒了的矮土墙上，舒亶出现在前面土坡上，三人后面都跟着一伙流民。那些衙役怕了，都转身没命地四处乱跑。乱坟堆那边有个衙役手上的水火棍掉了也不管。矮土墙那边有个衙役差点给土砖绊得栽倒，慌得跌跌撞撞不知往哪里跑。

不多一会，舒亶、吕嘉问、林英都过来了。三个人跑得气喘吁吁的，远远地就问没伤到相公吧？原来舒亶、吕嘉问、林英得知青州临朐县、亳州永城县、相州安阳县的衙役到开封来追流民的青苗钱来了，又听说王相公到开封城外去了，赶忙过来保护王相公。

王相公这边的流民越来越多，黑压压跪了一地，都说着一句话：“王相公救救我们！”

吕惠卿注意到，王相公此时却是一脸的尴尬、难堪、狼狈，也一脸羞面见人、愧对流民的有罪之情。吕惠卿觉得，王相公完全用不着这样，出现这么多流民，完全是老天爷七个多月不下雨造成的，与新法无关。当下朝中里外那些对新法恨之入骨的人和那些混账糊涂人以为时机到了，可以一口把新法吞掉，才把这场亢旱搞得沸沸扬扬；更有那个该死的郑侠，上一疏一图，把天子给吓住了。其实亢旱何朝没有，为何不见有人上一疏一图呢？这不是别有用心给新法找碴是什么！

王相公："都起来吧，都回去吧，朝廷不会不管你们的。"

吕惠卿看到，流民千恩万谢起来了，然后陆陆续续离去；牛三那几个衙役则一边骂自己该死，一边起来，然后也转身离去。邓绾忽然对着王相公，顺着双眼，一脸蜜笑："还是相公威信高，几句话就把这些流民支走了。"

吕惠卿感到邓绾这句讨好马屁话说得不好。王相公威信正受到挫伤，现在心里正难受，你这句讨好巴结的话，岂不成了的反话，故意给他难堪吗？吕惠卿看到，王相公一脸悻悻地望了望邓绾，然后转身往城里走去。已经灼热起来的日光照着王相公虎头牛耳似的脸，幞头下有几根白发在日光下闪着银色的光。众人跟着王相公回到定力院。叫众人没想到的是，王相公回到定力院西门边的木屋里，就很慎重地告诉大家：他要辞去相位。

吕惠卿感到自己遭到雷击，也很不明白事情的发展怎么会是这个样子呢？一场施行了五年、堪称中原王朝千古至法、取得的成绩已煌煌夺目、可以叫人昂首挺胸的新法，怎么就这样完了呢？吕惠卿真想仰天长啸一番，又想俯首痛哭一场！

第三卷

惊涛裂岸

本卷提要

相位是王安石主动请辞的，全部罪过归己，新法被废。不过，天子赵顼很快收回成命，且对阻碍新法者罚而不赦。太祖嫡孙赵世居谋反案发，与赵世居过从甚密的道士李士宁也常进出王安石宅第，已当参知政事的吕惠卿无一语置辩，有断王安石再相之意。天子赵顼急召王安石回京。王安石再相。什么官职也没有的司马光在洛阳主持《资治通鉴》书局，声望日盛一日，被古都洛阳人目之为真宰相，常与在朝当过高官或一方大儒在酒楼聚会，喝酒、赋诗、骂朝中奸邪小人和地方贪官污吏，洛阳人称之为“洛阳耆英会”。朝中的新法派内斗愈演愈烈，先是曾布与吕惠卿闹翻，后是邓绾与吕惠卿恶斗。被官吏和有皇室背景的恶势力逼得活不下去的东明县三千百姓大闹相府。王安石第二次罢相。

第五十七章　文彦博失言官场真相露底　王安石乞解相位罪过归己

谁也没想到天子赵顼宣布废除新法后，京都开封官场竟一片出奇的死寂。各个衙门都鸦雀无声，谁都老老实实坐在自己的值房里，有事办事，没事喝茶、写字、看朝廷的邸报和各地的抄报，没谁串门，更没人高声言笑；就是往日来京或公干，或述职，或等候差遣的地方官聚散地朝集院，也静得连自己的心跳都听得清楚。不过，用不了多久，这死寂就会打破。赵顼宣布废除新法的第二天，王安石辞相，赵顼未允，又下了道诏书，要天下上雨雪状，诏朝野上下直言朝政阙失，其中有“改修政事之不协于民者”一言，明显包含对执政大臣和新法不满之意。然而另一方面，许多人都注意到，皇宫南面宣德门常有一队骑着高头大马的太监打着马，沿着宽阔的御街风驰电掣般往南驰去；又打着马从宽阔的御街南面风驰电掣般过来：去，是往王安石府第定力院而去；来，是从王安石府第定力院而来。

郑侠上一疏一图的第八天辰时未尽，翰林学士承旨兼侍读学士判银台通进司韩维一面命人把给郑侠送黑字牌急脚递的驿站士兵押送开封府拘押，严加查问；一面命人去皇城司派人布控郑侠，等候朝廷处理。早在仁宗景祐二年，就有诏天下官司，毋得擅发马递；违者，不管是交付马递的，还是接受传送马递的，皆要论罪。这个郑侠，是个奇人，也是个怪人。说他是奇人，是因为他不过是个城门监吏，官卑职微，在偌大一个京都开封根本算不上什么官，敢用黑字牌急脚递，论朝政缺失，胆子大到不知道自己几斤几两。其实，最初郑侠把奏章送银台通进司，银台通进司的书吏哪会把他当回事，把他的奏章往一边放着，根本没往上送。后来，郑侠把奏章送到登闻鼓院，也是石沉大海。再后来，郑侠找到登闻检院，结果此路也不通。郑侠还真有股韧劲，并不死心；最后孤注一掷，利用城门监吏管勾马递之便，直接由阁门上疏天子。郑侠当然知道这是犯法之事，生死全不顾了，只求快意一言，一吐胸中积愤。不过，郑侠倒也好汉做事好汉当，在给东阁门送黑字牌急脚递的同时，在东阁门投下自己的供状：“奏为密急事，所有侠擅发马递之罪，仍乞奏勘，甘服重罪不辞。”预为驿站士兵脱罪。说句实在话，韩维还是挺有点赏识这个郑侠，觉得此人挺大义凛然、忠直耿介的。说他是个怪人，是因为王安石对郑侠不仅往日无仇、近日无怨，且是郑侠十分崇敬的恩师。但郑侠却在大宋大北方遭到鲜见的七个多月亢旱时给天子上一疏一图，把流民的情状上奏天子，不仅把新法给废了，且把王安石害苦了。然而要说郑侠成心害王安石，也不是。郑侠的一疏一图，赵顼给韩维看了。郑侠在奏章中倒是说新法是至美至善之法，未尝不与三代尧舜同其仁；新法没搞好，都是心比豺狼虎豹还狠毒的贪暴之吏败坏的结果。韩维清楚地记得，郑侠奏疏上有段话：

> 凡命令之初，士民稍有识者，莫不欢欣鼓舞，以为真得利民之术，而太平可坐致也。及行之未几，往往败坏，民吏厌苦，至于颦眉蹙额。而后道，良以贪缪之人，急功而要利，督促以成就，不念民之休戚、势之缓亟可否，使君相虽有利民拯物之心与夫至美至善之法，不可以久行。

但这个郑侠哪里能够知道，从熙宁元年四月初四王安石越次入对的那天起，朝中就一直有不少人在跟王安石作对，一直有不少人想扳倒王安石，只是一直没找到好的理由。这下这些人找到理由了，七个月亢旱，大批流民涌进京都开封，又有人冒死上一疏一图，这些人能放过王安石吗？这个郑侠还挺有意思，竟然在奏章中放言：只要天子观其图、行其言，罢除新法，十日不雨，即斩郑侠之首于宣德门外！韩维真不知道是该说郑侠太呆了，还是太聪明了。说他太呆，是因为要是十日不雨，那就真要身首异地，自己一条老命握在老天爷手上，岂不是太冤？但在郑侠看来，老天好像是他的儿子，要他什么时候下雨就什么时候下雨，这不是呆得不能再呆了吗？说他太聪明，是因为有宋一代，百年以来确实从未杀过一个因言而惹祸的官员，因之宋代官员往往“冒死”进谏，有的甚至把全家、全族的性命都押上去，也未见一人真因言被杀的。既然如此，十日不雨于郑侠又有什么关系呢？今日是郑侠上一疏一图的第八天，还有两天不下雨，郑侠的人头可就要落地了。看今日天气，老天根本没有下雨的意思。然而，这个郑侠根本不用担心，两天后他的脑袋照样在颈上。郑侠这次拿脑袋打赌，实在是一种一本万利、无半点风险的买卖。这不是太聪明又是什么呢？不过，王安石日子难过了。此时朝廷虽然一片死寂，但用不了多久，朝野上下许多人会拿郑侠的一疏一图说事，奏章会像雨雪一样涌到朝廷里来。韩琦、富弼、吕公著的奏章说不定都上路了。特别是司马光的奏章这一两日内就会送到赵顼手上。诚然，司马光三年前去洛阳埋头编撰《资治通鉴》时说过，从此噤口不言朝政，但说归说，已沉默了三年的司马光岂能放过今日一舒久压心中积闷的好机会，不上书才怪。

韩维刚吩咐完押送驿站士兵和布控郑侠两件事情后，就见银台通进司主簿领着好几个吏员一人端着一大摞公文案卷往签押房走去。韩维心里不由一紧，他刚才还在想天下各地许多奏章要涌来，没料到就来了。此时，皇宫司礼监太监过来传旨，天子赵顼要韩维立即去延和殿议事。韩维感到奇怪，天子此时找他议事，必议当下最热门的郑侠的一疏一图和王安石的罢相之事，然而延和殿是便坐殿，休憩聊天的地方，怎么又会在这个地方议这些事呢？

韩维从东阁门进皇宫，但见皇宫上面天很蓝，云很净，日头很白，日光很灿烂。天气有点热，但皇宫的四面八方都洋溢着一种柔和的嗡嗡声。皇宫里见不到几个人，不知都忙些什么去了。韩维沿着御道绕过大庆殿，来到崇政殿西的延和殿。还在殿门口的时候，韩维一眼看见赵顼坐在正北的御座上，枢密使文彦博和枢密副使冯京则坐在下面的锦墩上，背对着殿门在跟赵顼叙话。宋代的君臣有时很随意，可以经常坐在一起拉家常式谈话，不必拘君臣之礼。韩维进了殿，文彦博、冯京都转过身来，一脸笑意地望着韩维。韩维拜过赵顼，跟文彦博、冯京相互拱过手后，赵顼就要韩维在他旁边的一只锦墩上坐下。

韩维很是不解地望着赵顼，不明白赵顼此时怎么还能这样悠闲自在地跟文彦博、冯京坐在延和殿里拉家常叙话。不管怎么说，眼下是朝政何去何从的关键时刻。天子赵顼虽然五天前宣布了废除新法，但实在心有不甘。不错，新法一条条是王安石搞起来的，但也是赵顼与王安石共同商定的结果。没有谁有韩维清楚，这些年来，赵顼是越来越迷上新法了，新法成了赵顼的命根子；要赵顼不搞新法，是万万办不到的，即使王安石罢相了，赵顼还会把新法搞下去。这一点，现在清楚的人不多，但用不了多久都会清楚的。

看样子文彦博、冯京与赵顼叙谈了有阵子时间。韩维望了望文彦博，奇怪地发现此人从来一脸逼人的官威不见了，替而代之的是少有的温和；又望了望冯京，发现此人一向温文尔雅的神情中多了点平易和亲切。自从三年前司马光辞去所有的官职回洛阳专心写《资治通鉴》以后，文彦博、冯京也都把头往后缩，不再像以前那样一谈到新法就那么剑拔弩张了。特别是在大众广众场合，这两个人再也不谈新法了。当然这没什么奇怪的，现在京都开封朝廷里，那些对新法恨得牙痒痒的人中就只剩下他们两人，还能在天子面前说得上话；不收敛点，要是也给踢出朝廷，那边的人不就彻底玩完了？不过，郑侠上一疏一图后，韩维每次进宫面君时，都发现文彦博、冯京跟赵顼在叙话。文彦博跟宫中的太监、东西阁门里的人都很熟，要这些人帮他找个面君的机会是一点也不难的。至于说了些什么，韩维不清楚，但从气氛上看，赵顼与文彦博、冯京的叙话虽然说不上很轻松，但也不尴尬。韩维不由得又望了望赵顼，虽然十分疲惫的龙颜上未见什么悦色，但也不像以前那样总有种愐愐自用的神情，也不见以前对朝中那班老臣时不时会现出的一种冷冷的甚至恼怒之色。韩维觉得，这些日子文彦博、冯京与赵顼不会只谈时下的朝政，眼下赵顼心里比什么时候都烦，谈多了朝政会让他烦上加烦；但也不会不谈朝政，不谈朝政文彦博、冯京这么频繁到宫中来面君干什么？韩维很清楚，司马光回洛阳后，文彦博和冯京大庭广众场合噤口不谈新法，并不等于心里不说。现在自然是他们说话的时候了，但即便这样，文彦博、冯京也不会像司马光那样摆出张牙舞爪进行较量的架势，不会像范纯仁、苏辙那样一而再、再而三缠着赵顼反反复复陈说新法的不是，更不会像死去的吕诲那样信口雌黄、捕风捉影、血口喷人、恶意中伤、危言耸听、无所不用其极诬陷王安石。这二人不会那么傻，会在一种很亲切、很轻松、很温馨的气氛中把心中久积的话语向赵顼说出去。千万别小看了这种说话方式的作用，特别是像文彦博这种一脸官威、办事霸道的人也这么做，其实是很伤人的。这么想过之后，韩维很为王安石倒吸了口凉气。

前几次，韩维来了后，文彦博、冯京就会起身告退下殿，但今天却坐着不动，赵顼也没有要他们下殿的意思。看来文彦博、冯京话未说完。延和殿内有种说亲切不亲切、说轻松不轻松、说尴尬不尴尬、说难堪不难堪的气氛。赵顼望着文彦博："你说下去，什么话但说无妨。"

文彦博摸了摸已花白的长须，一脸的诚意、一脸的忠心说："祖宗法令俱在，各项完善，何须更张以失民心。”

韩维清楚，这是他三年多来第一次听到文彦博这么明确表示要废除新法。理由并不新鲜，无非是把祖宗这块牌子撑出来，再把民心拿出来吓唬人。这两点，当然也一直是朝中许多人拿来打压新法的棍子。朝中许多人这么做，一直让赵顼感到纠结；特别是后一点，好像天子存心要把天下平头百姓逼到死路上。天子会那么傻吗？韩维看到赵顼龙颜上有了一种很警觉的表情。韩维明白，文彦博此时尚未看清赵顼的心思，并不清楚赵顼内心深处并不想取消新法。文彦博在揣摩天子心理上还欠火候，远不如司马光，更不如富弼。好在赵顼并不责怪文彦博，只是龙颜端肃：“更改法制，施行新法，于士大夫诚多不快，于百姓何所不便？”

韩维心里叫好。赵顼的话说对了。新法施行五年多来，韩维不敢说天下平头百姓都得到很大的好处，但不少人得到好处确实是明显的；然而把士大夫阶层得罪光了，确是不争的事实：青苗法损害了地方权势豪富的利益，让他们放不成高息贷款了；免役法损害了天下官府衙门的利益，让他们不能在民役中榨取百姓钱财了；市易法损害了所有富商巨贾的利益，让他们再也不能贱买贵卖牟取暴利了；特别是市易法中还有个免行钱，把皇亲国戚、大小官衙从科配摊派中得到的好处都收到朝廷里来了。官府的科配又重，往往没完没了向行户商人索钱索物，现在官府再也无法向商行搞摊派了，这些人的这些好处自然就没了。

赵顼的话说到这个份上，文彦博不该再说什么了。叫韩维感到奇怪的是，文彦博竟很是冲动，也很是振振有词地道：“陛下是与士大夫治天下，非与百姓治天下！”

韩维注意到，赵顼很是惊讶地望着文彦博，龙颜上出现了这些日子对朝中老臣没有过的恼怒之色；冯京很是惊讶地望着文彦博的同时，又很是有点为文彦博担心地望了望赵顼。韩维感到，自己也肯定是一脸的惊讶之色。中原王朝千年来官场上的人无不以孔门子弟为荣，也无不以孔门子弟自居，当然无不知道孟老夫子“民为重，社稷次之，君为轻”那句话。这个文彦博前言告诫赵顼不失民心，这当然冠冕堂皇、千正万确、无可挑剔，但刚才的话就失言了，就糊涂了，大错特错了。在孟老夫子看来，百姓分量重于天子，士大夫算个什么呢？然而，文彦博刚才的话，却把天下百姓完全丢在一边，这就混账透顶了。不错，在中原王朝的官场，别看那些大大小小的朝廷命官，满嘴“民”呀“民”的，把“民”吊在嘴巴上，有的甚至还装模作样、煞有介事宣称自己是“民”的儿子；但实际上，在这些当官的眼中，“民”比草芥都不如，不过是他们手中愚弄的玩物，鱼肉的对象。真正为“民”办事的官是不多的，即使那些为“民”办了些事的官，也没几个真正把“民”看得比“君”还重，相反倒是沾沾自喜以“民”的恩人自许，有的还恬不知耻、大言不惭以“民”的救星自居。然而，尽管如此，“民”还是块金字招牌，丢不得，更砸不得。韩维觉得，文彦博刚才的失言，倒是不经意中说出了中原王朝千年官场的真相底细，也是大大小小官吏真情实感的自然流露。只不过这样的话，出自文彦博这样的大臣之口，实在叫人感到难以理喻；要是司马光，是万万不会说出这样的话来的。

韩维不由得望了望文彦博，扳着手指算了算，文彦博今年有六十八岁，奔古稀之年了，脑子恐怕开始糊涂了。赵顼真是个宽厚的天子，尽管文彦博说了那样笑死人的混账话，还是未抹他的面子；文彦博要是碰到不好说话的天子，就有好看的了。奇怪得很，文彦博说了刚才那句话后，并无半点不妥的感觉，相反脸上现出一种得意的神色。

延和殿里的气氛变得微妙起来：有点叫人感到郁闷，也有点叫人感到无奈。约莫过了半炷香工夫，文彦博又摸了摸花白的长须，一脸诚意、一脸忠心地说：“臣近因赴相国寺行香，见市易于御街东廊置叉子数十间，前后堆满瓜果货物，逐日差官在那里监卖，收取免行钱，分取牙利。且瓜果之微，锥刀是竟，竭泽专利，所剩无几。堂堂大国这样分厘必争，皇皇求利，哪有我大宋朝的半点威仪？这只能是徒然地损伤泱泱大国的国体。况且那里离夷狄使者下榻的驿馆都亭很近，让夷狄使者见了，岂不要笑死，我大宋又岂不要为他们轻看了？此等侵渔贫下、玷累朝廷之事，孟轲耻之，臣亦耻之，不胜愤懑！”

韩维知道，文彦博在这里指责的是市易法。对市易法，韩维也有自己的一些想法。他觉得，在新法中，市易法是最容易赚钱也最容易出事，最让人心动也最让人头痛，有大利也有大害的一个新法。韩维很清楚，当初赵顼与王安石在商定市易法时，就把“兼并之家，较固取利，有害新法，令市易务觉察按置”这一条删了。京都开封的兼并之家，指的是权势贵官、豪门巨富。为何删去这一条？不就是因为这些人的来头都很大，不少人有通天的本事。对这一点，只要到御街走一趟，看看满街的邸店，就一清二楚了。这些邸店，哪一家没有很硬的靠山？有的就是皇亲国戚开的。不把这一条删掉，岂不要捅马蜂窝？王安石不是没看到这一点，也跟赵顼争了，但没用，赵顼坚持要删，最后对王安石腼然一笑，算是给了王安石一个面子。市易法的这一条就这么给删了。韩维觉得，王安石这下就确实有点迂了。既然市易务对兼并之家没有觉察按置权，市易法就很难在京都开封施行下去。这个文彦博糊涂的地方确实有点糊涂，心术高超的地方确实高超，厉害得很。他不说市易法对小商小贩和进城卖只鸡鸭的农户有什么不当，只说官府跟这些人去争瓜果之利，让朝廷丢脸！朝廷丢脸，岂不就是天子丢脸？韩维百思不得其解的是：这个文彦博身为朝廷枢密使，每年向朝廷伸手要多少钱、多少粮、多少辎重物资，少一文也要吵翻天，怎么不觉得可笑，不觉得丢脸呢？怎么一谈到新法，就拿钱说事，把钱看得狗屎一样臭，钱简直成了万恶之源。

韩维清楚，文彦博这番话让人感到危言耸听，但很对朝廷士大夫的胃口，就是赵顼也觉得无言可对。韩维看到，赵顼抬起头来，望了望文彦博，想说什么，却又未开口，只是默然。一直没出声的冯京却开口了："陛下，还是把司马光召回朝廷来好。"

韩维清楚，这是冯京说话一贯的做派：凡事只说果，不说因；只说半句，另半句让听话人去猜。这当然让他避免了许多麻烦，这也是使他无论说了些什么，前朝天子不仅不处罚他，反而喜欢他的重要原因。冯京此言一出，延和殿内的气氛变得怪异起来。韩维清楚，司马光自从三年前回到洛阳埋头写《资治通鉴》后，不仅彻底离开了朝廷，且彻底离开了官场，真个是谁也不曾听到司马光言过一句朝政。但，朝廷和官场无处不见司马光的身影。朝中那些对新法恨得牙痒痒的人，其实无时无刻不西望洛阳，经常打听司马光在洛阳的情况；只要有机会，就会弯路去洛阳拜会司马光。离开了朝廷和官场的司马光俨然成了这些人心目中的当朝宰相。就是文彦博、冯京也莫不如此。王安石那边的人对司马光的消息也很注意。王安石对此倒不是很在意，但吕惠卿、邓绾一班人就不同了，偶有一点司马光的什么事传来，也不管真假，都把司马光看成最凶恶、最危险、最奸诈的仇家，都有种很是神经兮兮的警觉。天子赵顼对司马光一直圣眷不衰，也一直希望司马光能与王安石合力把朝廷之事办好。冯京要赵顼把司马光召回朝廷，当然不是要司马光去编撰《资治通鉴》，而是要司马光收拾被王安石搞糟了的朝政。韩维注意到，赵顼好一会没开口，冯京也不再说什么，文彦博则很有深意地望着赵顼。韩维知道，冯京、文彦博在等赵顼的下文。少说一炷香工夫，赵顼道："要是司马光在朝廷，朕就不会有错了。"

韩维没想到赵顼会说出这句话来，心里一震。从赵顼这句话看来，有召回司马光的意思。冯京温文尔雅的脸上有了笑意，文彦博的长须则得意地在胸前左右摆了好几摆。不过，没过一会，冯京脸上的笑意不见了，文彦博花白的长须也不在胸前摆动了。韩维看到，赵顼对文彦博、冯京摆了摆手，要文彦博、冯京退下去。

文彦博、冯京呆呆地相互望了望。赵顼此举，自然很出乎他们的意料。韩维是个明白人，清楚此时赵顼心里很乱。赵顼希望司马光能在朝廷里，但并不等于马上要把司马光召回到朝廷。韩维看到，文彦博、冯京虽然起身了，并没有立即退下去，还站在那里望着赵顼。赵顼又对他们摆了摆手，文彦博、冯京这才很是不情愿地告退。韩维松了口气。文彦博、冯京这下失算了。赵顼到底不是个昏庸可欺的天子，且今年二十七岁，当天子也快八年了，治国御臣都很有一套，不会再那么简单处理事情了。韩维一点也不怀疑，时至今日，赵顼对司马光仍然圣眷不减。但在司马光与王安石之间，赵顼仍然看重王安石，岂能因为一次旱灾、郑侠的一疏一图，就把王安石赶走，召司马光回朝廷。王安石仍独留朝廷，天下幸甚！朝廷幸甚！

赵顼没要韩维下朝，显然有事要跟他商议。文彦博、冯京下殿不久，赵顼起身从御案上拿了一份奏章，递给韩维。韩维打开一看，是司马光的。洛阳距开封不算太远，韩维没想到司马光的奏章这么快就到了。不用说，司马光是等不得了，也顾不得以前说过噤口不谈朝政的话了。司马光上的是《应诏言朝政阙失状》：

> 今朝之阙政其大者有上而已：一曰广散青苗钱，使民负债日重，而官府实无所得；二曰免上户之役，敛下户之钱以养浮浪之人；三曰置市易与细民争利而实耗散官物；四曰中国未治而侵扰外域得少失多；五曰结保甲教习凶器以疲扰农民；六曰狂狡之人妄兴水利，劳民费财。凡此六者之为害，人无贵贱愚智莫不知，乃至陛下左右之臣日誉新法之善者，其心亦知其不可，但欲希合圣心，附会执政盗富贵耳。一旦陛下之意移，则彼之所言亦异矣。臣今不敢复费简札叙利害以烦圣听，但愿陛下勿询阿谀之党，勿询权臣之意，断志罢之，必有能为陛下言其详者矣。

好家伙，司马光一口气历数王安石新法六大罪状，真巴不得一斧把王安石砍了，气势汹汹够吓人的。韩维觉得，司马光这么干，也够糊涂；是非姑且不论，只是此公把河、湟一战看成是“侵扰外域”，就未免过于荒唐。司马光是本朝公认的第一学富五车、通古今之变的正人君子，岂能糊涂到不知道河、湟早就是中原王朝的领土，此次河、湟一战，王韶把失去的领土收复过来，司马光却说成是“侵扰外域”，不怕人戳脊梁骨，骂你是羌人的奸细吗？

韩维看完司马光的奏章，转脸望着赵顼，但见赵顼龙颜瞿瞿，彷徨忧戚。韩维清楚，这次七个月的大旱，朝野上下，反新法派一边的人无有不认为是新法惹的祸。太皇太后曹氏、太后高氏都发话了，岐王赵颢也在一旁凑热闹敲边鼓；郑侠又上一疏一图，拿人头作赌；这会司马光又上奏章，抡起斧子来砍；韩琦、富弼、吕公著岂能无动于衷，还有范纯仁、苏轼、苏辙以及别的许多人，肯定要上奏章。真大有泰山压顶之势，赵顼能不龙颜四顾惊惶，身心疲惫吗？

赵顼沉吟半日：“司马翰林不是太为难朕了吗？”

韩维又有点觉得不解，赵顼刚才还说司马光在朝他就不会有错事，怎么这会又说司马光为难他了呢？不过，韩维注意到，赵顼仍称司马光为“翰林”，把司马光看成是自己的近臣，对司马光还是看得很重的。韩维很快明白了，这一切不过表明赵顼此时此刻心里乱极了。韩维觉得，此时此刻能助赵顼的，恐怕只有王安石一人。然而，此时此刻王安石承受的压力恐怕比赵顼还大。赵顼虽然下了罪己诏，但朝野上下没谁会把这次七个月的亢旱责任压在天子身上，更不会把新法的罪过压在天子身上，只会都推给王安石，绝不会放过王安石。对这点，王安石本人比谁都清楚，郑侠上一疏一图后的第二天，王安石就亲自到开封城外看了成千上万流民的生活情状，接着就上《乞解机务札子》要求辞去相位；赵顼不同意，王安石就再上《乞解机务札子》；几乎每天上一疏，至今已是第五次乞解相位了：看来王安石不辞去相位是不会罢休的。

韩维：“介甫这次不会再上辞相札子吧？”

赵顼摇了摇头，苦笑了笑：“王相公岂是贪图功名之人？朕知道你与王相公是‘嘉祐四友’，一会王相公又要来送辞相札子，朕要你进宫，就是要你劝劝王相公，朕离不开王相公。”口口声声对王安石称官不称名。

韩维心里也不由得苦笑了起来：从赵顼的话语中，可以看出天子对昔年的“嘉祐四友”很看得起，然而，昔年的“嘉祐四友”今何在？司马光与王安石是彻底闹翻了，成了势同冰炭不相融的陌路人，一变而成终身仇敌。吕公著对王安石虽不至于势同冰炭，但对新法却是怎么也不会苟同的。只有自己不论是与王安石，还是与司马光、吕公著，虽然不可能再与他们在僧坊间喝酒、饮茶，纵论天下事，见面还是挺客气的。对昔年之“嘉祐四友”弄成这个样子，韩维是很痛惜的，但无能为力，无法让四人再回到昔年令人眼热的友情中去。对赵顼要他劝王安石留在朝廷里，也只能勉力为之，恐怕不会有什么效果。韩维心中不免有了种凄凉的感觉。韩维正这么想着，忽然见殿头押班太监躬着身子，小步跑到赵顼身边：“王相公来了。”

赵顼忙起身往延和殿门口走去，要亲自迎接王安石。韩维也忙起身，跟在赵顼后面，往殿门口走去。韩维看到，殿头押班太监赶紧躬着身子，小步跑到殿门传旨：王相公进宫见驾。

韩维来到殿门口，看到好几个太监拥着王安石，一步步从丹墀上来；到了殿前平台上，王安石正要跪下去行大礼，赵顼忙过去双手把王安石扶起，口里连说：“平身平身平身！”

王安石跟在赵顼后面进了殿。王安石和韩维坐下后，赵顼却没回到御座上去，只在王安石前面的锦墩上坐下来。韩维看到，王安石还像以前一样，穿着那件很旧的补服，彩丝绣成的仙鹤也不见什么光彩，那双点漆般黑得发亮的眼睛虽然还英气逼人，但神色黯然，苍老了许多，且一脸的疲惫。

韩维明显地感觉到，赵顼与王安石此时坐在一块，远不如先前轻松、欢快、融洽；当然，说不欢快也不是，只是这种欢快中有种勉力为之的味道。韩维注意到，赵顼龙颜上有种极力显现出来的热切、恭敬和祈望之情。约莫半炷香工夫，王安石从衣袖里掏出一份奏章，双手呈交到赵顼手上。赵顼接过王安石的奏章，打开来看了看，龙颜显得很是为难，也很是难受。赵顼把王安石的奏章向韩维递过来。韩维双手接过，从头至尾看了一遍。自郑侠上一疏一图以来，王安石是六上辞相札子了。王安石这份《乞解机务札子》上，一如前五份札子，把新法中的所有罪过和错误都归之于自己。

自任罪戾：

方陛下励精众治，事事皆欲尽理之时，乃以昏疲久尸宰事，虽圣恩善贷，而罪衅日滋，至于不可复容，则终上累陛下知人之明，下违臣不能则止之义，此所以彷徨迫切，而不能自止。一切皆臣之罪，与他人无涉。

自我检讨：

臣孤远疵贱，众之所弃，陛下收召拔擢，排天下异议，而付之以事，八年于此。方陛下兴事造功之初，群臣未喻圣意，臣当是时，志存将顺，而不知高明强御之为可畏也。臣任事以来，乖失多矣。区区夙夜之劳，未曾足以酬万一之至恩。今乃以久擅宠利，群疑并兴，众怨总至，罪恶之衅，将无以免。

乞解相位：

臣伏蒙陛下令吕惠卿宣道圣旨，又令冯宗道随赐手诏，趣令复位。复特降中使传旨封还所上表，不允所乞；又特降中使令臣入见供职，臣诚惶诚恐，不知所措。臣今年以来，疾病侵加，不任劳剧，与其废所而至诛，则宁违命而获谴。虽欲强勉以从事须臾，势不可能，故敢干天威，乞解机务。

韩维把王安石的札子送还到赵顼手上，望着赵顼。赵顼身子往王安石那边倾了倾：“都怪朕，相公这些年来，夙兴夜寐，呕心沥血，把身体搞垮了。不过，相公还是留在京都，京都什么药都有，朕每天派太医去给相公看病。况且天下事刚有头绪，相公一走，怎么得了？”

王安石默然无语。韩维清楚，自从当上参知政事主持天下朝政以后，王安石确实没轻松过，身体也因之一天天垮下去；特别是近些日子，老得更快。不过，韩维觉得，王安石以疾辞相，这既是实情，也是借口，更重要的还是朝中那些对新法恨得牙痒痒的人这次不会放过王安石，弄得王安石没法做事。既然如此，除了辞相，王安石还有什么别的选择呢?

赵顼：“相公一定有什么不开心的事，但为朕尽言。”

王安石依然默然无语。韩维觉得，赵顼真是个好天子，话说得太温馨、太令人感动了，也说到点子上。这些年来，王安石不开心的事，实在太多。明明新法让国家富了，天下子民的日子比以前好过多了，兵事上打了几个大胜仗，河、湟也收复了，但朝中许多人看到的却尽是新法的不是之处，对新法好处视而不见、听而不闻，甚至连司马光也说出“侵扰外域”的混账话来，这叫王安石能开心得了吗？不过，韩维也觉得，王安石的拗劲又上来了，天子说到这个份上，本该借坡下驴，怎能无动于衷，什么话都不说呢？

赵顼：“相公每次辞职，都让朕寝食不安。朕想了许久，一定是朕待相公有不至之处。”

王安石表示感谢，却又默然无语。韩维很清楚，赵顼说的是实情，一点也没有矫饰的地方。韩维听乾清宫押班太监说，王安石五上辞相札子，每次都让赵顼睡不好、吃不好，特别是最近两次，一桌的菜未动一下，整夜在床上翻来覆去，夜不能眠。然而，赵顼却还向王安石赔礼，中原王朝千年来有几个这样的天子？韩维很清楚，王安石不是因为赵顼待他有不至之处才辞相的，在这方面王安石实在没什么意见可说；要说意见，那就是赵顼在郑侠上一疏一图后的第二天早朝就宣布尽罢新法。天子都宣布不搞新法，王安石待在朝廷里还有什么意义？

赵顼：“朕知道相公进京为官，皆非为功名也，而是要助朕富国强兵，洗刷国耻，重振汉唐雄风。再说，朕与相公如一人，岂他人能间？”

韩维看到，赵顼说到这里时，激动得嘴唇都不由得颤动了起来。王安石更是激动得抬起那双点漆般黑得发亮的眼睛，噙着泪花，却还是默然不语。韩维觉得，王安石这就拗得过分了，赵顼的话可说是到顶了，你王安石总不能要赵顼听你的吧？

赵顼：“相公必定是见朕终不能有所成功，所以才坚辞相位，离朕远去。”

韩维感到，赵顼这句话分量不轻，也非同小可。如果说赵顼前面那些话，都是动之以情义，那么这句话则是责之以朝廷大义。只要仔细揣摩一下赵顼的话语，就不难发现，赵顼的这句话有指责王安石在天子处于最危境、最困难的时候撂担子，把天子抛下的意思。韩维不以为王安石是这种人，说句一点不为过的话，朝中百官无一人能像王安石这样横身为国家当事。韩维猜：王安石此时坚辞相位，莫非另有深意焉？

韩维看到，王安石再一次抬起那双点漆般黑得发亮的眼睛：“陛下圣明，这些年来，新法和兵事都煌煌夺目。臣辞去相位，有百利而无一害，陛下亦可大有作为。”

韩维这下就百思不得其解了。说句实在话，别人不知道，他韩维不会不知道：这些年来新法和兵事上的几仗，离开了王安石，是绝对不能取得这么大的成功的。可王安石却说他辞去相位，于朝廷有百利而无一害，岂不是欺人之谈吗？可要说欺人，王安石又绝不是这样的人！

赵顼："相公完全说反了：相公辞相，有百害而无一利，朕断然一无所为。"

王安石："陛下，中原王朝世代惯例：天灾地难，天子下罪己诏，执政大臣担全责。臣岂能把责任推掉？"

韩维清楚，王安石说的是实情。中原王朝千年来，只要碰上天灾地难，此时的执政大臣鲜有不下台走人的。仁宗朝庆历年间，西北开战，吕夷简身兼上相和枢密使，帝国权柄集于一身，成为宋朝从没有过的东西两府的首领。这就犯戒了，老天爷发脾气了，京都开封霎时天地昏冥，大风扬尘，对面不见人，风里异声不断，似有成群妖魔出没，使人股栗。吕夷简立即被罢免了枢密使，京都开封的天气也立即风清气朗，一派太平景象了。

赵顼："朕记得，熙宁三年相公说过：天道自然，无亲无疏。春生秋杀，长之育之，亭之毒之，成之者何，败之者何，没必要将人道强加于天道。何故相公也畏起天来了？朕不管天还旱不旱，都不会允许相公辞职的。"

韩维也记起了王安石这句话。那天，赵顼、王安石在他银台通进司值房里，谈到灾异时王安石说了上面那些话。韩维觉得，王安石该没什么话好说，该留在朝廷了。王安石又默然不言，延和殿里有种叫人感到僵硬的沉闷气氛。少说过了一炷香工夫，王安石那双点漆般黑得发亮的眼睛仍旧望着赵顼，说了句话："陛下得给天下一个交代！"

韩维吓了一大跳，王安石言重了，怎么能跟天子这样说话呢？韩维很清楚，熙宁元年四月初四王安石之所以愿意越次入对，是因为他看清了当朝天子赵顼很看重他的新法，很需要他的新法，也知道王安石必行新法始允为相。不错，天子虽然五天前宣布了罢除新法，但实在是心有不甘，用不了多久，又会施行新法的。现在天子又无将你罢相的意思，你干吗非辞去相位不可呢？天子是天之子，有什么要向天下交代的？况且，赵顼已经下了罪己诏，已经到顶了，还要交代什么？不过，叫韩维感到奇怪的是，赵顼却龙颜平静，点了点头，似乎已经被王安石这句话说动了心。韩维不明白，赵顼怎么会被王安石这句话说动了心。韩维很想问问王安石，他刚才那句话到底是个什么意思，但看到王安石一脸拒人千里之外的神情，知道此时问什么话，王安石都不会回答半个字。

此时，延和殿外响起轻轻的脚步声。韩维回头一看，见殿头押班太监手上捧着一摞奏章从延和殿外进来了。韩维知道，殿头押班太监送上来的肯定是天下各地的雨雪状。韩维又转过脸去，看到王安石依旧默然坐着，赵顼龙颜却为之一变。殿头押班太监把那摞奏章送到御案上去，赵顼招了招手，要殿头押班太监把面上几份拿给他。殿头押班太监从面上取了十几份，双手送到赵顼手上。赵顼并没把奏章打开来看，只是看了看封皮的名字。韩维稍稍把头侧过去，看到第一份是韩琦的，第二份是富弼的，第三份是吕公著的，接下来是范纯仁、苏轼、苏辙的。不用说，这都是针对新法来的。韩维注意到，赵顼龙颜突然十分严峻起来，似乎有什么重要的话要说，却又停了好一会，才对王安石说："相公你看，由谁来接你的手合适？"

韩维突然懵了起来。这么看来，赵顼同意王安石辞相了。不过，韩维很快明白过来。这些日子来，天下发生这么多事：七个月亢旱、大批流民涌进京都开封、郑侠的一疏一图、太皇太后曹氏和太后高氏在宫中的哭求、司马光的奏章，这会还有韩琦、富弼、吕公著、范纯仁、苏轼、苏辙以及全国各地上的雨雪状，等等，等等，真个像泰山压过来，赵顼没个交代行吗？拿谁去作交代呢？又有谁能充当得了这个角色呢？唯有王安石！确实，这么严重紧张的局面缓和一下，也没什么不好，朝廷从此风清气朗了，天子好继续施行新法；否则朝廷乱得一塌糊涂，天子什么事也干不成了。同意王安石的辞呈，那些人就再也没什么好说的了。特别是后宫那边，赵顼顺从了太皇太后曹氏、太后高氏的心愿，赵顼的心灵得到安宁了。韩维同时也明白了赵顼刚才话的意思。很显然，让王安石离开朝廷，实属无奈之举，但王安石离开朝廷后的相位，仍听从王安石的意见，这就表明王安石还有东山再起、回到朝廷里来的一天。韩维不由得望了望王安石，发现王安石苍老而又疲惫的脸上有了笑容。韩维感到王安石这个人真了不起，朝廷出了事，不仅不推脱，反把所有的罪过一起顶了下来。他当初在赵顼面前举荐王安石，一点也没错，王安石确实是个能担当大任的人！

天下事解决了。韩维和王安石起身向赵顼行过告退礼，便出了延和殿。在延和殿的平台上，韩维和王安石不约而同抬起头，望了望皇宫的上空，见头顶上的日头边上挂着一片薄薄的乌云，像块黑色的轻纱。这样的乌云，京都开封已两个多月没见到过，看样子这两天有雨。韩维有了一种久违的感觉，也有一种不祥的感觉。莫非老天爷还真要应验那个又呆又聪明的郑侠的话，罢除新法后十日之内必雨。这下王安石还真百口莫辩。不服是不行的，老天就那么准时下起了雨，谁能否定得了这不是老天爷对新法发了脾气呢？韩维不由得又望了望王安石，却见王安石苍老疲惫的脸上并无什么异常的表情。然后，王安石和往日一样，一步步下了丹墀，那双点漆般黑得发亮的眼睛，久久地望着前面很远很远的地方。

第五十八章　银包照纳国舅黑脸扮青天　成命收回赵顼新法再施行

郑侠上一疏一图后的第九天，也就是天子赵顼接受王安石辞相的第二天的上午，日光暗淡。京都开封的上空出现了好几团令人惊恐的厚厚乌云，看样子今日不下雨，明日是一定要下雨了。不用说，这厚厚的乌云，既叫人欢喜，又叫人心焦。明天是郑侠拿人头赌雨的最后一天，要是不下雨，他的人头倒不至于落地，但遇到的麻烦肯定不小；要是如期下了雨，王安石和他施行的新法就再也罪责难逃了。在这个节骨眼时刻，京都开封上空出现好几团厚厚的乌云，能不叫一些人高兴得要死，又叫一些人心焦得要命吗？天下事还真是邪门，一个名不见经传的管城门小官竟一语成谶，说十日必雨竟真的在十日之内下起雨来，这不是活见鬼了吗？

这日上午刚过辰牌时分，御史中丞邓绾跟在翰林学士、知谏院吕惠卿后面，急急忙忙往皇宫东阁门走去。在少说二百多步的地方，邓绾就见驿站的兵卒骑着马，陆陆续续往东阁门驰去，把身上携带着的奏疏投送到东阁门去；又见投送完奏疏的驿站兵卒，骑着马陆陆续续从东阁门那边过来。东阁门平日冷冷清清的，这一来是皇宫阁门掌管的是朝会、宴幸、供奉、赞相礼仪之事，此外给天子递呈奏疏、安排面君入对诸事并不多；二来是东阁门使国舅爷曹谒不好打交道，朝中大臣都不在他眼里，一般官员就更是被他视如草芥，根本就进不了东阁门的门槛。但这些日子，来这里的人多起来了。邓绾还在门外，远远地就见东阁门外尽是人。等走到门边时，邓绾还看到，东阁门好些办事的太监和吏员都站在门前的平台上，并不像以前那样把人轰走，脸上的表情也不像平日那样神气、僵硬、傲慢，多少有了点笑容；有人上了东阁门的平台，也开个眼、闭个眼。邓绾清楚，东阁门的人大多对王相公的新法恨得牙痒痒，曹谒更是一谈到新法就破口大骂，连自己是什么身份也不要了。邓绾在京都开封当官的时间不长，但清楚皇亲国戚和宫中那些有身份、有地位、有权力、有门路的大太监，没几个不在外面做生意；平日又打着天家的旗号，谁管得了他们，又谁敢去管他们？此外，那些皇亲国戚和大太监，要钱、要物，或者看中什么好东西，也和官府一样，马上就弄个什么摊派，也不用跟开封府打招呼，开封商行里的人谁不争先送过来？现在这些都不行了，商人要做生意得看市易司的脸色，市场价格由市易司掌控，市场价格再也大涨大跌不起来。不大涨大跌，谁发得了横财？再说生意人交了免行钱，就不用再交摊派钱了，皇亲国戚和大太监到哪里去搞摊派？特别是国舅爷曹谔，生意做得很大，什么生意赚钱就做什么生意。本来朝廷当官的最不齿于做生意，把商人看得跟娼妓一样，但国舅爷曹谔不在乎，什么娼妓不娼妓，朝中官员有几个不上青楼找娼妓快活的？快活时不嫌娼妓脏，快活完了就说娼妓贱，天下有这个理吗？什么洁身清高，什么不同流合污，全是假的！既然如此，做生意又有什么丢人的呢？对摊派，京都开封各商行就更是没谁敢不给曹谔面子，谁拒绝摊派，谁就是嫌自己活得太自在了，不要说生意做不成，店铺都要给砸了。施行市易法后，这些好处都没有了，国舅爷曹谔能不一谈到新法就破口大骂吗？

东阁门两边各站着一排手执环首长刀、令人望而畏之的卫士。邓绾与吕惠卿把银质开门符交内侍太监验过后，便进了东阁门。以往，邓绾与吕惠卿从这里进宫，没停下来过，都是直往皇宫走去。本来今天他们也不想在东阁门待多久，但穿过明间，还在庭院的这头时，见庭院左边一间屋子里挤了一伙人。邓绾感到奇怪，皇宫是何等至圣、至尊、至贵、至严的地方，要进皇宫，就是个五品官，也只勉强让进；五品以下的官，没天子特旨，就是找到太皇太后、太后也进不了。东阁门虽说只是皇宫边上的一个管进进出出的地方，但仍是皇宫的一部分，怎么能让这么一伙人挤进来呢？邓绾清楚，那间屋子本是用来临时安顿告御状人的地方，门长年锁着。御状不是那么好告的，告御状的人多半是状子还在手上，就在阁门给打个半死，谁会傻到白白送上来给人死打的地步呢？御状实际上无人来告。可今天怎么来这么多告御状的呢？邓绾看到，吕惠卿正好回过头来望着他，打了个目语：过去看看。邓绾便与吕惠卿弯到那间屋子门口，看到一件怪事。原来那伙人围着站在文案边上的东阁门使曹谔又是打拱，又是作揖，还“青天老爷”叫个不停嘴。邓绾再看看这些人的穿着，虽无一人穿补服，倒也阔气富贵，上身是绸缎长袍，脚上是皮制的鞮鞋。不用说，这些人是生意人了。邓绾心里先是一惊，后是一震。邓绾早在郑侠上一疏一图后的第二天，就发现京都开封街上许多日常生活必需的柴、米、油、盐、酱、醋、茶一夜之间不翼而飞，这两天柴、米、油、盐、酱、醋、茶倒是有了，但价钱贵得吓死人，比十天前贵了一倍还多。邓绾还得到消息：眼下还滞留在京都开封城内外的流民准备抢米铺。真这样的话，京都开封真不知要乱成什么样子了。

吕惠卿往门边移了几步，邓绾也不由上前几步。邓绾看到，那间屋子里出现一件更怪的事情：国舅爷曹谒一脸公事公办的神情，很是“青天老爷”地黑着个脸，一只手抖了抖高高拎起一包东西：“这……这……这叫腐败，这是不行的啦！这是不行的啦！”

邓绾估计曹谒那包硬硬的东西少说有上百两银子。那伙穿着阔气的人吓坏了，一个个面面相觑，脸色也变了，手脚都有点慌。不过，邓绾很快发现，曹谒并没把那包硬硬的银子还给送银子的人，只是放在文案上；随后里面出来一个老吏，把那包硬硬的银子拿走了。屋子里那伙穿着阔气的人放心了，不仅脸色如常，且有了笑意。曹谒挥了挥手：“回去吧，回去吧。”

那伙穿着阔气的人又是打拱，又是作揖，又是“青天老爷”地叫起来。邓绾与吕惠卿转过身去，离开了那间屋子。二人绕过大庆殿，往崇政殿西面的延和殿走去。昨日，天子赵顼在这里先面见了文彦博、冯京。后来，又在这里面见了王相公，且接受了王相公的辞呈。邓绾真的是很瞧不起文彦博、冯京，这两个人名声很大，看起来很了不得，堪称朝廷有着盖世韬略机谋的鼎臣，其实狗屁，什么都不是。听听文彦博说了些什么，当着天子赵顼的面，把新法，特别把市易法骂得一塌糊涂，已经够差劲的了，竟还胡言乱语天子是与士大夫治天下、非与百姓治天下。这可不是用什么失言、说漏了嘴所能解释得了的。文彦博是什么玩意儿！不客气地说，此人根本不学无术，竟然连孟子“民为重”这句话都不知道，官场上的人岂能有不清楚这句话的？把话说穿，这只能说明文彦博心里根本没有百姓。本来，当官的就没几个心里是真正想到百姓的，不想也不要说出去，可文彦博却当着天子的面这么说，蠢不蠢？真不知怎么几朝都那么看得起他，也不知他怎么当上宰执大臣的？邓绾还觉得，冯京这个人其实浅薄得很，也不知道他的“三元及第”是怎么弄到的，竟然要天子把司马光召回来。不错，这次七个多月的亢旱，弄得成千上万流民涌到京都开封来，吓坏了许多人；特别是那个忘恩负义的呆子郑侠上一疏一图后，司马光上了

《应诏言朝政阙失状》，更是把朝廷弄得乱成一团。这个司马光才是真正的老狐狸，他知道自己回洛阳时说过噤口不言朝政的话，本来是不便上疏的，此时天子赵顼正好下诏，要天下上雨雪状，直言朝政阙失，给他找到个借口，便来了个“应诏”上疏，不是他要开口说话，是天子要他开口说话，他不可不开口；要怪就怪天子，却怪他不得，把天子抬出来，谁奈何得了他？接着，韩琦、富弼、吕公著、范纯仁、苏轼、苏辙都来凑热闹了，上疏把矛头一起对准新法，好像天要塌下来，新法从此完蛋了。这些人未免想得太简单、太天真了些。新法岂是那么容易罢除的？那么容易罢除的新法岂能施行五年多时间？况且，五年来，新法取得煌煌夺目的成功有目共睹，岂是否定得了的？邓绾从来就认为新法是千古不世之良法，许多人都认为自己是投王相公个人之所好，在阿谀逢迎王相公，是为了在京都开封当官，往上爬，当大官。说自己想在京都开封当官，想往上爬、当大官，这话不假；但说自己阿谀逢迎王相公，却是诬蔑人！再说谁在官场不想往上爬？不想当更大的官？笑骂从汝，要邓某改变对王相公新法的看法是万万不可能的。邓绾相信，天子赵顼也是这么想的。既然如此，冯京却要赵顼把司马光召回京都开封朝廷来，不是浅薄又是什么呢？

邓绾跟在吕惠卿后面，转过崇政殿，远远地便见延和殿那边有好些太监进进出出。不论是进殿的，还是出殿的，都脚步匆匆，没敢停一下。邓绾与吕惠卿来到延和殿前，殿头押班太监从平台上走下丹墀，把他们拦住，要他们等会再进去。邓绾与吕惠卿站在丹墀下候旨，忽然感到眼前时阴时明，不由得抬头望了望上面，但见天上日头被几团乌云遮了，却又很快从乌云里露出来。日头给遮住时，宫中的一切就灰暗起来；日头露出来时，宫中的一切就又鲜亮可爱起来。对天气，邓绾不再存任何侥幸心理了。雨今日不下，明日恐怕要下的，郑侠十日必雨之赌注定要赢。邓绾很清楚，要是真下雨了，不仅郑侠会高兴得手舞足蹈，朝中那些对王相公新法恨得牙痒痒的人更会高兴得奔走相告，弹冠相庆。当然，就因为这一点，吕惠卿邀他一道去面君，赶在下雨之前把要说的话说出去。

约莫两盏茶工夫，邓绾看到，站在延和殿外门边听候吩咐的几个老太监有了动静，脸色都变了；小太监格外小心起来，惊恐地低垂着头。接着，邓绾看到，延和殿门口出现个大太监。大太监身穿绣有五福捧寿图的紫色蟒衣、脚蹬长筒靴、腰上挂着出入宫门的牙牌。出殿的时候，大太监很是慌张地回头望了殿里一眼，怕鬼在后面追似的赶紧溜出殿来。不过，出了殿，大太监神情不一样了。邓绾看到，大太监先是整了整白圆领，然后用衣袖掸了掸蟒衣下摆上的灰，便抬起头来，很是神气，也很是有点派头地从殿外平台上过来。邓绾发现，大太监一在延和殿外平台出现，老太监都忙躬身行礼，道一声“新禧”；小太监赶忙远远地避过一边，垂手侍立，连眼皮也不敢向上翻一翻。但大太监对平台上的那些太监，连相也没相一眼。就在这时，邓绾奇怪地发现，大太监要下丹墀时，却望着丹墀下的这边，脸上堆起了笑容。邓绾很是纳闷，自己与那个大太监从未谋过面，也根本不知道他是何人，缘何望着这边笑呢？正这么想，邓绾眼角余光见吕惠卿脸上也堆着笑，很是亲热地望着从丹墀下来的大太监。邓绾明白了，大太监与吕惠卿熟，刚才的笑脸是冲着吕惠卿来的。邓绾觉得吕惠卿是个了不得的人才。王相公新法千古称奇，煌煌夺目，但治事处人方面，一点也不圆通机智，在这点上远不如吕惠卿。邓绾没与王相公一道进过宫，却完全可以想象得到，王相公是不会与任何一个太监点一下头的，更不会有丝毫笑容。吕惠卿就不同了，对有身份、有地位的大太监就显得十分客气，这就十分通达事理。既然大太监这么热情有礼，又何必一定要拒人于千里之外呢？况且宫中的太监都有机会见到天子，那些大太监就更容易见到天子了，跟这些人攀上了关系，对自己只有好处没有坏处，为什么要去冷淡、得罪他们呢？邓绾看准了，吕惠卿今后一定会腾达无限，仕途不可估量，靠他紧一点没错。见吕惠卿对这个太监这么客气有礼，邓绾自然也不由得堆起一脸的蜜笑。

邓绾很想向吕惠卿打听一下那个大太监是谁，却听见有太监在平台传旨：吕惠卿、邓绾进宫。邓绾跟在吕惠卿后面，沿着丹墀往延和殿走去。进了殿，邓绾吓了一跳，看到赵顼高高坐在御座上看御案上的奏章，龙颜很是不快，气冲冲的样子。以前，邓绾多次面过君，赵顼都是龙颜愉悦地望着他。站在御座两边侍候赵顼的太监、女官、宫女也都显得特别小心，且多少有点紧张，不过脸上看不出有什么异样的表情，只一双眼睛很留心赵顼的一举一动，给人的感觉是：他们不会错过赵顼龙颜上一丝一毫的变化，随时准备把天子侍候好。延和殿里有种说不清、道不明的气氛。不过，邓绾清楚，赵顼此时的心情，跟吕惠卿和他进殿无关，只是跟刚才出去的大太监有关。邓绾只是不清楚大太监在什么事情上弄坏了赵顼的心情。

赵顼肯定知道吕惠卿和邓绾进了殿，却似乎没发现一样，半日未抬起头来，只是从御案上堆起的三大摞奏章里拿起一份，没看几眼，就丢下去；又拿起一份，看了几眼，又丢下去。邓绾与吕惠卿不敢就这么过去，躬着身子，远远地站在门口。邓绾觉得这下坏事了，在赵顼这样的心境之中，他和吕惠卿恐怕这次是白进宫了。

少说有两炷香工夫，赵顼才抬起头来，望着他们。邓绾与吕惠卿忙跪下去行大礼，赵顼也只礼节性说了句“平身”，并没有赐座。邓绾与吕惠卿趋步上前，并排躬身站在御案前。邓绾看到，赵顼显得憔悴了不少，龙颜上很有点倦意，好一会也没出声。

邓绾与吕惠卿在进宫前商定好了，这次面君就谈一件事：新法绝不可废。邓绾心中无底，问吕惠卿：这个时候谈这个问题合时宜吗？吕惠卿什么也没说，笑笑，要邓绾做一件事：话题进入到他们要谈的那件事的范围，无论是谈到新法取得的成功时，还是谈到朝中一些人看到这次亢旱就幸灾乐祸时，邓绾都要把眼泪流出来，要流得动情。邓绾心里多少觉得有点滑稽好笑，邓绾不认为赵顼罢除新法是一时心血来潮的结果，也不认为王相公辞去相位不是未经深思熟虑后的一种走投无路、万般无奈的选择。把话说白，王相公不是不想赵顼改变主意，恢复新法，只是看到赵顼罢除新法的心意已坚，他无力回天，无法让赵顼回心转意，只好辞去相位不干。况且，看天气，乌云遮了半个天了，今日不雨，明日肯定有雨，恐怕还要下大雨，那个管城门的郑侠肯定赌赢了，不仅头不会被砍掉，还会成为有先知先觉的大英雄；朝野上下那些对新法恨得牙痒痒的人和那些形形色色的好事者岂会放过这个说新法坏话的机会？还不要把新法说得一无是处、十恶不赦、万劫不复、遗臭万年？特别是，此时赵顼正在气头上，心情很不好。既然如此，王相公都做不到的事，赵顼岂会卖吕惠卿和自己这么大一个面子，让吕惠卿几句话和自己几滴眼泪就改变不久前作出的罢除新法的决定，收回成命，来个乾坤倒转，柳暗花明？这太叫人不可思议了。邓绾心里没底，只是吕惠卿约他，才来面君的。邓绾作好了流泪的充分准备，不过，此刻他却只是作好了挨赵顼饬诫的准备，反正自己是臣子，天子怎么饬诫都是对臣子的爱护，自己不会有半点委屈。邓绾望望赵顼，又望望吕惠卿，特别想听听吕惠卿的第一句话说些什么。

赵顼坐在御座上，又过了半炷香工夫，奏章不看了，抬起头来，向这边望了一眼。邓绾觉得赵顼要很不客气饬诫人了，便胁肩低眉，一副很是恭敬又很惶恐、很是可爱又很可怜的样子。不过，赵顼却并未发声。邓绾抬起头来，发现赵顼龙颜不快少解。赵顼说："朕今天没心情，什么政事也不做了，就跟二位臣子聊聊天，散散心。"

邓绾很奇怪，天子平日的政事都排得满满的，常常是半夜才回乾清宫歇息，此时不仅罢除了所有新法，连王相公辞相的要求也答应了，且今明两天真要下雨，赵顼岂能丢下政事不管？邓绾觉得，吕惠卿与他商定的那件事更没法谈了。显而易见，赵顼最需要的是把烦人的朝廷政事放一放，好好休息一下。此时，谁要再跟赵顼谈朝廷政事，只能是自找没趣，特别是谈新法方面的政事，就更是找死。

邓绾看到，又有两个太监端了一叠奏章进来，赵顼龙颜更是不快了，指着御案上的三摞奏章，几乎是吼道："你不见朕御案上有这么多奏章吗？"吓得两个太监忙跪下去拼命磕头。赵顼挥了挥手，要他们赶紧下去。

邓绾觉得，自己与吕惠卿来的不是时候。邓绾看到，身材修长、脸皮白皙、眉目疏朗的吕惠卿用很有磁性、不杂半点闽音的官话，漫不经意地说："陛下，眼下朝廷里的人都这样。反正新法给罢除了，朝廷上的政事都不知道怎么做了。"

吕惠卿的口才闻名遐迩，在京都开封官场无人不知、无人不晓。昔年曾以民有"五苦"之说，出言惊人，一下子就赢得王相公的赏识；接着，又以吕诲有"六过"之说，把吕诲弹劾王相公的无耻谰言驳得体无完肤，一下子又让赵顼对他高看一眼；再后来，在经筵讲席上直言司马光妖言惑众、中伤王相公、诋谤天子，很是振聋发聩，坚定了赵顼对新法的信心，当然也因之让司马光一伙人对吕惠卿恨之入骨。平日，跟曾布、邓绾以及李定这些小字辈在一起，吕惠卿更是滔滔不绝，侃侃而谈，言惊四座。邓绾觉得，口才闻名遐迩的吕惠卿这句话就没说到点子上。赵顼嘴巴上是说散散心，什么政事也不做了，可他能做到这点吗？殿里这么多太监进进出出，赵顼能静下心来聊天吗？现在最重要的是赶快入题，要不然谁送个什么要紧的奏章上来，再把那件商定好了的事端上来就迟了。

邓绾看到，赵顼很是怪怪地望了望吕惠卿，又半天没出声。邓绾知道赵顼不会饬诫他们，放心了，但还不是流眼泪的时候，因之依旧顺着个眼，一脸蜜笑地望着赵顼。约莫一炷香工夫，赵顼才又说话："新法罢除了，朝廷就关门大吉了？"

邓绾以为这是入题的好时机，要是此时只他一个人面君，一定会大谈特谈这些年来新法煌煌夺目的事实，大谈特谈新法绝不可废；谈的时候，自然免不了要流着眼泪。——不管怎么说，吕惠卿要他流眼泪是个很不错的主意。——此外，邓绾觉得，在谈这些话时，吕惠卿肯定会比他谈得好。不过，邓绾发现，吕惠卿却似乎根本没有大谈特谈新法的意思，却是顺着赵顼的意思说下去："是呀，是呀，朝廷不理政事，像个什么朝廷。"

赵顼龙颜又很是不快起来："岂有此理！岂有此理！说得好听，学成文武艺，贷与帝王家。文不能安邦，武不能保家；新法搞不了，其他什么法又不知怎么搞。朝廷那么多乌纱帽不是白给了？朕要这些人何用？"

邓绾清楚，赵顼的龙颜不快不再是对新法的不快，恰恰是对朝廷那些对新法指东画西而现在又拿不出什么办法来处理政事的人的不满。邓绾觉得，此时是端出吕惠卿与他商定好的那件事的时候了。他正准备流眼泪，却见吕惠卿仍旧没有谈这些话的意思，仍旧顺着赵顼的意思说："是呀，是呀，朝臣本来都该为朝廷担忧，拿出治国、平天下的本事来，可这些人谁拿得出？拿不出，还一个个都认为自己有王佐之才，是朝廷社稷少不得的栋梁。"

邓绾觉得，吕惠卿说的是实情，被天家看得那么重、被朝野上下捧得那么高的文彦博都说出"陛下是与士大夫治天下，非与百姓治天下"那样糟糕的混账话来，其他人的本事也就由此可见一斑了。邓绾觉得，吕惠卿完全没必要在这些问题上多费口舌，耽搁谈正事的时间。邓绾看到，赵顼从御座上站了起来，走到吕惠卿身边，正要说什么时，邓绾突然感到延和殿里的气氛有点惊恐紧张起来。邓绾先是看到御座两边的太监、女官、宫女都一脸惊吓地朝延和殿门口这边望过来。接着，邓绾看到赵顼也忽地抬起头，视线越过吕惠卿的头，惊恐地望着延和殿门口，急得一迭声说："进来！进来！快快进来！"

邓绾感到，刚才赵顼还吼着把一个送奏章的太监轰了出去，这会怎么会这样急着召人进来呢？邓绾与吕惠卿几乎同时回过头去。邓绾不由吓了一跳，一眼看到一个老太监双手捧着一块朱漆黄金字的木牌，木牌下面是三份奏折，原来是黑字牌急脚递！邓绾清楚，就在十天前，开封那个管城门的小吏郑侠一个黑字牌急脚递把赵顼吓坏了，这会又来了黑字牌急脚递，且三份，赵顼自然更会吓坏了，那么急着要老太监进来，就一点不足为奇了。

老太监躬着身子急步走到赵顼面前，把三份黑字牌急脚递奏折呈送到赵顼手上，就退了下去。赵顼龙颜还多少有点惊恐，倒也一点不避开他和吕惠卿，先拆开一份黑字牌急脚递奏折。邓绾看到，是秦州那边来的。秦州那边的情况与几个月前大不一样了：李师中走了，到舒州当太守去了；王韶也离开了，本来说好是当枢密副使的，不知为什么人还没到京都开封，就又改任洪州太守去了。现在在秦州领兵镇守边关的是李宪和向宝。李宪倒也能战，但是个太监，总有点被人看不起；向宝也能战，却有勇无谋。秦州那边有事，会是很麻烦的。赵顼又拆开一份黑字牌急脚递奏折。邓绾看到，是雁门关那边来的。雁门关是中原汉地自外长城以后，防卫北方民族入侵最关键，也是最后的一道屏障，大宋开国百年以来都是派最强的将领把守这道门户。然而，从富弼二十多年前再盟北辽后，雁门关安静了二十多年，很少听说那边有黑字牌急脚递奏折过来，这会却来了，不用说是北辽趁火打劫来了。赵顼把最后一份黑字牌急脚递奏折拆开了。邓绾看到，是邕州那边来的。谁都知道，邕州是广南西路的中枢，这个地方一直是交趾人想拿下的地方。这么看来，交趾郡王李乾德又在捣乱了。交趾这个国家很小，特穷，中原王朝太平强盛时，交趾人非常乖，非常可爱；但中原王朝有什么风吹草动，这个交趾国必兴风作浪，入境犯边，烧杀掳掠，无所不为。

邓绾看到，赵顼手上拿着三份奏折，龙颜大怒，十分严峻，在延和殿走了好几个来回：“这些外族人，以为新法不搞了，王相公罢相了，他们又可以跟中原王朝捣乱了。朕非要好好教训教训一下他们不可！”

邓绾觉得再也没有比这时端出吕惠卿与他商定好的那些话更好的机会了，同时也感到自己的眼泪已经到了眼眶边，但吕惠卿却还不肯把事先商定的那些话端出来，还是顺着赵顼的意思道：“是呀，陛下是要好好教训教训一下他们，把他们打个落花流水，年年来朝岁岁进贡，再也不敢轻举妄动一下。”

邓绾觉得很是不解，吕惠卿这么聪明绝顶的人，怎么尽说些废话。他刚才这些话，不仅是多余的，且太平俗了，简直与勾栏瓦肆、市井细民的话没什么区别。赵顼叹了口气，对吕惠卿说：“爱卿错了，国家又要穷下去，又没钱了。真要打起来，我朝不吃败仗就万幸了。”

邓绾看到，赵顼话声刚落，吕惠卿对他来了个以目示意。邓绾已经到了眼眶边的眼泪立即流了出来。在满眼的泪花中，邓绾看到赵顼很是感动，很是为难，也很有点手足无所措：“爱卿，这是为何？你这是为何？”

邓绾牢牢记住吕惠卿要他做的事，并不答话，只顾流泪，一会就泪流满面了。邓绾听到吕惠卿很是感慨地说：“是呀，国穷了，朝廷没钱了，外族人肯定就要来欺负我们了。”

赵顼不说什么了。延和殿里寂然无声。泪眼中，邓绾看到，殿里的太监、女官、宫女脸上的神情放松了下去，不那么紧张了。延和殿里的气氛很有点怪怪的，却不使人感到憋闷。邓绾渐渐体味出吕惠卿之所以迟迟不说出他们商定好要说的那些话，却只是一味顺着赵顼的意思说下去的鬼把戏的底细了，原来吕惠卿在装痴卖呆，以不动声色的愚蠢和浅薄在满足赵顼某种心理需求的同时把赵顼引入要谈的话题。吕惠卿不是王相公，王相公凭着那个千古不世之良法，被赵顼尊称为师相，这些年来新法又取得煌煌夺目的成绩；因之，王相公与赵顼论事争辩，辞色皆厉，给人一种近乎无礼的感觉，赵顼不仅不怪，时时还不得不服软。不错，吕惠卿也得到赵顼的赏识，但与王相公比起来，差远了；给吕惠卿一百个胆，在赵顼面前，吕惠卿辞色上也不可能有半点难看的地方。到底吕惠卿是个聪明绝顶的人，清楚自己的斤两，要说的话不能马上道破，得慢慢来，一步步引着赵顼说出他们商定好要说出的话；特别是越接近那一点，越不能出半点差错。邓绾清楚，吕惠卿和他商定要说的那些话，实际上是要赵顼收回十天前的成命，全面恢复新法。天子金口玉言，作出的成命，岂能随便收回；要收回成命，也得天子开口。臣子要是越俎代庖，恐怕不仅得不到好报，反要落得个遗臭万年，死有余辜的下场。

邓绾的眼泪越流越多，吕惠卿什么都不说。邓绾知道，吕惠卿和他一样，在等着赵顼说出他们所要说的话。好一会，赵顼道：“国穷不下去的，朝廷也不会没钱的，只是朕十天前已经降诏，罢除了新法，岂能又收回成命？”

吕惠卿：“陛下，这倒确实是个大问题，堂堂天子岂能出尔反尔？”

邓绾一愣。这个吕惠卿不会把自己的鬼把戏玩过头吧？怎么指责起天子呢？这就会适得其反，偷鸡不到蚀把米了。邓绾看到，赵顼又龙颜不快了，很有点恼怒地对吕惠卿说：“你是说朕反复无常，言而无信？难道收回成命就是说话不算话？”

邓绾吓了一跳。要是惹恼了赵顼，不要说他们商定的事泡汤了，吕惠卿恐怕从此要从朝廷滚出去，自己以后的仕途恐怕也好不了。邓绾看到，吕惠卿没有半点害怕的样子，一脸顺从地站在那里，给人的感觉是吕惠卿是个唯赵顼圣旨是听的臣子，赵顼怎么说他就怎么做，从来不会做出有损赵顼半点毫毛的事。接着，邓绾又看到，吕惠卿在努力回忆着什么。好一会，吕惠卿对赵顼说："是呀，确实是不能说收回成命就是说话不算话，在微臣的记忆里，老祖宗好像从来没说过当皇帝的不能收回成命。要是不能收回成命，那还要谏官干什么？银台通进司的封驳权也可以不要了。那朝廷岂不要出大乱子？这个皇帝恐怕谁都当不好。"

邓绾觉得，吕惠卿的这些话虽然多了点，但起了好作用。邓绾看到，赵顼龙颜开朗了许多，望着吕惠卿，高兴地说："爱卿，这会你与朕想到一起去了。老祖宗怎么没收回过成命？收回过！收回过！建隆九年，太祖亲征北汉，把太原围了个水泄不通，差一步就可以拿下北汉的太原城，可就在这时却突然收回成命，不攻太原，班师回朝。太祖圣明，放弃唾手可得的太原，让北汉去挡住北方胡人，自己一心一意放胆进攻南方，岂不是件捡了个大便宜的大美事？"

开国皇帝宋太祖在北汉太原破城之际却撤兵南下的故事，可以说朝野上下无人不知，无人不晓，且经常被人谈起。邓绾听吕惠卿说过，熙宁三年，王相公在对赵顼谈到"三不足"时，就用了太祖这个故事。邓绾看到，吕惠卿脸上掠过一丝不易觉察到的得意之情。邓绾自己也乐得差点没笑出声来。吕惠卿和他要的就是赵顼这些话。邓绾悟出吕惠卿心里的鬼名堂来了。这个吕惠卿明知赵顼的话中有个陷阱，却故意不失时机地自投罗网跳下去，说些赵顼不爱听的话，弄得赵顼恼怒，引出赵顼刚才这番话来。聪明！聪明！绝顶聪明！没有比要赵顼自己收回成命更好更妙的办法。这毕竟不是件小事，这个权力一定要让赵顼掌握在手上。总之，权力、面子都应该是人主天子的，主意当然也应该是人主天子的，否则就有僭越之嫌。邓绾眼眶里的泪水流得更多了。

邓绾看到，赵顼回过头去，命站在御座边上的御前太监端两只锦墩来，挨御案放着。赵顼回到御座上去，给邓绾和吕惠卿赐坐。延和殿里的气氛不由得轻松起来，殿里的太监、女官、宫女脸上的神情全放松了下去。吕惠卿坐在锦墩上，兴高采烈地说："太祖圣明！陛下圣明！只要国富兵强了，朝廷有钱了，何惧北辽与西夏，交趾那个李德乾，更会吓得屁滚尿流。"

邓绾注意到，吕惠卿就是不把他们商定好的那句话端出去。赵顼却龙颜一振，既庄重、又有点肃杀地说："朕收回成命：新法绝不可废！"

赵顼到底说出了吕惠卿和他商定好了的要说出来的那句话。邓绾心里比喝了蜜水还甜。邓绾看到，吕惠卿也差点没乐得笑出声来。不用说，吕惠卿心里也跟他一样甜。邓绾没忘记自己要做的事，继续让泪水从眼眶里流出来，且伴随着动情的抽咽声。

吕惠卿不再只是装痴卖呆了，十分老到地爽快接腔："陛下五年多来，忘寐与食，成此美政，天下才刚刚享受到陛下新法赐给的好处，可狂夫一疏一图，新法说罢除就罢除了，这能不叫人痛心得流泪吗？"

邓绾看到，赵顼频频点头。邓绾真的是十分佩服吕惠卿，一言一行、一举一动，都目的明确，拿捏得十分到位。邓绾哭得更伤心，也更动情。赵顼望着邓绾："爱卿，别哭了，朕知道你的忠心。"

邓绾觉得，吕惠卿和他要说的话已经由赵顼说出来了，自己也哭够了，无须再流眼泪，这才慢慢止住了眼泪。

吕惠卿："陛下收回成命，继续施行新法，我大宋王朝就一定能威服四夷，八方来朝！"

赵顼龙颜大快。该告辞了。叫邓绾感到奇怪的是，吕惠卿不仅没告辞的意思，反噗的一声跪了下去。邓绾看到，赵顼怔住了，张开口半天合不拢；殿里的太监、女官、宫女脸上的神情又有点紧张了，眼睛都一起朝吕惠卿望着。延和殿里的气氛又有点怪怪的。

吕惠卿对赵顼朗声道："陛下，王相公罢相后，朝野上下许多人就都胡说八道起来，认为王相公摸透了陛下的心思，用新法蛊惑了陛下，致使祖宗之良法美意，变坏几尽，弄得老天爷发了脾气，天变示警，结果出了七个月不下一滴雨的大事！"

邓绾心中暗暗叫好。邓绾与吕惠卿进宫前，二人并未商定要谈这些话；邓绾也不知道吕惠卿的这些话是他早就想好的，还是临时决定的。邓绾觉得，吕惠卿说这些话很有必要；只有把这些事弄清楚了，新法才能真正施行下去。邓绾看到，赵顼龙颜很是不欢，从御座上走了过来，然后在殿里走来走去，且一边走，一边扬起右手："非也！谬也！朕嘉先王之法，泽于当时，传于后世，度时之宜，造为法令，参改群策，而断自朕意，岂是王相公蛊惑的结果？简直是妖言惑众，胡说八道！”

邓绾清楚，赵顼此时的龙颜不欢，显然是因朝野上下那些胡说八道的言论而起。邓绾看到，赵顼双手要吕惠卿起来，吕惠卿却仍是不起。吕惠卿显然受到赵顼刚才的话的鼓舞，趁势向赵顼进言：“陛下圣明。王相公在朝时，朝中许多人不仅对新法奉行不力，还要暗中捣鬼，物议纷纷，指三道四，弄得人们无所适从，新法多方受阻；如今王相公不在朝了，要继续施行新法，绝不许任何人妖言惑众，胡说八道，敢有冒天下之大不韪者，必罚不赦，决不姑息！”

邓绾心中暗暗称奇，更是觉得吕惠卿这个人了不得。怪不得赵顼那么赏识他，怪不得王相公离不开他，也怪不得司马光那些人对他恨之入骨。厉害，吕惠卿这个人确实厉害，一有机会就出狠招，非置对手于死地不可。暗中捣鬼的人是谁，吕惠卿没有点名，但邓绾清楚，指的就是司马光那班人。要对付这班人，不要说吕惠卿的力量不够，就是王相公也奈何不了，只有赵顼才有这个力量。邓绾有个鲜明的感觉，王相公离开朝廷后，主政者必吕惠卿也。

赵顼又回到御座上去，半日没有出声。邓绾注意到，赵顼拿起一份奏章，看也没看就放了下去；再拿起一份，又是看也没看就放了下去；赵顼一连拿了十多份，都是如此。邓绾猜，赵顼是清楚吕惠卿话中所指是谁，但他一时还下不了决心。吕惠卿也挺有意思，赵顼不下决心，也就不起来。延和殿里的太监、女官、宫女又都显得特别小心，多少有点紧张起来。殿里的气氛说不上沉重，但确实有点怪。

约莫两炷香工夫，邓绾看到，赵顼从御座上下来，走到吕惠卿身边，龙颜也渐渐严峻走来，扬起右手，要吕惠卿拟诏：“爱卿言之有理：敢有违法者，必罚而不赦！”

邓绾没想到新法不仅要继续施行下去，还要以更大的力度施行下去。邓绾看到，吕惠卿也完全没料到结果会是这样好，也一脸的惊愕、一脸的兴奋。吕惠卿忙领旨谢恩。赵顼做了个要吕惠卿起来的动作后，吕惠卿这才起身，躬身站在赵顼面前，等待赵顼赐给文房四宝，再由内宫太监护送回到翰林院，锁在里面，彻夜把诏书撰拟出来。

延和殿押班太监很快把文房四宝端了过来。押班太监护送吕惠卿回翰林院，邓绾随着一道出了延和殿。路上，邓绾与吕惠卿并肩而行。下了丹墀，邓绾抬头望了望上面，一眼望见一天乌黑的乱云在翻滚；在很远的西边，天上留下一条裂缝，日头把最后一把暗淡的光束从那里投射下来。进宫前，见到天上出现那几团乌云时，邓绾总觉得那是压在身上的几块大石头。现在放心了，就是满天乌云又何妨。邓绾觉得脚步轻松多了。

快出东阁门时，邓绾记起在延和殿丹墀下碰到的大太监，问吕惠卿。吕惠卿用很鄙夷的口气告诉邓绾，那个大太监就是掌管后宫二十四库房的内官监押班太监高全福。邓绾对吕惠卿，就更是高看一头。

第五十九章　赵顼严诫士大夫阳奉阴违　郑侠再上邪曲图穷追猛打

郑侠打赌后的第十天午夜之后丑牌时分，京都开封城大雨如期而至。雨又猛又密，瓢泼而下。开封城睡梦中的人，都给吵醒了，再也没有入睡。开封城的人，只听到屋子外面全是水的声音。雨打在木板上、砖墙上、树叶上的声音，瓦沟里的水冲在阶石上发出的声音，街两边水沟里的流水声，闹在一起，响成一片，无边无际，没完没了：整个开封成了水的声响世界。寅时玉漏已尽，雨还在一个劲地下。不仅穿城而过的汴河、广济河、蔡河的水位升高了许多，城外已经干涸得连河床都发了裂的黄河也一夜之间灌满了水，把发了裂的河床全盖住了。朝廷早有规定，凡盛暑、雨雪、泥潦，多是放朝，不开朝会。然而，这天早朝仍继续进行，只是朝会时间推后了半个时辰。这天早朝，时间也特别长，少说有一个半时辰。早朝上，大庆殿殿头太监用他训练有素、洪亮嗓音宣读了由翰林学士吕惠卿连夜撰拟、经赵顼御批的诏书，宣布全面恢复新法：

> 朕嘉先王之法，泽于当时，而传于后世，可谓盛矣；故夙兴夜寐，八年于兹，度时之宜，造为法令，布之四方，皆稽合先王，参改群策，而断自朕志。已行之效，固已可见。而其间当职之吏，有不能奉承，乃私出己见，妄为更益：或以苛刻为名，或以因循为得，使吾元元之民，未尽蒙泽。虽然，朕终不以吏或违法之故，辄为之废法，要当博谋广听，案违法者而深治之。间或有未安考察，修完期底至当，士大夫其务奉承之，以称朕意，无或狃于故常，以戾吾法。敢有弗率，必罚而不赦！

真是晴天霹雳，当头而炸。今日也在朝会上的翰林学士承旨、知银台通进司韩维看到，站在他周边的官员都呆住了。这天早朝，大庆殿殿头太监还宣读了王安石罢相的敕词和中书新宰执大臣的任命敕词：王安石以观文殿大学士职衔、吏部尚书官衔知江宁府；韩绛代王安石为首相，王珪仍为参知政事，新增的参知政事是吕惠卿。这天早朝，和五年前吕诲以十大罪状弹劾王安石一样，殿外黑云封天，殿内四壁燃起了煌煌宫烛。殿头太监宣读完这些后，大庆殿里一片死寂。本来，这场雨一下，朝中许多人应该高兴得弹冠相喜、拍手称快、欣喜若狂；没想到，今天这场雨一下，却让这些人空高兴了一场。

不过，翰林学士承旨、知银台通进司韩维对这一切一点也不觉得奇怪。天下事，真是说变就变。十天前，赵顼宣布罢除新法，且接受了王安石的辞呈，郑侠又以人头打赌，十日果然下起了大雨：新法还能死灰复燃吗？但，就在瓢泼大雨还在下的时候，倒置的乾坤又倒置过来，易位的阴阳又易位过去。这就不能不叫人感到太意外了。特别叫人感到不解的是：赵顼不仅宣布全面恢复新法，且严诫士大夫不得对新法阳奉阴违，对违反新法的要处罚不赦。这一点比以前更严了。以前，赵顼和中书发过文，只是对贷放青苗钱的地方州县官吏要进行惩治，现在赵顼对凡是违反新法的官吏都要黑着个脸采取处罚措施，一点情面也不讲。此外，中书三位宰执大臣其实全是王安石的人。那个在三司使任上当得十分窝囊、处处成了人家出气筒的韩绛对王安石一向就崇敬得不得了，对新法一向认为是千古难觅之良法，到处宣讲新法如何如何了得，朝中百官给韩绛取了个“传法沙门”的封号。吕惠卿就更别说了，此人是王安石一手提上来的，得王安石好处最多，对施行新法最卖力；此人鬼点子又多，王安石的许多鬼点子其实就是他出的，王安石可以说是被此人带坏的，朝中百官给吕惠卿取的封号是“护法善神”。王珪在翰林院当学士一当就十六年，历三朝，没一个天子不喜欢他。王安石当首相时，想怎么干就怎么干，此人半个屁都不会放；王安石罢相后，又让他留在中书，对新法绝不会说半个“不”字。让这么三个人进中书，个中的玄机不言而喻：中书还是王安石的中书，新法不仅照行不误，还会加大施行力度。这么安排后，王安石当然可以放心去江宁，悠闲自在过日子去了。

这场大雨下了近五个时辰。一天灰色的云层还沉沉地压在京都开封城的上空，空中还会有零星的细雨洒落下来。雨歇的时候，早朝才结束，此时巳时玉漏将尽，午牌时分将至，参加早朝的官员早饿坏了，赶紧往御膳堂去饱餐了一顿天子请客的朝食。不过，这会还有不少参加早朝的官员好像忘记了肚子的饥饿，相互间交头接耳打听今日早朝发生的事。翰林学士承旨、知银台通进司韩维一出大庆殿，就被许多早朝的官员堵住，向他问这问那。这难怪，赵顼全面恢复新法是昨日吕惠卿和邓绾面君后才决定的，任命韩绛、王珪、吕惠卿为中书新宰执大臣也是昨日晚些时候的下午赵顼决定的。这些事也确实变得太快了些。不过，今天一早还在待漏院候见天子时，就有不少人三三两两头碰头议论这些事的传闻，讲得有鼻子有眼。坏就坏在吕惠卿、邓绾这两个无耻的奸邪小人，是这两个奸人捣的鬼，死皮赖脸跑到宫中，跪在地上痛哭流涕，要赵顼全面恢复新法；这两个奸人的眼泪流得还真十分流畅，且越流越多，连地都湿了一大片：这样天子才收回成命，全面恢复新法。接着，这两个奸人生怕有什么跟他们不对劲的人进中书，便趁机提出中书新宰执大臣的人选；最无耻、最奸、最坏、最不要脸的是吕惠卿，竟厚着脸皮向赵顼要当参知政事，结果赵顼也就真让他当上参知政事。

韩维清楚，这些传闻都是从宫中传出去的。这很叫人感到头痛，也很叫人感到讨厌，又很叫人束手无措、莫可奈何。然而，这种从宫中出来的传闻，却总是屡禁不绝。天家也采取过一些措施，查过好些次，对几个小太监也狠狠地整过几次，把他们打个半死。这样一来，自在安静过一段时间，但用不了多久，宫中的传闻又起来了。有时，查着查着，就查不下去了。后宫之主的向皇后亲自查，也查不下去；把事情反映到天子赵顼那里，赵顼龙颜大怒，好像这下要下狠手了，但过不了多久也就不了了之。这次的这些传闻，不能说都错了，但也不全对。不错，吕惠卿、邓绾昨日是进了宫，跟赵顼谈了很久的话。泪也确实流了，不过只是邓绾流了眼泪。说吕惠卿、邓绾流了眼泪，天子就收回成命，恢复新法，不仅把吕惠卿、邓绾看得太低了，也把赵顼看得太简单了。要是几滴眼泪就能让赵顼回心转意，王安石早就想到比这更好的办法。当然，说吕惠卿捣鬼，倒也没错。吕惠卿这个人厉害得很，他进宫的目的当然是要赵顼收回成命，却一直不说破，只是提出一个个问题，把他要说的话让赵顼说出来。这既让赵顼赚足了面子，又让朝中任何一个人都说不上他半句闲话。至于说到吕惠卿进中书当参知政事，也是吕惠卿厚着脸皮向赵顼要来的，就显得很荒谬了。事实是前日王安石进宫，赵顼问王安石：王安石离开朝廷后谁接手进中书。事关特大机密，当时，延和殿内只有赵顼、王安石、韩维三人，身边的太监、女官、宫女都赶了出去。王安石当即提出：韩绛当首相；王珪本是参知政事，就不动了；吕惠卿进中书当参知政事，名列王珪之后，但主政。赵顼当即照准。韩绛、王珪、吕惠卿进中书的制词是韩维撰拟的，赵顼让韩维把银台通进司的大门关了，坐在里面写。要说走漏消息，只有两个人：一是把吕惠卿、韩维撰拟的草诏抄在白麻纸上的翰林待诏；一是在白麻纸上盖玉玺的太监。此外，就别无他人了。

在朝中，韩维始终是个大忙人。翰林院里的事并不繁多，唯有银台通进司事特多。今日赵顼宣布全面恢复新法，天下各地奏章又会蜂拥而至，银台通进司的事又会多起来。韩维借口肚子饿，得赶紧去吃饭，便推开众人，赶快走人。不过，韩维没去御膳堂，而是回到银台通进司。在御膳堂是吃不成朝食的，那里会有更多的人围着问东问西，就是浑身是嘴也回答不了那些人提出的问题。京都开封各衙门的午饭是午牌时分刚至时吃的。韩维回到银台通进司，正赶上银台通进司官厨开饭。韩维用过餐，便回到自己的值房里去。官府衙门午饭之后，照例有半个时辰的午休时间。衙门里的人可以打个盹，昼寝一会；可以串个门，跟情趣相合的同事聊天说笑话；喜欢读书的，也可以在值房里看看书；有的溜到街上，或会会朋友，或办点什么私事。掌管衙门风纪、纠弹衙门内部非违之事的纠曹录事不仅不管，自己也会伙在一起聊天说笑话。清闲的衙门，午饭之后，唯吏胥书办、役夫勤杂等人还在衙门里做事，其他的官员大多相率上茶肆、酒馆，有的甚至上青楼寻快活去了。不过，韩维却很少有这样的机会，不是他不想，实在是没时间。

韩维在自己值房的交椅上坐下后，银台通进司主簿推开房门，悄悄地走了进来禀报：枢密使文彦博、枢密副使冯京来访。要是他人来访，韩维定然谢绝，但文彦博、冯京来访，又当别论。这一来是韩维与文彦博、冯京关系都不错，平日常有交往；二来是此时二人来访，必为今日早朝之事而来。韩维忙起身去迎接，刚出值房，就见文彦博、冯京在院落的那头对自己拱手行礼。韩维领着文彦博、冯京进了自己值房。未等坐下，文彦博一把捞过自己花白的长须，脸上好几年不见的逼人官威又出现了："持国哇，这是为何呀？"

持国是韩维的字。文彦博问的是今日早朝之事。韩维很清楚，无论是文彦博，还是冯京，都对新法恨得牙痒痒，今日突然宣布把已经宣布罢除的新法全面恢复起来，心中有不平之气，但又是意料中的事。韩维同时还清楚，无论是文彦博，还是冯京，也都和老相公韩琦、欧阳修、富弼、司马光、吕公著、范纯仁、苏轼、苏辙这些人一样，对朝廷是忠心耿耿的君子，他们都只是因朝政上之事与王安石弄得这么僵，以至于到了冰炭不相容、你死我活的地步。然而要一下子把文彦博提出的问题讲清楚，韩维又觉得还是挺难的，至少不是三言两语就能讲得了的。既然如此，干脆就不说了，韩维只是默不作声望着文彦博。

韩维与文彦博、冯京在交椅上坐下后，文彦博："新法把老天爷都弄恼了，七个月亢旱，那么多流民涌到京都开封；人家郑侠拿人头赌雨，又果然十日必雨。这一件件，一桩桩，事实俱在，为何还要恢复新法？岂不是知而故犯，蓄意要与上天为敌？"

韩维与文彦博不是第一次打交道，对他的为人很清楚。此公功不如韩琦，精不如富弼，学不如司马光，说出的话多是老掉牙的老生常谈，且时有非常可笑的糊涂混账话说出来。但，文彦博三朝元老，立朝有威、名闻四夷、朝野倚重，特别是太皇太后曹氏、太后高氏更是看得他起。他说出的话，没谁敢驳。韩维仍是默不作声望着文彦博。

文彦博："且前后不过十日，就全面恢复新法，这也太急迫了些。"

在这点上，韩维也是不同意文彦博的意见的。韩维觉得，赵顼今日早朝宣布全面恢复新法，及时得很，迟了就要引起朝廷混乱。不过，韩维还是不想跟文彦博多说什么。韩维不由得又很奇怪地望了望文彦博全白了的长须。是呀，文彦博毕竟年事太高了些，快古稀之年了，许多想法是改变不了的，脑子也不管用了，说些糊涂混账话在所难免，也情有可原。韩维还是默不作声望着文彦博。

文彦博不再说什么了。值房里静静的，气氛有点冷清。冯京开口了，既不说祖宗法令，也不说上天警示，还那么温文尔雅、轻言细语："真的是那两个奸邪小人一场泪水让天子改变主意的？"

韩维心里不由得好笑起来，朝中许多人这么想，不足为怪，冯京也这么想，就叫人感到不可思议的了。冯京何许人也？"三元及第"的状元，三朝都被天家看重，怎么会跟朝中那班人一般见识。朝中别人不清楚，韩维清楚，为了能让新法继续施行下去，王安石不是不想做些努力。王安石也知道新法必不罢除，但他必须辞去相位。说句实在话，要给面子，赵顼只会给王安石，岂会把这么个大面子卖给吕惠卿、邓绾，让他们来扭转乾坤，翻转局面？韩维明白，赵顼全面恢复新法的根本原因，其实是赵顼要做的那件令举世瞩目，也令世人皆惊的翻天覆地的大事才刚刚动头，不可能因为一场大旱就打退堂鼓，也不可能因为郑侠的一疏一图就彻底把新法罢除。再说，赵顼自始至终参加了新法的制定，新法凝结着他的心血，哪可能说废就废了呢？

韩维对冯京说："当世兄，你是清楚的，天子自小就有主见，一心要做大有为之君，天纵聪明，岂是任何一个臣子左右得了的？"

韩维看到，文彦博、冯京虽没点头，也没说什么，却都没有离开这里的意思。值房里又冷清下去。韩维清楚，文彦博、冯京此时到他值房里来，主要并不是为了查明是谁让赵顼改变主意的。说句实在话，无论是文彦博，还是冯京，都是朝中老臣，又是在官场走了几十年江湖的人，对从宫中出来的传闻，不会不信，但也不会全信。冯京之所以把吕惠卿、邓绾拿出来说事，完全是因为这些人厌恶吕惠卿、邓绾；特别是对吕惠卿，简直可以说是恨之入骨，真巴不得一口把吕惠卿生吞下去。韩维觉得这些人这样对待吕惠卿过分了些。韩维当然不认为吕惠卿多么贤达，但协助王安石施行新法还是做了不少事，也出了不少点子。韩维心中有数，这些人特别恨吕惠卿，其实就是因为这一点。韩维不想说什么，只是等着文彦博、冯京下一步会说些什么。

约莫半炷香工夫，冯京轻声细语地说："持国那天也在场，天子可是亲口说过：要是司马光在朝廷，他就不会有错。"

韩维明白冯京的意思，希望司马光回到朝廷来。其实不仅冯京、文彦博如此，朝中还有许多人也如此，就是后宫的太皇太后曹氏、太后高氏又何尝不是如此呢？特别是太后高氏，更是巴望司马光早日回京。韩维好几次在后宫宿值，太后高氏过来跟他叙话，总问到司马光的情况。其实，在司马光要不要回朝这个问题上，韩维的思想情感十分复杂，也十分微妙。韩维不是完全不希望司马光回到朝廷里来。这不仅因为他们是昔年"嘉祐四友"中的朋友，也不仅仅因为司马光学富五车、通古今之变，还因为司马光提的意见确实并非一无是处。就说熙宁三年司马光《奏弹王安石表》中提到的"侵官""生事""征利""拒谏"，想想也不是全然没有道理。王安石不是没侵夺有些官府衙门的权力，比方条例司就侵夺了三司的权力；然而不侵夺三司之权，新法的条例就根本拿不出来。生事也是有的，特别是贷放青苗钱，不来点强制性措施是不行的；但有了强制性措施，就免不了要弄得平头百姓得不到安宁。说到与民争利，这个“民”字里面的名堂最多，最让人讲不清。官之外的人都是民。富商巨贾当然也是“民”。这个“民”中为富不仁者不在少数，这些“民”的利也不可争吗？要与这些“民”争利，要绝对做到不与细民百姓争利恐怕谁也做不到。至于拒谏，王安石要搞这么一场千古未有的新法，能什么意见都听吗？不“拗”新法就一条也搞不出来；但“拗”了，好的意见便也给“拗”在门外。然而，尽管如此，韩维还是觉得让司马光回到朝廷来，不仅没半点好处，反会把朝廷搞得乱七八糟，也会把事情搞得更坏。王安石为相当国时，司马光不能回朝，回朝非把朝廷闹得天翻地覆不可。王安石现在罢相了，司马光更不能回到朝廷来。现在的参知政事是吕惠卿。王安石拗是拗，对人还多有宽容，说上他几句倒也没事。吕惠卿可不同了，厉害得很，此人不好得罪，睚眦之怨必报，就是对他瞪下眼睛，他也会怀恨在心。王安石与司马光冰炭不相容，主要还是表现在朝政上，双方都还没有置对方于死地的意思。吕惠卿与司马光就不同了，双方恐怕都到了兵刃相见的地步。在这方面，司马光的责任更多些，也更大些。司马光可以说是只要有机会，就要骂上吕惠卿几句，骂的话也很毒，很难听；又总把新法的责任推在吕惠卿一人身上，说王安石新法就是吕惠卿调唆的结果，这就很有点睁着眼睛说瞎话、颠倒黑白、混淆是听了。吕惠卿岂能轻易放过司马光？司马光要是回到朝廷来，二人会吵成个什么样子，恐怕朝中任何人都想象得出来。那时朝廷才是真正的热闹，天天都会有好戏看。韩维以为，就因为这一点，赵顼话是那么说了，却至今也没有召回司马光的意思。天子圣明，凡事有主见，做事总从朝廷大政考虑，瞻前而顾后，三思而后行了。

韩维：“天子话是那么说的，也说得不错，可真把司马光召回来，是利大于弊，还是弊大于利，抑或是利弊相当呢？”

韩维看到，文彦博和冯京都不出声了。不过，没过多久，冯京又轻声细语地说：“大才子苏轼不可以召回京都朝廷里来吗？”

苏轼熙宁四年去杭州当通判，今年年初提升当了密州太守。这个大才子苏轼，在这两个地方当官还是做得不错，心情也特别好。苏轼这个人，一生不能忘情于诗文书画，不能忘情于猪肉美酒，也不能忘情于高僧美人；凡有名妓高僧在的地方，莫不欣然而往，绝不躲避。在杭州当官，当然叫他称心如意。苏轼长堤、凿盐河，又有名妓高僧往来，可说是事、情两不误。说来奇怪的是，苏轼没得到朝廷的大用，韩维感到惋惜和遗憾，他却没一次在赵顼面前举荐过苏轼。他总觉得苏轼身上有一种与官场不相协调的东西，这个大才子一生的仕途恐怕都顺不了。特别是在眼下，苏轼更不适合到京都开封来当官。早朝天子下的诏令上说得很明确：对新法敢有违反者，必罚而不赦。苏轼这个人对新法岂能顺从得了？许多人对新法不顺从，会看场合，会看对象，情况不对头，只藏在心里，嘴巴会关得紧紧的。苏轼这个人做不到这一点。他太率真直性了，太不合时宜了，太不会隐讳自己了，又喜欢戏谑人，谁也无法闭住他那张无遮拦的口。苏轼到京都开封来，肯定要对新法大放厥词，岂能不惹出大祸？此外，韩维很清楚，苏轼这个人虽然在京都开封官场常常被人提起，个中的原因其实只有天知道。韩维心中有数，文彦博、冯京，还有司马光、吕公著这些人，是真心希望苏轼回到朝廷来当京官的；能说上话的时候，一定会帮苏轼说话。但朝中有些为苏轼抱屈的人，却未必都如此。自己没当道，喜欢拿苏轼说事，发泄牢骚；一旦当道了，未必会大用苏轼，有的人弄不好还要落井下石，非置苏轼于死地才后快。既然如此，苏轼何必一定要到京都开封来当京官？

韩维："苏轼在地方当官有何不好？维担心把他弄到京都来反害了他。"

韩维看到，文彦博、冯京又不出声了。这两个人都是聪明人，不会不明白他的意思。少说过了一炷香工夫，文彦博站了起来，望着门外一天凝结着的灰色云层，捻着已经全白了的长须，说："文某只是担心，当下难办的是，朝廷再也没一个说话的人了。"

韩维忽然记起熙宁元年秋分时文彦博在老相公韩琦府上廊亭里说过的一句话，那时文彦博的长须还没有全白。文彦博说，老相公韩琦一走，中书就麻烦了。韩维心里在想：怪不得朝中许多人都说文彦博心术高超，你和冯京不都在朝吗？你们不可以说话吗？你们为何在司马光回洛阳专心编撰《资治通鉴》后把头缩进去了，在大庭广众之中再也不谈什么新法呢？让大才子苏轼去送死，是不是！

韩维也不再说什么了，值房里有种叫人感到很不是味的冷清。文彦博、冯京起身告辞，二人走到门口，银台通进司主簿正好进门，把文彦博、冯京堵在门里。韩维多少有点奇怪地望着主簿：又有何人来打搅？主簿忙后退几步，文彦博、冯京出了值房。主簿进来向韩维禀报：那个说呆又不呆、说不呆又呆、以人头赌雨的郑侠求见。

韩维看到，才走几步的文彦博、冯京回过头来，一脸惊疑地望着主簿，自己心里也不由一怔。这个郑侠此时找自己干什么？昨日那个送黑字牌急脚递的驿站士兵给放了，但郑侠擅发黑字牌急脚递之事正在审查之中。郑侠的行动都是受到监控的，缘何到处乱跑，且到银台通进司来呢？韩维此时实在不想见郑侠，正挥手要主簿叫郑侠走人，眼睛却不由得睁大了。韩维一眼看到一个个子不高的人直眼正行地从院落那头往值房走来，一脸的呆头呆脑，也一脸认真、一脸正义、一脸傻气。这个待罪在查之人，不仅到处乱跑，且直闯到自己值房里来，太目无王法，太荒唐了。

韩维还看到，银台通进司的不少吏员跟在郑侠的后面，也往值房这边走来。韩维清楚，上了一疏一图、又以人头赌雨的郑侠今非昔比：以前是个可怜巴巴、默默无闻的管城门的小官，现在却成了名动京都、直声远播、无人不知、无人不晓的抗暴硬汉子，敢言的大英雄。这些日子，郑侠无论在什么地方出现，都会有好些人凑上前去，好奇地打量他那张呆头呆脑的脸，好像那张脸有什么超凡脱俗的地方。这会看起来，衙门里许多人也是把郑侠当大英雄来看待的，要不然就不会有这么多人尾随在后。

韩维看到，郑侠只是对自己长揖行了个大礼，却望也没望还没离开的文彦博、冯京一眼。韩维知道，这是因为郑侠还不认得文彦博、冯京，要不然不至于如此傲慢无礼。这个郑侠，到底死板，是个呆子，为人不伶俐乖巧，不认得就不可以打个招呼吗？不过，文彦博、冯京丝毫不计较这点，也不出去了，站在值房外很是赏识、很是赞佩地望着郑侠。奇怪的是，韩维自己也不由得对郑侠刮目相看起来。韩维觉得，真不可小看此人，别看他外表呆头呆脑，其实挺能成事。说句实在话，此人要不是有着这种呆头呆脑的劲头，规规矩矩、老老实实能把一疏一图送到赵顼面前？自己的值房也是他能进来得了的？自己不想见他，他便来个不请自来，自己不想见也得去见了。

韩维只得起身。文彦博、冯京也不想走人了。郑侠站在值房中间。主簿走到值房门口，把房门外那些聚观的人赶走，然后自己走了。韩维见文彦博、冯京不想走，便请他们进来，在原位上坐下。韩维坐在交椅上望着站立的郑侠："有事找我？"

郑侠一脸的不解："大人说得古怪，在下没事到这里来干什么？京都开封的衙门岂是那么想进就进得了的？"听说此公有句口头禅，好用"古怪"二字。

韩维给郑侠一句话给噎住了，好一会才说：“你说，何事找我？”

郑侠一脸凛然：“在下要画一幅《正直君子邪曲小人事业图迹》，把朝中的君子、小人都画上去，让天子一看就知道谁是好人，谁是坏人。在下是向韩大人索取资料来的。”

韩维很是怪怪地望了望郑侠。这个说呆又不呆、说不呆又呆的郑侠，十天前扳倒了王安石，犹不满足，还要扳倒更多的人？他这么一弄，朝廷不要给他弄得一塌糊涂？韩维当然是不会给郑侠什么资料，这一来自己是朝廷命官，不该随随便便把朝中情况告诉不相干的人；二来是自己在朝中的位置，许多话都会被认为是赵顼的意思，自己随便说出去，岂不要弄出大事来？叫韩维感到奇怪的是，他一眼看到，文彦博脸上的神色很是怪，不仅出现了难得一见的一脸喜色，且现出了久违的逼人官威。这两种表情本来是很难黏合在一起，居然在文彦博脸上同时出现，这就使得文彦博脸上的表情有种怪怪的味道。冯京脸上的神色同样很怪，此时笑容可掬地望着郑侠。文彦博：“你说，朝中何人是君子，何人是小人呢？”

郑侠一脸的崇敬：“在下的恩师王相公是朝中第一君子！”

韩维觉得，郑侠对王安石的这个评价一点也不为过。韩维看到，文彦博、冯京都一脸的错愕，张开的口半日合不拢。韩维对这点并不觉得奇怪。这不仅因为文彦博、冯京不可能这么看好王安石，还因十天前郑侠的一疏一图弄得赵顼罢除新法、王安石辞相，这会郑侠却又把王安石看成是朝中第一个君子，前后的反差也太大了。不要说文彦博、冯京转不过弯来，就是韩维也一下子感到太突然了。

文彦博：“你在给天子的奏疏中，不是把这次老天爷亢旱七个月，弄得大批流民活不下去，都归之于王安石新法造成的吗？”

郑侠一脸的认真：“大人说得更古怪，你看过在下的奏疏吗？在下说过新法不好？说过恩师王相公是小人？”

韩维是亲眼看过郑侠的一疏一图的，那上面确实没说过新法有什么不好，也没说过王安石半句坏话；相反，倒是口口声声说王安石是贤相，说新法是美善之法，说老天爷亢旱七个月把新法给弄得一塌糊涂，全是贪暴之吏坏之，责任全在贪暴之吏身上。

文彦博：“你再说说，朝中还有哪些人是君子？”

郑侠一脸的公正："韩琦、富弼、司马光、吕公著、范纯仁、苏轼、苏辙。"除了这些人，郑侠还掰开指头，一口气点了二十多位人的名字，却没点到文彦博、冯京二人。

韩维看到，文彦博、冯京二人都眼睛不是眼睛，鼻子不是鼻子，脸都拉了下来。值房里的气氛多少有点古怪、不快起来。韩维知道，文彦博、冯京二人从来都认为自己是君子，然而郑侠却不把他们放到君子里面去，他们心里能痛快吗？不过，韩维也觉得，文彦博、冯京二人都是天子十分看重的大臣，犯不着跟郑侠这样一个名不见经传的小官计较，要不就有失大臣风范了；况且，郑侠的话还没说完，人家未必就不认为你二人不是君子。文彦博、冯京不便开口，韩维问郑侠："朝中还有哪些人是君子呢？"

郑侠一脸的公道："文彦博文大人、冯京冯大人，还有韩大人你，都是君子。"

韩维看到，文彦博、冯京二人有了面子，有了荣光，很是开心地笑了起来。值房里的气氛才又轻松自然起来。

文彦博又问郑侠："你认得文大人、冯大人吗？"

郑侠一脸的仰慕："在下对这二位大人早就慕而仰之，十分想去会会这二位大人。"

这么看来，郑侠与文彦博、冯京二人确实尚未谋过面。韩维注意到，文彦博、冯京因为郑侠对他们如此的仰慕，更是高兴，更是得意。文彦博连摸了三下全白了的长须。冯京温文尔雅的脸上充满笑意。文彦博、冯京不好自介，韩维摆过脸去，望着文彦博，对郑侠说："文大人。"又摆过脸去，对郑侠说："冯大人。"

韩维看到，郑侠忙转过身去，噗地跪下去，恭恭敬敬地给文彦博、冯京三大拜："在下真是有眼无珠，不识泰山，二位大人请恕罪。"

文彦博、冯京忙起身，弯下腰去，双手把郑侠扶起。文彦博、冯京这下赚足了面子，很是亲切地望着郑侠，等着郑侠说下去。郑侠也很是崇敬地望望文彦博、冯京，很想听听他们说些什么。值房里的气氛欢快起来。好一会，郑侠记起了什么事，望着冯京："冯大人，听说你要找在下，说是有两包东西给在下？可是在下要的朝廷内部情况？"

郑侠此言一出，冯京有点尴尬和为难起来，很想回答几句，却又很难说出口似的。韩维感到，冯京是知道郑侠要画一幅《正直君子邪曲小人事业图迹》的。韩维猜，冯京给郑侠的这两包东西绝非一般之物，估计都是些外人所不知道、也不该知道的情况，要不然，冯京就不会这样尴尬和为难。韩维觉得冯京这做，就很不应该了，身为枢密副使，朝廷内部的一些事，如何能随便泄漏出去，让不相干的人知道？

韩维看到，这个郑侠还真是有点呆，对冯京的尴尬和为难竟一无所察："冯大人，在下正需要这些东西。你快快给在下，在下都把它们弄到《正直君子邪曲小人事业图迹》里去，不能让正直君子有一个受到埋没，也不能让邪曲小人有一个漏网。"

韩维明白了，这个郑侠上了一疏一图后，没想到竟名动京都，一夜之间由一个默默无闻的看城门的小官成了人人夸赞的大英雄；此人这会想来点更大的震动，要把所有君子都请到朝廷来，又让所有小人都滚出朝廷。韩维很清楚：谁是君子，在郑侠的眼睛里，除了王安石外，凡是反对新法的人，都是君子；谁是小人，在郑侠看来，也是除了王安石外，凡是拥护新法的人，都是小人。这个郑侠，看问题太偏、太绝对了些。扳倒了王安石、差点毁掉新法犹不满足，还要把拥护新法的人都斩尽杀绝，也太狠了些。韩维对郑侠真是有种说不清的感情。说讨厌吧，这个郑侠的呆气里确实有点可敬的地方；说不讨厌吧，这个郑侠还挺难缠的。不用说，此公是个喜欢认死理的人，脑子一旦钻到死理里就出不来，就会责无旁贷、义无反顾地弄下去，不弄个水落石出、人仰马翻是不会罢休的。这种人还劝不转头，越劝越要搞。对这种人，只有一个办法：别理他。当然，韩维很清楚，认死理的人并不一定就愚笨，这个郑侠自然清楚自己在干一件什么事，清楚要做到这件事，需要很多情况。于是，冯京就出来帮忙了，郑侠求之不得。二人就这么走到一起来了。

冯京脸面上的表情没什么变化，只是温文尔雅地望着郑侠，什么话也没说。冯京到底在官场走了三十来年江湖，知道什么话当说，什么话不当说，或留着在别的地方说。值房里又静下去了，气氛多少有点困窘。此时，文彦博捻着全白的长须，对郑侠说："君子讲完了，你说说，谁是小人？"

这个文彦博在这方面还是很老到的，实际上这句话是把郑侠的话岔开，给冯京解围。果然，郑侠一脸的刚直："吕惠卿是朝中最大的奸邪小人！在下的恩师王相公就是他带坏的！"

韩维有点为吕惠卿鸣起不平来，同时也很是觉得奇怪。朝野上下怎么这样多的人与司马光一样，把王安石说成是吕惠卿带坏的。在这点上，韩维觉得，这些人都太小看了王安石，也都太高看了吕惠卿。王安石这种有着非凡志向、深藏着卓越睿智的千古贤相，岂是吕惠卿能带坏得了的？王安石的那些新法，岂是吕惠卿能拿得出来的？中原王朝千年以来也唯王安石一人才拿得出。不是小看了吕惠卿，就是再给他一百个脑袋，也拿不出来那些新法。此外，把吕惠卿说成是朝中最大的奸邪小人，韩维也实难苟同。吕惠卿这个人只是心机深了点，让人感到可怕。当然，韩维觉得奇怪，郑侠这么说吕惠卿，朝中许多人是很乐意听的。韩维看到，文彦博、冯京频频点头。冯京笑容更加可掬，轻声细语对郑侠说："你可要当心点，吕惠卿现在是当朝参知政事，不怕他杀了你吗？"

韩维清楚，冯京的话，说的是实情。吕惠卿不是王安石。王安石只是在朝政上拗，谁要是否定新法，王安石确实会拉下个脸来，辞色皆厉地争辩到底；在对人上，其实好说话，也是宽容的。然而，吕惠卿就没这么好说话了，得罪了他可是要付出代价的；把他说成是朝中最大的奸邪之人，吕惠卿岂会放过你，能杀的话，他真会一刀把郑侠杀了。

郑侠一脸的凛然："在下不避万死，深冒千万重之天阍，以一疏一图把流民情状上奏天子；在下之身，使其粉碎如一蝼蚁，无足顾爱。这时又上一图，何惧吕惠卿一刀！"

韩维一点也不怀疑，郑侠的这些话，没有半点虚情假意、哗众取宠的意思；真要挨上一刀时，这个说呆不呆、说不呆又很呆的郑侠，真会毫无惧色，意气洋洋地走向刑场，一路之上还要大呼吕惠卿的贼名，谈笑赴死。听到郑侠这些话后，文彦博、冯京不由得喜形于色，情不自禁手之舞之、足之蹈之起来。接着，冯京又轻声细语地对郑侠说："你又不是言官，朝廷是不允许越职言事的。"

韩维觉得冯京这句话有点不地道。冯京这句话表面上是好心的劝告，骨子里是用激将法，让郑侠把不是他该说的话说出去，岂不是把郑侠往火坑里推吗？韩维心里感到很不是味起来。这时，郑侠一脸的不屑："冯大人说得越来越古怪了，你认为就你们这些朝廷高官忧国忧民，以天下为己任吗？你认为下官位卑，就没有保大宋江山社稷的责任吗？非也！谬也！恰恰相反，太平盛世，天下是达官贵人的；一旦国家有事，就吓得要死，或推诿责任，或明哲保身，做起缩头乌龟；国家有大事，就更是吓得不成个样子，或脱身以逃，或剪发杜门，或佯狂不知所之。倒是我等官卑位贱之人，心存魏阙，以身报国，连身家性命都不要了。那些达官贵人低贱的人格，卑劣的行为，与官卑位贱的人比较起来，轻重固何如哉！真是古怪得很，在下岂不知道自己不是言官，要冯大人提醒？在下主意已定：上《正直君子邪曲小人事业图迹》，为的就是求朝廷正在下越分言事之刑，敢冒天威，甘俟诛戮；只要庙堂之上，无有一奸邪小人，尽皆忠良君子，在下将含笑于九泉之下矣！”铿锵有声，越说越激昂，对冯京也毫不客气地刺了一下，说到后面还满嘴溅沫。

韩维今日算是一睹郑侠的真面目了，越来越感到郑侠这种人不把生命看得了不起，却把纲常和节义看得比什么都重。凡牵涉到纲常和节义上的事，郑侠确是万死不辞也要干到底的。韩维不由得为之动容。韩维看到，冯京的脸色更加温文尔雅、亲切可人了，文彦博有着逼人官威的脸上则现出了少见的赞许鼓励之色。文彦博花白的长须在胸前摆过来，又摆过去：“听公一席话，快哉！快哉！公如此大义无畏，我等都要退避三舍、甘拜下风。文某已老了，不中用了，朝廷大事，全靠公了。”

韩维注意到，文彦博话中三次对郑侠称“公”。千万不可小看了这一称呼，“公”这个称呼，在宋代是对天子以下最有德行、最有身价的男子的最尊敬叫法。韩维是个明白人，不要说像文彦博这样位高权重的三朝元老不可能如此尊敬一个确实有点呆头呆脑的管城门的小官，就是朝野上下那些把郑侠看成大英雄的人也顶多称郑侠为“君”。韩维觉得，文彦博也很是不地道。如果说冯京用的是激将法，用反话刺得郑侠往火坑里跳，那么文彦博则用的是激励法，用颂词哄着郑侠往火坑里跳。韩维觉得文彦博这些话也很不是味道。

郑侠一脸的得意，大有一往无前、义无反顾之慨：“文大人也给些情况，这张《正直君子邪曲小人事业图迹》在下上定了。”

韩维感到郑侠这下是真正的呆了。文彦博称你作“公”，就真以为人家把你当“公”看待了？这二人只是要你做替死鬼。此时温文尔雅的冯京端了张交椅给郑侠坐，也对郑侠说起好听的话：“朝廷有你这样不畏强暴的硬汉子，何愁奸邪小人赶不走。佩服！佩服！”

韩维心中有数，郑侠上《正直君子邪曲小人事业图迹》，绝对没好果子吃。韩维正想说点什么，一眼看见银台通进司主簿领着一个太监从值房外进来，知道赵顼找来了。文彦博、冯京和刚坐下的郑侠要起身回避一下，太监说不必，接着传天子口谕：宣文彦博、冯京、韩维进宫。

韩维与文彦博、冯京急忙出了值房。韩维要说的话只有等到以后再说了。韩维穿过院落，正要进后堂，忽然听到郑侠在后面喊："冯大人！"

韩维回头一看，但见郑侠把冯京拦住。韩维吃了一惊。郑侠一点没有放过冯京的意思，一脸的认真："大人好古怪，你那两包东西还没给在下，怎么就走了呢？"

韩维看到，冯京此时笑着对郑侠挥了挥手，要他让开条路："我会派人送给你。"

郑侠这才放过冯京。韩维抬头望了望天，但见一天灰色的云层又变成了一团团乌云。一团团乌云翻滚着，很是令人惊恐，看样子还有大雨要下。

第六十章　施大礼安国敬佩郑侠有种 三击掌安石赞赏曾布高见

郑侠的赌雨如期而至的第六日，京都开封的天气如往昔一样，该下雨时下雨，该出日头时出日头。朝廷不仅着令司农寺和开封府打开常平仓和广惠仓，赈灾济民，每人给粮十五斤，还着令州县派钱粮师爷、衙役把这些流民领回去。这些日子，执掌天下常平广惠仓和十二草场的判司农寺曾布很是忙了一阵。流民遣散之事做完了，曾布急着到定力院去看王相公。本来，吕惠卿打算在醉春楼摆酒设宴为王相公饯行，曾布也是有此意的。但王相公领了情，却怎么也不肯就宴。众人都知道王相公的脾气，他决定了的事，九头牛拉不回来，饯行一事只好作罢。既然不让摆酒饯行，众人就去王相公府上看望王相公。此外还有两事，曾布也觉得很需要到王相公府上去一趟。一事：听说那个把王相公害苦了，也差点把新法葬送掉的该死的郑侠，又要给赵顼上一张《正直君子邪曲小人事业图迹》，以历史上有名的忠臣和奸臣为蓝本，来比附本朝的忠臣和奸臣；还附封长长的题折，把本朝忠臣和奸臣所作所为都列举出来。在这一图一折中，司马光那帮人全是忠臣，跟着王相公搞新法的人全是奸臣；最看好的忠臣是王相公，最看坏的奸臣是吕惠卿。这个该死的郑侠，把王相公害得这样苦，且差点把新法葬送掉，犹不满足，看样子还要把跟随王相公搞新法的人都斩尽杀绝才解恨。曾布去王相公府上，一来是将这一情况告诉王相公和来看望王相公的人，二来是众人在一起好好想个办法，狠狠对付郑侠，绝不能让这样一个根本不屑一提的管城门小官再这么猖狂下去。要是跟随王相公行新法的人都栽在这个小官手上，那不仅是天下最大的冤事，且是让天下人都笑死的冤事。另一事：王相公罢相后，新法该怎么搞。曾布觉得，熙宁年间的新法，两个人是少不得的：一是天子，二是王相公。没有天子赵顼，新法一条也发不下去；没有王相公，新法就连个影子也没有。以前，天子赵顼与王相公如一人，新法才如此煌煌夺目。现在，王相公离开朝廷了，还能那么煌煌夺目吗？曾布不认为天子不想搞新法，但做这件事时却不是那么利索，且时不时会做出些对新法不利的事出来，这下问题就相当难办了。王相公在朝廷，肯定会跟赵顼面争起来，也不管自己的脸色难不难看。说起来还真怪，赵顼还就吃王相公这一套，多半服软。王相公离开了朝廷，有谁还会像王相公那样跟赵顼面争呢？况且，那班反对新法的人，没一个是好惹的。有时曾布想过：要是赵顼事事听王相公的，那该多好，新法坐稳成功。不过，这个想法刚一闪出，曾布就害怕了。天子事事听臣子的，可不是什么好事，恰恰相反，很有点大逆不道的意思。曾布很赞成天子赵顼前些日子颁降的诏书：朝廷命官中敢有不行新法的，必罚不赦。曾布觉得，当此新法重行大计时，最重要的是坚定天子的信心，大树天子的天威，要天子拿出狠劲来，让朝野上下、天下子民知道主不可抗、法不可侮，说过的话是算数的；要不然，朝野上下谁也不会把天子当回事，大臣更不会服从命令，新法断难行下去。曾布准备写个题折，借看望王相公的机会，听听王相公的意见。

曾布在司农寺官厨用过午餐后，对主簿交代了几件事，就骑了匹马，沿着御街一直往定力院王相公府第走去。此时宽阔的御街，虽然还远没往昔的富贵、繁华和祥和，但已经太平、自在多了，许多店铺都开业了；街上见不到一个流民的影子，皇城司逻卒很神气地在街上走着，看到不顺眼的人就赶，再不走就抓。

曾布在离定力院大约两里路的地方，听到前面两箭之地有很威严的官员出行的鸣锣声传来；再朝前一看，但见宽阔的御街中间，全副仪仗拥着一顶八抬大轿很是威风、很是气派地往定力院走去。前面有旗、锣、棍、伞、牌子开道，前有一队兵卒按剑护卫，后有一大帮随从跟在后面。所过之处的行人赶紧往御街两边跑去；来不及跑走的，一个个都像木桩一样垂手侍立在御街上。有个侍立在御街上的行人眼睛朝八抬大轿瞟了一眼，几个公差立即冲过去，对着这个行人就是一阵拳打脚踢。曾布清楚，京都开封的官员多在正式出行办理公事时才摆全副仪仗，其他的时候多是在几个随从的陪同下出行。就是首相王相公每日里上朝、下朝，也不过多两个随从。

何人如此张扬？曾布打马往前赶了赶。在走到与八抬大轿平行时，曾布侧过脸，朝八抬大轿望去，八抬大轿里正好露出一张十分熟悉的白皙脸皮。曾布认出此人正是刚刚走马上任的参知政事吕惠卿。吕惠卿在轿内伸出一只手，很是亲热地朝他招了招："子宣年兄，我们正好同行。"

这个吕惠卿，这些日子去定力院很勤，几乎每日要去看看王相公，常常一坐就半日。以前，曾布多次与吕惠卿一道去定力院王相公府第，但今日却不想跟吕惠卿一道去。曾布越来越明显地感到，当上参知政事后的吕惠卿完全今非昔比，身价不知涨了多少倍。这不奇怪，宰执大臣是百官中地位最为尊贵的，无数人在官场熬了一辈子也就为的是熬到这个官位。官大了，身价涨了，神情和派头自然不一样。当上参知政事后的吕惠卿见到条例司当年的同事，目光里虽然还能使人感觉出亲切，但神情里清楚地有了一种居高临下的意思。曾布对吕惠卿的这种做派，很是看不顺眼。曾布实在不愿与吕惠卿同行："布的马快，先走一步。"

曾布看到，吕惠卿坐在八抬大轿里伸出一只手对着自己点了几点，很有点大人不计小人过地笑笑："子宣年兄呀，你呀，你呀！"

今日的日头浑浑的，天上的云层厚薄不均，御街上的日光时阴时明，时浓时淡。曾布策马往前走去。在快到定力院的时候，曾布看到王相公府第门前场地上黑压压围了一街的人。曾布好生奇怪，记起了熙宁二年二月初四，朝廷宣布王相公官拜右谏议大夫、参知政事时，定力院门前满是人，人语嘈杂，一派喜庆气氛，都是来王相公府上表祝贺，示亲近的；此时，王相公罢相，一街的人都没说话，只在静静听里面一个人说："在下的恩师王相公是了不得的千古贤相，他的新法是千古至善至美之良法，都是朝中那班奸邪小人和地方贪暴之吏败坏的，都是那班把门的小人不让在下进去，害得恩师王相公听不到真情况。"

曾布看到，这人每说一句，一街的人就点一下头。曾布知道说话的人是郑侠了。曾布再把马往前靠了靠，欠身一望，果然是那个古里古怪、呆头呆脑、把王相公害苦了的郑侠。曾布很是奇怪，也很是气愤。曾布听说这个管城门的小官郑侠正在画一幅《正直君子邪曲小人事业图迹》，除王相公外，新法一边的人，全画成了邪曲小人。这个郑侠就活到头了。乌府台本来要治郑侠的擅发马递罪，只是因为天子赵顼对郑侠还颇有好感，乌府台才没把此人抓到乌府台大狱里去吃牢饭。这家伙就利令智昏，以为谁也拿他没办法，越来越不像话，竟然跑到王相公府第门前，信口开河、胡言乱语、妖言惑众起来。郑侠这下就失算了，现在主政的是参知政事吕惠卿，岂会便宜了郑侠。曾布用马鞭把前面的人拨开，然而就在此时，忽然看到后面挤来一匹马。曾布不由得转过身去，看到马上一人对着郑侠深施一礼，很是敬佩地大声道："君可谓特立不惧！"尊称郑侠为"君"。

曾布定睛一看，在马上给郑侠施礼者，王相公之弟王安国也。曾布怔了半日，完全不相信王安国会对呆头呆脑、把王相公害苦了的郑侠这么敬重。曾布知道，王相公这个亲弟弟王安国，喜欢跟人家反着来。兄长当大官，做弟弟的谁不是全力支持？然而这个王安国，却总向着司马光，跟王相公过不去，经常跟王相公争吵，骂起新法来一点顾忌都没有，想怎么说就怎么说，对王相公身边的人，更是一点情面也不给，张口就是奸邪小人；且把天下的坏事都归之于新法，要兄长王相公听他的，停止新法，最不济也要抽身而退。曾布以前与王安国常有些来往，熙宁元年四月还同游过蔡河，只是后来二人的关系才慢慢疏淡下来。这怪不得曾布，只能怪王安国。开始这个王安国骂新法，骂王相公身边的奸邪小人，曾布总忍着。不管怎么说，王安国是王相公的胞弟，不看僧面看佛面，打狗还得看主人，总得给王相公点面子，不与王安国计较。但时间长了，这个王安国还这么无顾忌地骂新法，骂王相公身边的人，谁受得了？关系怎么可能好得起来？曾布感到奇怪的是，虽然王安国这么起劲地跟王相公反着来，但司马光那帮人对王安国并不好。王相公辞相前，王安国一直在西京洛阳国子监当教授这么一个小官。熙宁三年司马光也到了洛阳，在那里过得十分舒适而又惬意，朝政上的事不用操心，官场上的是是非非完全丢在一边，每日里编撰他的《资治通鉴》，常常与此时致仕退休的富相富弼及对他向往已久的正人君子相邀到酒楼饮酒，却从未邀过王安国，对王安国很有点不屑的意思。王安国实际上成了两边都不讨好的人。既然如此，还如此看得起郑侠的王安国岂不是天字第一号的糊涂虫？

曾布看到，街上的这些人并不认得王安国，却都点头赞许他的话。不过，叫曾布感到奇怪的是，郑侠却并不领王安国的情，呆头呆脑的脸上反现出明显的恼怒和遗憾，对王安国说："你说反话讥刺在下是不是？在下不是什么特立不惧，本想让天子知道是那些奸邪小人和贪暴之吏败坏新法，想不到反害了恩师王相公，弄得恩师王相公独自一人背黑锅。"

曾布心里暗暗叫好。王安国以为这下找到郑侠这个说话的人了，没想到郑侠会对他这么不客气。定力院门前的人都怪怪地望着郑侠。曾布看到，王安国下了马，牵着挤到郑侠面前。曾布以为王安国这下要与郑侠吵起来，不过，这个王安国却说了一句出人意料的话："你我二人想到一起了！"

曾布没有下马，注意到一街的人都怪怪地望着王安国。郑侠也不由得一怔，不明白王安国话中的意思。就是曾布，也觉得王安国这句话很是诧异。好一会，郑侠一脸的认真、一脸的呆气望着王安国："你也是说新法是那些奸邪小人和贪暴之吏败坏的？"

曾布看到，王安国默然了一会："我兄长做官，总是忠贞不贰，总认为做臣子的必须做好朝廷之事，有成绩归皇上，有怨恨自己担当。因此，现在九州四海的怨恨都集中在我兄长一人身上。"

郑侠和一街的人这才明白王安国是何许人了。曾布感到，这个从来都是跟兄长王相公反着来的王安国总做出些让人莫名其妙的亲痛仇快之事，此时到底想起王相公是他的亲兄长，为王相公说了几句通情达理的公道话。突然间曾布明白了，西京洛阳司马光那帮子人总把王安国撇在一边，总是冷淡王安国的缘由了。王安国与王相公只是政见不同，为公事争吵，但亲兄弟到底是亲兄弟，司马光那帮人会允忍王安国在他们面前为兄长王相公说公道话吗？曾布顿时对王安国的印象好多了。郑侠对王安国这句话很是很欣赏："你这句话说对了，在下的恩师王相公就是这样一个人，宁可亏自己，把事担下来，那班奸邪小人和地方贪暴之吏就是利用这一点，坏了新法的大事。"

曾布又火了起来。本来要教训郑侠几句的，没等到教训他，这个郑侠却又胡言乱语起来。曾布举起马鞭指着离自己丈把远的郑侠说："你又信口雌黄些什么。告诉你，你现在是待罪在查之人，还这么满城到处乱跑，你罪上加罪。我命人把你抓起来，你信不信？"

曾布看到，郑侠转过身来，拨开前面的人，几步挤到马前，双手叉在腰间，一脸的无所畏惧："好呀，在下就等你们来抓，都等得有点不耐烦了。你来抓，你来抓呀！"

曾布感到自己刚才的话说得有点欠考虑了。在京都开封抓人，是开封府和皇城司的事，他这个管司农寺的官如何管得了。自己又没摆仪仗，就是摆了仪仗，人家不过说了几句话，也不好命护卫的兵卒抓人。再说，自己一个从三品大员，跟一个管城门的九品小官斗嘴，怎么说也是跌身价的事。曾布看到，一街的人都吃吃地笑了起来。曾布觉得自己有点尴尬狼狈了。一会，曾布又看到王安国拨开面前的人，牵着马往他这边挤过来。曾布心里暗暗盘算：王安国要对自己无礼了。果然，王安国一手指着他说："子宣年兄，你也太飞扬跋扈、太霸道了些，把我兄长害苦了，如今连一个小官也不放过，是不是？"

说句实在话，曾布最听不得人家说他把王相公害了。确实，无论从哪个方面来说，曾布都是王相公的忠实门徒。王相公每立一法，曾布都佩服得五体投地；王相公每做一事，曾布都无不积极想办法做好。说曾布害了王相公，是怎么也说不过去的，就是老天也不会同意。曾布早就对王安国窝了一肚气，总找不一个合适的机会发泄，此时机会来了，曾布骑在马上，很是堂堂正正地对王安国说："国有国法，官有官职，就算王相公是你兄长，朝廷施行新法，何预足下事，与你何干！"

曾布以为这下王安国该没什么好说的了，很是得意地等着听王安国的回话。曾布看到，王安国一脸怒火，把自己马的缰绳放了，再往前挤了挤，一直挤到曾布马前，然后双手抓着曾布马的缰绳："下来，你下来！"

曾布下了马，一街的人从四面八方涌过来，把他和王安国、郑侠围在中间，这些人身后还有人的颈伸直了，朝这边瞧。

王安国："王相公是我兄长，王相公的父亲、母亲是我的父亲、母亲。王相公都是因为你们这班小人的搬弄才做了错事，将来王家大祸临头，家破人亡，全族遭殃，甚至连累先人，连祖坟都保不住，这能说与我不相干吗？"

曾布看到，四围的人都高兴地笑了起来。曾布很不客气地回敬王安国道："你全说错了，王相公千古一人，光照日月，名垂千古；天下子民，都要受惠于王相公的良法美意，当买丝以绣，铸金以祀。王家也都将因王相公而自豪，因王相公而骄傲！"

曾布看到，四围的人默然无语。郑侠古里古怪在一旁兴风作浪，对曾布说："你这人说得好古怪。在下从来没听说过身边都是小人，能成得了圣人的。在下的恩师王相公要想成为千古一人，只有把身边的奸邪小人和地方贪暴之吏全清掉，九州四海才不会有那么多怨恨，恩师王相公的良法美意才会造福于天下，天下子民才会买丝以绣，铸金以祀。"

曾布看到，四围的人都拊掌大笑了起来，后面还有人跳起来朝这边瞧。曾布不明白，京都开封的百姓怎么这样糊涂，这样不知好歹，这样是非不明。曾布觉得自己有点尴尬狼狈，不再跟王安国、郑侠争什么了，只想离开这里，快点去定力院见王相公。但，四周的人把这里围得严严实实，两只脚根本移不动。正在这时，曾布忽然看到后面的人在开始散开，接着自己身边的人也开始松动了；再接着，曾布看到十几个兵卒舞着环首长刀在前面开路，一大帮随从跟班把人驱走。王安国、郑侠被裹在人群里，往御街边上退去，不见人影，二人两只高高伸在人群头上的手，看上去就像插在漩涡里的干树枝。王安国的马开始还昂头嘶鸣着，不多一会，马也被卷进人群的漩涡里。原先一街的人都给赶光了，定力院前面的场地上只剩下曾布和他的马。

曾布完全给搞蒙了，不知道这一切是怎么发生的，张开的口半日合不拢。曾布忽然听到有人在喊他：“子宣年兄，让你受惊了。”

曾布在原地转了一圈，看到吕惠卿那顶八抬大轿停在御街边上。吕惠卿把头从轿窗探出来，望着曾布笑。此时日光阴了下去，阴阴日光中的吕惠卿笑得有点古怪。一顶八抬大轿缓缓地抬到曾布身边。吕惠卿把头伸出轿窗外，仍旧有点古怪地望着曾布笑：“你跟这两个人在这里论什么理，他们岂是讲理的人？有办法对付他们的。”

曾布心里倒吸了口凉气。他一点也不怀疑，吕惠卿心里有了收拾王安国和郑侠的办法。吕惠卿不是王相公，可不是个有雍容气量的宰臣，有的只是牙眼相还的报复。不过，曾布随后又觉得吕惠卿这也没什么不可以。王安国和郑侠实在是太不像话了，是要拿点颜色给他们看看，要不然，这二人还不知要嚣张到什么程度。

吕惠卿：“子宣年兄，还站那里干什么，进去吧。”

兵卒和随从跟班陆陆续续回来了。吕惠卿起轿了。曾布这回没什么不愿跟吕惠卿同行的理由，牵着马，跟在后面往定力院走去。王安国和郑侠没去。还没到定力院门口，早有门者带着几个家仆过来迎候。曾布与吕惠卿进了定力院，但见王相公府第里的人都在整理行李，忙着搬家。这些日子王相公都在西门木屋里待客。曾布与吕惠卿一直往西门木屋走去。进门后，曾布看到木屋里有五人：王相公、王相公夫人吴氏、乖丫环、傻丫环，还有个叫李士宁的道士。

曾布惊诧起来，侧过脸望了望旁边的吕惠卿，但见吕惠卿一脸的骇怪。曾布心里清楚，自己的惊诧和吕惠卿的骇怪，都是因为李士宁这个道士引起的。曾布熙宁三年在定力院与道士李士宁打过照面，却从未有过接触。听吕惠卿说，李士宁这个人很不简单：居无定所，云游四方，本是方外之人，却好结交官府；在王相公府上很吃得开，很受王家的欢迎，得到吴氏的热情款待，还在定力院住过半年。曾布还听吕惠卿说，王府的下人，简直把李士宁看得像神仙一样，有病有痛，有灾有难，都喜欢找李士宁，要他帮助逢凶化吉，去病止痛，消灾除难。熙宁三年二月，吕惠卿与邓绾还亲眼看到，李士宁片刻间在一块黑布里取出十只碗来，弄得王府里的人都十分惊讶。吕惠卿还亲口对曾布说过，李士宁这种人不宜交往，更不宜深交。在这点上，曾布是同意吕惠卿意见的。道士这种人，自古多通旁门左道，里面常常混杂着一些图谋不轨之徒。李士宁又读过许多书，见过大世面，有许多叫人放心不下的地方。要是这种人心怀不测，出了事，自己岂不要受到牵连？后来曾布还听说李士宁不仅在京都开封进出官宦人家，谈神说鬼，骗吃骗喝，还常在两浙路秀州逗留。这倒不是说秀州是个军事重镇，天下人就不能到那里去，问题是秀州团练使赵世居非等闲之辈。这个赵世居，乃太祖嫡孙，官拜右羽林军大将军；貌似太祖，有帝王相，常因这点洋洋得意。听说赵世居与李士宁二人一见如故，很有点相见恨晚的意思。这个赵世居对太皇太后曹氏、太后高氏都是很孝敬的，每年少说有两次要派秀州余姚县主簿李逢进京，到宫中给两宫太后送礼，就是相干的太监、女官、宫女都有一份。因之，宫中的人都喜欢李逢到宫中来。熙宁二年太皇太后曹氏六十圣寿，赵世居恭敬的寿礼是颗大理国出产的猫儿眼，让太皇太后曹氏欢喜得不得了。李逢对京官也多有接交，见面都免不了送上一份厚礼。李逢也拜会过王相公。王相公没收李逢的礼，却留李逢在西门木屋谈了上个时辰的话。后来，曾布听王相公说，李逢把他在资政殿对天子赵顼说过的话对王相公说了一遍，王相公大为欣赏。按说，这一切也都谈不上有什么违反王法的地方。问题出在北方七个多月的亢旱期间，两浙路的秀州怪事多多，很不正常。本来两浙路的秀州是鱼米之乡，盛产粳稻、鱼盐、丝绸，北方和京都开封的大米和食盐，多是从秀州漕运过去的。但，那些日子以来，乡民的日子不仅越来越难过，且秀州漕运也很不畅通，大米和食盐运不出来。秀州下面好几个县有农户哄抢常平仓粮食，私制私贩食盐的人数越来越多。朝廷先后派了两个太守去秀州，都是上任不久就突然莫名其妙死了。如今京都开封官场上的人对秀州那边来的人都有意躲开，李逢来了更是躲开。李士宁虽不是秀州的官，也不是秀州团练衙门的门吏，但常在秀州逗留，又与赵世居一见如故，京都开封官场上的人谁敢去惹这种人？王相公马上要离开京都开封去江宁，不料李士宁今日现身定力院，岂能会是什么好事？

木屋里有种古怪而又有趣的气氛。曾布看到，王相公侧着身子，望着李士宁，很有趣，也很平静地在听李士宁说什么。李士宁也侧着身子，望着王相公，一手指着木屋外的天，在说些什么稀奇古怪好听的事。吴氏一脸的信疑参半、一脸的惊愕惑然，身后站着乖丫环、傻丫环则吓得把颈都缩了起来。

曾布感到，王相公与李士宁在木屋里交谈过的时间不会太短。吕惠卿、曾布在交椅上坐下。吕惠卿、曾布都是定力院的常客，吴氏也不回避，仍由两个丫环陪着，坐在木屋里。李士宁也无离开木屋的意思。曾布发现，王相公的衣着仍像过去那样随便，头帻下几根白发也未束好，挂在耳边，点漆般乌黑的眼睛还是那么亮，脸上的神情显得很是萧散轻松。这一点也不奇怪，王相公虽然罢相，但圣眷不减，诏授观文殿大学士、吏部尚书知江宁府，出入如二府仪，与东府中书的首相和西府枢密院枢密使完全一样；且新法照常施行下去。王相公肩上卸下担子，没有朝政的烦恼，精神上自然轻松起来。

吴氏转过脸来，望着李士宁："刚才的故事挺吓人有趣的，你把它说完。"

曾布看到，吴氏身后的乖丫环、傻丫环尽管刚才吓得把颈都缩了起来，此时却又都显出一脸的欣喜之色。李士宁一笑："士宁本是方外野人，所言不过街谈巷议，茶余饭后聊以助兴罢了，岂上得了台面，登得了大雅之堂。三位大人是朝廷社稷鼎臣，士宁岂敢在这里胡说八道，耽搁三位大人的大事。"

曾布看到，吕惠卿好像并不反感李士宁在木屋里待着，眼睛很平常地望着李士宁，没一点不屑一顾的意思。曾布清楚，吕惠卿对李士宁这种人是看不上眼的，现在当上宰执大臣，就更不会把李士宁这种人放在眼里。曾布猜：吕惠卿不反感李士宁在木屋里待着，恐怕不是想听听这个李士宁会说些什么，倒是很想弄清点什么情况的意思。李士宁却怎么也不肯说。吴氏又催了两次，李士宁只是不说。过了两日，曾布又到定力院来看王相公。吴氏告诉他，李士宁前天说的是秀州余姚有一农户家，一猫带数十鼠，像母子相哺，住在一个窝里，行、止、食、息皆同。本来，猫与鼠是一对仇家。鼠似贼，猫似捕快。猫见鼠就抓，鼠见猫就躲。如今反常了，猫不仅不抓鼠，还养着鼠，仇家变成了亲家。农户吓坏了，把猫杀了，鼠伤心极了，把猫身上的血舐净，以示哀悼和爱意。

李士宁不说，吕惠卿开口问李士宁："据闻你对右羽林大将军赵世居说过，他貌似太祖，有帝王相？"

曾布真佩服吕惠卿的本事，怎么连李士宁在秀州说过一些什么话都清楚；同时也怪吕惠卿多事，说句"貌似太祖"这样的话有什么了不起呢？

李士宁答得很爽快："一点不错，士宁是说过此话。子孙像祖，错了吗？"

吕惠卿追问得也很紧："你不怕人家说你在蛊惑右羽林军大将军赵世居？"

曾布感到吕惠卿这句话里有股恶狠狠的杀气：李士宁在利用长相，挑起右羽林军大将军赵世居的非臣之想。曾布注意到木屋里的人都睁大眼睛望着吕惠卿，就是王相公脸上也掠过一丝吃惊的神情。不过，曾布同时注意到，吕惠卿说这句话的语气是越来越低。曾布还没完全弄明白吕惠卿的意思时，喜欢结交官府的李士宁微微一笑，小声地，但也是话中有话地对吕惠卿说："吕大人，士宁之言无错。若言右羽林军大将军不应有天子相，不啻说太祖无天子相，追查起来，也是担当不起的呀！"

曾布觉得，李士宁厉害，这句话不仅为自己辩了诬，且把大不敬之罪安到吕惠卿身上。曾布看到，吕惠卿很快明白自己失言了。不过，没过一会，吕惠卿又问李士宁道："我又听说你有金钑龙刀一对，改日可带来一赏？"

曾布对这对金钑龙刀倒也有耳闻。金钑龙刀有雌雄两把，刀柄以金涂双龙，制造精巧，光芒四射，世所少见。但雄刀已流失海外，中原只有雌刀，没想到李士宁已找到雄刀。若真是如此，曾布也很想一睹为快。

曾布看到，李士宁眼睛望了望吕惠卿，然后哈哈一笑："吕大人说话何必如此吞吞吐吐，你直说士宁把这对宝刀赠给了右羽林军大将军就是了。实不相瞒，雄刀并未流失海外，是士宁十年前在状元公许世安处觅得。右羽林军大将军见宝心喜，士宁就把它们作为镇宫之物，割爱献了出去。"

曾布觉得，吕惠卿刚才一席话，很叫人感到莫名其妙，听去好像李士宁以金钑龙刀为晋见之礼，卖身投靠到右羽林军大将军赵世居麾下，去干什么大逆不道的谋反之事去了。曾布以为，秀州那边最近一些现象确实不对劲，当然，要说右羽林军大将军赵世居就在谋反，还缺乏铁证；对李士宁这种人当然远一点好，但吕惠卿因一对金钑龙刀就把李士宁看成是什么心怀叵测、有什么图谋不轨的勾当的人，就有点神经兮兮过分了。不错，金钑龙刀名字上带了个“龙”字，且刀柄上有双龙的图形，容易使人对刀的主人产生图谋不轨的联想。拥有这刀的人，容易惹祸。然而，赵世居毕竟是太祖嫡孙，是正宗的龙种，有把这样的刀镇宫，也不是说不过去。谋反又不是什么饮酒作诗，游山玩水，又风雅，又有趣，又饱了口福，那是要人头落地，弄不好要灭九族，谁会那么蠢，说谋反就谋反？不过，尽管如此，有件跟龙有粘连的物品，总不是好事。

曾布看到，吴氏的脸也挂不住了。毕竟李士宁与吴家和王家有过几十年的交往，吕惠卿这么东一榔头西一棒往李士宁头上砸，秀州那边真出了什么事，岂不是要把王相公、吴氏也牵连进去？曾布还看到，王相公脸上也很是有点不快，你吕惠卿真对李士宁有什么不放心的地方，满可以在什么衙门里把李士宁找去问话，大可不必在定力院对李士宁这样旁敲侧击、盘根问底的。就是吴氏身后的乖丫环、傻丫环，虽然想不到这么多，也似乎觉得吕惠卿的话对老爷一家有什么不利；况且，把李士宁那么有趣的话打断了，弄得她们扫兴，也让她们对吕惠卿难有什么好感。

吕惠卿不再说什么了。李士宁微微一笑，半是疯言、半是醉语地道：“吕大人太抬举士宁了。士宁对政事素无兴趣，喜结交官府，只是诗酒往还，谈谈修身养性之道而已。要高攀的话，何用辛辛苦苦跑到秀州，在京都开封不是挺好？改日亲登吕大人府上，吕大人一定是欢迎士宁的。不过，吕大人可要备上好酒，士宁不喝醉是不会离开贵府的。”

吕惠卿无言以对。曾布不由得仔细看了看坐在对面的李士宁，觉得真不能把此人与天下那些懂得点旁门左道的道人等同起来。这个李士宁眼中有邪气，但也有股侠气，更像个不受世俗拘束的方外狂士。曾布清楚，吕惠卿从来不让人的；如今当上参知政事，与往日大不一样，朝中越来越多的人仰望着他，趋附于他了，耳朵里听到的尽是拍马巴结讨好的话，在什么地方面子上都风光得很。吕惠卿大相爷派头也越来越足，自然更不会让人了。今日一个不入流的道士这么抢白他，心里岂能不气坏？不过，气归气，谁叫吕惠卿拿不出什么话来应对李士宁，气死也活该。

木屋里的气氛变得古怪之中有点尴尬低沉的味道。吴氏抬了抬身子，乖丫环、傻丫环知道吴氏要走了，很小心地扶起吴氏。吴氏对李士宁道："还是到大堂去吧，众人都等着听你昨日没说完的南海神事呢。"

吴氏已经起身了，乖丫环、傻丫环扶着吴氏往木屋门口走去。曾布看到，乖丫环、傻丫环都一脸的欢天喜地，不用说，这两个丫环是很欢喜听李士宁谈神说怪的。李士宁望了望王相公，显然在征询王相公的意见：他是留在木屋呢，还是去大堂谈神说怪？王相公对李士宁挥了挥手，要他去大堂。李士宁起身跟在吴氏后面走了。曾布觉得李士宁离开木屋好。曾布他们是朝廷命官，政务在身，李士宁毕竟是个方外的闲散之人，整天什么事不做也无妨，曾布他们就没这个清闲了，况且今日曾布还要跟王相公谈谈题折之事。李士宁一出木屋，吕惠卿望着门外，说了一句话："此人终有一日要出大事的。"

曾布看到，坐着一言未发的王相公也望着门外，点漆般乌黑的眼睛里目光阳阳如常："此人不贪名利，不羡官禄，游戏人间，来去飘忽，随兴所至，视缘而止，谈神说怪，四海为家：放心，无事。"

王相公和吕惠卿说的都是李士宁。曾布觉得，吕惠卿把人看得太阴毒了些。听他这一说，李士宁似乎已经参与赵世居的谋反了，只等圣旨一下，就把此人五花大绑拖到刑场一刀砍了。然而，王相公又把人看得太无谓了些。不管怎么说，李士宁这种人行踪不定，特别是那两把金钑龙刀，叫人放心不下。秀州那边没事，倒也不要紧；要是有事，那两把金钑龙刀就难说不惹事了。有道是害人之心不可有，防人之心不可无，对李士宁这种人还是提防点好。曾布不想在这些事上多费口舌，此时他只想跟王相公谈谈题折。本来曾布只想听听王相公一人的意见，不想让吕惠卿知道这件事。这会吕惠卿也在座，回避是回避不了；要回避，至少得等上一天。曾布等不得了，急着要把题折呈送给赵顼："布打算向天子上一道题折。布以为当下朝廷头件大事莫过于要让天子坚其意，否则新法断难施行下去。"

曾布看到，自己此言一出，王相公和吕惠卿都面朝着自己，一脸的惊奇、一脸的严肃，眼睛也一直望着自己，看得出自己的话引起了他们的注意。

王相公点了点头，示意曾布尽言。曾布从交椅上站了起来，在木屋中间来回走了几步，很是慷慨激昂起来："天子以不世出之资，登延提拔硕学远识之臣，思大有为于天下，与相公一道更张旧制，施行新法，已煌煌夺目。然而，司马光一班腐儒大臣把新法当儿戏，玩之于上；奸邪小臣胡说八道，横加指责，和之于下。人人窥测时机，趁机而入，巧言令色，极尽丑化诋毁新法之能事，以哗众取宠之言行，混淆视听，欺罔天子。究其因，就在于朝廷对终止这些胡说八道的言论的办法未明，威福并用之术没有产生效果，该奖掖富贵的未得奖掖，该处罚贬谪的未处罚贬谪。相公离开朝廷后，这种现象会愈演愈烈，朝廷会搞得乌烟瘴气，一塌糊涂。当下只有天子诚推赤心以待遇君子而厉其气，奋威断以屏斥小人而消取萌，使四方晓然皆知主不可抗，法不可侮，新法才能畅行无阻！”

曾布注意到，王相公以手代言，双手三次击掌，十分赞赏自己的话；吕惠卿却只是认真听。曾布因受到王相公的赞赏有点得意起来。不过，就在此时，吕惠卿笑着说了一句话：“子宣年兄，你刚才的话里，可有讥刺天子之意，大不敬之嫌呀！”

曾布像兜头被泼了瓢冷水。他觉得吕惠卿在嫉妒他。曾布的脸拉了下去：“执政大人，敢请指出下官哪句话有讥刺天子之意、大不敬之嫌。”对吕惠卿称官不称名，表面上是尊重，实则是种轻蔑。

吕惠卿哈哈一笑：“子宣年兄呀，在相公这里，惠卿不过给你说句知心话，免得你在别处说这些话惹是非，你就这么不高兴。你口口声声说朝廷未终止之言，福威之术未果；朝廷者，天子接受朝见和处理政事之地也，帝王之代称也。你这不是讥刺天子是什么？此外，你说朝廷福威之术未果，听的人也会认为你对自己的官当得还不大，肚子里有牢骚。”

曾布心里倒吸了口冷气。曾布当然没有讥刺天子之意，更不会对赵顼大不敬。吕惠卿的这些话不过是在玩偷梁换柱、移花接木的伎俩。曾布想起《左传》的一句话：“欲加之罪，其无辞乎！”不过，叫曾布感到奇怪的是，他原本没有讥刺天子之意，但经吕惠卿这么一说，竟觉得自己倒是真有讥刺天子之意了。更叫曾布奇怪的是，他原本要朝廷采取的强硬之措，终止胡说八道之言。按照吕惠卿的说法，自己刚才的话岂不也是胡说八道之言，也要被终止？自己提出的办法，却把自己坑了，自己岂不是咎由自取、自食其果、罪有应得？自己挖坑把自己埋了，天下有这么荒唐可笑、这么古怪可怕的事吗？此外，吕惠卿说自己肚子里有牢骚，也并未说错。确实，曾布从来认为，自己的能力并不比吕惠卿差，做的事也不比吕惠卿少，为何自己就不可以进中书呢？自己没表现出来，只因为看在王相公的面子上。曾布崇敬王相公，不愿在王相公面前把这种情绪表现出来。

曾布不想跟吕惠卿说些什么。吕惠卿只是笑着望着曾布。王相公点漆般乌黑的眼睛望望吕惠卿，又望望曾布，脸上有种忧虑的神情。木屋里的气氛既古怪，又微妙。少说过了一炷香工夫，王相公说："吉甫，你言重了。给天子进言，不为讥刺天子，更不为大不敬。子宣这些话算什么，老夫跟天子面争时，什么难听的话没说？天子圣明，知道老夫一心为的是朝廷，从未责怪过老夫，更没有说过老夫有讥刺天子之意、大不敬之嫌。"

曾布明白，王相公说的是实情。朝野上下，几乎无人不知，王相公跟赵顼面争起来，简直跟吵架一样，辞色皆厉，有时近乎无礼，但赵顼从来把王相公看成是师相。这个吕惠卿，明知道这些情况，却玩起偷梁换柱、移花接木的伎俩。曾布看到，王相公说了话，吕惠卿不敢回嘴，低下头去。曾布也不想说什么。木屋里的气氛，仍旧既古怪，又微妙。曾布看到，王相公一脸的忧虑之色更浓了点。又过了少说一炷香工夫，王相公起身走到窗前，望着窗外密密的竹叶，然后转身对吕惠卿说："吉甫，天子对新法是心醉神往的，但在施行过程中，确实往往为流俗所惑，时有站在流俗一边，为难新法的表现。对这点，你心中要有数。如今朝廷施行新法的担子，就落在你们肩上；特别是吉甫，肩上的担子更重。流俗之人，表面众多，不可一世，但大都是目光短浅、只贪近利的无能之辈；只要天子意坚，流俗并不可畏！——子宣哇，你这个题折要写，大胆写。"

曾布又望了望吕惠卿。吕惠卿脸上出现一种十分古怪的表情：好像很有点吃惊，又好像有点幸灾乐祸似的。不过，还有更叫曾布没想到的，曾布清楚地看到王相公点漆般乌黑的眼睛里又有了一种忧虑的目光。这回没过多久，王相公望望吕惠卿，又望望曾布，说："刚才的话，出于老夫之口，入于二人之耳，就此为止，勿使外知。"

曾布懵住了，望着王相公，怔了半天，也没弄明白王相公上面话的意思。不过，曾布看到，此时吕惠卿一脸的诚实、一脸的不容置疑望着王相公，然后用他很有磁性、不杂福建土音的官话赶紧说："惠卿是跟随相公多年，聆听了相公无数教诲的人，岂不知道相公对朝廷的忠心可鉴日月，比磐石还坚。相公放心，这些话就是粉身碎骨，海枯石烂，惠卿也不会讲出半个字!”

曾布开始觉得王相公那些话是有点不妥。不错，王相公那些话与自己准备写的题折上的话没什么不同。但，自己那些话是要写到题折上的，王相公那些话是私下说的。王相公的本意和自己的一样，都是为了坚定天子对新法的信心，但在吕惠卿这些玩偷梁换柱、移花接木伎俩的人看来，王相公就成了不仅指责天子，且把新法失败的责任都推到天子一人身上去的奸邪小人。这样一来，王相公对朝廷的忠心和人品就都有问题了。王相公能有好果子吃吗?曾布觉得，吕惠卿是听出王相公这些话的意思的，也一定看到王相公点漆般乌黑的眼睛里又有了一种忧虑的目光。好在吕惠卿向王相公表示，无论出现多么严重的情况，他都不会出卖相公。曾布这下就放心了。曾布觉得，王相公的这种担惊害怕纯属多余。曾布以为，吕惠卿再坏，恐怕还不至于出卖王相公。况且，王相公对朝廷的忠心是谁也否认不了的，天子又一直尊王相公为师相，说几句那样的话又有何妨。再说，在朝中没谁在王相公那里得到的好处有吕惠卿多。可以说，王相公于吕惠卿有卵翼之恩，父师之义，没有王相公，就没有吕惠卿之今日。吕惠卿要是把王相公出卖掉，那就真是猪狗不如。

曾布和吕惠卿都有告辞的意思，几乎同时起身。管家从门外进来，向王相公禀报:条例司小字辈来看老爷了。木屋外响起了杂乱的脚步声和叽里呱啦的说话声。王相公要曾布和吕惠卿留步，一脸亲厚，急着对他们说:“老夫几天后就要离开京都，有一言相送：尔等务必精诚合作，万万不可意气用事。”

曾布不知道吕惠卿此刻是怎么想的，反正他从王相公的神情和言语中，感到有种不祥的忧心和不安。曾布和吕惠卿连连点头，表示牢记了王相公的话。木屋外杂乱的脚步声和叽里呱啦的说话声到了门口了。一会，曾布看到邓绾领着李定、舒亶、林英、吕嘉问、王圣美等十来个人从麻石甬道那头过来。天上日光正明，照在这些人的脸上，让这些人显得很是精神。

第六十一章 一锤定音吕惠卿中书议事 一网打尽王安国削职为民

在中书三位新宰执大臣中，排序仅次于首相韩绛的集贤殿大学士、同中书门下平章事王珪早朝过后，总第一个来到中书衙门自己的值房里。韩绛是没那么快回中书的。韩绛在朝中当高官多年，算是元老级的人物了，这人好延接士大夫，人脉很广，朝野上下许多人都愿跟他结交，巴结讨好的更是不少；当上首相后，愿结交的人就更多了。每次早朝后在御膳堂吃朝食，韩绛那一桌总围满了人，韩绛没半个时辰是吃不完那餐朝食的，叫他如何能早到中书衙门来？参知政事吕惠卿也没那么快回中书。在中书，吕惠卿可说是最忙的人了。吕惠卿虽说排序在王珪之后，又是新进中书的，但主新法的施行；这就很有点像昔年的王安石，成了中书实际上的掌门人。吕惠卿也就不客气了，当仁不让地把该担当的事都担当起来，决不临难苟免，大有一种当理不避其难、临患忘利的大丈夫气概，其他人想担当一点也担当不上。因之，吕惠卿每日有做不完的事，别人不找他，他就会去找别人。一顿朝食，吕惠卿少说要找五六个人到他桌边来，边吃饭边低声说些什么，一直到御膳堂用餐的人差不多走光了，吕惠卿才会赶快把碗里的剩饭扒完。这么一来，没半个时辰是吃不完那餐朝食的，等他赶到中书衙门时，中书衙门的吏房、户房、兵礼房、刑房、工房、主事房、班簿房、制敕库房的八房吏员早在各自的值房里忙自己的事。王珪这个人从来规矩本分，从来听鼓应卯，按点退堂。在御膳堂用餐，王珪也是坐在自己的餐桌前，低头吃饭，吃完饭就回到中书衙门来，从不在什么地方耽搁一下。

中书衙门后面有个大院落，大院落里有水池，有假山，有竹木，有花草，坐东朝西还有六个大房间，由南往北排过去。这六个大房间也就是中书宰执大臣的值房。宋代中书有时独相，有时多相，没有个定数，全由当朝天子定。宰执大臣的值房自然宜多不宜少。宋王朝开国以来，里面最北的一间都是首相坐的。老相公韩琦、上相曾公亮都是在那间署事公干。王安石当首相时，也是如此。不过，这个规矩却给韩绛破了。王安石罢相后，韩绛当上首相，怎么也不肯搬到北面那间值房去，仍旧在隔了一间的值房里署事公干。韩绛这么做，王珪也不愿搬，仍坐在最南的那间老值房里，与韩绛的值房隔了三间。吕惠卿只好夹在韩绛与王珪之间，选了居中的一间做值房。王珪很清楚，韩绛这个人跟各种人都能搞好关系，各种人喜欢跟他共事的多，怨恨他的人少之又少。不过，要说韩绛是个懦弱无能之辈，也不对。韩绛这个人临事还是果敢，不为后虑。韩绛在仁宗朝当御史中丞时，后宫有个妃子请谒为奸，给外廷臣子走门路，通关节。乌府台的御史对此事都装聋作哑，韩绛毫不犹豫把这事捅到仁宗那里，不几天就把那个妃子和连带的人都赶出了宫门。有个太守犯法，朝中有不少人给说好话，请求赦免。此时仁宗犯糊涂，心软了下去，韩绛很明确，也毫无回旋余地对仁宗说："执法当从贵者开始，这么多人轮番说情，公道就完了。"结果那个太守及为其说情的人都罢了官。韩绛这个人有个很大的弱点：小事很精明清楚，敢担当，底气很足；大事却时常糊涂，常做出些荒唐得叫人啼笑皆非的事来，拿不定主意，拿了主意底气也不足。王珪是个明白人，韩绛不坐在最北面那间值房里署事公干，是自知在朝政、见识、能力、才学诸多方面，远不如王安石，不是块当首相的料，自己坐在那间值房里不合适；空出那间值房，虚席以待，等着王安石回来坐到那间值房里去。王珪心中有数，天子赵顼这次是万般无奈才让王安石辞去相位的，只要王安石愿意，赵顼随时都会降诏让王安石再相。王珪以为，对这点，韩绛心里是清楚的，吕惠卿心里也是明白的。

王珪刚进值房，在官帽椅上坐下，早有差役沏好茶。对自己衙门里的吏员和差役，王珪自然更不会有什么交往，脸色谈不上什么难看，但也谈不上什么好看，永远都一个样。不过，王珪不难侍候。王珪有两个习惯：一是王珪一进值房，就要喝上一杯浓茶，差役只要在衙门点卯鼓响之前赶到王珪值房门前沏好浓茶就行了；一是王珪一进值房就要看天子颁降的诏令、各地上呈的抄报，书办早早就要把这些放在他的文案上。这两件事做好了，差役就一天没事，其他的事都不用管，王珪自己会去做。

今天的日头不怎么耀眼，却很优雅地挂在中书衙门大堂的飞檐上。王珪坐在值房里，一边喝茶，先看诏令再看抄报。江宁府的抄报说，王安石一家已到了江宁，住在钟山半山园里。王安石一家是半个月前的一个清晨离开京都开封的。那天正好是大朝，当厚重的宣德门缓缓启开，朝中百官在中书新任首相韩绛率领下向大庆殿走去。参加大朝时，王安石没有惊动京都开封任何官员，一家轻车简从，悄悄地从开封正南的南薰门出城，然后沿着宽阔的官道，往江宁方向走去。大朝退朝后，新任首相韩绛得到这个消息，马上派出一支百人的兵卒，骑着快马，护送王安石一家，直到江宁。郑侠一疏一图的阴霾算是就此消散。不过，王珪感觉到，问题不那么简单，许多事都得等下回分解。

王珪看了好几份抄报，听到值房外有人在说话。一个说："糊涂，糊涂，把我也划到邪曲小人一起去了。"一个说："好事，好事，我们要感谢那个管城门的小官才是。"

王珪听出来了，那个说"糊涂"的是韩绛，说"好事"的是吕惠卿。他们说的都是郑侠。这个郑侠也实在是太恶毒了，真是个万人嫌，一疏一图把个朝廷弄得乱七八糟，朝廷并未对他重责，只治了他一个"擅发马递"的小罪，汀州编管。编管是宋代官吏因罪除去名籍，贬谪到边远地区，编入该地户籍，并由地方官府严加监管的一种处罪。这种处罚，说重不重，说轻不轻。王珪清楚，这一来是天子赵顼心里并不讨厌郑侠，二来是王安石不凶狠，要不然这个郑侠就不仅仅是这种处罚了。但，这个郑侠却越来越不像话，益发头脑发热，被审查期间还把朝中上百人都画到《正直君子邪曲小人事业图迹》里去，且在被乌府台派人押他上路前，把这幅图送到天子赵顼那里。在这幅图中，郑侠对王安石还一样客气，把他画到正直君子里去，却把反对新法的都画成正直君子，把支持新法的都画成邪曲小人；且每人都附有文字介绍，对正直君子树功德，对邪曲小人揭老底。听说附上去的文字，合在一起有五千言，够长的了。本来，郑侠怎么画，都与王珪不相干，然而这个郑侠千不该万不该把他画到邪曲小人里去。王珪以为，如果王珪不是正直君子，朝中就没有正直君子了。王珪最忠君，心中唯有天子：凡是天子喜欢的他就喜欢，凡是天子不喜欢的他就不喜欢；凡是天子让做的他就坚决去做，凡是天子不让做的他就坚决不去做。王珪又从不结党营私，不与朝野上下任何一个人来来往往。王珪在翰林院当学士十六年，从未登过任何一个同事的门，也从不让任何一个同事登自己的家门，有话在衙门里说，有事在衙门里办。在这点上，本朝公认的第一正人君子司马光也没王珪做得好。在朝中，司马光府上不仅常常高朋满座，自己也常常到人家府上去喝茶饮酒。此公在西京洛阳有四个年头了，这些年埋头编撰《资治通鉴》，但府上一直门庭若市。恕王珪直言，司马光其实很会沽名钓誉，四年前辞去一切官职在洛阳写《资治通鉴》，这件事让天下注目，也给他捞足了本钱，为他买到个人人敬佩、十分难得的好名声。王珪很早就听人说，朝野上下凡是去洛阳的高官重臣、一方大儒，鲜有不去登门拜访司马光的，且去那里的人都不再叫他的名，也不称他的字，统统称他“司马相公”。王珪真是不解：司马光什么时候拜过相？就是当枢密副使也只是天子赵顼有这么个意思，最后并没有当上，他有什么资格称“司马相公”？王珪觉得，司马光这个人其实很不地道，是个心机很深的人。按说，像司马光这种学富五车、通古今之变的人，不会不知道荐引朋党是犯忌的，不是什么好事，君子不为。司马光还要这么做，能说没有很深的想法？

王珪慢慢悠悠地踱到值房门边，把门慢慢悠悠打开。值房门外果然是韩绛、吕惠卿。王珪看到，韩绛一脸的不快，吕惠卿则一脸的喜色，像有什么喜事。王珪与韩绛、吕惠卿相互拱过手，行了礼，准备等韩绛、吕惠卿从他值房门口过去，便折身回值房里去。不过，今日韩绛、吕惠卿站在那里，根本没有移动脚步的意思，王珪也只好站在值房门口。

韩绛问吕惠卿：“把我也划到邪曲小人一起去了，不是糊涂，那是什吗？”

吕惠卿一脸神秘之色，笑而不答。王珪觉得，韩绛把郑侠此举说成是“糊涂”，也太轻了，太便宜这个管城门的小官了。郑侠不“糊涂”，清醒得很。此人很会哗众取宠，以此干进，谋取更高官职。这倒不是因为郑侠把王珪也列入邪曲小人一边，是郑侠确是这种人。王珪不明白的是，吕惠卿称郑侠此举是“好事”，不知好在哪里。不错，郑侠此举对司马光一帮人来说，是绝对的好事，帮他们扬了名。但，郑侠此举对吕惠卿一帮人来说，是绝对的坏事。按照郑侠的说法，这帮人全都要打到十八层地狱里去，不杀头就是万幸；特别是吕惠卿，名列邪曲小人之首，还能有什么好下场？既然如此，对吕惠卿何好之有？

日头好几丈高了，斜射过来的日光照着韩绛、吕惠卿的脸，半边亮，半边暗。好一会，吕惠卿对韩绛说：“今日我们把这郑侠之事议一议，议完我等进宫面君。”

王珪感到今日中书议事非同一般。王珪之所以有这种感觉，是因为吕惠卿说天子马上要召他们进宫。这么看来，吕惠卿已经就郑侠之事跟天子碰过头了？看来郑侠这回有好看的了，弄不好小命都难保。这只能怪他自己，弄了个一疏一图犹嫌不足，还要弄个《正直君子邪曲小人事业图迹》出来，这不是嫌自己的命活得太长了吗？

王珪看到，吕惠卿提议在王珪值房里议事。王珪很是有点惊喜。以前中书议事多在政事堂，偶尔也在吕惠卿值房里议过，在王珪值房里议事还是头一回，且是吕惠卿提议的，王珪有点受宠若惊了。王安石罢相一个多月来，按说中书议事由韩绛来定。但，中书现在压倒一切的政事是新法施行，主持这一块的又是吕惠卿。因之，中书要议事，还得由吕惠卿来定。有时，韩绛说议议新法，吕惠卿说议什么，韩绛回答不下去，议个屁。再说，现在中书的情况与熙宁二年的中书有诸多相似之处，吕惠卿迟早要当首相，自然不会把韩绛放在眼里。不用说，韩绛对吕惠卿这点感到很不舒服。王珪觉得，韩绛这就有点不识相了。你这个人大事上拿不出主意，岂是当首相的料？说句实在话，你韩绛真是个在大事上能拿主意的人，当三司使时就不会那么窝囊，受那么多怄气。当然，王珪也觉得吕惠卿太张狂了些，把自己抛在一边无所谓，看不起韩绛也得在面子上给韩绛好看一点。王珪觉得，这二人总有一天要闹翻。但不管怎么说，今日吕惠卿提议在自己值房里议事，至少说明吕惠卿在对自己卖好。吕惠卿一锤定音，就在王珪值房里议事。王珪连忙点头答应，一边侧过身子，让韩绛、吕惠卿走进自己值房里去。王珪在值房门口张望了一下，想叫个差役来沏茶。没等他开口，早有差役提了壶开水过来。中书衙门的差役都鬼精一个，会侍候老爷，知道老爷什么时候需要什么侍候。

王珪进了值房，差役跟着进来给韩绛、吕惠卿沏了茶，就又出去，且随手把值房门带上。不过，吕惠卿随后又把值房门打开。有一方日光从值房门外涌进来。三人归座，王珪与吕惠卿相对。王珪注意到，吕惠卿此时的脸色突然严厉起来。他坐下去时，左手把右手的袖子里的什么东西往上推了推。不用说，吕惠卿袖子里有件很要紧的东西。王珪喝了一小口茶，又望了韩绛一眼，但见韩绛一脸不情愿进来议事，却又不好不来的两难神情；又望了吕惠卿一眼，但见吕惠卿一脸要压倒一切、志在必得的得意神情。在外人看来，中书宰执大臣议事肯定是件十分神圣、十分神奇、十分高尚、十分高雅、十分有趣之事。其实，了解底细的人很清楚，中书宰执大臣议事往往是件十分古怪、十分窝囊、十分憋气、十分微妙、十分乏味之事。老相公韩琦在中书时，一言九鼎，八面威风，其他的宰执大臣只能是他的应声虫，半句自己的话也别想说出去。对韩琦来说，是件很开心的事，可对其他的宰执大臣却绝对不是件开心事。在王安石还只是参知政事时，其他的宰执大臣排序都在他前面，资格比王安石老，岂会买他的账？中书议事时就唇枪舌战，吵得不可开交；特别是唐介、赵抃跟王安石吵得更凶。可以说中书宰执大臣心里没一个是舒服的，就是面子上一切听顺王安石的上相曾公亮也是如此。王安石当上首相后，这种情况有了很大改变，韩绛对王安石是十分的心悦诚服，当然从无半句龃龉之言。自己对王安石的话，也是不会驳半句的。这一点也不奇怪，朝野上下都知道天子与王安石如一人，跟王安石闹别扭就是跟天子闹别扭，谁会做这个傻事呢？但要说神圣、神奇、高尚、高雅、有趣，却远不是如此。今日中书就更有意思了，很有点不伦不类的味道。按说韩绛是“传法沙门”，吕惠卿是“护法善神”，自己也是王安石向赵顼荐举的接手人，三人应该相处得很好。但从吕惠卿进中书那天起，三人就从未很好地协调过。王珪心里有数，王安石要韩绛当首相，并不是看中他有多大的能力，是要他总揽大局，协调那些支持新法的人之间的复杂关系。在通常情况下，特别是在王安石坐镇的情况下，韩绛能很好地做到这一点。然而不幸得很，在韩绛下面的是精明强狠、能力超群的吕惠卿，问题就变得很不好办了。韩绛根本镇不住吕惠卿。韩绛倒是处处让着吕惠卿，而吕惠卿却是时时逼着韩绛，时时要着韩绛，让韩绛尴尬难堪、脸面丢尽。

王珪很想看看吕惠卿会怎么跟韩绛商议郑侠之大事的。吕惠卿望着韩绛，正要开口，值房门口的日光给遮住了，逆光中见中书衙门的主簿站在门口。

吕惠卿对主簿说：“把他们请到王相公值房来。”

主簿转身走了，把门口那方日光也带走了。王珪回过头来，猜“他们”是谁呢？吕惠卿也回过头来，对韩绛说：“韩相公，你说说，这事怎么置之？”

韩绛略作沉吟后说：“人都押着上路了，恐怕离开开封府境了，让地方官把他看管得紧点就是。”

王珪感到，韩绛真是个无用之人。郑侠把他划到邪曲小人里去，却并无重责的意思，相反给郑侠说情。吕惠卿微微一笑：“韩相公是个好人，仅仅治郑侠一个擅发马递之罪，恐怕难平朝中许多人胸中之气，许多人要骂你祖宗八代了。”

王珪觉得吕惠卿的话有理。如果韩绛不同意重治郑侠的罪，就是他王珪也会对韩绛一肚子意见的。韩绛："吕相公，你把郑侠押回来，治他何种重罪？"

吕惠卿哈哈大笑起来："天下智谋之士所见略同。韩相公，我与你的想法一样，对郑侠这种东西跳梁、不避高下的小丑，绝不能姑息养奸，心慈手软。不重治他的罪，天无宁日，民无宁日，朝廷也将不是朝廷！"

王珪心里觉得好笑，吕惠卿什么时候把韩绛看成过智谋之士？此外，韩绛并未有重新治郑侠之罪的意思，吕惠卿却绑架了韩绛，不仅认定韩绛有重治郑侠之罪的意思，且说自己的想法跟韩绛的一致，好像他吕惠卿的意思是受了韩绛的启发才有的。王珪心里倒吸了一口凉气，感到吕惠卿话语中有股杀气。莫非吕惠卿要治郑侠的死罪？真要如此，王珪心里还确实有点于心不忍。

韩绛一脸惊讶："吕相公，你想治郑侠死罪？"

吕惠卿又是微微一笑，语气并不重："韩相公，你这话就说得很不妥了，好像郑侠有罪无罪都凭我吕某人一句话。韩相公，你太抬举吕某人了，我吕某人有那么大本事？"

王珪心里很是佩服吕惠卿的机敏多智，一下子就听出了韩绛的话外之音。王珪看到，韩绛的脸红了："吕相公何出此言？"

吕惠卿也不深究下去，还是微微一笑，从衣袖里拿出一叠纸来，送到韩绛手上。韩绛接过那叠纸，看了起来。王珪看到，韩绛很有点生气，看完后把那叠纸还给了吕惠卿。吕惠卿没放回到袖子里去，却送到王珪手上。王珪一张张看了起来。这叠纸密密麻麻写了五千多言，是郑侠为《正直君子邪曲小人事业图迹》而配的文字说明，材料翔实，许多事都鲜为人知，有的还牵涉到后宫严禁为外人所知的隐秘宫闱之事，说太皇太后曹氏、太后高氏、岐王赵颢如何如何赏识郑侠的黑字牌急脚递。王珪仔细把这五千多言看了一遍，气坏了。王珪第一眼看到的是郑侠送给吕惠卿的十六字："奸邪诡变，敢行非度，不仁不义，凶狠毒辣。"吕惠卿再有不是，也不至如此。王珪觉得，吕惠卿在施行新法中还是做了许多事，是有功的，怪不得吕惠卿要杀了郑侠。接着王珪看到郑侠送给韩绛的十六字："尸位素餐，酒囊饭袋，装腔作势，废物一个。"说得好！说得好！这就是韩绛给郑侠说情之所得！王珪最后看到郑侠送给自己的十六字："容身固位，患得患失，阴忌正人，以济己谋。"刚才自己还觉得给郑侠定个死罪有点于心不忍，没想到这个郑侠尽给王珪这么一个正人君子脸上抹黑，该杀！该杀！王珪把那叠纸看完，吕惠卿又收了回去，塞进衣袖里。

吕惠卿："韩相公，定郑侠一个毁谤天子、离间朝廷、攻击新法之罪，不为过吧？"

韩绛喝了口茶，默不作声了。王珪想，韩绛确实没什么好说的了。

吕惠卿："韩相公，把郑侠押回来，让乌府台重审。不过，这回不能让他在外面乱说乱动，得关在乌府台大牢里，也不为过吧？"

王珪看到，韩绛又喝了口茶，仍旧默不作声。王珪想，韩绛真的再没什么好说的了。

吕惠卿："韩相公，天子诏书讲得很清楚，对新法'敢有弗率，必罚而不赦'。郑侠犯的这三条，都是戾违新法，说他犯的都是不赦之大罪，也还是不为过吧？"

王珪清楚，吕惠卿说的诏书，指的是由吕惠卿草拟、前不久下降的那道圣旨。吕惠卿这个人真的是太厉害了，也太会说话了。这道诏书妙就妙在这个"罚"字。不错，诏书对戾违新法的人确实是要"罚"的，对这个"罚"也确实是要"不赦"的。但，这个"罚"字，内容宽泛得很。打几十下板子是"罚"，安置、编管是"罚"，充军、坐班房是"罚"，杀头也是"罚"。然而，在吕惠卿话语里，对郑侠的"罚"，却是杀头了。这个吕惠卿厉害，心狠，下得了手，谁要是被他算计上了，准要倒大霉。王珪心里有点悚然发抖了。这倒不是说王珪对郑侠有什么同情，郑侠这种人不值得同情。王珪只是觉得吕惠卿这种人还是敬而远之为好，千万接近不得，更不要说亲近了。王珪记得，上一次吕惠卿就想狠狠治一治郑侠，只是王安石还在中书，拦着不让重治，吕惠卿就怪王安石手软，养痈遗患，留下祸根。如今王安石离开了中书，吕惠卿岂会轻饶了这个郑侠，这回郑侠真的是要把命丢了。确实，跟吕惠卿相比起来，王安石要仁厚得多，也无用得多。

王珪发现，韩绛再喝了口茶，舌尖舔了舔嘴唇上的茶水，看样子这回不好默然不语，但过了半日，却还是什么也没说，脸却涨得通红。

吕惠卿的脸色有点难看了："韩相公，你倒是开口说句话呀！外面不知情的人还以为我吕某人厉害得过了分，封着你的嘴不让说话。"又转身面对着王珪："王相公，你是青天，你说句公道话，吕某是不是这种人？"

吕惠卿点王珪的名了。王珪渐渐看出来，吕惠卿要韩绛到自己值房里商议郑侠之事，实际上是逼韩绛和自己跟他一道，把郑侠定个死罪。王珪觉得，跟吕惠卿在一起共事，实在让人感到可怕，处处得提防点，一不小心就落入他设的陷阱中。王珪心里很有点不快，不过没敢在脸上表现出来。说句实在话，他心里有点怕这个在中书排序在最后的参知政事吕惠卿。吕惠卿给他出了道难题。刚才气头上自己是巴不得郑侠死，但要他定郑侠死罪，就是另外回事了。人头砍了下来装不上去。从刚才韩绛与吕惠卿的言谈表现中，王珪看出韩绛与吕惠卿的意见是不同的。以前司马光还在朝廷时，每当司马光与王安石发生争执，王珪总是不偏不倚，对谁的意见都说好。现在韩绛与吕惠卿意见相左，王珪肯定不能不偏不倚了。都说好，韩绛倒无所谓；吕惠卿绝对是不行的，不站在他一方，会马上拿脸色给你看。王珪很快想到办法了。王珪略略沉吟了一会，望着韩绛说："韩相公，你是首相，这些事你拿主意！"

王珪轻轻松松就把自己要做的难题，送给韩绛去做了。少说过了半炷香工夫，韩绛涨红着脸，开口了："这事先禀明天子，再做定夺吧？"

王珪觉得，这是韩绛近期说的最有水平的一句话。韩绛显然不同意杀郑侠，但直面这么回答吕惠卿，肯定会弄得吕惠卿很不高兴。把自己要说的话，推给天子赵顼是再好不过的了。本来，像郑侠这样的管城门小官，要不要杀，是无须惊动天子的，但因为郑侠的这张图和前次的一疏一图一样，牵涉的人和事太多太大，没天子金口玉言，谁也难断。然而，这事一旦到了天子赵顼那里，郑侠十有八九不会人头落地。

吕惠卿没什么好说的了。王珪回头望了望，但见门口那方日光往前缩了许多。王珪再回过头来时，韩绛已经起身了。王珪觉得，郑侠一事，没什么要再议的。不过，吕惠卿并无起身告辞的意思。吕惠卿喊住韩绛："新法上的事，举国皆知，郑侠知道不奇怪，可郑侠怎么会知道朝中这么多人的事，特别是宫中这些隐秘事件的呢？"

王珪明白，吕惠卿要查郑侠后面摇羽毛扇的人了。王珪觉得这很有必要。韩绛把一只抬起的脚放了下来，神情明显一震，眼睛一眨一眨地望着吕惠卿，少说过了半炷香工夫："吕相公，要治冯京的罪？"

王珪心里一震。不用说，冯京是郑侠后面摇羽毛扇的人。这日下午吕惠卿告诉王珪，郑侠这五千多言，全是根据枢密副使冯京送来的材料写成的。冯京没有出面，是他府上的一个门者送到郑侠手上的。王珪完全没想到，平日温文尔雅、轻声细言的“三元及第”的状元冯京竟会做后面摇羽毛扇的人，搞起名堂来也一样的卑劣。对冯京，王珪没什么好印象，此人和他的老岳山一样瞧他王珪不起。对冯京下手，王珪没半点意见。

吕惠卿：“何止是要治冯京的罪，凡是跟新法作对的，都要一一治罪，否则就不公。”

韩绛一脸的惊疑，也一脸的不安：“还有谁？”

王珪惊恐地发现，吕惠卿忽然哭了起来，先是两眼眶里噙着泪花，接着两行眼流了下来，再接着是低低的哭泣声，最后竟泪流满面。王珪有点懵了，不明白吕惠卿为何哭得如此伤心。王珪看到，韩绛有点慌了神，望望吕惠卿，又望望自己，眼中的神情好像在说：不是我说错了什么话，做错了什么事吧？王珪很有点瞧韩绛不起了：这真是个没用的人，谁知道吕惠卿为何而哭，你心惊肉跳什么！

王珪听到值房外院落里有伙人的脚步声。一会，值房门口的光线暗了下去。王珪回头一看，是御史中丞邓绾、御史李定、御史舒亶、市易司提举吕嘉问、都水监丞林英一伙新进的小字辈来了。这些人拥在值房门口，把一方越来越往后缩的日光全遮住了。不用说，这些人就是吕惠卿先前对主簿说的“他们”。

王珪跟这些人是相当熟悉的。王安石在中书时，这些人常到中书来；王安石罢相后，这些人也常到中书来。王珪跟这些人相处得还是不错的。王珪觉得，王安石在中书时，这些人至少还很认可他这个参知政事，现在也很认可他这个排名仅次于韩绛的同中书门下平章事。有这点就够了，老实、规矩、本分的王珪并不指望掺和到那些人中去。

王珪注意到，吕惠卿回过头去时，邓绾、李定、舒亶、吕嘉问、林英一伙新进的小字辈都惊吓得睁大眼睛望着吕惠卿。吕嘉问很是急切、很是心焦地问：“吕相公，你这是为何？是不是朝廷又有哪个奸邪小人画了一张什么图，痴心妄想把我们都踢出朝廷？这些人也太恶毒、太可恨了，要把他们一个个清出朝廷才是！”话一出嘴就很凶狠。

王珪清楚，吕嘉问这个被豪门望族吕家认为不肖子孙，也把吕家气得呕血的新进小字辈在朝中最崇敬的是王安石，其次就是吕惠卿。见吕惠卿哭成这个样子，吕嘉问自然是最为着急不安的了。吕惠卿用袖子把眼泪擦干，又好像因为刚才哭得有点失态，显得不好意思，却并未回吕嘉问的问话。

值房里谁也不说话了。气氛很有点古怪、呆滞、沉闷。没过多久，王珪看到，邓绾顺着双眼，望着吕惠卿："吕相公天下贤人，忧深思远，非我等所及；但等吕相公心里平静下来，慢慢对我等细说。"

王珪是个明白人，知道邓绾这个人特精，脑子转得特快，随机应变的本事特强。以前谁都知道，邓绾附的是王安石，对王安石的话就像对待圣旨一样。王安石离开中书后，这个邓绾就立即附上吕惠卿了，一切唯吕惠卿之命是从，什么肉麻的话也说得出口。当然，这没什么奇怪的，世事如棋局局新，变化无穷，任何事都难以逆料，唯顺从时势，相机行事，方为俊杰。王珪很清楚，世上许多人看这种人不起，也经常在后面戳这种人的脊梁骨，背后把这种人骂得一塌糊涂。但这又有什么用，你能把这种人的官骂掉？这种人永远不会吃亏，不仅官照当，还要得到提升，还要当大官，你奈之若何。再说，骂邓绾这种人的，其实也是邓绾，有机会能做邓绾也一定会做。

王珪看到，舒亶大义凛然起来："现在朝廷太不像话了，不是正气压倒邪气，恰恰是邪气压倒正气。一个管城门的小官就把朝廷搞得这样乌烟瘴气，这样乱七八糟，而且晓得朝廷那么多情况，也太叫人难以置信了。一个小官能有这么大本事？鬼相信！"

王珪觉得朝中不少人对舒亶有种误解，总抓住他当宁海县尉时杀了一个不孝子，就认为他残忍嗜杀。其实舒亶是个大忠大孝之人。舒亶这个人就听天子的，对朝廷绝对服从，对不忠不孝的人疾恶如仇，犯到他手上都没好果子吃。这种人有什么不好？

林英接着说："肯定后面不仅有人撑腰，而且有人通风报信，把朝廷许多不该让外人知道的事暗中告诉了那个管城门的小官。这事与在下五年前在东明县碰到的事如出一辙。怪，不说那些把在下赶出东明县的师爷、胥吏、衙役至今什么事都没有，仍旧在东明县衙门里吃得很开；就是那个把一个农户活活打死、叫刀疤脸的衙役，在外面躲了几年，也没事，没有哪个县令敢对他怎么样。"

林英这些往事，京都开封官场上的人可以说无人不知，无人不晓。不过，王珪还知道一点不少人不知道的情况。去年，刀疤脸回到衙门当衙役后，林英就把这一情况告到开封府，要开封府好好查查这件事，结果等于林英放了个屁，刀疤脸照当衙役不误。林英当年身为一县之长的县令，奈何不了一个衙役，已经叫人匪夷所思；如今已当上都水监丞，且是当红的王安石所赏识的人，还奈何不了一个衙役，这就更是一种荒诞不经的怪事，叫人感到闻所未闻了。

李定一脸的厚貌："只要事实清楚，对那些给郑侠撑腰的、通风报信的，该怎么办就怎么办，总不能让新法给搞垮了。"

在新进的小字辈中，王珪对李定的印象是相当好的。这不仅因为李定对他很尊重，而且李定这个人是真正的忠厚。说句实在话，王珪觉得，朝中许多人对他王某人都不是真正地理解，就是王安石也是同情多于理解。然而，李定却挺理解他。王珪很清楚，朝中不少人总在背后笑话他眼睛里唯有天子，好像是个在朝廷混饭吃的人。你们说对了，我王某人眼睛里就是唯有天子。这才叫忠！李定也是这样的人，只有李定到中书来，王珪才会跟他说上几句话。

王珪注意到，此时吕惠卿叹了口气："要是王相公还在朝廷就好了。"

王珪感到自己很是莫可惊诧，觉得吕惠卿此话很是怪异。王珪早就发现，吕惠卿脸上自信的神情日盛一日，近日脸上那种天下之大、舍我其谁的表情也愈来愈明显，王安石此时也未必被吕惠卿放在眼里，然而吕惠卿刚才这句话是什么意思呢？王珪看到，已重坐下的韩绛正低下头去喝茶，好像觉得有什么不妙的事情要发生一样，一脸古怪的错愕和不安；茶没喝到喉咙里去，想说什么，一张口，却把一口的茶喷了出来，喷了吕惠卿一身。吕惠卿也不去擦，只是坐在那里。不过，王珪同时注意到，邓绾和那班新进小辈脸上的表情却十分平静，仿佛他们对吕惠卿的话一点也不觉得有什么怪异的地方。

此时，吕嘉问突然高声道："王安国与冯京、郑侠是同党！"

王珪感到自己像受到雷震一样，身子不由得打了一颤，同时看到韩绛一脸古怪的错愕和不安，茶泼了一地。王珪也觉得心里很是一震，恐怕脸上也是惊呆了的表情。不过，叫王珪感到奇怪的是，邓绾和那班新进小辈似乎都不觉得吕嘉问这句话有什么荒唐的地方。王珪全明白了，吕惠卿刚才说的"都要一一治罪"的意思，原来指的不仅仅是冯京，还包括王安国。这就怪不得韩绛一脸古怪的错愕和不安，连手上的茶也泼落到地下。王珪很清楚，吕惠卿要对郑侠重新治罪，韩绛不会特别反对；吕惠卿要治冯京的罪，韩绛也是能勉强接受的。但不放过王安国，这就很难叫韩绛接受了。王安国何许人？王安石之胞弟也！说句实在话，王珪对王安国的印象坏极了，有时甚至怀疑王安国是不是神经出了什么毛病。天下哪有王安国这样当弟弟的呢？亲哥哥当首相，却整天跟亲哥哥作对。当然，王珪还很清楚，吕惠卿对王安国这么狠心，王安国也是有责任的，老当面折辱吕惠卿，见面就不管三七二十一，把吕惠卿骂个狗血淋头，弄得吕惠卿好不狼狈，赶紧躲开。吕惠卿好歹是朝廷命官，又是王安石手下第一当红的人，如何受得了这样的折辱。但，尽管如此，天下人谁都可以不放过王安国，吕惠卿却不能不放过王安国。王安石对吕惠卿有再造之恩，父师之义，不要说王安国未必犯了什么事，就是犯了，吕惠卿也该手下留情，睁只眼闭只眼，放王安国过去。

谁也没有作声，值房里有种叫人窒息的死寂。良久，韩绛眼睛睁得圆圆的，望着吕惠卿："王安国犯了何事？平甫从来我行我素，连介甫都奈何不了他，焉会与他人结党？"平甫是王安国的字。

王珪看到，吕惠卿又不说话了，但吕嘉问的话严厉起来："在下不会冤枉一个人的。朝中尽人皆知，冯京与王安国一向往来密切，只要王安国从西都洛阳到京都开封来，二人就一定要一道游蔡河，上醉春楼喝个烂醉。不是同党能有这么好的关系？现在，朝中许多人都知道，郑侠那张《正直君子邪曲小人图迹》中的资料都是冯京通过门人送去的，里面还提到后宫严禁为外人所知的隐秘宫闱之事，此该当何罪？郑侠也对冯京投桃报李，向天子举荐冯京可入相，说冯京是宋代少有的"三元及第"的状元，有长者风，高风亮节，令人景仰。说他们是同党，没冤枉吧？那天在王相公府门前的大街上，曾布曾大人亲眼看见王安国对奸邪小人郑侠深施一礼。他们还在街上谈了许久话，不是同党，是什吗？"

王珪感到一阵快感，觉得吕嘉问这些话说得好，特别是那句郑侠把后宫严禁为外人所知的隐秘宫闱之事点了出去，相当厉害，仅这一条就不仅可以狠狠治郑侠的罪，还可以狠狠治冯京的罪。宫中事不要说郑侠这样的管城门小官不该知道，就是朝中大臣也多是对这样的事唯恐避之不及，更不要说拿来说事了。叫王珪感到奇怪的是，吕嘉问怎么会这样恨王安国。王珪猜：这肯定是王安国平日对这些人也多有讥刺，伤了这些人的脸面，如今有了一个治王安国的机会，自然不会错过。王珪明白了，今日这一切，都是经过吕惠卿精心安排的。这么想过之后，王珪感到自己身上出了冷汗。吕惠卿这个人千万得罪不得，一朝权在手，便把令来行，里里外外凡是与他作过对的、结了仇的，谁也别想好；只要机会到了，吕惠卿就肯定要快意恩仇，一网打尽，一起给烩了不可。怪不得司马光那伙人都怕他，又恨死了他，同时又都认定他是朝中最大的奸邪。

又过了好一会，韩绛道："你们这样一来，司马光和苏轼会怎么想？"

王珪觉得，韩绛这句话，是韩绛今日在他值房里说的最臭的一句话。此时，韩绛把司马光、苏轼抬出来，就太犯糊涂了。说句实在话，韩绛这句话，不仅救不了王安国，反会火上浇油，弄得这些人更加把王安国往死里打。新法这边的人，有几个对司马光和苏轼不是恨之入骨的？巴不得一口生吞了这两个人。说句老实话，王珪对司马光和苏轼都没什么好感，觉得这两个人老跟他过不去；特别是苏轼，经常在人前把他说得一塌糊涂。其实苏轼这人除了写写画画外，还能干什么？苏轼这人太浅薄、太天真了，以为是个大才子，就是朝廷的栋梁之材，错了，要想成为朝廷的栋梁之材，还要懂得怎么当官。历朝历代那么多高官大官，真有什么了不得的本事？愚鲁之辈大有人在，可他们却人不知、鬼不觉地爬上去了。世人还以为王安石没用苏轼是嫉他的才，又以为司马光那些人会用他。错了，谁也不会用他！

王珪注意到，除了吕惠卿外，值房里的人都不怀好意地笑了起来。吕惠卿站起来，来回走了几步，说："韩相公，王相公，都看到众人的态度了，没什么再说的了吧？——我们面君去。"

邓绾新进的那几个小字辈走了，脚步把值房门前那方越来越短的日光也搅碎了。这回吕惠卿不仅绑架了韩绛，且把自己也绑架了。王珪明白吕惠卿今日何以对他卖好了。值房里只剩下吕惠卿、韩绛和自己。王珪看到，韩绛一脸的颓伤、一脸的无奈，想说什么，却又什么话也说不出来。

吕惠卿、韩绛和王珪立即进宫面君。冯京罢枢密副使，到熙宁三年老岳丈富弼当知府的亳州当知府去了。王安国最冤，就因为在街上给郑侠深施一礼，削职为民，回江南西路抚州临川老家吃老米去了。郑侠保住了小命。天子赵顼圣明，没听吕惠卿的，把吕惠卿之议顶了回去："侠所言非为身也，忠诚亦可嘉，岂宜深罪？"改在岭南最南面的英州编管，官籍丢了，老老实实、规规矩矩做人，接受地方官府的监督。

第六十二章　押解路上三班都头起歹意　抵达英州当地百姓迎英雄

郑侠和家人都到了太康县，快出开封府境时仍被押回京都开封。把郑侠押回的是御史舒亶，而且从郑侠箧箱里搜出冯京给的《名臣谏疏》草本。郑侠从此关在乌府台大牢里，审了一个多月。郑侠对自己的所作所为，供认不讳。郑侠第二次被押出京都开封是初秋的一日早上。郑侠的夫人唐氏骑在马上，怀里抱着一个出生六个月的女婴，肩上挎着一个褡裢；一个从老家带过来的年老家仆牵着马，走在前面；一个年轻点的家仆挑着行李，走在后面；郑侠则徒步随马而行，走在马的一边。押解的是乌府台三班都头毛大发和快班的四个衙役。三班都头毛大发骑着马，腰上挂着环首长刀。四个衙役步行，手上提着水火棍。

谁也没想到，说呆不呆、说不呆又很呆的郑侠竟然娶了个又漂亮、又贤惠的夫人。郑侠的夫人唐氏身材不高不矮，不胖不瘦，白嫩的脸皮，一双眼睛十分灵秀，很是迷人。唐氏原是大家闺秀，父亲是当地方圆百里的名士，世代诗书传家，也有些田地。唐氏在娘家的日子是很享福的，读过几年书，谈吐不俗，大异村妇。嫁给郑侠后，日子自然还是过得下去，每日衣食无忧。夫君郑侠日夜诵读。唐氏下厨房做饭炒菜，缝缝补补没个清闲，劳苦与朝不谋夕的村妇没什么不同。唐氏很清楚，夫君郑侠呆的时候确实呆，官肯定当不大。因之，唐氏没指望郑侠有大富大贵的一天，但也不希望郑侠有犯事的一天。犯事总不是好事，天下有几个正经人犯事的？郑侠被朝廷宣布编管那天，很无所谓，不仅没任何羞愧之感，还很英雄、很神气地从外面来，说他做了件惊天地、泣鬼神的大事，然后就破口大骂朝中奸邪小人，越骂声音越高。家里人都不去理他，唐氏更是由着他去骂。要是谁接嘴，郑侠就把谁当奸邪小人骂了。唐氏整日坐在房里，羞面见人，不敢出来；就是见到家仆，也怪难为情，饭菜也是家仆端到房里吃。

郑侠被押解出城的那日，三班都头毛大发和快班的四个衙役一早就来到郑侠住的地方，呼三喝四，把门打得嘭嘭响，把邻居家的狗吓得乱叫，鸡吓得乱飞。京都开封的市民虽然比乡村的农户有见识得多，但左右邻居见到毛大发几个公人这么个凶样子，也都吓得赶紧把大门关了，躲在门后从门缝里朝这边望。唐氏倒不怎么怕，就是觉得怪丢脸的，一直不好意思去开门。郑侠一脸严正不苟，也一脸无所畏惧的神情，过去把大门打开。毛大发骑在马上，让四个衙役进去催人上路。

郑侠早就把行李捆绑好了，毛大发几个衙役公人一到，一家人就出门上了路。唐氏出门的时候，一脸羞愧之色，但终于还是硬着头皮出来了。郑侠则一言不发，从毛大发和四个衙役身边，目光直视而过，对这些人有不屑一顾的意思。唐氏心里很是为夫君郑侠担心。俗话说“阎王好见，小鬼难缠”，这些衙役大字不识，却大都是饿虎饥狼，吃人不吐骨头，无不以敲诈百姓为能事，对犯了事的人更是不会放过。这些衙役在官面前，就像老鼠见到猫，两只脚也是软的；在百姓和犯了事的人面前，就又像猫见到老鼠，张牙舞爪吓死人。夫君又不是不知道这些情况，如何还傲得！到时候，还不要吃大苦头。

上了街，唐氏心情渐渐开朗了些。唐氏看到，街上的路人没人把郑侠看成是被贬谪放逐到岭南去的犯了事的人，相反把他看成是朝廷里难得的敢讲真话的硬汉子、不怕罢官丢职的大英雄。他们所过之处，街的两边站了不少人，都默默地望着他们。一路有人跟在后面，给夫君郑侠送行。还有人过来送鸡蛋的，也有送大枣、柿子的。毛大发命四个衙役把他们赶走，但赶走这边的，那边的又过来了；赶那边的，这边的又来了。毛大发在马上怎么大声呵斥也没用。走在马前的夫君郑侠脸上全无一点羞愧之色，阳阳如常，一路给两边的路人拱手点头。押解的四个衙役中，有个龅牙齿的最坏，见路人对郑侠如此仗义，便一手举着水火棍，对着一个给郑侠送鸡蛋的老汉冲了过去，大声喝道：“谁让你来送鸡蛋的？”吓得老汉向后连退了上十步，手上的鸡蛋也掉在地上。郑侠冲到龅牙齿面前，怒目对这个衙役。好些胆大的路人也围了上去。三班都头毛大发怕事情闹大，出不了京城，忙喝住龅牙齿。唐氏感到自己眼眶里有了泪水。

唐氏嫁给郑侠，完全是父亲看中了郑侠。郑侠本福建路福州府福清县西塘村人。福建路其地东南际海，境内峰岭耸峙，河网繁密，丘陵连绵，河谷、盆地穿插其间；到了福清县，地势平缓下来，显出一块宽阔的平原。福清县土地肥美，川源浸灌，五谷丰登，百姓农户，安土乐业；又有好学的风气，人们都十分愿意花钱送儿到学堂读书，县里登科第的人也不少。郑侠的父亲也是读书人，做过县令，当然更是舍得花银子请先生来府上坐馆教儿子读书。郑侠倒也争气，从不到外面与别的孩子玩耍，整日闭门苦学，读了不少经书；读到兴头上还摇头晃脑，吟啸高歌，大有乘风破浪、把酒问青天的气概，在当地也算得上一个小有名气的饱学之士。但郑侠脾气古怪，有点呆头呆脑，和人说话，一句话不对，就要跟人叫起来，非争个你死我活、山高水低不可；乡里人特别看不惯的是郑侠那双只看前面、对两边不屑一顾的眼睛，说要有多呆就有多呆。等到了十六七岁，家里给他提过几门亲事，都是女方父母看不中他，认为他呆头呆脑，好认死理，今后不会有什么前程。但唐氏的父亲却欢喜得不得了。唐氏的父亲也是个有点迂呆的老夫子，就喜欢郑侠这种呆头呆脑、认死理的人，认为郑侠才是朝廷所需的真正读书人，非把女儿嫁给他不可。

出了京都开封，郑侠一行人沿着官道一直往南走去。一路之上，郑侠一家人闷不作声。毛大发和四个衙役嘻嘻哈哈，高声谈笑。在尉氏县，有一伙百姓站在路口等郑侠一行人，毛大发和四个衙役不再多加干涉，只要不把路堵死，也就只在一旁看着。但，一过开封府辖区的扶沟县，唐氏就觉得情况有点不对劲了。在开封府境内，郑侠一行人走的是官道，毛大发和四个衙役对他们虽然没个笑脸，但也并不特别难看。然而，一出扶沟，离开了开封府境，不走官道走小道了，毛大发和四个衙役就没个好脸。唐氏觉得特别不对劲的是三班都头毛大发，常常借故过来，一双眼睛老在她脸上和胸面前睃来睃去，把唐氏羞得一脸通红。那四个衙役也常常在不远处的后面，不怀好意地对她指指点点、叽里咕噜的。在小道上无处可躲，毛大发和四个衙役又是押解夫君的解差，只要不太放肆粗野，手脚也还规矩，言语也不是脏得不堪入耳，唐氏也就由他们了。

这天，郑侠一行人来到蔡州西平县境。西边的日头还高，七月天空下的田野寂静无声，路两边全是光秃秃的麦茬地，远远近近堆了些麦捆或麦垛。唐氏坐在马上，看见前面有爿小饭店，门前竿头上有三面条直线的酒帜给风吹得摇摇摆摆。饭店门口有七八条狗在有阴的地方懒洋洋乘凉，见来了这么多人，一起站了起来，汪汪叫得吓人。饭店里的伙计赶紧跑出来喝住狗。毛大发不走了，要在这爿小饭店打尖。按说，此时天色还不很晚，紧赶一点，完全可以在西平县驿站歇息。驿站本是各地官府接待过往官吏的地方，管吃管住，都不用官吏掏钱。唐氏当然也很清楚，这些押解犯了事的人的解差，在任何地方打尖，都不要用他们半文钱，开销都在犯了事的人身上。不过，叫唐氏感到蹊跷奇怪的是毛大发他们为何一出开封府境，就不在驿站打尖呢?

毛大发下了马，把马拴在店前面的一棵柳树下，进饭店去了。唐氏也让郑侠扶她下马，褡裢从肩上滑了下来，郑侠重新把它挂到唐氏肩上。唐氏看见，两个衙役过来，二话不说，很粗暴地把郑侠往饭店后面推。郑侠哪里肯去，跟那两个衙役理论起来。还没说上两句，那个龅牙齿的衙役一掌打得郑侠往后倒退了好几步，差点没跌倒在地，接着与另一个衙役叉着郑侠的胳膊，倒拖到后面去。饭店门前的狗又叫了起来，却只是对着郑侠叫，好像这些狗也晓得郑侠是个犯了事的人。龅牙齿衙役一边走，一边对郑侠凶凶喝喝:“已经犯了事，还摆什么官架子。就是官府老爷，到了我们手下，见了我们也要低头，服我们管。”

唐氏看到，挑行李的家仆和牵马的老家仆脸都白了。唐氏心里有了种不祥的预感。唐氏怕吓着怀里的女婴，忙把衣襟遮住女婴的头。老家仆把马拴到柳树下。挑行李的家仆把东西挑进饭店去。唐氏还在饭店外，就听到饭店里传来一个衙役的叫喝声:“我们都来这里半天了，还不见你们人影过来，怕我们交不出饭钱，是不是?”

唐氏看见店里的伙计赶忙跑进饭店里去。有个衙役出来了，要唐氏进饭店去。另一个衙役把挑行李的家仆和牵马的老家仆带到饭店后堂去了。唐氏低着头，抱着女婴，怯怯地站在饭店门边。一会，四个衙役回来了。毛大发一屁股在饭店中间方桌上首坐下。四个衙役两边坐着。店伙计赔着笑脸站着，问要什么酒菜。龅牙齿：“只要好吃，端来就是。”

唐氏虽是个诗书传世的名门闺秀，在娘家做女也没出过闺房半步，没见过什么世面，但还是知道，一个人犯上事，就免不了与衙门里的人打上交道，也就少不了要破费钱财，今日这餐酒饭钱肯定是少不了的。唐氏并非一钱如命，破费钱财倒也不特别心痛。唐氏只是越来越明显感到今日情况有点不对劲。以前，在官府驿站投宿，毛大发和四个衙役虽说没个好脸色，但还从未这么粗暴过，也没把他们一家分隔在三个地方。唐氏现在最担心的是夫君郑侠。夫君郑侠不晓得随机应变，看人家脸色行事，凡事要争一个“理”字，这肯定要吃亏的。天下哪有那么多“理”，真要有那么多“理”，天下早就不是这个样子。

唐氏发现，毛大发对她虽说还不时拿眼睛在她脸上和胸面前睃来睃去，倒并无别的无礼行为，更没为难她。那四个衙役对她的态度虽说好多了，一个个却又不时一脸坏笑地朝她望望，然后头碰在一起，低声说笑着。毛大发却只是笑，不应话。唐氏离他们不远，听不清他们说了些什么，不过感到他们的说笑一定跟自己有关。

唐氏觉得越来越不对劲了，心里又紧张，又发慌，倒也没有完全失去主意。按说，中原王朝千年讲究个男女授受不亲，一个妇道人家不该抛头露面。不过，此时唐氏顾不得这些，从褡裢里取出十两银子，瑟瑟缩缩走到桌边，把银子放在桌上：“夫君只是个小官，家里并无多少钱财。奴家也不晓得外面的费用该多少，这点碎银在店里够不够花销，只求老爷给夫君和两个家仆也送碗饭过去。”说完，又瑟瑟缩缩退回原处。

唐氏看到，毛大发和四个衙役一起很高兴、很古怪地望着她。毛大发对龅牙齿抬了抬下巴。龅牙齿满脸堆笑，走了过来，站在唐氏面前：“你这娘子，比你家官人晓事多了，晓得对大爷有个孝敬。这两个钱是不够的，叫谁塞牙缝呀！不过，我们毛老爷是个再仁厚不过的人，看在娘子份上，哪里会让你家官人吃苦呢？放心，他和家仆都不会饿肚子。”

唐氏感到心里有了股冷气。一餐饭就要花去十两银子，还只够塞牙缝，这么一路吃下去，该花多少银子呢？她褡裢里的银子肯定是不够花的，但口里对龅牙齿还千恩万谢的。龅牙齿回到桌边。怀里女婴哭了起来，唐氏低下头去拍拍女婴。不多一会，饭店伙计把酒菜端了上来，摆了满满一桌。唐氏从眼角的余光中看见，毛大发又对龅牙齿抬了抬下巴。龅牙齿对饭店伙计说了几句，饭店伙计出去拿了两只提篮进来。提篮里有碗，饭店伙计拿了七八只出来，往碗里拣了些饭菜，去后面送给郑侠和两个家仆吃。然后龅牙齿嬉皮笑脸过来，要唐氏跟他走。唐氏跟在龅牙齿后面，往饭店里面走去，几步到了天井边。天井边有间东厢房，龅牙齿推开门，让唐氏进去。唐氏抱着女婴走了进去。天色还不很晚，有日光斜照在窗棂上，把一格格的日光印在厢房的地上。厢房里干净整洁，床上的被盖全是新的。不多一会，饭店伙计提着提篮进来，从里面端出三盘香喷喷的菜、一碗冒着热气的饭来，放在窗前桌上，又平放好一双筷子，走了。随后龅牙齿进来，下巴对着桌上的饭菜，又是嘻嘻一笑，没个正经样子：“你这位娘子，算是头世修到的福气。这一桌的菜，都是我们毛老爷给你点的，喜欢就全吃掉。”

唐氏晓得今天有事。这一路之上，毛大发何曾这样殷勤过。自己一个犯了事的人的家眷，有什么值得他这样做。唐氏哪里吃得下饭菜，把褡裢解下来往床里边放下，闷闷地坐在床边上。龅牙齿一只脚已出了房门，却又回过来：“都吃掉，都吃了毛老爷就高兴了。”

再一会，唐氏就听见前面传来毛大发和四个衙役大叫、大嚷、大笑的声音和杯盘撞击的声音。约莫一个漏刻时辰过去，窗棂上的日光全收了，天色暗了下去。前面大叫、大嚷、大笑的声音和杯盘撞击的声音歇了，唐氏听到有说话声和脚步声往东厢房这边过来，到了东厢房外面才歇了下去。唐氏听到外面有人在说话。一个粗喉咙说：“我姓毛的玩过的女人不少了，却还没见过这么俊的女人。”这自然是毛大发了。一个很低的声音说：“小的知道毛老爷有个心思：今生今世要睡一百个女人。放心，这事就包在小的身上。”听去像是龅牙齿的声音。

唐氏知道自己今日难逃一劫了。从小长到大，唐氏从没想到过自己会碰到这种见不得人的事。唐氏完全失去主意了，脸臊得通红，眼泪扑簌簌流了下来。唐氏原以为毛大发和四个衙役会进到厢房里来，但过了好一会，却还未见一个人进来，只听到厢房门外有一阵阵嘻嘻哈哈的声音传来。少说过了一炷香工夫，唐氏看见龅牙齿一副酒足饭饱、心满意足的神情从厢房门外进来，在门口还伸了个懒腰。唐氏害怕极了，吓得身子往床里边缩，女婴却抱得更紧了。龅牙齿来到唐氏跟前：“这没什么害臊的，不就是快活一下吗？不要不好意思，大姑娘上轿头一回，有了初一，十五就不当回事了。这事说起来，倒也是种罪过，但到了你家官人这种份上，也都讲不得什么‘贞节’二字了。”

唐氏平日耳闻，天下最坏的不过衙役，又无耻得很，什么肮脏事都做得出来。唐氏今日算是目睹了，这个龅牙齿衙役说起天下最见不得人、最羞于启齿的话，竟然气不虚，脸不红，理直气壮，头头是道。

龅牙齿又说：“我们毛老爷做事顶公道，顶义气，顶爱交朋友。你依了我们毛老爷，我们毛老爷不会亏待你们一家的，还会跟你家官人交朋友，你家官人一路上都不会有苦吃。”

唐氏觉得脸上一阵红，头低了下去，半日默默无语。此时，唐氏听到房门外有脚步的移动声。接着，唐氏便见另外三个衙役出现在房门口，一个个一脸的坏笑，把腰都笑弯了。有个衙役还笑得呛着了喉咙，把一口酒菜喷在门口。唐氏听到门外毛大发在催：“我毛某人是个性急的人。她愿意一句话，不愿意一句话。”

唐氏一栗。千万别以为这些人对你居心不良，会有什么愧色，更别以为有求于你；恰恰相反，是你要心甘情愿求他干居心不良之事。作翘的不是你，是他！唐氏知道今日之事是她命里注定的磨难。毛大发绝不会饶过自己，脑子里嗡地一响，像知觉都失去了。

龅牙齿发出狠话：“你这位娘子心上一定要明白，自古道‘不怕官，只怕管’。这一路上都是毛老爷一人说了算，他的面子你如何驳得？你是不是怕你家官人会啰里叭嗦？没事的，没事的，有什么事都在我们身上。”

唐氏仍旧一语不发，把女婴往床里放过去，还理了理两鬓的乱发，把已经弄皱了的衣襟扯了扯，又在床边上坐下来。龅牙齿高兴了：“你这位娘子想明白了？这就对了！”

龅牙齿乐颠颠地转过身去，推着另外三个衙役往回走，转眼出了厢房。唐氏一阵脸热，一阵心跳。不多一会，唐氏听到厢房门外有脚步声过来。再一会，唐氏看到毛大发带着一身的酒气从厢房门外进来，一脸的淫笑和一双色眯眯的眼睛对着她。不过，那张淫笑的脸并不可恶，倒很有点殷勤的意思；那双色眯眯的眼睛也不可怕，倒很有点笑容可掬的味道。叫唐氏想不到的是，毛大发少说有八分醉，进门就乐不可支地赔小心，说自己让唐氏受惊了，是自己急了点：到底是开封衙门的三班都头，晓得跟女人快活时，讨女人欢心。然后，毛大发才急不可待、欢天喜地往唐氏扑去，一张酒气熏天的嘴往唐氏脸上拱。

唐氏打定了主意。一个女人，一条命事小，失身败节事大；自己又是诗书传世的名门闺秀，更不能让家门有半点污迹。再说，夫君郑侠上一疏一图时，即已准备身殉；这次远徙岭外英州，更没想到有好过的一天。唐氏亦同此心。突然唐氏张着大口，露出了一排白牙，对着扑过来的毛大发耳朵咬了下去。此时，饭店外响起一片骇人的狗狂乱的叫声和令人惊恐的马嘶。唐氏吃惊不小，牙齿露在嘴外半日没收回去。毛大发痛得要命，双手捂着耳朵发怔。女婴也哇哇哭了起来。一会，有脚步声往东厢房这边跑来；到了门口，脚步声却停了。唐氏听到龅牙齿在门外说："毛老爷，朝廷派人来押解郑大人了。"

唐氏觉得好生奇怪：开封府不是派了公人来押解吗？朝廷又为何还派人来呢？夫君郑侠又不是武功盖世的谋反强人，也不是有飞墙走壁本事的江洋大盗，用得着这么多人来押解吗？所喜的是，龅牙齿在外面称夫君"郑大人"了。从押解上路的那天起，这些衙役公人谁这么叫过？这个龅牙齿不是说漏了嘴吧？唐氏看到，毛大发也慌了，顾不得快活，摸摸耳朵，看了看一巴掌的血，便连忙转身从厢房里出去了。

东厢房里只剩唐氏和女婴，再没人来纠缠唐氏了。唐氏现在担心的是，自己刚才咬了毛大发的耳朵，毛大发不知要怎样折磨夫君。想起这些，唐氏嘤嘤地哭起来了。女婴还在哭，唐氏把女婴抱起，一边轻轻拍着女婴的背，哄女婴不要哭，一边自己哭得更伤心了。

狗的乱叫声渐渐停下来了，马也不嘶了，饭店伙计进来，后面还跟进一人。唐氏看到，来人是军官扮相。军官说，他是京都开封禁军的马军都头，奉旨来押解郑侠。马军都头告诉唐氏，他们会把他们安全押解到英州，要她放宽心，不用怕。

唐氏糊涂了。马军都头的言语好生奇怪。不过，唐氏从中还是听出了朝廷有什么人为夫君郑侠说了好话。可夫君郑侠在京都开封半个亲朋好友也没有呀！以前，恩师王相公算得一个，可夫君郑侠一疏一图，把恩师王相公弄得罢了相，给踢出朝廷，到江宁去了；京都开封还有谁会帮夫君郑侠半点忙呢？

唐氏把眼泪抹干，郑侠和两个家仆也来了。他们倒确实都吃过饭，并未饿肚子。两个家仆回后堂歇息去了。毛大发和四个衙役再也没去厢房打扰。第二日用过早餐，郑侠一行人上路。马军都头和四个士卒都骑着高头大马走在前面，毛大发骑着马和四个衙役跟在后面。郑侠这一行人又回到官道上来了。唐氏感到四个衙役规矩多了，不敢再对她指指点点、叽里咕噜的；有时路上过沟什么的，还会帮着扶扶马。毛大发像昨日什么事也没发生，那双眼睛也不再在她脸上和胸面前睃来睃去了。唐氏清楚，昨日那样的事，会把一个读书人羞死，但对官府里的衙役却根本不值得大惊小怪，谁碰到都会像猫闻到腥味，都不会放过那个机会。唐氏没把昨日之事告诉郑侠。男人无所谓，特别是那些下九流的男人，还很喜欢、很得意把这样的事张扬出去；即使是八字还没一撇，也会给说得活灵活现。女人最怕碰到这样说不出口的事张扬出去，吃亏的总是女人。好事者更会把女人说得一塌糊涂：女人的名声就这么臭了起来。特别是夫君郑侠在名节问题上，是绝不会让人的，把这事告诉了他，肯定要跟毛大发理论起来。一个犯了事的人与押解他的人在路上吵了起来，那不要让人笑死？况且，自己并没有失身败节，毛大发也没占到便宜，张扬出去有弊无利。

在下一个驿站歇息，乘无人在场时，唐氏把那个年老的家仆叫到房里来，要他打听一下昨日是怎么回事。不一会老家仆回来复命：郑侠郑大人的恩师王相公给天子赵顼上了个奏疏，说官府衙役最坏不过，郑侠郑大人的家眷在路上出什么事的可能都有，请求天子从禁军中加派几个人去押解。天子当即命人派马军都头带着四个士卒快马加鞭赶来。

唐氏眼泪又流了出来，明白昨日自己何以躲过一劫了。郑侠正好从外面进来，见唐氏哭了，吓了一跳。唐氏抹干眼泪，把恩师王相公如何关照之事告诉了郑侠。郑侠失声痛哭了起来。唐氏看到，郑侠面北跪了下去，给天子赵顼拜了三拜；接着，又面向东南，给恩师王相公拜了三拜。

这以后一路无事。郑侠一行是十月初七到达岭外英州的，还有三天便是立冬。此时北国已下过好几场雪了，岭外英州虽不太冷，却也冷风阵阵。郑侠一行人翻过一道山梁，唐氏坐在马上，便见一川江水从两山之间流过。山的两边，目光所及之处，看不到一户人家，望不到边的是高高低低的青草和绿树。下了山梁，顺着江水，越往前走，越显荒凉。有条毒蛇从丛篙里蹿出来，昂起个大脑袋，伸出长长的毒舌，拦在山路的当中。唐氏吓坏了，紧紧抱着女婴，好像那条毒蛇要来咬女婴。马军都头催马上前，弯下腰去，一刀把毒蛇斩成两截，然后挑起一截，抛到丛蒿里去。不多一会，有只豺狗从茂草中钻出来，瞪着一双发蓝的眼睛，望着路上这伙人。两个禁军士卒催马冲过去，吓得那只豺狗急忙钻进茂草里去；茂草里便有条起伏的绿线，一直被拖到很远的山坡那边。四处听不到一声狗吠和鸡鸣，唯山间那条江里有风击水浪的声音相伴，山间充盈着叫人伤感的单调、清寂和冷寞。

约莫走了五六里路，江水随着山势转了个弯，唐氏听到山的转弯处隐隐有人语传来。郑侠一行人都有点兴奋起来。这是他们进入英州地界第一次听到人声。唐氏看到，四个禁军士卒双腿夹了夹马的肚子，四匹高头大马便奋起马蹄，一阵风似的从山的转弯处卷了过去。

唐氏感到，这里恐怕就是她这一家子安家的地方了。出京都开封时，唐氏对这次远徙到去京城几千里外的岭南，并未放在心上，但今日真到了此地，心里多少有点凄楚和酸苦，一种羞面见人的感觉又涌到心头上来了。唐氏低下头去，侧脸望了望夫君郑侠。郑侠却完全没有一点自己心里的感觉，不仅脸色不乱，反更意气扬扬，颈也伸得长长的，直视前方，好像前面等着他的情况越糟糕越好；如果是刀山火海就更好，就更能显出他的英雄本色。否则，他前番的那些作为，就全白费了。

一会，四匹马又一阵风似的从山的转弯处转了过来，向马军都头禀报：前面就是目的地。郑侠一行人的脚步加快了。转到山的那边时，唐氏看到山脚下的江水边，有一座破庙。庙的院墙倒了，屋子也东倒西歪。这景象当然很令人感到难受，但叫唐氏感到奇怪的是，破庙那边有伙人，看不清他们在做些什么，却能听到他们在叽里呱啦说着土话。这些话说的是什么意思，当然不懂，但能听到有人说话，唐氏心里就高兴。

再往前走了半里来路，唐氏看到庙那边的人都朝这边望着，有几个人叫着跳着，往这边跑过来。这都些什么人呢？他们在那座破庙里做些什么呢？不仅唐氏对这些很好奇，也很疑惑，就是马军都头、四个禁军士卒和毛大发几个衙役也都如此。唐氏看到，走在前面的马军都头、四个禁军士卒和毛大发几个衙役都把颈伸得老长，一脸好奇，也一脸惊疑地朝破庙望去。

离那座破庙一箭之地时，那几个叫着跳着往这边跑过来的人却在前面四五丈远的地方停了下来。马军都头和四个禁军士卒勒住缰绳。毛大发几个衙役也在后面停了下来。唐氏看见，破庙那边又有二十来人往这边走来。走在前面的是位胡子全白了的老者，还有伙穿得破破烂烂、肮里肮脏的孩子在后面跟着。

那几个人叫着跳着跑过来的人都往两边让开一条路，随后也跟着老者过来。唐氏一时间懵了，不知老者和后面那帮人意欲何为。唐氏看到，马军都头和四个禁军士卒都按着环首长刀，毛大发几个衙役则把手上的水火棍握得更紧了。奇事发生了。老者和跟在他后面的人到了郑侠跟前，也不问跟前的人是谁，扑地跪了下去，对着郑侠磕了三个响头。后面那伙孩子更是有趣，比赛看谁的头磕得快，磕了头还相互间笑一笑。郑侠吓得也忙跪了下去，给他们磕头回礼。老者和跟在他后面的人本要起身的，见郑侠给他们磕头，也不起来了，又磕了三个响头。

唐氏看到，马军都头、四个禁军士卒和毛大发几个衙役都面面相觑。郑侠赶忙双手扶着老者，与老者一并起来。跟在老者后面的人也起来了。郑侠忙问他们，这是何故？老者后面的人叽里呱啦不停地说着谁也听不懂的土话。老者开口了。老者说的是汉话，只是生硬了些，却很清楚。老者说，他们都是这里的客家人，五百年前西晋末年战乱时从中原迁徙到这里来，多少年前就跟本地人同化了，因之会说汉话的人不多。老者又说，他们都是当地农户，听说朝廷出了个叫郑侠的大英雄，一人独斗群奸，把群奸得罪了；群奸也就加害于他，把他贬到这里来编管；他们才不会去编管这位大英雄。老者指着身后的破庙接着说，你们看，众人听说这位大英雄要到了，前几日就把庙周围的荆棘全砍了，地全平了，后面几间房子也修好了，灶也砌好了，缸里的水也满了，柴也准备了几捆。

众人都静静地听老者说，末了龅牙齿对老者说，你怎么一眼就认出了郑侠。老者不无神气："这就不是老汉卖年糕了，老汉吃的盐比你们吃的米都多，这双老眼连朝廷里出来的大英雄也会认不出来？岂不笑话！大英雄是何等人物，都是天上的星宿下凡，长得清清秀秀，一副大义凛然神气，眼睛总直望着前面，一下子就把那些小人比下去了。你们看看，面前的郑大人郑大英雄是不是这样的人？"

老者说完哈哈大笑起来，众人也笑，就是郑侠也笑了。唐氏心里则甜甜的，觉得自己脸上很是有光，原先那种羞面见人的感觉荡然无存了。叫唐氏特别得意的是，夫君郑侠那双直视前面的眼睛，总被福建老家的乡里人笑话，说那眼睛要多呆就有多呆，但在老者眼中却成了大英雄的一个标志。说句实在话，唐氏以前听到老家的乡里人这么笑话夫君郑侠，心里总不舒服，也很不服气。眼睛直视前面有什么不好？这说明夫君郑侠为人正，人正目也正，那些眼睛总鬼鬼祟祟、躲躲闪闪的人，能做出名震天下的事来？不过，夫君郑侠脸上却有了愧色："老人家别这样说了，郑侠不是什么大英雄，只是说了几句真话，结果反把自己的恩师王相公害苦了。"

老者对郑侠摆了摆手："郑大英雄说的是王安石？这人好不晓事，脾气又拗，朝中忠良的话听不入耳，专听头号奸邪之人吕惠卿的教唆，搞什么鬼新法。新法不好，王安石应该罢相，是他自己害了他自己。”

唐氏看到，夫君郑侠一脸的呆气出来了。唐氏清楚，夫君郑侠肯定要为王相公和新法跟老者争个你死我活、山高水低不可。唐氏正这么想着，身后忽然响起一阵叫人心惊肉跳的铜锣声。唐氏回头一看，但见山势转弯处过来一顶八人抬的大轿。大轿前面是全副仪仗，四个衙役鸣锣开道，八个衙役打着旗、棍、伞、牌。全副仪仗后面是前呼后拥的随从，很是威风。唐氏吓了一跳。唐氏清楚，地方官府不比京都开封的京官。京官在天子眼皮底下为官，多少有点顾忌。地方官府就什么顾忌也没有，特别是偏远的地方官府，天高皇帝远，一个个都是地方上的土皇帝，想怎么干就怎么干，无法无天惯了，谁也奈何不得他们。记得在娘家做女时，唐氏总看到乡里人对官府衙门的人怕得要死，远远地看到他们就躲。唐氏也怕了：夫君郑侠刚到落脚的地方，官府衙门里的人就跟着来了。唐氏不禁很为夫君郑侠和农户担起心来。郑侠一定也感觉到了这一点，突然大声对众人说：“你们不用怕，由我郑某人来对付官府里的。”

唐氏看到，郑侠对马军都头几个禁军挥了挥手，要他们往后退一退。马军都头、四个禁军士卒往后退了数步。唐氏明白，禁军管不了地方，再说一个都头不过下级军官，也多不了地方上的事。郑侠又对毛大发几个衙役挥了挥手，要他们也往后退一退。毛大发几个衙役赶紧退到后面好几丈远的地方。唐氏清楚，这几个平日里在百姓面前呼三喝四、大老爷一个的衙役，在当官的面前没一个脚不是软的。郑侠还对当地那些农户挥了挥手，也要他们往后退一退。但，奇怪的是，当地农户却没一个后退。那伙穿得破破烂烂、肮里肮脏的孩子也没后退，只是一个个缩在大人身后，瞪着一双惊恐而又好奇的眼睛望着眼前将发生的一切。唐氏很是惴惴不安起来。郑侠把这一切安排好后，便转过身去，独自一人挡在路当中，要跟官府里的人理论理论。不过，叫唐氏感到奇怪的是，那顶八人抬的大轿在郑侠面前两丈远的地方停了下来。大轿门帘开处，一位身穿三品补服的官员下了轿。奇事出现了，那位三品官对着郑侠一个拱手，然后深施一礼：“君一路劳苦，本官有失远迎，还望见谅。”

那位长者介绍，三品官是英州太守何智。唐氏则很是惊喜地望着这一切。唐氏听夫君说，恩师王相公的弟弟王安国在定力院门前街上就对郑侠这么深施过一礼，但在偏远的岭南之外有一位三品官也这么做，却不能不使人为之惊讶了。这么看来，何太守一点也不把郑侠看成是个犯了事的人。唐氏看到，马军都头、四个禁军士卒无不很敬佩地望着夫君郑侠，特别是毛大发几个衙役不仅对郑侠刮目相看，还为他们一路上的失礼行为感到不自在。老者和当地人也围拢过来。最为高兴的当然还是夫君郑侠，连忙给三品官回了一个长揖大礼：“侠是个犯了事的人，何敢劳何大人相迎。这么看来，何大人没搞新法，子民都未受贪暴之吏之害了。”

唐氏注意到，当地农户都很是感激地望着何太守。老者走到郑侠身边：“我们这里搞过新法，正如郑大英雄所言，贪暴之吏急功要利，暴戾贪忍，不若禽兽；百姓有不满新法者，抓去就是一顿暴打，有的活活打死也就打死。去年何太守到任，仍行旧法，百姓不再受新法之苦，说要给何太守送万民伞。”

唐氏点了点头，感到夫君今后在这里的日子不会难过了。唐氏看到，夫君郑侠又跪了下去，朝着东南方向，拜了三拜，失声痛哭起来：“恩师，是侠害了你呀！”

英州太守何智要去破庙看看修得如何，便与郑侠在前，众人在后，往破庙走去。唐氏看到，那群穿得破破烂烂、肮里肮脏的孩子走在最后，兴高采烈地乱叫。

郑侠就这么安家了。后来，当地农户又帮着开荒种菜，筑路修塘。几年下来，俨然成园，一派水木清华祥和景象。园中畦有四季蔬菜，陇有枸杞、五加、百合。园中还筑有望阙台，北轩望君，档轩望师。又有惠淑堂以训内，孚尹堂以教外，乡人争送子弟就学。唐氏和夫君郑侠在这里过着虽无半点豪门富贵气派，却十分自在闲静的日子。

十二年后，即赵顼驾崩后的元祐二年，当了一年零三个月宰相的司马光去世，刚当上翰林学士的苏轼上疏，乞用被放逐在英州的郑侠为泉州教授。已人地两熟的郑侠很舍不得离开此地。今日的情景便鲜活地重现在郑侠眼前，那群穿得破破烂烂、肮里肮脏，兴高采烈地走在最后乱叫的孩子，更是叫郑侠喜爱，在去泉州的路上叨念过五六回。

第六十三章 出狠招吕惠卿欲行手实法 持异议曾子宣遇冷无人和

郑侠被押解到广南东路英州编管的那天，离立冬节气尚有三日，当朝首相韩绛坐着一顶四人抬的轿子，一直往城北那条正北大街走去。韩绛未摆全副仪仗，穿着元色的斜领大袖、四周镶边的布衣棉袍，一个长随扶着轿子，前后几个卫兵也都着便装。按朝廷规定，立冬这天是一个假日，京都开封的官员又可尽情玩乐享受一天。虽然还未立冬，但京都开封下起了这年的第一场小雪。稀疏的雪片在阴暗的空中吝啬地、没精打采地飘着，冷风轻轻一吹，便怯怯地落在地上，顷刻间不见了。韩绛拨开轿子两边窗帘，望了望街两边的店铺。平日中书政务繁忙，难得有机会到街上走走，且城北这条街很不一般，皇亲权贵大都住在这里。今日，他要借这个机会，好好把这街上的情况看个清楚明白。

韩绛近来心里越来越烦，也越来越感到头疼。首相不好当。人们常用“日理万机”来形容首相每日要处理的政事，此言确实不虚。不过，韩绛不怕“日理”，就怕“万机”，韩绛再繁重的政事都愿意去干，问题是这个“机”太玄妙，太不好把握，太难对付。韩绛觉得自己比起王安石来，差多了。王安石是千古第一个发现钱可生钱、财可生财的人，德足以服众，才足以制人，就连他的对手也不得不佩服。王安石在中书当首相时，谈不上事事顺心，反对他的人很多，且不少是重臣名臣，但最后都不出声了；新法这边的人，对王安石就更是佩服崇敬得不得了，他的话没谁不倾耳细听，交办的事没谁会拖泥带水延误一点。韩绛这个首相就当得很窝心，说起来有点可怜，也很有点可笑。前不久文彦博以太师致仕，居洛阳与司马光做伴去了；前些日子冯京也被贬了，朝廷里再没谁对新法说三道四，没异论了，耳根清净了。但，新法一边的人却有异议了。作为首相的韩绛，对付不了新法一边的人。首先，韩绛根本镇不住参知政事吕惠卿，吕惠卿根本不买他的账。对次相王珪，韩绛也觉得很是无奈。王珪这个人不是不听他的，但总是先听吕惠卿的。曾布虽然不是那么看不起韩绛，但也常在大庭广众之中埋怨韩绛为人心太善、手太软，是个无用之人。小字辈把他的话当耳边风，尤其是舒亶、吕嘉问几个，有时会当面跟韩绛顶嘴。这能不叫韩绛越来越烦，也越来越头疼吗?

韩绛今日是去造访吕惠卿的府第。吕惠卿的府第在皇亲权贵集中住着的城北。城北大街虽然没御街那么宽，但少说也有八十来步阔。街的两边豪门巨宅随处可见，翘出的屋檐，像巨鸟伸出来啄物的大嘴，在繁华富贵中显出威重气派。在朝政上，眼下有四件事让韩绛感到特别窝心。第一件，边关之事。现在边关很不太平，听说王安石罢相，北方的北辽胡人常派小股骑兵蹿到雁门关这边来“打草谷”，抢了就走，听说下一步还有更大的打算；西边的西夏党项羌人在蠢蠢欲动，听说要兴兵二十万犯边；交趾国也说要攻打邕州，正在广源州集结人马。如果北辽、西夏、交趾三边都打起来，朝廷又要大把大把花银子了。只要一天没钱，再精的精兵都不是精兵。好在章惇平定了荆湖之乱，蛮族三十多个大首领全部归顺朝廷，四十余州全部收复，要不然更麻烦了。第二件，新法之事。王安石在朝廷时，天下各地州县新法施行得还是比较顺利的，但王安石离开朝廷后，天下不少州县新法施行就不那么顺畅了，有的州县还停了下来。第三件，浚河之事。京都开封城内有汴河、广济河、蔡河穿城而过，被太祖笑称为三带，开封百万兵民所需的米、盐、醋、茶，全赖这三条城中之河的漕运。但这三条河年久失修，泥沙淤积严重。特别是盗河情形猖獗。开始只是一些权势人家，在近处堆草加泥，及见无人过问，渐搭席棚茅舍，继而建起房屋，最后变成宏第大宅。这就不仅侵占了朝廷的土地，且弄得河道越来越窄。王安石还在朝廷时，就奏请天子赵顼疏浚河道，首先疏浚的是蔡河。赵顼降诏都水监丞林英提举蔡河疏浚。开封府正抓紧时间催收免役钱，雇民工开工。王安石在朝廷时，没多少人啰里啰嗦，这些日子许多人来事了，给赵顼上书，说蔡河不该疏浚，说开封府百姓叫苦连天，还说免役钱收多了，弄得天子赵顼心神不定，犹豫起来。要是赵顼又拿不定主意，这浚河之事还弄个屁。第四件，近日吕惠卿与曾布越来越坐不到一起来了，二人虽然还没撕破脸，但议起事来总是相互作对。说句实在话，朝政上这些乱得如麻之事已经够叫韩绛感到头痛可怕，吕惠卿与曾布二人越来越谈不拢，就更叫韩绛感到头痛可怕。

韩绛坐在轿内，一面看着街上的情景，一面想着自己的心事。韩绛看到，城北这条大街两边店铺还是不少。茶肆、酒楼、勾栏、饭庄、菜市、鱼行、米店、布铺、鸡鸭、瓜果、陶瓷、竹木、书画、盐醋，也都应有尽有。但，今日韩绛沿街却见到好几家店铺关门歇业了。还在开张的店铺，顾客也少多了，不像以前那样熙熙攘攘，人头攒动。不过，还有更叫韩绛烦上加烦的是，沿街好些米店和盐店关门歇业了。以前当三司使时，韩绛经常会到京都开封各种大大小小的米店和盐店转转。只要米店有米，盐店有盐，京都开封市民日常生活就无忧了；要是米店和盐店出现异常，就要当心了，弄不好就要出大乱子。

朝中出了这么多烦心事，韩绛本不想去造访吕惠卿府第，但又不得不去。这一来是因为吕惠卿摆家宴为荆湖平叛成功、班师回朝的章惇庆功，这不能不去。章惇荆湖平叛，用了五年时间，又打又拉把那里的蛮人收服了，澧、沅、辰、靖一带的苗民不再作乱；章惇前天班师回朝，擢升为知制诰、直学士院、判军器监。这二来是为从江、浙回来的薛向洗尘接风。昨日薛向从江、浙两路押运了五十万石大米和四十万斤食盐来京。说句实在话，有了这些大米和食盐，不仅韩绛松了口气，吕惠卿也松了口气。听说秀州那个相貌极似太祖的太祖嫡孙、右羽林军大将军秀州团练使赵世居，有些不对劲的异常之举。从秀州来的人说，近来总看到许多三教九流的人川流不息地出现在秀州街头。余姚县主簿李逢前不久又到了京都开封，在各大衙门进进出出，大把大把花银子，听说还进过一次后宫。古来朝廷，最防官员这些异常之举。薛向从江、浙来，应该知道些这方面的情况，有必要找他聊聊。这三来是韩绛想在吕惠卿与曾布之间进行说项。吕惠卿这回还是很大度的，专门派管家去曾布府上送了大红全帖，请曾布来府上一聚，曾布当时也很爽快地答应了下来。这四来是吕惠卿搞了个手实法，正等合适的机会呈送到天子手上。韩绛清楚，吕惠卿刚当上主掌新法的参知政事，一刻也没停息借着威慑天下的气势，迅速拿出自己的狠招来，为的是向四面八方示威，要让天下人知道，天子眼里的第一重臣是他吕惠卿，朝廷里只有他行，甚至比王安石还行。吕惠卿给这一招取了个名字，叫“手实法”。这一招果真厉害，规定家畜家禽按“手”算进每户总财产里去，一鸡一鸭都别想漏掉，然后每年“逢五取一”向官府交百分之二十的免役钱。不用说，手实法能给朝廷官府多交不少免役钱，但这个法也是个残害百姓的法，简直无异于逼民为寇。王安石在朝廷一定不会同意搞这种法。手实法是吕惠卿入中书掌管新法后搞的第一个一呼百应、惊天动地的大动作，因之把这个法看得很重，只许成功，不许失败。听说手实法搞得差不多了，只是还没拿到中书来议。但等吕惠卿拿到中书来议，问题就很麻烦了。不用说，王珪肯定会跟吕惠卿走；即使有点勉强，吕惠卿也会想办法让王珪跟他走。韩绛得现在就要设法把这个手实法掐死。韩绛今天到吕惠卿府上来，打算办三件事：一是跟薛向谈右羽林大将军、秀州团练使赵世居之事；二是给吕惠卿与曾布说项；三是好好跟吕惠卿谈谈手实法。

京都开封北厢鼓楼响起巳牌鼓声，韩绛的轿子横进了一条小街。轿子刚进街口，便感到一股威严肃杀之气。街口不远的前面便是吕惠卿的府第。韩绛看到，吕惠卿的府第甚是宏伟阔大，高高的四扇大门上方悬挂着一块方匾，黑底金字斗大的“吕府”二字，使人望而生畏；台阶的两旁各立着一只张开血盆大口的巨大石狮，叫人胆战心惊；台阶上站着十来个手执环首长刀的健壮士卒，另有七八个神气十足、目露凶光的家仆站在台阶上，让人不寒而栗；门的两边满是富丽的大轿和高头大马，令人心悸不安；从府第前面路过的行人无不埋头疾步而过，有个秀才扮相的人刚抬头向吕惠卿府第望去，好几个家仆立即喝了过来，吓得这个秀才扮相的人有多快就多快地溜了。

说句实在话，他这个首相府第前的轿马不到吕惠卿府第门前轿马的一半。当然，对这点韩绛不觉得奇怪。世上人情，是个十分奇妙的地方，不仅看谁官大，且看谁势大。官与势，既相合，也相离。官大势大，人们趋之若鹜。然而，有时官大，势却不是那么大，趋之者未必很多；有时官小，势却很大，趋之者一点不比官大势大者少。如今吕惠卿虽然只是个参知政事，但朝廷上许多事是他说了算；天子赵顼也很看得他起，他奏请的事没有不准的，官望和声望远远高于自己。既然如此，登吕惠卿府上的人多，来自己府上的人少，就一点也不奇怪。

韩绛提着元色斜领大袖袍子，下了轿，早有门者迎了过来，又有门者进屋去禀报，还有门者弯腰躬背、低眉顺眼地引着韩绛从中门走了进去。中门两边的侧门有川流不息的人进进出出。韩绛看到，凡进去的，都要从袖子里掏出点碎银，塞到门者衣袖里。韩绛还看到，这些进进出出的人都很是好奇，但也巴结地望着从中门进去、身穿元色斜领大袖棉袍的韩绛。目光似乎在说：此何许人也，身穿布棉袍，门者却对他如此客气?

韩绛进门过了明间，正要转过照壁，忽听到有人在照壁那边嚷："你这是拿新法说事，攻击新法!"

韩绛看到，进进出出的人都吓了一跳。攻击新法自然现在还大有人在，但有谁会这么大胆放肆，竟敢在吕惠卿府上攻击新法呢?这岂不是在太岁头上动土，自找晦气吗?韩绛也吓了一跳，第一感觉告诉他：刚才说话的人，不是神经出了什么毛病，就是蓄意栽赃。韩绛正这么想，看到照壁那边冲出一人，想避一避都来不及，早被照壁那边冲过来的人撞了个满怀。韩绛定睛一看，撞他的是吕嘉问。吕嘉问也吓着了，赶忙过来扶住自己。

韩绛："何人如此嚣张，竟敢在此地攻击新法!"

吕嘉问一手指着照壁那边说："还有谁，曾布!"直呼其名。

韩绛差点没笑出声来。要说别人会攻击新法，韩绛还多少会相信点；若说曾布会攻击新法，韩绛打死也不会相信。曾布可说是铁了心跟着王安石搞新法的，新法上的每件事无不赞许支持；特别是免役法，还是曾布草拟的。这样的人怎么可能攻击新法呢?前些日子，曾布还跟自己说过，他担心王相公罢相后，要是碰上比此前不久七个月亢旱更严重的事，天子赵顼对新法心不定、意不坚起来，就很难办了。曾布准备给赵顼上疏，要赵顼明确告诉四方，皆要晓然而知主不可抗，法不可侮。当时韩绛就不由得叫起好来。说句实在话，韩绛心里也有这个担心。既然如此，曾布更不可能攻击新法了。

韩绛："你误会了，曾大人绝不会攻击新法!"

吕嘉问跟韩绛顶起嘴来："韩相公，天下人都知道你厚道，但看人的眼力实在差劲。画虎画皮难画骨，知人知面难知心。不信，你去问问吕相公!——吕相公在后面来了。"边说边往门口走去。

韩绛果然听到照壁那边传来一阵急促的脚步声，接着就听见吕惠卿在照壁那边说话："曾大人不过说说而已，何必那么当真!回来，回来，不要坏了众人的兴致，今日本官还有坛好酒。"

韩绛看到，吕嘉问对吕惠卿的话还是挺当一回事的，乖了下去，一只脚已在门槛外，却不往门外走了。不多一会，韩绛又听到吕惠卿在照壁那边的说话声："韩相公大驾光临，有失远迎，还望见谅！”

再过一会，韩绛便看到照壁那边拱出一双手来，接着看到吕惠卿从照壁那边转了过来。韩绛也拱起双手，回了礼。不用说，吕惠卿是专门出来迎接自己的。韩绛看到，吕惠卿尽管在中书衙门里不买他的账，但在大庭广众之下，对他还是十分客气：“天还在下雪，韩相公也来下官寒舍。韩相公这么赏脸，真令下官肺腑感动，永世不忘！下官不胜荣幸之至，下官不胜荣幸之至！”

韩绛觉得吕惠卿这些话也夸张了些，一口一个“下官”，好像吕惠卿把他看成什么了不起的人一样，推崇得不得了。韩绛自然不会相信吕惠卿这些鬼话。吕惠卿笑了起来。韩绛也笑了起来。然后，吕惠卿对韩绛做了个请的动作，让韩绛先走。韩绛在前，吕惠卿在后，往庭院里走去。韩绛看到，吕嘉问也跟在后面来了。

转过照壁，韩绛便看到，庭院里到处是人。这些人开始都还很自在，有三三两两在一起聊天的，有独自一人来回走动的。不用说，这些人都是在这里等着求见吕惠卿吕相公的。自己和吕惠卿出现在照壁这头时，韩绛看到，庭院里的人都一脸讨好和巴结地望着这边，对着这边长揖行礼。韩绛开始以为，这些人一脸讨好和巴结是对着他和吕惠卿两个人来的。自己的官望和声望虽然都比不上吕惠卿，但毕竟是首相，天子阶下第一臣，能说一点用也没有？不过，韩绛马上发现不对头了。有几个离这边近的人，赶忙凑上前来，先给吕惠卿长揖行礼，再搭上一两句话；这些人对自己就很有点敷衍的味道，行礼时身子弯折不那么深，合抱的双手拱得也不是那么高，完事了就又别过脸去望着吕惠卿。

有个脸上有块黑斑记的人赶上前来，忙着给吕惠卿长揖行礼，又伸出两只大拇指，对吕惠卿说：“高！高！手实法千古第一高！”

韩绛看到，黑斑脸面相有点凶，但望着吕惠卿时脸上堆起的崇敬之情和无比幸福之色，真有点可掬的样子。不过，吕惠卿却板起脸来：“不得胡说，天子对手实法尚未过目。”

韩绛以为那个黑斑脸一定会吓坏了，万万没想到黑斑脸反乐哈一笑：“吕相公真是千古第一高人，一眼就看出下官要做这件事。昨日下官已约好几个人，准备平署一道奏章给天子：赶快下诏施行手实法，越快越好！”

韩绛看到，吕惠卿的脸色这才开朗起来，很是高兴。吕惠卿正抬起脚往前走，却放了下来，转过身去，把黑斑脸叫住，问：“君贵姓名谁，现在哪个衙门公干？”

黑斑脸立即有了一种喜从天降的神情，跪了下去，又拜了三拜：“下官姓张，名守英，字德华，户部榷易案的一个吏员。”

不过，吕惠卿并未再说什么，脸上也不见什么不一样的表情，只是转过身来，与韩绛一同往前走去。走了十丈远，韩绛回头一看，那个叫张守英的黑斑脸正望着吕惠卿的后影，嘴半日合不拢。庭院里的人都一脸的羡慕、一脸的惊奇、一脸的恭敬望着黑斑脸。

韩绛与吕惠卿走到庭燎处，韩绛看到好些人从大堂侧门出来。韩绛认得，这些人中，有曾布、邓绾、李定、舒亶、林英。刚刚班师回京的章惇也在里面，这个人还跟五年前一样，浑身有种虎虎生威、叫人不好惹的豪气，一出大堂侧门口就挤到前面来对着自己拱手。还有一人韩绛就很面善。此人三十好几的年纪，眉清目朗，仪表秀伟，一眼看去给人与众不同的感觉。吕惠卿给韩绛介绍：此人姓蔡名确，字持正，泉州晋江人，在两浙路婺州当司理参军，很有点干大事的做派；薛向这次在两浙路解粮，蔡确去见薛向，薛向奇之；蔡确正好任职期满，到京都向中书陈请别做差遣，便跟薛向一道来京。蔡确好像早就认得韩绛，跪下去三拜，给韩绛行大礼。

小小的雪片还那么无精打采地在阴暗的空中飘着，在庭院墙脚下堆了一条浅浅的白带。吕惠卿把韩绛往大堂侧门引去，众人簇拥在韩绛、吕惠卿身后。韩绛感到，庭院里的那些人讨好巴结的目光就又都跟着他们的脚步移动着。韩绛随吕惠卿进了侧门，庭院里的人的讨好巴结的目光才被隔在侧门外。韩绛与吕惠卿再穿过一座花园，来到一间大堂里。韩绛坐在大堂正北右边的尊位。章惇是吕惠卿这次洗尘接风的主宾，坐在大堂正北左边的次尊位。吕惠卿在东边壁下一张交椅上坐下。邓绾挨吕惠卿坐着。曾布对着吕惠卿坐在东边壁下的交椅上。李定、舒亶、林英、吕嘉问随意站着。蔡确则站在西边壁下。几个家仆进来给每人桌几上上了茶和果点，然后站在大堂门外，随时准备进来侍候大堂里的人。

韩绛觉得今日来这里没一件事办得成。在这么多人面前，怎好跟薛向谈右羽林大将军、秀州团练使赵世居之事？给吕惠卿与曾布说项，不仅不合适，反更会坏事。无论是吕惠卿，还是曾布，没一个是好说话的。此时此地也不宜谈手实法。看这大堂里的人，除了曾布外，恐怕没人会不支持手实法的。吕惠卿又把手实法视其为当上参知政事后一件一呼百应的大事，怎么会轻易言弃呢？自己的口才本来就远不如吕惠卿，他那边的人又多，就更不是他的对手了。看来今日只能在这里喝喝茶，聊聊天了。

韩绛坐下后，正低头喝茶，忽然发现大堂里少了一个人，吕惠卿今日要为之洗尘接风的薛向未到。韩绛侧过身子，问吕惠卿。吕惠卿说，薛向是来这里的半路上被天子赵顼把他召进宫去的。韩绛心里立即有了一种不踏实的感觉。以前，天子赵顼在假日召臣子进过宫，多半是朝中出了什么事，要不就是边关出了什么突发事件。眼下边关虽然不太平，但朝中并没有出什么事，也未听到边关有什么突发事件。不过，从今日韩绛在正大那条街上看到的情景来看，有些情况还是很叫人感到担心。有的米店、盐店关门歇业了。赵顼今日把薛向召进宫去，会不会是为了这些事呢？

韩绛很快注意到，自己虽然坐在正北右边的尊位，但大多数人的脸都朝坐在东边壁下的吕惠卿望去。韩绛感到这些人脸上的表情挺有意思。站在大堂里的李定、舒亶、林英、吕嘉问是一种唯吕惠卿马首是瞻的虔诚表情。这不奇怪，这几个小字辈平日就很敬重吕惠卿，觉得吕惠卿是个了不得的人才，新法少不得他；此时，吕惠卿当上主持天下新法的参知政事，当然对吕惠卿就更是敬重了。但，韩绛对邓绾脸上的表情觉得很不是味。韩绛看到，挨吕惠卿身边坐着的邓绾侧过身子，一双眼只望着吕惠卿，蜜笑的脸上恭顺得与家奴无异，有这个必要吗？站在西边壁下的蔡确脸上的表情挺值得玩味。此人一直笑着，并不正眼看人，一双眼睛推求究问地在吕惠卿和自己之间睃来睃去。坐在吕惠卿对面的曾布脸上的表情很是僵硬难看，一动不动地坐着。吕惠卿的坐姿跟王安石在朝时大不一样，身子板板正正坐着，一脸天下之大舍我其谁的当国宰执大臣的神情。

章惇没在椅子上坐多久，站了起来，走到大堂门口，望了望门外空中没精打采飘着的小小雪片，然后回到大堂中间，对吕惠卿说："请问吉甫大人，以前免役法中，家产统计叫人头痛，不少人瞒报漏报。现在手实法更细了，连一鸡一鸭都要统计到家产里去，都要算免役钱。章某有两点不解：一是这样一来不是更难统计了吗？你有何法杜绝这一漏洞呢？要是真把一鸡一鸭都统计上来，按实实在在的'手'交免役钱，农户岂会欢迎，岂不都瞒报漏报，官府奈之何？"

韩绛清楚，现在朝中的人，差不多对吕惠卿都称官，不称字，更无人称名。吉甫是吕惠卿的字，不过，吕惠卿对章惇这么称他，倒无半点不快。韩绛当然不糊涂，从章惇刚才的话语中，完全可以看出章惇并不反对手实法。韩绛以为吕惠卿会悬河泻水反驳章惇一番，但韩绛看到的是，吕惠卿并没有回答章惇的问话，只是满脸含笑地望着章惇。

韩绛看到，站在门口的李定、舒亶、林英、吕嘉问围了过来，争着回答章惇的问话。

李定说："章大人多虑了。吕相公早想到了这两点。农户不会不交的。"

韩绛觉得这就很有点叫人不可思议的了，莫非吕惠卿会变戏法，能让农户得到大把大把的银子不成?

章惇："章某愿闻其详。"

林英说："一是每半年官府下去核查一次，谁也不得瞒报漏报；二是奖励告发，以查获的三分之一充赏，谁不想得这个钱？"

韩绛明白了，吕惠卿的办法是两手：一是威逼，二是利诱。韩绛觉得，吕惠卿这两手确实能起作用，但这种朝政也太不仁厚了些。

章惇："这样一来，不是人人都争着去告发别人吗？"

吕嘉问说："章大人说对了。我们就是要让农户相互告发，相互监督。这样一来，手实法不就搞起来了吗？谁也躲不过去的。"

韩绛心里有种不寒而栗的感觉。告发门一开，不就人人自危了吗？特别是有仇家的人，就得特别当心，这可是公报私仇的好机会。这样一来，就国无宁日，天下还太平得了吗？

章惇点了点头："有这两个办法还差不多。"

韩绛对章惇此言，并不感到有什么奇怪。这个当年跟大才子苏轼在凤翔同游南山，敢跟自己弄命，在万仞绝壁上大书"苏轼章惇来"五个大字的人，对灾祸、凶险很是不一屑一顾的，甚至可以说有种特别的偏好。只要有办法施行新法，他是无不一往无前的。章惇回到自己原来坐的位置上去了。大堂外的家仆提着茶壶进来给众人续了水。

舒亶："在下还记得清清楚楚，熙宁三年在王相公木屋里，章大人说的一句话：‘为皇上生财有理，不管你这行那行，能为皇上生财才是真正的行！’那天，在下也说了句话：‘谁再敢阻拦我们为皇上生财，可就别怪舒亶对他不客气。’有什么怕呢？天塌不下来！”

韩绛看到，章惇、邓绾、李定、林英、吕嘉问都哈哈大笑起来。站在西边壁下、眼睛在韩绛与吕惠卿之间睃来睃去的蔡确也笑了。韩绛记得，熙宁三年他也在王安石的木屋里，章惇和舒亶是那么说的。时间一晃五年，但舒亶还记得那么牢，一个字都没少，一个字没错。这些人还真不食言，很有点言必信、行必果的精神。

大堂里的气氛随即有点激奋起来。挨吕惠卿身边坐着的邓绾把身子往吕惠卿身边靠近了点，蜜笑着说：“孔子曰：‘后生可畏，焉知来者之不如今也。’这些小字辈风流俊望，真后来之秀，可敬可畏！”

韩绛感到奇怪的是，吕惠卿只是满脸含笑地望望这个，又望望那个，有时低头慢慢喝口茶，给人一种闲庭信步、优哉游哉的轻松自得之感，但在这种轻松自得中又让人明显感到内蕴着一种吐雾吹云、气卷江湖的气势。

曾布一直板着个脸，闷不吭声坐在西壁下，脸上的表情一直僵硬难看，此时却忍不住了：“此风一长，天下不知有多少仇恨滋生！”

大堂里的人很是震惊起来，接着又很是气愤起来，就是从来都蜜笑个脸的邓绾也一脸的怒色。

吕嘉问很不客气了，竟然手指着曾布说：“嘉问知道，王相公离开朝廷后，你对新法越来越不满。你刚才攻击市易法，现在又危言耸听说什么手实法会令天下滋生仇恨，是可忍，孰不可忍！告诉你，王相公不在朝廷，新法照样要施行下去。”

大堂里的气氛很是严重激迫起来。韩绛感到，今日这里要有场大吵了。这是韩绛最不愿看到的。果然，曾布站了起来。不过，曾布没走到吕嘉问面前：“你这是逼民造反！”

韩绛心里越来越为吕惠卿与曾布的关系感到担忧了。曾布此言表面上是说吕嘉问，实则字字打在吕惠卿身上。吕惠卿现在风头正劲，岂容得曾布如此指责他？来吕惠卿府第前，韩绛还想在吕惠卿与曾布之间说项，让二人消除彼此间的芥蒂，同心同德搞新法。韩绛心里有数，王安石离开朝廷前，向天子赵顼推荐自己当首相，并不是看上自己有多大的能力，而是看到自己心胸宽大，有容人之量，能起到他人难起的稳定内部人心的作用。吕惠卿与曾布二人以往并无什么过节，二人谈不拢、相互作对，主要是相互看不顺眼。二人这么下去，两虎共斗，对谁都没好处，对新法更没好处。本来，这个道理很浅显，韩绛纳闷着：像吕惠卿与曾布这样聪明的人却怎么明白不了呢？二人相互让一点，再在一起好好谈一谈，隔阂不就消除了吗？现在看起来自己根本做不到这点，韩绛很有点愧对王安石。

韩绛注意到，吕惠卿仍旧只是满脸含笑地望望这个，又望望那个，有时低头慢慢喝口茶，显示出一种对曾布的话不以为意、也不值得他亲自一驳的意思。

吕嘉问又手指着曾布："太不像话了！在下记起来了，熙宁三年在王相公木屋里，都说为皇上生财有理，就你没这样说。"

舒亶接着对曾布说："曾大人这话与司马光那班腐儒小人的言论，可真如出一辙。曾大人，你要反对我们为皇上生财，可就不要怪我舒某人不客气了。"

李定也说："依照朝廷规定交钱，不瞒报漏报家产，怕告发作甚。"

林英："还要加上一条：注意官府里的那些师爷、胥吏、衙役，这些人最坏朝廷之事。"

章惇："北辽、西夏、交趾说不定哪天又要兴兵。打仗要用许多银子，边关将士命都舍得，天下子民多交几个爱国钱，有何不可？"

邓绾蜜笑着的脸快凑到吕惠卿脸上："吕相公的手实法，天子会通过的！"

站在西边壁下的蔡确什么话也没说，但眼睛却只是专注地望着吕惠卿了。韩绛感到害怕了。从刚才大堂里这些人的言语行动上，谁都能发现：此时在朝中呼风唤雨的是吕惠卿。在施行新法的人中，吕惠卿享有无人可以替代的官望，他说的话大都会去听，他要做的事大都会去做；他韩绛不过是名义上的首相，是个可有可无的废物，要想仕途步步高升、飞黄腾达就得听他吕惠卿的。对这点，韩绛倒不是特别计较，只要能把新法搞好，朝政上的事由吕惠卿做主，也没什么不可以。在这方面，韩绛还是很好说话的。他所担心的是，天子真通过了手实法后果真不堪设想。

韩绛发现，此时的吕惠卿脸上的表情跟先前不一样了，明显有了一种能扭转乾坤，也正在扭转乾坤的神情。韩绛不认为今日大堂里这些人对吕惠卿的崇敬都是官场那种对权贵讨好巴结风气使然，恰恰相反，这里的多数人对吕惠卿的崇敬是内心流露出的感情。曾布斗不过吕惠卿，斗则必败。韩绛清楚，官场上的人对呼风唤雨有一种与生俱来的向往，吕惠卿可以说就更向往了。韩绛注意到，那种呼风唤雨的感觉令吕惠卿十分振奋，十分欢快，十分得意。吕惠卿慢慢悠悠地站起来，在大堂里很有派头地走了几步，脸上不由得浮起了笑意。而曾布遇到了冷落，再也没人理睬了，独自坐在西边壁下椅子上，脸上的表情更是僵硬难看，也不跟谁说话。

韩绛觉得这样很不好，也很不妙。都是一道搞新法的人，怎么能对一人如此热，对另一人又如此冷呢？这也太亏待曾布了，不应该如此。况且，曾布不是个没能力的人，新法队伍里少了他是一大损失。

韩绛注意到，吕惠卿站了起来，吕惠卿走到自己跟前："韩相公，现在上上下下都在议论手实法，就听你一句话了。"

这可是韩绛完全没有想到的事，吕惠卿会突然对他把手实法提出来，令他很有点猝不及防。不错，本来他是想好好跟吕惠卿谈谈手实法的，后来见大堂里有这么多人，就不想谈了。自己不想谈，吕惠卿却硬要谈。韩绛不糊涂，吕惠卿此时突然把手实法提出来，就是要打他个措手不及。说同意，完全不是他的心里话；说不同意，不要说李定、舒亶、林英、吕嘉问会跟他吵个没完，就是章惇也会跟他争个不休。这么看来，韩绛除了表示支持外，别无选择。不过，韩绛很快找到一个不东不西的办法："这是件大事，我们还是奏请天子吧。"

韩绛看到，吕惠卿走到大堂中间，口气里也有了一种一言九鼎的意思，对众人说："韩相公可没表示反对手实法，明日面君，奏请天子定夺。"

韩绛看到，大堂里的人，除了曾布外，都拊掌大笑起来，就是没笑过的蔡确也拊掌笑了起来。韩绛惊呆了，也有点哭笑不得，嘴巴半日合不拢。这个吕惠卿，实在太厉害了。他把你绑架了，还说他不得已。吕惠卿说得不错，确实自己是没表示反对手实法；吕惠卿要去面君，请赵顼定夺，全都光明磊落，正正堂堂。

韩绛听到大堂外传来一阵脚步声。一会，吕惠卿的管家进来禀报：薛向薛大人来了。

众人情绪激奋起来。韩绛很想听听秀州那边的事。吕惠卿吩咐后堂摆宴。韩绛觉得今日之事很有点好笑。本来，他是为三件事而来的，后来见人多，这三件事就搁下了。但，后来还是谈了这三件事。不过，给吕惠卿与曾布说项、手实法之事都没谈出个名堂；看来吕惠卿与曾布无法谈得拢了，手实法只能寄希望于天子赵顼不降诏了，这里只有秀州那边的事好谈了。

众人出了大堂。韩绛走出大堂时，抬头望了望天。雪大了，也密多了。雪在暗云密布的空中下得有点慌乱，也有点无孔不入，冷风一吹，竟有几片落到韩绛的脸上，有一片还落到韩绛颈里。大堂外地上的积雪不厚，但院墙边上却堆起一条长长的白色的雪带。

三天后，令韩绛始料不及的是，天子赵顼下诏，在天下推行手实法。韩绛完全没辙了，只一人独坐在中书值房里喝了半日闷茶。

第六十四章　苏太守下狠心查实不法事　大才子喏连声败北管县令

熙宁七年十月二十六日上午辰牌时分，高密县衙门前来了两个人。这两个人都一副商人扮相。节气刚过小雪，日头一早就钻进灰色的云块里，再没出来过，只在灰色的云块里透出一圈白色的光晕。县衙门是官府重地，往日过往行人像是有鬼在后面赶，大都低着头匆匆而过，没人敢朝衙门那边望一眼，生怕有什么不慎，弄出麻烦。今日县衙门外，就更是怪，冷冷清清，一个行人也没有。因之，当这两个商人出现在县衙门前时，街两头就有好些人躬着身子，蹑着足，探头探脑往县衙门这边走来。

这两个商人，一个有着一张秀气的白胖圆脸，却有一嘴浓黑的胡子；一个长脸多髯，很是好看，却有个难看的凸起的圆肚子。圆脸的脸上多有一种无奈之情，长脸多髯的则多有一种不达目的、誓不罢休之情。

圆脸望着长脸："管县令对朝廷圣旨从来奉行不二，只是对属下的人管得松了点；话说回来，水至清则无鱼，人至清则无徒，管紧了，属下又不愿跟你鞍前马后办事。"

长脸对着圆脸说："高密县之事，本官是一定要搞个一清二楚的。"

圆脸似乎很了解长脸的脾性，不作声了。长脸也不作声。圆脸是密州通判刘庭式，长脸是密州太守大才子苏轼。对大才子苏轼的大名，刘庭式是早就如雷贯耳，但真正了解苏轼还是苏轼来密州当太守之后。苏轼此前是杭州通判，上个月朝廷发来告身，苏轼除授太常博士直史馆权知密州事。不过，刘庭式一下就看出来了，苏轼这次差遣很蹊跷：看起来是提升了，其实并未提升。上一次苏轼是以太常博士的官衔、直史馆的职衔，差遣的官职是杭州通判。这一次是以太常博士的官衔、直史馆的职衔，差遣的官职是太守。按说太守是一州之正职，通判是一州之副职，由副职到正职应该是一种高迁，职衔倒未必一定要变动，官衔却是要高迁点的。苏轼既然当上太守了，升个五品官不为过。但，苏轼这次由一州之副职的通判升上了一州之正职的太守，只是差遣的官职变了，官衔、职衔却与他在杭州当通判时一样，这就有点名堂了。官场衙门里的人都知道，职衔是一种荣誉，“直史馆”表明有学问，并无实际意义。官衔是本官，“太常博士”表明品秩，据以取俸。太常博士的官衔是七品，与县令的品秩一样。这就很叫人感到啼笑皆非的了。十四年前，大才子苏轼进士及第后的第一个官职是凤翔府签判，就是七品官；三年前，在杭州当通判时也是七品官；现在在密州当太守，还是七品官，比他这个六品通判还低一级，能说不是件怪事？当然，朝中不少人升官不升秩，但像苏轼做了十多年的官，却升官不升秩的，这在大宋百年官场还是鲜见的一件事。更叫人感到莫名其妙，也更有意思的是，苏轼差遣的新官职“知密州事”前加了一个“权”字。权者，暂代也，苏轼的这个密州太守，还是临时代理的；朝廷随时派个正式太守来，苏轼就得随时卷铺盖走人。这样，苏轼这个新差遣的官职太守，就要大打折扣了，就不是货真价实的了。刘庭式感到，这恐怕不仅是朝中有人跟苏轼过不去，就是天子对大才子苏轼也不是那么放心。刘庭式的这种感觉还真不是没有道理，不久就有消息从京都开封传出。在中书的三位宰执大臣中，首相韩绛说苏轼不仅有才，而且在杭州还是做了不少好事，要提拔苏轼；参知政事吕惠卿说苏轼确实有才，但都表现在一张嘴上，讥刺朝政，毁谤朝廷，不治他的罪就算便宜了他，生死不同意提苏轼的官；次相王珪最有意思，韩绛问他始终不开口，吕惠卿问他就点头，说暧昧，又清楚。天子赵顼倒也想提苏轼，见中书三位宰执大臣这个态度，拿不定主意了，最后用朱笔在苏轼名字下面写上“太常博士直史馆权知密州事”十二个字。韩绛见了很高兴，觉得苏轼提升了；吕惠卿见了也没意见，觉得苏轼不过是个七品芝麻官干着太守的事；王珪见了更没什么话说，天子、韩绛、吕惠卿都满意了，觉得这么安排是再好不过的了；苏轼很满意，不管怎么说，自己是掌管一州政事的太守了。刘庭式注意到，苏轼对职衔、官衔看得并不那么重，但把差遣的官职却看得很重。“差遣”这个东西，前面历朝历代是没有的，只是宋代官制中才有。在宋代官员的职务中，差遣的官职才是实质性的东西。有个职衔、官衔当然好，但要是没得到差遣的官职，什么权力都没有，那就成了无事可做的冗官。事情就这么定了下来。因之，苏轼这次除授的新官，说高迁未尝不可，说平徙也未尝不可，反正怎么说都可以。

高密县衙斜对过有个小茶店。茶店门开着，旁边灶房的屋顶上有白色炊烟飘出，有个小伙计站在门口左右张望着。刘庭式与苏轼便朝这个茶店走去。刘庭式看到，他与苏轼刚起步，就见茶店门口那个小伙计忙转身躲回到店里去，怕鬼似的呼的一声把店门关了。刘庭式与苏轼走到茶店门前，连唤了几声，店门紧闭着，无人应答。苏轼连扣了几下门，才见开了个门缝，刘庭式看见门缝里有双眼睛正对着这边，店门依旧纹丝不动。刘庭式觉得很是奇怪，他和苏轼不过商人扮相，又不是什么强人土匪，有什么可怕的？刘庭式担心苏轼因之而觉得受到怠慢，这就叫人头痛了。苏轼毕竟是密州太守，说句实在话，一个太守在州里跺下脚，地都要摇三摇；然而，苏太守却叫不开一个小茶店的门，这还了得。当然，他和苏轼都没穿补服，但即便如此，一个小茶店也不该如此无礼。刘庭式正想厉声教训茶店里的人几句，嘴刚张口，门缝里的眼睛一闪就不见了。苏轼看出了这点，拉了拉刘庭式的长袍："算了，人家一个开小茶店的，平日见了官府衙门里的一个衙役，都点头哈腰，百般奉迎，怕得要死。你一个通判去教训他，不当场把人家吓得昏倒？"

刘庭式与苏轼背对着小茶店站着。刘庭式本不是个喜欢说话的人，苏轼嘴巴则闲不住，平日里在州府衙门里总喜欢说说笑笑，谈诗，谈文，谈食，谈酒，谈美人，谈朝政，对当下的朝政和官场总要骂上一两句，以致州府衙门里的人都目瞪口呆对着他，以为苏太守昨日喝的酒还没醒。此时苏轼的嘴巴就更是关不住了，一会就忍不住骂起人来："朝中现在是奸人当道，就吕惠卿一人说了算。此人是个真正的奸邪小人，搞个手实法，尽做坑害百姓的事。这下牢里的犯人真不知要增加多少。"

刘庭式心里不由得怦地跳了起来。对手实法，刘庭式也觉得是狠了点。手实法诏书下来前，刘庭式听说朝中不少人反对手实法，连首相韩绛也反对。不过，天子降了诏，地方官府衙门照办就是，圣旨能对抗吗？刘庭式不会跟着骂，没有回答苏轼的话。

苏轼越骂兴致越高："用不了多久，恐怕田里的青蛙、泥鳅也要算到家财里去。那时青蛙、泥鳅都成了怪物了，谁也不敢捉，就是爬到灶台上，也没谁敢动一下。"

苏轼的话很俏皮幽默，让人发笑。不过，刘庭式笑不起来，心里怦怦地跳得更厉害了。刘庭式觉得苏轼胆子太大，刚才的话也太不合时宜了。苏轼是二十天前由杭州赶到密州上任的，二十天来，刘庭式跟苏轼在衙门里署事，觉得苏轼这个人既不拿权拿势耍威风，又不拿腔拿调摆架子，更不阴阳怪气耍奸使刁让人提心吊胆。刘庭式觉得苏轼这个人不难共事，就怕他议论朝廷，藐视当权大臣。刘庭式早就听说在司马光辞去一切官职后不久，苏轼给天子赵顼上了万言书，把他这些年来对新法的弊端、用人的不当以及存亡之道，全说了出去。不过，天子赵顼对苏轼也没怎么样。朝野上下都知道：不仅前朝仁宗、英宗十分看好苏轼，而且当今天子赵顼对苏轼之才赞不绝口，就是太皇太后、太后、皇后都喜欢苏轼的诗文。这真是中原王朝千年没谁遇到过的恩典，谁动得了苏轼？地方州县衙门里谁有苏轼这么好的命？当然也就没谁去做苏轼那种傻事，去管这些不是自己该管的事。尤其是地方小官，不要说笑骂朝政，就是心里有点对朝政不恭的想法，也会吓出一头的汗。像吕惠卿手握大权的大臣，做梦都想讨好他，岂会去得罪他？地方州县衙门里的人只管捞钱，什么朝政对他们来说都一个样。刘庭式注意到，这个苏太守这样无所顾忌、口无遮拦，笑骂朝政，衙门里的人都很是胆战心惊的。苏太守笑骂朝政时，别人不能劝，越劝越骂得凶，言辞还越尖锐，就更把人吓坏了。

苏轼："王珪不是个好东西，明知手实法害人，也不出一声，只知道看吕惠卿脸色行事。"

刘庭式仍不出声。他对王珪了解得不多，只知道这个人才学高，会当官，三朝天子都很看得起他，受到重用：先当翰林，现当次相，二十来年未离开过京都开封朝廷，大宋百年少有臣子得到过这样的隆恩，不是个好东西？

苏轼："还有那班新进少年，平居无事，不过商功利、争考绩而已；真正到了天下有事，朝廷危难缓急之际，决大策，安大众，呼之不来，一个屁本事也没有。"

刘庭式还是不出声。苏轼苏太守苏大才子，嘴巴确实臭，骂过了朝廷大臣，又骂朝廷擢用的新人。刘庭式觉得，朝廷擢用的新人未必都是一批饭桶。

苏轼："刘黑胡子，你有没有在听我说话呀？也发个声呀！"

刘庭式明白，苏轼要自己发个声，并不是有意为难自己。刘庭式心中有数，苏轼对自己还是很不错的。当然，即便这样，刘庭式也是不会跟在苏轼后面去笑骂朝政。千万别以为刘庭式一嘴黑胡子，就把他看成是个粗粗咧咧、少心机的人，其实很有主意。刘庭式知道，此时不回答苏轼的话是不行的，但回话又千万不能一味讨好苏轼。刘庭式很快想好了回答苏轼的话："苏大人，在下在听你说话呢，句句都听清了。"

苏轼脸上现出了不快之色："刘大人呀，你也是个吞吞吐吐、不爽快的人。"

刘庭式觉得自己的目的达到了：既没有跟着苏轼去议论朝廷，也没弄得苏轼过于不快。好一会，县衙门口仍不见一个人影，街两头那几个探头探脑的人也没再露过脸。刘庭式回头望了望身后的小茶店，门缝里又出现了一双眼睛，接着"咿呀"一声门开了，见门里还出来一个身穿丝绵长袍的中年人。不用问，丝绵长袍的中年人是茶店店主了。刘庭式看到，苏轼也转身过来了。穿丝绵长袍的中年人道："二位客官可是来高密做生意？岂不闻来高密做生意的人也要交手实钱？二位客官还是快点离开高密的好，切莫进小店来；官府里的人访到了，说小的知情不报，要受罚的。"说完，便与小伙计一起进了小店，再也不开门。

刘庭式觉得高密县的手实法搞得太不成名堂了。按规定，做生意的要向各地州县市易务交租税和免行钱，为何还要交手实钱？苏轼的嘴又停不住了："刘大人，你相信管县令的鬼话吗？他说高密县衙门里的人个个都奉旨办事，公道得很，一个钱都不要，告状的都是刁民。高密县的手实法把百姓弄得鸡犬不宁，衙役把人家未出嫁的闺女奸了，出了那么大的事，还不许人家告状吗？"

刘庭式是个明白人。前天，他就得到消息：高密县衙役在高家庄收手实钱，见猪牵猪，见鸡捉鸡，见鸭捉鸭，还奸人家闺女，弄得出了民愤。高家庄闺女被衙役奸了的农户串通了村里五服内的本家亲戚，扬言要到县里告状，县里告不了，就到州里告，领头的是个秀才。高密管县令开始也没想到衙门里的人会干出如此胆大妄为之事，赶紧下令阻止，奸人的事才没再发生。苏轼气得要命，要派捕快去把管县令抓来查办。刘庭式觉得，没这个必要。你苏太守现在还只是听到传闻，就贸然把管县令抓来查办，管县令问你要真凭实据，你怎么说？刘庭式虽不是进士出身，靠荫补入仕，一直在地方当官，对地方县官府衙门里的事焉能不清楚？州县衙门里面确实黑得很。一县之长的县令不能说都是坏的，但十个里难有二三个好的；县府衙门里的师爷、胥吏、衙役，就更是黑得很，可以说一百个里也难挑二三个好的，但朝廷的事还得靠这些人去办。说句实在话，像高密县发生的事，在地方上并不新鲜，只不过高密县衙役这次做得太过分了，事情闹大了，以致弄出民愤来。不过，放心，事情闹得比这还大，也难不倒这帮人，这些人对付农户有的是办法。

刘庭式对下面的官吏倒是敢议论的。刘庭式很想跟苏轼说说这方面的看法，话到了嘴边，又咽了下去：“苏大人明察秋毫，不许人家告状不对。”

苏轼高兴了：“本来，朝廷任命州县之长官，是一州一县的父母官，怎么能对州县子民这么狠呢？”

刘庭式心里暗暗觉得好笑。这个大才子苏轼糊涂了，太大才子气了，还以为是在上古时代，官吏既有才，又有德，故有益于民。现在都什么朝代了，天下大都是害民的人在牧民，有几个像你大才子苏轼这样，把百姓的事放在心上？特别是那些师爷、胥吏、衙役，大都是些凶狠、狡诈、歹毒、不肖的游手好闲之徒，百姓能有好命活吗？刘庭式也读过一些有关上古方面的书。他觉得上古时期未必就真那么好，那个时期的战争其实野蛮得很，杀起人来也很凶残；三皇五帝的日子也远远好于子民，后宫里三夫人、九嫔妃、二十七世妇、八十一御妻，美人多得很。当然，这些都是心里话。刘庭式说：“苏大人忧国忧民，以天下为己任，有苏大人在密州，真是密州百姓的福气，日子肯定会好过些了。”

苏轼呵呵大笑了起来，眼睛里亮着一种毅然要做一件事才有的叫人敬畏的目光，说：“好你个黑胡子，把官场上那些油滑本事都学到了，对轼的问话避而不谈，却尽恭维本官。轼很认真跟你说句话：轼这回来高密县，是一定要为百姓说话的，绝不许官府衙门里的人欺压百姓。”

苏轼确实是个好官。不过，刘庭式觉得苏轼未免把问题看得太简单了些。县衙门里的人不好对付，特别是高密县管县令更让人觉得难弄。管县令是上月从淮南东路楚州那边调来的，这人没什么学问，也没什么才，更谈不上什么匡时济世的本事，但听说这人对付下面的百姓和上官特有办法，再难的事总能弄得百姓哑口无言，也能想到办法把上官打发回去。当然，这些话同样不宜跟苏轼说，越说苏轼越糊涂。再说，朝廷这次对手实法很重视，临时抽调了人到地方去监施。来密州监施手实法的是御史李定、都水监丞林英。官场上的人，谁不知道这两个人都很听吕惠卿的。朝廷把李定、林英派到密州来，显然是对苏轼不放心。可苏轼对此浑然不觉，却要官府衙门里的人不得欺压百姓。请问：你苏轼这个太守是朝廷给的，还是百姓给的？想也不用想也能回答：朝廷给的。可大才子苏轼怎么连这样一个简单道理都没弄懂呢？刘庭式真没见过官场还有这么糊涂的人！刘庭式觉得自己应该给苏轼提个醒："苏大人，听说朝廷派到密州这边监施手实法的李定李大人与林英林大人，昨天就到了密州。"

苏轼心里来气了："轼知道你的意思：这两个都是吕惠卿的人，要轼小心点。轼这次倒是要看看吕惠卿派来的这两个小人，怎么来施行手实法的。他们总不能打着朝廷的牌子，把百姓往死路上逼吧？黑胡子，回到州里，你我二人连署一道榜文，贴到四乡八村、大街通道：不准伤害平头百姓的利益。"

刘庭式差点没笑出声来。苏轼这个人天真得太可爱了。他以为州里一道榜文就能把县衙门里的人吓倒，这也太叫人笑掉大牙了。放心，衙门里的人都精得很，做什么事都有圣旨作依据，在这方面是任何人都挑不出半点毛病来的。当然，刘庭式是个明白人，苏轼刚才的话，不仅给他出了道很大的难题，而且表明大才子苏轼担心自己不配合他的公事。在宋代，通判虽然是太守之下的副职，一州之佐贰，权力没法跟太守比。但，宋代通判与前代州府的副职长官不同，是开国皇帝太祖创建的。太祖是从五代过来的人，清楚五代乱得一团糟的原因之一就在于藩镇大权在手，跋扈专横，危及皇权；因之设通判，不仅意在分州府之权，且负监视之责。凡州府公事，必经通判连署，方许行下，否则以违制论处；通判还可直奏天子，一如朝廷耳目，天子意欲通过通判可以把太守的一举一动掌握得一清二楚。既然如此，宋代的太守就没谁会把通判当自己的副手看待了。说句实在话，也有那么一些迂迂呆呆、不懂官场规矩的太守不把通判当回事，弄得自己与通判势同水火，然而最后吃亏的还是太守，不是被贬官，就是被调到偏远地方去当官。当然，太守毕竟是州府的最高长官，大权在握，州府公事还是以太守为主。因之，天下少有与太守过不去的通判，大多倒是与太守有种唇齿相依的关系；只要太守不是有意跟自己过不去，或者在公事上做得太过，就不会去坏太守的事。不用说，刚才苏轼要刘庭式连署一道榜文，就是怕他这个通判坏他的事。其实苏轼这种担心是多余的，不管怎么说，刘庭式还是仰慕苏轼之才的；但要他连署的这道榜文事关手实法的施行，岂不是跟朝廷唱对台戏？这如何使得。再说，不仅仁宗、英宗和当朝天子赏识苏轼之才，后宫的太皇太后、太后以及皇后都喜欢他的诗文。他出了事，有人帮他说话。自己出了事，朝廷谁给说话，不死定了？

刘庭式忙把话岔开："苏大人，听说子由要来，在下对子由也是仰慕已久的了。"

刘庭式侧过脸去，看到苏轼一脸的兴奋："是呀，子由大概明后天就会到密州来。我们兄弟俩熙宁三年一别，四年没见面了。这次分别算是最长的了。"

刘庭式清楚，苏轼与弟弟苏辙情深。刘庭式听苏轼说过，苏辙苏子由在熙宁三年被贬到河南府当推官，后在陈州国子监当教授，现任齐州掌书记。齐州与密州相邻，兄弟来往方便多了。刘庭式觉得，跟苏轼扯扯他弟弟苏辙这个话题，既可以让苏轼开心，又免得苏轼老缠着自己议论朝政和州县那些公事，让人心烦。

约莫过了半炷香工夫，刘庭式忽然听到街的东头有人的嚷嚷声、哭声和猪鸡鸭的叫声传来。刘庭式忙转过脸去，眼睛不由得睁大了，看到街东头来了一大帮人。前面是一拨穿着公服、提着水火棍的衙役，牵着十多个被链子锁着的农户过来。跟在后面的是二十来个衙役，有赶猪的，有抱鸡的，有捉鸭的。这些衙役一路高谈阔论、嘻嘻哈哈，神气得不得了，看去不像是在公干，倒像是在赶集。再后一拨是二三十个闹哄哄的农户，内中有一个老汉和一个老女人带着一个十六七岁的闺女，一跌一撞，哭着喊着，要县太爷申冤。这些人经过面前时，苏轼拦住一位老者问。原来这些人就是扬言要到县里州里告状的高家庄的农户，那个闺女就是被衙役奸了的女子。

刘庭式看到，这些人中，领头的是个头戴方巾秀才模样的人，神情上很是雄赳赳气昂昂，一面还指天画地，很英雄地说些什么。刘庭式很清楚，乡村里总有些这样的读书人，读过一些圣贤书，肚子里有点墨水，就自以为了不得，常常摆出一种天下之大、舍我其谁的气势，跟官府较劲，却常做出一些糊涂事来。刘庭式心里告诫秀才：几千年来，有几个秀才斗得过官府衙门的？还是放聪明点、规矩一点好，到时候有你吃的苦头。

刘庭式侧过脸去，看到苏轼目瞪口呆地望着眼前发生的一切。前拨那帮衙役牵着十多个农户过去了。内中有个犟点的农户嚷着要看拿人的火签，牵着那个农户的衙役从怀里掏出一张纸，在那个农户眼前晃了晃。农户赶忙把头伸过去，衙役忙把那张纸塞回怀里："你也不打听打听规矩，有你这样看火签的吗？"

刘庭式清楚，当百姓的要是跟衙门里的这些衙役惹上了事，就得准备好银子来应付衙门里的这些大老爷们，可以说处处要花钱。衙役下乡，办的是公事，工钱、脚钱、鞋钱，是一个也少不得的，即使要看县令发下来拿人的火签，都是要花钱的。刘庭式吓坏了，怕苏轼上前去跟那个牵农户的衙役理论一番。这些衙役不好惹，说不过就动粗。如果苏轼穿了补服，那些衙役都会吓得魂不附体，但今日穿的是民服，这些衙役会对苏轼动粗，伤了苏轼苏太守，他这个通判就担当不起了。

刘庭式知道，要拦住苏轼不去跟衙役论理是做不到的，往别处避一避又没个地方。刘庭式拉了拉苏轼衣袖。苏轼回过头来问何事，好在前拨人已经进了县衙大门。后一拨二三十个农户过来。刘庭式也不用去回答苏轼的问题，只是与苏轼跟在这伙农户后面进了县衙。二人经鼓楼，过戒石，出二门，到了庭院。刘庭式一眼看到二三十个手执长矛的厢兵站在庭院甬道两边，庭院里有了一股肃杀之气。刘庭式觉得高密县管县令太小题大做了。不错，密州历来多盗，贼人猖獗，常有歹徒在山冈之中出没，原本号称京东第二州的密州早已名不副实了，近几年更是贫穷了下去，前日还风闻有土匪作乱，四乡八村的人都有点人心惶惶。然而，今日之事不过是些农户来县里告县衙役的状，用得着调兵吗？刘庭式清楚，管县令是想借这些兵助威，但这也太兴师动众。

刘庭式与苏轼进了县衙大堂，站在众人后面。大堂里一派死寂，透出官府衙门的逼人杀气。大堂北边文案后面的官椅上空空的，县令还没进来。从街上进来的那帮衙役都板着个脸，齐齐地站在大堂的两边。衙役的身后两边壁上排着三十来根令人望而生畏的水火棍。被链子锁着的十多个农户一起跪在地上。那个嚷嚷着要看火签的农户想站起来，一个衙役早过去把他按倒在地。跟在后面进来的二三十个农户则规规矩矩站在大门的两边。谁都不出声。那个老汉和那个老女人也不哭不喊了，被奸了的闺女臊得一脸通红，缩在老汉和老女人背后。只有头戴方巾秀才模样的人昂着头，一副很神气的样子站着。被衙役牵来的猪、捉来的鸡鸭都捆了脚，被放在大堂门边的角落里。有几只猪嗷嗷叫着，鸡和鸭不时扇着翅膀挣扎着，给官衙大堂平添了一种滑稽的气氛。

约莫半炷香工夫，县衙大门里面的鼓楼里响起一通令人心惊肉跳的鼓声，接着是二门传出吓人的云板声，再接着大堂后面过道响起一阵脚步声。一会，刘庭式看到一大帮人拥着一个身穿七品补服的人慢慢悠悠从过道里出来。不多一会，管县令慢慢悠悠坐到文案后面的官椅上，跟在后面的人都分立在文案两旁。刘庭式注意到，有个半老的女人站在最边上。窄眼一看，这个半老女人已经没有半点女人的模样，跟男人差不多。刘庭式明白，这半老女人是县衙门里看押女犯的官媒婆。这种女人大大咧咧的不怕抛头露面，一张嘴能说会道，在犯了事的女人面前威势得很，犯了事的女人没一个不吓得发抖的。刘庭式不明白，管县令为何要把官媒婆叫到大堂来，莫非今日管县令还要审女犯?

又约莫过了半炷香工夫，一个书吏挂出一扇牌来。头戴方巾秀才模样的人和几个认得些字的人拥上去看，上面写着“奉旨办事有冤必申”八个大字。坐在文案后面的管县令慢慢悠悠喝了口茶，一副愁眉苦脸的样子：“你们都看过牌上的字了，本县一头想着朝廷，一头想着百姓。你们都是高家庄的人，要到县里来告状，说是衙役下到乡里，见猪牵猪，见鸡捉鸡，见鸭捉鸭，还奸人家闺女。这还了得，本县今日就把这些事断一断。”

刘庭式看到，被锁着的十多个农户都抬起头，望着管县令；规规矩矩站在大门两边的农户一阵阵的感谢声，说管县令是青天大老爷。刘庭式侧脸看了看苏轼，但见苏轼一脸的欢喜和满意。刘庭式觉得苏轼这人太大才子气了，管县令一番话就把他骗了。天下大大小小官吏有谁会说做官是为自己的? 谁不口口声声说为朝廷、为百姓办事?

不多一会，管县令严厉起来：“本县先断奸人闺女之案。这些衙役真正可恶，官府衙门的脸给他们丢尽。官府派他们去为朝廷收手实钱，他们却去奸人家闺女，人家闺女正待嫁人呢。本县最恨这种伤天害理的人。这还有半点王法吗? ”

这次不仅那二三十个规规矩矩站在大门两边的农户都跪下去给管县令磕头，那十多个被锁着跪在地下的农户也磕起头来，且连大堂角落里的猪也嗷叫了几声，鸡和鸭的翅膀也扇了起来。刘庭式、苏轼和头戴方巾秀才模样的人自然是不跪的，这下就把他们显露出去了。刘庭式注意到，管县令很是惊讶地朝这边望了望，愣了一会，随后便对旁边一个师爷模样的人耳语了几句。

刘庭式看到，师爷模样的人转身走了。管县令继续断案，要众人都起来，然后望了望众人，指着那个老汉和老女人说：“本县没有说错的话，你们就是被奸的闺女家里人了。”

老汉木讷，不善言辞，没开口。老女人说：“我们是父母。”

管县令:“你们家闺女被奸了，这事不管就黑了天。本县审问清楚，当面砍他的头给你看。不过，这人命关天的事，错不得一点。从来打官司顶要紧的是见证，有见证才可办人。”

刘庭式看到，管县令说这些话时，倒是一本正经，但站在大堂两边、原本板着个脸的衙役脸上掠过一丝不怀好意的坏笑，那个官媒婆扭了扭身子像要过来做什么。老汉仍旧没开口。老女人说:“有证人，都来了。”说完，指了指身前身后的农户。

农户一齐向前挤了挤，正要开口，管县令摆了摆手，要他们不要再上前:“本县知道，你们都是被害人五服内的本家亲戚。这就是胡闹了，天下有当着闺女家二三十个本家亲戚的面去奸的吗？本县知道这种事难拿出人证，只要你们拿出物证。”

刘庭式看到，老汉和老女人哑口了。其他农户都面面相觑，不知管县令要干什么。刘庭式望了望那个头戴方巾秀才模样的人，虽然身上还有先前那种雄赳赳、气昂昂的气概，但已一脸摸不着头脑的样子。刘庭式再侧过脸，望了望苏轼，苏轼也万分惊讶地望着管县令。刘庭式再看看那个被衙役奸了的闺女，闺女惊慌极了，臊得通红的头一直往怀里勾去。刘庭式也觉得不可思议：管县令要的是什么样的物证呢？

管县令依然一本正经望着堂下，又对老汉和老女人说:“你们家闺女奸没奸，验一验就铁证如山了。本县衙门的官媒婆在旁边，等官媒婆把你们家闺女验过了，本县立即办人。”

那个模样跟男人没什么区别、看上去很叫人有几分惧怕的官媒婆朝这边走过来了。刘庭式知道，官媒婆要带被奸的闺女去验私处。大门两边的农户都不由得目瞪口呆地望着官媒婆。被锁着的农户也扭过头来朝这边望着。老汉和老女人吓得跪下去求饶。被衙役奸了的闺女更是吓得全身发抖，也更是臊得一脸通红，就恨无地缝可钻。刘庭式看到，苏轼也一脸的惊骇。头戴方巾的秀才傻眼了，身上先前那种雄赳赳、气昂昂的威风矮了一半。刘庭式不得不佩服管县令这套断案的本事。说句实在话，管县令要验私处，这一点并没有什么错。奸与不奸，验明私处确是最硬的见证。然而，给闺女验私处可说是中原王朝千年最忌讳、最不能接受之事。哪一个闺女愿让人家验私处呢？老汉和老女人无言以对。大堂两边的衙役都忍不住笑了起来。大堂里有了一种古怪而又严酷的气氛。

管县令望了望大门两边的农户，然后指着被衙役奸了的闺女说：“你就是那个被害人吧？你跟官媒婆到隔壁房里验去，验过了就回来，本县为你做主。”

官媒婆走到被衙役奸了的闺女身边来。闺女更怕了，吓得没命地往大堂外跑去。有个农户想拦住，却差点被闺女撞倒。闺女出门就不见了。管县令望了望大门两边的农户，然后指着那个头戴方巾秀才模样的人：“你肯定是闺女的本家。本县知道你是个有功名的读书人，忧国忧民，今日是来帮乡里人告状，想为百姓做好事。很好！很好！现在你去把被害人找来，给官媒婆验。”

管县令果真厉害，把一件很绝、很为难的事交给了这个秀才。刘庭式看到，头戴方巾的秀才先前那种雄赳赳、气昂昂的威风荡然无存了，半日说不出一句话来。

管县令变脸了：“本县非但有意给你们申冤，也是给本县出这口气。没想到你们连一个见证也拿不出来。状岂是想告就能告的？拿不出见证，本县要办你们反告罪的。”

刘庭式看到，大门两边的农户吓坏了，你看我，我看你，然后一齐跪下去。老汉和老女人更是磕头如倒栽葱。老女人一边说：“老爷开恩，小的情愿不告这个状了。”

管县令脸色却和善起来：“本县也知道你们可怜，本来已经有冤无处申，如何再经得起现在这个添加的罪名？你们也真是糊涂，怎么不弄清楚就来告状？快快起来。”

管县令完全是站在农户一边说话。大门两边的农户都千恩万谢，也很是有点不放心地站了起来。转眼管县令脸色又严厉起来，对头戴方巾的秀才说：“你是秀才，是懂得朝廷王法的。对你就不能像对待百姓一样了。你有五宗罪：一诬告，二领头，三聚众，四吵闹公堂，五知法犯法。知否？”

大堂里的气氛变得十分严重起来。头戴方巾的秀才吓坏了，忙跪下去给管县令磕头：“求老爷高抬贵手，学生回去，一定安分读书，再有不好的事传到老爷耳里，两桩罪一起办。”

刘庭式对秀才的这种表现，觉得着实好笑。这个秀才既然这么不经吓，先头何必那么神气呢？管县令没便宜秀才的意思：“农户愚昧无知，情有可原。秀才闹事，却不可不究。本县也不为难你，只把你交给济南府提举学事司去，让府里的学官好好训诲开导于你。”

秀才更是吓坏了，头在地上磕得咚咚响，哀求不已。刘庭式清楚，管县令口说不为难秀才，其实把秀才交给府里的学官去，这一手更厉害。到了那里，秀才的功名就要被革掉，朝廷每月给的六斗米也就没了，一家大小喝西北风去？大门两边的农户觉得秀才今日为本家亲戚之事惹上麻烦事了，也一齐跪下去给秀才求情，特别是那个老汉和老女人还跪着用双膝走到了文案边磕头。管县令才答应不把秀才之事送到济南府提举学事司去，却提了个条件：“不过，你们这些本家亲戚得做个保：秀才以后不能再做糊涂事了。”

大门两边的农户千恩万谢地齐声应道：“愿意！”

闺女被衙役奸了这场公案就这么断完了。管县令喝了口茶，很得意地望了堂下一眼。刘庭式明白，管县令确实有得意的理由。一个衙役把人家闺女奸了，这种事不好断，但这样的事却被管县令断得天衣无缝，滴水不漏，且谁也抓不到管县令半点错，被衙役奸了的闺女的父母有口难言，本家亲戚无话可说，神气得不得了的秀才也软了下去。管县令一番做神做鬼，又显够了威风，摆足了架子，赚够了好处，岂有不得意之理？

刘庭式又侧过脸，看了看苏轼的表情。苏轼一脸的气相，却又一脸的莫可奈何，先头脸上那股不可动摇的正气一下子也消缩了不少。大才子今日开眼界了：能当官的不一定是才子，才子未必能当得好一个官。

下面该是给那些被锁着的农户断案了。管县令却不让那伙告衙役奸人家闺女的人走。此时，先头出去的那个师爷回来，在管县令耳边咕噜了几句。刘庭式看到，管县令急忙从官椅上站了起来，又急忙走下堂来，老远就先给苏轼长揖行礼，接着又向自己长揖行礼。这下大堂里的气氛立即变得诡怪起来。大堂里的农户都一起怪怪地望着苏轼和刘庭式。站在文案两边的一大帮人和大堂两边的衙役则很是惊讶地望着这边，脸上有了讨好的神色。被赶到大堂角落里的猪又叫了起来，鸡鸭也有力地扇着翅膀。

管县令面对着大堂里的众人：“密州新来的苏太守苏大才子，密州老通判刘庭式刘大人。”

刘庭式知道，衙役和农户都未必知道苏轼的才，但都知道苏轼是很大的官，不仅能管他们，还能管管县令。刘庭式看到，大堂里的衙役和农户都跪了下去给苏轼和自己磕头。苏轼忙过去，伸出两手，要他们请起。衙役和农户这才陆陆续续起来。衙役都一脸很夸张的兴奋、激动和甜笑。农户则一脸惊喜与不安、希望与疑虑杂合在一起的表情。

管县令望着苏轼和刘庭式："二位大人来了，真是高密百姓千年万年修到的好福气。二位大人明镜万里，来下面断案，下官铭肌镂骨，真是受教不尽。"

刘庭式清楚，管县令这番话奉承得很顺畅自然，谦虚中有推脱，虔诚中有深意。有道是官大一级压死人，何况苏轼和自己还是他的顶头上官，如何敢坐大断案？当然，苏轼和自己是不会代替管县令断案的。苏轼走到那些被链子锁着的农户身边："你们有什么话只管说，管县令会秉公为民办事的。"

刘庭式听出了苏轼的话中之音：今日有他苏轼在场，管县令不敢胡来。刘庭式看到，管县令命两个衙役端两把椅子来，放在文案前面，请苏轼与刘庭式坐上去；又命一个衙役端把椅子来，放在苏轼边上，自己坐着。管县令要给那些被锁着的农户断案了。那些被锁着的农户还跪在堂下。管县令跟一个衙役嘀咕了几句，便面对那些还跪在堂下被锁着的农户说："听说你们都觉得自己冤，说官府衙门里的人把你们的猪、鸡、鸭都捉走了，还一根链子把你们锁了。如果你们没错，本县给你们申冤。本县也不要你们去取见证，链子就锁在你们颈上；你们的猪、鸡、鸭，都在大堂角落里。听说路上有人要看火签，火签假不了，火签是本县发的。本县只要你们说说，你们为何被锁到县衙门来？"

管县令很爽快、很干脆，把自己和衙役做的事全抖了出去。那些被锁着的农户都不出声了，就是那个嚷着要看火签的农户也勾着头一言不发。被锁着的农户不作答，管县令替他们作答："朝廷手实法圣旨下来后，你们就把猪、鸡、鸭一起赶到亲戚家去。衙门里的人去你们亲戚家去查，你们就又把猪、鸡、鸭一起赶回家来。你们想，衙门里的人会那么笨吗？早在你们家屋后面等着，把你们的人和物逮了个正着。本县没有冤枉你们吧？"

被锁着的农户没谁作一声。管县令又替他们作声："不冤枉。"管县令的脸色和善起来，对被锁着的农户说："你们说，该给你们治个何罪？"

大堂里的气氛立即紧张起来。被锁着的农户先是一起抬起头来望着管县令，显然觉得管县令的和善里面有什么不对劲的地方，便一起磕起头来，求管县令饶命，放他们一条生路。管县令却只是摆着一副和善的面孔。刘庭式清楚，管县令越是摆着一副和善的面孔，越不会饶过这些被锁着的农户。还是那个嚷着要看火签的农户胆子大一些，泪眼汪汪地说：“大人，非是贱民抗旨，贱民已经交过免役钱，又要交手实钱才能免役。官府的赋税交完后，贱民家里剩下的就不多；如今一猪一鸡一鸭也要交税，贱民还怎么活。”

刘庭式看到，被锁着的农户和大门两边的农户都不停地点头。管县令更和善了：“本县肯定是很可怜你们，但罪也是要治的。”

刘庭式看到，站在大堂两边的衙役立即转过身去把排在壁上的水火棍拿了过来。大堂里的气氛一下子可怖起来。此时被锁着的农户在地下跪了老半天，已经很疲惫了，听管县令言，都吓得面如土色。大门两边的农户也恐慌地张望着衙役手上的水火棍。大堂角落里的猪也都像要上屠宰场一样嗷叫起来。鸡和鸭都拼命扇着翅膀，把地上的尘灰扬起。

刘庭式注意到，苏轼先是一脸的哀怜，后是一脸的气恼，现在则现出了那股不可动摇的正气。刘庭式担心要出事。苏轼会很快起身制止管县令给被锁着的农户治罪。这就很叫人头痛。刘庭式以为管县令做得是对的，朝野上下谁都清楚，手实法现在是朝廷的头等大事，是有圣旨的，朝廷命官不施行者，以违制论处，要革职查办。农户抗旨，岂能轻饶？何况朝廷派来监施手实法的李定和林英昨天就到了密州，这事岂能瞒过他们的眼睛？苏轼要去制止管县令给被锁着的农户治罪，手实法就根本施行不下去了，这就要坏朝廷的头等大事，这个责任谁也担当不起，苏轼苏太守也罪责难逃，自己这个通判也脱不了干系。然而自己对朝廷政事从来是奉行不违，这次却稀里糊涂、莫名其妙被苏轼牵着鼻子走，没把朝廷之事办好，自己就冤大了。刘庭式有点责怪起苏轼来。你这个大才子苏轼逞什么能，要跟朝廷作对，怪不得官当不大。这个大才子太不合时宜，太不会当官了。

不过，刘庭式正在为自己担心时，发现管县令两手在空中对大堂两边的衙役挥了挥：“谁叫你们拿板子的？苏太守苏大人让你们打人了？”

大堂两边的衙役吓得忙把水火棍放回去。被锁着的农户和大门两边的农户都莫名其妙地望着管县令。大堂角落里的猪不叫了，鸡和鸭也都自自在在地躺着。管县令这回只对苏轼说话：“苏大人，下官有事要禀。”

刘庭式看到，苏轼侧过脸去望着管县令。刘庭式感到，下面有戏了。管县令问苏轼：“手实法是有圣旨的，下官拿着天子俸禄却不去施行，可以说是忠吗？”

刘庭式觉得管县令这句话厉害，一个“忠”字，足足可以置一万个大才子于死地。刘庭式看到，从来嘴不落下风的苏轼无话可说了。管县令代苏轼回答：“不可以。”

刘庭式看到苏轼一脸的无奈。管县令更有话说了：“苏大人，一个忠于天子、一心想报效朝廷的人，眼睁睁看到有人抗旨不遵，却不去管，可以叫作明吗？”

刘庭式觉得管县令这句话有分量，一个“明”字，足足可以把一万个大才子压在足下。刘庭式看到，从来口无遮拦的苏轼不作一声了。管县令又代苏轼回答道：“不可以。”

刘庭式看到苏轼一脸的尴尬。管县令的话更尖锐了：“苏大人，今日这几个农户公然抗旨，逃避手实钱，把猪呀、鸡呀、鸭呀一起赶到亲戚家去，能不治个罪吗？”

刘庭式看到苏轼一脸的痛苦。这个管县令了不得，精明不过，步步紧逼，一直把大才子苏轼逼到绝路上去，让他就范。管县令这回不代苏轼回答自己的话了，一双眼睛很敬重地望着苏轼。苏轼嘴巴紧闭着。大堂两边的衙役一声不吭、一动不动地站着，看去很像大庙里令人可惧的罗刹。被锁着的农户脸上没一点血色，看去就像刑场上的死囚。大门两边的农户也吓坏了，一个个目光呆滞，大气不敢透一下。

大堂里有种大难临头却又荒诞无稽的气氛。刘庭式知道，苏轼遇到大麻烦。说不给这些农户治罪，苏轼不敢；说给这些农户治罪，苏轼不愿。少说过了一炷香工夫，管县令仍旧用一双眼睛很敬重地望着苏轼，显然在等苏轼的话。刘庭式看到，苏轼脸上多少有点狼狈，先头那股不可动摇的正气少说消缩了一半。

管县令倒不想特别为难苏轼：“这些农户的命也是确实难过。大人今日在场，下官就免了他一半的罪，每个衙役只给每个农户打一板子，合起来二十下，可好？请大人明示！”

刘庭式觉得这样甚好，但苏轼未必接受得了。才子多半认死理，大才子就更是认死理。苏轼焉能放下理，屈从管县令的步步紧逼吗？刘庭式此时突然想出一个给苏轼解围的好法子。他想悄悄告诉管县令：送苏轼出去，你管县令想怎么治农户的罪，就怎么治去，谁管得了？刘庭式正想把管县令拉过一边，没想到苏轼竟对管县令连声三个“喏喏喏”。

刘庭式不觉一怔，没想到苏轼竟会如此快地心甘情愿就范。刘庭式以为自己听错了，摸摸自己的耳朵，觉得自己并未听错；又以为苏轼说走了嘴，睁大眼睛望着苏轼，但见苏轼一脸的认真，没半点走嘴的意思。不多一会，苏轼的脸涨红了，现出一种蒙羞后的难受和难堪之色。刘庭式觉得，苏轼的三个“喏”字里竟也有种无耻的、不要脸的味道。不用说，这对苏轼不啻千斤重。苏轼的这事传出去，天下人真要笑死。

管县令对苏轼深施一拜：“谢大人明示。”

刘庭式不由得很是赏识地望了管县令一眼。此人很是了得。苏轼的喏诺连声，明明是他逼出来的，却反过来说成是苏轼太守给他的一个英明指示。这恐怕只能叫苏轼欲哭无泪、欲语无声。两边衙役又转过身去把水火棍拿来。被锁着的农户听说只打二十下板子，晓得苏轼帮了他们的忙，没一点血色难看的脸上露出对苏轼很感激地一笑。早有二十来个衙役过去，把被锁着的农户掩翻，扒了裤子。一只鸡不知怎的挣脱了脚上的绳子，在大堂里乱跳、乱飞又乱叫，把个大堂弄得不伦不类，很是滑稽可笑。

刘庭式不想让苏轼看到衙役打人的场景，跟管县令抬了下手，表示告辞，便拉着苏轼的手出了大堂。刚下大堂的台阶，刘庭式就听到大堂里传来一片哇哇的叫天叫地声。不用说，大堂里的衙役正举起水火棍打人打得欢。刘庭式侧脸望了望苏轼，但见苏轼一脸的自惭形秽、羞面见人的痛苦神情，先头那股不可动摇的正气已消缩殆尽。

刘庭式忽然想起孔子路遇阳货这件事来。春秋时期的那个大反派权臣阳货，竟然在路上一番话，把大圣人孔子说得哑口无言，最后也只能喏诺连声。大圣人孔子斗不过权臣，大才子斗不过县令。大圣人讲“仁”，却被阳货用“仁”来对付自己。大才子会写诗作赋，却不懂官场心术。管县令身上找不到什么正气，却能成事。其实，官场从来少正气，当官能不有心做伤天害理之事，就很对得起百姓了。今日之事，只是大才子苏轼的自作多情。

刘庭式与苏轼出了县衙大门，街上的人还不是很多。一个衙役边从街那头跑来，边喊：“被奸的闺女跳河了！被奸的闺女跳河了！”

刘庭式看到，街上的人都惊恐、好奇地望着这个衙役，苏轼则木塑的菩萨一样呆呆地站着，半日回不过神来。刘庭式看到，小茶店的店主和小伙打开店门，见一个衙役从街那头跑来，吓得赶紧关上店门。好一阵，刘庭式和苏轼才抬起脚，沿着大路往县城外走去。刘庭式望了望天空，但见一天灰色的云块都成了一团团的乌云，钻进里面的日头一点光也透不出来。回到密州城的当晚，苏轼病了，写了首《戏子由》，抒写他这次在高密县的所见、所闻和所感，赠给第二天从济南来看他的苏辙。

第六十五章　苏辙东壁喜听兄嫂赞朝云 兄长书房出示诗稿埋祸根

苏辙果然是苏轼从高密县回到密州的第二天一早来到密州的。苏辙在太守府邸门前下了马，进了大门，在庭院的庭燎处碰上出来迎接他的兄嫂王夫人。苏辙看到，跟在王夫人身后的，除了管家，还有一个女孩。女孩十四五岁的样子，一脸的稚气、一脸的敬意、一脸的欢快望着苏辙。昨晚，苏轼还有点发烧，睡了一晚，出了点汗，病未好清，就到州府签押房署事去了。王夫人要管家去前面州府衙门里把苏轼叫来。兄长既在署事，也就不用急着叫他回来。他这次是请了长假来密州看兄长的，有的是时间跟兄长在一起。当然，要说一点事没有，也是假的。前几天，有几个京官路过济南府，听京官说，天子一直想念司马光；王安石王相公离开朝廷后，就更想念司马光了，有让司马光回朝廷去之意。这是个天大的好消息，得好好地告诉兄长，让兄长高兴高兴。

密州城里纷纷扬扬下起了大雪。雪是半夜时下的，一早密州城就一片白，树枝上挂满了雪，屋顶像盖了层白毯，麻石路上的乱石、衰草、枯枝、烂泥都盖住了。苏辙与苏轼在熙宁三年京都开封一别，有四年没见过面。苏辙以前到兄长家来，最欢喜去的是兄长的书房。管家便在前面把苏辙引到兄长书房去。王夫人和那个十三四岁的女孩在后面跟着。四人过庭燎，脚踩在甬道厚厚的白雪上，发出很好听的嗦嗦声。兄长的书房就在甬道头上，大堂一侧。到了兄长书房门口，管家把门推开，让苏辙进去。王夫人和那个十三四岁的女孩也进了书房。书房的地龙里生了暖气，倒也不觉得冷。苏辙看了看王夫人，觉得兄嫂比四年前瘦了，人也显得老了，眼角上有了鱼尾纹。苏辙与兄长是常有书信往来的，从兄长的来信中，苏辙知道兄嫂前年病过一场狠的，看来那场病把兄嫂的身体拖垮了。苏辙又看了看跟在兄嫂身边的那个女孩。女孩长得有点亭亭玉立了，容貌挺美，也挺甜；长长的睫毛下有双水灵灵的眼睛，伶俐乖巧，总一个笑脸，笑容中带着一种可人的青涩。王夫人告诉苏辙：女孩是兄长在杭州当通判时收养的。女孩家境贫穷，小时父母双亡，是教坊欢场上的一个歌女收留了她，唱得一口好听的曲子。也是这个女孩跟兄长家有缘，兄长是在杭州太守家宴上认识这个女孩的，觉得这个女孩可爱，买下来侍候王夫人；女孩听说兄长要买下她侍候王夫人，想也没想就点头答应了。别看女孩来兄长家才十二岁，小小年纪就会侍候人，王夫人很是喜欢这个女孩。中原王朝的女子只有姓，没有名，但教坊欢场的女子可以取个艺名。女孩艺名叫朝云，王夫人让女孩随她姓，名叫王朝云。

两个家仆把茶、果品端上来，王夫人和女孩朝云等都出去。兄长的书房还是那么雅洁，桌、几、椅都干净得一尘不染，更有壁上兄长的字画，叫人赞不绝口。兄长的字，用笔凌厉，挥洒自如。兄长又好酒后作书，借着酒意醉态，酒气从指尖溢出，浩然听笔之所之，有神，有气，有骨，有肉，有血，豪放之情酣畅淋漓。兄长的画，凝重老苍，力透纸背。画苍山，胸中若有巍峨突兀，欲出而未肆，一旦喷薄涌出，笔力跌宕起伏于风烟无人之境。画怪石，或凌烟孤起，或绝诸而罗陈，玩造化于笔下，随兄长意气而成形。画枯木，枝干虬结，树皮皴裂，怪怪奇奇，寒烟淡墨中尽显枯木强劲之态。苏辙看到东壁上有幅《枯木竹石画》，正抬头看时，却被东壁书桌上的一张纸吸引住了。苏辙过去一看，纸上写有一诗，诗题《戏子由》。全诗三十句，上有六句引人注目：

平生所惭今不耻，坐对疲氓更鞭棰。

道逢阳虎呼与言，心知其非口诺唯。

居高忘下真何益，气节消缩今无几。

苏辙心里很是一惊。苏辙此时自然不清楚兄长这几句诗具体所指，但阳虎这个典故是清楚的。阳货是春秋时期鲁国的一个家臣，却凭本事跻身到卿大夫行列，开陪臣执政之先河。此公专权克主，有治国之奇才，也有丧国之诡才。此公在鲁国执政时，很想大圣人孔子去他手下当官，辅佐他治政，孔子如何肯？但这个阳货却凭着三寸不烂之舌，一番话说得孔子作声不得，最后竟答应去他手下当官。苏辙仔细琢磨了一下这六句诗。从前两句诗来看，兄长是因百姓遭到官府鞭棰而发。目前百姓最容易遭到官府鞭棰之事莫过于手实法了。然而兄长诗中的阳货指的是谁呢？吕惠卿？吕惠卿并没有要兄长去他那里当官的意思呀！莫非是刘庭式？也不像。苏辙与刘庭式同在济南府为官，对刘庭式的为人还是了解一点。这人并不凶狠，且对兄长很仰慕的，不可能是兄长诗中的阳货。不过，兄长这六句诗是在痛斥手实法，大概错不了。苏辙不禁很为兄长担起心来。谁都知道大奸人吕惠卿进中书后第一个弄出来的就是手实法，是天子赵顼下了诏令的，当下朝廷的头等大事就是施行手实法。谁要是跟这个法过不去，就是跟天子赵顼过不去；谁要是痛斥手实法，就是在痛斥天子。这个罪名谁担当得起？苏辙觉得兄长用诗痛斥手实法不妥。兄长实在认为手实法害民，可以直接上疏天子，上书韩绛也行。韩绛是君子，不会听不入意见。

外面的雪越下越大了，从雕花的窗棂上望去，一片片的雪好像从天上抛下来的鹅毛。有雪片飘落在窗棂格子上，很快化了，雪水把格子浸湿了。苏辙喝了口茶，放下《戏子由》，站在东壁下观赏兄长的《枯木竹石画》。要是以往，苏辙可以把那《枯木竹石画》观赏半日。但，此时他无法观赏下去了。苏辙比谁都清楚，兄长这个人的嘴巴是怎么也关不住的，心之所感，言脱于口，顺乎天性，至于会招致什么结果，与自己有何利害，一概不管。兄长这样是很危险的，很容易出事。现在的朝廷不是王相公在京都开封当相爷时的朝廷。王相公虽然不容易听得入反对意见，对反对新法的人也很恼火，但不会加害反对他的人。现在的朝廷就很难说了，韩绛不会加害于人，但吕惠卿却是什么卑劣的事都做得出来的人。况且，王相公罢相后，天子赵顼担心朝野上下会认为朝廷要废止新法，是发过诏书的，严厉警告过对新法奉行不力或阳奉阴违的官员。兄长这样的诗，岂是写得的？再说，朝廷派来监施手实法的李定、林英都是吕惠卿的人。五天前，李定、林英就到了济南府，这几天恐怕到密州了。兄长对人是不设防的，谁想进他的书房都不难，要是谁把这首诗交到这两个人手上，兄长还能有好果子吃吗？这么想过之后，苏辙便把写有这首诗的纸折起来，夹在书桌上的一本书里。

此时，苏辙忽然听到大堂后面有女子吟词的声音传来。苏辙喜静，可以终日默坐。兄长喜闹，遇有歌伎酒筵，总无有不往；也常开家筵，文人雅士，高朋满座，畅叙情怀，时有放浪形骸、直言无忌之举。但，兄长从不带歌伎进屋，因之屋内听不到丝竹管弦和吟诵之声。今日大雪天，兄长家清寂的大堂后面何来女子的吟词声？女声很柔，很甜，很低沉，给人一种缥缥缈缈的感觉。这屋子里的清寂便显出一种天籁之韵：

十年生死两茫茫。不思量，自难忘。千里孤坟，无处话凄凉。纵使相逢应不识，尘满面，鬓如霜。　　夜来幽梦忽还乡，小轩窗，正梳妆。相顾无言，惟有泪千行。料得年年肠断处，明月夜，短松冈。

这首《江城子》是兄长写的对十年前去世的第一个夫人的悼亡词。下雪天，在这么一个清寂寒冷的世界里，有这么个很柔、很甜、很低沉的女声在吟这首词，确是件既高雅又很有情致的事；听起来叫人既感到格外的亲切，又分外的忧伤和难受。兄长对亡妻情感笃厚。这一点，兄长对王夫人从不隐讳，王夫人也因之更加敬爱兄长。按说吟这首词的人，应该是兄嫂。苏辙侧耳细听，声音却一点不像王夫人的。

苏辙很想看看吟这首词的人是谁，便推开书房的门走了出去。大堂外青石地上的雪结成了一层薄冰，苏辙很小心进了大堂，然后循着声音发出的方向走去。苏辙的脚步不重，脚步声在清寂的屋子里却显得很响。出了大堂，在后面的过道口见前面厚厚的雪地里有四行女人的小脚印连着大堂一侧的厢房，哪敢冒失过去？苏辙便转身往回走，忽听到厢房那边有咿呀的开门声，接着就听到有一个女声对他说话："小女子家吵着大人了。"

苏辙回头一看，是刚才碰到的那个名叫朝云的女孩站在厢房门口，笑着望着自己，笑容里带着一种不好意思的歉意，也带着那种可人的青涩。苏辙觉得朝云的歉意其实大可不必，相反他很是乐意听到朝云吟诵《江城子》。当然，朝云越是觉得有歉意，苏辙越是觉得这女孩小小年纪就善解人意。听王夫人先头的话，苏辙知道朝云家境贫穷，很小就父母双亡。苏辙问："你什么时候学会识字的？"

朝云的脸臊红了，也显得更是青涩可人："小女子的字是夫人教的，有时老爷也教。"

苏辙打量了一下朝云，觉得这女孩可爱，且聪明，很是一奇。朝云在兄长家不过两年，看来已认识不少字了，否则是吟不了兄长这首《江城子》的。苏辙又问朝云："字写得如何？"

有雪片飘进过道里，落在苏辙脸上，冰冷冰冷的；也有雪片飘落在厢房门口的朝云头上，粘在朝云头发上的雪看去就像插在头上的银簪。王夫人出来了，要苏辙进厢房说话："朝云的字写得很不错，学你兄长的，学得真像，有的字可以假乱真。"

苏辙注意到，朝云听到王夫人夸她的字，脸臊得更红了，抿着嘴，低着头，怯怯地笑着。苏辙觉得朝云这个女孩真是个尤物。苏辙踩着过道口上四行女人的小脚印，进了厢房。房里有琴，有琵琶，有竹笛，有书架，有书桌。苏辙知道这是兄长苏轼与兄嫂休憩娱乐的房间。兄长每到一处，屋里都有这么一个房间。平日兄长从官衙回来，总是先到这间房里来，跟王夫人聊上一阵，才去吃饭。苏辙进来后，王夫人指着南边木壁让苏辙看。苏辙转身朝南，见那边木壁上贴着一张写满了字的纸。王夫人说，这是朝云写的。王夫人告诉苏辙：兄长说，写字千古事，好坏自家知；要朝云把自己认为写得满意的字贴在壁上，自己看；满意的贴在壁上，不满意了就撤下来，久而久之字就写好了。

苏辙把朝云贴在南边木壁上的字看了又看。上面写的还是兄长的《江城子》。朝云的字写得黑、大、光、圆；特别是“坟”字，真的是很像兄长写的。一个十四五岁的女孩，不过学写了两年的字，能写成这个样子，确实很不错了。朝云怯怯地站在王夫人身边。兄长在官场上老看错人，但在女子堆里，却有双好眼力。苏辙看着壁上的字，夸赞起朝云来：“兄长给兄嫂找了个好丫环。兄嫂有朝云陪伴，就不仅不寂寞，反而其乐无穷了。”

王夫人对苏辙道：“朝云这丫环十分称我的心，什么事一教就会，小小年纪就很会关心人，你兄长也很喜欢她。”

朝云的脸被夸得更是臊得不能再红了：“夫人别再这么说，这都是因为朝云碰到老爷和夫人这么好的人。要不然，朝云一辈子有吃不完的苦。”

苏辙把朝云的字看完了，便回兄长书房去。此时，书房那边有说话声传来。不用问，兄长回来了。苏辙忙踩着地上厚厚的积雪，往前走了几步。苏辙还在大堂里，就听到兄长在书房里说：“二位大人不来，轼也会去拜访二位的。”

苏辙猜：这二位是谁呢？苏辙的脚步更快了，出了大堂，见兄长书房门还开着，书房门口站着四人：一人是兄长苏轼，一人是御史李定，一人是都水监丞林英，一人是幽州通判刘庭式。兄长说的二位大人显然指的是李定和林英。

苏辙吃惊不小，最担心兄长的那首《戏子由》有没有夹进书桌上的书里。这人也真怪，越担心的事越觉得没做好。因之，苏辙也越是觉得《戏子由》没夹进书里。苏辙真想几步就过去，把《戏子由》赶紧收拾好。苏辙走得很急，不提防给大堂外青石地上的薄冰滑了一下，没站稳，差点滑倒。书房里出来二人，扶住苏辙：一人是李定，一人是林英。苏轼与刘庭式站在书房里也吓得伸出两只手，要出来扶苏辙。

苏辙先在李定、林英前面进了书房，首先望了望书桌，见书桌上那本书还在，那张写有《戏子由》的纸还夹在书里。苏辙放心了。众人归座。李定、林英坐在南面茶几两边。苏轼坐在李定旁边。刘庭式坐在林英旁边。苏辙拖把椅子放到书桌边，坐了下去，一只胳膊肘压着桌上的那本书。两个家仆给众人上了茶，还端了两盘果品摆在茶几上。

苏辙百思不得其解，兄长缘何把李定、林英带到书房里来。兄长又不是不知道李定、林英都是吕惠卿的人。再说，兄长对李定印象特坏，认为他不给生母服丧，是个不孝之子，很是瞧他不起。当然，苏辙对李定的印象没那么坏。苏辙觉得，李定还是忠厚的，只是心眼实了点，也可以说有点迂，凡是朝廷要做的事，都认为是对的，都会很用心、很卖力地去做。苏辙至今还记得熙宁元年四月二十日清晨的情景。那日众人都离李定有十多丈远了，可李定还一脸厚貌站在那里，谦恭地拱着手望着众人。对林英，苏辙觉得这人是个可怜的倒霉鬼，很想建功立业，为朝廷做番事情，只是少才干，要不然熙宁元年就不会在当东明县令时被属下的师爷、胥吏、衙役弄得灰头土脸、狼狈不堪，卷铺盖走人；要不是王相公看到他不是个没志气的人，起用到条例司当上条例官，难有出头之日。然而，尽管如此，苏辙觉得，兄长还是防着点这二个人好。再说，士别三日，当刮目相看，谁知道这两个人现在怎么样了呢？就算他们不想存心害兄长，但他们绝不会容忍兄长在密州不施行手实法。苏辙悄悄把桌上夹有《戏子由》的书往壁里那边移了移。

天上的鹅毛大雪在窗棂外飘舞着，看去就像有谁发疯似的把一团团棉花在窗外撒。书房里的一切都变得阴暗、没精打采起来。苏辙望着李定、林英二人。李定、林英二人今非昔比。李定不再是七年前在王相公府邸定力院前见到的那个李定了，如今是乌府台御史，成了官场上人人惧怕、不敢得罪的言官；林英也不再是七年前被属下的师爷、胥吏、衙役弄得卷铺盖走人的东明县令，如今是六品都水监丞，顺风走上水了。二人又是朝廷派来监施手实法的提举官，神情上很有点飞黄腾达的意思。不过，二人还不像官场上许多走红的那样，人一阔，脸就变，大模大样神气得不得了。在兄长面前，李定、林英二人在面子上一点也不坐大，对兄长挺客气。李定、林英坐在那里，都一脸仰羡地在观赏书房壁上的字画。苏辙清楚，这两人未必真懂兄长的字画，但嘴里却不断发出由衷的“啧啧”赞叹声。苏辙看了看刘庭式，但见他一脸欢笑、一脸恭顺、一脸讨好地望着李定、林英。兄长坐下后一双眼睛老望着书桌，有时又望望地下。苏辙知道，兄长是在找他那张写有《戏子由》诗的纸。

苏辙很清楚，李定、林英今日不是为了观赏兄长的字画到这里来，为的是手实法而来。但奇怪得很，众人在书房坐下后，少说有一炷香工夫，谁也没有开口说话。这就让苏辙觉得有点匪夷所思了。不错，书房的主人是兄长，但官场上不讲究这个。官场上从来认官不认人，谁官大、权大、势大，就先开言，高谈阔论，说个不停。在座的无不洗耳恭听，没人会多嘴多舌，把官大、权大、势大者的话打断，即使偶尔插上一两句，也要很得体，不然就别在官场走江湖了。按说，今日开言说话、高谈阔论的人非李定、林英莫属。再说，李定、林英这次到密州来，不是探亲访友，是奉旨监施手实法的，哪有闲工夫坐在兄长书房里喝茶。

书房里的气氛说不上冷，也说不上热，多少叫人感到有点滑稽，也多少叫人感到有点不对劲。又过了一炷香工夫，还是李定先开言。李定一脸厚貌地望着兄长：“苏太守，那首《戏子由》没找到就算了，下官等你找着了，再一饱眼福不迟。听说密州这边民风喜讼，动不动就到官府衙门打官司，朝廷最关心你们这边手实法的施行情况，命下官与林大人来这边看看。这边没出什么乱子吧？”

苏辙注意到，现在的李定与七年前的那个李定确有很大的不同，很会当官，很会说话了。朝野上下，谁不知道监督手实法施行的提举官，比常平司提举官还厉害？要是谁敢不施行的，不去牢房吃牢饭就算是万幸，至少仕途全完了。可李定说得多轻松，他和林英只是来“看看”，就像刚才他和林英在看壁上的兄长字画一样。苏辙还注意到，李定对兄长两次用谦称“下官”，态度还跟七年前一样谦恭。苏辙感到，李定还是仰羡兄长之才的。才这个东西，在不仰羡人的眼中，一钱不值，有才的人常常会被人看作是没用的书呆子，遭人白眼和嘲笑；但在仰羡人的眼中，却又被看得非常重，有才的人被看作是个宝，受到爱戴和尊重。再说，这些年来，苏辙听过不少人说过兄长的坏话，却从未听李定说过，心里多少放宽了点。不过，苏辙更注意到的是，李定话中提到《戏子由》这首诗。这么看来，兄长把李定和林英叫到书房来，是要让他看《戏子由》。苏辙心里暗暗叫苦了，自己千方百计藏起《戏子由》，不让落到不相干的人手上，特别是不让落到李定、林英手上。然而，兄长倒好，不仅不藏，反送肉上砧，自投罗网，拱手交出去。苏辙猜想：兄长大概以为李定、林英会被他的诗打动，会明白手实法完全是害民的法，从而取消手实法。兄长真是太天真、太多情了，要是李定、林英真会是这样，吕惠卿会派他们来这边监施手实法吗？恰恰相反，李定、林英看了《戏子由》，都会毫不客气地把脸板下去，一点面子也不会给兄长，该怎么办就怎么办，手下不会留半点情。苏辙把胳膊肘下的书压得更紧了。

苏辙看到，兄长一双眼睛还只在书桌和地下望来望去。苏辙觉得，兄长这下就有点失礼了。不要说李定、林英是朝廷派来的监施手实法的提举官，就是布衣平民跟你说话，也该答个腔。苏辙发现，李定、林英这会也觉得兄长有点反常，都莫名惊诧地望着兄长；就是刘庭式也觉得兄长今日的举止怪异，眼睛睁得大大的望着兄长。

书房里很静。谁偶尔喝口茶的声音也显得很响。书房外的庭院里有树枝给雪压断了，有断裂声。书房里有种奇奇怪怪、不明不白的气氛。苏辙明白，只有自己知道兄长今日举止何以怪异反常。看来兄长非找到《戏子由》不可了。要制止兄长这样怪异反常举止，只有用别的事岔开。好在此时刘庭式开言了，对李定、林英说："苏太守和下官昨日从高密县回来。手实法确实不那么好施行，有些农户还到县衙门吵闹。不过，苏太守去后，农户都不吵闹了。听说二位大人来密州，农户就更不会吵闹了。奉旨办事，谁敢不从？"

苏辙很是佩服起刘庭式来。刘庭式刚才的话很是得体，面面周到，滴水不漏；既为兄长说了好话，又抬举了李定、林英，也不是睁着眼睛说瞎话。刘庭式的话说完后，书房里的气氛也活了。李定很高兴："都奉旨就好，朝廷最喜欢看到的就是能把手实法施行下去。不瞒苏大人、刘大人，下官与林大人到密州来，在朝廷是押了军令状的，手实法施行不下去就不回京都面见天子。我们都是忠臣，忠于朝廷就什么事都能办好。"

林英也一样高兴："李大人的话一语中的。苏大人对朝廷再忠诚不过，又名满天下，朝野上下，妇孺皆知。苏大人要去施行手实法，谁不影从？"

苏辙从李、林的话语中，听出了三点玄机：一是明抬兄长，意在劝诱兄长。李、林二人是既怕兄长在手实法上作梗，同时又不愿看到兄长在手实法上作梗。兄长官不高，不过七品，但毕竟是一州之长，才子名气鲜有人比，要是在手实法上作梗，那不仅会给密州的手实法施行带来很大麻烦，也会给他们的监施工作带来不便。兄长要是卖力施行手实法，兄长没事，他们省事，岂不是双方都好？二是明言放心，意在防范兄长。在济南府，兄长对手实法不满，尽人皆知，只是济南知府不追究，兄长才没事。对这点，不要说李、林二人不可能一点不知，就是朝廷心中也是有数的，只不过李、林二人装着不知。三是明举"忠"字，意在儆骇兄长。李、林这两个人跟吕惠卿确有很大的不同，但他们毕竟是朝廷命官，只能为朝廷办事。兄长不在手实法上作梗，他们对朝廷好交代，自然不会为难兄长；兄长真在手实法上作梗，叫他们为难，他们只好把脸撕破，这就怪他们不得了。

刘庭式显然也听出了李、林话语的玄机，对李定、林英说："有二位大人明鉴高悬，执法公允，有苏太守才高八斗，名下无虚，密州手实法定然施行无阻，请二位大人放心。"

李定满意地点了点头，林英也高兴。李定一脸厚貌坐着，没说什么。林英忍不住加了句话："不过，你们对县衙门里的师爷、胥吏、衙役要多个心眼，这些人比虎狼还狠，从来不干对自己没好处的事。不能让他们趁机鱼肉百姓，让百姓遭殃。"

苏辙注意到，李定深有意思地笑了笑，刘庭式则是不明就里地望着林英。苏辙觉得林英这个人算是吕惠卿那边难得的好人。书房里的气氛一下子竟欢快起来。苏辙最关注的还是兄长的举止。刚才，李定、林英和刘庭式在书房里议论得欢，兄长却像一句也没听见，一双眼睛只是桌上、地下望个不停。苏辙把宽大的衣袖展了展，把桌上那本书遮住。苏辙本以为这样更能挡着书，没想到这下反坏事了。苏辙看到，兄长的眼睛现在什么地方也不望，只盯着自己的胳膊肘了。不用说，兄长知道他的那首《戏子由》诗压在自己的胳膊肘下这本书里了。兄长连忙起身，一只鞋脱了也不管，直朝这边过来。李定、林英和刘庭式不知道苏轼要干什么，都吃惊地望着他。苏轼过来，不容分说搬开苏辙的胳膊肘，毫不客气拿起那本书，一下子就翻出《戏子由》诗，急忙取了出来，高兴得拊掌大笑："找到了！找到了！今日要你们二位大人到书房来，就是请你们看看这首诗。"

苏辙知道，要出事了。兄长把那首《戏子由》先交给李定看，然后交给林英看，最后还交给刘庭式看。此时，兄长发现自己的一只鞋脱了，忙过去捡起来穿上。约莫一炷香工夫，李定、林英和刘庭式看完了《戏子由》。书房里有了一种有趣的怪诞气氛。苏辙看到，李定是一脸的正色，林英是一脸的严肃，刘庭式则是一脸的惊诧。苏辙心里明白，无论是李定、林英，还是刘庭式，没谁欣赏兄长这首诗，相反觉得兄长的诗味道很不对头。不过，兄长却浑然不知，站在书房中间，一脸的悲愤、一脸的气恼、一脸的愧疚、一脸的自责，先把他昨天在高密县衙门里亲眼看到的情景说了一遍，接着说："苦哇！苦哇！农户给手实法实在害得苦哇！衙门里的胥吏衙役又借机欺霸农户，农户的日子实在过不下去。盗贼害民，还提心吊胆，当心官府派捕快兵卒捉拿。这些官吏却打着朝廷的旗幌，白昼肆行，天下百姓敢怨不敢言，敢怒不敢诛，谁也奈何不了他们。所愧的是我等身为朝廷命官，一肚子圣贤书、安民策，口口声声要为民办事，眼睁睁看到农户遭到捶打，却不仅一点解救的办法都没有，心知其非，口里却对这些官吏还喏喏称是。说我等尸位素餐，与贪官昏官无别，其实再恰当不过！二位大人，轼是言也，可没错吧？"

苏辙发现，李定、林英、刘庭式三人都先是一脸的惊愕。这三个人谁也不会料到兄长把他们请到书房来是要他们看《戏子由》，又会说这样一番叫人提心吊胆的话。苏辙一点不怀疑，天下有兄长这样想法的大有人在，但像兄长这样说出来的人就怕难找到了。苏辙看到，惊愕之后，李定、林英、刘庭式的表情就很不一样了。李定是一脸的义愤，好像兄长犯了什么大逆不道之罪，在这里妖言惑众，身为朝廷命官，竟然把官场说得这样一团漆黑、暗无天日，当着他的面说这些不三不四的话，弄得他左右两难，太不应该了。林英的表情要平缓、和软些，却好像兄长是个什么怪物，他和李定是来这样监施手实法的，但兄长却尽唠叨这些话，也太文不对题了。刘庭式的表情是一脸的惊怕和责怪，好像兄长活得不耐烦，往深渊里跳，还要拖着他一起跳，把他也坑了。

苏辙现在只希望兄长不再说这类糊涂话了，众人自自在在喝喝茶，聊点什么别的，把礼节上的事做完，送客之后，兄弟俩在一起好好叙叙阔别四年各自的情景和思念。然而，兄长却意犹未尽，又对李定、林英说："二位大人正好来密州，轼求二位大人一事：把轼的意见带到朝廷去，就说手实法是害民之法，得赶快废除。"

苏辙以为自己听错了。手实法是王安石罢相后朝廷最先出来的一个法，是当下朝廷的头等大事，也是吕惠卿当上参知政事后的第一个法，刚施行如何就可言废？再说，就是要人把自己的意见带到朝廷去，也不能叫李定、林英二人带。苏辙百思不解的是，昨日兄长在高密县给管县令逼得喏喏连声，败下阵来，怎么一夜之间态度全变了，竟然当着朝廷派来的提举官的面，说出如此胆大包天的话来。不过，说来叫苏辙也感到奇怪的是，兄长没把这首诗拿出来前，苏辙心里很是为兄长提心吊胆的；这会兄长不仅把这首诗拿了出来，还唠唠叨叨说了那么多不该说的、无所畏惧的话来，反不提心吊胆了。反正要出的事已经出了，要是李定、林英为难兄长，就理直气壮跟他们争个水落石出、一清二楚不可；要是天子怪罪下来，无非削职为民，没什么大不了的！

约莫又过了一炷香工夫，李定的脸板了下去："苏太守，你是忠臣，岂可不奉旨办事，废除朝廷大法！"

兄长的脸都气青了："李大人，你不是会'据实以言'吗？今日何不'据实以言'，把轼的话一五一十告诉朝廷呢？"

苏辙注意到，兄长此言一出，书房里的气氛立即变得复杂而又僵硬起来。李定一脸通红，又一脸气恼。林英的脸色很是微妙，一脸紧张，一脸不满。刘庭式的脸白了，一脸的莫名其妙，又一脸的警惕。兄长则一脸正色，一脸的意气扬扬。苏辙很清楚，众人的脸色何以如此多姿多彩，原因就出在兄长提到的"据实以言"四个字上。熙宁二年年底，尽管有的州县在搞青苗法，但王相公并没有拿定主意，天子赵顼也底气不足，心中很是疑虑，就是因为李定"据实以言"，说青苗法民便之，无不喜者，还拿出一份上有百位农户原话的题折出来。从此，王相公不再犹豫了，天子赵顼也打消了疑虑，决定降诏推行青苗法。李定"据实以言"四个字也沾到个好价，真的是字字千金。李定从此平步青云，飞黄腾达起来，今日竟当上了乌府台御史。

书房里又谁都不作声了，兄长望着李定，笑着说了起来："李大人，你的'据实以言'可帮了朝廷的大忙。你以为就你会'据实以言'，别人都不会呀？你不'据实以言'，轼来'据实以言'。轼会把在高密县亲眼所见、亲耳所闻到情况和今日在书房所说的话，'据实以言'向朝廷禀报。轼的'据实以言'四字不想值千金，只要能免了百姓的手实钱就行了。只是遗憾得很，没有百位农户的原话，要是李大人能补上一个，若何？"

兄长的言语之中，处处带刺。苏辙感到，书房里有了一种古怪而又有趣、严重而又滑稽的气氛。李定一脸臊得通红，气得两片嘴唇在抖动，却一句话也说不出来。不多一会，李定突然站了起来，一脸正色地对兄长说："'据实以言'不'据实以言'，那是你的事，本官是监施手实法的，还望苏太守奉旨行事，毋得使朝廷失望，切记！切记！"

这会李定不再用谦称"下官"，而是用"本官"，语气里充满了公事公办的意思。李定说完，对着兄长抬了抬下巴，算是告辞，然后转身出了书房。接着，林英也起身出了书房。刘庭式最后一个出书房，到了门口，回头望了望兄长，又微微摇了摇头。这里的意思很清楚：兄长太大才子气了，这样要吃大亏的。

苏辙跟在兄长后面，想去送客，走到书房门外，但见李定、林英、刘庭式已经到了庭院的庭燎处，踩着甬道雪地上的脚印快步往前走去。脚印里的雪都成了冰，被踩得咔嚓咔嚓响，很是刺耳。兄长也不去送客，转身回到书房里来。苏辙随后也进了书房，见兄长坐在书桌前面，提起青铜玄湖砚滴，将一股细细的清水注入砚台，磨起墨来。

苏辙知道，兄长真要"据实以言"，把他在高密县亲眼所见、亲耳所闻的情况和今日在书房所说的话，向朝廷禀报。苏辙觉得，现在根本不是"据实以言"的时候："算了，现在不是正人君子说话的时候，说了反惹一身的祸。"

兄长把墨磨得浓浓的："会有用的，吕惠卿不会听我的，韩绛、王珪会听的。"

苏辙吓了一大跳。这么看来，兄长不仅要给韩绛上书，还要给王珪上书。苏辙急了："王珪不可靠，处处看吕惠卿的脸色行事，你上书给他，吕惠卿马上就会知道的。"

兄长把一叠纸拿过来："你看错了，王珪最听的还是天子的话。我处处为大宋江山社稷着想，处处为天下百姓着想，天子不会不听我的直言。天子听我的直言，王珪就不会坏事。"

苏辙承认，王珪是这么一个人。但，就因为王珪是这么一个人，总风吹两边倒，相当不可靠。苏辙对兄长说："熙宁二年年底，兄后悔当时没劝我不要把对天子说过的话写成信，交给王安石王相公；也不要再去面君，说那些没用的话了。今日兄怎么就不听我一言呢？"

兄长提起笔架上的笔："不听！不听！我今日谁的话都不听！"

苏辙摇了摇头，觉得人许多时候，劝阻人家，或给人家出点子，很清醒；自己身陷其中时，却往往糊涂，还固执得很，听不入别人半句话。看来兄长这会是铁了心要给韩绛和王珪上书了。忽然苏辙记起了今日来看兄长，是有件天大的事要告诉兄长的："天子越来越想念司马君实，有把司马君实召回朝廷的意思。"

兄长本来要下笔写什么，此时停下来了，捏着笔："好哇！司马光早就不该躲在洛阳，过他的神仙日子，对朝廷之事装聋作哑；早该破除沉默，回到朝廷，率众治平乱世。我写了首《司马君实独乐园》，劝他早出山。我把这首诗拿来给你看看。"

苏轼把笔放回笔架上，起身到书架那边去找诗。苏辙觉得，这是劝阻兄长的好机会。苏辙很清楚，兄长和他一样，都把治平乱世的希望全都寄托在司马光身上，谈到司马光，二人有说不完的话题；有了这些话题，就好劝阻兄长了。

苏辙听到大堂里有细碎的脚步声，一会管家从书房外进来，告诉兄长：王夫人来了。管家的话刚说完，王夫人果然就出现在书房门口，后面站着朝云。兄长正好从书架的一本书里找到写给司马光的诗，不解地望着王夫人：何事来书房?

苏辙清楚，以往他来看兄长，二人在书房叙话，王夫人是不过来打扰的。今日却破了例，肯定事出有因。王夫人、管家、朝云进了书房，管家把门带上。王夫人也不坐，一脸惊慌，对兄长说："吓坏我了，听说朝廷来的两位大人出去的时候，样子很凶，十分吓人。门房里的人一个个都吓得缩在门房里，没人敢上前招呼一声。出什么事了？"

苏辙宽慰兄嫂："没出什么大事，就争了几句。"

兄长马上接嘴："大事！出了大事！这件大事，我是非上书朝廷不可！"

苏辙看到，王夫人更是一脸惊慌，望着自己，眼睛里有种求助的神情。站在王夫人身后的朝云很是忧虑地望着兄长。苏辙清楚，王夫人平日里对兄长什么都不担心，就担心他那张嘴，没有半点遮拦，总觉得兄长迟早要因这张嘴惹大祸出大事。

苏辙对兄长说："你也给司马君实写上一信，不更好吗？"

兄长眼睛一亮，然后点了点头，拊掌大笑起来，眼睛里亮着一种叫人惊畏的目光："子由，你这主意好，朝廷的上书、司马君实的信都写。我要让天下人知道手实法是害民之法！"

苏辙看到，王夫人更是一脸惊慌，眼睛里差点没流出泪来。这回苏辙什么话也没说。苏辙觉得，就是对兄嫂王夫人，也不用说什么了。兄嫂是个聪明女人，对兄长眼睛里亮着的那种叫人惊畏的目光，不是不清楚，她会很快明白的，无须自己多费口舌。

兄长回到书桌面前，坐了下去，从笔架上提起笔。苏辙看到，兄长眼睛里亮着一种很神气、很无畏、很天真，也很得意的目光："坦诚进谏，舍我其谁！"

苏辙越来越清楚地感到，在这个人世上，谁也关不住兄长的嘴，就是吃再大的亏也关不住他的嘴；要想关住兄长的嘴巴，只有死亡才能做得到。

苏轼让笔在砚台里蘸了蘸墨水，正要落笔，忽然听到站在王夫人身后的朝云叫了声："老爷。"

朝云声音不大，话音里还有种怯怯的意思，但苏辙看到，书房里的人都转过身去望着这个亭亭玉立的十四五岁的女孩。王夫人眼睛里明显地有着一种喜爱。兄长回过头来，望着朝云，眼睛里则明显地含着一种怜爱。兄长对朝云说："你想说什么，就说什么。"

苏辙注意到，朝云的脸又臊红了，对兄长说："你真是个跟别人不一样的老爷。"

兄长听了很高兴，左手捋了捋自己的长髯，笑了起来。书房里的其他人也笑了起来。朝云的脸臊得更红了。臊得更红脸的朝云更好看，楚楚可怜。书房里有一种十分欢快的气氛。王夫人一脸的开朗，惊慌之色也没了。

苏辙望了望窗外，外面的雪更大了。大片大片的雪花在窗棂外欢快地飞舞着，谁也不肯落下去，就像悬在窗棂前上下舞跳着。此时，苏辙心中突然生出一种叫他感到惊奇，也感到惊喜的想法：兄长纳朝云为妾，岂不是一段美满的姻缘？苏辙清楚，当下朝中百官中未纳妾的只有三人：王安石、司马光和兄长。王安石、司马光，都根本不近女色。兄长好美人，且很有美人缘，但好色不二色。苏辙以为，无论是王安石、司马光，还是兄长，都非常人可比，他们不纳妾，皆因他们都是有很大抱负、一心一意干大事的人，不可能把自己的生活都消耗在醇酒妇人之间。

叫苏辙始料不及的是，兄长给司马光的诗信以及给王珪的信没起到任何作用，但给韩绛的信却收到奇效。韩绛接到兄长的信，立即转呈天子赵顼。天子赵顼看了兄长的信，半日没有出声，然而第二日早朝，宣布废除手实法。

第六十六章　撰通鉴司马光埋头独乐园　劝出山范纯仁借助耆英会

济南府密州这年冬季多雪。但千里之外的古都洛阳，却少雪，多是晴天。天很蓝，云很白，日头整天挂在空中。不过，天气还是冷，路面有水的地方都结了冰。冰里面很脏，残枝、败叶、秸秆、泥沙酱在一起，但反射出来的日光却水晶一样白亮。

这天一早，那个有着土财主一样肚子的范纯仁带了一个随从，骑马出了古都洛阳的南门，往洛河河畔走去。古都西京洛阳是两千多年前华夏第一个王朝夏朝建都的地方，此后又有十二个王朝在这里建都，现在是大宋四大都城中仅次于开封的第二大都城，是为陪都，又称西京河南府。古都洛阳城内高楼名阁，层层叠叠；高翘的檐牙，蜂窝一样密集的房屋，四面铺排过去的瓦顶，尽显古都洛阳的繁华富贵。高官达贵、富商巨贾、鸿儒才子，大都选在洛阳城内居住。不过，也不尽然。范纯仁此时要去的地方，就是一座竹篱农舍。然而，这里却住着一位很了不起的人物。此人就是大名鼎鼎的司马光。司马光现在什么官职都没有，但古都洛阳人都视之为真宰相。司马光何时拜过相？洛阳人不管这些，只把司马光当真宰相看。民心这东西古怪，会无中生有，把没影的事说成煞有介事。

范纯仁现在是西京洛阳留司御史台提举。熙宁三年因谏言新法不便，范纯仁被外放知河中府，后来又当过和州、邢州、庆州、齐州太守，还当过短暂的成都路转运使，不到半年就换个地方，范纯仁几乎在迁徙路上颠来颠去。这次是他请求天子赵顼让他到古都洛阳来当官的，个中原因就是司马光在洛阳。这几年，司马光声望日盛一日，朝野上下越来越多的人把拯救大宋江山社稷于危难中的希望寄托在司马光身上。司马光到洛阳后，不少人陆陆续续慕名来到洛阳，这下古都热闹了。常与司马光往来的有十一人，合计十二人，常常相聚，如布衣交，序齿不序官，按年龄大小排座位，喝喝酒，吃吃菜，赋赋诗，填填词，谈谈笑笑，相与快乐；也发牢骚，骂骂朝廷那些图利忘义的奸邪小人，也骂骂官场那些趋炎附势、鱼肉百姓的贪官污吏。洛阳人羡慕极了，有好事者名之为“洛阳耆英会”。不过，也有几个未到花甲之年的人参加了洛阳耆英会。巧得很，范纯仁是昨日来到洛阳的，今日就碰到洛阳耆英会，范纯仁岂能错过？再说，他今日有三事要去会会司马光：一件小事，范纯仁有意把女儿许配给司马光的儿子；一件是不大不小之事，请司马光把被吕惠卿削职为民的王安国弄到洛阳来做点什么；一件是大事，劝司马光回朝廷去当官。小事不难办，范纯仁与司马光不仅交往甚厚，且志同道合，儿女亲事一拍即合。不大不小之事也不难办，司马光虽说什么官职都没有，但他有个《资治通鉴》书局，里面的官吏属员，皆由司马光自选；王安国于书无所不通，文章著称于世，让他到《资治通鉴》书局去，正人尽其才，再合适不过，司马光不会不欢迎。大事就不那么好办了，现在朝野上下都知道，天子赵顼跟身边的人说过，要是司马光在身边，他就不会犯什么大错。这表明天子想司马光回到朝廷去，但司马光却未必愿回到朝廷去。范纯仁清楚自己这个未来的亲家，牛起来堪与王安石比肩。自熙宁四年司马光辞去一切官职，回洛阳埋头编撰《资治通鉴》，就绝口不言政事，此时劝司马光回朝廷，恐怕很难。因之，范纯仁一早就骑匹马出了洛阳城南门五凤楼，过了天津桥，往洛河河畔走去。

冬天的日光很让人陶醉地洒了一地，官道路面干燥、坚硬，马蹄声显得特别响。洛阳既为十二朝都城，做生意的人一定很多，通往城内的官道上应该有络绎不绝的行人和生意人。但范纯仁今日看到官道上人不多，只一些肩挑蔬菜的农户往城内走去，手提一篮鸡蛋的农户没见到一个，更别提抱着鸡、捉着鸭、牵着羊、赶着猪进城的农户了。不用说，这都是吕惠卿手实法带来的恶果。鸡鸭羊猪要“逢五取一”交税，谁敢拿进城去卖？范纯仁出洛阳城不到三里路时，看到迎面来了一队车马。车马前后是四个骑着高头大马、手按环首长刀的彪形大汉，车上的货物都用禾草盖着。一路过来，行人都吓得往路两边躲。范纯仁是个明白人，知道这队车马来头不小，就是官府也让三分。

约莫走了半个时辰，范纯仁转过一个山冈，便见前面出现一排竹篱瓦屋，竹篱瓦屋后面是洛河白色水面。范纯仁昨日打听清楚了，洛河河畔竹篱瓦屋就是司马光住的地方。官场上的人都说司马光是个怪人，这话不假。司马光这人物欲淡泊，不喜奢华，不贪钱财，不近女色，夫人给找个小妾也被他赶走了，此地远离洛阳城里的繁华和喧闹，十分符合他的脾性。不过，范纯仁清楚，司马光这么做，更为重要的是要做一件万古不朽之事，那就是编撰《资治通鉴》。这部史书，早在英宗朝就开始编撰。那时英宗就在崇文殿设置《资治通鉴》书局，让司马光自选官吏属员，许借用龙图阁、天章阁、秘阁及广文、大学、律学三馆书籍；笔墨、缯帛由皇宫大内库承办，钱币由皇宫大内库支付，平日果子点心由皇宫大内库供应，每年丰厚的赏赐也由皇宫大内库办理。当朝天子赵顼对《资治通鉴》更上一层楼，各项开销比英宗还大方，日常的果子点心和每年赏赐有增无减；且不管司马光在何处为官，都许把《资治通鉴》书局带过去。天子赵顼不求司马光职守业绩，只求把《资治通鉴》编撰好。司马光来洛阳后，《资治通鉴》书局及官吏属员也随他搬到洛阳。司马光的职衔、官衔、俸禄不变，官吏属员也是如此。范纯仁很佩服司马光的这种选择。王安石在朝廷时，天子赵顼只听王安石的，尽管天子赵顼也很看重司马光，但司马光在朝廷实际上起不了任何作用。既然如此，司马光不如埋头编撰《资治通鉴》。不过，现在情况不同了。如今的朝廷是吕惠卿在主持新法，这个人太奸、太坏、太专横，鬼点子又多，谁也不放在眼里，四面八方向人示威，气焰嚣张得很。吕惠卿根本没把首相韩绛放在眼里，处处显示出韩绛是个废物；王珪也同样被吕惠卿看不起，好像是给他端茶送水的。现在朝廷就吕惠卿一人说了算，朝中百官都厌恶他，但又都怕他。不过，吕惠卿的好日子也渐渐走到头了。前些日子，此人搞了个手实法，完全是在逼人为盗，天下平头百姓怨声载道，苦不堪言。听说大才子苏轼给韩绛、王珪写了信，禀告了密州手实法害民的情况；还写了诗给司马光，希望司马光出山。这个大才子，是个真正的读书人，处处为的是朝廷，想的是百姓，个人会得到什么恶果一点也不考虑。范纯仁觉得，司马光该考虑出山回朝廷了。

范纯仁策马前行，随从一路小跑着。在离竹篱瓦屋大约两箭之地时，范纯仁看到竹篱瓦屋院门前停了一辆马车，有马夫在给马上马套，看来司马光要出门去参加洛阳耆英会了。再往前走，范纯仁看到竹篱瓦屋院门上方有块木匾，上书“独乐院”三个大字。马蹄声惊动了独乐院里的人，竹篱瓦屋里出来一个家童。不过，这个家童转身住里跑去。不多一会，范纯仁便见司马光从竹篱瓦屋出来，站在竹篱院门前木匾下，以手加额，睁着双眼，吃力地朝这边望着。范纯仁赶紧下马，快步向前走去。

范纯仁看到，司马光头发全白了，背佝偻着，原本像悬崖边突起的岩石的颧骨，而今更明显了；嘴边不多的胡须全白了，日光下闪出微光；牙齿掉得差不多了，嘴瘪了下去，下巴显得更尖了。司马光的视力越来越差，范纯仁走到离他不到十丈的地方，他还没看清自己是谁。范纯仁真没想到，司马光此时才五十六岁，与自己一道去跟生命垂危的吕诲见上最后一面时，至今不过三年，就完全变成了一个不折不扣的糟老头。

范纯仁还是很敬重自己这个未来的亲家，几乎小跑过去，三丈远就对司马光长揖行礼。司马光这才知道谁来了，很是高兴，忙过去拉着范纯仁的手，往竹篱瓦屋的院子走去。范纯仁感到司马光的手一点肉也没有，干瘦得就剩下骨头和一层皮。

范纯仁与司马光进了竹篱瓦屋院子。司马光的步履已经有点蹒跚了。进院门前，范纯仁觉得竹篱瓦屋与农舍无异，进来后才发现这里与农舍其实很不一样。这里闻不到鸡鸣，也听不到犬吠。院子里很静，静得能听到人的心跳。范纯仁沿着石径往里走了几步，看到这座竹篱瓦屋不大，四面竹篱相围，后面是一字排开的数栋瓦屋。瓦屋前面有条小溪，溪旁有幢小屋，小屋前有石桌一张，石墩数个，可以下棋，也可以钓鱼，司马光介绍说，是为“钓鱼庵”；后面是座小山，种了不少药材，司马光介绍说，是为“采药圃”。范纯仁发现，站在前面放眼望去，好像山在屋上，溪在屋下。院内花草大多凋谢，枯黄的花草蔫蔫地匍伏在地上，四围的秀竹颜色有点苍黑，日光下更黑的竹影像一幅幅黑色的剪纸。好个独乐院，真可以在这里过上几辈子。

范纯仁看到，有石径直通中间那座瓦屋，进了瓦屋大门便是间大堂，大堂中间的桌案上和两边的书桌上，堆满了书。出了大堂后面的过道，便见前面二堂里的书桌上和天井两边厢房也满是书。好些人在忙碌着，有伏案写什么的，有头碰头低声商讨什么的。

范纯仁对屋子里的书最感兴趣：“有多少卷了？”

司马光缓缓伸出五个指头：“五千多卷。”

范纯仁感到自己的眼睛睁大了。五千多卷可不是个小数字。范纯仁清楚，大宋天下读书人不少，但还没哪个读书人家里有这么多藏书。范纯仁感到，现在朝廷这个烂摊子，只有司马光才收拾得了。老相公韩琦两朝定策，威望高，一言九鼎，但年事已高，近年来老糊涂了，常说糊涂话。好在相州乡里人为他盖了座昼锦堂，让他安享晚年，要他坐镇朝廷，恐怕勉为其难。富弼当然了不起，当年再盟北辽，使南北之民数十年不见兵革，有过大功。但富弼比韩琦还大四岁，本来就多病，现在身体更差了，恐怕难胜朝政之繁。再说，富弼在洛阳最繁华的闹市建了座名为“富园”的豪华宅第。富园内水榭楼台，湖光山色，茂林修竹，名花异草，景色各异，处处都体现出富弼的智慧和心机。富弼在这个天堂般的福地颐养天年，哪里再愿去操劳朝政。文彦博六十八岁了，能吃、能睡，走路也不显龙钟。但，文彦博派头大于能力，顿纲振纪，要他拿出一套办法出来做不到。文彦博也清楚这点，见吕惠卿越来越专权，故而前不久在朝廷受够了窝囊气的文彦博赶紧到洛阳来，听说买了唐代一位名公的宅子，打算翻新一下，看来要长住洛阳。

本来范纯仁还想到后面小山看看采药圃，见日头已高，也就免了。二人从瓦屋出来，站在石径上。范纯仁觉得现在该说说那件不大不小之事：“吕惠卿借郑侠事陷害安国，把他的官全撤了，放归故里。安国现在日子很不好过，县里的官员、师爷、胥吏嫌他多嘴多舌，连村里小儿都讥笑他，跟在后面学他走路。安国气闷得很，心情很不好。”

范纯仁看到，司马光佝偻着背，抬起那双视力越来越差的眼睛，望了望自己，一脸的圣洁，却什么话也不说，像没听到他的话一样。范纯仁觉得这就奇怪了。司马光回到洛阳来，确实绝口不言政事，但让王安国到《资治通鉴》书局去，这与政事何干？范纯仁猜，司马光缘何如此冷漠呢？这可能与王安国溺于声色有关。王相公对王安国这点也很头痛。司马光在这点上与王安石像极了。司马光不好色，府上听不到一点丝竹声，但也不能要求每个人都跟你一样呀！再说，溺于声色又怎么样呢？中原王朝千百年来当官的，溺于声色的还少吗？就是洛阳耆英会的耆者，大都过六十花甲了，不也纳妾，上青楼快活的吗？既然如此，用得着独对王安国这么苛刻吗？

范纯仁像洛阳人一样称呼司马光：“君实相公，你让安国到书局去吧。”

司马光还是那么一脸的圣洁，不出一声。

范纯仁清楚，再怎么说，司马光都不会让王安国到《资治通鉴》书局去。范纯仁叹了口气：“安国命休矣！”

司马光一脸的圣洁丝毫不减。不幸范纯仁一语不久成谶。半年后，天子赵顼觉得对王安国处罚太过，马上给王安国复官。然而，圣旨刚下，王安国卒，年仅四十七岁。

范纯仁本以为这事不难办，没料到却办不了。司马光不觉得这有什么过意不去的："尧夫哇，你来得正好，今日洛阳城里有个洛阳耆英会，我们一道去。"

司马光的车马早已备好，就停在竹篱瓦屋院门前。范纯仁与司马光出了独乐院。范纯仁上了马，司马光上了马车。城外官道上还和出城一样，人不多。不过，上路不久，一队车马过来了。车马前后也是四个骑着高头大马、手按环首长刀的彪形大汉，车上的货物都用禾草盖着。一路过来，路上行人赶紧往路两边躲。范纯仁看到，坐在马车里的司马光却双目紧闭，独自养神，对官道上的一切都好像根本没看到，也没听到。范纯仁探下头去，对马车里的司马光说："你看看，这些人何来如此大胆，不怕市易务的人找他们的麻烦。"

马车里的司马光仍旧双目紧闭，不出一声。约莫走了半个时辰，范纯仁与司马光过了天津桥，进了洛阳城南门的五凤楼。范纯仁感到城内与城外有很大的不同，街两边的行人越来越多，前后都一帮一帮的。范纯仁很快发现一件怪事，后面人的目光都随着他和司马光的马车往前不断移动，前面人的目光都随着他和司马光的马车往后缓缓倒退。这些人的目光都离开这边，很友善，很热情，很好奇，且充满了敬意。

范纯仁很快明白过来，这前后一帮一帮的人都是来观瞻司马相公仪容风采的。这个司马相公，越是绝口不言政事，人们越是想听听他谈的政事；越是埋头编撰《资治通鉴》，声望也越来越高。范纯仁看到，司马光并没有下车，只是从马车的窗口把头发全白的脑袋露出来，一街的人都欢呼雀跳起来。人们并不在意司马相公是不是个糟老头，只在意马车里的人是不是司马相公。

范纯仁感到，司马光确实民心所向，该出山了。此时，范纯仁的眼睛睁大了，忽然看到街的左前方人们骚动了起来。那里有人在后面往前拱，前面的人翘起屁股顶着，两边的人被拱开又往中间靠。往前拱的人大有拱不过来誓不罢休的架势，到底拱出了一个口子。一个头戴方巾、身穿元色袍子的秀才从人堆里挤了过来。开始，那边街上的人不觉得这会出什么事，有人拱到前面去也就算了。但不一会，那里的人慌乱了起来。原来那个头戴方巾的秀才突然往司马光这边猛跑过来。好些人怕他要行凶，冲过来，拦的拦，拖的拖，还有汉子抱住了秀才的腰。许多人在喊："不要吓坏了司马相公！"

范纯仁也吓坏了。他不觉得秀才是个歹徒，但担心是个神经出了毛病的人。范纯仁看到，司马光从马车窗里探出头来，对前面的车夫说："让那人过来。"

范纯仁以为自己的耳朵听错了，却又见司马光伸出一只干瘦的手，对回过来惊望着他的车夫挥了挥手："你去把秀才请过来。"

范纯仁不明白司马光为何这么做。车夫下了车，到了秀才那边，说了几句话，那些人把秀才放开了。秀才跑得比车夫快，到了马车前，跪下去对着司马光三拜。马车里的司马光赶紧从马车上下来，扶起秀才："这是何故，光何能受此大礼。"

秀才："弟子姓张名怀古。相公可记得熙宁四年五月的一天，在京都开封御街上有个被皇城司的逻卒叉着胳臂拖走的那个穷秀才？"

范纯仁记起来了。司马光当时还问过御街上一个人：秀才何事被抓。那人告诉司马光：秀才嘴巴不好，发无头帖子谤议朝政被抓。后来，司马光总想找到这个秀才，无奈熙宁四年在京都开封时间不长，未能如愿，没想到竟在洛阳碰上了。

张怀古告诉司马光，他在大理寺关了三年；听说司马光在洛阳，便赶到这里来。范纯仁对这个叫张怀古的秀才立即有了个很好的印象。司马光赶紧伸出那双干瘦的手，拉着张怀古上车。张怀古激动得泪流满面，也一脸的受宠若惊，怎敢上司马光的车。车夫见了忙用力推了秀才一下，才把张怀古推上车。

范纯仁看到，街上轰动了，一街的人都万分惊讶，也万分羡慕地朝这边望来。司马光的马车启动了，许多人跑了过来，好些人还喊叫着，朝马车里望着。范纯仁清楚，这回这些人不是去望司马光，而是去望车内的张怀古。不用说，司马光此举是洛阳这一街的人怎么都不可能想到的。这一街的人，能在这里看上司马光一眼，就是前世修到的福气；然而，这个头戴方巾的秀才却被司马相公亲自拉上车去。这样的殊荣，岂能不让一街的人眼热死了，谁不巴望着这样的殊荣落到自己头上？

马车在一街人充满友善、热情、好奇和敬意的目光中缓缓走去。洛阳耆英会今日在万家福酒楼聚会。万家福酒楼在洛阳城南一条老街上，路不算远，但时时有人把路堵了，马车走了近半个时辰才到万家福酒楼前。洛阳耆英会的人，不是高官，就是一方大儒，年龄最大的是富弼，其次是文彦博。马车在万家福酒楼前停下，早有酒店的伙计过来招呼。秀才张怀古很是殷勤地扶着司马光下车。

范纯仁下马后，有伙计把马和车带到东边墙下放好。范纯仁看到，富弼坐在交椅上，一脸的憨憨傻傻、谦和有礼。文彦博站在酒楼前的台阶上，仍是那么端重有威，朝这边望着。二人身后站着九人。不用问，这些人就是洛阳耆英会的高官和一方大儒了。范纯仁注意到，这些人中有位鹤发童颜、头戴方巾，但气度不凡的老者。几年前，范纯仁就听说洛阳耆英会里有位名气大得能让朝中顶级高官顶礼膜拜的野贤，也可说是古都西京洛阳一带的大儒，姓邵名雍，隐居百源山，仁宗朝的嘉祐年间朝廷屡授官职不就，一辈子就喜欢教书、做学问，精研《河图》《洛书》《伏羲八卦》，人称百源先生。此人用《易经》六十四卦制成《先天图》，能预测天下兴衰、国运变化，推算人的前生后世、吉凶祸福，极为准确，又称活神仙。司马光、富弼几个高官凑钱给他盖了座院宅，取名“安乐窝”，邵雍便自称安乐先生，邵雍最喜欢人家叫他安乐先生。不用说，那位鹤发童颜、气度不凡的老者，就是安乐先生邵雍。熙宁元年王安石越次入对前，安乐先生在洛阳城南天津桥散步，忽听几声鸟叫，先愣住了，后面色如土，感到国家有变，说刚才听到杜鹃鸟的叫声。洛阳哪有什么杜鹃鸟；杜鹃鸟叫，天子将起用南方人当宰相，天下将大乱，民将有大劫。不久，王安石当宰相，施行新法，验了安乐先生的话。从此，安乐先生名动天下，比神仙还神仙，慕名求教的人络绎不绝，司马光、富弼、文彦博也给折服了。范纯仁不喜谈神说鬼，不明白一向不言神鬼之事的司马光缘何会如此敬重谈神说鬼的安乐先生。范纯仁记得，熙宁二三年间，京都开封来了个叫李士宁的道士，在王安石府第住过多时，但去谒见司马光时却给骂得狗血淋头，司马光说他行不守矩，言不中规，谈神说鬼，骗吃骗喝。

秀才张怀古扶着司马光向酒楼走去。司马光脸上有了激动的神色。文彦博和身后的九人忙从台阶上走下来。众人拥着司马光进了酒楼大门。众人进了南面一间雅座，依次坐下。范纯仁刚坐下，文彦博一把拉着他往雅间外面走去。范纯仁疑惑地望着文彦博。文彦博把范纯仁拉到隔壁还没来客人的空雅间里，严肃地说：“吕诲临终前对君实说的话一点不错，天下事尚可为。”

范纯仁清楚，文彦博早年曾被时为御史的唐介弹劾得狼狈不堪，因之心里对言官未必那么喜欢，但对吕诲的看法始终有别于别的言官。范纯仁耳里立即响起熙宁四年五月与司马光去见上吕诲最后一面时，吕诲说的那句“君实勉之”。范纯仁很快明白文彦博拉他到这来的意思，范纯仁也正想借助洛阳耆英会的高官和一方大儒促成此事：“太尉的意思是要君实出山？”

文彦博捻着花白的长须：“现在确实是君实出山的好时机。你看看，现在天下给吕惠卿这班奸邪小人搞成什么样子了，手实法也出来了，连一鸡一鸭都要交免役钱。这还得了！当然，这也没什么不好，全则必缺，极则必反。听说韩绛把大才子苏轼给他的信呈交到天子手上，天子龙颜很是不快。不过，不是对苏轼不快，是对手实法不快。”

范纯仁心里大声叫好，文彦博与他想到一块了。此外，范纯仁从文彦博的口中得知天子对大才子苏轼的反应，松了口大气。范纯仁对大才子苏轼一直记挂在心，怕他那张嘴出事。天子的这个反应，不仅对天下平头百姓是好事，对大才子苏轼也是好事。

范纯仁急着回到隔壁雅间去，文彦博却不急：“文某还有一好事要说：大才子苏轼还写了首《司马君实独乐园》诗，对君实这些年来像个哑巴，绝口不言政事很不满，很是取笑了一番，责言很不客气，骨子里却是盼着司马光早日出山。大才子苏轼这首诗传得也真快，还没到君实手上，却已经在坊间传开了。”

范纯仁含笑点了点头。大才子苏轼不讨当官的欢喜，尤其不讨当国者欢喜，但却是朝廷和天下百姓所欢喜的人。范纯仁说：“大才子总是口无遮拦，顺乎天性，直言无隐。”

范纯仁与文彦博哈哈笑了起来，二人回到隔壁雅间。范纯仁看到，坐在临窗位置上的司马光指着很是恭顺站在身边的秀才张怀古，对满雅间的人说：“这位就是老朽常说到的秀才张怀古君，可歌可泣呀！要抓就抓，但有话就是要说。在大理寺大牢里关了三年，上个月出来，出来就到洛阳来找老朽。老朽无用，何能受得张怀古君如此之敬。”

范纯仁看到，雅间里的人一起望着张怀古，眼睛里都充满敬意；就是富弼也很赏识地望着张怀古。张怀古年龄最小，但司马光一直拉着他的手不放，众人也就让他在司马光旁边坐了下来。挨司马光坐在另一边的是安乐先生。张怀古今日可说是赚足了面子。

范纯仁很快发现一个奇怪的现象。论官职，文彦博最高，富弼次之；论年龄，司马光不大不小。但众人的目光都朝司马光那边望去。酒菜很快上了桌。众人一边喝酒，一边吃菜。范纯仁感到，这雅间里立即有了一种别的酒宴上没有的欢快、融洽和亲善的气氛。酒一进喉，既不赋诗，也不填词，只说话，且张嘴就离不开朝廷、官场。尽管洛阳离京都开封不近，但众人对朝廷、官场的情况了如指掌。

耆者甲愤愤不平："朝廷最坏的是吕惠卿，听说下一步要把韩维挤走。"

耆者乙深有同感："这样一来，朝廷里的君子差不多被赶走了。"

耆者丙怒不可遏："太不像话了！今生今世，我拼了老命也要把这班奸邪小人扳倒！"

耆者丁神乎其神："你扳不倒这班奸邪小人的，喝酒，喝酒。"

范纯仁看到，众人都没喝酒，只是都用眼睛望着司马光。坐在司马光旁边的张怀古更是侧着脸，仰望着司马光。耆者丁端起酒杯，却没喝，酒杯停在空中。鹤发童颜、气度不凡的安乐先生邵雍也望着司马光。范纯仁清楚，众人都想听听司马光的意见。不过，司马光仍旧不出一声，只夹了条小鱼送到嘴里。

雅间里一时沉寂了下去。少说过了半炷香工夫，隔着两个座位、坐在司马光上首的野贤安乐先生邵雍此时双目紧闭，脸上现出讳莫如深的古怪表情；不过，没过多久，安乐先生邵雍双眼微睁，摇了摇头，叹了口气，高深莫测地慢慢说道："有个千古不易之理：国将大治，地气由北向南；国将大乱，地气由南向北。熙宁元年洛阳听到杜鹃鸟的叫声后，地气由南向北，大批南方人像杜鹃鸟一样涌进京都开封朝廷里，天下能不一塌糊涂吗？"

范纯仁看到，众人谁也没有出声，都很敬佩地望着安乐先生邵雍。富弼那双深得像口井的眼睛现出惊喜之色。文彦博捻着花白长须，不住地点头微笑。司马光虽然在低头吮酒、吃菜，却也很是赏识地望了安乐先生好几眼。最有意思的是张怀古，探出半个身子，隔着三个座位望着安乐先生，脸上现出一种闻所未闻的惊异表情。

范纯仁脸上现出了那种不为许多人喜欢的我心如秤、不为人低昂的表情。范纯仁今日亲自洗耳恭听了安乐先生的宏谈高论，算是开眼界了。不过，范纯仁却不敢苟同安乐先生的宏谈高论，觉得安乐先生满嘴鬼话，一派胡言。国之治乱，本与当国者的贤与奸、慧与蠢有关，与地气何涉？与杜鹃鸟何干？如有关联，岂不是一个朝代的兴衰全握在杜鹃鸟嘴上？天下有比这更荒诞不经之事吗？再说，南方人进入朝廷就国将大乱，也太危言耸听、太滑天下之大稽了。不错，南方人有乱国的，但也有许多报国的；北方人有许多仁人君子，但祸国的奸臣也不在少数。范纯仁觉得很不可思议：就这么个满嘴鬼话、一派胡言的安乐先生，竟然成为天下无人不知、无人不晓的大学问家，名气大得能让被古都洛阳人目之为真宰相的司马光也把他当座上客，真乃咄咄怪事。

范纯仁感到，雅间里欢快、亲善的气氛中有种古怪的味道。过了好一会，张怀古又探出半个身子，隔着三个座位望着安乐先生问："地气何时能由北向南呢？"

范纯仁觉得，张怀古这个问题问得好，也问得傻。说问得好，是因为安乐先生回答不回答都很为难；说问得傻，也是因为安乐先生回答不回答都很为难。范纯仁看到，许多人的目光都转到安乐先生身上。富弼憨憨傻傻、谦和有礼地望着安乐先生，脸上有种后事早知分解之色。文彦博一口干了剩下的半杯酒，并无要安乐先生回答问题的意思。司马光低下头，慢慢吮酒，慢慢吃菜，脸上摆出一种政事与己无关之态。张怀古则一脸洗耳恭听之情。不过，安乐先生一点也不尴尬难堪，只是喝酒吃菜，显出对张怀古的不屑之色。

范纯仁从不跟江湖上形形色色的人物打交道，但对江湖上形形色色的人物五花八门、光怪陆离的伎俩，还是略知一二。形形色色的江湖人物中，有种提笼串巷的命相术士，笼内养只鸟雀，能在桌上百十个长方纸包中叼出一个；然后，命相术士展开纸包。纸包中有字、有画，字、画能预测未来，百无一失。其实，鸟雀早训练好了，纸包中的字、画也是早准备好的。这里面有许多骗人的戏法，不过普通人识不破罢了。对安乐先生凭着杜鹃鸟的叫声就知道大宋国将大乱这一点，范纯仁根本不信。这多半是安乐先生编造的故事。范纯仁不想与安乐先生在这个问题上弄个水落石出，谁是谁非。范纯仁今天有件大事要办。不过，他正要开口说这件大事时，文彦博先说了："君实哇，告诉你一件事，皇上亲口对文某说过，要是司马光在身边，他就不会犯什么大错。"

文彦博这句话也正是范纯仁要说的。范纯仁看到，众人万分惊喜、万分兴奋地望着司马光。张怀古更是兴致高涨，拊掌大笑起来。

耆者甲欣喜若狂："天子圣明，天子圣明哇！"

耆者乙笑逐颜开："韩维不会被赶出朝廷了。"

耆者丙额手称庆："天子说出了天下人的心里话。"

耆者丁断然果然："这下定能把吕惠卿这班奸邪小人扳倒。喝酒！喝酒！"

雅间里的气氛立即欢腾喧闹起来。范纯仁看到，耆者丁端起酒杯，一个仰脖，全灌进喉咙里去了。其他多数人也把杯中酒干了。不过，司马光脸上却平静如水，没什么特别的表情。最有意思的是张怀古，喝完一杯又一杯，再侧过身去，很有点急不可待地对司马光说："快！司马相公快！"

开始众人都以为张怀古是催司马光喝干杯中的酒，便一个劲催司马光喝酒。不过，范纯仁很快明白了：张怀古是要司马光赶快回朝廷去。范纯仁觉得，张怀古是真心真意崇敬司马光的，但崇敬得很简单，也很可爱。这时，司马光侧过身，目光与张怀古的目光对接了一下。目光中有丝不易被人觉察的喜色，不过没回答张怀古的话，很快转回身去，又夹了条小鱼送到嘴里。

范纯仁注意到，文彦博显然明白张怀古话里的意思，却故意问张怀古："你要司马相公快什么呀？"

张怀古："要司马相公赶快回朝廷去当宰相呀！"

张怀古此言一出，许多人一脸恍然大悟后的欢快。范纯仁清楚，这里没一个人不愿意司马光回到朝廷去。雅间里的气氛更欢腾了。

耆者甲欣喜若狂："这样的朝廷才是朝廷！"

耆者乙笑逐颜开："天下俊才，将尽汇萃京都矣！"

耆者丙兴高采烈："天下幸甚！百姓幸甚！"

耆者丁手舞足蹈："吕惠卿那班奸邪小人用不了多久就要滚蛋了！"

范纯仁没那么乐观。天子赵顼十分看重司马光这点不假，但也十分器重吕惠卿；况且吕惠卿确实能干，会敛财，比王安石有过之而无不及，天子赵顼不会随便把他赶走的。当然，唯其如此，范纯仁觉得此时应该劝司马光回朝廷去。范纯仁正想开口，文彦博又抢先说了："君实哇，你听听朝野上下的呼声，不要再拖了，赶紧出山。"

范纯仁看到，司马光不能再只是埋头吮酒吃菜了，仰起平静如水的脸，然后张开瘪下去的嘴："老朽这些年编撰《资治通鉴》，颇有心得。夫才者，德之资也；德者，才之帅也。才德全尽谓之圣人，才德兼亡谓之愚人，德胜才谓之君子，才胜德谓之小人。凡取人之术，苟不得圣人、君子，与其得小人，不若得愚人。"

司马光这些话很有道理，很新颖，也很精彩，但现在众人并不是要听他讲这些话。范纯仁清楚，司马光在王顾左右而言他，于是继续问："你别扯到别处去，以后我们有时间听你讲史。今日你回答：出山否？"

范纯仁看到，司马光仍旧没有回答这个问题的意思，只是用干瘦的手，摸了摸不多的全白了的胡须。好些人急坏了，同时还有了些惊疑和焦虑。有几个耆者脸上现出了不认识司马光的表情。文彦博也有点犯急，一只手把花白长须捻来捻去。让人看不透的富弼不开口，只是一脸平静地望着司马光。安乐先生邵雍双目紧闭，鹤发童颜上现出一种举世皆醉、唯我独醒的古怪神情。

雅间的气氛沉寂了下去。张怀古急坏了："昨日晚生来到洛阳，街上的孩童都一个个能讲几个司马光的故事，那些贩夫走卒可说没一个不知司马相公的。"

耆者甲、乙、丙、丁同时说："是呀！是呀！司马相公人望无人可比！"

司马光这才张开瘪下去的嘴。众人又都把目光集中在司马光身上。司马光稍稍停了停："老朽这些年编撰《资治通鉴》，还有心得。夫德者人之所严，而才者人之所爱。爱者易亲，严者易疏，是以察者多蔽于才而遗于德。自古昔以来，国之乱臣，家之败子，才有余而德不足，以致颠覆者多矣！"

这个司马光，还是在王顾左右而言他。范纯仁不知此时在生气，还是在笑。说生气，又生不出；说在笑，又笑不了。范纯仁一直以为司马光回洛阳编撰《资治通鉴》，不过是一种圣人韬光、贤人遗世，并不是真正的出世，从此远离朝廷，远离官场。司马光绝对是个饱读经、史、子、集，满腹经纶，以天下为己任的读书人，一心想的是天下社稷，抱负大得很。司马光永远做不了陶渊明，也不会去做陶渊明。再说，陶渊明也做不得。读书人都去做陶渊明，天下事谁去管？司马光当然不会放弃《资治通鉴》，但满脑子想得更多的还是内圣外王、出将入相，日日想的都是顿纲振纪担当大任，夜夜做的都是名臣梦。然而，此时司马光却左一个王顾左右而言他，右一个王顾左右而言他，不会真的是退出朝廷，退出官场吧？要是这样，司马光就不值得人们这样尊重了。范纯仁很想对司马光说几句重话，雅间外进来一个驿站公差。公差径直走到司马光面前，从背后包袱里取出一封信，交到司马光手上：“这是大才子苏轼写给司马相公的诗，驿丞大人要小的赶紧送来。”

众人的兴致又被吊了起来，就是富弼那双深得像口井的眼睛也有了点兴味。文彦博望着司马光：“君实哇，大才子苏轼也一定是要你出山！”

司马光把苏轼的信拆开，先看诗。诗较长，司马光视力又很不好，约莫过了一炷香工夫，诗还未看完。众人也不急。范纯仁注意到，司马光脸上的表情再也平静不起来，先是凝重，次是肃然，再是激动，最后竟老泪纵横，嘤嘤哭了起来。众人面面相觑。范纯仁清楚，众人都想知道苏轼的诗写了些什么。司马光很明了人情，抬起泪流满面的头，把苏轼的诗递到张怀古手上。张怀古一字一句慢慢念。诗的后几句是：

先生独何事，四海望陶冶。
儿童诵君实，走卒知司马。
持此欲安归，造物不我舍。
名声逐吾辈，此病天所赭。
抚掌笑先生，年来效喑哑。

诗的内容诚如文彦博所言。苏轼对司马光确实很不客气地取笑了一番，很有点问罪的味道，但也确实是很热切地盼司马光赶快出山。范纯仁注意到，众人以为司马光这下该出山了，现出一脸的悦色。不过，此时司马光脸上的表情又平静起来。范纯仁急了。范纯仁比谁都了解司马光，跟司马光打交道，不怕他脸色不平静，就怕他脸色平静。此公脸色平静了，就要牛起来；脸色越平静，越牛。范纯仁脸上又现出了那种我心如秤的表情：“君实一定记住了吕诲临终前说的一句话：‘天下事尚可为，君实勉之！’”

范纯仁看到，吕诲这句话起作用了。司马光的脸色陡地严峻了。自己的话戳到司马光的痛处。在吕诲眼中，司马光是天下第一正人君子，临终把大宋未来之事的希望托付在司马光身上。然而，司马光却辞去一切官职，躲在洛阳编撰《资治通鉴》。今日这么多人劝他回朝廷也无动于衷，这对得起吕诲的在天之灵吗？一会，司马光又一脸老泪纵横，嘤嘤哭了起来。范纯仁奇怪了，不知司马光是何意思。范纯仁看到，众人也都怪怪地望着司马光。范纯仁说：“君实，你开口说句话呀！”

司马光又一脸的平静，不过到底开口了：“你叫司马去‘为’什么。”

范纯仁：“四个字：顿纲振纪。”

司马光望了自己一眼，脸上现出叫他感到十分熟悉的圣洁，岩石般突起的颧骨纹丝不动，不再说什么了。张怀古：“司马相公，你不回到朝廷去，朝廷怎么办？天下苍生怎么办？”

司马光才不管这么多，只是低着头，不过既未吮酒，也未夹条小鱼慢慢送到嘴里。雅间里又谁都不说话了，气氛显得有点沉闷。一会，一直没开口的富弼那双深得像口井的眼睛望着范纯仁：“不要太为难君实了。”

范纯仁想起熙宁四年与司马光回到京都开封见上吕诲最后一面的路上，自己很不客气地批评富弼恤己深于恤民、忧疾过于忧邦时，司马光也是这么为富弼辩解的，二人很有点灵犀相通。范纯仁看到，野贤安乐先生邵雍一脸料事如神的神情望着张怀古：“我现在可以明确告诉你：地气由北向南远不到时候。”

尽管范纯仁把安乐先生邵雍看作命相术士之类的人，但雅间里的这些人并不这么看。范纯仁看到，耆者甲、乙、丙、丁对安乐先生的话都一脸的深信不疑，就是司马光、富弼、文彦博也不觉得安乐先生的话有什么不妥，脸上有种默认的表情。最有意思的是张怀古，很是认真地望着安乐先生：“你不可以让地气早点向南吗？”

好些人笑了，野贤安乐先生也笑了，是笑张怀古的浅薄、简单、天真。地气向北、向南，此天机也，岂可泄露出去。范纯仁感到，今日不大不小之事和那件大事，是办不成了，就不再说下去。不过，这不影响众人喝酒、吃菜、聊天。雅间里很快又有了那种欢快、融洽、亲善的气氛。少说过了一个多时辰，洛阳耆英会才结束。虽说不大不小之事和那件大事没办成，但范纯仁心里还是高兴的，也不影响那件小事。第二年春天，范纯仁把女儿许配给了司马光的儿子，两家结为秦晋之好。第二日，范纯仁听到，司马光要张怀古到《资治通鉴》书局去做事，给了个八品主簿当，掌管书局钱财和日常事务。

酒席结束后，出了万家福酒楼，范纯仁看到，天阴了下去，冬天的日光陶醉不起来。

第六十七章　三司使察监铺城门险遭打
刀疤脸闹货场公人吃大亏

熙宁七年大雪节气后的第三天上午，入内内侍省的内官监押班太监高全福跟在三司使曾布后面，穿小街，过小巷，往蔡河安上门走去。小街、小巷的行人很少，冷冷清清。这些日子，京都开封雨雪少，但朝廷却多事。就在司马光等十四人在西京洛阳万家福酒楼开过洛阳耆英会时，曾布与吕惠卿在京都开封闹得不可开交。

高全福与曾布既不坐轿，也不骑马，只有曾布的一个随从跟在后面。街上的行人大都沿着有日光的那边行走，高全福与曾布却在无日光的那边行走。曾布一身布衣扮相，头戴一顶大棉帽，身穿一件半新不旧的棉袍，整个颈脖子都缩在棉袍的衣领内。高全福也一副布衣扮相，不过，那光光的没有胡须的下巴，却怎么也无法遮盖他阉人的本相。好在棉袍的衣领高，多少能遮着点下巴，要不然谁都一眼能看出他的身份。尽管如此，高全福与曾布所过之处，还是不时有人抬起头来，怪怪地望着这两个人。

高全福与曾布今日出来是察访市易法和免行钱之事。近来市易法和免行钱把京都开封搞得怨声载道，物议纷纷，大街小巷每天都能听到有人在骂市易法和免行钱。虽然熙宁四年朝廷贴了告示，对谤议时政者治罪，这几年皇城司已抓了四五千人，但有什么用？越抓人们越对时政说三道四、戳戳骂骂。这怪百姓不得，只怪市易法和免行钱害人。什么市易法和免行钱是富国富民的新法，那是个骗人的鬼把戏。这些人嘴巴不知说得多好：富能夺，贫能与；贱则提价买进，贵则减价卖出，出不失其平；开合敛散之权不移于富户，商旅以通，黎民以遂，国用以足。高全福这个人初通文墨也清楚：什么提价、减价，什么开合敛散，其实是为了争定价权。以前这个定价权，握在豪门巨贾手上；现在这个定价权，握在官府手上。以前，豪门巨贾掌握这个权，小商小贩、草民百姓的日子难过。现在官府掌握这个权，小商小贩、草民百姓的日子其实更难过。这些情况传到了天子赵顼耳里，几次诘责中书，要中书对市易法和免行钱的做法做些修改。前天夜里，天子赵顼急忙把曾布召进宫里，亲赐手札，要他与自己去察访市易法、免行钱事：

闻市易务日近收买货物，有违朝廷元初立法本意，颇妨细民经营，众语喧哗，不以为意，致有出不逊语者。卿必知之，可详具奏。

天子赵顼手札，就是把尚方宝剑。高全福看到，今日曾布心情特好，一脸喜色。高全福与曾布从未打过交道，听朝廷的人说，曾布这个人名声不太好，嫉妒心强，又喜欢夸夸其谈，眼睛里除了王安石外，朝中百官再没第二个人；说话拿声拿调，慷慨激昂，哗众取宠，令人作呕。曾布这个人还特别不讨宫里人喜欢，每次进宫从不相太监一眼，傲什么傲，不就多读了几本书吗？有什么了不起的。你朝廷官员是人，当太监的也是人。你朝廷官员看不起太监，太监也一样看你朝廷官员不起。再说，朝廷官员就无有求于太监的地方？高全福觉得，曾布不是个明事理的人。要是朝廷官员与当太监的沆瀣一气，岂不快哉？

不多时，高全福与曾布来到安上门前。安上门的城墙还是那么高耸，门下墙根那列军士衣甲还是那么鲜亮，旁边马桩上的马还在昂首振鬃嘶叫，令人望而生畏。不过，此时的城门口多了一排杈子架，杈子架里里外外围了不少人，其中不少穿公服和走卒模样的人。高全福清楚，这是熙宁五年京都开封设置市易务以来，在京都开封各个城门口设置的监铺卡子。做生意买卖的要过卡子，可不是想过就过得了的：卖，必卖于监铺；买，必买于监铺。豪门巨贾、小商小贩如此，那些肩挑背驮的脚夫也不得例外。

高全福看到，曾布几乎与他同时踮起脚、伸长颈，越过杈子架里外的人群，望了望城门外的情景。以前，这个城门是京都开封最繁华的城门之一，城门外大桥上车水马龙，往来商贩络绎不绝，那些肩挑背驮的脚夫多得如过江之鲫。但此时这个城门却萧条了，很不景气，城外大桥上往来商贩的车马明显少了许多，只几辆车马从桥那头过来；肩挑背驮的脚夫也稀稀落落的，远不如以前多。曾布忽然高声喊叫了起来：“好！”

高全福吓了一跳，也给弄得丈二和尚摸不到头，不知道曾布此时嘴巴里冒出个“好”字是何意思。高全福望了望安上门这边的大街，见大街之上看不到有什么

“好”的东西，只有数十头生猪稀稀拉拉朝通往皇宫的方向走去。

高全福小心问：“曾大人是说这大街上数十头生猪好？”

曾布很是神气地回过头来，一腔教训人的口气：“你们宫里人，整日生活在宫中，养尊处优，衣食不愁，不知外面的事。熙宁三年，安上门这边的生猪，每日有上千头之多。你扳指头算一算，开封军民上百万，数十头生猪够谁塞牙缝！”

高全福心里马上明白了，曾布嘴巴里这个“好”字，是一句反话。对四年前安上门日进上千头猪的情景，高全福倒是见过：一头头生猪从安上门城外给赶进来，活蹦乱跳往前走去，就像一股黑色的流水。但现在是熙宁七年的冬天，情况大不一样了。那时市易法还没在天下铺开，朝廷的市易司和各地的市易务、监铺都还没成立，市场买卖还是豪门巨贾说了算，现在京都开封市易务说了算，这里的生猪还能像以前那么多吗？别看高全福一副傻乎乎的蠢相，其实精明过人。本来，曾布是司农寺掌门人，城门口的猪多猪少，不关他的屁事，但前不久因京都开封市易务提举官吕嘉问与三司使薛向合不来，当今天子赵顼把薛向的三司使免了，让曾布当三司使。曾布得宠了，一下就提升到二品高官，当然神气得不得了。高全福清楚，曾布当上三司使，与他不久前上的一个札子很有关系：

> 陛下以不世出之资，登延硕学远识之臣，思大有为于天下，而大臣玩命，倡之于上，小臣横议，和之于下。人人窥伺间隙，巧言丑诋，以哗众罔上。是劝沮之术未明，而威福之用未果也。陛下诚推赤心以待遇君子而厉其气，奋威断以屏斥小人而消其萌，使四方晓然皆知主不可抗，法不可侮，则何为而不可，何欲而不成哉？

高全福听太皇太后曹氏说，天子赵顼对其中“主不可抗，法不可侮”八个字特别欣赏，曾布这八个字卖到一个好价。高全福心中有数，天子赵顼让曾布当三司使的意思是要曾布把吕嘉问好好管一管，但不是不要市易法。不过，吕嘉问岂是那么好管的人？他小时候家里都没一个人管得了他，朝廷里就更别谈有能管他的人了。这小子名声臭得不得了，然而办事却厉害得很。吕嘉问当上朝廷市易司提举兼领京都开封市易务提举后，每日里上解给朝廷的钱比任何时候都多。要管住吕嘉问，当然就要抓住吕嘉问的错。吕嘉问把市场搞得这么糟，日进数十头生猪，岂能向朝廷交代得了？这对曾布来说，不是好事又是什么！

高全福觉得，曾布刚才高声喊叫的反话，是有意为之，目的是说给高全福听，要他注意到市易务把京都开封市场搞得不像个样子这件事。其实，曾布这么做，纯属多余之举。高全福心里觉得好笑。这个曾布也太小看宫里的人了。不是说大话，在这方面，高全福其实比曾布更清楚，要不然怎么去当内官监的大太监？不过，高全福此时不仅不想去跟曾布争什么，相反装出一副恍然大悟的蠢相："有理！有理！计相大人才高八斗，洞察秋毫，奴才是茅寨顿开。佩服！佩服！"

曾布更是神气了，且好为人师起来："你呀，好卖弄文墨，却又经常闹出笑话。不是'茅寨顿开'，是'茅塞顿开'。茅寨忽然打开，强人不要把寨子里的东西全抢光了？"

高全福知道自己卖弄文墨时常闹笑话。不过，人家笑他，他毫不介意，一点不生气，不觉得有什么不好意思的。高全福说："计相大人见教的是，奴才下次一定'茅塞顿开'，把寨子关得紧紧的，连苍蝇也别想飞进一只。"

高全福注意到，曾布很是开心地笑了。不过，没多久，曾布忽然脸涨得通红，慷慨激昂起来，跟谁吵架似的："王相公一离开朝廷，吕嘉问这班人就这么胡闹起来，看看现在京都开封市场给搞成个什么样子了。市易法、免行钱这两项法令，秦汉以来，最糟糕的朝代都没出现过。吕嘉问这班人太不学无术了，竟然干得这么卖力，不是太愚蠢了吗？"

高全福感到自己身子受到一震，一张嘴半日没合拢，心里有种出奇的惊诧。以前，高全福倒是耳闻过，曾布慷慨激昂起来，脸会涨得通红，像跟谁吵架似的。这一点，高全福今日算是目睹了。不过，最叫高全福惊诧的还是曾布刚才的话。高全福真的不明白，曾布不是王安石一边的人，且对新法十分卖力的吗？怎么会说出这样的话来。高全福是个明白人，曾布怎么说吕嘉问，天子赵顼不会有半点责怪。天子赵顼让曾布接替薛向当三司使，就是对吕嘉问施行市易法和免行钱有不满意的地方，说几句吕嘉问的坏话，正合天子圣心。此外，曾布真要说王安石几句坏话，天子赵顼也不会有什么责怪。现在不是熙宁初年，对新法一窍不通，事事只能依着王安石；天子赵顼已经二十七岁了，对新法那套把戏都熟悉了，也会玩了，有王安石在和没王安石在，都无所谓了，说上王安石几句什么不是，有多大妨碍呢？但，曾布现在是拿新法说事，说市易法、免行钱秦汉以来，最糟糕的朝代都没出现过，岂不是说当今天子赵顼连最糟糕的朝代的天子都不如了？天子岂会放过你？高全福当然不会接过曾布的话说事。高全福现出一副傻乎乎的蠢相，什么话也不说。

高全福看到，曾布倒也不再慷慨激昂下去，转身往安上门侧边的蔡河走去。曾布今日到底不是为了来城门边发通慷慨激昂的牢骚，更不是跟他高全福到这里来逛街。如果是逛街，曾布八辈子也不会与他走到一起来。这个曾布其实也是个不把太监看在眼里的呆子，在这点上，吕惠卿就很不一样。那个说呆不呆、说不呆又很呆的郑侠上一图一疏、打赌求雨的第九天，吕惠卿与邓绾进宫，在延和殿丹墀下碰到高全福。吕惠卿对高全福脸上堆满了笑，还回过头抱拳行礼。高全福不糊涂，并不认为吕惠卿真的多么看得起他，但面子上能这样做就好，就有沆瀣一气的一天。曾布与他今日无论如何要把一个姓魏名继宗的人找到。此人本是草泽之人，在当地书院读过几年书，后来父亲病故，母亲改嫁，家道败落，书读不成了，在商行做了几年学徒；满徒后自己做生意，米、油、茶、猪、牛、羊的生意都做过，财没发，却把各商行的情况摸熟了。熙宁五年，王安石忙着要施行市易法，这个草泽之人魏继宗灵光大开，给当朝天子赵顼上书：

宜假所积钱别置常平市易司，报通财之官以任其实，仍求户贯为之辅，使审知市物之贵贱。贱则少增价取之，令不至伤商；贵则市损价出之，令不至害民。出入不失其平，因得取余息以给公上，则市物不至于腾踊，而开合敛散之权不移于富民，商旅以通，黎民以遂，国用以足矣。

天子赵顼把魏继宗的上书转给中书。中书王安石看了以后，大为赞赏，马上成立市易司，又在州、府设置了市易务。京都开封市易务有监官二员，勾当公事一员，提举官一员，另从各商行招募行头和牙人。朝廷市易司提举官、户部判官吕嘉问兼领京都开封市易务提举。魏继宗开始以为自己至少要弄个监官当当，却没想到连个勾当公事也没当上，只当了个米行的行头。这个魏继宗觉得自己怎么也是个制定国策的功臣，却怎么只当了个连九品官都不是的行头呢？后来一打听，是吕嘉问搞了他的名堂。吕嘉问何许人也？祖宗都不要，把家里人气得吐血的人！这种人会让你出头？白日做梦去吧！魏继宗这种人岂是好惹的，越想越气，一肚子不平和牢骚，手头上掌握着吕嘉问的不少材料，扬言要把吕嘉问扳倒。吕嘉问虽看曾布不起，言语间也冒犯过曾布，但二人并未弄到你死我活的地步。然而，曾布与吕惠卿近来斗法斗得很厉害。吕嘉问为何敢把薛向不放在眼里？就因为有吕惠卿做靠山。曾布要扳倒吕惠卿，不是那么容易的，通过搞倒吕嘉问把吕惠卿弄倒，此不失为一良策。这点当然瞒不过高全福的眼睛。当然高全福也不会把这点点破，他今日要做的事，是与曾布一道把魏继宗找到。

高全福看到，少说过了一炷香工夫，曾布才转过身来，对身后的随从目指着安上门。高全福与曾布动身来这里前，就打听清楚了，魏继宗会到安上门来。高全福看到，随从立即小跑着往安上门那边走去。不多一会，随从回来了，向曾布禀报：刚才醉春楼店主黄发贵拖他到蔡河船上喝酒去了。曾布二话没说，转身就往侧边的蔡河走去。这是没法子的事，既然一身布衣来找魏继宗，总不能叫官府衙门里的人把魏继宗叫来。

高全福和随从便又跟在曾布后面，往侧边的蔡河走去。高全福对蔡河一点也不陌生。这不仅因为他是后宫内官监的大太监，掌管后宫二十四库房，每日采办的东西无计其数，免不了常要到蔡河这边走走；还因为蔡河这边是京都开封最繁华的地方，食色二业都很发达，茶坊酒楼，帜旗高挑；青楼勾栏，美娘群集。当小太监的可怜，虽然半日当差半日歇，但俸禄少得可怜，仅够每餐吃一饭一汤，且未经允许不敢出宫门半步。大太监就不同了，俸禄高，每餐菜多达二十种，进出宫门也方便。到了宫外，乐事就更多了，听曲子，喝酒，饮茶，跟花娘狎戏，快活得不得了。花娘得了夜合钱，也没什么不愿意的。高全福就常常光顾蔡河这一带的青楼勾栏，这一带的花娘对高全福也格外给脸，亲热得不得了。

不多一会，高全福与曾布来到蔡河边。以往，蔡河繁华极了，两岸人头攒动。河内游艇、花船、渔船、渡船如织，漕运的大船一条接一条，官办的大船上站立着手持刀枪的士卒。不过，现在的蔡河冷清多了。河两岸的人不多，河上船也少，有两只官办大船的大帆一动不动的像插在河中。高全福特别看了看蔡河边上的青楼，只见有家青楼门前站了两个打扮得花枝招展的花娘在拉客。过往的行人望望她们，又都各自往前走了。

高全福心里恶狠狠地骂起王安石来：京都开封给弄成这个样子，都是那个该死的怪人王安石搞的那些个千人唾、万人骂的新法造成的。京都开封人骂新法，骂得最凶的是市易法和免行钱。朝廷要的是财政增羡，也就是赚到的钱要一天比一天多，越多越好。熙宁五年京都开封设置了市易务，市易务下面又设置了许多监铺，以做买卖赚钱的多少、贷款取息的多寡、免行钱的高低作为诛赏殿最的条件。因之官吏、监胥、役卒以及招募来的各个商行的行人和牙人无不唯恐聚敛之钱不尽，搜刮之财不多，把能想到的办法都想到了。凡商旅所有，不得先交易，必卖于市易务；凡市场所无，不得买于别处，必买于市易务。这样一来，不要说豪门巨贾的生意不好做，就是小商小贩的买卖也做不了，更遑论那些肩挑背驮的脚夫了。以前，朝廷里总有些书呆子破口大骂那些豪门巨贾凭着钱财的优势把小商小贩兼并掉，把他们说成是十目所视、十手所指、十恶不赦、万人唾骂的兼并之家。现在的市易务则是挟官府的权势而为兼并之事，比豪门巨贾有过之而无不及，今市面上如何不萧条。不过，那些豪门巨贾虽然给弄得叫苦连天，但总有办法对付市易务。可怜的是小商小贩，只能乖乖听话，在公人面前，谁也不敢啰唆。肩挑背驮的贫弱脚夫更是任人宰割，不敢吭声，吭声就拳脚相加。这怨不得谁，只怪他们就这个命。

在蔡河边没待多久，高全福忽然听到安上门洞里有一片吓人的凶喝声和怪里怪气的嬉笑声传来。不过，高全福很快明白安上门洞里出了什么事，肯定又是市易务安上门监铺的监胥、公差、走卒、行人、牙人在强买强卖，与往来的商贩和肩挑背驮的脚夫发生争吵；要不就是监铺的人在向贷了市易务的钱或赊购了市易务的物的人，催欠本金利息。这些监胥、公差、走卒有几个是好的？争吵上几句，就要动粗打人。这样的事，早在一年前就发生过，后来就越来越多，近来则成了家常便饭，司空见惯，不足为奇了。

高全福看到，曾布转过身朝安上门那边望去。安上门洞里的吵闹声越来越凶，怪里怪气的嬉笑声也听得越来越清楚。高全福注意到，曾布竟一脸的欢笑，好像安上门洞里吓人的凶喝声和怪里怪气的嬉笑声不是什么凶险的坏事，而是什么大喜大吉之事。曾布忽然又高声喊叫了起来：“好！”

高全福明白，此时的曾布幸灾乐祸极了。这个曾布曾大人，眼下就怕没坏事，坏事是越多越好，越糟越好；没坏事就捉不到吕嘉问的错，捉不到吕嘉问的错，就扳不动吕惠卿。曾布不往蔡河那边下去，又往回走，去安上门了。高全福注意到，曾布从他身边过去时，很是得意地望了望他，一面又用一腔教训人的口气跟他说话：“你们宫里人，肯定对这样的事是感到大惊小怪的，其实本官早就料到了。你信不信：要是还让吕嘉问这么搞下去，非出人命关天的大事不可！”

高全福一点不否认，市易法、免行钱再搞去，确实要出人命。高全福对市易法、免行钱恼恨的程度其实比曾布大得多，巴不得京都开封市易务出点人命。不过，曾布说话的那个神气和对宫里人轻蔑的口气，实在叫高全福受不了。要是在宫里，有谁这么跟他说话，高全福肯定当时就要把脸板下来，给对方一个难堪。但在外廷，又是碰到曾布这样的呆子，高全福只好把曾布的话当耳边风，由他说去，懒得理。

高全福和随从跟在后面，刚进安上门的城门洞里，就听到昏暗的门洞里那片凶喝声更大更吓人，那片怪里怪气的嬉笑声也很是令人心惊肉跳。不多一会，高全福感到那片凶喝声和怪里怪气的嬉笑声迎面扑了过来，接着便见一大伙人拥到了跟前，把自己往墙壁挤。城门洞里的光线更暗了，气氛很是喧闹可怖。高全福睁着眼，模模糊糊中见到那一大伙人中有三人颈脖子上了枷。这三个颈脖子上了枷的人看样子有些来头，一点不怕，一路叫叫嚷嚷的。模模糊糊中高全福见好些人对这三人不是拳打，就是脚踢，打得他们嗷嗷叫。这三人才老实不叫嚷了。高全福还看见，有个从他面前过的监胥模样人回过头来，恶狠狠地看了他一眼。高全福给吓着了，同时心里很不是味，觉得这个从他面前过的人竟敢这么看他，也特无礼，特胆大包天了。要是平日，高全福穿上紫色服装，戴上貂珰做冠饰的帽子，不要说城门洞里的这些人，就是那些有头有脸的京官见到他也得让个三分，笑脸相迎，何敢如此放肆，把他往墙壁边挤。但此时，高全福一身布衣扮相，没谁认得他。他只能受点委屈，忙缩到城门洞的墙边上去，要不然就要给这一伙人撞个四肢朝天。

不多一会，这一大伙人的凶喝声、嬉笑声和杂乱的脚步声出到城门洞外边去了，城门洞里的光线也亮了起来。高全福看到，曾布和随从也都吓得缩着个身子贴在城门洞墙边上。随后，高全福和随从跟在曾布后面，又回到城门洞的这边口上来。城门洞外，一地冷冷的日光明亮得叫人心里一爽。高全福看到，刚才从城门洞里出来的那一大伙人果然是监铺里的监胥、行人、牙人、役卒，上了枷的三人中有个回头望了望自己，像认得自己。冬日冷冷的日光照着那人的脸，高全福见那人左脸有道很宽的刀疤，刀疤在日光中显得很亮。高全福认出了，此人不是东明县那个叫刀疤脸的衙役班头吗？这个刀疤脸在熙宁元年下手太重，把一个农人打死了。开始官府还说要捉拿他，但后来就无人过问这件事。当然，有命案在身，刀疤脸的衙役班头是当不成了，乔家庄乔昌发老爷就把刀疤脸叫到府上做事，此事就这么不了了之，再无人过问了。高全福常在乔昌发老爷府上进进出出，多次见过刀疤脸，还打过照面。高全福明白了，为何此人上了枷还叫叫嚷嚷，就因为此人是乔家庄乔昌发府上的人。叫高全福感到奇怪的是，安上门监铺的人莫非吃了豹子胆，连乔昌发老爷府上的人也敢上枷？怕活得不耐烦了！不过，高全福很快明白过来。这些人都是市易司的人，市易司提举是吕嘉问，吕嘉问又是个不忌生冷、胆大包天、胡作非为、敢在太岁头上动土的人，不要说乔昌发老爷府上的人，就是皇亲国戚也不在他眼里，岂怕刀疤脸？

高全福故意撇开脸，装着不认得刀疤脸。高全福走出城门洞口时，还看到一大伙人中有两个公差模样的人也回头朝自己望了望。那两个人，一瘦一壮，目光在自己身上停了好一阵。高全福记起来了，那个瘦人姓刘名进，原是开封府陈留县的一个生员，书没读出什么名堂，考了几次举人都名落孙山；官自然一辈子当不上，每年除了官府给的四两银子外，就别无其他收入。这种人多半又酸又呆，但刘进却一点不呆不酸，相反刁精得很，又到底是个读书人，比起平头百姓来，跟官府衙门里的人多有交往，手眼宽得多，能串通官府打官司。刘进在乡里人眼里是个很了不起的人物，都把他当老爷看待。刘进这人还跟吏部、刑部的什么人有点私交，既懂朝廷的一些法规，又清楚官府衙门那些坑害平头百姓的见不得人的肮脏勾当。因之，乡里不少农户愿意花点钱，请刘进做“包户”，代交漕粮和各种杂税，官府衙门里的人也不敢过分敲诈勒索。农户掰指头算了一下，做刘进的“包户”更划算。不用说，官府对这种人很头痛，想收拾他，但刘进这种人手上有他们的把柄，官府衙门里的人谁会撕破脸较真？只要刘进不过分，他要吃“包户”也就开个眼、闭个眼，双方同喜同乐。官府在“包户”上少敲诈勒索点，可以在那些不是“包户”的农户身上补回来，也亏不了。后来，这个刘进在京都开封米行当了个行头，就更是吃得开，无论是本地米铺，还是外来米贩，从接货、定价，到搬运、零售，无不听命于他。高全福手下的太监常跟刘进打交道，自己也跟刘进在一起喝过酒，后来听说这个刘进到市易务当差来了，当上安上门监铺的行人。那个壮人姓胡名木根，刘进的同乡，是个粗人，样子很凶，有把虎劲，张着嘴笑，露出上嘴唇的两个大门牙，叫人害怕。听刘进说，此人斗殴打架不要命，算得一条好汉；嗜赌，方式很特别，别人赌的是钱，他赌的是身上的肉。进到赌场后，众人纷纷押上赌钱，胡木根走到赌案前，用刀在自己大腿上割下一块肉，往赌案上一押。赌的人立即吓得面如土色，知道碰到了煞星，纷纷夺门而走。岂又能那么便当走人？门早给胡木根堵住了。走人可以，把身上的钱全留下来。这么一个人，当然是市易务用得着的人。刘进到市易务来当差，便把他带了进来，且当上了卒头。说句实在话，京都开封市易务的那些行头和牙人，可以说没几个不是黑道上的人。这些人平日横行霸道惯了，从来吃肉不吐骨头，各个商行的商贩和四乡八村肩挑背驮的脚夫谁不对他们恨之入骨，但又敢怒不敢言。以前，要是碰上官府里有那么个以天下为己任、书读得呆头呆脑、一心想青史留名的人当长官，出面管一管，这些人多少有点顾忌；现在这些人也是官府里的人了，就更是横行霸道、为所欲为，想怎么干就怎么干了。不仅小商小贩一肚子意见，肩挑背驮的脚夫牢骚满腹，就是豪门巨贾也对这些人恨之入骨。

高全福开始觉得奇怪，自己一身布衣打扮，这几个人怎么会认出自己，随后又兀自笑起自己来。不错，自己虽然布衣扮相，但光光的下巴，岂能瞒得了人？那一大伙人凶凶喝喝、嘻嘻哈哈把上了枷的三人往斜过来的一条小街走去。高全福清楚，这条小街原先比较冷清，只有为数不多的杂货店。但前不久市易务安上门监铺租了前面一个院落作货场，情况就不同了。这条原本比较冷清的小街骤然间热闹起来。好些赶着骡车、马车拉着货物的商贩和好些肩挑背驮的脚夫也往那头走去，又有好些赶着骡车、马车拉着货物的商贩和好些肩挑背驮的脚夫从那头走来。小街上还有为数不少的役卒前前后后走来走去，对小街上的商贩和脚夫呼喝着，样子很凶，声音骇人。

那一大伙人把上了枷的三人带到前面不远的一栋院落里去了。这院落好生奇怪，坐落在一条巷口，衙门不像衙门，住宅不像住宅：人来人往，熙熙攘攘，嘻嘻哈哈，嘈杂喧嚷，简直比集市还热闹。曾布回过头来，对身后的随从抬了抬下巴。随从便立即小跑着往那栋院落走去。不多一会，随从回来禀报：院落是市易务安上门监铺的一个货场。

曾布再次忽然高声喊叫了起来："好！"

高全福这回是吓了一跳，很为曾布担起心来。高全福觉得，曾布特大意了些。你这么高声一喊，谁知你这个"好"字是什么意思。这里不是朝廷，更不是三司衙门，你一个“好”字出口，许多人都得跟你“好”下去。高全福看到，一些商贩、脚夫不走了，一起望着曾布。两个役卒朝这边走来。一个歪鼻，一个歪颈，每人手上拿着一根锁人的链子，两眼凶光，一脸神气，果然要找麻烦来了。曾布倒无所谓，脸色如常。他的随从吓坏了，几步走到曾布面前，张开两手，准备拦住两个役卒。高全福也吓坏了。虽说高全福是大内能呼风唤雨的内官监大太监，不是曾布的扈从，这次出来跟曾大人出来察访市易法和免行钱事，不负责曾布曾大人的护卫，但曾大人出了事，天子那头可交代不过去。可此时此刻，这个能在大内呼风唤雨的大太监，实在拿不出办法应对眼前要发生的事，只是干着急。

高全福注意到，两个役卒走到随从跟前，掀了随从一掌，把随从掀得踉踉跄跄倒退了七八步，差点摔倒在地。曾布倒无半点惧色，迎了上去，要跟两个公差理论。高全福更是吓坏了。高全福虽然是大内深宫的大太监，但进宫前混迹市井，比朝廷许多官员更了解世情。这些役卒虽然根本算不得官府衙门的人，但因为在京都开封市易务监铺里做事，便觉得身价高了起来，也横得很；平头百姓见了要叫老爷的，到谁家去都要酒肉款留。曾布去理论，这两个役卒能不动粗？

高全福看到，歪鼻子役卒到了曾布跟前，抖了抖手上的链子：“你好什么好！”

随从挤到歪鼻子役卒和曾布中间，对歪鼻子役卒说：“不得无礼！”

歪颈役卒冲到随从跟前，手上的链子抖得咣啷响：“你说对了，本老爷就是对你们无礼。你信不信：本老爷现在就敢拿链子把你们两个锁起来。”

高全福觉得自己此时一定面如土色，同时也差点没笑出来。一个役卒就这么一点羞耻也没有的“本老爷、本老爷”起来，且开口就要锁人，你这个狗役卒真狗胆包天，把曾布和随从锁了，到时候有你好果子吃，不把你打死也要你落个终身残疾。不过，此时不是他跟这个狗役卒说这些话的时候，得赶紧想办法不让曾布和随从吃眼前亏才是。

高全福看到，前前后后好些役卒围拢来了，不少赶着骡车、马车拉着货物的商贩也停下来不走了，还有不少肩挑背驮的脚夫也放下担子。一街的人都朝着这边看热闹。小街上的气氛立即紧张起来。高全福觉得自己不能再不说话了，便走到两个役卒面前，笑着说：“二位老爷何必动那么大气，你们觉得这个‘好’字不好听，不听就是了。”

高全福发现，自己话音一落，一街的人都望着自己了。高全福开始还没悟出这是怎么回事，只是觉得奇怪。不多一会，歪鼻子役卒转身对着他，一脸又怪又坏的笑：“你这个人男不男、女不女的，嘴上一根胡须都没有，何处来的妖人，也配跟本老爷说话？今日本老爷先把你锁起来，送到官府衙门去问罪！”

歪鼻子役卒和歪颈役卒把链子在空中舞了几个圈。高全福看到，一街的人都笑栽了，好些人还用手指自己的下巴。高全福明白了，刚才一街的人都望着自己，全是光光的下巴暴露了自己太监的身份。太监是为人所不齿的，再大的太监也是如此，在人们心中狗屎不如。高全福没想到，自己多了句嘴，就引火上身了。走是走不脱的，躲也无处躲，看来自己今日免不了有番苦头要吃。高全福老实下去了，缩着个身子，等着两个役卒拿链子来锁他。两个役卒链子举起来了，却从街的那头传来很响很急的脚步声。高全福听到人群里有人喝道：“休得胡闹，给我把链子放下！”

奇事发生了，歪鼻子役卒和歪颈役卒的手立即缩了回去，链子吊在手上，摆了几摆，就没敢再动了。高全福觉得，今日真是怪事多多，谁会这个时候来搭救自己呢？高全福挺直了身子，昂起头，踮起脚，想看看搭救自己的是何人，却见有人从人堆里挤了过来。高全福定睛一看，原来是在安上门口回头朝自己笑了笑的刘进和胡木根。二人来到高全福跟前，立即躬身而立，脸上赔着笑，巴结得不得了。一街的人都惊讶地望着自己，就是曾布和他的随从也一脸的错愕。此时歪鼻子役卒和歪颈役卒吓得一脸土色，跪了下去，拼命对高全福磕头，少说磕了一二十个，手上的链子也上下起伏着，咣啷咣啷响个不停。

高全福这才松了口大气，知道没事了。不过，刘进却仍旧赔着个笑脸，不停地问他吓着没有。高全福清楚刘进这种人：虽说手上总拿着官府衙门里人的把柄，要挟制官府衙门里的人，但多半是说说而已，不到万不得已是不会这么做的；相反，对官府衙门里用得上的人倒总是有礼在先，很是殷勤。那个壮人最有意思，样子很凶，是个粗人，并不笨，其实也挺会巴结上面的人，张着嘴，露出上嘴唇的两个门牙，也不在乎人家见了怕不怕，只是笑个不停，笑得你汗毛发竖。

过了一会，刘进踢了跪在地下的歪鼻子役卒和歪颈役卒两脚：“该死的东西，瞎了眼睛是不是？连皇宫大名鼎鼎的大貂铛高老爷都不认得，剜了你们的狗眼，还不快滚！”

歪鼻子役卒和歪颈役卒吓得赶紧爬起来，却又神气起来了，抖了抖手上的链子，几乎同时对停下来看热闹的商贩和脚夫说：“看什么看，都把货送到前面货场去!”

一街看热闹的人都散开了。商贩赶着骡车、马车，脚夫肩挑背驮着东西又往监铺的货场去。曾布和随从松了口气。高全福望着刘进和壮人胡木根，问：“三人何以被枷？”

刘进没有立即回答。壮人胡木根却抢着说：“这三人犯了王法，狗胆包天，竟敢打着皇家旗号，扰乱市易法，把市易务要的货物全都拦住，弄到他们那里去。这还了得！不枷这三人，不就翻天了！犯王法是要砍头的，没砍他们的头就是便宜了这些人。”

高全福注意到，曾布脸上有了一种闻所未闻的惊奇感。曾布要去前面那栋院落看看监铺的货场。刘进让胡木根在前面引路。高全福和随从跟在曾布后面。刘进走在最后。此时一件没想到的事发生了。高全福在离院落一箭之地时，看到后面有二十几个壮汉冲了过来。那伙人手上每人提着一根木棍，往院落货场冲去，见到监铺里的人就打。

高全福清楚，那伙人并非强人响马，只是市易务监铺的仇家。不用说，那伙人敢光天化日之下冲到监铺货场打人，肯定来头不小。高全福看到，曾布一脸的惊愕。刘进则不见了。刘进这种人刁，肯定是发现苗头不对，躲起来了。高全福再看看前面引路的胡木根。这个壮人不仅没走，反快步往前走去。

不多一会，院落里传出叫人心惊肉跳的喊爹叫娘声。好些役卒模样的人从院落里往外跑。那伙手上提着木棍的人则追到院落外来。落在后面的役卒被追上来的人一棍子打翻在地，痛得在地下打滚。有个役卒倒在地下，半日没动一下。街上商贩顾不得骡车、马车了，脚夫也都丢了货物，吓得站在街的两边看热闹，没一人上前。

再过一会，高全福看到，刀疤脸从院落里出来了，颈上的枷没了，手上却提了副枷。跟在刀疤脸后面的两个人带了枷：一个是歪鼻子役卒，一个是歪颈役卒。这两个役卒此时都像死狗一样，低着头，再也不敢“本老爷、本老爷”了。几天后，高全福打听到，那伙手上提着木棍的人全是东明县乔家庄乔昌发乔老爷府上的人。

高全福注意到，壮人胡木根这才觉得情况不对头，转身想往后跑。不过，来不及了。刀疤脸用手上提着的枷朝胡木根那边指了指，四五个提着木棍的人冲了过来。其中一人一棍把胡木根打翻在地，另一人把他按在地上，其他人举起木棍就打，少说打了五六十棍。这个胡木根竟有这个本事，熬得住，怎么打也不出一声，就是不丢这个脸：算得一条好汉。打得差不多了，刀疤脸才不让打了，只把手上的枷带到胡木根颈上。刀疤脸看见了高全福。不过，高全福又赶紧把脸撇开。刀疤脸也就不再看高全福了。那个被打得倒在地下、半日不得动的役卒动了动身子，总算没死。刀疤脸和那伙提着木棍的人押着胡木根、歪鼻子役卒和歪颈役卒，扬长而去。小街上留下一地的血。不过，没多久，有人给高全福传话：不仅胡木根，且刘进都跟刀疤脸相互称兄道弟，经常在一起喝酒、掷骰子赌钱，关系好得不得了。

曾布忽然第四次高声喊叫了起来：“好！”

高全福这回虽然还给弄得丈二和尚摸不到头，却没给弄得吓一跳。今日这里差点就出人命，还有什么好呢？高全福看到，随从也很是莫名其妙地望着曾布。

曾布很是得意地回过头来，笑了笑，教训起人来：“要是天子知道了眼前这一塌糊涂的样子，市易法、免行钱还能搞下去吗？”

高全福明白曾布的意思了，觉得曾布的话也没错：“曾大人，我们可以沆瀣一气了。”

高全福看到，不仅曾布笑得前仰后倒，随从笑得弯了腰。曾布说：“你呀，好卖弄文墨，却又经常闹出笑话。什么‘沆瀣一气’，是‘是英雄所见略同’。”

高全福觉得今日是自己一生最值得骄傲的日子。自从进宫当太监以来，自己从来未被人看起过；即使当上了令宫人眼热的入内内侍省的内官监押班太监，也总自惭形秽，人前人后都矮人一等。然而，当朝二品大员三司使却把自己看成是和他一样的英雄，这能叫自己不感到自豪吗？高全福忙说：“对！对！我们都是英雄。”随后又忸怩起来：“不！不！刑余之人怎能跟曾大人相同呢？曾大人先当英雄，刑余之人后当英雄，刑余之人也不亏。”

高全福看到，曾布又笑得前仰后倒起来，随从也笑得弯了腰。不过，不多一会，曾布不笑了：“高老爷，明日本官上个奏章，把今日之事上呈天子听，你意下如何？”

高全福连连点头：“好，这是再好不过的了。”

高全福忽地看到，冷冷日光下的街上有个黑影伸到曾布和自己脚下来了。高全福抬起头，望了望，但见一个头戴大帽的人站在面前。高全福不认得此人。曾布却认得：此人就是他们要找的魏继宗。原来魏继宗也在找他们。曾布高兴极了，忙叫随从去找个偏僻幽雅的茶店，好好跟魏继宗谈一谈。从魏继宗那里，曾布确实了解到了吕嘉问许多违规之事，且很快上奏天子赵顼。让曾布始料不及的是，他与高全福的奏疏上呈到天子赵顼那里，结果与曾布设想的大相径庭。天子赵顼降旨：吕嘉问贬出朝廷，到常州当太守；高全福没动，仍当内官监押班太监；责成开封府给魏继宗治罪，吓得魏继宗连夜逃出京都开封，再也没在京都开封露过面；最出人意料之外的是，曾布也获罪，到饶州去当太守。高全福清楚，这是曾布一句话惹出的事。曾布不该说“市易法、免行钱这两项法令，秦汉以来，最糟糕的朝代都没出现过”那句话，那句话让天子赵顼记恨了一辈子。这并非高全福坏了曾布的事，高全福没那么差劲。这全是曾布昏了头，在三司衙门也两次说了那句话，结果那句话传到吕惠卿耳里，曾布就彻底玩完了。天子赵顼在位，曾布别想再回到朝廷来；倒是在元丰末年，天子赵顼驾崩，司马光当国，才把他召回朝廷，且让他当上令人眼热的翰林学士。

第六十八章　风云突变邓绾稳坐钓鱼船　世事难料韩维无端遭弹劾

再过五天，就是冬至，天子赵顼又要率领文武百官祀天。这次冬至祀天，肯定是天子赵顼登基以来最隆重、最盛大、最有脸面的一次。现在朝廷比以往任何时候都有钱，比王安石在朝当相爷时还有钱。天子赵顼登基以来，最让天子感到羞涩、感到难堪的是熙宁元年的那次冬至祀天，连两万钱银子都拿不出。今年冬至祀天的银子不成问题，不要说两万银子，就是翻个十倍的银子也拿得出。这一来是王安石王相公制定的新法仍在施行；二来是这两年施行市易法、免行钱，把原先被豪门巨贾、各个商行巧取豪夺去的不义之财收回到官府来了；三来是手实法虽然给废了，但赚到不少钱确也属实。天子赵顼圣明，这次冬至祀天比以往任何一次都风光，满朝文武百官、皇亲宗室、宫中各色人等的赏赐，两宫太后的礼品，比哪一年都丰厚。这次冬至祀天大赦也会比以往任何一次都漂亮：判杖刑的无事，全都释放回家；死罪的降一等，都死不了；有罪和犯错的官员，或免罪，或起复，或进爵。总之，朝中百官、皇亲国戚皆大欢喜，谢主隆恩，天子万岁！万岁！万万岁！

这天，过了上灯时分，御史中丞邓绾坐在饭厅里吃夜饭，慢慢喝着酒，吃着菜，样子很是悠闲自在，但内心却一点也不悠闲。这些日子，朝廷很不平静，怪事多多，传言四起，谣言远闻。有说天子赵顼要召回司马光，让他进中书主政。有说天子赵顼要召回王相公，让他再相朝廷。有说天子赵顼已经非常厌恶吕惠卿，要外放他去地方当知府。有说天子赵顼越来越喜欢吕惠卿，要他取代韩绛当首相。左一下，右一下，漏洞百出，相互矛盾，叫人摸不着北。其实，当下朝廷人心这么乱，是因为这些日子朝廷里发生了两件完全出乎人们意料的事。第一件是手实法正兴师动众、大张旗鼓施行得风生水起时，却突然给废除了。不过，邓绾虽然对这事也不是看得很清楚，但也不是一点都不清楚。吕惠卿是个心气很高、有大想法的人，但又确实器张了点。那种四面示威的神态，八方逞能、咄咄逼人、高人一等的做派，没法不让朝中百官感到心惊肉跳，也没法不遭人嫉恨。不过，吕惠卿的手实法突然给废除了，说不给人一点意外的感觉也不是。邓绾是个明白人，朝野上下骂手实法的人很多，但无一人给朝廷说半个“不”字，没料到给苏轼一扰，天子赵顼就把它废除了。不是邓绾看不起苏轼，苏轼的话在朝廷里其实是没什么分量，没几个人认为他在朝政上有什么大本事。然而，这一次苏轼的话不知怎么起了这么大作用。吕惠卿原先满以为手实法志在必胜，也根本没想到手实法就这么说废就给废了，威风一下子矮了一大截。第二件是奉旨察访京都开封市易务的曾布和提举京都开封市易务的吕嘉问都贬到地方当官去了，但市易法和免行钱照行不误。朝中许多人对这点，也觉得很是匪夷所思。邓绾早有耳闻，天子赵顼与王安石王相公拟定市易法时，亲手削删了第十三条。这一条规定市易务对那些有害市易法的豪门巨贾有“觉察按置”权。削删了这条，可见京都开封的生意买卖里的水深得很，盘根错节，不知有多复杂；也可见天子赵顼对抑制豪门巨贾操纵市场、兼并小商小贩这一点顾虑重重，不敢在这上面动手较真。再说，吕嘉问这人头脑简单，猛得很，对新法的施行从不讲价，但太缺心眼，手下又多是些蛮不讲理、喜欢动粗、凶凶喝喝、唯恐天下不乱之人，让吕嘉问提举市易务，不把京都开封市场搞得一塌糊涂才怪。这些日子京都开封为数不少的店铺都关门歇业了，街市上也萧条了，特别是米市、肉市、鱼市、菜市，生意更是清淡。很显然，这些情况是无法瞒住天子赵顼的。吕嘉问岂有不滚蛋之理？至于曾布也被赶出朝廷，那是因为曾布拿新法说事，说市易法、免行钱在最糟糕的朝代都没出现过。这样的话岂能说得？怪不得连初通文墨的高全福听了都觉得好笑。朝中不少人都知道曾布与吕惠卿不和，也知道曾布搞吕嘉问是为了搞吕惠卿。吕惠卿岂能放过曾布那句很糟糕的话？前几日，早朝之后天子赵顼留吕惠卿在垂拱殿叙话，君臣二人谈起那句话。吕惠卿说：曾布败坏新法，把天子赵顼也骂了，对天子大不敬。天子赵顼龙颜挂不住了，不过一时还拿不定怎么处置曾布的主意。吕惠卿给天子出主意：曾布贬到饶州当知州，惩其败坏新法、大不敬之过；吕嘉问贬到常州当知州，惩其有违市易法本意之错。二人都被贬出朝廷，朝中谁都无话可说。不过，曾布、吕嘉问从此都把吕惠卿恨到了骨头里，成了终生的死对头；曾布与吕嘉问也结成了终生的死仇，无法化解。二十五年后徽宗朝的崇宁初年，当开封知府的吕嘉问逮住个机会，趁当时首相蔡京诬陷曾布受贿时，把曾布几个儿子抓来严刑拷打，弄得曾布落职；吕嘉问狠狠地快意了一下恩仇。

邓绾从不与家人一桌吃饭，都是一人在饭厅用餐。他喜欢一人慢慢喝酒吃菜，一边慢慢想事。旁边有一家仆站着侍候他。桌上放了一壶酒。烛光把邓绾端起酒杯慢慢地喝着的身影印在板壁上。邓绾慢慢品着酒，津津有味地啃着鸡，同时海阔天空、漫无边际地想着朝中事。邓绾感到最有意思的是，接替曾布当三司使的是章惇。此人拣了个大便宜。天下事真是云谲风诡，荣枯贵贱如转丸，瞬间说有就有，眨眼说无就无。章惇提着脑袋在荆湖两江地区不毛之地平叛，五年班师回朝，才不过当个军器监，然而三司衙门一场大火，却给他撬开了三司衙门的大门。三司衙门就在皇宫内，大火把三司衙门的一千八百余楹的房子烧了。侍卫保护宫眷去了，抽不出身子救火；太监只能侍候天子及其嫔妃，没救火的本事；宫女吓得尖叫着，到处乱跑；官员是干治国平天下大事的，救火的事是不干的，也干不了。天子赵顼此时站在御楼上，犯急间看到在散乱奔忙的人群里有一个官员领着一队役兵向火场冲去，把火灭了。天子赵顼问左右，知道那个官员就是章惇。章惇从此时来运转，官运亨通起来，想不升官都难。果然，曾布把三司使丢了，天子就让他当三司使。

邓绾的酒吃了一半，忽然感到自己有个新的发现：此时朝廷乱相已现，天子赵顼也乱了方寸，要不近日就不会出现这么多怪事。邓绾对自己这个新的发现很是得意，伸出筷子夹块鸡翅往嘴里送，门者来禀：当朝参知政事吕惠卿吕大人来访，还带着乌府台监察御史舒亶舒老爷、推直官张守英张老爷一道来。邓绾开始吃了一惊。如果是别的什么日子，邓绾当然不会是这个样子。朝廷现在不平静，怪事多多，可以肯定地说，吕惠卿今晚绝对不会是无缘无故来他府上造访，且还带着乌府台的两个人。当然，把乌府台的人带来，也不是什么坏事。乌府台大多是新法这边的人，以前只要把一双眼睛盯着那些对新法说三道四的人就行了。现在不行，再找不到对新法说三道四的人了，而盯着那些卖力施行新法的人似乎也不那么妥当。这些御史一时间竟不知道自己这个言官该怎么当。在大宋百年中，御史当到这个份上还没出现过。局外人只看到朝中百官都怕御史，没人敢惹，风光无限，其实御史有御史的难处。御史说穿了就是天子的耳目，令百官望而生畏，但干的却是得罪人的活，且无法偷懒，不作为是不行的：每月“月课”不能少，至少要奏事一次；百日内必有弹劾，否则就卷铺盖走人。当然，敢于奏弹，一律有赏。话是这么说，但倘若弹劾不称天子意，麻烦事也就免不了要找上门来。况且，天子不会让你当一辈子御史，一旦不当御史了，就得当心那些被你弹劾过的人了，这些人会以十倍的凶狠回报你。因之，当御史的须特有心机，既要看准方向，又要留有后路。朝廷平静时，御史好当，很容易找到弹劾的目标；朝廷多事时，御史就不那么好当，相当令人头痛了。邓绾不打紧，心中早有主张，任凭风浪起，稳坐钓鱼船；吕惠卿此时到这里来未必不是件好事。

这天夜色黑得好似锅底，不要说屋外的院墙和院墙外的房屋都融进浓黑的夜色里去了。邓绾把嘴里的鸡翅吐掉，忙命管家把大堂的官烛都点上，备好茶，摆上果品。早有家仆提了灯笼，在前面照路。邓绾急急忙忙出了饭厅，高一脚、低一脚往前走去。邓绾觉得吕惠卿此时带着舒亶和张守英到他府上来造访很有点蹊跷。王相公离开朝廷后，吕惠卿总是在府上等着人家去朝拜，很少外出去拜访他人，今夜到他府上来，岂不是怪事一桩？这些日子，朝中骂吕惠卿的人很多。手实法给废除后，骂的人就更多。这一点，在早朝后去御膳堂吃朝食的路上，表现得再清楚不过了。邓绾看到，吕惠卿几乎是在官员充满仇恨和幸灾乐祸的目光中穿过去的。吕惠卿表面上若无其事，但脚步却不由得加快了许多，快到御膳堂时便小跑着溜进中书宰执大臣用餐的房间去。

邓绾跟在灯笼后面，一路快步向前走去。灯笼前后摆动着，里面的烛光把他的影子一会拉得老长，一会又压到他的脚下，很有点动荡不安、神出鬼没的味道。说起来，对手实法要不要施行，邓绾其实并不怎么关心。邓绾最关心的是朝廷官员官职差遣上的变化。不用说，这一点也最能牵动官场上每个人的心。手实法这么快给废除了，对吕惠卿在朝廷中的地位确有影响，至少说明吕惠卿在天子赵顼心目中的地位根本无法跟王相公相比。不过，许多人就因此认为吕惠卿失宠了，这其实错了。吕惠卿在天子赵顼心目中的地位并未动摇。吕惠卿会弄钱，天子赵顼离不开吕惠卿。在这点上，邓绾也很有点为吕惠卿鸣不平。吕惠卿弄到这么多钱，朝中官员到手的钱也多了，但这些人就这么不凭良心，还要天天骂吕惠卿。

家仆的灯笼早出了大堂，邓绾赶忙提起身上的皮袍，跨过门槛。灯光一级一级往下跳，邓绾一级一级下了台阶。邓绾在庭燎处碰上吕惠卿。庭燎的火光中，邓绾见吕惠卿今日对他很是亲热，一脸欢笑地望着他；舒亶对自己不是看得很起的，此时也面带笑意；那个前不久才到乌府台来当直推官的张守英，则是毕恭毕敬，一脸巴结讨好地望着自己。此公原是官宦子弟，不喜读书，学养浅薄，靠荫补在户部榷易案做了没有官籍、没有品秩的吏员，连朝廷命官都算不上。按说这种人永世也难有出头之日，但在立冬节气的前五天，这人时来运转。这人一句“手实法千古第一高法”、一句“吕相公千古第一高人”，把吕惠卿捧上了天，引起了吕惠卿的注意；后来，此人又和几个人联合平署了一道奏章，乞请手实法尽快施行，结果吕惠卿给他的好处更大。一个月不到，吕惠卿就把张守英调到乌府台当上在籍的九品推直官。这推直官专治狱事，看管乌府台大牢里的犯官，不要说出了事的犯官怕他，就是没出事的官员也没谁敢怠慢他。学养浅薄的张守英当个推直官还是挺称职的，把乌府台大牢里的犯官一个个都整治得服服帖帖。

邓绾引吕惠卿从西阶到大堂去。西阶是贵宾行走的，舒亶却很不讲这个规矩，大模大样跟在吕惠卿后面从西阶上了大堂。张守英倒规矩，老老实实从东阶上去。邓绾对舒亶这种无规矩行为，嘴上没说什么，心里很不高兴。早有家仆把大堂里的官烛都点上了，烛光把门前的台阶照得一片明亮。邓绾引吕惠卿进了大堂。灯光中，吕惠卿虽然一脸笑意，但浑身都给人一种呼风唤雨的感觉；舒亶紧挨在吕惠卿身后，一脸的得意；张守英倒还恭谨，对自己点了好几下头。邓绾讨厌舒亶，不想见此人。这怪不得邓绾，只怪舒亶太不会做人。邓绾心中有数：朝中许多人都看他不顺眼，笑他巴结讨好王相公才当上御史中丞。然而，为何乌府台的人也这么看他呢？其中舒亶最为明显，人家只是背后对他指指点点，舒亶却常常摆在脸上，对他常常有不屑一顾的表情出现。邓绾很是窝火。讨好巴结有什么不可以呢？官场上的人谁不会讨好巴结人？在官场上，其实讨好巴结再正常不过的了；相反不讨好巴结才反常得很，要么是官场出了毛病，要么就是人出了毛病。古诗曰：“河清不可俟，人命不可延。顺风激靡草，富贵者称贤。文籍虽满腹，不如一囊钱。伊优北堂上，抗脏倚门边。”官场上，你不讨好巴结人，人家讨好巴结人。有道是吟诗作赋北窗里，万言不值一杯水。读了再多的书，再有学问，文章写得再好也没用，当不上官不理你，只能可怜巴巴靠门边站，做个潦倒落魄、遭人嘲弄的讨厌鬼。会讨好巴结人的人才能升官发财，飞黄腾达，高高地坐在官府衙门里，受人尊重，被人称赞是个贤者。自古以来都是如此，以后还是如此，谁也改变不了。既然如此，怎么他讨好巴结人就罪该万死呢？这太不公平了。再说，自己不是没本事的人。说句实在话，新法一边的人都不是没本事的人。曾布不是，章惇不是，吕嘉问、李定、林英及其他许多人都不是，吕惠卿更不是；就是让人讨厌的舒亶，也不是。——邓绾够公道的了，对讨厌的人也不说冤枉话。——这些人都是靠自己的本事才得到王安石王相公赏识的。

邓绾请吕惠卿在北边的上位坐。吕惠卿却不就座。邓绾以为这是吕惠卿在讲客气，一想，不对头。吕惠卿不是个谦谦君子，干什么都当仁不让，从不讲什么客气的；特别是王相公离开朝廷后，更是如此。一会，邓绾就见吕惠卿根本就不想在大堂里坐。吕惠卿说了句舒亶和张守英早就想来造访御史中丞大人，就慢慢踱步到大堂外的台阶上，反剪着双手，背对着大堂，望着外面的夜空。邓绾觉得奇怪，今夜黑得好似锅底，面对面站在一起的人也看不到对方的人影，吕惠卿站在外面望着夜空看什么呢？

邓绾回过脸来，只好招呼舒亶和张守英了。要是没有吕惠卿在场，邓绾是根本不会理舒亶和张守英的，但碍着吕惠卿的面子，邓绾就不能这样了。此时，邓绾突然明白了，吕惠卿今夜把舒亶和张守英带他到府上来，一定是为着某种难办之事来找他。对吕惠卿来说，此时难办之事莫过于再行手实法，然而这件事吕惠卿是断然不会去做的，那么就可能要弹劾一个什么人，把这个人赶出朝廷。可此时还有什么人要弹劾呢？熙宁三年，司马光给踢出了朝廷，今年四月冯京又给赶走了，不久前文彦博也滚到洛阳去了，现在朝中清静多了，再也找不到什么像样的人物对新法说三道四，乌府台的御史再也找不到弹劾对象，要出风头比登天还难。要弹劾只能是新法一边的人，新法一边的曾布、吕嘉问也给赶出朝廷，再赶又会是谁呢？对这点，邓绾又想不透了。

大堂里有种不伦不类的怪气氛。邓绾对舒亶和张守英微微点了下头，又对着东边两把交椅抬了抬下巴，意思让舒亶和张守英坐在那里；接着，邓绾在西边交椅上坐了下来。有家仆进来给他们沏了茶。邓绾低下头去喝茶，虽说没望着舒亶和张守英，但在眼睛的余光里，却看到舒亶连东边的交椅相也没相一眼，只是站在大堂里，望着邓绾，脸上的表情很僵硬。张守英不敢坐，只是规规矩矩站在舒亶身边。

少说有一炷香工夫，舒亶脸上的表情更僵硬，开口道：“邓大人，现在朝廷也太邪门。许多人身为朝廷命官，却公开信口雌黄，胡说八道，妄议朝政，对皇上也很是不恭，这怎么得了！而今朝中许多人都把眼睛望着乌府台，看我们这些言官敢不敢直言。”

邓绾觉得舒亶未免有点危言耸听。现在朝中还有谁敢这么做呢？当然，邓绾也很清楚，舒亶这个人好夸大其词，好把小事提到天大的事上去说。当然，舒亶是御史，可以这么说。天子不仅不怪罪，反而很高兴：这样的御史百官才可怕。不过，邓绾不能跟舒亶一般见识。这倒不是说邓绾不会夸大其词，不会把小事提到天大的事上去说，但要看什么人、什么事、什么时候。此时邓绾好像没听到舒亶的话，仍旧喝着茶。

舒亶有点急了：“邓大人，我们要弹劾一个人，不能让他再待在朝廷兴风作浪了。”

邓绾不会那么傻，舒亶要他去弹劾谁就去弹劾谁。他真要这么做的话，还不要给人笑死：乌府台的掌门人竟受制于属下御史的拨弄！邓绾见舒亶一双眼睛在盯着自己，看样子不回话是不行了，这才慢慢地说道：“你上奏章弹劾就是。”

舒亶嗓门放大了：“这回不是我舒亶一人，是我们。邓大人你，舒某，乌府台推直官，联名弹劾一个人。”

邓绾心中对舒亶有种警觉了。舒亶好夸大其词，好把小事提到天大的事上去说，那是他的事，也是他的权力，但如果把自己也扯进去，自己就亏大了。自己是御史中丞，跟他扰在一起，到时候还得替他背黑锅，岂不成了冤大头？邓绾还是慢慢回话：“舒御史，你没搞错吧？御史弹劾谁，从来无须禀告御史中丞，也无须御史中丞批准，更用不着联名。”

舒亶口气有点凶了：“我们这次弹劾的人，非等闲之辈，乌府台的御史、推直官都希望邓大人平署个名，邓大人就不要感到委屈，让人失望了。”

邓绾心里很是不爽，自己属下的一个御史竟敢凶他，这是他当御史中丞以来第一次碰到的怪事。这个舒亶也太不像话了。邓绾心中同时对舒亶的警觉更高了。这个舒亶想拿谁开刀？他所说的非闲之辈指谁？现在朝中非闲之辈就三人：韩绛、吕惠卿、王珪。韩绛？不像。韩绛是个没用的人，弹劾他没意思。王珪？也不像。此人不仅对天子服从到一丝不苟的地步，且对吕惠卿服从到一丝不苟的地步。乌府台的人要弹劾王珪，吕惠卿绝对会给拦下来。吕惠卿？更是滑天下之大稽。乌府台的言官大都对吕惠卿唯命是听都唯恐不及，遑论弹劾了，更何况吕惠卿就在面前，邓绾本想好好教训舒亶几句，眼睛却不由得朝大堂门槛外台阶上的吕惠卿望了望，但见吕惠卿仍旧反剪着双手，背对着大堂，望着大堂外锅底一样黑的夜空。邓绾就把要出口的话吞了下去，望着舒亶，对东边交椅抬了抬下巴："坐，坐，喝茶，喝茶。"

邓绾看到，舒亶仍是连东边的交椅相也没相一眼，口气却更凶了："邓大人，我们这次要弹劾韩维，要他从朝廷滚出去！"

邓绾吓住了，错愕了半日。朝中言官弹劾谁，要谁滚出朝廷，邓绾都不会感到这么吃惊。说句实在话，言官就是要弹劾韩绛、王珪、吕惠卿，邓绾也不会感到这么吃惊。韩维何许人也？这倒不是说韩维与当朝首相韩绛是兄弟，就怕他。韩绛是个不折不扣的窝囊废，吕惠卿欺负他，却只知道生闷气。朝中没谁看得起韩绛。邓绾感到吃惊，是因为韩维是天子赵顼的东宫旧臣，现在是翰林学士兼领银台通进司，天子赵顼身边一天也离不开的人。舒亶要弹劾他，还要他从朝廷滚出去，不是疯了是什么？况且，朝野上下的人都清楚，韩维对新法是有功的，王安石越次入对前，韩维在天子赵顼面前说了王安石许多好话。要不然，王安石的新法能不能出来都是件说不清的事。再说，你弹劾韩维，又把王安石置于何地？邓绾知道，跟舒亶这种人不能硬着来。邓绾转过身来，望着舒亶，转了个话题："弹劾司马光，若何？邓某签字画押。"

邓绾很有点得意，觉得这是堵舒亶之口最好的托词。邓绾还不由得抬起头，瞥了一眼舒亶。邓绾看到，舒亶先是一怔，接着明显想回敬自己几句，但一时又找不到合适的话，只好无语了。邓绾心里差点没笑出来。这个舒亶到底词穷了。当然，邓绾很清楚，舒禀不是不想弹劾司马光，也不是不敢。乌府台的言官大都恨死了司马光，都巴不得把他打翻在地，让他永世不得翻身。然而，乌府台的言官现在却没谁去弹劾司马光，是因为不知道怎么去弹劾司马光。司马光是个人精，滑头里面包含着不可告人的智慧。此人是王相公真正的死对头，朝野上下反对新法的人无不以他的马首是瞻。这也是这个官场邪，出了毛病：谁支持新法，谁名声就臭，谁支持得有力，谁名声逆风臭千里；谁反对新法，谁名高一时，谁反对得凶，谁名望最高。司马光在朝时，最恨新法，反对新法最有力，因之名望最高。现在司马光不在朝，还是他名望最高。但，朝中无人扳得动他。这个司马光三年前，看到苗头不对，便辞去一切官职，在西京洛阳埋头编撰《资治通鉴》，闭口不言朝政；就是在洛阳耆英会上，人家言地气、骂新法，他也不发一声。他现在没有官职，能纠察弹劾百官的言官就是手上有把柄，也动不了他一根毫毛。这就怪不得舒亶词穷了。

约莫过了半炷香工夫，词穷的舒亶口气更凶了："邓大人，你我都是言官，就应该忠于朝廷，以天下之治为念，不计个人利害，摘奸除冗，以言报国，虽犯雷霆，亦所不避。你是怕头上的乌纱帽给丢了，是不是？"

邓绾感到舒亶这些话，不仅借机骂他私心太重、尸位素餐，而且指责他是个对朝廷不忠之人。邓绾的脸挂不住了。本来对骂，邓绾豁达得很，也早习惯了。从他当官的那天起，就不断地挨人骂，早把他的脸皮骂厚了，也早就不把骂放在心上。不过，这回邓绾是挨自己一边人的骂，多少总觉得不甘心。他刚才在心里还在为舒亶说好话，说他不是靠佞谀当上官的，说朝廷就需要他这样的御史。这个舒亶真不是个东西，以后别想给他说好了。不过，邓绾心里很快恢复常态了，他绝不会因为舒亶借机骂他就乱了方寸。他有的是对付舒亶的办法。邓绾把舒亶刚才的话转了个弯，只是咬着司马光不放："是呀，舒御史所言极是，我等就该有冒犯雷霆，鼎镬不避，何惧丢掉头上乌纱帽的精神，把司马光弹劾得无处藏身，新法就没有拦路石了。"

邓绾看到，舒亶又没话可说了。在弹劾对象上，御史中丞固然管不了属下的御史，御史恐怕更不可以管御史中丞吧？邓绾有点得意起来，还不由得望了望仍依旧斜着身子坐着的张守英，却看到张守英正对着自己笑，笑得很暧昧。舒亶不把他这个御史中丞放在眼里，呼应不灵，你这个才来乌府台的一个小小推直官不会也这么对待他吧？这还了得！不过，邓绾正要板着脸狠狠敲打敲打张守英时，却见张守英对着自己又是一笑，很有点逞能道："邓大人，机会又来了。"

邓绾心里暗暗感到好笑。本来对机会邓绾一向很敏感的，且有机会是从不会放过的。这个张守英懂得什么叫机会。弹劾韩维能带来什么机会？弄得不好自己的仕途就走到头了。邓绾感到张守英比舒亶更无知、更不可靠。邓绾的警觉更高了。要小心这个人把自己拖下水去，到时候自己就冤哉枉也了。邓绾正想说张守英几句时，却见张守英对着自己又一个逞能的笑："邓大人一定比卑职清楚，光是苏轼的信，能把手实法废除掉？”

邓绾先是一怔。邓绾没想到这个学养浅薄、巴结讨好时会把人捧到离弦走板地步的张守英，并不糊涂，居然对手实法被废这件事看得这么清。朝中不少人认为手实法给废除了，是苏轼的信起了作用。这话不能说错，但不完全对。确实，苏轼的信起了大作用，但起更大作用的还是韩维。苏轼不仅给韩绛写了信，还给王珪写了信。苏轼给王珪的信，不仅没起到作用，反坏事了。王珪收到苏轼的信，不仅未帮苏轼说话，也未转呈给天子，反转送到吕惠卿手上。吕惠卿气得下巴不停地抖动，半日说不出话。韩绛收到苏轼的信，急忙把韩维叫到府上来，把信给韩维。韩维大为震惊，当晚就进宫把苏轼的信呈交到天子赵顼手上，君臣二人还交谈了上个时辰。第二天早朝，天子赵顼就宣旨废除手实法。要不是韩维当晚就进宫把苏轼的信呈交到天子赵顼手上，手实法肯定不会这么快被废除掉。这个韩维坏不坏！邓绾心中十分清楚，吕惠卿摸透了天子赵顼的心思：要钱，准备打仗。既然如此，当然是弄到的钱越多越好，也越来越会得到天子赵顼的欢心。吕惠卿没能料到的是，天子赵顼会这么快把手实法废除掉。手实法被废，根本原因是手实法太狠了些。不过，吕惠卿不会这么想，却只恨韩维坏了他的大事。这么想过之后，邓绾有种醍醐灌顶、豁然开朗的感觉，原来是吕惠卿要他和乌府台的人把韩维赶出朝廷。

邓绾侧过脸去，望了望大堂外的吕惠卿。吕惠卿还是背对着大堂，一动不动望着黑得好似锅底的夜空，似乎根本没听到大堂里的人在说些什么。邓绾觉得，要把韩维给天子赵顼转呈苏轼的信作为罪状，则大谬也。用这点去弹劾韩维，岂能把韩维赶出朝廷？相反要坏事。韩维这么做，不仅无错，相反有功。天子身边的近臣，不做此事，天子的耳目岂不闭塞了？不过，邓绾同时觉得，张守英到底学养浅薄，办事太欠考虑，吕惠卿不会这样浅薄吧？天下事也很难说，有道是智者千虑必有一失。邓绾不禁警觉更高了，同时在想怎么应付吕惠卿。吕惠卿要这样把韩维赶出朝廷，那是他的事，但邓绾不能做这事。吕惠卿是天子赵顼看重的人，需要吕惠卿助他施行新法，自己在天子赵顼心目中还没这么高的地位。要是不能把韩维赶走，吕惠卿照样能当参知政事；然而自己就惨了，肯定要当替死鬼外放去当地方官。熙宁三年，自己拼死拼活，做人做鬼，好不容易把自己从大西北的宁州弄到朝廷当京官，而今官至三品御史中丞，朝中官员有几个不对自己满脸堆笑的？如果一步不慎，把这个三品御史中丞丢了，恐怕不仅没人给自己保驾，还会有人对自己落井下石。人的这种恶性，邓绾早看透了。当然，邓绾不糊涂，尽管自己看透了这点，却万万不能驳吕惠卿的面子。吕惠卿不是王相公，没那么厚道，驳了他的面子，自己这个御史中丞同样当不成。邓绾知道自己今日之事有点麻烦。邓绾不是个怕事的人。当年他就是因为不怕把事情挑大，敢把让他回宁州之事弄得京都开封官场上尽人皆知，让王相公非管不可，要不然他早回宁州去了。然而，今日之事，不仅不能挑大，还不能挑明。不过，邓绾暂时还可以装装糊涂，先吓唬吓唬这个学养浅薄的张守英："手实法要不要施行，是皇上圣明裁察，你妄加议论，小心有人告你对皇上大不敬。"

邓绾看到，张守英吓得不敢张声了，刚才被邓绾说得哑口无言的舒亶想说什么也到底什么都说不出口。大堂里没谁说话了。当然，邓绾并不认为把舒亶和张守英难倒了，就万事大吉了。邓绾端起茶杯，正要喝，却发现大堂外的吕惠卿转过身来，官威十足的样子，慢慢跨过门槛，走了进来。这回不用请，吕惠卿在邓绾原先要他就座的北边上位坐了下来。邓绾看到，今日吕惠卿对自己十分客气，归座后对着自己一脸笑意。邓绾觉得这就有点不对劲了，也很有点担当不起的感觉。邓绾端起的茶杯停在空中，心里竟忐忑起来。

随后邓绾埋着头喝茶，只是用眼角的余光望着吕惠卿。邓绾看到，吕惠卿的脸忽然板得像块青砖，只是对舒亶、张守英说："你们乌府台的人都要以中丞大人为师：一切奉旨行事。皇上认可的人和事，千万不可乱碰，这种人万万不可弹劾；皇上不认可的人和事，就是前面有万丈深源、死无葬身之地，也要把他弹劾倒！本官说得可对？"

邓绾感到，吕惠卿有点阴阳怪气的，表面上是恭维他，实则话中有话。邓绾没喝茶，但仍埋着头，眼角的余光中看到舒亶、张守英面面相觑起来，不知道怎么回答好。

吕惠卿的脸仍板得像块青砖，对舒亶、张守英说："你们想弹劾韩维？"

邓绾眼角的余光中，舒亶、张守英一脸窘相，更不知道说什么好。

吕惠卿和缓下来："你们想用韩维给天子转呈苏轼的信，弹劾韩维？"

张守英悟出其中的奥妙："卑职明白了，弹劾韩维这件事，根本不用扯到苏轼的信上去。”

舒亶一脸恍然大悟：“韩维是首相韩绛的兄弟，按朝廷规定，必须回避，应外放当地方官。”

邓绾眼角的余光看到吕惠卿脸上出现喜色：“中丞大人，此话可有理？”

邓绾倒吸了一口凉气，觉得自己身上冒了点冷汗。这个吕惠卿，他要做到的事总能做成。邓绾不由得想起今年四月的一天，他与吕惠卿如何配合，一步步引得天子赵顼收回十天前罢除新法的成命的。今日之事，其实是舒亶和张守英配合吕惠卿来算计自己的。

邓绾清楚，自己今日无论如何是要答应跟舒亶和张守英一道去弹劾韩维的。邓绾眼角的余光中，见吕惠卿一脸的沉静。此时，吕惠卿也无须再说什么了。既然事情已经到了这个地步，自己再有什么犹豫就显得自己太笨了，太不懂得怎么当官了。可以肯定地说，自己不答应跟舒亶和张守英一道去弹劾韩维，自己这个御史中丞是当不成的。吕惠卿有的是办法让自己滚蛋，说不定从此再也回不到朝廷里来了。朝中许多人自然会骂自己脸皮厚。其实，脸皮厚是种本事，脸皮越厚的人越有本事，不是随便什么人都学得到的。那些没本事的人，被人家说了点什么，就一脸通红远远躲开，这种人有什么屁用！哪个当官的祖宗八代不被人骂了？况且这些人大都在背后骂，自己又听不到，管他作甚。再说，自己欠吕惠卿一个人情，熙宁三年二月，赵抃搞自己的名堂，吕惠卿很为自己鸣不平，帮自己说了好话，今日算是还他的人情。

大堂里又没谁说话了，气氛古怪地轻松起来。邓绾抬起头来，顺着个眼，蜜笑着个脸，望着吕惠卿，很快地道：“相公大人，我等马上起草。”

邓绾看到，吕惠卿仍旧望着大堂上面的横梁，刚沉静的脸又板得像块青砖了：“中丞大人，这可都是你们言官的事，本官怎好多嘴多舌。”

邓绾明白，这并不表明吕惠卿不同意自己这么做，只是因为宰执大臣与言官其实是天生冤家对头，多言官的事是犯忌的。参知政事吕惠卿当然不能让人抓住这个把柄。会当官的都是这样：既要当婊子，又要立牌坊。邓绾转过脸去，对舒亶说：“舒御史辛苦一下，按你刚才的意思拟道文。”

张守英当即拊掌叫好：“好！好！好！邓大人，就让舒大人起草。舒大人写起奏折来，又快又好，几千字的东西，一直到底，不错一个字，也不改一个字。”

邓绾很是鄙夷地望了望张守英。这个不喜读书、没有功名的张守英生怕本官叫他拟文。本官知道你肚子里有多少墨水，不会为难你的；清楚你之所长在看管乌府台大牢里的犯官。邓绾这点一点没看错。五年后的元丰二年，大才子苏轼因用诗毁谤朝廷和新法，被关在乌府台大牢里，这个张守英让苏轼受尽凌辱，狼狈不堪，不仅斯文完全扫地，而且连人的尊严都差点丧尽，差点没寻短见。

舒亶答应得很爽快：“下官敢不从命！”

今日之事就这么定了。吕惠卿慢慢起身，接着舒亶、张守英也起了身。邓绾把他们送到大门口，朝上望了望，夜空还是那么黑，黑得像锅底，把京都开封的房屋、街道、树木都融进黑色的锅底里去了。

世事难料。第二天，舒亶把弹劾韩维的奏章写好。天子赵顼无话可说，与韩维一道去东宫旧邸叙了叙旧。韩维知道赵顼的心意，上了辞呈，到地方去当官。在天子身边当了十多年近臣的韩维这一去就是十年，直到赵顼驾崩，才回到朝廷。

第六十九章　白天太监满嘴污秽男女事
昼日行头诚心孝敬五百猪

再过四天，就是天子赵顼登基以来的第八个冬至日。在这七个冬至祀天中，熙宁元年的冬至是最难办的一次。冬至祀天本身并不难，礼仪上的事有太常寺、光禄寺操办。这里的人对礼仪上的事早已轻车熟路，不过是给皇上戴二十四旒平天冠、穿青衮龙服，佩纯玉佩，在高高的七十二级祭坛上立“昊天上帝”“太祖皇帝”牌位，领着百官，燃大火，奏乐，跳文武舞。冬至祀天最头痛的是在京官员和皇室宗亲的赏银。熙宁元年冬至祀天的两万两赏银，多亏了当时的王安石王翰林出了个主意，把问题解决了，皇上很是快意了一阵。后来的冬至祀天好办多了，王安石施行新法，不仅朝廷国库里的钱多了起来，皇宫库房里的钱也多了起来，区区赏银算个什么，轻轻松松就拿了出来。然而，出人意料的是，今年冬至祀天的问题竟出在从来不存在的筵宴上。

和往常一样，当冬日第一抹霞光在坤宁宫金黄色的琉璃瓦上闪出一排耀眼的冷冷的光针时，向皇后就起床了。今日天气很好，向皇后心里却很烦。近来内廷与外廷一样，很不平静，怪事多多。外廷的手实法，原本谁都认为废不了，却说废就废了；原本都认为市易法和免行钱搞不下去了，却照行不误。内廷表面上看，倒也平静，但暗中怪事不少。怪事最多的要算太监。天家早有宫禁，太监、女官、宫女是不能擅出宫门的。女官、宫女倒也听话。况且，说是说宫门一入深似海，但不当差了也可以从这个深海里出去。天家规定，女官、宫女在宫中当了五六年差，许归，留守者听便。确有不少女官、宫女倒情愿老死宫中，但也有许多女官、宫女回到自己家里去。天家对太监则要宽松些，这一来是皇上经常派遣他们出任使职、军职，有的甚至直接出任外廷官职，这些太监常要被召进宫来禀报情况；二来是宫中采办所需物品，或修理个什么东西，大都是派太监去做，太监进出宫门就更是频繁；三来是历朝历代的大太监在宫外都有私宅，这些大太监都有十来个小太监侍候，大太监出宫，小太监自然也跟着出去；四来有时太监也可以请假到宫外散散心，逛逛街，甚至上茶馆喝喝茶，到勾栏听听曲子。再说，当太监的名声虽不好听，但衣食不愁，大一点的太监，半日当差，歇一天半，又无家室之累，空暇时间多的是，不让他们到宫外去散散心，不要活活给闷死？然而，近来宫中的太监却做得太不像话。多数押班太监在宫外买了私宅，娶妓为妻，常常住在宫外私宅里。这倒也罢了，但近来小太监也名堂多了起来，不仅去勾栏听曲子，还夜宿青楼；有霸道点的，仗着是宫中之人，竟不付夜合之资。向皇后查过，开始这些太监吓坏了，都去找人求情，情况好了些；然而，过不了多久，这类事又多了起来。

向皇后很快梳洗完毕，用过早上的御膳，穿了件黄罗丝做成的棉衣，不坐车，也不乘轿，只让四个如花似玉的贴身宫女陪着，出了坤宁宫，向入内内侍省的内官监衙门走去。以前，向皇后去内官监，总要派个宫女先去打个招呼，这次却什么招呼也没打。不过，今日向皇后去内官监衙门不是去管太监，为的是另外两件事。

第一件，是这次冬至祀天的筵宴。朝廷冬至祀天的筵宴和元旦、万寿圣节、千秋节、除夕一样，要在宫中大摆筵宴，皇上、后妃嫔御、宗室戚族、文武百官都得参加，属国使臣、内外命妇也要光临，场面盛大隆重，食用豪华奢靡。钱不成问题，筵宴上的奇珍异肴也不成问题，叫人头痛的倒是猪肉、牛肉、羊肉、鸡肉、鸭肉的采办。说起来，这很叫局外人百思难得其解。本来奇珍异肴难办，有的甚至要到国外去采办。比方燕窝，清一色的白燕，早就到吐蕃那边采办好了。然而，本来好办得很的猪肉、牛肉、羊肉、鸡肉、鸭肉却难办起来。特别是猪肉，筵宴上用得多。什么莲花肉饼、白肉胡饼、缕肉羹、肚羹、爆肉双下角子、挂炉猪，哪一样少得了猪肉？但，近段时间来，京都开封市面上猪肉供应却很紧张。以往每天从安上门进来的生猪有上千头，不仅后宫不愁猪肉吃，开封市民也不用为吃猪肉发愁。然而，现在安上门每日只数十头生猪进来。偌大个京都开封，军民百余万，塞牙缝也不够。猪肉少了，这冬至祀天的筵宴如何办得起来？向皇后算了一下，冬至祀天筵宴上再省也需要五千斤猪肉，太监、女官、宫女在冬至祀天再省也需要猪肉一万五千斤，合计两万斤猪肉，没个二三百头猪是解决不了问题的。然而，这天把安上门进来的生猪全部弄到后宫来也远远不够。现在离冬至只有四天，今明两天无论如何要从别的地方押运二三百头生猪到后宫来，否则冬至祀天就不仅大煞风景，且朝廷脸面丢尽，皇上的龙颜也无光。内官监押班太监高全福是个很会办事的人，也为此事伤透了脑筋。

第二件，是皇上交办的事。近来，宫中陆陆续续有人告高全福的状。以前，告高全福状的多是宫女，告他邪，见到宫女就一脸坏笑，有时还贱手贱脚。为这事，太后高氏狠狠地敲打过高全福好多回了。但后来倒霉的还是告状的宫女。这些宫女，不是无缘无故被罚减钱粮，就是不明不白遭到杖笞。后来又有太监告高全福动了二十四库房的东西。这事就大了，入内内侍省大太监都都知张德保与后宫中台侍御执法内史乔氏查了半个多月，但查着查着就无人去查了。告状的太监惨了，有人在他床上的垫被下面翻出一张春宫图，当场就把他按在地，用实心青毛竹板打个半死，一直打到告状的太监喊出求饶声为止，总算没把老命丢了。向皇后清楚，宫中许多人都想当内官监押班太监，个中的原因明眼人一看就明白：油水厚。但，内官监这个衙门的押班太监不好当，不是每个人都能当得了的。向皇后入主内廷后宫前，没一个内官监的押班太监当得长，多则不到半年，少则几个月，就要卷铺盖走人。只有这个高全福拿得下内官监，坐得最久。然而，近来不少外廷官员把状告到皇上那里，告的是高全福与京都开封邸店有关之事，说高全福与邸店有许多见不得人的名堂。说起邸店，话就长了。大宋开国之初，不仅京都开封有不少邸店，且西京洛阳、南京江宁府、北京大名府都有。这些邸店，皆为权势贵官、豪门巨富所开；每有货物运至，即各显神通，竞相压价，既得其货，乃抬价沽出。这样一来，这些邸店就把持了京都开封的市场。天下商旅，无不为之所困；小商小贩，更是无路可投。向皇后是个明白人，知道这一状比以前任何一状都厉害。宫中之事，是谁也扳不动高全福的；但在外廷，高全福就没那个本事了。天家对内廷宫中之人与外廷百官的接触，从来就防范得紧。高全福真与邸店有什么见不得人的名堂，皇上肯定不会放过高全福，高全福就有大麻烦了。朝廷近些日子，一会儿要废除市易法和免行钱，一会儿又照行不误，其实都与京都开封邸店有关。至于个中到底有些什么关系，向皇后一时也弄不清楚。不过，向皇后清楚的是，太皇太后、太后对市易法和免行钱都很反感，听到市易法和免行钱照行不误，脸色就难看起来，半日无语。向皇后是不会去管朝廷之事的。反正皇上高兴之事，她高兴；皇上不高兴之事，她也不高兴。皇上到底会如何处置高全福，向皇后心中无底。皇上昨日下午到坤宁宫来，交代她去内官监，看看高全福在内官监到底搞了些什么名堂。

向皇后与四个宫女迈着金莲碎步，往后宫西边的内官监走去。那些正在御道两边打扫道路、长廊、亭台的下层太监和正在修葺花草的花工，没人注意到此时过去的是向皇后，一路之上无人认出她来就更好。从坤宁宫出来，往西穿过六位妃嫔的寝宫，前面路上的人就少多了。此时，向皇后听到身后有宫女要她看。向皇后朝前一看，见一个身穿补服的官员趴在御道边给她行叩拜礼。向皇后心里很是奇怪，后宫禁地，无特殊许可，任何一个男子进来都是要砍头的。向皇后定睛一看，认得此人是秀州余姚县主簿李逢。这个李逢每年都要受右羽林军大将军、秀州团练使赵世居指派，到宫里来送孝敬太皇太后、太后的东西。李逢会办事，每次孝敬的东西都很称太皇太后、太后的心；且宫中有关的太监、女官、宫女都有一份，这些人自然也都高兴。这个李逢跟东阁门使曹谒关系更是好得如一人。到京来，二人天天上酒楼喝酒、夜夜上青楼快活，都是李逢安排得好好的。不用说，李逢要办个进宫的铁牌绝不是件什么难事。前天，向皇后就听说李逢来了，没想到还没走。向皇后清楚，皇上前些年对李逢的印象还是很不错的，特别是熙宁元年九月李逢在资政殿说的那番话，皇上的印象深，认为他敢讲真话。但，今年皇上对李逢却不怎么好。前日说到李逢又受赵世居的指派送孝敬太皇太后、太后的东西来了，皇上半日没出一声。向皇后感觉到，这里面怕有什么蹊跷，但不便问。

要是几年前，向皇后会跟李逢答上几句话，今日什么也没说，也没叫起身，把李逢丢在御道边，就往内官监走去。内官监是入内内侍省的一个衙门，坐落在内廷后宫西后面，是宫中下人密集杂处的地方。内官监属下有十作、二十四库房，存放着上自皇上，下至所有宫人的衣、食、住、行所需物品，皇家宫殿、藩王府第的营造和京都河、桥、路的筑建，宫中日常所需的柴、米、油、盐、酱、醋、茶，都由内官监办。好几百名太监在这里当差，还有一些女官、宫女也到这里来办事，宫外那些送米、送柴的役夫也常在这里进进出出。

坤宁宫离入内内侍省有四里来路，向皇后和四个宫女走了近半个时辰才到。内官监四周有大大小小五六十栋屋子。向皇后看到，内官监屋子前，码放着一堆堆的木料、石料、瓦料、漆料、沙料；二十四库房的屋檐下，堆着一箩筐一箩筐的东西。不少太监、女官、宫女在这里来来往往，宫外的役夫挑着担子，一拨一拨走了又来。这些役夫都规规矩矩，低着头，没谁敢抬起一下眼皮，东张西望的；把担子放在指定的地方后，就又都低着头，规规矩矩地走了。

向皇后和四个宫女继续往前走去，御道上的人多了起来，还是无人注意到向皇后。这正是向皇后所希望的，免得节外生枝。向皇后一路走着，忽然听到御道右边不远处的一片树林里有男男女女的说笑声传来。向皇后很是奇怪，在宫中，说笑声不可能没有，但男男女女的说笑却不常见，便停下来，朝树林那边望去，原来是好些太监、宫女在那里说笑。树木把一些人的半个身子挡住了，看不清那里到底有多少人，向皇后估计那里有十多个太监和四五个小宫女。内中有个太监眉飞色舞朗声道：

自小生来貌天然，花面。宫娥殿里我为先，归殿。

每逢小监在阶前，相缠。伸手摸他裤儿边，不见。

向皇后看到，几个未被树木挡住的太监都不怀好意地笑了起来，笑得很开心；两个未被树木挡住的小宫女脸红了，却只低着头抿着嘴笑。向皇后心里很是不快。有道是聋者偏欲听声，盲者偏欲见光。宫中的太监没根了，更喜欢谈男男女女之事。对这点，向皇后早听女官说过，这回算是亲耳所闻、亲眼所见了。不过，叫向皇后更不快的还是那两个小宫女，怎么这些脏话也听得下去，不仅没一点羞耻，相反还笑得出来。向皇后想过去训训这些太监和宫女，又见一个太监手舞足蹈朗道：

这个是久炼头陀，那个是渴想艳妇。久炼头陀进退按摩皆得法，渴想艳妇送迎开合悉投桃。那一个恨不得连身钻入花丛，这一个却待要尽力夹住强汉。那个爱他坚大不泄，这个喜他紧干香暖。左右操擦，一阵阵肉酸骨软；上下顶刺，虚飘飘魄走魂迷。一霎时滔滔不断，半移时滚滚长流。

向皇后看到，那几个未被树木挡住的太监笑得前栽后仰，笑声里有股邪劲；两个未被树木挡住的宫女都羞得用双手盖着脸，却没一人离去。向皇后此时也感到自己耳根都热了，同时又十分惊异：这些没根的、从来没有过男欢女爱经验的太监怎么对男女床上之事说得这么贴切生动。不过，向皇后很快明白了。这些太监多半是从青楼勾栏那里听到的。那些肮脏地方，什么见不得人的下流话说不出口？向皇后很生气，觉得自己无论如何要好好训训这些太监和宫女。那些太监认出了向皇后，都没命地往内官监衙门后面跑去，转眼间就不见了。向皇后转过身来，那些宫女也跑光了。

向皇后不是第一次来内官监衙门，在她的印象中，内官监衙门从没这么乱过，更没出现过这些怪事，大白天太监跟宫女竟没有半点羞耻地说那些污秽不堪的男女之事，太放肆了，怪不得熙宁二年十一月会发生宫女与花匠在后苑景龙桥洞快活的丑闻。向皇后清楚，对这类事，后宫没少治过。治的时候，好一些；但用不了多久，这类事又出来了。真个是野火烧不尽，春风吹又生。要是平日，向皇后肯定不会放过这事，但今日她顾不得这些了。再说，这些太监和宫女，躲是躲不过去的。向皇后等会命后宫中台侍御执法内史的乔氏去查一查，那些太监、宫女全要给查出来。

向皇后和四个如花似玉的宫女来到内官监衙门前的岔道口。岔道口有条御道斜插过去，往西走，穿过景龙门，就是皇家后苑；往南就到了长庚门。长庚门两边是一排排低矮的小屋，小太监、宫女以及品级低下的女官就住在这里，那些进宫疏浚宫内沟道和修造宫内所需器具的工匠也从此门进出，年老病故的宫人也由此门抬出去。向皇后看到，一排排低矮的小屋虽然住着这么多下人，却见不到什么人。向皇后清楚，此时，不当差的太监大都在小屋里边嗑瓜子，边掷骰子赌博；还有一些太监会钻到宫女房里去聊天、说下流笑话。向皇后以前多次来过内官监衙门，是从来不会朝那边多望一眼的。但今日，向皇后的眼睛却一个劲地望着那边。向皇后看到，有个长得有点女人相的太监从一栋小屋出来。这个太监大概是刚进宫当差，对后宫门路不熟，东张张，西望望，走走停停，停停走走，像在找人。向皇后与那个太监的目光对接了一下，但那个太监却像根本没看到她这个皇后，竟大模大样地从自己身边过去，再往另一栋小屋走去。

向皇后心里很不是滋味，感到自己受到了冒犯。说句实在话，向皇后入主六宫以来，不要说下人，就是那些嫔妃见到自己，谁不讨好巴结，远远地就笑脸相迎？真还没碰到过一个下人竟敢在自己面前这么装大。这事要不管，以后这些太监真要翻天了。向皇后回头想命一个宫女去把那个太监叫过来。但又一件怪事发生了。有个胖太监从内官监衙门前面的司钥库出来，那个有点女人相的太监发现了，忙追了过去。胖太监吓坏了，忙往司钥库台阶下跑。那个有点女人相的太监从斜插的御道追了上去。胖太监忙又上了台阶，那个有点女人相的太监紧跟在屁股后面：二人就在司钥库的台阶上跑上跑下。司钥库那边许多进进出出的太监都站在司钥库门口，望着这两个跑上跑下的人笑。还有几个太监又是努嘴，又是用手指着那个有点女人相的太监的脚，好像那脚有什么特别的地方。

向皇后感到，内官监的太监确实是越来越不像话了。向皇后回过头去，命身后的宫女传旨：着两个跑上跑下的太监立即跪到她跟前来。四个宫女赶忙往司钥库台阶那边跑去。胖太监更是没命地跑，一只鞋子掉了也不管；不多一会，胖太监往官监衙门北面那排低矮的小屋跑去，转眼不见了；那个有点女人相的太监也往那边跑去，转眼不见了。

向皇后心里来气了，却只好把自己宫中的四个宫女叫回来，自己也转身往内官监衙门走去。向皇后没时间去管这两个太监，反正这两个太监也是躲不过身的，等会命高全福把他们找来，看他们还敢不敢跑。向皇后和四个宫女过了司钥库，便来到承运库前。承运库执掌内廷后宫的库藏，金银珠宝都由这里管着，是内官监最有钱的地方。来这里办事的人最多，也最杂，不仅宫中的太监、女官、宫女来，宫外那些商人、工匠也来，有时还能见到外廷的官员。内廷后宫许多地方严禁跟宫外之人进出，但承运库不行。

向皇后看到，一伙太监正簇拥着一个五短身材的男子往承运库走去。从背影上看那男子大概四十岁，未穿补服，一身布衣扮相，走路摇摇摆摆，显示出一种腰缠万贯的十足派头。簇拥着他的太监都躬着身子，一副讨好巴结的样子，十分恭敬和殷勤，把五短身材的男子像老祖宗一样供着。五短身材的男子边走边说，那伙太监都唯唯诺诺，一个劲点头。向皇后很是奇怪了。别看太监被世人所不齿，但不要说平头百姓不在他们眼里，就是朝廷命官也未必都能看得上。然而，这伙太监却对这个五短身材的男子如此恭敬殷勤，顺从附和，实在叫人匪夷所思。

向皇后感到自己的脸一定羞得通红，觉得今日自己见到了自己不该见到的人。在后宫这个世界里，不要说太监、女官、宫女，见不到皇上之外的任何一个真正的男人，就是皇后也是如此。这个五短身材的男子何许人也？向皇后站在那里，望了好一会，一直望着那伙太监簇拥着那个五短身材的男子到了承运库的台阶上。

向皇后感到自己身后有了动静，回头一看，但见这四个宫女都又羞又怕，很是恐慌，赶紧往自己身后躲。向皇后知道，这四个宫女之所以这样，并不是担心那个五短身材的男子会对她们无礼，其实是中原王朝千年男女之大防规矩使得她们羞吓成这个样子。有个宫女怯怯地低声说：“真羞死了，真羞死了。”

向皇后不知对这个宫女说什么好，不过也没有责怪宫女，毕竟这是一种巧合，这几个宫女并未违反宫中的规矩。另有个宫女怯怯地低声说：“要不要叫过来，训斥一顿？”

向皇后什么也没说。不错，在后宫，向皇后有至高无上的权力，对太监、女官、宫女，不要说训一顿，就是打一顿，把人打死了，也无所谓，不过派人把人从长庚门拖出去埋了，再给死者亲人一点钱，打发走人就是；但那是宫外的男子，犯了宫中的规矩，还得让朝廷官府去处置，皇后的怎好抛头露面训斥宫外男子？再说，那个五短身材的男子，不像是没进出铁牌，要不然那伙太监就不会像老祖宗一样供着他。不过，对这个男子的情况，向皇后要好好向高全福问个一清二楚。

那伙太监簇拥着五短身材的男子进承运库去了。内官监就在前面不远处，过了司钥库、广盈库、御酒房、更鼓房，就到了。向皇后向内官监走去，刚起步，承运库那边一片杂乱的脚步声传来。向皇后侧过脸朝那边望去，但见十几个脸色吓得发青的太监惊慌地从承运库跑出，到了自己跟前，趴在地下拼命磕头，要饶他们一命。向皇后有点摸不着头。转眼工夫，向皇后看到承运库出来一人，认得是高全福。向皇后感到奇怪的是，高全福也吓得要死，怕鬼似的跑着下了承运库的台阶，到了自己跟前，跪下去磕头：“刑余之人罪该万死，都怪奴才平日对他们太好，管得太松，让皇后在这里久等。”

说句实在话，向皇后起初对高全福印象还不错，但近来却并不怎么好。但，这个人会办事，宫中许多难办之事他办得成，眼下冬至祀天筵宴上的猪肉之事就少不得高全福这种人。当然，就因为这一点，向皇后对高全福多有担待。向皇后不解的是，高全福今日怎么也吓成这个样子，莫非真搞了什么见不得人的名堂？向皇后看到，挨自己最近的那个宫女朝后看了看，向皇后也不由得回过头去，但见自己身后好些去承运库办事的太监，一个个吓得吐出舌头来，半日缩不回嘴里。在后宫，高全福早不是一般人物，十分受人尊重，算是手眼通天了；平日里，只见他把人家吓得要死，何曾见他给吓得要死过。

向皇后让高全福和这十几个太监起来。这十几个太监都千恩万谢的，赔着一脸怪怪的讨好巴结的笑，眼睛则十分小心地望着自己，心里仍像是有鬼似的。向皇后本想去内官监，却无意间看到十几个太监都对她身后的四个宫女也很是讨好，且多少有点淫意地笑了笑。四个宫女倒显得很正经，对他们连眼皮都没抬一下。太监对自己身边的宫女多有讨好，这也正常，但那多少有点淫意的一笑，却让向皇后感到很不舒服。这些没根的太监，当着自己的面都敢对宫女淫笑，自己不在场，这些没根的太监岂不要邪得翻天了？

向皇后没开口训这些太监，却看到高全福突然变脸了，一本正经地唬那十几个太监："没用的东西，对皇后身边的人也这么不正经，鬼鬼崇崇，有不要告人的事，你们都不想活了，是不是？"

那十几个太监吓坏了，忙又跪下去给高全福磕头，头在地上磕得呼呼响。向皇后注意到，那十几个太监确实都给吓着了，但又都忍着没笑起来。向皇后再看看自己身边的宫女，却忍不住笑出声来。向皇后知道这是为什么。这个初通文墨的高全福平日里好卖弄文墨，说话喜欢用些文绉绉的成语，又常出错，弄得宫里人都笑他。刚才一句话里的两个成语全错了：不是"鬼鬼崇崇"，而是"鬼鬼祟祟"；不是"不要告人"，而是"不可告人"。

然而高全福却没半点忸怩，相反板着个脸，对其中一个太监说："你笑什么？你以为本押班官又说错了什么，是不是？你说说，就你说说，你是他们中字认得最多的，不是'鬼鬼崇崇'是什么，莫非是'鬼鬼敬敬'？不是'不要告人'是什么，莫非是'偏要告人'？"且当仁不让用官职自称起来。

向皇后看到，四个宫女都抿着嘴笑了。不过，那十几个太监更是吓坏了，一个个连忙都点头称是，没一个敢笑了。向皇后清楚，高全福这个人很不好惹。那个被高全福点了名的太监："对！对！对！是'鬼鬼敬敬'，不是'鬼鬼崇崇'；是'偏要告人'，不是'不要告人'。"

向皇后看到，那十几个太监是无论如何也忍不住笑了笑，四个宫女则笑出声来了。高全福气坏了，更凶狠地训斥起那个刚才说话的太监："你再说一遍！"

那个太监明白自己的话说反了，忙扇了自己一个耳光，改口道："该死！该死！是'鬼鬼崇崇'，不是'鬼鬼敬敬'；是'不要告人'，不是'偏要告人'。"

向皇后看到，太监和宫女都很是开心地笑了起来。向皇后没笑，她笑不起来。这个太监的话兜来兜去，结果还是说错了。这些太监就这个坯子，让他们说那些见不得人的下流话，不用教，一听就会，说起来眉飞色舞、手舞足蹈；但要他们学几句正儿八经的话，打死他也学不到半句。说句实在话，宫中的教育，向皇后没少花心血，后宫女官总管、女尚书、国夫人刘氏也是尽心尽意了的，但看这些太监尽说出些笑死人的话来，可见宫中的教育收效甚微。不过，向皇后今日来内官监衙门，不是来听这些太监说笑话，也不是来谈宫中的教育问题。向皇后现在急着要同高全福到内官监去谈冬至祀天筵宴上的猪肉问题。向皇后微微向上抬了下眼皮，那十几个太监明白了自己的意思，立即站起来了。

向皇后在高全福和众太监的簇拥下，往内官监走去。向皇后发现，那十几个太监被高全福一训，正经起来了，再没谁敢向自己身后的四个如花似玉的宫女抬下眼皮了。向皇后没想到对宫女总一双色眯眯眼睛、还贱手贱脚的高全福训起不正经的太监来，居然这么正经，这么有效；原来不正经的人，一样能管得住不正经的人。

向皇后一路经过司钥库、广盈库、御酒房、更鼓房，很快到了内官监衙门前面，然后踏上台阶，进了内官监。向皇后转过萧墙，立即感到内官监里的气氛很是怪异：里面空无一人，只有冬天的日光独自迷人地洒了庭院一地。向皇后感到奇怪，内官监是内廷后宫最令人眼热的地方，怎么会空无一人？向皇后进了大堂，高全福只让四个宫女进去，却挥手让那十几个太监离去。向皇后在北面上首主位归座，四个宫女站在她两边。高全福不敢坐，垂手侍立。向皇后看到，有个太监正附着高全福耳朵说了几句话，高全福瞪了那个太监一眼，吓得那个太监赶紧跑下台阶去。向皇后问：“那个男子何人？”

高全福：“呈禀皇后，是刑余之人要他来谈冬至祀天筵宴上的猪肉。”

向皇后：“他有生猪卖给后宫？”

高全福：“何止两百头，五百头！不是卖，是孝敬给天家。此人是开封猪行的行头，姓黎名厚德，为人爽快大方，仗义疏财，乐善好施，是京都开封出了名的大善人。”

向皇后心里当然很高兴。有了五百头生猪，今年冬至祀天筵宴的猪肉不仅够用，而且绰绰有余，岂有不喜之理？不过，别看向皇后小时候没出过家门一步，长大了又没出过宫门一步，但并不糊涂。什么爽快大方，仗义疏财，乐善好施，那是做样子给人家看的。天下商人皆为利来，没利的事不会去做。向皇后：“天家要给这个商人什么好处呢？”

高全福感到很是为难，半日说了句：“要不，叫他来这里说一说。”

向皇后的脸立即拉了下来。这个高全福简直在自己找死。一个皇后，跟一个商人在后宫的内官监谈生意上的事，哪朝哪代有过这个规矩的？天家要是知道这个主意是高全福出的，高全福这条命还能有吗？不过，高全福脸上一点恐惧之色都没有：“刑余之人有个办法，在大堂中间放只屏风。皇后圣母坐在里面，刑余之人在外面跟他谈。”

向皇后觉得这是个办法。高全福立即叫来几个太监，把一只大屏风放在大堂中间，又端了一把交椅放在后面给向皇后坐。接着，高全福命一个太监去把商人黎厚德叫来。这一切准备停当，向皇后要高全福拿四套太监服来。四个宫女很是不解地望着向皇后。高全福脸上却很快恍然大悟，一脸夸张的恭敬和顺从，赶紧命太监拿了四套太监的衣帽来。向皇后要四个宫女去旁边房里换上。四个宫女换上太监服，很是不解地望着向皇后。向皇后注意到，高全福一脸很是得意、很是炫耀的神情，对四个宫女说：“现在你们四人都成了侍候本押班官的小太监了，在本押班官身边老老实实待着。” 他又当仁不让用官职自称起来。

向皇后看到，四个宫女虽然穿上了太监服，但还是很有点不明就里望着向皇后。向皇后上上下下打量了一下四个宫女，穿上太监服，一个个还真很像小太监。白白的脸，光光的没一根胡须的下巴，不活脱脱就一个小太监吗？四个宫女相互望了望，都觉得对方很像小太监，就都不好意思，但也是开心地笑了起来。

有个太监进来禀报：商人黎厚德来了。向皇后在屏风后面的交椅上坐了下去。一会，向皇后听到前面有脚步声传来，脚步声一直传到大堂屏风这边才停下来。静了一会，向皇后听到高全福口气很僵直地说：“黎行头，本押班官与你一不沾亲，二不带故，这次为宫中冬至祀天筵宴上的猪肉才打上交道，有句话我们当面说个清楚：你孝敬这五百多头生猪，图个什么好处？”

接着，向皇后听到一个大嗓门在说话：“高爷，不就是几百头猪吗？亏你说得出口，这还能开口要什么好处？羞死人了，不行不行，什么好处都不要。当然，要说什么都不图，也不是。黎某说话、做事都爽快，就直说：图个能对皇上有个表忠心的机会！”

不用说，这个说话的人就是黎厚德了。向皇后对黎厚德提出的要求觉得很怪，也有点好笑。这叫什么要求呢？向皇后猜：莫非此人想当官？这恐怕不行！朝廷总不能因为五百头生猪就给个官当，朝廷不乱套了？

向皇后听到高全福笑了起来：“黎行头，你这话就不直了。你直说，你要个什么样的机会，才能把你对皇上的忠心表出来？”

向皇后在屏风后面听到黎厚德也笑了：“高爷，不是我不直说，是你没这个本事帮黎某弄到这个机会。”

向皇后在屏风后面听到高全福的口气又很僵直起来：“本押班官不才，在宫中混口饭吃。你把你要个什么样的机会说出来，说不定本押班官能说上话。”

屏风前面的大堂里沉静了下去，没谁说话了。过了少说半炷香工夫，向皇后听到黎厚德大嗓门在说：“黎某原也是个读书人，只怪自己读书不上进，考不上功名，走不了仕途，断送了对皇上表忠心机会。不过，黎某总忘不了这点。而今京都不是有个市易务吗？这市易务不也是朝廷的一个衙门吗？朝廷说，商人可以去那里当监官、公事官。高爷，你说这是不是对皇上一个表忠心的好机会？高爷，你能说得上话，黎某下辈子变牛变马都记你的大恩；说不上话，也不要紧，这生猪黎某是孝敬定了的。”

向皇后明白了。这个黎厚德还真想当官。不过，此时黎厚德在她脑子里的印象不禁好了起来。看来商人也不全是唯利是图，就是想当官也没什么错。再说，朝廷是开了口的：市易务里的有些官，可以让商人当。这主要是因为读书人不会做生意，也不屑于做生意，从心底里鄙视商人。然而，市易处就是做生意，自然少不得商人，市易务里的有些官还非要商人来当。向皇后听说，想去市易务当官的商人不知有多少，京都开封的商人没几个不削尖脑袋往里钻的。再说，官场之事，是朝廷管的，后宫是绝对不允许插手的，高全福能有这么大本事，把黎厚德弄到那里去当官？

屏风前面的大堂里又沉静了下去，没谁说话了。又少说半炷香工夫，向皇后听到高全福一口拒绝了黎厚德的要求：“本押班官确实没这个本事，你别请高明。”

向皇后听到大堂里有宫女切切的笑声传来。这个高全福又用错了成语，把“另请高明”说成“别请高明”。向皇后接着听到黎厚德的声音：“高爷，黎某当不当监官、公事官无所谓，猪是一定要孝敬的。黎某一言既出，驷马难追：明日就把生猪解到宫中来。”

向皇后听到大堂里什么声音也没有了。不多一会，大堂里响起轻轻的脚步声。不多一会，有个太监过来，把屏风撤了。向皇后看到，高全福送黎厚德出衙门去了，四个宫女也去旁边房里重换了女儿装。向皇后心放宽了些，冬至祀天筵宴上的猪肉有了，黎厚德只是个不大不小的商人，高全福也就没什么了不起之事。

向皇后觉得心里不烦了。四个宫女换好衣服。向皇后准备回坤宁宫去。向皇后和四个宫女出了大堂。高全福送完客回来，正上大堂台阶，向皇后忽然看到，从衙门萧墙那边跑来两个太监：前面跑的是个胖太监，后面跑的是那个有点女人相的太监。

向皇后先是一惊。不久前，向皇后在司钥库那边见到这两个太监一前一后地追，怎么还在追，且追到内官监衙门来了。接着，向皇后一怒。宫中的太监竟无法无天到了这个样子，这还了得！高全福吓慌了。向皇后正要命高全福拿下那两个无法无天的太监时，高全福已经跑了过去。萧墙那边冲过来十几个如狼似虎的太监，在庭燎处把那两个无法无天的太监逮住了。那十几个如狼似虎的太监对着那两个无法无天的太监一顿拳脚，把那两个太监打得哇哇直叫。

然而，此时一件更大的怪事发生了。向皇后看到，那十几个打人的太监突然都不打人了，一个个都像见到什么稀奇一样望着那个有点女人相的太监。转眼间向皇后又看到，那个有点女人相的太监把太监的衣帽脱了，竟是个女儿家站在庭燎边上。那十几个打人的太监都起哄地笑了起来，笑得前仰后倒，笑得很邪。向皇后回头看了看身后的四个宫女，也都笑岔了气，笑得很怪，也很有趣。

向皇后回过头来，以为自己眼睛看错，揉了揉；再一看，没错，是女儿家。向皇后没笑，只是恼。向皇后往台阶下走去，见那个假扮太监的女儿家哭着对高全福说什么。向皇后下台阶了，要高全福把胖太监和假太监带到大堂里审。

向皇后又回到大堂，在北面上首主位归座。十几个打人的太监也跟进来。胖太监的胳膊被内中的两个太监叉着，一路跟斗，被叉到大堂中间，跪在地上。那个假扮太监的女儿家也被拖进了大堂，跪在地下。

高全福把刚才发生的怪事对向皇后禀报。胖太监是内官监承运库的一个管事的佥书，在宫外包奸了一个花娘，已有一个多月，却赖着不给夜合之资。这个花娘气不过，便扮成太监，从长庚门混进来，问胖太监索夜合之资来了。

向皇后感到心里就像吞吃了苍蝇一样想呕，有说不出的气愤和难受。这些太监，不仅邪，且无赖。没根了，又想跟花娘快活；快活了，又赖钱，简直把天家的脸面丢光了。这个花娘私闯后宫，按说罪不轻，好在没闯进后妃寝宫那边，要不然就死定了。不过，主要的还是这个花娘头世修到个好福，碰上仁厚的好皇后。向皇后念她事出有因，把她罪免了；且夜合之资，胖太监分文不少。花娘对向皇后连磕了三个响头，然后千恩万谢走了。

现在要来处置胖太监了。大堂里的人都气愤极了。特别是那些太监，都一脸恨不得一口把胖太监生吞活剥了的正经神色。向皇后清楚，那些太监不过是做个样子给她看，以此来洗清自己，证明他们跟胖太监是完全不同的正经人。向皇后不糊涂，再说已当了八年皇后，岂会一点都不知道这些太监心里会想些什么，别信他们做给她看的样子是多么正经，其实这些太监有机会都想跟花娘快活快活，能赖夜合之资时也一样会赖。

高全福恶狠狠地盯着胖太监："推出去乱棍打死算了！"

向皇后看到，胖太监吓得面无半点人色，跪着走到向皇后面前，一脸乞求。依着自己此时的心情，向皇后也想乱棍把胖太监打死算了。但一想，向皇后心又软了下来。这个胖太监，不过去宫外寻花娘快活，想赖夜合之资，罪不当死。宫中太监犯事，有六种处置方式：处死，或鸩杀、或杖毙、或斩首、或凌迟；籍家，抄没所家产；革职、降职或谪斥；枷号；杖笞；罚减钱粮。后宫故事：像犯胖太监这种过失的宫人，多用杖笞和罚减钱粮。向皇后气愤地问胖太监："你是罚减一年的钱粮，还是杖八十呢？"

向皇后看到，大堂里的太监一脸的沮丧和遗憾：对胖太监的处置太宽了些，弄得没了打乱棍的机会。大堂里静下来了，每个人都望着胖太监，看他会选择哪种处置。向皇后以为胖太监会选择罚减一年的钱粮。承运库佥书不过八品，月银三两，月米三斛，一年也是银三十六两、米三十六斛，数额就那么大。内官监油水厚，外快多，一年的钱粮算不得什么。受到杖笞就遭罪了，太监打起人来够狠的，皮肉之苦受不起。

约莫半炷香工夫，胖太监一脸认真地说："奴才愿杖八十!"

这完全出乎向皇后的意料。天下竟有这样的人，为了一年的钱粮，宁可挨八十大板！向皇后注意到，大堂里的人都一脸的诧异，以为胖太监糊涂了，说错了话。胖太监身边有个太监说："兄弟，快改口：罚减一年钱粮。"

瞬间未等，胖太监一脸无悔地说："杖八十划算：挨一板值银四两五钱，米四斛半！"

向皇后注意到，大堂里每个人的眼睛都睁大了，都像看怪物似的望着胖太监。高全福不客气了，威严地喊了声："杖！"

向皇后看到，两个太监从大堂后面各拿了一根长五尺、圆五分的实心青毛竹杖过来。向皇后知道，她和四个宫女该离开这里了。杖刑是要把受刑人的裤子脱掉，突起个光屁股挨打的。虽说这些太监都没根了，但让宫女看他们的光屁股，总不雅，让宫女害羞。向皇后从交椅上起了身，四个宫女也准备走人。有七八个太监往胖太监冲了过去。一人把胖太监按伏在地，再一人按头，二人按手，二人按腿，还有一人要扒掉胖太监的裤子。不过，此时向皇后和四个宫女已经出了大堂的门槛。

向皇后和四个宫女下了台阶，就听到大堂里传来青毛竹杖打在胖太监屁股上的声音："啪！"又听到有人在数数："一！"再听到的就是胖太监的喊叫声："哇！"青毛竹板的声音很脆，数数的声音很响，胖太监的喊叫声很惨。谁叫他把钱粮看得比命还贵，打死活该。

到了内官监衙门外面，向皇后问四个宫女：高全福与黎厚德在大堂可有什么不可告人之处？四个宫女都摇了摇头。没有什么不可告人之处就好。向皇后觉得今日两件事都办得还顺。向皇后不知为什么，低头看了看自己身上穿的黄罗丝做成的棉衣，但见冬天的日光照在黄罗丝做成的棉衣上，反闪出密密的带黄色的小小光点。

第七十章　赵世居谋反百官惊魂不定 吕惠卿无语安石有口莫辩

冬至祀天是个大典，朝廷按惯例要赦免一些有罪或有过失的官员，有特殊情况的还有些恩赏，以示朝廷的仁爱。冬至前一天，吕惠卿已把这个名单拟好了，准备上午呈送给天子赵顼御批，后日就可宣布，让那些有罪或有过失的官员得到赦免，也让那些有特殊情况的官员得到恩赏。吕惠卿正要起身，垂拱殿殿头太监来中书衙门传天子赵顼口谕中书：着中书三位宰执大臣去垂拱殿面君。吕惠卿悄悄问殿头太监：还有何人面君？殿头太监悄答：本来，枢密院也要有人参加，但天子赵顼后来取消了。吕惠卿清楚这是怎么回事。文彦博、冯京双双滚出朝廷后，枢密院掌门人位置始终空着。吕惠卿很想让章惇进枢密院当掌门人，可他刚接替薛向当上三司使，天子是不会马上就让章惇去枢密院当掌门人的。前些日子，天子赵顼降诏，要吕公著进枢密院，当了个同知枢密院事。此时，几年前外放到颍州当知府的吕公著还在来京都开封的路上。

吕惠卿在值房里把文案上的东西收拾了一下，正准备出门，值房里的书吏把一封信双手呈递到他手上。信是王安石从江宁那边派人送过来的。前些日子，吕惠卿最心痛的手实法给废除了，接着天子赵顼又派曾布去查京都开封市易务的问题，这让吕惠卿心里烦。吕惠卿便派人带了封信给王安石，把这些情况跟王安石谈了谈。王安石便给他回了这封信。书吏退出去后，吕惠卿关上值房门，将信从信壳里取出，看了一遍。王安石的回信谈的全是他给王安石去信上所谈到的事。王安石也觉得手实法太厉害了些，天下子民会给逼得上山为匪的。对新法会不会给废除，王安石认为天子无论如何不会废除新法。王安石提醒吕惠卿：千万要沉得住气，无论做何事，都要有一干到底的决心，特别在“火且尽”时更要如此。吕惠卿清楚，“火且尽”三字出自王安石二十年前的《游褒禅山记》，指的是千万不要在“火且尽”时退出山洞。吕惠卿最烦心的是天子赵顼对新法时有摇摆。对这点，王安石这边不少人都有这个感觉。王安石回信说，天子有天子的难处。天子不能只跟新法一边的人打交道，不跟反对新法的人打交道；不能只听新法的好话，坏话也得听。千万不能对天子有怨言，新法要搞下去，只能受命于人主。王安石说，这些话他在四月离开京都时已说过，以后不再说了，且叮嘱了四个字：

勿使上知

吕惠卿对王安石信中的话并未全部接受。王安石认为手实法是错的，吕惠卿无论如何接受不了。他觉得王安石在这点上不懂天子。天子想干番轰轰烈烈的大事，需要钱，且要许许多多的钱。朝中许多人都看清楚了现在北辽虽说总在北部边境弄点小麻烦，总想到大宋境内拣点小便宜，但并不想对宋开战；再说，北辽许多方面都汉化了，哪里还想对宋用兵。交趾鬼得很，只要大宋朝廷没出问题，是不敢兴兵犯境的。不过，吕惠卿却看清了朝中许多人未看清的一点：天子要跟西夏开战。这一来是王韶收复河、湟后，接着就是要威服西夏；二来是西夏总想把河、湟拿过去。因之对西夏一战不可避免，且这一仗用不了多久就要打的。吕惠卿扳指估算了一下，这一仗花的钱少说是河、湟之战的十倍。当下新法，弄钱最快、最多的就是手实法。吕惠卿真不明白，王安石怎么也会这么看手实法。当然，天子既然要废除，吕惠卿不会像王安石那样辞色皆厉去争，天子也不会在他面前服软。吕惠卿知道自己没王安石那样的本事和本钱。让吕惠卿很受感动，也有点奇怪的是，王安石关于天子时有动摇的话，这话在不是信得过的人面前是不会说的。吕惠卿记得，王安石在郑侠的赌雨如期而至后的第二天，跟自己和曾布说过类似的话，还叮嘱自己和曾布勿使外知。吕惠卿清楚，王安石的这些话，都是为新法好，为自己好，没把自己当外人；只是想到王安石也没把曾布当外人，心里多少有点不快。吕惠卿其实也认为天子赵顼对新法时有摇摆，有时甚至还会站在流俗之人一边为难新法一边的人。这些话当然是在非议天子，在后面说天子的坏话，要出大事的；在信里非议天子，就更麻烦了。怪不得王安石最后叮嘱自己“勿使上知”。这么想过之后，吕惠卿竟有点感到害怕，忙把王安石的来信套进信壳，放到文案下面的抽屉里，上了锁，还拉了拉，看锁牢了没有。

吕惠卿推开值房门走了出去，先看了下王珪的值房，见门锁着，知道王珪已先进宫去了。王珪这个人规规矩矩，老老实实，平日在中书衙门应官点卯，总在衙门更鼓响起之前就到了自己的值房里，今日进宫面君，自然更不会落在后面。吕惠卿转身往后看去，见韩绛值房的门关着，但未上锁，便向韩绛值房走去。官场有个不成文的规矩，官大品高的人进下面人的值房，说进就进，根本不用敲门；官小品低的人进官大品高的人的值房不预约、不敲门，是违礼的，不好直接进去，要遭到呵斥的。然而，吕惠卿进韩绛的值房却很少有敲门的时候，总是想进就进。吕惠卿把韩绛值房的门推开了，却只见韩绛的书吏在收拾文案上的东西。要是中书衙门别的什么人这么没规矩进来，书吏的脸早板了下去，一双冷眼对着你。虽然书吏品秩低，但因为是首相的书吏，衙门里的人就不可不当回事了。这个书吏开始以为是别的什么人进来，脸上的肌肉已经板了下去，一见是吕惠卿进来，立即堆满夸张的笑容，且激动得慌手慌脚，一时不知道怎么招呼吕惠卿才好。吕惠卿知道这是做出来的，但觉得很是受用。吕惠卿是个明白人：无事献殷勤，非奸即盗。衙门里的胥吏都不会在一棵树上吊死，都一女许几个婆家，像韩绛的书吏这样的人，就更是要韩绛还在中书时，便盘算着韩绛离开中书后自己该怎么办的事，个中的玄机其实不言而喻：中书衙门里没几个相信韩绛能干得久。

这些日子，吕惠卿越来越尝到权力给他带来的无穷乐趣。这不仅仅是因为自己府第前车马越来越多，越来越门庭若市，也不仅因为中书衙门里的人个个都向着他，个个都对他讨好拍马，而且还因为首相韩绛也怕了他，现在中书衙门里完全是吕惠卿说了算。吕惠卿是个明白人，现在个个都这么讨好他，拍他的马屁，是有目的的：讨好，是在取得别人欢心的同时给自己捞到好处；拍马，是为了自己上马。用不着怀疑，一旦自己在天子那里失宠，失势了，那些对自己讨好拍马的人，立即会不认得自己。但那是后事，用不着去管；管了也没用，徒然增烦恼。自己只管当下有权没权。权是个好东西，真个是有权就有一切。前不久，华亭县有个富户，离吕惠卿的老家泉州晋江千里之遥，却跑来认亲戚，还借了五百万贯钱给他在秀州买了块很大的田。吕惠卿觉得这没什么，官场都这个样，只要你当了官，不是亲戚是亲戚，不是朋友是朋友，都会找上门来，借钱给你用，帮你买田买地，做各种事。韩琦在相州老家的昼锦堂，周边几千亩良田都是韩琦的，豪华得跟宫殿并无什么不同。靠韩琦的俸禄，能办得到？富弼在西京洛阳的宅园，恐怕西京洛阳无人能与之相比，这个中的奥秘，是谁都心中有数的。既然如此，他在秀州买了块田，算个什么事呢？

不过，吕惠卿不会被一个小吏的恭维拍马弄得晕头转向。他每日里有做不完的大事，此刻得马上进宫。真没想到，自己不过看了封信的工夫，韩绛与王珪就赶在自己前面进宫了。吕惠卿转身往后走去，一眼看到从大堂后面过道里出来七八个人，都是中书衙门八房的录事、主事官。吕惠卿知道，这些人都是来找自己的。中书衙门近来有个怪现象，八房吏员要禀报一件什么事，或办件什么事，总来找他。当然，这事说怪也不怪，中书衙门三位宰执大臣，就他的话顶用，八房吏员不找他找谁？对这点，吕惠卿心里感到有说不出的得意。要是以往，吕惠卿会把八房的录事、主事官让到自己值房里，看看他们有些什么事要办，需要办的还得办一办。但，现在吕惠卿要急着面君。吕惠卿回到自己的值房里，把那份拟好的赦免及恩赏名单，放入袖内。出门时，吕惠卿摸了摸自己的衣袖，袖子里有硬的感觉，这才放心出了门。不多一会，吕惠卿到了垂拱殿前，抬头一望，吓了一大跳，远远地就见垂拱殿前布满了兵，三步一个手执长矛的卫兵，弥漫着一股令人畏惧的杀气。吕惠卿看到，从这里路过的太监、女官、宫女怕惹祸，都弯路从别的御道走了。

吕惠卿加快了脚步往垂拱殿走去，早有太监站在丹墀下，引吕惠卿进垂拱殿，要不然卫兵是不让进去的。吕惠卿跟在太监后面，急步拾级而上。快到丹墀顶时，吕惠卿忽然看到七八个卫兵从垂拱殿冲了出来，接着又有七八个卫兵把一个被捆得像粽子一样的人倒拖着出了垂拱殿。被捆得像粽子一样的人一路嚷：“这天下本来就是太祖的！”

吕惠卿吓得出了身冷汗。表面上听起来，这话一点也没错。大宋的天下，是太祖赵匡胤一根铁棍从死人堆里打出来的，但后来让给了同胞弟弟太宗赵光义，百年来这大宋天下就是太宗赵光义嫡下的子孙坐下去了。百年来，民间那个“烛光斧影”的传说不绝于耳，那多半是一些心怀叵测有非分之想的人和自以为是的好事者编造出来的故事。太宗赵光义真要弄个“烛光斧影”来，得花多少时间，买通宫中多少太监才办得成，恐怕早就漏了风声，天下也就不是现在这个样子。再说，太祖赵匡胤何等精明，何等机警，何等神力，何等武功，就算是喝得烂醉，书生出身的太宗赵光义也完全不是对手，根本拢不了身。吕惠卿以为，当时天下未定，京都开封大部分禁军都在外用兵打仗，太祖赵匡胤虽然杯酒释了开国将军的兵权，但总还要给一批新将军的兵权。那天晚上，太祖赵匡胤喝过了酒，突发急病，儿子又小，在外用兵打仗的禁军若是也来个黄袍加身，就又要来个陈桥兵变，江山岂不又要易主？江山与其让给在外用兵打仗的禁军，不如让给同胞弟弟太宗赵光义。天下便成了这个样子。这样子成了就成了，岂能再成回去。然而，被捆得像粽子一样的人却嚷出那句话了来，岂不是谋反，能叫吕惠卿不吓得出身冷汗吗？

卫兵把被捆得像粽子一样的人很快倒拖着过了垂拱殿前面的平台，到了丹墀边上。吕惠卿和太监赶紧几步上了丹墀顶上的平台。吕惠卿看被捆得像粽子一样的人的身影，有点面熟，但认不出是何人。下丹墀时，卫兵才让被捆得像粽子一样的人翻转身站着。吕惠卿认出此人来了，原来是秀州余姚县主簿李逢。李逢被卫兵押着，从吕惠卿和太监身边擦过去，下丹墀时，侧过脸与吕惠卿对接了一下目光。吕惠卿看到，李逢对接的目光里很是坦然，并无半点惧色。

李逢被卫兵押着下了丹墀，吕惠卿由太监引着往垂拱殿走去。吕惠卿大致猜出天子赵顼今日要他来垂拱殿的意思了。这些年来，这个李逢每年都要到京都开封来一趟，为右羽林军大将军、秀州团练使赵世居办事，给太皇太后曹氏、太后高氏送孝敬的东西。本来，赵世居与皇上同宗，每年孝敬太皇太后曹氏、太后高氏也没什么不可以，但李逢还给朝中不少人送过礼，就是宫中嫔妃身边的太监、女官、宫女也都得到好处。吕惠卿就觉得很有点不对劲，听说李逢前几天就到了京都开封，但这次却是送死来了。

吕惠卿进了垂拱殿，引吕惠卿进殿的太监立即躬身退了下去，偌大垂拱殿里见不到一个太监、女官、宫女。天子赵顼龙颜大怒，在垂拱殿中间走来走去，恶狠狠地望着殿里站着的四个人。四人是：韩绛、王珪、章惇和邓绾。四人都一脸的肃然，默不作声，小心翼翼地，生怕举止言谈上有什么差错，给自己惹上祸。在吕惠卿的印象中，头一次见天子发这么大脾气。吕惠卿感到今日朝廷出了件天大的事。御史中丞邓绾也来了，京都开封官场肯定要抓人了，且要抓不少人。然而，三司使章惇也来了，吕惠卿就有点不解：莫非又要他领兵打仗？吕惠卿感到垂拱殿里的气氛万分严重。

吕惠卿赶忙躬身小跑上前，感觉到自己也一脸的肃然。天子赵顼回到御案后面的御座上去。韩绛四人分立御案前的两旁。吕惠卿知道今日天子是不可能赐座了，忙站到韩绛后面去。天子赵顼对他用手指点了点，要他站到对面王珪前面去。按说这不符合朝廷规矩，在中书王珪名列吕惠卿之前，站班也应在吕惠卿之前，但天子要吕惠卿站到王珪前面，谁也奈何不得。吕惠卿看到，王珪一脸的乐意，赶忙移出位置。吕惠卿也就不让了，站在王珪前面。赵顼龙颜和缓些了，口气里很有点抱歉的意思："刚才朕不是发诸位爱卿的脾气，为的是朝廷出了件天大的事。"

吕惠卿觉得，赵顼真是个好天子。君臣如父子，父亲发儿子的脾气，打骂一顿，正常得很，有什么可抱歉的？吕惠卿望了望站在他对面的韩绛和章惇，又侧过脸望了望旁边的王珪和邓绾，见他们都松了口气，一脸谢主隆恩的笑意。

赵顼："诸位爱卿看到，秀州余姚县主簿李逢给抓起来了。朕待此人不薄，总记得他熙宁元年在资政殿说的话，很赏识他的直言，没想到此人却参加谋反。谋反的主犯是右羽林军大将军、秀州团练使赵世居。此人是太祖嫡孙不假，长得高大魁梧，貌似太祖，也不假。李逢一伙图谋不轨之徒说他有天子相，有坐天下的福分，鼓动赵世居谋反。大宋百年，宗室谋反还是头一桩，不速严惩，何以遏制乱源！李逢年年到京都开封来，都是为着谋反之事来的，这次还想买通皇城司提举，起事时来个里应外合，打进宫里。朕的皇城司提举正借这个机会去盘盘他的底细，秀州那边有地方官也告发赵世居谋反，此案才告破。赵世居谋反，蓄谋已久，朝廷官员不少受其收买，养虎遗患；地方官多为养痈长疽，姑息养奸。说起来还真怪，有个叫李士宁的道士也参加了谋反。这个道士，不规规矩矩隐居山林，养性修道，却喜接交公卿，惑世乱俗，还送了赵世居一把金钑龙刀。大宋江山，如何得了！朕召诸位爱卿，就是议一议：世居谋反一案，应如何处置？"

吕惠卿的感觉还真是准，赵世居果然有不可告人的勾当。吕惠卿又感觉到，朝廷有许多官员这下有大狱之灾了。谋反历来是十恶不赦之罪的第一大罪，犯了这一条的决不可饶恕；与此事沾边之人都很麻烦，要是把火惹到他身上，弄不好要招来杀身之祸。吕惠卿清楚，中原王朝千年以来的世风，不惮枉杀人命，特别是谋反之事，不用说谁都想离得远远的；为了自保，就是干些枉杀人命、陷人家诛灭九族也在所不惜。这不仅可以避祸，而且有赏，有几人何乐而不为呢？至于天子赵顼提到的道士李士宁，吕惠卿见过，当时就觉得此人行不守矩，是个旁门左道式的人，有一日要出事，从未跟他打过交道。

吕惠卿看到，韩绛、王珪、章惇、邓绾都一脸的义愤。吕惠卿清楚，对赵世居、李逢这样的乱臣贼子，不义愤不行。不义愤，那就说明自己对朝廷的忠心有问题，这可是个大是大非的问题。吕惠卿特别看了邓绾一眼，注意到邓绾的义愤显得很夸张，眼睛睁得像要裂开一样；蜜笑着的脸也因为义愤向一边歪着，嘴也张开了，要是赵世居、李逢在场，真会吐他们一脸的痰。不过，吕惠卿心中有数，邓绾一脸义愤并不表明他对朝廷的忠心比别人强，只说明此人会做戏。中原王朝的人都很会做戏：在民间，人人都对“奸夫淫妇”无比愤怒，以此表白自己的干净，然而只要有机会，许多愤怒的男人倒是很乐意做“奸夫”，不少愤怒的女人也并不拒绝做“淫妇”；在官场，当官的尤其擅长对“乱臣贼子”表示自己的同仇敌忾，然而国难当头时，这些曾经同仇敌忾过的官员做起“乱臣贼子”来，一点也不比谁慢。吕惠卿有种奇怪的感觉：他的什么机会又来了。

吕惠卿没有开口，在等韩绛先说。他是首相，碰到有乱臣贼子谋反这样的大事，他应该先拿出主意。再说，后天是冬至，祀天在即，朝中百官在等赏银，要是说错一句什么话，弄得有些人得不到赏银，这些人不要恨你一辈子？王珪低头深思，做出圣人状，也在等韩绛先发声。章惇一直望着天子赵顼，他是因为一时还没想到处置办法，要不然早开腔了。邓绾却一直在望着自己，在看自己的脸色。要是以前，这会叫吕惠卿很高兴。吕惠卿喜欢人家看他的脸色行事。说句实在话，以前吕惠卿对邓绾的印象是很不错的。特别是王安石罢相后的第二天，邓绾配合自己进宫面君，做得非常成功，一席话让天子赵顼回心转意，次日早朝宣布刚被废除的新法照行不误。但，这次把韩维赶出朝廷，吕惠卿算是看穿了邓绾。邓绾这个人滑头。邓绾只要有个好官当，朝廷不朝廷、新法不新法，都不关他个屁事。吕惠卿把脸撇过一边，望着天子赵顼。吕惠卿不愿意邓绾看清自己的脸色。天子赵顼的眼睛也望着韩绛，在等他开言。吕惠卿清楚，韩绛是不可能拿出一套处置办法来的，他没这个智慧和本事。约莫半炷香工夫，韩绛开口道：“陛下，赶紧向秀州发大兵，务必一举全歼赵世居这伙乱臣贼子。赵世居太不像话了，竟然在太祖脸上抹黑，言他像太祖一样有天子相，他这个人能有天子相吗？是可忍孰不可忍！”

吕惠卿看到，韩绛一副捍卫太祖圣相的表情很是严厉，也很坚决。吕惠卿心里差点没笑死。韩绛一定以为自己出了个良谋，其实出了个馊主意。天子说得很清楚，赵世居现在还只是谋反，并不是造反。谋反只是在策划过程中，造反则是动刀动枪了，谋反时就发大兵，岂不是逼赵世居赶快动刀动枪？特别是赵世居长得像太祖，这有何罪呢？嫡孙像爷爷，再正常不过。要是这也有罪，那么韩绛得小心了。若言赵世居貌似太祖的赵世居无天子相，岂不是说太祖也无天子相？韩绛这人是猪脑子，要是查起这句话，你韩绛担当得起？怪不得当三司使时那么窝囊，朝中的人都骂他是酒囊饭袋。

吕惠卿觉得自己该开口了。不过，章惇却抢先说了："陛下，微臣有四点要奏：第一，当先要稳住秀州那边，先别惊动赵世居，暗暗传旨临安府兵马钤辖，以调防的名义提一支江阴军赶到秀州，一举拿下赵世居；第二，朝廷这边，命皇城司控制好那些得过李逢好处的人，只许他们在城内活动，不得出京城半步；第三，命乌府台做好准备，一旦拿下赵世居，立即把朝野上下跟秀州那帮乱臣贼子有过不正常交往的人统统抓起来，严加审讯，一网打尽；第四，如果走漏了消息，赵世居在秀州动起手来，微臣愿率一支禁军去扫平秀州，把乱臣贼子全都斩尽杀绝。"

天子赵顼龙颜开朗了起来："准！"

不用说，章惇这四点都讲到点子上，才干远在韩绛之上。按照这四点去做，用不了多久就可以拿下赵世居。有点难的是第二点，要把京都开封那些得过李逢好处的人一网打尽，说起来容易做起来难。朝中官员中的这种人好办，统统抓起来就是，但牵连到宫中之人就不好办了。李逢每年都要来京都开封好好孝敬一下太皇太后曹氏、太后高氏，总不能一网打尽吧？当然，说难办也好办。这事众人都心知肚明，都不去挑破，也就过去了，谁会真去过问这事，吃饱了撑的！最难办，也最有意思的是第三点，朝野上下跟秀州那帮乱臣贼子有过交往的人肯定无计其数，然而何谓正常，何谓不正常，谁说得清楚？真要抓起人来，这里面的名堂恐怕不是现在所能逆料得到的。

吕惠卿注意到，赵顼"准"字一出口，韩绛、王珪、邓绾都频频点头。搞平赵世居谋反之事的大计就这么定下来了。下面是商议如何把这四点做好，众人都感到最头痛的是第三点。吕惠卿很想听听韩绛、王珪、邓绾会说些什么，没料到章惇很有点着急地道："陛下，微臣还有一事要奏。大才子苏轼童年时跟李士宁见过一面。李士宁给苏轼看过相，说苏轼有贵相，金榜题名，当居榜首。后来，苏轼从没与李士宁有过来往。童年之事，儿戏耳。乌府台不可把苏轼也抓来审。”

吕惠卿对章惇一向很看得起。这个人从来站在新法一边，敢说敢干敢担当，身上有股敢跟自己玩命的虎气和不好惹的霸气，只是脑子有时犯糊涂。吕惠卿是恨死了苏轼的。苏轼这个人跟新法从来就过不去，这次又一封信把手实法给废除了，正好借他见过李士宁这一点，让乌府台审他一审，杀杀他的威风，要他老实点，不要那么嚣张。然而，这个章惇却跟苏轼特有缘，总莫名其妙地护着苏轼。众人正商谈第三点时，章惇就迫不及待要保苏轼，好像迟了一步苏轼就要人头落地一样，真不知他怎么想的。

吕惠卿看到，韩绛微微点了点头，这个首相是个东郭先生，不让狼反咬一口，是不会吸取教训的。不过，王珪抬起一直低着的头，很古怪地望了望章惇。邓绾也望了望章惇，眼睛里有种不满的表情。这个御史中丞当然是个聪明人，知道苏轼不可能对他有什么好印象，用手中的权力整一整苏轼，不仅方便，而且合法得很。

众人都望着天子赵顼，苏轼有没有事，全看天子的态度了。吕惠卿注意到，赵顼龙颜凝重起来。赵顼没说苏轼之事，只是从御案上拿起一张纸：“诸位爱卿，朕这里有首诗，司马光写的。昨日，告发赵世居谋反的人给了朕一大包材料，都与谋反之人有关。朕昨日翻出来，看了一个晚上，发现有司马光写给李士宁的一首诗。韩相公，你念念。”

众人不明白赵顼什么意思，吕惠卿也不明白赵顼这是为了什么。莫非司马光也卷进这桩谋反案去了？要是此人参加谋反就好了，就可以往死里打了。吕惠卿恨司马光甚于苏轼。但，吕惠卿又觉得这是完全不可能的事。此公是个比谁都精明的小人，奸得很；反对新法比谁都厉害，但要他反朝廷是万万不可想象之事。此公在洛阳，品秩不变，俸禄照拿，朝廷的事什么也不用做，过着神仙也比不上的日子，会去谋反？

众人的目光都望着韩绛了。韩绛走到御案前，从赵顼手上接过司马光的诗，念道：

天覆地载如洪炉，万物生死同一途。
其中松柏与龟鹤，得年稍久终摧枯。

借令真有蓬莱山，未免亦居天地间。

君不见太上老君头似雪，世人浪说驻童颜！

司马光的诗很值得玩味。司马光是不信神仙鬼怪的，对生死看得很透，全诗嘲弄李士宁，无半点反意。吕惠卿感到失望。赵顼："李士宁也曾谒见过司马光，却被司马光泼了头冷水，说他谈神说怪，骗吃骗喝，没坐片刻就送客。能说司马光参加了谋反吗？"

这当然不能因此就说司马光参加了谋反，既然如此，苏轼自然也就与谋反无关。众人明白赵顼的意思了，不过各人的反应却很不一样。章惇最为高兴，一脸的欢笑。王珪又低头深思，做出圣人状。邓绾望着吕惠卿，好像在吕惠卿作出反应后再作出自己的反应。最有意思的是韩绛，像卸下千斤重担一样："介甫无忧矣！"对王安石称字不称名。

垂拱殿里有了一种十分奇妙而又怪异的气氛。吕惠卿看到，众人很是惊诧，却都未出声；天子赵顼龙颜出现了喜色，却也未置一词。吕惠卿觉得，众人和天子的这种反应，其实没什么奇怪。本来，众人谈的是苏轼和司马光，然而，韩绛却谈起王安石来，完全风马牛不相及，听的人自然都感到突然，其实顺理成章。韩绛的意思很清楚：既然苏轼、司马光没问题，王安石就也没问题。不过，吕惠卿觉得韩绛此时就说王安石无忧，未免过早了些。司马光、苏轼与李士宁确实没什么交往。但王安石不仅有交往，且很深。李士宁早年就与王安石夫人吴家多有往来，熙宁三年还在定力院一住就半年，管吃、管喝，就非一般交往了，这中间许多事能那么容易讲清楚？王安石这次确实遇到麻烦了。吕惠卿早就为王安石担心，有一天要受此人的连累，今日应验了。不知为什么，吕惠卿摸了摸自己的衣袖，袖子里有硬的感觉，自己草拟的赦免及恩赏名单还在。

过了一会，章惇开口了："王相公不会有什么忧的，朝野上下谁不知道王相公对朝廷的忠心可鉴日月，就是恨死了他的司马光也不会不承认这点。"

吕惠卿理解章惇，他对王安石是十分敬服的，当然希望王安石没事。韩绛一脸欢快，望着天子赵顼。王珪仍旧低头深思，做出圣人状。邓绾却只是一个劲望着自己。天子赵顼龙颜自然又出现了喜色，却仍未置一词。吕惠卿觉得，王安石给天子出了个难题。要是别的什么人，李士宁一住就半年，把他抓起来关到乌府台大牢去就是了。然而，对王安石却不能这么做。王安石是天子赵顼心醉魂迷的师相，且现在朝廷施行的新法，实际上是王安石主持制定的。就这么把王安石关到乌府台大牢去，恐怕朝野上下要一片哗然，天下也要山动地摇起来。那时，新法是彻底完了。然而，对王安石不闻不问，恐怕也不行；王安石真跟李士宁有说不清楚的牵连，对王安石这么宽容，朝野上下照样一片哗然，天下照样要山动地摇，那时新法照样彻底完了。此外，不要说王安石确实跟李士宁有说不清楚的关联，就算没有，对王安石不闻不问也不行。司马光那班奸邪小人是不会对王安石善罢甘休的，肯定要揪住王安石穷追猛打，谁能阻止得了？吕惠卿倒是想到一个好办法。此时，吕惠卿在想：天子赵顼龙颜为何对韩绛和章惇的话都出现了喜色，却又都未置一词？

垂拱殿里一片雀静，谁都不说话，都在等别人先说什么。天子赵顼坐在御案后翻什么东西看。约莫过了一炷香工夫，赵顼指着王珪："王爱卿，你说说你的高见。"

吕惠卿清楚，要不是天子点将，王珪今日半句话也会不说，就这么低着头做圣人状，一直做到退朝。天子点将了，王珪立即道："介甫有没有忧，关键是李士宁有没有参加赵世居的谋反。"对王安石称字不称名。

吕惠卿觉得，王珪看起来老实规矩，实际滑头得很。此人的话面面俱到，万无一失。李士宁参加了谋反，王安石就跳到黄河里也说不清；没有参加谋反，李士宁在定力院住半年又有何妨？众人又都不说话了。现在的问题是，李士宁有没有参加谋反。不过，这个问题照样不好说。没过多久，吕惠卿看到天子赵顼望着自己："李士宁如何？"

吕惠卿心中有数，天子对自己问这个不好说的问题，有开脱王安石意，希望自己说李士宁未参与谋反，但自己怎能说这话呢？不过，天子这一问，是难不倒吕惠卿的："如系谋反，当依法论断。"

吕惠卿很得意自己的回答。吕惠卿注意到，韩绛一脸的失望，章惇一脸的不快，王珪一脸的赞同，邓绾一脸的莫名；天子赵顼龙颜看不出有什么大的变化，又是个不置一词。过了一会，吕惠卿看到天子赵顼又问自己："安石如何？"

吕惠卿看到，众人的眼睛都盯着自己了。吕惠卿清楚，天子这一问，是今日最难回答的一个问题。吕惠卿揣摩着天子赵顼的意思：只要他说王安石绝无谋反之心，便无谋反之事，天子就顺水推舟，宣布王安石无事。吕惠卿觉得，天子赵顼对韩绛、章惇和自己的话都未置一词，其实就是在等自己为王安石说这句话。自己这句话一出，王安石头上一天的乌云都散了，天子赵顼很乐意听到这句话，韩绛和章惇肯定会高兴得不得了，邓绾也不会不愿意听到这句话。要说有人不乐意的话，恐怕只有王珪了。朝中的人只知道王珪规矩本分。然而，进入中书后，吕惠卿发现王珪这个人心里深处有个许多人未识破的奢望：当天子阶下第一臣子首相。吕惠卿一点不冤枉王珪。天子赵顼有次奏完事把吕惠卿留下来闲聊，问：韩绛什么地方得罪王珪了？要是王珪在天子面前没说过韩绛坏话，天子赵顼会问这个问题？吕惠卿多聪明，从天子这一问里看出王珪想当首相：说首相韩绛坏话者，自己想替而代之当首相也。按说王珪这种人做不了首相。但，王珪没这个自知之明。当然，这没什么奇怪。千万不要以为只是有本事的人才想当首相，其实没本事的人也想当首相，且打死也不会认为自己没这个本事。此外，王安石这次罢相，离开朝廷后，天子又常常叨念着王安石，实际上是希望王安石再相。既然王珪想把韩绛挤走，替而代之当首相，当然也不希望王安石再相。看来朝中想断王安石再相之路的大有人在。然而，不管怎么说，自己万万不能说出王安石无事这样的傻话来。当然，自己也万万不能说出王安石有事。朝中许多人都说，王安石对自己有卵翼之恩，父师之义，吕惠卿也觉得是这么回事。自己若说王安石有事，许多人会把自己吞吃掉。韩绛会很恼火，要跳着跟自己干起来。章惇也绝不会放过自己，这个敢跟自己玩命的人给惹发了是什么事都做得出来的。然而，要说王安石没事，一旦有事，自己又如何担当得起这么大的责任，也有负于朝廷。不过，吕惠卿到底是吕惠卿，很快想到怎么回答了：“臣知，安石最为重法。”

吕惠卿看到，众人一脸错愕，天子赵顼龙颜仓促间也很是诧异。吕惠卿觉得自己这句话可说是滴水不漏，万无一失，谁也挑不出半点毛病。吕惠卿不会正面回答王安石有事还是无事。吕惠卿清醒得很。他没加害王安石，只不过没给王安石打包票，然而这有错？

吕惠卿正得意间，忽然看到韩绛对着他走了过来，在离他不到一步的地方指着他的鼻子说：“吕惠卿，你还是个人吗？介甫对你那么大的恩义，不是介甫，你能有今日吗？你明知介甫无辜，却无一言辟解，相反在陛下面前故弄玄虚，话中有话，什么‘安石最为重法’，你无非是说介甫是个糊涂虫，那么看重法的人却让谋反之人在府上一住就半年，没事也有事。你的目的就是一个：堵死介甫再相之路，你来当朝廷第一臣子。你以为你这个排斥有恩于你的人能当上朝廷第一臣子吗？谁服你！”

吕惠卿没想到平日被他瞧不起的没用的韩绛今日竟然会对他发这么大的火，说出这么一番犀利的话来。吕惠卿感到自己脸红了。韩绛这番话，点到他的穴位，他确有当朝廷第一臣子之意。但这有什么不可以呢？他有当好朝廷第一臣子的本事。新法施行到今日，不是越来越好办了，而是越来越难办了，需要一个很有本事的人才能施行下去。你韩绛行吗？王安石有这个本事，但老了，缺乏处人治事之术，也应该退避让贤。再说，王安石当了六七年首相，朝野上下积怨甚深，内有两宫太后冷言冷语，外有司马光一帮重臣勋旧物议纷纷，要是再相，恐怕朝廷要闹翻天了。这又何苦呢？他觉得自己来行新法，会比王安石做得更好。自己在官场走了这么多年江湖，从地方小吏做起，受尽闲气，好不容易有了今天，离朝廷第一臣子不过一步之遥，岂会被韩绛一番话败下来。真如此，自己也就冤大了。

吕惠卿看到，众人开始以为垂拱殿里有热闹看了，目光都望着自己，看看自己会怎么跟韩绛你一言、我一语地对掐。自己曾经跟司马光对掐过，掐得死去活来。跟司马光对掐有意思，不然新法就行不起来。再说，司马光学富五车，通古今之变，朝野上下反新法的人都以他马首是瞻，掐倒他才显出自己的本事，跟韩绛这种无用之人对掐，那只会把自己降低了。吕惠卿选择了沉默。

吕惠卿看到，众人都似乎有点失望。失望就好，证明吕惠卿做对了。吕惠卿清楚，王安石问题说不下去了。不过，吕惠卿想到一个非常好的办法，只是此时不能拿出来。众人都在等退朝。赵顼站了起来：“赵世居谋反一案，事关重大，务必严究。退朝！”

吕惠卿发现，韩绛、王珪、邓绾都躬身后退，章惇却上前一步。吕惠卿不退也不前，两眼望着章惇。这个敢跟自己玩命的人又有什么话要跟天子说了？天子赵顼很奇怪地望着章惇。章惇转身望着邓绾：“李士宁不过是个狂士，四海为家，喜欢交接公卿，哗众取宠，抬高自己的身价，与那些参加谋反的人是有区别的。方今李士宁坐狱，王相公与他有过方外之交，只要审他时稍有偏差，王相公便百口莫辩，有难明之罪。你这个御史中丞不可不辨，万万不可冤枉了王相公。”

这个章惇对他恼恨的人，狠得很，但对他所敬服的人，帮起来也总是不遗余力。韩绛点头称是。王珪又低头做圣人状。邓绾却很是不快地瞥了章惇一眼，脸上的肌肉抖了抖。吕惠卿清楚，别看平日邓绾对人顺着双眼，蜜笑着个脸，但要对你翻起脸来时，脸色又相当难看。要是别人，邓绾早冷着个脸了，然而面对着不好惹的章惇，邓绾口气和软多了，却也有点公事公办的味道："有朝廷大法在，邓某自会依法断案。"

章惇指着邓绾："章某知道你这个人：谁权大，你就附谁；谁势大，你就向着谁。"

自从熙宁元年，因行新法，吕惠卿与章惇在条例司共事过两年时间，发觉章惇识人本事很强。对邓绾的这种品性，吕惠卿渐渐有了点警觉。不过，官场上这种人多得数不胜数，不足为奇。吕惠卿看到，韩绛也深有意思地笑了笑，就是王珪也瞄了邓绾一眼，估计二人对邓绾这种品性也有觉察。章惇把邓绾骂得够直，也够狠，恐怕邓绾受不了。吕惠卿注意到，邓绾的目光与自己的目光对接了一下，然后又望了望天子赵顼。吕惠卿随着也把目光移向天子，但见天子赵顼很是高兴地望了望章惇。吕惠卿看到，邓绾一脸平静，一点也不生气，脸上现出一种笑骂从汝的神情。

天子赵顼对章惇说："朕命乌府台会同谏院、大理寺审查此案，务必做到一个'正'字。"

章惇这才不说什么了。吕惠卿清楚，天子赵顼很不愿意看到王安石受到赵世居谋反案的牵连。但章惇却好心办了件坏事。如果赵世居谋反一案由乌府台一家审，王安石的问题好办了，在当下情况下邓绾不会做得太过，然而多了两家，问题复杂了。谏院的同知谏院范百禄与王安石是有过节的，他的叔叔因反对青苗法给免官致仕，由他来审赵世居谋反案，岂会放过王安石?

韩绛、王珪、章惇、邓绾躬身退朝了。吕惠卿摸了摸自己的衣袖，一种硬的感觉还在，本来他是要把衣袖里那份草拟的冬至祀天赦免及恩赏名单拿出来，上呈天子赵顼。但此时他改变了主意。回到中书值房里，关上门，吕惠卿在赦免及恩赏名单里加了王安石的名字。

第二天，吕惠卿再次上垂拱殿面君，才把那份冬至祀天赦免及恩赏名单上呈天子赵顼。吕惠卿注意到，天子赵顼接到名单，看了看，龙颜很是欢快起来。吕惠卿问自己可以退下去吧，天子赵顼对吕惠卿挥了挥手，示意可以退下去了。不过，吕惠卿躬身快退到垂拱殿门口时，天子赵顼突然招手叫他过去。吕惠卿小跑到了御案前。天子赵顼指着名单的一处。吕惠卿探起身子，见天子赵顼指着的地方写着王安石的名字。赵顼："此是何意？"吕惠卿微微一笑，小声给天子赵顼解释道："前相公王安石罢相后，被授为观文殿学士、吏部尚书、知江宁府，官职低了点，在冬至祀天普天同庆的日子里，总得给前相公王安石一点恩赏。给他加个节度使荣誉头衔，俸禄比当朝首相还高，让他脸上更荣光一点。"

吕惠卿注意到，天子赵顼的眼睛死死地盯着自己，目光里有种叫人感到战栗的穿透力。王安石在朝廷的时候，吕惠卿从来没见过天子赵顼这种目光。没过多久，天子赵顼缓缓说了一句话："王安石离职不是有罪，为何要在冬至祀天时给他赦免加衔？"

吕惠卿感到自己从来没这么难堪过，这么理屈词穷过。以前，无论是跟司马光论争，还是给天子奏事，总如悬河泻水，奔放滔滔，把司马光说得哑口无言，让天子频频点头。今日吕惠卿被天子简单一问就给问倒了。吕惠卿知道自己理亏了，做了件很不该错的错事。

赵顼的眼睛仍死死地盯着自己，缓缓说了一句话："你真要断王安石再相之路？"

吕惠卿感到自己害怕了。朝中任何人说他想断王安石再相之路，他根本不在乎，但天子这么说，他感到自己前所未有的心虚。他的害怕和心虚，是因为他真的是想断王安石再相之路。他觉得他做得很巧妙。在冬至祀天时给王安石加个节度使头衔，人家会认为他为王安石办了件好事；然而，只要天子同意这么做了，那么王安石就成了罪人。因为这不是恩赏，而是对有罪或有过失的官员的赦免。既然如此，从此以后，王安石就永远失去了当首相的资格，还再相得了吗？

赵顼的眼睛还是死死地盯着自己，缓缓说："你要朕陪着你一道去做这个傻事？"

吕惠卿感到自己出了一身的冷汗，心也沉了下去，有种路走到尽头的感觉。他明白天子这句话说明了什么，天子在指责他有欺君之罪。新法虽说是天子旨定，但实际上是王安石主持制定的，现在天下还在行新法，却把新法制定者王安石打成有罪之人，这不是欺君是什么？欺天子昏庸，心不明、眼不亮，竟然因他一个小小的伎俩，就糊里糊涂跟着他去冒天下之大不韪。吕惠卿知道，天子不会马上把自己赶出朝廷，但自己得万分小心。吕惠卿觉得自己脑子空空的。他不记得天子有没有叫他退下去，反正当他感到脑子有点活动，看到御案后面的御座空空的，垂拱殿内有几个太监在打扫卫生，有个上了年岁的太监对他挥了挥手，吕惠卿这才一步步往殿外走去。

第七十一章　惊天大案安石自信有天相　旧友有难吴氏打点用私房

江宁府上元县东北十八里，就是钟山。钟山方圆六十里，高一百五十八丈；东连雁门山，西临青溪水，南入秦淮河，北靠雉亭岭。山势峥嵘，天下形胜。三国诸葛亮称钟山龙盘，石城虎踞，乃帝者之都。钟山本来林木稀少。东晋时，朝廷要郡守以上官员告老还乡后，每人栽松三千株，年深日久，树木成林，无边无际。王安石爱山，便在江宁府上元县东门约七里的钟山半山道处的密密松林里，搭建瓦堂数间，外无墙垣，四无人家，远望犹乡间农舍。熙宁七年四月罢相后的王安石一家就住在这里。因地处半山道，故名半山园屋。半山园屋南有条渠水曰八功德水，上有石桥，渠水与城河相通，乘小舫，可达江宁城中。半山园屋北是绵绵叠翠的山峦，山峦那边就是滚滚长江。半山园屋顶竹出，屋旁松下有泉流，屋后小院落有数间茅房。院名定林院，房名昭文斋，王安石在此读书。定林院旁有一土墩，很有来历，相传东晋太傅谢安尝登此墩，因之名谢公墩。王安石有诗戏谐道：

我名公字偶相同，我屋公墩在眼中。公去我来墩属我，不应墩姓尚随公。

熙宁七年十一月中旬，冬至后的半个月，辰牌时分，日头从钟山东边的山峰后面出来。冬天日光下半山园屋前前后后的松林、远远近近的山坡，便呈现出一种变幻不定的光怪陆离的颜色。半山园屋前八功德水细细的浪击石块之声，听去像飘远的天籁之音。四野寂寂，山色无穷，水声无尽，大有见山不碍目、闻水不逆耳之感，非一彩一音之乐可比。

用过早餐，王安石就觉得今日有点怪。府上的男仆和乖丫环、傻丫环扫地，抹灰，收拾碗筷，脸上没什么异样的表情。但王安石起身去定林院昭文斋准备读书时，看到管家和夫人吴氏在草堂后面低声地咕噜着什么。王安石走过去时，他们又都什么也不说，只是用眼睛望着自己，目光里有种忧虑和担心的神情。王安石觉得奇怪了。这日子不是挺好的，有什么忧虑和担心的呢？

王安石是从不过问家中这些闲事的。王安石从管家和夫人吴氏身边过去，夫人吴氏吞吞吐吐想说什么，却欲言又止。王安石也根本没想到此时该停下来，问一声夫人吴氏有什么话要说，只是低着头一直往后面的定林院昭文斋走去。

王安石在离定林院昭文斋少说有十丈路远的地方，忽然听到谢公墩那边有人在对他哈哈一笑："相公昨晚可又与夏桀在论辩治国之道？"

王安石抬头一看，原来是友人杨德逢站在谢公墩前向自己拱手行礼。这个杨德逢，号湖阴先生，五十来岁，圆脸，原也当过县衙门里的小吏，但性情实在与权欲熏心、寡廉鲜耻、钩心斗角、巴结讨好的官场不合，受不了低三下四侍候那班读过几本经书并无实际本事，却又蛮横无理的上官的怄气；后来辞官不干了，居在钟山之中，住处与半山园屋仅隔一道山梁。此人视万事如浮云，厌世间膏火煎熬；喜下围棋，王安石每邀即欣然而来，可说是王安石难得的棋伴。此人清高，却从不装清高，更不以清高自诩，倒很坦率地承认自己是个六根不净，也永远不得净的俗人。这个杨德逢对官府衙门里的官吏深恶痛绝，但对王安石却敬佩得五体投地。王安石有次骑着驴子，独行在钟山春色里，山道上与杨德逢相识，以后相知，以后相交，以后杨德逢就常来半山园屋做客。

王安石亦哈哈一笑。杨德逢刚才说的是三天前的一件事。那天昼寝，王安石梦见自己在跟夏桀论辩治国之道，正不可开交时，杨德逢来了，把他叫醒。梦中的王安石推了杨德逢一下。等杨德逢再叫时，王安石醒了。王安石把梦中之事跟杨德逢说了一遍后，杨德逢拊掌大笑道："相公根本就是六根未净，忘不了天下，忘不了朝事。"

王安石并不否定这点。罢相以后，王安石确实想把过去纷杂的旧事都忘掉。但，怎么也做不到这一点：近事就像远事，给人一种陌生的隔世感；远事又像近事，恍若眼前之事那么清晰。王安石笑了起来："说得好，一点不错。我这个人确实是旧事难忘，恶习难改呀！"用一个"恶"字，多少有点调侃自嘲的意思。

杨德逢又是一笑："其实是人都不能免俗，都旧习难改，即使那些高僧也是如此。不要说禅宗有五家七派，各务其师，竞自为家，争得你死我活；为了禅杖、衣钵，更是用尽心机，甚至大打出手。"

起风了，半山园屋前前后后的松林里也起了松声。松声如涛，却也悦耳。王安石就喜欢杨德逢这一点：直面无隐。不过，王安石同时也觉得奇怪，三天前杨德逢来半山园屋，跟自己对弈了一下午的棋，吃过晚饭才离开；离开时，杨德逢说要到江宁城小住五六日，怎么今日就回来了呢？王安石：“先生今日恐怕不是要跟安石在棋盘上一争高低，倒是有什么大事要说吧？”

杨德逢：“是呀，前不久朝廷出了件大事。”

不知为什么，王安石感到自己有点吓着了。他最放心不下的是新法，生怕出大问题。王安石比谁都清楚，新法到了一个十分艰难，也十分微妙的阶段：成绩很大，问题也很多。王安石最担心的是新法半途而废。在这点上，王安石并不担心天子赵顼会半途而废。天子赵顼尽管时有摇摆，但要他放弃新法是谁也办不到的。王安石担心的是韩绛和吕惠卿。韩绛在通常情况下不会动摇对新法的信心，但到了至深至难无路可走时就很难说了。吕惠卿不容易被压垮，但邀功心切，出手太狠，树敌太多，人家不让他行新法，不想半途而废也得半途而废。吕惠卿的那个手实法，好在天子赵顼圣明，听进了大才子苏轼的意见，很快中止了，要是再施行下去，天下真要出大事。王安石问：“是新法出了大事？”

杨德逢：“那倒不是。”

王安石的心稍稍放下了点：“那又是何事呢？”

杨德逢却不说了，只是对着谢公墩上的棋桌说：“下棋，下棋。”

王安石清楚，杨德逢不说，只是觉得此事还不宜在此时说。王安石隐隐感到，杨德逢说的朝廷出的大事，跟自己有关，要不然就不会这么早赶到半山园屋来。王安石想起刚才管家和夫人吴氏在草堂后面低声咕噜的情景，觉得今日确有点怪。但，杨德逢提出下棋，王安石不好拒绝。王安石与杨德逢上了谢公墩，在棋桌两边坐了下来。

王安石与杨德逢二人对弈，不在输赢，只求尽兴；输者赋诗一首，诗兴棋趣都要顾到。二人对弈了一会，有几只喜鹊飞来，停在谢公墩旁边一棵老树上叫个不停。喜鹊的形体其实并不美，嘴尖、尾长、白色的腹部、身子的其他部位大多黑色；喜鹊叫声也不好听，叽叽喳喳，嘈杂得很。然而，世人都认为此鹊一叫有喜事临门。杨德逢对这几只喜鹊没多少兴趣，只是埋头下棋。王安石却不由得转过身，很高兴地望了望树上的喜鹊。

二人对弈正酣时，管家从半山园屋后门蹑手蹑脚走来，像有什么急事要说。王安石连眼皮都没抬一下，只是一心一意下棋。王安石罢相之后，山居半山园屋，只与故旧新友打交道，不与州府官员来往。王安石很清楚，自己那个“知江宁”只是一个名义上的差遣，无须去知府衙门理事。因之，每日里过着随月出山去、寻云相伴归的无拘生活；外出时，不施伞盖，从一童，肩一担，左书右食，任兴所至，随遇而止。不过，江宁州府的地方官还是常来登门求见，大一点的事还要王安石拿主意；是真心，还是假意，只有天知道。天下人都清楚，官府衙门里的官办正事没什么本事，却知道怎么当官。王安石虽然罢相了，但朝廷还在行新法；中书的三位宰执大臣其实都是新法一边的人，特别是韩绛、吕惠卿，一个是“传法沙门”，一个是“护法善神”，又都是王安石举荐的接替人。明眼人一看，就知道王安石随时有再相的可能。再说，宋代官员的差遣相当频繁，宰执大臣上上下下也是家常便饭。既然如此，地方官府衙门里的这些官员打死也不会怠慢王安石，更遑论得罪了；借这个千载难逢的好机会，常到王安石府上走走，亲近亲近，巴结讨好王安石，这对自己只有好处，没有坏处；要是入了王安石的法眼，自己飞黄腾达的一天就不远了。来得最勤的是江宁府通判叶均偕，此人每旬都要来半山园屋；来了就要吃昼饭，跟王安石喝上几杯。府上柴、米、油、盐、酱、醋、茶，少点什么的，第二天江宁府的衙役就来办好了，殷勤得不得了。地方上有什么人跟王安石过不去，要是给叶均偕叶通判知道了，那就有得苦头吃了。半山园屋西三里路处有座佑民寺，佑民寺旁有个李家庄，庄上有一豪民之家，兄弟十人，个个都学过打，不好惹，号称“十虎”，连官府衙役对他们都要高看一眼。王安石来半山园不久，王安石府上的家仆从集市上买了十只鸡，路过李家庄，李姓兄弟要家仆交一只给他们，说是十只鸡的护鸡钱。家仆哪里肯，李姓兄弟就不仅抢了鸡，还把家仆打得鼻青脸肿。这事给通判叶均偕知道了，派了镇江军一百厢兵过去，围住李家庄，抓到李姓兄弟就一顿死打；有个李姓兄弟躲在佑民寺里，给发现了，对不起，就在菩萨面前给打得尿湿了裤子。这也怪李家“十虎”横行霸道惯了，完全不清楚半山园住着什么人，以为是一般富户，收取护鸡费奈何不了他们。然而，尽管如此，王安石还是尽量避着地方官府的官员，且交代好管家：他们来找他，都说外出不在家。

约莫过了一炷香工夫，王安石眼角的余光发现管家还躬身站在他的侧后。王安石奇怪了，问为何还站在这里。管家从来为人精明，许多时候只要自己一个眼神过去，就心里明白了，没多久就把该办的事办好了。今日自己发过话，管家还没走，这可是从来没有过的事。王安石侧过脸去，对管家说："你对他们说，王安石十天后才会回来！"

王安石回过脸来，仍旧与杨德逢下棋。下了两着棋，王安石想起杨德逢说的朝廷出了件大事，莫非管家说的也是这件事？王安石对管家说："你说，何事？"

管家欲言又止，吞吞吐吐的："夫……人……"

王安石对管家挥了挥手："夫人昨日偶有点风寒，你吩咐丫环熬点药，给她吃就是。"

管家这才慢慢转身走了。王安石忽地记起熙宁三年二月夫人给他纳妾那件事。那日晚上，管家也是这么怪怪的，在自己面前欲言又止，吞吞吐吐的。然而，今日与那日不同。那晚不仅管家这么怪怪的，府上的家仆和丫环也这么怪怪的，今日却不见府上的家仆和丫环怪怪的，要不然王安石还以为夫人又要给他纳妾了。管家今日为何如此怪怪的呢？不想了，王安石转过脸来，对杨德逢说："下棋，下棋。"

王安石与杨德逢又对弈起来。又有两只喜鹊扇动着翅膀，飞到那棵老树上，一起叽叽喳喳叫个不停。这就实在有点叫人喜极了。这盘棋快结束时，王安石忽然听到半山园屋前八功德水石桥那边有《渔家傲》歌声传来：

平岸小桥千嶂抱，柔蓝一水萦花草。茅屋数间窗窈窕。尘不到，时时自有春风扫。　　午枕觉来闻语鸟，欹眠似听朝鸡早。忽忆故人今总老。贪梦好，茫然忘了邯郸道。

王安石听出，这首《渔家傲》是自己在山居半山园屋作的。在钟山，王安石还有一游伴，姓俞名清老，五十来岁，方脸，是个不受流俗拘忌束缚的人，一遇俗人，辄骂不绝，却也是对王安石敬佩得五体投地；戴秃巾，穿一种叫扫塔服的衣裳，俗事不称意，便江湖扁舟，浪迹山水间；诙谐多趣，再枯燥之事都会被他说得妙趣横生；至今未娶，洞晓音律，天生一副宽厚好嗓子，歌唱得十分好听。王安石抬起头，朝半山园屋屋前八功德水石桥那边望去，见有一人骑着驴子，一边唱《渔家傲》，一边慢慢悠悠地过来。此人果然是俞清老。一时间，半山园屋竟来了两位好友。王安石不禁望了望老树上的喜鹊，拊掌笑道：“怪不得来了两批喜鹊，原来二位老友光临寒舍。喜事！喜事！”

俞清老骑着驴，慢慢悠悠到了谢公墩边，在靠近王安石的一兜树桩上系好驴；生怕人家不知道他是骑驴来的，在驴屁股上重重拍了三下，弄得驴蹄子乱踢。王安石定睛一看，原来俞清老骑的驴子，是他平日的坐骑。王安石初罢相时，天子赵顼赏赐一马；及马死后，乃代以驴。然而，此驴昨日不见了，找了半日也没找到。不见也就算了，不想今日却被俞清老骑回来了。按说，王安石见此驴失而复得，该问问驴之事，却不问。不过，王安石不问也知道自己的驴子怎么到了俞清老胯下。这个俞清老用起人家的东西来，想用就用，视为己物；人家用起他的东西来，也无须打个招呼，像用自己的东西一样，想拿就拿。王安石坐在谢公墩上，俞清老站在谢公墩下，说起了驴之事。

王安石：“何处去？”

俞清老：“法云寺。”

王安石：“何所见？”

俞清老：“谒禅师。”

王安石：“如何去？”

俞清老：“骑驴去。”

王安石：“何来驴？”

俞清老：“偷来驴。”

王安石：“何处偷？”

俞清老：“偷处偷。”

王安石笑道：“吾将问驴，何方士子敢盗吾驴？”

俞清老亦笑：“相公不烦问驴，是清老盗。”

这个俞清老果真是个妙人，说话爽快坦诚，偷驴一事，竟给他说得怪有情趣。奇怪的是，系在树兜上的驴子也叫了起来，好像在说：是清老盗，是清老盗。

王安石、俞清老、杨德逢都哈哈大笑起来。就是老树上的喜鹊也叫得更欢了。

王安石：“是送官还是罚诗？”

俞清老：“愿罚诗，敢请命题。”

王安石站了起来，望着冬天日光下远远近近山坡上变幻着的光怪陆离颜色，耳听着半山园屋前前前后后的松林里阵阵松声："就以松声为题可也。"

俞清老欣然听命，上了谢公墩，四顾半山园屋前前后后的松林，一首诗出来了：

万壑摇苍烟，百滩渡流水。

下有骑驴人，箫箫吹冻耳。

王安石又大笑起来："好，好，吾驴有知，亦当乐与同游也。"奇怪，系在树兜上的驴子也叫了起来，好像在说：同乐，同乐。谢公墩上三人同时大笑起来，树上的喜鹊也叫得更欢了。

王安石抓起个棋子要落下时，忽然听到半山园瓦屋那边传来急促的脚步声。王安石不由得抬起头来，朝那边望去，见府上傻丫环急急忙忙从半山园屋后门出来。管家拉住了傻丫环的衣袖，明显不让傻丫环过来。傻丫环把管家的手甩掉，只是一直朝这边走。王安石心里一惊：府上出什么事了？不会又是被人抢了鸡，家人还给打得鼻青脸肿吧？王安石摇了摇头。这事不可能又发生。王安石清楚，府上许多难办之事，往往是这个确有点傻的傻丫环给傻里傻气办成了。今日府上出了什么难办之事呢？王安石要她过来。

傻丫环到了谢公墩下："老爷，李士宁李道士给抓到江宁府去了。"

王安石心里一惊。按说李士宁是个道士，官府抓不抓都与王安石没关系。但李士宁这个道士与王安石一家的关系不浅，交往的时间也长得很。王安石对李士宁印象也很不错，喜其入道却不忘儒学；言谈脱俗，常有新趣；性情豪放，却不失礼；偶有诗句，亦怪亦奇。尽管不少人说李士宁迟早要出大事，还是避远点好，但王安石从未回避过李士宁。熙宁三年，王安石还留李士宁在定力院住过半年，管住、管吃、管喝。

王安石问傻丫环："李士宁为何给抓到江宁府去了？"

傻丫环摇摇头："夫人要老爷快到江宁府去一趟，找叶通判叶大人把李道士救出来。"

王安石觉得夫人糊涂，做事太欠妥了。官府抓人，岂是谁说放人就放的？王安石把管家叫过来："你去过江宁府了？"

管家走了过来："李道士是昨天上午给抓起来的。夫人就叫我到江宁府去打听情况。李道士的情况很麻烦，说是跟右羽林军大将军赵世居谋反案有关，关在死囚牢房里。这回江宁府衙门里的人都变了脸，好像不认得我是相公府上的人，问什么都爱理不理，板着一张卖棺材的脸，说多难看有多难看。”

王安石心里不由得一惊。赵世居谋反案可是一桩惊天大案。王安石明白管家欲言又止的原因了。本来，自己与赵世居从未有过任何交道，自己与谋反案没有一丝一毫的关系；但，因为自己一家与李士宁这种说不清楚的关系，李士宁出事了，自己就许多事说不清楚了。王安石问杨德逢：“你说的近日朝廷出了件大事，指的就是这事？”

杨德逢点了点头，这才把他知道的赵世居谋反惊天大案说了一遍。昨天，他一进江宁城，就听说右羽林军大将军、秀州团练使赵世居出事了，谋反案给破了，赵世居和其他人犯都陆陆续续捉拿归案。不用说，这件大案不知要牵连多少人，江南将兴大狱。李士宁本是来半山园屋找王安石的，可一进城就给江宁府的捕快抓住了。杨德逢对李士宁的大名早就如雷贯耳，知道这个人四海为家，独行万里，也是个不受世俗拘束的人。说句实在话，杨德逢早有心结交李士宁，只是一直无缘谋面。杨德逢清楚，李士宁与王安石一家的交往，其实与世人没什么区别，但这事提起来千斤重，放下去二两轻。当过县衙门小吏的杨德逢对官场的勾当实在是太清楚了，所有的肮脏、污秽、阴险、下作之事，都无所不为，只要审李士宁时，抓住他在定力院住过半年的事实，稍做点手脚，王安石就跳到黄河去也洗不清。杨德逢清楚，江宁州府的官员平日对王安石还挺客气，但那是因为王安石圣眷不衰，官位还在，假以时日，王安石再相完全可期。李士宁之事要是牵扯到王安石，州府衙门的官员对王安石就会不客气了，落井下石者大有人在。

王安石一时给吓蒙了，好一会又问俞清老：“你也是为此事赶到半山园屋来的？”

俞清老一边上谢公墩，一边说：“那可不是，昨日上午清老骑着盗来的驴，一进江宁府城门，正好看到江宁府一伙捕快押着一辆囚车从城门里出来，囚车里关着李士宁。清老吓了一大跳。七年前，清老在平江府与李士宁喝过酒，还坐在溪边用山泉洗脚。这个李士宁说他会面相，说清老一生不富不贵，但七年后却会与一贵人成为好友，果然清老遇到了相公。清老避在路边，看了看囚车里的李士宁，李士宁也朝清老这边望，认出了清老，还对清老抬了抬下巴，笑了笑，并无惧色。清老不敢耽搁时间，赶紧来报个信。”

王安石感到问题严重，也很是恐惧，还感到很冤，也很有点羞面见人。嘉祐三年，王安石三十八岁，当过八个月的提点江南东路刑狱，断过公案，审过犯人，没想到今日自己竟很有可能要卷进公案里去。李士宁的这场公案，不是普通公案，是与十恶不赦之首的谋反有牵连的案子，这得了吗？此外，王安石是书香门第，祖上几辈人都是诗书人家，圣人子弟，读的都是孔孟之道，想的是忠君报国，一身清白，何曾出过一丝一毫谋反的念头？然而，今日自己却与谋反案扯到一起，这叫自己如何见人，如何对得起列祖列宗？

王安石看到，谢公墩上下的人都有点不知所措，也都不出声，只是一起望着自己。约莫过了半炷香工夫，俞清老说：“清老该死，一早骑着驴子赶来把这么个坏消息告诉相公，弄得坏了相公的心境。其实，天下人没谁不知道相公对朝廷忠贞不贰，人品光风霁月。要不是因为这点，清老根本不会到半山园屋来，更不会盗相公之驴，骑到江宁城去。”好像他盗了谁的东西，谁就成了圣人，圣人竟是他“盗”出来的。

王安石清楚，要是往日，俞清老这些话肯定要弄得人发笑，但今日谁也笑不起来。杨德逢说：“相公，恕德逢直言，这事千万不能掉以轻心。有道是项庄舞剑，意在沛公；江宁府这么对待李士宁，是因为朝廷有两人抓住李士宁不放，要从他口里弄出点什么东西出来，找相公的麻烦。要不然，江宁府也就不会把李士宁关在死囚牢房里。”

此时虽是冬日，但王安石却觉得出了身冷汗，手上虽然还抓着要下的棋子，但再也没有心思下棋了。他觉得杨德逢到底当过县衙的小吏，看问题要深些。江宁府这么对待李士宁，根子确实在朝廷里。王安石更害怕了：朝廷有人真要抓住李士宁不放，从李士宁口里弄出点什么东西出来，自己的麻烦就大了。王安石只是弄不明白，朝廷里那两个要找自己麻烦的人会是谁。王安石觉得，中书三位宰执大臣不会找自己这样的麻烦。韩绛不用说了，这是厚道老实的好人，从未做过害人之事。吕惠卿看起来叫人很不放心，给司马光、苏轼一班人骂得狗血淋头，骂他是奸邪小人中的奸邪小人，其实吕惠卿没那么坏。再说，自己对吕惠卿不薄，朝中百官都知道自己对吕惠卿最信任，罢相前举荐他当参知政事，让他做肩负新法的传人，吕惠卿绝不会负己。三司使章惇也不会，这是个不好惹的人，但其实是个难得的正人，敢说、敢为、敢担当。乌府台的御史不能保证个个都不想找自己的麻烦，至少邓绾、李定、舒亶几个人不会。真要借此找自己麻烦的算来只有那些对新法恨得牙痒痒的人了。然而，那些对新法恨得牙痒痒的人大都离开朝廷，外放到地方当官去了。说句实在话，那些对新法恨得牙痒痒的人也未必会搞这种见不得人的勾当。就是司马光，巴不得一口吞吃了新法，但不会用这种办法置自己于死地。富弼、文彦博、吕公著、冯京也不会，范纯仁、苏轼、苏辙就更不会了。这个不会，那个不会，王安石糊涂起来了。

王安石对杨德逢说："你说说，朝廷里哪两个人抓住李士宁不放？"

杨德逢："德逢在江宁府听到的消息，天子这次是命乌府台会同谏院、大理寺审赵世居谋反案的。谏院的范百禄有心想把李士宁案罗致成大狱。听说此人的叔叔范镇因反对青苗法给致仕罢官的，对相公怀恨在心，欲报此一仇，要定李士宁妖言惑众、勾结宗室谋反重罪，再把相公牵连进去。"

王安石记起来了。范镇算得上一个名臣。此人在仁宗朝为请立太子，连上十九封奏章，在府上待命等了一百多日，须发皆白，朝野上下一片夸赞他是个大忠臣；但反对青苗法，当然不能待在朝廷里，且年岁又高，致仕赋闲又有什么奇怪呢？得罪了叔叔，侄子挟私报复，要找自己的麻烦，却对李士宁下此毒手，这个范百禄就很不应该了。王安石对杨德逢说："另一个人又是谁呢？"

杨德逢："另一个人，却是相公万万想不到的。"

王安石脑子里奇怪地出现吕惠卿曾经在木屋里提醒自己不可与李士宁交往的情景，还奇怪地因此而有了种自己也不敢相信的不祥感觉。王安石觉得这种不祥感觉实在荒谬。然而，王安石却又很奇怪地说道："你指的不会是吕惠卿吧？"

杨德逢说："相公，你的感觉猜着了，此人就是你一向十分器重的吕惠卿！吕惠卿明知李士宁只是个喜欢出入权贵豪门的方外狂士，也知道相公一家与李士宁不过是天下世人之间的交往，却看着有人要借打李士宁找相公的麻烦，没有为相公说一句公道话，一任事态发展。别的任何人不置一词，无所谓，吕惠卿不置一词，众人会怎么想呢？吕惠卿得过相公那么大的恩，相公又那么器重他，他却这个态度，弄得朝野上下都认为相公与赵世居谋反案确有牵连；要是没牵连，相公那么器重的人怎么一句话都不说呢？”

这确实是王安石万万没想到的。吕惠卿这个态度，对王安石实际上是一种暗算。王安石奇怪的是，自己在感到很是气愤的同时，又感到自己有种无地自容的难为情，耳根上一阵发热，脸臊得通红。自己器重的人暗算自己，天下人会怎么看自己，特别是那些反新法的人，一个个不要给笑死？王安石很是无语。俞清老恼怒得眼睛冒火。此人对俗人都骂，对看不顺眼的官就很有点疾恶如仇了，骂了吕惠卿一句：“狗官！”

王安石看到，谢公墩上下的人都呆住了。树上的喜鹊也不叫了。唯有半山园屋旁松林涛声一阵阵响着。不过，王安石很快明白吕惠卿何以暗算自己的原因了。范百禄抓住李士宁不放，是要置自己于死地；吕惠卿暗算自己，没这么险恶，恐怕是为了阻断自己回朝廷的路。王安石觉得吕惠卿这下就蠢了。朝中百官清楚，自己罢相前，在天子面前举荐你当参知政事，就是要你当新法的传人。既然如此，王安石根本用不着回朝廷去。回朝廷，又要引起物议纷纷；不回朝廷，太平无事，岂不更好？

王安石坐了下去，举起手上那只本来要下却一直未下的棋子。众人以为王安石要下棋了，又都用一种奇怪的眼睛望着王安石。杨德逢眼睛一亮，准备跟王安石在棋盘上杀起来。王安石此时哪有心思下棋，他只是用棋子在棋盘上连写了三个“福建子”。“福建子”，吕惠卿也。王安石在棋盘上写了三遍“福建子”后，把棋子放在棋盘上，站了起来。此时，王安石已经把问题想清楚了。有道是“世上无冤枉，牢里无犯人”。这句俗话虽然片面了一点，但冤案多如牛毛，确实不虚。从现在的情况来看，李士宁肯定脱不了身。谋反这类公案，审案的没有几人不是从严从紧的。多死几个人不要紧，就怕漏了一个犯人，罢官丢职事小，弄不好要人头落地，这就亏大了。李士宁脱不了身，自己也脱不了身，看来自己这次是难逃一劫了。说来奇怪的是，这么想过以后，王安石却不怕了，心情反而轻松多了。上有青天，下有地灵，反正自己对朝廷从无二心。至于自己一家与李士宁的交往，朝中许多人都清楚，奸佞小人硬要在这个问题上做文章，也只能由他而去。自己真遭此诬陷，亦是有这样命，无须怨人，也无须求人。

王安石对管家和傻丫环挥了挥手，要他们离开谢公墩。王安石坐了下去，举起刚在棋盘上写“福建子”的棋子，下在棋盘上，对杨德逢说：“下棋，输家要赋诗的。”

王安石注意到，杨德逢和俞清老都一脸的惊愕望着自己。王安石明白，这是因为自己太不把李士宁这场公案当回事了。天下谁人不知，天底下没有比谋反更大的案子了，谁要是牵连上了这样的案子，就是被人用刀架在颈子上了。因之，遇上这种事，谁不要急得像热锅上的蚂蚁，四处找门路，托人情，赶快脱身。然而，王安石却这样无所谓，竟然有心思与人下棋赌诗。王安石清楚，许多人一定又会说自己迂。王安石觉得，自己这点确实迂。但，不迂，又能怎么样呢？

王安石看到，杨德逢并未把棋子举起来，只是一动不动地坐在对面，很着急地望着自己。站在旁边的俞清老把腰弯得低低的，侧着脸，不看棋盘，也是着急地望着自己。王安石用手指点了点棋盘，棋盘发出叶叶的声音，催杨德逢下棋。王安石再看看谢公墩下面，发现管家和傻丫环并未离开。王安石对他们挥了挥手，要他们离去。管家却仰着头望着王安石：“老爷，要不要派人送封信给吕惠卿吕大人，要他关照一下，把老爷一家与李士宁的交往跟审案的人说一说。”

在这点上，王安石又不迂了。王安石侧过脸，用手对着站在谢公墩下的管家点了一下：“你好糊涂，要是吕惠卿愿讲这些话，岂需要老夫写信？——下棋！下棋！”

王安石看到，此时又没谁说话了。杨德逢也不下棋。俞清老也不直腰。管家也不离开谢公墩。少说有一炷香工夫，杨德逢站了起来，望着王安石：“相公，江宁府那边却不可不派人去打点打点。”

这就叫王安石很为难了。说句实在话，王安石为官三十多年，还从来没干过打点之事。王安石奇怪地望了望杨德逢。此人原是因为性情实在与权欲熏心、寡廉鲜耻、钩心斗角、巴结讨好的官场不合，受不了低三下四侍候那班读过几本经书并无实际本事，却又蛮横无理的上官的怄气，才辞去小吏的，今日怎么劝自己派人去江宁府打点打点呢？王安石很仔细地看了看杨德逢脸上的表情，但见杨德逢一脸的认真，并无半点开玩笑的意思。

王安石惊愕地望着杨德逢：“这是为何？”

杨德逢：“一是江宁府现在还不至于对相公做得太过，打个招呼，要江宁府秉公断案，不可因谋反案就杀人越多越好，也不可牵连无辜；二是要江宁府里的衙役牢卒对李士宁手下留情，要不然，李士宁有的是苦头要吃。”

王安石觉得，杨德逢这些话是有道理的。不过，对第一点，王安石觉得没这个必要。赵世居谋反案怎么个断法，在朝廷不在地方；李士宁一案自然也是如此，用不了多久，李士宁就要解到京都开封去受审的。对第二点，王安石觉得倒是要好好考虑一下。王安石固然迂，却不糊涂，清楚官场牢房的情况。官场黑，牢房就更暗，可以说黑暗得与地狱无异。人进了牢房，就不是人了，连猪狗都不如。牢里的犯人，是谁都可以欺负的。不仅牢卒可以欺负，牢里的老犯人也可以欺负，稍不顺眼，想骂就骂，想打就打，打起来就往死里打，真有种生不如死的感觉。王安石当江宁知府时，查过几次牢房。查的时候，好一点；不查时，又老样子。王安石觉得李士宁今日遭此大难，确实不能袖手旁观；不加过问，李士宁在牢里不死也要脱层皮。

王安石点了点头，同意去江宁府衙门打个招呼。杨德逢起了身。管家要杨德逢等一等："下人去拿点银子来。"

管家转身往瓦屋里去了。王安石不明就里地望着进了瓦屋的管家。不多一会，管家从瓦屋出来，手上拿着两封银子，上了谢公墩，交到杨德逢手上。王安石明白，两封银子是给江宁府牢房里衙役牢卒打点的钱。这叫王安石心里很不是味，很不好受，也很是难堪。王安石不爱财，不是个小气人，他一生都没攒钱，俸禄都给家人、弟妹、友人吃了。但，王安石为官三十多年，还当过首相，从来未做过这种很不光彩、低俗的送打点钱之事。说句实在话，这种事王安石也做不出来。

俞清老看出了王安石的心思："如今不仅官场如此，就是佛门净地也不净，要不然佛门没那么多故事。"

杨德逢看到了这一点："这事不用相公为难，德逢会与管家办妥。"

王安石觉得这就很有点为难杨德逢了。此人见不得官场那些肮脏污秽的东西，不愿低三下四跟官衙里那些寡廉鲜耻、蛮横无理，又无本事的人打交道，但今日要为李士宁之事去跟那些他不愿打交道的人打交道，肯定要低三下四，却并无半点勉强的地方。

俞清老愿意去办这事："德逢兄，你就在这里跟相公下棋赌诗，清老与管家去就行了。"

王安石很是怪怪地望了望俞清老。此人对世上不当其意不平之事则破口大骂，特别是几杯酒下肚，就骂得更凶、更难听。要是办事时把官衙里的人骂了，这事还办得成吗？

俞清老笑了起来："清老肯定要骂人的，这场公案了结之后，少不了有几人要给骂得狗血淋头。"

王安石笑了起来，也算是真正认识杨德逢和俞清老了。二人品清德高，看起来有点迂，其实一点也不迂，该圆通处且圆通；看破官场，却很懂得进退，很能办事。当过首相的王安石很喜欢从用人上思考问题，觉得这二人当官是块好料，不会比那班能员差，只会比那班能员强。王安石看到，谢公墩上下的人都笑了起来。不过，傻丫环笑过之后，转身往半山园屋跑去。这个傻丫环常有一些出人意料的聪明之举。

俞清老下了谢公墩，准备与管家到江宁府衙门走一趟。王安石是下了棋子的，该杨德逢下棋子了。杨德逢想了一会，正要下时，半山园屋那边传来人语声。王安石抬头朝那边望去，原来是夫人吴氏来了。吴氏这些年来老多了，也胖多了，走路也困难多了，两边由乖丫环和傻丫环搀着。吴氏还在半山园屋那边，就说："我知道老爷会派人去江宁府的。老爷的事我不担心，朝廷有人要害老爷，我也不怕。天子圣明得很，这些人总不敢不听天子的吧？李士宁跟我们家几十年的交往，今日有难，那是不可不帮的。管家，我这里还有点私房钱，也拿去用。"

管家忙过去。乖丫环把两封银子塞到管家手上。俞清老把系在树兜上的驴绳解开，要骑此驴去江宁府："清老这次不是盗驴，而是要驴。"

众人笑了起来。王安石与杨德逢准备在棋上开战了。吴氏由乖丫环和傻丫环搀着，转身回半山园屋去。王安石听到后面傻丫环说："老爷，等会傻丫环给你们沏茶。"

谢公墩上只剩下王安石和杨德逢两个人了。树上的喜鹊没飞走，又叽叽喳喳叫个不停。王安石不敢再想这是喜事了。风停了。王安石看到，冬天日光下半山园屋前前后后的松林、远远近近的山坡上，变幻着光怪陆离的颜色。山色无穷。半山园屋南八功德水有细细的浪击石块之声传来，像飘远的天籁之音让人感到悦耳，沁人心脾。

第七十二章　赵顼亲睹皇宫进出有闲人 韩绛出谋安石再相解大难

熙宁八年元宵节后第二天，天子赵顼的心境又怪怪地纠结起来。这天早朝的时间非常短，不到一漏刻就结束了。早朝时，本来是要议赵世居谋反案中的一些问题，但赵顼宣布这一议题后，不见一人开腔。赵顼端坐在御座上，默然不语地望着下面的每个人。早朝的官员都规规矩矩站在自己的班列上，一个个脸上的表情都怪怪的：既一脸的小心翼翼，生怕一不小心惹火上身；也一脸的任凭风浪起、稳坐钓鱼船的谦卑和得意。往日朝会上唱主角的吕惠卿也怪怪地闭住了他悬河泻水、能言善辩的嘴，不出声了。就是这些日子最引人注目的邓绾、范百禄以及大理寺的判寺官也突然怪怪地闭住了嘴。

这些日子，朝廷就是怪，连昨日的元宵节也怪怪的。说句实在话，昨日的元宵节赵顼过得还是挺开心的，朝廷百官也挺快乐欢畅。入夜，赵顼与百官登上宣德楼观灯，但见宣德楼外宽阔的御街两廊下灯明如昼，山棚如绣，锣鼓喧天，鞭炮齐鸣，万人空巷，人山人海，热闹非凡，十分壮观；又见无数龙灯，在月下的御街上翻飞，高耸时好似飞入云端，低降时犹如潜入大海，缓挪时恰像春风漫舞，奔腾时宛若追波逐浪，各逞其妙，令人目眩神摇；另有各种歌舞、杂耍竞相表演，千姿百态，一片欢天喜地，气氛热烈；更有猴呈百戏、鱼跳龙门、击丸蹴鞠、踏索上竿，琳琅满目，令人目不暇给。当夜天子赵顼龙颜很是欢快，到了亥鼓时分，天子赵顼给在楼下仰窥圣颜的仕女赐过御酒，才回到乾清宫歇息。但叫赵顼十分奇怪的是，一回乾清宫，心境就好不起来，朝廷的事纷至沓来，弄得他内心说不出的纠结，连这夜与向皇后在一起的房事也免了事。

熙宁元年，立志要富国强兵、洗刷国耻、重振雄风、威服四夷，做大有为之君的赵顼却在朝廷百官中怎么也找不到一个能辅佐他成此大事的人。按说赵顼此时是心中最为纠结的时期，然而赵顼不急不躁，很有耐心地慢慢寻找。这年的四月，王安石越次入对，赵顼认定了王安石是他所需要的人。赵顼的心境开朗极了，觉得他的大事必成。熙宁二年年底，新法陆续在天下施行，京都开封朝廷里吵得一塌糊涂。特别是王安石与司马光吵得你死我活，以至于这对昔年好友竟成了势同冰炭的陌路人。赵顼很想让他们都消除心中的芥蒂，一起辅佐他成此大事，但他做不到这一点。赵顼的心境烦乱极了，不解朝廷何以会成这个样子，却也没像现在这样纠结。熙宁七年，是新法煌煌夺目的一年，也是最糟糕的一年。这年北方七个月的亢旱几乎把新法毁了。王安石王相公自任罪戾、自我检讨、乞解相位，把新法中出现的所有问题一人顶着。反新法的人无话可说，新法照行不误。不用说，赵顼心境也是相当烦乱的，却还不是特别纠结。然而，此时赵顼的心境却纠结得不能再纠结。特别是这一个多月来，太多的事情让赵顼的心境里的各种情绪莫名地缠绕在一起。去年冬至祀天的筵宴，银子不成问题，但生猪收购不上来，差点办不成。后来，还是内官监押班太监高全福找到开封猪行的行头，让这个行头孝敬了五百头生猪，才把冬至祀天的筵宴办成了。筵宴办成了，赵顼却高兴不起来。按说普天之下，莫非王土，一统天下，但天家的筵宴竟要一个为人所不齿的猪行行头的孝敬才办得成。说起来，这既是件可笑得叫人难以置信的事，也是件叫天家很丢面子的事。这能叫赵顼心里不纠结吗？

早朝就在这种无语的寂静中过去。不过，赵顼端坐在御座上，虽然默然不语，眼睛却始终没离开过站在下面的官员。赵顼发现，许多官员的目光都在周围的一些人脸上睃来睃去，还有不少官员在用目语跟左右两边的同僚说话。不过，官员目光最集中的还是在两个地方：一是主持天下新法的参知政事吕惠卿身上，二是右羽林军大将军赵世居谋反案的三个问官——邓绾、范百禄和大理寺的判寺官——身上。左右常有目光瞥过去。

右羽林军大将军赵世居谋反案本身不难办，把参加了的人都抓起来，统统绑赴刑场，砍下他们的头就是。叫赵顼感到纠结的是这个谋反案竟把王安石扯进来了。尽管许多人都心中有数，王安石不可能参加谋反，但有人就是要把王安石扯到谋反案中去。在这件事情中，更叫赵顼感到纠结的是，要把王安石扯到谋反案中去的人并不都是那些反新法的人。赵顼十分清楚：不能说反新法的人无一人不想给王安石栽赃，至少不少人很乐意看到王安石因赵世居谋反案再一次倒霉。但，反新法的人中不少与王安石一样，都是堂堂正正的君子，特别是司马光、韩琦、富弼、文彦博、冯京、吕公著这些人，不是说不想扳倒王安石，但绝不会借这个机会把王安石扯到谋反案中去。赵世居谋反案是去年冬至前败露的，至今两个多月过去，未见他们上过一个奏章。这次要把王安石扯到谋反案中去的人，是会同乌府台、大理寺一道审案的同知谏院范百禄。这个人对朝廷倒也是忠的，对新法也未见说三道四，但他有个叔叔因反新法而罢官致仕，范百禄这下就拽住王安石不放了。主审李士宁时，范百禄就以李士宁给赵世居金钑龙刀为据，请立诛李士宁。明眼人一看，就知道范百禄在玩项庄舞剑，意在要把王安石扯到谋反案中去。很显然，只要李士宁被认定有谋反罪，凡与李士宁有交往的人，都百口难辩，在劫难逃了。范百禄的疏奏都写好了，只等乌府台御史中丞邓绾和大理寺的问官签字，就可上报朝廷。邓绾没说不签，也没说签。大理寺的问官不愿牵入此疏奏中去，请免签署。赵顼要中书拿出个意见来。韩绛的意见很明确：李士宁与赵世居结交，只是世人对皇亲权贵的一种攀附，借此炫耀取宠，抬高身价，并无不轨之图。王珪不说李士宁有不轨之图，也不说无不轨之图，实际上在看吕惠卿的脸色。对王安石来说，此时到了关节点上。按说，吕惠卿完全清楚李士宁与王安石的交往是怎么回事。然而，吕惠卿对此事一言不发。赵顼感到难办了。不错，天子可以一句话为王安石解危，但总不能不听听中书宰执大臣的想法吧？特别是谋反这样的大案，更要听听中书宰执大臣的意见，要不然，不是漏掉穷凶极恶的反贼，让其逍遥法外，就是冤枉许多好人，造成大冤大狱。这样朝廷就要出大事，天下人岂不要骂自己是个败坏祖宗基业的昏君？然而，吕惠卿就是不开这个口。赵顼看到，从早朝开始那一刻，吕惠卿站在自己的班列上，就一脸刀枪不入的神情，对左右瞥过来的目光也似乎一无所觉。赵顼觉得，自己身为九五之尊的天子，却对一身清白、现在又麻烦缠身的王安石说不上一句话，这能叫赵顼心里好过得起来吗？

退朝前，赵顼有意朝吕惠卿那边望去，目光且在吕惠卿身上停留了片刻。赵顼看到，吕惠卿微微抬起头，表明他注意到自己的目光，却又微微低下头去，明显不接自己的目光。赵顼很是一惊，这是以前从没出现过的情况。以前，不要说目光在他身上停留了片刻，就是掠过一下，吕惠卿脸上立即有一种受宠若惊的感觉表现出来。然而，今日吕惠卿的目光却不仅没半点惊喜，反而躲着自己，明显表示他不想为王安石说半句话。

赵顼想起去年冬至前两天吕惠卿交给他的那份赦免及恩赏名单，越来越清楚地感到，吕惠卿的这一切所为，都是为了不让王安石再相。说句实在话，赵顼以前对吕惠卿是相当赏识的，认为他是个贤人，难得的人才。赵顼又想起熙宁三年二月司马光在景福殿的一句话，说吕惠卿“心术不正”。今日看来司马光的话是对的。赵顼开始讨厌起吕惠卿来，但讨厌有什么用呢？没有吕惠卿，新法能行得了吗？朝中君子倒也不少，司马光、苏轼这班人都德才过人，可他们都反新法，让他们到朝廷来，天天在朝廷跟自己闹别扭，朝廷不是更要搞得乱七八糟？君子反新法，小人行新法，用君子不是，用小人也不是，反正新法是搞不下去了，赵顼尝到左右为难、进退维谷的滋味了。

赵顼在心里叹了口气，把目光从吕惠卿身上移开。赵顼注意到，吕惠卿脸上掠过一丝不易被人觉察的得意神情。吕惠卿脸上这种神情让赵顼心里感到很不舒服。赵顼准备宣布退朝，但一眼看到站在吕惠卿前面的韩绛出列了。赵顼清楚，韩绛出列肯定是为王安石说话，但身为上相的韩绛说的话不能像吕惠卿那样，句句都在点子上。赵顼不想听韩绛啰唆什么，双手挥了挥。熙宁八年元宵节后的第一个早朝就这么草草结束了。

早朝之后，赵顼不像往日那样，打坐在大庆殿北面的前殿紫宸殿，让中书、枢密院、三司、开封府、审刑院及请对官依次进来奏事。赵顼也不像往日那样，把东宫旧臣韩维叫到便坐殿延和殿来叙谈叙谈心中之事。前不久韩维到河阳当知府去了，现在朝廷里，连个说话的人都难找。这日早朝之后，赵顼也不摆驾坐御轿，只带了两个贴身的御前太监，穿过横街，往后宫走去。赵顼只想一人在皇宫里走走，摆脱一下纠结在心中的烦恼。再说，今年春节之后，太皇太后身体明显不适，头昏眩晕，脉搏跳动时快时慢，有几次咳得重一点，就眼前一片发黑，差点晕倒。赵顼得去看看这个不是血亲的老祖母。另外，还有两件事也得跟这个老祖母商定。第一件，是给老祖母的弟弟、大舅公济阳郡王曹佾盖座像样的府第，好让大舅公在那里安度晚年。这事早就提出来了，府第的地址也选好了，且打好了地基，只是此时出了件开封市易务的人扣压曹王爷四条船和三排大木之事，气得老祖母和曹王爷不盖了，这事就这么一直拖了下来。近日听皇后说，老祖母松口了，想在自己有生之年把曹王爷的府第盖好。既然如此，现在给太皇太后重提此事，正当其时。第二件，是安排曹佾进宫跟老祖母见次面，这事也是早几年就提出来过，但老祖母严守宫门之禁，总是不许，说历朝家法无如我大宋之完美，外戚不能随便出入内宫，坏这一条不能从她这里开其端；而今老祖母年事已高，身体又不好，无论如何要恳请老祖母同意大舅公曹佾入见。

一个御前太监在前面开道，一个御前太监在后面跟着，赵顼走在中间。这两个御前太监都是赵顼还在东宫当太子时就在身边侍候自己的人，至今有十多年了；人比较本分，胆子也不大，叫人感到放心。开道的御前太监已经进了宣和门，赵顼正要进宣和门时，却停了下来。赵顼不想去后宫了，转身沿着横街向东阁门走去。赵顼看到，跟在后面的那个御前太监吓坏了，一脸的茫然。接着，进了宣和门的那个御前太监小跑赶到前面，脸色也变了，一脸不知所措。赵顼从小就在宫中长大，知道东阁门是个人员杂乱的地方。送急脚递的驿卒、传送边关紧急军情的士兵，都是去东阁门交差。朝中官员入觐面君，也要从东阁门经过。还有一些冤大仇大告御状的，也是先到东阁门上状子。不用说，这两个太监一定是担心自己到了东阁门，会出什么事，所以才吓成那个样子。赵顼觉得这两个太监过虑了。这皇宫到处有手执兵器的卫士，还有无数太监，没人敢对天子起歹心的。

此时，赵顼想到东阁门去看看，是因为有人通过上相韩绛把状子告到他这里，说东阁门使曹诱越来越不像话了：这个曹诱，身为皇亲国戚、朝廷命官，最近这些日子里，不仅与太监合伙做生意，而且与外面的生意人合伙做生意，让这些生意人到东阁门来，弄得东阁门快成了商行办事的场所了。此外，状子上还告东阁门使曹诱还在搞摊派。朝廷施行市易法后，京都开封的商人交了免行钱，官府不能再向商人搞摊派。但，曹诱照搞不误，且一口价，要多少就多少；不交就有开封市易务的人去找麻烦，要加交免行钱。这笔钱比摊派的高出一倍以上，再不交就有市易务的人把店砸了。做生意的交免行钱，摊派又不能少一文，生意人怎么活？叫朝廷的市易法怎么去施行？对曹诱与太监做生意这件事，赵顼早有耳闻，只是没去多管。这一来是大宋开国百年，京都开封开着许多邸店，皆为权势贵官、豪门巨富经营。这些邸店又都攀上了皇亲国戚，皇亲国戚也十分愿意跟邸店里的人打交道。这些邸店都生意兴隆，且后宫上万宫人吃的、用的，大都是邸店里来的。这些邸店也总能保证后宫吃的、用的不患愁，再稀缺的东西也能弄得到。皇亲国戚子弟不少是花花公子，整日游手好闲，不学好样，不走正道，让这些人到邸店去做做生意，也没什么不好；手上有事做，免得他们在外面惹是生非，只要不过分也就算了。这二来曹诱是大舅公济阳郡王曹佾的独子，太皇太后娘家唯一的侄子，太皇太后是万般宠爱娘家这根独苗的，气上来时也对曹诱这个花花太岁有点恨铁不成钢的意思，巴不得有人像老相公韩琦那样打个四十大板，但真有人打时又很是心疼。这三来在朝廷赵顼与曹诱是君臣关系，但在皇室曹诱又是赵顼的长辈，晚辈对长辈总该给点面子，有些事带得过去就带过去。然而，曹诱现在竟让那些生意人到东阁门来，就太过分了，就不可不管了。

赵顼往前走了十几丈的路，发现今日这两个御前太监的神色举止有点蹊跷，有点不对劲。以前，赵顼无论把他们带到什么地方，这二人都会没半点犹豫跟着自己去。但，今日这两个御前太监却磨磨蹭蹭，两只脚好像被什么绊住了，迈不开步子。特别是在前面开道的御前太监，走几步要停一下，还侧过脸来看自己的神色。

赵顼走了里把路，前面开道的御前太监又停了下来，十分恭敬、十分巴结地对赵顼说：“陛下，奴才去那边打个招呼，要国舅爷把闲杂人员都赶走。”

赵顼这次去东阁门为的就是看曹诱到底跟些什么闲杂人员在一起，就警觉地问：“为什么把他们赶走？”

后面的御前太监躬身赶了过来，一样的十分恭敬、十分巴结：“奴才怕有人伤了陛下。”

赵顼觉得这话倒也有点道理。不过，这两个御前太监越这么做，赵顼越要去东阁门看个究竟。赵顼不客气了：“伤到朕，拿你二人是问！”

两个御前太监吓坏了，都跪了下去。跟在后面的御前太监提出一个要求：“陛下让奴才去皇城司搬兵。”

赵顼不肯：“东阁门那边有兵，足够了。”

两个御前太监紧张了，跪在地下不起来：“陛下要是不愿多搬兵，奴才宁可死在这里。”

赵顼觉得这两个御前太监的言谈有名堂：他俩何以不想让自己到东阁门去

呢？以前自己又不是没同这两个御前太监在宫中这么走过，怎么以前没见他们说要搬兵呢？不过，赵顼很快想到，东阁门的人是杂了点，以前自己并未到东阁门这样的地方走走，想想两个御前太监这么做，也确实是为自己的安全着想，没什么不对：“去吧！”

赵顼看到，在前面开道的太监仍走在前面，但后面的太监转眼就不见了。宣和门离东阁门不过二里来路，赵顼很快就到了。今日是个阴天，一天灰色的云块，把日头全遮了，只有云块边上露出来的一片淡白光晕，才表明日头所在的位置。

赵顼在离东阁门还有二三十丈远的地方，就见好些人在庭院左边一间屋子里进进出出。赵顼清楚，那间屋子是用来临时安顿告御状人的地方。这间屋子其实常年空着，朝廷说是说允许天下人告御状，但真要告起御状来，没人不被折磨得死去活来，有的甚至给活活打死。然而，今日怎么不少人在这间屋子里进进出出呢？这都是些什么人呢？赵顼还发现，在前面开道的御前太监不时回过头来，怪怪地望望自己。

赵顼清楚，这个御前太监以前从没有过这样的举止，越发觉得那里有什么见不得人的地方，不由得加快了脚步。庭院左边那间屋子里进进出出的人无一人知道赵顼来了。赵顼走到距那间屋子有十几丈的地方，看到有个一直站在门口的小太监突然转身往屋里跑去。赵顼立即听到屋子里有了很响的杂乱脚步声。转眼间，屋子外面的人都不进屋了，全跑了。赵顼对前面开道的御前太监说：“传旨：都回屋里去。”

御前太监边跑边传旨，且站在屋子门口，把住门。赵顼看到，屋子外面的人跑光了，但屋子里有好些人被堵在门口。不多一会，赵顼走到屋子门口，但见屋子里的人都跪了下去，在地上磕头，口里不停地喊“万岁万岁万万岁”。

赵顼望了望跪在屋子里的这些人，估计有十五六人：其中穿补服的一人，穿太监服的二人，穿公服的二人，其他人都穿着绸缎长袍。不用说，这些穿着绸缎长袍的都是生意人了。这么看来，这个国舅爷确实跟外面的生意人勾搭在一起做生意。赵顼又扫了扫跪在地下的人，吃了一惊，看到跪在曹谒旁边的是内官监押班太监高全福。这么看来，高全福也跟这伙生意人勾搭上了？这朝廷还成其为朝廷、后宫还成其为后宫吗？赵顼觉得，今日得好好治曹谒。赵顼本来想叫人把这些人都拿下来，交到开封府去审，但一转念又取消了。这倒不是因为自己身边只有一个御前太监，拿不下这些人。在皇宫这个地方，只要赵顼发句话，随时都会冲过来一伙卫兵，把这些人全捆起来。赵顼不想捆这些人，只是想借这个机会，亲自问问这些生意人：现在开封市场到底怎么了？再说，这些生意人并无罪过，只要有生意做，能赚到钱，他们跟谁不会去勾搭?

赵顼看到，曹谚吓得撑在地上的两只手都抖了起来，不过头却微微抬起，用眼角的余光望着自己。赵顼让他先起来。曹谚抖抖地爬了起来，规规矩矩垂手而立，一脸怕得要死的灿烂谄笑。不过，赵顼清楚，曹谚这一脸的谄笑，是装出来的，并不真正怕自己。

赵顼又让高全福起来。高全福却只是趴在地下，抬起那双又大又圆的眼睛，一个劲瞅着赵顼，生怕听错了，等到觉得赵顼是真的让他起来，才更是抖抖地爬了起来，躬着身子站着。赵顼又让小太监和那些穿着绸缎长袍的人起来。小太监倒是起来了，但那些穿着绸缎长袍的人哪里敢起来，谁也没动一动。内中有个胆子大点的微微抬起头。赵顼看到，那人有张刀疤脸。

赵顼当然不知道刀疤脸是何许人，动了动下巴，示意他起来。刀疤脸不敢。曹谚踢了他一脚。刀疤脸这才抖抖地爬起来，那双眼睛还一边惊恐地望望赵顼，又望望曹谚。刀疤脸快站起来时，赵顼听到屋子门外传来一阵急促有力的脚步声，接着就见一伙虎背熊腰、手持兵器的卫兵闯了进来，站在这间屋子四面壁下。不用问，这些卫兵是原先跟在后面的御前太监搬来的，赵顼只是没想到，这些卫兵竟这么快就给搬来了。刀疤脸吓得又扑地跪了下去，连眼皮也不敢往上翻一下了。那些一直跪伏在地下的人更是吓坏了，一个个拼命磕头，不停地喊："万岁饶命！万岁饶命！"

赵顼清楚，这些人一定以为这伙卫兵是来抓他们去杀头的。赵顼忽然注意到，刀疤脸两边跪着一瘦一壮两个穿公服的人；看样子这三个人挺有交情，虽然刚才都吓得要死，都低着头跪在地上，却都敢相互用眼角的余光你望望我，我望望你，像是在交换什么。

赵顼对曹谚抬了抬下巴，要一瘦一壮两个穿公服的人起来。曹谚会意，过去要他们起来。这两个人哪里敢起来，像死人贴在地上，动弹不得。曹谚喝了句："你二人抗旨？"

这两个人才缓缓爬了起来。赵顼看到，跪在刀疤脸左边的瘦子显得很刁精，像见过一些场面，此时并不怎么紧张。跪在刀疤脸右边的壮汉明显是个粗人，样子很凶，却紧张得两只脚都好像站不稳。

赵顼问瘦的："你叫什么名字？在哪里当差？"

瘦的并不怎么怯场，口齿清楚："小的姓刘名进，在开封市易务当差。"

赵顼问壮的："你呢？"

壮的紧张万分，脸涨得通红，手脚也不知道怎么放，半天说不出一句话来，只是用眼睛求助地望了望瘦的刘进："小的……小的……，叫刘……刘老爷……说。"

赵顼注意到，不仅曹诱和高全福、小太监都忍不住笑了起来，而且跪伏在地下的那伙生意人也哧哧地笑了起来。赵顼虽然从未跟皇宫外面的公差打过交道，但还是知道这些人的一些情况。赵顼很是不解：那些官府衙门当差的，在平头百姓面前可都是了不得的老爷，神气活现，趾高气扬，神通广大，能说会道，没想到在天子的面前会紧张成这个样子。

赵顼望着瘦的刘进，又抬了抬下巴，示意他可以代言。

刘进也就不推辞："启禀陛下：姓胡名木根，也在开封市易务当差。"

赵顼对这两个公人起了警觉。近日赵顼有耳闻：市易务的公人与宫中的太监、外面的生意人勾通在一起，把京都开封集市上的买卖搞得一塌糊涂。这么看来，市易务的公人与太监、生意人勾通在一起，此言不虚。赵顼很生气，也很吃惊。今日开封市易务两个当差的公人竟跟一伙生意人都在这里，正好问个当面。

不过，赵顼正要开口时，屋子外面隐隐有喧闹声传来。接着，原先跟在后面的御前太监躬着身子，小跑着进来，跪在赵顼面前禀报：太皇太后、太后驾到！

赵顼忙起身去接驾，几步就到了屋子门口。曹诱、高全福、小太监赶紧跪了下去，头再不抬起一下。刘进和那伙生意人也都趴在地下，谁都不敢往上翻下眼皮。胡木根不知为什么此时又要跪下去，望望这么多人都跪着，也跪了下去。

赵顼站在屋子门口，见太皇太后曹氏、太后高氏一动不动站在二十丈外的地方。有个女官过来传太皇太后曹氏懿旨：宫外之人一律退下。

赵顼看到，曹诱和高全福爬起来了。刘进和那伙生意人也爬了起来，赶紧从门口走了。胡木根不知为什么此时又要爬起来，半天没有起身。曹诱气得踢他一脚，要他赶快滚走，这个胡木根才爬起来，跑了出去。

这些人走了，卫兵也撤了，屋子里只剩下赵顼、曹诱、高全福、小太监及两个御前太监。赵顼很是奇怪：太皇太后曹氏、太后高氏肯定是因自己在东阁门才来这里的，然而太皇太后曹氏、太后高氏怎么会知道自己在东阁门呢？赵顼望了望站在自己两边的御前太监，注意到两个太监都躬着身子，十分恭敬、十分巴结，却也很有点惴惴不安地望着自己。不用问，这肯定是他们搞的名堂，怪不得先前这两个御前太监的神色举止总有点蹊跷：又是磨磨蹭蹭不肯往东阁门走，又是去皇城司搬兵。搬兵也是事实，但去把太皇太后曹氏、太后高氏叫到东阁门来，才是真正的目的。可这两个御前太监为何要把太皇太后曹氏、太后高氏叫来呢？后宫这地方，在外人看来，四面是高墙，森严得很，又有那么多卫兵日夜守护，宫禁又严，一切都规规矩矩，井然有序，一片令人可敬可畏的肃然，其实远不是这么回事。

太皇太后曹氏由两位宫女搀扶着，缓缓走来。那个侍候了太皇太后曹氏近五十年的后宫中台侍御执法内史乔氏乔内史，则在一旁指点，要两位宫女怎么搀，怎么扶。太后高氏则跟在后面，也缓缓走着。太皇太后曹氏、太后高氏之后跟着一大伙太监、女官、宫女。太皇太后曹氏、太后高氏缓缓来到东阁门。赵顼与太皇太后曹氏、太后高氏行过家礼，引太皇太后曹氏、太后高氏进了屋里在正北椅子上坐下。曹诱和高全福都缩到屋子后面的角落里。赵顼清楚，曹诱和高全福之所以如此，是因为二人怕太后高氏，特别是高全福更怕太后，二人总想躲着点。小太监则与宫女站在一起，距太后高氏不到五尺，一脸随时准备侍候好两宫太后的乖巧表情。

赵顼注意到，太皇太后曹氏还像以前那么富态、仁慈和精明，但确实老了，颈上的赘肉袋囊起了皱，垂了下来；身体差多了，走了点路，坐在椅子上还在喘虚气。原先搀扶着太皇太后曹氏的两位宫女站在太皇太后曹氏两旁。乔内史站在后面轻轻捶着太皇太后曹氏的背，有时捏捏她的手。要是早几年，太皇太后曹氏又要讲前朝掌故、贤臣政绩、名儒德行了，今日却什么也不说，只一脸的慈颜望着赵顼。赵顼清楚，太皇太后曹氏不说，太后高氏今日就要说了。太后高氏眼睛望了望屋子里的每个人，然后转过脸，把目光停留在缩在角落里的高全福身上。高全福知道自己躲不过身，又要挨太后高氏敲打了，赶紧躬着身子小跑到太后高氏面前，跪了下去，低着头，用又大又圆的眼角余光瞅着太后高氏。

太后高氏："算你聪明，这回不再把哀家当老虎了。"

高全福重重打了自己两个耳光："都是刑余之人罪该万死，死有余幸。"

赵顼看到，两宫太后后面的太监、宫女倒没什么反应，女官却忍不住笑了起来。笑喜欢卖弄文字的高全福把"死有余辜"说成了"死有余幸"。太后高氏的脸板下去，问高全福："你最近又打什么坏主意，图谋朝廷出乱子，是不是？"

高全福脸色都变了："刑余之人对朝廷忠心耿耿，万万不敢起什么坏主意。"

太后高氏："你是'不敢'，不是'不会'，要是不把你盯着，你就会一肚子坏主意！"

高全福扑地跪了下去："太后圣明，刑余之人实在不知道打了什么坏主意，也不知道图谋朝廷出什么乱子。"

太后高氏的脸板得更吓人了："哀家问你：你把这么多生意人引到东阁门来，是何意图？皇宫禁地，岂是生意人进进出出之地？你不是图谋朝廷出乱子，是什么！"

赵顼看到，高全福这回给吓得魂不附体，连跪都跪不了，瘫倒在地，哑了口，半日说不出话来。屋子里的女官、宫女倒是都吓住了。不过，那几个太监脸上却挂着一丝不易觉察的幸灾乐祸的表情。宫中的这些太监，平日里表面上对宫中走红的有头有脸的太监恭敬得要命，心底里其实巴不得他们遭瘟。

太后高氏："你今日不把此事说清楚，哀家就杀了你。"

赵顼清楚，太后高氏多半是吓唬吓唬高全福，但也难说就一定只是吓唬而已；后宫不干政，但太后要杀个把太监，那是说杀就可以叫人把他拖出去一刀叫他人头落地的。高全福一脸百口莫辩的痛苦和冤屈，只是直起身子，抬起头，越过一个宫女的头，望着角落里的曹谒，一脸求助的表情。赵顼也转过脸去，但见一直缩在角落里的曹谒低着头想心事。

太后高氏："你是说国舅爷与你合谋打坏主意，图谋朝廷出乱子？"

赵顼注意到，高全福脸上的神情虽然还很可怜巴巴的，但神态已自若多了，好像太后这一问救了他一命，忙说："朝中的人没一个不知道国舅爷对朝廷再忠心不过，也是个再规矩老实不过的人，刑余之人与国舅爷无话不说，国舅爷最了解刑余之人。太后问问国舅爷，刑余之人是不是什么时候都对天家赤胆忠心、肝肠涂地？"

赵顼明白，无论是曹谒的"忠"，还是高全福的"忠"，都只是不会去谋反罢了，在这点上倒也不言过其实。但要想他们为朝廷做点什么好事，也是办不到的。赵顼看到，两宫太后后面的女官又忍不住笑了起来。这个初通文墨的太监把“肝脑涂地”说成“肝肠涂地”。太后高氏回过头去，要缩在角落里的曹谒过来：“国舅爷，高全福要你说话呢？”

曹谒规规矩矩、小小心心站在太后高氏面前：“这两年开封不比以前，许多生意人不到开封做生意，太后说是不是？开封许多东西都买不到，米、肉、鱼、盐价钱天天涨，还经常缺货，太后说是不是？全福总为这些事发愁，和我在一起，都是在商量怎么把后宫这些事办好，太后说是不是？这两年后宫什么都不缺，都是全福和我商量着，找生意人想办法买来的，太后说是不是？生意人都愿意为天家办事，无论缺什么，总马上送上来，要不怎么会有这么多生意人到东阁门来，太后说是不是？”

赵顼很认真地听着，心里也在琢磨曹谒说的话，没想到曹谒油腔滑调，还挺能说，句句说的是实情，句句说得有理，还句句话里有话。曹谒这些话，明显在指责市易法和免行钱，同时也在表功。赵顼清楚，朝廷施行市易法和免行钱后，富商巨贾对开封市易务的人都恨得牙痒痒，特别是邸店的人更是巴不得一口吞了市易务。道理很简单，因为市易务夺了他们的定价权，这些富商巨贾还能发横财吗？不过，更恨市易务的还是皇亲国戚。以前，富商巨贾有定价权，是因为背后有皇亲国戚撑腰，现在皇亲国戚说话也不算数了。皇亲国戚能不更恨得牙痒痒吗？对这点，赵顼早就估计到了。当年赵顼与王安石商讨制定市易法时，就把其中的第十三条削删了。赵顼现在还能一字不易地把被削删了的话背出来：

兼并之家，较固取利，有害新法，令市易务觉察按置。

兼并之家，就是那些把天下普通商旅吞吃了的皇亲国戚和富商巨贾。要是给了市易务觉察按置权，皇亲国戚岂不更要闹翻天了？富商巨贾岂不更要借机起哄了？这一条岂能行得！

太后高氏明显听出了曹谒的话里之话，对曹谒也把脸板下去了：“国舅爷，你是说朝廷市易法和免行钱把开封市场搞乱了，搞得东西都买不到，是不是？”

曹谒叫起屈来：“太后这么说，就冤枉人了，以后我就不开口，什么事也不做了。太后说是不是？老祖宗有规矩：皇亲国戚是不给事权的。太后就是借我一百个胆，我也不敢多朝廷半点事。我只管把阁门的事做好，太后说是不是？”

太后高氏的脸色这才好看了点，口气却很严厉：“都听好：谁多朝廷事，哀家就杀了谁！”

赵顼觉得，太后高氏这句话说得好，比自己说的更管用。赵顼看到，曹谒一脸的不自在，脸上的肌肉也好像抖了抖。高全福则一脸的诚恐诚惶。太后高氏叫高全福起来，又转身对赵顼说：“皇上，下次不可只带一二人到东阁门这样的地方来。要不是你身边的御前太监及时把情况告诉太皇太后和哀家，真出了什么事，不怕太皇太后和哀家吓坏吗？皇上不要责怪御前太监，是哀家交代的：皇上安全上的事要及时禀报太皇太后和哀家。”

赵顼明白自己的两个御前太监先头何以神色举止有点蹊跷，磨磨蹭蹭迈不开步子的原因了。两宫太后心真细，想得真周到。赵顼想想，觉得太后的话没说错，东阁门虽是进入皇宫的一个门，但与皇宫别处不同。宫外的人到这里呈送个奏章，办个进入皇宫的手续，总不能不让进门吧？皇上岂能随意到这里来？特别是今日，这么多生意人集聚在东阁门一间屋子里，要是混进个歹徒，后果真不堪设想。但，这样一来，赵顼本想把京都开封集市上的事弄个一清二楚，却做不到了。

太后高氏：“国舅爷，东阁门以后不能再让生意人进来了。哀家丑话说在前头：要是再发现有生意人进来，就莫怪哀家言之不预了。”

曹谒答应得很爽快：“敢不听太后言！”

太后高氏脸上显出一种今日之事得到充分满足的神情，此时转过脸去，望着太皇太后曹氏。赵顼看到，太皇太后曹氏已经打起瞌睡来了。赵顼感到，太皇太后曹氏确实与几年前大不一样，精力不济。一直轻轻捶着太皇太后曹氏背的乔内史轻轻捅了捅太皇太后曹氏的背。太皇太后曹氏醒了，有点不好意思地笑了笑：“老了，不中用了，听着听着就睡着了。”

太后高氏又在哄太皇太后曹氏：“老祖宗睡着了，也休想躲过您的耳朵，谁的话您不是听得一清二楚的？——皇上在等着听老祖宗讲古呢。”

赵顼看到，太皇太后曹氏乐坏了，张开嘴，笑了起来。不过，再也看不到两排又白又好看的牙齿，门牙脱光了，露出的嘴是个小黑洞。太皇太后曹氏用手指着太后高氏说：“就太后会哄老身，许多古事老身都记不起来，今后是该太后给皇上讲古了。”

赵顼赶紧顺太皇太后曹氏："孙儿不孝，好久没请太皇太后讲古了。不讲，孙儿就要做糊涂事；讲了，孙儿做事就底气十足。"

赵顼注意到，乔内史弯下身子，附着太皇太后曹氏的耳朵，轻轻说了一句话："太皇太后就讲讲一直想对皇上说的那句话。"

太皇太后曹氏缓缓地转动着身子，望望乔内史，望望太后高氏，又望望赵顼："皇上，皇家后宫要用的东西，不许市易务的人啰唆半句。"

赵顼看到，屋子里的人都用十分佩服、十分恭敬，也十分感激的目光望着太皇太后曹氏。高全福还因佩服、恭敬而激动得两眼挂上了泪花。太皇太后说出了不仅是屋子里所有人甚至是后宫所有宫人想说而又不敢说出来的心里话。赵顼清楚，后宫的宫人在宫中，日子绝对过得舒适清闲。有本事的、在宫中侍候得好的宫人有官号、有职事、有品秩、有爵位，一样有享受不尽的荣华富贵。没什么本事、地位最低的宫人也有俸禄，过的日子也不是宫外平头百姓所能比得上的。宫门一入深似海，好像宫中的宫人进宫就是进到地狱里，过的是地狱般的苦日子。要真是如此，岂有那么多人会到这里来？然而，开封行市易法和免行钱以来，不少生意人确实不到开封做生意，开封街上的东西少了许多，以至于去年冬至祀天的猪肉都差点供应不上。其实市易法和免行钱都是好法，但这其中的道理是没法跟这些宫人说清楚的。这些人只看到街上的东西少了，就担心自己的日子不如以前。不过，尽管如此，赵顼觉得他们的担心在情理之中。按说，市易法和免行钱是个好法，应该使皇家后宫的日子过得更好，但现在的日子确实过得比以前差。赵顼在太皇太后曹氏面前跪了下去，几乎一字一顿地说："孙儿敢不受教！"

赵顼看到，太皇太后曹氏乐坏了，哈哈大笑起来，笑得颈上的赘肉袋囊也抖了起来。太皇太后曹氏一面转过脸去，望着太后高氏，明知赵顼说的是真话，却对太后高氏说："皇上也和太后一样，学会哄老身了。"

太皇太后曹氏话说得急了点，呛了口痰，咳了起来。乔内史吓坏了，忙拨开太皇太后曹氏旁边的一位宫女，挤了过去，一手搂着太皇太后曹氏的肩膀，一手拍着太皇太后曹氏的背。好一会，太皇太后曹氏的痰吐了出来，脸上又笑了，笑得很富态开心。

赵顼看到，屋子里的太监、女官、宫女先都一脸的喜，后是一脸的惊，此时是一脸的笑。曹谒和高全福也笑，不过，高全福要笑得要古怪些。赵顼赶紧抓住这个时间，把给曹王爷盖造大宅子和让曹王爷进宫与太皇太后曹氏见上一面之事禀报太皇太后曹氏。太皇太后曹氏答应了，笑着对赵顼说："真难为皇上这番孝心，老身真拿皇上没办法。"

太皇太后曹氏的口果真松了，虽然没明确表示同意，但话中的意思明显是种笑纳，众人乐了。太后高氏起身："老祖宗还这么圣明，一句话把皇上点明了，真是天下百姓的福分。皇上，老祖宗的话都听清了？你忙，就不耽搁皇上时间了。"

乔内史也小心地搀着太皇太后曹氏起来。屋子里响起了一阵杂乱的脚步声和衣服窸窸窣窣的碰撞声。不一会，一大伙太监、女官、宫女簇拥着太皇太后曹氏、太后高氏离开了屋子。赵顼很想问问高全福：刚才何以笑得那么古怪。但高全福也跟着走了，屋子里只有赵顼、曹谒和两个御前太监。赵顼不想跟曹谒再说些什么，转身往屋子外面走去。两个御前太监在后面跟着。赵顼一出屋子，就见韩绛从横街那头跑来。赵顼想起今日退朝前韩绛出列的情景，只是因为心里纠结着，不愿早朝再拖下去，才没让韩绛开口说话。看来韩绛一定有什么要紧的话说。

赵顼不由得往前快步走去。赵顼与韩绛面对面在横街上站着。跟在后面的两个御前太监停在二十来丈之外的地方。韩绛说："陛下不用再纠结烦恼了，微臣想到一个好法子。"

赵顼："奏！"

韩绛："让介甫再相，官复原职！"

赵顼感到自己眼睛一亮。赵顼觉得确实没有比这更好的办法了。这样一来，实际上是向天下宣布：王安石与赵世居谋反案无关。赵顼感觉到韩绛真是个好人。明摆着王安石再相，官复原职，韩绛这个上相就要退居到次相位置上去。比起总想方设法断王安石再相之路的吕惠卿来，在人品上吕惠卿与韩绛真不啻天壤之别。

今日阴天，一天密布着的灰色云块开始松动了，日头从一块云边上露出了半边，让云边现出很好看的亮晶晶的边缘。

第七十三章　县民状告吕惠卿强买民田　七日回京王安石再主中书

熙宁八年二月下旬的一天，早朝之后，在御膳堂用过天子赐给的朝食御膳，韩绛便急忙回中书衙门去。今日与往日不同。往日，韩绛实在不愿去中书衙门署事。一进中书衙门，韩绛就有种芒刺在背的感觉，头发木，不灵光，相当不自在，散衙了也不知自己做了些什么事。在中书衙门里，韩绛的地位很古怪，又很叫他感到尴尬难堪。韩绛名为首相，但在中书衙门说话不算数，没人听，说了也白说。在中书，说话算数的是在中书宰执大臣中排名最后的参知政事吕惠卿。吕惠卿说行就行，说不行就不行。吕惠卿对这点很有点当仁不让的意思，也对韩绛很不以为然，根本不把韩绛当回事。韩绛实在受不了吕惠卿的这种霸气和神气，但对吕惠卿又半点办法也没有，很是无奈。此外，还叫韩绛感到更为荒诞、更为心酸、更为丢人的是：韩绛怕吕惠卿。吕惠卿这个人不好惹，睚眦必报，谁对他稍有不顺或对他稍有碍手碍脚之处，都不会有好果子吃；且有野心，王安石罢相前，吕惠卿倒是很敬服王安石的，然而当上参知政事后却对王安石的态度来了个天地倒转，觉得自己羽翼已丰，又年富力强，堪以当国，想做首相；心坏，明知王安石与赵世居谋反案无关，为了断王安石再相之路，竟无一词为王安石辟解，弄得朝中许多人疑疑惑惑，以为王安石确实与赵世居谋反案有不明不白的勾当。韩绛很清楚，王安石对吕惠卿有父师之恩，然而吕惠卿竟也去暗算，下得了手，不能不叫人感到寒心。跟吕惠卿这种人在一起共事，真的是要多留一个心眼，要不然自己栽倒了还不知道怎么栽倒的。现在好了，这一切要结束了。天子赵顼准了韩绛的奏，下诏王安石再相，仍以昭文馆大学士职衔、同中书门下平章事官衔当首相。王安石昨日回京都开封朝廷来了。今日早朝，实际是为王安石开的。早朝之后，天子赵顼又把王安石留了下来，君臣二人肯定有番说不完的话。

今日韩绛脚步很快，一出御膳堂，就赶紧穿过御膳堂前面的平台，弄得朝中许多人都有点古怪地望着韩绛。韩绛刚下御膳堂的丹墀，忽然听到后面有脚步声追过来。韩绛刚转过身，就看到御中丞邓绾那双顺着眼和那张蜜笑的脸在相距不到一尺的地方有点夸张地正对着自己。韩绛一惊，邓绾的脸这么近距离对着自己，委实叫他有点不知所措，不知今日邓绾何以用这个态度对待自己。邓绾很有点神秘兮兮地说："相公一厢说话。"

韩绛望了邓绾一眼，便跟着邓绾，沿御膳堂平台下面的御道走到转角处的墙壁下。此处偏僻，平台上的人看不到，平台下面又无人路过。邓绾从衣袖里抽出几张纸给韩绛。韩绛接过来，打开一看，是秀州华亭县有人告发吕惠卿的状子：去年吕惠卿强借当地富户五百万缗钱，然后强买民田。告发状子上的日期是熙宁七年十一月二日。

韩绛觉得吕惠卿这就不只是劣迹，而是害民犯法了。这个罪名要是落在别人头上，那就绝对是件麻烦事。然而落在吕惠卿头上，又另当别论了。吕惠卿现在还是朝廷高官重臣。不要说天子赵顼仍会十分看重他，就是王安石也仍不会冷落他。再说，朝廷并没有禁止衙门里的官员买田、买地、买房，至于钱怎么来的，当然只有天知道。但，这样的事真正认真查起来，上上下下不知要牵扯到多少人。不说别人，就说老相公韩琦，那座富丽堂皇的昼锦堂是怎么做起来的？昼锦堂外几千亩良田又是怎么来的？此外，听去过西京洛阳的人说，富弼的那座隐藏在都市喧闹之中的宅园，堪称西京洛阳之最，园中的山水、堂轩、楼榭、亭阁，既奢华，又有品味。这钱是怎么来的？如果对韩、富也查，那不要把朝野上下搞得天动地摇？再说，这样的事，查起来并不那么简单。天下百姓，对官的情感态度是相当复杂微妙的：既羡慕巴结，又恼恨愤怒；既喜爱，又惧怕。不要说像吕惠卿这样的高官重臣，只要还在位，百姓即使恨得要死，谁也不敢惹一下；就是县衙门里的官吏强借了百姓的钱，谁敢公堂对簿？察查的人总不能用刀撬开这些百姓的嘴吧？

韩绛很古怪地望了邓绾一眼。不过，邓绾今日对韩绛特别顺，好像也不在意韩绛看完状子后心里会有些什么反应，重要的是韩绛看了状子就行。邓绾把状子放回袖子里，那双顺着眼和那张蜜笑的脸依旧很是有点夸张地正对着韩绛。然而，叫韩绛感到奇怪的是，韩绛今日很有点厌恶邓绾这副模样。天下告发官吏的状子，多送乌府台，且告发吕惠卿的日期是熙宁七年十一月二日，距今有三个半月之久，按说告发状子早到乌府台了。然而，这份告发吕惠卿的状子，邓绾怎么今日才拿出来呢？韩绛很快明白了，这与王安石再相有关。可以说，要是王安石没回到京都开封朝廷来，邓绾永远不会把告发吕惠卿的状子拿出来。朝野上下，许多人都说邓绾是小人，此言不虚。这个人的人品确实不好，见风使舵，投机取巧，谁有权有势就归附投靠谁，谁无权无势就踢开谁。王安石再相前，邓绾是一个心眼跟定吕惠卿，什么事都看吕惠卿的脸色办。现在王安石再相了，这个邓绾又改换门庭，赶紧回过头来攀附王安石了。然而，回头也不是说回就回得了的。王安石罢相之后，邓绾的所作所为，在朝中许多人眼中都是清清楚楚的。邓绾现在急着要做的，首要的自然是掩盖自己的前迹。要做到这一点，拿出吕惠卿的把柄，反咬吕惠卿一口，把吕惠卿卖掉，自然成了邓绾手上的一只再好不过的棋子。这一来是向王安石示好，二来表明自己与吕惠卿有别。但，邓绾把吕惠卿的把柄拿出去，这对吕惠卿来说，无异于落井下石。这个给王安石落井下石的吕惠卿，这会被邓绾落井下石了。按说这对受够了吕惠卿怄气的韩绛来说，本该高兴。但，韩绛高兴不起来，相反感到寒心：怎么新法一边的人会弄成这个样子？

韩绛急着回中书衙门去，是要把今日向王安石禀报的政事好好理一理。王安石离开中书十个月来，韩绛虽然没做什么事，但朝廷政事还是一件件都记得清清楚楚的。韩绛不想跟邓绾说些什么，忙沿着御膳堂平台下面的御道出了皇宫，所过之处，远远地就有人对自己拱手行礼。天下事就这么怪，王安石罢相后，不仅中书的人不把韩绛当回事，就是朝中许多人也是如此。然而今日不同了，王安石再相了，重回朝廷，许多人对韩绛也客气了。韩绛开始有点担心王安石不会回到朝廷来。韩绛十分清楚王安石的拗脾气，他要决定做的事九牛拉不回，他要决定不做的事九牛拉不动。韩绛以为，王安石并不担心李士宁的案子会把他牵扯到赵世居谋反案中去。韩绛倒是觉得，去年四月那次罢相，太伤王安石的心。按说去年是新法煌煌夺目的一年，但北方一场七个月的亢旱，王安石的门生郑侠的一疏一图，王安石说罢相就罢相了，这能叫王安石不伤心吗？韩绛没想到王安石不仅同意再相，而且来得这么快，从接到诏命，到京都开封，路上王安石只用了七天。韩绛记得，熙宁元年，王安石接到诏命，来京当翰林院学士，路上走了七个月。韩绛知道，王安石那次是一路走走停停，但并非游山玩水。王安石这种人，即使是游山玩水，也要从山水里找出发人深省的义理出来。二十年前，王安石在舒州当通判，与友人游褒禅山，竟从这座有着浓重佛教氛围的山景中，发现一个能让人有种醍醐灌顶感觉的义理：人世间奇伟、瑰怪、非常之景常在人所罕至的险远之处，愈是“火且尽”时，愈危险，愈要坚持下去，否则前功尽弃，非常之景也就失之交臂。韩绛觉得，王安石熙宁元年那次一路走走停停，其实是在思考进京向天子赵顼和盘托出些什么。那次王安石的心境是平和、平顺、平静的，也是信心满满、底气十足、一往无前的。昨日，韩绛领着朝廷的一些官员去城外迎接王安石，却发现王安石这次七天就赶到京都开封，心境自然不坏，很有点解脱后的欢快和轻松，但在点漆般黑得发亮的眼睛中多少显出有点忧虑和底气不足之情。王安石的这种心情，有他的一首诗为证。他刚下钟山，乘船北上时，就写了首七绝《泊船瓜洲》。当然，这首七绝，显出王安石的老辣和深沉，但也显出他的忧虑和底气不足。船到瓜洲，离京都开封还远着，王安石就想到什么时候再回钟山来，这不是忧虑和底气的不足是什么。王安石人未到，但这首诗却先到了京都开封。诗曰：

京口瓜洲一水间，钟山只隔数重山。
春风又绿江南岸，明月何时照我还？

没多久，韩绛就到了中书衙门。中书衙门今日的气氛很是古怪。王安石罢相后，中书衙门的气氛一方面是清闲、无聊、憋闷、难耐，许多事想做不知道怎么做；另一方面是有些事又忙得不得了，谁谁谁被吕惠卿多看了一眼，谁谁谁被叫到吕惠卿值房里去了，谁谁谁被吕惠卿派去做什么事了。今日许多人都规规矩矩、老老实实待在自己的值房里，埋着头喝茶、看抄报、抄抄写写什么的。庭院里、大堂上、过道中、庑廊下，少有吏员来来往往；偶见一个吏员过来，便匆匆离去；即使碰到什么人，也只是拱拱手，咧着嘴，古怪地笑笑。只有那些杂役，一声不出按部就班在庭院里打扫。韩绛清楚，这一切都与王安石再相有关。王安石再相前，中书衙门里的人都像众星捧月一样围着吕惠卿，敬着他，讨好他，巴结他。然而从今日起，这一切都变了，被众星捧月一样围着、敬着、讨好、巴结的不再是吕惠卿，而是王安石了。在这样一个敏感的时刻，中书衙门里的人谁也不会让人看出自己的心思来，自然都只是老老实实待在自己值房里，什么也不做了。

韩绛上大堂台阶时，见一人在平台边上往下探出个头来。韩绛认得，此人乃脸上有块黑斑记的乌府台推直官张守英。这个人，靠着一句“手实法千古第一高法”、一句“吕相公千古第一高人”，得到吕惠卿的赏识，从什么品秩也没有的吏员当上推直官，专管乌府台大牢里的犯官，从此抖了起来，朝中不少人在面子上对他很是客气。张守英也从此认定自己是吕惠卿的人，处处以吕惠卿的人自居，常到中书衙门找吕惠卿。起初，张守英见到韩绛时，倒也恭敬，老远就长揖行礼，渐渐就只是到了身边才拱拱手，敷衍一下就赶紧离开。不过，今日张守英对韩绛却很是讨好，很是热情，长揖行礼后还跑下台阶搀着韩绛，韩绛不要也搀着。韩绛不糊涂，张守英今日对自己如此巴结、热情，并不是韩绛高迁了。恰恰相反，此时的韩绛反由首相变成了次相。张守英今日态度变了，也是因为王安石再相。天下没有比官场更势利的地方，谁的权势稍有变动，官场的态度立即会产生相应的变化。王安石再相了，朝廷里再也不是吕惠卿可以八面威风、呼风唤雨的地方，许多人自然不再去讨好巴结吕惠卿。按说，这一切都与韩绛无关。但，朝中的人都知道，王安石再相，韩绛是出了力的，又是王安石多年的老朋友。既然如此，由首相变成了次相的韩绛，在中书衙门的地位较之于王安石再相前，不是低了，而是高了；权力不是小了，而是大了。官场上的人对韩绛自然要热情巴结多了，不能像以前那样怠慢。

韩绛：“找吕相公？”

张守英：“不是。”

韩绛：“找王相公？”

张守英：“不是。”

张守英满嘴鬼话了。既不找吕惠卿，又不找王安石，莫非找几个杂役聊天？韩绛觉得，张守英相当令人讨厌。韩绛把张守英搀着自己的手打掉，上了大堂前面的平台。韩绛还在门槛外，一眼看见大堂里有个人仰起头看壁上的挂壁。韩绛一只脚刚进大堂时，那人回过头来，韩绛认得是乌府台御史李定。李定忙对韩绛深施一礼。

韩绛走到李定身边：“找吕相公？”

李定：“不是。”

韩绛：“找王相公？”

李定：“是。”

韩绛很是欢喜地望了望李定，觉得李定这个人老实厚道，心口如一，怪不得王安石很是赏识这个门生。韩绛想起司马光、苏轼都曾骂过李定禽兽不如，觉得二人不该如此。李定生母是再嫁之人，是可以不服丧的。要是王安石再相前，韩绛在中书衙门没什么事，会停下来，跟李定聊上几句。但，今日他有许多大事要跟王安石说，没空闲。韩绛回了个礼，穿过大堂，往后面的过道走去。韩绛来到中书衙门后面大院落里。发现王珪、吕惠卿值房的门都开着。今日二人值房门前都冷冷清清见不到一人。王珪值房里冷清，并不奇怪，以前去王珪值房里的人就不多。但，以前去吕惠卿值房里的人却多得很，许多人没事却要找点什么事到吕惠卿值房里转转。韩绛感到一阵寒意：这就是官场！

韩绛还在大院落的这头，就见王珪从值房里出来。叫韩绛感到意外的是，王珪今日对自己分外客气，远远地就笑容满面给自己拱手行礼。以前，在中书衙门里，王珪虽然不像吕惠卿对他的轻慢，但也决不把韩绛当回事，迎面碰到了也只是拱手敷衍一下，脸上是决不会有什么好看的表情的。韩绛倒也不计较以前王珪对他的敷衍，很是热情地回了礼。韩绛转身往自己值房走去，走了几步，发现王珪在后面跟着。

韩绛："有事？"

王珪："到相公值房里坐坐。"对韩绛称官不称名。

韩绛感到，王珪到自己值房去，无非是表示对自己的亲近，并无别的什么要紧之事。当然，这也是以前没有过的事。以前，王珪倒是常在吕惠卿值房里坐坐，自己去请王珪也不会踏进自己值房一步。这真是难得的一件事。韩绛今日实在有事，不想让王珪到自己值房去，说了声自己今日忙，便往前走去。

还没到吕惠卿值房门口，韩绛看到吕惠卿也从值房里出来，脸上挂着笑，眼睛望着自己，不过，目光里轻慢的神气没了。

韩绛："有事？"

吕惠卿："到相公值房里坐坐。"对韩绛也称官不称名。

韩绛觉得，吕惠卿要到自己值房去，恐怕不只是表示对自己的亲近，确有什么要紧之事要说。这当然更是以前没有过的事，叫韩绛不能不感到是怪事一桩了。但，刚才拒绝了王珪，就不好让吕惠卿到自己值房里去。韩绛说了声自己今日忙，便转头往前走去，却发现王珪跟在后面来了。韩绛只好让吕惠卿、王珪到自己值房来。韩绛对此当然一点也不感到奇怪。王安石罢相后，吕惠卿、王珪都有对不起王安石的地方，特别是吕惠卿更是做了些很不应该做的事。吕惠卿、王珪怕了，怕王安石记他们的仇。不过，韩绛觉得，吕惠卿、王珪的这种担心是多余的。王安石不是那种人。王安石能拿出一整套千古不世之新法，却对上下其手的小把戏一窍不通：他不会玩，没这个本事。况且，王珪只是看吕惠卿脸色行事，却不能说他很坏。至于吕惠卿对王安石落井下石，这只能说明吕惠卿舍不得手中八面威风、呼风唤雨的权力，头脑发胀，权欲熏心，忘乎所以，从而做出暗算王安石、断王安石再相之路这样的蠢事来，并非大奸大慝之人。再说，王安石最重新法，对赞成新法的人很是喜欢，对行新法出了力的人更是喜欢，对行新法出了大力的人尤其看得重。吕惠卿有才，很醉心于新法，为新法出了大力，王安石是不会忘记他的。

吕惠卿、王珪都很谦恭地站着，眼睛都望着自己。韩绛发现，吕惠卿昔日在中书衙门的官威不见了，对自己那种不放在眼里、拿腔作势的派头也没了；王珪也不再是昔日那种看理不理的神情，脸上赔着小心的笑。韩绛请吕惠卿、王珪椅子上坐，吕惠卿、王珪却迟迟不肯落座，好一会才坐了下来。

一时三人无语。过了一会，吕惠卿说："韩相公遇事有主张，为朝廷做了件大好事。这次王相公再相，朝廷政事好办了，新法也无忧了，谁也不敢再害王相公了，惠卿肩上的担子也卸下去了。"对王安石、韩绛都称官不称字，更不称名，多少有点奉承韩绛的意思。

韩绛心里很不是味起来。既然王安石再相有这么多好处，为何在王安石有难时不仅见危不救，不给王安石说句话，反暗算王安石，且一而再、再而三地断王安石再相之路呢？此外，嘴巴说得不知多好听，惠卿肩上的担子也卸下去了，要不是王安石再相，你吕惠卿舍得卸下肩上的担子？不仅舍不得，还要把不是肩上的担子抢过去挑。韩绛很不满地望了吕惠卿一眼，想狠狠说吕惠卿几句，但话到嘴边又忍住了。韩绛这个人，只是冬至前在垂拱殿狠狠发过吕惠卿火外，从未对谁恶言恶语过。再说，吕惠卿刚才的话，虽说是奉承自己，却多少表明吕惠卿知道做错了事。韩绛心里一软，也就不想再说吕惠卿什么了。

少说过了一炷香工夫，王珪说："珪与介甫都是庆历二年一甲同榜进士，相识几十年，知道介甫对朝廷再忠心不过，岂是他人加害得了的？"

韩绛心里又很不是味起来。这个王珪，今日的话说得这么漂亮，可那日在垂拱殿怎么不跟天子说这些话呢？相反，还说什么王安石有没有忧，关键看李士宁有没有参加赵世居的谋反？你怎么不说，即使李士宁参加了赵世居的谋反，王安石也无忧呢？不了解王安石的人说些这种含含糊糊、模棱两可的话，倒也不好过分责怪，王珪与王安石是同榜一甲进士，又多年在京为官，这么说就叫人匪夷所思，也很不应该。

三人又是无语。值房外有杂役过往。韩绛忽然看到，吕惠卿站了起来，走到值房门口，对外面招了招手："过来，过来。"

韩绛有点糊涂了：吕惠卿又要干什么？有两个杂役出现在值房门口。吕惠卿："把顶头王相公值房再打扫抹洗一遍，所有地方都要干干净净。"

韩绛心里觉得有点好笑。王安石罢相前用的就是顶头那间值房，这十个月里那间值房一直空着，好像在等王安石再进来，再相后当然还用那间。王安石是昨日乘船到达开封的。前日中书衙门的主簿就吩咐杂役把顶头王相公值房打扫抹洗干净，用得着今日再打扫抹洗一遍？这等小事又岂是一位参知政事管的事？吕惠卿今日也太过殷勤了。

两个杂役走了，吕惠卿回到座位上。三人仍是无语。韩绛看到，吕惠卿、王珪不再开口说什么，都有凡事顺着韩绛、唯韩绛之命是从、等韩绛发话的意思。按说，王安石再相前，韩绛是首相，吕惠卿、王珪都是参知政事，在中书衙门都得听韩绛的。但，实际情况是，韩绛说的话，吕惠卿、王珪不要说唯命是从，十句能听得进一句、半句，就很是不错的了；特别是吕惠卿，不把韩绛当个废物就谢天谢地。然而，王安石再相，官复原职，韩绛退为次相，中书衙门的人都得听王安石的，吕惠卿、王珪其实用不着再听自己的了。可今日这二人却都有唯韩绛之命是从等他发话的意思，真有点滑天下之大稽。当然，韩绛不糊涂，不会把吕惠卿、王珪唯命是从当真。韩绛明白个中的缘故：吕惠卿、王珪都有对不起王安石的地方，怕自己这个根本不在他们眼里的人在王安石面前说他们的坏话，因之凡事顺着自己。吕惠卿、王珪看错人了。韩绛不是什么圣人，但绝无害人之心，只希望吕惠卿、王珪尽心尽力佐助王安石，把新法搞好。

既然吕惠卿、王珪有等韩绛发话的意思，韩绛也就王安石罢相十个月来首次对吕惠卿、王珪发话："介甫来了，二位都准备准备一下，把朝政上的事，特别是新法上的事，详详细细做个禀报，好让介甫早日拿出下一步的打算。"

韩绛看到，吕惠卿古怪地拊掌大笑道："韩相公高瞻远瞩，未雨绸缪，王相公今后朝政上的事，特别是新法上的事好办了。"

韩绛觉得吕惠卿未免把自己捧得太高了，有点肉麻。韩绛心里很清楚自己几斤几两，自己刚才所说的，不过是衙门常规上的事，何能谈得上什么高瞻远瞩，未雨绸缪。韩绛觉得自己的脸都似乎有点发烧。对吕惠卿说的，今后新法上的事好办了，这一点韩绛却不敢苟同。韩绛觉得，恰恰相反，新法都是更难办了。韩绛清楚，强兵法中的保甲法、保马法、将兵法和新的科举取士法，好办一些。这些法虽然起初也都遭到群起而非之，但后来取得明显效果，且物议多在地方州县，非难这些法的人也就越来越少了。富国法中的青苗法倒也问题不大，去年四月北方七个月的亢旱，朝野上下许多人都怪罪到青苗法头上；但天子赵顼最后不为所动，坚持了下来，就这么施行下去，朝野上下慢慢就不怎么议论了。现在最头痛的是免役法、市易法及免行钱。对免役法，地方州县说好说歹的都有。但，在京都开封，说歹的越来越多，平头百姓意见不小。听都水监丞林英说，东明县那边很不平静，弄得不好要出事。市易法及免行钱，韩绛听到的却都是一片骂声。骂声倒并不特别可怕，特别可怕的是京都开封生意人越来越少，街上的店铺关门的越来越多。去年冬天，天子赵顼命曾布察访开封市易务，问题查出来了，然而去察访的曾布和被察访的吕嘉问都各打五十板，贬到地方当官去了。这一来，开封市面上的情况不是好了，反而更坏了。这里面的情况复杂得很，弄不好开封真要出大事。韩绛以为，王安石对这些不能说一点都不清楚，要不然在《泊船瓜洲》中的末尾就不会出现"明月何时照我还"这样的句子。说句实在话，就因为自己感到了这一点，韩绛才在早朝后，就急急忙忙赶回中书衙门来。

王珪也古怪地拊掌大笑道："韩相公不愧为'传法沙门'，在下敢不详细禀报。"

韩绛心中有数，王珪也在曲意奉迎自己。说起来惭愧得很，王安石当时举荐自己当首相时，确有要自己肩负传法的意思，但自己并未把新法传好。韩绛觉得，吕惠卿没必要这么捧自己，王珪也没必要这么曲意奉迎自己。韩绛正想说各人都回各自值房里，好好准备向王安石禀报的材料，大堂那边忽然传来一阵欢笑声。韩绛知道，王安石回中书来了。韩绛、吕惠卿、王珪忙起身出了值房门，然后往后堂的过道走去。刚出后堂，韩绛便看到一个十分古怪的场面：王安石在中书衙门一大伙吏员的簇拥下从中堂过道里出来。另外还有好些吏员也往中堂过道这边赶去。韩绛发现，李定、张守英挤在王安石两边。

韩绛很自然地瞥了吕惠卿一眼，但见吕惠卿脸上现出一种很不是味的表情。韩绛觉得这没什么奇怪的。以前，吕惠卿无论出现在中书衙门什么地方，都有一群吏员围着，一脸的恭敬热情、巴结讨好。但，此时却未见一人向吕惠卿围过来，都好像不认得他，完全把他晾在一边。这确实会叫吕惠卿心里感到很不好受。

韩绛又朝中堂过道口望去，看到王安石抬起头，朝这边望了望，与自己的目光对接了一下，脚步明显放快了。韩绛与吕惠卿、王珪的脚步也加快了。四人在天井下碰在一块。要是在王安石罢相前，四人很久没见面，在什么地方碰上了，肯定不知有多激动，多兴奋，有多少话要说，场面一定热闹欢腾。但，今日谁都激动兴奋不起来。韩绛望了望吕惠卿。韩绛看到，吕惠卿开始还很是有点不自安，红着个脸，多少有点尴尬。不过，没过多久，就像什么事都没发生过一样，脸色不乱，神情如常，又像从前那样敬服地望着王安石。王珪开始也坦然不起来，不过，没多久就低着头，又谦恭、又本分规矩地站着。

今日场面并不热闹欢腾。没过多久，四人就站在天井下叙起旧事来。旧事无非是些鸡毛蒜皮的琐事。韩绛看到，王安石一脸认真地听着。韩绛原以为王安石对吕惠卿、王珪即使不摆出一副冷脸孔，也高兴不到哪里去。不管怎么说，吕惠卿、王珪都有对不起王安石的地方。但，王安石不介意这点，听起旧事来总笑着，很是欢快开心。不过，在欢快开心的同时，王安石那双点漆般黑得发亮的眼睛时不时若有所思地眯了起来，显出一种感慨系之的神情。这不奇怪，十个月前，新法煌煌夺目时，王安石却莫名其妙被北方的一场亢旱和自己的门生郑侠的一疏一图弄得罢相；十个月后的今日，王安石差点被牵扯到一件谋反公案去时，却出人意料地回到了中书衙门。世事无常，既捉弄人，又成全人。

在吕惠卿、王珪与王安石叙谈旧事时，韩绛望了望李定和张守英。李定是一脸的敬服、激动和兴奋。这个李定，对王安石从来如此。在王安石再相前的十个月里，不管在什么场合，也不管什么人在场，一谈到王安石，李定就一脸的敬服、激动和兴奋。张守英脸上的表情却很古怪。此人挤在王安石右边，一脸神圣的崇敬和无比幸福，一边用身子顶着后面往前挤过来的人群，一边还用手把拥过来的人推开，好像这些人会把王安石撞着一样。

韩绛很自然地想起那天在吕惠卿府第上见到张守英的情景，张守英也是一脸神圣的崇敬和幸福的表情望着吕惠卿。韩绛不由得侧过脸，望了望吕惠卿，但见吕惠卿脸都气得变了色，恶狠狠地盯了张守英一眼，不过张守英却不接吕惠卿的目光，只是一个劲望着王安石。韩绛觉得，这完全是吕惠卿咎由自取，怨不得别人。说句实在话，韩绛那天在吕惠卿府第见到张守英，就觉得此人品行不端，但吕惠卿却那么赏识他，让他当上乌府台的推直官，专管乌府台大牢里的犯官。韩绛有个直觉，今后乌府台大牢里不知有多少犯官要吃他的苦头。然而，明知张守英是这样的人，却谁都奈何不得：张守英已经是有官籍的朝廷命官，只要不犯法，光凭品行不端这一条，销不掉他的官籍。再说，官场上品行不端的人多得很，谁见过这种人给清出过？不少这种人反而官越当越大，死后谥号也很美。

在天井下少说叙了两炷香工夫的话，还是李定提醒了一句：老站着说话累。韩绛、吕惠卿、王珪这才在前面开路，众人簇拥着王安石在后面跟着，进了后堂，再穿过道，来到大院落，前面就是中书衙门宰执大臣的值房。韩绛回过头去，对着簇拥王安石的吏员做了个挥手动作，要他们都回自己值房去。许多人陆陆续续离开了，只有李定和张守英未走。

韩绛知道李定有话要对王安石说，抬起下巴，示意有话就请说。李定侧过身子，一脸厚貌，对王安石说："相公，当下朝廷最难办的是市易法、免役法和免行钱。"

韩绛觉得，李定的这句话就像他当年那句让天子赵顼最后下决心行青苗法的话一样，确是句据实以言的话。韩绛看到，王安石若有所思地那双点漆般黑得发亮的眼睛眯了下。王安石虽然没说什么，但韩绛明白，王安石对李定的意见相当重视。韩绛还看到，吕惠卿在李定说话时，也很认真地听着，且微微点了点头，表明吕惠卿同意李定的意见。此时韩绛对吕惠卿的不满、怨气竟一下子消去了许多。吕惠卿对新法还是醉心的，王安石再相前，吕惠卿不把自己放在眼里，只怪自己无用。王安石再相了，吕惠卿不会不听王安石的，这确是件天大的好事，自己受了点吕惠卿的怄气又算得什么呢？韩绛还看了看王珪，但见王珪只望着王安石，不再去望吕惠卿，便也点了点头。虽说王珪这个人的能力无足道哉，好事成事不足，坏事败事也有限，但王安石再相了，此人只会听王安石的，不会再听吕惠卿的。有这点就行了，王安石在新法上完全可以放开手脚干了。

李定走了，张守英却还未走。韩绛十分不愿看到这个人，挥了挥手，要他赶快走人。但，这个张守英就是不走，对王安石说："在下愿在相公鞍前马后效犬马之劳，朝中有谁不服相公、对新法说三道四的，把他拿到乌府台大牢来，在下有办法对付他，管教他服服帖帖，低头认罪。相公信不信？"

韩绛看到，王安石、王珪好像看什么怪物一样地望着张守英。韩绛感到，自己脸上的神色也一定怪异得很。韩绛还看到，张守英此时一脸的傻气、杀气和鄙野的神情，叫人感到可恶又可怕。好在这个张守英只是乌府台的一个小小推直官，要是在朝中掌了大权，真不知有多少人要死在他手里。韩绛又看了看吕惠卿，见他一脸的愧色、尴尬和难堪。张守英因他的赏识才当上乌府台推直官，却如此无状，确实让吕惠卿丢尽了脸面。吕惠卿对张守英很不客气了："你尽在这里胡说八道些什么，快快离去。"

韩绛看到，又一件怪事发生了。原先对吕惠卿崇敬得不得了的张守英不买吕惠卿的账了："在下是跟王相公说话，说的是真心话。朝中有谁不服相公、对新法说三道四的，只要到了在下手里，就是你，也是铁面无私，毫不客气的。"

韩绛看到，吕惠卿给气得脸色发青，脸上的肌肉也在抖动。但，吕惠卿有什么办法呢？真正说起来，张守英这些话并没有错，谁能抓住张守英这些话治他的罪？再说，张守英是乌府台衙门里的人，中书管不了乌府台。要治张守英，还得乌府台的御史中丞邓绾去治。这时的邓绾，会那么听吕惠卿的吗？吕惠卿只能自认晦气，看错了人，把打落的牙齿往自己肚子里吞。当然，张守英如此无状，与下九流无异，让人看不下去。有七八个吏员从后堂过道出来，韩绛忙叫两个吏员架着张守英两只胳臂，把他拉走。张守英被架进后堂过道时，扭过头，一只手从一个吏员的头顶上伸出来，对王安石说："相公，在下说的都是真心话，愿在相公鞍前马后效犬马之劳。"

韩绛看到，王安石神色不动，表情淡漠，自然不会信张守英的鬼话。王珪很是好笑、很是莫名其妙地摇了摇头。吕惠卿铁青着脸，很是恼怒，也很是无奈。几个留下的吏员远远地站在大院落的那头，没敢过来，却深有意思地笑了笑。韩绛注意到，吕惠卿气坏了，对那几个吏员发火："笑什么笑？本官受到侮辱，你们幸灾乐祸是不是！"

韩绛感到，吕惠卿失态了。一个当朝参知政事，用不着为点小事对几个小吏员发火。这几个吏员虽然赶紧闭上嘴，但神色并不慌张。吕惠卿则一脸的尴尬、难堪和无奈。韩绛清楚，这在王安石再相前是完全不可想象的。中书衙门的人竟敢如此不把吕惠卿当回事，恐怕是神经出了毛病。韩绛对那几个吏员挥了挥手，要他们离开。那几个吏员从后堂过道里走了，吕惠卿还余怒未消地望着后堂过道。

没多一会，韩绛、王珪引着王安石往顶头那间值房走去。吕惠卿也跟在后面来了。值房已经打扫抹洗得相当干净。韩绛心里忽然有一种很吃惊的感觉：吕惠卿还能像以前那样完完全全听命于王安石吗？吕惠卿是个强人，权欲又大，像刚才发生的事，以后随时都可能碰上，吕惠卿岂能咽下这样的气？会不会把这种气转嫁到王安石身上？王安石还自在得了吗？此时韩绛不由得替王安石担起愁来。不过，韩绛又很快觉得无须过虑。吕惠卿毕竟是个聪明人，不是那种不知变通的夫子。王安石既然再相了，吕惠卿还是会听王安石的。再说，要对付吕惠卿也不是毫无办法。韩绛想起邓绾给他看的告发吕惠卿的状子，这就完全不用怕吕惠卿横生枝节了。

韩绛和吕惠卿、王珪本来是打算好好准备一下，把朝廷政事和新法上的事向王安石详细禀报的，看来是来不及，也没这个必要了，反正知道多少就禀报多少。王安石听说韩绛、吕惠卿和王珪要向他禀报这些方面的情况，很是高兴。说句实在话，王安石这么急急忙忙赶到中书衙门来，也就是要及早知道这些情况。

韩绛与王安石、吕惠卿、王珪坐了下来。中书衙门的主簿进来禀报：三司使章惇章大人来访。韩绛觉得章惇来了更好。市易司隶属三司，章惇对市易法和免行钱之事比自己更清楚，对曾布和吕嘉问都给贬到地方当官的底细也比自己知道得更多。韩绛看到，王安石起身了，正要走出值房，章惇已到了值房门口。此人还像过去一样，一脸敢跟自己玩命的虎气和不好惹的霸气。

第七十四章　大才子惊天语吓破僚属胆
苏太守察监狱上疏医病囚

冬去春来，熙宁九年谷雨那天，下午未牌时分，长脸多髯的密州太守苏轼在密州府签押房里召集衙门里的推官、录事以及功曹、仓曹、户曹、兵曹、法曹、士曹参军议事。议事前，苏轼就对满嘴黑胡子的圆脸密州通判刘庭式和法曹参军陆升说好，议完事到大牢里去看看那些因欠青苗债被关在大牢里的狱囚。刘庭式知道苏轼常有奇想突发，但这个奇想太奇了些。刘庭式实在不愿去。这一来是大宋各州掌管狱讼听断之事的，除太守、通判外，还有各路由朝廷直派的提刑司检法官，州里还有专门管大牢的法曹参军，州县长官没必要去管得太多；二来是这些日子州府衙门里的事忙得很，特别是新法上的事，一天十二个时辰都忙不完，哪有时间去管监狱里的狱囚；三来是大牢阴暗、潮湿、屎臭、尿臊，远远地就有一股刺鼻的怪味冲来，有什么看头。再说，大牢里的狱囚，无非是杀人越货的响马、谋财害命的盗贼、打架斗殴的泼皮、欺男霸女的豪强、杀死老婆的奸夫、毒死老公的淫妇、抗粮抗捐的刁民、拖欠官银的农户。看到这些人就恶心，巴不得离得远远的，去看他们岂不是吃饱了撑的？当然，刘庭式清楚，苏轼这个人圣贤书读得太多，太大才子气了。这些日子密州官府抓了不少欠了青苗钱的农人。苏轼从不隐匿他头痛新法，很不愿贷青苗钱，但朝廷要贷，他抗不了；然而，又总是对那些欠了青苗债的农人放心不下，因之想去大牢里看看他们。刘庭式认为没必要去大牢看这些人。这些人欠的是天子的钱，苏轼却去大牢里看他们，这些人益发不还青苗债；要是朝廷追查下来，岂不是穿蓑衣救火，惹火上身？

在签押房议事，有座位，有茶喝，比在大堂里站着公干舒服。那里得站着，喉咙里渴得冒烟也只能用唾沫润润喉咙。衙门里的僚属陆陆续续来了，拖了把椅子坐下来。有杂役提了壶开水进来给他们沏茶。现在密州府衙门里的杂役都是雇来的，不再是派来的差役。官府衙门一年三百六十天都少不了做杂役的人，农忙时也少不了，从前被派在农忙时做杂役的农户就惨了，得丢下农活到官府衙门来做各种杂活。现在没这个担心了，交了免役钱，农户就不用做杂役了。官府衙门里的杂役，自有官府用免役钱雇人来干了。

杂役正给衙门里的僚属沏茶时，刘庭式跟在苏轼后面，进签押房了。刘庭式清楚，苏轼选择谷雨这天签押房议事，很有点良苦用心。谷雨，谷雨，雨生百谷，从今日起老天下的每滴雨都是谷子。这一天，百姓家家户户都要用黄裱朱砂画禁蝎符，贴在墙壁上或者窗户上。符语："太上老君如律令，谷雨三月半，蛇蝎永不生。"祈望今年粮食丰收，毒蛇害虫不要为害百姓。苏轼选择今日在签押房议事，意在告诫衙门里的僚属：要学上天下谷雨，莫做蛇蝎害百姓。不过，衙门里的吏曹，大多不识字，没几人明白大才子苏轼的议事时间里还有这么多学问，都只是傻呵呵地望着苏轼笑。

刘庭式随着苏轼坐下后，衙门里的僚属都一起朝他们望过去，目光里充满了恭敬热情和巴结讨好。杂役忙过来给他们沏茶。刘庭式看到，苏轼望着杂役，很有兴趣地问："是免役法好，还是差役法好？"

刘庭式清楚，苏轼有个习惯，不论在什么地方，只要有百姓的地方，就会停下来聊上几句。杂役没想到苏太守会问这个问题，不知怎么回答好，只是望望苏轼，又望望刘庭式，还望了望衙门里的僚属，没有开言。

苏轼："你实言以对，本官许你无罪。"

刘庭式注意到，杂役只是望着衙门里的僚属。熙宁二年至今，朝廷行新法有七个年头了。千万别以为朝廷里起初物议纷纷，反新法的人不少，平头百姓叫苦连天，就以为地方官府里的人都会跟着物议纷纷，新法行不下去了。恰恰相反，这些年来，朝廷公开反新法的人越来越少；地方官府的长官起初也有些人对新法拖着不办，这些年谁也不敢这么做了。不错，现在地方官府的长官不愿行新法的人还大有人在，但照样也在行新法，除非这个人不想当官了。天下官员谁会这么傻，为这事把官丢了呢？乌纱帽是不能丢的！地方长官如此，衙门里的僚属岂敢跟朝廷唱对台戏？那些胥吏、师爷、衙役就更是无人去放个屁。朝廷行什么法，这些人都会卖力去干，跟朝廷唱对台戏就是跟天子过不去，也是自己跟自己过不去，谁会这么做？再说，朝廷行什么法他们都能捞钱，管新法旧法作甚。这些人行起新法来其实比谁都凶狠。刘庭式还很清楚，能在州府衙门当上杂役的人，衙门里没人是谋不到这份差事的，在平头百姓那里都要被高看一头。因之，衙门里杂役是不会乱说话的，事事得看衙门里的老爷们的脸色。像苏轼问的这样一个问题，杂役自然不知如何回答，再加上又是太守老爷问的，就更不知如何回答了。

苏轼有点生气了："你这个人眼睛老望着那边干什么，回本官的话呀！"

杂役慌了，眼睛更是盯着衙门里的僚属不放。刘庭式看到，衙门里的僚属都好像没看到杂役的目光一样，没谁去管杂役，只是喝茶、聊天、低声说些男男女女上的趣事。后来，还是法曹参军陆升对杂役说了句："你把知道的向苏大人禀告就是。"

杂役当然还是不知道怎么回答才好："好……，不好……"

刘庭式觉得，杂役的话其实是在说免役法有好的一面，也有不好的一面。这话没错。可以说，朝廷新法，说好也是好，说不好也不好。免役法也是如此，百姓交了免役钱，就不用服差役，这就让百姓免了差役之苦，又为无田无地的农户开了条生路，可以被官府雇去干以前差役所做之事，赚点工钱，这自然很好。但，免役钱是有等级的，等级是由衙门里的人按财产划定的。这样就出问题了，百姓的命就握在衙门里的人手上了。这些人上下其手、作奸犯科，百姓岂有好命活？特别是免役钱用完没用完都还在收，百姓就真的是苦不堪言了。然而，这种复杂的情况，杂役怎么说得清楚呢？

苏轼不为难杂役，挥了挥手要他下去。杂役一脸的轻松，不停地对苏轼笑着点头，退了下去。议事的人尚未到齐。苏轼最喜欢谈论朝廷里的事。不论是在衙门里，还是在别的什么地方，只要有人，也不管人家高兴不高兴，苏轼就免不了跟人谈论朝廷里的事，谈多久都不烦。果然苏轼又谈起朝廷里的事来："王相公再相后，做了件大好事。"

刘庭式很是奇怪地望了望苏轼。苏轼是反新法的，一谈到新法就很恼火；对王安石虽然总称官不称名，但其实多有不满，一谈到王安石就笑，就摇头。然而，今日议事苏轼的第一句话竟是褒扬王安石，这不能不说是怪事一桩。刘庭式看到，衙门里的僚属也都怪怪地望着苏轼。刘庭式是个明白人，知道这些人对朝廷里的事并不关心。朝廷离这里远得很，这些人能一辈子在密州这个地方当个吏，能说得动话、吃得开就行了，并无谁想到朝廷里去做官；也很清楚朝廷的那些高官高攀不上，懒得去巴结，对朝廷里的事多半只是听听而已。今日苏轼开口就讲王安石的好话，这些人自然也觉得很不可思议。不过，随后这些人就都喝口茶，抬起头来，一脸洗耳恭听的神情，望着苏轼。

苏轼忽然咬牙切齿说："要是王相公不在朝廷，还是吕惠卿一人说了算，那个阴阳怪气的王珪又只知看吕惠卿脸色行事，这次天下不知多少人要人头落地，不知多少人要关进大牢里，就是密州怕也自在不了。"

刘庭式明白，苏轼对吕惠卿算是恨之入骨，一谈到吕惠卿就气不打一处出；对王珪一肚子不满，一谈到王珪就一脸的鄙夷。刘庭式听出来了，苏轼说的是羽林军大将军、秀州团使赵世居谋反案。密州这边也听到赵世居谋反的一些消息和传闻，说是朝廷发了兵，在秀州打了几场恶仗，终于扫平了秀州的反叛，生擒活捉了赵世居。衙门里的僚属也来了兴致，一起眼睁睁地望着苏轼，目光里有催苏轼快讲下去的意思。这些人对朝廷正儿八经的政事没什么兴趣，但对动刀动枪、杀人见血的事却非常喜欢听。

苏轼来劲了："王相公回到朝廷，迅就相位，与天子反复商讨，让天子依理自决：问斩的只有赵世居、李逢七人；赵世居子孙除名落属籍，关在开封府官舍里，给衣食，妻、女度为皇家寺庙的尼姑；李逢家男女没官，度为奴婢；道士李士宁杖脊并湖南编管；余皆获生。也只有王相公宅心仁厚，如此大狱，只一肩挑，力回天心，使满天阴霾，烟消云散。王相公为政，让我等明白一个当官的道理：得以仁德服人。"

苏轼很为自己今日这番话终于让衙门里的僚属感起兴趣而高兴，故而借这个机会开导一下这些僚属。但，刘庭式心里有数：没用！这只是苏轼一厢情愿的想法。衙门里的僚属嘴里有时也会讲讲仁呀德的，心里却只认一个理：千里为官只为财。有道是：当官不爱银，白为世上人；当官不发财，不如土里埋。不为钱财的岂不是傻瓜书呆子一个？其实书呆子未必都不爱财，有的书呆子贪起来也凶狠得很。刘庭式注意到，衙门里的僚属大多不再望着苏轼了，有的喝茶，有的相互望望，有的仰起头望着签押房上面的梁。只有法曹参军陆升还望着苏轼，陪着一脸的笑，耐着性子听完苏轼所说的每一句话。法曹参军是牢里的总管，天天跟狱囚打交道，脸上总有种凶神恶煞的神气，但在苏轼面前，却总是赔着个笑脸；不仅如此，还要苏轼收他为门生，教他写诗。法曹参军陆升读过几年书，认得一些字，但写的文章谁也不敢恭维，狗屁不通，错别字连篇，岂能学会写诗？许多人都认为法曹参军陆升不过只是嘴巴说说而已，谁也没想到陆升竟真心真意备了酒肉，到了苏轼府宅，见面就跪下去，恭恭敬敬拜了八拜，苏轼不认他做弟子就不起来，弄得苏轼非收他当弟子不可。法曹参军很以自己是苏轼的门生自豪，且煞有介事、像模像样学着写起诗来，写了几个月，谁也没见他拿出过一首诗。不过，法曹参军陆升还在继续学写诗。衙门里的人自然只是把这当笑话看，没谁会当真。衙门里的人对这些都很是百思不得其解，刘庭式却清楚，别看陆升是个粗人，其实鬼得很。他这么做，不过是投苏轼所好，巴结讨好苏轼。这一点法曹参军算是摸透了苏轼的心理，请吃请喝是巴结不上苏轼的，送金送银不仅讨好不了苏轼，倒适得其反，弄得苏轼讨厌。唯有向苏轼学诗，苏轼才高兴。在衙门里的僚属中，苏轼还真对陆升的印象不错。

苏轼对这种情况不可能一无所感。刘庭式看到，苏轼很是不快、也很是无奈地望了望面前的僚属，不再往下讲了，转而讲密州的公事。衙门里的僚属这才又都望着苏轼，认真起来。刘庭式清楚，衙门里的僚属对朝廷圣旨敬若神明，但对要做的事却不折不扣听衙门顶头上官的。自古不怕官，只怕管。天高皇帝远，管不到衙门僚属头上，要是不听衙门顶头上官的，就有的是眼前亏要吃了。

熙宁二年以来，州府衙门里的头一件公事当然是新法。刘庭式很清楚，苏轼是很不愿意行新法的，但不敢不行。朝野上下，真正敢公开叫板反新法的就司马光、唐介、赵抃、吕诲、韩琦、富弼、欧阳修、文彦博、吕公著、冯京、范纯仁这班人。这班人也主要是在新法初行时跟王安石叫过板，后来都各有其因不出声了。苏轼是一州之长，闭眼不管新法是不行的，否则要受到查办，这个太守也当不成。苏轼到密州当太守至今，有半年了，新法上的事不是做得很好，但也不差。按规定今年上半年密州五个县的青苗钱，在正月底全都贷下去了。苏轼对青苗钱中的摊派抑配是管得很紧的，不管谁摊派抑配了都要拿到公堂查问。苏轼敢这么做，是因为朝廷一直就不准搞摊派抑配。密州市易务也成立了，派了仓曹参军去当提举；总算大乱子没出，但小的乱子不少。问题最多、最叫人头痛的是前几年贷出的青苗钱收不回来。收不回来官府是要捉人的，密州府牢里和下属的五个县牢里关了上千人；另有不少人躲债跑了，派人去抓，几年也没抓到。在这些公事上，苏轼并无多少得意之处。苏轼最为得意的一笔是，他的一封给当时的首相韩绛的一封信，竟弄得天子下诏，把手实法给废了。这件事可一下子轰动了全密州。密州府衙门和所属五个县的衙门里的人都不由得仰起头望着苏轼，觉得苏轼确实是个了不起的人，竟然在首相那里说得动话，这种人还得了吗！密州五县的平头百姓更是都把苏轼当救星。听说密州乡里的百姓除夕夜拜祖宗，都要祖宗保佑苏轼长命百岁，永远留在密州当太守。

苏轼议事倒不像前几任太守那样，脸上摆着一种居高临下的官威和不可一世的神气，让人心里感到憋闷压抑，很不舒服。相反，苏轼很有点像乡村的教书先生，一脸的恭谨、一脸的笑意，也从不一人说了算，议事的人都可以说话；有时还说上几句俏皮笑话，叫人感到轻松。苏轼对今日议事看得很重，先把半年来密州新法施行情况说了一下，觉得这些年州府衙门在行新法时并未给平头百姓带来实实在在的好处，反弄得牢里的犯人越来越多，很伤脑筋，自己又拿不出多少好办法出来，对自己很不满意。苏轼说："今日就议一件事：如何让平头百姓得到新法实实在在的好处？每人献上一计。"

刘庭式觉得，苏轼这就为难衙门里的僚属了。这些人哪能跟你苏轼比，金殿对策，一套一套，吟诗作赋，绘声绘色，天下无人可比。这些人要谈怎么弄银子，倒是眉飞色舞，能讲得个绘声绘色；要谈怎么把新法搞好，那就实在是赶鸭子上架，强人所难了。

签押房里谁也不开言，大约过了一炷香工夫，法曹参军陆升赔着笑脸说："座师大人才大、学问大，朝廷里说得动话，连天子都听。座师大人去年一封信就把手实法给废了，在下谁能有这个本事。座师大人说新法该怎么搞，我们就怎么搞。"自从师学诗后，法曹参军人前人后都称苏轼为"座师大人"，处处以门生身份对苏轼说话。

法曹参军陆升说出了衙门里的僚属想说而又不便说出口的话。这些人实在想不出怎么把新法搞好的措施，但此话又不好说，说出去怕被苏轼看扁。法曹参军是苏轼的门生，说什么苏轼也不会见怪。这些人就都顺着法曹参军的意思说："好！好！好！去年大人那封信写得好！大人说新法怎么搞就怎么好！"一句话里五个"好"字，全是恭维苏轼。

苏轼却说："好什么好！天子下诏，只是废除了手实法，又没废除所有新法。这就如孟子说的，一个偷鸡的贼想改过向善，决定每月少偷一只鸡。这还不是个偷鸡的贼吗？”

刘庭式吓坏了，同时看到衙门里的僚属也都连脸色都全变了。苏轼的这句话，很精辟，很令人发笑。但，苏轼的这句话，实际上骂天子是个偷鸡的贼。这还了得！要是传到朝廷里，天子听到了，不仅苏轼要闯大祸，衙门里的人也脱不了干系。刘庭式清楚，衙门里的人对苏轼的才学确实是很恭敬佩服的。苏轼二十岁金榜题名，就被先帝爷仁宗皇帝看好，说自己为子孙找到了一个非常好的太平宰相。大宋百年也就苏轼一人得到这样的殊誉。未来的天子阶下第一人就坐在密州府衙门里，这对密州衙门里的人来说，可是祖上八辈子修到的福分。不过，刘庭式渐渐发现，衙门里的人也怕苏轼乱说，不敢跟他多接触。后来，刘庭式还渐渐发现衙门里的人，私下里会议论苏轼，觉得苏轼这么个大才子怎么尽说糊涂话，尽办糊涂事呢？在面子上，衙门里的人对大才子苏轼还是挺客气、挺巴结讨好的，但苏轼说出的话犯忌时，衙门里的人便都一声不出，有的会借故离开。

刘庭式看到，苏轼一脸的错愕，也一脸的尴尬望着自己，好像在问：这是怎么回事？刘庭式相信苏轼讲那句俏皮话时，心里是得意的，也以为衙门里的僚属会赞赏他的话。苏轼这下就大错特错了。密州的公事怎么做，新法怎么搞，衙门里的僚属会听苏轼苏太守的；但，苏轼苏太守胡言乱话说犯忌的话，那是没谁会跟着胡言乱语的。苏轼苏太守要往火坑里跳，没谁陪着往下跳。刘庭式心中有数：今日在签押房里要议之事，不可能有什么结果。当然，众人在签押房待着也不是个办法。刘庭式望着苏轼：“庭式倒是有一计。”

刘庭式看到，苏轼望着自己，与自己的目光对接了一下，好像在催：快说！快说！衙门里的僚属也望着自己，一脸的感激：多谢！多谢！刘庭式不紧不慢地说：“苏大人到密州半年来，行新法的法子还是给了密州平头百姓实实在在的好处。——这半年用了什么办法，我们还用什么办法。”

刘庭式注意到，苏轼和衙门里的僚属都目瞪口呆地盯着自己，一脸受戏弄的表情，好像在说：这也是一计吗？苏轼笑了起来：“好你个黑胡子，对本官的问话避而不谈，却尽给本官灌米汤，恭维本官，拿本官用过的办法来搪塞本官。——各位都听好：每人一计还是要献的。计好，本官为你写诗一首，让你永世留名，万古流芳。”

苏轼的话，表明今日议事结束了。衙门里的僚属也都笑了起来。刘庭式很清楚，衙门里的僚属都巴不得赶快结束议事。这一来是衙门里的僚属大都喜到衙门外办事，不喜坐在衙门里动脑；在衙门外办事就有人求自己，坐在衙门里谁求？这二来是苏轼对献上好计的人下的赏是一首诗，衙门里的僚属觉得好笑。一首诗值几个钱，要赏就把银子拿出来，没人要什么诗。苏轼挥了挥手。议事真的结束了。不过，刘庭式和法曹参事陆升没有起身。他们要跟苏轼一道去监狱看望狱囚。

苏轼、刘庭式、陆升从签押房出来时，没想到已到了上灯时分。苏轼、刘庭式、陆升去州府衙门的官厨那边用过餐，走去大堂时，刘庭式听到后面有人在喊："苏大人!"

刘庭式回头一看，见一秀才快跑过来。刘庭式认得，此人姓马名梦得，字正卿，常到衙门里来找苏轼。马梦得没有功名，却好读书，对苏轼为人佩服得五体投地，对苏轼的诗词更是视为至宝。苏轼喜欢写诗作赋，却不收集。马梦得便到处搜集苏轼写的诗词，一一抄录，至今有厚厚两大本了；听说还要作注，由京都开封的驸马爷王诜刊行。王诜不日要派人到密州来拿。刘庭式很为苏轼担起心来。苏轼这几年写的诗词，不少是讥刺朝廷和毁谤新法的。苏轼却很无所谓，说自己写诗是将民间疾苦达于圣听，有什么可怕的。没刊刻，影响不大；刊刻了，广为流传。若是有人把这些诗弄到朝廷，苏轼麻烦就大了，到时候由不得你苏轼这么想了。

大堂门口挂了只灯笼，昏黄的灯光中，刘庭式看到，马梦得从挎在胳臂上的一只布袋里取出一大叠纸来，双手恭恭敬敬送到苏轼手上。法曹参军陆升赶紧上前，伸出头去看，想来个先睹为快。马梦得吃了一惊，手像被开水烫了忙缩回去，把那一大叠纸藏在身后，很不客气地对陆升说："别弄脏了苏大人的诗稿!"

刘庭式注意到，苏轼怔住了，陆升一脸的尴尬和不快。刘庭式清楚马梦得这种人，因为仰慕苏轼的为人和心爱苏轼的诗词，所以把苏轼的诗词看得十分重要、十分神圣；但言重了，苏轼的诗稿哪能因为陆升看了一眼就给弄脏的道理呢？刘庭式多少有点担心陆升会发脾气。法曹参军是牢里的总管，天天跟狱囚打交道，脸上总有种凶神恶煞的神气，脾气丑得很。要是陆升发起脾气来，那时不仅马梦得难堪，苏轼面子上也不好看。不过，刘庭式看到，苏轼很快明白了马梦得的意思，虽然多少有点责怪，但也很理解地笑了笑。叫刘庭式感到十分奇怪的是，陆升也笑了起来，对马梦得煞有介事地说:“官人小看了兄弟我,兄弟我是苏大人的门生,行了拜师礼,也会写诗。不信兄弟我写首诗,让你见识见识。”

刘庭式心里差点没笑出声来。这个法曹参军的脸皮真厚,诗没写出一首,却自称自己会写诗。刘庭式看到,马梦得没笑,苏轼却会心地笑了笑。马梦得这才又把那一大沓纸取出来,双手恭恭敬敬送到苏轼手上:“苏大人,这是学生收集到的大人这几年的诗词。大人审定后,学生就送信给驸马爷,要他派人来拿去刊刻。”

刘庭式看到,苏轼忙接过诗稿,就着大堂门口灯笼昏黄的灯光,神情专注在诗稿上,一脸心醉魂迷地翻着看了起来,有的诗词还看了几遍。刘庭式早就知道苏轼嗜诗如命,今日算是目睹了。对这点,刘庭式是很理解的。天下读书人没一个不珍爱自己的诗文。不过,苏轼看着看着,忽然问道:“那首《吴中田妇叹》呢?”

马梦得忙把头伸过去,拿过诗稿,一页一页地翻着。法曹参军陆升也把头伸过去,眼睛随马梦得翻动诗稿的手左右移动,好像他也知道《吴中田妇叹》在什么地方一样。马梦得翻到后面的一页,把诗稿交回到苏轼手上:“在这里,在这里。”

刘庭式听过苏轼的《吴中田妇叹》,那是苏轼在杭州当通判时写的诗,不由得也把头伸过去。一只灯笼的光照下,挤着四个头。诗的上半部分给陆升的头影遮住了,刘庭式只看清了下半部分的八句:

汗流肩赪载入市,价贱乞与如糠粞。
卖牛纳税拆屋炊,虑浅不及明年饥。
官今要钱不要米,西北万里招羌儿。
龚黄满朝人更苦,不如却作河伯妇。

刘庭式心里不由得吓了一大跳。诗写的是官府催逼青苗债银时把一个农妇逼得投河自尽的故事,这不是在说青苗法把百姓害苦了,毁谤青苗法吗?刘庭式不由得望了望马梦得。马梦得这个人自然有点呆气,但不笨,脑子反应还挺快,马上明白了苏轼的意思:“大人的意思是把这首诗放到前面去一点?”

刘庭式再望望苏轼,但见苏轼一手指着诗稿,一脸严肃地对马梦得说:“这首诗不仅要放到前面去,还要放在卷首!”

马梦得一脸的虔诚:“喏!喏!喏!”

刘庭式觉得苏轼做得太招摇了。诗的内容本来就不合时宜,极容易惹事,还要放到最醒目的卷首，不是活得不耐烦，自投罗网？同时刘庭式觉得马梦得这人好不晓事。刘庭式丝毫不怀疑马梦得对苏轼的崇敬，且崇敬到了骨子里，但正因为如此，就更应该处处为苏轼着想，把苏轼什么诗都收集起来刊刻，岂不把苏轼害了？苏轼要把《吴中田妇叹》这样的诗放在卷首，这个马梦得也不劝上几句，反喏喏连声。了解的人会认为马梦得不晓事，不了解的人真会认为马梦得故意把苏轼往火坑里推，想加害苏轼。

刘庭式又望了望陆升，但见陆升道："好诗！好诗！"

刘庭式清楚，这个认得一些字的法曹参军懂得什么诗。刘庭式有个十分鲜明的直觉：大才子迟早要栽在自己写的诗上。刘庭式也是进士出身，也会舞文弄墨，吟诗作赋什么的，但只是偶尔为之。诗者，茶余饭后吟咏性情而已，太过醉心要坏事的。马梦得问苏轼还有什么意见，苏轼回答等他看过以后再说。苏轼急着要去大牢看狱囚，此时有个堂吏从官厨那边过来，苏轼把诗稿交给他，要他放在自己文案上，然后便向州衙外走去。马梦得往前走时，陆升突然把他叫住，很认真地说："刊刻好了，别忘了给兄弟我一本。"

刘庭式很清楚，陆升表面上是向马梦得要书，实际上又在投苏轼之所好。衙门里的僚属无人喜欢读书，散衙回家，无非是吃酒、喝茶、掷骰子、上青楼，谁去费脑子读什么书。苏轼对这点很不满意，经常说这些人不学无术，要贻误公事。刘庭式看到，陆升问马梦得要书，苏轼很是高兴，已经快到衙门口还回过头来："忘不了，忘了本官给你。"

马梦得与陆升一道往衙门外走去，才走几步，陆升很关心地问马梦得："先生没受谁欺负吧？受欺负了告诉兄弟我，让他到牢里来尝尝牢饭的味道。"

刘庭式走在最后，看到马梦得一怔，好一会才对陆升说："没，没有。"

刘庭式也一怔，然后笑了起来。刘庭式真没想到这个法曹参军会说出这样叫人发笑的妙语，好像牢房是他开的，想要谁进来谁就得进来。刘庭式清楚这个法曹参军的鬼肠鬼肚。此人并非说马梦得真受了什么人的欺负，只不过一是向马梦得示好，二是炫耀自己的本事。刘庭式又听到已走到衙门口的苏轼对陆升说："你好大胆子，谁给你那么大权力，想关谁就关谁？眼睛里有王法没有？"

陆升眼睛里有王法："座师大人，要是半夜抓到个强人，非要等到第二天大人起床、吃饭后，才把强人关到牢里来，逃跑了怎么办？”

刘庭式看到，马梦得笑了，衙门口那边也传来苏轼的笑声。马梦得出了衙门。刘庭式、陆升跟在苏轼后面，往州府大牢走去。酉时二刻，三人来到州府大牢。今夜无月，连星星都不见一颗。听说太守、通判、法曹参军到州府大牢察看来了，大牢的勾当官、狱吏吓坏了，一脸的惊疑，赶紧出来迎接侍候，都小心翼翼地望着苏轼、刘庭式、法曹参军，赔着灿烂的笑。州府大牢院子里静悄悄的，左边的十间班房黑乎乎的影子，就像一只巨大的怪兽蹲着。陆升告诉苏轼：因还不起青苗债的犯人就关在左边那十间班房里。苏轼要去那里看看。有牢里的杂役提着灯笼过来带路。众人快走近那十间班房时，却见后面一栋板屋有灯光透射出来，且清楚地听到那里的嚷嚷声和欢笑声。陆升告诉苏轼：那也是班房。在灯笼微弱的灯光中，刘庭式看到苏轼一脸的错愕。苏轼改变主意了，要先去板屋看看。刘庭式看到勾当官、狱吏脸上有了尴尬、惊慌之色，且有点求助地望了望自己，要苏轼别去板屋。但刘庭式帮不了他们的忙。半年来，苏轼要到什么地方去，从不事前打招呼。苏轼很为自己这点而得意，认为这样下面的人就做不了鬼，搞不了名堂，骗不了他。

刘庭式移步到苏轼身后，隔着苏轼对勾当官、狱吏摇了摇头。勾当官、狱吏只好领着苏轼往板屋那边走去。刘庭式、陆升在后面跟着。越往前走，板屋那边的嚷嚷声和笑声就越来越响，越来越清楚。再往前走，就听到板屋那边嚷嚷声中杂有划拳声；再过去，就能闻到酒肉的香味。刘庭式一直在地方当官，从九品都尉做起，对牢狱的情况还是清楚的，并不觉得这有什么值得少见多怪。陆升脸上的神情没什么变化。在灯笼的光照中，刘庭式看到，苏轼则一脸的惊异。这不奇怪，苏轼大多数时间做的是京官，见到牢狱里的狱囚竟然喝酒吃肉、划拳嚷叫，自然有种闻所未闻的感觉。

到了板屋跟前，牢卒早把板屋门打开。刘庭式跟在苏轼后面进到门里，便见一条只容得一人走路的过道连着十来间房子，靠过道的里边是一排粗木栅栏。间间房子的灯光明亮。明亮的灯光把粗木栅栏的黑影投射到过道地上，看去就像一条条匍匐在地上的巨蟒。间间房子都有划拳嚷叫声传来。顶头的这间有四人围坐在方桌边喝酒吃肉，里面有床、有被，方桌边上还有一只茶壶。面朝外的穿着囚衣，另外三人穿着布衣。穿着囚衣的一脸神气活现，一边劝另外三人喝酒吃肉，一边自鸣得意地夸耀什么。另外三人则一边喝酒吃肉，一边很是敬慕地望着穿囚衣的。这哪里是牢房，简直与旅店无异。刘庭式注意到，苏轼一脸的气愤和不满，问勾当官："这是怎么回事？"

刘庭式清楚，勾当官这些狱官平日说起男女之事谈笑风生，张嘴就一大串，听的人没有不笑弯腰的。但，对苏轼苏太守提出的问题，勾当官却翘起个舌头，不知说什么才好。刘庭式看到，陆升挤到苏轼面前，赔着笑脸："座师大人，是这样的。那个穿囚衣的是密州诸城县的一个豪强，三年前打死人。县里的狱词上没写预谋杀人或故意杀人，州里自然不能拿他杀头。此人不久要出狱，因此天天在牢里跟朋友兄弟喝酒吃肉。"

苏轼一脸的肃色："这里面是不是有什么见不得人的名堂？"

刘庭式觉得苏轼这句问话完全是多余的。只要多当上几年地方官的人，都能很快弄清楚这到底是怎么回事。不用问，名堂肯定是有的，州、县衙门里的人都得了大好处。县令的狱词上没写预谋杀人或故意杀人，囚犯就可以免死，上面来查一点也不用怕。狱词上没写这个囚犯预谋杀人或故意杀人，何错之有？"写"与"没写"是有天壤之别的。写上预谋杀人或故意杀人，这个囚犯就死定；没写这条，谁也抓不到半点把柄，即使后来查明这个囚犯确系预谋杀人或故意杀人，县令也屁事没有。天下事当时未查明，后来查明的多得很。所谓此一时、彼一时，就是这个意思。既然县令无事，州里的太守当然也可凭这点不杀这个囚犯，谁都万事大吉，恭喜发财！能不能写上这个囚犯没有预谋杀人或没有故意杀人呢？不行！要是后来查明这个囚犯确系预谋杀人或故意杀人，县令麻烦大了，县令即使不杀头，关进牢里吃牢饭是绝对免不了的，许多人还要给带出来。

刘庭式笑了笑，对苏轼说："州、县衙门里这些事多的是，要是把这些事搞个一清二楚，别的什么公事也别去做了。苏大人多在地方待些时候就明白了。"

苏轼仍有点不依不饶："囚犯在板屋里请外面的朋友来喝酒吃肉，这成何体统，天下这些事也多得是吗？"

刘庭式差点没笑了出来，简直怀疑苏轼是桃花源里来的人。这里有的事，天下的牢狱当然都有，这有什么值得大惊小怪的呢？再说，这板屋不是每个人住得起的，酒肉贵得吓人，比酒楼的少说要贵出五六倍。每天不花个上百两银子是别想住进来的。刘庭式说："苏大人别见怪，就是乌府台皇家牢狱里也有这事。"

刘庭式注意到，苏轼这才半天不出声了。在那间板屋里喝酒吃肉的人都朝栅栏外的这边望，穿囚衣的还龇着牙笑，样子很凶，用筷子点着满桌的菜，请苏轼、刘庭式："喝酒！吃肉！"

刘庭式觉得这家伙太肆无忌惮了，正想喝几句时，陆升的脸早贴在栅栏间，吼了过去："休得胡来，你想皮肉开花是不是？"

穿囚衣的认出了陆升，吓成一个死样子，舌头吐出来，半日缩不回去。那间板屋里才规矩起来，四人都埋头喝酒吃肉，谁也不敢发出声来。刘庭式看到，苏轼脸上有种说不出难受和痛苦的表情。刘庭式侧过脸，朝栅栏尽头望去，那些间板屋里也不断有划拳声传来。苏轼不想去那头了。苏轼要去那排班房里看看。刘庭式看到，勾当官、狱吏脸上不再有什么尴尬和惊慌之色了。天下欺善怕恶的人多，衙门里的人不怕好人当官，就怕比蛇蝎还毒的酷吏。不用说，此时勾当官、狱吏已看出了苏轼是个好人，怕他看作甚。

勾当官忙要杂役提着灯笼在前面走。众人一出板屋，就又闻到一股发霉的屎臭、尿臊的怪味。到了那排班房门口，有个牢卒从里面出来，勾当官对他抬了下巴，那个牢卒赶紧把牢门开了。刘庭式跟在苏轼后面进了门，还没看清这排班房是什么样子，就听见里面有拳打脚踢和喊天叫地的惨叫声传来。刘庭式看不到苏轼脸上会是个什么样的表情，模模糊糊中见苏轼的肩膀抖动了几下。接着，刘庭式听见有人在说："我们哪有闲工夫跟他啰唆。这点钱打发叫花子呀！不肯再拿钱，就把他锁在栅栏上。要晓得我们这几个钱，也不是那么好赚的。"此人话音刚落，拳打脚踢声更猛了，喊天叫地的惨叫声也更响了。

栅栏那边的班房靠里挂着一盏壁灯，灯光忽明忽暗，欲明欲灭的，只壁灯下有一圈昏黄的光，照得见几个模糊的人影，其他地方什么也看不见，根本照不到过道这边来。刘庭式听到苏轼口气挺严厉地说："把灯笼拿来！"

但栅栏这边有了异动。刘庭式感到，模糊中先是栅栏那边有两个人过来，挤了出去；接着，便见两个杂役提着灯笼挤了进来，恭恭敬敬站在苏轼面前。刘庭式这才看清，这里进门也是一条只容得一人走路的过道，过道的一边有十间大房子，有粗木栅栏把班房与过道隔开。灯笼的光很弱照不到栅栏那边班房靠里首的人，但靠近栅栏这边的人还看得清。这牢房很大，朦朦胧胧中见里面少说关了四五十人，里面的人都像鬼似的，一个个用眼睛瞪着这一边，目光恐惧、可怜、阴沉，很有点叫人毛骨悚然的感觉。

灯笼的光照下，栅栏那边的班房里有四个老犯人还在打一个犯人。刘庭式注意到，苏轼一脸的气愤和不满，问勾当官："这是怎么回事？"

不等勾当官开口，陆升挤过来对苏轼说："被打的是个初进班房的犯人，没钱孝敬老犯人，钱少了还不行。这事没法管，普天下牢房自古都如此。"

刘庭式以为苏轼这下长见识了。不过，刘庭式看到，苏轼脖子一挺，一手指着打人的四个老犯人："本官今日就要管管这事。——住手！"

刘庭式注意到，那四个老犯人才懒得理苏轼，反越打越起劲，直打得那个初进班房的犯人喊天叫地乱叫起来。苏轼恼火了。勾当官忙挤到栅栏边："谁叫你们打人的？苏太守苏大人要你们住手，竟狗胆包天不住手，再不住手杀了你！"

那四个老犯人这才怕了，怪怪地望了望苏轼，然后乖乖地往后缩过去。刘庭式清楚，这些犯人平日在一个牢卒面前都吓得要死，今日见太守发火了，还能不是小鬼见到阎王一般？一会，苏轼要勾当官把这间班房的栅栏门打开。早有牢卒挤了过来，从腰上解下一串钥匙，就着灯笼的灯光，拣了一把，打开栅栏门。两个杂役提着灯笼先进去，众人跟在苏轼后面也进了班房。班房里的犯人更是吓得拼命往里缩过去。这没什么奇怪的，平日狱卒到了班房里，都要吓个半死，今日太守带着一伙人来了，当然是躲得越远越好。

苏轼用手点了点那个被打得喊天叫地的初进班房的犯人。两个杂役提着灯笼往那里走去。刘庭式一伙人跟在苏轼后面，到了那个犯人面前。那犯人还被链子锁着，链子挂在栅栏上面的横档上。刘庭式怔住了，认得那犯人原来是去年七月自己随同苏轼在高密县衙门里见到的老汉。这老汉去年闺女被高密县的衙役奸了，今日缘何又给抓到班里来呢？

刘庭式看到，老汉勾着头，浑身发颤，已经没有力气。苏轼走到老汉身边，先要勾当官解下老汉脖子上的链子。班房里的犯人有了骚动。近处犯人脸上的表情很是惊异。班房里的这些犯人，什么时候见过太守命人给犯人解下脖子上的链子的？苏轼问老汉："何事给关到班房里来了？"

老汉抬起头来，这才认出了苏轼。不过，老汉很有点羞面见人的意思，一脸的难为情，不肯回答苏轼的话。刘庭式觉得奇怪了。近日高密那边倒是不太平，有伙水寇啃聚在河、湖之中，打着反新法、杀贪官的旗号，杀人越货、打家劫舍。但，这老汉是个本分老实人，是不可能入伙，干那些杀人放火勾当的。刘庭式问老汉："你真犯了王法？"

老汉点了点头。刘庭式有点不相信自己的耳朵。真到了连老汉都去入伙当贼寇的地步，恐怕天下要出大麻烦了。刘庭式看到，苏轼一脸的疑惧："你入伙当贼寇了？"

老汉摇了摇头，却又说："大人，犯民是真犯了王法。"

刘庭式看到，苏轼一脸的错愕，自己也怀疑耳朵听错了。刘庭式听到站在自己身后的勾当官说："这老汉欠了官府的青苗钱，宁愿到班房里来坐牢，赶也赶不走。"

刘庭式奇怪了。牢房并不是什么好地方，黑得很，是要受严刑拷打的。再说，这老汉是高密人，要坐班房也该在那里坐。苏轼："这不行，你在这里坐牢太麻烦了。本官明日派人送你去高密县衙门的牢里去坐班房，家里人也好照顾些。"

刘庭式差点没笑出声来。这个大才子太守真是个好人，但也太好笑、太有意思了。自古以来，只见过朝廷命官把百姓投到牢里去的，哪见过朝廷命官派人把百姓从一个牢房送到另一个牢房去的。此时，一件奇事发生了。老汉吓坏了，扑通一声跪了下去，拼命给苏轼磕头，死也不肯回高密："大人把犯民送到高密县班房里，犯民就死定了。"

苏轼大为惊骇："这是为何？"

老汉："上次为闺女事，犯民把县里的衙役告了，官司没打赢，反把县衙门的人得罪了，从此再也没过一天安分日子。县衙门里的人隔三岔五到村里来办公事，每天好酒好肉吃得醉醺醺的，村里的闺女没一个敢出门。村里人都怪犯民，说都是犯民惹的祸。犯民欠了官府的青苗钱，县衙门里的人更是天天来催，见鸡捉鸡，见鸭捉鸭，犯民家的鸡鸭全捉光了。犯民上次见太守大人和通判大人都是好人，宁愿到这里来坐牢。"

刘庭式觉得这个老汉既可怜，又好笑，又太无知，好像天下班房竟可以由犯人挑，想在哪里坐班房就可以在哪里坐。苏轼一脸的痛苦，对老汉说："你就在这里坐牢。”

刘庭式完全没想到，苏轼苏太守苏大才子竟然同意了老汉的要求，这自然又是件叫人好笑、也叫人匪夷所思之事。老汉又扑通一声跪了下去，千恩万谢拼命给苏轼磕头。不过，更叫刘庭式匪夷所思的是，苏轼此时很有点对不起老汉似的，望了望老汉，然后又转过身去对身后的勾当官说：“去叫个郎中来，给老汉看看病，治一治。”

刘庭式看到，班房里所有的人都呆了。刘庭式心里不由得叫起苦来。这个苏大才子满脑子有跟人家不一样的想法。犯人坐班房就是要受罪，可不是来享福的，自古以来哪见过官府里的人给犯人请医生的？刘庭式清楚，大宋朝廷有不准地方官鞭死犯人的律条，却没有为狱囚治病的规定。勾当官半日没动身。苏轼瞪了勾当官一眼：“你想抗命？本官还要请郎中给班房里的犯人都看病。——先给那些因欠青苗债被关在大牢里的狱囚看。”

刘庭式以为苏轼在讲疯话。刘庭式仔细看了看苏轼一脸的肃色没半点疯的样子。此时，班房里轰动了。在那盏忽明忽暗、欲明欲灭的壁灯的光照中，刘庭式看到，班房里的犯人都跪了下去，黑压压的一片；还有十多个犯人爬到苏轼跟前，拼命磕头，看去像黑色波浪在翻滚。苏轼的疯劲越来越足了：“刘大人，明日我们给朝廷上《乞医疗病囚状》，有个朝廷的圣旨，勾当官才好去做事。”

刘庭式不出声了。说句实在话，他今日傻里傻气冒着惹火上身的危险，陪同苏轼到班房里来看犯人，已是够意思的了，不能再这么糊里糊涂跟苏轼走下去了。苏轼倒也不勉强：“行了！行了！刘大人有难处，就轼一人上疏。”

第二天，苏轼果然给朝廷上《乞医疗病囚状》，居然获“照准”批复。苏轼忙令州县衙门各差曹司一名，郎中一名，专掌为罪囚医病，不得从事其他差遣。不过，州县虽然都派了专人管这事，但做起来又是一个样。犯人医病要拿钱，收的钱贵得吓人；拿不出钱的犯人还是没郎中去看。高密县的老汉拿不出钱，当然没郎中去医。但，苏轼的话还是有作用，班房里的老犯人不敢打他了，牢卒对他也多少有点另眼相看，不叫他吃太多苦。

后来苏轼又到另外九间班房看了看，各个班房情况差不多。从牢狱出来后，天上还是不见一点星光。法曹参军陆升忽然十分恭敬地对苏轼说：“大人一定又要写诗了，别忘了给门生。”

苏轼答应了。回到家里，苏轼果然写了首诗，抄下给了陆升。本来，这个狗屁诗不懂的法曹参军不过投苏轼之所好，巴结讨好苏轼。不过，后来却给自己惹了一身的麻烦。乌台诗案把这首诗翻了出来，陆升也因此被关进大牢里吃了两个月牢饭。

第七十五章　避大祸小宫女坤宁宫当差 严内法曹王爷庆寿宫省亲

熙宁九年立夏是个难得的好天气。清明种麻谷雨花，立夏种稻点芝麻。立夏开始，农人忙起来了。从黄河吹过来的风，掠过翻耕过的田地，带着新土的气味，向京都开封城吹来。风不像春天那样干冷，有了一种暖意，且无一点尘沙，空气也湿润多了。

这天用过早膳，向皇后要在坤宁宫召见入内内侍省大太监都都知张德保和内廷女官总管女尚书国夫人刘氏。这一次，是张德保和国夫人刘氏自己提出来入觐面见向皇后的。向皇后没让他们同时进宫，先张德保，后刘氏，召见的时间是两刻。说句实在话，今日即使张德保和国夫人刘氏自己不来面见向皇后，向皇后也会宣他们来坤宁宫的。皇上登基以来，向皇后执掌后宫大小事务，已有八年了。向皇后主要依靠这两个人管理着这庞大而又复杂的后宫。后宫还算太平，没出什么大事。但，近些日子情况发生了变化。张德保还像以前那样，上上下下的人都说他好。然而，国夫人刘氏就不一样了。尽管国夫人刘氏还像以前那样做自己该做的事，做完事就回寝处读书、写字，并不碍着谁，却不再没人说她的坏话了。近些日子，向皇后耳朵里常听到太监、宫女说国夫人刘氏内心不守正，在宫中讲《女训》时大讲《诗》上的“关关雎鸠，在河之洲”这样的淫词，让宫女听了都脸红。说句实在话，光是太监、宫女说说这些坏话，向皇后是不会去理睬的。熙宁元年，向皇后是下了教令的，上面还盖了向皇后的宝玺，明文规定把《诗》作为教本，国夫人刘氏讲讲其中的两句诗，也没什么不可以。再说，女人也是人。她这个当皇后的，不是为了能在床上尽到皇后的责任，还要尚寝女官给她讲历朝历代后妃进御侍寝的掌故吗？自己这就犯了做皇后的规矩，不能母仪天下了？现在难办的是，太皇太后曹氏、太后高氏对国夫人刘氏的脸色也很不好看起来。以前，太皇太后曹氏、太后高氏对国夫人刘氏是很看得起的，都常夸她有学问，不多事，也不多嘴。但近些日子，太皇太后曹氏、太后高氏对国夫人刘氏的脸色也很不好，好像国夫人刘氏做了自己不该做的事。向皇后几次问过这事，太皇太后曹氏、太后高氏总不出声。不出一声更麻烦，说明情况复杂得很，也微妙得很。

向皇后清楚，张德保这次来坤宁宫，为的是两件事。一件是国舅公济阳郡王曹佾今日入宫省亲，与当姐姐的太皇太后曹氏见上一面。这可是后宫今日的头一件大事。说起来，皇亲国戚在外面至贵至尊，显赫威风，无限风光。其实，皇亲国戚有皇亲国戚的难处。平头百姓家要走个亲戚，说走就走。皇亲国戚就没那么方便。后宫宫禁森严，对太皇太后、太后、后妃也是如此。不错，后宫常会派遣有头有脸的太监、女官、宫女，代表太皇太后、太后、后妃去她们家探慰问安；但，太皇太后、太后的亲属，后妃的父母亲属要入宫探视，却都必须得到皇上特许的圣旨。否则，外廷的臣子就要闹个不休，一封封奏疏送到皇上手上，弄得皇上尴尬，太皇太后、太后、后妃脸上都不好看。在这方面，太皇太后曹氏和国舅公济阳郡王曹佾做得很是中规中矩，举措动静，都谨戒留心，没有半点负谤于天下的地方。皇上登基后，太皇太后曹氏和国舅公济阳郡王曹佾还从未见过面，皇上多次想让国舅公曹佾进宫与太皇太后曹氏见上一面，但都被太皇太后曹氏拒绝了。而今太皇太后曹氏、曹佾姐弟俩都年事已高，且太皇太后曹氏身体欠安，曹佾也常闹病，再不让姐弟俩见上一面，就太不像话，也太不近人情了。今年元宵节后的第二天，皇上在东阁门逮住一个机会，再一次提到国舅公曹佾进宫之事，太皇太后曹氏没说不同意，就算是答应了。这件事既要办得让太皇太后曹氏和国舅公曹佾开心，又不能坏了天家祖传的规矩，不尽心尽意能办好吗？一件是为国舅公济阳郡王曹佾建造府第园池之事。也是今年元宵节后的第二天，皇上又向太皇太后曹氏把这事提了出来，太皇太后曹氏没说不同意，但脸上的表情明显是种笑纳的意思，当然也算是答应了。皇上立即降旨，整个府第盖造由大太监张德保提举，内监监押班太监高全福为干办官。然而，府第才开始盖造，麻烦事就出来了。府第盖造的许多物资材料经常给各个路口的市易处监铺里的人卡住了。前些日子，市易务的人还没这么啰唆，打着国舅公曹王爷的旗号，也就开个眼、闭个眼放行了。但，这几天不行了，打什么人的旗号都没用。再相后的王安石把已赶到外地当官的吕嘉问弄回到京都开封朝廷来，官复原职，当朝廷市易司和开封市易务提举。听高全福说，吕嘉问这个人骄横无理得很，名声臭得不得了，相当难说话；在朝廷里，除了皇上外，这个吕嘉问只听王安石的，此外谁的账都不买。皇上每日要操心的事太多，经常三更后才上床睡觉，总不能为国舅公曹王爷府第的一片瓦、一块砖去烦皇上吧？此外，蔡河的水也不让引，都水监天天派人在蔡河边上监察，谁也别想动一锹土。此时，又值四年前就说要浚修的汴河、蔡河、广济河动了工。说起来，开封的这三条河从开国以来就从未好好浚修过一下，泥沙杂草淤积，河道是越来越窄。然而，要浚修河道，国舅公曹佾园池里的水就不好引蔡河的水了。当然，这件事说难办也好办，只要皇上下道特旨，朝廷里没人会出一声。但要皇上下道特旨，又谈何容易，张德保为此事当然要到坤宁宫来见自己。

坤宁宫内一片宁静祥和气氛。宫中的太监、宫女各人忙各人的事。不多一会，向皇后就听到坤宁宫外丹墀那边有“张老爷、张老爷”的声音传来。再过一会，“张老爷、张老爷”的声音传到坤宁宫门口。然而，“张老爷、张老爷”的声音就在这时突然停了下来，坤宁宫复又一片宁静。向皇后知道是张德保来了，忙命身边的御前太监去接张德保进来。一会，向皇后便见张德保躬着身子，小跑着进了坤宁宫。比起八年前，张德保越发发福了，脸上的气色不错，红得发亮，不过脸上的赘肉已形成小疙瘩了，小跑时很有点吃力，身上的赘肉也在衣服里面抖动。向皇后看到，像每次见到自己一样，张德保仍摆出一种受宠若惊和一副很羞涩的样子，中规中矩给自己行了跪拜大礼，才由御前太监半扶半拉着站起身来；起身后，身子晃晃，御前太监忙搀着，才没倒下去。

向皇后没时间讲闲话，直接问张德保：“国舅公曹王爷入宫省亲之事可安排妥了？”

张德保：“奴才已命尚仪的太监、女官、宫女都到庆寿宫去了，给国舅公曹王爷的礼品也都准备齐全：银二千两、珍珠三百串、上等缎纱四十五匹、蟒缎九匹、缎九匹、宁绸九匹、春绸九匹、绫九匹。”

向皇后很满意，点了点头：“国舅公曹王爷园池里的引水之事如何解决？”

张德保：“启禀皇后，这事高全福已经办妥。”

向皇后很高兴，也很有点奇怪：“高全福从何处引水呢？”

张德保：“还是引蔡河的水。皇后放心，高全福从不做坏朝廷规矩之事。皇上下了圣旨，还派了一营兵去挖渠。”

向皇后这就更高兴，也更感到奇怪了。向皇后很清楚，皇上从来以江山社稷之事为重，浚修开封的这三条河是朝廷的一件大事，皇上是不可能因皇家私事去坏了朝廷大事的。向皇后：“这个高全福，真还有点本事，居然搬动了皇上。”

张德保慌了：“高全福哪有这个能耐，是高全福跑到太后跟前，乞求太后让皇上特许这件事的。当时太后还狠狠诫训了高全福一顿，弄得高全福的脸都吓白了。不过，后来太后还是跟皇上说了这件事，皇上答应了，末了还在圣旨上加了句派兵的话。”

向皇后：“高全福是你派到太后那里去的？”

张德保：“高全福是国舅公曹王爷府第盖造的干办官，情况熟，他去见太后比奴才好。”

向皇后：“好你个张德保，自己不出面，只在背后摇羽毛扇，却让高全福出面。”

张德保吓坏了，腮帮子上的赘肉像两只小老鼠在脸的两边蹿上跳下，赶紧认错：“奴才无能，不敢去见太后，只好叫高全福顶替奴才挨骂。”

向皇后暗自笑了。向皇后心中有数，高全福虽然很能办事，但拿大主意还得张德保。高全福这个人脸皮厚，不怕羞辱不怕骂，即使把他祖宗八代骂了照样跟你称兄道弟，亲热得不得了，然而这个人常常就这么把事办成了。宫中的人都清楚，太后高氏有时把一个人骂得狗血淋头，便以为太后嫌他，为难他。其实错了，太后高氏心里其实对高全福是很赏识的。张德保对这点看得很透，因之让高全福去见太后高氏。此外，向皇后觉得，张德保只让高全福去找太后，不去找太皇太后，也恰到好处。太皇太后的话，皇上固然会听；但太后的话，皇上更会听。不管怎么说，国舅公济阳郡王曹佾今日入宫省亲和盖造一座像样的府第这两件事，总算办妥了，向皇后放心了。

张德保退下去了。有太监来禀：国夫人刘氏在宫外候见。向皇后命她进宫。向皇后清楚，国夫人刘氏进宫，为的是一件事。近日宫中好些太监传言：尚服局的司衣司一个掌管皇上、后妃衣服、首饰的小宫女甘氏不守正，在做军衣时，绣了一首不要脸的情诗在军衣上。做军衣这件事，本是八年前后宫发生一起宫女与花匠在桥洞里野合偷情丑闻后，太后高氏出的主意，意在让宫女们闲下来有活可干，免得去想女儿家那些羞死人的事，又可以赚点小钱，然而女儿家那些羞死人的事到底还是发生了。向皇后清楚，宫中那些没根的太监对男欢女爱之事的兴趣不比常人差，有时甚至还要浓些。这一点去年冬至前去内官监，向皇后路过旁边树林时，算是耳闻目睹了。这会宫中又出了这样的丑闻，岂能轻易放过？后宫中台侍御执法内史乔氏当即就要把小宫女甘氏关在后苑景龙桥附近的一座配殿的耳房里。八年前那个在桥洞里跟花匠偷情的宫女当时也关在这里，这下又弄得一伙太监捋袖子、伸胳膊，要过一过打人的瘾了。本来，后宫中台侍御执法内史处罚一个小宫女，处罚了也就处罚了，宫中没谁去多这个事。但，这一次却碰到国夫人刘氏拦着不让后宫中台的太监来抓人。按说国夫人刘氏不是那种喜欢多事的人，既不巴结人，也不得罪人，宫中那些你争我斗、是是非非都与她毫不相干。然而，这一次见后宫中台的太监来抓人，国夫人刘氏却拦住司衣司的大门，不让人进去。后来，国夫人刘氏还跑到太皇太后曹氏、太后高氏那里说情。太皇太后曹氏、太后高氏没说抓人，也没说不抓人，小宫女算是没抓走。但，国夫人刘氏却明显感到，太皇太后曹氏、太后高氏从此对自己的脸色不那么好看了，不仅日子再不像以前那样安闲自在，且有人说她的坏话，说她内心不守正。中原王朝女人最怕人家说她不守正。国夫人刘氏自然要为此事来找自己申诉，讨个公道。说句心里话，向皇后是不相信那些话的，因之把国夫人刘氏找来，好好问问这件事。

一会，国夫人刘氏进来了。国夫人刘氏今年五十来岁，还和以前一样容貌端庄，细细挑挑，只是眼角有了细细的鱼尾纹。国夫人刘氏脸上的表情，一如平日那样平和，没什么夸张，也没什么受宠若惊，很是中规中矩地给向皇后行了跪拜礼之后，便静静地侍立一旁，等着听向皇后的发话。向皇后："本宫今日想听听国夫人的意见，国夫人缘何不让后宫中台的太监去抓司衣司的小宫女甘氏？"

国夫人刘氏很平静："皇后容臣禀告，说小宫女甘氏在军衣上绣有情诗，情诗何在？"话问得很实在，也问在点子上。

说句实话，向皇后不是很相信小宫女写了情诗，也不是完全不相信。向皇后也是女人。后宫的宫女，长年累月关在深宫里，除皇上外，见不到一个男人，要她们不怀春，那是绝对做不到的。既然如此，小宫女甘氏写情诗并没什么奇怪。但，这里是皇宫。向皇后："后宫中台的太监把小宫女带去问一问，有何不可？"

国夫人刘氏："皇后容臣再禀告，那些太监把宫女带到配殿耳房里，还能活着出来吗？"

向皇后无语。向皇后不由得想起熙宁元年发生的那件宫女与花匠在景龙桥洞里偷情野合的丑闻来。不错，那个宫女是个骚货，犯了后宫的规矩，应当受到惩罚，但那些太监也太不把人当人看了；把那个宫女关在配殿的耳房里，打起人来下手又重，折磨起人来没完没了，羞辱起人来完全不顾对方的脸面，要不然那个宫女也不会上吊。小宫女甘氏也关在配殿的耳房里，确实不可能活着出来。

向皇后："缘何后宫中台的人要找小宫女甘氏的麻烦呢？"

国夫人刘氏："小宫女甘氏知道了她不该知道的事。"

话答得蹊跷。向皇后："详述之。"

国夫人刘氏："小宫女甘氏容貌秀丽，性情可人，被内官监押班太监高全福看中，常常带到寝处喝酒、唱曲子。有天高全福喝醉了，把她带到一个不该去的地方，说了些让宫外的人怎么也不会相信的话。小宫女就这样惹上大祸。高全福酒醒后，知道坏事了，回来就叫后宫中台的太监到司衣司抓小宫女。"

向皇后对高全福在宫女身上贱手贱脚之事早有耳闻。高全福看中小宫女甘氏一事，完全可信。不过，向皇后最想听的是："一些什么了不得的话？"

国夫人刘氏："臣未敢深得详情，也不想深得详情。臣乞皇后一件事：下懿旨把小宫女甘氏派遣到坤宁宫当差。"

向皇后知道，国夫人意在不让后宫中台的太监将小宫女甘氏抓走。向皇后感到，此时是她入主后宫八年来最不平静、最让她棘手的时刻。不过，向皇后就一个原则：有利于皇上的事就去做，不利于皇上的事坚决不做。这么想过之后，向皇后答应了国夫人刘氏的请求，且立即命宫中的女官去司衣司把小宫女甘氏带到坤宁宫来。

国夫人刘氏退下去了。向皇后准备去庆寿宫见国舅公曹王爷曹佾。后宫响起辰鼓。向皇后上了凤辇，急忙往庆寿宫走去。京都开封立夏的日光有春日的明媚，却无夏日的炙热。向皇后探头从凤辇的窗外望去，明澄的碧空上布满轻纱一样的白云，却没有落下半点阴影。御道两边林子的绿叶上露水还未干，被漏下来的日光照着，反射出很好看的晶莹微光。

不多一会，向皇后便见太皇太后曹氏居住的庆寿宫，在前面那片高大繁茂古树林之上翘起宽宽长长的飞檐。平日的庆寿宫一派静穆安闲气象，今日却弥漫着一种喜庆热闹的气氛。凤辇还在通往庆寿宫的御道这头，就见古树林里的御道早被直殿监的太监打扫得干干净净，御道两边的彩旗一直从庆寿宫丹墀那边延伸过来。丹墀那边平台上下列队站了许多卫士、太监、宫女。向皇后的凤辇缓缓来到了庆寿宫前面，早有两个太监过来，引向皇后下了凤辇，往丹墀口走去。丹墀口上两边的凤鼎焚燃着百合香，香烟缭绕，散发着一股十分好闻的幽香。向皇后缓步上了丹墀的平台，便见庆寿宫外壁上的插座里插有奇异的鲜花，花影缤纷，与日光相映；又见平台两边坐了好些乐工。

向皇后走进庆寿宫大厅里，立即感到这里的气氛更加喜庆，也更加肃穆。四壁上的插座里插着一束束鲜花，四壁下摆着一盆盆鲜花，鲜花与鲜花相衬，分外鲜艳；大厅四角香炉里焚着御香，御香与御香交融，淡淡的香气格外沁人心脾；绣凤刺彩的珠帘低垂，嵌金镶玉的屏风大开：真个是说不尽的天家气派，道不完的富贵风流。但叫向皇后感到奇怪的是，庆寿宫大厅里浓浓的喜庆热闹的气氛里很有点令人莫可名状的伤感。向皇后一眼看到日渐衰老的太皇太后曹氏端坐在大厅之上，身后站着那个侍候了她近五十年的后宫中台侍御执法官乔内史。乔内史也老了，头发全花白了，但精神挺好，目光还挺灵捷，那双正在太皇太后曹氏肩上按摩拿捏的双手也还灵便有力。太后高氏则在右下方一张椅子上坐着，宫中的太监、女官、宫女都各按方向站着，一脸的肃然恭敬和小心翼翼。

向皇后被太监引到太后高氏下方一把椅子边。向皇后看到，太皇太后曹氏左下方、自己对面的一张椅子空着，不用说，那张椅子是国舅公曹王爷坐的。向皇后在太后高氏下方这把交椅上坐了下来。向皇后看到，众人显然在大厅里等了些时候，不过没谁敢乱动一下。年事已高的太皇太后曹氏的精神快支持不住，头垂了下去，下巴上吊着的赘肉袋囊快挨到胸前，像打瞌睡的样子。乔内史弯下腰去，嘴巴贴着太皇太后曹氏的耳朵说了几句话。太皇太后曹氏抬了下两边的胳膊，乔内史忙过去搀着太皇太后曹氏两边的胳膊，扶她起来，显然想到寝房去躺一会。此时，庆寿宫外响起一串脚步声，接着就见一个太监躬身小跑进来禀报：皇上领着国舅公曹王爷到了庆寿宫外。

此时，向皇后听到宫外响起欢快喧闹的乐声，又见十来个太监气喘吁吁地跑来，东西面对面侍立。大厅里的太监、女官、宫女神情立即紧张认真起来。太皇太后曹氏由乔内史搀着，在椅子上归座。片刻工夫，向皇后看到一个太监从庆寿宫外引进一个走路有点蹒跚、跌跌跄跄的白头发老人。不用说，这个老人就是国舅公曹王爷了。

向皇后看到，大厅里的太监、女官、宫女都一脸欢笑起来。国舅公曹王爷忙跪下去给太皇太后曹氏行朝廷大礼，太皇太后曹氏忙止之，命太监把国舅公曹王爷扶起。太后高氏欲行家礼，国舅公曹王爷慌了手脚，要行朝廷大礼。太皇太后曹氏忙要双方都免了。不过，向皇后对国舅公曹王爷还是行了家礼。

太皇太后曹氏问引国舅公曹王爷进宫的太监："皇上可来了？"太监回禀："皇上本来是要进来的，人都到了丹墀下，乾清宫的押班太监匆匆赶来，说朝廷有件重要的事，要皇上去一趟。"向皇后十分清楚，朝廷的事不仅越来越多，而且越来越难办。王安石罢相后，朝廷里的事吕惠卿说了算。这个人心狠手辣，又喜欢揽权，弄得朝野上下怨声载道。去年又出了个赵世居谋反案，朝廷更是乱了一阵子，连王安石也差点被卷进谋反案。王安石今年再相后，朝廷里许多人认为朝廷上的事好办了，没想到王安石与吕惠卿再也搞不到一块，朝廷上的事反弄得更难办。皇上能不忙坏吗？

太皇太后曹氏很高兴，富态的脸上隆起两团肉块。太皇太后曹氏虽然老多了，身体也差多了，但脑子不糊涂。国舅公曹王爷在对面的一张椅子上坐下来。有宫女在每只小茶几上上了茶。太皇太后曹氏和国舅公曹王爷都一脸的欢欣。今日自然是他们最快乐的日子。向皇后看到，大厅里的太监、女官、宫女都笑得更欢了。立夏明媚的日光从窗外照射进来，把东向壁上的一束束鲜花、一盆盆鲜花映得更加娇红。大厅四角香炉里焚着御香，淡淡的香气弥漫整个大厅。宫外平台上的乐声低细了下去，更觉柔美款切。

向皇后清楚，太皇太后曹氏和国舅公曹王爷都有一肚子话要说。但，让向皇后感到奇怪的是，太皇太后曹氏和国舅公曹王爷却都半日说不出一句话来。太皇太后曹氏望望国舅公曹王爷，国舅公曹王爷也望望太皇太后曹氏，望着望着，太皇太后曹氏和国舅公曹王爷竟呜呜地对泣起来。向皇后注意到，坐在一旁的太后高氏也垂泪无言，自己眼泪也扑簌簌流了下来。大厅里的女官、宫女的眼眶里也挂着泪花，就是那些太监的眼眶也湿湿的。大厅里的气氛很有点怪怪的：本该是一派欢乐喜庆的气氛竟很有点悲戚起来。

向皇后明白太皇太后曹氏、国舅公曹王爷和太后高氏何以见面时不说不笑，反哭了起来的原因。一个女人——上至最为尊贵的太皇太后，下至最为卑贱的宫女——能进皇宫，可以说都是祖宗八辈子修到的福分，令世人羡慕不已。但，上至最为尊贵的太皇太后，下至最为卑贱的宫女，只要双脚一踩进宫门，其实都无异于进入了牢门，一辈子几乎过着与外界隔绝、与娘家人难得谋面的日子；即使享受着无穷无尽的繁华富贵的太皇太后，也难得享受到与娘家人片刻的天伦之乐。况且，太皇太后曹氏、国舅公曹王爷都年事已高，这一次享受到了与娘家人片刻的天伦之乐后，又不知猴年马月才能享受到，也许竟是一次永别。既然如此，太皇太后曹氏、国舅公曹王爷和太后高氏如何笑得起来?

少说过了一炷香工夫，太皇太后曹氏强颜欢笑起来："好不容易见上一面，却不笑反哭，这就太不值了。不哭了，不哭了。"口说不哭，流下的泪水反更多了。太皇太后曹氏这一哭，国舅公曹王爷也泪流满面起来，有好些女官、宫女也呜咽地哭个不停。

向皇后看到，本是件欢乐喜庆之事竟成了件伤心悲酸之事。太皇太后身体大不如前，要是伤心过度，弄出个病来，如何是好。但，这又是向皇后第一次碰到之事，一时间拿不出主意。正在她急得没办法时，太后高氏抹了抹眼泪，劝解道："姨妈，你现在一个劲地哭，舅舅回去你还要哭，等会省亲时间到了你更要哭。那时你就是想笑也没时间笑了，现在赶紧说些高兴的事才是。"太后高氏用家族的辈分称呼太皇太后曹氏和国舅公曹王爷。

太后高氏这几句话还真灵，太皇太后曹氏果然不哭了，破涕为笑道："太后说的倒也是，现在不说些高兴事，到时想说也没时间了。糊涂了，糊涂了，老身脑子不管用，是越来越糊涂了。从现在起，谁也不准流眼泪了。"说完又抹了把眼泪。

太后高氏："姨妈不糊涂，糊涂人才会一见面就傻笑个不止。姨妈是高兴才流眼泪的，是真情的流露，这些真情不哭出来要把身子憋坏的。姨妈等会说起那些高兴的事来，又会像讲前朝古事一样，如数家珍，一件件都记得清清楚楚的。"

向皇后注意到，太皇太后曹氏很是快活起来，乐得富态的脸上隆起的两团肉块也抖了抖。太后高氏哄太皇太后曹氏的功夫真到了炉火纯青的地步，哄得实在，哄得有理。太皇太后曹氏高兴了，国舅公曹王爷也用衣袖抹干眼泪，那些女官、宫女也都一脸的笑容，太监更是一脸夸张讨好的欢笑。此时大厅里的气氛才真正欢乐喜庆起来。

太皇太后曹氏与国舅公曹王爷叙谈起久别后的情景和府上的一些家事，太后高氏有时也会插上几句话。大厅里的其他人都只是不作声地听着。向皇后觉得，太皇太后曹氏与国舅公曹王爷此时的叙谈其实很是乏味，太后高氏插话也不见什么精彩，无非是一些琐碎的日常家事：谁谁多大了，谁谁去世了，谁谁娶亲了，谁谁出嫁了；每日吃些什么，喝些什么，做些什么，玩些什么。这些事有多少意思，远不如刚才的伤心流泪感人。然而，不说这些又说些什么呢？大概这就是没意思的意思吧！

向皇后注意到，叙谈时国舅公曹王爷端端正正坐着，一脸的严肃不苟，话也不多。太皇太后曹氏问一句，国舅公曹王爷答一句。向皇后记得，前不久自己给皇上进御侍寝，皇上说过国舅公曹王爷不像有的皇亲国戚那样骄横无忌，毫不检点，弄得众人侧目，反被人看不起；相反，国舅公曹王爷是个十分难得的纯臣，从不以自己是天家的长辈，恃仗恩宠，目中无人，因之朝中许多臣子极为尊重。

时间过得真快，叙谈不觉就有了近个时辰。向皇后注意到太皇太后曹氏脸上有结束省亲之意。向皇后心中有数，皇亲国戚进宫省亲虽然在时间上没个明文规定，但也就个把时辰的样子。宋代祖宗家法，不要说皇亲国戚，就是皇上成年的同胞兄弟姐妹，也不宜久留宫中。向皇后看到，太后高氏脸上也有这个意思，却猛然插了一句：“舅舅王爷有何要求，赶紧对姨妈提出来，出了宫门就没那么方便了。”

向皇后觉得，太后高氏比起太皇太后曹氏来，更非等闲之辈，既明智，又精明，话总能说在关节点上。向皇后清楚，凡进宫省亲的皇上成年的兄弟姐妹和皇亲国戚，多会提出些要求，皇上听到了总是尽量给予满足。向皇后想起给国舅公曹王爷建造府第园池之事来。不错，皇上虽然恩准引蔡河之水给国舅公曹王爷灌溉园池，而且恩准派一营兵去挖渠；但，建造这么个大府第园池，总有许多事是预想不到的。向皇后十分希望能把这么个大府第园池建造好，让国舅公曹王爷在那里安享晚年，当然希望国舅公曹王爷在太皇太后面前把这方面的要求提出来。

向皇后看到，国舅公曹王爷半日没有出声，脸上的表情十分复杂，好像有什么要求想提出来，又好像有什么难言之隐，更有一种气懑憋在心中。好一会，国舅公曹王爷才开口道："臣有一求：停止建造府第园池。"

这可是向皇后完全没预料到的。不过，国舅公曹王爷之所以要停止建造府第园池的原因，向皇后还是能猜出个八九分：国舅公曹王爷刚才说的是句气话。肯定又是朝廷里什么人在捣乱，弄得国舅公曹王爷心里不痛快。国舅公曹王爷建造这座府第园池也真是太多灾多难了。向皇后想不通，国舅公曹王爷建造这座府第园池，又没向户部要一文钱，全是皇宫库房的钱，与朝廷有何干，朝廷里的官员要去多什么嘴舌。曹王爷好歹是皇上的舅公，不看僧面看佛面，看在皇上面子上，朝廷里那些人也不该这么给曹王爷添麻烦。

向皇后看到，太皇太后曹氏、太后高氏的脸色都有点难看起来，什么话也不说。不用说，太皇太后曹氏和太后高氏一定清楚国舅公曹王爷何以要停止建造这座府第园池的原因，她们什么话也不说，其实是因为这牵涉到外廷臣子之事，多有不便开口之意。

没过多久，太后高氏对国舅公曹王爷说："舅舅王爷，你这就为难皇上了。以前皇上赐什么给舅舅王爷，舅舅王爷推辞不要，皇上心里总不安，在姨妈和哀家面前问，舅舅奈何总欲远朕，得无礼遇有不至乎？为建造这座府第园池之事，皇上在姨妈和哀家面前没少说这些话。要是舅舅王爷推辞不建造了，皇上岂能心安得了？舅舅王爷，建造这座府第园池实在不是为了你，是为皇上，就不要再推辞了。"

太后高氏会说话。向皇后看到，国舅公曹王爷脸上复杂的表情没了，换上一脸的顺从，表示接受了太后高氏的意见。太皇太后曹氏的脸上有了喜色。乔内史很崇敬，也很是讨好地望了望太后高氏。向皇后悬着的心放下了。

太后高氏又对国舅公曹王爷说："舅舅王爷，建造上的事你就不用操半点心。皇后会把这事办得妥妥帖帖，顺顺当当。皇后也在座，皇后说说，哀家说的可对？"

向皇后看到，大厅里的人都望着自己。向皇后忙对太后高氏说："臣敢不尽心尽力办好！"

太皇太后曹氏、太后高氏都乐了，国舅公曹王爷脸上也有了喜色，太监、女官、宫女都开口欢笑。大厅里欢乐喜庆的气氛更浓了。向皇后看到，太皇太后曹氏正想说什么，宫外乐声又大作起来，齐奏欢曲。有太监躬身小跑进宫，向太皇太后曹氏禀报：皇上赐国舅公曹王爷的金带到了。太监话音刚落，门外又进来五个太监，中间的一个太监双手捧着一条黄金制作的腰带，躬身来到国舅公曹王爷面前，双手举过头顶，把金带献上。向皇后认得，那是今年元宵节后的第二天，太皇太后曹氏同意国舅公曹王爷进宫省亲，皇上口谕向皇后仿高丽献的一条玉带制作的，上面镂刻着萩芦白鹭纹，极为精巧生动。皇上选择省亲之日赐予国舅公曹王爷，当然更显得对国舅公曹王爷的尊宠。

国舅公曹王爷激动得老泪纵横，双手接过金带。太皇太后曹氏点了点头，一脸满意的笑。太后高氏欠起身子，向国舅公曹王爷那边探过头去，望着国舅公曹王爷手上的金带，啧啧连声称赞。太监、女官、宫女都万分敬羡地望着国舅公曹王爷笑。

大厅里洋溢着无比欢乐喜庆的气氛。庆寿宫外平台上的乐声又低细了下去。不用说，这会让太皇太后曹氏与国舅公曹王爷再聊上一会，气氛肯定不会像先头那样伤心悲酸。太皇太后曹氏要乔内史把她身子扶直。向皇后以为太皇太后曹氏还要跟国舅公曹王爷再聊。不过，叫向皇后感到万分意外的是，太皇太后曹氏坐直后，却是催国舅公曹王爷出宫："王爷在宫中的时间不少了，回去吧！"话音未落，泪如雨下。

向皇后看到，大厅里的气氛竟又有点伤心悲酸起来。向皇后明白，太皇太后曹氏率先垂范，天家规矩就谁都不敢违背。其实，宫中省亲时间稍长点，也没什么不可，没人去多嘴多舌的。向皇后看到，国舅公曹王爷很是有点磨磨蹭蹭起了身，眼睛里满含着泪水，说："太皇太后多保重，臣退下去了。"转过身去，脚却并未移动半步。

向皇后明白，太皇太后曹氏与国舅公曹王爷这次见上一面，以后还有没有机会就很难说了，国舅公曹王爷自然舍不得离去。其实太皇太后曹氏又何尝不是如此。不过，向皇后看到，太皇太后曹氏此时让乔内史把自己扶起身，突然口气很决绝地对国舅公曹王爷说："无须磨蹭了，此非汝所当得留。"话是这么说，却已哭得哽咽难言，再也说不下去了。

向皇后感到自己脸上的泪水流了下来，同时看到太后高氏眼眶里也尽是泪水，大厅里的太监、女官、宫女眼眶也湿湿的，乔内史还呜呜地哭出声。国舅公曹王爷的脚抬了起来，步履蹒跚、跌跌跄跄出了庆寿宫的门槛。庆寿宫外平台上的乐声又喧闹欢腾起来。太皇太后曹氏虽然忍心催国舅公曹王爷离宫，其实心早碎了，哭得成了个泪人。太后高氏一个劲劝太皇太后曹氏，自己的眼泪也落了下来。

不多一会，庆寿宫外平台上的乐声停了。宫内宫外一派死寂。四壁上的一束束鲜花和四壁下的一盆盆鲜花在窗外射进来的立夏日头的映照下，还是那么娇红。大厅四角香炉里焚着御香，淡淡的香气弥漫整个大厅。曹王爷省亲结束了。向皇后出了庆寿宫，要去内官监找到高全福，要他这个建造国舅公曹王爷府第园池的干办官，不要瞻前顾后，抓紧时间把这事办好。向皇后登上凤辇，往内官监走去。不多久，内官监到了。内官监还像以前那样不仅人多，而且杂。宫中的太监、女官、宫女来来往往。宫外的役夫挑着担子来来去去。不过，御道两边树林子里再也没见到太监、宫女在说笑，自然再也听不到太监、宫女的浪言和淫语。这是去年向皇后命后宫中台侍御执法官乔内史狠狠整治了一下的结果，把那几个太监、宫女抓来各打了四十大板，要不然树林子里没这么安静自在。

向皇后下了凤辇，到了台阶下，猛见国夫人刘氏从内官监急急忙忙出来，后面还跟着一个十七八岁的小宫女。国夫人刘氏在台阶上一脚紧跟一脚地往下走，跟在后面的小宫女一边下台阶，一边惊恐万状地回头望望。向皇后吃了一惊，很自然想起刚才国夫人刘氏说的话，莫非这就是那个在军衣上绣情诗的小宫女？向皇后正这么想着，内官监冲出六七个太监，出现在内官监衙门前面的平台上。国夫人刘氏的脚步更快了，在下最后一级台阶时是跳下来的。那个小宫女吓得尖叫起来。国夫人刘氏发现了自己，且与自己的目光对接了一下。内官监冲出六七个太监，见到站在内官监台阶下的向皇后，都收住了脚；有两个已经下了台阶的太监则赶紧掉转头，跑回到平台上去。国夫人刘氏走到自己跟前，长长地松了口气；但，那个小宫女却躲在国夫人刘氏身后，一脸的恐惧和羞涩。向皇后问："怎么回事？"

国夫人刘氏："就在臣去坤宁宫时，高全福派人把小宫女抓到内官监。"

向皇后："本宫不是立即派了女官去司衣司把小宫女甘氏带到坤宁宫来吗？"

国夫人刘氏："容臣再禀，皇后派去的女官还没到司衣司，内官监的太监却先到了司衣司，抓走了小宫女甘氏。"

向皇后觉得，这事很不简单。不用说，小宫女甘氏到了坤宁宫，宫中任何一个衙门的太监要抓小宫女甘氏，没有皇上的圣旨或太皇太后曹氏、太后高氏的懿旨，是万万办不到的。高全福这么迫不及待地把小宫女甘氏抓走，恐怕真有什么不可告人之事给小宫女甘氏知道了。不过，更叫向皇后奇怪，也很是不解的是：自己派女官去司衣司把小宫女甘氏带来，最多是一个时辰前的事，怎么高全福就能在女官到达司衣司之前把小宫女甘氏抓走？

向皇后："国夫人是说有人走漏了消息？"

国夫人刘氏："臣不知道，不敢妄言。"

国夫人刘氏的话很有分寸，也留有很大余地。向皇后不再问下去了。她叫身边的一个太监把小宫女甘氏送到坤宁宫去。然而，叫向皇后又感到奇怪的是，小宫女甘氏的脸吓得变了色，怎么也不肯去，一双手紧紧地抓住国夫人刘氏的衣服不放。

向皇后不怪小宫女甘氏，显然以为皇后把她送到坤宁宫去，要在那里审她。后宫低层宫人，谁见到有点职权的宫人，不是规规矩矩、战战兢兢的？要是有点什么事给叫到皇后宫中去，岂有不给吓破胆的？国夫人刘氏把小宫女甘氏拉过来，推到向皇后跟前："傻丫环，还不快谢恩！皇后让你去坤宁宫当差，是你八辈修到的福分，好好侍候皇后。"

向皇后看到，小宫女甘氏回过头来望望国夫人刘氏，见国夫人刘氏面带笑容地望着她，这才转过身，跪下给向皇后磕了九个响头。向皇后再抬起头，望了望内官监衙门前面的平台上空无一人，六七个太监都回内官监去了。向皇后命一个太监把小宫女甘氏送到坤宁宫去，然后抬脚登上台阶，见内官监衙门平台上出现了押班太监高全福。向皇后听到身后响起脚步声，忙把那只登上台阶的脚缩回去，回头望了望，但见小宫女甘氏没命往前跑了。向皇后再转过头来时，高全福已一脸诚惶诚恐从平台上跑下台阶来，吓得要死似的跪下去磕头："让皇后久等，刑余之人罪该万死！"

向皇后见小宫女甘氏已经走远，转过脸要上台阶，眼睛的余光中看到国夫人刘氏在向自己这边走来，显然有什么话要跟高全福说。片刻，国夫人刘氏已来到台阶前。国夫人刘氏正要开口，高全福却先开口了："国夫人怕刑余之人把小宫女甘氏抓来，把她关到配殿的耳房里去，是不是？这就错怪刑余之人了。宫中的人谁不知道刑余之人把小宫女甘氏看成是自己的干女，哪里会做什么伤害她的事。只是因为许多人传小宫女甘氏在军衣上绣什么亲诗，亲什么亲，跟军衣有什么亲的！刑余之人把她叫来问问，要她以后不要去写什么诗，那东西惹是非。——国夫人不相信是不是？你随便叫个人过来问问。”

高全福把“情诗”说成了“亲诗”。向皇后要不是前面听了国夫人刘氏一番话，还真会相信高全福说的。国夫人刘氏：“如果是这样的话，小宫女甘氏怎么会吓得半死呢？”

高全福笑了笑：“这有什么奇怪的呢？一个女孩子，更不要说一个宫女，去写什么亲诗，还能不羞得没脸见人？天家宫禁又严，能不吓个半死？”

向皇后没想到这个高全福还挺能说，话也挺有道理。再说小宫女甘氏已经去坤宁宫当差了，高全福再胆大，也不敢到坤宁宫去抓人。向皇后就敲打起高全福说：“你也不是什么好东西，把小宫女甘氏看成干女，你安的什么心，你清楚。小宫女甘氏现在是坤宁宫的人，再纠缠就要当心点！”

高全福被吓了一下，不过很快镇静下来，一本正经地说：“皇后放心，以后刑余之人去坤宁宫，对任何宫女都目不斜见，坐兜不乱。”

向皇后又差点没笑起来。什么“目不斜见”，什么“坐兜不乱”，全错了。国夫人刘氏告退走了。向皇后上了台阶，高全福也跟着上了台阶。向皇后现在要跟高全福好好谈谈给国舅公曹王爷建造府第园池之事。向皇后看到，在立夏像春天一样的明媚日光下，自己的身影一级一级往上升。

第七十六章　朝廷两高官动粗斯文扫地 中书两相公劝驾惠卿回心

真是天有不测风云。立夏后的好天气没过三天，天子赵顼今日早朝急忙降诏求直言，群臣对天子和朝政有什么不满的话，都可以说出来。原因是头天晚上，京都开封暗灰色的天空出现那颗多年未见的扫帚星。这种妖星的出现，吓坏了京都开封许多人，也吓着了当朝天子赵顼。不过，参加早朝的臣子无一人说话。现在的朝廷，与熙宁初年不同。那时朝会很热闹，司马光一伙人与王安石一伙人总免不了抬杠，双方吵得你死我活，不可开交。现在的朝会，与王安石罢相后也不同。其时吕惠卿虽然只是排在末位的参知政事，但朝廷上的事是他说了算。吕惠卿这人厉害，不像王安石那么宽厚，有雍容大度的宰臣气量。王安石喜欢争，辞色俱厉、面红耳赤；但争归争，王安石并未整一人。吕惠卿可不讲什么恕道，有的只是牙眼相报，谁惹了他都没个好下场，朝会死气沉沉，谁也不出声。王安石再相了，朝廷百官用不着那么提心吊胆、胆战心惊了，但不知道说什么好。说新法不好，得罪了王安石，也得罪了天子，自然得罪不起；说新法好，也得罪人，得罪了许多现在嘴上不说但心里对新法不满的人。朝会的气氛，很有趣，也很微妙。

少说过了一炷香工夫，韩绛看到，熙宁三年被外放到颍州当知府、去年召回朝廷当同知枢密院事的吕公著出列奏事："陛下临朝愿治，为日已久，而左右前后，莫敢正言。京都夜现妖星，此任事之臣负陛下也。夫士之邪正、贤不肖，既素定矣。今则不然，前日所举，以为天下之至贤；而后日逐之，以为天下之至不肖。其于人才既反复不常，则于政事亦乖戾不审矣。古之为政，初不信于民者有之，若子产治郑，一年而人怨之，三年而人歌之。陛下垂拱仰成，然舆人之诵，亦未有异于前日，陛下独不察乎？"

好家伙，从来以精识约言服人的吕公著此番却一说就一大篇。吕公著的话意思很明显：扫帚星的出现全在于朝廷“任事之臣负陛下”。当下朝廷任事之臣不就是王安石、韩绛、吕惠卿、王珪几个人吗？在吕公著看来，朝廷就这几个人颠倒黑白、混淆是非，把君子说成小人，把小人说成君子，做了对不起天子的事，因之老天爷让扫帚星这样的妖星出现在天上，提醒天子，警告朝廷这几个任事之臣。站在吕公著旁边的次相韩绛看到，吕公著说这番话时大庆殿的大殿里鸦雀无声，都像木头人一样站在自己的位置上。韩绛再看看吕公著，此公一脸的平静淡然。韩绛知道，这是吕公著为人处世的一大做派：无论内心多么气恼，皆无疾言遽色。说句实在话，韩绛对吕公著的话并不称许。在天象灾异问题上，韩绛很同意王安石的意见：“天地之变，阴阳之化，可怪而不可畏。日月之有蚀，风雨之不时，怪星之党见，是无世不常有之。灾异皆天数，非关人事得失所致。”再说，吕公著的话并不新鲜，都是司马光这些人在朝时的老调。不过，叫韩绛感到奇怪的是，尽管吕公著说的尽是些老话，韩绛却也觉得吕公著的话并非全无道理。韩绛也觉得，新法这边的小人确实不少。吕惠卿、邓绾无论怎么说都是小人。被贬到外地去的曾布也不是个好东西，竟然说新法的坏话，做得出让亲者痛、仇者快之事来。

韩绛不由得望了天子赵顼一眼，但见赵顼龙颜阴晴不定。韩绛清楚，天子赵顼确实很有点畏天，天象灾异上一有点什么问题，就心神不定，忐忑不安；但只要王安石在身边，就又要泰然多了。韩绛猜想：赵顼对吕公著的话未必听得入耳，但此时求直言完全是真；既然如此，就不能不让吕公著把话说完。况且，冯京被赶出枢密院后赵顼毫不犹豫把吕公著召回京都开封，让他去枢密院主兵，意在异论相搅，对吕公著的话就不能拒之门外。但，赵顼也不会完全听吕公著的，真个把王安石、韩绛、吕惠卿、王珪几个人都赶出朝廷。

韩绛看到，在他前面的王安石侧过脸来，目光正好与他的目光对接。王安石目光里有种不屑的神情。不用问，王安石目光里这种不屑的神情是对着吕公著而来的。不过，韩绛觉得，这怪不得王安石。当年还是“嘉祐四友”时，王安石对吕公著的精识约言确实是很佩服的，甚至说过“公著为相，吾辈可以言仕矣”这样的话。但，今日的吕公著尽唠唠叨叨说些老生常谈的话，如何再能叫王安石佩服起来？

韩绛侧过脸去，望了望吕惠卿，却见吕惠卿一脸的漠然。这叫韩绛感到很是奇怪，也很不是味。要是以前，吕惠卿肯定要出列，凭着他那三寸不烂之舌把吕公著驳得体无完肤、哑口无言。当然，韩绛很快明白过来，吕惠卿之所以今日不置一词，是因为现在的吕惠卿不是过去的吕惠卿。过去的吕惠卿，虽然被司马光那帮子人恨之入骨，给骂得狗血淋头，但新法这边的人对他还是很佩服的。然而，现在的吕惠卿不仅未得到司马光那帮子人的半点谅解，且新法这边不少人也看他不起。这叫他很不快，自然什么话也不说。

吕公著之后，再也没人说话奏事，赵顼宣布退朝。退朝的时候，韩绛看到，吕惠卿从他身边擦过去，走到御案面前，双手递了份奏章给赵顼。赵顼打开奏章，很快看了一遍，什么话也没说，就挥手要吕惠卿下去。韩绛注意到，赵顼挥手时皱了皱眉头，龙颜很是不欢。韩绛很清楚，赵顼曾经把吕惠卿看得很重。在韩绛的记忆中，赵顼对吕惠卿的龙颜从来是欢欣快悦的，这种厌恶的脸色从没出现过。不过，韩绛仔细想想，又觉得这不奇怪。谁叫他搞王安石的名堂呢？上与安石如一人，岂是吕惠卿搞点名堂就能动摇得了的？此外，王安石再相后，吕惠卿就更不像话，总像谁亏待了他，王安石交办的事推三阻四，磨磨蹭蹭拖着不办。这怎么可能让赵顼龙颜欢欣快悦起来呢？

韩绛看到，吕惠卿转身往大庆殿门外退下去了。韩绛也准备转身出殿，刚转过身，脚都抬了起来却没往前走，想等王安石一道去御膳堂用膳。他今日实在有许多要紧的话要跟王安石说。等了一会，却没听到后面有脚步声，韩绛回头一看，见赵顼在御案后面对王安石招了招手。韩绛看到，王安石多少有点显得老态了的背影，正缓缓往御案移去。韩绛明白，赵顼要留王安石下来单独议事。

韩绛只好独自一人去御膳堂。天色阴沉，像要下雨。在路上，韩绛碰到三司的一个官员，聊了几句。三司的那个官员告诉韩绛，现在的三司使章惇近来脾气大，对谁都没个好脸色，一不小心就要给章大人骂得个狗血淋头。韩绛知道，三司使不好当。说是三司主财，手上却没管到一文钱。然而，什么地方缺米少盐，却又都是三司的责任，指责三司没把财政算计好；特别是京都开封出现这种情况，那就更不得了，三司使肯定要给骂死。近日京都开封市面上有些情况很糟糕，章惇的脾气怎能不大！

韩绛进御膳堂的时候，有些人已用过膳了，正往御膳堂外走去。不过，御膳堂里还满是人。此时御膳堂用膳的情景挺有意思。司马光还在朝廷时，御膳堂用膳的人很明显分成两大块，一块坐着王安石一边的人，一块坐着司马光一边的人。两块的人各吃各的饭，井水不犯河水，谁也不理谁。后来司马光躲在洛阳独乐园埋头编撰《资治通鉴》，王安石罢相回到江宁，在御膳堂用膳的人大多争着靠拢吕惠卿。王安石再相后，靠拢吕惠卿的人大多靠拢王安石了。今日王安石不在御膳堂用膳，在御膳堂用膳的人没谁可靠拢了，就各自选个方便的地方用膳。

韩绛在靠窗的一张桌上坐下，扒了口饭，夹了菜正要送进口里，忽然感到有人挤到他身边来，抬头一看，是都水监丞林英一脸惊慌地向自己走来，走得急，给桌旁的一张凳子脚绊了下，往前栽了几栽，在韩绛面前才站住。韩绛口里含着饭，夹好的菜掉在桌上。韩绛知道，最近都水监在疏浚蔡河时遇到很大的麻烦：国舅公曹王爷曹佾建造府第园池要引蔡河的水去灌园，立夏之前的那些日子里，都水使王广廉和都水监丞林英为这事伤透了脑筋，天天派人在蔡河上监察，许多时候还亲自上蔡河，总算没让人动上蔡河一锹土。然而，立夏过后，情况发生了变化。天子赵顼下了道特旨，不仅允许国舅公曹王爷曹佾府第园池挖渠引水，还派了一营兵去做这件事。施工的地方，随处可见一面面只有皇家才能专用的黄旗。旗上大书“入内内侍省内官监”八个大字，谁还敢过去多半句嘴？问题当然不是国舅公曹王爷曹佾一家要引蔡河的水去灌园，仅此一家用不了多少水。问题是那些豪势之家、高官权贵见国舅公曹王爷曹佾引蔡河的水，也要引。对这些人，王广廉、林英倒是敢管。但不久，王广廉、林英发现那些豪势之家、高官权贵门前也有了一面上书“入内内侍省内官监”八个大字的黄旗，就一点办法都没有了。此外，开封府下属的十六个县的民工也大成问题。以前，官府搞的是差役法，要多少民工，由县衙门派。现在搞的是免役法，这些民工都是县衙门招募来的，不少是好吃懒做的泼皮无赖，得了工食钱不干活，还要在工地打架生事。工程进度慢，都水监只好要开封府下属的十六个县增加民工。要增加民工就要增加工食钱。这倒难不倒县府衙门。县衙门先提高免役钱的数额，在原有基础上追加二成；再提高民户等级，把无须交免役钱的贫困户提升到应交免役钱的四等民户上去，又把四等以上民户都往上提升一级，让他们交更多免役钱。这样，增加的工食钱全部转移到农户身上。本来，韩绛对免役法最为看好。记得王安石越次入对后不久，天子赵顼问还是三司使的韩绛，天下有哪些旧法当革除，韩绛脱口而出，第一个要革除的就是差役法，没想到免役法比差役法还更害人。韩绛觉得，这么下去，迟早要出大事。

韩绛以为是河工上出了什么事，忙把口里的饭吞下去，一边问林英：“打起来了？”

林英：“是，要打起来了！”

韩绛饭也不吃了，放下筷子，站了起来，要林英带他到出事的地点去：“有多少人？”

林英怪怪地摇了摇头，然后附着韩绛的耳朵说：“章大人章惇与邓大人邓绾打起来了。”

韩绛差点没惊得跌坐在凳子上。一个是二品大员三司使，一个是三品大员御史中丞，竟然大打出手，这成何体统，哪有个官样。特别是二人都是新法一边的人，有什么解不开的仇，非要动粗呢？你们动粗，不仅让你们个人蒙羞，也把新法这边人的脸丢尽了。再说，二人都是进士出身，饱读圣贤经书，也动粗打架，读书人的斯文不都给扫尽了？那些反新法的人见了，一个个不要笑死，把新法这边的人都看扁了？

韩绛忙抬起脚，往御膳堂外走去。林英紧跟在韩绛身边。韩绛一出御膳堂，就听到御膳堂外平台那边有吵吵嚷嚷的声音传来，又见许多人急急忙忙挤着往御膳堂外走去，赶着去看热闹。韩绛问林英：“章惇与邓绾因何事打起来的？”

林英边走边说：“还不是因吕相公之事。”

韩绛心里明白，王安石再相后，邓绾就在搞吕惠卿的名堂，听说前些日子还准备弹劾吕惠卿强借强买民田之事；朝廷对这事要是认起真来，吕惠卿肯定要遇上大麻烦，恐怕在朝廷里待不下去了。本来，搞吕惠卿的名堂，韩绛心里不会不高兴，在王安石再相前的日子里，韩绛确实受够了吕惠卿的怄气。但叫韩绛自己也感到吃惊的是，此时邓绾搞起吕惠卿的名堂，却怎么样也叫韩绛接受不了。都是新法边的人，相煎何急，为的是哪一般！特别是王安石再相前，邓绾事事看吕惠卿脸色，搞吕惠卿的名堂，就更不应该。

韩绛赶了几步，御膳堂外平台上站的人越来越多，不过更多的人还是站在御膳堂门外观看，另有些人远远近近站着。韩绛到了御膳堂外平台边上，看到气得胡子发抖的章惇正一手扭着邓绾胸前的衣服往外面拖；吓得一脸煞白的邓绾一边用双手去剥开章惇的手，一边往后缩，还用目光四处求援。不过，没人去劝架，离他们近的人借机离开的倒不少。这些人都是官，看热闹可以，却不愿劝架时误伤着自己，白挨谁的拳头。

韩绛用手拨开前面的人。跟在后面的林英也挤到前面开路。韩绛虽然无暇四处观望，但满眼都感到御膳堂门外看热闹的人越来越多了。本来人是都喜欢看热闹的，况且此时此地是朝廷的两个很体面的高官在吵架和打架，就更不会错过这个机会了。韩绛又气、又急、又羞愧难当，巴不得能飞过去把章惇与邓绾拉开。

韩绛赶到章惇与邓绾身边时，已经迟了。章惇的一拳打在邓绾的鼻子上，邓绾的鼻子里立即流出了两股鲜血。章惇还一手指着邓绾，一脸正气，也一脸霸气地骂道："我叫你又做人又做鬼，坏新法的大事！"

韩绛再看看鼻血被打出来的邓绾。邓绾今日算是吃到大苦头了，所受到的屈辱够大的。邓绾还算知趣，很懂得好汉不吃眼前亏的道理，没有还手的意思。韩绛清楚，要动粗，邓绾肯定不是章惇的对手。章惇曾经领兵在荆湖两江地区不毛之地平过乱，多少有点武功；胆子又大，敢孤身攀上悬崖，在陡壁上书写到此一游几个大字。不过，叫韩绛感到多少有点吃惊的是，邓绾应该赶紧把鼻血擦净，抽身走人。毕竟在大庭广众之下被人打出鼻血，不是什么光彩的事，但邓绾没擦掉，反而故意朝韩绛这边转过脸，让韩绛看得更清楚些。

韩绛心里一震，有种不寒而栗的感觉。这个邓绾，果然敢把事情挑大。此时竟然看到邓绾用顺着的眼和蜜笑着的脸对着章惇，很有点服软又很有点挑衅的意思说："有话好好说嘛，是非自有公断！"

韩绛感到，吕惠卿这个人不好对付，邓绾也同样难对付，立即插在邓绾与章惇中间，面对着章惇，不让章惇再动粗。韩绛注意到，御膳堂门外的人并没有散去，远远近近还站着不少人。这些人虽然没像市井之徒围看打架时那样发出开心的哄笑声和放肆的怪叫声，但一脸幸灾乐祸之色与市井之徒无异。韩绛知道，章惇与邓绾的架是劝不了的。章惇这个人不达目的是不会罢休的，既然已经动了粗，就一定要把邓绾治得服服的。韩绛忙叫林英扶着邓绾从丹墀上下去，自己则抓着怒气未消的章惇的手，在另处下了丹墀。

邓绾已经走远，快出宣德门了。韩绛这才松开抓着章惇的手。韩绛回头望了望，见御膳堂外空地上的人没有完全散尽，还三三两两站在那里，朝这边努嘴，指指点点的。有几个人笑得前仰后栽，见韩绛回过头去，才不笑了。此时吕公著从御膳堂出来，立即有几个人迎过去，围着吕公著。吕公著倒没说什么，但那几个人却指指划划的，像是在学刚才章惇对邓绾大打出手的样子，一边学，一边笑。

章惇肚子里的气还没消，狠狠地说："邓绾太无耻了，太不像一个朝廷大臣了。哪有王相公一走，他就归附吕惠卿；王相公回来，就立即卖了吕惠卿的呢？"

韩绛觉得章惇刚才的话没说错，也觉得邓绾的行止龌龊，但对刚才发生的事，韩绛又有点怪罪章惇。不管怎么说，章惇不该动粗。邓绾不像个朝廷大臣，你章惇恐怕也没一点朝廷大臣的样子。韩绛此刻只是推着章惇赶快离开这里。

韩绛推着章惇出了皇宫才松手。他不想回御膳堂用膳了，便一直往中书衙门走去。昨天王安石就说好了，今日中书省的四位宰执大臣要在政事堂议事。不知为什么，韩绛一想到宰执大臣在政事堂一起议事，就觉得头痛。按说，现在政事堂议事，应该是件很开心的事，但恰恰相反，很叫人憋闷。王安石再相后，对吕惠卿倒没什么不同，但吕惠卿在王安石面前却有点眼睛不是眼睛、鼻子不是鼻子的味道，也有点不自安。以前的吕惠卿，脑子多灵光，一肚子主意可说是层出不穷，新法中难办的事，的确是吕惠卿解决的。如今王安石与吕惠卿在一起议事，吕惠卿都是王相公怎么说怎么好。

韩绛一路往中书衙门走去，一路这么想着。韩绛这个人能力是差一点，但是个明白人。朝野上下，除王安石等少数人外，可以说没一个人有他心里清楚，新法现在到了最难办、最危险的阶段。新法从熙宁二年施行以来，可谓一路风风雨雨、曲曲折折、千难万险、多灾多难。王安石披荆斩棘，筚路蓝缕，尝尽了苦头，受尽了诟骂，总算坚持下来了。说实在的，别看司马光、苏轼以及朝中的一班老臣、重臣张牙舞爪、气势汹汹把新法骂得一塌糊涂，但无济于事，阻挡不了新法的施行。后来，熙宁七年北方出现七个月的亢旱和郑侠的一疏一图，给了新法致命的一击，眼看新法要给葬送了。好在天子圣明，很快又在朝会上宣布恢复新法。去年，吕惠卿搞了个手实法，弄得天怒人怨，人神共愤，苏轼一封信就把手实法给废了。朝野上下许多人认为新法遇到了一条过不去的坎。其实这一点也不妨碍新法的施行。去年二月，王安石再相，朝野上下许多人都认为这下新法的日子好过了。然而，恰恰相反，韩绛却感觉到新法其实到了最难办的阶段。正因为如此，新法一边的人千万不能自己人跟自己人过不去，都得忍让点；对有利于新法的话才说，对有利于新法的事才做。要不然，新法就完了。

快到中书衙门时，韩绛忽然听到后面有杂乱的马蹄声传来。一回头，韩绛吓了一跳，见一匹马朝他驰来，一直驰到了自己面前。韩绛的脸都被马鼻子里喷出的一股气冲了一下，好在马的缰绳被紧紧勒住了。韩绛看到，马的前蹄高高悬起，吊在自己的头顶上，且就要往自己脸上踩下来。此时，马上翻下一人。韩绛定睛一看，掌管江、浙、荆、淮东南六路漕运的发运使薛向站在面前。薛向是去三司的，有急事向王相公禀报。来不及跟韩绛施礼，薛向就急问道："王相公可在里面？"

韩绛一看到薛向，心里不由一惊，竟莫名地忐忑不安起来。薛向这个人身材矮小，其貌不扬，鬼精鬼精天生是个会做事的人。此人没有功名，从官府户曹的一个俗吏做起，当上江、浙、荆、淮东南六路三品大员发运使，靠的全是个人的能力才干和用心至极。薛向对官位权势不是看得很重，当过权三司使兼东南六路发运使，后来吕嘉问告薛向的刁状，弄得薛向被免了三司使，只当东南六路发运使。薛向很无所谓，一样把发运使做好。东南六路的发运使不好当，京都开封百万军民吃的、穿的、用的，主要靠的是这六路的漕运。东南六路，天下富庶之地，富商巨贾岂会放过这块肥肉不吃？发运司的人总被这些富商巨贾弄得焦头烂额，苦不堪言。再加上历代漕运吏卒，从来上下其手，连手侵吞偷盗船上的官物，遇上刮大风、发大水时节，便把官物沉没水中，用以灭迹。不用说，东南六路发运使非能员是当不了的。这些年来，天下其他各路发运使经常换人，有的地方还时置时废，唯有东南六路发运使一直都由薛向当着。薛向当上东南六路发运使后不久，王安石的均输法出来了。发运使权大了，不仅有了各路的财赋大权，而且兼管茶、盐、酒、矾的税收；朝廷还给了五百万缗内藏钱、三百万石上供米作为籴本。有了这些钱，薛向更是如虎添翼，大显其能，徙贵就贱、用近易远，把京都开封百万军民所需物品源源不断运输过去。对漕运吏卒上下其手搞名堂，薛向也有办法。以前漕运，都是官舟。薛向也用官舟，同时招募客舟。官舟与客舟分运，相互督察，顿使旧弊悉去，一举就把东南六路的漕运整顿妥了。不过，近来这东南六路的漕运也不那么顺，京都开封所需的许多物品，常常被一些不明身份的人先购走了。当下，京都开封很不太平，像一堆干柴，随时都会点燃。要是东南六路的漕运出现什么不顺，京都开封肯定要出大乱子。韩绛什么也不说，只是拉着薛向的手，往中书衙门走去。

不多一会，韩绛与薛向进了中书衙门。中书衙门的气氛又与王安石再相之初不一样了。那时中书衙门的气氛是既谈不上清闲、无聊、憋闷、难耐，也谈不上什么忙碌、紧张、肃然、愉悦，却是一种平静、轻松、观望和等待。官场上的人，真正有治国之才、兴邦之能的是少而又少的，但这些人鼻子都很灵。中书衙门里的人，未必都清楚新法现在到了最难办、最危险的阶段，然而京都开封很不对劲的景况是瞒不过他们的。这些人不会什么事都不干，也不会什么事都铆足了劲去做，用一半力气就很凭良心了。韩绛与薛向所过之处，看不到一个闲人，也没见谁在说闲话，中书衙门里的人都坐在自己值房里做事，文案上放着一盏茶。韩绛看到，好几个吏员很有滋味地品了口茶，然后慢悠悠提起笔写些什么。

韩绛与薛向出了后堂的过道，还没到王珪值房，王珪却出来了，一脸的亲切和温顺。薛向忙向王珪施礼，王珪也忙向薛向回礼。韩绛与薛向继续往前走去，前面是吕惠卿值房。韩绛看到吕惠卿值房门关得死死的，纹丝不动。韩绛奇怪，明明看到吕惠卿退了朝，自己还为章惇与邓绾打架之事耽搁了不少时间，可吕惠卿怎么现在还没回中书衙门呢？韩绛看到，薛向举起手要去敲吕惠卿值房门。韩绛一把拉着薛向手，一直往自己值房走去。

薛向一脸的疑惑："下官在地方听说吕相公与王相公闹得很凶，劈面碰到了都不说一句话，形同陌路人，已经到了你死我活的地步？"

韩绛笑了笑，觉得这挺无聊。不错，吕惠卿与王安石的关系确实远不如以前那么好，可以说是不和，但都还只是打肚皮官司，见面话不多，但不是一句话也不说，二人并未撕破脸皮，面子上还是过得去的。韩绛心知肚明，反新法的一些人唯恐天下不乱，唯恐新法一边的人不吵，更唯恐吕惠卿与王安石不闹。韩绛说："这可能吗？惠卿不是这样的人，介甫更不是这样的人。"

薛向点了点头，放下敲门的手。韩绛与薛向进了韩绛的值房，韩绛把门带拢，二人归座。韩绛想等王安石回中书衙门后，一道听薛向谈谈江、浙、荆、淮东南六路的漕运情况，现在只想聊点别的。但，薛向却急着要谈谈江、浙、荆、淮东南六路的漕运情况。薛向说，现在江、浙、荆、淮东南六路的漕运问题大了，那里的米、盐、油、茶大都给一帮身份不明的人收走了。这帮人手上都有面黄旗，旗上大书“入内内侍省内官监”八个大字，地方官府谁敢管一下？发运司有权举刺地方官吏，看谁不顺眼可以拿他是问，但对皇家之事却是奈何不得半点。

韩绛心里真正吃了一惊。这样的大事，自然要赶紧告诉王安石。然而，此时天子赵顼正把王安石留在宫中叙话，尚不知何时才能回中书。韩绛想把薛向留下来，等王安石来了后再去找章惇。不过，薛向急着去找章惇。发运司隶属三司。江、浙、荆、淮东南六路出现这种情况，发运使薛向当然要禀报三司使章惇。

薛向走后，韩绛在值房里焦虑地踱着步。韩绛越来越明显地感到新法现在到了最难办、最危险的阶段。韩绛有时也走到值房门口望望，看看王安石回中书没有，王安石值房依然关着；有时也看看吕惠卿值房，吕惠卿值房还是紧闭着。这个吕惠卿今日到哪里去了呢？

韩绛忽然有种隐隐的可怕感觉，新法之所以落到今日这样的境地，还因为新法一边的人与当年完全不一样了。当年新法这边的人，都一个心向着新法，唯王安石马首是瞻，心是齐的；现在新法这边的人，心散了，人与人之间的关系像乱麻一祥，也很难说都唯王安石马首是瞻了。韩绛觉得，这其实更叫人感到头痛。

少说过了一个时辰，中书衙门响起了巳鼓。韩绛听到值房门外有了响动。韩绛知道，王安石来了。韩绛走到值房门口时，见王珪站在值房门口，一脸的亲切和温顺在跟王安石说话，看上去王珪没说什么要紧的事，无非是表示亲近亲近。王安石听了一会，也不想跟王珪说些什么，转身就往这边走来。

王安石熙宁七年四月罢相，至今不过两年零一个月，那双眼睛还点漆般黑得发亮，但乌纱帽下露出来的乱发全白了，眼皮底下出现了眼袋，步履也有些迟缓。韩绛的目光与王安石的目光对接了一下。韩绛感到王安石的目光里有种难言的坚毅和难言的凝重神情。王安石走到韩绛身边时，要韩绛到他值房去。

韩绛跟在王安石后面进了王安石的值房。王安石没有立即说话，要杂役上了茶后，仍什么话也没说。韩绛坐下后，王安石还没有归座。今日虽然是夏至，江南开始摇扇子了，但京都开封却没那么热，人们身上还穿着夹衣。然而，王安石却觉得热，把夹衣脱了，搭在官帽椅的靠背上。韩绛看到，王安石望着值房外的天空，过了好一会，才转过身来，用带有南方他家乡土音的官话说：“子华，天子口谕你我议一件事。”子华是韩绛的字。

韩绛有了种不祥的预感，精神竟有点莫名地紧张不安起来。韩绛看到，王安石一脸的沉重，点了点头，望着自己，便在文案前面的官帽椅上坐了下来，随手拿起一支笔，在砚台里蘸了点墨，又拿过一张纸，很是漫不经心，又很是痛心地在上面写着“福建子”三个字，连写了三遍。韩绛很自然地想到今日退朝后吕惠卿给赵顼送上奏章的情景和赵顼龙颜上的厌恶之情，很有点迫不及待地问王安石：“吉甫又搞什么名堂了？”吉甫是吕惠卿的字。

王安石放下手中的笔，眉头紧紧地皱着：“真没想到吉甫会做出这等糊涂事出来。今日早朝后，吉甫又向皇上递交了辞呈。上一次，吉甫递交辞呈，被皇上驳回了。皇上对他说了许多好话，说他有大才，朝廷正在用人之际，不能走。没想到，没过多久，今日吉甫又辞职不干了。这一次，皇上就很是龙颜不快。”

韩绛也觉得吕惠卿是糊涂。不用问，吕惠卿的辞职是对着王安石而来的。说句实在话，吕惠卿多次有负王安石，王安石却没任何对不起吕惠卿的地方。王安石再相后，别人不知道，韩绛却很清楚，王安石什么事都放心让吕惠卿去做，没半点生分。韩绛很有点气愤地对王安石说：“吉甫辞职理由何在？”

王安石：“理由是：‘朝廷可以无臣，而不可以无安石。去年安石离开朝廷，短时间找不到合适接替的人，臣才受命不辞；安石复出，理当决去。’”

韩绛心里更来气了。吕惠卿的这些话是什么话，表面上说得很谦虚，很可怜，很好听，其实是在发牢骚，表示不满；不仅把王安石狠狠地讽刺了一下，而且好好地挖苦了天子一下，责备天子找不到人时就想到他，找到人时就一脚把他踢开。当然，吕惠卿同时也在拉翘：他离开了中书，看你王安石怎么办！有什么不好办的，有道是死了张屠户，不吃浑毛猪。你吕惠卿不干，自有人干！吕惠卿应该有点自知之明。韩绛觉得，吕惠卿特别糊涂之处是，朝廷里许多人出了朝廷，哪一天还可以回到朝廷来，他吕惠卿出了朝廷，怕没这天了。还翘什么翘！

韩绛注意到，王安石看出了他内心的气愤，脸上的神色平和起来：“子华，先别气愤。皇上要你我拿出个主意，你说怎么办？”

韩绛内心渐渐平静了下去。天子赵顼要王安石与他拿出个主意，显然表明赵顼对吕惠卿相当厌恶了，但对吕惠卿的去留尚未下最后的决心。只要王安石与他说上一句吕惠卿离开朝廷不碍事，新法照样施行下去，吕惠卿就即刻要从朝廷滚出去。叫韩绛感到奇怪的是，自己刚才还对吕惠卿很是气愤，此时却想起吕惠卿许多好处来，同时对吕惠卿多次有负王安石的地方也给予了谅解。吕惠卿之所以要断王安石再相之路，只是一种权欲熏心的表现，并非穷凶极恶之徒。这也难怪，吕惠卿确实有才，久处官场，又当上了宰执大臣参知政事，且当盛年，堪当大任，一旦得势，想再上一层楼当首相，也在情理之中。此外，韩绛还觉得，吕惠卿当上首相，必不废新法，对王安石也不会做得太过分。

韩绛又望了望王安石，但见王安石一脸的遗憾和无奈。王安石的声音显得多少有点苍老，似乎是自言自语地道："安石与吉甫同心新法，有什么异意，皆缘国事，并无个人恩怨。吉甫与安石不应该有化不开的矛盾，为什么要辞职呢？我们不可以坐下来好好谈谈吗？"

韩绛感到王安石这个人操守真是好，怪不得就是把王安石说得一塌糊涂的司马光、从来就敌对王安石的韩琦、把新法骂得一无是处的苏轼等人，在这方面也挑不出半点污点。韩绛感到王安石十分不愿意吕惠卿辞职，这一点也正合韩绛的意思。虽然在王安石再相前，吕惠卿从不把韩绛放在眼里，处处显示出他吕惠卿是个能力比韩绛强的人，韩绛不过是个废物，吕惠卿才是朝廷的第一重臣，但是韩绛还是觉得，吕惠卿不能走。韩绛想了想，说："介甫，我去吉甫府上找吉甫，要他不要再写辞呈了。"

韩绛看到，王安石点漆般黑得发亮的眼睛里有泪珠在转，这在韩绛的记忆里是从来没有过的事。王安石的声音显得更苍老了："子华，你为朝廷做了件大好事。你我都出身诗礼之家，从小熟读圣贤书，矢志报国。熙宁元年越次入对，变风俗，立法度，行新法，安石从未一日想到自身，只图富国强兵，死而后已。朝廷之事，再小是大事；个人恩怨，再大是小事。子华，你好好劝劝吉甫。吉甫盛年壮烈，恰逢圣世；而某衰朽残年，待终老林下。今后朝廷新法，还是要靠吉甫他们才能施行下去的。子华，这事还只有你才做得好。"

韩绛感到自己的眼眶也湿了。朝野上下不少人都说王安石迂，不懂世务，其实错了。要说王安石对天下世务都懂，自然不是。要做到这一点，就是神仙也做不到。但，王安石懂的是大世务，在大世务上王安石清楚得很。王安石的大世务是什么？就是新法。只要有利于新法，概无计较之意。韩绛觉得，把王安石这番心意告诉吕惠卿，吕惠卿是个聪明人，不会不回心转意的。本来，韩绛想把薛向回到京都开封之事告诉王安石，但韩绛觉得，去吕惠卿府上找吕惠卿，比这事更重要。

韩绛出中书大门时，书吏把他的马牵来。韩绛上马的时候，听到王安石在后面说："安石等吉甫议事！"

韩绛回过头去，见王安石一动不动地站在中书大门口，看去就像一尊石塑像。韩绛片刻也未停留，策马往吕惠卿府第驰去。所幸的是，吕惠卿听了韩绛一番话，果然回心转意，也骑了匹马，与韩绛一道回到中书衙门政事堂议事。这以后，吕惠卿倒也尽心尽意做了不少事；要不是后来邓绾做了件伤害吕惠卿的傻事，吕惠卿或许会一直尽心尽意做下去。

第七十七章 回东明林英再落衙神下风 设圈套京官不敌强势滑吏

芒种这天早晨，在京都开封通往东明县的官道上，有十人骑着马飞驰而去。马蹄扬起的尘土，像一股黄色的浓烟，一路向前卷去。这些日子京都开封雨水一直不断，黄河的水位明显升高了，远远地就能见到前面一片白光。到了黄河渡口，这十人立即翻身下马，早有两只大渡船接这十人及他们的马上了船。每船四个船夫，又是篙，又是桨，让渡船压着黄河打旋的水流，往对岸驶去。到了对岸，这十人立即上马，迎着斜斜的日光，策马往偏东北方向的东明县驰去，卷起的黄色浓烟，把人和马全卷走了。

这十人中，走在前面的二人：一位瘦高个子，背像乡间私塾的老学究那样有点驼；一位胖高个子，背像武夫一样挺得直直的。瘦高个子是都水监丞林英，高胖个子是都水使王广廉。后面跟着的是都水监的属员。林英与王广廉来东明县，为的是京都开封疏浚三条穿城而过的河工之事。疏浚这三条河道，开封辖管的十六个县都派了工，有十五个县已完成七八成任务，只有东明县的任务还有四成未完。再过一二十天，京都开封雨季来临，前期工程就白做了。特别是东明县负责的蔡河安上门的那段工程，一半任务未完。按说东明县民户交的免役钱比其他十五个县的都多得多，但疏浚工程却搞得最糟糕。明眼人一看，就知道这里的问题也多得不得了。但，到底是些什么问题，却又不是明眼人一眼就看得清的。表面上看，东明县雇来的河工大多是当地的泼皮，这些人好吃懒做、游手好闲惯了，得了工食钱不干活；又好打架生事，管了就跟你吵。许多平头百姓送了状子告到东明县衙门，有不少状子还告到开封府。林英与王广廉今日奉旨到东明县来，就是为察查河工这些事，并督促东明县衙门采取措施，务必半个月内完成浚河工期。

大约巳牌时分，日头下上纵下跳的马影已缩到马的前蹄处。飞驰的马伸出的前蹄，清清楚楚露出在明亮的日光下。前方隐隐现出一座城池的轮廓，那就是东明县城。一看到东明县城，林英心中就生出无限感慨。八年前，林英竟然被属下胥吏、师爷、衙役活生生赶走，灰头土脸地从县衙门卷铺盖走人。那一日，林英实在窝囊得很，狼狈得很，尴尬得很，心中有说不出的难受和心酸。没想到八年后，自己又奉旨到东明县来公干。这到底是一种巧合，还是一种宿命在跟自己开玩笑？不过，不管怎么说，自己这回无论如何不会像八年前那样，给人弄得灰头土脸走人。林英感到，自己脸上有了一种古怪的笑容。林英很想把八年前的事说一说。以前提起八年前的事，林英总有点羞面见人、难以启齿。不过，今日对待此事，林英坦然多了："八年前下官在这里当县令，竟然被自己的属下赶走。"

王广廉年长林英七八岁，腰板挺得像武夫一样直，有张寡淡无味的脸，却很是血气方刚，脾气不小。王广廉对林英八年前的这段事并不觉得奇怪："你呀，又要说'任你官清如水，怎敌吏滑如油'。你是一朝被蛇咬，十年怕井绳。"

林英觉得王广廉的话不应这么说。从东明县卷被盖走人后，在王安石王相公旗下行新法，八年来长了许多见识，越来越感到官场妖，叫人摸不透。按说官比吏大，是朝廷任命的，吏是官聘请的属员，是站在庭下为官办事的奴仆。但吏一个个却都奸猾精明得很，又非常熟悉吏道，精通律令和会典，办事找不到岔子，出不了纰漏，万无一失。不要说刚刚走上仕途、还只读了一些圣贤书的朝廷命官对付不了他们，就是在官场走了多年江湖的官员要不被他们卖了，也不是那么容易的。林英说："官场呀官场，这个官场！"

城外官道两边草色还像八年前一样，青青绿绿；水稻也有一尺多高，不过有一大片水田却荒着，看到的是一小块、一小块隆起的泥土上长出的小草。旷野的风，送来夹杂着沤熟了的牛屎、猪屎的气味。按说此时开始农忙，但一路上，水田里看不到农夫在劳作，棉地里看不到有人在锄草。官道上赶路的人不多。零零星星有些人挑着什么东西进城去卖。八年前，东明县算不上富县，却远没有今日这样荒芜。这八年来，林英虽然不在东明县当官，但东明县的情况还是知道一些的。八年换了六七位县令，没谁当得久，长一点的不过一年多，短一点的只三个月，走马灯式地换县令，岂能把一个县搞好？现在的县令叫贾蕃，已经快两年了，没听说要把他换掉。

东明县城西门的城楼已经遥遥在望了。林英、王广廉十人打着马，风一样向东明县城奔去。不多一会，林英、王广廉十人进了城。进城不远就是乔府大园宅。林英看到，八年不见，乔府大园宅的院墙比以前高了，也长了许多。西头的烧鸡店，两边的烩面店拆了，都归到乔府大园宅里去了。林英抬头看了看大园宅门楣上方的匾额，似乎也大多了，黑底上两个方方正正的金色“乔府”大字。八年前的这天，乔府里冲出来的四条狼狗，把林英吓得无处躲身，狼狈极了。林英发现，今日乔府门口有八条狼狗，不过都老老实实、规规矩矩蹲在一个挺胸腆肚的大汉脚边，连尾巴都没敢乱摇一下。此外，林英看到乔府大门两边摆满了轿马，其中有顶八人抬的大轿摆在院墙边上的树荫下。八人抬的大轿是三品大员才能坐的，这么看来，乔府大园宅有三品大员上门了。

林英、王广廉十人并未在乔府门前停下来，只是打马往驿馆走去，马蹄踩在城里青石板路上嗒嗒地响着。东明县城的街道还跟八年前一样，没什么变化，不过不少店铺都关门歇业了，但酒楼餐馆却还有那么多，生意都不错。林英看到，上这些酒楼餐馆的人不少。有穿绫罗绸缎、大腹便便的有钱有势的人，有头戴方巾、身穿长衫的秀才，还有不衫不履、把短褂搭在肩上的泼皮。有钱人上酒楼餐馆一点不奇怪，做生意发了财，不花天酒地更待何时。秀才算不上腰缠万贯，但家境大多殷富，要不然供不起读书，上上酒楼餐馆也不足为奇。然而，那些好吃懒做、游手好闲、放刁耍赖、强行乡里、讹人钱财的泼皮上酒楼餐馆，就叫人感到惊奇了。这些人其实穷，老婆孩子常在家饿饭，有钱人家泼皮不敢去讹，穷人家讹不出钱，只能盯着那些刚刚发家却又无势胆小人家，耍耍无赖，吓唬吓唬，但讹到的钱终究有限。今日不同，泼皮是三五成群在酒楼餐馆进进出出。林英看到，有伙泼皮从后面赶了过来，高声呼叫，吵吵嚷嚷，挤到人丛中去；有伙泼皮从酒楼出来，喝醉了酒，吃饱了饭，东倒西歪，招呼相熟，装着酒疯，唱着不成调的野曲，快活得像神仙。

王广廉侧过脸：“看到了吧？这些人吃的喝的是东明县河工的工食钱。”

林英点了点头，十分同意王广廉的看法。在一家名叫春光酒店门前，林英看到，有个飘牙齿泼皮突然往这边走过来，一只手挥着脱下来的短褂，要来拦住马头，一边龇牙咧嘴地笑着，样子又凶狠、又恶心、又好笑：“二位大人是来察查河工之事吧？等会小的去找大人告贾县令贾大人的状：冤了小的们的工食钱。”

林英奇怪，王广廉和自己一行人刚进县城，这些泼皮怎么就知道王广廉和自己是来察查河工之事的？林英觉得这里有蹊跷，同时觉得好笑。这些泼皮从来冤人家，什么时候见过有人冤他们的？但这些泼皮难缠得很，歪理讲得头头是道，振振有词。林英对飘牙齿挥了挥手，要他离开。飘牙齿倒是后退了几步，内中又有个独眼龙走了过来，把搭在肩上正往下溜的短褂拖上来："大人要帮小的们讨回这些工食钱才是。"

林英看到，王广廉脾气上来了，对独眼龙就一马鞭挥了过去，吓得独眼龙赶紧转身跑了。王广廉望着独眼龙背影说："放他娘狗屁，真是颠倒黑白，当面撒谎。你们这些人不赖人家的钱就天开了眼，谁有本事拖欠你们的钱？"

林英、王广廉等十人策马往前走去。走了一段路，林英发现自己这行人前前后后多了些不三不四的人。这些人也都骑着马。他们走得快，这些人也走得块；他们走得慢，这些人也走得慢。他们往左转，这些人也往左转；他们往右转，这些人也往右转。林英还发现，他们这一行人所过之处，街上两边店铺前青布伞下那些卖包子、肉饼、豆汁、油条、炸糕的摊子都撤了，街上难得看到一个行人。有个抱只老母鸡叫卖的农夫抬头见一个不三不四的人骑着马来到跟前，吓得没命似的钻进一条小巷里去了。

王广廉："看来不三不四的人不让平头百姓接近我们。"

林英点了点头，想起八年前自己过问乡民陆火旺命案后，自己身边便多了些不三不四的人，所住的内衙周围，总有人探头探脑朝里望。林英、王广廉十人到了驿馆门前，那些骑着马的不三不四的人才离开了他们。驿吏带了一大帮驿卒、杂役出来，领路的领路，牵马的牵马，在驿馆里安顿下来。驿馆里的人招呼得倒是又热情，又周到，先是端水给每个人洗了脸，然后给每个人住的房间里都上了茶水果品。林英注意到，每个属员的茶水果品都一个样，既不高这个，也不低那个。林英发现，驿馆里这些驿卒、杂役一直在王广廉和自己这一行人住的房间四周走来走去。

王广廉与林英商量了一下，决定留一人看家，另外七个属员都跟王广廉与林英到县衙门里去，先看看平头百姓送到县衙门里的状子。王广廉、林英他们忙去马厩里牵马，还在院子里就见两人带着十多个衙役从驿馆外走了进来。林英认得：一人是东明县丞武进财，一人是三班都头刘庆门。武进财更发福了，满脸红光，胖得路都要走不动了。刘庆门还像以前那样挺胸腆肚，不过这回公服上的布扣都扣上了。老熟人重逢，应该高兴才是。不过，林英高兴不起来。八年前的这一天林英办卸任交盘。这二人别提多神气，多得意，特别是刘庆门对他装书的篾箱踢了两脚，林英总记恨在心。读书人看重的就是书，然而这个大字不识几个的都头竟敢用脚踢他的书箱，林英现在回想起来，心里还很是心痛。林英看到，武进财、刘庆门却像跟他从没有过什么过节一样，还在两丈多远的地方，就和带来的十多个衙役中规中矩、不慌不忙地跪了下去，给王广廉和自己行了九拜中最为隆重的稽首礼。跪拜的动作好像事先操练过，拱手、伏拜都同时进行，磕头的时候每个人的头都一起往地上栽。然后，武进财、刘庆门口称奉县令贾蕃之命，请王广廉、林英二位大人去县衙。

王广廉望了望林英，林英也望了望王广廉。二人对接的目光意思是：东明县衙门里的人搞的什么鬼名堂，县城门外见不到一个人接，此时这么多人又行如此隆重的大礼。王广廉对武进财、刘庆门一伙人抬了抬手。武进财、刘庆门一伙人爬起来。不多一会，林英看到陆陆续续有轿子抬了进来。王广廉、林英坐着八人抬的轿子，属员坐着四人抬的轿子，鱼贯出了驿馆。武进财扶着王广廉的轿子，刘庆门扶着林英的轿子，衙役扶着四人抬的轿子，向县衙门走去，很有点浩浩荡荡的气势。挺胸腆肚的刘庆门生怕有什么不妥会弄得林英心里有什么不快，一路之上低声问了好几回轿子稳不稳，那副诚惶诚恐的样子叫人感到又好笑、又讨厌、又可怜，殷勤功夫很是到家。

林英不得不佩服武进财、刘庆门一伙人。这些人并未读过什么书，但巴结侍候人的功夫却很不一般，远不是读过几本子云诗曰的读书人比得上的。读书人死要两块脸，把面子看得比什么都重。武进财、刘庆门这些人看重的是好处，什么脸面不脸面，只要有好处什么不要脸的事都做得出来。再说，官府衙门里的人，都最势利，最怕上面的官。王广廉是正五品都水使，自己是正六品都水监丞，且奉朝廷之命来察查河工之事。官场上的人都清楚，河工油水最厚，名堂最多。官府衙门最乐意办的是河工，也最怕上面有人来查河工。东明县蔡河安上门的那段工程还有四成未完，县衙门的人岂不怕查？岂能不对王广廉和自己格外殷勤、格外小心、格外讨好？林英很自然想起八年前的这天，自己离开东明县，没一个人来送。后来，还是那个被衙役刀疤脸打死的乡民陆火旺的兄弟陆福旺、陆寿旺来送，一路上才有了个伴。林英今日来东明县公干，还真想会会这两兄弟。

王广廉、林英一行九顶轿子，没多久就到了县衙门前。林英看到，县衙门前好些人在那里恭候着。中间是位穿七品补服的人，此人就是东明县令贾蕃了。其他都是穿公服的衙役。九顶轿子停下，有杂役过来扶轿子里的人下轿。在十多丈远的地方，贾蕃就噗地跪了下去，给王广廉和自己行稽首礼。王广廉抬了抬手，要他起来，贾蕃这才慢慢起来，一脸巴结讨好地望着王广廉和林英。林英看到，一件怪事发生了，本来此时贾蕃该请王广廉、林英他们进衙门去，却迟迟不作声，只是回过头去，像在找什么人，一脸六神无主的神色，似乎要不要请王广廉、林英进衙门去，都拿不出主意。贾蕃是县令，要不要请王广廉、林英进衙门去不过小事一桩，怎么也不敢拿主意呢？说起来，贾蕃挺有点来头，他的岳父就是前朝倡言改革的名相范仲淹。然而，贾蕃却没半点老岳丈的雄气和胆气。

不一会，衙门里出来两人。林英一眼就认出了：一是钱粮师爷乔隆发，一是刑名师爷乔兴发。八年没见过面，林英看到，不知黑了人家多少钱的钱粮师爷乔隆发身上就是不长肉，还是那么瘦长。不知冤了多少人的刑名师爷乔兴发还是那么矮小，外表看去一点也不威风。林英看到，贾蕃这下六神有主了，脸上的神色也开朗起来。不过，乔隆发和乔兴发只是对王广廉和林英拱拱手，然后就笑着站在县衙门口，再殷勤一点的表示就没有了。

林英心里有了种说不出味道的复杂感觉。按说，县令是朝廷堂堂正正的命官，乔隆发、乔兴发不过县衙门聘请的师爷，根本就算不上官，在权力和职务上无法跟县令相比。但，七品县令贾蕃给王广廉、林英行的是稽首礼，什么官也不是的乔隆发、乔兴发却对王广廉、林英行只是拱拱手。这成何体统，也太不像话，太不讲规矩了些。不错，县衙门里的师爷并不是衙门里的吏，是县令雇聘的，衙门里的人皆称师爷为先生，对朝廷命官可以不行官礼。但，话是这么说，天下衙门里的师爷其实无有不对朝廷命官行官礼的，更何况王广廉、林英是比县令大得多的官。八年前在东明县当过县令的林英很清楚，乔隆发、乔兴发的态度之所以这么傲慢，是因为二人来头大。乔隆发、乔兴发都本是布衣村夫，只是因为堂兄是东明县赫赫有名的乔家庄乔老爷乔昌发，才抖了起来。乔老爷乔昌发本人没什么了不起，祖宗八辈子都是面朝黄土背朝天的农人，有个公差衙役上门都会吓得发抖。但，乔老爷乔昌发有个姐姐乔氏在宫中做宫女，侍候太皇太后曹氏一辈子，在宫中当上了八品掌彩，这下乔隆发、乔兴发就时来运转，发起来了。几年前乔氏又当上了后宫正五品中台侍御执法内史，不仅在太皇太后曹氏那里说得动话，有时在天子赵顼那里也说得上话，姐姐在宫中有权、有势、有地位，乔昌发不显赫都难。林英在东明县当县令时，衙门里的人就常去乔府朝拜乔昌发，就是朝廷里京官也有走他的门子的，至于那些富商巨贾对乔老爷乔昌发就更是千般巴结、万般讨好。现在就更是今非昔比了。刚才在乔府大园宅门前，不是见停着一顶八人抬的大轿吗？这可是只有三品大员才能坐的。乔隆发、乔兴发是乔昌发的堂弟，自然也行起时来，两人经常进出乔老爷乔昌发府第，见过的王爷侯爷、高官贵人多得很，王广廉和林英这样的官，在这二人眼里算个什么。林英心里明白，他们给王广廉和自己行个拱手礼，就算是很抬举王广廉和自己了。

林英看到，王广廉一脸的不快，背更像武夫一样挺得直直的，只给贾蕃和那些穿公服的人拱手回礼，却完全把乔隆发、乔兴发撇在一边，连相也不相他们一眼。乔隆发、乔兴发倒也不计较这么多，脸上还是挂着笑。此时，林英看到一件十分有趣的事。县令贾蕃老拿一双眼睛望着乔隆发、乔兴发，好像在等他们发话。县衙门前有了种怪怪的气氛。不过，林英觉得这没什么好奇怪的。八年前在东明县当过县令的林英心里十分清楚，东明县真正做主的其实不是县令，倒恰恰是乔隆发、乔兴发，他们才是县衙门里真正的衙神，贾蕃岂能不看这两个师爷脸色行事？要是贾蕃不这样，他这个县令肯定当不长。

林英与乔隆发、乔兴发相隔不过丈把远。八年来，林英做梦也不会想到，今天会在东明县衙门前碰上这两个师爷。林英不由得特别看了乔隆发、乔兴发一眼，发现这两个师爷也正望着自己，双方的目光对接了一下；自己的目光直逼着对方，乔隆发、乔兴发的目光也直逼着自己，双方都没有半点退让的意思。林英觉得这挺好笑，也挺滑稽，同时心里也隐隐有种不安的感觉：今日察查之事恐怕顺利不了。双方目光对接之后，谁也没有跟对方说话，就像他们是从未谋过面的陌路人。算乔隆发、乔兴发是聪明人，知道他们再在东明县吃得开，今日在朝廷派来的察查河工之事的官员面前，也不可过分张扬，多少得收敛一点。再说，八年前乔隆发、乔兴发逼得林英卷被盖走人，弄得林英好长时间都觉得没面子，抬不起头来做人，今日在县衙门前碰上了，他们还有什么话好说。不过，林英错了。喜欢显示威风的刑名师爷乔兴发的嘴到底要笨些，有一肚子主意的钱粮师爷乔隆发却笑着朝林英说：“大人，我们又见面了。”

林英感到，钱粮师爷乔隆发的话，在挑弄自己，有跟朝廷派来的人较劲的意思。不过，这次自己与王广廉是奉旨到东明县来察查河工之事，与八年前林英一人在这里跟他们独斗大不一样。八年前，他们可以把他这个七品芝麻官赶走，今日这些人岂敢把奉旨办事的朝廷命官不放在眼里？众人就这样在县衙门前站着。林英发现，贾蕃一双眼睛一刻也没离开过乔隆发、乔兴发。林英心中明白，贾藩在等乔隆发、乔兴发拿主意。不一会，乔隆发对贾蕃抬了下巴。贾藩便立即请王广廉和自己到衙门里去，说是有要紧之事禀报。

贾蕃和县衙门里的人簇拥着王广廉和林英一行九人，要进衙门。不过，王广廉没进去，寡淡无味的脸上表情丰富起来：“禀报一事就免了，各人办各人的事去，先把县里百姓的状子拿给本官和林大人看看，有事会请他们过来。”

林英暗暗叫好。当过东明县令的林英到底不是八年前的林英，对乔隆发的警觉高多了。要是依了贾蕃去听禀报，没几个时辰是不得完的，今日察查之事就别搞了，那就中计了。林英看到，贾蕃傻眼了，目光直直地望着乔隆发、乔兴发。不过，没一会，乔隆发对一个穿黑衣的胖书办努努嘴。贾蕃立即转过身去，对黑衣胖书办说：“快把状子都搬到签押房去，让朝廷来的二位大人审查。”

黑衣胖书办立即躬着身子，小跑着上了台阶，进了大堂。这个黑衣胖书办颈很短，人胖得像水桶，跑起来跟鸭子一样一摆一摆的。王广廉和林英九人来到后堂后面院落里的签押房里，在椅子上坐下。过了好一会，黑衣胖书办又一摆一摆进来了，把手里抱着的那摞状子放在文案上。黑衣胖书办躬着身子，垂着手，很是恭敬地站在一旁。王广廉对他挥了挥手。黑衣胖书办便又躬着身子，一摆一摆出去了。

王广廉、林英九人在文案边坐下。林英拿起一份状子，告的是村里有只公鸡，鸡冠特别红，特能惹母鸡，把村里人的母鸡惹到它窝里下蛋，那人要公鸡主人把蛋还给他们。林英又拿起一份状子，告的是村里有条母狗，特别骚，夜夜寻公狗快活，快活时的叫声又尖又长，怪可怕，吵得人夜夜没法睡，村里人要杀了那条母狗。林英拿起第三份状子，告的是村里有只阉了的猪，未阉干净，天天拱到别人家的母猪圈里，弄得村里许多人家的母猪怀孕产子，宰了以后的猪婆肉卖不出去，要赔偿。都是些什么乱七八糟的状子，要把这些状子都审查完，没一两个月工夫是绝对不够的。林英把三份状子往文案上一丢，抬头看了众人一眼，见都水监的那些属员都一脸的不耐烦。送这样的状子让查，完全是在耗时间。这次过招，乔隆发占了上风。王广廉站了起来，寡淡无味的脸上有了愤怒的表情："找贾县令去，要他把河工上的状子拿出来看。"

林英和属员跟在王广廉后面出了签押房，便见黑衣胖书办抱着一包案卷，躬着身子，一摆一摆像鸭子一样进了贾蕃的值房。王广廉和林英都加快了脚步，到了贾蕃的值房门口。一件怪事出现在林英面前。林英看到，在贾蕃的值房里，黑衣胖书办样子倒是很恭敬，依旧躬着身子，但脸上的神气与刚才在台阶上见到的完全不同。那包案卷已经打开了，黑衣胖书办左手钳着案卷的一端，右手的食指指着案卷的一个地方，斜着眼睛看着坐在文案前的贾蕃："就在这里签。"

林英感到自己目瞪口呆了。这哪里是县令在签署案卷，分明是县令雇聘的书办在指使县令签署案卷。林英注意到，贾蕃迟疑了一下，黑衣胖书办的脸就板了起来，拿起笔，在砚台上蘸了蘸墨，塞到贾蕃手上："签！签！"

林英发现，贾蕃的神气也与刚才在台阶上见到的完全不同，已是和颜悦色，很有点讨好和巴结的意思。贾蕃伸出头想看看案卷上要办的是件什么事。黑衣胖书办的口气有点不耐烦了："看什么看，宫里乔老爷府上的人和宫里的高大太监就在乔老爷府上等这案卷，贾县令是要乔老爷府上的人亲自来一趟吧？"

贾蕃吓得赶忙把头缩回去，再也不想看案卷了，左手的食指指着案卷的一个地方，很是小心、唯恐出错地望着黑衣胖书办："是在这里签？"

黑衣胖书办的脸色稍稍好看了些："对，就那里。"

林英看到，王广廉一脸的错愕。说句实在话，要不是亲眼所见，林英根本不敢相信眼前发生的事。一个小小的书办，不过是县衙门里看管收发文稿的小吏；然而，此时却不仅根本不把县令贾蕃放在眼里，相反成了贾藩的上官，要贾蕃做什么就做什么，稍有不顺，脸色就变了。贾蕃想看一下案卷上要办的是件什么事都不许，堂堂县令不过是办签字画押的手续。八年前，林英虽然被县衙门里的人赶出了，但不要说一个小小的书办不敢对他如此肆无忌惮，就是乔隆发、乔兴发也不敢如此无礼。贾蕃这个县令比自己当得还窝囊，完全被乔隆发、乔兴发挟持着，要他怎么办就怎么办。

不过，黑衣胖书办那句“宫里乔老爷府上的人和宫里的高大太监就在乔老爷府上等这案卷”叫林英很有点心惊肉跳。乔老爷府上的人和宫里的高大太监什么事需要东明县衙门来办的呢？且东明县令非签字不可，这就很不正常了。林英看到，王广廉一双眼睛死死地盯着贾蕃签了字的那包案卷。黑衣胖书办也好像发现了王广廉那双死死地盯着贾蕃签了字的那包案卷的眼睛，也死死地抱着那包案卷，躬着身子，一摆一摆赶紧从值房出去。王广廉把值房的门堵了，对黑衣胖书办：“把案卷拿给本官看看。”

黑衣胖书办怔住了，忙把案卷藏在身后，想从王广廉左边挤出去，王广廉把身子往左边移了移；黑衣胖书办想从王广廉右边挤出去，王广廉把身子往右边移了移。黑衣胖书办紧张了，急得头上冒汗。林英听到身后院落里有脚步声传来，回头一看，见乔隆发、乔兴发出现在贾蕃值房门口。外表看去一点也不威风的乔兴发摆起威风来了，似乎什么人都不看在眼里，一副大咧咧的英雄模样，倒是什么话都没说。有一肚子主意的乔隆发一脸的平和，望着王广廉说：“王大人，何事拦着贾大人值房门？”

林英清楚，乔隆发一脸的平和，其实有种轻蔑人的意味。这当然叫血气方刚、脾气不小的王广廉受不了。林英看到，王广廉眼睛直逼着乔隆发，口气挺严厉地说：“谁给一个小小的书办那么大权力，本官想看下案卷，竟敢不给！”

林英注意到，乔隆发平和的脸上现出一种成竹在胸的神色：“王大人，你和林大人是来察查河工之事的。如要过问县衙门的政事，可有朝廷的圣旨？”

林英看到，王广廉给噎住了。厉害，这个身上不长肉的钱粮师爷果真厉害。历朝历代王朝规矩：天子给你当什么官，你就做什么事；临时要你办个什么事，你就办什么事。规矩之外的事是做不得的，做了不仅无功，还要惹麻烦。王广廉和自己这次来东明县是来察查河工之事的，圣旨上并未半点要让他们参与东明县政事的意思。案卷要不要签字，签什么字，完全是县衙门里的政事，王广廉和自己无权干预。

第二次过招，乔隆发又占了上风。乔兴发一脸豁然开朗的喜色，很英雄模样地望了望王广廉。最有意思的是黑衣胖书办也威风了起来，把藏在身后的那包案卷拿出来，笑着送到王广廉面前：“大人，现在给你看。”

这明显在打王广廉的脸，存心气王广廉。王广廉一脸铁青。这一招又是乔隆发赢了。不过，王广廉到底也是个当了多年地方官的人，寡淡无味的脸上表情竟又丰富起来，笑了笑，指着黑衣胖书办："等本官讨到圣旨，找你算账。"

王广廉算是给自己下了个台阶，也挽回了一点面子。林英跟在王广廉后面，转身往签押房走去。到了签押房门口，林英看到，留在签押房里看那些没用的状子的七个人，一个个坐在那里歇，没人看状子。看来今日没法查下去了。王广廉说声打道回府，众人起身，签押房里一片椅子的移动声。众人跟在王广廉后面，往后堂过道走去。进了后堂过道，林英听到前面一片吵吵闹闹声传来。林英觉得不对劲。官府衙门重地，从来肃静，哪有像集市一样吵吵闹闹的？王广廉和众人加快脚步，到了中堂，中堂里一个人影都没有。林英这才听清，吵吵闹闹的声音是前面大堂传来的。出了中堂，林英看到，罗进财、刘庆门从大堂过道急急忙忙跑了出来，举着右手，要王广廉停下来。罗进财、刘庆门跑得一头的汗，到了王广廉面前，说是一伙百姓为了河工上的事在大堂吵吵闹闹，要找朝廷派来的王大人、林大人告状，为他们公断。

这是林英没想到的。既然一伙百姓来告状，这事就好办多了。王广廉没半点犹豫，转身往大堂后面的过道走去。王广廉和林英出了过道口，贾蕃过来了，要王广廉和林英坐到公堂之上去。都水监的七个属员留在大堂外面。进了大堂，林英看到大堂里黑压压跪着许多人，吵着嚷着要见朝廷派来的王大人、林大人；大堂两边各站着一排皂斑衙役，一个个黑着一张凶神恶煞的脸，手上拿着一根上黑下红的水火棍，样子很是吓人。贾蕃要王广廉坐到公案后面的官椅上。王广廉几步走到公堂正北的公案后面坐下。早有杂役搬来两张椅子。一张放在公案的右边，给林英坐。一张放在公案的左边，给贾蕃坐。乔隆发、乔兴发仍分立两旁。罗进财、刘庆门没过来。大堂里还那么吵着嚷着，贾蕃拿起惊堂木拼命拍，才把吵嚷声压了下去。贾蕃大声道："你们不是要见朝廷派来的王大人、林大人吗？王大人、林大人就坐在这里。"

林英看到，大堂里一片死寂，没人敢出一声。林英清楚，中原王朝的平头百姓最怕的是官，何况王广廉和自己是朝廷派来的官，平头百姓就更怕了，胆子大的也怕。贾蕃："要是你们不说，本官办你们一个吵闹公堂罪！"

贾蕃在师爷面前，服服帖帖，死狗一只，然而在百姓面前，却八面威风。不过，他这一吓起了作用。林英看到，大堂里虽然还没人说话，但黑压压的人头有了骚动。有些人在交头接耳，有些人在相互捅手臂。不多一会，有人站了起来。林英很是一惊，那人竟是春光酒店门前遇到的飘牙齿。飘牙齿此时倒是穿了短褂，布扣也扣上了，却对错了布扣，弄得前胸的衣褂歪歪斜斜的，隆起一个布包。飘牙齿龇牙咧嘴一笑："大人，小的要告贾县令贾大人不公。县衙门欠小的们工食钱，一直拖着不给。贾县令贾大人心太善了，说是免役钱收不上来，工食钱付不出。免役钱是朝廷规定的，为何不敢收？小的们为官府卖命，去开封做河工，要工食钱是天经地义的，大人要为小的们做主呀！"

飘牙齿说完后，又跪下，大堂里又沉寂了。不过，没多久，飘牙齿旁边有个人站了起来。林英又是一惊，此人是在春光酒店门前遇到的独眼龙，也穿上了短褂，但前胸的衣褂却邋里邋遢的，上面还粘着一根菜梗。独眼龙没什么不好意思，抬起头来："贾县令贾大人是个好官，就是心太软，专门为那些不交免役钱的有钱人说话，就不管小的这些没钱人死活。大人，要是不给拖欠的工食钱，小的们是不会上河工的！"

大堂里吵嚷起来了，一片"要给工食钱""不上河工"的声音，像爆炒的豆子，此起彼伏，热闹非凡。林英觉得这很不对劲。这哪里是在告什么状，分明是在给贾蕃脸上贴金，弄得你哭笑不得；这哪里是在要朝廷派来的人为他们做主，分明是在为难要挟朝廷派来的人。高明！高明！林英看到，王广廉寡淡无味的脸上十分复杂起来：有怒气，有不快，有无奈。林英又望了望坐在对面的贾蕃，贾蕃是一脸的做作谦恭，一脸不满。林英又望了望站在对面的乔兴发，这个刑名师爷是一脸的喜色，一脸的得意。林英再侧过脸，看了看身旁的乔隆发，见这个钱粮师爷正踮起脚，朝着大堂门口勾了四五次下巴，然后一脸的深藏不露、莫测高深，继续不动声色地站着。林英抬起头，朝大堂门口望去，发现好些人正挤进大堂来。

林英明白了，大堂里来这么多人告状，全是安好的圈套，为的是对付朝廷派来的人。林英早听说过，官府衙门里的师爷有的是办法对付上面派来的察查之人，唆使当地许多人来告状，弄得你头昏脑涨，根本没时间去查。第三次过招，乔隆发还是占了上风。王广廉气坏了，起身走人。林英也气坏了，与留在大堂外的七个属员跟着王广廉往前走去。林英听到身后有开心的笑声传来。到了街上，王广廉寡淡无味的脸上现出无比愤怒的表情："真个是'任你官清如水，怎敌吏滑如油'，此言不虚。全是吏人的世界，县令等同虚设!”

出县衙不远，林英看到留在驿馆看家的属员策马驰来，向王广廉禀报：刚才陆家庄陆福旺、陆寿旺两兄弟找到驿馆，只说了一句话，要王广廉王大人、林英林大人赶紧到陆家庄去一趟。不用说，这两兄弟有十分重要的关于河工上的事禀报。时间已过了午牌。林英跟着王广廉、属员赶紧回到驿馆，然后策马往城西驰去。马蹄踩在青石板路上就像无数冰雹落在瓦上，街上的人都睁大眼睛望着。

林英在前面带路，王广廉与属员紧跟在后。这一行十骑路过乔老爷乔昌发的乔府门前时，林英远远就听见狗的狂叫声传来，接着便见八条狼狗冲到街中间，对着街两边狂吠不止，样子十分凶狠怕人。林英一行十骑冲了过去。此时乔府中间那双扇大门开了，里面许多人簇拥着两个人出来。林英认得：一个是大国舅公、济阳郡王曹佾的大管家曹通，八年前就是这个曹通帮忙，叫四个壮汉把狼狗管住了；一个是后宫内官监押班太监高全福，林英没跟高全福打过交道，但见过这个人。这次还是曹通帮忙。曹通喝了一声，乔府门前的八个壮汉“咕”了一声，这八条狼狗立即夹着尾巴跑开了。林英一行十骑过了乔府。林英回头看了看，见好几个人把内官监押班太监高全福扶进了那顶八人抬的大轿。林英想：高全福顶多正五品，怎么坐八人抬的大轿呢?

林英一行十骑赶到陆家庄时，村子里的鸡呀、狗呀吓得乱叫、乱跑、乱飞，村里人也都吓得躲在屋子里。林英与王广廉没能会到陆福旺、陆寿旺两兄弟，有个有点聋的拐子告诉王广廉与林英：半个时辰前，县衙门来了二十多个快班衙役，要来捉拿陆福旺、陆寿旺；早得到风声的陆福旺、陆寿旺听到村子前面的狗叫得凶，赶紧从村子后面跑了。

林英心里暗暗叫苦：蔡河安上门那段基础，是绝对不可能在半个月之内完成了；就算是把蔡河河工上的事察查清楚了，也做不到这点。王广廉寡淡无味的脸上很有点不信邪的意思：“我就不相信，东明县衙门里的师爷一手遮得了天。”

林英一行十骑掉转马头，往回走。出村时，西沉的日头正好落在地平线上，大得吓人，红得叫人可怕。

第七十八章　四大臣离心离德再难共事　王安石眼见私信魂飞魄散

秋分这日，从黄河北面很远的一个地方吹来一股冷风，京都开封有点微冷了。阴霾满天，厚重的乌云一团团堆积在天空，变幻出各种怪模怪样的形状。当下的新法，青苗法施行得较以前顺利多了，平头百姓渐渐看到了青苗法带来的实实在在的好处，习惯了，不像以前那样犹疑、恐惧和抵触。当下朝廷把力气主要花在市易法、免役法和均输法上。这三个法，得其人而行之，则为大利；非其人而行之，则为大害。刚才王安石与三司使章惇在三司衙门签押房商谈的也就是这三个法的施行问题，特别谈到江、浙、荆、淮六路的漕运，均输法主要在这六路漕运上施行。这六路漕运对京都开封百万军民和后宫天家及上万宫人饮食起居至关重要，千万出不得半点差错。谈完这些事，王安石要回中书去了。王安石出签押房的门时，章惇恶狠狠地咬牙切齿道："邓绾心术不正！"

王安石没想到章惇对邓绾是如此痛恨，简直视同仇寇。王安石表情上没什么变化，心里却是同意章惇的意见的。这个邓绾近来是越来越不像话，到处找吕惠卿的错。本来，邓绾是御史中丞，把眼睛睁得大大的，盯着朝中百官，特别盯着宰执大臣，到处找吕惠卿的错，没什么不可以。然而，自己再相前，邓绾归附投靠吕惠卿，看吕惠卿脸色行事，二人好得如生死之交；自己再相后，邓绾就反过来找吕惠卿的错，像仇敌一样，这就很不对头了，其用心也就很值得考虑了。对邓绾的人品，王安石早清楚。京都开封不少人说邓绾脸皮厚，不怕人家笑骂，竟连"笑骂从汝，好官须我为之"这种既很愚蠢，又很让人耻笑的话也说得出口。不过，不管人家怎么说，就是现在，王安石也不认为邓绾一无是处。王安石觉得，邓绾对新法的见解高出许多人，确实难能可贵；在实施新法上也是出了大力气的，是有功的。熙宁三年年初邓绾与吕嘉问在亳州跟富弼斗法，一举把三朝重臣富弼斗垮了，把很难在亳州施行的青苗法施行下去，这都是有目共睹的。天下恐怕没有这样的道理：因为人品有问题，就把人家做过的好事都抹杀掉。有道是金无足赤、人无完人，天下有几人在人品上是洁白无瑕的？王安石见得多：那些自认为像圣人一样的人，多是骗人的，人品其实很可疑，其中不少人肮脏卑劣得很，肚子里不知有多少见不得人的东西。现在麻烦的是天子赵顼也认为邓绾奸邪，这就伤脑筋了。

章惇："邓绾要坏新法大事！"

王安石很清楚章惇这句话指的是什么。朝中无人不知，吕惠卿不好惹，有仇必报，不是个有容人之量的人，岂会放过邓绾？二人肯定要翻脸。邓绾这么一弄，邓绾和吕惠卿必有一人要走，弄得不好两个都要走。曾布已经走了，再一个一个走，新法还怎么搞！

章惇："吕惠卿不能走，要把邓绾赶出朝廷！"

王安石不能同意章惇的意见。王安石心中有自己的主张：新法这边的人，一个也不能走。王安石面对着邓绾与吕惠卿的不和，他感到束手无策，半点办法都没有。此外，王安石还感到，章惇也不该扯到其中去。章惇是个正人，私德很优秀，敢说敢当，只是粗暴了点，下手重，搞起人来就非把人搞死不可。说起来，邓绾对章惇还是很不错的，很看得起章惇，认为章惇这个人不可小觑，说不定什么时候还会进凤凰池当相爷。章惇何必那么跟邓绾过不去呢？章惇不是事事听人劝的人。在新法上，章惇完全听王安石的，但在其他事情上，就不是如此了。这叫王安石感到十分头痛。

王安石很想说点什么，想想又什么也没说。再说，他现在急着要赶回中书衙门去，找吕惠卿好好谈一谈。吕惠卿近些日子心情很不好，总觉得冤，别人待他不公。这话自然不是没一点道理。司马光那些人在朝时，把新法的罪过一起算到吕惠卿头上，还说什么新法都是吕惠卿提出来的，是吕惠卿教唆坏了王安石。现在朝中确实又有许多人把当下的许多错事都栽在吕惠卿身上，在等着看吕惠卿的笑话。吕惠卿确实为自己背了黑锅。朝廷这些年来行的新法，王安石年轻时早已在心中酝酿已久，后来在《上仁宗万言书》中也说得够清楚的了。如果新法真有什么过错，也应该由他王安石承担。然而，朝中许多人这么说，王安石并不感到特别忧虑，但近来天子赵顼对吕惠卿也很有点讨厌，这就更叫王安石担忧了。说起来，赵顼本来对吕惠卿是相当赏识的，一直对他不错。但，吕惠卿却无数次求去，这就叫赵顼很不高兴了。赵顼问其求去之由，吕惠卿直言："朝廷可以无臣，而不可以无安石，此臣所以求去也。"表面上是抬举王安石，其实是在发牢骚，且既挖苦王安石，也挖苦了赵顼，同时在向赵顼摊牌：朝廷要么用吕惠卿，要么用王安石，赵顼看着办吧。这就很不该了，王安石从没想过要把吕惠卿赶出朝廷，吕惠卿怎么就这样容不得王安石呢？不过，王安石还是容忍了这一切，希望能跟吕惠卿共事，把新法搞好。

王安石从签押房出来，章惇送王安石。二人出了大堂，沿着一条砖道，往右边一个院落走去。那个院落里有栋三进的屋子，八年前制置三司条例司就设在那里，现在是三司度支部属下的发运案在那里办事。然而，只要到三司衙门来，王安石总要到这里看看。近来，王安石特别想到条例司这样的旧地看看。这些日子天子赵顼总亲自处置发落朝廷政令上的事。前不久，都水使王广廉、都水监丞林英去东明县察查河工之事，开始是什么事也察查不出来，东明县的师爷厉害，把衙门弄得水泼不进、针插不入，平头百姓无人敢谈河工之事，谁敢多嘴就有衙门里的人找上门去，胆子大的陆氏兄弟敢谈，但回不了村。王广廉、林英好不容易打听到陆氏兄弟的下落，天子赵顼却突然派太监把王广廉、林英召回来，要他们不要去管东明县河工之事。说句实在话，赵顼绕过中书，亲自处置一件事还从未有过。本来，察查东明县河工之事，王安石跟天子赵顼禀报过，赵顼是降了旨的。既然如此，为何把王广廉、林英召回来，中书衙门却一点也不知情呢？

王安石与三司使章惇未进那栋三进的屋子，只站在十几丈远的砖道上望着。这栋屋子外观上没什么变化，青砖绿瓦，院子门边那棵老槐树的枝叶还是那么繁茂苍翠，高高地从院墙里伸出来。枝叶在从黄河吹来的冷风中摇荡，好像里面藏着无数随时准备跑出来的怪兽。八年了，人去屋不空，有吏员进进出出。王安石油然而生出一种浓烈的怀旧之情。当年的条例司是临时设置的，时间不长，不到一年就撤销了，但新法所有条例的酝酿、起草、修改、定稿，都是在这里进行的。那个时候，条例司里真是生气勃勃，人人心里都往新法一处想，很有点和衷共济的意思。王安石至今还有个鲜明的感觉，只要一进这栋屋子，就觉得身体里的血液都流得快畅起来，心里头有种金戈铁马、气冲牛斗的感觉。说起来，条例司这个名字还是吕惠卿起的。然而，这一切都过去了，都只成了叫人伤感的记忆。王安石很是纳闷：事情的发展怎么会成这个样子呢？

章惇忽然对王安石道："对东明县河工之事不可掉以轻心，后宫里有人在捣鬼！"

王安石一怔，接着用异样的目光望着章惇。章惇眼睛毒，对人对事看得很准。王安石觉得章惇这句话有很大的提醒作用。按说天子赵顼绕过中书，把王广廉、林英召回来，亲自处置发落这件事，王安石就应明白，此事与后宫有关。然而，在这方面，王安石警觉性太低，不会搞事，全无处人治事之术，在官场上玩名堂肯定要落下风。章惇这么一说，王安石明白了，同时也感到问题相当麻烦了。朝中有人捣鬼，好办得很，让御史查就是。后宫里有人在捣鬼，就没法去查，也没人敢去查。后宫之事，是天家的私事，谁管谁惹祸。王安石不知道为什么怪怪地望了章惇一眼，心里有种预感。章惇是个硬汉子，敢跟自己玩命，有股不畏死的豪气和霸气。这种人并不讨人喜欢，却确实是块干大事的料。今后新法要能施行下去，得靠这个人。不要说，王安石的这个预感还真准。元丰年间，新法那边的头面人物都离开了朝廷。天子赵顼继续施行新法，便把其时已离开朝廷的章惇召回来，让他入中书为相。不仅如此，赵顼的儿子赵煦在绍圣年间再次起用章惇，拜他为相，依靠他完成父皇未竟之事。

章惇："为何怪怪地望着在下？"

王安石："老夫明白你说的话了。"

王安石要回中书衙门，把韩绛、王珪、吕惠卿找来，在政事堂把眼下的事好好议一议。正转身要走，看到院落里急急忙忙出来两个人。走在前面的是三司衙门度支部发运案的都勾押官，走得很急，且扬起一只手，表明有要事要禀报。王安石站着。都勾押官不等来到王安石面前，就介绍他后面的人：江、浙、荆、淮六路发运司干办官，有大事禀报。王安石心里一紧，同时看到章惇的脸色变得严厉起来。刚才，王安石到三司衙门找章惇，主要谈的就是江、浙、荆、淮六路的漕运。时下京都开封市面上的情况很蹊跷，以前是不少店铺关门歇业了，那多是些没有靠山背景的生意人开的店铺；但，此时却有不少邸店也关门歇业了，这就很叫人费解。王安石比谁都清楚，京都开封邸店里的水不仅又深又浑，而且诡秘得很，没人能真正知道这里的底细，真正知道底细的恐怕连命都保不住。王安石还清楚记得，当年与天子赵顼制订市易法时腼然一笑的情景。赵顼无论如何要坚持削去其中的第十三条，不给市易务对有害新法的兼并之家有觉察按置权；王安石怎么辞色俱厉地争也没用，赵顼腼然笑着，但就是要削去这条。王安石明白了，赵顼心里肯定有什么难言之隐。京都开封的邸店，可以说没有不搞兼并的。如果市易务对兼并之家有觉察按置权，岂不是搞到邸店头上去了？这如何使得！然而，叫王安石感到奇怪的是，时下不少邸店为何关门歇业呢？邸店关门歇业了，江、浙、荆、淮六路的漕运又出了大事，不要说京都开封百万军民每天吃的、用的成问题，就是后宫的天家和上万宫人的饮食起居也成问题。这下京都开封不知要乱成什么样子，朝廷真要出大事，主政的中书和主财的三司就罪责难逃了！王安石想起二十二年前与友人游褒禅山洞的情景，莫非新法到了至险至远、幽暗昏惑、火把且尽的时候了吗？

都勾押官和干办官到了王安石和章惇面前，王安石和章惇都没要干办官到衙门里去，就让在砖道上禀报。干办官禀报的果然是件大事：几个太监领着一伙身份不明的人把一队漕运的官舟和客舟扣了，说这些船上的米、盐都是他们的；然后双方动起手来，官舟上的军卒把那些人打得不轻，还把一个太监扔到河里去了；扔到河里去的太监至今生不见人，死不见尸。这下事情闹大了，扬州府不准漕运的官舟和客舟通行，要拿人抵命。

王安石清楚，这些年来天下虽然还算太平，大的匪寇打家劫舍之事尚未发生，但漕运却很不太平，不仅常有零星小股响马土匪拦江抢劫，而且还会遇到无业游民成群结伙爬到船上，抢米抢盐。发运使薛向有办法，严令漕运的官舟和客舟每十条船编成一队，不得单独行动。船上的军卒都是从禁军中挑选来的，虎背熊腰，拳脚功夫很是了得，睡觉也把环首长刀放在床边。几年下来，漕运未出大事。然而，今日却遇到几个太监领着一伙身份不明的人捣乱，竟然地方官府还站在他们那边，这真是大宋多少年都没听到过的咄咄怪事。

章惇一脸愤愤不平之色："打死就打死了，打死个把小太监算什么！"

王安石心里在叫苦。在后宫，打死个把小太监确实不算什么，打死就打死了。碰到天家心情好，给他家里人多打发二十两银子；碰到天家心情不好，把尸体拖出长庚门埋了就是。然而，外面的人把太监打死了，可就要惹上大麻烦了。这些到宫外办事的太监，没一个不是在宫中吃得很开的，且在宫中说话有分量，有的还能在嫔妃那里说得上话。把这样的太监打死了，能那么轻易脱身吗？王安石："薛向薛大人说了些什吗？”

干办官：“薛大人只要小的把情况向相公和章大人禀报就行了。”

王安石的心这才稍宽。别看薛向个子矮小，其貌不扬，但鬼精鬼精天生是个会做事的人。薛向只要干办官禀报一下情况，说明他能把那边的事办好。但，情况又不可不让王安石和章惇知道。王安石心中有底了：需要说话时一定说话。

王安石看到，章惇脸上愤愤不平之色也消解了下去。王安石跟章惇告别，回中书衙门去了。原本已恢复忙碌、紧张、肃然、愉悦气氛的中书衙门，今日又很有点怪怪的了。中书衙门里一片紧张、肃然，却一点也不忙碌、愉悦。人人坐在值房里，板着一张恭敬和顺的脸，紧张地望着从值房门口走过的人。王安石感觉到今日中书要出点什么事似的。

王安石出后堂过道口时，看到王珪值房门开着，吕惠卿站在王珪值房门口，跟里面的王珪说话。今日天气不热，吕惠卿头上却出了汗。这么看来，吕惠卿是从什么地方赶回中书衙门来的。吕惠卿跟王珪说些什么，王安石听不到，从脸色上看，吕惠卿今日的心情不错。王安石再相后，在中书衙门里总难看到吕惠卿有个笑脸，脸上总有种人家欠了他什么的表情。王珪倒跟邓绾不一样，不仅不搞吕惠卿的名堂，相反对吕惠卿一点也不冷落。王安石觉得，吕惠卿今日有了笑容就好，好些话就方便跟吕惠卿说了。

王安石再往前走，看到吕惠卿转过身来，也是个笑脸望着自己。当然，这个笑脸跟当年不同。吕惠卿当年的笑脸，里面包含的是一种由衷的敬服，今日的笑脸则有点勉强，里面有种叫人感到不安的味道。不过，尽管如此，王安石还是觉得，吕惠卿今日的笑脸比往日那种人家欠了他什么的表情好。王珪从值房里出来了，一脸安守本分的表情。接着，韩绛也从他的值房里出来了。王安石觉得韩绛脸上的表情有点异样，里面像藏着什么。

王安石原本想先找吕惠卿聊聊，再谈政事。再相以来，王安石先是感到吕惠卿很有点不自安，有种难共事的感觉。王安石却还是想跟吕惠卿共事。王安石实在是太喜欢新法了，太希望吕惠卿能像过去一样助他一臂之力。二人过去的交情，真是用多少银子也买不来的。王安石总是想起过去吕惠卿的许多好处，总希望吕惠卿能消除心中的芥蒂。王安石感到，吕惠卿对自己似乎有种怨恨。这到底是怎么回事呢？现在中书衙门的四位宰执大臣都在，大家在一起聊聊，不用去政事堂，就在王珪值房里聊。王安石把这个意思一说，众人就都跟在王安石后面，进了王珪值房。

王珪最后一个进去，把值房门关上。众人归座。王安石先说起早年写的《游褒禅山记》："安石二十二年前写的这篇文章，说的是天下奇观在险远，到了幽暗昏惑、火把将近时，是最困难之时，也是快看到天下奇观之时。退回去，功亏一篑，自己悔，他人笑；不畏艰险，坚持下去，奇观出现，大功告成。今日新法，实则到了最困难的阶段。"

王安石看到，韩绛、王珪、吕惠卿都很是同意自己的看法，不过脸上的表情各异。韩绛脸上有种焦虑不安，却也是畏难的神色。王珪脸上有种天塌下来，由长子顶着的神色。吕惠卿脸上有种对此事早有预料，却又很有点古怪的神色。王安石觉得，韩绛脸上这种神色不足虑，这是个好人，只要自己坚下心来，他会努力跟进的。王珪脸上这种神色不足奇，此人不会说新法半句坏话，但也不会尽什么大力。吕惠卿脸上这种神色就要好好思量思量了。当然，设身处地想一想，吕惠卿这种古怪的神色也不足为怪。吕惠卿这么精明的人，不会不知道邓绾在搞他的名堂。这一来，吕惠卿在朝廷里还能待得住吗？既然如此，吕惠卿又何必再去管什么朝廷的新法不新法呢？不过，王安石以为，吕惠卿大可不必这么想。天子赵顼虽然对他多少有点厌烦了，但还是把他看得很重的；自己也依然视他为天下少得的人才，总记着他的功劳。王安石对吕惠卿说："吉甫，你先说一说。"

王安石看到，韩绛、王珪都望着吕惠卿，都很想听听吕惠卿的高见。王安石不认为吕惠卿现在就能和盘端出一整套对应当下困难的办法，眼下谁也没这个本事。吕惠卿能说个一点、两点，然后集思广益，或许能找出些办法。

吕惠卿："今日朝廷一听介甫的，天下之治可成也。"此前，吕惠卿跟王安石说话，都是称官，这回却是称字。

王安石看到，韩绛、王珪都一脸古怪的错愕。显然，这是吕惠卿对自己的称谓引起的。中原王朝的称谓最为复杂、最有讲究，既表明对方的身份地位，也表现说话人的情感态度。王安石也感到惊讶。不过，王安石惊讶的不是吕惠卿对自己的称谓。不管怎么说，吕惠卿也是中书宰执大臣，对自己称字不称名，也是恭敬，并不失礼。王安石惊讶的是吕惠卿的话，初听是溢美，细想是一句气话，包含一种深深的怨恨。王安石忍了忍："新法施行之初，同朝纷纷，物议汹汹，公独助我，则我何憾于公；人对公说三道四，吾从来听都不愿听，则公亦何怨恨于我？公正值盛年，壮怀激烈，当在圣世奋发有为；而王某已是衰朽残年，待终老于山林。王某说的是真心话：新法要靠公及诸多同仁才能施行下去。"

韩绛、王珪、吕惠卿脸上有了复杂的表情。韩绛是既喜悦，又忧虑。喜的是王安石这么大度，全以国事为重；忧的是吕惠卿未必能理解王安石的苦衷，一味计较个人得失。王珪是既想听，又冷漠。想听是因为听出了王安石与吕惠卿之间有了不小芥蒂，且不那么容易消除；冷漠也是听出了二人之间的这种芥蒂，很不愿意把自己卷进去。吕惠卿是既有点感动，又不为所动。有点感动是王安石这番肺腑之言，令他不得不感动；不为所动是成竹在胸，心中早已拿定好了什么主意。

值房里一时谁也没有说话。过了少说半炷香工夫，韩绛对吕惠卿说："我等同朝为官七八年，还能不了解介甫？介甫心里只有新法，没有私敌。为新法介甫得罪了许多人，连好朋友司马光都得罪了；为新法，介甫不会计较个人恩怨，况且你与介甫并无个人怨恨。"

吕惠卿这才开口，用不杂半点福建土音的官话对韩绛说："你不必再多教训了，吕某做事吕某当，知道怎么走自己的路！"

吕惠卿这个福建子的声音还那么很有磁性。王安石看到，韩绛好像被什么噎在喉咙里，张开嘴巴半日合不拢；王珪抬起头，异样地望了望吕惠卿。王安石又一次感到莫可名状的惊讶，不解今日吕惠卿为何尽说些让人莫名其妙的古怪话；同时又觉得自己打了个寒战，出了身冷汗。吕惠卿以前说话总那样高屋建瓴，悬河泻水，酣畅雄肆，锐气逼人，让人赞不绝口。今日之言，话不长，却古里古怪，且拒人千里之外，像谁在背后对他放了暗箭，要对他谋财害命，叫人感到毛骨悚然。

值房里一时又谁也不说什么了。少说过了半炷香工夫，韩绛很有点看不下去，对吕惠卿说："吉甫，你不能——"

话说到这里，值房门外响起很重的脚步声。王珪忙把门打开，门外站着一个太监。王安石、韩绛、王珪、吕惠卿都紧张起来。太监走得很急，头上冒着汗珠，嘴里喘着粗气，手上并无那卷小巧美丽的黄绫横轴，只是站在门外传天子赵顼口谕：王安石立即进宫。

王安石多少吃了一惊，韩绛、王珪也吃了一惊。从传口谕的太监走得急的样子来看，天子赵顼是有急事召王安石进宫。不过，吕惠卿却深有意思地笑了笑，笑得又古怪，又轻松。王安石往值房门外走去，走得忙，出门前低着头，出门后抬起头，感觉到眼前有片黑色东西砸过来，定睛一看，但见一团厚重的乌云从头顶上冲驰而来，很是有点骇人。

王安石跟在太监后面，三步并作两步走，进后堂，过中堂，出大堂，所过之处，碰到的吏员都很吃惊，目光里有种出大事的神色。不多一会王安石到了垂拱殿前。阴霾还没有散尽，厚重的乌云一团团压在垂拱殿的上空，让往日垂拱殿红色的大柱也失去了色彩，没那么鲜艳了。丹墀两边平台上的卫士还那么虎背熊腰，但脸却显得阴沉。王安石看到天子赵顼在殿外平台上，走过来，又走过去，样子很急，很躁，很是气愤。王安石感到今日是要出点什么事，脚步也不由得更快了，几乎是小跑着过去。

王安石在离垂拱殿十来丈的地方，赵顼发现他来了，便站在丹墀口上，朝这边望着。王安石小跑过去，赵顼吓坏了，一边要王安石慢点走，一边从丹墀上下来。王安石小跑到丹墀口，赵顼刚好下了丹墀。君臣二人慢慢地往上走去。王安石跟在赵顼后面，进了垂拱殿。往日王安石进宫，太监见到他都会很客气、很讨好地笑笑。今日垂拱殿内，太监都没个笑脸，女官、宫女更是都板着个脸。王安石感到，今日之事很有点神秘兮兮的了。

御案旁边有只锦墩，显然是临时摆上去的。赵顼虽然站在御座边上，并未在御座上坐下，却要王安石在锦墩上坐。王安石谢过赵顼，站在锦墩边，也未坐下。要是以往，赵顼与王安石在一起，有说不完的话，今日却很久未开言。王安石看到赵顼龙颜很是不快，好像肚子里有股闷气。约莫半炷香工夫，赵顼忽然来到垂拱殿中间，在那里走来走去，龙颜上有了怒色。王安石纳闷：赵顼今日一脸怒色，为的是哪般呢？过了一会，赵顼忽然自言自语起来："实在太过分了！实在太愚蠢了！"

王安石心里一紧，明白赵顼今日是为吕惠卿而怒。这些日子来，吕惠卿与先前的吕惠卿几乎判若两人。王安石不止一次听赵顼说过：吕惠卿太过分了，太愚蠢了。赵顼在垂拱殿来回走了好些时间，垂拱殿里只听到赵顼龙靴踩在地砖上的笃笃声。又过了好一会，赵顼停在王安石面前："惠卿不济事，非助卿者也。"

赵顼果然是为吕惠卿而怒，王安石不解地问：“不知惠卿有何事不可意于陛下？”

赵顼愤然：“忌能，好胜，不公！”

王安石觉得赵顼的话过重。这又怎么样呢？谁能没个缺点？人非圣贤，朝中官员中，这种人品的人比比皆是；要是把这些人都清掉，朝中就没剩下几个人了。王安石：“陛下，常言道：‘金无足赤，人无完人。’惠卿人才难得，不在朝廷可惜。”

王安石看到，赵顼回到御案边，从上面拿起一份奏章，伸到王安石面前。王安石双手接过。这是一份弹劾吕惠卿的奏章。吕惠卿受到弹劾，这一点不奇怪。司马光那班人在朝廷时，就没断过弹劾吕惠卿的奏章。王安石把奏章上的内容看了一遍，吓了一跳，又感到奇怪。这回上奏章的是邓绾。王安石知道邓绾在搞吕惠卿的名堂，没想到邓绾会弹劾吕惠卿。邓绾弹劾吕惠卿勾结秀州知县强买民田。吕惠卿这事确实做得不该，是害民犯法。但，朝中官员，有这类事的不在少数。就说老相公韩琦、三朝重臣富弼，那些良田豪宅是说得清楚的？真查起来，韩琦、富弼也是经不起查的。朝廷对这类事，不过是令其退还田地罢了，官还是要照当不误的。

王安石把邓绾的奏章放回到御案上：“惠卿这么做，有负朝廷，让他把田退还就是了。”王安石看到，赵顼没再作声，又从御案上拿起一份奏章，伸到王安石面前。王安石接过一看，奏章上明明白白署着吕惠卿的名字。王安石很是奇怪。这些日子谈起朝政，吕惠卿总是一问三不知，会有什么事要上奏天子呢？再看奏章上的内容，王安石更是吓了一大跳。奏章上面分明写着：

> 安石尽弃素学而隆尚纵横末数，以为奇术，以至谮诉协持，蔽贤奸党，移怒行狠，违命矫令，罔上欺君。凡此数恶，力行于年岁之间，莫不备具，虽古之失志倒行而逆施者，殆不如此。

王安石感到脑子轰的一声，两腿发软，人也有点站不稳。王安石自熙宁元年四月四日越次入对以来，弹劾他的人不少，完全没想到吕惠卿竟给他安上“违命矫令，罔上欺君”这样重的罪名。欺君可是十恶不赦的大罪，那是有十个脑袋也不够砍的。吕诲虽然给王安石罗列了十大罪状，但也只是想把王安石扳倒，把他赶出朝廷。唐埛虽然上了二十道奏章弹劾王安石，在天子和朝臣面前对王安石呼来喝去，但也只是丑化王安石，让王安石尴尬丢脸。司马光虽然为新法事，拉破了脸皮，跟王安石争得势不两立，水火不相容，也多半是就朝政谈朝政；说句实在话，只要不搞新法，司马光还会把自己当朋友的。王安石真没想到，吕惠卿会这么狠心，不仅要自己的命，还要让自己遗臭万年。赵顼扶着王安石坐在锦墩上，自己也在御案后面的御座上归座。垂拱殿内寂然无声，气氛却很是沉重窒闷。也不知过了多久，王安石抬起头来，望着赵顼："这份奏章，不会是惠卿写的吧？"

赵顼仍没出声，又很有点神秘地从御案上拿起几页纸，欠起身，从御案那头伸到王安石这边。王安石接过一看，觉得纸上的字十分熟悉；再一看，像是自己的字。自己最近并未上奏章，御案上怎么会有自己的字呢？王安石正疑惑间，眼角的余光中看到赵顼端坐在御座上，龙颜怒色未除，却怪怪地望着自己。

王安石懵了，一下子头大了，还想说什么，又看到赵顼伸出一只手，对着那几页纸点了点，显然在要自己认真看下去。王安石低下头去，用仍旧点漆般黑得发亮的眼睛望着那几页纸。王安石这回看清了，是自己写给吕惠卿的信。王安石心里立即有了种不祥的感觉。不过，他还是在想，不就是一封私信吗？不错，信上谈的都是朝政：天子赵顼不会废除新法，手实法太厉害了些，新法在"火且尽"时更要沉得住气，更要有一干到底的决心。当然，信中也谈到天子赵顼在新法上时有摇摆的表现。然而，这有什么值得大惊小怪的呢？自己在跟天子赵顼独留宫中时，当面就很不客气地提到这一点。吕惠卿把这封信拿给赵顼，是什么意思呢？王安石心中的不祥之感越来越浓烈了。王安石再往下看时，吓得魂魄出窍了。王安石清清楚楚看到信的后面赫然出现四个字：

勿使上知

王安石脑子里一片空白，身子像朝什么深不见底的地方急速滑下去。等到他头脑清醒了一点时，便看到眼前有个像退了毛的鸡屁股一样肥的光下巴。再定睛一看，肥下巴是个老太监，把他从地上扶起。王安石这才知道自己刚才给吓得从锦墩上滑跌到地上。王安石看到，垂拱殿里的太监、女官、宫女先都侧过脸，躲着笑。王安石很有点难为情：一个堂堂的当朝柄国上相，竟然被自己的一封信吓得从锦墩上滑跌到地上，闹这样的笑话，出这样的丑，这还能不让人笑？不过，王安石更多的还是恐惧。给吕惠卿的信是自己亲笔写的，"勿使上知"铁证如山，不是欺君是什么！王安石不想作什么解释了，一脸的冤屈，一脸的懊丧，一脸的有罪，也一脸的平静。此时，赵顼叫殿外的卫士把他推出去千刀万剐，他也认了，毫无怨言；不怪天，不怪地，也不怪吕惠卿，只怪自己糊涂，做错了事！

王安石跪下去，低头请罪，等待赵顼的发落。肥下巴太监离开自己了。不多一会，王安石感到有人向他走来，接着一双手把他扶起。王安石眼睛上方的余光，看到赵顼站在自己面前。王安石糊涂了，自己是个罪人，赵顼缘何如此善待自己呢？

赵顼望着垂拱殿顶上一处，忽地默然一笑，自言自语道："诚迂！诚迂！"

王安石更是糊涂了。赵顼是在说谁迂呢？此时垂拱殿里并无别的臣子。再说，朝野上下，骂王安石迂的人不少，司马光那班人就更是这样骂。赵顼也是如此，不过细想这并不是"骂"，是"说"。这又是为哪般呢？王安石猛然记起熙宁元年芒种后的一天，翰林院四学士议国用制度时，赵顼也默然一笑，自言自语道："诚迂！诚迂！"那时自己没多想，现在看来是在说自己。朝中百官谁不是称本朝铁打江山万古长青，可自己却说担心中原王朝有一天会沦于夷狄之手，真是迂得不能再迂了。这个"勿使上知"也一样，都是犯忌的话，自己却肆无忌惮地乱说，不是迂是什么！不过，王安石奇怪地发现，天子说这话时，并无责怪自己的意思，相反脸上有种欣喜的味道。王安石觉得自己这个"迂"改不了。

赵顼："惠卿是个被朝野上下骂得最多的人，师相怎么能给他写那样的信呢？"

王安石明白，赵顼是在责怪自己看错了人。但，不管怎么说，王安石觉得自己确实犯了欺君之罪，便又跪了下去，等待赵顼的发落。王安石看到，赵顼忙又双手把自己扶起，且腼然一笑，认了错："朕确实在新法上时有摇摆，要不然前年就不会让师相回江宁去！"依然像过去一样，视王安石为师相。

垂拱殿里的气氛轻松了，那些太监、女官、宫女脸上明显带着笑容。王安石有点不相信自己的耳朵。赵顼不仅没治他的欺君罪，反检讨自身之过；特别腼然一笑，这多半是赵顼觉得做了什么错事时的表情，很温馨，很感人。这样的天子千古难得。王安石感到自己眼睛里有泪水涌出，流了一脸，嗓子在发颤，声音也变得沙哑起来，泣不成声地道："陛下，安石原本卑微，又无才无德，于国无益，于民无利，不过是伴食宰相，尸位中书。陛下洪恩，可沛日月，安石真是感激涕零，不知所言！陛下，安石罪该万死，死有余辜，敢不铭记在心！"说着，哭得更凶，也更伤心了。

赵顼把吕惠卿的奏章和王安石的信收去，又让王安石在锦墩上坐下。赵顼叫肥下巴太监点燃宫烛。王安石不知赵顼是何意思，眼睛不由得睁大了。王安石看到，赵顼把自己写给吕惠卿的私信，放在点燃了的宫烛上烧。片刻工夫，私信烧完了，上面是一缕青烟飘过，下面是一团黑灰。赵顼龙颜轻松了："这封信永远不存在了。"

王安石却觉得轻松不起来。这封私信烧了，但吕惠卿不会再留在朝廷里了。王安石忽然想起今日吕惠卿许多古怪的言谈举止，明白吕惠卿一早就把弹劾他的奏章和自己给他的私信呈送到赵顼这里来了。糊涂！糊涂！福建子，吕惠卿这个福建子，这么聪明的人，怎么会做出这样的蠢事来。王安石不觉老泪纵横，感到自己脸上的泪水流进了嘴里，嘴里有了苦涩的盐味："陛下还是万万不能让惠卿离开朝廷，惠卿实在无法跟安石共事，就让安石回江宁去。安石老了，许多事力不从心；惠卿正年富力强，由他来行新法比安石更强。"

王安石看到，赵顼又离开御座，在垂拱殿中间走来走去，样子很急，很躁，很是气愤。那些太监、女官、宫女神情也有点紧张小心起来。王安石站了起来，不明白自己刚才的话会何以会弄得赵顼情绪上有如此大的变化。好一会，赵顼才停下来，站在王安石面前："师相对惠卿有卵翼之恩，父师之义，惠卿却对师相如此忘恩负义，加害师相无所不用其极，发师相之私书，完全把师相当仇敌。惠卿这种作为，人神共愤，还能在朝廷站得住吗？"

王安石总觉得吕惠卿在新法上确有大功，大节不亏。王安石想争，赵顼不让争："师相不必再言。朕心中有数：惠卿确实为新法做了许多事，是有功之人。但，这次惠卿实在太过分了，也实在太愚蠢了！他也不想一想，发师相的私书，岂不是同样落下把柄，把自己置于死地：也一样犯有欺君之罪！"

王安石很愕然了一会，同时吓了一大跳。赵顼这番话，表明赵顼并不是不认为王安石无欺君之罪，只是认为王安石不会欺君。王安石不觉又老泪纵横起来，同时也感到赵顼对吕惠卿相当厌恶了。王安石不认为赵顼会治吕惠卿的欺君之罪，但绝不会再让吕惠卿在朝廷里待下去。王安石又跪了下去，说："陛下——"

赵顼双手把王安石扶起，好像知道他要说什么一样："师相还想留惠卿在朝廷里，这是万万不可能的。朕主意已定，惠卿非去不可！"

王安石清楚，自己再怎么说，也是白说的了。吕惠卿离开朝廷，中书又和王安石罢相前一样，由王安石、韩绛、王珪三人组成。表面上看无任何区别，但其实有很大的不同。当年的王珪，虽说不会在新法上出不了什么大力，但绝不会有什么梗阻。现在的王珪，自然不会像司马光那样跟自己吵得不可开交，但一旦有什么风吹草动，此人的态度就很难说了。当年的韩绛，是很醉心新法的。现在的韩绛，自然还是醉心新法的，但在程度上有了些微妙的变化。近些日子，王安石一谈到市易法和开封市面上的情况，韩绛就很有点畏难情绪。王安石想起司马光说过自己是"力战天下之人"，如果朝政出现很糟糕的情况的话，吕惠卿已走人了，自己真要一人"力战天下之人"，独斗官场了。王安石想起章惇来了："陛下，臣举荐章惇接替吕惠卿。"

王安石以为，这不会成什么大问题。赵顼是很赏识章惇的，王安石罢相的那年，章惇领着一队军卒向三司火场冲去，把火救了。这给赵顼留下很好、很深的印象。不过，令王安石始料所不及的是，赵顼又样子很急，很躁，很是气愤，在垂拱殿中间走来走去："不行！万万不行！章惇有失官样，竟然在御膳堂前打人，也要离开朝廷！"

王安石一时无语。大宋朝廷是很注重举止言语文明的，官员都必须温文有礼，举止端庄；大臣相互吵架，都得贬职。章惇动粗打人，打的又是御史中丞邓绾，自然错加一等。王安石："章惇敢说敢当，足以担当大任。"

赵顼顶了回去："惠卿也敢说敢当！"

王安石心里给噎了一下，有种很不舒服的酸楚感。当朝天子赵顼还从来没这么顶过自己。前不久，赵顼绕过中书，招呼也没打一个，就把王广廉、林英从东明县召回来。这里面到底是怎么回事，王安石一点也不清楚。王安石开始感到自己的话在赵顼心目中的分量不像以前那么重了。

垂拱殿里又一时寂然，那些太监、女官、宫女又都紧张了起来。赵顼也似乎感到自己对王安石的态度简单生硬了些，口气和软了许多："师相觉得章惇行，过些日子再把他召回朝廷就是。现在不行：乌府台好几个御史都上了奏章，弹劾章惇，说章惇太嚣张了，连御史中丞都敢打，不处置他就没人敢当御史了；邓绾更是连上了奏章，把章惇打他的情状凶相全讲了，把章惇说得简直像土匪豪强一样凶恶，不贬不足以平众人心中之愤；朝中许多人也说，朝廷打人之风不可长，章惇该贬。朕不能无视言官和朝中官员的意见。"

王安石稍稍松了口气，也理解了赵顼的苦衷，自然不会去为难赵顼。王安石此时心中百思不得其解的是，自己没有任何对不起吕惠卿的地方，吕惠卿为何下这样的狠手。不过，王安石慢慢悟出了一点点：邓绾弹劾吕惠卿，吕惠卿弹劾自己，这两件事同时发生，岂只是一种巧合？这么看来，吕惠卿怀疑邓绾的奏章是自己指使的。这个吕惠卿怎么会这样歪想呢？王安石感到奇怪的是，自己此时竟特别为邓绾担起心来。今日之事，说到底是邓绾惹起来的。吕惠卿臭了，邓绾岂又香得起来？

赵顼看透了王安石的心思："师相人品光风霁月，胸怀像海一样宽阔，心里只有新法，从不会算计他人。但天下人不是个个如此，吕惠卿狭隘得很，也心狠得很，消息又灵通，邓绾的奏章刚递到朕这里，马上就知道，接着就上奏章，叫人头痛得很。"

退朝的时候，王安石看到，赵顼龙颜如常了。王安石却处在一种从来没有过的复杂情绪之中。出垂拱殿的时候，王安石感到一股冷风吹来，抬头看了看上面，阴霾一点也没散去，此时一团团的乌云连缀在一起，像块密不透风的布幔，把京都开封盖住了。

退朝以后，赵顼亲自执笔写了两篇诏书。一篇诏书特授王安石为尚书左仆射兼门下侍郎、同中书门下平章事、昭文馆大学士，加食邑一千户，食实封四百户，加官又进爵，圣眷有增无减；一篇诏书是关于吕惠卿的：

> 朕不次拔擢，俾预政机，而乃不能以公灭私，为国司直，阿蔽所与，屈挠典刑；言者交攻，深骇朕听。可守本官知陈州。

吕惠卿被贬到陈州当知府。不过，赵顼算是给了吕惠卿面子，没把他暗算王安石之事抖出来，贬的地方离京都开封并不远，要不然还要贬到更远的地方去。

第七十九章　念旧谊安石南郊设宴饯行　讲情义章惇两次搬兵解围

仲夏还剩下最后两天，京都开封天空到底放晴了。此前的七八天，京都开封一直下着大雨。倾盆大雨从天空倒泻下来，汇成白色的水流像条巨蟒在京都开封大街小巷乱窜。放晴后的清晨，日光媚人地从薄薄的云层里洒落下来，照在乌府台衙门南厢狱房围墙上，弄得狱房西墙一片白，东墙一片黑。有点风，吹动狱房东西墙头上的小草。小草在墙头上欢快地摇晃着。监察御史李定、舒亶从狱房那边出来，往乌府台大院走去。

中原王朝从汉代起，乌府台都种有一列列柏树，每日有数千乌鸦栖宿其上，晨去暮来，这些乌鸦也因之而得名曰朝夕乌。进入夏日，乌府台的乌鸦越来越多，且不肯离去，昨日晚上数千只在柏树上栖宿的乌鸦仍有不少还留在柏树上啄虫，黑色的翅膀在树叶间难得漏下来的清晨日光下闪着迷人的绿光。

前几天，天子赵顼的圣旨下来了，吕惠卿出知陈州。今日一早，李定同舒亶去给吕惠卿饯行。设宴饯行的是王安石王相公，地点在京都开封陈州门外南郊临时搭起的一座帐幕里。李定心里明白，王相公这么做，是因为这些日子吕惠卿很有点羞面见人，总躲着每个人。章惇去见他，他也闭门谢客。很显然，王相公这个时候在开封酒楼为他饯行，他是不会去的。然而，吕惠卿要去陈州赴任，必经陈州门外的南郊，想躲也躲不掉。此外，还因为这些年吕惠卿风光无限，得罪了许多人，朝野上下恨他的人不少；在酒楼饯行，碰到认得的人，指指戳戳，甚至说些不三不四的话，吕惠卿的面子上不好看，王相公的面子上也不好看。况且，宋代达官贵人、文人雅士，不少喜在城门外的郊野设帐幕宴饮；送别友人，更是如此。再说，郊野清静，过往人少，在那里喝酒自在。邀去作陪的有韩绛、章惇、李定、王广廉、林英和舒亶。邓绾没邀，他要是去作陪，不说吕惠卿不会放过他，章惇恐怕也不会放过他，非把他打得鼻青脸肿不可。吕嘉问也没邀，此人要是去作陪，饯行的酒是绝对没办法喝的。去年曾布察访京都开封市易法和免行钱之事时，吕惠卿不仅没为吕嘉问说话，反把吕嘉问贬了，这让吕嘉问把吕惠卿恨到骨头里。现在吕惠卿可说成了京都开封官场和街头巷尾人人茶余饭后痛恨和耻笑的对象。王相公还设宴给吕惠卿饯行，且这么多人作陪，算是给足了吕惠卿的面子。

李定与舒亶顺着乌府台围墙向外面走去。乌府台大院里两排高达十余丈的繁茂的柏树把夏天的清晨的日光挡在外面，一地黑色的浓荫，让往日柏树下令人望而生畏的乌府台显得格外森严清肃，但柏树下的清凉也让人感到沁人心脾的惬意。路过柏树林时，李定一眼看到御史中丞邓绾一人在乌府台大院两排柏树间走来走去，样子显得有点闲静安适，也有点孤单可怜。乌府台衙门里的人都清楚，御史中丞邓绾是个大忙人，每天有忙不完的事，脚步从来匆匆，从没见他在柏树林闲晃过。李定是个明白人，知道这不仅因为王相公没邀邓绾作陪，更重要的还因为京都开封官场上的人对他冷淡多了。中原王朝的官场是个怪物，势利得很，也奇妙得很。失去权势的人别想官场上的人对他有什么好脸色，名声不好的人也很难让官场上的人对他不冷眼相看。邓绾虽说还是御史中丞，但朝中许多官员并不那么把他当回事，见到他远不像以前那样尊敬、热情、讨好、巴结了，就是乌府台衙门里的人也不那么在乎他了。再也见不到谁有事没事都要到他身边去亲近亲近，相反多绕开他走；实在绕不开，也是寒暄几句，敷衍一下。笑骂对邓绾来说，很无所谓，但这种难看的脸色和冷眼却叫邓绾受不了。然而，这能怪谁呢？只怪你邓绾为人太不厚道，太精了点，千不该万不该跟吕惠卿一样，翻云覆雨，出卖故人。朝中的人都知道，王相公再相前，邓绾跟吕惠卿二人交情非同一般，好得像生死之交。然而，王相公再相后，邓绾的脸说变就变，转身就把吕惠卿卖掉，弹劾起吕惠卿来，巴不得一棍把吕惠卿打死。本来，乌府台的御史就是要弹劾人，而且想弹劾谁就可以弹劾谁。但，乌府台的御史谁都可以弹劾吕惠卿，唯邓绾不行。中原王朝千年以来，无论是士大夫，还是平头百姓，一讲忠，二讲义。对故主、故交是不可绝情的，即使对方昏庸无能，愚昧糊涂，甚至残暴凶狠，作恶多端，只要是主子，下面的人就要忠；同样的道理，即使对方逆风臭千里，名声不好，只要有一饭之恩，就得涌泉相报。不忠不义之人在中原王朝是做不起人的，甚至成为千夫所指、人人痛骂的不齿于人类的狗屎堆。这样，邓绾就和吕惠卿一样，名声臭不可闻了。当然，说句实在话，光是京都开封官场的人对他耻笑，乌府台衙门里的人对他冷淡，还不至于叫邓绾感到有什么特别了不得的地方。听说天子赵顼也认为邓绾这个人邪佞，这就叫邓绾紧张了。京都开封官场的人对邓绾这个样子，李定不好去评说。但乌府台衙门里的这些人对邓绾这个样子，李定就觉得过头了。不管怎么说，邓绾对乌府台衙门里的人虽然说不上有什么恩德，但也没什么对不起乌府台衙门里的人。李定远远地对邓绾很是友善地拱了拱手："中丞大人，早上好。"

李定看到，自己就这么一句简单平常的问候，却让邓绾很受感动，眼睛亮了一下。邓绾脸上的这种表情，在以前是不可想象的。别看邓绾在官位比他高的人面前，总是顺着眼，蜜笑着个脸，但在乌府台衙门里却总是板着个脸，摆着乌府台掌门人的官威。不过，没过片刻，邓绾大概觉得自己的心事被人看破了，在属下面前失了态，有失自己身价，又忙把脸板了起来，官威多少还有一点，俨然御史中丞："二位从狱牢那边过来？好，好，好，对那些犯官就是要盯紧点，不能让他们坏了朝廷的纲纪。"

李定觉得这挺好笑，同时注意到舒亶古怪地笑了笑，笑里明显有种讥刺的味道。李定感到这下坏事了，邓绾要拉下个脸来。不过，叫李定料想不到的是，邓绾竟顺着眼，蜜笑着个脸对舒亶说："快到西郊去吧，可不要让众人等得不耐烦了。"

这么看来，邓绾知道王相公给吕惠卿饯行这件事了，李定不由得佩服起邓绾来。邓绾这个人很明事理，气量也不小，对王相公未请他作陪，并无半点计较的意思。李定觉得这是避免邓绾和舒亶发生争吵的好机会，忙推着舒亶往前走去。李定与舒亶出柏树林便上了马沿着御街，并辔往城南的陈州门奔去。日头还只两丈来高，霞光把周边薄薄的云层都染红了。御街远不像以前景气了，两边的店铺隔不多远就有闭门歇业的；邸店更是把门关得紧紧的，好像永远不做生意了。街上的行人也少多了，往日热闹的御街竟有点冷清起来。李定心里明白，这是京都开封的权势贵官、富商巨贾在跟朝廷较劲的结果。市易法弄得他们没了定价权，免行钱又弄得他们的摊派也搞不成了。这些人过去做生意，是日进斗金；现在要做生意，钱还是可以赚一点，但远不能跟过去比。这叫他们心里如何舒服得起来？不过，御街两边米店里挤满了买米的人。买米的人往里挤，买了米的人往外拱，把个米店弄得乱成一团糟。御街上的行人不多，但皇城司的逻卒却不少。李定看到，有几个泼皮在一家饼店门口指指戳戳的，明显在寻找事端，闹起纠纷，然后敲诈店主。这几个泼皮见皇城司的逻卒来了，吓得掉头就跑，转眼进了一条巷子，就不见了。

李定很为京都开封眼前的事担起心来。前些日子，京都开封街头巷尾议论纷纷，说是江、浙、荆、淮六路转运司出了大事，把宫中的一个太监杀了，丢到河里去了；说天子赵顼要查办六路转运司的人；说江、浙、荆、淮六路那边的米、盐运不过来了，京都开封的市民马上没米、没盐吃了。李定对这事很清楚，江、浙、荆、淮六路漕运船上的军卒把一个太监打得不轻是事实，但并未扔到河里，是这个太监怕给军卒打死，自己往河里跳，爬上岸来，在外面躲了几天，又回来了。再过两天，江、浙、荆、淮六路漕运的米、盐就可运到京都开封，慌什么呢？李定估计，有人在后面捣乱。

李定与舒亶策马前行，马的鬃毛在日光下跳跃。李定看到，舒亶一脸的怒气："把几个为头的抓起来，看他们还敢不敢跟朝廷捣乱！"

李定也有这个想法。但他们做不到这点。乌府台的御史可以监察弹劾朝廷任何一个命官，但却拿生意人没半点办法。李定据实以言："我们奈何不了他们。"

李定与舒亶都不说什么了，只是催马往前走去。前面就是龙津桥，桥下是贯穿京都开封三大漕运之一的蔡河。龙津桥是京都开封最繁华的地段，以前桥上的车马，桥下的船筏，络绎不绝，十分壮观。李定与舒亶上了龙津桥，但见宽阔桥上无人摆摊贩卖，车马、行人都稀少。二人并未下马，只是停在龙津桥上，弄得几个过往的行人都抬起头好奇地望望他们。此时，有三个头戴方巾软帽秀才模样的人上了桥，边走边说些什么。

一人说："告诉你一件事：南厢坊有伙生意人要在路上把大奸臣吕惠卿拦住，不让他痛痛快快去陈州上任，要好好羞辱他一顿。"

一人说："找他算账，这个大奸臣尽给当朝宰相王安石出坏主意，还加害王安石，特别是市易法弄得他们的钱不好赚了。这些人还能轻易放过他？"

一人说："嘘——！小声点，桥上有人。这个大奸臣虽然被贬到地方去了，但他还有许多党翼，这些人会来找你的麻烦的。"

李定很奇怪，心里不禁为他很气恼的吕惠卿叫起屈来。李定清楚，吕惠卿为新法确实做了许多事，有很大功劳，但新法的大主意其实都是王相公拿的，怎么这么多的人都把新法的账算在吕惠卿头上呢？李定不禁为吕惠卿担起心来。吕惠卿不是个受得了羞辱的人，岂能容得那伙生意人的羞辱，肯定要跟那伙生意人吵起来。那伙生意人仗着人多势众，吕惠卿再能言善辩，也说不过那伙生意人，肯定要吃亏的，弄不好要挨打。李定觉得，得赶紧把这些情况禀告王相公，想办法救吕惠卿。

两个头戴方巾软帽秀才模样的人下桥去了。李定、舒亶用马镫夹了夹马肚子，催马过了龙津桥，不多一会，就出了陈州门。李定看到，京都开封城外的行人更少了，官道上见不到几个进城做买卖的人。约莫走了五里来路，李定看到前面一块草地上有座帐幕。帐幕旁边有条小溪。溪水在日光下闪着白光。有菜的香味从帐幕后面飘过来。旁边过往的行人和买卖人都不由得要把帐幕望上几眼。在离帐幕三四十丈远的地方，大概是马蹄声惊动了帐篷里的人，王相公和韩绛从帐里走了出来，都一身便服。李定、舒亶忙翻身下马，牵着马快步向王相公和韩绛走去。

日头斜挂在天上，周边橘红的霞光都消褪了，旷野上洒满无边无际的白色日光。李定看到，王相公这几天又老了许多，太阳穴边出现了黑色的老年斑，颈上的皮肉松弛了，那双点漆般黑得发亮的眼睛也没以前那么有精神了。以前，反新法的人千方百计想扳倒他，王相公精神不仅不减，反显得更旺。然而，这一次吕惠卿暗算他，明显把王相公的精神搞垮了。吕惠卿真是利令智昏，造了大孽，那么精明的人，怎么做出这种见不得人的事来，害了王相公，也害了他自己。

李定看到，王相公没有回到帐幕里去，在日光下像尊雕像：反剪双手，长须拂胸，背帐而立，眼睛定定地望着陈州门那个很远方向的官道。李定是王相公在江宁讲学时的门生，清楚他的特点：在思索什么大事的时候，眼睛总是望着很远的地方，目光所及却并不是眼前的事物，而是在憧憬未来岁月的某个地方，眼睛里则充满了智慧和自信。然而，这次王相公望着远处的官道，目光里明显含着的是一种难言的焦虑和愁苦。李定心中明白，王相公在望吕惠卿。

李定急着把龙津桥听到的话告诉王相公。不过，话刚说完，韩绛道：“介甫已经知道这事，章惇、王广廉、林英接惠卿去了。”

李定这才放心了。没人去接，吕惠卿被那伙生意人拦住了，肯定难以脱身，这些人不把吕惠卿弄得斯文扫地，脸面丢尽，是不会放过他的。特别是章惇也去了，事情就更好办了。章惇带兵打过仗，有他去对付一伙生意人，是没问题的。李定看到，韩绛也是一脸的焦急，一会朝陈州门那个方向的官道上望望，一会又望望天上的日头，自言自语地道："这些人也做得太过分了，吕惠卿已经遭贬了，还对人家胡搅蛮缠什么呢？"

李定和舒亶站在王相公身边。王相公没回答韩绛的话，但目光里的焦虑、愁苦之色更明显了。李定不由得望望地上自己的日影，不到一个人那么长了，看样子快到午时了。李定默算了一下时间，吕惠卿和他的家人该到了，此时还未到，怕是出了什么事。

李定望着王相公："学生与舒亶过去看看。"

舒亶也有这个意思，不等王相公回话，转身就要上马。就在此时，李定突然看到陈州门那头的官道上，掀起一股滚滚的黄色尘烟。李定心里叫了声：不好。李定看到，王相公、韩绛、舒亶的脸色都变了，目光里都有了惊恐。

王相公摆了摆手，不让李定和舒亶上马。李定看到，那股滚滚的黄色尘烟快速向这边移来。大约一炷香工夫，黄色尘烟滚到离帐幕不到里把路了。尘烟里显出一伙身穿盔甲、手执兵器的士卒。李定奇怪了，眼下不能说朗朗乾坤，太平无事，但比起十多年前好多了。京都开封就更好些了，这些年来抢劫之事也很少发生。然而，今日光天化日之下，陈州门外怎么突然跑出这么多兵来呢？岂不怪哉！李定注意到，王相公、韩绛、舒亶也都一脸的惑然。

又约莫过了一炷香工夫，黄色尘烟滚到离帐幕不到两箭之地。滚滚的黄色尘烟中出现三个熟悉的身影：章惇、王广廉、林英。这三人都骑着马，与一个也骑着马的军官走在前面，远远看去，就像这四个人拖着黄色尘烟往这边走来。这就很叫人百思不得其解了。章惇、王广廉、林英是去接吕惠卿的，怎么把一队士卒接来了？再过一会，李定看见，一伙士卒中间夹着三辆马车：第一辆马车上坐着吕惠卿，第二辆马车上坐着吕惠卿的家人，第三辆马车里堆着吕惠卿家的财物。李定糊涂了，吕惠卿虽然遭贬，但不是犯官，无须派兵卒押送；即使是犯官，也只是开封府或乌府台派几个兵卒押送出境。吕惠卿哪里犯了那么大的事，要派这么多兵押送！

不多一会，章惇催马先过来了。章惇禀报王相公：他和王广廉、林英是在龙津桥那头碰到吕惠卿一家人的，上百个生意人正拦住吕惠卿，不让他的车马过去，一齐围着吕惠卿，凶得不得了，满嘴粗话脏话，弄得一街的人围在那里看热闹，把一条街都堵死了。吕惠卿能言善辩，口才再好，骂脏话可不是对手，给弄得狼狈不堪，羞得一脸通红，衣服也给扯破了。皇城司的逻卒过来也不行，驱散这些人，那些人又过来了。章惇、王广廉、林英过去，也没用，再说他们也都穿着便服，谁认得他们老几？上百个生意人越骂越凶，越骂话越难听。章惇见近处有座望火楼，望火楼旁必有军巡铺，官屋里有驻军百余。去年章惇率领军器监的一队兵救三司衙门的火，京都开封四厢军巡铺救火的兵丁都认得章惇。章惇到军巡铺一说，里面的官兵还真给章惇面子，连忙手执兵器冲了出来，把那伙生意人全都驱散。要不然，吕惠卿今日脱不了身。

总算万事大吉，饯行酒宴可以顺利开席了。章惇禀报完毕，王广廉、林英和吕惠卿都骑着马过来了，脸上满是汗水和尘灰。军巡铺救火的官兵三三两两站在官道上，汗水把脸上的尘灰弄成一棱一棱的。王相公的管家取出五十两银子，给了军巡铺的官兵，让他们自己喝茶去。军巡铺的官兵一脸欢喜地转身离去。

王相公执着吕惠卿的手，进了帐幕。李定、王广廉、林英、舒亶跟在韩绛、章惇后面，也进去了。再后进来的，是吕惠卿的家人。吕惠卿衣服果然给扯破了，头发也乱了，很是落魄。酒菜上桌了，谁也没有开口说话，帐幕里的气氛很是沉闷、冷清、尴尬。李定心中有数，这里除了王相公外，恐怕只有章惇是愿意来为吕惠卿送行的，其他人和自己一样，都是看在王相公的面子上来作陪。据实以言，其他人和自己只是凑个热闹，太多的热情是没有的，饯行宴席很难一下子热起来。

进了帐幕，李定正好站在吕惠卿对面，吕惠卿脸上的表情能看得一清二楚。此时吕惠卿理了理乱发，衣服破了顾不上，仍穿在身上；脸上有了一种复杂的神色，有愧色，有喜色，还有故作出来的镇静和孤傲之色。吕惠卿这种镇静和孤傲，当然不难理解。不久前，吕惠卿是天子赵顼十分看重的鼎臣，转眼间就被贬到地方当官，这个变化实在太大了些。本来，官场上的浮沉用不着看得太认真，也用不着那么患得患失的，但吕惠卿做不到这点。他觉得自己现在是落难时期，最重要的是要保持住自己的尊严和体面，不能失态，不能让人看笑话，不能让人家看轻了自己。

吕惠卿一言不发地站着，众人也都一言不发地站着，气氛不冷不热。李定注意到，王相公看到了这一点，今日脸上多了几分亲和、小心的神色，生怕什么地方会伤到吕惠卿的自尊。这其实很不合王相公的性格。王相公是干大事的人，对生活中的小事是很不在意的。王相公要吕惠卿坐主位，吕惠卿很是谦让了一番，说自己是被贬之人，何敢受此尊荣。王相公、韩绛、章惇都说今日是为吕惠卿饯行，吕惠卿不坐主位谁坐？吕惠卿这才坐了下去。众人也都归座。吕惠卿的家人则在帐幕边上一张方桌上喝酒，由王相公的管家作陪。

不过，李定很快发现自己错了。出乎李定的意料，没过多久，饯行宴席的气氛就热闹起来。饯行宴席开席后，王相公说了吕惠卿许多好话，众人一个个给吕惠卿敬酒。有的说吕惠卿有大才，有的说吕惠卿是干大事的，有的说吕惠卿在新法上功劳最大，有的说反新法的人就怕吕惠卿，有的说司马光给吕惠卿驳得体无完肤气得吐血，还有的说那时在条例司膳堂吃什么都香。这些话免不了有矫饰、夸大和溢美的地方，但大体都是事实。李定觉得，这些话在情理之中：饯行宴席上不说好话、恭维话，说什么话？总不能在饯行宴席上把吕惠卿骂上一通，教训教训一下他，弄得他尴尬难堪、抬不起头来吧？这就显得太不厚道了，王相公面子上也不好看。不管怎么说，饯行宴席上的气氛是热了起来。吕惠卿脸上显出了喜色，脸上的神色也不孤傲了，给众人一一回敬酒，态度也热了起来。帐幕边上那张方桌上的人吃、喝得也挺欢畅，管家不停地劝酒。

李定心里畅快极了。他觉得众人应该这样对待吕惠卿。尽管吕惠卿做了很不应该做的事，但毕竟多年在一起行新法，总不该对他做得太绝情。李定心里不由得想起吕惠卿许多好处来。平日众人虽然都在京都开封为官，但都在各自衙门里公干，在一起叙话的时候并不多，这么多人聚在一起的时间就更少。今日机会难得，好几个人就想借这个机会谈谈心里的一些话。酒过三巡，众人喝得耳根都红了。第一个说心里话的是章惇：“在座诸位，今后不管做什么事，无为亲厚者所痛，而为见仇者快。”

李定心里不由得吃了一惊。章惇这个人把新法一边人的和衷共济看得比什么都重，但又常有坏和衷共济之举。不用说，章惇这话本意是好的，并不想跟吕惠卿过不去，但在此时此地说这句话，很容易使人产生误解。吕惠卿前不久暗算王相公，就是件不折不扣的亲痛仇快之事。章惇此时大谈亲痛仇快，不就是指着秃头骂和尚吗？特别是在吕惠卿听起来，不是在说他，是说谁？

帐幕里的气氛有点叫人不安起来。李定看了看每个人的脸色。王相公脸色变得庄肃起来，明显表示出对章惇这句话的不满。韩绛一脸紧张之色，他清楚吕惠卿的为人，知道这个人就是再不走运也不会容忍他人对他的冒犯伤刺。林英吓着了，也急坏了，目光不停地在章惇、王相公、吕惠卿脸上转来转去。王广廉那张寡淡无味的脸上看不出有什么变化，只是望望吕惠卿，又望望章惇。舒亶很是佩服地望了望章惇，连点了三下头。吕惠卿的脸色最难看，整个脸都拉了下来。

帐幕里的气氛冷清、沉闷起来。这边桌上没谁说话，也没人喝酒、吃菜，只帐幕边上那张方桌上有管家劝酒、劝菜的声音传来。王相公举起酒杯，正要劝众人喝酒时，舒亶说了句话："今后不管谁搞亲痛仇快之事，大家就跟他永世绝交。"

舒亶这个人有时言行只图自己痛快，这句话起了火上浇油的作用。桌上的人都感到有件十分不快的事情要发生了。帐幕里的气氛严重了起来。吕惠卿的脸板了下去，有点吓人。王相公的脸也绷得紧紧的。那边桌上的人也不吃不喝了，都回过头来惊恐地望着这边。吕惠卿先望了望舒亶，然后很不友善地望着章惇："你们这话是什么意思？"

李定清楚，章惇从来佩服吕惠卿的才干，吕惠卿对章惇也高看一头。二人都相互借重，也相互抬举，从未红过脸。当然，今日之事，是章惇说漏了嘴，说了不该说的话。李定知道，章惇本是个吃软不吃硬的硬汉子，谁对他不客气，他决不会对你有半点客气。李定站了起来，端起酒盏，探身伸到坐在对面的章惇面前，要给章惇敬酒。李定的意思很清楚：借敬酒之名，岔开章惇，不让他接嘴。李定注意到，硬汉子章惇并不是个死不拐弯之人，也知道说漏了嘴，忙端起酒盏，探着身子回应自己的敬酒。满桌的人都松了口气，王相公更是满脸喜色。帐幕里的气氛也轻松起来。李定举起酒盏，正要一口干时，舒亶又说了句只图自己痛快的话："章大人的话意思很清楚，用得着问？"

舒亶又火上浇油了。吕惠卿脸上显出刚进帐幕时的孤傲和镇静。不过，不是故作的。吕惠卿要回敬了。奇怪是，吕惠卿不回敬舒亶，却对章惇说："你以为你就一直能在朝廷里待着？神气什么，用不了几日，你也会像吕某一样滚蛋。"

李定觉得很奇怪：吕惠卿怎么会冒出这句没头没尾、叫人摸不着头脑的话来。不过，桌上人都吃了一惊。吕惠卿一向说话严谨，今日说出的话怎么会把不相干之事扯在一起，莫非章惇也要贬到地方去当官了？

李定注意了一下王相公脸上的神色，但见他一言不发地端坐着，一脸的不快、难受和无奈，只是低下头喝酒、吃菜。李定猜：王相公清楚这是怎么回事了。三天后，天子赵顼下诏：章惇出知湖州。李定这才知道，邓绾弹劾吕惠卿的同时也上奏弹劾章惇，说章惇与吕惠卿同恶，在一起干坏事。这真是天大的笑话。章惇与吕惠卿同在一起施行新法是真，可从没跟吕惠卿在一起干坏事。特别是今日饯行宴席上，二人还闹得面红耳赤，差点吵起来，何来同恶之罪？

帐幕里的气氛越来越严重了。李定觉得，今日之事不能全怪吕惠卿。此时饯行宴席真有点不像给吕惠卿送行，反倒有点像设了个圈套，把吕惠卿引起来，然而狠狠地羞辱他一番。这就让人觉得很不厚道了。李定本以为章惇会狠狠反击一下吕惠卿，然而，出乎意料，此时章惇什么也不说。真难为了这个硬汉子章惇，二次软着忍了下去。吕惠卿转过脸去回敬舒亶道："没人怕你绝交，就怕你一刀把人家杀了。"

舒亶的脸涨得通红。吕惠卿在揭舒亶的疮疤。舒亶在当临海尉时一刀把一个不孝子杀了，虽然出于正气，却也说不上什么光彩，官场上的人常拿这事贬舒亶。帐幕里的气氛彻底坏了，根本谈不上半点饯行的喜气和情意。李定感到，今日饯行宴席不吵得天翻地覆，只弄得不欢而散，就算是万幸了。吕惠卿脸上又显出了那种敢说敢当、精明机敏的神色。吕惠卿望着王相公，质问道："这哪里是给吕某饯行，分明是在羞辱吕某。要羞辱当街羞辱就是，何必摆着酒做样子。"

李定感到，今日饯行宴席到了最严重的时刻。吕惠卿迁怒王相公，就得寸进尺过头了。朝野上下，恐怕没一人不知道，王相公最看得起的人是吕惠卿，最对得起的人也是吕惠卿。今日的饯行宴席，也绝无半点坏意。吕惠卿狗咬吕洞宾，把王相公的好心当成驴肝肺。

王相公一脸的委屈，也一脸的毫不介意，抬起那双点漆般黑得发亮的眼睛，望着吕惠卿，嘴唇动了动。就在此时，吕惠卿站了起来，高声道："这酒吕某不喝了。"说完，就起身往帐幕外扬长而去。他的家人也赶紧离开座位，出了帐幕。

王相公一脸的痛苦、尴尬和难堪，帐幕里的人都目瞪口呆了。这是众人完全没料到的结果。谁也没出去把吕惠卿拉回来，好像他要走就让他走好了。此时，帐幕外不远处突然传来吓人的喧嚣声。管家进来，告诉王相公：先前，那伙拦住吕惠卿的生意人见军巡铺的官兵回城去了，就又转回来，口口声声要找吕惠卿算账。

李定看到，众人脸上的表情十分有意思。韩绛有点慌，却只是望着王相公，等他拿主意。王广廉、林英是先惊后急，几步走到帐幕门帘处。李定很气吕惠卿，又很有点同情吕惠卿。王相公一脸正色，一脸的凝重，站了起来，然后一步步往帐幕外走去。众人都抬起头，转过脸，惊讶地望着王相公。舒亶一脸的惊愕，却装着没听见，竟端起酒杯喝酒，拿起筷子夹菜，明显有这个意思：让这个不识好歹、恩将仇报的人去尝尝那伙生意人的味道，那时他才知道什么叫羞辱。

李定知道，王相公要去给吕惠卿解围。章惇第一个跟着王相公出了帐幕，然后策马往陈州门方向驰去。马蹄过处，卷起一溜黄色的尘烟。李定起身的时候，韩绛、王广廉、林英都走了出去。外面的喧嚣声很是吓人。李定朝前一看，见那伙生意人把吕惠卿及其家人拦在离帐幕不远的官道上。那伙生意人少说有四五十个，占满了官道，弄得过往的行人都无法行走，只好停在官道的两头。按说吕惠卿虽然不是参知政事，但还是陈州知府，官也不小，然而这些生意人根本不把吕惠卿当个什么官。有的对吕惠卿这边扯一下，有的那边拉一下，喉咙又大，面目狰狞，巴不得一口吞了吕惠卿。吕惠卿一脸的苦相，狼狈极了，头上的官帽也丢了，披散着头发，衣服全扯破了，一只衣袖也扯掉了；口才再好也没用，说出的话被这伙生意人的喧嚣声全盖住了。吕惠卿的管家挨了打，脸打青了。吕惠卿夫人的发髻乱了，站在路边发抖。吕惠卿的儿子吓得缩在吕惠卿夫人后面，不敢动一下。李定很有点惑然不解：这伙生意人也不知哪来的胆子，敢在吕惠卿面前这么嚣张，不怕官府拿办吗?

李定清楚，要是没人给吕惠卿解围，吕惠卿今日是脱不了身的。吕惠卿一家老小一天在郊野，怎么受得了！这时，王相公快步向官道走去，跟在王相后面的是韩绛、王广廉、林英。李定走过去时，林英对他指着一个人。李定顺着林英手指的方向看去，但见那人左脸有道很宽的刀疤。李定记得林英说过，八年前东明县有个把农户打死的衙役班头左脸有道很宽的刀疤，没想到此人在这里出现了；去年李定还听曾布说过，这个刀疤脸光天化日之下不仅敢砸京都开封市易务监铺货场，且敢把监铺里的人打得喊爹叫娘，锁着公差扬长而去。这个刀疤脸挡在吕惠卿面前，把吕惠卿的去路堵死了，一只手对着吕惠卿的鼻子一点一点的，像要动粗，弄得吕惠卿的头躲来躲去，样子十分可怜，也十分好笑。那伙生意人都十分开心地大笑起来。吕惠卿气得一脸煞白，也羞愧难当，脸面丢尽了。

李定不禁为吕惠卿担起心来。吕惠卿今日碰到刀疤脸，可说是半夜路上碰到鬼，难以脱身。不过，此时王相公走过去。刀疤脸那伙人都转身望着王相公，目光很凶，也有点疑惑。李定怕这伙人动粗，伤到王相公，几步走到王相公前面，挡住那伙人。王相公却把李定拨开，对那伙人说："你们眼里还有王法没有？光天化日之下拦住朝廷命官，是何意思！"

那伙人都上上下下打量着王相公。刀疤脸指着一脸狼狈的吕惠卿对王相公说："你这老头好喜欢多事，你知道面前这人是谁？朝廷的大奸臣吕惠卿！这个人在朝廷没做过一件好事，专给当朝宰相王安石出坏主意，这个法，那个法，弄得天下人没得个活法；还设奸计陷害王安石，弄得王安石差点人头落地。这种大奸臣还能不教训教训？"

李定记起了龙津桥上两个秀才说的话，他们说的话如出一辙，看来这伙生意人把吕惠卿拦住，羞辱他，是京都开封有人指使。李定看到官道两头行人越来越多，听说吕惠卿在这里，都踮起脚来骂。还有人把泥块扔过来，打在吕惠卿头上，弄得吕惠卿赶紧用双手抱着头。那伙生意人笑栽了。

李定看到，王相公转身面对着那伙生意人："新法系王安石一人所为，王安石也并未人头落地，还好好地活着。你们都回去！"

李定注意到，那伙生意人都一脸的错愕，很惊诧地望着王相公。刀疤脸盯着王相公，一脸凶相，左脸上的刀疤也涨红了："你是王安石的什么人？你到底是为王安石说话，还是为吕惠卿说话？你再不识相，小心本老爷对你不客气！"

李定看到，韩绛、王广廉、林英差点没笑出声来。这伙人真是有眼不识泰山，太可笑了，王安石王相公就在面前，却问王相公是王安石的什么人。林英挤了过去。刀疤脸认出了林英。林英高声对刀疤脸说："你面前的就是王相公！"

李定看到，刀疤脸那伙人和行人都惊得半日合不拢口。刀疤脸怪怪地望着王相公："这个大奸臣吕惠卿陷害你，你就这么算了？"

李定觉得这没什么奇怪的。李定也做过好多年的地方小官，清楚这些衙役的底细。这帮子人眼里只有钱，口里连仁义道德四个字都懒得讲。这帮子人哪可能明白王相公的人品和襟怀；跟他们讲了不仅白费口舌，这些人反会笑你是个书呆子。王相公不想跟刀疤脸解释那么多："都不要瞎猜：老夫与吕惠卿都只是为国事而争。"

王相公刚才这些话给吕惠卿解了很大的围。那伙生意人绷紧的目光不那么凶了，只是好奇地望着王相公。官道两头的行人也三三两两都看着王相公说些什么，情绪明显松弛了下去。李定看到，吕惠卿也怪怪地望着王相公，目光里有对王相公的不解，有解围后的轻松感，也有难为情。

王相公挥挥手，要众人都离开。不过，无论是刀疤脸那伙人，还是行人，都没有离开的意思。这些人不会轻易相信王相公的话。李定忽然听到陈州门那个方向有人马的嘈杂声传来，转过身一看，见有股黄色尘烟快速向这边涌来。尘烟中少说有上百士卒，走在前面的是骑着马的章惇。这个章惇，又去搬救火兵去了。刀疤脸那伙人很快离开了，接着行人也走了。最后，吕惠卿拣起掉在地下的官帽，掸掸上面的泥土，戴在头上。

章惇两次搬兵，为吕惠卿两次解围。硬汉子章惇算是够讲情义的了，一点也不在意刚才自己与吕惠卿发生的不快。王相公一伙人站在官道上，对着吕惠卿一家的车马目送手挥。吕惠卿一家的车马走远了，在官道那头成了一个黑点。

吕惠卿走了，再也没有回到朝廷来。绍圣年间，成年天子赵煦亲政，要继承父皇赵顼未竟之事业，重行新法，那些被赶出朝廷的新法一边的人又陆陆续续回到朝廷里，吕惠卿也没回来。曾布当国是不会要吕惠卿回朝廷的，蔡京当国也没要吕惠卿回朝廷。今日在饯行宴席上差点跟吕惠卿吵起来的章惇当上尚书左仆射兼门下侍郎后，倒是想让吕惠卿回到朝廷来，但朝中许多人厌恶吕惠卿其人，终究也没引其入朝。《宋史》对吕惠卿自然很不客气，把他打入奸臣传中。但对吕惠卿的才能却还是有记载。吕惠卿被贬出朝廷后，在地方当官做得也挺不错，还挺能用兵。绍圣年间，吕惠卿以观文殿大学士衔称当延州知府，西夏举全师围延安，吕惠卿早修好了寨堡待敌。西夏兵欲攻则城不可近，欲掠则野无所得，欲战则诸将按兵不动，欲南则惧腹背受敌，灵活机动得很。西夏仅围了二日，就拔栅而走。特别值得一提的是，终其一生，吕惠卿没说过新法半句坏话。司马光当国时，有人试探过吕惠卿，想从吕惠卿口中听出对新法一句半句坏话。坐了半日，吕惠卿一言不发，就是不开口。在最困难、最无助，甚至可以说是最绝望的时候，吕惠卿依然保持着他应有的尊严，在其位，谋其事，称其职，无愧于朝廷。吕惠卿卒后，赠开府仪同三司，有了个一品文散官封阶。

第八十章　龙津桥公差役卒强行上船 黑屋里奸商刁民服服帖帖

章惇离开京都开封的第二天一早，朝廷市易司提举兼京都开封市易务提举吕嘉问带着京都开封市易务十一个城门监铺的勾当公事官、监胥、行人、牙人以及二十多个役卒，合在一起六十多个人，雄赳赳往蔡河方向走去。吕嘉问一脸的正气、豪气、神气和霸气，精神勃发，大道直行的样子。那二十多个役卒手上都拿着上黑下红的水火棍，威风凛凛的，也神气得不得了。前面有四个役卒开路，呼呼喝喝，路上的行人老远就吓得往路的两边躲。那些勾当公事官、监胥、行人、牙人以及其他役卒紧跟在吕嘉问的屁股后面，挤挤搡搡的，谁都想靠得吕嘉问近一些。内中有个麻脸的役卒挨得最近，此人喜欢使斧，人称“赛咬金”。市易务的役卒只能使棍，这叫他不快，但不快归不快，公干起来无事不向前，深得吕嘉问的赏识和器重。市易务最需要的是会做生意的人，但麻脸役卒这样的人也是少不得的。吕嘉问就给了麻脸一个卒头当。从此，麻脸卒头今非昔比，成了京都开封街上有头有脸的人物。小商小贩老远就跟他打招呼，一口一个“老爷”叫得他心花怒放，还请他上茶铺吃茶。一些做大生意的也对他笑脸相迎，很有点巴结讨好的意思，有时还会包点碎银塞到他袖子里。这自然都是吕嘉问吕大人给他带来的好处。麻脸卒头是个懂得感恩的人，当时就感激得跪在地上给吕嘉问磕了三个响头，发誓不仅今生今世跟定了吕嘉问吕大人，来世还变牛变马侍候吕嘉问吕大人。

吕嘉问今日要办两件事。一件事是去龙津桥边一家邸店看看。吕嘉问听他那个当过宰相的爷爷说过，那家邸店在开国皇帝宋太祖的开宝年间就开张了，至今已上百年。那家邸店十分神秘，总是大门紧闭，很少看到里面的人出来，但蔡河上却能见到不少装满货的大船停靠在邸店下面的河边。九年前，章惇与大才子苏轼兄弟、王安国兄弟、冯京游蔡河，就发过狠话，要好好奈何一下那家邸店，但至今也没能动那家邸店一根毫毛。近来那家邸店越来越不像话，那种装满货的大船越来越多停靠在那里，且每只船的船头都插了面黄旗，上书“入内内侍省内官监”八个大字。另一件事是去看看安上门监铺的情况。近来京都开封市面的情况越来越糟了，糟到再不下更大的狠手，京都开封军民就要饿肚子了。简直出鬼了，近来开封市易务竟然很难收购到东西，不要说粮食，就是吃的菜也难收购到。原来听说江、浙、荆、淮六路的米、盐这些日子就可运到京都开封来，却一点音讯也没有。吕嘉问觉得，京都开封市面这么糟，肯定有人在捣乱，且不是一般的人在捣乱，估计里面有皇亲国威。吕嘉问是不怕什么的，也不在乎人家会说什么。年少时敢把家里人气得呕血，现在为朝廷行新法就更不怕谁了，为天子卖命，死都不怕，还怕几个皇亲国戚不成！吕嘉问下决心对那些捣乱集市的人来几手狠的。吕嘉问对手下的人放言：只要能收购到东西，特别是粮食，用什么办法都行。不过，京都开封市易务十二个城门监铺不是个个都这么干，唯有安上门那家监铺的勾当公事官黎厚德最得力，敢动真的，结果安上门监铺货场的货物充足得很。这个监铺的货场曾经被东明县乔家庄乔昌发府上的人砸过，几个公人也被打伤，黎厚德当上这里的监胥后，再没谁敢到这里惹事。吕嘉问今日把这些人带去，就是要这些人脑子开开窍，看看黎厚德是怎么做的，回去也这么做。

此时夏至刚过几天，京都开封尚不甚热。吕嘉问一行人沿着御街，一路南行。现在的京都开封真像要出大事的样子。吕嘉问一路看到，市面很是萧条，也乱得不能再乱。御街本是富商巨贾聚集之地，南来北往的生意人大多在这里进进出出。然而，这些日子却很难在这里见到生意人的身影。全城的邸店都关门。原先遍布全城、通宵不绝的北食店、南食店、川味馆、素食铺，都歇业了。现在只见巷口有些摊点在做生意，且怕鬼似的，见到有穿公服的人就赶紧收摊子，转眼间钻进巷子里，再也找不到人影了。

出了朱雀门，前面便是蔡河。这条蔡河，是京都开封三大漕运河流中的一条，对京都开封百万民军的生活至关重要，但多年未疏浚，淤塞严重，河道越来越窄，恐怕用不了多久就可能把漕运废了。吕嘉问朝前一望，便见一栋栋违建的屋宅依旧坐落在河岸，原先规定这些屋宅要拆除的，却一栋也没拆；有一处还新搭建了几间茅舍，这是盗河违建者试探性的一步，官府若不管，马上就建起了一栋新屋。更远处，吕嘉问看到有一大伙士兵在挖土，这是朝廷派去的禁军士兵在给王爷曹佾挖条通往园池的水道。京都开封的人都知道，朝廷这次下定决心要把贯穿京都开封三大漕运的汴河、广济河、蔡河疏浚一下。但曹王爷这块硬骨头啃不动，就什么问题都难办了。

还在离蔡河龙津桥少说有两箭之地的地方，吕嘉问忽然听到蔡河那边有一片喧杂声。吕嘉问心中有点惊喜。不用问，那是停了两个多月的疏浚蔡河的民夫又开工了。前些日子，都水监丞王广廉和都水监丞林英奉旨去东明县察查河工之事，骨节眼上天子赵顼又把他们召回。明眼人一看，疏浚蔡河一事遇到了非同小可的大麻烦。吕嘉问猜：一定是王相公奏请天子赵顼才让蔡河又开工的；别人做不到这一点，也不会去做。

吕嘉问的脚步不由得加快了，蔡河那边的喧杂声就听得越响。不多一会，吕嘉问一行人到了龙津桥头。吕嘉问吃了一惊，看到蔡河上见不到一条官府的漕运大船，也见不到一条民营大船，过往的小船、木筏、竹筏、渡船也不多。然而，成片的水藻、丛生的茭葑、蔓生的菱蒲以及前期河工挖上来的淤腐河泥仍在水里；还有些水藻漂浮在水面，难得有几根茭蒲的细嫩枝茎从水里竖起来，看去就像癞痢头上残剩的毛。这些妨碍河道的东西本该早清除掉，今后返工就更麻烦，费时又费力。

吕嘉问一行人很快上了龙津桥。吕嘉问一眼看到桥下蔡河两岸停了二十来只木船，每只船上放着一只大怪物，大怪物有只长八尺的巨木做成的手，用粗绳连着岸上的牛车。每只船有四个役卒用牛车绞动巨木，巨木缓缓提起一只列于长二尺的木下的铁耙爪，从水中便挖起一大筐泥沙。吕嘉问前些日子听说过，这怪物最初是一个叫李公义的人发明的，朝廷里许多人都笑栽了，觉得只有疯子才会想出这样的怪物。王相公却觉得这怪物是个好东西，只是铁耙爪轻了点，不容易沉入水底，便奏天子赵顼令一个叫黄怀信的太监与李公义一道改良，终于把这个叫铁龙爪的浚河新器搞成功了。这家伙还真厉害，一下捞起一大筐夹带着水藻、茭葑、菱蒲的泥沙，省时又省力，效果大得多。

吕嘉问一行人站在桥上，看到蔡河内岸有二三千民夫，但铁龙爪挖起的一大筐泥沙吊在空中，半日却不见有人运走。吕嘉问仔细一看，蔡河两边挖土、挑土的人不多，但坐在河边指天画地不知说些什么的人不少，也有在河边逛来逛去的。此时，吕嘉问的眼睛睁大了，看到蔡河两边的民夫一起往龙津桥下跑；再低头一看，就见龙津桥下面的河边上有两伙人打了起来。许多民夫就站在离打架地方十来丈远的地方，却没见一人过来拉架。蔡河那边的民夫隔河相望，添油加醋地起哄。那些挖土的民夫放下手上的锹，挑土的放下肩上的担子，都跑过来看热闹。有个赤膊汉子一连把三人打翻在地，神气活现地冲到这个人面前，又冲到那个人面前。人们都吓得赶忙往后退，退不赢就往旁边躲；有个人后退时跌倒在地，吓得赶紧往后爬。

吕嘉问看到，蔡河这边有个背有点驼的瘦高个子的官领着几个人去拦，想把看热闹的人拦住，赶他们回去干活。但没用，拦住这伙人，那伙人跑过来了；拦住那伙人，这伙人又跑过来了。这个官只晓得张开双手，一会儿朝东，一会儿朝西；后来不知道朝什么方向好，急得团团转。这个官手下的几个人自然也没个主意，只晓得东奔西跑。吕嘉问看到，桥上桥下许多人对这个官指指点点的，明显在嘲笑这个官无能，笑得合不拢口。

吕嘉问再仔细一看，认出了这个官是都水监丞林英。吕嘉问清楚，林英书读得不错，经史策论讲得头头是道，子云诗曰背得滚瓜烂熟，但太没有用，呆气得很：当东明县令时竟镇不住属下的胥吏、师爷、衙役，会被这些人弄得卷被盖走人；前不久跟王广廉去东明县察查河工里的名堂，什么也没察查出来；今日在蔡河河工上，连一个民夫都叫不动。人是贱骨头，怕恶！当官就要狠得了心，下得了手。要是自己是都水监丞，看谁敢在自己面前不老老实实，敢兴风作浪！吕嘉问心里清楚，林英会认为他霸道，可当官的不霸道，岂当得了官？吕嘉问对林英是很看不起的，这种人岂能建功立业，笑话！

吕嘉问朝桥下喊道："林——大——人！"

吕嘉问看到，林英开始没反应过来，不知谁在什么地方叫他，头四面乱转；后来是手下一个人往上指着龙津桥，林英才抬起头。吕嘉问也不跟林英打话，只是领着自己这行人往桥下走去。吕嘉问看到，蔡河两边的人都僵在那里了。打架的不打架了，看热闹的不再说说笑笑、指指点点的了。吕嘉问还看到，林英红着个脸，很是感激，也很有点尴尬和不好意思地望着自己；他手下几个人则似乎得到救兵一样，脸上有了胆气了。吕嘉问再转回头，看到跟在自己身后的那些人，一个个板着脸，气势汹汹；特别是那些役卒，又到了大逞其能的时候，一个个兴气冲冲，手上的水火棍也捏得更紧了。那伙打架的民夫，都很是惊恐、不知所措地朝自己这边望着。

吕嘉问到了桥下，命那些役卒都把水火棍举起来，然后严厉地对那些民夫说：“你们拿天子的钱，不卖力干活，却在这里打架生事。你们想抗旨是不是？你！你！你！你！这个打赤膊的，本官看到你把三人打翻在地。来人呀，狠狠打四十大板。”

吕嘉问看到，那些最喜欢打板子的役卒，如狼似虎地向赤膊汉子扑过去。麻脸卒头冲在最前面，三拳两腿把赤膊汉子放倒在地；又一个役卒一扯把赤膊汉子的裤子退了，让黑屁股露了出来。然后，其余的役卒一拥而上，举起水火棍，打了下去。一人两下，有几个还多打一下，直打得赤膊汉子喊爹叫娘，再也没先前的半点神气。那伙打架的民夫一个个吓得面色如土，待着不敢乱动一下。蔡河两边看热闹的民夫也无人指东指西、说说笑笑的，且趁没人注意的时候悄悄溜走，一下子神不知、鬼不觉走了一大半，没多久就只剩下那伙打架的民夫。龙津桥下也一下子显得空旷起来。

吕嘉问这时挥了挥手：“都好好干活，天子的钱岂是那么好得的？”

吕嘉问看到，自己这一手还真灵，那伙打架的人掉头往后面跑去。许多民夫都干起活来了，挖的挖，挑的挑。铁龙爪的又缓缓把列于巨木下的铁耙爪往河里沉下去。龙津桥下只有赤膊汉子还躺在地上，麻脸役卒踢了他两脚，赤膊汉子这才两只手撑着地，挣扎着慢慢地爬起来；刚直起上半身，明显是痛得受不了，又倒在地上。麻脸役卒帮了下他的忙，提起他一只手，把赤膊汉子拉了起来。赤膊汉子跌跌撞撞走了。役卒们笑栽了。近处的民夫也有笑的，多数怕惹事，只是干自己的活。

吕嘉问很得意：“看到了吧，人是被打服的！要不然这些人就会把你赶走。”

吕嘉问明显话中有话，笑林英九年前被属下的胥吏、师爷、衙役赶得卷被盖走人这件事。吕嘉问注意到，林英的脸刷地红了，显得很不好意思。吕嘉问一行人要下桥了，叫吕嘉问感到奇怪的是，林英竟然要与他同行。吕嘉问觉得这也好，让林英看看自己的能耐，也可让林英脑子开点窍。吕嘉问后来才知道，林英当时竟真的是想从吕嘉问这里学到点东西。麻脸卒头依旧紧挨着吕嘉问站着，举起水火棍，对桥下河两边的人吼：“我等马上要回来的！”

这自然是句威胁人的话，但能吓唬到人。桥下的民夫无一人敢出声。吕嘉问带着十一个城门监铺的勾当公事官、监胥、行人、牙人以及二十多个役卒往龙津桥下走去。林英领着几个手下人跟在后面。吕嘉问还没下桥，眼睛不由得又忽然睁大了。有一队船从东头撑过来。吕嘉问用手指点数，有五十六条，其中有四十六条是大船。船头站着两个手按环首长刀的士卒。船上的船夫一个个都很神气，老远就挥动船篙，要前面河道上的货船、渡船、渔船、小船、木筏、竹筏赶快离开。过往的小船、木筏、竹筏、渡船吓坏了，赶紧往岸边靠，好些在沙滩上搁了浅，动弹不得。有只木筏动作慢了点，木筏上的船民就被那队领头船上的船夫一篙打落在水里。木筏在蔡河里打转，落水的船民赶紧在水里把木筏往岸边拉。吕嘉问再仔细一看，眼睛睁得更大了：这队船的船头上都插着一面黄旗。黄旗被河面上的风扯开了，上书“入内内侍省内官监”八个大字。吕嘉问明白了，怪不得这队船在蔡河里横行无阻，所过之处，无人敢啰唆半句，谁不是唯恐避之不及；谁敢啰唆，那就是嫌自己的命活得太长了。

吕嘉问心里吃了一惊。吕嘉问生在京都开封，又一直在京都开封官场做官，对京都开封的情况还是清楚的。京都开封是个繁华之地，温柔之乡，但也是各色人等集散出没的场所，每日之事变化万千，许多东西的底细谁也无法搞得清楚。京都开封三大漕运河里的船的内情不知有多杂，也不知有多黑。不要说那些大船，就是那些小船、木筏、竹筏、渡船上的来路也很难叫人弄个水落石出。以前，吕嘉问多次路过蔡河，没见谁的船头上插黄旗。这黄旗可不是谁想插就可以插的；然而，谁船上有了这面黄旗，就比十万雄兵还管用。

吕嘉问注意到，那队船有二百来条，吃水都很深，不用说舱里装满了东西。船队缓缓地在前面码头靠了岸，抛了锚，一字横排在河下，很是壮观。河岸上有家邸店，吕嘉问认得，那邸店就是他当过宰相的爷爷说过的在开宝年间就开张了，也是吕嘉问今日要去的百年邸店。然而，此时却不见里面有人来接货，也不见船上的人卸货。船上的兵卒和船头船尾的船夫钻进船舱里后也没再出来。这队船便死寂寂地停在码头的水边。吕嘉问的脸色凝重起来。吕嘉问完全没想到这家邸店竟弄到这么多黄旗插在船头。吕嘉问很想到邸店去看看，见到林英正侧过脸望着他。林英眼睛里满是犹豫的目光。吕嘉问看到，有人从后面挤到他身边来说：“吕大人，我们是不是先去安上门监铺看看。”

吕嘉问回头一看，是京都开封城北监铺的勾当官曾水章。此人和安上门监铺的黎厚德一样，读过好些年的书，考不上功名，就去做了商人，很发了些财，却愿意报效朝廷，图对天子有个表忠心的机会，到市易务监铺当个监官。这些话，与黎厚德的如出一辙，自然都是满嘴鬼话，相信不得。这些人其实是因为市易务弄得他们再也没有暴行可图，才到监铺当个监官，好歹是官场上的人了，也就是老爷了，很可以在人前抖一抖。

吕嘉问明白这个勾当官的意思，是不想跟自己到那家邸店去走一趟，但又不好明说，就提出去安上门监铺。怕啦？怕就不要到市易务监铺来！吕嘉问有点被激怒了，恶狠狠地瞪了勾当官曾水章一眼。吕嘉问什么话也没说，只是迈开脚往那边桥下的百年邸店走去。林英跟他并肩走着。吕嘉问很英雄、很严厉地回头望了望，见十一个城门监铺的勾当公事官、监胥、行人、牙人以及二十多个役卒也紧跟在他身后来了。林英手下人也跟在后面。

吕嘉问下了桥，脚步越来越快了。不多一会，吕嘉问一伙人就来到那家邸店门前，但见那家邸店楼有两层，檐有双重，店面十根楹柱，十扇大门；门开了两扇，从这两扇门朝里望去，大堂里空空的，见不到一人。吕嘉问与林英上了一级台阶，店里面却冲出十来个彪形大汉，双手叉腰，怒目圆睁，一字排开，站在楹柱间，随时准备出拳打架的样子。

霎时邸店门前有了一种紧张的气氛。对这种气氛，吕嘉问倒不陌生，也不害怕。他望了望自己身边，见林英挨自己左边站着，却也从容镇静，没见半点慌张。这个曾经被属下赶走的人倒不是个胆小怕事的人。吕嘉问又上了两级台阶，忽然感到自己身后有点不对劲，回头一看，但见麻脸卒头一脸无惧、一脸凶相跟在身后，其他人都缩在离自己少说有二十来丈远的地方，身子像短了一截。那些役卒，一个个像刚刚割了根的太监，水火棍都藏在身后。吕嘉问心里狠狠地骂起这些人来：这些人对付起小商小贩、平头百姓来，一个个都是拳打南山猛虎、脚踢东海蛟龙的天下第一条好汉，但在有钱有势的人面前，却死狗一个。吕嘉问的眼睛在那些人中睃来睃去，在找曾水章。不过，这个曾水章倒十分乖巧机敏，知道吕嘉问在找他，赶忙走到吕嘉问面前，不用吩咐：“大人要小的进屋去？”

吕嘉问不能不佩服曾水章这个人挺有办事能力。吕嘉问点了点头。曾水章并无半点惧怕的神情，转身往邸店开着的门走去。那些站在楹柱间的彪形大汉倒也不拦，只是脸上板着一副卖棺材的凶相。吕嘉问站在台阶的级阶上，看到曾水章进去时，大堂过道黑灰灰的后门开出了一片光，有个瘦子从那片光中出来。瘦子出来时，那片光关上了。吕嘉问看不清曾水章和瘦子的脸，却能听清他们的对话。

瘦子恶声恶气："你找谁？"

曾水章口气也挺凶："找你们店主。"

瘦子向黑灰灰的后门走去，那片光一开一关中瘦子就不见了。

曾水章站在那里等。

一炷香工夫，后门又开出一片光，瘦子进来了，那片光又关上了。瘦子对曾水章摆了摆手："我们店主不在。"

吕嘉问好气又好笑。好气的是这家邸店的店主太不把朝廷里的人放在眼里了。自己这伙人是什么人，这个瘦子不会看不出来。天下最怕官，与官勾得最紧、最会讨好巴结官的是商人。吕嘉问当市易官好几年了，从没见过一个商人敢这么怠慢市易官；即使恨得牙痒痒，脸上还要装出一副敬重、恭顺、讨好、巴结的神情。好笑的是这个瘦子连谎都不会扯，刚才显然在向店主禀报了眼前之事，却谎称店主不在，就是三岁孩童也骗不了。

曾水章出来了。吕嘉问知道曾水章是来问自己下一步该怎么办。不等章水章开口，吕嘉问就对曾水章抬了抬下巴。曾水章会意，又回到邸店里去。曾水章对瘦子的口气很不客气了："你看清楚：站在门外的是朝廷市易司提举兼开封市易务提举吕嘉问吕大人。我们一定要见你们店主。"

瘦子口气更大："笑话！我们店主岂是你们什么提举官想见就能见得了的？恕我不奉陪了。"说完就反剪着双手往黑灰灰的后门走去，在后门一开一关的那片光中不见了。

吕嘉问气昏了。这更是他当市易司提举官以来从没碰到过的事。这家邸店的店主何许人也，有什么样的靠山，敢这么嚣张、这么不给他吕嘉问半点面子。这家邸店的店主可要放明白点，他吕嘉问可不是吓大的，不吃这一套。他小时候就什么人都不怕，现在长这么大了，还怕你嚣张吗？这些人越是这样，吕嘉问越是浑身来了劲。他今天非拿点颜色给这家邸店的店主看看不可，让他们尝尝市易官的厉害。

吕嘉问也不再啰唆了："进去看看！"

吕嘉问一步步拾级而上，那些站在邸店前面楹柱间的彪形大汉立即叉着腰，摆出个不要命的打架的架势，麻脸役卒几步冲到他前面，但其他人却缩在二十来丈远的地方，没人敢上前。吕嘉问恼了，对那些缩在二十来丈远的地方的人说："你们不要以为本官不知道：你们平日跟在本官后面狐假虎威，横冲直闯，讹人钱财，欺男霸女，自以为天下无敌，临用事时却吓得跟缩头乌龟一样。你们不进去，那就回家去！"

吕嘉问看到，这些人被自己一顿臭骂给镇住了，这才往这边走过来。麻脸卒头倒是不怕，回头对那些役卒说："都不要跟蔫了的鸡巴一样，用时就软下去，上！"

麻脸卒头第一个冲了上去，那些役卒跟着上去了。到了平台，麻脸卒头对着面前的一个彪形大汉头上就是一水火棍打下去。那个彪形大汉赶紧双手抱着头，一股股鲜血从指缝里流出来，像一条条蚯蚓往下爬。其他的役卒一哄而上，见到那些彪形大汉就一棍打去。到底役卒手上有根水火棍，人数也多了一倍，那些彪形大汉赤手空拳，吃了大亏，都赶紧往邸店里躲，后面的推着前面的。前面有人被推倒在地，被后面的人踩得哇哇叫。邸店门前的役卒都扬扬得意起来，全不记得刚才畏畏缩缩、怕得要死的丢人现世的样子。麻脸卒头更是忠勇可嘉，一脸横刀立马、临危不惧的表情。吕嘉问很欢悦地望了望麻脸卒头。他吕嘉问是不会忘记这个人的。

吕嘉问进了邸店大堂，众人也一起进去了。邸店大堂很大，不过却空荡荡的没见到一件货品。这就奇怪了。吕嘉问眼前浮现出在龙津桥上看到的那队吃水很深的船队的情景，便大步往邸店后门走去。吕嘉问感到有人拖住了自己的衣袖，回头一看，是林英紧紧地拽着自己衣袖。林英瞪着一双惊恐的眼睛："你去不得那里。"

吕嘉问清楚林英何以会吓成这样的原因，无非是店后蔡河里的那些船上都插有黄旗。吕嘉问并非不知道船上的黄旗意味着什么。吕嘉问并不想动船上任何一样东西，但却想把船上到底有些什么东西搞清楚。吕嘉问剥开林英的手，几步到了邸店的后门。不过，他的一只脚还没跨出门槛，后门开出一片光，外面进来一个人，与他面对面碰在一起。那人背光，吕嘉问看不清他的脸，只见到对方是个光下巴，上面一根毛都没有。不过，别看这人是个光下巴，但派头很大，神态非常倨傲："我是高全福，在内官监当差。你是何人，竟敢光天化日之下，明火执棍，到皇家船上行凶放抢，不怕朝廷拿你是问吗？"

吕嘉问心里一震。此人就是闻名遐迩的入内内侍省内官监押班太监高全福。幸会！幸会！京都开封官场上的人，可以说没一人不知道高全福。这个早年拐卖过妓女花娘的无赖，读过一两年私塾，大字识不了多少，可能耐确实了得。此人不仅在后宫很吃得开，而且朝中不少官员都想跟他搭上关系，千方百计找机会向他巴结讨好。吕嘉问还听说高全福这个人好卖弄文墨，喜欢说些成语典故显示肚子里的墨水，却经常用错。刚才就把“明火执仗”说成了“明火执棍”。吕嘉问自然不会把高全福这种人放在眼里，不会买他的账。吕嘉问把高全福推开，推来一片光。高全福吓坏了，赶紧过去拦吕嘉问。吕嘉问猛力一掀，把高全福掀得往后仰了仰，跌倒在地。吕嘉问冲出门后，麻脸卒头也带着役卒冲了出去。吕嘉问一眼看到，后门左边有栋很大的屋子。屋子外面有两人见吕嘉问一伙人冲出后门，吓得赶紧进屋把两扇大门关上。吕嘉问对着那边一声大喝，麻脸卒头几步冲到大门口，把身子插在两扇大门间。其他役卒一拥而上，把大门推开来。役卒们都把水火棍举起来。吕嘉问进了屋子。原来此屋是个大仓库，里面堆满了一担担的米和盐。吕嘉问估算了一下，这仓库少说有米三十万担、盐三万斤，京都开封百万军民够吃上个把月了。吕嘉问明白江、浙、荆、淮六路的米、盐这些日子何以一点音讯都没有了，市易务属下的监铺何以平价也收购不到粮食了。

吕嘉问没久留，很快出了大门，麻脸卒头他们也出来了。吕嘉问往河下走去，但见河下一百来条大船一字排开着，很是壮观，也很是安闲自在地躺在那里。吕嘉问上了船。麻脸卒头带着十个手执水火棍的役卒跟在后面。十一个城门监铺的勾当公事官、监胥、牙人、行人都陆陆续续到了船上。林英几个人最后上了船。还有十个役卒一字排开站在后门口。高全福不知躲到什么地方去了。船夫和兵卒都从船舱里钻了出来。兵卒开始很凶，提起刀来就要砍人，见这边有十个手执水火棍的役卒，便很识相地只是按着环首长刀，并无出手的意思。这边十个手执水火棍的役卒也不去惹他们，只是盯着他们的手。船夫吓得一脸的惊恐，却也规矩，只是望着吕嘉问这帮人，不敢说一句话，更不敢乱动一下。

河面的风，把船头的黄旗展开来，又折起来，噼里啪啦展折个不停。吕嘉问看到，河下一百条船上装的大都是米和盐。吕嘉问扳着指头算了一下，船上大约有米万担、盐万斤。吕嘉问明白了，江、浙、荆、淮六路的米、盐这些日子何以一点音讯没有了，市易务属下的监铺何以平价也收购不到粮食了。

吕嘉问一伙人从船上下来，站在后门口，回头看了看河下的船，但见兵卒和船夫都站在船上。船夫还一脸的惊恐。吕嘉问很想找个店里人，告诉他：吕嘉问带了一帮人在船上兜了一圈，有本事就到朝廷告去。店里却一个人影都没有。吕嘉问一时也不想走，打算在这里等一等，却一眼看到林英拖住了自己的衣袖，要吕嘉问赶紧走人。这个昔年的东明县令，真的是被自己的属下搞怕了。吕嘉问哪里肯走，在里面待了好一会，才从邸店里出来。吕嘉问才下台阶，听到后面高全福高声说："后会有斯！"

吕嘉问回头一看，见高全福翘起光下巴，领着一帮人站在邸店门前的台阶上，一脸杀气腾腾、不可一世的神气。吕嘉问觉得好笑。这个光下巴太监，只有做缩头乌龟的本事，较真就怕得龟孙子一样。吕嘉问对高全福说："不是'后会有斯'，是'后会有期'。不要后会有期，你有本事现在下来跟本官较量较量！"

吕嘉问看到，高全福不敢下半级台阶，却一脸的冷笑。不过，叫吕嘉问没想到的是，第三天散朝的时候，出了皇宫的宣德门，其时市易务的人不多，身边只四个役卒，麻脸役卒也在其中，高全福领着一大伙太监一拥而上，揪住吕嘉问衣领连打带骂，把吕嘉问的补服也扯破了。市易务的人和役卒都挨了顿死打。麻脸役卒被打得最凶，躺在地上半日起不来，差点断气见阎王，还被拖到皇宫关了起来。那天，曹诱正好在场，便也过去，把一个役卒的脸打肿了。许多散朝的官员路过这里，都不敢多看一眼，连忙往边上躲开，谁也没敢多一句嘴，更不敢管这件事。

吕嘉问此时转身往西走去，要去办第二件事。吕嘉问带着得胜的这伙人很快到了安上门。在离安上门少说有小半里之地，吕嘉问就听到那边有凶喝声和哭求声传来。再一会，吕嘉问就见一串人从城门洞那头进来。为头的是个壮人，样子很凶，张着嘴笑，露出两个大门牙，叫人害怕。吕嘉问早认得这个壮人，就是那个斗殴打架不要命、曾经被刀疤脸领着一伙人打得半死的安上门监铺的卒头胡木根。接着一伙人走出城洞门，两边是手提着水火棍的役卒，中间走着的做米生意商人，这些商人很不情愿地赶着骡车，车上装着一袋袋米；还有不少农人肩挑背驮着米，拖着步子慢慢往前走。商人奸，心里明明难过，恨死了市易务监铺里的人，此时却有本事装孙子，做出个巴结讨好的样子。农人可怜，求身边的役卒老爷放他们走。役卒都嘻嘻哈哈的，才懒得去理；谁走慢了点，就有役卒凶过去。最后一个瘦人出来，吕嘉问认得，此人是安上门监铺的行人刘进。刘进十多丈远就对吕嘉问说："小的有失远迎，罪该万死，还望大人恕罪。"

吕嘉问看到刘进这班人干得这么好，心里很是高兴，哪里还会怪罪刘进，正想嘉奖几句，眼睛不由得睁大了起来，见好些商人朝他身边过来，要吕大人开恩，把他们放走。吕嘉问的脸板了下去，对役卒说："把这些人押紧点，不能让他们带走一粒米。"

吕嘉问一言未了，这些役卒又来劲了，饿虎扑羊般冲了过来，打的打，拖的拖，驱赶这伙商人；有不走的，卒头胡木根一棍打去，把不走的打得血流满面。这伙商人吓得一脸煞白，才赶紧回去。那个血流满面的商贩从地上爬起来，用袖子把脸上的血擦净，也乖乖地往回走。再也没人啰唆了，骡车、马车和农人都规规矩矩往斜过来的一条小街走去。小街前面不远有个院落，那就是安上门监铺的货场。

吕嘉问很得意地望了望跟在自己身边一言不发的林英。看到了吧，这就叫来硬的！管不得那么多斯文，这可不是在什么经史策论和子云诗曰上学得到的。吕嘉问也不知怎的很自然、很自豪，面带笑容地想起京都开封市易务开张以来取得的职绩："熙宁五年，朝廷投放的本金是一百八十七万缗，当年赚到的息钱是二十九万缗，息钱是本金的一成半。以后本金和息钱都逐年上升，去年朝廷投放的本金是五百八十七万缗，息钱收入是一百五十二万缗，息钱是本金的二成半。去年的息钱是熙宁五年的息钱的五倍出头，与那年的本金相差无几。可有人就睁着眼睛说瞎话，说市易法、免行钱不好。放狗屁！要是天下二十三路都这么干，何愁国不富、民不强，不要说跟西夏开战，就是跟北辽开战，也不愁钱财不足。可笑的是朝野上下，那班奸人、腐儒、小人，总千方百计攻击新法，诬蔑王相公，嘉问真不知道这些人的心是怎么长出来的！"

吕嘉问在离监铺院落少说有三四十丈远时，见院落门口有人朝这边探了下头，然后就进院落里去了。不用问，那人是去给里面的勾当公事官通报。不多一会，吕嘉问到了院落门前，一个身材高大，威风凛凛，看去跟绿林好汉一样的汉子从院落里出来，此人就是安上门监铺的勾当公事官黎厚德。这个黎厚德一见到吕嘉问，威风立即矮了下去，低首下心、诚惶诚恐、很讨人喜欢地给吕嘉问行长揖礼。

吕嘉问清楚，黎厚德这个京都开封猪行的行头，京都开封猪行的生意都得听他的，从接货、定价，到宰杀、零售，都不得坏了黎厚德的规矩；否则，猪进不了京都开封城，进了也没人敢给你宰杀。这几年，市易务拦了他的生意，断了他的财路，此人去年冬至便给天家献了五百头猪，后来韩绛韩相公就把黎厚德荐到市易务来，且要给个监铺的勾当公事官当。吕嘉问心里很不高兴，他不喜欢人家插手他的事。王安石王相公就从来不向自己荐个什么人到市易务来，这个韩绛韩相公就有点叫人讨厌了。但，韩绛韩相公说，这是太皇太后曹氏、太后高氏的意思。吕嘉问就不好不收下商人黎厚德了。开始吕嘉问很不喜欢黎厚德，不久发现，黎厚德特能成事，京都开封其他城门监铺做不到的事，黎厚德做得到。

吕嘉问是从不给属下的人回礼的，却给黎厚德拱手回礼，弄得十一个城门监铺的勾当公事官、监胥、行人、牙人、役卒都很吃惊、也很羡慕地望着黎厚德。黎厚德请吕嘉问去看看他们监铺仓库里的货物。吕嘉问摆了摆手，说你们院子里都堆满了东西，仓库里的东西肯定少不了，不必去了，要去就去监铺后面看看你们监铺的黑屋子。

吕嘉问注意到，十一个城门监铺的勾当公事官、监胥、行人、牙人、役卒都一脸错愕地望着自己，林英则目瞪口呆。吕嘉问清楚，这是因为这些人从没见识过什么黑屋子。黎厚德赶紧命刘进、胡木根把刚才押过来的商人、农人将米放进监铺院子里来，要他们看紧点，然后在前面带路，进大堂，穿中堂，过后堂，把吕嘉问一伙人带到一排矮房子前。

矮房子尽头有栋平瓦房。平瓦房门口，坐着十多个役卒。还在矮房子这头，就能听到那里有嗷嗷叫声传来。黎厚德告诉众人：那栋平瓦房就是黑屋子。黎厚德把众人带到平瓦房门口，里面嗷嗷叫声更响了。吕嘉问闻到，有股薰人的、发了酵的屎臭尿臊味从里面冲出来。吕嘉问走了进去，其他人也跟着进来。黑屋子只有开门这边投进一方亮光，其他地方都封得死死的，里面黑得跟夜晚差不了多少，真是间名副其实的黑屋子。不过原先这里是役卒当值休息的地方。过了些时间，眼睛顺了，吕嘉问看清了里面少说有三四十人。黑屋子里的地上铺了些稻草。里面有些人有气无力地靠壁站着，多数人勾着头坐在稻草上，还有人对着墙角撒尿，有嗞嗞的撒尿声传来。黎厚德说：“这些人都是奸商刁民。”

吕嘉问注意到，靠外几个人被役卒围着。这几个人，有的被役卒卡颈，有的被役卒拖手，有的被役卒拉脚，有的被役卒打头，有的被役卒击背，有的被役卒将双脚腾空架在壁上。五花八门，什么都有。有个人又喊又叫，役卒就打得更凶；还在喊叫，役卒就补上几脚更凶的。吕嘉问看到，补了这几脚挺灵。那人老实了，不喊叫了，平瓦房里静了下去。吕嘉问睁大眼睛，在平瓦房里没看到一根水火棍。这样好，役卒没有水火棍，就出不了人命；再说，这些奸商刁民鬼得很，不会把官府里的人逼到用水火棍的地步。吕嘉问回过头看了看身后的人。这些人一个个都面面相觑，不明白这里面到底是些什么名堂。吕嘉问目语黎厚德。黎厚德却什么也不说，只是对着平瓦房里面抬了抬下巴，要众人朝里面看。众人都朝里面看去。昏暗中见有个牙人模样的人在发话："都看清楚了，愿把米卖到这里来的，就出去。官府不会亏待你们的，比市面上的米加五厘价，你们还是有赚，这生意合算吧？本监铺仁至义尽：要是想不通，不愿的，就待在这里面想，什么时候想通了再出去。"

黑屋子里一片死寂，再也没看到役卒卡、拖、拉、打、击里面的人了。过了半炷香工夫，有人说："小的花了一倍的价从外面买来的米，这不要赔老本了。"

牙人模样的人："这就是你活该了。你们不听市易务的：有货不卖给监铺，要卖什么又不从监铺进货。你们只想发大财，结果白日做梦，上了当，怪得谁？"

黑屋子里仍旧一片死寂。

牙人模样的人："这就很不像话了，监铺里这些兄弟脾气不太好，要是忍不住给你们松松筋骨，我就管不了了。"

吕嘉问立即听到黑屋子里响起脚步移动声，感到人影也在晃来晃去，气氛有点紧张了。不过，怪事也出现了。里面四处都有人在说："愿意！愿意！"

牙人模样的人："这就对了。你们在这里待了十多个时辰，都饿了，渴了，困了，都到本监铺的膳堂去。那里有饭、有菜、有酒，还有笔、有纸、有墨、有砚；写个纸条，本监铺派人送到你们店里去。米解到本监铺来了，你们就回去，若何？"

吕嘉问听到黑屋子里一片欢快悦耳的千恩万谢声。吕嘉问觉得黎厚德办事太周密、太完美了，什么都想到了；特别是让这些奸商刁民吃好、喝好，这一招特好。官府待这些奸商刁民不错，再不心甘情愿、爽爽快快把米交出来，就不像话了。再说，人家把米交出来，吃好点，喝好点，也应该。说黎厚德特能成事，果然名不虚传。

吕嘉问很满意。那些奸商刁民陆陆续续出来了，一个个都像蔫了的茄子，脑袋耷拉在颈上。跟在后面的役卒神气得很，用一双很毒的眼睛盯着那些人。奸商刁民和役卒从后堂过道里走了。刘进、胡木根领着役卒，把刚才那伙商贩、农人押着过来了。这伙商贩、农户一个个吓得面如土色，惊恐地望着黑屋子前的这些人。不用说，用不了多久，那伙商贩、农人也都会心甘情愿、爽爽快快把米交出来。

十一个城门监铺的勾当公事官、监胥、行人、牙人、役卒全明白了，都夸张地用力点头。不过，林英却瞪着一双眼睛，嘴巴蠕动了半天，想说什么，却半日没说出来，最后只是很尴尬、很无可奈何地摇了摇头。吕嘉问清楚林英的意思，无非是说这是私设牢房对待无辜。不对！来黑屋子里的不是无辜，是奸商刁民。黑屋子不是牢房，是役卒当值休息的地方。这里一没有公案，二没有刑具，三连一根水火棍都没有，说黑屋子是牢房完全是污蔑，是恶毒攻击。监铺里的人只是把那些奸商刁民找来，要他们按旨办事，规规矩矩做生意，有什么不可？况且天下这种黑屋子多的是，乡里、村里都有，要不怎么对付那些抗粮抗款的农户？此外，这个林英还无非担心这些奸商刁民会去告状。放心！没谁会去告。自古民不跟官斗，跟官斗没一个能落个好下场。告状费钱又费力，弄不好还要受皮肉之苦，谁干这个傻事？吕嘉问觉得林英是个好官，但也是个没用的官，成不了事。

今日两件事都办完了。吕嘉问要回市易务去，他下面要做的一件事是把蔡河龙津桥边那家邸店的情况向朝廷禀报。刚要走，吕嘉问忽然看到韩绛韩相公从院落外面进来，一迭声地说："糟了！糟了！都怪我来迟了！"

吕嘉问怔住了，同时看到十一个城门监铺的勾当公事官、监胥、行人、牙人、役卒和林英都傻傻地望着韩绛。韩绛不多说，只是要吕嘉问跟他一道赶紧到中书衙门去，说王安石王相公在那里等他。吕嘉问有种出了天大事情的感觉，似乎有什么大祸将要临头。

第八十一章　大太监妻妾成群无限富贵 土财主胆战心惊再三推诿

京都开封城北门外有条向北伸展的黄泥大道，一直通到黄河岸边。在这条黄泥大道上大约走个十来里路，远远地就能看到前面有座很不起眼的农家宅院。院墙也很普通，是常见的青砖砌的，有几处还是泥墙，看上去土里土气的。宅院的四周是麦田，麦田里前不久种下的冬麦长出了嫩嫩的绿叶，绿叶在风中摇摆，空气里有股草和泥土混杂在一起的味道。往日走在这条官道上的人很少，轿马更少。偶有轿马和人过往，路边不知什么地方，就会钻出个穿公服的人，挥手把轿马和人赶走；要是不识相，前前后后会冒出好些穿公服的人。不过，就在高全福领着一伙太监在宣德门外把吕嘉问几个人拦着一顿死打后的第三天，这条黄泥大道上已经过去两拨轿马，却不见一个穿公服的人钻出来。第三拨过去的轿马，人最多，全是下巴光光的太监。前面有四个太监骑着马开道，后面是一伙太监跟着，中间是顶四人抬的轿子，轿子两边各有一个太监扶着横杠，轿子里坐着的是入内内侍省内官监押班太监高全福。

今日天空阴阴的，几片灰色的云无精打采地停在官道的那头。辰时三刻，高全福的轿子在那座很不起眼的农家宅院面前停了下来。要是不相干的人到了农家宅院面前，就会有一伙手执棍棒的人冲出来，识相的赶紧没命地跑走，不识相的只能自找一顿拳打脚踢。不过，高全福轿子刚停，就有四个笑容满面的太监过来，殷勤地招呼高全福下轿。

这个农家宅院是入内内侍省都都知张德保盖的，朝中无人知道，更没谁进来过。高全福在四个太监的簇拥下进了农家宅院，穿过门后的轿厅，里面停着两顶四人抬的轿子。转过照壁，就见这个农家宅院显出别有洞天的景象。首先映入眼帘的是一个宽敞的庭院，庭院那头是一栋气势非凡、双檐三层的楼房，朱漆的大楹柱，彩绘的门窗，很是壮丽巍峨。楼房与庭院连接处有两个月门。透过左边的月门，看到的是一片郁郁葱葱的绿树翠竹。透过右边的月门，看到的则是一片跳跃着万点光针的白色湖光。绿树翠竹和白色湖光后面的院墙那边，是上万顷的良田，每年收的租谷上万担，万世都受用不尽。

高全福今日到这座农家宅院来，是张德保要他来的。张德保平日很少邀请什么人进他的农家宅院，今日请他到农家宅院去，是因为京都开封真的要出大事。听三司衙门里的人说，京都开封的粮、盐只够吃七天。七天之后，后宫问题不大，内官监的米盐供用库还存有米一万担、面一万担、盐二十担，够吃三四个月的了；问题最大的是京都开封百万军民，这些人要是没吃的，京都开封就不知要乱成什么样子。本来这事跟他们这些当太监的没个屁关系，内官监把后宫所需的米、盐采办储藏好了，天塌下来当太监的也屁事没有。京都开封给搞成这个样子，全是缺德的王安石的罪过，搞个什么市易法、免行钱，把商货搞乱了。市易法就是官府做生意买卖。不要说大宋开国百年来，就是中原王朝几千年来也是未有之事。做生意买卖就非商贾不可，官府里那些读了几句圣贤书的书呆子有本事做生意？况且这些书呆子又不屑于做生意买卖，可王安石硬要这些书呆子去做生意买卖，不是有病吗？再说免行钱，也是个再荒唐不过的怪物。本来，地方官府向商贾伸手要点摊派钱是天经地义之事，历朝历代都这么做的。皇族国戚、高官大臣看中个什么东西，官府没这笔摊派钱怎行？特别是那些商贾愿交这笔摊派钱。王安石又不是不知道这些情况，但他就是要跟天下有权有势和有钱人过不去，废除摊派钱，只交免行钱，岂有不出大事之理？现在京都开封城里货源都给京都开封市易务属下的十二城门的监铺卡死了，谁愿到开封来做买卖？做生意的人越来越少，连食杂店也关了许多，物价腾贵，蔬菜水果都贵得吓死人。一个笼饼，以前卖八钱，赚二钱；现在涨到二十钱，还不容易买到，一拿出来，就放抢似的给人买走了。京都开封人心惶惶，偷盗抢劫也多了，开封城入夜就关门下闩，街头冷清得见不到一个人。此外，听说东明县的农户怨声载道，弄不好也要出事。出点事好，要让王安石头脑清醒清醒，尝尝平头百姓的厉害。不能让他总觉得平头百姓站在他一边，都喜欢新法。平头百姓其实恨死了他。

高全福奇怪的是，自己竟有点紧张起来。不过，张德保农家宅院里却是一派富贵祥和景象。到了庭院里，高全福看到三个妙龄女子有说有笑地从左边月门迈着金莲，款款出来，身后跟着七八个十五六岁的女孩和七八个小太监。高全福认得，那三个妙龄女子是张德保的一妻二妾；跟在后面的女孩和小太监，是专门侍候张德保妻妾的仆人。宫外许多人认为太监没有了那条根，就不想女人了。错了！宫外的男人是人，宫中的太监也是人。宫外的男人无不以有妻有妾自豪，宫中的太监一样以娶妻纳妾自傲。那些在宫中有职衔品级、有事权的太监，都在宫外做宅子娶妻纳妾；那些被天子派到天下各地出任外朝官职的太监，更是肆无忌惮、明目张胆地娶妻纳妾。太监最怕人家说他在女人面前是个废物，就偏要向世人证明自己没有那条根照样能跟女人寻欢作乐，且以此显摆自己的尊荣富贵。因之，每到休沐假日，这些太监回到私家宅子里，阁户焚香，处处清整雅洁；屋内还有琴声读书声传出，很有点儒风；门前车水马龙，登门拜会的人不少。千万不要以为这些上门的都是些三教九流的俗客，恰恰相反，许多是有功名出身的衙门官吏，要不就是富甲一方的商贾。只有那些一辈子在宫中混不出个名堂的下层太监，有个温饱就很不错了，无钱娶妻，更不要说纳妾，只好在宫中找个相好的宫女调笑调笑，贱手贱脚占点小便宜。这些太监当然做不起人，总觉得矮人一等，一脸自惭形秽、羞面见人的神色。

三个妙龄女子也不回避高全福，一点也不觉有什么不便，更不觉自己是太监的妻妾有什么见不得人的地方，老远就跟高全福行了个万福礼，还笑着问高全福为何不把妻妾带到府上来走走。后面的女孩也不觉得有什么不便，施过礼后就叽叽喳喳、一点也不客气地问高全福要赏钱；小太监也都一个个跟着行礼，笑着要赏钱。高全福很爽快地从袖子里摸出一把碎银，每人给一份。高全福给女孩时，都要在每个女孩脸上捏一把。女孩装出生气的样子，其实都开心地嬉笑着让高全福摸呀捏的。

高全福在四个太监的簇拥下穿过右边的月门，往临湖的花厅走去。还没进花厅，高全福就感到这里的气氛有点不对劲。以前，只要出月门，就能见到花厅外面站着好些太监、宫女，恭候来人。今日花厅外面不见一个人影。到了花厅门前，四个太监就后退着从月门回去了。高全福觉得今日恐怕有很麻烦的事在等着自己。还没进花厅，高全福就听到有人在里面高声说话："死了！死了！是本人带着十多个太监把她打死的，打死后拖到景龙桥下的水边，说她在这里做了见不得人的下贱事，然后再拖到净乐堂焚化了。"

高全福开始吃了一惊：又有哪个宫女给打死了？不过，高全福很快听出说话人是曹谒，明白了是怎么回事。曹谒说的这件事，其实是他和曹谒两个人干的，被打死的人是小宫女甘氏。这个小宫女，真个是有羞花关月之貌、沉鱼落鹰之容，性情又好，两个乳房就像两个小肉包子，紧实得很，一捏她下身就会流水。高全福感到自己又用错了成语：是“羞花闭月之貌”，不是“羞花关月之貌”；是“沉鱼落雁之容”，不是“沉鱼落鹰之容”。不过，高全福不用担心今日有人嘲笑自己。张德保府的人，肚子里都没多少墨水，听到了也不知错在什么地方，何况这两个成语并没说出口。说起小宫女甘氏这事，高全福怪自己那日喝醉了，把她带到张德保这个宅院来，又说了些很不该说的话，弄得这个小宫女丢了一条命。但不把这个小宫女弄死也不行，张德保这个宅院是不能让任何一个不相干的人来的。本来自己弄死个小宫女，算不得什么，宫里没人多嘴。可这事不知怎么给国夫人刘氏知道了，把这个小宫女弄到向皇后坤宁宫当差，下手就没那么方便了。要不是这个国舅爷趁着向皇后不在坤宁宫，把这个小宫女骗出来打死，自己真没有半点办法。当然，国舅爷可以做的事，自己做不得。高全福觉得，这个国舅爷脑子确实简单了些，不过这次把打死的小宫女丢到景龙桥下的水边，做得聪明。这很容易让人想起八年前那个跟花匠在景龙桥下偷情的宫女，把小宫女丢到景龙桥下，就封住了所有宫人的嘴，没人为小宫女说话，还可以警示一下太监和宫女：谁不规矩，谁就这个下场。不用说，国舅爷也最喜欢干这样的事，把小宫女打死后，还把小宫女的衣服脱了，用棍子戳了十多下乳房，还戳开小宫女的下身，让同去的太监都挤过来看。这些太监都开心得不得了。

高全福往前走了几步，就听到曹谒在花厅里高声说：“快快请进！高内官高老爷，就等你一人。你来迟了，等下要罚酒的。”高全福紧赶几步，进了花厅，见里面坐着四个人：除张德保和曹谒外，还有曹王爷曹佾的大管家曹通和东明县乔家庄乔昌发乔老爷。高全福没想到乔昌发乔老爷也在这里。在高全福的印象中，张德保从未把乔昌发请到这里来过。高全福更觉奇怪的是座次。中原王朝几千年来对座次是十分讲究的：在官场，官高者居上位，位卑者居下位；在民间，年长者坐尊位，年幼者坐卑位；在师门，先拜师的座次在前，后拜师的座次在后。然而今日张德保的花厅里就乱七八糟，很没个规矩。按官位品级，张德保、曹谒应坐上，曹通、乔昌发应坐下。但，今日曹谒和乔昌发却坐在北面方桌两边，张德保和曹通则坐在东壁交椅上。乔昌发坐上就很不成个名堂了。不错，乔昌发在东明县是个太上皇，没谁不敬他，也没谁不怕他，但到了京都开封就什么也不是了。张德保会做人，在宫中坐的是太监的头把交椅，权最大，没谁不巴结讨好的；说句实在话，就是朝中大臣高官见到他，多有对他高看一头的。高全福清楚，张德保让乔昌发坐上位，全是因为乔昌发有个侍候了太皇太后曹氏半辈子且现仍在侍候的姐姐乔内史。

高全福进了花厅后，在西壁交椅上坐下。方桌上和东西两壁交椅旁边的茶几上都放了时鲜的梨呀、枣呀之类的果品。张德保一身的赘肉更肥了，鼓鼓囊囊显得很是臃肿，身子一动赘肉就会抖起来，好像随时会从身上掉下来；颈上的赘肉已经松松垮垮、皱皱巴巴的，像块打了折的布囊。张德保斜靠在椅子上，拣了颗红枣放到嘴里，和善地望望每个人。曹通端坐椅子上，一脸的平易、谦和，正用三个指头很文雅缓缓拈起一颗红枣，又很文雅缓缓放进嘴里。曹谒也在吃果品，就很没个规矩了，一种富贵人家子弟的做派，果品咬了半口就扔在地上，弄得脚下满是咬了半口的果品。不过，最让人看不下去的还是乔昌发。高全福最早见到乔昌发时，乔昌发还很瘦，现在的乔昌发简直胖得没个人样，双下巴挂着的肉把颈都封了，挺起个大肚子就像女人怀了孕。这个乔昌发总改不了面朝黄土背朝天做农户时的那种又土气、又难看、又好笑、又让人皱眉头的旧习性，一看就是个土包子：衣服是上等绸缎做的，做工也很精细讲究，但穿在他身上就不成个样子。以前乔昌发上衣扣子老对不齐，这回衣服的扣子倒是对齐了，但颈上的两个扣子解开了，敞开着耷拉在胸前，双下巴挂着已经松弛了的肉就像垂下的布帘；又没个坐相，一条腿垂在地下，一条腿竖在椅子上；痰乱吐，身边地下已有了好些浓痰；有挂鼻涕流出来，巴掌一抹；又抓起一只莱阳梨啃，吃相更难看，好像花厅里就他一人，大口大口地啃，腮帮子一鼓一鼓的，啃梨时嘴巴发出嗞吧嗞吧的响声，十分有味，没几口就把一个梨啃光了。高全福清楚，乔昌发这个人的食量大得惊人。记得有次在乔昌发家喝酒。乔昌发大碗酒喝够了，大块鱼肉吃饱了，还扒完了三大碗饭；盘子里剩了块红烧肉，仆人已经端起了盘子，乔昌发舍不得倒到潲缸里，忙伸筷子把红烧肉夹过来塞进嘴里吃了。那样子要是给那些读过圣贤书的读书人看到了，恐怕要笑好一阵子的。

高全福看了眼茶几上的梨，知道此梨是京东东路莱州五龙河产的莱阳梨。此梨非其他梨可比。听说多少年前有个姓董的秀才赶考，在莱州五龙河五龙村病得要死，连五龙村那位回家探亲的太医都治不好他。此地产梨，梨园异香扑鼻。后来梨园老者每天给董秀才吃一个梨，半个月病好了，带了四个梨进京。董秀才考上状元，献给天子和皇后。他们各吃了两个。皇后说："真乃天生甘露，不可多得！"天子说："梨乃万种水果之宗，此梨堪为梨中之优，美哉！美哉！"董状元还因献了四个莱阳梨，被天子招为驸马，真个是祖宗八代坟埋得好，抽签抽到上上签，走运走到顶尖尖。既然如此，乔昌发岂能不饱餐一顿？乔昌发这个人还有点是读书人不为也为不了的地方：憨憨傻傻的样子中有种农人的精明和狡黠。乔昌发抓起一个莱阳梨，左看看，右瞧瞧："嚯，天子皇后也喜欢吃呀，我等不多吃几个，岂不是对天子皇后不尊了？"言罢几口就把一只莱阳梨啃完了。

高全福其实很看不起乔昌发。这个乔昌发大字不识，田也种得不好，只因出了个把太皇太后曹氏侍候得十分好的姐姐。有道是皇宫一只猫比县太爷还大，乔昌发这个祖上八辈子过着猪狗不如日子的土包子便富贵起来，不仅成了东明县有头有脸、富得流油、说一不二的角色，而且在京都开封也很吃得开，一些朝中高官办不到的事他却能办得到。现在这个乔昌发在东明县有良田万亩。许多农人宁可把田地给他，做他的佃户，免了捐税，日子过得并不坏，挺自在。在这件事上，乔昌发的感觉挺好，觉得自己对这些农人做了件善事。高全福心里明白，今日在花厅里的人其实心里都很瞧不起乔昌发。

不多一会，曹通探过身子，低声跟张德保说了几句话，叫人感到神秘好奇。接着，曹通又目语张德保。张德保把啃完的红枣核吐到巴掌里，然后放到盘子里去。张德保慈眉善目地望着众人："今日请诸位到寒舍喝杯淡酒，为的是商量一件事，皇上近来心情很不好，为京都开封百万军民吃的问题几次龙颜大怒。"

高全福感到，花厅里的气氛有点严重起来。张德保说的确实是件大事。曹通白皙的脸上看不出什么大的变化，但一双眼睛却若有所思地眯了起来，表面上显得若无其事，其实很有点忧心忡忡。乔昌发一心啃果品，盘子已所剩不多了。这个土包子，地地道道的大草包一个，除了捞钱发财外，知道什么天下事。曹谒则一脸的盛气凌人、莫予毒也的神情，啪地把只莱州梨甩到地下："好哇！狗屌！就是要皇上龙颜大怒。京都开封的粮食只够吃七天，这下要让王安石尝尝我们的厉害了。"侧过身去，面对着张德保，好像张德保是王安石，嘴里不干不净地说起了粗话。

高全福看到，曹谒此言一出，众人都不出声，张德保和曹通都泥塑一样呆着。高全福清楚，这其实是众人没谁把曹谒之言当回事。曹谒之言多信口开河，听了要误事的。天子龙颜大怒岂一定是对着王安石而来的？只因为曹谒是国舅爷，花厅里的人没谁不让他三分，不把他之言当回事也不会当众驳他的面子。曹谒却觉得自己很了不起，见识高人一等，越来越来劲，喉咙也更大了："这个王安石其实迂得很，什么也不懂，尽吹大牛，什么国富民强，什么洗刷国耻，这回不能放过王安石，要往死里打！"

众人都不出声，张德保和曹通也仍旧泥塑一样呆着。曹谒对王安石有深仇大恨，这一点也不奇怪。普天之下，曹谒最恨两个人：一个是老相公韩琦，在开封府广场当着成千上万人的面，脱了他的裤子，让他光着屁股挨了四十大板，羞得他几个月不敢外出见人；一个是王安石，弄个什么市易法、免行钱，弄得他生意很难做下去，断了他的财路，曹谒岂能不把王安石恨得一口活吞了？曹谒望望曹通，又望望张德保，感到事情有点不妙："莫不是皇上发现什么了？"

在高全福的记忆中，这是曹谒平生说过的最聪明的一句话。皇上确实发现了什么，要不然高德保就不会把大家叫到这里来。现在不仅王安石的日子到了最难过的时候，他们的日子也到了最麻烦的时候，弄不好要翻船的。此事坏就坏在吕嘉问带了伙人闯进龙津桥边的邸店和强行上船，弄得邸店三十万担米、三万斤盐露馅，也弄得这些米盐的来龙去脉露馅。这下就难办了。不错，龙津桥边这家邸店，和开封不少邸店一样，打的都是曹谒、乔昌发的牌子。曹谒早就在做生意，米、盐、油、茶、酱、醋、鱼、肉、布匹、皮毛、金银、珠宝都做，名声在外，不开邸店人家都会认为他开了，开了谁也不会多事。乔昌发不是官，又不是皇亲国戚，做什么生意都说不上他什么。然而，光靠这两个人能把生意做起来？这两个人有那么大本事？要是皇上清楚了蔡河龙津桥边上那家邸店船上的情况，那就真要出大麻烦，不仅高全福有大麻烦，今日花厅里的人都有大麻烦。

乔昌发又拿起一只梨，一口就啃了半个，忍不住要出声了："国舅放一万个心。皇上心里最清楚，我们这些人对皇上最忠心不过，皇上对我们这些人最放心。皇上要发现，也是发现早不该用王安石。曹大管家曹大人，你回去跟曹王爷说一声，要他进宫跟皇上说一声，让王安石从朝廷滚出去。”

高全福看到，花厅里的人都哭笑不得地望着乔昌发。这个乔昌发，真是个祖上八辈子农户出身的土得不能再土的土包子，出口就说些叫人笑死的话。他以为朝廷是东明县，乔昌发可以一手遮天，想怎么样就怎么样，谁啰唆半句，轻则挨骂，重则挨打，打死了也不用偿命。大宋天家的祖规是很严格的，太皇太后、太后都不敢有半点违规。曹王爷进宫省亲都千艰万难，八九年才跟姐姐太皇太后见上一面；见上一面也没敢在宫中久待，太皇太后就催曹王爷回去。乔昌发这话是万万说不得的，朝中的官员听到了，添油加醋再传下去，朝野上下还会以为宫中乱了祖规，要发难的。再说，曹王爷曹佾是当朝天子的国舅公，德高望重，他的名声是不能坏的，坏了谁的日子都不好过。况且，曹王爷最近一直闹病，怎好去打扰他老人家。曹通转过身子来，对乔昌发道：“不得胡说八道！”

乔昌发不敢出声，脸涨得通红，很不好意思地低下头去啃梨。这个乔昌发在东明县横得很，对谁都凶凶喝喝，颊指气使，——不，是颐指气使——但在曹通面前，却从来跟孙子一样，不敢有半点造次，乖得不得了。

高全福看到，张德保一脸不置可否的神情。曹通平易、谦和的脸色上有种叫人猜不透的味道。高全福心里有种不祥的感觉。此时，曹诱却像发现什么了不得的只有他识得透的天机一样，很是神气起来：“曹某明白皇上发现什么了：皇上龙颜大怒，无非是前天一伙太监在宣德门外把吕嘉问打了，皇上担心王安石一伙人揪住此事不放，闹得天翻地覆。这有什么了不起的，曹某担当下来，就说曹某派太监去打的，看吕嘉问能拿曹某怎么办？”

高全福差点没笑出声来。刚才，他还认为曹诱说过平生最聪明的一句话，没想到转眼就又愚蠢起来。这个国舅到底是个只知道闯祸，什么事也做不成的人，眼下的事情哪有那么简单。曹诱哪能知道，高全福就希望王安石一伙人揪住此事不放，王安石真这么做那就谢天谢地了。当然，曹诱把这事担当下来也没事。曹诱是东上阁门使，乌府台御史可以对他纠举弹劾。然而，弹劾了又怎么样，皇亲国戚还是皇亲国戚，罢了他的官，总不能罢了他的皇亲国戚身份。然而，弹劾的御史可就要注意了：什么时候一场飞来的横祸就会降落在你头上，弄得你罢官丢职，身败名裂。

没人理曹谒。张德保仍旧是一脸不置可否的神情。曹通平易、谦和的脸色上那种叫人猜不透的味道更重了。刚才很是识相、很老实地低下头啃苹果的乔昌发，忽然天不怕、地不怕，英雄好汉起来：“是乔某带了伙太监把吕嘉问打了，要杀要剜随他们。”

高全福差点没笑出声来。曹谒、乔昌发二人真是一对活宝，真要杀剜他们，会吓得尿裤子的。张德保斜靠在椅子上，和善地望着每个人。曹通平易、谦和的脸色上仍有种叫人猜不透的味道。花厅里有种尴尬的说不出味道的欢快气氛。高全福是个明白人，清楚张德保把他们叫来，不是来听曹谒和乔昌发说大话、吹大牛的。高全福看到，曹通目语张德保，以为张德保这下要谈到正事上来。张德保忽然问高全福：“国夫人刘氏还好吧？”

高全福感到今日之事很重很急。三天前，自己把蔡河龙津桥边邸店发生的事向张德保禀报后，张德保也是问这句话。张德保这句问话的意思是：小宫女甘氏死了，但知道这里一些内情的国夫人刘氏死了吗？高全福清楚，不把国夫人刘氏弄掉，终究是个隐患。高全福心里有种毛骨悚然的感觉。这个国夫人刘氏，长得端庄，又挺有学问，就是无法把她弄到手。说句实在话，高全福玩过的女人不少，就国夫人刘氏这样的女人连手都还没碰过。要是把她弄到手，也不枉在人世上走了一趟。可现在却要把她弄死，且是自己亲自把她弄死，天下事怎么这样残酷，又这样好笑。不错，张德保、曹通都没开这口要自己弄死国夫人刘氏，可没开这个口不等于不想要自己去弄死国夫人刘氏。高全福是个明白人，自己不弄死国夫人刘氏，张德保会碰到很大麻烦，曹通恐怕也难逃干系，就是德高望重、一言一行都按祖制办事的曹王爷曹佾脸上也很不好看。高全福不是个不知轻重生死之人。别看张德保脾气好，规矩老实，其实是个有大本事的人，自己要是不按他的脸色去做事，绝不会有好下场。高全福知道自己在这件事情上是无论如何躲不过去的。昨日，高全福想把国夫人刘氏从住的地方骗出来，没想到国夫人刘氏逃出了大内,一出宫门，就给吕嘉问接到市易务衙门里去了。吕嘉问把十二城门监铺里的役卒都喊到衙门里来，谁近市易务衙门一步，几十根水火棍就往死里打过去，没人拢得了身。

高全福正想开口说说这件事，乔昌发却要抢先说，且神采飞扬：“张老爷，你放心。乔某派刀疤脸领着东明县三班衙役把市易务所有出口都把住了，就是一只苍蝇也飞不出去，那个什么夫人长了翅膀也逃不走。不是乔某说大话，乔某在东明县还是说得动话的，东明县三班衙役都听乔某的，这些人个个都是了不得的英雄好汉，个个都能飞檐走壁，拳脚功夫了得。那个什么夫人死定了，要是逃走了，砍乔某的头！”

高全福看到，花厅里的人想笑，不过都没笑。东明县的公事不是县令说了算，确实是乔昌发这个土包子说了算。但乔昌发把刀疤脸和三班衙役吹得那么有本事，就完全不可信了。这些人对付平头百姓是呱呱叫的，但真正缉拿盗贼却没个屁用。去年有两个强盗在东明县街上光天化日之下抢米店，杀了三个人，一伙衙役没一个敢上前。张德保对这些不感兴趣，只是问乔昌发：“听说东明县农人要去王相公府第闹事？”以相公称王安石。

高全福又很是不解：张德保对农人从来不问一下的，今日缘何关心起东明县农人之事来？对东明县农户要闹事的事，高全福早就十分清楚。行差役法时，乔昌发要衙门里的人做手脚，把不富裕的农户提到三等之上去，逼得农户把田地白送给他，做他的佃户。缺德的王安石又缺心眼，以为免役法可以根除差役法的弊端，其实免役法好不到哪里去，乔昌发一样做手脚，让不富裕的农户上三等，这些人免去了叫人倾家荡产的差役，却要交高得吓人的免役钱。前不久东明县官府雇的人去做蔡河的河工，其中不少是游手好闲的泼皮无赖，不好好干活，河工只做完六成的事，只好追加免役钱；要追加免役钱，就要把许多农户的等级往上提。这正是乔昌发所希望的。乔昌发巴不得全县的五等民户都上到三等民户，这些农人都成为他的佃户。丁口账都造好了，就等县令贾蕃在案卷上签名画押。此时忽然听说皇上要派王广廉、林英去东明县察查河工之事。乔昌发吓慌了，怕县令贾蕃变卦，不在案卷上签名画押；更怕农人闹事，找到王广廉、林英告状。还是曹通有计谋，跟自己赶在王广廉、林英前面到了东明县，跟钱粮师爷乔隆发计议一番，端的旗开得胜，马到成功，乔昌发顺利过关。乔昌发有急，肯定要帮的，这点义气还是要讲的；帮了就皆大欢喜，沆瀣一气了。可以说免役法让东明县的农人活不下去了，叫农人如何不闹事。

乔昌发：“怕什么，天塌不下来的，让他们去王安石府第闹事好了。县衙门里的人都巴不得有人闹事，闹事发财的机会就来了，都会高兴得放爆竹！”

乔昌发又神气起来了。不过，乔昌发说的是实情。平头百姓闹事，官府肯定要抓人，抓了人衙门里的人就有事做，做了事就有人送银子；不送银子被抓到衙门里来，没有不送的。张德保瞪了乔昌发一眼："把你抓起来，东明县农人才都会高兴得放爆竹！"

乔昌发不服气了，叫了起来："为何抓我？我可是在东明县做了无数好事的大菩萨，世上少有的大善人，那些把田地献给我的人，没一个不对我千恩万谢的。以前是免了差役，现在是不用交免役钱，还有什么税呀、费呀、捐呀、款呀都不用交了，日子过得比神仙还快活。现在许多人想到我这里来做佃户，我都没答应。"

高全福想笑没笑。千万不要以为乔昌发是个土包子，就蠢得什么也不懂，其实有时挺鬼的。乔昌发这些话就全是鬼话，但他却说得头头是道，振振有词，且把自己说成是县里的大救星。张德保："平头百姓之事让平头百姓去弄，你千万不要参加到闹事的人中去。"

乔昌发连连点头，又很是得意："这个我懂，闹事就是跟朝廷作对，跟朝廷作对是要人头落地的，开不得这个玩笑！"

高全福听出了张德保话中的弦外之音。张德保不反对东明县农人去王安石府第闹事，甚至还有纵容的意思。然而，张德保缘何如此呢？

张德保又问乔昌发："你们县令贾蕃如何？"

乔昌发："好官！顶好的官！为我们这些人做了许多好事，我说的话他句句听。"

张德保又瞪了乔昌发一眼："什么好官，顶坏的官！什么句句听你的，这个贾蕃句句都是听王安石的！他在东明县行免役法，比哪个县都厉害，且敢在天子眼皮底下做手脚、耍花样，把五等农户变成三等农户！"

高全福糊涂了，不明白张德保葫芦里卖的什么药。乔昌发的话其实没错。东明县衙门里的人都知道，谁当东明县令都得句句听他的，可张德保却为何说贾蕃没听乔昌发的呢？乔昌发更糊涂了，也更犯急了："张老爷莫不是要换掉贾县令？不行！不行！张老爷说得不对！贾蕃若不是个好官，天下就没一个好官了。我乔昌发最知恩图报，最讲良心，从不做缺德的事。我明日进宫跟我姐说去，要我姐在皇上面前说句话：贾县令是天下最好的官，千万不能换；当然也别升，就让他一辈子在东明县当县令。"

高全福看到，花厅里的人都笑了起来。这个乔昌发，聪明是绝对算不上的，但绝对没一点书生的呆气，一辈子活着就一个字：财。谁让他发财，谁就是天下最好的人；谁要不让他发财，他会恨得把谁的祖坟也挖掉。且这个“财”字还写在脸上，一点也不遮遮盖盖的，是人都看得到，没一点读书人的假斯文。曹谒笑得最开心，对乔昌发说：“你以为皇宫是东明县的茶楼酒馆，你想进就进得了？”

乔昌发给曹谒这句话噎得张口结舌，半日说不出话来。要是别的什么人说这句话，乔昌发肯定会拉下个脸去。然而，这话是曹谒说的，不仅没拉下个脸，反腆着个笑脸，对曹谒说：“小的进不了皇宫，不会托国舅带句话给我姐吗？国舅从来仁义，不会不帮小的这个忙吧？小的谢国舅，现在就谢国舅。”说着几步到了曹谒脚面前，咚咚咚磕了三个响头。这个乔昌发在东明县人人都得给他磕头；但他给权势大的人磕头，也很痛快、很干脆，且诚意十足。

花厅里的人笑了起来。人人都乐，花厅里的气氛很是欢快起来。乔昌发不再说话了，把盘子里最后一个莱阳梨抓过来啃。高全福忽然看到花厅门外来了一个人，眼睛睁大了：刀疤脸哭丧个脸站在花厅门口。花厅里欢快的气氛一下子变得严重而又紧张起来。高全福有种不祥的感觉，注意到张德保、曹通、曹谒、乔昌发脸色都变了。张德保对刀疤脸抬了抬下巴，要他进来。刀疤脸抖抖地进了花厅，然后跪下去，转着身子，给张德保、曹通、曹谒、乔昌发、高全福又是磕头，又是作揖。张德保要刀疤脸起来。刀疤脸的双脚就像钉在地上，怎么也起不来，一脸的泪水：“小的有罪，小的该死，那女人跑了！”

高全福知道，那女人指的是国夫人刘氏。刀疤脸慢慢说道：他领着那班衙役日夜轮流守在市易务各个进出口，连眼皮也没敢眨一下，没想到那女人女扮男装，穿着役卒的公服，大摇大摆从小的眼皮底下过去；等众衙役反应过来时，那女人已经走了半个时辰。

高全福看到，张德保、曹通、曹谒都很气愤地望着刀疤脸。国夫人刘氏逃走的故事一点也不新奇，却在被乔昌发吹得拳脚功夫了得、能飞檐走壁的刀疤脸这伙衙役眼皮底下逃掉，就有点活见鬼了。乔昌发又气又尴尬，表情很是凶恶：“老子砍你的头！”

张德保又拣了颗枣子，慢慢放到嘴里去："皇上龙颜大怒，为的是蔡河龙津桥边上那家邸店船头上黄旗之事，说是要查。"

高全福看到，张德保的话其实说得很随意，但曹谒、乔昌发都给惊得目瞪口呆，自己心里也很慌乱。这自然不奇怪，京都开封其他邸店都不怕查，蔡河龙津桥边上那家邸店却查不得。这并不是因为那家邸店的生意做得大，什么生意都做；也并不是因为那家邸店进货、发货都神神秘秘、鬼鬼祟祟的。京都开封这么大，什么人没有，要是一伙江洋大盗知道了那家邸店的底细，还不要给洗劫一空，抢得精光，不神秘鬼祟怎行？曹谒、乔昌发和自己怕的是查那家邸店船头上的黄旗。黄旗不是不可用，内官监的太监到天下各路去采办货物，不带上黄旗，采办之事谁也干不了；且一路之上，要车、要马、要吃、要住，不带上黄旗，谁管？但那是为皇宫办事。然而，那家邸店此次船头上的黄旗却是为私人办事，天子要是认真查起来，谁交代得清楚？

高全福发现，曹通脸上的神色却依旧谦和、平易，只侧过身子，探过头去，目语张德保后又对刀疤脸抬了抬下巴。张德保便对刀疤脸挥了挥手，要他下去。刀疤脸巴不得离开，一脸的喜色："小的这就带人去追那个女人，不把那女人抓住，砍小的脑袋。"

刀疤脸这种人的脑袋太不值钱了，动不动就把脑袋押上去。没谁相信刀疤脸有把国夫人抓到的本事。刀疤脸倒退着到了花厅门口，差点给门槛绊倒，然后转身跌跌撞撞走了。高全福知道，张德保有十分重要的话要说了。高全福清楚，张德保许多重要的话，是与曹通事前商量好了的。张德保从来没板过的脸板下去了："今日之事，跟我们这几个人都关系重大，不可不当回事。"

高全福发现：乔昌发正挺无所谓地伸手挑盘子里的果品吃，吓住了，忙把手缩回来；曹谒也认真起来，脸上现出了难得一见的多少有点紧张的神色。

张德保望着众人："你们也不必过于担忧。不过有两件事一定要做好。头一件，三天之内要把龙津桥邸店三十万担米、三万斤盐运走，运到一个无人知晓的地方。"

乔昌发又英雄好汉起来，哈哈大笑："此事易尔，小菜一碟。都搬到乔家货栈去。"

曹谒很是有点瞧不起地对乔昌发发话了："糊涂！你那乔家货栈就在御街上，把那么多米面盐搬去，岂不是让京都开封的人都知晓了？"

乔昌发哈哈大笑起来："国舅爷这回是你糊涂了。岂不闻旋涡中心最安全？再说，真有几个不晓事的歹徒闯进来，乔家货栈的人会打断他的腿！”

高全福看到，众人都瞠目结舌地望着乔昌发。谁也没料到乔昌发这个草包竟也能想出个好办法。张德保面带喜色，算是认可了乔昌发的办法。张德保又望着乔昌发：“第二件事还得麻烦乔老爷了。”

此时，众人都瞠目结舌地望着张德保。谁也没料到张德保今日会如此青睐乔昌发。乔昌发也一脸受宠若惊的笑容，信誓旦旦地说：“小的上刀山、下火海也要做好！”

高全福知道，真要乔昌发上刀山、下火海，恐怕胆都会吓破。不过，张德保却毫不犹豫地点了点头：“今日你跟我面见太皇太后去。”

高全福发现，乔昌发的脸色全变了，不停地摇头，样子很是憨厚：“不行！不行！小的算个什么东西，这样的嘴脸，怎好见太皇太后！”

这个乔昌发也有自惭形秽的时候，众人忍不住笑了。张德保也笑了。曹通没笑。曹谒逮到这个揶揄乔昌发的机会，自然不会错过：“还说什么上刀山、下火海，现在就吓成这个样子。让你去见太皇太后，是叫你去死？”

乔昌发的脸拉了下去：“死小的不怕，就怕坏了众人的大事，小的担当不起。”

高全福觉得乔昌发这个土包子干不了什么正经事，但挺会狡辩，也挺会推卸担子；不过，话也不是说得没一点道理。高全福笑了起来。曹谒益发笑得厉害。张德保脸上挂着笑，只是没笑出声。曹通没笑，对乔昌发说：“有张老爷在身边，怕什么呢？”

事情就这么定了。张德保正要起身，乔昌发却不起身，胆战心惊再三推诿：“张老爷，这事还是叫国舅爷曹大人去一趟好，太皇太后是他姨妈，太后是他表姐。”

高全福清楚，太皇太后曹氏固然很心疼曹家这根独苗，但让曹谒去面见太皇太后曹氏办个什么事，恐怕会适得其反。太皇太后曹氏不仅不会帮曹谒办什么事，还会狠狠地训他一顿；太后高氏在场，还会把曹谒骂个狗血涨头——不，不，是狗血淋头——当然，这种情况不便明说。张德保道：“国舅曹大人有国舅曹大人的事，你有你的事，各人有各人的事。”

乔昌发还是想推掉：“要不还是请曹王爷出马。”

高全福觉得乔昌发蠢得像猪了。曹王爷曹佾岂能去做这事？乔昌发该挨骂了。高全福看到，曹通的脸拉了下去：“你想给曹王爷惹事？”

乔昌发吓得伸出的舌头半日缩不回去，还是挺怕进宫，怯怯地说："小的在太皇太后面前说些什么？"

张德保："我问你什么，你就回答什么。"

乔昌发知道没法推脱，站起来，但提了个条件："张老爷，你可不能中途溜走，让小的一个人待在宫里。"

乔昌发真是个上不了台面的土包子，但那有点憨憨傻傻的样子中却也有种农人的精明和狡黠，话语中也很有点可爱的东西。众人又都笑了起来。曹诱说："不会，不会。到时候张老爷叫一伙宫女过来，跟你笑，跟你乐，然后把你活活吃掉，让你一辈子都待在这些宫女的肚子里。这下满意了吧？"

众人笑得更欢了。乔昌发也跟着笑。高全福想到一个成语，忍不住要炫示一下："在宫女肚子里过个洞房花虫夜，神仙遇不到的事都给乔老爷遇上了。"

曹诱也要炫示一下自己肚子里的墨水："不是'洞房花虫夜'，是'洞房花烛夜'。"

众人又笑。曹诱笑得很得意。乔昌发笑得更开心。此时，花厅门外响起脚步声。不一会，一个太监进来了，向张德保禀报：太皇太后宣张德保进宫。张德保的农家宅院门外早备好马。张德保和乔昌发上了马，在二十多个太监的簇拥下向京都开封驰去。

到了宫里，见到了太皇太后曹氏，太后高氏、向皇后都在座。后来天子赵顼也来了。这次张德保领着乔昌发起了大作用。张德保问什么，乔昌发就答什么。乔昌发身上的土气，那种有点憨憨傻傻的样子，农户的精明和狡黠，让天子赵顼、太皇太后曹氏、太后高氏、向皇后感到很是新鲜，都对乔昌发产生了好感。太皇太后曹氏、太后高氏、向皇后对乔昌发的话深信不疑。天子赵顼什么话也没说。

五天后，王安石二次罢相。王安石第一次罢相，起直接作用的是王安石那个很尊重自己、很有点呆头呆脑的门生郑侠，第二次罢相起关键性作用的是一身土气、大字不识的一个农夫。王安石这次从朝廷滚出去后，就再也没有回到朝廷来。天下事竟是这样荒延不经——不，不，不，是荒诞不经，——叫人感到不可思议，又叫人感十分可笑，叫人不得不服，又叫人欲哭无泪。

这日，高全福从张德保这座很不起眼的农家宅院出来，一路上在想一个问题：对农人从来不问一下的张德保，今日缘何如此关心起东明县农人之事来呢？快回到自己的宫外宅院时，高全福明白了：东明县农人在王安石府第前闹事，龙津桥边邸店里的三十万担米、三万斤盐才好搬到乔家货栈去：此调虎离山之计也。

第八十二章　出臭招邓绾失常态坏大事　火且尽韩绛患得失退全身

王安石越来越感到自己十分疲惫，十分虚弱，虽然才五十六岁，但确实觉得自己很老了。前段日子真的病了一场，背寒膈壅，气血不足，目眩头昏，身体浑身没劲，咳得更厉害，稍稍动下身子，就咳个不止。天子赵顼急坏了，让王安石居家养病，且遣太监劳问，一日数次，咳得最厉害的一天自朝至暮来回十七次；又派御医去诊视脉状，开具药方，去御药房配药；又命中书辅臣就王安石府第议事，王安石府第西门那栋带阁楼的木屋成了政事堂；又让太监骑着马，疾驰到府第拿王安石的奏疏。在宋代，天子派御医给大臣近戚看病脉状，固然表明天子的隆眷，但未必是好事。御医诚国医，然未必皆是高手，高手亦未必什么病都能治，这些御医却又个个比神医的本事还大，一脸药到病除的神气。天子派来的御医，病者没谁敢辞却；药不当，往往反为所害，又不敢言；特别是御医来了，按事例要送例钱给御医。不过，王安石没这些烦恼，皆因天子赵顼圣眷浓厚，考虑细心周全。御医进了门，王安石按事例准备了一千钱，然而领御医来的太监进门就说："皇上已赐，相公不必多给。"御医的药也对症，病天天见好。

这天一早，王安石的病虽未痊愈，但起坐有精神多了，便来到西门带阁楼的木屋里。原定今日王珪来府第议事。不过，王安石刚坐下来，就摇了摇头，苦笑起来。昨日当朝次相韩绛向天子赵顼提交了辞呈，不干了，请求外放到地方当官。表面理由是吕嘉问看他不起。本来，吕嘉问与韩绛直接打交道的机会不多，只是章惇离开朝廷后，三司使由韩绛兼领，韩绛成了吕嘉问的顶头上官，二人直接交道就无法绕过去了。吕嘉问这个人有点不通情面、六亲不认的味道。谁只要做了不合他的意愿的事，吕嘉问都会毫不客气、不顾一点情面把对方顶回去。昔年这个吕嘉问竟把他在朝廷当翰林学士的叔公吕公著反对新法的奏稿偷出来，给王安石看，别人谁会做这样的事？以至于吕公著骂他是家贼，跟他断绝一切关系，让吕嘉问戴着一顶“家贼”帽子过了一辈子。吕嘉问其实是个秉公守法，一心想建功立业，很有才干，为朝廷做事的人。吕嘉问有不妥的地方，韩绛可以好好向他提出来，犯不着拿这点作为自己提出辞呈的理由。王安石清楚，韩绛提出辞呈的深层原因恐怕是新法到了“火且尽”的时候，再不退回去，就死定了，还要落个身败名裂、遗臭万年的可怕下场。王安石很清楚，中原王朝真正的读书人几千年来都爱惜自己的名声，谁都想光宗耀祖、名垂青史、万古流芳，谁愿意身败名裂、遗臭万年？王安石觉得韩绛有一事未搞清楚：新法真的行不下去了，这些行新法的人就一定会身败名裂、遗臭万年？王安石要告诉韩绛：天下奇伟、瑰怪、非常之观，常在足力将尽的险远处，不加把劲，反退缩回去，就要悔恨终生了。不过，王安石觉得自己这些话对韩绛没用。然而，韩绛一走，中书只剩下王安石和王珪，王珪是王安石怎么说怎么好，这政事堂还有什么政事可议？

近日，王安石脾气也变得很坏、很古怪起来，常莫名其妙发火。眼下朝廷政事叫他特烦，没一件事叫他顺心。第一，他最为得力的吕惠卿、章惇、曾布三人都被贬到地方当官去了。吕惠卿、曾布确实做了不该做的事，章惇却并无大错，只是脾气不好，动手打人，这确实有失大臣之风，但究其初心，还是为了新法好。这三人一走，王安石就觉得新法越来越难推动了。第二，京都开封市易法、免行钱很难继续推行下去。吕嘉问对新法最为尽力，可攻他的人非常多，不仅宗室国戚、豪门权贵、富商巨贾对他恨之入骨，连农户小贩也咒他祖宗八代。吕嘉问做事也有冒失的地方，竟跳到插了黄旗的船上去查船上的货。这事可大可小。吕嘉问是市易务提举，按察过往商船未尝不可，这样的小事也就化了。然而船上插了黄旗，表明这是皇家的货物，完全可以治他的大不敬罪，这事就大了。第三，以前天子赵顼与王安石计议相左，总要考虑许久才说出来，恐伤王安石；现在不同了，有时当众否决王安石之见，让王安石大为惊讶。十天前早朝，王安石与赵顼为头天夜里天上闪出彗星发生争吵。以前，这类争吵有过好几次，王安石态度并不好，总是辞色俱厉，最后总是赵顼服软，不作声了。然而，这天早朝不同了，赵顼几次打断王安石的话，也不等王安石把话说完就宣布散朝，弄得王安石十分尴尬难堪，很没面子。早朝的官员开始目瞪口呆，后来都抿着嘴望着王安石笑。第四，东明县好像很不安定，听说是平头百姓没法活了。王安石也曾派王广廉、林英去察访过，可到了关节眼上天子赵顼把王广廉、林英召回来，此事根本查不下去。第五，王安石觉得京都开封恐怕真的是要出大事了。京都开封百万军民的粮、盐只够吃四天。原本江、浙、荆、淮六路转运使薛向曾说那边漕运的粮、盐近日可以解到京都开封，但后来说八天后才能解到。京都开封近日简直邪了，所有的粮店、盐店都关门歇业，更没有人把粮食送到京都开封来卖，市易务十二城门的监铺连一粒粮食也收购不到。京都开封已经人心惶惶，到处抢购吃的东西。四天后京都开封没粮食吃了，江、浙、荆、淮六路漕运的粮、盐要八天后才能解到，断粮四天，京都开封会乱成个什么样子，是不难想象得出来的。真要说点好事的话，那就是国夫人刘氏在小宫女甘氏被打死的当天，逃出宫门，晚一点就没命了。别看国夫人刘氏只是个读点书的妇人，逃出宫后没直接找王安石，却先找到李定、舒亶，在乌府台大牢里躲了起来。王安石是半个时辰后在乌府台大牢里见到国夫人刘氏的。国夫人刘氏告诉王安石：蔡河龙津桥边那家邸店是曹王爷曹佾、张德保、曹谒、高全福、乔昌发合伙开的。随后，吕嘉问派了四个役卒骑着快马，抄了条很偏的小路，撇开高全福的耳目把国夫人刘氏送到在湖州当知府的章惇那里。章惇赶紧派人把国夫人刘氏送到湖州西南天目山深山里的开宝寺，在那里削发为尼，大可放心在那里暮鼓晨钟、青灯黄卷，过自己喜欢过的日子。

政事堂无议政之人，王安石就想进宫面君。今日面君，王安石有句最要紧的话一定要说出去。京都开封的粮盐，大大小小的邸店，江、浙、荆、淮六路漕运情况，都得如实向天子禀报，并与天子计议办法。王安石正走出木屋，管家进来禀告王安石：韩绛马上要来府上。王安石便又回到木屋里去。王安石也很想见韩绛一面。韩绛毕竟跟他一道行了九年新法，对新法是出了大力的功臣。王安石还是想劝韩绛留下来。只要韩绛回心转意，赵顼会收回成命，把韩绛留下来的。“护法善神”走了，“传法沙门”不能再走了。特别是现在，把韩绛留下来，比什么都重要。

在西边那栋带阁楼的木屋下面的大堂里，王安石焦急地走来走去。他在等韩绛。今日王安石觉得时间过得特别慢，半日也没见窗外照进大堂里的日光移动一下。乖丫环和傻丫环进来了，小小心心侍立一旁。近日王安石总感到家里人对他特别照顾，生怕他有什么事，这就更叫他烦。乖丫环和傻丫环是夫人吴氏叫来侍候自己的。乖丫环和傻丫环侍候夫人吴氏得心应手，端茶送水，捏捏手，拍拍背，叨叨女人家的事，一天就过去了。但，乖丫环和傻丫环侍候老爷就无方了。以前，王安石也病过，夫人吴氏也叫乖丫环和傻丫环去侍候老爷。王安石很好侍候，多半躺在床上看书，床头柜上有茶就行了。然而，近日不一样，王安石很难侍候。刚泡好的茶说太烫了，过了一会又说太凉了；刚从井里打起来的水说有土味，过了半个时辰的水又说没味。王安石也觉得对这两丫环的态度过分了些，就对她们挥了挥手，说自己这里不要人侍候，让她们到外面散散心。这两个丫环哪里敢离开。但不离开，又没别的什么事可做，总不能王安石在大堂里走来走去，两丫环也跟着在大堂里走来走去。这看上去不像侍候老爷，倒像在看管老爷。乖丫环为人乖巧些，就站在木屋门口，望望京都开封澄清的蓝天，又望望院墙里的翠竹绿树。傻丫环见了，也站在木屋门口，有时听听门外鸟的鸣声，有时听听西门外街上嘈杂的人声和骡马的叫声。

王安石在木屋大堂里走来走去，脑子里想着朝廷里那些纷繁复杂，叫人烦心又割舍不下之事，偶尔也望望站在木屋门口的两个丫环。奇怪得很，从来只想天下大事的王安石竟想起这两个丫环的婚姻之事来。这两个丫环在府上有十多年了，来的时候还是个小姑娘，如今成大龄姑娘了。在乡村，十四五岁姑娘就要嫁人，这两个丫环这么大年龄，都是好几个孩子的妈妈了。王安石记得，夫人吴氏几年前曾想给这两个丫环找个好人家嫁出去。两丫环死活不肯，说嫁出去就没活路了，说她们侍候老爷、夫人一辈子是她们的福气，说她们在老爷、夫人家过的日子比老家有田有地的富人家过的日子还好，说她们特别怕嫁给离老家几千里外的人，说外面人生地不熟被人卖到青楼做妓女就惨了。王安石觉得两个丫环的话是心里话，也觉得在这里把她们嫁出去不妥。治国、平天下是读书人的大事，嫁个好人家则是女孩家马虎不得的终身大事。王安石便要夫人吴氏到抚州临川老家给两丫环找个人家。临川人硬头乒梆，有个死活要拗到底的脾气；不认错，犯了法也敢跟官府衙门犟嘴，拒不承认官府衙门强加在自己身上的那些罪，还要捉官府衙门的错，弄得官府衙门很是难堪狼狈；临川人会读书，但不会做官，临川在江南西路四十九个县中素有“才子之乡”的美称，当官的却寥寥无几；临川人也忠厚、勤快、仁义，不出卖人。若能在临川老家给这两个丫环找个读过几年私塾、家有几亩薄田的后生，这婚事还是不错的，比嫁给蛮强无理、动辄打骂老婆的粗人强。王安石想等朝廷政事有点眉目后，好好过问一下这事。

王安石有点后悔：前天不该在中书衙门大堂跟韩绛争吵，且争吵得很凶。争吵的事由是吕嘉问做了件天大的蠢事。吕嘉问确实不该闯进蔡河龙津桥边那家邸店，把邸店里的人打了，且强行上船头插有黄旗的船上检查货物。韩绛认为这下事情闹大了，吓得要死。王安石也觉得事情是闹大了，但闹大了也就闹大，天下事不少就是闹大了才知道真相。这次吕嘉问要是不把事情闹大，就无法知道那家邸店有那么多的米和盐。有了这情况，王安石就好找天子赵顼说话。韩绛的脸都气乌了。后来二人越吵越激烈。韩绛说："怪不得司马光许多人都说你王安石迂。"几十年来，韩绛第一次说王安石迂。王安石说："迂就迂。我王安石还要到天子面前去迂，非要天子把那些船上的米和盐弄清楚不可，不弄清楚，我王安石这个宰相就不当了。不错，我王安石不仅把司马光这班人得罪了，把官场上大大小小的官员得罪了，把天下有钱人都得罪了，把所有富商巨贾得罪了，把皇亲国戚得罪了，还把尊自己为师相、全力支持我的天子也得罪了，但天下平头百姓会说我王安石好！"韩绛说："天下平头百姓会说你介甫好？没那回事，天下平头百姓恨你王安石的大有人在。"王安石说："你别吓唬我，我介甫不是吓大的。"韩绛说："你介甫这下真的是以天下人为敌，独战天下人。"王安石说："你用当年司马光压我的话来压我？"韩绛说："司马光的话说得对的地方为什么不可以听一听？"王安石说："怪不得你数次向朝廷荐司马光可用。"韩绛说："奇怪，以前你介甫对这事一点都不介意，怎么现在就这么认真了？再说吕嘉问这个人太目中无人了，以前不把薛向放在眼里，如今也不把我放在眼里，好心好意告诉他不该上插了黄旗的船，不仅不听，反顶撞你。"王安石说："吕嘉问有错，但对新法最为尽力，也是有功的人。这种人十分难得。朝廷里的官都像吕嘉问这样，新法将无往不胜。"韩绛说："要是都像吕嘉问这样，天下不知会乱成个什么样子。"二人你一言、我一语，吵得中书衙门里许多吏员都听到了，不过都装着没听到，躲到值房里不出来。王珪也是躲在值房里不出来，后来还悄悄溜出去。韩绛最后说："我走，我走。"接着就向赵顼提出了辞奏。赵顼这一次不仅没跟王安石商量一下，且没跟王安石通个气，就同意了外放韩绛。王安石清楚韩绛为人，说了来就一定会来，然而怎么还没来呢？傻丫环喊了起来："来了！来了！"

王安石心里有点激动起来。不管怎么说，韩绛到底是个君子，不会因为政见不同就跟自己一刀两断。王安石三步两脚走到木屋门口，看到的是吕嘉问、李定、舒亶从西门小路那边急匆匆过来。王安石有点失望，他此时最想见的人毕竟是韩绛。不过，对吕嘉问三人的到来，王安石还是乐意的。特别是见到吕嘉问，王安石更高兴。

王安石把这三人迎进木屋里。众人归座。乖丫环和傻丫环给每人上了茶，放在茶几上，退到门外去了。吕嘉问先告诉王安石，本来王广廉、林英也要来的，没想到东明县雇来做充役的那伙泼皮无赖不仅把都水监的吏员打了，还把蔡河龙津桥边挖土的铁龙爪也砸了，真是太无法无天，太嚣张了。王广廉、林英只好赶到那里去处理这件事。

吕嘉问："学生这些日子在思考一个问题，新法为何如此难行，就是因为相公手上的权力小了，新法上许多事管不了，朝野上下的许多人都不在乎相公。"

王安石怔了一下，然后正色道："不得胡言！"

吕嘉问："不是学生胡言，就说蔡河龙津桥边那家邸店，明明知道是曹王爷曹佾、张德保、曹谒、高全福、乔昌发合伙开的，京都开封市易务却管不了。学生那天管了一下，现在是整天提心吊胆，担心随时有大祸降到头上。"

王安石不出声了，很自然想起制定市易法时天子赵顼那腼然的一笑。那年王安石无论怎么辞色俱厉地争，赵顼都不生气，但就是不同意把削去的第十三条加上去。按第十三条的规定，市易务对那些有害新法的皇亲国戚有觉察按置权，京都开封那些邸店就没有暴利可图。损害地方官府、生意人、有钱人的利益，赵顼可以不管；损害京都开封高官权臣的利益，赵顼还可以不管；至于损害宫中那些有头有脸太监的利益，赵顼更不会管。但，损害皇亲国戚的利益，赵顼却不敢不管了。如果仅仅是皇亲国戚的利益，还不是特别难办。现在的情况是京都开封的高官权臣、富商巨贾、宫中那些有头有脸太监与皇亲国戚的利益捆在一起时，问题就相当难办了，可以说王安石简直一筹莫展、束手无策了。王安石管得了官，管得了民，管得了富商巨贾，却管不了宫中的太监，更遑论去管皇亲国戚了。

吕嘉问："相公跟天子制定市易法时，为何不加上一条：市易务对有害新法的高官权臣、富商巨贾以及包括宫内有头有脑和宫外皇亲国戚在内的兼并之家，有觉察按置权呢？"

李定也说："相公，市易务这个觉察按置权无论如何要争到。有了这个权力，乌府台就好去管这些事，谁违反了这一条就弹劾谁。"

王安石无言以对。吕嘉问的话都说到点子上，但王安石永远不会把那天赵顼削去市易法第十三条之事说出去。能有这个权，王安石是绝不会放弃的。可这个觉察按置权市易务是怎么也得不到的。王安石知道吕嘉问的难处和心中有愤懑，但王安石能做到的只是：不顾一切去为吕嘉问说话，即使罢相也在所不惜。

舒亶:"相公,还有个权力要争到。这些开邸店的把兵卒都弄到船上去押运了。在下不认为是天子破的例，倒十有九稳是枢密院送去的人情。这还了得，让军队押运，朝廷不乱套了？要把枢府的权力并归到中书来，也别想动用一兵一卒去办私事。"

王安石感到一阵目眩头昏，魂都给吓掉了，脑子里空空的。王安石看到木屋倒塌了。舒亶、吕嘉问、李定和两个丫环都横着身子站在地上。用朝廷的军队去押运私货,肯定是错的。但,这事只能面奏天子,让天子去处置,却万万不能伸手要兵权。王安石不明白舒亶怎么会说出这样糊涂的蠢话。大宋开国就一改以前历朝历代的官制，制定了中书主政、枢院主兵、三司主财的国策。皇权高于一切，统揽一切，政、兵、财大权只能都抓到天子手里，臣子在这个问题上不能有半点非分的想法，否则要招来大麻烦，甚至弄得大祸临门。王安石眼睛盯着舒亶："你想让老夫死无葬身之地，遗臭万年？"

舒亶横着身子问："相公，此话怎讲？"

王安石："你刚才胡说些什么？是你一个人这么说，还是有别人也这么说？"

舒亶仍旧横着身子:"吕嘉问、李定都有这个意思,邓绾邓大人已写好了奏章,要天子把枢府归并到中书去。"

王安石更是大吃一惊。近日，王安石听人说，邓绾十分害怕自己在朝廷待不下去，担心自己会被踢出朝廷，看来邓绾是想通过增强自己的权势来保住官位。这不是既害了邓绾，也害了王安石，害了新法，甚至弄得赵顼也头痛难办吗？这就不仅太卑劣，也太愚蠢了。然而，奇怪得很，自己的脑子这下反而不空，也不那么目眩头昏了。王安石知道自己刚才是吓昏了，脑子里产生了错觉，眼睛把人看横了。此时,面前的舒亶、吕嘉问、李定都惊恐地直立着,乖丫环和傻丫环也半个身子躲在门外边，怯怯地朝自己这边望着。王安石问："邓绾邓大人真写了这份奏章？"

舒亶："是，邓绾邓大人还把这份奏章给我们三个人看了。"

王安石："邓绾邓大人把奏章送进宫了？"

舒亶："邓绾邓大人骑马进宫，怕已把奏章送进宫了。"

王安石又什么话也不说了。他不怀疑，面前的这几个年轻人的用心是为新法，可他们也太不顾后果了。可以说，这事一提出来，朝野上下那些反新法的人都会像猛虎下山一样扑过来，把那些尽力行新法的人都活活地吞到肚子里去。那时不仅自己百口莫辩，就是天子赵顼也无法帮尽力行新法的人说上半句话。从不骂人的王安石在心里骂起人来了：邓绾这么精明的人，怎么也会干出如此糊涂的混账事来？好在让枢府并归中书，写在奏章上，算是阳谋；要是瞒着天子这么做，定个大逆不道罪一点不冤枉。

不多久，王安石转身往木屋门外走去。他要赶紧进宫面君，向天子请罪。他感到屋子里的人都一脸的错愕和茫然。王安石刚到木屋门口，外面进来一个太监。太监传天子赵顼口谕：王安石即刻进宫。王安石清楚，赵顼肯定是为邓绾那份奏疏召自己进宫。王安石忙要管家备马。太监说天子已备好了马。王安石出了木屋，往西门走去，走了几步，又转过身来，交代站在门外的乖丫环和傻丫环："韩相公来了，让他在木屋里等老夫。"

天子赵顼今日在资政殿的北阙门楼召见王安石。这个门楼地方不大，却清静雅致。熙宁元年，王安石越次入对五个月后的一天，赵顼就是在北阙门楼召见老相公韩琦，要他留下来坐镇朝中，给王安石新法撑腰。今日赵顼选择此地召见王安石，自然不是心血来潮之举。王安石沿着资政殿东边的庑廊往北走去，还没拐弯，就听到北阙门楼那边传来赵顼的吼声："你们想挨板子是不是？不是说了，朕今日不要任何人侍候，都给朕速速离去！"

王安石听到北阙门楼那边有一阵杂乱的脚步声滚过来，接着就看到一伙太监、女官、宫女从北面墙角跑过来，一边回头看看，一边没命地跑，像鬼在后面赶一样。王安石看到，有个太监很面熟，此人长着一双又大又圆的眼睛，穿红色衣服，显然是太监里的官。王安石从不跟宫中的太监打招呼，更不要说那些女官、宫女了。在王安石的印象中，近来总能在天子身边见到这个穿红色衣服的太监。这个太监对王安石倒是挺巴结讨好，故意凑近王安石给了个长揖行礼。王安石只是点个头，告诉对方他知道对方行了礼。

王安石清楚，赵顼近来的心情非常恶劣，且叫人难以捉摸。王安石快步往前走去，上北阙门楼的楼梯时，一眼见赵顼站在楼门口迎接王安石。赵顼眼睛里并无半点难看的神色，还挺亲切，却再没有当年对王安石的那种心迷魂醉的神情。王安石上了门楼。赵顼给王安石赐座。王安石在一只石墩上坐下去，很快发现一件怪事：门楼里只有赵顼与王安石君臣两个人。天子在朝堂里的言行是朝廷天字第一号的天机，是万万不能泄露的；但天子在朝堂里的言行，又都必须由修起居注笔录下来，成为历史的佐证。然而，此时却不见修起居注在场。

赵顼在御椅上坐下："今日就朕与师相二人在这里，什么话都可以说。"

王安石明白了：赵顼今日不让纪事官修起居注在场做记录，是为了不让朝中百官知道赵顼与王安石此次说话的内容。王安石想：邓绾没把奏章送到赵顼手上？如果邓绾已把奏章送到赵顼手上，赵顼肯定会龙颜大怒，且会迁怒到自己头上，甚至会认为邓绾所为是自己指使的，自己就跳到黄河里也洗不清了。这次与李士宁案不同。李士宁卷入赵世居谋反案是惊天大案，自己与李士宁的交往与赵世居谋反案完全无关，反容易说清楚；今日邓绾向天子提出枢府并归中书，自己又是中书上相，说此事是自己指使的，连天下砍柴、打鱼的都会深信不疑。

赵顼："说说朝廷的情况。"

这当然正是王安石所希望的。王安石把京都开封粮、盐只够吃四天，江、浙、荆、淮六路漕运的粮、盐要八天才能解到，许多邸店插着黄旗、派兵卒押运粮盐，一五一十向赵顼作了禀报。王安石看到，赵顼一脸错愕，好像从没听过这些事一样："怪不得朕问身边的太监，近日京都开封情况如何，这些太监一个个都不出一声。"

王安石想着那个有着一双又大又圆的眼睛、穿红色衣服的太监，问赵顼："刚才从这里出去的太监也是这样吗？"

赵顼："师相是说高全福？这个太监只说了一句话：反正后宫的人饿不着。"

王安石心里豁然亮开了。高全福这个名字，王安石以前经常听到过，知道这个太监很会办事，太皇太后曹氏很赏识他，太后高氏表面上敲打，内心其实也挺赏识他，向皇后更是依靠他办事，宫中所需之物没有高全福办不到的。近日高全福这个名字更是如雷贯耳：蔡河龙津桥边那家邸店就是曹王爷曹佾、张德保、曹谒、乔昌发与他合伙开的。王安石记起刚才在资政殿庑廊上，这个高全福还故意凑近自己，挺巴结讨好地给自己行个长揖礼的情景。此人果然八面玲珑会做人。王安石今日算是开了眼界，见到宫中这个大名鼎鼎的大能人了。王安石清楚，高全福的话一点也没吹。后宫内官监米盐供用库确实存有米一万担、面一万担、盐一千担，够吃三四个月。京都开封百万军民全饿死了，后宫里的人照样吃香的，喝辣的。王安石心里倒吸了一口凉气，觉得高全福这个人诡计多端，办起事来，极难对付。把后宫吃的米、面、盐储足，就稳住了太皇太后、太后、皇后和宫中所有的人，他与曹王爷曹佾、张德保、曹谒、乔昌发合伙开什么样的邸店也没事，其间再玩点什么名堂，就万无一失，稳操胜券了。在这方面，那些饱读诗书的读书人还真不是高全福的对手。

王安石把今日面君时最要紧的一句话说了出去："陛下，把蔡河龙津桥边那家邸店的情况彻底查一查，查个清清楚楚、明明白白，一切问题都解决了。"

王安石看到，赵顼龙颜凝重，很久什么话也没说。北阙门楼一片死寂。外面虫鸟却叫得欢。少说过了一炷香工夫，赵顼站了起来，走到门楼的北窗下，一缕日光落在赵顼有点叫人感到可怖的脸上。赵顼："看来朕不查是不行的了！"

王安石跪了下去，磕了三个头："朝廷幸甚！天下幸甚！新法幸甚！"

赵顼忙弯下身子，将王安石扶起。王安石抬起头来，猛见到高全福站在门楼的楼梯口。

赵顼很不客气地对高全福说："谁叫你上来的？朕杀了你！"

王安石听人说，太后高氏敲打高全福时，"杀"字一出口，高全福就会吓得一脸煞白，两脚发抖。然而此时，高全福脸上却毫无惧色，只是跪下去："皇上，刑余之人奉太后懿旨，万死不理，请皇上去庆寿宫：太皇太后病了！"

王安石看到，赵顼吓坏了。朝中百官没人不知道，太皇太后曹氏虽然不是赵顼的血亲，但赵顼自幼就是太皇太后曹氏抚育成人的，不仅十分孝顺太皇太后曹氏，且十分佩服太皇太后曹氏，对太皇太后曹氏的话从不敢稍违。太皇太后曹氏病了，赵顼是绝对不会有半点马虎的。王安石早就听说过，高全福这个人好卖弄文辞，说错了不怕人见笑。这会又把"万死不辞"说成了"万死不理"。不过，王安石不会去取笑高全福，这种人也值得取笑？

高全福躬身站在门楼的门口，显然在等赵顼下楼。赵顼没立即动身，却回过头去，从御案上拿起一份奏章。王安石感到有什么事要发生。王安石的眼睛盯着赵顼的手。赵顼缓缓转过身子，什么话也没说，更未出恶言，只是把奏章拿过去给王安石看。

王安石打开奏章，是邓绾的。这个御史中丞到底还是给赵顼上奏章了。王安石从头往下看。奏章开头全是官话，是每个人的奏章都要说的话，对天子大颂赞词，说自周代文王、武王以来，盛德有为之主无如天子。奏章接着说起王安石的好话，恭维起王安石来了，有点叫人肉麻，说怀道之士除孔子、孟子以外，就是王安石了。天下人都喜欢听好话，听顺耳的话，听颂扬自己的话，不过王安石心里难过。王安石再接着看下去，心里就有种不祥之感了。奏章说，王安石位还不够高，权还不算重。下面的话就图穷匕首见了：

> 夫宰相代天理物，无所不统，未闻特设事局、补除官吏宰相而不预者也，今之枢府是也。臣以谓枢府并归中书，除补武臣悉出宰相，军旅之事各责其帅，合文武于一道，归将相于一职，复兵农于一民，此尧舜之举也。今王安石居宰辅之重，朝廷有所建置于天下，特牵于枢府而不预，则臣恐陛下任安石者盖不专矣。

王安石感到，邓绾的这些话，简直要了他的命。王安石脸上一阵发热，觉得自己的脸一定红得像猪肝。他自觉一生的操守是不错的，就连跟他冰炭不相容的司马光也说不出半个不字来。但邓绾却让他蒙羞，让他像做了贼一样见不得人。现在叫他特别难办的是，对邓绾这种卑劣的小人，王安石还不好开口。说重了，人家会说他装腔作势、推卸责任、阴险毒辣，出事了就把邓绾当替罪羊，开脱自己；说轻了，人家会说他包庇奸人、养痈长疽，遗患无穷。怎么说，都会有人说闲话，王安石干脆什么也不说，等着赵顼对他的发落。王安石不怨天，不怨地，只怨自己用人失察。他现在也觉得奇怪，自己当初怎么会那么赏识邓绾，就因他一句新法“诚不世之良法”，就把他当宝贝？王安石再相以后，常有人对他说，邓绾这个人不地道，谁有权有势，就巴结谁；谁一旦失去了权势，就立即把谁甩掉。因之，官场上的人都把他嫌得像狗屎一样臭，可自己怎么还那么信任他呢？

王安石看到，赵顼与他的目光对接了一下。王安石感觉到，赵顼的目光中有这个意思：师相，这是你授意邓绾做的事吗？王安石感到无地可容，从来能言善辩的王安石竟然无语。

赵顼没有对王安石说三道四，没有责备王安石。王安石看到，赵顼又与他的目光对接了一下。赵顼的目光中有这个意思：师相，你选上的邓绾怎么是个这样的人呢?

王安石心里觉得比什么都难受。王安石清楚：十天前早朝为彗星一事王安石与赵顼发生争吵，赵顼几次打断王安石的话，不等王安石把话说完就宣布散朝，弄得王安石十分尴尬难堪，一点面子也没有；散朝后，赵顼挺后悔，觉得这样对不起王安石，遣太监召王安石到延和殿喝茶。延和殿是皇宫后面的一座便坐殿。赵顼君臣二人坐在那里喝茶，显然有表示安抚和歉意的意思。然而，今日之事，怎么说王安石都难辞其咎，是自己的过错弄得自己没面子，弄得自己尴尬难堪。邓绾这种人确实不宜再待在朝廷里。王安石说："绾身为御史中丞，为国司直，而为宰相乞权，有伤国体，请黜落。"

王安石明白，自己这句话说得很无奈，也很无力，但也只能这么说。至于这句话会引起人们什么议论，会对自己产生什么后果，邓绾心里会有什么想法，误会也罢，毁誉也罢，恩怨也罢，荣辱也罢，都听之任之，什么也管不了了；只能让各个人凭着不同的学养、经历、认知、心性去评判，并让岁月的流水把蒙在这上面的尘沙洗掉。

赵顼要去庆寿宫看太皇太后曹氏，脚已向门楼的门口移动了。不过，王安石没退下去的意思，在赵顼后面说："陛下，臣有事要奏。"

王安石看到，赵顼停了下来，高全福脸上却显出了一点不耐烦的神色。王安石是不会理会高全福这种人的反应的，对赵顼说："陛下不能让韩绛离开朝廷!"

赵顼很是为难了，在门楼门前走了几个来回："师相不必多言，朕挽留了韩绛很久。韩绛以为新法搞不下去了，怕遗臭万年。"

听赵顼的口气，王安石明白赵顼对韩绛辞相这件事大为不满。王安石大声道："这怎么可能呢? 这个韩绛怎么会糊涂到如此地步!"

赵顼什么话也不说了。王安石心里清楚，韩绛去意已定，连天子赵顼也留他不住。赵顼的脚已经出了门口。高全福跟在赵顼后面下了楼梯，下楼时没忘记回头给王安石一个巴结讨好的笑。

王安石仍旧乘着赵顼给他备好的车马，回到定力院府第里来。还在西门小路的这头，王安石没见到他要见的韩绛，只有参知政事王珪站在木屋门口，对自己拱手："介甫，珪在这里恭候多时了。"

王珪真是个规矩人，原定中书宰执大臣今日在木屋议事，王珪总不会有半点延误。今日不议什么政事了。不过，王珪既然来了，就坐下来喝茶。王安石赶紧给王珪拱手回礼。王安石与王珪进了木屋。王安石叫站在木屋门外的乖丫环和傻丫环烧水沏茶。王安石与王珪在木屋里归座。不一会，水烧开了，乖丫环给王安石、王珪沏好茶。说起来，王安石与韩绛、王珪都是庆历二年一甲同榜进士，熙宁三年十二月三人同时入相，王安石有七绝一首记此盛事：

夜开金钥召词臣，对御抽毫布帝纶。

须信朝廷重儒术，一时同榜用三人。

表达了王安石、韩绛、王珪三人的特殊关系和这种关系在王安石心目中的地位，同时也表达了王安石的喜悦心情和期盼。不过，王安石与韩绛的话要多得多，与王珪的话却很少。然而，今日王安石却想跟王珪多聊上几句。

王安石："新法其实是不可能会废了的。"

王珪："珪也认为新法是不可能会废了的。"

王安石："就算我们离开了朝廷，新法照行不误。"

王珪："珪也认为就算我们离开了朝廷，新法照行不误。"

王安石："天子会把新法照行下去。"

王珪："珪也认为天子会把新法照行下去。"

二人就这么聊着，甚是无聊。王安石不说什么了，喝了口茶。王珪也不说什么了，喝了口茶。王珪要告辞了。王安石把王珪送到西门外。

后来，韩绛来了。他是来辞行的，去许州当知府。后来，韩绛还当过定州知府、河南府知府，都无可圈可点的建树。韩绛从此也再没回到朝廷来。韩绛七十六岁时以司空、检校太尉致仕；第二年卒，赠太傅，谥号献肃，算是得了个上谥。韩绛虽也名垂青史，《宋史》立了他的传，为他说了好话，但传的最后一句话是："终以党王安石复得政，清议少之。"可见当世的清议很有点看不起韩绛的意思。

第二天，赵顼降旨，以邓绾操心颇僻，赋性奸回，论事荐人，不循分寸，斥知虢州。邓绾从此再也没回到朝廷来。元丰年间，在知青州任上，获得大丰收，赵顼也只是给他加了个龙图阁直学士的职衔，改知邓州。邓绾从朝廷滚出去这件事，在京都开封官场引起轰动。不过这一天，京都开封还发生了一件更为轰动，叫王安石脸面丢尽的大事。东明县三千多平头百姓在王安石定力院府第门前闹事，找王安石算账！

第八十三章　汹汹来势三千百姓闹相府 坦坦等闲王老相公息风波

第二日京都开封是个少见的好天气。天上明净无云。日头一出就红光满天。东边鱼鳞片状的云块被红得像血一样的条线分隔得一清二楚。天晓得哪来那么多鸟雀，一群一群肆无忌惮地从京都开封上空飞过，把日头的红光切割成一条条起伏的波光，然后一波一波闪耀着过去，叫人感到奇异，也叫人感到赞叹。有几只老鹰旁若无人地站立在后宫的墙垛上，昂起头，弯刀一样叫人可惧的尖嘴直对着长空，叫人感到可怖，也叫人感到振奋。

这日上午，好些人来到东阁门庭院左边那间用来临时安顿告御状人的屋子里。去年元宵后的第二日，当朝天子赵顼来过这里一次，把聚集在这里的生意人和不相干的人吓个半死。这些人没敢再来了，那间屋子又像以往那样空着。但，近日这里的人又多了起来，虽不像前年那么热闹，但时不时有人到那里走动。有各色人等，只没有告御状的。没谁去过问这件事。在东阁门当差的吏员、太监谁也不会吃饱了撑的难受，去管这些事。东阁门使是国舅曹谒，谁敢得罪他？打个半死算万幸，就是打死了又怎么样？曹谒昔年打死一个账房先生，不就只是挨了老相公韩琦四十大板，屁股痛了十来天就没事了。现在朝廷还没老相公韩琦一样的人，这个国舅连四十大板也不用挨了。

此时曹谒和高全福坐在那间屋子里有一句没一句聊天。

曹谒：“王安石迂，真的迂，根本不知道官是怎么当的。”

高全福：“那是，搞什么鬼新法，把天下人都得罪了。”

曹谒：“王安石也不想他有几斤几两，我们都是些什么人！”

高全福：“到了宫里，从来没见他对我们这些人笑过一下。”

曹谒："今日至少有三四千人冲进他府里，要扒他的皮，吃他的肉。"

高全福："那是，肯定不会放过他。"

曹谒和高全福正这么聊着，庭院里来了一个人。曹谒认得，是乔昌发府上的刀疤脸。曹谒对他勾了勾手。刀疤脸进来了。

曹谒："人现在到了何处？"

刀疤脸："已进了安上门。"

曹谒头一摆，先出了那间屋子，接着高全福、刀疤脸也出来了。东阁门外早备好了马。三人上了马，策马往安上门方向驰去。不过，刚走几步，曹谒又掉转马头，回到东阁门前，对里面的人说："宫里不管谁找本国舅和高老爷，都说办事去了。"

曹谒很是得意。都说曹谒只会闯祸，不会办事，曹谒这回要叫宫内宫外的人都开开眼，他是不是这样的人。他今日要在宫外办件叫人目瞪口呆之事，此事要不少时间，交代好了阁门里的人，他就可以放心去办事了；且事由巧妙，万无一失，谁也抓不到把柄。

曹谒交代完，便上了马。高全福、刀疤脸紧跟在后面催马前行。不到二个漏刻时辰，曹谒与高全福、刀疤脸来到安上门旁定力院王安石府第门前。三人下了马，进了王安石府第旁边一家酒楼。今日东明县有三千平头百姓要去王安石府第找王安石算账。他们来这里看王安石的热闹。酒楼空空，没一个食客。曹谒与高全福、刀疤脸在楼上临街的一间房坐了下来。酒保过来，曹谒点了一桌的好菜，要了一坛好酒。酒保殷勤地说，他们酒店的熏鸡、熏蛋、熏猪下水比安阳的"三薰"还好。曹谒一脸的不耐烦。刀疤脸对酒保瞪了一眼："你不见爷们在议事，想死？"吓得酒保赶紧把门关上，再也不敢来献殷勤了。

刀疤脸把门关上。这个酒楼离王安石府第不到十丈，王安石府第门前飘落在地的树叶，门里的屋脊飞檐下的斗拱、绿树翠竹的枝叶，全看得一清二楚。曹谒朝外面望了望，但见王安石府第大门的两边站着两个皇城司的兵卒，一手按着挂在腰间的环首长刀，面部表情威严肃然。府第门口两个门者在聊天，用的是江南西路抚州临川土话，听不清聊了些什么，只听到嗨个嗨个不停。府第门前没见一顶轿子，只左边马桩上系了五匹马。马有点烦躁，不停地弹蹄子，弹起的泥块溅了开来。府第门前的街上有行人来来往往。难得有一两个小贩提着竹篮叫卖本地果品。听说熙宁二年王安石入相时，门前有三四百人，轿、马排到街的那头。这都怪王安石自己，要去搞什么新法，还能好得了吗？

曹诱不时望望街的东头，但见那里只有几个路人走来走去。曹诱与高全福聊着。曹诱是不会去理刀疤脸的。刀疤脸不过是衙役，官府当差的狗。自己是开国大将曹彬后裔。刀疤脸怎配跟自己说话。曹诱左等右等，等得有点不耐烦了，问刀疤脸："怎还不见人呢？"

刀疤脸朝外望了望，见王安石府第门前还是只有几个路人走来走去，慌了神，忙跪下去磕头。其实曹诱错怪了刀疤脸。事情过后，曹诱才知道，东明县三千平头百姓没直接奔王安石府第，而是先到开封府告状。这天开封府大门紧闭，半日有个堂吏出来，放出来的话是：开封府不受理，谁搞的新法你们就找谁去。后来这伙平头百姓到乌府台告状。乌府台邓绾刚接到罢免御史中丞的圣旨，新的御史中丞没有到任，这个状难告了。李定、舒亶不在乌府台。很久有御史出来称：乌府台只管官，不管民，平头百姓的事他们操心不了。因之，迟迟未到王安石府第来。

曹诱的脸拉了下去："你要是骗了本国舅，就杀了你！"

曹诱注意到，刀疤脸想赌咒发誓，不过嘴刚开，却忽然指着窗外。曹诱不由得把头探出窗外，但见街的东头日光下一大片黑压压的东西沿着街向这边移动，像一股黑色的潮水滚过来，很是吓人。曹诱看到，高全福几乎与他同时把头探出窗外。刀疤脸也挤了过来，压着高全福的背朝外望。东明县几千平头百姓到底找王安石算账来了。曹诱此时看到，王安石府第门前的行人不见了，看热闹的人却多了起来。这些人都站在离王安石府第门口不远的街上，伸长颈朝东边望去。王安石府第门口还多了许多仆人，面容都很有点僵硬，也很有点可笑；皇城司的兵卒也增加到了十多个人，面容更是威严，却不麻木，更显得滑稽。曹诱还看到，王安石府第门前左边马桩上系着的五匹马，不知何时走了。

不多一会，街东头滚滚而来的黑色潮水，渐渐显出人的形模。这些人都显得很小，看上去就像一些小人在地上爬。人的声音也能听得到了，非常嘈杂，非常含混，像是远远的天边传过来的，很有气势，也很怪异。王安石府第门前的气氛立即严重紧张起来。曹谒感到十分兴奋、十分开心："只有本国舅有这个本事，早就算出东明县有三千平头百姓要去王安石府第找王安石算账。你们说，是不是这样的？"

刀疤脸："是！是！是！国舅大人跟诸葛亮也是比得一下的。"

高全福："是！是！是！国舅大人料事如仙，比诸葛亮还厉害。"

曹谒心里美滋滋的，很是得意。曹谒一向觉得自己屈了才，只是因为开国皇帝赵匡胤有规定，不给皇亲国戚事权，要不曹谒早大显身手，在朝廷干出了轰轰烈烈的惊世之举。当然，曹谒不是完全不知道自己几斤几两。这两人会拍马屁，一个比一个拍得凶。别把本国舅当傻瓜，本国舅确实不是个没本事的人，但本事还没诸葛亮大。这个高全福，好卖弄，不懂装懂，又把"料事如神"说成了"料事如仙"。看在他还尊重本国舅的份上也就不去戳穿取笑他了。不过，对高全福的讨好、刀疤脸的巴结，还是觉得非常受用。

街东头滚滚而来的黑色潮水越来越近了，人的模样也越来越清晰，看得到前面人的头、脚、手了。人的声音也越来越响，闹哄哄的，听上去就像黄河发大水，有点汹涌澎湃的气势。曹谒还看到有几个领头的人不停地回过头去对后面的人挥手，似乎怕后面的人把他们卖掉，要他们赶快跟进。此时，王安石府第门前看热闹的闲人越来越多，都在王安石府第门口不远的街上站着。

再过一会，街东头滚滚而来的黑色潮水，涌到王安石府第门前，变成了一大群攒动的黑色人头。这群黑色人头堵在王安石府第门前，把门前的街全填满了。这些人头愤怒地喊着、骂着，人声如雷，惊天震地，很是豪迈，很是英勇无敌，有种上刀山、下火海的气势。曹谒看到，东明县平头百姓前面的人在台阶下才停下来，后面的人还在往前冲，人群有了骚动。曹谒看到，王安石府第两扇大门紧闭着。王安石府第院墙里面一动不动的绿树翠竹的叶子狂乱地舞了起来，里面冲出一大群惊飞的鸟雀，然后箭一样地射向上空，翅膀上闪出一片十分好看的红色日光。

好一会，平头百姓愤怒的喊声、骂声才停息下去。曹谒估算了一下，聚集王安石府第门前的平头百姓超过了三千。曹谒出生以来，还没见过这么多平头百姓在当朝宰相府上闹过事。曹谒看到，王安石府上的那些仆人很是惊慌，有几个人在相互交换眼色，似乎在问该怎么办；那十多个兵卒也有点紧张，把环首长刀按得更紧了。这不奇怪，对方是三千多人，这些仆人、兵卒顶什么用，冲过去，要把他们踩成肉饼。曹谒又看了看街上看热闹的闲人。这些人越来越多。有的反剪着双手隔岸观火，有的双手抱胸冷眼旁观，有的笑逐颜开幸灾乐祸，有的指指点点高谈阔论，有的交头接耳心机莫测，还有的在人群中间蹿来蹿去，唯恐天下不乱。

不多一会，刚平息下去的平头百姓愤怒的喊声、骂声，又雷一般的惊天震地起来。这些人喊了什么、骂了什么听不甚清，但曹谒猜得出来，一定是喊王安石出来，骂王安石祖宗八代。不过，都还没上台阶。王安石府上的那些仆人更惊慌了，脸色变白了；那十多个兵卒也更紧张，环首长刀从刀鞘里抽出一大截。王安石府第两扇大门仍旧紧闭着。

曹谒脱口说了一句话："冲呵！"

曹谒回头看到刀疤脸转身就要往楼下冲去。高全福吼道："国舅大人叫了你出去吗？"

刀疤脸吓得赶紧缩回身。曹谒猛然记起昨日曹通交代他和高全福的话：今日到了王安石府第门前，只准看热闹，不准混到人群中去。曹通虽然只是曹王爷曹佾府上的管家，但曹谒并不特别怕父亲曹佾，却在曹通面前不敢过分坐大，有时还很听曹通的。曹谒在外面闯了什么祸，都是曹通神不知、鬼不觉去消灾的，太皇太后曹氏、太后高氏、父亲曹佾连一点风声都不知晓。

曹谒依旧探着身子，朝王安石府第门前望去。刀疤脸依旧压着高全福的背朝外望。有人在向王安石府第那边扔砖块、泥块。有的打在府第院墙上，有的打在府第紧闭的大门上，还有的打在仆人和兵卒身上。仆人怕得慌，又很愤怒。有个胆大点的仆人竟放肆地用手一点一点地指着人群，好像在说，谁谁谁打的砖块、泥块。这下惹事了，许多砖块、泥块便朝他打去，打得那个仆人赶紧乖乖地用双手抱着头。兵卒也都愤怒了，把环首长刀从刀鞘里抽出来。环首长刀在日光下闪着令人可怖的白光。

曹谒感到王安石府第门前的气氛不仅有点严重紧张，而且有点古怪滑稽。曹谒想：王安石要是识相的话，肯定不敢出门，说不定已经从后门逃走了。王安石这个人迂，但绝不会迂到不知道好汉不吃眼前亏的地步。曹谒突然发现，王安石府第门前的东明县三千多平头百姓中虽然还有人扔砖块、泥土，却也不见有人踩上王安石府第门前台阶一步。原先的喊叫声也停了下来，但叽叽喳喳嘈杂得像集市。这些人好像在等领头的发个声。人群里有人在怪叫，瞎起哄。曹谒注意到，人群前面有一个脸白、一个脸黑的中年汉子，像是领头的，不停地挥舞着拳头，像要进王府去，但两个仆人张开双手一拦，不让上台阶半步。曹谒伸长颈，特别看了下那两个领头人的脚，但见那两个人的一只脚已踩上了台阶，另一只脚就是不敢提到台级上去。曹谒心里在喊：跟那两个仆人啰唆什么，掀开这两个看家狗，带着人往里面冲就是，怕甚！

曹谒又猛地看到刀疤脸有只手伸到自己头顶上，指着前面说："在那里，在那里，姓陆的两兄弟在那里！"

曹谒感到莫名其妙。这个刀疤脸甚是讨厌。本国舅在这里看王安石的热闹，你一个当衙役的插什么嘴。这里也有你说话的分吗？吵什么吵！曹谒正想喝刀疤脸时，刀疤脸告诉曹谒、高全福：姓陆的两兄弟就是八年前被刀疤脸活活打死的陆火旺的弟弟陆福旺、陆寿旺。脸黑一点的是陆福旺，脸白一点的是陆寿旺。前不久都水使王广廉、都水监丞林英还到东明县找过这两兄弟，不过没能找到。曹谒觉得刀疤脸也太胆小、太大惊小怪、太小题大做了。不就是打死个乡民吗？不用怕，有事找本国舅！

日头渐渐变白了，把一天的白光洒下来，洒在王安石府第门前的人群头上，让这些人的脸也变白了。曹谒气愤了。这回他不是气愤王安石，而是气愤王安石府第门前的东明县三千多平头百姓，特别是气愤那两个领头的。真没个屌用，去做领头人作甚！曹谒真巴不得自己冲下酒楼，领着这些人把王安石府第砸了。但自己是国舅，身份不一样。不过，就在此时，曹谒看到，王安石府第门前的人到底动了起来。这回动起来的是后面的人。后面有伙人大声喊叫了起来，还有许多人往前挤。前面的人怪叫着，也往前面挤。更前面的人也怪叫着，往更更前面挤。许多人乱叫乱喊。

"烹了王安石！"

"还我田地！"

"砸烂新法！"

“把免役法喂狗去!”

曹谒感到过瘾。闹就该这个样子闹。曹谒看到，看热闹的人越来越厚了，还有人也跟在人群后面往前挤，连街两边的吊楼上面也挤满了人。曹谒发现，王安石府第门前的台阶上有不少人开始往台阶上挤，王安石府上的仆人和兵卒就往台阶上面退一退。

曹谒心里在叫：好！不过，就在此时，一件怪事出现了。曹谒看到王安石府第的大门开了，那个该千刀万剐的王安石出来了。王安石前后有一伙人。有几个人背对着人群，张开双手在前面拦着王安石的去路。有好些人在后面拖着王安石的手，不让他出去。王安石也不知怎么有那么大力，竟挣脱了后面拖他的手，然后把前面拦住去路的肩膀掰开，挤了出来。这个迂夫子生怕别人不认得他这个当朝上相，还戴着从一品官帽，穿着文鹤的补服。补服上的鹤昂起头，高高直立着，一点不把府门前三千多平头百姓看在眼里。

王安石一步步走下台阶，在人群面前停了下来，像要送到面前的人去烹。那些拦着他、拖着他的人赶紧从台阶上下来。王安石转过身去，又是挥手，又是喝叫，把他们赶走。赶走这些人，王安石转过身，面对着东明县三千多平头百姓。一件更大的怪事出来了，原先喊着、叫着，愤怒得要一口生吃了王安石的人群安静下去了，谁也不作声，已经上了台阶的人也都退下去了。王安石府上的仆人和皇城司的兵卒都下了台阶。这是曹谒完全没想到的。这个迂夫子王安石真连自己的命也不要了？不太迂了吗？没过多久，王安石府第门前传来王安石带有江南西路抚州临川浓厚口音的官话：“我是王安石。老夫要问：各位父老这么闹，为的是哪一般？”

曹谒看到，王安石脸上的神色并不凶狠，倒是平易；口气也不难听，倒是平和。但，刚刚还显得很是豪迈、很是英勇无敌、有种上刀山下火海气势的东明县平头百姓却都一个个成了软蛋。这些人只有在背后充好汉的本事，当着王安石的面，威风立即矮了大半截，半天不见一人出来说话。怕什么呀，把你们的苦水都当面倒给王安石看呀！本国舅坐镇在酒楼上呢！曹谒看到，有几个人挤到王安石面前，不过，不是去找王安石算账，而是去欣赏王安石。这几个人把头摆来摆去，望望王安石这边，又望望王安石那边，好像要在王安石身上找到点与众不同的地方。

不多一会，挤到前面的脸黑一点的说：“免役法行到东明县，我等小民的丁口账上的等级都提得越来越高了。五等的大都上到了三等以上的富户。我等小民本来就穷，根本交不起这些钱，要逼死人了！”

接着挤到前面的脸白一点的说：“别的县免役钱最多交两次，东明县的免役钱却加到四次，不知加到哪里为止。我等小民根本不知道这些免役钱用到什么地方去了。”

有人斗胆说：“新法是害人的法！”

还有人胆更大：“平头百姓要反了！”

曹诏觉得最后一句话说得不好。反？谁敢反？大宋天下谁敢反？谁反，就砍谁的头，灭谁的九族！要反，你们就反王安石，剥他的皮，抽他的筋，看天下人谁还敢行新法。王安石府第门前的东明县三千多平头百姓又开始闹哄哄了。王安石用双手在空中按了按，要众人静下来：“老夫再问：你们来，东明县贾县令知否？”

王安石这一问，王安石府第门前的东明县三千多平头百姓又愤怒了，七嘴八舌地喊道：

“这个贾县令不知躲到什么地方去了，连魂都找不到！”

“贾县令最坏，把我等小民的等级一升再升，尽干烂肠烂肚的坏事！”

“我等小民再也拿不出免役钱，贾县令就派衙役把我等小民抓到县衙，又吊又打，我们村里有八个人给活活打死了！”

“贾县令说，他是按朝廷相爷王安石的规定办事！”

曹诏心里有说不出的快活。这些祖上八辈子面朝黄土背朝天的农人，做梦也不会想到贾县令昨天晚上深更半夜带着全家人逃跑了。这个在有权有势的人面前只敢用半边屁股坐在椅子上的县令，还算是知乖识趣，知道自己在东明县待不下去，谁都不会放过他，东明县平头百姓不会放过他，新法一边的人不会放过他，就是那些要他做这做那的人也不会放过他，不如三十六计，一走了之。叫曹诏特别开心的是，东明县这些平头百姓的最后一句话说得好，这就把火引到王安石身上去了。这下倒要看看平日从不把皇亲国戚放在眼里的王安石怎么跟东明县这些平头百姓交代了。

王安石府第门前的东明县三千多平头百姓又愤怒起来。许多人把拳头举过头，用力往前挤，像要跟谁拼命。许多人喊叫起来，就像一锅滚着气泡的开水。听不清喊叫了些什么，但感觉到都是些凶狂恶毒、下流粗俗的骂人话。情况万分危急。要是王安石还不走的话，肯定要给这些愤怒的平头百姓踩死。曹谒看到，王安石还一动不动地站在台阶上，好像在等这些愤怒的平头百姓踩死。那两个为头的却坏事了。他们本该领着人从王安石身上踩过去，可那两个为头的却回过身，把后面的人推回去。曹谒还看到，王安石真迂，还故作镇静要皇城司的兵卒把环首长刀都插回刀鞘里去。王安石今日死定了！

不过，就在此时，街那头的人群乱了。曹谒抬起头，朝那边望去，眼睛不由得睁大了。曹谒看到，从街的那头冲过来铺天盖地的皇城司兵卒。领着这伙兵卒的是五个骑着马的官员：王广廉、吕嘉问、林英、李定、舒亶。这些兵卒举着明晃晃的环首长刀。日光下的环首长刀都随着手的摇动闪着一圈圈令人可怖的亮光。兵卒很快就把街上所有的出口都拦死了。另有两百多个兵卒跟在五个官员的马后，沿着街边向王安石府第门前跑去。王安石府第门前的东明县三千多平头百姓惊慌了；想出去又出不去，就在王安石府第门前你推我，我挤你。一会儿人群往这边涌，一会儿人群往那边涌。有人在骂，有人在叫，有人在吵，有人在吼，有人跌倒了。有人跌倒处更是乱透了：推得更凶，挤得更狠，骂声、叫声、吵声、吼声全混杂在一起，接着更多的人一起倒下去。那些站在人群周边看热闹的许多闲人不想看热闹，纷纷溜走了；只有些胆大的还留在街的出口处。

曹谒侧过脸去，高全福刚好也侧过脸来。二人目光对接了一下，好像在问：这是怎么回事？曹谒和高全福当然无法知道，昨日晚上王安石和林英几个人已得到风声。今日一早，王广廉、吕嘉问、林英、李定、舒亶骑着马赶到王安石府上来，然后一道去面君。天子赵顼很是震惊，东明县不过万户人家，人口三万多一点，就有三千人去宰相府闹事，这是大宋百年还没有过的事，这还了得。赵顼龙颜大怒，立即口谕皇城司派兵。

王广廉几个人领着两百多个兵卒到了王安石府第门前，一字排开，举着环首长刀，站在人群的前面。许多人吓得赶紧往后缩。曹谒注意到，林英落后了几步，在跟认得的几个平头百姓说些什么。那几个平头百姓说了些什么，听不清，只看到林英不住地点头，后来这几个人都老老实实站在人群里。王安石府上的那些仆人神气了，一起冲到人群面前，吓得好些人赶紧往两边分开。有个仆人往人群里挤过去，把一个人从里面拖出来，一阵拳打脚踢，把那人打得在地上打滚。曹诱认得，那个打人的人就是原先那个放肆地用手一点一点指着人群的仆人，那个被打的是用砖块、泥块把那个仆人打得双手抱着头的人。

再过一会，曹诱看到，吕嘉问领了四个兵卒，气势汹汹走到领头那个脸白的和那个脸黑的中年汉子面前。四个兵卒三下两下就把这两个领头的打翻在地，接着三下两下把这两个领头的五花大绑，像粽子一样捆了起来。这四个兵卒正要把这两个领头的带走时，林英赶过来，用双手做了个且慢的动作，然后走到王安石面前，跟王安石说话。林英说，王安石听。吕嘉问脸上凶恶的表情不见了，对那四个兵卒摆了下头。那四个兵卒立即给两个领头的松了捆。两个领头的一个劲揉自己的手腕，肯定是捆得太紧，把手腕勒痛了。接着，刚才跟林英说话的那几个平头百姓领着一伙人，来到王安石面前，一起跪了下去。王安石忙伸出双手，请他们起来。再接着，王安石又对吕嘉问说了几句话。

曹诱傻眼了，不知道王安石府第门前到底出了什么事。不多一会，曹诱看到，拦死街上所有的出口的兵卒都分开了，站在街的出口两边。兵卒的环首长刀都插进了刀鞘。许多人都逃命似的向街的出口跑去。街的出口处堵满了人，都想快点出去，都往前挤。挤进去了，又被挤出来。不过，也就一炷香工夫，王安石府第门前那三千平头百姓走光了，连看热闹的闲人也走了。再过一会，林英把两个领头的送走了，皇城司的兵卒全撤了。王安石、王广廉、吕嘉问、李定、舒亶和仆人都进王安石府第里，门前留下一地凌乱的鞋子、头巾和被撕破的布片。

曹诱完全没想到大宋百年没出现过的一场大热闹就这么结束了。这太没意思了，至少也该死几十人才有味道。曹诱仍望着外面，还希望东明县三千多平头百姓回来。少说过了半炷香工夫，曹诱才回过身子来，见高全福、刀疤脸都怪没意思地坐在桌子边上。就在此时，有人敲门，是庆寿宫的太监，奉太后高氏懿旨，宣曹诱、高全福即刻进宫。

曹诱吓了一跳，有种不好的预感。高全福也怔了一下。曹诱一生中，凡太后高氏召他就没好事。曹诱和高全福立即下楼去。这下好过了刀疤脸，独自吃一桌的好酒好菜。不过，好酒好菜才吃了一半，外面进来一伙人，走在前面的是市易务安上门监铺的行人刘进、卒头胡木根。刀疤脸吓坏了，手上的酒盏也掉了下去，满满一盏酒全溅在地上。

曹诱和高全福赶到庆寿宫时，日头正躲在一团白云里，那块地方的云便显得分外薄，分外亮，日头随时都可能钻出来。还在通往庆寿宫的御道上，曹诱感到今日庆寿宫的气氛很不对劲，有点怪异。庆寿宫还是庭阶寂寂，静穆安闲，御道两边的古树林还是那么繁茂，但庆寿宫的丹墀上和两边的庑廊上却多了许多太监、女官、宫女。这些宫人一个个都规规矩矩，默不作声，又都精神高度集中，战战兢兢，随时听候传唤。

曹诱心里紧张了。高全福还在宫外，就躬着身子，赔着笑脸。曹诱、高全福进了庆寿宫。曹诱看到，庆寿宫里死寂寂的，见不到一个人影，也听不到一点声音。曹诱心里忐忑不安起来，回过头一看，高全福也一脸的惊惧。曹诱和高全福站在庆寿宫大堂里，进又不敢进，退又不敢退，听到庆寿宫寝房里传来太后高氏的声音："进来！"

曹诱吓得心跳了几跳，高全福的脸吓得变白了。曹诱、高全福蹑手蹑脚进了庆寿宫的寝房。在寝房门口，曹诱看到皇上赵顼、太皇太后曹氏、太后高氏、乔内史在里面。皇上赵顼站在寝房里，龙颜铁青，很是吓人。太皇太后曹氏半躺在凤床上，红着脸，很是难看。太后高氏坐在一张椅子上，一脸的杀气。乔内史坐在凤床边上，一脸的平静，只是用心在太皇太后曹氏巴掌心上按揉，有时又用拇指在那个地方揉揉。太皇太后曹氏最近老哮喘、恶心、心慌。御医没用，吃了十多剂药病不见好，反加重了。这个乔内史每天就这么在太皇太后曹氏巴掌心的一个地方按按揉揉，效果神奇得很，不那么哮喘了，也不那么恶心、心慌了。有人问乔内史，她用什么方法治的病。乔内史也不保守：太皇太后曹氏巴掌心上有个内关穴，按揉那个穴位就能治太皇太后曹氏的病。

曹诱感觉到，皇上赵顼与太皇太后曹氏、太后高氏刚才一定为什么事发生了很激烈的争吵。曹诱不敢乱猜。太后高氏在场，猜错了就难办了。太后高氏未必会对自己说出个"杀"字，但开口说个"打"字不是不可能的，到时自己皮肉就有苦头吃了。曹谒稍稍往后勾了下头，在眼角的余光中见高全福的头勾得低低的，两只手都有点在抖。

太后高氏："说：你们做了些什么好事！"

曹谒吓昏了。太后高氏这没头没脑一句话，叫他如何回答得了。曹谒半日没有出声，稍稍回过头去，给高全福打了个目语，要高全福回太后高氏的话。高全福只是低低地勾着头，装着没看到他的目语。曹谒心里骂道：这个没根之人平日一脸通天下没有他办不成的事的表情，可在太后面前连个屁也不敢放一下。别装蒜，本国舅知道你刁滑，关节眼上你就往后缩，不见你出一点力，你不过是为了保自己，就把本国舅卖掉，以后没你个好。

曹谒看到，太后高氏望着自己："你说！"

曹谒感到自己这下要倒大霉了。他知道，自己一辈子没做过几件好事，大多是些见不得人的勾当，说出去太后高氏绝不会饶过自己。既然如此，自己干脆什么不说，由太后处罚就是。太后高氏要高全福说："你更不是个东西，老老实实全说出来。"

高全福不敢不出声："请太后明示。"

曹谒觉得高全福这家伙到底比自己强，反把自己要说的话倒推给太后高氏。不过，太后不是好惹的，面对着高全福，动怒了："你是说哀家做了对不起祖宗的事？你一件件给说出来，说不出来，哀家杀了你！"

曹谒发现，太后这次"杀"字出了口，却没见一个卫士冲进来。但，高全福还是吓得跪了下去，膝行到太后高氏面前，拼命磕头，但就是怎么也不开口。太后板着个脸，也不再说什么。曹谒看到，高全福求助地望着太皇太后。太皇太后巴掌心上的按揉做完了，人精神多了，坐了起来，仍像以前一样富态："老身给你们二人提示一下：前几天，你们在宣德门外把吕嘉问一伙人打了？吕嘉问是朝廷命官，你们也太无法无天了。"

曹谒觉得这事问题不大。说起来吕嘉问也有错，谁叫他狗胆包天，强行登上插了黄旗的船。这种人还不该挨顿打？不过，曹谒并不想回答这个问题。前几日在张德保府上，当着张德保、曹通几个人的面，曹谒说过要把这事担当下来。但，今日曹谒不想这么做了。只怪高全福为人太刁滑了，刚才关节眼上装蒜，往后缩，本国舅为何替你这种人担当责任？再说，打吕嘉问是高全福一人所为，自己不过当时在场，也想教训教训一下市易务监铺里的人，便把一个役卒的脸打肿了。曹谒倒想看高全福出丑。不过，叫曹谒没想到的是，高全福倒没指望他担当责任，很是振振有词地道："这是刑余之人该死，昏了头，不该把朝廷命官打了。可刑余之人也是为了皇权的威严，要是人人都像吕嘉问一样，不把天家放在眼里，连插了黄旗的船上也敢去查，那以后岂不要闯进宫来查？"

这没根的人会说话。曹谒注意到，太皇太后、太后要的就是高全福这句话。太皇太后一脸的富态朝皇上这边望着。太后高氏脸上的怒气也消了。不过，皇上赵顼忽然转过脸来，问高全福："你们蔡河龙津桥边那家邸店有米三十万担、盐三万斤？"

曹谒没想到皇上对邸店的情况这么清楚。这事就不好回答了。眼下京都开封百万军民的粮、盐只够吃两天了，京都开封市易务监铺根本收购不到粮、盐，江、浙、荆、淮六路漕运的粮、盐少说六天才能运到，可蔡河龙津桥边一家邸店却有米三十万担、盐三万斤。明摆着，这是囤积着，等有一天卖出个天价，发笔天大的财。好在这事早做了安排，要是查出来了，问题是相当麻烦的。

曹谒也把头勾下去，感到庆寿宫里的气氛越来越有点不对劲，挺叫人紧张的。这个时候，千万不能让皇上、太皇太后注意自己，特别不能让太后注意自己。曹谒怕惹火上身。反正这些米、盐都是高全福打着后宫的旗号买来的，他是拍了胸脯好汉做事好汉当的，现在让他一人当好汉去。高全福跪了下去："启禀皇上，船上有米有盐不假。后宫的米、盐差不多吃光了。如今京都开封市面上的粮、盐又紧张，刑余之人只是想多买点进来，进了一万担米、一万斤盐，现在都还在船上。京都开封百万军民的米、盐，刑余之人想操心都操心不上，要三十万担米、三万斤盐干什么？可后宫上万人吃的米、盐供应不上，刑余之人就是千刀万剐，也死有余辜。——后宫有没有米、盐，乔内史最清楚。"

曹谒心里在叫："说得好！"同时很是佩服大太监张德保的巧安排，三天前就想到把龙津桥邸店的米、盐搬走。别看这个大太监张德保没读过书，大字不识几个，脾气好，像个无用之人，其实是个人精，心计深得很。曹谒还是没敢把头抬起来，在眼角的余光中，看到皇上、太皇太后、太后和高全福都转过脸去望着乔内史。现在就看乔内史的了。乔内史不慌不忙地道：“皇上，前天有人跟太皇太后闲聊时说，供用库的粮、盐不多了。太皇太后是多精明的人呀，什么事不是想到前头？太皇太后立即命奴才去供用库看看虚实。奴才立即带了几个太监、宫女去了供用库。奴才吓得眼睛都发直了，半日说不出话来，原来供用库的粮、盐快吃光了。后来，供用库的掌库太监告诉奴才，内官监高全福高老爷已运来了一万担米、一万斤盐，奴才这才放心了，立即把这事禀报太皇太后。”

曹谒看到，皇上铁青龙颜稍解，不那么吓人了。曹谒感到庆寿宫的气氛轻松了下去，头也抬了起来。太后高氏脸上显出对高全福难得的笑容：“你这次立了功，起来吧。”

高全福的脸上显出了笑容，爬了起来，规规矩矩躬身而立。

太皇太后曹氏也笑了：“皇上，京都开封的邸店是起过大作用的。大宋开国百年来，后宫这么多人吃的、用的，大多是邸店采办的，省了宫中许多事。”用的是朝廷百官对赵顼的称谓。这个称谓多半表明太皇太后对皇上有什么不满意的地方。

曹谒清楚，邸店为后宫办了这么多事不假，但也赚足了钱。曹谒偷偷地看了皇上赵顼一眼。皇上龙颜并不欢快，也没像以前那样听太皇太后的了，半日没开金口。太后高氏笑着对太皇太后说：“老祖宗不讲点前朝掌故给皇上听一听？”用的是朝廷百官对赵顼的称谓，也表明太后对皇上多有不满意的地方。

曹谒看到，太皇太后笑了起来，很有点得意，但装着不高兴的样子：“太后，你又尽拿好话来哄老身。老身的话有什么好听的，都是些陈芝麻、烂谷子的破事。”

太后恭恭敬敬赔小心：“老祖宗错怪人了。你看皇上等着在听老祖宗的呢。”

曹谒看到，太皇太后益发高兴了，却益发装着不高兴的样子。不过，太皇太后正要开口，赵顼却先开金口了：“朕不会放过这件事的，非查个水落石出不可！”

曹谒这回是真正的吓坏了，感到自己浑身哆嗦起来。曹谒望了望高全福。这个高全福虽也显得若无其事，但头上分明冒冷汗。庆寿宫里的空气也似乎凝固住了，叫人感到窒息。曹谒看到，皇上不知为什么朝自己转过身子来，还不知为什么特别望了自己一眼。这叫他感到恐惧。接着，皇上向太皇太后、太后告辞。不过，皇上刚转身，太皇太后却发病了，头昏眼花，倒在风床上。乔内史立即用拳头拍打太皇太后的右腿。皇上大概感到这边出了什么事，脚没往外走，也没转过身来。太后大声说："皇上，你回来！"

赵顼转过身来，也吓着了，赶紧走到太皇太后身边。此时乔内史又在用拳头拍打太皇太后曹氏的左腿。曹谒看清楚了，乔内史用的是空心拳。接着乔内史用拳头拍打太皇太后的右胳膊，再拍打左胳膊。再接着，乔内史用拳头拍打太皇太后的前胸，再拍打后背。奇迹发生了，太皇太后醒来，浑身觉得清爽，眼睛也睁开来了。

曹谒松了口气，皇上和太后也松了口气。皇上又想告辞了。太后高氏大声说："皇上，你存心想气死太皇太后呀！"

皇上不敢再转过身去了。曹谒看到，太后对自己和高全福挥了挥手，要自己和高全福退下去。曹谒和高全福高高兴兴地从庆寿宫出来。庆寿宫外的气氛还是那么有点怪异。庭阶寂寂，静穆安闲。庆寿宫的丹墀上和两边的庑廊上还是站着那么多太监、女官、宫女，一个个都规规矩矩、默不作声、战战兢兢站在那里，随时听候传唤。出来时见红光满天的日头被中天厚厚的云层遮住了，天阴了下来。高全福："今日两件事都度惊一场！"

曹谒："什么'度惊一场'，'虚惊一场'！"

这日下午，曹谒听说皇上跟太后在庆寿宫顶得很凶。太后说：王安石太拗了，太跋扈了；连皇上的话都不听，这还了得；天下人就王安石一人要行新法。赵顼顶了一句：新法是皇儿下诏施行的。

东明县三千平头百姓在王安石府前闹事平息了。第二日王安石二度坚辞相位。这以后，王安石再也没回到朝廷来。这个王安石根本不可能想到，就在天子的眼皮底下，贾县令敢玩新法的花样，还把责任推到王安石身上去。后来，新法一边的人到处找贾县令，当然怎么也没找到。多少年后，新法一边、旧法一边的人死得差不多了，有人在江南西路龙虎山的山脚下碰到过贾县令。此时贾县令已满头白发，还是半边屁股坐在椅子上陪人说话；说他家有二三十亩田，日子过得还可以，但绝口不谈过去官场上的事。

第八十四章　开封城谣风四起莫辨真伪 王安石心底无私二辞相位

东明县三千平头百姓去王安石王相公府上闹事后的第二日，京都开封天气怪异到了极点，也恶劣到了极点。天地昏冥，与黑夜没什么不同。一阵阵大风扬起漫天的沙尘，几丈远外就不见人影。风里异声不断，像是千百只饿狼在嗥叫，又像是一大群老虎在吼叫，还像是无数妖精在里面兴风作浪，使人不寒而栗。

这天一早都水监丞林英就往中书衙门走去。今日他要跟王相公一道进宫面见天子赵顼。昨日，东明县三千平头百姓虽然没闹出什么事，但京都开封却乱极了。谣风四起。有的说，现在京都开封已经饿死好多人了，不少人家死尸都无人去收，都怨声载道大骂王安石。有的说，宫中也要断米、断盐了，两宫太后要逼天子赵顼对王安石下狠手了。有的说，京都开封有人扬言明日要去常平仓抢米抢盐，弄得司农寺赶紧要求皇上加派兵卒防卫。有的说，不知从什么地方来的上千给王安石新法逼得当上响马的平头百姓要潜入京都，把京都杀个尸横街巷，血流成河。有的说，京都开封的禁军也在密谋兵谏，逼皇上杀王安石以谢天下。有的说，元老重臣韩琦、富弼、文彦博都上书朝廷，说现在朝野上下农怒于畎亩、商叹于道路、长吏不安其职，废掉一切新法、罢免王安石，这一切就都会好起来。有的说，一直躲在洛阳写书的司马光不写书了，坐了辆牛车来见皇上。有的说，大才子苏轼一气之下在密州废了所有新法，还写了许多诗文把新法骂得一塌糊涂。有的说，江、淮、荆、湖六路漕运上根本没有一粒米，是薛向谎报真实情况，王安石又借这点欺骗朝廷。有的说，那个把王安石看成是恩师，也把王安石害苦了的英州编管郑侠在岭南之外给王安石写血书，要王安石痛下决心废除新法。不过，人们说得最多的是京都开封还有两天就要断米、断盐之事，两天之后漕运上没有粮、盐过来，京都开封真的是什么事都可能发生。这些话真真假假，真假莫辨。目的就一个：把王相公赶出朝廷。眼下朝廷的情势已经到了火烧眉毛的地步，迟延一下后果真的是不堪设想。

林英跟王相公一道面君，一是向天子赵顼禀报东明县事件的始末和起因，二是向天子赵顼禀报近日京都开封要断米、断盐之事。林英特别为王相公担心。林英坚信天子醉心新法。那些反新法的人也知道这一点，但无人敢为难天子，然而敢为难王相公。昨日，东明县三千多平头百姓去王相公府上闹事，就是针对王相公而来的。林英认定了一条：新法少不得王相公，不能让阴险奸邪小人的阴谋得逞。

林英赶到中书时，王相公正在中书值房里等他。衙门里很暗，王相公值房里点着官烛。林英看到，在摇曳昏黄的烛光中，王相公整个脸绷得很紧，脸色很难看。昨日，东明县三千多平头百姓虽然被天子派来的皇城司的兵驱散了，但问题并没有解决。也是天祚新法，昨日林英在东明县三千平头百姓中竟然看到陆福旺、陆寿旺兄弟。此时的林英不是九年前被属下赶走的林英了，送这两兄弟时，留了个心眼，拐进一条巷子后，又七拐八拐，找到一家巷子不深，只有进口、没有出口的茶铺，在里手坐了下来。陆福旺、陆寿旺兄弟告诉林英，八年前打死他们兄长的衙役刀疤脸就挤在旁边一家酒店的二楼窗口看闹事。陆福旺、陆寿旺兄弟说，把他捉来，能问出名堂。林英赶紧回到王相公府上。吕嘉问立即命市易务安上门监铺的行人刘进、卒头胡木根以喝酒为名，走进那家酒店，把刀疤脸抓来，然后关在安上门监铺的黑屋里一顿死打。别看刀疤脸从小就是个做事做绝的恶人，打人总往死里打，一副天不怕、地不怕的神气，但不像胡木根那样是条汉子，打死不出声；一顿死打，便怕得像条死狗，把他知道的都招了出来。原来这次东明县三千平头百姓来王相公府前闹事，全是乔昌发乔老爷逼出的结果。过去朝廷行差役法时，许多三等以上民户就把田地贱卖给乔昌发，做他的佃户，把差役免了。按规定，乔昌发也要服差役。然而，他有个姐姐在宫中当内史，是太皇太后曹氏身边的人，谁会去做这事？谁敢做这事？现在朝廷行免役法，上了三等的民户要交免役钱，等级越高交的钱越多。结果还是有许多三等以上民户把田地贱卖给乔昌发。要不乔昌发现在怎么会拥有几万亩良田。乔昌发还贪得无厌，要贾县令把四等、五等民户提升到三等以上民户去，这些人哪有不闹事的呢？好处都给乔昌发得去了，贾蕃并未落个好。县里这次这么多人闹事，都说那些坏事是贾蕃一人所为，起初众人只是找贾县令的麻烦。县衙门里却没一人帮贾县令说话，吓得贾蕃县令也不当了，扔下县衙大印，举家逃跑了。吕嘉问又问起蔡河龙津桥边那家邸店三十万担米、三万斤盐之事。刀疤脸说，那是邸店今年从江、浙、荆、淮东南六路采办到的，每条船上都插了面黄旗，哪州哪县的米、盐敢不卖给他们？哪一个官府衙门敢盘问一下？

林英进了值房，王相公二话没说，就抬起脚往中书衙门外走去。林英紧跟在后面，穿后堂，过中堂，刚下大堂的台阶，一阵大风挟带着一阵沙尘打过来。林英嘴里进了尘沙，忙吐了一口痰，还感到嘴里麻涩涩难受。林英与王相公到了中书衙门外面，已备好的两顶轿子给大风掀翻了，大风还想把轿子再翻过去，轿子的座厢给掀起了半边。不过，大风到底没能彻底把座厢掀过去，大风喘口气时，掀起的半边座厢晃了晃，朝一侧斜着顿住了。早有轿夫过去把轿子扶正，但风太大，扶不起来。又过去七八个杂役，才把轿子扶起，座厢却还在摇晃。那些杂役把身子按在轿杠上，座厢才没动了。一阵大风又夹着一阵尘沙打过来，打在座厢的顶盖上，嘎啦嘎啦像炒什么东西。

林英感到，新法确实到了最严重的关口。新法取得很大成果，国强多了，国库里堆满了钱物，再也不怕西夏生事、北辽捣乱，就是跟西夏、北辽打上几场大仗也没问题。但，民未必都富了，特别是眼下京都开封的粮、盐只够吃两天，这真的是见鬼了。如果碰上大灾年，粮食大减产，倒也想得通。现在的问题是，天下粮食并不欠收，但各地市易务却收购不到粮食，江、淮、荆、湖的漕运也不通畅。林英感到新法一坏在官府衙门，二坏在富商巨贾，三坏在后族皇亲。前两种人难对付，但还有办法对付；后一种人则相当难办，要对付后族皇亲，少不得天子撑腰。要得到天子撑腰，就要把这事原原本本向天子禀报。众人都想跟王相公一道进宫。吕嘉问最想去，不过王相公没让他去。吕嘉问强行登上邸店船上察查这件事，不做不行。不做，就连邸店的一线缝也撬不开；做了，又犯了忌，蔑视了皇权。说句实在话，没把吕嘉问拿下问罪，就算是万幸的了，此时让吕嘉问去见君，不是叫天子为难吗？李定、舒亶也想去面君，但乌府台御史与当朝上相一道去面君，总会给人家落下话柄，还是避点嫌更好些。想来想去，觉得林英更合适些。

林英与王相公上了轿。轿夫顶着风，抬不动轿子。七八个杂役不回中书衙门去了，都帮着抬轿。轿子才缓缓起动。在离中书衙门不远的路边，有棵大树给大风连根拔起。大树带着泥的主根挂着一大把根须，很是气怒地指着被尘沙遮住的上空。林英坐在轿中，感觉到轿子摇摆颠簸得很厉害。有时轿子往左边倾斜，有时往右边倾斜；有时轿子往前栽，有时往后仰。一阵阵尘沙往轿盖上砸，一阵阵尘沙往轿壁上打。林英觉得自己的五脏六腑都在体内乱蹿乱撞，肠子都像要从肚皮里跳出来。

天子赵顼今日在垂拱殿召见王相公和林英。林英的轿子在皇宫门外停下后，下了轿便跨过王相公的轿杠，扶着王相公下轿，然后朝垂拱殿走去。但走到垂拱殿丹墀下时，有个太监从垂拱殿抱着头出来，大风把他上衣的下摆撩起，盖着他的脸。太监把下摆拉下来，一边挥手，一边告诉他们：天子改在皇宫后面的崇政殿召见。崇政殿是天子阅事之所，往北不远就是后宫，在这里入对，做臣子的就得恭敬严肃、规矩拘谨了，不得随便半点。

林英扶着王相公朝崇政殿走去。在离崇政殿不到二十丈远的地方，林英看到尘沙中的崇政殿影影绰绰像只巨兽。林英还看到，御道边上有树被连根拔起，在御道上砸了个大坑。好在这一路是顺风，大风一路推着他们往前快走，脚步慢了一点就有可能栽倒在地。林英和王相公的身子都往后仰着。大风把他们补服的下摆像旗子一样在前面扯开。大风把花、草裹在尘沙里甩过来，打着他们的头、背和双腿。已经到了崇政殿下，林英在迷迷蒙蒙、昏昏暗暗的大风中，但见崇政殿丹墀两边、平台两旁站立着的卫士手执兵器，当风而立，大风和尘沙打来也不动一下。上了丹墀，林英便见庑廊的墙下堆着一层厚厚的尘沙。

林英扶着王相公进崇政殿时，有大把的尘沙跟着双脚涌了进来，在大门口撒了一地。有太监赶紧把厚重的大门关上。崇政殿大堂四壁点上了宫烛。宫烛黄色的火苗把崇政殿照亮。林英看到，许多宫烛差不多烧尽了，有两个太监在一支一支换上新的。看来天子赵顼在崇政殿有些时间了。风歇口气的时候，崇政殿旁边的偏殿里有喊天叫地的声音传来。林英猜：有太监犯了什么大规矩了，打得这么狠!

林英是第一次在崇政殿面君入对。林英与王相公进殿后，就感到崇政殿里气氛有点异样。空荡荡的崇政殿里不见一人，连一个太监也不见。过了一会，天子赵顼从崇政殿后面过来，身后跟着一大帮太监、女官、宫女。天子龙颜余怒未消，边走边回过头去："让这狗奴才敢坏朕的新法，狠狠打，打死就拖到净乐堂去!"

林英看到，崇政殿里的太监、女官、宫女，一个个吓得大气不敢出，摇曳的昏黄烛光，把他们的脸弄得更加苍白，有点鬼鬼祟祟的味道。林英不清楚赵顼对什么人发脾气，但感到这事跟近日京都开封发生的事有关。御案前有两只锦墩。天子看到王相公和自己站在大堂中间，龙颜怒气稍解。天子龙颜显得有点疲惫，眼皮有点发胂，眼圈发黑，明显是睡眠不足。但对王相公与林英的到来，天子还是挺高兴，二人赐了座。王相公先让林英把东明县事件和京都开封即将断粮、断盐之事向天子作了禀报。在摇曳的烛光中，林英注意到，天子听得很认真，龙颜竟然有点腼然，这叫林英有点惑然不解。林英同时注意到，摇曳的烛光在王相公绷着的脸上晃来晃去，把王相公的头影一会拉长，一会又缩得很短。林英说完后，天子龙颜开朗起来："师相不用为京都开封断粮、断盐之事发愁了，朕今日有办法弄几十万担粮、几万斤盐来。"

林英心中一阵惊喜。今日面君入对两件事，东明县事件尚可从长计议，慢来无碍，最难办、最迫切的是京都开封断粮、断盐之事；然而，后一件事却无忧了。不过，林英看到，王相公对这事并不特别高兴。天子赵顼话音刚落，王相公就声音不低地对赵顼直言道："臣今日是肚子里有什么话，就都不客气说出来。新法行至今日有八个年头了，陛下行大有为之法，成果卓著，钱物山积，有目共睹。然而，新法也遭到朝野上下许多人的反对，新法每前进一步，都困难重重，现在竟然到了走不下去的地步。新法是行下去，还是不行，就在今日，不能有半点掉以轻心。陛下头脑千万要清醒。"

林英心头一震，吓了一跳，随后便很有点紧张地望着天子。林英感到王相公的最后一句话固然有直言进谏的意思，但也有教导天子的味道。不错，天子尊王相公为帝师。读书人没有篡位夺权当天子的狼子野心，却把当天子的帝师看成是读书人最高、最美的梦。可王相公也太直肠子了，怎能心里有什么话就一吐为快呢？况且，赵顼今年二十九岁了，正值盛年，又当了十年天子，再不是王相公越次入对时的天子了，用这种话去教导天子，确实不合适，也很危险。再说天子圣明，有天纵之聪，头脑还会不清醒吗？林英看到，崇政殿里的太监、女官、宫女，都很古怪地望着王相公。不过，赵顼却并无半点恼怒的意思，相反龙颜很快平和起来，也显得更加腼然。这就叫林英有点惑然了。

王相公更加直言："陛下治身，比尧舜实无所愧，臣诚无复可以论谏；至于难壬人，疾谗说，即与尧舜实异。臣诚为陛下惜之。"

林英心里更是紧张了。王相公的话有道理，但这些话里教导天子的味道更重了。林英心里有点惧怕起来。说真的，自己心里的想法其实与王相公的一样。天子治身确实是很不错的，但治国却确实无法与尧舜相比；是个大有为之君，但做得非常糟；醉心新法，但常为异论所动，有时还会站在流俗一边为难行新法的人；一心想依靠王相公行新法，但不想开罪司马光那班反新法的人。然而，王相公在大殿之上，一点不顾天子脸面，天子能受得了吗？林英看到，天子龙颜多少有点尴尬难堪，不过没过多久，又变得平和腼然起来，对王相公说："但为朕尽言。"

林英提上去的心放下来了。赵顼真是个好天子。风和尘沙肆无忌惮地打在崇政殿琉璃瓦上。旁边的偏殿里又有喊天叫地的声音传来，像鬼在嗥叫，与外面的大风和尘沙的狂叫声混在一起，凄惨可怖。大堂里的太监、女官、宫女，一个个吓得手都在发抖。王相公更不客气了，声音也更高了："陛下分曲直、判功罪、御群臣不如唐太宗。"

林英看到，赵顼抬起头来，望着王相公，王相公也望着赵顼。二人的目光对接了好一会，最后还是天子把脸撇开，让目光脱离开去。林英真担心王相公会跟天子赵顼吵起来，到时候场面收拾不了。林英想劝王相公口气和软一点，但知道自己做不到这一点。王相公在衣食住行上马虎得很，很好说话，但在新法上却极难说话。当然，劝天子听王相公的，自己就更做不到了。自己一个都水监丞，能面君就很不容易了，劝天子不仅不合适，也太不自量力了。林英只能干着急，出声不得。过了一会，林英看到，天子龙颜和悦起来："朕已降旨，将东明县贾县令撤职，永不叙用；县衙门里的胥吏衙役全部换掉，一个不用。"

林英觉得天子圣明。林英想起九年前自己在东明县当县令之事来，觉得胸中的那口堵了九年的恶气总算出来了，同时也感到难受。自己做县令时，治不了一个衙役，还得等九年后天子赵顼来治。这官场叫什么官场！这吏道叫什么吏道！此外，林英还有点同情起东明县贾县令来。贾县令固然不是个好官，但有道是清官难逃滑吏手，况且东明县的滑吏不是一般滑吏，靠山硬得很，贾县令岂是他们的对手。

林英看到，王相公对天子的话并不感到完全满足，长叹了一声："陛下，官府贪暴之吏还不是特别可怕，特别可怕的是贪暴之吏身后的人。"

林英看到，天子一脸的为难，默然不语。林英觉得，天子心中一定有什么不好明言的苦衷。过了一会，天子很有点不好意思："朕知道师相话里的意思：朕对太监太心慈手软了。不会的，不会的，朕不会对他们心慈手软。"

此时，殿外的大风歇了，尘沙停了。奇怪的是，旁边偏殿里的喊天叫地声也不再响起。崇政殿里一时沉寂了下去。宫烛昏黄的灯光也不摇晃了，崇政殿里的太监、女官、宫女的脸还是那么苍白，仍旧有点鬼鬼祟祟的味道。有个报事的太监躬着身子从殿后那边过来，怕得要死地走到天子身边。林英只看到这个太监嘴在动，却听不清他说了些什么。天子龙颜大怒："传朕的旨意：召乔内史来审。朕就不信拿不下高全福。"

林英见过高全福一面。这个太监派头大，傲得很，根本不把朝臣放在眼里。林英感到，天子要乔内史来审高全福，这事跟龙津桥边的邸店有关。吕嘉问曾经跟高全福在那家邸店打过交道。要把那家邸店的底细搞清楚，拿下高全福肯定是个关键。不过，林英心里很是担心，乔内史来审高全福，能审出个名堂来吗？不错，听说这个乔内史厉害得很，不仅有一套侍候太皇太后曹氏的办法，惩治宫人很是了得，用的刑法名堂多得很，把后宫整治得井然有序。谁落到她手上，不死也要脱层皮。特别是宫女，乔内史盯得更紧，耳目又多，谁在男女情事上有半点不规矩的想法，都马上传到她耳朵里去了。宫女怕死了她。太监也怕乔内史，犯了事的太监见到乔内史，脚都是软的。但乔内史是乔老爷乔昌发的姐姐，龙津桥边的邸店又是大太监张德保、国舅曹谚、曹王爷曹佾府上的大管家曹通、乔老爷乔昌发合伙开的，乔内史会好好审高全福？

林英注意到，崇政殿里的太监、女官、宫女又一个个吓得大气不敢出一下。后来，林英听人说，天子赵顼虽也过问过后宫的事，但亲自下令处置审问一个太监，还是第一次。这自然是件新鲜事，但也是件令人心惊肉跳可怖之事。摇曳晃动的烛光弄得那些太监、女官、宫女的脸一会白，一会黑，不仅太监显得与鬼无异，那些漂漂亮亮的女官、宫女也与妖精无别。那个报事的太监退下去了。王相公与天子一时都一语不发。林英很想向天子谈谈自己对蔡河龙津桥边那家邸店的看法。不过，正要开口，天子先开口了："吕嘉问实在太不像话，竟胆大包天闯上皇家大船。此例一开，后宫没人敢外出采办了。"

林英进宫前，就估计天子一定会把吕嘉问强行闯上邸店大船之事提出来。宫中的人是绝不会放过吕嘉问的。林英看到，王相公沉吟了一会，黑着个脸抱怨说："陛下，吕嘉问是有功之臣，市易司非吕嘉问当提举，孰敢守法不避？非吕嘉问进入邸店，强行上船，又怎能知道那里有那么多米、盐？且市易事，亦颇劳费精神，非吕嘉问日夜操劳，谁去劳神？陛下想想，吕嘉问尽力，然为众所攻，则天下事孰肯为陛下尽力？"

王相公一口气说了四问。林英觉得王相公此时给吕嘉问撑腰正当其时。吕嘉问千不好、万不是，但对行新法却从来横刀立马，一往无前，不顾个人得失，遇到难事敢担当，这样的臣子难能可贵。此时，大风、尘沙又骤然而起，像一群怪物在打门撞壁。忽然崇政殿的后门开了，灌进来一股大风和一阵尘沙，把被一伙宫女簇拥着的一个发胖的老宫女卷了进来。后门很快合上了，把大风和尘沙关在殿外。随后，那伙宫女簇拥着那个发胖的老宫女往旁边的偏殿去了。林英看到，那个老宫女挺有精神，也挺有派头，头微微昂起，胸也微微挺起。老宫女大概走急了，脚扭了一下，吓得那伙簇拥着她的宫女都手忙脚乱争着去搀扶。林英猜：那个老宫女一定是乔内史了。

不过，这次天子赵顼龙颜突然肃然起来："吕嘉问不能再留在市易司了。师相实在要用吕嘉问，过个半年几个月再叫他回市易司。"

林英感到天子赵顼的话里有玄机。吕嘉问不就得罪一家邸店和太监高全福吗？这算多大的事呢？就不能当市易司提举了？林英感到，天子赵顼的本意并不想把吕嘉问贬出朝廷，却保不了吕嘉问，谁能做到这一点呢？想到这里，林英感到自己出了一背的汗。

王相公一脸悻悻："陛下喜怒赏罚，不以圣心为主，唯左右小人是从，如此新法何由贯彻下去？吕嘉问察查来往货船，本来是市易务应尽之责，怎该受此重责？再说，吕嘉问不能再留在市易司了，那么擅自殴打朝廷命官的人，又该受何处罚呢？"

天子赵顼对这点似乎早有预料，忙急着脱口说："师相不见朕正命人去审高全福吗？一个太监竟狗胆包天，殴打朕的朝廷命官，朕绝不会放过这种人的！"

林英觉得天子此言有点夸张地安抚王相公的味道。王相公一脸的拗色，直问天子："陛下，高全福一个太监，能把京都开封搞成这个样子？"

林英看到，天子赵顼怔了一下。林英觉得，王相公的话锋，直指后宫和后族，说到要害上。天子赵顼有点烦了："朕心中有数，师相不用往下说了。"

林英听出来了，天子赵顼在堵王相公的嘴。天子赵顼不糊涂，完全知道近日京都开封所发生的事情的真相。然而，这些事只能牵扯到高全福为止。天子不管，外朝百官是不好去管的，就是中书也无权去管。宋代官制，中书职掌朝廷政事，对兵事、财事、刑事、监事，没有天子另外的临时授权，中书宰执大臣一律不得干预。朝廷之事都如此，后宫和后族的事，中书宰执大臣就更不能去啰唆了。此外，在官场走了二十来年的林英十分清楚：中原王朝的官场是个怪胎，妖得很。官场权力带来的许多好处，有明的一面，一眼就看得出来，但许多好处是暗的，看不见，说不清。明的难办，暗的更难办。对这点林英在东明县当县令时是很有体察的。人人都说乔昌发在东明县势力大，是因为有个在太皇太后曹氏那里说得动话、当内史的姐姐。这话诚然不错，但要说乔内史到东明县衙门里来说过些什么、做过些什么，恐怕还真冤枉了乔内史。其实乔内史根本用不着去管东明县衙门里的事，也用不着在太皇太后曹氏面前说些什么，太皇太后曹氏当然更不会去管东明县衙门里那些破事。然而，官场就这么怪，不用乔内史开口，地方上许多能说得动话的人都会去巴结逢迎他，官府衙门里的人会悄悄地，也是乖乖地把乔昌发所想办的事办好；乔昌发也就这么在地方上说一不二、呼风唤雨起来，势力大到县令都要听他的。既然如此，要查蔡河龙津桥边那家邸店背后的名堂，恐怕也是如此。

王相公十分焦急、十分忧虑地道："今陛下不查下去，新法如何行下去？"

王相公就这么穷追不放，也确实太不给天子面子了。林英以为天子赵顼会恼火起来。不过，林英注意到，天子仍龙颜开朗起来："不会的，不会的，新法会照行下去。"

林英很是奇怪：这些问题不查清，天子赵顼怎么对新法的推行还这么有信心。林英看到，王相公也很奇怪地望着天子赵顼。崇政殿里一片死寂。殿外的大风和尘沙一阵阵打门打壁声震天动地，触目惊心，像有千军万马要冲进殿里来。林英侧着耳朵，想听听旁边的偏殿会有些什么声响，却什么声音也没听到。奇怪得很，乔内史去那里少说有一个多漏刻的时间，怎么会一点动静也没有呢？大堂里的太监、女官、宫女似乎感到有什么可怕的事情要发生，摇曳的烛光把他们紧张的脸染得跟死人一样，眼睛里的目光也发白、发直。此时，那个报事的太监躬着身子从殿后那边过来，喜不自禁地走到天子身边。林英看到那个太监嘴在动，也听清了他说的话："招了，招了，全招了。"

天子赵顼龙颜大欢："这个狗奴才，朕就知道他骨头贱，敬酒不吃吃罚酒，不给他一点厉害尝尝是不会开口的。宣高全福过来。"

一会，林英看到高全福满脸黑色的血污、衣服也破烂不整地从大堂后侧膝行过来。要不是亲眼所见，林英真不敢相信，不久前还神气活现的高全福现在竟如此狼狈不堪、卑劣可怜，简直与一只断了脊梁骨的癞皮狗无异。高全福的后面是那个年老、发胖的乔内史。这个乔内史虽说是宫女出身，但在宫中待了五十来年，祖上八辈子农家女人的邋遢、俗气、陋习已荡然无存，浑身上下有种温文有礼的高贵派头。乔内史给天子赵顼行过礼后就一旁站着，无比崇敬、无比巴结地望着天子。

天子赵顼笑眯眯地望着高全福，脸上有种很是欣赏高全福这种狼狈可怜相的表情："你以为朕不知道，你还有十万担米、一万斤盐在漕运路上，比朝廷江、淮、荆、湖六路漕运的粮、盐还要早一日到京都开封。"

高全福拼命在地上磕头："皇上圣明。都是刑余之人财迷心窍，想趁京都开封缺粮、缺盐时发笔大横财。刑余之人愿把邸店所有米盐和漕运路上的米盐都送交到市易务去。"

天子赵顼喝问高全福："你把米盐都送交给市易务，想饿死宫中的人是不是？"

林英早就耳闻高全福是个再精明不过的人，口齿伶俐得很，什么难回答的话都能脱口而出，回答得滴水不漏；然而，背时倒运时，也一样神志不清说胡话。高全福狠狠掴了自己五六个耳光，把已经血污的脸打得又出血了。昏黄烛光下的血成了黑色的。高全福说："看我这个刑余之人真是越来越死相了，连话也说不清楚了。如今宫中也快断米、断盐了，自然是先留足宫中的米、盐，其余的都送交到市易务去。"

天子赵顼笑了起来。崇政殿里的太监、女官、宫女的神情放松了许多，烛光下的脸色好看多了。大堂里的气氛也立即轻松了起来。不过，天子赵顼龙颜又忽然严厉起来，望着高全福要说什么，一个身材稍稍肥胖一点、脸上有种痛苦难受表情的宫女突然跪在天子赵顼面前："皇上，奴才有一事要奏：高内官高老爷这一头血污，让奴才给擦擦干净。"

这可是谁也没想到的事。高全福这个太监在宫中的名声相当臭，爱沾宫女的便宜，总对宫女贱手贱脚，宫女都怕跟他在一起。然而，林英没想到还有宫女对他这么好。后来，林英听人说，高全福爱沾宫女的便宜，但对那些被他沾过便宜的宫女还是很不错，常给她们一些好处。高全福在宫外给宫女揽到一些什么针线活，那些被他沾过便宜的宫女手上总能得到既好干，又能多赚几个钱的活。

天子赵顼没有出声。乔内史对那个身材稍稍肥胖一点的宫女翘了翘下巴："还不快谢过皇上。"宫女会意了，忙给天子赵顼磕了三个响头，然后走到高全福身边，蹲下去，掏出一方手帕，伸出一双纤细的手，慢慢给高全福擦掉脸上黑色的血污。天子赵顼倒也不急。过了好一会，高全福的脸擦净了。天子赵顼对乔内史说："关到刑部大牢里去。"

林英看到，有两个太监过去，把崇政殿两扇大门打开，两个彪形大汉的卫士随着一阵大风和一阵尘沙冲了过来，然后一人夹着高全福一条胳膊，倒拖着出了大门。出大门时，高全福还没忘记卖弄一下肚子里的文墨："皇上，你不要杀了我，刑余之人还要对天家鞠躬尽病，死而后已啦！"把"鞠躬尽瘁"说成"鞠躬尽病"，"死而后已"说成"死而后己"。不过，这回没谁发出笑声。

两扇大门关上了，门口留下一地的尘沙。大堂四壁好些宫烛给大风吹灭了。大堂里的人的脸都黑了下去。有太监赶紧把宫烛点上。天子赵顼挥了挥手，乔内史和好些太监、女官、宫女从崇政殿后面退下去了。天子赵顼一脸的轻松、不无一点得意地对王相公说："京都开封不用再为米、盐发愁了，看谁还敢捣乱？师相可以安心睡个好觉了。"

要退朝了。林英感到浑身轻松，今日面君之事进展算是顺利。特别是京都开封百万军民的米、盐一事解决了，更叫人感到肩上的千斤重担都卸了下来。不过，王相公仍旧板着个脸，坐在锦墩上："陛下，邸店之事要一查到底，不管查到谁身上，都一查到底。"

林英心里又是一震，吓了一跳，随后又很是有点紧张地望着天子。林英看到，天子赵顼面有难色，仍是腼然笑，默然不语。林英清楚，天子赵顼之所以如此，完全是因为邸店之事，要查到底就要查到曹王爷曹佾身上。这下问题就相当啰唆了。太皇太后曹氏与曹王爷曹佾是同胞姐弟，骨肉之情非同一般；太后高氏又是太皇太后曹氏的侄女，按辈分曹王爷曹佾是太后高氏的舅舅，对舅舅曹佾也是相当尊重的。要是查到曹王爷曹佾身上，两宫太后岂会不出一声？天子赵顼又对两宫太后再孝顺不过，怎么可能查到曹佾头上！

王相公脸上的拗色更重了：“陛下，如此新法何能真正搞好。有唐近三百年，危乱相承，岂有他故？唯宫中皇亲扰政而已。天下事须自陛下倡率，君臣和。陛下不下决断，把邸店之事查下去，臣岂能自作主张？”

林英为王相公捏了把汗。王相公这番话，明显在说后族皇亲与京都开封眼下之事有不可推卸的责任，可这张窗户纸怎能捅破？林英心中有数：好在这话是王相公说的，如果是别的什么人说这话，马上贬官落职是小事，就是到乌府台大牢里去吃牢饭也算拣了个大便宜。林英感到，新法行到今日，确实陷到一种莫可名状、无法自拔的泥淖里。

天子赵顼仍旧腼然笑着，依旧并不作答。王相公却站了起来。林英看到，烛光把王相公放大了的身影投射到西壁上。相公两眼望着天子：“陛下，恕臣直言：新法已经没有了退路！”

一阵大风夹着一阵尘沙打落在崇政殿顶的琉璃瓦上，像一群鬼怪撒豆成兵，要从殿顶上杀下来，让人吓得头皮发麻。林英以为自己听错了王相公的话，眨了眨眼睛，又捏了捏耳朵，知道自己没听错。王相公到底把朝中许多人心中所有、嘴上不说的话说了出来。不用说，王相公刚才的话，就是要逼天子对皇亲国戚下手。古往今来，干大事、做大有为之君的人，无不具有这种无所畏惧的品格；欲行不世之新法的天子，就更要有这种敢把前进路上任何障碍都搬掉的品格。崇政殿里的太监、女官、宫女都面面相觑，有个太监的舌头半日缩不回嘴里去。

林英以为天子赵顼这下要跟王相公吵起来。不过，林英看到的是，天子赵顼忽然背过脸去，仍旧什么话也不说。林英明白了，天子赵顼不是个对皇亲国戚下得了手的人。过了好一会，天子赵顼转过脸来，有点央求王相公说：“师相这就太为难朕了。”

林英看到，崇政殿里的太监、女官、宫女都怪怪地望望天子赵顼，又怪怪地望望王相公。王相公只是一心一意要行新法的人，并不是个飞扬跋扈、不把天子放在眼里的权臣。然而，当朝天子却有事要央求他，这能不是件怪事吗？林英感到，崇政殿里有种怪怪的欢乐气氛。林英注意到，此时王相公也很有点不自安起来，却又仍是不给天子一点面子："陛下，自古有为之君，无有不六亲不认、一往无前的，否则政令不行！"

林英清楚，王相公实际上在指责天子对后宫和后族的宽容。林英看到，天子赵顼龙颜上没再显出腼然笑容，也没再把脸转过去，只是什么话也不说地望着王相公。王相公也不再说什么，只是定定地望着天子赵顼。君臣二人，就如两尊雕像。崇政殿外，一阵大风夹着一阵尘沙从四面八方向崇政殿打来，嗥叫着，吼叫着。崇政殿里寂寂无声。又有几支宫烛灭了，有太监赶紧换上新的宫烛。少说过了半炷香工夫，王相公突然跪下，泪流满面："陛下，既然如此，臣当避位。"

林英发现，天子吓着了，一脸惊慌之色。天子赶紧离开御座，过来把王相公扶起，让王相公坐上锦墩："师相这是为何？"

林英清楚，天子赵顼对王相公的圣眷一直不减。君臣二人无论发生什么不快，天子赵顼都不会同意王相公离开朝廷。林英看到，王相公泪流满面，一脸的感激，也一脸的痛苦。林英以为王相公这下会给天子面子，不会再固执下去了。林英觉得，只要王相公愿意，永远都是天子阶下第一大臣。然而，这对新法没什么不好。不过，叫林英感到万分惊讶的是，王相公铁着一脸的拗色："有臣在，新法没法行下去了！"

林英觉得，王相公说的是实话。既然东明事件和京都开封断粮、断盐之事都是对着王相公来的，天子赵顼又不肯查下去，那些人是不会放过王相公的，只会变本加厉跟王相公捣乱，使新法越来越来越难实行。林英看到，天子怔怔地望着王相公："朕与师相相知，近世以来所未有，天日可鉴；所以为君臣者，外表形式而矣！"

林英心中有数，天子赵顼说的也是实情。王相公能遇到赵顼这样的天子，真是一种前世修到的缘分。林英看到，王相公更是老泪纵横，不禁衣襟尽湿。不过，脸上铁着的拗色不见了，代而替之的表情十分复杂，有对君臣相交相知的欣慰，有对往事的一种深深追悔，有悻悻的不平，有急流勇退的平和，也有对新法的坚定信念。然而，王相公只是不肯留在朝廷里："陛下，臣留在朝廷，朝廷能得到安宁吗？"

崇政殿外，大风狂作，尘沙狂甩，四壁的宫烛狂摇，似乎崇政殿都要给撼动了。殿里的太监、女官、宫女都大惊失色。林英觉得，王相公这句问话说得很沉痛，不是随便说的。王相公若离开朝廷，这天下事如何得了。不过此时林英也突然明白了：王相公第一次辞去相位，是为了给天下一个交代；这次辞去相位，是为了让新法更好地推行下去。后宫、后族和那些跟他们亲近的人敢跟王相公捣乱，敢跟天子赵顼捣乱吗？今日之林英，不是九年前在东明县当县令的林英，只知道读经诵策、子云诗曰的书生了，对朝政、官场、天下事有了较清醒、也较深的认辨。有道是花未开全月未圆，新法推行到今日，可说是既很艰难，也很辉煌，留下一片更蓝、更广阔的天空给天子，王相公可说是真正做到了功成身退，无负任何人。从这点来说，王相公离开朝廷，也正当其时。林英遗憾的是，今日面君得到的是王相公二次辞相的结果，要知道是这么个结果，不如不面君的好。

天子挥了挥手，起身退朝。林英和王相公也起了身。林英看到，王相公的脚有点站不稳，正想去搀扶时，王相公回过头来，对林英以下巴示意，要林英回头看。林英回过头去，看到天子跌跌撞撞，好在身边的太监、女官、宫女赶紧扶住了。

王相公最后一次老泪纵横："陛下!

天子赵顼回转身来，拨开扶着他的太监，走到王相公面前，声音哽咽："师相!"

王相公和天子赵顼的声音都不大，在崇政殿里传响，给人一种惊心动魄的感觉。林英搀扶着王相公出了崇政殿。大风和尘沙竟停了。天还是阴阴的，但皇宫里的殿阁却都能看得清清楚楚。林英和王相公所过之处，但见一地的尘沙、树叶、红花和青草；好些大树的枝干都折断了，白色的、尖锐的桠口朝着上天。

回去后，王相公累疏乞退，二次罢相。王相公离开京都开封三天后，吕嘉问被贬出朝廷，此后十多年都没能回到朝廷来；只是到了绍圣年间，天子赵顼的六皇子赵煦亲政，子承父志，重行司马光一举废除的新法，才把吕嘉问召回，以宝文阁待制、户部侍郎，加直学士，知开封府，不久又被贬出朝廷，但又不久仍回到朝廷。去世时赠资政殿学士，算是对名门望族吕家这个不喜读书的不肖子孙有了个很有意思的了结。没能了结的是蔡河龙津桥边那家邸店之事，天子赵顼在位时没人去查。赵顼驾崩后，现在的太后高氏以太皇太后身份垂帘听政，更没人去查。六皇子赵煦亲政后，章惇官拜尚书左仆射兼门下侍郎，当上一人之下、万人之上的左相，倒是派人查了此事，也没个结果，都说曹王爷曹佾根本不知道蔡河龙津桥边有家邸店，都拿不出曹王爷曹佾半点证据。对蔡河龙津桥河工之事，也不了了之。再过些年，就根本无人提起这事。《宋史》对这类事不屑一顾，别的史家也无一字记载。

第四卷

大江东去

本卷提要

王安石永远离开朝廷了，吕惠卿也外放当地方官。新法后面的路，得由天子赵顼去走。大才子苏轼口无遮拦，以诗讥刺新法，缉捕在乌府台受尽折磨、羞辱，斯文扫地。营救苏轼的人不少，真正救苏轼一命的是谤满天下的王安石一言让天子赵顼茅塞顿开。苏轼安置黄州，在那里看到新法给平头百姓带来好处。天子赵顼两次西征，以永乐城败得最惨。天子赵顼一病不起，新太皇太后高氏起用司马光为相。司马光限五日尽废新法。返京都不久前，刚当翰林院大学士的苏轼极力反对废除新法。司马光恢复旧法，给天下平头百姓带来更大的灾难。青州响马血洗临朐县衙。京都开封东明县乡民火烧乔府大院，半夜开封城里二十多家店铺被抢。清明节钟山，苏轼、郑侠以及当地上千百姓给王安石上坟。

第八十五章　捉猪獾蔡半仙装神又弄鬼　查邸店高全福一人顶大罪

向皇后近日很烦。王安石二次辞相的奏章呈交到皇上的第三天一早，给半躺在凤床上的太皇太后请过安后，向皇后准备去宝慈宫办件事：内官监押班太监高全福出事后，关在刑部大牢里，可内官监押班太监得赶紧有人当；然而高全福坐班房去了，内官监似乎再找不到一个办事的人。这两日，内官监供用库要去蔡河龙津桥边邸店搬运一万担米、一万斤盐，要是高全福在，早搬运完了，可现在只搬运了三千担米、两千斤盐。要是这么办事，后宫真不知会成个什么样子。特别是曹王爷曹佾的宅园，高全福一关进刑部大牢，皇城司的那些兵卒就不去挖渠了。兵卒不去，谁动一锹土，都水监的人就过来干涉。这烦人不烦人！内官监押班太监得赶紧选个能人来当，要不然宫中许多事很难办。后宫十二监的掌门太监人选，要问过太后高氏。听说高全福吃大苦头了，一关进班房，就给班房里的老犯人打个半死。班房里这些老犯人不少是些好逸恶劳、好勇斗狠、欺男霸女、为非作歹、劣迹斑斑的泼皮无赖，可不管你在后宫当过什么官，吃得开吃不开，进了班房就跟他们一样都是吃牢饭的人，岂会错过这等打人作乐之事？可怜高全福当日没喝一口水、没吃一口饭，晚上睡在尿桶旁边，臊气熏天，无法入睡；好在第二天，高全福有个宫外相好的女子花了上千两银子，买通班房里的吏卒，给高全福换了个单间，要不然还有大苦头要吃。这也是高全福咎由自取，罪有应得，谁叫他胆大包天，跟京都开封市易务较劲，动用了几百面黄旗，插在货船上，招摇过市，让天家给他背黑锅。皇上当然不能放过他。高全福这个从小不走正道的人，倒也有种，一人做事一人当，说船上那么多黄旗都是他一人所为，与他人无关。要不然朝中一班臣子一直查下去，不仅弄得后宫难办，就是皇上也棘手。

向皇后出庆寿宫时，见宝慈宫的一个太监匆匆走来，又匆匆走进庆寿宫。向皇后上了凤辇，准备去宝慈宫，又改变主意，准备到乾清宫去见皇上。这两天京都开封大街小巷议论纷纷：王安石是猪獾投胎转世。这下不仅后宫的宫人把魂都给吓掉了，晚上见个黑东西动一下，就认为是猪獾蹿过来了；京都开封市井细民也吓得晚上不敢出门，天井的角落里有个黑东西，也认为猪獾跑进屋来了。许多人说，怪不得王安石会弄出那些个新法，猪獾投胎的人还能干出什么好事；又说，赶出去太便宜了王安石，得千刀万剐，满门抄斩。向皇后对朝政上的事从来不管，至今对新法也不甚了解，只是觉得新法确实存在问题，要么不会有那么多元老、重臣纷纷离开朝廷。向皇后看到，京都开封大街小巷的这些议论使皇上特别恼火。皇上是真心真意认为新法能富国强兵，能让他成为一个大有为之君，也是很不愿王安石离开朝廷的。这些人骂王安石是猪獾，又置皇上于何地呢？三日前，王安石呈送辞相奏章后，向皇后发现，皇上心情相当坏，不仅六神烦躁，且莫名其妙发脾气，晚饭没吃几口。一个宫女把茶送上去，皇上其实看到了，却到处找茶喝，弄得那个宫女挨了顿死骂。不错，这些年来，特别是王安石再相以来，皇上确实不像以前那么听王安石的了，二人在一起经常争吵。这没什么奇怪的。皇上登基十年了，又快到而立之年，朝政熟悉了，新法上的事也很有经验，处事有主见，自然无须事事都问过王安石了。再说，这个王安石也实在不像话，总是辞色严厉，总要占上风，皇上当然受不了。因之，朝中许多人就说皇上讨厌王安石。不过，向皇后清楚，皇上与王安石的某种缘分确实走到了尽头，但情分始终存在，也从未讨厌过王安石，任何时候都尊他为师相。皇上心情烦躁是因为王安石罢相了，朝廷里还有许多事不仅并没有得到解决，反而更棘手了。向皇后觉得自己这个时候应该待在皇上身边。

向皇后的凤辇走了大约三十丈远的路，庆寿宫的一个太监快步跑来，说太皇太后要她回去。向皇后多少有点吃惊，以为太皇太后病情出了什么事，赶快转身回庆寿宫去。在庆寿宫寝房门口，向皇后又见宝慈宫那个太监匆匆出来。向皇后进了寝房，半躺在凤床上的太皇太后正气得狠狠地骂曹谒；才骂几句，就喘气，斜坐在凤床上的乔内史赶紧给太皇太后拍拍背，接着又按太皇太后手掌上的内关穴，太皇太后这才不喘气了。太皇太后身体越来越差了，头痛、喘气、恶心、手脚关节处肿起，整日差不多都躺在凤床上。好在乔内史整日陪着，给太皇太后揉揉、按按、拍拍、打打，全身才舒爽多了，也不那么痛。太皇太后见向皇后进来，要她赶紧到宝慈宫去一趟，说宝慈宫那个太监告诉她，太后大发脾气，在宝慈宫训斥曹谒，且要家法侍候；说从来没见太后发过那么大脾气，弄不好曹谒要挨一顿死打；说她走不动了，向皇后给太后传一句话：不要把曹谒打伤了。

向皇后这才放心了。太后大发脾气，训斥曹谒，且要家法侍候，完全是曹谒做了件很荒唐的事：王安石是猪獾投胎转世之说就是从曹谒那里出来的。事发王安石二次辞相的奏章呈交皇上的当日晚上，曹谒请了一个叫蔡半仙的人在东阁门庭院捉妖。曹谒说得活灵活现：这些日子每天半夜，东阁门庭院里都能见到一只怪物蹿来蹿去，发出古怪而又可怕的叫声；不畏人，谁过去，就向谁扑过来，专咬人的喉咙。当值官和太监吓得把门关得死死的，不敢进庭院半步。于是曹谒就把在京都开封红了半边天的蔡半仙请来捉妖。捉妖土坛搭在庭院中间，坛后墙上挂着一个龇牙咧嘴、怒目圆睁的木刻神像，坛前竖了两根相距二尺的木杆，木杆上交叉插着二十把从上而下呈阶梯形尖尖的法刀。木杆贴满黄色的钱纸，顶上左插两面三角形红旗，右插两面三角形黑旗。捉妖坛东西两边院墙下各有七面彩色各异的旗幡。捉妖坛正北有供桌一张，上有香灯一盏。最有趣、最奇怪的是香灯前面的升斗里，乱七八糟插着全是人首蛇身、男女性交状态的粗劣而又夸张的木刻画。整个捉妖坛布置得庄严肃然，神秘古怪，也有点不伦不类，却很令人可怖，俨然大军开战前的祭场。是夜，许多太监、女官、宫女站在东阁门庭院四面院墙下看捉妖。蔡半仙身穿太极道袍，一脸的严峻公正，左手摇铃，右手执剑，登上了东阁门庭院里搭好的捉妖坛。点香灯的瓦缸里，焚香燃烛，烧过后的纸灰像黑蝴蝶一样四处飘散，然后落了一地。捉妖坛周围弥漫着一股呛人的，混合着香、烛、纸气息的焰火味。捉妖坛东西两面旗幡下各站着七个道士。还有两个扮相像小丑的道士站在捉妖坛的南面。蔡半仙站在捉妖坛上，一脸的虔诚神圣，先是对上天拜了几拜，又对着捉妖坛后面墙上的木刻神像拜了几拜。众人以为要开始捉妖了，却没想到蔡半仙只是一脸的平静淡定，站在捉妖坛前，不见动一下。过了半炷香工夫，那些站在东阁门庭院四面院墙下的太监、女官、宫女看到，蔡半仙突然从袖子里摸出一捆筷子粗细的铁针，沿着捉妖坛转了两圈，又用铁针在坛前两根木杆交叉插着的尖尖的法刀上敲了七下，把铁针敲得叮当响。众人正不明白蔡半仙在搞什么名堂时，却见蔡半仙跳到捉妖坛中央，把铁针从左腮穿入，右腮穿出；又从木杆上拔出两把尖尖的法刀，挂在露在两腮外面的铁针的两端。太监、女官、宫女都给蔡半仙镇住了，吓坏了，也看呆了，同时又对他生出一种莫名其妙的毕恭毕敬的信赖之情。好几个宫女吓得尖叫起来，把头埋在别人的背后，半日不敢抬起来。最开心的是曹谒，不停地夸蔡半仙的本事。蔡半仙这才又是抬腿，又是翘臀，跳着一种古怪的舞；口中还念着咒，用哑声哑气的嗓子唱着古怪的歌：

三步当作两步走，一步跳到雪山娘娘你门前，双手把你门挪开。热来就是热似火，冷来就是冷似霜。一更天气下冷雨，二更天气下冷霜，三更天气下大雪，四更天气雪上又加霜，五更天气金鸡来报晓，六更天气山中树木挂铃铛。

捉妖坛东西两边的道士，一边卖力地敲着锣，一边喊叫着伴唱。南面两个小丑道士做着各种逗人怪笑的动作。唱完古怪的歌，蔡半仙怒目圆睁，四面张望，最后定在庭院东南角上，然后左手把铜铃摇得像打爆竹一样响，右手挥动着宝剑，冲下捉妖坛，直奔庭院东南角上。所有的道士都跟在后面跑，嘴里怪叫着。不多一会，蔡半仙又冲向庭院南角上，再奔西北角上，最后在东角上，见一只黑色的怪物从花草丛里蹿出来要咬人。蔡半仙手起剑落，怪物应声倒地。举烛视之，乃一只猪獾。曹谒乐得手舞足蹈，看的人都啧啧称奇。蔡半仙说，怪不得这些年来朝廷这么乱，就是这只猪獾在作怪。蔡半仙也不知从什么地方听到的故事，说：王安石出生前，他的父亲在回家路上就遇见一只猪獾，王安石哇哇落地时又有一只猪獾蹿进其母的产房。蔡半仙这一说，立即就不胫而走，在京都开封大街小巷传开了。人人都知道王安石是猪獾投胎转世，怪不得王安石会提出那些害人的，像猪獾一样蠢的新法。人人都说，这下好了，猪獾杀死了，王安石定给贬到外地去，朝廷再也不会受其害了。

向皇后急着到皇上身边去，心里实在不愿去管曹谒的这些破事，但太皇太后发了话，自然要照办。向皇后乘着凤辇，往太后高氏居住的宝慈宫走去。宝慈宫离庆寿宫不远，片刻就到了。宝慈宫与庆寿宫不一样：庆寿宫宏大、华丽、富贵、气派，且周边是高大繁茂的古树，很是增添了庆寿宫几分庄严、神秘的气氛；宝慈宫就显得清雅、简朴、素净、窄小，周边有绿树翠竹相映。皇上多次想从司农寺拨笔钱给太后高氏盖座大的寝宫，但太后高氏总是不肯。节日、圣寿时宫内宫外送上来的东西，都放在宫后的一间偏房里，从不拿一件。对这点，不仅后宫的人称赞，朝中百官也佩服。

向皇后坐在凤辇里，心里在骂曹谒。这个曹谒真是无可救药的活宝，吃不得三餐饱饭，吃饱了撑的就要惹事，把皇亲国戚的脸都丢尽了。人就是人，猪就是猪，猪能投胎变成人？这样的故事，市井细民在街头巷尾说说，倒也能博人一笑。可一个堂堂国舅，却把这样的故事拿到皇宫这么神圣庄严的地方来说，岂不是荒唐之至？特别是拿王安石说事，就不仅很是可笑，且蠢得不能再蠢，弄不好要出乱子的。别以为王安石第二次辞相，京都开封就太平了，朝廷就自在了，你曹谒就可以肆无忌惮、胡作非为了。朝中还有王安石的人，这些人不好惹。当然，向皇后清楚，曹谒蠢是蠢，但并不是一点心计都没有。朝中百官都知道，没人能在皇上面前搬得动王安石的是非。既然如此，这个曹谒就想出个捉妖的鬼把戏，蛊惑人心，想让皇上同意王安石辞相。这也太天真好笑了，皇上岂会因这种鬼把戏就上曹谒的当，把王安石的相位罢了。这只能给皇上和两宫太后出难题。

向皇后下了凤辇，进了宝慈宫。向皇后看到，太后坐在御椅上，黑着一张有杀气的脸。曹谒规规矩矩站在太后面前，双手下垂，一副吓得要死的样子，眼睛不敢随便转动一下，只是低着头看地下。这个曹谒只有太后管得住。以前，曹谒没少挨太皇太后的骂，但挨骂时眼睛从来没规矩过，总少不了在宫女的脸上、胸面前睃上几眼，有时还会跟宫女做做鬼脸，逗得宫女发笑，气得太皇太后只好别过脸去，装着没看到。

向皇后看到，宝慈宫里的太监、女官、宫女都一脸的紧张、小心，大气也不敢乱出一下。另有四个太监手上都拿着长长的竹棍，看样子太后是真要对曹谒家法侍候了。向皇后清楚，后宫里的宫人最喜欢到乾清宫给皇上当差，也愿意到太皇太后的庆寿宫和自己的坤宁宫来当差，都怕到宝慈宫当差，好处得不到什么，一不小心就要挨骂挨打。今日太后在这里训斥曹谒，更不可大意半点。

宝慈宫此时的气氛与太后敲打高全福这类有脸有面的太监的气氛大不相同。太后敲打有脸有面的太监，宫中那些与贱役无别的下层太监、女官、宫女其实巴不得看到他们遭敲打，心里有点幸灾乐祸，脸上还不时现出难以抑制的喜色。太后要对曹谒家法侍候，这些人不敢。曹谒是国舅爷，谁幸灾乐祸谁就比猪还蠢。

宝慈宫里有种严重紧张得叫人窒息的气氛。向皇后在太后旁边站着。太后指着曹谒的脸说：“捉什么妖，把你捉起来。——你想害死所有的皇亲国戚呀！”

向皇后看到，曹谒吓得双手抖动了起来，眼睛怯怯地瞄着四个太监手上拿着的长长竹棍，生怕这些竹棍朝他身上打来；还瞥了向皇后一眼，目光里有求救之色。这四个太监有意思，手上的竹棍捏了捏紧，并未举起。要是打别的什么人，竹棍早下去了。这四个太监明显在等太后发话，不发话不会打人。向皇后心中有数了，这四个太监下手不会很重。

向皇后拿定主意：这个曹谒，打还是要让他挨几下，只要这四个太监下手不太重，她就不把太皇太后的话说出去。在皇亲国戚中，就曹谒不争气，的确把整个皇亲国戚的脸都弄黑了，不治要翻天；但，下手太重，也不好，太皇太后面子上也不好看。曹谒做事荒唐，喜欢惹事，花天酒地，结交生意场上的一些不三不四的人，就这么大的事，惩戒一下就行了。老祖宗规定不给皇亲国戚事权，就是当官，也只是名誉很高好听的闲职。皇亲国戚不做生意，整日闲着干什么？再说，皇亲国戚开销都很大，光靠朝廷的俸禄是远远不够的，况且大宋开国百年来，皇亲国戚都一直有人做生意。然而，王安石却要搞个什么市易法，让官府做生意，把商人和皇亲国戚赚的钱拿过去，这市易法能不出问题吗？只是曹谒、高全福这次把那件事的动静闹得太大了，弄得京都开封要断米、断盐，皇上不管不行，太皇太后、太后也不好不管。这已经弄得皇上、太皇太后、太后很为难，可这个时候曹谒还要兴风作浪，竟用捉妖这种鬼把戏来妖言惑众。对不起，非拿你是问不可了。

曹谒：“臣不再捉猪獾，不就得了吗？”称“臣”了，不敢称“本国舅爷”了。

太后脸上的杀气更重了：“哪能这么便宜了你们。——你说，对蔡半仙怎么办？”

曹谒乖乖地垂手而立：“臣马上派人把蔡半仙抓起来，送到开封府大牢里去。”

太后高声斥责道：“胡说！开封府听说蔡半仙跟你有关，谁敢审，过几天不就放出来了？把他关到后宫中台大牢里去！”

向皇后知道，蔡半仙没几天可活了。后宫中台大牢关的是犯了事的宫人，里面的太监打起人来比官府里的衙役还厉害。这些没根的太监，性情压抑，行状怪异，比常人还要毒辣凶残几分，打人没一个不往死里打；特别是拿不出钱来的，那就准备到地府去见阎王。

曹诱："太后，臣没事了吧？"

向皇后看到，太后望了望手上拿着长长竹棍的四个太监，黑着的脸上杀气就能杀人："哀家是让你们来这里看热闹的吗？"

向皇后的身子也惊吓得抖了抖。四个太监把长长的竹棍举了起来。曹诱面色如土。太监吓得睁大了眼睛。女官吓得别过脸去。宫女吓得尖叫起来。不过，此时有个太监进来禀报：入内内侍省都都知张德保奉太后懿旨在宝慈宫外候宣。

太后要那个太监宣张德保进宫。曹诱得救了。四个太监赶紧把长竹棍放下。宫中的太监、女官、宫女都松了口气。不多一会，张德保进来了。太后对宫里的太监、女官、宫女挥了挥手，把他们都赶到宝慈宫外去。两扇厚重的宫门也关上。宝慈宫里气氛十分怪异起来。曹诱吓着了，也糊涂了，抬起头，望着太后，目光里有乞求离开的意思。向皇后不去接他的目光。太后追问曹诱道："龙津桥边邸店除了你、高全福，开店的到底有几人？"

向皇后明白了，太后要查龙津桥边邸店之事，怪不得要把太监、女官、宫女都赶走。东阁门捉妖一事好办，把蔡半仙抓来，往后宫中台大牢里一关，是死是活就看他命大命小；再狠狠训斥曹诱，要他以后放规矩点，这事也就这么过去了。龙津桥边邸店之事动静弄得太大了，用了那么多皇家黄旗，把朝廷市易司和转运司的米、盐都断了。这么大的事肯定不能那么马马虎虎、轻轻松松过去，得有个交代。向皇后忽然明白了，皇上这几日何以那么烦躁了。曹诱支吾了半日，什么话也没说。张德保承认道："老奴是其中一个。"

向皇后觉得奇怪。张德保平日为人处世总与是非拉开距离。龙津桥边邸店之事，并不是什么值得炫耀的光明正大的好事。太后高氏又没问张德保，他干吗要急着认账呢？

太后只追问曹诱："还有谁？"

曹诱又支吾了半日，什么话也没说。

张德保又开口了："乔昌发。"

向皇后更是觉得奇怪。宫中的人没一个不知道张德保脾气好，就是一个小太监也不会轻易得罪，说话滴水不漏，这会怎么把乔昌发也供出去呢？张德保不糊涂，不会不知道乔昌发的姐姐是侍候了太皇太后五十来年的乔内史。这个祖上八辈子都是农人的乔昌发岂是张德保能得罪的？张德保莫非今日脑子发了昏，把乔昌发也供出去。

太后还是追问曹谒："还有谁？"

曹谒还是支吾了半日，什么话也没说。

张德保："老奴耳朵里再没听到谁了。"

向皇后感到，这个张德保厉害，没把话说死，给自己留了很大的余地。向皇后奇怪地看到，太后很和悦地望着张德保，给张德保在边上一只锦墩上赐座。此时向皇后不明白太后何以对张德保这个态度。太后不是个好对付的女人，谁在她面前要花招，不讲老实话都得小心点，给她识破了准没好果子吃。向皇后有点糊涂了。前面三问，张德保讲了老实话，可对第四问却回答得很是糊涂，太后怎能和悦地望着张德保呢？

张德保哪里敢坐，仍旧站着，一言不发望着太后，似乎在等着太后给他一个发落。太后又问："谁让把那么多黄旗插到船上的？"

向皇后清楚太后这句话的分量。要较起真来，可是个假圣旨以谋私的大罪，推出去斩头也没什么不可以。张德保什么话也不说了，一脸事不关己、高高挂起的表情。曹谒突然很是理直气壮地大声道："不是高全福认了吗？"

太后高氏不再追问，只是黑着脸说："看看你们四个人，真是狗胆包天，对抗朝廷，把个京都开封搞成个什么样子，差点断粮、断盐，你们想谋反是不是？"

向皇后听出了太后话里的"四个人"的意思：要查龙津桥边邸店之事，只能到四个人为止。四人者，张德保、曹谒、乔昌发以及关在刑部大牢里的高全福。向皇后感到宝慈宫里的气氛多少轻松了起来。不过，太后给曹谒几个人安了个谋反的罪名可够吓人的了。曹谒吓坏了："臣把赚的钱都拿出来献给后宫，行不？"

向皇后感到，曹谒这个人到底没长脑子。太后只是问他想谋反是不是，又没叫门外的卫士把他们捆了，明显是吓唬他，可他就吓成这个样子。太皇太后多虑了，太后高氏不会动曹谒一个指头。向皇后觉得自己没必要把太皇太后的话向太后高氏说了，只等张德保、曹谒离开宝慈宫，就跟太后好好把内官监押班太监人选之事定下来。现在后宫许多事，大都是太后过问，太皇太后只是听听，点点头。

太后突然冒出一句话："你是说哀家是强盗，要拦路抢劫你们的钱财？"

向皇后觉得很奇怪，太后怎么说出这么一句话来。说句实在话，就是给曹谒一百个胆，曹谒再横行霸道，也不敢说太后高氏拦路抢劫。向皇后看到，曹谒起初一脸的恐惧和冤屈。不过，不到半炷香工夫，曹谒的脸忽然变得开朗了，有点嬉皮笑脸的味道说："太后，臣没事了？"

这是向皇后没想到的。不过，向皇后很快明白过来：曹谒此时已看出了太后刚才不过是在吓唬吓唬他。曹谒到底是个活宝，太后吓唬你，这是心照不宣之事，你心知肚明就是了，干吗要说出来？向皇后还明白了：曹谒此举，不过是要借这个机会表现一下自己其实是个聪明人，一点也不蠢；这不，连太后的花招也骗不了他。

此时，宝慈宫外传来一个太监虽然有点尖细却清晰好听的嗓音："皇上驾到！"

向皇后猜：皇上这么忙，这么烦，何事到宝慈宫来呢？向皇后、张德保、曹谒去接驾。向皇后听到宝慈宫外响起一阵脚步声，接着就见两扇厚重的宫门开了，皇上从外面走了进来。太后又命太监把两扇厚重的宫门关上。

向皇后看到，皇上龙颜很是不欢，进门就一双眼睛盯着曹谒。皇上和太后高氏坐在御椅上，眼睛还是盯着曹谒。这么看来，皇上是为曹谒之事来宝慈宫的了。宝慈宫里的气氛更加严重紧张起来。曹谒吓得想往个什么人身后躲一躲，但宝慈宫里就这么几个人，谁的身后都藏不了他。曹谒只好往后缩了点距离，便死狗一样弓着个身子，垂手而立，一脸可怜相。皇上要曹谒站到身边去。不过几步路，曹谒少说花了一炷香工夫才移过去。曹谒这回是真怕了。昔年老相公韩琦打他四十大板时也没这么怕过。在向皇后的记忆里，今日是第一次看到曹谒真有点怕皇上。

皇上一点不客气地问曹谒："你本事大，把整个京都开封都搅得天翻地覆！"

曹谒两只脚软了，跪下去，却面朝着太后："太后要帮臣说话，臣不是认了错误吗？"

太后一张冷脸："哀家帮不了你，你自己跟皇上说去。"

向皇后清楚，曹谒今日没谁救他了，只能靠自己救自己。向皇后看到，一件奇事出现了。不多一会，曹谒突然一脸灿烂起来，振振有词道："皇上，臣不瞒了，实话实说：臣想借捉妖这件事，要皇上早下圣旨，同意王安石辞相。看看这个王安石，尽做些跟皇亲国戚过不去的事。哪朝哪代的皇亲国戚像我大宋的皇亲国戚，老老实实遵守祖制，从不干预朝政，只不过做点生意玩玩。可王安石连这点也不让皇亲国戚玩了，臣要问一问：王安石这么做，是何居心？皇上不会不让皇亲国戚连玩都不准玩吧？"

向皇后很是惊奇地望了望曹谒，完全没想到这个到处惹是生非的曹谒此时说起歪理来还一套一套的。向皇后看到，皇上龙颜尽显刮目相看的神情，太后也一脸对曹谒另眼相看的神情。张德保大概常跟曹谒在一起，熟悉曹谒，却也一脸的赞许惊异。

皇上一时语塞，叫曹谒起来。曹谒起立，一脸得意之色。这种人到底脑子浅，一有点什么出色的地方，就得意扬扬。没过多久，皇上龙颜又拉了下去，对曹谒说："你把王安石比作猪獾，如此欺负当朝上相，该当何罪？你说说，谁给你出的主意？"

向皇后看到，曹谒又一脸可怜相，死狗一样弓着身子无语地站着。向皇后觉得，皇上这一问，实在为难曹谒了。曹谒在政事上什么办法也拿不出来，但三教九流、旁门左道上的这些上不了台面的东西，却懂得许多，远不是那些懂朝政的读书人比得上的。东阁门捉妖的鬼把戏，只有曹谒这种人才想得出。太后帮曹谒说话了："皇上，这种烂主意国舅爷有一肚子。谁要，国舅爷随手可以拿出一大串来。这事要处置就处置国舅爷一人。"

向皇后注意到，太后说前两句话时，曹谒还有点沾沾自喜的样子；但说后一句话时，曹谒又有点怕了："太后，臣开始其实只是想开个玩笑，让王安石丢丢脸。"

太后："国舅爷，有这样开玩笑的吗？"

曹谒又嬉皮笑脸起来："怎么没这样开玩笑的呢？臣不就是这样开玩笑的吗？"

向皇后没想到曹谒还挺能狡辩。此人正当本事没有，死道理的事也能讲出个活道理来。向皇后看到，太后的脸故意绷得紧紧的，其实是欲掩盖对这个荒唐事不断的国舅爷的一种有限度的赞许。不过，皇上龙颜大怒，不问东阁门捉妖之事，却转了个话题，对曹谒说："你太嚣张了！朕三日前就把你们的事搞清楚了。朕今日要跟你算账：船上的黄旗都是你从尚宝监里拿出去的？”

皇上圣明，而且越来越圣明，现在是什么事都瞒不过皇上了。向皇后对朝廷上的事，不能说看得很清楚，但有些事还是知道一二的。京都开封差点断米、断盐这件事肯定不那么简单，仅高全福是无论如何搞不起来的。向皇后看到，曹诱赶紧把嬉皮笑脸收起，换了副哭丧脸。太后也把脸黑了下去。张德保有点紧张了，颈上松松垮垮、皱皱巴巴的赘肉也抖动了几下。曹诱：“皇上，高全福不是都招供了，这一切都是他干的吗？”

皇上问曹诱：“高全福在欺君，要罪加一等。朕刚从尚宝监过来，上面有你的签字，也是高全福干的？”

曹诱无语。太后高氏无语。张德保无语。宝慈宫里死寂得像一潭漂满了混浊白泡、再大的风也吹不起一丝涟漪的死水。宝慈宫里的气氛变得十分的敏感诡异起来。几天后，向皇后到尚宝监去，尚宝监的押班太监把物品进去的存号簿拿出来，上面清清楚楚签着曹诱的姓名，白纸黑字赖不了。这事张德保不会去做，高全福做不了，只有曹诱做得了。他去做，尚宝监的押班太监不敢不给面子。再说，黄旗毕竟不是宝玺、敕符、将军印信，要动用那些东西，又严又繁，要请旨，女官尚宝司还要派人过来监视，且一一都要在存号簿上签字。黄旗只是表明天家身份，不要说外出采办的太监都要带上好几十面黄旗在路上用，就是到宫外去买点什么东西，有几面黄旗在手也方便多了，手续严了、繁了，天家许多事办起来就不那么方便了。因之，尚宝监的押班太监在这方面高抬贵手、做人情就在所难免。这种事不出问题，谁也不会去过问一下。这次曹诱动静闹得大，差点弄得京都开封断米、断盐，皇上自然不会放过。

向皇后觉得曹诱这回很难得到皇上的宽容了。曹诱也清楚这一点，知道向谁求情都没用了，再说这里也没谁会去给他在皇上面前求情。曹诱有点像犯了死罪、等着立斩的人一样，勾着个头，耸着肩，弓着身子，一脸绝望、一脸麻木地垂手站着。在向皇后的记忆中，曹诱从没这么可怜过。这当然没什么不好，杀杀他的气焰，让他放明白点：朝廷是有规矩的，皇亲国戚也不能例外。此时，宝慈宫外又传来一个太监嗓音虽然有点尖细却清晰好听的声音：“太皇太后驾到！”

向皇后发现，死水一样沉寂的宝慈宫有了不易觉察的细微动静。最明显的是曹谒的头抬了起来，两只脚忙向宝慈宫门口走去。太后已向前走了好几步，带起了衣裙窸窣的摆动声。张德保向前走去时，一身的赘肉都动了起来，靴底擦在地上有细细之声响起。最着急的是皇上，几个大步就到了宝慈宫门口，笃笃的脚步声有种动人心魄的感觉。

向皇后看到，宝慈宫厚重的大门打开的时候，乔内史一只脚在门槛里、一只脚在门槛外，命两个搀扶着太皇太后的宫女一会儿左脚靠前，一会儿右脚靠前。前后另有几个宫女在招呼着太皇太后。后面站着一大伙太监、女官、宫女，插不上手帮忙，都在不停地叫"小心点，小心点"。皇上一边说"孙儿不孝，孙儿不孝"，一边上前替换一个宫女，此时曹谒也早一步把另一个宫女换下来了。皇上和曹谒到底是男人，连拉带抬地把太皇太后扶了进来。太后又挥了挥手，让进了门的太监、女官、宫女退出去。宝慈宫的大门又关上了。太皇太后由乔内史在前面招呼着，皇上和曹谒在后面搀扶着，在御床上躺了下来。向皇后与皇上、太后、张德保、曹谒都恭身站在御床下。太皇太后也累了，且喘着粗气。乔内史坐在御床上，很有节奏地在太皇太后的背上拍着。

向皇后清楚，太皇太后是心里放不下曹谒，才不顾自己的身体状况到宝慈宫来。曹谒感到自己的保护神来了，神气多了，且挤到御床边上，靠太皇太后近些站着。众人都神色庄重、紧张，很小心地望着太皇太后，都屏着气，更没谁说话，怕打扰了她。过了好一会，太皇太后不喘气了。众人的神色才放松了些。太皇太后望了望身边所有的人，最后望着向皇后："跟太后说了吗？"

向皇后觉得这个问题挺不好回答。要是说自己说了那句话，是骗了太皇太后，会让太皇太后很不高兴；说自己没说那句话，又显得自己太不把太皇太后的话放在心上，会让太皇太后很伤心。向皇后想到个哄太皇太后的办法："太皇太后的话一字值千金，臣怕那句话说不好，还是留着太皇太后自己来说。"

向皇后以为，太皇太后知道自己在哄她，但她显得有点苍老却仍不失去富态的脸上有了笑容。太皇太后面对着曹谒，很疼爱地问："没挨打吗？"

太皇太后这句问话，对曹谒来说，也挺不好回答。说挨了打，这不是事实，诬陷太后，可开不得这个玩笑；说没挨打，太皇太后起驾回庆寿宫去了，这里还有谁来保护他。再说，皇上要找他算账，太皇太后一走，他如何得了。这个曹谒不蠢的时候一点也不蠢，没立即回太皇太后的话，只是哭丧着个脸求助地望着太皇太后。

太后高氏挺有意思，别看她刚才还对曹谒凶得很，此时却对太皇太后说："国舅爷这回做了这么个大错事，挨打肯定是应该的，但打了有什么用呢？不该做的事，他照样要做。国舅爷就听老祖宗的，老祖宗训他几句，他才改得了。"

太皇太后更乐了，略嫌臃肿且有了很密皱纹的脸上笑起来还是挺灿烂的："你和皇后都越来越会瞎哄老身了。谒儿确实要好好教训教训一下，都过了而立之年的人了，还尽给皇上添麻烦。——皇上，还是你教训谒儿一顿。"

向皇后看到，刚才又神气起来的曹谒脸上出现了一种又尴尬、又可怜、又惧怕的神情。曹谒只是抓住太后高氏的话不放，对太皇太后说："太后已经发了话，儿臣听太后的，愿由太皇太后发落，只要不挨板子，削职为民都可！"

太皇太后又是一阵乐，很开心地一笑，但脑子一点不糊涂："老身教训教训几句是可以的，但'官'呀、'民'呀，是朝廷的事，得皇上说了算。"

曹谒又勾着个头，耸着个肩，弓着个身子，一脸绝望地垂手站着。众人都望着皇上了。向皇后这才发现，皇上龙颜一直绷得很紧，看来皇上今日不会轻易饶过曹谒。宝慈宫里的气氛变得真正的紧张起来。皇上对曹谒说："好吧，朕准你的奏：削职为民！"

向皇后看到，众人都没想到皇上会作出个这样的圣裁，都有点目瞪口呆。宝慈宫中又一片死寂。曹谒站不住了，坐在御床上，一脸的死灰色。天下人谁不想当官，官场这么多当官的谁愿意去做老百姓？向皇后清楚，曹谒的"削职为民"四个字，只是说说而已，没想到皇上竟准了他的奏。好一会，曹谒乞求地望着太皇太后。太皇太后又突然喘起气来，神智也不那么清楚了。众人紧张起来，探过身子望着太皇太后。皇上急得不知怎么办才好，只知道一个劲搓手。坐在御床上的乔内史赶紧跳下来，把太皇太后曹氏的裤腿往上撸起，然后用三个指头比了比，再用拇指按住外膝盖眼下三寸的地方，又是揉，又是掐。没过多久，奇事发生了，太皇太后曹氏不喘气了，神智也清楚了。第二日，向皇后去庆寿宫给太皇太后曹氏请安。乔内史告诉向皇后，外膝盖眼下三寸的穴位叫足三里，那里的经络贯穿人的整体，对突然哮喘最管用。后来有人告诉向皇后，乔内史这套按揉办法，是仁宗朝从一个御医那里学到的。天长日久，这个大字不识一个的农家出身的女人也就懂经络了。

神志清楚以后的太皇太后对皇上说："皇上，京都开封这次差点断米、断盐之事，乔内史都跟老身说了。这都是高全福财迷心窍，一人搞的名堂。刑部的人说，他全都招供认了，罪都在他一人身上。皇上，我大宋以仁治国，对高全福自然是不能放过的，其他人不过想发点财，被高全福蒙住了眼睛，下不为例就是了。"

向皇后记得，前几天张德保把乔内史的弟弟乔昌发带进宫，让这姐弟两人见过面。这么看来，太皇太后知道的情况，其实都是从乔内史嘴里听到的。太皇太后信了，也就是真的了。不过，宝慈宫里的气氛又多少轻松起来。曹诱的头又抬了起来，脸上现出了喜色。太后脸上的神色也轻松起来。

太皇太后曹氏又说："皇亲国戚里做生意的多。岐王赵颢做，不做生意，府上万卷藏书怎么来的？驸马王诜做，他的那个西园天天高朋满座，摆着流水席，不做生意开销得了？皇上，皇亲国戚里做生意不碍朝廷什么事。"

向皇后注意到，皇上不发一声地听着，明显不甚同意太皇太后的意见，但碍着老祖母的面子，又不好明言。皇上龙颜很是不快，想说什么的时候，太皇太后又喘了起来。乔内史用拇指紧紧地掐住太皇太后曹氏外膝盖眼下的穴位。太后道："皇上，这事就说到这里。老祖宗身体越来越差，不能太劳累了。"

太后高氏话里的意思很清楚：一要皇上听太皇太后的，二要皇上走人。这个时候皇上还要说些什么，就太不近情理，也太不合时宜了。曹诱更是神气，对皇上说："皇上不把臣削职为民了吧？"

太后瞪了曹诱一眼："你不说话，没人说你是哑巴！"

曹诱吓得舌头半日缩不回去，勾着头规规矩矩站着，不再开口说什么了。

向皇后跟着皇上回到乾清宫。皇上把龙袍一脱，扔在御床上，很是生气："这些人不治一治，怎么得了！"

熙宁九年十月这场京都开封几乎断米、断盐的公案总算有了个了断。三日后，天子赵顼降旨。王安石二次罢相，授镇南军节度使、同平章事、判江宁府，俸禄月四百贯，比宰相多一百贯，出入内廷一如从前；但不预政事，实际上是个赋闲的老人。王安石从此远离官场，退隐山林，避问世事。高全福罢内官监押班太监，押送岭南英州编管；编管之地正好与郑侠在一起。当地官府没谁管制郑侠，反多方照顾，植树筑路，让郑侠有一种强烈的“德不孤，必有邻”的感觉，以至于十年后朝廷要他回去当官，很是不舍。高全福在那里就可怜了，住在破庙里，乱走动一下就有人报告官府，就有衙役来找他的麻烦。郑侠去破庙里见过高全福。二人吵得一塌糊涂，差点动起粗来。曹谒官阶由五品降到七品，降秩不降官，仍当东阁门使。曹谒其实没有任何损失，头上有顶“国舅爷”的帽子，谁敢对他不讨好巴结，敬他三分？皇上已经下了圣旨，没谁去啰唆半句。官场上的人都忙着争权夺利、升官发财，谁去管这些破事。不久，人们把这事都忘了。

这日向皇后离开宝慈宫时，听到里面太后在宫里严厉的斥责曹谒：“以后谁也不准做生意了，皇亲国戚也唯利是图，把朝廷搞得乌烟瘴气，像什么！”

向皇后凤辇到了宝慈宫丹墀下，又听到太后高氏更严厉的斥责声：“你们说心里话，我进宫几十年来，给过娘家人一点好处吗？”

向皇后清楚，太后高氏说的都是实话。太后高氏对自己严，对娘家人也严，严到甚至有点过分的地步。后宫的宫人没一人不服太后高氏的，当然也因之没一个不惧怕太后高氏的。太后高氏有个弟弟，多年没得到迁升，皇上多次想提一提，太后高氏怎么也不答应。有个被罢了官的人请皇上的乳母来说情，被太后高氏知道了，给骂得狗血淋头。说，你想干扰国政吗？你再来，哀家立马杀了你！吓得皇上乳母不敢出一言。当然，也因为是皇上乳母，看皇上面子，太后高氏放了一马，要是别人的乳母，真要一刀给斩了。不错，民间有个说法：女人顾娘家是没教养的表现；可民间还一说：一人得道，鸡犬升天。说句实在话，向皇后也觉得太后高氏做得过分了些，不像太皇太后那么融通，弟弟曹王爷曹佾该得什么还让他得什么，该盖园宅还是盖园宅，就是侄子曹谒也给了个管奏章疏通的五品闲职东阁门使当。说句实在话，没有事权，已经让皇亲国戚很受委屈，连个名誉职位也不给，就怎么也说不过去了。太后高氏这么苛待娘家人，给自己倒是赢得了一个圣明清白的好名声。太后没得到什么好处，朝中百官却交口称赞，说太后高氏是女中的尧舜。这就不得了了，人的名声好到顶了。

第八十六章　下诏书赵顼严禁谤议朝政 斥御史安礼力陈言者无罪

王安石二次罢相后的熙宁十年初的一个风寒料峭的上午，已过了而立之年登基做了十年天子的赵顼坐在崇政殿御案后面，等待着进宫入对的官员。赵顼今日要召见两拨臣子入对。最先入对的是监察御史里行李定和御史舒亶，二人说是有要事向皇上禀报。接着是王安石之弟王安礼入对，王安石离开朝廷后，赵顼就把王安礼召进京都开封，在开封府当判官。赵顼召王安礼入对，一来是看看这个很像其兄王安石的王安礼，二来是问问下情。时间还早，才辰时二刻时分，退了早朝的官员还在御膳堂吃朝食。赵顼从御案上取来大才子苏轼的新作《江城子·密州出猎》，津津有味摇头晃脑地吟诵起来：

老夫聊发少年狂，左牵黄，右擎苍。锦帽貂裘，千骑卷平冈。为报倾城随太守，亲射虎，看孙郎。　　酒酣胸胆尚开张，鬓微霜，又何妨！持节云中，何日遣冯唐？会挽雕弓如满月，西北望，射天狼。

赵顼很喜欢苏轼的诗文，苏轼每有新作，一定要找来反复吟诵。大才子的这首词，确实写得壮观，真的是足可以让壮士抵掌顿足、吹笛击鼓以歌之。赵顼读出了苏轼这首词是首壮志之词，也是首牢骚之词。大才子苏轼有很强的报国壮志和很浓的事功心理。苏轼以敢跟曹操打大仗、一决雌雄的大英雄孙权自喻，再清楚不过地泄露了苏轼想做大事、立大功的不凡抱负。这首词又借九十岁时才得到有人向汉武帝推荐的冯唐说事，宣泄了苏轼一肚子报国无门的牢骚和焦虑。赵顼理解苏轼：从进士及第至今二十年了，名满天下的大才子苏轼，官却当不上去；现在虽然是独当一面的太守，但官衔还只是个七品太常博士。然而，苏轼两鬓已白，壮年将逝，暮年将临，土埋到颈上了，能没牢骚和焦虑吗？赵顼有点为苏轼担心。孙权是个称过帝的人，苏轼以孙权自喻，要是谁抓住这点弹劾苏轼有不臣之心，苏轼还真百口莫辩，跳到黄河里都洗不清。

赵顼读着读着，不由默然一笑。赵顼不怪苏轼。不过，赵顼同时觉得，苏轼太不会当官了，那张嘴太没遮拦了。苏轼在京都开封当京官的那些年，就他对新法说的话多，简直把新法说得一无是处，有些话还说得挺可笑。比方说免役法会弄得官府衙门连个烧水弄饭的人都没有，千里迢迢外出当官的人水喝不上一口、饭吃不到一粒。这就有点荒唐了：以前是民役来官府衙门做这些事，现在用免役钱雇人做，岂不是更好？苏轼的官没当上去，是他那张嘴坏了大事。王安石总不能大用一个天天跟自己过不去的人吧？就是赵顼，要大用苏轼也有很大的难处。

崇政殿里有一种十分神圣、十分神秘、十分静谧的气氛。殿里的太监、女官、宫女各在其位，规规矩矩站着，谁也不敢有半点疏忽。赵顼把苏轼的词放下，批阅朝廷百官呈送上的奏章。王安石二次罢相后，争争吵吵了九年的朝廷安静了。在过去的九年里，先是反新法的一班元老、重臣在吵，后是新法里面的人在吵。吵来吵去，吵得新法施行起来总是不顺。现在没人吵了，反新法的那班元老、重臣都离开了朝廷，大都在西京洛阳喝喝酒、写写诗什么的，闭上了嘴；行新法的头脑人物也都离开了朝廷，相互间没法吵了。京都开封朝廷安静极了，京都开封的天空都像明净了许多。此时，正是大行新法的大好时光。时不我待，该大显身手了。

赵顼把堆在御案上的奏章翻动了几下，目光停在西北秦州边关呈上来的一份奏章上，便取过来看。奏章是那个当年跟王韶去收复河、湟的太监，现任熙河、秦凤路都总管的李宪上的。大宋边关，最紧张的是西北。大宋百年，西北无战事的时间不长，大多在交战状态中。王韶取得河、湟大捷后，西夏感到背腹受敌，多次兴兵犯边。但，西夏皇族和后族闹得不亦乐乎，且愈闹愈烈，无暇顾及西北边关的兵事。大宋这些年来因新法一边的人闹得不可开交，也无暇计较西夏。西北边关自在了几年。近闻西夏那边动静不小，后族明显占了上风。西夏国主李秉常虽然亲政了，但大权仍在西夏梁太后手中。近日李秉常想恢复父皇的国策，废蕃礼、行汉礼。但已经蕃化了的汉人女子梁太后却不许。赵顼很快把李宪上的奏章看了一遍，不由眼睛一亮，但见奏章上说，西夏皇族诸将对梁太后所为很是不服，图谋举事。赵顼想起河、湟之战前，西夏皇族侍卫马军都指挥使李清将军潜入和番寨，与当时的秦州知府李师中秘密会见，说西夏国主不仅愿对大宋称臣，且愿以河南大片土地归宋，求大宋助西夏皇族灭掉后族。当时上相王安石和通远军知军事王韶都不同意跟西夏皇族结盟，觉得胜算的可能性不大。如今王安石不在朝廷里了，王韶取得河、湟大捷之后也离开了西北边关，只是不知西夏皇族侍卫马军都指挥使李清将军如何。如果能联系得上，不妨联系一下。不过，不管情况如何，赵顼对西夏一战，是不可动摇的了。赵顼在李宪的奏章上批了两个字：再探。

赵顼又看了几份奏章，下一份是现在的上相王珪的。王安石离开朝廷后，王珪被擢升为集贤殿大学士、同中书门下平章事，眼下朝廷只有他一人为相。对王珪，赵顼还是满意的。朝中不少人认为王珪是朝廷的一大活宝，说此人身为上相，但实际上只是天子的一个跟班随从，上朝取旨，在朝领旨，下朝得旨，朝中这些人就给王珪取了个“三旨宰相”的绰号。从王珪的这个绰号，明显看出朝中这些人看不起王珪，觉得王珪太不把相权当回事，这人不配当上相；同时也对赵顼这么做很是不解，不明白何以要王珪这样一个废物辅国，岂不是拿国是开玩笑？赵顼也觉得王珪这个绰号挺贴切。不过，赵顼不是拿国是开玩笑。让王珪当上相，赵顼是经过深思熟虑的。今年赵顼已三十一岁了，年富力强，再不像刚登基时初出茅庐那么不懂政事了，新法上的事也融通了。现在的赵顼，完全把握得了朝廷，再也不需要王安石这样的强相在身边指手画脚；恰恰相反，只要一个能随时听自己指使的“三旨宰相”就行了。再说，王珪对这个绰号并无半点反感，这就更称圣心了。对这些心底里的东西，赵顼也不去解释。赵顼记住了熙宁元年富弼说过的话：“人主的好恶，不可令人窥测。”他心里的想法，自然不能让人看破。当然，像大宋这么一个大国，一个王珪是忙不过来的。赵顼想起用判司农寺事蔡确为参知政事。此前，好些人为此人说过好话，为其远播美名：王安石说此人醉心新法，且敢为新法说话；韩绛说此人足智多谋，很能办事；邓绾说此人特别崇敬亲近天家的人，对天家的人能照顾的地方尽量照顾。对王安石、韩绛的话，赵顼当然看得很重。不过，赵顼很奇怪，自己竟觉得邓绾的话更能入耳。

赵顼把王珪的奏章拿起来看了一遍。王珪对蔡确的印象也很不错，看来让蔡确当参知政事这事就可以定下来了。王安石二次罢相后，赵顼发现自己确实长大了，能独步天下，独断乾纲了。说句实在话，王安石二次坚辞相位时，赵顼对自己能否做到这点，还不是那么有把握，确有点胆怯和心慌，但王安石二次罢相后，时至今日，赵项的这种疑虑彻底消除了。起用蔡确为参知政事，就充分表明他有这个能力。不用说，朝廷里要个“三旨宰相”，但也要一个能做事的人。然而，这个做事的人，无论是资历、根底、能力、影响，都不能跟吕惠卿比，更遑论师相王安石了。这个做事的人，在政事堂议事就得听王珪的；而听王珪的，就是听朕的，就狂不起来。赵顼觉得，让蔡确当这个做事的人，再合适不过了。此外，赵顼还发现，朝廷之事，诚如师相王安石所言，他留在朝廷，朝廷得不到安宁；他离开朝廷，朝廷反自在了。开始，赵顼对此百思不得其解。不过，赵顼很快悟出来了。新法推行九年来，朝野上下反对的人不少，都只是把怨气发泄到王安石身上，没人会把矛头指着天子，也没人敢这么做；就是那些元老、重臣、名臣也莫不如此，比方司马光、韩琦、富弼、文彦博、欧阳修、唐介、赵抃、冯京、范纯仁以及苏轼兄弟等等，谁都说王安石以偏见曲学害国害民；特别是京都开封城里的后族皇亲、富商巨贾，更是往王安石身上泼污水，恨不得剥他的皮、抽他的筋，却没一个人会说皇上半点不是。师相王安石离开朝廷了，京都开封上空的乌云全散了，眼前是一片广阔清新的天地。这么看来，王安石离开朝廷，确实未尝不是件好事。

赵顼正又要拿过一份奏章来看时，殿头太监躬腰小跑过来禀告：监察御史里行李定和御史舒亶在殿外候见。赵顼点了点头。殿头太监立即去把李定和舒亶召进来。李定和舒亶跟赵顼行过跪拜礼后，分立在御案前面。赵顼是很喜欢这两位御史的。赵顼清楚朝中许多人对李定和舒亶是既怕得要死、又恨得要死。赵顼是个明白人，知道当御史的难处。当御史干的全是得罪人的勾当，整日把眼睛睁得大大的，盯着朝中百官，这些官岂会喜欢御史？但，赵顼喜欢。别以为赵顼从小就生长在深宫大院里，对外面的情况两眼一抹黑，其实赵顼心中有数，官场这个东西，藏垢纳秽，肮脏得很，也黑得很。然而，朝廷又离不开官场，离不开大大小小的官。李定和舒亶作为御史，是很称职的。赵顼特别看重李定忠厚老实，不讲假话。赵顼早就听说，李定把当官的钱财分给宗亲，救助无人赡养的老人，家无余财，有恩于宗族；李定身为朝廷监察御史里行，官不小，权也不小，要为儿子谋个一官半职，并不是什么难事，但李定没这么做，几个儿子都是布衣。然而，就因为李定据实以言为青苗法说了好话，朝中许多人就是不放过李定，拿李定未给生母服丧说事，骂李定猪狗不如。这就很不公道，也很不应该。赵顼想：如果李定不据实以言，相反把青苗法骂得一塌糊涂，朝中那些人会那么骂李定吗？可以肯定地说：不会！赵顼觉得舒亶这个人刚直。不错，舒亶在临海当县尉时，做了件过当却也让天下不孝之人感到畏惧之事，一刀把一个将继母赶出门外的不孝之子砍了。朝中许多人就说舒亶是个恶人。赵顼心中有数，这些人这么说，其实也是因为舒亶一心一意跟着王安石行新法；要是舒亶反新法，这些人对舒亶这点过当之事会有半点责备吗？恐怕不仅视而不见，听而不闻，相反要盛赞其人其事。

赵顼很是龙颜和悦："二位有何要事入对，但说无妨，朕也正要听听你们的意见。"

舒亶抢先说："陛下，现在朝廷安静了，没人公开对新法说三道四了，但地方官府里有为数不多的官员却比以前更不安静，更满口胡言了。"

赵顼一怔，感到心里受到一震。王安石二次罢相之初，朝野上下这些人又以为新法要废除了，朝廷要恢复旧制了。大错大谬！新法是王安石的，更是朕的。赵顼立即下旨：只要赵顼在位，新法就要一直行下去。当然，在新法的一些举措上，赵顼做了些调整。特别在市易法中，严禁市易务与商人争利。既然如此，这些人就不该再对新法说三道四了。天下事，只能天子说了算。赵顼只是不理解：按说官场上的人都鬼得很，不会那么死板，这些人不会不明白，天子发了话，就不能再对新法说三道四了；再要乱说，就犯忌了，到时候就不要怪皇上不客气。赵顼问舒亶："你是说洛阳那边不安静？"

舒亶："那边的耆英会，热闹是热闹，但不过喝喝酒，聊聊天，少言朝政。偶有人谈谈朝政，也没人接嘴。就是司马光，在洛阳六年了，没人听他说过朝政上一句话。"

赵顼对洛阳那边的情况是相当关心的，也很想念耆英会里的司马光、富弼、文彦博、范纯仁。他觉得这几人都是君子。特别是司马光，更是君子中的君子。司马光与王安石在京都开封朝廷里吵得你死我活，不可开交，但离开京都开封后，二人都没说过对方半句坏话。君子交绝，不出恶声。可惜因为政见不一，坐不到一块，要是二人能同心协力，推行新法，那真是再好不过的事了。赵顼听说耆英会里有个懂《河图》《伏羲八卦》的教书先生，名叫邵雍，算命极准，不仅能知人的前世今生，还能知天下五百年后事。耆英会的人都很看得起他。问："那个叫邵雍的教书先生若何？”

舒亶：“不过是个危言耸听、哗众取宠、欺世盗名、骗吃骗喝的狂老头罢了，不足挂齿。”

赵顼想起赵世居谋反案中的李士宁来。那个道士，谋反之事未必有，但欺世盗名、骗吃骗喝的旁门左道的勾当是免不了，然而司马光却对他很不客气，把他赶了出去。说邵雍会干点危言耸听、哗众取宠的玩戏，赵顼倒也不是不信，但要说邵雍是个欺世盗名、骗吃骗喝的狂老头，赵顼就不敢苟同了，很难设想，像司马光、富弼、文彦博、范纯仁这样的君子，会跟这样一个狂老头拉拉扯扯，搅在一起。不过，赵顼对邵雍这种人没什么兴趣，不想再谈这种人了。赵顼：“还有何处不安静？”

舒亶：“陛下，天下最不安静的是密州，苏轼身为朝廷命官，不去身体力行新法，不仅言语上毁谤朝廷，还用诗文攻击新法。”

赵顼心中有种说不清、道不明的感情。赵顼对苏轼很是恼火。他真的有点百思不得其解，这个苏轼脑瓜子怎么会这样糊涂，怎么会这样不合时宜。说句实在话，苏轼虽然在官场得罪了许多人，特别是新法一边的人恨他，但太皇太后、太后都是很看重苏轼的，且经常会在赵顼面前提到苏轼，只要苏轼能稍稍管住那张嘴，赵顼就可以立即让苏轼到朝廷当大官。然而，苏轼一张嘴这么口无遮拦、胡说八道，不要说提他的官，不罢贬他就是万幸了。赵顼希望自己的耳朵听错了舒亶的话，在赵顼心底深处，确实很不愿意看到苏轼会用诗文攻击新法。赵顼：“有苏轼的诗文吗？”

舒亶：“此事易耳。苏轼名气大，一有诗文出来，立即传开，且有人刊刻。听说密州刚发蒙的儿童，都能背上几首苏轼的诗。”

赵顼这会真的是很为苏轼担起心来。如果真把苏轼那些攻击新法的诗文收集上来，朝廷免不了要把苏轼缉拿到京都开封来。苏轼的牢狱之灾是免不了的。赵顼有点不敢往下想了。如果苏轼写的这些诗只是放在抽屉里，不传到外面去，敲打敲打几下，也就算了。可苏轼不仅拿到外面去，还刊刻，敢留下铁证，这就太嚣张了。是可忍，孰不可忍？不能再让苏轼再这么胡说八道下去了。要是对苏轼听之任之，那新法就别搞了。赵顼自己也觉得奇怪，这么想了之后，却半日没有开口。赵顼看到，李定和舒亶都在静候自己发话，也在怪怪地望着自己。少说过了半炷香工夫，赵顼却问李定：“舒御史此话不虚？”

赵顼看到李定脸上现出了熙宁二年第一次进宫入对时那种认死理的厚貌："据实以言，苏轼对人从不设防，心里什么话都对人说。舒御史的话完全是真的。"

赵顼无话。苏轼之事该怎么办还怎么办。舒亶："陛下，臣明日就赶到密州取证，若何？"

赵顼自然知道舒亶是个性急的人，要不然就不会一刀把人杀了。赵顼并未回答舒亶的话，只是低着头，把御案上那堆奏章翻上又翻下。赵顼两眼的余光很清楚地看到李定和舒亶的目光都定定望着自己，也不抬起头去接他们的目光。

好一会，李定说话了："陛下，曾布曾大人有句话说得好：'陛下诚推赤心以待遇君子而厉其气，奋威断以屏斥小人而消其萌，使四方晓然皆知主不可抗，法不可侮，则何为而不可，何欲而不成哉？'地方官府不安静，跟朝廷分庭抗礼，新法也行不下去。"

赵顼心里掠过一阵不快，也很有点不快地望了望李定，同时看到舒亶很是不满地望了望李定。曾布说的这句话，赵顼还记忆犹新。当年赵顼听到曾布这句话时，对曾布大为赏识，且给予了重用。但，赵顼听到李定转述曾布这句话时，却有种异样的感觉，且很有点生气。赵顼觉得曾布的人品比吕惠卿、邓绾还差，最让人放心不下。这个人要四方晓然皆知主不可抗，法不可侮，自己却不仅抗主，而且侮法。赵顼要他去察访市易务做过了头的地方，又没说要废除市易法。然而，这个曾布却说市易法连最衰弱混乱的朝代都没出现过。这不是抗主侮法是什么！不过，赵顼再一次看到李定脸上那种认死理的厚貌时，气消下去了。曾布这个人的人品有问题，但他那句话确实没有错。赵顼把那堆奏章往前推了推，抬起头来，与李定和舒亶的目光对接了一下，脑子里冒出个主意来了，对李定说："你草拟一道诏书，令乌府台及天下二十三路监司，对今后朝中和地方官府衙门里谤议时政的人，不论官有多大，地位有多高，名气有多响，一律判大不敬罪。乌府台御史及天下二十三路监司里的官吏，以纠劾多寡为殿最，任满取旨升黜。看今后还有谁敢胡说八道，抗主侮法！"

赵顼清楚，王安石第一次罢相后，让吕惠卿撰拟了一道全面恢复新法的治诏书，明言对违逆新法者，必罚而不赦。不过，这一次更严厉了，罪名也更明确了，且瞄准的目标是朝中和地方官府衙门里谤议时政的人——不用说，这里的人危害性更大。赵顼看到，李定和舒亶是一脸的拥赞之情，却也一脸的错愕。赵顼不糊涂，清楚这二人一脸的拥赞之情，是因为他们没想到赵顼会采用这么严厉的措施。大不敬罪，可是十恶不赦大罪里的第六宗大罪。一旦罪名成立，只本人人头落地，不灭九族，就万幸了。这二人对朝野上下在新法上说三道四的人早就十分的恼火和愤慨，早就说过要对这些人拿出严厉的办法。特别是舒亶，常在乌府台衙门说，对拿着朝廷的俸禄，却对朝廷的新法说三道四的人，要狠狠地重办几个。要是给他权的话，这个舒亶肯定会像当年在临海县那样杀人的。这二人一脸的错愕，是因为朕说的是今后不准人抗主侮法，很显然有既往不咎之意，这样苏轼就没事了。不过，既然朕发了话，李定和舒亶也就没什么好啰唆的了。

舒亶："这道诏书太好了！要不然朝中和地方官府衙门里一些人会更加猖狂毁谤新法!"

李定："早有了这道诏书，苏轼也就不会用诗文攻击新法了。"

赵顼听出了李定与舒亶的话有微妙的不同：二人都因为朕同意了他们的意见而感到欣喜，但李定却对苏轼口无遮拦、胡说八道很有点遗憾之意。赵顼让李定和舒亶退下去。李定和舒亶尚未转身，赵顼看到，殿头太监躬腰小跑过来禀告：开封府判官王安礼在殿外候见。赵顼一面挥手要殿头太监去召王安礼进殿，一面起身离开御座，往殿门走去。按说，开封府判官，不过六品，赵顼哪用得着到殿门口去接。但，王安礼是师相王安石之弟，赵顼就不由自主向殿门口走去了。

赵顼还在殿内，就听到殿外丹墀上有脚步声传来。赵顼走到殿门口时，王安礼也刚好到了殿门口。赵顼看到，王安礼确实长得极似王安石，虎头牛耳，体貌魁伟，那双眼睛也点漆般黑得发亮；不过，衣着整洁，乌纱帽下的头发一丝不乱。赵顼还看到，王安礼吓坏了，忙跪下去行大礼。赵顼也忙双手扶起王安礼。君臣二人很开心地笑了起来。

赵顼看到，李定与舒亶都还在殿内，就把他们留下。赵顼心中很清楚，自己今日召见王安礼，实际上是因为想见王安石。王安石二次罢相后，赵顼是很想见见师相王安石的，但此时要见个面，是难上加难了。既然如此，赵顼当然就很想见见王安礼。赵顼觉得，有李定和舒亶在场，不仅无碍，反能增加活跃气氛。李定和舒亶也很乐意留下来，跟这个长相很像王安石王相公的王安礼聊聊。

赵顼发现，殿里的太监、女官、宫女都一脸的惊讶和惑然望着赵顼和王安礼。宫里的人没一人不知道，以前，只有王安石进宫，赵顼才会到殿门口去接，别的任何臣子都享受不到这种圣遇。不过，没过多久，这些太监、女官、宫女脸上的表情不仅恢复了常态，且都笑着也有点讨好地望着王安礼。不用说，这些太监、女官、宫女是明显从王安礼的体貌上，知道王安礼是谁，自然也就明白皇上对王安礼的态度了。

崇政殿里的气氛神圣、神秘、欢快。赵顼要王安礼在御案前的锦墩坐下。王安礼哪里肯坐。赵顼便双手按着王安礼的肩膀，把他按在锦墩上坐下。说起来，在满朝文武百官中，赵顼觉得最对不起的就是王安石三兄弟。赵顼对王安石三兄弟都是十分赏识的。王安石三兄弟都有大才，然而，王安石三兄弟的大才都没得到很好的发挥。王安石一心一意行新法，辅佐朕富国强兵，洗刷国耻，做大有为之君，但朝野上下、内廷外廷，那么多人反对他，攻击他，诬蔑他，弄得王安石在朝廷待不住。对王安国，赵顼没来得及大用。这有点怪王安国这个人行为举止许多地方很是古怪，叫人匪夷所思。天下很少见过王安国这样的人，兄长行新法，他却反得最起劲，且对吕惠卿恨之入骨。赵顼当然很讨厌王安国反新法的态度，当吕惠卿借郑侠之事把王安国放归田里时，赵顼同意了。不过，赵顼事后又很后悔，等到赵顼让王安国官复原职时，王安国已忧郁病卒。对王安礼，赵顼就看得更重了。赵顼登基那年冬天，西夏与大宋鄜延军大战啰兀城。在太原府当幕僚的王安礼因进一言、活民兵四万之众的消息传到赵顼耳里，赵顼就想大用王安礼，且立即召王安礼到京都开封来，但因为第二年王安石当国，王安礼在朝廷只当了个八品著作佐郎；时间也不长，就以集贤院直学士的职衔，到润州、湖州当地方官。

李定和舒亶并排站在王安礼侧后。赵顼本来想向王安礼问问下面新法上的情况，话到嘴边，连他自己也不明白为什么，忽然改问另一个问题："爱卿从湖州来，此地山水好吗？朕想知道一下这方面的情况。"

赵顼看到，无论是李定和舒亶，还是王安礼，都怪怪地望着自己。赵顼登基十年来，从不言声色，也从不言山水。王安石离开朝廷后，朝政上的事都赵顼一人拿主意，真可说忙得吃饭、睡觉都巴不得越短越好，却第一次跟臣子谈起跟朝政没多大关系的山水之事来。这怎么能叫他们不感到奇怪呢？

王安礼："湖州是个好地方，因太湖而得名，山水很美。州境东西三百零五里，南北二百零七里。领六县，交通方便，商旅通畅；东通常州淞江水，南通乌程霅溪水，西通义兴荆溪水，北通晋陵滆湖水，又连嘉兴非一溪：凡五通，谓之五湖。”

赵顼知道，王安礼和他一样，也不喜言山水。因之，王安礼谈起山水来，言语简朴、明了、严密，一点也不拖泥带水，却也没什么诗情画意的味道。但赵顼却很喜欢王安礼的这种陈述。赵顼看到，李定和舒亶仍是怪怪地望着自己。王安礼也在等候下文。赵顼脑子里忽然出现了一个新想法。不过，赵顼没跟王安礼、李定和舒亶说。赵顼想向王安礼问问地方政事，还没开口，却见王安礼豁然开朗，高兴地说：“陛下，臣觉得让苏轼去那里当太守很合适。”

赵顼心里一惊，奇怪王安礼怎么会冒出个这样的想法来。天下事还真有不谋而合的时候。赵顼很是欢悦地望了望王安礼。不过，赵顼仍旧什么话也没说。舒亶立即反对：“苏轼这个人恶毒攻击新法，满嘴胡言乱语。太守要独当一面，太重要了，不能让苏轼去当太守，只能给他个闲官当当。”

赵顼注意到，王安礼的脸色很难看了，侧身向后，有点不客气地对舒亶说：“苏轼对新法一肚子牢骚，这一点不假；可他在密州还是在行新法。再说，新法也不是没有不是之处，岂能不允许人家言半点不便？”

赵顼早就知道，王安石三兄弟挺有意思。王安石首倡新法，但他的两个弟弟却都不喜欢新法。当然这两个弟弟之间也又挺有意思。王安国不喜欢新法全摆在脸上，跟王安石在一起就吵得一塌糊涂。王安礼不喜欢新法却放在心里，不会不顾王安石的脸面去争吵。同时，赵顼也觉得王安礼的话并无大错，若说新法完美无缺，为何在新法的一些举措上要做调整呢？调整者，就是对以前的不是之处进行改正之谓也。

李定明显觉得王安礼的话有不对头之处，不过没对王安礼说什么：“陛下，苏轼那么大才，不给个太守当当，是有点说不过去；可让他当太守，又胡言乱语，败坏新法，这就很不应该，也很叫朝廷不放心。”

王安礼也不望着李定：“陛下，苏轼可是先帝仁宗看好的太平宰相，就是进中书也无不可，当个太守，实在屈才；臣清楚苏轼这个人，对朝廷一片忠心，对人一派率真，万万不可听信谗言，害了忠良。”

赵顼看到：王安礼一脸很难看的正色，舒亶一脸叫人很惧怕的义愤，李定的脸色好一点，却也板了下去，有明显的不快。此外，赵顼听说王安礼言辞不太注意，常让人拾到口实。“谗言”“忠良”二词岂能此时此刻当着李定和舒亶的面说？你这岂不是指责他们用“谗言”害了苏轼这个“忠良”？殿里的太监、女官、宫女都吃惊地也莫可名状地望着王安礼、李定和舒亶。

没过一会，舒亶往前探过身去，两眼像在冒火，对王安礼说：“你不要以为是王相公的弟弟，就可以肆意攻击新法。正告你：新法是不容侮的！”

这是赵顼完全没想到的，他原想让他们三人在一起聊聊，会使气氛活跃些，没想到反弄得这么坏。不过，赵顼仔细想想，又觉得这也难怪。王安礼进殿前，赵顼跟这两个御史就谈到苏轼毁谤朝廷，用诗文攻击新法之事，且要李定草拟一道诏书，令乌府台及天下二十三路监司，弹劾官府衙门里今后谤议时政者；可王安礼此时却在崇政殿上当着天子的面，为苏轼鸣冤叫屈，如何能叫李定和舒亶不恼？赵顼心中有数，王安礼与李定、舒亶永远谈不拢，要是让他们一直待在崇政殿里，他们会一直争吵下去，就像当年王安石与司马光在一起一样。赵顼此时真有点后悔，要是当年不让王安石与司马光在一起，也许就不会吵得冰炭不相融、形同路人的地步。赵顼不想让王安礼与李定、舒亶争吵下去，想宣布退朝，又见殿头太监躬腰小跑过来禀告：太皇太后病重，昏倒在凤床上，半日不省人事。

赵顼心里一紧。近来太皇太后虽然身体越来越差，但还没到昏倒的地步。赵顼得赶紧到庆寿宫去。赵顼一脸的沉重，已经起身了，明显是要退朝。但，赵顼看到，就在此时，舒亶又往前探过身去，有点不客气地对王安礼说：“判官大人，你要是还对新法胡言乱语，就别怪本御史不讲情面了。”

赵顼看到，王安礼对舒亶一脸的鄙夷：“御史大人想封住朝廷百官的嘴？”

赵顼更没想到事情会发展成这个样子，看来这三个人要大吵一场了。赵顼不怪王安礼。王安礼不知道天子已命李定草拟一道诏书，因之对舒亶的话大为不解。赵顼很有点责怪舒亶。诏书还没出来，这个舒亶就想到要履行御史在这方面的职责，心是好的，却也太性急了点。李定虽然没说什么，但赵顼知道，李定也会像舒亶那样去做的。

赵顼看到，崇政殿里的太监、女官、宫女都吃惊地望着王安礼、李定和舒亶，同时精神也紧张起来。赵顼不能让王安礼、李定和舒亶再在崇政殿待下去了，不仅挥手示意退朝，而且嘴里连说道：“退朝！退朝！”

李定和舒亶遵旨往崇政殿门口走去。王安礼虽然站了起来，却不动身，一手指着李定和舒亶的背，大声喊：“你们回来！”

赵顼看到，李定和舒亶的双肩抖动了一下。殿里的太监、女官、宫女都吃了一惊，精神也更紧张了，眼睛、耳朵都朝这边。赵顼清楚，王安礼无非要教训教训李定和舒亶，要他们不要那么嚣张放肆，不要陷害忠良。赵顼注意到，李定和舒亶在王安礼离他二人有半丈远的地方，停住了脚，且回过身来。赵顼真担心他们会吵起来，脚步也加快了，在王安礼正要开口教训李定和舒亶时，走到王安礼面前，一面拖着王安礼的袖子，一面催李定和舒亶：“退下去，退下去！”

赵顼把王安礼拉到御案边。李定和舒亶出了崇政殿。王安礼气得一脸通红，胸脯也一起一伏喘着粗气。崇政殿里的太监、女官、宫女的精神放松了，相互间你望望我，我望望你。殿里的气氛有点古怪：既不那么严重，也不那么轻松。

赵顼发现，王安礼这个人的脾气还真大，李定和舒亶离开崇政殿少说有半炷香工夫，还一脸通红：“陛下，古人一千多年前就说过：‘言之者无罪，闻之者足戒。’今人反要以言定罪吗？朝廷命官只是嘴巴说说话，又不动刀动枪，有什么可怕的？御史本是言官，却禁人言，真乃咄咄怪事。”

赵顼连忙解释道：“朕知道这句话是《诗经·大序》上的，别再说，别再说！”

王安礼的气还未消，一脸通红，喘着粗气：“陛下，臣的兄长也就这个缺点：听不进不同意见。”

赵顼又连忙解释道：“朕知道，你是担心当御史的和地方监司官嚣张放肆，陷害忠良。朕决不会让他们这么做的。”

王安礼不客气：“陛下就是怕有人对新法说三道四。”

赵顼未承认这点，也未否定这点，只是腼然一笑。王安礼这才气平了，脸不红了，也不喘粗气了。赵顼看到，殿头太监躬着腰，往自己这边移了几步。赵顼明白，殿头太监在提醒自己：太皇太后昏倒在凤床上。王安礼也明显看出了这一点，向赵顼行了个告退礼。不过，赵顼在王安礼已经走到崇政殿门口的时候，又把王安礼叫住。王安礼停住脚，转过身来，很不解地望着赵顼。赵顼清楚，王安礼不会不知道，自己急着要去庆寿宫看太皇太后，此时还把自己留下来，肯定还有什么非常重要的话要对他说。赵顼:“你对新法有什么不满的话，对谁也别说，只进宫对朕说，若何？”

赵顼注意到，王安礼一双眼睛睁得比灯笼还大：“这是为何？”

赵顼:“朕不日要下道诏书，令乌府台御史和天下各路监司官举劾毁谤新法的官员。你在外面说新法的坏话，恐怕这些人不会放过你。”

赵顼看到，王安礼先是一脸的惊愕。赵顼其实对自己这么做也感到很惊奇。赵顼清楚，自古以来，像自己这样的天子不多见，竟然一面降诏要乌府台御史和天下各路监司官举劾毁谤新法的官员，一面自己又保护毁谤新法的官员。一会，赵顼看到，王安礼明白了自己的意思，很是感激地说：“陛下，无愧是位仁君!”

赵顼转身往崇政殿里面走去，从那里去庆寿宫。殿里的太监、女官、宫女都转过身去。赵顼回到御案边，转头看了看，但见走到崇政殿门口的王安礼也回过头来。君臣二人目光对接。在对接的目光中，赵顼看到王安礼目光里充满了感激之情。

第二天，李定把草拟好的诏书呈送到赵顼手上。赵顼立即在上面用朱笔批了个“可”字。再过两天，便用黑字牌急脚递送往天下二十三路州县。不久，李定擢升为御史中丞。舒亶擢升为权监察御史里行。王安礼则擢升为直舍人院、同修起居注，留在天子赵顼身边当侍从官。能得到这种官职的人不仅要有才，而且要天子信任、喜欢。这一官职，品秩不高，却作用不小。两年后苏轼以祠部员外郎、直史馆知湖州军州事，因诗文惹上弥天大祸，引发乌台诗案。当时风声很紧，许多人都认为苏轼要人头落地，朝廷无人敢救。在天子身边当直舍人院、同修起居注的王安礼起到了许多人起不到的作用，衣袖里带着兄长王安石的一份奏章，呈送给赵顼，一语道破天机，救了苏轼一命。

第八十七章　张怀古处处张罗司马回朝
范纯仁时时担心苏轼出事

越明年，天子赵顼改年号为元丰。熙宁，熙宁，熙宁十年来，既不是那么光明喜乐，也一点不和谐宁静。朝野上下，吵得一塌糊涂。元者，一也，始也；丰者，富也，盛也。元丰者，大宋朝廷真正的富国强兵、五谷丰登、洗刷国耻、重振汉唐雄风，从斯年开始之谓也。元丰元年二月初一早上，那个有着土财主一样肚子的范纯仁乘着一顶四人官轿来到隔白马寺一条街的富园。富园就是前次相富弼在西京洛阳盖建的一座宅园。有着几千年历史的西京洛阳有着数不清的高楼大宅，就富园最显豪华富贵，也最有品位。富弼这个人让人看不透，富园也不轻易待客。不要说一般人没进富园做客的福分，就是洛阳耆英会的人，也不是每个人都进得了富园。范纯仁在西京洛阳留司御史台当提举官已四年了，只有易学大家、安乐先生邵雍造访过富园。范纯仁不明白，像富弼这样深谙帝王之学、又深谙治国之道的人，何以会如此敬重邵雍这样的人。

今日范纯仁到富园去，是因为天子赵顼召渭州知府冯京回京都开封朝廷当枢密副使。说起来，天子赵顼对因不满新法被赶出京都开封朝廷的臣子总是圣眷不减，没有任何为难他们的地方，更不要说下狱、砍头；只是换个地方，免职不罢官，官衔不降，官职照给，什么事不做也一样过着神仙都比不上的生活，且一有机会就把他们召回京都开封朝廷当官。本来，去年天子赵顼就要冯京去当枢密副使的，只因冯京当时病得很重，未能赴任。然而，天子赵顼却日日盼他到京都开封朝廷里来，有日半夜做了个梦，见冯京来了，竟高兴得呼叫起来，把进御侍寝的向皇后、寝宫门外值夜的御前太监都吓坏了。听渭州那边过来的人说，天子赵顼给冯京下的诏书中，有八字挺引人注目：

渴想仪刑，不忘梦寐。

冯京是富弼的女婿，从渭州去京都开封，必经洛阳，岂有不来看望老泰山之理？今日又是一个月起始的一天，该耆英会在一起聚一聚了，地点理所当然选在富园。

此外，范纯仁今日到富园去，有件大事要办，那就是劝司马光出山。昨日，冯京派家仆给他送了封信，说去渭州传旨的太监告诉冯京：天子赵顼有召司马光回朝廷进中书的打算。冯京相约今日耆英会上都这么劝劝司马光。这当然是件天大的好事！现在王安石和他手下那班得力的奸邪小人都离开朝廷了，中书就王珪一个人撑着。王珪又是个“三旨宰相”，天子赵顼肯定要给累坏的；可以说现在司马光出山正当其时。再说，以前，只要司马光愿意，天子赵顼随时都会很高兴欢迎他回到朝廷去。不过，范纯仁觉得，劝司马光出山这件事未必办得成。司马光也是个拗夫子，在“拗”这点上，一点不比王安石差。这些年来，不要说朝野上下，就是耆英会这些人都多次劝过他出山，然而司马光总是什么话也不说，任你说得口干舌苦也不回答一个字。范纯仁记得，他第一次参加耆英会时，其时吕惠卿的手实法搞得天怒人怨，众人都劝司马光出山，顿纲振纪；可司马光只是顾左右而言他，怎么也不为动。当然，这一次与那次不同。这次是王安石和他手下那班得力的奸邪小人都离开了朝廷，司马光可以放开手脚做事。然而，尽管如此，司马光还是未必会同意出山。至于为何如此，范纯仁说不清楚，只是隐隐约约觉得司马光心里一定有什么不便说出的东西。当然，不管怎么说，范纯仁明知劝动司马光出山难，却还是想劝一劝。

前几天洛阳下着雨，今日放晴了，耀眼的日光把不多的云块驱走，气势磅礴地从空中流泻下来，华夏第一个王朝就在这里建都，此后又有十二个王朝也把都城设在这里，古都洛阳笼罩在无边无际的白光之中。范纯仁的轿子在富园门前停下来，下了轿，先看了看富园外形，但见富园外形其实并无什么特别的地方。大门、院墙和别的高官达贵的差不多；院墙里面，也只能见到一些开始泛绿的树梢和一些涂着丹漆的屋檐。

范纯仁想到一个人：张怀古，就是那个熙宁四年被皇城司逻卒抓起来的人，现在《资治通鉴》书局当主簿。此人对司马光最崇敬，可说是崇敬到五体投地的地步，也最巴不得司马光赶紧回到朝廷去。天下事有许多是说不清、道不明的。张怀古是个没功名的秀才，比起耆英会的这些当过朝廷高官和一方大儒来，张怀古简直不啻天壤。但，司马光特别看得起他。不过，话说回来，就是范纯仁也是挺喜欢张怀古的；这种喜欢，有时还真高过一些耆英。张怀古身上，确有一些很讨人喜欢的品格。这个人位卑，穷酸秀才一个，不畏强暴、不怕坐牢，敢对新法说三道四。后来张怀古又千里迢迢来找司马光，这种人品都是很值得赞赏的。范纯仁觉得，今日耆英会上，那些名气大得不得了、本事也大得不得了的人不见得有张怀古的作用大。当然，按说耆英会上没张怀古的分。他既不"耆"，又不"英"，但司马光这么看得起他，众人看在司马光份上，也没谁对此觉得有什么不可以。况且，耆英会本来就不是官场的什么官宴，又序齿不序官，只是各地贤达，借个地方喝喝酒、聊聊天，用不着太严的规矩。再说，一方大儒安乐先生邵雍只是个布衣，张怀古好歹是《资治通鉴》书局八品主簿，对张怀古也就无须太认真了。范纯仁打算找张怀古先通个气。

范纯仁向富园的大门走去，一眼看到富园大门前院墙两边停了十多顶轿子，看样子耆英会的人都到齐了，不由得加快了脚步。到台阶下时，大门里出来一人，此人正是张怀古。范纯仁奇怪的是，张怀古并未进富园，只是拉着范纯仁的衣袖，来到院墙转角的地方，然后几乎附着范纯仁的耳朵，很神圣崇高也有点故作高深地低声说："学生有大事要对范大人说。"

范纯仁把衣袖抽出来。范纯仁不喜欢张怀古这种鬼头鬼脑的举止。这个张怀古，有什么见不得人的事，要这么躲躲闪闪的呢？范纯仁感觉到自己那张我心如秤、不为人低昂的脸色一定不好看，语气有点僵硬："说，何事？"

范纯仁看到，张怀古并不在乎自己的语气僵硬不僵硬，只一脸的得意，正要开口说什么时，又扭过头去，望了望富园大门口方向，诡秘地低声说："门者听不到吧？"

范纯仁有点生气了："为何怕门者？"

张怀古仍诡秘低声地："学生是怕门者听了，把话传到司马相公耳里，坏了我们的大事。"

范纯仁觉得自己云里雾里听不明白张怀古的话，有点不耐烦了，催张怀古说："你只管说，门者听不到这边的话。"

张怀古这才很有点自鸣得意地说："学生跟耆英会每位贤士高人都说好了：今日我们一起拥护司马相公出山，非要他答应不可。学生看出来了，这次是司马相公出山的千载难逢的好机会。刚来洛阳的冯大人特别赞成学生的想法。范大人意下如何？”

范纯仁一方面心里很高兴，难得有张怀古这样一个热心人，没想到张怀古为劝司马光出山做了这么多的事，很是难能可贵。说实在的，耆英会上的一些人，说些大话、空话、玄而又玄之话的本事，很是了不得，但要他们像张怀古这样做事，恐怕做不了，也不屑于去做。范纯仁一方面心里又很不是味。这个张怀古把范纯仁拉到墙角鬼鬼祟祟说这些话，纯属多余。明人不做暗事，拥护司马光出山，是件很正大光明的好事，谁听到也无所谓。但，这么件光明正大的好事却被这个张怀古搞得像做贼一样见不得人，这正大光明的好事就变味了。范纯仁没回答张怀古的话。

张怀古有点不辞万难、一往无前起来："学生愿做个小卒子，先拱过河去，带头对司马相公说起这件事。"

范纯仁看了看张怀古的脸，但见此人一脸的虔诚和一脸的磊落。张怀古这个人对司马光的崇拜之情是由衷的，根本用不着怀疑。范纯仁又对张怀古有了好感了。范纯仁听司马光说，张怀古做事总是争先向前。书局日常工作和钱财上的事，张怀古都会事前搞得妥妥当当，不需要司马光操半点心。范纯仁再仔细想一想，又觉得张怀古今日行为举止鬼鬼祟祟的，也没什么好奇怪的。张怀古是个没功名的穷秀才，长期生活在市井坊间，不过是个喜谈政事又以为自己很懂政事的俗士，其实孤陋寡闻，少见多怪，并不知道多少天下事；只是因为遇上了司马光，让他在《资治通鉴》书局当了个八品主簿，且每次都让他到耆英会上来，才得以结识了耆英会的这些朝廷高官和一方大儒，算是开了眼界，见了世面，脑瓜子也开窍了。开了眼界的人，总喜欢表现自己的见识，有点得意之情在所难免。再说，张怀古此言，正合范纯仁意。

范纯仁点了点头，便与张怀古回到富园大门前。范纯仁刚到台阶边，又见一高高个子的人从大门里出来，且一出大门就对范纯仁长揖行礼。几个门者也都赶紧下来，做出一种夸张的招呼客人状。范纯仁定睛一看，此人乃多年未见的冯京。范纯仁上台阶，冯京下台阶，二人在台阶中间一级相遇。原来冯京是来接范纯仁的。范纯仁觉得，冯京还像以前那样有种叫人感到羡慕的隽迈不群的气度。冯京挽着范纯仁的胳臂，返身沿着台阶往上走。张怀古在后面跟着。到了平台上，冯京却停下来，回头望了望后面的张怀古，要张怀古同时进去。官场规矩：进门时，贵人在前，常人在后。还只是司马光征聘的八品僚属的张怀古自然是不可与身为枢密副使的二品大员冯京同时进门的。然而，冯京却要跟张怀古同时进富园，对张怀古很是给脸。在这点上，冯京很像他的老泰山富弼。富弼对谁都以亢礼待之，加敬一等，就是对布衣都是如此。

范纯仁原以为张怀古会像那年见到司马光一样，一脸的受宠若惊，激动得泪流满面。不过，此时他看到张怀古再也没当年初见司马光那样激动了。这个张怀古，自从遇上司马光后，今非昔比，人前人后变了个模样，再也不像以前那样谦卑猥琐了，不少识与不识的人还把他当反新法的大英雄看待。不过，张怀古也并未忘乎所以，大模大样真上前跟冯京一道进富园去，相反，不停地又是摇头，又是摇手，且往后退了几步。冯京松开范纯仁的胳臂，干脆走过去，一手挽着张怀古的胳臂，然后又一手挽着范纯仁的胳膊，三人同时进了富园的大门。

范纯仁看到，几个门者很是奇怪，同时也挺羡慕地望着张怀古。进了大门，冯京把范纯仁和张怀古的胳膊都松开了，对范纯仁说出了他之所以看得起张怀古的原因："怀古兄做了件很值得人称道之事。几天前，怀古兄就去登耆英会每个人府上的门，说他愿做个小卒子，先拱过河去，说君实不出山誓不罢休。"

范纯仁先前对张怀古的不快一扫而光了。说起来还真怪，完全不觉得张怀古有什么不顺眼的地方了。范纯仁望了望张怀古，但见张怀古更是得意了。从来轻声细语的冯京却高声道："要收拾朝廷的烂摊子，非君实莫属。这些年来，那班邪恶小人弄得他闭口不言政事。现在，该君实开口说话了。君实要是开口说话，那就一定非同小可，要惊天动地，说出天下人翘首以待的话。"洛阳人都称司马光为司马相公，冯京还是称字。

范纯仁十分同意冯京的意见。范纯仁很清楚，朝野上下，无论是行新法的，还是反新法的，都把眼睛盯着司马光，两边的人都把司马光看成是反新法的宗主。当然，正因为如此，在朝野上下和平头百姓之中，司马光的声望如日中天，如今可说是到了超出常人想象的地步。因之，司马光虽然埋头编撰《资治通鉴》，不问朝政，不管什么人都无法撬开他的嘴巴，但天下识与不识的人，无人不被他的一举一动，一个眼神，甚至一句很普通的话所牵动。然而，司马光对这一切，都视而不见，听而不闻。范纯仁只是不解：司马光这么做，为的是哪一般呢？没人能知道。不过，范纯仁相信，司马光的这一切，都不是一种装模作样、沽名钓誉、抬高身价的讨人厌恶的表现。

范纯仁抬起头来，望了望冯京，忽然感到自己对司马光这些年来严苛自己，把自己的嘴巴封得这么牢，闭口不言政事，内心深处一定装着一件不为人觉察的大事，藏着一个十分了不得的、圣洁而又崇高的秘密。进了富园的大门，范纯仁看到，富园果然非同一般。比起司马光简朴而又简陋的独乐院来，富园简直奢华得像仙境一样。司马光的独乐院不过是一座竹篱农舍，虽然别雅，但也寒酸；富弼的富园实则无异于人间的天堂，显得无比富丽堂皇。司马光的独乐院不大，有条不长的石径直通《资治通鉴》书局的瓦屋，四围有秀竹，地面有青草，仅此而已。富园有条长长的石径顺着一条弯曲的小河通向一座小山，石径的两边铺满了名贵的奇花异草，沿路茂密的绿树、翠竹丛中有数不清的亭、台、楼、阁。冯京一一介绍：探春亭、方流亭、荫樾亭、赏幽台、梅台、重波轩、土筠洞、紫筠堂、卧云堂。小山顶上是四景堂。冯京说，四景堂是富园一绝，洛阳的人虽然没几个到过四景堂，却少有人不知道四景堂的，在那里不仅可以俯览全园，且可以俯览整个洛阳城。

范纯仁还在小山脚下，就听到山顶上隐隐有人语声从绿树翠竹中漏下来，漏下的人语很细，很轻，很清，很净，恍若天籁，听上去给人一种渺远的感觉。范纯仁跟着冯京上了小山顶，一座宏大华丽的大堂便突现在眼前。此大堂，就是闻名遐迩之四景堂也。这四景堂真不愧是富园一绝。此堂孤零零建在小山顶上一块不大的平地上，四野开阔，各方景色无不尽收眼底。范纯仁站在四景堂前，但见上面是晴空万里，日光无限，令人惊心动魄；下面是古都鳞次栉比的屋脊，四面八方向天边铺排过去；周遭树竹间气烟氤氲，混合着日光，动荡着，弥漫着，其间的亭、台、楼、阁，便像蓬莱仙岛在无边无际的烟波里荡漾。

范纯仁听到四景堂那边有人在叫他："尧夫，众人在这里等候你多时了。"

范纯仁转身一看，是文太尉文彦博从四景堂出来。文彦博比富弼小两岁，今年七十二岁，长须全白了，飘动起来泛着银光，这给他仍旧一脸的官威平添了平和及慈祥。文彦博的手足自然没以前矫健灵便，但步履并不蹒跚，跨门槛时并未停留，也没半点迟疑，一步就过来了。文彦博走到范纯仁身边，并不马上回四景堂去。文彦博顾盼有威地望了望冯京、范纯仁，又望了望张怀古："你都跟尧夫讲好了？就这么办！”

范纯仁感到，文彦博仍然有种在朝廷当过权倾一时的高官的派头和神气，看人的眼神里和说话的口气里有种不容他人置喙的自信。这不是什么坏事。范纯仁觉得，今日劝司马光出山之事好办多了。今日劝司马光出山，许多人的话司马光可以不听，但对文彦博的话却不可不当一回事。此外，按耆英会里序齿不序官的规矩，文彦博年龄第二大，谁把他的话当耳边风，众人都会不高兴的，在这点上就是富弼也比不上。不错，富弼比文彦博还大两岁。然而，富弼到洛阳后，只一心一意养老，天下事讲也讲，且多是隔靴搔痒，不及要害。既然如此，富弼在众人心目中的地位也就远不如敢言敢为的文彦博了。范纯仁正要回答文彦博的话，张怀古却忍不住插嘴道：“太尉吩咐学生办的事，敢不办好？”

范纯仁没那么乐观，同时觉得张怀古天真了些，想问题也简单了些。范纯仁不去回答张怀古，只是对文彦博说：“太尉，恐怕君实还不会出山。”

文彦博摸了摸银白的长须，打断范纯仁的话，神气更足了：“会出山的！君实会出山的！从前王安石一班人在朝廷里，君实回朝廷做什么？不过整天受气！现在王安石一班人离开了京都开封，君实为何不愿回到朝廷去？君实有许多话要对天子说，要在朝廷里说。”

冯京对司马光出山深信不疑说：“现在不要说洛阳的平头百姓，就是渭州的平头百姓，都称他司马相公，还不出山就让天下平头百姓失望了。”

文彦博一脸的官威：“君实再没理由拒绝出山了，这回他出山不出山，都由不得他了！”

张怀古对文彦博这句话最感兴趣：“早就该对司马相公这样。司马相公在朝廷当大官，我们这些人也好跟着到京都开封去当官。”

范纯仁注意到，文彦博、冯京对张怀古这句话没什么反应。但，范纯仁却很是不快地望了张怀古一眼，觉得这个人侥幸投机味挺重。范纯仁忽然感到，司马光还不到出山的时候。至于为什么如此，范纯仁同样讲不清。范纯仁只是说：“君实要是不愿出山的话，一定有他非常重要的、不便言传的道理。”

范纯仁看到，文彦博、冯京都一脸错愕地望着自己。范纯仁清楚，司马光是本朝公认的第一正人君子，文章道德，朝野闻名，这种人心里难道还会有不便言传的东西？如果有，岂不是咄咄怪事？其实，正人君子者，只是不奸、不佞、不偏、不邪、不害人之谓也，并不是说这种人心中就不能存一点个人之事。张怀古跟范纯仁争起来："范大人此言差矣，我司马相公为人光明磊落，襟怀坦白，没什么不便言传的道理。"

范纯仁不想跟张怀古争。这个人浅薄，懂得多少天下事。此时，四景堂里有人在对这边说话："你们还站在外面干什么？都快进来看，大才子苏轼的诗！"

范纯仁看到，耆者甲从四景堂出来。近年来，范纯仁特别怕听到苏轼的诗。大才子苏轼喜欢写诗，且喜欢写讥刺新法的诗；天下人也特别喜欢苏轼的诗，那些讥刺新法的诗，一出来便天下风传。范纯仁很是为苏轼担心：苏轼迟早要出事。去年年初，天子赵顼下诏令，要乌府台御史和天下各路监司官举劾毁谤时政的官员。苏轼却照写讥刺新法诗，这就很不妙了。中原王朝千年来，用诗文针砭朝政，弄得朝廷难堪，天子不快；朝中官员，更会无中生有，捕风捉影，万般勾连，无所不用其极。那时苏轼浑身是嘴，也讲不清楚。

范纯仁看到，文彦博、冯京、张怀古都转身朝四景堂走去。范纯仁转过身时，见安乐先生邵雍已从四景堂里出来，站在门口朝这边张望，且不停地朝这边招手。范纯仁跟在文彦博、冯京、邵雍、张怀古后面，快步到了四景堂。范纯仁看到，七八个人围着挤在正北一张大的四方桌边，头挨着头在看什么。西壁下坐着司马光，佝偻着背，瘪着张嘴，一脸平静如水。东壁下坐着富弼，一脸气色穆然、憨傻谦恭，那双深陷在眼眶中两口小水井似的眼睛望着四景堂外的天。四景堂内有种宽松自在、无拘无束的气氛。邵雍过去，分开前面两个人，从桌上拿过两张纸来，清癯的脸上现出一种讳莫如深的古怪表情。邵雍把两张纸送到文彦博面前。文彦博接过纸，冯京、张怀古和自己都赶紧挤过去看。纸上写满密密麻麻的字。范纯仁清楚，和天下人一样，苏轼的诗一传到洛阳，耆英会的人总是先睹为快。范纯仁看到，每张纸上都有诗。耆者乙摇头晃脑吟诵起来。有首是《山村绝句》：

杖藜裹饭去匆匆，过眼青钱转手空。
赢得儿童语音好，一年强半在城中。

另有一首是《五言古诗》：

除日当早归，官事乃见留。执笔对之泣，念此系中囚。

小人营糇粮，堕网不知羞。我之恋薄禄，因循失归休。

不须论贤愚，均是为食谋。谁能暂从遣，闵默愧前修。

苏轼的前首诗，言青苗法之弊：农家子弟贷到青苗钱，即到城里胡吃乱喝，挥霍一空，再也不愿返乡种田，官府贷出去的青苗钱都打水漂了。苏轼的后首诗言自己行新法时的痛苦和无奈：身为朝廷命官，却不能为民办事，为了贪恋微薄的俸禄，面对因青苗钱犯事的囚徒，只能一面昧着良心执笔写判词，一面与囚徒对泣。苏轼的诗写得真实。范纯仁这些年也看到了这种现象，也有过类似的感受。范纯仁心里油然而生一种对苏轼的亲近之情，同时为苏轼捏了一把汗。这个大才子，真是胆大包天，这个时候还敢写这样的诗。

范纯仁看到，此时众人的兴趣都迁转到苏轼诗上来，反把这次耆英会要做的大事忘了。邵雍吟罢苏轼诗，张怀古高声吟诵起来，接着文彦博吟诵，再接着是耆者甲、耆者乙、耆者丙吟诵，最后是冯京吟诵。吟罢苏轼的诗，众人又兴致迁转到苏轼这个人身上。范纯仁发现，洛阳人对苏轼的情况知道得还真不少，知道苏轼好诗、好酒、好肉、好美人，且知道苏轼在密州当太守时做了些什么。说苏轼在密州太得人心了，胆子大，不仅敢不施行手实法，把牢里欠青苗钱的农人全放了，还把李定、舒亶骂得狗血淋头；说苏轼有太皇太后、太后护着，谁也奈何不了他！范纯仁是个明白人，苏轼的这些传言，不能说都是无踪影之事，但也有夸大的地方，甚至不实之处。至于说到太皇太后、太后欣赏苏轼的才，喜欢苏轼的诗文，这点不假，但要说苏轼有太皇太后、太后护着，就谁也奈何不了他，恐怕未必。朝廷之事，远不是那么简单，要不然范纯仁就不会老为苏轼担心了。

冯京："冯某这次回京路上，听得最多的是苏轼。说起来苏轼为官，还是为民做了不少好事。去年苏轼从密州移任徐州太守，正值发大水，黄河的水涨到离城墙不到五尺高，吓得城里许多人要逃出城去。苏轼举全家夜宿城头，才稳住了城中百姓。朝廷为苏轼防洪抗灾有功，还奖了个骑都尉衔。"

耆者丙："听说苏轼本来今年要到河中府来当太守，怎么又到徐州去了？"

冯京："苏轼是要到河中府来，路过陈州，想进京都开封会会故交，就被挡住了；一道圣旨下来，改任徐州。"

耆者丁："此是何故？"

冯京:“听说苏轼要进京都开封,不要说许多官员,许多平头百姓都翘首以望。驸马王诜还要在醉春楼摆酒,给苏轼洗尘接风,到时候京都开封街头不知有多热闹;就是后宫也热闹起来，两宫太后和皇后还派太监去向苏轼索诗。当朝相公王珪不是个东西，这事全坏在这个人身上。此公赶紧向天子禀报，不让苏轼进京都开封。天子也觉得很是头痛，赶紧让苏轼打道回转，移任到徐州当太守去。”

对苏轼进了京都开封会出现的这些情况，范纯仁是完全相信的。熙宁元年四月，王安石越次入对后的几天，苏轼和苏辙丁忧回京，多少人为一睹大才子的风采，把街都堵了，后来还是章惇喝令皇城司的逻卒才把人驱散。这次更不同了，苏轼的那些讥刺新法的诗，官场许多人不高兴，可许多平头百姓高兴，到时候恐怕皇城司的逻卒也没办法把人驱散。

耆者甲很是着急:“王珪是个只知道希旨逢迎的大无用‘三旨宰相’，大才子苏轼进京都开封，与他何相干，他缘何如此刁难苏轼?”

冯京轻声细语道:“王珪是个庸人，只管自己的高官厚禄，荣华富贵，于朝廷无足轻重；但阴忌正人，以使其患得患失之谋得逞，这方面的本事大得很。”

耆者乙很是不解:“苏轼只是想进京都开封会会故交，碍他多大的事呢?”

冯京仍是轻声细语道:“要是苏轼进了京都开封城，万一有谁在天子面前荐上一言，被留在朝廷里，王珪能不卧不安席、食不甘味吗?”

耆者丙很是气愤:“此等无用之人，岂可让他在朝廷事君!”

冯京还是轻声细语道:“不能认为王珪是无大用之辈，且王珪素以奇才自居。”

耆者丁大惑不解:“岂有此理! 岂有此理!”

范纯仁对四耆者之言,一点不觉得奇怪。朝中有不少人说王珪是个无用之人,但范纯仁认为王珪其实有奇才自居的本事。大宋官员流动性很大，十成中有九成以上的人都在京都开封朝廷与地方官府之间不停地来来回回,王珪却一直在京都开封当官。此人在仁宗庆历二年一甲榜眼进士及第，只短暂在扬州当过通判，就一直在翰林院当翰林学士，一当就十八年；这些年中书宰执大臣走马灯似的换来换去，就他稳坐钓鱼船，且官越当越大，现在竟当上同中书门下平章事、集贤殿大学士，成了上相，没一点奇才能做到? 王珪非常懂得臣道，知道怎么当官。许多有大本事的人官都当不大，其实就是不通此道。

此时众人都不出声，四景堂内寂寂无声。范纯仁忽然看到，挨司马光坐着的安乐先生邵雍双目紧闭，伸出右手的大拇指，在另外四根瘦得像鸡爪一样的手指上灵巧地掐算了一会，清癯的脸上又现出一种讳莫如深的古怪表情，然后微微睁开眼睛，一脸高深莫测地慢慢说道："耐心等地气由此向南吧。"

四景堂内无人回应邵雍的话。范纯仁清楚，人们第一次听到野贤邵雍地气之说时，很觉玄之又玄，奥妙无穷，也很觉新鲜。但，每次耆英会都能听到邵雍这句话，有点千篇一律、老调重弹烦人，再也提不起兴趣来了。

斜斜泻进门内的气势磅礴的日光，像一块大的菱形金砖贴在门口的地砖上，显得分外明亮耀眼，也把周边的地砖衬得十分灰暗。四景堂内的气氛有点叫人难以猜测的味道。范纯仁觉得，再谈王珪已没甚意思。范纯仁看到，文彦博捻着胸前银白的长须："中书衙门里两人：王珪是个'三旨宰相'，蔡确又从未当过中书的宰执大臣，如何撑得起一个朝廷。"

范纯仁注意到，文彦博此言一出，众人都一起抬起头望着文彦博。范纯仁知道，许多人心里都在想这个问题，但都解不开。范纯仁也不知道天子为何这么做。众人望着文彦博，明显要他回答。文彦博低头不语。不过，没多久，文彦博望了望西壁下坐着的司马光，众人的目光随之转过去，但见司马光仍旧一脸平静如水的表情，看不出他对此事会有些什么看法。文彦博又望了望东壁下坐着的富弼，众人的目光随之转过去，但见富弼那双深陷在眼眶中两口小水井似的眼睛波澜不惊，更看不出他对此事会有些什么看法。

文彦博忽然只望着富弼："富相，众人都请教于你了。"

范纯仁发现，四景堂里的人都望着富弼。范纯仁觉得，这一问题只有司马光和富弼回答得了。司马光通古今之变，富弼懂帝王之学。范纯仁相信，司马光对这个问题肯定是有答案的，但他闭口不言朝政，无人能撬开他的嘴巴。富弼虽然现在只是一心一意养老，尽量享受天年，要他参与政事是不可能的了，但时不时还是会对朝政说上几句话。此时只能指望富弼开口了。范纯仁看到，富弼虽然还是一脸气色穆然、憨傻谦恭，也一脸的让人看不透，但那双深陷在眼眶中两口小水井似的眼睛却抬了起来，望了望众人，说了一句话："天子已尽得安石伎俩耳！"

富弼的这句话可谓一语道破天机，给人一种醍醐灌顶的大彻大悟的清凉舒适感。范纯仁看到，四景堂的人都一脸的畅快。四景堂内有了一种欢快和爽朗的气氛。不过，这种气氛很快过去了，众人面面相觑，脸色也凝重起来。公正地说，从前新法上的事，都是王安石出面，朝野上下许多人对新法说三道四，把问题都栽到王安石身上，王安石也一点不推卸，从来把新法上的过错都一人担当起来，谁对新法说三道四也没多大的事。现在天子赵顼亲执朝政行新法，谁对新法说三道四就是把矛头指着天子了；把问题都栽到王珪身上也说不过去，王珪是"三旨宰相"，什么都是听天子的，王珪也决不会把新法上的所有过错担当起来。范纯仁心里不禁倒吸了口凉气。今后朝野上下的人还要对新法说三道四，那就是抗旨不遵，就是对天子赵顼的大不敬。

范纯仁看到，四景堂内的人都不出声了。范纯仁心里有数：众人和他一样，都觉得这样的话题不好再说下去。范纯仁想起在富园大门院墙下张怀古说的话来。这个张怀古，今日竟跟范纯仁很有点心有灵犀一点通。范纯仁心里这么想时，张怀古忽然走到西壁下，跪在司马光面前，一脸虔诚地说："相公，学生求您了！"

范纯仁发现，众人都一脸喜色地望着张怀古，就是富弼也抬起那双深陷在眼眶中两口小水井似的眼睛望着张怀古。不用说，众人都明白张怀古是求司马光做什么了。司马光其实也明白这一点，欠起身，翘起屁股，忙着一边双手把张怀古扶起来，一边说："你一直在书局里干得不错，里面的人都称赞你勤奋努力，一丝不苟，认真负责。"

范纯仁清楚，司马光在装糊涂，故意扯别的事搪塞人。众人也明白这一点，不过都不点破，只是对着司马光笑。张怀古怎么也不肯起来："学生今日求相公出山！"

司马光还在装糊涂："出什么山？这洛阳城里不是挺好的吗？有吃，有喝，还有这么多耆英在一起聊天，还从山里出到哪里去？快快请起！快快请起！"

范纯仁看到，众人都望着司马光笑，笑他的糊涂也装得太不高明了；司马光也在笑，好像在笑众人明知他在装糊涂，却还要逼着他装糊涂。

张怀古："学生是求相公回到朝廷去！"

司马光无法装糊涂了，脸板了下去，有点声色俱厉了："你要逼我开口言政事吗？快快起来！老老实实在书局里把书写好！"

张怀古："相公不答应回朝廷，学生不起来！"

张怀古有点耍无赖了。不过，别看司马光学富五车，通古今之变，在朝政上很有一套办法，却对付不了一个没有功名、会耍点小无赖的穷秀才张怀古。司马光干脆离开椅子，靠近张怀古，弯下腰去扶张怀古，可哪里扶得起！只好很是无奈地对张怀古说："好吧，你喜欢跪，就一直跪下去，别起来了。"

此时，文彦博一脸的官威："君实，以前我们都劝你出山，你不出也就不再为难你了。但，今日你不出山，不行！不出山就上对不起天子，下对不起天下苍生！"

范纯仁感到，文彦博的这番话，是很有分量的。不过，司马光却还不把文彦博的话当回事，不买文彦博的账，不出一声地坐在西壁下。

冯京轻声细语地说："君实，此时出山，上合天意，下合民意。去渭州的太监亲口告诉冯某：天子很想君实进中书。君实，你这回就不要再推脱了。"

范纯仁感到，冯京的这番话，是很合情合理的。不过，司马光却仍像先前那样，一脸平静如水，明显摆出一种不为任何人的劝说而动的表情。安乐先生邵雍又双目紧闭起来，伸出右手的大拇指，在另外四根瘦得像鸡爪一样的手指上灵巧地掐算了一会，清癯的脸上又现出一种讳莫如深的古怪表情。众人以为这个安乐先生又要说"耐心等地气由此向南吧"，脸色都有点挂不住了。范纯仁看到，安乐先生双眼睁开，仍一脸高深莫测地慢慢说道："熙宁元年至今，连头带尾十二个年头了，地气该由北向南了。"

范纯仁清楚，这是邵雍这些年来第一次改口，未重复那句千篇一律、老调重弹的烦人话。四景堂里的人当然喜欢听邵雍刚才的这句话，脸上现出了欢快之色。张怀古高兴得差点没爬起来："安乐先生，你又听到杜鹃鸟的叫声了？"

范纯仁注意到，张怀古说这句话时，一脸得意的表情，自以为说了句多么了不起的聪明话，但众人的脸色却很难看起来。邵雍瞪了张怀古一眼："你胡说八道些什么！杜鹃鸟的叫，不是地气更要由南往北了，天下不要大乱了，你想妖言惑众是不是！"

张怀古发现自己说错了话，吓得舌头伸出来，半日缩不回去，只老老实实跪在司马光面前，什么话也不说了。众人有了安乐先生这句话，就像得到圣旨，有理由要司马光出山。

耆者甲："司马相公此时不出山，更待何时！"

耆者乙：“司马相公此时不出山，就要遗恨千古！”

耆者丙：“司马相公出山，朝廷幸甚！”

耆者丁：“司马相公出山，黎民幸甚！”

门口那块明亮耀眼大的日光菱形金砖的斜角变钝了。范纯仁看到，司马光虽然仍旧一脸平静如水的表情，但到底有点坐不住了，佝偻着的背直了直。众人知道司马光的嘴撬开了，要说话了，都眼望着司马光。司马光忽然一脸的圣洁，喉结在干皱的颈皮处滑动了几下，一身富贵不能淫、威武不能屈、贫贱不能移的正气：“皇上即除新法乎？”

司马光声音不高，但范纯仁看到，四景堂里满堂皆惊。这是回洛阳八年来，司马光被众人逼得非说出不可、不说出就谁也不放过他的唯一的一句政事上的话。全句七个字，且非具体政事，但众人觉得字字都如钧雷。不用说，这是句谁也没有说、谁也不敢说、谁也根本没想到过的话。这是司马光出山的条件。这个司马光真是胆大包天，比大才子苏轼还大。范纯仁隐隐感到司马光心里藏着的大秘密是怎么回事了。王安石二次去位，天子赵顼起用王珪为上相，天下喁喁，以为新法会废除；然而，新法照行不误，还给了乌府台御史和各路监司官更大的权力，不准毁谤新法。范纯仁看出来了，天子赵顼是不会放弃新法的。范纯仁相信，天下还有不少人也看出了这点。既然如此，司马光此言一出，就是把出山的门都封死了。如果真要司马光出山，那就只有等到天子赵顼千古之后。赵顼今年还年轻，刚过而立之年，年富力强。司马光已花甲之年，且身体瘦弱，能活多久？范纯仁不敢想下去了，再往下想，就是对天子的大不敬，也是对司马光大不恭；要是说出去，那司马光就要大祸临头。天下事，真是怪异得很。当年王安石屡召不起，宁可当地方官，也不赴阙；要赴阙，一个条件：朝廷必行新法。今日，要司马光出山，也一个条件：朝廷必除新法。为此相似，又为此相悖！范纯仁觉得，司马光的本意是好的，只是希望害人的新法赶紧废除掉，而没有任何不好的想法。范纯仁感到司马光这个人的拗劲叫人十分可怕，同时又叫人感到十分可敬。范纯仁看到，富弼、文彦博、冯京的脸色都变得严肃起来。不过，张怀古高兴得差点没爬起来：“好呀，我们赶快给天子上书，废除新法，好让相公出山！”

范纯仁注意到，谁都觉得张怀古可笑，但都没笑，也笑不出来；当然也没去说他，此人浅薄，又自以为是，天下事没法跟他讲得清。冯京弯下腰要扶张怀古起来，张怀古却怎么也不起来，一脸无比敬仰之色望着司马光。富弼给司马光打了个眼色。司马光会意了，又欠起身，翘起屁股，双手伸过去。不过，这回张怀古没等司马光的双手伸过来，就起来了。耆英会的人，谁的面子都没司马光的大，张怀古天下就服司马光一人。

富弼换了个话题，对冯京说："你带诸位到富园走走，看看鄙人的陋居。"

范纯仁注意到，谁也没有出声，但谁都愿意看看富园。冯京在前，众人在后，踩着门口那块钝角越来越大的日光走过去。安乐先生邵雍走在最后。范纯仁听到，邵雍在后面慢慢地说："耐心等地气由此向南吧。"

没人回过头去睬安乐先生。这个易学大家就那个本事，说起风水来头头是道，但对官场上的许多事却经常看不清。

一年后，苏轼的乌台诗案发生，牵扯到不少人，耆英会也牵扯进去了，吓着了一些人。司马光自然在劫难逃，那句回洛阳八年来唯一的一句政事上的话给抖了出去。不过，司马光受到的处罚不重，罚铜二十斤，合钱四贯半。奇怪的是，文彦博罚铜三十斤，比司马光还多罚了两贯。

范纯仁从四景堂出来，但见富园被一天气势磅礴的日光沐浴得无比华丽富贵、无比灿烂辉煌！

第八十八章　得风声苏轼大堂照常办事　奉圣旨中使衙内锁人归案

元丰二年七月二十八日，由徐州太守迁任知湖州军州事才三个月零七天的苏轼，做梦也没想到一场弥天大祸要降临到自己头上。这次迁任，是真正的提升，且权也大了。虽然差遣还是太守，职衔还是直史馆，但官衔是祠部员外郎，官秩五品，总揽湖州军政大权。这样的太守够体面，够威风的了。然而，此时，天子派中使皇甫遵到湖州缉拿钦犯苏轼归案。

节气已过处暑。天气转凉，隔夜地面草丛里，绿叶上的水汽凝结成白色的露水，让草丛和绿叶增添了不少生机，给人赏心悦目的感觉。然而，昨日突然从北方刮来一夜大风，把这一切都毁了，湖州城弄得惨不忍睹。地面上所有的露水一夜之间全没了，草丛和绿叶显出苍老的黑色。一地枝丫落叶，被大风卷起，在空中纷纷扬扬。湖州城里，不少民房倒塌，一地瓦砾，死伤几十个人。长天暗云密布，天地间昏昏沌沌、迷迷茫茫。

这天一早，去京两千余里路的湖州太守衙门内七声清亮的云板声和衙门外一阵威严的头梆声过后，衙门前便升起了那面有“湖州军州府”字样，让人肃然起敬又让人赫目惊心的牙旗。旗杆顶上的牙旗在大风中摇来晃去，像个醉汉在荡秋千。有时大风猛地把牙旗上翻，搭在旗杆顶上，看去就像块兽皮披在上面。此时，衙门里的人正集聚在后堂点卯。两个士兵按着挂在腰间的环首长刀，威严地站在衙门口。点过卯后，六房书办赶紧到主簿那里领取签押的印章，三班衙役都各自到值班房去听候差遣。杂役把公堂两扇厚重的大门打开。长着一双牛眼的通判郭宪洪正好从庭院那头过来。

湖州通判郭宪洪一早并未到通判府坐衙，却到太守府来，是因为今年四月到任的湖州知军州事苏轼苏太守今日要办件重要的事：亲自管管湖州下辖的乌程、归安、安吉、长兴、德清、武康六县那些在贷放青苗钱中闹得沸沸扬扬，又天怒人怨的甲头问题。甲头问题从青苗法施行以来，就一直弄得官府头痛，甲头叫苦连天。甲头好处没有，却要为保内九户贫困人家作担保，这些人还不起青苗钱本息，就找甲头要。甲头本是富户，无须贷青苗钱，却要为需要贷青苗钱的贫困人家还钱，岂不冤哉枉哉？本来此事是太守的公务，没必要把通判叫去。但宋代通判一职，说起来挺有意思，也挺有点玄机。通判名义上是太守的佐官，却负有监视太守之责，一如天子耳目。因之，不少州府太守与通判弄得势同水火。不过，苏轼与郭宪洪关系还是挺不错。苏轼十分尊重郭通判，大一点的事总跟郭宪洪商量。郭宪洪也是个与人为善之人，只要苏轼所做之事不悖于朝廷，没有不鼎力相助的。此外，苏轼那篇《湖州谢上表》，郭宪洪也要急着交给苏轼。这个大才子苏轼，真是太大意了，那么重要的文稿也不收拾好，不当回事地放在值房的案桌上，好在落在郭宪洪手上，外传了是要出事的。苏轼是元丰二年四月二十日到达湖州任所的。时隔八天，四月二十九日，苏轼按官场惯例进《湖州谢上表》。本来，这只是一种例行奏报，无非表示一下感谢皇恩和报效朝廷的忠心。但《湖州谢上表》却有一种才大志高、无意于升斗之禄的牢骚：

此盖伏遇皇帝陛下，天覆群生，海涵万族。用人不求其备，嘉善而矜不能。知其愚不适时，难以追陪新进；察其老不生事，或能牧养小民。

郭宪洪很是为苏轼捏了把汗。在苏轼看来，天子为何让他到湖州当知军州事，原因有二：一是自己不合时宜，跟不上那些当红的新进之人，不可大用，在朝廷当官不合适；二是自己年龄老了，不会生事出乱了，让他到地方管管小民再合适不过。此是何言？骨子里全是埋怨自己报国无门，空有满腹才学却得不到用武之地。这哪里是什么谢表，分明是在埋怨天子有眼无珠，昏庸无能，不识苏轼之大才，把苏轼这样的大才埋没了。确实，苏轼有才，官一直当不大，能怨谁呢？郭宪洪觉得，只怨苏轼太不会当官。官场有官场的规矩，不管你有多大的才，多大的本事，你都得学会做孙子。看看苏轼，总自以为老子天下第一，处处跟上官过不去，这种人岂提得上去？特别是那张嘴，一点遮拦都没有，没一日不说朝廷的牢骚怪话，不说嘴发痒。说实在话，天子不治苏轼的罪就算是万幸的了，反给苏轼提了官，苏轼却还这么多牢骚怪话，太过分了。郭宪洪有种预感：苏轼要出大事。郭宪洪今日要给苏轼提个醒，不然出了大事，苏轼还不知怎么出的。

通判郭宪洪走进公堂。杂役把公堂两扇厚重的大门关上。郭宪洪看到，苏太守还没升堂，府里的判官、推官、主簿、六曹参军和六曹师爷也没在，人犯也没带进公堂。但，公堂里挤满了站堂的皂班衙役。这些衙役，一个个板着脸，手上拿着上黑下红的水火棍，很是威风，让人感到衙门里有种肃然而又紧张的气氛。郭宪洪进去后，这些衙役立即露出灿烂谄媚的笑，公堂里立即响起一片热情而又巴结的招呼声。这些衙役没读过书，连自己的名字都不认得，但官场那套逢迎拍马、巴结讨好的本事却无师自通，娴熟得很，脸上的表情十分自然。郭宪洪清楚，要是不站堂，这些衙役点过卯后，就都溜到街上喝茶、赌骰子、听曲子或到青楼快活去了。不过，这些衙役无有不喜站堂的。有道是板子一响，黄金万两。只有站在公堂上，这些衙役手上那根令人望而生畏的水火棍便能给他们带来令人眼馋的白花花的银两。皂班班头过来告诉郭宪洪：苏太守一早去接密州的一个老同僚、老朋友去了，一会就来；府里的属员都在签押房。

郭宪洪前几天听苏轼说过此事。苏轼在密州当太守时，有个叫刘庭式的通判，这次提升到江南西路江州去当太守，从太湖水路特地弯到湖州来看望苏太守。听苏轼说，刘庭式这个人挺不错，和他一样敢为平头百姓说话。郭宪洪心中有数：这多半是苏轼自作多情使然。郭宪洪与苏轼共事不久，却很清楚苏轼为人。苏轼名气大，赏识他诗文的人特多，两宫太后、皇后也如此，当朝天子对苏轼的诗文也爱不释手。这种人时运到了，去朝廷当大官，用苏轼家乡蜀地话来说，叫门板也挡不住。但，苏轼这人太天真，太可爱，太不会当官，太口无遮拦了；面子上谁都会敷衍他，但心里怎么想就只有天知道了。

郭宪洪顶着强劲的穿堂大风，穿过公堂后面的过道，再沿着天井边上的庑廊，往后堂那边的签押房走去。大风把他的补服吹得全贴着身子，又像在后面拉他的补服。郭宪洪一边走，一边兀自笑了起来。湖州六县这次抓了六百多个甲头，每个县一百人左右，全关在各个县衙门的牢房里。苏太守自然不可能把这么多甲头都押到湖州来，就命每个县押解一名甲头来，想听听这些甲头的想法。这纯属多余。这些甲头都会喊冤叫屈。他们一喊冤叫屈，青苗钱就不贷了？这可要出大事了。朝廷圣旨俱在：对奉行新法不力的朝廷命官必罚不赦。州县官府奉旨行事就是，管那些甲头的想法作甚，官府不能抗旨。

郭宪洪还在过道这头，一阵大风把签押房里吵嚷的人声、古怪的笑声刮过来。签押房门紧闭，郭宪洪敲了好几下门，听到里面有拉门闩的声音。开门的是个鹰钩鼻子，郭宪洪认得，此人是湖州府推官。郭宪洪看到，太守府里的属员都头碰头挤着围在文案四边看什么。大风肆无忌惮地从门外刮进来，太守府里的那些属员里有人赶紧弯下腰去，用手按着文案，生怕什么东西给风刮走。鹰钩鼻子推官用力把签押房的门关上，且下了门闩。风被关在门外。那个用手按着文案的属员的手才离开文案。太守府里的属员看也没看进来何人，仍旧头碰头挤着围在文案四边，聚精会神、津津有味地看什么，还边说边笑。郭宪洪听到，这些人说的是男女趣事。话说得很粗俗露骨，笑得很放肆，没谁感到这有什么不好意思和有什么不便。中原王朝几千年来都把女人的贞节看得很重，不要说不准与别的男人做出什么伤风败俗之事，死了丈夫还要守节，不准改嫁；但对男人，除了不娶寡妇为妻妾外，无任何约束，上青楼嫖妓，与良家女子勾搭，甚至抢占他人妻女，玩多少女人也不受指责。既然如此，官府衙门里的人在一起谈谈男女趣事，不算个什么事，正常得很，不谈反而不正常。因之，别看这些人站在公堂上一本正经，道貌岸然，严肃得像庙里的菩萨，但碰在一起没有不邪头鬼脸谈女人的，且谈得眉飞色舞，口吐白沫。郭宪洪觉得奇怪：文案上有什么东西让这些人如此聚精会神，竟达到忘我无人的境界呢？

郭宪洪看到，这些太守府属员看到他进来，开始都怔了一下，吃了一惊。郭宪洪清楚，自己在属员面前不苟言笑。这些属员都有点怕自己。不过，鹰钩鼻子推官却推开身边的人："让开点，让开点，让通判大人过来看看。"

郭宪洪看到，那两人让出位置来。郭宪洪走到文案面前，原来上面摆着一本折叠册页。一个长着飘牙齿的湖州府法曹参军把折叠册页展开，长长的从文案左边拖到右边。郭宪洪看到，每页上都画了男女赤裸着抱在一起快活的情景。郭宪洪知道，这是时下盛行的春宫图，每幅一个姿势。怪不得这些人如此聚精会神，竟达到忘我无人的境地。本来郭宪洪是要斥责这些人的，自己毕竟是一州之二佐官，在下面官员面前不能没个官样子。但叫郭宪洪奇怪的是，当他看到折叠册页时，却斥责不起来。在官府衙门里，等级分明，礼数上得讲个轻重，但在欢场和闲聊时却没那么多忌讳，官位在下的对官位高的没大没小也无所谓。郭宪洪家有一妻四妾，有时也上青楼玩上一玩，对女人自然是很感兴趣的。郭宪洪没有出声，装模作样显得平心静气，然而折叠册页上男女赤裸着抱在一起快活的情景实在太诱人了，忍不住咧着嘴笑，低着头，饶有兴趣地看着折叠册页。不过，看了一会，郭宪洪还是皱着眉头，脸上一本正经起来，对着折叠册页指指点点，很是庄重。

郭宪洪清楚，这些属员知道自己的庄重是装出来的，开始放肆起来。那个长着一双细长且色眯眯眼睛的钱粮师爷问飘牙齿法曹参军："娼家女子与良家女子有何区别？"

飘牙齿法曹参军没半点难堪，更不觉有什么臊羞，相反很眉飞色舞、很得意地说："这是自然，若娼家与良家一样，谁上青楼快活？个中妙境，是无法用语言表达出来的。上等娼家女子，在床上侍候起男人来，真是千般花样，万般风情，任你是什么样的男人，都能让你销魂掉魄，比神仙还要快活十分。"

飘牙齿说到这里，故弄玄虚地停了下来。大风在签押房门外呼啸着，像伙强人乱撞乱碰。签押房的门未被撞开，别处什么地方的门给撞开了，砰砰开了，又砰砰关上。众人都急了。最急的是鹰钩鼻子推官："你别弄神弄鬼，快说上等娼家女子在床上的功夫。"

飘牙齿一脸的淫笑，也更放肆露骨："人一满百，各式各色。天下男人各不相同，但上等娼家女子都有办法对付，弄得每个男人都快活得欲仙欲死。上床之后，这女子就会将手去摸男人的下体。若短小，用击鼓催花法；若长大，用金莲双锁法；若性急，用大展旗鼓法；若性缓，用慢打轻敲法；若不耐战，用紧拴三跌法；若耐战，用左支右持法；若调性的，用钻心追魂法；若贪色的，用摄神闪脞法。各位大人，听得可满意？"

郭宪洪注意到，太守府里的这些属员一个个都像听圣旨一样，神情十分专注，不漏掉一个字。郭宪洪清楚，今日晚上湖州城青楼里那些上等娼家女子要忙坏了，太守府里的这些属员都会去搂着上等娼家女子快活。郭宪洪到底因为是个通判大人，不能太没身份，就离开了文案。太守府里的属员仍围着文案，头碰头看折叠册页。

大风一个劲地在签押房门外呼啸着。郭宪洪隐约听到外面有脚步声，知道有人要来了。去开门的还是鹰钩鼻子推官。门闩一拉开，大风猛地把门往壁上撞去。郭宪洪看到，苏轼走了进来。鹰钩鼻子推官赶紧过去关门。门没关上，大风把文案上的折叠册页往上刮了起来。飘牙齿法曹参军和另外两个属员手忙脚乱去接。折叠册页没接到，掉到地下去。飘牙齿法曹参军把地上的折叠册页捡起来，怯怯地望着苏轼。太守府里的其他属员都很紧张，显然都怕苏轼看到折叠册页。郭宪洪奇怪了，折叠册页不就是画了些男女赤裸着抱在一起快活的情景吗，天下人谁不知道苏轼苏太守好诗、好文、好酒、好肉、好美人，且处处有美人缘，给他看到折叠册页有什么紧张的呢？这些人对自己无所顾忌，却在苏轼面前显得拘谨小心，实在叫人有点惑然不解。郭宪洪注意到，苏轼看到了折叠册页，并未说什么，只是走到自己身边，一脸的忧虑，问："说好在码头等，缘何半天不见人呢？不会因为太湖风急浪高，有什么事吧？"

郭宪洪清楚，苏轼在为那个老同僚、老朋友刘庭式担心。中原王朝几千年十分讲求口气，认为人的话事后会得应验。因之，人人皆喜听吉言，说吉事。昨夜的风实在大，今日的风也一样；况且，太湖常有水匪出没，大风之日更是水匪猖獗之时。但，尽管如此，也不能出不吉利之言。郭宪洪说："吉人自有天相。苏大人是个吉人，洪福齐天，来看望苏大人之人肯定也是吉人。——不会有事的。"

苏轼未能免俗："借郭大人吉言，刘大人平安无事就好。"

郭宪洪看到，苏轼脸上忧虑之色稍解，这才注意到了飘牙齿法曹参军手上的折叠册页。不过，此时这些属员不那么紧张了。飘牙齿法曹参军一脸的淫笑，走近苏轼，把折叠册页送到苏轼面前，讨好地说："苏大人的法眼看看：娼家风月。"

郭宪洪没想到，法曹参军在太守府里的属员面前，言语粗俗不堪，什么难听的话都说得出口，却能把娼家行淫的伎俩说得如此富有诗意。这个法曹参军，不过发蒙读过两年书，但掉起斯文来一点也不逊色。郭宪洪清楚，法曹参军讨好苏轼，是因为苏轼苏太守是出了名的好美人的大才子，岂会对男女在一起快活的春宫图没一点兴趣？不过，苏轼拿起折叠册页，看了一眼，然后还给法曹参军，脸板了起来："以后不准带到衙门里来。"

郭宪洪注意到，太守府里的属员先都一脸的错愕，怪怪地望着苏轼；后都低下头去，想笑不敢笑出来。郭宪洪也感到很是奇怪。这个好美人的苏轼何以在属员面前显得如此道貌岸然呢？平日苏轼在酒桌上，不用属员没大没小，他先兀自没大没小起来，什么人的玩笑都要开一开，什么样的玩笑都不忌讳。也许苏轼这个人莫测高深，一肚子男盗女娼，表面上却比谁都正人君子。郭宪洪很快否定了这一点。苏轼这个人有这样欺世盗名的心机，官就不只是这么大。苏轼还没来湖州前，郭宪洪倒是听人说过，大宋官场有三个怪人：王安石、司马光、苏轼。大宋命官上万人，只有这三个人没纳妾。对王安石、司马光不纳妾，好理解：二人都又迂又拗，一个一心行新法，一个一心反新法，忘了纳妾。然而，对苏轼不纳妾，就不好理解了。苏轼这么个好美人之人，到哪里不要留下与名妓高僧交往的许多故事？有一则故事说，八年前，苏轼在杭州当过两年通判，有次很顽皮地把一个妓女带进一个高僧从不准女人进去的禅堂里，破坏了高僧的清规。苏轼当即写了首很幽默的小诗谢罪，且让妓女唱，唱着唱着高僧笑了起来。郭宪洪只能认为苏轼不纳妾，不是把众人当阿斗，就是脑子里有什么毛病，要不就不是个男人。

法曹参军把折叠册页收了起来。郭宪洪以为苏轼会马上去大堂问案，没想到苏轼在签押房文案后面正中的座位上坐了下来："都说一说，甲头的问题怎么办？"

太守府里的属员在两壁坐下。郭宪洪在文案旁边的椅子上坐下。太守府里的属员都一脸笑着，无比敬服、无比讨好地望着苏轼，却谁也不出一声。郭宪洪是个明白人。这些人敬服讨好苏轼是个大才子一点也不假，但更主要的是谁也拿不出一个屁办法来。湖州这地方，本是富裕的鱼米之乡，当地人聪明多慧，手艺活做得挺漂亮。然而，湖州也风俗奢靡，不少人家无积蓄，有多少钱都要花光。没青苗钱时，花自己赚的；有青苗钱时，就花官府的。别的州县的青苗钱要强行抑配，湖州的青苗钱无须如此。对湖州人来说，官府贷放青苗钱正中下怀，有多少都贷得出去。只不过还钱就艰难了，许多人贷到钱就都拿到城里来吃光喝光。这些人又大多是游手好闲的泼皮无赖，平日去过一些地方，其中不少人还去过苏州、杭州，见过些世面。要青苗钱时，不等官府衙役催，这些人早不知跑到什么地方去了。但那些充当保人的甲头就亏大了，要代人还贷！官府一张牌票下去，那些充当甲头的上等民户或二、三等民户很快就锁到衙门里来了，不等惊堂木拍下去，就答应拿钱，还要给这些衙役不少还愿钱。因之，每年到了催逼青苗钱本金和利息的时候，官府衙门就热闹了。那些衙役天天下乡捉人；人手不够，临时雇人。雇这种人不难，捉人之事不愁没人干：怀里揣着官府的牌票，呼呼喝喝，风光无限，神气得不得了，平头百姓无人不把他们当祖宗一样看待，更有钱财上的许多好处。官府也合算：每年夏和秋的青苗钱都贷下去了，吏部每年的“四善”“三最”磨勘考核中评个上等是没问题的，官运来了，擢升就很有希望。好笑的是苏轼苏太守，大才子气十足，说青苗钱这么个贷法害苦了上等民户，得改一改才好。可怎么改？谁改得了！

郭宪洪看到，苏轼对坐在两壁下的属员一个个望过去，既是希望也是鼓励他们开口说话。不过，太守府里这些无比敬服、无比讨好苏轼的属员，一个个像尊笑面菩萨坐着，就是不开口。郭宪洪觉得苏轼把这些人看得太高了，也太为难这些人了。能想到解决甲头问题的人，是有治国安邦大本事的人。这些人有那个本事？这些人平日里想的是怎么捞钱，怎么吃，怎么喝，怎么玩女人；至于公务上的事，都按朝廷规定的办，没谁会去想什么甲头乙头问题。说句实在话，郭宪洪也不知道这问题怎么办才好。恕郭宪洪直言，就是苏轼苏太守，恐怕也是一筹莫展，心中无数，要不早拿出来了，根本不会要属员想办法。

苏轼点将了，先点鹰钩鼻子推官：“都说你是湖州府的军师，你说说你的主意。”

鹰钩鼻子推官显然把苏轼先点他的名看成是一种无上的荣光，竟如领了圣旨一样，一脸的兴奋，一脸的激动，眼眶也湿了：“谢谢太守垂爱！谢谢太守垂爱！”感谢了半日，主意却半个也没拿出来。

苏轼又点飘牙齿法曹参军：“你平日跟甲头交道打得多，你说说他们心中的想法。”

飘牙齿法曹参军一脸的受宠若惊，同时还一脸的勇往直前的虔诚：“太守大人有何吩咐，在下赴汤蹈火，万死不辞！”也是半个主意拿不出。

苏轼有点失望，也有点无奈，脸上的神色有点黯然。郭宪洪觉得这是苏轼自作多情，自寻烦恼的结果。不过，苏轼正为难之际，那个长着一双细长且色眯眯眼睛的钱粮师爷不等点将却开口说话了：“苏大人，你用不着可怜那些甲头。我们官府衙门里的人都是天子的人，就都得替天子办事。替天子办事，理直气壮，祖宗脸上有光，不要怕骂。在下知道那些甲头，都骂在下是‘活阎王’，越骂说明在下越做得对，对天子有颗赤胆忠心。他们要是不还天子的钱，在下掘地三尺也要找到！”

郭宪洪注意到，苏轼一脸的难堪，一脸的束手无策。郭宪洪清楚，那个钱粮师爷比阎王还恶三分，每次下乡收粮收款，大秤、小秤，大斗、小斗，什么办法都要用尽。但，此人刚才一番话，却说得振振有词，诗文名满天下的苏轼也无语以对。苏轼站了起来，要去公堂见甲头，对法曹参军说："去把甲头带到公堂上来。"

法曹参军先走了。签押房门口涌进一股大风，把门口的一个属员的官帽吹落在地。郭宪洪跟着苏轼出了签押房，属员都在后面跟着。强劲的北风从后面推着他们到了后堂过道口，有个跑江湖模样的人从后堂逆着穿堂大风，匆匆过来，把一封信交到苏轼手上，就又匆匆离去。郭宪洪看到，信封左下角落款是"王诜"二字。郭宪洪虽然从没跟王诜打过交道，但知道此人是朝野上下无人不知、风流到了荒唐地步的当朝驸马爷，也知道苏轼与王诜交情不浅，诗文酬应也甚密切。苏轼拿着信，在后堂一个避风的角落拆开来看。看完之后，回过头朝这边望了望，郭宪洪的目光与苏轼的目光对接了一下。郭宪洪奇怪地发现，苏轼先是目瞪口呆了一会，目光中有种不安的神情。

郭宪洪跟在苏轼后面，与湖州官府衙门里的人到了公堂。苏轼在公案后面坐定。郭宪洪坐在公案旁边的椅子上坐下。属员分立两旁。原先三三两两站在公堂聊天、说笑话的皂班衙役，都赶忙紧执水火棍，精神抖擞站在公堂两边。公堂里的气氛立即紧张严重起来。一会，一股大风夹带着庭院里的枝叶灌了进来。郭宪洪看到，公堂两扇厚重的大门开了，皂班班头把六个戴着枷的甲头押进了公堂。这些人都像是被大风卷进来的，踉踉跄跄进来，还未站稳，就立即跪了下去。

郭宪洪侧过脸，发现苏轼面色苍白了许多，心事重重的样子。郭宪洪很是奇怪：苏轼怎么啦？苏轼把身子探过来。郭宪洪也把身子探过去。斜斜地隔着文案角，苏轼低声对郭宪洪说："朝廷缉拿我的人到了。"

郭宪洪先是觉得一惊，有点云里雾里的感觉；不过，没多久就明白是怎么回事了。不用问，朝廷缉拿苏轼之事，八九稳是苏轼的《湖州谢上表》惹的祸。郭宪洪的预感应验了，很有点得意起来。看看，这个苏轼是不是出事了。不是郭某吹大牛，不说郭某能看出一个人的前世今生，但对一个人的前半生和后半生还是能看得出一些名堂的。以前，太守府衙门升堂时，郭宪洪倒是很恭顺、很规矩地坐在文案边上，倒也是看苏轼脸色行事，眼睛不敢老在苏轼身上睃来睃去，大多数时间是用眼睛的余光望着苏轼。不过，今日不同了，郭宪洪半边身子朝苏轼那边斜着，苏轼的一举一动都在他眼皮底下。

不多一会，一件奇事出现了。郭宪洪看到，苏轼像什么事也不会发生一样，坐在公堂之上，指着公堂两边站堂的皂班衙役，高声道：“都给我把水火棍收起来。”

郭宪洪没想到苏轼会有此举。郭宪洪身子转了一个圈，看到公堂里所有人都一脸的错愕。六个甲头抬起头来，莫名其妙也很有点害怕地望着高高坐在公案后面的苏轼。最感到稀里糊涂的是那些站堂的皂班衙役，半日没个反应，手上的水火棍反握得更紧了。

苏轼对着那些站堂的皂班衙役，声音更高了：“你们的耳朵都聋了？”

那些站堂的皂班衙役这才转过身去，把水棍斜靠在壁侧，公堂里响起水火棍在地上和壁上碰撞时发出的笃笃声。苏轼又指着堂下的六个甲头，对站在最靠近公案的皂班班头说：“带几个人过去，把枷都去掉，让他们站着说话。”

公堂里骚动起来了，众人都像看怪物一样地望着苏轼。郭宪洪百思不得其解。这个苏轼，自己马上就要成为犯人，却还尽搞些让人莫名惊诧的鬼名堂。自古以来，哪有犯人不戴枷、不下跪的呢？好一会，皂班班头小小心心地说：“太守大人，这一来，犯人没一个会招供的。”

苏轼有点火了：“他们是犯人吗？”

皂班班头吓得舌头伸出来，半日缩不回去。这六个甲头自然不是犯人，但官府衙门的规矩：凡过堂者，即使不戴枷，也得下跪。下跪，就是杀对方的威，让对方觉得自己矮人一头；否则，谁怕官府？不过，苏轼发火了，皂班班头还是领着五个衙役过去，把六个甲头的枷全取了下来。六个甲头膝行到文案前，对苏轼连磕了七八个响头。苏轼欠起身，双手做着要他们起来的动作。六个甲头一边起来，还一边千恩万谢苏轼的大恩大德。

郭宪洪更是百思不得其解。不久以后，苏轼就要作为钦犯过堂受审，他怎么还有心思管甲头之事。郭宪洪很想从此时此刻苏轼脸上的表情找到答案。不过，郭宪洪失望得很，看到苏轼一脸的肃然，一脸的郑重其事，没有半点敷衍了事、走过场的意思。郭宪洪觉得苏轼真是个怪人。不错，朝廷圣旨还没正式下达到湖州太守衙门来，苏轼现在还是湖州太守，完全可以管湖州的公事；再说，仅凭王诜一封信就断定朝廷要派人来缉拿苏轼，也多少有点根据不足。但这个苏轼苏太守苏大才子，还这么认真断事，确实叫人感到不正常。

郭宪洪注意到，六个甲头起来后，不敢站在公堂中间，一起往边上靠。苏轼对他们勾了勾手，要他们站过去。六个甲头战战兢兢走到公案前一丈远的地方，不敢再往前了。苏轼又对他们勾了勾手，六个甲头往前挪了四五尺，再怎么也不往前挪了。

苏轼："本官今日并不要你们交钱，只问一个问题：你们感到最冤的地方在何处？"

郭宪洪看到，公堂里的人都怪怪地望着苏轼。这个苏大才子，把公堂当成议事的地方了；就是议事也犯不着跟这些平头百姓在一起议事。六个甲头吓得脸色都变了，显然以为苏轼在玩猫捉老鼠的鬼把戏，要他们的命之前，还戏弄他们一番。六个甲头又跪了下去给苏轼磕头。苏轼没想到事情的结果会成这个样子，愣住了，拼命对六个甲头做请起的动作。六个甲头只是不起。内中有个大鼻子甲头把头磕得嘭嘭响："小民情愿把田地都献给官府田庄，只求老爷给小民当个佃户。"

另外五个甲头也不停地磕头："小民只求当个佃户。"

苏轼有点慌了手脚，起身从公案后面过来："这是为何？这是为何？"

郭宪洪注意到，湖州官府衙门里的人和皂班衙役都想笑，只是都抿着嘴没笑出来。郭宪洪心里在想：要是这些人知道朝廷缉拿苏轼的人就要到了，恐怕都会笑栽了，那时公堂就热闹了。郭宪洪觉得苏轼完全在瞎胡闹，把本来很简单的事弄得复杂起来。

不过，此时有个大鼻子甲头抬起头来："老爷，你是真要问小民这个问题？"

苏轼一点都不含糊："当然是真！"

大鼻子甲头："我等当甲头，感到最冤的是：农户还不起青苗钱，二话不说，就要我等出钱，我等连说一句话的权力都没有。"

郭宪洪听钱粮师爷说过，大鼻子甲头读过几年书，是当地的土秀才，也跑过一些地方，有些见识，能说会道。郭宪洪又看到一件怪事了。这个甲头的话其实是句很平常的话，苏轼竟一脸的兴奋，高兴得离开公案，在公堂走来走去。湖州官府衙门里的人和皂班衙役的目光都怪怪地跟着苏轼的脚步移动。他们一定以为苏轼苏太守苏大才子神经出了问题。

苏轼在公堂来回走了少说半炷香工夫，才停了下来，高声说："本官找到解决问题的办法了！本官找到解决问题的办法了！"

郭宪洪发现，此时那六个甲头都感到苏轼有点不正常。苏轼却感觉不到这么多，只是一味沉浸在兴奋之中。又过了半炷香工夫，苏轼和颜悦色地走到六个甲头身边，对他们挥了挥手："尔等无事，可以回去了。"

公堂里的人都感到震惊。震惊之余，湖州官府衙门里的人感到苏轼荒唐，行动不可理喻；皂班衙役感到失望，在公堂站这么久却连水火棍都没用一下；六个甲头感到喜从天降，笑得半天合不拢口，免不了对苏轼又是下跪磕头。苏轼对他们挥了挥手，六个甲头才起身往公堂门口走去。六个甲头到了门口，又一股大风夹带着庭院里的枝叶灌了进来。郭宪洪正想问苏轼用个什么办公解决甲头问题时，公堂两扇厚重的大门开了。郭宪洪看到，公堂门口进来一个身穿五品红服的太监威风凛凛、不可一世、大模大样地直闯了进来，后面跟着一大帮凶神恶煞、杀气腾腾的军校士卒。郭宪洪明白这是怎么回事，也清楚苏轼有再好的办法也无济于事。苏轼这天的公事算是白忙了。

湖州官府衙门里的人和皂班衙役都懵了，也吓坏了，知道有人大祸临头，忙往两边墙壁退去，让出条路来。郭宪洪心中有数，知道穿五品红服的太监和军校士卒是为苏轼而来，慢慢从椅子上起来，规规矩矩与湖州官府衙门里的人站在一起。苏轼也往一旁退了退，却一脸煞白，手脚抖个不停。太监沿着让出来的路，直奔公堂公案处，黑着个脸，很不客气地在文案后面太守位置上坐下。军校士卒目露凶光，分立两旁。郭宪洪注意到，有个士卒怀里突起一个锥形东西，看上去像匕首。郭宪洪吓着了：莫非天子要给苏轼赐死？

公堂大门未关，庭院的枝叶一拨一拨被大风刮进公堂。郭宪洪目语皂班班头。皂班班头赶忙去把公堂大门关上。郭宪洪注意到：苏轼的眼睛盯着那个士卒怀里突起的东西，往日那种大才子信口开河、天王老子都不在眼里的神气全没了，相反惶恐无已，怕得要死，头上冒出黄豆大的汗珠；湖州官府衙门里的人和皂班衙役似乎明白怎么回事了，往日对苏轼一脸敬服的表情一下子荡然无存，都板着个脸，怪怪地望着苏轼。穿五品红服的太监很久没有出声。公堂里谁也不敢出大气。公堂里的气氛阴冷、凝重、恐怖。少说过了一炷香工夫，穿五品红服的太监摆足了架子，显足了威风，望着公堂上面的大梁，用经过训练的尖细嗓子，拿腔拿调地问："谁是苏轼？"

郭宪洪清楚，穿五品红服的太监明知故问。苏轼走了过去，望着平日自己坐着的公案后面，现在端坐着的穿五品红服的太监，声音抖抖地：“下官就是苏轼。”

穿五品红服的太监对那个怀里藏着东西的士卒抬了抬下巴。士卒赶忙上前，从怀里把东西拿出来，双手捧着送到穿五品红服的太监面前。郭宪洪看到，那是一卷小巧精美的黄绫横轴，并不是匕首，是圣旨。郭宪洪望了望苏轼，但见苏轼面色稍稍好转了一点点；湖州官府衙门里的人和皂班衙役，则依然都板着个脸，怪怪地望着苏轼。

穿五品红服的太监慢慢地站了起来，又慢慢展开那卷小巧精美的横轴官牒，厉声道：“中使皇甫遵奉御史台差遣：祠部员外郎、直史馆、知湖州军州事苏轼，以诗赋讥谤朝政，奉旨拿问，并罢知湖州军州事。”

郭宪洪看到，苏轼有种天塌下来的惊惧，完全慌了神，脚都站不稳。要是往日，湖州官府衙门里的人和皂班衙役早都争先恐后赶上前去，搀扶着太守苏轼。今日却没谁去扶一下犯了事的苏轼，都一动不动站着，脸色说变就变，脸上有种鄙夷的、幸灾乐祸的神情。苏轼歪歪斜斜地挣扎了好一会，也没站稳。那个先前把苏轼先点他的名看成是一种无上的荣光的鹰钩鼻子推官和对苏轼一脸勇往直前的虔诚的飘牙齿法曹参军，离苏轼不到二尺之遥，也不肯伸出手，反往里缩去，好像苏轼是瘟神。不过，苏轼歪扭了几下，竟然站住了。

郭宪洪觉得，这不能怪太守府属员和皂班衙役无情，官场衙门就这么回事。谁叫你苏轼太狂妄了，太不把朝廷当回事了，特别令人发指的是，对当今英明的、大有为的天子也肆无忌惮，大放厥词，恶毒毁谤攻击天子亲自制定、亲自施行的能富国强兵的新法，何其毒也。如此滔天罪行，是可忍，孰不可忍！得人神共愤之，天下共讨之，人人共诛之，剥他的皮，抽他的筋，也不足以解心头恨！

不过，郭宪洪觉得有点奇怪。不错，缉拿苏轼，是天子下的圣旨，但罢去的只是差遣“知湖州军州事”，并未罢去官衔“祠部员外郎”和职衔“直史馆”。也就是说，苏轼并非犯人，而是犯官。当然，尽管如此，苏轼此次惹上的祸，肯定小不了。

郭宪洪看到，两个士卒冲了下去，把链子抖了出来。链子锃亮，闪着寒光。这种链子，本来是用来锁响马盗贼的，此时却很利索地锁在苏轼颈上。公堂里有种对苏轼如临大敌的诡怪的气氛。平日总是很神气也总是说说笑笑的苏轼把头勾得低低的，再也不敢抬起来，显出一副自知罪该万死、羞面见人的可怜相。

中使皇甫遵起身了，军校士卒把苏轼夹在中间带走。郭宪洪看到，六个甲头还一直留在公堂大门那边角落里。此时公堂里有了阵脚步移动的骚动声。苏轼快被带出公堂大门时，求身边的军校士卒："请允犯官与家眷告个别。"

这些军校士卒自然不会听苏轼的。有个军官在背后猛推了苏轼一掌，把苏轼推得趔趔趄趄往前栽了几栽，头碰到门上。郭宪洪看到，苏轼额头上出了血。

郭宪洪觉得，这些军校士卒做得有点过分。本来，苏轼还只是个犯官，可不戴刑具；提出与家人告别，也在情理之中。当然，郭宪洪犯不着为苏轼惹火上身，不会去为苏轼说话。郭宪洪看到，湖州官府衙门里的人都一脸的漠然，好像没看到眼前的情景；皂班衙役都笑着，看苏轼出丑。此时，郭宪洪看到六个甲头，突然从公堂靠门那边的角落里蹿了过来，跪在公堂门口，把去路挡住，一边给军校士卒磕头。大鼻子甲头说："苏大人是个好官，求军爷让苏大人见见家眷。"

这六个甲头算是有情有义。郭宪洪看到，这些军校士卒没有出声，都面目狰狞地望着六个甲头，冲了过去，对着六个甲头一阵拳打脚踢。湖州官府的皂班衙役也一拥而上，一阵乱打乱踢，把六个甲头打得喊爹叫娘，在地上打滚。此时一件怪事出现了。苏轼擦了擦额头上的血，忽然大声对湖州官府皂班衙役说："你们这是干什么，谁叫你们打人的？"

湖州官府皂班衙役先是一怔，后来就都笑了起来。这个苏轼，真是写多了诗文，把人写迂了，写糊涂了：已经犯了王法，却还以湖州知军州事的身份对衙役颐指气使，盛气凌人，发号施令，这不是自讨没趣吗？皂班衙役不仅根本没把苏轼的话当回事，还满不在乎地对苏轼龇牙咧嘴一笑，有个衙役还更加有力地踢了大鼻子甲头一脚，直踢得大鼻子甲头连滚带爬躲到公堂角落去。另外五个甲头吓得不敢出一声。

苏轼一脸怒容，举起手，链子哗啦啦清脆地响了起来。苏轼对皂班衙役斥责道："你还是人吗？打死人要你抵命！"

郭宪洪也觉得皂班班头把人打得太狠。要是此前苏轼这么一说，这些皂班衙役会吓得尿一裤子。不过，今日完全不同了。公堂里发出一种恶意的笑声。刚才对苏轼点将感到无上的荣光、竟如领了圣旨一样兴奋和激动的鹰钩鼻子推官，一本正经地教训起苏轼来："苏大人，这几个刁民，妨碍官府公务，挨几下打有何不可！"

刚才对苏轼一脸勇往直前的虔诚的飘牙齿法曹参军，也教训起苏轼："苏大人，你别搞错了，你现在是朝廷的钦犯。"

那个长着一双细长且色眯眯眼睛的钱粮师爷也过来凑热闹，目光阴沉地对苏轼说："苏大人，你学问大，诗文写得好，名满天下，但太不会做官。本师爷要奉劝你一句：该说就说，不该说就不说。刚才之事也是你管的吗？"

苏轼一脸的颓然，哭笑难分。以前对他百般奉迎、千般巴结的人，此时如此奚落指责他，自然是读多了圣贤书、名满天下的苏轼完全没想到的。有道是：龙游浅水遭虾戏，虎落平原被犬欺。以前你是太守，这些人都怕你，有求于你，才奉迎巴结你。你苏轼现在不过是个会摇头晃脑写点狗屁诗文的犯官，算个什么东西。湖州官府衙门里的人和皂班衙役都是在地方上有脸有身份的人，奚落指责你算是看得起你。

中使皇甫遵倒还算通情达理，命一个士卒去叫苏轼的家眷。按说，苏轼这下该满足了，也该规矩自在下去。不过，郭宪洪却看到，苏轼突地叹了口长气，对吓得已缩在大堂角落里的六个甲头说："唉！可惜本犯官给你们想到了解决问题的办法，却用不上了。"

郭宪洪笑了起来，看到那些甲头都很感激地望着苏轼，却谁也不敢出声。军校士卒不明就里，莫名其妙地望着苏轼和那些甲头。湖州官府衙门里的人和皂班衙役都笑得前仰后栽。这个苏轼苏大才子，真是个活宝。自己大案在身，不知是死是活，却还在管甲头的破事。

不多一会，公堂后面过道里传来号啕的哭声。再过一会，苏轼一家大小进来了。站在前面的是个四十岁上下的女人，哭得像个泪人，这就是苏轼的王夫人了。一个长得花容月貌、亭亭玉立的十六七岁丫环双手扶着站不稳的王夫人，也哭得抽抽噎噎，像透不过气来。这丫环就是王夫人收养的朝云姑娘。郭宪洪很无耻也很不地道地想：听说苏轼从没上过朝云的身，鬼会相信；要是自己，早下手了。

公堂里的气氛可怖、无情、凄伤、悲酸。郭宪洪注意到，此时的苏轼倒无比轻松起来，且笑着对家眷讲故事。说景德年间，有个名士杨朴，诗写得好，这是美事。真宗闻名后召他进京当官，杨朴生死不肯，真宗就命人押他进京。家里人吓坏了，都以为此去凶多吉少。然而，杨朴的夫人挺有意思，临行前，送了首诗给杨朴：

且休落拓贪杯酒，更莫猖狂爱咏诗。

今日捉将官里去，这回断送老头皮。

苏轼嬉皮笑脸起来，对王夫人说："夫人亦作首诗为我送行，若何？"

郭宪洪看到，王夫人竟破涕为笑，朝云丫环也把自己脸上的泪水抹干净，家里其他人也不哭了。此时公堂里，苏轼的家眷不像是与犯了大案的苏轼告别，倒很像是为出远门做官或游山玩水的苏轼送行。

第二日一早，长着一双牛眼的郭宪洪去接湖州新太守，新太守竟是前密州通判刘庭式。刘庭式本任江南西路江州太守，因苏轼出了事，朝廷临时将刘庭式改任湖州太守。昨日，刘庭式接到改任的圣旨，知道苏轼犯了大事，故而不来见他。郭宪洪快出城门时，在轿窗里看到，苏轼给押着上了路。前面有士卒牵着锁在颈上的链子，后面是一伙目露凶光、神气活现的军校士卒，再后是坐在官轿里的皇甫遵。这日天气好转，大风停了。初升的日头被城墙挡住，灿烂的日光在东边城墙后面闪灼。郭宪洪看到，湖州官府里的人和衙役没一人出来送。苏轼一路低着头，没抬起一下，怕见到熟人。此时，郭宪洪听到路边有人在喊苏轼："苏大人。"苏轼臊得一脸通红，想往别处躲，没地方。不多一会，郭宪洪看到六个甲头走到苏轼面前。他们来为苏轼送行。大鼻子甲头提起酒壶，给苏轼筛了碗酒。苏轼一脸的难为情，也一脸的泪水，伸出被锁着的双手接过酒，抖抖地喝了。

天下事就这么巧。一顶大官轿在一大伙随从的前呼后拥下，从城门洞里过来了。轿里坐着的是湖州新太守刘庭式。郭宪洪看到，刚喝过酒的苏轼抬起头来，轿里刘庭式的头也偏过去。两人的目光分明对接了一下，但刘庭式很快把头撇过去。苏轼怔住了，手上的碗掉在地上。长着一双牛眼的郭宪洪得意起来。苏轼的眼睛无法跟自己这双牛眼相比。什么刘庭式跟你苏轼很合得来，只是你苏轼自作多情罢了，看看现任湖州太守的刘庭式会不会看你这个犯了事的苏轼一眼。郭宪洪也装着没看见苏轼，只是赶紧下轿，躬身迎候新上任的湖州太守刘庭式。

第八十九章　苏轼白昼堂审认账不认罪 狱吏通宵折磨斯武不斯文

皇家监狱乌府台台狱坐落在乌府台衙门后面的大院里。大门两边街道，整日难见几个人影，让此地显得既神秘，又肃杀。大宋开国时乌府台的狱牢只有四十几间房子，第三位天子真宗天禧年间开始增广，有东西两狱，十八监，每监二十房，至今三百六十房，一间间顺着东西垣墙建造，密得像个蜂窝。门楼恢宏，屋宇相连，鳞次栉比，远远看去很是壮观，似乎是京都开封一处繁华的楼宇。然而，一道一丈多高的长垣，围着这大片廨宇。厚重的黑漆大门，终日紧闭。上有哨楼，日夜有士卒站在那里轮值警戒。又让这所皇家监狱显得既庄重威严，又阴森可畏。进了皇家监狱厚重的黑漆大门，就能看到中间空旷的大院子四周站着二十多个一脸杀气、手持长矛的士卒。白昼寂寂，在外面的人来看，整个皇家监狱像个没有活人的世界；入夜，东西两狱十八个监舍里鬼哭狼嚎，通宵达旦，在外面的人听来，整个皇家监狱无异于一座活地狱。

苏轼是元丰二年七月二十八日在太守府衙门里当场锁捕的。湖州去京两千余里。这官差钦犯一行，日行夜走，水陆兼程，历时二十天，于八月十八日解送到京。苏轼被关在乌府台台狱西边的监舍里。苏轼被押解到京的第三天，乌府台台狱的老狱卒梁成，一早提了壶开水向关苏轼的西边监舍走去。是时各监的狱卒正在给各个监舍开锁。几十个穿着公服的狱卒手执水火棍，杀气腾腾的在大院里走来走去。乌府台皇家监狱大院里关押的囚犯，大多是有权有势、一言九鼎、自命不凡、不可一世的朝廷命官；为数不多案情特别的响马土匪、江洋大盗，也有关在这里的。各监舍陆陆续续有犯官出来。不多久，院子里便乱哄哄的有了不少犯官。最先出来的是抬着尿桶的犯官。尿桶满满的，面上漂浮着一坨坨颜色不一的屎和淡黄色的尿水，要抬到台狱大院后面的大坑里倒掉。这些犯官，平日在家里都有成群的仆人和丫环侍候着，哪做过下人干的脏活，都硬着头皮勉强做着，步子也不稳，尿桶随即摆动着，屎尿溅出来，大院里便飘散着一种屎尿的恶臭。更多的犯官是出来放风，走动走动。这些犯官中，有的伤重，一瘸一瘸行走着；有的伤轻，行走并无大碍；有的没伤，行步如常。在台狱待过一些日子的都清楚，行步如常的是堂审时家里托了人关照，且给站堂的衙役送了银子，才皮毛未伤，当晚就啥事没有；伤轻的也托了人关照，但银子送的不那么多，肌筋要吃点苦头，半月才能痊愈；伤重的则明显是这两方面都做得不够好，骨头不受伤就不错了，没两个月是不可能痊愈的；既不托人又不送银子的，在堂审时全要打个半死，有的甚至落个终身残疾，此时只能躺在狱房里呻吟。老狱卒梁成看到，有个疯疯癫癫的犯官在台狱大院里乱蹦乱蹿，放肆地对着人龇牙咧嘴地傻笑，无所顾忌地对着人挥拳头动粗。这个犯官是淮南西路寿春府舒城的县令，被人控告奸污了养女，百口无辩，就这么疯癫起来。不过，这个犯官一看到手执水火棍的狱卒，就乖顺下去了，且吓得要死，赶紧跪下去磕头，说他罪该万死，再也不敢奸污养女了。梁成不知道这个案子最后的结果是个什么样子，但清楚的是，这个犯官关进来时一点也不疯癫。

一天伊始，皇家台狱里就有种令人望而生畏的可怖的，然而也有点荒诞滑稽的气氛。老狱卒梁成提着壶开水，向西边监舍走去，对路上遇到的犯官笑着点头。怪事出现了：这些犯官，竟然都有点受宠若惊地给他拱手回礼。在关进皇家监狱前，这些犯官自然没谁会把一个狱卒放在眼里，不要说只是点个头笑笑，就是割肉给他们吃，眼皮也不会抬一下。但，此一时，彼一时。昔时，朝廷命官都是高高在上、颐指气使、神气活现的牧民老爷，狱卒在他们眼里只是奴仆；如今成了任人宰割、名声扫地、谁都可以往脸上吐口水的犯官，有个狱卒竟对自己笑着点头，岂有不欢之理？

老狱卒梁成，五十多岁，慈眉善目，下巴只几茎胡须，远远看去，光光的像个太监；无有生育，老伴前几年去世，吃、住都在台狱。梁成在皇家监狱当狱卒有三十多年了，当初是因为远房亲戚在乌府台当检法官，要不然这好差事轮不到他。说起来，狱卒本是一种很不被人看得起的差役，但管着犯官，身价地位就不一样了。不仅犯官很看得起他，讨好巴结，犯官亲属也毕恭毕敬尊他为老爷，在平头百姓眼里更是高人一等。不过，老狱卒梁成与别的狱卒不同，在这些人面前不把自己当老爷；人也本分和善，从不掺和到那些狱吏、狱卒中去干那些伤天害理之事；老伴去世后吃斋信佛，就更是与人为善。梁成还在大院这头，就听到西面监舍里有呼幺喝六的骂人声传来。骂人的话粗鲁难听，全是用男女下身骂人。梁成远远地看到，随着吆喝声，好些狱卒拖着一个身穿叫人感到羞辱的红色囚衣，颈上套着一根链子的犯官，从那边监舍出来。链子拖在地上发出很好听的清亮叮当声，后面还跟着一伙如狼似虎、神气活现的狱吏、狱卒和衙役。有个狱卒在犯官屁股上狠狠踢了一脚，踢得那个犯官往前栽了几栽。

老狱卒梁成认得，那个犯官就是三天前被关进来的湖州太守苏轼苏大才子，要去堂审。大宋百年，朝廷命官犯事，罪小的由大理寺、开封府究治，罪大恶极的则下乌府台台狱。乌府台台狱虽说是皇家监狱，比起刑部监狱、开封府监狱、五城御史司坊监狱来，吃、住要好些；但只要关在这里，多大的官堂审都不是赴宴喝酒，都要像狗似的被拖走。要是平日，抬着尿桶的犯官和在院子里走动的犯官，见到被拖去堂审的犯官，谁也不会多看一眼，了不得抬起眼皮望一望。那些手持长矛的士卒、手执水火棍的狱卒更不会把这当回事，一脸熟视无睹的表情。然而，今日不一样，抬着尿桶的犯官都把尿桶放下，惊恐而又好奇地扭过头朝西面狱房看去；在院子里走动的犯官都不由自主地朝西面监舍走去，可怖而又出神地盯着被拖出来的犯官；手持长矛的士卒仍一动不动地站在原地，眼睛却集中在西面狱房；手执水火棍的狱卒一面幸灾乐祸地望着被拖出来的犯官，一面仍非常警觉地挥动水火棍，驱赶那些离被拖出来的犯官越来越近的犯官。老狱卒梁成还看到，东西两狱监室的窗棂上贴满了神色变白了的犯官的脸。梁成清楚，皇家监狱里这些人，——不论是犯官，还是看管犯官的狱吏狱卒和衙役——都对苏轼感兴趣，是因为苏轼这个人不同。说起来，在皇家监狱里，苏轼的官算是小的。苏轼的不同：一是名气太大，诗文风靡天下；二是胆大包天，官场上没他不敢说的话；三是因诗文获罪，且犯的是大不敬毁谤重罪。因之苏轼关进乌府台台狱才三天，无论是狱吏狱卒，还是犯官，都知道了这件事。既然如此，今日一早苏轼被拖出狱房时，众人当然都很想看看这个名闻天下的大才子是个什么样的人，在皇家监狱里会有个怎样的表现。

梁成小时发过蒙，喜欢读书，只是家里穷，供不起，很敬重读书人；特别是像苏轼这样的大才子，更是敬重得不得了。说起来也是造化，祖上八辈子修到的福分，要不是一场诗案，梁成到哪里去见上苏轼一面。梁成提着壶开水，也不由得向苏轼那边走去。梁成年龄大，为人随和，对犯官不恶，狱吏、狱卒面前总一副阿弥陀佛的样子，在皇家监狱里干的是没有任何外快油水的杂役活。梁成却也因此能在皇家监狱里各处走动，犯官和犯官亲属有何要求，常免不了跟梁成打交道。苏轼关进来后，就有人跟乌府台打招呼，说苏轼有两个习惯：一喜欢喝茶；二每晚必以热水洗脚。这茶和水之事自然落到梁成身上。听说这个打招呼的人在天子身边当大官，兄长是前几年被罢官的相公王安石。梁成一早，便提了壶开水到苏轼监舍去，想给犯官苏轼倒碗开水沏茶。

老狱卒梁成在苏轼被关来的第一天就认识了苏轼。那天，同监舍的各个狱房的犯官，早早就把脸贴在窗洞上，要第一眼看看天下闻名的大才子是个怎样的人；苏轼被推进他的狱房后，同监舍的犯官还会借各种理由，来到苏轼狱房窗洞前，偷偷地看上苏轼一眼；那些狱吏、狱卒，更会找机会过来，像看怪物一样朝苏轼看了又看。不过，无论是犯官，还是台狱的吏卒，都失望得很。这个苏轼苏大才子，其实长相并无任何特别之处：一张长长的驴脸，一个凸起的大肚子，两颊密密的长髯已花白了，与乡村私塾先生没什么两样；还有那双被不少人说得神乎其神的常常透露出一种看不起天下人、颉颃当世贤哲神色的眼睛，不仅一点光彩都没有，还总是躲躲闪闪的怕见人。关进牢里，苏轼也没什么新奇不俗的地方，只是低着个头，一脸羞于见人的样子，窝窝囊囊躺在铺着草的木板床上，半点才子气也没有。那天，梁成就听到狱吏狱卒在议论：什么大才子，什么名满天下，什么胆大包天，关到牢里，连三教九流、泼皮无赖都不如；特别是那些响马土匪、江洋大盗，才不在乎什么人不人的，眼睛专找人，找人群里的熟人，就是上刑场也不忘跟熟人使个眼色，打个招呼，以示告个别：二十年后又一个，再到世上闹一闹。

梁成看到，把苏轼拖出监舍的人中，那个长脸上有块黑斑记的推直官张守英也在场。张守英黑着个脸，不停地对前面的狱卒挥手，要他们快走。苏轼歪斜着身子，跌跌撞撞，几次要跌倒，但张守英仍旧是不停地挥手，没有慢下来的意思。梁成心里一惊，知道苏轼今日要吃大苦头了。张守英原是户部榷易案的一个连官籍都没有的吏员，凭着一句“手实法千古第一高法”和一句“吕相公千古第一高人”，得到吕惠卿的赏识，熙宁七年弄到乌府台来当推直官。吕惠卿从京都开封朝廷滚出去了，张守英的推直官却当得稳稳的。梁成听人说，张守英学养很浅，什么公事都办不好，却能把乌府台大牢里的犯官治得服服帖帖。此外，梁成听狱吏、狱卒议论：苏轼与御史中丞李定、权监察御史里行舒亶有过节。本来李定、舒亶与苏轼同朝为官，都是熟人，听说还在醉春楼喝过酒，这多少有个情面。然而，苏轼嘴巴不好，得罪了朝廷许多当官的，根本不把李定、舒亶放在眼里，常把他们贬得一文不值：说这些人孤陋寡闻，屁本事没有。苏轼把李定李大人骂得更狠，说李大人禽兽不如。李大人不就是没给生母服丧吗？其实梁成老家也有不给出嫁了的生母服丧的。梁成百思不得其解：苏轼怎么这样傻，怎么把这些人得罪了呢？在把苏轼拖出狱房的人中，梁成还认出三人：一是尖嘴猴腮狱吏，在前面领路；一是塌鼻子狱卒，拖着苏轼颈上的链子往前赶；一是阔嘴巴狱卒，推着苏轼在后追。梁成心里一惊：这三人没一个是吃素的，让他们押解提审的犯官，没一个不吃大苦头。苏轼堂审这一关不好过。

梁成注意到，苏轼跌跌撞撞被带到乌府台公堂去的路上，一路都勾着头，眼睛也不敢抬起来一下。苏轼越是这样，大院里的犯官越想看看苏轼的尊容。好些犯官都一个劲往苏轼这边挤过来，弄得那些狱卒手忙脚乱，呼呼喝喝，顾得了东，顾不了西。有个犯官以前跟苏轼肯定是熟人，趁着狱卒不留神，蹿到苏轼面前，想打个招呼。苏轼明明看到这个人，没想到他一脸通红偏过脸去，头勾到胸的下面，羞得就差没钻地缝。周边的犯官都一脸的惑然，一脸的失望。吏卒则一脸的怪笑，也一脸对苏轼的鄙视，一路说：苏轼还没上刑场，只是过堂问案，就吓蔫了；要是押赴刑场，岂不要吓得屙一裤子屎尿。

老狱卒梁成往苏轼的狱房走去，苏轼的狱房门开着。梁成给苏轼沏了茶，有个书吏过来吩咐梁成：速去公堂侍候茶水。梁成提着壶开水，穿过大院，向北面的乌府台公堂走去。到了公堂门口，梁成一眼看到堂上端坐着主审官乌府台御史中丞李定、权监察御史里行舒亶。二人身穿紫色补服，头戴令人望而生畏的獬豸冠。公案上供有一朱笔木牌，上书“奉旨鞫问”四个大字。站堂的衙役手持水火棍，一脸杀气，分立两边。苏轼身着红色囚服，乖乖跪在公堂地上。后来，梁成听人说，当时苏轼一身大义凛然的豪气和威武不屈、富贵不淫、贫贱不移的傲骨，英雄得不得了，拒不下跪，以示对李定、舒亶的藐视。这是说笑话，李定、舒亶是“奉旨鞫问”，对李定、舒亶的态度，就是对天子的态度，怎敢藐视李定、舒亶。再说，两边的衙役不是吃干饭的，练就一身好拳脚，一脚下去，苏轼就要应声跪下；不要说苏轼，就是武功盖世的响马土匪、江洋大盗也起不来。

梁成给李定、舒亶以及坐在公堂边做笔录的书吏沏了茶，就规规矩矩站在公堂后面的角落里。此时，公堂门口挤满了看热闹的狱吏、狱卒和衙役，此外有几个犯官——天子发话不予追究或堂审后即将放出去的犯官——也挤在后面。梁成一眼看到推直官张守英、尖嘴猴腮狱吏、塌鼻子狱卒、阔嘴巴狱卒都在那里，且站在前面。梁成不清楚这些人为何都站在这里，但清楚这些人可不光是来看热闹的。

梁成猛地听到公堂里惊堂木一拍，两边衙役齐齐的一声吆喝，肃杀之气，笼罩全堂。梁成吓了一跳，抬头望了望跪在堂下的苏轼，但见苏轼一脸的惊吓。梁成很为苏轼担心：一个读书人，如何经得住这样的场面。一阵堂威过后，四壁静寂，令人胆寒。梁成看到，李定一脸的厚貌、一脸正色，舒亶一脸的凶相、一脸的强硬。李定口气不凶，对苏轼提出第一问：姓名、年龄、籍贯、五代以及本人经历。

梁成吃了一惊。不错，堂审都要这么问一问的，熟人也这么问。这是堂审问案前的一个过场。不过，往日堂审问案，只问三代，死囚才报五代，莫非苏轼犯了死罪？梁成原以为，苏轼的罪肯定不轻，要不然不会关到这里来，但不至于是死罪。苏轼关进皇家监狱第一天，梁成就觉得苏轼一点不像是个有死罪的人。梁成见过形形色色的犯官。不少犯官刚进狱房，还虎死不倒威，装出个不得了的样子；架子大得很，嘴巴也硬得很，大叫大嚷发脾气，根本不把狱吏、狱卒和衙役放在眼里。但，这些犯官一个人待在狱房时，却唉声叹气，愁眉不展，六神无主，饭吃不下，水不想喝，觉睡不着。苏轼被推进狱房，脸色倒是变白了，勾着头，长时间一言不发坐在小凳上；狱卒进去，也不敢抬起头来，一脸的难为情，像犯了弥天大罪一样。然而，苏轼关进来的第一天晚上，用梁成送去的热水洗过脚后，倒在床上就睡，鼾声如雷，一觉睡到天亮。梁成清楚，苏轼没犯多大的事；这种人，心不坏，对朝廷是很忠的，只是嘴巴不好，得罪了许多人，才弄得犯了事。要不然，不可能睡得这么香。梁成不是官，但对官场上的事还是看得出一些名堂来。说句实在话，官场上的人，有几个真正为朝廷担忧，把天下苍生记在心上的？没好处的事，没几个当官的去做；得罪人的事，也没谁会去做。只有为数不多的读书人，一肚子圣贤书，书读进去了，却出不来，才为苍生说话，结果自己反而犯事。梁成以为，苏轼就是这样的读书人。梁成没想到的是，苏轼竟然犯了这样大的事，开堂第一句话就问成个死罪。

苏轼早吓得一脸惨白，一一做了回答。坐在公堂边的书吏一一记上。李定口气仍不凶，对苏轼提出第二问："你家可有上赐金书铁券？"

苏轼吓蒙了。梁成在皇家监狱当了三十多年的狱卒，知道这一问更厉害。金书铁券是开国天子宋太祖颁赐给功臣的契据。其质为铁，字嵌以金。左赐功臣，右藏内府。外刻功恩，内刻免罪。家有金书铁券，除谋逆大罪外，其他死罪本人可免三死，子孙可免二死。梁成见过无数堂审，问金书铁券的少之又少，被问就离死罪不远。苏轼哪有什么金书铁券。今日苏轼被问金书铁券，定死罪了，半日说不出半句话来。

舒亶口气很不好，厉声叱喝道："苏轼，听到没有！"

分立两边的衙役动了动手上的水火棍，看样子要动粗了。站在门口的狱吏、狱卒和衙役叽叽喳喳"打、打、打"地嚷了起来。公堂里的气氛变得十分威严、十分恐怖起来。没经过这种场面的人，早吓昏倒了。不过，奇怪的是苏轼倒给吓醒了，眼睛虽然怯怯地望着端坐在堂上的李定、舒亶，声音也抖抖的，但话说得很明确："没有。"

梁成有点放心了：苏轼虽然很恐惧害怕，但头脑还清楚。过场走完了，下面就是真刀真枪的堂审问案。梁成在皇家监狱当差的这些年，御史中丞、监察御史里行不停地换。在梁成印象中，最买直、最喜欢出风头的御史中丞是吕诲，这个吕大人只要是高官就弹劾，堂审问案时谁官大，谁吃的苦头大；最会见风使舵、左右逢源的御史中丞是邓绾，这个邓大人只看权大的脸色行事，权大的人要给犯官苦头吃，堂审问案时犯官绝对要给邓大人弄得七死八活；最难说话、最忠于朝廷的御史中丞是李定和监察御史里行舒亶，这两位大人堂审问案时只认朝廷不认人，犯官做了对不起朝廷之事，决不轻饶。

梁成给李定、舒亶、书吏续了水。公堂上的衙役来劲了，一脸振奋之色。公堂门口的狱吏、狱卒拼命往前挤，站在前面的弓着背顶着，站在后面的伸长颈往前探。书吏手上的笔蘸饱了墨，提在手上。李定开口问的是新法："苏轼，自行新法以来，你即用诗文，上结权贵，下交细民，讪上惑众，淆乱是非，行之已非一日，朝廷念你尚无大过，未加深究。不意你变本加厉，在所上《湖州谢上表》中，竟敢讥刺，形于奏章，妄自尊大，目无朝廷，无复臣礼。奉旨论为大不恭，以戒天下为臣之人。"

梁成自知对朝政一窍不通，他每天只知道阿弥陀佛干他的杂役活。新法上的事，梁成从来听听而已。许多人说新法不好，梁成觉得新法恐怕是有许多不便的地方。然而，朝廷要行新法，梁成又觉得新法不可能不好；新法是当今天子下诏施行的，天子圣明，从来不会做错事，新法肯定是自古以来好得不能再好的法。梁成不明白的是，这样好的新法，苏轼又是个才学这样高的人，怎么这样不明事理去反对呢？

苏轼没有否认李定指控的诗文，却不承认用诗文讪上惑众、淆乱是非，嘴很硬："轼为诗文，只是想将民间疾苦，达于圣听，随兴而发，心实无邪，绝无讥谤之意。"

梁成觉得苏轼不是个糊涂人，回答得挺巧妙：只承认诗文是随兴而发，不承认讪上惑众。承认讪上惑众，就死罪了。因诗文惹祸之事，梁成倒是早听人说过：秦始皇一口气差点把天下读书人活埋了；以后历朝历代，都发生过因诗文获罪之事。不过，在梁成看来，因诗文获罪的多是些读书读糊涂了的读书人。谁都知道，天子需要读书人帮着治理天下，然而这些读书人却要对天子指三道四，不是糊涂是什么呢？梁成觉得，苏轼是个糊涂人。

舒亶的脸很难看了："什么达于圣听，随兴而发，你是蓄谋已久，恶毒攻击；什么心实无邪，你心里邪念太多了！你在《湖州谢上表》上说：'知其愚不适时，难以追陪新进；察其老不生事，或能牧养小民。'表面上是自责愚蠢，骨子里是在骂朝廷新进之人都是庸人，没你的本事大，怨恨天子没重用你。这不是讥切时政是什么？白纸黑字，赖是赖不了的。再不自悟，从实招来，企图拖延，莫怪本台不念同朝之谊。"

梁成觉得苏轼最犯糊涂的地方是骂朝廷新进之人。你苏轼再有才，本事再大，可人家是朝廷当红走运的人，手中有权，多少人巴结唯恐慢了；你苏轼不去巴结也罢了，还要去得罪人家，能有好日子过吗？梁成虽是狱卒，但世事上一点不糊涂，知道舒亶舒大人不好惹，好把什么事都说成天大的事，早年杀过一个不孝子；惹火了他，绝没好下场。

苏轼没有否认舒亶指控自己所说的话，却不认罪，嘴越来越硬，且有点责问主审官的味道："非敢讥切时政，实是心有所感，尔等岂能冤枉好人！"

梁成看到，李定、舒亶脸上动了怒容。这个苏轼，没堂审问案前，吓得要死；堂审问案了，又用这种口气跟主审官说话，这就有点不识相了。说句实在话，无论是李大人，还是舒大人，问案还确实没冤枉人。这就是苏轼的不是了。你苏轼毕竟是犯官，反弄得二位大人不高兴，这不是瘟猪找水喝，死得更快吗？

站堂的衙役和站在门口的狱吏、狱卒和衙役叽叽喳喳"掴嘴、掴嘴、掴嘴"嚷起来。这些人就怕犯官像死狗一样，刚问案就什么罪都认，认了就不热闹了，他们就不用打人了。这些人不怕犯官嘴硬，越嘴硬他们就越好打人，就越能显出他们的本事。

李定接着追问："你写诗撰文，刻意讥讽，犹不满足，甚至镂板刊刻，广为传播，犯下如此大罪，可属实？这也是冤枉了你这个好人？"

苏轼不肯领罪，嘴更硬："更是冤枉！此皆好事者为之，与轼无涉。"

梁成以前常见到，那些被审的犯官见主审官动了怒，都会赶紧装出一副认罪的可怜相，至少嘴不敢再硬了。然而，苏轼嘴却更硬了，这不是欠揍吗？站堂的衙役、门口的狱吏、狱卒愤怒极了。只是李定、舒亶二位大人没发话，站堂的衙役才没动手。然而，那些狱吏、狱卒和衙役乱嚷乱喊起来。

尖嘴猴腮的狱吏："给苏轼来点狠的！"

塌鼻子狱卒："要不他还不知道皇家监狱的厉害！"

阔嘴巴狱卒："我去给他松松筋骨！"

梁成清楚这几个人没一个是不把坏事做绝的人：尖嘴猴腮的狱吏刁，天下治人的刁法子没有他不知道的；塌鼻子狱卒恶，天下的坏事没他不去做的；阔嘴巴狱卒蠢，当官的叫他打人他就往死里打。公堂里有种恐怖不安的怪气氛。梁成看到，尖嘴猴腮的狱吏、塌鼻子狱卒、阔嘴巴狱卒的脚已经往公堂里移了好几步。好在李定对那边摆了摆手，那三人才没再往前走一步。李定指了指公案上三册刻印刊行的诗文、一叠手稿和一张纸，让边上的一个衙役递到苏轼手上。苏轼举起被链子锁着的双手，接过诗文、手稿和那张纸，半日无语。堂审后，梁成才知道：三册诗文是密州的一个叫马梦得的秀才搜集的苏轼的诗文，当朝驸马王诜刊刻的；手稿是苏轼的；纸上一首诗是苏轼抄录给密州法曹参军陆升的。这个法曹参军认不得多少字，听说朝廷要查苏轼的诗文，吓得赶紧从装杂物的篾箱里找出来，送到官府里。这都是铁证，苏轼却说好事者为之，与轼无涉，那就说不过去了。

李定脸上有了威严了："这都是本台奉旨收到的东西，没冤枉你吧？苏轼，证据确实，毋庸诡辩，照实供来，或有一线生机，否则死路一条。"

苏轼这下吓昏了，把三册诗文、手稿和那张纸放在衙役手上，身子僵硬，直直地跪在地上，十根手指却不停地颤动着。

舒亶不客气了："苏轼，你这个人就是把自己看得太高了，谁也不放在眼里，只因登科多年，未见大用，心生怨怼；又见朝廷这些年来，多出少年，施行新法，复生不平。于是，你就毁谤朝廷，对天子也大不敬起来。恶毒至此，罪该万死，死有余辜！不是本官看你不起，真要给你个大官当，你未必当得好，干不了大事。你尚有何话说？"

梁成吓着了，李定李大人就案情问案情，舒亶舒大人的话果真都把苏轼所犯之事说成天大的事。梁成看到，苏轼一脸的痛苦、一脸的委屈。梁成知道苏轼这种人最恼火、最伤心的是人家认为他们当不了大官，干不了大事。梁成真担心苏轼咽不下这口气，又犯起糊涂来，这就坏事了。好在过了一会，苏轼抬起头来："惶恐！轼每为文时，但觉思涌笔动，顺势而下，未刻意钻求是非。若表达不当，愿领罪。"

梁成松了口气了。苏轼虽说仍未承认自己有意做了什么对不起朝廷之事，但总算领罪了。领罪了就好。领罪了，堂审可以结束了。那些狱吏、狱卒和衙役，也就找不到折磨苏轼的借口了。苏轼也可以回到狱房休息。尖嘴猴腮的狱吏、塌鼻子狱卒、阔嘴巴狱卒的脚已退回到公堂门口。

梁成觉得，堂审要结束了。不过，梁成看到，舒亶舒大人忽地指着苏轼说："你嘴巴上说领罪，实质上什么罪也未领。谁不知道你是个大才子，既然你的诗文是思涌笔动、顺势而下写出来的，岂有表达不当之理？你的狡辩也太拙劣了！苏轼，看样子你是不到黄河不死心，不见棺材不落泪。行呀，我等奉陪到底！"

梁成看到，舒亶舒大人一脸得意的神情。梁成觉得，舒亶舒大人太厉害了些。苏轼既然领罪了，为何还不肯放过一马，要这么穷追猛打呢？还一直审下去，苏轼这个读书人吃得消？梁成注意到，苏轼似乎感到很是委屈，嘴唇嗫嚅着。梁成心里在对苏轼说：忍着点，好汉不吃眼前亏。不过，梁成却听到苏轼说："犯官要求面见天子。"

梁成看到，苏轼话音刚落，公堂里哄笑了起来。笑得最开心的是狱吏、狱卒和衙役。特别是尖嘴猴腮的狱吏、塌鼻子狱卒、阔嘴巴狱卒，笑得前栽后仰，差点喘不过气来。李定抿着嘴，没笑出声来。舒亶咧着嘴，笑得有点歹毒。苏轼一脸的莫名其妙，只是傻傻地望望这个，又望望那个。苏轼这话真是呆得不能再呆了。他大概还以为自己是个大才子，想见天子随时就见得到。梁成没笑，很想给苏轼提个醒：不要再傻了，徒然让人见笑。梁成正犯难时，忽然见张守英从门口大步走来。梁成以为张守英来揍苏轼一顿。乌府台这座皇家监狱里不少犯官都挨过张守英的老拳。不过，张守英走到苏轼身边，只是指着公案上的朱笔木牌，一脸鄙夷："你念念上面的字。"

苏轼眼睛发直了，完全不知道张守英什么意思，傻子一样望着对方。

张守英一脸的坏笑："亏你还是个大才子，这几个字也不认得。我来教你：奉——旨——鞫——问。你要放明白点：李大人、舒大人二位大人是天子派来审你的！"

张守英可说是把苏轼奚落和侮辱得狗屎不值。公堂里又哄笑了起来，笑声好久才停下来。好几个衙役、狱卒还放肆地对苏轼指指点点。苏轼脸涨得通红，一脸有冤无处申的痛苦。梁成看到，苏轼张开嘴，想争辩几句，但后来还是哑口无言，头也勾了下去。

张守英步步紧逼："你是说李大人、舒大人审不了你？你胆大妄为！其实是说天子审不了你。你居心何在？你这是抗旨，罪上加罪，死有余辜！"

公堂里的狱吏、狱卒和衙役脸上都显出一种与苏轼不共戴天的义愤。苏轼再不老老实实、低头认罪，有大苦头要吃了。梁成真想走过去，对苏轼说一声，你就认了吧。

此时，日头已经很高了。强烈的日光从外面照在门口那些狱吏、狱卒头上，逆光中让这些人的脸黑得像锅底，看去十分狰狞可惧。不过，梁成很快发现，自己的担心是多余的。梁成正要开口了，苏轼认罪了："是，是，轼罪上加罪，死有余辜。"

梁成心里的一块石头落地了。李定李大人、舒亶舒大人一脸大功告成的喜色。李定对苏轼道："苏轼，盖你为文，无文不嘲；你为诗，无诗不讽。这也特过分了。你如心存朝廷，便当竭忠尽智，谋致君于尧舜之道，而不应冷嘲热讽，以讥刺时政为快。你如有志未申，亦当披肝沥胆进言，不当以文字蛊惑人心，徒然坏事，于国无补。你如认为朝廷行法有缺，当直言者直言，但在既定富国强兵国策之下，亦不容歪曲朝政。如果朝政无缺，你就当牺牲一己私见，勠力同心，共体时艰。以己之智，补法之不足；以己之诚，补人事之纷争。以所谓众志成城，庶几国家革新有望，中兴大业可成。是否？”

舒亶也没忘记对苏轼道：“苏轼，中丞一番良言，你未必不晓，虽晓亦未必肯从。你之讥刺新政，狂悖乱语，已非一日。你本性如此，眼空四海，常怀不满；自视甚高，通天下就你一人能治国平天下，却不能提出施政全盘大计；他人计划，又看不顺眼，只见不便和缺失。说句实在话，就是你能提出兴国大计，又焉知全无缺失？你今所为，正是唯恐天下不乱。你是成事不足，败事有余。你在狱中，要痛自悔省，脱胎换骨，重新做人！”

梁成虽然听不懂李定、舒亶话的意思，但感觉到这二位大人都有教训苏轼的味道。梁成担心苏轼受不了，受不了也得受。李定、舒亶这二位大人是主审官，你苏轼犯事犯在他们手上，就得听他们教训，你再有才，名声再大也要听他们的。梁成真担心苏轼会跟李定、舒亶二位大人叫起来。不过，这回苏轼乖多了：“轼谨受教。”

梁成完全放心了。堂审问案总算结束了。在堂下跪了两个来时辰的苏轼怎么也起不来。塌鼻子狱卒、阔嘴巴狱卒走过来，要把苏轼押回狱房，一人踢了苏轼一脚，踢得苏轼栽倒在地上。尖嘴猴腮狱吏站在门口咧着嘴笑。张守英黑着脸，什么表情也没有。今日堂审问案，苏轼并没挨板子，李定李大人、舒亶舒大人对苏轼还是可以的，踢苏轼的也只是狱卒。

苏轼又被拖回狱房去了。梁成在皇家监狱转了一圈，把自己手头上的事做完，就又提了壶开水往关押苏轼的西边监舍走去。皇家监狱的监舍都一个样，进门是狱卒居住的地方，门的对面开了个大窗。二十间狱房分列两旁。狱房很小，仅一床、一几、一凳、一尿桶；靠狱卒居住地方的这面墙上有一小孔窗，透进一些光线，房内十分阴暗。梁成进了监舍的门，见阔嘴巴狱卒黑着个脸在同监舍的各个狱房门前走来走去。各个狱房阒然无声，里面的犯官都像死了。梁成现在最担心的是苏轼回到狱房里有大苦头要吃。梁成非常清楚皇家监狱的底细。有道是阎王好见，小鬼难缠。御史中丞、监察御史里行位尊职高，然其权势形于外，为十目所视，十手所指，纵有心结，不敢稍忽，多少冠冕堂皇一些，不会胡来。狱吏、狱卒，虽然位卑职微，其权势却隐于内：说权小则如芥粒，说权大则无天日，这些人使起坏来，肆无忌惮，无所不用其极，没有干不出来的事。

苏轼的狱房在最里的一间。阔嘴巴狱卒盯了梁成一眼，开了苏轼狱房的锁。梁成站在狱房门口，就有一股尿臊朝着鼻子冲来。梁成看见，苏轼床上铺着乱草，几上放着一只茶碗。梁成奇怪的是：床上不见苏轼人影。梁成正给苏轼茶碗里续水，见茶碗里的水是满的；转身要走，却听到狱房里有人的呻吟声。梁成的眼睛渐渐适应了狱房的光线，见苏轼背对着狱房门，链子一头锁着他的颈，一头却缠在狱房角落的一根悬梁上，中间的链子不长，苏轼只能踮着脚站着。苏轼旁边，则是那只臊气熏天的尿桶。

梁成走进狱房，苏轼也转过身来。阴暗的光线中，梁成见苏轼开始是一脸的恐惧，以为来人是来折磨他的；一看是梁成，就像小孩见到救星，一脸的兴奋，一脸的激动，眼睛里也有了泪花。梁成看到，苏轼想过来招呼自己，不过身子一动，就给链子扯住了，苏轼很难为情地苦笑了一下。梁成把几上的茶碗端过去。苏轼叽里咕噜几口就喝了大半。梁成提着水壶把开水续满，然后转身想走，却见苏轼有话要对自己说。梁成不走了，苏轼又不开口；不开口，嘴唇又蠕动了几下，明显有话要说。梁成："苏大人，有话你就直说。"

梁成在阴暗的狱房里看到：苏轼要开口了，脸却先涨红了，少说过了半炷香工夫，眼睛望着悬梁上的链子，才像做件惊天大事一样，满面羞惭，怯怯地说："求……求……你……，松……一……松。"

梁成明白苏轼的意思：把链子放长一点，好让他缩下身子在地上蹲一蹲。按说，这是件小事，然而苏轼今日为了此事，未曾开口自羞了半日，费了好大劲，鼓了那么大勇气，才说出口来。真难为苏轼这样一个大才子，写起诗文来一挥而就，求一个小小的狱卒去办这么件小事却这么难开口。这事要是被不了解内情的人知道了，肯定要笑死。然后，就这么件小事，梁成却感到很是为难。他虽然是这里的老狱卒，却干的是杂役活。锁人、吊人、打人之事，他既不沾边，也没人要他沾边，梁成怎能把链子放松。

苏轼明显看出了梁成的难处，叹了口气："你有难处就算了。"

梁成有点不解：苏轼关进皇家监狱后，有个在天子身边当大官、兄长是前几年被罢相的王安石的人，跟乌府台当官的打了招呼，为何此时还把苏轼锁在悬梁上呢？不过，梁成很快明白了：那个在外面帮苏轼忙的人没给狱吏、狱卒好处。光跟乌府台当官的打招呼还不够，对皇家监狱里的狱吏、狱卒也是要烧香的。这些人眼睛里只认钱，不认人。狱房外传来阔嘴巴狱卒很凶的声音："还不快离开，否则本老爷对你不客气。"

在这座皇家监狱里，没一个狱卒不在梁成面前自称"本老爷"。梁成赶紧低声问苏轼："你那个在外面的人没给狱吏、狱卒打点打点？"

苏轼头一昂："给他们钱财，为何？"

梁成食指按着嘴唇，用"嘘"声提醒苏轼：小声点。梁成知道，苏轼又在犯糊涂了。当然，这也难怪。梁成以前见过好些苏轼这样的犯官，从小一心读的是圣贤书，当官后又高高在上，哪里知道皇家监狱也有这些五花八门、奇奇怪怪的糜烂之事。梁成清楚这事没法跟苏轼讲清楚，越讲苏轼越糊涂。狱房外阔嘴巴狱卒又用很凶的声音在催梁成。梁成提着水壶，转身出了狱房。

入夜了，下弦月没出来。整座皇家监狱一团漆黑，里面蹲伏着数不清的妖魔鬼怪，随时会蹿出来咬人。梁成很是惦挂起苏轼来。从白日的堂审问案来看，苏轼诗案证据确凿，势成死狱。梁成提了壶热水，又往西边的监舍走去。梁成清楚，乌府台这座皇家监狱白昼可怕，入夜更可怖。皇家监狱，白昼御史鞫问，夜讯狱吏勘实。万籁俱静，台狱里的许多狱房里，都能听到叫人毛骨悚然的咆哮腾笑声和令人惊恐的哀号声。梁成走到大院中间，被地上一堆软绵绵的东西绊了一下。好在梁成步子慢，没被绊倒。软绵绵的东西站了起来，嘴里不停地说："我罪该万死，再也不奸养女了。"

在蒙眬的夜色中，梁成低头一看，原来是那个疯疯癫癫的犯官。梁成听说，这个犯官家并没多少钱财，早给狱吏、狱卒榨光了，狱吏、狱卒也懒得去管他，这个犯官反得以四处走动。不多一会，梁成来到苏轼监舍前，刚进监舍就听到苏轼狱房里有咆哮腾笑声传来。梁成进了监舍，看到苏轼狱房门前站着七八个笑栽了的狱卒，推直官张守英坐在桌边，面无表情，喝着茶，就着桌上的烛光，用手指蘸着口水翻着供状卷页，卷页翻得很快，嗦嗦如蛇行沙上，叫人惊怕。同监舍的其他狱房里倒也安静，只苏轼隔壁狱房的犯官把脸紧贴在小孔窗上。烛光到了那里已昏昏糊糊，那个犯官看去像个幽灵，让人害怕。

梁成知道，推直官张守英正在对苏轼进行夜讯。梁成从苏轼狱房门前笑栽了的狱卒中间挤了进去。苏轼狱房里的咆哮腾笑声正好停了下来。墙上挂着的一盏小油灯，欲明不灭。尖嘴猴腮狱吏大概吼累了，板着脸坐在床上。塌鼻子狱卒意犹未尽，两只袖子撸到了肩膀，一副要动粗的样子。阔嘴巴狱卒不停地骂人，都是些粗俗不堪的话。苏轼则可怜巴巴地蜷缩在狱房阴暗的角落里，勾着头，隐约能见到他脸上有种羞容。

狱房里的气氛是既平静又紧张，既欢快又痛苦，既习常又古怪。梁成很清楚，皇家监狱夜讯从来审不出名堂。这些狱吏、狱卒除了打人，还懂什么。特别是审苏轼这样的诗案，岂是这些大字不识、根本不懂诗文的人审得了的？但，这种夜讯，却可以使犯官劳其身心，辱其自尊，丧其意志，一辈子抬不起头来做人。狱吏、狱卒也最欢喜夜讯：一可以享受打人的乐趣；二可以大大显示一下拳脚功夫；三更可以招财进宝。

梁成进来后却没见谁审苏轼半句。约莫过了半炷香工夫，尖嘴猴腮狱吏、塌鼻子狱卒、阔嘴巴狱卒又要对苏轼动粗了。梁成看到，狱房外有个狱卒进来，对尖嘴猴腮狱吏摆了摆手，要他不要动粗；又在尖嘴猴腮狱吏耳边说了几句什么。尖嘴猴腮狱吏忙从狱房门口挤了出去。一会，尖嘴猴腮狱吏进来了。一件怪事出现了。在欲明不灭的灯光中，梁成看到，尖嘴猴腮狱吏走到苏轼身边，脸上竟有了笑容，对苏轼抬了抬手，要苏轼起来。苏轼起来了，此时嘴巴乖，对背后被人骂得一塌糊涂的狱吏说了声："谢谢老爷。"

尖嘴猴腮狱吏赔着笑，笑容后面有种古怪的表情："苏大人，委屈你了。没法子，这是天子交办的案子，谁也不敢马虎。我们张老爷因慕苏大人才高八斗，名满天下，又爱交朋友，特地让我前来跟你通个气，要关照关照你，可以方便的地方没有不方便的。"

梁成清楚尖嘴猴腮狱吏这一大堆鬼话的意思。什么慕苏大人才高八斗，名满天下，其实是慕苏轼的钱财。不过，这对苏轼来说，是天大的好事。给钱！给钱！孝敬几个钱，就什么苦头也没有了；孝敬的多，还把你当老爷一样侍候得好好的。

苏轼的头又昂了起来，直面尖嘴猴腮狱吏："怎么？你们要敲诈钱财不成！"

梁成心里直骂苏轼：糊涂！糊涂！实在糊涂！尖嘴猴腮狱吏刚才的话，固然是敲竹杠，但你苏轼可以不吃苦头，这有什么不可以呢？梁成没想到苏轼竟慷慨激昂说出这番混账话。苏轼这个书呆子太不识好歹了，他还以为自己是太守、大才子，狗屁，犯官一个！这里岂是你苏轼这样说话的地方？梁成看到，狱房里和狱房门口的狱卒都很气愤地望着苏轼。尖嘴猴腮狱吏的脸色立即凶恶起来：“你不要血口喷人，冤枉好人。你哪只眼睛看到我们看上你的钱财了？你说清楚，本老爷无所谓，下面的兄弟可不会答应。”

塌鼻子狱卒把床板拍得嘣嘣响，走到苏轼身边，面相丑陋而又可怖，猛喝了一声：“已经犯了法，还教训人，充什么清廉。跪下！”

苏轼没理塌鼻子狱卒，只翻了翻眼皮，没跪下去。阔嘴巴狱卒冲了上去，一阵拳脚，把苏轼打得叫爹叫娘，在地上打滚。苏轼狱房门口的狱卒拥到门口来了。阔嘴巴狱卒凶狠地笑道：“我还以为闻名天下的大才子挨打不痛呢，怎么也叫爹叫娘了？”

狱房里和狱房门口的狱卒都哄地大笑了起来。尖嘴猴腮狱吏没笑，对塌鼻子狱卒和阔嘴巴狱卒摆了摆手，要他们站回原地。尖嘴猴腮狱吏仍旧对苏轼很客气地说：“本老爷知道你有几个臭钱。钱不就是要用的吗？有道是争气不争财，这个道理苏大人岂有不懂的？”

梁成实在佩服尖嘴猴腮狱吏，一番话说得滴水不漏。苏轼忘记了刚才挨的打，头又昂了起来，很有点英雄气概：“岂有此理！轼宁可被打死，也不想懂你们这些见不得人的道理！轼总有面见天子的一天，要同天子讲个当面。”

梁成看到，狱房里和狱房门口的狱卒笑栽了。这个苏轼，到了这个地步，还讲这些笑死人的话，还口口声声有面见天子的一天，真是做白日梦，呆得不能再呆了。尖嘴猴腮狱吏的脸板了下去：“苏轼，我们张老爷最铁面无私，翻脸就不认人的！”

梁成清楚，苏轼真要吃大苦头了。尖嘴猴腮狱吏转身往狱房门外走去，经过房门口时，对梁成挥了挥手，要梁成走人。梁成是个阿弥陀佛一样的人，也是个明白人，知道这些人下面要做的事，不想让不相干的人知道。梁成不敢留下来，提着水壶往监舍外走去。梁成看到，隔壁狱房的犯官还把脸幽灵般紧贴在小孔窗上，别的狱房的犯官像死了一样，谁也未敢在小孔窗上露一下脸。

梁成出了监舍，下旬的一勾弯月出现在皇家监狱东墙之上，大院里有了些微的亮光。

梁成在自己的住处洗了脸和脚，本想睡去，但睡不着。他今夜只是放心不下苏轼。他知道自己帮不了苏轼什么忙，但想去苏轼狱房看看。梁成又提了壶开水，往西面苏轼监舍走去。梁成这回没碰到疯疯癫癫的犯官。在离苏轼监舍十来丈远的地方，梁成朦朦胧胧看到七八个人从苏轼监舍里出来，地上有链子被拖动的声音传来。梁成惊得手上的水壶都掉了下去。这七八个人，其实是关在这里的那些案情特别重大的响马土匪、江洋大盗，但在皇家监狱里却很吃得开，没谁敢惹他们。这些人久在皇家监狱里，与狱吏、狱卒都熟了，常干些互为表里的买卖，一年也有个二三百贯的进项，日子过得并不坏。不用说，梁成离开这里后，尖嘴猴腮狱吏把这些人叫来，折磨了苏轼半夜，怪不得刚才把自己支走。

梁成进了监舍，见尖嘴猴腮狱吏兴冲冲地从苏轼狱房出来，对坐在桌边的张守英说："世上的犯官，无论他是哪一种，进了此门，就得低头服我们管，没有不服帖的。"

张守英放下手上的供状卷页，喝着茶，脸上的笑容相当暧昧："答应了？"

尖嘴猴腮狱吏："不答应还行？后天他大公子来京都开封，就把银子解过来。"

张守英点点头："其实我们这两个钱，也是辛苦赚来的，一忙就一个晚上。"

梁成听了有点毛骨悚然，不敢多嘴。梁成清楚，苏轼大公子送来的银子不会少于三千两。梁成给张守英续了水，往苏轼狱房走去。梁成到了苏轼狱房，灯还点着，欲明不灭的。梁成看到，苏轼狱房里一片狼藉。床散了架，几四脚朝天翻倒在地，地上四处散落着床上的乱草和茶碗的碎片。梁成还看到地上有许多麻绳，一条条像躺在地上的蛇。苏轼身上的衣服给撕破了，沾着杂草的长发遮住了脸，跪在地上；狱房里的人走光了，却转着圈子磕头。后来，阔嘴巴狱卒扬扬得意地告诉梁成，苏轼这晚，被这些麻绳捆吊在悬梁上，被那七八个案情特别重大的响马土匪、江洋大盗轮番打了半夜，打得把那七八个案情特别重大的响马土匪、江洋大盗看成老爷，一口一声求这几个老爷开恩。狱吏、狱卒并未动手，都站在狱房外面嘻嘻哈哈开心地大笑着。梁成心里很不是味。一个名满天下的大才子竟然遭这样的罪，受这样的凌辱和折磨，竟然跪在一些杀人不眨眼的响马土匪、江洋大盗面前，称他们老爷，向他们求情，这叫个什么世界。

塌鼻子狱卒神气活现了，站在苏轼狱房外，训起苏轼来：“苏轼，你读了那么多书，没一本教你怎么孝敬牢里的老爷的？你读的那些书有什么用！”

阔嘴巴狱卒也不甘寂寞得意扬扬地开导道：“苏轼，都是那些狗屁的诗呀文呀，把你弄糊涂了，弄得对世上的事一点都不懂。以后别写那些诗呀文呀的，就跟我们这些当老爷的学学，肯定会比现在聪明多了。”

梁成看到，苏轼一脸被这些人奚落后痛苦的表情，要说什么，又没说出来。梁成不由又担心起苏轼会说些什么不该说的糊涂话。不用说，平日苏轼对塌鼻子狱卒、阔嘴巴狱卒这些大字不识、根本谈不上学养的人肯定是看不起的。但，到了大牢里，再有才的人都得服这些人管。梁成清楚，对别的犯官用不着说这些废话。天下像苏轼这样糊涂的犯官不多，不把话挑明是不晓得尊敬那些被他瞧不起的狱卒的。不过，没过多久，苏轼竟然巴结讨好起这两个狱卒来：“二位老爷见教的是，二位老爷见教的是。”

梁成放心了，但也很伤心，很难受，看不下去了。此时苏轼哪像个名满天下的大才子，竟然被一些大字不识的狱卒折磨得这样乖，这样服服帖帖，斯文扫地，尊严荡尽，更不要说什么派头，简直与狗无异：牢狱真不是人待的地方。

梁成的脚在地上的杂草里拨了拨，拨出了茶碗。尖嘴猴腮狱吏又对梁成挥了挥手，要梁成走人。梁成往茶碗里筛满水，从苏轼狱房里出来，看到隔壁狱房的犯官，仍把脸紧贴在小孔窗上。此人姓苏名颂，日后设计制作了一台不假人力、当世任何藩邦外国都没有的水运仪象天文台，此时知开封府，因一场冤案关在苏轼同一监舍的隔壁狱房里，有两句诗记下了是夜苏轼所受的苦状：

却怜比户吴兴守，诟辱通宵不忍闻。

吴兴者，湖州也。吴兴守者，湖州太守也，指的就是苏轼。做笔录的书吏对苏轼在夜讯时受到的折磨和凌辱，是不会记载的，但苏轼的这两句诗，却是再好不过的证词。

梁成站在皇家监狱大院里，见天色已微明，皇家监狱长垣外的乌府台柏树上有小鸟在鸣叫，鸣声婉转清亮，柔情万种。梁成隐约见到那个疯疯癫癫的犯官在不远处不停地说：“我罪该万死，再也不奸养女了。”

第九十章　老太后数语苏轼大赦有望　王安石一言天子茅塞顿开

元丰二年十二月十八日，京都开封上空浓云密布，日头像散了黄的鸡蛋，周边有圈淡淡的发黄的光。这天散了早朝，外表像乡下人却又魁伟风仪很像其兄王安石的王安礼匆匆去御膳堂吃过朝食，来到崇政殿。此时的王安礼已由开封府判官擢升为直舍人院、同修起居注，每日都要把天子赵顼的言行及朝事活动记录下来，成了天子赵顼身边离不开的近臣。王安礼衣袖里有一份兄长王安石的奏章。奏章是兄长的家人送来的。家人转告兄长叮嘱的一句话：赶紧把这份奏章亲自呈送到天子手上。兄长的奏章不经银台通进司呈交天子，却由他转呈天子，此事不仅重大，且紧迫，万万不可延误，也不可泄露。王安礼猜：此事一定与苏轼乌台诗案有关。

王安礼到了崇政殿门口，一个太监从里面出来，要他去中书衙门传天子赵顼的口谕：中书宰执大臣速来崇政殿议事。王安礼急忙转身往回走，所过之处的太监、女官、宫女都很巴结讨好地望着他。王安石二次罢相后，宫内宫外的人都知道王安石再也不可能回到朝廷来了，谁对王安礼的态度都热不起来。王安礼当上同修起居注后，宫内宫外巴结讨好的人就多起来了。不过，王安礼无动于衷，对此并无什么反应。

王安礼清楚，天子赵顼要中书宰执大臣速来崇政殿议事，也可能为的是苏轼的乌台诗案。苏轼这年八月十八日被押解到京都开封，整整四个月过去，经过四十多次堂审，无数次夜讯，案情已清，罪证确凿，无冤枉苏轼的地方。苏轼服辩，写了份长达一万七千言的供状，堪称平生最长的一篇文字。李定、舒亶将苏轼服辩的供状进呈御览。此案牵扯到的人很多。这一下弄得官场人人自危，提心吊胆，只求自保，噤若寒蝉。王安礼出了崇政殿，下丹墀时见殿的左侧有伙朝臣拥着御史中丞李定和监察御史里行舒亶，从御膳堂那边过来。不用问，那伙朝臣想从李定和舒亶嘴里打探情况。在距王安礼不到两丈远的地方，王安礼看到李定一面摇头，一面叹息，似有无限惋惜："苏轼真乃奇才，十年来所作文字，引证经传，随问随答，无一差错，实在难得，难得!"

王安礼心里多少有点惊怪。朝野上下，许多人口里不说，心里都认为苏轼乌台诗案，是李定、舒亶这班奸人陷害的结果。特别是李定，干系更大。苏轼和司马光一样，抓住李定不给出嫁的生母服丧这点，大骂李定，弄得李定没脸见人；如今犯了事，李定岂能放过苏轼？不过，王安礼不这么看。首先，苏轼骂人不对，既然孔子也不给出嫁的生母服丧，李定又何错之有呢？其次，苏轼确实犯了毁谤罪，熙宁十年春，天子赵顼是下了诏书的，严令乌府台纠劾讥谤新法的朝廷命官，然而苏轼还要犯忌，接二连三写诗讥谤新法，这就不好办了，任何人当御史中丞都要拿苏轼是问。说起来，王安礼对李定和舒亶印象不错。特别是对李定，王安礼很有点喜欢。王安礼觉得，李定这个人还是本分厚道，不讲违心的假话。对舒亶，王安礼也认为是个不错的言官。言官就是要敢直言，要不怕得罪人，要六亲不认。要说缺点，这两个人太醉心新法，不管新法对与错，只要谁伤到了新法，他们都会毫不客气弹劾，决不讲半点情面，决不手软。

王安礼完全没想到，李定对苏轼之才竟是如此佩服。王安礼认真审视了一下李定的脸，但见李定和过去一样，是一脸的厚貌。王安礼觉得，李定刚才的话不是假话。此时，王安礼有点责怪起苏轼来。李定对苏轼还是不错，苏轼却把人家骂得那么狠，确实不该。

王安礼再看看李定身前身后的那伙朝臣，一个个面目凝重，只听不语，唯恐涉入乌台诗案中。王安礼不怕，下了丹墀，走了过去，对李定说："苏轼在狱近况如何？"

王安礼看到，那伙朝臣都有点惊恐也怪怪地望着自己，好像在说：现在朝臣人人噤口不言苏轼，这个王安礼怕神经出了什么病吧，怎么向主审苏轼的御史中丞打听苏轼的情况？李定也很是怪怪地打量了王安礼一眼，然后拉着王安礼的袖子，带到离那伙朝臣少说有十多丈远的地方，很是担心、很是严肃地低声说："苏轼与金陵丞相论事不合，公幸毋营救，否则，人将以公亦为轼党也。"

金陵丞相者，王安石也。王安礼真不知道自己此时怎么说李定好。李定的这番话，明显有关照的意思：当下情势还是少说点苏轼为好，否则要惹麻烦的。王安礼说:“某只是问了下苏轼的近况，就是轼党，这个轼党也太容易当了；真要某当，某也就当定了!”

王安礼看到，李定一脸的惊诧，眼睛不住地眨着望自己，好像自己是个怪物。有个太监上了丹墀，还回过头来，怪怪地望着王安礼，好像在说：苏轼乌台诗案风声这么紧，居然有不怕受牵连，拼命要当轼党的人。舒亶走了过来，一脸诚意也一脸不客气地对王安礼说：“王大人，李中丞之语，非戏言耳。”

王安礼想：你们无非要弹劾我王安礼，我王安礼等着你们弹劾！王安礼急着要去中书衙门传赵顼的口谕，不想跟李定、舒亶啰唆下去，便告辞了。不多一会，王安礼到了中书衙门了。王安礼心中有数，苏轼犯罪事实清楚，讥谤罪案成立，现在就等天子赵顼的御批。京都开封风声很紧，看样子苏轼这回是在劫难逃，死定了。天子赵顼的朱批前，当然会跟中书省宰执大臣商量一下。现在中书宰执有三人：“三旨宰相”王珪，参知政事蔡确、章惇。王安石二次罢相后的头两年，朝廷是王珪独相柄国。赵顼对“三旨宰相”王珪是很满意的。王珪从来原原本本照旨办事，赵顼省却了许多与大臣磨嘴皮子的时间和精力，但赵顼也因此少了大臣的辅佐，让自己忙得不亦乐乎，常常弄得筋疲力尽、劳累过度。改年号后，赵顼便先后增加了两位参知政事。赵顼先拜蔡确为参知政事。王安礼对蔡确印象不好。蔡确这个人长得眉清目朗，仪表秀伟，身上有种干大事的派头。但，朝臣大都不愿跟这个人打交道，说这个人很难捉摸，随时都会改变主意。按说，此公比苏轼小一岁，然而，官却比苏轼当得大。赵顼后拜章惇为参知政事，章惇这个人脾气不好，霸气太足，报复心强，不好惹，得罪了他的人都要当心吃大苦头。朝野上下，不少人把章惇祖宗八代都骂了，王安礼觉得有欠公允。章惇这个人能成事，敢说、敢为、敢玩命，有一双识人的眼睛，为朝廷办事六亲不认，对朋友也敢拔刀相助。天子赵顼圣明，清楚章惇是个有用的人才，前不久把他召回朝廷，当上参知政事。

就算今日赵顼不让王安礼去中书传口谕，王安礼也要去中书衙门会会这三位宰执大臣。王安礼想请他们在天子面前为苏轼说上几句公道话，免不了苏轼的罪，至少也要保住苏轼这条命，不让定个死罪。王安礼觉得他能做到这一点。朝中不少人认为王安礼喜欢说大话，且说起大话来又很随便，张口就说，常常贻人口实，被人笑话。王安礼也知道自己有这个毛病。然而，他这次去会三位宰执大臣，是经过周密考虑的。王安礼感到，王珪不会从中作梗。王珪是朝野上下都知道的“三旨宰相”，不可能不清楚：两宫太后和皇后都很赏识苏轼，喜欢他的诗文；天子很看重苏轼，也很喜欢苏轼的诗文，苏轼在乌府台狱堂审时天子还赞不绝口地读苏轼的诗文。既然如此，王珪不至于对苏轼落井下石，把事做绝。章惇更没问题。不错，在朝臣中，除兄长王安石、吕惠卿外，任何朝臣均不在章惇眼中；但章惇对苏轼的才却特别欣赏，从来对苏轼相当友善。不要说不让给苏轼定个死罪，就是定个无罪，甚至官复原职，章惇也不会不同意。难办的是蔡确。王安礼对这个人吃不透。此人善与时上下，有时也逆时而上；不敢顶天子，却常把顶头上官顶得七窍生烟、火冒三丈；好事做过，恶事也不少；绝顶聪明，但有时又会做出些蠢事来；有人说他好，有人说他坏。蔡确会在乌台诗案中给苏轼说些什么话呢？王安礼确实拿不准。不过，王安礼也不想在这个问题上想得太多；见还是要见蔡确的，或许蔡确会帮苏轼说些好话。

王安礼快到中书衙门时，一个御前太监追了过来，说太皇太后曹氏驾临崇政殿，天子赵顼要王安礼赶紧回去。王安礼觉得奇怪。起居注者，记天子言行录之官也，所记之事必与朝中国事、天子修身相关。天子与官家里面的人的一般常规活动，是不用修起居注在场的；就是与两宫太后日常交往，亦是如此。不错，前不久，太皇太后曹氏得了水疾，病得不轻，且很快消瘦下去，乔内史已完全不管用了，御医也都一筹莫展。血亲的天子赵顼亲自为太皇太后曹氏祈福，且特诏大赦，凡死罪囚流以下均着开释。朝臣们心中有数：太皇太后曹氏升遐之日不远了。此时太皇太后曹氏驾临崇政殿，岂是为了散心？再说，十几年前太皇太后曹氏垂帘听政，也只去过垂拱殿，从未踏进天子阅事的崇政殿半步。不过，王安礼很快明白过来，太皇太后曹氏驾临崇政殿，必为朝廷急事大事；当下朝廷急事大事者，又莫过于乌台诗案。既然如此，作为起居注的王安礼当然要在场。

王安礼有种预感：苏轼有救了。王安礼的脚步更快了，不多一会就到了崇政殿前。此时的崇政殿前的平台、庑廊多了好些太监、女官、宫女，都一脸的肃敬、一脸的忧戚，规规矩矩地站着。还有几个手上拿着朝臣奏章的太监，都给挡在崇政殿外。

王安礼进了崇政殿，一眼便见太皇太后曹氏缩在西壁角下的椅子上坐着。王安礼心里油然升起一种对太皇太后曹氏的崇敬之情。中原王朝历朝历代的家法之美无如大宋，这与大宋王朝的太后们内助之贤、母范之正有很大关系。不错，太皇太后曹氏在英宗朝初期垂帘听政时有过一点恋权的表现，但很快还政于英宗，之后就一直恪守大宋官家的规矩，从无半点逾越，注意勿蹈干政之嫌。崇政殿是天子阅事之处，正北的御椅上只能天子坐，就是垂帘听政的太皇太后、太后也不能坐在那里。太皇太后曹氏是年龄愈大愈遵守这一规矩，本来已经病重，把椅子摆在大殿中间位置上坐着，也未尝不可，朝臣不会有什么议论；然而，太皇太后曹氏却只在最偏的下位坐，能不受人尊敬吗？

王安礼看到，得了水疾的太皇太后曹氏确实瘦了许多，太阳穴下凹，颧骨突起，两腮里缩，颈皮下垂，又皱又松；听宫中太监说，太皇太后曹氏的两条腿肿得像冬瓜，透明得可怕。太皇太后曹氏当年的雍容华贵不见了，一脸的富态荡然无存，看起来与民间的老太婆无异。天子赵顼双手垂立在太皇太后曹氏身边，恭候太皇太后曹氏的懿训。太皇太后曹氏身边还站着一个年过花甲的老女人，在殷勤地给太皇太后曹氏捏背捶肩。不用问，这个老女人就是侍候了太皇太后曹氏五十年的老宫女乔内史了。殿里的太监、女官、宫女都十分崇敬、十分关切，也十分小心、十分紧张地望着太皇太后曹氏。

崇政殿里有种神圣的沉静和奇妙肃然的气氛。王安礼赶紧在崇政殿侧的一张小桌边坐下来，准备记下赵顼与太皇太后曹氏的对话。太皇太后曹氏一直坐着，显然在等待王安礼的到来。王安礼清楚，太皇太后曹氏是个明白人，把大宋官家的规矩和自己的名声看得比什么都重。既然如此，太皇太后曹氏当然要把自己今日的言行记录在案，也好对朝臣和自己的后世有个交代。王安礼坐下后，太皇太后曹氏没任何闲话，直问赵顼："据闻苏轼已下台狱？"

赵顼："是，自八月中旬迄今，三个月有余。"

太皇太后曹氏："何事下台狱？"

天子赵顼："苏轼多年来以诗讥谤朝政。"

太皇太后曹氏叹惜道："尝忆仁宗以制科得轼兄弟，喜曰：'吾为子孙得两宰相。'惜不及用也。今竟为诗案系狱，殆非始料所及。"

天子赵顼对太皇太后曹氏的话是不敢不听的，惶恐道："祖母勿忧，尚未定谳。"

太皇太后曹氏长叹了口气，轻声言道："官家大赦可免，但放苏轼足矣！"

王安礼早就有耳闻，太皇太后曹氏是位了不起的女中丈夫，仁爱有恕，睿智有识，大有祖风，不愧是开国元勋曹彬的后裔。王安礼今日算是亲眼看到了。王安礼觉得，太皇太后曹氏神智，真的是一点也不糊涂：一没有否定苏轼的讥谤朝政罪，苏轼犯罪事实确凿，推翻这条将置天子于何地；二用的是请求口气，口气里充满了惋惜；三目的很清楚，救苏轼一命。王安礼再仔细想想太皇太后曹氏这番话，更觉得太皇太后曹氏了不起。太皇太后曹氏为救苏轼，付出了很大的代价：只要能放苏轼出狱，天子赵顼特为太皇太后曹氏祈福的大赦令可以收回。把话说穿，实际上是太皇太后曹氏用自己的福寿，来换取苏轼一命。太皇太后曹氏讲了四句话，不过六十五个字。王安礼感到自己的眼眶湿了。太皇太后曹氏的话说到这个分上，谁也不可能不感动。王安礼看到，天子赵顼掂出了太皇太后曹氏这句话的分量，默然良久。王安礼心里为之一喜。苏轼果真有救了。朝臣怕跟苏轼之事沾边，太皇太后曹氏不怕。太皇太后曹氏的大赦之说，对苏轼来说，可说是天大的好事。

太皇太后曹氏说完这些话，就由宫女簇拥搀扶着向崇政殿大门走去。王安礼跟在天子赵顼后面，送太皇太后曹氏出了崇政殿。太皇太后曹氏上了凤辇。王安礼还与天子赵顼站在殿外平台上，一直望着太皇太后曹氏的凤辇穿过横街，进了后宫。王安礼的一只手伸进衣袖，已经摸到了兄长王安石的奏章，没想到赵顼转身进了崇政殿。王安礼则去中书衙门传口谕。可叹可惜的是，三天后太皇太后曹氏驾崩。苏轼闻之，心中大恸。但因在狱，罪臣之身，不许穿丧服，欲哭则不敢，欲泣则不可，作挽诗宣泄心中的哀痛。

王安礼去中书衙门，要路过枢密院衙门，奇怪地发现，枢密院衙门四周路上有好些人走来走去。枢密院衙门是个与中书衙门同样重要的机要之地，一般人经过这两个地方，都是低着头匆匆而过，生怕慢了会给自己惹上什么麻烦。然而，这些人却走走停停，悠闲自在得很，也无所畏惧得很。王安礼不由得停下脚步，仔细一看，认得都是乌府台的吏员。王安礼开始觉得乌府台的人简直得了神经病，竟然如此盯着枢密院衙门，像什么话。不过，王安礼很快明白过来：枢密使吕公著、枢密副使冯京都是很赏识苏轼的，对苏轼的讥讽文字也是赞成的，自然是乌府台御史监察的对象。

王安礼已经过了枢密院衙门，听到有人在低声喊他，声音是冯京的：“和甫兄。”

王安礼转身一看，见枢密使吕公著、枢密副使冯京从枢密院衙门的台阶上下来。不用说，二人出来有要紧的话跟自己说。说句实在话，王安礼也有要紧的话跟吕公著、冯京说。

不过，王安礼奇怪得很，吕公著、冯京站在路上，却很久没有开言。王安礼看到，枢密院衙门四周路上走来走去的人渐渐往这边走来了。王安礼清楚，时下京都开封官场，人人心里都很有点怕乌府台的人，总是尽量躲开这些人。不过，王安礼觉得，吕公著、冯京未免太谨慎了些。枢密院衙门旁边路上不就有些乌府台的吏员走来走去吗？不要说他们听不清我们说的话，听清了又怎么样呢？我们又没谁毁谤讥讽新法。

王安礼故意提高嗓门："找某有事？"

冯京这才轻声细语地问："和甫兄是去中书衙门？"

王安礼望了望离这边越来越近的乌府台吏员。乌府台的吏员不敢再往前走了，只是停在那里望着这边。

王安礼声音依然不低："天子要召见中书宰执大臣。"

冯京："章惇一向友善苏轼。"

王安礼明白冯京的意思：要救苏轼，章惇是个用得着的人。

吕公著："王珪不是个正人。"

王安礼明白吕公著的意思：要防着点王珪。朝野上下，都认为"三旨宰相"王珪是个没用的庸人，但说王珪不是个正人，王安礼还是第一次听到。王安礼心里为之一惊。吕公著、冯京都只说了这么一句话，就匆匆回枢密院衙门去了。

王安礼急步到了中书衙门，对王珪、蔡确、章惇传了赵顼的口谕，然后说："三位宰执大人，都是了解苏轼的。这个人读的是圣贤书，一心想的是报效朝廷，只是那张嘴巴不好，才弄出这么天大事出来。三位宰执大人要为苏轼说上几句话，要是苏轼因文字而获罪，则恐后世将笑三位宰执大人不仁矣！"

王安礼很认真仔细地看了看王珪、蔡确、章惇脸上的表情。三人谁也没有出声。王安礼不喜欢王珪。王珪一脸的规矩和本分，好像在说，仁不仁，全看天子：天子要宽恕苏轼，我王珪就仁矣；天子要不宽恕苏轼，说我王珪不仁也只好认了。王安礼很高兴看到章惇。苏轼犯事以来，章惇四处为苏轼说情。章惇一脸的欢愉和无畏，好像在说，王安礼此言极是，怕受苏轼牵连的人，岂能称得上仁人？蔡确则一脸的不置可否，好像在说，仁不仁，这问题谁说得清楚，天下事计不得那么多身后名。

过了一会，章惇开言了："和甫，你放心，天子面前章某不会不对苏轼说公道话的。"

蔡确也开言了，对王安礼说："蔡某自有主张。"

王珪不置一词，只是笑了笑。

王安礼心里有数了：看来苏轼乌府诗案一事未可过分乐观。王安礼转身赶紧回到崇政殿去复命。在上崇政殿的丹墀时，李定、舒亶正好一前一后下丹墀。王安礼与李定、舒亶擦肩而过时，相互行了拱手礼，不过谁也没说话。

王安礼进了崇政殿，很想赶紧把兄长王安石的奏章呈交到赵顼手上；兄长的奏章已经抽到袖口，没想到王珪、蔡确、章惇后脚也来到崇政殿，只好把兄长王安石的奏章放回衣袖里，在御案右侧下的小桌边坐下，蘸好墨，准备记下今日天子与三位宰执大臣的言谈。

王珪、蔡确、章惇依次站在御案的左侧。赵顼坐在御案后面，龙颜肃然。王安礼知道，这些日子，为苏轼乌台诗案一事，赵顼龙颜都是如此。御案上堆了一大摞奏章，赵顼把有些看过的理理平，放在一边。王安礼注意到，崇政殿里不见一个太监、女官、宫女。王安礼明白了，今日之事，关系重大，也很机密。

不多久，赵顼开金口了："近日朝野上下的奏章，雪片似的送了上来，谈的全是苏轼。多数人要杀苏轼，义愤填膺，说不杀苏轼不足以平民愤。也有些人要救苏轼，说杀了苏轼这样的大才子可惜。朕十分想听听三位大臣的意见。"

王安礼明白，苏轼这条命到了关键时刻。从赵顼龙颜上看，苏轼凶多吉少，王珪、蔡确、章惇的意见就至关重要了。这三人谁都没有立即开言。王安礼把目光盯着蔡确，此人很难捉摸，随时都会改变主意。王安礼看到，蔡确的眼睛只望着赵顼，既没相王珪、章惇一眼，也没相自己一下。蔡确没有先开口的意思。王珪也只是很恭顺、很本分地望着赵顼，一脸"三旨宰相"的表情。约莫半炷香工夫，章惇先开口了："陛下，臣知轼，心中唯有大宋江山社稷，直性率真，只是嘴巴不好，口无遮拦，绝无毁谤之意，只是不知道自己的嘴巴有一天要给自己惹祸。"

王安礼赞赏地望了望章惇。章惇对苏轼是真好。王安礼再望了望天子，赵顼龙颜却很是气恼起来，看来赵顼对苏轼还是不能原谅。王安礼望了望蔡确。蔡确侧过身，望着章惇，目光里也很有点赞赏章惇的意思。王安礼最后望了望王珪，叫他感到奇怪的是，这个在议事时总等赵顼说过之后才开口的“三旨宰相”王珪，却不等赵顼说话，就开口了：“陛下，臣以为轼根本不是不知道自己嘴巴有一天要给自己惹祸，心里恰恰十分清楚这一点。轼曾劝友人不要多嘴多舌：‘醉后狂歌自不知，刺舌君今犹未戒，炙眉我亦更何词。’天下岂有劝人家不要多言的人，自己却口无遮拦的？”

这是王安礼完全没想到的。此时的王珪，一点不像“三旨宰相”。王安礼感到，吕公著的话没说错，王珪果然不是正人。王安礼觉得王珪简直混账透顶。天下事往往多悖：劝人不要急躁的人往往很急躁，劝人戒酒的人往往喝得烂醉，劝人要早睡早起的人往往睡懒觉，劝人要有自知之明的人往往老子天下第一。既然如此，劝人不要多言的人却管不住自己的嘴，这又有什么奇怪的呢？苏轼劝人不要多嘴多舌，只是表明他自己也知道这点会给自己惹祸；但他说归说，做归做，做起来就把劝人家的话忘到脑后了。

王安礼看到，蔡确、章惇都很是惊讶地望了望王珪，很有点刮目相看的意思。王安礼还看到，赵顼也龙颜一怔，有点不认得王珪似的。崇政殿里有种严重、滑稽的气氛。王安礼感到苏轼遇到大麻烦了，觉得衣袖里兄长的奏章滑落到了袖口。王安礼干脆抽出来，放在小桌上，随时准备呈给赵顼。此时，章惇说了句石破天惊之语：“陛下，人才半以司马光邪说坏之。轼之过，全在司马光。”

王安礼看到，赵顼、王珪、蔡确都一脸的错愕。章惇此言，意在为苏轼开脱。不过，王安礼觉得，章惇的话说对了一半。朝野上下，许多人早就把司马光当作反新法的宗主。司马光在洛阳有十年了，确实绝口不言政事，即使在耆英会上也是如此，但许多人还是以司马光马首是瞻，对他十年前说过的话还记得清清楚楚。苏轼对司马光自然是很敬服景仰的，但司马光没给苏轼坏影响，更不会教苏轼口无遮拦地去毁谤新法。

王安礼注意到，赵顼盯着章惇，目光犀利，像要刺穿他的胸膛看到他的心。蔡确也侧过脸去，盯着章惇，脸色显得很僵硬。王珪侧身隔着蔡确望了望章惇，脸上露出一种令人捉摸不透的笑意。崇政殿里君臣皆不说话。没多久，章惇又说了句惊世骇俗之语："败新法者，必司马光也！"

王安礼注意到，赵顼、王珪、蔡确都一脸的惊诧。王安礼早有种预感：新法要败的话，确实必败于司马光之手。朝野上下，很有些人知道章惇有双识人的锐眼。二十年后，赵顼的儿子、庙号叫哲宗的天子赵煦驾崩，章惇强烈反对立后来庙号叫徽宗的端王赵佶为天子，说了句狗胆包天的话："端王轻佻，不可以君天下！"这句话可说是悬诸日月的不刊之言。要是当时人们听了章惇的话，金人未必能兵临开封城下，大宋历史将会是另一个样子。章惇纵有种种不是，但这双识人之眼却不得不让人折服。后来，章惇为这句狗胆包天、很有见地的大实话付出了沉重的代价，给整得身败名裂、死去活来。章惇在史书上遗臭万年，也与这句话不无关系。可惜的是，那时王安礼已去世好几年了；要是王安礼还在世，肯定会给章惇说话，章惇的处境或许不会那么糟。不过，王安礼与章惇不同：章惇对司马光充满了愤恨，他对司马光却充满了敬意。

王珪又一脸一切顺从赵顼的"三旨宰相"的表情。蔡确多少有点怪怪地笑了笑。王安礼清楚，章惇此言，意在为苏轼开脱：既然败新法的元凶是司马光，司马光无事，苏轼自然亦无事。赵顼龙颜严厉起来，问章惇："司马光败新法，有文字凭据吗？"

王安礼清楚，赵顼对司马光始终圣眷不减，有种敬意。章惇无言以对。时至今日，就是掘地三尺，也找不到司马光半个字的凭据。

赵顼龙颜很是不快："既无文字凭据，又何出此言！"

王安礼仔细揣摩赵顼的话，明白赵顼何以对苏轼最最不能原谅的原因了。赵顼的问话重在"文字凭据"四个字上。按说，苏轼与司马光都以新法为非，但苏轼频频以文字毁坏新法，肆意纵言，略无顾忌；司马光以无言对抗，且去洛阳至今十年绝口不言政事，更不要说有什么文字凭据了。赵顼自然对司马光尚属可忍，对苏轼就忍无可忍了。

王安礼感到，章惇帮了倒忙。一时间崇政殿内，谁也没有出声。王安礼拿着已经放在小桌上的兄长王安石的奏章，呈送到赵顼手上，刚欠起身，有个太监躬身小跑过来禀告赵顼：李定和舒亶呈送奏章来了。奏章本大多由通进银台司呈递。这三份奏章却送到乌府台，且是李定和舒亶呈送。王安礼猜：给苏轼说情的来了。赵顼传旨：召李定、舒亶进殿。转眼工夫，李定和舒亶进了崇政殿。李定把三份奏章双手呈交给赵顼。

李定、舒亶和太监退下去了。王安礼放下兄长的奏章。赵顼接过三份奏章，拆开封口，看了一遍。王珪、蔡确、章惇神情专注地望着天子的龙颜变化。赵顼没有立即开言，只是举起刚才看过的三份奏章，在空中扬了扬；然后欠起身子，把一份奏章递下去，让王珪、蔡确、章惇、王安礼看。第一份奏章是苏辙的：

> 臣早失怙恃，惟兄轼一人相须为命。轼居家在官，无大过恶，惟赋性愚直，狂狷寡虑，愚于自信。臣冒死一言，欲乞纳在身官职，以赎兄轼，非敢望末减其罪，但得免死为幸。若蒙陛下哀怜，赦其万死，使其得出牢狱，臣愿与兄轼洗心改过，粉身报效，惟陛下所使，死而后已。

王安礼看到，赵顼严峻之色少解。苏辙的奏章起了好作用，一是好在一点也不否定苏轼对天子大不敬之罪，但强调苏轼这只是性情使然；二是好在要求中肯，不求减罪，只求免死；三是好在诚心可歌，愿以官职替兄赎罪；四是好在忠心可鉴日月，从此粉身报效朝廷，唯天子驱使。赵顼又把第二份奏章递给王珪、蔡确、章惇、王安礼看。这份奏章是文彦博的：

> 苏轼乃命世奇才，不应以文字为罪。只要能救苏轼，即使自身获罪，受刀斧之刑，亦心甘情愿。

王安礼看到，赵顼龙颜却很是不快。文彦博的奏章慷慨诚可贵，激昂感人心，却帮了倒忙。苏轼有罪，这是铁案，岂有奇才能免罪之理？愈是奇才，愈要重判，不可饶恕。特别是文彦博说不应以文字为罪，岂不是错在天子赵顼，这如何使得！

不一会，赵顼拿起第三份奏章，似乎很有点拿不出主意似的，在空中抖了几抖，明显有提示意：王珪、蔡确、章惇和王安礼都仔仔细细把这份奏章看看。

王安礼看到，这份奏章上有苏轼“龙”诗三首。其一《塔前古桧》：

凛然相对敢相欺，直干凌云未要奇。

根到九泉无曲处，世间惟有蛰龙知。

另有首诗，其中两句：

半年不雨生龙慵，共怨天公不怨龙。

还有《赠写御容妙善师》诗，末六句有：

平日惯写龙凤质，肯顾草间猿与獐。
都人踏破铁门限，黄金白璧空堆床。
迩来摹写亦到我，谓是先帝白发郎。

王安礼心里为之一惧。王安礼注意到，赵顼龙颜变得相当严峻起来，王珪、蔡确、章惇也都一脸的严正。王安礼心里忐忑不安，很为苏轼担起心来。历朝历代“龙”诗都不好写，总是惹祸，弄不好要人头落地的。

王珪又先开口说，脸上全无一点“三旨宰相”的神情：“陛下，轼有不臣意。”

王安礼感到，崇政殿里的气氛骤然变得紧张起来。按照王珪的说法，苏轼犯了十恶不赦的天字第一号大罪，死定了。王珪哪里是什么规矩本分之人。此人心毒得很，不出手便罢，出手就招招致人命。

王安礼看到，赵顼龙颜一震，肌肉绷得很紧，猛地抬起头来，严厉地望着面前的三位宰执大臣。蔡确一脸的正色，有种跟“不臣”之人决一死战的意思。王安礼感到苏轼此时到了最危险的时刻，说命如悬丝一点也不过分。

王安礼很想为苏轼辩解几句，但他只是个修起居注，是不便在宰执大臣议事时插嘴的。好在此时章惇侧过身去，一脸正气，对王珪说：“王大人，‘不臣’二字不可随便乱说。轼固然有罪，绝不至于‘不臣’。”

王安礼看到，赵顼脸上的肌肉没绷得那么紧了。崇政殿里的气氛多少轻松了些。不管怎么说，此时有人给苏轼说话总是好的。王珪一脸的杀气腾腾：“苏轼不臣之罪，白纸黑字，铁证如山。听听《塔前古桧》诗：‘根到九泉无曲处，世间惟有蛰龙知。’龙者，帝王之象也。轼以直干凌云的古桧自喻，却不仅没得到大用，反给压在九泉之下不能再往下伸的最底层，而求之于地下之蛰龙，这不是不臣又是什么？轼还要老实交代：蛰龙系何龙？谁是对他有知遇之恩的蛰龙？章大人不必为苏轼辩解，否则要受到连累的。”

王安礼感到，不仅苏轼跳到黄河里去说不清了，还要连累到许多人，朝廷要大开杀戒了。蔡确没出声，一脸正色却未改。章惇语塞，不知说什么好。王安礼觉得王珪太卑劣了。这些话完全是指鹿为马、牵强附会、恶意栽赃。《塔前古桧》其实是再普通不过的咏物诗；然而，经王珪这么一解释，竟成了一首含沙射影对天子宣泄怨恨的反诗了。

崇政殿里又寂寂无声，气氛变得十分诡异，令人窒息。王安礼注意到，此时天子赵顼龙颜突然变得十分复杂起来：既严厉，又有点左右为难；既庄重，又有点一筹莫展。随后赵顼竟侧过身，伸手翻了翻堆在御案上的那摞奏章，给人一种很是无聊、很是无奈、很是有点心烦意乱的感觉。

王安礼此时把兄长王安石的奏章呈送上去。赵顼见是兄长的奏章，赶紧接过去，很认真地看起来。王珪、蔡确、章惇都望着赵顼。王安礼看到，赵顼龙颜十分古怪，且变化很快：一会凝思，一会皱眉，一会激动，一会欢悦，一会感慨。突然，赵顼提起御笔，要在兄长的奏章上批写什么，却又迟迟未落笔；不过，转眼间那支朱色御笔在兄长的奏章上打了十来个圈，然后欠起身子，从御案那边把兄长的奏章先递给王珪、蔡确、章惇看，然后又要王安礼拿过去看。王安礼看到，兄长的奏章不长，被赵顼朱色御笔打了圈圈的一句话赫然在目，九个字：

安有圣世而杀才士乎？

王安礼心里为之一松，不由得又望了望赵顼，但见赵顼龙颜开朗，从御座上下来，反剪双手，在崇政殿大堂里走来走去，脚步轻松，脸上有种醍醐灌顶后的彻悟之色。王安礼看到，王珪、蔡确、章惇都随着赵顼的脚步，转动着身子，移动着目光。崇政殿里唯有赵顼的脚步声很有节奏地响着。王安礼感到苏轼乌台诗案有点不那么可怕了。少说过了一炷香工夫，赵顼停下脚步，王珪、蔡确、章惇的身子也不转了，目光都定在赵顼龙颜上。赵顼先望着崇政殿高处的大梁："师相之言，顿开茅塞，使朕如拨云雾而睹青天。圣世杀士，岂是圣世？诗人之词，安可如此论说？彼自咏桧，何预朕事？"

王安礼心里一乐。苏轼有救了。说来教人感到不可思议的是：救苏轼的人不少，都起了作用；太皇太后曹氏之言，起的作用不可小觑，赵顼不可能完全把太皇太后曹氏的话不当回事。但，都未能使赵顼久积在心中的对苏轼最最不能原谅的恼怒冰释。真正洞悉天子赵顼心理、一语道破天机的，是誉满天下也谤满天下，被反新法的人恨之入骨且骂得狗血淋头，也是受到苏轼多方责难的兄长王安石。兄长的奏章，既是为苏轼求情，更是为赵顼着想。自从当上修起居注后，王安礼越来越清楚地看出了赵顼藏在心中的那个大秘密：富国强兵、洗刷国耻，重振汉唐雄风，做大有为之君。真做到了这点，真可谓圣世矣！圣世之君对后世名声都看得比天还重；杀了苏轼，还算是圣世吗？天子后世名声还能好得起来？兄长到底与赵顼在一起行了十年新法，二人知根知底，一言破的，起了至关重要的作用，真正救了苏轼一命。

王安礼看到，崇政殿里的气氛竟然欢快起来。章惇一脸兴奋。蔡确一脸激动。王珪脸色因沮丧而变红，也不得不笑了笑。赵顼龙颜大欢："自古称龙者多矣，如荀氏八龙、孔明卧龙，岂人君也？"

章惇赶紧插言道："龙者，非独人君，人臣俱可以言龙也。"

一言未发的蔡确出声了："王相公嘉祐三年游信州有《龙泉寺石井诗》二首。"

王安礼也很熟悉兄长这两首诗。其一：

山腰石有千年润，海眼泉无一日干。

天下苍生待霖雨，不知龙向此中蟠。

其二：

人传此井未尝枯，满底苍苔乱发粗。

四海旱多霖雨少，此中端有卧龙无？

修起居注王安礼也忍不住乘间进言，一吐积在心中很久很长的话："自古以来，大度之君，不以语言谪人。今轼一文士，以才自奋，在制策试中以高等及第，自谓可立取爵位，不无失意。今若因其文字而致于法，则恐后世将讥我朝，不能容才，有损圣德，但愿陛下稍宽其狱。"

王安礼话中的意思与兄长同，只多说了层苏轼在高等及第后有怀才不遇的失意和委屈。叫人奇怪的是，王珪此时态度发生了急转："陛下金口玉言，臣才疏学浅，看来轼的诗文只是发发怀才不遇后的牢骚。"

王安礼看到，赵顼龙颜含着笑意，并未再深谴王珪；蔡确也一脸的笑意，对王珪明显有种讥刺的味道。章惇没笑，只侧过身，板着个脸，对王珪说："你刚才的话说得轻飘，可先前的话却叫人毛骨悚然。相公，你想轼满门抄斩？"

王珪的脸又红了，显然有点尴尬。不过，王珪很快摇了摇头，服了软，低声说："王某哪有那个意思。这是舒亶的话。"

章惇不好惹，目光斜视着王珪："亶之唾亦可食乎？"

王安礼觉得章惇之言痛快。章惇就这么个人：牙眼相报，没半点做作，更无半点假面，管你上相不上相，不留半点情面。王珪这回是羞得满面通红，低着个头，不敢侧过脸去与章惇的目光对接。王安礼很是看不起王珪。一个上相，做错了事，说错了话，不敢担当，却推给下面的人，这种人如何能服众。

苏轼死罪是免了。王安礼看到，王珪抬头望了望赵顼，希望赶快退朝。赵顼倒也不想为难王珪，挥了挥手，宣布退朝。王珪跑得比兔子还快。蔡确、章惇亦出了崇政殿。王安礼把章惇最后一句话记上后，也往崇政殿门口走去，赵顼把他叫住了。王安礼回转身，向赵顼走去，赵顼从御案那边过来。君臣二人在大殿中间相遇。赵顼说："卿言甚是，对轼未可过于追问。要不然，朝中谁也不敢说话，言路就闭塞了。唯苏轼过于狂傲，不加吓阻，将无止境。朕将赦之。"稍停，赵顼特别低声对王安礼说道："卿在外，勿谈此事。苏轼在朝，树敌颇多，恐言者知卿为其讲情，将转而害卿也。"

王安礼感到眼睛里盈满了泪水。赵顼真是自古以来少见的仁君。赵顼刚才的话，完全脱离了君臣礼数，完全是怕自己出事，惹上麻烦。王安礼想起李定在崇政殿外丹墀下说的话，觉得李定是怕自己出事，是出自肺腑的关切。不管朝野上下人们怎么评议李定，王安礼觉得李定还是个厚道人。

王安礼从崇政殿出来时，抬头望了望天，但见京都开封上空浓云四面散开，白色的日头从一块浓云里慢慢移出来，日光在浓云边上闪着耀眼的银光。

九天后，也就是元丰二年十二月二十七日，除夕前一天，赵顼下诏：

一、祠部员外郎、直史馆苏轼，责授检校水部员外郎、黄州团练副使，从八品，保留一年俸禄，本州安置，不得签书公事。责者，处罚也。检校者，客气点说还能在衙门里走走看看，实际上是个虚职也。安置者，朝臣被贬后在指定的边远地方居住，不得随意走动，得接受地方州县衙门监管之谓也。

二、驸马都尉王诜追两官、勒停，什么官也没了。

三、苏辙贬监筠州盐酒税务，卖官盐、官酒去了。

四、文彦博罚铜三十斤，合钱三十六贯。

五、司马光罚铜二十斤，合钱二十四贯。

一大诗案，就此勘结。苏轼自元丰二年八月十八日入狱，至十二月二十八日出狱，计一百三十日，名百日诗案，取其成数而已。苏轼的命保住了，官籍也保留了，但还是个得接受官府监管的犯官。元丰三年正月初一，京都开封百万军民在喜庆的爆竹声中迎接新春，苏轼由因公务南去的一位官员押送，离开京都开封，去距京一千九百里的黄州。

第九十一章　大才子黄州城东山坡造田　徐太守二话不说立即放人

长江出了一泻千里、遍布急流险滩的三峡，江面逐渐开阔，一路东行，在江城黄鹤楼前方四五十里处，打了个弯，转向东南而去，再在江南西路的江州一带东行，直奔大海。淮南西路的黄州就坐落在长江打弯的地方。黄州距京都开封一千九百里，是座穷苦的小镇，古为齐安郡，辖黄冈、黄陂、麻城三县，八万多户人家，二十来万人口。黄州僻陋多雨，常年烟雨笼罩。城外看，如诗如画；城里看，脏乱不堪。黄州城小巷很多，窄窄的小巷两边是高高的风火墙，风火墙上布满了青苔，小草从墙头、砖缝里顽强地生长出来。一条不宽的石街横穿南北，两边的店铺密密地挨挤在一起；街道到处是酱在泥水中的牛屎、猪粪、稻草、残枝、败叶、菜梗和泼出来的汤汁、泔水，混杂成一种刺鼻的陈腐糜烂的气味。长江流到这里，南合沅湘二水，北合汉沔二流，风云开合，变幻莫测，水势益发盛大，宽阔的水面烟波浩渺，一江暗青色的波水浩浩荡荡，前推后拥。江上清风徐来，寂静无声。江水无始无终地流着，天地间弥漫着叫人伤感的神秘禅意。

黄州城东，过了黄泥坂，行二三里，眼前便出现一片起伏的丘陵；丘陵之中有座小山，山上有竹亭一座，亭东有农舍竹屋五间，因竹屋盖好之时正下雪，取名为“雪堂”；堂台阶下有一小桥，一木横架小沟之上；桥东有一小井，中有冷泉；小井东面是片稻田，约十亩；稻田东面的坡地是果园，更东面一点的坡地是麦地。当地人说，三国时这里曾是块营地，旷世枭雄曹操的一支军队就驻扎在小山的东坡之上。此地早就荒芜，杂草丛生，遍地瓦砾，常有狐兔出没，营地的痕迹荡然无存。这里的竹亭、竹屋、小井、小桥、稻田、果园、麦地，都是近些日子修建开垦出来的。修建开垦者，苏轼也。此时苏轼一家人就在此地居住。唐代名满天下的白居易在忠州做刺史时，有诗《东坡种花》《步东坡》《别东坡花树》；苏轼修建开垦之地，处黄州城东丘陵的东坡之上：苏轼效仿白居易东坡种树种花故事，称此地为“东坡”，也自号起“东坡”来，从此“东坡”问世。毁者，让“东坡”身败名裂，遗臭万年；誉者，让“东坡”千古风流，万古流芳。

苏轼是元丰三年二月初一被押解到黄州的，只一人上路，未带家眷；在押解的路上，所过州县的地方官，因畏惧牵连而疏远避之，没受到冷眼、奚落就万幸了。到了黄州，苏轼遇到一位好太守。黄州太守姓徐名大受，没把他当犯官，仍把他当大才子看待，更未对他认真监管过，且常送酒送肉给他。徐太守考虑到苏轼现在的境况，不宜居人多嘴杂之处，便安排他在黄州城内东南的安国寺居住。此寺不大，没有院墙，四围竹篱，环绕着十几间殿堂僧舍。寺前古柏高耸，浓荫匝地；寺后万竹森然，龙吟啸啸，十分雅致幽静。安国寺住持知苏轼是名满天下的大才子，特地在竹林掩映的寺庙后部为苏轼腾出来一间静室。寺庙有斋饭吃，虽是蔬食，却十分可口。

乌台诗案，苏轼经历了一场惊心动魄的生死劫；虽然死里逃生，却让他刻骨铭心，终生难忘，也让他心存余悸；如今住在安国寺静室里，让他得到一个闭门谢客，收召魂魄，反躬自问的机会。隔日苏轼就要焚香默坐，一念清净，物我两忘，身心皆空，深自省察，直觉得自己身上的缺点都显露了出来，感到自己这些年来的举意动作，皆不中道，非独今之所以得罪，而是由来已之，令人不可胜悔。

此时，苏轼已脱去了文人的长袍，摘去了文人的方巾，改穿短褂，冠一种自制的布高书帽，俨然一农人。有时，苏轼芒鞋竹杖而出，雇一小舟，与渔樵为伍，消磨一日时光。有时，苏轼到黄州城里逛逛街，进酒店喝口小酒，往往被醉汉东推西搡，挨这些人的粗语之骂；苏轼却很高兴，喜自渐不为人识。有时，苏轼划条小船，到樊口去，发现那是个好地方：村酒不坏，醇香可口；橘子、柿子好吃，香甜润喉；米不贵，一斗米才卖二十文；羊肉鲜美，如同北方的牛肉；鹿肉甚贱，鱼蟹几乎不论钱买；旗亭酒监也是文人，藏书多，以书借人阅读为乐事。这里的猪肉也便宜，苏轼喜欢吃，且亲自烧炖，少着水，慢着火，急不得，火候足时它自美，肥而不腻，人称“东坡肉”。苏轼还写了首《猪肉颂》，从此“东坡肉”流传开来，千年后还成了酒楼的佳肴，真个是千古风流起来。

苏轼就这样过了四个月清闲日子，是年五月二十九日，家眷到了黄州。安国寺不便住了，太守徐大受安排苏轼住在临皋驿亭里。临皋亭下十数步，便是长江。此处虽然简陋破旧，但苏轼喜欢。苏轼曾得意扬扬对来访友人吹嘘：午睡初醒，窗帘拉起，于坐榻之上，但见江上水天相接，白帆点点，一片苍茫，自有一番彻悟在其中。不过，这日子没过多久，苏轼感到生计的窘迫了。苏轼平生未尝考虑过怎么过日子，也不屑于算计这些事；俸入所得，随手辄尽，从无积蓄。然而，到了黄州，这日子没法过了。苏轼的俸禄只保留一年，且这一年的俸禄，并非现钱。朝廷惯例，在职官吏的俸禄多发现钱，部分以实物折价，名为“折支”；被贬的检校官则全部折支，且常常给的是退酒的布袋。这布袋，原是官府装酒坛用的，酒卖出后回收，再折价作俸禄钱。俸禄钱缩水不说，布袋还得自己拿出去卖，才能变现钱。苏轼一个读书人，从来不屑于做生意买卖，又人生地不熟，布袋岂能轻易卖出去，更不要说卖个好价钱。按说，黄州的鱼、稻、薪、炭颇贱，猪肉也不贵，价钱比京都、湖杭便宜得多，非常适宜穷人居住。然而，俸禄没了，东西再便宜也住不下去。

道行再高超的圣人，饭总是要吃的；品德再清高的山人，饿几天肚子也清高不起来；诗文再漂亮的才子，也不可能拿诗文当饭吃。更何况妻子、儿女、佣人、丫环十来个，一家之主的苏轼岂可不尽男子大丈夫责任，眼睁睁坐视一家人饿肚子而不闻不问不成？就是自己，也得把肚子填饱吧？从来不求人的苏轼顾不得那么多脸面，求起人来了。然而大才子求人，这种营营之事的滋味实在不好受，但再难启齿之事今日也得启齿了。苏轼厚着脸皮，上门找到太守徐大受徐大人，支吾了半日，鼓足勇气，说出了求太守大人给块地种稻种菜的要求。太守徐大受倒是很爽快，满口答应，手一指，就把黄州城东一块起伏的丘陵地给了苏轼。那块曹操驻扎过一支军队的旧营地很快给开出来了。苏轼还在竹屋四周开了一亩菜地，种了些白菜、萝卜、韭菜、芹菜和芥菜。乡下人没院子，门前一块空场，便当作院子。两只狗躺在空场上晒日头，十来只鸡在空场外面的草地觅食。

黄州全年多雨，但冬季雨水少。下了几天雨后，就放晴了。苏轼在菜地锄完地，浇完尿，回到竹屋书斋里。黄州的竹屋可说是中原王朝独一无二的住房。平头百姓家，北方住的是土屋，南方住的是木屋，黄州则住的是竹屋。皆因黄州之地多竹，大者如椽，竹工破之，刳去其节，用代陶瓦。一家一家的房屋都是如此。宋初被贬在黄州当刺史的诗文大家王禹偁在《黄冈竹楼记》中对竹屋有过精妙的描述，说竹屋有“六宜”：“夏宜急雨，有瀑布声；冬宜密雪，有碎玉声；宜鼓琴，琴调虚畅；宜咏诗，诗韵清绝；宜围棋，子声丁丁然；宜投壶，矢声铮铮然：皆竹楼之所助。”苏轼在东坡竹屋里只过了一个夏天，那铺天盖地的急雨，从空中倾倒下来，汇聚在屋顶的竹瓦沟里，像无数从高高的土塝上不顾一切地冲下来的水，听去真像无数条瀑布在喧闹；至于鼓琴、咏诗、围棋、投壶，或无兴致，或不敢，或无伙伴，就不知道能不能品出那种味道。

竹屋书斋西边不到一里路有个古姓小村。今日上午，古村有几个农人要到他竹屋里来坐坐，说官府衙门又要派他们的衙前役。当过太守的苏轼清楚，最苦、最累、最为害民的是衙前役。古村人告诉苏轼：古村十几户人家，就有五户要派衙前役。这确实是件要命之事。苏轼书桌上放着一封信，是章惇给他的。这个章惇，朝野上下不少人对他恨之入骨，自己对章惇也并不好，但此公对自己确实不错。说起来，在乌台诗案中，救自己且起了大作用的还是平日被自己讥嘲过、斥责过、伤害过的人。不错，太皇太后曹氏的作用不可低估，文彦博、王安礼、苏辙的作用也不小；但，章惇的作用也很重要，特别是王安石王相公的话，一语道破天机，点醒了天子。此外，蔡确竟不知为何也帮自己说话。苏轼真不知道自己前世修了什么福，在生死关头，竟能得到这么多人，特别是自己对不起的人帮自己说话，看来自己该好好反省下：到底有些什么错，造了什么孽。

章惇在信中劝他改过自新，不要老是拿新法中的缺点说事，非难新法。苏轼觉得章惇的话说得对，自己是朝廷命官，却跟朝廷过不去，确是错在自己。苏轼提起笔，蘸好墨，正要给章惇写回信，竹屋西面不远处响起了女人叽叽喳喳的声音。有个大嗓门的女人声音特响：“大才子，尝尝我们小地方乡下人腌的酸辣笋的咸淡。”

古村的人对苏轼既不称名，也不称姓，只叫他“大才子”。苏轼开窗一看，是西面古村的两个女人来了：一个叫哑巴婆娘，一个叫风耳婆娘。这两个女人和她们的老公都是古村的名人。哑巴婆娘的老公叫古哑巴，古村的大能人，远近闻名的船工，很是了不得，脑子灵光；常外出跑船，运过桐油、牛皮、木料，东边跑过江州，西边跑过宜宾，很赚到几个钱；耳朵上的消息灵通，晓得外面世界不少事。古哑巴买了四十多亩田，盖了几间瓦屋，养了三头猪，十几只母鸡，日子很是好过。风耳婆娘的老公古风耳会补锅补碗，修剪子铲刀，跑村串户去过一些地方，还去过长江对岸的鄂州，贩卖过瓜果；这些年，跟着古哑巴跑船，小赚了点钱，买了三十多亩田，盖了几间草屋，日子也过得不错。古村自耕农人不多，大多是佃豪家之田而纳其租、被人称作“客户”的无地农人。古哑巴和古风耳在村子里算是一等民户小地主了，也都是古村的骄傲。

哑巴婆娘的老公并不哑，其实很喜欢说话。古哑巴是因怕婆娘而得名。哑巴婆娘很有意思：不仅嗓门大，而且在家里很霸道，经常凶老公，和老公吵嘴，有时还动拳头打老公，打老公时还像猪一般嚎叫。很喜欢说话的老公在婆娘面前从不出声，像哑巴一样，古村人因此就叫他古哑巴。婆娘则因嗓门大和责骂殴打能让很喜欢说话的老公像哑巴一样不出声，更是出了名，古村人就叫她哑巴婆娘。不过，古哑巴既怕这个婆娘，又很服帖这个婆娘。婆娘里里外外地做事，古哑巴在家里什么事也不用做，连洗脸水都是婆娘端到面前，很是享福。风耳婆娘的老公长了两只招风耳，村里人都叫他古风耳。古风耳的耳朵其实不那么灵便，婆娘的耳朵更是迟钝。古村许多人听烂了的事她都像天外奇闻一样听着。古村一带说起风耳婆娘，没有人不知道。

苏轼走出竹屋书斋的时候，见哑巴婆娘和风耳婆娘一人手上端着一个大瓦钵，正顺着竹屋西面一条新踩出来的小路过来。两只狗跟在两个婆娘后面，摇着尾巴，欢跳着，咬她们的裤脚。几只在竹屋前面草地觅食的鸡也咯咯地叫了起来。两个婆娘到了竹屋书斋门前，手上端着的大瓦钵里装满了酸辣笋，飘散着一股酸香的气味。古村的婆娘腌的萝卜、雪里蕻、豆腐、辣椒，都非常好吃，都会端来给苏轼一家尝尝。

黄州这个地方多竹，笋做的菜特多：有笋炖蹄子、笋焖老鸭、笋煮鲜鱼、肉烧干笋、笋炒木耳、清炒鲜笋；还有杂烩笋、酸辣笋，可以做出二十来道菜。有的人家专门请人吃笋宴。苏轼经过乌台诗案这场磨难，在性情饮食上也有了些许改变。他本喜吃鲜鱼蟹，不免杀生，入狱之后，自感命如鸡鸭，任人宰割；出狱后，不愿为口腹而杀生，使有生之类，受无量怖苦。实在忍不住要吃肉食，苏轼就改吃死物以解口腹之馋了。如今黄州有这么好的笋菜，自然连死物也可以少吃，甚至不吃了。

苏轼在开垦东坡这块荒地的第一天，古村的男女老少就都到这里来过。这里的人对识文明字的读书人都很敬重，知道苏轼是朝廷里的大才子，天子、太皇太后、太后都很看得起，古村人就更看得起苏轼，没谁把他看作有罪的犯官。古村的男人女人都口直，都粗鲁，都用不堪入耳的下流话开玩笑，也用不堪入耳的下流话骂人；但，又都古道热肠，没有半点虚情假意。这古村虽小，在唐朝也出过一个进士；后来犯了王法，充军到夜郎，客死在那里。古村的人穷，却舍得花钱把小孩送到三里路之外的一个大村庄的私塾里读书。开始古村的人好奇地打量着苏轼，后来就帮着锄杂草，清瓦砾。村里的小孩则围着苏轼转，好像苏轼身上有什么特别的地方。苏轼本是个上可陪玉皇大帝，下可陪卑田院乞儿的人，跟什么人都有话可说，没几天苏轼就跟古村的人处得很熟了。苏轼闻到酸辣笋飘散的酸香味，眉毛、眼睛、鼻子都笑了起来，伸手在大嗓门婆娘的大瓦钵里抓了把酸辣笋塞进嘴里，嚼了几口，辣得嗦嗦叫，鼻子尖上都辣出了汗，却连连说道："好吃！好吃！"

两个婆娘笑得前仰后栽，笑声很响、很脆，吓得门前空场上的狗叫了起来，在草地觅食的鸡扑簌簌乱飞。两个婆娘跟在苏轼后面进了竹屋前堂，把大瓦钵放在方桌上。哑巴婆娘朝竹屋后喊："大妹子！大妹子！哑巴婆娘和风耳婆娘来了，也不出来见见。"好像她和风耳婆娘是得了朝廷封号的贵夫人，谁都要过来迎接。

哑巴婆娘话音刚落，竹屋后面的过道就有了轻轻的脚步声。不多一会，王夫人迈着一双小脚过来了，跟在王夫人后面的是朝云。王夫人双手端着一只竹制的巴斗，里面放了一堆笋壳。这笋壳，是青竹主杆所生的叶子，可以用来做鞋的衬里。这不仅省钱，且防水防潮。这些年，王夫人为苏轼担惊受怕，本来多病的身体给拖垮了，来黄州后家里只留了一个男仆和一个丫环。农忙时，王夫人得去田里送饭送茶，去菜地捉虫松土，回到家里还得干点针线活。家里留下的丫环就朝云一人。朝云此时已完全出落成一个水灵灵的大姑娘了，稻田麦地里的活没让多干，但烧菜、弄饭、洗衣、扫地的活归她包了，有时还要侍候王夫人。朝云还那么亭亭玉立，总一个笑脸，笑容中还带着一种可人的青涩。

苏轼清楚，夫人正在学做鞋，把巴斗端出来，是要哑巴婆娘和风耳婆娘教她挑选做里衬的笋壳。这些笋壳是苏轼前些日子采摘来的，他也不知道什么样的笋壳是做里衬的料，见竹竿上的笋壳就剥下来。哑巴婆娘也不等王夫人开口请教，就很有点当仁不让的意思，很不客气地把王夫人手上巴斗端过去，然后让巴斗的一角搭在方桌上，一手托着巴斗，一手在巴斗里拨来拨去，好几片笋壳都拨到地上去了。哑巴婆娘从巴斗里拿出两片笋壳来，在苏轼眼前晃晃：“大才子，都说天下没一个人能盖过你的诗文，怎么采起笋壳来，普天下没一个人不比你在行！你看看这一巴斗笋壳，就这两片笋壳还过得去。我的大才子，做里衬的笋壳，要挑又干、又平、又滑的。倒掉！倒掉！这些全没用，赶快倒掉！”

苏轼看到，哑巴婆娘话音未落，就把巴斗端着伸过来。苏轼赶忙接过巴斗，迟了一点这个哑巴婆娘不知又要说出些什么叫人难堪的话来。前堂的女人都笑了起来。苏轼出了竹屋，把那些没用的笋壳倒在竹屋旁边一个装垃圾的大竹筐里，一边摇头，心里一边在说：怪不得古哑巴这么怕她，却又很听她的，很喜欢她。

苏轼回到竹屋前堂，王夫人、朝云正吃酸辣笋。王夫人是巴蜀人，吃惯辣的，觉得好吃，又拈了两块，放进嘴里很有味道地嚼起来。朝云是杭州人，吃惯了甜食。不过，没想到朝云也喜欢吃酸辣笋，吃了一块又一块。竹屋里的气氛很是欢快轻松。哑巴婆娘望着苏轼：“看你为人心地善良，才高八斗，天子、太皇太后、太后都很看得起你，你犯了哪条王法？”

苏轼清楚，古村人说话不转弯抹角，对自己发配到黄州来感到奇怪。苏轼在东坡这个地方，过得顺心、开心，就怕有人提他犯法之事，总为这事感到抬不起头。古今那些大奸、大恶之人，使了多少见不得人的阴招，干下多少罪恶滔天的坏事，从来面不改色、心不跳，谈起自己的所作所为来，总振振有词，得意扬扬，且死不要脸地以平头百姓的救星自居，再遗臭万年的事从他们嘴里出来都变成了万人景仰、万古流芳的壮举。苏轼不是这样的料，没这个本事，早涨得一脸通红：“大……不……敬……罪。”

苏轼以为古村的人都会把他看扁了，弄不好要羞辱他一番，头也难为情地低了下去。不过，叫他感到奇怪的是，哑巴婆娘和风耳婆娘都一脸毕恭毕敬地抬起头来看他，对他更加肃然起敬。哑巴婆娘嗓门更大了：“原来大才子跟我们古村唐朝的老祖宗进士是一样的好人，也是犯了大不敬罪，差点杀了头！”

这个哑巴婆娘，说起老祖宗进士犯法之事，竟像说起自家先人的丰功伟绩一样，一脸的荣光和骄傲。苏轼感到自己的脸涨得更红了。不过，这次不是因为羞于见人，倒是感激所至。古哑巴婆娘告诉苏轼：古村唐朝的进士先人，古村人从来把他当成了不起的大英雄，唐朝时全村人曾凑钱派人到他去世的地方，取回骨殖，移葬在祖坟山，此后年年清明、冬至，全村人都要去焚香、烧纸祭拜。

哑巴婆娘嗓门还是那么大：“大才子，不要抬不起头来做不起人。什么大不敬，不就是给天子说了几句逆耳的反话吗？这不要紧的，天子有天醒过来了，会明白你是个为平头百姓做好事的大忠臣，又会把你叫回朝廷去的。我们古村唐朝的老祖宗进士去世后，唐朝天子醒过来了，后悔得要死，加封他资政殿大学士。”

苏轼这才觉得自己的脸不红了。乡村的农人不管你犯没犯王法，只管你当官时为不为平头百姓做好事。几天之后，苏轼去古村的祖坟山，看了那座资政殿大学士坟，也焚香烧纸，拜了三拜。苏轼又拈了块酸辣笋吃起来。哑巴婆娘对苏轼说：“大才子，真不好意思，你们是吃惯了山珍海味、大鱼大肉的人，我们小地方的乡下人，山珍海味、大鱼大肉拿不出，只能把这种自家腌的，土里长的酸辣笋拿出来，哄哄你们的嘴巴。”

苏轼、王夫人、朝云忙说酸辣笋比山珍海味、大鱼大肉好吃得多。说句实在话，在乌台诗案前，苏轼、王夫人、朝云吃过不少南食、北食，但没吃过黄州的酸辣笋，确实觉得比大鱼大肉好吃得多。苏轼用手背揩了揩嘴角上的酸辣笋屑：“是我们不好意思，白吃你们这些比山珍海味、大鱼大肉还好吃的菜，连谢谢都没说一声。”

此时，古村来了一伙农人，哑巴婆娘的老公古哑巴、风耳婆娘的老公古风耳也在里面。秋收过了，农人清闲起来，常会到苏轼竹屋里来坐坐，听听苏轼谈古说今，也眉飞色舞地用粗俗语言扯扯男男女女之间的性事，一点忌讳都没有，不把苏轼当外人。这几个农人，都自己找凳子坐。古哑巴坐在方桌边上。古风耳蹲在门槛上。苏轼清楚，今日古村这伙农人是来谈正事的。不多一会，古哑巴对苏轼说：“朝政何以到了地方不一样呢？我们黄州行的是差役法，江州那边却行的是免役法。不是朝廷出了两种朝政吧？”

苏轼对地方官府这种不同的做法是清楚的，但很难回答。朝廷不管行的什么法，到了地方就五花八门的了。新法也是如此，州县长官不同，做法就很不相同。有道是天高皇帝远，朝廷管不了这么多。边远地区更是如此，州县地方官爱怎么行新法就怎么行，没人过问一下。黄州不算太远，但也到了长江西头，朝廷政事到了这里，肯定大不一样。苏轼在黄州十个来月了，知道太守徐大受和他一样，对新法一肚子不满，只是从来不说，更不写在诗文上，因之什么事也没有，官照样当。然而，官场上的这些事，又怎么能跟古村的农人讲得清楚；再说，自己这一说，难免非议新法，传到御史耳里，添油加醋，又要犯毁谤罪。这回苏轼倒把嘴巴拦住了，只是问："徐太守不是挺爱民的吗？"

耳朵不那么灵便的古风耳插嘴道："徐大人爱民不假，可衙门里的人打起板子来，也够狠，小民的屁股现在还是痛的。"

苏轼奇怪了："你的屁股怎么给打成这个样子？"

古风耳："前天小的去衙门派差，衙役老爷半日不派。小的去拉尿，离开了一下衙门，衙役老爷就说小的溜走，对抗官府，无缘无故把小的屁股打成这个样子。"

风耳婆娘瞪了古风耳一眼："你死脑筋，谁叫你派差时不给衙役老爷好处？说又说不清楚，要你多什么嘴，听哑巴的。"

苏轼明白古风耳何以蹲在门槛上了。古风耳赶紧闭上嘴，老老实实蹲在门槛上。苏轼看到，众人都望着古哑巴。经常凶老公的哑巴婆娘因为老公被众人看得起而觉得自己很有面子，一脸很是得意、很是荣光地望着古哑巴。很喜欢说话的古哑巴道："新法有什么不好？就说免役法，交了免役钱，农人就不用服役了，爱干什么就干什么；愿去充役的，还可拿到工食钱。江州、宜宾那边行的都是免役法，农人都很欢迎。黄州还用的是差役法，下面的胥吏、师爷、衙役一个个比吃人的虎狼还恶，搞名堂，做手脚，不管农忙不农忙，说派差就派差，派个没完没了；把差役叫到家里修房建屋、开沟挖塘，还说是官府的事。有时到了半夜，一伙衙役老爷也来打门，不管你忙不忙，逼着到衙门里去做差役。"

苏轼平生第一次亲耳听到农人说新法好，很有点怪怪地望着面前的这些古村农人。苏轼奇怪的是，怎么自己在密州、湖州当太守时，没听到一个农人跟自己说新法好呢？

古哑巴又道："特别是上等民户服的衙前役，最是害民。我们乡里的刘村、王村、郑村、钱村的一等富户的家财都赔光了，现在轮到古村了。官府衙门里的人只要听到有人说谁家富了，就把你弄到一等民户册子上去，你就准备卖田、卖地、卖牛、卖屋好了。许多人家的财产上不了一等民户，就把鸡犬箕勺也凑上，非弄得你去服衙前役不可。"

哑巴婆娘插嘴道："去年哑巴去服衙前役，府库失盗，做贼的就是县里的师爷，哑巴发现了。官府衙门硬说哑巴栽赃，赔了钱，还给一条链子锁到公堂上，打得半死。”

苏轼很伤心，很难受，天下哪有这样专吃富户的呢？天下富户光了，人人都成了贫困户，这天下还是天下吗？苏轼问：“你们都是一等民户了？”

古哑巴：“昨日乡里的都保正拿了县衙门的牒文给我们看了，我们这些人的名字都在上面。都怪我带他们出去跑船，赚了几个钱，就给官府衙门盯上了。”

苏轼很生气，官府衙门里的人怎么能这样办事呢？苏轼：“你们不可以上告吗？”

哑巴婆娘：“有道是官官相护，状子没用，投上去石沉大海算是好的；前些年刘村有个秀才写了状子，告到朝廷里，结果刘村秀才和村里几个富户给锁到县衙门里，一个个都落了个终身残疾。”

苏轼想起自己在高密被管县令弄得尴尬、狼狈，却又不得不违心同意管县令去折磨平头百姓的情景，无语了。

古风耳又插嘴道：“大才子，我们看徐太守徐大人很敬重你，你帮古村人在徐大人面前说一说：别的新法行不了，先行免役法。”

苏轼觉得这事很有趣、很荒诞、很难办。自己当太守时，跟赏识自己的天子反着来，总是说新法害民，还用诗文讥刺新法，弄得坐了一百多天牢，差点把命也丢了。自己如今成了犯官，却要跟宽待自己的太守反着来，要不愿行新法的太守去行新法。这天下事怎么会这样怪呢？苏轼很清楚，不多黄州太守徐大受的事，老老实实在这里待着，徐太守肯定不会为难自己，能关照的地方会尽量关照；如果多他的事，反着跟他来，徐太守肯定不高兴，就算不使什么坏，可脸色总不会那么好看：这不是自找没趣吗？然而，古村的人又求上门来了，一口回绝总不太好，苏轼做不到这一点，也不会这么做。

哑巴婆娘：“大才子，你这回是替新法说话，朝廷不会怪罪的。”

苏轼觉得，哑巴婆娘的话说得不错，打算下午去见太守徐大受：“我会去见徐太守，不见得有什么大效果。不过，不准把差役叫到家里干私活和不准打农人，徐太守会听的。”

苏轼此言一出，就感到很惭愧，也感到自己太窝囊。说起来，自己从小就隐然不凡，志存高远，心雄万夫，无意于升斗之禄；从来就以为自己可以出将入相，治国平天下，上可报效朝廷，下可救民于水火之中，干番轰轰烈烈的大事。然而，今日古村几个农人要自己到官府衙门去，要求官府行朝廷的新法，这么一点小事都办不到，能不汗颜吗？苏轼看到，古村的这几个农人都一脸的失望、一脸的无奈。耳朵不那么灵便的古风耳插嘴道："看样子小的屁股永远好不了。"

不用说，古风耳的话里，有责怪苏轼不够尽力的意思。苏轼觉得，自己应该受到责怪，同时感到天下事真是荒唐古怪：自己当太守时，像古村人这样的要求，不过举手之劳，自己却从未办过；今日想办这样的事，又不是太守了，就是使出浑身解数也办不成。不过，苏轼感到奇怪的是，古哑巴和另外几个古村人脸上并无责怪自己的表情。

风耳婆娘又瞪了古风耳一眼："要你多什么嘴，听哑巴的。"

苏轼看到，古风耳又赶紧闭上嘴，另外几个农人都望着古哑巴。古哑巴："大才子能做到这两点，也不容易。说句实在话，还是因为徐太守对大才子好，要是遇到别的太守，恐怕不会卖这个面子。这只怪古村人命苦：碰到不愿行新法的人在黄州当太守。"

哑巴婆娘："要是大才子当黄州太守就好了。"

耳朵其实迟钝的风耳婆娘这回不迟钝了："好！好！好！大才子，古村人年年都要给你烧高香，让你活一百二十岁。"好像黄州的太守由她任命，要谁当谁就当。

苏轼更感到无地自容。天下事，怎么会这样阴差阳错捉弄人。自己犯的事，其实不为别的，就为讥刺新法。然而，古村人却把自己看成是能行新法的太守。苏轼想：密州、湖州肯定有不少古村一样的农人，因为自己行新法不力，更多的时候还反其道而行之，吃了不少苦头。苏轼看到，古村的这几个农人，见自己一脸无能为力的样子，都一脸怏怏地起身，要回去，却还是对苏轼千恩万谢起来。苏轼觉得自己很有点对不起古村的农人。

古村的这几个农人走了。苏轼想：有机会还是给徐太守进上一言，能行新法尽量行新法，哪怕只行免役法也是好的。不过，苏轼同时很为自己这一想法感到震惊：自己这是怎么啦，莫非乌府皇家监狱一百多天的牢饭，让自己明白新法了？

哑巴婆娘、风耳婆娘没走。王夫人要朝云去灶屋拿两只大瓦钵来，把方桌上装酸辣笋的大瓦钵腾出来，还给人家。朝云往竹屋后面的过道走去。苏轼坐在方桌边上，低着头，慢慢尝着酸辣笋。哑巴婆娘望着到了过道口的朝云背影，对王夫人说：“有人家了吧？”

王夫人：“丫头心气高，说没个好男人，不肯嫁。”

风耳婆娘耳朵迟钝，心眼不迟钝，望着王夫人和哑巴婆娘，对着苏轼很有意思地努努嘴。哑巴婆娘突然大嗓门叫了起来：“是呀，我怎么没想到这一点呢？大妹子，朝云姑娘聪明得很，其实心里早有好男人了。”

王夫人开始感到莫名其妙，后来弄明白了面前两个婆娘的意思，笑了，也脸红了。哑巴婆娘、风耳婆娘也暧昧地笑了。苏轼正好抬起头来，稀里糊涂望着面前的这几个女人。王夫人和哑巴婆娘、风耳婆娘却都古怪地闭上嘴，不笑了。

此时，朝云端着两只大瓦钵从过道里出来。苏轼看到，王夫人倒是一脸的平和之气，哑巴婆娘和风耳婆娘都好意地，也有点诡秘味道地对朝云笑笑。朝云起初不介意，后来大概发现什么，羞得一脸通红，手忙脚乱地把桌上两只大瓦钵里的酸辣笋倒进大瓦钵里，风快地从过道里出去了。苏轼心里在想：这几个女人搞什么鬼名堂呀？

哑巴婆娘和风耳婆娘拿着自己的大瓦钵回去了，王夫人也到房里去做鞋底。苏轼回到书斋里，先点火烧水煮茶，然后坐下来给章惇回信：

> 平时唯子厚与子由极口见戒，反复甚苦。而某强狠自用，不以为然。今在囹圄中，追悔无路，谓必死矣。不意圣主宽大，复迁视息人间。若不改者，某真非人也。某昔年粗亦受知于圣主，使稍循理安分，岂有今日？追思所犯，真无义理，与病狂之人，蹈河入海者无异。

冬日才几丈高，像只白色的圆饼贴在淡灰色的天空上，把淡淡的日光懒洋洋地洒在书斋的竹窗上。苏轼的这封回信，有对自己言行的追悔，有改过自新的愿望和决心。苏轼写完信，茶已煮开。苏轼熄了火，慢慢品起茶。四围寂寂。雪堂竹屋外面一棵树上有群麻雀喳喳叫个不停，倒显得这里益发幽静。一杯茶刚喝完，苏轼猛听到竹屋外面狗乱吠，鸡乱蹿，树上的麻雀乱飞，有好几只还飞进书斋里来了。

苏轼忙从书斋里出去，来到竹屋外面。苏轼看到，哑巴婆娘一脸土色、慌里慌张地跑到竹屋门前，跟在后面的风耳婆娘一路哭个不停。两个婆娘跑得急，弄得狗吠鸡蹿麻雀飞。苏轼忙把狗喝住，狗摇着尾巴到竹屋后面去了。鸡也不乱叫了，又在竹屋门前的草地觅食。没飞走的麻雀也不飞了。苏轼心里一惊：古村出什么事了？王夫人、朝云也出来了，脸色都变了。哑巴婆娘告诉苏轼：刚才黄冈县衙门里来了伙衙役，把古风耳、古哑巴锁到衙门里去了，还牵了他们两家的猪，捉了他们两家的鸡。

苏轼问："何罪？"

哑巴婆娘："衙役说：抗旨罪！"

苏轼问："抗哪条旨？"

哑巴婆娘："衙役说：不去服衙前役，就是抗旨，犯了王法！"

苏轼心里有说不出的愤怒、苦痛和震惊。地方官府衙门里的这些人，可以说是既愚昧，又凶暴；既无法无天，又处处拿圣旨做牌子欺压平头百姓。按说，朝廷行的是新法，让平头百姓去服衙前役，其实才是真正地犯了抗旨罪。自己当太守时并不是未行新法，只是嘴巴不好，用诗文讥刺了一下新法，结果坐了一百三十天的大牢。这里的黄冈县衙门行旧法，却能堂而皇之把抗旨罪安在希望行新法的平头百姓头上。天下还有半点天理吗？这世间到底出了什么毛病，天知否？苏轼内心里，翻动着一种拔剑斫地、把酒问天的情意。

苏轼对哑巴婆娘和风耳婆娘说："我同你们到官府走一趟。"

哑巴婆娘和风耳婆娘万分感谢。苏轼抬起脚，走了几步，却又转回来。苏轼本想直接去找徐太守，一想不妥，还是先到黄冈县衙门问清情况，再找徐大受为好。苏轼又转身回来，对王夫人说："家里还有多少钱，都拿来。"

王夫人、哑巴婆娘和风耳婆娘都疑疑惑惑地望着苏轼。朝云拉了拉王夫人的袖子："夫人，老爷开窍了。有道是衙门八字开，有理无钱莫进来。衙门上下，总有些开销，哪有到衙门去不花钱的呢？"

苏轼很喜爱地望了朝云一眼。这丫头聪慧懂事，善解人意，通情理，明白世上的事。说起来，自己今日对衙门里的这一套也是在乌府台皇家监狱里弄明白的。王夫人从屋里拿出十来吊钱，又从自己耳朵上取下金耳环一副，一起塞进一只搭囊里。哑巴婆娘和风耳婆娘生死不让苏轼把搭囊带走。但苏轼已把搭囊搭在肩上，提起脚上了去黄冈县城的官道。哑巴婆娘和风耳婆娘本是偏远地方的农家妇女，对女人不准抛头露面这一点不那么在意；但到底是小脚，追不上苏轼，便跟在苏轼后面，往前走去。

黄冈县城就在黄州城不远处，不到半个时辰就到了。苏轼先到县衙门的牢房里打听古哑巴、古风耳的下落。看守牢房的衙役连眼皮也没抬一下。哑巴婆娘问了个路过这里烧饭的老杂役，才知道古哑巴、古风耳关在后面小院子的草房里。苏轼与哑巴婆娘和风耳婆娘进了后面小院子，果然见里边有栋草房。苏轼清楚，州县官府牢房大都人满为患，班房里关押不下，就搭建个草房，关押那些未经定罪或没有牌票抓捕来的人。这草房里关押的人，一条命全操在胥吏、衙役手上，要关、要放就胥吏、衙役一句话；就是查班房的，也有权要关在里面的人如何如何。

离草房子少说有十丈来远的地方，苏轼听到草房里有个鸭公声音在吼："无论你当过什么官，进了此门，见了本大老爷都要低头，一个船工、补锅补碗的算个什么东西！"

古哑巴、古风耳果然关在这里。苏轼与哑巴婆娘和风耳婆娘的脚步更快了。到了草房门前，把门的衙役疑疑惑惑上上下下打量了苏轼半日，赶苏轼走："你想到里面去？行！行！行！你不走，本老爷马上就把你推到里面去。"

苏轼来黄州后，弄明白了：十户为一保的保长，五十户为一大保的大保长，五百户为一都保的都保正，在平头百姓那里都是很了不起的角色，很受敬重；州县衙门的衙役，在平头百姓眼中，不啻是坐龙庭的天子。既然如此，把门的衙役自称"本老爷"就一点也不足为怪了。苏轼正要开口，哑巴婆娘先很敬重，也有点巴结地对把门的衙役笑了笑："头翁老爷，这是我们古村那边的大才子。""头翁"是平头百姓对衙役的谀称。

把门的衙役抬起头来，好像看怪物似的望着苏轼，扑哧笑了一声："本老爷见过的大才子多着呢。本老爷村里就有一个，整日说些叫人听不懂的之乎者也，穷得要死，见了本老爷老远就作躬打揖，生怕失了礼。"

苏轼心里有说不出的悲凉：读书人在这些人的心目中，就这个样子，简直与废物无异。苏轼赶紧从布囊里摸出一吊钱，塞到把门的衙役手里。苏轼看到，把门的衙役又抬起头来，望了望苏轼，笑了笑，把钱放进袖子里，把草房门打开："本老爷一眼就看出你不是什么大才子。大才子都又酸、又蠢、又呆，有钱也不晓得孝敬我们这些当老爷的。——你们就站在门口找人，不准窜到里面去！"

苏轼与哑巴婆娘和风耳婆娘进了草房，站在门口，没敢再往前一步。草房门又关上了。里面光线很暗，看不清里面的人。过了好一会，眼睛顺了点，苏轼才模模糊糊看到草房里关着许多人，有两人像猪一样被麻绳捆着，有根大麻绳从他们被捆的手脚中间穿过去，头朝下，屁股朝上，高高地吊在草房的竹梁上。后来，眼睛更顺了，苏轼看到，被吊在草房的竹梁上正是古哑巴、古风耳。五六个衙役站在草房边上，叉着腰看热闹。两个穿着破衣烂衫、面目凶狠的犯人，手上拿着宽宽的毛竹片，一人对着古哑巴、一人对着古风耳劈头盖脸打下去，打得古哑巴、古风耳嗷嗷叫，草房里许多被关着的人吓得一起缩到草房里面去，那五六个站在草房边上的衙役则哄地怪笑起来。苏轼关在乌府台皇家监狱时，就给关在那里的几个响马土匪、江洋大盗打得死去活来，至今想起来还后怕。

苏轼很快注意到，那五六个站在草房边上的衙役中有个又矮又胖、颈短得缩在衣领里的人。那两个穿着破衣烂衫、面目凶狠的犯人又要打人了，望了望那个又矮又胖、颈短得缩在衣领里的人，等着此人发话。看来此人是衙役头。苏轼从搭囊里把钱和耳环全取出来，塞在此人手上。那人把钱和耳环在手上掂了掂，马上换成副笑脸，对苏轼很是客气起来，用鸭公一样的声音说："这位大爷性情豪爽，是个能担大事的人。有什么事，我来当。"

苏轼感到恶心得很，对鸭公说："把那两个吊着的人放下来。"

鸭公很是给脸，也很是爽快："放下！放下！"

那两个穿着破衣烂衫、面目凶狠的犯人忙过去把古哑巴、古风耳从竹梁上放下来，且松了绑。古哑巴、古风耳又惊又喜地朝苏轼这边望着。古风耳没动，只待在原地揉揉手腕和足腕。古哑巴则一边揉手腕，一边往草房门口走来。有个衙役把他拦住。古哑巴："你们不是放了我们吗？为何还拦住我不让走？"

鸭公诡秘一笑："进了这个门，出去就不容易了。"

古哑巴："你不就是要草民服衙前役吗？草民愿服还不行吗？"

鸭公懒得跟古哑巴啰唆，当胸推了古哑巴一掌，把古哑巴推得往后仰了几仰，跌倒在地。苏轼明白，刚才的钱，只是用来把吊着的人放下来；要从草房里出去，还得花钱。但，刚才已把钱财都给了鸭公，哪里还有呢？再说，就是回家也拿不出多少钱来，看来自己还真得赶快去找徐大受徐太守。苏轼心里很气，嘴巴却忍不住自言自语起来："现在朝廷行的就是免役法，可你们官府却要农人服衙前役，反把农人抓到官府来，这成何道理！"

鸭公马上变脸了，像看怪物一样看着苏轼："这位大爷你说什么？你说官府错了？官府也会错？我们官府是朝廷的官府，为朝廷做事的，还会做错事？你想造反是不是？要不是看在你刚才性情豪爽的分上，立马把你推到草房子里面去，让你尝尝官府的味道！"

那些衙役立即有了精神，两个穿着破衣烂衫、面目凶狠的犯人也来劲了。哑巴婆娘冲过来，在苏轼前面拦着那些人，大嗓门叫了起来："你们不可动粗，他是当朝天子、太皇太后、太后都很看得起的大才子！"

苏轼看到，鸭公、衙役和草房里的犯人先都怔住了，也着实吓住了。不过，随后都一脸疑惧地望望苏轼，又望望哑巴婆娘，很是怀疑；用不了多久，这些人就要动粗。经过百日诗案的苏轼心里明白，这些衙门里的人，不会相信哑巴婆娘的话。当朝天子、太皇太后、太后什么人？人中之王，鸟中之凤，会看得起一个为农人说话的怪物？

耳朵迟钝的风耳婆娘也走过来："徐太守还常去看他，送酒送肉给他吃。"

风耳婆娘这句话倒起了作用。有道是，不怕官，只怕管。当朝天子、太皇太后、太后离这里远着，岂能管到这里的衙役？但徐太守就打坐在黄州府，苏轼真要是徐太守送过酒肉的人，不要说动粗，就是怠慢一下也是吃不了兜着走的。这些衙门里的人一时是被唬住了。不过这些人精得很，不会全信风耳婆娘的话，不会马上放古哑巴、古风耳出去，但几日之内，古哑巴、古风耳也不会挨打挨吊受折磨。苏轼主意拿定了，对鸭公这伙衙门里的人说："你们好好对待这两个农人，我就去找徐太守。"

苏轼和哑巴婆娘、风耳婆娘转身出了草房，鸭公赔着笑送。把门的衙役见了，先是一脸的莫名其妙，后来也是满脸赔着笑。苏轼清楚，久在衙门里混的人，都精得很，不会做出糊涂事来的。鸭公、衙役这些人不怕苏轼的话是假的，就怕苏轼的话是真的。苏轼看到，鸭公、衙役和两个穿着破衣烂衫、面目凶狠的犯人都一脸巴结讨好地望着自己和哑巴婆娘、风耳婆娘。鸭公还叫个犯人到草房门外端来两张矮凳，放在古哑巴、古风耳屁股下面，给二人坐。古哑巴屁股痛，不能坐，那个犯人就很是殷勤小心地搀着古哑巴。草房里那些吓得缩到草房里面去的人都莫名其妙也有些讥刺地望着这边。

苏轼赶紧跑到太守的官邸，找到太守徐大受。徐大受二话不说，立即派了堂吏骑了匹快马去黄冈县，要黄冈县令放人。苏轼顺便请求徐大受免了古村人的衙前役，徐大受半日没出声，脸板了下去，明显怪苏轼不识相，多管闲事。

第二日，古村五个一等民户都服衙前役去了。这次他们是给西北边关运送牛皮，同去的还有黄州下辖的黄陂、麻城的一等民户，总共一百二十三人，来回七八个月，元丰三年年底才把运送牛皮的车子推到西北边关秦州；一路晓行夜宿，人瘦了十多斤。古哑巴、古风耳看到秦州城里到处都能见到荷矛执戈的士卒，穿梭一样走来走去。跑过宜宾、江州的古哑巴清楚，牛皮是做甲胄用的材料，此地不久要用兵了，非久留之地，便赶紧推车回家。过武当山时，他们碰到一伙响马，东西全抢光了。黄陂、麻城给杀了八个人，古村也有人给抓去了，开膛破肚，心给响马割下来炒着吃了。古哑巴、古风耳跑得快，命保住了，一路乞讨，差点没饿死在路上。

不管怎么说，这一天，苏轼虽然感到十分的尴尬、十分的难堪、十分的别扭，但也十分的快活。今日之事，不算办得很成功，但总算是尽到了自己的责任。叫苏轼感到大吃一惊的是，自己这个从来斥责新法且用诗文讥刺新法的人，今日竟为维护新法奔波了一天！是可笑，可悲，还是可喜，可贺？

第九十二章　乾清宫赵顼再着戎装舞剑　垂拱殿种谔进言一战灭夏

元丰四年五月上旬，北边吹来一股冷气，掠过黄河，推着黄河的水向南涌去，想爬上岸；上不去，叹了口气，泄退下去，黄河南岸边镶了一条长长的、夹杂着枯枝败叶的黄色混浊泡沫带。黄河北岸的上空风起云涌，一股股冷气驱赶着一团团黑云，不停地翻滚着。黄河南岸的上空是一天的淡云，懒洋洋地移动着。

这日清晨，天上才显出一点青光，赵顼就起床了。本来，安排好的次序，昨夜进御的并不是向皇后，但赵顼一定要向皇后进御。在所有宠幸的嫔妃中，向皇后最为赵顼放心。向皇后到底是故宰相向敏中的曾孙女，名门之后，识大体，懂规矩，最能体察赵顼的心意，且能在朝政上跟赵顼对得上话，却从不多朝政上的事。因之，赵顼要决定什么大事，总喜欢向皇后在自己身边，二人睡在御床上聊聊，心里觉得踏实。赵顼昨夜换向皇后进御，是因为今日要召见朝廷宰执大臣议事，决定一件大事：对西夏用兵。

天子赵顼登基之初就萌发一个愿望，驾崩以后能在他的陵墓前竖块神功圣德碑。碑上刻着他要做的那件举世瞩目，也举世皆惊的翻天覆地的大事：洗雪耻，吞西夏，收燕云，威震北辽。能成此等大事，就是汉武唐宗再世，亦不过如此。然而，就是这样一件天大的壮举，朝中臣子却有许多人不赞成。赵顼清楚，朝中百官过惯了天下太平、繁荣昌盛、悠悠融融、富贵温柔的日子，谁还去管什么雪耻，吞西夏，收燕云，听到打仗，心里就怯。赵顼真的不明白，朝中的这些人心里是怎么想的：朝廷要行新法，就对王安石恨之入骨，把王安石骂得一塌糊涂；朕要对西夏用兵，朝中的这些人不敢骂朕，但就是不赞成。朕又没有派你们去边关打仗，你们不照样在京都开封过悠悠融融、富贵温柔的日子吗？怯什么怯！不过，赵顼不会因为朝中的这些人不赞成，就取消对西夏用兵。对西夏用兵这件大事，赵顼可说是准备了一辈子。还在东宫当太子时，赵顼就常跟记室参军韩维谈到对夏用兵之事。后来，赵顼又读了许多兵书。元丰三年四月，赵顼还下诏校定兵书《孙子》《吴子》《六韬》《司马法》《三略》《尉缭子》《李靖问对》，镂板印行。不用说，要收复燕云，必先取西夏。大宋最担心的是辽夏勾结，互为犄角，以致中原一身二疾，犯兵家之大忌。七年前，师相王安石在朝廷力排众议，力主王韶在河、湟一战，大获全胜，断了西夏右臂，对西夏形成夹击之势。这下西夏老实多了，只是集结大兵在河、湟对面的西夏边境，不再敢贸然到边境上捣乱。可惜的是这年北方七个月的亢旱，朝野上下吵得一塌糊涂，弄得师相王安石在朝廷待不住，也就不再对西夏用兵了。后来王安石再相，朝廷依旧很不自在。王安石二次罢相了，诚如师相王安石所言，他在朝廷，朝廷就不得自在。现在新法照行不误，朝中那些人再也不能拿王安石说事，朝廷果然清静多了。这些年钱、财、物准备得差不多了。前些日子，赵顼去了景福殿一趟，但见三十二间库房全堆满了金银、钱财和绢帛；堆不下的，则堆在过道上。到了该出手对西夏用兵的时候了，每年给西夏银七万两、绢十五万五千匹、茶三万斤的受辱日子该一去不复返了。

赵顼今日早上的胃口特好，竟然吃下了两只肥鸡腿。乾清宫的太监、女官、宫女也都从赵顼庄重、肃然的龙颜上，感觉到赵顼要做件大事，因之特别留意小心、殷勤周到，神情也特别愉悦巴结，讨人欢喜。

为着把已经加强了的皇权再加强，去年朝廷进行了官制改革：废去沿用唐制的同中书门下平章事、同平章事、参知政事，以尚书左仆射兼门下侍郎为左相，以尚书右仆射兼中书侍郎为右相，门下、中书侍郎为副相。尚书省设左、右丞管理事务。改制后，王珪官拜尚书左仆射兼门下侍郎为左相，蔡确官拜尚书右仆射兼中书侍郎为右相，章惇为门下侍郎。赵顼清楚，朝中不少人都认为自己尽得王安石王相公伎俩，要用完全听话的人当宰执大臣。这话没错，朕对师相王安石新法确实烂熟于心，完全在朕掌握之中。朕要乾纲独断，也能乾纲独断。但，此言不全对。朕不糊涂。苏轼被发配到黄州后，按说在用人上，朕要把朝中对新法不满的臣子清出去，让新法一边的人都到朝廷里来；然而，朕不仅并未全用新法一边的人，倒是新人旧人两用之。新法一边的人也不是个个都完全听朕的。章惇就不那么听朕的，只听新法的，朕把他召回到朝廷里当参知政事。王安礼其实不喜欢新法，但这两年连办了几件漂亮的公事。王安礼去年以翰林学士的官衔知开封府，上任后立即把案情文告张贴在开封府前的院墙上，不到三个月，以前羁押未定罪的几万人的案子一下子就理清了，开封大牢里囚系的人犯全空了。当时正好北辽使者路过开封府门前，见了案情文告，叹息夸异。朕擢升王安礼为尚书左丞，执掌尚书省，成了参议大政的大臣。今日参加议事的宰执大臣有中书省的王珪、蔡确、章惇，枢密院的吕公著、冯京，还有尚书省的王安礼，此外鄜延军总管种谔也要参加议事。对夏开战，用的是西北兵。西北五路将帅中，鄜延军总管种谔是主战的宿将，其父是西北与战神狄青齐名的大将种世衡。到底是虎门之子，老子种世衡创青涧城，让西夏人寸步难进；儿子种谔筑绥德城，扼住了西夏人进犯大宋的咽喉要道。前不久，种谔上书言现在是对西夏开战的最好时机，赵顼急诏种谔进京入对。种谔昨日到了刘庄，今日上午巳时可到京都开封。

赵顼用过御餐，司衣的宫女早已把皇冠、龙袍准备好了。赵顼没说不要，却用手指了指北面一间房。司衣的宫女糊涂了，北面那间房是赵顼存放书籍、字画、文房四宝的地方。还是御前太监精明，在宫中当了十来年的差，知道赵顼的意思，忙躬身小跑到北面那间房，从里面双手捧出一套金黄的戎装，戎装上还放着一柄长剑。宫里的太监、女官、宫女都很是不解地望望赵顼，又望望御前太监双手捧着的戎装和长剑。正在侍候一个六岁孩子吃早餐的向皇后却有点惊慌，忙走过来，着急并忧虑地望着赵顼。

赵顼心中有数。熙宁元年四月初五，也就是王安石越次入对的第二天，他曾穿着这身金黄色的戎装在庆寿宫舞剑。当时他神采飞扬，沉浸在剑术的飞舞之中，很是得意，以为在场的太皇太后和太后会夸奖他的剑术，没想到太皇太后、太后很不高兴。太皇太后还口宣祖法旧制、言谈前朝掌故，训导了他一番，这身戎装和长剑也留在庆寿宫中；直到太皇太后驾崩，赵顼才拿回来。不过，赵顼并不认为太皇太后的话是错的，当时还未行新法，国家还积弱积贫，军队也不强大，北辽、西夏、南蛮在京都开封的探子不少，要是知道他一身戎装在庆寿宫舞剑，不知要在边关弄出什么麻烦来。转眼十三年过去，新法行了十多年，时移事易，国库充裕了，河、湟收复了，军队强大了，此时不用兵，更待何时。

赵顼很快穿上铠甲，戴上头盔，手持长剑，来到大堂。赵顼看到，宫中的太监、女官、宫女都分立在大堂两边。赵顼紧了紧铠甲，十三年前穿的时候，略宽松了些，此时正合适；又正了正头盔，紧了紧扣带，稳稳地戴在头上。赵顼缓缓提起剑，正要来个插步架剑，一个六岁的孩童从后面跑了过来，站在赵顼面前，一脸的兴奋、一脸的好奇，目不转睛地望着赵顼。宫中的太监、女官、宫女都吓坏了，手忙脚乱要把这个孩童拉过来。不过，动作最快的还是向皇后，上前插在赵顼和孩童中间。

赵顼忙缩回脚，收起剑，正要双手抱起孩童时，向皇后已把孩童抱到一边去了。这个孩童，是赵顼的第六个皇子，名煦。赵顼生了十四个皇子，前面五个都夭折。第六皇子赵煦并非向皇后所生。向皇后肚子不争气，与赵顼完婚十多年，肚子就是大不起来，不要说生皇子，连公主也生不出一个。赵煦为朱才人所生。朱才人当初只是个御侍，一个没有身份的宫女。朱才人出身很普通，生父无官无职，且早早过世，母亲带着她改嫁一个姓朱的，她也因之改姓朱。继父并未因她改姓朱就让她养在身边，还在童年时朱才人就寄养在一个姓任的亲戚家里。朱才人长得漂亮，性情温柔也随和，选入宫中不久，就被赵顼看上了，怀了孩子后晋升为才人，孩子生下后就晋升为婕妤。第六皇子生下来后，就抱到坤宁宫，由向皇后抚养。奶妈雇好了，谁也不用操心。皇子归皇子，朱婕妤归朱婕妤。朱婕妤的生日、年节，所得的物品和赏赐，比皇后要减损两成；出行只可用青色伞，乘俗称担子的肩舆，不许单独走皇宫正门宣德门，也不许随便见自己生的第六皇子。第六皇子平日见不到朱才人，见到了也不能上前去认，只能远远地望上一眼。赵煦这孩子挺怪、挺精、挺倔，整日默默玩自己的，读书后就整日默默读书写字。赵煦对向皇后算不上热情，但相当客气有礼。向皇后给他吃的，总把手反放在背后，不接东西，嘴里却连声说谢谢。然而，赵煦对赵顼却崇敬得不得了，总仰起头，用眼睛热望着这个整日忙得连吃饭都急急忙忙的父皇。赵顼用过的东西，这个第六皇子总要拿过来看了又看；赵顼看过的书，虽然不懂，却总要端着翻了又翻。

赵顼清楚，今日肯定是自己这身戎装引起了小赵煦的兴趣。本来赵顼很想把赵煦抱起来，让他贴着铠甲看个够，只是坚硬的铠甲在身，做不到这一点。赵顼拨开向皇后，靠近赵煦。赵煦伸出一双小手，一脸的神圣、一脸的神秘、一脸的好奇，在赵顼金黄的铠甲上摸了又摸。赵煦还想去摸摸那柄长剑，赵顼赶紧把剑高举过头，没让他摸。向皇后过去，牵着赵煦的手，在一旁站着。

赵顼舞剑了。赵顼忙于国是，从熙宁元年那次在庆寿宫舞剑后，就很少舞剑，更没穿着戎装舞过剑，剑术有点生疏了，但感觉还对付得过去，架剑、刺剑、斩剑、亮剑、崩剑、挂剑，一招一式，都有板有眼。赵顼完全沉浸在剑术之中，眼见长剑寒光闪闪，耳听长剑步步如风，偶尔在眼睛的余光中也能见到站在两边的太监、女官、宫女都十分惊讶、十分敬服地望着自己。赵顼最后一个仙鹤冗翅，收起长剑，气多少有点喘，脸也红得有点发烧。站在两边的太监、女官、宫女都连声叫好，御前太监还连说了三个"神剑"。赵顼有点神气，身为天子还能舞出步步如风、寒光闪闪的剑来，不能说不是件值得一提之事。不过，赵顼清楚，自己的剑术远远谈不上神，宫人在阿谀自己。

赵顼把剑往前一伸，御前太监忙过去接在手中；又取下头盔、脱了铠甲，御前太监忙双手托着。有太监躬身小跑进来禀报：太后驾到。赵顼忙去接驾，刚抬起脚，却回过头去望了望还站在原地不动的御前太监。这回精明的御前太监不明就里，只是傻傻地站着。还是向皇后反应快，对御前太监说："还站着不动干什么，快把手上的东西放回去。"

赵顼看到，宫中的太监、女官、宫女都莫名其妙地望着眼前发生的事。这没什么奇怪，当年自己在庆寿宫舞剑，太皇太后把庆寿宫里的宫人全赶走了，可以说后宫的宫人没谁知道舞剑这件事。御前太监双手端着头盔、铠甲、长剑，忙转身往北面那间房走去，太后在一伙太监、女官、宫女的簇拥下，进了乾清宫。御前太监没敢往前走了。太后发福了，一脸的富态，俨然当年太皇太后一个模样。这不奇怪，太后高氏的母亲原是太皇太后的同胞妹妹，外侄女长得像姑妈，正常得很。那个侍候了太皇太后五十多年的乔内史跟在太后后面。乔内史现在也老多了，满头白发，脸上有了皱纹，颈上的赘肉也折了，但腰不弯，背不驼，目光还挺有神。这个女人有本事。太皇太后驾崩后，庆寿宫好些很风光、很吃得开的太监、女官、宫女都被冷落了；然而，乔内史反更风光、更吃得开了。太皇太后丧事刚办完，太后就把乔内史要到身边去了。

赵顼看到，太后眼睛怪怪地望了望御前太监双手端着的头盔、铠甲、长剑，望了望自己。不用说，太后晓得自己刚才在乾清宫舞剑这件事了。太皇太后曹氏驾崩前，宫中诸事太皇太后曹氏管得多。太皇太后驾崩后，宫中诸事太后不管不行了。太后厉害，宫中之事，少有能瞒过得她的耳目的。乾清宫里的这些太监、女官、宫女的一举一动，太后都清清楚楚；自己有时对哪个宫女好一点，太后立即知道了。太后自然不会去管这些事，也对自己不会说什么，但心中却明镜似的亮着。太后一脸的圣洁、一脸的高贵对赵顼说："皇上，你还记得太皇太后说过的话吗？"

赵顼明白，太后一早来到乾清宫，为的也是用兵之事。赵顼当然记得太皇太后熙宁元年四月初五在庆寿宫说的话，要是别人问这句话，赵顼的龙颜一定会变得很难看，且会很不客气地回敬过去。然而，太后这么问，不得不耐着性子说："记得：'苟可取，太祖、太宗收复久矣，何待今日。'"

太后高兴了："皇上圣明，老祖宗传下的家业无忧了。"

赵顼清楚，太后刚才的话，实际上是用太皇太后那年训导自己的话。不过，叫赵顼又感到奇怪的是，他觉得当年太皇太后说的原话很有理，可以接受，但今日却不能接受太后转述的太皇太后的话："母后，现在不是熙宁元年，如今朝廷的钱粮赏赐都准备好了，铠仗士卒都很精了，军队进行了更制，兵器也准备就绪。现在不用兵雪耻，更待何时！"

赵顼算是不重不轻地顶了一下。赵顼看到，太后无语。新法以来，军队也强大了。那些骄横懒惰、游手好闲、毫无用处，稍有一点得不到满足就聚众闹事的市井无赖，给清出了不少，招募了不少农民当兵吃粮。士兵由治平年间的一百一十六万二千人裁减到六十一万二千二百四十三人，军费由朝廷每年费用的三分之二减少到五分之二。天下军队更制为九十二"将"，也就是九十二支劲旅。每个"将"人数不等，少则三千人，多则六七千人，有的甚至上万人。每"将"设正副将官各一人。后来又在京东路建立独立的马军十三指挥；在京西路建立独立的步军十二指挥。每个"指挥"五百人左右。再也不搞害死人的更戍法了，弄得士兵长年在路上疲于奔命，也弄得兵不识将、将不识兵。各"将"总隶属于禁军，有自己的驻地，正将副将官平日在驻地训练军队；有战事则带队出征。以前宋军兵械多不能用。各地负责兵器制造的胄案里的官员营私舞弊，欺上瞒下，偷工减料，以次充好，以致有用破烂的纸麻缝制盔甲。赵顼对兵器的制造动了许多脑筋，撰写了一部一百一十卷的《军器》，专谈兵器制作。熙宁六年六月朝廷设立军器监，总内外军器之政。下有八作司。作司下有东西两作坊，两作坊有匠人近万，日夜打造兵器、衣甲、鞍镫，仅熙宁七年和八年，就制造衣甲七千八百多副，箭一百三十八万四千支。军器监设立以来，戈矛孤矢甲胄刀剑之类，皆极完具；苟有战事，可足数十年之用。去年，应熙河军之请，赵顼又给钱一百万贯、生熟铁五万斤，牛皮一万张、劈阵大斧一千把、神臂弓一千张。在对西夏用兵这样的大事上，确实作好了充分准备，可说是万事皆备，只等赵顼的圣旨。

赵顼看到，太后因自己顶了一下显得很是不快。自己以前也顶过太皇太后，但太皇太后脸上从来没半点不高兴的表情。然而，太后却全摆在脸上了。要是平日，赵顼肯定会在这里陪陪太后，说些让太后高兴的话。但，今日不行。今日上午要在崇政殿商议兵事。赵顼看了看乾清宫外的日光，院里的槐树影子已经缩得只有两丈来长了。一个太监来禀报：种谔种将军已到宣德门口。赵顼得去垂拱殿议事了。

赵顼望了望司衣的宫女。司衣的宫女把皇冠、龙袍送到赵顼面前，司衣的太监赶忙过来，给赵顼穿龙袍。好在有向皇后来陪太后说话。赵顼穿好龙袍的两只袖子时，听到向皇后说：“太后，臣近日烦死了。六皇子口娇得很，臣给什么都是吃几口就不想再吃。可太后每次给他东西吃，他几口就吃完了，还是太后做什么事都有方。”

向皇后把当年太后高氏哄太皇太后曹氏的那一手全学到了。太后一脸不快之色才稍稍缓解了一点，不过嘴上却仍有点不饶人的意思：“皇后学会哄老身了。哀家老了，不中用了，说话没人愿意听了，哪里还能做什么事都有方。”

向皇后把第六皇子赵煦牵到太后身边，有宫女端了盘烧饼过来。这个端盘的宫女想讨好第六皇子，挑了块麻酱烧饼给赵煦。怪事出现了，整日默默不语的赵煦不仅未接糕饼，还突然冒出一句惊人之语：“放回去!”

这个宫女吓得赶忙把手缩回去，不过脸色还是很高兴笑着，笑得很讨好。正在系龙袍的赵顼不由得回过头去，很吃惊地望着赵煦。赵顼不系龙袍了，随手拿了块麻酱烧饼，送到赵煦面前。赵煦忙接过，像刚才什么事也没发生一样，低着头很快吃完了。赵顼看到，乾清宫里的人先是一震，再是一笑。赵顼也笑了，笑得很得意、很开心。向皇后不吃惊，很是喜悦地望着赵煦笑：“真神，刚才臣妾喂六皇子半天，六皇子半天才吃半块。”

赵顼系好龙袍要走了，还若有所思地望了望赵煦，觉得第六皇子身上有种叫人可畏也叫人可喜的东西。四年后，赵顼驾崩，年仅十岁的赵煦登基，现在的太后、那时的太皇太后垂帘听政，在朝廷面见臣子时总一言不发的赵煦也会突然说出一句惊人的短语，弄得臣子尴尬、难堪，也弄得在场的人无比惊异这个小天子。后来，也就是这个第六皇子，在那时的太皇太后驾崩之后，把司马光一举尽废的新法又一举恢复起来，改废新法意味很浓的元祐年号为矢志继承新法的绍圣年号。

赵顼抬起脚，听到太后在后面说："皇上，用兵之事，一定要跟大臣议定好。"

赵顼接受了太后这条意见。用兵开战不是儿戏，不仅要费许多钱财，而且要死许多人。赵顼说："儿臣这就去垂拱殿跟大臣议定此事。"

赵顼出了乾清宫，然后往垂拱殿走去。到底已是五月天气，从黄河北面掠过来的那股冷气并不使人感到冷，相反使人感到爽快。黄河北岸的上空翻滚着的一团团黑云，到了京都开封的上空，则成了一道黑色的城墙，横亘在黄河北岸的上空。赵顼快到垂拱殿时，见中书省的王珪、蔡确、章惇，枢密院的吕公著、冯京，尚书左丞王安礼都站在垂拱殿外候驾。今日这些人都穿着崭新的紫色补服。王珪补服上绣着翘首企望的仙鹤。其他人补服上都绣着鲜艳华美的锦鸡。朝中的这几个大臣挺有意思。站在丹墀东边角上的是中书省的王珪、蔡确，站在丹墀西边角上的是枢密院的吕公著、冯京。站在丹墀下面的是章惇和王安礼。东边的王珪与蔡确二人头碰头很亲密地说些什么。西边的冯京几乎附着吕公著的耳朵说些什么。站在丹墀下面的章惇指天画地、慷慨激昂地说些什么，王安礼则抬着头听着。

赵顼看到朝中几个大臣分成三处交谈，默然笑了笑。赵顼进垂拱殿了，王珪他们也都跟着进了垂拱殿。赵顼在御座上坐定。有太监送了一叠奏章进来，放在御案上。王珪、蔡确、章惇站在御案的左前方，吕公著、冯京、王安礼站在御案的右前方。赵顼没给他们赐座。王安石离开朝廷后，再未给召见的臣子赐过座。赵顼见种谔未到，只把御案上的奏章拿过来看，有时也在谁的奏章上批几个字。

不多一会，御前太监领着种谔进了垂拱殿。赵顼放下奏章，抬头一望，很是惊喜。好一个西北虎将！赵顼看到，种谔身高七尺以上，浓眉豹眼，身上有股虎气，脸上有股杀气，此人在战场上杀起敌来和杀起不顺眼的部属来，绝对连眼皮都不会眨一下。章惇和王安礼都回过头去，望了望种谔。王珪几个人却没回头看上一眼。赵顼清楚，大宋的文臣，从来把东华门外以状元唱名的人，看成是好男儿，战场上再厮杀有功的武将都只是被人瞧不起的武夫。赵顼对武将还是挺不错的，对有过大功的武将且多了一份偏爱。熙宁二年赵顼在内东门小殿召见进《平戎策》的王韶，就破例赐了座；王韶河、湟大捷后，赵顼除授的职衔是观文殿大学士，未当过执政大臣的人得到这一职衔的，皆自王韶始。

赵顼忙站起身来，对种谔很客气地招手，要他到御案前面来。不过，叫赵顼感到很是奇怪的是，种谔这个率领千军万马驰骋疆场、无所畏惧，有虎气、有杀气的西北虎将，见垂拱殿内站着朝中这么多大臣，却很有点自惭形秽、腼颜不知所措的意思，在垂拱殿门口停了半日，不敢再往前走一步。赵顼要御前太监领着种谔走到御案前，还让他站在朝中这些大臣的中间。赵顼看到，种谔望望左边的王珪、蔡确、章惇，打量了一下他们身上紫色的补服，又望望右过的吕公著、冯京、王安礼，也打量了一下他们身上紫色的补服。种谔又不由得往后退了两步，不敢与朝中这些举足轻重的大臣并排站着。

赵顼没想到，武将会这么自卑，这么看不起自己。有宋一朝，以文驭武，文官很吃香，武将在文臣面前要矮人一等。平日要受文官的节制，受尽窝囊气；有多大的战功，在文官面前也得低三下四。再没用的文官，都可以在再有将才的将军面前颐指气使；然而，将军却不可以在文官面前高声说话。当年的狄青，每次出现在京都开封街头，便万人空巷，把路都堵了，京都开封的市民都争着一睹宋朝开国以来第一位出身卑贱、脸上烙有墨染的黥文的战神风采。在京都开封的市民面前，狄青真可说是风光无限，出足了风头，但在文官那里却依然什么也不是，不仅文官敢在狄青面前吼叫，就是请去侑酒，被世人视为下贱的妓女也敢奚落嘲弄狄青。那年韩琦请狄青喝酒。有道是无酒不欢，无妓不乐。有位妓女挨到狄青身边，很亲热、也很有点奚落意味地道：“也敬斑儿一盏。”“斑儿”者，有黥文的小子之谓也。狄青气疯了，没敢给韩琦脸色看，事后却叫手下人打了妓女一顿。韩琦没敢动狄青，找个借口把狄青手下人杀了。这手下人是有战功的将官，狄青求情也不行，将官的命就这么贱，只抵妓女一顿打！今日，赵顼不仅让种谔与朝中大臣站在一起，且站在中间位置，能叫种谔浑身自在得起来吗？

垂拱殿里有种说不清道不明的既怪异、又很自然的气氛。赵顼不想过分为难种谔了，没有半句闲话：“朕今日把各位爱卿召来，为的是议对西夏用兵之事。朕把西北鄜延军的总管种谔将军请来了，先让种将军谈谈西北边关之事。”

赵顼看到，垂拱殿里的这些大臣都一脸的错愕，种谔却一脸的惊慌和不安。赵顼是个明白人，知道这是因为自己不像从前那样，朝廷议事，让官位最高的先开腔，然后是文臣各抒己见，武将多半是带耳朵来听的；然而，今日却叫本来在朝廷说不上话的边关武将先说话。这当然不仅让朝中大臣感到突然，还会让他们感到丢面子；就是种谔也会觉得意外，一时不知道怎么出声。赵顼：“种将军，朕想先听听你的。”

种谔再不开口，就是抗旨了：“陛下，今日是扫平西夏千载难逢的好时机。夏主秉常为其母所囚，国内乱成一片，可赶紧派西北本路长官，率人马，取兰州，下灵州，定天都，直捣西夏巢穴都城兴庆府。”

赵顼很有意思地先望了望站在御案的右前方的吕公著、冯京、王安礼，但见这三个人脸上有了明显的不快之色；又望了望站在御案的左前方的王珪、蔡确、章惇，但见这三个人脸上有了明显的欢悦之色。不过，谁都没出声。赵顼心里暗暗叫好。现在确实是扫平西夏的最好时机，且是西夏人自己送上来的。天下事说起来挺光怪陆离的。西夏皇太后梁氏本是汉人。当年，当今西夏国主李秉常的父亲李谅祚为了除掉专权的老岳丈、国相没藏讹庞，私通老岳丈的儿媳梁氏，得到没藏讹庞要谋杀自己、自立为帝的消息，先下手为强，一举捕杀了老岳丈，迎娶梁氏为后。这个汉族女人梁氏当上皇后，很是了不得，在李谅祚去世后，给六岁的李秉常垂帘听政，从此西夏大权就落入梁氏手中，上品官府中书宰执大臣、枢密院正副使，次品官府三司和乌府台的高官大都是梁氏族中人当；境内十二监司的官名“豪右”的统领将军，也多是梁氏家族人。但，梁氏却废汉礼，行蕃礼。西夏皇族早就想夺回皇权，然而靠皇族力量显然是不够的。熙宁四年，西夏国主李秉常就派了侍卫军马司都指挥使李清到秦州跟知府李师中接触过，且献出用蕃汉两种文字写成的国书，清清楚楚写着以黄河南岸关中大片土地归宋。当时，赵顼未予理睬，一是西夏人狡黠多谋，反复无常，从李继迁到李德明、到李元昊、到李谅祚，没一个老实过；二是当时王韶有个完备的攻取西夏的谋划，何况关中这片土地一直是吐蕃的，无须把宝押在李清身上；三是后来河、湟一战，把黄河南岸关中大片土地都收复过来了。转眼已过去十年，李秉常十六岁了，梁氏该还政了。但梁氏就是赖着不还政，西夏后族与皇族更势不两立了。前不久，在秦州跟知府李师中接触过李清东窗事发，李清一伙人被杀，西夏国主李秉常被赶出皇宫，关押在皇宫七里外的木砦里。大宋师出有名了。

没过多久，冯京侧过脸，轻声细语问种谔："种将军，孔子曰：'修文德以来远人。'此话知之否？"

赵顼看到，冯京这句话把种谔问住了。种谔的脸给窘得通红，张开的口半日合不拢；冯京脸上虽然并无什么得意的地方，但转过脸去，望了望身边的吕公著时，眼睛微微勾了一下，目光里有种抑制不住的得意之色。赵顼觉得这是刁难种谔。文官讲讲孔孟之道，搞搞舞文弄墨什么的，自然是在边关打了一辈子仗的种谔远远比不上的，更不是"三元及第"的冯京的对手。然而，冲锋陷阵，万马军中取敌将的人头，讲讲孔孟之道、搞搞舞文弄墨的文人，能做得到吗？还得靠种谔这样的武将！

蔡确望了望冯京："圣人固然不靠炫耀武力来使天下臣服，可没有武力恐怕要臣服于人家。冯大人，你的话可惜只讲对了一半。孔子是讲了那句话，可孔子讲过半句不要用兵的话吗？恰恰相反，孔子与他的门生子路还在一起讨论过三军统帅的人选问题。要是孔子反对用兵，还用得着讨论三军统帅的人选吗？"

蔡确这个人，朝中议事，总先听别人的，往往最后才言事。赵顼认为，蔡确的话言之有理。赵顼看到，冯京探出身子，侧过脸去，望了望蔡确，想说什么，又说不出来。此时，章惇笑着对冯京说："书生之见！书生之见！哪朝哪代的江山社稷，不是用兵打出来的？要是不用兵，大宋江山早易主了。"

章惇的话讲得很直，很难听，但讲到点子上。赵顼不想在这个问题上浪费时间了。这一仗肯定要打的，再争下去，不仅毫无意义，且会争个没完没了。赵顼正想说话，吕公著摸着脸上的美髯，道："举兵易，解祸难，不可对西夏用兵。"

赵顼注意到：种谔脸上无什么变化，对边关的武将而言，出兵、收兵，家常便饭，根本不值得大惊小怪的。冯京、王安礼却很是赞赏地望了望吕公著，吕公著话不多，却常有令人噎倒也令人佩服的惊人之语出口。说句实在话，赵顼对这点也挺担心。用兵是千变万化的，成败瞬息间。用兵顺利，举朝欢庆，举国欢腾；要是不顺，不仅要耗费无数钱财，还有成千上万的人要丧失生命：儿戏不得。

种谔突然上前两步，与王珪、吕公著站得一般齐，急得叫了起来："陛下，西夏现在内乱，我不取之，必为辽人所取。若西夏为辽所并，则异日必为大患于中国；若归中国，则辽孤绝，彼势孤绝，则慢慢就可被我灭掉：此等千载良机万万不可失也！”

赵顼发现，王珪和吕公著他们都侧过脸去，眼睛不是眼睛，鼻子不是鼻子，很吃惊地望着种谔，好像在说：庙堂之上定国策，尔等武夫也插得上话吗？赵顼很是诧异地、却也是很惊喜地望了望种谔。赵顼觉得，种谔的此番言论，不是朝中那些饱学经、史、子、集的文官都说得出来的。赵顼忙说：“种将军此言是也，辽人得了西夏，我大宋就更得不到安宁了。”

赵顼看到，王珪和吕公著这才把侧过去的脸都侧回来望着自己；种谔觉得自己站得靠前了，赶忙往后缩了两步。王珪和吕公著的脸色才又都回到常态。冯京又轻声细语道：“陛下，武臣与文官不同。文官不计官职，但知报国；武臣不免好战贪功，视杀人为儿戏，希图升官发财。”

赵顼龙颜难看起来，有点不相信自己的耳朵：刚才这句话，是他梦中都想其入朝的冯京吗？怎么会说出这样的荒唐话呢？赵顼清楚，大宋开国百年的繁荣和太平成了本朝放弃对外用武的盘基，即使外族入侵也宁可用金钱去收买外族的媾和；只要不破坏肉山酒海、芙蓉帐暖的温柔欢愉的生活，就是割让国土也不失明智之举。一班庸庸无识而又自命效忠朝廷的人总是祭起非战的法宝，满嘴内修战备，外许欢盟，只可坚守，不能出战，要是西取北进就简直是个疯子。因之，很久以来，朝野上下，有种很要不得的定见：把含羞忍辱作为美德，把免除兵戈视为幸运，用兵就是黩武，言战就是生事；武将有战功的反遭到谩骂，刚去世的王韶，简直被骂得不像个人，骂他不得好死。这就太不像话了。

王珪笑笑：“用兵不杀人，难道是去请敌赴宴吗？”

王珪当宰相以来，赵顼没开口，难得不言事的，今日却又在赵顼开口前就言事了，且话中杀气不轻。赵顼感到奇怪的是，主兵的枢密院正、副使却怕战，好在主政的中书省的宰执大臣要战，且话都说在点子上。冯京换了个话题：“目前不应急取，应退修边备，讲守御之策，等准备充分之后，别图后举，以为万全之计，亦为未晚。”

章惇顶了过去：“恐怕不等我充分之后，西夏和北辽的铁骑已过黄河了。”

赵顼觉得章惇说得好，到底当年曾带兵平定荆蛮之乱，知道仗怎么打。冯京无语了。一个太监躬身进来，给赵顼送了份奏章。奏章是熙河、秦凤军总管李宪上的。看过李宪的奏章，赵顼龙颜上有了喜色。赵顼觉得，对西夏用兵一事，没必要再议下去了。

赵顼正要宣布退朝时，素以精识约言著称的吕公著道：“陛下，实在不得已用兵，请以声讨西夏后族之罪，少量用点讨伐一下，分裂西夏内部，让西夏酋长自守就行了。”

赵顼觉得吕公著此识不仅谈不上精当，简直是蠢到了极点的腐儒之见。天下事岂是摸摸痒就能解决的？要打，要狠狠地打，西夏才会服帖。赵顼正想回敬吕公著几句，章惇一点不加掩饰地嘲笑起吕公著来：“此真书生之说耳！”

赵顼看到，吕公著一脸通红。不过，吕公著不是嘲笑几句就会服软的，随后又提出个问题：“问罪之师，当先择帅，然则孰为陛下任这次出兵的主帅？”

冯京赶紧补上一句：“今大举对西夏用兵，而无大帅，即使成功，兵必为乱。”

赵顼注意到，王珪、蔡确、章惇也一时无语。王安礼脸上则有了喜色。赵顼清楚，吕公著这句话说到了点子上。事实上，这些日子，他也在为这次对西夏用兵的主帅发愁。要是王韶还在，这问题迎刃而解了。尽管朝中许多人骂他生事，不得好死，但真派他为主帅，又是谁也不得不服的。不过，现在这个问题解决了。赵顼拿起李宪刚上的奏章：“朕已属李宪。听听宪在奏章上的话：‘熙河秦凤，糗粮已具，兵器药石，无不有也。万事皆备，只待诏令，士气振奋，一举平夏。’何其壮哉！”

“属”者，托付也。赵顼已选定李宪为对西夏用兵的主帅。赵顼发现，自己此言一出，不仅吕公著、冯京、王安礼感到恐慌，王珪、蔡确、章惇也一脸的惊愕和茫然，种谔则一脸的不屑。赵顼明白，这皆因李宪是个太监的缘故。中原王朝千百年来，太监都被人鄙视，这固然与许多太监不争气做了许多人所不齿之事有关，但也与人的偏见有关。历朝历代其实都有些足以称得上真正大男人的太监。李宪在西北边关带兵也八九年了，曾经作为王韶的副手参与河、湟大捷之战，是有大功的人；现在是熙河军的总管，西夏人一直不敢在那里犯边，就是曾经瞧不起李宪的向宝也服了。

吕公著又说：“伐国大事，而使宦者为帅，文武百官，谁肯为用！”

冯京又赶紧补上一句：“西征是图谋灭国之举，这样的战事，从无太监担当过！”

赵顼很不满意地望了吕公著、冯京一眼，有点气愤地说：“无人担当过之事，就不能做；朕行的新法，更是前人未做过之事，新法也要尽废了吗？人才盖无类，只看你驾驭之何如耳！宪，宦者，犹欲立事，分朝廷忧，卿等独无意乎？”

赵顼讲完，无论是站在左边的王珪、蔡确、章惇，还是站在左边的吕公著、冯京、王安礼，都一脸的羞惭和不服之色；种谔则一人直直地站着，静候事情的最后结果。

不过，没多一会，性情上很像其兄王安石的王安礼说：“今诚知其不可，而强欲请行，此为奸言以钓其上，不可不察。”

赵顼觉得王安礼的话是无稽之谈，太刺耳了。朝廷里，就朕要战！今开战，全是朕的主意。谁钓朕上钩？朕引朕上钩！赵顼很是不快，龙颜大怒：“太宗自燕京城下军溃，北虏追之，仅以孤身得脱。军中的兵仗、器甲、符印、粮草、钱币，尽为所夺；行宫里的嫔妃、宫女尽陷虏手；太宗大腿上中的两箭，岁岁必发，医治无效，竟以箭创发之故驾崩。虏得不共戴天之仇，有仇不报，反捐金缯数十万事之。为人子孙，当如是乎！”

赵顼说到这里，眼泪也落了下来。八十年前，宋军幽州城下全军被北辽击败，宋太宗仅以身免，落下终身创伤这件事，很叫人伤心，很叫人丢脸，也很叫人气恼。对这件事，朝中百官当然不是完全不清楚，但却是朝廷不可外泄的天机，也是官场最大的禁忌，谁也不能说，谁也不会说。然而，今日赵顼说了出来，话说到这个份上，且说得如此动容，如此义愤，官场上动辄念着君忧臣辱、君辱臣死的大小命官，还能无动于衷吗？这就不仅说不过去，也要小心头上的乌纱帽了！

站在左边的王珪、蔡确、章惇赶紧口呼：“陛下万岁万岁万万岁！”站在右边的吕公著、冯京、王安礼也赶紧口称：“陛下圣明陛下圣明陛下无比圣明！”

种谔上前几步，超出王珪和吕公著他们前面，豪壮地夸下海口：“夏国无人，秉常孺子，臣往持其臂以来耳。”

赵顼注意到，左边的王珪、蔡确、章惇，右边的吕公著、冯京、王安礼，脸色都很不好看，好像在说：庙堂之上，也是你一个武夫夸海口的地方吗？赵顼龙颜大快，壮之：“好一个我朝勇士！”

赵顼决意西征。这一次也不用翰林大学士起草诏书，赵顼决定亲拟诏书。此次西征，兵分五路，从左至右，依次排序：第一路，由熙河军总管、太监李宪率领本部九“将”人马和吐蕃发羌兵，步骑六万，从河、湟出兵；第二路，由泾原军总管刘昌祚率领本部十一“将”人马，步骑五万六千，从泾原出兵；第三路，由环庆军总管、国戚高遵裕率领本部八“将”人马，步骑八万七千，从庆州出兵；第四路，由鄜延军总管种谔率领本部九“将”人马和禁军七“将”人马，步骑九万三千，从绥德出兵；第五路，由河东军总管、太监王中正率领本部五“将”人马，步骑六万，从麟州出兵。五路人马会师位于青铜峡的灵州，拿下灵州后直扑西夏东临一泻千里的黄河、西枕千峰叠嶂的贺兰山的都城兴庆府，一举灭掉西夏。诏书还令：泾原军刘昌祚受国戚高遵裕节制，鄜延军种谔受太监王中正节制；五路兵马主帅是李宪，指挥调度五路兵马。出兵时间：元丰四年八月底。诏书发出的第二天，吕公著以疾向赵顼请求辞去枢密使；授资政殿大学士，外放定州当安抚使。

第九十三章　女遮谷李宪定奇计获全胜 密林里零丁回马枪逃狗命

元丰四年九月初七的清晨，浅青色的天空尚存残星数颗，秋天的日头在兰州城外山坳那边现出了一片扇形的红光。兰州城外四野寂寂，树上的宿鸟还在栖息。然而，此时兰州城里却喧闹非凡。熙河军和吐蕃发羌人的骑兵、步兵，沿着兰州城里一条横贯东西的麻石大街，一拨拨杀气腾腾地小跑着往兰州城西门外开去，传令声、嚷叫声、马蹄声、脚步声，此起彼伏，连成一片。西征第一路军的熙河军和吐蕃发羌人的骑兵、步兵前锋早已出了城，但奇怪的是，此时长着一脸横肉、凶相畏人的熙河军副总管向宝，骑着一匹高头大马，手提关刀，背着长弓，箭囊里插满了箭，却逆着这一拨拨的骑兵、步兵，兴冲冲也怒冲冲地朝东往兰州郡知州衙门奔去。此时的兰州郡知州衙门已成了西征主帅、熙河军总管李宪的帅府。跟在向宝后面的，是手上都提着兵器的熙河军九“将”的正将官和吐蕃发羌兵统军、已归顺大宋且改名为包顺的俞珂龙。

兰州城是熙河军和吐蕃发羌兵三天前攻下的。最早在西汉时兰州就设立了县治，隋初改置兰州总管府，始称兰州。西夏立国之后，成了西夏的一座重镇，拱卫着西夏都城兴庆府的门户灵州。元丰四年八月二十五日，西征主帅李宪率领的第一路军首先冲出边境，在左侧对西夏发起攻击，西夏边将禹藏花麻投降。接着，李宪在西市新城外旷野摆下战场，大获全胜，生擒西夏首领三人，杀其首领二十余人，斩首二千余级，夺马五百余匹。在西市新城，熙河军和吐蕃发羌人休整了三天，士兵也在西市新城里好好地跟羌族女子快活了一场。随后，好勇斗狠的熙河军和血腥拼杀的吐蕃发羌兵一举拿下兰州。西夏吓怕了，本来就败不足耻、逃不为羞的西夏军队跑光了，第一路军前方空荡荡的，再也看不到耳垂重环、一头秃发的党项羌兵了。按说，此时该乘胜追击，杀到灵州城下，待其他四路兵马杀到灵州城下时，再总攻灵州，最后攻占西夏都城兴庆府。然而，西征主帅、熙河总管李宪却不仅停止不前，相反在兰州州府衙门里建起了帅府，看样子李宪在兰州有久留之计，要在兰州待上一段不算太短的日子。

熙河军和吐蕃发羌人的骑兵、步兵一拨拨往兰州城东开去，就像一条永无休止的河。向宝他们向城西走去，看去就像高出河面的漂浮物，逆流而上。向宝看到，无论是熙河军，还是吐蕃发羌人，士气都很旺。步兵手上长矛的铁尖在清晨的青光里闪动着逼人的暗光，匆匆的脚步卷起清晨略有点湿润的泥土，看去像地上冒出了一层黄烟。骑兵不时夹了夹胯下的战马肚子，催马前行；马被前面的步兵挡了道，昂起头，打着响鼻，把白色的口沫喷在前面步兵背上。骑兵所过之处，在地上留下一坨坨黑色的马屎和一洼洼濁黄色的马尿。吐蕃发羌兵秃发上的青皮光头在清晨的青光中依旧显得分外抢眼，垂耳重环在小跑中大幅摇晃着，倒也显出一种带野性的男人风味。

向宝不明白，李宪为何要在兰州停下来。有道是兵贵神速，连大字不识几个的武夫都懂，李宪岂会这么糊涂，不懂这一点？此时不挥师进军灵州，更待何时？特别是昨日晚上，李宪发布一道命令：今日清晨，熙河军九“将”人马和吐蕃发羌兵攻打兰州城西的女遮谷。这就更叫向宝百思不得其解了。不错，女遮谷是西夏的一个军需库，拿下它无疑发了笔财。但，从探子得到的消息看，就在第一路军拿下兰州后，西夏有两个监军司的军队在向兰州移动，驻扎在兰州城外八个险要处；另有一支号为“撞令郎”的汉人组成的军队也来了，对兰州形成了包围。西夏左右厢十二监军司的兵力总计五十万人。此次兰州城外就汇集了两个监军司的军队，合计兵力八万多人。且这两个监军司的军队是右厢监军司的：一曰黑水镇燕军、一曰黑山威福军。统领这两个监军司军队的是西夏名将仁多零丁。仁多在西夏是与皇族嵬名、后族梁氏势均力敌的豪门大族。仁多家族出战将，仁多零丁又是仁多家族最能打的战将。此人身材高大魁梧，一脸凶相，性情急躁，诡计多端，好杀峻诛；在黑水镇燕军里，不问内外事，谁触犯他，就要小心那条小命；且正在训练一支重甲铁鹞子军，一匹匹战马都穿上铁甲，以钩索绞联；矛刺不入，刀砍不进，士兵死了也不会从马上掉下来。仁多零丁善使回马枪，新手跟他交锋，往往被他的回马枪一枪封喉。向宝曾跟仁多零丁交过几次锋，互有胜负，知道此人十分了得。

向宝觉得，兰州绝非久留之地。其一，天子的诏令是五路人马会师灵州，直捣西夏有着被汉人誉称为“塞上江南”的国都兴庆府，奉旨行事没错。其二，在兰州留得越久越会被仁多零丁缠住，也就越脱不了身，诸路都到了灵州城下，唯第一路未到，主帅是要人头落地的，其他将官也难辞其咎。其三，西夏羌人从来看不起宋军，把宋军作为笑料，每听宋军来战，皆举手相贺，在西北边关被人称作“飞将军”“薛仁贵”的向宝怎受得了这种窝囊气。其四，会师灵州，饮马黄河，直捣西夏都城兴庆府，让捣乱的西夏变成归顺大宋的宁夏，可以说是向宝梦寐以求的夙愿，如今天子下诏令了，不去会师灵州，直捣西夏都城兴庆府，更待何时。其五，向宝武功很是了得，善骑射，以勇闻，十四岁时就在西北跟党项羌人打过仗，斩首二级，曾一箭射死山中老虎，却无大的战功，今日这个机会终于来了，焉能错过？否则，向宝的脸往哪里搁？向宝此时去帅府找李宪，就是要说服李宪命令熙河军和吐蕃发羌兵赶紧过黄河，直逼青铜峡前方的灵州，会同其他四路人马拿下灵州，最后攻占西夏都城兴庆府，一举灭掉西夏；实在要打女遮谷，让一个将官领一“将”人马杀过去，一把火烧了女遮谷，毁了西夏这个军需库就是。

熙河军九“将”的正副将官和吐蕃发羌兵统军包顺是向宝昨夜约好去见李宪的。这些人有点为难。同意向宝意见，则违抗了主帅李宪的将令。在大宋军中，主帅虽然无权处置部将，与主帅将令有不同意见，不用担心推出辕门外一刀把脑袋砍了，但总不是什么好事。然而，向宝虽是副主帅，意见却与圣旨完全一致，天子的圣旨谁敢不听？抗旨不遵，要出大事的，弄不好要人头落地。因之，这些人对向宝的话又不敢不听。

向宝看到，这条街上不断有传令兵打着马飞驰过来，又不断有传令兵打着马飞驰过去。向宝清楚，这是李宪在为打好女遮谷这一仗调兵遣将。熙河军第七十一“将”的将官催马走到向宝身边：“向将军，别去帅府了，李大帅已经下定决心非打女遮谷不可了。”

向宝本来就有点怒气冲冲的，此时不由恼了起来；特别是第七十一“将”的将官说这些话，更叫他恼。第七十一“将”的前身名号“神龙”军，向宝曾是这支军队的都指挥使，领着这支军队在边关很有点所向无敌的意思。第七十一“将”的将官原是“神龙”军副都指挥使，向宝的爱将，打起仗来不要命，“神龙”军编成为第七十一“将”后，擢升为正将官。向宝虽然是个粗人，但心中有数：这些将官怕李宪怪罪下来。有道是天高皇帝远，天子再大，却直接管他们不着。李宪虽然不能跟天子比，却是他们的顶头上官，时时处处都能把他们管住。这些将官担心传达兵到了他们率领的军队里，找不到将官，误了命令的传达，李宪肯定不会放过他们的。

包顺在后面插嘴：“向将军，李大帅成算在胸，听他的，没错。”

这个包顺，归顺大宋后，倒是处处效法他所仰慕的包拯，对朝廷无二心，像包拯一样治理政事，办案断狱；在青唐种族属地，官制一如大宋，有县令、判官、都知、兵马使；除秃发外，衣服言语与汉人差不多；朝廷要他派兵出征，无有不诺的。向宝回过头去，对第七十一“将”的将官和包顺瞪了一眼：“怕啦！怕砍脑袋的都回去！”

向宝看到，第七十一“将”的将官和包顺不出声，身后的将官没一个敢掉转马头往回走了。向宝领着这伙将官继续往西走去。一个传令兵飞驰而至，马的头与向宝的马头都并在一起。传令兵传达李宪命令：请向帅和各位将军速去帅府。向宝清楚，李宪这个人精得很，熙河军里的军旅之事，很难躲过他的耳目。很显然，向宝他们去帅府之事，已传到李宪耳朵里。向宝举了举马鞭，马纵身一跃，跑得更快了，同时听到身后麻石路上的马蹄声一阵阵像急雨落在麻石路上。一街的士兵不明白向宝他们为何朝相反的方向走去，都很惊奇地望着向宝一行人。向宝不时会看看这条街的两边。街两边一片兵荒马乱的景象，店铺都大门紧锁，就是卖臊子面、鸡肠子、酿皮子这些小吃的货摊也不见一个。一栋栋茅草盖的土屋，都关上柴门。街两边隔不多远就有一栋被当地羌人称之为“有命”的富人居住的瓦盖木屋，柴门紧闭。街上看不到一个党项羌人，连狗也看不到一条。满街的熙河军和吐蕃发羌兵不仅没给兰州城增加一点生气，反给这座城池带来一种令人不寒而栗的杀气。虽然拿下兰州的当天，李宪就用蕃汉两种文字贴了安民布告，要兰州城的党项羌民对中原王朝的王者之师不用害怕，各安其事；还要吐蕃发羌兵的都头找到当地的老者和户长，要兰州城的党项羌民像以前那样生活，放心过日子。但，这没用。一栋栋茅草盖的土屋依旧整日静悄悄的，偶尔能见到门开了个缝，探出半个头来，可一看到熙河的士兵，就赶紧把头缩回去，门也随后紧紧地关上了。“有命”者居住的木屋，更是整日纹丝不动，里面的人像死绝了。当地的老者说，这些“有命”者在熙河军和发羌兵破城前就举家逃走了。随后，兰州城里抢劫和强奸之事还是发生了。有几个士兵偷偷地翻墙进了“有命”者瓦盖的木屋里，毫不客气地把“有命”者来不及带走的值钱的羊皮、毡毯、茶叶、盛酒的骷髅掳走。第七十一“将”里有个叫陆仁昌的什长前天夜间不知用了什么方法，进了土屋的门，把党项羌人女子奸了。这一来，兰州城里更是充满了不安和可怖的气氛。

李宪对抢劫和奸淫之事，并未重治：对抢东西的，只是训斥了一顿；对奸了羌人女子的那个叫陆仁昌的什长，也只是打二十军棍。其实，抢劫和奸淫在边关算不了什么，敌对双方都这个样子；西夏党项羌人犯边时在汉人居住的地方抢得更厉害，抢不走的就一把火烧光，汉人女子来不及逃走的没一个不被奸的，谁也仁不到哪里去。向宝在西北边关也十多年了，知道这类事防不胜防，没谁能真正管得了。再说，大宋的军队与别的朝代很不一样。宋代的将官难当，士兵却好当。士兵进了兵营，有了军籍，就有口粮、月钱和衣服，此外还有各种特支、赏赐，禁军士兵一年收入达五十千，厢军士兵一年收入达三十千，戍边者有特赏，征行者有预支和额外添给；无须务农，妻子也在兵营里，平日里是少不了要快活快活的；出了边关，往往几个月甚至上年，到了有女人的地方，能让每个士兵都那么规矩起来？况且，士兵到了边关戍边，就是到了鬼门关前，说不定什么时候两脚就踩进去了，你能让这些士兵不去奸一奸羌人女子？又不是汉人女子，不奸白不奸。只要事情不闹大，就开个眼、闭个眼。

向宝觉得李宪这个太监还挺通男女情事。一个正常人这么做，没什么值得大惊小怪的；一个没根的太监也这么做，就不得不让人有点刮目相看了。说起来，向宝也从来不管这些事。向宝只管当兵的打起仗来敢不敢玩命。敢玩命，打完仗交上来的敌兵耳朵比别人多，向宝就给重奖，还会把他拉到身边来喝酒；此人以后就是他的人了，提拔只是早晚的事。向宝在这方面绝对够意思，他部曲里的将士无有不用命的。

前面一个人在亲切地喊：“向——将——军——!”

向宝吓了一跳，抬头一看，是个眉毛又粗又黑的什长举起一只手，边喊边迎面向他走来。向宝认得，此人就是奸了羌人女子、给打二十军棍的什长陆仁昌。这人是阆州新井县人，乡里的弓手，去年招募到熙河军当兵，打起仗来不要命；孤身到党项羌人的砦子里去刺探情况，也不眨一下眼皮；就一个毛病，常常偷偷溜到边境外党项羌民帐篷里去奸羌民女子；抢来的东西不独自一人享用，“什”里的士兵都有份。都头、士卒都喜欢他。陆仁昌也给党项羌人捉到过，但他夜间把捆他的绳子挣脱了，还偷了党项羌人一匹马骑回来。不到半年，陆仁昌当上了伍长，上个月当什长。陆仁昌的名声传到向宝耳里，自然得到向宝的赏识，也就成了向宝的人了。再打一仗，向宝肯定要提他当都头；就是当指挥使、都指挥使的日子也在那里。

向宝忙勒住马。马被勒急了，猛地抬起前面两只马掌，又猛地放了下去，在麻石地上击出了火星。向宝不等马安稳下来，很关切问陆仁昌：“屁股还痛吗？”

陆仁昌显然因向宝的关切而感到得意：“向将军的人，谁舍得下狠手打？”

这个阆州新井县人，也学会讨好拍马了。不过，向宝听了心里很舒服。要是平日，向宝肯定要扒掉陆仁昌的裤子，看陆仁昌的屁股到底肿没肿；要是肿得厉害，那个打板子的士兵肯定要给向宝骂得狗血淋头。陆仁昌要赶着向城东开去，向宝要急着赶到李宪的帅府去，没时间跟他说话，更不要说扒掉裤子看屁股了。不多一会，向宝和包顺到了李宪帅府。西夏官府衙门与中原王朝的官府衙门一样，都是庙堂式的木建筑。向宝一眼看到帅府门前两边台阶上各站着一排盔甲鲜亮、手执环首长刀的士兵，一个个一脸的杀气；台阶下两边各竖着大木牌，上面均用朱笔写了四个大字：

违命者斩

向宝大字不识几个，回过头去问包顺。包顺虽是吐蕃发羌人，汉字认得不少，把这四个字告诉向宝。向宝吓了一跳，知道打女遮谷一事，是谁也阻挡不住的了。向宝很有意思，他这个在士兵面前威风惯了、走路从来昂首阔步、面对潮水般涌来的羌兵从来面不改色心不跳的“飞将军”“薛仁贵”，却转了马头，想往回走，弄得后面那伙将官抿着嘴笑他。向宝对身后的那伙将官瞪了一眼，那伙将官这才没人敢笑了。

包顺笑着说：“向将军，没事，李大帅在帅府里急着等你去。”

向宝却感到为难起来，横着马半日没往前走一步。他觉得自己的脸红了，很有点为自己刚才的失态感到不好意思。不过，向宝还是不想进帅府：“包大人，你们进去就行了。告诉李大帅：我到前面去指挥军队。”

包顺仍旧笑着说：“向将军，你百万军中能取上将之首，却为何怕见顶头上官？”

向宝觉得，这个已归顺好些年的吐蕃发羌人包顺，对汉人生活、习俗很是了解的，但对宋朝当将军的了解得不深。宋朝的许多将军不怕敌人多么凶残，武功多么高强，都敢去较量。打得赢，是自己的本事，决不手软；打不赢是自己无能，即使人头落地，活该，无怨无悔。这些武将就怕有文化的顶头上官啰里啰嗦。那些顶头上官肚子里有墨水，满嘴之乎者也，叫这些当武将的如何对答得了？要是碰到有什么说不清楚之事，被那些顶头上官左一个盘问、右一个盘问，羞得面红脖子粗，窘得张嘴结舌，真不如自己拿把刀抹脖子来得干脆痛快。以前，向宝就顶怕跟秦州知府李师中打交道，李师中常弄些能咏诗写字、善歌善舞的花娘歌姬来陪他，弄得他浑身不自在。说起来向宝只在王韶面前最感自在，这个王韶学问大，一篇《平戎策》，不仅得到王安石的称赞，而且得到天子的赏识。然而王韶从不摆有学问人的酸架子；特别是，向宝在王韶大帐里喝多了酒，难免发酒疯，说些不堪入耳的男男女女的疯话，还会贱手贱脚做出些不雅的举止，王韶根本不加制止，也不责怪。李宪算不上真正的文官，靠战功当上边帅，但在宫中多年侍候着天子一家人，学了点文化，读了些书，经常在部将面前卖弄肚子里的墨水，背背唐诗什么的；听肚子里有墨水的文官说，李宪经常背错了，把李白的诗背成杜甫的，又把杜甫的诗背成李白的。李宪对向宝其实很看得起，可向宝总觉得李宪没王韶那么好打交道，怕李宪卖弄肚子里的墨水。

向宝对包顺说："还是你们进去给李大帅说一声：向宝不敢违命。"

向宝看到后面的那伙将官又在抿着嘴笑，不过这回没再瞪眼，只是掉转马头。此时，身后有个女人一样的尖细嗓子在大声喊他："向——将——军——！"

向宝听出了是李宪的声音，只好把马头掉过来，看到李宪一身戎装从帅府前的台阶上跑下来，身后跟着的是李七妹。此时李七妹成了包顺的女人。每有战事，包顺总把李七妹带在身边。然而，这次西征以来，向宝一直未见到过李七妹。向宝不知为何李七妹此时出现在帅府里。

向宝等着李宪来盘问，无非责怪他不听将令。不过，向宝看到，李宪完全没有盘问他的意思，相反一脸的平和。这下反弄得向宝不好意思起来。当然，话说回来，向宝还是很佩服李宪的。世人没有不鄙视太监的，觉得这种没根的人简直是个怪胎：阴冷、卑劣、无耻、下作、凶残、贪婪、不男不女，笑里藏刀、虚伪透顶、无恶不作，反正把什么难听的话都安在太监头上。然而，李宪在收复河、湟时的踏白城一战，向宝觉得决不能把李宪与世人眼中的太监混为一谈，李宪这人比向宝眼中见到的一些文官更像个男人，也可说是个真正的大男人。李宪一点也不骄横傲慢，更不索要钱财，且不贪生怕死，还挺能为边关将士说话。河、湟大捷后，李宪给天子的奏折，在每项战绩上都加了二成，边关将士的赏赐也就都多了二成，谁不高兴？这次西市新城野外一仗，李宪摆了个听说是唐代名将李靖首创的六出雪花阵。当年李靖用这个阵法，以三千骑兵千里奔袭，生生地活捉突厥大汗。李宪摆了这个阵，也把西夏羌兵杀得落花流水。这样的主帅，向宝焉能不佩服？

向宝和那伙将官及包顺都赶紧下了马，见过李宪，早有帅府里的士兵过来把他们的马带到边上系马桩上拴了起来。李宪与向宝并行，向帅府走去，众人跟在后面，进了帅府，在大堂坐下。李宪要李七妹把女遮谷的情况说一说。原来西征之后，李宪就派李七妹到女遮谷打探情况。这女遮谷两边是被流水切割成沟状的高塬，陡峭的边缘直线下垂；中间那条又深又宽的女遮川，一路弯弯曲曲穿过谷口，向谷外一侧的黄河流去。西夏人早就在这里建了座军需库，贮藏的粮草足够西征的熙河军和吐蕃发羌兵吃半年，里面的辎重无计其数，光箭就有三十万支，还有无数刀矛斧戟、营帐服装。西征的军队最担心的就是粮草、辎重跟不上。出兵前，李宪征调六万民夫运送这些东西。但长途跋涉，运输不易，沿途还要对付西夏羌兵的拦截和抢劫，没一个边帅不为此伤透脑筋。女遮谷贮藏了这么多东西，当然要拿下它，这比杀几万西夏兵还合算。女遮谷的西夏守将已经被收买过来了，不需要太多的兵力就可以制服那些不肯被收买的西夏将士。现在最大的问题是统领西夏两个监军司的豪右仁多零丁也十分清楚女遮谷重要，且探到宋军要取女遮谷的风声，已命黑山威福军四万人马前去女遮谷增援军需库的守军，前锋离女遮谷口不到五里。仁多零丁还亲率领黑水镇燕军本部四万人马随后向女遮谷奔来，前锋离女遮谷不到十里。

向宝不由得又很是佩服起李宪来。这样的军需库当然要拿下！拿下女遮谷，再攻灵州、取兴庆府，饮马黄河边，纵马贺兰山下，就更有把握了。再说这个天杀的仁多零丁，太残忍，太血腥了。每次犯边，进了大宋境地，汉人要杀光，钱物要抢光，房屋要烧光，女人要奸光，就是六十多岁的老太婆和十来岁的女孩也不放过。边关的将士对仁多零丁恨不得剥他的皮，抽他的筋，剜他的心，挖他的眼！李七妹说完后，向宝的态度来了个乾坤倒转："李大帅，再摆个六出雪花阵，向宝横刀立马，在前阵挡敌。"

向宝看到，众人都笑了起来。李宪平和的脸上也笑了："向将军，女遮谷摆不了六出雪花阵，得打场恶战。"接着，李宪发出将令：第七十二"将"、第七十三"将"直接攻打女遮谷军需库，拿下军需库后往女遮后推进；第七十四"将"在女遮谷口先迎敌，后诱敌，沿女遮川步步后撤，只准输，不许胜；第七十五"将"在距女遮谷口八里之地的老鸦坞北侧茂密的树林里设伏待敌，第七十六"将"在老鸦坞南侧那片被流水切割的陡峭高塬之下的土丘后面设伏待敌，两"将"人马等西夏黑山威福军四万人马全部通过后才许冲出；第七十一"将"、第七十七"将"、第七十八"将"、第七十九"将"和吐蕃发羌兵，先在女遮谷外隐蔽，女遮谷打起来后，迅速在女遮谷外摆开战场，阻击仁多零丁亲领的黑水镇燕军本部四万人马，不能让西夏这支军队去接应被围的西夏黑山威福军。

怪不得李宪说这是场恶战。在女遮谷里，宋军三万，西夏黑山威福军四万；女遮谷外，宋军和吐蕃发羌兵共三万，西夏黑水镇燕军四万：人数上都是西夏兵占优势。得到将令的将官都兴冲冲地从壁上提着自己兵器走了。留在大堂里的只有向宝、包顺、李七妹，好像这场恶战没他们的份。向宝很是不解地望着李宪，李七妹则在一旁含笑不语。向宝很不高兴了，在西北边关这些年，打起仗来，他这个"飞将军""薛仁贵"什么时候被闲置过，被人这样小瞧过？李宪什么也不说，只是带着众人出了大堂。早有士兵过来给众人的马罩上笼头，勒住马口。众人提着兵器，上了马，出了帅府。此时，熙河军和吐蕃发羌兵都已开出城了，街上见不到一个兵，更不见一个行人，连狗都见不到一条，寂静得像座死城。

不到两刻时间，李宪与向宝他们来到女遮谷西边的一个山冈。山冈上茂密的树林把日光全遮住了，阴阴的山冈上散发着腐烂树叶酸臭刺鼻的沤馊味和很好闻的青草清新的香味。今日天气很好，橙色的日光耀眼。从女遮川吹来湿润清爽的风。金花鼠在树枝上爬来爬去，一点也不畏惧山冈上的这几个人。山冈下面是看不到山冈上的人的，但山冈上的人却能把女遮谷底看个一清二楚。向宝看到，右前方不到一里路就是女遮谷的老鸦坞，漫山遍野的熙河军像一股股细流，快速地向老鸦坞茂密的树林里和陡峭高塬之下的土丘后面流去。不过，转眼间，熙河军不见了，消失得无影无踪。传令兵不停地在山冈上上下下。女遮谷一片死寂，静得能听到自己的心跳。

不多一会，向宝远远看到，女遮谷最里面一团团黑色的人影，在密林边上和土丘上追逐着。西夏兵的军需库就在那里。不过，没多久，那边的一团团黑色的人影越来越少，渐渐地一个人影也见不到了。有个传令兵爬上山冈向李宪禀报：第七十二“将”、第七十三“将”已经把女遮谷军需库拿下来，女遮谷军需库不肯被收买的西夏兵大都被杀，部分被俘，只有十几个人冲过被流水切割的沟，爬上陡峭的高塬跑了。

女遮谷很快地又一片死寂。女遮川像一条细细的长练，在秋天的日光中静悄悄泛着迷人的白光。一只沿着高塬边线飞翔的老鹰，像剪成的黑影衬在蓝色的天空上。山冈边的一棵树上有只乌鸦突然飞起，叫着令人心惊肉跳的嘎咕嘎咕声。该死的乌鸦，要是这么叫下去，就要坏事了。向宝看到，李宪、包顺、李七妹也和他一样，都很惊恐、很焦虑地望着这只乌鸦。向宝不慌不忙从背后的箭囊里抽出一支箭，然后取下身上的弓，一箭射去，乌鸦应声落地，掉到女遮谷谷底的树丛去了。

女遮谷此时的寂静，是血战前叫人可怖而又神圣的寂静。向宝觉得时间过得太慢了，两只脚不耐烦地在山冈上转来转去。李宪、向宝他们那些已罩上笼头勒住口的马，也浑身不自在，嘶喊不了，就拼命挣脱拴在树上的缰绳。李宪的马与向宝的马，拴在两棵相距不到半丈的树上，都直立了起来，嘴给勒住了，咬不成，就拿前蹄乱踢，看样子要踢个你死我活。有士兵忙把向宝的马拉开，拴到远一点的树上。两匹马还仇恨地对望了一会，才自在下来。

约莫过了两炷香工夫，李七妹手指着女遮谷口，要众人看。向宝在额前搭个手棚，朝女遮谷口望去，见一股黑色的人影组成的黑色流水，从女遮谷外泻了进来。女遮谷口上两边的密林里、土丘后，冒出了无数密密麻麻的、黑色人影，汇集成一股黑色的人流。两股黑色人流，一会人影贴着人影，打了起来。又有许多黑色的人影组成的黑色流水，从女遮谷外泻了进来。不多一会，前面那股黑色人流沿着女遮川向谷里退去，后面那股黑色人流紧跟在后面追。退了一程，前面的那股黑色人流不退了，后面的那股黑色人流追上去。两股黑色人流又酱在一起，打了起来。打了一会，前面的黑色人流一路往女遮谷里面移去，后面的黑色人流几乎是咬着前面的黑色人流追。

再过一会，女遮谷那两股黑色的人流快移到山冈下了。向宝不仅能听到充满男人豪气，也叫人感到可怖的喊杀声，还能清清楚楚看到一个个的人形；又过一会，喊杀声越来越大，人形也越来越清晰，看得见前面的人戴着熙河军的帽子，后面的人则露出秃发光顶。向宝甚至能看到第七十四“将”士兵的兵器和西夏黑山威福军士兵的兵器，在秋天的日光下闪着令人惊恐的白光。有传令兵爬上山冈向李宪禀报：第七十四“将”已经把西夏黑山威福军引到离第七十五“将”、第七十六“将”设伏的老鸦坞只四里之地。此时，向宝看到，西夏黑山威福军士兵拼命追着第七十四“将”士兵，沿着女遮川从山冈下冲了过去。西夏党项这么多士兵从自己脚下过去，却不能下去砍他几个。向宝急坏了，觉得自己的血往头上涌。向宝侧脸望了望李宪，见李宪眯缝着双眼，一脸无动于衷的表情。向宝又隔着李宪望了望包顺，见包顺脸上什么表情也没有，似乎眼下女遮谷之事跟他无关；再隔着李宪和包顺，又望了望李七妹，见李七妹也一点不着急，很是悠闲地望着冈下的风景。

向宝看到，又有传令兵爬上山冈向李宪禀报：西夏黑山威福军士兵过了老鸦坞。李宪喊了声：“擂鼓！”山冈四周无数战鼓给擂得震天响，叫人振奋，又叫人感到可怖。山冈下的树林里有成群的鸟雀卟刺刺飞了出来。林子里有许多野兔、野鸡、野猪、野狗、牙獐、狐狸，吓得四处乱奔。老鸦坞密林里和土丘后也鼓声大作。向宝看到，鼓声中第七十五“将”、第七十六“将”的士兵从密林里和土丘后冲了出来，很快把黑山威福军的后路封了，落在后面的黑山威福军士兵一个个给熙河军士兵砍倒了。接着，女遮谷里面的战鼓声也响了起来，那里有隐隐的喊杀声传来，不用说是第七十四“将”和拿下军需库的第七十二“将”、第七十三“将”杀回来了。西夏黑山威福军有无数黑色的人影迅速聚拢，像一层厚厚的黑墙堵在第七十二“将”、第七十三“将”和第七十四“将”前面。

向宝摩拳擦掌，急着要从山冈上冲下去，见李宪仍没发声，只好站着。向宝看到，黑山威福军无数士兵忙掉转头，往老鸦坞这边一波一波涌过来，想往回冲出女遮谷。已列成阵势的第七十五“将”、第七十六“将”死死堵着黑山威福军。女遮川草地上、土丘下，到处都有一伙伙的宋军与西夏兵酱在一起厮杀。前进，又后退；后退，又前进。有许多人倒下，又有许多人填了上去。

向宝的眼睛忽然睁大了，看到黑山威福军有一队士兵向左边被流水切割成一条条沟的陡峭高塬那边移动，明显想包抄过来。山冈四周鼓声大作，向宝便见七十五

"将"就有一队士兵向高塬那边迎了过去。黑山威福军又有一队士兵向右边被流水切割成一条条沟的陡峭高塬边上包抄过来。七十六"将"就又有一队士兵朝那边迎了过去。女遮谷里鼓声、喊杀声连在一起，令人热血沸腾，也令人惊怖胆寒。

向宝再也等不住了，忙过去把自己马的笼头解下来。李宪、包顺、李七妹也在解各自马的笼头。向宝紧了紧背上的箭囊，提着关刀，上了马，正要往山冈下冲去时，听到李宪在后面叫他："向将军，往这边走。"

向宝掉转马头，见包顺、李七妹骑着马，跟在李宪后面，往女遮谷外走去。向宝糊涂了：女遮谷里厮杀得正难解难分，李宪他们却往女遮谷外走去，此是何意？包顺回头一笑："向将军，听李大帅的，没错。"

这个包顺，差不多成了李宪的跟屁虫。向宝催马跟在李宪他们后面，在满是落叶的密林中兜了好几个弯，来到女遮谷的谷口。一路之上，向宝他们的马把满地落叶踏得嗦嗦响。十多只豺狗蹲在前面的土丘上，望着他们，眼睛里闪着凶狠的绿光。出了女遮谷，眼前是块很大的开阔地，从谷里流出来的水面渐宽、水势渐缓的女遮川在前面打了个弯，把开阔地划成南北两大片。开阔地南边布满熙河军和吐蕃发羌士兵。向宝、包顺、李七妹跟在李宪后面下了马。早有一伙士兵推着一座有城墙那么高的望楼车过来。向宝、包顺、李七妹跟在李宪后面，上了望楼车。望楼车上二十多个名叫"望子"的士兵都兴奋、热情、巴结地让出一条人缝，让李宪、向宝他们挤到前面去。

站在望楼车上，向宝看到，女遮川南岸，第七十一"将"、第七十七"将"、第七十八"将"、第七十九"将"和吐蕃发羌兵已经摆好了少说宽四五里的阵势。列在正中的第七十一"将"在女遮川这边架好了四百张神臂弓。向宝再抬头远望女遮川北岸，则看到那边迷茫无际的平地上，有一线宽宽的黑波向这边压了过来。不用问，那是仁多零丁亲领的黑水镇燕军本部四万人马。片刻工夫，那一线宽宽的黑波越来越厚，波幅也越来越高；渐渐地，能听到黑波里面有叫人感到惊恐的人喊马嘶声；再渐渐地，能看到黑波上面各种兵器的尖顶、旗子的尖角；最后简直像汹涌澎湃的潮水，凶猛地向这边扑来。

向宝明白李宪何以要他到这里来了。向宝看到，望楼车的传令兵挥动手上的红旗，向左、右两边打出旗语，左、右两边望楼车的传令兵向左、右边更远的地方把旗语打过去。一会，第七十七“将”士兵从左边涉水过了女遮川，然后向黑水镇燕军右翼方向移动；第七十九“将”士兵则从右边涉水过了女遮川，然后向黑水镇燕军左翼方向移动。第七十八“将”和吐蕃发羌兵还留在女遮川这边。

片刻工夫，那片宽宽的黑波冲到距女遮川一里多路的地方停了下来，黑水镇燕军士兵的面目还模模糊糊看不甚清，但人形却很清楚。向宝远远地看到，黑水镇燕军里一伙将士护卫簇拥着一个头戴紫罗毡冠、骑着高头大马的人挤到前面。向宝看不清那人的脸，但凭感觉知道那人是仁多零丁。向宝的眼睛死死盯着仁多零丁，恨不得过去一刀把他砍了。向宝侧过脸，发现李宪翘起个下巴，也在盯着仁多零丁那个方向，虽未出声，却一脸严肃、若有所思的表情。

向宝看到，仁多零丁做了个什么手势，那片宽宽的黑波有了一阵骚动，不久列成阵势，就凝然不动。第七十一“将”、第七十八“将”和吐蕃发羌兵，也不过女遮川。两边的士兵在女遮川两边对峙着。阵前唯有女遮川潺潺的流水声在响，寂静得叫人发疯。

向宝完全明白李宪的打法了。向宝觉得，李宪那个没胡须的下巴一点也不难看。西夏黑水镇燕军原本是与黑山威福军一道去女遮谷抢军需库的，李宪却来个半腰一截，在女遮谷口布置了五“将”军队，把西夏黑水镇燕军与黑山威福军切成两段，相互失去联系。黑水镇燕军要想与黑山威福军连成一体，就非得通过第七十一“将”在女遮川南岸架好的四百张神臂弓不可。这神臂弓，熙宁七年踏白城一战大显神威，打得木征、鬼章人仰马翻。这些年，朝廷军器监加紧打造神臂弓，西北边关五路军中，每路都配了好几百张。此弓最适宜在平地发射，战前把发箭的机栝装好，把神臂弓架好，来敌少有不丧生的。向宝这回是真正知道李宪的厉害了。李宪还有点怕向宝沉不住气，夹了夹马肚，把马往向宝身边移了移。向宝的马与李宪的马恐怕是天生的冤家对头，碰在一起就要相互咬。向宝、李宪赶紧勒住自己马的缰绳，拉开马的距离。

不多一会，果然西夏黑水镇燕军选择冲阵。向宝看到，仁多零丁朝这边望了很久，然后举起手中的长矛，朝这边一指。黑水镇燕军数不清的羌兵像黑色的潮水涌来，无数士兵“呵——呵——”大声喊着可惧的声音。黑水镇燕军羌兵快到女遮川那面的岸边时，第七十一“将”的第一批两百支神臂箭射了出去，黑水镇燕军就一批羌兵栽倒在地；接着，第七十一“将”的第二批两百支神臂箭射了出去，黑水镇燕军又一批羌兵栽倒在地。第七十一“将”连发了五批神臂箭，黑水镇燕军就有五批羌兵栽倒在地上，再也起不来。第七十一“将”的士兵见黑水镇燕军每栽倒一批，就一阵哈哈大笑。

向宝看到，黑水镇燕军黑色潮水退了下去，又凝然不动地远远站着，与这边的第七十一“将”对峙。好一会，黑水镇燕军黑色的潮水开了无数个口子，每个口子里都冲出一个又一个骑兵。黑水镇燕军的骑兵嗷嗷叫着，狂风一样向女遮川杀过来。第七十一“将”的神臂箭连发着，黑水镇燕军的骑兵一个个中箭，掉下马来。许多是一箭丧生，栽倒在地就起不来。受了重伤的士兵有被后面的马踩死的，没被马踩死的就没命地往回爬去。最热闹的是那些马，四处乱窜。好些窜到女遮川边，第七十一“将”许多士兵涉水到了对岸，去捉这些马。有些马掉头往两边野地跑去，还有许多马给捉住了。士兵很得意地把捉住的马牵回女遮川南岸，一伙士兵就围过去把马看了又看。有个士兵捉到一匹烈马，骑着过了女遮川，一脸的自豪、一脸的荣光绕着向宝站着的望楼车转了三圈。那个士兵下了马，还紧紧地拉着缰绳。那马果真烈性，另有一个士兵想骑上去，刚接过缰绳，却怎么也勒不住，给马狠狠踢了一脚。好在捉马的士兵赶紧把缰绳接过去，然后飞身上马，马也飞跑起来。望楼车下一片喝彩。向宝朝下一望，马上的士兵正是前天夜里奸了羌人女子给打了二十军棍的什长陆仁昌。这个陆仁昌，会成为一员虎将的，真不该打二十军棍。

黑水镇燕军再也不敢往女遮川这边冲了。向宝跟西夏党项羌人打过无数仗，十分清楚党项羌人强悍好战，性勇猛，以战死为荣，但不蛮战，不耻奔遁，唯保实力为重。这很凶残，很可笑，很不要脸，但也很鬼，很难对付。

向宝踮起脚，看到朝黑水镇燕军右翼方向移动的第七十七“将”已经进入那片密林里了，朝黑水镇燕军左翼方向移动的第七十九“将”已经进入一片土丘的后面。不用说，黑水镇燕军马上要撤退走人了。李宪一脸杀气，神色严峻，传令全线出击。传令兵手上红旗在空中画了个全圆，然后直指女遮川对岸。无数战鼓擂得山响。第七十一“将”、第七十八“将”和吐蕃发羌兵，早已等得不耐烦了。李宪出击令一下，这三支军队立即争先恐后过了女遮川。向宝又踮起脚，向女遮川对岸望去，看到黑水镇燕军果然在全线后撤。

李宪、向宝、包顺、李七妹下了望楼车。李宪随第七十八“将”出击。向宝随第七十一“将”出击。包顺、李七妹随后接应。向宝站在女遮川岸边，对过川的第七十一“将”高声说：“谁愿随向某去取仁多零丁人头？”

向宝看到，无数人都拥到自己身边。有个已经过了女遮川的还骑着马的折回来。向宝一看，乃陆仁昌也。向宝心里无比欢快，第一个点了陆仁昌，接着又点了九个骑兵。向宝上了马，提着关刀，反手摸了摸背后的箭囊，正要过川，李七妹叫住了向宝。李七妹要向宝、陆仁昌这些人把衣帽全换成吐蕃发羌兵的。向宝望了望陆仁昌这些衣帽全换成吐蕃发羌兵的熙河军士卒，还真像个羌人，只是没有垂耳重环，只好把帽子拉低点。

向宝领着陆仁昌这些人向女遮川对岸冲去，一匹匹马蹄溅起几尺高的水花，溅得过川士兵一脸、一身的水。向宝过了女遮川，听到身后有马蹄声传来，回头一看，李七妹骑着马来了。李七妹是来带路的。向宝很高兴李七妹的到来。向宝其实喜欢羌人女子。羌人女子壮实，在男人面前不装腔作势，不扭扭捏捏，个中别有一番风情。要不是包顺要了李七妹，向宝一定会把李七妹要来。

李七妹在前面带路。第七十一“将”、第七十八“将”和吐蕃发羌兵的前锋士兵，与黑水镇燕军断后的士兵在交锋，喊杀声和兵器的碰撞声不绝于耳。向宝跟在李七妹后面，一路从密林和土丘旁穿插过去。这些地方遮碍物多，黑水镇燕军士兵也不少，并未引起注意。向宝他们走了五里来路，见前面一面大纛下，一伙骑着马的护卫簇拥着一个骑着高头大马的人，匆匆向一片密林走去。向宝看得分明，那个骑着高头大马、头戴紫罗毡冠的人，不用问，正是仁多零丁！

向宝兴奋极了，胯下的马也奋起了前蹄。李七妹却领着众人往旁边一条斜道上走去。斜道尽头有个不很高的土崖。向宝他们来到土崖下，就听到右边密林里有人马的声音。李七妹领着向宝他们冲了进去，弹指间与密林里一伙人相遇。向宝一眼看到头戴紫罗毡冠的仁多零丁，举刀催马冲了过去，李七妹、陆仁昌也都举起兵器冲了过来。前面那伙人猝然间慌着一团，但围着仁多零丁，牢牢地把前面的路封死。向宝看到，十丈之外的仁多零丁倒很快镇静下来，让他的护卫三人为组，在他的前方列成阵势，挡住向宝他们。向宝平生第一次这么近距离看到仁多零丁，此人居然跟他一样，长着一脸横肉和半尺长的又粗又黑的连腮胡子，看去令人望而生畏。

向宝连斩仁多零丁的两个护卫于马下，再直往仁多零丁冲去。仁多零丁又命他身边的护卫一起朝向宝他们冲来，然后只身从侧边一洼浅水处逃去。向宝明白了仁多零丁的意图，但被仁多零丁的那伙护卫缠住，根本过不去。李七妹他们也都有仁多零丁的护卫挡着去路。眼看仁多零丁要从那洼浅水处逃脱，向宝眼睛一亮，见陆仁昌横枪立马，出现在浅水处那头。不过，随后向宝很是为陆仁昌担心起来。仁多零丁武功不凡，陆仁昌又是第一次与仁多零丁这样的人交锋，如何对付得了？

向宝看到，陆仁昌夹了夹马的肚子，举起枪对着仁多零丁就刺。不过，仁多零丁虚晃一枪，拨转马头就败走。陆仁昌在后面紧紧追着。向宝吓了一跳，天杀的仁多零丁又在使杀回马枪计。向宝此时也不知哪来的神力，连砍倒仁多零丁的两个护卫，催马就往仁多零丁驰去。向宝大声喊叫着，在离仁多零丁不到十丈远的地方，仁多零丁果然掉转马头，杀了个回马枪，陆仁昌应声从马上跌下来。

向宝怒火冲天，拍马朝仁多零丁狂冲。天杀的仁多零丁根本不接战，拍马往前面狂奔。向宝取出背着的长弓，抽出背后的利箭。利箭嗖地离了弦，猛力向仁多零丁飞去，看着要射中仁多零丁了，仁多零丁的一个护卫骑着马从斜刺里冲来，用肉身挡住了向宝射出去的箭。向宝又抽出一支箭射过去，仁多零丁的一个护卫又用肉身挡了。向宝一连发了五支箭，都有仁多零丁的护卫用肉身来挡。仁多零丁终于逃脱了一条狗命。

女遮谷一仗，熙河军和吐蕃发羌兵取得了大胜。大部分西夏黑山威福军还是冲出了女遮谷，但在女遮谷丢下了四千具尸体。西夏黑水镇燕军只是在女遮谷外的女遮川被神臂箭射杀了一千二百多人，撤退时被杀了二百多人。熙河军也死了上千人。

向宝最感伤心的是陆仁昌之死。这个多勇猛的士兵，却被天杀的仁多零丁用计杀死了。总有一天，向宝会一刀要了他的狗命。

向宝亲自把陆仁昌的尸体抱起，放在自己的马上驮回来。陆仁昌的喉咙还在滴着血，脸上僵硬的表情既凶狠，又自豪，睁着的双眼望着天上的白云和已经西斜的日头。

第九十四章　种将军用兵怪异大败羌兵 梁永能四面被围束手就擒

九月二十六日深夜亥时将尽，米脂城外上空不见一颗星星，地面是一片漆黑。米脂城完全被黑夜罩住了，高高城墙上的敌楼和凸起女墙的轮廓完全融入黑色之中，但城上西夏党项羌兵明显增多了，女墙上不断有党项羌兵叽里呱啦的说话声传来。鄜延军副总管曲珍在米脂城外吊桥的这边督促士兵挖壕沟。漆黑的夜色中，谁也看不到谁。挖壕沟的士兵谁也不说话，只感觉到沟内挖好的土一筐筐无声地传到沟上来。壕沟四周是死水似的寂静，但壕沟外边塞的风声、草声、胡笳声、马嘶声却此起彼落。最叫人疑神疑鬼的风声、草声像波浪声一样连绵不断。最令人心惊肉跳的刁斗声几乎没有停歇过。最让人感到悲壮凄怆的胡笳声时不时响起。不过，最叫人欢快愉悦的羌笛却销声匿迹，断黑以后就没响过；最使人神气振奋的马嘶也销声匿迹，似乎所有的马都哑了喉。米脂城西边的无定河白日还泛着白光，此时也似乎被黑夜吞噬，无影无踪，且一点声息都没有。

壕沟是鄜延军总管种谔断夜时下令挖的，限子时前挖好。曲珍不知道种谔挖壕沟的用意，但完全相信这不是种谔一时心血来潮想出来的臭主意。曲珍在种谔手下当副将官有好几年了，知道种谔的为人。在西北边关诸将中，曲珍最敬服两位将军：一是种谔，一是向宝。二人都很能打，比较起来，向宝武功更强点，马上一把关刀叫西夏党项羌人胆寒。然而，种谔却很有谋，临敌出奇，用兵怪异多变，坑蒙拐骗也使得出，常常让敌人败得莫名其妙；种谔统军很严，军规厉害，谁犯了军规都下得了杀手：因之战必胜，号称常胜将军。种谔就一个缺点，喜功也贪功，常常不等令下就擅自带兵出战。曲珍清楚，边关的文官对种谔很看不顺眼，觉得他生事，总想抓住他的把柄治他。不过，边关的武将对种谔很敬服，帮他说话的人不少。有一次种谔不等天子赵顼的诏书到，就起所部士兵长驱而前，把西夏一个将军的大帐围了。出奇制胜，不损一兵一卒，斩西夏将军于大帐之中。然而文官身份的边帅却以他擅自兴兵把他抓起来，撤了他的官，还要治他的罪。好在一个武将因事入朝面君，在天子赵顼面前帮他说了话，才官复原职，免了一难。

曲珍心里很是不解：攻米脂城却挖壕沟，岂不是在攻城时又多了一重障碍？壕沟在亥时将尽前挖好了。曲珍下到壕沟，摸黑察检了一下，壕沟呈弧形状，有一人那么深，两头与米脂城护城河相通，少说有半里长。曲珍从壕沟里上来，有个传令兵摸黑过来，向曲珍禀报：种将军请他去大帐饮酒。曲珍忙向第一路军统军种谔的大帐走去。曲珍觉得今夜天气怪，白昼还很高的气温骤然下降，凉飕飕的；空中含着一股水汽，似乎有雾。军营里有种不寻常的紧张气氛，帐篷都潜藏在黑夜里，静悄悄的，但帐篷外有士兵站在黑暗处放哨，谁要是弄出点什么动静，就会冲出来把刀架在你颈上。

曲珍当然清楚今夜气氛何以如此紧张。大宋百年，总是西夏对大宋大军压境，动不动就几十万人马犯边。这回宋军在宋夏交界的弧形线上出动五路兵马，参加西征的有西北四十二“将”的士兵，还有禁军、吐蕃发羌兵各三万，总计三十五万，接近全国兵力的一半；另有二十万民夫，战马万匹，驴万头，一道出征。这可说是大宋百年来出动兵力最多、规模最大的用兵。无论是大宋，还是西夏，都没打过这么大的仗。元丰八月二十五日，大宋西征最先出塞的是李宪率领的第一路军，然后依次出兵。不过，种谔等不得了，本排在第四个出兵的种谔却提前在九月十五日祭旗，九月二十二日就紧接着在李宪之后率第四路军出绥德，沿无定河北上，打米脂城。再接着，刘昌祚率第二路军出泾原，沿葫芦川北上；高遵裕率第三路军出庆州，收复通远军的地盘；王中正率第五路军出麟州，西行取宥州。西夏满朝文武感到十分震惊。西夏党项羌人是个了不起的民族，强悍好战，以战死为荣，全民皆兵，实难对付。当年敢冒着人头落地的危险，跟公公的政敌西夏国主私通的梁太后不是个没见过世面的女人，赶紧调兵遣将：令甘州甘肃军驰援兰州那边的西夏军，以对付李宪的第一路军；令瓜州西平军迎击刘昌祚率领的第二路军；令右厢朝顺军、韦州静塞军迎击高遵裕率领的第三路军；令左厢神勇军、石州祥祐军迎击种谔率领的第四路军；令宥州嘉宁军迎击王中正率领的第五路军；令西寿保泰军守灵州；令白马强镇军、卓啰和南军守都城兴庆府。西夏十二监军司有九支军队对付大宋西征的五路军，只留了三支军队用来守都城兴庆府和都城的门户灵州，可说是倾巢而出。一开战，大宋就开门大吉，占了上风。李宪的第一路军在西市新城旗开得胜，接着收复兰州、东进女遮谷，缴获西夏一座大军需库，宋军士气大增。种谔率领的第四路军所向披靡，两日就到了米脂城下，把米脂城围了个水泄不通。有道是：米脂的婆娘绥德的汉。米脂的婆娘天下无双，又美丽，又风骚，又壮实，又多情。凡是跟米脂的婆娘快活过的人，对米脂婆娘的风情，无不终生难忘。第四路军士兵无不精神振奋，奋勇当先，明日必破米脂城。然而，此时西夏的援军却杀到了。统率援军的是能征惯战的后族大将梁永能，带来的是左厢神勇军、石州祥祐军。第四路军有鄜延军九“将”六万三千人，禁军六“将”三万人，合计九万三千人，在西征的五路军中是人数最多的一支；西夏左厢神勇军、石州祥祐军各有四万人，加上米脂城里的一万三千人，也是九万三千人。在人数上，双方谁也占不了上风。但，第四路军是客地作战，身在敌境。一面是坚固的米脂城，一面是西夏来势汹汹的八万援军，正好把第四路军夹在米脂城下。这一仗就难打了，然而又肯定要打，可怎么打，不能说不是个大难题，军营里的气氛自然紧张起来。奇怪的是，种谔亥时将尽却请曲珍饮酒。

曲珍是西北边关陇干人，曲姓是此地方圆一二百里的大姓，在地方上说得上话，无人敢欺负，就是西夏党项羌人也不敢惹曲家。仁宗朝的宝元、康定年间，西夏党项羌人到这里抢劫财物、奸淫汉人女子，曲珍父亲、叔叔纠集上千族人，给西夏党项羌人一顿痛打；西夏党项羌人再也不敢到曲家来烧杀掳掠干坏事了。因之，曲氏以勇武长雄边关，官府对曲姓人也高看一头。曲珍不知书，好驰马试剑，当时的秦凤都钤辖奇其才，留在军中；二十多年戎马征战，因军功一步步当上一路大军的副总管。

米脂城外起雾了，一团团的雾从眼面前擦过去。曲珍其实对米脂城下这一仗怎么打，并不感到特别担心。曲珍担心的是王中正率领的第五路军。第五路军率领的是河东军五“将”步骑六万人出麟州，却不西行，改沿着窟野河北上。曲珍心里叫苦不迭，真不知道王中正头脑发什么昏。王中正北上要经过一片广袤的沙湿地，人马很难过得去，从那里进军灵州必然误事；如果粮草辎重跟不上，士兵不是饿死，就是冻死。然而，不要说曲珍对此事毫无办法，就是种谔也毫无办法。这个王中正，来头大得很。说起来此人虽然是个很让人看不起的太监，可绝不是个无能之辈，且立过救驾大功。仁宗庆历八年，宫中四个卫士作乱，翻过延和殿，直逼乾清宫，吓坏了仁宗皇帝。当时王中正才十八岁，只是入内内侍省的一个都知太监，引兵入宫救驾，把四个作乱的贼子捉住了，从此王中正一步登天，官运亨通，在西北边关当上一路大军的总管。王中正在宫中是说得上话的。太皇太后曹氏在世时，很看得起王中正，回朝时总要他去宫中叙话；太后高氏对王中正也很不错，总会在天子赵顼面前提起他。此次西征，天子赵顼有旨：种谔听令于王中正。这个人大话能说，脸皮也厚，此次西征五路人马的统帅明明是太监李宪，王中正却在祭旗的祭辞中说他代天子亲征，好像他是主帅。好在王中正在种谔面前不是那么张扬跋扈，颐指气使，也不多第四路军的军旅之事，都种谔说了算。然而，王中正率领的第五路军毕竟是与第四路军相邻的一支军队，相距过远，非用兵之道。后来，五路大军西征无功而返，曲珍才知道，王中正沿着窟野河北上，并非不知道要穿越一片广袤的沙湿地；这个太监只是觉得这条路安全，不用担心西夏兵的抵挡，真是个猪脑子。

曲珍隐隐感到，对鄜延军来说，这场大雾来得及时。要是没这场大雾，西夏左厢神勇军、石州祥祐军闪电偷袭到无定河边的山谷口外，与米脂城的羌兵形成夹击之势，宋军就全都暴露在光天化日之下，那时宋军不只是失败的问题，想逃都没路。曲珍到了种谔大帐外。大帐门帘和窗帘全挂了下来，不透一点灯光。要不是黑暗处有个哨兵喊了一声，曲珍根本不知道自己已到了种谔大帐外。有士兵把门帘掀开，大帐内泻出一片灯光。

曲珍赶忙进去，感到身后泻出的灯光被门帘挡了回来。曲珍看到，大帐的四角点着明亮的官烛，正中方桌上坐着种谔，第四路军的将官分坐在两边方桌上。方桌上摆着好几坛酒，一盘盘烧好的羊肉堆得不能再高了。曲珍听到大帐一角有微弱的哀求声传来："种大将军，小的认罪悔过还不行吗？"曲珍朝那边望去，官烛的光照下，见一个什长五花大绑着，胸膛肚皮被破开，两个身上沾满鲜血的彪形大汉士兵嘴里各咬着一把横放的尖刀，站在被绑人的面前，刀尖上还挂着血滴。曲珍看到，一个士兵双手扒开被绑人破开的胸前皮肉，把五脏全显露了出来；另一个士兵伸手往腔体里死劲地掏，把带血的肺和肝扯了出来。大帐里一片死寂。两边桌上坐着的将官都像泥塑似的，以手掩面，既不喝酒，也不吃肉，半日不见动一下。种谔却自斟自饮，吃着肉，一脸的自若。被绑人胸膛里的血还在往外流，面前的衣服被血浸透了；还没死，喉咙里叽里咕噜喘着粗气，面色幽蓝，像鬼一样。曲珍感到大帐里混合着一种惊恐与怜悯、可怖与可悲、于心不忍与硬石心肠的古怪气氛。

曲珍不是第一次见过这样的场面，但还是把脸别过一边。前年在横山一战中，鄜延军的一个都头，攻城时竟在城外一个土墩上休息，种谔马上命士兵把这个都头开膛破肚，刳出肺肝，再一刀把头砍下，尸陈城下，在场的人没一个不吓得发抖。这以后，种谔一声令下，将士无一人于死敢避，唯有向前。第二日，曲珍才弄清楚了，这个被开膛破肚的什长是禁军。禁军是大宋诸兵种里最吃香的士兵，身体强壮，有点武功且个子高，大多是从地方厢兵中选出来的。这些人总有种高人一等的气派，平日骄横得很，游手好闲，为所欲为，成群结队在街市上强索财物，更有甚者白日掠人妻女，劳累吃苦的事是不做的。今夜挖壕沟，派了些禁军去做。这类事从来是民夫做的，禁军里有几个“什”的士兵就是不去。然而，该当这伙禁军倒霉，碰上统军的是种谔。种谔二话没说，命鄜延军两个“都”的士兵把这伙禁军捆了起来，打个半死；为头的什长给带到大帐开膛破肚，掏肺挖肝。

曲珍的祖籍陇干人家的子弟不读书，也无书可读，没人愿到边关来教书。曲珍唯好驰马试剑，有着陇干人的忠厚和义气。他也觉得种谔做过头了，但并不认为有什么大错。有道是：仁不统兵，义不行贾。带兵的人，时时刻刻在跟死亡打交道，讲不得那么多仁道。在边关讲仁道，那是书读得多的文官才说得出口的话。边关带兵的人心肠硬一点，狠一点，威就能立起来，才能带出虎狼之师；要不然，只能带出一支窝囊兵，绝对出阵即溃。在战场上的厮杀中，谁都是凶神恶煞的样子，谁都杀人不眨眼，心软一点就要做人家的刀下鬼。《宋史》对与战神狄青齐名的种世衡祖孙三世多有褒词，称他们俱有将才，是西北边关的名将；对种谔“左右有犯立斩，或先刳肺肝”这种行径，也很不客气地记上一笔。

曲珍看到，种谔毫不动容，对他招了招手，要他到身边去喝酒。曲珍过去了。种谔又对两个身上沾满鲜血的彪形大汉的士兵挥了挥手。这两个士兵立即把浑身鲜血淋漓的什长拖出去把头砍了。另有个士兵把地上的肺肝一把捞起，就像捞起一堆杂物，扔到帐门外去，脸上什么表情也没有，平静得很。

种谔一脸的威严、一脸的残忍，边喝酒吃肉，边发话：“今夜是个好天气，给我们碰上了几十年没出现过的大雾。都抓紧时间喝酒吃肉，吃饱些，吃不完的都带走；还有馍，多带点。明日不到申时是吃不上饭的。诸位将军都回去，把自己的人马带往指定地点。”

忠厚的曲珍扳起指头算了一下，从现在起，到明日申时，只有七八个时辰，也就是说，明日有场大战、恶战要跟西夏兵打。两边桌上的将官都动手吃喝了起来。大帐里还留有一股刺鼻的血腥恶臭味。不过，此时谁也觉得无所谓。毕竟都是在战场滚来滚去的人，血见得多，血腥味也闻得多；比不得那些文官，仁心仁术，斯文有礼，不要说有血腥恶臭味的地方，就是稍有点不好闻的气味，也动不了筷子，下不了喉。

片刻间，两边方桌上的酒喝光了，羊肉也吃了许多，剩下的羊肉和馍馍都用布包了带走。曲珍和第四路军将官出了大帐，感到有股水汽包住了他。夜色更黑，面对面也难认出人来。四边漫无边际的浓雾，像四堵巨大的墙垣，一步步挤逼过来。曲珍骑着马，提着长矛，摸黑赶到无定河边的一个山口，已经是九月二十七日凌晨寅时将尽。这里有鄜延军的第三十八“将”、第三十九“将”、第四十“将”一万八千人守着。种谔给曲珍的任务是：三个时辰内不得让西夏党项兵一人一马冲过山口。

曲珍感到雾是从山口那边升起来的沾在脸上湿湿滑滑的。曲珍把第三十八“将”、第三十九“将”、第四十“将”的将官带到一块不大的平缓坡地上，商量这一仗的打法。西夏左厢神勇军、石州祥祐军合起来有八万人，鄜延军这边是一万八千人，真要打起来，鄜延军肯定打不过对手，不要说守三个时辰，就是半个时辰也守不住。但，地形和这场大雾帮了鄜延军的大忙。在山口，西夏八万兵是展不开的，能在山口交战的不过二三千人。雾这么大，交战很不方便。曲珍把第三十八“将”、第三十九“将”、第四十“将”分成三个梯队，依次轮番出战；每战约半个时辰，退下来的士兵一边休息，一边鼓噪呐喊。

首先出战的是第三十八“将”，立即进入山口张家堡一带，准备交锋。第三十九“将”在山口左边青阳沟一带待命助战。第四十“将”在山口右边刘家岔一带待命助战。曲珍在长着一片大林子的坡地上坐下。十多个扈从兵在不远处放哨，还有几个扈从兵被派到远处伺探情况。谁也没说话。米脂城外的山口，万籁俱静，雾越来越大。曲珍侧耳听了听山口张家堡那边的动静，什么也没听到。有只鸟突然叫了起来，叫得人心惊肉跳。不过，没多久，鸟不叫了，天地复归一片死寂。

估计过了两刻时辰，山口张家堡那边突然响起一片令人可怖的喊杀声。曲珍知道，第三十八“将”在山口张家堡跟西夏兵打了起来。接着，山口左边的青阳沟和右边刘家岔同时传来令人可怕的鼓噪呐喊，山口处似乎有千军万马在厮杀。

曲珍站起来，跨上马，提着枪，向山口张家堡走去，想看看第三十八“将”的战况。树枝划着曲珍的身子，脸给划了好几下。有根树枝扯着曲珍的铠甲，曲珍只好勒住马，折断树枝。山口张家堡那边的喊杀声一阵一阵像波涛一样传来。青阳沟、刘家岔的鼓噪呐喊声越来越响。大雾上面有了朦朦胧胧的青色，看来天亮了。这里的天地间自然是雾的世界。远处的雾还是漆黑色，把山、坡、树、地全遮住了。但，面前的雾是深灰色，一团团雾气随着人在流动；有时像雪崩似的压过来，样子吓人，压到人身上又像烟一样地散了。

大约走了两里路，曲珍到了山口张家堡不远处。曲珍听到，山口张家堡的喊杀声更响了，也更可怖，更令人振奋；青阳沟、刘家岔的鼓噪呐喊声也更响。不过，就在此时，山口张家堡那边的喊杀声渐渐息了下去，山口右边刘家岔鼓噪呐喊也停止了，却听到山口左边青阳沟有脚步声传来。曲珍明白，首先出战的是第三十八“将”正撤下来，现在轮着第三十九“将”出战了。

约莫两刻漏工夫，山口张家堡那边又突然响起一片令人可怖的喊杀声。第三十九“将”在跟西夏羌兵交战了。接着山口右边刘家岔一带复响起可怕的鼓噪呐喊声，那是第四十“将”在助战。与此同时，山口左边青阳沟一带响起令人可畏的鼓噪呐喊声，那是从山口张家堡撤下来的第三十八“将”在助战。

曲珍临时改变主意，往山口左边青阳沟走去。快到青阳沟时，曲珍看到深灰色的浓雾里走出几个人，影影绰绰像是从虚幻的蜃气里出来的人一样。在相距二十来丈时，曲珍认出了为首的是第三十八“将”的将官，跟在后面的是几个都指挥使。曲珍在附近一个土墩上坐了下来，要第三十八“将”的将官向他禀报刚才的战况。第三十八“将”的将官说，这一战打得十分漂亮。第三十八“将”在山口首先遇到的是西夏左厢神勇军两个“指挥”的六百人。西夏左厢神勇军这两个“指挥”的六百人根本没想到第三十八“将”就伏在山口的沟边，大模大样过来了。第三十八“将”的士兵突然蜂拥而上，把左厢神勇军这两个“指挥”的六百人拦为两截，围起来杀；三下两下，至少杀了那边四百多人，有两百来人朝两边山上跑了。后来，左厢神勇军虽然上来了四个“指挥”的人马，却再不敢神气了，走走停停，一听到什么不对头的声音，就要等上好一会才走。这伙人到了山口，就压住两边的阵脚。第三十八“将”的士兵冲了上去，见人就砍。双方对打了好一阵，西夏党项羌兵不打了，丢下两百多具尸体，往后退了。

大雾上面的颜色更明了，天更亮了。下面的雾也在开始淡了下去，远处的树显出了朦胧的轮廓。第三十八“将”的将官话刚说完，从山口那个方向的浓雾中有一阵很响的杂乱的脚步声传来；不多一会，一伙人从浓雾里走了出来。曲珍模模糊糊中看到有个骑在马上的指挥使瓮声瓮气地凶狠嚷叫道：“快点！快点！不快就一刀把你们统统砍了！”

曲珍心里一惊：发生什么事了？第三十八“将”的将官和都指挥使都不由得朝那边望去。不多一会，那一大伙士卒押着一伙五花大绑的秃发党项羌兵在前面不远的地方转了个弯，正顺着一条斜路往一个低矮的山坡走去。曲珍隐隐约约看到那伙秃发的党项羌兵里有个人头上戴着一顶红罗毡冠。不用说，此人是党项羌的一个头领了。

曲珍心里一喜：捉到党项羌兵的俘虏了？曲珍估算了一下，被押的党项羌兵有三十多人。押解的士兵中，不断有人用很粗的树枝打这伙被押着的党项羌兵，有的还用刀背砍。党项羌兵怕打，都想离押解的士卒远一点，拼命往混乱的人里面挤。有押解的士卒冲过去把人分开，但他一走，党项羌兵便又挤到一起去了。有个骑马的指挥使不停地用鞭子抽，把人往低矮的山坡赶。

曲珍心里一疑：这伙士卒是哪一“将”的？很显然这伙押解党项羌兵的士卒不是第三十八“将”的。要不然，这伙士卒不会连对站在土墩这边的第三十八“将”的将官和都指挥使，招呼也不打一个，就一直往低矮的山坡走去。曲珍注意到，第三十八“将”的将官和都指挥使都有点疑疑惑惑朝那边望着。

党项羌兵里有人在用汉语说话：“你们不可这样对待我们。”

那个骑在马上的指挥使模样的官瓮声瓮气地凶喝道：“你们捉到我们的人，挖眼睛、割鼻子时，怎么眼皮也不眨一下呢！”

党项羌兵里那个头上戴红罗毡冠的头领用汉语说话：“我们是来归顺大宋的。本头领要见你们的将军。”

瓮声瓮气的指挥使吼了起来：“你还嘴硬，本指挥使老爷脾气不好，小心割掉你的舌头。——我们的将军也是你想见就能见的？”

曲珍很快明白了：那伙士兵是第三十九“将”的，从交战的山口押着党项一伙羌兵路过这里。不过，曲珍觉得这伙党项羌兵未必是捉到的。无论是西夏兵，还是大宋兵，被对方捉到了，没一个会嘴硬，去吃眼前亏；都会装出个可怜相，有时还会讨好地对押解的人笑笑；且都老实得很，不过只要有机会就会像老鼠一样嗦地溜得无影无踪。

党项羌兵就这么人挤人、人撞人地往前移动着，乱成一团。那个骑马的指挥使，故意催马往党项羌兵人堆里踩去，用马鞭狠狠地抽那些党项羌兵。党项羌兵都用双手挡在头顶。有个被踩着的党项羌兵痛得一蹦一跳哎呀哎呀乱叫着，有个党项羌兵被打得全身缩成一团半日直不起身来。党项羌兵跌跌撞撞的，更乱了。

曲珍是个明白人，在西北边关，无论是西夏党项羌兵，还是汉人士卒，被对方捉到，没一个有好日子过。打骂是轻的，有脾气犟的或稍有点看不顺眼的，便被拖到野外什么地方一刀砍了，连尸骨也给狼叼走。眼前的这伙党项羌兵岂能好得了，虐待只是刚刚开始。曲珍是不允许士卒这么对待被捉到的党项羌兵的。那伙士卒押着党项羌兵正要顺着低矮的山坡拐进山坡那边去时，曲珍想把他们喊回来，却听到身后有人对着正在转弯的那伙士兵大声喊道：“都过来！”

曲珍坐在土墩上，回头一看，一人骑着马从一团浓烟似的浓雾里冲来，瞬间到了土墩面前，马头距曲珍不到三尺远。那人从马上跳下来。曲珍看清了，此人不是别人，正是第四路军总管种谔。曲珍还看到，种谔身后还有个头戴紫罗毡冠被五花大绑的西夏羌人。曲珍认得，此人是西夏后族的大头领，前天在米脂城外交战时捉到的。当时没杀，不知种谔为何带到这里来。

曲珍站了起来，看到前面那伙正要拐进山坡那边去的士卒，像没听到种谔的话一样，反加快脚步，往低矮的山坡走去，有些人已拐进山坡的那边去了。曲珍吃了一惊，这伙士卒竟敢不听种谔的。曲珍当然很清楚，不是这伙士卒吃了豹子胆，敢把种谔的话当耳边风。这伙士卒没过来，是因为他们根本没见过种谔。在边关，一个普通士卒，能经常见面的是“都”里的都头；再能见上大一点的官，不过是正、副指挥使；对一路总管这样的大将军，多数士卒恐怕是做梦都不敢这么想，真能见上一面真可说是祖上八辈子修到的福气。

曲珍要一个扈从兵去把那些人叫过来，说种大将军在此。不久扈从兵回来了。那伙押解党项羌兵的士卒果真是第三十九“将”的。第三十九“将”的士卒押着党项羌兵从山坡那边转了出来，赶猪一样把党项羌兵往土墩这边赶。头上的雾淡薄了许多。一阵风吹来，一块淡蓝的天空透过如烟的薄雾显现了出来。地面上的雾也越来越稀薄了，近处人的模样也越来越清晰。押解的士卒不停地打骂着党项羌兵，用不堪入耳的粗俗话羞辱他们。党项羌兵一跌一撞地给带到土墩这里，七零八落地分开来站着，一个个低垂着头，默不作声，像上杀场一样。这些人年龄都只二十挂零，身体强健壮实，像个男人，但脸却给树枝打出一条条的血棱，脸全肿了起来，弄得又丑又怪，一个个都没个人的样子。

第三十九“将”的士卒让党项羌兵背靠土墩站着。一个骑在马上的指挥使显然因为刚才不知道种谔在喊他们过去，吓坏了，忙滚鞍下马，距种谔少说有十来丈远，不敢再过去。

种谔一脸的威严、冷酷地坐在马上。马的蹄子把刨出的土块弹了出去，正好弹在指挥使脸上。指挥使却没敢动一下。种谔问指挥使：“这些党项羌兵是你们捉住的？”

指挥使这下很兴奋、很激动、很得意起来，脸上现出一种夸张的横蛮表情，瓮声瓮气地说：“这伙羌兵全是草包，我们第三十九‘将’开到山口，埋伏在一个山峁下面。这伙党项羌兵一到，我们四面杀出。他们在雾里不知道我们有多少人，一下子全给我们捉住了。有个想从陡峭的斜坡上爬到峁顶上去，被卑职眼疾手快，一把扯住，乖乖不跑了。”

曲珍觉得这个指挥使在邀功说假话，正想点破这事。种谔冷酷的脸板了下去：“鬼话连篇！这些党项羌兵真要是全捉住的，能不还手？你们这些人身上能一滴血都没溅上吗？”

曲珍看了看指挥使和第三十九“将”士卒，薄雾中果然见这些人衣服上半点血迹都没有。指挥使和第三十九“将”的士卒一脸的错愕，戴红罗毡冠的头领和党项羌兵则都惊奇地也很感激地望着种谔。种谔又问指挥使：“你打算把他们押到没人的地方杀掉是不是？谁叫你杀人了？——本将先把你杀掉！”

第三十九“将”的指挥使不出声了。曲珍觉得，种谔眼睛厉害，一眼看穿了第三十九“将”指挥使的鬼主意。这个指挥使确实是想把这伙羌兵五花大绑押到一个无人的地方杀掉。这事并不新鲜。古来交战双方捉到对方的人，怕他们逃跑，转身回来再杀自己，往往在路上就把他们杀掉。

张家堡那边的喊杀声又停歇了下来。青阳沟、刘家岔的鼓噪呐喊声也不响了。天地间一片死寂。第三十九“将”的士兵要换下来，第四十“将”的士卒要去跟党项羌兵交战了。种谔命第三十九“将”的指挥使把这伙羌兵的五花大绑松了。戴红罗毡冠的头领和那些党项羌兵都一起在种谔面前跪了下去，拜了又拜。然后要西夏党项羌人的头领到他身边来：“本将已经得到密报，知道你是皇族那边的头领，是来归顺大宋的。”

西夏党项羌人的头领立即献策：梁永能仗着自己是梁太后的侄子，骄横得不得了，不把皇族这边的人当人；此人徒有虚名，打仗其实没个屁用，就是逃跑的本事比谁都大，很难抓到他：“种将军，小的今日归顺大宋，为的就是生擒活捉梁永能。”

雾又稀薄了些。山口那边的喊杀声又骤然大作。不用说，第四十“将”正在山口那里跟西夏党项羌兵展开一场生死对决的血战。青阳沟、刘家岔的鼓噪呐喊又大作起来。此时曲珍忽然看到，种谔露出一个动人的微笑，手往后挥了挥：“带过来！”

众人不明种谔这是何意，都顺着种谔手指的方向望去，见几个士兵正把那个头戴紫罗毡冠、被五花大绑的人从种谔身后推了出来。曲珍明白种谔的意思：要西夏党项羌人的头领行进见之礼。这个种谔，用兵怪异多变，在大宋与西夏生死对决的血战之时，事前无约，突然有党项羌人归顺大宋，没有进见之礼，怎让人放心得了？进见之礼者，西夏大头领的人头也。戴红罗毡冠的头领也很快明白了种谔的意思，从第三十八“将”的一个士卒手上接过一把环首弯刀，走到被五花大绑的大头领跟前，很有点幽默：“大头领，休怪本头领无情。本头领归顺大宋，未带一件礼物，只好借你的头一用。记住：明年今日就是你的祭日。”

五花大绑的大头领脸色虽然变得苍白，但很犟，两只臂膀拼命挣扎着。戴红罗毡冠的头领一刀向他头上砍去。五花大绑的头领头一歪，脑袋躲过了这一刀，一只手臂却断了，一股血喷得戴红罗毡冠头领一脸的血。接着，好些党项羌兵都从第三十八“将”的士兵手上接过环首弯刀，蜂拥而上，对着这个大头领一阵乱刀。大头领倒在地下，脚还在抽搐着，后来猛地一蹬，才断了气。红罗毡冠的头领再加上一刀，把五花大绑的大头领的头砍了下来，被砍下的头还睁着一只凶狠的眼睛。

第三十九“将”的指挥使和士兵转身走了，没走几步，戴红罗毡冠的头领忽然走到种谔面前，很是窘急地大声道：“种大将军，他们还没还我的耳环。”

曲珍低头一看，戴红罗毡冠头领的两耳垂空空。羌人的耳朵上都挂着重环。有地位、有钱的挂银耳环，地位更高、更有钱的挂金耳环。这个戴红罗毡冠的头领的耳环应该是银的。不用说，他的银耳环给第三十九“将”的指挥使剥去了。种谔一声喝：“还给他！”

指挥使一脸通红，蹑手蹑脚很不好意思地走上前，从袖子里把银耳环拿出来，交到戴红罗毡冠的头领手上。不过，种谔也没再对指挥使怎么样。在边关的战场上，剥敌兵身上的东西普遍得很；只要打仗不怕死，又没犯种谔定的规矩，种谔才懒得去管这些事。种谔命第三十八“将”给戴红罗毡冠的头领一匹马。种谔要曲珍与戴红罗毡冠的头领及那伙党项羌兵跟着他走。走之前，种谔忽然回头对戴红罗毡冠的头领说：“带上！”

曲珍不由一惊：发生什么事了？正好一团浓雾飘来，把戴红罗毡冠的头领和那些党项羌兵罩住了；等那团浓雾飘走后，曲珍看到，戴红罗毡冠的头领手上已把那个戴紫罗毡冠的大头领首级挂在腰上。种谔这才紧了紧马肚，催马向前。

种谔、曲珍、戴红罗毡冠的头领绕过山口一个被流水切割的陡壁，再顺着左边一条斜径，登上了山顶一块平地；跟在后面的是一个“都”的宋军士卒及那些归顺大宋的党项羌兵。山顶平地上的雾全散了，日光从厚厚的云层缝隙间斜射下来。山顶平地方圆五六里的样子，离山口不到半里路。站在这里朝山口一望，但见山口那边翻滚着一团白色雾气，像有无数的妖魔在里面兴风作浪。曲珍清楚，用不了多久，这块山顶平地的下面，要展开一场生死血战。

曲珍吩咐都头把好几大筐馍馍和一大包羊肉拿来，众人吃了个饱。曲珍清楚，此时宋军也都在抓紧这个时候用餐。两刻时辰之后，山顶平地下面的雾气渐渐散了。曲珍看到，山口那边是块大喇叭状向前展开的山谷。山谷里的原野、麦地、道路、土丘群、被废弃的古堡以及山谷外无定河的白光，全显露了出来。被废弃的古堡有二十来个，像一把大锯，把羌兵明显地拦腰裁为两截：一截在被废弃的古堡这边，一截在被废弃的古堡外边。一字排在被废弃的古堡锯齿线上，是密密麻麻的鄜延军和禁军的士兵。

曲珍听到，山口那边响起了震天动地的喊杀声，让人胆战；一字排开的鄜延军和禁军的士兵，响起猛虎一样惊天骇地的喊杀声。战斗的气氛既雄豪，又恐怖。曲珍看到，在山口和一字排开的被废弃的古堡之间，无数西夏党项士兵在向山口冲去，又退下来。西夏党项无数骑兵像无头的苍蝇，在原野、麦地、道路和土丘间跑来跑去。种谔一手加额，望望古堡两旁的鄜延军和禁军的士兵，又望望古堡与山口之间的党项羌兵，向着浓雾散了的天空，对曲珍说："好雾！好雾！这场好雾助我取胜！"

曲珍觉得，确实要感谢这场大雾。不错，西夏人利用了大雾，闪电般偷袭山口，如果冲出了山口，就与米脂城西夏的守军形成夹击宋军之势。但西夏人没想到宋军也可以利用大雾，神不知鬼不觉地在山口与一字排开的被废弃的古堡之间布下重兵，把西夏人拦为两截。鄜延军几个士兵搬了面大鼓来。种谔拿起鼓槌，亲自击鼓。远远近近的山顶平地上的鼓都响了起来。一时鼓声充满天地间，山谷里成了鼓声世界。数不清的鸟雀从脚下面的林子里飞了上来，又往山顶平地的林子飞去。无数的野兔、野鸡、野猪从山顶平地下面蹿上来又蹿下去。有几只野鹿还睁着警惕而又惊恐的眼睛朝这边望着，见这边的人没有加害的意思，才慢悠悠走了。曲珍看到，四面八方无数鄜延军和禁军的士兵从山坡上冲下去。在山口和一字排开的被废弃的古堡之间，西夏党项羌兵乱作一团，有向山口这边冲的，有向古堡那边冲的，也有向山坡上冲的。山谷里到处都发生了战斗。一时间，山谷四周的鼓声、喊杀声、兵器的碰撞声、惨烈的痛叫声，交汇成惊天动地的声浪。曲珍看到，宋军愈战愈勇，党项羌兵人饥马乏。就在曲珍和种谔站立着的山顶平地的下面，鄜延军和禁军把西夏一伙羌兵追到麦地里，四面围起来厮杀，但见羌兵一个个倒在地上；有个羌兵爬了起来，被补上一刀，又倒下去了。还有一大伙鄜延军和禁军士卒把西夏一伙羌兵赶到一个很大的土坑边，举刀就砍；羌兵有跳到土坑里去的，刚爬上来就挨了一刀。西夏党项羌兵四处乱蹿，阵脚全乱了。

曲珍的眼睛突然睁大了，看到西夏党项羌兵的一支少说有上千人的队伍向被废弃的古堡右边的小沟移动。这支队伍很奇怪，不仅很镇静、很有组织，而且前面有骑兵开道，后面还有骑兵压阵。不多一会，羌兵的这支队伍就全部进入了小沟里，看不见了，像是消失了一样。曲珍想：羌兵的这支队伍一定有大首领在其中，说不定西夏后族大将梁永能就在其中。曲珍侧过脸，看到种谔也一脸惊愕地望望那里。戴红罗毡冠的头领赶紧过来向种谔和曲珍禀报，西夏统军梁永能在玩金蝉脱壳之计：那伙很镇静、很有组织地向右边小沟走去的羌兵，是故意把宋军注意力往那边引，然后梁永能从被废弃的古堡左边脱身。曲珍朝古堡左边望了望，但见高高低低、大大小小、连绵起伏的山丘群里到处都是宋军与羌兵在砍杀。喊杀声如滚雷，此起彼伏，叫人振奋，更叫人可怖。曲珍不相信梁永能会从厮杀激烈的地方逃走。种谔却很相信戴红罗毡冠的头领的话，急忙调三个“指挥”的九百士卒过来；又命扈从兵传令：近处的鄜延军和禁军，凡抽得动的都往古堡左边赶去。

雾全散了。西北九月边关的天空，蓝得像水洗过。不多的白云一尘不染，一动不动停在空中。地上的鸟雀、野兔之类的动物全跑光了。原野上开始枯黄的乱蓬蓬的野草给马蹄和人脚踩得一片狼藉。曲珍与种谔并辔前行，往古堡左边走去。走了三里多路，西夏党项的一支骑兵向被废弃的古堡左边慢慢走去，后面还跟着一些步兵，合在一起不过二百来人。曲珍看到，戴红罗毡冠的头领又赶紧过来，向种谔和曲珍禀报：“没错没错，梁永能就在那二百人之中；梁永能玩过好几回这个名堂，这回骗不到人了。”

曲珍随种谔领着九百宋军到了山丘群，先上了一个山丘，望了望四周，但见山丘群里宋军与羌兵缠在一起砍杀。“指挥”以上军官无法指挥了，只能靠“都”的都头指挥砍杀。喊杀声天震地骇，叫人振奋也更叫人可怖。种谔把九百宋军分成两股。种谔与曲珍各领一股，分左右追击西夏党项那支向被废弃的古堡左边慢慢走去的骑兵。

种谔让戴红罗毡冠的头领随曲珍去追击。曲珍与戴红罗毡冠的头领并马急驰。在离左边古堡不到二里路的山丘下，曲珍注意到，西夏一大伙骑兵护拥着一个头戴紫罗毡冠、耳挂金环的大头领往右边驰去。这些骑兵简直杀红了眼，所过之处，见到宋军就砍，无人阻挡得住。曲珍领着四百多士卒冲了过去。曲珍几枪就把西夏三个骑兵挑于马下。西夏有个骑兵从马上跌下来时还咧着嘴对曲珍很可怕的怪笑了一下。曲珍催马冲到戴红罗毡冠的头领前面，在离戴紫罗毡冠、耳挂金环的大头领不到二十丈远的地方，曲珍甚至看清了那人脸上的大胡子。此时，曲珍听到身后戴红罗毡冠的头领对他喊："那是假梁永能！"

戴红罗毡冠的头领催马到了曲珍面前，用手指着右前方。曲珍朝那边一看，但见二十几个党项骑兵往一个馒头形的山丘不慌不忙慢慢走去。那里不见一个宋军，也不见一个羌兵，但过了那个馍头形的山丘，就是西夏左厢神勇军、石州祥祐军的大营，那时宋军就对这二十几个党项骑兵无可奈何了。戴红罗毡冠的头领对曲珍说："曲将军，梁永能在玩金蝉脱壳的金蝉脱壳之计，快往那边追！"

曲珍想想，已归顺大宋的戴红罗毡冠头领的话有道理，忙拨转马头，朝馍头形的山丘冲去。戴红罗毡冠的头领赶了上来。曲珍看到，戴红罗毡冠头领的腰间还挂着那个戴紫罗毡冠的大头领首级。这个大头领首级不再鲜活了，皮肉现出了糟色。曲珍发现，已归顺大宋的戴红罗毡冠头领身前身后有了不少西夏党项骑兵。不用说，西夏党项这些骑兵也都跟着戴红罗毡冠的头领归顺大宋了。曲珍完全服了种谔，明白种谔为何那么看重戴红罗毡冠的头领，也明白种谔为何要戴红罗毡冠的头领把大头领的首级带上的意思了。大头领的首级起了大作用，抵得党项三千兵。有了大头领的首级，表明戴红罗毡冠的头领真心归顺了大宋，即使是诈降也诈不成了；此外，还有要归顺大宋的，只要跟在这个头领后面来就是，性命绝对无忧。

曲珍和已归顺大宋的戴红罗毡冠头领旋风般往馍头形的山丘冲去。曲珍看到，往馍头形的山丘去的二十几个党项骑兵不再不慌不忙慢慢走了，也策马奔驰起来。果然梁永能在那里。曲珍和戴红罗毡冠头领的马跑得更快了，闪电般急驰着。二人的马蹄生风，带起阵阵尘烟，卷起团团衰草。曲珍身后的骑兵紧紧跟在后面，步兵也跑步前进。在离馍头形的山丘不到半里之地时，那二十几个党项骑兵已到了馍头形的山丘，转眼就可到西夏左厢神勇军、石州祥祐军的地盘了。曲珍急得一头大汗。戴红罗毡冠的头领也急得拼命打马。不过，此时一件怪事发生了，已到了馍头形山丘的那二十几个党项骑兵忽然掉转马头往回走。莫非梁永能不在那些人里面？曲珍正疑惑间，看到馍头形山丘那边冲出一支宋军，一字排在馍头形山丘的路口，骑着马站在最前面的是手执长矛的种谔。原来是种谔率领的那股宋军早到了那里。党项骑兵被围在种谔和曲珍带领的九百宋军中间。那二十几个党项骑兵全丢下兵器，做了宋军的俘虏；内中一人果然是梁永能，不过既未戴紫罗毡冠，耳朵上也未挂金环，扮成一个普通的党项骑兵。

那个假梁永能虽然躲过了曲珍一枪，但被另外三个“都”的宋军围着，一枪呜呼。假梁永能的首级被提着送到种谔和曲珍面前。曲珍看到，这个假梁永能还是个未成年的孩子，被枪刺穿的喉咙还在流血，胖嘟嘟的圆脸上有两片很让人喜欢的嘴唇。真梁永能被解到京都开封，愿意归顺大宋，天子赵顼给了他一个米脂刺史的官衔。

米脂城外这一仗，鄜延军和禁军斩首八千余级，夺马五千余匹，获得的旗甲不计其数。无定河边、山谷之中，一片战后的凄惨景象。被杀死的西夏党项兵的尸体，被三天后来的民夫浅浅地挖坑埋了。野狗、野猪、豺狼以及天上的老鹰不费力地把尸体从泥土里刨出来吃，散发出来的恶腥怪臭味，半个月后都能闻得到。

米脂城的西夏守军探子倒也不是饭桶，当晚就探到鄜延军和禁军要跟梁永能统率的左厢神勇军、石州祥祐军在城外打上一仗，天未亮时就打开城门，要来个里应外合。但守城的西夏兵过吊桥时吓了一跳，横在他们眼前的是一条又深又宽的壕沟；壕沟的那边，站着一大排一手举着大盾牌、一手举着大刀的宋军。谁过得去？米脂城的守军倒也识相，不等种谔来攻城，就投降了。种谔拿下米脂城后，给士兵每人赏了一千钱，让他们跟米脂城风骚漂亮的婆娘快活了一场。在这点上种谔不会亏待士兵。鄜延军和禁军将士对种谔佩服得五体投地，要不是种大将军夜晚趁着浓雾挖好那条壕沟，米脂城守军冲出来里应外合，宋军未必打得赢。打不赢，怎进得了米脂城？进不了米脂城，怎能得到米脂城的婆娘？禁军的那个什长该开膛破肚、掏肺挖肝！

米脂城外一战，果真打到申辰将尽时结束。其时一轮红日西沉，暮色苍茫，天地渐渐暗了下去。四野寂寂，山口、古堡也默然无语，仿佛刚才这里什么事也没发生过。西夏党项羌兵给打怕了，再也不敢跟种谔统率的鄜延军和禁军交锋。鄜延军和禁军打出了威风，给大宋长了脸，赚足了面子。从此种谔如入无人之境，一路不见一个党项羌兵，可说是横行无忌，想怎么打就怎么打，出尽了风头，一口气打到了距灵州不到百里的地方。

米脂城外一战，其实打得很苦。好在带了一餐的馍馍和羊肉。然而，人还是打得喘粗气，坐在地上歇了半日也不愿起身。战后的马，没一匹不汗如雨下。曲珍和许多人都从马上下来，牵着疲惫不堪的马，一步步回到营地。

第九十五章　高遵裕抢头功撤换刘昌祚　西夏兵决渡口水淹大宋军

十一月的大西北灵州城外，从西边拔地而起的贺兰山东麓山缺吹来的刺骨北风，放荡而又狂悖，时而霸气十足地将乌云挤成浓黑的一团，时而幸灾乐祸地把挤成一团的乌云撕裂开来，时而又喜怒无常地把撕裂开来的乌云拼接成各种奇形怪状的物体。在灵州由南向北改道的黄河咆哮着，裹挟着混浊的泥沙枝叶、泡沫向前流去。西夏党项羌人为农田灌溉而修建的纵横交错的水渠，早就灌满了黄河水，在北风下泛着迷人的寒光。

这日一早，卯时未尽，第二路泾原军副总管姚麟在大帐里啃馍馍。这些日子，姚麟心里有种难言的纠结和郁闷。姚麟的一只馍只啃了一小半，就听到大帐外一片令人心惊肉跳的喧嚷欢腾声，忙把剩下的大半个馍馍塞进嘴里，快步走了出来。姚麟嘴里的馍馍还没完全吞下去，两边腮帮子上的肌肉因咽食像小老鼠一样上下蠕动着。姚麟看到，环庆军的上千士兵像打了个大胜仗，缴获到敌兵的许多辎重，推着装得满满的粮草车子，喜气洋洋、嘻嘻哈哈地往辕门外走去。车子发出刺耳的吱呀声，叫人听了十分不舒服。泾原军的许多士兵站在自己的营帐外面，望着环庆军的这些士兵，嘴里大声嚷叫着，话语里还夹杂着一些不堪入耳的粗话，眼睛里则明显含着不满和愤懑。姚麟清楚，这怪不得泾原军的士卒，环庆军车上装的粮草全是泾原军拼死拼活拿下鸣沙川，打开西夏党项羌兵的一个仓库，从地窖中缴获来的。然而，环庆军的士卒却全要搬走，这能叫泾原军的士卒不忿噪吗?

姚麟看到，泾原军有个士卒飞起一脚，把一块大石头向车子所过之处踢去，刚好滚到一辆车子的轮子前面。很明显这是对环庆军的士卒冒犯，于是环庆军把车子停下来，好些士卒往那个飞起一脚的士卒走了过去，想找他的麻烦。环庆军的其余士卒也把车子放了下来，一脸要打架的神气。站在营帐外的泾原军士卒则一个个怒目圆睁，摩拳擦掌，一副跃跃欲试要动粗的样子。姚麟心中有数：已经憋了一肚子气的泾原军士卒就像一堆干柴，一丁点火星就能点燃，岂能容得环庆军的士卒在泾原军的营房里这么嚣张。泾原军的士卒就等环庆军的士卒过去，然后狠狠教训一下这些人。

泾原军营房的气氛一下子紧张起来。姚麟的心也提了起来，生怕双方动粗。要动粗，吃眼前亏的肯定是环庆军的士卒。但环庆军的士卒岂能善罢甘休，事情闹大了，最后吃大亏的还是泾原军的士卒。按说泾原军是此次西征的第二路军，环庆军是此次西征的第三路军；然而，天子赵顼诏令泾原军受环庆军总管高遵裕节制，泾原军一下子就比环庆军矮了半截。环庆军的士卒之所以敢这么放肆大胆，就因为手上拿着高遵裕的将令。

大帐外的北风更大了，把辕门里的牙旗噼里啪啦地扯开，又叶的一声贴在旗杆上；卷起地上的沙石和枯黄的干草，漫天飞扬。姚麟注意到，环庆军的士卒往前走的越来越多，泾原军的士卒往环庆军的士卒逼过去的也越来越多。泾原军还有许多士卒从营帐里走出来。说句心里话，姚麟也很想让泾原军的士卒去教训教训环庆军的士卒。这个高遵裕做事太过分了。不用说，对宋军西征的军队来说，没有比粮草更重要的。本来，环庆军要点粮草，也没什么不可以，泾原军总管刘昌祚在缴获这批粮草后就说过，要分些粮草给环庆军，可环庆军总不能都搬走吧？姚麟心里也有气。当然，姚麟是泾原军的副总管，两支军队在自己面前动粗，是不应该的，不过在行动上多少有点磨蹭。姚麟嘴里的馍馍全吞进肚子里去了，又用巴掌把嘴边上的馍屑抹掉，才不紧不慢地往前走去。此时，姚麟吓坏了。他看到，泾原军有伙士卒手上举着刀向环庆军的士兵冲去。环庆军的士兵倒也不慌，一个个从车上的粮草下面把刀抽了出来。泾原军营房的气氛更紧张了。姚麟不糊涂：只是动动拳脚，伤点皮肉，出不了大事；要是动起刀来，出了人命，事情就闹大了。姚麟不敢磨蹭，加快了脚步。

姚麟看到，泾原军那伙手上提着刀的士卒已经冲到环庆军的士卒前面，双方就要打起来了。正焦急间，一个气貌雄伟的彪形大汉冲了过去，挡住泾原军那伙手上提着刀的士卒去路，轻轻喝了一声："都给我退回去！"

姚麟眼睛一亮：此人乃泾原军总管刘昌祚。泾原军士卒虽然并未后退，但手上的刀垂了下去。环庆军的士卒也未后退，刀仍举着。刘昌祚对泾原军士卒挥了挥手。泾原军士卒这才很不情愿地转身退了回去，转身前还一个个狠狠地瞪了环庆军的士卒一眼，很不客气地做出凶相。刘昌祚又转身望着环庆军的士卒，一脸愠色，声音却不高："要杀本官是不是？"

环庆军的士卒这才悻悻地回到车子边，故意在粮草上把刀拍得啪啪响，显摆完了威风，才推着车子走了。姚麟的心放了下去。不过，姚麟心中的气还平不下去："刘将军，高遵裕也欺人太甚了，什么功都要抢，什么好处都得要！"

刘昌祚很久没有出声，只是抬起头，望了望不远处灵州高高的城墙，又望了望辕门外灌满了黄河水的水渠，然后闭着眼，嘴角上的硬纹显得很粗、很深，慢慢地说了一句话："环庆军比我们更需要粮草。"

姚麟心里就更来气了。大宋的这次西征，五路进兵，最左侧李宪统率的第一路军和最右侧王中正统率的第五路军及其由他节制的种谔统率的第四路军，其实是边锋；担任主攻的是在中路出兵的高遵裕统率的第三路军和由他节制的刘昌祚统率的第二路军，剑锋直指灵州，再取兴庆府，击灭西夏。明眼人一看，就知道此次西征实际上的中军是高遵裕统率的第三路环庆军，其他四路人马都不过是高遵裕的跟班，打的是侧翼护卫仗，目的是让高遵裕拿下灵州，攻下兴庆府，立个不世大功。西征的许多人都知道这一点，其他四路人马的总管也没谁想去跟高遵裕争这样的大功，只是用心打好自己的仗。最早出兵的李宪率领的第一路军最先出彩，很快拿下了重镇兰州，夺得女遮谷西夏的军需库后，又火速进兵，直扑西夏的天都山，一把火将李元昊建造的富丽堂皇的皇宫烧得片瓦不留，把皇宫里珍藏着只出产青盐、马匹的党项羌人数代积攒下来的无数金银珠宝全都抢走。接着第二个出兵的种谔统率的第四路军也出了个大彩，米脂城外一战，斩西夏羌兵八千余人，接着又拿下了银州、石州、夏州、宥州，直扑灵州，听说已到了离灵州不到百里的白池，三天后就可打到灵州城下。刘昌祚统率的泾原军也打得挺漂亮。西征开始，刘昌祚率泾原军出葫芦川，在磨齐隘与扼险的西夏十万羌兵打了一仗，刘昌祚挟两盾走在最前面，冲上隘口，斩首一千七百级；接着进军鸣沙川，把西夏的一个粮仓抢了。再接着，刘昌祚以迅雷不及掩耳之势，率领泾原军出现在灵州城下。要说打得糟的是由王中正统率的第五路河东军。按说王中正也是在过关当了多年的将官，却只带了半个月的粮食，绕道从一片广袤的沙湿地进兵，一路上没遇到西夏一个兵，但寒冷和饥饿把这支军队折磨苦了，步骑六万人在半路就死了两万。其次打得糟的就是高遵裕统率的环庆军，出兵时高遵裕与刘昌祚约定，二人在葫芦川合兵。然而，高遵裕没往葫芦川出兵，却往旁边闪了闪，在韦州、清远军一带进入茫茫无边的戈壁沙漠。一路之上，高遵裕也像河东军一样没遇到西夏一个兵，但也受到同样的寒冷和饥饿的折磨。好在高遵裕很快转向灵州进发，在刘昌祚统率的泾原军到达灵州城下时，高遵裕统率的环庆军也到了距灵州城不过三十里的地方；但紧跟在环庆军后面运送粮草的民夫苦了，进入戈壁沙漠后，运送粮草的速度明显放缓了，环庆军的粮草明显不继，到今日军中只有三天的粮草。

姚麟气归气，但还是服从了刘昌祚的决定。说起来姚麟与刘昌祚的父亲都是西北边关的将官，且同年同月同日战死在定州。对刘昌祚，姚麟是很敬服的。在西北边关，刘昌祚是一员无人不知、赫赫有名的战将，武功高强，最善骑射，胆大勇猛，天生的斩关夺隘之将；那支箭更是厉害，百步之外仍有杀伤力，西夏党项人都目之为神，拿回家去像神一样供着。但，像刘昌祚这样的沙场猛将，却仍要受高遵裕节制。无他，皆因高遵裕的来头比王中正还大。此人是大宋开国名将高琼的孙子，论辈分是当今太后高氏的叔叔，天子赵顼的舅公。这么一个有来头的皇亲，倒也不是那种只知道寻花问柳、玩乐享受、放荡不羁、无法无天的纨绔子弟。高遵裕有很强的事功欲望，很想光宗耀祖、建功立业，也吃得苦，很早就到苦寒的西北边关为将，且立过一些战功。要说高遵裕不知兵，也不是。然而，对高遵裕的为人，姚麟实在不敢恭维。此人太混账、太邪毒、太荒唐，为了光宗耀祖、建功立业，人世间什么荒唐、缺德之事都做得出来。熙宁元年，高遵裕派人偷偷摸摸在榆林石门河放毒，一下子就毒死了来犯的几万西夏党项羌兵，同时把石门河下游的边民及其养的牛、羊、猪、犬、鸡、鸭、兔、猫全都毒死。这些边民有羌人，也有汉人，弄得那一带荒无人烟，谁也不敢住。高遵裕这一仗打胜了，争到了军功，却也成了绝世无双的王八蛋。对高遵裕这么个来头很大的皇亲，没人当面说什么，却无几人愿跟他共事。

姚麟觉得，刘昌祚真是个忠厚人，对高遵裕也确实是软了点。不过姚麟最担心的是眼下的战事。十八天前，刘昌祚率领泾原军其实已经打到灵州城下。这是守城的西夏党项羌人完全没想到的，惊愕中西夏党项羌兵立即出城迎战。这正是刘昌祚所巴望的千载难逢好运来了。刘昌祚站在高处，越过蜂拥而出的西夏党项羌兵，一眼看到灵州城门大开。刘昌祚一阵狂喜，立即命令姚麟带领前锋把西夏党项羌兵拖住，自己则率领后军一拥而上，西夏守军未来得及关上城门，就被刘昌祚冲到城门前，要抢关入城。此时，一骑疯一样地来到刘昌祚面前，带来高遵裕的命令：停止进攻。理由是：宋军正在与西夏守军谈判，不战而屈人之兵，才是善之善者也。仗有这么打的吗？此时什么了不得的谈判有比抢关进城更重要的呢？就算是谈判，打进城去不是更好谈判吗？如果西夏是假谈判，被西夏耍了，不亏大了吗？混账、邪毒、险恶、无耻，什么缺德事都做得出来的高遵裕怎么突然变得如此温良恭俭让、彬彬有礼了呢？第二日，刘昌祚和姚麟才知道，根本没谈判这回事，全是高遵裕编造的一个借口。把话说破，高遵裕这么干，是怕刘昌祚抢了他的头等大功。此次西征实际上的中军主帅，又是堂堂天子赵顼的舅公、太后高氏的叔叔，这样的大功怎么能让刘昌祚得呢？然而，刘昌祚受高遵裕节制，高遵裕是主将，刘昌祚是副将。刘昌祚只好按甲勿攻。灵州城门关上了，宋军再进不去了。本来拿下灵州城，不仅打开了西夏都城兴庆府的大门，且可坐享西夏党项羌人留在城里的粮草，然后等西征的各路人马到齐，攻打兴庆府，西征也就大功告成了。然而，可惜的是，宋军在灵州城下错失了这次机会，现在宋军不要说去攻打兴庆府，就是自身都难保了。

姚麟提醒刘昌祚："刘将军，西夏两支援军的前锋已到离宋军不到二十里的地方，还有黄河和水渠里的这些该死的水。"

刘昌祚嘴角上的硬纹显得更粗更深了："宋军还有取胜之道。现在赶紧派兵把住就近黄河的渡口，不让西夏一个兵上堤；再打西夏的两支援军，灵州城不攻自破。"

姚麟有点不相信自己的耳朵，不明白刘昌祚怎么会这样一个死脑筋，事到如此地步，还说什么宋军有取胜之道。不错，姚麟心里也有过刘昌祚同样的想法。泾原军打到灵州城下后，西夏满朝文武一片慌乱，梁太后一时也拿不出好主意，问策于朝廷。西夏年青的将领热血沸腾，没一个怕死，都要来个鱼死网破，谁也不活了。不过，西夏朝廷里也不是没有能人，仁多家族的一位老将献计：不须如此拼命，但坚壁清野，纵其深入，聚劲兵于灵、夏，而遣轻骑抄绝其粮运，大兵无食，可不战而困也。仁多家族的这位老将之计，可谓比毒蛇还毒。大宋的这次西征，不愁将之不良，兵之不精，也不愁粮草之不足，兵器之不锐，甲胄之不坚；所愁的主要是粮草给养运输艰难。接着，梁太后又从兰州那边把仁多零丁调来，统领西夏右厢朝顺军、韦州静塞军八万多人马，驰援灵州城。这一下，灵州城下的宋军两面受敌，十分危险了。灵州城墙高三丈，以黄河为护城河。此时的灵州城里，守城的是西夏西寿保泰军，四万多人马。西夏的守军在周长数十里的墙头用浸了水的毡毯包裹着，滚木、擂石、长弓等城防器械一应俱全。十八天前错过了拿下灵州城的机会，此时要强攻灵州城就十分难了。昨日探子禀报：西夏右厢朝顺军、韦州静塞军前锋已到离宋军不到二十里的地方。灵州城下，聚集着大宋西征的第二路泾原军五万六千人马和第三路环庆军八万七千人马，从人数上看宋军胜一筹。从地形上看，对宋军却很不利。泾原军和环庆军所在之地，正好是纵横交错的水渠地带。西夏党项羌兵只要扒开黄河的缺口，宋军都要被淹，河水冰冷刺骨，不用打就溃散了。宋军退兵时麻烦也挺多，只要黄河水流出来，一条条注满黄河水的水渠，就成了宋军一道道天然的路障。这些纵横交错的水渠就是宋军的葬身之地。说句实在话，无论是刘昌祚，还是姚麟，不是没打过这种仗。既然宋军两面受敌，又处于巨大的水网之中，灵州城就不用急着打了。此时的当务之急：一是赶紧守住黄河渡口，严防西夏羌兵扒开黄河；二是打西夏援军，先吃掉西夏援军的前锋，再一步步把西夏后面的援军吃掉。刘昌祚此计，堪称上策。然而，高遵裕会同意吗？高遵裕本来就没一人在眼里，又是中军主帅，怎么可能让其他人的本事比他强。特别是高遵裕最嫉的就是人家抢了他的头功，谁献策谁遭他恨，只能是自找霉头！

姚麟想了半日："还是想想怎么尽可能多地把泾原军士兵带回国去的好。"

刘昌祚长长叹了口气："走吧，我们去找高主帅去。"

姚麟实在不愿去见高遵裕。此时，高遵裕的传令兵忽跑了过来传令：第二路泾原军正、副总管及其下属的各"将"将官到主帅帐中听令。姚麟跟在刘昌祚后面，进了高遵裕的帅帐。高遵裕端坐在帅帐北面座椅上，四边站着十多个黑着脸、手执环首长刀的扈从兵。环庆军各"将"的将官站立在帅帐的左边，泾原军各"将"的将官站立在帅帐的右边，谁都大气不敢出一下。刘昌祚站在高遵裕的左边。姚麟站在高遵裕的右边。帅帐里的气氛肃然紧张。高遵裕一脸的官威，手上玩着一支支令箭，半日不睬人。帅帐里的人只是望着他手上的令箭摆来摆去。少说过了两炷香工夫，高遵裕摆足了架子，才抬起头来望着刘昌祚："听说环庆军士兵去你们营房里搬点粮草，你们泾原军士兵把刀都拿出来了，要杀人？这是怎么回事？环庆军士兵是本帅命令去的。”

刘昌祚赶紧认错：“是末将对士兵管束不严，冒犯了大帅，末将会申斥他们的。”

高遵裕的嗓门提高了：“不是冒犯本帅的问题，是反了的问题；不只是申斥的问题，要严加惩处！”

刘昌祚不出声。姚麟觉得高遵裕真不是个东西，白得了泾原军缴获的粮草，看样子还要给泾原军的士兵加上谋反这样的大罪名。这个高遵裕，说得出，就做得出。刘昌祚不出声了。上官总是对的，下面的人总是错的。高遵裕是顶不得的，惩处士兵既非所愿，刘昌祚决不会做加害士兵的缺德傻事。再说，泾原军总管是刘昌祚，高遵裕岂能越职去杀泾原军的士兵？刘昌祚只能是沉默。

姚麟是个明白人，高遵裕这么做，不过是杀鸡骇猴，摆摆官威，让众人都怕他。姚麟看到，高遵裕的官威摆够了，主帅的尊严得到充分满足，才回到正题上来，很神气地说：“昨晚本帅已令一万士兵各背着一袋土，附着城墙往上堆；马上攻城，即刻拿下灵州城。”

姚麟吓坏了，以为耳朵出了毛病，摸了摸，好好的。姚麟觉得高遵裕的头脑一定是发了昏。海口是这么夸的吗？仗有这样打的吗？这么打，岂不是自投罗网？姚麟再看了看众人，但见站立在帅帐左边的环庆军各“将”的将官，都一脸的笑容，恭敬、奉迎地望着高遵裕；站立在帅帐右边的泾原军各“将”的将官，脸上露出一种尴尬得不知所措神色。姚麟心里很是懑闷，环庆军这些正、副将官，不会不知道高遵裕的这一招说多糟有多糟，却不仅无一人反对，脸上反都有阿谀之色。姚麟的脸朝刘昌祚侧过去，但见刘昌祚一脸的惊愕、一脸的焦灼：“高大帅，此时万万不可强攻灵州城，当分兵把守黄河渡口，集中兵力打西夏援军。”

姚麟又侧过脸来，看到站立在帅帐右边的泾原军各“将”的将官，都微笑地望着刘昌祚，点头表示拥护。这些将官，多年在边关带兵打仗，对用兵之道还是懂的，但碍着高遵裕，不敢有过分的脸色。站立在帅帐左边的环庆军各“将”的将官，则显出对刘昌祚的不屑之色。高遵裕的脸板了下去，盯着刘昌祚，辞声俱厉起来：“我是主帅，还是你是主帅？用兵大策之玄奥岂是你一个偏将所能知晓得了的？”

高遵裕此言一出，满帐哑然。作为主帅的高遵裕把话说到这个份上，谁都得服从了。刘昌祚羞得一脸通红，也气坏了，腮帮子上的肌肉一棱棱鼓起。按说，高遵裕要把案桌上的令箭发下来，让各“将”的将官依照令箭分头攻城。而高遵裕却把手上的令箭放在面前的桌上，没一点要发的意思。帅帐里的气氛变得诡异紧张起来。谁也不知道高遵裕这个当今天子赵顼的舅公、太后高氏的叔叔下一步要干什么。

姚麟的眼睛忽然睁大了，注意到高遵裕脸上有股杀气。十多个黑着脸站在帅帐四边的扈从兵都动了动手上的环首长刀，似乎要动手砍人。泾原军各“将”的将官都一脸的惊愕恐惧，就是对高遵裕一脸阿谀之色的环庆军各“将”的将官也有了怯色。姚麟感到，高遵裕有杀刘昌祚的意思。不错，各路统兵将帅要处置一个指挥使之类的校官，那是一句话，想怎么处置就可以怎么处置，不要说撤职，就是推出辕门外斩首也没什么不可以。然而要处置部将，一定要上奏天子。但，高遵裕不同，他是当今天子赵顼的舅公、太后高氏的叔叔，杀个把部将能有多大的事？到时候还不是不了了之。再说，这个当年敢做在榆林石门河放毒这样邪毒之事的人，杀个把部将又怎么做不出？

姚麟看到，高遵裕的眼睛往一旁的扈从兵斜了过去，所有扈从兵手上的环首长刀都提了起来。泾原军各“将”的将官一脸煞白，环庆军各“将”的将官也多少有点不安。在与西夏党项羌兵交锋时从未慌过的姚麟吓慌了，一点主意也没有。姚麟很担心地朝刘昌祚那边转过脸去，但见刘昌祚一点不慌，只是一脸平静地望着高遵裕。

姚麟很奇怪自己有了放心的感觉。高遵裕再胡来，谅他也不敢不把朝廷当回事。姚麟再次转过脸去，注意到高遵裕的眼睛朝刘昌祚望了望，二人的目光对接了一下。二人对接的目光里含着什么意思，姚麟说不清楚。姚麟看到的是，高遵裕朝十多个扈从兵摆了下头，那些扈从兵手上提起来的环首长刀垂了下去。不过，高遵裕并未放过刘昌祚。过了一会，高遵裕抬起头，瞄了帅帐里的所有将官一眼，把桌上的令箭拿起来，这下要发令箭了。高遵裕把令箭举起来，停在空中，然后把令箭对刘昌祚挥了挥：“你被撤职了！”

姚麟看到，泾原军和环庆军各“将”的将官都松了口气，脸上有了种复杂的表情。刘昌祚毕竟没推出去斩首。但，一个天子下了诏书任命的一路大军的总管，仅高遵裕一句话，说撤就撤了，这总使人感到荒唐可笑，不可思议，同时有种自危的感觉：比刘昌祚官小的将官不更是说撤就撤了，十多年提着脑袋的沙场征战之功不一下子就泡汤了？

帅帐里一片死寂。帐外从贺兰山东麓山缺吹来的北风显得更强劲了，一阵阵撼动着帅帐。姚麟明显感到帅帐的支架有些晃动。姚麟现在最担心的是刘昌祚受不了高遵裕的这种缺德的荒唐折辱。姚麟看到，刘昌祚颈上青筋暴起，眼珠充满了血。姚麟知道，刘昌祚此时的心里肯定气愤难受。然而，这怪得谁。刘昌祚真是笨到了家，又不是不知道高遵裕怕你抢了他的头功，才在紧要关头下令停止进攻灵州，你还去献什么策。姚麟与刘昌祚对接了一下目光。姚麟的目光是：刘昌祚此时要是反了高遵裕，他也会起来反高遵裕；没什么了不起的，大不了回老家种田。不过，刘昌祚很快把目光撇开，然后跟泾原军和环庆军各“将”的将官、高遵裕和姚麟拱了拱手，行过告辞礼，转身不紧不慢地向帅帐门口走去。

刘昌祚出帐时，涌进一股贺兰山东麓山缺吹来的北风。高遵裕忽然对自己客气起来，笑着望着自己。在姚麟的印象中，高遵裕对自己总板着个脸。姚麟看到，不仅泾原军各“将”的将官，就是环庆军各“将”的将官都怪怪地望着高遵裕。高遵裕笑得更甜了，对姚麟说：“你来当泾原军总管！”

姚麟这回是真正相信自己的耳朵听错了。这才是天上掉下来的金元宝，不费吹灰之力就由副总管升上了总管，真是祖上八辈子积的德才中到的头彩。泾原军各“将”的将官都很是惊讶、也很是羡慕地望着姚麟。环庆军各“将”的将官除了惊讶和羡慕外，还有点眼红和不解。这不奇怪，高遵裕本该从自己的部属里指定人为泾原军总管，但他没这么做。高遵裕荒唐、邪毒、缺德，但不糊涂。打仗是玩命的活。眼下一场大仗要打，突然换上环庆军的人去当泾原军总管，这支军队能管得住？不过姚麟不领情：“不敢！”

姚麟注意到，高遵裕一脸的恼怒，一双眼瞪得大大的，张开的嘴巴半日合不拢。环庆军各“将”的将官仓促间显出种种怪相，有一脸错愕的，也有一脸莫名讪笑的。泾原军各“将”的将官开始是一脸不知所措，不久脸上就都露出了赞赏之色。姚麟清楚，众人之所以现出这种表情，都是因为自己不识抬举。在官场上，哪有拒绝高升的人呢？不过，拒绝高升的人历朝历代都有，其中军汉武夫要多一些。这些军汉武夫不是那些读了几句子云诗曰就以为了不起的小文人，把官看得比什么都重要，什么廉耻、情义都可以不要，踩着同窗、同事、友人的身子往上爬也在所不惜。这些军汉武夫也想当官，但也很讲义气，特别是把在沙场上用鲜血凝结而成的义气看得比什么都重。姚麟与刘昌祚在泾原军统军多年，沙场上把命连在一起，从来相互策应，相互支持。况且姚麟与刘昌祚的父亲都是西北边关的将官，姚麟怎么可能去识高遵裕的这个抬举呢？

高遵裕脸上露出颤抖的笑容："为何？"

姚麟回答得很简单："有天子的诏书吗？"

帅帐里又一片死寂。凶悍的北风把帅帐往里面瘪了进去。高遵裕这回的官威一下子被噎得矮了半截，脸上也显得很没面子，但又不得不强忍着一肚子的闷气。高遵裕很尴尬，但发作不起来。姚麟不知书，但知理，且这句话分量不轻。"将"这一级武官皆由天子下诏书任命，路这一级的武官就更是如此。你高遵裕做得出这种扰乱朝纲、目无天子之事，姚麟不敢遵命。再说，朝廷里还有那么多大臣，会让你高遵裕这样胡来吗？

姚麟发现：泾原军各"将"的将官都低着头在偷偷地乐，脸上有种幸灾乐祸的表情；环庆军各"将"的将官不敢偷偷地乐，板着个什么表情也没有的脸。高遵裕则气得一脸发白，狼一样的眼睛盯着姚麟："你真不想升官？"

姚麟没法使自己的心平静下来："你干脆把我的职也撤了，都由你一人来当。"

姚麟转身往帅帐门口走去。此时，帅帐的门开了，灌进一股冷风。一个探子进来，差点与姚麟撞了个满怀。姚麟的脚步停了下来，转过身去。探子向高遵裕禀报：西夏右厢朝顺军、韦州静塞军大批援军已经逼近宋军，前锋离宋军不足二里路，另一部分在向黄河各个渡口移动。帅帐里的气氛又骤然紧张起来。泾原军、环庆军各"将"的将官脸色都变了，把目光集中在高遵裕身上。高遵裕虽然显出一种意气自若、安闲自得的神情，但握着令箭的手还是颤动了一下。姚麟此时心里十分沉重，也十分担心。谁都知道宋军到了最危险的时刻。姚麟奇怪地发现，自己刚才不应该意气用事，脱口而去，竟连泾原军副总管也不干了。大敌当前，毕竟朝廷之事大，个人之事小。但，自己刚才的话又出了口。有道是一言出口，驷马难追。然而姚麟出帐的脚步却明显放慢了许多。快出帐门时，姚麟忽然听到后面高遵裕在叫他："你回来。"

姚麟心里有种自己说不清楚的暗喜感觉，赶紧转过身来，望着高遵裕。姚麟同时看到，泾原军、环庆军各“将”的将官的脸上都有了怪怪的喜色。姚麟看到，高遵裕忽然一脸庄严、一脸宽宏大量起来：“你去把刘昌祚叫进来，本帅念他初犯将令，他总管一职就不撤了，你还当你的副总管。”

这个高遵裕倒不死板，还不是彻底的荒唐，也不是彻底的混账，晓得悬崖勒马，在危急关头改变主意；转起弯来还不要人打圆场，自己会转弯。这自然很出众人意料之外。帅帐里的气氛轻松了下去。姚麟有点喜出望外的感觉，即是为自己，也是为刘昌祚，更是为泾原军五万六千将士，赶忙又往帐门外走去。他要赶紧把这事告诉刘昌祚。

然而，帅帐外传来一阵不祥的喧哗声。姚麟回过头去一看，但见高遵裕十分警惕、十分凶狠地站了起来，手上提着一把利剑；环庆军各“将”的将官都一脸的捉摸不定；泾原军各“将”的将官则都一脸的焦虑不安；帅帐四边的扈从兵都把环首长刀举了起来，随时准备厮杀。姚麟听到，帅帐外的喧哗声越来越近，也越来越凶：

“叫他说说清楚：为什么把刘将军撤了。”

“这也太欺负人了，皇亲国戚又怎么的！”

“我们不服，要进京告御状！”

姚麟知道是怎么回事了。泾原军的士卒到帅帐来找高遵裕讨公道来了。姚麟吓坏了。高遵裕所作所为，确实让人感到气愤，但这么多士兵闯到帅帐来，完全可以扣上个哗变造反的罪名。高遵裕完全可以抓几个为头的杀掉。姚麟三步两步出了帅帐，见前面黑压压来了一大帮人。姚麟感到身后也有了一大伙人。回头一看，高遵裕、环庆军和泾原军将官以及高遵裕的扈从兵全出了帅帐。

姚麟看到，黑压压一大帮人越来越近了。姚麟再回头去，一眼看到高遵裕铁青着个脸，两眼露出吓人的凶光。姚麟更是吓坏了。眼前的那一大帮人只要再过来一点点，高遵裕的扈从兵手上的环首长刀就要见血了。泾原军那一大帮人哪能吃这样的亏，肯定要还手。接着，双方的人数很快要骤增。那时兵营会乱成个什么样子，真叫人不敢去想。姚麟的心都提到喉咙口来了。不过，此时从旁边闪出一人，向那一大帮人冲了过去。姚麟提到喉咙口的心放了下去：此人乃刘昌祚也。姚麟看到，刘昌祚张开双手，把那一大帮人拦住了，高声喊道：“都回去，都回去，一切以国事为重，不能火并！”

姚麟觉得自己的眼眶湿了。刘昌祚是条汉子，受了高遵裕一肚子窝囊气，却还是以宋家江山社稷为重，拦住士兵不要内讧。比较起来，高遵裕简直不是个人。那一大帮人还在往前挤，见刘昌祚死活不让他们上前，才慢慢停住了脚步，喧哗声也渐渐弱了下去。姚麟跑步过去，告诉那一大帮人："问题解决了，刘将军还是泾原军总管。"

姚麟看到，那一大帮人并不完全相信自己的话，不少人还在嚷嚷。此时，泾原军各"将"的将官都赶了过来，要众人不要胡来。高遵裕的一个扈从兵手上举着一把令箭，边跑边说："刘将军，赶紧把令箭发下去。"

巳时过了一半。这个高遵裕到底在关键的危急时刻没有犯晕。兵营里一场火并算是平息了下去。姚麟估算了一下，众人在高遵裕帅帐里，少说耽搁了一个多时辰。刘昌祚把泾原军各"将"的将官带到自己的营帐里。高遵裕给泾原军的任务是对付西夏的援军。刘昌祚根据各"将"的情况，对令箭上的任务作了适当的调整。泾原军各"将"的将官拿着令箭，赶紧回到自己"将"里去。姚麟跟在刘昌祚后面，从营帐里出来。刘昌祚提着长矛，背上箭囊，翻身上马。姚麟提了把长柄大刀，也翻身上马，往黄河方向驰去。

天上一团团张牙舞爪的黑云在翻滚。马蹄扬起的尘沙刚离开地面，就被大风卷走，像一阵薄薄的黄烟散了开来。姚麟在马上回头望了望灵州城墙，见无数宋军士兵像蚂蚁一样附在城墙上蠕动。城墙上的西夏党项羌兵不断地往下砸石块。蚁附在城墙上的环庆军士卒像城墙上风化干枯了的泥块，一板一板往城墙下脱落下去。

姚麟又望了望黄河一侧的水渠，惊疑地发现纵横交错的水渠这边，出奇的安静。早就灌满了黄河水的水渠里，倒映着天上翻滚的黑云。水渠里的天空，像决了堤，黑云就如一股股黑水从天的深处涌了出来，在北风下泛着可怕的暗色寒光。驻扎在纵横交错水渠地带的泾原军忙着调兵遣将。一批士卒开过去，一批士卒又开过来。骑兵一个个在营帐外面喂马，在等待着即将发生的战事。

姚麟看到，刘昌祚也正朝灵州城墙上望去，脸上的神色忧虑、严峻、沉重。探子禀报：西夏援军的前锋离宋军不足二里路。然而，一眼望去，黄河那边连西夏党项羌兵的一个人影也没见到。刘昌祚更快地打马直向黄河奔去，此时他最关心的是黄河的渡口，命第四十八“将”去抢占黄河张沙窝渡口、第四十九“将”去抢占黄河羊儿沟渡口，刘昌祚与姚麟则率第四十七“将”的将士去抢占黄河八里坡渡口，另有八“将”人马对付蜂拥而来的西夏援军。第四十八“将”将官和第四十九“将”将官临走前，刘昌祚叮嘱道：随时将军情禀报过来。

第四十七“将”的将官命传令兵传令：全“将”士卒应在两炷香工夫到达黄河八里坡渡口。在距黄河八里坡渡口不到二里的地方，可以看到渡口已经被西夏党项羌兵抢占了。渡口两旁的大堤上下，站满了西夏党项羌兵。大堤上飘着一面大纛。大纛下一伙人簇拥着一个头戴紫罗毡冠、骑着高头大马的人。许多西夏党项羌兵正挥动着镐和锹，在渡口挖黄河大堤。大堤下面有个骑匹白马的西夏将领在耀武扬威地来回驰骋。

姚麟明白，那个头戴紫罗毡冠、骑着高头大马的人准是仁多零丁。这个在兰州女遮川差点被向宝一箭送命的西夏名将仁多零丁，果然在扒开黄河。这全怪高遵裕，要是他不在帅帐里折腾那么久，早半个时辰占领黄河渡口，情况就不一样。现在确实到了十分危急的时候，必须抢在西夏人把黄河扒开之前，把八里坡渡口抢过来，否则宋军败定了。刘昌祚、姚麟与第四十七“将”的将官拼命打马往八里坡渡口冲去。士卒全是跑步前进。马蹄下的道路、不远处的水渠、两边不多的苦艾和荆棘丛则向后飞驰而去。曲珍远远地看到，八里坡渡口上的仁多零丁也在调兵遣将，把兵力一字排开在八里坡渡口大堤下长约四里、宽约一里的洼地上。刘昌祚立即令第四十七“将”的两个都指挥使各领本部一千人马，包抄过去，快速占领八里坡渡口南北大堤，形成对八里坡渡口的夹击之势。

刘昌祚、曲珍领着第四十七“将”留下的士卒往八里坡渡口开去。一会，第四十七“将”的士卒与西夏羌兵在距渡口不到一里路的地方打了起来。宋军以“什”为队，一波一波地发起进攻。但，西夏党项羌兵的抵抗也很顽强。少说打了三炷香工夫，宋军未能前进一步。双方都有许多士兵倒下去。不多一会，第四十八“将”和第四十九“将”的扈从兵几乎同时来禀报：西夏党项羌兵已上了张沙窝渡口和羊儿沟渡口，正在扒开黄河。

姚麟看到，八里坡渡口大堤下面有个骑匹白马的西夏将领连砍了十多个宋军士兵，坐在马上大笑不止，有点纵横无敌的意思。刘昌祚腮帮上的肌肉猛然抽搐了几下，指着那个骑匹白马的西夏将领，说："谁去把他砍了？"

姚麟应声而出，提着长柄大刀，拍马向前冲去。此时，许多人都应声要去砍那人。刘昌祚让他们一起跟在姚麟后面。姚麟回头看了看，一共二十八骑。姚麟看到，第四十七"将"的两个都指挥使已领着本部一千人马，一个已经到了八里坡渡口大堤南头，一个到了八里坡渡口大堤北头。姚麟明白刘昌祚的意图了。刘昌祚在玩明修栈道、暗度陈仓的把戏。姚麟领着二十八骑，冲入西夏党项羌兵阵中，却并不跟任何一个西夏兵交战。正在打得你死我活、血肉横飞的宋军和西夏兵，只顾跟面前的人拼杀，谁也没有注意到姚麟这伙人的行动。姚麟领着二十八骑，绕着一个土冈兜了个大弯，从土冈那边出来，正好与的那个骑白马的西夏将领碰了个迎面。姚麟的战马与骑白马的西夏将领的战马擦肩而过，二人都不知为什么很有意思地笑了笑。然后，姚麟一个闪背，掉转马头，冲了过去，对着那个骑白马的西夏将领一刀砍了过去。刹那间，便见西夏将领人头落地，从颈上喷出来的一股血直往姚麟脸上喷去，弄得姚麟一脸的血水。

这一刻，恐怕是今日八里坡渡口下最精彩、最轰动的一场交锋。姚麟用巴掌把脸上的血水抹了抹，模模糊糊中但见周遭的宋军和西夏兵先是一愣，半日反应不过来，然后都齐声喝起彩来。接着宋军乘势一阵掩杀，西夏兵惊慌失措地往八里坡渡口的大堤上撤，也有些西夏兵在左边一块寸草不长的沙地上毫无方向地乱跑。好些西夏兵给绊倒在地，活活给自己人踩死。好些西夏兵被砍倒在地，脚一蹬，再也起不来了。

姚麟又一次用巴掌把脸上的血水抹了抹，抬头望了望八里坡渡口大堤南北两头，见两个都指挥使领着本部一千人马在八里坡渡口南北大堤上，与冲上去的西夏羌兵交战。八里坡渡口大堤上挖堤的羌兵越来越多了。仁多零丁骑着匹高头大马，在堤下不停地挥动长矛，吓唬那些惊慌失措往八里坡渡口的大堤上败退的羌兵，要他们回去跟宋军交战。有几个羌兵不听，还想往大堤上退，一个个给仁多零丁身边的扈从兵砍了。

姚麟最后一次用巴掌把脸上的血水抹干，见刘昌祚率着无数泾原军的士兵往八里坡渡口杀去；刘昌祚所过之处，便见一片片羌兵倒了下去。宋军是越杀越勇，越杀精神越振奋，在四里长的洼地上把羌兵往八里坡渡口的大堤下逼过去。此时，羌兵阵势的宽度不到半里，姚麟甚至能看清仁多零丁垂挂在耳朵上的金环。八里坡渡口大堤南北两处的宋军已逼近渡口不到半里地了。此时，只要再拼老命往前拱一拱，八里坡渡口就可以拿下了。

姚麟望了望身旁的二十八骑，长柄大刀往仁多零丁一指，便领着这二十八骑，往仁多零丁直冲过去。到了羌兵阵中，见到羌兵就砍，遇到羌兵就刺。弹指间，姚麟领着这二十八骑到了距仁多零丁不过一箭之遥的地方。姚麟看到，身旁的二十八骑和他一样，精神抖擞，连胯下的马也振鬣长嘶一声。前面的羌兵开始乱了。姚麟领着这二十八骑，已经冲到距仁多零丁不到十丈远的地方。姚麟已经能看清仁多零丁惊恐而又愤怒的眼睛，还能看清仁多零丁耳上的金环随着仁多零丁左右摇摆的脑袋而不停晃动着的样子。姚麟狠狠地打了下马，受惊的马奋起蹄子往仁多零丁冲去。一个年轻的西夏骑兵斜刺里冲出来，拦住了姚麟的去路。姚麟奋起一刀，把年轻的西夏骑兵脑袋劈成两半，白色的脑浆和鲜血四面迸射出来。

姚麟已经冲到距仁多零丁不到两丈远的地方，连仁多零丁右脸上的一块疤都看得一清二楚。仁多零丁慌极了，但到底是沙场老将，很快把长矛抖搂一下，做好应战的准备。身边的扈从兵也都在他左右摆好护卫的架势。姚麟的牙齿咬得紧紧地，把缰绳往上一抖，马往左稍稍偏了一点跑去。身旁的二十八骑也包抄到了仁多零丁的身后。姚麟的长柄大刀举了起来，准备在左边斩仁多零丁于马下。

然而，就在此时，好像天倒了下来，地塌了下来，人间万物末日到了一样。天上的黑云翻江倒海般乱冲乱撞。地下八里坡渡口大堤有一股巨大的黄色洪水像猛兽一样冲了过来。天上黑云令人可怖，地下的那股巨大的洪水更叫人魂飞魄散。八里坡渡口大堤给西夏羌兵挖开了。刹那间，渡口大堤外的洪水势不可挡地撞开面前的一切障碍，卷走地上的沙石、残枝、败草，连根拔掉洼地上的苦艾和荆棘丛。洪水所过之处的宋军和西夏兵乱成一团，都不交锋了；许多人给洪水冲走了，没给冲走的各自四散逃生，宋军士卒和西夏羌兵碰在一起也没谁杀谁。姚麟看到，此时距自己只丈把远的仁多零丁趁乱往大堤上跑去，又让仁多零丁就这么在眼皮底下躲过一难。

黄汤一样的黄河水像天上的黑云一样，滚滚翻卷着。转眼间，这里就变成了一片汪洋世界。姚麟带着二十八骑往后退去。姚麟很清楚，宋军是败定了，现在最迫在眉睫的是赶紧把泾原军五万六千步骑，撤离这处纵横交错的水渠地带，要不然全军都要死在这里。姚麟看到，刘昌祚正在指挥第四十七“将”的士兵后撤。从八里坡渡口大堤缺口涌出来的水像猛兽咬着第四十七“将”的士卒屁股追。姚麟带着二十八骑向刘昌祚那边走去。后撤了五里多路时，四处漫开的洪水势头缓了下去。第四十八“将”和第四十九“将”的扈从兵一前一后来报：第四十八“将”的将官和第四十九“将”的将官战死在大堤上。接着，高遵裕那边也传来消息：攻城受阻，死伤四千人。

天上的一团团黑云不停地往下砸，好像要把大地砸个大窟窿，叫人心惊胆战。从贺兰山东麓山缺吹来的刺骨北风越来越猛烈了，像有数不清的鬼怪在里面吼叫，吓得人肝胆俱裂、魂飞天外。第二天，宋军撤兵。高遵裕率环庆军先跑，刘昌祚的泾原军殿后。泾原军的营地全部被水淹了，士兵整天泡在泥水中。水渠上原有的木桥给水冲走了，泾原军只能毁掉各种军械搭浮桥。刘昌祚手持利剑，站在没过小腿的水中断后。寒冷、凉水、缺粮，后撤中不断有人死去。官兵全都撤离了水渠地带，刘昌祚才离开。至渭州，粮尽，士兵争先恐后进城，队伍乱得不成个样子，与绿林土匪的队伍没什么区别。直到十二月上旬，环庆军和泾原军才撤回宋境。环庆军损失二成人马。泾原军更惨：出塞时五万六千人只回来一万三千人，五千匹马只剩下三千匹。刘昌祚病了，很长时间卧床不起。

姚麟回到宋境后得知，王中正率领的第五路河东军因路上粮草吃光，在环庆军、泾原军打灵州前就退回宋境。李宪率领的第一路军节节胜利，在兰州拖住了西夏十二万人马；宋军灵州失败后，不可能孤军深入，不过拿下的兰州始终没能让西夏拿回去。打得最出彩的种谔率领的第四路军在宋军围灵州时，打到离灵州不远的麻家平。然而，粮草接济不上；民夫运送的粮草又在半路给抄到后面的西夏左厢神勇军的轻骑兵拦截了。进攻时机变百出、撤退时怪招连连的种谔变不出粮草。鄜延军士兵很听话，三万禁军就受不住饥饿。他们怕种谔刳肺挖肝，全开了小差，一路抢掠，奸淫女人，对汉人女子也如此。禁军的这三万乱兵一直跑到绥德城外，才被官府派兵解决了。种谔还是不肯退兵，后来天子赵顼下诏书才退兵。种谔气坏了，无处发泄，常常无缘无故鞭打士兵。

不久，天子降诏：误事的王中正贬官两品，提举崇福宫；高遵裕也贬官两品，去郢州当团练副使；种谔调离鄜延军，平迁为龙神卫四厢都指挥使，不过没多久又回到鄜延军；刘昌祚、姚麟坐贬永兴军钤辖，不过第二年都官复原职。

第九十六章　一蓑烟雨大才子浑身是禅 鸡鸣小店新太守解危救险

元丰五年三月七日，节气已过清明，奔谷雨了。春末夏初天气，一连几天日头灿烂明媚，气温有点燥热，风也暖暖的。在水田里干活的农人都穿着短褂，高高地卷起裤脚；有的则打着赤膊，穿着短裤。这一天，黄州城南三十里的沙湖湿地林间小径上，一个头戴方巾的中年秀才，跟在一个头冠布高帽而多髯者和一个袒胸露乳的僧人后面走着。这个秀才不时地蹲下来，把一叠纸放在左腿膝盖上，从挂在腰带上的褡裢里掏出一支笔在纸上写几个字；多髯者和僧人走远了，再小跑着赶上去。三人手上都夹着一件蓑衣。头冠布高帽而多髯者是在黄州落难的大才子苏轼，袒胸露乳的僧人是云门宗的掌宗佛印禅师，头戴方巾的中年秀才是密州那个到处搜集苏轼的诗文并一一抄录，且拿去刊刻的马梦得。

沙湖水面阔大，无边无际，映着蓝天和白日。湖边的远处山色若有若无，若断若续；近处的山则变幻着青一块、紫一块、绿一块的颜色，如诗如画。无边无际、蓝色蜃气在沙湖的水面上蒸发着，波动着，水天相接处的远山便醉了似的摇晃着。沙湖四面八方洋溢着一种说不清、道不明，既叫人愉悦又叫人伤感的嗡嗡声。林子里的树郁郁葱葱，把上面的日头遮住了，日影斑驳，在地面上晃动。林子里阴暗而又寂静。几只黄蜂一动不动地停在林子的空中，忽然又从人的头上飞去。几日艳阳，把黄泥晒得很干了，洼地上的水也不见了，但低处的黄泥还是湿的，有点滑，不小心会摔跤的。

天下事就这么巧，说起来也是缘分，马梦得与佛印禅师竟是同一日来到黄州苏轼雪堂竹屋的。二人在浠水还同船过渡，只是相互望了一眼，谁也没跟谁说过一句话，到了苏轼的雪堂竹屋，二人才知道同行了一段不短的旅程。马梦得是个怪人，也是个奇人。此人无功名，特仰慕苏轼的为人，特喜欢苏轼的诗文。苏轼在密州当太守时，这个马梦得着了魔似的，不分日夜读苏轼的诗文，冷落了美貌的妻子，晚上也不跟妻子亲热一下，妻子想亲热也全然不察。妻子实在受不了，也百思不得其解，问他你何不把苏轼娶来？马梦得觉得自己不对，哄了好一阵妻子，也着实跟妻子亲热了好一阵子，但没多久又积习难改，故态复萌，气得妻子要马梦得休了她。后来，这个马梦得到处搜集苏轼的诗文，给自己惹上了大麻烦，被关进密州府大牢里，吃了四个月又二十天的牢饭。好在苏轼在密州做了不少好事，官府衙门里有人记苏轼的恩，帮了马梦得。再说，密州府衙门里的人都是在官场上混了多年的老江湖，知道正得势的“热锅子”要趋，犯了事的“冷灶头”也要烧，对马梦得不宜做得太过。何况，苏轼毕竟名满天下，连皇上、太皇太后、太后、皇后都喜欢他的诗，在乌台诗案中那么多当官的为他说话，连被他讥刺过的官员也帮他说话；说不定什么时候东山再起，真要把马梦得搞得太苦了，以后就不好交代了。元丰三年正月初一苏轼出狱，马梦得也放了出来。这个马秀才，在密州待了一年，读不到苏轼的新诗，整日病恹恹没精神，坐不安，睡不稳。妻子知道他是着了苏轼诗文的魔，等安顿好家小后，妻子就让马梦得到黄州找苏轼了。许多人都笑马梦得呆得不能再呆了。世上人对飞黄腾达、有权有势的人趋之若鹜，哪见马梦得这样的呆子不远千里去陪个差点人头落地的犯官。不用说，苏轼很高兴，很感激。然而，马梦得却因苏轼高兴而更高兴，因苏轼感激他而更感激苏轼。从今以后，他可以天天陪在苏轼身边。在密州苏轼是太守，马梦得是布衣，不好称兄道弟；如今苏轼把官职贬了，便与苏轼称兄道弟起来。苏轼长马梦得五岁，马梦得便对苏轼以兄事之。苏轼满心欢喜，马梦得更是欢喜，就是王夫人也喜在眉梢。

马梦得来黄州已半个月了，还和在密州那样，到处搜集苏轼的诗文，并一一抄录，等待机会再石刻刊行。乌台诗案后，这个大才子苏轼对诗文有了很大的变化，很微妙，很有趣，也很有点叫人不可思议。一方面，戒诗，不写了，免得再受其累；一方面，积习难改，说不写却又手痒痒的，随手又写起来了。半个来月，马梦得又搜集到苏轼几十首诗。本来，苏轼不让他搜集，但马梦得硬要搜集，也就由他了。马梦得心中有数：苏轼心里有种对不起马梦得的感觉，认为是他坑得马梦得吃了一百多天的牢饭，故而不让搜集。马梦得觉得，乌台诗案中自己吃牢饭，是自己心甘情愿的，不存在对得起对不起的问题。然而，马梦得越是这样，苏轼越觉得欠了马梦得什么。因之，马梦得无论提什么要求，苏轼无有不答应的。马梦得千里迢迢来黄州，苏轼特赋诗一首，最后四句是：

可怜马生痴，至今夸我贤。

众笑终不悔，施一当获千。

马梦得与苏轼、佛印禅师夹着蓑衣，在沙湖岸边的密林小径上行走着，一边欣赏沙湖的美景。今日一早，马梦得与苏轼、佛印禅师在沙湖乡村的一家鸡鸣店里喝了个半醉，还吃了店家为他们做的东坡肉，便兴冲冲来到沙湖。刚才半醉的苏轼吟诵了一首二十天前写的《黄泥坂词》诗，最后两句马梦得未记上。马梦得提着笔去追走远了的苏轼和佛印禅师，不小心滑了一下，给陷在湿湿的黄泥浆里，芒鞋也脱了，等他拔起脚，穿上芒鞋，苏轼与佛印禅师已走到前面二十多丈远的地方。马梦得在后面喊苏轼和佛印禅师停下来。苏轼等马梦得到了身边，说："最后两句是：'归岁既晏兮木腓，黄泥不可以久嬉。'"

马梦得赶紧把这两句诗补写上。马梦得来黄州半个来月，知道安置在黄州后的苏轼日子是怎么过的。苏轼当然不可能再像在京都开封当京官时那样诗酒高会，也不可能像在密州、湖州当太守时那样有人前呼后拥。官场上许多人怕受连累，都唯恐避之不及，不跟他来往；平生亲友，少有一字见及；黄州官府衙门里的人，碍于太守跟苏轼的交往，也只是对苏轼表面上敷衍一下，很瞧不起苏轼，不愿跟他打交道。但苏轼在黄州的布衣相知不少，除了古村的农人外，还有药师、郎中、玉匠、石匠，常在一起吃酒、聊天。说来叫人奇怪，苏轼胖了，圆圆的小肚子也凸起了些。平日里，苏轼闭门思过，少与官场上的人来往，常穿上农人的短褂，扁舟草履，放浪山水间，与渔人樵夫杂处，不为人所识；耕作之暇，横过黄泥坂，常去城里喝口小酒，小有醉意，便在黄泥坂的草地上躺下来，青草为席，土块为枕，不觉一睡就到暮色沉沉。好心农人叫醒他，于是写下《黄泥坂词》。马梦得赞叹道："好诗！好诗！"接着，随着酒兴，高声吟诵起《黄泥坂词》：

朝嬉黄泥之白云兮，暮宿雪堂之青烟。喜鱼鸟之莫余惊兮，幸樵苏之我嫚。初被酒以行歌兮，忽放杖而醉偃。草为茵而块为枕兮，穆华堂之清宴。粉坠露之湿衣兮，升素月之团团。感父老之呼觉兮，恐牛羊之予践。于是蹶然而起，起而歌曰：月明兮星稀，迎余往兮饯余归。岁既晏兮草木腓，归来归来兮，黄泥不可以久嬉。

马梦得的嗓门大，洪亮，惊得湖边的水鸭乱飞。站在苏轼一旁已半醉的佛印禅师一脸通红，拊掌而笑道：“子瞻通禅机矣！”

马梦得很是奇怪，苏轼这首诗明明抒写他在落难失意中不拘于世俗生活，无牵无挂，无忧无虑，清净随意，顺其自然，放浪形骸，不在乎读书人斯文的心境，全没个大才子的样子，这与禅何干？马梦得侧过脸疑惑地望着苏轼，看到苏轼正侧过脸专注地望着佛印禅师，一脸的若有所思。佛印禅师仿佛知道马梦得心思，矫首昂视着沙湖水天相接的地方：“无牵无挂、无忧无虑、清净随意、顺其自然，就是禅。”

马梦得心里一喜，也心存一疑：“不才刚才心里也是这么想的，凡夫俗子也能成佛了？”

佛印禅师含笑不语。马梦得注意到，苏轼一脸顿悟后的欢喜。苏轼道：“废话！有道是：‘放下屠刀，立地成佛。’屠夫都可以立地成佛，凡夫俗子岂有不能成佛的？”

马梦得心里感到有种豁然开朗后的喜悦之情。说句实在话，马梦得初次接触时，对佛印禅师的印象并不那么好，觉得佛印禅师不像个出家人。这个佛印禅师，绝类弥勒佛，长着一个大肚子，左臂挂念珠，开口便笑，一脸那种独知禅机的喜悦之中多少有点不恭的顽皮神色；和俗人一样喝酒吃肉，还名酒为“般若汤”、名鱼为“木梭花”、名鸡为“赞篱菜”，真有点掩目捕雀、自欺欺人的味道，叫人感到好笑。然而，佛印禅师对世人的反应却浑然不觉，他就是他，别人怎么看都随便。苏轼对马梦得说，佛印禅师非一般僧人可比，有很高的道行，名山大刹的高僧未必比得上；在他眼里，众生万物无高低优劣之别，世人说他像头驴、像条狗、像坨屎，他也不生气，更不要说恼怒。佛印禅师是非驴非佛，凡圣两忘，该怎么活就怎么活。苏轼又说，佛印禅师很有点来头。天下僧人，即使是名满天下的高僧，度牒都由吏部的祠部发。然而，佛印禅师的度牒却是先帝英宗御赐的。说来有趣，佛印禅师俗家姓林，虽非官宦人家，却是富家子弟，喜欢参禅，却根本不打算出家，按说怎么也轮不到他跟天子有什么佛缘。天下事许多是说不清的，先帝英宗登基的第二年，要见一位对禅道有造诣的人，那年在登闻鼓院当判官的苏轼便举荐了还是俗家子弟的佛印。英宗一看佛印颀长英俊，面容不俗，气度不凡，谈禅说佛，处处充满了禅机心要，龙颜大悦，说只要你愿出家，朕赐你度牒文书。一份吏部的祠部发的度牒，颇不易得；天子御赐度牒，该多大的福分和面子，更是弥足珍贵。佛印能不高兴？接着，英宗还赐佛印高丽进贡的金钵。不久，佛印成了云门宗的掌宗法师。既是掌宗法师，便有派头，出行往往带有一队侍奉和尚，与出家苦修相去十万八千里。佛印禅师这次来黄州，路途遥远，才没带侍奉和尚。苏轼告诉马梦得，佛印禅师不那么讲究无欲无念，讲求的是身心的宁静、安详、活力和自然，云来雨来，风起雪飘，其心如镜，两不相碍。

马梦得这才觉得，佛印禅师确有许多跟普通僧人不一样的地方。天下人未必都愿意出家当和尚，去过那种寂寞清苦的生活，但对成佛，企望有个好的来生，没谁会拒绝。马梦得说："不才放下屠刀，不再杀生，岂不早成了佛？"

佛印禅师对马梦得说："你当然早就是佛了，不过要参透禅机，还得去悟。"

马梦得有所悟地点了点头。春末夏初的日头下，暖风从湖面吹来。林子前面幽深处有鹌鹑的鸣声传来，林子外有群乌鸦在岸上晒日头。几只沙鸥在水面上飞翔，忽然与水里的沙鸥对冲着；忽儿又往天上飞去，水里的沙鸥却往水底钻去。

马梦得与苏轼、佛印禅师这次出来有三天了。在这三天时间里，他们去过武昌、樊口，游过长江、汉水。该回雪堂竹屋了。这一来是马梦得与苏轼、佛印禅师都有点累了，身上的衣服也该换下来洗洗了；二来是王夫人近来身体不好，常气喘、头昏，也不宜在外待得太久；三来是苏轼仍为戴罪之身，得接受地方官府的监管，按规定是不能出黄州府境的。好在黄州太守极慕苏轼的诗文，官府才对苏轼如此宽容，苏轼平日去什么地方并不过问；有时一二日不回，官府并没有人来啰唆。但，外出的时间长了，总不太好；要是有人给朝廷奏上一本，不仅苏轼难交代，官府也要受到连累。特别是，黄州太守徐大受要调离黄州，到别的地方去任职，听说新上任的太守很是霸道，说一不二；也不知道他有什么靠山，连朝廷里的人都敢不买账。新太守这几日就要到任，如果发现苏轼几天不在雪堂竹屋，谁知道他会怎么对待苏轼。

三人的酒醒了。马梦得说该回雪堂竹屋了，苏轼和佛印禅师都点点头。林子黑了下去，沙湖那边的半个天空冒出一团团的黑云，蓝色的蜃气一扫而空，灿烂的日头被黑云遮住了，只从黑云的裂缝中投下一束淡淡的亮光。沙湖的湖面上翻滚着一排排前推后拥的黑浪。水鸭和鹌鹑不见了，有只沙鸥掠过水面，然后箭一样向黑色的远处飞去。气温急骤低了下去，刮进林子里的风也有了点冷意。

要下大雨。好在鸡鸣店店主给了他们每人一件蓑衣。不过，此处离旅店少说有五里多路，雨免不了还是要淋的。马梦得不由得加快了脚步，走到苏轼和佛印禅师前面，回头一看，苏轼和佛印禅师却像没事一样，依旧有说有笑、不紧不慢地走着。开始，马梦得以为他们早上喝醉了，仔细看看，但见苏轼极有闲致地望着路旁摇来晃去的树枝，佛印禅师若无其事地数着挂在胳膊上的念珠。

马梦得："快点，要下雨了！"

佛印禅师："你快点，雨就不下了吗？"

马梦得："照样下。"

佛印禅师："照样下，你快点干什么？"

马梦得给噎住了，无言以对。

苏轼扑哧笑出声来："人活着，眼前碰到什么就是什么，万般不由人，雨要下就让下。"

马梦得心里好像被什么撞了一下：这又是禅？

雨真的说下就下了。马梦得、苏轼、佛印禅师赶紧穿上了蓑衣。马梦得先是听到林子上空撒下大把大把的黄豆，重重地砸在林子的树叶和蓑衣上。转眼间，如注的雨水从枝叶间流了下来。马梦得再向林子外望去，但见沙湖上空黑云滚滚，沙湖水面上黑浪滔滔，密林之中烟雨蒙蒙。从沙湖吹来的风，把林子里的树枝吹得如癫如狂地乱舞。不多一会，林子里成了水的世界，到处弥漫着水的气味。天上的雨水瓢泼似的倒在上面的树顶上。地上的流水乱蹿，哗哗地往低洼地里流去。

一瓢雨兜头向马梦得打去，打得马梦得睁不开双眼。马梦得感到自己一脸的雨水顺着脖子往胸前流去，把前襟浸湿了，身上不禁觉得有点冷。过了一会，马梦得抹掉双眼的雨水，但见林子里连一间草棚也找不到，没有躲雨的地方。马梦得看了看苏轼和佛印禅师，二人上身没淋着，但脸上尽是雨水，裤脚全湿了，芒鞋沾满了泥水，样子多少有点狼狈，只是未到不堪的地步；这要多谢鸡鸣店主的蓑衣，要不然真会狼狈得不成样子。

马梦得步子快，苏轼和佛印禅师步子慢。雨更大了，一瓢瓢雨兜头打得人喘不过气来。走了一段路，马梦得朝后望了望，吃了一惊。苏轼不知什么时候拾了根竹子做手杖，不像是在大雨中行走，脚步从从容容、优哉游哉的，与雨前无异；一边还望望在风雨中癫来狂去的树枝，又望望林子外面的黑云和黑浪，摸了摸脸上被雨水粘成的又密又长的髯绺，好像在书房里一样，要吟诗了。佛印禅师袒胸露乳，矫首昂视，手捻念珠，似乎风雨皆不存在，只一心走自己的路。马梦得很佩服苏轼和佛印禅师。此时，马梦得惊奇地看到，苏轼一脸无风也无雨的神色，拄着竹杖，徐徐而行，高声吟啸了首《定风波》:

莫听穿林打叶声，何妨吟啸且徐行？竹杖芒鞋轻胜马，谁怕？一蓑烟雨任平生。　　料峭春风吹酒醒，微冷，山头斜照却相迎。回首向来萧瑟处，归去，也无风雨也无晴。

马梦得要不是亲眼所见、亲耳所闻，真不敢相信落难中的苏轼给大雨淋成这个样子，竟然吟出这样豁达、这样天真、这样自得、这样精彩的词来。一件叫人不可思议的奇事发生了。苏轼吟完《定风波》最后一个“晴”字时，天放晴了。此时林子上空黑云全散了，无边无际的沙湖水面波光粼粼，映着轻轻摇晃的蓝天和白云。远处的山头现出了一抹令人惊喜的斜阳，让青山显得格外苍翠。林子树叶上偶有一二滴大的水珠从树叶上掉下，重重地打在黄泥地上，发出卟的一声闷响。马梦得觉得，苏轼这首《定风波》肯定与禅有关:“苏兄真的是把禅学到了，词里都有禅。你教教我，怎么把禅学到手。”

苏轼哈哈一笑。佛印禅师会心地一笑。

马梦得糊涂了:“怎么，小生说错了？”

苏轼又笑笑:“听禅师的。”

马梦得又望着佛印禅师。佛印禅师双手合掌，一脸的微笑，对马梦得说:“年少时读过小艳诗否？”

马梦得这下更糊涂了。出家人戒色，佛印禅师怎么跟自己讲起艳诗来了呢？但碍着苏轼的面子，不好说什么，只是道:“读过，当初还挺喜欢读。”

佛印禅师的笑脸难得地肃然起来，吟出一诗:

金鸭香销锦绣帏，笙歌丛里醉扶归。
少年一段风流事，只许佳人独自知。

马梦得先是目瞪口呆，后是差点哑然失笑。一个禅师，吟出这种小艳诗，诱人家去想男女之间那些私隐的羞于启齿之事，这也太不正经、太放肆了。这种艳诗出自禅师之口，岂不是咄咄怪事？马梦得实在难以想象，艳诗竟与禅有关系。马梦得疑惑地望望苏轼，又望望佛印禅师："情事是当事男女'独自知'之事，个中的趣味是任何外人无法想象得出来的，这也是禅？"

马梦得看到，佛印禅师拊掌而笑，内敛而不张扬："阿弥陀佛，你这下说对了。禅就是种'独自知'之事，是活泼泼少年气象。"

苏轼大笑了起来，望着马梦得说："禅是活的，不是死的。禅有情，有意，能像男女情事一样激发人的活力。酒肉能让你吃得活泼。小艳诗能让人活泼泼地'禅'起来。"

马梦得感到自己似乎进入了一个新的境界，不过脑子里还是有点模模糊糊的。佛印禅师一脸的庄严虔诚："禅不是学手艺，能带徒弟。禅无法用言语传达，谁也无法教给你。别人教给你的，只是禅的知识，徒增谈资而已。禅必须由自己觉悟出来。悟出了禅，你就能看破红尘，看破前生后世，就知道怎么活。"

马梦得脑子里充满了一种对人世的彻悟清净。马梦得明白了，苏轼在黄州何以活得如此自在、自然、喜悦的原因了：一念清净，染污自落，表面翛然，无所附丽，管他外物如何险恶，一蓑烟雨任平生，照样活得天趣盎然，生机浩荡，超然无累，处处莲花！

约莫半个时辰，马梦得与苏轼、佛印禅师回到沙湖乡村的那家鸡鸣店。离店家少说还有二三十丈远的地方，就见站在店门外翘首远望的小酒保急忙转身往店里跑去。马梦得很是惊奇。马梦得与苏轼、佛印禅师进了店时，见店里桌上杯盘狼藉，满地的残羹剩菜，两只狗还为争根肉骨头咬了起来。此时，店主急急忙忙从后面过道里出来。马梦得本来想叫店家赶紧弄些柴草，生个火，把身上的湿衣服烘烘干。不料三人刚放下蓑衣，店主就很是惊恐地张开双手，把他们往门外推，要他们赶快离开这家鸡鸣店。那个小酒保，则提着马梦得与苏轼、佛印禅师的行李，从后面过道里出来。

马梦得好生奇怪。他与苏轼、佛印禅师在这家店吃住，并无半点不妥之处，吃用不仅分文不少，零头也不计较。平心而论，店家对他们也很是殷勤，端茶送水，热情周到，一早出门还借了三件蓑衣，然而此时却无缘无故要赶他们走人。

苏轼走上前去，笑着问道："我等何事惹店家了？"

店主半日不出声，板着一张铁青的脸，往门外挥了挥手："走，走，走，三位客官快点离开小店，离得越远越好。"

苏轼看了看桌上杯盘狼藉的样子："莫非有人借我等之名，吃了店家的东西没付钱？这好说，我替他们付了就是。"

店主并不要钱，一脸怕惹火上身的表情，要他们赶快走人："小人哪敢要你们客官的钱，能保一命就行了。"

店主的话，弄得马梦得与苏轼、佛印禅师越来越莫名其妙了。马梦得看到，苏轼把小酒保叫到跟前，问这到底是怎么回事。小酒保口快："刚才黄州官府里来了一伙衙役老爷，说是朝廷一个犯人逃到了店里，问我家主人要人；然后吃了、喝了，抹抹嘴巴就走，扬言明日还要到店里来。"

马梦得开始吓了一跳。不过，马梦得接着哈哈大笑起来，清楚是怎么回事了：按朝廷规定，在黄州安置的苏轼是不能离开黄州境界的，苏轼已离开黄州境界三天了，官府怕苏轼逃走，赶紧派人来查找。这不能怪官府，要是苏轼跑了，官府要担很大责任的。马梦得指着苏轼，对店主说："他就是官府衙役说的犯人。——什么犯人，他是大才子苏轼。——一定是官府的人误会了，以为他逃了。放心，明日我们就回黄州，官府里的人见到他，没人会啰唆半句的。"

马梦得看到，店主根本不信自己的话："你骗什么人。你别以为我们乡下人，不知道天下事！我们沙湖的人，早就知道苏轼是名满天下的大才子，朝廷大大的忠臣，只是为平头百姓说了真话，暂时安居在黄州，朝廷以后肯定还要大用他的。我们还听说，黄州太守是苏轼的老朋友，非常仰慕苏轼的诗文，苏轼为黄州平头百姓做什么好事，太守没有不答应的。要是苏轼到了我们这里，官府还会派衙役老爷来抓他吗？"

马梦得清楚，再怎么解释也没用。马梦得与苏轼、佛印禅师只好拿着行李，穿着一身湿衣服，找别的旅店歇息。刚转身，远处来了两个人。马梦得认得：一是古哑巴，一是古风耳。二人很是慌张，也很是惊喜。苏轼一脸的惊疑，问二人何故跑到此处来。古哑巴口里还喘着气："昨日黄州府衙门里的一伙衙役气势汹汹闯到雪堂竹屋里，说是外面传言苏大才子跟着和尚、秀才跑了；说是驾着一条小船，长啸而去。这伙衙役逼着王夫人要人，王夫人吓得不轻。我们知道你们一定是玩得高兴，才多耽搁了时间，出门不久就打听到你们到了沙湖。可不，一下子就在这里碰到你们。”

马梦得万万没想到古哑巴的话刚说完，店主一脸的不好意思，走了过来，望着苏轼：“你真是大才子呀？都怪草民有眼无珠，该死！该死！”

店主赶紧接过苏轼的行李，一旁的小酒保也赶紧接过佛印禅师和马梦得的行李。店主要众人都到店里歇息。马梦得与苏轼、佛印禅师、古哑巴、古风耳回到店里去。店主赶紧要小酒保抱了一大堆禾秆和木柴来，在店堂生起火。马梦得与苏轼、佛印禅师脱下身上的衣服，一件件烤着。衣服烤干的时候，八盘菜和一大坛村酒已摆在桌上。马梦得与苏轼、佛印禅师、古哑巴、古风耳美美地吃了一顿。店主也陪着一起吃，此时觉得自己能跟大才子苏轼在一起喝酒，是自己前世修到的福，一脸的荣光。这桌酒，店主只收了成本钱。马梦得与苏轼、佛印禅师都喝醉了。

喝完酒，竟到了上灯时分。一钩新月在天。古哑巴、古风耳要赶回黄州雪堂竹屋给王夫人报信去。马梦得喝醉了话多，与店主说了半夜的话。佛印禅师穿上烘干的袈裟，袒着胸，露着个大肚子，独自在外面游走，引得一伙孩童在前面后面看。苏轼喝醉了酒，反不多说话，倒在床上，摸了摸自己凸起的圆肚子，便睡着了；刚睡下，就呼呼打鼾，鼾声高低起伏，有板有眼，节奏分明，像一阵阵雷，又像一首首歌。马梦得一直到三更天才睡，睡得正香甜，店外一阵吓人的打门声把他惊醒；接着，狗的狂吠声传来。听去好像响马土匪来了。他正翻身起床，七八个身穿公服、手执水火棍的衙役冲了进来。马梦得揉了揉眼睛，天才微明，窗外透进一片朦胧的青光。马梦得见店主跟在那伙衙役后面，吓得一脸的土色：“轻一点，轻一点，莫吓着了大才子。”

有个又矮又胖、颈缩在衣领的衙役发出鸭公一样的声音：“什么大才子小才子的，朝廷的钦犯！本老爷今日就是来捉拿大才子归案的。”

马梦得感到万分诧异，不明白到底出了什么事。马梦得望了望睡在床上的苏轼，还在打鼾。在苏轼旁边的佛印禅师也睡得很沉，鼻子里很均匀地出着气。鸭公衙役不客气，冲到苏轼床前，呼呼喝喝的：“起来！起来！跟本老爷到衙门里走一趟！”

马梦得觉得这伙衙役做得太过分了。马梦得也不是不明白：官府衙役眼里只认官，不认才。你即使满腹经纶，有一肚子治国安邦之才，只要没当上官，就与平头百姓无异，在衙役面前要矮三分。衙役想怎么对待你就怎么对待你。马梦得平日呆头呆脑的地方不少，此时却不呆了，对鸭公说："你不要乱来，苏轼是徐太守的朋友。要是徐太守知道你这么对待苏轼，到时候你面子上不好看的。"

马梦得没想到这不仅没吓到鸭公，反引得他哈哈大笑起来，其他衙役也笑栽了。鸭公说："徐太守是老黄历了，现在是吕太守坐衙。苏轼是吕太守的朋友吗？"

马梦得明白今日发生的怪事了：怪不得鸭公这班衙役对苏轼这么不给面子，这么无礼了。官场上的冷暖比哪里的都明显。此时苏轼醒了，睁了睁蒙眬的睡眼，却又侧过身去，面朝里睡着了。来捉拿苏轼的这班衙役已经到了床头，可苏轼浑然不觉，别看这些衙役正当公干没个屁本事，但被怠慢了，可不会让你有好果子吃，要起无礼，动起粗来，可不是苏轼这么一个名满天下的大才子受得了的。

马梦得看到，鸭公对一个衙役使了个眼色，那个衙役立即从身后拿出一根链子，向苏轼床前走去。马梦得吓坏了。不过，叫马梦得感到更为惊讶的是，苏轼忽然翻身起床，然后慢慢悠悠站起来，面对那个拿出链子的衙役，一脸的从容淡定："好呀，锁一锁不是坏事，正好把身上的业障给清一清。"

马梦得在密州听说苏轼在乌台诗案中被抓时吓得不轻，且不敢抬头见人。然而，此时面对来捉拿他的衙役，却坦然、安详。马梦得注意到，苏轼话音刚落，佛印禅师也醒了，站了起来，挺着个大肚子，双手合掌，破颜微笑："阿弥陀佛，大才子浑身是禅了。"

鸭公这班衙役才发现店里还有个和尚。鸭公瞪了佛印禅师一眼："你一个野和尚懂得什么禅不禅的，你老老实实睡着，要不然把你也锁了。"

这些个在平头百姓面前称王称霸的衙役简直太目中无人了，敢这么侮辱一个持有天子赐发的度牒的高僧。马梦得正想说鸭公几句，佛印禅师呵呵一笑："阿弥陀佛，善哉！善哉！心里有锁，不锁也锁；心里无锁，有锁也无锁。"

马梦得觉得佛印禅师不愧是先帝英宗十分赏识的高僧，句句菩提，句句有禅，开人心智。不过，佛印禅师的这番话，对鸭公这班衙役来说，简直是对牛弹琴。这些人可不管什么阿弥陀佛，什么禅不禅的。鸭公指指苏轼，又指指佛印禅师："都给本老爷锁了！"

另一个衙役也把链子提了起来。此时，店门外跑来三匹马，接着有三个穿公服的人跑了进来。其中一个穿八品补服的对那两个拿链子的衙役猛喝了一声："谁叫你锁人的？"

马梦得看到，那两个拿链子的衙役魂都吓掉了，链子也不要了，丢在地上，跪了下去，对着八品补服的人拼命地磕头作揖。鸭公和其他衙役都变了脸色，两只脚也在不停地发抖。两根锁人的链子像死蛇躺在地上。

没一会，店门外又响起一阵急疾而又均匀的嘚嘚马蹄声。马蹄声落，一个身穿五品补服的官员在一伙衙门里的人的簇拥下，一脸肃然的官威和霸气走了进来。马梦得感到奇怪的是，五品补服的官员好像认识苏轼，走到苏轼面前，神情却很是谦恭："下官吕由庚，新上任的黄州太守，来迟了，让你受惊了。"

马梦得根本未听过吕由庚这个名字。就是苏轼，对吕由庚似乎有点面善，但眼睛一眨一眨地望着吕由庚，又似乎对吕由庚陌生得很。

穿五品补服的黄州新太守吕由庚道："下官的家父就是吕诲，熙宁四年家父病重时，你和司马相公、范纯仁大人来看家父，下官那时弱冠年少，站在众人后面，见过大人。"

马梦得看到，苏轼一脸的豁然开朗，认出了吕诲之子吕由庚，也一脸的感慨系之。马梦得虽然不是官场上的人，但对吕诲这个名字却有如雷贯耳的感觉。这个吕诲，十五年前，以十罪状弹劾倡行新法的王安石，直声贯天下，没想到他的儿子吕由庚今日来黄州当太守。苏轼与吕由庚随后都大笑不止，有种他乡遇故交的感觉。

鸭公那班衙役对苏轼的态度完全不同了，百般巴结讨好苏轼，一脸的谀笑。鸭公还走过去把苏轼衣服上沾着的泥巴拍掉。鸭公那班衙役对佛印禅师也很是巴结讨好地笑了笑。马梦得厌恶地皱了皱眉头：什么官场，其实比污泥塘还臭。

马梦得忽然发现，那两个拿链子要锁苏轼的衙役还跪在地下，正偷偷地把地上的链子收起来，塞在自己的屁股下面。吕由庚看到了，要鸭公把那两个衙役锁了，很是抱歉地对苏轼说："都是下官没交代清楚。下官只是要他们来查看一下，没想到他们却要来锁人。"

苏轼一点不恨那两个锁他的衙役，对吕由庚说："算了，别锁了，他们也是奉命。"

两个衙役膝行到苏轼面前，少说磕了十个头；又侧过身给佛印禅师磕了三个头。鸭公吓着了，连扇了自己三下耳光："是奴才叫他们锁的。奴才该死！奴才该死！”自称也由“本老爷”变成了“奴才”。

苏轼不要鸭公扇自己：“官府里的衙役都这个样，谁来都会锁人。”

鸭公千恩万谢讨好起苏轼来：“怪不得黄州平头百姓都说苏大才子是天下少有的大才子，才学又高，人又好，积德行善，有颗菩萨心。好人！好人！大大的好人！苏大才子，受惊了，以后碰到什么为难事，你尽管找奴才就是。谢谢！谢谢！谢谢谢！”

马梦得心中有数：这些人的话没几句是算数的。以后你会怎么对待苏轼，只有天知道。苏轼说：“别谢我，是我要谢你。”

苏轼有什么要感谢鸭公的呢？吕由庚和官府里的人很是不解地望着苏轼。苏轼微笑着：“阿弥陀佛，众生都要感谢伤害他的人，因为他磨炼了你的心。”

马梦得有种恍然大悟的感觉，吕由庚也明白了其中的道理。不过，官府里的那些人还都莫名其妙地望着苏轼。在这些人心目中，从来以暴易暴，以牙还牙，哪里会有半点仁慈的心肠。鸭公那班衙役全都跪了下去，对苏轼磕了三个响头。

众人大笑。今早之事，算是一场虚惊。吕由庚要回黄州府坐堂署事，马梦得与苏轼、佛印禅师要回黄州雪堂竹屋。吕由庚派三个穿公服的人护送他们。马梦得与苏轼、佛印禅师上了马。吕由庚和官府里的人站在店门门口送。刚要走，苏轼忽然跳下马，对吕由庚说：“吕大人，鄙人有句话要说：这里的农户挺欢迎新法。”

马梦得很是一惊。吕由庚的父亲吕诲，可以说是朝廷反对新法第一人，且至死不改初衷，断气前还蹶然而起，张开有疾的双目，把反新法大事托付给司马光。然而，此时苏轼却当着吕诲儿子的面说新法如何受到农户欢迎，这就很有点不合时宜。马梦得想叫苏轼过些时候再跟吕由庚说说新法之事，吕由庚却先开口了：“本府在黄州将大行新法，苏大人，改日到府上请教于你。”

马梦得看到，苏轼是一脸的大惊大喜。大惊是因为吕由庚对新法的这个态度，大出苏轼意料之外。大喜是因为吕由庚与他的父亲吕诲刚好相反，行的恰恰是新法。马梦得与苏轼、佛印和尚骑上马，离开了沙湖的鸡鸣店。日头又像昨日一样娇艳灿烂，旷野一片日光。翻耕过的水田里散发着泥土、日光、田塍上小草混合在一起的气息。水田里的蓝天白云被翻耕出来的一棱一棱的泥土切割成条状。有几只乌鸦站在棱起的泥土上啄食。雨后的黄泥官道上，尘灰不扬。马梦得看到，苏轼今日非常高兴，谈笑不已。约莫半个时辰，马梦得与苏轼、佛印禅师回到东坡雪堂。还在半里路外，马梦得就看到王夫人、朝云与两个家仆站在屋外焦急地朝这边张望着。王夫人近来身体差，常头昏头痛，瘦了许多，由朝云扶着。马梦得与苏轼、佛印禅师赶紧打马快走，到雪堂门前下马，进屋一问，原来昨日黄州官府里也来了一帮衙役，凶凶喝喝的，要王夫人、朝云把苏轼交出来。王夫人、朝云吓着了。见苏轼回来，王夫人、朝云破涕为笑。王夫人、朝云忙去后面灶屋生火做饭。这一餐，弄的全是苏轼喜欢吃的菜，东坡肉、东坡肘子、东坡豆腐、东坡鱼、东坡羹、东坡杂食，还开了坛老酒。马梦得与苏轼、佛印禅师都喝醉了。马梦得要苏轼回忆回忆，把还未搜集到的诗词背一背。家仆把笔、墨、纸、砚放在桌上。苏轼背一首，马梦得记一首。这下吓坏了王夫人。王夫人由朝云扶着，从里面房里出来："老爷又写诗了，你为诗吃的苦头还不够吗？"

苏轼："是，是，吃尽了苦，差点人头不在颈上，酒也喝不成，肉也吃不了。"话是这么说，却又吟一诗，其中四句：

平生文字为吾累，此去声名不厌低。

塞上纵归他日马，城东不斗少年鸡。

这首诗，表面有自悔之想，实无自新之意，且很有点不把高官权贵放在眼里的傲气。王夫人气坏了，要不是朝云双手搀着，肯定要倒在地上："老爷，你不是戒诗了吗？"

苏轼恍然大悟："是，是，我是说过要戒诗。——好，好，好，我戒，我戒。"口里这么说，两句诗竟又脱口而出：

却对酒杯浑似梦，偶拈诗笔已如神。

苏轼吟完诗，兀自笑了。佛印禅师也在笑。就是王夫人、朝云以及刚才进来的两个家仆也都笑。什么戒，这个"戒"怎戒得了。王夫人叹了口气："老爷这积习真是难改。"

苏轼摇摇头，自嘲道："苏某人已病入膏肓、冥顽不化，改不了，是个万人嫌的不可救药之徒，就是阎王老子也嫌，不肯在苏某人的生死簿上勾一下。"

众人都大笑起来。苏轼不再背以前写过的诗了。马梦得把笔、墨、纸、砚收拾好。时间还早，雪堂竹屋东斜的日影不过丈把长。两个仆人烧了一瓦壶开水，提到雪堂竹屋里来，给佛印禅师、苏轼、马梦得沏了新茶。喝完酒，再饮茶，聊聊古今事，消遣世虑，平和清淡中别有番情趣。王夫人、朝云也留了下来。以前，马梦得与苏轼、佛印禅师在雪堂竹屋闲聊时，王夫人、朝云也总在一旁津津有味听着。特别是朝云，听得更认真，长长的睫毛一眨一眨的，表明每句话她都听进了。雪堂竹屋里的气氛也因之很是欢愉轻松起来。闲聊了一阵，苏轼忽然拍了拍自己的圆肚子："你们说说，苏某人这里装的是什么？"

马梦得好生奇怪，不明白苏轼此时为何提出这个问题来。一时间，众人不知怎么回答这个问题。苏轼望着一个家仆。家仆一脸忸怩，想了好一阵："老爷一肚子学问。"

马梦得觉得这话并非完全恭维。但，苏轼不满意，又望着另一个家仆。另一个家仆也一脸忸怩，想了好一阵："老爷一肚子诗文。"

马梦得觉得这话说的是实情。然而，苏轼还是不满意。马梦得觉得叫人费解了。再要说苏轼圆肚子里有什么，只有说一肚子的酒肉了。然而，这么俗气的话能说得出口吗？在雪堂竹屋这么高雅，又有高人在座的地方说出这样的话来，岂不大煞风景？苏轼很有意思地望了望正在给王夫人捶背的朝云，很明显想听朝云会说些什么。朝云先是显出一脸青涩的红晕，然后轻轻地、甜甜地脱口而出一句话："老爷一肚子的不合时宜。"

朝云语惊四座，一脸的娇羞。这个丫环说话太没顾忌了。不错，苏轼确实有这个毛病，要不早当大官了，根本不会落得今日这个下场；但，在众人面前这样揭苏轼的短，苏轼可受得了？不过，马梦得的担心是多余的。马梦得看到，苏轼十分惊奇也十分赏识地望着朝云，又摸了摸自己的圆肚子，高兴地长长舒了口气："唯有朝云能识我！"

马梦得看到，众人先是一愣，接着惊奇地望着苏轼。苏轼对两个家仆多少带点恭维味道的实话并不感兴趣，却对朝云一针见血的话感到高兴，此非凡夫俗子所能做到，也很引人深思。雪堂竹屋里现出一种奇特的欢快气氛。接着众人很是赞赏地打量起朝云来。马梦得来黄州东坡雪堂竹屋也半个月了，还未像今日这样仔细观察过朝云。以前，他只知道朝云是苏轼在杭州买下来侍候王夫人的一个可爱而又聪明的小丫环；今日看来，朝云实在是个善解人意、洞察世事、知人知心的尤物。马梦得想：朝云来苏轼府上时不过十二岁，如今出落成一个花容月貌叫人怜爱的姑娘，该选个人家了。

朝云清楚众人都在打量她，脸羞得通红，低着头，咬着嘴唇，不再出声。王夫人也很是敬佩地望了望苏轼，不过随后叹了口气：“老爷这张嘴，恐怕一辈子闭不了，关不拢。”

马梦得觉得，王夫人说的也是大实话。苏轼的话有点自嘲的味道，实则也表明自己无意去迎合时宜。马梦得不知是赞成王夫人的话好呢，还是不赞成好。不赞成，就是把苏轼往更深的苦海里推；赞成，又明显是对苏轼万人倾倒、率真不阿、顺乎天性的秉性的亵渎。

佛印禅师手数念珠，一脸喜悦的灿笑：“既然闭不了，还要闭什么。”

马梦得注意到，众人都惊奇也很敬佩地望着佛印禅师。马梦得明白，率性而为，口无遮拦，说出真话，就是禅；硬要闭上嘴，不讲真话，也就把活泼泼的禅破坏了。既然如此，就没必要把嘴闭上。

苏轼一脸的圣洁，一脸的清凉。苏轼对佛印禅师这句话，牢记了一辈子，也因牢记了一辈子吃尽了苦、吃尽了亏，但终究无怨无悔。

第九十七章　吕诲子行新法百姓受泽惠 落难人纳朝云苏轼得知己

四月初七刚过立夏，黄州太守吕由庚请苏轼到府上喝酒，并用他乘坐的四人官轿接他到府上去。苏轼清楚，吕由庚请他喝酒，一来因为苏轼是吕由庚父亲吕诲的故交，走马上任黄州太守一个月来，未请苏轼吃过饭，知他者谓他公事繁忙，不知他者谓他坐大拿架；二来因为吕由庚上任来，除旧制，行新法，说不上特别的政通人和，——事实上自夏商周三王以来，中原王朝从来就没有过政全通、人全和的时候——但总体上来说，政事还算顺利，百姓还算和乐，肩上的担子多少轻松了些，便把苏轼接到府上喝喝酒，聊聊往事，以示敬意。本来，苏轼好酒、好吃，这是件苏轼很乐意为之的事。然而，近日苏轼有两事很叫他伤感和烦恼：一是京都开封的皇家寺庙相国寺开坛受戒，请佛印禅师去讲经授法，佛印禅师只好告别苏轼、马梦得及苏轼的家人，到京都开封去了，佛印禅师与苏轼这一别，谁知哪个猴年马月才能相逢。一是王夫人身体近日越来越差，头晕得厉害，且心窝里隐隐出现了绞痛，昨晚折腾了一夜，好在朝云在房里侍候，熬了药喝，天亮前才好了些。友人离去，夫人有病，去太守吕由庚家喝酒，心里总难乐起来。但，太守的盛情，却之不恭，不去不好。此外，苏轼总感到家里的气氛与往日不一样，有点怪。王夫人虽然还像往日一样照顾好苏轼的起居吃喝，晚上常起来把睡相不好、总踢掉被子的苏轼身上的被子盖好，但脸上忧郁的神情一日浓似一日，有时无端叹息，说什么她死了以后，谁去照管苏轼。其次，以往朝云在苏轼面前总无拘无束，随意融洽，写字时更是神愉情悦，十分欢快；现在朝云却好像总有什么隔在其间，对自己十分拘谨，规矩得有点不自然。特别是古村的哑巴婆娘和风耳婆娘，每次见到自己跟朝云在一起的时候，就挤眉弄眼，别有一番意思地笑笑。这叫苏轼猜不透，却也隐隐感到有什么事要发生。

上轿前，王夫人要朝云拿了件像样的长衫给苏轼。苏轼不要，只穿着下田时才穿的粗布短褂。既然吕由庚看重的是苏轼与他父亲的交情，就无须在穿着上有太多的讲究；再说，苏轼已经习惯了粗布短褂，觉得舒适自在。

苏轼上了吕由庚派来接苏轼的轿子，然后沿着黄泥路往黄州城走去。四月天气，桃花、菜花已谢，水田里稻禾的绿叶上挂着的水珠闪着白色的日光。天地间弥漫着淡紫的蜃气，愈远愈浓，把地平线全遮了。远处转翠的青山从蜃气里露出半截，看去就像浮在海上的仙岛。西边滚滚的长江也隐没在淡紫的蜃气里，听得到有波涛的喘息声传来。

苏轼不多一会就从东坡雪堂竹屋到了黄州城里。黄州城的街巷还是那么脏兮兮的，地面干了，从长江水面吹来的暖风把断草、残叶吹得满街跑。但，做生意的人多起来了，街巷两边的店铺里，贩卖着布匹、书画、刺绣、陶器、瓦罐、竹具、童玩、弓箭、鞍辔、药材。茶肆酒楼进出的人多了，吃食摊子随处可见，卖馄饨、瓠羹的小食店的生意更是兴隆，一人还未吃完，旁边已有好几人候座；特别是乡下农人，把一担担菜、一笼笼鸡、一筐筐蛋、一篓篓鱼，摆在街巷两边卖。街巷里买东西的人不少，行人就更多，满街的叫声、笑声，此起彼落，比前任太守徐大受在黄州时热闹多了。

黄州城的街巷窄，不过苏轼乘坐的这顶官轿所过之处，却见路人老远就避在街边，赶紧让出路来。苏轼心中有数，并非路人特别看得起自己，自己粗布短褂，朝廷犯官，走在街上不对你推推搡搡、粗言粗语骂你，就算对得起你了；路人让路，是这顶官轿起了作用，要不然没人会移动一下脚步。忽然，苏轼感到轿子停了下来。苏轼从轿窗里探头一望，看到黄州市易务监铺门前当街摆了只杈子架，许多人围着站在杈子架前看。苏轼抬起头，越过前面的人头望去，见杈子架的旁边竖了块木牌，上面写着当日的米价：每斗二十二文钱。记得前年，他刚来黄州，市面上米价每斗二十文钱，不过涨了一成。此时正是青黄不接时期，米价涨得不算多。

苏轼让轿夫放下轿子，下了轿。苏轼看到，监铺门前杈子架两边站着十来个行人、牙人和役卒，不停地把围着杈子架的人赶走。有肩挑背驮进城卖东西的农人从杈子架边经过，这些人既不敢管，更不敢收他们这个钱、那个费的，但脸色都相当难看，半点笑容都没有。农人都很感激也有点讨好地望了望他们。这些行人、牙人和役卒却连眼皮都懒得抬一下，只是挥着手让农人快点走。苏轼明白，平日官府衙门里的行人、牙人和役卒对平头百姓都要搜刮钱财的，就是把自家田地里的菜拿到集市上去卖，不仅要交这个钱那个费，还要给他们好处费，否则菜就别卖了，不把你的秤杆折断、箩筐踢翻，就算便宜了你。如今这些人一点好处也得不到，岂能有个好脸色？

苏轼再侧过身，朝监铺里望了望，看到大堂门口站满了人。这些人一手拿着米袋子，一手拿着一张盖有官府大印的纸条。苏轼过去探头一看，是张米引。心里一阵惊诧。引者，货物凭证也。不过，苏轼只知道有茶引、盐引、竹引、锅引、钞引，米引还是第一次见到。苏轼很快明白了：米引是黄州太守吕由庚的一大创新，平头百姓只有凭着米引才能买到平价米，这样就防止了有人冒买、多买、重买。好！好！好！这个办法好！

苏轼看到，有十多个平头百姓从监铺大堂里出来了，个个都背着一袋米，笑眯眯的；对杈子架两边的行人、牙人和役卒千恩万谢，很是巴结讨好。不过，杈子架两边的行人、牙人和役卒的脸色更是难看，有两个役卒还对那些平头百姓龇牙咧嘴做了个恶相，似乎那些平头百姓借了他们家的米，还了他们家的糠一样。

苏轼本想上轿，可还没转身，就见街的那头十多个役卒押着一队运粮的车子过来了。车子后面有三个穿绸衣的人的脖子上套着链子，由役卒拉着，跌跌撞撞走来，再后面是个穿补服的九品官。九品官一脸的官威，一脸的神气。三个穿绸衣的人所过之处，许多人都对他们指指点点，还有吐痰、扔土块的，三个穿绸衣的人赶紧缩着脖子，用胳臂掩着头。

苏轼问身边一个老者："这三个穿绸衣的系何人？缘何一街的人都恨他们？"

老者："都是做米生意的商人，年年青黄不接时就把米价涨到天上。也是他们昏了头，不晓得新来的吕太守的厉害；这些人买通了府里的钱粮师爷，弄到了府里的十万担米引，全部换成米囤积起来，给吕太守查到了，还能让平头百姓不大快人心吗？"

苏轼也很是大快人心起来。那三个做米生意的商人从他面前经过，给押到监铺里去时，一个个脸色吓得煞白，手也在发抖。苏轼要上轿了，已经到了监铺门口的九品官忽然返回来，走到苏轼面前，施礼一拜："大人可是大才子苏轼？在下魏继宗，监铺的勾当公事官。”把个“官”字念得特别重。

苏轼几年前听人说过，有个叫魏继宗草泽之人，给天子赵顼上书，要成立市易司，因吕嘉问什么官也没给他当，一气之下跟吕嘉问闹翻了，后来天子责成开封府给魏继宗治罪，吓得魏继宗连夜逃出京都开封，没想到在黄州当上了市易务监铺的勾当公事官。苏轼注意到，这个魏继宗是个官瘾很大的人，但也是个会做事的人。就在魏继宗与苏轼谈话时，有个役卒站在杈子架的一侧，把行人来往的路挡了，魏继宗瞪了那个役卒一眼，又很不高兴地摆了摆手，吓得那个役卒赶紧离开那里。

魏继宗：“听吕太守说，苏大人对新法的态度变了，好事！好事！新法有了大才子的支持，黄州的事就更好办了。”

苏轼感到脸上一阵红热：“惭愧！惭愧！”

魏继宗公务繁忙，客气几句，就进监铺公干去了。苏轼也忙上轿，不多会就到了太守官邸门前。叫苏轼感到惊奇的是，一眼看到妙云观女冠谢道姑和那个在妙云观烧茶弄饭、又痴又聋的老妪也在内堂。谢道姑头发虽然花白了，但脸上气色不错，白里透红，不见皱纹。那个老妪虽然显得干瘦，但身体也还不错，一看到苏轼就两手乱舞，笑个不停，叽里呱啦地叫着：“大才子！大才子！”

苏轼很高兴，今日竟在吕由庚府上见到妙云观女冠谢道姑和那个老妪。不过，苏轼也感到很奇怪，不明白谢道姑和那个老妪缘何也到黄州来了。吕由庚明显看出了这一点：“家父去世前三天，千叮咛万嘱咐，要把她们收留下来。”

苏轼心里有说不出的感慨和惊诧。感慨人世无常又有常。人世间多少家人不得团聚。比方自己和苏辙，步入官场以后，就聚少离多。苏轼安置黄州，苏辙降职在江南西路筠州当监酒，卖起官酒来了；筠州离黄州也就百六十里路，却难得见上一面。然而，谢道姑和老妪却与吕家父子这么有缘，总能生活在一块。惊诧的是吕诲这个人，平生不妄与人打交道，对故人、亲友也往往一个冷面孔。然而，吕诲对谢道姑这样一个方外女子和一个又痴又聋的老妪，却这么照顾有加，有情有义，能不叫人惊诧吗？

苏轼与吕由庚归座后，谢道姑和老妪立即回到后堂去。不多一会，谢道姑提着一个竹篮，老妪抱着一坛官酒。竹篮里有炙好的烤牛肉、醢好的碎猪肉、狗脯、羊肠。菜和酒都放在桌上。苏轼多少有点怪怪地望了望吕由庚。这天下事真有许多说不清、道不明的地方。苏轼清楚，这四盘菜都是吕诲在世时喜欢吃的，没想到吕由庚也喜欢吃，真是有其父必有其子。然而，在新法上，吕由庚又与其父截然相反，却又是有其父反有其子。不过，苏轼随后又兀自笑了起来。自己从前不也是对新法恨之入骨，把新法说得一无是处的吗？可现在，不也是觉得新法有许多好的地方吗？苏轼不由得感慨道："吾侪新法之初，虽此心耿耿，归于忧国，然妄守偏见，所言差谬，确有不中理之处。"

吕由庚一脸感同身受的表情："家父在世时，也是耿耿忠心，忧国忧民，才反对新法。要是他还活着，当上几年地方官，也会改变对新法的态度的。"

苏轼又多少有点怪怪地望了望吕由庚、谢道姑和老妪。苏轼想起吕诲临终时，司马光、范纯仁、王诜去看吕诲，谢道姑、老妪也在场。那天，苏轼看到谢道姑、老妪对吕诲推崇得不得了，把他视为当朝了不起的大英雄。谢道姑自始至终对吕诲都一脸的崇敬之情，老妪嘴里则不停地叽里呱啦把吕诲夸个不停。今日吕由庚反其父之道而为之，行的是新法，谢道姑、老妪对吕由庚又会是个什么态度呢？苏轼注意到，吕由庚饶有兴趣地望了望自己："苏大人以为道姑二人会反对新法？她们现在觉得新法好得不得了，还焚香祷告上天，要上天把这事转告家父的在天之灵。"

谢道姑十分崇敬地望着吕由庚："这都是太守在黄州行新法，让道姑开了眼界。"

最有意思的是老妪，先是两只手乱舞起来，后是对着吕由庚伸大拇指，嘴里叽里呱啦地说："了不起！了不起！"

很显然，谢道姑和老妪把吕由庚看成当朝了不起的大英雄。确实，现在天下二十三路地方官真正行新法的并不多，大都半心半意或三心二意，还有不少地方官找各种借口根本不行新法；像吕由庚这么全力行新法的，同样需要大勇气，这种大勇气也同样使人崇敬。叫苏轼感到多少有点奇怪的是，当年谢道姑崇敬的是吕诲反王安石新法的大勇气，但今日谢道姑和老妪崇敬的是吕由庚行新法的大勇气，且崇敬之情丝毫不减前者。这，人呀人，既叫人难以捉摸，又叫人感到这么奇妙。

老妪一手指指她的心，又一手指指谢道姑的心，然后对着苏轼伸大拇指，嘴里叽里呱啦地说："了不起！了不起！"

苏轼很有点自惭形秽了。吕由庚解释说："老人家说你敢讲真话，认为你是个大大的好人。"

苏轼觉得自己担当不起，连忙又是摇头，又是摆手。四月的日光欢快地斜斜照在天井西面的半边风火墙上，风火墙顶上还站着三只缩起头的乌鸦，从长江吹过来的带湿气的风戏弄着风火墙上的小草。吕由庚、苏轼面对面坐下，二人一边喝酒、吃菜，一边叙话。不过，酒才喝了个开头，黄州府主簿一脸惊慌失措，匆匆来禀，黄州出了四件大事：一是黄州黄冈县的豪户王贤美扬言谁敢丈量他一寸田地，就打谁，还要与地方的一些豪户联名上控；二是幕阜山下来一股贼寇，放出话要找黄冈县令钟汝愚算账，吓得钟汝愚想躲到黄州城里来；三是黄州属下的黄冈、黄陂、麻姑三县都不敢行新法了，青苗钱不敢贷，免役钱不敢收，市易务监铺关上门；四是黄州属下的黄冈县衙门前面搭了两排彩棚，一排做酒店，一排做青楼，把黄冈县城搞得乌烟瘴气，弄得平头百姓怨声载道，许多人准备离乡背井，去逃难了。

苏轼感到，无论是豪户王贤美，还是幕阜山贼寇，都太嚣张了些，不把王贤美的嚣张气焰打下去，不把幕阜山的贼寇捉拿归案，吕由庚的太守就别想当，整个黄州府别想安宁。吕由庚气坏了，唰地站了起来，手上还提着一双筷子，显出壮士一去兮不回头的凛然浩气和无所畏惧的疯劲，高声道："他们敢！"

苏轼想起熙宁二年吕诲头戴令人望而生畏的獬豸冠、身穿令人肃然起敬的大法袍在大庆殿以十大罪状弹劾王安石的情景，那天吕诲的疯劲也是这个样子。酒是喝不下去了。吕由庚当即命主簿做三件事：一是命人在黄冈、黄陂、麻城县的城头、路口张榜告示，新法照行不误，抗命者严查不怠；二是命人在衙门前击鼓，立即召集两都乡兵，火速开到黄冈县去；三是主簿亲自带两团乡兵赶到黄冈县城，不仅立即拆除彩棚，且把搭建彩棚的酒店店主、青楼掌班以及去那里喝酒嫖妓的人全逮到县衙门里来。

苏轼很是佩服吕由庚。吕诲的儿子有父亲的刚直，但比父亲更会办事，有临危不乱的气度、果敢有为的精神、处置有方的办法，堪称能员。苏轼觉得，吕由庚的这三条措施很是得当，特别是第二条，很是管用。大宋乡兵，皆当地民户，平日带弓而锄，佩剑而樵；遇有警急，击鼓而召，顷刻可致千人。乡兵的组编和正兵一样，二十五人为团，置押官一人；四团为都，置正副都头各一人；五都为指挥，置正副指挥使各一人。乡兵每年农闲时要进行阅教训练，日给米二升，月给酱菜钱三百文。这些乡兵都是当地人，祖坟都在这里，因而遇警时人自为战，都很用命；两都乡兵是两百人，对付幕阜山下来的一股贼寇还是没问题的。主簿转身出去，吕由庚忽然放下筷子，追过去又吩咐了主簿几句。

吕由庚领着州府衙门里的三班衙役，向城西校场点兵去了。苏轼心里牵挂着王夫人，巴不得早点回家。苏轼乘着轿子，很快出了城门，再沿着黄泥路往东坡雪堂竹屋走去。天地间弥漫的淡紫蜃气已经消退。空旷的田野上耸立着一棵孤零零的树，看去比天还高。东边的青山像被水洗过一样，显得格外清新。西边的长江涛声依旧。前面的黄泥路绕过一片积水的池塘，钻进一片长满荆棘杂草的洼地，再弯弯曲曲地朝古村延伸过去。苏轼的轿子刚出洼地，见马梦得从那头跑过来。苏轼把头探出轿窗外，心里有种不安的感觉。马梦得扶着轿杠，对苏轼说："王夫人刚才又昏倒在地，小弟赶紧来叫兄长回去。"

轿夫走得更快了，不多一会，就到了东坡雪堂竹屋西边的古村。在这里能清楚地看见雪堂竹屋绿色的尖尖屋顶，苏轼心里宽松些了。此时，苏轼忽然听到古村那边一片很响并杂乱的哭声传来。苏轼奇怪了。古村人向来乐观，此时缘何哭声一片呢？苏轼叫声停轿，从轿窗向古村那边望去，见一大伙人从村子里出来。大人背着大包袱。女人和小孩都哭哭啼啼的。苏轼吃了一惊：这不是去逃难吗？苏轼感到奇怪了，黄州新太守吕由庚行的是新法，古村人都欢天喜地的，怎么此时却去逃难呢？苏轼看到，走在前面的是古哑巴、古风耳两家。等古村人到了面前，苏轼下了轿，问："这是为何？"

耳朵不那么灵便的古风耳这次很快听清了苏轼的话，抢先回答："这新法也不是好东西，一样害得农户家破人亡。"

苏轼大吃一惊："这是怎么回事？"

古风耳正想开口回答，耳朵更迟钝的风耳婆娘瞪了古风耳一眼："你说又说不清楚，要那么快的嘴做什么，听哑巴的。"

苏轼侧过脸望着古哑巴。古哑巴说道，不能说新法不好，只能说黄冈县衙门不好。衙门里的人，不管朝廷行新法还是行旧法，都能把平头百姓的骨髓榨干。徐太守在黄州时，黄冈县令钟汝愚行旧法，弄得农人没法活；现在新太守来了，钟大人行新法，农人照样活不了。就说免役法，农人高兴得很；特别是一等民户，不用服催命的衙前役。但，免役钱又成了农人的索命钱。谁交起呀！朝廷的法度好，到下面却走了样。本来，朝廷是按家产来交免役钱的。豪户有背景，兄弟子侄多有在外当官。地方官府谁会去得罪他们，倒是跟他们勾结在一起，算计出来的家产不比平头百姓家多。这些豪户要交的免役钱都转移到平头百姓家。平头百姓家连磨子、锅子、锉子、鸡、鸭、犬、兔以及舂谷的棒槌，都要算入家产，这下以前素无力徭的贫病交加的农户也要交免役钱。比方县里的王贤美，有良田万亩，交的免役钱比富户还少。他兄长王圣美中了进士，在朝廷当大官，在黄冈就很吃得开，到县衙门请个便，无有不奉命的。王贤美的田地家产是古哑巴的五十多倍，交的雇役钱比古哑巴还少。古村人活不下去了。前不久，古哑巴到江州去，那里的官府不收逃难人的免役钱。古村人只好到那里逃难去。

苏轼倒是知道王圣美这个人。此人在曾公亮当上相时是中书的主书，很得曾公亮赏识；后来在王安石当上相时成了流内铨判官，执掌百官的磨勘考核、酬奖奏荐，风光神气得很；如今王珪当上相，也很行时，当了中书舍人，又红得很。不过，苏轼却很瞧不起王圣美。此人办正经事的本事实在不敢恭维，但钻营拍马的本事却是许多人比不上的，京都开封官场上的人都叫他“衙内钻”。苏轼感到自己对古村平头百姓有种爱莫能助的无奈。如果自己是这里的太守，手中有权，好办，按朝廷规定，要王贤美这样的豪户交齐免役钱就是；不交就定他们的抗旨罪，打他们的板子，把他们关进大牢里。然而，此时自己乃朝廷犯官，泥菩萨过河，自身难保，有什么权力要豪户交齐免役钱。尽管如此，苏轼还是劝古村的人回村里去。苏轼虽然手中无权，但可以向吕由庚转告古村的民情。苏轼觉得，吕由庚会听得入耳的，会勒令豪户交齐免役钱。

苏轼决定到黄州去找吕由庚，想起自己回雪堂竹屋时，吕由庚已去城西校场点兵到黄冈，现在只能到黄冈县去一趟。吕由庚不在，就跟黄冈县说一说，或许有作用。苏轼劝古村的人回去，自己也不坐轿，让轿夫把轿子抬回黄州城。然后，苏轼转身往黄冈县走去。马梦得急了，说王夫人病倒在雪堂竹屋里。苏轼：“我有急事先到黄冈县去一下。”

不多久，苏轼进了黄冈县城，转过一条街，就到了县衙门前。苏轼大吃一惊，果然看到县衙门前搭了两排竹制彩棚。右边彩棚里不断有人进进出出，敞开的一间间房里，方桌边坐满了人，彩棚里人声鼎沸，嘈嘈杂杂，有一阵阵酒肉香味从里面飘出来。左边彩棚门前坐着七八个浓妆艳抹的花娘，一个个搔首弄姿招徕生意；彩棚隔成的一间间板房木门紧闭，里面有嫖客与花娘寻欢作乐时发出的浪声淫语传出。两边彩棚的角上，有衙役在来回走动，把一些缩头缩脑朝这边看热闹的人赶走。

苏轼还看到，平日威严肃静，少有行人过往的县衙门前，竟像集市一样十分热闹，有许多人进进出出：进去的脚步匆匆，生怕慢了煮熟的鸭子会飞了；出来的一脸喜色，仿佛拾到块天上掉下来的金元宝。看热闹的人不少，大都站在街两边。路人不多，脚步都很快。有小孩经过时，大人就像怕沾上瘟病一样，拉着小孩跑。苏轼注意到，有人朝彩棚那边走去，右边彩棚里就立即有人出来，满脸堆笑地迎过去，比儿子见到老子还亲热；左边彩棚门前的浓妆艳抹的花娘也立即围过去，边抛媚眼，边扯着拉着那人带往彩棚。当过太守苏轼的心中有数，每到贷放青苗钱时，青楼酒店都会到贷放青苗钱的地方来招徕生意，但只是在酒店青楼门口拉客；在县府衙门口搭彩棚招徕生意的，却是第一次见到。

苏轼左看右瞧，却未见县衙门前有一轿一马，这么看来吕由庚尚未来到这里。苏轼从两边彩棚中间穿过去，看到一伙喝得醉醺醺的年轻人从右边彩棚出来。这伙人头巾不带，短褂不扣，长衣搭在肩上；一脸标新立异、什么礼规都不放在眼里的神气；不按正常人样子走路，拖着一腿，故作伤残之状；东倒西歪，跌跌撞撞，碰来碰去，呼幺喝六，快活得赛神仙；然后嘻嘻哈哈，嘴里不干不净，骂骂咧咧，杂着几句怪声怪调令人肉麻的野曲，向左边彩棚走去。苏轼清楚，这伙人刚才在对面右边彩棚酒店里喝了个昏天黑地，现在要到左边彩棚去找花娘颠鸾倒凤。任何人一看，就知道这伙人不是什么正儿八经的农家子弟，而是在社会上混日子的泼皮无赖。以前当太守时，苏轼听人说有许多农家子弟贷到青苗钱就在城中喝酒嫖妓，胡乱用去，今日看来此言有讹。拿着青苗钱去喝酒嫖妓是真，但那多是泼皮无赖，少有农家子弟。

有个认得这伙年轻人的人说："你们过的可真是神仙也过不上的日子啦！"

一人干脆脱下短褂，赤着膊很神气地说："有道是：男人不喝酒，不如一堆土；男人不会嫖，白在世上走。如今官府里拿钱给我们喝、嫖，不喝不嫖岂不是对不起官府老爷？"

苏轼心里有说不出的气闷和沮丧，厌恶地皱了皱眉头。官府的钱，本来是用来帮助农人度过青黄不接的灾荒的，却给这些泼皮无赖糟蹋了，也让那些开酒店青楼的人发了笔肮脏财。苏轼想起吕由庚要主簿带两团乡兵赶到黄冈县城去，拆除彩棚，且把搭建彩棚的酒店店主、青楼掌班以及喝酒嫖妓的人全逮到县衙门里来，这个举措太好了。

苏轼发现这些人中有个年纪不过十六七岁的少年，大概是初次跟这伙泼皮无赖混到一起，脸上还有点扭扭捏捏、不好意思的神情，长衣短褂也穿得整齐。苏轼走上前去，拦住这少年："你不知道，青苗钱要还本付息的？"

苏轼看到，自己此言一出，右边彩棚的人和左边彩棚的花娘都转过身来，像观赏怪物一样打量他，特别是朝他那身粗布短褂看了又看。一个已经从苏轼身边过去的泼皮回转身来，龇牙咧嘴、恶狠狠地盯着他。一个长着一头癞子疮，头上只剩下几根毛的无赖狠狠推了苏轼一掌，把苏轼推得向后仰了几仰，差点没摔倒。左边彩棚的花娘放肆地大笑着，笑得前仰后栽。有个脸上有麻斑的花娘对苏轼恶意地调笑奚落道："哪里钻出来的鳖崽子，人家快活，与你何相干？你眼红啦？想快活一下吗？拿钱来，本姑娘马上就脱衣服跟你快活，你的那东西快活得动吗？"

苏轼气坏了，感到无比恶心。不过，苏轼今日顾不上这些，一把拉住那个十六七岁的少年，一脸正色，不让到左边彩棚去快活："你听我说，此事千万不可为。"

那个十六七岁的少年羞涩地低下了头。此时，一个壮汉从左边彩棚快步出来。壮汉背微曲，一手叉腰，一手前伸像要掀起门帘什么的，姿势像把茶壶。苏轼知道此人是青楼里被称作"大茶壶"的跟班，被人瞧不起的贱民。这种人与市井上的泼皮无赖混得很熟，有的本是泼皮无赖，有点拳脚功夫；平日接引嫖客，有不懂规矩、不说理的嫖客来青楼捣乱，则又将出门。不过，今日这个贱民"大茶壶"却大喉咙凶苏轼："找死呀？你要是坏了大爷的生意，把你关到牢里去吃牢饭，你信不信！"

苏轼心里很不是味道，也有点心酸。这世界真的是正不压邪、魍魉横行，连贱民"大茶壶"也不把大才子苏轼放在眼里，且口气这么大，好像官府衙门是他开的。苏轼想很不客气地教训一下这个"大茶壶"。一个老者拉了拉苏轼的短褂："你搞不过这些人的，你不见两边有衙役在当保镖？搭彩棚的人其实与县衙门里的人串通了的。你不要跟他一般见识，否则要吃眼前亏。"

苏轼看到，彩棚角上真有两个衙役向这边走来了，这才不出声了。苏轼算是又一次开眼界了，心里生出许多感慨：这样的官府衙门，只一心图发财，新法如何能搞好。

苏轼忽然想打道回东坡雪堂竹屋了。本来想给黄冈县令提个醒，看来又是自作多情了。既然两边的彩棚是县衙门里的人搭的，黄冈县令岂能不知道，岂会听自己的，断他们的财路？在两边彩棚门前酒店里的人的嘲笑和花娘的指指戳戳中，苏轼从彩棚前走了出来。此时，苏轼忽然听到前面有不规则的马蹄声传来，抬头一看，见一大队乡兵从东面街头向这边开来，走在前面的是骑在马上的黄州府主簿。这些乡兵两团五十来人。两团乡兵扬起一路尘烟，快速向这边移动。不过，县衙门前两边彩棚门前，喝的照常去喝，去找花娘的照常去找花娘。

黄冈县衙门里出来十来个衙役，其中有个是苏轼认得的衙役鸭公。此时两边彩棚的角上来回走动的衙役也一起跑到鸭公身边去。这些人都有点惊恐地望着向这边卷来的尘烟。片刻间，黄州府主簿和乡兵到了县衙门。这些乡兵都手执环首长刀，气势汹汹。十来个乡兵冲向县衙门口，把出来的十来个衙役和原先在两边彩棚的角上来回走动的衙役赶进衙门里。接着，二十来个乡兵把右边的彩棚围住，二十来个乡兵把左边的彩棚围住。在彩棚喝酒的和找花娘快活的泼皮无赖都吓蔫了，脸上那种标新立异、什么礼规都不放在眼里的神气全不见了。坐在左边彩棚门前搔首弄姿、招徕生意的花娘吓得面如土色，尖叫着四处乱窜。有乡兵过去把她们赶进彩门里去。

黄州府主簿一脸的官威，高声言道：“都听着，黄州太守吕大人告谕：一、重申凡贷青苗钱的农人，一律自请保人，无保不贷；二、凡用青苗钱上青楼酒店者，贷到的青苗钱一律没收，且关进县大牢候查；三、县衙两边的彩棚立即拆除，责令青楼掌班和酒店店主即日到县衙说明情况。”

苏轼心里暗暗叫好。对用青苗钱上青楼酒店快活的泼皮无赖就该采用这种办法，对在县衙两边搭彩棚的青楼掌班和酒店店主不能轻易放过。特别是告谕的第一点好，让贷青苗钱的人自请保人，勤快的、讲信誉的农人才请得到保人，泼皮无赖是无论如何不会有人去给他们做保的。这一点，自己在湖州任知军州事时，也想到了，可惜没来得及施行，自己就给抓到乌府台皇家监狱去了。

苏轼看到，黄州府主簿的话音刚落，右边彩棚里喝酒的、左边彩棚里嫖妓的泼皮无赖，已被乡兵押着出来了，都勾着头往县衙门里去；碰上人总忘不了抛个媚眼的花娘，吓得赶紧溜走。接着，一阵哗啦声，县衙两边的彩棚全塌倒了，升起一团团灰色的尘烟，丢下一地狼藉的木柱、竹片和桌凳。县衙门口街上突然冒出了许多看热闹的人。看热闹的一手加额望着那些被乡兵押着的泼皮无赖和那些吓得赶紧溜走的花娘，指指点点地笑个不停。

苏轼看到，黄州府主簿发现了自己，远远就拱手作揖，且快步向这边走来。苏轼也忙给黄州府主簿拱手作揖。正要到县衙去说明情况的“大茶壶”把这情景看到了，忙凑到苏轼身边，一脸讨好巴结的笑，压低嗓子赔了十多个礼。

此时有个衙役指着西边街头惊叫起来：“看，尘烟，幕阜山贼寇来了！”

苏轼转过身去，顺着衙役手指的方向一看，但见西边街头扬起漫天的尘烟。苏轼吓了一跳。吕由庚是命主簿带两团五十个乡兵到县衙这边来的，他们已经到了这里，缘何西边街头又起尘烟呢？莫非幕阜山贼寇到黄冈县来了？黄州府主簿一脸的官威不见了，吓得一脸煞白，有点惊慌失措起来，忙命两押官：“快！快！快！幕阜山的贼寇来了，快整顿人马，把这伙贼寇打退，不能让他们过来！”

苏轼看到，此时黄冈县的父母官钟汝愚从从容容从衙门里出来。苏轼觉得奇怪，刚才县衙门前，又是把泼皮无赖押到县衙门里去，又是拆除彩棚，哄哄响闹了半天，不见钟汝愚出来，此时从衙门里出来为的是哪般。说起来，苏轼来黄州两年四个月，黄冈县离东坡雪堂不过五六里路，苏轼却从未与这个父母官打过交道。这个钟汝愚的外表倒显得木讷愚笨，也常在人前言自己为人厚道；上面不少官员说钟汝愚是个能员，就是刚刚离任的太守徐大受也对钟汝愚颇为赏识。但，苏轼从未听黄冈县的百姓说过他半句好话，古村的人谈起他就咬牙切齿，说他坏透了。

两押官把各自的乡兵集合好。黄州府主簿命他们赶快把住路口，自己却赶紧要往县衙门里躲。苏轼心里骂了句没用的东西，却见钟汝愚笑眯眯把黄州府主簿拦住：“主簿大人无须如此惊慌，也不用劳驾乡兵，下官自有妙计。”

苏轼心里很是惊喜，顿时对钟汝愚有点刮目相看起来。黄州府主簿这才没躲到县衙门里去，背过身偷偷用袖子擦了擦头上的汗。苏轼看到，钟汝愚颇为得意地微微一笑：“幕阜山的这些贼寇，不就是要抢劫钱财吗？下官准备了好酒好肉，纹银千两。这些贼寇得了银子，酒足饭饱，自然回山。”

苏轼心里有种说不出的难受和别扭。苏轼真不敢苟同上面官员和徐大受对钟汝愚的赞赏。什么能员，不过是会玩玩养痈长疽的无耻下策。要是朝廷官府都这么对待下山抢劫的贼寇，长此以往，那真的是祸殃无穷，天下会成个什么样子，真叫人想都不敢想。黄州府主簿又惊慌起来，不过却要钟汝愚万万不可如此待寇，一面却又往县衙门里缩进去。这人胆小，但大事还不糊涂。

苏轼站在原地未动，见漫天的尘烟越来越大，也越来越近，里面隐隐有吓人的鼓声传来。县衙门前的店铺都关上大门。街巷两边看热闹的瞬间跑光了。行人更是见不到一个影子。县衙门前唯见一地被拆除的彩棚木柱、竹片和桌凳。苏轼很快清醒过来。当今天下贼寇大多十几人一股，只听说京东路的梁山有股七十多人的贼寇，未闻幕阜山的贼寇有多大势力，此次下山说是一股，其实不过十来个人；既然如此，怎么可能扬起如此之大的尘烟呢？苏轼明白了：一定是黄州太守吕由庚领着两都的乡兵来了。

苏轼大声对黄州府主簿说："不用害怕，吕太守领的兵来了。"

苏轼看到，黄州府主簿回来了，很是疑惑地望着自己，钟汝愚的目光也是将信将疑。苏轼、黄州府主簿和钟汝愚都朝着漫天的尘烟那个方向望去。不多一会，漫天的尘烟里鼓声大作，尘烟里走出一个骑马的人。苏轼定睛一看，正是吕由庚。

吕由庚从马上跳下来，跟在后面的乡兵，少说三百多人也陆陆续续来到，漫天的尘烟渐渐落定。苏轼看到，乡兵押着十来个五花大绑的人过来了。不用问，这些五花大绑的人就是幕阜山下来的贼寇。再后面，还有个被链子锁住的大胖子被乡兵牵了过来。这十来个贼寇，不怕死，都不老实。他们身边不断有乡兵用刀背砍他们。谁砍，这些人都会转过身去，用凶狠的目光望着砍人的乡兵。为头的三十几岁，走在最前面，右手臂被砍了一刀，袖子上全是血，被风干的血块翘起了黑色的卷边。苏轼发现钟汝愚往后缩。苏轼觉得奇怪：这伙贼寇已经束手被擒，他还有什么怕的呢？为头的贼寇发现了钟汝愚："你别躲，老子做鬼也不会放过你。你说：你勾结王贤美害得我家破人亡还嫌不够，为何还要弄得我兄弟也服衙前役，逼得他上吊？"

一个乡兵对着为头的贼寇就是一拳，打得为头的贼寇跌跌撞撞，鼻孔、嘴里血流不止。后来，苏轼听黄州府衙门里说，这十来个贼寇是在王贤美村前被乡兵围着捉住的。这十来个贼寇为的是先杀王贤美一家，再杀钟汝愚一家。苏轼看到，那个被链子锁住的大胖子却很神气，一脸满不在乎的表情。乡兵对他也挺客气，没人对他动粗。有人告诉苏轼：大胖子就是王贤美。

县衙门口街上又突然冒出了许多看热闹的人。不过，没谁笑，都面色凝重，生怕惹祸。苏轼忽然看到，古风耳也挤在看热闹的人中。古风耳与苏轼的目光对接了一下，却转身挤了出去。苏轼猜：古风耳一定是回村报告好消息去了。钟汝愚不去回答为头的贼寇的话，只是很殷勤、很讨好、很巴结地把吕由庚迎进县衙门里去。乡兵押着十来个五花大绑的贼寇进了县衙门，王贤美也被带了进去。

苏轼悬着的心放了下来，现在急着要回东坡雪堂竹屋了。苏轼告别了吕由庚、黄州府主簿、钟汝愚，便向县城外走去。苏轼三步当作两步走、两步当作一步行，不到两刻时辰，就回到东坡雪堂竹屋。淡紫色的蜃气全都消散了。沐浴在四月暖洋洋的日光中的小山上的竹亭，像是贴在蔚蓝的天幕上。隐没在雪堂竹屋台阶下的小沟有细细的流水声传来，听去像天籁一样清净。四月天气不算热，但苏轼身上的粗布短褂却被汗全浸湿了。苏轼在距雪堂竹屋少说有二十来丈远时，那条狗就跑过来，绕着他的双脚，摇着尾巴咬他的裤脚。苏轼听到竹屋有欢笑声传来。苏轼感到奇怪了，夫人不是病了吗？怎么这样快活呢？

苏轼还在竹屋门前一块空地的这头，就看到大堂里挤满了人。王夫人、朝云、马梦得、古哑巴、古风耳以及哑巴婆娘、风耳婆娘都在，还有好几个同村的农人。众人有说有笑，很是快活。苏轼清楚，一定是古风耳把黄冈县衙门口发生的好事告诉了村里人。

苏轼快走到竹屋门口时，古哑巴、古风耳与村里人从竹屋大堂出来。正好在门槛边上跟苏轼相遇。众人都一脸崇敬、感激地望着苏轼，七嘴八舌地把“谢谢”二字说了又说。苏轼有点慌，感到自己消受不了众人的谢意：“敝人并无力量为你们办什么事，你们要谢的是吕太守！”

众人聊了一会，古哑巴、古风耳与村里人欢天喜地走了，王夫人、朝云、马梦得、哑巴婆娘、风耳婆娘都还留在大堂里。苏轼立即感到大堂里又有了种古怪的神秘气氛。哑巴婆娘、风耳婆娘都笑着，笑容里有种异样，叫人摸不透的意思。王夫人一脸的病容、一脸的忧愁、一脸的端肃。马梦得则一脸喜庆之情。朝云见到自己，却有点拘束、不自然起来；给自己沏上茶，不再像从前那样聊上几句，转身低着头就走了。

苏轼问王夫人：“孙郎中可来过了？”

王夫人："来过了，吃了孙郎中开的一剂药，现在好过多了。"

苏轼点了点头。哑巴婆娘又笑了，大嗓门道："大才子，你也看到了，朝云姑娘如今是个大姑娘了，该找个婆家了。"

苏轼猛然觉得朝云是到了出嫁的年龄了："那就麻烦你们给她物色个好人家。"

哑巴婆娘："大才子，这事不是要麻烦我，是要麻烦你！"

苏轼丈二和尚摸不到头了。说实话，要是苏轼还当太守，朝云出嫁之事，好办得很。太守要把府上的丫环嫁出去，还能不被人抢得打架。但，现在却难办了，一个朝廷犯官家里的丫环，谁不是怕惹火烧身，避着点？苏轼觉得自己的口很难开，说什么都不合适。

风耳婆娘插嘴道："大才子，你要不肯麻烦一下，朝云姑娘就嫁不出去了。"

这就更叫苏轼莫名其妙了。朝云绝不是嫁不出去的好姑娘。朝云聪慧、漂亮、善良、善解人意，又写得一手好字，天下难找，其实完全用不着麻烦媒人，也能找个好人家；只是因为女儿家自己选人家多有不便，才要个人做媒。

马梦得："苏兄，这些日子，其实我们都在想办法给朝云找个好人家，可一提到嫁人之事，朝云就说：'今生今世只愿服侍老爷和夫人。'再逼她，她就说：'我出家当尼姑去。'"

苏轼："这不行，不能让朝云当尼姑去！"

哑巴婆娘笑得更响、更开怀了，像在她自家那样霸道起来："大才子，这话可是你说的，不许改口！"

苏轼："不改口！"

哑巴婆娘："你不让朝云当尼姑，就得娶她！"

苏轼看到，大堂里的人都欢快地笑起来，王夫人也笑得很欢。苏轼明白近些日子家里何以总有种古怪的气氛，王夫人脸上何以总一日浓似一日忧郁的神情，朝云何以在苏轼面前总有点对自己十分拘谨、不自然的样子，哑巴婆娘和风耳婆娘何以每次见到自己跟朝云在一起就挤眉弄眼别有一番意思地笑笑的原因了。

王夫人："朝云是非老爷不嫁的，我身体又不好，你娶了朝云，她照顾你也方便。"

苏轼感到自己的脸因激动而发红。自己一个落难的犯官，竟然在落难之地碰到朝云这样难得的红颜知己，真乃天意。事情就这么定下来了。这天晚上，从黄冈县城里传来消息：幕阜山那十来个贼寇在过堂时，都上了大刑，有个贼寇当场给打死了，其余的都脚镣手铐，关在死牢里，等朝廷批下来就拖到刑场问斩；王贤美开始还气势汹汹，后来也上了刑，挨了五十大板，老实了，愿意让官府丈量他的田地，且按朝廷规定交纳免役钱；在县衙门前搭建彩棚的酒店店主和青楼掌班各罚铜三十二斤，合钱三十八贯四百文。对施行免役法后的衙前役，吕太守有好点子：雇钱有按日计算的，有按月计算的，也有按事情的轻重大小计算的。对以前让一等民户感到痛恨的主管仓驿场库及水陆运漕这些运送官物之事，吕太守也有高招：改由军员办理，每月支给三千文左右的工食钱，士兵不仅有事可做，且可得一笔可观的雇钱，路上安全有保障。苏轼想起王安石的一句话："免役法得其人而行之，则为大利；非其人而行之，则为大害。"信哉！信哉！其实其他新法也莫不如此。苏轼对吕由庚升起一种由衷的敬意，也升起一种悲凉。朝廷官场上，又有多少吕由庚这样的官呢？新法难行，此言真的不虚。

元丰五月初八是个黄道吉日，苏轼与朝云完婚。苏轼与王安石、司马光是本朝三个未纳妾的大名人，但现在苏轼不是了。司马光不纳妾，使人感到可畏；王安石不纳妾，使人感到可敬；苏轼到底纳了妾，使人感到可亲。苏轼与朝云婚姻美满，在黄州又悟出了新法之妙，竟忘记了自己还是个被安置的犯官，觉得自己在新法上可以有番作为。与朝云完婚不久的七月十六日，苏轼与马梦得几个友人泛舟于当地人所说的三国周郎大败曹操的赤壁，写下《念奴娇·赤壁怀古》：

大江东去，浪淘尽、千古风流人物。故垒西边，人道是、三国周郎赤壁。乱石穿空，惊涛裂岸，卷起千堆雪。江山如画，一时多少豪杰！

遥想公瑾当年，小乔初嫁了，雄姿英发。羽扇纶巾，谈笑间、樯橹灰飞烟灭。故国神游，多情应笑我，早生华发。人生如梦，一樽还酹江月。

马梦得觉得，苏轼这首词以一把火烧得旷世枭雄曹操大败北逃的周瑜自比，明写周瑜，实写自己，气势豪壮，令人魄动。词中的周瑜，英雄美女，奋发有为，气概不可一世，很是了不得。自比的苏轼，年岁渐老，事业无成，因诗得罪，难免忧愤；然，既以周瑜自比，向上之心不改，豁达之情难泯，虽祸己身却仍搏动着一股难以抑制的一路向上的豪迈之气。然而三国距今近八百年，周瑜早已作古，他自英雄美女，得志得意，怪你甚事，苏轼自然又在这里自作多情。不过，更大的自作多情还在时下，悟出了新法之妙的苏轼，与朝云完婚后竟忘记了自己是个因讥刺新法落得个如此地步的犯官，只能可怜巴巴地放浪山水之间、杂处渔樵之中，却想像周瑜那样英雄美女，在新法上建功立业，有番大作为，岂不是自作多情、自寻烦恼，让人笑掉大牙？对这点，苏轼自己也看到了，要不就不会明言“多情应笑我，早生华发”。不明白这一点，也就不知《念奴娇·赤壁怀古》命意之所在。不过，那日没谁笑他，只觉得苏轼率性天真可爱。自作多情害苦了苏轼，但也成就了苏轼。要不然，朝中内外就不会有这么多人喜爱这个大才子。苏轼的《念奴娇·赤壁怀古》堪称千古名篇。

元丰六年六月，朝云生下一子，起名遁儿。虽是庶出，一样欢喜。出生三日按习俗洗浴。苏轼作《洗儿戏作》：

人皆养子望聪明，我被聪明误一生。

唯愿孩儿愚且鲁，无灾无难到公卿。

调侃中有祝愿：望此儿飞黄腾达，当上高官；有牢骚：自己聪明一生，却被聪明耽误了一生；有愤怒：对胸中郁结着的千年官场陈陈相因、绵绵不绝的腐败和苟且、守旧、愚顽等痼疾造成的不肖在上、人才在下的不平之气却有着难以排解的悲痛；有自嘲：对自己多灾多难的仕途进行讥讽挖苦，表达一种十分豁达的自我解脱之情。

第九十八章　钟山漫游山居客脱俗忘形 农庄挨骂王安石认己有罪

大暑这日，湖阴先生杨德逢与方脸俞清老一道同王安石登上钟山北面一座绝顶高峰。站在这座高峰上，北望千里长江如练，南望层层翠峰如簇，西望稻田一片金黄，东望楼台层层叠叠，很是令人心旷神怡。不过，杨德逢与俞清老已年过半百，王安石更是年过花甲有二，到了这座峰顶，都累了，王安石累得有点气喘吁吁的。

稍事歇息了一会，杨德逢与俞清老一人一边搀着王安石，一步步向一处石岩走去。石岩上面是密密匝匝的松林，岩壁长着一层浅浅的青苔，青苔上面覆盖着一层翠绿的爬山虎。岩壁缝隙处，不知何年何月吹进一粒松树的种子，竟然发芽了，长出一棵小松树，斜斜地向上伸展出去。石岩下有块不大的草地，绿草如茵，草地与石岩相连处凹了下去。那个凹下去的地方，便是一人泉，此泉仅容一勺，却舀之不竭，很是神奇。

王安石头上戴着一顶老朋友送的竹冠，身穿野服，全无一点大丞相的派头。俞秀老和从前一样，冠秃巾，穿着一件扫塔服。杨德逢与俞清老、王安石从岩壁缝隙处长出的小松树下经过时，都抬起头很是惊奇地望了望小松树。不过，他们并未过久地观赏这棵小松树，便继续向草地与石岩相连处凹下去的地方走去。到了凹处，都一起探过身子，向凹处下面望去。凹处下面呈锅形，竟是块很完整的巨大山石。凹处上面长满野花藤草，锅形石壁上有泉水从看不见的裂隙里渗出，湿漉漉的一大片，到了锅底就有一丝细细的流水，顺着锅底一条细沟流到锅底的一个小石洞里。石壁上有人凿了条石级，通向小石洞边。大暑天气，十分炎热，日光像火一样，照着石头发出白光。山上的风很凉爽，把石岩上的松林吹得摇来晃去，把漏下来的日光摇来晃去地撒在石岩凹处的锅形山石上。锅底细细的流水清澈透明，在摇来晃去的日光下闪着宝石一样迷人的晶莹光斑。

杨德逢沿着石级下去，在下面牵着王安石的一只手，俞清老在上面拉着王安石的另一只手，三人下到石岩凹处锅形石底上，都一起惊奇地“呀”了一声。原来那个小石洞就只有小碗口那么大，从岩壁看不见的裂隙里渗出的细水却总也灌不满。

俞清老从挂在腰间的褡裢里掏出一只木勺来，蹲下去舀起一勺，小石洞的泉水便全舀尽了。俞清老边喝边道：“果然是一人泉，只够一人饮得，许多人怎得足饮？可惜这等清甜的好水，都给清老喝了。”

王安石笑笑：“清老差矣！名为一人泉，其实多少人都喝不干，不教欠一人。不信，你看石洞里的泉水又满了。”

三人同时向小石洞望去，奇事出现了，小石洞里的泉水果然又满了。俞清老又舀了一勺，给杨德逢喝。奇事再次出现，杨德逢刚喝完木勺里的泉水，小石洞里的泉水又满了。杨德逢拊掌大笑：“仅容一人喝一勺，却不教一人少一勺：一人泉，名实相符哉！”

俞清老亦哈哈大笑：“有理，有理，相公说得有理。”说完，又接过杨德逢手上的木勺，舀了勺水给王安石。

王安石接过木勺，一口喝干了。杨德逢注意到，王安石现在比以前又老多了，背有点驼，太阳穴的两边有了老年斑，头发花白了，但那双依旧点漆般黑得发亮的眼睛，顾盼之间依旧英气逼人，依旧有种矫世变俗的神情。王安石把木勺还给俞清老，抬起头来，望着头顶上一圈高远的天空，目光所及之处似乎在天空更为高远的地方：“人间事就如这一人泉。要是人人自足，哪个欠少？”

杨德逢很清楚，王安石自熙宁九年十月累次向天子赵顼上疏乞退，最终罢为昭文馆大学士、镇南节度使、同平章事、判江宁府，有个使相身份，不过不预政事。元丰三年九月，王安石干脆连同平章事这个使相身份也不要了，真正过着致仕大臣的生活。天子赵顼下诏授为观文殿大学士、集禧观使、左仆射、舒国公，完全是荣誉官衔；品秩从一品，加食邑四百户，食实封一百户。作为特进，可自召僚属，上上下下有许多人簇拥着自己；虽无实权，但仍旧八面威风，声势和派头还是够吓人的。不过，王安石把这点也免了，仍旧住在上元县东北十八里地处半山道的半山园里。这半山园，房屋几间，仅蔽风雨，连院墙都没有，四无人家，与以绿水为园、青烟作梯的荒郊山野之家没任何区别，根本不像做了七八年宰相的人的住宅，要僚属作甚。王安石是决意久居此处，再无出意。时间过得真快，王安石二次罢相后，竟一晃六年。在这六年里，王安石倒也过得闲适舒畅，随心所欲，全无拘束，或策杖游园，或赏花吟诗，或坐观游鱼，或小睡寻梦；兴来之时，植树栽花，花有海棠、秋菊、冬梅和月季，树有柳树、桃树、樟树和松树。王安石入仕虽久，官场相识甚多，但知己寥寥，倒是在山林间遇到几个不俗之人，很是情趣相投。王安石二次罢相，山居之际，非故旧不见，最欢快的是与几个好友在钟山游玩，遍游山中各处，任兴所至，随遇而止，无限好山上心头，脱俗忘形乐悠悠。说起来也真是怪，王安石与棋伴杨德逢、游伴俞清老特投缘，在一起游钟山也特开心，总要玩个两三日才会回家。

傲睨万物，一遇俗人辄骂不绝的俞清老又骂起官场来了："特别是当官的，巴不得把一人泉占为己有，一人独享，这天下谁人也治不好。"

杨德逢与俞清老、王安石在一人泉处流连了好一会，才沿石级上来，正准备下山到别处去看看，忽然通往一人泉的山路上传来脚步声，在清寂的钟山北面绝顶高峰上显得特别清晰。杨德逢与俞清老、王安石同时朝山路口望去，见王安石的管家急急忙忙爬上山来。王安石多少吃了一惊。管家一边用袖子擦了擦头上的汗，说在这座绝顶高峰下面的喻家庄里，一个樵夫看到王安石三人上了一人泉，才追到这里来的。管家向王安石禀报二事：一、吴夫人的弟弟和几个亲戚从江南西路临川老家赶来看他，因为半山园狭窄住房少，现借寓在近处的佑民寺中；二、天子赵顼又命中使来半山园探访，人已到了江宁城里。

杨德逢与俞清老、王安石本来还想去法云寺看看，看来去不成了。王安石要管家先回半山园。杨德逢抬起头，以手加额，搭了个手棚，望了望天空，但见日头快到中天，又看看自己的身影也快缩到脚跟，估计过了午时。杨德逢在前，王安石在中，俞清老在后，往山下走去。从钟山北面绝顶高峰去半山园，有两条路：西边撇开喻家庄，是一条山路，近五里，但一路翻山越岭，穿峡过溪，行走不便；东边经过喻家庄，半是山路，半是平地，路途平坦，但远五里。杨德逢与俞清老、王安石决定走东边下山。

杨德逢与俞清老、王安石走完山路，来到平地。日头已经西斜，人影少说有二尺长了。天空蓝得出奇，丝云不见。日光炙人，空气都是热的。杨德逢看到俞清老、王安石的衣衫都被汗水浸湿了，自己的衣衫也湿得紧贴在背上。前面钟山脚下绿树从中，隐隐现出一座村庄，那就是管家所说的喻家庄。杨德逢与俞清老、王安石决定在那里寻个人家打尖。三人沿着一条弯曲的田塍路往喻家庄走去。路两边是伸向天际的金黄稻田，沉甸甸的稻穗都勾着头，把禾秆压弯了，一派丰收景象。杨德逢清楚，天子赵顼改熙宁为元丰以来，风调雨顺，年年丰收。王安石亲眼看到这丰收景象，喜极而泣，脱口而出，吟出《元丰行》，后四句是：

元丰圣人与天通，千秋万岁与此同。

先生在野固不穷，击壤至老歌元丰。

杨德逢与俞清老都击掌而笑。杨德逢与俞清老、王安石继续往前走去。不过，叫人感到奇怪的是，稻田里却不见一个割禾的人，只见成群的麻雀像乌云一样落在稻田吃食。在离喻家庄二三箭之地时，忽听到吠声大作，有犬狂叫不止，像是喻家庄正遭到洗劫。不过，曾经在县衙门里当过小吏的杨德逢心中有数，觉得这个洗劫不是强人所为，很可能是官府衙门里的人所为。强人光天化日之下洗劫村庄，时间不长，抢完东西要赶紧走人；特别是在江宁府城外，强人是不可能这样大模大样洗劫这么久的。官府衙门的人下乡公干，手上拿着官府的牌票，无所顾忌，呼呼喝喝，要吃要喝，要拿要抢，想怎么干就怎么干，名正言顺，理直气壮，用不着有什么担心，谁也不敢动他们一根毫毛。

杨德逢心里嘀咕：这官府衙门里的人也太不管农户的死活了，抢收抢种时也跑下乡来公干，这不是把农户往火坑里逼吗？以前在县衙门里当小吏时，杨德逢这类事见得多，不过没见到过犬吠得这样疯狂的。这时，王安石已到了村口路头上挡拦鸡豕的木栅栏旁。杨德逢又看了看俞清老。这个一遇俗人便骂声不绝、对官府衙门里贪官污吏更是深恶痛绝急性子人，也到了木栅栏边。杨德逢吓坏了，很为王安石担起心来。现在王安石完全是个手中无权的钟山一老，去管官府衙门里的人，只能自找没趣，徒增烦恼；弄得不好，还要挨他们一顿骂，甚至挨几记老拳。

杨德逢看到，有几条狗冲到村口路头的木栅栏边，对着王安石狂嚎，要扑过来咬王安石，其间还杂有鸡鸭的叫声。王安石跨过木栅栏，杨德逢更是吓坏了，忙跨过木栅栏，在地上拾起两块碎砖。俞清老也跨过木栅栏，也在地上拾起两块碎砖。这几条狗挺有意思，杨德逢和俞清老手上的碎砖还没打过去，就都转过身，到村里嚎去了。鸡鸭也不叫了。

杨德逢和俞清老把手上的石块丢了。王安石一步步往村子里走去。杨德逢上前拉着王安石的袖子："回半山园吧，相公几个亲戚和朝廷来的人还在那里等呢。"

俞清老愤愤地骂道："什么父母官！什么为民办事！全是骗人的鬼话！天下就是给官府衙门里的这些豺狼虎豹搞得乌烟瘴气，怨声载道！平头百姓怎么活！"

王安石把杨德逢的手掰开，脚未停，回过头来道："今日老朽倒真要亲眼看看，官府衙门里的人是怎么欺压平头百姓的！"

杨德逢十分清楚：王安石这个人拗得很，他要做的事谁也拦不住。王安石这次罢相后是下定决心不再过问政事，也不想再次出山了，要不然就不会连同平章事这个使相身份也不要，僚属也不配。不过，王安石并无终老松间之意，更不想以隐士自居；倒是觉得，人生在世，出仕与退隐，本无高低上下之分。在朝尽忠尽力，在野任性自适，二者其实都是士人的正当选择，无可无不可。王安石不会去干政，但要他对世事视而不见，听而不闻，是做不到的。要说的话，王安石是非说不可的。要问的事，王安石还是要问的。元丰二年，大才子苏轼乌台诗案风声那么紧，没谁求王安石上书，也没人想到王安石会上书，然而王安石却上书了。那时，为大才子苏轼说话的人虽然不少，可真正起大作用的还是王安石那句"安有圣世而杀才士乎"，一言道破天机，说得天子心动了，才改重判为轻判，救了苏轼一命。然而，杨德逢觉得，对苏轼之事，王安石尽可去管，当朝天子赵顼圣明，王安石的话很起作用；衙门里这些贪起钱财来比谁都狠、办起正事来又比谁都蠢的衙役，绝不会把一个两次罢相，又不要权势的王安石放在眼里，弄不好还会对王安石动粗。

杨德逢对俞清老打了个目语，要他在左边护着王安石，自己则在右边护着王安石。此时，前面村巷里响起一阵吓人的喧闹声、哭喊声。村巷里犬声大作，两边的鸡鸭惊得乱叫乱飞。杨德逢没有猜错，果然看到一伙手提水火棍、肩上的褡裢给塞得满满的衙役牵着十多个被链子锁住的农人从前面巷子里出来。农人的脸色吓得死人一样煞白；农人后面是一大伙哭哭啼啼的女人、老叟。有个衰弱的老叟跪在衙役面前，边拜边求他们把他儿子放了，要抓就把他抓去。衙役才不理这么多，一脚把老叟蹬得倒在地上起不来。鸡鸭都不知飞到什么地方去了。无数条狗，则挤在巷子那头叫个不停。

王安石当路站着："你们这是干什么？有青天白日这么抓人的吗？"

这伙衙役才不听王安石这些废话，一个大头衙役大概是班头，把王安石往巷子边上一推："滚！再啰唆连你也锁起来。"

好在杨德逢与俞清老把王安石扶住了，要不然王安石非倒在地下不可。俞清老火了，对那个衙役喝道："休得无礼！你知道他是谁吗？相公王安石！"

那伙衙役一起哄地笑了起来。大头衙役笑得特别响："你哄鬼呀！王安石是这样一个糟老头吗？告诉你：王安石是猪獾转世，长得怪模怪样，怪吓人的。这种糟老头也配是王安石？不过，现在王安石也没什么了不起的，怕他个鸟！什么王安屎、王安尿的，早躲起来了，不会出来的。"

杨德逢早听说过，当朝国舅爷曹诱在皇宫里装神弄鬼搞了个捉猪獾的把戏，把王安石说成是猪獾转世。这个把戏给戳穿后，曹诱还挨了天子赵顼的训斥。但，这个说法却不胫而走，在地方官府坊间广为流传。杨德逢觉得这个大头衙役挺可悲，也挺可笑。世上自己是畜生不如的人也把人贬成畜生，什么难听的话都说得出来。杨德逢惊奇地发现，巷子里的女人、老叟在听到王安石这个名字时，眼睛里有种古怪的气愤神情。不过，杨德逢对这点并不感到有什么奇怪。在杨德逢的耳闻目睹中，平头百姓咒骂王安石的不少。说起来，杨德逢和俞清老对新法的态度挺有意思：他们觉得新法确实是至善之良法，但又是个行不得的良法。在官衙门当过小吏的杨德逢清楚，官场妖得很。中原王朝千年来，官场就是吃人的地方。官场有那么大的好处，那么多不肖游手跻身到官场去，还能为平头百姓做好事吗？特别叫人感到气闷愤恨的是，大大小小的官吏走卒与盗贼不同。盗贼害民，是要被被抓去的，轻则坐牢，重则砍头，盗贼心里多少有点忌惮。官吏走卒夺民之食，竭民之力，却无任何忌惮，反光明正大，有理得很，平头百姓却敢怨而不敢言，敢怒而不敢诛。这样的官场行得了新法吗？只能毁了新法！然而官场又不能不要。没有官场，又谁来行新法呢？杨德逢很是心急，真怕王安石受不了这样的奚落和难堪，一时拿不出什么法子来对付这种事。杨德逢看到，俞清老想去跟那个衙役论个长短。杨德逢觉得跟这种下三烂的人去论长短，简直是抬举了对方，赶紧走到俞清老身边，拉了他袖子一把。俞清老开始昂起头，把杨德逢拉他的手剥开。杨德逢在他耳边说了句："你岂不是降了自己的格？"

俞清老会意了，不再出声。那个大头衙役左望望王安石，右望望王安石，此时大概觉得王安石与平头百姓有什么不同之处，对那伙衙役摆了下头。那伙衙役押着十多个被链子锁住的农人出了村。巷子那头的狗追到村口，叫了一阵，便都散开。鸡鸭也不叫了。巷子里寂静了下去。那个衰弱的老叟两只脚动了动，想起来却起不来。有两个老叟把地上衰弱的老叟扶了起来。杨德逢看到，衰弱的老叟眼睛里闪出一种可怕的不祥目光。杨德逢看到，王安石一脸的肃然、一脸的难受，走到衰弱老叟面前："老丈，这是怎么回事？"

杨德逢看到，一件怪事发生了。王安石本是善意，但没想到巷子里的女人、老叟很气愤地望望王安石，都溜走了。衰弱的老叟对王安石翻了翻眼皮，什么话也不说，往旁边一栋竹篱茅舍走去，进去后赶紧把那扇快脱掉的柴门带上。

杨德逢与王安石、俞清老面面相觑。一会，王安石往旁边的那栋竹篱茅舍走去，慢慢移开快脱落的柴门。杨德逢和俞清老跟在王安石后面，进了茅舍。茅舍就一间房，小窗用禾秆塞了，很暗，里面不透风，闷热得很，模模糊糊见里面的东西乱得一塌糊涂，犁、耙、锹、锄、绳索、镰刀、扁担、箩筐，东一件，西一件；凳子都四脚朝天，一张断了一只脚的桌子斜靠在一面壁上；一把泥瓦壶摔在地上，碎片四散，看去就像是被人抄过家。

杨德逢的眼睛渐渐适应了屋里的光线，却吓坏了。杨德逢看到老叟正站在一张长凳上，挂在茅舍上面一根竹梁上的绳子已经套在颈上，准备上吊。杨德逢忙过去，想抱住老叟，没想到这回王安石比他还快，早把老叟抱住。俞清老赶紧上来把挂在竹梁上的绳子拿开。老叟却哭了起来："你们连我这个糟老头死也不让死个痛快吗？"

杨德逢看到，王安石和俞清老都和他一样惊呆了。老叟的话说得沉痛，很是震撼人心。杨德逢心里明白：老叟心里有恨、有仇，也有个解不开的结。俞清老："老丈别怕，刚才抱着你的真是相公王安石。你们有什么苦处都可以跟他说。"

杨德逢看到，老叟脸上的表情不仅复杂，而且变化很快：先是感激，后是愤怒，接着是怀疑，最后摇了摇头："你哄了衙门里的老爷，现在又来哄我这个糟老头了。这个王安石还敢到乡下来呀？我们这些草民就是给他害死了；要是他真到这里来，村里的人要剥他的皮，挖他的心。"

茅舍里的气氛有点紧张起来。杨德逢心里一怔。老叟把王安石骂得太狠了，简直像生死仇家。杨德逢注意到，俞清老很是担心地望了望王安石。很显然，俞清老也怕王安石受不了这样的刺激。官场上的许多人都说王安石脾气不好，急躁乖戾，强忮刚愎，自信所见，执意不回，如何听得老人这样的话。杨德逢又很注意地望了望王安石。王安石的脸色不那么好看，先是发愣地站着，好一会才缓过神来，并不言明自己是不是王安石，只是说："王安石缘何把你们害死了，老丈但说不妨。"

老叟大概见他面前的这些人并不凶狠，也无恶意，便不管面前站着的是不是王安石，一边流着眼泪，一边说："王安石为相以来，改变祖宗制度，急于聚敛，拒绝纳谏，驱逐忠良；先设青苗法害民，继而立免役、市易、保甲等法殃民。官府奉上而虐下，每日以拷打劫掠为事。黑夜吏卒敲门打户，百姓不得安寝，丢弃产业，带着妻子儿女逃到深山里去。本村原有一百多户人家，如今只剩下二十几户。寒家本来有男女七口，如今只剩下两口，这日子还怎么过。"

杨德逢看到，王安石头上冒着汗："老丈说说，刚才衙役为何在村里抓人虐民？"

老叟抹了抹眼泪："还不是新法造成的。就说青苗法，本来朝廷圣旨说好不得强贷青苗钱，但地方官府为向朝廷邀功求赏，农户愿不愿都要贷。不贷，不出十天，官府必有别的祸降临到其头上，把人抓起来。抓起来后，日子就难过了。抓人的那天，衙役要吃要喝，到了衙门里，上上下下的开销，要花许多钱去使唤。关在班房里，不打个半死也要落身伤。算算实在不如贷青苗钱。可青苗钱也不是那么好贷的，胥吏、衙役、保正都要钱打点，说是取二分息，实际三分还不止；一年两次贷青苗钱，就是六分息。到了还青苗钱时，又不稍缓一点时间，谷米未干，官府就催债来了，一刻不等，只好贱粜于市。保甲法也是害民，本是每家派一丁，自带食物用品，到校场操练；每五天一换，可不给官府里的人钱，就说武艺不熟，拘住不放。你们看看，现在正抢收抢种时季，官府衙役硬把村里二十多个人抓去操练。寒家的儿子也给抓去了，到了衙门里，肯定要打个半死。这些衙役到了村里，挨家挨户搜，见到什么就拿什么，我家里两只鸡也给拿走了。"说罢，泪如雨下。

杨德逢心里有说不出的伤悲和气愤，怪不得稻田里不见一个割禾的人。杨德逢看到，俞清老气得要命，额上的青筋都暴了出来。王安石的手抖了起来，脸上的表情很复杂，有惊愕，有伤悲，有气愤，有自愧，有自责，也有惑然。不多一会，杨德逢注意到，王安石点漆般发亮的眼睛里出现一种难以抑制的浩气，似乎要跟什么看不见的东西斗一斗；不过，这种浩气慢慢消退了，无可奈何也是很痛苦地叹了口气。接着，王安石在乱七八糟的茅舍里来回走了一会，突然冒出一句很怪的话："郑侠冒死上谏，忠直之气，足传千古！"

杨德逢看到，俞清老很是不解地望了望王安石。杨德逢早闻郑侠大名。此人是王安石的门生，熙宁七年出过大风头，一疏一图，不仅弄得王安石罢相，新法亦几因此举而空之，直声震天下，成了当时街谈巷议的大英雄。不过，杨德逢对王安石此时突然提到郑侠，很是感到惑然不解。当时王安石没被朝中那么多重臣、名臣扳倒，却被门生郑侠扳倒，无论怎么说都是件叫人百思不得其解，同时也是件很叫人丢脸之事。杨德逢不明白王安石此时何以把郑侠看得那么高。

王安石："当年郑侠给老朽写过一封长信，谈到的情况跟这个村庄发生的事如出一辙。老朽展读再四，感其忠义之气有余，而处事断理不足，所见概属眼前琐事，却不明国家大局大势，便未给他回信。要是当初仔细想想他之所见，新法中的问题会少多了。"

杨德逢明白王安石此时何以提到郑侠了。杨德逢感到王安石对新法有了新的认识。朝野上下，许多人都说王安石拗，死不认错，其实未必如此。俞清老宽慰王安石道："相公不必过于自责，新法没搞好，怨不得相公。"

杨德逢看到，老叟开始相信面前的人是王安石了，眼睛久久地望着王安石；眼睛里先是一阵惊疑，后是一阵惊讶："你并不是许多人说的那样，是个猪獾转世、长得怪模怪样的恶人，倒像我一样，也是个糟老头。"

王安石连连点头："糟老头，糟老头。老丈，你我都是糟老头。"

茅舍里的气氛开始轻松起来。杨德逢看到，老叟有点不好意思，但还多少是埋怨王安石道："相公，你真不该搞那些个新法。"

王安石无语。杨德逢也觉得说什么都不是。俞清老气得直骂："狗官！狗衙门！"

老叟又吓坏了，对着俞清老直摆手："骂不得！骂不得！官人万万不可乱说，要是被官府里的人听到了，村里人的罪就大了，又要遭灾了，要关到牢里去吃苦挨板子。"

王安石点漆般黑得发亮的眼睛又出现了那种难以抑制的浩气，厉声说出一句很古怪的话："老朽要到江宁官府去！"

杨德逢吓了一跳。杨德逢觉得，王安石又迂得挺可爱了。你王安石在当宰相时，天下不少官府衙门里的人不仅不听你的，还敢欺侮你；你王安石现在二次罢相都快七年了，天下还有哪个官府会买你的账？杨德逢早就听说熙宁七年朝廷发生的一件事。那年上元花灯节王安石随天子赵顼登城楼观灯，竟发生皇城卫士狗胆包天把王安石的马和随从打伤的事件。表面看这是小事一桩，说蹊跷又不蹊跷。那晚王安石骑着马要进宣德门，把门的卫士却把王安石喝住，不仅不让进宣德门，还打伤了王安石的马和随从堂吏。明眼人一看，就知道卫士没那么大胆，是有人跟王安石过不去，指使卫士这么干的，借这件事拿点颜色给王安石看，羞辱一下他，让他难堪。此事至今也没个说法，成了谁也无法断得清的无头公案。最后，朝廷只是把当值太监的职撤了，把守门的十个卫士送到开封府，打了个半死了事。说句实在话，现在官府衙门里的人不为难你王安石，不找麻烦，就算是挺客气的了。今日之事，只能到此为止，去江宁府卖老面子的事想也不要去想。

杨德逢听到茅舍外有脚步声传来。杨德逢出了茅舍，见十来个老叟站在柴门口。杨德逢赶紧把茅舍里发生的事说了说，要他们看护好茅舍里的老叟，千万不能让他寻短见。门外的老叟也担心这一点，因之邀着伴到这里来看看。杨德逢把门外的老叟引进门。门外的老叟见茅舍里的老叟没事，这才放心了。

茅舍里的老叟："我们面前站着的，真的是王安石王相公，刚才是王相公救了我一命。"

杨德逢看到，门外的老叟都呆了，眼睛半日没转动一下。他们怎么样也不可能把猪獾转世、被村里人恨得要剥皮挖心的王安石与面前的糟老头联系起来。这些老叟都失去了主意，不知怎么才好，后来也有点不好意思，气愤是全没了，却很有点茫然。

杨德逢觉得，王安石该回半山园了。不过，王安石还没走的意思。王安石想在茅舍里来回走一走，但茅舍里挤满了人，走不动。王安石望了望茅舍里所有的老叟，突然低下头去，冒出一句惊人的话："安石有罪！"

王安石的话音不大，但茅舍里的人听起来，却像霹雳一样震耳。杨德逢看到，茅舍里的老叟都吓破了胆一样，忙跪下去："相公不能这么说，相公不能这么说。"

杨德逢清楚，在平头百姓眼睛里，县府衙门里的衙役就是十分了不得的有脸有面的人物，是祖上三代积的德才能当得到的老爷；错总是平头百姓的，更遑论罪了，当相公的就更是神一样的人，神会有罪吗？今日亲耳听到当过七年多宰相的王安石对平头百姓说自己有罪，谁听到过？能不吓坏吗？杨德逢看到，王安石请茅舍里的老叟起来，没一人起来；王安石躬下腰去，把他们一个个扶起，这些老叟才一个个颤颤抖抖地站了起来。

杨德逢看到，王安石从系在腰间的褡裢里掏出一把碎银，放在一个老叟手上，给他们去买点米，解决一下燃眉之炊。杨德逢和俞清老也从褡裢里掏出碎银，给了老叟。原想在这个村庄打尖，看来是不行了，只能空着肚子回半山园了。王安石转过身住茅舍外走去，杨德逢、俞清老跟在后面出了茅舍柴门。杨德逢最后出村，回头一看，后面跟着许多老叟，还有许多女人。这些人都是来送行的。

天下事真是怪，王安石在喻家庄一事不胫而走，但完全走了样，说王安石被骂得狗血淋头，还挨了顿死揍，气得说胡话，打自己的脸，且呕血数升。五百年后，明朝末年有个号墨憨斋主人、姓冯名梦龙的人根据此事，写了篇白话小说《拗相公饮恨半山堂》，把王安石骂得一塌糊涂，说当时王安石吓得要死，狼狈不堪，面如死灰，不敢说话；还借老婆子的口，骂王安石是猪一样的畜生，要杀了大家吃，王安石从此一病不起，一命呜呼。

杨德逢与俞清老、王安石快到半山园时，已是申牌时分，日头悬在离山坳少说有四五丈高的地方。在距半山园不到半里路的山道上，杨德逢忽然听到后面有阵急跑的脚步声传来，回头一看，见五人跑过来。在前面领头的是个高高大大的汉子，腰上的宽布巾杀进肚子里，一副打师的派头，神气得很。跑在后面的是四个手执水火棍的衙役，气势汹汹，像是要去抓什么强人。高大汉子从杨德逢他们身边经过时，恶狠狠地朝这边瞥了一眼。四个衙役从杨德逢他们身边经过时，昂着头，连相也不相王安石一眼。

杨德逢认得，那个高大汉子是佑民寺旁边李家庄的豪户强人李大强。此人有兄弟十人，号称“十虎”。熙宁七年，李姓兄弟还强勒过王安石府上家仆的护鸡钱。这个李大强今日领着衙役去半山园干什么？莫非报熙宁七年的仇？杨德逢听到李大强边走边说：“跟我走，我认得路。”这么看来，今日还不是李大强来找麻烦，只是来带路的，倒是江宁府衙门来找麻烦了。杨德逢心里好生奇怪。王安石二次罢相以来，江宁府衙门里的人，对王安石没从前那样客气了，但像今日几个衙役从王安石身边过连眼也不相一下的情况，还没出现过。杨德逢感到今日之事很不对头，似乎王安石府上什么人出了事。可王安石府上的人都规矩得很，家仆也从未以丞相府上的人自居，总是小小心心、和和气气待人，谁会出什么事呢？杨德逢、俞清老与王安石的步子不由得加快了。走到八功德水边的石桥时，杨德逢听到有很响的打门声、凶喝声传来，像要搜查什么。

打门声越来越急，凶喝声越来越响。杨德逢觉得眼前之事叫人可怖，也太叫人不可思议。以他在县衙门当小吏的经验来看，没拿到当朝天子的圣旨，几个衙役是不敢如此胆大闯进王安石住宅搜查什么的，否则就是嫌自己过得太舒服了。此外，真要是手上有个圣旨，就不是来四个衙役，至少也得来百十个衙役，弄不好要开队兵过来。俞清老气得嗷嗷叫，要冲过去把那四个狗衙役叫回来训一顿。不过，王安石却拉着俞清老的袖子，明显要他不必如此："不忙，我等从屋后进去，看看这几个衙役要干什么！"

杨德逢觉得王安石到底在官场走了四十多年江湖，又当过宰相，经过的风浪多，见过的世面也广，沉得住气。俞清老很快明白了王安石的意思："行呀，相公，等弄清楚了几个衙役要干什么，骂起狗官、狗衙门来就有理有力了。"

杨德逢在前，俞清老、王安石在后，抄了条平日很少有人走的小径，进了半山园的小院，再绕过谢公墩，便来到正屋的后面。正屋后门开着，那里有喧索声传来。有个家仆从后门的过道匆匆出来，显然要去办什么急事。刚出后门，家仆发现了王安石，就跑到王安石身边，说道："不得了！不得了！江宁府派衙役闯进来抓舅老爷。"

杨德逢觉得江宁府做得太不成名堂了。听管家说王安石的小舅子到江宁府探亲，看望姐夫、姐姐，碍江宁府什么事呢？未必罢相后的王安石比平头百姓还不如吧？俞清老又要冲进屋去，杨德逢也想跟着冲进去。王安石伸出双手，把俞清老、杨德逢拦住了。王安石对家仆说："你不急，先把事情说说清楚。"

家仆对王安石说：舅老爷这两日晚上借住在佑民寺里，没想到今日太守叶均陪江南东路转运使毛抗、判官李琮，还有一大帮府僚来佑民寺行香殿建道场，做佛事清场，不许一个外人在寺内。本来，谁建道场做佛事，你做你的就是，其他人要到庙里来给菩萨磕个头也不碍事。但，当官的特别，要建道场做佛事就要把其他人都赶走。舅老爷不听，江宁府衙门里的人就对舅老爷拳打脚踢。舅老爷给打伤了，就躲到半山园来。江宁府衙门里的人还不放过，追到半山园屋里来，要办舅老爷。

杨德逢注意到，王安石额上的青筋暴得有蚯蚓那么粗。岂有此理！一个当过宰相的人的亲戚，不仅不让住寺庙，还无缘无故被官府里的人打伤了，躲到宰相住宅里也不放过，还要冲进来抓人，这也太欺负人了，天下有过这样的事吗？杨德逢清楚，王安石从熙宁元年四月四日越次入对以来，就没过上一天好日子，饱受诬谤，今日连衙役也敢闯到住宅里来，太嚣张了！

从后门传来的喧索声越来越响了。杨德逢和俞清老又要冲进屋去，王安石还是伸出双手，把他们拦住。王安石额上的青筋渐渐消缩了，然后慢慢向后门口走去。杨德逢、俞清老和家仆在后面跟着。进了后门，杨德逢听出有喧索声从大堂里传来的。到了大堂后门口，王安石又用手做了个且慢的动作。杨德逢、俞清老和家仆脚步放慢了。大堂后门顶头有两扇屏风。王安石在屏风前停下。杨德逢、俞清老和家仆站在王安石旁边。两扇屏风中间有条缝。杨德逢的眼睛贴在缝上，朝大堂望去，见四个衙役站在大堂中间，态度傲慢又神气，李大强站在大堂边上，一脸幸灾乐祸的冷笑；管家陪着一脸的小心，请四个衙役坐到桌边去用茶，四个衙役没一个赏脸，相也没相管家一眼。吴夫人由两个丫头扶着，压着脾性一旁赔着小心。三年前，乖丫环和傻丫环嫁人了，夫婿也是抚州临川老家的。一个长相还中看可样子却很凶的衙役大概是班头：“再不交人，就别怪本老爷不客气了。”

管家还是一脸的笑容：“我们家相公就回来，等相公来了，再作商量不迟。”

长相还中看的衙役班头：“什么相公，早罢官了，过气了。——到底交人不交人？”

管家不敢发作，仍旧忍着气：“叶太守叶大人可知道要抓的人是相公亲戚？”

长相还中看的衙役班头明显不耐烦了，口气凶了起来：“知道，知道。别想东想西了，只怪你们家的亲戚好不晓事，转运使大人建道场，要他避一避，也不听，坐在客房里不动一下，口口声声说他是王安石家的亲戚。转运使大人也是能得罪的？我们太守大人发火了：‘王安石家的亲戚更要抓。’——这是太守大人开出的牌票。”

长相还中看的衙役班头从袖子里掏出张牌票，在空中抖了抖。杨德逢明白了：原来江宁太守叶均拍转运使马屁。官场就这么肮脏卑劣，只要能拍上高官的马屁，什么理不理，再肮脏卑劣的事也做得出来。王安石家的亲戚更要抓，这是人话吗？但，有道是虎落平阳被犬欺，龙遭浅滩遭虾戏，如今罢了相的王安石连平头百姓也不如。杨德逢怕王安石受不了，侧过脸去望了望王安石。王安石脸上的神色倒平静，并无什么异样。

杨德逢又听到长相还中看的衙役班头在大堂里吼："管家，你不要太不识相了，本衙门里公人的忍耐是有度的。"

杨德逢的眼睛仍贴在两扇屏风中间的缝上，看到李大强故意凑到管家身边，带讥带讪、冷言冷语道："以后到集上买鸡，路过李家庄，别忘了留下一只哟。"

杨德逢清楚，李大强得意了，收多少护鸡钱也不用担心官府会找他们的麻烦了。大堂响起一阵杂乱的脚步声。杨德逢看到，四个衙役提着水火棍，往屏风这边来了。管家忙把他们拦住，但拦不住，早被衙役推到一边，歪着身子趔趄着，差点没倒在地上。

看来这四个衙役要到后面来搜查了，大堂的气氛十分紧张起来。杨德逢感到屏风这边有了骚动。俞清老的身子动了动，明显要过去跟衙役论理。不过，王安石把他拉住，然后走出屏风，正好把那四个衙役的去路挡了。四个衙役抬起头，认出了王安石，怔住了。

王安石一脸的怒容，叱喝道："出去！"

大堂的气氛古怪起来。有人尴尬。有人气愤。俞清老担心衙役对王安石动粗，走过去插在王安石与衙役中间。杨德逢对这点倒不担心。杨德逢毕竟当过小吏，清楚衙役这班人。别看刚才衙役气势汹汹，像吃人的老虎一样，其实色厉内荏。毕竟太守叶均只让这四个衙役抓王安石的亲戚，没让抓王安石；再说王安石是个当过宰相的人，尽管江宁府衙门里的人不那么把王安石当回事，但真要对王安石动起粗来，还是不敢那么大胆的，相反多少有点忌惮。杨德逢从屏风这边出去，对四个衙役挥了挥手："听到相公的话没有？"

那四个衙役望望杨德逢，往后退了几步，并未离开大堂。这自然是件麻烦事。不过，此时半山园南面八功德水那边传来一阵叫声："圣旨到！圣旨到！"

杨德逢注意到，王安石是一脸的感激和兴奋，站到大堂中间去，准备接旨；四个衙役与李大强的魂都吓掉了，把水火棍往大堂角落里一丢，也不晓得回避，死狗一样趴在地上。吴夫人、杨德逢、俞清老、管家以及两个丫环都缩在屏风后面。王安石留在大堂接旨。杨德逢听到太监在大堂里宣旨：授王安石特进、开府仪同三司，改封荆国公，许摆节钺，添支职田四十顷、公用钱二万贯。

杨德逢清楚，大宋百年，能得到如此高荣职的人屈指可数；特别是特进，不仅表明功德优盛，且仍可参与朝廷大政，这就不得了。接完旨，管家忙张罗茶水瓜果去了。杨德逢、俞清老从屏风后走了出去。杨德逢看到，大堂里除了穿五品补服的宣旨太监外，江宁府太守叶均也在；还有两个穿三品补服的高官，不用问，一个是转运使毛抗，一个是转运判官李琮。最奇怪的是四个衙役和李大强还像死狗一样趴在地上。宣旨太监一脸的疑惑。王安石什么话也没说。叶均、毛抗、李琮一脸通红。屏风后面传来吴夫人的斥责声："现在当着宫中来的人面说个清楚：当官的在寺庙建道场，平头百姓是不是有罪，打伤了还要抓到衙门里去。"

杨德逢看到，宣旨太监很严厉地望着叶均、毛抗、李琮。三人知道自己闯祸了，也无法瞒了，忙给王安石拼命作揖谢罪。

俞清老忍不住："狗官！"

宣旨太监回到宫中，将此事奏知，天子赵顼龙颜大怒，下诏：叶、毛、李罢职；衙役、李大强杖五十大板。赵顼同时命对王安石敬服得五体投地、行新法有劳的市易司提举吕嘉问为司封员外郎、直昭文馆、知江宁府。从这以后，王安石的日子才自在起来，无人来啰唆，更无人来找麻烦。

是日俞清老骂完狗官后，杨德逢心里感到特别畅快，同时感到肚子特别饿。中午的饭没吃，焉能不饿。俞清老赶快跑去找管家，叫他先喝酒开饭。四个衙役和李大强走了。王安石留叶均、毛抗、李琮下来喝酒。酒吃到日落西山。俞清老喝得烂醉，借酒使性，又不点名骂了三回"狗官"，骂得叶均、毛抗、李琮低着头，不敢出一声。

第九十九章　廷争兵策王珪希旨非种谔
赐名永乐赵顼圣意是徐禧

门下侍郎章惇要去宫中面君。今日，天子赵顼召主政和主兵的辅臣商议第二次对西夏用兵之事。去年大宋五路大军西伐失利以来，天子赵顼心里很是受伤。煌煌大宋天朝，又给西夏跳梁小丑羞辱了一番，赵顼没法叫自己不自咎。得到灵州城外宋军失败消息的当天，赵顼在乾清宫独自绕着御床徘徊了一个通宵，伤心极了，后来还病了一场。章惇觉得，天子实在无须如此。五路大军西伐，还是大宋开国百年以来打得很不错的一次大战。西夏党项羌人经过大宋五路大军西伐的打击，其实元气大伤，国力大大受损，兵力遭到重创，国运开始掉头向下，皇族与后族斗得更凶，梁太后两次遭到暗杀；边境贸易做不成了，物价飞涨，老弱转移迁徙，子民流离失所，牲畜大批死去。这样说来，五路大军西伐其实是很成功的，打出了威风，打出了脸面。除高遵裕第三路环庆军和王中正第五路河东军打得糟糕外，其他三路打得并不坏。五路大军西伐失利的主要原因有三：一是缺主帅。表面上看，李宪是西征五路大军的主帅。天子赵顼给李宪的诏书，要李宪团结汉蕃军马、分置将佐、部分阵队、审定出兵所向，但并没有明确李宪差遣的帅职。除了李宪统率的第一路军外，其他四路的总管大都不会听李宪的。五路兵马战线长达千里，战场瞬息万变，叫李宪如何去统率？二是粮道难继。大宋这次五路大军西伐，准备的钱粮比哪次的都多，这确是新法带来的好处。然而，五路大军所过之处，不是高山、河谷，就是沙漠、戈壁，路途又遥远，虽有民夫二十万，但要把五路大军所需的粮草辎重运过去，谈何容易。三是高遵裕嫉能抢功。本来刘祚昌已经打到西夏灵州城门口，高遵裕却不让打进城去，结果功亏一篑，错失良机，到手的胜利给砸了。章惇觉得，现在难办的是朝中百官吓破了胆，对再次用兵是想也不愿再想了，更不要说议论。

章惇出了中书省衙门，没去宫中，却朝路那边的枢密院走去。赵顼又想用兵，固然在朝臣的意料之中，但当接到赵顼的口谕要商议此事时，主政和主兵的辅臣还是有点吃惊。章惇清楚，天子赵顼圣明，这次召见主政和主兵的辅臣，商议的其实不是要不要出兵，而是怎么用兵的问题。在西北边关中，最狡猾、最不厚道、最能打以少胜多之战的是鄜延军，在五路大军西伐中打得最好、输得最冤的也是鄜延军。这口气叫鄜延军怎能咽得下去。今年三月，又重回到鄜延军的种谔奇袭宥州城，斩西夏宥州守将于城下，把西夏军打个大败。接着，鄜延军又奔袭葭芦寨。葭芦寨本身不怎么重要，实际上只是建在荒山上的一个大堡，但此寨离横山最高点只一步之遥。拿下横山最高点，就可以居高临下、一马平川，随时可以进入西夏腹地。早就蓄谋占据横山，并以此为依托的鄜延军总管种谔兴奋异常，向朝廷建言：沿银、宥、夏三郡一线修建城寨，筑垒推进，一步步逼西夏就范。赵顼惊喜异常，但也冷静，并未马上同意种谔之策，却派给事中徐禧、内侍押班太监李舜举去西北横山实地考察。这两个人官职都不算低，且代表天子，权力大得很，谁敢不听他们的节制？李舜举倒公忠恭勤，不像许多太监那样神气十足，拿天子使者身份压人；且安于本分，不很懂得用兵，却也不多嘴多舌。徐禧就不同了，一到横山边关，就摆出一副睥睨天下、舍我其谁的派头，把种谔平西之策贬得一塌糊涂，说沿银、宥、夏三郡一线修建城寨，得花多少时间、多少钱财，到时候没把西夏蚕食掉，反把大宋拖垮了。不过，话说回来，徐禧也不是抛弃横山，只是不要银、宥、夏三郡那条线，却另在横山之中，银、宥、夏三郡交界点一个叫永乐川的地方，筑一座新城；然后以此为据点，长驱直入，直捣西夏国都兴庆府，何其快哉！种谔吓坏了，脸也气绿了，与徐禧争吵起来，说："永乐新城虽好，却没有水源；在永乐筑城，得驻有重兵，到时候你叫这些士兵喝什么？"徐禧说："我自有妙计。"种谔还是坚持己见，极言永乐筑城非计。徐禧气得要杀了种谔："君独不畏死乎？"种谔何惧一死："城之必败，败则死，拒节制亦死；死于此，犹愈于丧国师而沦异域也。你杀吧！"西北边关的最高文官，没那么大的权，可以任意杀"路"级武将。徐禧改变主意，并未马上叫种谔人头落地，却上奏天子赵顼定夺。一个是沿银、宥、夏三郡一线筑垒，一个是在永乐筑新城，看来种、徐二人的兵策在朝中有番争论了。至于种谔的命，就全看朝廷采用的是种策，还是徐策。若是徐策，赵顼御笔一批，种谔一命就难保了。

章惇是赞成对西夏再次用兵的，只是不同意徐禧之策，更反对杀种谔。章惇与徐禧同在朝廷当京官的时间虽然不长，私下也无交往，但知道此公是个怪人，也是个狂人。此公与天下读书人不一样。有道是书中自有黄金屋，书中自有颜如玉。人生在世，不就是图个金钱美人吗？和徐禧年龄相仿的读书人都埋头读圣贤书，全部心血、精力都用在科考上。然而，此公却不屑于读书，也不屑于科考；走的是一条与众不同的道路，年轻时就博览周游，走遍边塞绝域，风餐露宿，研求古今事变、民间风俗之利与病。此公没打过仗，更没带过兵，却最喜欢谈兵事，一肚子古怪的用兵奇术，平日里总以能掐会算的大军师自居。此公写了《治策》二十四篇，把朝中十之八九的官员骂得一塌糊涂，说这些人只会津津乐道说些剽窃他人的话，对兵法并没有融会贯通。赵顼很欣赏徐禧的《治策》，让他以布衣身份充任检讨官，后授镇安军节度推官，继当中书户房习学公事，后又擢升为太子中允、馆阁校勘、监察御史里行，一路顺风顺水。此公当京官期间，赵顼常召进宫入对，徐禧那些古怪的想法和用兵奇术更是说得天子赵顼心花怒放，欢畅痛快："朕阅人多矣，未见如卿者。"章惇是带过兵的，平定过荆湖蛮族的叛乱，对赵顼的这句话，感到很是震惊，却很不苟同，当即对赵顼说："陛下，禧素以边事自任，异想天开，狂谋轻敌，用之必全军覆没。"

东府中书省、西府枢密院虽然相距不远，一个在路东，一个在路西，但章惇从不往西走一步。个中的原因是枢密使吕公著、枢密副使冯京反对新法，章惇跟反新法的人是不可能有什么交道可打的。不过，章惇今日去枢密院，却另当别论。第一，吕公著外放到定州当安抚使去了。这个人表面上是个君子，一脸一切持正的表情，其实一肚子小人算计；表面上识虑深敏，很有学问，其实对朝政一窍不通。章惇看到这个人就烦。吕公著不在枢密院，章惇当然用不着去看他那副令人讨厌的一切持正的脸孔了。第二，章惇与冯京虽然政见不合，但二人在熙宁元年还跟苏轼一伙人同游过蔡河，也算是有点私交。再说，冯京虽然反对新法，与章惇相见，也会相互拱拱手，不像吕公著那样冷若冰霜，拒人千里之外。第三，天子赵顼今日召主政和主兵的辅臣商议，在要不要用兵问题上不存在商议，赵顼肯定是要用兵的，谁也扭不转。然而种、徐二人在兵策上会发生争执。章惇在兵策上是与徐禧相左的，更不会同意杀种谔。然而，章惇能不能做到这两点，实在没底。章惇清楚，冯京是反对用兵的，肯定不会完全同意自己的意见，然而奇怪得很，章惇此时却是要他反对用兵，且越强烈越好。

章惇快走到枢密院时，听到有人在后面喊他，回头一看，见尚书左丞王安礼向他走来。章惇心中一喜。章惇知道，王安礼虽然反对对西夏用兵，去年西伐时对种谔也多有指责，但在这次种、徐兵策上，却是支持种谔的，当然也不会同意杀种谔。在这两点上，二人意见完全相合。章惇很是责备起自己来：今日面君，怎么没想到王安礼？王安礼这个人虽说不同意新法，并非完全说新法不好，只是觉得新法行不了；特别是坏就坏在那班贪暴之吏，除又除不净，春风吹又生，新法再好也会给败坏掉。在这点上，王安礼与专跟老相公王安石反着来的王安国不一样，倒与那个用一疏一图弄得老相公罢相的郑侠十分相似。当然，就因为这点，章惇与王安礼关系一直不错，二人常在一起喝喝酒。

章惇看到，至少在二十丈外的地方，外表像乡下人的王安礼兴致勃勃地对章惇说："子厚，今日面君，一定不能让徐禧之策得逞，一定要保住种将军的脑袋。"

章惇更是高兴。不用说，王安礼此时过来，实际上是来邀他，为的是路上交换意见。章惇一点也不含糊："今日之事，你我同心。"

章惇看到，王安礼一脸的自信。王安礼这个人本来就是个对所办之事充满自信的人，当上尚书左丞后就更是如此。赵顼很是赏识、看重王安礼。王安礼的话，在赵顼心目中是很有分量的。去年西伐失利后，赵顼很后悔未听王安礼之言，又让王安礼风光无限。王安礼到了章惇身边，章惇很想听听王安礼的具体意见，不过，不等自己开口，王安礼就意气扬扬地道："其实根本不用出兵，用同化可也。"

章惇知道王安礼这个人总以满腹经纶自任，喜谈大事，讲大理，说千年后之事，因之朝中许多人常拣他的口，笑他说大话、空话。章惇不这么看，也不笑王安礼，倒常觉得王安礼的话不无道理。王安礼此时说的就是千年后之事。章惇清楚王安礼的意思。中原王朝的汉人在武力上其实常常败于北方的胡人和西部的羌人之下，胜仗屈指可数；但汉人文化对北方的胡人和西部的羌人却有着不可抵御的魅力。说来好笑也挺有意思的是，汉人士卒被俘虏，不少竟成了胡人女子和羌人女子争抢的对象，希望肚子里能播下汉人的血种。既然如此，何必用兵去征服人家呢？用文化这个东西，长年累月、不声不响地把胡人和羌人都同化过来，最后四方上下、整个天地不就都成了汉人的，不是大家都好吗？说句实在话，章惇并非完全否定王安礼之见，有时他也这么想过。不过，章惇此时却也在心里笑王安礼，大宋都要再次对西夏用兵了，种谔都要人头落地了，王安礼却还去讲千年后才能出现的好事，朝中百官听到了不要笑死？章惇心中有数，赵顼对王安礼此见肯定不感兴趣。朝中臣子，越来越多的人看清了，赵顼登基以来就有个梦：富国强兵，洗刷国耻，威服四夷，重振汉唐雄风！既然如此，赵顼怎么可能长年累月、不声不响地等着把胡人和羌人都同化过来。章惇说："同化是不知哪个猴年马月之事，皇上岂能等得？走，找冯京去，要他也反对用兵。"

王安礼："不用，有你我二人就行了。"

章惇没那么乐观。章惇懒得理王安礼那么多，推着王安礼就往枢密院走去。章惇、王安礼在枢密院门外不到二十丈远的地方，见那头走来一个人。此人姓蔡名京，字元长，福建兴化仙游人，长得眉清目秀，对人总一个笑脸；熙宁三年进士，当过钱塘县尉、舒州推官，前不久当上知制诰，成了天子赵顼的近臣，今日议事也是要在场的。蔡京远远地站在路边恭候章惇、王安礼。说起来，这个蔡京是有靠山的。蔡京进京科考中进士的主考官是王珪，但王珪与蔡京的关系却很冷。王珪除了听赵顼外，对谁都一副君子之交的冷脸孔，谁也别想从他那里得到什么好处和帮助；既然如此，蔡京自然对王珪热不起来。然而，这给蔡京带来人人都难得到的好名声：淡泊名利、操守高尚。蔡京有了这样的好名声，便得到意想不到的好处，无论是新法派，还是旧法派，都对他有好感。蔡京这个人，两派的人都交往。这怪不得蔡京。官场上就这个样子：大多吃两边水，哪派得势，就倒向谁，但不过分；哪派失势，就背着谁，也并不过分。两边都不得罪，两边都离不开这种人。因之，官场上两派斗得死去活来都不关他什么事，他总能稳稳当当做他的官，活得如鱼得水。蔡京与王安礼也能搭上点亲戚关系，王安礼的兄长王安石的女婿是蔡京的弟弟。但在王安石当首相时，蔡京并未得到半点好处，只在地方当了个不大的官；王安礼对蔡京似乎并无什么特别之处，二人同朝为官，却没什么走往。然而，蔡京与什么关系也搭不上的冯京的交往却甚是密切，听说冯京常邀蔡京到府第小斟几杯。

章惇看到，蔡京低着头，躲着自己和王安礼的目光，只用眼睛上方的余光躲躲闪闪望着自己和王安礼。这叫章惇感到不舒服。要看什么，你抬起头来，正大光明、大胆看就是，躲躲闪闪成个什么名堂。章惇觉得这个人不堂正，心里藏着一点不愿让外人清楚的东西。不过，说来叫章惇感到奇怪，自己竟然走到蔡京面前："你跟我到枢密院走一趟。"

蔡京抬起头来，一副憨憨傻傻、快人一言的样子，想也没想何事去枢密院，有种天大的事也敢去做的意思，满口答应："诺！"

章惇感到蔡京这个不堂正的人竟这么爽快，心里很是高兴，刚才心中的不快竟一扫而空。章惇对蔡京倒显得很是理解起来。在官场走江湖不容易。蔡京此时在京都朝廷没有根基，没有靠山，全靠自己的功夫和努力，自然对谁都可怜巴巴、躲躲闪闪、委曲求全、才不露锋，否则很难在官场待下去，更遑论飞黄腾达，仕途显赫当大官了。

章惇明人不做暗事，对蔡京说："两件大事：一是西北边关之事，二是种谔人头之事。两事都迫在眉睫，得跟枢密院冯大人事前商议一下，你在一旁帮衬说几句话。"

蔡京仍是想也没想西北边关之事到底是怎么回事，又憨憨傻傻、快人一言："诺！"

蔡京真是个爽快人。爽快人是很令人喜爱的。章惇笑了。王安礼也笑了。章惇心里同时生出许多感慨。如今的朝廷，像蔡京这样办事爽快的官员是少之又少了。特别是五路大军西伐以来，这种人就更少了，朝中官员大都菩萨一样，几乎人人禁言兵事，怕触到赵顼的痛处，谁问起都一问摇头三不知。这也是事出有因。当朝天子赵顼把五路大军西伐之事看得很重，在西伐的日子里，赵顼每天一早起来，就是过问西征情况。天下二十三路州县奏章，总是先批阅西北边关的。女遮谷大捷的抄报传到朝廷，赵顼立即降诏对有功将士给予重奖，对阵亡的将士给予厚恤。给第七十一"将"什长陆仁昌家赐田千亩，封他的弟弟、幼儿为九品官，以示圣恩。有意思的是，对那个被陆仁昌奸了的羌人女子，赵顼也降诏赠银千两，以示圣仁。赵顼还在宴殿集英殿摆御酒，以示庆贺。但，五路西伐先胜后败，天子赵顼病倒了，脾气也变得暴躁古怪起来。朝中未杀一人，但遭到赵顼呵斥的臣子不在少数，好些官员也莫名其妙被贬谪，给赶到边远州县当官，有的还被"安置"，押送地方接受地方官衙的监管。朝中百官谁还会多什么事，给自己惹麻烦？可惜呀可惜！朝中多几个像蔡京这样爽快、不怕惹事的臣子就好了。

章惇、王安礼与蔡京进了枢密院。冯京正在值房里写字，有时间跟他把今日之事好好商议商议。冯京起身拱了拱手，与章惇、王安礼行过礼之后，就又坐在文案边，头也不抬一下地认认真真写字。

蔡京向前探了探身子，望着冯京写的字："好！"

王安礼皱了皱眉："好什么好？"

蔡京："字写得好哇！"

冯京谁也未理，仍旧认认真真一笔一笔慢慢写着，好像在写什么奏疏。章惇也探过身去，冯京确实是在练字。官员坐衙时练字很正常，特别是那些不作为的官，不练字不成了傻子？不过，自己与王安礼今日为两件大事来找，冯京还在练字，就很不应该了。章惇近来越来越明显地感到，冯京越来越像他的老岳丈富弼，很少说话，甚至不开言，一副永远让人看不透的神情。章惇一手压住文案上的纸："冯大人，别写了，今日我等进宫，有两事要先商一商，否则西北边关要出大事，种谔将军要人头落地了。"

冯京轻言细语道："没用，皇上不会听的。"

王安礼笑了起来："怎么不会？会！你跟着进宫去听就是，不是吹，安礼几句话就能把皇上的心说动。"

章惇看到，冯京深有意思地笑了笑。王安礼这个人真的是太喜欢说大话。章惇不想跟冯京啰唆什么，但冯京就是不起身，章惇很有点无可奈何。此时蔡京仍旧探着身子，更是憨憨傻傻、快人一言地对冯京说："冯大人，本来西北边关之事与种谔将军之事，都是主兵的枢密院的事，你不去管，却要主政的人去管，像话吗？"

章惇发现，王安礼很是一奇地望着蔡京。章惇对蔡京也有点另眼相看的意思。看来这个蔡京并不只是说"诺"的人，该说什么时一样说得堂堂正正。蔡京说完，便不客气地把冯京文案上的笔、纸收了起来，放在文案的一边。冯京不出声了。这个蔡京还挺能成事。然后，章惇在前，蔡京在后面推着冯京，王安礼在后，出了值房门。冯京倒也顺从了，一路上弄得枢密院的吏员莫名其妙，觉得挺好笑地望着这几个人。

处暑之后的开封，晴和天气，天天出日头，暑气却全消去了，从北面黄河吹过来的风，带着一种叫人感到十分舒服的凉意。但，章惇、王安礼、冯京、蔡京头上却冒出了汗。天子赵顼今日在崇政殿阅事。章惇四人进了崇政殿，都吃了一惊。章惇看到，赵顼一身金黄的戎装，手持一柄长剑，在大殿的大堂里舞剑，插步、弓步、斩剑、亮剑、崩剑、挂剑，一招一式，步步如风。中书大臣王珪、蔡确站在大殿边上，观看赵顼舞剑。大殿里未见一个太监、女官、宫女。赵顼正好舞完剑，赵顼一个漂亮的仙鹤冗翅，收起宝剑。王珪、蔡确都拊掌欢笑。章惇、冯京、王安礼、蔡京都连声叫好。

朝中百官都知道，去年五路大军西伐，天子赵顼就穿着这身戎装在乾清宫舞剑，太后高氏对此事很不高兴，但未能阻止赵顼西伐。章惇心里更是强烈地感觉到，赵顼对西夏再次用兵是不可避免的了，心里有种大事不妙的感觉。当然，对西夏用兵并不可怕，可怕的是筑永乐新城。章惇同时感到，今日要商议的两件大事，恐怕能办成一件就不错了。

崇政殿里有种欢快却不轻松的气氛。赵顼脱下戎装，把宝剑、戎装都放在御案上，望了望众人，很豪气、很得意地冒出一句话："居高临下，出其不意，一马平川，长驱直入，看西夏蕞尔小寇还能往哪里逃？"

章惇看到，殿里的人都有点错愕地望着赵顼。章惇很清楚，赵顼这句话表明赵顼十分欣赏徐的兵策，实际上是在种、徐兵策上封住众人的口。以往，赵顼常常召辅臣商议国是，但今日其实是召辅臣来听他谈国是。原先一脸自信的王安礼怔了一下。章惇心中有数，今日能救上种谔一命，就是万幸了。在宋朝，天子要杀一个文官，很难很难，除非这个文官昏了头，犯了十恶不赦罪中的谋反大罪。但武官就没这么好的事，稍有闪失，人头就可能落地。不错，天子赵顼未必想杀种谔，蔡确也未必有杀种谔之意，但王珪这个人就难说了。这个人外表本分面善，很好说话，但骨子里凶残无情得很，出起手来一招就致人死命。苏轼当年不过骂了他几句，王珪就怀恨在心，乌台诗案中拎出苏轼一首内中提到龙的诗，就说苏轼有不臣之心，差点要了苏轼的命。章惇不知道种谔有没有得罪过此人，要是得罪过，肯定没好果子吃。

赵顼转身坐到御案后面的御椅上。王珪、蔡确、章惇、王安礼、冯京、蔡京分立两旁。赵顼从御案上把两奏章拿过来，说这两奏章是他要徐禧、种谔上的；这两奏章王珪、蔡确已看过了，现在要章惇、王安礼、冯京、蔡京好好看看。然而，赵顼隔过王安礼、蔡京两个人，却把两奏章先递到章惇手上。章惇伸出双手去接时，注意到种谔的奏章本来在上面，赵顼却突然把徐禧的奏章移到上面来。赵顼的意思再明白不过了，希望章惇能赞成徐禧之策。要是朝中别的臣子，肯定会顺着圣意，先看徐禧的。章惇却当着赵顼的面，又把种谔的奏章翻到上面来。不过，赵顼的龙颜却也没什么不快。

章惇正要打开种谔的奏折，一个很有点派头的太监从殿后过来。章惇以前在宫中见过此人，认得这个太监是熙宁十年弄得京都开封几乎断粮、断盐公案被押送到岭南英州编管的高全福。说来有趣，也很巧，这个高全福与熙宁七年被押送到岭南英州的郑侠同在一处被编管。听说那个坏了老相公王安石大事的郑侠在英州的日子过得不错，地方官府和当地平头百姓不仅没把他当编管对象，反让他在当地做教书先生，收的学生有五六十人了，俨然是个圣人；一年三节，地方官府衙门里的人和当地平头百姓都去看他，屋子里挤满了人，热闹得很。高全福就没有那样的好事了，地方官府和当地平头百姓都嫌死了这个太监；住的、吃的没人过问一下，开头几个月，常常饿肚子，蓬头垢面，像个叫花子。后来，有个信佛的斋婆子发善心，常常端碗粥给他吃，这个太监才总算没饿死。好在这个太监有钱，后来花了许多银子，买通了地方官府的人，日子才好过起来；再后来，甚至连刑房师爷和三班衙役都常到他住的地方喝酒吃肉。不过，平头百姓对高全福还是嫌，皆对他侧目而视。高全福有本事，编管四年不到，元丰三年就回到宫中，且官复原职。章惇知道的情况是：宫中离开高全福，许多事办不了，太后高氏这几年的圣寿都办得不好，弄得太后高氏脸上很不好看；皇亲离开高全福，许多事更办不好，国舅公曹王爷曹佾的宅园已经修建好了，但蔡河的水就是引不进来；高全福又花了许多银子，上上下下都打点好，还从吐蕃买来一篾箱高山草原上的冬虫夏草孝敬太后高氏，最后太后高氏发了话。既然如此，高全福不回宫都难。高全福离开英州时，官府衙门里的人，不管是关照过还是没关照过的、给过好脸色还是没给过好脸的，都送了一程又一程，一直送到第二个十里长亭。高全福倒也记那个信佛的斋婆子的一饭之恩，临走前，亲自到斋婆子茅柴棚屋里去谢恩，还送了五百两银子给她养老。高全福报恩后，官府衙门里的人和地方上说话有分量的人都对斋婆子另眼相看起来，从此以后再也没人敢欺负斋婆子；连狗也规矩多了，有敢对斋婆子叫的，马上就有人一棍子打过去，把狗打得嗷嗷叫，夹着尾巴有多远跑多远。

章惇很清楚，天子赵顼在与朝中大臣商议国是时是不允许太监来找他的，谁找谁要遭到严厉的呵斥。在章惇的记忆中，没一个太监敢在这个时候进来，再大的事也要等赵顼退朝后再说。但，只有高全福例外。高全福敢进来，且没挨过一次呵斥，相反，赵顼最后总是龙颜欢快地看着高全福离去。章惇看到，高全福躬着身子、小小心心走到赵顼身边时，赵顼龙颜很是不快起来。不过，高全福低声说了句话，赵顼龙颜愉悦起来。章惇听清了高全福说的是："小皇子非要陛下发话不可。"

小皇子指的是六皇子赵煦。赵顼的皇子不少，但都夭折了，只剩下六皇子赵煦。六皇子自然成了无可争议的皇位继承人，也成了宫中上自太后高氏，下至小太监、小宫女，最看重、照顾得最周全的人。但，六皇子很怪，从小就喜欢独处，很少说什么话；喜欢照父皇做过的那样去做事，在这点上任什么人都扭不过来。

赵顼龙颜大快，笑着对高全福发话了："传话：朕让换的。"

高全福很有点得意地躬着身子退了下去。这个太监，别人不敢进来他敢进，还能把事办好，当然是值得得意的。不过，见赵顼龙颜大快，众人也都一脸高兴地望着赵顼。章惇明白，赵顼今日这样的好心情可说是五路大军西伐失利后第一次见到的。好心情的赵顼话也多起来了，说六皇子今年七岁，刚发蒙读书，但在经筵学堂用的是张旧书桌，太后高氏几次换新书桌，六皇子又把旧书桌搬回来；太后高氏一问，原来旧书桌是父皇赵顼小时用的书桌，要换新书桌，还得父皇发话。这孩子太不一般，太叫人感到奇怪，太有韧劲了。赵顼说起这件事的口气很平淡，但龙颜上现出的得意之情却怎么也掩盖不住对六皇子的宠爱之情。

章惇很是高兴，六皇子赵煦用父皇的旧桌，是件小事，但可以看出六皇子赵煦无比崇敬父皇赵顼。章惇注意到，王珪、蔡确、王安礼、冯京、蔡京对六皇子换书桌这事都一脸欣喜、一脸夸赞的神情。做臣子的，不要去管天家的家事，这弄不好要惹上弥天大祸；但天家的家事，却又万万不可掉以轻心，大意不得，更何况六皇子是皇位无可争议的继承人，一举一动就更引人关注。十三年后，就是这个六皇子赵煦在经过现在的太后高氏、那时的太皇太后高氏九年垂帘听政的熬煎之后，亲政伊始，便把司马光上台后五日之内颠倒的新法重新颠倒过来，且改元为"绍圣"。绍圣者，继承父皇赵顼未竟事业之意也。高全福从殿后退下去的时候，章惇打开种谔的奏折看了起来：

横山延袤千里，产战马，宜耕种，人物劲悍善战，且有盐铁之利，夏人持以为生；其城垒皆控险，足以守御。今之兴功，当自银州始。其次迁宥州，又其次修夏州，三郡鼎峙，则横山之地已囊括其中。又其次修盐州，则横山强兵战马、山泽之利，尽归中国。其势居高，俯视兴、灵，可以直覆巢穴。

章惇心里叫了声：好！章惇到底在荆湖带过兵，打过仗，清楚沿银、宥、夏三郡一线修建城寨是攻防良策。种谔不愧是大宋一代名将种世衡的后代，又在西北边关打了二十来年的仗，通晓边事，懂得用兵。种谔此策实在，筑垒推进，稳扎稳打，不用与西夏骑兵野战对决，一步步让西夏眼睁睁看着自己被蚕食掉。章惇记得，庆历年间的大宋一代名臣范仲淹当陕西四路安抚使时，一个个寨堡一路向西修过去，连羌人酋长都很敬服。种谔之策，可说是与范仲淹之策一脉相承。范仲淹着眼于守，并无取西夏之想；种谔不仅着眼于守，且要直取西夏国都兴庆府，灭掉整个西夏。章惇觉得，在这点上，种谔之策实为上策。章惇这才打开徐禧的奏章看了看：

银州虽据明堂川、无定河之会，而故城东南已为河水所吞，其西北又阻天堑，实不如永乐之形势险阨。窃惟银、夏、宥三州，陷没百年，一日兴复，于边将事功，实为俊伟，军锋士气，固已百倍；但建州之始，烦费不赀。若选择要会，于银、宥、夏三州交界点永乐川三面阻崖处尽全力建新城一座；城外筑寨堡各六。寨之大者周长九百步，小寨者五百步；堡之大者二百步，小堡周长百步；另筑水寨打井。守时扼西夏进犯中原之要道，固若金汤；攻时居高临下，一马平川，直捣兴庆府。

章惇反复琢磨了一下徐禧的奏章，觉得徐禧此策倒也不是一无是处：一是快，不需要多久的时间就可把一座永乐新城筑好；二是省，花费的钱财要比种谔的少得多；三是诱人，永乐城扼横山关隘，占据此隘口，出去地势平缓，再过去就是广袤无垠的乌兰布和沙漠、毛乌素沙地，没有高山大河的阻挡，大军可以长驱直入西夏国都兴庆府。不过，章惇觉得，此策实际上也臭得很。草包也知道：对宋军如此明显的诱人的军事企图，西夏探子岂能视而不见，必派大军拼死争斗，一座永乐城如何抵挡得了；更为严重的是，城里没水，这比断粮还叫人感到恐慌。不错，徐禧也不是没看到这一点，奏章上也提到另筑水寨打井，然而，为这座水寨该派多少兵去把守呢？水寨一旦失守，永乐的守军不就死定了？

章惇看到，赵顼很有兴致地望着他。不过，章惇没有立即出声，想等王安礼、冯京他们看完这两奏章再一起说出意见。接着，赵顼把这两奏章递到王安礼手上。王安礼把这两份奏章仔仔细细看了一遍，刚看完，赵顼的手已向他伸了过去，他又从头至尾看了一遍。接着赵顼把这两本奏章递到冯京手上。冯京看完后，赵顼又把两本奏章拿过去给蔡京看。本来知制诰虽是天子近臣，但离辅臣的路还远着，辅臣能看的东西他未必能看。但，赵顼还是给蔡京看。蔡京看过，赵顼只是扬起徐禧的奏章："都说说，若何？"

章惇感到，赵顼此举，其实是要众人都说徐禧的奏章好。崇政殿里片刻间沉寂了下去。章惇看到，王珪专注地望着赵顼，一脸的奉命唯谨的神情。蔡确眼望着天子沉思着。冯京一脸奉行故事的表情，不想表达什么意见。蔡京对赵顼是一脸的尊崇，眼睛却不时望望站在对面的王珪、蔡确，再望望站在这边的三人。王安礼等不得，一脸的刚直浩气，高声道："禧志大才疏，狂谋轻敌，必误国。"

章惇看到，赵顼望着王安礼半日不转一下眼睛。章惇很是赞赏地望着王安礼，觉得王安礼所言极是。赵顼龙颜很是不快，望着王珪："王相公有何高见，但说不妨。"

章惇清楚，赵顼在朝堂之上，遇有事不决，总叫王珪说上几句。当然，王珪的话每次都合圣意，这次也是一样："种将军提出三城并筑非策，一步步筑城建寨，得多少时间，多少人力物力，何日才能见到西夏党项羌人俯首称臣的一天？"

章惇看到，赵顼龙颜又欢快起来。蔡确、冯京听惯了王珪这类的话，也就一点也不足为奇，脸上并无什么特别的表情。蔡京饶有兴致、也深有所思地望望赵顼，又望望王珪。王安礼很不客气地对王珪说："相公言外之意是徐之策可用？"

王珪一点也不含糊："禧为朝廷亲赴横山永乐边关，风餐露宿，实地考察一月有余，岂是狂谋轻敌之徒？皇上刚才已经说了，禧策居高临下，出其不意，一马平川，长驱直入，西夏蕞尔小寇必死无葬身之地。禧之策，堪称上策。"

王安礼一点情面都不顾："好一个'出其不意'！西夏人不是草包，永乐新城少说要半年才筑得起来，岂能'出其不意'得了，恐怕永乐城筑完，西夏大军就蜂拥而来了！"

章惇注意到，赵顼龙颜明显阴了下去，王珪脸上闪过一丝不易觉察的笑容，口气平静，似有意无意地对王安礼说："和甫，你刚才一番话抗旨了。"

章惇心里打了个冷颤。王珪果然只是表面本分、平庸，其实害起人来下手很毒。元丰二年乌台诗案中，此公几句关于“龙”的话，差点要了大才子苏轼的命。今日此公这句很平常的话里其实杀气很重。章惇厌恶地斜视了王珪一眼。这个被朝中百官嘲笑为“三旨宰相”的人，特别会拿圣旨压人。圣旨自然要尊，但并非圣旨句句都是对的，否则天子要那么多臣子干什么？还设谏官专门跟自己过不去，挑毛病，找错误，有时甚至给弄得面红耳赤，下不了台，岂不是吃饱了撑的？章惇发现，蔡确是一脸的轻蔑，冯京是一脸的鄙夷；最有意思的是蔡京，既有对赵顼的无比崇敬，又有对王珪的不屑。王安礼对王珪更是厉声起来：“你以为你这是忠心吗？非也！陛下，对这种人尤其要防。”

章惇有种淋漓痛快的感觉。章惇见得多：处处顺君的，危难时恰恰叛君，愈危难愈叛得比谁都快、比谁都无耻；经常顶君的，危难时恰恰忠君，愈危难愈忠君，愈以死节报国。天下事有时奇巧得叫人瞠目。无论是王安礼之言，还是章惇之感，后来竟都得到灵验。南宋时，那个顺君、媚君在东窗下与老婆密谋杀害岳飞的人，就是王珪的女婿秦桧。章惇看到，崇政殿里的气氛很是紧张而又微妙起来。赵顼龙颜上明显有种不快。冯京一脸的赞赏之情。蔡确脸上也很是高兴。蔡京很有意味地望望崇政殿里每个人，明显在考究每个人的态度，不过在与章惇目光对接时却赶紧把目光撇一边去。表情最怪的是王珪，脸红一阵、黑一阵，然后复归平静，且隐隐有种幸灾乐祸的得意之情。

章惇心里有种不祥之感：弄得不好王安礼要惹上麻烦了。不管怎么说，王安礼这些话，不仅伤了王珪，也伤了赵顼。章惇注意到，赵顼忽然望着御案上的盔甲和宝剑，足足沉吟了半炷香工夫；然后转过身来，望着蔡京：“朕想听听你的意见。”

蔡京感激涕零，受宠若惊，很快把种谔和徐禧的奏章读完了，憨憨傻傻、快人一言：“好！”

章惇看到，崇政殿里的人都莫名其妙地望着蔡京。蔡京搞什么名堂，是说种策好，还是徐策好，抑或是两人之策都好呢？此地是天子批阅奏章的地方，不是勾栏茶馆，信口开河、胡说八道什么事也没有。赵顼龙目直视着蔡京：“你休要耍朕，直说：谁之策好？”

章惇看到，众人都望着蔡京，看蔡京还有什么名堂可玩。蔡京一点也不觉得自己的话有什么令人莫名其妙的地方，又憨憨傻傻、快人一言："禧之策好呀！"

谁都未出声，一时间崇政殿里寂寂无声。章惇感到，崇政殿里的气氛变得凝重、古怪而又滑稽起来。章惇注意到，各人的表情很不相同。赵顼龙颜大快之外，还有种奇异之色。王珪脸上有种对蔡京难得的欢快而又赞赏之情。蔡确的脸上有种异样的惊诧之情。冯京脸上则有种耐人寻味、难以捉摸的不满。王安礼则一脸的愤怒、鄙视和羞愧。章惇对蔡京是很不满的，觉得此人居心叵测，反复无常，叫人难以放心。

蔡京这句话起了很坏，也很大的作用。赵顼站了起来，离开御案，在崇政殿里来回走着，足足沉吟了半炷香工夫："人寿有限，机不可失，时不我待呀！"

章惇明白了，赵顼之所以用徐策而弃种策，是因为要急着扳回去年西伐失利后的面子，重树大有为之君之威。章惇看到，赵顼一步步往御案后面走去，在御椅上坐下，拿起御笔，在御纸上十分认真，一笔一笔写了几个字；然后又站起来，对这几个字看了又看，表现出一种十分满意之情，笑着招了招手，要众人过去。众人不敢怠慢，赶紧过去，都想先睹为快，表现出对赵顼的无比崇敬、顺从。章惇走得快，几步到了御案边，看到御纸上写着三个清秀工整的大字：

永乐城

章惇明白，这是赵顼给永乐新城的赐名。圣意已定，没什么争议的了。章惇看到，王珪、蔡确和蔡京都咧着嘴笑，一脸的取悦于赵顼的表情。王安礼、冯京面面相觑，却对此无以对。王安礼还想争。赵顼对王安礼做了个堵嘴的动作。但，王安礼还是跪了下去，对赵顼磕了三个响头："陛下，微臣有一愿望：永乐一战之后，千万要保重龙体！"

章惇看到，崇政殿里的人都像看怪物一样望着王安礼。对西夏再次用兵还没开始，王安礼就说出这样不吉利的丧气话，岂不是太不识相了吗？不过，章惇清楚，王安礼是真心为赵顼好。去年西伐失利以来，赵顼龙体确实变弱了，有次大朝时坐在御椅上都有点支持不住。这次对西夏用徐策，胜算确实不大，真打败了，赵顼龙体还不要垮吗？王安礼是忠臣，处处想到天子。

赵顼不可能再听王安礼的了，不过，也没对王安礼怎么样，只是要他起来，挥手要他一人下去。王安礼却迟迟不肯起来，还要说什么。章惇知道王安礼要说什么。既然永乐筑城无法阻止，现在能做的、最重要的就是保种谔一命了。赵顼在空中推出一只手，明显是不要王安礼开口。赵顼不让王安礼开口，章惇开口。章惇的口张开了，却见冯京跪了下去，轻言细语道：“陛下，臣有一事要奏：种将军父子两代在西北边关为将，屡立战功，万万不可听徐禧之言，把他杀掉，否则西北边关将士要寒心了。”

章惇看到，赵顼很是奇怪地望着冯京。章惇心里不由一紧，不明白此时赵顼何以出现如此的表情。其他人脸上也是一惊。章惇觉得，崇政殿里的天地之气都凝固住了。章惇猜：莫非种谔死定了。好在片刻后，赵顼龙颜欢笑起来：“此言从何谈起，朕说了要杀种谔吗？上次对夏用兵，种谔是有功的，朕要重奖种谔！”

章惇这才放心了。王安礼、冯京也放心了。蔡京也好像放心了。赵顼若有所思，想说什么，却又对众人挥了挥手。今日崇政殿议事就这么结束了。王安礼很是忧虑、很是快快地出了崇政殿。下丹墀时，王安礼忽然厉声喊住已经走远的蔡京：“蔡京，你站住！”

王安礼的喊声把在前面几步远的王珪、蔡确吓住了，都不由得回过头来望着王安礼。已经走远的蔡京回过头来，不敢往前走了。

章惇看到，王安礼黑着个脸，一步步向蔡京走去。王安礼黑起脸来是很叫人感到可怕的，眼神很凶，嘴里出着大气，连胡子也给吹了起来。王珪明显的是事不关己，高高挂起，赶紧斜斜地从旁边走了。蔡确喜欢凑热闹，不仅没离开，反跟在王安礼后面向蔡京走去。冯京脸上有快感之色，步子不紧不慢跟着走。章惇心里明白，王安礼肯定要狠狠教训蔡京，把蔡京臭骂一顿。章惇也不想饶过蔡京，几步赶到王安礼身边，二人并肩向前走去。

章惇看到，有几个路过的太监停下脚步，很是好奇地朝这边望着，等着看热闹。不过，蔡京却平静得很，像没看到王安礼那张黑着的脸。王安礼在离蔡京少说有十来丈远的地方，一手指着蔡京厉声道：“你好什么好！谁要你说徐禧之策好？”

蔡京一脸的憨憨傻傻、一脸的糊涂：“错了？”

王安礼：“章大人在进枢密院前，不是跟你交代好了两件大事吗？”

蔡京一脸的理直气壮：“在下没忘记这两件大事：一是西北边关之事，二是种谔人头之事。徐禧之策不是西北边关之事吗？章大人又没交代不能讲徐禧之策不好。再说，天子也明显是欣赏徐禧之策的。王大人，你错怪了在下。”

蔡京言之有理。王安礼眼睛望着蔡京半日未转一下。那几个准备看热闹的太监一脸的失望，又有点不甘心地转身走了。章惇感到，王安礼和自己是疏忽了，没把话说明确，结果让蔡京耍了。

蔡京："好！下回二位大人说清楚，在下就说哪件事好！"

章惇注意到，王安礼一脸苦涩之笑。章惇感到蔡京这人不简单：一是爽快，谁找他办事都一口答应，不说半个"不"字；二是脸皮厚，做无耻之事，脸不会红一下；三是聪明，耍你还有理，让你有口难言。

王安礼很厌恶、很无奈地对蔡京挥了挥手："走吧，走吧，你走吧！"

章惇感到有人到了身边，回头一看，见站在身后的蔡确兴味十足、略有所思地望着蔡京。章惇又转身望了望蔡京，处暑后的日光照在蔡京脸上，让蔡京的脸显得很光鲜。

第一〇〇章　兵临城下徐禧出城迎强敌　铁骑半渡宋军不击失良机

寒露后的天气，江南正秋高气爽，物色宜人，西北边关却寒气逼人，一片荒凉的塞外景象：南去的大雁差不多走了，偶有一两只掉队的大雁从头顶天空飞过，发出一种惊慌而又焦急的叫声；衰草遍野，人迹稀少，蛇已进洞，只有一些狐狸、野兔、土拨鼠在野外肆无忌惮地蹿来蹿去；天地间一片死寂，风声阵阵，像呼哨一样尖锐刺耳，使得这里显得更加死寂；侧耳远听，有互动的胡笳声、驼羊的悲鸣声隐隐传来，听去像是天外之音。不过，此时西北边关米脂城西北横山的一个险峻隘口，耸立起了一座孤零零的新城。新城距银州二十五里，前据无定大川，后倚横山峻岭，东、南、北三面是陡峭坚固的断崖，西面对着地势越来越低、越来越平缓的大漠；再过去就是富庶秀美的平野川区；从兰州陇中高原奔腾而来的九曲黄河到了这里，水面渐阔，水势也变得平缓，丰富的水源滋润着这片广袤的大地，让这里的稻香鱼肥。新城可说是表里山河，气象雄壮。扼住此城，守则固若金汤，万夫莫开；进则如大河猛水，浩浩荡荡，无可阻挡。此城就是天子赵顼派到西北边关来治理鄜延边事、统帅三军的给事中徐禧力主新筑的永乐城。

不过，今日此地却异常热闹。绥德军兵马钤辖、年过古稀的老将军高永能陪同徐禧、李舜举、曲珍、李稷，往永乐新城西门城墙走去。他们身后是一大伙扈从兵。城门两边的石阶上站着一排手执长矛、脸色凝重的士兵，石阶上有许多士兵在往城墙上搬运滚木檑石，城楼上有士兵跑过来跑过去，还有几个指挥模样的军官站在城楼上对着城外指点什么。城上城下一派开战前繁忙而又紧张的景象。

未到城门的石阶边，老将军高永能就听到城外一片令人可怖的纷乱喊杀声。高永能知道，西夏党项羌兵已经到了永乐城下。在西北边关跟西夏打了五十年仗的高永能没想到会来得这么快。高永能心中有数：情况很严重了。高永能一脸的忧虑、一脸的焦急，跟在徐禧几个人的后面，往城门边的城墙快步走去。还没登上城墙，就见一个指挥匆匆过来，一脚踩在石阶上，一脚踩在城台上，倾着身子，神色很是严重地说："老高，少说有二十万兵。"

高永能对此并不感到有什么大的震惊，但也不能说一点也不紧张。打仗，是玩命的活。西夏二十万兵不是来做客，是来杀人的。高永能清楚，这都是徐禧惹出的事。徐禧筑永乐新城，此计确实不能说不好，永乐扼西夏三州咽喉之地，从永乐新城出兵攻夏，一马平川，完全失去高山大河险阻的西夏，还真难办。然而，问题也就出在这里。西夏太后梁氏绝非等闲女流，岂能坐视不管？西夏后族必倾全力来攻永乐新城。西夏全国十二监军司兵力五十万，去年大宋西伐时死伤十五万，此时留在国内对付皇族的兵力有五万；可以说，西夏后族把全国大部分兵力都开到永乐新城赌命来了。

高永能看到，已经上了城墙的曲珍头也不回地望城墙边上走去，李舜举、李稷却都回过头来，朝跟自己说话的指挥打量了又打量。徐禧很不客气地斜着双眼睛，板下脸来对指挥说："你是何人？高老将军是你这么叫的吗？'老高'，'老高'，好像你的官比高老将军大。——来人！"

高永能吃了一惊，有点为这个指挥担起心来。看样子徐禧要治这个指挥对上官的不恭之过。中原王朝自古以来，天下平头百姓对官府的衙役都称"大人""老爷"，对当官的就更是马虎不得；在军中，对高自己一等的军士称"军爷"，对带兵的称"将军"，要不就不成体统，坏了规矩。"老高"这样的称呼是什么人叫的？不就是三教九流中的市井之徒和那些落草为寇的响马盗贼才这么叫人的吗？只是徐禧不了解西北边地的民俗，只要是西北边地出来从军的，不管官当得多大，都老什么老什么地叫。高永能自然就叫"老高"。高永能西北绥德人，祖坟都在此地，世代在西北为州将。高永能率领的多是父辈的老部下，生死与共的本地人；高永能又不摆架子，遇敌则身先之，下面的人受了伤，就用自己骑的马驮回来。因之，部下对高永能就像待自己家族的人一样，打起仗来无不卖死力。高永能喜欢人家叫他"老高"。"老高"，就是家人、邻里人的称谓，有点三教九流的市井味，却也有着难得的人情味。因之，不要说能统领三百来个士兵的指挥叫他"老高"，就是士兵也叫他"老高"，不这么称呼，反觉得别扭生分。《宋史·高永能》传中有这方面的记载。

高永能觉得，徐禧太少见多怪、小题大做了。高永能看到，指挥吓坏了，脸涨得通红，也很是尴尬，踩在石阶上脚想缩回去，又似乎觉得有什么不妥不敢缩，结果身子往下倾，要不是高永能一只手托住他的身子，肯定要栽倒在石阶上。高永能正想跟徐禧解释解释，已经站在城墙边上的曲珍回过头来对徐禧说："徐大人，边关将士是打仗亲兄弟，上阵父子兵，许多人对边将都老王、老张这么叫，没什么奇怪的。"

曲珍也是西北人，西北边关的名将。曲珍的解释比自己的解释更管用。徐禧这才没追究了，对指挥挥了挥手，要他离开。指挥赶紧去城墙边忙，转身前还很感激地望了曲珍一眼。高永能一步两个石阶，上了城台。举目西望，但见永乐城外平缓的沙地上，到处都是西夏党项羌兵。高永能还注意到，有一群群的西夏党项羌兵骑着战马进到坐落在横山向西的峪口上的众多古寨遗址里去。以前，高永能去过这些古寨遗址。这些古寨遗址上，只留下被风化了的断壁颓垣和一地瓦砾沙石。偶尔会从脚下蹿出野兔、野狐、土拨鼠什么的，转眼便不见了踪影。受惊的乌鸦则突然从身旁扑棱棱飞起，飞到上空却不飞走，只是发出嘎嘎的怪叫声。高永能听文官说过，这些古寨是汉唐时筑的，只是一种驻扎军队和囤积军用粮食武器的营垒。居住在这些寨子里的主要是军队，也有些小商人和手工匠艺人，真正的居民是没有的。这些小商人和手工匠艺人，赚的全是军队的钱。高永能远远地仔细把那些古寨遗址看了又看，但见一群群的西夏党项羌兵骑着马进到古寨遗址里，却不见出来。高永能发现，曲珍也把目光投向那些古寨遗址上。

寒露后的日光还很灿烂，永乐城东边城下一片黑阴，但距永乐新城不过两里路的无定河的那头，日光却一望无际。有道是兵到一万无边无沿，兵到十万彻地连天。日光下数不清的西夏党项羌兵朝永乐新城奔来，一波一波，汹涌无尽。西夏党项羌兵的前锋已经到了无定河边，许多西夏党项羌兵站在河的对岸，肆无忌惮地朝永乐城张望；骑兵沿着无定河的岸边来往驰骋，耀武扬威，手上的兵器闪着白光。无定河不深，河面不宽，波澜不惊，阴阴地像条冬眠的蛇躺在那里。有零星的羌兵已经下了河，不过都在离岸不远的地方停下来，显然在等待头领的命令。

高永能长长的白胡须左右摆动着，在日光下闪着银色的亮光。高永能目测了一下城外西夏党项羌人的兵力，但见左、右两翼的羌兵不见边际，正面羌兵少说厚达到十里。高永能看到，站在自己近处的宋军官兵，脸上都有了惧色。这难怪，此时在永乐城的宋军，曲珍率领的鄜延军步骑一万人，自己率领的绥德军步骑一万人，永乐城原有五千人，徐禧从米脂带来五千人，合计才三万人。以三万人对二十万人，草包也知道，这个仗输定了，官兵能不怕吗？不错，来西北戍边的人早就作好了马革裹尸的准备，但谁也不愿白白送死，谁都想活，不想活的人是神经病。

徐禧、李舜举、李稷都过来了。高永能侧过脸去，看到李舜举、曲珍、李稷都一脸的错愕。他们没有料到，永乐新城外会突然冒出这么多西夏羌兵。不过，徐禧却异常兴奋，环顾周围，指着城外的羌兵，哈哈大笑了三声："西夏人送死来了。二十万算什么，三十万、四十万也不怕，来得越多越好，这正好是吾立功取富贵之秋也。"

高永能觉得，徐禧的脑子有毛病，这海口夸得太大了些。徐禧刚来西北边关时，高永能虽然听说朝廷里没几个人把徐禧看成是个有真本事的人，王安礼更是把徐禧看成神经出了毛病的人，但高永能和许多边将一样，还是很敬重徐禧，把徐禧看得很了不起。西北边关的将士对朝廷里的人都很迷信，觉得天子派来的人都是有大本事的人。再说，这个徐禧走起路来高视阔步，浑身上下都有种睥睨天下、舍我其谁和以边事自任的神气，谁敢小看他？不过，没多久高永能的看法改变了，感到徐禧这个人确实没什么真本事。这一来是徐禧太不把边将在眼里，视这些人都是些只会舞刀弄枪、不懂兵法的武夫莽汉；就是西北大名将种谔，徐禧也看得一钱不值，西北边将能服气吗？此人脾气又大，容易动怒，发起怒来便面红脖子粗，颈上的青筋都暴了出来；常摆权势威风，几句话不合他的意，脸就板了下去，辞色严厉地凶人。这就更伤了边将的感情，真有大本事的人会这么对待边将？

高永能看到，李舜举很是焦急、很是忧虑地望着徐禧。高永能见过不少太监，坏的确实不少，又无知，又浅薄，又骄横，又惹是生非，又自以为是，把边关搞得不成样子；李舜举却安守本分，喜欢读书，还能写点笔札之类的文章，对边事常听边将的意见，在永乐新城受到将士的尊重。曲珍很是奇怪地，也很是诧异地望着徐禧。曲珍是懂得用兵的。去年西伐，在米脂城外，助种谔打了个漂亮的大胜仗，对徐禧的大话能不惊诧吗？李稷却很是佩服，也很是巴结地望着徐禧。李稷这个人在秦地边关做过多年财赋官，现在是永乐新城总军需官，在秦地以苛暴著称，可说是雁过拔毛，他治下的平头百姓的油水都被他给榨干了。秦民在路边搭了间棚屋，也要交“侵街钱”，否则拆屋，弄得平头百姓怨声载道。不过，李稷为筑永乐新城还是立了功的，要钱、要物、要工、要料，李稷总是立马办到。有丁夫逃跑，李稷就派骑士去抓，断其足筋。此人爱财如命，下面的人想从他那里弄到一文钱，比登天还难。但，永乐新城筑好后，李稷把收搜上来的金、银、钞、帛，一车一车运到永乐新城。徐禧大喜过望，十分赏识李稷。因之，李稷更是千方百计在徐禧面前邀功，表现自己的才干；对徐禧也更是巴结，奉若神明。李稷说：“徐大人所言极是，确实如此：西夏人送死来了，吾等立功取富贵的时候到了。”

高永能对李稷这种令人作呕的言谈，早已见怪不怪了，但今日这番话，高永能心里还是感到憋气。说实在话，在别的许多事情上，巴结、邀功、闭着眼睛说假话，自然不好，但后果未必很严重；然而，兵者，凶器也，危事也，在用兵上，千万说不得假话，否则要搭上成千上万人的性命。高永能现在年事已高，不像年轻时那么气盛，要不然非顶李稷几句不可。不过，曲珍很严肃地说了句话：“今日的功名富贵恐怕不好取，西夏人固然有许多人送死来了，恐怕吾等也没几个能活着出去。”

曲珍是个忠厚老实人，说的是大实话。既然今日西夏人是来赌命的，人数又是宋军的近十倍，要是打法上不得当，确有全军覆没的可能。高永能注意到，不仅李稷侧过脸去，而且徐禧也侧过脸去，很是不满也很是气恼地望着曲珍。高永能有点为曲珍担心起来。徐禧这种好大喜功的人不好惹，连对种谔都起过杀心，对曲珍就更会起杀心了。杀种谔难，杀曲珍就没那么难了。朝廷里知道种谔的人多，知道曲珍的就无人了，杀了曲珍没人给说话。高永能随时做好应对这件事的准备。还是那句老话：自己已过古稀之年，没几年活了，大不了与曲珍一道去死，徐禧总不能把西北边将都斩尽杀绝吧？不过，徐禧今日对曲珍还算客气，脸未红，颈上青筋未暴，只是对曲珍之言很有点不以为然地笑了笑：“曲老将军，何怯耶？”

高永能差点没笑出声来。有宋百年来，当将军的受文官的怄气是家常便饭，但贪生怕死的还真的不多；特别是西北边将，出生入死，早把生死置之度外。不过，徐禧既然对曲珍没起杀心，高永能也就不作声了。高永能年高，却一点不糊涂，知道现在要想的是如何打好永乐新城这一仗。徐禧、曲珍、李舜举、李稷都转过身去，望着永乐城外越来越厚的西夏党项羌兵。高永能注意到，在越来越厚、汹涌无尽的羌兵中，有面红色大纛像大船桅杆上的大帆，顺着不断涌动的羌兵人海，快速向永乐新城移动；大纛所过之处，羌兵像被犁开的波浪一样向两边分开。那面红色大纛很快移到了无定河边。大纛是红色的，河边旷野上的风，把那面大红纛展开，上面露出一个金色的羌字。祖上世代在西北为州将的高永能，读过几年书，字认得不少，羌文也识得一些。红色大纛上的金色羌文是个“仁”字。仁多零丁到永乐新城下了！高永能心里咯噔愣了一下。这倒不是说高永能怕仁多零丁，别看高永能年纪这么大，就是单挑，还能跟仁多零丁大战上百回合。西北边关的将士，可以说无人不知道仁多零丁这个人。此人是西夏名将，很凶残，为了攻下一座城池，死多少羌兵连眼皮也不会眨一下。仁多零丁在去年宋军五路西伐中，吃过李宪的亏，本人也差点成了向宝的刀下之鬼；但在灵州城下，却大败高遵裕，扳回了面子。西夏梁太后这次把仁多零丁派到永乐新城，看来西夏后族果真赌命来了。

高永能看到，曲珍、李舜举、李稷的脸色都很凝重肃然。自己周边的士兵望着仁多零丁那面大纛脸色都变了。徐禧却一脸的不屑。高永能觉得，徐禧此时应该与曲珍、李舜举、李稷和自己好好商量对策。兵力上敌众我寡，西夏人又是来赌命的，硬拼肯定不行。然而，永乐新城里的鄜延军是支让西夏人闻风丧胆的军队。天子赵顼圣明，清楚守永乐新城要借重鄜延军，但让鄜延军的总管种谔领军，肯定要跟徐禧闹得天翻地覆。天子赵顼便让种谔去守延州，让副总管曲珍领着鄜延军来永乐新城助战。由种谔训练出来的这支军队还足以让西夏人心惊胆战。自己率领的绥德军也是久经沙场、能征惯战的军队。再说，永乐新城三面由悬崖峭壁构成，西夏人要攻下永乐新城也不是那么容易的。因之，固守待援不失为一策。当然，采用此策是要保证永乐新城有水可用。这点徐禧倒是想到了，在筑永乐新城的同时在后山做了个水寨，寨内打了十四口大井，有条很隐秘的通道连着永乐新城；且派了两个都指挥使带着两千人守水寨。但，徐禧并未与众人商量对策，只是在墙头来回转了几圈，然后停下来，信心十足、胜券在握地说：“各位不必忧心忡忡。——传令！”

既然是命令，那就没商量的余地。站在近处的传令兵跑了过来，笔直地站在徐禧面前。高永能注意到，李舜举忙转过身去，一脸倾耳细听之色。李稷也忙转过身去，一脸奉命唯谨的表情。曲珍同样转过身去，很认真地望着徐禧，准备去执行徐禧的命令。高永能精神为之一振，打算徐禧的命令一下就立即去执行。

高永能看到，西夏党项羌兵已有不少人涉水渡过了无定河，不过却没敢往前多走几步，只是缩在岸边小心地朝永乐新城这边窥望。徐禧对众人的服从很感满意，一脸悦色；又见西夏党项羌兵缩在岸边不敢过来，又很是得意，也一脸对西夏人的轻蔑。过了不到半炷香工夫，徐禧脸色严厉起来："城外列阵！"

高永能惊得目瞪口呆。仗有这样打的吗？此时宋军应该严阵以待站在城墙边上，等着西夏人爬城墙时往外扔滚木檑石，来多少人爬城墙都叫他有来无回。然而，徐禧却让三万人出城去迎战二十万敌军，岂不是送肉上砧？李舜举感到恐慌，焦急地望着徐禧。曲珍大为不安，与高永能对视了一下。李稷仍是很巴结地望着徐禧："徐大人此令极是：看西夏人吓成那个样子，一战可退羌兵。英明！英明！"

高永能心里在骂李稷："混账！"马屁有这样拍的吗？羌兵如果真的如此不经打，早给中原王朝吞掉了。羌兵此时缩在岸边，只是在等后面更多的羌兵开到河这边来。这个李稷在西北也是当了好多年财赋官，对用兵打仗多少是了解的，怎么会说出这样的混账话来。此人为了讨好巴结上官，什么无耻的话都说得出口。

传令兵下去传令了。不多一会，一队队宋军跑步开出了城外，很快就在城外列成阵势。有不少羌兵显然害怕了，赶紧转身往回走，想过到河那边去。此时，无定河那边红色大纛挥动了起来。一阵令人肝胆俱裂的喊杀声后，从各个古寨遗址里冲出无数西夏骑兵。这些骑兵一个个手执兵器，向无定河边快速冲来，无数战马扬起的尘烟一路向无定河边滚来，令人可怖。冲在最前面的一群战马很快到了无定河边。高永能的眼睛睁大了。原来那些骑兵下面的战马都披着重甲，马与马之间都用钩索绞联在一起。仁多零丁出动了"铁鹞子"铁骑。这"铁鹞子"甚是厉害，矛刺不入，刀砍不动；即使马死了，上面的骑兵也不会坠落下来。西夏人开战前多用这种"铁鹞子"铁骑突入对方阵中，用不了多久，对方就会挡不住，死伤无计其数，溃败下去。高永能看到，刚转身往回走的羌兵又转回来了。"铁鹞子"上的羌兵一个个腰挺得直直的，一脸的凶神恶煞，看上去像是从地府里放出来的恶鬼。

高永能看到，西夏第一批"铁鹞子"冲下了无定河。后面的"铁鹞子"又一批批冲了过来。每当"铁鹞子"冲下河时，就像从天上掉下的巨石，发出一阵轰然巨响，溅起一簇簇巨型水花。轰然巨响一阵连着一阵，簇簇水花此落彼起，让人感到惊心动魄。高永能看到，从未见过"铁鹞子"的李舜举一脸的无所措，见过"铁鹞子”的曲珍一脸的焦虑，同样见过“铁鹞子”的李稷再也不出一声了。不过，徐禧却毫无惧色，一脸的无畏，突然拔出长剑，要到城外去督战，领着大军拒敌于永乐城外。高永能吓着了。此时在城外拒敌，与西夏人对决，无异于送死，必须赶紧把城外列成阵势的三万人撤回城内，然后关紧城门，“铁鹞子”爬不了墙，怕它作甚；等“铁鹞子”撤回时再行攻击，这一仗就赢定了。徐禧快到城楼的石阶口，曲珍快步走去，在石阶口拦住徐禧：“徐大人，你留在城墙上，珍去对付那些‘铁鹞子’。”

高永能感到曲珍确实是个忠厚老实人，明知“铁鹞子”不好对付，下去凶多吉少，却宁可自己去对付。高永能是个明白人，知道曲珍此举完全是出于好心：一来是由曲珍去对付“铁鹞子”，胜是胜不了，但至少可以少让士兵不明不白把性命丢掉；二来徐禧是天子派到西北来的敕使，要保护好，不能让徐禧有什么闪失。不过，徐禧的脸板下去，瞪了曲珍一眼：“曲老将军认为只有武将才会打仗，文官就不会打仗？”

徐禧这话说得很难听，且带有一种威胁的味道。曲珍一脸无奈的苦笑，不敢再说什么，只好给徐禧让路。徐禧下到石阶的一半，回过头来，很有点意犹未尽，且多少有点轻蔑地发出一通感慨：“西北本可唾手取得，恨将帅怯耳！”

徐禧的这话就更难听了。徐禧不是第一次说这样的话。在高永能的记忆中，少说有十来回了。西北边关将帅听了没一个心里是舒服的。再说，中原王朝的官场自古就是这样：官大的可以随便把官小的骂得一无是处，再难听的话也得听下去，权当老子骂孙子。曲珍的脸红了，却乖乖站着。李舜举脸上有种听不下去的表情，很是无奈。李稷脸上有了喜色。他是边关上的文官，徐禧骂武官，心里乐着。李稷对徐禧更是巴结讨好了：“徐大人所言极是。吾等敢不舍生忘死，一往无前！”

高永能气得差点没把李稷骂出口。徐禧却一脸的荣光，精神也为之一爽。徐禧几乎是小跑着下了石阶。众人和一大伙扈从兵跟在后面，也很快下了石阶。然后，徐禧又高视阔步，出了城门，往城外走去。高永能随着李舜举、曲珍、李稷跟在徐禧后面，过了吊桥，来到喊杀声震天动地、已列成军阵待命的士兵面前。徐禧倒也不是个贪生怕死之人。高永能看到，徐禧威风凛凛、意气洋洋地挤到军阵的最前面，很不当回事地望了望越来越厚的“铁鹞子”，哈哈大笑了三声：“吾立竿要把这些‘野鸡’毛拔了红烧，拿来解酒。”

高永能心里很不是味。西北边关多少将帅见到西夏的“铁鹞子”都不敢掉以轻心，总是小小心心去对付。然而，徐禧却把“铁鹞子”看成“野鸡”。西夏“铁鹞子”身上的毛可不好拔，要丧命的。这个徐禧太狂、太自负了。高永能看到，“铁鹞子”虽然越来越厚，但过了无定河的“铁鹞子”并不多，大部分“铁鹞子”还在无定河的那边。高永能觉得此时是个机会。他粗略估计一下，无定河这边的“铁鹞子”不过三千来人。以三万对三千，再在无定河边多派些弓箭手，对着想过河的“铁鹞子”放箭，这一仗还是能打赢的；就是不赢，也输不到哪里去，至少可以重创无定河这边的“铁鹞子”。高永能忙转过身去，把自己的想法告诉徐禧，站在自己一旁的曲珍却先开口了：“徐大人，‘铁鹞子’渡河不足一半，现在就发动攻击，可败‘铁鹞子’。”

高永能感到，曲珍确实是个好人，徐禧对他那么不客气，说那么难听的话，有好主意还是和盘托出。曲珍与自己可说是英雄所见略同。高永能赶紧追加一句：“徐大人，曲将军此计甚好，急击勿失！”

高永能看到，李舜举很有同感地望望自己，又望望曲珍，最后用多少有点恳求的目光望着徐禧。这个喜欢读书、还能写点笔札之类文章的太监对边关将官倒是挺看得起的。高永能想：徐禧对边关将官的话能听得进一两句，就谢天谢地了。高永能叫身后的扈从兵把战马和长柄大刀拿来，同时看到曲珍也要身后的扈从兵把战马和长矛拿来。二人的一只脚已踩在马镫上。一件怪事出现了。徐禧大军师一样地笑了笑，对曲珍和高永能摇了摇手：“二位将军，何其心急也。”

高永能糊涂了。这么好的战机到了，还有什么可等的呢？高永能看到，曲珍一脸的错愕，就是李舜举、李稷也一脸莫名其妙的神情。曲珍说：“徐大人，再不出击，西夏的‘铁鹞子’都过了河，吾等就输定了。”

曲珍的话是对的。再说，西北边关各军都有一批大刀兵，把这些兵集中起来，专砍“铁鹞子”的马蹄，还是能制伏住“铁鹞子”的。不过，徐禧仍大军师一样笑笑，伸出双手往下按了按，对曲珍和高永能做了个下马的动作，一脸的神机妙算、稳操胜券、天机不可泄露的表情：“吾就是要等那些‘野鸡’都过了河才出击。”

高永能有点不相信自己的耳朵了，同时看到曲珍、李舜举一脸咋舌之情，就是李稷脸上也显出平日不可能有的惊讶之色。高永能真不知这样一个得到天子赏识、素以边事自任的徐禧怎么会说出这样令人昏倒的混账话来。现在看来，徐禧这个人确实是个好谈兵却并不知兵，又自以为很会用兵的狂徒。高永能读书不多，却知道《左传》上记载的春秋时宋襄公的故事。这个宋襄公就是不听谋士言，不对只半渡过河的楚人发起进攻，结果遭到惨败。徐禧是个读过许多书的人，不会不知道这个故事。然而，徐禧却怎么还要重蹈宋襄公惨败之辙呢？谁都没有出声，都不知道怎么说才好。徐禧得意了，很神气地望了望众人，然后把目光停在曲珍和高永能身上，一脸饱学之士的高深莫测表情："尔何知，王师不鼓不成列！"

高永能摸了摸长长的白胡须，真的是百思不得其解了。看来徐禧不是不知道宋襄公的故事，这岂不是明知故犯，自己跟自己过不去吗？高永能进而怀疑起自己来：莫非自己当年读的《左传》是假的，要不然就是自己把这部书读反了。高永能看到，李舜举脸上的表情和自己差不多，很是担忧地望着徐禧；李稷脸上的表情也有点莫名其妙起来；曲珍肯定是没读过《左传》的，不过并不像不知道宋襄公的故事，脸上的表情有惊愕，也有种不敢苟同之色。

见众人又不出声，徐禧更是得意、更是神气了，用手指了指曲珍说："曲老将军，你说说'王师不鼓不成列'的意思。"

高永能觉得，徐禧这就很不厚道了。军中的人谁都知道曲珍未读过书，然而徐禧却出这样的题目难他，岂不是故意奚落曲珍，让他丢丑吗？奇怪，曲珍倒不怕："珍不知书，却听文官说过，宋襄公这个蠢人，楚人半渡时不打，却等楚人全部上了岸，才对决，打仗有这么厚道的吗？"

不知书的曲珍并未被徐禧难倒，且说得出这么一番精彩的道理。高永能既惊奇，又高兴。徐禧有点故弄玄虚意味地望了曲珍一眼，然后对众人说："曲老将军的话倒也不全错。不过，本官告诉各位，宋襄公是位有仁有信的贤德之人，不击半渡之敌并不是愚蠢，而是志存高远，不做那种乘人之危的不仁之事。各位知否？"

这个徐禧到底学问大，竟然在《左传》中读出了高永能所没读出来的意思。高永能被难住了，确实不知道春秋时的宋襄公这位国君竟然是位这样了不起的圣人。高永能看到，李舜举也被难住了，望着徐禧发怔。曲珍更是被难住了，傻傻地张着嘴半日合不拢。李稷先是一怔，接着又找到一个把徐禧奉若神明的话题："徐大人所言极是，只是我等才疏学浅罢了。"

徐禧高瞻远瞩、气冲霄汉、口若悬河、夸夸其谈起来："春秋五霸，齐桓公排在第一，后人都说是齐桓公拔刀子砍人砍出来的第一。非也！齐桓公靠的是仁厚道德，当上第一霸主的。宋襄公学的就是齐桓公，面对仁义不施、卑劣无耻的楚国，要打出个礼仪之邦的样子来，争取当齐桓公一样的霸主，自然不会去做出击半渡之敌那样无耻之事。襄公实后世不可多得之楷模，却沉冤近两千年，太失公允了。吾今日与西夏人对决，就是要学宋襄公，要让西夏人见识见识大宋王师的仁厚道德，让西夏人败在仁厚道德上，扬我天朝之威，也还襄公一个公道！”

高永能感到自己要晕过去了。宋襄公之仁的故事千年以来就是个大笑话。然而，在徐禧嘴里，居然成了光芒万丈、能克敌制胜的兵家经典。高永能平生第一次碰到徐禧这样一个自命不凡、自以为是、无所不知、无所不能、神经错乱、狗屁不通的狂徒。再说，宋襄公死了快两千年，冤不冤与你何相干。徐禧的讲话其实是学究式的，跟乡村的私塾先生差不多，枯燥乏味得很。但，徐禧却讲得那么振振有词、凿凿有证，要反驳还无从下手。高永能清楚，像徐禧这种人打定的主意，是谁也说服不过来的。今日这一仗，只能尽力去打，能打到什么程度算什么程度。

李舜举忍不住道：“徐大人，舜举读《左传》时记得，宋襄公被打败后，国人都归罪于他，有位大臣还公开批评他：‘君未知战。’今人岂能学耶？”

李舜举的话说得很不是时候。徐禧此时的话就是圣旨。徐禧发怒了，脸色相当难看。平日徐禧就没把李舜举放在眼里。徐禧摆起权势威风来了，态度很是傲慢，脸上一点表情也没有，斥责起李舜举来：“你懂什么，大臣越是批评襄公，越显出襄公仁厚道德的可贵。——各位不必多言，只跟吾取功名富贵就是。”

西北边关之事徐禧说了算，事情就这么定了下来，再说什么也无济于事，现在要考虑的是怎么把仗打好些。徐禧的态度实在让人受不了，但受不了也要硬着头皮受。徐禧刚才的话里，还有要人家对他感恩的意思。不过，这个恩高永能是永远不想去感的，曲珍、李舜举脸上也看不出感这个恩的意思，只李稷脸上显出些微感恩之色。徐禧的脸色这才又和悦起来，笑着伸出双手往下按了按，对曲珍和高永能做了个下马的动作。高永能与曲珍相互对视了一下，发现他们的一只脚还踩在马镫上，也笑着把那只脚放了下来。

城下一片黑阴缩小了一大半，寒露后还很灿烂的日光已经照到无定河这边来了。高永能一手牵着马，放眼朝前望去，看到西夏的“铁鹞子”已经有一大半过了无定河，一个方块一个方块、密密地排列在无定河这边。无定河那边还有许多“铁鹞子”在过河。城下的三万宋军没动。无定河边的“铁鹞子”也没动。两边令人惊恐的喊杀声不知什么时候都停了下来。战场上一片令人心惊肉跳的死寂。

高永能不时十分焦急地侧过脸去，望望徐禧，希望他赶紧下令出击。高永能看到，曲珍也一手牵着马，不时朝徐禧望望，一脸的焦急和无奈。但，徐禧却更加大军师一样站在那里，没有半点要出击的意思。再过一盏茶工夫，西夏的“铁鹞子”就将全都过河。徐禧还慢悠悠地道：“听令！以前打败仗的一个重要原因，就是以砍得敌军首级多少论功行赏，将士为了抢到敌军首级相互争吵，仗也不打了，结果敌军趁机反扑，反吃败仗。这个规矩要改一改：今后必破敌后均赏，军功平等。”

高永能看到，无论是李舜举、曲珍，还是李稷，都大惊失色。有道是“重赏之下必有勇夫”，奖赏无差，谁肯冒死向前？高永能在西北戍边五十余年，从未见谁用过均赏。均赏可说是最操蛋、最误事之军令，真不知徐禧是怎么想出来的。然而，军令已下，无法收回。高永能回头一看，注意到徐禧的均赏令已通过传令兵很快传到列成军阵的三万士兵那里；军阵未动，但一阵阵骚动的声音却像河水一样一波未平一波又起。

高永能清楚，今日一战，必败无疑。高永能又回过头来，眼睛睁得大大的，看到无定河对岸仁多零丁红色大纛朝右翼挥了挥，右翼羌兵中立即显出一条向永乐新城后面移动的波浪线。高永能又吃了一惊，明白那条波浪线意味着什么。这个仁多零丁，不愧是西夏党项羌兵中最能战的名将，一定是在找宋军的水寨。高永能忙对徐禧说：“看右翼那条羌兵波浪线，赶紧再派人去城后，守住水寨。”

徐禧抬头望了望无定河那边的羌兵。这回徐禧倒是接受了高永能的意见，令李稷再带两千人去守水寨。徐禧这条命令恐怕是他在永乐新城下的唯一正确的命令。李稷得令之后，没忘记巴结徐禧一下：“徐大人所言极是，稷敢不死守水寨。”

李稷点了两千兵去城后水寨了。无定河对岸仁多零丁红色大纛左右大幅度挥舞了起来。无定河这边的“铁鹞子”出动了。高永能估计“铁鹞子”少说有八千人，在长约两里、宽约半里的沙丘地上，排成三十个方块，快速向永乐新城开来。徐禧先令曲珍率领一万鄜延军出战，发起三次冲击后才准后撤；高永能率领绥德军紧跟在后，只有在鄜延军三次冲击后才可上阵，不管鄜延军打得如何，绥德军都不得擅自出战。徐禧下的是死命令，退路封死了，对鄜延军来说，只有破釜沉舟，奋勇死战，别无选择。不过，这倒不是徐禧报复曲珍接了几句嘴，顶了他几下。由种谔训练捶打出来的鄜延军确实是百战精兵，特别能野战，多变诡异的战法令西夏羌兵胆寒，徐禧让鄜延军率先冲阵，这个做法无可厚非。

高永能还看到，西夏的“铁鹞子”渡无定河时，无数羌兵也跟着渡过了河。这些羌兵跟在“铁鹞子”后面，随着“铁鹞子”推进。曲珍上了马，到了鄜延军阵前，很快把鄜延军分成弓箭、大刀兵、骑兵三个梯队。然后就见曲珍长矛一指，第一梯队的弓箭手张弓搭箭，杀气腾腾冲了出去；接着是第二梯队的大刀兵，手持大刀阔步跟在后面；再后面是第三梯队的骑兵，催马向前，举着长矛去拼命。

西夏“铁鹞子”的三十个方阵，齐头并进。永乐新城之下，无定河边，喊杀声四起，天震地骇。远处看去“铁鹞子”就像一座座硕大无比的鬼怪向永乐新城这边逼来。“铁鹞子”扬起的尘土，像烟一样把“铁鹞子”罩在里面。无定河那边，仁多零丁红色大纛左右大幅度挥舞着。越来越多的羌兵渡过河来。永乐新城下面，几百面战鼓擂得山响，所有的士兵一脸的肃容，准备把老命丢在永乐新城之下。

高永能看到，鄜延军的弓箭手在离“铁鹞子”不到五十步才开始放箭；直面看去，弓箭手已贴在“铁鹞子”的马头上。一批批的响箭像蝗虫一样向“铁鹞子”射去。许多响箭射在“铁鹞子”的铁甲上，“铁鹞子”无事一样继续向前推进。不少响箭射中了“铁鹞子”上的羌兵，长长的响箭插在羌兵身上，但羌兵还是直直地坐在“铁鹞子”上。“铁鹞子”无所畏惧、无可阻挡地向永乐新城逼来。弓箭手挡不住了，赶紧后撤。撤得慢的，就被“铁鹞子”踩死在马蹄下。

鄜延军的第一次冲击就这么结束了。接着，鄜延军的大刀兵发起向“铁鹞子”的第二次冲击。大刀兵举起长柄大刀，只砍“铁鹞子”露在重甲外的马蹄。“铁鹞子”的马蹄被砍着了，“铁鹞子”上的羌兵晃了晃，但后面的“铁鹞子”推着受伤的“铁鹞子”向前逼去。两边的大刀兵赶紧往两个方块的“铁鹞子”军之间的空当闪开。正面的大刀兵就惨了，许多人被“铁鹞子”踩倒在地，再也不见出来。“铁鹞子”军中，到处都能看到竖起的大刀的长柄。这些长柄，随着“铁鹞子”向前移动，看去就像大河涨水时冲下来的直插入水中的木杆。弓箭手和大刀兵挡不住“铁鹞子”的进攻，转身后撤。

第三次冲击是曲珍亲自率领的骑兵发起的。不过这些骑兵并未对“铁鹞子”的正面进行攻击，只是从两个方块的“铁鹞子”军的中间插了过去，专打跟在“铁鹞子”后面的羌兵。高永能看到，许多羌兵倒了下去，无数羌兵往回撤，跳到无定河里，往对岸走去；对岸下来准备过河的羌兵也停了下来，朝这边张望着，样子看去很是紧张。

高永能觉得曲珍这一招漂亮。先把过了河的羌兵赶回到无定河对岸，再把“铁鹞子”困在河的这边，然后慢慢解决这些“铁鹞子”，也不能说不是个办法。按照徐禧的命令，现在该绥德军出战了。高永能长柄大刀一扬，绥德军的一万人排成无数个方阵，呐喊着向前冲去。不过，此时一件可怕的事情发生了。高永能看到，两里宽的沙丘地上，三十个方块的“铁鹞子”摆成圆弧形，紧紧地追杀着鄜延军的弓箭手和大刀兵。弓箭手和大刀兵已溃不成军了，四处逃窜。鄜延军的许多弓箭手和大刀兵，不是被追上来的“铁鹞子”战马撞倒在地，就是被“铁鹞子”上的羌兵用长矛刺倒在地。弓箭手和大刀兵乱成一团，相互撞倒、踩死的也不在少数。乱成一团的弓箭手和大刀兵见绥德军的方阵过来了，以为来了救星，全都没命似的往绥德军的方阵冲了过去。

高永能被这突如其来之事吓蒙了，一时失去了主张。高永能看到，绥德军的方阵乱了，对着鄜延军的这些逃命的弓箭手和大刀兵，可说是半点办法都没有。叫他们不要冲过来，没人听，且越叫越往这边冲；用刀砍这些人，也没用，反正不冲过去就要被“铁鹞子”踩死，不如死在自己人手里，死相也会好看一点。不过，高永能到底是西北边关的老将，比谁都清楚这个仗没法打，很快镇定了下来。打，军队已经乱成这样，绝对要输得更惨；后撤，不仅能保住绥德军，还能保住鄜延军的这些弓箭手和大刀兵。不错，徐禧肯定要追究责任，那就自己一人担当。还是那句老话：自己已过古稀之年，没几年活了；为了这一万多士兵，搭上这条老命，值！

高永能举起长柄大刀往后一指，让所有的士兵都撤回到永乐新城里面去。高永能看到，自己身边的士兵都高兴得欢笑起来。高永能又命绥德军让出路来，让鄜延军的那些溃不成军的弓箭手和大刀兵先撤回城去。那些从高永能身边经过的鄜延军弓箭手和大刀兵都无限感激地望了望高永能。高永能再把绥德军的大刀兵编成三十个支队，令大刀兵不准迎面进攻“铁鹞子”，只在侧面砍“铁鹞子”两边的马蹄。

高永能上了马，亲自率领一队大刀兵对付中路一个方块的“铁鹞子”。高永能朝无定河那边望了望，看到曲珍领着鄜延军的三千多兵卒，在无定河这边往来驰骋，有羌兵要过河，就一阵砍杀过去。无定河里的水都染红了，无数羌兵的尸首漂浮在河中。曲珍会用兵，不仅把河这边的羌兵赶过了河，而且拦住了那边想过河的羌兵，让两个方块之间的“铁鹞子”腾出了一个空间，好让绥德军的大刀兵插进去。

绥德军的大刀兵很快进到腾出的空间里去，且战且退，不少“铁鹞子”的马蹄给砍伤了。“铁鹞子”拖着这些马蹄受伤的马，毫无半点退缩地继续往永乐新城进逼，但速度明显减缓了。高永能看到，鄜延军的弓箭手和大刀兵已撤到壕沟边上，绥德军的士兵也后退到离壕沟不远的地方。永乐新城的壕沟里并没有水，对宋军士兵逃回永乐新城无碍。高永能特别高兴，也很是奇怪地看到，徐禧、李舜举已回到壕沟那边去了。高永能无法知道徐禧此时心里是怎么想的，也不知道是什么原因促使徐禧回到壕沟那边去的；不过，这点并不重要，只要徐禧回到壕沟那边就好，宋军就太平无事了，就可以不用担心回到城里去了。

高永能清楚，今日永乐新城下的一战，败是败定了，谁来了也无力回天，扳回这一局。高永能明白，现在要做的是尽量多砍伤“铁鹞子”的马蹄，尽量减缓“铁鹞子”向前推进的速度。只要宋军全部过了壕沟，就安然无恙，万事大吉。“铁鹞子”再厉害，到了壕沟边，过不了壕沟，只能干着急。

高永能大喊了一声：“砍！”跳下马来，举起长柄大刀就朝“铁鹞子”的马蹄砍去。高永能明显地感到，他身边的大刀兵个个都冒着“铁鹞子”上的羌兵刺下来的长矛，奋力地挥动着手中的长柄大刀。有个羌兵连着刺伤了两个大刀兵，又凶狠地张开大嘴，露出发青的牙齿，半斜着身子要刺第三个大刀兵。高永能火了，跳了过去，先是举起长柄大刀虚晃一下。那个羌兵急忙转过头来，颈脖子正好露在高永能大刀口下。高永能手起刀落，那个羌兵的人头便滚落在地。那个羌兵颈脖子里喷出一股鲜红的血水，溅在高永能铁甲上。那个羌兵脸上血肉模糊，分不出眼睛和鼻子，但流血的大嘴还凶狠地张着。

绥德军的大刀兵且战且退，砍伤了“铁鹞子”的许多马蹄，也砍死了一些羌兵，自己这方也死伤了不少人。绥德军的大刀兵退到壕沟边时，绥德军和鄜延军的弓箭手、大刀兵都已撤到壕沟的那边。绥德军的大刀兵纵身跳下壕沟，然后爬上壕沟的那边，站在壕沟边上不退了，轻蔑地笑着挑逗“铁鹞子”上的羌兵。

寒露后的日光照到壕沟的时候，鄜延军的弓箭手、大刀兵和绥德军全都撤回永乐新城。城门紧闭。高永能站在敌楼上，看到西夏“铁鹞子”整整齐齐地排列在壕沟边上，样子显得很凶恶，也很无奈。高永能再朝无定河那边望了望，但见仁多零丁的红色大纛在往无定河边移动。这个狡猾凶残的西夏后族名将肯定要到永乐新城下来的。高永能发现，鄜延军的骑兵还在河边左、右驰骋，并无很快撤走的意思。高永能不担心这些骑兵回不了永乐新城，在这方面鄜延军有的是办法，他们一定能撤回到永乐新城来的。

徐禧半河不击西夏“铁鹞子”一事载在《宋史·徐禧》传中。

第一〇一章　水寨失守宋军粪汁解口渴 新城陷落老将断后报国恩

老天似乎存心跟永乐城的宋军过不去。在永乐新城被围的十天里，天天放晴，出大日头。正午之前，日头还被高高的山崖挡着，城里阴阴的不见日光。但日头升到中天后，灿烂的日光像纨绔子弟撒给花娘的银子，毫不吝啬地落在永乐新城里。然而，永乐新城里的宋军士兵却一点都不领情，相反很是怨恨空中的日头。此时，宋军士兵需要的是雨,雨下得越大越好，瓢泼大雨就更好。永乐新城被围的第五日，宋军的水寨失守，宋军三天前就没水喝了。现在天天出日头，士兵高兴得起来吗?

今日一早永乐新城的上空，在瓦蓝的天上，竟然出现几团灰色的云块。这灰色云块很淡、很薄，在空中飘浮。风一吹，灰色云块散了；风一停，灰色云块又聚拢了。这灰色云块令宋军欣喜。宋军的水寨失守后，永乐新城里的士兵没水喝了，特别是这两天，更是渴得什么似的，只要见到水，再脏也抢着喝。军中已有不少士兵渴死了，且一日比一日多，至今已渴死两千多人。有灰色云块就有雨；有雨就不渴，就有精神上阵，就能守一守这座永乐新城。

正午时分，风大了，绥德军部署衙的牙旗大幅摆动着。在大堂里大步走来走去的绥德军兵马钤辖高永能，万分焦急地在等着探子的消息。现在不仅像高永能这样的将官，就是都头这样的下级军官，也知道永乐新城岌岌可危，随时有破城的可能。十日前，城外那场输得很冤、很蠢、很丢面子、很让西夏人见笑的一仗后，西夏党项羌兵便把永乐新城围得铁桶一般，连东、南、北三面陡峭坚固的断崖后面也布了不少羌兵。永乐新城被围后，徐禧倒不谎报军情，即以日行五百里的黑字牌急脚递，把军牒送到京都朝廷。天子赵顼当即下旨，严令西北各军驰援永乐新城，特令李宪、种谔不惜一切代价给永乐新城解围。高永能心里清楚，当下西北各军，能给永乐新城以希望的实际上也只有李宪、种谔二人。五路西伐失利后，高遵裕、王中正都被贬出了西北，官复原职的泾原军总管刘昌祚至今还病歪歪的。但要李宪率领那支最善打野战的熙河军从千里外的兰州赶来，并非旬间所能办到。已经调离鄜延军的种谔就在不远的延州，但他现在手上并无鄜延军的一兵一卒，只有延州的四千未经训练的士卒，岂能冲过紧紧围住永乐新城的羌兵？不过，只要种谔能来，永乐新城里鄜延军的士气和信心就能提振起来。鄜延军的士卒敬畏治军残忍到对犯了军规的人刳肺挖肝但用兵常打胜仗的种谔种将军。

天阴了下来。高永能站在军部署衙大堂门外台阶上，向上望见天井上面天空的灰色云块变成了厚厚的一大片乌云。高永能心里无比高兴。真是天佑宋军，不忍看到宋军死光；只要今日有雨下来，永乐新城里的士兵把能盛水的东西都盛上水，宋军再坚持五六日，是绝对没什么问题的。那时李宪率领的熙河军和种谔率领的延州军都赶来，宋军就有救了。不过，高永能正高兴时，那个曾在西门城墙上当着徐禧一伙人的面高喊“老高”的指挥跑进署衙来。高永能本能地感到大事不妙。指挥向高永能禀报：永乐新城外面，突然铺天盖地来了许多羌兵，西夏人几乎倾巢而出，连“铁鹞子”也出动了，整整齐齐排列在对面壕沟边上。

高永能心里不由得紧张起来，且有了一种不祥的感觉。本来对羌兵攻城，高永能是一点也不会感到突然的。在永乐新城被围的十天时间里，仁多零丁每天都要派二三万羌兵昼夜轮番往永乐新城的城墙上爬。这十天宋军死伤不少，羌兵死伤更多，但羌兵士气不减，宋军士气却低落了下去。羌兵士气不减是因为他们知道宋军水寨失守后，永乐新城早晚必被羌兵攻破，谁都想争个破城的头功，死多少人仍冒着矢石往城墙上爬。宋军士气低落，也是因为这一点，知道自己必死在永乐新城里，有种等死的味道。说句实在话，这怪不得宋军士兵，永乐新城里不缺粮，却缺水，没有水喝的军队能坚持几天？宋军要想逃生，唯有突围。然而，天子赵顼派来的徐禧却始终不肯松这个口，宋军士兵能不觉得自己在等死吗？一支军队有了这种情绪，自然别想有什么旺盛的斗志。西夏后族名将仁多零丁不可能对宋军的这种情况一无所知，派兵攻城完全在意料之中。特别是今日，要下雨了，仁多零丁更会来攻城，再愚蠢的人也知道得到雨水的宋军，再守个五六日是没问题的。在西北边关跟西夏人打了五十年仗的高永能心中有数：仁多零丁决心今日拿下永乐新城。今日永乐新城有场异常惨烈的大仗要打。高永能此时特别想得到李宪和种谔的消息，于是赶紧备马去找曲珍。鄜延军的耳朵灵，探子里不少是羌人，羌兵再严密的防查，也难不住这些探子。

扈从兵早已在署衙外备好马。高永能刚上马，曲珍却策马来到面前。曲珍是十天前就回到永乐新城来的。那天，曲珍领着鄜延军的骑兵，在无定河边少说杀了两千多羌兵。见宋军都撤进了永乐新城，曲珍才下令撤走。曲珍领着兵卒先往北走了一圈，然后突然掉头向南，一直奔到南面一座悬崖下。战马、兵器全丢了，曲珍和兵卒爬上了永乐新城南面的山崖，再从山崖上攀着树枝跳进永乐新城里，死伤了三百多人。徐禧倒也没责备他们，当天还杀了三十头羊，款待逃生的曲珍和兵卒。

高永能和曲珍都没有下马。高永能看到，曲珍一脸的憔悴、一脸的疲惫、一脸的忧虑，嘴唇因为干渴而卷起了一层薄薄的白色油皮，嘴角开裂处露出一节鲜红的肉。高永能也感到自己的嘴唇干得难受，不知不觉用并无津液的舌头舔了舔嘴唇，让嘴唇有个湿润的感觉。高永能和曲珍在马上简单地交谈了几句。曲珍带来的是两个坏消息：种谔种将军恐怕来不了，他心中有气，再说四千延州兵本来就弱，根本对抗不了二十万羌兵，种将军不会去打这种让自己丢脸的仗；李宪将军熙河军的前锋已赶到了离永乐新城三十里之地，但这十里厚的羌兵，一时绝对无法穿过。

高永能再一次抬起头，望了望大堂东边断崖上的天空，猛然看到有团猛虎模样的乌云从断崖那边爬出来，张牙舞爪要跳下来吃人。按说高永能心里应该高兴才是，却高兴不起来。看样子今日有雨，不绝宋军之路，但援兵不是太弱太少，就是路途遥远，插翅也飞不过来。高永能掐指算了一下，永乐新城最多能守个一日。对这点高永能是有准备的，但心里还是有一种陷入被人瓮中捉鳖的感觉。自投军戍边以来，高永能从没打过这种窝囊憋气的仗。高永能很清楚：要想让宋军避免这场灭顶之灾，必须赶紧从永乐新城撤出去。然而，想到这里，高永能重重地叹了口气。撤走不撤走，权不在高永能手中，也不在曲珍手中，而是在徐禧手中。从这些日子的接触中，高永能感到，这个异想天开、好大喜功、愚蠢顽固的徐禧是完全不会同意撤走的。

高永能与曲珍交谈了几句。曲珍也觉得此时必须撤走。有道是胜败乃兵家之常事。重要的是保存好自己的军队，有了军队就可以再战，就还可以再把敌人打败；没有了军队，就彻底玩完了。再说，大宋西北边关的军队是支多好的军队，士卒都是身经百战练出来的;特别是鄜延军,真可以说是精兵中的精兵。保住了这些军队,到时候瞅准一个战机，就可以狠狠揍西夏人一顿。

曲珍同时也带来一个好消息:“老高不用过分悲观，珍听说天子有旨，如必不可守，可随机撤军。珍已派了好些探子去找从小路过来传旨的太监。”

高永能心里才稍稍宽松了点。不过，高永能随后又担心起传旨的太监来。光下巴太监模样特别，很容易被人认出来，被羌兵捉住了，圣旨传不过来，也只能空欢喜一场。高永能与曲珍都没去纠缠在传旨太监上。传旨太监能不能把圣旨带来，只能听天由命。高永能与曲珍决定先到西城门敌楼上去看看。

高永能十分清楚，今日是水寨失守以来宋军最危急的一天。天下许多事真是神仙也说不清、道不明的。宋军水寨本来是不容易被发现的。西夏羌兵与宋军开战的第一回,高永能就发现仁多零丁派了右翼一支两千多人的军队,去找宋军的水寨。不过，找了五日，羌兵连宋军水寨的影子也没找到。在修水寨这件事情上，在西北边关当了多年财赋官的永乐新城总军需官李稷是动了脑筋的，也是有功的。李稷把水寨修筑在后山一个十分隐秘的地方，四面峭壁，无路可通，看去就像个天然的大井。峭壁长满参天古树，茂密的枝叶把下面严严实实盖住了。在西、南两峭壁连接处，有条石缝，狭窄处一人也过不去，宋军把石壁凿开，仅容一人进出。石缝两边又尽是遮天蔽日的大树，就是神仙也发现不了这里有条这样的怪路。然而，这个水寨成也李稷，败也李稷。这么隐秘的水寨后来还是被西夏羌兵发现了。这个苛暴得出名的财赋官爱财如命，对自己的财物如此，对官府公物也是如此，谁想从他那里方便到一点东西，就像要他的命。按说水寨的水只供永乐城里的守军用，其他人就别想了，这样做也不为错。然而，永乐新城刚筑好时，西夏羌兵就打到城下，在这里修筑永乐新城的不少民夫、工匠来不及撤走,要喝水就来讨,但李稷就是不给。这些人就在水寨北面一处岩石少的地方悄悄挖了条暗道通往水寨，偷水喝。李稷没发现这条暗道，西夏人却发现了，派了四万羌兵通过这条暗道，来抢水寨。李稷手上有守军两千,其中一千人要挑水进城,能用于打仗的不过一千,如何守得住水寨。不过,李稷是尽了力的,水寨失守了,贮藏在水寨里的金、银、钞、帛全都抢运了出来,就放在西门敌楼下面的暗室里。宋军现在要喝水，只有到永乐新城西门外无定河去取水，但西夏羌兵二十万在那里等着，岂容宋军去取水？宋军士卒这几天都有人去无定河偷水，刚出城就给羌兵发现了，无一个能活着回来。

高永能与曲珍并马走在从绥德军署衙到永乐新城西门的那条笔直的街道上。迎面的风把高永能的白胡须吹得紧贴着胸前的甲衣上。街道上有种死亡的气息。永乐新城说是一座城，方圆八里，实际上是座大军营。城内东西一条街，南北一条街，街的两边并无商铺，也无茶楼酒馆，只有寨堡各六座。大寨周长九百步，小寨五百步；大堡二百步，小堡百步。城里原本住着七成士卒，还有三成是筑城的民夫和工匠。城筑好了，民夫、工匠撤走了不少，这些日子又溜走了不少，此时城里大多是士卒。十天前，街上的士卒不少，还挺有精神。军中少乐，但士卒自有自己的乐趣。有练拳的，有练刀枪的，有站在门口指手画脚、说东谈西的，有漫无目的四处走走的，也有蹲在寨堡角落掷骰子赌钱的。不过，今日全不见了。沿街的士卒，一个个头发散乱，脸上满是污垢，只能看到两只目光呆滞的眼睛和一张喘着气的大嘴。士卒明显给干渴折磨得有气无力，有的双手撑着头坐在树兜上歇，有的斜着身子靠墙半躺着，没人愿动一下，话也懒得说。有一伙士卒抬着一个渴死的士卒，从一个大寨里出来。死去的士卒用草席卷着，露在草席外的脚都僵硬了，露在草席外的头却随着草席的摇晃摆来摆去。那伙士兵把渴死的士卒抬到大寨后面的草地埋去了。高永能心里盘算：再这么下去，寨堡后面的草地都不够埋人了。

高永能与曲珍没走多远，两人的眼睛都睁大了。三个士卒躺在一匹马的两只后腿间，你推我，我挤你，仰起头，张开大嘴，争着去接马拉出的尿。第一个士卒喝饱了。第二个士卒赶紧挤过去喝。第三个士卒去喝时，马尿拉完了。但这个士卒却还躺在地上，仰起头，舍不得出来。高永能注意到，马的阳具阴毛上还挂着一滴尿。过了好一会，这滴尿终于落了下来，不偏不斜地落在这个士卒的嘴里，士卒很甜美地舔了舔嘴唇，这才有点心有不甘地爬起来。

高永能放慢马的脚步，心里有说不出的难受。永乐新城的宋军士卒，渴成这个样子，他这个当钤辖的却没半点办法。高永能看到，把马放慢了的曲珍也一脸的难受。此时，又一件奇事发生了。有个士卒把一堆马粪包在一个布袋里，然后拼命用手去绞布袋。布袋里好不容易绞出一些脏兮兮的褐色粪汁。士卒看了看左右，便把布袋捂在怀里，弯着腰走到前面一个无人的墙角，疯狂地舔布袋上的那些混合着马粪的汁水；布袋面上的马粪也都吃进肚子里去了，汁水把嘴唇染成了褐色，却还在舔布袋。

高永能抬头望了望天空，日头已经西斜，乌云越来越多。有团乌云把日头吃了一半，天立即黯淡了下去。高永能估算着，最多再过个把时辰，雨就要下来了，难道这点时间也等不得，要吃绞出来的马粪汁解渴吗？高永能摸了摸挂在腰间的水壶，想把水壶里的水给这个士卒喝。昨日，总军需官李稷给徐禧、李舜举、曲珍和自己一人留了一壶水。高永能摇了摇水壶，里面是空的。高永能看到，曲珍也摸了摸挂在腰间的水壶，不过未摇，脸上却显出很是无奈的表情。昨日夜里，有六个士卒发烧，曲珍和他就把李稷留给他们的水给这六个发烧的士卒喝了。

高永能看到，曲珍对他抬了抬下巴，意思是赶紧到西门城楼上去。高永能正要拉动缰绳，却又被眼前发生的事惊住了。高永能看到，街边有三个士卒为争一堆马粪打起来。三人脸上都挨了拳头，都给打得鼻青脸肿。不过，那三个士卒很快发现高永能老高和曲珍就在他们旁边，吓坏了，想跑，却没跑，都低着头，垂着那双沾满马粪的手，等着挨军棍。高永能本要臭骂他们一顿，但话到嘴边又吞下去了。高永能此时也感到喉咙干得在冒烟。高永能对三个士卒挥了挥手。开始三个士卒没明白高永能的意思，相互望望，后来明白了，赶紧千恩万谢，有点不好意思地跑了。

高永能忽然听到东边很远的地方响起了一个尾音很长的闷雷声。接着，西门城外爆发了一阵令人心惊肉跳的长时间的喊杀声。这喊杀声很有点像此地的沙尘暴，一阵接着一阵，无休止地向永乐新城猛烈撞过来，有种震天动地、无坚不摧的力量。高永能明白，仁多零丁又发起攻城战了。

高永能与曲珍策马狂奔起来，片刻工夫就到了西门城边。高永能与曲珍下了马，登上城墙，看到许多箭和炮石从城外打了过来。城墙上中箭和中炮的士卒不少。死了的倒在城墙上。有个士卒的脑袋给炮石击中了，流了一摊白色的脑浆。伤了的半躺在城女墙歇息，歇着歇着不少人就勾着头倒了下去。每个墙垛的后面都躲着一个士卒，瞅机会往城下扔石头。另有不少士卒，一手持盾，一手握刀，十分警惕地望着城墙每处地方。有个士卒发现有羌兵爬上来，几步赶了过去，不等羌兵站稳，就一刀砍了过去，羌兵应声后仰，倒下城去了。

城墙上阴阴的，不见日光。看样子是要下雨了。城墙上不仅风大，且八面来风，乱刮乱撞。高永能走到墙垛边，眼前的景象把他吓住了，只见城外的羌兵发疯似的一波又一波向西门城下涌来；再低头一看，密密麻麻的羌兵像一群群蚂蚁附在永乐新城的城墙上。城墙上的这些蚂蚁一片一片往下掉落下去，随即被另一群蚂蚁填补上。城下还有许许多多羌兵像蚂蚁一样源源不断地过来。城下原本每日要丢下羌兵两千来具尸体，开始西夏人还会把这些尸体拖回去，这几天也懒得拖了，就丢在城下，尸体都发臭了。这些羌兵就踩着这些尸体往城上冲。许多尸体都踩烂了，与泥块酱在一起。

永乐新城东、南、北三面并无城墙，只西门有段不到三里长的城墙，宋军有上万士兵在这里守城。高永能本能地感到：今日是永乐新城最困难的一天。高永能听到石级上响起一阵脚步声，回头一看，石阶下面露出了徐禧的头。高永能第一眼看到的是今日徐禧头上添了许多白发，也瘦多了黑多了。跟徐禧同上来的还有李舜举、李稷。高永能注意到，徐禧、李舜举腰间挂着一只水壶。这几个人也都干得不时舔舔各自的嘴唇。有一句说一句：在永乐新城被围的十天里，徐禧每天都要登上城头，一样放箭、扔石头，饿了吃只干馍，困了就跟士兵靠在一起睡。有一次，有两个羌兵偷偷爬上城墙，徐禧拔剑就冲上去砍，把站在一旁的曲珍吓坏了。徐禧毕竟是个文人，谈兵论战，头头是道，弄刀舞枪肯定不行。曲珍忙冲到徐禧前面，一个弓步刺剑，封了一个羌兵的喉；一个回身斩剑，砍了另一个羌兵的头。徐禧上了城墙，虽然不能高视阔步了，但浑身上下那种睥睨天下、舍我其谁的神气还在。徐禧指着城下的羌兵又大军师一样地笑笑："我永乐新城，金城汤池，何惧西夏小丑，管教他有来无回，死无葬身之地。"

高永能觉得好笑。最外行的人也看出永乐城的情况到了严重得不能再严重的地步，神仙也救不了宋军。可徐禧还说这样的狂言大话，真叫人不可思议。好在对徐禧的狂言大话众人听多了，因之只当耳边风。不过，李稷仍是巴结阿谀地对徐禧说："徐大人此言极是：西夏小丑，太不自量力，简直是以卵撞石。"

高永能看到，徐禧脸上再也没显出往日的喜色。李舜举、曲珍却都转过头去，吃惊地望着李稷。李稷的这个巴结太大、太过分了些，简直是拿宋军的生命当儿戏，有这样巴结阿谀的吗？这哪像西北总军需官说的话，倒像是街头一些卖狗皮膏药人说的话。李舜举一脸的沮丧、一脸的忧戚、一脸的紧张不安。很少说话的李舜举对徐禧、李稷说了一句话："二位大人，勿轻此贼。"

高永能看到，曲珍与自己一样，很是钦敬地望了望在永乐新城里受人尊重的李舜举。不过，徐禧却很不受用，瞪了李舜举一眼，说了句粗俗不堪的话：“放屁!”

高永能注意到，李舜举羞得一脸通红，不过还是压住自己的气恼，很无奈、很大度地不去计较，且挪了个位置，站在曲珍旁边，让曲珍把他和徐禧隔开。

风发疯一样吹了起来，把高永能几绺白胡子吹得搭到肩上。雨没下，城墙反忽然出现一片明亮的日光。高永能抬头往上一看，日头虽然被乌云全遮住了，但镶在乌云边上的一圈日光却亮得出奇，叫人感到可怕。高永能知道，这日光不过是特大雷暴雨来临之前的回光返照。此时，城外震耳欲聋的喊杀声突然沉寂了下去。高永能朝城外望去，见城外的羌兵都不动地静静待着，城下箭不放，炮石不打，攻城的不爬墙了，一片死寂，弥漫着一种诡异得叫人心惊肉跳的气氛。高永能看到，永乐新城外的羌兵之中，那面有个羌文“仁”字的红色大纛过了无定河，来到永乐新城外的壕沟边。旗开处，一个头戴紫罗毡冠、手提长矛、骑着一匹高头大马的羌将站在壕沟边。这个羌将左右两边，站着无数护卫。不用通姓报名，就知道此人是仁多零丁。高永能看到，守城的士兵脸色都现出了惧色。这个仁多零丁此时到城下来要什么阴谋诡计呢？徐禧上前一步，身子紧挨着垛墙，一脸平静地望着仁多零丁。仁多零丁很是得意地哈哈一笑，高永能甚至能看清仁多零丁因笑而抖动的连鬓胡子。徐禧也哈哈一笑，笑得还颇有底气和豪气。

仁多零丁用汉语不无一点戏谑地对这边喊话：“都口渴了吧？何不都走下城来，我等一起到无定河痛痛快快喝个够呢？”

高永能没想到仁多零丁也挺会挖苦讽刺人。明明是嘲笑宋军无能为力到无定河去取水，却很热情地邀宋军一起到无定河去喝个痛快；明明是说要喝水就得大打一场，却故意说得这么轻松，似乎羌兵会像老友一样欢迎宋军下河饮水。高永能再往深处一想，仁多零丁这番话实际上是在逼降。

高永能看到，徐禧脸上不见半点惧色，从腰间解下水壶，摇了摇，微微一笑，然后打开盖子。众人的眼睛睁大了，怪怪地望着徐禧。徐禧没喝水壶里的水，却往城外整壶地倒了下去。水壶里倒出的水，被左边断崖上刮下来的风吹散，在日光下闪着银色的光点，像珍珠一样晶莹。徐禧也不无一点反唇相讥的味道对城下的仁多零丁说：“看清：这是什么？”

高永能是个明白人，知道徐禧这么做，一是断仁多零丁逼降的念头，也是在骗仁多零丁。当年西夏国主李元昊围麟州城时，就是被麟州城守将的一壶水给骗了，以为城中尚有水喝，结果从麟州城下撤军，让渴得已毫无战斗力的宋军躲过了一劫。这个异想天开、自命不凡、常做蠢事的徐禧，今日也用上这一招。仁多零丁鬼得很，没上当，又是哈哈一笑："还有吗？"

李舜举随即把腰间的水壶解下来，把整壶水倒下城去。

高永能看到，仁多零丁又是哈哈一笑："别玩这个鬼把戏，你们就这两壶水。"

徐禧今日算是碰到克星了，不再大军师一样的笑了。高永能很是佩服仁多零丁的本事，竟然连两壶水都打探得这么清楚。高永能知道，永乐新城一场血流成河的大战要开始了。仁多零丁的脸黑了下去，手上的长矛朝永乐新城一指："骗什么骗，攻城！"

天骤然间暗了下去。高永能抬头看了看，乌云把天空全遮了，天地间一团漆黑，十丈之外就什么也看不清。风声四起，一阵阵从东、南、北断崖上栽下来，压得人喘不过气。上空出现一道耀眼的惨白电光，在天空划出一道裂口，把裂口处翻滚的乌云照得一清二楚。接着头顶上炸出可怕的雷声，雷声在断崖间传响，经久不息。雨落下来了，瓢泼似的随着风兜头打在人的脸上。永乐城外又响起了震耳欲聋的喊杀声。箭没有放，炮石没打，但明显地感到城墙上有无数羌兵在动作。徐禧下令：永乐新城里的宋军士兵全都到西门来守城。

今日是永乐新城最黑暗的一天。这个天杀的仁多零丁，选在这个时候攻城，真是再凶残缺德不过了。身经百战的高永能心里十分清楚，仁多零丁破城不仅无可避免，且就在眼前。高永能觉得继续抵抗毫无意义。在这种黑得像夜晚的雷暴雨中，谁也看不清羌兵在何处爬城，宋军得到的只能是士兵更大的伤亡。

一连三道耀眼、惨白的电光像三把明晃晃的长刀把天空划得支离破碎。在明亮的电光中，高永能看到，西夏羌兵一批一批爬上了西门城墙。电光不闪了，西门城墙上显得更加黑暗。十丈之内，可以影影绰绰看到宋军士兵与羌兵在乱砍乱刺。高永能感到，恐怕不论是宋军，还是羌兵，谁都搞不清楚被杀的是自己人还是敌人，只要见到身边有人，就砍杀过去。十丈之外的地方，高永能只能听到喊杀声、惨叫声和兵器撞击声，既动人心魄，又叫人感到惊恐。

不多一会，高永能影影绰绰看到十丈之内有许多人在往城楼这边退过来，更多的人像堵厚厚的黑墙在逼这伙人后退。不用说，退过来的是宋军士卒，逼过来的是羌兵。高永能听到西门城下两边的石级上响起一阵杂乱的脚步声，知道城里的宋军士兵陆陆续续赶到城墙上来了。片刻工夫，城头上乱成了一锅粥。那头厚厚的黑墙在逼，这头石级上的士卒在往上冲，夹在中间的宋军士卒两头被挤。高永能看到不少夹在中间的宋军士卒的黑影往城下栽下去。

徐禧、李舜举、曲珍、李稷给逼得退进了敌楼下面的大堂里，高永能也跟着走了进去。大堂外有密密的一批宋军士卒守着。敌楼大堂里听到的雷声、风声、雨声、喊杀声、兵器撞击声小多了，但仍像波涛一样起伏。里面光线更黑。每个人的脸都是黑的，显得凶恶而又丑陋。大堂里有种严峻、紧张，但还很有点无所畏惧的古怪气氛。昏暗中，高永能听到曲珍对徐禧说："徐大人，珍有一计：与其待在城里等死，不如拿出所有钱币，乘宋军兵气未衰，奖给敢死之士，突围而出，至少能逃出六七成人。"

高永能心里大叫了一声：好！现在头等大事是把士卒救出去。此时永乐新城的宋军士卒到了最危险的时刻，但这也是上天赐给宋军士卒逃命的最后一个机会。况且从水寨里抢运出来的金、银、钞、帛全都放在西门敌楼下面的暗室里。一道蓝色的闪电下来，高永能看到，徐禧蓝黑的脸上有种大义凛然、视死如归之色。大堂外的雷声、风声、雨声、喊杀声、兵器的撞击声越来越近，越来越响，也越来越可怖。羌兵已杀到距敌楼不远的地方。事情已经万分危急了，容不得半点迟疑。闪电消失了。高永能想趁热打铁，接过曲珍的话说下去，却见徐禧在黑暗中不容置喙地说："曲老将军此言差矣，此城据要地，奈何弃之？且将官奔走，众心摇矣！"

徐禧的话自然不是完全没有道理，此时突围弄得不好确有使宋军瓦解的可能。但，只要军中部曲编次不乱，严整列成行阵，军心乱不了。现在需要总军需官李稷拿出钱来。高永能听到，黑暗中李稷很是得意，也很是傻气地说："永乐新城的钱都是下官不知得罪了多少人，不怕人家把祖宗八代骂了才积攒起来的，只能用在朝廷上，怎能用在弃城逃走的人身上。不行！万万不行！"

高永能气得无话可说。这个爱财如命、雁过拔毛的总军需官简直把那些搜刮得来的钱财，看成他私人的了。都万分紧急了，拔一毛而利宋军士兵之事也不肯做。高永能清楚，现在要李稷把钱币拿出来，只有徐禧开口才行。高永能听到曲珍对徐禧说：“人命比钱币贵，事已至此，不可把钱币看得太重。”

高永能清楚，现在就看徐禧的态度了。从在永乐新城共事的这些日子来看，徐禧倒不是那种把钱币看得比命还重要的人。又一道闪电下来。高永能看到，徐禧与曲珍的目光对接了一下。曲珍的目光里有种恳求的意思。徐禧还大军师一样地笑了几声，目光里有种明事理、识情挚的神色，徐禧很慷慨在答应道：“钱币肯定是都要拿出来的，打败了羌兵立即就给。”

高永能感到自己是欲哭无泪、欲笑无声。有道是钱要用在刀刃上，都什么时候了，宋军距土崩瓦解、溃不成军只一步之遥，最后都要死在永乐新城里，可徐禧却要等到打败羌兵再拿出来，这不是脑子有毛病吗？一连三个闪电下来，高永能看到曲珍连连摇了三下头，李舜举皱了下眉，只有李稷很赞同地望着徐禧，一脸奉公守法的傻气。

敌楼大堂外，突然雷声大作，轰隆隆地响个不停，如山崩，如地裂，敌楼的门窗也明显晃动起来。与此同时，敌楼大堂门外也爆发出一阵如雷的喊杀声。喊杀声有宋军的，也有羌兵的。高永能侧耳细听，羌兵的喊杀声已经到了大堂门口。事情到了危急得不能再危急的时候了，高永能不再考虑徐禧高兴不高兴了：“徐大人，钱币一事，要拿就现在拿出来，晚了就没用了。”

高永能看到，黑暗中徐禧向他逼过来：“此事就这么定了，违令者斩！”

大堂里出现了一种让人感到束手待毙的死寂。曲珍急了：“我等死在这里不足惜，二位大人是天子敕使、谋臣，肩负天子重命，不可如此轻生，西北边关少不得你们！”

高永能觉得，曲珍的话说得如此明人情、达事理，且在危难之中所忧的是徐禧、李舜举，徐禧多少得改变一下主意了。不过，高永能失望得很。曲珍的话一点效果也没有。徐禧在黑暗中很有点鄙薄味道地说：“不要再说了，你们这些武将其实是贪图钱财、爱生恶死，把钱财生命看得比朝廷的江山社稷还重！”

徐禧的这话说得太伤人、太难听了。高永能气得要命，但还得忍着。宋代的武将在文官面前从来矮半个头。徐禧又是天子派来的，受他的气再正常不过的了。黑暗中曲珍低声嘟噜了一句：“非是武将敢自爱钱财生命，只是怕天子派来的敕使、谋臣和我等一同没于此城，惧辱国耳！”

高永能明白，曲珍这些话忧的还是国。然而，叫高永能感到惊讶的是，徐禧竟恼羞成怒地骂起人来：“你们这些当武官的太混账了，把我们读书人看成什么人了。我们读书人从来以天下为己任，一心只想以身报国，何惧一死。都无须多言，本官今日就是要与永乐新城共存亡。什么辱国不辱国，都是武官贪生怕死的一种借口。人总有一死，为大宋江山而死，名垂千古，气贯长虹，这不辱国，是为国争光！”

高永能彻底无语。大堂的大门忽然“吱呀”一声开了，门外的雷声、风声、雨声、喊杀声也一起灌了进来，像冲进了一群要吃人的妖魔鬼怪。黑暗中，高永能感到一个人惊惊慌慌地闯了进来：“禀报诸位大人，西门城墙上的宋军士兵死伤过重，城墙上尽是羌兵。大批羌兵快打到敌楼大堂门口了，请诸位大人赶紧离开此地。”

高永能听声音，知道这个闯进来的人就是先前那个喊他“老高”的指挥。高永能感到大堂里的气氛更加严峻、紧张了。高永能觉得，恐怕此时徐禧不会说大话了，会听一听众人的劝了。高永能听到曲珍很着急地说：“徐大人，这肯定是解救几万宋军的最后机会，请赶紧下令撤走！”

曲珍这个人真有点傻，不怕骂，刚才给徐禧骂得血狗淋头，又给徐禧进言了。曲珍肯定又要挨徐禧的骂。果然，曲珍的话刚说完，徐禧就咆吼了起来。此时又一道闪电下来，高永能看到徐禧脸色很是吓人，满嘴角的白沫：“我大宋中国岂能败在西夏小丑之手？只要我等不怕死，我等就一定能守住永乐新城！”

高永能气得就差没骂娘了。天下竟有如此荒唐愚蠢的人。用兵打仗，不是说几句大话就能打赢的。只要不怕死，就能守住城打赢仗，岂不是派几个亡命之徒到边关来，宋家江山就万无一失，宋家天子岂不是白养了这么多的兵和将？

此时，一伙伙宋军士卒像潮水一样从大堂外面涌进来。高永能与曲珍、徐禧、李舜举、李稷被冲散了。高永能在大堂门口时，在黑暗中发现徐禧就站在他不远的地方。高永能什么也不管了，推着徐禧就往大堂外走去。黑暗中发现曲珍过来了。然后，高永能在左，曲珍在右，架着徐禧出了大堂。

高永能与曲珍架着徐禧摸黑到了城门石阶下。雨忽然停了，风忽然小了，天也忽然开了。高永能看到，李舜举、李稷也跟着来到石阶下。此时，奇怪的是喊杀声也戛然而止。天上乌云全消散了，被暴雨清洗过的天蓝得一尘不染；雨后的斜阳照在永乐新城断崖上，翠了绿树，还把一圈金色的日光嵌在树冠上。天地间突然变得出奇的平和宁静，也出奇的叫人不安。不过，高永能随后被眼前的景象吓得脸色都变了。在西北边关打了五十年仗的高永能，还是第一次见到这么惨不忍睹的景象。城上城下无处不见尸体，宋军的尸体与羌兵的尸体叠在一起。有的尸体挂在女墙上，有的尸体斜靠在城墙根下。许多尸体断胳膊残腿。远远近近都能看到还没断气的人，有人举起了膀子，有人抽搐着身子，有人转动着脑袋，没谁去管他们。到处是血，到处是残断兵器。高空有群老鹰在盘旋，随时准备扑下来叼啄尸体。

高永能发现李舜举、李稷在向他们走来。高永能很清楚，眼下的平和宁静是短暂的，只是因为雷暴雨的突然停歇弄得宋军和羌兵一时间都懵了。这些士卒弄清了情况后，拼杀又要开始了，且比先前更为惨烈。高永能不由得看了看城墙上，但见城墙上到处都是羌兵，不多的宋军士卒都被逼到城楼南、北两面石阶口上。那个喊“老高”的指挥站在南面石阶口的最前面，已成了血人一个，头上、身上尽是血，左臂明显受了伤，血在往外流；头盔给打落了，长长的散发搭在肩上，手上端着的那支长矛却直指着面前不到一丈远的羌兵。喊“老高”的指挥身后的士卒也都成了血人，但都没有退却的意思。高永能估算了一下，南、北两面石阶口上的宋军士卒不到两百人。

高永能明白，今日是西北边关宋军士卒激战的最后一天，最愚蠢的人也能算出宋军死到临头，唯有撤走突围，才能逃生。高永能决心无论如何要想办法让还活着的宋军士卒能有尽量多的人冲出去。高永能正要对徐禧开口，却见李稷一脸的肃然、一脸的不可动摇，抢先开口了：“徐大人，下官到暗室去，不能让羌兵把里面的金、银、钞、帛抢走！”

高永能看到，徐禧、李舜举、曲珍都目瞪口呆地向着李稷。人都要死光，金、银、钞、帛还有何用。这个李稷吝啬得还真有点叫人可敬，愚蠢得叫人感到可爱。高永能望了望徐禧，但见徐禧对李稷挥了挥手：“去吧！保住这些金、银、钞、帛，全都均赏给守永乐新城有功的将士！”

高永能啼笑两难，真不知道怎么说徐禧才好。曲珍忍着笑，什么话也没说。李舜举想说什么，话到嘴边，又不说了。李稷一脸临危受命、万死不辞的表情，对众人拱了拱手，跑步离去了。

高永能没有猜错，果然眼下的平和宁静是短暂的，南、北两面石阶口上的喊杀声又骤然响起。高永能首先向南面石阶口上望去，见喊“老高”的指挥已抖动手中的长矛，奔羌兵的喉头刺去。指挥身旁的士卒，也都砍的砍，刺的刺，与羌兵杀将起来。高永能又向北面石阶口望去，拼杀得也相当惨烈。到底羌兵人多，死多少就有多少人填补上去。宋军士卒少，没有补充，死一个就少一个。南、北两面石阶口上宋军士卒渐渐后撤，退到石阶上了。高永能再次向南面石阶口上望去时，见喊“老高”的指挥一矛放倒挥刀向他奔杀过来的羌兵后，转身对下面喊：“老高，你们快快离开！”

高永能心中有数，南、北两面石阶口上的士卒再也挡不住羌兵了。高永能看到，喊“老高”的指挥和南北两面的宋军士兵都退到石阶下面，可以说无须一炷香工夫，羌兵就要杀到跟前。高永能与曲珍又要强行把徐禧架走。徐禧却把高永能和曲珍推开，然后正了正乌纱帽，把补服也扯了扯平，竟又奇怪地大军师一样笑了笑：“本官今日就死在永乐新城里，要亲眼看看羌兵是怎么从永乐新城败退下去的！”

高永能看到，曲珍和李舜举都和自己一样惊住了，谁也没想到徐禧会说出这样的话来。这个有点霸气和神气、很看不起边将、常以边事自任、常常狂言大话蠢话的徐禧，还真不是个贪生怕死的人。不用说，这是徐禧最后的大话，也是他最后的蠢话；但，大话里见精神，蠢话里见崇高。高永能知道，徐禧再劝也是没有用的了，就劝李舜举：“李大人，我们赶紧离开。”

高永能看到，李舜举紧闭双唇，什么话也没说，过了一会，忽然拔出长剑，割断自己的衣襟，铺在地上，再咬破手指，在割断的衣襟上，用自己的鲜血作奏：

臣死无所恨，愿朝廷勿轻此贼。

此话刚才李舜举说过，但高永能、曲珍的眼眶湿了。真没想到，从来名声不好、不为人齿的太监里竟有李舜举如此公忠守职的明白人。高永能看到，从南、北两面石阶上退下来的士兵都向这边靠拢。这些经过残酷拼杀、死里逃生的士卒都筋疲力尽了，一脸无可奈何的等死表情。他们显然都听到了徐禧和李舜举的话，都望着徐禧和李舜举，脸上生出了一种强烈的恐慌、不满和郁愤的情绪。这怪不得他们，他们只是不愿糊里糊涂像傻子一样冤死。

高永能看到，城门两边石阶上的羌兵像两股凶猛的洪水直冲下来。有两个士卒各牵了匹马给徐禧和李舜举。徐禧把马推开，手持长枪，一脸视死如归的神色，迎着石阶走去。李舜举也不上马，手提长剑，一脸无所畏惧的神色，迎着羌兵拼杀。高永能与曲珍向前走去助战。城门两边石阶上的两股羌兵像饿狼一样围着徐禧和李舜举砍杀。徐禧和李舜举立即倒在血泊中。高永能看到，徐禧握在手上的剑还直指着一个羌兵的胸。李舜举则死死掐着一个羌兵的脖子。徐禧的死，给他争回了许多面子。

现在这里最大的官是高永能和曲珍了。高永能豁出去了，甘冒抗命砍头的危险，一声大吼："撤——！"

高永能转身离开此地，往城里走去。曲珍几步追上了高永能。二人商定：曲珍领着鄜延军往南突围，高永能带着绥德军往北突围。高永能看到绥德军的许多士卒跟在自己后面。高永能走了里把路，听到后面有羌兵的追杀声传来。高永能回过头去，但见羌兵潮水般涌来，走在前面的是一队西夏骑兵。高永能清楚，跟着自己突围的这伙绥德军士兵很难逃生了。高永能手持长矛，喝令士卒与自己一道与羌兵接战，拼个鱼死网破。西夏羌人骑兵追上来了。高永能与士卒摆好拼杀的阵势。旁边出来一个浑身血污的人，手上牵着一匹马，要他上马。高永能定睛一看，此人乃喊"老高"的指挥："老高，跟老弟走，有条小路可以出城。"

高永能很是感激地望着指挥。但，高永能不走，并非活得不耐烦。高永能此时想的是掩护那些没被羌兵追上的宋军能死里逃生。高永能把马推开，长叹一声："吾结发从军，在西北与羌人作战，未尝一败。今年已七十，受国大恩，恨无以报国，今日就是吾报国之日。"

高永能说完那句话，换了身士卒的破衣服，然后挺着长矛，迎着追过来的西夏羌人骑兵走去。在他的身后，少说有五百士卒跟了上来。高永能长长的白胡须左右摆动着，在西斜的日光下闪着银色的波光。天又黑了，接着是电闪雷鸣，风雨大作。高永能和跟在他身后的五百来个士卒都明知他们返身跟追上来的羌兵拼杀，其实是去送死，谁都没有半点生还的可能。不到一刻漏时间，高永能和跟在他身后的五百来个士卒全部战死。高永能身上被刺九枪，左臂也给砍掉。最致命的喉头一枪是赶过来的仁多零丁刺的。仁多零丁认出了高永能，自然不会饶过这个"老高"一命。不过，第二日那个喊"老高"的指挥逃了出去，他向仁多零丁要回高永能的尸体，仁多零丁答应了。李稷死在敌楼下面的暗室门口，里面的金、银、钞、帛并未保住全给西夏羌兵抢走了。曲珍是攀着绳子从断崖上逃生的。一件奇事发生了，他十日前丢在城外的马竟出现在眼前，把他驮回到米脂城。

整个永乐新城的战斗持续到晚上酉时将尽的时候。永乐新城一战，宋军战死两万多人，民夫被杀十七万多人，一役死了近二十万人，只有曲珍和鄜延军几千人逃了回来。天子赵顼派到永乐新城传旨的太监在永乐新城失陷后的第二日赶来，路上碰到曲珍，但为时已晚。永乐战败消息传到朝廷里，天子赵顼涕泣悲愤，为之三日不食，早朝时对宰执大臣恸哭，宰执大臣莫敢仰视；深自悔咎，遂不复用兵，从此无意西伐。

赵顼降旨：赠徐禧金紫光禄大夫、吏部尚书，谥曰忠愍，其家二十人封官；赠李稷工部侍郎，其家十二人封官；赠大将高永能房州观察使，封其子为忠州刺史，诸孙皆侍禁殿直；赠太监李舜举信军节度使，谥曰忠敏。带了几千士兵成功逃生的大将曲珍受到处罚，被贬为皇城使，后来赵顼觉察到曲珍无罪，安慰了一番，让他好好安养，以图后效。多有战功却因赴援不果、被御史弹劾贪功生事的太监李宪，贬为右千牛卫将军。对虽然事出有因，却毕竟是因赌气作怪而观望不救的种谔，赵顼置之不问，未受到处罚；不过，天下舆论不放过他，谓种谔不死，边事不已。

第一〇二章　移汝州苏轼多情左右为难
过江宁野服谒见无须拘礼

元丰七年五月的一天，长江南北刚进入梅雨时节，一条大篷船停靠在江州渡口岸边，人声嘈杂。有许多人肩挑背驮着各种货物从渡口走去。在河边做生意的人不少，一个个牙人在这些人中间穿来穿去。衙门里一伙挺胸凸肚的衙役，手执水火棍，一路呼呼喝喝，所过之处，人们都赶紧往两边闪开。虽是梅雨时节，但今日天气亦阴亦晴，无雨有风。流经黄州而来的长江到了江州，河面更加宽阔了，水势也更显浩大。江中南北各处流进长江的水在那里相撞后急速向两边分开，再挟着上游漂浮下来的枯枝、柴草、旧衣、泡沫，滚滚向东流去。河边密密麻麻停泊着各地来的船，都下了帆。许多船离开渡口驶远，扯起的白帆像一把把明晃晃的刀片插入水中。远远近近有渔夫在小船上打鱼，网中有鱼在挣扎。

约莫辰牌时分，马梦得跟在苏轼和江州李知州后面，沿着堤岸，来到渡口边。他后面是江州府衙门里的一伙人，再后是王夫人、朝云以及家人。和往日一样，苏轼戴着自制的布高帽，身穿布短襦。李知州与衙门里的一伙人是来给苏轼送行的。不过，李知州与衙门里的一伙人不像是来送行，倒像是临时结伴出门上船的。走在后面的马梦得虽然看不到李知州脸上的表情，但一路上却没听到李知州说一句话。气氛一点也不热烈，甚至有点沉闷。马梦得清楚，苏轼是个嘴巴停不住的人，路上苏轼多次侧过脸去，想跟李知州说些什么，但李知州却从未回过脸去。马梦得实在觉得有点闷得慌。马梦得又听到，身后江州府衙门里的那伙人，嘻嘻哈哈的，相互斗嘴，也不见谁对苏轼说半句客气话。

苏轼这次到江州，是因为天子赵顼降旨：苏轼量移汝州。量移者，贬到偏远地方的犯官改调到近处之谓也。苏轼量移汝州，原因有四：永乐城失陷后，赵顼身体垮了，心思太重，郁郁不乐，但变得更宽厚了，十分想念被贬到地方去的旧臣，对苏轼更是多次提到；二是去年十月苏轼病了一场，消息传到京都开封，变成苏轼病逝了，天子赵顼用御膳时听到这一消息，竟惊得手上的筷子掉在地上，思念苏轼之情更重了；三是苏轼在黄州确实对新法的看法有了很大的改变，且说了新法许多好话；四是去年苏轼填了一阙《西江月》，上有“中秋谁与共孤光，把盏凄然北望”，天子赵顼看到了，觉得苏轼心里总想到他。

苏轼一家人是从驿馆来到渡口的。驿馆离渡口不远，不过两里来路，一会就到了渡口。苏轼与李知州正要下堤，堤下的许多人让出条路来。不过，最好笑的是堤下衙门里那伙挺胸凸肚的衙役，见李知州在堤上，一个个都换了副低眉顺眼、巴结讨好的笑脸。要下堤了，苏轼站在堤岸路口，回转身来，伸出双手，挡住李知州，请他和衙门里的那伙人留步。李知州并未客气一下，就停住了脚，客套了一句话：“后会有期。”

马梦得平生第一次碰到这样的送行场面。不能说李知州失礼，人家是亲自带了衙门的一伙人来给苏轼送行的；但又明显是在做做官样文章，敷衍虚应故事，内心里其实巴不得苏轼赶紧离开江州。此种送行，叫人憋气，很不开心，不如不送。马梦得早看不下去，想说李知州几句，此时再也管不住嘴了：“还是后会无期的好，我家兄长嘴巴是关不住的，心里有话就要开口说，知州大人受得了吗？”

马梦得注意到，李知州脸上很是不快，也一脸尴尬之色。要不是给苏轼送行，李知州肯定要拿点颜色给马梦得看，今日却只是尴尬地笑了笑。马梦得还注意到，江州府衙门里的那伙人都赶紧闭上嘴，不再嘻嘻哈哈，相互斗嘴，一脸的肃然正经，生怕有什么不妥弄得李知州不快。堤上堤下过往行人都好奇地朝这边望着，不知这些人站在堤岸路口，为何说这些不冷不热、不咸不淡、让人莫名其妙的话。

马梦得看到，苏轼脸上有了一种复杂的感情，有惊有喜，且责怪起马梦得来：“李知州和衙门里的人是来送行的，你怎么也口无遮拦，弄得李大人尴尬难堪呢？”

马梦得觉得，自己这句话是说得有点不合时宜。不过，苏轼不把这事说破，过一会事情也就过去了；说破了，李知州反显得更尴尬难堪，很不自在。马梦得看到，李知州怪怪地瞪了自己一眼，什么话也不说，然后转身往回走，且脚步越走越快。不用说，李知州生气了。接着衙门里的那伙人也转身走了，又一路嘻嘻哈哈，相互斗嘴。堤上堤下过往行人又都好奇地朝这边望着，不明白发生了什么事。

马梦得对李知州的尴尬、难堪、生气，不觉得有什么奇怪，但对苏轼责怪自己口无遮拦这点很是不解。四年前，马梦得不远千里从密州到黄州来陪伴落难的苏轼，竟渐渐发现，自己的脾性越来越像苏轼，特别是口无遮拦这点更像。不过，马梦得并无半点懊悔，口无遮拦就口无遮拦吧，这样活得率性天真，无咎无愧，心地清明，有何不好呢？不过，马梦得同时发现，对自己的这种变化，苏轼又是惊喜、又是担心：惊喜的是落难中竟有人学他的口无遮拦，他的口无遮拦竟有了传人，担心的是这要把自己害了。但从未责怪过自己，然而今日苏轼却怎么责怪自己呢？

马梦得注意到，苏轼明显想对自己解释点什么，但望着李知州和衙门里的那伙人快速在堤岸上行走的背影，兀自一笑，感慨地说："人呀，真是个奇怪的东西。"

马梦得："苏兄，此话怎讲？"

苏轼："我自己口无遮拦，心里怎么想就怎么说，一点不觉得有什么不妥，有时还很得意，但你刚才说李知州的那番话，却又觉得有些过了头，岂不怪哉？"

马梦得觉得这确实有点奇怪。不过，马梦得很快悟出了其中的道理："不怪，不怪，这是因为苏兄自己口无遮拦时，无牵无虑，自然就无所顾忌；小弟口无遮拦时，苏兄怕小弟惹上不必要的麻烦，自然就有所顾忌，自然觉得过头。"

苏轼又是兀自一笑，感慨地说："我这又是在自作多情、自寻烦恼了。"

马梦得心里不由一怔。离开黄州后，这一路之上，苏轼说得最多的就是这句话。苏轼此次虽然还只是量移，贬谪没取消，官衔仍是团练副使，也仍不得签书公事，还是个犯官；但，汝州距京都开封四百里，比距京都开封一千九百里的黄州靠天子近多了，且汝州比黄州大，也繁华得多。官场上明眼人一看，就知道苏轼时来运转的日子不远了，说不定有朝一日还要当上大官。离开黄州前的一些日子里，黄州太守吕由庚及地方官府衙门里的人纷纷为他设宴饯行，友人们都请他题字留念。苏轼也十分留念黄州东坡这片开垦出来的农田和雪堂竹屋以及邻近古村的父老。临别的那天，吕由庚及地方官府衙门里的人一直把苏轼送到船上，路两旁还有黄州的许多士绅、僧人、道士，古村男男女女、老老少少都出来相送。苏轼所过州县，也和当年押解到黄州时大不一样，州县官员不仅把苏轼迎入驿馆歇息，且设宴款待，洗尘接风。不过，马梦得很快发现一个有趣的怪现象：反新法的官员开始把苏轼看成是与自己志同道合的君子，然而慢慢觉出苏轼其实已反戈到新法小人一边去了，最后弄得谁心里都不痛快；行新法的官员开始把苏轼看成已洗心革面的新法派人物，与他推心置腹谈新法，然而苏轼又总是对他们施行的新法指指点点，觉察到苏轼骨子里其实是反新法的，弄得很不愉快，态度立即冷淡了下去。特别是在江州，苏轼与李知州闹得更僵。说起来，这一路上李知州对苏轼很不错，很敬重苏轼的大才，接待苏轼最为盛情。苏轼一到驿馆，李知州就带着衙门里的人来看他，当晚就在浔阳楼摆酒给苏轼接风洗尘。酒过两巡之后，李知州表面上是诉苦、自嘲、自损，实则是在夸耀自己行新法是如何的了不得，是如何不畏人言、不怕得罪人、不怕刁民耍花招，只要对抗新法，该打板子的打板子，该坐牢的坐牢，毫不手软。李知州说："我李某没别的本事，就知道奉旨办事，这几年江州所辖的德化、德安、瑞昌、湖口、彭泽五县新法实施好歹在江南西路算得上名列前茅，上交官库的银子也最多。"不要说在官场跑过多年江湖的苏轼，就是没当过一天官的马梦得，也一听就清楚，这个李知州是个不念民之休戚、只管自己升官的急功要利之人。

马梦得注意到，苏轼给急坏了，像他家里什么人没命活一样，忙给李知州出主意，说："黄州有好办法。"不过，苏轼正要把黄州的好办法说出来时，李知州的脸就拉下来了，说："黄州是黄州，江州是江州。"

苏轼说："江州黄州，都是大宋的江山。"

李知州说："黄州不遵旨。"

苏轼说："江州不为民。"

李知州说："你苏轼是为天子说话，还是为百姓说话。"

苏轼说："天子也是为民，为民就是为天子。"

李知州说："头上的乌纱帽是天子给的，又不是百姓给的，百姓不百姓管那么多作甚。"

李知州与苏轼就这么你一言我一语，谁也不让谁。最后，李知州说了句很不该说的重话，说现在朝野上下许多小人见风使舵、巧言令色、口是心非，嘴巴上说新法好，心里其实还是恨新法。李知州没点苏轼的名，但实际上是指桑骂槐。苏轼给噎得半日说不出话来。酒吃了一半，就吃不下去了。不过，虽然当晚苏轼与李知州闹得很不愉快，今日李知州还是来给苏轼送行，面子上还是过得去的。说句实在话，马梦得也觉得苏轼是有点自作多情、自寻烦恼。本来，所过州县官员对苏轼设宴款待、洗尘接风不是为了跟苏轼争吵。酒席上，确确实实总是苏轼先谈起地方上的公事，谈公事又总是要扯到新法上去，免不了要争；一争就要争个高低是非，这就让双方都不高兴了。再说，地方上的公事，是地方官的事，你不过是路过这里，地方上的公事，与你何干？你喝你的酒就是了，要去多嘴多舌干什么。不过，马梦得也觉得，苏轼的这种自作多情、自寻烦恼并非什么要不得的东西。说句实在话，要是朝廷命官个个像苏轼这样自作多情、自寻烦恼，天下事就好办多了，平头百姓的日子也肯定好过多了。自作多情、自寻烦恼，是耶？非也？马梦得说不清。马梦得正这么想着，堤岸上传来一个人的声音：“子——瞻！子——瞻！”

马梦得抬头一看，原来是云门宗掌宗佛印禅师在喊。马梦得兴奋得踮起脚，对佛印禅师不停地打招呼。马梦得看到，佛印禅师的模样一点也没变，还像过去一样，长着个弥勒佛似的大肚子，张着口笑，脸上有种出家人不该有的不恭和顽皮的神色。苏轼高兴极了，还往回走了二十多丈路。佛印禅师几乎是小跑着来到苏轼身边，说他昨日在西林寺才知道苏轼遵旨离开了黄州，量移汝州安置，已到江州。佛印禅师的到来，忙坏了大家，也乐坏了大家。佛印禅师是苏轼的至交道友。苏轼落难时来看苏轼，且在黄州雪堂竹屋住了好几个月。不仅苏轼一家人都很欢喜佛印禅师，且古村的农人也是很欢喜佛印禅师。众人欢喜佛印禅师非驴非佛、凡圣两忘、该怎么做就怎么做的活法，欢喜听佛印禅师讲的那些有滋有味、有情有趣，有时甚至叫人感到脸红却又充满了活泼玄机的禅语。

马梦得看到，苏轼与佛印禅师在堤下刚相遇，就拉着佛印禅师的手，忙往停靠在江边的大篷船走去。王夫人、朝云一脸笑容地给佛印禅师施礼。马梦得忙招呼大篷船上的艄公把船撑过来。大篷船上的一个艄公是古哑巴，正站在船头，一手扶着长篙，一手加额望着长江水天相接的地方，若有所思；听到马梦得的招呼，忙拔起船头水中的长篙，伸到泥岸上，接佛印禅师上船。另一个艄公是古风耳，正在船尾，左手拿把蒲葵扇，低着头给身旁的炉子扇火，炉上有壶，在烧开水；听到马梦得的招呼，忙抬起头，放下蒲葵扇，双手合掌放在嘴上，朝着这边喊佛印禅师。古村人舍不得苏轼离开黄州，古哑巴、古风耳更是如此，二人就亲自当起艄公，送苏轼一家人到汝州去。

佛印禅师一手提起袈裟的下摆，加快步子往大篷船走去。马梦得跟在佛印禅师、苏轼、王夫人、朝云及苏轼的家人后面，扶着古哑巴插在泥岸上的长篙上了船。船上的气氛立即活泼、轻松、欢快起来。马梦得与苏轼、佛印禅师坐在船头。古风耳弓下身子，侧耳听炉上壶里的声音。待壶里冒出一股股白色的水汽，古哑巴就提着壶给苏轼、佛印禅师与马梦得的茶碗里沏上茶。茶碗里有缕烟似的水汽升起。三人边喝茶边叙话。

日头钻进薄薄的阴云里，江面阴了下去。江上的微风里有水的清凉和鱼的腥味。古哑巴、古风耳各执长篙，在船的两边撑着。大篷船缓缓向前驶去，水声潺潺，船头分出两道弧形的白色水带。微风鼓浪，江水冲击着石岸，涛声像远处山口的虎吼，汹涌澎湃，令人心悸。望江北，河岸处是片辽阔的原野。望江南，但见江边拔地而起的庐山连亘成一片起伏的翠绿的山岭。几日前，马梦得与苏轼上过庐山，见庐山远远近近的山岭各呈异态；然而在船上侧面看去，一座座山峰如剑指上空，与几日前见到的庐山迥然不同。此时，马梦得看到，苏轼忽然站了起来，诗兴大发，吟诵起来：

横看成岭侧成峰，远近高低各不同。

不识庐山真面目，只缘身在此山中。

马梦得看过不少写庐山的诗，好的固然不少，但苏轼的这首庐山诗不同凡响。马梦得看到，佛印禅师手捻念珠，矫首昂视着横在长江南面的庐山，赞不绝口：“好诗！好诗！情趣、理趣，诗意、禅意，各尽其妙，句句是禅，字字是禅，各呈其彩！”

马梦得吹了吹茶碗边上的茶沫，呷了口茶。佛印禅师的点评十分精彩精当，只是对这首诗的禅意，马梦得还不甚了然：“请教禅师，苏兄庐山诗的禅意何在？”

佛印禅师微微一笑：“当局者迷，旁观者清耳。”

马梦得有种醍醐灌顶的感觉。马梦得明白了，大千世界的世人酱在世事中，为世事而忙，为世事所累，当然也给世事弄得东西南北分不清了；世人只有跳出三生界，不在五行中，才能不被物所障，不为世事所累，才能把大千世界看个清清楚楚、明明白白。苏轼的庐山诗，真个是句句是禅，字字是禅，整首诗就是一个禅的世界。

马梦得觉得，佛印禅师似乎还在对苏轼提醒点什么。苏轼也感觉到了这点，对佛印禅师说：“这么说来，轼还身在当局，不识天下事真面目了？”

佛印禅师又一手慢慢数着念珠：“现在不仅是你不识天下事真面目，天下人现在也还不识子瞻真面目。”

马梦得很是惊奇，也很是怪怪地望着佛印禅师。马梦得觉得，佛印禅师说出了他心中模模糊糊有所感却无法说出的东西。乌台诗案前，可以说苏轼对王安石新法是深恶痛绝的；到了黄州后，苏轼变了，觉得王安石新法是个良法。然而，这次去汝州路上，苏轼却弄得沿途行新法和不行新法的知州、知县很不高兴。苏轼竟左也不是，右也不是起来，很有点不是苏轼了。特别是昨日，在江州李知州的接风酒席上，苏轼与李知州都很是不快。马梦得看到，苏轼很是惊奇地望着佛印禅师。苏轼把昨日李知州接风酒席上发生的争吵说了一遍：“轼现在是自己对自己的面目也看不清楚。这次从黄州出来，一路之上，轼真的是很有点不是轼了。昨日李知州还指桑骂槐，说轼是见风使舵、巧言令色、口是心非的小人，我苏轼是这样的人吗？气坏了！气坏了！”

佛印禅师微微一笑：“这就是你的不对了。”

马梦得注意到，苏轼一脸的惑然。马梦得很是不解，也很为苏轼抱不平。马梦得正想为苏轼辩解几句时，苏轼先开口了：“轼有何不对？轼受了冤枉，却连气也不能生吗？”

佛印禅师：“子瞻还是过不了八风关。”

马梦得看到，苏轼像受了雷击，愣了半日，无言以对。马梦得倒是听过佛家的“八风”之说。“八风”者，人在世上所遇之八种情境：一称、二讥、三毁、四誉、五利、六衰、七苦、八乐。人被八风所扰，就终日烦恼不安；人破掉八风，放下这些不应该有的东西，就断了烦恼。这么说来，眼下苏轼正被“毁”所困，所以才会被李知州几句话气坏了。

到底苏轼悟性高，没多久脸上就显出一派清爽的开雾睹天之色：“轼明白了。”

马梦得看到，佛印禅师矫首昂视着长江水天相际的远方，然后双手合掌，一脸含笑：“阿弥陀佛，阿弥陀佛，善哉！善哉！”

马梦得发现，王夫人、朝云及苏轼家人都挤在舱口听佛印禅师谈禅；古哑巴、古风耳手执长篙边撑船，边津津有味地听佛印禅师说佛。

大篷船继续前行，经彭泽、安庆、铜陵，七月初到芜湖。再用不了多久，就可以到达目的地汝州。不过从芜湖到汝州，要改乘车马，古哑巴、古风耳就要与苏轼分别了。苏轼对古哑巴、古风耳依依不舍。古哑巴、古风耳更是舍不得分手，两日前船行的速度明显放慢了。不过，船在芜湖靠岸时，苏轼突然告诉古哑巴、古风耳，他要到江宁去看王安石。马梦得惊呆了。苏轼去江宁见谁，马梦得都觉得没什么不可以，唯独去见王安石，很有点百思不得其解。马梦得对王安石无个人的恩怨和成见，相反还很喜欢王安石的诗文，也很敬佩王安石的为人。对新法，马梦得也不是看得那么坏，倒觉得王安石本意不坏，能搞下去对平头百姓确有好处；特别是到了黄州后，马梦得更觉得新法是个良法。尽管如此，马梦得还是觉得苏轼不去见王安石为好。事情明摆着：苏轼以前对新法深恶痛绝，确实写了许多讥讽新法的诗文，王安石心里不可能不存一点芥蒂。有道是酒逢知己千杯少，话不投机半句多，二人相见，有什么意思。再说，苏轼对王安石本人虽然没说过坏话，但王安石手下不少人却给苏轼骂得狗血淋头。现在江宁知府吕嘉问，也是被苏轼骂过的，然而，吕嘉问不好惹。听说吕嘉问会常去半山园看王安石，要是碰上了，二人争吵起来，吕嘉问会拿个好脸色出来吗？此人如今是三品大员，何苦去惹他不高兴。不过，古哑巴、古风耳高兴。从芜湖到江宁要乘船，他们又可与苏轼多待上好几日了。再说，他们也很想去见见这个与天子赵顼一道制定新法、已经赋闲在家多年的老相公王安石。

马梦得连连摆头：“不要去！不要去！”

苏轼笑了：“老相公是大君子，轼多时就想去见见他。”

马梦得注意到，苏轼一句一个老相公，还是用官职称呼王安石。马梦得求助佛印禅师：“禅师，你说苏兄去得去不得？”

佛印禅师含笑不语。此时朝云从船舱出来，给佛印禅师、苏轼和马梦得筛茶，便插言道：“天地万物，随缘就好。”

佛印禅师拊掌大笑道：“说得好！说得好！烦恼要断，缘分不能断。子瞻与王相公的缘分今生今世是断不了的。”

马梦得想：佛印禅师的话也许是对的。说起来苏轼说了新法那么多坏话，然而在乌台诗案中，王安石却帮过苏轼的大忙，上书救苏轼，一句“安有圣世而杀才士乎”点醒了天子赵顼，决定了苏轼的生死。何因？缘分！既然如此，苏轼去见王安石，完全在情理之中。不过，尽管如此，马梦得还是担心，苏轼与王安石见面后会吵起来。

七月初大暑节气将尽，但还是一年中最热的时段。晴空万里，日头把地面晒得滚烫。天地间弥漫着一种酷热的寂静。好在江面上的风不热，吹得人昏昏欲睡。大篷船到了金陵渡口。苏轼先派了个佣人去半山园给王安石送信。第二日一早，苏轼改乘一条小船，先沿通城河，再沿八功德水，到钟山王安石住的半山园去。撑船的还是古哑巴和古风耳。佛印禅师去镇江金山寺拜会寺里的禅师去了。马梦得也改变主意，要跟着苏轼去见王安石。

古哑巴、古风耳把小船撑到苏轼落脚的驿馆外通城河下。苏轼赶忙往门外走去。苏轼的一只脚已经出了门槛外，马梦得听到王夫人在后面大声喊苏轼。苏轼那只伸出门外的脚并没缩回去，只是回过头来。马梦得扭转头，望后一看，见王夫人、朝云从驿馆里面匆匆走到门口。朝云手上捧着一包衣物。王夫人焦急地对这边说："快把官服、官帽换上！"

苏轼、马梦得都怪怪地望着王夫人、朝云。王夫人指着苏轼身上的衣服说："穿身野服去见王相公，戴顶高布帽，成何体统，对王相公也显得太随便无礼！"

苏轼整了整自制的布高帽，又扯了扯身上的布短襦，哈哈一笑："尔等不知老相公。这身野服正合老相公之意，不丢身份，不无礼。好，好，好！"

马梦得想：莫非王安石是个怪人？马梦得跟在苏轼后面上了小船。河岸上的绿树被如烟的水汽笼罩着，像披上了一层薄薄的轻纱。小船在通城河没行多远，河岸绿树里传来一阵凶喝声，不久便见远处被水汽笼罩着的绿树里影影绰绰有许多人过来。这些人中，有喊爹叫娘的，有哈哈大笑的，还有打人骂人声。有个破锣嗓子最凶："吵什么吵，知府吕大人有令：谁抗旨就抓谁，躲到阴间也要抓回来！"

知府吕大人就是吕嘉问。马梦得看到，苏轼眉头皱了："这个吕嘉问，成事不足，败事有余，为官一方，就要搞得一个地方上的平头百姓不得安宁，王老相公的大事怎能不败！"

不用问，打人骂人、哈哈大笑的是官府衙门里的人，喊爹叫娘的是平头百姓。马梦得不是官，对官场上的人不熟，但知道吕嘉问这个人。在新法派中，吕嘉问可算是个大名鼎鼎的人物。此人在朝廷当市易司提举，弄得京都开封不得安宁，声名狼藉，臭不可闻，今日当地方官也一样弄得平头百姓叫苦连天。

苏轼用手对古哑巴、古风耳做了个靠岸的动作。马梦得吃了一惊，知道苏轼又要去多管闲事，要下船跟官府衙门里的人理论理论。马梦得觉得，苏轼又要弄得自己难堪了。官府衙门里的人不好惹。在江宁这个地方，谁认得你苏轼老几？你一个穿野服的犯官，竟敢对官府衙门里的人指指点点，岂不是吃饱了撑的难受，自讨没趣？

马梦得看到，古哑巴、古风耳仍旧在撑船，长篙上的水顺着流下来，在临近水面时被风吹散，像散掉的珍珠飘落在通城河里。苏轼不高兴了："靠岸！靠岸！"

马梦得赶紧把话题岔开："苏兄，你不是要去见老相公吗？"

苏轼："能这样眼睁睁看着官府衙门里的人打骂平头百姓吗？"

马梦得觉得苏轼又多情起来了。官府衙门里的人欺压平头百姓之事自古以来司空见惯，没人能真正管得了。说句实在话，就是天子也难管。天子要靠这些人去管平头百姓，对这些人欺压平头百姓之事，只能开个眼、闭个眼；官府里那些当官的能洁身自好，不搅到一块去就谢天谢地了。马梦得说："苏兄，吕嘉问可不是江州的李知州！"

苏轼叹了口气，不上岸了，挥了挥手，让小船停在岸边，只想看看那伙衙役和农人。此时，被水汽笼罩着的绿树里，一伙身穿公服的衙役押着一伙农人很神气地从那头过来。那伙衙役一边恶言恶语骂人，一边嘻嘻哈哈笑得很开心。那伙农人已经完全没个人样，浑身肿胀，衣衫全破了，脸上有层混合着烂泥的血迹。那伙农人显然给打怕了，都用双手抱着头，想离衙役远一点，拼命往人群中间挤。有个衙役冲过去把他们分开，不分开就一棍打下去。有个年轻的农人刚往人群里挤，头上就挨了一棍，给打得哇哇乱叫，全身缩成一团，赶紧一蹦一跳回到人群边上。

马梦得忽然看到，苏轼跳上岸去，几步到了路中间，把路挡了。马梦得吓慌了。这些如狼似虎的衙役，下到乡里来，一个个都凶悍得很，稍不顺意，就拳打脚踢。此时苏轼却把路挡了，这些衙役岂会饶过苏轼，不对他动粗？

马梦得赶忙过去，还未到苏轼身边，一个衙役冲了过来，推了苏轼一掌，推得苏轼向后仰着，倒退了几步，不是马梦得在后面扶着，肯定要摔倒在地上。马梦得急了，想说被推的是大才子苏轼，觉得这没用。这些目不识丁的衙役，知道什么大才子，说出去反惹他们笑话。马梦得急得拿腔作势起来："不得无礼，他是汝州团练副使！"

马梦得看到，那些衙役一个个怔了一下，停了下来，威风也矮了半截，那个推了苏轼一掌的衙役也发了一阵愣。不过，随后那个衙役上上下下打量起苏轼来，冷冷地笑了笑，指着苏轼说："就你这个样子也是团练副使？"

马梦得觉得，从苏轼这身衣着看去，苏轼确实与平头百姓无异。马梦得这下没法说清楚了。马梦得看到，好些衙役用手对着苏轼身上的布短襦指指戳戳的，放肆地笑了起来。不过，苏轼似乎对衙役的这些举止全然不觉，只是指着破锣嗓子衙役说："你们也太狠了，你们怎么能这样殴打平头百姓！"

那个推了苏轼一掌的衙役对苏轼很不客气地吼了起来："你再啰唆，连你也抓起来。"

这时，古哑巴、古风耳也惊慌地跑到岸上来。马梦得忙叫古哑巴、古风耳和他一起把苏轼拖到小船上去。好在此时内中有个见过一些世面的衙役，大概见苏轼虽不像个官，但与平头百姓还不一样，怕事情闹大了不好办，过来对苏轼说："这事你不用管了。告诉你：这都是些欠了朝廷好多年青苗钱没还的人，要他们还债就躲到太湖芦苇荡里去，害得我们这些官府衙门里的人钻进湖里吃了十多天的苦。要晓得我们这些官府衙门里的人这碗饭也不是那么好吃的，不把这些农人抓到，我们也要挨板子的。这些农人给抓到了，还不该挨几下打？"

苏轼还想跟那些衙役理论理论，古哑巴、古风耳只是死劲抱住苏轼，马梦得把苏轼拖到路边上。那伙衙役押着农人从马梦得他们身边过来了，更神气，也笑得更欢了。那伙农人都用双手抱着头，也不再往人群中间挤了，任凭衙役打骂，挤成一堆往前走去。苏轼给气得一脸发青。古哑巴、古风耳、马梦得拉着苏轼的手回到船上。苏轼望着河岸上远去的衙役和农人的身影，气哼哼地说："我要跟老相公说去！"

苏轼这个脾气，一辈子也改不了。马梦得、古哑巴、古风耳只是笑笑，也不去跟苏轼争。小船在通城河行驶了不到半个时辰，便来到半山园的八功德水石桥下。马梦得有种预感，苏轼与王安石今日相见，很难不发生点什么不愉快之事。小船在石桥边靠了岸。马梦得看到，有个站在石桥那头的仆人，转身顺着一条石阶，往半山园茅屋跑去报信。

马梦得跟在苏轼后面刚下小船，就看到一位头发全白、背有点驼、门牙也缺了的老者，穿着布短襦、腿脚不那么灵便地从瓦屋里出来。不用说，这位老者就是王安石了。马梦得看到，王安石显得十分高兴，虎头牛耳的脸上显出老者特有的慈祥笑容。刚下船的苏轼鞋没合上后脚跟，也不拔上，就拖着鞋子小跑着往王安石那边迎了过去，样子显得滑稽、狼狈、好笑，但也显得天真可人。

在离王安石十来丈远的地方，苏轼才拔上鞋，对着王安石双手合抱、拱手高举，行长揖礼："轼今日敢以野服见大丞相！"

马梦得吓了一大跳。苏轼今日怎么了？戴着布高帽、穿着短襦来见王安石，已经是对王安石失礼不尊；不说也就罢了，大家都装憨，这事也就敷衍过去了。然而，苏轼还生怕人家不知道他的无礼不尊，还要把这点挑明，不是没事找事吗？马梦得很是为苏轼担起心来。不过，一件奇事出现了。王安石不仅未怪苏轼，反张着缺了一个门牙的嘴，开心地笑着："礼岂为我辈而设哉？"

马梦得注意到，王安石与苏轼都开怀大笑起来，爽朗的笑声把垂柳里的黄鹂都惊得飞了起来。以往马梦得听说王安石是个外示朴野、中藏巧诈的奸人，骄蹇慢上、误害苍生的坏人，面垢不洗、衣垢不澣的怪人。然而，今日马梦得眼中的王安石，是个开朗、随和、不拘俗礼的老者，与以往耳闻的王安石大相异趣。

瓦屋里又出来两个人。王安石介绍：一个是杨德逢，一个是俞清老。苏轼也把马梦得介绍了一下。马梦得早有耳闻，杨德逢与俞清老是王安石在金陵钟山的棋伴、游伴，常常与王安石在一起谈天说地，有时也骂官。王安石请苏轼到谢公墩上的树荫下喝茶。马梦得也早听说过，东晋太傅谢安曾登过此墩，此墩也就很有点不同凡响。众人上了谢公墩，在树荫的桌凳上归座。两个仆人在张罗着茶点。古哑巴、古风耳有家仆陪着在偏屋里喝茶。王安石与苏轼今日都很是高兴。马梦得昨日听苏轼说，杨德逢、俞清老都是不受流俗拘忌束缚之人。这么看来，杨德逢、俞清老与自己很有点同声相应、同气相求的味道了。

马梦得紧挨苏轼坐着。众人一边喝茶，一边叙聊，吃吃果点，气氛甚欢。江宁夏天热不可当，素有火炉之称，江宁城里的市井细民早赤膊了。但钟山有细细的山风吹来，有阴的地方很是凉快。王安石与苏轼谈兴很浓，一点也不像曾经有过什么芥蒂。马梦得注意到，王安石总避开政事，谈得最多的是古今诗文，有时说说禅道佛法。苏轼也谈这些，不时把话题扯到政事上。不过，王安石总不接嘴。马梦得感到，王安石这个人不愧是个真正的君子，恪守不在其位、不谋其政的典则。马梦得放心了，觉得自己刚才在小船上的预感错了。不过，马梦得正这么想时，苏轼忽然一脸的庄重肃然站了起来。马梦得忙扯扯苏轼的衣服，给他提个醒，但来不及了。苏轼道："轼有言欲禀相公。"

马梦得的心提到喉咙口了。这个苏轼，心里要说的话怎么也拦不住。谢公墩树荫下的气氛立即变得异样起来。马梦得看到，王安石突然脸色变得严峻起来，且很有点警惕的意思。马梦得觉得，王安石一定以为苏轼是来找他的麻烦，欲言乌台诗案之事，因之才色动。杨德逢、俞清老也被苏轼这多少有点唐突的话，弄得有点莫名其妙，脸色显得有点骇怪。看样子苏轼与王安石马上要吵起来。

谢公墩树荫下的气氛多少有点尴尬难堪起来。苏轼似乎也感觉到这些，脸上现出了一点歉意，忙对王安石说："轼无别的意思，所言的是国家大事。"

王安石的脸色这才平定下来。杨德逢、俞清老脸色也平和了。马梦得的心放了下去。王安石对苏轼低语道："说吧。"

马梦得清楚苏轼要说什么。果然，苏轼把刚才在河岸上看到的衙役打农人之事说了一遍："轼有一言：宽免百姓官债。相公不可以发一言以救百姓于水火之中吗？"

马梦得清楚，苏轼不把这句话说出去，会给憋坏的。王安石脸上显出一种愤然之色，不过随后就又颇为为难起来："安石早已退归林下，怎好再对国事多嘴多舌？"

马梦得觉得这也难怪，王安石二次罢相至今七八年了，早已不问朝政，今日怎好去过问百姓官债之事呢？不过，马梦得看到，杨德逢却对苏轼之言很是赞同："这些年来百姓官债越来越重，官府衙门里的人又如狼似虎，百姓没法活。"

俞清老对苏轼之言更是大加赞赏："大才子所言极是。官府衙门里的这些狗东西巴不得百姓官债越重，就越好敲平头百姓的骨髓。"

苏轼赶紧补上几句："不在其位，不谋其政，这话固然不错，也是臣子事君的常礼。但，圣上并非以常礼待相公，相公又怎能以常礼事上呢？"

马梦得觉得苏轼这话说得太好了。杨德逢、俞清老都用敬佩的目光望着苏轼。马梦得看到，王安石到底是个当过多年以天下事为己任的相公，沉吟了好一会，愤然站了起来，厉声道："老夫一定上奏圣上！"

王安石的愤然厉声，本来会增加谢公墩树荫下尴尬难堪的气氛，没想到气氛反轻松协和起来。俞清老双手对苏轼伸出大拇指："可惜大才子当年没投在相公门下。"

马梦得以前也有这个想法。要是苏轼当年与王安石一起行新法，于江山社稷、平头百姓、苏轼、王安石都有好处，苏轼也就没有乌台诗案的百日牢狱之灾。不过，苏轼笑了笑：“轼亦自知，相公门下用轼不着。”

苏轼说罢，俞清老、杨德逢哈哈大笑起来。马梦得亦笑。不过，王安石没笑，也不出一言，脸色肃然。马梦得真担心这句话又触动了王安石什么地方。好一会，王安石忽然正色对着苏轼道：“今日这些话出于安石之口，入于子瞻之耳，就到这里为止。”

马梦得好生奇怪：十多年前，马梦得就在街谈巷议中听到，王安石是个天变不足畏、祖宗不足法、人言不足恤的人，怎么怕起人言来了。不过，马梦得很快揣摩出王安石此话中的意思出来：王安石怕犯忌，怕人家说在多朝廷的政事。再说，王安石曾被吕惠卿暗算过。那个吕惠卿真不是个东西，竟然把王安石给他的私信献给天子，想加害王安石。不用说，王安石给这事搞怕了，怕节外生枝，惹出不必要的麻烦，要苏轼不要外传。

马梦得看到，苏轼开始也有点丈二和尚摸不着头脑。苏轼不是吕惠卿，岂会做出那种猪狗不如之事来？不过，苏轼很快明白过来，戏言道：“相公所言极是。今之君子，为提前半年升官，便不惜杀人。老相公与轼的话，不出半山园。”

王安石笑而不语。俞清老、杨德逢也都笑了起来。今日苏轼与王安石相见，还是很融洽欢快的。时间过得真快，一晃就一个时辰过去，谢公墩上的树荫都缩到脚跟前来了。苏轼要告辞，王安石哪里肯依，抓着苏轼的手不让走，不仅要留苏轼吃中饭，还要留苏轼住上几天，同游钟山。

王安石正说着，石桥那边忽然响起一阵杂乱的脚步声。这里四无人家，一派幽寂，何来这样的脚步声？马得梦看到，王安石一脸的惊愕，苏轼、俞清老、杨德逢则是一脸的惊疑，王安石的管家、仆人和古哑巴、古风耳都慌慌张张从屋里跑出来。马梦得在黄州时就听说过，熙宁十年半山园就出过“闹宅”之事，江宁府几个衙役竟光天化日之下冲到半山园来抓人。现在是吕嘉问在江宁当知府，谁还敢到半山园来“闹宅”呢？

众人都起了身，朝石桥那边望去。马梦得看到，一个身穿三品补服的官员上了半山园石桥。三品补服后面跟着一大批衙门里的人。这些人脚步匆匆，却都规矩，一过石桥，谁都不吭一声，有点怕惊扰这里的意思。王安石告诉苏轼：身穿三品补服的人是江宁知府吕嘉问。马梦得很放心王安石，却很担心苏轼。马梦得就怕在这里碰上吕嘉问。本来苏轼刚才把在河岸上看到的衙役打农人之事跟王安石说了，这事也就过去了。然而，此时吕嘉问来了，苏轼肯定要重说一遍。吕嘉问不是王安石，不仅不会听苏轼的，相反要跟苏轼大吵起来。马梦得扯了扯苏轼的衣角，又打了个目语，要苏轼告辞。然而，苏轼却无半点反应，只一动不动坐着。马梦得确实很着急，又很无奈。他望望王安石，又望望杨德逢、俞清老，希望他们能让苏轼告辞。马梦得看到，王安石、杨德逢、俞清老怪怪地望望他。可他们怎能明白他心中之想呢？望望也就不再望了。

吕嘉问来到谢公墩上。早有家仆搬了把椅子给吕嘉问坐。不过，吕嘉问没坐，只是用眼睛上上下下望着苏轼；苏轼也上上下下望着吕嘉问，二人的目光对接了好一会。马梦得感到，他的担心到底躲不过去了。谢公墩树荫下要热闹起来了。果然，没过多久苏轼对吕嘉问道："吕知府，犯官苏轼有两句话还是要跟你说个当面：一、宽免百姓官债；二、不许官府衙门里的人殴打平头百姓。"

马梦得觉得，苏轼这话说得太直了，这叫吕嘉问如何受得了？马梦得看到，王安石一脸的为难，且多少有点尴尬。马梦得心里明白，王安石对苏轼的这话并不反对，但苏轼在半山园说，就不合适了，不知情的还以为王安石在多官府的事。不过，杨德逢、俞清老脸上却现出对苏轼的佩服之色。

杨德逢对吕嘉问说："对官府衙门里的人，早就应该管束好！"

俞清老对吕嘉问说："百姓官债不免，只有上山为寇！"

吕嘉问气坏了。他的气不会发在王安石身上，也不好发在杨德逢、俞清老身上，却一脸的轻蔑望着苏轼："大才子，本官有句话要跟你当面提个醒：你最好闭上嘴，要不然你还要给关进牢里去！"

马梦得感到，吕嘉问这就有失厚道。有道是打人不打脸，骂人不揭短。谁都知道，乌台诗案的百日牢狱之灾是苏轼的心头之痛，也是最丧失脸面之事，然而吕嘉问却当着这么多人的面揭出来，这不是故意羞辱苏轼吗？苏轼开始一怔，脸上现出羞辱后的难堪气愤之色。不过，苏轼很快现出一种从前没有过的气定神闲、包容万物、超然独立的神情，大有八风吹不动之态："吕大人，如今的苏轼不是过去的苏轼，就是再进牢狱，我苏轼还是苏轼，不会因进牢狱有一丝烦恼。”

马梦得觉得，苏轼的话说得太好了，话中有种旁若无人的自在和洒脱。马梦得看到，吕嘉问给噎得半日说不出一句话。马梦得注意到，苏轼脸上则现出一种不易被人觉察的得意之情，大有一种禅心在胸的愉悦。

马梦得看到，吕嘉问一脸的不依不饶之色，苏轼则一脸生死随缘任它去之态。王安石很是不快地望了吕嘉问一眼。杨德逢也很是不满地望了望吕嘉问。总骂官场的俞清老打了个圆场：“官府之事衙门谈，此是谢公墩，只谈天说地，若何？”

马梦得觉得，俞清老这个圆场打得好。杨德逢立即拊掌赞成。王安石对吕嘉问说：“望之，你公务忙，忙你的去吧。老朽要跟子瞻好好聊聊金陵古都旧事。” 望之是吕嘉问的字。

吕嘉问离开了。谢公墩上的气氛立即轻松欢快起来。吃过午饭，王安石与苏轼相约明日游钟山。这日下午，苏轼才辞别王安石。马梦得与苏轼回到大篷船上。苏轼在半山园不因吕嘉问揭他疮口而气愤，且因之而得意，自觉禅心已得，很高兴地做了首偈子：

稽首天中天，毫光照大千；
八风吹不动，端坐紫金莲。

苏轼很得意地派家仆把这首偈子，送给在镇江金山寺的佛印禅师过目。家仆回来后，把佛印禅师批过的这首偈子带回给苏轼。苏轼满以为佛印禅师一定会盛赞他修行参禅的境界，急忙打开佛印禅师的批示。马梦得伸过头去，但见上面两字：

放屁

马梦得看到，苏轼先是一怔，半日缓不过神来，然后不禁无名火起，要古哑巴、古风耳驾小船到镇江金山寺去。船离金山寺少说有两箭之地，佛印禅师似乎算到此时苏轼会找他，正挺着个弥勒佛似的大肚子，张口笑着，脸上现出那种出家人不该有的不恭和顽皮的神色，站在岸边等候苏轼。苏轼还在船上，就气呼呼地对佛印禅师兴师问罪：“禅师，你我至交道友，我的诗偈，我的修行，不赞赏也就罢了，缘何骂人呢？”

佛印禅师若无其事地：“我骂你什么呢？”

苏轼几步跳上岸，扬起佛印禅师批过的偈子：“‘放屁’二字是你亲笔所写？”

佛印禅师不恭地哈哈大笑起来："你不是'八风吹不动'，怎么'一屁就打过江'呢？"

苏轼登时羞愧得一脸通红。不过，随后苏轼脸上现出醍醐灌顶的清爽之色。坐在小船上的古风耳惊讶地望着苏轼，一阵江风把古哑巴低声对古风耳的话传来："禅师真厉害，一屁折服了大才子！"

古哑巴的话说得不错，这以后的苏轼，仕途依然多舛，几乎在贬谪中度过了后半生；但，毁也罢，誉也罢，顺也罢，逆也罢，生也好，死也好，都日日是好日，夜夜是良宵，一蓑烟雨任平生，一切随缘任它去，任何时候都处之泰然，仿佛身边不曾发生过什么事，一切都微风过耳，瞬间即逝。

第一〇三章　廷臣定策各显其能多变幻　赵顼临崩哀叹一声好孤寒

京都开封阳春天气，白日当空，乱花迷眼。高远的蓝天上布着密密的鱼鳞状的白云。柳色如烟，晴空中缕缕游丝在和暖的软风中飘荡，逗惹人爱，到处弥漫着醉人的温暖。然而此时的京都开封官场，在迷人的祥和平静中却有一种既叫人难以捉摸，又叫人提心吊胆的高深莫测的神秘气氛。上午辰牌时分，门下侍郎章惇一脸的焦虑，匆匆往尚书右仆射兼中书侍郎蔡确值房走去。这些日子，章惇几乎每天都要与蔡确碰个头。要是以往，章惇还想会会王安礼，可惜此时王安礼不在朝廷，外放当知府去了。今年正月天子赵顼病起，二月趋重，到了三月初一，只能躺在御床上，眼睛开着，却半句话也说不出来。请了天下名医，又大赦天下，还遣文武百官祷告天地、宗庙、社稷、诸陵，为赵顼祈福，但都没用。平头百姓病到这个份上，家里都要紧张忙乱起来。丧事的办理，财产的处理，往日的恩怨，种种的算计，既烦人，又诱人。天子病到这个份上，岂有不紧张忙乱之理？特别是本朝尚未立储，就更是紧张忙乱的了。有道是功高莫过于救驾，事大莫过于立储。救驾之事不常有，可遇而不可求，且不是每个人都有胆量冲进九死一生的刀山火海之中去救驾的。立储之事，看起来似乎只有大好处，没有大风险。其实错了，立储之事的凶险程度常常有甚于救驾，个中的阴谋、陷阱、变数常常出乎人的意料，参与其事的人头落地，甚至株连九族皆非虚言。然而，拥立成功，就有定策大功，今后的仕途就无可估量，甚至位极人臣。因之，立储之事又是历朝历代朝臣趋之若鹜、抢着要做之事。

章惇穿庭院，过大堂，所过之处，但见待在值房里做事的吏员不多，好些值房连个人影都没有。章惇清楚，这跟立储之事有关。表面上看，这些日子中书衙门里的吏员比以往任何时候都规矩，都一脸正经，不出一声，实在有事要办，也是办完就怕鬼似的掉头走开。但，在僻静的地方就热闹了，常有三五个人聚在一起，头碰头低语着什么。晚上，京都开封官场更热闹，京官们相互串门，喝酒品茶，谈天说地，实则在打探谁是皇储。

章惇感到，本朝立储之事，太急迫、太突然了些。赵顼龙体康健时，自己未提立储，臣子怎好提出来。谁提谁被猜疑：不是有二心，就是盼天子早死。岂不是脑子出了毛病？然而，此时不同了。赵顼躺在御床上，口不能言，立储之事迫在眉睫。天不可一天无日，国不可一日无君，要是赵顼有个好歹，皇储未立，朝廷就要出大乱子。现在宫里宫外，传言纷纷。当下能当皇储的只有赵顼的第六皇子赵煦和弟弟岐王赵颢。立第六子赵煦为皇储，嫡传下去，居天下之正，上合天意，下称民心。但，赵煦才十岁，如何能继大统，坐得了天下？立赵颢为皇储，也没什么不可。岐王赵颢小赵顼两岁，今年三十有六，与赵颢都是当朝太后高氏所生。兄终弟及，不仅宋朝出现过，前面一些朝代也出现过。昨日，内朝宫中传出天子赵顼在去年说过一句话：明年春天立储，且由司马光、吕公著做太子太傅。在这样一个云谲风诡、变化莫测、令人眼花缭乱的时刻，传出此话，自然特别引人深思。是话也，看似拙劣可笑，实则充满玄机。说此话拙劣可笑，是因为此话是天子赵顼去年说的，然而朝中大臣至今无一人听赵顼说过此事，玄机一也；传话未说要立的皇储是谁，这就叫人感到很是有点蹊跷了，玄机二也；皇储是谁未定，皇储的师傅却定了，有名有姓司马光、吕公著，玄机三也；天子赵顼此时病得连话都说不出来，宫中传出此话，就显得更加扑朔迷离，让人更加感到蹊跷，玄机四也。

章惇出了中书衙门后堂的过道，就见蔡确黑着个脸，匆匆从他值房那边过来，二话不说，只是拉着章惇往中书衙门右边一个僻静小院走去。此小院墙角落有间坐西朝东的房子，原是堆放文档的地方。这几年，中书衙门扩建了一栋屋，二十间房子，文档移到那里去了。这间房子就空着。章惇与蔡确走进这间房子。里面很暗，有股潮湿的霉味。蔡确原本长得高大俊秀，但在这间房子里，黑着个脸看去有点像庙里的凶神。蔡确把房门关上，没等章惇开口，就急切地低声说：“高太后娘家人不喜欢岐王赵颢。”

章惇大吃一惊。蔡确所说之事，是前日蔡确和他所议定之事。对天子赵顼的后事，章惇考虑得最多的是赵顼驾崩之后新法的命运问题。不错，新法取得的成绩是有目共睹的，但反新法的人就是不看这一点，就是要闭着眼睛说瞎话，奈之若何！章惇是个明白人，新法会不会给废了，关键在立谁为皇储。章惇曾经喜欢岐王赵颢，但后来又不喜欢他。章惇跟赵颢有过一面之缘，那是十七年前的熙宁二年，章惇与吕惠卿、曾布几个人去醉春楼喝酒，在那里见过赵颢。那时的赵颢不到二十岁，一介书生，文质彬彬，身上虽然有种帝王之胄的高贵气息，却不盛气凌人，不难相处。那时，章惇是很喜欢赵颢的。但后来，赵颢给章惇的印象就坏极了。在熙宁七年那场七个月的亢旱中，赵颢竟敢冒天下之大不韪，违背祖宗规矩，插手政务，多起朝廷之事来，跟皇兄赵顼吵，弄得皇兄赵顼吼出让你来当皇上的话来。听说近日赵颢总在宫中进进出出，有时还留宿宫中，明眼人一看，就知道赵颢有当皇储的意思。此外，满朝文武百官无人不知，赵颢是太后高氏最喜欢的儿子，记得熙宁二年，已成年的赵颢还在宫中居住，太后高氏每天都要跟他见上一面；后来有臣子上书，老相公王安石支持，才搬到宫外去居住。立赵颢为皇储，当然很合太后高氏心意。太后高氏的心意，是万万不可小觑的。在朝廷，天子是皇上，退了朝，天子是儿子。国事是家事，那么家事也是国事。在皇位继承上，太后是很有发言权的。然而，赵颢登基继了大统，新法就很难说会继续施行下去了。不用说，章惇希望十岁的赵煦当皇储。然而前日，章惇改变主意了。蔡确告诉章惇：太后高氏有垂帘听政意。明白人一听，就知道太后高氏要立十岁的赵煦为皇储。章惇觉得，太后高氏垂帘听政，对新法来说无疑是场大灾难。满朝文武百官也无人不知，太后高氏对新法没一点好感，且太后高氏非一般女人可比。太皇太后曹氏是个强女人，但还有三分大度和厚道，太后高氏比太皇太后曹氏还要强十分，且十分有心计，要办的事就一定要办到。太后高氏在内廷、外廷的口碑是相当好的，许多人都说她是女中的尧舜，始终如一地维护赵家的皇权，谁也别想在她这里谋私，就是她娘家也别想得到半点私恩；说她深明大义，谨守祖宗之成法，宫内宫外送上来的东西，无问巨细，终身不取其一；说她节俭素朴，当太子妃时，家里除了藏书外，无有什么钱财，当皇后、当太后时也一样。太后高氏贤惠，天下闻名。此外，熙宁七年，无论是太皇太后曹氏的指责，还是赵颢跟皇兄赵顼的争吵，都并未改变赵顼的主意，最后还是太后高氏一句话，让赵顼下决心罢了王安石的相位。十岁的赵煦继大统后，太后高氏垂帘听政了，新法还有活路吗？前日，章惇与蔡确商定好，还是拥立赵颢为皇储好。赵颢继大统后，就断了太后高氏垂帘听政的梦。蔡确脑瓜子灵，欲立岐王赵颢，就得把太后高氏的娘家人拉过来，只要太后高氏的娘家人同意拥立岐王赵颢，太后高氏就也得同意拥立岐王赵颢；事成之后，太后高氏只能哑巴吃黄连，百口莫辩。是计也，奇哉！妙哉！昨日蔡确派人以赏白桃花为名，把太后高氏的两个整日吃吃喝喝、玩玩乐乐的侄子骗到家中，很兴奋地说出了这个打算。蔡确满以为太后高氏的两个侄子因为白得一个拥立定策之功，会欣喜若狂，没料到太后高氏的这两个只知享乐、什么事也干不了的侄子在立储这件事上一点不糊涂。大侄子受惊不小："此何言？君欲祸吾家邪！"说完，两侄子掉头就跑了。

章惇倒也并不觉得此事有什么可怕之处。敢跟自己玩命的章惇这些年来什么风浪没见过？世界上岂有活人给尿憋死的，太后高氏的两个侄子掉头就跑，岐王赵颢就不能立为皇储了？笑话！不过，蔡确另有高招："我等拥立六皇子赵煦！"

章惇清楚蔡确的为人。此人对老相公王安石谈不上多么敬服，但对新法的施行还是挺卖力的。这倒不是说蔡确多么喜欢新法，只是因为天子赵顼在老相公王安石二次罢相后，仍施行新法。他要不卖力施行新法，赵顼会让他进中书当右相？说来好笑的是，老相公王安石在朝时，蔡确的官职只是个知制诰，并未得到重用，但在洛阳的司马光那些人却对他恨得牙痒痒的，说他曾经是老相公王安石任用过的小人，现在是朝廷新法派的首领。当然，这样一来，蔡确还非行新法不可了。蔡确这个人脑瓜子转得快，头天一个态度，第二天就完全变了，且变得非常坚决。不过，听到蔡确刚才说的话，章惇还是不由得又大吃一惊，没想到蔡确一下子就从拥立岐王赵颢改变到拥立六皇子赵煦上来。不过，章惇也很快赞成蔡确这一态度了。说句实在话，对拥立岐王赵颢为皇储，章惇很是有点勉强；对拥立六皇子赵煦为皇储，其实更合他的心意。章惇早几年就听说，六皇子赵煦从小就十分崇敬父皇赵顼，连书桌都用父皇赵顼小时用过的。立赵煦为皇储，继大统后太后高氏要以太皇太后的身份垂帘听政；但，赵煦长大了，太皇太后要还政的，新法就又有希望了。再说，六皇子赵煦虽然年幼，但那么崇敬父皇赵顼，这对那些恨不得一口吞掉新法的人来说，是个很大的威慑。这些人要是对新法做得太过了，不怕亲政后的六皇子赵煦找他们算账吗？这么想过后，章惇便点了点头。

蔡确又胸有成竹地："不能让王珪抢了头功！"

章惇觉得这点很重要。章惇心中有数，蔡确不仅从来不把王珪看在眼里，而且早就在盯着王珪左相这个位置。在章惇看来，蔡确当左相比王珪好。要是还让大宋百年来这个被人戏称为“三旨宰相”的王珪当左相，新法就完了。叫人感到不可捉摸的是，这个表面上本分规矩的王珪在立储之事上，从未出过一声，但昨日传出的是：王珪拥立六皇子赵煦。然而，这也正是章惇所担心的。不用说，此公要是抢了立储的头功，肯定又要继续当左相。以前此公取的是天子赵顼的圣旨，以后取的就是太后高氏的懿旨了，朝廷军国大事实际上完全落在太后高氏手上。这样一来，新法就彻底完了。王珪这个老不死的今年六十七岁了，经常生病，看样子来日无多，却还恋着那个相位，临死前也不想做件好事，给人留下一丁点好印象，让人看了生厌。章惇觉得，既然如此，自然不能让王珪抢了立储的头功。不过，章惇没点头。章惇觉得此事很难办成，原因是太后高氏不喜欢蔡确和自己，却很赏识王珪。这点王珪心中是有数的。章惇说：“王珪与太后合力拥立六皇子，奈何？”

蔡确对此事早胸有成竹：“把蔡京找来！”

章惇愕然了。此事与蔡京何相干？章惇与蔡京并无个人交往，但清楚蔡京这个人。朝中不少人觉得蔡京很难捉摸，并不喜欢他。但，朝中不少人也觉得蔡京在当世是个很风雅、很可亲、很受人欢迎的妙人。此人现在是龙图阁待制、知开封府，天资绝高，绘画和书法造诣都非同小可，一手好字深得王羲之笔意，堪称大宋开国百年难得的数一数二的书法大家；真情与诈伪融混在一起，真情让你感动，诈伪让你感到贴心；为人和易，对谁都一个笑脸，没脾气，很好说话，尽管官不小了，却对在他的府上进进出出巴结奉承他的人，不摆半点官威；喜欢助人，不仅对上官，就是下位之人找他帮忙，无有不满口答应。不过，章惇却对蔡京很不放心，觉得蔡京这人心里有种难以捉摸的东西，跟他打交道要多个心眼。再说王珪是蔡京中进士那年的主考官，朝廷虽说主考官不能视进士为门生，但进士心目中总还是把主考官当恩人座师看待。如今，把蔡京拉过来对付座师王珪，岂不要坏事？章惇正想把自己的这些想法说出去，蔡确更加胸有成竹地道：“确某知道蔡京这个人，找他没错，万无一失！”

章惇看到，蔡确还没等这句话说完，就走到房门口，推开房门，走了进去。暮春三月的日光照射过来，章惇在逆光中看到里面站着一人，一看是蔡京。蔡确把房门关上，房子里暗了下去。章惇看到，阴暗的房子里蔡京一脸的笑意、一脸的恭顺、一脸随时听候吩咐的表情。章惇心里有点不是味，一个当开封知府的三品高官，用得着这样摧眉折腰吗？蔡确二话不说，单刀直入：“王珪阴立岐王为皇储，不能让他的阴谋得逞！”

蔡京像得到圣旨一样，想也没想，有种此事包在身上的意思，满口答应：“诺！”

章惇很是怪怪地望着蔡京，觉得蔡京这个人的头脑也太简单了些。立储之事，虽然是历朝历代朝臣不怕掉脑袋，甚至不惜株连九族，也要抢着去做之事，但凡参与到这事来的人，无一不三思而后行的，哪有蔡京这样想也没想就答应别人要求的呢？章惇在阴暗的光线中仔细看了看蔡京，见他脸上的表情很是认真，没有半点开玩笑的意思。

蔡确更直截了当了：“我与章相公马上找王珪到政事堂来议立储之事，你带人持剑守在政事堂窗外，王珪小有异议，就杀掉他。”

章惇吃了一惊，觉得蔡确太凶狠，也太荒唐了些。有道是人命关天。杀一个平头百姓都要抵命，杀当朝左相该多大的罪？不过，章惇没料到的是，蔡京这回更爽快了，不仅想也没想，且有种天大的事也敢去做的意思，满口答应：“诺！”

章惇吓了一跳，觉得蔡确和蔡京是不是开玩笑。章惇不由得上上下下打量了蔡京几个来回，但见此人一脸的肃容，没有半点开玩笑的意思。章惇觉得蔡京简直神经有毛病。杀王珪是蔡确的主意，多大的责任都该由他承担，他也会去担当。蔡京为此事去赔命，不冤吗？可以说，只要他带人在政事堂去杀王珪，不管王珪是死是活，也不管未来登基的是六皇子赵煦，还是岐王赵颢，他都死定了。不过，说来叫人难以置信的是，从来识人不出错的章惇这回却看走了眼。蔡京的神经不仅没病，且远远超出常人。后来此人在庙号叫徽宗的赵佶朝中，四次当国做宰相，权倾天下长盛不衰，害国害民、坏事做绝、遗臭万年，却呼风唤雨了十五年之久。

事情就这么定了。章惇跟在蔡确后面，往政事堂走去。蔡京则准备带人持剑伏于政事堂窗外。三人走出房间的时候，章惇回过头去，望了蔡京一眼，但见蔡京恭顺地低垂着头，却用眼睛上方的余光偷偷地看了蔡确一眼。暮春三月的日光照射在蔡京的脸上。蔡京面带笑容的脸上掠过一丝似乎用了很大力气才忍着没现出的笑意。章惇感到，蔡京在偷着乐。不过，叫章惇觉得奇怪的是，自己不由得从心底里喜欢起蔡京来。

蔡确又对着前面什么地方招了一下手，他的堂吏过来了。蔡确要堂吏去把王珪叫到政事堂来议事。按说，这不合规矩。王珪好歹是左相，政事堂议事该由王珪发话。不过，这些年来，政事都是蔡确说了算，因之也就无所谓规矩不规矩。堂吏走了后，章惇与蔡确向政事堂走去。不多一会，章惇与蔡确来到政事堂。章惇与蔡确面对面在政事堂坐下来。没多久，政事堂外面的过道上就响起很轻的脚步声。王珪来了。不过，章惇与蔡确都未起身，相反，都正了正身子，板着脸孔坐着。

一会，病病歪歪、一脸油尽灯枯的灰败之色的王珪进了政事堂，先拱手行礼。蔡确和章惇微微欠了下身子，双手稍稍抬了下，算是回了个礼。王珪在左相的交椅上坐下，但一脸听命于蔡确的表情。不知为什么，章惇特别看不得王珪这个鬼样子，一看到心里就来气。一个当朝左相，一人之下，万人之上，却一脸听命于在自己下位蔡确的奴相，不让人耻笑吗？章惇感到，自己心中坟头上的火都要冒出来了。

章惇听到，政事堂外有人走动的声音。这个蔡京，还真能办事，前后不过一盏茶工夫，就把人带到政事堂外面。章惇看到，蔡确瞥了王珪一眼，一脸稳操胜券的得意之色，也一脸的恭敬中又很是有点捉弄的神情。没谁有章惇清楚，这个蔡确可以说把王珪看得比狗屎都不如。不过，蔡确不像自己，把这种轻蔑摆在脸上，要赢就赢个嚣张痛快，蔡确常常在恭敬中把王珪捉弄得七死八活。章惇记得，最有意思的一次是元丰三年的官制改革，蔡确狠狠地耍了王珪一把。此次官制改革：把中书的上相与次相改了，设门下侍郎为左相、中书侍郎为右相。但，中书决策，门下审议，尚书执行。中书管的是国家大策大计，且由天子诏告天下；门下还审议个屁，不过走个过场；尚书更是无话可说，照葫芦画瓢执行就是。因之，改制后的朝廷，其实仍是中书与枢密院对掌大政的“二府制”。然而这样一来，原本上相、名次排在前面的左相门下侍郎王珪反只有个虚名，原本次相、名次排在后面的右相中书侍郎蔡确反柄掌实权。别看王珪是个不想有任何作为的庸人，但官瘾却很大。蔡确看出王珪心里的不痛快，就哄王珪，说天子要设中书令；又说王珪久居相位，中书令非王珪莫属。大宋门下省的侍中、中书省的中书令，都是正一品的最大的高官，然而大宋开国以来从未任命过。王珪这次却犯糊涂了，信以为真。然后蔡确转身又去对天子赵顼说，门下、中书的副长官侍郎的官位够高的了，不须置令。赵顼认为这是对的，自然接受了蔡确的意见。王珪希望落空，反落了个笑柄。本来就没什么威望的王珪就更被人看不起了。在朝中，名为左相的王珪，在名为右相的蔡确面前，实际上是尊菩萨。

蔡确笑容可掬地道："左相公，立储之事，我们都听你的。"

蔡确果然又在捉弄王珪了。蔡确头世没听过王珪的，今世就更不会听王珪的，但他却说得煞有介事。章惇仔细看着王珪，但见王珪一副病得要死的样子，脸上什么表情也没有，也不说一句话。章惇明显地感到，王珪没像元丰三年那么傻，把蔡确的鬼话当真。但王珪样子却仍是那么傻，一句话不说。不过，蔡确对王珪这点不气恼，相反，更是满脸堆笑："朝中不少人说左相公想拥立岐王赵颢为皇储，可别瞒着我们。"

章惇明白蔡确的用心了。蔡确明明与朝中许多人一样，猜出王珪拥立六皇子赵煦，却故意说王珪拥立的是岐王赵颢，分明在引诱王珪犯错。且这着棋很妙：只要王珪这么说，就好下手；王珪不说话也行，就等于默认了。这样，埋伏在政事堂窗外的蔡京就可以带人冲进来把王珪杀了。章惇尽管觉得王珪死得未免冤了点，但内心深处却涌出一阵快意。王珪早该滚出朝廷，谁叫他病得快要死了还恋着相位不放。章惇觉得，蔡确的这种做法未免狠了点，但为了新法，狠就狠一点。不错，起初朝中一些人对这种做法未免要说三道四，但只要六皇子赵煦登了基，谁还会去管王珪这个没用的人死得冤不冤。

王珪仍旧傻子一样，一动不动地坐着，也不出声；不过脸上听命于蔡确的表情没了，换上的是种让人肺都快气炸的以不变应万变的神色。政事堂外鸟的咕咕声叫得欢，政事堂内却一片诡异的死寂。章惇看到，蔡确起身了，往窗口走去。章惇知道，王珪还不开口，只要蔡确到了窗口，蔡京一伙人就要冲进来。大宋开国百年来还没发生过的当朝左相血溅政事堂的大事就要出现。然而，就在此时，王珪缓过气来，张开嘴，用了很大力气说了一句话："上自有子，复何议？"

章惇感到，王珪这句话并非脱口而出的话，恰恰是深思熟虑后才说出来的。王珪这句话阴毒得很：皇位是自然传承的，根本不用谁去拥立，也不用议，谁议谁别有用心；既然如此，他什么议论都没有，何来"异议"？蔡确怔了半天，不知如何是好。这也难怪，蔡确精心策划好了的妙计，就这么给窝囊的王珪一句话破了，把他立储定策上费尽的心机顷刻间化为乌有。很显然，这个被人看不起的"三旨宰相”，平日那种无用人的鬼样子是装给众人看的，其实混事本事大得很，左推右挡，天子信任，朝中臣子只是取笑他，对他并无多大怨言，此人心计深得很。

蔡确气坏了，却又无计可施，只好咬紧牙关，强忍着，面颊上也因此现出一棱一棱的肌肉。王珪则有点快虚脱了，头搭在长案上，双目紧闭，一副随你蔡确怎么搞都不再理睬的神情。约莫过了半炷香工夫，蔡确才完全镇定下来，要章惇跟他一起赶紧进宫去。章惇明白蔡确的意思：抢在王珪前面，在天子赵顼面前拥立六皇子赵煦，快虚脱的王珪跑不赢他们；等他赶到宫中，立储之事已大功告成，王珪再有心计也无用。

章惇忙起身，与蔡确一道往政事堂门口走去。一个堂吏匆匆跑来禀报：懿旨来了。堂吏的话刚说完，宫中的一个押班太监就到了政事堂门口。章惇与蔡确忙跪下去接懿旨。王珪跪下去时，要不是堂吏拉了他一把，差点要摔倒在地起不来。押班太监走进政事堂，宣太后高氏懿旨：宣左相尚书左仆射兼门下侍郎王珪、右相尚书右仆射兼中书侍郎蔡确、参知政事章惇去福宁殿议事。福宁殿是天子病重时居住的地方，殿内有御案、御椅、御床；既可以阅事，又可以养病。懿旨未说何事，但不用问，这一定与立储有关。

章惇与蔡确出了政事堂。章惇注意到，蔡确一只脚跨出门槛时，回过头去恶狠狠盯了正双手撑在地上，挣扎着要起来却起不来的王珪一眼。此时蔡京过来了，站在蔡确和章惇面前，仍旧一脸的笑意、一脸的恭顺、一脸随时听候吩咐的表情。蔡确怔了一下，似乎此时才记起蔡京还埋伏在窗外这件事，无可奈何地挥了挥手：“撤吧撤吧！”

章惇看到，蔡京恭顺地低垂着头，却用眼睛上方的余光偷偷地看了蔡确一眼，脸上现出一丝似乎用了很大力气才忍住没笑出来的神情。暮春三月的日光下，蔡京脸上的笑意很迷人。后来，章惇得知，两天前，蔡京就探过王珪的口风，知道王珪在立储上的态度，这就怪不得蔡京偷着乐；且带剑就带剑，乐得做个人情。当然，这事也怪蔡确有时傻得像猪，真要把王珪杀了，他脱得了干系？

章惇与蔡确几乎是三步并着两步、两步并着一步往后宫走去。二人刚过乾清宫，还在寿宁堂这头，章惇就看到福宁殿外有股逼人的杀气和肃然气氛。福宁殿外的平台和庑廊上站满了手执长矛的禁兵。这些禁兵，一个个绷着脸，目光中有种严阵以待、随时准备杀人的神情。福宁殿的门口和丹墀下都站着许多太监。这些太监都一脸异样的警惕神色，盯着福宁殿外的一切，连飞过的鸟雀都要很警觉地望上一眼。

天子赵顼是二月下旬搬进福宁殿来居住的。前些日子，章惇也来福宁殿看过赵顼，但戒备远没今日森严。章惇感到，赵顼病得相当重了。章惇与蔡确再往前走了几步，就有两个太监走上前来，不让他们再往前了。章惇与蔡确不是第一次进宫，往日太监见到章惇与蔡确总是客客气气的，脸上总有讨好巴结之色。然而，今日不同了，这些太监像不认得他们，不仅脸上没有讨好巴结之色，还远远地就挡了他们的驾。内中一个押班太监板着脸说，太后高氏下有懿旨：进福宁殿者一律要验特别腰牌，否则格杀勿论。

敢跟自己玩命的章惇与在朝中以强硬闻名的蔡确都老老实实地把挂在腰间的特别腰牌摘下来，交给面前的太监验过，太监才让他们过去。章惇与蔡确上了丹墀，进了福宁殿。两人几乎是屏住呼吸，脚步放得很轻地往御寝走去。在御寝门口，章惇看到天子赵顼躺在御床上，原先胖胖的身子已经瘦得皮包骨了，脸上一点血色都没有，只剩隆起的大鼻子一如往昔。御床左边拉了块曲尺形的帘子，帘子里坐着的是太后高氏，站着的是向皇后。宫里的太监、女官、宫女都特别规规矩矩，也特别小心翼翼，垂手而立，神情却十分专注，随时准备着去侍候天子赵顼。

章惇感到御寝内有种既神圣又沉重，既庄重又怪异得叫人喘不过气来的死寂。章惇与蔡确在御床边站着。章惇很清楚，赵顼的病与两次西伐有关。第一次西伐先胜后败，让赵顼郁闷了很长时间，病了一场。第二次西伐丢掉永乐新城，天子赵顼一夜之间就病倒了。赵顼心思太重，总责备自己，折磨自己。其实永乐新城之败，全在徐禧，要是用种谔，不筑永乐新城，而沿银、宥、夏三郡一线修筑城寨，一步步逼西夏就范，局势就完全不一样。天子赵顼病得真不是时候。前不久，从西夏传来个天大的好消息：那个背着丈夫与西夏国主的儿子偷情，汉族出身却尽废汉礼，执掌西夏国权十多年的梁氏死了。不用说，这真是个天赐良机。然而，赵顼还能再次出兵吗？赵顼此时才三十八岁，正年富力强、风华正茂，眼睁睁看着天赐良机从身边错过，能不一病不起吗？

章惇侧过脸，朝帘子那边望去，只能见到帘子里太后高氏的一个侧影。从侧影上看，年过半百的太后高氏，端坐在御椅上，肤色很是白皙，脸色也很红润，气度雍容大雅，看去像三十几岁的妇人。太后高氏面朝着躺在御床上的赵顼，对章惇和蔡确的到来，相也没相一眼，好像根本没看到章惇和蔡确的到来，在温和大方、从容淡定中自有一种不可等闲小觑的逼人威仪。太后高氏眼睛里的目光是看不到的，但从她那一动不动端坐着的侧姿中，可以断定太后高氏眼睛里有种严厉的、不容置喙的专断神情。章惇还看到，站在太后高氏身边的向皇后是位端庄、淑静的中年妇人，隔着太后高氏，只能看到侧影，侧影中半边寂寞的玉容上有泪痕。

章惇心中有种不好的预感。章惇又看了看御床上的赵顼。赵顼还是一动不动地躺着，开着的眼睛未转动过一下，目光呆滞，像认出了御床前的这些人，又像没认出来。章惇觉得，现在谈立储之事还来得及。不错，赵顼现在口不能言，但眼睛是开的，皇太子定下来了，让他过下目，有个认可的神色，这事就再好不过的了。要是眼睛也睁不开了，立储这样的大事就完全是他人说了算，这就难保不出麻烦。

章惇是个明白人，清楚太后高氏此时未说一句话，是在等王珪的到来。但，这又是章惇所不愿看到的。此人来了只会坏事。章惇看到，蔡确脸上也有种耐不住的表情。不用说，蔡确一定跟他一样，想赶紧在赵顼眼睛还是开着的时候，把立储之事搞定。章惇不由得又朝帘子那边望了望，太后高氏像在跟谁比耐力，仍端坐在帘子里，一句话也不说。章惇感到，这事有点难办了。立储毕竟是天家的家事，除天子外，就算太后的话分量最重。太后高氏不先发个话，外朝的臣子怎好先开口？

章惇看到，蔡确有点等不住了，几次侧过脸去，望着帘子里的太后高氏。蔡确急坏了，干脆把整个身子转过去，面朝着帘子，一脸有话要说的表情。章惇看到，帘子里纹丝不动。不过，蔡确正要开口时，章惇感到身后的福宁殿门口有了动静。一直不说话的太后高氏用一种很亲切的口气说话了："是王左相公吗？进来。"

章惇回过头去，果然见王珪被一边一个太监搀着从福宁殿门口一步步挪过来。王珪站在御床边，躬着的身子朝着躺在御床上的天子赵顼，一脸的悲痛，但却低垂着双眉，恭顺而又本分地望着帘子里的太后高氏。从刚才太后高氏那种很亲切的口气里，可以看出王珪这个大活宝左相的位置坐稳了。这个王珪，厉害！

福宁殿里又沉寂了下去。不过，没多久，太后高氏开口发话了："听说朝中不少人欲拥立岐王为皇储，各位大臣都说说自己的意见。"

章惇没想到太后高氏发话就提出岐王赵颢来。不过，章惇很快发现，太后高氏这句话实际上是在试探王珪、蔡确和自己的态度。这话不难回答。朝中许多人都知道太后高氏有垂帘听政之意，说不同意拥立岐王赵颢，准没错。但，这话也不那么好回答。朝中臣子都知道岐王赵颢是太后高氏最喜欢的儿子，不拥立他，日后他在太后高氏面前说你的坏话，你的日子岂好过得了？特别是，如果太后高氏突然改变了主意，不想垂帘听政，要立岐王赵颢当皇储，到手的拥立定策大功从巴掌心里漏掉了，不仅今后的日子不好过，且仕途也走到尽头，岂不亏大了？这么想过之后，章惇忽然明白，太后高氏这句话不仅是试探，还是故意出难题，让你们左右为难，看看你们到底会有个什么表现。这女人，有一手！

章惇看到，又老又有病、一脸油尽灯枯的灰败神色的王珪，站都有点站不稳，哪有力气说话，只是唯命是从地望着帘子里的太后高氏。章惇越来越明显地感到，以前确实小看了王珪。他这个态度，可以说左右逢源，什么时候都胜券在握，真是圆滑到了炉火纯青的地步。章惇再看看蔡确。蔡确先是一脸的愕然，后来却兴奋起来了。章惇清楚，蔡确要的就是王珪这个态度，他就好把拥立六皇子赵煦的打算和盘端出去，抢个立储定策头功。只要抢到定策头功，左相交椅肯定是他坐的了，到时候想怎么捉弄王珪都可以了。蔡确不怕太后高氏出难题。蔡确面朝着帘子：“臣与章大人商量过了，拥立——”

蔡确的话说到这里，就被帘子里的太后高氏打断了：“听皇上的，听皇上的。”

章惇觉得，太后高氏到底是个女人。又要出难题，又怕有人答难题。太后高氏明显不让蔡确抢立储定策的头功。不过，事情说起来也怪，太后高氏说完那句话后，章惇眼睛的余光看到，天子赵顼好像在回应太后高氏，虽然仍一动也未动地躺着，嘴唇却蠕动了几下，表明想说话。章惇看到，不仅王珪、蔡确，而且太后高氏、向皇后都立即把目光朝躺在御床上的天子赵顼望去。章惇高兴极了。天子赵顼能亲口说声立谁为皇储，就一锤定音，谁也不用挖空心思去抢立储定策头功了。

章惇发现，王珪脸上竟然掠过一丝不易觉察的扫兴神色。赵顼能开口说话，扫他什么兴呢？章惇想起王珪刚才说的“上自有子”这句话，觉得王珪脸上这个扫兴的表情，表明这个“三旨宰相”生怕天子一句话把他立储定策上所费的心机化为乌有，就像太后高氏刚才一句话把蔡确的心机化为乌有一样。章惇隔着王珪，看到蔡确脸上掠过一丝不易觉察的失望神色。章惇再侧过脸，望了望帘子里的太后高氏。按说此时太后高氏应该高兴才是，然而章惇奇怪地发现，刚才不让蔡确抢立储定策头功的太后高氏，端坐着的身子微微动了一下，稍稍涨红的脸上有种叫人只可意会的不快。本来，赵顼立的皇储肯定是六皇子赵煦，这不正合太后高氏之意吗？太后高氏还有什么不快的呢？不过，章惇很快想明白了，太后高氏也在抢立储定策的头功。六皇子赵煦的皇储是不是太后高氏拥立的，后果就大相径庭了。是她拥立的，她对六皇子赵煦理所当然有一种拥立之恩。章惇隔着太后高氏，看到向皇后一脸喜色，高兴得哭了起来。章惇心里很不是味起来，也有点寒心。看来太后高氏、王珪、蔡确关心的只是立储定策的头功，真正把赵顼的健康放在心上的，只有向皇后一人了。章惇正这么想着，赵顼的嘴唇张开了，脸上现出一种十分痛苦的神情，轻轻地，却又是很艰难地叹息了一声："朕好孤寒！"

谁也没想到，天子会说出这样的话来。赵顼的声音虽然很低，低到只能勉强听得清，但在福宁殿内却给人一种石破天惊一样的震动。章惇看到，王珪、蔡确都受惊似的欠起身子，脖子也伸长了，把目光集中在赵顼身上。端坐在帘子里的太后高氏也探起身子，望着御床上的赵顼。章惇回头瞥了身后的太监、女官、宫女一眼，这些人不敢那么没规矩地伸长颈脖子，但脚后跟都抬高了一点，明显想把御床上的赵顼看得更清楚些。

此时福宁殿里陷入一种难耐的叫人喘不过气来的僵硬气氛之中，谁都像石头人一样一动不动地呆着。章惇明白：赵顼内心深处有着太多太重、太难言的苦痛。两次西伐失败后，特别是永乐新城的失陷，赵顼总是不能原谅自己。赵顼其实是位活得非常成功的天子。现在朝野上下，许多人都越来越清楚地看到，赵顼登基以后心中就深藏着一个超群不凡的抱负，要做件令举世瞩目，也令举世皆惊的大事：吞西夏、收燕云，重振汉唐雄风，威服四夷的大事。为着做好这件大事，赵顼施行了王安石王相公新法取得煌煌夺目的成效。章惇记得，去年九月在集英殿大宴群臣前，赵顼龙颜甚喜，把王珪、蔡确和自己领到后苑万岁山北面偏僻的景福殿秘库里，把三十二间库房打开给王珪、蔡确和自己看。三十二间库房除了"敢"字房、"忘"字房、"厥"字房、"志"字房的木架上空空的，其余二十八个字房的木架上都堆满了一箱箱的金、银、钱、帛。赵顼告诉章惇：景福殿三十二间库房木架上本来全是满的，这些库房里的钱财都是王安石当相公的八年时间里积攒起来的；二次西伐用掉四个库房的钱财。当时章惇惊呆了，在平荆蛮时领兵作过战的章惇心中有数：这些钱财用来吞西夏、收燕云，以备缓急之用，足矣！此外在用兵上，虽然没有吞掉西夏，但收河湟、复兰州，打得西夏惊慌失措，乱了方寸；燕云也未能收回，但北辽再也不敢在北方边境上大规模捣乱。赵顼应该感到骄傲才是。赵顼病成这个样子，就是折磨自己造成的。要是老相公王安石在朝就好了，就有人给他担责任，有人开导他。如今朝廷里，谁能做到这点呢？按说两次西伐，都发生在王珪当上相、左相期间，两次西伐的责任，他是无法推卸的。然而，王珪会吗？至今谁听王珪说过一句愧疚的话，听到的只是他把所有责任都推到李宪和徐禧身上。既然如此，赵顼如何会不感到孤寒。

章惇现在唯一的希望是赵顼能赶紧把皇储定下来。然而，大约过了一炷香工夫，赵顼嘴唇再也没蠕动过一下，开着的眼睛也闭上了。章惇看到，福宁殿内陷入一种天地将崩的既沉重又恐慌的气氛之中。殿内的太监、女官、宫女都高度紧张起来。向皇后吓得面如土色。王珪脸上有种夸张的悲痛。蔡确的悲痛之中则含着一种果敢的神情。

章惇感到该来的事要来了。不过，太后高氏此时又一动不动端坐在帘子里，一点也不显得慌张。这一来，福宁殿内不仅没谁敢动一下，连大气也不敢出。蔡确却等不得了，转过身去，面朝着帘子："臣与章大人商量过了，拥立——"

蔡确的话又马上被太后高氏很不客气地打断了："章大人不必多言，——六皇子来了！"

章惇看到，左边帘子动了一下，一个身子肥胖得转动不灵的大太监，一手挟着一个包，一手牵着一个孩子进去了。不用猜，那个孩子就是六皇子赵煦。章惇认得，那个大太监模样的人就是那个总自谦为"刑余之人"，常常喜欢卖弄文墨，又常常出错的高全福。高全福去年擢升为入内内侍省副都都知，大有接替年迈多病的都都知张德保位置之势。前几年，高全福还没这么肥，这两年是肥得路都走不动了，那双又大又圆的眼睛也被臃肿的眼囊挤得变小了。此时，由他牵着六皇子赵煦走进福宁殿，头脑最简单的人也知道这意味着什么。

章惇看到，蔡确惊呆了，自己也惊得半日不知如何是好。章惇清楚，下面只是个过场。蔡确眼睛里有种很不服气的目光，但嘴巴却闭上了，不再说什么。王珪一脸油尽灯枯的灰败神色没了，竟开朗了起来。高全福把一个黄色包裹呈送到太后高氏手上。太后高氏并没有立即把包打开，却很是宠爱地把六皇子赵煦拉到自己身边来，向皇后也很是疼爱地抚摩着六皇子的头发，赵煦六皇子则很乖地、很懂事地望了向皇后一眼，然后便怯怯地靠在太后高氏身上，然后像哑巴一样，什么话也没说。朝中臣子都知道，六皇子出生后，就由太后高氏抚养，一直住在太后高氏的宝慈宫里，与奶奶睡在一起，既亲奶奶，又怕奶奶。章惇注意到，六皇子隆起的大鼻子十分像他的父皇赵顼，安静时那双眼睛里有股犟神情。章惇松了口气，心里有了一种很强烈的预感：十分崇敬父皇的六皇子会把新法继续施行下去的，天下幸甚！朝廷幸甚！

帘子里的太后高氏慢慢地把包打开了，然后慢慢地从包里把一件小龙袍拿了出来，再慢慢地在六皇子身上比试了一下："各位大臣都说说，合适否？"

章惇看到，王珪和蔡确和他一样，眼睛都睁大了。这件小龙袍，做得太合适、太精美了。章惇明白了，太后高氏心中早就定好了六皇子是皇储。帘子里的太后高氏慢慢转过身来："去年皇上说过一句话：明年春天立储。今日老身当着皇上的面把这话说清楚，也算是受皇上之托，把立储之事办妥了。"

章惇这才正面看到了太后高氏的仪容，印象最深的是太后高氏那双黑眼睛果然有种严厉的、不容置喙的专断神情。章惇不由得望了望躺在御床上的天子赵顼一眼，看到赵顼眼睛又睁开了，龙颜上似乎有点变化，不过很快平静下去。章惇无法知道赵顼此时心里到底怎么想的，但感觉赵顼对拥立六皇子为皇储还是满意的。

立储定策之事办完了，下面的事就简单了，只是要翰林院代拟一份由六皇子赵煦继位的诏书。章惇与王珪、蔡确准备退朝，忽然听到身后有脚步声传来。回头一看，一个太监引着岐王赵颢从殿外进来。章惇看到，赵颢今日待人特别恭敬和易，脸色怪怪的，脚步很急，目不旁视，只是往帘子走去。

太后高氏依然侧着身子端坐在帘子里。留在帘子里的还有向皇后、六皇子赵煦、大太监高全福。岐王赵颢在离御床和帘子少说有一丈多远时，高全福掀开帘子，走了出来，拼命对岐王赵颢挥手，要他赶紧退下去。岐王赵颢则一脸的愕然，不敢往前挪动半步。不用问，岐王赵颢此时到福宁殿来，实际上是为他的皇储梦而来的；也不用问，太后高氏此时根本不想见她这个最喜欢的儿子，要不然就不会有高全福出来挡岐王赵颢的驾。

章惇觉得岐王赵颢挺可笑。章惇从来把自己要做的事都摆在脸上，也嚣张放肆得很，此时对岐王赵颢很不客气：“已得旨，立六皇子赵煦为皇储，你不要再胡思乱想了。”

岐王赵颢一反一介书生文质彬彬的模样，满脸怒气。这也难怪，岐王赵颢从来都是别人仰起头巴结奉迎地望着他，何曾见过谁在他面前这样嚣张放肆过？此时，岐王赵颢才发现帘子里的六皇子赵煦和太后高氏手上的小龙袍。岐王赵颢一脸的尴尬和羞愧，又望了望躺在御床上的赵顼，随后不好意思地低下头去，说了一句话：“社稷幸甚！”

章惇哈哈大笑起来。岐王赵颢还算不是个太糊涂的人。这不仅对大宋王朝好，对他自己也是个保护。章惇突然明白昨日宫中传言所包含的玄机了。什么天子赵顼一年前说过明年春天立储，全是谎言。把话说穿，这都是太后高氏为今日之事玩的花招。很显然，要办成今日之事，不动用天子赵顼的名义是不行的。不说别人，就说岐王赵颢，不用天子赵顼的名义，恐怕就不会这么快把头低下去。要说昨日宫中出来的传言有玄机，这就是玄机。不过，就在这时，章惇心里吓了一大跳，很快感觉到传言里有更大的玄机。传言里提到皇储的师傅是司马光、吕公著，这岂不是说司马光、吕公著要回朝廷了？要做到这一点，就更要动用天子赵顼的名义。章惇脸色又阴了，预感到用不了多久，朝廷要翻天覆地了。

岐王赵颢走了。王珪也慢慢向福宁殿外走去。章惇与蔡确出了福宁殿，走到寿宁堂拐角没人的地方。蔡确停了下来，很是愤愤不平地对章惇说：“分明是你我最早提出拥立六皇子的，定策大功应该是你我的，怎么太后说变就变，成她的呢？”

章惇感到，蔡确还在做立储定策头功之梦。太后高氏今日召大家进宫，并未要大家立储，只是要他们来听这件事的结果，立储定策大功怎能让蔡确抢了风头，无缘无故落在你蔡确头上？章惇说：“现在重要的是考虑一下今后之事。司马光、吕公著回到朝廷来，该怎么办？”

章惇看到，蔡确开始未明白章惇的意思，眼睛一眨一眨地望着自己：“你的意思是说，这两个人要回朝廷了，要拿你我开刀？”

章惇觉得蔡确这句问话太幼稚了："先是你，后是我！"

章惇这才看到，蔡确一脸的气愤和凶狠。此时，一阵风吹来，暮春三月迷人的日光从路边一棵老树摇晃着的绿叶里漏下来，在蔡确的脸上扫过来，扫过去，让蔡确的脸变花了，也显得更加的气愤和凶狠。

第一〇四章　京都百姓遮道聚观司马光 市井无赖酒楼蛮缠大才子

元丰八年十月初十，当年只是京都开封坊间的一个靠帮邻人写写书信门联混日子、穷得连个正经老婆都讨不上的秀才，后来被司马相公聘为《资治通鉴》书局八品主簿，如今是朝廷诉理所五品提举的张怀古，在衙门里一伙吏员、随从和刘姓商人的簇拥下，来到蔡河龙津桥上。此时的张怀古，完全不是当年京都开封坊间的那个酸秀才，也不是在洛阳《资治通鉴》书局当八品主簿的张怀古，人发福了，胖了许多，脸色也红润了许多，特别是派头大了许多。今日之张怀古，高视阔步，气宇轩昂，竟也有点当今之世、舍我其谁的神情。张怀古在桥上停了下来，簇拥着他的人便也停下来，在他的身后围成个半圆。张怀古一脸睥睨天下的傲气，一只手伸了出去，对着蔡河过往的船筏，很是得意地指天画地。簇拥着他的人一个个都一脸的谀笑，不住地点头。

当上诉理所提举的张怀古，今非昔比，不仅官居五品，且权力大得很，掌管昭雪熙宁、元丰年间各类人的冤假错案，求他的人多得很。有道是贫居闹市无人问，富在深山有远亲。昔日的张怀古，柴门冷落，整日见不到一个人上门；如今是门庭若市，天天有人上门，时时有人趋奉，也不知怎么一下子还冒出许多亲戚，更有许多从未谋过面的人过来攀亲道故。张怀古不仅派头神气与昔年不同，与人说话也总有种训人的口气，且三句不脱司马相公，俨然司马光的心腹，朝中许多人都不在他眼里。今日有个曾在皇家大相国寺内西廊贩卖契丹毛皮的刘姓商人，元丰三年因家里藏有一本有苏轼不少诗词的《王诜刻诗集》，被充军到西北边关，在醉春楼最好的临河雅间，摆酒宴请为他昭雪的张怀古。

刘姓商人本来早就要在醉春楼宴请张怀古的，只是先帝赵顼丧事未办完，只好把这事搁一搁。先帝赵顼是今年三月初五，王珪、蔡确、章惇离开福宁殿不到两个时辰驾崩的。从这日开始，举国哀悼，停止一切娱乐，皆穿丧服，禁杀猪羊鸡鸭，吃素馔，为驾崩的天子赵顼治丧。本来赵顼丧礼为期三年。此时朝中不少臣子有议：以日易月，把一天当成一个月。这样，原本崩后周年十二个月的小祥丧祭，改成崩后第十二天举行；原本崩后二周年二十四个月的大祥丧祭，改成崩后第二十四天举行。虽然有臣子嘟嘟囔囔，说这有违朝廷典礼。但，这些人立即抬出太祖来，说太祖崩后的丧礼就是这么做的，且“以日易月”四字是太祖驾崩前遗诏中说过的原话。再说，以日易月治丧，历朝都有过。此时已尊为太皇太后的高氏下懿旨：从“以日易月”议。既然如此，谁还有个屁放。然后是择吉日十月初一下葬。是日，太皇太后高氏和尊为太后的向氏一头被发，小皇帝赵煦、公主、诸王、诸王夫人、六宫内人左边被发，文武百官皆穿丧服，由九千四百六十八人组成的大驾卤簿队伍，护送着先帝赵顼的灵柩，安葬在永裕陵。天下庶民中的男子皆穿白衫、戴纸帽，妇人不准穿有色彩的衣裳，不准带花插钗。最后举国上下，痛哭三日。丧礼完毕，朝廷、官场、坊间、乡村恢复常日秩序，要不然还没谁敢上醉春楼喝酒。

十月京都开封的日光不再像春光那样明媚，已是暗红色，但晴和清爽。树叶和青草不再像春天那样鲜嫩翠绿，已显出了干涩憔悴之色，却尚未枯败。此时，城北的黄河水面还很开阔，仍是洪水滔滔，浊浪排空，挟带着泥沙滚滚东流。穿城而过的汴河、蔡河、广济河比往日更繁忙了。水上的官船、渡船、木船、游艇往来穿梭，船户呼喝之声此起彼落。货运的竹筏与木筏满载着各种货物，浩浩荡荡，顺流而下，声势吓人。

在先帝赵顼治丧期间，朝廷发生了三件大事。第一件是司马相公回到朝廷，当上门下侍郎。四月，先帝赵顼驾崩后一个月，太皇太后高氏让司马相公赴阙吊丧。按说，王安石在先帝赵顼朝两次拜相，前后八年，是真正的宰相，受命先帝，施行新法，最有资格给先帝吊丧，但未被邀请。但，司马相公却被邀请了。说来有趣，也挺奇怪的是，司马相公离开封城北的通天门少说还有六箭之地，就被守城的卫士发现了。按说司马光十五年未在京都开封露过面，许多京官都不认得他，经常换防的卫士如何认得出来？然而，卫士却皆以手加额，惊奇地说：“此司马相公也。”司马相公的马到了通天门，开封城里数不清的市民突然从地底下冒出来似的，如寒极而春、旱极而雨，把司马相公看成救星，欢欣鼓舞迎接他的到来，拦住他的马头，遮道聚观。司马相公的威望高到连自己都不敢相信的地步。司马相公的马根本走不了。市民都说:“公无归洛,留相天子,活百姓。”司马相公激动不已,兴奋不已,也吓坏了,掉转马头跑回到驿馆里。刚回驿馆,大门传来打门声。司马光觉得不对头,不像是百姓追过来。正疑惑间,随从悄悄地过去把门打开。宫中大太监走了进来,传太皇太后高氏懿旨,留他下来当陈州知府,又问司马相公当下要做的第一件事是什么。司马相既是深思熟虑,也是脱口而出:“开言路!”又过了一个月,也就是五月,《资治通鉴》正好完稿,书局撤销了,司马相公又被太皇太后高氏留下来当门下侍郎,位列章惇之前。

第二件是蔡确被赶出了朝廷。蔡确是个奸邪小人,此人说起来聪明,实际上比猪还蠢。这年也是朝廷多事。先帝赵顼驾崩没多久,王珪也因病去世,蔡确顺延取代王珪当上左相,拜尚书左仆射兼门下侍郎。本来,你好好当你的左相就是,此公却极不安分,还要跟太皇太后高氏较劲,争立储定策的头功。这就昏了头了。立储定策,是天下大事,也是天家的私事。天家私事就该天家的家里人办。立六皇子赵煦为储君,不是太皇太后高氏作主,谁有这个本事!说句实在话,立储定策之功是个烫手的大功,不好争。不要说无立储定策之功的人不会去争,就是有立储定策之功的人也往往把这种大功推得干干净净。有立储定策之功的人,总给人一种别有用心的感觉,叫人放心不下。昔年老相韩琦有两朝立储定策之殊功,门人亲客在说笑闲谈中提起这件事,韩琦都要正色告诉他们,说这是前朝先帝的圣听神断、太后内助的结果,与他一点关系也没有。只有蔡确才这么傻,把烫手的东西抢在怀里,还能有好果子吃吗?此外,先帝赵顼丧事期间,这个蔡确又不好好干。按惯例山陵使只有相公才能担当,王珪有病,因而山陵使非蔡确莫属。这事不难做,只是负责先帝的丧事,从出殡到入墓,在这个过程中不出事,就大功告成。谁会在先帝的丧事中计较,为难这种人呢?就算是有再大的怨仇,也会放他一马,不会在这件事情上给蔡确添乱子。再说,此时去踩蔡确一脚,恐怕不仅会被人看不起,还要坏了名头。但,蔡确还是出了事。出殡前,本来身为山陵使的蔡确,应率领群臣为先帝守灵,是夜却不知他的去向。出殡当天,蔡确应与先帝灵柩寸步不离,却又不知他去了何处。此外,丧事办完了,相公的官职得辞掉,好让新天子、新相公放开手脚公干。辞职的相公也够体面,不仅官升一级,还可在三师、三公中得个正一品的荣衔。然而，先帝安葬已十天了，还不见蔡确辞去相位。按照这三条，完全可以定蔡确一个大不敬罪。太皇太后高氏圣明宽宏大量，不仅未定蔡确的罪，也未把他的官一撸到底，还让他以观文殿学士的职衔去接司马光的手，在陈州当知府。陈州这地方真是怪，上来的官先让他在陈州待一待，下去的官也让他在陈州歇歇脚。明眼人一看就知道，蔡确的好运到头了，过不久还不知要贬到什么地方去。

第三件是成立了诉理所。诉理所是五月当上门下侍郎的司马光建议太皇太后高氏设立的。这诉理所专门昭雪熙宁、元丰年间各类人的冤假错案。熙宁四年因嘴巴不好说了几句新法坏话，结果在牢里吃了三年苦头的张怀古，由司马相公的举荐当上了诉理所提举官。这一着厉害。张怀古做起这件昭雪之事来分外卖力，走马上任后，很快把熙宁、元丰年间的冤假错案搞清楚了，其中最大的当属苏轼的乌台诗案。这些人很快都昭雪了，恢复了名誉。文彦博、吕公著、韩维、范纯仁、苏轼、苏辙，还有驸马王铣，全都召回京都开封朝廷，加官晋级，重新差遣官职。吕公著官拜门下侍郎，与司马光、章惇同列。韩维官拜翰林院大学士兼侍读。范纯仁本当右谏议大夫，因他是司马光的儿女亲家，以亲嫌辞去此职，改当天章阁待制兼侍讲。苏轼当上天子的近臣中书舍人。苏辙当上言官右司谏。文彦博年八十，老态龙钟了，当上虽无实职却权高位重的平章军国重事，朝中大事皆参与决策；且六日一朝，一月两赴经筵给小天子讲解经传史鉴，恩礼之重本朝罕见。驸马王铣官复原职，又当上叫人眼热的驸马都尉。薨于熙宁五年的欧阳修、熙宁八年的韩琦、元丰六年的富弼、元丰七年的赵抃和曾公亮，都诏赠极荣耀的上谥，享受着很高的哀荣。只有因一疏一图而被押到英州编管的郑侠一人未被昭雪。司马相公不开口，张怀古也就不办。

张怀古很清楚：国是将变。这一点从给先帝赵顼上的庙号也可以清楚地看出来。先帝赵顼上的庙号是“神宗”。这个庙号，不能说是下谥，但也很难说是多么美的上谥。神者，奇也，超凡也，莫测也，说不清、道不明之谓也。说这一庙号是上谥，是说先帝赵顼有重汉唐雄风、威服四夷的大有为之志；说这一庙号不是上谥，是说先帝赵顼不该听王安石的偏学邪说，行什么新法。按说帝王庙号，由朝廷礼官商议后进上的。但先帝赵顼的庙号是太皇太后高氏和司马相公商定的。既然如此，新法还能不寿终正寝吗?

张怀古过足了指天画地的瘾，这才又在吏员、随从和刘姓商人簇拥下，阔步向桥那头的醉春楼走去。张怀古清楚，右相蔡确赶走了，王珪不久也去世，朝廷里暂缺尚书左仆射兼门下侍郎和尚书右仆射兼中书侍郎，只有司马光、章惇、吕公著三位门下侍郎。朝廷自然是司马相公当国了。至于章惇的运气，也绝对好不到哪里去，用不了多久章惇也要赶出朝廷。今后新法派的人都要从朝廷滚出去，只有反新法的人才能在朝廷里当官，谁反得凶谁的官当得大。

醉春楼和京都开封所有的酒楼一样，先帝治丧期间歇业后已焕然一新。门首高扎彩棚，门外满植花卉，门内装设怪石盆池，门上那块大才子苏轼熙宁元年写的店牌，反而相形见绌，显得有点陈旧寒酸。张怀古一行距醉春楼一箭之地时，一伙浓妆艳抹的女侍和躬腰胁肩的男侍就涌了过来。女侍的笑脸像朵花，又是蹲万福，又是抛媚眼，一口一声干爹，叫得人心里酥酥的。男侍的身子弯得像把茶壶，一手叉腰，一手引路，殷勤小心地把客人导进酒楼内。张怀古自然没享受过这样的奉迎接待，一时还手足无措。他还是京都开封坊间的穷秀才时，不要说是左邻右舍，就是老丈人对他也从来没个好脸色，动不动就教训他。

张怀古更觉得意，也更神气了。进门的时候，一个五十来岁的男子过来对他行长揖礼。簇拥的人中有个认得这个男子的，告诉张怀古：此人是醉春楼店主黄发贵。黄发贵简直像待亲爹一样，一脸热情而又卑贱的谀笑，引着张怀古往醉春楼内走去。醉春楼在京都开封算是数一数二的酒楼。黄发贵在京都开封自然也是个有脸有面的人物，当年张怀古还是穷秀才时，不要说亲自来招呼自己，就是店里的酒保也不会相他一眼。黄发贵今日这个态度，张怀古是以前想也不敢想的，因之多少有点突然的感觉，也多少有点不习惯，不那么自在，但同时又感到很是受用。

今日来醉春楼喝酒的不少，每张酒桌上都坐了人。黄发贵在前面引路，不时拨开前面挡路的人。张怀古跟在后面，被引到醉春楼最好的临河雅间的外面。不过，此时张怀古奇怪地看到，黄发贵一只脚进了雅间，另一只脚却停在雅间外面，不肯进去，心中似乎有什么为难之事。张怀古不由得朝雅间里望去。雅间里摆了两张酒桌，其中一张酒桌边上坐了一伙人。这伙人张怀古全认得，他们是：韩维、范纯仁、苏轼、苏辙，还有蔡确和章惇。对韩维、范纯仁、苏轼、苏辙会跟蔡确和章惇坐在一起，张怀古有点不解，这些人都是当年遭到新法派陷害的人，特别是大才子苏轼，是个受到当地官府衙门监督看管的犯官，怎么跟一心搞新法的蔡确和章惇混在一起？

张怀古看到，黄发贵与刘姓商人耳语了几句，刘姓商人点了点头。黄发贵便拉着自己到另一处去喝酒。张怀古有点莫名其妙了。说句心里话，张怀古还是很高兴跟韩维、范纯仁、苏轼、苏辙这些人在一起喝酒的。托司马相公的福，自己当上诉理所提举，富贵起来了，但比起冯京他们来，自己算老几？至于蔡确和章惇，这二人的好日子都快到头了，跟他们在同一雅间喝酒，就太抬举了他们。不过，有道是客随主便，黄发贵要换位置，刘姓商人又没反对，张怀古也就不固执下去了。张怀古的一只脚刚抬起来，那边酒桌上忽然传来大才子苏轼的喊声："张提举，别走，就在这里喝酒，我还要敬你的酒呢。"

苏轼的话音刚落，人已往张怀古这边快步走了过来，一只脚还带翻了一把椅子。苏轼转身扶起椅子，仍快步走到张怀古身边，三个恭恭敬敬的长揖礼，吓得张怀古赶紧恭恭敬敬对苏轼回了三个长揖礼。张怀古清楚，苏轼对张怀古如此恭敬行礼，是因为自己第一批昭雪的人中就有苏轼。不过，张怀古觉得苏轼这礼太重了。张怀古有自知之明，苏轼不经自己的手，一样可以昭雪。张怀古又看到，韩维、范纯仁、苏轼、苏辙都起身来跟自己拱手行礼；不过，蔡确和章惇没起身，只一动不动地坐着。张怀古清楚：韩维他们对自己热，因为都是一边的人；蔡确和章惇对自己冷，因为都不是一边的人。张怀古想得通：蔡确和章惇是茅坑里的石头，又臭又硬，自己现在犯不着去跟他们计较。再说，张怀古根本不想去跟蔡确和章惇拉扯什么。不过，韩维他们对他这样热，张怀古有点受宠若惊，也有点不敢当的味道。韩维、范纯仁、苏辙和苏轼一样，虽然都是经他的手昭雪的，可他们是什么人？都是司马相公十分看重的人，也是能在太皇太后高氏那里说得动话的人，都是朝廷的栋梁，以后都是要当相公的人！对这些人，自己不仅不能坐大，相反要谦卑，要礼让，要像尊重司马相公那样去尊重他们。自己这些年来要不是那么尊重司马相公，能有今日？以后这些人当上相公，还愁自己的官不能当得更大？张怀古不是书呆子，一点也不傻不迂。

张怀古不愿到别的地方去喝酒了。黄发贵也不跟张怀古啰唆，径直把苏轼拉到雅间边，几乎咬着苏轼的耳朵嘀咕了几句。苏轼哈哈大笑起来："不会，不会，不会出现熙宁二年小寒那天的事。"

张怀古自然不知道熙宁二年小寒那天在醉春楼发生的事。张怀古这才进了雅间，身后簇拥着他的吏员、随从和刘姓商人都过来了。张怀古有意在吏员、随从和刘姓商人面前炫耀一下自己在京都开封朝廷的地位和神通，便把韩维、范纯仁、苏轼、苏辙一一做了介绍，还特别多介绍了苏轼几句：“这就是当今名满天下的苏轼苏大才子，在皇家监狱坐过牢，在堂审中大义凛然、慷慨激昂地跟朝中新法派那班阴险奸邪小人斗，了不起的大英雄呀！”

张怀古看到，他的吏员、随从和刘姓商人都无比崇敬、无比惊讶、无比激动地望着苏轼，看了又看，好像他身上每一处都与常人不一样。苏轼的脸反而涨红了，一脸的受之有愧之色：“非也，非也，轼当时其实是吓得要死。”

张怀古看到，韩维、范纯仁、苏辙对苏轼这句话的反应很平静，觉得苏轼的话平常得很，一点不足为怪；就是蔡确和章惇也一脸的司空见惯、平淡无奇之色。然而，簇拥着张怀古的吏员、随从和刘姓商人却大惊小怪起来，像看怪物一样望着苏轼。这个苏轼，真的是写诗写呆了。世上只见许多人千方百计、不择手段要骗取一个好的名声，哪见过苏轼这种人，放着个好名声不要，反把自己说成胆小鬼，岂不是白坐了一百多天的牢，白在黄州遭了几年的罪？要是遇上别的什么人，张怀古肯定要教训他几句，但对苏轼不敢这么放肆。他也不想跟苏轼争，越争这个苏轼还不知要说出些什么糊涂话出来。

张怀古注意到，此时他的吏员、随从和刘姓商人望望自己，又望望蔡确和章惇。张怀古知道，他们想也介绍一下蔡确和章惇。张怀古觉得，这些人不懂自己。自己是什么人？司马相公这边当红的诉理所五品提举！蔡确和章惇何许人？新法派那边阴险奸邪小人！用不了多久，新法派那边阴险奸邪小人没一个有好下场，自己怎么能把他们介绍给你们？

张怀古注意到，蔡确和章惇很不满地望着自己。这不奇怪，自己唯独不介绍他们，他们当然对自己一肚子恼怨。但这只能怨你们是新法派那边的阴险奸邪小人！张怀古很坦然地、也很是看不起地瞥了蔡确和章惇一眼，然而几乎咬着苏轼的耳朵：“他们怎么在这里？”

苏轼笑笑，也几乎咬着张怀古的耳朵：“轼为持正饯行。”持正是蔡确的字。

张怀古感到，此时自己肯定是一脸的大惊小怪之色。他真的不明白，苏轼何以会糊涂到这个地步。如今的朝廷官员，恐怕无人不心中有数：国是将变。新法肯定要全部废了，朝廷要重行祖宗之旧法，一场翻天覆地的大变化就在眼前。这样一来，新法派的人肯定要像狗屎一样，臭不可闻，像蔡确这种人更是比狗屎还臭。然而，苏轼却为他饯行，且不仅请章惇作陪，还把韩维、范纯仁、苏辙也请来作陪，这不是迂到不能再迂了吗？不过，张怀古很快明白过来。在乌台诗案中，蔡确和章惇都曾在先帝赵顼面前说过苏轼的好话，救过苏轼。如今蔡确背时，苏轼报答他一下，为他饯个行，倒也说得过去；就是叫章惇作陪，也还说得过去。但，把韩维、范纯仁、苏辙请来作陪，就过分了。此外，韩维、范纯仁、苏辙竟来作陪，张怀古就更是不解了。他们不是不知道蔡确和章惇是阴险奸邪小人，跑到这里来凑什么热闹呢？

张怀古很是得意也有点居高临下地特别望了望将被贬到陈州去的蔡确，很想在此人脸上找到一点颓丧和霉色。然而，张怀古失望了。蔡确脸上全无一点颓丧和霉色，相反一脸的无所谓，一点也不把贬谪当回事。张怀古一伙人走到那张空酒桌边去。张怀古在上位坐了下来，其他人也都各自归座。张怀古看到这雅间确实宽敞典雅，摆了两张酒桌，还显得很空，窗外蔡河景色尽收眼底，船筏不停地从窗下经过。当穷秀才时的张怀古虽然没进过醉春楼的门，但知道这个雅间实际是专为朝廷达官贵人开设的。当年岐王赵颢在雅间喝过酒，苏轼就更别说了，经常在这里饮酒会友。

雅间里的两桌菜很快都上来了。张怀古看到，自己酒桌上的人有点狼吞虎咽的味道，且野话、粗话张嘴就一大串。那边酒桌上的人都是进士出身，有身份的人，讲斯文，不时有笑声传来。自己这桌是诉理所衙门里的吏员、随从和刘姓商人，大字识不了几个的粗汉，斯文不了。两桌各喝各的酒，倒也相安无事。不到两炷香工夫，雅间外面传来一阵喧闹声，且向雅间移来。雅间两桌的人都转过头，伸长了颈，朝雅间外面望去。不多一会，喧闹声快到雅间外面了，接着雅间外面进来七八个人，都头巾不戴，衣衫不扣，样子很凶；领头的左脸上有道很宽的刀疤，一看就知道不是个善类。不过，这些人看起来不像是来行凶的，进了雅间后就一起在张怀古这张酒桌前跪下来，口里一边叽叽喳喳喊着张提举张大人，一边不停地乱磕头，看样子有天大的冤事来找自己。

张怀古觉得奇怪，一时不知怎么办才好。张怀古还是京都开封坊间的一个穷秀才时，就知道这种人不好惹；这种人给你磕了头，你不给他们办事，是不会放过你的。过了一会，这些人对这张酒桌上的人乱磕头后，那个左脸有道宽刀疤的人道："张提举张大人要给小的们作主，小的们要昭雪。"

张怀古莫名其妙，同时觉得好笑。不错，诉理所做的是昭雪之事，但做的是在熙宁、元丰年间因反新法而受到冤枉的朝廷命官的昭雪之事。这些人哪有半点官的样子呢？张怀古看到，开始雅间两张酒桌上的人也都有点莫名其妙，后来便忍不住哄笑了起来。这些头巾不戴、衣衫不扣的人有点恼了，不过没发作，只是抬起头不快地瞄了雅间两张酒桌上的人一眼，便都低下头去。张怀古清楚，这些头巾不戴、衣衫不扣的人都无赖得很，他们未敢发作，是因为明白能坐在这个雅间喝酒的人，都是有身份、有来头的人，才未敢莽撞。

张怀古觉得自己碰到麻烦事了。这些人是不是有冤事，只有天知道；即使有，诉理所也不可能受理他们的冤事，为他们昭雪。然而，不受理他们的冤事，为他们昭雪，他们赖在这里不走，这酒没法喝了。好在此时章惇在前，苏轼在后，从那边酒桌过来。章惇和苏轼好像认得他们中的人。苏轼走到张怀古身边，告诉张怀古：那个左脸有道很宽的刀疤的人名叫刀疤脸，原是东明县衙役，曾打死一个农夫，有命案在身，现在东明县乔老爷乔府上当差。对东明县的情况，张怀古倒也不是一无所知，知道那个县的公事都是乔昌发乔老爷说了算。乔昌发乔老爷之所以在县里吃得那么开，全在他有个在宫中当内史的姐姐。张怀古又觉得犯难了。如果乔昌发没个在宫中当内史的姐姐，这事好办得很，刀疤脸再要啰唆，叫开封的一个厢吏把他抓起来就是；乔昌发要多事，一并抓。但乔昌发有这么个在宫中当内史的姐姐，就造次不得了。乔昌发这个内史姐姐厉害，以前是太皇太后曹氏最离不开的身边人，现在又成了太皇太后高氏最离不开的身边人。不要说自己不能得罪内史姐姐一下，就是自己的大恩公司马相公对内史姐姐也要客气三分。张怀古感觉奇怪，刚才还觉得此人脸上那道刀疤难看，此时竟不觉得难看了。

章惇走到刀疤脸面前："出去！出去！你一个市井之徒，昭什么雪！"

本来章惇这句话解了张怀古的围，张怀古该很感激，但不知为什么此时却觉得章惇不该如此对待刀疤脸，想为刀疤脸这伙人说上几句话，没料到刀疤脸站了起来，双手叉着腰，满眼凶光，把章惇从头到脚打量了三遍，喉咙不小："你是章惇？"

张怀古清楚，从古以来民怕官。不要说章惇这样的大官，就是衙门里的小吏，在他们眼里都是天上星宿下凡，要抬起头来仰望，说话声也压得低低的。这个刀疤脸太放肆了点，对章惇既不用官衔称呼，连“老爷”“大人”也不用，直呼其名，根本不把章惇放在眼里，太不给章惇面子了。当然，张怀古心里很清楚，刀疤脸这种人对官府衙门里的得势之人巴结奉迎一点也不落人后。刀疤脸对章惇之所以如此放肆无礼，一是他的靠山硬，二是章惇要失势了，放肆就放肆，失礼就失礼，你怎么的！

张怀古看到，章惇像是被什么猛敲击了一下，双手也不由痉挛地抖动了一下。章惇气得跺脚：“你无赖，你无耻！本官是门下侍郎章惇，你敢直呼本官的名字？你想反了是不是？本官杀了你！”

张怀古觉得章惇有点失态了，哪有直呼了一下大臣的名字，就有死罪的呢？你一个门下侍郎，堂堂二品大员，说这话就丢身份，也丢脸了。张怀古注意到，刀疤脸等的就是章惇这句话，忙把头伸在章惇鼻子下面：“你杀！你杀！小的们反正没命活，今日就让你杀！你杀了就是英雄，你不杀就不是爹娘生的！”

张怀古见得多：一个人走运时，心情舒畅，思路清晰，举止言谈不仅一丝不乱，还妙语连珠，越说越精彩；一个人背时时，盐罐里生蛆，喝口凉水也塞牙，话语颠三倒四，漏洞百出，让人笑话。张怀古看到，章惇的喉咙给噎了，后退了好几步；刀疤脸则前进了几步，头一直紧挨在章惇鼻子下面。章惇气得一张脸青一阵、红一阵，一脸的尴尬、狼狈、难堪。韩维、范纯仁、苏辙很是不快，但对刀疤脸这样的下三烂又一脸的无奈。蔡确欠了欠身子，想站起来为章惇说几句话，但最终还是坐了下去。这边酒桌上的吏员、随从和刘姓商人则一脸看热闹的表情。那些头巾不戴、衣衫不扣的人笑栽了，笑得合不拢嘴。

张怀古心里在笑章惇不识时务。你章惇不再是昔日的章惇了。既然如此，还想有人对你毕恭毕敬，把你当神仙一样供着吗？有道是运去雷轰荐福碑，金子也要化成水，失了势的人连狗都要多嚎叫几声。刀疤脸乐了，不依不饶却又笑嘻嘻地道：“小的们还以为你不是章惇呢。你既是章惇，怎么不知道如今是司马相公当国呢？王安石相公当国，你说小的们反了，小的们就反了，跳到黄河里也洗不清。现在是司马相公当国，你得去问问司马相公，司马相公说小的们反了，小的们服罪，你章惇说的不算。”

张怀古看到，两酒桌上的人都十分惊讶地望着刀疤脸，没想到刀疤脸挺能说，句句都在狠狠地掴章惇巴掌。不过，此时苏轼挤了过去，把刀疤脸的头推开：“你要再胡闹下去，我去把司马相公叫来，看你还敢不敢嘴硬。”

苏轼这句话起作用了。刀疤脸规矩了，把伸到章惇鼻子下面去的头缩了回去。张怀古清楚，在刀疤脸这些人眼里，一个能把衙门里的小吏请来喝盅酒的人，就算是很了不得的人了，此时苏轼开口就把司马相公“叫”来，好像司马相公是他的把兄弟，这种人岂不有通天的本事？刀疤脸多少有点怯怯地望着苏轼：“你这位大人是谁？”

苏轼：“某姓苏，名轼，字子胆，号东坡。”

苏轼这句话起大作用了。张怀古注意到，不仅刀疤脸和他的那几个头巾不戴、衣衫不扣的人都抬起头来，无比崇敬，也无比惊奇地望着苏轼，而且雅间外还有不少人闻讯挤到门前来，无比惊羡地望着苏轼。当年苏轼关在皇家大牢里，成了天下令人齿笑的大傻瓜，今日可成了天下人人共仰的大英雄。苏轼的大名把刀疤脸镇住了。刀疤脸一脸的灰色，不出声了。章惇却不依不饶了：“现在章某倒很想听听你有何雪要昭。”

张怀古觉得章惇太贱了点。本来刀疤脸这伙人给苏轼的名气镇住，无话可说了，再寻个理由打发他们走，大家坐下来自自在在喝酒，不是挺好的吗？你却又要挑起话来，岂不是自找麻烦？张怀古看到，刀疤脸又神气活现了，望着自己：“张提举张大人，小的们冤大了。熙宁九年，东明县三千多平头百姓因免役法之事，冲到王安石府上闹事，小的们又没参加，结果却把小的充军，一充就十年。张提举张大人要替小的们昭雪。”

张怀古觉得此事十分棘手。张怀古还在洛阳《资治通鉴》书局时，就听到过东明县事件。不用说，书局里的人都说这件事情好，觉得是该让王安石清醒清醒，让他知道平头百姓是多么恨他。不过，张怀古后来听说东明县事件复杂得很，水也深得很。事件闹过之后，大太监高全福给弄到英州编管，再在乔昌发乔老爷府上抓了一些人充军，这事也就过去了，再无人过问。但今日刀疤脸一伙人却提出此事来，确实难住了张怀古。不过，在《资治通鉴》书局的这些年，张怀古倒是学到一招：凡是难事，就不作声。这一招还真灵，刀疤脸无语，那几个头巾不戴、衣衫不扣的人也没什么好说的了。刀疤脸转身想走人。此时苏轼却突然对刀疤脸说：“你说说，免役法如何？”

张怀古看到，雅间两张酒桌上的人都怪怪地望着苏轼。张怀古在《资治通鉴》书局当主簿时就听耆英会的人说，苏轼这人总自作多情。本来把刀疤脸这帮人打发走了，众人自自在在、高高兴兴喝酒，多好！刀疤脸这帮人只晓得捞钱、打人，懂得什么这个法那个法。你苏轼去招惹他们干什么！本来想走人的刀疤脸不走了，摇了摇头，咬牙切齿地回答：“不好！不好！那是祸国殃民的万恶之法！”

张怀古以为刀疤脸这番话一定会引起冯京、韩维、范纯仁、苏轼、苏辙强烈的反响。这些人都是被变法派害苦了的人。然而，张怀古奇怪地看到，韩维、范纯仁、苏辙的脸色很是平常，苏轼脸上甚至掠过一种对刀疤脸之言不敢苟同之色，蔡确、章惇则是一脸的轻蔑和愤怒，只有冯京皱了皱眉。张怀古看到，苏轼正想说什么，章惇却抢先开口了：“免役法是先帝和王相公定下的千古良法，你要胡言乱语，治你个毁谤先帝罪！”

张怀古清楚，要是先帝赵顼还在世，刀疤脸死定了。他不能与苏轼比，苏轼有那么多人保他，连当时的太皇太后曹氏都帮他说话。刀疤脸有谁帮他说话？章惇肯定要治他的罪，抓到官府里一阵死打，一条小命不就完了，你到哪里去申冤。不过，刀疤脸却有恃无恐：“司马相公有言：‘开言路！’你章惇竟不让小的们说话？”

张怀古注意到，章惇又被噎得半日说不出话来，蔡确像看怪物似的望着刀疤脸，冯京、韩维、范纯仁、苏轼、苏辙脸上的表情则多少有点惊喜之中有点惊讶地望着刀疤脸。张怀古在京都开封坊间当穷秀才混日子时，对官场一套把戏知之甚微，但到《资治通鉴》书局后，慢慢开窍了，知道官场是怎么回事。言路是个很诱人的东西。上至天子，下至庶民，无论圣人，还是俗子，都知道这东西，当官的更是常常挂在嘴上。不过，挂在嘴上时，多半是受压不得势时，开言路指的是要让自己说话；一旦得势了，就赶紧把言路堵了，不让别人说话。因之，言路是把刀，未得势者挥起刀子，专用来砍对方；得势后，这把刀子就收起来，不准任何人举起这把刀子砍自己。

苏轼：“许你开言路。”

刀疤脸：“各位老爷大人都一肚子墨水，是吧？小的们没念过书，但也知道，自古以来差役都出自民，从没听说过敛民钱雇人来充役的，是吧？平头百姓本来穷就穷在没钱，现在官府逼他们交钱，只好把屋拆了交免役钱，没了屋叫平头百姓住在哪里，是吧？用钱雇来的人又不好好干活，只好要平头百姓再交钱，连四等、五等民户都提到三等民户上去，讹他们出钱，要不东明县怎么会有三千多农人冲王安石府上呢，是吧？差役法好得不得了，平头百姓本来就劳动惯了的，做完自己的差役，不用交钱，谁都高兴，是吧？苏老爷苏大人不也说过，推行免役法后衙门厨房里连个烧水弄饭的人都没有，弄得出来当官的读书人一口水都喝不上，一点乐趣都没有，是吧？”

张怀古看到，苏轼不知为何脸红了。不过，过了一会，苏轼说：“此一时，彼一时。免役法其实是古今第一良法。有的地方免役法没搞好，全是贪暴之官吏坏的事。”

张怀古有点不敢相信自己的耳朵。朝野上下，可以说无人不知苏轼当年对新法恨不得一口吞下去，今日却把新法捧到天上。张怀古看到，诉理所的吏员、随从和刘姓商人是一脸的惊讶之色，刀疤脸那伙人都张着嘴半日合不拢，蔡确和章惇则露出一脸的惊喜之色。叫张怀古惑然不解的是，韩维、范纯仁、苏辙对苏轼的话也还是并无什么特别的反应，好像他们对免役法并不反感，冯京仍是皱了皱眉。

刀疤脸：“苏老爷苏大人，你不知道，司马相公回到朝廷来了？”

苏轼：“知道呀！”

刀疤脸：“这就奇怪了。现在路人皆知，司马相公恨死王安石了，司马相公回到朝廷来，肯定要把新法废掉。你怎么反说免役法是古今第一良法呢？你一定是说漏了嘴，赶快改口！小的们就当没听到你前面说的话。”

这个刀疤脸，看样子还真对得起苏轼，不仅没斥责他，还帮他打掩护。不过，苏轼并不领情，反笑得更爽朗了：“你们的看法都错了。司马相公是本朝第一正人君子。司马相公与王安石王相公为朝政争得冰炭不相容，见面不说话，势同陌路，但为的都是国事。司马相公对王安石王相公一肚子怨气是真，但绝不会恨王安石王相公。司马相公与王安石王相公都是‘嘉祐四友’中的志同道合的好友，今日绝不会因为政事就成为冤家仇人。”

张怀古还在《资治通鉴》书局时就常听人说，别看苏轼名满天下，大才子气太重，世路上的事其实糊涂得很。在新法问题上，张怀古自以为比苏轼看得清楚。司马相公对新法可说是痛恨到了极点。不把新法全部废除，司马相公是死不瞑目的。可苏轼怎么把免役法捧上天呢？这不是有意跟司马相公过不去吗？特别是，苏轼是吃过新法苦的人，乌台诗案中差点老命都给丢了，然而今日却大放厥词，说新法好，明目张胆跟司马相公反着来。这个苏轼一定是乌府台皇家监狱没挨够揍，要不然就不会刚交上好运，就又犯糊涂了！

张怀古看到，诉理所的吏员、随从和刘姓商人仍是一脸的惊讶之色，刀疤脸那伙人仍是都张着嘴半日合不拢，蔡确和章惇也仍是露出一脸的惊喜之色。冯京眉头皱得更紧了。叫张怀古惑然不解的是，韩维、范纯仁、苏辙对苏轼的话并无什么特别的反应。莫非这些人跟苏轼一样糊涂，要不然就是脑子出了毛病。

刀疤脸一下子变脸了，话语里有股杀气："苏老爷苏大人，小的们都把你看成是反王安石新法的大英雄，但从你刚才说的话来看，你其实是新法派一边的人。苏老爷苏大人，小的们没念过书，但大事比你们读书人看得清楚，不会呆里呆气犯傻。苏老爷苏大人，你真要如此，就别怪小的们对你不客气了。"

好家伙，别看刀疤脸不读书，说起话来针针见血，振振有词；且说话算数说到做到，有种让人感到对他说的话千万不可不当回事的力量。张怀古觉得，刀疤脸这些话并非全然不是，不少读书人确实是书读得越多越糊涂。不过，张怀古觉得刀疤脸这些话说得太伤人、太过分了。张怀古注意到，苏轼听了一脸的不舒服，韩维、范纯仁、苏辙听了一脸的不乐意，蔡确和章惇听了一脸的恼火，自己听了心里也很不是味，冯京是一脸的不快。这个大字不识的刀疤脸也把读书人看得太不值钱了。张怀古不由得想起自己还是穷秀才时的心酸往事，自己在那些不读书不识字人的眼睛里，其实是个没用的废物，要不然自己怎么会落得个在坊间靠帮人写书信门联混日子，连个老婆也讨人不上的地步呢？张怀古看到，苏轼那张酒桌上的人都对刀疤脸很不客气了。

韩维一脸的平允："照你这么说来，呆里呆气犯傻都是念书念出来的毛病，一个人越不念书就越聪明？"

范纯仁一脸的我心如秤："读书人呆里呆气犯傻，当然不好，但其中其实常常有种浩然士气。朝廷里少不得这种犯傻的呆里呆气的士气，要不然都是些阿谀逢迎之徒，昧着良心说瞎话，朝廷就完了。"

苏辙一脸的沉静不苟："太祖太宗圣明，定下博古尚文、以文驭武国策，这错了？”

失势的原右相蔡确也开口了：“你狗仗人势，就不是狗了？”

冯京一脸正色地对刀疤脸说：“有人云：‘犬守夜，鸡司晨。苟不学，曷为人！’你也不要气馁，古代有个梁灏，八十二发奋读书，当上大官，尔还来得及。”

这五人都是进士出身，学问大，把刀疤脸骂得够毒了。这一点，诉理所的吏员、随从和刘姓商人也听出来了，只是忍着没笑出来。刀疤脸不懂，却也多少感到这些话对他不利。这下，刀疤脸吓坏了，头摆来摆去，眼睛四处张望，目光里有种惶然不安、慌乱求饶的神情，不敢嚣张一下了。

章惇：“出去！出去！你要不出去，还有让你更难堪的话说出来。”

这回刀疤脸没有满眼凶光望着章惇。张怀古以为刀疤脸这下要走人了，不过刀疤脸完全没有要走的意思。张怀古对刀疤脸挥了挥手，刀疤脸转身要走，不过刚转身又转过来。张怀古：“还有何事？”

刀疤脸：“张提举张大人，小的们不能走。小的差点误了我们乔老爷的大事。小的想起来了，我们乔老爷说了，不给小的们昭雪，小的们不能走。我们乔老爷说，给小的们昭雪，就是要让新法派那些陷害小的们的奸邪小人知道：他们错了，小的们不是好惹的。”

张怀古清楚，刀疤脸说的乔老爷，就是东明县乔家庄的乔昌发。张怀古觉得此事不能怠慢了。既然是乔昌发乔老爷要他们来昭雪，这就不是一般之事了。张怀古被这事难住了，感到一筹莫展。然而，刀疤脸昭雪之事未成，刀疤脸是无论如何不会离开这里的。可刀疤脸不走，雅间里这两桌酒怎么办？突然，张怀古想出办法了，让他们到开封府昭雪去。开封府管民事，开封平头百姓有冤到那里去昭雪，名正言顺。

张怀古正要开口说时，雅间外面进来一个酒保，说开封府知府蔡京来了。这真是吉人干什么都心想事成。蔡京蔡知府来得太及时了。蔡京此时在京都开封已经成了名人。蔡京之所以出名，是因为先帝驾崩那天他做了件其他许多人不敢做，也不会去做的确实够莽撞、也确实够惊人的事，竟然答应蔡确的要求，带伙人持剑埋伏在政事堂窗外，要逼当时还在世的左相王珪立岐王赵颢为储君。按说，这样的事做完后，谁都讳莫如深，守口如瓶，不说出去。然而，这个蔡京才不这么干，相反大肆张扬，谁问到此事都和盘托出，绝无半点遮盖。然而这会蔡确给贬出朝廷了，蔡京却屁事没有。事实上，蔡京不该有什么屁事。蔡确贬出朝廷，并不是因为他叫蔡京带伙人持剑伏在政事堂窗外逼了王珪，也不是他在先帝治丧时真的做了什么见不得人的错事，只是因为他元丰年间在朝廷大行新法。蔡京在元丰年间可怜得很，一直在外当地方官，他想在朝廷行新法也轮不上他。

张怀古看到，蔡京后面还跟着一人。张怀古认得，此人是开封府推官李寿昌。李寿昌这人有意思。只要谁官比他大，他就拍谁的马屁，走谁的门子，结果谁的马屁都没拍上，走谁的门子都没走成，官运总好不起来，二十来年一直当开封府推官，没升也没贬。这人不懂：当官是要有眼光的，要想在官场平步青云，步步高升，就要像他张怀古这样，一眼看出司马相公今后要当国掌权，就咬紧青山不放松，跟定司马相公。

张怀古知道，朝中不少人看蔡京不顺眼。但张怀古觉得蔡京这人不错，很敬重自己。张怀古心中有数：朝中许多人是看在司马相公的面子上才对自己客气的，那是在敷衍自己，蔡京对自己的敬重没有半点假意。张怀古是四月随司马相公一道回京都开封的。有一回天下着雨，那时诉理所还没成立，《资治通鉴》书局业已撤销、还闲着住在那栋早已破旧的老屋里的张怀古，正愁眉苦脸和家里人在用木盆瓦钵接屋漏雨水，蔡京领着开封府衙门里一伙人来看望他了。这得了吗？整个厢坊都轰动了，顿时屋里屋外挤满了人，平日从无来往的曾老爷、李老爷、周老爷、荀老爷都来了，还送了许多东西。第二日放晴，厢吏领了一伙人来给张怀古修房子。这以后，张怀古的儿子都成了官府衙门里的吏员，同宗的几个侄子也到厢坊衙门里做事去了。张怀古见到蔡京，心里非常高兴，赶忙起身，从刀疤脸那伙人身边挤过去，刚到雅间门口，蔡京也到了。张怀古拉着蔡京的手，往他那边酒桌走去。那边酒桌上的吏员、随从和刘姓商人赶忙起身让座。不过，蔡京没过去，在刀疤脸面前停了下来，一边给那张酒桌上的韩维、范纯仁、苏轼、苏辙和蔡确、章惇拱手行礼。

张怀古："知府大人来得正好，这几个人等着你昭雪。"

张怀古看到，开封府推官李寿昌挤过来。此人拍比他官大的人的马屁，但对刀疤脸就很不客气了："走！走！给我走！瞎闹什么？各位大人要喝酒。"

张怀古觉得，李寿昌能这么把刀疤脸支走，也没什么不好。不过，张怀古没料到蔡京简直把他当成顶头上官，有种此等小事全包在他身上的意思。蔡京想也没想，满口答应：“诺！”

张怀古真正从内心里喜欢起蔡京来。要是朝廷官员都像蔡京办事这样爽快，不讲价钱，何事不成？张怀古注意到，那边酒桌上的蔡确、章惇眼睛一亮，朝蔡京望了一眼。张怀古感到有点奇怪。当然，这是因为张怀古不清楚：先帝驾崩那天，蔡确要他带伙人持剑埋伏在政事堂窗外时，蔡京回答的也只一个“诺”字。

张怀古很想听听蔡京的高招：“知府大人怎么昭雪？”

蔡京笑笑：“此事易尔！刚才高大太监高全福到开封府，说乔昌发乔老爷府上有伙人要找诉理所昭雪。这些人的事去找诉理所，岂不是为难朝廷了？高大太监要开封府想个办法，说那伙人到醉春楼找张大人来了。京想好了，明日叫开封府衙门里的人拿着大红帖子，敲锣打鼓，把那伙人送回到乔老爷府上去。这些人不就昭雪了？”

张怀古觉得，再也没比蔡京更好的办法了。京都开封官场上不少人看蔡京不起，说他只会谄媚讨好上官，其实错了。诚如另一些人所言，蔡京确实是个妙人，顶能干，会办事。自己这桌的吏员、随从和刘姓商人都笑了起来。刀疤脸那伙人高高兴兴出去了。刀疤脸走到雅间门口时，章惇站了起来，指着刀疤脸说：“总有一天，我章某要杀了你！”

张怀古看到，刀疤脸又不走了，转过身来，要缠着章惇闹个不休。蔡京瞪了一眼，刀疤脸那伙人这才悻悻地乖乖走了。苏轼望着刀疤脸那伙人的背影，摇了摇头：“让这些人去行新法，新法怎能不坏。”

章惇说话算数。绍圣元年，太皇太后高氏因病驾崩，隐忍了八年、已长大成人的赵煦亲政，把元祐扳倒的新法重新扳过来，首起章惇为尚书左仆射兼门下侍郎。上任不久，章惇就命开封府推官李寿昌把刀疤脸抓到开封府，一阵乱棍打死。李寿昌这回马屁拍上了，得到好报，当上了湖州太守。

雅间这两桌酒可以自自在在喝下去了。蔡京没走，到那边酒桌上喝酒去了。不多一会，酒保把酒、菜都端了上来。两桌酒都喝得很欢。那边酒桌上的人频频给蔡确劝酒。这边酒桌上的人频频给张怀古敬酒。有时两边酒桌上的人也会相互串位，到对方酒桌敬酒，发发酒疯，图个热闹，图个气氛。

两边酒席少说吃了一个时辰，众人都尽兴了。已有八分醉的张怀古推开临河的窗子，船户呼喝之声从外面灌了进来，十月日光下的白帆，一片片从窗下移动过去。

第一〇五章　司马以母改子说尽废新法 章惇三从四德论难倒君实

先帝赵顼驾崩后的第二年，改年号为元祐。元者，始也；祐者，天、神之佑助也。元祐者，盼上天、神仙佑助大宋回到开国皇帝太祖太宗制定的祖宗之法上来之谓也。元祐元年正月下旬的一天，中书省右司谏苏辙与小天子赵煦的近臣起居舍人苏轼，骑着马沿御街往城西司马光府上走去。二人并辔前行，不时说几句话。此时的城西，仍有着文人雅士寓所的雅静幽秀。马蹄在青石路上嘚嘚地响着，时有小鸟啾鸣声入耳。不过，渐近司马光府上时，却渐渐热闹起来，一点不雅静。一路上过往的轿、马络绎不绝，有点像赶集。

苏辙与兄长苏轼去司马光府上，是因为朝政上的事要向司马相公建言。前几天，门下侍郎司马光连上两道奏章，特别是《请更张新法》，从名字上就可以看出，要铲除新法，恢复旧法；特别是对免役法，要立即废掉，重行差役法。先帝赵顼丧事办完后的整个冬季里，国是将变的气氛是越来越浓了。朝野上下，恐怕没有几人没看到，行了十六年的新法已走到尽头。京都开封朝廷更是热闹了，不少人把新法骂得一无是处，慷慨激昂处还捶胸顿足，嘴角挂着白沫，像跟新法有杀亲之仇。百官争先恐后站在反新法派一边，唯司马光马首是瞻。苏辙很清楚，兄长苏轼和自己一样，以前都属反新法派，但此时都觉得，新法不是一无是处，且新法施行十多年，许多平头百姓习惯了，不宜遽改。前些日子，司马光领着吕公著、冯京、范纯仁以及兄长苏轼和自己到户部、司农司、内库看了看，还到万松岭那边的景福殿转了转，但见景福殿里钱物山积，莫可计数，不用说，这都是先帝赵顼行新法取得的成果。既然如此，新法岂可尽废？至于说到免役法，好处不少，根本不用去改。

兄长苏轼："再也不能像介甫相公那样牛，行一法就把他法打入十八层地狱。"

苏辙："君实相公的性子确实急了点。"

苏辙和兄长苏轼一样，十分担心司马光会把新法废个一干二净。苏辙很清楚，目前在朝廷里，司马光有这个力量做到这一点。此时的司马光可说是出尽了风头，声望到了顶点。司马光无论出现在哪里，哪里的人就都把敬羡巴结的目光投向他。朝廷里的新法派势孤力单，备受冷落。原先神气十足的李定、舒亶有点像十目所视、十手所指的过街老鼠，无人对这两人有个好脸色。王广廉、林英见人都矮了半截，衙门里打过散堂鼓，就钻进自己的官轿里打道回家。听说东明县有个叫刀疤脸的人邀了伙人要找林英的麻烦，吓得林英大门也不敢出半步。那个令朝廷百官重足而立、不敢正视的章惇，仍有不倒之威，高视阔步，嚣张得很，到处跟人家争新法之好，不仅跟司马光争，且跟太皇太后高氏争于帘前。特别是司马光、章惇、吕公著这三位门下侍郎在政事堂议政时，章惇更是寸步不让，张大喉咙跟司马光吼，一点情面也不讲地拿司马光开玩笑，放肆地欺负司马光年老体弱、昏庸糊涂，弄得在朝中风光无限的司马光脸面丢尽，尴尬狼狈，苦不堪言。

苏轼："子厚在朝廷待不久了。"子厚是章惇的字。

苏辙清楚，章惇一生对兄长都很友善，乌台诗案中还救过兄长，四处为兄长说情，因之兄长虽然一生对章惇多有看不顺眼的地方，但对章惇总怀有一种痛惜之情。然而，苏辙对章惇没好感，觉得章惇是个恶人："章惇在朝廷，君实相公什么事也做不了。"

京都开封元祐元年正月没往年冷，西城街道背阴的一面墙根下虽然还留着沾有残枝枯叶的残雪，但向阳一面的雪全融化了，露出潮湿污秽的褐色泥土。上空断云里泻下橘红色的日光，照在还未长出嫩芽的光秃秃的树枝上，在地上画出一幅幅炭条状的水墨画。禽鸟的声音未变，一群群的麻雀散落在街两边青砖砌成的围墙上，叽叽喳喳把其他鸟雀的声音盖住了，让人有种新春来临的感觉。

苏辙与兄长苏轼很快到了通往司马光府宅的街口。还在街口的这头，苏辙就见司马光府宅前停满了轿、马。今日司马光虽然还只是个门下侍郎，却是太皇太后高氏绝对信得过的人，也是最为倚重的人。章惇这个门下侍郎实际上说话无人听，吕公著这个门下侍郎则尽心辅佐司马光，因之朝政上的事司马光说了算；况且，用不了多久，司马光就要稳坐在尚书左仆射兼门下侍郎这个左相的交椅上。司马光府宅前这么多轿、马一点不足为奇。

苏辙与兄长苏轼并辔往司马光府宅走去，早有司马光府上的仆人过来，招呼他们把马拴在街边树上。那个总称司马光为“君实秀才”的老仆人也过来，说“君实秀才”在书房等候二位。苏辙心里一喜。苏辙清楚，当上门下侍郎的司马光有个规矩：只有道相同、谋相合的人，司马光才在书房里会见。不过，如今司马光当上门下侍郎了，老仆人还称司马光为“君实秀才”，苏辙就觉得有点不合适了。开始，苏辙觉得老仆人年纪大，老习惯一时改不过来；这么久了，还没改过口来，就说不过去了。苏辙：“君实如今是相公了，老人家怎么还称呼为‘秀才’？”

苏辙看到，老仆人好像见到海外来的仙客一样怪怪地望着苏辙：“苏大人以为君实秀才会怪罪老奴？不仅不会怪罪老奴，反觉得这个称呼亲切，不见外；如果老奴称呼他相公，君实秀才会整日闷闷不乐，不责怪老奴，反责怪他自己什么地方摆老爷架子了。”

苏辙心里一热，感到自己的眼眶都湿了。苏辙看到，兄长苏轼用袖子揩了揩眼角上的泪珠。老仆人忙招呼后面的客人去了。苏辙与兄长苏轼进了司马光府第的大门，穿过明回，绕过萧墙，便见庭院里满是人。司马光老夫子一生不纳妾，不养姬，回到府上吃过饭就是读书，府第里整日静悄悄的，听不到半点丝竹管弦之声。司马光这次回到京都开封，登门拜访的人川流不息，但府第里还挺清静的。苏辙看到，庭院里的人虽多，大多不出声，只是三五成群，静静地站着，要说话也大多用目语，实在要说什么，也是靠着头耳语着。

苏辙与兄长苏轼一出萧墙，庭院里便有了一阵无声的骚动。苏辙看到，满院的人都把脸朝自己这边转过来，又是努嘴，又是手指，又是目望，又是低语，一脸的热情、巴结之色。苏辙清楚，庭院里的人热情巴结并不是对着自己，而是对着兄长。先帝赵顼驾崩后，熙元年间那些被赶出朝廷的反新法的人陆陆续续回到京都开封朝廷里，最轰动，也最令人感到震动的首推司马光，其次就是兄长苏轼。苏辙与兄长苏轼走到庭燎处，有三人从大堂台阶上下来。苏辙认得走在前面的两人：一位是张怀古，一位是王圣美；另一人屁颠屁颠跟在后面，却不知何人。张怀古一脸的春风得意，也一脸的十足神气，一会对进来的人拱拱手，一会对出去的人挥挥手。王圣美则低眉顺眼，脸上堆满可掬的笑容。屁颠屁颠跟在后面的人，一张长脸上有块黑斑记，耸起双肩，低着个脑袋，一脸做小伏低的媚态。

苏辙对张怀古的神气和得意，一点也不感到奇怪。如今京都开封官场上的人，无人不知张怀古是司马光身边最信得过的红人。此人不仅是诉理所提举，而且张罗着司马光府上客来客往的接送和安排，俨然是司马光府上自选的长史。苏辙对王圣美出现在司马光府第里就多少有点惊奇了。对王圣美，苏辙实在不敢恭维。此公是京都开封官场有名的“衙内钻”。曾公亮在中书当上相时，曾公亮欣赏他。王安石王相公入主中书时，也很赏识他，让他当上执掌百官磨勘考核、酬奖奏荐的流内铨判官。王珪当左相时，此公仍行时走运，当上中书舍人。苏辙听说，王圣美是不久前通过张怀古“钻”到司马光这边来的。屁颠屁颠跟在后面、长脸上有块黑斑记的那位，苏辙就面善，不知是何许人也。

苏辙看到，张怀古三人都怕出声，蹑手蹑脚地快步走来，庭院里的那些人的目光则不由得都随着他们的脚步也慢慢向自己这边移来。张怀古三人在距庭燎少说有两丈远的地方就对自己和兄长苏轼长揖行礼。苏辙与兄长苏轼还过礼后，发现兄长苏轼很是怪怪地望着那位长脸上有块黑斑记的人。那位长脸上有块黑斑记的人却像没看到兄长苏轼的目光，挤到兄长苏轼面前，伸出个大拇指，低声地说：“苏大人苏大才子真是了不起，一番话驳得李定、舒亶这两个狗官哑口无言。佩服！佩服！”

苏辙开始完全给这个长脸上有块黑斑记的人弄得云里雾里，不知道这人说些什么话。不过，没过多久，苏辙才略约明白了一点这人说的是怎么回事。这人说的是兄长在乌府台皇家监狱里坐牢之事。然而，这一来，苏辙反而糊涂了。自古以来，只有犯人怕主审官的，哪有犯人把主审官驳得哑口无言，弄得这么尴尬狼狈毫无面子的；真有要驳的，恐怕一张嘴，就要被站堂的衙役一阵乱棍打个半死。兄长在乌府台皇家监狱里吃尽了苦头，受尽了折磨和凌辱，这是真的，但驳主审官是绝无此事，最多是分辩几句。苏辙看到，兄长苏轼的脸涨得通红，十分不自在，问长脸上有块黑斑记的人：“请问你贵姓？”

长脸上有块黑斑记的人回答得很爽快：“免贵姓张，名守英。”

兄长苏轼很快记起来了：“你是乌府台推直官？一点不错，你是推直官，只是胖多了。”

张守英嘻嘻一笑：“我们监狱里那些狱卒都是粗人，粗暴无礼得很。下官总是对他们说，苏大人苏大才子才高八斗，要好好关照关照苏大人苏大才子，能方便的地方就方便；不得对苏大人苏大才子无礼，可那些狱卒还不免有无礼之处。苏大人苏大才子官大量大，不计小人过。下官就在这里给苏大人苏大才子赔过了。”

苏辙对兄长苏轼在皇家监狱的情况还是清楚的，只知道兄长受尽折磨和凌辱，吃尽了苦头，并未听说谁给过兄长什么方便。苏辙渐渐记起来了，前些日子苏辙与兄长苏轼去看老狱卒梁成时，谈到过张守英。这个人原本是户部榷易案的一个吏员，因一句“手实法千古第一高”，被吕惠卿擢升为乌府台推直官，专治狱事，皇家监狱的犯官没一个不给治得服服帖帖的；既会硬敲，又会软骗，真非读了一肚子圣贤书的读书人比得上的。此人先让手下的狱吏、狱卒在夜讯时把兄长折磨得半死，然后甜言蜜语诱使兄长送他钱财；不送是不行的，否则就铁面无私、翻脸不认人，让你受更厉害的折磨。

苏辙没想到张守英也“钻”到司马光这边来了，今日想好好教训一下这个人。正想开口，兄长苏轼把他拉过一边，然后对张守英说：“苏轼要感谢你，你让苏轼明白了天下事。”

苏辙清楚，兄长没说假话。说起来，天下事真的很奇妙，兄长在乌台诗案中受了那么多的折磨和凌辱，后来又在黄州过了四年羞面见人的犯官生活，却让他明白了王安石新法、官场和世俗民情。不过，此时叫苏辙感到奇妙的是，张守英竟然觉得自己真关照过兄长，很是得意起来，一脸受之无愧之色：“能为苏大人苏大才子效劳，是前世修到的福气，应该的！应该的！”

苏辙感到自己要作呕。苏辙与兄长苏轼急着要见司马光，王圣美便兴冲冲地在前面带路，往庭院西侧的月门走去。张守英几步赶到他们前面，双手拦住他们。苏辙奇怪了。司马光不是在书房里吗？张守英缘何拦住他们呢？张守英走到苏辙面前，目指了一下张怀古，声音压得很低，也很是神秘地道：“只有张大人领着去，司马相公才不仅不发火，还会很高兴。”

苏辙明白了，怪不得今日张怀古俨然司马光府上自选的长史，在司马光府上张罗着客来客往的接送和安排。张守英有点夸张地讨好张怀古：“张大人顶忠心司马相公！”

苏辙注意到，张怀古是一脸的骄傲和荣光。不过，张怀古对苏轼、苏辙倒一点也不坐大，相反很是谦恭地低着双眼睛。张怀古蹑手蹑脚、很是殷勤地在前面引路。苏辙与兄长苏轼跟在后面，刚进西侧的月门，苏辙听到过道上王圣美的声音：“提举大人，司马相公以后要提你当个门下侍郎，你也是当得下的。”京都开封官场上这个有名的“衙内钻”，现在是不失时机给张怀古戴高帽子，巴结阿谀张怀古。

苏辙与兄长苏轼跟在张怀古后面，穿过道，前面就是书房。张怀古在书房门前两丈远的地方停了下来。司马光书房紧紧地闭着，苏辙听得到司马光在说话：“晦叔，……你错了……新法未除，……死不瞑目。……你我都过花甲。……”

苏辙吃了一惊。晦叔是吕公著的字。先帝赵顼驾崩后，被太皇太后高氏起用为门下侍郎的司马光，第一个上奏章要求召回朝廷的就是吕公著。吕公著先以侍读还朝，接着便和司马当一样当上门下侍郎。不用问，刚才司马光和吕公著关在书房里商谈国是时发生了争执。苏辙感到，今日来得不是时候。司马光与吕公著二人既然发生了争执，还会有个好心情来见自己和兄长吗？张怀古也没敢出声。不多一会，张怀古独自过去，站在书房门口，低声道：“学生领两位要会相公的贵人来了。”

苏辙觉得，张怀古挺会说话，这话说得很妙。既不报姓名，也不报官名，又显得来客非凡夫俗子，很能吊起司马光要见来客的胃口，确实非让司马光开门不可。苏辙看到，书房的门开了半边，司马光露出半个头来。张怀古立即无比敬仰、无比激动、无比兴奋，也万分荣光地望着司马光。书房门全开了，司马光走了出来，视力很差的眼睛并未看清来会他的贵人是谁，却张开牙齿全脱光的嘴，朝这边笑。张怀古回过头来，对苏辙和苏轼招了招手。苏辙与兄长苏轼忙长揖行礼，然后往书房走去。离司马光不到五尺远时，司马光才看清了他们。司马光笑得更乐了，牙齿脱光的嘴张开后就像一个不见底的黑洞。司马光左手拉着辙的手，右手拉着轼的手，满脸欢笑地进了书房。刚要进书房，四壁尽是书的宽敞书房里站起一人，果然是门下侍郎吕公著。

苏辙一眼看过去，但见吕公著一脸平和，看不出他与司马光有过什么争执。这自然不奇怪。吕公著与司马光在政事上、情趣上本来就有诸多相近的地方，以前从未听说过他们有过什么龃龉的地方。特别是司马光对吕公著有大恩，在朝中百官中司马光最器重的是吕公著，让他当门下侍郎，实际上是要吕公著与他共掌朝政，吕公著不可能与司马光发生大的龃龉。再加上吕公著喜怒不形于色，即使跟司马光发生什么意见不合，也不会让外人知道。苏辙与兄长苏轼很高兴在这里碰上吕公著。苏辙相信，兄长苏轼和他一样，也很愿把自己在朝政上的想法说给吕公著听。

张怀古三人告辞了。司马光把书房门关上后，与吕公著归座，苏辙与兄长苏轼也在交椅上坐下来。苏辙看到，此时的司马光与十五年前的司马光判若两人：头顶上的白发全掉了，只两鬓和后脑上还留下几绺；干瘦的脸上没一点肉，就一层满是皱纹和老年斑的干皮；佝偻着的背像张弓，前胸凹了下去，肚子却凸了起来；牙齿全脱光，嘴瘪了下去；眼睛的视力是越来越差了，但目光却有种以前少见的刚毅、峻急和严厉。苏辙看到，兄长苏轼很是忧虑地望着司马光。朝中百官无人不知：司马光身体越来越差，全是劳累的结果。司马光自四月当上门下侍郎以来，就欲以身殉社稷，把命都交给朝廷了，朝政上各种大小杂乱的庶务，无有不躬亲处理的，只要是有政事方面的事去找他，哪怕吃饭，司马光也会立即放下筷子来见你；这样不舍昼夜地处理朝政，本来就瘦弱的司马光能不累垮吗?

苏辙注意到，司马光书房的书案上堆了一叠奏章。苏辙清楚，眼下许多奏章，都直接送到宰执大臣议事的政事堂。司马光对这些奏章，不仅每天要看，且每次上朝或进宫议事都随身带着。司马光很是赏识，也很是倚重地望着兄长苏轼：“子瞻，你俩兄弟来得正好，老朽已上了两篇奏章，现在急切的是——”

司马光的话说到这里，书房突然开了。司马光很愤怒、很严厉地朝书房门口望去。苏辙赶紧转过脸，朝书房门口望去，见张怀古急急忙忙进来：“相公，太皇太后口谕来了。”

张怀古话音刚落，一个太监就进了书房：“召门下侍郎司马光、门下侍郎吕公著、中书舍人苏轼、右司谏苏辙立即进宫，在垂拱殿议事。”

苏辙看到，司马光把书案上的奏章装进金饰的鱼袋里，然后佩在身后，走出书房。接着苏辙跟在吕公著、兄长苏轼后面也出了书房。出西侧月门时，苏辙发现，庭院里的人都蜂拥着要过来一睹司马光的容颜。不过，张怀古、王圣美、张守英早过去，把他们拦住了。这些人只好很是敬仰，也很遗憾地远远望着经过庭院向萧墙走去的司马光。

苏辙跟着司马光、吕公著、兄长苏轼进了垂拱殿。苏辙看到，十一岁的小天子赵煦坐在御案后面的御椅上，御案左前方帘子里坐着太皇太后高氏，帘子外有几个当差的太监躬身而立，门下侍郎章惇、枢密院副使冯京、翰林院大学士兼侍读韩维、天章阁待制兼侍讲范纯仁则依次站在御案右前方。

京都开封元祐元年正月没往年冷，但垂拱殿里的气氛却有种怪异的阴冷。无论是坐在御案左前方帘子里的太皇太后高氏，还是站在御案右前方的冯京、韩维、范纯仁，都无言地站着，小天子赵煦更是一脸的阴郁地坐着。只有章惇一脸的气愤，嘴唇微微蠕动着，表明他刚才说过话，且是一番激烈的话。两天后，苏辙才知道，原来今日一早太皇太后高氏与冯京、韩维、范纯仁在垂拱殿入对议事，碰巧章惇也要入对，且口口声声说新法不可更改。太皇太后高氏原以为冯京几个人就可以把章惇的气焰压下去，没想到根本压不住章惇，反让章惇越说越来劲，越说越嚣张。太皇太后高氏不是个没主意的妇人，马上派太监传口谕：召司马光、吕公著、苏轼和苏辙进垂拱殿。此时垂拱殿里谁都不出声。明眼人一看就清楚，今日垂拱殿里要商议、争讨、决定本朝的一件大事，且有番很激烈的交锋，会吵得天翻地覆、不可开交。

苏辙很注意地望了望小天子赵煦，见小天子一动不动、一言不发地坐着。苏辙清楚，太皇太后高氏对小天子管束得严。小天子每日三件事：一是听各位侍读讲授经史；二是与太皇太后高氏一道坐朝；三是晚上与太皇太后高氏睡在宝慈宫里。苏辙很是可怜起这个小天子来。他登基不到一年，才十一岁，坊间乡村这么大的孩子正是顽皮嬉要闹得欢天喜地的时候，可他却要长时间规规矩矩坐在御椅上，动不敢动，说不敢说。这实在是在受罪，太为难这个小天子，也太苦了这个小天子。

大约不到两盏茶工夫，帘子里的太皇太后高氏抬了抬眼皮，脸上的表情也随之兴奋、生动起来，发话了："老婆受神宗皇帝临终的托付，才和官家升殿听政。三天前司马相公上了篇《请更张新法》的奏章，朝野震动，拍手称快，但也有说这篇奏章不好的。好，还是不好，各位大臣都说说自己的意见。"在大臣面前，太皇太后高氏用的是谦称"老婆"。

苏辙一脸的沉静不苟，知道太皇太后主意已定，新法一点不更改是不行的，要众人说说自己的意见，只是冠冕堂皇的一句客套话。一场剧烈而又尖锐的唇枪舌战要开始了。垂拱殿里的气氛阴冷、怪异。章惇没出声，一脸的金刚怒目，摆出了一种冲天一怒捍新法的架势。司马光一脸的峻急严厉，也一脸君子引而不发、极力控制自己的表情。吕公著低头沉思着，明显不想先说话。冯京一脸的平和，却也一脸坚不可摧的神态。韩维一脸的平正，一脸该说话时就说话的神情。范纯仁挺着大肚子，一脸我心如秤、不为人低昂的神色。兄长苏轼一脸有话要说、随时开言的情态。小天子赵煦默默坐着，冷冷地看着垂拱殿里的每个人。

苏辙注意到，章惇身上也佩着一只鼓起来的金饰鱼袋。大约半炷香工夫，章惇面对着小天子赵煦，让小天子看到他的脸，君是君来臣是臣，毕恭毕敬，却也是直言不讳放肆地道："陛下，孔子曰：'父死，子三年不改其道，可谓孝也。'此话也是当年王相公行新法时说过的话。新法不可更改！"

苏辙注意到，小天子赵煦眼睛一亮。章惇这人厉害，敢担当，不怕事，他的话有不可动之理，也有不可撼之力。然而，三年不得更改新法，这三年一千零九十五天，天天都可能发生事变，岂可拖得那么久？苏辙知道，司马光是一天也不想拖了。然而，天大地大孔子说的话最大，孔子的话谁敢不遵？司马光一脸的愕然。确实当年反新法时，他就用孔子这句话对付王安石王相公，只不过给吕惠卿驳得哑口无言。苏辙看到，吕公著、冯京、韩维、范纯仁，都面面相觑。兄长苏轼也哑口无言，不知怎么说才好。太皇太后高氏一脸的不快，一双眼睛只是望着司马光。司马光没有马上开口。好一会，一直面对着太皇太后高氏的司马光瘦削的脸无比圣洁起来。小天子赵煦只能看到司马光的后背和屁股。司马光说："太皇太后以母改子，非子改父，有何不可！"

司马光的话，给人一种醍醐灌顶、耳目一新、充满智慧的感觉。司马光不愧学富五车、通古今之变，本事大，再难的问题也难不倒司马光。"以子改父"不行，"以母改子"总行吧！一字之易，就把众人被章惇难倒的问题讲清楚了。苏辙想起在民间流传甚广也甚久的司马光幼年砸缸救人的故事。这人幼年就有胆有识，敢做、能做别人想不到、不敢做之事。太皇太后高氏十分高兴，一脸的欢笑，简直觉得司马光这个理由充分的过了头。吕公著、冯京点头称是。兄长苏轼也显出一脸对司马光的赞许之情。韩维、范纯仁一脸的惊讶，二人未必同意司马光的"以母改子"之说，却不得不佩服司马光的才学。司马光转过身来，脸上现出多少有点得意、但也一脸的公正和肃然之色。不过，苏辙注意到，小天子赵煦的脸色不动，眼皮也关了下来。

垂拱殿里有了一种古怪的欢腾气氛。苏辙觉得，今日垂拱殿议事就这么定了。然而，就在此时，章惇又面朝着小天子赵煦道："陛下，'以母改子'乃天大笑话也。《仪礼》云：'未嫁从父，既嫁从夫，夫死从子。'司马大人学富五车，不妨把儒家经典都找出来查查，可找得到‘以母改子’四字？况且，太皇太后只是垂帘听政，有何权改子之政？”

苏辙注意到，小天子赵煦眼睛又一亮。谁也没想到章惇有这样一番高见。垂拱殿里的人都一脸的错愕。苏辙虽然对章惇没好印象，但觉得此话很有道理。“三从四德”是中原王朝几千年来沿用的老规矩，谁敢不遵？把话说白，女人一生都是在服从中度过的，从无拿主意的地位和机会。“以母改子”之说，确实很有点可笑；此话出自司马光之口，就尤其觉得可笑。不过，没人去笑，也没一人敢笑。

苏辙看到，司马光一脸铁青，口哑了。太皇太后高氏的脸色变得很难看，想说几句什么却说不出来。吕公著的脸色无大的变化，此人深思熟虑后才会开口说话。冯京一脸的气恼和无奈，表明他对章惇的话不满，却也只能不满而已。韩维一脸的不安，看来他对章惇的话未必不赞同，但又担心此话太直白，不仅伤了司马光，而且伤了太皇太后高氏。范纯仁一脸的愁虑，似乎对朝廷的今后有种深深的担忧。兄长苏轼是一脸的急迫之色，明显既想急着劝章惇住嘴，又急着想让太皇太后高氏、司马光消消气。

苏辙感到今日垂拱殿的议事难办。太皇太后高氏、司马光与章惇都不是好说话的人，都要别人听他的；且这三个人，不管是有理还是无理、讲得通还是讲不通，他们要做的事就一定要做下去。垂拱殿里刚才出现的那种虽然古怪却也欢腾的气氛全没了，随之而来的是种叫人窒息的死寂。此时其实谁都想说话，但又都不知说什么才好，就是喜欢说话、肚子里有话就要说的兄长也双唇紧闭。少说过了一炷香工夫，司马光仍面朝着帘子里的太皇太后高氏，拿后背和屁股对着小天子赵煦，从金饰鱼袋里拿出那叠奏章：“太皇太后圣明，天下平头百姓无有不言新法之害者，现有民间这么多奏章为证。”说完，目示了一个太监，让这个太监把这叠奏章呈送到帘子后面的太皇太后高氏手上。

苏辙注意到，太皇太后高氏脸色开朗了起来，很有兴趣，也很高兴地翻阅着。吕公著喜怒不形于色的脸上显出了难得一现的喜色。冯京一脸的开心。韩维脸色说不上不安，但也并不愉悦。范纯仁脸上的愁忧之色反显得更重了。兄长苏轼脸上的表情却很复杂，既有为司马光没给章惇难倒而感到高兴之色，又有对司马光的话不敢苟同之情。小天子赵煦脸色不变，眼皮又关了起来。

垂拱殿里的气氛竟古怪地欢愉起来。帘子里的太皇太后高氏先望了望吕公著，明显要他先说，大概感到吕公著凡事总在最后说话，便转眼对冯京说："太尉，神宗皇帝半夜都梦见过你，要听你的意见。今日老婆也很想听你说说。既然天下平头百姓无有不言新法之害者，你说说该怎么办。"

苏辙觉得，太皇太后高氏确实不是寻常的妇人，真会说话。太皇太后高氏的意思十分清楚，就是要冯京同意更改新法，却不明说，只是借司马光的话暗示过去。冯京转过身去，也拿后背和屁股对着小天子赵煦。冯京轻声细语地道："既然新法害民，自然要改。"

苏辙看到，太皇太后高氏笑了，又望着范纯仁："熙宁元年，朝廷很是委屈了你。神宗皇帝励精图治，将大有为，坏就坏在那班邪佞小人，以偏见曲学乘机而入，弄得朝中元老、忠臣、君子都一个个被逐外放。——老婆想听你说。"

苏辙猜：太皇太后高氏这段话是司马光教的。天下人其实都清楚，新法是王安石老相公倡导的，也是先帝神宗与王安石王相公一道商议制定的，行新法的诏书也是先帝神宗下的，可以说没有先帝神宗就没有新法。然而，太皇太后高氏却说新法是偏见曲学弄出来的。这就把先帝神宗与新法切隔开来，撇清了先帝神宗，废新法、行旧法才没了障碍。这样的话岂是一般人说得出来的？范纯仁先侧身面朝太皇太后高氏行跪拜礼，然后面朝着小天子赵煦。范纯仁一脸我心如秤、不为人低昂的表情："陛下，去其太甚者可也。"

范纯仁之言的意思很清楚：有益的新法可以不废。苏辙注意到，太皇太后高氏脸色很是不快。司马光脸上很有点气恼。吕公著脸上也隐隐有点不满。冯京脸上现出一种遗憾之色。韩维脸上明显对范纯仁之言有种赞同之情。兄长苏轼脸上的神色很是欢快。

太皇太后高氏望着兄长。官场上的人都清楚，兄长在朝中有个护着他的人，那就是太皇太后高氏。太皇太后高氏爱才，不仅喜欢兄长的诗文，且看重兄长的人品，简直把兄长看成完人。兄长这么快就召回京都开封，且当上令人眼热的中书舍人，仗的就是太皇太后高氏。兄长毕竟是先帝神宗钦定的犯了毁谤大罪之人，且犯罪事实清楚，岂可如此之快地给予重用。一次上朝时有人嘟噜了几句，太皇太后高氏立即很不客气地顶了回去：什么毁谤大罪，苏轼是本朝第一个不怕坐牢、不怕杀头、敢讲真话的大忠臣，你们做得到吗？这人吓得舌头半日缩不进去，赶紧往一边躲，再也不敢出声。太皇太后高氏对兄长苏轼说：“中书舍人从黄州来，对平头百姓的情况熟悉。你说说那里的平头百姓怎么说新法害民的？”

太皇太后高氏的话明显在暗示兄长，要兄长废掉新法。苏辙看到，垂拱殿内臣子的目光都转到兄长苏轼身上，不过脸上的表情不一。司马光那张满是皱纹和老年斑的皮包骨头的脸上显出了十分欣喜的笑容。章惇一脸的气定神闲，也一脸的随时奉陪到底的神情。其他人的脸上有种对兄长会说些什么话的了如指掌的平静。苏辙心中有数，兄长是不会按照太皇太后高氏暗示的意图去说话的；然而，又很有难处。兄长和他本是要给司马光建言，未可把新法说得一无是处。这些话在司马光面前说，心理上没什么过不去的地方；但要对太皇太后高氏说，这个口就难开了。

苏辙看到，兄长苏轼先面朝着小天子赵煦行跪拜礼，然后侧身面朝太皇太后高氏，半个后背和半个屁股对着小天子赵煦。苏辙看到，小天子赵煦眼睛先是一亮，然后眼皮半开。兄长苏轼开口道：“太皇太后圣明，微臣在黄州耳濡目染，新法得其人，平头百姓对新法很是欢迎。微臣说件很有意思的真事：当年御史中丞吕诲对新法恨之入骨，他的儿子吕由庚在黄州当太守行新法，微臣邻村的农人无不得惠，个个都对吕太守感恩戴德。”

苏辙发现，兄长苏轼的话音刚落，垂拱殿内炸了锅。兄长苏轼的话太出乎这些人意料之外了。太皇太后高氏一脸的愕然和尴尬，也是一脸的遗憾和不自在。司马光一脸的愤怒和气闷，视力不好的眼睛睁得大大的，望着兄长。吕公著脸上的表情变化不大，却也对兄长有点失望之色。冯京是一脸的惊讶和不解，完全没想到兄长今日如此颂扬新法。范纯仁很是惊讶，不过脸色却没什么不快。章惇也很惊奇，随后对兄长投去十分赞赏的一瞥。苏辙对兄长此番言论自然一点都不觉得奇怪，但觉得兄长的话太过爽直了些，这叫司马光，特别是太皇太后高氏的脸上如何受得了。

然而，兄长苏轼意犹未尽，这次是侧过身去，面对着小天子赵煦，也让小天子看到他的脸。不过，兄长苏轼正要开口，太皇太后高氏却不让兄长开口：“你不用说。”

此时司马光把佩在身后的金饰鱼袋里的奏章取出来，让后背和屁股对着小天子。小天子赵煦的眼皮又关了起来。一个太监取走奏章，呈送给太皇太后高氏。司马光一脸的圣洁：“此天下平头百姓上的奏章，无有不言新法害民的。”

太皇太后高氏一脸喜色。不过，章惇忽然也从佩在身上的金饰鱼袋里取出一叠东西。苏辙稍稍往前探过身子，隔着吕公著几个人看到，那叠东西也全是奏章。章惇双手捧着，呈交小天子赵煦。有太监过来把章惇双手的奏章取走，放到小天子面前的御案上。然后，章惇面朝着小天子，让小天子看到他的脸。苏辙注意到，小天子的眼睛一直亮着。章惇一脸的大义凛然："陛下，所谓天下平头百姓无有不言新法之害者，不过是司马大人撒了个弥天大谎。臣手上的这些奏章全是司马大人在政事堂检剩下的，数量比刚才司马大人呈交给太皇太后的多得多，无有不言新法不善者。"

苏辙看到，垂拱殿像是受到雷击一样，给人一种山动地摇的感觉。太皇太后高氏、司马光是一脸的震怒。吕公著、冯京、范纯仁、兄长苏轼是一脸的震惊。苏辙也是大吃一惊。司马光撒大谎，这是毫无疑义的，因为两叠奏章俱在，赖不掉。现在的问题是，如果别的任何人撒这个弥天大谎，谁也不会大惊小怪；可对司马光来说，不要说弥天大谎，就是一个小谎，也会觉得日头从西边出来。朝野上下，无人不知司马光是本朝公认的第一正人君子，昔年连不枉与人交的吕诲也就因为这一点特别看得起司马光。然而，今日司马光为了尽废新法，竟撒起弥天大谎，这叫人如何接受得了。苏辙奇怪的是，司马光这么个聪明的大学问家怎么会这样糊涂，玩起这样愚蠢的诈术来，岂不叫人笑死?

司马光恼羞成怒了，厉声道："新法驱迫贫民，剥肤椎髓，家产既尽，弱者转死沟壑，强者聚为盗贼。"

章惇半步不让，喉咙更大："司马大人又在捏造事实。新法固然有不足之处，也确有弱者转死沟壑、强者聚为盗贼的现象，但那多半是被贪暴之吏逼成的。熙宁以前，京都开封周围有许多强盗，攻劫杀掠，每年大约二百起；然而熙元年间，一件也没发生过。"

司马光大叫道："民间为了纳免役钱，许多人拆屋伐桑，当柴薪卖钱；还有的把牛杀掉，卖肉以纳免役钱。"

章惇声音更高："熙元十五年来，未闻民间有此等之事。要说有，那是元丰年间对西夏二次用兵，因征调牛皮、牛筋，才有此事发生。但这与免役法半点关系都没有。"

司马光与章惇就这么你一言、我一语，吵得不可开交。小天子赵煦一会关着眼皮，一会又眼睛一亮。苏辙感到，司马光的话确实漏洞不少。这些漏洞，都给章惇一一捉到了，且一一给敲点出来。司马光今日老脸皮算是丢尽了。苏辙注意到，此时的司马光完全失去了旧日持正谨慎的面目，变得狂躁冲动起来，连方寸都乱了。此时，司马光忽然气急败坏、慌不择路地冒出了句叫人莫名其妙的话："太皇太后圣明，蔡确罪状著明，贬为陈州知府，太轻了，还要贬，贬到岭南去。"

苏辙看到，垂拱殿里的人都目瞪口呆地望着司马光，不明司马光何以谈新法时却扯到蔡确头上去。不过，苏辙很快明白了司马光的意思：借蔡确说事，对章惇施之以威，要他规矩老实一点。苏辙清楚，太皇太后高氏、吕公著、冯京、范纯仁、兄长苏轼都明白这一点，不过谁都没出一声。章惇自然更明白这一点。但，章惇不是吓大的，当年敢跟自己玩命，爬到绝崖上去写字，胆子大得吓人；这些年经的风浪多，什么场面没见过？岂是能吓得住的？章惇目不旁视，只望着小天子赵煦，语甚愤恚慷慨："司马大人以为只要把新法一边的人全都赶出朝廷，召来原来被罢免的人，就能尽废新法，恢复旧法，天下就太平了？非也！司马大人只能动摇民心，制造祸乱。大宋王朝危矣！"

苏辙觉得章惇此番话就有点危言耸听，蛊惑人心，居心叵测，唯恐天下不乱的味道，犯了官场大忌。苏辙看到，太皇太后高氏、司马光、冯京、韩维、范纯仁、兄长苏轼都很气愤地望着章惇。吕公著则低着头沉思。一会，吕公著侧过身去，还是拿后背和屁股对着小天子赵煦。小天子的眼皮立即关了下去。吕公著面朝着太皇太后高氏："惇所论固有可取，然专意求胜，不顾朝廷大礼。"

苏辙很是佩服起吕公著来。此公话不多，确是精识约言，字字如金，怪不得当年王安石王相公都很佩服他。表面上看，吕公著并不全盘否定章惇所说的话，但最厉害的一句是痛指章惇无朝廷大礼。这就不是小事了。有宋一代君臣间都雍容大度，哪怕是议生死之大事，都讲求个温、良、恭、俭、让，高声言谈会被人看不起的；更遑论措辞不妥、犯官场之大忌，那就简直要遭到谴责了。章惇无朝廷大礼，罪加一等。苏辙清楚，章惇在朝廷的日子无多了。三日后的早朝，太皇太后高氏让押班太监宣读了四制词：一，拜司马光为尚书左仆射兼门下侍郎；二，拜吕公著为尚书右仆射兼中书侍郎；三，蔡确再贬到岭南英州当别驾；四，贬章惇去汝州当知府。

这自然有失公允。章惇固然喉咙大，有失朝廷大礼，却遭到贬谪；司马光也厉声，却不失朝廷大礼，反擢升为左相，成为天子阶下第一大臣。章惇记下了这笔仇。九年后，太皇太后高氏驾崩，小天子亲政，章惇当上尚书左仆射兼门下侍郎，成为天子一人之下的左相。章惇报复起来是够吓人的，来了个以牙还牙的大清算。太皇太后高氏垂帘听政时的昭雪回京官员，一律贬职赶到地方去，连差遣也革了，实际上成了只保留官籍的犯官。司马光、吕公著就更惨，给安上“挟奸”“罔上”的罪名，人死了也要问罪，爵位、谥号、给子孙的恩例赠官统统收回；还要发冢斫棺，只因天子赵煦不许才作罢。章惇成了大奸臣。《宋史》的奸臣传里自然没漏掉章惇，不过，也没漏掉章惇私德，云章惇四个儿子都有学问、有本事，一个接一个进士及第，但只有最小的儿子在京都开封朝廷的清水衙门秘阁当了个管管国家书籍的校书郎，其他都只是州县小官，没一人显贵。个中的原因《宋史》讲得很清楚，是章惇“不肯以官爵私所亲”。这在中原王朝千年官场，都是很难能可贵的。

苏辙清楚，吕公著这句话捉到了章惇的错，帮了司马光的大忙，也帮了太皇太后高氏的大忙，要是章惇再嚣张下去，今日之事还真有点难收场。苏辙转身退朝的时候，最后望了小天子赵煦一眼，但见小天子仍旧一言不发地坐在御案后面，眼皮倒是开着，却像垂拱殿里什么事也没发生、发生了也什么都没看到一样，沉默着，沉默得像个小男孩的塑像。太皇太后高氏过来，拉起他的手，小天子才像个不听话的犯了事的孩子，跟着太皇太后高氏，向殿后走去。

苏辙望着小天子赵煦的背影，心中有个鲜明而又奇特的感觉：小天子赵煦是个有主见、有耐性的孩子，目光里有种性情受到很大压抑的郁闷和怨愤，一旦亲政后，这种郁闷和怨愤爆发出来，一定叫人害怕。苏辙的这种感觉真灵验。三年后，太皇太后高氏问小天子赵煦：每日这么多大臣来奏事，你怎么不说一句话呢？小天子发作了一次：“娘娘已处分，俾臣道何语？”顶得太皇太后高氏哑口无言。九年后，亲政的赵煦对召回京的章惇等人说出了真相：“每大臣奏事，但决于太皇太后，朕每日只见其臀背。”这就太不把小天子放在眼里，说重点是无礼于上。不过，章惇却因每奏事都面朝小天子，拣到大便宜。

今日京都开封天气好，向阳一面带着湿气的树枝，用不了几天就要长出嫩绿的新芽。叽叽喳喳的鸟雀在街的两边跳着、叫着，让人有种新春来临的骚动之感。

第一〇六章　左仆射上奏疏五日废免役　大才子言百姓人人赞募民

元祐元年的春天即将过完，暮春三月的一天，满天低垂的乌云几乎压着皇城宫殿的阙楼，倾盆大雨随时要倒下来，给人一种不祥之感。翰林院大学士兼侍读韩维一人在御膳堂最里面的一个角落里吃朝食。今日，韩维急着要去门下省找司马光，不想有人打扰他，耽搁他的时间。司马光没在御膳堂吃朝食，太皇太后高氏特许他的朝食由御膳房的太监送到门下省去。这年正月下旬，章惇与司马光在垂拱殿大吵了一场，朝廷发生很大变化。那日司马光的脸面是丢尽了，但官却更大了，当上了尚书左仆射兼门下侍郎。一句话把章惇嚣张气焰打下去的吕公著，则当上尚书右仆射兼中书侍郎。章惇被赶出了京都开封。接着李定、舒亶、王广廉、林英也都被贬到外地为官，朝廷里的新法派可说是给一网打尽了。国是将变的步伐加快了。太皇太后高氏对司马光的话无有不听，凡是司马光说的，没有不准奏的。司马光益发不要命地工作，昨日又上奏章，限五日内废除免役法，复行差役旧法。京都开封整个官场都给震动了，也都吓坏了，都以为司马光疯了。新法不是说废就废得了的，五日时间也太短了。这中间有多少事要做。朝廷要配备好下去督查的众多官员，地方官府要组织好衙门里的人会同都副保正、大保长、保长去施行，这些人不吃、不喝、不睡，一日十二个时辰不停地干，也完不成。再说五日内把天子的诏令传到天下二十三路州县也是绝对做不到的。最快的黑字牌急脚递把诏令送到最远的边关，少说也得十日。再说，免役法其实比差役法好，非不良之法。韩维真不明白，像司马光这么少见的精明人，怎么会首先拿免役法开刀，且限五日内废除，做出这等糊涂事来。

韩维急坏了。韩维想赶在诏令发下去之前，劝劝司马光。韩维快吃完朝食时，隔着几张饭桌，见苏轼三口两口扒完朝食，就急匆匆向御膳堂门口走去。韩维知道苏轼也是急着要去门下省衙门劝司马光的。要是以前，韩维会邀苏轼一道去。韩维很喜欢苏轼这个人的“真”。先帝赵顼驾崩之前，苏轼是真的反对新法，弄得新法派对他恨之入骨。先帝赵顼驾崩后，又因他真的反对尽除新法，弄得旧派的人对他很是不满。在官场，许多人都左右逢源。早年人多附王安石，现在人多附司马光。所随不同，为随则一：谁得势就随谁。苏轼则是左右不讨好，不愿“随”，也“随”不来。本来与苏轼同去见司马光，两人同劝司马光更有力些。但，昨日韩维听已当上入内内侍省都都知的高全福说，太皇太后高氏有点苏轼为翰林院大学士的意思。说句实在话，韩维早就认为大才子苏轼这个昔年被先帝仁宗看好的“太平宰相”该进翰林院。既然太皇太后高氏有这个意思，事情就好办多了，可以肯定地说司马光不会反对，其他人更不会说反话。然而，今日苏轼去见司马光，肯定会兜底把自己的心里真话都说出来。司马光肯定受不了。不错，司马光是本朝公认的天下第一正人君子，圣洁、公正、清廉、俭朴、博学、寡欲，但近来却变得狂躁、凶狠、固执、偏狭和易怒。要是司马光对苏轼有什么不满，苏轼这个翰林学士就当不成了。苏轼千万不能错过这个升迁的机会，进了翰林院就有了入门下中书当宰执大臣的台阶。韩维认为苏轼有王佐之大才，堪大用；要是错过这个机会，就可惜了。再说，苏轼今年四十九岁，虚岁上半百了，到了天命之年，再不进翰林院，就别想当宰执大臣了。

韩维碗里的剩饭不想吃了，忙丢下筷子，急急忙忙出了御膳堂大门，去追苏轼。韩维还在御膳堂门槛里，就听见外面一片嘈杂的喧闹声；一出御膳堂，就见御膳堂门外平台上满是人，东一堆，西一伙。韩维仔细一听，这些人在议论免役法、差役法什么的。这不奇怪，此时京都开封官场最让人感兴趣的话题就是五日内尽废免役法之事。韩维四处张望着，却不见苏轼。韩维赶紧下丹墀，在丹墀下面，发现自己左手的袖子给人抓住了。何人如此无礼。韩维回头一看，高兴得叫了起来：“子瞻！”

苏子瞻苏轼站在韩维面前，倒指责起韩维：“大学士刚才何故怕鬼似的往前走？”

韩维不好意思地笑笑，望了望平台，但见平台上还一伙伙的人在那里议论着什么。韩维不想扯这些毫无意思，又不是三言两语能说清楚之事：“子瞻，我倒要问你，你吃完朝食，一出御膳堂，我追出来，怎么就不见你的人影？”

苏轼：“别提了，轼一出御膳堂，一伙人就围过来，质问轼：为何忘恩负义，一回到朝廷就处处跟司马相公作对？跟君实有不同意见，就是忘恩负义？如果与天子有不同意见，岂不是要篡位谋反？岂有此理！真正的岂有此理！”

韩维宽慰苏轼：“别生气，你入朝为官并非一日，岂不知道官场就这个样子：大事小事都提到纪纲上去说。”

苏轼点了点头：“这个君实先生，十五年在洛阳闭口不谈朝政，一谈起朝政来，就尽废新法，就五日内把免役法除掉。这样的大事，应该多听听众人的意见，然后拿出个好办法来才是。——走，我们一道去见君实！”

韩维不肯，但又不便说出真正的理由。太皇太后高氏有点苏轼为翰林院大学士的意思，毕竟是天机，岂可随便说得。韩维只是说：“子瞻就不用去了，你一说起朝政上的事来，就江河奔泻，不管人家受得了还是受不了。”

苏轼笑了起来：“大学士，君实是什么人？真正的君子！心胸比海还阔，君实不会受不了的，相反会很高兴的。走！走！走！我们快点走！”

韩维不肯抬起脚：“你今日一定听我的。”

苏轼抬起头来，怪怪地望着韩维，过了一会：“大学士不愿同轼去见君实，那轼一人去。”说完，就甩开膀子往前走去。

韩维知道，今日自己怎么也拦不住苏轼，只好与苏轼一道往前走去。二人走得很急，天气说不上热，但韩维感到头上却冒了汗。去门下省，要经过乌府衙门。韩维心里有点后悔：不该经过这地方。自己无所谓，苏轼经过这地方心里就不免有种伤感了。七年前，乌台诗案发生，苏轼就是在乌府台监狱吃了一百三十天的牢饭。旧地重游，总会使人生出无限感慨。苏轼重来此地，恐怕无限感慨之外，还会有许多的怨恨和伤痛。韩维忙往一条岔路走去，想把苏轼引过去，然后绕过乌府衙门。韩维在岔路上没走几步，却见苏轼对着乌府衙门那边喊：“资深！信道！”

资深是李定的字，信道是舒亶的字。韩维开始吃了一惊，以为出了什么事，不由得转过脸朝乌府衙门那边望去，但见乌府衙门出来二人：一是李定，一是舒亶。这二人后天就要离开京都开封，今日想必是来乌府衙门办理卸任交盘事宜。韩维看到，李定、舒亶受惊似的返身往乌府衙门躲去。苏轼边小跑着边喊：“轼有要紧的话对你们说。”

韩维看到，李定、舒亶越发拼命地往乌府衙门躲。这不难理解。在乌台诗案中，主审苏轼的就是李定、舒亶。二人虽未栽赃陷害苏轼，但也没为苏轼说过半句公道话，弄得苏轼在乌府监狱吃了那么多苦苟活着，人格几乎丧失殆尽，老命也差点丢掉，以至于现在许多人把苏轼在乌府监狱所遭之罪都算在李定、舒亶身上。韩维觉得，把账都算在李定、舒亶身上，确实有点冤。然而，不管怎么说，在乌台诗案中，李定、舒亶是有负苏轼的，乍一碰上，当然羞面见苏轼。

韩维看到，李定、舒亶已经上了乌府衙门的台阶，再有几步就要上乌府衙门的平台了。然而，苏轼还在后面小跑着，大有不追上不罢休的味道。韩维不明白苏轼到底有何要紧的话对李定、舒亶说。韩维与苏轼的交往，非一日两日，清楚苏轼很容易原谅人，再深的宿怨，过些日子就忘了；回京都开封以来，自己也从未听到苏轼对李定、舒亶有过什么怨言。韩维感到，苏轼不像去找他们算账。

韩维想叫住苏轼。此时，李定和舒亶已上了平台，然后苏轼几个快步，也上了平台。韩维看到，李定和舒亶已躲无可躲，只好停下。韩维怕他们吵闹起来。李定和舒亶是运去失势的人，无所谓，吵几句，也不可能把他们的官籍去掉；苏轼正时来运转，吵起来就有失气度，要是有人把这事捅出去，就要影响当翰林院学士了。

韩维赶紧转身跟了过去。在上台阶时看到，苏轼对李定和舒亶正客气地拱手行礼。李定和舒亶先是一僵，不过没多久也躬身回了礼。韩维这才放心了。韩维也上了平台，不过还是有点担心。在乌台诗案中，到底李定和舒亶是乌府台掌门人，端坐在文案后提审苏轼；苏轼是阶下囚，跪在地下听候发落。今日他们碰在一起，多有尴尬不便。韩维看到，苏轼是一脸的坦然平和，并无半点要找李定和舒亶算账的意思。李定和舒亶的脸却涨红了，很有点不自在，都一脸疑惑和戒备的神色。这一来，苏轼也有点拘束起来。本来此时三人该好好叙叙话，却都像傻子似的怔怔地站着。韩维注意到，三人都想说什么，却都不知说什么才好；都想热情点，却热情不起来；都想笑一笑，却笑不出来。后来，苏轼到底勉强笑了笑。李定、舒亶也笑了笑，但这二人实在不是什么笑，都只是撇了撇嘴唇，拉了拉嘴角的肌肉，看去却像是在哭。

韩维感到，自己这一生还从来没见过苏轼与李定、舒亶在一起这么尴尬、这么难堪，而又令人感到可笑却又笑不出来的场面。韩维觉得，苏轼今日此举实属自作多情。不管怎么说，一方是乌府衙门主审官，一方是被审的阶下囚，双方碰在一起，要说不尴尬、不难堪是不可能的。本来李定、舒亶完全没有与苏轼相见的意思，苏轼不去理他们，各走各的路，都相安无事，什么尴尬、难堪都没有。然而，苏轼却硬要去与他们相见，这不是自作多情、没事找事、自找没趣是什么。

韩维很想帮苏轼打破这种尴尬难堪场面，但一下子也不找不到什么好法子。乌府台有几个在台阶上走上走下的吏员都不由得侧过脸去，很是怪怪地望了他们一眼。少说过了半炷香工夫，苏轼才神色如常，一脸顺乎天性的率真望着李定、舒亶。李定、舒亶大概看出苏轼对他们并无半点恶意，不是去找他们的麻烦，脸色平静了下来。不过，此时韩维却听到苏轼说："黄州那地方真好，让轼开了眼界。"

韩维没想到苏轼会说出这样的话来，好像他不是去黄州落难，倒是去黄州游弋寻乐。韩维注意到，李定和舒亶都惊得像木头人一样，半日不动一下。韩维心里清楚，苏轼在黄州落难的四年里，对新法的态度确实发生了叫人难以置信的变化，竟由原来对新法牢骚满腹、百般挑剔变成了喜爱起新法来。韩维看到，李定和舒亶很是莫名其妙地望着苏轼。

苏轼则一脸的安泰，且无半点讨好、半点机诈、半点做作地对李定和舒亶说："轼以前写的那些诗文，确实不该，不怪你们审我。"

韩维发现，李定、舒亶先是一脸的错愕，张开的嘴半日合不拢，后是脸上都有了一种复杂的表情，怪怪地望着苏轼。不过，没过多久，李定、舒亶脸色如常了。李定一脸的厚貌，笑着对苏轼据实以言："那年头无论谁写了那些诗文，李某都会判他个毁谤罪。"

韩维没想到李定会这么回答苏轼的话。不管怎么说，现在看来，苏轼诗文中那些冷嘲热讽的牢骚话并非全然无理。如今见面了，总该说点道歉的话，但李定却不仅无半点认错的意思，还觉得做得满有理。不过，叫韩维感到更为奇怪的是，苏轼对这点毫不介意，只是哈哈一笑："那是当然。"

舒亶说得更是坦率："舒某还在乌府台，还会这么判的。"

苏轼："要是现在还碰到不孝子，你肯定还会一刀把他杀了。"

苏轼说完后哈哈一笑。韩维看到，李定和舒亶都跟着笑了起来。韩维也笑了。韩维觉得，李定和舒亶的笑，是一种因苏轼并未记仇而感到放松的笑。苏轼的笑，是一种开朗大度的笑。自己的笑，则是一种因苏轼与李定、舒亶总算没吵起来的谢天谢地的笑。有道是相逢一笑泯恩仇，此时此处的气氛竟热了起来。乌府台有几个上下台阶的吏员都不由得侧过脸去，怪怪地望着他们，似乎不明白这几个人站在乌府台平台边上傻笑为的是哪一般。接着苏轼与李定、舒亶还很友好地攀谈起来。约莫谈了一盏茶工夫，韩维提醒苏轼：该走了。苏轼这才与李定、舒亶相互道别，匆匆离去。

韩维注意到，苏轼脸上有种如释重负的欢快，好像不是李定、舒亶有负于他，倒像是他欠了他们什么债没还清一样。下了乌府台台阶，苏轼对韩维说："今日总算把心里要说的话对李定、舒亶说了，要不就没机会了。"

韩维知道苏轼乌台诗案那一劫是躲不过的。但，这里面绝对不存在苏轼对不住李定、舒亶的地方。韩维对苏轼说："你是个好人。"

苏轼："换了别人在乌府台，也会那样审轼的，李定、舒亶为的是新法。"

韩维没想到，苏轼竟然说起李定的好话来。韩维也想起李定的好处："有意思得很，李定在子瞻定案后，在崇政殿门外对乌府台同僚说：'苏轼乃奇才也。'吓得同僚都不敢出声，赶紧躲得远远的。"

不多一会，韩维与苏轼上气不接下气地赶到门下省。韩维看到，门下省衙门里乱哄哄的，显得忙碌不堪。吏员都发狂似的来而复去，去而复来。有个吏员急急忙忙往衙门里跑，差点把路上一个人撞倒。有个吏员不小心掉了份文书，赶忙弯下腰去拾起来，然后小跑着赶上前去。有个吏员的靴子掉了，赶紧把脚伸进去，然后边走边把靴子的后跟拔上来。

韩维在门下省衙门庭院的这头，见庭院那头站着一伙京官，站在中间的是诉理所提举张怀古。诉理所是个临时办事机构，借了门下省十来间房子理事。韩维看到，张怀古站在人群中间，洋洋得意，口若悬河，高谈阔论，周围的人则都用一种敬佩讨好的目光望着他。韩维听到张怀古在说："开什么玩笑，司马相公说话不算数？司马相公何许人，能掐会算的诸葛亮再世！司马相公说五日内尽废免役法，肯定能做到。听司马相公的话没错，日后就是功臣，加官进爵少得了你？不听就滚！司马相公要做的事，你抵挡得了吗？"

韩维看到，张怀古好像自己就是司马光，冲到一人面前，吓得那人往后连退了五六步，仿佛不后退就是挡了司马相公的道，就死定了。众人都附和着张怀古，哄笑了起来。

韩维看到，张怀古那伙人中有人发现了苏轼，指着这边："大才子！大才子！"

不过，张怀古那伙人中却不见有人过来，大都只是朝这边望望而已，就又撇过脸去，装着没看到苏轼。韩维记得，苏轼刚回京那阵，京都开封官场上的人只要看到苏轼，就会热情而又巴结地围过来，听他妙语连珠的俏皮话，笑不可支。然而，今日却冷淡多了。韩维心里明白，此时的苏轼非刚回京的苏轼。彼时的苏轼，朝野上下都把他看成反新法的大英雄；此时的苏轼，却因为常说新法的好话，弄得人家都对他敬而远之，不回避他就算是很给他面子了。韩维心中有数，苏轼此时实际上成了两边不讨好的人。

韩维看了看身旁的苏轼，但见苏轼并不在意人们对他的热和冷，脸色如常。韩维与苏轼一直往前面的大堂走去，没想到张怀古在喊他和苏轼："二位大人，你们是司马相公的老友。你们说说，五日内尽废免役法行不行？"

本来韩维与苏轼来这里就是要跟司马光谈谈这个问题，但韩维不想在这里跟张怀古谈这事。韩维对张怀古的印象不好。此人完全是靠司马光的提携发迹的。韩维觉得，跟这种人岂能有什么国是好谈？韩维看到，苏轼用手指了指大堂里，意思是告诉张怀古：他和苏轼要到里面去找司马光。苏轼也不愿意在这里耽搁时间。

张怀古倒也不勉强，脸上且掠过一丝傲慢的神情。韩维是个明白人，知道此时的张怀古与他刚去诉理所走马上任时不同。那时，张怀古对自己和苏轼这班人还是很恭敬的，不敢怠慢坐大，且把自己和苏轼看成马上就会得到大用的人；现在，张怀古自然不会怠慢自己和苏轼，却未必会那么恭敬了，张怀古很快转过身去，对那伙京官挥了挥手："都回去！都回去！做好五日内尽废免役法的准备，谁也不准阳奉阴违，莫负我司马相公一片好心。"

韩维与苏轼几乎小跑着往大堂里走去。二人过大堂，经中堂，出后堂，直奔司马光值房。在院落的这头，韩维看见，今日司马光值房与往日不同，房门大开，远远地就见房间里满是人，但里面静悄悄的，未进值房就有种沉闷的感觉。韩维清楚，从前的司马光的值房，气氛说不上热烈、欢腾，但和谐、轻松。不过，这种沉闷死寂的气氛不自今日始，司马光去年五月入京当上门下侍郎以来，司马光值房气氛就开始沉闷起来。此时的司马光越来越听不入别人的话。再好的话，司马光都不理，要不就把奸邪这个罪名压过来。不少人给司马光气得发昏，吓得发抖。韩维感到，自己与苏轼今日恐怕很难劝得动司马光。在距司马光值房少说五六丈远的地方，韩维听到里面传来范纯仁的声音："差役一事，尤当商议成熟而缓行，不然，平头百姓要遭殃。"

韩维觉得，范纯仁有其父范仲淹之风，其心中正，不偏不倚，包容大度。从前，他因反新法被贬出朝廷，却没有说过半句王安石的坏话。今日，他并不因自己从前反对过新法，就睁眼把新法贬得一无是处。特别值得一提的是，范纯仁与司马光是儿女亲家，却并不附和司马光。韩维注意到，范纯仁说完这话后，值房里就又静了下去。韩维清楚，这并不表明值房里的人都赞同范纯仁的意见，恰恰相反，这表明范纯仁的意见没人听。韩维发现，苏轼更是兴奋起来，大步往司马光值房走去，边走边说："尧夫，言之有理！言之有理！"

尧夫是范纯仁的字。韩维很喜欢苏轼这种口无遮拦、有话就说的性子，但同时又觉得苏轼这下要坏他自己的事。韩维跑了起来，想赶到苏轼前面，把苏轼拦住，告诉苏轼：今日之事，以他为主，苏轼在旁边帮帮腔就行了。

快到值房门口，司马光静悄悄的值房里又传来范纯仁的声音："公这样做，是封住人家的嘴，不让人说话耳。如果纯仁是欲媚公，专说好话取得公的欢悦，何如年轻时迎合安石，早就富贵了！"

韩维心中有数，范纯仁说的都是实话。在苏轼走到值房门口时，韩维已赶上了苏轼，正要伸手去拉苏轼的袖子，苏轼一个转身，把韩维伸出的手拨开了。韩维还想把手伸出去，苏轼已进了司马光的值房。

韩维很是无奈地摇了摇头。韩维是个明白人，知道苏轼有话不让他说，就是要他的命。韩维看到，值房里尽是人。司马光佝偻着的身子一动不动地坐在文案前，那张满是皱纹和老年斑的皮包着骨头的脸，像往日一样显得圣洁、凝重、肃然。冯京坐在司马光旁边，板着个脸孔，不见往日的温文尔雅。范纯仁站在窗口，挺着大肚子，一脸我心如秤、不为人低昂的表情。其他人都默默地站着，一脸唯司马光马首是瞻的神色。

韩维发现，他和苏轼进值房时，司马光、冯京、范纯仁和其他人都默默地望着他和苏轼，却没一人跟他们打招呼。韩维和苏轼往前挤了挤，前面的人往两边让了让。韩维与苏轼在离司马光不远的地方站着。司马光值房里一片死寂。苏轼正要开口说话，司马光突然瞪起那双视力不好的眼睛对众人说：“现在怎么办？”

韩维看到，司马光说这句话时，摆出了一副凶恶的面孔。众人都吃了一惊，就是范纯仁也感到事态严重，脸色也骤然变得肃然起来。苏轼却对这些浑然不觉，只顾把自己心里要说的话说出去：“轼说几句：吾侪新法之初，辄守偏见，至有异同之论。虽此心耿耿，归于忧国，而所言差谬，少有中理者。今圣德日新，众化大成，回视向之所执，益觉疏矣。若变志易守，以求仕途进取，轼还不敢这样做；若像以前那样没完没了地吵吵嚷嚷，则忧患无穷期矣。”

韩维看到，司马光值房里的许多人惊呆了。苏轼这番话，不啻是篇忏悔书。从前的苏轼对新法可说是势不两立，朝野上下没谁像他那样无时无刻不挑新法的毛病。然而，今日的苏轼却坦言过去对新法的指责少有中理的地方，且随着时间的推移对疏漏的地方也感到越来越多。过了一会，冯京才一脸疑惑地望着苏轼，很有点不相信刚才的话是苏轼说的。司马光注视着苏轼，张着的嘴还半开着。范纯仁低着头沉思着，一脸不以苏轼的话为怪的神情。其余的人都惊得不知怎么才好，只是专注地望着司马光。

韩维觉得，苏轼这番话很精彩，但也太不合时宜了。现在不是熙元年间，那时新法大行其道，颂扬新法不仅在官场能飞黄腾达，要风得风，要雨得雨，仕途无限。现在是元祐年了，国是将变，要恢复旧法，再说新法的好话，就遭人嫌。特别是司马光在场，这么说岂不是存心跟他过不去？韩维想从前朝掌故、贤臣政绩入手，劝劝司马光。其实庆历嘉祐年间的名士大都看到了大宋王朝的弊端，常患法之不变。就是司马光也曾给先帝英宗上过《论衙前札子》，谈到农人因衙前役弄得许多富户家破人亡的境况。然而，司马光怎么现在要五日内尽废免役法，重启衙前役呢？谈谈当年之事，司马光接受起来会顺当些。

不过，韩维正想开口，苏轼却先说了：“说到差役、免役，各有利害。免役之害，在于掊克民财，弄得平头百姓十室九空，敛聚于上而下有钱荒之患。差役之害，民四季常在为官府服役，不得专力于农，而贪吏猾胥得以上下其手、狼狈为奸。这两个法令对平头百姓的危害，轻重其实差不多。”

苏轼的这番话，并未说到差役、免役之利，只是对差役、免役之害各打了五十板。但，韩维很清楚，在当下的官场上，这也是为朝廷所不见容的离经叛道之论。韩维看到，范纯仁是一脸的悦色，冯京的脸色却难看起来，其余的人多是一脸的气愤，司马光虽然仍旧一脸的圣洁、一脸的凝重、一脸的肃然，却多了层一脸的不快。过了一会，司马光那双视力不好的眼睛冷冷地望着苏轼："你认为哪个法好呢？"

苏轼不假思索，冲口而出："得其人，免役法好。黄州后来的太守吕由庚，力行免役法，黄州平头百姓无有不大受其益，无有不拊掌欢迎。说起吕由庚，还是昔年御史中丞吕诲的儿子，老子反新法，儿子却行新法。诸位说，新法好不好？"

苏轼这番话很精彩，但更糟了。韩维发现，此时司马光值房里的气氛变得古怪而又奇妙起来。苏轼拿吕诲之子吕由庚说事，很能服人，谁敢说不是？但，这话岂是司马光值房里每个人都愿意听到的？冯京一脸的莫名其妙，一脸的不爽。范纯仁依然一脸悦色。其余的人一脸的气愤之外，还一脸的茫然。司马光的脸色再也圣洁、凝重、肃然不起来，不快的神情已有点悻悻然地意思，嘴边两撇稀疏的胡须一掀，骂起人来："逆子！逆子！吕诲忠耿刚正，声名昭著于天下后世，不知碰上什么戾气，养出这么个附丽奸邪的逆子，竟然力行邪法。不晓得这个逆子将有何面目在九泉之下去见其家父！"

司马光动怒了。司马光值房里的气氛严重起来。此时，值房门外进来一人。韩维一看，是张怀古。张怀古站在值房门口。不用说，张怀古肯定有什么要紧之事禀报司马光。这下急坏了韩维，更急坏了苏轼。苏轼不等张怀古向司马光开口，赶紧又滔滔不绝起来："非也！非也！相反吕诲会为儿子感到骄傲。法相因而事易成，事有渐则民不惊。三代之法，兵农为一，至秦始分为二，及唐中叶，尽变府兵为长征之卒。自尔以来，民不知兵，兵不知农，农出谷帛以养兵，兵出性命以卫农，天下便之。虽圣人复起，不能变也。今免役之法，实大类此。公欲骤罢免役而行差役，正如罢长征而复民兵，盖未易也。"

韩维发现，司马光值房里许多人惊呆得像泥塑人一样了。韩维觉得，苏轼这番话比前番话更精彩。到底是名满天下的大才子，说出的话就是不一样。苏轼从夏、商、周三代说起，一直说到宋代，七纵八横，信手拈来，头头是道，可说是满腹经纶，有一种使人感到震惊骇异的力量。但，韩维十分清楚，苏轼这番话更犯忌了，也更显得不合时宜。问题就出在苏轼的七纵八横的满腹经纶上。普天之下，谁不知道司马光是大宋百年令人望尘莫及的大学问家，几千年中原王朝史倒背如流，用得着你苏轼在他面前唠叨什么三代、唐中叶的？你苏轼也太猖狂、太无知、太可笑、太班门弄斧了。

韩维看到，温文尔雅的冯京一脸的不爽，且显出了愠色。司马光脸色有点怪，很有点对苏轼的话不屑一听的神情。范纯仁脸色平静，却也难掩为苏轼担心之情。其余人则满脸义愤填膺起来。张怀古简直气得要揍人，把自己禀报司马光之事也忘了，往苏轼面前挤去，像跟苏轼有什么前世的生死冤仇一样，辞色俱厉地对苏轼说："苏大人，张某现在还叫你'苏大人'。——不许你这样跟司马相公说话！"

韩维感到司马光值房里的气氛变得更为严重而又滑稽起来。韩维觉得要是张怀古不来，苏轼把话说完了，值房里也就风平浪静了。但张怀古来了，就坏事了，司马光值房里更要热闹起来。韩维很清楚，苏轼的话再不合司马光的胃口，司马光再愤然，也不至于跟苏轼吵起来。冯京自然会不高兴，但不会去跟苏轼争什么。范纯仁与苏轼的意见多有相合之处，就更不会有什么口角了。然而，张怀古像有生死冤仇一样，辞色俱厉地对着苏轼，其余的人自然不会放过这个向司马光表忠心的机会，肯定要辞色俱厉地口诛苏轼。苏轼也就难保不与这些人争起来。

韩维注意到，司马光脸色竟由阴转晴且更加圣洁起来，冯京温文尔雅的脸上现出了令人感到和暖之色，其余的人脸上有种幸灾乐祸的喜庆之色。范纯仁则皱起眉头，很厌恶地望了张怀古一眼。不过，韩维很快明白过来，司马光、冯京和其余的人脸上出现叫人感到不可思议的表情，是因为他们感到司马光值房里来了张怀古这么个敢跟苏轼叫板的人，司马光的处境要好多了。韩维清楚，张怀古这种人正经本事没有，但投机取巧的本事却比谁都强。此人昔年完全靠投靠司马光发迹，今日肯定又要靠捍卫司马光在官场上的地位而爬得更高。韩维很讨厌地望了望张怀古，同时注意到苏轼气坏了，气呼呼地对着张怀古。苏轼正要开口，张怀古却又往苏轼面前移了半步，不让苏轼开口："你有完没完？"

苏轼才懒得理张怀古。张怀古这种不学无术之徒根本不屑一顾。苏轼只是对司马光放胆直言："轼不是说新法尽善尽美，但完全可以逐步完善。黄州吕太守规定贷青苗钱的人自请保人，这办法就好得很：青苗钱就贷给了真正的农户，泼皮无赖一文钱也贷不到。吕太守对免役法也有好办法，就是豪户的家产如实计算，按规定交纳免役钱，平头百姓家就不用多交免役钱了。免役法中的弊端自然少多了。”

韩维觉得吕诲的儿子吕由庚的这些办法确实是行之有效的好办法。韩维看到，司马光的脸挂不住了，不过却还是尽量克制着。冯京又现出了一脸的愠色。范纯仁脸色虽然平静，但为苏轼担心之情也更加鲜明。其余的人都一脸随时准备跟苏轼交锋的神情。张怀古往苏轼面前又移了半步，凶相毕露地打断苏轼的话：“你太恶毒了！你太嚣张了！”

苏轼对司马光说：“先帝以天纵之才，行大有为之志；在位二十年，其所设施，度越前古；中外府库，无不充衍；州州县县，各有蓄积。盖有百世而不可改者矣！”

韩维感到，苏轼此番话与昔年的“护法善神”吕惠卿、“传法沙门”韩绛无异。司马光值房里的人都像看怪物一样望着苏轼。司马光瞪着那双视力不好的眼睛望着苏轼，好像不认得苏轼。冯京上上下下打量着苏轼，好像不把苏轼看穿就不把目光移开苏轼一样。就是范纯仁对苏轼也一脸刮目相待的神色，觉得完全不能用老眼光看苏轼了。其余的人已义愤填膺，一个个对着苏轼怒目而视。张怀古更是愤怒到了极点，对苏轼一脸的蔑视。韩维同样觉得苏轼换了一个人，简直就是个王安石。韩维同时很有点为王安石可惜起来，要是当年大用苏轼，新法肯定会搞得更好一点。韩维同时感到，苏轼进不了翰林院了，即使太皇太后高氏要让苏轼进翰林院也进不了。韩维感到可惜的是，自己无力把太皇太后高氏的意思告诉苏轼。不过，韩维立即否定了这点。苏轼就是晓得了太皇太后高氏的意思，也不会关住那张嘴，不到两眼一闭、两脚一蹬，他那张嘴是永远关不住的。

韩维注意到，张怀古再往苏轼面前移了半步，已靠近苏轼的身子了，大有一口生吞苏轼之势：“你苏轼想跟司马相公争高下吗？”

苏轼气得两手发抖，再不理张怀古是不行的了：“轼已半截入土，犹争高下乎？”

韩维真担心张怀古要对苏轼动起手来。这个昔年在京都开封坊间混日子的穷秀才做得出此等之事。那时司马光值房里不仅不好看，且难收场。韩维看到，冯京、范纯仁一脸的紧张和担心之色。司马光也显得多少有点尴尬、难堪和无奈。韩维与范纯仁的目光对接了一下，二人赶紧插在张怀古与苏轼中间。此时冯京扶起司马光，往值房外走去。苏轼离开张怀古，往值房门口挤去：“君实，你别走，轼的话还没说完。”

韩维看到，司马光值房里的人都有点觉得苏轼是不是神经出了什么毛病。冯京温文尔雅的脸上现出了怒色。范纯仁脸上现出有点责怪苏轼的神情。其余的人已忍无可忍，脸上有种准备跟苏轼一战到底的表情。司马光值房里的气氛十分紧张。此时张怀古忽然往值房门口挤去。韩维吓坏了，不知张怀古意欲何为。张怀古挤到司马光面前："学生该死，在这里一急一气，差点把正事忘了，刚才吕相公派人来说，他在政事堂等相公议事。"

韩维这才松了口气。吕相公指的是尚书右仆射兼中书侍郎吕公著。这个张怀古，要是刚进值房里就说此事，司马光早离开值房了，苏轼那些不该说的话也就没法说出。韩维看到，司马光没责怪张怀古的意思，相反还很有点赏识意味地望了望张怀古。

这场热闹总算结束了。张怀古一伙人十分小心地簇拥着司马光出了值房。值房里只剩下韩维、范纯仁和苏轼。韩维冒出一个叫他有点奇怪、有点好笑的想法：当初，苏轼那么卖力反对新法，甚至到了瞎说的地步，许多人为他叫好；如今他不过给司马光提了点意见，其实意见是对的，怎么人们对他这样冷若冰霜？

出了值房，韩维、范纯仁向门下省衙门右边的一条路走去。二人走了十来丈远，韩维发现苏轼没跟上来，回头一看，见苏轼一人在通往政事堂的路上走。韩维很是奇怪，政事堂是宰执大臣议事的地方，你苏轼去干什么？韩维转身快步走到苏轼跟前，用手指了指右边的路："往那边走。"

苏轼："轼还有句话非跟君实说不可。"

韩维心里苦笑起来。苏轼今日的话说得已够多了。这些话，已经给他自己添了许多麻烦，再说下去，真不知还要给自己添些什么麻烦。韩维觉得该给苏轼一点暗示了："子瞻，许多人都盼你进翰林院。这个时候少说为妙，有些话要说，告诉维，让维说出去。"

苏轼的眼睛里亮着一种在他毅然要做一件事时才有的叫人敬畏的目光："不行！要是轼有话不能为朝廷直言，宁可不进翰林院！"

韩维感到，苏轼心里其实知道太皇太后高氏有点他当翰林学士的意思。苏轼太大才子气了。不过，韩维在为苏轼感到惋惜的同时，也感到苏轼是朝中真正难得的读书人。官场多少人只要能升官，什么卑鄙无耻、不要脸之事不做？不让说话这样的委屈算什么。然而，苏轼却宁可不升官，也不让自己受委屈，非要把自己心里要说的话说出去。

范纯仁从右边的路上过来："子瞻就这么个人，就让他把那句话跟君实说个当面。"

韩维觉得自己是无论如何也拦不住苏轼了，提了一个条件："你说完话就走。"

苏轼答应了。韩维、范纯仁和苏轼往政事堂走去。走到政事堂门口，韩维看到，政事堂里司马光与吕公著在文案两边相对而坐。吕公著有点疑惑地抬起头来望着政事堂门口，司马光一脸的气愤中多少有点惊慌。苏轼还在门槛外就对司马光说："昔韩公刺陕西义勇，公为谏官，争之甚力。韩公不乐，公亦不顾。岂今日作相，不许轼尽言耶？"

韩维与范纯仁站在门外。韩维很清楚司马光这段掌故。昔年老相公韩琦为防止士卒开小差，要在陕西厢兵脸上刺字染墨，司马光给韩琦谏言，认为这对士卒是种羞辱，不可为之。二人争得很激烈。韩琦很不高兴，然而司马光就是要争，一直争到韩琦接受意见。司马光这段掌故给他带来不小的声誉，但今日司马光却把这点全丢在脑后。韩维觉得，苏轼这句话以司马光之矛，攻司马光之盾，让司马光自打耳光，叫司马光无话可说。

韩维看到，司马光很是狼狈难堪了，那张皮把面骨包着的脸涨得通红，没有血色的嘴唇抖动了几下，视力不好的眼睛鼓了起来。司马光这回真给苏轼逼到了梧鼠技穷、无计可施的窘境之中。不知为什么，韩维竟可怜起司马光来了。说起来，司马光之所以这么固执，为的是朝廷。范纯仁的目光里也有了一种同情的目光。吕公著开始有点莫名其妙，后来就有点对苏轼生起气来。

韩维感到，政事堂里有种说不清的怪诞气氛。苏轼说完这句话，果真就不再说什么了，只是在等司马光回句话。韩维觉得，司马光就算是对苏轼的意见一概拒收，但至少得承认自己有口不对心、气量不足之处。不过，没过一会，一件怪事出来了。韩维看到，司马光并未对苏轼怎么样，相反脸渐渐圣洁、凝重、肃然起来。再过一会，司马光那张只一层皮的脸竟然拉出一丝很勉强、很大度的笑容，不过就是什么话也不说。韩维明白了，司马光现在是以不变应万变。不管外面的人怎么叫、怎么喊，他司马光都懒得睬你，就是什么话也不说。只要能尽废新法，特别是五日内尽除免役法，这个目的达到了，狼狈归狼狈，难堪归难堪，就是丢脸又何妨，你们这些人的话全当是放屁。

韩维看到，苏轼气得脸色都变青了，眼睛睁得大大的，鼻翼翕动着，牙齿也好像在咬得吱嘎响。不过，苏轼无语。韩维目顾了一下范纯仁，然后便与范纯仁一道，一人拉着苏轼一只手，离开政事堂。韩维回头望了下政事堂内，但见司马光、吕公著都一动不动地坐着，就像刚才什么事也没发生一样。

韩维对苏轼很是放心不下，与范纯仁一道把苏轼送回家。满天低垂的乌云压着京都开封高楼的屋顶。苏轼一个人气呼呼地在前面走，韩维、范纯仁在后面跟。苏轼走得快，韩维、范纯仁有点跟不上。韩维从后面望过去，苏轼好像是一路顶着满天的乌云回家。

韩维、范纯仁跟在苏轼后面进了苏轼的宅第。韩维看到，苏轼一进门，就一边脱衣服，一边大声道："司马牛！司马牛！"

韩维清楚，苏轼把司马光比作王安石一样的拗相公。苏轼这句话把家里人吓坏了。韩维看到，王夫人、朝云和好几个佣人、丫环全从里屋出来。韩维忙给王夫人解释。王夫人低声对苏轼说："你这张嘴，什么时候改得了。你是中书舍人，对朝廷政事何必多讲呢！"

韩维看到，苏轼又一脸的正气起来，好像王夫人是司马光，正色道："轼不想把这张嘴改了。把新法都废了，天下平头百姓怎么活，大宋江山社稷怎么办！"

韩维觉得，苏轼这张嘴还真少不得，要是朝廷里有几十、上百张苏轼这样的嘴，大宋王朝还真无敌于四夷。王夫人吓得赶紧闭上嘴，不出声了。朝云低声对王夫人说："老爷这张嘴就是这样不合时宜。一切随缘，该怎么说就怎么说。"

韩维看到，一件奇事出现了，苏轼一脸喜色地望着朝云："还是朝云识我心。"

韩维一惊，明白了缘何不纳妾的苏轼要纳朝云为妾。王夫人笑了。朝云一脸娇羞。苏轼宅第里溢满了欢快的气氛。

韩维的猜测一点都不错。几天后，太皇太后高氏向司马光提出，让苏轼当翰林学士，司马光就是死死不出声。太皇太后高氏只好作罢，直到这年九月司马光去世，苏轼才如愿以偿，当上侍读翰林学士，不过不到一年就离开了翰林院。

韩维觉得苏轼换了一个人，简直就是个王安石。一点也没错。苏轼去世二十九年后出生的南宋那位对新法抱有很深成见的朱熹老先生也看到这一点："东坡初年若得用，未必其患不甚于荆公。"苏轼确实是个未能施其志、展其才的王安石。

元祐元年三月暮春的这天晚上，京都开封下了一夜百年未遇的大雨。大雨把御街都浸了，弄得上十万人被困在水中。

第一○七章　曾布坚拒拟文忤逆司马相　蔡京暗邀奇功走红大宋朝

今日是五日内尽废免役法最为关键的一天。昨日，司马相公曾给前不久召回京都开封的曾布下了一纸谕令：草拟五日内尽废免役法的文告。这日一早，提举张怀古在诉理所打了一转后，就赶紧到门下省堂厨那里去。司马相公病了，堂厨在给司马相公熬药。张怀古虽然不是门下省衙门里的吏员，但现在成了门下省衙门最忙的人，门下省衙门大小杂务事都由他包了。好在诉理所现在的事不多，熙元年间的冤案差不多都昭雪了，贬到地方的人也差不多都召回京都开封来了。堂厨正好把司马相公要吃的药熬好。张怀古便叫一个杂役把药罐放到提篮里，然后便领着杂役往司马相公值房走去。

张怀古出了后堂过道，就大气不敢出一下，蹑手蹑脚走着。跟在身后的那个杂役，一手拎着提篮的耳，一手托着提篮的底，脚走得更轻。在后堂过道进进出出的吏员也都大气不敢出一下，老远就露出一脸对张怀古巴结的笑容。这些日子司马相公够累够烦的了，日理万机，不舍昼夜，打搅了司马相公可不是件小事。

前面就是司马相公的值房。张怀古清楚，司马相公的病，其实是昨日给苏轼气成的。苏轼实在太不像话，在司马相公面前指手画脚，胡言乱语一气，根本不把司马相公放在眼里。司马相公海一样的宽阔胸怀，不以苏轼计较，还满脸笑容，真个是宰相肚里能撑船，然而，苏轼还得寸进尺，竟追到政事堂里闹，非要逼得司马相公听他的不可。司马相公哪经得了昨日苏轼那样没完没了的胡搅蛮缠，回到府第里就病倒了。太皇太后高氏听说司马相公病倒了，赶紧派来太医给司马相看病，还到御药房抓了药。昨日晚上司马相公吃了一剂，精神好了些，令人崇敬的司马相公一早就又赶到门下省衙门来视事，把药带到衙门里来熬。此时谁要吵得司马相公不得安宁，还是个人吗?

昨日下了一夜的大雨，连御街都浸了水。今日一早，日头就从京都开封东边城墙上空的云层里钻了出来。不多一会，京都开封上空残存的乌云一扫而光，青天湛湛，白色的日头闪耀着一圈奇异的银色光芒。从前，张怀古对苏轼是相当敬慕的，把苏轼看成是日后要在朝廷柄国的人，认为苏轼要多显赫就有多显赫，现在却很是看不起苏轼。这个苏轼没什么了不起的，不是个东西。那么大的罪，又是先帝神宗钦定的，不是司马相公帮你翻得了身？然而，这个苏轼反恩将仇报，处处跟司马相公作对。这是人做的事吗？什么大才子，狗屁不如！苏轼的好日子到头了，这一百多天的牢白坐了。张怀古以前不明白，苏轼这么个名满天下的大才子，怎么会说出那么多糊涂话，做出那么多糊涂事；现在他弄懂了，这是因为苏轼书读多了，写诗文写多了，把人弄累了，弄糊涂了，弄得连简单的事理都不懂。

张怀古与杂役好不容易来到司马相公值房门前不远处，看到司马相公值房门关着，听到里面有轻声细语："熙元旧臣，多巧言令色、行为卑鄙小人，他日这些小人以父子义间上，则祸作矣。"

张怀古知道，里面的人说的是司马相公"以母改子"这件事。说话的人担心日后新法派里那些巧言令色、行为卑鄙小人，以"子三年不改父道"之义离间皇上，司马相公就会大祸临头了。轻声细语声刚落，值房门开了。张怀古看到，司马光值房里有两人：一个是坐在文案后面的司马相公，一个是有着一脸焦虑神色、过来开门的冯京。张怀古虽然没有功名，但在体察世态人情上还是很精明的。当今朝野上下，司马相公的声望如日中天，但在朝廷百官里，真正能心心不异的就文彦博、吕公著、冯京几个人。原本志同道合，又是儿女亲家的范纯仁与司马相公在朝政上多有不合，只不过范纯仁不会像苏轼那样不顾司马相公的脸面大声争吵。苏辙大概受了其兄苏轼的影响，在废除新法，特别是在五日内尽废免役法上也跟司马相公意见相左。就是冯京，虽然都同意把新法全废除掉，但对五日内尽废免役法还是觉得急了点。司马相公有事多与冯京商量商量，完全在情理之中。

张怀古看到，司马相公一夜之间又瘦了许多，那双视力不好的眼睛在眼眶里陷得更深了，那层包在脸骨上的满是皱纹和老年斑的干皮一点血色也没有，白得像张纸。值房的文案上堆着两大摞天下二十三路州县送上来的牒文。右手一边厚一些，那是还来不及作批的；左手一边薄一些，显然是一早就批过了的。司马相公一点也不回避张怀古，声音很弱，却一脸正色地望着冯京："天若祚宗社，必无此事。——以母改子，这也是先帝的本意。"

张怀古看到，冯京不出声了，在司马相公旁边的一把交椅上坐下。张怀古感到，冯京虽然也是个书读得很多的人，却不像苏轼那么糊涂。司马相公稍稍点破，立即就想通了。张怀古很是巴结地对冯京笑了笑。杂役把提篮放在文案上走了。张怀古打开提篮，从里面端出一只瓦罐来，然后把里面的药汁筛到一只蓝边瓷碗里。碗里有淡淡的热气升起，值房里弥漫着一股药味。不过，司马相公却迟迟不喝，一手指着那摞牒文，对张怀古说："曾大人来了，赶紧领到这里来。老朽今日还有这么厚的牒文等着批，其他人一概不见。"

张怀古没有立即起身。今日他一定要看到司马相公把药吃下去了，才会离开这间值房。张怀古看到，冯京很动情地对司马光说："君实，大宋百废待兴的担子就落在你肩上，只有你才有旋乾转坤之力，你务必以诸葛亮食少事烦为戒，快把药吃了。"

张怀古很是敬佩，也很是得意地望了望冯京。张怀古想起自己昨日在门下省衙门庭院里，面对一伙京官也把司马相公比作诸葛亮，没料到自己的看法竟与冯京这么一致，真乃天下英雄所见略同。冯京何许人？"三元及第"的状元，大宋百年才三个。冯京是三分天下有其一，这得了吗？张怀古心里不由得有点神气起来。不过，张怀古看到，司马相公并未端起碗，只是闭起那双视力不好的眼睛，慢慢地、无奈地，也是一脸看破人世万事万物的表情："死生，命也。"

张怀古感到自己的眼泪要流出来了。司马相公为朝廷可说是操碎了心，人都瘦得不成人形了，朝中许多有良心的臣子都担心司马相公命不长了；然而，司马相公对自己的生命一点也不放在心上。张怀古感到，司马相公不把那摞厚的牒文批完，是不会吃药的了。司马相公要是不吃药，这身子怎么支撑得下去！情急之下，张怀古"卟"地跪在司马光面前，当场落泪，饮泣痛哭，伤心处自己禁不住哽咽起来。张怀古眼睛上面的余光看到，司马光、冯京都惊住了，不知自己为何跪在司马相公面前痛哭。其实自己的目的很简单，就是要司马相公把药吃下去："相公，你不为自己着想，也不为天下子民着想吗？"

张怀古眼睛上面的余光看到，司马相公这才伸出双手端起药碗："老朽吃，老朽吃。”

张怀古这才松了口气，站了起来，很幸福地看着司马相公把那碗药一口一口喝光，同时感到自己的眼睛也湿了。张怀古把碗和瓦罐一起放到提篮里，转身向值房门口走去。刚出值房门，张怀古看到门下省衙门的一个录事从后堂过来。张怀古忙对那个录事挥手，要录事回去。然而，那个录事还一直往这边走，脚步还挺大，嚓嚓地响着。张怀古气坏了，却又不敢大声说话，急得直跺脚。那个录事浑然不知，仍旧往这边回来。到了张怀古身边，录事告诉张怀古：“曾布曾学士要见司马相公。”

张怀古这才无话可说。张怀古知道，曾布是送文告来了。张怀古觉得，较之于苏轼，曾布更讨人嫌。曾布是前些日子昭雪后召回京都开封来的。朝中许多人都认为，在召回京都开封朝廷里来的人之中，曾布是最不该召进京来的人。曾布有何雪可昭？有何冤可洗？当年此人是王安石新法派里的红人，官至翰林学士兼三司使，起草过免役法，在行新法中所出之力不在吕惠卿之下。不错，熙宁七年曾布与吕惠卿狗咬狗，斗得你死我活，得罪了吕惠卿，结果被贬到地方当官，十多年来没谁想到过他。曾布能召回京都开封朝廷来，全亏了司马相公帮他说话。司马相公力排众议，秉公办事，说此次进人退人就一个标准：凡进一人，必熙元之所退之人；凡退一人，必熙元之所进之人。曾布是熙宁七年贬退出去的，自然可召回来。曾布就这样回到京都开封朝廷，且官位不小，当上了翰林学士兼户部尚书，比苏轼的官大多了。张怀古赶紧去接曾布。张怀古的脚刚抬起，值房里传来司马相公的声音：“曾布曾学士来了？快快有请。”

张怀古清楚，司马相公急着见曾布，是因为司马相公要曾布草拟一个五日内尽废免役法文告。不过，对这样一件大事，张怀古总觉得交给曾布去做不合适。说句心里话，张怀古不喜欢曾布。曾布这个人不识好歹，无情无义。曾布昭雪之事，是张怀古亲自操办的。不错，司马相公是曾布最大的恩人，但他张怀古总算是个出了力的操办人吧？天下事少不得大恩人，但也少不得操办人。有道是世事无常，操办人要是敷衍拖延一下，要办之事就办不下去，这种事多得不可胜数。按说，曾布总该感谢一下张怀古，少说见面也要客气一下。文彦博、吕公著、韩维这样的元老大臣，见到自己也是笑脸相迎，就是从来不把谁放在眼里的大才子苏轼在自己面前也要笑一笑。然而，曾布连这点人之常情都没有，见面一个笑脸都没有，好像非召他回京不可，不然就欠了他什么一样。怪不得此人与同党吕惠卿都吵翻了天，弄得水火不相容。

张怀古觉得不能耽搁曾布的时间，走到后堂过道口，那里出来一人，正是曾布。录事离去了。张怀古转身引着曾布向司马相公值房走去。曾布走进值房时，张怀古在门口看到，司马相公双手撑着官帽椅的扶手，想站起来跟曾布行礼，但身体太虚，站不起来，好在冯京伸手过去扶了下，司马相公才站起来。张怀古感到，司马相公给曾布的面子够大的了。不过，曾布在司马相公面前态度还算恭敬，先给了司马相公一个长揖礼。司马相公拱手回过礼后，请曾布在对面一把交椅上坐下。

张怀古有点担心曾布对司马相公会有什么不恭，弄得司马相公不快，到了值房门口，并未离去。司马相公也未叫张怀古离去，张怀古便走进值房里，在冯京对面站着。四人正好摆成四方形，都能看清面前的三人。张怀古清楚，以往那些被召回京都开封来的人，只要一进值房的门，便一脸的感激、兴奋、欢快，谁都有一肚子话争着对司马相公说。张怀古看到，司马相公脸上现出了喜色，冯京也很高兴，曾布却一脸的平常之色。

约莫过了半炷香工夫。按说，曾布此时要把草拟的文告拿出来，呈交给司马相公。然而，曾布却不仅不把草拟的文告拿出来交差，还一脸不亢不卑的神色，什么话也未说。张怀古有种不对劲的感觉：曾布恐怕不是来交差的，说不定是来与司马相公吵架的。司马相公值房里的气氛有点冷清。不过，司马相公对曾布脸上的表情很不在意，一脸的关心，问候宽慰曾布："子宣这些年来在边远的地方当官，辛苦你了，也委屈你了。"

司马相公这句话虽是客套，但在张怀古的印象中，回京的人中从未有过不先对司马相公千恩万谢，反要司马相公先对他客套的。然而，曾布一点也不领情，只不冷不热地道："在边远的地方当官也有好处，能知道天下更多的事。"

张怀古心里很不是味起来。司马相公对新法派那边的人从来是半点情面都不讲的，也从来毫不手软，却不知为何把曾布这个在新法派那边走红运的人看得这么起，不仅把他召回京都开封朝廷，且把草拟五日内尽废免役法这样重要的文告交给他去写。司马相公的谕令发出前，张怀古提醒过司马相公。司马相公莫测高深地笑笑，说让曾布草拟这个文告，比谁草拟的都作用大。张怀古明白司马相公的用意：曾布草拟过免役法，现在让他亲手废掉免役法，这叫以毒攻毒，一箭双雕：既封住了现在对五日内尽废免役法说三道四的人的嘴，更叫新法派那边的人难堪。司马相公的想法固然好，但曾布不像是个会这么做的人。张怀古觉得，曾布这回又要像苏轼昨日那样，把司马相公气个半死。司马相公度量大，仍旧一脸和悦："家可安下了？有何困难跟张提举说一声就行了。"

曾布仍旧一点也不领情，不冷不热地道："这些年来，布四处为官，迁家之事上的各种麻烦都经验过了，难不倒布。"

张怀古有点来气了，觉得这个曾布有点抬杠的味道。司马相公对曾布太好了，也太软了，其实对曾布这种人不能太好了。张怀古以前在京都开封坊间当穷秀才时，见过不少贱骨头之人：好好待他，他却自以为了不得，反拿翘，戏弄嘲笑你，不把你当人；对他恶，把他当狗使唤，不听话就狠狠地揍，他在你面前反比什么都乖，处处看你脸色行事，服帖得不得了。张怀古看到，司马相公多少有点尴尬，脸色也有点涨红了。冯京脸色阴了下去，明显地觉得曾布的话有点听不入耳。张怀古真想好好教训教训曾布，不许他用这种口气跟大恩人司马相公说话。张怀古望着司马相公，只要司马相公用眼皮发个话，张怀古绝对会很不客气地对曾布说上几句狠话。不过，张怀古失望得很，司马相公却像没发现他在等发话，眼皮根本没抬一下，只是一脸平静地望着曾布。冯京脸上神色倒有点挂不住了："子宣，君实为你昭雪和召回京都开封之事，是费了许多心思，做了很大努力才办成的。"

张怀古心里叫了声：好！冯京的话明显告诉曾布：你曾布千万不能喝水忘了打井人，做出忘恩负义之事来。张怀古看了下曾布的表情，但见曾布一脸无动于衷。过了一会，曾布竟说出忘恩负义之话来："布无雪可昭，此时也不是特别想回到京都开封来。"

曾布这就有点不识抬举了。张怀古以为，如果说苏轼是糊涂，那么曾布就是根子上坏了。张怀古实在看不得曾布这个鬼样子，顾不得那么多礼规不礼规、唐突不唐突了，只想曾布赶紧把草拟的文告拿出来，让曾布快点走人："学士大人，文告写好了？"

张怀古看到，司马相公并不觉得自己的话有什么唐突的地方，相反脸上有种默认的神情。冯京脸上有种快意，似乎觉得张怀古说出了他心中所想说却又未便说出来的话。曾布怔了一下，脸上现出一种受了冒犯而心存不快的表情。张怀古觉得自己达到了目的。张怀古就是要这样刺下曾布。不多一会，曾布慷慨激昂、肆无忌惮地说起来：“布不明白：免役法只是对豪强兼并之家不利，实则于民有利。特别是上等民户，不用服衙前役，听到免役法都欢呼散去；国家好处明显，得到大宗役钱，除了开销，数目不小的钱都进了国库。以熙宁六年为例，役钱总收入是一千零四十多万贯，总支出是六百四十多万贯，盈余四成，达到四百万贯。这免役法何罪之有！”

这个曾布，越来越放肆，越来越不像话了，就是苏轼也没能在司马相公面前这个样子。张怀古看到，司马相公的脸都气青了，有口痰涌上来，把喉咙也堵了，连咳了好几声才止住。从来温文尔雅的冯京很气愤地望着曾布。张怀古觉得，不能再让曾布大放厥词了，厉声道：“曾布，不准在相公值房里胡言乱语，忤逆司马相公！废除新法，上合天意，下合民心，又得到太皇太后、皇上的支持，岂是螳螂挡得住的。天下真没见过你这样不识抬举的人，相公好心好意为你昭雪，把你召回京都开封来，岂是为了让你来气他？晓得你是个这样的人，张某真不该给你操办昭雪回京之事。”

张怀古看到，司马相公气色稍解，冯京的脸色稍好看了一点，都有点觉得张怀古为他们出了口恶气的意思。曾布瞪了张怀古一眼：“这么看来，你们的昭雪，非为朝廷，只是快意恩仇，想给谁办就给谁办，不想给谁办就不给谁办，做的是江湖买卖？”

张怀古自知刚才失言，给曾布钻了空子，给司马相公添了麻烦。不过，张怀古看到，司马相公并无责怪他的意思，怒色对着曾布。冯京很不客气地望着曾布：“子宣，你把文告拿出来。”

张怀古觉得冯京这句话说得好，免得曾布再在这里唠唠叨叨烦人。曾布没有回答冯京的话，只用左手伸到右手的袖子里去。不用说，曾布在袖子里取文告。张怀古注意到，司马相公的脸上现出了喜色，冯京的脸色也和悦起来。司马相公和冯京都是君子，只要在朝廷大事上想到一处，不会计较个人之间的龃龉，耿怀于个人之间的不快。

张怀古看到，曾布从袖子里把一张纸取出来时，司马相公和冯京都目瞪口呆了。曾布取出的那张纸，竟是司马相公给曾布下的那道谕令。曾布生怕别人没看清，还提起来在空中不屑地抖了抖，才放在司马相公面前的文案上，算是还给了司马相公。

冯京似乎不完全相信眼前发生的这一切是真的，还有点疑惑地望着曾布，声音也有点不那么连贯："没……写……？"

张怀古也希望刚才发生的这一切不是真的。要是曾布真的拒写文告，不仅会极大地伤害司马相公，而且会影响五日内尽废免役法这件大事。但曾布拿翘了，并不急着回答冯京的话，又拿腔作势了一番，慢慢地道："免役一事，法令上每个细小地方的文字都出自布之手，若令改易，义不可为！"

张怀古看到，曾布说完这些话，就转身朝司马相公值房门口走去，出了门，便头也不回地扬长而去。曾布走出没多久，张怀古猛看到司马相公站了起来，脸涨得通红，视力不好的眼睛里闪着凶恶的目光，然后伸手把文案上的提篮扫了下去。提篮在地上滚了滚，最后斜倒在地上，溅了一地的瓦罐和碗的碎片。张怀古从未见司马相公发过这么大的脾气。张怀古清楚，司马相公曾被章惇敲点得老脸皮丢尽，后来又给苏轼的一番话弄得面红耳赤，现在这个根本不识抬举、无情无义的曾布，让司马相公受到的羞辱，可以说是平生从来没遇到过的，丢人之难堪，莫此为甚。

值房里有种叫人心惊肉跳的死寂。冯京很是气愤，很是气丧，却没出声。张怀古则义愤填膺，焦虑万分，又不知如何是好，更不敢出声，心里很是不平：司马相公怎么尽遇到不知恩图报、书读多了的呆子。张怀古注意到，此时司马相公木头一样坐在文案后面，那张平日没有血色的脸涨得像猪肝那样紫红，视力不好的眼睛有点茫然，牙齿脱得差不多的嘴巴紧闭着，不过噘起的嘴表明司马相公对要做的事丝毫没有动摇的意思。

录事又来了，向冯京禀告：枢密院河北房副承旨有要事禀报冯京。冯京不想让河北房副承旨到司马相公值房来，跟司马相公打了个招呼，说马上回来，就从值房里出去了。值房里只剩下司马相公和张怀古。值房里还那么死寂，但心神有种自在适意的味道。还在洛阳《资治通鉴》书局时，每日繁重的工作之余，张怀古总一人陪司马相公坐在独乐院农舍里。司马相公难得说句话，张怀古也难得说句话，就这么枯坐着，但二人却觉得此中有真趣，无比安闲舒适。今日张怀古与司马相公也这么无言地坐着。少说过了两炷香工夫，张怀古看到，司马相公那双视力不好的眼睛睁开了，嘴里喃喃低语："十五年……到时间了……"

张怀古很清楚，司马相公身上总有种让人感到摸不透的东西。张怀古很惊奇地抬起眼睛，久久望着司马相公。司马相公这句话，张怀古在洛阳时听过一次。先帝神宗驾崩的噩耗传到洛阳的中午，张怀古去司马相公书房里陪司马相公午休。司马相公躺在竹椅上，双目紧闭，似睡非睡、似醒非醒，喃喃低语，说了句怪怪的话："十五年……到时间了……"

张怀古开始以为司马相公是说他在世之日无多，后来一想，便觉得不对。今日是张怀古第二次听到司马相公说这句话。说句实在话，张怀古第一次听到此话时并不在意。他现在明白这句话里面的意思了。司马相公这句话，不是很清楚地表明司马相公十五年来闭口不言朝政，其实是在等着先帝神宗驾崩这一日的到来吗？张怀古感到震惊，出了身冷汗，手脚发凉。当然，张怀古清楚，天下无人不知，司马相公是本朝最忠心的臣子。司马相公这句话的本意其实是说，要废除万恶的新法非得等到先帝神宗驾崩，先帝神宗在位时谁也做不到。这本是句很实在的话，但要是传出去，给熙元奸邪小人听到了，司马相公就死定了，跳到黄河也说不清。张怀古看到，司马相公的双眼睁开了，仿佛觉得有什么不妥，吃惊地问他说了什么。张怀古不是那种落井下石、见利忘义、卖主求荣、寡廉鲜耻的小人。张怀古不敢说实话，只说什么都没听到。司马相公这才张开牙齿差不多脱光的嘴，放心地笑了。张怀古感到天下事有许多说不清道不明的地方，真的是冥冥中似乎有只神秘的手在拨弄着。张怀古听人说，当年为了行新法，王安石在地方官位置上耐心等待了一二十年，为的是等到位大有为之君来到朝廷。如今为了废新法，司马光在洛阳等了十五年，为的是等这位大有为之君驾崩。奇乎？怪乎？玄乎？有趣乎？

冯京很快回来了，告诉司马相公：河北房副承旨问，熙元年间大宋攻占的兰会等地以及建立的塞门、葭芦、浮图、米脂等堡寨，要不要还给西夏。张怀古觉得河北房副承旨的这一问，实在是多此一举。这些人真是伙酒囊饭袋，这样简单的问题也要左问右问。不错，这些地方居高临下、宅险遏冲，然而正因为如此，西夏人岂能坐视不管？大宋守之何用？再说，这些地方本来就是西夏的，皆边将希功赏，欺罔朝廷，攻占得来的，还给西夏人有何不可？大宋以仁德治国，厚道一些，西夏人岂有不服大宋之理？如若不然，西夏人兴兵犯边，岂不是又要血流成河，如何了得？这事本是司马相公深谋远虑定下来的，太皇太后下了懿旨，还用得着左禀报，右禀报？

司马相公又是一阵气恼，脸都有点气歪了。张怀古真是不明白，司马相公现在是朝廷里威望最高的人，所做之事还会有错吗？没有什么再犹豫的，赶紧去办就是！冯京忙说：“君实放心，冯某已命河北房副承旨十日内赶到西北，务必把此事办妥。”

张怀古看到，司马相公很满意地点了点头。过了一会，司马相公一脸的痛苦、一脸的忧戚，长长叹了口气：“谁也不知道我会活多久，再也没有时间可以坐失了。”

张怀古清楚，这其实是司马相公躬亲庶务、不舍昼夜、欲以身殉社稷的原因。司马相公又对自己挥了挥手，要自己到外面去做该做的事。张怀古知道，司马相公要与冯京在值房里好好商定下一步怎么办之事，特别是文告上的事要定下来。但，张怀古实在不愿此时离开司马相公。此时司马相公的气虽然消了一点，但心中的怒火还很盛，要是又碰到什么不顺之事，再发次大脾气，身子出现什么闪失，这如何是好。

张怀古看到，冯京给他打了个目语，也是要他出去。张怀古这才很不情愿地退出了值房。张怀古觉得自己的当务之急，是赶紧到门下省衙门大门口去，把住大门：非门下省衙门里的人，一律不让进来。张怀古出了大堂，刚上庭院甬道，见录事又从萧墙那边匆匆转过来。张怀古猜：一定又是什么人要见司马相公。张怀古不等录事过来，就说：“叫他回去，就说相公今日谁也不见。”

录事仍旧往这边走来，边说：“开封府知府蔡京蔡大人要见相公。”

张怀古好生奇怪，与司马相公素无往来的蔡京要见司马相公干什么？张怀古清楚，蔡京在京都开封的名声不太好，许多人都说这个人不地道，专投上官之所好。张怀古不这么看。在官场上不投上官之所好，难道专投下官之所好不成？投上官之所好，也不是那么容易的：要恰到好处，这样才能成事。蔡京就有这个本事：所投之好正中上官下怀，且总能成事。去年十月初十，张怀古在醉春楼跟蔡京见过一面，也觉得此人能力强、会办事。不过，朝中不少人有点鄙视蔡京，怕跟他来往，觉得这人高深莫测，谲诡多端，太危险。既然如此，张怀古觉得还是不让蔡京进去为好：“管他是菜知府，还是饭知府，都不让进。”

录事：“蔡知府说，有大事要见相公，误了拿小的是问。”

张怀古觉得这个录事太窝囊了。在朝廷里，是司马相公的官大，还是蔡京的官大？再说，你是门下省的录事，又不是开封府的录事；司马相公的大事你千万误不得，蔡京的那些破大事误了也就误了。你大胆把蔡京挡回去就是，怕他作甚。不过，录事转身才抬起脚，张怀古又把他喊住，弄得录事赶紧把抬起的脚缩回来，转过身，一脸疑惑地望着张怀古。有道是无事不登三宝殿，说不定蔡京真有什么大事要见司马相公。张怀古决定亲自到大门口去见一见蔡京。

张怀古赶到大门口，就见蔡京满脸堆笑地站在台阶下，跟门者聊天。开封知府三品，官不小了，却一点架子也没有，跟门者也有话可说。张怀古正要拱手时，蔡京却先对张怀古长揖而拜，然后一脸堆笑，很是谦恭、很是巴结地望着张怀古。张怀古觉得蔡京蔡知府真会做人，竟屈尊巴结起自己来。张怀古觉得很有点受宠若惊，同时又觉得很是受用。

蔡京很是谦卑："禀报提举大人，开封府五日不到，已尽废免役法。"

张怀古觉得晴天里听到一声霹雳，眼珠子半日没转一下。不用说，蔡京所说之事，简直天样大。司马相公正在为五日内尽废免役法之事一筹莫展。然而，蔡京却在开封府五日内尽把免役法废除了，这可是天下二十三路还无人做得到，也是无人敢想之事。张怀古上上下下打量了蔡京十多回，但见蔡京一脸的平静和肃然，没有半点开玩笑的意思。张怀古觉得，这事信也罢，不信也罢，得禀报司马相公。再说，这事如果是真的，是他去禀报司马相公的，他张怀古也可算是朝廷的一个大功臣。

张怀古二话不说，就急忙领着蔡京进了门下省衙门的大门，弄得门者都十分惊讶，也很怪怪地望着蔡京。张怀古在前，蔡京在后，穿庭院、经大堂、过二堂，到了后堂，出了过道，回头对蔡京做了个止步的动作，蔡京很明事理地把脚步停下。张怀古觉得这个人很好相处，一点不危险。

张怀古一人向司马相公值房走去。张怀古知道。司马相公正又气又烦，弄得不好，一听到蔡京这个名字，司马相公的无名孽火就要冒出来，弄得不好司马相公要把自己臭骂一顿。张怀古蹑手蹑脚、硬着头皮进了值房，然后带着一脸崇敬的笑意，小心地走到司马相公面前，低声说："蔡京——"

张怀古看到，一听到蔡京这个名字，司马相公的无名孽火果然冒了出来，大声吼道："谁叫你把蔡京带来的？这个奸人——快叫他滚！"

张怀古看到，吼过以后的司马相公拼命地咳起来，咳得额上直暴青筋，人都有点坐不住，气也有点喘不过来。张怀古吓着了，赶紧过去扶着司马相公，一手轻轻地拍着司马相公的背。在张怀古的记忆里，第一次看到司马相公吼人。张怀古又有点不想把蔡京之事向司马相公禀报了。过了一会，司马相公的气顺了，也不咳了。张怀古竟然还是赶紧把蔡京之事向司马相公禀报："蔡京说五日——"

张怀古看到，司马相公脾气更大了，连粗话也吼出来了："放他的狗屁！五日之事岂是他说了算的？我听够了这些人的胡说八道，什么五日太快了，本相公非五日内尽废免役法不可！——叫他有多远就滚多远！"

不过，此时张怀古未被吓着。张怀古明白，司马相公误解了蔡京。蔡京是给司马相公带来天大好消息的，但司马相公却以为蔡京是来跟他抬杠的。这怎么可能呢，蔡京不是专跟人抬杠的书呆子。张怀古感到，他万分崇敬的司马相公今日确实是失态了。要是不知道今日内情的人，见到司马相公这个样子，一定会觉得司马相公这面孔哪有一点本朝第一正人君子的样子。张怀古看到，冯京明白蔡京此时来见司马相公绝不是什么坏事。冯京给张怀古打了个目语。张怀古会意，赶紧从值房里出去。

张怀古出了值房，心里在想怎么回答蔡京。到了后堂过道，张怀古看到，蔡京很是耐心地在那里等着，一看到自己，脸上就堆起了笑容。张怀古不想把刚才值房里的事告诉蔡京，只是说："到诉理所鄙人值房里坐坐，喝杯茶。"

张怀古看到，蔡京还是很明事理地望了望自己，根本不想问一问这到底是怎么回事，只是一脸听从自己安排的神情，爽快地点了点头："喏。"

张怀古感到，蔡京这个人其实是个挺平和随意，挺好说话，挺好打交道的人。张怀古领着蔡京从后堂过道出去，再转个弯，顺着院墙就是诉理所。张怀古与蔡京刚出过道，正要转弯，冯京从司马相公值房里出来了。冯京一边向这边走来，一边向他们招手，要他们不要走。张怀古感到有好事来了。冯京到了张怀古、蔡京身边，细声轻语地道："相公要你们到值房里去。"在官吏面前，冯京总是用官职称呼司马相公。

张怀古多少有点奇怪地望了望冯京，用目光问司马相公缘何又叫他和蔡京到值房里去。冯京与张怀古的眼睛对接了一下，什么话也没说。张怀古知道，这是因为蔡京在场，多有不便。事后，冯京把原委告诉张怀古。冯京听出了张怀古话里的意思，觉得蔡京不像是来跟司马相公抬杠的，倒像是来献言献策的；张怀古出去后，司马相公的气慢慢消下去，猛然觉得自己对蔡京的态度不妥。此时冯京说去把蔡京叫来，司马相公没反对。

蔡京又是一脸堆笑，很是谦恭、很是巴结地望着冯京。张怀古觉得这个蔡京是个顺人，识时务，讨人欢喜，不像苏轼、曾布那么呆里呆气，总跟人反着来，讨人嫌。张怀古跟在冯京后面，蔡京跟张怀古后面，进了司马相公值房。

司马相公、冯京坐着，张怀古、蔡京站着。司马相公见了蔡京，虽然未像对待曾布那样关心、和悦，但也未像对待奸人那样一脸的憎恶，只用那双视力很不好的眼睛冷冷地望着蔡京。不过，蔡京仍是一脸堆笑，一脸崇敬、谦恭、巴结地望着司马相公。冯京、张怀古、蔡京都在等司马相公发声。然而，司马相公却迟迟不开口。

司马相公值房的气氛有点僵。少说过了半炷香工夫，司马相公还是不开口。张怀古有点犯急了，担心再这么下去，司马相公一挥手送客，蔡京就没说话的机会了。张怀古对蔡京打了个脸色，要他赶紧把开封五日尽废免役法之事说出来。然而，蔡京却装着没看到一样，仿佛一点也不担心这个机会会被错过。张怀古觉得奇怪了。刚才在大门口，蔡京迫不及待要把开封五日尽废免役法之事说出来，此时怎么不着急呢？这么看来，蔡京心机不浅，与官场上那些表面上神气活现、大声嚷嚷，实则浅薄愚蠢、遇事沉不住气的人不同。张怀古又望了望冯京。冯京一脸的恭顺，双唇紧闭，根本没有开口的意思。张怀古只得开口了："相公，蔡知府五日不到尽废免役法！"

张怀古注意到，司马相公视力很不好的眼睛竟闪闪发起亮来。这样的事，对司马相公来说，简直不啻天外传来的佳音。不过，司马相公的眼皮关了下来，显出一副根本不予理睬的神情。张怀古明白，这些日子为五日内尽废免役法闹得沸反盈天，更有曾布、苏轼这样的人公开跟司马相公抬杠，朝中真正相信五日内尽废免役法的并无多少人。然而，这个跟王安石有亲戚关系、名声很不好的蔡京居然五日内把这事做成了，这能叫人相信吗？天知道他今日来见司马相公带着什么用心。好在司马相公是个大君子，虽然不很相信蔡京真能把这事做成，但还是不去点破。

张怀古更犯急了："相公，学生说的是真话，不信你问蔡知府。"

司马相公的眼皮开了，又关了，不像刚才那样急切地想听到曾布的意见，有点装腔作势的味道。蔡京似乎看透了这一点，继续装着没看到一样，一点不着急。张怀古感到，司马相公与蔡京像在较劲。司马相公值房的气氛有点僵硬，还有点阴冷。少说过了一炷香工夫，司马相公眼皮开了："蔡知府，你是如何做到五日内尽废免役法的呢？"

张怀古看到，冯京一脸的肃然，专注地望着蔡京。司马相公的话点到要害处。要真做到五日内尽废免役法，没有比这点更重要的，现在就看蔡京怎么回答了。张怀古注意到，蔡京忽地对司马相公一个拱手，然后当仁不让地道："禀相公，托相公的福，在下以为，要做好此事，就一条：心要硬。五天前，在下把开封所辖十六县的县令召到开封府衙门里进行训迪：限五日内必须尽废免役法，做不到的就告老还乡。"

张怀古看到，司马相公、冯京惊呆了。这办法野蛮、粗暴、不近情理、不顾平头百姓的死活，有点发疯的味道。不过，想一想，这办法又是最行之有效的好办法。蔡京不是个只会迎合、讨好、巴结上官的等闲之辈，敢为天下先，是个能员，很能成事。司马相公大喜过望，像曾布进值房一样，双手撑着椅子的扶手，身体虽然太虚，这回却不用人扶，站了起来。司马相公对蔡京深深一拜："使人人奉法如君，何不可行之有！"

司马相公简直把蔡京捧上了天。司马相公回京以来，还无人得到过司马相公这样的赞赏。张怀古看到，蔡京受宠若惊，激动得语不成声，忙跪下给司马相公磕头。不过，叫张怀古奇怪的是，被吓坏的还有冯京："君实，你没糊涂吧？你没发疯吧？开封府这个做法，岂不是要逼良为娼？"

张怀古不这么看。张怀古觉得，司马相公一没糊涂，二没发疯，自始至终清醒得很。张怀古当年在京都开封当穷秀才时见得多：下面的人大都是驴子骨头，对他越好，越偷奸躲懒，时不时还要捉弄下主人；对他恶，时不时拿鞭子抽，便越怕你，越卖力做事。蔡京摸透了下面人的心理，要不然五日内怎么做到尽废免役法？

张怀古注意到，司马相公又一脸的圣洁、持正、谨言、慎行、包容、谦让，并不去跟冯京争辩什么，也不跟蔡京兜圈子了，很是欢喜、很是赏识，也很是感动地对蔡京说："君今日之功，不在禹下。君是本朝特别能干的人，今日发现君，不迟！不迟！"

蔡京很是真诚、很是坚定地对司马相公说："相公用得上蔡京，蔡京肝脑涂地，尽死不惜！"

张怀古感到，司马相公的感动里有种很重的杀机，蔡京的誓言里有种杀气腾腾的味道。司马相公、蔡京就像要同赴一场生死斗争，显现出一种肝胆相照的大丈夫气概。今日之事，说起来真够离奇不凡、波谲云诡。本来司马相公把五日内尽废免役法之事寄托在曾布身上，没想到曾布这个人不识抬举，不仅不感恩图报，反恩将仇报，数落了司马相公一番，差点没要了司马相公的命。然而，司马相公正山穷水尽时，没想到在开封官场被人所不齿、司马相公也多少有点鄙视的蔡京却帮了大忙，让司马相公柳暗花明，一下子竟找到了五日内尽废免役法之重臣。可以肯定地说，明日早朝，朝廷五日内尽废免役法的诏令就要出来，接着一个个新法被废的诏令也都要出来，万恶的新法埋进坟墓指日可待了。

张怀古看到，司马光一脸如愿以偿、可以无憾瞑目了的欣喜和满意之色。蔡京今日虽然被司马相公看得这么重，但很谦恭、很收敛，一点也不张扬。蔡京依旧只是一脸堆笑，一脸崇敬、谦恭、巴结地望着司马相公；就是对冯京、张怀古也无有半点怠慢，一样谦恭、巴结。张怀古现在不仅仅是喜欢蔡京，而且很是佩服起蔡京来。蔡京率先第一个在开封所辖十六县做到五日内尽废免役法，厥功甚伟，可说是彻底废除新法中的首功一件。这种惊天动地之举绝非凡夫俗子所能做得到的，需要过人的胆识，还需要过人的眼力。无须多久，蔡京这人就要轰动天下。不用说，今日最大的赢家是蔡京。当然也是蔡京运气好，得到司马相公这样的贤人特别赏识，为蔡京赢得了官场上极为宝贵的名望。这种人的官运谁挡得住？张怀古猜：这个蔡京是块当宰相的料，总有一天要打坐在门下中书省衙门里。

司马相公值房里洋溢着一种古怪的喜庆、激昂的气氛。时间过了巳牌，经过一个上午的折腾，司马相公感到十分疲惫，一点血色都没有的脸上显得更加苍白，坐在椅子上不愿动一下，累得要虚脱了。此时，门下省的那个录事出现在值房门口。张怀古看到，司马相公、冯京、蔡京都一脸的责怪和不快。这个录事好不晓事。司马相公都累成这个样子了，还拿事来烦他。冯京瞪着双眼：“相公要歇息，谁也不见！”

录事却不仅不离开，反进了值房：“文太尉文大人来了。”

文太尉就是文彦博，人们喜欢用熙宁年间文彦博的官职称呼他。张怀古看到，司马相公值房里的人都兴奋起来，就是司马相公也一脸的喜色，双手撑着交椅的扶手，要起身去接。司马相公到底太疲惫了，站不起来，张怀古、录事、蔡京、冯京赶紧上前，把司马相公搀扶起来。文彦博之来，很有点惊天动地的味道。文彦博四朝元老，任将相五十年，名闻四夷；现在又被太皇太后高氏看得重，命平章军国重事，朝政大事，无有不听他的意见的。既然如此，谁人敢不尊崇文彦博？

张怀古、录事、蔡京、冯京小心搀拥着司马相公出了值房。刚做过八十大寿的文彦博也由人搀扶着慢慢走过来。文彦博的背已经驼了，长须全白了，却在逼人的官威上平添了一种令人可敬的德高望重。文彦博嗓门还不错，在四五丈外就说："五日尽废免役法好哇。我说君实，五日还长了，顶多三日！"

司马相公最喜欢听的就是这句话，人也来了精神，好像不那么疲惫了，无须人搀，独自走到文彦博身边。值房门外的上面，湛湛青天没一丝云彩，犹如一块无边无际的巨大无比的蓝宝石盖在那里。白色的日头那圈银色光芒像锯齿一样铺展开来，不停地脉闪着。于是，整个天空就由青天和白日构成了一幅奇妙的图案。司马相公挽着文彦博的胳膊，张着脱光牙齿的嘴笑着。湛湛青天下耀眼的日光照着司马相公瘦削的笑脸，照着他张开的牙齿脱光了的嘴。

第一〇八章　新知府废免役更限三日期　老知府保百姓巧用短时印

滚滚长江到了江宁，汇集着无数江河小溪的流水，江面显得愈加开阔，水流却也宁静了下去，远远望去横无际涯，浩大的水势显得很凝重，发出低沉粗重的喘息声，水面如镜面一样泛着白光。江宁城外，钟山虎踞龙盘在长江之滨，显得格外雄伟险峻。两天前，朝廷五日内尽废免役法的诏令到了江宁府。比诏令晚一天到的是朝廷新差遣的江宁知府张怀古。原江宁知府吕嘉问被劾在市易司提举任上祸害天下，挟官府而为兼并之事，削官三秩，黜知阳军；连以前在市易司当差时受到奖赏的人也受到牵连，降职的降职，受罚的受罚。新上任的江宁知府张怀古厉害得很，人还在路上，就发出狠话：三日内尽废免役法，且允许官府衙门的人不必等他到任就可便宜行事。真个是风云变幻风浪起，荣枯贵贱如转丸。一时间，江宁府城内和所属的七县倒海翻江般乱了起来。

江宁府新知府张怀古走马上任的第二天，王安石的友人杨德逢去江宁府衙门里问个清楚：朝廷是五日内尽废免役法，到了江宁府是三日内尽废免役法，可真有其事？杨德逢心中有数，去年五月司马光当上门下侍郎后，江宁府城内和所属的七县衙门里的人就一脸国是将变的神色，王安石新法被废这一灾绝对躲不过。杨德逢很清楚，朝廷的朝政到了下面要层层加码。朝廷五日，府里四日，县里三日，乡里二日，村里就一日了。杨德逢感到，司马光确实是疯了，张怀古则更是疯得不能再疯了。王安石一生醉心新法，尤其免役法是王安石与先帝神宗当年呕心沥血创制的新法，是绝对不会有什么错的，又施行了十多年，岂是说废就废得了的？然而司马光偏偏先拿免役法开刀，且几日之内就要废掉，其用心实在令人费解。杨德逢担心王安石受不了。杨德逢此时去江宁府衙门，就是要把这件事问个清楚。如果真有此，杨德逢就想与俞清老、王安石的管家商量个对策：无论如何要把这事瞒着王安石，否则王安石身体要彻底垮掉。此外，杨德逢今日到江宁府衙门去，还因为昨日喻家庄来了十几个农人，那个曾把王安石骂得狗血淋头的老叟也在里面。这些农人听说新知府张怀古三日内尽废免役法，要王安石到江宁府衙门里说一声：新法不坏，免役法更好，因之新法不要废，免役法更不能除。喻家庄这十来个农人哪里知道，现在的朝廷不是过去的朝廷，王安石也不是过去的王安石。朝廷要废新法，张怀古要三日除免役法，其实全是对着王安石来的。王安石的话，现在官场上无人会买账，不仅不管用，反坏事。昨日，杨德逢正好在半山园，忙把喻家庄这十来个农人挡在前堂，不让到后面去见王安石；又要管家在谢公墩那边陪着王安石。要是让他们碰在一起，让三、五日尽废免役法之事传到王安石王相公耳里，会叫王安石受不了的了。当然，直接把王安石办不了这事告诉喻家庄农人，他们不会相信。“闹宅”事件之后，江宁府无人不知：王安石虽然罢了相，但天子对他的圣眷依旧很深很浓，是个还能在天子面前说得动话的人。王安石要为喻家庄农人说几句话，江宁府衙门里的人敢不买一点面子？杨德逢只好哄他们：王安石会友人去了，他会把他们的要求转告王安石。杨德逢当然没把喻家庄农人之事告诉王安石，只是决定自己亲自到江宁府衙门去一趟。

在离城门口少说有半里路远，杨德逢看到一拨一拨的人从自己身边向城门口跑去，就像江宁城里出了什么大事。此时，城门那头过来一人，是江宁府衙门里的左军判官，掌管江宁城内争斗及查问之事。杨德逢跟他熟识，此人平日见到杨德逢老远就拱手行礼。杨德逢便迎上前去，想问问城门口出了什么事。然而，此时这个左军判官却赶紧把脸撇过一边，与杨德逢擦肩而过，像根本不认得他一样。

杨德逢觉得又气又好笑。真个是人情似纸张张薄，世事如棋局局新。先帝神宗在位时，官府衙门的人对王安石很热情、巴结、讨好，世人对王安石有不尊的地方，官府衙门的人会去找他的麻烦；自己是王安石的友人，世人总有凑上来与自己客气一番的，官府衙门的人会对自己抬抬手，笑一笑，敷衍一下。然而，先帝神宗驾崩，司马光当上门下侍郎，这一切都一夜之间全没了。世人不来客气了，整日很难看到一个凑上前来的人影。江宁府衙门里的人，见到自己不再敷衍了，看到你就像没看到一样。到了元祐元年，凑上前来对自己客气的世人绝了种，江宁府衙门里的人爱理不理的，没板下脸来就算给了你天大的面子。本来，这倒没什么，杨德逢也不屑于跟这些人打交道。大路朝天，各走一边，无有来往，反干净自在些。然而，今日不行了，有道是人在屋檐下，不得不低头，为免役法之事，还得看一下江宁府衙门里的人的脸色。

走了段路，杨德逢看到城门外的墙根下围了许多人。不多一会，杨德逢到了城门外的墙根下，踮起脚，伸长颈，朝城墙望去，原来城墙上贴着江宁府的告示。告示上写得清清楚楚，确实限三日尽废免役法。不过，杨德逢总觉得这告示有点不对劲，细看上面未加盖江宁府官印。杨德逢听到身边有几个人在议论。

第一人说："免役法不是好好的吗？做甚废掉！"

第二人说："三日内废除免役法也太快了，平头百姓要亏死了！"

第三人说："这下衙门里的人、豪户强人又要吃人了！"

第四人说："朝廷里一定出了大奸臣！"

杨德逢看到，第四人的话刚说完，脸色立即给吓得变白了，且赶紧捂住嘴。另外三人惊惶地朝四处张望着，生怕旁边有衙门里的人听到第四人的话，把他们扭到衙门里去。杨德逢正这么想着，眼睛忽然睁大了。杨德逢看到一个一脸凶相的高大汉子从人群里挤过来，凶那四个发议论的人："你们是什么人？想吃牢饭是不是？告诉你们：当今朝廷是司马相公当国，王安石才是大奸臣！"

那四人吓得赶紧往一边溜去。杨德逢定睛一看，认得此人是离半山园不远的李家庄的李大强，此人虽不是衙门里的人，却是地方上人人都惧怕的豪户强人。李大强也认出了杨德逢，很神气地望着这边，不像那年"闹宅"时吓得死狗一样趴在地上，很放肆地放开嗓子对杨德逢道："你给王安石王相公带句话：我李大强会去拜会他的！"

别看李大强是个粗人，说起话来却阴刁，表面上对王安石还尊重，骨子里其实充满了横蛮和轻蔑。杨德逢气得手脚发抖。做过衙门小吏的杨德逢清楚，天下两种人很难办：一是官府衙门里的人，敲诈勒索，无所不为，人人都怕；一是地方的豪户强人，横行霸道，又很无赖，无人敢惹。这两种人勾通起来，上下其手，这地方就黑了天。李大强早跟衙门里的人有勾通，要不然那年"闹宅"就不会是李大强带路。新知府张怀古真要做到三日废掉免役法，岂能少得了李大强这种人？不过，李大强的话点醒了杨德逢。莫非李大强要去半山园找王安石的麻烦？这人发了昏是什么事都做得出来的。免役法之事已清楚了，无须去找衙门里的什么人。杨德逢不想在城门口跟李大强论什么长短。他现在急着要去找俞清老。杨德逢刚转身，感到有只手搭在自己肩上，回头一看，是俞清老站在自己面前。俞清老又骂起官来了："狗官，害人的狗官，五日、三日把免役法废掉，疯子才想得出！"

杨德逢很高兴，但同时又很警惕地望了望自己四周的人。还好，李大强离开了这里，也没看到衙门里的人，杨德逢这才放心。吕嘉问在江宁当知府，衙门里的人和李大强这样的人是不敢来找麻烦的。现在不同了，吕嘉问被贬黜了，新知府张怀古又是司马光的人，不要说俞清老，就是吕嘉问，衙门里的人和李大强这样的人也是不会放在眼里的。杨德逢觉得，自己的当务之急是与俞清老到半山园去。

俞清老："这些人对王相公不要太过分了，王相公现在是正一品高官！"

在县衙门当过小吏的杨德逢对官场的鬼把戏算是看透了。不错，先帝神宗驾崩后的那个月，朝廷诏观文殿大学士、集禧观使、特进、荆国公王安石为三公之一的司空，品秩由从一品升为正一品。然而，王安石的正一品，只是一种荣衔，一点事权也没有。要办点什么事，得看衙门里的人买不买面子。接着，又把无比崇敬王安石的吕嘉问贬出江宁府，要张怀古到江宁当知府。明眼人一看就知道，这为的是对付王安石，不让他过自在日子。

杨德逢十分气愤地说："王相公正一品高官，还不如一个衙役！"

俞清老又骂起官场来了："这样的官场，不如废掉好！"

杨德逢怪怪地望着俞清老。这个问题，杨德逢也想过，官场是废不掉的，骂没一点用。等俞清老骂完了，杨德逢把他在江宁府看到之事对俞清老说了一遍，便邀俞清老到半山园去。二人约定，不与王安石谈朝政，更不谈免役法。二人抄了条近路，往半山园赶去。此时本是暮春天气，却像暑天一样热。当空的日头放射出刺目的白光，两边青山林子里冒着白色的热气，山路上散落着片片残花。

杨德逢与俞清老一路上谈的都是免役法。他们不解的是，司马光是本朝学问最大、最有德行的天下第一正人君子，怎么会做出五日尽废免役法这种疯狂荒唐之事来。就算你昔年跟王安石不对劲，看在天下平头百姓份上，你也不该把新法全废掉，特别是不该这么快把免役法废掉；毕竟天下平头百姓从来没跟你司马光有过什么过节。这个司马光不怕日后落得个千古骂名吗？

半山园本来建在钟山与上元县东门之间的半山道上，周围是密密的松林，外无墙垣，四无人家，很是清静。此时王安石的夫人吴氏已经谢世，新来的两个丫环也回老家去了，半山园就显得更加清静。不过，今日半山园却静得有点怪。往日的半山园总有王安石的读书声从屋后的昭文斋传来，缥缥缈缈听去很有点梵音的味道；家里的仆人虽都不甚作声，但常在瓦屋里进进出出。今日却连一点读书声也听不到，更不见半个人影在瓦屋里进进出出。然而，杨德逢和俞清老刚上八功德水石桥时，却见王安石的管家神色有点慌张地从石桥那头急匆匆走过来，朝着杨德逢、俞清老拼命挥手，要他们不要过去。

杨德逢猜，管家一定有什么急事要说。杨德逢、俞清老停在石桥那头。管家走到他们面前，又与他们朝路边一个林子走去。在林子里，管家环顾了一下四周，见没人，便低声说："二位今日万万不可在相公面前说起新法之事，特别不可提免役法之事。"

杨德逢清楚，去年四月司马光被召回京都开封朝廷，王安石就知道国是将变；一个月后，司马光当上门下侍郎，王安石更明显地感到新法走到了尽头。这以后，王安石已经衰老的身子明显垮下去了，几乎不思饮食，整夜睡不着，绕屋步行。

管家与杨德逢、俞清老想到一块去了。杨德逢、俞清老跟在管家后面，过了石桥，然后绕过瓦屋，进了定林院，来到昭文斋东边一间茅房里。这间房大，中间有四扇屏风隔开。屏风前半部分是王安石会友聊天的地方，四面摆有交椅茶几；后半部分是王安石读书的地方，两壁书架上摆满了书，北窗下摆有书桌。透过北窗，就能看到不远处的谢公墩，谢公墩棋桌上的棋子尚未收起，零乱地放了一桌；再远处是绵绵叠翠的山峦，把水势浩大的长江隔在山的那边。半山园屋前隐隐有八功德水浪击石块之声传来。

杨德逢与俞清老随着管家进了书房。王安石不在书房。书房里寂寂无声，一派肃穆清净气氛。杨德逢不明白管家为何把他和俞清老带到定林院昭文斋的这间书房来。管家却什么话也不说，只是把杨德逢、俞清老一直带到屏风后面，指着屏风，要杨德逢与俞清老看。杨德逢、俞清老转过身去，背对着北窗，面朝着屏风。屏风用的是普通杂木，上面光光的并无花鸟虫草之类的漆绘。杨德逢先是不经意地望了望面前的屏风，但见每扇屏风上写满了字。不过，杨德逢再望一眼时，心里很是惊诧起来。杨德逢看到，四扇屏风上写满了“司马十二”四个字，密密的有上百个。

杨德逢侧过脸去，见俞清老眼睛也突然睁大了，一脸惊诧地望着那四扇屏风。杨德逢知道，司马光在家中排行十二。司马十二者，司马光也。杨德逢心里立即有了一种惊心掉魂的感觉。王安石的这些字，不是在骂人，但字字都有千钧重，饱含着沉重得无法排遣的气闷和百思不得其解的愕然。这么看来，司马光五日尽废免役法、张怀古三日尽废免役法的消息，还是传到了王安石耳里。

杨德逢突然明白司马光五日尽废免役法的用心了。司马光是在刻意气王安石，就是要让活着的王安石眼睁睁地看到：你认为免役法是你与先帝共同创立的，好得不得了，谁也动摇不了，我司马光偏要在这个问题上与你王安石过招，先拿它开刀，废掉它，打你的脸，气死你，看你王安石有何办法。杨德逢觉得，司马光也太狠毒、太无耻了些。这种行径也是本朝第一正人君子所为的？不管怎么说，司马光与王安石昔年毕竟是“嘉祐四友”，私交不浅，不该做出这等事来。杨德逢觉得，此时确实不能在王安石面前谈起新法，特别是不要谈起免役法。要是谈起这件事，不啻在王安石创口补上一刀，王安石不要活了。

杨德逢正要问管家王安石现在何处，北窗外忽然传来用带有江南西路抚州临川口音的吟诗声：

我曾为牛马，见草豆欢喜。
又曾为女人，欢喜见男子。
我若真是我，只合长如此。
若好恶不定，应知为物使。
堂堂大丈夫，莫认物为己。

杨德逢、俞清老忙转过身去，但见北窗外的谢公墩上，王安石背对着北窗，反剪着双手，站在棋桌旁边，头微微昂起，眼睛望着北面绵绵叠翠的山峦，似乎在听隔在山那边的长江浩大的水势声。杨德逢感到王安石今日所吟之诗，与他以前写的诗风格大相径庭，内容怪异，叫人不可思议。不管怎么说，王安石是个推行过千古未有的新法、当过九年相公的人，以前写的诗总以开阔的眼界、博大的胸襟俯仰古今，对国事朝政抒豪放深沉之情；然而，不近女色、连妾都不纳的王安石今日竟然在诗中大谈牛马和女人，个中的变化不啻天壤，谁听了都难以相信，同时又都会不禁一笑。不过，杨德逢随后仔细一想，在这首诗中，可以看到王安石有种不迷失自己的虚豁、旁若无人的洒脱、不取悦他人的自在、该怎么做就怎么做的平常心。杨德逢不由一喜：王安石就是王安石，终究不会为外物左右自己。

杨德逢看到，俞清老一脸惊奇、一脸喜悦，管家也快活地张着嘴笑。杨德逢觉得，自己不用为王安石担心。杨德逢又看到，站在谢公墩上棋桌旁边的王安石仍背对北窗，却似乎知道站在北窗后面的人：“有朋自远方来，不亦乐乎？——二位老友来了，岂能无棋乎？”

此时此刻，王安石还想着下棋，这又是杨德逢所没想到的，但却是杨德逢所愿看到的。杨德逢与俞清老赶忙从书房里出去，然后顺着茅房边的小路，上了谢公墩。王安石一脸的欢悦，先在棋桌边坐下来。杨德逢在王安石对面坐下。俞清老站在棋桌边观棋。王安石指着棋盘：“我们今日只管下棋，心不旁骛。”

本来，杨德逢与俞清老二人约定，不与王安石谈朝政，更不谈免役法。现在看来，倒是王安石主动不谈这些事了。不过杨德逢此时却改变了先头的想法，想跟王安石谈谈朝政，就是谈谈免役法也无妨。杨德逢感到，从四扇屏风上的上百个“司马十二”，到谢公墩上吟诵的诗，王安石对是非功过一定有他自己全新的理解，要不然不会如此达观。杨德逢抬起头，望了望坐在棋桌边的王安石。这些年来，王安石老多了，头发已全白，幞头下有几根乱发露了出来，被山风微微吹起，拂过脸面；瘦多了，背有点驼，虎头牛耳的脸上泪囊很大，老年斑很多，皱纹很深。不过，王安石那双点漆般的眼睛还乌黑得发亮，目光有点忧郁，但顾盼间的英气之中明显有种超然的洒脱。

杨德逢先架起了当头炮。王安石慢慢悠悠地让马跳了过去。杨德逢拈起一个棋子，正要驱马上前，忽听到八功德水石桥那边有嚷嚷声传来。杨德逢吓了一跳。莫非江宁府衙门里的人和李大强到半山园来了？这些人也太肆无忌惮，太嚣张了。王安石毕竟还是朝廷三公之一的大官，对王安石太过分了，不仅要引起朝野上下的不满，就是司马光脸上也不好看，对此事也没法有个交代。

杨德逢看到，俞清老一脸的气愤。不过，王安石倒是一脸出奇的平静。杨德逢很清楚，先帝神宗驾崩，不仅新法难以为继，且不会放过新法派中的每一个人；王安石也躲不过这一劫，肯定会无端找他的麻烦，往他身上泼点污水，让他受受辱，丢丢丑。然而，王安石很坦然："下棋！下棋！"

杨德逢把拈起的棋子放在棋盘上。王安石也拈起个棋子，却在空中停了下来。原来八功德水石桥那边有嚷嚷声越来越大，已传到定林院这边来了。杨德逢听到一人在定林院那边喊道："相公，嘉问看你来了！"

原来是被贬谪的江宁府知府吕嘉问来了。杨德逢看到，王安石泪囊很大、老年斑很多、皱纹很深的脸上现出了很开心的笑容。王安石想下谢公墩去接。不过，王安石才起身，吕嘉问就威风凛凛地大步到了谢公墩下，头上未戴乌纱帽，只扎了个幞头；身上未穿补服，只穿了身布衣。但，吕嘉问身后还跟着江宁府衙门里的一大帮人，有七八个衙役还提着水火棍。最奇怪的是，吕嘉问手上捧着一个红布包，看去里面像是官印。杨德逢和俞清老都目瞪口呆，就是王安石也一脸的错愕。这个吕嘉问不是被贬去当知阳军吗？怎么还这么神里神气带着江宁府衙门里的一大帮人到半山园来呢？吕嘉问看出了众人的惊疑，举起手上的红布包："这是什么？江宁府官印！"

杨德逢的眼睛睁大了，俞清老也很古怪地望着吕嘉问，王安石在诧异中沉思起来。这个当年把吕家的人气得呕血的吕嘉问真个是胆大得什么事也做得出来。既已被贬谪，却还扣留着官印，这可是抗旨的行为，弄不好不仅有牢狱之灾，还要人头落地。吕嘉问一脸的胸有成竹、无所畏惧："昨日张怀古一到驿馆，就被人请到江宁城最大的酒楼喝酒；一家喝罢，又被人请到江宁城另一家酒楼喝酒。一日之内，被请喝了五六家。这个当年在京都开封坊间帮人家写写对联混日子过的张怀古酒量不大，又贪酒，早给灌得个烂醉如泥，昨日晚上呕了一地的酒菜，不省人事，现在还在驿馆里睡。本来昨日这个张怀古要跟吕嘉问办交盘，把官印拿过去，看样子今日也办不了。吕嘉问还可以当个一日知府了。"

杨德逢看到，王安石与俞清老笑了。杨德逢也笑了。这个吕嘉问，敢说敢当，勇于任事，怪不得深得王安石的喜爱和信任。一时间，谢公墩上竟热闹欢快起来。俞清老骂起司马光来了："司马光就用张怀古这种好酒糊涂的人当知府？天下非给搞乱不可。还学富五车、通古今之变？狗屁！"

吕嘉问一脸的轻蔑和不屑："司马光懂什么！村夫子，无能为！"

这可是杨德逢至今从未听过的高论。在人们的心目中，司马光可是个被天下人敬信得像圣人一样、被朝野上下的君子称其有旋乾转坤大本事的人，然而在吕嘉问眼里，却只是乡村的一个什么实际本事也没有的书呆子。其实，对司马光有这种看法的人不只吕嘉问，此时深得司马光赏识、在朝廷很是走红的苏辙十五年后在《亡兄子瞻端明墓志铭》中就说过司马光“才知不足”。

杨德逢忽发奇想：要是俞清老和吕嘉问的话传到司马光耳里，此公会作何种感想？还会像昔年在洛阳那样十五年不出一声吗？恐怕会气急败坏、暴跳如雷。在县衙门当过小吏的杨德逢清楚，吕嘉问这个一日知府不会闲着这日，便对吕嘉问说：“看来你这个一日知府今日为平头百姓办了不少好事。”

吕嘉问当仁不让，一点也不谦谦君子：“那是当然。今日，那些豪门大户就已经在放高利贷。多久不敢乱动一下的商行开始在收各地商贩的行钱。衙役下乡抓人服差役了。吕嘉问毫不客气地把那些现在就无法无天的衙役打了一顿；对那些敢胡作非为的豪门大户、富商巨贾抓着关起来，让牢里的犯人去教训他们；还把抓去服差役的人全放了！”

杨德逢看到，俞清老一脸的解恨和快意，王安石脸上的表情却有点复杂：既有欢快，也有不安。在县衙门里当过小吏的杨德逢没那么多快意。杨德逢很清楚：吕嘉问这么做，固然可以快意当前，但吕嘉问明日肯定要离开江宁府的，那些豪门大户、富商巨贾和衙役会更加胡作非为、无法无天，你吕嘉问还管得了吗？那时还不知有什么祸事要降临到他们头上，这岂不是更害了他们？

吕嘉问却意犹未尽，还有许多话要说：“现在这个司马光疯狗一样咬人，巴不得一口气把变法派的人斩尽杀绝。那些被赶出朝廷的新法一边的人，过的是犯官日子，时时提心吊胆自己像蔡确一样被‘安置’在岭南，死在那里。日子最难过、最可怜、最尴尬狼狈的是吕惠卿，时时处处总被盯着，吕惠卿把公事办得再好也是‘过’。近日吕惠卿被‘安置’在建州，动一步就有人向官府衙门禀报，小心得连一口冷水都不敢喝，唯恐生病，让那些好事之徒有了诬罔的把柄，告发他在元祐朝活得不快活，说他的病是由悲戚愁叹得来的。可笑不可笑！”

杨德逢是知道吕惠卿的。王安石有时会跟杨德逢、俞清老谈起这个人。不用说，吕惠卿在施行新法时出的力最大，功劳也最大，司马光那班人对他也更恨之入骨。其实，吕惠卿与司马光那些守旧人士并无私人之间的过节，当年跟司马光一些人的争吵也是为了国事，没什么对不起司马光的地方。要说吕惠卿有什么对不起人的地方，倒是很对不起王安石。王安石却始终认为吕惠卿大节不亏，视吕惠卿为知音和同道。然而，司马光却死死咬着吕惠卿不放，这实在是太不厚道、太冷酷无情了点。

王安石显出一脸的同情和无奈，俞清老则骂起司马光来了："什么圣人，假圣人！"

杨德逢觉得俞清老的话说得痛快，半点不虚。王安石当国时，司马光这些反新法的人虽然从朝廷卷被盖滚了出去，但官照当，好日子照过。特别是对司马光那班人，更是礼敬有加，让这些人在洛阳过着神仙般的生活，住着园中有台湖榭楼的大宅，司马光的"独乐院"也挺宽敞舒适。一些顶级高官、一方大儒，还常聚在一起，开个耆英会，饮酒吟诗，聊天骂人，优哉游哉，有谁去打搅过他们一下？然而，司马光对新法派，确实是有点置之死地而后快的味道。

吕嘉问越说越激动，火冒三丈了，面目也凶狠狰狞起来："太恶毒了！太狠毒了！太不是人了！善有善报，恶有恶报；不是不报，时候未到！"

杨德逢感到自己心里被什么重重地撞击了一下。司马光这样跟新法派过不去，只能在新法派心里埋下仇恨的种子，到时候报复起来也会很强烈的。特别是吕嘉问这样有血性的汉子，说到做到，时机到了，对司马光那班人确实不会手软，杀人的事也做得出，司马光那边的人恐怕没谁能独善其身了。对俗人俗事骂声不绝的俞清老对吕嘉问这句话很是赞赏："司马光他们不仁，就可以不义！"

暮春三月开始炙人的日光泼在谢公墩前前后后的松林和远远近近的山坡上，让这些地方氤氲着一种迷人的水汽。半山园屋前的八功德水传来细细的浪击石块的声音，谢公墩上的气氛既幽寂又沉重。这个俞清老，不啻是火上浇油，让吕嘉问心里的火更旺。吕嘉问又想说什么了，口已张开，却望着王安石不出声。杨德逢看到，此时王安石像尊石像，一动不动地坐在棋桌边，样子很庄严，也很可畏。好一会，王安石站了起来，背对着众人，抬起那双点漆般还乌黑得发亮的眼睛，眺望着北面绵绵叠翠的山峦，仿若视通万里，思接千载，好一会转过身来，脸色宁静下来，有种大梦觉醒的表情，对吕嘉问说："老朽刚才偶得一诗，相赠与你。"说完，便吟诵起来：

风吹瓦堕屋，正打破我头。

瓦亦自破碎，岂但我血流？
我终不嗔渠，此瓦不自由。
众生造众恶，每有一机抽。
渠不知此机，故自认愆尤。
此但可哀怜，劝令真正修。
岂可自迷闷，与渠作冤仇？

杨德逢觉得，王安石这首诗和那首大谈牛马和女人的喜好的诗一样怪。杨德逢看到，俞清老、吕嘉问先是一惊，后是一怔，再后是默然不语。杨德逢其实何尝不是如此。司马光那班人对新法、对王安石、对变法派如此凶狠，真有点丧心病狂的味道。杨德逢不认为王安石是位圣人，可王安石至仁，对司马光那班人确实有种冤亲平等、不计人过的气度和胸怀。在县衙门当过小吏的杨德逢清楚，官场上的人大都以牙还牙，以血还血，睚眦必报；然而，王安石却觉得造作恶业的人其实也是受害者，对他们应当可怜，不应怨愤。这让王安石身上发出一种远非司马光那班人所能比得上的圣洁之光。

杨德逢更加敬服王安石了。把官场骂得一塌糊涂的俞清老也抬起头很是尊敬地望着王安石。吕嘉问的头微微低了下去，不过又很快抬了起来："新法是相公与先帝共同创立的，特别是免役法是反复思索多年才颁布的，很成熟完备了，总不能让司马光那班人想糟蹋就糟蹋，糟蹋得不成个样子吧？"

此时谢公墩上出奇地寂静起来。杨德逢明白，吕嘉问心里咽不下这口气，到时候对司马光那班人会毫不客气出手的。八年后的绍圣年间，太皇太后高氏驾崩，长大成人的小天子赵煦亲政，章惇回到朝廷当上尚书左仆射兼门下侍郎，无有功名、不喜读书的吕嘉问随即被召回到京都开封，擢宝文阁待制、户部侍郎，加直学士、知开封府，不仅当上大官，且成了有大学问的人，朝廷又轰轰烈烈快意了一番恩仇，司马光那班人有落到吕嘉问手上的，没一个能有好下场。

王安石那双还点漆般乌黑得发亮的眼睛，依旧眺望着北面绵绵叠翠的山峦，脸上有了种深重的忧色，然后重重叹了口气："今人不说新法好，千年后的人会说新法好！"

杨德逢觉得王安石此言很是怪异，同时觉得王安石这句话说得太好了，有种雄视千古的味道，也朦朦胧胧又明显地给自己一种豁然若开雾而睹青天的彻悟之感。杨德逢清楚，官场上的人喜谈雄才大略，其实大多狗屁。王安石此言才是真正的雄才大略。杨德逢自知并无什么治国平天下的本事，对朝政知之不多，但感到王安石这番话会成为现实。至于为什么会成为现实，他说不出来，恐怕至死也说不出来。

既然千年后自有定论，王安石自然是美恶由吾身，轻重也不在他人，只管过自己的日子，管那些闲言碎语作甚。

杨德逢看到，吕嘉问和俞清老都很惊赞、奇异地望着王安石。随后，吕嘉问恨恨地道："要是先帝把司马光那些小人全赶出朝廷，这个千年后会有人说好的新法，今日就人人都说好了。"

杨德逢感到吕嘉问有埋怨先帝之意。王安石忙制止道："要不是先帝下诏支持新法，新法就连失败的机会都没有。"

王安石又忙对杨德逢道："下棋！下棋！"

王安石坐了下来。杨德逢拈起一个棋子，八功德水石桥那边忽然传来一阵杂乱的奔跑声和嚷嚷声。俞清老听得八功德水石桥那边越来越大的声响，又望望王安石和吕嘉问。王安石神色平静，缓缓地站起来，朝八功德水石桥那边望去。吕嘉问心中似乎早有成算，对他身后江宁府衙门里的一大帮人抬了抬下巴。身后的那些人都振了振精神，特别是那七八个衙役还把水火棍在地上顿了顿。

杨德逢感到，半山园要出事了。此时，八功德水石桥那边杂乱的奔跑声和嚷嚷声传到了半山园的瓦屋前。杨德逢站了起来，踮起脚尖，看到前面跑的是伙农人，后面追着跑的是伙衙门里的人。不多一会，前面跑的那伙农人从瓦屋那边转了过来，没命似的往谢公墩跑来。杨德逢认得，那伙农人是喻家庄的，那个曾把王安石骂得狗血淋头的老叟也夹在里面跌跌撞撞地跑着。在后面追的是衙门里的人，杨德逢认出了其中有四年前"闹宅"的四个衙役，还有一个是一脸凶相的高大汉子李大强。那个长相还中看、样子却很凶的衙役看样子又当上了班头，正与李大强有说有笑、神气活现地走在一起。

杨德逢是个明白人，知道今日那一大伙衙役和李大强与上次不同。上次王安石虽然罢相，但先帝神宗在位，闯到半山园来"闹宅"就是昏了头，活该挨板子；今日是太皇太后高氏垂帘听政，司马光柄国，矛头所向首当王安石，谁敢为难王安石，不仅不会吃苦头，而且有功。杨德逢心里暗暗说了声“不好”，有道是善者不来，来者不善，那伙衙役和李大强今日到半山园来，不把半山园弄个天翻地覆是不会善罢甘休的。

俞清老要从谢公墩上下去：“我去把衙门里那伙狗东西拦住。”

王安石皱了皱眉，很威严地举了举手，把俞清老拦住，然后往谢公墩下走去。杨德逢吃了一惊，忙上前拦住王安石。王安石笑笑：“老朽不会有事的。”

杨德逢清楚，那一大伙衙役和李大强会狗仗人势，但要伤害王安石，还没那个胆子。不过，杨德逢还是很为王安石担心。那伙衙役和李大强都是三教九流中的下三烂人物，凶恶得很，也蠢得要命，天下没什么坏事是他们做不出来的。再说，王安石此时与元丰五年不同：那年王安石去江宁府是为喻家庄农人卖老面子，此次是为喻家庄农人去与那些又凶狠、又横蛮、又无知的衙役豪户据理力争。这些人会睬你王安石那一套？争执起来，这些人岂有好言出口？能放过羞辱一下王安石的机会？

王安石一步步往谢公墩下走去。杨德逢、俞清老跟着下了谢公墩。随后，吕嘉问手上捧着那个红布包，带着江宁府衙门里的一大帮人也几步下了谢公墩，那七八个衙役还提着水火棍。王安石走下谢公墩时，喻家庄的那伙农人也跑到谢公墩下。杨德逢看到，一件怪事出现了。喻家庄的农人望着王安石、杨德逢、俞清老时，都一脸的欢悦，但一看到吕嘉问和他身后的江宁府衙门里的一大帮人时，吓坏了，掉头往回跑。

俞清老把喻家庄的农人喊住：“回来，都回来。这里没有狗官，是好官！”

喻家庄农人这才转身回来，一脸的忧戚悲伤，也一脸疑惑地望着吕嘉问和他身后的那一大帮人，见他们并无恶意，才来到王安石面前，一齐跪了下去。那个曾把王安石骂得狗血淋头的老叟对着王安石泪流满面：“相公救命！相公救命！”

王安石双手把老叟扶起，又要众人都起来：“这是为何？”

老叟：“相公，这些年来，新法行得好好的，特别是免役法，喻家庄农人没有不说好的，可怎么说废就废呢？昨日，我们乡里的都保正到喻家庄来，要村里每家每户出差役，给新太守修衙门。这事没二三个月是做不完的。现在正农忙，田里就要栽禾，怎离得开人。不去就抓人，今日一早，衙门里的人果然来了。求求相公给朝廷说一声：新法好，免役法更好，千万不要废掉！”

杨德逢看到，王安石一脸的为难。喻家庄农人当然无法知道：此时的朝廷正在拿新法开刀，为的就是气死王安石。王安石不开口为喻家庄农人还好些，要说话只会适得其反，更糟糕。喻家庄农人似乎看到了这一点，并不过分勉强王安石。老叟说：“我等小民百姓，不求免去差役，只求农闲时服差役。江宁府衙门里的人，相公熟，给他们说一声：忙过这一阵，我等小民百姓再去把新太守衙门修好。”

这个要求不高，也很可怜，但喻家庄农人哪知道，此时的王安石连这一点也做不到了。新来知府张怀古是司马光的人，如何能把王安石之言听入耳。不过，杨德逢看到，王安石却满口答应了：“老朽一定去说。”

喻家庄农人都快活得笑了起来。杨德逢心里却有说不出的酸痛。杨德逢心中有数：王安石的满口答应，其实是明知不可为而为之。然而，喻家庄农人却如此快活，中原王朝的平头百姓就这么好说话，头脑就这么单纯！

此时，瓦屋那边嚷嚷声过来了。此时的嚷嚷声，听去震天响，放肆得很，也吓人得很。不多一会，杨德逢看到，一大伙衙役神气十足地蜂拥着来到谢公墩下，震天响的嚷嚷声少说在半炷香工夫之后才停歇下来。王安石一脸的肃然：“你们何事而来？”

杨德逢看到，与那年“闹宅”不同，那伙衙役和李大强未后退半步。站在前面、长相还中看的衙役班头一点顾忌也没有了：“今日我等公人不是来抓王相公王大人小舅子，是来抓躲避差役的刁民来的。这些刁民，就在王相公王大人身边，我等公事公办。”

喻家庄农人一个个吓得往王安石身边缩着躲着。谢公墩下的气氛立即紧张起来。与衙役班头站在一起的李大强在面子上很是恭维起王安石来：“王相公是个担当过朝廷大事的人，顶明白事理：谁要是不让抓刁民，可就犯了抗旨的大罪。这大罪是谁都担当不起的。王相公，小民说的可对？”

这个李大强真该杀，嘴巴甜，可句句话里都是对王安石的蔑视和讥讽。王安石根本不与这种人一般见识，只是对那一大伙衙役说：“既是公事，请出示官府牌票。”

杨德逢看到，那一大伙衙役傻眼了。王安石这一招果然厉害。杨德逢记起来了，先头他在城门边墙上的告示也未加盖江宁府的官印。杨德逢心里明白，这一切都是那个治国没个屁本事、见识窄、好酒糊涂、只会投机取巧的张怀古误事，吃醉了酒未办交盘，官印还在吕嘉问手上，才弄得告示盖不了官印，牌票也开不出。王安石抓住了衙役的软肋。俞清老高兴得直对王安石伸大拇指。喻家庄农人从未见过牌票，当然不知道牌票为何物，但见衙役发傻、俞清老高兴得伸大拇指，感觉到事情对他们有好处，神色也开朗起来。老叟和喻家庄农人又跪下去给王安石磕了三个响头。

不过，这回那伙衙役和李大强可不管那么多，横行无忌起来。什么官府牌票不官府牌票的！他们衙役就是官府衙门里的人，不比一张牌票管用？然而，就在此时，吕嘉问走了过来，举起手上的红布包，脸上的表情凶恶起来："来呀——"

杨德逢清楚，吕嘉问要给那一大伙衙役和李大强一点颜色看了。杨德逢看到，吕嘉问身后那七八个衙役已举起了水火棍，如狼似虎地向前面那一大伙衙役和李大强冲了过去；其中有个麻脸衙役一脸无惧、一脸凶相，冲到最前面。后来，有人告诉杨德逢：麻脸衙役原是京都开封市易务监铺的役卒，喜欢打人，不怕死，无事不向前，深得吕嘉问赏识，给了他一个卒头当；吕嘉问到江宁当知府，把他带过来当了个衙役的三班都头。

前面那一大伙衙役和李大强吓坏了，连连后退，有个腿快的衙役已退到瓦屋角上。不过，就在此时，瓦屋那边响起一阵让人心惊肉跳的铜锣声。杨德逢抬起头，便见四个喝道的衙役从瓦屋那边过来，在屋角与那个腿快的衙役撞了个满怀。接着，杨德逢便见衙门官长出门时的旗、棍、伞、牌全副仪仗在瓦屋那边出现了，再过来的便是一顶大官轿，两边有衙役扶着轿子，后面还跟着一大帮戴红黑帽子的衙役。四个喝道的衙役大声吼道："江宁知府张大人到。"

杨德逢看到，那顶大官轿缓缓来到谢公墩下，江宁知府张怀古从大官轿里出来，一脸不可一世、官威十足的神色。等着挨板子的那一大伙衙役和李大强神气了，很轻蔑、很凶狠地盯了吕嘉问和跟着来的那七八个衙役好几眼。张怀古对吕嘉问、俞清老和杨德逢连眼皮也没抬一下，不过对王安石抬了抬手，然后指着谢公墩下的喻家庄农人，满嘴官话："下官奉旨来江宁府当差，要把这些农人带到衙门里去。"

杨德逢看到，谢公墩下起了一阵骚动。张怀古那边的衙役有了脚步声，明显是想过来拿人。王安石对张怀古拱手还礼：“张大人此时拿人，很不合适。”

张怀古笑笑：“王相公，现在是司马相公当国，你敢扰乱朝廷公务？”

王安石没笑：“乱朝廷公务者，张大人也。张大人身上可有官印？”

张怀古傻眼了。杨德逢看到，吕嘉问把手上的红布包举得更高了。有道是民凭文契官凭印，没有印的官就不是官。张怀古忙走到吕嘉问面前去取红布包。吕嘉问一手把张怀古挡住：“张大人，要得此物不难，等回到府衙门，吕某会把此物，还有府上的账目、公物、文书一起跟你盘点；在这个荒山野岭办官府之事，不怕朝廷治你？”

张怀古很是无奈地后退了两步。那边的衙役都规规矩矩站着，不敢乱动一下。喻家庄农人脸上的惧色稍解。杨德逢注意到，吕嘉问一手慢慢地把红布解开，现出一方官印，用一手托起：“此物此时在吕某手上，不用一下太可惜，要不也太委屈了此物。”

杨德逢清楚，吕嘉问要给那一大伙衙役和李大强一点颜色看了。杨德逢注意到，吕嘉问的脸色变得更凶恶可怕起来，眼睛睁得大大的，怒视着那边的一大伙衙役和李大强，然后目视着自己身后的七八个衙役，大吼一声：“给我每人打一百大板！”

吕嘉问吼声之大，不仅让那边的一大伙衙役和李大强吓了一跳，且让张怀古也吃了一惊。杨德逢看到，吕嘉问身后好些衙役的水火棍只是提在手上，并未举起来。吕嘉问毕竟是一日知府，明日要滚蛋；张怀古是朝廷除授的新知府，不可能马上离开。既然如此，吕嘉问身后的好几个衙役哪可能为他卖命。不过，吕嘉问带来的那个麻脸衙役还是听吕嘉问的，举起了水火棍冲了过去，吕嘉问身后的那些衙役才把水火棍举了起来。那边一大伙衙役和李大强吓坏了，跪了下去，对着吕嘉问拚命磕头。杨德逢觉得好笑。这帮人打起平头百姓来，不可一世，英雄得很，自己挨打时则连一条病狗都不如。然而，就在麻脸衙役以及吕嘉问身后那几个衙役举起的水火棍往下打时，王安石却横身挡了过去。有个衙役的水火棍都挨着了王安石的头，只是愣了一下，才没打下去。

王安石：“‘风吹瓦堕屋，正打破我头。瓦亦自破碎，岂但我血流？’今日你打来，明日我打去，害人的人其实也是被害者，相互忘掉怨愤有什么不好？”

杨德逢看到，无论是张怀古，还是吕嘉问、俞清老，抑或其他人，都无言地望着王安石。杨德逢清楚，这里的人不会都完全接受王安石的话，会有各自的想法；不过，都不会觉得王安石的话有什么恶意。麻脸衙役以及吕嘉问身后那几个衙役收起了水火棍。那边一大伙衙役和李大强知道不会挨板子了，都转过身来跪在王安石面前磕头。

喜欢骂官府的俞清老很不客气地教训起张怀古来："亏人是祸，饶人是福。天网恢恢，报应甚速。圣贤言语，神钦鬼服。王相公的话可听清了？"

张怀古一脸通红。吕嘉问对张怀古不客气了："不准对平头百姓动不动就抓就打；也不准农忙时派差役。要不然，吕某把你昨日喝得烂醉之事上奏朝廷，就有你好看的了。"

吕嘉问这句话对张怀古作用更明显。张怀古有点慌了："不敢！不敢！"

当过县衙门小吏的杨德逢心中有数：官场上的人说话大都作不了数，有的甚至转身就变了脸。不过，有把柄在他人手上，又另当别论了。况且吕嘉问不好惹，张怀古总得老实点。不多一会，张怀古和吕嘉问都带着自己一边的人走了。喻家庄农人也回去了。临走前，老叟又给王安石磕了个头，泪流满面地说："当初我真不该那么骂相公呀！"

杨德逢注意到，王安石望着向瓦屋那边走去的喻家庄农人的背影，一脸的愧疚，也一脸的忧虑。杨德逢心里明白，王安石在为喻家庄农人担心。杨德逢觉得，今日能有这样的结果，很不错了。江宁府所辖的五个县还真的是三日内废掉了免役法。不过，喻家庄农人并未被抓，差役也拖到秋后去服。

杨德逢想起坊间流传司马光那句"治国即治吏"的名言，起身挤到王安石身边，附着他的耳朵："怎么懂得治国即治吏的司马光，却用张怀古这样的吏，这天下怎么得了！"

王安石仍点漆般黑得发亮的眼睛望着高远的天空，沉吟片刻："是呀，言行相诡，不祥莫大焉。"

在县衙门当过小吏的杨德逢重重地点了点头，然后拉了拉还站在那里望着喻家庄农人离去的王安石的手，要他下棋去。王安石这才转过身来，与杨德逢一道回到谢公墩上。二人在棋桌边坐了下来。当空的日头放射出刺目的白光，从谢公墩旁边一棵树的枝叶间漏下来，落在棋盘的棋子上。枝叶摆动着，日光摇动着，棋子似乎在走动。

第一〇九章　意外惊喜马盼盼以假乱真　拒写制词苏学士八风不动

元祐二年注定是不平静的一年。这年四月二十，立夏早已过完，小满即将来临。日光下穿城而过的汴河、广济河、蔡河的水面上，升起了燥人的热气。但，前几天从黄河那边吹来一股带着凉意的北风，又下了场雨，风和日暖，空气湿润，很是宜人。这日安上门城楼上午后未牌鼓声还在京都开封屋顶上拖着很长的尾音时，苏轼、范纯仁、苏辙被驸马都尉王诜及其随从拉着、推着、簇拥着，向蔡河埠头的河边走去。蔡河边上的渡口早有一条气派豪华的楼船停在那里。苏轼看到这条楼船，蓦然想起熙宁元年四月二十日，他与苏辙、王安国一伙人乘这条楼船游蔡河的情景。掐指一算，十九年过去，心中油然生出一种叫人觉得十分亲切的伤感。

在离楼船少说有二十多丈远的地方，苏轼就看到醉春楼店主黄发贵和五位美人挤在跳板那头望着他们。黄发贵发福多了，也老了些，望着这边，一脸堆笑，拱着双手相迎，恭敬之态可掬。那五位美人都蹲万福礼，一个个脸上露出良家女子所没有的夸张的娇容媚笑。今日是驸马都尉王诜做东，请苏轼、范纯仁、苏辙来游蔡河。本来这对从来好酒、好吃、好玩的苏轼来说，不知有多高兴，且做东的人又是驸马都尉，苏轼就更不知多高兴了。但，苏轼今日却是被王诜拽着到这条气派豪华的楼船上来的。按说，苏轼这一年的心情应该特别的春风得意。元丰八年先帝神宗驾崩半年后的九月，苏轼奉召返回京都开封，当上中书省的起居舍人，入侍小天子赵煦，笔录小天子赵煦起居诸事，虽是从六品小官，却系近臣，且恩赐五品朝廷命官才可穿的大红袍，这很叫人高看一眼；半年后，苏轼迁升中书舍人，正四品，还赠赐补服，撰写制词，草拟圣旨，这可是读书人终生梦寐以求的美职，就更叫人眼热；去年九月，司马光去世后不久，苏轼除授翰林院侍读学士，当上正三品高官，天子还赐补服两套、金腰带一条、白马一匹并附有金镀的辔缰和银鞍，执掌撰写立后妃、封亲王、拜三师三公、除授宰执大臣的制词和向天下臣民颁布重要命令的诏书，且定期给小天子赵煦讲课，离二品宰执大臣只一步之遥。一年内由犯官到三品，三次连升四级，这在天下人看来，是苏轼祖宗不知积了多大阴德，才有这么大福气，真可说是平步青云，仕途说有多大就多大，不显赫都难。苏轼在当中书舍人和翰林学士的这一年里，文思泉涌，共撰写了八百道圣旨，日均两道多，字字铿锵有声，简练明确；例证譬喻，从不用查书；上至太皇太后高氏，下至京都开封官府衙门里的吏员，无不称奇。然而，这年苏轼高兴不起来，心情特坏，内心十分纠结，远不如被安置在黄州当罪臣时自在、开心、快活。苏轼奉召回京之初，常应邀到外面喝酒；当上翰林学士后，鲜有人能请得动苏轼去喝酒，即使有花娘侑酒也不去。

苏轼今日与范纯仁、苏辙正在书房喝茶，聊着今日晚上苏轼宫中宿直时要办的一件急事。这件急事，就是要在太皇太后高氏面前为去年二月被赶出朝廷的左仆射兼门下侍郎蔡确说情。蔡确现在的官运是彻底走到头了，成了朝中百官所不齿的一坨狗屎，没人理了，他遭了什么罪也不会有人去管一下；但，苏轼、范纯仁、苏辙觉得，蔡确之事要管一管。蔡确做过不少不该做之事。这个人睿智，敢说敢为，很能揣摩天子的意图，能与时上下，但此人身上有许多叫人摸不透的东西，为达目的不择手段，不是善类，朝中缙绅士大夫对他怕得要死，因而遭人忌恨。不过，蔡确也不是一无可取之处。王安石行新法时，并未得到重用，官职只是个知制诰，然而蔡确并不怨恨王安石。王安石二次罢相后，朝中不少人认为新法要完蛋了，把王安石和新法贬得一塌糊涂；蔡确却处处说王安石的好话，卖力地施行新法。此外，在乌台诗案中，官场那么多人把苏轼当瘟神看待，唯恐避之不及，然而蔡确却救过苏轼。蔡确这人一生中做得最大的一件错事是与太皇太后高氏争拥立皇储定策之大功。这就忘乎所以昏了头了，把太皇太后高氏惹恼了，犯了大忌。小天子赵煦登基后，蔡确还在争，这就更傻了，太不识相了。蔡确很快给人抓住给先帝神宗出殡时离开了一下灵柩的小错，罢了相，给贬到陈州去当太守，后来又贬到安州，又贬到安陆；官越贬越小，地方越贬越远。官场上墙倒众人推、落井下石之事屡见不鲜。前不久，有个以前蔡确没给帮过忙的地方官把他登车盖亭山游玩的诗呈送到朝廷，告发蔡确在诗中把太皇太后高氏比成了遗臭万年、狗屎不如的武则天。蔡确这下祸从天降。朝中许多臣子群情激愤，要重办蔡确。太皇太后高氏问文彦博：怎么处置蔡确。文彦博只说一句话：贬过岭南，新州安置。苏轼当时吓了一大跳。新州这地方，荆棘之地，最为蛮荒。大宋百年，只有真宗朝的寇准给贬到那里；从那以后，七十年来朝中未见一人被贬到那里。此时已半老的蔡确恐怕不等到了新州就死在路上。苏轼想起乌台诗案，自己写了那么多毁谤新法的诗文，也只是黄州安置，还没贬过长江。不管怎么说，蔡确不是罪官。不仅如此，蔡确这事还牵连到许多人。朝中臣子上奏：蔡确如此恶毒和猖狂，是因为他身边有一大帮新法派人士，这些人一个不能放过。且开了份名单，把王安石、吕惠卿、章惇、曾布、吕嘉问、李定、舒亶、薛向、王广廉、林英等许多新法派人士都罗了进去，大有一网打尽之势。苏轼觉得，这么搞下去弄不好朝廷要引起党争之祸，大宋江山非出大事不可。既然如此，苏轼、范纯仁、苏辙都觉得该去救蔡确。好在贬谪蔡确的制词未撰，要救还来得及。苏轼今晚在宫中宿直，太皇太后高氏多半要找他口述诏令内容，然后由他撰写。此时是给蔡确说情的好机会。

苏辙："听说五位御史拒不弹劾蔡确的车盖诗。中书舍人彭汝砺把吏部要贬蔡确去新州安置的材料也退回吏部去了，拒不写制词。"

苏轼想起接替司马光当上尚书左仆射兼门下侍郎的吕公著，在前几天对太皇太后高氏说过的一句话，就转述道："吕相公说：'录人之过，不宜太深。文景之治，网漏吞舟，且人才实难，宜使自新，岂宜使自弃耶。'"

范纯仁："圣朝宜务宽厚，不可以抓住诗里的文字，诛窜大臣；且以重刑除恶，如以猛药治病，不能不损害身体。纯仁以为不可开大臣贬到新州安置的头，小心报应。谁都有马高蹬短的时候，当心自己哪天失足落到井里，也会有人落井下石，遭同样下场。"

苏轼、范纯仁、苏辙正聊到关节上，驸马都尉王诜领着府上一些人来了，说今日是个特别的日子，天气又这么好，非要去蔡河游一游，喝喝酒，然后一伙人把苏轼、范纯仁、苏辙强拉硬推出宅第。本来，王诜来请，苏轼怎么也不会驳面子的。这不仅因为王诜与苏轼特投缘，还因为在乌台诗案中王诜也受到连累，把官全罢了，后来公主病逝又被赶出京都开封，贬在均州安置，吃过大苦头。苏轼每想起这事，心里总有种欠了王诜什么的感觉。说句实在话，他人请不动苏轼，王诜却请得动。不过，苏轼今日晚上宫中宿直，有要事要办，当然不能去游蔡河。驸马都尉王诜不管这么多，一进书房，就高声道："子瞻兄，快快，小弟已经在蔡河租好了船，还请了美人。——你待在宅第里，非生病不可。"

但苏轼还是拒绝了："今日不行，轼今日要宿直。"

王诜哈哈一笑："宿直在晚上，跟游蔡河有屁相干，白日游完蔡河你再去宫中就是。"

苏轼还是不想去游蔡河："有事，有事，轼今日确实有要事要办。"

王诜很不客气，说起了粗话："有个屌事！子瞻兄，别再犯大才子的糊涂了，刚过上几天好日子，就把自己受过的苦忘记了，还想到黄州去？"

苏轼很是惊诧地望了望王诜。京都开封的京官和士人都认为王诜是个只知道玩乐和字画，对天下事既不关心，也不懂的人，竟然对苏轼的心理摸得这么准。苏轼确实常常想起自己落难时的黄州。这叫苏轼感到十分奇怪。在黄州，苏轼过着被官府监管、居住行动都受到约束的日子；自己还得在黄州城外东坡开荒，种粮种菜，才能维持一家人的生计；叫自己特别难受的是，为了能得到一块荒地，从来讨厌迎合人的苏轼也巴结讨好起官府衙门里的人来了，因之常常生出何时忘却营营的感慨，个中的滋味不是外人所能体察得出来的。但，黄州总给他一种亲切感。那里的长江烟波、江上的清风明月、村酒猪肉、小巷泥路，东坡上的竹屋、雪堂、稻田、菜地，古村的古哑巴、古风耳、哑巴婆娘、风耳婆娘，黄州城的吕太守、徐太守、谢道姑、老妪，当地的药师、郎中、玉匠、石匠、渔樵、叫醒他的农人，还有哑巴婆娘、风耳婆娘腌的酸辣笋，都叫他有不尽的甜蜜回忆。苏轼今日做了三品翰林学士，这类巴结讨好之事不用去做了，相反京都开封官场上的人对自己老远就在脸上堆满了笑容，少有不巴结讨好的，用不着低眉弯腰营营碌碌了；但，苏轼脑子的黄州总是挥之不去。苏轼抬起头来，望着王诜："驸马爷说对了，轼确实想黄州。"

王诜呆了半日："傻！傻！你又想做傻事？现在的朝廷哪像朝廷，哪有什么治道之则。说起来冠冕堂皇，做起来只图个人恩怨的痛快，全是见不得人的勾当。你子瞻有那么大本事，扭得过来？有道是遇饮酒时须饮酒，得高歌处且高歌。别自寻烦恼了，跟我游蔡河去！"

苏轼承认，王诜的话说得不错，现在朝廷确实太不公了。刚刚过去的一年，是大宋王朝最为轰轰烈烈、最为卑劣无耻、最为诡异多变、最不正大光明、最鬼蜮伎俩大行其道的一年，也是苏轼左右为难、心如吞钩、苦中作乐、心神最受熬煎的一年。这一年，天下发生了斗转星移、天翻地覆的变化。司马光的目的达到了：王安石新法不论好歹全给废除了，旧法全都恢复了；反新法派人士无论忠奸全昭雪回京，新法派人士一律赶出朝廷。这年的四月初七，王安石在年龄比他大两岁、身体也比他更差的司马光前面去世。满朝文武百官都清楚，司马光首先拿免役法开刀，确实是刻意让活着的王安石气死。朝廷对王安石追赠的荣衔是三师中的太傅。这年九月初一司马光去世，朝廷给司马光追赠的是太师。太师、太傅、太保同为三师的官称，但太师名列最前。明眼人一看就很清楚，朝廷在抬司马光而压王安石。二人丧葬的场面就更有天壤之别了。王安石的丧葬冷寂凄凉，去世时一无神道碑，二无行状，三无墓志铭。丧事也办得很不像样子，灵堂里冷冷清清。朝廷倒是命江宁府照拂丧葬之事。不过，江宁府知府张怀古没来，只派了个判官到灵堂打了一转，连家人也没敷衍一声，只对着躺在棺材里的王安石鞠了三个躬，就走人了。江宁府七县有人要去王安石灵堂吊丧的，都给官府衙门里派来的人挡在半山园的外面。喻家庄的农人想到王安石灵堂去烧炷香，但在村口就给官府里的衙役和乡里的耆长、弓手、壮丁拦住；有几个叫了几句的，给打了几棍；那个曾把王安石骂得狗血淋头的老叟要强行出村，给打得在地上打滚，半日起不来。灵堂里始终在场的只有棋伴杨德逢、游伴俞清老及其家人。然而，司马光的丧葬场面却隆重热闹得多。太皇太后高氏带着小天子赵煦来到灵柩前致哀，还哭了几声。朝中百官无有不到司马光灵堂去吊丧的。京都开封的市民皆罢市去灵堂给躺在棺材里的司马光磕头。送葬的那天，朝中百官都去给司马光送葬，许多市民也夹道相送，哭者如哭其私亲，送葬的队伍长达五里。朝廷还以小皇帝赵煦的名义给司马光坟墓赏了块“忠清纯德”石碑。听说天下四方的平头百姓还画像以祭祀司马光，吃饭要祝司马光千古不朽。什么民心所向，都是官府衙门的人在操办。早些年，骗得到苏轼，现在骗不到了。

苏轼无语。王诜却越说越激动，也越说越无顾忌，又说起粗话：“子瞻兄，你这个自作多情的屌毛病什么时候才改得了。朝廷上的事管那么多干吗！你以为做得多，就能落个好？狗屁！到头来你只能让自己变得人不人、鬼不鬼，谁都忌恨你。”

苏轼感到自己要钻地缝了。王诜的话说得很恶毒，但话没说错。司马光和王安石追赠荣衔，二人的制词都落在苏轼身上。司马光的制词好写，大歌大颂一番就是，无非把司马光说成是大宋百年才出一个的千古圣人：德之盛而诚之著，有旋乾转坤之功，熙宁新法病民，世之贤人君子以及庸夫愚妇，日夕引颈望司马光为相，有的甚至号呼道路，愿其不要离开朝廷；一旦起用为相，毅然以天下自任，开言路，进贤才，不数月之间，把新法废除殆尽；海内之民，如出水火之中，无不欢欣鼓舞，甚若更生。王安石的制词却不那么好写。王安石的一生是文章节义光风霁月的一生，也是与新法捆绑在一起的一生。写重了，岂不要把王安石新法也要美化一下，这如何通得过；写轻了，岂不要把王安石写得一无是处，又如何是好。撰拟《王安石赠太傅制词》时，苏轼也深感为难。苏轼动笔前，吕公著把正在病中的司马光写给他的信给苏轼看：

介甫文章节义过人处甚多，但性不晓事，而喜遂非，致忠直疏远，谗佞辐辏，败坏百度，以至于此。今方矫其失，革其弊，不幸介甫谢世。反复之徒必诋毁百端。光意以谓，朝廷宜优加厚礼，以振起浮薄之风。

司马光这封信自然是用心良苦。先赞王安石人品，显得冠冕堂皇，宽怀大度，其实这是宾。再历数王安石种种不是，聚集谗佞，败坏国事，这才是主。最迷惑人，也最凶险的狠招是关上为新法出过力的人的悔过自新大门。什么“反复之徒必诋毁百端”，这是说得好听。表面上看，是不允许为新法出过力的人说王安石的坏话，实则是要封住那些跟着王安石行新法的人的口。把话说穿，反新法的人怎么说王安石都可以，但行新法的人不行：说王安石好，那是跟朝廷作对；说王安石不好，那就是“反复之徒”，“诋毁百端”。这哪里是为了防止那些翻手为云、覆手为雨的反复小人往王安石身上泼污水，完全是为了封死那些为新法出过力的人的后路，让你死定了。这一手，够厉害的了，恐怕不是官场上那些初出道的人所想得出、做得出的，更无人相信这竟是本朝第一正人君子、左相司马光在信上明明白白写上的。吕公著把司马光写给他的信给苏轼看，当然就是要苏轼按照司马光的意思去写制词。苏轼确实很费了番心思，才把《王安石赠太傅制词》写了出来：

敕：朕式观古初，灼见天命。将有非常之大事，必生希世之异人。使其名高一时，学贯千载，智足以达其道，辩足以行其言。瑰玮之文，足以藻饰万物；卓绝之行，足以风动四方。用能于期岁之间，靡然变天下之俗。

具官王安石，少学孔、孟，晚师瞿、聃，罔罗六艺之遗文，断以己意；糠秕百家之陈述，作新斯人。属熙宁之有为，冠群贤而首用。信任之笃，古今所无。方需功业之成，遽起山林之兴。浮云何有，脱屣如遗。屡争席于渔樵，不乱群于麋鹿。进退之美，雍容可观。

朕方临御之初，哀疚罔极。乃眷三朝之老，邈在大江之南。究观规摹，想见风采。岂谓告终之问，在予谅暗之中。胡不百年，为之一涕！於戏！死生用舍之际，孰能违天？赠赙哀荣之文，岂不在我！宠以师臣之位，蔚为儒者之光。庶几有知，服我休命。可。

苏轼的这篇制词精彩主要还不在生花的文笔上，倒在奇妙的文意上：不同的人可以读出不同意思，想法相反的人竟会得出完全相反的意思。新法派从此文的贬词中看到的是褒义，反新法派从此文的褒词中看到的则是贬义。真可谓仁者见仁，智者见智。“非常之大事”“希世之异人”“名高一时”“变天下之俗”，皆有两解：“非常之大事”，可以理解为非常之大好事，也可以理解为非常之大坏事；“希世之异人”，可以理解为希世之大贤，也可以理解为希世之大奸；“名高一时”，可以理解为美名高于当世，也可以理解为恶名高于当世；“变天下之俗”，可以理解为风俗变好了，也可以理解为风俗变坏了。不过，尽管有两解，但褒义的分量更重些，毕竟“非常”“希世”“名高”“变俗”这类词，听了让人感到高兴。透过这些词，人们可以清楚地看到一个有着千古奇志、智慧非凡、在理财上有着千古奇想、勇于变法，当然也是受到千古少有的不公平待遇的王安石站立在面前。在当世新法被废殆尽、王安石葬礼凄凉冷寂的境况下，苏轼能这样写王安石，不仅要有勇气，还要有智慧，也为自己后来的贬逐埋下祸根。苏轼的这篇制词寓褒于贬，毕竟贬义还在，褒义不畅，难让新法派真正满意；此文寓褒于贬，更是让反新法派的快意受到戏弄，岂能叫他们彻底欢畅？当时是蒙过了司马光那些人的眼睛，但这只是暂时的，无须多久，司马光那些人就明白过来，苏轼能有好日子过吗？苏轼发现撰写了这篇制词后，更是成了不为新、旧两派所容的多余的人，确实有点人不人、鬼不鬼的。

苏轼无语。过了好一会，苏轼把救蔡确这件要事简略说了一下：“轼不去救蔡确，蔡确肯定死定了，轼总不能见死不救吧？——轼想跟尧夫、子由好好把这事商定一下。”尧夫是范纯仁的字，子由是苏辙的字。

王诜更是笑栽了：“子瞻兄呀，说你糊涂、自作多情，你还不服气。蔡确把太皇太后得罪了。他的事，是太皇太后钦定的，你千万不要去管。你救不了蔡确。”

苏轼还是无语，不过救蔡确之事，他还是要去做的。此时，王诜也懒得跟苏轼啰唆了，只是拉着苏轼往书房外走去。王诜虽然不像祖辈开国大将王全斌那么膂力绝群，力气早歇下去了，但比文弱书生还是有力。苏轼、范纯仁、苏辙就这么被强拉硬推出了宅第。

立夏后那股带冷气的北风，在蔡河边上就显得更爽。众人进了舱。四位美人一人陪着一人，坐在船舱两边的方凳上。要是以前，不要说苏轼，就是范纯仁、苏辙也会很高兴的。苏轼在欢场上见得多：即使再正经不过的君子，有美人陪着也不会不欢悦的。然而，今日苏轼怎么也欢悦不起来，就是范纯仁、苏辙在美人面前也只是勉强敷衍地笑了笑。苏轼看到，坐在对面方凳上的王诜脸上显出一种神秘的笑，挤了过来，指着坐在自己身边的美人说：“马盼盼，平生就盼着能会会子瞻兄，等会盼盼美人还会把个意外的惊喜送给你。”

苏轼坐在方凳上，不由得很有兴趣地端详起马盼盼来。这个马盼盼，身段很是窈窕婀娜，丹唇外朗，皓齿内鲜，长睫毛下一双黑色的大眼睛，顾盼之间，多情之中略带点书寓女子的矜持，很是叫人欢喜。

楼船开了。苏轼望了望船窗外，看到一只只大小不一的民间货船、渡船、渔船、小船、木筏、竹筏，从船窗边过去。一条硕大无比、派头十足的官办漕运大船过来了，站在船舷上手持刀枪的士卒对着河里的船只吆喝着；有几只货船赶紧避开漕运大船，往蔡河边上驶去；有一只渔船吓坏了，赶紧划过来，贴着这边的楼船，渔夫的两只手紧紧地攀着楼船的船舷，不让掉到河里去。透过船窗，苏轼还看到对岸帜旗高挑的茶坊、酒馆以及食色两业的各类店铺，一栋栋向后移去，仿佛没有尽头；对岸河边上摆满各种摊点，人头攒动，嘈杂的人语，嗡嗡地往河面弥漫开来。

过了一会，苏轼把目光移到舱内，看到范纯仁、苏辙都望着坐在自己身边的马盼盼，很明显他们在等着马盼盼把意外的惊喜拿出来。苏轼侧过脸去，但见马盼盼含笑不语，并无拿出什么意外惊喜的意思。王诜像忘记自己刚才说的话，又起身挤了过来：“子瞻兄，你忘记了？十九年前的今日，你与王安国一伙人来游蔡河，坐的也是这只楼船。”

苏轼这才猛然记起十九年前的这一日，苏轼、苏辙、章惇、王安国、王安礼、冯京、曾布同游蔡河，乘坐的确实是这条楼船，船上有七八个花娘，开席时佛印禅师也赶来了。那一日，众人玩得很开心，吃得很香甜。苏轼对那一日总有着十分美好的记忆，早就存心想与这些人同游一次蔡河。然而，这种愿望只能一直存放在心里。十九年过去了，同游蔡河的七人大都风流云散，一别如雨。去世的去世，云游四方的云游四方，到外地当官的到外地当官，那日同游的只苏辙一人。全部到齐是完全不可能的了，即使能相聚恐怕也会吵得一塌糊涂，弄不好还要恶言相加。苏轼油然生出一种伤感。

苏轼很是感慨地道："要是十九年前的人今日都来游蔡河，还能像那天那样玩得开心，吃得香甜，那该多好。"

王诜说："子瞻兄又多情了。十九年前的人今日都能来，众人开心；不能都来，我们这些人也一样开心。黄店主听说今日子瞻兄要来游蔡河，赶紧过来。黄店主也是这个意思，还把楼船上的花销包了。"

苏轼记得，十九年前——熙宁元年四月二十日——那日的花销也是黄发贵出的。苏轼觉得，今日自己是该把烦心的事都放下来，轻轻松松游蔡河了。苏轼看到，范纯仁、苏辙脸上的神色也欢悦起来。船舱里的气氛开始热闹起来。苏轼现在急着要看到马盼盼那个意外惊喜，便望了望王诜，又望了望身旁的马盼盼，见没什么意外惊喜，便与范纯仁、苏辙同时起身，往船舱外走去。不过，还没到船舱门口，王诜早过去叉开双手，把他们拦住，只说坐下、坐下。苏轼看到，四位美人都怪怪地窃笑起来。

此时，黄发贵领着一个端着纸、墨、笔、砚文房四宝的酒保从楼梯上下来。苏轼奇怪了，莫非醉春楼店主黄发贵又要像熙宁元年四月二十日那样在美人的纸扇、丝绢上写字，可这有什么意外的惊喜呢？不过这倒是苏轼很乐意做的一件事。苏轼感到自己有点技痒难耐起来。王诜从袖子里把一张花笺拿出来，送到苏轼手上。苏轼看到，花笺上有首《蝶恋花》，是王诜悼念亡妻之作。王诜的亡妻就是当朝太皇太后高氏的女儿、先帝神宗的姐姐舒国长公主。这首词以前王诜给苏轼看过。这个开国大将王全斌之后、风流得很有点荒唐的驸马，在欢场上太放浪形骸，不讲半点世俗礼法，但完全叫人不敢相信的是，这个荒唐的驸马跟公主竟有如此之深的感情。看来王诜还想把苏轼写下来的这幅字裱糊起来，张挂在寝房里。王诜这么做，倒是个美意。苏轼欣然应允，把纸铺在方桌上，不过没有立即提笔。苏轼看到，五位美人都有点愕然，王诜拍了下自己的脑袋，骂了句自己“糊涂”，便端起酒坛，将酒杯筛满，放在苏轼面前。

苏轼笑了，端起酒杯，一口喝干，待神定气闲之后，便低着头，提起笔，蘸好墨，在纸上挥毫写了起来。此时的苏轼，全神贯注在字上，心无旁骛，船舱外的一切一概不见，任何声响也一点不听。苏轼凭着兴致尽情挥洒，酒气从指尖下泄，才情从笔尖溢出，浩然听从笔之所之。苏轼一气写了《蝶恋花》的九句，只剩下最后一句了。苏轼感到众人都围到桌边来，耳边响起一片啧啧称赞声。苏轼对自己已写好的字也感到很满意，自我欣赏了好一会。苏轼又蘸好墨，正要写最后一句时，透过眼睛的余光里看到王诜跟身边的一个随从嘀咕着什么，想做点什么又觉得无从下手，颇有点着急。苏轼感到王诜与随从的神情举止很有点古怪。不过，苏轼未去多想，正提起笔往下写，舱外忽然有人高声叫骂：“何人如此胆大包天，敢挡皇家大船的水道，想死呀！”

苏轼吃了一惊，放下笔，看到船舱内的人都不由得把头朝船舱外望去。四位美人的脸色都变了。黄发贵脸色也有点变了。王诜却很是高兴起来，好像他的一个什么机会来了，又与随从古怪地嘀咕起来。苏轼看到，此时挨自己站着的马盼盼不知为何脸红了起来。王诜与随从嘀咕完了，就拉着苏轼向舱外走去。苏轼不肯，说等他写完最后一句再去。王诜像没听到他的话，只是一个劲把苏轼拉到舱外，一边说：“看看去，要出大事了！”

苏轼被王诜拉出了船舱，范纯仁、苏辙也跟着出来了。此时楼船正过龙津桥。苏轼大吃一惊，原来自己乘坐的这条楼船挡了一条漕运大船的水道。苏轼看到，五六个手持刀枪的士卒站在那条漕运大船的船舷上，另有五六个士卒拿着长竿钩把楼船钩住了，正往那边拉。楼船上的艄公吓得缩到船舱口。果然要出大事了！

苏轼与王诜、范纯仁、苏辙刚出现在船头时，这些士卒并不在意，后来大概觉得这几个人不像是没来头的人，便赶紧把长竿钩收回去。苏轼清楚，官办的漕运大船霸道惯了。不过，今日有苏轼、范纯仁、苏辙、王诜在，才不敢太无法无天。不多一会，漕运大船的船舱里钻出一人。苏轼认得，此人乃小天子赵煦的国舅公、东阁门使曹诱。王安石新法施行时，皇亲国戚也做生意，但不敢这么肆无忌惮；现在王安石新法给废了，皇亲国戚不仅做起生意，且这么放肆，竟跑起漕运来了。长此以往，天下事要乱套了。苏轼看到，范纯仁、苏辙冷冷地望着漕运大船上的曹谒，王诜则指着漕运大船上那些拿着刀枪和长竿钩的士卒，质问曹谒："这是怎么回事？"

曹谒这个人国舅公派头十足，此时却换上了一副笑脸，赶紧给王诜、苏轼、范纯仁、苏辙赔不是："这都是下官平日对他们管教不严，冒犯了各位大人。"然后对着漕运大船上那些拿着刀枪和长竿钩的士卒猛喝了一声："瞎了眼的狗东西，还不快滚回去！"

苏轼看到，那些士卒吓得争先恐后往漕运大船的船舱里钻。近处几条小船上的人见了，都笑栽了，同时很古怪地望着苏轼、范纯仁、苏辙、王诜：这几个是什么人，竟能把漕运大船上的士卒吓成这个样子！漕运大船很快往边上移了移，让出三四丈宽的水道。楼船缓缓穿过龙津桥，再从那家开封没人能说得清的邸店旁边驶过。

苏轼不想立即回到船舱里去，范纯仁、苏辙也没这个意思。三人显然想在这里说点事。王诜的随从自船舱里钻出来，又跟王诜古怪地嘀咕起来。不过，这回嘀咕过后，王诜满脸笑容地要苏轼回舱去看意外的惊喜。

苏轼、范纯仁、苏辙跟在王诜后面回到船舱里。苏轼发现船舱里有种神秘兮兮的气氛。黄发贵一脸古怪的笑，笑容里似乎别有意思；马盼盼一脸含羞的笑，像做了件不为人知的美事；其他美人则都古怪地抿着嘴，不让笑出来。

苏轼来到方桌边，要把《蝶恋花》最后一句写完。苏轼看到，自己写了字的纸原封不动铺在那里。就提起笔，蘸好墨，准备落笔。王诜把脸板了下去："好你个大才子也会戏弄人，明明写完了，还骗人说最后一句没写。"

苏轼低头一看，《蝶恋花》确实已写完，很是诧异。苏轼清楚记得，自己只写了九句。王诜指着方桌上的纸，要苏轼看个明白。苏轼再低头一看，纸上清楚出现了十句。苏轼怕自己看错了，用手指反复点了七八回，又一句句吟诵了一遍，没错，是十句：

> 小雨初晴回晚照。金翠楼台，倒影芙蓉沼。杨柳垂垂风袅袅。嫩荷无数青钿小。　　似此园林无限好。流落归来，到了心情少。坐到黄昏人悄悄。更应添得朱颜老。

苏轼一脸的惊疑。这就见鬼了。自己今日怎么啦？自己从来不干荒唐事，今日怎么了？苏轼有点慌，也有点怕了。王诜问苏轼："这上面的字可都是子瞻兄写的？"

苏轼又逐字看了一遍："错不了，是轼所写。"

苏轼看到，马盼盼一脸含羞地笑着；黄发贵和其他美人都忍俊不禁地笑了起来。苏轼如坠云里雾里，更加稀里糊涂了，望望马盼盼，望望黄发贵和其他美人。王诜哈哈大笑："子瞻兄，你错了，最后一句是盼盼写的，不信问盼盼。"

王诜告诉苏轼：马盼盼因慕苏轼，字学苏体，年深月久写的字竟与苏轼的完全一样，放在一起可以以假乱真；今日之事，不过是借曹谒的漕运大船之事，把苏轼支开，让马盼盼把最后一句补上。王诜说罢，便与黄发贵以及其他美人大笑起来。苏轼、范纯仁、苏辙也大笑起来。马盼盼羞得一脸通红，也益发显得娇美。这确实是盼盼美人送给苏轼的一个意外惊喜。后来，苏轼与马盼盼合书的这幅字，裱糊好挂在王诜的寝房里；这件事也成为一段佳话，在坊间广为流传。楼船上的气氛一下子热闹欢腾起来。不久，酒菜端了上来。苏轼觉得，这一餐一点也不比十九年前的那餐逊色，众人吃得很是香甜。

下午申牌两刻时分，游玩结束，众人各自归去。当酉牌鼓声在皇宫上空响起时，苏轼准点进了皇宫的北门，到了翰林院自己的值房里。一路之上，苏轼都在想救蔡确一命之法。不多一会，苏轼听到值房外有细碎的脚步声，一个殿头太监进来，宣太皇太后高氏口谕：太皇太后高氏和皇上内东门小殿召见翰林学士苏轼。苏轼赶紧起身，跟在殿头太监后面出了值房。

东方月上，星斗满天。朦胧中皇宫内远远近近的殿、堂、楼、阁显得更加娇美多姿，也更加庄丽峨巍。殿头太监把苏轼带进昔年仁宗章献明肃太后刘氏垂帘听政的内东门小殿。内东门小殿四壁上的宫烛把小殿照得通明。苏轼看到，太皇太后高氏与小天子赵煦并排坐在小殿已经拉起的帘子里，不过太皇太后高氏的位置稍稍靠后一点。苏轼早就清楚，小天子赵煦对奏事的臣子总把后背和屁股对着他很不满意。今日苏轼不会出现这种情况了，奏事时未能正对着太皇太后高氏与小天子赵煦，却二人都对到了。

苏轼进了殿，便看到太皇太后高氏与小天子赵煦面前放着一只锦墩，锦墩前面的茶几上还上了杯正冒着清香的热茶。苏轼感到身体里有股热流在涌。苏轼还看到，两厢站着侍候的太监、女官和宫女今日都特别热情地望着自己。苏轼心中有数：今晚太皇太后高氏有十分重要的圣旨要自己写。

苏轼给太皇太后高氏和小天子赵煦行过跪拜礼后，在锦墩上坐下。太皇太后高氏的仪态还像昔年一样端庄，秀美的黑眼睛里杀气很重。不过，太皇太后高氏对苏轼的目光却很亲切柔和。小天子赵煦仍旧只是一声不出地坐着，冷冷地望着苏轼。内东门小殿有着一种轻松、愉悦而又庄重的气氛。苏轼毕恭毕敬等着太皇太后高氏的吩咐，然后回到自己值房去撰写圣旨。没过多久，太皇太后高氏道："大学士进京前为何官？"

苏轼不明白太皇太后何以问这个尽人皆知的问题："团练副使。"

太皇太后高氏："今为何官？"

苏轼糊涂了，太皇太后对朝中百官的情况都是一清二楚的，自己今日当什么官岂有不知之理："臣今待罪翰林学士。"

太皇太后高氏："何以升得这么快？"

苏轼也觉得自己一年三次升四级确实快："碰上太皇太后、皇帝陛下。"

太皇太后高氏："非也。"

苏轼又糊涂了："岂大臣论荐乎？"

太皇太后高氏："亦非也。"

苏轼害怕了。如果不是太皇太后、皇帝陛下和大臣论荐，那就是自己的官位来路不正。苏轼惊曰："臣虽无德不才，不敢自他途谋取官位。"

太皇太后高氏此时未急着回答苏轼的话。这急坏了苏轼。一声不出地坐着的小天子赵煦回过头去望了望太皇太后高氏。就是左右的太监、女官和宫女也皆急，都望着太皇太后高氏。少说过了半炷香工夫，太皇太后高氏才开言："此先帝意也。先帝每诵大学士的诗文，必叹曰：'奇才！奇才！'但未及进用大学士耳。"

苏轼不觉痛哭失声。太皇太后高氏和小天子赵煦亦泣，两厢的太监、女官和宫女皆感涕。苏轼想起先帝神宗对自己的许多圣眷龙恩，特别乌台诗案的不杀之恩，痛哭之声益发伤心，也益发大了起来。自己是有罪的，太皇太后曹氏、王安石、章惇、蔡确以及朝中不少人都救过自己，但最终是先帝神宗救了自己。驾崩前，先帝神宗还要启用自己当大学士，这是何等的皇恩！霎时间，内东门小殿里的气氛，变得既沉重肃穆，又令人感动起来。

约莫过了一炷香工夫，苏轼抬起泪眼，看到太皇太后高氏在用丝绢擦眼角的泪水，小天子赵煦也泪眼汪汪。苏轼以往在宫中宿直时，太皇太后高氏对自己交代撰写圣旨的内容前，也总先聊上几句。苏轼清楚，太皇太后高氏要对他交办撰写制词之事了。太皇太后高氏："蔡确新州安置的制词，无人能写得好，非大学士不可了。"

苏轼明白刚才太皇太后高氏对自己说的那番话的意思了。先帝赵顼喜欢他的诗文不假，乌台诗案中没杀他也是事实，但要说先帝赵顼召他回京当翰林学士却是笑话了。先帝赵顼病危时连册立皇储都说不出话来，还有闲心和精力去管苏轼升官之事吗？不用说，自己被召进京，且让自己一年由罪官到三品，三次连升四级，只有太皇太后高氏才能做到这点。太皇太后高氏刚才那番话，实际上是告诉他这一点，要苏轼不要糊涂。

苏轼不糊涂，觉得这正是自己进言的好机会。苏轼正要开口，太皇太后高氏又道："老婆记得，嘉祐二年仁宗皇帝读大学士兄弟制科考试的策论，回到后宫十分高兴地说：'朕今日为子孙得两宰相矣！'不想转眼整整三十年过去，仁宗皇帝的这句话也被人遗忘了。"

苏轼对太皇太后高氏时时处处护着自己，心里庆幸，也很感激。苏轼很清楚，自己虽然成了新旧两派都不欢迎的人，但无人敢动自己一根毫毛，就因为太皇太后高氏无处不护着自己。苏轼心中有数：有太皇太后高氏护着，自己才红运当头，要得相位，并不是太遥远之事，只要听太皇太后高氏的话就行。太皇太后高氏刚才的话，其实有这种暗示。太皇太后高氏对苏轼恩重如山，然而，正是因为如此，苏轼觉得，自己更应该把心里的话说出来。苏轼明白，自己这么做，官场上的人又要笑自己读书读多了读糊涂了，诗文写多了写呆了，但还是要说："禀太皇太后，臣以为把蔡确贬到新州安置，有四不宜。"

苏轼的话才说到这里，就感到内东门小殿的气氛变了。苏轼看到，太皇太后高氏秀美的黑眼睛里有了种明显的不快表情。太监、女官和宫女对自己热情之色瞬间全不见了。对太监、女官和宫女的这种神色，苏轼一点不感到陌生，自己在密州、湖州当太守时，衙门里的人脸上就时有这种神色出现。这些人无非是觉得自己尽说些不合时宜的混账话，弄得人家不高兴。自己这辈子就吃了这个亏，但一辈子改不了。苏轼还发现，小天子赵煦抬起眼皮，很有意思地瞥了自己一眼。

太皇太后高氏脸上明显有种不快："哪四不宜？"

苏轼没半点犹豫："蔡确之事非一人之事，此事易引起党争之祸，一不宜也；有朝一日这些人回到朝廷，反新法派会滚水泡老鼠一窝全死光，二不宜也；臣当年不过黄州安置，蔡确却新州安置，三不宜也；有宋一代善待士大夫，蔡确却因文字给逼上死路，四不宜也。"

苏轼注意到，太皇太后高氏的脸拉了下来。太监、女官和宫女先是相互交换了一下脸色，然后都怪怪地望着自己。小天子赵煦又抬起眼皮，很惊奇地瞥了自己一眼。

苏轼的嘴巴还是关不住："禀太皇太后，臣以为若朝廷不换个地方安置，则于朝廷之威不显；若深罪蔡确，则于朝廷仁政有害。臣谓再换个地方，不就两全其美了吗？"

苏轼觉得，自己的这个主意不错，很有点得意。不过，苏轼很快就看到，太皇太后高氏的脸色益发难看了。两厢的太监、女官和宫女也出现了一种鄙薄之色，好像自己脑子出了什么毛病。苏轼想想，这些人一脸这种神色，毫不为怪。朝中那么多臣子不仅都愿意把蔡确贬到新州去，就是再远一点也没什么不可以。这是个多好的孝敬太皇太后的机会，但苏轼却为一个官运彻底走到头了、被朝中许多人嫌得像狗屎、跟自己并无交情的蔡确说情，岂不是脑子出了毛病？这又岂能让这些人看得起自己？最有意思的是小天子赵煦，眼睛只是冷冷地望望太皇太后高氏，又冷冷地望望苏轼，望望两厢的太监、女官和宫女。

内东门小殿内鸦雀无声。过了好一会，太皇太后高氏秀美的黑眼睛里现出一种叫人可怖的杀气，厉声道："蔡确有不臣之心，其罪不在诗上。山可移，蔡确新州安置不可移！"

苏轼看到，两厢的太监、女官和宫女的两膝都瑟瑟地发起抖来，小天子赵煦也惊恐地把眼皮关上了。太皇太后高氏把之前对蔡确的定案推翻了，由讪谤太皇太后高氏上升到不臣之心，那就是谋反了。苏轼明白了，太皇太后高氏是非要蔡确死了。此时，太皇太后高氏对自己的目光又亲切柔和起来："去吧，去撰写贬谪蔡确的制词。"

苏轼不知为什么蓦地记起佛印禅师曾笑言自己"一屁打过江"这句话来。苏轼这一回不想让自己“一屁打过江”，要真正做一回八风吹不动。苏轼决心拒写制词。苏轼清楚，这样一来，自己以后在朝廷的日子也肯定不好过，相位肯定是没了。苏轼管不了这些，起身离开锦墩，跪了下去：“臣有罪！制词一事，恕不敢奉命！”

苏轼注意到，内东门小殿内一片死寂，有种沉重得叫人感到窒息的气氛。苏轼一动不动地跪着，完全是一种太皇太后高氏不收回成命，就长跪不起的气势。太皇太后高氏默然无话。苏轼在自己的眼睛余光中，看到两厢的太监、女官、宫女和小天子赵煦都屏着气望着太皇太后高氏。也不知过了多久，太皇太后高氏叹了口气：“大学士太不知道当官了。”

苏轼独自回到翰林院自己的值房里。贬谪蔡确到新州的制词自然不愁无人去写。这一夜，是苏轼最消闲的一夜，却也是无比气定神闲、自在惬意、宽心无忧的一夜。第二日，依然是个可爱的空气湿润、风和日暖的日子。苏轼回到宅第，在门外就听到门里有人拊掌大笑：“好！好！大才子果然八风吹不动了！”

苏轼看到，佛印禅师从宅第里走了出来。苏轼很高兴，从元丰七年江宁府一别，转眼就三年。提到八风吹不动，苏轼不觉一惊，又有点愧色，脸不觉红了起来。后来，苏轼才知道，自己这夜宿直之事当夜就传了出去。听到的人都笑死了，觉得苏轼这个人不堪救药，竟然不买处处护着自己的太皇太后高氏的账，把那么好的一个进中书的机会丢掉了，以后仕途肯定好不了，不要说飞黄腾达，恐怕连官场也难待了。

佛印禅师又拊掌大笑：“大才子不必过谦，今后既无焦虑，又无烦恼了。”

苏轼亦笑：“这都是禅师一屁打出的结果。”

二人同时笑了起来，弄得门房和路过宅第门口的人莫名其妙地望着他们。

苏轼以后的仕途果然多灾多难，没走过好运。不久，把翰林学士的官职丢了。四年后，苏轼被劾，外放为颍州太守。六年后太皇太后高氏驾崩，苏轼被贬谪惠州。九年后，苏轼被贬谪到海南儋州，到了中原王朝最南面的天涯海角，比蔡确被贬的新州还要远得多，还蛮荒。不过，苏轼没死在路上，在儋州活了四年，与土族黎人相处得很好，非常喜欢吃那里的荔枝，写下“日啖荔枝三百颗，不辞长作岭南人”这样两句名诗，可见他活得很快活，大有一种乐于老死儋州的意思。元符三年被召回内地，第二年客逝于常州，享年六十六岁。

第一一〇章　以牙还牙响马血洗临朐县 自作自受太守命毙铁扫帚

元祐四年春天一日比一日和暖起来时，临朐县发生一件惊天血案。青州有股匪号叫“滚天雷”里的三十几个响马和十几个刚入伙的农人，光天化日之下冲进青州临朐县城，血洗了县衙。快班班头刘贵、壮班班头李顺以及另外十来个衙役全部被杀了，用江湖话说就是给“青”了。大堂里、台基上、庭院中，到处是血。皂班班头牛三死得最惨，被剁了一百多刀，整个人血肉模糊，不成人样；临走前有响马还舀了桶大粪泼在此人身上，让他遗臭万年。逃脱的只有前年官复原职的呆子县令、刑名师爷朱学绍、都头徐大宝。

带路的是临朐县的黄胡子、锅铁脸。其时，临朐县衙正提审一个杀人犯。黄胡子带着“滚天雷”里的三十几个响马和十几个刚入伙的农人，从一条死巷子的围墙上搭人梯翻过去，摸进县衙门。进了县衙的响马和农人，见到衙门里的人就砍。县衙里乱作一团，黄胡子也砍人，有个衙役是被黄胡子一刀砍死的。那个衙役倒在地上还用一双眼睛直瞪着他。这叫黄胡子感到可怖，也感到快意。不到一盏茶工夫，县衙门里的人全给杀了。不过，在清点死尸时，却没发现呆子县令刑名师爷朱学绍、都头徐大宝。几天之后，“滚天雷”里专门刺探消息、踩点摸情况的名号“走线”的响马来报：那日早上呆子县令还在床上跟一个良家女子颠鸾倒凤，根本不记得公堂断案之事；刑名师爷朱学绍、都头徐大宝头天晚上喝得烂醉，日头上了十多丈高才起床。等到“滚天雷”里的三十几个响马和十几个刚入伙的农人赶到他们住处时，这些人早跑了，让他们躲过这一劫。

“滚天雷”这伙响马和农人血洗县衙之后，并没有马上离去，“滚天雷”大当家命响马去找一把铁扫帚。十几年前，黄胡子见过铁扫帚。那是当年颜文华颜县令发明的一种刑具，没哪个犯人见了不吓得变色的，被铁扫帚洗刷过后也没一个不招供的。前年颜文华擢升为青州太守，把铁扫帚留在县衙里，作为镇衙之物。响马找了许久，后来还是在呆子县令的床底下找到的。“滚天雷”大当家命响马带走，然后便领着响马和刚入伙的农人大摇大摆离开了县衙。在离县衙不过隔条街的地方，“走线”响马把了解县城哪家哪户有贵重金银财物的响马钩钩找来，要他带路，抢了两家店铺。从撬开大门到把钱财衣物抢走，在每家店铺所花的时间不到一炷香工夫。这两家店铺中，有一家还是钩钩的远房亲戚。完事后，掌管银钱财物名号叫“账架”的响马给了钩钩三两银子，然后骂了句钩钩是个畜生，再在钩钩屁股上送上一脚，吓得钩钩没命地跑掉。本来，“滚天雷”大当家还想抢两户豪富家的，专以守岗备警为事的“巡风”响马来报：青州太守颜文华带着一千名号叫“威猛”的厢兵向临朐开来了，前锋已到离县城不到五里的地方。“滚天雷”大当家才没去抢这两户豪富家。响马和农人撤走时所过之处，街上的路人都跑光了，店铺全关了门窗，地摊也都瞬间无影无踪，连狗也见不到一条。有胆子大的，躲在门后，眼睛贴着门缝，憋着气不让出，十分好奇，也十分胆怯地朝外望着。

黄胡子姓黄名怀忠，跟在他后面的锅铁脸姓金名守信。黄怀忠觉得自己今日完全变成了另外一个人。从前，他们是农人，只盼风调雨顺，田地里多产点粮食，自自在在、规规矩矩过自己的小日子。今日，他们杀了人，抢了财物，有了命案，官府衙门肯定不会放过，自在日子过完了，以后得提着脑袋，时时提心吊胆不让官兵和衙门里的人把自己捉住；但也见了世面，开了眼界，原先那些在乡下人眼里威风凛凛、不可一世，令人敬之若神、畏之如蛇的衙门里的人，其实也有怕平头百姓的时候。这当然很吓人。血洗县衙时，黄怀忠注意到，金守信比他还恐惧，脸早吓得煞白，提着刀的手在发抖。不过，当有个衙役举起水火棍向他头上砸下来时，金守信开始凶狠起来，与那个衙役开始对杀。后来，有个外号叫“闺女”的响马过来帮忙，二人围住那个衙役厮杀。“闺女”响马平日真有点像未出嫁的闺女那样爱脸红，可厮杀起来刀刀要人的命。“闺女”响马先在那个衙役肩上狠狠地砍了一刀，金守信接着补了一刀；衙役倒地，二人再各补上一刀，便送那个衙役上了西天。

出了县城，过了吊桥，专管起运的响马找了八个带了箩筐的农人过来。响马把抢来的金、银、珠宝及衣物，装到箩筐里去，让他们挑着，然后押着他们往沂山上走去。一路之上并不见官府衙门派什么人追来。不过，黄怀忠注意到，“滚天雷”大当家却始终板着个令人望而生畏的脸，目露凶光，耳朵不放过前后左右的任何动静。有只野狐“嗖”的一声，钻到草丛里去，大当家立即把环首长刀拔了出来；后来见那只野狐从远处跑了，才把刀插回到腰带里去。黄怀忠看到，响马心底里都服大当家，但也都怕他，对他唯命是从，都十分警觉、十分小心地跟在后面；碰到情况，都静候大当家发话，生怕言行举止有什么犯忌的地方，弄得大祸临头。昨日，入伙之后，“闺女”响马就告诉黄怀忠、金守信这些刚入伙的农人，响马每个行动都关乎性命，里面的规矩特严，禁忌特多：比方行事前要卜卦测字，要讨吉利，不准说破口话；吃饭、喝茶也有禁忌，“饭”与“犯”、“茶”与“查”谐音，吃饭只能叫“上泉子”，喝茶便叫“上清泉子”；吃饭时筷子不兴放在碗上，碗不兴摔破；围坐要叫“圆坐”，过河、过桥要叫“过坎”。犯了这些禁忌的人十有八九要丢掉老命。当然，犯了忌，也可以破。早晨说错了话，那么整天得百无禁忌，句句犯忌。

这很骇人，叫人胆战心惊。黄怀忠看到，被自己策动入伙的金守信和那十几个农人的脸色都变了，常常用怯怯的目光望望大当家。“滚天雷”大当家就是熙宁三年二月初九被当时的颜文华颜县令用铁扫帚又刷、又戳，给弄得死去活来、惨不忍睹的江洋大盗，姓丁名老六，绰号叫“滚天雷”。那年丁老六招的供有真有假，骗过了颜文华。是夜颜文华没食言，果然命狱卒端了坛酒，还有许多肉。“滚天雷”丁老六坐过无数次牢，岂能不知道颜文华鬼名堂，给他酒肉吃，只是为了哄着他，让他好好在牢里待着，不要节外生枝弄出什么意外来，等青州府文书一到请他归西天。这天晚上，“滚天雷”丁老六不是一个人吃酒吃肉。他把牢房里的狱卒都请来了。有酒有肉吃，哪个狱卒不高兴？“滚天雷”没喝醉，几个狱卒却喝得烂醉如泥。此时“滚天雷”把灯灭了，有两个黑衣人摸黑闪了进来，把“滚天雷”背走了。这两个黑衣人都是“滚天雷”的同伙。其中一个就躲在县城旁边的王家庄。那天颜文华派捕快去捉时，还没进村，这个同伙就神不知、鬼不觉离开了。捕快在王家庄等了一夜，这个同伙却与另外三个同伙由熟悉牢房路径、被响马称作“带线”的人带路，闪进牢房，再由早被他们买通的狱卒把牢房门打开。然后，两个同伙在门外望风，两个同伙进来把“滚天雷”背走。是夜月黑风急，颜文华在得到江洋大盗越狱禀报后，赶紧命县城四门紧闭，连苍蝇也不让飞走一只；第二日又全城挨家挨户搜捕，却怎么也找不到这几个响马的踪影。其实那天江洋大盗“滚天雷”就藏匿在县城响马经常落脚窝点的地窖里。等风声过去了，“滚天雷”便与同伙上了沂山。“滚天雷”打家劫舍，残忍得很，作恶多端，却又十分豪勇义气；杀人放火敢说敢当，危难时不泄底，不出卖同伙，抢钱却不看重钱；又有身好功夫，善使双刀；读过两年书，算是响马里难得的能识文断字的人；有胆有识，做事公道，算得上一个侠匪。“滚天雷”犯的案子都脍炙人口，让人听了又想听。不论是熙宁三年二月抢走两万两银子，还是临朐县越狱逃跑，都不胫而走，在民间越传越奇。因之，众人共推“滚天雷”为大当家。大当家的绰号叫“滚天雷”，这伙响马便在江湖上以“滚天雷”报号。有道是没有匪号不发家，沂山这伙响马有了这个名号，名气越来越大，入伙的人也越来越多，到今年年初，有一百多号人马了。

上了沂山，再走十多里的山路，便来到山顶一座破山神庙前。黄怀忠看到，和暖日光下的山神庙前，参天的古木遮住了青天，但虚枝丛生，东歪西斜，树上浓叶里有鸟在怪叫着；地上阴影斑驳，四野阒无人迹，连间草房也见不到，显得幽暗、阴森和寂然，也显得神秘、鬼怪和可怖；通往山神庙的小路上满是残枝败叶，从来无人扫过，显得荒芜、破败、冷落和秽乱。大当家“滚天雷”让众人进去歇息。“账架”响马给了八个农人每人半两碎银作为脚钱，未在他们的屁股上送一脚，就放他们下山。八个农人不敢出声，心满意足，却头也不回地赶紧下山走人。

上下沂山就山神庙前这条山路。庙的左边是断崖，右边是峭壁，要从那两处上、下山就得翻过断崖和峭壁；还有一条是采药人走出的小路，要多翻两道山梁才能上山、下山。黄怀忠跟着众人进了庙。这庙就一间殿堂，一尊菩萨，供奉的是降龙罗汉；降龙罗汉怒颜张口，一手按着龙头，一手举剑。殿堂很破旧，四面的木板被人撬了不少，墙角给挖了个洞，柱子是斜的，一地燕子屎，木梁上结满了蜘蛛网，到处是灰。降龙罗汉身上的金箔脱落得差不多，露出难看的泥胎，手上的剑断了半截。供案里既无残烛，也无断香，连纸灰也找不到半片。从后面过道吹来的山风，把山神庙屋檐四角上满是锈斑的风铃吹得响个不停，听去像闹鬼一样。这样的庙自然无甚香火，更没哪个和尚愿在这里出家。但这庙却是响马、盗贼的藏身之所，当然也是歹人出没的地方。

山神庙里顿时热闹起来。入伙前，黄怀忠就知道，名号“滚天雷”的这伙响马，居无定所，沂山各个地方都有他们的落点。每次打家劫舍前，早有“走线”响马把情况刺探得一清二楚，军师再把进、退、战、守事宜安排停当，“滚天雷”大当家一声令下，响马纷纷从落点出动，赶到集结地点，用不了多久就把豪富家洗劫一空。完事后，传呼一声“下了”，响马便立即消失得无影无踪。分赃多是在事前找好的、四野无人的乱坟岗，这样的山神庙当然也是分赃的好地方。

黄怀忠看到，“滚天雷”大当家果然要在山神庙里分金银财物了。黄怀忠、金守信与十几个农人缩着身子坐在殿堂的角落里。这一来是黄怀忠、金守信和那伙农人虽然入了伙，但是第一次与这么多响马相处在一起，还是生人。叫黄怀忠感到惊奇的是，那伙响马在路上都那么怕大当家，生怕犯规遭到惩罚；此时那伙响马什么都不怕了，没大没小，对谁都哥弟相称，就是对“滚天雷”大当家也是如此。“滚天雷”大当家一点也不计较，脸色很是和善，态度很是随便，一点也不凶恶，且与别的响马一样称兄道弟。黄怀忠感到很是新鲜有趣。这里比起有官府管着的村子来，真的是一个天上、一个地下。在村子里，一个衙役来了也山动地摇，不仅要好酒好肉供着，且要像老爷一样侍候着。这里不同了，入了伙就不分贵贱尊卑，四海之内皆兄弟，亲如家人。

山神庙里的气氛很是欢快起来。此时，“巡风”响马从山神庙外走了进来，向“滚天雷”大当家禀报：青州太守颜文华率领的一千“威猛”厢兵已到了沂山脚下。黄怀忠心里多少有点紧张。不过，庙里的响马神色如常，“滚天雷”大当家什么话也没说，只是对“巡风”响马挥了挥手，示意他再探。然后“滚天雷”大当家要“账架”响马把抢来的金、银、珠宝及衣物分了。“账架”响马把这些财物全摊在殿堂地上，然后按等份分好，用青花布一份份包好。再过一会，那三十几个响马嘻嘻哈哈，一窝蜂拥上去，一人拿了一份。大当家“滚天雷”丁老六也取走一份，放在菩萨脚下的供案上。

黄怀忠惊呆了，完全没想到响马是这样分赃的。黄怀中看到，地上还有十多包财物，没人去取。“滚天雷”大当家对着自己这些缩着身子坐在殿堂角落里的刚入伙农人，很和善地招了招手：“都过来，都是兄弟，不要缩在角落里，‘滚天雷’里无大小，有财均分，无间亲疏，有福同享，有难同当，大碗喝酒，大块吃肉。来！每人一份，都拿走！”

黄怀忠不敢相信自己的耳朵，以为听错了，拧了拧耳朵，没听错。黄怀忠看到，金守信他们也都目瞪口呆地望着大当家“滚天雷”。确实，如果不是亲眼所见、亲耳所闻，任何人都不会相信眼前发生的事。他们刚入伙，却平分金银财物。黄怀忠很有点不好意思起来，迟迟没有起身。金守信他们也没起身，也有点扭扭捏捏的。“滚天雷”大当家提了几个包过来，塞给他们这些刚入伙的农人；三个来回，地上的包全分完了。

黄怀忠益发感到自己不好意思起来，真没想到，自己一下子发大财了，有了这么多金银财物；要是种田，怕几辈子也赚不到。黄怀忠还看到，金守信和其他农人也都和自己一样，把包紧紧地揣在怀里，还用手按了按，都快活得脸上堆满了笑。

黄怀忠确实做梦也没想，自己和金守信会当上给祖宗现世丢脸的响马。黄怀忠和金守信都世代务农，有祖传的十几亩薄田，二人都是当地种田的能人，又买了四五亩田，加盖了两间瓦屋，养了猪、鸡、鸭，成了当地的上等民户，日子还是蛮好过的。上等民户要服衙前役，那年黄怀忠和金守信押运十多车稻米到青州府，路上碰到响马，给抢了，结果把自家的稻米全赔光了。熙宁年间，王安石当相公，施行新法，不派差役，只交免役钱，差事由官府雇人去做，农人很欢迎。但，碰到万恶的颜文华在行青苗法时，强行要黄怀忠和金守信二人作保，都碰上给好吃懒做的泼皮无赖作保，又无端为泼皮无赖赔了不少钱。元丰年间，听说黄州让贷青苗钱的人自请保人，朝廷诏令天下都这么做，这下又好得很了。勤快的农人请去作保，不仅不担心还不了青苗钱，农人贷到青苗钱时还多少要表示点感谢。可过了七八年好日子，司马光当相公，所有的新法都废除了，恢复旧法；熙元年间被罢官免职的人都官复原职，呆子县令又打坐在县衙大堂上。这个呆子县令本是个好色之徒，虽年过半百，却色心未退；因之，只要送上女人，呆子县令就没有什么事不给办的。去年秋收不久，又轮到黄怀忠和金守信去当衙前役，派去守粮仓。晚上二人锁了库门，又各拖了条板凳，横在当门，坐在上面守着仓库；屁股还没坐热，十多个手持环首长刀的蒙面人冲过来蒙了眼睛，捆了手脚，塞了嘴巴；第二日天明，库吏打开库门，整个粮仓全空了，刚收进的秋粮不翼而飞。黄怀忠和金守信立即吓得魂飞魄散，昏倒在地，醒过来后问粮仓的库吏、杂役和衙门里的人，都说昨夜什么动静都没听到。黄怀忠和金守信知道今日只有死路一条，就是把家里的田地、房屋、家畜、家禽都卖掉，也赔不起。黄怀忠和金守信不久后听说，那日晚上把他们捆住的人全是衙门里的人，为头的是都头徐大宝，此外还有皂班班头牛三、快班班头刘贵、壮班班头李顺。黄怀忠和金守信把状告到呆子县令那里，还给打了二十大板；告到青州府，颜文华把他们轰了出去。二人的老婆也被徐大宝、牛三、刘贵、李顺奸污，上吊死了。黄怀忠和金守信只有上山当响马这条路，便到“滚天雷”这里入了伙；入伙后，发现邻村有十几个因衙前役把家产赔得精光的农人也到这里当了响马。本来，黄怀忠这辈子只想做个老实农人，现在做不成了。响马是刀口舔血的活，官府不会放过的，今日血洗了县衙就更不会放过，迟早要挨上一刀，抛尸野外，别想老死善终，也别想进祖坟山。不过，只要不被官兵捉到，就能过着王侯一样的生活，这没什么不好。

黄怀忠坐的位置靠近山神庙的大门。黄怀忠侧过脸，从大门朝外望去，但见一日比一日和暖的沂山山坡上，小草露出了刚长出来的浅绿色尖芽。东歪西斜的参天古木遮住了青天，树上有被山神庙里的响马惊住了的鸟，扑翅翅往古木外飞去。有两只喜鹊站在门前的一棵老树上，伸长脖子四处观望，快活地喳叫着，让人听了欢悦。

“闺女”响马爱脸红：“快活吗？”

黄怀忠脱口而出：“快活，跟神仙一样快活！”

“闺女”响马：“以后你会觉得比神仙还快活。我们手上有了这把刀，占山为王，想怎么过日子就怎么过日子；走到哪里，就抢到哪里。天管不了，地管不了，神仙管不了，阎王也管不了。官府要管，得问问我们手上的家伙，肯不肯让他们来管。”

黄怀忠有点不好意思地把声音放低了：“就怕给官府捉到。”

黄怀忠看到，自己的话音刚落，山神庙里的响马都哄笑起来，有几个响马笑得前仰后栽，“滚天雷”大当家也哈哈大笑起来。黄怀忠是个明白人，知道他们在笑自己怕给官府捉到要砍头。“闺女”响马的眼泪都笑出来了：“捉到上刑场问斩就是，那么多人跟在后面看热闹，争着瞧你，给你送行，说你是条好汉，比老死在家强多了，有什么可怕的！”

黄怀忠看到，金守信那些刚入伙的农人都一脸的错愕，给惊呆了。“闺女”响马的话，对这些刚入伙的农人来说，不啻是一声霹雳。不过，随后黄怀忠明白了。走上响马这条路的人，当然不愿死，但不当响马死得更早更不值，对死自然坦荡得很。

爱脸红的“闺女”响马越说越神气，也越说越意气扬扬：“再说，二十年后又可以杀人放火，打家劫舍，干掉官府衙门里的几个狗人，快快活活过几年，有何不好？”

黄怀古觉得能这样，又能快快活活过几年，就是进不了祖坟山，抛尸野外，也值！黄怀忠看到，金守信他们都点了点头。“闺女”响马有滋有味地唱了起来：

一入江湖真自由，衣食住行不发愁；
东家有酒东家醉，到处逢人到处留；
不种麦子吃白面，不种芝麻吃香油；
不酿杜康饮美酒，不植蚕桑穿丝绸；
白天不怕人来借，夜晚不防贼来偷；
功名利禄全不爱，但愿快活到白头。

入伙前，黄怀忠肯定对这种夸耀不劳而获的歌听不下去，但今日却觉得这歌很有味道。金银财物都分了，响马要各自回到落点去。黄怀忠看到，金守信他们也和自己一样，等“滚天雷”大当家把自己这伙农人分到落点去。此时，黄怀古忽然听到山神庙外一片喧闹声。山神庙里的人立即站了起来，一个个手上提着环首长刀，望着“滚天雷”大当家，等着他发话。此时，“巡风”响马从山神庙外走了进来，向大当家禀报：青州太守颜文华率领的一千名“威猛”厢兵已上了沂山，正往山神庙开来。

黄怀忠心里有点怕了。颜文华手上有一千厢兵，山神庙的响马和刚入伙的农人加在一起，不过五十来个人，对付得了吗？此时，山神庙前路口那边传来一阵喧闹声。黄怀忠吓了一跳，以为青州厢兵来了。不过，黄怀忠发现，“滚天雷”大当家却没把环首长刀拔出来，庙里的响马无事一样。山神庙前路口那边的喧闹声越来越大了。“滚天雷”大当家走到山神庙门口，然后回过头来，对庙里的响马道：“都出来，上泉子的来了！”

“上泉子”就是吃饭。响马都走出山神庙。黄怀忠看到，十多个响马各提着两只很沉的大提篮，从庙前路口走来。黄怀忠奇怪地看到，里面还有四个女人。那十多个响马和四个女人都双手提着很沉的大提篮到了山神庙前。“账架”响马要众人在庙前地上随便坐，凑上八人“圆坐”在一起。黄怀忠算了算，共有八个“圆坐”。黄怀忠、金守信这些刚入伙的农人是十四个人，加上“闺女”响马，还差一人才凑上两个“圆坐”。“滚天雷”大当家见了，便坐到黄怀忠这处来。黄怀忠这处的农人都很有点受宠若惊的幸福和兴奋。在乡下，谁把农人当人看？官府衙门里的人，谁对乡下农人有过一点好脸色？不是呼，就是凶，不挨打就万幸了。

黄怀忠看到，那四个女人与乡下女子不一样，在男人面前一点也不扭捏。四个女人和那十多个响马一样，把大提篮里的酒和菜都端了出来。每个“圆坐”两大坛酒，八大钵菜。四个女人不在一个“圆坐”上，被不同“圆坐”上的人叫过去。坐在黄怀忠一起的“闺女”响马嘴巴凑着黄怀忠的耳朵，细声告诉他：这四个女人，分别是“滚天雷”大当家、“账架”响马、“插签”响马、“巡风”响马的婆娘；前面隔着两个“圆坐”的那个说话大大咧咧的女人，是“滚天雷”大当家的婆娘。黄怀忠注意到，这四个女人都有几分姿色。以前在村子里，黄怀忠就听人说过，响马都有迷女人的妖法，凡是有响马的地方，就有姿色不错的女人；这些女人都死心塌地跟着响马，没谁想过有一天要离开。“闺女”响马还细声告诉黄怀忠，坐在左边“圆坐”上的那个嘴边有个美人痣的女人是“账架”响马的婆娘，原来是青州府衙都头的婆娘，“账架”响马奸了后把她抢来的。本来响马有条规矩，叫“上马不嫖，下马不赌”，但因“账架”响马奸的是官府衙门里的人的婆娘，“滚天雷”大当家也就开个眼、闭个眼，此事也就这么过去了。黄怀忠听后特别开心。官府衙门里的人从来奸人妻女，这回也让他尝尝自己婆娘被人奸了的滋味。黄怀忠看到，坐在自己对面的金守信脸上也现出很快意的神色。

“巡风”响马过来向“滚天雷”大当家禀报：青州太守颜文华率领的一千“威猛”厢兵分散在山下十多个村子里吃饭，把这些村子农人的鸡鸭全捉光了，猪全杀了，连狗也不放过。众响马更是放心地吃喝。山神庙门前那棵老树上喜鹊的叫声更密、更响了。黄怀忠抬头数了数，此时树上有四只喜鹊。喜鹊的叫声很助兴。响马喝酒更是用碗不用杯。“滚天雷”大当家端起酒碗，说了声“喝”，一碗酒转眼就干了。众人也都端起碗，叽里咕噜喝着酒。酒是官酒，又清又香。大钵里的菜，全是大块大块的鸡、鱼、肉。这样豪吃豪喝，不要说普遍农人吃不起，豪户也舍不得这样吃。黄怀忠、金守信和那些刚入伙的农人夹起一块肉却没立即放进口里。隔座的几个响马笑了他们几句，黄怀忠他们这才放开肚皮吃喝，一个个吃得油光满嘴。响马胃口都好得很，酒过三巡，开始划拳，吃得昏天黑地。这时响马嘴巴不正经起来，开始装疯，眉飞色舞、放肆露骨地谈起男女床上之事；还做出各种千奇百怪的动作，发出千奇百怪的声音。这些响马一点也不觉得这有什么丢人现眼，一个个越谈越起劲。黄怀忠忽然吓了一跳，看到前面隔着两个“圆坐”有个响马竟跟“滚天雷”大当家的婆娘打起笑话来了，明显有调情的意思。那个“圆坐”上的响马都一脸的坏笑。然而，“滚天雷”大当家的婆娘脸上并无半点生气的神色，相反也笑，还做着媚眼，大咧咧地拧了下那个打笑话的响马的脸。那个“圆坐”上的响马就笑得更开心了。黄怀忠吓坏了，以为“滚天雷”大当家要把那个响马杀了。不过，少说过了半炷香工夫，黄怀忠发觉坐在自己一旁的“滚天雷”大当家什么动静也没有。“滚天雷”大当家明明看到了，也当没看到，只是用筷子点了点自己“圆坐”上的菜：“我们吃，我们吃。”

日头升到中天时，“圆坐”上的酒和菜已被众人一扫而光。后来，黄怀忠在响马待的时间长了，才知道响马个个好色，但不会为女人跟兄弟们闹翻，坏了兄弟们的情分。再说，那个响马只是与婆娘打笑几句，这算个什么事呢？要是“滚天雷”大当家为这点事跟兄弟翻脸，那在江湖上会站不住脚，也会让兄弟们看不起。此时，庙前路口忽然传来一阵更大的喧闹声，黄怀忠和金守信及那伙农人都忙把环首长刀提了起来。不过，这回所有的响马仍无事一样站在原地。“走线”响马赶紧往庙前路口跑去。“滚天雷”大当家则一脸喜色。不一会，庙前路口上来一百多人。走在前面的是“走线”响马。黄怀忠听到站在旁边的“闺女”响马对他说，“走线”响马左边的是二当家、右边的是军师。“闺女”响马说，军师能掐会算，知人酒色财气、吉凶祸福，还能为人消灾去难，鬼名堂不少。这一百多人一个个班师回朝似的，欢天喜地，神气活现，喜气洋洋。“滚天雷”大当家阔步走过去。山神庙前的响马都跟在后面走去。黄怀忠、金守信这伙农人也紧跟了过去。

黄怀忠看到，在离“滚天雷”大当家少说有十丈远的地方，二当家就一边拱手，一边说：“军师这一卦算得真准。兄弟们兵分两路，旗开得胜。一路夜晚摸进安阳县，与黑大头领的兄弟里应外合，把安阳县罪恶累累民愤极大的钱粮师爷杜之桂、史都头、姓关的都保正都杀了；一路由徐家兄弟三头领着人把钱粮师爷肖子裕、刑名师爷周文章、都头苟洪钟诱出永城县城，半路上围着都杀了。安阳县、永城县的平头百姓出了口大冤气，放鞭炮庆贺。回来的路上，没一个官兵敢来风，也没一个兄弟滑倒。”

黄怀忠记得，昨日“闺女”响马对自己说过，“来风”指的是官府派的追兵；“滑倒”指的是响马被打死。原来这些日子两路兄弟下山杀富济贫、除暴安良去了，且兄弟们一个个都平安归来，可说是满堂彩。山神庙门前那棵老树上的喜鹊又多了两只。六只喜鹊在树枝间跳来跳去，叫声更欢了。喜鹊本是吉祥物，“六”又是个好数字。酒喝够了、肉吃足了的响马，一个个喜笑颜开，还有的响马快活得骂爹骂娘。

“滚天雷”大当家：“兄弟们可上过泉子？”

二当家：“上了！上了！青州兵给上的。兄弟们到了山脚下，摸到一个村子里，杀了一批厢兵，在那里饱饱地上了回泉子。”

山神庙前，响起一阵阵爽朗、放肆的大笑。此时，军师向后面招了招手，前面的响马立即分出一条路，有四人走了过来。四人见了“滚天雷”大当家，一起行三叩头式大礼。“滚天雷”大当家赶紧弯腰，用双手将四人扶起。四人起身，军师向大当家“滚天雷”一一介绍：“威震安阳县的黑大头领，横行新城县的大头领徐大发、徐二发、徐三发。”

黄怀忠看到，“滚天雷”里的响马立即骚动了起来，都挤过去看这四人。黄怀忠对这四人其实早有耳闻。黄怀忠村里有个卖假药的人，东到过登州，南到过扬州，西到过代州，北到过沧州，每次回来都带回许多乡下人没听过的见闻。很久以前，这个卖假药的人说：相州安阳县有条好汉叫黑大麻子，亳州新城县有三条好汉徐家三兄弟，皆出没本州本县，官府衙门无人能奈何得了他们。前不久，这个卖假药的从相州和亳州回来说：相州安阳县、亳州新城县的新法、旧法闹得凶，二法之争从未停过；一直到元丰年间，旧法才歇了气，新法才畅行无阻。不过，先帝神宗驾崩，司马光当国，这两个县的新法彻底歇了气，旧法大行其道。安阳县和永城县的农人没法活了，青黄不接时贷不到官府的钱，一年到头派不完的官差，乡下有三成农人外出逃荒，有些农人干脆当了响马。响马闹得最凶的是安阳县。这个县的响马头子黑大麻子领着二十多个响马和十多个农人，抢了安阳县，还在县城勾栏里听了曲子，睡了钱粮师爷的小妾。黑大麻子和徐家三兄弟在黄怀忠村子里便成了农人街头巷语中了不得的英雄。黄怀忠虽然刚入伙，但也知道这四人是带着自己人来入伙拜盟的。这下“滚天雷”里的人马有三百了。

黄怀忠看这四人，个个身高体壮，眼睛里有股豪气、霸气和匪气，确实堪称绿林豪杰。在这四人中，黄怀忠觉得最叫人感到惊异，也最叫人感到有趣的是黑大头领。这个黑大头领脸上其实一点都不麻，只是皮肤黑一点，浓眉大眼。黄怀忠不解：江湖上的人缘何叫他黑大麻子，实在冤屈了他。黄怀忠正这么想着，“巡风”响马又从山神庙后匆匆过来，走到“滚天雷”大当家面前，说颜文华领着一千“威猛”厢兵要上山来。大当家“滚天雷”脸色立即庄严肃然起来，然后大手一挥：“摆华容道！”

响马的“摆华容道”，就是要跟官兵大打一场的意思。一日比一日和暖的日光从老树上漏下来，一动不动印在地上。山神庙前老树上的喜鹊又多了两只。八只喜鹊轮番叫得欢。“滚天雷”老班子的响马、新入伙的响马都来劲了。不过，黄怀忠还是有点担心，山神庙前这二百来人敌得过一千“威猛”厢兵吗？“闺女”响马好像看出了黄怀忠的心事，凑着他的耳朵：“大当家自有妙计在胸。”

“闺女”响马话音刚落，山神庙前的气氛骤然间变得十分神圣，也十分的杀气腾腾起来。一件奇事出现了。黄怀忠看到，黑大麻子、徐大发、徐二发、徐三发每人手上都拈着三炷两头点燃的红香，一脸的庄严和凶狠，先把布袍往后一甩，甩得“呼呼”作响有生气，再对着被参天古木遮住的青天，三跪九叩，然后拔出环首长刀，拦腰把三炷红香斩断，齐声发誓：“朝廷有法，江湖有道。余誓以至诚，服从大哥将令。如有违誓，三刀六眼，自绑自杀。敢砍红香为证。此誓！”

誓词字字见血，字字威狠。黄怀忠入伙时，也砍香发了血誓：背了誓言，就像红香一断，人头落地；且三刀六眼，胸、心、腹对穿，一个眼不少。黄怀忠听到临朐县、新城县新入伙的响马和农人如雷的吼声：“如有违誓，三刀六眼，自绑自杀！”

黄怀忠看到，如雷的吼声把参天古木上的鸟都惊动了，一大群鸟飞了出去，扑翅翅扇起吓人的声浪，一大片树叶纷纷扬扬掉落了下来。奇怪的是，山神庙前那棵老树上的喜鹊虽然没叫，却也没飞走。接下来要饮血酒了。有个响马用托盘端了碗酒过来，“滚天雷”大当家、二当家、军师、黑大麻子、徐大发、徐二发、徐三发每人都用银针刺破自己的中指，滴血入酒，然后共饮，齐声道：“金针取血同立誓，兄弟齐心永和合！”

黄怀忠感到自己的眼眶湿润了。入伙前，乡间都认为响马是一伙生性残忍、为所欲为、相互间毫无情义可言的土匪。黄怀忠今日才知道，响马是残忍，但有道，且把道看得十分重，行侠义、守信誓、济人难、不图报、除强暴、轻生死，比官府衙门里的人强多了。

饮过血酒，“滚天雷”大当家把二当家、军师、黑大麻子、徐大发、徐二发、徐三发约到一边。七人议论了一阵，又走回来。军师摆明敌情：一千“威猛”厢兵分驻在沂山下的十个村子里，每个村子一百厢兵，青州太守颜文华、呆子县令、刑名师爷朱学绍、都头徐大宝居中，驻在石庄的一栋带风火墙的青砖瓦屋里。“滚天雷”大当家便板着个令人望而生畏的脸发令：由“巡风”响马领路，军师率十几个响马、临朐县新入伙的农人等一伙三十人，从庙前山路下山，申时一刻把四个女人送进石庄那栋带风火墙的青砖瓦屋里；二当家、黑大头领各率一伙三十人翻过左边断崖，申时二刻赶到石庄左边；徐大发、徐二发二位头领各率一伙三十人翻过右边峭壁，申时二刻赶到石庄右边；“滚天雷”大当家与徐三发头领亦各率一伙三十人，从采药人走出的小路下山，申时二刻赶到石庄后面。“滚天雷”大当家又令：申时二刻军师点火为号，各路兄弟立即向石庄杀去，两人围着一个厢兵厮杀，活捉颜文华、呆子县令、朱学绍、徐大宝，杀尽狗厢兵；申时三刻下场，撤离走人。

山神庙前的响马都板着铁青的脸一字一字听。黄怀忠是个乡民，只懂得种田，从来没玩过计谋，但乡民在农闲时的街谈巷议，常会讲到江湖上这个计、那个计的。黄怀忠感到，“滚天雷”大当家把四个女人送到石庄带风火墙的青砖瓦屋里，用的是美人计。黄怀忠很是为四个女人担起心来。官府衙门里有几个好人？颜文华这班衙门里的人谁不好色？这美人计能瞒过他们？要是给识破了，这四个女人岂不是往虎口里送？

“滚天雷”大当家发完令，两个响马在庙前烧了纸钱，敬了神。黄怀忠看到，“巡风”响马在前面带路，军师率着众人跟在后面，从庙前的山路下山去了。四个女人都挽着一只竹篮，里面放了点衣物。有四个响马农人扮相，挑着两只放满吃的、用的杂物箩筐。“闺女”响马也在这一伙，与黄怀忠走在一起。一路上，谁也不出一声。山寂寞得像坟墓。半个时辰不到，快到山脚下了，下面有个村子隐隐传来狗的叫声。不过，“巡风”响马未直接下山，却领着众人沿着一条岔路走去。岔路不到两尺宽，一边靠山，一边是断崖，断崖下面的深沟被繁茂的树木遮住了，看不到水，只能听到微弱的淙淙水声，让人摸不透深浅，也让人心怵。岔路上长满丛生的荆棘，时时把路封死；乱枝勾着衣服，带刺的小灌木刺人的脸。“巡风”响马如履平地，走得很快。四个女人紧跟在“巡风”响马后面，不落半步。黄怀忠、金守信、刚入伙的农人紧赶慢赶，还是拉了近半里路程。

再走半里路，就到山脚下了。黄怀忠拨开眼前的树枝，看到西斜的日光下远远近近有十多个村子错落在山下。离这里最近的村子有二十来户人家，村子中间有栋带风火墙的青砖瓦屋，有厢兵在那里进进出出，连厢兵衣衫上的名号“威猛”二字都看得清。不用说，这就是石庄了。“巡风”响马不走了，在一棵大树下停了下来。四个女人挽着竹篮到旁边林子里去了。黄怀忠不由得有点紧张起来。以前，乡下农妇见到官兵两脚都会吓得发抖，如今这四个女人却要到官兵窝里去，跟官兵面对面厮杀，这在以前是黄怀忠根本不敢想的。黄怀忠看到，与自己同入伙的金守信及其他农人，脸上都多少有点惊诧之色。

一会，四个女人从旁边林子里出来了，众人都很惊奇。黄怀忠看到，四个女人都打扮了一下，头上插了朵野花，身上换了新花衣，本来姿色不错，此时就显得益发娇艳，还有几分妖气。特别是大当家“滚天雷”的婆娘和嘴边有美人痣的“账架”响马的婆娘，大大方方地对众人搔首弄姿，挤眉弄眼，娇艳中带着几分邪恶的风骚。不过，响马都乐得咧着嘴笑，没人觉得这有什么不可。

军师发令：“巡风”响马带着四个挑着箩筐的响马和四个女人向村子里走去；其他人在山上掩蔽，没他的命令，谁也不得轻举妄动。军师一声令下，“巡风”响马走在最前面，四个女人挽着竹篮，分别跟在四响马的后面，像回娘家一样，往山下村子里走去。

黄怀忠尽管下山前就知道，“滚天雷”大当家用的是美人计，但此时还是惊住了。这事太危险了。黄怀忠真想过去把四个女人拦住，脚刚抬起，“闺女”响马一把拉住他的手，凑着黄怀忠耳朵，挤了挤眼睛：“放心，四个婆娘万无一失。”

黄怀忠还是疑疑惑惑。黄怀忠隔着树叶看到，“巡风”响马他们和四个女人刚下山，带风火墙的青砖瓦屋里出来一伙人，对着“巡风”响马他们叽里呱啦地喊叫着。黄怀忠看到，青州太守颜文华、呆子县令、刑名师爷朱学绍、都头徐大宝都在那里。看到这几个人，黄怀忠心中就燃起一股仇焰。在朝廷行新法时，这几个人害得他们好苦；朝廷行旧法时，更是害得他们没法活下去。黄怀忠看到，金守信他们眼睛里也都燃着一股怒火。“巡风”响马他们和四个女人到了石庄村口，太守颜文华、呆子县令、刑名师爷朱学绍、都头徐大宝和一伙手持刀枪的厢兵出了村，把他们围起来。“巡风”响马在与太守颜文华交谈着，内容无法知道，脸上的表情也看不清，但谈得挺欢。没过多久，厢兵把刀枪收了起来。再过一会，颜文华这些人与厢兵拥着“巡风”响马他们和四个女人进了村，然后向青砖瓦屋走去。

黄怀忠看到，军师坐在大树下，板着一张毫无表情的脸，望着上面的日头，又望望地下枝叶的黑影。负责点火的“闺女”响马领五六个响马拾了一大堆干柴来，堆在一处空地上。干柴旁边放了块火石。一盏茶工夫，石庄左面、右面、后面闪出无数人影。人影跳跃着前行，时而隐没在一棵树背，时而隐没在一丛蒿草后面。军师下令：“点火！”

“闺女”响马立即在火石上打出火花。火花把干柴点着，一会就烈焰腾腾，一股浓烟直上青天。军师在前，众人在后，手举环首长刀，从山脚下冲过去。黄怀忠看到，石庄左面、右面、后面闪出的无数人影也直往石庄冲去，口里喊出震天的杀声。黄怀忠与“闺女”响马一对，在巷口见到一个厢兵，就一个在前，一个在后，围着便砍。黄怀忠听到村子里满是凶残的喊杀声、兵器的撞击声、痛苦的嚎叫声。热闹、惨烈的场面使人可怖，也使人精神振奋。向石庄村口冲去时，黄怀忠心里还多少有点紧张和怯场，此时全神贯注在兴奋的杀人之中。被黄怀忠与“闺女”响马围着的是个高个子厢兵，这个厢兵显然看出了黄怀忠是个生手，举刀向黄怀忠砍来，黄怀忠一时不知从哪里得到的灵性，一个转身到了厢兵后面，与“闺女”响马同时进刀，插入厢兵的后腰。黄怀忠看到，厢兵转过身来，一脸大惊失色，黄怀忠与“闺女”响马同时从这个厢兵后腰抽出刀来。一股鲜血喷在黄怀忠脸上，另一股喷在“闺女”响马脸上。高个子厢兵倒在地下，痛苦地歪着一张嘴，再也起不来了。

黄怀忠与“闺女”响马又砍倒了两个厢兵。黄怀忠看到，有个受伤的厢兵一手护着一只胳臂从一栋屋子逃出来。屋子里随后追出一人，是金守信。不等那个厢兵转身，金守信一刀砍去，砍在厢兵头上。厢兵栽倒在地。金守信一只胳臂也吃了一刀，血从袖子里流出来。把厢兵砍倒后，第一次杀人的金守信松了口气，脸上的表情很凶、很怪、很开心。

两盏茶工夫，村子里凶残的喊杀声、兵器的撞击声、痛苦的嚎叫声才停歇下来。巷子里和屋子里到处是横七竖八躺着的尸体。“滚天雷”大当家、二当家、黑大头领、徐大发、徐二发、徐三发向那栋带风火墙的青砖瓦屋走去，个个脸上、身上都溅满了血。黄怀忠踮起脚跟，伸长颈脖，四处张望，却怎么也没看到军师、“巡风”响马他们和四个女人的身影。黄怀忠正想向“闺女”响马打听时，二当家击掌三下，青砖瓦屋大门开了，军师、“巡风”响马出来了，接着是四个响马把像粽子一样被捆得紧紧的青州太守颜文华、呆子县令、刑名师爷朱学绍、都头徐大宝从门里推了出来，最后走出的是四个女人。“闺女”响马告诉黄怀忠：这天“滚天雷”大当家用的确实是“美人计”，让阳似良民、阴为响马的“巡风”响马，把“滚天雷”里的四个婆娘送到青砖瓦屋去；这四个婆娘都有武功，颜文华四人分别把她们带进各自房间时，四个响马冲了进去，与四个女人分别把颜文华四人捆了起来。

这次“摆华容道”很成功，活捉了颜文华四人，驻在石庄的一百“威猛”厢兵大都给杀了，只十几人逃了出去；响马死了十人，伤了十几个。此地自然不能久留。“滚天雷”大当家又板着个令人望而生畏的脸发令：军师领大队人马押着颜文华四人上山神庙，二当家领两伙六十人断后。接着一声呼哨响起，“滚天雷”响马全撤了。

黄怀忠跟着大队人马上山。在岔路上，他回头看了一下，但见密密麻麻的厢兵向沂山追来。上了通向山神庙的山路，黄怀忠听到岔路上开始了砍杀。不过，砍杀声很快停了下来。半个时辰不到，军师领着大队人马押着颜文华四人上了山神庙。参天古木的枝叶间漏下的日光开始暗淡了下去，山神庙前愈加显得幽暗、阴森、寂然、神秘和可怖。“滚天雷”大当家来了，领着一伙响马进到庙里，然后命人把颜文华四人带进庙里。响马一起向庙里涌去。殿堂里站不下，就挤在门口。黄怀忠抢先进了庙，站在供案边上。黄怀忠看到，呆子县令、朱学绍、徐大宝完全没有了往日的神气和威风，死狗一样老老实实跪在地上；颜文华却直直地站着，对威逼他跪下去的响马根本不理，嘴巴还撑硬劲，说自己是朝廷命官，不跪贼匪。有个响马火起，在他双脚膝关节背后猛踢一脚，颜文华双脚膝关节立即弯了，“卟”的一声跪了下去。颜文华还想起来，响马又是一脚，颜文华老实了，再不敢起来了。黄怀忠觉得好笑。这个颜文华，还以为这里是官府衙门，死到临头还摆官架子。此时，“滚天雷”大当家高喊一声：“把家伙拿出来。”

黄怀忠看到，一个人高马大的响马从降龙罗汉神座后面扛了一件家什出来。黄怀忠认得，这家什就是颜文华留在县衙里作镇衙之物的铁扫帚。熙宁三年二月初九那日，当时的颜文华曾用此物在“滚天雷”大当家身上又刷、又戳，痛得“滚天雷”大当家死去活来。如今，“滚天雷”大当家要颜文华也尝尝这家什的味道了。怪不得“滚天雷”大当家血洗临朐县衙后，到处找这把铁扫帚。

黄怀忠注意到，呆子县令、朱学绍、徐大宝的脸都吓白了，颜文华的肩膀也吓得抖了几抖。殿堂里的气氛立即显得十分可怕起来。在神座上打坐、身上的金箔脱落得差不多的降龙罗汉也显得益发凶恶。不过，“滚天雷”大当家却笑眯眯地走到颜文华面前：“本大当家相信颜大人还没尝过你自己制作的家什的味道，这也未免太对不起颜大人了。本大当家今日要还颜大人一个公道，也好向青州平头百姓做个交代。”

“滚天雷”大当家话音刚落，那个人高马大的响马立即挥起铁扫帚，冲到颜文华面前，又刷、又戳，直痛得颜文华喊爹叫娘。不多一会，颜文华便浑身是血，身上的肉都碎了，像开花的肉蜂窝；许多碎肉溅得到处都是，不少还溅到围观的响马身上。

这完全是颜文华自作自受，怨不得他人。没多久，颜文华一命呜呼了。下面该轮到呆子县令几个人尝尝铁扫帚的味道了。黄怀忠看到，一件怪事发生了。跪在地下、被捆得像粽子的呆子县令、朱学绍、徐大宝一起求“滚天雷”大当家恩典：不用铁扫帚刷、戳，只求一刀毙命。“滚天雷”大当家对这三个人倒没那么恨，笑眯眯地点头答应了。

呆子县令、朱学绍、徐大宝被拖到山神庙后面砍头去了。从参天古木的枝叶间漏下的日光全收了，山神庙前更加阴森可怕，但老树上的喜鹊却叫得特别欢。黄怀忠和金守信及临朐县那些刚入伙的农人，从此跟定“滚天雷”大当家，死心塌地做响马。四年后，黄怀忠、金守信及这伙农人被青州官府厢兵所捉，砍了头，但总算过了四年王侯般的快活日子。

清初为躲避清朝官府缉拿而藏匿瑶族山区、筑土室著述四十年的王夫之对王安石并无什么好感，但在《宋论》中谈到司马光废除免役法、恢复差役法时，也说差役法“习之十年，州县绎骚，民受其患”，以至“天下皆思雇役而厌差役”。

第一一一章 惊天大案知府暗访相国寺 欣然投案兄弟静坐乱坟冈

就在青州临朐县那股匪号叫“滚天雷”的响马血洗临朐县衙、把青州太守颜文华也杀掉的同时，京都开封一夜发生两起惊天大案。第一起，上半夜开封所辖的东明县陆家庄及其四邻村庄上千乡民将东明县衙团团围住，把关押在县大牢里的陆福旺、陆寿旺及同村的十三个乡民抢了出来，又冲到乔昌发乔老爷府上，把乔昌发押到城隍庙前的台子上，要他跪下，按他的头，拳打脚踢，逼他交出上等民户的田契；乡民闹得性起，还一把火烧了乔府大院。第二起，下半夜开封城里二十多家店铺被抢，龙津桥边那家邸店里的十万担米，被抢得一粒不剩。看来这两起惊天大案，很不简单。第一起发生时，朝廷派了五百厢兵星夜开到东明县，陆家庄及其四面邻村上千乡民早跑光了；第一起发生后，五百厢兵杀回开封城里，被抢的店铺和龙津桥边邸店里一个人影也不见。

两起惊天大案发生后的第二日是二月初八，开封皇家寺院相国寺瓦市开集。这日一早，上任半个月的开封府判官石继才，一身江湖术士打扮，手执阴阳八卦挂帐，只一孩童相随，向京都开封皇家寺院相国寺走去。相国寺位于宫城前面汴河天汉桥东，历时千年，饮誉天下十方丛林，相传本系战国时魏昭王少子信陵君魏无忌的故宅。相国寺兼有水陆舟车之便，每月开放五次，万姓交易，三百六十行江湖人踪迹俱至。真个是技巧百工，罔有不集；四方珍奇，悉萃其间。然而，这里也成了罪恶的渊薮。失意官吏、落魄文人、绿林刀客、破落豪富、还俗僧道、泼皮无赖、女妓男娼、细民乞丐，形形色色，五花八门，无不在这里鬼混日月，兴风作浪。同时这里也是那帮有玩世才干、混世本领、仗义疏财、深孚众望的人物大展手脚、大显其能的地方。元祐以来，废新法，复旧法，天下开始不太平起来。京都开封常有各地响马刀客来逛逛，名气最大的姓罗名希彪。此人腮边有颗痣，痣上长着一撮三寸长的黑毛，绰号也就叫“黑毛”。听说熙宁二年十月十五大才子苏轼在相国寺见过此人，其时黑毛罗希彪正被皇城司士兵捉住，被捉的还有个妇人，押着从相国寺经过。只是没多久这个黑毛罗希彪越狱逃跑了，还把跟他的妇人也带走了。开封府衙门里的人对黑毛罗希彪盯得很紧，曾派了几个马快装扮成打拳卖艺、弄蛇耍狗之人，想摸清黑毛罗希彪的行踪。但没用，这个黑毛罗希彪鼻子灵，眼睛尖，能闻出衙门里的人的味道，看出这些人的原形；不要说摸清黑毛罗希彪的行踪，就是黑毛罗希彪身边的人，也别想摸到半点情况。

这天阴晴不定，日头在薄云间时隐时现。石继才是上个月走马上任的。上任前，有人告诉他：京官不好当，开封府衙门里的官就更难当。对这一点，石继才心中有数。石继才也是进士出身，读了许多圣贤书，却不呆，再加上在官场走了二十多年江湖，是个明白人。他不敢说自己把官场看透了，但对其中许多东西还是看清楚了的。他觉得，中原王朝的官场，是个谁也说不清、道不明的，反常怪异又正常自得，浑然一体且神力无边的场所；京都开封是个皇亲国戚集聚的地方，出一点事，京都开封府衙门里的人没谁能担当得起，这就让京都开封更多了层妖味。开国天子赵匡胤订有家法，不给皇亲国戚以事权，且有个“谒禁法”，不许皇亲国戚与清要权势官员私第往还。但，这些皇亲国戚都跟天家是血亲，谁在他们面前有半点不顺、不恭和怠慢，都要惹麻烦，弄不好祸从天降。因之，跟皇亲国戚亲近不是，疏远也不是，打起交道来要格外小心。不过，对这点，石继才并不特别担心。他是开封府判官，每日管的是审讯断案，与皇亲国戚沾不上边。这些皇亲国戚平日里闲来无事，免不了斗鸡走狗，惹点是非，只要没出人命，他这个开封府判官开只眼、闭只眼也就没事了。至于皇亲国戚做生意，开邸店，由来已久，谁管得了。他们做生意免不了搞些囤积居奇、尔虞我诈、伤天害理、坑害百姓、操纵市物价格的勾当，但这事与开封府判官无关，自己多此事做甚。石继才怕的是昨日晚上龙津桥边那家邸店里的十万担米被抢一事。此事可不能等闲视之。要是开封府判官不能立即弄个水落石出，十万担米追不回来，自己的官就当到头了。

石继才从阊阖门进入内城，沿天街往东，到了宣德门再折身朝南，沿御街向汴河的天河桥走去。石继才觉得，京都开封两起惊天大案发生得真不是时候。这不仅为难了他这个上任不到半个月的开封府判官，且让京都开封城里人感到惶惶不安。熙宁以来，至今二十二年了，京都开封城里人的日子过得很不顺。熙元年间，朝廷行新法，本意乃佳。像市易法，本意是想让市易司把市物的开阖敛散之权抓到手里，也就是把物价权抓到手里，不让物价高低差价太大。但真正做起来不那么简单，结果弄得熙宁九年京都开封快要断粮断盐。先帝神宗驾崩，司马光来了个元祐更化，尽行旧法，这下那些豪门邸店和巨商大贾在京都开府市场上又神气活现，兴风作浪了，价格由他们说了算，弄得那些本钱不大的商户和出售农副产品的农户叫苦连天；外地商人更不敢来京都开封做生意了，谁来谁血本无归。城里谣风四起，说是京都开封又要断粮断盐了。此时，二十多家店铺和龙津桥边那家邸店被抢，京都开封城的人能不给唬慌了吗?

石继才走在御街上，看到已经不那么繁华热闹的御街此时冷冷清清。大的店铺、酒楼、茶肆，全店门紧闭。只有一些包子、肉饼、馄饨、糕点摊子还在做买卖。有点名气的青楼，店门半开，却不见涂脂抹粉的花娘在门前搔首弄姿勾引行人；一些在租赁小房里做皮肉生意的下等娼妓倒活跃起来，站在街头巷尾卖力地唱着肉麻的小曲揽客。到京都开封上任后，石继才一直想到相国寺看看，但上任半个月来，就碰上几起谋财杀人案，忙得昏天黑地，根本无暇到街上逛，更别说逛相国寺。石继才今日来相国寺，为的是昨日晚上京都开封府发生的两起惊天大案。石继才感到，这两起惊天大案发生在同一天晚上，恐怕不是一种巧合。特别是龙津桥边那家邸店里的十万担米被抢一事，更是显得蹊跷古怪。这十万担米可不是个小数字，够京都开封城里人吃二十来日，没个上千人是不可能短时间搬走的；即使搬走了，也难找这么大的地方存放。况且，昨日晚上京都开封城九门紧闭，这十万担米如何出得了城。再说，龙津桥边那家邸店的来头，在京都开封城可以说无人不晓。此店是当朝小天子赵煦的太舅公曹佾、舅公曹谒和大太监张德保、高全福以及乔昌发乔老爷五人开的。先帝神宗在世时，这家邸店还遮遮掩掩、躲躲闪闪，先帝神宗驾崩后就不遮掩了。虽然无人看到太舅公曹佾、大太监张德保到这家邸店来过，但曹谒、高全福以及乔昌发则经常在这家邸店进进出出。这家邸店的东西也抢得吗? 这些狗强盗真个是自己找死，还要把京都开封府衙门里的人也拖着一起去死。

好在石继才办事细致周密，一上任就在开封府和所辖的十六县派了探事人。东明县出事那天，就有探事人星夜跑到开封府向他禀报：东明县出那么大乱子，完全是乔昌发乔老爷逼出来的。东明县这个乔昌发乔老爷，很是了得，在东明县横行霸道几十年，东明县府衙门成了他的私衙。乔昌发现有良田万亩，全是从乡民手上“逼”去的，且越“逼”越狠。上个月，陆家庄十个一等民户已经派了衙前役，前天东明县衙门快班班头刀疤脸十个衙役手提水火棍，闯到村子里来，又要派衙前役。这些人一进村，就呼呼喝喝，一人一户，到了农户门前就呯呯呯打门。陆家庄有陆福旺、陆寿旺兄弟二人，也当上了一等民户，这次也要抓他俩当衙前役。其时正好陆福旺、陆寿旺出门送一个朋友去了，此人腮边有颗痣，痣上长着一撮三寸长的黑毛，跟陆福旺、陆寿旺结拜为割头换颈的兄弟。陆福旺、陆寿旺不在家。刀疤脸就换了另外两户顶上。有个叫陆明生的一等民户，老母病重，躺在床上，想把衙前役往后挪一挪。刀疤脸双眼一瞪：官府要你现在服，你就现在服，讲什么废话，活得不耐烦呀！本是一张方脸的陆明生把脸拉长了。躺在床上的老母说了一句：我们家不是刚派过衙前役吗？刀疤脸就一拳打过去，老母痛叫了一声，倒在地上。老母痛叫声引来了不少村里的乡民。村里的乡民实在看不下去，纷纷责问刀疤脸：怎么可以打老人？问得刀疤脸无言以对。门外有村民忍不住在笑。刀疤脸没想到村民竟敢这样责问、嘲笑他，觉得自己太没面子，恼羞成怒，脸变得凶狠起来：本老爷想怎么样就怎么样，今日就是打了，怎么样？你们想暴力抗役，对抗官府吗？本老爷还要砸他的家！然后，刀疤脸端起碗摔碗，见到锅砸锅，三下两下，这个陆明生家给弄得不成个样子，到处是铁块、碎陶片，像遭到匪劫兵燹。其他九户也一样，被衙役砸得不成样子。村里十几个乡民跑到陆福旺、陆寿旺家，要兄弟二人拿个主意。村里人都把陆福旺、陆寿旺看成是能办大事的大英雄。正好陆福旺、陆寿旺送了朋友回来。在村外，兄弟俩听到村子里吠声大作，知道衙役又进村做坏事来了。陆福旺、陆寿旺兄弟赶到陆明生家时，刀疤脸正拉着陆明生颈上的链子从门里出来。接着，其他九个衙役也都各锁了一个乡民过来。村里人都吓坏了。陆明生的老母从屋里爬到门外，抱着刀疤脸的一只腿不让走。刀疤脸从小就是个做事做绝的恶人，提起另外一只脚，猛地朝陆明生的老母当胸踹了过去。陆明生的老母立即气绝。村民心里的怒火再也忍不住了。陆福旺一步上前，抢了刀疤脸的水火棍。陆寿旺一步上前，夺了刀疤脸锁人的链子。接着，村里乡民把另外九个衙役的水火棍、锁人的链子夺了。刀疤脸那伙衙役怕了，赶紧从村后一条小路跑走。跟刀疤脸那伙衙役干起来的时候，陆福旺、陆寿旺和村里乡民谁都无所畏惧，刀疤脸那伙衙役跑了，却都后怕起来。众人知道犯了王法，事情闹大了，弄不好要砍头的。果然，昨日东明县衙门钱粮师爷乔隆发、刑名师爷乔兴发、都头刘庆门、快班班头刀疤脸领了一支由衙役和各个乡逐捕盗贼的耆长、弓手、壮丁组成的队伍，浩浩荡荡、神气十足地来到陆家庄。这伙人进了村，见人就打，逢人就抓，连鸡狗也不放过。陆家庄的乡民吓得赶紧躲开，缩在门里吃惊地数着数儿：总共二百多人。不多一会，陆家庄便死四人、伤十二人，狗也给打死五条，陆福旺、陆寿旺和同村的十三个乡民给抓走。陆家庄的乡民觉得活不成了。此时，陆福旺、陆寿旺前日来过的腮边痣上长着一撮三寸长的黑毛朋友又来了，身边还跟着三个伙伴。此人果然仗义，敢出头，说了句去县里把陆福旺、陆寿旺抢出来，就与三个同伙冲出村去。乡民有怨气，大都敢怒不敢言，谁都不敢挑头，现在有人挑头还是敢跟在后面去的。陆家庄乡民跟在后面往东明县城冲去。半路上邻村的许多受够乔昌发欺压的乡民也加入队伍里来，合在一起有上千人。这些人变得怒不可遏，再也不胆小怕事了。县衙门里的人看到这么多人涌来，全跑光了。东明县的乡民这回豁出去了。天下事就这么怪：在跟刀疤脸一伙衙役干的时候，乡民很后怕，此时反而什么不怕了。再说，此时他们有了敢出头的人。腮边痣上长着一撮三寸长的黑毛的人说：官府要是派大兵来剿，众人干脆到伏牛山落草去。

石继才对京都开封昨日夜里发生的两起惊天大案，脑子里有了个大致的轮廓。石继才觉得，京都开封昨日夜里发生的两起惊天大案都与那个腮边痣上长着一撮三寸长的黑毛的人有关。此时石继才心中多少有点底了：腮边痣上长着一撮三寸长的黑毛的人就是罗希彪。当即又派探事人去打探，完全弄清了这个黑毛的来历。此人原是个秀才，河北大名府人氏，爱出风头，喜欢管闲事，跟官府衙门里的人也大模大样平等说话；二十年前，为帮一个被乡里都保正欺压得走投无路的乡民打抱不平，失手把都保正打死了，有了命案跑出来的。熙宁二年在京都开封被皇城司的士卒捉住，居然越狱出来。越狱那日晚上，罗希彪逃到东明县陆家庄，被陆福旺、陆寿旺藏在乱坟岗的一个古墓里，才躲过这一劫。

石继才很自然想到相国寺。既然相国寺不仅五花八门、形形色色的人无不在这里兴风作浪、鬼混日月，而且那帮有玩世才干、混世本领、仗义疏财、深孚众望的八方好汉也无不在这里大展手脚，罗希彪就不可能不在这里现身。因之，石继才务必赶紧到相国寺来一趟，把罗希彪的情况弄清楚，再赶到枢密使兼开封知府冯京那里去禀报。现在的朝廷是冯京当国。司马光去世后，吕公著官拜司空、同平章军国事，一人当国，凡三省、枢密院之职事，皆得总理。吕公著这个人是个君子，做事审慎，对王安石新法派的人也不那么狠，还出面救过为人确实可憎、被太皇太后高氏和旧法派恨之入骨的蔡确，朝廷还算平稳。可惜吕公著不久前去世，现在朝廷里只有太师文彦博。文太师倒临事果断，有大臣风，但毕竟高寿八十有三。现在朝廷政事、兵事都由冯京管。昨日夜晚，开封府境内出了两起惊天大案，肯定要派兵。可要派兵，还得枢密院出兵符，不见冯京怎么行！

石继才过了天河桥，向东路过一栋大门紧闭的带院落的宅第，再过相国寺桥，前面就是相国寺了。石继才是两浙路杭州钱塘县人。那年进士科考试后的第二天，石继才与几个同科考生去相国寺看了一下。石继才记得，那日刚好瓦市开集。还在相国寺桥上，石继才就被寺内如雷的聒噪声震住了。杭州钱塘人的石继才不止一次观过钱塘江大潮。那大潮，如万头巨兽张牙舞爪、汹涌澎湃地向岸边扑来，一阵接着一阵，发出雷一样的吼声，叫人感到惊心动魄，惶恐万状。相国寺内的聒噪声根本就没有间歇，一个劲雷下去，在震耳欲聋中既叫人感到惊恐和震撼，又叫人感到惊奇和惊喜。过了相国寺桥，进了山门，石继才又被寺内东西两廊的景象震慑住了。寺内东西两廊里人山人海，黑压压少说有上万人，把相国寺的庭院填满了，进香的、游玩的、买东西的、凑热闹的，路人、闲人、穿长衫的文人、穿短褂的粗人、做各种买卖的商人，三教九流、五行八作、形形色色的江湖人物都有。

上了相国寺桥，石继才不觉一惊，今日相国寺内一片清寂。进了相国寺山门，石继才更是怔住了，百业汇集的庭院里见不到几个人，寺内东西两廊空荡荡的，那些做皮毛、珍奇、书画大生意的没见到一个，做医卜星相、戏曲杂技的也不知躲到什么地方去了，庭院里吃食摊子也不多，有进香的人在那里吃东西。仔细听去，只天王殿后面的大雄宝殿有隐隐的诵经声音传来，像是梵音洞里发出的声音，清纯悦耳，缥缥缈缈，犹如仙乐，更显出此时相国寺的清寂。然而，蓬发垢面的乞丐还是成群结队涌到这里来；其中有不少断胳膊缺腿的残疾、睁着两只白眼的瞎子，手托木碗或破钵，嘶声拖腔呼喊着老爷大人积德行善招财进宝，既叫人感到可怜，又叫人感到可怖。

石继才觉得这很有点百思不得其解。不错，这些年来，京都开封没那么繁华热闹了，但相国寺怎么也显得这样冷清呢？再说，相国寺冷清了，缘何蓬发垢面的乞丐却这么多呢？这些乞丐向谁乞讨去？莫非这一切与昨日晚上京都开封发生的两起特大案子有什么关系？石继才这么想过之后，便不经相国寺的东西两廊，也不在吃食摊子前停留，只往大殿墙根下和角落处转悠。还在进京赶考的那年，石继才就听人说过，京都开封城内下水道高有丈余，宽有八尺，纵深横广，密如蛛网，犹如迷宫；下水道开有八处水口，通入汴河。因之，响马刀客和亡命之徒，常常群匿下水道内，官府衙门的人对此伤透了脑筋。熙宁二年十月十五大才子苏轼见到的黑毛罗希彪，是官府衙门花了三年时间，不知想了多少办法才在下水道里抓到的。后来，开封府多次修浚整治过下水道，但始终禁止不了响马刀客、亡命之徒在下水道内群匿。

石继才很快发现，自己无论走到哪里，哪里就有蓬发垢面的乞丐盯着自己，却不过来乞讨，只用目光随着自己的行走而移动。本来，人少，这些乞丐更会过来乞讨，甚至围着不放，然而他们却不过来，岂不怪哉！此时石继才发现有几个乞丐转到相国寺后面密林里去，便跟着也往密林走去。然而密林里一个乞丐的人影也没有，这就白日见鬼了。石继才便继续往密林深处走去。不过，没走几步，石继才看到，二十多个乞丐从后面向他围过来，把他和孩童围住了。有个乞丐打着竹板、唱着莲花落向他走来，见啥唱啥，奉承话把人抬上天，出色的口才叫人十分欢喜；接着，有个断了一只脚的乞丐身上披块旧麻袋，拄着拐棍向他走来，叫人感到万分可怜；再接着，有个穿件女人花布衫的男丐，手上拿把破蒲扇，边向他走来边装疯卖傻地唱着滑稽的歌，逗得人忍不住发笑；一会，有个披麻戴孝的女丐，匍匐来到他脚下，一双脏手已伸到眼前，凄号着，令人怜悯；再一会，有个乞丐摇头晃脑，唱着小调，一连五六个空筋斗，翻到跟前，很是吓人；有个乞丐膀背上缠条蟒蛇，鼻子里拉出条小蛇，一手还耍着蛇，口里念念有词过来了，既让人惊赞不已，又让人惊恐不安。不过，石继才最感到奇怪的是，这些乞丐并未讨到他一文钱，却不骂人，也不走，只团团把自己围住。孩童吓坏了，赶紧缩到自己背后。

石继才忽然发现，有个佝偻乞丐在这伙乞丐的后面转来转去。这个乞丐转个地方，自己身边就换了个乞丐。石继才感到，这个佝偻乞丐是丐头。丐头旁边还跟着一个女丐。石继才便往那个丐头走过去，所过之处的乞丐也不阻拦，反让出路来。缩在石继才背后的孩童牵着石继才的布衫角，怯怯地往前走去。

到了丐头面前，石继才差点没吓得惊叫起来，也差点没惊喜得跳起来。这个丐头，一脸的黑垢，一对很毒的眼睛发着可怕的凶光；头发蓬乱，上面沾满了枯黄的草根；一双脚烂得没一块好肉，一坨坨紫红色的肉往外翻，且发出一股恶臭，叫人感到十分可怕，也叫人感到十分恶心。但仔细一看，石继才发现这个丐头被黑垢盖着的腮边上有颗痣，痣上那撮三寸来长的黑毛像鼠须一样向腮外伸出。有道是踏破铁鞋无觅处，得来全不费功夫，此人是黑毛罗希彪。石继才真做梦也没想到，开封府衙门里的人找了那么久的黑毛罗希彪，竟在他的不经意中找到了。至于黑毛罗希彪那双烂得往外翻出一坨坨紫红色肉的脚，石继才倒是在地方衙门当官时听刑名师爷说过，乞丐里有种叫“装假狗”的，讨乞前用几两牛肉，污水里浸泡数日，等牛肉泡成了紫红色，且发臭，便敷在脚上，于是就成了十足的残废，让人见了就怕，赶紧给钱走人。

石继才清楚，危险跟着到了自己面前，稍有不慎，就要丢了老命。石继才看到，好些乞丐似乎觉得自己身上有什么不对劲的地方，都用异样的目光打量着自己。不过，石继才很快镇静下去，一面将手中的挂帐摆了摆，一面大模大样转身往回走。不过，才走两步，就听到后面有人喊测字。石继才转过身去，但见那个一脸黑垢的黑毛罗希彪在对他招手。石继才面含微笑，缓缓走到黑毛罗希彪身边。那个穿件女人花布衫的男丐挤过来对石继才说：“测准了，给五两银子；测不准，就休怪我等不客气了。”

石继才倒吸了口凉气。那个穿件女人花布衫的男丐伸手就五两银子，这哪像个叫花子。石继才不去跟那个穿件女人花布衫的男丐啰唆，只是要一脸黑垢的黑毛罗希彪在地上写上一个字。黑毛罗希彪很是狐疑地望了望石继才，然后随手在地上拣了根树枝，又望了望天，在地上写了一个“天”字。石继才看到，黑毛罗希彪的字写得挺好，看来这个黑毛罗希彪读了点书，肚子里有点墨水，但野心不小，竟有占天当天子的想法。这个黑毛罗希彪落魄到这样的地步，还不知天高地厚，自以为能得天下，实在可笑得很，也愚蠢得很。不过，此时石继才懒得去管这些，只是装神弄鬼把地上那个“天”字看了又看，然后莫测高深地望了望黑毛罗希彪，再神施鬼设地把“天”字一拆为二，成了一个“一”字和一个“大”字。石继才捻着胡须：“恭喜贺喜，据此看来有笔大财可发。”

石继才看到，面前的这伙乞丐都一脸的惊奇和喜色，黑毛罗希彪却在惊奇和喜色之外还很有点疑色。石继才又在“天”字上加上一柱，便成了个“未”字。石继才发现，面前的这伙乞丐的脸色顿时变得十分不快起来。石继才装着没看到，神色不惊地道：“可惜哇，眼下却未能马上得到手。”

面前的这伙乞丐的脸色黑了起来，黑毛罗希彪也很是机警起来。石继才仍旧只装着没看到，最后将“天”字的一撇出头，再在左偏部位加一小撇，于是成了一个“失”字。石继才看到，面前的这伙乞丐大惊失色，黑毛罗希彪变得凶狠起来。石继才一脸天机不可泄漏之色，完全不在意这伙乞丐和黑毛罗希彪的神色：“事须谨慎，机不可失。”

石继才看到，面前的这伙乞丐都无言地望着自己，黑毛罗希彪脸上的神色变得不确定起来：一会是心领神会地微微点了点头，一会是心机莫测地注视着自己。石继才不再开口了，等得拿银子。那个穿件女人花布衫的男丐倒不食言，给了石继才五两银子。石继才把银子塞进怀里，与一直贴着自己身子站着的孩童转身出了密林，往相国寺山门走去。

开始，石继才与孩童还是不紧不慢地走着。出了山门，石继才听到相国寺内有奔跑的脚步声传来。石继才清楚，黑毛罗希彪领着那伙乞丐追来了。石继才推了推孩童，要他快点走。石继才与孩童很快过了相国寺桥，在经过那栋带院落的宅第时，大门突然洞开，五六个壮汉从宅第出来，什么话也不说，就把石继才与孩童拖进宅第里。

石继才吓了一大跳。真个是屋漏偏逢下雨天，后面有人追杀，前面被人莫名其妙拦截，今日是死定了。石继才与孩童被带到一间偏房里，便看到一位身穿从一品补服的高官从外面进来，此人正是枢密使兼开封知府冯京。后来石继才打听到，相国寺桥边这栋带院落的宅第是开封一位大商人的宅子，前不久礼部的祠部房屋检修，暂租这个宅第署事；租期未满，祠部房屋检修好就搬回去了，冯京便搭个顺风车，借用这个宅第。

石继才很感意外，同时也感到京都开封昨夜发生的两起惊天大案好办多了。冯京与石继才在椅子上坐下。石继才把自己在相国寺内看到的情况一五一十对冯京说了。冯京告诉石继才：石继才摸到的情况与他得到的情况相合。京都开封有股匪号叫“黑毛”的响马以相国寺为窝点，群匿在京都开封下水道里，出来则装成形形色色的江湖人物。大当家就是黑毛罗希彪，早就想抢龙津桥边那家邸店，正好那天东明县衙役去陆家庄抓人服衙前役，四人被打死、十二人受伤，激怒了陆家庄的乡民，黑毛罗希彪便来了个声东击西、双管齐下之计，既让东明县陆家庄乡民出了口恶气，又轻而易举抢到十万担米。这十万担米全藏在开封城下水道，等风声过去，黑毛罗希彪便设法搬到伏牛山去。现在开封城下水道的八个出水口全都派有禁军把守。此外，两千禁军也很快要开到东明县去，把陆家庄围起来。

此时萧墙那边传来一阵嚷嚷声。石继才不由得又吃了一惊。冯京赶紧起身出去。不多一会，有八人随冯京进来。这八人走得很急，气喘吁吁的，脸涨得通红。石继才认得其中五人，最先进大堂的是当朝小天子赵煦的大国舅公曹谒，紧跟在后面的是当朝小天子赵煦的太国舅公曹王爷曹佾的大管家曹通，还有后宫大太监高全福、双下巴上的肉把颈都封住了的乔昌发乔老爷、脸上有道很宽刀疤的快班班头刀疤脸。另有三人，石继才不认得：他们是钱粮师爷乔隆发、刑名师爷乔兴发、都头刘庆门。

刚进门，曹谒就哇啦哇啦地对着冯京指手画脚：“太尉原来到这里来了，真叫我等好找！本国舅公现已查明，我们邸店里十万担米是黑毛罗希彪抢走的，就存放在相国寺的下水道里；陆家庄挑头闹事的也是黑毛罗希彪，今日一早陆家庄的乡民还布了岗哨，不让衙门里的人进去抓人。这怎么得了！太尉发了兵没有？京都开封出了两起这么大的案子，不发兵怎么行？赶紧发一万天兵天将开到东明县去，把闹事的乡民都杀了。再派两万天兵天将到相国寺来，冲进下水道去，把里面的人斩尽杀绝。”

石继才感到自己有点毛骨悚然。石继才完全没想到，曹谒这个人竟口气这么大，好像大宋朝廷是他姓曹的，想发多少兵就发多少兵；且凶残得很，开口就要把陆家庄和下水道的人杀光。不过，石继才由曹谒爱怎么说就怎么说去。石继才现在担心的是，要真按曹谒的话去做，非出大事不可。哪能这么杀人的呢？石继才不由得望了冯京一眼，但见冯京脸上神色很是平静，虽然看不出他此时心里是怎么想的，但到底没开口谈派兵之事。

石继才看到，乔昌发忽然很艰难地把孕妇一样的大肚子弯下去，双下巴上的肉像布袋一样垂了下来，又卷起两只裤腿，露出肉已烂了的膝盖："冯太尉看看，本老爷让那伙土匪按在戏台上跪了上个时辰，膝盖上的肉都跪烂了。"

石继才心里想笑不敢笑：这都怪你平日太横行霸道、太为非作歹，弄得乡里百姓活不下去的结果。石继才看到，冯京脸上的神色仍旧很是平静，让人看不出他此时心里到底是怎么想的。一直缩着身子站在门边的刀疤脸插言道："太尉不要把人杀光，留一些押到大堂上来，看我们这些当差的怎么收拾他们。"

石继才看到，曹谒、高全福小声地笑了起来。后来，有人告诉他，这个刀疤脸从小做事就做绝，打人往死里打，不知打死过多少人。熙元年间，刀疤脸收敛了一点，元祐年后打人更恶、更肆无忌惮了。刀疤脸这个恶人要等到五年后的绍圣元年章惇回京，叫东明县衙门给他安了个罪名，大堂之上一阵乱棍把他打死了，才没能再打人。

曹谒有点不耐烦，也很不客气起来："太尉，还等什么，要是让陆家庄的乡民还这么闹下去，'黑毛'响马跑了，这个责任可不好当。"

石继才感到，曹谒在威胁冯京。冯京脸上的神色仍旧很是平静，轻言细语地道："是呀，是不能再等了，本官这就进宫面奏太皇太后，就说国舅公要派三万禁军把陆家庄的人和下水道的人全杀光。"

石继才看到，神气活现、得意扬扬的曹谒吓慌了，蔫了下来。石继才还在当地方官时就耳闻太皇太后高氏圣明公正，荒唐霸道、不可一世、从不把朝中百官放在眼里的曹谒就怕太皇太后高氏。曹谒慌了："兵派不派是太尉的事。十万担米少说得赚个二十万两银子。太尉不能看着我等这么多白花花的银子弄丢了不管！"

石继才算是完全把国舅曹谒看穿了。此人是个只会花天酒地、鱼肉百姓、说说大话、成事不足、败事有余、什么正当本事都没有的花花太岁。古今商人谁不是哭死哭穷，明明有大钱可赚也说做的是亏本买卖的？有谁会张扬自己能赚大钱的？石继才觉得这个曹谒颟顸得挺有点可笑。大宋朝廷还没无能到连几个响马和乡民也对付不了的地步，情况已经弄清了，还怕十万担米弄不回来？大太监高全福笑了笑，对曹谒说：“太尉学问大，胸中自有雄兵百万，十万担米马上就能完墙归赵。”

石继才怔了一下。他只知道有个成语叫“完璧归赵”，可没听说过什么“完墙归赵”。不过，石继才很快记起来了，他刚被召到京都开封朝廷时，就有人告诉他：高全福这个人肚子没多少墨水，却又喜欢卖弄墨水，结果经常出笑话。

乔昌发又急起来了：“本老爷的大院总不能白烧了吧？膝盖不能白跪烂了吧？太尉，要是这两事本老爷没得到满意的答复，本老爷就不客气，待在这里不走了。”

乔昌发要耍赖、耍蛮了，这哪像个有身份的老爷。石继才皱了皱眉，对这个祖上八辈子都是面朝黄土背朝天的农民出身的乔昌发一脸鄙夷，很是看他不起。被抢走的十万担米只是存放在下水道里，再拿回来就是；被烧的大院已成了灰，再盖就是；跪烂了膝盖让它慢慢长好就是，有什么好耍赖耍蛮的！

不过，乔昌发耍耍赖、耍蛮，真还拿他没什么办法。石继才看到，冯京平静的脸色变得很是无奈起来。一直没出声的曹通对乔昌发喝了声：“休得耍赖、耍蛮。我等赶到这里，只是把情况禀告太尉。太尉胸怀韬略，腹隐机谋，我等岂可班门弄斧，不怕人笑话！”

乔昌发再也不敢出声了。石继才心里又笑了起来。曹谒这些人要告辞。冯京没忘要曹通代他向曹王爷曹佾问安，要高全福代他向都都知张德保问好。这些人走了，房里安静了。冯京与石继才可以自自在在、仔仔细细议事了。石继才从相国寺出来的时候，已经想好一计，可处理好这两件惊天大案。石继才不想得罪皇亲国戚和有皇亲国戚背景的人，更不会去对抗皇亲国戚和有皇亲国戚背景的人，但他不会像林英那样站在平头百姓一边，跟乔昌发过不去；也不会像贾蕃那样，只是讨好乔昌发，一点不顾平头百姓的死活。石继才是个明白人，知道自己此计甚好，但也甚毒，关键要太皇太后高氏撑腰；要做到这一点，就需要冯京在太皇太后高氏面前把话说清楚。石继才多少有点小心地说：“京都开封昨夜两起惊天大案，事关朝廷，不可不问；事连皇亲，不可深问。”

石继才看到，冯京脸上的表情虽然有点让人看不透，却很是赞赏地微微点点头。

石继才胆子放大了点：“陆家庄乡民并不想造反，东明县乡民抗官闹事，是官府差役太重，出于无奈。本来官府不问罪，乡民自然散去。”

石继才看到，冯京脸上的表情仍然有点让人看不透，却又微微点点头。

石继才胆子更大了：“相国寺的穷人、乞丐抢米，都是肚子饿得慌才去做这种目无王法之事；抢的米要拿回来，不让这些人再待在相国寺就是。”

石继才看到，冯京抬起头来，凝望着自己：“往下说。”

石继才完全放胆了：“此事实在是闹大了，官府不可能完全不问罪，为首的罗希彪、陆福旺、陆寿旺要枭首示众，否则交代不了；其他人从宽免责，天下太平。”

石继才望着冯京。冯京脸上的表情还是那么有点让人看不透，沉吟良久：“老夫明白你的意思。太皇太后高氏那头，老夫会去奏明，你就不用担心。”

石继才放心了。此时，一个堂吏走到冯京面前：“黑毛罗希彪和陆家庄的陆福旺、陆寿旺跑了，到处找了一遍，不见人影。”

石继才看到，冯京一点不觉得这有什么大惊小怪的，没过多久，就挥手让堂吏退下。石继才今日算是碰到冯京这样一个有大学问的好上官，要不然他再好的计也没用。石继才起身到房门口，看了看天，光晕既小又淡的日头像块白色的圆饼贴在半空，一天的薄云也散了。从日头看时辰，约莫到了巳牌时分。石继才向冯京要了匹快马，再把那个刚才相随在他身边的孩童找来。石继才又向冯京要了一叠纸，装进褡裢里，然后换上读书人的长袍，与孩童从带院落的宅第的侧门出去。

石继才让孩童坐在前面，然后上了马，离开京都开封，一直朝东向东明县驰去。去年上半年黄河下游水灾，下半年旱灾，开封所辖的十六个县都受了灾，青苗钱废了，高利贷借不起，半数农户都到外地逃荒。东明县逃荒的人最多，一拨一拨没个完；路上还可看到衙役在路口盘查过往行人，另有一些奇怪的逃荒人坐在路边不走，眼睛却盯着从他们面前走过的人。

石继才感到，坐在前面的孩童吓得发抖，赶紧把他抱紧点。在一个岔路口上，石继才弯腰问路边一个逃荒的：陆家庄走哪边。没想到那个逃荒的赶紧躲开，好像陆家庄发了瘟疫，说一声都会染上。石继才一连问了三个逃荒的，都是如此。问到一个年纪稍大的。这个人没开口，往左边努了努嘴。石继才打着马，往左转去。此时，上千禁兵从后面开过来了，扬起的尘土像烟一样跟着这些禁兵向前卷去。禁兵所过之处，逃荒的一下子全跑了。有道是大兵云集，所过之处，烧杀掳掠，鸡犬不宁，玉石不分，逃荒的焉能不怕？石继才清楚，这是冯京派到陆家庄去的禁军，只是没料到，这么快就开来了。石继才猜：相国寺下水道出口处的禁军恐怕已经动手，下一步就是抓黑毛罗希彪了。

石继才赶紧打马前行。不多一会，石继才就到了距陆家庄不到一里路的地方。石继才看到，村口、路口有禁军把守，村外周边的田地里有禁军在来回巡逻，不过陆家庄则静得连狗吠鸡鸣都听不到。石继才下了马，只身带着孩童向村子走去。快到村口时，有个都头模样的军官过来问：要不要派五十个禁军送他进村去。石继才摇摇头。村口的禁军士卒都惊讶地望着石继才。孩童仰起头望着石继才，稚嫩的脸上因惶恐变了形。

石继才紧紧拉着孩童的手，一进村，立即感到村子里有种叫人感到大难临头的恐惧气氛。石继才走近村头一家人的门前时，里面冲出四个手上端着长矛的乡民。孩童吓得怪叫了一声，石继才紧紧拉着孩童的小手，无事一样迎着长矛走去。

一个瘦小乡民的长矛已经对着石继才的胸窝：“站住！什么人？”

石继才站住，移了移歪斜在肩上的褡裢，高声道：“开封府判官石继才！本官要见村里的乡民，有话要说。”

四个乡民都吃惊地打量着石继才。四个乡民不知道怎么办才好，不过手上的长矛仍旧都紧紧地端着。不多一会，屋子里出来一个方脸人，后来有人告诉石继才，此人就是那个老母被刀疤脸一脚踹死的陆明生。陆明生不凶恶，见到石继才很是谦恭有礼，也有点手足无措。这难怪，乡下农人平日见到衙役都不易，见到开封府的判官自然会有点慌乱。看来陆明生是陆福旺、陆寿旺逃跑后留在村里的头。陆明生看了看一直抱着石继才一只腿不放的孩童，很是疑惑地说：“进……进……来。”

石继才从一条巷子往村里走去，并吩咐陆明生把村民喊到一块空地上来。村民很快到了，一动不动地站着，都一脸的惊恐、疑惑和茫然。空地上的气氛很是紧张和可怖。石继才一脸毫无恶意的平和表情：“各位父老乡亲，尔等真要反吗？”

石继才看到，村民纷纷表示不敢反。说他们只是对丁口账不满，把那么多家产并不多的乡民划到一等民户；对差役不满，没完没了地派差役，田地上的事给耽误了；特别对衙前役不满，服了又要服，等于逼人上吊。说熙元年间的免役法好，交了免役钱就不用服差役，就可以安安心心到田地去做事，过自己的安稳日子。

石继才一脸安定人心的平静神色："尔等聚众把县衙团团围住，连人家乔昌发乔老爷的大院都烧了，还说不敢反吗？"

村民恐慌起来，脸色都吓白了。"聚众"是重罪。中原王朝历朝历代都不允许聚众，犯了的斩立决；为首者斩枭示，将头砍下来悬在竿子上示众。围住县衙、烧了乔昌发大院，肯定要罪加一等，那就要灭九族了。石继才笑了笑，口气很平淡："各位父老乡亲要证明自己不敢反，也容易。尔等都在一张纸上按个手印。你们不用害怕，这只是一张表明尔等是个顺民的凭证。按了手印，尔等就没事了；外面的禁军进村了，也不干尔等事。"

石继才看到，村民的脸色为之一动。石继才清楚，村民怕的是官府问罪，不问罪了谁也不会再闹下去。不过，村民还是一动不动地站着。石继才："本官知道，尔等不就是对丁口账、派差役有怨言吗？本官马上在东明县立百块石碑，上刻：丁口账一律按朝廷规定划定，任意上等级的一律不算数；农事忙时不得派差，每年差役不超过一个月；衙前役不得重派。"

石继才注意到，村民脸上有了喜色，好些人在交头接耳议论起来。有二人走到石继才面前，要按个手印。石继才摸了摸搭在肩上的鼓鼓的褡裢，并没有把纸拿出来，很不经意，又毫无商量余地说："要按个手印，有个条件：尔等得把陆福旺、陆寿旺抓住，押送到县衙归案。官府只抓陆氏兄弟问罪，不连累村里人，且有重赏。"

石继才发现，面前的乡民鸦雀无声，似乎每个人的心跳都停了。好一会，乡民都一脸难色。石继才看到，村民想得重赏的人不多，要他们去抓心目中的大英雄陆福旺、陆寿旺下不了这个狠心。但下不了狠心也得下，否则尔等免不了有血光之灾。两千禁军正在村外，村民不肯去抓陆福旺、陆寿旺，就要立即杀进来。那时没几个人能活了，孩童也不能幸免，妻、女还要被奸，财物也要被洗劫一空。石继才并无逼村民的意思，只是脸稍稍挂了下来，话语却不重："本官已仁至义尽，这个手印按不按就全在你们了。"

石继才说完，拉着孩童的手要走。孩童松开了另一只抱着石继才的手，吓得发白的脸上露出了今日未现出过的微笑。石继才看到，村民慌了，面面相觑，很是束手无策。石继才转身走了几步，陆明生和五六个乡民慌慌张张赶上前来，拦住石继才。陆明生下嘴唇不住地抖着，泪珠划过两颊跌落在手上："按了手印，官府真的不问罪吗？”

石继才停了下来，一脸正色地望着这个村民：“若不信，本官把孩童留下。”

陆明生很是沉痛、很是愧疚、很是无奈，也很是语无伦次：“我等小民恨死了乔昌发。我等小民恨死了刀疤脸。我等小民欢喜免役法。我等按手印。”

石继才看到，空地上的村民脸上都有了陆明生一样的神色。石继才从褡裢里摸出一大叠纸，分给陆明生几个村民，又招手要空地上的所有村民都过来，一人两份，一份留自己，一份给官府；又拿出几盒印泥出来，让村民按手印用：“都放好，官兵来了，拿出来给他们看，准保太平无事。”

村民按完了手印，交了一份给石继才。石继才带着孩童与陆明生一伙村民走在最前面，其他村民在后面跟。石继才看到，陆明生和村民脚有点沉重，步子迈不开。出了村，几十个换上村民衣裳的禁军士卒混到乡民中间。陆明生一直往陆家庄左边不远处的乱坟岗走去。一直守在村外的无数禁军士卒往远处乱坟岗包抄过去。在离乱坟岗少说有半里路的地方，出现了一件叫人目瞪口呆，也让人吓掉魂的怪事。石继才看到，在乱坟岗前面的一个土丘上，一动不动坐着两个人。走在身边的村民告诉石继才：这两人正是陆福旺、陆寿旺。

石继才有点不相信自己的眼睛。陆福旺、陆寿旺两兄弟是逃跑了的人，此时坐在土丘上，不是等官府来拿吗？等走了不到一箭之地时，石继才看到坐在土丘上的陆福旺、陆寿旺身子依旧纹丝不动，看起来二人根本没有逃跑的意思。此时，又一件怪事出现了。石继才看到，陆明生和陆家庄的乡民都停了下来，那些换上村民衣裳的禁军士卒怎么推也不动一下；在远处往乱坟岗包抄过去的禁军士卒也在一箭之地停了下来，吓得不敢上前。石继才清楚，陆明生这些村民停下来，是心中有愧。那些平日在平头百姓面前不知有多威风、有多神气的禁军士卒却吓成这个样子，就太不像话了。石继才不由得对投案的陆福旺、陆寿旺两兄弟油然生出一种敬意。都不过去，石继才走了过去。石继才感到陆明生那伙人跟在后面来了，同时看到前面的禁军士卒又向这边包抄过来。到了陆福旺、陆寿旺跟前，石继才一个长揖：“二位好汉，果真大丈夫敢作敢当，开封府判官石继才这厢有礼了！”

石继生这一行动让所有人大吃一惊。自古以来，哪见朝廷命官对犯罪之人施大礼的。石继才眼角的余光看到身旁的陆明生和几个村民，木偶一样僵住了。那些向乱坟岗包抄过来的禁军士卒又停止不前了，石继才看到走在前面的禁军士卒张开的口半日合不拢。

陆福旺、陆寿旺对石继才拱了拱手，算是回礼，然后又一脸的坦然和安然坐着。石继才仔细端详了陆福旺、陆寿旺一下。要是在别的地方，石继才绝对不会相信他面前的两个人是挑头拿主意闹事的人，二人一看就知道是长年累月在田地劳作的农人，都忠厚、老实、本分，都有张被风霜磨砺得像风干了的老腊肉的黑脸皮，发硬、发干、发脆。为兄的陆福旺更显得木讷口笨，一直坐着。为弟的陆寿旺其实也不善言辞，且有点结舌。好一会，陆寿旺一双眼睛盯着石继才："果真对村民不问罪？果真立百块石碑吗？"

石继才："果真！果真！本官决不食言！"

陆福旺、陆寿旺站了起来，干脆得很："我们兄弟跟你到衙门里去。"

石继才转过身去，看到陆明生和陆家庄的村民都低着头，脸上有种难为情的神色。石继才把身子转回来，看到包抄乱坟岗的禁军士卒脸上有种松口气的神情。此时一件令人感到可惊可怕之事出现了。陆家庄四面邻村的乡民一拨一拨涌到乱坟岗这边来，围了个人山人海，都望着陆福旺、陆寿旺兄弟，默然不语，明显表示对投案的陆福旺、陆寿旺的一种敬意。

石继才看到，陆家庄的乡民都哭了起来。此时，几个衙役挤了过来，冲到陆福旺、陆寿旺跟前，拿出链子要锁这两兄弟。石继才一看，是东明县衙的都头刘庆门、快班班头刀疤脸。石继才火了，这两个狗东西，也不看乱坟岗前的气氛，这么严重，这么可怕，岂能胡来？此时此刻，官府衙门里的任何人，只要稍有闪失，动了一下陆福旺、陆寿旺的指头，有人一声喊打，乱坟岗前立即会闹得天翻地覆，血流成河。石继才猛喝了一声："给本官把这两个狗东西狠狠打一顿！"

陆福旺、陆寿旺给押走了，关在开封府大牢里，天天酒肉款待。这倒不是石继才为了稳住他们而施的缓兵之计，倒确实是出于对陆福旺、陆寿旺的敬重。不过，石继才要陆福旺、陆寿旺说出黑毛罗希彪的藏身之处，二人一口拒绝。石继才没食言，在东明县立了百块石碑，上刻丁口账的核造和差役办法。一个月后，陆福旺、陆寿旺问斩。本来要枭首示众，把二人的首级解回东明县陆家庄，悬挂在木杆上，让村民看看陆福旺、陆寿旺兄弟的下场。石继才为免村里人目击心伤，把这免了。那天黑毛罗希彪带着那个妇人从相国寺逃出了京都开封城，其实就藏身在乱坟岗的一座古坟里。风声过后，黑毛罗希彪带着那个妇人和几十人上了伏牛山落草，免不了有时还到京都开封逛逛。那次黑毛罗希彪抢到的十万担米，给追回了九万担，石继才功不可没。本来陆家庄免不了要遭到血洗，可凭着石继才那内中其实含着可怕智慧的官场狡猾和三寸不烂之舌，村民才躲过了这场可怖的血洗之劫。太皇太后高氏对石继才大加赞赏，后来擢升他当上刑部侍郎。曹谒给太皇太后高氏臭骂了一顿。高全福的副都都知被撤了，不过都都知张德保去世后又官复原职。几年后，侍候了两任太皇太后的乔内史去世，失去了靠山的乔昌发一家开始败落下去，三个儿子又不争气，整天吃喝嫖赌，几年就把家财败光。乔家便又重新过上面朝黄土背朝天的日子。

京都开封一夜发生的两起惊天大案结束了。京都开封街市依旧，东明县重归太平。陆家庄死了两个村民，在偌大的中原王朝是算不得什么的。陆家庄村民得到一些实实在在的好处，石继才立的百块石碑起了作用。衙前役是不能少的，但丁口账不再随意上提民户等级，差役也没以前多。世道不公，自古以来平头百姓只想过个安稳自在的日子，没谁不想当顺民，石继才立的百块石碑之恩，让陆家庄村民记了一辈子。陆家庄只有陆明生一人没享受到百块石碑之恩。陆福旺、陆寿旺问斩后，陆明生就卧床不起，大病了一场，再后来掉在河里淹死了。

陆福旺、陆寿旺从乱坟岗前给押走的时候，黄河西岸的上空陡然升起一天浓烟一样翻滚着的乌云。翻滚着的乌云凶猛、快速地摊开、拉长、扩大，光晕既小又淡，像块白色的圆饼贴在半空的日头，一下子给乌云吞噬掉。天全黑了，黑得像锅底。

第一一二章　亲与非亲钟山共祭王安石　识与不识坟前同哭大丞相

有道是清明时节雨纷纷，路上行人欲断魂。不过，清明节也是踏青节。天气不冷不热，阴云不厚不薄。日头时隐时现。清风不大不小，小雨下下停停。路边长出了浅浅的青草。山上的乱花很是招惹人眼。成群的鸟雀在空中翻飞。刚犁过的稻田里散发出被翻耕出来的泥土和草根的味道。四野景色迷人，空气清新，沁人心脾。元祐五年清明节这一天，江宁城外的官道上，去城外钟山扫墓的人熙熙攘攘。有成年男子，还有老人和孩童，你背我牵，前拥后挤，一路喧喧嚷嚷。本来，祭扫坟墓是件肃穆伤悲之事，却被路上的喧嚷声和四野迷人的景色冲淡了，反显得和乐热闹起来。

在去钟山扫墓的人里，有四个外乡人：一个是郑侠，一个是苏轼，另外两人是郑侠和苏轼的仆人。郑侠与苏轼是去钟山给王安石王相公扫墓，二人都一身布衣。郑侠还不到五十岁，却很出老，背也有点驼。苏轼比郑侠大五岁，反显得年轻多了。两个仆人挑着两只篾箱。一只篾箱装着祭奠王安石享用的饭菜，一只篾箱装着香、烛、纸钱和鞭炮。熙宁七年，郑侠一疏一图，冒死上谏，害得王安石王相公罢相，差点让新法一举而空之，自己差点人头落地，但忠直之气的声名却也昭著于天下，成了朝野上下万人心中了不起的大英雄。郑侠被押解到英州编管后，倒不像是个犯了事的人，也没吃到什么苦，当地平头百姓帮他建屋开荒，还争着把子弟送到他那里去读书。不过，司马光当国后，诉理所并未给郑侠平反昭雪，也未给郑侠一官半职，依旧让他在英州编管着。郑侠清楚，这是因为自己只反新法施行中的贪暴之吏，并不反新法。郑侠是前年刚当上翰林学士的苏轼给几乎天天能见到的太皇太后高氏和小天子赵煦上疏，才在距家乡福州三百七十里的泉州当教授，成了掌管州学课试的七品学官。苏轼本来在京都开封朝廷稳稳当着翰林学士，上面又有太皇太后高氏护着，朝中百官无人不认为苏轼身登凤凰池指日可待。但苏轼却上不去。这不怪天，不怪地，只怪苏轼太不会当官了，竟然拒撰太皇太后高氏亲点的、非把蔡确贬谪到新州安置的制词。这可是朝中百官想谋都谋不到的美差，结果苏轼把大好仕途毁了，弄得在京都开封待不下去，赶紧乞求外放当地方官。

郑侠与苏轼是在江宁府驿站碰上的。郑侠还在英州时，就很想来给王安石王相公扫墓，但做不到这点。不要说路途有几千里，就是官府也绝不会同意他这个被监管的、户籍也编入当地的人离开英州。回到泉州后，郑侠当的是个闲职，这事不难办到了。今年郑侠早早把要做的事安排好，然后向太守告了个假，就带了个仆人赶到江宁府来。苏轼这次外放是以龙图阁学士的职衔在杭州当太守。苏轼去杭州走的是水路，途经江宁，为的是祭扫王安石的墓地。二人都在江宁府驿站落脚打尖，就这么在江宁府驿站碰上了。说起来还真有点意思，郑侠前脚进了驿站，苏轼后脚就进来了。二人虽未谋面，但双方都早就耳闻对方的大名，况且郑侠能解除编管，当上泉州教授，还完全得助苏轼的上疏。二人见面就聊上了，很快就熟悉了。郑侠喜欢苏轼的口无遮拦、不合时宜，苏轼喜欢郑侠的呆里呆气、敢讲真话。郑侠与苏轼相互之间都有一种一见如故、相见恨晚的感觉。昨日晚上，郑侠与苏轼在房里聊叙，越聊话越多，谈兴也越浓；吃罢晚饭还接着聊，当晚聊到子时三刻才各自睡去。然而还没谈够。今日一早上路，二人就又不停地聊了起来。二人聊得最多的话题是朝廷官府和一些势利小人对王安石王相公的不公。王安石王相公去世之后，朝廷官府就再也无人过问一下王相公的后事，清明扫墓时难得见到官府衙门里的人。从前的宾客，有的改换门庭另起炉灶，早把王相公的坟忘到脑后；有的怕受牵连，不敢到王相公坟上去；更有那些得过王相公好处青云路上步步高的人，路过钟山也不肯到王相公坟头来一下；当年王相公在江宁讲学的门生，今日人人讳言此事。王相公儿女皆先他离开人世，夫人吴氏也在前几年仙去，胞弟王安礼这几年常被言官弹劾，在地方当官，也来不了。听坊间传言，只有王相公生前的棋伴杨德逢和游伴俞清老以及上元县梅影庵一个尼姑，清明节会到王相公坟头上祭奠；有农人也会去，不过都给官府衙门里的人拦住了，不让去。

郑侠感慨唏嘘。郑侠与苏轼就这么边走边聊，不觉来到钟山脚下。官道两边山里不断有鞭炮声传来，绿树丛中这里那里生出一团团白烟，空气中飘散着香、烛、纸钱和硝烟混杂在一起的刺鼻气味。出江宁府城门口时，但见出城扫墓的人一拨一拨地从城门洞里涌出来。不过，越往前走，扫墓的人渐渐离开官道，各自从岔路上往自家的祖坟山走去，官道上的扫墓人渐渐稀少起来。快到上王安石王相公墓地的山路口了，耳边的鞭炮声越来越稀，绿树丛中的白烟也越来越少。走在前面的两个仆人忽然掉转头匆匆往回走。郑侠吃了一惊，听到苏轼很是吃惊地问两个仆人："何事？"

两个仆人朝山路口上一指。郑侠抬头望去，但见山路口草棚前站着十多个手执水火棍的衙役，还有几个市井模样的汉子也在里面。郑侠百思不得其解了。上钟山大大小小的山口不少，没见哪一处有衙役，为何上王相公墓地的山路口这么多手执水火棍的衙役？

郑侠看到，苏轼一步步往前面的山路口走去。苏轼的仆人吓坏了，赶紧放下担子，跑过去拉住苏轼。苏轼猛力把仆人的手甩掉，继续往前走去。郑侠也急忙赶上前去。在距山路口少说半里的地方，草棚里出来了三个手挥水火棍的衙役。有个长相还中看、样子却很凶的衙役，双手合掌放在嘴上，边向这边走过来，边很凶地喊道："回去！回去！！回去！！！"

郑侠明白王相公坟头冷冷清清的原因了。这么多衙役在山道路口把守，谁还敢去给王相公扫墓。郑侠又气又纳闷。苏轼不理这么多，高视阔步往前走。郑侠的脚步不由得加快了。在离草棚不过两箭之地时，三个衙役一字排开，把官道拦死了。郑侠看到，那个长相还中看、样子却很凶的衙役紧了紧腰带，把肚子杀进去，用水火棍指着走近他们的苏轼："江宁府知府有令：谁也不许去王安石坟头烧香磕头！"

这可是郑侠万万没想到的。难道新法废了，被朝廷追赠为太傅的王相公去世后连个草民都不如吗？竟禁止人们去坟头烧香磕头。郑侠在苏轼后面，高声问衙役："这是为什么？"

长相还中看、样子却很凶的衙役歪着脸："问那么多干什么。小心本老爷一棍打过去。"

郑侠与苏轼仍旧继续往前走去。快到那伙衙役跟前，那个衙役把水火棍举了起来。郑侠看到，苏轼根本没有停步的意思，郑侠急忙蹿到苏轼前面，冲到那个衙役跟前，叉开双手吼："有你这样说话的吗？好大狗胆！"

面前的三个衙役都怔住了。不多一会，三个衙役回过神来。那个长相还中看、样子却很凶的衙役仍旧歪着脸问苏轼：“你是什么人？”

苏轼仆人挤上前来，走得急，给路上一块石头绊了一下，担子翻倒在地上，篋箱子里的饭菜食盒和香、烛、纸钱、鞭炮滚了一地。苏轼仆人道：“我家老爷是大才子苏轼。”

三个衙役笑栽了。在英州被编管了十多年的郑侠常跟官府里的衙役打交道，清楚衙役这些目不识丁的泼皮无赖，只认得官，才子在他们眼睛里不算个什么东西。苏轼仆人太不会说话了，放着响当当的龙图阁学士杭州太守不报，却报个什么大才子。长相还中看、样子却很凶的衙役的脸板了起来，样子更凶了：“本老爷不认得什么‘大菜子’‘大谷子’，什么‘苏屎’‘苏尿’的。再不走开，本老爷手上的这根棍子就认不得人了。”

郑侠给弄得哭笑不得起来。不用说，自己和苏轼不走开，这些衙役真的要动粗打人了。郑侠心底里很不愿跟衙役这样的人打交道，自然不愿在这些衙役面前亮出自己和苏轼的身份。然而，现在顾不得这些。郑侠把脸拉下来，对衙役说：“休得胡来。站在你们面前的是龙图阁学士杭州太守苏轼苏大人！”

郑侠没想到自己这句话弄得这三个衙役恼羞成怒起来。长相还中看、样子却很凶的衙役张牙舞爪冲到郑侠面前，手上的水火棍已经挨到郑侠头上了：“本老爷眼睛尖，不是吃素的，一看你这个老不死的就知道不是个好东西。你骗什么人，龙什么士、苏什么屎在杭州当太守，吃饱了撑的，老远跑到钟山来干什么？本老爷知道你这个老不死的就欠揍！”

郑侠知道遇到麻烦。苏轼何以到钟山来，自己浑身就是长了八张嘴也不可能跟这几个当衙役的泼皮无赖讲清楚。郑侠感到自己和苏轼今日免不了要挨这几个衙役一顿死打了。对这一点，郑侠还不甚惜，他最担心的是今日去王相公坟头上祭扫之事办不成了。郑侠看到，一肚子治国良策的大才子苏轼对这些泼皮无赖衙役也一筹莫展，只一脸的气愤和轻蔑，还有一脸的焦急和无奈。

郑侠看到，此时一个高大汉子从草棚那边急急忙忙跑过来，到了长相还中看、样子却很凶的衙役跟前，嘴巴凑上去鬼鬼祟祟说了几句话，郑侠能断续听到其中的一些字：“昨日……驿站……杭州太守……泉州教授……”

郑侠注意到，高大汉子的话起作用了，长相还中看、样子却很凶的衙役先是用一种疑惑的神情上上下下打量了苏轼好几回，脸上现出一种不信，却又不可不信的神情。郑侠明显感到那根已挨到自己头上的水火棍移开了。接着，这个衙役马上变得十分热情巴结起来，露出一脸明显做作的媚笑，接着又见两衙役忙弯下腰去，把苏轼仆人担子里滚落在地上的食盒、香、烛、纸钱和鞭炮收拾起来，放进篾箱里去，末了还把篾箱里的东西理理顺，用手压了压，乖顺得很是可爱。郑侠十分厌恶地皱了皱眉。这些衙役的脸也变得太快了，刚才还一天翻滚的黑云，一下子晴空万里，且水到渠成，没半点不自然的地方。这一点，还确实不是饱读诗书的读书人所能做得到的。

郑侠、苏轼与挑着担子的仆人往山口走去。在经过草棚的时候，郑侠看到，草棚里的衙役和市井之徒都对郑侠与苏轼一行人满脸堆着很做作、很夸张、很空洞的笑。那个长相还中看、样子却很凶的衙役从林子里牵出一匹快马，然后骑着朝江宁城方向驰去。郑侠心里有了一种不祥的感觉。这衙役去江宁城绝不是什么好事。郑侠看到，苏轼也注意到了这一点，望着那个骑着快马的衙役走了好长一段路才转过身来。

郑侠、苏轼四人上了山道。山道上满是枯枝败叶。路两边的松林一片苍翠。松林里有山鸡飞出，拖着长长的尾巴从人前飞过。野兔肆无忌惮，到处乱窜，看到人也不躲。山道阒无人迹，半日不见一个人影。约莫走了两个漏刻时辰，到了半山园下面，上了八功德水上的石桥。站在石桥上，郑侠看到，半山园一片荒芜景象。半山园数间草堂紧闭，窗户被草塞死了，墙上爬满了土鳖子，藤叶蔓延到了屋上。半山园里那个名叫谢公墩的土墩上长满了草，一角已坍，断面露出新鲜的土色。棋桌已塌，一地砖石。一只石墩歪斜着，尖角上指。老鼠在墩上旁若无人地爬上爬下。本来半山园就四无人家，此时清寂得叫人透不过气来。郑侠心里很是伤悲，苏轼也一脸的伤感，二人在石桥上伫立良久，默然不语。

王相公的坟葬在半山园北面的山坡下面。郑侠与苏轼及两个仆人绕过数间草堂，沿着一条弯曲的小路往那里走去。小路被阴森森的密密树木遮蔽着，不见天日。树木下面丛生的荆棘把前面的山路封死了，两个仆人用手把丛生的荆棘扒开，让郑侠与苏轼过去；待两个仆人过去后，一松手，那些丛生的荆棘便又把身后的小路封死了。小路越往前越难走。鞭炮声听不到了。空气中飘散着的香、烛、纸钱和硝烟混杂在一起的气味也没了。山野一片死寂。约莫走了两里多路，路边不知何人插了快木牌，上书前面山坡下面就是王相公的墓地。郑侠忽然听到那边有人语传来，其中分明还有女子的声音。郑侠心中很是一奇，也有点疑惑。郑侠听声音，徐缓、平和，声音不高，不像是坏人。郑侠与苏轼的脚步加快了，很快越过两个仆人，走到最前面。

山坡上的树木渐渐稀少，丛生的荆棘被人砍出了一条路，头上现出一片天空。天还是阴阴的，日头被一团乌云遮着，乌云边上镶着一圈叫人感到惊奇、耀眼日光。郑侠注意到，通往王相公墓地的路口没有牌楼，通道坑坑洼洼，墓前也不见碑铭，杂草丛生，只一座孤坟，景象荒芜，让人心寒。再往前走几步，郑侠便看到王相公墓前有两汉子和两女子在焚香。郑侠又惊又喜：山道路口有那么多衙役把守，这些人是怎么来到这里的。郑侠看到，苏轼也惊住了。郑侠与苏轼都不由得小跑着向山坡下走去。小跑的脚步声让王相公墓前的两汉子和两女子很吃惊，一起侧转身，抬头朝这边望着。王相公墓前的两汉子一圆脸，一方脸；两女子一道姑，一老妪。

郑侠对圆脸汉子、方脸汉子、道姑、老妪顿时生出一种敬意。这两女子是谁，郑侠不知道。郑侠发现，苏轼与道姑、老妪都相互望了望，有种似曾相识的感觉。对两汉子郑侠很快猜出个八九不离十：这两汉子是坊间传言的王相公生前的棋伴杨德逢和游伴俞清老。圆脸汉子、方脸汉子、道姑、老妪手上都捏着点燃了的蜡烛，见郑侠与苏轼也是来给王相公扫墓的，不再紧张了，相反一脸他乡遇故知的表情。郑侠问圆脸汉子和方脸汉子：“敢问二位可是德逢兄和清老兄？”

圆脸汉子、方脸汉子点了点头。郑侠立即跑过去，在圆脸汉子杨德逢和方脸汉子俞清老面前双膝跪地，头缓缓伏在双手前面的地上，多久都不把头抬起，行的是九拜中最为隆重的稽首大礼。杨德逢和俞清老吓着了，赶紧把手上燃着的蜡烛插在王相公墓前地上，躬身把郑侠扶起，同时道：“使不得，使不得，在下何敢受此大礼。”

郑侠：“使得的！使得的！在下郑侠对恩师王相公未尽门生之责，从未来这里扫墓，倒是二位每年清明来祭奠在下的恩师王相公，如此有义之人，应受在下一拜。”

杨德逢：“你就是上一疏一图的郑侠？”

郑侠一脸负疚、一脸坦诚：“鄙人正是害得恩师王相公罢相的不肖之人郑侠。”

杨德逢、俞清老、道姑、老妪都怪怪地望着郑侠，好像郑侠是个什么牛头马面的怪人。郑侠呆气很重，但不糊涂，心中有数：自己熙宁七年的一疏一图，把恩师王安石王相公害得那么惨，许多人把自己看成是大英雄；当然，许多人也因之恨自己，时至今日，这些人肚子里的怨气也消不了。过了好一会，众人像是原谅了郑侠，又像是不能这么便宜了郑侠。

好一会，俞清老恨恨地对郑侠说："要是不看在你今日来给王相公扫墓的分上，清老非狠狠揍你一顿不可。"

郑侠不怪俞清老。他其实觉得自己是真正有罪，且是真正的千古罪人。郑侠听说过，俞清老这个人一遇俗人辄骂声不绝，对官府衙门里的人就骂得更难听。郑侠一点不怀疑，今日自己要是在别的地方碰上他，真要挨他一顿死揍。不过，郑侠清楚，别看俞清老嘴巴恶，说出的话吓死人，心里其实谅解了他。若是此时俞清老揍自己，郑侠不会躲，真挨了俞清老的揍，才会觉得一身轻松。

两个仆人正下山坡，把担子放在王相公墓前，一件奇事出现了。郑侠看到，那个老妪挺有意思，突然在苏轼面前蹲了万福后，嘴里便叽里呱啦个不停，又伸出两只拇指，不住地晃动，像是夸赞着苏轼什么。此时先前有种似曾相识感觉的苏轼与道姑都愣住了。接着，苏轼快步走到道姑、老妪面前拱手行礼。道姑赶紧把蜡烛插在王相公墓前地上，直起身来，给苏轼蹲了个万福。

郑侠看到，苏轼一脸的惊喜："二位缘何来此？吕太守吕大人可好？"

道姑脸上的神色却黯然起来，老妪则用袖子擦眼角的眼泪。不用说，道姑和老妪遭遇了什么不祥的伤心事。苏轼的神色不安起来。道姑有点抽泣地告诉苏轼：吕大人去年去世了，给气死的。朝廷要废新法，吕大人说新法不可废。朝廷就罢了他的官，贬他到岭南编管，路上押的人对他很恶，不给好处就非喝即骂，饭也不让吃饱。路上就小女子和老妪陪着。吕大人的脾气跟他老父一样，直来直去，硬到底，什么好处也不给。后来，吕大人病了，不给请郎中，就这么走了。吕大人生前顶敬服王相公。吕大人走前叮嘱小女子，今年清明一定要到王相公墓前替他点炷香、烧张纸、磕个头。

郑侠鼻子一酸，看到苏轼、方脸汉子、圆脸汉子的眼睛里都禁不住有了泪花，两个仆人也背过身去抹眼泪。郑侠觉得，道姑、老妪和吕大人其实是奇人。郑侠很想知道其中的详情。方脸汉子、圆脸汉子、两个仆人也都望着苏轼，明显也有这个意思。苏轼告诉众人：吕大人是熙宁二年以十大罪状弹劾王相公的鼎鼎有名的御史中丞吕诲之子吕由庚，苏轼在黄州落难时的太守；道姑姓谢，是当年京都开封鹅颈巷妙云观的女冠，吕诲的红颜知己；老妪是妙云观干杂事的。吕诲视王相公为十恶不赦、祸国殃民的大奸臣，儿子吕由庚却大行王相公新法，把新法看成是古之无有的良法。谢道姑与吕诲相好时，把吕诲看成是天下少有的大英雄；吕诲去世后，吕由庚把谢道姑、老妪接去过日子，谢道姑、老妪又把吕由庚看成是天下少有的好太守。有意思得很，当年反新法时，苏轼与吕诲志同道合；到黄州后苏轼又与吕诲之子吕由庚引为相契知己。父忤新法，是友；子行新法，也是友。命中注定，吕家人与苏轼有缘。

郑侠感到，这大千世界，真个是千奇百怪，千姿万态，让人百思不解。此时，又一件怪事出现了。圆脸杨德逢和方脸俞清老也恭恭敬敬地对苏轼行了个稽首大礼。苏轼给弄得有点慌乱，忙躬身下去，伸出双手，把圆脸杨德逢和方脸俞清老托起，一边说："轼何德何能，受此大礼。"

杨德逢："受得的，受得的。当今朝中百官，就苏大人几人敢说新法的好话，王相公在天之灵都会对你言谢的。"

郑侠注意到，苏轼的脸红了："轼当年毁谤过新法，把新法骂得一塌糊涂。"

俞清老："此一时彼一时，苏大人与贪暴之吏不同，当年说新法的坏话，还是为新法好，应该说是个功臣。"

苏轼吓得连连摇手："此言差矣，轼当年说了许多不该说的话，确实毁谤了新法，连先帝神宗、两宫太后也保不住轼，只能从轻处置，不能说轼无罪。"

郑侠看到，老妪突然走到苏轼面前，双手伸出大拇指，对着苏轼叽里呱啦个不停。众人知道，老妪在夸苏轼，都笑了。一时间，王相公墓前洋溢着肃穆而又欢洽的气氛。

日头从乌云里钻了出来，被一条带状乌云居中划成两半。地面还阴阴的，王安石王相公墓地四围树木鲜翠的绿叶，也因之显得深暗。郑侠望了望天空，日头快到中天了。杨德逢、俞清老、道姑、老妪都回到王相公墓前烧钱纸。两个仆人下了山坡，把担子放在王相公墓前。苏轼把篾箱里装着饭菜的食盒和香、烛、纸、鞭炮取出来。郑侠取出一把香时，看到杨德逢直着腰，不仅眼睛在四处张望，而且两耳朝四方谛听，像是发现了什么。接着，俞清老也直起腰，张望着，谛听着。郑侠正想问何事时，杨德逢忽然眼睛一亮，指着对面的山坡丛林：“来了！来了！”

今日奇事真是多。郑侠以为是江宁府衙门里的人来了，心里警惕起来，也有点紧张。苏轼脸上也有了戒备之色。郑侠朝对面山坡丛林望去，但见丛林里走出二十来个农人，走在前头的是个老叟。郑侠起初给搞糊涂了。不过，郑侠很快明白了：这些人也是来给王相公扫墓的。但，让郑侠感到奇怪的是，老叟和农人后面还有位尼姑。这尼姑何许人也，莫非就是坊间传言的梅影庵的尼姑？

不多一会，老叟和二十多个农人过来了，每人手上拿着一只提篮。杨德逢、俞清老忙迎了过去。杨德逢介绍：这二十多个农人是喻家庄的，老叟曾经恨得要对王相公剥皮挖心，如今却把王相公看成大恩人，每年清明都要来给王相公烧香、磕头。郑侠和苏轼对老叟和喻家庄的农人有了一种感动。杨德逢又介绍苏轼、郑侠：龙图阁大学士杭州太守大才子苏轼、王相公的门生泉州教授郑侠。老叟和喻家庄的农人觉得自己能见到大才子苏轼和王相公的门生，是前世修到的福分之事，都一脸的激动和惊喜。

郑侠望了望站在农人后面的尼姑。尼姑细细挑挑，容貌端庄，很有气度，不像乡里坊间的出家人；头发虽已花白，脸上却无甚皱纹，并不显老；脸色有点冷傲，却并不给人一种拒人千里之外的感觉。郑侠看到，苏轼也在望着尼姑。杨德逢向尼姑招了招手。尼姑一点不扭捏，很大方爽快走了过来，不等杨德逢开口，对着苏轼和郑侠，双手合掌，微露一笑，先施一礼。杨德逢忙介绍：“上元县梅影庵住持梅影姑子。”

此尼姑果然是梅影法师。苏轼久久凝望着尼姑，仿佛认得尼姑一样。郑侠有点百思不得其解。上元是江宁的一个县，苏轼从未到过江宁，怎可能认得梅影姑子。然而不多一会，苏轼对梅影姑子道：“法师可是京都开封皇宫里的女尚书国夫人？”

郑侠清楚，国夫人是宫中第一等女官，不仅是宫中女官的总管，还管后妃、宫女、太监的读书教育之事；不仅太后、皇后很是看得起，且天子也很赏脸。郑侠看到，被苏轼称作“女尚书国夫人”的尼姑现出一无所求、看空一切、闭口不谈过去的面容。杨德逢对苏轼说：“梅影姑子正是女尚书国夫人，熙宁九年来上元县梅影庵当住持的，在宫中还给后妃、宫女、太监教过大才子写的诗词。”

郑侠对从前的女尚书国夫人、现在的梅影姑子有了一种钦佩之意。郑侠还在英州时就听到过，女尚书国夫人是因京都开封蔡河龙津桥边一家邸店之事遭到东明县衙役的追杀，女扮男装，逃到上元县来的，故事还挺紧张曲折，精彩不亚于京都开封勾栏瓦舍里说话艺人讲的公案传奇。好在宋代开国百年，无论皇亲国戚，还是太监阉臣，都没能达到遍植死党、为所欲为，想杀谁就杀谁的程度，要不女尚书国夫人就死定了。郑侠还听说，太皇太后高氏、太后向氏还常念着女尚书国夫人，说宫中再也找不到这样称职的女官。况且，女尚书国夫人又不是官府捉拿的逃犯，更不是朝廷通缉的钦犯。这些年来，在梅影庵暮鼓晨钟，青灯黄卷，一心修佛参禅，闭口不言宫中之事。时间久了，谁还会记挂这么个出了家的、规规矩矩的弱女子。

老叟和喻家庄的农人这才知道梅影姑子的根底，都惊呆了，同时也一脸无比兴奋、无比幸福之色。老叟和喻家庄的农人虽然不知道国夫人是干什么的，但在皇宫里教后妃、宫女、太监读书，岂不跟宰相一样大，朝中百官见到都要下跪?

郑侠奇怪，老叟和喻家庄的农人、梅影姑子是怎么来到王相公墓地的:“山道路口有许多衙门里的人守着，他们没拦你们? ”

老叟:“拦！每年都拦！官府今年拦得更凶，不仅山道路口有许多人拦，许多小路也有人拦，官府还派了许多人躲在山坳处、林子里，见人就捉，进来很难。”

郑侠心里冒火了。这什么世道，江宁府太不像话了:“你们怎么进来的呢? ”

老叟:“钟山这么大，方圆六十里，岂是官府里的人守得了的。砍柴人走的路、采药人走的路多的是，只是害得小民多走十多里冤枉山路。”

郑侠更是敬佩起老叟和喻家庄的农人来。此时日头完全离开了把自己划成两半的带状乌云，周边的天空现出一片不甚强烈的白光。老叟、喻家庄的农人和梅影姑子从提篮里把祭奠王相公的饭菜和香、烛、纸、鞭炮拿了出来，两个仆人也从篋箱里把祭品拿出来。寂寞得叫人喘不过气来的王相公墓地一下热闹了起来。

郑侠忽然看到，杨德逢望着左边山坡，神色很是严正起来；接着，俞清老也朝左边山坡望去，神色很是愤愤不平。郑侠感到，要出什么事了。郑侠向左边山坡望去时，看到树林里走出两个衙役，向这边张望了一会。郑侠以为他们会过来。然而，不多一会，这两个衙役又转身回到树林里去，再也没见他们出来。

郑侠问杨德逢："怎么回事？"

杨德逢："江宁府衙门前日就派人到下面打过招呼：说有无法无天的刁民清明要到王相公墓前闹事，江宁知府张怀古今日要派衙役到王相公墓前抓人。"

郑侠看到，老叟和喻家庄的农人神色有点紧张起来。在英州被编管了十多年的郑侠十分清楚，平头百姓最怕的就是被官府里的人抓到衙门里去。俞清老骂起来了："一个破太守有什么了不起的。让他过来，俞清老跟他论论理：给正一品太傅王相公扫墓犯法了吗？"

郑侠注意到，老叟和喻家庄的农人都被俞清老的话吓坏了。平头百姓从来胆小怕事、安分守己，树叶掉下来也怕打破头，对一个既不是官，也不是吏的衙役都不敢顶撞一下，然而俞清老却不把朝廷三品命官放在眼里，要跟他平起平坐论理，能不把老叟和喻家庄的农人吓破胆吗？郑侠正想说几句什么话，给老叟和喻家庄的农人壮壮胆，发现众人都朝左边山坡树林那边望去。郑侠也不由得转身朝着那边，看到左边山坡树林里出来三四十个衙役。这些衙役都手执水火棍，气势汹汹，边跑边喊叫着什么，样子很是吓人。看来江宁府是派衙役来抓人了。郑侠看到，杨德逢、俞清老、梅影姑子、道姑脸色平静，老妪对着那伙衙役叽里呱啦骂个不停，但老叟和喻家庄农人的脸都吓白了。

郑侠心里涌出一股难以抑止的怒火。俞清老气得双拳紧握，浑身发抖。郑侠看到，苏轼的脸也气得通红。官府总是以无法无天这个罪名抓人，其实最无法无天的是官府，打着朝廷王法的牌子，想怎么干就怎么干。

郑侠看到，江宁府衙役转眼间就到王相公墓前。这伙衙役，公服纽扣也不扣好，大襟耷拉下来，敞开前胸，走路一摇一摆，高视阔步，一副好勇斗狠、为非作歹、横行一方、不可一世的泼皮无赖派头。为头的是在山道路口郑侠和苏轼碰到的那个长相还中看、样子却很凶的衙役。这个衙役，办事倒是快，先前还在山道路口，骑马往江宁府走去，这会就又带着衙役从左边山坡树林里过来了。郑侠感到奇怪的是，这伙衙役并不找杨德逢、俞清老、梅影法师、道姑、女妪的麻烦，更不去挨苏轼一下，还对苏轼很客气地笑了笑，却对老叟和喻家庄的农人很不客气，冲到他们面前，用双脚把他们祭奠王相公的饭菜和香烛纸鞭炮乱踩乱踢。有几个衙役想把杨德逢、俞清老、道姑、老妪在王相公墓前烧的钱纸、点燃的蜡烛踩灭，不过刚抬腿，郑侠就再也忍不住，凶了过去：“你敢！”

那个衙役不理郑侠，把那只脚抬高了。人人都说郑侠呆，郑侠也觉得自己呆。呆就呆，郑侠还不想不呆。郑侠向衙役的那只脚猛扑过去。郑侠眼睛的余光中，看到苏轼、杨德逢、俞清老、梅影姑子、道姑惊恐的脸，还听到老妪叽里呱啦的惊叫声。眼看自己要挨上衙役的一脚了，好在为头的那个长相还中看、样子却很凶的衙役喝了一声，那个衙役的脚才缩了回去。

现在那伙衙役开始对付老叟和喻家庄的农人了。为头的那个长相还中看、样子却很凶的衙役头一摆，衙役都围了过来，要把老叟和喻家庄的农人带走。老叟和喻家庄的农人跪了下去。老叟又是作揖，又是磕头：“求求老爷：小民给王相公烧了香、磕了头就走。”

郑侠心里很不是味：天下平头百姓太好说话了，本来做的是件十分正当，也十分有益的善事，却像做了件什么见不得人的亏心事一样，要跪下去求衙门里的人发善心。郑侠看到，不把江宁知府看在眼里的俞清老要过去跟这伙衙役论理。从来呆气十足的郑侠觉得俞清老要吃眼前亏，忙把俞清老拉住，然后挤到长相还中看、样子却很凶的衙役面前：“你们衙门里的人，本应兴教化、励风俗，举凡扬善惩恶、祀神贡士，鼓励民众清明祭奠亲人长辈，尔等不准他们扫墓，反把他们带走，是何道理？”

郑侠觉得自己这番话，说得义正词严、情真意切，以为能对这些衙役有些打动，万万没想到自己又犯呆了：自己的话一点作用也没有。郑侠看到，面前的衙役都像看怪物一样望着自己，又像听奇谈怪论一样轻蔑地笑了起来。长相还中看、样子却很凶的衙役把脸拉了下去：“你跟我们说这些话干什么，有话你跟我们知府张大人说去。张知府叫我们怎么做，我们就怎么做。”这个衙役没再口口声声自称“本老爷”，也没那么张牙舞爪了，更没说他是个老不死的欠揍。

郑侠看到，又一件奇事出现了。长相还中看、样子却很凶的衙役对那些衙役使了个眼色。郑侠先是听到“哗啦”一声，接着便见那些衙役把锁人的铁链拿出来，在空中抖了抖，要把老叟和喻家庄的农人锁起来。不过，这回从来胆小怕事、安分守己的老叟和喻家庄农人没那么听话了，“嚯”地从地上爬起来。老叟狠狠地顶了一句：“要带走，也得等小民们给王相公烧完香、磕完头再带走！”

郑侠清楚，官府衙门里的人是顶不得的，老叟和喻家庄的农人有苦头要吃了。长相还中看、样子却很凶的衙役像他的话是圣旨一样不可更改："不行！"

喻家庄的农人都一脸不要命的表情，其中一个道："要不就在这里把小民们打死！"

郑侠看到，老叟和喻家庄农人有种横尸墓前的表情，让苏轼、杨德逢、俞清老、梅影姑子、道姑、老妪和那些衙役大感震惊。那些衙役气坏了，都把水火棍举了起来。长相还中看、样子却很凶的衙役老羞成怒了，一脸凶神恶煞地吼了起来："你们反了！"

老叟纹丝不动地站着，声音不高："小民从来不反，只想给王相公扫个墓。"

郑侠注意到，衙役十分尴尬起来，长相还中看、样子却很凶的衙役脸都气歪了。郑侠心里明白：民不畏死，官府其实没多少办法；且只因给王相公扫墓，就大白天在王相公墓前，当着龙图阁学士杭州太守大才子苏轼的面，把喻家庄二十来个农人打死，恐怕江宁知府不那么好跟朝廷交代清楚。苏轼走到长相还中看、样子却很凶的衙役面前："你们回去，轼会去张知府那里谢罪。"

长相还中看、样子却很凶的衙役半日没出声。其他衙役没敢动一下脚，不过举起的水火棍放了下来。郑侠心里有数，这些衙役不把王相公墓前祭奠的平头百姓赶走，是无法向江宁知府交差的；但真要打，此地又不是好下手的地方。这着实叫他们为难尴尬。此时，郑侠忽然看到，杨德逢指着左边山坡树林："江宁知府来了！"

郑侠朝那边望去，果然前有一伙衙役开路，后有一伙衙役前呼后拥着的大轿从左边山坡下来了。杨德逢、俞清老、梅影姑子、道姑、老妪都是见过世面的，脸上神色如常。郑侠特别望了望老叟和喻家庄的农人，惊奇地看到，这些人脸上并无半点惧色，看来江宁知府也无法阻拦他们给王相公扫墓了。

苏轼独自走到路口。那顶被衙役前呼后拥着的大轿在苏轼面前缓缓停了下来，早有衙役掀开帘子，扶着一位身穿三品补服、派头十足的大官出了大轿。不用说，此人就是江宁知府张怀古了。张怀古自然是一眼就认出了站在路口的苏轼。不过，张怀古没有很快过来，先慢慢整了整官帽，后理了理补服，再官威十足地扫了王相公墓前的众人一眼，却还未把脚抬起，明显在等苏轼向他迎去。郑侠再呆气重，也知道张怀古在摆臭架子。不错，张怀古与苏轼都是三品官，但江宁知府要比杭州知府分量更重，且又曾是司马相公手下的大红人。不过，苏轼却也不往前走半步。这个张怀古太自不量力了。苏轼是什么人？名满天下的大才子，到了京都开封能立马见到太皇太后，你张怀古做得到吗？

过了好一会，张怀古这才缓缓向苏轼身边走去。二人相互拱手行了礼。苏轼："轼到贵地给故相公王安石扫个墓，碍事否？"

苏轼这句话说得好。郑侠看到，张怀古很是尴尬地咧嘴一笑："不碍事，不碍事。只是近日江宁府不那么太平，有刁民想借给王安石扫墓闹事。本官怕本府子民上当，要他们赶快离开此地。"

郑侠明白，这是张怀古在吓唬人。官府衙门里的人，为着让平头百姓安分守己听他们的，往往无中生有，编造出一些耸人听闻之事。今日天下不能说很太平，但大的乱子还出不了。至于说到江宁府，真要有刁民想借给王安石扫墓闹事，恐怕要在城里闹，且早闹起来了，在这么个四野无人的山里闹事有什么意思。

郑侠看到，俞清老走了过来："什么闹事，其实是你们这些被司马光提拔上来的官怕平头百姓给王相公扫墓，想起新法的好处，弄得你们的官不好当，弄不好还要把官位丢了。"

说得好，一针见血。张怀古愣了下，转过身去，瞪了俞清老一眼："你……！"

杨德逢走上前去："在下在衙门里待过，知道你们当官的心思，你是这么想的。"

张怀古的脸涨得通红，脸挂不住了，但又无言可对。郑侠看到，老叟和喻家庄的农人露出了些微开心的笑容。

梅影姑子没动，一脸从容："张大人，民心不可违；顺则昌，逆则亡。"

梅影姑子有学问，此言不虚，说出的话高屋建瓴，一语中的。张怀古恼怒了，正要发作，四面山坡忽然传来一阵如江涛般起伏的人语声。郑侠的身子朝四面山坡转了一圈，先看到前、后、左、右山坡的树林里跑出为数不多的衙役，边跑边不时惊恐地朝后望望；接着便看到前、后、左、右山坡的树林里走出无数手提提篮的农人，一起潮水般向王相公墓地涌来。不用说，这些农人都是江宁府四乡八村来给王相公扫墓的。郑侠顿时惊诧得说不出话来，也感动得热泪盈眶。郑侠估算了一下，四乡八村的农人，少说有两千。

郑侠看到，刚才官威十足的张怀古和不可一世的衙役脸都吓得变了色。这么多农人要是动起怒来，张怀古和官府里的这些衙役还不要给乱拳打死？张怀古惊惶地朝苏轼转过身来，明显是在向苏轼求救。苏轼真是个好人，马上给张怀古解围："张大人放心回衙门去。平头百姓扫完墓，就会回去，不会有什么事的，更不会闹事。"

张怀古赶紧往大轿走去，然后赶紧起轿。衙役也跟着走了。郑侠看到，张怀古上轿的时候，恶狠狠地扫了王相公墓前的农人一眼。俞清老骂人了："拍司马光马屁当上个屌知府，只知道狐假虎威，有什么了不起的！"

张怀古的大轿和衙役上了左边山坡，转眼消失在树林里。郑侠不敢说把官场全看透了，但敢说中原王朝的官场是个十分可怕却又法力无边，少不得且又谁都说不清的怪物。不要以为官场只害民，其实也坏君。坏朝廷之大事者，多半是官；不管朝廷行什么法，官场上的人都能兴风作浪。恩师王相公行新法时，官场兴妖作怪，弄得恩师王相公脸面丢尽；如今司马光恢复旧法，官场一样兴妖作怪，弄得司马光人不人、鬼不鬼的。

众人很是开心。从前、后、左、右山坡下来的农人都过来了。王相公墓前的空地挤不下，许多人都站在王相公墓前空地周边的荒地里。郑侠有生以来，还从未看过这么隆重而又风光的祭奠场面。王相公墓前，两千人默默地把祭奠的饭、菜、香、烛、纸整整齐齐摆在王相公墓前。墓前空地不够，祭品只好摆在荒地上。杨德逢、俞清老、道姑、老妪把被衙役踩坏、踢乱的祭品收拾好，整整平，放在原处。郑侠看到，王相公墓地简直成了祭品之海。平日无人来陪恩师，今日可尽情享用众人对你的追思深情。

郑侠心中有数，官场上许多人是越来越把苏轼看扁了，越来越不把苏轼当回事，但平头百姓对苏轼敬慕依旧。祭品摆好后，所有人要苏轼第一个把鞭炮点燃，要他做主祭人。苏轼没有推辞，当仁不让把鞭炮点燃，接着众人一个个把自己带来的鞭炮点燃。所有的人带的都是"千字头"鞭炮。无数"千字头"鞭炮汇成的响声震天动地，硝烟把四面的山坡全遮住了，看去如同烟海，山坡顶上的树冠在烟海中若隐若现。

鞭炮响过之后，所有的人都跪了下去，给王相公磕头。两千人的头如大江的波浪，滚滚滔滔，气势汹涌，不可阻挡。有人哭了起来，所有的人跟着哭了起来。哭声如钟山之北的长江涛声，声势浩大，在王相公墓前的山间传响，经久不绝。

场面是少有的壮观，也少有的悲痛，令人惊心动魄。郑侠早已哽咽，热泪涌动。郑侠代行起孝子之职，对所有来祭奠的人下跪磕头。众人又哭。哭得呼天抢地的是郑侠和喻家庄的老叟。郑侠的头磕出了血，血从头上流下来，把沾在脸上的泥土都染红了，嘴里不住地说："恩师，有罪的门生郑侠看你来了！"

老叟泪流满面，一句话重复三次："我真该死，真不该骂王相公！"

祭奠结束了，但众人并未散去。苏轼抹了抹眼角的泪水，像是对他人，又像是自言自语："千古名相中，王相公污点最少，甚至找不到污点，但受诬最多、最厉害。"

梅影姑子眼睛里也含着泪水："于三代下求完人，唯介甫足以当之矣。"

杨德逢："公道自在人心，二位之言至公至明。"

俞清老狠狠骂了一句："司马光却是古今第一小人。"

道姑："吕大人在世时也这么说过。"她说的吕大人是吕由庚吕太守。

老妪不知说什么好，叽里呱啦不起来，就又跪在王相公墓前磕了个头。

郑侠又泪流满面起来，忙给苏轼、梅影姑子、杨德逢、俞清老、道姑和老妪下跪磕头，替长眠在墓中的王相公表示谢意。

民间清明扫墓时间并不长，但对王相公的祭奠却持续了近一个时辰，众人才渐渐散去。苏轼望着向四面山坡走去的农人，无限感慨："计利当计天下利，求名当求万世名。当世人无人懂王相公新法，千年后的人会懂，会说王相公新法好。王相公新法千古风流。"

郑侠看到，梅影姑子、杨德逢、俞清老、道姑、老妪都和自己一样，万分惊奇地望着苏轼，半日回不过神来。王相公行新法以来，说好说歹的都不少，但像苏轼这么说的，郑侠是第一次听到。有道是人活七十古来稀，谁也活不到千年，神仙也做不到。不过，苏轼的话说得不错，当世确实无人懂王安石新法，就是吕惠卿、章惇、曾布这些人对王安石新法也只是朦朦胧胧觉得好。王安石新法其实就是玩钱。钱是个古怪的精灵。钱是个坏东西，是个妖魔，迷人得很，许多人的灵魂被它吞噬，一步步走向罪恶的深渊。为了钱，许多人疯了，把灵魂卖了，什么不要脸之事都做得出来，什么残忍的手段都用上了。但，钱又是个好东西，是人类的上帝。钱不过是一张小小的纸片上印着数字，成本低得可怜，然而在撬动社会生产上有着不可估量、也是不可抗拒的伟大作用。这张小小的纸片，可以让无数卫星上天，高铁纵横，大厦耸立，机器人干活，田野长出五谷，今后还会弄出许许多多让人无法想象的妙不可言的东西出来。近千年前的王安石看到了钱的这种妙不可言的伟大作用，确实了不起。青苗法也罢，市易法也罢，均输法也罢，就是让钱流通起来，用钱刺激农业、商业的发展。王安石的这种奇思妙想，比十七世纪西方著名的金融经济学大家亚当·斯密在《原富》中提出的货币观早六百年。不能说这不是一个令人惊叹的奇迹。然而，王安石失败了，亚当·斯密胜利了。王安石失败是必然的，可以说从新法提出的那天起就宿命般注定了这种命运。钱的妙用，一要流通，二要管制。有了管制，钱才能成为造福于人类的上帝。王安石懂得流通，却不懂管制，也无法管制：当世缺乏支持新法的社会基础，思想、文化和习俗也很难接受新法令人扼腕叹息，也令人无奈。

近千年后，中国大学者胡适说："看惯了近世国家注重财政的趋势，自然不觉王安石的可怪了；懂得了近世社会主义的政策，自然不能不佩服王安石的见解和魄力了。"清末戊戌变法的主将梁启超更是将王安石视为千古一人："国民当买丝以绣，铸金以祀也。"特别值得一提的是，王安石的青苗法在当世的中原王朝得不到施用，遭到无数人的痛骂，却拯救了二十世纪三十年代美国饥饿的农民。当时美国政府为了挽救国家经济，就借鉴了王安石当年的改革措施。为此，二十世纪中叶美国华莱士副总统来华访问时，还与陪同他到处参观的学者、官员大谈王安石改革，要去看王安石故居，说王安石青苗法拯救了美国经济。这真是既荒唐又奇妙，既让人啼笑皆非又发人深省的一件事。只是当事人王安石、司马光、苏轼这批人都去世九百年，要是在天有灵的话，真不知他们会作何感想。

郑侠感到有趣，也引人深思的是：今日来给王相公扫墓祭奠的，不少是以前反新法的，骂过王相公的，有的甚至是害得王相公吃过苦头的人。郑侠望望北面的山峦，但见对面山峦上凝结着一团坚牢的白云。翻过山峦，就能见到长江宽阔的江面上悠悠一去不复还的江水。然而，对面山峦上的那团坚牢的白云，仿佛千古就栖息在那里。郑侠又望了望天，乌云全散了，日头到了中天，日光铺天盖地洒落下来，洒在王相公的墓上，洒在满地的祭品上。

2008 年 8 月 1 日—14 年 11 月 20 日初稿

2014 年 11 月 21 日—2015 年 3 月 25 日二稿

2015 年 3 月 28 日—2015 年 12 月 30 日三稿